W0367713

Das Buch

Die Explosion einer Leiche reißt dem obduzierenden Gerichtsmediziner Alexander Caulfield mehrere Finger ab und macht ihn arbeitsunfähig. Hat er etwas mit den beiden geköpften Leichen zu tun, die wenig später von der Polizei gefunden werden? Wollte er sich rächen? Carson Ryder und Harry Nautilus von der Mordkommission in Mobile, Alabama, stehen vor einem Rätsel. Was verbergen die Ärzte im Institut für Gerichtsmedizin? Ryder, bekannt für seine Hartnäckigkeit und seine unkonventionellen Ermittlungsmethoden, lässt sich nicht so einfach abspeisen und konsultiert auch seinen Bruder, einen hinter Gitter sitzenden Serienmörder . . .

Der Autor

Jack Kerley lebt in Newport, Kentucky. Um zu schreiben, gab er seinen Job als Werbetexter auf. In den USA wird *Einer von hundert* bereits als die neue Thriller-Entdeckung gefeiert.

Von Jack Kerley ist in unserem Hause außerdem erschienen:

Der letzte Moment

Jack Kerley

Einer von hundert

Thriller

Aus dem Englischen
von Andree Hesse

Ullstein

Besuchen Sie uns im Internet:
www.ullstein-taschenbuch.de

Umwelthinweis:
Dieses Buch wurde auf chlor- und säurefreiem Papier gedruckt.

Die Thriller-Bibliothek, eine Kooperation von
TV Movie und Ullstein Buchverlage GmbH

Sonderausgabe Dezember 2006
© TV Movie, Heinrich Bauer Programmzeitschriften Verlags KG, 2006
und © Ullstein Buchverlage GmbH, Berlin 2006
© 2004 by Jack Kerley
Titel der amerikanischen Originalausgabe: *The Hundredth Man*
(Dutton, Penguin Group, New York)
Umschlaggestaltung: Stöhr Kommunikationsdesign, Hamburg
Titelabbildung: © Ute Klaphake/Trevillion Images
Gesetzt aus der Sabon
Satz: Pinkuin Satz und Datentechnik, Berlin
Druck und Bindearbeiten: Ebner & Spiegel, Ulm
Printed in Germany
ISBN-13: 978-3-548-26689-3
ISBN-10: 3-548-26689-4

Für meine Eltern,
Jack und Betty Kerley

Anmerkung des Autors

Ich habe mir die Freiheit genommen, die Beschreibungen von Schauplätzen, Orten sowie verschiedener Institutionen und Gesetzesorgane dem Wohle der Geschichte unterzuordnen. Außer der Naturschönheit der Stadt Mobile und ihrer Umgebung sollte alles als Werk der Fiktion betrachtet werden. Ähnlichkeiten zwischen Charakteren dieses Romans und realen Personen, ob lebend oder tot, wären rein zufällig.

Prolog

Sekunden vor einem der am meisten herbeigesehnten Ereignisse in Alexander Caulfields Erwachsenenleben, einem Ereignis, auf das er Jahre hingearbeitet hatte, einem Ereignis, das seinen Eintritt in die Fachwelt, ein anständiges Gehalt und den Respekt seiner Kollegen bedeutete, begann sein linkes Auge zu zwinkern wie das eines Gigolos in einem drittklassigen italienischen Film.

Zuck

Caulfield fluchte innerlich. Als Arzt diagnostizierte er einen *vorübergehenden, halbseitigen Gesichtsspasmus*: Augenzucken oder -flattern als Reaktion auf Ereignisse, die Angst auslösen oder eine Bedrohung darstellen.

Zuck

Angst zu haben war *lächerlich*, belehrte er sich und drückte das lästige Auge zu. Als Assistenzarzt hatte er hunderte von Autopsien vorgenommen oder bei ihnen assistiert. Der einzige Unterschied lag darin, dass dies seine erste hauptverantwortliche Autopsie war. Sie saß nur fünf Meter weit weg.

Caulfield öffnete langsam sein Auge.

Zuck

Aus dem Augenwinkel schaute er hinüber zu Dr. Clair Peltier. Sie befand sich im Büro des Autopsiesaales und öffnete gerade einen Brief, der anscheinend ihre ganze Aufmerksamkeit beanspruchte. Caulfield fühlte sich unzulänglich, unvorbereitet, zitterig. Heute waren routinemäßige Nachuntersuchungen und ein Treffen mit seinen neuen Kollegen im Büro des Gerichtsmedizinischen Instituts von Alabama in Mobile vorgesehen.

Dann hatte sie beiläufig vorgeschlagen, er sollte ihren Platz während der Untersuchung einnehmen.

Zuck

Caulfield fokussierte erneut die an der Decke angebrachte chirurgische Lampe. Auf dem Tisch lag die Leiche eines weißen Mannes in mittleren Jahren. Unter der Leiche rann Wasser, es klang, als würde ein kleiner Bach über Metall plätschern. Er schielte wieder hinüber zu Dr. Peltier: Sie studierte immer noch ihre Post. Er wischte sich den Schweiß von der Stirn, rückte zum dritten Mal seine Maske zurecht und betrachtete die Leiche. Würde ihm der Schnitt genau in der Mitte gelingen? Würde er gerade sein? Glatt? Würde er ihren Ansprüchen genügen?

Er holte tief Luft und zählte bis drei. Wie ein Vorhang öffnete sich der bläulich weiße Bauch zwischen Schambein und Brustbein. Sauber und gerade, eine Öffnung nach Lehrbuch.

Caulfield schaute wieder zu Dr. Peltier hinüber. Sie beobachtete ihn.

Zuck

Dr. Peltier lächelte und widmete sich wieder ihrer Post. Caulfield schob seine Angst in die hinterste Ecke seines Kopfes und konzentrierte sich auf die Untersuchung und Beurteilung der Organe. Seine Ergebnisse sprach er laut aus, ein Kassettenrekorder hielt sie für die spätere Abschrift der Berichte fest.

»Auf den ersten Blick scheint Größe und Stärke des Myokardgewebes normal zu sein. Zonen des Myokards in der linken Herzkammer lassen auf eine frühere Herzmuskelentzündung schließen ...«

Die vertrauten Anblicke und Worte ließen Caulfield sicherer werden; er bemerkte nicht einmal, wie das Zucken nachließ.

»... Leber fleckig, erste Anzeichen einer Zirrhose ... Nieren normal ...«

Nach einem Notruf war der Mann in seinem Vorgarten liegend gefunden worden. Obwohl die Rettungssanitäter, die einen Herzinfarkt vermuteten, alle Anstrengungen unternommen hatten, ihn wiederzubeleben, war der Mann bei seiner Ankunft im Universitätskrankenhaus tot gewesen. Caulfields erste Ergebnisse unterstützten die These eines massiven Herzinfarktes, das unbeschädigte Gewebe schien jedoch gesund und frei von Epikarditis und Arteriosklerose zu sein. Caulfield bewegte sich in der Öffnung weiter nach unten.

»Im Dickdarm ist eine Verstopfung festzustellen …«

Caulfield kniff in den Klumpen im Gedärm. Hart und ebenmäßig, ein künstliches Objekt. Das war nicht ungewöhnlich, Notärzte hatten häufig mit Patienten zu tun, denen sie Vibratoren, Kerzen, Gemüse oder andere Gegenstände entfernen mussten. Auf der Suche nach sexueller Befriedigung waren die Menschen sehr einfallsreich.

»Vermittels einer Klinge Nummer zehn wurde ein zehn Zentimeter tiefer Schnitt durch die äußere Wand des Dickdarms vorgenommen …«

Caulfield zog den Darm zurück, um die Ursache der Verstopfung freizulegen.

»Ein Gegenstand wird sichtbar, silbern und zylindrisch, ähnlich einem Taschenlampengehäuse …«

Durch den Schlitz des Gedärms schimmerte feuchtes Metall, an einem Ende mit schwarzem Stoff umwickelt. Nein, nicht mit Stoff, sondern mit Isolierband. Caulfields Finger klopften vorsichtig auf das Gehäuse. Wie ein ungebetener Eindringling hatte der Gegenstand etwas Bedrohliches an sich.

Zuck

Er hörte, wie Dr. Peltiers Stuhl zurückgeschoben wurde und sich das Klackern ihrer hohen Absätze näherte. Sie musste seine Worte vernommen haben. Seine Finger glitten in die Öffnung und packten den Gegenstand. Vorsichtig zog er daran. Erst rutschte er leicht durch den Schlitz, dann blieb er hängen. Caulfield griff fester zu und zog kräftiger.

Zuck

Gleichzeitig: Ein weißer Blitz, ein dumpfer Knall. Caulfields Kopf wurde nach hinten geschleudert, er knallte mit dem Rücken auf den Boden. Roter Nebel und Rauch erfüllten die Luft. Der Schrei einer Frau drang durch das Tosen in seine Ohren. Über ihm schwenkte jemand einen stumpfen Stock, einen Knüppel.

Nein, das war kein Knüppel ...

Das Licht flackerte zweimal und erlosch.

Als der Bericht der Autopsie abgetippt wurde, war sich die Protokollantin Marie Manolo unsicher, ob sie die letzten sechs Worte von Dr. Caulfield vom Band übernehmen sollte. Von Dr. Peltier dazu ausgebildet, klinisch nüchtern und gründlich zu sein, schloss Marie kurz die Augen, holte tief Luft und fuhr dann mit dem Schreiben fort:

Meine Finger. Wo sind meine Finger?

Kapitel 1

»Eines Abends führt ein Typ seinen Hund Gassi …«

Ich schaute zu, wie Harry Nautilus an einem Autopsietisch lehnte und einem Dutzend Zuhörer, die mit Servietten umwickelte Becher und Weingläser aus Plastik hielten, den »besten Witz auf Erden« erzählte. Die meisten Leute waren Beamte der Stadt Mobile und des Countys. Zwei waren Anwälte, selbstverständlich Vertreter der Anklage. Harry und ich waren die einzigen Cops. Ein Menge Würdenträger waren zugegen, vor allem im Empfangsbereich, wo die Hauptfeierlichkeiten anlässlich der Wiedereröffnung des Gerichtsmedizinischen Instituts stattfanden. Vor einer Stunde war feierlich das Band durchschnitten worden, ein goldenes Band, kein schwarzes, wie mehrere Witzbolde vorgeschlagen hatten.

»Was für ein Hund?«, wollte Arthur Peterson wissen. Peterson war stellvertretender Ankläger und seine Frage klang wie ein Einspruch vor Gericht.

»Eine Promenadenmischung«, brummte Harry

und kniff angesichts der Unterbrechung ein Auge zusammen. »Ein Typ führt seine Promenadenmischung namens Fido Gassi, und da fällt ihm ein Typ auf, der auf allen vieren unter einer Straßenlaterne herumkrabbelt.«

Harry trank einen Schluck Bier, leckte Schaum von seinem Schnurrbart, der die Ausmaße einer Bulldozerschaufel hatte, und stellte seinen Becher ungefähr an die Stelle auf den Tisch, wo normalerweise der Kopf der Leiche lag.

»Der Typ mit dem Hund fragt den Mann, ob er was verloren hat. ›Ja‹, sagt der Mann, ›meine Kontaktlinse ist rausgefallen.‹ Der Typ bindet Fido an einen Telegrafenmasten und kniet sich auf den Boden, um zu helfen. Im Schein der Straßenlaterne suchen die beiden alles ab, jeden erleuchteten Winkel. Eine Viertelstunde später sagt der Hundebesitzer: ›Kumpel, ich kann deine Linse nirgendwo finden. Bist du sicher, dass sie hier herausgefallen ist?‹ ›Nein‹, meint der Mann, ›ich habe sie da drüben im Park verloren.‹ ›Im Park?‹, brüllt der Hundebesitzer. ›Warum zum Teufel suchen wir dann hier?‹«

Harry machte eine dramatische Pause.

»Der Mann zeigt auf die Straßenlaterne und sagt: ›Hier ist das Licht besser.‹«

Harry lachte, ein melodisches Trällern, das nicht zu einem Schwarzen mit der Statur eines Dampfkessels passen wollte. Sein Publikum kicherte höflich. Eine attraktive Rothaarige in einem marineblauen Hosenanzug runzelte die Stirn und sagte: »Verstehe ich nicht. Warum soll das der beste Witz auf Erden sein?«

»Weil er mythologischen Gehalt hat«, entgegnete Harry, wobei die rechte Hälfte seines Bartes interessiert zuckte, während die linke verächtlich hinabhing. »Vor die Wahl gestellt, mühsam im Dunkeln herumzustochern oder aber zu hoffen, einfach bei Licht fündig zu werden, entscheiden sich neunundneunzig von hundert Menschen für das Licht.«

Peterson hob eine anklägerische Augenbraue. »Und wer ist der eine von hundert, der immer im Dunkeln herumstochert?«

Harry grinste und zeigte in meine Richtung.

»Er«, sagte er.

Ich schüttelte den Kopf, kehrte Harry meinen Rücken zu und ging in den Empfangsbereich, wo es laut und voll war. Wie ein Haufen Mäuse wuselten lokale Wichtigtuer umher, buhlten um die Nähe von noch größeren Wichtigtuern oder sprangen vor jede Kamera eines Nachrichtensenders. Vor dem Buffet drängelten sich die Gäste in Dreierreihen. Ich sah, wie sich eine korpulente Frau in Abendgarderobe erst zwei Sandwiches in ihre Handtasche stopfte, bevor sie über die Fleischbällchen in Bratensoße herfiel. Ein paar Meter weiter plapperte ein kräftiger Bezirksabgeordneter zu einem Nachrichtenteam.

»... *begrüße Sie alle zur Eröffnung der neuen Einrichtung ... eine der hervorragendsten des Landes ... ich bin stolz, für die Bewilligung der Mittel gestimmt zu haben ... die Tragödie Dr. Caulfields sollte uns ermahnen, stets wachsam zu sein ...*«

Am anderen Ende des Saales sah ich Willet Lindy, stürzte mich in die brodelnde Masse und bahnte mir entschuldigend meinen Weg in seine Richtung. Eine Reporterin von Channel 14 starrte mich an und schnitt mir dann den Weg ab.

»Ich kenne Sie, oder?«, sagte sie und tippte mit

einem scharlachrot lackierten, krallenartigen Fingernagel an ihre geschürzten Lippen. »Waren Sie nicht vor ein paar Monaten an einer irgendwie großen Sache beteiligt? Nein, sagen Sie nichts ...«

Ich wich ihr aus und ließ sie sich den Kopf über meine fünfzehn Minuten Ruhm zerbrechen. Willet Lindy lehnte an der Wand und nippte an einem Saft. Ich kämpfte mich aus dem Gewimmel und stellte mich neben ihn.

»Das ist ja wie bei Wal-Mart drei Tage vor Weihnachten, Will«, sagte ich, lockerte meine Krawatte und zuckte zusammen, als ich sah, dass etwas Dunkles auf mein Hemd getropft war. Dem gleichen kosmischen Gesetz folgend, das dafür sorgte, dass die gebutterte Seite eines Brotes immer nach unten fiel, war der Fleck unmöglich mit meinem Jackett zu verbergen. Lindy grinste und rutschte zur Seite, damit ich mich auch an die Wand lehnen konnte. Obwohl er mir mit dreiunddreißig nur vier Jahre voraus war, machte ihn sein gnomenhaftes Gesicht und der zurückgehende Haaransatz zehn Jahre älter. Lindy war für die nicht medizinischen Dinge des Instituts wie Wartung und Einkauf zuständig. Ich kannte ihn jetzt ungefähr ein Jahr, seit mich meine Stellung als Kriminalbeamter mit den Geheimnissen des Leichenschauhauses vertraut gemacht hatte.

»Hübsch renoviert der Laden«, sagte ich. »Sieht alles brandneu aus.« Lindy war kleiner als ich, einen Meter achtundsechzig oder siebzig, deshalb musste ich mich zu ihm hinabbeugen. Allerdings nicht viel; man sagte, dass ich schon natürlicherweise eine gebeugte Haltung habe. Wie eine große Puppe an lockeren Fäden.

Lindy nickte. »Abgesehen von den Schönheitsreparaturen haben wir einen Großteil der Technik ausgetauscht. Und wir haben ein paar komplette Neuerungen …« Er zeigte auf einen fliegengroßen Punkt in einer Deckenplatte. »Überwachungskameras. Miniaturausgaben. Wenn so etwas wie bei Caulfield noch einmal passiert, kann das Bombenkommando den Tatort aus der Ferne untersuchen.«

Caulfield war ein unerfahrener Pathologe, dessen Hand von einer Bombe verstümmelt worden war, die einen Mann hatte töten sollen, der bereits tot gewesen war. Ein schrecklicher Vorfall, noch ungelöst. »Es sind nicht viele Polizisten hier, Will«, sagte ich, um das Thema zu wechseln.

Lindy hob eine Augenbraue. »Der Polizeichef ist hier, ein paar Stellvertreter, ein oder zwei Captains.«

Ich meinte Cops, echte Polizisten, aber ich hatte nicht die Zeit und vielleicht auch nicht die Worte, um den Unterschied zu erklären. Wie aufs Stichwort kam Captain Terrence Squill vorbei, sah mich und kehrte um. Bisher hatten Squill und ich kaum ein Wort gewechselt; er war so weit oben auf der Leiter, dass ich mich schon anstrengen musste, um seine Schuhsohlen zu erkennen.

»Ryder, richtig? Was zum Teufel haben Sie hier verloren?« Er erblickte den Fleck auf meinem Hemd und rümpfte die Nase. Der Leiter der Kriminalabteilung war ein kompakter und gepflegter Mann, dessen geradlinige Züge und wässrige, feminine Augen an einen vierzigjährigen Orrin Hatch erinnerten. Der Knoten seiner Krawatte war so fest und symmetrisch, dass er aus Marmor gemeißelt zu sein schien. Ich hatte keine Ahnung von grauen Anzügen, vermutete aber, dass ich auf einen maßgeschneiderten schaute.

»Ich habe eine Einladung erhalten, deswegen dachte ich, ich komme vorbei und repräsentiere die Polizei, Sir.«

Er kam näher und senkte seine Stimme. »Das ist keine Angelegenheit für die unteren Ränge. Haben Sie irgendeinen Idioten in der Stadtverwaltung dazu gebracht, Ihren Namen auf die Gästeliste zu setzen? Oder haben Sie sich durch die Hintertür hereingeschlichen?«

Ich war erstaunt, wie viel Wut in seinem Blick lag, während sein Mund weiterhin lächelte. Jeder außer Hörweite hätte angenommen, wir plauderten über Fußball oder Angeln. »Ich schleiche mich nie ein«, sagte ich. »Wie gesagt, ich habe eine …«

Lindy meldete sich zu Wort. »Entschuldigen Sie, Captain?«

»Was ist los, Mr Lindy?«

»Detective Ryder wurde von Dr. Peltier eingeladen. Sie hat auch seinen Partner eingeladen, Detective Nautilus.«

Squill schürzte die Lippen, als wollte er sprechen oder spucken, schüttelte den Kopf und verschwand in der Menge. Ich quittierte den Vorfall mit einem Achselzucken, sagte, dass ich mich bei Dr. Peltier für die Einladung bedanken wollte, und mischte mich wieder unter die Gäste.

Clair stand an der Tür zu ihrem Büro und sprach mit Alabamas Justizminister und seinem Stab. Ein schlichtes schwarzes Kleid hob ihre samtweiche Porzellanhaut hervor, und ich genoss den Anblick, wie sie ihr Publikum dominierte. Als eindrucksvolle vierundvierzigjährige Frau mit kurzem, anthrazitfarbenem Haar und eisblauen Augen hätten Dr. Clair Peltier, Leiterin der Mobiler Abteilung des Forensischen Instituts von Alabama, nur Speer und Helm gefehlt, um die Bühne bei einer Wagner-Oper für sich zu beanspruchen. Diese Wirkung wurde noch verstärkt durch ungefähr fünfzehn zusätzliche Pfund, die sie an ihren Schenkeln und Schultern trug. Nachdem der Generalstaatsanwalt und sein Gefolge davonmarschierten, ging ich zu ihr. Mit ihren hohen Absätzen war sie beinahe groß genug, dass unsere Augen auf einer Höhe waren.

»Will Lindy meinte, Sie seien der Grund, dass ich hier bin«, sagte ich und hob meinen Becher diesen unglaublichen Augen entgegen. »Danke.«

»Sie müssen sich nicht bedanken, Ryder. Die Gästeliste war voll mit Polizeiprominenz. Da wir Besuch von den Medien haben, hielt ich es für angemessen, dass ein paar Detectives anwesend sind. Sie und Detective Nautilus habe ich ausgewählt, weil Sie durch den Adrian-Fall vielleicht noch in Erinnerung sind.«

Von wegen Ehre, Carson Ryder und Harry Nautilus waren also die Alibi-Beamten auf der Gästeliste. Allerdings bezweifelte ich, dass wir noch in Erinnerung waren. Wie die Reaktion der Reporterin gezeigt hatte, hatte das Aktualitätsdenken der Medien den ein Jahr alten Fall irgendwo zwischen der Normannischen Eroberung und der Industriellen Revolution eingeordnet. Als ich mich trotzdem noch einmal bei Doc P bedanken wollte, stieß mich ein nach oben strebender junger Staatsanwalt zur Seite und stellte seiner kichernden Verlobten »einen der besten weiblichen Gerichtsmediziner vor«.

Ich ging davon und musste lächeln. »*Einen der besten* weiblichen *Gerichtsmediziner* …« Wenn die beiden das nächste Mal zusammenarbeiteten, würde Clair dem kleinen Arschloch die Hölle heiß machen.

Eine schwere, schwarze Hand drückte meine Schulter. Harry.

»Hast du dich unter die Menge gemischt, Amigo?«, fragte ich.

Er zwinkerte. »In einem solchen Haufen halb angesoffener Politikheinis und Möchtegerns kann man gar nicht umhin, ein bisschen Milch abzukriegen, Cars.«

Milch war Harrys Wort für interne Informationen, welche die Polizei oder ihre Einflussbereiche betrafen. Obwohl er selbst kein Taktiker war, liebte er Polizeitratsch und hatte immer mehr Milch parat als eine Ziegenherde. Er kam in Flüsternähe. »Gerüchten zufolge rollt und trollt sich Chief Hyrum nächsten Frühling, spätestens im Sommer.«

»Er nimmt Tanzstunden?« Manchmal amüsierte mich Harrys Lust an Reimen, manchmal irritierte sie mich. Heute herrschte Irritation vor.

»Vorzeitiger Ruhestand. Zwei Jahre früher.«

Ich war drei Jahre Streifenpolizist gewesen, seit einem Jahr war ich Detective. Obwohl mir das Dickicht der Polizeipolitik bekannt war, war es mir gleichgültig. Harry hatte die Machenschaften fünfzehn Jahre lang bis in die Molekularebene studiert. Ich bat um eine Übersetzung. Er hielt inne und setzte eine weise Miene auf.

»Machtspielchen, Carson. Sich selbst in den Vordergrund spielen, den anderen in den Rücken fallen und frei von der Leber lügen. Leute, die nichts anderes tun, als den ganzen Tag in den Sessel zu furzen, werden behandelt, als wären sie der heißeste Gaul im Stall.«

»Und wie viel Mist wird auf unseren Köpfen landen?«, wollte ich wissen.

Harry schaute finster auf sein leeres Glas und drängte in Richtung Bar, wobei sich die Menge teilte wie Wasser für einen schwarzen Moses in rosa Hosen und lila Hemd. »Mach dir nicht in die Hose, Bruder«, sagte er über die Schulter. »Wir sind viel zu weit unten auf der Leiter, um von dem Scheißeregen was abzukriegen.«

Mein Eistee bestand fast nur noch aus Eiswürfeln, ich kippte sie auf meine Finger und fuhr mir anschließend mit den Eisstückchen über mein schwitzendes Gesicht und den Nacken. Die kalte Erfrischung und die angenehme Säure des Tees waren eine Wohltat bei der nächtlichen Hitze. Ich seufzte auf angesichts solch kleiner Freuden und lehnte mich in meinem Liegestuhl zurück. In der feuchten Luft schwebte über mir der Mond, etwas größer als ein Halbmond, in seinem dunstigen Hof. Seit der Eröffnung der Leichenhalle waren Stunden vergangen, mit meinen nackten Füßen auf dem Geländer beobachtete ich die goldene Gasflamme der Bohrinsel drei Meilen weit draußen im Golf. Das Feuer auf dem dunklen Wasser schien so exotisch wie ein Papagei in einem kahlen Kiefernwald.

Ich lebe auf Dauphin Island, dreißig Meilen südlich von Mobile, einige davon Wasser. Nach den Maßstäben der Insel war mein Heim beschämend bescheiden, eine aus zwei Zimmern bestehende, auf Pfählen errichtete Hütte über dem Strand, die jeder Makler allerdings für vierhundert Riesen anbieten würde. Als meine Mutter drei Jahre zuvor gestorben war, hatte sie mir genug überlassen, um das Geschäft zu machen. Es war eine Zeit in meinem Leben, in der ich einen sicheren Zufluchtsort brauchte, und welcher Ort wäre dazu geeigneter gewesen als eine in der Luft hängende Kiste über einer Insel?

Das Telefon klingelte. Automatisch tastete ich erst dahin, wo Taschen wären, wenn ich angezogen gewesen wäre, dann nahm ich das Telefon vom Tisch. Es war Harry.

»Wir werden an einem Tatort verlangt. Könnte Piss-it's Coming-out-Party werden.«

»Für einen Aprilscherz kommst du zwei Monate zu spät, Harry. Was ist wirklich los?«

»Unser Debütantenball, Partner. In der Stadt sucht eine Leiche nach ihrem Kopf.«

Harry und ich waren Detectives der Mordkommission in Mobiles erstem Distrikt, wir waren Partner. Durch die sinnlose Gewalt in jeder Stadt, in der die Armen zahlreich sind und zusammengepfercht leben, war unser Job ziemlich krisensicher. In dieser Welt verbrachten wir unseren Alltag, es sei denn ein Mordfall zeigte, laut jüngst überarbeiteten Vorschriften, »auffällige Hinweise auf psychopathologische oder soziopathologische Tendenzen«. Dann wurde, ungeachtet der Zuständigkeit, das Psychopathologische und Soziopathologische Ermittlungsteam – kurz PSET – eingeschaltet. Das gesamte PSET, innerhalb der Mordkommission als Piss-it bekannt, bestand allerdings lediglich aus Harry und mir sowie ein oder zwei Fachleuten, die wir bei Bedarf hinzuziehen durften. Obwohl das

Team im Grunde nur ein Projekt der Öffentlichkeitsarbeit – und noch nie zum Einsatz gekommen – war, gab es einige in der Polizei, die nicht glücklich damit waren.

Zu denen gehörte im Moment auch ich.

»Komm so schnell her, wie du kannst«, sagte Harry und las mir die Adresse vor. »Ich warte draußen auf dich. Schalte Sirene und Blaulicht an. Mach dich schleunigst auf die Socken und trödel nicht herum.«

»Du willst also nicht, dass ich dir von unterwegs eine Tüte Milch und ein Brot mitbringe?«

Der Hörer wurde aufgelegt.

Ich sprang in die Jeans, zog ein halbwegs sauberes Hemd an und nahm ein cremefarbenes Leinenjackett von der Garderobe, um das Schulterhalfter zu verdecken. Ich stolperte die Stufen hinunter, stieg in den unmarkierten Taurus unter dem Haus und wirbelte einen Sprühregen aus Sand und zerbrochenen Muscheln auf. Das Blaulicht und die Sirenen blieben aus, bis ich den tintenschwarzen Sund des Mississippi überquert hatte, dann jagte ich die Lichtorgel hoch, schmiss das Gejaule an und legte das Gaspedal flach.

Die Leiche lag in einem kleinen Park am südwestlichen Rand von Mobile, zwei Hektar Eichen und Pekanbäume, eingerahmt von einem Viertel aus der Jahrhundertwende, das sich aus dem Stadium des Zerfalls zu einer noblen Gegend mauserte. Drei Streifenwagen mit Blaulicht standen vor dem Park, dazu ein Van der Spurensicherung. Zwei unmarkierte Wagen flankierten einen glänzenden schwarzen SUV I, den ich für Squills Gefährt hielt.

Der allgegenwärtige Van eines Nachrichtensenders hatte seine ausgefahrene Antenne aufgestellt. Harry war zehn Meter davor und marschierte zum Parkeingang. Ich parkte am Bordstein, und als ich ausstieg, strahlte mir plötzlich überfallartig ein Kamerascheinwerfer in die Augen.

»Jetzt erinnere ich mich an Sie«, ertönte eine dunkel bekannte Stimme hinter dem grellen Licht. »Sie sind Carson Ryder. Sie hatten etwas mit dem Joel-Adrian-Fall zu tun, richtig?«

Ich blinzelte und erkannte die Reporterin von der Wiedereröffnung des Leichenschauhauses. Sie stand in der ganzen Pracht einer Fernsehjournalistin vor mir: mit Spray gefestigtes Haar und scharlachrote Krallen, die ein Mikrofon umklammerten wie ein Kondor einen Hasen. Ihre andere Hand packte meinen Bizeps. Sie hob das Mikro an ihre Lippen und starrte in die Kamera.

»Hier ist Sondra Farrel von Action Fourteen News. Ich stehe vor dem Bowderie Park, in dem eine kopflose Leiche gefunden worden ist. Neben mir steht Detective Carson Ryder von der ...«

Ich schaute finster in die Kamera und ließ eine Serie von Schimpfworten in drei wirklichen und einer spontan erfundenen Sprache vom Stapel. Nichts hassen Reporter mehr als einen überfallartig eroberten Interviewpartner, der ausfällig wird. Die Reporterin schubste meinen Arm weg. »Scheiße«, sagte sie zu dem Kameramann. »Cut.«

Ich holte Harry vor dem Eingang des Parks ein, der von einem jungen Streifenpolizisten bewacht wurde. Er sah mich komisch an.

»Sie sind Carson Ryder, stimmt's?«

Ich schaute zu Boden und brummte etwas, das

als Ja oder Nein hätte durchgehen können. Als wir an ihm vorbeigingen, deutete der Cop auf seine Uniform und fragte Harry: »Wie komme ich hier so schnell raus wie Ryder?«

»Dann müssen Sie entweder verdammt gut oder verdammt verrückt sein«, rief Harry über die Schulter.

»Und was ist Ryder?«, wollte der junge Polizist wissen. »Gut oder verrückt?«

»Ein bisschen von beidem«, rief Harry. Und dann zu mir: »Beeilung.«

Kapitel 2

Die Techniker der Spurensicherung bauten Scheinwerfer auf, die genug Watt hatten, um einen Jumbojet einzuweisen, und richteten sie auf ein zwanzig Quadratmeter großes, mit mannshohen Büschen durchzogenes Areal aus. Bäume umgaben uns und verdeckten die meisten Sterne. Unter jedem Schritt lauerte Hundescheiße. Ungefähr acht Meter entfernt teilte ein gewundener Betonweg den Park in zwei Teile. Dort, wo der Park an die Straße mündete, versammelten sich immer mehr Schaulustige vor dem Zaun, darunter eine an einem Taschentuch nestelnde alte Frau, ein Händchen haltendes junges Paar und ein paar schweißtriefende, von einem Fuß auf den anderen hüpfende Jogger.

Innerhalb der abgesperrten Zone arbeiteten zwei Kriminalisten, einer kniete über dem Opfer, der andere stocherte am Wurzelwerk eines Baumes herum. Harry trottete hinüber zu den Schaulustigen, um nach Zeugen zu fragen. Ich blieb am gelben Absperrband stehen und betrachtete den Tatort aus vier Metern Entfernung. Wie ein Schlafender lag die Leiche flach ausgestreckt mit dem Rücken im

Gras, die Beine leicht gespreizt, die Arme angelegt. In dem unbarmherzigen Licht, das die Farben zu hell und die Kanten zu scharf zeichnete, wirkte die Szene surreal: Der Mann schien unvollständig aus einer anderen Welt getrennt und in diese eingefügt worden zu sein. Er trug legere, einer Frühlingsnacht angemessene Kleidung: Jeans ohne Gürtel, graue Laufschuhe, weißes T-Shirt mit einem »Old Navy«-Logo. Das Hemd war bis zu den Brustwarzen hochgezogen, der Reißverschluss der Jeans geöffnet.

Über die Leiche gebeugt war der ranghöchste Beamte der Spurensicherung, Wayne Hembree. Schwarz, fünfunddreißig Jahre alt und dünn wie armer Leute Bruder hatte Hembree ein Mondgesicht und an den Seiten und am Hinterkopf hinabfallende Haarfransen. Er wippte zurück auf seine Absätze und warf die Haarwellen von seiner Schulter. Seine Stirn glänzte vor Schweiß.

»Ist es okay, wenn ich hier langgehe, Bree?«, rief ich und deutete auf eine Linie zwischen meinen Schuhen und der Leiche. Ich wollte nicht in irgendetwas Wichtiges treten. Ganz zu schweigen von der Hundescheiße. Hembree nickte und ich schlüpfte unter dem Absperrband hindurch.

Ich musste an die Worte eines alten Streifenpolizisten denken, der schon alles im Dschungel der Innenstadt gesehen hatte. »Einen Kopf ohne Leiche zu finden, ist unheimlich, Ryder«, hatte er mir einmal erzählt, »aber irgendwie hat das etwas Stimmiges. Eine Leiche ohne Kopf zu finden, ist gleichzeitig beängstigend und traurig – so ganz allein, weißt du?« Als ich auf die Leiche schaute, verstand ich, was er meinte. In den drei Jahren bei der Polizei von Mobile hatte ich Erschossene gesehen, Erstochene, Ertrunkene, bei Autounfällen Verstümmelte, eine Leiche, der die Gedärme herausquollen, aber noch nie eine Leiche ohne Kopf. Der alte Polizist hatte es getroffen: Diese Leiche war so allein wie der erste Tag der Schöpfung. Ich erschauderte und hoffte, dass es niemand sah.

»Ist er hier ermordet worden?«, fragte ich Hembree.

Er zuckte mit den Achseln. »Keine Ahnung. Ich kann nur sagen, dass er enthauptet worden ist, wo er jetzt liegt. Vor zwei oder drei Stunden, glauben die Mediziner. Damit liegt die Todeszeit zwischen acht und zehn Uhr.«

»Wer hat es gemeldet?«

»Kinder, Teenager. Die hatten hier ihre Verabredung und ...«

Schritte hinter mir. Captain Squill und sein massiger, allgegenwärtiger Schatten, Sergeant Earl Burlew. Burlew kaute wie immer Papier. In seiner Tasche bewahrte er eine Seite des *Mobile Register* auf und steckte sich Schnipsel zwischen seine puppengroßen Lippen. Ich wollte schon immer mal fragen, ob es einen Unterschied zwischen den einzelnen Teilen gab, ob der Sportteil vielleicht mehr nach Wild schmeckte als der Leitartikel. Oder schmeckten alle Seiten nach Huhn? Aber wenn ich dann Burlews winzige, austernfarbene Augen sah, dachte ich mir immer, ich frage ihn lieber ein anderes Mal.

»Schauen Sie mal, wer hier ist, Captain«, sagte Burlew, »Folgers löslicher Detective. Nur Schlagzeilen dazugeben und umrühren.« Er wischte mit einer Hand über sein schwitzendes Gesicht. Burlews zentrierte Züge waren zu klein für seinen Kopf, für einen Augenblick verschwand er hinter seiner eigenen Hand.

»Rachemord unter Schwulen«, sagte Squill und schaute auf die Leiche. »Die hacken doch gerne, oder? Idealer Ort dafür, nachts ist im Park tote Hose. Das ist eine Yuppie-Gegend. Die Stadträtin Philips wohnt zwei Blocks weiter. Damit sie ihre Ruhe hat, fahren hier ständig Streifenwagen rum.«

Ich hatte schon gehört, dass Squill für jedes Publikum eine spezielle Redeweise auf Lager hatte. Wenn uniformierte Polizisten in der Nähe waren, redete er wie in einem Polizeifilm. Es war ernüchternd, dachte ich, dass ein ranghoher Polizist mit siebzehn Dienstjahren den Bullen spielte, anstatt einfach einer zu sein.

»... der Mörder haut dem Opfer auf die Nuss oder knallt ihm in die Fresse. Der Täter zieht sein Messer und schneidet den Kopf ab.« Squill zeigte auf die Büsche um uns herum. »Unsub lädt ihn hier ab, damit die Leiche außer Sichtweite ist.«

Ich unterdrückte den inneren Zwang, meine Augen zu verdrehen. *Unsub* war die Kurzform für »unbekanntes Subjekt«, häufig benutzt von den Typen vom FBI. *Unsub* war FBI-Jargon.

»Er wurde hier getötet und geköpft?«, fragte ich.

»Haben Sie was an den Ohren, Ryder?«, meinte Squill.

Obwohl die Leiche teilweise unter einem Busch mit kleinen weißen Blüten lag, war sie nicht von Blütenblättern bedeckt. Direkt vor der Absperrung gab es die gleichen Büsche. Ich ging hinüber und ließ mich hineinfallen.

»Was macht der denn da für einen Scheiß?«, blaffte Squill.

Ich stand auf und beobachtete, wie die Blütenblätter von meinem Hemd rutschten. Hembree schaute von mir zur Leiche.

»Wenn das Opfer in die Büsche gefallen ist, müsste es mit Blüten bedeckt sein, aber ...« Er betrachtete die Leiche und den Boden. »Blüten liegen um die Leiche herum, aber nicht auf ihr. Der Täter hat die Zweige zur Seite gebogen, damit nichts auf die Leiche fällt. Vielleicht ist unser Freund hier in die Büsche gezogen worden.«

Ich schaute tiefer in die Vegetation hinein. »Oder herausgezogen.«

»Absurd«, sagte Squill. »Warum sollte die Leiche aus dem Versteck gezogen werden?«

Hembrees stämmiger Assistent holte eine Taschenlampe hervor und bückte sich unter die Büsche. »Mal sehen, was da drinnen zu finden ist.«

Squill starrte mich zornig an. »Das Unsub hat dem Opfer hier aufgelauert und die Leiche unter dem Busch versteckt, Ryder. Und wenn nicht ein paar geile Teenies vorbeigekommen wären, dann wäre sie versteckt geblieben, bis sie zu stinken begonnen hätte.«

»Ich bin mir nicht sicher, ob die Leiche versteckt worden ist«, erwiderte ich und legte meine hohlen Hände wie Scheuklappen an die Augen, um das Licht der Scheinwerfer abzublocken und durch Eichenzweige und spanisches Moos zu einer fünfzehn Meter entfernten, hellen Straßenlaterne zu schauen. Ich hockte mich neben die Leiche und sah die Straßenlaterne von den Zweigen eingerahmt.

»Können wir das Licht ausmachen?«, fragte ich.

Squill schlug sich theatralisch gegen den Kopf. »Nein, Ryder. Wir haben hier zu arbeiten und das können wir nicht mit weißen Kerzen und Blindenhunden.« In Erwartung beifälligen Gelächters schaute er zu den Uniformierten, aber sie starrten auf die Straßenlaterne.

»Wir können die Lichter danach ja wieder einschalten«, sagte Hembree.

Squill hatte keine Kontrolle über die Techniker, was er hasste. Er drehte sich um und flüsterte Burlew etwas zu. Ich war mir sicher, dass Squills Lippen das Wort *Nigger* formten.

Hembree wandte sich an einen Assistenten im Van der Spurensicherung. »Sag den Leuten in den Streifenwagen, sie sollen ihre Lichter ausmachen. Und dann schalte die Strahler ab.«

Unsere Augen brauchten ein paar Sekunden, um sich an die Dunkelheit zu gewöhnen. Dann sah ich, was ich vermutet hatte: Ein schmaler Strahl der Straßenlaterne schien durch die Zweige und zwischen zwei große Büsche und beleuchtete die Leiche wie ein Scheinwerfer.

»Sie ist nicht versteckt«, sagte Hembree und überprüfte die Blickwinkel. »Jedem, der auf dem Weg um die Kurve kommt, sticht sie direkt ins Auge. Mit dem weißen Hemd kann man sie gar nicht übersehen.«

»Spekulativer Schwachsinn«, meinte Squill.

Der Techniker, der durch die Büsche krabbelte, rief: »Hier sind frische Blutspuren. Bringt mir die Ausrüstung und eine Kamera.«

»Im Dunkeln abgelegt und dann ins Helle gezogen«, sagte Hembree und zwinkerte mir zu. Die uniformierten Beamten nickten zustimmend. Als die Scheinwerfer wieder angingen, waren Squill und Burlew verschwunden.

Ich vollführte ein Tänzchen wie an der Endzone beim Baseball, schlug einen unsichtbaren Ball und hob meine Hand, um mit Harry abzuklatschen. Er rammte seine Baseballhandschuhe in die Taschen, knurrte »Komm mit« und marschierte davon.

Harry Nautilus und ich hatten uns vor drei Jahren im Staatsgefängnis von Alabama kennen gelernt; als Besucher, nicht als Insassen. Ich war von Tuscaloosa hergefahren, um im Rahmen meiner Diplomarbeit in Psychologie ein paar Häftlinge zu interviewen. Harry war aus Mobile gekommen, um Informationen aus einem Insassen herauszuholen, dessen Halsschlagader leider ein paar Stunden vorher aufgeschlitzt worden war. Harrys Tag war verdorben gewesen. Er kam mir in einem engen Flur entgegen, unsere Ellbogen stießen aneinander, sein Kaffee wurde verschüttet. Er betrachtete meine Kleidung – Jeanshose und Jeansjacke, eine verspiegelte Sonnenbrille mit roter Fassung, ausgeblichene Baseballkappe über einem selbst zugefügten Haarschnitt – und fragte einen Wächter, wer diesen langen, dämlichen Dorftrottel aus seiner Zelle gelassen hatte. Ich hatte gerade zwei Stunden mit einem angeberischen Päderasten hinter mir und übertrug meine unterdrückte Aggression auf Harrys Nase. Zwei lachende Wächter brachten uns auseinander, als er mir an die Gurgel ging.

Danach starrten wir beide betreten zu Boden und kamen uns lächerlich vor. Aus hingenuschelten Entschuldigungen wurden Erklärungen, warum wir beide an diesem Tag im Gefängnis waren und was uns dazu gebracht hatte, das Temperament von missgestimmten Pitbulls anzunehmen. Die Dummheit machte einem Lachen Platz und wir beendeten den Tag mit ein paar Drinks an der Bar von Harrys Motel. Nach einigen Runden begann Harry Anekdoten aus dem Polizeialltag zu erzählen, die mich amüsierten und faszinierten. Ich konterte mit Erzählungen aus meinen jüngsten Interviews mit den herausragenden Psychopathen und Soziopathen des Südens.

Harry tat meine Interviews mit einer Handbewegung ab. »Hinter jeder Ausgeburt dieser kaputten Roboter steht ein Größenwahnsinniger, der sich gebauchpinselt fühlt, wenn er reden darf. Reporter, Seelenklempner, Studenten wie du – die Verrückten erzählen ihnen alles, was sie hören wollen. Für die ist es ein Spiel.«

»Kennen Sie den Albert-Mirell-Fall, Detective?«, fragte ich und bezog mich dabei auf den psychopathischen Pädophilen, mit dem ich die grausamen zwei Stunden verbracht hatte.

»Sein letzter Mord hat in Mobile stattgefunden, Studiosus, erinnerst du dich? Wenn du mit Mirell gesprochen hast, ist dir nur ein dämliches Grinsen und Schwachsinn aufgetischt worden. Richtig?«

Ich senkte meine Stimme und erzählte Harry, was mir Mirell offenbart hatte, während Speichel aus seinem Mund getropft war und er unter dem Tisch die Hände geknetet hatte. Harry beugte sich so weit vor, dass sich unsere Köpfe fast berührten. »Es gibt vielleicht zehn Leute auf der Welt, die von diesem Zeug wissen«, flüsterte er. »Was geht hier ab, Mann?«

»Ich schätze, ich habe Mirell einfach dazu gebracht zu reden«, sagte ich und tat so, als wäre das ein Kinderspiel gewesen.

Harry studierte ausgiebig mein Gesicht.

»Lass uns in Kontakt bleiben«, meinte er.

Damals lebte meine Mutter noch und ich war ein armer Student an der Universität von Alabama. Dennoch fuhr ich alle paar Wochen nach Mobile oder Harry machte sich auf den Weg nach Tuscaloosa. Wir bestellten uns Huhn und sprachen über seine sich auflösende Ehe oder mein schwindendes Interesse am Studium nach sechs Jahren und vier Studiengängen. Wir diskutierten Aspekte von Fällen, die ihm zu schaffen machten, oder sprachen über meine verrückteren Interviews. Manchmal saßen wir stumm da und hörten Blues oder Jazz, was auch in Ordnung war. Das ging etwa drei Monate so. Eines Abends bemerkte Harry, dass meine Mahlzeiten zu Hause für gewöhnlich aus Bohnen und Reis bestanden und dass ich unter den Sofakissen nach Kleingeld suchen musste, wenn ich irgendwo ein Bier trinken wollte.

»Der Lehrbetrieb ist nicht gerade eine hoch bezahlte Branche, oder?«, fragte er.

»Im Grunde eine Branche ohne Bezahlung«, korrigierte ich ihn. »Aber woanders gibt es auch keine freien Stellen.«

»Vielleicht wirst du eines Tages ein berühmter Seelenklempner, Carson Freud, und kutschierst mit einem dicken, alten Benz herum.«

»Am wahrscheinlichsten ist wohl, dass ich auf einer Bohrinsel mit den Rohren herumkutschiere«, sagte ich. »Warum?«

»Ich denke, du würdest einen guten Polizisten abgeben«, sagte Harry.

Zehn Minuten nachdem wir den Park verlassen hatten, folgte ich Harry an einen hinteren Tisch in der Cake's Lounge, eine dunkle Spelunke für Heruntergekommene, eingezwängt zwischen Fabriken und Lagerhäusern nahe der Bucht. An der Theke tranken ein paar abgerissene Einzelgänger, ein paar andere hockten an Tischen. Zwei taumelnde Männer spielten Pool.

»Warum hier, warum gehen wir nicht ins Flanagan's?«, fragte ich und rümpfte die Nase. Im Cake's stank es, als wäre die Luft seit einer Dekade nicht ausgewechselt worden, das Flanagan's dagegen servierte billige Drinks und eine anständige Gumbo und zog eine Menge Cops an.

»Squill könnte dort sein, und über Squill müssen wir reden. Das war ein dämlicher Taschenspielertrick mit den Blumen und den Lichtern. Warum wolltest du ihn vor allen anderen übertrumpfen?«

»Ich wollte niemanden übertrumpfen, Harry, ich habe ermittelt. Wir haben einen Kerl ohne Kopf und Squill wollte den großen Macker markieren. Was hätte ich tun sollen?«

»Vielleicht nicht so ein Theater veranstalten, sondern Squill die Dinge so unterbreiten, dass er glaubt, es wäre seine Idee gewesen. Wofür hast du eigentlich Psychologie studiert?«

»Ideen in Squills Kopf zu beamen wäre Parapsychologie, Harry, eines der wenigen Fächer, in denen ich nie eingeschrieben war.«

Harry kniff ein Auge zusammen. »Squill ist ein machtbesessener Hai, Carson. Wenn du dir ihn zum Feind machst, wird von dir nichts übrig bleiben als ein roter Fleck auf dem Wasser.«

Ich stellte eine Frage, die mir jetzt schon seit fast

einem Jahr durch den Kopf ging. »Wie wird so ein Schleimscheißer wie Squill überhaupt Leiter der Kriminalabteilung?«

Mittlerweile weiß ich, dass ich mich mal wieder begriffsstutzig anstelle, wenn Harry die Hände vors Gesicht schlägt. »Carson, du bist wirklich wunderbar, mein unschuldiger Engel. Du hast wirklich keine Ahnung, oder?«

»Pervertierte Quotenregelung?«

»Du, Carson. Du hast Captain Terrence Squill dahin gebracht, wo er heute ist.«

Harry stand auf und nahm die Flaschen vom Tisch. »Ich besorg uns noch eine neue Runde und dann werde ich dir eine kleine Geschichtsstunde geben, Bruder. Du siehst aus, als könntest du eine gebrauchen.«

Kapitel 3

Mit zwei klirrenden Flaschen in der Hand begann Harry seinen Vortrag schon auf dem Rückweg von der Theke. »Jahrelang war Squill ein sesselfurzender Lieutenant der Abteilung Eigentumsdelikte, ein Bürohengst mit einem Talent: Öffentlichkeitsarbeit. Er hielt Vorträge bei Nachbarschaftstreffen, Eröffnungen von Einkaufszentren oder Kirchenfeiern …« Harry stellte die Bierflaschen auf den Tisch und setzte sich. »Er verfeinerte seinen Stil, bis er als Pressesprecher der Polizei von Mobile in die Bresche sprang. Für die meisten Leute ist das eine Sackgasse.«

Ich nickte. »Man setzt die Vorgesetzten ins rechte Licht, wodurch sie sich gerne angepisst fühlen.« An der Universität hatte ich einige Assistentenkarrieren erlebt, die durch akademische Eifersucht abgeschossen worden waren.

»Nicht so bei Squill. Das Arschloch wusste genau, wann er sich bei den Oberen einschleimen musste. Wenn eine Ermittlung schief gelaufen war und die hohen Tiere sich verstecken wollten, begab sich Squill ins Zentrum der Aufmerksamkeit und zog das Feuer auf sich.«

»Squill?«, sagte ich. »Der ist in die Schusslinie gesprungen?«

»Die Medien haben ihn geliebt, er hat ihnen immer was geboten: Reuig, angepisst, bewegt – was eben gerade nötig war. ›Captain sagt, die ungerechtfertigte Verhaftung macht die Mobiler Polizei sehr betroffen, Abendnachrichten‹ ... ›Hochrangiger Polizist beschimpft die Kritiker von der Amerikanischen Bürgerrechtsbewegung ACLU als *törichte Heulsusen*, Artikel auf Seite vier‹, und so weiter und so fort.«

Harry nahm ein Streichholzheftchen aus dem Aschenbecher und spielte damit herum. »Dann begann Joel Adrian seine Mordserie. Tessa Ramirez. Jimmy Narley. Nach dem Tod der Porters bauschte sich der Fall auf. Aber die Ermittlung verlief ergebnislos. Du kannst dir nicht vorstellen, wie schlimm es war ...«

»Wer hat denn Tessa entdeckt, Harry? Wer stand in dem von Ratten wimmelnden Abwasserkanal und hat auf ihre Leiche geschaut?«

Harry schüttelte den Kopf. »So meine ich das nicht, Bruder. Ich rede hier über Politik. Die Rücktrittsforderungen. Der Polizeichef mit Schimpf und Schande aus einem Winn-Dixie-Supermarkt vertrieben. Die Medien haben uns durch den Fleischwolf gedreht. Jeder hat die Schuld einem anderen zugeschoben und plötzlich taucht dieser verrückte Streifenpolizist auf – Kid Carson.«

»Ich hatte ein paar Ideen. Du hast dich eingeschaltet.«

»Sie haben uns dafür mit Füßen getreten«, sagte Harry. »Bis es keine andere Möglichkeit mehr gab.«

Die Schluckspechte am Pooltisch begannen in ihrem Suff einen Streit über die Frage, wo die weiße Kugel liegen sollte. Für ein paar Augenblicke beobachteten wir die beiden.

»Ich hatte Glück, Harry. Mehr nicht.«

Er kniff ein Auge zusammen. »Glück kann auch bedeuten, dass man weiß, wo man suchen muss, stimmt's?«

Das traf mich unvorbereitet. »Was meinst du?«

»So als wenn man nicht nur einfach eine Karte zieht, sondern auch weiß, wer gegeben hat.«

»Nein. Es war wahrscheinlich nur Intuition, ich weiß nicht ...«

Harry starrte mich einen Moment neugierig an, dann ging er nicht weiter auf meine Ausflucht ein. »Nachdem du mit deiner unorthodoxen Theorie ankamst und den Fall geknackt hast, ging das Hauen und Stechen los. Jeder versuchte Streifenpolizist Ryders Lone-Ranger-Heldentat als persönlichen Gewinn zu verbuchen. Und wer konnte das am besten?«

»Squill?«

Harry riss ein Streichholz aus dem Heftchen und betrachtete es. »Während der ganzen Tortur hat er dafür gesorgt, dass die Pipeline der Medien nicht austrocknet, und danach hat er begonnen, reinstes Öl in seine eigenen Tanks zu schöpfen. Ist dir schon mal aufgefallen, wie schnell dein Heldenruhm verblasst ist?«

Ich rief mir die Ereignisse ins Gedächtnis. Zwei Tage lang war ich der Mann, der den verrückten Adrian gestoppt hatte. Am dritten Tag war es der Triumph der Polizeiführung und ich ein Faktotum. Am fünften Tag war ich ein falsch geschriebener

Name am Ende eines kurzen Artikels. Harry sagte: »Squills Gesetz: Nach oben buckeln, nach unten treten. Er hat dich vom Pferd geschubst, damit die hohen Tiere es reiten konnten, unter anderem er selbst. Er ritt den Gaul bis auf den Chefsessel der Kriminalabteilung.«

Ich zuckte mit den Achseln. »Dann wurde ich eben ein bisschen verarscht. Aber als sich der Rauch gelegt hatte, war ich Detective. Ich kann mich nicht beschweren.«

Der Streit am Pooltisch wurde hitziger. Einer der Männer legte die Kugel zurecht und der andere schlug sie weg. Harry verdrehte die Augen angesichts des Pennerduos und entzündete das Streichholz, nur um es brennen zu sehen. Die Flamme gab seinem Gesicht eine goldene Farbe.

»Du bist mit der Beförderung zum Detective belohnt worden. Aber Squill hat bekommen, worauf er seit Jahren aus war: einen Platz am großen Tisch. Und du hast ihn dahin gebracht, Cars.«

Ich runzelte die Stirn. »Ich verstehe das Problem nicht.«

»Du verstehst nicht, worum es geht. Squill möchte sich gerne als Mann sehen, der sich aus eigenen Kräften hochgearbeitet hat. Aber wenn er dich sieht …« Harry riss zischend das Streichholz nach unten. »… dann bricht sein Kartenhaus zusammen.«

»Er kann mich einfach ignorieren.«

»Das tut er auch. Ein Jahr lang warst du nichts als ein Name auf dem Dienstplan. Und PSET bestand nur auf dem Papier. Aber wenn PSET eingeschaltet wird …«

Ich führte seinen Gedankengang fort: Indem

PSET eingeschaltet worden war, standen Harry und ich im Rampenlicht. Wir würden das Vorgehen koordinieren, die Berichte unterschreiben und uns mit den hohen Tieren treffen.

»Okay, ich bin wieder an der Front, vor seinen Augen.«

Harry schnippte das ausgehende Streichholz in den Aschenbecher. »Genau. Nur betrachte es mal von seinem Standpunkt aus.«

Der Streit am Pooltisch wurde unschön. Einer der Männer unterstrich sein Argument, indem er sein Queue an das Ohr des anderen schnellen ließ. Der Getroffene fiel hin, presste die Hand auf sein Ohr und stöhnte. Der Barkeeper betrachtete das Paar und schaute dann Harry an. »Sie sind doch Polizist. Wollen Sie nichts dagegen unternehmen?«

Harry legte seine große Faust an die Stirn und öffnete und schloss sie ein paarmal.

»Was soll das denn?«, fragte der Barkeeper.

»Mein Außer-Dienst-Licht.«

Wir standen auf und gingen draußen in der schwülen Nacht zu unseren Wagen.

»Danke für die Geschichtsstunde, Professor Nautilus«, sagte ich.

»Schreib's dir hinter die Ohren, Angeber«, entgegnete Harry.

Ich fuhr langsam mit heruntergekurbelten Fenstern nach Dauphin Island und ließ die nächtlichen Gerüche des Sumpfes und des Salzwassers meine Gedanken durchspülen wie eine reinigende Flut, doch der kopflose Mann tauchte immer wieder an die Oberfläche. Zu Hause angekommen zündete ich ein paar Kerzen an, setzte mich im Schneidersitz auf mein Sofa und machte die Atemübungen, die mir Akini Tabreese, ein guter Freund, der die Kunst fernöstlicher Kampftechniken beherrschte, empfohlen hatte. Akini machte eine Menge Atemübungen, bevor er heuballengroße Eisblöcke mit seiner Stirn zertrümmerte. Ich würde ein bisschen Luft holen und den Vorschlaghammer nehmen.

Nähere dich dem Tatort ... instruierte ich meine mit Sauerstoff erfüllten Gedanken. *Betrachte den Park*.

Beim Ein- und Ausatmen verflog meine Wut über Squill und Burlew und ich stellte mir vor, was der Mörder sah, als er dem Opfer begegnete, vielleicht auf dem gewundenen Weg. Da die Straßenlaterne so nah ist, verschwinden sie in den Büschen. Hier schien Squill Recht zu haben, Sex war der Köder, wenn nicht das Motiv. Das Opfer stirbt, vielleicht durch einen Schuss oder einen harten Schlag. Wenn es dem Mörder allein um den Kopf gegangen wäre, dann hätte er ihn verborgen im Dunkeln entfernen können, die Klinge hätte schnell ihre Aufgabe erledigt. Aber unerklärlicherweise zieht der Mörder die Leiche in den Schein der Straßenlaterne und verstreut dadurch die Blütenblätter. Er kniet nieder, führt seine groteske Operation durch und verschwindet.

Im Geiste spielte ich die Szene wiederholt durch, bis um 2:45 Uhr das Telefon klingelte. Ich dachte, es wäre Harry. Auch er würde sich Gedanken über die Tat machen, in einem erleuchteten Zimmer, »Jazz zum Nachdenken« auf dem Plattenteller, vielleicht Thelonius Monk, die Soloaufnahmen, bei denen er durch die Lautsprecher zu brechen schien und allein dem spröden Strom der Musik folgte.

Anstatt Harry hörte ich die bebende Stimme einer alten Frau. »Hallo? Hallo? Wer ist da? Ist da jemand?« Dann plötzlich, als wären Jahre von der Stimme abgefallen, hörte ich die Stimme einer Frau Mitte dreißig, die Stimme meiner Mutter.

»Carson? Ich bin's, Mommy. Bist du hungrig? Soll ich etwas zu essen machen? Ein leckeres Velveeta Sandwich? Ein paar Kekse? Oder wie wäre es mit EINER GROSSEN SCHÜSSEL VERFICKTER SPUCKE?«

Nein, dachte ich, *das kann doch nicht sein. Das ist ein Albtraum, wach auf.*

»CARSON!« Die Stimme kreischte und war nicht mehr weiblich. »Sprich mit mir, Bruder. Ich muss ein bisschen von der GUTEN ALTEN FAMILIENWÄRME spüren!«

Ich schloss meine Augen und sank gegen die Wand. Wie konnte er nach draußen telefonieren? Das war nicht erlaubt.

Der Anrufer schlug den Hörer gegen etwas Hartes und schrie. »Kommt es dir UNGELEGEN, Bruder? Ist eine FRAU bei dir? Ist sie GEIL? Ich höre es, wenn sie geil werden, sie fangen an zu TROPFEN. Hey, Kumpels, ich möchte euch meine Eroberung vorstellen, die Johnstown-Flut. ZIEHT STIEFEL AN, WENN IHR SIE FICKT!«

»Jeremy«, flüsterte ich, mehr zu mir selbst als zu dem Anrufer.

»Es gab da mal ein Mädchen aus NANTUCKET, du musstest jedes Mal Stiefel tragen, wenn du sie GEFICKT HAST …«

»Jeremy, verdammt noch mal …«

»Aber die Männer in der Stadt sind einer nach dem anderen ertrunken in dem Gift, das wie aus

KÜBELN aus ihr heraustropfte!« Er wechselte wieder in den besorgten Tonfall meiner Mutter. »Alles in Ordnung, Carson, Mommy ist hier. Du hast deine Spucke noch nicht aufgegessen. Ist sie zu kalt? Soll ich sie dir aufwärmen?« Er machte ein schnarrendes Geräusch.

»Jeremy, würdest du bitte aufhören ...«

Im Hintergrund hörte ich eine Tür aufgehen, gefolgt von einem Gerangel und dem Fluchen eines Mannes. Mein Anrufer schrie. »NEIN! GEH WEG. Das ist ein PRIVATER ANRUF! Ich spreche gerade mit MEINER VERGANGENHEIT!«

Auf ein lautes Krachen folgte ein Scharren, als wenn das Telefon fallen gelassen und dann über den Boden getreten wurde. Brummend und fluchend gesellten sich weitere Stimmen hinzu, Kampfgeräusche. Während ich in meinem kühlen Zimmer stand und atemlos zuhörte, lief Schweiß von meinen Achseln hinab.

Seine Worte kamen jetzt aus der Ferne, und ich stellte mir Männer in Weiß vor, die ihn über den Boden schleiften. »DER MORD, CARSON! Erzähl mir davon. Es muss mehr dahinter stecken als ein FEHLENDER KOPF, es steckt immer mehr dahinter. Hat er auch die SCHWÄNZE abgeschnitten? Hat er WÜRSTE IN IHREN ARSCH GERAMMT BIS SIE AUS DEM HALS HERVORSCHOSSEN? Ruf mich an! Du BRAUUUCHST MICH WIEDER ...«

Erneut Geräusche eines Gerangels. Dann nichts mehr.

Das Studio von Channel 14 in Montgomery musste die Geschichte von der Enthauptung im Park in den Spätnachrichten gebracht haben. Fernsehen war ein rarer Luxus, der Jeremy erlaubt war, und er wird den Beitrag mit gelehrter Aufmerksamkeit verfolgt haben. Ich blies die Kerzen aus, legte mich auf das Sofa und verbarg mein Gesicht in einem Kissen. Der Schlaf, als er endlich kam, war federleicht und durchzogen von Ratten und dem Geruch verbrannter Seide.

Gleich nach Tagesanbruch klingelte mein Wecker. Benommen stolperte ich in den Golf und schwamm geradewegs eine halbe Meile in die Wellen hinaus, drehte dann um und quälte mich zurück. Anschließend lief ich vier Meilen am Strand entlang, wonach ich schweißgebadet und von Wadenkrämpfen geplagt war. Nach verbissenem, beinahe wütendem Training mit den Hanteln begann ich die Ereignisse klarer zu sehen und schrieb Jeremys Anruf als Verwirrung ab; beängstigend einfallsreich hatte er sich irgendwie Zugang zu einem Telefon verschafft.

Aber hatte ich nicht gehört, wie es ihm weggenommen worden war? Es würde nicht noch einmal passieren, die Sache war vorbei.

Ich duschte und frühstückte Andouille mit geraspeltem Käse. Meine Laune besserte sich und ich fuhr zur Arbeit. Harry warf eine Münze, die Rückseite brachte mir den Autopsiedienst ein. Da ich vor der Sezierung noch etwas Zeit hatte, ging ich in die Büros der Spurensicherung, eine Mischung aus Computerladen und Labor. Zwei Techniker in weißen Kitteln untersuchten den Schwimmer einer Toilettenspülung, als wäre es der heilige Gral. Ein anderer klopfte mit einem Bleistift gegen ein Glas voller krabbelnder Käfer. Hembree saß Kaffee schlürfend neben einem Mikroskop.

»Wir haben einen Treffer bei den Fingerabdrücken des Geköpften«, sagte er und nahm ein Blatt Papier.

Ich machte einen Trommelwirbel mit meiner Zunge. »Und der Gewinner ist?«

Hembree imitierte einen Tusch. »Ein Jerrold Elton Nelson, auch bekannt als L'il Jerry, auch bekannt als Jerry Elton, auch bekannt als Nelson Gerald oder Elton Jelson.«

»Eine lange Liste von Decknamen.«

»Und eine peinliche Liste an Vorstrafen«, sagte er und las von dem Blatt ab. »Fünfundzwanzig Jahre alt. Augen und Haare sind blau beziehungsweise braun, wo immer sie jetzt auch sein mögen. Verurteilungen in Stadt und County wegen solcher Bagatellen wie Ladendiebstahl, Prostitution, Besitz von Diebesgut sowie Besitz von ein paar Joints. Im März hat ihn eine Frau angezeigt, weil sie ihm elf Riesen geliehen und er sie nicht zurückgezahlt hat, die Anzeige wurde später zurückgezogen.«

»Stricher und gleichzeitig betrügerischer Gigolo? Scheint nach beiden Seiten offen zu sein«, erwiderte ich und wandte mich ab. Obwohl die Autopsie erst in einer Stunde war, wollte ich sofort in die Gerichtsmedizin fahren.

»Ach, was ich fast vergessen hätte«, sagte Hembree, als ich schon halb aus der Tür war. »Das Ding gestern Nacht mit den Blüten und der Straßenlaterne war genial, Carson, das hat Sherlock alle Ehre gemacht. Squill ist so hochnäsig, dass er nur noch den Himmel sieht und dabei gegen jede Wand rennt. Hat mir gefallen, wie du ihm das klar gemacht hast.«

Der Empfangstisch des Gerichtsmedizinischen Instituts war nicht besetzt und meine Schritte auf dem Flur veranlassten Will Lindy, an die Tür seines Büros zu kommen. Das neue Institut war offiziell erst seit ein paar Tagen geöffnet, aber Lindy hatte sich schon eingerichtet; auf seinem Schreibtisch stapelten sich Formulare, in den Regalen standen Handbücher in alphabetischer Reihenfolge, an den Wänden hingen Kalender und Dienstpläne.

»Morgen, Detective Ryder.«

»Wie geht's, Will? Ich bin hier wegen der Obduktion von Nelson. Ist Clair da?«

Ich war vielleicht der einzige Mensch auf der Welt, der Dr. Peltier bei ihrem Vornamen nannte; ich hielt das so, seit wir einander vorgestellt worden waren, und bisher hatte sie mich noch nicht massakriert. Sie konterte, indem sie nur meinen Nachnamen benutzte, während sie jeden anderen mit Vornamen oder Titel ansprach. Lindy schaute auf seine Uhr. »Sie müsste um neun kommen, das heißt …«

Ich warf einen Blick auf meine Armbanduhr. 8:58 Uhr. »Sie wird in einer Minute hier sein.«

Aus dem Flur hörten wir männliches Gelächter und sahen dann zwei Mitarbeiter des Friedhofs, die eine Leiche zur Beerdigung abholten. Sie schoben die zugedeckte Leiche zu der hinteren Rampe und lenkten die klappernde Bahre im Zickzack durch den Gang, wie Kinder, die mit einem Einkaufswagen im Supermarkt spielen. Lindy war im Nu auf dem Flur.

»Hey, Kumpels«, sagte er. »Was ihr zu Hause macht, ist eure Sache. Aber hier zeigen wir Respekt.«

Die Typen vom Friedhof erstarrten und liefen rot an. Sie murmelten Entschuldigungen und setzten ihren Weg langsam und ruhig fort.

»Gut gemacht, Will«, lobte ich ihn, als er zurückkam.

Lindy schenkte mir ein halbes Lächeln; komisch, wie ein Lächeln auch Traurigkeit ausdrücken kann. »Der arme Kerl tritt seine letzte Reise an, Detective Ryder. Es gibt keinen Grund, daraus ein Spiel zu machen.«

Ich bewunderte Will Lindy für seinen Standpunkt; zu viele Polizisten der Mordkommission und Mitarbeiter des Leichenschauhauses vergessen, dass die Leichen, mit denen sie zu tun haben, einmal der Mittelpunkt des Universums waren, auf jeden Fall für sie selbst. Niemand weiß, warum wir auserwählt wurden, auf der Welt zu sein, oder inwieweit die Entscheidungen, die wir während unserer Anwesenheit treffen, in unserer Hand liegen. Für diejenigen, die in die Leichenhalle kamen, war dieser Teil der Reise ohnehin vorbei. Schlechte Menschen, gute Menschen, die indifferenten – sie alle werden die letzte geheimnisvolle Reise antreten und eine leere, vergängliche Hülle zurücklassen, die nicht immer beklagenswert, aber in jedem Fall zu respektieren ist.

Ein eindringliches Klackern ließ Lindy und mich uns umwenden: Doc Peltier kam mit hochhackigen Schuhen auf uns zu. Ich nahm an, dass sie mit ihrem Ehemann Zane gefrühstückt hatte, denn er ging neben ihr und bearbeitete seine Zähne mit einem Zahnstocher. Zane war neunundfünfzig, sah aber mit den kühlen grauen Augen in seinem gemeißelten Gesicht, einer Nase so schmal wie der Rücken eines dünnen Buches und einer unabhängig von der Jahreszeit mahagonibraunen Haut jünger aus. Er trug einen pechschwarzen, dreiteiligen Anzug, um seinen Bauchansatz zu verbergen, und ging schnell, um mit seiner Frau Schritt zu halten.

»Ein bisschen früh, Ryder, oder?«, sagte sie, als ich in ihren Windschatten sprang. Bei ihrem Parfüm konnte man glauben, dass Champagner aus Rosen gemacht wird.

»Ich würde vor der Obduktion gerne einen Blick auf die Leiche werfen.«

Das versuchte ich immer zu tun, da ich das Gefühl hatte, dadurch eine engere Beziehung zu den Opfern herstellen zu können. Die Leichen waren noch nicht zu schlimm zugerichtet. Nach der Obduktion, der Invasion, schienen die Verstorbenen anders zu sein. Als wären sie von unserer Welt in den Vorraum der nächsten gewechselt.

Clair verdrehte die Augen. »Ich habe heute keine Zeit, um Ihnen den Gefallen zu tun.« Sie hielt nicht viel von meiner Beziehungstheorie.

»Bitte, Clair. Nur eine Minute.«

Clair seufzte. Wir blieben vor der Tür des Autopsiesaales stehen. Sie erinnerte sich an ihre Manieren. »Haben Sie schon meinen Mann kennen gelernt, Zane?«

»Im Kunstmuseum, vor ein paar Monaten«, antwortete ich und streckte meine Hand aus. »Detective Ryder.«

Zane Peltier hatte einen dieser Händedrücke, die fast Daumen mit Daumen umschlossen, und schüttelte meine Knöchel. »Natürlich erinnere ich mich«, sagte sein Mund, während seine Augen es leugneten. »Schön, Sie wiederzusehen, Detective.«

Clair öffnete die Tür. Ihr Mann sagte: »Ich warte hier draußen, Liebling.«

»Sie beißen nicht, Zane.«

Er lächelte, blieb aber trotzdem der Tür fern. Ich konnte sein Zögern verstehen. Ich bin überzeugt, dass Menschen den Tod genauso deutlich spüren wie Vieh ein herannahendes Gewitter, ein atavistisches Warnsystem, das in uns sein wird, bis wir uns zu reinen Vernunftswesen mit begrenzten Bedürfnissen entwickelt haben.

Clair und ich betraten den Saal. »Beeilen Sie sich, Ryder«, mahnte sie. »Ich habe einen anstrengenden Tag vor mir und kann keine Ablenkung gebrauchen.«

»Jawohl, Eure Majestät«, entgegnete ich, was sie mit einem vernichtenden Blick, ansonsten aber kommentarlos quittierte. Sie schob die Leiche aus dem Kühlfach und zog das Laken weg.

Ich betrachtete das seltsame Bild für ein paar Augenblicke. Ohne den Kopf bekam ich kein Gefühl für das Geschöpf, sondern nur für den Verlust. Alles was ich wahrnahm, waren die körperlichen Dimensionen des Opfers, die Breite der Schultern, die schmalen Hüften, das Muskulöse. Der Tod verändert das Aussehen und die Formen, aber in diesen Körper waren offensichtlich Zeit und Arbeit investiert worden.

Clair beobachtete mich missbilligend und betrachtete dann die Leiche mit professionellen Blicken. Als sie das Laken wieder zurückzog, hielt sie plötzlich inne.

»Was zum Teufel?«, sagte sie und beugte sich über den Schambereich. »Was ist das?«

»Ein Penis?«

»Nein, verdammt. Über dem Schamhaar. Machen Sie sich nützlich, Ryder, und holen Sie mir ein Paar Handschuhe.«

Ich lief los und zog ein Knäuel Latexhandschuhe aus einer Schachtel neben einem Autopsietisch. Clair streifte sie über und presste das verfilzte Haar zur Seite.

»Da steht etwas geschrieben«, murmelte sie. »So klein, dass ich es kaum lesen kann. ›Eine Hure entstellt‹«, sagte sie, während sie auf Worte blinzelte, die ich nicht sehen konnte. »Eine Hure entstellt. Abartige Huren. Ein ganzer Haufen abartiger Huren. Rats back. Rats back. Rats back. Rats. Rats. Rats. Back. Back. Back.«

Als Clair sich aufrichtete, schnellte ich nach vorn. In präziser Lavendelschrift waren dort zwei horizontale Wortreihen, eben jene, die Clair vorgelesen hatte.

Ohne sich von der Leiche abzuwenden, rief sie: »Dr. Davanelle, kommen Sie her.«

Ich schaute zu dem kleinen Büro in der Ecke, wo eine zierliche und blasse Frau eine Akte studierte, so mucksmäuschenstill, dass ich sie nicht bemerkt hatte. Sie hatte dunkle, schulterlange Haare und eine eulenartige Brille. Ihr Name war Evie oder so, sie war erst vor kurzem angestellt worden, sodass ich noch mit keinen Fällen zu tun hatte, die sie bearbeitete. Sie eilte herbei. Während ich lächelte und nickte, ignorierte sie mich.

Clair tippte auf das Schambein des Opfers. »Da Sie so freundlich waren, heute zur Arbeit zu erscheinen, Doktor – immerhin ist ja Montag –, möchte ich Sie auf diese Schrift hier im Schambereich aufmerksam machen. Rufen Sie Chambliss und sagen

Sie ihm, er soll mit der Mikrokamera kommen und Aufnahmen von der Inschrift machen. Und überprüfen Sie die Leiche nach weiteren Schriften. Verstanden?«

»Das hätte ich sowieso getan, Dokt…«

»Worauf warten Sie? Wir stimmen nicht darüber ab. Gehen Sie.«

Evie oder so ging in das Büro zurück und rief den Fotografen an. Die Sprechanlage knisterte, dann hörte ich die Stimme der Empfangsdame Vera Braden, deren Südstaatenakzent in Honig getunkt und angebraten zu sein schien.

»Dr. Pel-tee-a? Bill Ah-nett vom Eff-Bee-Aye ist auf Leitung vier. Er hat die Ergebnisse Ihrer Gewebeprobe von letzter Woche.«

»Legen Sie den Anruf in mein Büro«, rief Clair und klackerte aus der Nebentür in ihr Büro. Ich nutzte die Gelegenheit, um ein paar Schritte weiter auf die Toilette zu gehen. Als ich wenig später zurückkehrte, sah ich, dass Zane Peltier in den Autopsiesaal gekommen war. Mit bleichem Gesicht stand er neben der Leiche. Seine Knie zitterten wie Espenlaub und er wisperte immer wieder: *Jesus*.

»Immer mit der Ruhe, Mr Peltier«, sagte ich, stellte mich neben ihn und legte stützend eine Hand auf seinen Rücken. »Atmen Sie tief ein.«

»Wer ist denn das?«, krächzte er. »Jesus.«

»Ein Mann namens Jerrold Nelson.«

»Jesus.«

»Atmen Sie«, wiederholte ich. Er atmete.

»Ich wollte nur schauen, wo Clair bleibt und … Jesus. Wo ist der Kopf?«

»Das wissen wir noch nicht.«

»Wer tut so etwas einem anderen Menschen

an?« Er holte ein paarmal tief Luft und seine Farbe begann zurückzukehren.

»Alles … alles in Ordnung, Detective. Ich habe noch nie eine Leiche ohne …« Er rang sich ein zittriges Lächeln ab. »Ich hätte draußen bleiben sollen.«

Als Zane tief atmend in Clairs Büro ging, sah er seinem wahren Alter schon ähnlicher. Böse Zungen behaupteten, die Hochzeit von Zane Peltier und der früheren Clair Swanscott war weniger eine Ehe denn eine Fusion, in die er Namen und Reichtum brachte, was sie mit Geist und Ehrgeiz aufwog. Zane stammt aus Mobiles Geldadel der Vorkriegszeit, aus einer dieser Familien, die über Nacht ein Vermögen verdient hatten. Er hatte mehrere Unternehmen geerbt, saß in den Vorständen einiger anderer, arbeitete aber nur ungefähr fünfzehn Stunden die Woche, wie ich gehört hatte. Wahrscheinlich sehr effiziente Stunden.

Clair steckte ihren Kopf durch den Haupteingang des Saales. Hinter ihr sah ich Zane, der bereit zum Gehen schien. Clair warf einen Blick in Richtung des kleinen Büros.

»Ich muss zu einer Graböffnung nach Bayou La Batre, dann zum Mittagessen mit Bill Arnett. Gegen Viertel vor vier bin ich wieder zurück.« Clair wandte sich an mich. »So läuft es, Ryder. Jeder macht seinen Job und hetzt von einem Termin zum anderen.«

Keines ihrer Worte war für mich bestimmt.

Die Tür wurde zugemacht. Clair war auf dem Weg zu ihren Terminen, während Zane wahrscheinlich auf dem Weg in die nächste Bar war, um einen Drink zu nehmen. So blieben nur noch ich und Evie oder wie immer sie hieß – Mann und Frau allein in einer Raststätte des Todes. Als ich zu ihr schlenderte, fiel mir auf, dass sie keinen Ehering trug. Sie füllte Zeilen auf einem Stapel Formulare aus.

»Ich bin Carson Ryder, Mordkommission«, sagte ich zu ihrem Scheitel. »Ich glaube, wir sind einander noch nicht vorgestellt worden.«

Bevor sie aufsah, machte sie ein paar Striche mit dem Kugelschreiber.

»Ava Davanelle.« Sie reichte mir nicht ihre Hand, konnte meiner aber nicht ausweichen. Ihr Händedruck war kühl, eine reine Pflichtübung und sehr kurz.

»Sie sind neu hier, Dr. Davanelle?«

»Wenn man nach sechs Monaten noch neu ist für Sie.« Sie widmete sich wieder ihrer Schreibarbeit.

»Scheint so, als hätten Sie Doc Peltier heute auf dem falschen Fuß erwischt. Sind Sie zu spät gekommen? Ich kam mal zu einem Treffen mit ihr zwei Minuten zu spät, und sie war kurz davor …«

»Sind Sie wegen Ihres Nasenproblems mal beim Arzt gewesen?«

»Nasenproblem?«

»Sie steckt sich in anderer Leute Angelegenheiten.«

Ich bemerkte, dass ihre Finger beim Schreiben leicht zitterten; das Zimmer war kalt.

»Entschuldigen Sie«, sagte ich. »Ich arbeite jetzt ein Jahr mit Clair, äh, Dr. Peltier zusammen und habe immer das Gefühl, sie auf dem falschen Fuß zu erwischen. Als hätte sie gar keinen richtigen Fuß. Aber wenn sie keinen richtigen Fuß hat, wie kann sie dann eine richtige Hand haben? Und wenn sie keine richtige Hand hat, wie kann sie …« Ich hörte mich dämlich daherplappern, ohne aufhören zu können. Meine Version von Small Talk.

Dr. Davanelle raffte ihre Papiere zusammen und stand auf.

»Nett, Sie kennen gelernt zu haben, Detective Carson, aber ich …«

»Nein, Ryder. Carson Ryder.«

»… habe heute eine Menge zu tun. Auf Wiedersehen.«

Ich folgte ihr durch den Raum, bis sie sich umdrehte, als wäre ich ein stinkender Köter, der an ihren Beinen schnüffelte.

»Kann ich sonst noch etwas für Sie tun, Detective Carson?«

»Ryder. Carson Ryder. Ich bin hier, um der Obduktion an der Leiche von Jerrold Nelson beizuwohnen, Dr. Davanelle.«

»Warum nehmen Sie dann nicht in der Lobby Platz?«, meinte sie, wobei sie besondere Betonung auf das Wort Lobby legte. »Sie kriegen Bescheid, wenn wir so weit sind.«

Kapitel 4

»... Rats, Rats, Rats.«

Über die Leiche gebeugt, presste Dr. Davanelle mit ihren in Latex steckenden Händen das Schamhaar des Opfers zur Seite, nachdem sie soeben langsam und präzise artikuliert die Inschrift vorgelesen hatte. »Bei der Tinte handelt es sich um hellen Lavendel, aus der Entfernung schwer zu sehen. Nach vorläufigem Befund scheint es sich um ein Schreibgerät mit sehr feiner Nadel zu handeln. Eine leichte Durchstechung der Epidermis ist zu erkennen. Mikroskopische Aufnahmen befinden sich in der Akte ...«

Nachdem ich nach anderthalbstündiger Wartezeit gerufen worden war, traf ich auf Dr. Davanelle und den greisen Assistenten Walter Huddleston, die gerade die Leiche auf den Behandlungstisch legten. Huddleston, ein großer, breitschultriger Schwarzer mit der Kraft eines viel jüngeren Mannes, hatte Augen wie rote Kerzen und lächelte nie. Ich stellte mir vor, wie an Halloween Kinder zu seinem Haus marschierten und, sobald sich die Tür öffnete und Huddlestons scharlachrote Augen sie anstarrten, in einem Tohuwabohu aus Schreien und umherfliegenden Bonbons das Weite suchten.

Dr. Davanelle beendete die äußerliche Untersuchung. Weitere Schriftzeichen gab es nicht, nur eine Tätowierung auf dem Schulterblatt, einen orientalischen Drachen. Sie rückte ihre Gesichtsmaske zurecht, nahm ein Skalpell und begann mit der Autopsie – mit dem Y-Schnitt, der Enthüllung der dunklen Maschinerie. Die Sparsamkeit ihrer Bewegungen beeindruckte mich, ihre in Latex steckenden Hände bewegten sich mit derart geschmeidiger und voneinander unabhängiger Anmut, dass man meinen konnte, für jede wäre ein eigenes kleines Männlein im Dachgeschoss zuständig. Im Vergleich dazu schienen Clair und die anderen Pathologen des Instituts, Stanley Hoellker und Marv Rubin, grobmotorisch, schroff und mechanisch zu sein. Eine halbe Stunde schaute ich bezaubert zu, ein Wort, das ich mir in Zusammenhang mit einer Autopsie bisher nie hätte vorstellen können.

»Sie haben großartige Hände«, sagte ich. »Haben Sie mal daran gedacht, Shortstopper beim Baseball zu spielen?«

Sie hob das Herz und ließ es auf die Waage fallen. »Sie wissen sicherlich, dass die Autopsie aufgezeichnet wird, Detective«, erwiderte sie. »Ich würde es begrüßen, wenn Sie sich mit Wortmeldungen zurückhalten könnten.«

»Tut mir Leid«, gab ich klein bei.

Für die nächste Viertelstunde setzte sie ihre Untersuchung in dem geöffneten Leichnam fort. Sie entfernte und wog die erste Niere und fuhr dann mit der zweiten fort. Sie rutschte ihr aus der Hand und drohte zu Boden zu plumpsen, doch ohne hinzuschauen, fing sie das fallende Organ mit der anderen Hand auf.

»Sehen Sie«, sagte ich, mich selbst vergessend. »Das hätte einem Shortstopper alle Ehre gemacht.«

Über ihrer Maske blitzten ihre grünen Augen. Ich zuckte mit den Achseln und sagte: »Verzeihen Sie. Ich unterhalte mich nur.«

Sie deutete mit dem Kopf in Richtung Tür. »Da ist der Flur, Sie kennen ja den Weg. Draußen können Sie sich so lange unterhalten, wie Sie wollen. Noch eine Unterbrechung und Sie fliegen raus.«

Meine Wangen glühten, als hätte mir jemand ins Gesicht geschlagen. Ich nickte und verstummte, obwohl es kein Kapitalverbrechen war, bei einer Autopsie zu sprechen. Es gab dabei meistens ein bisschen Geplänkel, das die Sekretärin bei der Abschrift als solches erkannte und ohne Federlesens aus dem Bericht filterte.

Dr. Davanelle fuhr mit der Untersuchung fort, sprach ihre Befunde Schritt für Schritt laut aus, da diese, wie sie bereits angemerkt hatte, für die spätere Abschrift aufgenommen wurden. Mit meinem kriminalistischen Blick musterte ich sie bei der Arbeit und entdeckte ein paar interessante Anomalien: Zuerst hatte ich sie für zierlich gehalten, stellte nun aber fest, dass es nur ihre Haltung war, die sie klein erscheinen ließ. Außerdem fand ich es merkwürdig, dass sie ihren Titel weggelassen hatte, als wir uns vorgestellt hatten. Die meisten Mediziner fuchtelten mit ihren Titeln herum wie mit flammenden Schwertern und würden nicht einmal eine Notiz für den Kontrolleur der Parkuhr ohne ein *Dr.* vor ihrem Namen zurücklassen. Sie war mürrisch, schroff und strahlte die Femininität eines Hammers aus – wohingegen ihre Bewegungen nahezu symphonisch zu nennen waren und ihre Fähigkeiten weit über die hinausgingen, die ich von jemandem erwartet hätte, der erst sechs Monate dabei war.

Eine Viertelstunde später gab es eine kleine Unterbrechung, weil sie ein Instrument holen musste. Als sie zurückkehrte, sagte ich: »Ich wollte Sie mit dem Vergleich mit einem Shortstopper nicht beleidigen. Ich habe nur versucht, meine Begeisterung über Ihre Fähigkeiten zum Ausdruck zu bringen. Ihre Hände bewegen sich wie Wasser.«

Sie starrte mich an, als hätte ich auf ihre Reeboks gepinkelt.

»Hatte ich Sie nicht erst vor fünf Minuten gebeten, den Mund zu halten?«

Ich holte tief Luft und atmete aus. »Ich war noch bei keiner Obduktion, bei der man mir einen Maulkorb verpasst hat, Frau Doktor.«

Sie warf das Instrument auf den Tisch, wirbelte herum und starrte mich an.

»Es funktioniert folgendermaßen: Ich nehme die Untersuchung vor, Sie schauen zu. Das kann still vonstatten gehen. Wenn Sie eine intelligente Frage bezüglich der Autopsie haben – und manche Leute haben tatsächlich welche –, dann stellen Sie Ihre Frage und Sie werden eine Antwort erhalten. Wenn das für Sie zu schwer zu verstehen ist, kann ich es abtippen lassen und Ihrem Vorgesetzten übermitteln.«

Eigentlich kann man mich nicht so leicht reizen, aber es gibt Ausnahmen.

»Hören Sie, Frau Doktor, nur weil Sie heute Morgen in die Scheiße getreten sind, brauchen Sie sie noch lange nicht mir auf die Füße zu schaufeln.«

Ihre Augen funkelten wie grünes Feuer, sie riss die Maske von ihrem Gesicht. Ihre Haut war aschfahl, Schweißperlen standen auf ihrer Stirn.

»Ich werde mir das nicht bieten lassen«, ereiferte sie sich. »Wen muss ich anrufen, um Sie ersetzen zu lassen?«

Im ersten Moment wollte ich etwas erwidern, dann ließ ich es lieber bleiben. Ich hob kapitulierend meine Arme, bedeutete ihr, dass meine Lippen ab jetzt fest verschlossen blieben, und trat zurück, um ihr Platz zu lassen. Eine Menge Platz.

Für die nächsten paar Stunden schwieg ich wie die Sphinx. Ich stellte lediglich drei Fragen, jede einzelne in die Form unverbindlicher Fachterminologie gegossen. Sie antwortete wie ein Roboter auf die gleiche Weise. Die Autopsie offenbarte, dass die Abtrennung des Kopfes mittels einer dünnen, rasiermesserscharfen Klinge präzise und vermutlich ohne Eile vorgenommen worden war. Abgesehen von der Tätowierung und der winzigen, kryptischen Schrift hatte die Leiche keine weiteren äußerlichen Makel. Die dunklen Flecken des gemäß der Schwerkraft abgesackten Blutes, die so genannten Totenflecken, deuteten darauf hin, dass das Opfer nach dem Eintritt des Todes flach auf dem Rücken gelegen hatte. Sonst gab es nichts, auf jeden Fall zu diesem Zeitpunkt noch nicht.

Nachdem die Obduktion beendet war, zog sie die Handschuhe aus, warf sie in den Entsorgungscontainer neben dem Tisch und entfernte sich. Ohne sich umzudrehen, sagte sie: »Ich werde eine Zusammenfassung der wichtigsten Punkte anfertigen. Das wird zwei Stunden dauern. Sie können sie am Empfang abholen.«

»Frau Doktor«, rief ich ihrem sich entfernenden Rücken zu. Sie blieb stehen, wandte sich um und sah mich finster an. Ich fragte mich, ob ich nun ein paar Regeln über das Sprechen nach Ausschalten des Rekorders verletzt hatte.

»Ja, Detective Carson?«

»Ich heiße Ry... egal. Wir haben uns auf dem falschen Fuß erwischt, und ich schätze, es war meine Schuld. Was Small Talk anbelangt, bin ich ein Volltrottel, ich plappere immer nur dämlich drauflos. Können wir vielleicht noch einmal von vorn beginnen?«

Als sie nicht antwortete, sagte ich: »Die Mittagszeit ist schon vorbei. Ich kenne einen Laden unten am Bienville Square, wo es großartige Po'boy-Sandwiches gibt. Ich lade Sie ein.«

Ich setzte ein breites Lächeln auf und ließ meine Augenbrauen auf und ab hüpfen.

Sie ging davon, als wäre ich nur der Anstrich an der Wand. Die Tür des kleinen Büros knallte hinter ihr zu. Ich rief Harry an, um zu hören, was bei ihm los war. Er sagte, er würde sich gerade mit weißem Abschaum herumschlagen. Als er wissen wollte, was ich gerade mache, sagte ich, ich würde zwar nicht besonders viele Po'boys verkaufen, wäre aber bei ihm, nachdem ich ein paar verdrückt hätte.

Was einen am meisten aus der Fassung brachte, wenn man mit Jerrold Nelsons Tante, Billie Messer, redete, war, dass sie ständig Insekten vor ihrem Gesicht verscheuchte, die nicht existierten. Zuerst vermutete ich dahinter eine Neurose, bis mir klar wurde, dass es sich um eine Macke handelte, die sie sich durch das Leben in einem Wohnwagen mit durchgerosteten Wänden und einer kaputten Klimaanlage angewöhnt hatte. Die etwa vierzigjährige Messer war Nelsons einzige lebende Verwandte, und Harry hatte den ganzen Morgen damit zugebracht, sie in einem mit Unkraut überwucherten und von streunenden Katzen bevölkerten Trailerpark aufzuspüren.

In jüngeren Jahren war Billie Messer Stripteasetänzerin gewesen, mittlerweile war der Lack jedoch ab und sie mixte nun die Drinks, für deren Umsatz sie einst gesorgt hatte. Für die Arbeit zurechtgemacht trug Ms Messer abgewetzte schwarze Stilettos, einen schwarzen Minirock und einen zum Bersten gespannten schwarzen Rüschenbüstenhalter. Krauses rotes Haar rahmte ein aufgedunsenes Gesicht, das abhängig von der Tiefe der Nacht und den zu sich genommenen Substanzen wohl entweder an ein Pferd erinnerte oder zum Reiten verlockte. Harry und ich lehnten uns an eine von der Sonne erhitzte Rostlaube in ihrem Vorgarten, während Billie Messer eine Zigarette nach der anderen rauchte, unsichtbare Käfer verscheuchte und wie eine Pennerausgabe von Tina Turner mit einer merkwürdig verführerischen Stimme das Leben ihres Neffen skizzierte.

»Der arme Jerry war nur für eine Sache gut und die passiert im Bett. Er sah verdammt gut aus. Intelligent war er auch, aber eher clever als gebildet. Er hat immer so getan, als wär er ganz kurz davor, ein berühmter Dressman zu werden. Wer weiß, vielleicht hätte er es ja geschafft, wenn er nicht so faul gewesen wär. Er hat allein auf sein Äußeres gesetzt und ist mit Frauen und Männern zusammen gewesen. Hauptsache, sie haben ihn ausgehalten. Ich habe ihn mal gefragt, ›Jerrold‹, habe ich gesagt, ›wie kommt es, dass du es mit Männern und Frauen treibst?‹ Wissen Sie, was er geantwortet hat? Er meinte, es fühlt sich genauso an, was macht es also für einen Unterschied? Ich meinte, was willst du damit sagen, es fühlt sich genauso an? Er meinte, wie nichts, so fühlt sich das an, Tante Billie. Es fühlt sich weder gut noch schlecht an, er fühlt einfach nichts dabei. Und wissen Sie, was er noch gesagt hat?«

»Was, Miss Messer?«, fragte Harry mit echter Neugier.

»Er fand es komisch, dass die Leute dachten, er wär richtig gut darin, weil er es ewig lang treiben konnte. Er meinte, wenn du nichts fühlst, dann gibt es auch nichts, was dich stoppen kann. Ich hab ihn gefragt, ob es nicht irgendwas gäb, das ihn, Sie wissen schon, zum Kommen bringt? Er meinte, wenn er ganz stark ans Fliegen denken würde, dann würde es gehen. Dann hätte er seinen … Sie wissen schon.« Billie Messer runzelte die Stirn, schüttelte ihr krauses Haar und schlug ein unsichtbares Insekt tot. »Ist das nicht unglaublich?«

Wir fuhren durch die Stadt, um mit Terri Losidor zu sprechen, die Frau, die Nelson angezeigt hatte. Während Harry fuhr, lag ich auf dem Rücksitz und sprach zu seinem Hinterkopf. Manche Menschen behaupten, die besten Gedanken kommen ihnen unter der Dusche oder auf dem Klo; mir kamen sie auf dem Rücksitz eines Autos. Als ich Kind war und es bei uns zu Hause immer mehr bergab ging, bin ich nachts oft hinausgeschlichen und habe mich auf dem Rücksitz unseres Wagens versteckt, wo ich die Nacht über tief schlummerte und erst bei Morgengrauen in mein Bett zurückkehrte. Bis zum heutigen Tag entspanne ich mich dabei, auf dem Rücksitz zu liegen, die Hände unter dem Kopf verschränkt, während die Gebäude und Bäume an mir vorbeirauschen. Meine Meditationen auf dem Rücksitz störten Harry nicht, er fuhr gerne, obwohl er ein lausiger Fahrer war.

»Du hast wahrscheinlich zwanzigmal mehr Eifersuchts- und Rachemorde gesehen als ich, Harry. Wie viele davon sind so sauber ausgeführt worden?«

»Das hat gar nichts zu bedeuten. Sie waren alle unterschiedlich.«

»Komm schon, Harry. Wie viele sind so unglaublich makellos gewesen?«

Harry brummte; er fuhr gerne schweigend, ich dachte gerne laut. Lustlos hob er seine rechte Hand und formte mit Daumen und Zeigefinger eine Null.

»Aufgeschlitzt und aufgeritzt, Carson. Fünfzig Stichwunden. Achtzig. Oder mehr Schläge als John Henry. Ich habe eine Leiche gesehen, in die der Mörder ein ganzes Magazin geleert hat, bevor er nachlud und weiterschoss.«

»Eben. Die Wut flaut allmählich ab. Aber dieser Mord war sauberer als ein Musterhaus.«

»Die Leiche war sauber, Cars. Aber was geschieht in diesem Moment mit dem Kopf? Ich schätze, er wird als Zielscheibe benutzt. Oder als Wichsobjekt.«

An einer Ampel hielt ein Sattelschlepper neben uns. Der Fahrer schaute von seinem erhobenen Sitz herunter und war überrascht, einen Typen mit Jackett und Krawatte auf dem Rücksitz eines Taurus liegen zu sehen. Ich zwinkerte und er drehte sich weg. Ich sagte: »Die Bestrafung konzentriert sich auf den Kopf … das Gesicht symbolisiert das Ganze. Ich schätze, das macht Sinn. Wo sind wir?«

»Airport Road bei der Universität. Und warum klingst du dann nicht überzeugt?«

»Wenn es dem Mörder nur um den Kopf ging, warum ist er dann nicht in die Endzone gespurtet, sobald er ihn in den Händen hatte? Kleines Jubeltänzchen, ein ordentlicher Schlag mit dem Baseballschläger, was auch immer. Wie du gesagt hast. Aber er bleibt da und schreibt Worte auf die Leiche. Ich nehme an, dass er sie deswegen ins Licht gezogen hat.«

Harry sagte: »Vielleicht hat ihn das Schreiben geil gemacht. Er musste schreiben.«

»Wenn er schon den Kopf hat, in den er seine Pamphlete hämmern kann, warum schwingt er dann noch Reden auf der Leiche?«

»Gutes Argument. Vielleicht ist es wie bei Farley.«

Farley Traynor war ein aus Verbitterung rasend gewordener Buchhalter, der Worte in seine ihm völlig unbekannten Opfer geritzt hatte, um ihnen damit zu sagen, wie sehr er verabscheute, was sie ihm angetan hatten. In einer sonderbaren Ausformung gestörter Wahrnehmung war Traynor darauf gekommen, dass er, da die Toten aus ihren Körpern nach draußen schauten, rückwärts schreiben musste, damit sie seine Botschaften leichter lesen konnten.

»Wenn der Mörder glaubt, dass die Persönlichkeit im Kopf beheimatet ist, dann passt das nicht. Hast du gerade einen Fußgänger überfahren?«

»Verkehrsberuhigung. Vielleicht sind die Worte für uns bestimmt, für die Polizisten. Huren und Ratten? Nicht jeder liebt uns so wie wir.«

Das stellte mich noch nicht zufrieden. »Aber diese winzige Schrift hätte nicht lange gehalten, auf jeden Fall wäre sie nicht lange zu lesen gewesen. Nicht bei dieser Hitze. Ich wette, schon die leichteste Verwesung hätte die Schrift zerstört. Und wenn die Worte wichtig sind, dann schrei sie heraus, verdammt noch mal: Schwarzer Filzstift, große Buchstaben.«

»Jetzt treibst du deine Analyse zu weit, Cars. Ich gebe Squill zwar nur äußerst ungern Recht, aber ich glaube, es war Rache.«

»Rache ist Zorn. Wenn dieser Mörder zornig war, dann ist sein oder ihr Zorn so sauber und ordentlich wie ein gehäkeltes Tischdeckchen.«

Als meine Gedanken zwischen gepflegtem Zorn und meinem misslungenen Debüt mit Dr. Davanelle hin und her schwankten, bremste der Wagen abrupt ab, bog auf einen holperigen, ansteigenden Weg und hielt dann in einer Auffahrt. Harry sagte: »Wir sind da, Bruder. Auch nicht das, was ich erwartet hatte.«

Kapitel 5

In den Carports von Terri Losidors Wohnanlage parkten einige protzige Cabrios sowie weitere Jungmanagerkarossen. Das Gelände war mit Myrten, kleinen Palmen und Azaleen gesprenkelt, hier und da stand eine mächtige Kiefer. An einem Pool räkelten sich einige sonnengebräunte Körper. Kein Kind war in Sichtweite.

»Vom Trailerpark in die Yuppie-Singleoase«, sagte Harry. »Eine wahrhaft darwinistische Reise.«

Terri öffnete die Tür, ohne sie mit einer Kette abzusichern oder nach unseren Dienstausweisen zu fragen; entweder vertraute oder erwartete sie uns. Sie hatte ein breites, schlichtes Gesicht und grüne Augen, die ständig auf der Hut waren. Ihr leichtes Übergewicht trug sie mit Fassung, sie bewegte sich geschmeidig und bot uns Platz auf einem orangefarbenen Knautschsofa an, während sie sich eine Zigarette anzündete und sich uns gegenübersetzte. Per Fernbedienung brachte sie eine dieser Sendungen im Fernseher zum Verstummen, die Harry »Chromosomendefektshows« nannte. Trotz ihrer äußerlichen Ruhe bemerkte ich eine unterschwellige Nervosität, die bei einem Besuch der Polizei allerdings nicht überraschend war. Ihre Wohnung war aufgeräumt, mit nicht besonders teuren, aber zusammenpassenden Möbeln eingerichtet und roch unter dem Zigarettenrauch nach künstlichem Zitronenduft und einer kürzlichen Dusche. Und irgendwo musste es ein Katzenklo geben.

Sie sagte: »Es geht um Jerrold, nicht wahr?«

Harry nickte und Terri Losidor nahm ein Kissen und presste es vor ihre Brust. Harry begann mit einfachen Fragen, damit sie sich an das Antworten gewöhnen konnte. Sie war dreiunddreißig Jahre alt und arbeitete in der Buchhaltung einer lokalen Speditionsfirma. In den Bayou Verde Apartments wohnte sie seit drei Jahren. Haustiere waren kein Problem, aber Kinder waren nicht erlaubt. Sie verbrauchten zu viel Chlor im Pool. Das alles erzählte sie mit einem näselnden Tonfall, über den sich die Fahrer ihrer Firma mit Sicherheit lustig machten.

Harry kam auf Nelson zu sprechen. Während er behutsam ihre Erinnerungen wachrief, saß ich schweigend da und ermittelte mit der einjährigen Erfahrung eines Detective Katzenhaare auf dem Sofa. Lange, weiße Haare.

»Wie gut kannten Sie Mr Nelson?«, fragte Harry. »Ich meine seine Vergangenheit, seine Freunde, seine Familie, seine Hobbys und so weiter.«

»Diese Dinge waren für Jerrold und mich nicht wichtig, Detective Nautilus. Es gab nur uns und das, was wir gemeinsam hatten. Mehr musste ich nicht wissen.«

»Mussten Sie nicht mehr wissen oder wollte Jerrold Ihnen nicht mehr erzählen?« Harry lockerte seine Krawatte, streckte seinen Hals und entspannte sich. Seine Arbeitsmethode war genau andersherum als die der meisten Cops: Er beugte sich vor, um Wattebälle zu werfen, und lehnte sich zurück, wenn er Giftpfeile aussandte oder nachbohrte.

Losidor schaute weg. »Ich habe ein paarmal gefragt. Er meinte, er will über diese Dinge nicht sprechen. Es wäre zu schmerzhaft.«

»Wenn Sie seine Freunde nicht kannten, dann kannten Sie wahrscheinlich auch nicht seine Feinde.«

»Jerrold hatte keine Feinde. Er war so ... so freundlich. Er hat immer gelacht und Späße gemacht.« Ein trauriges Lächeln. »Eine meiner Freundinnen hat mal gesagt, ›Terri‹, hat sie gesagt, ›dieser Jerrold ist so lustig, da tut mir der Bauch weh vor lauter Lachen.‹ Niemand konnte böse auf Jerrold sein, Detective Nautilus.«

Harry verschränkte seine Hände hinter dem Kopf und lehnte sich noch weiter zurück. »Im Mai waren Sie böse genug, um ihm mit Gefängnis zu drohen. An die elftausend Dollar sind von Ihrer Tasche in seine gewandert.«

Losidor schloss ihre Augen, seufzte und öffnete sie wieder. »Verstehen Sie, er hat mir erzählt, er hätte die einmalige Chance, in ein Geschäft einzusteigen – man würde nur vierzehntausend Dollar brauchen und mindestens siebzigtausend im Jahr verdienen. Ich hatte nur elftausend, aber Jerry meinte, es würde trotzdem funktionieren.«

»Welche Sorte Geschäft?«

Aus einem anderen Zimmer der Wohnung war ein Klappern zu hören, als wäre etwas zu Boden gefallen. Terry sprang hoch.

Harry richtete sich misstrauisch auf. »Sind wir hier allein?«

»Ja, ja. Nur wir«, sagte Losidor und griff nach einer Zigarette. »Das ist Mr Puff, mein Kater. Er ist ein bisschen tollpatschig und stößt ständig Sachen von den Fensterbänken und Regalen.«

Harry und ich horchten eine Weile. Nichts. Harry ließ sich wieder in das Sofa fallen.

»Für welche Art von Geschäft wollte Jerrold Ihr Geld haben?«

»Hatte irgendwas mit Computern zu tun und wie man sie verkoppeln kann. Er hat mir erklärt, dass es in manchen Büros die eine Sorte Computer gibt und in manchen eine andere Sorte und die Computer sich untereinander nicht verstehen können. Ein Freund von ihm hatte etwas erfunden, mit dem man sie besser koordinieren kann. Hörte sich irgendwie plausibel an, in meinem Büro haben wir auch immer diese Probleme mit den Computern.«

»Haben Sie seinen Freund kennen gelernt? Oder seinen Namen erfahren?«

»Ich habe Jerry einfach vertraut, wissen Sie.«

Harry war zwei Jahre im Betrugsdezernat gewesen, daher war ihm dieses Thema nicht fremd. »Nachdem Sie Jerrold das Geld gegeben haben, kam er nicht mehr so oft vorbei, richtig?«

»Ich weiß nicht ... er war beschäftigt ...« Sie senkte ihren Blick auf den Teppich. »Ja.«

»Und dann ging das Geschäft schief.«

Terri seufzte. »Er hat gesagt, eine andere Firma wäre mit der gleichen Sache schon früher auf den Markt gekommen. Intel. Ich habe den Mann, der in unserem Büro die Computer wartet, danach gefragt. Er hatte nie davon gehört, dass Intel so etwas verkauft, die machen ganz andere Dinge. Da habe ich ihn angezeigt.« Terri schniefte und zog ein rosa Tuch aus ihrer Tasche, mit dem sie ihre Augen tupfte.

»Aber eine Woche später haben Sie die Anzeige zurückgezogen.«

»Er hat mir schließlich die Wahrheit erzählt«, sagte Terri schniefend.

»Und die lautete?«

»Er brauchte das Geld, um Anteile an einer Lieferung Kokain zu kaufen, die ins County geflogen wurde – das ist wie ein Aktiengeschäft. Man kauft Anteile. Jerry hatte es mir nicht erzählt, weil er wusste, dass ich es nie gutheißen würde. Und er ist nicht mehr gekommen, weil er sich schämte.«

»Ein ... Aktiengeschäft?«

»Erinnern Sie sich an das kleine Flugzeug, das in der Nähe von Saraland abgestürzt ist? Das war das Flugzeug – das ganze Kokain ist verbrannt und wir haben unser Geld verloren.«

Ich erinnerte mich an den Unfall: Ein Mercedeshändler in einer Cessna 180 hatte sich um eine halbe Gallone mit seinem Sprit verrechnet und war in die Bäume gestürzt. Drogen waren dabei nicht im Spiel gewesen. Entweder war Nelson ein Weltklasselügner oder Losidor war die geborene Weihnachtsgans, die immer wieder ausgenommen wurde. Oder beides.

Es sei denn, Terri tischte uns eine Lügengeschichte auf.

»Eine Frage noch, Miss Losidor«, sagte Harry. »Wie haben Sie und Nelson sich kennen gelernt?«

Sie hielt einen Moment inne. »Im Game Club, am Flughafen.«

Der Game Club ist eine Bar für Singles, die im Stile der Fuchsjagd eingerichtet ist: Signalhörner und englische Sättel an den Wänden, Kellner in Livreen und mit Melonen. Ich musste an eine Reihe verwirrter Tage denken, die im Game Club begonnen hatten. Aber das war Monate, bevor ich vernünftig geworden war.

Harry bemerkte ihr Zögern. »Sind Sie sicher?«

»Ich vergesse immer den Namen der Bar.«

»Wer hat die Initiative zu dem Kontakt ergriffen?«

»Wer hat was?«

»Wer hat wen angesprochen?«

»Ich war mit ein paar Freundinnen dort. Jerry stand an der Theke. Ich habe zu ihm rübergeschaut und er hat gezwinkert.«

Harry beendete seine Befragung, und wir standen auf, um zu gehen. Sie folgte uns zur Tür. »Vor der Sache mit dem Geld standen wir uns sehr nahe«, erklärte sie und tupfte eine Träne mit dem Taschentuch ab. »Wir waren verliebt. Je-Jerrold hat gesagt, bei mir würde er sich fühlen, wie er sich noch nie gefühlt hatte.«

Flüchtige Bilder zogen an meinem inneren Auge vorbei: Nelson auf Terri Losidor, ackernd, als würde er ein Feld umpflügen, während sie glaubt, ihren Liebhaber in schwindelerregende Dimensionen der Potenz zu treiben. Nelson ist von allem gelangweilt, außer der Chance auf Geld. Er pumpt sich müde, um sich dann, vom Fliegen träumend, freudlos zu entleeren und schließlich auf einer schweißgetränkten Matratze einzuschlafen, die zu riechen beginnt.

Wir wendeten gerade am anderen Ende des Parkplatzes, als Harry auf die Bremse trat.

»Sieh mal da, Carson«, sagte er und zeigte auf eine Katze, die an Terri Losidors Tür kratzte, eine flauschige Katze mit langem, weißem Fell und einem rosa Halsband. Die Tür öffnete sich einen Spalt, die Katze schlug mit ihrem Schwanz und trabte dann flink in die Wohnung.

Ich schaute Harry an. »Mr Puff, nehme ich an.«

»Und welches tollpatschige Vieh ist auf ihr Fensterbrett gesprungen?«, fragte er.

Harry ließ mich am Präsidium raus. Später wollten wir uns im Flanagan's zu Futter und Brainstorming treffen. Er fuhr weiter, um Kopien von einigen den Fall betreffenden Befragungen einzusammeln, und ich machte mich auf den Weg in die Gerichtsmedizin, um nachzusehen, ob der vorläufige Bericht fertig war.

Der Bericht lag auf dem Empfangstisch, ein paar Seiten, auf denen die grundlegenden und inoffiziellen Ergebnisse aufgeführt waren. Zu diesem Zeitpunkt erwartete ich noch keine Offenbarungen. Da ich schon einmal dort gewesen war, dachte ich mir, ich könnte Clairs Tag aufheitern, indem ich sie störte. Außerdem fragte ich mich, ob die chronisch mürrische Dr. Davanelle gepetzt und Clair vielleicht erzählt hatte, dass ich bei der Autopsie wie ein Auktionator gequasselt und schmutzige Seemannslieder gesungen hatte. Selbst Clair Peltier, die Hohepriesterin der Disziplin, erlaubte kleine, unverfängliche Gespräche bei einer Autopsie.

Ich ging durch den breiten Flur zu Clairs Büro. Die Tür war nur angelehnt und ich konnte sie sprechen hören. Ich wollte meinen Kopf durch die Tür stecken und Hallo sagen, aber als ich den Ton ihrer Stimme vernahm, erstarrte meine Hand.

»Das ist *lächerlich* und völlig inakzeptabel«, sagte sie gerade. Ihre Worte waren scharf wie Dornen, jede einzelne Silbe vergiftet. »Ich kann Ihre Schrift auf diesen Berichten nicht einmal lesen. Das sieht ja aus, als hätte es ein Schimpanse hingekritzelt.«

Ich hörte eine leise Entgegnung, hingehauchte Entschuldigungen.

Clair sagte: »Nein! Es interessiert mich nicht, wie wenig Zeit Sie dafür hatten. In meiner ersten Anstellung musste ich drei Autopsien pro Tag durchführen und hatte trotzdem genug Zeit, um meine Berichte leserlich zu verfassen.«

Eine weitere gedämpfte Reaktion.

»Mit Ihren Entschuldigungen wird es auch nicht besser. Diese Arbeit ist einfach inakzeptabel. Ich möchte endlich Fortschritte sehen.«

Ich fühlte mich immer unbehaglich, wenn ich Zeuge war, wie jemand heruntergeputzt wurde; zu viele Kindheitserinnerungen kamen dabei hoch. Ich litt, als wären die Worte für mich bestimmt. Während ich mich langsam von der Tür entfernte, fuhr Clairs Stimme fort.

»Und dann ist da die Sache mit den Fehltagen wegen Krankheit. Wie viel wollen Sie dieses Jahr noch nehmen? Sechs? Acht? Zwei Dutzend? Ein unglaublich rücksichtsloses Verhalten. Wenn Sie nicht hier sind – oder wenn Sie zu spät kommen, was scheinbar meistens passiert –, wirft das meinen Zeitplan völlig über den Haufen. Nein, ich will keine faulen Ausreden mehr hören, ich möchte nur, dass Sie ...«

Ich hörte die Abweisung in Clairs Stimme. Von innen näherten sich Schritte der Tür. Ich schlich ein paar Meter den Flur hinab. Das einzige Versteck war Willet Lindys Büro, das Licht war ausgeschaltet, und ich mutmaßte, dass er schon Feierabend gemacht hatte. Häufig kam er morgens bereits um sechs Uhr und ging nachmittags gegen drei. Ich stürzte in das Büro.

Zum Flur hinaus hatte Lindys Büro ein breites Fenster, die Jalousien waren zu drei Vierteln geöffnet. Ich drückte mich an die Wand und hörte, wie Schritte näher kamen. Dann sah ich Ava Davanelle vor dem Fenster stehen bleiben und sich mit zitternden Händen Tränen aus den Augen reiben. Ihr Gesicht war grau. Sie ballte ihre Hände zu Fäusten, bis die Knöchel weiß wurden, und hielt sie an ihre Schläfen. Ihr Körper begann zu beben, als würde ihre Seele mit einer glühenden Kneifzange traktiert werden. Starr vor Entsetzen angesichts der Tiefe ihres Schmerzes beobachtete ich sie. Sie zitterte am ganzen Leib, bis sich ein heftiger Schluchzer aus ihrer Kehle löste und sie an ihren Bauch fasste und auf die Damentoilette lief.

Die Tür schlug zu wie ein knallender Schuss.

Ava Davanelles Leid ließ mich atemlos zurück. Ein paar Herzschläge lang starrte ich in den leeren Flur, als hätte der Schmerz die Luft verfärbt und ich könnte die Intensität der Farben nicht glauben. Außer Atem verließ ich mein Versteck, flüchtete in Richtung Haupteingang und ging an Clairs halb geöffneter Tür vorbei.

»Ryder? Sind Sie das?«, rief sie. Ich drehte mich um, setzte eine nonchalante Miene auf und steckte meinen Kopf durch ihre Tür, wie ich es in der Vergangenheit schon ein Dutzend Mal getan hatte.

»Was machen Sie denn hier?«, fragte sie. Es lag keine Bosheit in ihrer Stimme, nur ihr üblicher, keinen Unsinn duldender Ton. Ich lächelte verlegen und hielt den Bericht hoch.

Sie nickte. »Die vorläufigen Ergebnisse. Ich vergaß. Manchmal gibt es Tage ...« Clair hielt inne und überlegte. »War das Ihre erste Autopsie mit Dr. Davanelle?«

Ich nickte. »Meine Jungfernfahrt.«

Sie setzte ihre an einer Kordel hängende Lesebrille auf, schielte in eine Akte auf ihrem Schreibtisch und runzelte über irgendeine falsche Information die Stirn. »Davanelle ist gut«, sagte Clair und nickte gedankenverloren. »Es gibt ein paar Dinge, die besser werden müssen. Aber sie kennt sich auf ihrem Gebiet aus. Schönen Tag noch, Ryder. Sehen Sie zu, dass Sie Ärger vermeiden.«

Kapitel 6

Drei Stapel mit Fotos lagen auf seiner grünen Resopaltischplatte, ein großer, ein mittlerer und ein kleiner. Die einzigen anderen Gegenstände auf dem Tisch waren eine verchromte Schere und eine Lupe. Die Luft war heiß und stand drückend im Raum, aber er spürte es nicht. Genauso wenig hörte er den Verkehrslärm der nur eine Viertelmeile entfernten I–10 oder den Start- und Landebetrieb von Mobiles Flughafen. Er beschäftigte sich mit den Bildern, die äußerste Aufmerksamkeit beanspruchten.

Sie würden die Welt verändern.

Der größte, an die hinterste Tischkante geschobene Stapel enthielt die Ungebetenen, die Fotos lagen verkehrt herum, damit er sie nicht anschauen musste. Ausgezehrte Dürre oder fette Schweine mit verfilzten Mähnen oder übersät mit Narben. Die Ungebetenen waren widerliche Lügner, und er wusch sich jedes Mal die Hände, wenn er ihre Fotos berührt hatte.

Warum hatten sie sich um die Stellung beworben? Konnten die Ungebetenen nicht lesen? Seine Anweisungen, siebenundsechzig in drei Wochen sorgfältig gewählte Worte, waren äußerst präzise gewesen.

In der Mitte des Tisches lag ein kleinerer Stapel Fotos, die Möglichen. Breite, gebräunte Brustkörbe. Berge von Muskeln, Waschbrettbäuche. Aber alle wiesen gewisse Makel auf: nach außen gewölbte Nabel oder runzlige Brustwarzen. Einer hatte unnormal große Hände. Die Möglichen waren die Spieler auf der Ersatzbank, sie waren da, wenn sie gebraucht wurden, mussten aber hoffentlich nicht auflaufen.

Er wischte seine verschwitzten Hände an seiner Khakihose ab und griff nach dem Stapel, der am nächsten lag. Er bestand nur aus fünf Fotos: die Auserwählten, die Gesetzten. Von siebenundsiebzig Fotos hatten diese fünf die intensivste Überprüfung bestanden. Er ordnete die Auserwählten wie Fürbitter vor sich an und musterte sie vom Kinn bis zu den Knien.

Bis der Ton in seinem Kopf einsetzte.

Nicht schon wieder, bitte nicht schon wieder …

Er lehnte sich zurück und presste seine Hände auf die Ohren. Sie hatte im Nebenraum zu singen begonnen. Er wusste, dass sie nicht wirklich da war, doch die Frau sang, wann und wie es ihr gerade passte. Er summte laut, um ihr Lied zu übertönen, aber das veranlasste sie nur, noch lauter zu singen. Die einzige Möglichkeit, ihr Singen zu beenden, bestand darin, seine Hose bis zu den Knien herunterzuziehen und das Unvermeidliche zu tun. Sein Hintern quietschte auf dem gewölbten Plastikstuhl, bis das *Ding da unten* die Unterseite des Tisches und den Boden befleckte.

Es dauerte zwei Minuten, ehe sie verstummte.

In gesegneter Stille machte er seine Hose wieder zu und widmete sich dann am Waschbecken fünf Minuten seinen Händen: warmes Wasser, einseifen bis zu den Ellbogen, mit einer Bürste schrubben, abspülen und das Ganze von vorn. Danach trocknete er seine Hände mit einem frischen Handtuch und schmiss es in den Wäschekorb.

Er kehrte an den Tisch zurück und nahm ein Foto von den Auserwählten. Der abgebildete Mann stand grinsend und nackt vor einer cremefarbenen Wand, die Hüfte vorgeschoben, sein Geschlecht schamlos der Kamera zugewandt. Der Mann hatte ein Lächeln wie ein Schauspieler, die Zähne waren schneeweiß, es fehlte nur ein funkelnder Lichtreflex auf einem Schneidezahn. Als sie sich in dem Park getroffen hatten, hatte er breit gelächelt.

Der Mann am Tisch griff nach der Schere. Vorsichtig legte er das Foto zwischen die Schneiden, und nachdem er zugedrückt hatte, fiel der Kopf zu Boden. Er hob den Schnipsel auf, riss ihn in kleine Stücke und fegte sie von der Hand in die Toilette. Das letzte Stück, das von dem Wasserstrudel hinuntergespült wurde, war das weiße Lächeln.

Der Mann neigte seinen Kopf und lauschte nach ihrem Lied, aber sie schien eine Pause zu machen. Wahrscheinlich sammelte sie nur ihre Kräfte, die Zeit wurde knapp. Obwohl er außerordentlich vorsichtig gewesen war, spürte sie bestimmt, dass sich das Netz um ihn zuzog. Er ging wieder zum Tisch, nahm die Lupe in die Hand und betrachtete die Männer auf den restlichen Fotos – von Knie bis Kinn, von Kinn bis Knie. Das tat er so lange, bis er wusste, dass er die richtige Wahl traf.

»Ein Haufen Huren«, sagte Harry. »Rats back Rats back Rats back Rats back Rats Rats Rats Rats.« Ziellos kritzelte er auf seinem Block umher, riss dann die oberste Seite ab, knüllte sie zusammen und schnippte sie auf den immer größer werdenden Haufen Papierkugeln in der Mitte des runden Tisches. Zum Brainstorming waren die Tische im Flanagan's zu klein, dachte ich. Die Beleuchtung war zu schwach. Der Lärmpegel zu hoch. Der Boden zu hölzern. Wenn sich keine Gedanken einstellten, lenkte mich alles ab.

»Achtmal rats«, sagte ich, dem Verzweifeln nahe. »Viermal mit back.«

Harry kritzelte auf dem neuen Blatt. »Acht Ratten. Eight rats. Ate rats? A-T-E? Gegessen?«

Ich dachte darüber nach. Zuckte mit den Achseln. Der Funke sprang nicht über.

»Das Anagramm von rats ist star, Stern«, fuhr Harry fort und malte Sterne. »Acht Sterne, vier Sterne mal zwei, Vier-Sterne-Restaurant, Vier-Sterne-Menü, zweimal so gut?«

Ich rieb mein Gesicht. »Wer zum Teufel hat die Huren entstellt?«

Die dritte Runde wurde serviert. Eloise Simpkins räumte die leeren Gläser ab, warf einen Blick auf meinen Block und zuckte zusammen. Ich hatte eine große Ratte gezeichnet.

»Igitt«, sagte sie und rümpfte ihre Nase wie eine Ratte.

Ich reckte meinen Hals und streckte mich. Das Flanagan's war mäßig besucht, an die fünfundzwanzig Gäste waren da, ungefähr die Hälfte davon Cops. Die meisten saßen an der Theke oder an den Tischen davor. Harry und ich hatten uns vorne ans

Fenster gesetzt, wo wir den Vorhang aufziehen und nach draußen sehen konnten, um uns inspirieren zu lassen. Ich öffnete den Vorhang. Der Regen fiel in so senkrechten Fäden, dass es auch von unten nach oben regnen könnte. Über die Straße flossen breite Rinnsale, durch die gelegentlich ein Auto spritzte. Auf der anderen Straßenseite befanden sich die Praxis eines Chiropraktikers, ein Pfandhaus und ein mit Brettern vernagelter Schnäppchenmarkt. Die Styroporverpackung einer Fast-Food-Kette trieb den Rinnstein entlang. Ich zog den Vorhang wieder zu.

»Der Tierkreis«, sagte Harry. »Acht Sterne. Gibt es da nicht eine Konstellation oder so etwas …«

»Die Pléiaden«, antwortete ich. »Sieben Sterne. Die Sieben Schwestern.«

»Warum können es nicht die acht Ratten sein?« Harry machte eine weitere Papierkugel und rollte sie in die Mitte. Als ich Stiefel aus Alligatorenleder auf den Tisch zukommen sah, schaute ich auf und sah Bill Cantwell, einen höherrangigen Detective des zweiten Distriktes. Cantwell war ein schlaksiger, fünfundvierzigjähriger Mann, der aus Texas stammte und die Gnade seiner Geburt durch Röhrenjeans, bestickte Hemden und einen ins Gesicht gezogenen Stetson ausdrückte. Cantwell bemerkte meine Rattenzeichnung, formte mit seinen Händen einen Rahmen und tat so, als würde er Harry betrachten. »Das ist gut, Carson«, sagte er trocken. »Ein bisschen mehr Schnurrbart und du hast ihn genau getroffen.«

»Noch so ein Steinberg«, stöhnte Harry.

»Seinfeld«, korrigierte ich. Harry besaß zwar einen kleinen Schwarz-Weiß-Fernseher, aber er hörte vor allem Musik.

»Habe gehört, ihr beide sollt diese Nelson-Sache nach Piss-it-Regeln bearbeiten«, sagte Cantwell und stellte seinen mit einer silbernen Spitze verzierten Stiefel auf den Stuhl neben Harry. »Erzähl mir noch mal, wofür Piss-it steht, Harry. Ich habe keine Lust, das ganze Handbuch durchzuackern, das Ding wiegt zehn Pfund.«

»Psychopathologisches und soziopathologisches Ermittlungsteam, Bill«, erwiderte Harry. »Aber Piss-it kann man sich leichter merken.«

Morgen wollten Harry und ich die Morddezernat-Typen vom zweiten Distrikt treffen, um Nelsons Wohnviertel in Augenschein zu nehmen und die Kneipen zu überprüfen, die er frequentiert hatte. Da der Mord in ihrem Revier stattgefunden hatte, waren die Leute dort eigentlich schon mitten in den Ermittlungen. Aber bei einer Piss-it-Ermittlung mussten die Informationen Harry und mir zugänglich gemacht werden, denn wir waren die einzigen Mitglieder des Teams.

Cantwell nickte langsam. »Meiner Meinung nach macht es Sinn, dass Piss-it die Sache übernimmt. Abgeschnittene Köpfe und diese irren Botschaften, dieser Fall trägt ganz klar die Handschrift eines Verrückten. Die Kollegen werden etwas maulen, weil es zusätzlichen Papierkram bedeutet. Aber wir haben kein Problem damit, selbst wenn Squill eins hat.«

»Was willst du damit sagen, Bill?«, fragte Harry. »Squill hat ein Problem?«

»Er war heute Nachmittag bei uns und hat den Lauten gemacht, mehr nicht. Wir müssten nicht wirklich kooperieren, wenn wir nicht wollten, so was in der Art.« Cantwell stocherte zwischen seinen Schneidezähnen herum und schnippte etwas Ungewolltes auf den Boden. »Ich habe so das Gefühl, der gute Captain Squill ist nicht wirklich ein Piss-it-Fan.«

Harry hob eine Augenbraue.

»Keine Sorge, Harry. Wir werden uns nach den Piss-it-Regeln richten. Wir sind dabei, solange wir nichts anderes hören.«

Cantwell klopfte mit den Knöcheln auf den Tisch und verschwand dann wieder zu seiner Gruppe. Ich schaute Harry an. »Warum sticht Squill seine Finger in unsere Augen?«

Harry zuckte mit den Achseln. »So ist Squill nun mal. Wir haben Augen und er hat Finger.«

Nachdem es mehr zerknülltes Papier als Platz zum Arbeiten gab, machten wir Feierabend, und als wir nach draußen gingen, kam gerade Burlew in seinem grauen, einem durchnässten Zelt gleichenden Regenmantel herein. Während Harry schon auf der Straße war, kam mir Burlew in dem engen Vestibül zwischen äußerer und innerer Tür entgegen. Ich nickte und machte ihm Platz, doch er machte einen Ausfallschritt und schubste mich gegen die Wand. Ich drehte mich um, um zu sehen, ob er betrunken war, doch mittlerweile war er schon im Lokal und kaute mit einem feisten Lächeln auf seinem Puppenbabymund den obligatorischen Fetzen Papier.

Am nächsten Morgen wurden wir in Squills Büro gerufen. Er telefonierte gerade und nahm keine Notiz von uns. Wir saßen auf harten Stühlen vor seinem penibel aufgeräumten Schreibtisch und betrachteten seine angeberische Bildergalerie. Wenn irgendein berühmter Politiker oder Gesetzeshüter in die Nähe von Alabama oder den Nachbarstaaten gekommen war, war Squill mit ausgestreckter Hand und gebleckten Zähnen vor Ort gewesen. Nachdem er fünf Minuten zugehört und gelegentlich gebrummt hatte, legte Squill den Hörer auf und drehte sich mit seinem Stuhl zum Fenster, sodass er uns den Rücken zukehrte.

»Erzählen Sie mir von dem Nelson-Fall«, befahl er dem Himmel.

»Alles noch ziemlich unübersichtlich«, sagte ich. »Gestern haben wir mit seiner Tante gesprochen, Billie Messer …«

»Ich spreche mit dem dienstälteren Detective, Ryder. In diesem Büro warten Sie gefälligst, bis Sie gefragt werden.«

Ich spürte, wie mein Gesicht vor Wut rot anlief und sich meine Fäuste von allein ballten. Squill sagte: »Noch einmal von vorn. Wie gehen die Ermittlungen im Nelson-Fall voran?«

Harry schaute mich an, verdrehte die Augen und wandte sich an Squills Hinterkopf.

»Wir haben mit seiner Tante gesprochen, Billie Messer, und mit ein paar anderen Leuten. Sie bestätigen Nelsons kleinkriminelle Randexistenz, die seine Vorstrafenliste nahe gelegt hatte. Er hat die Menschen ausgenutzt. Wir haben eine ehemalige Freundin befragt, diejenige, die ihn angezeigt hatte. Eine verwirrte Frau, die noch immer zärtliche Gefühle für Nelson hegt, aber im Grunde hat sie das Gleiche ausgesagt. Heute treffen wir uns mit den Kollegen vom zweiten Distrikt, um unsere erneute Überprüfung …«

Squill wirbelte zu uns herum. »Nein«, blaffte er. »Das werden Sie nicht.«

Harry sagte: »Entschuldigen Sie, Captain?«

»Sie werden gar nichts tun. Ich habe mit dem Chief gesprochen, und er ist wie ich der Auffassung, dass dies kein Psychofall ist. Er stinkt nach einem schwulen Rachemord. Wir schicken die Akte zurück an den zweiten Distrikt. Ihre Beteiligung an den Ermittlungen im Nelson-Fall ist offiziell beendet.«

Ich stützte meine Hände auf die Knie und beugte mich vor. »Und wenn es sich nicht um Rache handelt, sondern um den Beginn einer Mordserie?«

»Ich rede nicht, um mir selbst zuzuhören. Einspruch abgewiesen.«

»Der Mord passt nicht in ein Rachemuster. Ich habe ...«

»Haben Sie mich nicht verstanden?«

»Lassen Sie mich ausreden, Captain. Noch haben wir nicht genügend Informationen, um zu entscheiden, ob es ein ...«

Squill drehte sich wieder zum Fenster um. Er sagte: »Schaffen Sie ihn hier raus, Nautilus. Ich habe zu tun.«

Ich schüttelte den Kopf, noch ehe wir auf den Flur traten. »Das ergibt doch keinen Sinn. Warum entzieht er uns den Fall, bevor wir uns einen Überblick verschafft haben? Wir haben noch gar nicht die Information, um zu entscheiden, ob es ein PSET-Fall ist oder nicht. Was juckt dem in der Hose?«

Harry sagte: »Ich habe heute Morgen ein bisschen frische Milch bekommen.«

»Dann schütte sie aus.«

»Erinnerst du dich an das Gerücht, dass Chief Hyrum nächstes Jahr in Ruhestand geht?«

»Er holpert und stolpert, hast du gesagt.«

Harry seufzte. »Das hätte ich niemals gesagt, es passt überhaupt nicht. Ich sagte, er rollt und trollt sich. Nur tut er das nicht erst nächsten Sommer, sondern schon diesen September.«

»In zwei Monaten«, sagte ich. »Also muss das Hauen und Stechen in doppelter Geschwindigkeit vonstatten gehen?«

Harry nickte. »Spann den Regenschirm auf, es wird Blut spritzen.«

»Aber das geht uns doch nichts an, oder? Hast du mir jedenfalls gesagt.«

»Und du hast mir gesagt, dass die einzige Konstante im Leben die Veränderung ist, Bruder. Es gibt zwei Stellvertreter, die sich um den Job des Polizeipräsidenten prügeln: Belvidere und Plackett. Squill hat sich bei Plackett eingeklinkt und ist ihm schon seit Jahren in den Arsch gekrochen. Sollte sich die Kommission für Plackett als Chief aussprechen, dann rate mal, wer auf den Posten des Stellvertreters rutscht?«

Mein Magen rumorte. »Squill?«

Harry gab mir einen Klaps auf den Rücken. »Jetzt kapierst du langsam die Zusammenhänge, Carson. Genau wie Squill ist Plackett eher Politiker als Polizist. Der Kerl kann sich nicht allein die Schuhe binden, aber er weiß, wie man mit den Medien spielt. Squill hat ihn ein bisschen darin geschult, wie man sich vor den Kameras bewegt und Geschichten serviert. Belvidere dagegen ist ein echter Bulle. Er hat seinen Job von der Pike auf gelernt, aber eine Ausstrahlung wie ein Stück Brot. Bei dem Auswahlprozess der Polizeikommission kommen eine Menge Faktoren zum Tragen, aber erinnere dich daran, wessen Idee PSET war …«

»Belvideres«, sagte ich. »Plackett war dagegen.«

»Wahrscheinlich auf Anraten von Squill«, ergänzte Harry. »Und jetzt denk die Sache mal weiter.«

»Wenn wir Erfolg haben, steht Belvidere gut da, wodurch Plackett an Ansehen verliert, was ungünstig für Squill ist?«

»Hokuspokus«, frohlockte Harry. »Und was sagt Fidibus?«

Ich verdrehte die Augen. »Geht's nicht ein bisschen verständlicher, Harry?«

»Denk mal scharf nach. Führ den Gedanken noch einen Schritt weiter.«

Ich dachte nach. »Der beste aller möglichen Fälle für Squill wäre, wenn das gesamte Konzept von PSET im Mobile River untergehen würde, richtig?«

Wir kamen an Linette Bowling vorbei, Squills uncharmanter, eselsgesichtiger Sekretärin. Harry schnappte aus der Vase auf ihrem Schreibtisch ein paar Blumen mit hängenden Köpfen und reichte sie mir.

»Du bist großartig, wenn du endlich im Bilde bist, Carson.«

»Nautilus, du Arschloch«, wieherte Linette hinter uns her. »Gib mir die Scheißblumen zurück.«

Kapitel 7

Nachts um elf Uhr war es noch über dreißig Grad warm. Ein feuchter Dunst verdeckte die Sterne und verhüllte den Mond. Seit dem Mord an Nelson waren zwei Tage vergangen und bisher hatte das von Squill an den Fall gesetzte Team noch keine Fortschritte gemacht. Ich stand am Ufer und warf die Angelschnur aus, holte den Köder langsam wieder ein und warf ihn erneut aus. Normalerweise angelte ich mit einer Fliegenrute und wusste, was ich am Haken haben wollte: Brillenfische, Rotbarsche, Buntbarsche, Makrelen. Manchmal kam meine Schnur mit einem Hai in Kontakt. Oder mit einem großen Rochen. Das waren noch die bekannteren Arten. Aber in seltenen Fällen hatte ich auch schon bizarre Lebensformen eingeholt, die in meinen Büchern über das Angeln im Golf von Mexiko nicht erwähnt werden. Ich wusste nie, welche Laune der Gezeiten oder der Strömung sie mir an die Leine führten, aber sie existierten, zappelnde Kreaturen aus unbekannter Tiefe, die vor meiner Berührung zurückschreckten. Vielleicht ist es seltsam, aber ich bezweifle, dass ich ohne sie so gerne angeln würde.

Angeln wirkt beruhigend, wenn ich aufgewühlt bin, und ich war durcheinander, seit ich mit angehört hatte, wie Dr. Davanelle von Clair zur Schnecke gemacht worden war. Weder hatte ich vorgehabt, die beiden zu belauschen, noch wollte ich Zeuge von Dr. Davanelles Bestürzung werden, doch nun hatte es sich in mein Gedächtnis eingebrannt.

Ich wusste nicht im Detail, was zu Dr. Davanelles Anstellung im Gerichtsmedizinischen Institut geführt hatte, ich wusste nur, dass sie die zweite Wahl für den Posten gewesen und erst nach Dr. Caulfields schrecklicher Verletzung angestellt worden war. Nur aufgrund einer Tragödie hatte sie den Posten in Mobile erhalten, ihre erste professionelle Anstellung. Wie mich Harry während seiner Lehrstunde im Cake's erinnert hatte, war auch ich durch das Pech anderer auf meinen Posten gestolpert. Ich wusste, dass einem solchen Umstand das Gefühl einer gewissen Unredlichkeit anhaften konnte. Und dass Dr. Davanelle mit Clair arbeitete – einer absoluten Perfektionistin, die jeden Augenblick Höchstleistungen von ihren Mitarbeitern forderte – machte die Sache nicht leichter.

Ich holte meine Leine ein und steckte die Angelrute in den Boden. Dann setzte ich mich in den Sand, legte die Arme um meine Knie und starrte über die leicht gekräuselte Oberfläche des Wassers, das im Mondlicht glänzte wie Vulkangestein. Nachdem ich einige Augenblicke nachgedacht hatte, wühlte ich durch meine Kühltasche, in die ich in letzter Minute mein Handy geworfen hatte. Telefon auf Eis; Freud hätte seine Freude daran gehabt.

Über die Auskunft erhielt ich Ava Davanelles Nummer und wählte sie. Ihre Stimme auf dem Anrufbeantworter war so kalt wie das Gerät in meiner Hand. Sie teilte ihre Nummer mit, erwähnte die Möglichkeit einer Nachricht nach dem Piepton und weg war sie. Ich hörte den Ton, lauschte der Stille und unterbrach den Anruf. Erst dann fragte ich mich, was ich eigentlich hätte sagen wollen, wenn sie da gewesen wäre.

»Hallo, Dr. Davanelle, hier ist Detective Ryder. Tut mir Leid, dass ich bei der Autopsie von diesem Nelson so eine Nervensäge war, ich wollte Ihre Probleme nicht noch schlimmer machen. Welche Probleme? Ich hatte mich gestern, äh, in Willet Lindys Büro verkrochen, als sie den Flur entlangkamen, und beobachtet, wie Sie ...«

Ich seufzte, öffnete den Reißverschluss der Kühltasche und wollte gerade wieder mein Handy einfrieren, als es zu klingeln begann.

Es war Harry. »Ich hab gerade einen Anruf von der Spurensicherung bekommen«, sagte er. »Wir haben einen weiteren kopflosen Reiter in 837 Caleria. Aufsatteln und losreiten, Ichabod. Wir sehen uns in Sleepy Hollow.«

Der Tatort war ein großes, auf Italienisch gemachtes Haus unweit der südlichen Außenbezirke der Innenstadt in einem Viertel herrschaftlicher, historischer Anwesen, zwischen die sich einige Apartmenthäuser gemischt hatten. Mehrere Streifenwagen waren vor Ort, ebenso der Van der Spurensicherung und ein Krankenwagen. Der Van eines Nachrichtensenders machte eine Kehrtwende und parkte am Bordstein. Auf dem Bürgersteig liefen Nachbarn mit düsteren Mienen umher. Da die vorbeifahrenden Autos von dem Blaulicht und dem Aufruhr angezogen wurden wie Motten, kam der Verkehr ins Stocken. Ein Streifenpolizist auf der Straße winkte mit den Armen und brüllte: »Weiterfahren, Leute, weiterfahren.« Ich sah Harry und hielt hinter ihm am Bordstein an.

»Dumpfbacken'R'Us in der Nähe?«, fragte ich.

Harry schüttelte den Kopf. »Squill war bei seinem Bruder in Pensacola. Er ist auf dem Weg.«

Von Pensacola brauchte er mindestens neunzig Minuten. Angesichts der verstrichenen Zeit hatten wir vielleicht noch eine halbe Stunde ohne ihn.

»Dann legen wir mal los, solange wir noch können, Bruder«, sagte ich. Wir gingen auf eine große Frontveranda. An einer weißen Säule lehnte Detective Sergeant Warren Blasingame vom dritten Distrikt, dessen Beamte, da wir uns im dritten Distrikt befanden, zunächst für diesen Fall zuständig waren. Blasingame zog an einer Zigarette und starrte in die Baumwipfel.

»Was ist da drin passiert, Warren?«, fragte Harry.

Blasingame fuhr mit einem Finger quer über seinen Adamsapfel. »Mehr weiß ich nicht.«

»Warst du nicht drinnen?«

»Nur die Mediziner, die Spurensicherung und Hargreaves. Sie hat den Anruf entgegengenommen«, erklärte Blasingame schleppend und spuckte auf den Rasen. »Meine Leute sollen nicht reingehen, ehe Squill hier ist. Und ihr beiden wahrscheinlich ebenfalls nicht, egal, ob die Piss-it-Regeln sagen, dass ihr zuständig seid.«

»Davon habe ich nichts gehört«, meinte Harry, als unsere Schritte über die Veranda stapften.

Deschamps Design Services stand über dem Firmenlogo an der Tür. Auf einem kleinen Schild unter der Klingel war zu lesen: BITTE KLINGELN. Ein Aufkleber auf der Scheibe sagte: GESCHÜTZT DURCH JENKINS SECURITY SYSTEMS. Das Haus war zwar nicht die Bastille, aber mit offenen Türen wurde man auch nicht gerade empfangen. Durch die Eingangstür gelangte man direkt in einen pastellfarbenen Empfangsbereich, in dem sich ein Innenarchitekt ausgetobt hatte: von Lichtleisten angestrahlte abstrakte Gemälde im Stile Chagalls, ein Knautschsofa aus blauem Leder, ein Designerstuhl, der mehr wie ein Drachen als wie ein Sitzmöbel aussah. Im Haus lag ein leicht aseptischer Geruch, wie nach Desinfektions- oder kräftigem Reinigungsmittel.

»Hier drin könnte man ja Bier kühlen«, meinte Harry und fasste an seine Krawatte. Wir gingen in einen kurzen Flur. Ich hörte ein gedämpftes Schluchzen aus einem Zimmer auf der linken Seite und öffnete vorsichtig die Tür. An einem schmalen Konferenztisch saß eine schlanke Frau mit der Streifenbeamtin Sally Hargreaves. Sal war die Erste am Tatort gewesen. Sie berührte das Handgelenk der Frau und sprach behutsam mit ihr. Als Sal mich sah, kam sie zur Tür.

»Cheryl Knotts, die Verlobte des Opfers«, flüsterte sie. »Sie ist Flugbegleiterin und war drei Tage unterwegs. Vor fünfzig Minuten kam sie hier an und fand einen gewissen Peter Edgar Deschamps tot in seinem Studio.«

»Erster Eindruck?«, fragte ich, da ich wusste, dass Sal übersinnliche Kräfte hatte.

»Sie hat nichts damit zu tun, da gehe ich jede Wette ein. Es hat sie total umgehauen.«

Mit übersinnlichen Kräften meine ich, dass Sal ein seltenes Gespür für Menschen hat, das ihr erlaubt, sie schnell und sicher einzuschätzen. Cops eignen sich ohnehin besser als der Durchschnittsbürger die Fähigkeit an, sich nicht hinters Licht führen zu lassen, doch manche waren echte Wunderkinder, hypersensible Mozarts. Sals Einschätzung genügte mir, um die Verlobte als Verdächtige so gut wie auszuschließen.

»Ob ich ihr demnächst ein paar Fragen stellen kann?«, wollte ich wissen.

Sally nickte und berührte meinen Arm. »Aber behutsam, wenn du kannst.«

Sallys Augen waren etwas feucht; die übersinnlichen Kräfte hatten ihren Preis. Ich küsste sie leicht auf die Stirn. »Habe ich dir erzählt, dass ich letzte Woche von dir geträumt habe?«, sagte ich. »Ich war eine Krankenschwester und du warst ein Wikinger ...«

Zum ersten Mal lächelte Sal, dann schob sie mich in den Flur. »Geh und pass auf Harry auf, bevor er irgendwas Dummes anstellt«, sagte sie.

Das Opfer lag rücklings vor dem Zeichenbrett. Neben dem Brett stand ein Schreibtisch mit einem Mac und einem Monitor, dessen Bildschirm größer war als der von meinem Fernseher. Die Kluft des Mannes war legere Bürogarderobe: blaues Oxfordhemd, gebügelte Khakihosen, Stoffgürtel, braune Slipper. Der Verstorbene war kräftig gebaut; er war zwar kein Hardcore-Gewichtestemmer mit übertriebenem Bizeps und steroidverseuchtem Blut, aber doch ein Typ, der hart und regelmäßig trainiert hatte. Sein Hemd war aufgeknöpft, ebenso war die Hose geöffnet und vom Hintern gezogen worden. Außer der scharlachroten Halskrause gab es keinerlei Anzeichen von Blut oder Gewalteinwirkung an seiner Kleidung. Hembree nahm sich gerade seiner an.

»Wie sieht's aus, Bree?«, fragte ich.

»Sieht aus, als wenn du mit Harry Überstunden machen müsstest.«

»Todesursache?«

»Wie bei Nelson. An der Leiche kann ich nichts finden. Nur eine Kopfwunde …«

»Könnte mittlerweile schon am Dixey-Bar-Leuchtturm vorbeitreiben.«

Hembree nickte. »Sollte der Täter eine Knarre benutzen, würde ich auf eine Zweiundzwanziger tippen. Da tritt die Kugel meist in den Schädel ein und prallt da drinnen umher wie ein Pingpongball. Keine Austrittswunde, keine Splitter. Nur Gehirnpudding.«

Ich fragte mich, was sich das Gehirn bei einer Kugel denkt, die innerhalb der eigenen Grenzen herumspringt wie eine Wespe aus Metall. Konnte ein Gehirn die eigene Zerstörung verstehen? Sich selbst schreien hören?

»Blutet es nicht höllisch, wenn der Kopf abgetrennt wird?«, fragte ich und rieb meine Hände. Plötzlich war mir kalt.

»Das Herz hört auf zu schlagen, das Blut fließt nicht mehr. Weniger Blutfluss als man meint. Ich würde in dem Fall ein Handtuch unter den Hals legen, um das Blut aufzusaugen, und dann den Kopf entfernen. Den Kopf in das Handtuch einwickeln, ihn in eine Bowlingkugeltasche stecken und Auf Wiedersehen sagen.«

»Da musst du nur aufpassen, dass du am Wettkampfabend nicht die Taschen vertauschst. Irgendeine Schrift?«

»Auf die Frage habe ich schon gewartet.«

Hembree zog den Slip des Verstorbenen vom Schamhaar. Die gleiche winzige Schrift, diesmal in zwei Zeilen. Die erste lautete: *Einen Haufen Huren entstellt. Ein Haufen Huren. Huren entstellt. Ein Haufen Huren. Abartige Huren. Ein Haufen Huren. Abartige Huren.* In der nächsten stand: *Rats Rats Rats Ho Ho Ho Ho Rats Rats Rats Rats Ho Ho Ho Ho Ho Ho Ho.*

Ein eisiger Finger kitzelte meinen Halsansatz.

»Wieder die Huren«, sagte Hembree. »Habt ihr schon in der Richtung ermittelt?«

Ich nickte. Wir hatten die Sitten- und Mordkommissionen an der ganzen Golfküste kontaktiert und die Suche auf die nationalen Kriminalstatistiken ausgeweitet. Es gab keine ungelösten Morde in unserer Region, auf jeden Fall keine, die in unser Muster passten. Was auch immer hinter den Morden steckte, wir hatten es mit einem exklusiven Fall zu tun.

Hembree deutete auf die zweite Zeile. »*Ho Ho Ho Ho* – was soll das heißen?«

»Klingt wie Gelächter. Als wollte er uns verspotten, Bree.«

Hembree schloss die Augen. »O Mann, alles, nur das nicht.«

Spott von psychopathisch gestörten Mördern war ein beängstigendes Zeichen. Die Mörder fühlten sich sicher, ungeschoren mit allen Taten davonzukommen. Manche waren leider auch davongekommen, besonders dann, wenn sie eisenharte Selbstkontrolle besaßen, in etwa die Kontrolle, die man benötigte, um einen Kopf abzutrennen und mit winzigen, perfekt gezeichneten Buchstaben zu schreiben. Solche Menschen konnten überall leben und alles sein: Hausmeister, Lehrer, Bankdirektor.

Hembree berichtete, nach Schätzung der Mediziner sei der Tod vor ungefähr zwei Stunden eingetreten, vielleicht etwas früher, vielleicht etwas später. Harry meinte: »Ich werde mich mal im Rest vom Haus umschauen. Versuch du etwas aus der Frau herauszubekommen. Die Freundin?«

»Verlobte«, verbesserte ich. »Sally hält sie für unschuldig.«

»Das genügt mir«, sagte Harry, der mit ihren übersinnlichen Fähigkeiten vertraut war, und knöpfte seine Jacke zu. »Gott, hier ist es kälter als in einem Grab.«

Ich kehrte in das Zimmer zu der Verlobten zurück und hoffte, dass ich für sie nicht zum Dämon wurde. An der Kasse eines Lebensmittelladens hatte ich einmal ohne es zu wissen hinter einer Frau gestanden, die ich über den gewaltsamen Tod ihrer Tochter befragt hatte. Als sich unsere Blicke trafen, wurde sie kreidebleich, stieß ein Miauen aus und rannte hinaus, während ihre Einkäufe noch auf dem Band lagen. Jetzt, da ich dieser Frau im schlimmsten Moment ihres Lebens begegnete, betete ich dafür, dass ihr Gedächtnis mich nach dieser Nacht ausradierte und es nicht mein Gesicht war, das an der Decke prankte, wenn Albträume sie aus dem Schlaf rissen.

»Verzeihen Sie, Ms Knotts, ich bin Detective Carson Ryder und würde gerne ein paar Minuten mit Ihnen sprechen, wenn es Ihnen nichts ausmacht.«

Sie holte tief Luft und nickte. »Solange noch alles ... frisch ist, ich weiß.« Ich musste mich anstrengen, um sie zu verstehen.

»Hat Peter Ihnen vielleicht von irgendeinem Termin heute erzählt? Von jemanden, mit dem er sprechen wollte?«

»Nein. Aber er war für einen Termin gekleidet. Lange Hose, Hemd. Normalerweise arbeitet er in Shorts und T-Shirt, es sei denn ... jemand muss sich in letzter Minute angemeldet haben.«

Ich hörte Stimmen und Schritte an der Haustür. Sally schloss die Zimmertür, damit wir allein waren.

»Kommen hier häufig Kunden vorbei?«

»Nein. Er geht zu ihnen. Peter macht einen guten Kundendienst.«

»Laufkundschaft?«

»Manchmal sehen Leute das Firmenzeichen und fragen, ob er Visitenkarten oder solche Sachen macht.«

»Wenn er einen Termin hatte und es aufgeschrieben hat, wo würde er diese Unterlagen aufbewahren?«

Sie schloss die Augen. »Letztes Jahr zu Weihnachten habe ich ihm einen PDA geschenkt. Er ist wahrscheinlich im Empfangstisch. Oberste Schublade.«

Sal schlich davon und kehrte eine Minute später mit einem Gerät zurück, das kaum größer als eine Kreditkarte war. Sie hatte Latexhandschuhe angezogen. Ich ging mit Sal in den Flur. Sie tippte auf die Tastatur und betrachtete lange das Display, bevor sie es mir zeigte.

Das heutige Datum. Darunter war eingegeben: *20:00 Uhr. Tr.m. Mr Cutter.*

»Also, dreister geht es ja nicht mehr«, sagte Sally.

Ich ging los, um Harry von Mr Cutter zu berichten, und lief in einen ausgestreckten Arm, hinter dem ein Fleischberg stand. »Immer langsam, Ryder«, sagte Burlew. »Wohin des Weges, Sportsfreund?« Sein Atem roch nach Gülle und Zwiebeln; vielleicht sollte er mal Anzeigen für Lutschbonbons kauen.

»Ich muss mit Harry sprechen.«

»Ruf ihn an, von draußen.«

Ich rief: »Harry, bist du da irgendwo?«

Burlew zeigte zum Eingang. »Da ist die Tür, Kumpel.«

»Wo ist der Captain, Burlew?«

»Sergeant Burlew für dich. Und jetzt beweg deinen Arsch, sonst mach ich dir Beine.«

Am anderen Ende des Flurs steckte Squill seinen Kopf durch die Tür von Deschamps' Studio. Es kam mir vor, als wäre die Welt aus ihrer Achse gerutscht und jeder an eine andere Stelle geworfen worden. »Ich habe die Ermittlungen übernommen, Ryder«, sagte er. »Gehen Sie raus und nehmen Sie Aussagen von den Nachbarn auf.«

»Wo ist Harry, Captain? Es ist wichtig.«

»Haben Sie bei der Geburt zu wenig Sauerstoff abgekriegt, Ryder?«, sagte Squill. »Ich habe Ihnen einen eindeutigen Befehl erteilt.«

Ich hatte die überarbeiteten Richtlinien ungefähr hundertmal gelesen und meistens war mir angesichts der Autonomie, die PSET angeblich eingeräumt wurde, ungläubig die Kinnlade heruntergeklappt. In den Fällen, die gemäß der Richtlinien in den Zuständigkeitsbereich der Einheit fielen, waren

Harry und ich diejenigen, die die Ermittlungen koordinierten.

»Entschuldigen Sie, Captain«, erwiderte ich, »aber in Kombination mit dem Mord an Nelson haben wir es bei diesem Fall eindeutig mit einem psychopatholigisch und soziopathologisch gestörten Täter zu tun, und das bedeutet …«

Squill stieß einen manikürten Zeigefinger in Richtung Ausgang. »Da ist die Tür«, erklärte er.

»Verdammt noch mal, Sir, lassen Sie mich ausreden. Aufgrund dieser Sachlage …«

»Sie beschimpfen einen Vorgesetzten? Das war's. Ich muss wohl nichts mehr sagen, Detective.«

»Wie wäre es dann mit Zuhören, Captain? Wir haben zwei enthauptete Männer und wir haben …«

»Sie, Officer«, blaffte Squill einen jungen Streifenpolizisten an, der neben der Hintertür stand. »Ja, Sie. Aufwachen. Kommen Sie und begleiten Sie Mr Ryder aus dem Haus, sofort.«

»… eindeutige Hinweise auf einen gestörten Täter …«

Burlews Hand klammerte sich um meinen Bizeps wie ein Schraubstock und ich riss mich los. »Hände weg, Burl. Musst du nicht die Socken des Captains waschen oder so was?«

Burlew wirbelte herum und spuckte einen grauen Klumpen Zeitungspapier auf den Boden. »Willst du Ärger?«, drohte er, ein Fels mit Mundgeruch und geballten Fäusten und Muskelpaketen, die sich unter seinem Jackett wölbten. »Hast du den Mut, es drauf ankommen zu lassen?«

Ich verlagerte meinen Schwerpunkt auf die Hüften und fühlte einen Energieschub direkt unter meinem Bauchnabel. Ich konnte die Hitze riechen, die von Burlew ausströmte. Seine winzigen Augen funkelten vor Zorn, doch dahinter spürte ich Angst.

»Sergeant«, kommandierte Squill. »Kommen Sie her. Wir haben zu tun.« Squill winkte Burlew herbei.

Ich sprach leise. »Squill braucht eine Fußmassage, Burl. Lass ihn lieber nicht warten.«

Burlew versuchte mich mit seinen Blicken zu durchbohren, fuhr dann mit der Zunge über seine Lippen, und als er sich Richtung Studio wandte, gab er mir einen kräftigen Schubs mit der Schulter. »Deine Zeit wird noch kommen, Arschloch«, fauchte er.

Der Uniformierte kam auf mich zu. »Tut mir Leid, Detective Ryder«, sagte er, »aber würden Sie bitte hinausgehen? Bitte.«

Zitternd vor Wut ging ich auf die Veranda und hörte Harry pfeifen. Er trat aus dem Schatten neben dem Haus. »Willkommen in der zweiten Mannschaft, Carson. Wir zwei sind draußen und die zwei sind drinnen. Squill ist angekommen, als du gerade mit der Verlobten gesprochen hast, es war, als wären die Marines gelandet.«

»Erklär mir das, Harry. Habe ich irgendwas verpasst?«

Harry zeigte auf eine großes Limousine, die auf den Rasen vor dem Haus bog. Der Motor heulte unsinnig auf, die Reifen durchpflügten den Boden und wirbelten Gras auf. Schau mich an, schien der Wagen zu sagen, als er mit einem Ruck zum Stehen kam. Die Beifahrertür ging auf. Nach einer kurzen Pause, in der die Kameralichter die Szene ausleuchten konnten, tauchte der stellvertretende

Polizeichef, Deputy Chief Plackett, auf, als wäre er aus dem dunklen Fahrzeug geboren worden. Er rückte seine Krawatte zurecht, zeigte den Medienvertretern seine Handfläche und bahnte sich, jeden Kommentar ablehnend, seinen Weg zum Haus. Mir kam die Galle hoch, denn ich hatte die Botschaft verstanden: Squill und Plackett vollführten das Zeremonienspiel der hohen Tiere; Squill spielte seine Rolle für Plackett, Plackett für die Kameras und die Öffentlichkeit. Die verstümmelte Leiche im Haus diente ihnen in dieser selbstherrlichen Schmierenkomödie lediglich als Requisite.

»Detective Ryder?«

Ich drehte mich um, neben mir stand der Beamte, der mich auf Squills Geheiß aus dem Haus geführt hatte, ein junger, blonder Kerl, der aussah, als wäre er direkt von den Pfadfindern in den Polizeidienst gewechselt.

»Tut mir Leid wegen der Sache da drinnen, Sir. Der Captain hat mir den Befehl erteilt und ich …«

»Und Sie haben getan, was Sie tun mussten. Kein Problem.«

»Wenn Sie mich fragen, ist das Blödsinn, Detective. Wenn überhaupt jemand am Tatort sein sollte, dann Sie, finde ich. Dieser Wahnsinn … Haben Sie nicht den Adrian-Fall ganz allein gelöst? Haben Sie doch, oder?«

Er meinte es gut, aber seine Worte waren mir unangenehm. Aus dem Augenwinkel sah ich, dass Harry seinen Kopf in meine Richtung neigte und auf meine Antwort wartete.

»Nicht ganz«, erklärte ich dem Streifenpolizisten mit einem Kloß im Hals. »Ich hatte damals einfach nur Glück. Außerdem hatte ich eine Menge Hilfe.«

»Carson, du BRAUUUCHST MICH WIEDER ...«

Von welcher Seite die Hilfe gekommen war, erzählte ich ihm nicht. Oder dass ich allein bei dem Gedanken, diese Hilfe erneut in Anspruch zu nehmen, weiche Knie bekam und mir ein Schauer über den Rücken lief. Ich schaute zu Harry. Er betrachtete den Himmel, als wäre er eine Kinoleinwand.

Mit heruntergekurbelten Fenstern und aufgedrehter Klimaanlage fuhr ich nach Hause, den Knoten in meinem Magen konnte der Sturm im Wagen jedoch nicht wegblasen. PSET war in der Folge von Adrians Mordserie erschaffen worden und die ungewöhnlichste aller PR-Erfindungen: Ob nur zufällig oder nicht – sie erfüllte ihren Zweck. Aber wie so viele über die Jahre am grünen Tisch entstandenen Einrichtungen schien auch PSET ein frühes Ende bestimmt zu sein, dem niemand nachtrauerte. Still und leise würde die Einheit aus der nächsten Inkarnation der Polizeirichtlinien verschwinden, ihr kurzlebiger Zweck würde erfüllt sein, ihre schwammigen Versprechungen nicht länger benötigt werden.

Als ich ausgelaugt und schlecht gelaunt zu Hause ankam, sah ich, dass mein Anrufbeantworter eine Nachricht gespeichert hatte. Ich drückte die Abspieltaste.

»Hallo, Carson? Sind Sie da? Hier ist Vangie Prowse. Nehmen Sie bitte ab. Ich möchte mit Ihnen über Jeremy reden. Wir müssen ein paar Dinge besprechen. Carson?«

Ein Piepton signalisierte das Ende der Nachricht. Ich löschte sie und fiel ins Bett.

Kapitel 8

»Koordiniert Piss-it jetzt den Fall oder nicht?«, fragte ich Lieutenant Tom Mason, als er am nächsten Morgen um 7:30 Uhr ins Präsidium kam. »Wir haben zwei kopflose Leichen. Wollen wir warten, bis der Seelenklempner des Mörders anruft? ›Ja, Cutter ist ein Irrer, Ihr ergebener Dr. Igor Hassenpfeffer.‹«

Ich setzte mich schwerfällig auf meinen Schreibtisch und warf einen Becher mit Stiften um.

»Hassenpfeffer? Ist das ein echter Name?«, fragte Tom und bückte sich, um die Stifte vom Boden aufzuheben. Tom ist der Leiter der Abteilung Tötungsdelikte und unsere wichtigste Verteidigungslinie gegen die hohen Tiere. Er ist ein spargeldürrer Fünfzigjähriger mit einem Gesicht wie ein selbstmordgefährdeter Bluthund und völlig frei von Niedertracht. Mir war gerade die Konfrontation der vergangenen Nacht noch einmal durch den Kopf gegangen, als Tom auftauchte. Kurz danach kam Harry, der soeben von einem Gerichtstermin zurückgekehrt war und sich nun aus seinem mönchischen Jackett pellte.

»Hör dir das an«, sagte ich, nahm die überarbeiteten Polizeirichtlinien von meinem Tisch und deklamierte die Passage über PSET mit dem Eifer eines Strafverteidigers.

Tom nickte. »Habe ich heute Morgen schon gelesen.«

»Ist das nur ein Witz oder ist das ernst gemeint?«

Harry nahm mit einem Becher Kaffee Platz und schenkte mir seinen nachsichtigen Blick. Tom sagte: »Harry, erinnerst du dich an diesen verrotteten alten Kahn, den die Wasserschutzpolizei früher hatte? Dieses schrottreife Boot?« Tom brauchte eine Ewigkeit für den Satz. Er war auf einer Wassermelonenfarm nahe der Grenze zu Mississippi aufgewachsen, im tiefsten Hinterland, wo die Einheimischen in etwa so schnell redeten, wie die Melonen wuchsen. Wenn Tom noch langsamer sprechen würde, würde er rückwärts reden.

Harry nickte. »Der lecke Pott mit der kaputten Pumpe im Kielraum.«

Tom stellte seinen Fuß auf einen Stuhl und verschränkte die Arme über dem Knie. »Carson, '99 oder so hat man uns ein brandneues Boot von der Mabry-Werft gestiftet. Acht Meter lang. Hundertfünfzig-PS-Motor. Stabil wie Granit. Sogar mit Schwimmwesten ausgerüstet.«

Ich saß angespannt und ungeduldig da. Tom brauchte schon mindestens fünf Minuten, um einem Gesundheit zu wünschen, wenn man geniest hatte.

»Dann kam der Tag, an dem das Boot geweiht werden sollte, du weißt schon, Carson, die Schiffstaufe. Ein großes Theater. Die Politiker wurden eingeladen, die Medienfritzen. Nur dem Kaplan hatte keiner Bescheid gesagt. Die Kapelle spielte, die Politiker schwangen ihre Reden. Die Leute standen da und glotzten. Aber keine Taufe.«

Meine Aufmerksamkeit begann abzuschweifen. Harry gab mir einen Stups und zeigte auf Tom: *Zuhören!*

»In der darauf folgenden Nacht schippert irgend so ein Drogenkurier sein Unkraut durch den Nebel und rammt nördlich vom Damm einen Baumstamm. Regen. Schwere See. Riesige Wellen in der Bucht. Aber wir mussten die Drogenpakete aus dem Wasser fischen, bevor die Strömung sie wegtrieb. Weißt du, mit welchem Boot die Jungs rausgefahren sind?«

Harry stieß mich an und sagte: »Sie haben das alte Boot genommen, weil das neue noch nicht getauft worden war, Carson. Solange es noch nicht durch eine höhere Macht gesegnet war, wollten sie ihm ihre Ärsche nicht anvertrauen. PSET ist ernst gemeint, aber es ist im Grunde brandneu. Niemand will der Einheit vertrauen, solange sie nicht gesegnet worden ist.«

»Und wann erfahren wir, ob wir diese Weihen empfangen werden?«, fragte ich.

»Das könnte schnell gehen«, antwortete Tom und klopfte auf das Glas seiner Armbanduhr. »Der Chief hat in zwanzig Minuten eine Besprechung angesetzt.«

Drei Worte kamen mir in den Sinn, wenn ich an Chief Hyrum dachte: Einhaltung des Dienstweges. Wenn ich in seiner Anwesenheit an einem Gummiball ersticken sollte, würde er in sein Büro gehen und einen seiner Stellvertreter anrufen. Der würde den Leiter der allgemeinen Kriminalabteilung informieren, der seinerseits den Dienst habenden Captain in Alarmbereitschaft versetzen würde. Der Captain würde sich an den Lieutenant der Abteilung Tötungsdelikte wenden, der einen Sergeant der Mordkommission losschicken würde, um meine Leiche zu bergen.

Die bürokratische Struktur war sein Schutz vor der Realität. Oder, freundlicher ausgedrückt, vor dem Treffen von Entscheidungen. Er war vor drei Jahren auf den Chefposten gehievt worden, als der damalige Polizeichef einen Herzinfarkt erlitten hatte und in den Ruhestand gegangen war. Hyrum hatte sich bei der Umstrukturierung der Mobiler Polizei mehrere gut gemeinte Fehlgriffe geleistet, die fast alle in der Öffentlichkeit zu negativer Presse und intern zu allgemeinen Bauchschmerzen geführt hatten. Durch diese Erfahrung vorsichtig geworden, hielt sich der Chief nun streng an die Vorschriften und neigte zum bewährten Gang der Dinge. Jüngsten Experimenten – wie beispielsweise PSET – begegnete er wie ein Blinder, der sich dem Klang einer unbekannten Maschine näherte.

Wir waren ein paar Minuten zu früh im Konferenzraum. Ich trank eine Tasse Kaffee, schenkte mir dann eine zweite ein und nahm Platz, während die anderen hereinmarschierten. Angeführt von Chief Hyrum trat ein unglaubliches Aufgebot von Dienstgraden an. Unter ihm war Deputy Chief Belvidere, und da Belvidere an der Versammlung teilnahm, war auch DC Plackett anwesend. Auf der nächsten Stufe standen Blasingame vom dritten Distrikt, Cantwell vom zweiten sowie Tom Mason. Dann folgten die Leute von den Distrikten, in denen die Morde stattgefunden hatten: Rose Blankenship vom zweiten und Sammy Walters vom dritten.

Der Chief und Squill waren in ein Gespräch vertieft, als sie eintraten, und Squill klopfte dem Chief auf die Schulter. Hyrum war fünfundfünfzig Jahre alt, ungefähr einen Meter achtzig groß und erweckte einen redlichen Eindruck, auch wenn sich sein Bauch etwas über den Gürtel wölbte. Nachdem er Platz genommen hatte, wurde es still im Raum, dann schaute er in die Runde der erwartungsvollen Gesichter.

Bei meinem hielt er an.

»Ich habe gehört, es hat gestern Nacht ein kleines Missverständnis gegeben, Detective Ryder. Würden Sie uns Ihre Version der Geschichte erzählen? Jetzt haben Sie die Gelegenheit dazu.«

Ich bekam ein flaues Gefühl im Magen. »Was erzählen, Sir?«

Squill räusperte sich. »Chief, manchmal werden Fehler gemacht und man muss sich entschuldigen.«

Hyrum sagte: »Das kann ich akzeptieren, Captain.«

Alle starrten mich an. Ich kam mir vor wie der Hauptdarsteller in einem Stück, das abgesetzt wurde, bevor ich die Gelegenheit bekam, den Text zu lesen. Squill war vor dem Treffen beim Chief gewesen und hatte mich wegen des Vorfalls gestern Nacht angeschwärzt. Und ich sollte mich offensichtlich bei Squill entschuldigen.

»Was geht hier vor?«, wollte ich wissen.

Hyrum sagte: »Ich würde sagen, lassen wir die Vergangenheit ruhen, Detective. Am besten vergisst man die Fehler und …«

Ich schlug mit der flachen Hand auf den Tisch. Kaffee spritzte von den Tassen auf den Tisch. Allgemeines Gemurre.

»Nein, verdammt noch mal. Ich möchte wissen, was Ihnen über letzte Nacht erzählt worden ist.«

Neben mir stöhnte Harry so leise, dass nur ich ihn hören konnte. Während Chief Hyrum verschütteten Kaffee mit seiner Serviette aufwischte, warf er mir, um Beherrschung bemüht, einen finsteren Blick zu. »Captain Squill hat mir gesagt, dass Sie und Detective Nautilus die Ermittlungen am Tatort in ausgezeichneter Weise unter PSET-Direktive aufgenommen hätten, während der Captain fälschlicherweise das Kommando unter den Standardrichtlinien übernommen und damit zu einer gewissen Verwirrung beigetragen habe.«

Harry stöhnte erneut. Hyrum fuhr fort. »Captain Squill hat mir auch gesagt ...«

»Dass ich meine Fehler zutiefst bedauere«, warf Squill mit dem sanften Ton eines Bestattungsunternehmers ein. »Ich versichere allen in diesem Raum und besonders Detective Ryder, dass ich seither die Richtlinien gelesen habe. Zweimal. Nein, dreimal.«

Bei Squills Selbstherabsetzung konnten sich manche einen Lacher nicht verkneifen. Er machte einen auf *mea culpa* und ich machte mich zum Arschloch. Ich hatte von ihm erwartet, die Vorfälle der letzten Nacht zu verdrehen, und jetzt überrumpelte er mich damit, die Wahrheit zu erzählen.

»Können wir fortfahren, Detective Ryder?«, fragte Hyrum und warf mir erneut einen bösen Blick zu.

Ich nickte. Bitte. Schnell. Ich schaute verstohlen

zu Squill hinüber; er strich über sein Kinn und lächelte aus dem Fenster. Der Chief wandte sich an Harry. »Sie waren an beiden Tatorten, Detective Nautilus. Was ist Ihre Meinung?«

»Ich war vor allem damit beschäftigt, die Schaulustigen zu befragen, Chief, deswegen würde ich mich an Ihrer Stelle an Detective Ryder halten.«

Das war Harrys Art, mich wieder in den Sattel zu heben. Angemessen nüchtern und ohne einen Tropfen Kaffee zu verschütten, hakte ich eine Liste von Fakten ab.

»Kaltblütig«, sagte Rose Blankenship, nachdem ich fertig war. »Irgendeine Idee, was die Botschaften bedeuten?«

Ich fuhr mit einer schnellen Zusammenfassung der Erklärungsversuche fort, die Harry und ich durchgespielt hatten: Anagramme, astrologische Zeichen, mythische Symbole, wesentliche Buchstabenkodes. Nichts von alledem schien zu passen, es blieb nur das Gefühl, dass sich der Mörder sicher fühlte und die Situation zu kontrollieren glaubte.

»Setzen Sie doch mal die einzelnen Ereignisse zusammen, die Ihrer Meinung nach zu dem Mord geführt haben, Detective Ryder«, bat der Chief.

Ich nickte und legte meine Rekonstruktion der zeitlichen Abläufe dar, wobei ich versuchte, so professionell und überzeugt zu klingen wie ein Nachrichtensprecher. »Der Täter erschien zu einem Termin um 20 Uhr, der meines Erachtens telefonisch vereinbart worden war. Er überwältigte Mr Deschamps und tötete ihn. Auf welche Weise der Mord ausgeführt worden ist, kann zu diesem Zeitpunkt noch nicht eindeutig festgestellt werden. Mittels eines äußerst scharfen Werkzeuges enthauptete er Mr Deschamps, ein Prozess, der, wie mir die Gerichtmediziner gesagt haben, weniger als eine Minute in Anspruch nehmen kann. Vor der Enthauptung verbrachte der Täter ungefähr zehn Minuten damit, seine Botschaft auf die Leiche zu schreiben, und zwar mithilfe …«

Squill schaltete sich ein. »Vor der Enthauptung? Sind Sie sicher?« Er brachte Redner gerne mit wahllos eingestreuten Fragen aus dem Konzept. Hatte der Redner allerdings einen höheren Rang inne als Squill, lauschte er verzückt und schweigend jedem Wort.

Ich versuchte, mir meine Verärgerung nicht anmerken zu lassen. »Die Gerichtsmediziner haben entdeckt, dass die Schreibnadel die Kapillaren an mehreren Stellen durchstochen hat. Die geringe Hämorrhagie lässt auf Herzstillstand schließen.«

»Sie sagten, das Schreiben der Botschaft dauerte zehn Minuten. Wie kommen Sie auf diesen Wert? Durch die Gerichtsmedizin?«

»Nicht ganz, Captain. Durch ein unabhängiges Experiment sozusagen, eine Art …«

Squill nickte triumphierend, als hätte er mich bei einer dreisten Lüge ertappt. Aus Harrys Richtung hörte ich ein weiteres leises Stöhnen. »Detective Ryder, mir ist klar, dass wir hier noch ins Blaue hinein spekulieren, aber wir bemessen Taten erst nach einem qualifizierten Urteil der Gerichtsmedizin mit exakten Zeitangaben.«

»Ich glaube, meine Bemessung der Zeitangabe ist qualifiziert, Sir«, sagte ich. »Auf jeden Fall ist sie empirisch belegt.« Ich hatte noch keine Zeit gehabt, Harry zu unterrichten, weil er im Gericht war.

Chief Hyrum runzelte die Stirn. »Wovon sprechen Sie, Detective Ryder?«

»Wie ich schon sagte, es ist eine Art Experiment, Chief.«

»Klären Sie uns bitte auf.«

Ich stand auf und ließ meine Hose herunter.

Harry klang, als wäre gerade sein Blinddarm geplatzt.

Kapitel 9

Mr Cutter saß in seinem Wagen auf dem Parkplatz des Gerichtsmedizinischen Instituts und wartete auf sie. Ursprünglich hatte er sich nicht als Mr Cutter gesehen, aber nachdem er den Namen bei Deschamps benutzt hatte, begann er ihm zu gefallen, wie ein guter Witz. Deschamps schien von dem Namen auf jeden Fall ganz angetan gewesen zu sein, als er ständig *Mr Cutter* dies, *Mr Cutter* das sagte. Aber Deschamps war durch und durch liebenswürdig gewesen, er wollte seinen Besucher mit allen Mitteln zufrieden stellen. Er war sogar auf den Rücken gefallen, sodass sich das Blut auf seinem Rücken sammelte und die wichtigen Partien nicht verfärbte; Mr Cutter hatte ihn nicht umdrehen müssen.

Gleich mit dem ersten Anruf hatten sie eine Geschäftsbeziehung aufgebaut. »Mr Deschamps, mein Name ist Alec Cutter, ich würde mit Ihnen gerne über die Entwürfe eines Logos und anderer Corporate-Identity-Materialien für meine neue Firma sprechen. Vielleicht könnten Sie sowohl ein paar typographische als auch einige graphische Vorschläge ausarbeiten …«

Bei dem Gedanken daran musste Mr Cutter leise in sich hineinlachen. Es hatte ihn nur eine Viertelstunde in der Bibliothek mit einem Handbuch der Werbungsbranche gekostet, um sich genug Fachworte anzueignen, die jedes Misstrauen zerstreuten.

»Keine Sorge, Mr Cutter, ich habe eine Menge Erfahrung mit Firmenlogos und Corporate Identity. Wenn Sie vorbeikommen, werde ich Ihnen ein paar Muster zeigen. Um acht, sagten Sie? Ich freue mich.«

Mr Cutter wusste, dass sein Mann allein sein würde. Nachdem Deschamps vor ein paar Monaten einer der Auserwählten geworden war, hatte sich Mr Cutter über hundert Stunden mit dem Terminkalender und den Gewohnheiten des Designers beschäftigt. Seine Verlobte verschwand immer montags und kehrte spät am Donnerstag zurück. Obwohl Mr Cutter einen festen Job hatte, war er in seiner Terminplanung flexibel, was es ihm ermöglichte, seine Opfer so lange wie nötig auszuspionieren.

Nichts auf der Welt war wichtiger.

Mr Cutter kam um 19:50 Uhr bei Deschamps an, der vorschlug, gleich ins Studio zu gehen. Er wandte ihm seinen breiten Rücken zu und führte ihn durch das Haus, unter seinem kurzärmeligen Hemd zeichneten sich die kräftigen Schultern und Oberarmmuskeln ab. Perfekt. Außerdem war sein Körper makellos, wie Mr Cutter bereits wusste. Deschamps war nicht der Typ für furchtbare Modetrends wie Tätowierungen oder Piercings; er war vom Hals bis zu den Knien makellos.

Er hatte Mr Cutter sogar das Bild geschickt, um es zu beweisen.

Mr Cutter führte seine wahre Aufgabe aus und säuberte dann wie ein besessenes Zimmermädchen das Studio. Mit dem richtigen Wissen und sorgfältiger Planung jeden belastenden Beweis zu entfernen, war nicht übermäßig schwierig. Die Zeit spielte keine Rolle, Deschamps' Frau kehrte nicht vor 22 Uhr am Donnerstag zurück. Er wollte nicht, dass sie zu spät kam, doch Verspätungen – manchmal auch lange – waren in ihrem Beschäftigungszweig unvermeidlich, sodass Mr Cutter die Klimaanlage auf die niedrigste Stufe herunterdrehte.

Mit Nelson war es noch einfacher gewesen als mit dem Designer. Mr Cutter erkannte in ihm sofort einen Mann, der von Habgier angetrieben war. Das Telefonat war beinahe amüsant gewesen.

»Sie kennen mich nicht, Mr Nelson, aber wir haben einen gemeinsamen Freund.«

»Tony? Rance? Bobby?«

»Moment, Moment, Sie wissen, dass nicht alle Ihre Freunde, wie soll ich es sagen, Freunde des Lichts sind. Manche sind nur Freunde der Nacht. Namenlose Freunde der Nacht. Großzügige, namenlose Freunde der Nacht.«

Gelächter von Nelson. Man merkte gleich, dass er kleine Spielchen liebte.

»Ich würde mich gerne mit Ihnen treffen, Mr Nelson, an einem stillen Ort, abgelegen ... Ich bin ein Mann mit einfachen Vorlieben und gefüllter Brieftasche ... Nicht weit von mir gibt es einen kleinen Park ...«

Es hatte so wunderbar funktioniert. Auch Nelson war perfekt von Kopf bis Fuß, genauso wie seine Fotos es in Aussicht gestellt hatten.

Ein Pick-up bog auf den Parkplatz des Instituts.

Mr Cutter bückte sich tief hinunter und griff mit abgewandtem Gesicht ins Handschuhfach, als würde er etwas suchen. Nachdem der Pick-up aus dem Sichtfeld seines Spiegels verschwunden war, richtete er sich wieder auf und kehrte zu seinen Gedanken zurück.

Zwei seiner Projekte waren glatt gegangen, eines war schief gegangen.

Es war sein erster Versuch gewesen. Schrecklich. Er war von einem Halbwüchsigen betrogen worden und hätte das Gesicht des kleinen Arschlochs gleich dort in der Dunkelheit des Ackers mit der Musik und den Wassermelonen zu Brei schlagen sollen. Nachdem er das widerliche Ding gesehen hatte, das sich dieser Abschaum auf seine Brust gekritzelt hatte, hatte Mr Cutter dem Arschloch einen Stein an den Kopf geschlagen, war dann unbemerkt davongeschlichen und hatte die von Drogen umnebelten Idioten mit ihren funkelnden Halsketten, Wasserflaschen und schmutzigen Habseligkeiten allein gelassen.

Siebenunddreißigeinhalb Stunden Recherche und Planung hatten sich in Luft aufgelöst. Glücklicherweise hatte eine Woche später Nelson seine Personalien geschickt. Mit ihm war es so einfach gewesen, dass es fast die Zeit ausglich, die er an – wie hieß das kleine Arschloch noch? Farrier? – verschwendet hatte.

Mr Cutter warf einen Blick auf seine Uhr. Es war fast Mittag, es würde also nicht mehr lange dauern, bis sie pünktlich zum Essen hinausging. Er klappte die Sonnenblende herunter und lehnte sich zurück. Bei dem Gedanken an sie begann sein Herz zu rasen und eine köstliche Mischung aus Angst und Freude in jede Zelle seines Körpers zu pumpen. Er musste sehen, wie sie nach draußen in das harte Sonnenlicht ging. Das Licht kroch ihr Gesicht hoch, das sie in dieser wahnsinnigen Wut einer Hexe verzieht, eine ihrer Launen, die über sie hereinbrechen wie eine Glaswelle und deren heiße Scherben überall zersplittern.

Als er sie das erste Mal gesehen hatte, seit sie zurückgekehrt war, war sie draußen gewesen. War von draußen nach drinnen gegangen. Wütend, aber nicht wegen der Sonne. Es war ihre wilde, versteckte Wut gewesen, diese schwelende Hexenwut voller Lügen und Versprechungen.

Er hatte diese Wut sogar durch ihren erbärmlichen Deckmantel der Lüge erkannt; ein Kuss ist nur um Haaresbreite von einem Biss entfernt.

Er erkannte Mama in ihr.

Und er wusste, dass die Welt ihm eine zweite Chance geschenkt hatte.

»Ich habe einen so genannten Radiographen benutzt, einen Stift für technische Zeichnungen«, sagte ich mit heruntergelassener Hose, während ich auf meinen Oberschenkel zeigte, »und die Worte geschrieben, die auf Deschamps gefunden wurden. Die Mikrofotografien des Labors lassen darauf schließen, dass die Schrift Strich für Strich aufgetragen wurde, damit die Tinte wegen der Porosität der Haut nicht verläuft. Ich habe es dreimal versucht und der schnellste Versuch hat zehn Minuten gedauert.«

»Ich kann die Schrift kaum erkennen«, sagte Deputy Chief Belvidere und blinzelte von der anderen Seite des Tisches herüber. »Beinahe so, als wollte der Täter nicht, dass man sie sieht.« Chief Hyrum schien sich angesichts burgunderroter Slips unbehaglich zu fühlen. »Sehr, äh, gründliche Arbeit, Detective Ryder«, sagte er. »Ich denke, das genügt jetzt.«

Ich zog meine Hose hoch und setzte mich hin.

Squill sagte: »Ich gratuliere Detective Ryder zu seiner unabhängigen Forschungsarbeit und hoffe, dass er sie mit derjenigen unserer Experten überprüft. Das ist das Schöne in der Kombination von PSET und bewährten Ermittlungstechniken: Theorie und Praxis können sich vermischen und ineinander übergehen. Wenn geistige Höhenflüge durch die Realität abgefedert werden, können sie manchmal aufschlussreich sein.«

Durch die Realität abgefederte geistige Höhenflüge. Aha.

Hyrum räusperte sich befangen und richtete sich an alle Anwesenden. »Wir haben PSET als Reaktion auf die wachsende Zahl, wie soll ich sagen, wahnsinniger Straftaten gegründet. Die Detectives Nautilus und Ryder haben sich beim Adrian-Fall bewiesen. Deshalb wurde Detective Ryder von den uniformierten Kräften in den Kriminaldienst befördert und deshalb haben er und Detective Nautilus eine besondere Ausbildung erhalten. Obwohl dies der Probelauf von PSET ist, benötigen sie bei der Ermittlung dieser Mordfälle ein wenig Freiheit.«

»Ja«, hauchte Harry. Ich hielt die Luft an. Standen wir kurz vor unseren offiziellen Weihen?

»Ich stimme vollkommen zu«, sagte Squill. »In den betroffenen Vierteln leben Bürger, die verängstigt sind. Und zwar lautstark. Beide Viertel befinden sich nahe der Innenstadt. Wir können die Menschen in diesen Vierteln nicht in Angst leben lassen, gerade jetzt, wo der Plan des Bürgermeisters zur Revitalisierung der Stadt in vollem Gange ist.«

Hyrum hörte aufmerksam zu, sein Kopf wippte zum Rhythmus der Politik. Die Politik besaß eine Struktur.

Squill fuhr fort. »Aus diesem Grund begrüße ich die Beteiligung von PSET. In der Kombination mit der Arbeitsweise einer Task Force werden wir unsere Mittel vollständig ausschöpfen.«

Aus dem Nichts standen plötzlich diese Worte im Raum: »Task Force«. Ich wusste, dass Task Force im Lexikon der Polizei als eine rigide, vertikale Machtstruktur definiert wurde, die möglicherweise auch die verfahrenstechnische Überarbeitung von PSET überspannte. Alle Blicke hafteten auf Hyrum; es war seine Aufgabe, der Ermittlungsarbeit eine Struktur zu geben. Er griff nach einem Block. Nach ein paar holperigen Bewegungen mit seinem Stift zeigte er sein Ergebnis: ein einzelner, baseballgroßer Kreis oben auf dem Blatt. Er tippte mit dem Stift in die Mitte des Kreises.

»Ich möchte die Ermittlung folgendermaßen organisieren: Detective Nautilus und Detective Ryder werden in beiden Fällen die Ermittlungen vor Ort führen, alle Informationen werden ihnen übermittelt ...«

Ich schaute zu Harry. Er hob eine Augenbraue. Hyrum fuhr fort, auf das Blatt zu tippen, nachzudenken, zu strukturieren.

»Detective Ryder und Detective Nautilus werden ...« Er legte den Block auf den Tisch und zeichnete einen weiteren Kreis genau unter den ersten. Er hielt den Block hoch und tippte auf den zweiten

Kreis. »… mit den Kriminalbeamten der betreffenden Distrikte zusammenarbeiten. Informationen werden ausgetauscht, jeder an den Ermittlungen beteiligte Beamte erhält Kopien der Akten …«

Wir waren der oberste Kreis. Unter uns war das Ermittlungsteam, das wir zusammensetzten. Ich dachte an Larry Twilling vom vierten Distrikt, Ben Dupree vom zweiten, vielleicht würden wir auch die fähige Sally Hargreaves mit an Bord nehmen.

»Wir haben unsere Weihen empfangen«, flüsterte ich zu Harry.

Hyrum begann wieder zu zeichnen, einen letzten Kreis am Ende des Blattes, der für die Polizeiführung stehen sollte, die Empfängerin der Daten war, ohne einzugreifen, aber natürlich Teil des Ganzen blieb. Er arbeitete langsam, machte es zirkelgenau, sodass das Ende des Kreises nahtlos den Anfang berührte.

»Und da ich nun«, sagte Hyrum und betrachtete zufrieden sein Blatt, »den Fall zu einer Task-Force-Ermittlung erklärt habe, erteile ich …«

Hyrum drehte den Block auf den Kopf und tippte auf den Kreis, der jetzt oben war.

»… Captain Squill das Oberkommando über die Ermittlungen und alle beteiligten Beamten. Er wird auch als Verbindungsmann zu mir und meinen Stellvertretern fungieren. Außerdem kümmert er sich um die Anfragen der Medien und demonstriert die … äh …«

Squill tat so, als würde er auf seinen Block schreiben. »Die vorausdenkende, handlungsfähige Struktur der Task Force, Chief. Ich arbeite bereits an einem Einsatzplan.«

Hyrum beendete die Versammlung, indem er Bögen zwischen die Kreise kritzelte, die die Kooperation und den Informationsfluss darstellen sollten. Es spielte keine Rolle mehr, keinem Anwesenden war entgangen, dass unsere tatsächliche Position am Arsch von Hyrums Schneemann war.

»Viel Glück, meine Herren«, sagte Hyrum. »Und halten Sie mich über die Ergebnisse auf dem Laufenden.«

Tom schenkte mir ein trauriges Lächeln, er wusste, das Harry und ich gerade wieder ins Messer gelaufen waren. Harry stieß ein Brummen aus. Chief Hyrum sah ihn fragend an. »Was war das, Detective Nautilus? Habe ich Sie stöhnen gehört?«

»Tut mir Leid, Chief«, sagte Harry und knetete seinen Schenkel. »Krampf im Bein.«

Kapitel 10

Nach der Besprechung ging Harry los, um die Konten der Opfer zu überprüfen. Wir hatten kaum miteinander gesprochen; wir waren ins Abseits gedrängt worden und konnten nichts dagegen unternehmen. Da ich der Autopsie von Nelson beigewohnt hatte, war ich de facto der Mann für die Leichen, und so machte ich mich auf den Weg in das Gerichtsmedizinische Institut, wo Deschamps untersucht wurde. Ich wusste, dass Dr. Davanelle die Autopsie vornehmen würde; ich hatte mich bei Vera Braden nach dem Termin erkundigt und nebenbei gefragt, wer eingeteilt war.

Ich hatte vor, Ava Davanelle einzuladen. Warum, wusste ich nicht genau. Und ich hatte keine Ahnung, wie ich es anstellen sollte. Als ich ankam, fummelte Will Lindy am Schloss der Eingangstür herum. Er hatte einen Schraubenzieher zwischen den Zähnen, auf dem Boden lagen die Kleinteile herum. Menschen mit handwerklichen Fähigkeiten beeindruckten mich immer. Ich verließ mich völlig auf Isolierband und Sekundenkleber, wenn es damit nicht funktionierte, war ich aufgeschmissen.

»Können Sie für solche Sachen nicht jemanden kommen lassen, Will? Einen Schlosser?«

»Ei unsn Ea?«, entgegnete er. »Ein Schonz.«

»Wie bitte?«

Er nahm den Schraubenzieher aus dem Mund. »Bei unserem Etat? Keine Chance. Wenn ich hier hundert Mäuse spare, kann ich sie für etwas verwenden, was wir wirklich brauchen.«

»Ich dachte, ihr habt hier durch die Renovierung Geld wie Heu. Die neuen Geräte und Möbel, die Überwachungskameras und was weiß ich.«

»Steuergelder«, sagte er lächelnd. »Entweder man gibt sie aus oder man muss sie zurückzahlen.«

Ich ging hinein, winkte Vera und schlenderte weiter zum Autopsiesaal. Sei charmant, sagte ich mir. Sei kein Klugscheißer. Und halte vor allem den Mund.

Als ich eintrat, war die Autopsie schon im Gange. Ava Davanelle hatte sich über Deschamps' Leiste gebeugt und las die Inschrift für das Aufnahmegerät laut vor. Sie deutete zu einem Tisch an der Wand.

Ich entdeckte einen Stapel Fotos von Champliss, der wie immer ausgezeichnete Arbeit geleistet hatte. Auf den Fotos war neben den Worten über Deschamps Schamhaar ein Lineal zu sehen, auf dem man ablesen konnte, dass die präzisen, lavendelfarbenen Blockbuchstaben zwischen drei und vier Millimeter groß waren. Ich winkte mit den Fotos Dr. Davanelle zu.

»Danke«, sagte ich lächelnd. »Schön, Sie wiederzusehen, Frau Doktor. Wie läuft es denn …«

Ich unterbrach mich, bevor sie es konnte. Ich zuckte zusammen, sagte *Sorry* mit der Lippensprache und wandte mich wieder den Fotos zu, die ich nervös in den Händen hielt. Es war eine Auswahl von Aufnahmen der gesamten Inschrift bis zu Großaufnahmen von einzelnen Buchstaben. Mir persönlich war es ein Rätsel, warum jemand für eine Botschaft eine derart schwer zu lesende Farbe wählte und in Mikrotypen schrieb. Für den Kopf hinter diesen Taten würde es jedoch so logisch sein wie das kleine Einmaleins.

Ich setzte mich hin und betrachtete die Fotos so lange, bis ich sie mit geschlossenen Augen vor mir sah. Hin und wieder beobachtete ich Dr. Davanelle. Ihre Stimme war monoton, ihre Augen waren auf die Arbeit konzentriert. Vom Kopf bis zu den Knien war sie in Blau gewandet. Ich versuchte die Formen ihrer Waden in den beigen Hosen auszumachen und kam zu dem Schluss, dass sie schlank waren, aber nicht dürr.

Die Autopsie dauerte drei Stunden. Sie bestätigte, dass Peter Deschamps durch eine Art Schädeltrauma zu Tode gekommen und der Kopf mit einer ähnlichen, wenn nicht derselben Klinge entfernt worden war, mit der auch Jerrold Nelson enthauptet wurde. Als Ava Davanelle ihre Maske und Kopfbedeckung entfernte, ging ich zu ihr und platzte mit meiner Frage heraus, bevor sie fliehen konnte.

»Hätten Sie Lust, heute Abend etwas zu unternehmen, Dr. Davanelle? Nichts Besonderes. Nur etwas essen gehen, ein bisschen …«

Die Tür ging auf und Walter Huddleston kam herein. Er bedachte mich mit einem lodernden Blick und ignorierte mich dann völlig. In weniger als einer Minute hatte er Deschamps auf die Bahre verfrachtet und weggerollt. Ich richtete meine Aufmerksamkeit wieder auf Ava Davanelle, die jetzt das Bewässerungssystem des Autopsietisches ausschaltete. Ohne das sanft durch die Rohre und über den Metalltisch plätschernde Wasser war es absolut still in dem Raum.

»Ich wollte Sie gerade fragen, ob …«

Meine Worte verloren sich, als ich bemerkte, dass sie mich anstarrte. Es war nicht der finstere Ausdruck, den ich bereits kannte, sondern eher ein leicht perplexer Blick.

Sie sagte: »Sie haben mich gestern Nacht zu Hause angerufen, nicht wahr, Detective?«

Mein Herz schlug schneller. Erledigt.

»Ich, äh …«

»Wir leben in einem technischen Zeitalter. Selbst Anrufbeantworter können die Nummer des Anrufers speichern. Dürfte ich wissen, was Sie um elf Uhr siebenunddreißig in der Nacht wollten?«

Ich reduzierte meine Absichten auf das Wesentliche. »Ich wollte mich bei Ihnen entschuldigen. Ich habe gesprochen, obwohl ich nicht an der Reihe war. Sie sind die Gerichtsmedizinerin, Sie haben das Sagen. Und meine Bemerkung, dass Sie Ihren Ärger an mir auslassen, war unhöflich und unangemessen.«

Sie schürzte ihre Lippen und hob eine schmale Augenbraue. Dabei sah sie beinahe hübsch aus.

»Sie haben zwei Tage gebraucht, um zu diesem Schluss zu kommen?«

Ich schüttelte den Kopf. »Nein. Ich habe eine halbe Stunde gebraucht, um zu dem Schluss zu kommen, und einen Tag, um den Mut zu finden, Sie anzurufen.«

War das ein Anflug von einem Lächeln? Die Spur

eines Anfluges? Ich war nicht durch und durch ehrlich, aber dass ich Zeuge der Szene in Clairs Büro gewesen war, wollte ich nicht erwähnen. Das hatte zu sehr den Beigeschmack von einem heimlichen Lauschangriff.

Ich sagte: »Mein Angebot gilt, Frau Doktor. Hätten Sie Lust, mit mir zu essen? Nichts Hochtrabendes, ich dachte an etwas Ruhiges und Einfaches. Wir könnten uns ein Sandwich holen und zuschauen, wie die Sonne ins Wasser sinkt.«

Sie sagte: »… Nein.«

Aber sie sagte es einen Takt nach einem harten und schnellen Nein, dem Nein der Sackgassen, der zugeschlagenen Türen, der abgebrochenen Brücken. Ich kannte dieses Nein. Es war die Sorte Nein, die Menschen benutzten, wenn sie gefragt wurden: *Sind Sie sicher, dass Sie nicht noch etwas Soße auf Ihre Kartoffeln haben wollen?* Es war ein verdecktes Ja. Oder vielleicht ein Vielleicht.

Ich sagte: »Bitte. Es ist mir sehr wichtig.«

Ihr Mund wollte erneut nein sagen. Das nächste Nein hätte Zeit gehabt zu wirken und wäre unumstößlich gewesen. Ich hob meine Hand, um sie zu unterbrechen. »Lassen Sie es sich einfach durch den Kopf gehen«, sagte ich eilig. »Ich komme heute Nachmittag noch einmal vorbei.«

Dieses Mal war ich derjenige, der auf dem Absatz kehrtmachte und den Rückzug antrat.

Der Mann am Ende der Theke schluchzte in seine Hände, ohne dass ihm auch nur die geringste Aufmerksamkeit geschenkt wurde. Eine Discokugel an der Decke warf rotierende Diamanten gebrochenen Lichts auf Männer, die zu einer schwülstigen Ballade von Bette Midler schwoften. Obwohl es noch nicht einmal fünf Uhr war, füllte sich die dunkle Bar bereits mit dem üblichen Wochenendpublikum, das sich zu den anderen Gästen gesellte, die sich schon hier herumdrückten, seit der Laden heute aufgemacht hatte. Ein fetter Mann mit Kuhaugen zwinkerte mir zu und leckte seine Lippen. Ich zwinkerte zurück und ließ ihn ein Stück meines Schulterhalfters sehen. Er verschwand wie Rauch in einem Hurrikan.

Squills »Einsatzplan« bedeutete, dass Harry und ich uns die Hacken abrennen und von einer Schwulenbar in die nächste laufen mussten. Harry hatte seine eigene Liste genommen und war auf die Jagd gegangen. Obwohl die Bars schon einmal überprüft worden waren, kehrten wir nun mit einem Foto von Deschamps zurück.

Im Fernsehen wirkte es wie ein Kinderspiel, in Bars Informationen zu bekommen. Da arbeitete der Barkeeper rund um die Uhr und kannte von jedem seiner Gäste die Schuhgröße. In der Realität beschäftigte sogar eine bescheidene Bar an die sechs feste Barkeeper und dazu ein paar freie auf Abruf. Selbst wenn man alle Angestellten in einen Raum setzen und ihnen die Fotos zeigen würde, wäre es immer noch ein Lotteriespiel. Meine Erkenntnis aufgrund dieser Erfahrung in sechs Worten: Erinnerungen sind fehlerhaft und Menschen lügen.

Der Barkeeper war ein Kerl mit comic-haften Muskelbergen und einer Schwäche für schwarzes Leder: Kappe, Weste, Gürtel, Hose. Seine Koteletten sahen aus wie schwarze Lederstreifen, die vor die Ohren geklebt waren. Mit vielleicht einen Meter siebzig war er nicht gerade ein Riese, aber wenn man ihm einen verchromten Kühlergrill auf die Brust genagelt hätte, wäre er als Kenworth Truck durchgegangen. Seine Haut unter der schwarzen Weste sah eingeölt aus, wahrscheinlich um seine Brustmuskulatur besser hervorzuheben. Ich zückte meinen Dienstausweis und legte die Fotos auf die Theke.

»Einen von diesen Herren schon mal gesehen?«, fragte ich den Steroidkönig.

»Nein«, antwortete er.

»Sie haben nicht mal einen Blick auf die Bilder geworfen.«

»Stimmt.« Er ballte seine Fäuste, damit die Muskeln in seinen Unterarmen aufsprangen. Sie sahen aus wie Steaks, die unter seiner Haut einen Ringkampf machten. Er schaute mich mit schmalen Augenschlitzen an und sagte: »Auf Wiedersehen.«

Ich zeigte zu einem Tisch in der Ecke, an dem mehrere Männer schäkerten und kicherten. »Sieh mal da rüber, Zuchtbulle. Ich wette, jeder von denen hat was dabei. Gras, Ecstasy, Acid ... Ich werde da rübergehen und sie überprüfen. Aus lauter Angst werden sie streitlustig. Ich mache mir Sorgen um meine Sicherheit und rufe Verstärkung. Die Polizei stürmt hier rein, der Laden leert sich. Und was wird dann aus dem Trinkgeld?«

Die Steaks liefen Amok. »Du hältst dich wohl für einen ganz harten Kerl, was?«

Ich seufzte. »Schlimmer. Ich bin ein beschäftigter Kerl.«

Der Zuchtbulle starrte mich an, schürzte seine Lippen, zuckte dann mit den Achseln und stützte seine Ellbogen auf die Theke. Er betrachtete die Fotos.

»Oh«, sagte er und schnalzte – was gar nicht zu seiner äußeren Erscheinung passte – mädchenhaft mit der Zunge. »Tsss, tsss, tsss.«

»Was?«

Er schob das Foto von Deschamps zur Seite und tippte mit einem Wurstfinger auf Nelsons Gesicht. »Der hier. Der kennt sich aus. Und das meine ich in jeder Beziehung.«

»Erleuchte mich, Buddha.«

»Ein Charmeur. Er kann gut reden und mehr darstellen, als er ist. Gelegentlich kommt er hier vorbei und gabelt eine alte Schwuchtel auf, die ihn dann eine Weile aushält.«

»Gibt es jemanden, der ihn unter der Erde sehen will?«

Es dauerte einen Augenblick, bis der Groschen gefallen war. »Er ist tot?«

Ich nickte. Der Barkeeper schob das Foto zurück. »Traurig. Er war so 'ne Art Spinner, ein Träumer. Vielleicht hat er die Herzen von ein paar alten Männern gebrochen, aber im Grunde hat er nie jemandem was getan.« Er hielt inne und dachte nach. »Vor gut drei Wochen war er hier. Normalerweise hat er immer ordentlich gesoffen. Aber jetzt war er aufs hohe Ross gewechselt und spendierte Runden, anstatt sich was ausgeben zu lassen. Er meinte, er hätte ein Honigfass ohne Boden aufgetan und sein Leben würde jetzt süß werden.« Der Barkeeper schüttelte den Kopf und lachte grunzend. »Wie oft habe ich das schon gehört.«

»Sie haben ihm nicht geglaubt?«

Der Barkeeper lachte noch, als ich hinausging.

Nach zwei Stunden in dunklen Bars, mit ausgezehrten Gesichtern und zigarettenqualmgeschwängerter Luft war ich bereit für einen letzten Versuch bei der ausweichenden Dr. Davanelle. Sie saß in ihrem kleinen Büro und war mit dem Vorbericht der Autopsie beschäftigt. Aus ihrem Gesicht schien jede Farbe gewichen zu sein. Ich wollte etwas Charmantes, Markiges und Geistreiches sagen. Stattdessen blieb ich in der Tür stehen und entschied mich für die Wahrheit.

»Hören Sie, Dr. Davanelle, ich kann manchmal ein Klugscheißer sein. Wenn ich etwas gesagt habe, das Sie beleidigt hat oder was Sie glauben lässt, ich sei ein Trottel, dann entschuldige ich mich. Ich habe Sie gefragt, ob Sie heute Abend etwas Ruhiges und Nettes unternehmen wollen, und das habe ich auch so gemeint. Meine Absichten sind so ehrenhaft, dass ich jeden Moment vor Gott treten könnte. Aber jetzt ist Freitagabend. Würden Sie mit mir ein Sandwich essen und den Sonnenuntergang betrachten, bevor ich in den Himmel aufsteige?«

Sie schüttelte den Kopf, noch ehe ich meinen Satz zu Ende bringen konnte. Aber dieses Mal sah sie mich nicht an wie kalte Bratensoße, in der ein Haar war.

»Ich muss den Vorbericht über die Autopsie von Deschamps fertig stellen, dann muss ich rüber nach Gulf Shores fahren. Meine Stereoanlage ist repariert worden, und wenn ich sie nicht heute Abend abhole, komme ich erst nächste Woche wieder dazu.«

»Brauchen Sie Gesellschaft? Ich kenne die Gegend«, sagte ich, der Stegreifreiseführer des Großraums Mobile.

»Man hat mir eine gute Wegbeschreibung gegeben, aber danke.«

Die Bucht von Mobile umfasst vierhundert Quadratmeilen, ein gewaltiges, seichtes Becken, das sich ungefähr dreißig Meilen von seiner breiten Öffnung in den Golf zu den Flüssen Mobile und Tensaw ausdehnt, die das nördliche Delta mit Süßwasser versorgen. An der nordwestlichen Seite der Bucht liegt die Stadt Mobile im gleichnamigen County. Am östlichen Ufer der Bucht befindet sich Baldwin County, in dem es keine bedeutende Stadt gibt. Touristen mögen das anders sehen und an die beiden vor allem aus Motels und Ferienwohnungen bestehenden Küstenorte Gulf Shores und Orange Beach denken.

Da Baldwin County herrliche ländliche Gegenden besitzt, wimmelt es dort nicht nur in der Saison von Touristen, es ist auch der ständige Wohnort ehemaliger Einwohner von Mobile, die das »Landleben« suchen. Wenn man auf einer der Hauptstraßen nach Gulf Shores fährt, kann man sehen, was von außen investiertes Kapital anrichten kann, besonders dann, wenn es mit Bulldozern kombiniert wird: eine neue Siedlung an der anderen, Reklametafel auf Reklametafel. Riesige Einkaufszentren, Lebensmittel- und Fastfoodketten und Tankstellen. Ich bin einmal durch die Stadt Daphne gefahren, als ich die aufgeregte Stimme eines Touristen hörte, der zu seinem Wohnmobil zurückrief: »Komm her und guck mal, Marge, die BP-Tankstellen sind im Süden genauso wie bei uns in Dayton!«

Ich war von einer Idee ergriffen: Ich schlug Ava vor, mit der Fähre zwischen Fort Morgan und der

Spitze der östlichen Bucht nach Mobile zurückzukehren, Dauphin Island lag auf der westlichen Seite. Ich lief zu meinem Wagen, kam mit einer Landkarte zurück und zog die Route mit einem Textmarker nach. Die Fähre kostete ein paar Dollar und sparte nicht besonders viel Zeit ein, erklärte ich ihr, aber der Ausblick würde die Alternative bei weitem ausstechen.

Sie warf einen Blick auf die Karte. »Mmmmh«, sagte sie und zog ihre Stirn in Falten.

»Verabredet?«, sagte ich. »Ich wohne auf Dauphin Island. Kommen Sie auf dem Rückweg bei mir vorbei und ich zeige Ihnen meine Sandsammlung.«

»Verabredet? Ich glaube nicht, dass ich ...«

»Ich meinte keine offizielle Verabredung, Frau Doktor. Ich würde nur gern Ihre Meinung zu der Autopsie hören. Bringen Sie den vorläufigen Bericht mit. Zehn Minuten. Höchstens. Sie werden zu Hause sein, bevor es dunkel ist.«

»Ich komme noch im Hellen nach Hause?«

Was spielte das für eine Rolle? War sie ein Vampir? Ich legte meine Hand aufs Herz. »Ehrenwort.«

»Geben Sie mir Ihre Telefonnummer«, sagte sie. »Ich rufe Sie an, wenn ich in Gulf Shores bin. Vielleicht schaffe ich es ja vorbeizukommen.«

Man musste kein geübter Wahrsager sein, um diesen Trick zu durchschauen. Die Frage nach meiner Nummer deutete darauf hin, dass sie nicht abgeneigt war, was mich beruhigte. Andererseits ließ sie ihr Schlupfloch sperrangelweit offen und war keineswegs gezwungen mich anzurufen. Trotzdem schrieb ich meine Nummer auf die Karte, die sie ohne einen Blick in ihre Handtasche steckte. Als ich mich auf den Weg machte, drehte ich mich winkend um und sah sie davongehen, als wäre sie in eine andere Dimension geschlüpft.

Kapitel 11

Eine Woche nachdem ich in mein Haus gezogen war, hatte mich ein Anflug von Häuslichkeit dazu getrieben, einen Staubsauger zu kaufen. Als ich ihn an diesem Abend auspackte, sah es allerdings eher so aus, als hätte ich gleich mehrere erstanden: Schläuche, Bürsten, Schnüre, Beutel und allerlei leicht obzön wirkende, mundähnliche Teile kamen zum Vorschein. Nachdem ich endlich ein funktionierendes Gerät zusammengebastelt hatte, saugte ich das Haus gründlich durch. Mit Reinigungsbenzin rieb ich quietschend einen grauen Film von meinen Fenstern. Der Toilettenschüssel verabreichte ich ein magisches blaues Pulver, das sprudelte und schäumte. Die Stöße von Klamotten wurden in Schubladen gestopft. Eine Stunde später blitzte das ganze Haus, auf jeden Fall für meine Verhältnisse.

Um 19:30 Uhr saß ich auf der Veranda und fragte mich, wie die Chancen standen, dass Dr. Davanelle tatsächlich kam. Die Sonne war auf der letzten Etappe ihres täglichen Laufs. Im Osten trieben Gewitterwolken auf Pensacola zu, der restliche Himmel aber war ein warmes Blau. Als das Telefon klingelte, sprang ich auf wie ängstlicher Toast. *Lass es Ava sein*, flehte ich und griff nach dem Hörer.

»Carson? Hier ist Vangie Prowse.«

Mein Herz rutschte mir in die Knie. »Hallo, Dr. Prowse. Was für eine Überraschung. Wir haben uns ja eine Ewigkeit ...«

»Jeremy hat Sie vor ein paar Nächten angerufen, oder eher am frühen Morgen?«

Ihre Stimmlage traf sich immer auf halbem Weg zwischen Frage und Aussage, eine gute Stimme für eine Psychiaterin.

Ich sagte: »Ich wusste nicht, dass es ihm erlaubt ist, nach draußen zu telefonieren.«

»Das ist ihm auch nicht erlaubt. Er hat ein Handy aus der Tasche eines Aufsehers genommen. Ich habe Ihnen neulich eine Nachricht hinterlassen, dass Sie mich zurückrufen sollen? Ich wollte mich für den Fehler entschuldigen.«

Auf den Bildern in meinem Kopf, die ich von Dr. Evangeline Prowse hatte und die vor einem Jahr entstanden waren, hatte sie so stechende braune Augen wie eine Schneeeule, die Augen einer Wahrsagerin. Sie war Mitte sechzig und hatte mehr Pfeffer als Salz in ihrem Haar, und das Salz war eher silbrig als grau. Ihre gelenkigen Knie und Ellbogen verliehen ihr den Gang einer Marathonläuferin im Ruhestand. Sie rief wahrscheinlich von ihrem Büro aus an, das hohe Decken hatte, Regale voller Bücher und einen kompliziert gewebten Teppich aus irgendeinem Land, in dem Teppiche eine Bedeutung hatten.

Ich sagte: »Er war manisch, aufgedreht. Geht es ihm besser?«

»So alles in allem? Wir versuchen ihn stabil zu halten, Carson. Besser im üblichen Sinne wird es ihm nie gehen.« Sie hielt inne. »Er möchte mit Ihnen sprechen.«

»Jetzt? Ich bekomme jeden Augenblick Besuch, Dr. Prowse.«

»Sagen Sie Vangie, Carson. Sie sagten, Sie würden in Kontakt bleiben? Ich hatte gehofft, häufiger von Ihnen zu hören.«

»Ich werde zurückrufen. Jetzt passt es gerade wirklich nicht.«

»Ich soll Ihnen von Jeremy sagen, dass es schon lange her ist, seit Sie beide Kontakt hatten? Er sagt außerdem, dass es aktuelle Ereignisse gibt, über die Sie reden müssen.«

»Ich bin im Moment sehr beschäftigt, Vangie. Wirklich.«

Ihre Stimme verstummte. Man sollte nie versuchen, sich im Schweigen mit Irrenärzten zu messen, sie werden einen immer zermürben. Schließlich sagte ich: »Na gut. Ein paar Minuten.«

»Danke, Carson. Wenn er nicht mit Ihnen sprechen kann, beginnt er eine Obsession zu entwickeln, und das schafft Probleme. Ich habe ihn in ein Zimmer mit Telefon gebracht. Bleiben Sie dran.«

Ich hing in der Warteschleife. Drei Minuten verstrichen. Fünf.

Dann klickte es, die Leitung war offen. Ich sagte: »Jeremy? Bist du das?«

»Jeremy, bist du das?«

Wie ein Echo hallte meine Stimme zurück. Er konnte brillant Männer oder Frauen nachahmen, wie ein Papagei. Dann ertönte seine wirkliche Stimme, in den mittleren Lagen, musikalisch, wie ein feuchter Finger, der ein Weinglas zum Singen bringt, nur eine Oktave tiefer.

»Ja, ich bin's, Carson. Wie nett von dir, dass du dich an jemanden erinnerst, mit dem du einmal eine Gebärmutter geteilt hast. Ein paar Jahre nacheinander, aber trotzdem geteilt. Es war kalt da drinnen, oder?«

»Wie ist es dir ergangen?« Schon als ich sie aussprach, klangen meine Worte lächerlich.

Jeremy deckte die Sprechmuschel mit einer Hand ab, als würde er mit jemandem in einem anderen Zimmer reden. »Er fragt, wie es mir ergangen ist.« Eine andere Stimme rief zurück, aber es war immer noch seine. »Sag ihm, die Kekse waren lecker.«

Er nahm die Hand von der Muschel. »Die Kekse waren lecker, Carson. Aber ich kriege es nicht mehr ganz auf die Reihe, Bruder – hast du sie in meinem ersten oder dritten Jahr hier geschickt?«

»Ich habe nie Kekse geschickt, Jeremy.«

»Keine Kekse?«, schmollte eine Kleinmädchenstimme. »Liebst du mich denn nicht?«

»Ich habe zu tun, Jeremy. Kann ich dich morgen zurückrufen?«

»NEIN! KANNST DU NICHT KANNST DU NICHT KANNST DU NICHT! Diesen angstverkrusteten, scheißtriefenden Hörer zu halten, ist die erste Freiheit, die ich habe seit EINEM JAHR! Wo wir schon mal dabei sind, ich muss mit dir reden. Wie kommt man so zurecht in der Welt, Carson?«

Ich seufzte. »Keine Ahnung, Jeremy. Sag du es mir.«

»Ein Messer hilft immer.« Er lachte. »Kapiert? Ein Messer hilft, um einen KOPF zu ergattern. Ich habe so das Gefühl, du hast da ein kleines Problemchen in Mobile, Carson. Ein Freigeist. Brauchst du Hilfe? Wenn man in die Niederlande reist, sollte man jemanden mitnehmen, der Nieder spricht, *n'est-ce pas?*«

»Jeremy, ich glaube nicht ...«

»Unser erster Toter war – oder ist noch, abhängig von verschiedenen Philosophien – ein gewisser Jerrold Elton Nelson, Alter zweiundzwanzig, enthauptet im Bowderie Park, scharfes Werkzeug, Leiche bekleidet und so weiter und so fort ... *Mobile Register* hat einen solch sterilen Artikel abgeliefert. FARBLOS! Und gestern erfahre ich dann, dass noch ein armer Junge ohne Kopf zu Bett gegangen ist. Ein französischer Name – Duchamps? Ich hoffe, er hat nicht auch noch seine Baskenmütze verloren. Das war nur zehn Minuten in den Nachrichten. Sind das deine Fälle?«

»Ich kann nicht darüber reden ...«

Er schlug den Hörer auf eine harte Fläche. »HALLO? HALLO? Hier ist Ihr REALITÄTSÜBERPRÜFUNGSSERVICE.« Er legte eine Hand vor den Mund und machte zischende Störgeräusche, dann hörte er abrupt auf.

»Na also, Mr Ryder, Ihre Verbindung ist wieder in Ordnung. Was ist mit Ihrem Gewissen? Sie können nicht darüber reden, können nicht darüber reden? ... verehrter Herr, haben wir nicht Stunden um Stunden damit zugebracht, *hitzig* einen früheren Vorfall zu besprechen? Sagt Ihnen der Name JOEL ADRIAN etwas, verehrter Herr, geschätzter Herr? War ich Ihnen nicht eine gewisse bescheidene Hilfe in diesem Fall, guter Herr, verehrter Herr, würdiger Herr? HABE ICH NICHT DIESEN SCHEISSFALL FÜR DICH GELÖST, CARSON?«

Ich lauschte meinem Herzen. Es kam mir wie tausend Schläge später vor, als ich sagte: »Ja.«

»Wir werden mit diesem Fall eine Menge Spaß haben. Ich kann es kaum erwarten. Ich denke, ich werde einen Dekorateur engagieren und das Haus völlig umgestalten lassen, damit alles hübsch und gemütlich ist, wenn du kommst.«

»Jeremy, ich werde nicht ...«

»Du kannst alle Fotos und Akten mitbringen und wir können darüber hocken wie zufriedene alte Damen, die sich Sammelalben von verstorbenen Freundinnen anschauen.«

»Ich habe nicht vor ...«

»UNTERBRICH MICH NICHT, CARSON, ICH ARBEITE HIER UNTER STRAPAZIÖSEN UMSTÄNDEN ... du musst Dr. Prowse, Prowsie, Prussy, Pussy anrufen und der ausgetrockneten alten Pussy sagen, dass du bald zu Besuch kommst.«

»Ich werde nicht kommen, Jeremy«, sagte ich. »Vorerst nicht.«

»Oh doch, du wirst«, raunte er. »Du hast da unten einen Jungen, der auf umgekehrter Diät ist, einen, den ich gut kenne.«

»Du redest an mir vorbei, Jeremy.«

»Umgekehrte Diät? Ganz einfach, Carson. Je mehr man isst, desto hungriger wird man. Wir sehen uns bald, Bruder.«

Er hängte auf. Ich schaute durch die Verandatür nach draußen. Der Tag, noch vor Minuten hell und leuchtend, erschien nun erdrückend, das Sonnenlicht eine zu laute Stimme, heiser und schrill. Ich ging von Fenster zu Fenster und ließ die Jalousien herunter.

»Wir werden mit diesem Fall eine Menge Spaß haben …«

Ich drehte die Klimaanlage hoch, nur um zu hören, wie die Luft in die Stille strömte. Ich igelte mich wieder ein. Zog mich in meinen Mesmerismus zurück. Jeremys Anruf hing in meinem Kopf wie feuchter Rauch.

»… komm her und besuch mich …«

Ich begann den schrecklichen Sturz zurück in die Vergangenheit, ich ging durch einen dunklen Flur, sechs Jahre alt … meine Mutter an der Nähmaschine …

Das Geräusch von Reifen auf Sand und Muscheln riss mich aus meiner finsteren Zeitreise. Ich schaute aus dem Fenster. Ein weißer Camry fuhr über die Auffahrt zu den beiden Parkplätzen unter meinem Stelzenhaus. Der Wagen hielt an. Die Tür wurde geöffnet und geschlossen.

Ava Davanelle.

»Hallo? Detective Ryder?«, rief sie von unten und ging über die zerbrochenen Muscheln. »Hallo?«

Ich lief in die Küche, um die Blenden zu öffnen, und zog dann die Vorhänge zur Veranda auf. *Ja!* Ich rannte ins Bad, um zu gurgeln und den Mund auszuspülen, während vorsichtige Schritte die Holztreppe zu der kleinen Veranda auf der Landseite meines Hauses bestiegen. *Ja!* Ich fuhr noch einmal mit dem Waschlappen durchs Gesicht, ging dann zur Tür, am Spiegel vorbei – breit grinsendes, von der Sonne gebräuntes Gesicht, wie immer leicht unrasiert, Khakishorts, Hawaiihemd, eine ausgeblichene Orvis-Kappe, die ich abnahm, um die Büschel wirrer schwarzer Haare glatt zu streichen.

Schritte auf den Verandaplanken, eine Silhouette durch den Vorhang vor der Tür. Ich wandte mich vom Spiegel ab, lächelnd. Ängstlich?

Ein Klopfen an der Tür.

Eine Frau, die ich kaum kenne, schwamm fünfzehn Jahre in die Vergangenheit, packte mich am Kragen und zog mich zurück in die – *dankedanke-dankedanke* – Gegenwart.

»Hallo? Ist jemand zu Hause?«

Ich öffnete die Tür und stand einem Lächeln gegenüber, so breit und strahlend wie ein Sonnenaufgang im Hochsommer. Ich winkte Ava herein und roch einen Hauch von Parfüm und Minze, als sie an mir vorbeiging. Ihre Bewegungen waren Musik, ihr Haar glänzte. Eine blaue, kurzärmelige Bluse steckte in einem weißen Rock, der knapp über ihren Knien endete. Sie ging auf den langen, wohlgeformten Beinen einer Eiskunstläuferin. In ihren Schritten lag ein Schwung, als wollte die Luft sie tragen. Lag da ein Hauch Schüchternheit in ihren Augen?

Die Verwandlung nahm mir den Atem: War dies die Frau mit dem mürrischen Gesicht in dem weiten Laborkittel?

Ava nahm nickend meine mit Postern und Treibholz und Muscheln dekorierte Wohnung zur Kenntnis und ging zu den Türen, die zur Veranda hinausführten. Der Golf war blaugrau, die Wellen sahen durch das Licht der niedrig stehenden Sonne im Westen aus wie polierter Bernstein. Am Horizont ein dunkler Tanker.

»Was für ein Ausblick. Das ist Ihr Haus? Wie können Sie sich das leis…« Sie schnitt sich selbst das Wort ab und drehte sich um, eine rosafarbene, unlackierte Fingerspitze vor dem Mund. »Oje«, sagte sie. »Das war unhöflich.«

»Eine Erbschaft. Keine Sorge, jeder stellt mir die Frage, wenn auch nicht immer so direkt. Kann ich Ihnen einen Drink anbieten? Was möchten Sie?«

»Ich nehme einen Wodka Tonic. Aber bitte nicht zu stark. Ich bin keine große Trinkerin.«

»Zwanzig Umdrehungen, kommt sofort. Ist Ihre Stereoanlage fertig?«

Sie hob ihre Hände über den Kopf und drehte sich im Kreis wie eine Imitation des Predigers Beulah Chilers, den man auf einem lokalen Kabelsender sehen konnte. »Ich habe wieder Muh-sik und ihre ganze Herr-lich-keit hat mich see-lig gemacht, gelo-o-o-bet sei der Herr!«

Ich wäre beinahe auf die Knie gefallen und hätte laut Halleluja gerufen. War das dieselbe humorlose Frau, deren Lebensinhalt darin bestand, Leichen aufzuschneiden?

»Gott, hier drin ist es ja kälter als in einer Leichenhalle«, sagte Ava, und nur mit äußerster Mühe vermied ich es zu bemerken, dass ihre Brustwarzen genauso dachten. Wir gingen mit unseren Drinks auf die Veranda. Ava schien eine Brise mitgebracht zu haben, zum ersten Mal seit Wochen fühlte sich die Luft nicht wie heißer Sirup an.

»Sie haben also die Fähre genommen«, sagte ich, nachdem wir uns auf gegenüberstehenden Stühlen niedergelassen und auf die gelöste Stimmung des Wochenendes angestoßen hatten.

»Nach Gulf Shores zu kommen, war ein Albtraum. Aber die Rückfahrt mit der Fähre hat alles wieder wettgemacht. Jemand hat mir gesagt, dass wir an der Stelle vorbeigekommen sind, wo der Typ sagte: ›Verdammte Torpedos. Volle Kraft voraus.‹«

Ich nickte. »Admiral Farragut während der Schlacht von Mobile Bay, 5. August 1864. Die Seeblockade im Sezessionskrieg.«

Wir schauten uns länger in die Augen, als es einer kurzen Geschichtsstunde angemessen war, was uns so erschreckte, dass wir schließlich wegsahen. Ava sprang auf und schwankte leicht. »Ich bin noch ganz seekrank von der Fähre«, sagte sie, trat an das Geländer und schaute hinaus auf den Golf. Ein Segelboot fuhr mit dem Wind nach Osten zur Öffnung der Bucht. Die Brise schmiegte Avas Rock und Bluse an ihren schlanken Körper, und mir wurde klar, dass Rubens Unrecht hatte und zarte Rundungen sich am schönsten wölbten. Als sie an ihrem Drink nippte, klackerte das Eis gegen ihre Zähne.

Gut eine halbe Stunde unterhielten wir uns wie Freunde, die sich lange nicht gesehen hatten. Über das Wetter. Den Mangel an indischen Restaurants. Mobiles einst berühmten Wanderweg, den Azalea Trail. Die andächtige und herrschaftliche Pracht des Bellingrath Parks. Ich erzählte ihr, wie Mobile zur eigenen Mardi-Gras-Variante getanzt hatte, Jahre bevor die Karnevalwelle nach New Orleans übergeschwappt war.

Ich erfuhr, dass Ava Davanelle dreißig Jahre alt war und einen Orthopäden als Vater und eine Französisch unterrichtende Mutter hatte. Sie war in Fort Wayne, Indiana, aufgewachsen. Nachdem sie mit dreizehn Jahren das Buch *Grays Anatomie* aus der Bibliothek ihres Vaters gelesen hatte, war ihr Berufswunsch geboren worden. Sie wohnte seit vier Monaten in Mobile, heute war sie das erste Mal am Strand. Ich entdeckte, dass sie die Stille ertragen konnte, unsere Schweigephasen waren angenehm und besinnlich.

Dann aber, über einen Zeitraum von fünfzehn Minuten, wurde ihr Schweigen gezwungen, ja beinahe unruhig. Ihre Blicke wandten sich flackernd von mir ab, ihre Leuchtkraft verblasste. Ava setzte sich auf und rieb ihre Stirn. »Verflixt«, sagte sie. »Ich habe Ihnen doch eine Kopie des vorläufigen Berichtes mitgebracht. Sie ist in meinem Wagen. Ich bin gleich zurück.«

»Nicht nötig. Ich warte auf den Abschlussbericht.«

»Nachdem ich die Unterlagen extra über Land und See hergebracht habe? Sie bekommen sie.« Ihr Lächeln wirkte angestrengt, so als versuchte man beim Gewichtheben zu lächeln.

»Fassen Sie einfach die Ergebnisse zusammen. Ähnlichkeiten und Unterschiede in fünfundzwanzig Worten oder weniger.«

Sie rieb ihre Stirn. »Mich hat erstaunt, wie ähnlich sich die beiden Körper waren, fast wie Zwillingsbrüder. Nur dass Deschamps, wären sie Brüder gewesen, doppelt so viel trainiert hat wie Nelson. Seine Muskulatur war ausgeprägter, besonders am Oberkörper.«

»Großartig«, sagte ich. »Mehr brauche ich nicht.«

Sie stand auf. »Ich hole den Bericht.«

»Ich komme mit«, bot ich an. »Ich zeige Ihnen die exotischen Sehenswürdigkeiten unter meinem Haus. Sie werden begeistert sein von meinem Kajak.«

Sie reichte mir ihr Glas. »Machen Sie mir bitte noch einen. Nicht zu stark. Ich bin gleich zurück.«

Bilder der Vergangenheit: Ben »The Bear« Ashley, mein erster Partner, auf der Suche nach Gründen, mich aus dem Wagen zu kriegen. »Hol mir eine Packung Kaugummi, Carson«, »Lauf eben rein und kauf mir ein paar Kippen, Kumpel.« Bear schickte mich zum Essenholen in die Fastfoodläden, anstatt den Drive-in-Schalter zu benutzen. Ich erinnerte mich auch an Bears miese Laune, bevor er mich auf irgendeinen merkwürdigen Botengang abkommandierte. Bis ich die Wahrheit herausfand, hielt ich es für einen Initiationsritus oder eine Vorführung der Hackordnung.

Nachdem ich zwei weitere Drinks gemixt hatte, kehrte ich auf die Veranda zurück und wartete mit einer Last auf meinem Herzen. Ava kam mit einer Aktenmappe nach draußen. Ein frischer Minzehauch erfüllte die Luft. Sie verdrehte ihren Kopf, als wollte sie den Hals lockern. Zwei Minuten später lachte sie albern.

Die Anzeichen waren deutlich, aber ich musste Sicherheit haben. Ich schlug gegen meine Stirn. »Verdammt«, sagte ich. »Ich muss den Müll rausbringen. Wenn ich es vergesse, ist morgen früh alles voller Ameisen.«

»Ameisen! Loisch«, lallte Ava. »Lästije Viejer.«

Ich nahm den halb vollen Beutel aus dem Mülleimer, band ihn zur Show zu und ging nach unten. Sie hatte ihren Wagen abgeschlossen, und ich holte den Slimjim aus meinem, einen fünfzig Zentimeter langen, dünnen Stahlstreifen, den man zwischen Tür und Fenster schob, um das Schloss zu knacken. Avas Tür öffnete sich in Sekundenschnelle. Im Handschuhfach lagen die üblichen Handbücher des Autoherstellers sowie mehrere Packungen

Kaugummi, Minzbonbons und andere für frischen Atem sorgende Süßigkeiten. Ich fasste unter den Beifahrersitz. Nichts. Als meine Hand unter den Fahrersitz griff, stieß sie auf eine längliche, braune Tüte, in der es plätscherte, als ich sie hervorzog. In der Tüte steckte eine Literflasche Wodka, die schon zu einem Drittel leer war. Ein Kassenbon fiel heraus. Unter der Adresse des Ladens standen Name und Preis des Wodkas sowie Datum und Uhrzeit des Kaufes.

19:01 Uhr. Heute Abend.

Jesus. Bevor sie zu mir gekommen war, hatte Ava schon ungefähr 0,3l Wodka geschluckt. Kein Wunder, dass ihre Augen so gestrahlt hatten, als sie in der Tür stand. Reinste alkoholische Kraft hatte sie erleuchtet und das Feuer in ihren Augen entfacht. Aber es war ein Feuer, das ständig geschürt werden musste, und da meine federleichten Drinks nicht genug Kraft hatten, musste sie für eine fünfundvierzigprozentige Starthilfe zu ihrem Wagen hasten.

Bear war ein Alki, der sich jedes Mal ein paar Schlucke aus seiner Flasche unter dem Sitz genehmigt hatte, wenn ich Kippen oder Burger besorgte. Die zehn Monate mit ihm hatten mich gelehrt, dass Ava, wenn sie so viel trinken und dabei eine nüchterne Fassade aufrechterhalten konnte, im Umgang mit Alkohol schon Erfahrung haben musste. Sie war gewieft genug, den Bericht im Wagen zu lassen, sodass sie in meiner Gesellschaft in aller Unschuld an ihrem Drink nippen konnte, aber jederzeit eine Ausrede hatte, um zur Quelle zu stürzen, wenn das Kribbeln begann. Alkoholiker sind wahre Organisationstalente, wenn es darum geht, an ihren Stoff zu kommen.

Das Lallen hatte begonnen. Mit einer frischen Äthanolzufuhr in ihrem Organismus traten nun die Auswirkungen zu Tage, was sie jedoch, da sie wohl schon zu viel zu sich genommen hatte, nicht mehr bemerkte. Sie nach Mobile zurückfahren zu lassen, war undenkbar. Ich kam mir vor wie ein Amateurjongleur, dem zwei entzündete Fackeln und eine Kerze gereicht wurden: Wie vorgehen, ohne sich zu verbrennen?

»Müllprollem gelöst?«, meinte Ava laut, als ich wieder auf die Veranda kam. Ihr Glas war voller als bei meinem Weggang, wahrscheinlich war sie reingeschlichen und hatte sich selbst nachgeschenkt. Sie hat meinen Alkohol geklaut, während ich ihren Wagen aufbrach: Keine besonders guten Voraussetzungen für den Beginn einer Beziehung.

Ich sagte: »Gelöst. Keine Ameisen in meinen Hosen heute Nacht.«

»Was is mit Ihren Hoschen?« Beim S kam sie nun vollends ins Schlingern.

»Nichts. Nur eine Bemerkung zur Entomologie.«

»Etta-molgie? Wo die Worte herkommen, richtich?«

Sie schielte leicht, eine Reaktion auf ihre verschwommene Sicht. Nachdem sie einige Augenblicke ihre Uhr betrachtet hatte, sprang Ava wie von der Hummel gestochen auf.

»Müsse längs im Bett sein.« Sie ging los, geriet aber ins Wanken. »Ojeoje«, sagte sie und legte eine Hand vor den Mund. »Bein is eineschlafen.« Sie bückte sich und tat so, als würde sie den Schlaf aus ihrem Bein massieren.

»Und was für ein schönes Bein«, sagte ich.

Sie grinste schief. »Danke. Hier drübn hab ich noch so eins.«

Sie torkelte wieder los. Wenn sie sich in ihren Wagen setzte, würde ich die Polizei von Dauphin Island anrufen müssen, um sie stoppen zu lassen. Schnell nüchtern machen konnte ich sie nicht, ich konnte sie aber in die andere Richtung stoßen.

»Noch einen kleinen Drink?«, schlug ich vor. »Einen ganz leichten für unterwegs?«

»Nei-hein. Genug.« Aber ihre Augen wägten den Vorschlag ab und ihre Füße bewegten sich nicht.

»Bitte, trinken wir nur noch einen Drink zusammen«, sagte ich. »Setz dich, Liebling.«

»Liebling?«, echote sie, als ich in die Küche ging. Eine Minute später reichte ich ihr einen doppelten Wodka mit Tonic, um das Fass zum Überlaufen zu bringen. Ich hatte einen kräftigen Spritzer Zitrone zugefügt und hoffte, dass die Säure die Stärke des Drinks kaschierte. Ava war bereits über das Stadium hinaus, den Anschein zu wahren, und stürzte ein Drittel des Glases in einem Schluck herunter. Als sie mir dann ihren Kopf entgegenneigte, brauchten ihre Augen einen Moment, um klar zu sehen.

»Carschon, hasch du mich eben Liebling genannt?«

»Ja, das habe ich, Ava.«

»Warum?«, fragte sie und dehnte das Wort in zwei Silben.

»Es schien mir passend zu sein.«

Ava richtete sich wankend auf und kam auf mich zu. Als sie sich an mich lehnte, befürchtete ich, sie würde ihr Gleichgewicht verlieren, aber dann fanden ihre Lippen meine. Sie schmeckte nach Zitrusduft und ihre Lippen waren kalt. Doch ihre Zunge war warm, und während ihre Hände meinen Rücken streichelten und meinen Hintern kneteten, hielten wir uns fest umschlungen. Zwischen der Zitrone und dem Wodka schmeckte ich die Glut ihres Verlangens. Halb gingen, halb stolperten wir in das schwach beleuchtete Schlafzimmer. Ich setzte sie auf das Bett und sie knabberte zwischen meinem Hals und meinem Ohr. Trotz der Umstände hörte ich das unmoralische Tier in mir brüllen.

»Warte hier, Liebling«, sagte ich. »Ich nehme nur kurz eine Dusche. Aber vorher bringe ich dir deinen Drink.«

»Oh, Gott, beeil dich«, sagte sie, und ich fragte mich, ob sie damit die Dusche oder den Drink meinte. Dann brachte ich ihr noch einen hochexplosiven Wodka.

Ich setzte mich auf die Toilette und ließ ein paar Minuten das kalte Wasser in der Dusche laufen, bevor ich selbst hineinkletterte. Eine Viertelstunde später lag sie ausgebreitet auf dem Bett und schnarchte. Als ich die Decke bis zu ihrem Hals zog, berührten meine Hände die Wärme ihrer Lippen, und ich ließ sie einen Moment dort ruhen. Bisher hatte ich zwei Ava Davanelles erlebt, die erste war ein freudloses, in sich gekehrtes Gespenst, leicht gekränkt und schnell wütend; die zweite war ein sonniges und traumhaftes Wesen mit Witz und Verstand und einem süßen, unbefangenen Lachen. Waren das nur die zwei Seiten der Geschichte, die die Abhängigkeit von der Flasche schrieb? Und wenn das so war, wo zwischen diesen Extremen befand sich die wahre Ava Davanelle?

War es die Frau, die ich auf dem Flur vor Willet Lindys Büro gesehen hatte, die Frau mit den verkrampften Fäusten und dem entsetzten, vor lauter Konflikt und Kampf bleichen Gesicht?

Ich hätte Wut und Enttäuschung fühlen sollen, nicht um der Frau willen, deren Atem meine Hand wärmte, sondern um meiner selbst willen. Mein Selbstschutz verlangte danach, die Situation zu verstehen, doch in mir war ein so großes Durcheinander, dass ich gar nichts mehr wusste und zu keiner Entscheidung fähig war. Ich konnte die Situation nicht verstehen, aber da sie in mein Leben getreten war, konnte ich mich auch nicht guten Gewissens abwenden und zurückziehen.

Oder konnte ich es doch? Das alles hatte nichts mit mir zu tun.

Zwanzig Minuten lang bewachte ich Avas Schlaf, dann ging ich auf die Veranda und beobachtete, wie nach und nach die Sterne hervortraten, bis mich ihr Lärm überwältigte und ich ins Bett ging.

Kapitel 12

Einmal fand ich Bear auf den Knien vor der Toilette, einen Finger im Hals, um die Gifte des Gelages aus seinem Magen zu würgen. Um 6:30 Uhr weckte mich das gleiche Geräusch hinter meiner Badezimmertür auf.

Ich klopfte vorsichtig. »Ava? Alles in Ordnung?«

»Ich komme gleich«, sagte sie. »Ich bin … ich bin krank.« Ein ersticktes Stöhnen. Und wieder das Würgen. Ich steckte Brot in den Toaster, für den Fall, dass sie etwas Festes im Magen brauchte. Fünf Minuten verstrichen, ehe die Tür aufging. Das alkoholische Glühen des gestrigen Abends war der steifen Blässe gewichen, die ich schon in der Gerichtsmedizin gesehen hatte. Ihre Augen waren feucht und rot. Schweißperlen bedeckten ihre Stirn. Ich hatte die Fenster geöffnet, sodass das Rauschen des Golfes hereinströmte.

»Das ist mir … so peinlich«, sagte sie. »Ich muss Grippe haben oder so. Die Drinks sind mir wahrscheinlich zu Kopf gestiegen.« Mit zitternden Händen schob sie ihre Haare hinter die Ohren.

»Du warst ziemlich hinüber.«

»Grippe«, sagte sie. »Die geht im Institut herum.«

»Sicher.«

»Äh, haben wir … das ist jetzt …«

»Wir waren der Inbegriff der Anständigkeit. Du bist müde geworden und ich habe dich ins Schlafzimmer gelotst. Ich habe auf dem Sofa geschlafen.« Ich hoffte, dass mein Kragen die Knutschflecken verdeckte, mit denen sie meinen Hals übersät hatte, während ich sie ins Bett hievte.

Vor Erleichterung senkten sich ihre Schultern. »Tut mir Leid, dass du meinetwegen auf dem Sofa schlafen musstest. Ich hatte doch nur zwei Drinks, oder?«

Totaler Blackout.

»Vielleicht drei«, sagte ich. »Bist du sicher, dass es Grippe ist?«

»Ich … was meinst du?«

»Ich hatte den Eindruck, dass du schon ein paar intus hattest, als du ankamst.«

»Was?« Gespielte Überraschung. *Moi?*

Ich zuckte mit den Achseln. »Nur so ein Eindruck.«

»Willst du sagen, ich bin betrunken hergekommen?« In der Frage lag Schärfe. Ich bemerkte, dass sie wieder Farbe bekam.

»Ich will sagen, dass du für ein paar ultraleichte Drinks ziemlich angegriffen warst, Ava.«

»Vielleicht waren sie nicht so leicht, wie ich sie wollte.«

Niemand hat bessere Verteidigungsstrategien als ein überführter Alki. Ihre Stimme wurde kräftiger und das Zittern war verflogen. »Ich dachte, die Grippe wäre schuld«, sagte ich.

Sie hörte auf zu schwitzen. Ihre Augen wurden klarer. Sie starrten mich finster an. »Vielleicht nur teilweise. Vielleicht hast du mich abgefüllt. Vielleicht hast du …«

»Vielleicht war ich derjenige, der den Wodka in deinem Wagen deponiert hat.«

Ihre Augen wurden groß wie Untertassen. »Du hast in meinem Wagen …« In ihrem Gesicht kämpften Schuld und Wut, und die Wut gewann die Oberhand. »Ich glaube, du bist ein Arschloch«, fauchte sie und nahm ihre Handtasche vom Tisch. Als sie an mir vorbeifegte, sah ich ein Schwanken in ihren Beinen und roch Schweiß und Erbrochenes und etwas Scharfes. Die Tür knallte zu, Sekunden später hörte ich das Knirschen des Sandes, als sie schlingernd davonfuhr.

Noch ehe ich zum Barschrank ging, war mir ziemlich klar, was mich erwartete. Ich schüttelte die Wodkaflasche, sah den Wodka unnormal schäumen und hörte ein Zischen, als ich den Verschluss abdrehte. Mit Wasser verdünnt. Als ich den Mülleimer im Bad überprüfte, fand ich am Boden versteckt einen zerknüllten Papierbecher. Er roch wie erwartet, wodurch ich ihre morgendliche Route leicht nachvollziehen konnte: Sie war mit dem Verlangen aufgewacht, hatte einen Becher aus dem Spender im Bad genommen und war zum Barschrank geschlichen, um ihn zu füllen. Den entnommenen Wodka hatte sie mit Wasser ersetzt und war dann ins Bad zurückgekehrt, um abwechselnd zu trinken und zu kotzen, bis sie genug Alkohol aufgenommen hatte, um den Tag zu beginnen. Als sie die Tür geöffnet hatte, kam sie bereits wieder zu sich, wenn man es so nennen will: Das Zittern verflog, die Augen wurden klar, der Nebel im Kopf löste sich auf. In diesem Moment machte sie mit dem Wodka unter ihrem Sitz weiter. Einen Kater kuriert man am besten, wenn man mit dem weitermacht, womit man aufgehört hat, sagt der Volksmund im Spaß. Aber ich kannte diesen Kater, er dauerte ewig, er fraß einen mit Haut und Haaren und es gab überhaupt nichts Komisches daran. Ich gab Ava fünfundzwanzig Minuten und rief sie zu Hause an. Keine Antwort. Mit Herzklopfen wartete ich weitere fünf Minuten, dann wählte ich die Nummer erneut.

»Hallo?«, zwitscherte sie ein bisschen zu laut, doch freundlich und kontrolliert. Sie stand wieder unter Strom, war aber immerhin zu Hause. Ich dankte stumm dem unbekannten Strippenzieher und legte sachte auf.

Harry und ich fuhren in Richtung Innenstadt, um eine Frau zu befragen, die mit Deschamps sowohl privat als auch geschäftlich bekannt war. Ich hatte ein flaues Gefühl im Magen und lag mit vor der Brust verschränkten Armen auf dem Rücksitz, wie eine traurige Mumie.

Harry schüttelte bedauernd den Kopf. »Diese hübsche, kleine Ärztin, eine Trinkerin. Traurig.«

Genau wie ich benutzte Harry das Wort *Trinker* nicht abwertend; wir kannten beide zu viele kurierte Alkoholiker, vor allem Leute von den Anonymen Alkoholikern, die ganz selbstverständlich Worte wie Trinker, Alki, Schluckspecht und was weiß ich benutzten, wenn sie über ihre eigene Abhängigkeit sprachen. Ich hielt das für ein Zeichen von Courage, es war der Mut, in den Spiegel zu schauen und die Wahrheit zu sagen. Nur wenn man ehrlich mit sich war, konnte man geheilt bleiben.

»Wenn das herauskommt, ist sie ihren Job los«, sagte er. »Und es wird herauskommen.«

Harry hatte Recht. Wenn man Avas Alkoholabhängigkeit entdeckte, würde sie zu einem Rehabilitationsprogramm geschickt und in einer niedrigeren Position wieder angestellt werden, beispielsweise in der Buchhaltung. Man würde einen anderen Pathologen engagieren. Schließlich würde Ava genauso schnell vor die Tür gesetzt werden, wie ein Bulldozer einen jungen Baum zur Seite drückt. Ein Weg, der geradewegs auf die Straße führte – Clairs Vorrat an Mitgefühl war begrenzt.

Harry sprach über seine Schulter. »Was willst du dagegen unternehmen, Cars?«

»Warum sollte ich etwas dagegen unternehmen?«

»Du hast doch Gefühle für das Mädchen, oder?«

»Ich kenne sie kaum, Harry.«

Er schwenkte den Wagen in eine Seitenstraße und trat auf die Bremse. Ich spürte, wie der Vorderreifen gegen den Bordstein knallte, hinaufrollte und wieder herunterkrachte. Harry parkte.

»Komm her und setzt dich nach vorne, Bruder.«

Ich stieg aus und wechselte die Sitze. Wir befanden uns in einem alten Viertel, die Straße war mit mächtigen Eichen und hohen Kiefern voller Zapfen gesäumt. Ich schätzte, dass ein paar der Bäume aus der Zeit vor dem Bürgerkrieg stammten. Die Vorkriegshäuser standen entfernt vom Bürgersteig hinter Azaleen, Magnolien, Rotbuchen und Myrten, als würden sie sich in der Vergangenheit verstecken und die Gegenwart belauschen.

Harry sagte: »Mit den Morden und Squills Quasi-Übernahme von PSET haben wir alle Hände voll zu tun. Das Ganze kann sich zu einem höllischen Durcheinander entwickeln und uns bei lebendigem Leib auffressen. Wenn diese kleine Dame die Alkoholkrankheit hat und du Gefühle für sie hegst, kannst du auch noch von dieser Seite aufgefressen werden.«

»Willst du mir sagen, ich soll mich nicht darum kümmern?«

Er lächelte mich mit einem Hauch von Traurigkeit an und schüttelte den Kopf. »Du wirst tun, was du tun musst. Ich weiß das, du weißt das und alle Engel im Himmel wissen das. Ich will nur sagen, dass du auf dich aufpassen sollst.«

Ich starrte aus dem Fenster. Die Straße hinab goss eine gebrechliche, ältere Frau ihr Blumenbeet. Sie stand so bewegungslos da, dass sie aussah wie eine Skulptur.

Harry sagte: »Du bist ziemlich verschlossen, Cars. Kein Problem. Aber wenn du merkst, dass sich diese alten Drähte um dich herum zuziehen, dann gehe nirgendwohin außer zu mir, okay?«

Seine Formulierung traf einen empfindlichen Nerv in meinem Kopf. »Welche alten Drähte? Wovon sprichst du?«

Er schaute weg und legte einen Gang ein.

»Lass dich nicht zerreißen, mehr will ich nicht sagen.«

Harry fuhr die letzten paar Blocks zu der nächsten Adresse auf unserer Liste. Wir stiegen vor Les Idées aus, einer Kunstgalerie am schicken Südrand Mobiles, ein schmales, gelbes zweigeschossiges Haus im

New-Orleans-Stil mit verschnörkelten Metallgeländern vor den Balkonen und pflaumenblauen Fensterläden. Es gab Blumenkästen. Einen Gehweg mit Kopfsteinpflaster. Einen kleinen Springbrunnen. Das Anwesen war *herzallerliebst*. Harry erblickte ein Café auf der anderen Straßenseite; der Kaffeegeruch strömte herüber.

»Geh und trink eine Tasse, Bruder«, sagte ich. »Ich denke, ich kriege das alleine hin.«

Harry überquerte die Straße und sah erleichtert aus.

Obwohl Deschamps hauptsächlich Designer war, hatte er in seiner Freizeit Aquarelle gemalt, vor allem Meeresbilder. Françoise Abbot war die Besitzerin von Les Idées. Sie hatte Deschamps' Arbeiten seit mehreren Jahren ausgestellt und vor und während dieser Verbindung gelegentlich in größeren Kreisen gesellschaftlich mit ihm verkehrt.

Abbot war eine schlanke Frau um die fünfzig, die mit einem roten Samtumhang bekleidet war, einer Mischung aus Kaftan und Kimono. Sie war Raucherin und benutzte eine Zigarettenspitze aus Elfenbein, ein Utensil, das ich für völlig passé und antiquiert gehalten hatte. Ihr schwarzes Haar hatte einen dieser mutwilligen Antischnitte, bei dem zottelige Strähnen in alle Richtungen sprossen. Sie führte mich zu einigen Aquarellen von Deschamps, die fachmännisch gearbeitet waren, denen aber die Tiefe fehlte, die aus einer reinen Abbildung Kunst machte. Ich dachte, sie würden sich gut als Umschlagbild für esoterische Tagebücher mit Titeln wie *Meine täglichen Gedanken* oder *Notizen eines Lebens* eignen.

Madame Abbots leise Stimme passte zu ihrem

konspirativen Auftreten, dazu unterstrich sie jeden Satz mit einer bemerkenswerten Auswahl elastischer Gesichtsausdrücke. Ich vermutete, dass ihr einmal jemand gesagt hatte, sie sähe süß aus, wenn sie die Nase rümpfte, was sie dazu veranlasst hatte, ihre Bandbreite zu vervielfältigen. Kunden waren nicht zugegen, sodass wir uns an einen kleinen Kaffeehaustisch in einer hinteren Ecke setzten. Ich sagte: »Jeder, mit dem ich gesprochen habe, vermittelte mir den Eindruck, dass Mr Deschamps kurz vor der Heiligsprechung stand, was nur daran scheiterte, dass er Baptist war. Ist das auch Ihr Eindruck, Ms Abbot?«

»*De mortuis nil nisi bonum*«, raunte sie mit einem Beben der Nasenlöcher, was in ein Schielen überging. »Sie wissen sicherlich, was das bedeutet.« Sie setzte drei schnell aufeinander folgende Mienen auf, die andeuteten, dass sie wettete, ich würde es nicht wissen.

»Man soll nicht schlecht von den Toten sprechen«, entgegnete ich. »Das ist nicht ganz korrekt übersetzt, trifft aber den Kern.«

Sie ließ ihre Kinnlade fallen und wackelte damit, dann zwinkerte sie mir zu und hob einen Daumen. Mit der Mundseite ihrer Zigarettenspitze deutete sie auf mich. »Ausgezeichnet, Detective Ryder.«

Ich sagte: »Diese Redewendung wird meistens gerade dann benutzt, wenn es etwas Schlechtes geben könnte, das nur nicht ausgesprochen wird.«

Abbot zwinkerte und rümpfte ihre Nase. »Tatsächlich?«

»Vielleicht hat Mr Deschamps nicht ganz das anständige Leben geführt, wie man mir glauben machen will.«

Sie hob ihre Augenbrauen und schürzte ihre Lippen. »Zum größten Teil hat er das meiner Ansicht nach getan.«

»Und was ist mit dem kleinen Teil?«

Abbot vollführte eine weitere Reihe von Gesichtsverrenkungen, die, wenn ich hätte raten müssen, eine gewisse Bestürzung vermitteln sollten. Sie sagte: »Vor zwei Monaten hatte sich eine Freundin von mir mit einer ihrer Freundinnen samt Partner in Orange Beach verabredet. Also eine Freundin meiner Freundin. Ihre Freundin. Und raten Sie, wen die Freundin meiner Freundin zu dieser Verabredung mitgebracht hat?«

Während ich versuchte, die Kette von Freundinnen auseinander zu dröseln, erzeugte Abbot eine derart ablenkende Auswahl von Gesichtsausdrücken, dass ich mich zum Nachdenken abwenden musste.

»War es Peter Deschamps?«

Als wollte sie eine stark befahrene Straße überqueren, schaute Abbot von links nach rechts und beugte sich dann zu mir. »Das war zwei Monate nachdem er Cheryl einen Heiratsantrag gemacht hatte.«

»Ein geselliger Abend unter Freunden.«

»Möglich.« Sie zwinkerte dreimal und lächelte.

»Ihrer Meinung nach steckte mehr dahinter?«

»Die Freundin meiner Freundin ist eine, wie soll ich das sagen, eine sehr aktive Frau, *körperlich* aktiv.« Abbot klimperte mit den Wimpern. »Trifft es das?«

»Eine Frau, die … ihre Libido zelebriert?«

Abbot zwinkerte, nickte, schürzte ihre Lippen, grinste, grimassierte und runzelte die Stirn.

Ich nahm es als ein Ja.

»Fahren wir zu dieser Freundin der Freundin?«, fragte Harry.

»Können wir vorher in der Gerichtsmedizin vorbeischauen?«

Harry sagte kein Wort. Während ich die Augen schloss und mich am Türgriff festhielt, wendete er zum Lärm des hupenden Verkehrs den Wagen. Ein paar Minuten später hielt er vor dem Institut an und ich stieg aus.

»Dauert nicht lange«, sagte ich, machte die Tür zu und ging davon.

»Carson?«

Ich drehte mich um. Harry hob seinen Daumen. »Viel Glück«, sagte er.

Ava saß an ihrem Schreibtisch und erledigte Papierkram. Ich trat in ihr Büro und schloss die Tür.

»Raus«, blaffte sie. Ihre Augen hatten dunkle Ringe und waren blutunterlaufen.

»Ich würde dich gerne zum Mittag- oder Abendessen einladen. Wenn du heute zu beschäftigt bist, wie sieht es dann mit morgen aus?«

Sie kritzelte auf einem Formular, schob es dann über den Schreibtisch und nahm ein weiteres.

»Nie im Leben.«

Ich näherte mich der Tischkante. »Wir sollten über Freitagabend reden.«

Sie wollte ein Formular unterschreiben, doch der Stift zerriss das Papier. Sie warf den Stift in den Mülleimer und starrte mich finster an.

»Da gibt es absolut nichts zu sagen.«

Ich sagte: »Ich habe Angst.«

»Du hast was?«

»Ich mache mir Sorgen, sollte ich vielleicht besser

sagen. Hör zu, Ava, ich betrachte dich als Freundin ...«

»Und ich betrachte dich als Schnüffler und Einmischer. Ich nehme an, du hast es schon der halben Stadt erzählt.«

»Ich habe es niemandem erzählt. Es geht niemanden etwas an.« Dass ich es Harry erzählt hatte, erwähnte ich nicht; bei ihm war ihr Geheimnis so sicher, als hätte ich es auf einen Zettel geschrieben und ihn mit einem Gewicht in den Marianasgraben geworfen.

»O ja, ganz bestimmt. Ganz bestimmt.«

»Ava, ich kenne einige Leute, die Erfahrung mit solchen Dingen haben. Gute Leute. Vielleicht brauchst du ein bisschen Unterstützung bei ...«

Sie stand mit solcher Vehemenz auf, dass ihr Stuhl nach hinten gegen die Wand schoss. »Ich habe keine Ahnung, was zum Teufel Sie mit diesem ›Unterstützungskram‹ meinen, Detective Ryder. Möglicherweise habe ich gestern Abend zu viel getrunken. Das war ein Fehler und es wird nie wieder passieren. Mir haben Ihre Anspielungen heute Morgen nicht gefallen und sie gefallen mir jetzt noch weniger. Wir müssen zusammenarbeiten, gut, damit kann ich umgehen. Aber auf einer persönlichen Ebene will ich nichts von Ihnen, und damit meine ich Gespräche, Anspielungen, Ausflüchte, Ratschläge oder gemeinsames Essen. Wenn Sie mir wirklich helfen wollen, dann schließen Sie die Tür von außen. Wenn Sie das allein nicht hinkriegen, kann ich den Sicherheitsdienst rufen, der wird Ihnen gerne dabei behilflich sein.«

»Wie ist es gelaufen?«, wollte Harry wissen, als ich mich auf den Beifahrersitz fallen ließ.

»Wie heißt dieser beschissene Wasserfall in Europa?«, fragte ich und schloss vor der viel zu hellen Sonne meine Augen.

»Rheinfall«, sagte er, wie immer auf Zack.

Die Freundin von Abbots Freundin hieß Monica Talmadge. Sie war Mitte dreißig und wohnte in einem teuren Backsteinhaus in West Mobile mit einem perfekt manikürten Rasen und einem kanariengelben Cabrio in der Auffahrt. Monica war nicht glücklich, uns zu sehen.

»Ich habe nie von einem Peter Deschamps gehört. Das müssen Sie mir glauben.«

Sie trug offene, hochhackige Schuhe, eine lavendelfarbene Jeans und mehr Make-up, als ein Nachmittag normalerweise erforderte. Ihr Büstenhalter setzte ihre kleinen Brüste perfekt in Szene und das enge, tief ausgeschnittene pinkfarbene Shirt schadete auch nicht. Rotbraune Haarwellen endeten auf halbem Wege vor ihrem ausdrucksvollen Hinterteil, das so rund und prall war wie eine Orange.

»Hören Sie, Leute, Officers, wie auch immer, mein Mann wird jeden Augenblick hier sein.«

Harry schaute auf seine Uhr. »Vielleicht kann er uns mit der Frage nach Deschamps weiterhelfen.«

»Nein! Ich meine, er weiß nichts.«

»Weiß nichts oder vermutet nichts, Mrs Talmadge?«, fragte Harry sanft.

Monica schaute zu Boden, als wollte sie sich ihre Zehen für eine Prüfung einprägen. Ich hätte ihr die Antworten geben können: Perfekt gebräunt und pedikürt, die Nägel pinkfarben lackiert. Mir war klar, dass sie überlegte, ob sie die Wahrheit sagen sollte oder nicht. Als sie wieder aufschaute, lag ein Schatten auf ihrem Gesicht und ihr Blick war härter.

»Peter und ich sind ein paarmal ausgegangen, eine rein freundschaftliche Angelegenheit.«

Harry sagte: »Diskret freundschaftlich?«

Es folgte ein langes Schweigen, ihre Augen wurden schmaler.

»Hören Sie, mein Ehemann ist einer, der sich in Männergesellschaften am wohlsten fühlt. Das bedeutet, wenn er nicht mit einem Haufen anderer Männer im beschissenen Montana oder in Kanada unterwegs ist, um Elche, Biber oder was weiß ich zu jagen, dann fährt er manchmal für Tage aufs Meer hinaus zum Angeln. Und wenn er nicht der amerikanische Sportsmann ist, dann reist er durch die Weltgeschichte und verkauft Generatoren. Ich bin in einem Wohnwagen in Robertsdale aufgewachsen und schätze das alles hier sehr …« Sie machte eine ausholende Handbewegung, die alles umfasste: den Wagen, das Haus, die Nachbarschaft. »… aber es gibt auch noch ein paar andere Dinge, die ich zu schätzen weiß. Ich versuche einfach, mein Leben ein bisschen im Gleichgewicht zu halten, verstehen Sie? Und als Peter auf meine Anzeige antwortete …«

Ich sagte: »Ihre Anzeige?«

»Ich habe eine Anzeige in diese blöde Zeitung gesetzt, *NewsBeat*. Eine Kontaktanzeige. Gebundene Frau sucht gebundenen Mann für intelligenten, erwachsenen Spaß ohne Verpflichtungen.«

Ein Fahrzeug näherte sich und Monica erstarrte. Als sie sah, dass es nicht ihr Mann war, atmete sie erleichtert aus. Harry sagte: »Wie war die Resonanz auf die Anzeige?«

»Ich habe einen Haufen Antworten unter der Chiffrenummer der Zeitung bekommen. Mehr als ich gedacht hatte. Peter hatte ein Foto beigelegt, sein Brief klang nett und er sah gut aus. Außerdem passte es perfekt, dass er auch gebunden war und vorsichtig sein musste. Wir haben uns einige Male getroffen, nichts Ernstes, wir hatten nur unseren Spaß miteinander, verstehen Sie?«

»Hatten Sie den Eindruck, dass er, äh, diese Art von Verabredungen schon früher gemacht hatte?«

»Nein. Ich glaube, er wollte sich noch einmal austoben, bevor er heiratete. So ungefähr hat er sich auch ausgedrückt. Und ich konnte es verstehen.«

»Hatten Sie in irgendeiner Weise das Gefühl, Mr Deschamps könnte nicht nur heterosexuell orientiert sein?«

»Gott, nein«, antwortete sie. »Er war sehr maskulin. Sie wollen doch nicht sagen, dass er ...«

»Nein. Aber bei jedem Mord müssen wir alle möglichen Fragen stellen.«

»Ich habe geweint, als ich davon gehört habe. So ein guter Kerl. Großartiger Körper. Es tut mir Leid für seine Freundin.«

»Warum haben Sie die Beziehung beendet?«

»Das haben wir irgendwie beide getan. Ich glaube, wir hatten uns einfach nichts mehr zu sagen.«

Ich hörte das Brummen eines großen Dieselmotors. Sie schaute an uns vorbei zur Straße. »O mein Gott, das ist Larry. Bitte sagen Sie nichts über diese Sache, bitte, bitte, bitte.«

Ich sah einen schwarzen Truck, der herunterschaltete, um in die Auffahrt zu biegen. Durch die Windschutzscheibe starrte uns ein finsteres Augenpaar an.

»Lächeln Sie und schütteln Sie den Kopf, Mrs Talmadge«, sagte ich.

»Was?«

»Lächeln Sie freundlich, aber schütteln Sie dabei den Kopf.«

Sie verstand und tat es und fügte sogar noch ein kleines Lachen hinzu, das in dem bebenden Motorenlärm in unserem Rücken unterging. Ich zwinkerte Harry zu, und wir winkten Mrs Talmadge zum Abschied. Als wir uns umdrehten, sprang ihr Ehemann aus einem 3500 Dodge Ram Diesel mit doppelter Bereifung und einem Auspuffrohr wie eine Haubitze. Was an dem Truck nicht angemalt war, war verchromt. Auf der Tür stand: ATLAS INDUSTRIAL GENERATORS, IHR UNABHÄNGIGER STROMVERSORGER. Larry ließ die Tür offen und den Motor laufen. Er war gut einen Meter neunzig groß und hatte ein Kreuz wie Harry. Büschel ergrauter Haare quollen aus dem Kragen seines Poloshirts. Sein Gesicht war rot und seine Brust wölbte sich wie eine zum Angriff übergehende Bulldogge. Wahrscheinlich befanden wir uns auf Territorium, das er schon mit seiner Duftmarke markiert hatte.

»Hey«, brüllte er, »was habt ihr Typen hier verloren?«

»Noch einmal danke, Mrs Talmadge«, rief ich über die Schulter. »Entschuldigen Sie die Störung.«

»Ich habe gefragt, was ihr hier zu suchen habt?«, knurrte Larry.

Ich lächelte. *Gutes Hündchen.* »Sie müssen der Ehemann sein«, sagte ich höflich und zückte meine Dienstmarke. »Wir hatten gestern einen bösen Unfall mit Fahrerflucht im Benkhead-Tunnel. Ein Zeuge konnte sich einen Teil der Nummer merken und meinte, es wäre ein gelber Sportwagen gewesen ...« Ich sprach laut genug, damit Monica mich hören konnte.

»Sie glauben nicht, wie viele gelbe Fahrzeuge eine ähnliche Nummer haben«, sagte Harry und klang verzweifelt. Die Harry-und-Carson-Show.

Ich war an der Reihe. »Wir überprüfen alle möglichen Fälle nach einer Beschädigung des rechten, vorderen Kotflügels. Offensichtlich ...« Ich schaute zu dem Cabrio. »... war es nicht der Wagen Ihrer Frau.«

»Ja ... verdammt richtig«, meinte Larry beleidigt.

Als wir wegfuhren, zog Larry seine Koffer aus dem Monstertruck. Monica und ich tauschten einen Blick aus. »Danke«, sagte sie in der Lippensprache, dann wandte sie sich mit einem warmen, einladenden Gesicht an den Sportsmann Larry, der zurück war aus den Bergen, zurück von der See.

Kapitel 13

Abgesehen von mir war der Church-Street-Friedhof menschenleer. Der kleine Friedhof hinter Mobiles an der Government Street gelegenen Hauptbibliothek war ein Ort, an dem man unter uralten Bäumen spazieren gehen, grübelnd die Grabsteine betrachten und die verstreichenden Jahre zählen konnte. Harry musste ein paar Bücher abgeben und mich hatte die stille Verbundenheit des Friedhofs mit der Vergangenheit angezogen.

Als der Adrian-Fall wie eine Explosion von Sirenen über mich hereingebrochen war und Ratten und Feuer und die verkohlten Augen eines jungen Mädchens in meinem Kopf herumgegeistert waren, war ich häufig hierher gekommen, um unter den Bäumen zu sitzen und der Stille zu lauschen. Der Tod von Tessa Ramirez war unbeschreiblich brutal gewesen, die Gräber hier erschienen jedoch so friedlich, als hätte der Tod auf seiner Reise zwischen den Welten, die er durchquerte, für einen Moment innegehalten, damit die Auserwählten ihre Erinnerungen vom Sterben abwerfen und sich im kühlen Schatten und dieser schlichten Umgebung sammeln konnten.

Ich hatte gehofft, dass die Toten der Church Street das kleine, dunkelhaarige Mädchen in ihre Mitte genommen hatten; vielleicht hatten die Toten ihr hier alles erklärt, damit sie verstehen konnte.

Am Ende muss es Verständnis geben, dachte ich. Warum sonst kommen wir auf die Welt, wenn nicht unsere individuellen Entdeckungsreisen – oder Erkenntnisreisen, wenn man so will – am Ende mit den Fäden aller Reisen vom Leben in den Tod zu einem ultimativen Verständnis verwoben werden können, einem großen, kosmischen Verstehen: »Ja. Warum habe ich das nicht gleich begriffen? Wie elegant. Wie einfach.«

Aber vielleicht war alles nur Zufall. Unsere brillantesten Lügen sind jene, die wir für uns selbst aufheben.

»Überall unsichtbare Linien«, sagte Harry und weckte mich aus meiner Träumerei über die Träumerei. Er war zurück aus der Bücherei und beugte sich hinab, um ein Grab zu betrachten, das dreißig Jahre vor Ende des neunzehnten Jahrhunderts angelegt worden war. *Unsichtbare Linien* war Harrys Ausdruck für Linien, die scheinbar unzusammenhängende Ereignisse in Mordfällen verbanden. Zu Beginn unsichtbar, enthüllten sie sich allmählich, bis wir bemerkten, dass wir schon die ganze Zeit über sie gestolpert waren.

»Das Geheimnis steckt in den Worten auf den Leichen«, sagte ich. »Die Worte sind Botschaften mit einer Bedeutung und einer Absicht.«

Die Botschaften waren vor den Medien und der Öffentlichkeit geheim gehalten worden, um diejenigen auszusondern, die Gott weiß welche vergangenen Schreckenstaten exorzierten, indem sie jeden bizarren Mord gestanden. Niemand gab den Mord an einem Dealer von der Straßenecke zu, aber kaum wird eine bestialisch zugerichtete Frau gefunden, stehen die Verrückten Schlange, die ein Geständnis ablegen wollen.

»Bedeutung und Absicht, aber nur dann, wenn man völlig durchgeknallt ist«, sagte Harry. Ich saß auf einem erhöhten Grab und Harry setzte sich neben mich. Er seufzte und schaute hoch und betrachtete die Wolken oder die Baumwipfel. Als er mich wieder ansah, lagen eine Traurigkeit und Sorge in seinem Blick, die ich lange nicht gesehen hatte.

»Ich mache mir Sorgen um dich, Bruder.«

Ich verkrampfte. »Du meinst, wegen der Sache mit Ava? Ich mache mir Gedanken um sie, sicher, aber es ist nicht ...«

»Das meine ich nicht. Du unternimmst doch nichts auf eigene Faust, oder? Was die kopflosen Leichen angeht?«

Ich sprang auf. »Was zum Teufel sollte ich auf eigene Faust unternehmen, Harry?«

Er musterte mein Gesicht. »Selbstständige Ermittlungen zum Beispiel. Ich weiß, dass du manchmal deine Macken hast.«

»Glaubst du, dass ich etwas zurückhalte, Harry, ist es das?« Meine Worte kamen gepresst hervor. Unter der Wut hörte ich Schuld heraus.

Seine Stimme war ruhig, er klang vernünftig. »Das habe ich nicht gesagt, ich habe mich nur gefragt, ob du dir etwas zusammenreimst. Während des Adrian-Falles kam es mir so vor, als würdest du Kontakt zu einer Hellseher-Hotline haben. Die Irrenärzte und Profiler waren der Meinung, Adrian hätte die Augen seiner Opfer verbrannt, weil er sie kannte und nicht wollte, dass sie ihn sahen. Und plötzlich – wie aus heiterem Himmel – kamst du mit der Idee, dass das Feuer ein Verbindungselement wäre.«

»Das war eine zufällige Idee, die sich entwickelt hatte, nichts als Anfängergl…«

Harry unterbrach mich mit einem erhobenen Finger. »Als Nächstes hast du die Idee, dass alle Opfer durch ihre Nähe zu einem anderen Feuer in ihrer jüngsten Vergangenheit ausgewählt wurden. Es stellt sich als wahr heraus. Du schlägst vor, die Feuerwehr zu überwachen, Tatorte zu überprüfen, bei denen es sich um Brandstiftung gehandelt haben könnte, um so zu versuchen, einen Typen zu finden, der sein nächstes Opfer auskundschaftet. Wir machen es und – bingo! Du siehst diesen Typ, der sich die Haare ausreißt, wie heißt das noch?«

Ich schaute weg, ich konnte es nicht mehr ertragen, wie der Adrian-Fall und sein Strandgut ständig an die Küste der Gegenwart trieben und mir vor den Bug knallten.

»Carson, wie hieß dieses Problem mit den Haaren? Dieses Herausreißen?«

»Trichotillomanie, verdammt noch mal.«

»Genau. Du hast diesen Typ bei dem Brand gesehen, der sich die Haare rausriss, als würde er einen vergammelten Pullover zerfetzen. Und das war er, Joel Adrian.«

Ich unterdrückte den Drang, einfach wegzugehen. »Ich war dabei, Harry. Ich erinnere mich.«

»Vielleicht gibt es Dinge, an die du dich nicht erinnerst. Oder an die du dich nicht erinnern willst.«

Mein Impuls zu lachen legte sich, bevor ich die Lippen öffnen konnte. Was hervorkam, war ein Krächzen. »Glaubst du, ich werde senil? Ist es das?«

»Woran ich mich am meisten erinnere, ist die Situation nach dem Fall. Du hast mit diesem Zusammenbruch im Krankenhaus gelegen und …«

Ich stürzte auf ihn zu und machte mit meinen Händen das Time-out-Signal. »Hör auf, hey … stopp. Das war es nicht, verdammt.«

Harry schaute mich mit unschuldiger Verwirrung an. »Was war es nicht?«

»Ein Zusammenbruch, gottverdammt. Es war Stress und Schlafmangel. Nichts weiter, nichts Nervliches.«

»Habe ich Nervenzusammenbruch gesagt? Ich glaube nicht. Ich meinte einen physischen Zusammenbruch, Erschöpfung. Genau wie du sagst, Stress, zu viel Gehetze und Sorgen und zu wenig Schlaf. Ich erinnere mich an das Wort *Depression.*«

»Schlafmangel in Kombination mit Stress kann wie eine chronische Depression wirken.«

»Ich weiß nur, dass du ungefähr einen Monat lang kaum gehen oder reden konntest.«

Ich stand da und schaute auf meine Uhr, ohne die Uhrzeit wahrzunehmen. »Vielleicht können wir noch etwas aus dem Tag machen. Ein bisschen arbeiten zum Beispiel.« Meine Worte kamen zorniger hervor, als ich wollte.

Harry legte seine Hände auf die Knie und richtete sich so langsam auf, als würde er einen Zementsack auf seine Schultern wuchten. »Alles was ich sagen wollte, Cars, ist, dass du bei dem Adrian-Fall nicht nur dein Bestes gegeben hast, sondern er dir auch alles abverlangt hat. Halte mich einfach auf dem Laufenden, lass mich wissen, was du denkst. Es ist immer gut, seinen Partner einzuweihen, oder?« Er deutete auf seinen Kopf. »Hier drinnen wird es manchmal einsam, Cars. Menschen treffen schnelle Entscheidungen und teilen sie mit niemandem.«

»Was immer du willst, Harry.« Ich sagte es über die Schulter, schon ein paar Meter entfernt, und fragte mich im Weitergehen, was zum Teufel das alles gerade sollte.

Bei einer Schießerei um drei Uhr am Morgen in einer berüchtigten Spelunke für Nachtschwärmer hatte es zwei Tote und fünf Verletzte gegeben. Die Schießerei an sich hätte nicht viel Beachtung hervorgerufen, doch unter den Verletzten befand sich die zwanzigjährige Tochter eines äußerst engagierten Geistlichen, und die ersten Untersuchungen hatten ergeben, dass sie sich ihre Oberschenkelverletzung in Ausübung des ältesten Gewerbes der Welt zugezogen haben könnte. Die Medien überschlugen sich, in den Büros der Ermittler herrschte Chaos, Cops rannten hinein und hinaus, Leute brüllten und unaufhörlich klingelten die Telefone, da etliche Wichtigtuer nutzlose Lügen feilboten und die Medien versuchten, durch die Hintertür etwas zu erfahren.

Wir zogen uns in ein Versammlungszimmer von der Größe eines Schuhkartons zurück und breiteten Akten und Fotos auf dem winzigen Tisch aus. Keiner von uns beiden hatte Nelsons Wohnung aufgesucht oder eine anständige Gelegenheit gehabt, die Bestandsaufnahme seiner persönlichen Habe zu studieren, so dass wir uns nun in die Notizen der mit dieser Aufgabe betrauten Beamten vergruben. Die Bestandsliste war nicht umfangreich, aber wir siebten sie nach Hinweisen aus, die Nelson mit Kontaktanzeigen in Verbindung brachten, da diese Deschamps und Talmadge zueinander geführt hatten.

»Hier ist was«, sagte Harry und klopfte auf das Blatt vor ihm. »Seite drei, Artikel siebenundzwanzig: ›Ein silberner Karteikasten aus Metall (Aluminium?) im Schrank. Persönliche Papiere. Versicherungsformulare. Scheckabschnitte und Kontoauszüge. Korrespondenz. Zeitungsausschnitte.‹ Zeitungsausschnitte? Ich frage mich, welche Zeitung? Mich würde interessieren, ob's der *NewsBeat* ist.«

»Ich hole den Wagen«, sagte ich.

Nelson hatte in einer Wohnanlage unweit des Brookley Airports gewohnt. Der lange Flur roch nach in Fett gegartem Essen. Der Teppich hatte schimmelige Stellen, vielleicht waren es auch Geschwüre. Jemand am anderen Ende des Flures hatte »Whip It« auf der Stereoanlage. Harry und ich folgten dem Hausverwalter, Briscoe Shelton, zu einer braunen Tür, auf die mit einem Filzstift die Nummer 8-B geschrieben worden war. Shelton war ein dürrer, schmuddeliger Redneck Mitte fünfzig, der nach Zigaretten und Korrosionsschutz roch. Er trug eine fleckige Malerhose und ein ärmelloses T-Shirt, das früher einmal weiß gewesen war. Eine schwere Kette führte von seinem Gürtel in seine Gesäßtasche. Als er an der Kette zog, flog ein rasselnder Schlüsselbund aus der Hose und landete in seiner Hand. Man merkte, dass er diese Bewegung stundenlang geübt hatte. Harry überprüfte, ob die Versiegelung noch heil war, und trennte sie dann mit einem Taschenmesser durch.

»Ich habe den kleinen Hurensohn nie leiden können, müssen Sie wissen«, sagte Shelton, während er mit einem Schlüssel nach dem anderen im Schloss herumstocherte. »Hat nie pünktlich seine Miete gezahlt, hat es aber immer hingekriegt, sie gerade noch rechtzeitig rauszurücken, bevor ich den Klugscheißer rechtmäßig rauswerfen lassen konnte.«

»Hatte er irgendwelche regelmäßigen Besucher, Mr Shelton?«, fragte ich.

»Hier ist ein ganzer Festumzug durchgerauscht. Männer, Frauen, Jungen, Mädchen und ein paar Undefinierbare, von denen ich nicht sagen konnte, was sie waren, falls Sie verstehen?«

»Stach jemand hervor?«

»Da gab es so ein stämmiges Mädel mit einem Puddinggesicht und einer Mickymaus-Stimme. Vor ein paar Monaten war sie oft hier. Am Anfang waren sie wie die Turteltäubchen, später flogen dann die Fetzen und der ganze Scheiß.«

Angesichts des Zeitrahmens und der Beschreibung vermutete ich, dass es sich um Terri Losidor handelte. Shelton hielt den Schlüsselbund vor sein Gesicht, schielte ihn eine Weile an und trennte dann einen Schlüssel vom Rest. »Und dann gab es einen Typen, an den ich mich erinnere, weil er völlig anders war als dieser Abschaum und die Perversen. Verglichen mit dem Rest von dem Zirkus ein älterer Knabe. Der kam immer nachts. Stellte seinen Wagen am anderen Ende des Gebäudes ab und hastete hier rein, als hätte er Hummeln unterm Arsch. Nach einer Weile kamen sie zusammen raus und fuhren weg und manchmal habe ich den Klugscheißer dann ein paar Tage nicht gesehen.«

»Wann war das?«, fragte ich.

Der Schlüssel passte, die Tür schwang auf. Warme, abgestandene Luft strömte heraus wie eingeschlossene Erinnerungen. Als Harry zur Klimaanlage lief, dachten die Leute eine Etage tiefer wahrscheinlich, dass das Dach gerade einstürzte.

»Vielleicht vor zwei Monaten. Einen Monat lang ist er regelmäßig hier herumgeschlichen, dann habe ich ihn nicht mehr gesehen. Was nicht bedeuten muss, dass er nicht da war, nur, dass ich ihn nicht gesehen habe. Ich spioniere meinen Mietern nicht hinterher. Nicht mal den Perversen.«

Während Harry und ich einen ersten Blick auf die Wohnung warfen, blieb Shelton an der Tür stehen. »Wenn Sie fertig sind, ziehen Sie einfach die Tür zu. Wie lange wird es dauern, bis ich die Scheißwohnung wieder vermieten kann?«

»Keine Ahnung, Mr Shelton. Vielleicht dauert es noch eine Woche, bis wir sie wieder freigeben«, erwiderte ich.

Shelton verzog sein blasses Gesicht. »Das heißt, ich kann sie erst in einem Monat wieder vermieten.«

»Warum?«, fragte Harry.

Shelton zeigte uns gelbe Zähne. »Weil es mindestens drei Wochen dauert, bis der Schwulengestank hier raus ist.«

»Lustiger Bursche«, meinte Harry, als sich Sheltons dumpfe Schritte auf dem Flur entfernten. »Ob der mal eine Party schmeißt?«

Während Harry nach diesem Karteikasten suchte, promenierte ich durch Jerrold Elton Nelsons Leben. Wenn man mir ein Wörterbuch in die Hand gedrückt und ein einziges Wort zur Beschreibung der Wohnung erlaubt hätte, dann hätte ich *kläglich* eingekreist. Die Möbel sahen aus wie Reste einer Verleihfirma, die gerade noch zu gebrauchen waren. Der Fernseher hatte einen 55er-Bildschirm, von dem Fabrikat hatte ich noch nie gehört. Geschirr und Besteck hatte er aus billigen Restaurants mitgehen lassen. Das riesige Bett bestand aus einem auf dem Boden stehenden Lattenrost und einer Matratze obendrauf. Neben dem Bett stand eine niedrige Truhe, in der ich einen Zwanziger, zwei Zehner und eine Hand voll Münzen fand, vor allem Pennies. Das Zentrum des Zimmers war eine Fitnessbank; Gewichte, Hanteln und Hantelstangen lagen darum verstreut. Wenn die verspiegelten Schranktüren geschlossen waren, spiegelte sich das Bett darin.

Das einzige Zimmer, in dem alles reichlich vorhanden war, war das Badezimmer. Nelson besaß mehr Kosmetikartikel als ein Pudelsalon: Shampoos, Conditioner, Spülungen, Haarsprays. Es gab Mundwasser, Hautcremes, Handcremes, Lotions, Gelees. Ich zählte sieben Haarbürsten und drei Föhne. Außerdem nannte er vier verschiedene Arten von Pinzetten sein Eigen. Was wollte er wo ausreißen?

Während ich die Duftwässerchen zählte – ich war bei elf –, kam Harry mit dem Aluminiumkasten herein und hielt ihn hoch, damit ich ihn begutachten konnte. Größer als eine Butterbrotdose, kleiner als eine Aktentasche. Mit Griffen versehen. Oben eine Klappe.

Ich sagte: »Und?«

Harry drehte den Kasten auf den Kopf, die Klappe ging auf. Aber nichts fiel heraus.

»Absolut leer. Keine Formulare, keine Kontoauszüge oder Zeitungsausschnitte.«

»Sie müssen da sein«, sagte ich. »Sie stehen auf der Liste.«

Harry warf den Kasten auf das Bett. »Ja, das hab

ich an Weihnachten auch immer gesagt, Cars. Irgendjemand muss vor uns hier gewesen sein, und was auch immer in diesem Kasten war, hat sich verdünnisiert.«

Ich stand in der Mitte der schäbigen Wohnung und strich genauso über mein Kinn, wie es perplexe Detectives im Fernsehen tun.

»Soso, was will uns das sagen?«, rätselte ich.

Nach unserer Zusammenkunft mit der oberen Etage hatte Squill die tägliche Besprechung um 16:30 Uhr eingeführt. Zu den Besprechungen kamen er, Burlew, Lieutenant Guidry von der Abteilung Tötungsdelikte, Tom Mason und jeder andere an dem Fall beteiligte Detective, der meinte, einen Beitrag leisten zu können. Heute waren es Jim Archibold und Perk Delkus vom zweiten Distrikt. Normalerweise waren die Besprechungen dafür da, von Spuren zu berichten, die man von Informanten auf der Straße erhalten hatte und – wie die meisten Spuren von Informanten – aus Hoffnung und Pferdescheiße zusammengesetzt waren. Hunderte von Arbeitsstunden wurden dabei verschwendet, von Informanten erzeugten Phantomen nachzujagen. Squill gab die Ergebnisse unserer Besprechungen an die Polizeiführung weiter, womit er die absolute Macht über den Informationsfluss hatte. Ich hatte den Chief seit unserem ökumenischen Beisammensein genau einmal gesehen, und zwar im Fernsehen, wo er ruhig und selbstsicher wirkte und Squills Vokabular benutzte.

Squill kam herein und setzte sich an die Stirnseite des Tisches, neben ihm der allgegenwärtige, seinen Papierbrei mampfende Burlew.

»Machen wir es kurz, Leute, diese Sache mit Reverend Daytons Fickt-für-fünf-Mäuse-Tochter artet zur Krise aus. Irgendwas Neues zu Nelson und Deschamps?« Squills Augen funkelten, und ich vermutete, der Grund war, dass er wegen des Vorfalls mit der Predigertochter mit den Medien arbeiten musste, worin sein einziges wahres Talent lag.

Die Treffen begannen für gewöhnlich damit, dass die anderen Teams zuerst sprachen, was häufig überflüssig war. Wir hatten bereits am Morgen Informationen ausgetauscht, ohne einen großen Tisch, ohne Squill als Moderator und ohne den Verlust von zusammengerechnet zehn Arbeitsstunden. Tobias und Archer hatten herausgefunden, dass Deschamps in ein zivilrechtliches Verfahren verwickelt gewesen war, als er versuchte, das Honorar für einen Auftrag einzuklagen. Nelson war vor zwei Jahren in Pensacola wegen Prostitution verhaftet worden. Die Vorfälle mussten noch routinemäßig überprüft werden, aber keiner von beiden schien von Belang für die Mordfälle zu sein. Nichtsdestotrotz würde Squill den Medien erzählen, dass zwei viel versprechende Spuren ermittelt worden waren.

Als die anderen fertig waren, fügte ich unsere Informationen hinzu.

»Wir sind da auf eine merkwürdige Sache gestoßen, Captain. Im Bericht über die Durchsuchung von Nelsons Wohnung wurde ein Karteikasten erwähnt, der Kontoauszüge, Korrespondenz, Zeitungsausschnitte und solche Sachen enthält. Harry und ich haben den Kasten überprüft – der Inhalt ist verschwunden.«

Squill wedelte gebieterisch mit seiner Hand und gab eine Entschuldigungsrede zum Besten, die für

Versammlungen ausgearbeitet worden war, bei denen es um Etatforderungen ging. »Ein falscher Eintrag im Katalog«, wehrte er ab. »So etwas passiert ständig, so gerne wir auch das Gegenteil glauben wollen. Zu viele Fälle, zu wenig Personal, müde Augen katalogisieren …«

»Bill Harold und Jamal Taylor haben die Gegenstände katalogisiert. Taylor kann sich definitiv daran erinnern, den Inhalt des Karteikastens durchgegangen zu sein.«

»Dann war es ein Dieb, Ryder. Wir können nicht alles rund um die Uhr bewachen.«

»Das Siegel war unversehrt. Außerdem hätte der Dieb dann einen Fernseher und ungefähr fünfzig Dollar ignoriert, um eine Hand voll Papier zu stehlen.«

Squill schüttelte den Kopf, als wäre er amüsiert. »Läuft das alles auf irgendetwas hinaus?«

»Es steht im Bericht. Deschamps und Talmadge haben sich über eine Kontaktanzeige in *NewsBeat* kennen gelernt. Ich wollte überprüfen, ob einer dieser erwähnten Zeitungsausschnitte aus dem *NewsBeat* stammt oder aus dem Anzeigenteil im *Register*. Vielleicht wurde Nelson auf die gleiche Weise kontaktiert. Es ist vielleicht etwas weit hergeholt, aber ich wollte ausschließen, dass die Opfer durch Kontaktanzeigen ausgewählt worden sind.«

Burlew sonderte eine Art Geräusch ab, einen Rülpser oder ein Grunzen. Squill schaute ihn an, bevor er seinen Blick wieder auf mich richtete. »Das ist doch gar nicht Ihr gottverdammter Job, Ryder. Sie und Nautilus sollen doch das psychopathologische Verbrechensteam sein. Wenn ich mich an die Gründung dieser zusammengeschusterten Einheit erinnere, dann sollte das doch Ihr Betätigungsfeld sein: der psychologische Aspekt. Dazu gehört zum Beispiel die Frage, was das Geschriebene auf den Leichen bedeuten soll?«

»Ich habe keine Ahnung.«

»Keine Ahnung? Großartig. Und wie steht es damit: Wissen Sie, ob das Geschriebene wichtig ist?«

»Für den Mörder bestimmt. Aber es könnte so persönlich sein ...«

Squill grinste. »Sie glauben, dass es wichtig ist. Aber Sie vergeuden Ihre Zeit damit, hinter irgendwelchen Zeitungsschnipseln herzujagen.«

»Das ist alles, was wir haben.«

Squill schüttelte den Kopf. »Das ist verdammt richtig. Sie sitzen hier nur rum und reden, ohne Ergebnisse zu liefern. Nichts. Nada. Wer ist der Typ? Wie denkt er? Was bedeuten die Worte auf den Leichen?«

»Die Bedeutung der Worte wird sich nicht allein durch Handauflegen offenbaren.«

Sein Grinsen verwandelte sich in Zähnefletschen. »Kommen Sie mir nicht klugscheißerisch, Mister.«

»Ich wollte nur erklären, warum Papiere, die aus der Wohnung eines Toten verschwinden, eine Bedeutung haben könnten.«

Als hätte er plötzlich das Interesse verloren, lehnte sich Squill zurück und gab seine Erklärung ab. »Überlassen Sie diese Arbeit den Ermittlern des Distrikts, Ryder. Wenn Piss-it nichts weiter tut, als den Spuren der anderen Teams zu folgen ...« Er warf seine Hände hoch. »... wozu ist die Einheit dann überhaupt gut, zum Teufel?«

Harry sagte: »Wenn wir nicht den Spuren der anderen Teams gefolgt wären, wären wir gar nicht auf diese vermissten Papiere gekommen.«

Squill ignorierte Harry und stand auf. »Hat noch jemand was zu sagen?« Sein Ton deutete an, dass es ihn nicht freuen würde, wenn dem so wäre.

»Dann ist die Versammlung hiermit aufgelöst«, sagte er. »Versuchen Sie nächstes Mal ein paar vernünftige Spuren herbeizuschaffen.«

Als er mit großen Schritten zur Tür hinausging, stieß er verächtlich die Worte *Piss-it* aus, gerade laut genug, dass es jeder hören konnte.

Während die anderen nach und nach das Zimmer verließen, blieben Harry und ich am Tisch sitzen und betrachteten unsere Hände. Tom klopfte uns beiden beim Vorbeigehen auf die Schulter. »Ihr habt bei dieser Sache ja wirklich die Scheiße am Hacken, Jungs«, sagte er traurig. »Ich wäre echt verdammt froh, wenn ich euch wieder zurück hätte.«

»Und wir wären verdammt froh, wieder zurück zu sein«, brummte Harry.

Wir kehrten in unser Büro zurück, wo ich meine Notizen auf den Schreibtisch warf. »Squill holt uns rein, dann jagt er uns wieder weg. Erst schickt er uns zu Ermittlungen auf die Straße, dann will er uns wieder von der Straße weghaben. Er hat keine Ahnung, was er da eigentlich tut.«

Harry ließ sich schwer auf seinen Stuhl fallen. »Das ist Squill, Cars. Er weiß genau, was er tut. Das Problem ist, dass wir es nicht wissen.«

Ich versuchte, das Durcheinander in meinem Kopf zu ordnen. »Harry, wenn Piss-it Spuren ermittelt, aber jemand anderes sie weiterverfolgt, wird man das dann der Einheit anrechnen?«

In Harrys traurigen Blicken lag die Antwort. Wir

hatten die Fälle Tag und Nacht durchgekaut und waren zum Dank soeben darüber informiert worden, dass wir inkompetente Spinner waren, eine Meinung, die jetzt an die Polizeiführung weitergegeben wurde. Aber wenn wir etwas aufdeckten, konnte es Squill untergraben, indem er behauptete, die Spuren hätten sich innerhalb der normalen Parameter der Ermittlung ergeben und nichts mit PSET zu tun. Ich hörte förmlich das Ticken, mit dem die Zeit für die Einheit ablief. Oder wie schon leise das *Lied vom Tod* gespielt wurde.

Die Büros vom *Mobile NewsBeat* befanden sich zwischen einer Gasse und einem dichtgemachten Hobbyladen in einem alten Backsteinhaus im Süden der Stadt. Ein handgeschriebenes Firmenzeichen war von innen an ein Schaufenster geklebt worden, auf dem man noch die Schrift des früheren Inhabers erkennen konnte: AAA-Druckerei. Hinter dem Fenster war es dunkel, ein magnetisches Schild an der Glastür informierte mich darüber, dass ich eine halbe Stunde zu spät war. Als ich durch meine hohlen Hände nach drinnen schaute, erkannte ich billige Plastikmöbel im Wartebereich. Ein langer Tresen trennte den vorderen Teil vom hinteren Arbeitsbereich. An einem Ende des Tresens klebte ein Schild, auf dem stand: WERBUNG UND ANZEIGEN. Das Ganze hatte etwas von einem Kraut-und-Rüben-Unternehmen, ich vermutete, dass der optimale Angestellte ein Reporter war, der auch die Druckerpresse bedienen kann, während er gleichzeitig Werbefläche verkauft. Nachdem ich mir die Öffnungszeiten notiert hatte, nahm ich mir die neueste Ausgabe von einem Ständer neben der Tür und machte mich auf den Weg nach Hause. Ich fuhr gerade auf der I-10 gen Süden, als der Wagen plötzlich in eine Ausfahrt scherte und sich nach Norden wandte, als würde er auf einen Notruf aus einer anderen Welt reagieren.

Ava wohnte in einem kleinen, weißen Haus im kreolischen Stil, das kurz vor dem Ende einer Sackgasse lag. Als ich langsam vorbeifuhr, duckte ich mich, trug eine Sonnenbrille und hatte meine Kappe tief ins Gesicht gezogen. Blumen und ein Sextett aus Myrten säumten ihre Auffahrt, an der Veranda hingen mehrere Blumenkästen. In einem Kreis trockener Kiefern stand eine japanische Magnolie. Alles schrie nach Wasser, auch der gelbliche Rasen. Vor der Eingangstür lag die Morgenzeitung. Ihr Camry stand in der Auffahrt. Ich rief das Gerichtsmedizinische Institut an, wo Vera Braden abnahm. Ich imitierte den Nordstaatenakzent, indem ich schnell und durch die Nase sprach.

»Ich muss mit Dr. Davanelle sprechen, und zwar sofort.«

»Oh, das tut mir Leid, aber sie ist heute nicht im Büro«, entgegnete Vera mit ihrem schleppenden Dialekt. »Soll ich ihr etwas ausrichten, Sir?«

»Hat sie heute frei? Hier ist Sanderson. Ich bin der Vertreter von Wankwell Testing. Verdammt, ich dachte, sie hätte mir gesagt, dass sie morgen freihat. Hören Sie, ich habe da ein paar neue Produkte, die ich Ihren Medizinern zeigen möchte …«

Vera würzte ihren gemütlichen Dialekt mit etwas Gehässigkeit. »Sie sollte heute eigentlich da sein, Mr Sanders, aber ich glaube, sie hat sich krankgemeldet. Was halten Sie davon, wenn ich sie bitte,

Sie zurückzurufen, sobald sie sich munter genug fühlt, sich um die Sache zu kümmern?«

Klick.

Als Nächstes rief ich Ava an. Ich hinterließ keine Nachricht nach dem Piep und fuhr davon.

Ich schaffte es zwei Blocks, bevor ich umkehrte und hinter ihrem Wagen parkte. An der Seite ihres Hauses hing ein Schlauch, mit dem ich das ganze Grundstück ordentlich sprengte. Gierig nahm der trockene Rasen die Feuchtigkeit auf. Ich fand es äußerst widersprüchlich, dass das Wort *trocken* auch nüchtern bedeutete, *satt* oder *voll* jedoch mit betrunken gleichgesetzt wurden, wo doch kaum etwas Körper und Geist mehr austrocknete als die Abhängigkeit vom Alkohol. Ich blieb fünfzehn Minuten, ohne an die Tür zu klopfen. Wenn sie wach war, dann wusste sie auch so, dass ich da war, und die Entscheidung herauszukommen, musste allein sie treffen.

Kapitel 14

In der Hoffnung auf Informationen, die meinen weiteren Tagesablauf bestimmen würden, fuhr ich am Morgen geradewegs zum *NewsBeat*-Büro. Harry hatte wegen eines früheren Falles einen Termin bei der Staatsanwaltschaft und würde fast den ganzen Tag entweder dort oder vor Gericht verbringen müssen. Schon bevor ich auf den *NewsBeat*-Block zusteuerte, roch ich feuchte Asche. Wo sich gestern noch die Büros einer alternativen Zeitung befunden hatten, stand heute ein ausgebranntes Gebäude. Von der Inneneinrichtung waren nur noch ein durchnässter Haufen Trümmer, das verrußte Skelett eines Offsetdruckers und einige versengte Aktenschränke übrig geblieben. Im hinteren Bereich des Gebäudes stocherte eine große, schlaksige Frau in schwarzer Bluse, Jeans und Arbeitshandschuhen niedergeschlagen durch die Asche.

Eine Sirene heulte auf, dann rollte ein Streifenwagen neben mich. Am Steuer erkannte ich Officer Bobby Neelands breites Handgelenk. Neeland war ein gedrungener, ungefähr dreißigjähriger Schwachkopf, der nie lächelte, wenn er grinsen konnte, und nie lachte, wenn er feixen konnte. Selbst die verzweifeltsten Polizeigroupies im Flanagan's machten einen großen Bogen um Neeland und nannten ihn hinter seinem Rücken kichernd Babyschwanz. Die Beschwerden wegen Brutalität im Dienst gegen ihn beanspruchten einen separaten Ordner, aber da die Verletzten nie Zeugen hatten, kam er immer ungeschoren davon. Neeland ließ langsam sein Fenster herunter und glotzte mich über seine dunkle Sonnenbrille an.

»Was machst du hier, Ryder? Keine Toten.« Die Mitesser auf seiner Nase sahen aus wie Bleistiftminen.

»Ich bin hinter etwas her, Bobby. Was ist hier passiert?«

Neeland nahm seine Brille ab, steckte einen Bügel in den Mund und lutschte beim Reden geräuschvoll daran. »Jemand hat das Fenster eingeschlagen und einen Kanister Benzin reingeschmissen.« Er grinste spöttisch. »Bye-bye Hippiezeitung.«

»Gibt es eine Spur?«

»Schau mal um die Ecke, Ryder. Die Tat ist signiert.«

Ich ging auf die Seite des Gebäudes. Auf die verwaschene Backsteinwand war in halbmetergroßen, krakeligen Buchstaben WHITE POWER gesprayt worden. Tatsächlich stand dort WHITE PO ..., die letzten drei Buchstaben waren nur ein horizontaler Strich, der sich Richtung Hintergasse verflüchtigte.

Als ich zurückkehrte, knabberte Neeland mit winzigen, scharfen Zähnen an seiner Brille. Bei dem Geräusch wurde mir übel.

»Dem Täter war es wichtiger abzuhauen, als eine Botschaft zu hinterlassen, Bobby.«

»Hä? Was?«

»Vergiss es. Nicht wichtig.«

Er setzte seine voll gesabberte Brille auf und starrte mich durch die schwarzen, ovalen Gläser an. »Habe gehört, dass die Zeitung kürzlich über die Leute von White Power geschrieben hat. Ich denke, die Jungs waren ein bisschen angepisst. Scheiße, Ryder, du hast studiert, sag du mir, wie es kommt, dass die Ni... Schwarzen ihre ganzen Scheißorganisationen wie NCPA haben können, es aber immer gleich einen Riesenaufstand gibt, wenn Weiße sich mal für ihre Sache einsetzen? Ich meine, wo bleibt da die beschissene Gerechtigkeit?«

Im vorderen Teil meines Schädels begann eine Hornisse zu summen. Ich sagte: »Weißt du, wer die Frau dort im Gebäude ist?«

»Der gehört die Zeitung. Nein, *gehörte*. Laut Befehl der Feuerwehr dürfte sie gar nicht da drin sein. Ich habe ihren klapprigen Arsch schon vor einer Stunde rausgeschmissen und bin kurz davor, es wieder zu tun. Bleib hier und sieh zu, Ryder. Das wird lustig, die Fotze hat echt einen Hass auf Bullen.«

»Lass deinen verpickelten Arsch auf dem Sitz, Neeland. Zieh Leine.«

»Hey, hast du sie nicht mehr alle?«

»Hau ab und spiel mit deinem Babyschwanz.«

»So kannst du nicht mit mir reden, du Arschgesicht.«

Um ihn vollends zu provozieren, kam ich näher und schaute ihm in die Augen. »Ich glaube, ich habe es gerade getan, Bobby.«

Neelands Knöchel am Lenkrad wurden weiß. Ich konnte seinen Hass durch die Sonnenbrille spüren; wahrscheinlich waren die Gläser nicht polarisiert. Seine Stimme bebte vor Zorn. »Geh mir aus den

Augen, du Schwanzlutscher, oder wir beide kriegen Ärger.«

Ich riss ihm die Brille von den Ohren, warf sie über meine Schulter, trat einen Schritt zurück und zog dabei seine Tür auf. Ohne die Sonnenbrille schaute er nicht mehr so finster drein und begann zu zwinkern. Er reckte sein fettes Kinn und schrie mich aus dem Innern des Streifenwagens an. »Ich weiß, was du vorhast, du bescheuertes Arschloch! Ich hau dir eins auf die Fresse, und wer kriegt dafür eine Disziplinarstrafe reingewürgt? Ich. *Du* machst *mich* nicht fertig, Ryder. Du nicht.«

Ich gönnte Neeland seinen erlösenden Augenblick und ließ ihn die Tür packen und zuschlagen. Mit quietschenden Reifen und unter Flüchen jagte er davon. Seine Sonnenbrille lag auf dem Bürgersteig und glitzerte vor Speichel. Um mich vor Tollwut zu schützen, ließ ich sie liegen. Und weil ich dann dachte, dass sich auch niemand anderes anstecken sollte, trat ich drauf.

Vor dem Gebäude hing eine Aluminiummarkise. Ich stellte mich in den angenehmen Schatten, bis die etwa vierzigjährige Frau aus den Trümmern trottete. Irgendwie kam sie mir bekannt vor, und nach einer Weile fiel mir ein, dass sie aussah wie Abraham Lincoln. Das lag vor allem an ihren Augen, die tief unter einer zerfurchten Stirn saßen und so dunkel und ehrlich wie Kohle wirkten. Sie hatte hoch liegende, vorstehende Wangenknochen und ein energisches, kantiges Kinn. Ihre schwarzen Haare erhoben sich wie eine Welle, bevor sie zurückgekämmt und im Nacken mit einem blauen Tuch zusammengebunden waren. Trotz ihrer zurückhaltenden Bewegungen hob sie ihre Füße beim Gehen fast verspielt an, dass man den Eindruck hatte, ihre schlaksige Figur folgte den großen Stiefeln, als wäre sie überrascht, wohin es ging. Sie setzte sich auf die Stufe zum Parkplatz und zog die Handschuhe aus, wobei schöne Hände zum Vorschein kamen. Dann lehnte sie sich zurück, stützte sich auf ihre Ellbogen und schloss die Augen.

»Konnten Sie etwas retten?«, fragte ich.

Sie blickte auf und blinzelte gegen das Sonnenlicht. »Was interessiert Sie das?« Sie hatte mich mit Neeland gesehen und wusste also, dass ich Polizist war.

»Einfach so, nehme ich an.«

»Wir haben genug negative Artikel über Ihre Mischpoke veröffentlicht, dass ich das bezweifle.«

Ich setzte mich neben sie. Ihre Kleidung roch stark nach Qualm. »Über meine Mischpoke? Die Linie meines Vater oder die Linie meiner Mutter?«

Die kohlenschwarzen Augen musterten mich. Ich sagte: »Ich habe letzte Nacht den Artikel über die White-Power-Bewegung gelesen.«

»Und?«

»Er hat mich wütend gemacht auf Leute, deren Hass auf andere so fadenscheinige Gründe hat wie Hautfarbe oder Glauben. Dann wurde mir klar, dass die meisten dieser Leute mit diesen Vorurteilen gefüttert worden sind, seit sie das Licht der Welt erblickt haben.«

»Das ist keine Entschuldigung. Man kann sich ändern.«

»Viele ändern sich auch. Und zwar diejenigen, die kein mieses Leben führen und sich nicht in ihren Problemen und ständiger Unzufriedenheit suhlen oder zumindest eine kleine Chance haben, ihrem Leben auch nur etwas entfernt Lohnenswertes zu geben. Ihre hassgetränkten Existenzen scheinen Strafe genug für das Übel zu sein, das sie in die Welt bringen. Trotzdem, wie man es auch dreht und wendet, es ist eine verdammte Schande.«

Einen Moment lang dachte sie nach, dann deutete sie mit einem gepflegten Finger die Straße hinab zu einer Bäckerei. »Trinken wir einen Kaffee?«

Auf dem Weg zur Bäckerei stellten wir einander vor. Ich erfuhr, dass Christell Olivet-Toliver sowohl Redakteurin als auch Herausgeberin von *News-Beat* war. Ich schilderte ihr meinen Eindruck von dem Vorfall, ohne zu viel von meinen Fakten preiszugeben.

»Damit ich das richtig verstehe«, sagte sie, während sie Zucker in ihren dampfenden Kaffee rührte. »Sie sind nicht ganz davon überzeugt, dass das letzte Nacht die Typen von White Power waren?«

»Ich sage nur, dass Ihr Büro genau in dem Moment niedergebrannt wird, in dem ich gerade beginne, mich für die Kontaktanzeigen in *News-Beat* zu interessieren. Solche Zufälle faszinieren mich.«

Sie hob eine Augenbraue. »Ermitteln Sie im Fall der enthaupteten Leichen?«

»Ohne weiter auf die Einzelheiten einzugehen, ja.«

»Was wollen Sie von mir?«

»Im Grunde möchte ich wissen, wie das mit den Kontaktanzeigen funktioniert.«

Sie umschloss den Keramikbecher mit ihren Pianistenhänden. »Nehmen wir an, Sie wollen eine Anzeige aufgeben. Sie müssen nur Ihre Anzeige schreiben und per E-Mail an den *NewsBeat* schicken. Wir teilen Ihrer Anzeige eine Chiffrenummer zu und veröffentlichen sie. Wenn jemand, sagen wir Muffy Duffy, antworten will ...«

»Ich könnte mit keiner klarkommen, die Muffy heißt.«

Sie schnippte einen Plastiklöffel zu mir. »*Hortense* klickt die Kontaktanzeigen auf unserer Website an und mailt eine Antwort. Unser Computersystem leitet sie dann an Ihre Chiffrenummer weiter.«

»Und wie zahlt man?«

»Unsere Anzeigen funktionieren wie ein Klub, für beide Seiten wird eine kleine Gebühr fällig. Man kann entweder online per Kreditkarte zahlen oder einen Scheck beziehungsweise eine Einzugsermächtigung an unser Büro schicken.«

»Klingt nicht besonders sicher, besonders wenn man Scheck oder Kreditkarte benutzt.«

»Niemand kann erfahren, wer eine Anzeige aufgibt oder auf eine Anzeige antwortet. Die Leute vertrauen uns und wir missbrauchen ihr Vertrauen nicht.«

Ich hob skeptisch meinen Finger. »Aber Computer sind Computer. Ich wette, irgendwo im Inneren sind die Daten von jedem gespeichert, der auf eine Anzeige antwortet. Und ich könnte mir vorstellen, dass jemand, der sich mit der Technik auskennt, auch Zugriff auf diese Daten kriegt.«

»Vielleicht. Mit einem Gerichtsbeschluss ...« Sie deutete mit einem langen Daumen auf das verkohlte Gebäude. »... und dem Computer.«

»Alles zerstört?«

Sie lächelte traurig. »Asche zu Asche.«

So viel also zu den Kontaktanzeigen. Ich versuchte, auf andere Weise weiterzukommen. »Haben sich hier in letzter Zeit merkwürdige Typen herumgetrieben?«

»White-Power-Typen? Skinheads? Tätowierte Halbstarke? Solche Typen? Das haben mich die anderen Cops auch schon gefragt. Ich sehe ständig seltsame Leute.«

»Irgendjemand Beunruhigendes?«

Sie legte ihre Fingerspitzen aneinander, sodass ihre Hände aussahen wie Schmetterlingsflügel, die in der Sonne trockneten. »Nur eine Kleinigkeit. Vor zwei Tagen habe ich einen Wagen gesehen, der gegenüber des Büros an der Straße parkte. Ungefähr eine halbe Stunde davor hatte ich den Müll rausgebracht, und da hatte ich denselben Wagen durch die Seitengasse fahren sehen.«

»Was war das für ein Wagen?«

»Ein Jaguar XJ mit Dreihundertsiebzig-PS-Super-V-Acht-Motor und langem Radstand.«

Ich schaute sie an.

»Hey, selbst wir Natur liebenden, Eier tretenden, feministisch kommunistischen Anarchistinnen dürfen träumen, oder?«

»Sind das Ihre Titel im Impressum der Zeitung?«

Sie seufzte. »Auf meinem Briefkopf.«

»Konnten Sie den Fahrer erkennen?«

»Ich habe den Wagen nur von der Seite gesehen und die Fenster waren dunkel getönt. Nichts.«

»Nummernschilder?«

»Ich habe sie eine halbe Sekunde gesehen und ungefähr zwei Sekunden darüber nachgedacht. Dann hat mich irgendetwas abgelenkt …« Ihre Hände machten Flugbewegungen.

»Sie erinnern sich an den Wagen, weil es Ihr Traumvehikel ist?«

»Teilweise. Aber dort auf der anderen Straßenseite ist nur ein Secondhand-Klamottenladen und ein Pleite gegangener Waschsalon. Der Wagen gehörte hier nicht her. Als wäre ganz kurz ein falscher Ton gespielt worden.«

Ein falscher Ton, ein falscher Ton ... Ms Olivet-Tolivers Worte gingen mir auf dem Weg nach Hause und während des restlichen Tages nicht mehr aus dem Kopf. Sie verfolgten mich, als ich im Stehen eine Schüssel mit kalten roten Bohnen und Reis hinunterschlang, und hinaus auf die Veranda, wo ich meine Füße auf das Geländer legte. Die Sonne ging schon unter und mehrere Fischer durchkämmten die Brandung mit ihren kleinen weißen Netzen. Während ich sie fischen sah, wurde mir allmählich Abraham Lincolns Botschaft klar: Dieser Fall war dissonant.

Dissonant. Vielleicht lag es an den falschen Tönen. Oder aber die richtigen Töne wurden fehlerhaft gespielt, der Takt war schief oder die Interpretation unkorrekt. Dissonanzen hatte ich schon immer gespürt, darauf war ich dermaßen sensibilisiert, dass ich selbst leichteste Unstimmigkeiten sofort bemerkte.

Seit dem Moment, als ich den ersten Blick auf die kopflose Leiche von Jerrold Elton Nelson geworfen hatte, hatte mit diesem Fall etwas nicht gestimmt. Es war nicht so sehr die Inkongruenz der Leiche ohne Kopf, die mein psychisches Gleichgewicht durcheinander gebracht hatte, sondern eher die Ausdruckslosigkeit der Tat und des Tatortes. Wenn das Motiv, wie Squill bei jeder Gelegenheit glauben machen wollte, Rache war, wo war dann die Rache zu finden? Die Wut? Sie steckte weder in der präzise nach Lehrbuch vorgenommenen Entfernung des Kopfes noch in der zeitraubenden Inschrift auf der Haut. Beides schien eher das Werk eines makaberen Buchhalters zu sein als das eines hasserfüllten Lustmörders oder von Ritualen besessenen Killers. Und wenn, wo war dann die Gier, die Lust an der Zerfleischung und der Zerstörung?

Je länger ich darüber nachdachte, desto stärker wurde mein Gefühl der Dissonanz.

Ich war mit der Dissonanz aufgewachsen; genauso wie Seismologen Laser oder Spiegel benutzen, um haarfeine Bewegungen zwischen Bergen zu messen, besaß ich schon als Kind Fühler, mit denen ich die leichten Vibrationen in der Luft wahrnehmen konnte, die gewalttätige Veränderungen ankündigten. Jeder möchte vor einem Erdbeben gewarnt werden.

Ich lernte, es mehr zu wollen als die meisten anderen.

Um die Wahrheit zu sagen, war meine erste Erinnerung eine Art Erdbeben gewesen. Ich war nicht gewarnt worden und niemand außerhalb unseres Hauses hatte es wahrgenommen. Obwohl es vierundzwanzig Jahre her war, erinnerte ich mich an den Vorfall mit einer Klarheit, die durch die Zeit nicht getrübt worden war, sondern über die Jahre vielleicht noch an Schärfe gewonnen hatte.

Es ist Nacht. Ich stehe aus dem Bett auf und gehe wie ein Schlafwandler durch einen engen, grauen Korridor, der sich über Meilen zu erstrecken scheint. Vor mir ist ein schwarzes, in die Wand eingelassenes Quadrat, das bis zum Himmel reicht. Es ist der Flur unseres Hauses in Charleston, North Carolina, und er ist grau, weil das Mondlicht durch das Fenster scheint, und das dunkle Quadrat ist die Tür zum Zimmer meines Bruders Jeremy. Aus dem dunklen Quadrat dringen Schreie.

Ich bin sechs und mein Bruder Jeremy ist zwölf.

Ich stehe an der Türschwelle und lausche, weiß aber irgendwie, dass ich nicht eintreten darf. Ich muss ins Badezimmer und komme, als ich den Flur weitergehe, am Zimmer meiner Mutter vorbei. Sie ist Näherin, spezialisiert auf Hochzeitskleider. Meine Mutter sitzt an ihrer Nähmaschine, durch die weißer Stoff wie eine Flüssigkeit fließt. Ihre Hände ruhen bewegungslos über dem Stoff und ihre Augen konzentrieren sich auf das Nähen. Das Quietschen der Nähmaschine übertönt das Stöhnen und die Schreie aus dem Flur. Als ein Dielenbrett unter mir knarrt, dreht sie sich um. Ihre Augen sind weit aufgerissen und feucht und sie spricht, ohne zu wissen, dass ich mich an ihre Worte erinnern werde und sie nie vergessen kann.

»Ich weiß, dass es falsch ist«, zischt sie mit zusammengebissenen Zähnen. »Aber er arbeitet so hart. Er ist ein Fachmann, ein Ingenieur. Wer würde denn glauben, dass jemand wie ich die Frau von einem …« Ein Schrei fährt schneidend wie eine Sense durch den Flur. Die Stirn meiner Mutter zieht sich in Falten und für einen Moment flattern ihre Hände unkontrolliert wie aufgeschreckte Spatzen.

»Und was könnte ich denn schon dagegen machen?«

Mutter beruhigt ihre Hände und widmet sich

wieder ihrer Näharbeit, jetzt reglos und mit hängendem Kopf. Der weiße Stoff bedeckt ihren Schoß wie ein Gespenst, dem die Luft ausgegangen ist. Sie flüstert: *Geh wieder ins Bett, es wird bald still sein ...*

In einem Alter, in dem die meisten Kinder lernen, mit einem Dreirad zu fahren, wurde ich ein Student der Veränderungen, die solchen Vorfällen vorausgingen, am Anfang ungefähr alle zwei Monate, dann mit zunehmender Häufigkeit. Es war, als könnte ich spüren, wie sich die Luft im Haus mit negativen Teilchen auflud, welche an Kraft und Intensität zunahmen, bis sie sich in einer Nacht schwarzer Blitze entluden. Ich lernte, bei den ersten Anzeichen des aufziehenden Unwetters Schutz zu suchen, mich nachts in meinem Baumhaus im Sumpf oder auf dem Rücksitz des Wagens zu verstecken. Sobald das Unwetter sich verzogen hatte, schlich ich wieder herein, die Fühler auf die Vibrationen der nächsten Explosion ausgerichtet, jederzeit bereit, davonzulaufen.

Und dann, an einem trägen Sommernachmittag, war es vorbei.

... die Wälder hinter unserem Haus sind ein Dickicht aus vielen verschiedenen Arten von Kiefern, der Boden ist bedeckt mit einer weichen Matratze aus braunen Nadeln und übersät mit herabgefallenen Zapfen, und ich verbringe meine Tage im Schutze der leise säuselnden Bäume. In einer alten Eiche habe ich mir ein Baumfort gebaut, und obwohl das Fort nur ein wackeliger Verhau aus Sperrholz und Spanplatten und anderen Baustellen-Errungenschaften ist, wird es von den kräftigen Ästen der Eiche sicher getragen. Im Wald, in meiner vor allen Blicken abgeschirmten Festung vier Meter über dem Boden fühle ich mich am sichersten. Vor kurzem hat mein Vater mir noch mehr Angst gemacht als sonst. Er hat begonnen, auch zu mir zu kommen, was er vorher nie getan hat.

Seine Augen sind so böse. Er sagt, ich bin dumm.

Ich bin neun Jahre alt.

Von meinem Versteck hinter den Brettern aus sah ich einmal meinen Bruder …

Jeremy ist fünfzehn.

Von meinem Versteck hinter den Brettern meines Forts aus sah ich einmal meinen Bruder mit einem quiekenden Schweinchen unter dem Arm in den Wald laufen, einem Ferkel vom Hof der Hendersons am Ende der Straße …

Ich legte mich flach auf den Bauch und beobachtete, wie mein Bruder das Schwein an einen Baum fesselte und ihm schlimme Dinge mit einem großen Messer antat. Ich war mir sicher, dass er hochschaute und meine Augen zwischen den kaputten Brettern und dem Laub sah. Doch er hatte wohl woanders hingeschaut und begann wieder, das Schwein zu traktieren. Es dauerte eine Ewigkeit, und dann vergrub er die blutigen Überreste tief in dem von Kiefernadeln bedeckten Boden. Er wischte sein Messer an Blättern ab und steckte es in seine Tasche …

Dann, wenige Tage später, sah ich Blaulicht in der Nähe unseres Hauses. Ich war allein in meinem Baumhaus, und als ich loslief, entdeckte ich, dass die Polizei genau vor unserem Haus stand.

Weil mir das grelle Blaulicht in den Augen wehtat, schaute ich hinab auf die Hände des Polizisten. Seine Knöchel sahen aus wie Felsen und er hielt sich die Mütze vor seine Geschlechtsteile. Seine Augen waren hinter verspiegelten Brillengläsern versteckt. Jeremy saß auf der Hollywoodschaukel auf der Veranda und schaukelte mit einem Fuß auf dem Boden gemächlich hin und her. Scheinbar unbeteiligt beobachtete er, wie der Polizist mit meiner Mutter sprach.

»Wir wissen nicht, wie es …«

»Wir sperren die Landstraßen, bis wir …«

»Der Gerichtsmediziner ist jetzt dort, er …«

»Sie sollten nicht dort hingehen … Ihr Mann … das ist kein schöner Anblick für …«

»Wir werden diesen Irren finden, Ma'am. Es tut mir so Leid für Ihre …«

Nach einer Weile fuhren die Polizisten davon. Als ich vom Boden aufschaute, sah ich nur Staub über der Straße. Mutter war eine graue Statue im Vorgarten. Ich sah, dass sie zu Jesus gesprochen haben musste, ihre Worte waren ganz leise.

Und ich sah, wie Jeremy mir zuzwinkerte und *Quiek* machte.

Kapitel 15

Es gibt eine Kurzgeschichte von Sartre mit dem Titel »Das Zimmer«, und in dieser Geschichte wird ein Mann namens Pierre von boshaften Statuen gequält, die in seinem Kopf herumschwirren und ihn immer tiefer in den Wahnsinn treiben. Er kann sie allein durch sein *Zuither* beherrschen, Pappstreifen, die in der Form einer Spinne zusammengeklebt sind. Auf einem Streifen steht das Wort *Schwarz*, auf einem anderen die Worte *Macht über den Hinterhalt*, auf einem dritten ist eine Zeichnung von Voltaire. Während ich im Dunkeln saß und Jeremy und meine Eltern wie schattenhafte Statuen in meinem Kopf herumschwirrten und ich wünschte, ich hätte ein *Zuither*, fuhr ein Wagen auf mein Haus zu. Ich hörte ein langes Plärren der Hupe und sah ein Taxi in meiner Auffahrt, vor dessen Scheinwerfern der weiße Staub der zerbrochenen Muscheln schwebte. Das Taxi plärrte erneut, und als ich die Tür aufriss, dachte ich, *Gott, gib mir auch für die idiotischen Taxifahrer dieser Welt ein* Zuither.

»Ich habe kein Taxi bestellt«, brüllte ich. »Sie haben die falsche Adresse, verdammt.«

Ein kräftiger Kerl mit einem schwarzen Pompadour beugte sich aus dem Fahrerfenster. Offenbar blendete ihn mein Verandalicht, denn er hielt sich eine Hand über die Stirn, als würde er salutieren.

»Sie schulden mir dreiundsechzig Dollar«, rief er hoch. »Fahrpreis von Mobile.«

»Hören Sie, Kumpel, ich schulde Ihnen gar …«

Die Tür hinter dem Fahrer ging auf und Ava kam herausgestolpert. Sie machte zwei unsichere Schritte auf das Haus zu, dann knickten ihre Knie ein und sie fiel zu Boden.

»Carson, bitte hilf mir«, schrie sie, während sie versuchte, sich aus dem Sand zu erheben. Ihre Stimme war durch Tränen und Alkohol kaum zu verstehen.

Der Fahrer und ich hievten sie die Treppen hinauf und legten sie auf das Sofa. Ich blätterte vier Zwanziger in seine Hand, und er war sichtlich froh, wieder verschwinden zu können. Ava versuchte sich aufzurichten, wischte Sand aus ihrem Gesicht und nuschelte unzusammenhängend. »Ich habe mich betrunken, Carschon, ich habe alles versaut und mich betrunken, ich wollte es nicht, aber ich habe mich betrunken und …«

»Psssh. Du musst mir nichts erklären.«

»Ich brauche *Unterstützung*.«

Sie stank nach Alkohol und Schweiß und Angst. Ich zog sie bis auf die Unterwäsche aus und führte sie in die Dusche, wo ich sie unter einen Strahl lauwarmes Wasser setzte. Ihr Kopf lag auf den Knien, und als ich sie wusch, zitterte und schluchzte sie.

Ein paar Minuten später half ich ihr aufzustehen, hüllte sie in einen Bademantel, während sie sich ihres Büstenhalters und ihres Slips entledigte. Inzwischen kam sie etwas zu sich und rekonstruierte mit unsicheren und flüchtigen Worten ihre letzten Stunden. Sie hatte Samstag gearbeitet und Sonntag und gestern freigemacht. Samstagabend nach der Arbeit hatte sie angefangen zu trinken und nicht mehr aufhören können. An diesem Morgen war sie elend und voller Scham aufgewacht. Als sie im Institut angerufen hatte, um sich krankzumelden, war sie von Clair für ihre Abwesenheit zusammengestaucht worden, was mittlerweile schon zur Gewohnheit geworden war.

Ava schaute mich mit Augen an, die eher rot als weiß waren. »Ich dachte, ich könnte heute ausnüchtern und morgen wieder zur Arbeit gehen. Ich dachte, ich schaffe es schon irgendwie und höre auf mit dieser ... Scheußlichkeit. Gestern sollte das letzte Mal sein.« Sie legte die Arme um sich und zitterte.

»Aber sobald du aufgelegt hattest, hast du wieder angefangen zu trinken.«

Ihre Hände verkrampften sich, wie ich es schon versteckt in Willet Lindys Büro gesehen hatte. »Ich kann nicht *aufhören*. Was stimmt nicht mit mir, was stimmt nicht mit mir, was ...«

»Du musst in ein Entgiftungszentrum gehen, damit das Zeug aus dem Körper kommt.«

Sie packte meinen Ärmel mit dem Eisengriff eines Menschen, der kurz vor einem hysterischen Anfall steht. »Nein! Das kann ich nicht. Man wird es herausfinden. Ich kann das nicht tun. Nein. NEIN!«

»Schon gut, alles okay, beruhige dich. Wir können es hier machen.«

»Du hast keinem von Freitagabend erzählt ...

Ich habe die ganze Zeit darauf gewartet, dass mich die Leute komisch angucken. Du hast gesagt, du erzählst es keinem, und du hast es nicht erzählt.«

»Natürlich nicht. Das geht niemanden etwas an.«

Mit dem Handrücken wischte sie sich Tränen aus den Augen. »Ich kenne hier doch niemanden ... Ich fühle mich so *allein*. Dann habe ich dich vor meinem Haus gesehen. Ich habe dich gesehen ... du hast es niemandem erzählt und dann bist du vorbeigekommen und hast alles gegossen. Das wollte ich auch machen, aber ich konnte nicht rausgehen, ich wollte nicht, dass die Nachbarn sehen ...«

»Schlafenszeit«, sagte ich, nahm ihre Hand und führte sie in Richtung Schlafzimmer. »Wir können morgen weiterreden, wenn du dich ausgeschlafen hast.«

»Sie hasst mich«, platzte Ava heraus. »Sie hasst mich einfach. Ich nehme es ihr nicht übel, ich habe so viel verbockt, seit ich da bin ...«

»Wer hasst dich?«

»Dr. Peltier. Selbst wenn ich mein Bestes gebe, hasst sie mich. Ich ... ich ...«

Ava musste sich übergeben und ich konnte ihr gerade noch rechtzeitig den Mülleimer reichen. Ich wartete, bis sie fertig war, dann führte ich sie ins Bett.

»Ich wollte immer nur meine Arbeit machen, und nachts habe ich mich weitergebildet und Texte gelesen und versucht mehr und mehr zu lernen, und je mehr sie mich hasste, desto mehr habe ich getrunken und an manchen Tagen WILL ICH NUR STERBEN. ICH WILL NUR STERBEN ICH WILL NUR ...«

Ich redete beruhigend auf sie ein, deckte sie zu und stellte einen Eimer neben das Bett. Sie starrte an die Decke und drückte unsichtbare Bälle in ihren Fäusten. Lautlos rollten Tränen ihre Wangen hinab. Ich schloss die Tür und schlich auf Zehenspitzen davon.

Den größten Teil der Nacht warf sich Ava stöhnend umher, nach drei durchsoffenen Tagen war ihr Rhythmus völlig durcheinander geraten. Bei Tagesanbruch fand sie ein wenig Ruhe, und als ich die Tür einen Spaltbreit öffnete, sah ihr Gesicht friedlich aus. Ich hoffte, dass ihr der Frieden etwas Kraft spendete, bevor sie aufwachte und sich schweren Entscheidungen stellen musste.

Mr Cutter saß reglos auf einem Klappstuhl in der Dunkelheit seines Schrankes. Das Heben und Senken seines Brustkorbs war seine einzige Bewegung. Obwohl ihn niemand beobachtete, war er nicht in Versuchung geraten, zu schummeln. In ihm rumorte und blubberte und gärte es. Dagegen konnte man nichts machen.

Stundenlang hatte er aufrecht, mit geschlossenen Knien und den Händen auf seinen Schenkeln auf dem Stuhl gesessen. Er war ein guter Junge gewesen.

Bis vor einer Stunde. Er war unfähig gewesen, sein Wasser zu halten, und obwohl er dagegen angekämpft hatte – ohne ein Zucken der Hand, ohne auch nur einmal mit den Beinen zu wackeln –, hatte er am Ende nachgeben müssen. Erst nur ein paar Tropfen, die aber, anstatt Erlösung zu bringen, die Qualen nur verschlimmerten, sodass er schließlich seine Organe entspannt und das Wasser laufen gelassen hatte.

Während es warm und kribbelnd seine Beine hinablief und sich in der Mulde des Sitzes sammelte, hatte er gedacht, dass es einmal die Hölle als Ort der Buße gegeben hatte. Aber jetzt nicht mehr. Alles veränderte sich. Seine Bilder wurden wahr: Er sorgte dafür, dass sie wahr wurden.

Er erwog, in das geheime Zimmer zu gehen, wo er seinen Traum aufbewahrte und an ihm arbeitete. Aber heute war ein Arbeitstag und er musste hinaus zum Arbeiten und sein Gesicht für draußen aufsetzen.

Nach mehreren Minuten stand Mr Cutter unsicher auf und massierte seine eingeschlafenen Schenkel und seinen verkrampften Hintern. Steif ging er ins Bad, um zu duschen. Auf dem Weg wählte er eine Krawatte für den Tag aus. Socken. Schuhe. Er untersuchte seine Hose und zupfte einen Fussel ab. Ein guter Junge. Ordentlich. Die Küche durchquerte er fast ohne anzuhalten – heute war viel zu tun, er musste in Gang kommen –, aber seine Lieblingsschublade lockte ihn. Jeder hat einen geheimen Helfer. Er zog ein langes Messer hervor, ein Brotmesser – Mamas Brotmesser. Sie buk gutes Brot, aber er musste parieren, um es zu bekommen. Da er sich voll gepinkelt hatte, durfte er kein Brot essen. *Hexe!* Als Nächstes kam ein Schleifstein hervor und Mr Cutter schärfte die Klinge an dem Stahl. Der Klang war Musik. Er war einmal bei einem Eishockeyspiel gewesen und sein Herz hatte vor Freude gejauchzt, als er hörte, wie die Kufen auf dem Eis denselben Ton erzeugten und in ihrer Spur Flocken perfekter Kälte aufwirbelten. *Schleif, schleif, schleif.*

Als ich auf den Parkplatz des Gerichtsmedizinischen Instituts bog, klapperten die Flaschen in meinem Kofferraum. Jeder Tropfen Alkohol aus meinem Haus war dort verstaut. Ich hatte sogar das Desinfektionsmittel eingepackt; Alkohol war Alkohol, jedenfalls für einen Trinker auf Entzug.

Indem sie zugegeben hatte, dass ein Problem existierte, hatte Ava die Schwelle der Wahrheit erreicht. Jetzt war es meine Aufgabe, die sich windende und beißende Wahrheit mit beiden Händen zu packen und sie direkt auf Clairs Schoß abzuladen, in der Hoffnung, dass Ava danach noch einen Job hatte. Ich stellte den Wagen in einer für Leichenwagen reservierten Parkbucht neben dem Eingang ab. Es war früh, die Tür war noch verschlossen. Ich drückte auf die Klingel. Willet Lindy, mit einem Werkzeugkasten beladen, ließ mich herein.

»Erzählen Sie mir nicht, Sie erledigen auch noch die Klempnerarbeiten, Will.«

Er schüttelte die Werkzeugkiste. »Wenn etwas kaputt ist, repariere ich es, wenn etwas gebraucht wird, fordere ich es an, wenn etwas unmöglich ist, dann lüge ich.«

»Ich muss mit Clair sprechen. Ist sie da?«

Lindy schnalzte mit der Zunge. »Ja. Allerdings wird heute der jährliche Haushaltsplan erstellt und uns fehlt ein Pathologe. Wenn Sie heil davonkommen wollen, dann bleiben Sie mal lieber auf Abstand.«

Als ich durch den Flur ging, versuchte ich die ganze Zeit, mir ein munteres Lächeln ins Gesicht zu kleben, doch jedes Mal rutschte es weg wie ein Karnevalsschnurrbart.

»Morgen, Clair«, sagte ich und äugte durch ihre

angelehnte Tür. Sie trug einen dunklen Blazer und eine schlichte weiße Bluse. Unterhalb der Schreibtischplatte waren bestimmt ein Rock und hochhackige Schuhe verborgen. Clairs an einer Kordel befestigte Lesebrille saß auf ihrer Nase, ein Füllfederhalter schwebte über einem offiziell aussehenden Formular.

»Ich bin beschäftigt, Ryder. Keine Zeit für Geplänkel.«

»Es ist wichtig, Clair.«

Widerwillig winkte sie mich herein. »Was dagegen, wenn ich die Tür schließe?«, fragte ich.

Clair kniff verdutzt ein Auge zusammen und schüttelte den Kopf. Ich setzte mich in einen abgewetzten Lederschwingstuhl gegenüber ihres antiken Eichentisches. Als Leiterin des Gerichtsmedizinischen Institutes hätte Clair auf eine komplette Überholung der Einrichtung ihres Büros bestehen und einige tausend Dollar Steuergelder für Möbel, Vorhänge und Regale verschleudern können. Stattdessen hatte sie jedoch nur die Leuchtstoffröhren an der Decke entfernen lassen und Steh- und Schreibtischlampen angeschafft, die für ein wärmeres Licht sorgten. Außerdem hatte sie sich einen ergonomischen Stuhl gegönnt, der wahrscheinlich keine zehn Dollar mehr gekostet hatte als die Schreibtischstühle der stämmigen Behördenmädels, die solche Gelder genehmigen musste.

In meiner Branche ist es hilfreich, wenn man verkehrt herum lesen kann. Ich sah die Überschrift auf dem offiziell aussehenden Formular unter Clairs Füller: VERWEIS.

Ich deutete auf das Formular. »Ist dieser Verweis für Dr. Davanelle bestimmt?«

»Ich glaube nicht, dass Sie das etwas ...« Clair hielt inne und schloss müde ihre Augen. »Warum habe ich gerade das Gefühl, dass ein Tag, der mies begonnen hat, gleich noch mieser wird?«

»Sie ist bei mir zu Hause«, sagte ich. »Sie konnte gestern und heute nicht arbeiten, weil sie betrunken war. Sie ist seit Samstag betrunken. Sie ist am Ende, Clair.«

Sie warf den Füller auf den Tisch und rieb ihre Augen. »Das erklärt einiges. In den letzten sechs Monaten hat sie sich siebenmal krankgemeldet. Vier von ihren Krankheitstagen waren Montage. Wochenendkater wahrscheinlich.«

»Wahrscheinlich«, pflichtete ich ihr bei.

»Sie wissen, wie ich dieses Institut führe, Ryder. Ich habe drei Pathologen, die die medizinischen Untersuchungen durchführen. Ich übernehme so viel Arbeit, wie ich kann, aber hauptsächlich stecke ich bis zum Hals in Verwaltungsaufgaben. Ich brauche Mitarbeiter, die pünktlich erscheinen und ihre Arbeit erledigen.«

»Sie wird eine Behandlung bekommen. Es ist eine Krankheit, Clair.«

Sie nahm den Füller in die Hand und hielt ihn über den Verweis. »Ich kann hier keine Alkoholikerin gebrauchen, Ryder, auch keine, die in Behandlung ist. Diese Stellung erfordert allerhöchste Aufmerksamkeit bis ins kleinste Detail. Und am Ende, egal wie fähig sie ist oder wie gut sie es meint, muss nicht sie für die Ergebnisse geradestehen, sondern ich. Mein Institut, mein Ruf. Sie ist raus.«

Die Füllerspitze berührte das Papier. Clair hatte das Wort *fähig* benutzt, und ich klammerte mich daran wie an einen Rettungsanker. »Dr. Davanelle macht ihre Arbeit gut, sie ist fähig, haben Sie gesagt?«

»Alter und Erfahrung einberechnet ist sie die Beste, die ich jemals erlebt habe. Bei den Vorstellungsgesprächen kam ihr nur ein Bewerber nahe, Dr. Caulfield.«

Caulfield war ein Pathologe, der frisch von der Universität gekommen und vor fünf oder sechs Monaten angestellt worden war. Als er die Autopsie an einem halbseidenen S&M-Liebhaber namens Ernst Mueller vorgenommen hatte, war in Muellers Gedärm eine Bombe explodiert. Man mutmaßte damals, dass Mueller mit jemandem verkehrt hatte, der mit Sprengkörpern herumexperimentierte. Polizisten mit schwarzem Humor hatten den Täter »Arschbomber« getauft und herausgefunden, dass er Mueller bis zur Besinnungslosigkeit betrunken gemacht, den Sprengkörper eingeführt und Mueller sich selbst überlassen hatte, damit er nach dem Aufwachen bei dem Versuch, den Sprengkörper zu entfernen, grausam zu Tode kam. Der leidgeprüfte Mueller war seiner gerechten Strafe nur entgangen, weil er während seines trunkenen Schlafes einem Herzinfarkt erlegen war. Das einzige Opfer war Alexander Caulfield geworden, der drei Finger und seine Karriere verloren hatte. Noch war der Fall ungelöst, ein Rätsel.

Ich sagte: »Wenn Ava so gut war, warum haben Sie dann Dr. Caulfield eingestellt?«

Clair holte tief Luft. Sie legte den Füller beiseite, stand auf und ging zum Fenster. »Ich glaube nicht, dass Sie das verstehen würden, Ryder.«

»Ich habe schon andere überrascht.«

Es entstand eine lange Pause, während der sie in die Wolken starrte.

»Ich bin unflexibel und unnachgiebig«, sagte sie, als würde sie von einem Blatt ablesen. »Ich verlange von meinen Angestellten in jeder Minute, die sie hier sind, ausgezeichnete Arbeit und habe nicht die geringste Lust, mich um ihre Probleme zu kümmern, wenn sie diesen Anforderungen nicht genügen. Ein Gerichtsmedizinisches Institut zu leiten ist landesweit ein harter Job, besonders für eine Frau.« Sie hob einen Arm und legte eine Hand auf das Fenster, als wollte sie sich vergewissern, dass es existierte. »Verstehen Sie das nicht als Gejammere, Ryder. Die Härte ist ein Teil des Systems und wird es immer bleiben. Und ich muss hart sein, damit das System funktioniert.« Sie wandte sich vom Fenster ab. »Aber ich war mir nicht sicher, ob ich bei einer weiblichen Pathologin bis zum Schluss unnachgiebig sein konnte. Ich würde mich an die Kämpfe erinnern, die ich durchstehen musste, ich würde Zugeständnisse machen, vielleicht sogar ...« Clair griff nach der Luft, als versuchte sie das richtige Wort aus dem Nichts zu pflücken.

»Mitgefühl entwickeln?«

»Was auch immer. Die ganze Dynamik und der Charakter des Instituts würden sich verändern.«

»Bei einem Mann konnten Sie auf Distanz bleiben.«

»Erst nach Dr. Caulfields ... Unfall habe ich mich gefragt, warum ich ihn angestellt hatte. Was meine Motive gewesen waren.«

»Und dann haben Sie Dr. Davanelle angestellt.«

Sie setzte sich wieder hinter ihren Schreibtisch,

der Verweis unter ihren Fingerkuppen. »Es gab immer nur die Entscheidung zwischen ihr und Caulfield. Sie befanden sich auf einem anderen Niveau als die übrigen Bewerber.«

»Aber Sie haben es trotzdem geschafft, kein Mitgefühl zu zeigen, nicht wahr, Clair? Sie haben sie mächtig unter Druck gesetzt.«

Ihre Stimme wurde schärfer, defensiver. »Sie war neu und neue Angestellte machen Fehler, Ryder.«

Mein Magen zog sich zusammen. »Ich wette, Sie haben ihr jeden Fehler vorgehalten, stimmt's?«

»Wenn sie etwas vermasselt hat, habe ich es sie wissen lassen. Sie *musste* es wissen.«

Meine Hand schlug auf den Tisch, ich sprach mit zusammengebissenen Zähnen. »Verdammt richtig, sie muss es wissen. Sie muss das Gleiche durchmachen, was Sie durchgemacht haben! Keine Sympathie, kein Mitgefühl, keine Rücksicht. Bestrafen Sie das kleine Miststück. Zeigen Sie ihr, wie schwer es Clair Peltier hatte. Machen Sie es ihr genauso schwer.«

Die Worte sprudelten aus mir hervor; ich hatte keine Ahnung, woher sie kamen. Clair sprang auf. »Wer gibt Ihnen das Recht, mit mir zu reden wie ein …«

»Sie glaubt, dass Sie sie hassen, dass Sie sie schon immer gehasst haben und wünschten, sie wäre nie hierher gekommen.«

»Wie können Sie es wagen …« Nachdem sie meine Worte registriert hatte, überschattete Verwirrung das Feuer in Clairs Augen. »Was? Sagen Sie das noch einmal, Ryder.«

»Ava glaubt, dass Sie sie hassen und sie nie mehr sehen wollen. Stimmt das?«

»Sie hassen?« Clair schien zu schwanken, als wäre der Boden unter ihren Füßen weich geworden. Sie bückte sich und griff mit bebenden Händen nach den Lehnen des Stuhls. »Mein Gott, nein, ich … ich halte sie für außerordentlich, ich glaube …«

»Sie haben keine Abneigung gegen sie?«

»Mein Gott, nein. Ich wollte nie, dass sie glaubt …« Sie wandte ihren Kopf ab und blinzelte ein paarmal. »Vielleicht …«

»Es ist jetzt an der Zeit für etwas Mitgefühl, Clair. Vielleicht schon seit langem.«

Clair schloss die Augen und holte tief Luft. Als sie die Augen wieder öffnete, nahm sie den Füller und klopfte damit auf den Verweis. Vierzehnmal. Dann steckte sie ihn in ihre Tasche.

»Ich gebe ihr diese Woche und das Wochenende, Ryder. Offiziell sage ich, dass sie wegen eines Notfalls zu ihrer Familie musste. Nächsten Montag erscheint sie wieder hier, und zwar nüchtern und auskuriert. Noch ein Verstoß, ganz egal wie gering, und sie ist hier schneller verschwunden, als sie sich umgucken kann.«

Ich war fast an der Tür und atmete erleichtert aus, als Clair mich zurückrief.

»Ryder?«

»Ja?«

»Warum ist sie zu Ihnen gekommen? Haben Sie beide eine Affäre?«

»Nein. Ich schätze, sie ist eine Freundin.«

Ich schloss schon die Tür, als sie mich erneut ansprach.

»Carson?«

Ich steckte meinen Kopf hinein. »Ja, Clair?«

»Ich weiß, dass Sie mit den Fällen der Geköpften

bereits eine Menge Last mit sich herumtragen, aber geben Sie ihr alle Hilfe, die Sie aufbringen können. Bitte.«

Ich nickte und schloss die Tür. Ich hatte Clair noch nie Bitte sagen hören und ich hatte noch nie gesehen, dass sie so schön aussah.

Kapitel 16

»Ich nehme ein paar Veränderungen bei der Aufgabenverteilung vor«, verkündete Squill und verteilte Blätter, als würde er Karten geben. Ich knallte das Papier auf den Tisch, das auf mich zugeflogen kam. »Nicht im Voraus lesen, Ryder«, sagte Squill. »Ich gehe es mit Ihnen durch.«

Bei der heutigen Besprechung war die übliche Gruppe anwesend. Dazu hatte Blasingame einen seiner Sergeants mitgebracht, Wally Daller. Burlew vollführte vertikale Liegestütze an der Wand und strapazierte damit die Nähte seines zerknitterten braunen Jacketts noch mehr. Ein miefiger Schweißgeruch ging von ihm aus, es roch, als würde man einen alten Spind im Fitnesscenter öffnen. Er wartete, bis sein Herr und Gebieter alle Papiere ausgeteilt hatte, bevor er sich hinsetzte.

Squill sagte: »Einer der Gründe, weshalb diese Ermittlung zu nichts führt, ist die Streuung der Aufgaben. Mangelnde Konzentration und schlechte Kommunikation.«

»Entschuldigen Sie, Captain«, erwiderte ich, »aber wir haben jeden Morgen eine Besprechung.«

Squill warf seine Blätter auf den Tisch. »Ein anderer Grund, warum nur Scheiße dabei rauskommt, ist, dass ich nicht zwei Worte sagen kann, ohne dass Sie mir widersprechen, Ryder.«

»Ich widerspreche nicht, ich kläre auf.«

»Ich kann diese Klugscheißerei nicht mehr ertragen.«

Harry stupste mich mit seinem Bein an. »Wir hören, Captain«, sagte er.

Squill wartete, bis die Stille im Raum unbehaglich wurde, ehe er fortfuhr. »Jeder läuft den gleichen Spuren hinterher. Wir müssen Spezialisten werden. Jedes Team muss einen Teil des Puzzles übernehmen und genau untersuchen.«

Ich wollte etwas sagen, doch ein Schlag von Harrys Knie brachte mich zur Ruhe. Squill schnippte mit einem glänzenden, manikürten Nagel gegen sein Blatt. »Wie gesagt, ich habe die Aufgaben neu verteilt. Ich will, dass sich Nautilus und Ryder allein auf Deschamps konzentrieren. Ich will wissen, mit wem er in den letzten sechs Monaten gesprochen hat, welche Mahlzeiten er zu sich genommen hat, wen er in seinen feuchten Träumen gefickt hat. Kurz: Ich will alles über ihn wissen.«

Meine Hände umklammerten die Tischkante. *Nicht aufregen. Durchatmen.*

Squill fuhr fort. »Im Fall von Nelson wird ebenso verfahren, aber ich will, dass Sergeant Daller diese Ermittlungen übernimmt.«

Wally Daller?

»Bleib ruhig, Cars«, flüsterte Harry.

Ich mochte Wally. Jeder mochte Wally. Er war unser Stand-up-Comedian und hatte mehr schmutzige Witze auf Lager als ein Schützenverein. Aber er hatte einen analytischen Tunnelblick; wenn man ihn bittet, eine Straße zu untersuchen, gibt er einem die Gesamtzahl der weißen Mittelstreifen an. In meinen Augen war Nelson eine Kreuzung von unsichtbaren Linien: Er war das erste Mordopfer, bei ihm sind Papiere verschwunden, er hatte ein Leben geführt, bei dem er mit aller Wahrscheinlichkeit einer Menge verirrter Seelen begegnet war. Wally hatte keine Ahnung von gestörten Psychen, wovon er Ahnung hatte war: *»Da sind ein Priester, ein Rabbi und eine Nutte in einem Schweinchenkostüm …«*

»Ich bitte um Verzeihung, Captain«, sagte ich, »aber Harry und ich haben bereits Beziehungen zu den Leuten aus Nelsons Umfeld aufgebaut. Wir sind dabei, Verbindungen zu knüpfen, die möglicherweise …«

»Sie sind diesen Leuten zu nahe gekommen. Wir brauchen frische Sichtweisen und neue Ansätze.«

»Frische Sichtweisen? Also von vorne begi…«

»Sie bewegen sich im Kreis, es funktioniert nicht«, blaffte Squill.

»Im Adrian-Fall habe ich mich im jeweiligen Umfeld der einzelnen Opfer bewegt, um …«

»Verlassen Sie diesen Raum, Ryder!«

»Wir bewegen uns im Kreis? Was soll das heißen?«

»Sofort. Raus, Ryder! Sie sind hier fertig.«

»Wir haben es mit Toten zu tun. Ich bin nicht fertig.« Ich spürte heißen Sand in meiner Kehle aufsteigen, meine Stimme krächzte.

»Geh«, raunte Harry.

Squill schnauzte: »Jedes Mal, wenn ich etwas sagen will, kommen Sie mir zuvor und erzählen mir, was ich falsch mache. Befehlsverweigerung nehmen wir bei der Polizei nicht auf die leichte Schulter, Mister. Schwingen Sie Ihren Arsch hier raus, solange Sie noch Detective sind.«

»Befehlsverweigerung? Wenn Sie glauben ...«

»Geh, verdammt noch mal«, zischte Harry.

Als ich die Tür hinter mir schloss, hatte ich das Blatt mit der Aufgabenverteilung in meiner Hand zerknüllt. Ich ging zurück an meinen Schreibtisch und wartete. Zehn Minuten später kam Harry zurück. Ich sprang schon auf, ehe er durch den Flur war.

»Wally! Er beauftragt Wally Daller, den Nelson-Fall zu ermitteln, Harry. Er will uns von Nelson weghaben. Warum?«

Harry ließ sich schwer auf den Stuhl fallen und presste seine Knöchel an die Schläfen.

»Komm schon, Harry, sag was. Wir können nicht zulassen ...«

»Halt die Klappe, Carson. Nur einmal. Bitte gönne meinen schmerzenden Ohren eine Pause.«

»Da draußen läuft ein Kerl herum, der Köpfe abschneidet, Harry.«

Er schlug mit der Faust auf den Tisch. Alles auf dem Tisch machte einen Satz in die Höhe. »Meinst du, das weiß ich nicht? Glaubst du, es ist mir egal? Hä? Scheiße, glaubst du, du bist der einzige Mensch bei der gesamten Polizei, Carson Ryder, schlag ein, Harry, wir haben's ihnen gegeben, Harry?«

Ich zeigte erregt in Richtung des Besprechungszimmers. »Da drin hast du keinen Ton gesagt.«

Harrys Kiefer zuckte. »Erzähl du mir nicht, wann ich meinen Mund aufmachen soll.«

»Warum hast du mir nicht den Rücken gestärkt?«

»Aus dem gleichen Grund, aus dem ich auch nicht auf dreibeinige Pferde wette.«

»Ich habe versucht zu erreichen, dass uns der Nelson-Fall nicht entrissen wird. Deswegen der Ärger.«

Harry hob ruckartig seine Hand, Daumen und Zeigefinger berührten sich. »Um ein Haar hättest du uns komplett aus den Ermittlungen gekickt, das hast du getan.«

»Das würde Squill nicht machen.«

»Genau das macht er in diesem Moment, du bist nur zu dämlich, um es zu kapieren. Er stichelt, du jammerst, er läuft los und erzählt Hyrum, dass du eine aufsässige Nervensäge bist, die einmal Glück gehabt hat, aber jetzt das Gefüge durcheinander bringt. Hyrum nickt und sagt: ›Tue, was du tun musst, Terrence.‹«

»Wir könnten den Fall lösen, wenn er uns genug Freiraum geben würde.«

Harry verdrehte die Augen. Ich sagte: »Was? Squill will nicht, dass er gelöst wird?«

»Unter seinen Bedingungen, so, dass er sich mit Ruhm bekleckert. Es gibt überraschende Neuigkeiten, Cars, du bist nicht der einzige Detective bei der Polizei.«

»Es ist ein Piss-it-Fall, Harry. Es ist unser Fall.«

»Bist du mit diesen Vögelchen schon auf die Welt gekommen? Die über deinem Kopf herumschwirren? Werde erwachsen, Carson. Erst wenn Squill es sagt, ist es unser Fall.«

»Die Vorschriften besagen …«

»Wenn die Vorschriften besagen, dass es mittags Mösen regnet, dann stehst du draußen mit einem Netz, oder was?«

Ich zog meine Schublade auf, nur damit ich sie zuschlagen konnte. Harry hatte sein Telefon auf laut gestellt, der Beamte am Empfang kündigte einen Anruf an. »Er sagt, sein Name ist Jersey, Harry. Du willst mit ihm sprechen, meint er.«

Harry schaltete den Lautsprecher aus und wandte sich mit abgedecktem Hörer um. Ich nahm an, dass Harry mit Poke Trenary sprach, einem Hausmeister aus dem Rathaus. Einige Male, wenn ich in diesem Spiegelkabinett gewesen war, hatte ich beobachtet, wie Harry den gemächlich den Boden wischenden Poke in eine stille Ecke führte, um ihn kurz zu melken. Harry legte den Hörer auf und raunte: »Verdammt.«

»Verdammt was? Yankees? Die Torpedos?«

»Da Hyrum im September in Ruhestand geht, hatte ich gedacht, die Entscheidung um die Nachfolge findet auch im September statt. Ich hatte die Vorlaufzeit vergessen. Die Entscheidung fällt schon früher. Sie wird auf der nächsten Exekutivsitzung getroffen, hinter verschlossenen Türen. Es wird keine Wahl geben oder so, aber man wird die Eingaben abwägen und zu einer Entscheidung kommen. Bis zur offiziellen Verkündung in ein paar Wochen wird sie geheim gehalten.«

»Und die inoffizielle Krönung findet wann statt?«

»In acht Tagen.«

»Acht Ta... Kein Wunder, dass man uns die Hände bindet.«

»Du sagst es. Bis dahin quält uns Squill, wann immer er will. Danach ist alles egal. Dann ist er entweder Deputy Chief oder nicht.«

Ich fragte: »Wie stehen laut Poke die Quoten?«

Jeder, der seine Nase gerne in politische Intrigen steckt, leidet an einer gewissen Paranoia. Harry schaute sich im Raum um, nur um sicherzugehen, dass niemand ein Mikrofon auf uns richtete. »Niemand erfährt davon«, raunte er.

Ich schlug gegen meine Stirn. »Scheiße. Dan Rather ist es fünfzig Riesen wert zu erfahren, was Poke herausfindet, wenn er im Rathaus durch die Müllbeutel wühlt.«

Harry seufzte. »Erzähl Danny-Boy, die Wetten stehen im Moment fünf zu drei zugunsten Placketts … und Squill hängt sich seine Medaille um.«

»Wir werden neun Tage lang von Nelson weggedrängt? Nur damit wir kein Glück haben und den Fall knacken und dadurch die Entscheidung um den Chefposten bestenfalls zu einem ausgeglichenen Rennen machen?«

»Squill will gleich zwei Stufen überspringen, Cars. Ihm geht es nicht einmal um Geld.«

»Erzähl das dem nächsten Typ, der vor Mr Cutters Messer steht.«

Harry verschwand, um sich einen Kaffee zu holen. Ich beobachtete, wie er langsam durch das Gewirr der Schreibtische ging, um etwas Zeit zum Nachdenken zu haben. Als er drei Minuten später zurückkehrte, lag feste Entschlossenheit in seinen Augen.

»Es sieht immer mehr danach aus, dass wir diesen Fall allein knacken müssen, Bruder. Wir müssen die Arbeit machen und werden nichts zu lachen haben. Ist das okay für dich?«

»Das machen wir doch schon die ganze Zeit«, sagte ich, stand auf und krempelte meine Ärmel hoch. »Ratz und fatz.«

Harry schüttelte traurig den Kopf.

»Das ergibt doch keinen Sinn, Cars. Auch Reime müssen einen Sinn ergeben.«

Hausverwalter Briscoe Shelton war nicht erfreut, von seinem Fernseher losgerissen zu werden, auf dem, den durch die Tür dringenden Klängen nach zu urteilen – basslastige, synthetische Musik und dumpfes Gestöhne –, ein Porno lief. Ich war zurückgekehrt, weil mich die gestrige, durch Squills Besprechung abgekürzte Durchsuchung der Wohnung nicht zufrieden gestellt hatte. Harry lief sich derweil die Hacken ab und suchte erneut Deschamps' Kontakte auf. Er tat, was von uns verlangt wurde, ich tat, was – wie wir hofften – zum Erfolg führte, und machte eine letzte Runde, bevor uns Wally in die Quere kam. Sollte Squill Wind davon kriegen, würde ich auf eine Ölbohrinsel gehen und Harry konnte allein weitermachen.

»Wie wär's, wenn ihr Typen endlich fertig werdet mit der Wohnung, damit ich sie wieder vermieten kann«, jammerte Shelton, nachdem er mir erneut sein Kunststück mit dem Schlüsselbund vorgeführt hatte.

»Wie wär's, wenn Sie Ihren beleidigten Arsch wieder in Ihr Büro pflanzen und mit Ihrem Wichsprogramm weitermachen?«, entgegnete ich. Scheiß auf Öffentlichkeitsarbeit, manchmal lohnt es sich einfach nicht.

Die Wohnung war eine Dampfsauna. Ich drückte den unzutreffenderweise KALT betitelten Knopf der keuchenden, am Fenster angebrachten Klimaanlage und schaute mich nach unberührtem Boden um, den ich umpflügen konnte. Da der Inhalt des

Karteikastens nicht von Zauberhand zurückgekehrt war, widmete ich mich Nelsons Schubladen, in denen das ganze verwaiste Gerümpel zum Sterben verurteilt war. Ich stieß auf Streichholzheftchen, zerbrochene Kämme und Bürsten, verbogene Pinzetten, ein paar Schraubenzieher, Zangen, angebrochene Kerzen, Streichhölzer, eine halbe Rolle Isolierband und einen Stapel Speisekarten.

Ich hockte mich in den lauwarmen Wind der Klimaanlage und blätterte durch die Speisekarten. Pizzerien. Sandwichläden. Gumbolokale. Grillstuben. Weitere Pizzerien. Eine Menge Speisekarten für den Lieferservice. Das machte Sinn. Der kärglich ausgerüsteten Küche nach zu urteilen, hatte Nelson wohl nicht bei Spago gelernt. Ich wollte gerade meine Suche fortsetzen, als ich eine Zimmerservicekarte des Oaks Hotels in Biloxi bemerkte, das Teil des wuchernden Casino-Komplexes von High Point war.

Gemeinsam mit einer Freundin hatte ich vor ein paar Monaten im Oaks logiert. Begonnen hatten wir unseren Ausflug allerdings im Day's Inn. Nach einem Nachmittag mit Cheddar auf Crackern und Experimenten im Austausch von Körperflüssigkeiten waren wir in das Casino von High Point spaziert und hatten uns beim Blackjack versucht. Ein Bube im richtigen Moment brachte mich in die Situation, auf über tausend Dollar zu starren. Wir verlegten unsere Experimente ins Oaks und ließen den Käse und die Cracker für irgendein glückliches Zimmermädchen zurück.

Zwei Nächte im Oaks hatten meinen unverhofften Gewinn in Luft aufgelöst. Oder, romantischer ausgedrückt, in Erinnerungen verwandelt. Ich erinnere mich an ein Bett, das groß genug war, um einen Landvermesser vor Probleme zu stellen, an ein Bad mit vergoldeten Armaturen und an ein leibhaftiges Bidet, das mich noch immer verblüfft. Obwohl dieses Erlebnis seinen Reiz hatte, war ich erleichtert, als wir abreisten, so als hätte ich einen gewissen Sättigungsgrad erreicht.

Die Frage war also, was ein Straßenstricher mit kleinem Portemonnaie und großen Träumen im Oaks zu suchen hatte, wenn er denn tatsächlich da gewesen war? Ich schnippte mit dem Daumennagel gegen die Karte und erinnerte mich an das Casino, in dem mir der Bube zugezwinkert hatte.

Vielleicht war mir das Glück einmal mehr gewogen.

»Ich bin beschäftigt«, knurrte eine tiefe Stimme am anderen Ende der Leitung. »Sie haben eine Minute.«

Ted Friedman war stellvertretender Sicherheitsdirektor im Oaks Hotel, ein unzufriedener Typ mit dem dumpfen Akzent des Mittleren Westens, vielleicht aus Detroit oder dem härteren Teil Chicagos. Er sprach an einer Zigarre vorbei. Ich erläuterte knapp, was ich mir erhoffte, und hörte im Hintergrund das Klappern einer Tastatur.

»Sollte Ihr Junge im vergangenen Jahr Gast des Hotels gewesen sein, kann ich es Ihnen sagen. Lessee ... Nalen, Naughton, Navis, Naylor ...«

Während Friedman sprach, stellte ich mir einen finster dreinblickenden Typ mit gewölbter Brust in einem Nebel aus Zigarrenqualm vor, der auf dem Bildschirm die Gästeliste durchgeht und dabei von Überwachungsmonitoren umgeben ist, die die Gänge und Aufzüge ausspionieren.

»… Nebner, Neddles, Neeland, Neeler, Neffington, Nekler, Nelson. Drei Nelsons im vergangenen Jahr. Linda Nelson aus Opeleika, Russell und Patricia Nelson aus Green Bay und John und Barbara Nelson aus Texarkana. Das war's. Bringt das was?«

»Nicht wirklich.«

»War nett, mit Ihnen zu reden, Wiederhör'n.«

Ich erinnerte mich an Nelsons Vorliebe für Decknamen. »Einen Augenblick, Mr Friedman. Der Mann, den ich suche, hat immer wieder seinen Namen geändert.«

»Die Zeit ist abgelaufen.«

»Zwei Minuten, Mr Friedman. Höchstens fünf.«

»Legen Sie auf, Freundchen. Ich wollte gerade Pause machen.« Ich hörte, wie sich der Hörer von seinem Ohr entfernte.

»Sind Sie mal Cop gewesen, Sie Schweinepriester?«, brüllte ich.

Ich schwöre, dass ich hörte, wie Friedman den Hörer wieder hob; die Luft muss vor lauter Zigarrenqualm kratzig gewesen sein. »BATF. Bundesbehörde für Alkohol, Tabak und Feuerwaffen. Zwanzig Jahre bei den *echten* Gesetzeshütern.«

»Haben Sie es schon immer abgelehnt, mit der örtlichen Polizei zusammenzuarbeiten?«, fragte ich.

Ein befriedigtes Schnauben. »Besonders mit solchen Grünschnäbeln.«

»Wäre ich nie drauf gekommen. Macht es Ihnen Spaß, andere anzuscheißen?«

Ich hörte ein Lächeln durch die Leitung. »Ausgleichende Gerechtigkeit«, flötete er an seiner Zigarre vorbei. »Pech gehabt.«

»Was habe ich Ihnen getan?«, wollte ich wissen.

»Die Streifengänge. Die Strafzettel. Die allgemeine Scheiße eines Kleinstadtbullen.«

Ich sagte: »Ich vermute, ich kann mich nicht an Sie erinnern.«

»Dann war es einer von Ihren Brüdern.«

»Warum geben Sie sich nicht einfach einen Ruck, Friedman?«

»Warum gehen Sie nicht einfach zum Teufel, Grünschnabel? Ich habe Ihnen gegeben, was Sie wollten.«

»Diesen Nelson, an dem ich interessiert bin, der ist hier im Eisschrank. Ohne Kopf. In der Schublade neben ihm liegt noch so einer. Jeden Tag rechne ich damit, dass es Drillinge werden. Wenn herauskommt, dass irgend so ein Fettarsch aus dem Oaks die Sache vermasselt hat, dann stürzt sich die Presse mit Genuss darauf. Besonders wenn sich herausstellt, dass er ein ehemaliger Bundesbeamter ist. Sie sollten deswegen vielleicht Ihren PR-Direktor hinzuziehen. Danke für die Hilfe, Friedman.«

Es entstand eine Pause von fünf Herzschlägen, bevor Friedman reagierte. »Sie haben sich zwei weitere Minuten erkauft, Grünschnabel«, sagte er dumpf. Ich fragte mich, ob er das Ende seiner Zigarre abgebissen hatte. »Was wollen Sie, verdammt?«

Ich hörte Hembrees Stimme in meinem Kopf. *»Jerrold Elton Nelson auch bekannt als L'il Jerry auch bekannt als Jerry Elton auch bekannt als Nelson Gerald auch bekannt als Elton Jerson.«* Bis ein Fall abgeschlossen ist, kann ich mich ausgezeichnet an diese Sachen erinnern, danach *Krawumm:* Alles wird aus dem Gedächtnis gespült.

»Versuchen Sie Gerald. Können Sie sowohl nach Vor- und Zunamen suchen?«

Friedman seufzte. Ich hörte, wie die Zigarre in einem Metallaschenbecher ausgedrückt wurde, dann folgte das Klappern der Tastatur. »Als Nachnamen habe ich keinen ›Gerald‹, aber zweimal als Vornamen: Gerald Staunton aus Montreal und Gerald Boyette aus Memphis.«

»Fehlanzeige.«

Fünf Minuten lang probierten wir jede Kombination des Namens aus, die mir einfiel. Dann räusperte sich Friedman und meldete sich zu Wort. »Wissen Sie was? Mir ist gerade aufgefallen, dass der Name ›Elton‹ rückwärts ›Nolte‹ heißt, wie der Schauspieler.«

»Versuchen Sie es damit.«

Auf weitere Tastengeräusche folgte eine Pause. »Aha … ich habe einen E.J. Nolte aus Mobile gefunden.«

Nelsons Initialen und das Anagramm des mittleren Namens. Mein Herz nahm eine Auszeit von fünf Schlägen. Friedman sagte: »Er war im Mai vier Nächte hier.« Er gab mir die Daten.

»Wie hat er gezahlt, bar oder mit Karte?«

»Bar beim Auschecken.«

»Ist das ungewöhnlich?« Ich wusste, was Friedman sagen würde.

»Na ja. Nehmen wir an, der Bauerntölpel kommt rein, ist von den Socken und entscheidet sich, hier zu bleiben, anstatt ins Piddle Inn zu gehen. Wir nehmen die Daten von der Kreditkarte. Wenn die Rechnung in bar bezahlt wird, werden die Daten gelöscht. Wir haben die Daten also nicht mehr, nur die Grundeintragungen. Auf dem Formular gibt es Platz für die Heimatanschrift und den Firmennamen. Elton hat Bayside Consulting angegeben, 321 Water Street, Mobile. Das ist alles.«

Ich schrieb den Namen und die Adresse auf. »Sonst noch was, Mr Friedman?«

»Wenn man von der Rechnungssumme ausgeht, hatte Nelson eine prima Zeit hier. Der Zimmerservice wurde häufig in Anspruch genommen, anscheinend bei jeder Mahlzeit. Und eine Menge Barrechnungen, auch alles über Zimmerservice. Sie haben in vier Tagen über drei Riesen rausgehauen.«

»Sie?«

»In der ersten Nacht gingen ein Entree und ein Salat aufs Zimmer. Die nächsten drei Nächte haben wir für zwei Personen Essen serviert. Wenn Ihr Kerl keine gespaltene Persönlichkeit hatte, was seinen Appetit angeht ...«

»Kapiert.«

»Wie auch immer, es sieht so aus, als hätten zwei Leute aus Zimmer 519 Bestellungen aufgegeben. Übrigens, eine Suite kostet vierhundertsiebzig Dollar die Nacht.«

»Wenn Sie als Fachmann die Situation beurteilen würden ...«

»Für mich, Detective Grünschnabel, sieht das nach zwei Leuten aus, die sich ein Zimmer genommen, das BITTE NICHT STÖREN-Schild rausgehängt und dann die Matratzen getestet haben, ohne Luft zu schnappen.«

Im Telefonbuch war Bayside Consulting nicht eingetragen. Bei der Auskunft war die Firma ebenfalls unbekannt. Die Adresse war erfunden. Bei der Handelskammer hatte ich kein Glück. Wenn die Firma als Aktiengesellschaft eingetragen war, müsste es irgendwo Unterlagen geben. Ich rechnete nicht damit, etwas zu finden.

Möglicherweise hatte Nelsons Ausflug nach Biloxi keinerlei Verbindung zu den Morden. Der nach beiden Seiten offene Stricher hatte die Hotels und Motels in der Umgebung wahrscheinlich häufig für seine kommerziellen Schäferstündchen benutzt. Aber kurz vor seinem Tod hatte er damit geprahlt, seine Goldader gefunden zu haben, einen Verehrer oder eine Verehrerin, der oder die für ein langes Wochenende privater Vergnügungen bestimmt ein paar Riesen springen lassen würde.

Ich rief bei mir zu Hause an, ohne eine Antwort zu erhalten. Es war nach 20 Uhr. Um 18:30 Uhr hatte ich Ava noch erreicht, ihre Stimme klang matt, sie hatte geschlafen, und ich sagte ihr, dass ich bald zu Hause wäre. Sie war wieder eingeschlafen, sagte ich mir, und hörte das Telefon nicht oder fühlte sich zu elend, um zu sprechen. Ich hinterließ Harry eine Nachricht, damit er wusste, womit ich mich heute beschäftigt hatte, und machte mich auf den Weg nach Dauphin Island. Als Nächstes musste ich Ava beichten, dass ich sie bei ihrer Chefin verpetzt hatte.

»Ich vertraue dir …«

Wo zum Teufel war dieses *Zuither*?

Kapitel 17

Nach acht Uhr betrat ich mein Haus, in beiden Händen Tüten voller Einkäufe, um meine schwindenden Vorräte aufzufüllen. Außerdem hatte ich für Ava isotonische Getränke mitgebracht, damit ihr Körper genug Flüssigkeit bekam, sowie Thiamin und andere Vitamine. Die Getränke und die Vitamine waren eine Empfehlung meines ehemaligen Partners Bear, den ich auf dem Weg nach Hause angerufen und gefragt hatte, mit was ich bei Ava rechnen musste. Er hatte einen Italowestern angekündigt: The Good, The Bad And The Ugly. Das Gute, das Böse und das Hässliche. Das Problem war, sagte Bear, dass man erst durch die ganze Scheiße der letzten beiden Stadien ging, bevor das erste eintrat.

Die Schlafzimmertür war verschlossen, und ich stellte mir vor, wie sich Ava ihren Rausch ausschlief. Als ich sah, dass die Küchenschränke geöffnet waren, vermutete ich, dass sie nach Alk gesucht hatte. Ich war froh, dass das Desinfektionsmittel im Kofferraum lag. Da ich mir dachte, dass sie zurück ins Bett gegangen war, klopfte ich an die Tür und trat ein, nachdem ich nichts gehört hatte. Sie war nicht da. Ich überprüfte die anderen Zimmer, die Schränke. Sie war nicht im Haus. Und es fehlte noch etwas anderes: sechzig Dollar aus meiner Schreibtischschublade. Auf einer Serviette hatte sie kaum lesbar eine Entschuldigung gekritzelt.

Das Telefon klingelte. Mir schoss durch den Kopf, dass die Polizei von Dauphin Island anrief. Sie hatten die durch die Straßen irrende Ava aufgegriffen und ihre Geschichte überprüft. Selbst wenn man sie ausgelacht hatte, würde man sie wahrscheinlich wieder in meine Obhut entlassen. Ich griff nach dem Hörer.

»Carson Ryder.«

»Hallo, Bruder. Kannst du dir vorstellen, dass diese beschissenen Aufseher schon wieder ein Handy verloren haben? Das hier habe ich versteckt. Die Dinger sind so klein, man braucht nur etwas Plastikfolie und ein bisschen …«

»Ich rufe dich zurück, Jeremy. Ich habe hier einen Notfall …«

»NEIN, DAS MACHST DU NICHT! Jedes Mal, wenn ich anrufe, versuchst du MICH ABZUWIMMELN!«

»Das ist kein Scherz, Jeremy. Eine Freundin hat Probleme.«

»Oh?« Seine Stimme fiel in ein Zischen. »Eine Frau-hau?«

»Und?«

»Sie wird schon klarkommen. Frauen sind UNVERWÜSTLICH. Sie werden noch hier sein, wenn die Küchenschaben schon längst auf dem Rücken liegen und alle viere von sich strecken. Man darf sie nur nicht um Hilfe bitten, dann ist alles in Ordnung.«

»Ich lege jetzt auf, Jeremy.« Ich begann, den Hörer zu senken.

»NELSON UND DESCHAMPS, CARSON!«, kreischte er. »WO IST DIE LEIDENSCHAFT, BRUDER?«

Ich hob den Hörer wieder an mein Ohr.

»Hallo, Carson, willkommen zurück. Ich habe die Zeitungen gelesen. Sie haben über die kopflosen Zwillinge berichtet, bis die Seifenoper der Predigertochter ins Rampenlicht getreten ist. Ich konnte den Artikeln nur entnehmen, dass die Köpfe abgetrennt worden sind. Kein Wort von Schüssen in die Leiche, von Äxten, von Schlägen mit dem Baseballschläger. War es schön und sauber, Bruder?«

»Verdammt noch mal, warum bist du so auf diese Fälle fixiert, Jer…«

»FIXIERT, SAGT ER? Ich bin nicht FIXIERT, Bruder. Ich bin auch nicht FAKTISIERT, weil du mir NICHTS ERZÄHLEN WILLST!« Er nahm einen sachlichen Ton an und sprach wie ein Unidozent. »Wenn du mir etwas erzählst, lieber Bruder, kann ich meine momentanen Grenzen verlassen und auf eine Reise gehen und die verzweigten Wege der Welt durch deine braunen Augen sehen. Natürlich nur im übertragenen Sinne. Es ist schön, mal wieder unterwegs zu sein, genauso wie damals zur Zeit Joel Adrians. Und ich dachte, ich könnte wieder nützlich sein und die Karte lesen. War ich in der Vergangenheit nicht eine Hilfe gewesen, Bruder? Ich deute dein Schweigen als Zustimmung.« Er wechselte in den bebenden Tonfall einer alten Frau. »Erzähle einem müden alten Reisenden von den Leichen, Carson. Bitte, bitte.«

Ich holte tief Luft und schaute auf meine Uhr.

Eine Minute wollte ich ihm geben. Ich sagte: »Die Morde waren … *ausdruckslos* …«

»Oh, Junge, du bist schon ein komischer Vogel. Aber es heißt nicht Ausdruck. Es heißt *Leidenschaft*. BLUT! ANGST! SEX! FEUER! Es muss Leidenschaft geben, Carson. Bisse. Oder Schnitte. Oder kleine Stückchen, die herausgehackt und zum Trocknen mitgenommen wurden. SOUVENIRS! Waren Worte in die Leiche geritzt? Botschaften? Fehlte ein Finger? Eine Schwanzspitze? Züngelten Rauchsignale aus zerfetzten Arschlöchern? WO IST DIE LEIDENSCHAFT, CARSON? Absoluter Hass oder absolute Liebe, absolute Angst oder absolute Freude. Eins von beiden, aber KEIN MITTELMASS!«

Ich sah, wie der Sekundenzeiger in die zweite Runde ging. »Wir glauben, dass sich der Ausdru… die Leidenschaft möglicherweise woanders gezeigt hat. An den Köpfen.«

»Ahahaha«, machte Jeremy. »*Sur la tête*. Die gute Cabeza. Nimm die Leinwand, lass die Staffelei stehen.«

»Es gibt einige Kommunikationsversuche, die aber keinen logischen Sinn zu ergeben scheinen.«

»Oha … kleckerweise rückt mein Bruder mit der Geschichte raus. Worte?«

In der Ferne hörte ich eine Sirene. *Ein Krankenwagen*. Bilder geisterten mir durch den Kopf, von Ava, die betrunken mitten auf der Straße herumtorkelt. »Ja, verdammt und zugenäht, Worte auf der Leiche. Ich muss jetzt los, Jeremy.«

»Sag mir die Worte, Carson. SCHNELL!«

Nachdem ich sie ihm vorgetragen hatte, begann er zu lachen. »Klingt für mich so, als wäre dein Knabe noch nicht fertig mit seinen kopflosen Freunden. Ich wette, er will mehr von ihnen, Bruder. Versprich mir, dass du mich besuchst. Versprich es, versprich es, versprich es.«

»Ich verspreche es. Bald.«

»Wir werden über die Worte reden. Sie machen mich jetzt schon ganz kribbelig. Versprich es noch mal.«

»Ich verspreche es.«

»Flunker mich nicht an, Carson. Ich kenne Telefone: Die Zunge ist ganz nah an der Sprechmuschel und genau dort lügt sie.«

»Ich sagte, ich werde dich besuchen, Jeremy. Und ich meinte es verdammt noch mal auch so.«

»Aha«, gurrte er. »Ein Quäntchen Gefühl. Ja. Ich glaube, ich werde dich sehen. Fast zum Jahrestag unseres letzten kleinen Abenteuers. Du musst mit Mademoiselle Prussy sprechen. Sag ihr, sie soll dir viel, viel Zeit allein mit deinem Bruder reservieren.« Er deckte die Sprechmuschel mit seiner Hand ab. »Oh, das ist so aufregend, Mama, unser Junge kommt nach Hau…«

Ich legte auf und wäre fast umgehend aus der Tür gestürzt, doch dann hielt ich inne. Erste Regel beim Fischen: Geh dort fischen, wo Fische sind. Zweite Regel: Wenn du nicht weißt, wo die Fische sind, nimm dir einen Führer.

Ich rief erneut Bear an.

Ava torkelt über den Bienville Boulevard, ein Wagen voll feiernder Jugendlicher rast die Straße hinab, abgelenkt …

»Hey, Cars, was kann ich für dich tun, Bruder? Wie läuft es mit …«

»Sie ist abgehauen, bevor ich nach Hause kam,

Bear. Wahrscheinlich ist es noch nicht lange her. Nach was für einem Laden sucht sie, wenn sie etwas trinken geht? Sie ist eine angestellte Fach…«

»Den ersten Laden, den sie findet. Sie sucht nicht nach gepflegten Gesprächen mit ihresgleichen, Carson, sie will den Schmerz stoppen. Kennt sie die Gegend?«

»Nein.«

Ava geht betrunken an den Strand, entschließt sich zu schwimmen, die Strömung der Brandung treibt sie jenseits der Brecher …

»Ist sie auf ihrem Weg gestern Nacht an irgendwelchen Bars oder Supermärkten vorbeigekommen?«

»An einigen. Aber sie hatte schon einen in der Krone.«

»War sie bei Bewusstsein? Konnte sie sich unterhalten?«

»Ja.«

»Die Augen von Alkis entdecken Saufspelunken, wie Eulen Mäuse erspähen. Wenn es nicht anders geht, würde sie auf allen vieren hinkriechen. Sobald sie ein paar Drinks intus hat, beruhigt sie sich und sucht vielleicht nach Gesellschaft.«

»Danke, Bear.«

»Wie gesagt, ich habe hier immer einen Stuhl für deine Freundin frei. Hier ist sie wirklich sicher.«

»Hoffen wir das Beste, Bear. Bis dann.«

Auf dem Weg zur Tür fielen mir ihre Sachen ein. Sie waren in meinem Trockner. Was hatte sie an?

Wie in jeder maritimen Themenbar von Boston bis Boise waren über die Decke der Wharf Bar & Grille Netze gespannt, an der Wand hingen Rettungsringe und falsche, mit Sisal umwickelte Molenpfähle. Das Personal trug Piratentücher. Besitzer und Barkeeper Solly Vincenza lächelte und schlenderte herbei.

»Ich suche nach einer Frau, Sol. Braunes Haar, schlank, ungefähr eins fünfundsechzig ...«

»Trägt sie ein T-Shirt, auf dem ›*Laissez les bons temps rouler*‹ steht, ohne was drunter? Und eine Baseballkappe, auf der Orvis steht?«

Mein Hemd. Meine Kappe. »Das ist sie.«

Solly wackelte mit seinem etruskischen Kopf. »Kam vor einer Stunde rein und sagte: ›Doppelten Wodka und Grapefruitsaft.‹ Sie packte das Glas mit beiden Händen, stürzte es in ungefähr fünf Sekunden runter und verlangte noch einen. Da habe ich ihre Augen gesehen, krank und unruhig sahen die aus. Ich hab ihr gesagt: ›Das ist der Letzte, Lady, ich denke, Sie sind zu Hause besser aufgehoben.‹ Sie hat mir ein, zwei Schimpfworte vor den Latz geknallt, ein paar Dollar auf die Theke gepfeffert und ist rausgeschlingert. Hast du Probleme, Cars?«

»Habe schon bessere Abende erlebt, Sol«, antwortete ich. »Wo ist sie hingegangen?«

Er wiegte wieder traurig den Kopf. »Als ich sie das letzte Mal gesehen habe, war sie unterwegs in Richtung Meerenge hinter dem Sportboothafen.«

Die der Meerenge nächstgelegene Bar war eine Spelunke, die von einheimischen Arbeitern, Armeeangehörigen, den Crews von Charterbooten und ähnlichem Publikum frequentiert wurde. Sie erinnerte mich an die stickigen Lokale ohne Atmosphäre, die meine Informanten bevorzugten. Innen war es so kalt, dass zwar der Atem kondensierte, aber der Gestank nach schalem Bier und Kotze nicht eingefroren war. Der Barkeeper war ein grobschlächtiger Typ mit tief liegenden Augen, geschorenem Schädel und einer um den Hals tätowierten blauen Kette. Wenn er eine Bulldogge gewesen wäre, hätte ich ihn Spike genannt. Spike zählte Geld in die Kasse und unterhielt sich mit den einzigen Gästen, drei Dachdeckern, dem Teer auf ihren Klamotten und Schuhen nach zu urteilen.

»Ich suche eine Frau …«, rief ich über den Achtziger-Jahre-Heavy-Metal aus der Jukebox. Erkennungsmusik der Gehirnamputierten.

»Tun wir das nicht alle, Sportsfreund?«, unterbrach mich Spike.

Ich lächelte. »Sie ist ungefähr eins fünfundsechzig groß, schlank, braunes Haar, T-Shirt …«

»Like a vir-gin«, sang einer der Dachdecker, während seine Kumpels johlten. Der Schuppen war ein echter Comedyclub.

»Es ist wichtig«, sagte ich. »Sie könnte in Schwierigkeiten stecken.«

»Wenn du ihr Typ bist, Sportsfreund, dann steckt sie echt in Schwierigkeiten«, sagte Spike.

Es dauerte eine Weile, bis ich kapierte, was los war. Da ich meinen Tag bei Clair begonnen hatte, trug ich Schlips und einen hellen Anzug. Ich hatte bei den Schwachköpfen an der Theke ein gewisses Klassenbewusstsein wachgerufen. Normalerweise zeigt man es in einer Inselkneipe den Reichen nicht, aber wenn der Klassenhass durchbricht, kann es hässlich werden. Entweder man kämpft dagegen an oder man arrangiert sich damit, und ich dachte, Arrangieren ginge schneller. Ich zog mein Portemonnaie hervor, blätterte einen Fünfziger auf die Theke und setzte meinen Finger auf den Schein.

Ich lächelte gehemmt. »Hey, kommt schon, Leute.

Es ist wichtig. Ihr wisst doch, wie es ist, wir hatten ein bisschen Zoff, und wenn ihr mich in die richtige Richtung führt, gehen die Drinks heute Abend auf mich.«

Plötzlich hatten sie die Wahl: Entweder mit der Stichelei weitermachen und den Fünfziger verlieren oder sich auf fremde Kosten voll laufen lassen. Vor allem Spike hatte das Geld im Blick, denn in seiner Kasse würde es ja landen.

Er sagte: »Sie hat ein paar Gläser gekippt und ist dann abgezogen. Kam sich auch verdammt gescheit vor.«

»In welche Richtung ist sie gegangen?«

»Sie ist mit den Gast-Brüdern weg. Sie haben ein Boot unten am ...«

»Ich weiß, wo das ist«, sagte ich und war kaum auf dem Weg zur Tür, als die Dachdecker schon ihre Drinks bestellten. Kurz bevor die Tür zuschlug, hörte ich Spikes fröhliche Stimme. »Mit den Brüdern willst du dich nicht anlegen, Sportsfreund. Die reißen dir die Fresse auf und scheißen rein.«

Abhängig von der Saison kann man ab zweihundert Dollar aufwärts für einen halben Tag einen privaten oder halb privaten Angeltörn chartern. Für das Geld heuert man einen kompetenten Kapitän an, der die Gezeiten und die Strömungen kennt und weiß, wo sich die Fische aufhalten. Für vierzig bis sechzig Dollar bekommt man einen Platz auf einem »Partyboot«, wo man eingezwängt zwischen hundert anderen steht und für vier Stunden die Leinen kreuzt. Zwanzig Prozent der Ausflugsgäste schütten sich dabei zu und werden extrem seekrank. Und das sind meistens diejenigen, die neben einem stehen.

Die *Drunken Sailor* der Gast-Brüder war ein lecker Kahn und hatte den schlimmsten Ruf von allen Partybooten der Insel. Da die Touristen das nicht wussten, verdienten sich die Gasts ihren kümmerlichen Lebensunterhalt damit, ein paar Meilen aufs Meer zu schippern und den Kunden Angelruten auszuhändigen, die garantiert klemmten, sich von allein aufrollten oder völlig auseinander fielen. Wenn ein Glücklicher seinen Fang behalten wollte, verlangten die Gasts eine unverschämte Gebühr, um ein paar Eiswürfel darüber zu schmeißen, und einen Dollar für eine Plastiktüte, um den Fisch einzupacken. Jedes Mal musste die Küstenwache das Boot der Gast-Brüder zurück in den Hafen schleppen, und ich glaubte, die beiden machten das extra, um Benzin zu sparen. Niemand fuhr ein zweites Mal mit der *Drunken Sailor*.

Die Gasts selber waren noch dreckiger und hässlicher als ihr Boot, White Trash auf Wasser, so unmoralisch wie Haie. Sie wohnten in einer verslumten Holzbarracke auf dem Festland und kamen nur herüber nach Dauphin Island, um ihrem betrügerischen Geschäft nachzugehen.

Die *Drunken Sailor* schaukelte gegen die Mole. Am Ufer befand sich ein kleines Picknickgelände, in dessen Halbdunkel sich Gestalten bewegten, die von dem kümmerlichen gelben Licht einer Laterne an einem Telefonmast beleuchtet wurden. In der Luft stand der penetrante Gestank von vergammeltem Fisch. Ich schaltete die Scheinwerfer aus, parkte auf dem Schotterplatz und joggte die dreißig Meter zum Picknickgelände. Ava saß auf einem Picknicktisch und nuckelte an einer Flasche Dark Eyes. Mein Hemd bedeckte sie nur äußerst unzureichend. Johnny Lee Gast, gut zweihundert Pfund schwerer weißer Abschaum, hatte eine schmierige Pranke auf Avas Schenkel gelegt. Earl, ein mickriges Großmaul, hatte sich an sie gelehnt, lachte und nuckelte so laut an einem Bier, dass es sich anhörte, als würde er gurgeln.

»Okay, die Party ist vorbei«, sagte ich, als ich ins Licht trat.

Ava sah mich mit einem schiefen Grinsen an. »Carschon! Weissu was? Jimmy und Lee machen mit mir ein Bootsausflug. Komm mit!« Sie schüttelte die Flasche, als würde sie eine Glocke läuten, und trank dann gurgelnd einen Schluck.

»Komm, Ava, wir fahren zurück«, sagte ich leichthin, obwohl ich wusste, dass es nicht leicht werden würde. Ich wusste, wie die Gasts kämpften. Little Earl war der Köder und Johnny Lee die Falle. Außerdem war mir bekannt, dass Johnny Lee nicht wusste, wann er mit dem Prügeln aufhören sollte, und bereits drei Jahre wegen Totschlags gesessen hatte, um es zu beweisen.

»Ach, komm, Carschon. Trink was.«

»Privatparty, Ryder«, sagte Johnny Lee.

»Gehen wir, Ava.«

»Ich sagte, Privatparty, Knabe«, knurrte Johnny Lee von irgendwo tief aus seinem Inneren. »Zieh Leine.«

Earl hatte eine quengelige Trällerstimme wie ein Kleinkind im Sandkasten. »Was willst du machen, Ryder? In Mobile bist du vielleicht Detective, aber hier bist du ein Scheiß. Mein Bruder hat gesagt, verschwinde, also verschwinde, du Arschgesicht.«

»Seid lieb, Leute«, sagte Ava und musste rülpsen. Sie kicherte. »Tschuligung.«

Als Streifenpolizist hatte ich ein paar wichtige Lektionen gelernt. Eine davon lautet, dass Straßenkämpfe keine Regeln haben; die Kunst bestand darin, den anderen außer Gefecht zu setzen, bevor er einen verletzen konnte. Wenn man nicht gleich jemanden erschießen will, erweist sich ein Schlagstock als guter Aktivposten. Wie man damit umgeht, legalerweise und anderweitig, war mir von zwei eisenharten Profis beigebracht worden. Einer war Experte für Okinawa-te von der Küstenwache, der andere mein eisblockbrechender Kumpel Akini. Er hatte die Koga-Methode auf den Schlagstockgebrauch übertragen und das Ganze mit etwas Kendo der Samurais verfeinert. In meinem Kofferraum liegt immer ein kurzer, gerader Knüppel, mit dem ich die Fische töte. In diesem Augenblick steckte er am Rücken in meiner Hose und war vom Hemdzipfel verdeckt.

»Komm, Ava«, sagte ich. »Ich mache dir zu Hause einen Drink.«

Ihre Augen leuchteten auf. »Versprochen?«

»Ehrenwort.«

Ava taumelte von der Tischplatte. Earl packte sie und legte eine Hand auf ihre Brust. Ihr war jedoch wichtiger, den Inhalt ihrer Flasche zu überprüfen.

»Auf Wiedersehen, Ryder«, sagte Johnny Lee. »Ich sag's nicht noch mal.«

Ava zwitscherte: »Ich glaube, ich gehe mit Carschon. Danke, Jungs.«

Sie versuchte sich von Earl zu lösen. Er packte ihr Armgelenk. »Hast du Scheiße in den Ohren, Ryder? Hörst du deshalb nicht zu?«

Johnny Lee schlich fast unbemerkt an meine Seite. Earl zog Ava an sich und maulte mich über ihre

Schulter an. »Hey, Ryder, hey, Ryder. Das kleine Fräulein hier meint, sie wäre eine Ärztin. Hast du Doktorspielchen mit ihr gemacht, Ryder? Hey, Ryder, schau mich an. Ich habe gefragt, ob du Doktor mit dem kleinen Fräulein hier gespielt hast? Hast du sie untersucht?«

»Hör auf, mir ins Ohr zu spucken«, meinte Ava und versuchte sich von Earl loszureißen. »Und nimm deine Hand von meinem Busen.«

»Lass sie los, Earl«, sagte ich und griff nach meinem Stock.

»Leck mich am Arsch«, zischte Earl und schubste Ava in meine Richtung.

Johnny Lee knallte von hinten in meine Beine wie eine Schubkarre voller Ziegelsteine. Als ich auf den Boden schlug, wirbelte Ava zur Seite. Mein Kinn klatschte gegen meine Schulter und hinter meinen Augen explodierten blaue Funken. Als ich wegrollte, trat mir Earl heftig in den Rücken. Johnny Lee stürzte sich auf mich und ich schleuderte den Stock gegen seine Schienbeine. Er schrie auf und sprang zurück. Die Lichter des Hafens flackerten und wirbelten, während ich an den Rand des öligen Wassers rollte. Irgendwo da drin fiel mir der Stock aus der Hand. Johnny Lee trat mit voller Wucht gegen meine Hüfte und ich hörte einen gellenden Schrei – meinen eigenen. Im Dunkeln tastete ich nach meinem Stock, da trat mir Johnny Lee gegen meinen Bizeps. Hätte er mein Gesicht getroffen, wäre ich fertig gewesen.

Ich stöhnte auf, und als ich weiterrollte, stieß ich mit dem Rücken an den Stock und rollte darüber hinweg. Kaum steckte ich einen Finger durch die Handschlaufe, ließ sich Johnny Lee auf mich fallen, nahm mich mit einem dicken Arm in den Schwitzkasten und drückte meinen Kopf in den Sand. Alles begann zu verschwimmen. Ich schmeckte Blut und hörte das Rauschen der nahenden Bewusstlosigkeit. Hunderte Meilen entfernt hörte ich Earl lachen. Ich drückte mich auf die Ellbogen und sofort wurde mein Gesicht wieder in den Sand gepresst. In meinem schwirrenden Kopf wurde es allmählich schwarz. Ich packte den Stock mit beiden Händen und rammte ihn mit letzter Kraft über meine Schultern.

Bei dem Schrei wäre mir fast das Trommelfell geplatzt, ich spürte, wie sich Johnny Lees Griff löste. Ich rappelte mich auf, fiel hin, stolperte wieder, rang nach Atem und wartete, dass die Welt aufhörte sich zu drehen. Johnny Lee wand sich wie ein zerhackter Wurm, die Hände vor seinem Auge, und schrie, er wäre blind. Da ich dachte, dass er etwas brauchte, um von seinem Auge abgelenkt zu werden, hämmerte ich den Stock auf seine Schienbeine und Schultern und teilte ihm meine Meinung über Männer mit, die sich an alkoholisierten Frauen vergriffen. Earl hatte bereits die Beine in die Hand genommen und jagte davon. Als mein Arm müde wurde, ließ ich Johnny Lee wegkrabbeln und eine schleimige Spur aus Gestank und Körperflüssigkeit durch den Sand ziehen.

Ava war neben dem Picknicktisch zusammengeklappt. Ich legte sie über meine Schulter und humpelte zum Wagen. »Ava, das wäre gerade verdammt lustig gewesen, wenn es nicht so verdammt ernst wäre«, dozierte ich. Als Antwort kotzte sie mir auf den Rücken.

Kapitel 18

Bevor ich Bekanntschaft mit Bears erschütternden Zuständen nach einem Zechgelage gemacht hatte, hatte ich keine Ahnung von den verheerenden, giftigen Auswirkungen großer Mengen Alkohols gehabt. Um sechs Uhr früh kam ich nach dem Frühstück auf der Veranda herein, stellte das Geschirr in die Spüle und hörte ein tiefes Stöhnen aus Avas Bett. Sie hatte sich in die Decken eingerollt und zitterte unkontrolliert, die Fäuste unter dem Kinn verkrampft. Das Zittern kam in anfallartigen Schüben, die nur kurz nachließen, um sofort wieder einzusetzen. Von Kettensägen zerfleischt, so hatte Bear diese Phase beschrieben.

Ich setzte mich ans Kopfende und strich ihr die Haarsträhnen aus den Augen. Sie zog die Decken fester um sich. Da ihre Lippen wie Pergament waren, brachte ich ihr ein großes Glas Apfelsaft und hielt ihren Kopf hoch, damit sie am Strohhalm ziehen konnte. Sie fiel zurück und warf einen Arm über ihre Stirn.

»Was ist gestern Nacht passiert?«, wisperte sie und versteckte sich unter dem Arm.

»Du bist spazieren gegangen. Zum Glück hatte ich einen Zettel mit meiner Adresse an deinen Kragen geheftet.«

Sie sah die Schrammen in meinem Gesicht und schloss die Augen. »Hast du was zu trinken?«

Ich tippte auf das Glas neben ihr. »Apfelsaft. Mineralwasser. Gatorade. Tee. Kaffee.«

»Etwas Stärkeres. Nur ein bisschen. Es tut so weh. Ich brauche wirklich einen Drink, Carson. Gott, ich schwöre, nur einen. Damit schaffe ich es zur Arbeit.«

»Du gehst nicht zur Arbeit.«

»Ich werde meinen Job verlieren. Ich muss nach Hause, mich frisch machen und dann los.« Als sie sich auf einem Arm hochdrückte, wurde ihr schwindelig. Ich zog den Eimer hervor und sie entleerte ihren Magen. Sie fiel zurück, die Augen rot und feucht, Schweißperlen auf der Stirn.

»Nur einen Drink. Ich *brauch* einen. Ich verlier meinen Job, Carson.«

Ich schloss meine Augen und holte tief Luft. »Du wirst heute nicht bei der Arbeit erwartet, Ava. Ich habe Clair von deinem Problem erzählt. Es ist alles in …«

»Um Gottes willen, nein … das hast du *nicht* getan. Sag mir, dass du es nicht getan hast.«

»Ganz ruhig. Wenn du nüchtern bleiben kannst, wird sie …«

»Warum tust du mir das an? Oh, Gott, oh, Scheiße, oh, Gott …«

Ich versuchte es zu erklären, doch sie wich bei meinen Worten zurück und verkroch sich noch tiefer unter den Decken. Zeit war Mangelware; in fünf Tagen war schon Montag, und wenn Ava nicht mehr

Hilfe bekam, als ich ihr geben konnte, würde sie es niemals schaffen. Ich ging in die Küche, rief Bear an, besprach mich mit ihm und kehrte ins Schlafzimmer zurück. Im Grunde hatte ich zwei Möglichkeiten, sie zu einem Treffen mit Bear zu bewegen: Entweder ruhig und vernünftig, was mit Abstand am sichersten war, oder aber ich provozierte sie mit Sarkasmus, Beleidigungen und sogar Spott. Wenn ich gedacht hätte, dass ihr der Mut fehlte und sie lediglich Unterstützung brauchte, wäre nur erstere Möglichkeit in Frage gekommen. Ich traf meine Entscheidung, als ich zurück ins Schlafzimmer kam. Ihre roten Augen glühten vor Schmerz, während sie sich aus den Bettdecken kämpfte. Ihre Haare sahen aus, als hätte ein Wirbelsturm sie geformt.

Ich sagte: »Na los, steh auf, raus aus dem Bett.«

»Leck mich. Ich bin gleich weg. Meinen Job habe ich bereits verloren.«

Ich lehnte mich an die Wand und verschränkte meine Arme. »Das liegt ganz an dir.«

»Wer hat denn Dr. Peltier von meinen ...«

»Ich habe ihr die Wahrheit erzählt. Du kannst nicht arbeiten. Du kannst nicht einmal aufstehen.«

»Ich hätte es schon geschafft. Aber nein, Carson Ryder, das Arschloch, musste es der großartigen Dr. Peltier auf die Nase binden.«

»Wie macht man denn so eine Autopsie, wenn man einen im Kahn hat, Ava?«

»Ich bin nie betrunken zur Arbeit gegangen!« Sie presste ihren Kiefer zusammen und schaute weg.

»Ach so, um angetrunken zur Arbeit zu gehen, bist du zu stolz, was? Bewundernswert. Stehen Sie auf, meine Damen und Herren, und erleben Sie den Stolz der Gerichtsmedizin, Ava Davanelle, Königin des Katers und Märtyrerin der Extraklasse. Aber treten Sie nicht zu nah, besonders wenn Sie neue Schuhe tragen.«

»Du bist ein perverses und widerliches Arschloch.«

Ich setzte mich ans Fußende des Bettes. Meine Hand berührte ihr bedecktes Bein, das sie sofort zurückzog. »Wie tief musst du noch fallen, Königin des Katers? Antworte nicht mir, beantworte es dir einfach selbst. Wie viel tiefer willst du noch fallen?«

Hätte sie ein Messer gehabt, sagten mir ihre Blicke, würde ich mit Kastratenstimme singen. Ich stand auf und hakte meine Daumen hinter den Gürtel. »Pass auf, es läuft folgendermaßen, Wodkababy. Ich habe einen Termin für dich vereinbart. Schau mich nicht so an, es ist kein Termin im Krankenhaus oder in einem Entgiftungszentrum, sondern eine Verabredung mit einem Freund namens Bear. Wir fahren bei dir vorbei, du kannst dich frisch machen und dir saubere Klamotten anziehen.«

»Scheiß auf dein Treffen. Du hast mein Leben ruiniert. Bring mich jetzt sofort nach Hause.«

»Du bleibst hier, bis du mir versprochen hast, dich mit Bear zu treffen.« Ich konnte nicht garantieren, dass sie nicht wieder ausbüchste, nachdem sie mir ihr Wort gegeben hatte, aber ich wollte einfach glauben, dass es funktionieren könnte.

»Nie im Leben. Ich will ein Taxi rufen.«

Ich gab ihr mein Handy. Sie fummelte damit herum. »Es geht nicht.«

»Ich habe den Akku rausgenommen. Das andere Telefon habe ich im Schrank eingeschlossen.«

Ich duckte mich, während das Handy über meinen Kopf sauste und an der Wand zerschellte, von wo die Einzelteile in alle Richtungen flogen.

»Ich hole die Polizei und sage, dass du mich gegen meinen Willen festhältst«, schrie sie jammernd.

»Bestell den Hackbraten.«

»Was?«

»Das Gefängnis hat einen Vertrag mit dem Windbreaker Café. Der Hackbraten ist ausgezeichnet.«

»Ich rufe die Polizei wegen *dir*!«

Ich begann zu lachen. »Ein Haufen Leute hat gestern Nacht gesehen, dass du wie eine besoffene Nutte von Kneipe zu Kneipe gekrochen bist, Baby, die Cops werden dir nicht glauben. Außerdem gibt es da einen Taxifahrer, der schwören wird, dass du den Fahrpreis nicht bezahlen konntest. Und ich kenne die Barkeeper, die gesehen haben, wie du Geld ausgegeben hast. Erinnerst du dich daran, mir sechzig Dollar geklaut zu haben? Oder ist das ebenfalls in deinem Blackout untergegangen?« Von ihrer hingekritzelten Entschuldigung sagte ich nichts.

Ihr Mund ging auf und zu wie der eines Fisches an Land. »Du mieses Arschloch.«

»Du hast zwei Möglichkeiten, zu dir nach Hause zu kommen, Ava. Versprich mir, dass du tust, um was ich dich bitte, oder …« Ich schnappte mir ihre Hand und betrachtete sie. »Ist dein Daumen nüchtern genug zum Trampen?«

Sie entriss mir ihre Hand und versuchte benommen, sich aufrecht hinzusetzen. »Das werde ich auch tun, verdammte Scheiße.« Sie kippte um.

Ich hakte die Situation an drei Fingern ab. »Willst du nach Hause? Dann möchte ich, dass du Bear triffst. Und ich möchte, dass du versprichst, ihn zu treffen.«

»Ich will sofort nach Hause!«

Was sie laut Bear wirklich wollte, war, dass Schmerz und Schuldgefühl aufhörten, und das bedeutete mehr Alkohol. In meiner Rolle fühlte ich mich erbärmlicher als der Stiefelabsatz eines Stallknechtes, aber Bear hatte mir eingeschärft, dass ich hart bleiben musste. Außerdem hatte er mir versichert, dass Ava, sollte sie sich erneut betrinken, es nie schaffen würde, am Montag zu arbeiten. Sie drückte sich mit den Schultern gegen die Wand.

»Ich will hier weg, sofort!«

Ich zeigte zur Tür. »Da geht es raus, Ava, das weißt du sicherlich noch von gestern Nacht. Du erinnerst dich nicht an gestern Nacht, oder? Hier das Wesentliche: Unsere reizende, junge Pathologin ging auf Kneipentour. Zum Schluss landete sie bei den Gast-Brüdern, schmutzige, unmoralische Asoziale. Sie trug ein T-Shirt und eine Kappe und keine Unterwäsche. Als ich sie fand, saß sie breitbeinig und mit schaukelnden Titten auf einem Picknicktisch. Earl Gast spielte gerade mit den Brüsten unserer Dame, aber sie war zu betrunken, um es zu merken. Die drei Spielkameraden waren kurz davor, einen nächtlichen Bootsausflug zu machen.«

Ich starrte ihr direkt in die Augen. »Ein Dutzend Meilen draußen auf dem Golf mit den Gast-Brüdern. Rate mal, was der Preis für diesen Ausflug gewesen wäre, Ava? Den du wieder und wieder die ganze Nacht lang hättest zahlen müssen.«

Sie kniff ihre Augen fest zusammen, bis Tränen hervorschossen. Bevor sie etwas sagte, hörte ich einige Male die Wellen ans Ufer krachen und zurückströmen.

»Ich verspreche es«, sagte sie wütend, doch ich wusste, dass die Wut nicht auf mich gemünzt war. »Du hast gewonnen.«

»Das ist kein Wettkampf«, erklärte ich ihr. »Wir stehen auf der gleichen Seite.«

Ava sagte, sie bräuchte fünfzehn Minuten, ging in ihr Schlafzimmer und schloss die Tür. Zu spät wurde mir klar, dass sie im Schlafzimmer womöglich ein Spirituosenlager hatte. Ich zog die Vorhänge im Wohn- und Esszimmer auf und ließ das Licht hereinströmen. Die Einrichtung ihrer Wohnung war eine Mischung aus antiken und modernen Möbeln, aber alles passte zusammen. An den Wänden hing Kunst, gut gearbeitete Reproduktionen von van Goghs Arles-Periode, die Felder und Blumen Frankreichs, sowie ein paar Lilien von Monet. Außerdem fielen mir ein paar kleine Arbeiten eines mir unbekannten Künstlers auf – glitzernde Montagen aus Farbe und Seide und Metallfolie, abstrakten Vögeln gleich, die vor den rosarot gestrichenen Wänden erstarrt zu sein schienen.

In der Küche durchforstete ich die Schränke und fand eine Flasche hochprozentigen Dark-Eyes-Wodka, die noch zu einem Drittel gefüllt war. Es gab keine Mischgetränke oder Liköre. Auch keine Flasche Port oder Brandy für besondere Anlässe, nur diese Schnellvernichtung des Gehirns. Nachdem der Alkohol im Abfluss verschwunden war, stellte ich die Flasche zurück in den Schrank.

Als Ava zurückkam, befand ich mich im Wohnzimmer, wo ich eines der hypnotischen abstrakten Gemälde bewunderte. Ihr matter Blick verriet mir, dass sie kein Depot im Schlafzimmer oder Badezimmer hatte. Sie trug ausgeblichene Jeans und ein T-Shirt des St. John's Hospital. Ihr Haar war nass von der Dusche. Der Schnürsenkel eines ihrer weißen Reeboks schleifte beim Gehen über den Boden.

Als wir auf der Veranda waren, fasste sie an meinen Arm. »Oje. Mein Portemonnaie. Ich geh es schnell holen. Mach bitte schon mal die Klimaanlage im Wagen an, Carson.«

Bear hatte mir erzählt, dass Wahnsinn nach Definition der Anonymen Alkoholiker bedeutete, immer wieder das Gleiche zu tun und jedes Mal ein anderes Resultat zu erwarten. Ich stieg in den Wagen und wartete, bis Ava entdeckt hatte, dass ihre Flasche leer war. Währenddessen war ich milde besorgt, dass sie einfach die Tür von innen verschließen und mich hier draußen schmoren lassen würde.

Doch eine Minute später stürmte sie heraus und knallte die Tür so fest zu, dass ich die Erschütterung noch in zehn Metern Entfernung spüren konnte. Sie kam mit großen Schritten zum Wagen und stieg mit gereizter Miene ein.

»Bringen wir's hinter uns, zum Teufel«, sagte sie.

Mr Cutter brachte die Fotos in sein Büro. Er musste Entscheidungen treffen, und die Zeit wurde knapp. Drei standen noch zur Auswahl, obwohl nur noch einer notwendig war, um das Projekt zu vollenden. In der Sicherheit seines verschlossenen Büros betrachtete er die Fotos. Die abgebildeten Männer waren vom gleichen Schlag: Sie hatten breite Schultern und schmale Hüften und unterschieden sich lediglich in Haar- und Augenfarbe und der Ausprägung der Muskulatur.

Irgendetwas stimmte nicht.

Es musste perfekt sein. Diese Auswahl war die wichtigste, die finale Inkarnation: Junge, Mann, Krieger. Junge und Mann waren perfekt gewesen, der Krieger musste jedoch rohe Gewalt und ungezügelte Kraft besitzen. Und Größe. Mama konnte allein mit einem Blick Stahl zum Schmelzen bringen und benötigte einen ebenbürtigen Mann für die Aufgabe. Er nahm die Fotos und betrachtete sie erneut. Seine Wahl für den Krieger schien sich in den letzten paar Tagen ergeben zu haben.

Vielleicht wuchs er aber auch über seine eigenen Träume hinaus.

In seinem Kopf war ein neues Bild des Kriegers entstanden, er legte die Fotos auf den Schreibtisch, die Bildseite nach unten. Er kannte den Mann bereits, hatte ihn gesehen und reden gehört. Man merkte sofort, dass er ein Kämpfer war, ein Rächer. War er der geeignete Gegner für Mama? Konnte er sie nehmen, töten und retten?

Ja. Er war ein Krieger und er hatte Kraft.

Mr Cutter lehnte sich beruhigt in seinen Schreibtischstuhl zurück. Das Universum hatte wieder geantwortet. Erst Mama, dann das Boot, dann der Krieger. Es war herrlich. Nun musste er den Krieger nur noch für sich beanspruchen, *schleif, schleif, schleif*.

Draußen hörte er Schritte und die Stimmen seiner Kollegen. Die Drohnen kehrten zurück. Bald würden sie an seiner Tür kratzen. *Ich brauche, ich brauche …*

Mr Cutter schob die nun nicht mehr notwendigen Fotos und Notizen zu einem ordentlichen Stapel zusammen und zog einen Umschlag aus seiner Jacke. Sorgfältig steckte er die Fotos in den Umschlag, auf dessen Rückseite als Absender *Bayside Consultants* stand.

»Ich will da nicht rein.«

»Das will beim ersten Mal niemand. Nach dir.«

Ich schob die Tür des Seiteneingangs der ehemaligen kleinen Kirche im Süden der Innenstadt auf, die jetzt ein Treffpunkt der Anonymen Alkoholiker war. Widerwillig trat Ava in ein geräumiges Zimmer mit Tischen und Stühlen, einem Billiardtisch, einem alten Flipperautomaten und zwei Getränkeautomaten. An einem schwarzen Brett waren Aushänge für Versammlungen und alkoholfreie Tanzabende angebracht. Daneben stand ein Regal mit Büchern. Im hinteren Bereich führte eine Treppe nach oben. An einem kleinen Tresen konnte man Snacks kaufen, dahinter saß ein älterer Mann mit einer Einsteinfrisur und kümmerte sich um eine Kaffeemaschine. An einem Tisch spielten vier Männer Karten. Zwei Frauen spielten Pool und tauschten mit den Männern am Tisch ein paar Sticheleien aus. Nach einem kleinen Geplänkel begannen alle zu lachen. Weiter hinten saß ein Mann in einem Anzug allein an einem Tisch, trank Tee und las das *Wall Street Journal*. Er pfiff vor sich hin und fummelte an seiner Krawatte herum. Aus dem Augenwinkel musterte Ava die Gesichter.

»Wo sind denn die … Leute mit Problemen?«

»Sie haben uns umzingelt.«

»Haben sie getrunken? Sie lachen alle.«

»Sie lachen, weil sie nichts getrunken haben.«

Ava begann zu zittern und rannte mit einer Hand vor dem Mund zur Toilette. Der Mann hinter dem Tresen lächelte. »Neu«, sagte er.

»Debütantin«, bestätigte ich.
»Hier ist sie richtig. Gehören Sie dazu?«
»Nein. Aber ich unterstütze die Organisation.«
Er hob anerkennend den Daumen und widmete sich wieder der Kaffeezubereitung. Ava kehrte zwei Minuten später zurück, das Gesicht gerötet, die Augen feucht. Sie zitterte noch immer, aus Angst vor diesem Ort setzten die Entzugserscheinungen wieder ein und machten ihr vor allem deutlich, was sie war, und nicht, was aus ihr werden konnte.
»Ich schaff das nicht, lass uns gehen, Carson. Kommen wir morgen zurück.«
Neben uns polterten Schritte die Stufen hinab, die Schritte von Bears großen Füßen, ein Bär in Jeans und blauem Sweatshirt und einer Kappe von Bass Pro Shops, die einen Pelz brauner Haare bedeckte. Eine Umarmung von zweihundertachtzig Pfund hob mich vom Boden wie ein Sack Federn. Als hätte er Startkabel an meine Sinne montiert, war Bears Freude elektrisierend und übertragbar.
Er sagte: »Verdammt, schau dich nur an: Schlank und rank und immer noch das gleiche dämliche Grinsen.«
»Es ist nicht das gleiche dämliche Grinsen, Bear, es ist ein verbessertes Modell.«
Bear brüllte zu dem Mann an der Kaffeemaschine. »Hey, Johnny, das ist mein früherer Partner, Carson.«
Einstein schlurfte hinter den Tresen. »Sind Sie der Kerl, der eine Schubkarre geklaut und ihn hier abgeladen hat?«
Bear wandte sich an Ava. Ihre Hand verschwand in seiner mächtigen Pranke. »Hallo, Ava. Carson hat mir alles von Ihnen erzählt.«

Ava sah mich an, als hätte ich sie schon wieder hintergangen. Bear legte seinen Arm sanft um ihre Schultern. »Etwas wackelig auf den Beinen?«, fragte er und lenkte sie in Richtung Treppe. »Sie hätten mich mal erleben sollen, als ich den ersten Tag hier war. Carson hat mich wie eine Fuhre Ziegelsteine abgeladen, und ich habe mir die Seele aus dem Leib geheult und gezittert wie ein Köter, der Pfirsichkerne scheißt ...«

Bear drehte sich zu mir um und zwinkerte. Dann führte er Ava nach oben, eine Stufe nach der anderen. Sie blieb eine Stunde, danach brachte ich sie nach Hause. Wir hatten beide unseren Teil der Abmachung erfüllt.

»Kommst du klar?«, fragte ich.

Sie schaute zu ihrem Haus und dann wieder zu mir. »Hör mal, Carson, ich möchte dir sagen ...«

Ich legte einen Finger vor ihre Lippen. »Bleib einfach sauber.«

Verlegen nickend standen wir uns gegenüber, dann wandte sie sich ab. Als ihre Tür zuging, hörte ich ein hohes Pfeifen in meinem Kopf und konnte mich nicht mehr daran erinnern, wie man ein Auto fuhr und welcher Hebel welche Funktion hatte. Meine Hände gehorchten mir nicht mehr und ich vergaß, was und wohin ich wollte. Nachdem ich tief durchgeatmet hatte, bekam ich die Koordination schließlich wieder in den Griff und begann loszufahren in eine Sphäre, die mir so grob wie Jute vorkam.

»Carson, warte!«

Ich trat auf die Bremse, drehte mich um und sah Ava ungelenk auf mich zulaufen.

»Ich habe Angst, was passieren könnte. Könnte ich … wäre es zu viel verlangt, wenn ich dich bitte …«

Ihre Hand klammerte sich an meinen Arm. Sie sah innerlich zerrissen aus; in hundert Richtungen verdreht, verwirrt und verzerrt. Aber ich sah auch etwas anderes: einen Ausdruck der Entschlossenheit, noch vage zwar, aber sich sammelnd, wie einzelne Stücke, die lange getrennt waren und schließlich durch den fließenden und unaufhaltsamen Sog der Schwerkraft zusammenkommen und ein Ganzes ergeben müssen.

»Na los, pack deine Sachen«, sagte ich.

Und im Handumdrehen verwandelte sich die Luft in Samt.

Kapitel 19

»Durch diesen Friedman bist du also darauf gekommen, dass Nelson in Biloxi Vögeln und Rödeln war«, sagte Harry, löste seine limonengrüne Krawatte und stopfte sie in die Seitentasche seines Jacketts. Die Spitze lugte hervor und sah aus wie der Kopf eines platt gefahrenen Froschs.

»Alle Unkosten sind gezahlt worden, so wie sich's anhörte.«

Eine Gruppe Streifenpolizisten der Tagesschicht stürmte johlend ins Flanagan's, sie hatten Feierabend und trugen keine Uniform. Harry und ich grüßten nickend ein paar bekannte Gesichter und drehten uns dann wieder zu unserem Tisch um. Ich hatte Ava bei mir zu Hause einquartiert und war zurückgefahren, um mich mit Harry zum Brainstorming und einer Schüssel Gumbo zu treffen.

Harry war nach einem Tag, der ihn in zu viele Sackgassen geführt hatte, in gänzlich anderer Stimmung als die Streifenpolizisten. Er warf seinen Löffel in seine leere Schüssel. »Wahrscheinlich hat es nichts damit zu tun.«

»Und der Schattenmann, den Shelton mit Nelson

gesehen hat? Der Typ, der anders war als die anderen. Außerdem hat Nelson was davon gefaselt, ein Honigfass ohne Boden aufgetan zu haben.«

»Und? Diese Messer hat gesagt, das war seine übliche Leier, er glaubte dauernd, kurz davor zu sein, den großen Treffer zu landen.«

»Nelson war der Erste. Irgendjemand hat diese Papiere aus seiner Wohnung mitgehen lassen. Es muss Verbindungen zu Nelson geben.«

Harry schlug eine unsichtbare Saite in der Luft an, als würde er eine Harfe zupfen. Schweigen.

»Ja, ich weiß«, sagte ich und sank auf meine Bank zurück.

»Was macht dir bei der Sache am meisten zu schaffen?«, fragte Harry. Ich beobachtete einen Streifenpolizisten vor der Theke, der gerade demonstrierte, wie ein betrunkener Fahrer bei einer Verkehrskontrolle daran scheiterte, auf einer geraden Linie zu gehen. Der Polizist breitete die Arme aus, als würde er über ein Seil balancieren, und setzte taumelnd einen Fuß vor den anderen. Die Zuschauer gröhlten und klatschten.

»Vor allem fehlt mir die Leidenschaft«, sagte ich, womit ich meinen Bruder zitierte und einmal mehr seinen Ideen folgte. Ich hasste es, weil es meine einzige Wahl war. »Wir haben es nicht mit Rachemorden oder Serienmorden zu tun. Das ist etwas anderes. Ich kann hier einfach nicht die übliche Endgültigkeit entdecken. Der Mörder will mehr von seinen Opfern als ihren Tod.«

Harry sah mich zweifelnd an. »Meinst du, die Opfer sind wie Zombies? Die lebenden Toten.«

»Die arbeitenden Toten. Sie müssen eine Aufgabe erfüllen. Ich habe nur keinen Schimmer, welche.«

Vor der Theke schloss der Streifenpolizist seine Vorführung mit einer Pirouette ab, stolperte und fiel vornüber auf den Boden. Sein Publikum flippte aus. Harry warf einen Blick hinüber, runzelte die Stirn und wandte sich wieder mir zu. »Ich weiß nicht, Cars. Mir raucht schon die Birne, wenn ich nur versuche, die Tatorte und die Opfer miteinander zu vergleichen und Punkte zu finden, die zusammenpassen.«

»Die Leichen sehen gleich aus«, sagte ich und schlug meinen Cocktailstick gegen mein Cocktailglas, als würde ich eine Glocke läuten. *Bing.* »Das Alter der Opfer ist ähnlich.« *Bing.*

»Das war's auch schon«, meinte Harry. »Selbst die Tatorte haben kaum Ähnlichkeiten miteinander.«

Ich läutete für die Tatortinformation. »Einer draußen, einer drinnen.« *Bing.*

Ich läutete für die Tageszeit. »Einmal bei Tageslicht, einmal in der Nacht.« *Bing.*

Ich läutete für die Haarfarbe. »Der eine eher hell, der andere dunkel.« *Bing.*

Ich läutete für den Status. »Einer aus dem gehobenen Mittelstand, der andere ein armer Schlucker.« *Bing.*

Harry packte den Stick, brach ihn in zwei Teile und gab ihn mir zurück. »Selbst die verdammte Temperatur war wie Tag und Nacht. Im Park habe ich geschmort, bei Deschamps gefroren.«

Ich dachte einen Augenblick darüber nach. »Stimmt, da war es kalt. Das lag nicht nur an meinem Empfinden.«

»Ich hab meine Jacke angezogen. Das war ein Kühlschrank.«

In der Ferne wurde eine Saite angeschlagen, leise, aber deutlich. Ich sagte: »Obwohl die Tür auf und zu ging und Leute kamen und gingen. Vielleicht hat der Mörder die Klimaanlage auf optimale Kühlung gedreht, damit die Leiche so lange wie möglich frisch bleibt.«

»Ein Onkel von mir könnte nackt in einem Kühlraum leben, bei ihm zu Hause kann man seinen Atem sehen. Vielleicht war Deschamps genauso.«

»Seine Verlobte kommt donnerstags über mehrere Zwischenstationen von der Westküste. Wenn sie einen Anschluss verpasst, kommt sie eine Stunde später. Was, wenn der Mörder das wusste?«

»Und was ist mit Nelsons Leiche, was hat die konserviert? Ausgestreckt im Park in einer heißen Nacht? Wenn die geilen Kids nicht gewesen wären, hätte Nelson stundenlang in der Hitze geschmort.«

Während Harry bei dem Gedanken die Nase rümpfte, konzentrierten sich meine Überlegungen auf den Bowderie Park. Die Leiche im Schein der Laterne. Der verlassene Park. Der Schrecken in den Gesichtern der Zuschauer. Die schweißtriefenden Jogger am Rande, die ihre Beine lockerten, während sie von der Straße aus zuschauten.

Jogger.

Der Weg, der sich durch die gesamte Länge des Parks schlängelte.

Ich stürzte zur Telefonzelle und holte das Telefonbuch. »Philips, Philips, Philips«, stammelte ich und ging mit meinem Finger die Spalten durch.

Harry runzelte die Stirn. »Die Stadträtin?«

»Sie wohnt am Bowderie Park.«

Ich rief Stadträtin Norma Philips an und erklärte

mein Anliegen. Sie war hilfsbereit und höflich und entschuldigte sich kurz, um die Telefonliste ihres Viertels durchzugehen. Dann teilte sie mir mit, dass die Person, mit der ich sprechen sollte, Carter Sellers war, und fügte noch hinzu, dass sie zurückrufen würde, wenn ihr noch etwas einfiele. Ich nahm mir vor, bei der nächsten Wahl für sie zu stimmen.

»Sellers«, sagte die Stimme am anderen Ende. Im Hintergrund hörte ich leise einen Fernseher.

Ich stellte mich vor und kam dann gleich zum Thema. »Mr Sellers, ich habe gehört, Sie gehören zu einer Gruppe aus der Nachbarschaft, die regelmäßig joggen geht.«

Er lachte leise. »Wir nennen uns die Nachtpatrouille. Am Tage hat niemand von uns Zeit, deswegen treffen wir uns ein paarmal in der Woche und reißen im Viertel ein paar Kilometer runter.«

»Haben Sie eine feste Strecke?«

»Wir haben eine Strecke von ziemlich genau fünf Kilometern abgemessen.«

»Führt sie durch den Bowderie Park?«

»Das wäre ja eine Schande, wenn sie nicht durch den Park führen würde. Sicher.«

»Wären Sie Donnerstagabend durch den Park gelaufen, wenn der Mord nicht stattgefunden hätte?«

»So ziemlich genau um Viertel vor elf.«

»Sehr präzise, Mr Sellers.«

»Ein alter Mann, der immer auf seiner Veranda hockt, nennt uns Mussolinis Eisenbahn. Wir laufen immer ziemlich pünktlich an ihm vorbei.«

»Jeden Donnerstag?«

»Dienstags, donnerstags und sonntags, bei Wind und Wetter.«

Ich machte noch einen Anruf und sprach mit einer Person, die ich nur sehr ungern störte, bevor ich zu Harry zurückkehrte. »Cheryl Knotts, Deschamps' Verlobte, sagt, dass das Thermostat auf zehn Grad Celsius stand, was sie sich nicht erklären kann. Die Temperatur war eine Sache, über die Peter und sie immer gestritten haben. Sie mochte es kühl, er brauchte es wärmer.«

Harry nickte, er begann etwas zu spüren. »Im Park konnte der Mörder die Temperatur nicht kontrollieren, aber durch seine Überwachung wusste er, dass die Nachtpatrouille um Viertel vor elf durchtuckern würde.«

»Auf die Minute pünktlich«, ergänzte ich. »Er hat seine Ware nicht nur deshalb in den Schein der Laterne gelegt, um anzugeben …«

»Sondern damit sie so schnell wie möglich gekühlt wird. Das Fleisch sollte nicht verderben.«

»Wer sieht eine Leiche, nachdem sie gefunden wird?« Ich musste es hören.

Harry zählte die Teilnehmer an seinen Fingern ab. »Zuerst kreuzen die Streifenpolizisten auf. Dann die Mediziner. Die Spurensicherung. Die Techniker. Detectives. Krankenwagenfahrer. Zuschauer.«

»Anschließend geht's weiter in die Leichenhalle.«

»Mitarbeiter, Pathologen, eventuell Gerichtsmediziner. Cops. Dann die Leute vom Bestattungsunternehmen, Friedhofsangestellte.«

»Vielleicht schickt der Mörder Botschaften an jemanden in dieser Reihe, Harry. Ich glaube, die Gaffer und die wechselnden Besatzungen der Feuerwehr und des Rettungsdienstes können wir ausschließen. Die haben nur flüchtig mit der Leiche zu tun. Genauso die Leute vom Bestattungsunternehmen und vom Friedhof.«

»Bleiben die Gerichtmediziner und die Kriminaltechniker. Und wir.«

Ich legte eine Hand hinter mein Ohr. »Habe ich was läuten gehört, Harry?«

Er schnippte einen Fingernagel gegen sein Glas.

Bing.

Kapitel 20

»Ich hab mit dem Trinken angefangen, als mein Bruder gestorben ist. Vor zwei Jahren. Ich meine, richtig zu trinken. Getrunken habe ich immer gerne, seit meinem ersten Bier mit sechzehn. Ich fühlte mich dann, wie soll ich sagen, irgendwie cleverer. Ich habe meinen Uni-Abschluss und bin meinen Weg gegangen, aber irgendwie habe ich nie aufgehört, mich dumm zu fühlen. Als hätte ich alles nur vorgetäuscht.«

Ava und ich spazierten am Strand entlang. Gegen Mitternacht war er völlig verlassen, es gab nur uns und die Wellen und eine seichte Brise. Unsere Schritte knirschten auf dem trockenen Sand. Ich sagte: »Deinen Bruder hast du schon einmal erwähnt. Lonnie?«

»Lane. Er war vier Jahre älter als ich. Ich habe ihn Smoke genannt, weil er sich immer so sanft und leise bewegt hat. Wie der Rauch. Wenn ich auf der Veranda saß und las, dann kam er manchmal herangeschwebt und zeigte auf eine Wolke und beschrieb mir die Formen darin …«

Sie hatte zu reden begonnen, als ich durch die

Tür gekommen war, eine Flut unzusammenhängender Gedanken, die allein dadurch verbunden waren, dass sie sie herauslassen musste. Außerdem hatte ich das Gefühl, dass sie über ihre Trinksucht sprechen wollte, um sie von sich abzuspalten und von außen betrachten zu können. Sie wollte wissen, wie sie sich erden konnte, wenn der bedrohliche Blitz in ihrem Kopf einschlug, wie sie den Strom gefahrlos in die Erde leiten konnte.

»Wir konnten einen ganzen Nachmittag dasitzen und die Wolken betrachten. Oder ich habe zugeschaut, wie er malte …«

Wir gingen zurück zu meinem Haus, unterwegs überquerten wir die kleinen Dünen.

»Seit ich mich erinnern kann, war er ein Künstler. Nicht bloß ein Kind, das Kunst produzierte. Er brachte die Leute mit seinem Gespür und seinen Fähigkeiten zum Staunen. Sechs seiner Gemälde habe ich zu Hause.«

Ich erinnerte mich an die brillant gearbeiteten, abstrakten Werke in ihrem Wohnzimmer, an diese kontrollierten und heiteren Farbausbrüche. »Ich habe sie gesehen. Nein, das stimmt nicht: Ich wurde von ihnen regelrecht angezogen.«

»Das über dem Sofa? Rot und gold und grün? Es heißt *Krähen*. Die meisten Menschen sehen nur schmutzige, schwarze Vögel, aber Lane sah hinter die Oberfläche und konnte ihre Schönheit erkennen. So war das immer mit ihm, er machte mich auf die Schönheit von Orten aufmerksam, die mir ohne ihn verborgen geblieben wäre. Als ich an der Uni war, hat er mich regelmäßig angerufen oder besucht. Er hat mir Antrieb und Halt gegeben. Als er noch lebte, fühlte ich mich so lebendig.«

»Wie ist er gestorben?«

Sie blieb stehen. Hinter ihr, weit den Strand hinab, sah ich jetzt ein paar wirbelnde Sterne aufflackern. Wahrscheinlich brannten Kids Leuchtraketen ab, der 4. Juli war nicht mehr weit.

»Er hat Selbstmord begangen«, sagte sie. »Es stellte sich heraus, dass er seit Jahren zum Psychiater gegangen war. Depressionen. Das hat unsere Familie auseinander gerissen.«

Ich beobachtete die funkelnden Sterne und schwieg.

»Ich musste an all die Zeiten zurückdenken, in denen er auf mich so glücklich gewirkt hatte, so lebendig. Aber er hatte diesen – seelischen Krebs in sich, ein grässliches Ding mit Tentakeln, das sich immer mehr ausbreitete und ihn von mir fortgerissen hat, von unserer Familie, von allem. Damals bin ich zum ersten Mal zusammengebrochen. Aus Schmerz und Wut habe ich zu trinken angefangen und bin nicht mehr zur Uni gegangen. Ein Semester lang war ich nur betrunken. Wirklich furchtbar betrunken. An der Uni wusste man von Smoke, von Lane. Alle dachten, ich nehme mir einfach eine Auszeit, um mit seinem Tod fertig zu werden.«

Ich legte meinen Arm um ihre Schultern. »Das hast du auch, Ava. Nur auf eine ungesunde Art und Weise.«

»Als ich hier zu arbeiten begann ... gab es keinen Smoke mehr, den ich nachts anrufen konnte, es gab niemanden mehr, der mir sagte, dass alles gut würde. Wenn ich einen schlechten Tag mit Dr. Peltier hatte und nach Hause kam, habe ich etwas getrunken und plötzlich war es Morgen und ich lag auf dem Sofa und neben mir stand eine leere

Flasche. Bis zum Wochenende kämpfte ich dagegen an, dann wurde ich wieder schwach. Danach hatte ich immer ein derart schlechtes Gewissen, dass ich …«

Sie ließ ihren Kopf hängen. »Verdammt, Carson, ich habe einen Doktortitel in Medizin und ich kann nicht einmal eine Alkoholabhängigkeit erklären. Ich weiß, dass die Trinkerei zutiefst unvernünftig ist. Und trotzdem trinke ich, egal welche wissenschaftliche Ausbildung ich auch habe. Es ist verrückt.«

Wir standen schweigend da und beobachteten, wie sich die Leuchtraketen silbern vor dem Nachthimmel abzeichneten, bevor sie sich in der Dunkelheit verloren. Dann gingen wir zurück zum Haus. Durch das Gras der Dünen drang Musik zu uns, ich hörte Louis Armstrong »Stars Fell on Alabama« blasen. In meiner Auffahrt stand Harrys alter roter Volvo Kombi, er saß am Steuer und nippte an einer Flasche Bier. Als er uns durch den Sand knirschen hörte, schaltete er die Musik aus.

»Tut mir Leid, wenn ich störe, Cars, aber ich muss mit dir ein paar Dinge besprechen.«

Während wir die Treppe hochstiegen, erledigte ich die Förmlichkeiten. »Harry, Ava Davanelle; Ava, Harry Nautilus.«

»Wir sind uns schon bei ein paar Obduktionen begegnet«, sagte Harry zu Ava.

»Ich war wahrscheinlich nicht die beste Gesellschaft. Tut mir Leid.«

»Ist mir nicht aufgefallen, Frau Doktor. Ich halte lieber Abstand, wenn das Innere zum Vorschein kommt.«

Wir gingen hinein. Ava nahm ihr AA-Buch und

sagte, sie wollte Lesen gehen. Harry setzte sich aufs Sofa, beugte sich vor und legte seine Hände auf ein abgewinkeltes Knie. »Geht's ihr besser, Cars?«, fragte er, nachdem sich die Tür hinter Ava geschlossen hatte.

»Immer noch angegriffen und zittrig, aber heute Nacht hat sie sich ein bisschen was von der Seele geredet. Bear meint, das ist ein gutes Zeichen. Was führt dich an die Küste, Bruder?«

Harry schaute finster auf das Glas Eistee, das ich vor ihn hingestellt hatte. »Hast du was Stärkeres da, Cars?«

»Im Kofferraum.«

»Ich könnte ein Schlückchen Scotch vertragen.«

Ich ging zu meinem Wagen unter dem Haus und holte den Glenvilet aus dem Kofferraum. Während ich die glucksende Flasche in der Hand hielt, fiel mir ein, wie ich Avas Wagen durchgewühlt und den Wodka gefunden hatte. Ich stand unter dem Schlafzimmer und hörte Avas knarrende Schritte auf dem Boden über mir.

Meine in der Luft hängende Kiste über der Insel.

Die Flut ging zurück, die Wellen rauschten sanft in hundert Metern Entfernung. Ich lauschte, wie Ava über den Holzboden tapste, und hoffte, dass sie in meiner kleinen Zuflucht Trost finden möge. Dass das Haus für sie sein möge, was es für mich gewesen war.

Während meines ersten Jahres an der Uni, als ich die ständigen Fragen – »Sind Sie verwandt mit ...« – und meine Lügen, mit denen ich geantwortet hatte, nicht mehr hören konnte, hatte ich meinen Namen von Ridgecliff in Ryder geändert. Den Namen hatte ich von Albert Pinkham Ryder übernommen, einem Maler des neunzehnten Jahrhunderts, dessen bekannteste Bilder Männer in kleinen Booten auf dunklen und schäumenden Meeren darstellten. Der Namenswechsel war eine von vielen Veränderungen gewesen, die ich damals vorgenommen hatte, um die unauslöschliche Tatsache auszulöschen, dass ich der Sohn eines äußerst sadistischen Mannes und der Bruder eines Mörders von fünf Frauen war.

Ich hörte mit der Uni auf, ging zur Marine, kehrte an die Uni zurück, wechselte Hauptfächer wie andere Leute Schuhe und konzentrierte mich schließlich auf Psychologie. Freundinnen kamen und gingen wie Mahlzeiten. Ich wechselte meine Frisur, meine Autos, meine Redeweise, meine Zeitungsabonnements. Einmal bin ich fünfmal innerhalb eines Jahres umgezogen.

Doch wer jeden Morgen aufwachte, war immer noch dasselbe Ich.

Meine Mutter starb. Von der Erbschaft wollte ich eigentlich einen Wohnwagen kaufen, der Rest sollte mir eine bescheidene Existenz sichern. Wenn man mehr als zwölf Stunden am Tag schläft, ist die Sicherung der Existenzgrundlage keine große Kunst. Eines Tages, als ich gerade an der Küste fischte, sah ich dieses Haus. Es stand in der Luft, aber die Stützpfeiler waren stabil. Die Fenster waren breit. Von der Veranda blickte man auf das grenzenlose Meer. Und es stand zum Verkauf.

Ich konnte das Haus nicht mehr vergessen, ich träumte sogar davon, manchmal sah ich es als Haus vor mir, manchmal als Helm mit Visier. Obwohl ich wusste, dass ich würde arbeiten müssen, um es halten zu können, kaufte ich es zwei Wochen später. Angespornt durch Harrys Bemerkung, dass ich einen guten Cop abgäbe, ging ich zur Polizei und fand die Arbeit ehrenhaft und notwendig. Außerdem erkannte ich durch diesen Job zum ersten Mal, was mich seit Jahren gebremst hatte.

Schon in den ersten Monaten als Streifenpolizist lernte ich, dass die überwältigende Mehrzahl der Fälle, mit denen ich zu tun hatte, durch die Unfähigkeit der Mitbürger ausgelöst wurde, sich von ihrer Vergangenheit zu lösen. Aufgestaute Kränkungen lösten Hass aus, Hass entlud sich in Schießereien. Drogenabhängige schlingerten unaufhaltsam vom letzten Zusammenbruch zum nächsten Schuss. Ich erlebte Nutten, die sich nicht von den Zuhältern lösen konnten, die sie am Ende direkt oder indirekt töten würden. *Tu es nicht*, flehte ich Menschen an, die sich gezwungen fühlten, einen Weg zu gehen, der sie zerstörte. *Stopp. Denk nach. Es muss nicht unbedingt so sein. Die Vergangenheit ist nichts weiter als eine Reihe von Erinnerungen, du bist nicht ihr Gefangener. Ändere dich, bevor es zu spät ist.*

Letztlich sprach ich zu mir selbst.

Ein Aspekt der Selbsterkenntnis – eine Offenbarung, wenn man so will – liegt darin, dass sie unbeschreiblich ist. Deshalb kann ich nur sagen, dass ich an einem normalen Nachmittag vor eintausendundzweiundfünfzig Tagen ein Schließfach in der hintersten Ecke meines Schrankes öffnete und ein Messer mit einem schwarzen Griff hervorholte, das ich in einem quiekenden, verzweifelten Ferkel stecken gesehen hatte. Ein Messer, das Jeremy im Keller unseres Elternhauses versteckt hatte. Ich schob das Messer unter mein Hemd und nahm eine Fähre über die weite Öffnung der Bucht von Mobile. In der Mitte der Überfahrt schickte ich das Messer ohne Zeremonie und ohne es noch einmal zu betrachten hinab auf den Grund zu den Überresten früherer, hier ausgetragener Kriege.

Die Fähre brachte mich zurück nach Hause, und mein Zuhause ist hier, nicht dort, jetzt, nicht damals. Wenn wir Gefangene unserer Vergangenheit sind, erkannte ich, dann sind wir auch die Wärter.

Ich wandte mich um und wollte zurück nach oben gehen, da hörte ich erneut Avas Schritte auf dem Holzboden. Genau über mir blieb sie stehen, und für einen Augenblick befanden wir uns in einer vertikalen Linie, die vom Sand bis in die Sterne führte. Obwohl es mir seltsam und etwas dumm vorkam, gab ich einem inneren Bedürfnis nach und hob meinen Arm und berührte mit der Fingerspitze die Balken über mir. Es sind unbehandelte und salzverkrusteten Holzbalken, aber meinen Fingern erschienen sie in diesem Moment wie eine Art heiliges Relikt, eines, das menschliche Schwäche mit anhaltendem Vertrauen verband ... vielleicht waren es die Gebeine des Lichts.

Ich hörte, wie die Tür aufging und Harry, der sich fragte, wo ich war, meinen Namen in die Nacht rief.

Kapitel 21

Ich schenkte Harry einen Scotch mit Soda ein, dann setzten wir uns ins Wohnzimmer. Harry drehte das Glas zwischen seinen Händen und sagte: »Nachdem du heute Abend gegangen bist, bin ich noch ein bisschen im Flanagan's geblieben. Rate mal, wer plötzlich reinplatzte? Rhea Plaitt.«

»Vom Gericht.«

»Tolle Frau, echt sexy-hexy. Wir plauderten miteinander und kamen irgendwann auf Bayside. Kein Problem, meinte sie, es gibt eine staatliche Datenbank für eingetragene Aktiengesellschaften. Und eh ich mich versah, hatte Rhea so einen kleinen Computer irgendwo in die Wand gestöpselt und tippte mit ihren schönen Fingern drauflos. Bingo. Rhea hatte vor ein paar Jahren von einer Firma namens Bayside Consultations gelesen. Sie war nur auf einen Namen eingetragen und hatte irgendwas mit der Beurteilung von medizinischen Geräten zu tun.«

Ich fühlte ein Kitzeln über meinen Rücken laufen und beugte mich vor. »Nur ein Besitzer. Dann ist es wohl eine kleinere Firma. Und?«

Harry schaute auf seine schwarzen Slipper Größe vierzehn und schüttelte den Kopf.

»Was? Komm schon, rück raus mit der Sprache«, drängelte ich.

»Ich glaube, da ist was durcheinander geraten.«

»Harry? Was willst du damit ...«

Er schaute mich an und sagte: »Bayside Consultations gehört Clair Peltier.«

Mein Atem setzte aus. Ich schloss die Augen und hörte das tiefe Brummen des Kühlschranks, das vom Duschkopf im Bad tröpfelnde Wasser, Harrys Atem. Ich hörte, wie Ava ein paar Meter weiter hinter der verschlossenen Tür eine Seite in dem Buch umblätterte, das sie las.

»Es muss eine einfache Erklärung geben«, sagte ich.

»Hat sie nicht oft außerhalb der Stadt zu tun?«

»Sie ist Fachärztin, Harry. Sie hat Fälle außerhalb der Stadt zu bearbeiten. Das gehört zu ihrem Job. Außerdem besucht sie Seminare und Symposien.«

»Mich würde interessieren, ob sie ein Symposium besucht hat, als Nelson in Biloxi war.«

Nachdem Harry gegangen war, versuchte ich mich auf der Veranda zu entspannen, doch es war eine windstille Nacht und die Mücken ließen mir keine Ruhe. Als ich mich ins Bett zurückzog, spielten sich in meinem Kopf ungewollte Filme ab: Nelson, Clair. Randzonen entfernter Welten schmolzen zu einem schlammigen Schatten zusammen. Nebenan hörte ich die Bettfedern unter Ava quietschen. Bear hatte gesagt, dass sie nur schwer Schlaf finden würde; der Alkohol beeinträchtigt die innere Uhr und verursacht undurchdringliche, unheimliche Träume. Nachdem ich in T-Shirt und Shorts geschlüpft war, klopfte ich an ihre Tür und sagte, dass ich auch nicht schlafen könne und es vielleicht helfen würde, wenn wir gemeinsam keinen Schlaf fanden. Sie lag unter einer Decke und klopfte neben sich auf die Matratze. Ich legte mich hin, und dann ergaben wir uns beide einer angenehmen, vorübergehenden Dunkelheit.

Als sich meine vagabundierenden Träume in Luft auflösten, begann es hinter den Vorhängen zu dämmern. Mein Blick war auf Ava gerichtet, die ihren Kopf zu mir gedreht und ins Kissen gekuschelt hatte, während ihre schlanken Hände vor ihrem Kinn lagen. Behutsam stieg ich aus dem Bett und ließ sie weiterschlafen.

Richtig wach wurde ich erst in der Brandung, in den durch die Küstenströmung kühlen Wellen, mit dem Geschmack des Salzes im Mund und dem Stechen in den Augen. Die Sonne war dunstverhangen, doch die Luft heizte sich schon auf. Unter der Kaltwasserdusche unter meinem Haus spülte ich das Salz ab und folgte anschließend dem Kaffeeduft nach drinnen. Als ich mich angezogen hatte und in die Küche kam, sah ich Ava am Tisch sitzen und die Zeitung lesen. Neben ihrem Ellbogen standen ein Glas Orangensaft und ein Teller mit Toastkrümeln.

»Ich habe dir beim Schwimmen zugesehen«, sagte sie. »Warum schwimmst du so weit raus? Warum ziehst du nicht ein paar Bahnen in Strandnähe?«

»Ich schwimme immer geradewegs hinaus, und wenn ich außer Atem bin und keinen Schlag weiter kann, drehe ich um.«

Sie sah mich mit erhobenen Augenbrauen an.

»Ich hasse Training«, erklärte ich. »Und so muss

ich schwimmen, wenn ich nicht untergehen will. Das ist ein guter Ansporn.«

Sie nickte. »Kann ich gut verstehen.«

Ich betrachtete sie. »Du siehst besser aus.«

Sie deutete auf ihre Garderobe: pinkfarbenes, geripptes Tanktop, weiße Jeans, eine goldene Klammer in den zurückgebundenen Haaren. »DKAA. Freizeitmode eines trockengelegten Alkis.«

»Ich meinte dich«, sagte ich. »Du kriegst allmählich Farbe. Deine …«

»… Hände zittern nicht mehr so sehr«, sprach sie meinen Satz zu Ende und hielt ihren O-Saft annähernd ruhig vor sich. Sie trank einen Schluck und stellte das Glas ab. »Ich habe gut geschlafen«, fuhr sie fort. »Sonst habe ich … in schlechten Phasen habe ich – nein, verdammt, wenn ich sonst mit dem Trinken aufgehört habe, habe ich immer miserabel geschlafen. Aber als ich heute aufgewacht bin und deinen Atem gehört habe, da habe ich gedacht, *ich bin in Sicherheit*, und bin wieder eingeschlafen.«

Ich stellte mich hinter sie, legte meine Hände auf ihre Schultern und begann sie sanft zu massieren. Sie strich eine Strähne von ihrem Hals und legte ihre Wange an meine Hand. Im Osten kletterte die Sonne über das Dach des Hauses und das Licht strahlte langsam durch die Vorhänge in die Küche. In der sonnendurchfluteten Luft glitzerten Staubkörner wie stecknadelkopfgroße Flammen. Ich sah sie brennen und fühlte mich seltsam friedlich.

Ava sagte: »Ich musste an unser Gespräch am ersten Abend denken. Es ist ein bisschen verschwommen, aber ich erinnere mich, dass wir über die körperlichen Ähnlichkeiten von Deschamps und Nelson gesprochen haben, dass die beiden im Grunde gleich waren, nur dass Deschamps eine ausgeprägtere Muskulatur hatte.«

Ich setzte mich neben sie. »Wie Zwillinge oder Brüder, hast du gesagt, nur dass der eine mehr trainiert hat als der andere.«

»Mir ist noch etwas anderes eingefallen.« Ava trank Orangensaft und erforschte ihr Gedächtnis. »Zwei Tage nachdem unser Institut wieder eröffnet wurde, hatten wir einen Schädeltraumafall. Ein neunzehnjähriger Junge von einer Party im Norden des Countys. Die Countypolizei hat die Leiche hergebracht, und ich habe die Autopsie vorgenommen.«

Ich erinnerte mich an den Vorfall, da er aber nicht in unserem Zuständigkeitsbereich lag, hatte ich ihm nicht viel Aufmerksamkeit geschenkt.

»Er hatte den gleichen Körpertyp, groß und langgliederig, dazu war seine Haut genauso glatt und makellos und unbehaart.«

»Muskulatur?«

»Ganz ähnlich wie bei Nelson. Wahrscheinlich hatte er auf Ausdauer mit leichteren Gewichten trainiert, wodurch die Muskeln vielfältiger ausgeprägt und weniger massig waren, besonders an den Armen und Schultern.«

»Todesursache?«

»Ein Schlag gegen den Kopf mit einem runden, stumpfen Gegenstand. Den Wunden nach zu urteilen, ein Stein von der Größe eines Baseballs. Oder etwas Vergleichbares.«

Meine Verbindung zu Sergeant Clint Tate von der Mobiler Countypolizei war äußerst instabil, das

Signal hatte Mühe, seinen Streifenwagen in Citronelle zu erreichen.

»Ein Haufen Kids hatte einen Rave auf einem Wassermelonenfeld veranstaltet«, sagte Tate gerade. Unter seinen Worten war ein konstantes Knistern zu hören, als würde jemand eine Chipstüte zusammenknüllen. »Von diesen Raves scheint man immer erst Wind zu bekommen, wenn sie vorbei sind, da können wir uns auf den Kopf stellen. Die Kids drücken irgendeinem Farmer ein paar hundert Eier in die Hand, um ein Feld zu mieten, schleppen einen Generator für Licht und Musik an und schon steigt die Party. Das Opfer, von dem Sie sprechen, ist ein Junge namens Jimmy Farrier, Student an der University of South Alabama. Ist noch nie auffällig gewesen, keine Vorstrafen, nichts. Ein anständiger Junge, der von der Party gehört hat und dachte, er schaut mal vorbei. Wir ermitteln immer noch, aber unsere Mittel sind ziemlich begrenzt.«

»Wie ist es passiert?«

»Die schlüssigste Erklärung, die wir finden konnten, ist, dass er mit jemandem Zoff gekriegt haben muss. Er lag mit Schädeltrauma durch ein stumpfes Schlagwerkzeug in einem ausgetrockneten Bachlauf im Wald, ungefähr hundert Meter vom Rave selbst. Hat eine Weile gedauert, bis er tot war.«

»Wer hat die Leiche gefunden?«

»Anonymer Anruf gegen zwei Uhr morgens. Verstellte Stimme. Ein Mädchen. Verängstigt. Ist wahrscheinlich stoned in die Büsche getorkelt und über ihn gestolpert.«

»War an der Leiche irgendetwas ungewöhnlich? Vielleicht Spuren am Hals, als hätte sich jemand mit einem Messer zu schaffen gemacht?«

»Ich erinnere mich nur, dass die Klamotten ...« Es knallte ein paarmal laut, danach klang Tate, als würde er in Flammen untergehen. »... bisschen ... öffnet ... Hals ...«

»Ich habe Sie nicht verstanden, Sergeant. Wiederholen Sie bitte.«

»Ich sagte, an seinen Klamotten war ein bisschen herumgezerrt worden. Der Reißverschluss der Hose war geöffnet. Das Hemd war bis zum Hals hochgezogen.«

»Irgendwelche Spuren?«, fragte ich und musste gegen die Störgeräusche anbrüllen. Dann, für einen Augenblick, war das Signal so deutlich, dass ich Sergeant Tate seufzen hören konnte.

»Da haben ungefähr zweihundert halb nackte, drogenumnebelte Kids in einem kleinen beleuchteten Kreis getanzt, drum herum nichts als Wald. Eine Traumparty für einen Mörder, Detective.«

»Legen Sie sie einfach auf meinen Tisch, wenn Sie fertig sind, Carson.«

Vera Braden ließ mich mit den drei Akten in einem der kleinen Versammlungsräume des Gerichtsmedizinischen Instituts allein. Aufgrund irgendwelcher Etatverhandlungen waren weder Clair noch Will Lindy an diesem Morgen im Institut. Vera wusste nicht, wann sie zurück sein würden.

Ich zog eine Aufnahme von Farriers Gesicht hervor, die nach seiner Einlieferung in die Leichenhalle gemacht worden war. Schlichtes, bartloses Babyface mit Aknepickeln, abstehenden Ohren und an den Seiten kurz geschorenen Haaren. Auf seinen Lippen und Zähnen haftete Dreck von dem Feld, in das er gefallen war. Ich tauschte das Porträt gegen eine Ganzkörperaufnahme und hielt ein ähnliches Foto von Jerrold Nelson daneben.

Ich sah die Körper von Zwillingsbrüdern. Größe, Ausprägung der Muskeln, Hautton, alles war ähnlich. Selbst die Bauchnabel und Brustwarzen wirkten austauschbar. Über Farriers linker Brustwarze war ein springender Schwertfisch tätowiert. Auch Nelson war tätowiert gewesen, ein orientalischer Drache auf seinem rechten Schulterblatt.

Ich zog ein Foto von Deschamps aus seiner Akte und hielt es neben die anderen. Es war, als hätte ein dritter Bruder den Raum betreten, älter vielleicht, kräftiger, mit mehr Muskelmasse an den Armen, Schultern und Schenkeln. Ich schob Deschamps' Foto beiseite und konzentrierte mich auf meine Zwillinge.

Warum wurde Nelson enthauptet und Farrier nicht?

Ich betrachtete Nelsons Vorderansichten. Wie Deschamps hatte er auf dem Rücken gelegen, das Gesicht nach oben. Die livide Verfärbung beschränkte sich auf seinen Rücken. Bei Farrier bemerkte ich zwei dunklere Totenflecken und blätterte durch seine Akte. Auf den Nahaufnahmen sahen sie wie blaue Flecken aus.

Schritte vor der Tür. Ich widerstand dem seltsamen Impuls, die Fotos zu verstecken. Die Tür öffnete sich und Walter Huddleston, der Institutsassistent, stand auf der Schwelle. Seine Blicke durchbohrten mich wie scharlachrote Laser und wanderten dann weiter zu den Fotos. Er brummte etwas und zog die Tür wieder zu, vielleicht legte er sich zurück in seinen Sarg.

Als ich Farriers Autopsiebericht las, hörte ich

Avas Stimme die Ergebnisse für die Niederschrift laut aussprechen. »*Quetschungen über den Rippen, herbeigeführt durch heftige Schlageinwirkungen vor Eintritt des Todes und übereinstimmend mit einer abgerundeten Schuhspitze, Sportmodell oder Ähnliches – Mutmaßung: Zwei harte Tritte, während das Opfer am Boden lag …*«

Ich packte die Unterlagen wieder zusammen und brachte sie zu Vera an ihren Schreibtisch. Als ich mich zum Gehen umwandte, schnippte ich mit den Fingern. »Ach, was ich fast vergessen hätte, Veer – ich stelle einen zeitlichen Ablauf zusammen und müsste mal den Dienstplan von Mai einsehen.«

Sie schaute mich über ihre Lesebrille an. »Jeder monatliche Dienstplan kommt in eine Akte und geht direkt an Dr. Peltier. Die Unterlagen sind im Aktenschrank in ihrem Büro eingeschlossen.«

Ich zuckte mit den Achseln. »Kein Problem. Ich gehe sie das nächste Mal durch.«

Auf dem Weg nach draußen kam ich an Clairs Büro vorbei. Die Tür war offen, und während ich hineinschaute, suchte ich nicht mehr als das Bild einer Frau, die ich bewunderte und zu kennen glaubte.

Kapitel 22

»Ich bin nicht zu dem Rave gegangen«, sagte Dale McFetters und strich über seinen spärlichen Schnurrbart. »Ich musste an dem Abend arbeiten. Pizza Junction.« McFetters' Schädel war kahl geschoren, und so wie er sich ständig an den Kopf griff, um unsichtbare Locken zu zwirbeln, war die Verunstaltung erst in jüngster Zeit geschehen. Er lief im Wohnzimmer auf und ab, spielte mit seinen abwesenden Haaren und zog an einem silbernen Ohrring. Seine Jeans machten den Eindruck, in die zweite waschfreie Dekade einzutreten. Er trug kein Hemd und war schmächtig, jeder, der wollte, konnte seine Rippen zählen. Um einen spindeldürren Oberarm war in blauer Farbe so etwas wie ein Stacheldraht tätowiert. »Es hätte mich treffen können, wissen Sie. Ich wäre hingegangen, wenn ich nicht zur Arbeit gemusst hätte.«

McFetters und Jimmy Farrier hatten sich eine Zweizimmerwohnung in der Nähe der Universität geteilt. Billig eingerichtet, gelb angestrichen und blau beleuchtet, ähnelte die Wohnung dem Inneren einer Zitrone.

»Es hat nicht Sie getroffen«, sagte ich und lehnte

mich gegen die grelle Wand. »Es hat Jimmy getroffen. Ich muss wissen warum.«

McFetters warf seine Hände in die Luft. Es waren dreckige Hände, und ich hoffte, nie eine Pizza gegessen zu haben, die er zubereitet hatte. »Das habe ich alles schon der Countypolizei erzählt«, protestierte er.

»Und jetzt erzählen Sie es mir. Fröhliche Weihnachten.«

Er ließ sich in einen ramponierten Sessel fallen, der wahrscheinlich aus dem Sperrmüll stammte. »Ich weiß sonst nichts.« Ein Informatikstudent.

Ich ging durch das Zimmer zu einem Pinnbrett neben dem Telefon, an das Speisekarten von Restaurants mit Lieferservice geheftet waren. Außerdem hingen dort ein paar Fotos. Eines zeigte Farrier und McFetters, wie sie sich in dem kleinen Vorgarten ihres Hauses in einem Liegestuhl sonnen. Ich beugte mich vor und betrachtete es genauer. Die Jungen trugen keine Hemden und blinzelten gegen das grelle Sonnenlicht. Jimmy sah etwas verwirrt aus, während McFetters sich in die Pose eines Gangsta Rappers warf. McFetters' Körper war blass und mager, Jimmy Farriers gebräunt und kräftig. Sein Gesicht wirkte sanft, einem Kind näher als einem Erwachsenen, bartlos, ein verletzlicher Blick in den Augen, Akne auf Wangen und Stirn. Es war offensichtlich, dass er trainiert hatte. Bizeps und Trizeps waren fest und traten deutlich hervor, seine Schultern waren breit, seine Brustmuskulatur wölbte sich. Waschbrettbauch über der abgeschnittenen Jeans. Unter seinem Bauchnabel sprang ein kleiner Schwertfisch. Das mit einem Datum versehene Foto war fast ein Jahr alt.

Ich wandte mich wieder an McFetters. »Ist Jimmy zu dem Rave gegangen, um jemanden zu treffen, Dale?«

Er zuckte mit den Achseln. »Hat er nichts von gesagt. Vielleicht.«

»Hatte er eine feste Freundin oder sonst eine weibliche Bekannte?«

McFetters betrachtete die Zitronendecke und strich über seinen Oberlippenflaum. »Weiber? Er hatte irgendwie mehr Hoffnung als Glück.«

»Also kein Aufreißer.«

Sein Lachen erinnerte an das *Arwk* eines Seehundes. Wenn er in die Hände geklatscht hätte, hätte ich ihm einen Fisch zugeworfen. Ich sagte: »Hat er mal versucht, Mädchen durch Kontaktanzeigen kennen zu lernen?«

McFetters sah mich komisch an, rutschte dann von seinem Sessel und ging in Farriers Schlafzimmer. Er kehrte mit einer alten Ausgabe von *News-Beat* zurück, die bei den Kontaktanzeigen aufgeschlagen war.

»Lag neben seinem Bett«, sagte McFetters. »Er hat immer Kontaktanzeigen gelesen. Hat Briefe geschickt, aber ...« McFetters zuckte mit seinen knochigen Schultern.

Ich sagte: »Sie wissen nichts von Antworten?«

»Mmmh.«

»Ist sein Zeug noch in seinem Zimmer?«, fragte ich.

»Seine Mutter meinte, sie wollen vorbeikommen und seine Sachen abholen, aber bisher waren sie noch nicht da.«

Ich stand auf. »Was dagegen, wenn ich mich mal umschaue?«

Er deutete in Richtung von Jimmys Tür. »Toben Sie sich aus.«

Ein typisches Studentenzimmer. Poster einer Band, von der ich noch nie gehört hatte. Dürre, androgyne Typen in schwarzen Klamotten und mit geschminkten Schmollgesichtern. Von einer Brauerei gesponserter Nihilismus. Das Bett war gemacht. Auf einem Schreibtisch in der Ecke stand ein Computer. Auf einem Regal befanden sich Lehrbücher, zwischen den Seiten steckten Zettel. Neben einer Trainingsbank lagen Gewichte verstreut. Im Schrank entdeckte ich die üblichen Klamotten, dazu ein Skimboard und eine anständige Schnorchelausrüstung.

Ich zog die oberste Schreibtischschublade auf. Bleistifte, Kugelschreiber, Heftklammern, Post-its. Stundenplan. Ein kleines, gerahmtes Foto von Farrier mit Mom und Dad und der kleinen Schwester. Im Hintergrund Berge, alle lächeln, die Arme über die Schultern des anderen gelegt. In ihren Gesichtern konnte man echte Zuneigung ablesen, eine Nähe untereinander. Darunter lag ein loses Foto: Farrier und seine Mutter zum High-School-Abschluss. Der Junge in seiner schwarzen Robe, seine Mom neben ihm hatte ihren Kopf an seine Schulter gelegt. Stolzes Lächeln. Man konnte sehen, dass sie glücklich waren und sich wohl miteinander fühlten. Mir fiel auf, dass die Fotos zwar nicht offen auf dem Schreibtisch lagen, wo sie sein Mitbewohner oder Besucher sehen könnten, aber auch nicht verkehrt herum in der hintersten Ecke des Schrankes versteckt waren. Ich untersuchte die Seitenschubladen. Die obere enthielt Notizbücher verschiedener Kurse, die untere ein Sixpack Coors

Light und eine Zwölferpackung Kondome, noch ungeöffnet.

Feiere weiter, Jimmy, wo immer du bist.

Ich warf den Computer an und suchte nach Dateien unter den Suchbegriffen Kontaktanzeigen oder *NewsBeat* ... nichts. Danach ging ich Datei für Datei durch und entdeckte unter *Versch.* eine Unterdatei namens *PerBr*. Es war eine Abkürzung für Persönliche Briefe und enthielt seine Antworten auf Anzeigen in *NewsBeat*, insgesamt sieben Stück in den acht Monaten seit Neugestaltung des Magazins.

Jimmys Antworten auf die Anzeigen folgten immer dem gleichen Muster:

Liebe (Chiffrenummer),

ich habe deine Anzeige im NewsBeat gelesen und würde dich gerne kennen lernen. Mein Name ist JIMMY, ich studiere Informatik an der USA. ICH LIEBE den Strand und wäre jeden Tag dort, wenn ich nicht zur Uni oder lernen müsste. Ich bin ein ziemlich ruhiger Typ, kann aber auch aus mir herausgehen, wenn ich mit dem richtigen Menschen zusammen bin. Ich habe dunkelbraune Haare und blaugrüne Augen und mache gerne Muskeltraining. Ich würde mich sehr FREUEN, dich kennen zu lernen, vielleicht können wir uns bald treffen. In der Nähe der USA ist das CUPPA, dort gibt es Kaffee und mittwochs, freitags und samstags Livemusik. Wir könnten uns dort treffen, vielleicht hast du aber auch einen anderen Vorschlag. Ich hoffe, von dir zu hören.

Jimmy

Ich druckte die Briefe und Jimmys Liste der Antwortdaten aus und ließ Dale McFetters in seiner Zitronenwelt zurück.

»Cutter hat seine Opfer *per Anzeige* gesucht, Carson?«

Ich verschränkte meine Arme hinter dem Kopf und betrachtete den grauen Himmel des Wagens. Neben dem Deckenlicht war ein Fußabdruck. Er schien meine Größe zu haben. Hinter uns hupte es und Harry gab Gas.

»Das ist eine Möglichkeit. Deschamps hat Talmadge über die Kontaktanzeigen im *NewsBeat* kennen gelernt. Und jetzt kommt heraus, dass auch Farrier auf Anzeigen reagiert hat.«

Ich reichte Harry einen von Farriers Briefen über die Lehne. Er las ihn beim Fahren, was mich immer nervös machte. Eine Minute später flatterte der Brief zurück.

»Okay, Cars. Nehmen wir an, der Mörder hat Farrier auf diese Weise ausgewählt. Warum hat er mit ihm dann nicht das Gleiche gemacht wie mit den anderen?«

»Keine Ahnung. Irgendetwas an Farrier hat ihm nicht gepasst.«

Ich starrte auf die vorbeirauschenden Baumwipfel. Irgendetwas störte mich, irgendeine Dissonanz, aber ich bekam sie nicht zu fassen. Im Geiste kehrte ich zurück zu einem Foto von dem Tattoo auf Farriers Brust: fesch und auffällig, farbig wie ein Cartoon in der Sonntagszeitung. Dann sah ich die lächelnden Gesichter auf den Fotos in Jimmy Farriers Schreibtisch vor mir. Hörte die besorgte Stimme seiner Mutter …

»Jimmy, eine Tätowierung? Das tust du nicht. Es passt nicht zu dir.«

»Keine Sorge, Mom«, entgegnet Jimmy lächelnd. *»Es ist nur ein …«*

Ich klopfte meine Taschen ab, fand mein Handy, suchte eine Nummer, die ich gerade gespeichert hatte, wählte.

»Häh?«, meldete sich die Stimme.

»Dale, hier ist Detective Ryder. Ich war gerade bei Ihnen.«

»Äh, ja. Ich erinnere mich.«

»Erzähl mir von Jimmys Tätowierung, Dale. War der Schwertfisch echt?«

Verwirrung. »Der Fisch? Das war so ein Bild.«

»Ich weiß, Dale. Aber es war keine echte Tätowierung, die unter die Haut ging, oder?«

Wieder das *Awrk* des Seehundes. »Nee, ey, doch nicht bei Jimmy. Das war ein Temptoo, wie ein Aufkleber. Ein Rubbelbild. Man trägt es mit Wasser auf und reibt es mit Benzin ab. Normalerweise sieht man, dass sie nicht echt sind, die Farben sind irgendwie intensiver.«

»Hat Jimmy häufig solche Bilder getragen?«

Eine lange Pause. »Mmh, nur wenn wir an den Strand sind oder so. Oder bei einer Party. Wenn wir nach Hause kamen, hat er es wieder abgerieben, weil er Angst hatte, dass seine Eltern unangemeldet auftauchen. Das haben die öfter gemacht. Er hatte Schiss, dass sie ausflippen und denken, er wäre ein Biker geworden oder so.«

»Nur noch ein paar Fragen, Dale. Als Jimmy auf diese Kontaktanzeigen reagiert hat, da hat er doch wahrscheinlich Fotos von sich mitgeschickt, oder?«

Während wir weiterfuhren, entstand wieder eine lange Pause. »Bilder. Genau. Ich habe letzten Herbst deswegen sogar mal welche von ihm am Strand gemacht.«

»Hatte er sein Hemd ausgezogen?«

»Er hatte nur eine Badehose an.«

»Denken Sie mal genau nach, Dale. Hat er auf den Fotos ein Tattoo getragen? Den Schwertfisch mochte er ja anscheinend. Trug er den Fisch auf der Brust?«

Wir fuhren drei Blocks. Ich sagte: »Dale, sind Sie noch da?«

»Ich, äh, überlege.«

Ich entschuldigte mich für die Störung. Drei weitere Blocks zogen vorbei. »Jetzt erinnere ich mich, ey«, platzte McFetters heraus. »Er hat mir erzählt, dass manche Weiber auf Tattoos stehen und andere nicht. Er wollte keine mit dem Bild abtörnen, verstehen Sie?«

Kein Tattoo.

Auf jeden Fall nicht auf den Fotos, die er an den *NewsBeat* geschickt hatte. Jimmy Farriers Bauch war makellos wie ein Babypopo. Für den Rave hatte er sich jedoch ein Temptoo aufgeklebt, weil er wahrscheinlich dachte, es wäre cool. Ich schaltete das Handy aus und steckte es in meine Tasche. Harry musterte mich im Rückspiegel; er hatte Fragen, wusste aber, dass ich noch an den Antworten arbeitete. Ich legte mich zurück auf den Sitz und schloss die Augen.

Nähere dich dem Tatort, sagte ich mir im Geiste. *Schau dir den Rave an …*

Ich stand auf einem Wassermelonenfeld und beobachtete die Tänzer, schwitzende Erscheinungen mit glitzernder Halskette und einer Wasserflasche in der Hand. Etwas abseits sah ich einen babygesichtigen Jungen, der mit seinem Kopf zur Musik wippte und aus einer Bierflasche trank. Er war gehemmt und traute sich nicht in die Menge. Er wartete auf jemanden, auf jeden Fall hoffte er darauf. Aus der Finsternis des Waldes schwebt ein Schatten auf ihn zu. Getuschel, vielleicht zeigt er ihm auch etwas: ein Bier, einen Joint, eine Pille.

»Komm schon, Kumpel, mach dich locker, das ist 'ne Party hier, sei cool …«

Sei cool, der Lockruf für die Jugend. Das Paar stolpert durch die Melonen, steigt über ein kopulierendes Paar, geht an einem Mann vorbei, der einer Melone von Gott erzählt. Für die tanzende, berauschte und von der Musik betäubte Masse ist das Paar unsichtbar. Dann streifen die Äste der Bäume durch ihre Gesichter und der Rave wird zu einem Leuchtfeuer in der Ferne. Ein Klaps auf Farriers Schulter, und als er sich umdreht, empfängt ihn ein entfesselter Schmerz und ein dunkler, sickernder Geschmack weit oberhalb seiner Zunge. In dem dichten Wäldchen am Rande des Feldes stürzt er zu Boden und bleibt auf der Seite in einem ausgetrockneten Graben liegen. Der Schatten hat eine Taschenlampe, einen Stift und irgendwo ein langes, scharfes Messer. Farriers Hose wird geöffnet, alles wird zum Schreiben vorbereitet. Sein Hemd wird hochgezogen …

Das Tattoo.

Fast genau in der Mitte. Blau und rot und grün auf der gebräunten Haut. Alles ist zunichte gemacht, die ganze Arbeit, die ganze Observation, alle Möglichkeiten. Alles ruiniert. Voller Wut tritt der Mörder zweimal auf Farrier ein und lässt ihn hilflos zurück, ohne den Kopf zu entfernen. Farriers beschädigtes Gehirn schüttet Erinnerungen aus, bis nichts mehr bleibt als die Urinstinkte; er stirbt mit seinem Mund im Dreck beim Versuch zu nuckeln.

Plötzlich saß ich kerzengerade und klopfte auf Harrys Schulter. »Der Farrier, den der Mörder gefunden hat, war nicht der Farrier, den er wollte«, sagte ich. »Fahr rechts ran.«

Er riss das Lenkrand herum und wir schleuderten auf den Parkplatz einer Waschanlage. Sechs schwarze Typen polierten einen weißen Mercedes. Neugierig beobachteten sie, wie ich aus der hinteren Tür stieg und mich nach vorn setzte. Als sie Harry anschauten, sahen sie die Augen eines Cops und widmeten sich eilig wieder ihrer Politur.

»Cutter hat Farrier durch ein Foto ausgewählt, das der Junge seinem Brief beigelegt hat«, erklärte ich und schloss die Tür. »Auf dem Bild war Farrier nicht tätowiert; er hat falsche Tattoos benutzt, Rubbelbilder, die er nur gelegentlich trug, wie bei dem Rave. Cutter hat ihn aus der Menge gepflückt und getötet, aber als er das Hemd hob, um zu schreiben …«

Harry nickte. »Überraschung. Der Junge hatte schon Tinte auf der Haut.«

»Aus irgendeinem Grund hat ihn das Tattoo davon abgehalten, Farrier zu enthaupten.«

Harry hob seine Hand, um mich zu bremsen. Spielte den Anwalt des Teufels. »Vielleicht wurde Cutter nur gestört.«

»Laut Sergeant Tate hätte Cutter dort alles tun können, was er wollte.«

Harry überlegte einen Moment. »Jerry-Boy hatte

auch ein Tattoo, Carson. Den Drachen. Trotzdem hat er seinen Kopf verloren. Wie erklärst du dir das?«

Mein Rücken begann zu kribbeln, ich spürte, dass eine Lösung des Problems vor mir lag. Als gäbe es ganz in der Nähe eine unsichtbare Linie und wir müssten nur blind mit ausgestreckten Armen weitergehen, bis wir sie berührten. Im Geiste sah ich die Fotos aus der Gerichtsmedizin vor mir und blätterte sie durch. Die Totenflecken auf Deschamps und Nelson, zwei Rücken so dunkel wie ein einziger blauer Fleck. Die Vorderseiten der Leichen waren heller, fast natürlich, weil sich dort kein Blut gesammelt hatte und geronnen war.

»Die livide Verfärbung«, flüsterte ich. »Deschamps und Nelson lagen auf dem Rücken, Harry. Das Blut hat sich nicht auf der Vorderseite ihrer Leichen gesammelt und sie verfärbt. Er wollte nicht nur, dass sie auf dem Rücken liegen, damit er seine Botschaften schreiben konnte – ihm kommt es auf die Vorderseite der Leiche an.«

Harrys Daumen trommelten auf das Lenkrad. »Farrier lag auf der Seite, weil es bei ihm egal war?«

»Genau. Sobald Cutter das Tattoo gesehen und es irrtümlich für echt gehalten hatte, wurde Farrier nutzlos.«

»Die äußere Erscheinung«, grübelte Harry. »Körperkunst, der Körper als Kunstwerk. Könnte es das sein? Der Körper als sein größtes Kapital? Etwas so simples wie ein Foto eines perfekten Körpers? Die perfekte Leiche, um seine perfekten Botschaften an wen auch immer zu schicken?«

»Der perfekte Botschafter. Verdammt, Harry, was,

wenn er Inkarnationen wie in der indischen Awatara verschickt?«

»Kopien von sich?«, fragte Harry.

»Eher Stellvertreter«, sagte ich.

»Wo führt uns das hin, Carson? Sag an.«

Ich spürte, wie etwas über meine Hand strich, der Faden eines Netzes. Ich schloss meine Augen, aber es war verschwunden. Ich erzählte Harry von den Dienstplänen im Gerichtsmedizinischen Institut, und dass ich hoffte, sie durch Will Lindy zu erhalten. Wir widmeten unsere Aufmerksamkeit wieder Farrier und seiner Verbindung zum *News-Beat*. Ich schaute auf meine Kopien von Farriers Antwortbriefen.

»Ich weiß, wann Farrier auf Anzeigen reagiert hat. Zur Überprüfung fehlen mir aber die Anzeigen, auf die er sich bezogen hat.«

Harry runzelte mit der Stirn. »Nur die Anzeigen, mehr brauchst du nicht? Die Originale aus der Zeitung?«

»Das Büro des Magazins ist in Flammen aufgegangen und mit ihm das ganze Archiv, aber durch die Nummern wissen wir, auf welche Anzeigen Farrier reagiert hat, jede hat eine Chiffrenummer. Vielleicht klammere ich mich an einen Strohhalm, aber …«

Harry dachte einen Augenblick nach. Er sagte: »Erinnerst du dich an den Typen in der Nähe von Flomaton? Der in seinem Haus jede Landkarte sammelt, die er in die Finger kriegen kann? Stand letztes Jahr in der Zeitung.«

Ich erinnerte mich, die Geschichte war zu sonderbar, um sie zu vergessen. Ich hatte den Artikel ausgeschnitten und in meinen Verrückte-Welt-Ordner geheftet. »Landkarten aus jeder Gegend, aus der ihm eine geschickt wurde. Tokio. Murmansk. Ulan-Bator. Satellitenkarten, topografische Karten, Karten über geologische Verwerfungen, Bevölkerungsdichte oder Hunde pro Quadratkilometer.«

»Landkarten sammeln. Wie würdest du das beurteilen?«

Ich durchsuchte meine Datei für Fachjargon. »Obsessiv zwanghaftes Verhalten. Je nachdem, welche Absicht er mit den Karten verfolgt, vielleicht sogar ein illusionäres Verhalten.«

Harry legte einen Gang ein und setzte den Wagen mit quietschenden Reifen vor eine Schlange Fahrzeuge, die gerade aus der Waschanlage kamen und wie wir vom Parkplatz wollten. Böses Gehupe folgte uns die Straße hinab.

»Apropos Absicht«, meinte Harry, ohne sich um den Lärm zu scheren. »Ich möchte, dass du dir einen Ort anschaust und mir sagst, ob er wirklich existiert.«

Kapitel 23

Die zweigeschossige Bretterbude stand auf einem dunklen, mit Kudzu überwucherten Areal, die breiten Blätter des Schlinggewächses verhüllten Bäume, Strommasten und den größten Teil des Hofes. Wir parkten auf der holprigen Schotterstraße und gingen an zwei ramponierten Fahrrädern vorbei, die an einem Pekanbaum lehnten. An einem der Fahrräder hing ein Red-Flyer-Anhänger. Auf der Kiesauffahrt stand eine alte Checker-Limousine, deren Farbe so ausgeblichen war, dass sie sich in Luft aufgelöst zu haben schien. Ein Autonarr hatte mir einmal erzählt, dass die Checkers der Taxiunternehmen, sobald der Tacho die fünfhunderttausend Meilen überschritten hat, an die mexikanische Armee verkauft werden, wo man sie mit Geschützen ausrüstet und als Panzer benutzt. Ich wusste nie, wann er mich auf den Arm nahm.

Vom nahen Schrottplatz hörten wir Kräne, die Metall in Güterwaggons kippten. Die Luft roch nach Rost und Salzwasser. Eine volle Minute nachdem Harry geklopft hatte, hörte ich, wie die Riegel aufgeschoben wurden. Als sich die Tür öffnete, stand ein verhutzelter und kahlköpfiger Schwarzer vor uns, der über einem ausgefransten weißen Hemd mit schwarzer Fliege einen ausgeblichenen Blaumann trug. Er könnte sechzig, genauso gut aber auch dreihundert Jahre alt gewesen sein. Mit einer Verbeugung sagte er: »Die Nautilus ist aufgetaucht.« Das wiederholte er wie eine Beschwörungsformel dreimal.

Wir betraten ein großes Foyer, in dem die Farbe von den Wänden blätterte. In einem Zimmer zur Rechten standen ein Schreibtisch und ein Bügelbrett. Auf dem Brett stapelten sich mehrere Zeitungen, aus einem uralten Bügeleisen stieg Dampf zur hohen Decke auf. Ich spähte in drei Nebenräume. Zeitungen bis unter die Decke. Der alte Mann musterte mich misstrauisch, als könnte ich einer beißenden Spezies angehören.

»Haben Sie schlechte Nachrichten mitgebracht?«, fragte er leise. »Forderungen des Staates?«

Mir fiel ein Zitat aus einem Seminar in Politikwissenschaft ein, das ich besucht hatte. »Vor die Wahl gestellt zwischen einer Regierung ohne Zeitungen und Zeitungen ohne Regierung, würde ich mich ohne Zögern für Letzteres entscheiden.«

Der alte Mann studierte mein Gesicht, als wollte er es sich einprägen. Er nahm meine Hand und drückte sie, verbeugte sich dann und berührte mit seiner Stirn meine Finger. »Ich kenne die gleichen Lieder wie Thomas Jefferson«, flüsterte er.

Ich konnte nur nicken. *Selbstverständlich.*

Harry erklärte, wonach wir suchten. Der alte Mann führte uns durch ein Gewirr von Zimmern, durch besonders enge Passagen mussten wir seitwärts gehen, wobei wir mit den Nasen an vergilbte

Zeitungen stießen. Er hatte eine seltsame Art zu gehen, teils rutschte er über den Boden, teils machte er kleine Sprünge, als würde er von Stein zu Stein über einen Fluss hüpfen. Wir mussten uns beeilen, um ihn nicht aus den Augen zu verlieren. Die Stapel, an denen wir vorbeikamen, waren akkurat aufgetürmt, die gefalteten Zeitungen waren so gestapelt, dass auf eine dünnere Kante immer eine dickere Falz folgte. Hätte ich eine Wasserwaage dabeigehabt und sie auf die oberste Zeitung eines beliebigen Stapels gelegt, so wäre die Luftblase mit Sicherheit in der Mitte gewesen.

Ich las die Namen von Tageszeitungen großer und kleiner Städte ganz Alabamas: *Mobile Register, Dothan Bugle, Jackson Daily News, Huntsville Times, Cullmann Times.* »*New York Times?*«, fragte ich. »*Washington Post?*«

Er schüttelte den Kopf. »Gehören nicht in meinen Zuständigkeitsbereich.«

Wir schlichen an knarrenden Stühlen vorbei, auf denen jahrealte Ausgaben des *Montgomery Advertiser* lagerten. Von einer Titelseite grinste ein spröde gewordener und vergilbter Richard Nixon. In einem dunklen Zimmer ging das Licht an, und der alte Mann führte uns zu einem kleinen Zeitungsstapel in der Ecke.

»*Mobile NewsBeat*«, zitierte er von einer sorgfältig getippten Karteikarte in seinem Kopf. »Erscheint wöchentlich jeden Donnerstag. Die erste Ausgabe erschien am 11. Mai 1996. Aufgrund finanzieller Schwierigkeiten wurde die Publikation am 17. August 2002 eingestellt. Nach Erwerbung durch einen neuen Besitzer im letzten Oktober Wiederaufnahme der Publikation.«

Harry nickte. »Wenn möglich, würden wir uns gerne die letzten Ausgaben ausleihen.«

Der alte Mann verbeugte sich erneut. »Alles was Sie wollen, Harry Nautilus.«

Als sich Harry zu den Zeitungen hinabbeugte, wandte sich der alte Mann flüsternd an mich. »Vor fünf Jahren hatte ich mein Archiv in Mobile. Die Stadt nannte es ein öffentliches Ärgernis und eine Feuergefahr und war kurz davor, alles auf die Müllkippe zu bringen. Harry Nautilus hat dieses Haus gefunden und uns beim Umzug geholfen.« Er warf einen unsicheren Blick zu Harry und raunte dann: »Er kann sein wie der Teufel, aber manchmal wachsen ihm Flügel, diesem Harry Nautilus.«

Wir verfolgten unsere willkürliche Route zurück, wobei Harry den kleinen Stapel auf seinen abgewinkelten Armen trug wie eine Krone auf einem Samtkissen. Der alte Mann folgte uns und nickte zufrieden. Mein Blick fiel auf einen kleinen Stapel Zeitungen, an dem wir vorbeikamen. Ich nahm die oberste und wandte mich dann mit einem fragenden Blick an den Mann. In der Hand hielt ich die jüngste Ausgabe von *Le Monde*.

»Ein sündiges Vergnügen«, sagte er und lächelte wie *Mona Lisa*.

Wir kehrten ins Büro zurück und vertrieben zwei Binokel spielende Hausmeister aus dem kleinen Versammlungszimmer. Ich rief Christell Olivet-Toliver wegen der Chiffrenummern der Kontaktanzeigen an. Sie war erfreut, als ich ihr sagte, dass wir ihr Ausgaben des *NewsBeat* bis zurück zum November ausleihen könnten, und fragte auch nicht nach, als ich sie bat, die Zeitungen vor der Rückgabe zu bügeln. Dann erklärte ich Harry Christells Chiffresystem, und wir begannen die Anzeigen zu überprüfen, ausgehend von Farriers jüngsten Antworten.

Harry streckte seine Arme aus, bis er die kleine Schrift lesen konnte. »Noch einen Zentimeter und ich brauche eine Brille«, sagte er und las eine Anzeige vor. »›Brauche einen Freund. W, 24 J. sucht Freundschaft, später vielleicht feB mit attraktivem, humorvollem, ehrlichem Mann zw. 22–24. Ich mag Spaziergänge, Tanzen und Kuscheln und liebe den Strand.‹ Was bedeutet feB?«

»Feste Beziehung.«

Harry brummte. »Ich dachte, es wäre die Kurzform für fesselnde Begierde. Eine Form, wie Singles Gefühle ausdrücken.«

»Farrier war gern am Strand. Wahrscheinlich hat er wegen des Hinweises auf den Strand auf diese Anzeige geantwortet.«

Harry blätterte durch eine andere Zeitung und las eine weitere Anzeige vor. »›Verwandte Seele gesucht. Aktive, extrovertierte W, 27, bl. Haar und br. Augen sucht süßen Seelenverwandten für gutes Essen, Kino, Mondscheinspaziergänge am Strand. Er sollte fit sein und gerne Sport treiben. Erst Freundschaft und dann …?‹«

»Wieder der Strand. Fitnessaspekt. Nichts Auffallendes.«

Die nächsten vier Anzeigen gingen wir schnell durch. Stilistisch und inhaltlich waren sie alle Kopien der ersten beiden, und allmählich verlor ich die Hoffnung. Harry nahm die letzte Ausgabe. Er schlug die Zeitung auf und fuhr leise lesend mit seinem Finger die Seite hinab. Dann hielt sein Finger inne und ging zurück. »Schei-ße«, zischte er, drehte die Zeitung um hundertachtzig Grad und tippte mit einem Finger auf die Anzeige. Als ich sie las, wusste ich plötzlich, dass nicht nur Gebete, sondern auch Albträume erhört werden konnten.

Neu in der Stadt und auf der Suche nach dem Besonderen

W sucht M. Ich habe ein absolut wahnsinniges Verlangen nach einem Mann, 20-30/180-185/85-90. Ich liebe eine glatte, unbehaarte Brust, deutlichen Bizeps und kräftige Schultern. Keine Blinddarmnarben oder andere Makel. Ich liebe flache Bäuche. Ich, leitende Angestellte, 170/60, habe blondes Haar, lange Beine, eine große Oberweite und viele Geheimnisse und besondere Bedürfnisse. Wenn du in einer Beziehung steckst, kann ich sehr diskret sein. Wenn obige Beschreibung genau auf dich zutrifft, antworte BmB (nackt oder in Badehose – wenn du schüchtern bist, muss das Gesicht nicht auf dem Foto sein). Jeder Brief, der innerhalb einer Woche eintrifft, wird beantwortet.

»Gesicht muss nicht auf dem Foto sein«, sagte Harry, »denn du wirst es nicht mehr lange tragen können.«

»Was glaubst du, wie viele Antworten er gekriegt hat?«, fragte ich, erstaunt von der dreisten Rekrutierung.

»Meine einzige entsprechende Qualifikation ist die Größe«, entgegnete Harry, »ansonsten hätte ich den ganzen Tag lang zurückgeschrieben.«

»Terri muss gelogen haben«, sagte ich. »Sie hat Nelson über eine Kontaktanzeige kennen gelernt. Genau wie Cutter.«

Harry sagte: »Es gibt nur zwei Gründe zu flunkern, Bruder, entweder man hat etwas zu verlieren, wenn man es nicht tut, oder man will etwas damit erreichen, dass man es tut.«

Diesmal ließ uns Terri nicht so leichtfertig herein, sie spähte erst eine Weile durch den Spion, bis wir hörten, wie die Kette fiel und der Riegel verschoben wurde.

»GCBC?«, raunte Harry und meinte *Good Cop/ Bad Cop*.

»Immer wieder schön, auf die Klassiker zurückzugreifen. Ich bin der Böse.«

»Ja?«, sagte Terri misstrauisch durch den Türspalt.

»Weitere Fragen«, sagte ich. »Machen Sie auf.«

»Nur ein paar Minuten, Miss Losidor«, sagte Harry entschuldigend. »Dann sind wir schon wieder weg.«

Sie führte uns in die Küche. Sie war nach der Arbeit in einem Supermarkt gewesen und räumte gerade ihre Einkäufe ein. »Ich habe Ihnen neulich alles gesagt«, meinte sie und verstaute eine Zwölferpackung Diätsodawasser unter der Küchenzeile.

Während Harry ihr die Sachen aus den Winn-Dixie-Tüten reichte, lehnte ich mich an die Spüle. »Wir waren mit den Fotos von Jerrold im Game Club. Sie sagten doch, dort hätten Sie Jerrold kennen gelernt, oder? Doch leider konnte sich niemand an ihn erinnern. Können Sie uns verraten, wie Ihre Kellnerin oder Ihr Kellner ausgesehen hat? Wir haben ein paar Fragen an sie oder ihn.«

Terri stellte sich auf Zehenspitzen, um die Erdnussbutter auf das oberste Regalbrett zu räumen. »Ich kann mich wirklich nicht erinnern, äh …«

»Miss Losidor«, fuhr ich sie an, »warum geben Sie nicht zu, dass Sie Jerrold über die Kontaktanzeigen im *Mobile NewsBeat* kennen gelernt haben?«

Ihr Kopf schnellte zu uns herum und die Erdnussbutter fiel herunter und hüpfte über den Boden.

»Ich liebe diese Plastikgläser«, sagte Harry.

Terri drehte sich um. »Ich habe ihn im Game Club kennen gelernt. Wie ich's Ihnen gesagt habe.«

»Sie haben ihn über die Kontaktanzeigen kennen gelernt. Ich weiß es, Detective Nautilus weiß es, und jetzt warten wir nur noch auf jemanden, der es Ihnen sagt.«

Terri dachte einen Moment nach. Ihr Kopf fiel nach vorne, sie rieb ihre Schläfen. Die Geste wirkte wie einer Schulaufführung entnommen.

»Sie haben Recht«, gestand sie, hob ihren Kopf und setzte einen Mitleid erregenden Blick auf. »Tut mir Leid.«

»Es tut Ihnen Leid, dass ich Recht habe?«

»Es tut mir Leid, dass ich Sie in die Irre geführt habe, ich wollte nur …«

»Ich wollte nur wegen Falschaussage ins Gefängnis gehen.«

Sie betrachtete ihre gefalteten Hände. »Meine Mutter hat mir immer gesagt, Kontaktanzeigen wären nur etwas für Leute, die, äh … mehr an Sex als an einer Beziehung interessiert sind. Es war mir peinlich.«

»Denken Sie sich diesen Kram selbst aus oder haben Sie einen Gagschreiber engagiert?« Ich verdrehte meine Augen und kicherte gehässig. Vielleicht war das auch aus einer Schulaufführung.

Harry sagte: »Sei ein bisschen höflich, Carson. Jetzt liegt ja alles auf dem Tisch.«

»Ich kann mir diese Scheiße von ihr aber nicht mehr länger anhören.«

»Hey, passen Sie auf, was Sie sagen«, knurrte Terri, »ich wohne hier, verdammt noch mal.«

Ich sagte: »Stimmt. Sie und Mr Puff. Erinnern Sie sich noch, als wir das letzte Mal hier waren? Als Mr Puff im Schlafzimmer irgendwas umgeschmissen hat?«

Ihre Augen blickten misstrauisch. »Er hat ein Buch vom Regal gestoßen. Warum?«

»War das derselbe Mr Puff, der sein weißes Haar gerne etwas länger und voller wachsen lässt und am liebsten hübsche rosa Halsbänder trägt?«

»Ich verstehe nicht, was das mit …«

»Derselbe Mr Puff, den wir in Ihr Haus laufen sahen, nachdem wir weg waren?«

Terri Losidors Mund machte Formen, aber keine Töne. Es dauerte ein paar Sekunden, bis beides in Einklang kam. »Sie schnüffeln in meinem Privatleben herum. Es wird Zeit, dass Sie gehen.«

Ich sagte: »Haben Sie Jerrold nach der Sache mit dem Geld den Laufpass gegeben? Oder haben Sie ihn weiter gevö…, ich meine gesehen?«

Sie zeigte zur Tür. »Ich möchte, dass Sie beide gehen.«

»Wir bleiben hier, bis wir die Wahrheit hören«, knurrte ich und rückte Losidor auf die Pelle. Ihr vorgeschobener Kiefer wollte stehen bleiben, ihre Füße aber traten einen Schritt zurück.

Harry klopfte mir auf die Schulter. »Carson, beruhige dich und lass mich mit Ms Losidor reden.«

Ich lehnte mich an die Wand und schmollte. Harry

wandte sich an Losidor. »Wir versuchen nur, unsere Fakten auf die Reihe zu bringen, Ma'am.«

Terri wiederholte ihre Behauptungen mit fast den gleichen Worten wie beim letzten Mal. Je länger ich mit Terri zu tun hatte, desto mehr hatte ich den Eindruck, dass sie nur nach außen das Unschuldslamm war. Ich wollte zu ihrem durchtriebenen Kern vorstoßen und schauen, was dort lauerte. Aber uns fehlten die Druckmittel, wir hatten nur ein paar Kieselsteine in der Hand und keine Ahnung, in welche Richtung wir sie werfen sollten. Ich stieß mich von der Wand ab und warf den größten von ihnen. »Ich wette, sie weiß, was Jerry-Boy in Biloxi getrieben hat. Und mit wem er es getrieben hat.«

Der Stein schlug heftiger ein, als ich erwartet hatte – Angst flackerte in Terris Augen auf. Sie überspielte sie mit Lautstärke. »Was soll das? Wovon reden Sie, zum Teufel noch mal?«

»Lady, ich habe drei Leichen am Hals und einen Mörder, der sich durch die Kontaktanzeigen vom *NewsBeat* wühlt. Was ist der wahre Grund, aus dem Sie uns nicht erzählt haben, dass Sie Jerry, die Spaß- und Sexmaschine, durch eine Anzeige kennen gelernt haben?«

Im Takt zu ihren Worten stieß sie mit dem Finger nach mir. »Sie ... sind ... total ... verrückt.«

Harry stellte sich zwischen Terri und mich. »Carson, das bringt uns nicht weiter. Geh irgendwohin und entspann dich.«

Terri heulte, Harry tröstete sie und ich trat zurück an die Küchenzeile. Ein Aschenbecher stand auf der Arbeitsplatte, in dem nur zwei mit Lippenstift befleckte Kippen lagen und etwas, das an eine Insektenpuppe erinnerte. Ich hatte ähnliche Dinger in Aschenbechern auf dem Revier gesehen. Da Terri gerade Harry anschaute, schnippte ich mit einem Fingernagel dagegen.

Erstaunen.

Es fühlte sich richtig an. Konnte das möglich sein? Als ich das Ding einpacken wollte, drehte sich Terri in meine Richtung.

Ich stürzte quer durch die Küche und schob Harry beiseite.

»Ich hab die Schnauze voll von Ihnen, Lady! Wenn Sie weiterhin lügen, werden Sie im Knast aufwachen, wo SIE MEHR LESBEN UM SICH HABEN ALS IN DEN VERFICKTEN NIEDERLANDEN!«

Sie kreischte los und rannte ins Badezimmer. Ich ging zurück an die Küchenzeile, steckte das Ding ein und nickte Harry zu, der mich mit großen Augen anstarrte. *Hauen wir ab!* Losidor beugte sich um den Türrahmen, wackelte mit einer Faust und drohte mit einem Anwalt, wenn wir nicht augenblicklich verschwänden. Harry verließ mit erhobenen Händen rückwärts die Küche und tat so, als würde er mich mit sich ziehen. »Wir gehen, Miss Losidor. Entschuldigen Sie die Unannehmlichkeiten. Mein Partner hat einen furchtbaren Tag, sein Frettchen ist heute Morgen gestorben. Danke, dass Sie sich die Zeit genommen haben. Auf Wiedersehen.«

Wir stiegen in den Wagen. »Ich habe keinen Schimmer, was du da drinnen vorhattest«, sagte Harry, »aber es war oscarverdächtig. Miss Terri hat sich in die Hose gemacht. Ich konnte es riechen.«

»Hat es so gerochen?«, fragte ich und fischte das Ding aus meiner Tasche.

Harry starrte es an. »Kaugummi?«

»Gekaute Zeitung, Harry«, erwiderte ich und ließ den getrockneten Klumpen in meiner Hand springen. »Kennst du zufällig jemanden mit dieser komischen Angewohnheit?«

»Wird Ihnen die Post jetzt schon hierher geschickt?«, wollte Briscoe Shelton wissen. Seine Tür war mit einer Kette verriegelt, und er glotzte durch den schmalen Spalt hindurch. Er trug dasselbe T-Shirt und dieselbe Malerhose wie bei den letzten beiden Besuchen. Dem Klang nach zu urteilen, lief auch derselbe Porno wie beim letzten Mal. Der Mann brauchte Urlaub von seinem Leben.

»Sie haben gesagt, Sie hätten einen Mann zusammen mit Nelson gesehen, einen, der sich hier ab und zu herumgetrieben hat.«

Eine stöhnende Männerstimme von drinnen. »*Oh, Baby, du machst mich so …*« Shelton senkte den Kopf, sein Hals wurde rot. Er konnte verlegen werden, was für eine Überraschung! Ich hatte ein Foto von Burlew aus den Akten kopiert und schwenkte es vor Sheltons Pupillen.

»Ist das der Typ?«

Eine Frau in dem Video machte einen Ton, als würde sie jodeln. Shelton verzog sein Gesicht und sprach lauter. »Mmmh. Der Kopf ist zu fett. Kann er mit den kleinen Schlitzaugen überhaupt was sehen?«

Ich reichte ihm das Foto. »Schauen Sie es sich genau an. Ich muss sicher sein können.«

»Ist er nicht.« Shelton schob es zurück. »Hässlicher Kerl, oder?«

»Groß und hässlich. Aber noch hässlicher als groß. Und er ist verdammt groß.«

Ich steckte das Foto in meine Tasche. Die Schauspieler im Video befanden sich nun in kontrapunktischer Harmonie, der Mann grunzte, die Frau stieß einsilbige Laute aus.

Shelton hob eine Augenbraue. »Groß wie ein Footballspieler? So groß?«

»Eins neunzig oder so, vielleicht hundertdreißig Kilo schwer.«

»Ich habe drüben beim Gebäude B Hecken geschnitten – das ist das Haus, in dem Nelson gewohnt hat – und da habe ich gesehen, wie ein Typ in seinen Wagen gestiegen ist. Vor einer Woche? Hätte keinen Gedanken mehr dran verschwendet, wenn der Typ nicht so ein Gorilla gewesen wäre. Sein Gesicht habe ich nicht gesehen, er hat entweder zur Seite geguckt oder mir den Rücken zugekehrt.«

»Haben Sie diese Frau mal gesehen?« Ich hielt ein Publicity-Foto von Clair hoch. Shelton nahm sich lange Zeit, um es zu betrachten.

»Mmmh, nee. An die würde ich mich bestimmt erinnern.«

Die Frau im Video mimte einen orkanartigen Orgasmus, danach trompetete der Mann. Vielleicht schaute ich Shelton mitleidig an, jedenfalls verfinsterte sich seine Miene, als er meinen Blick bemerkte. Ich dankte ihm, und er schlug mir die Tür vor der Nase zu. Als ich schon fast draußen war, riss er noch einmal seine Tür auf.

»Mir ist es scheißegal, was Sie von mir denken, Sie großspuriger Detective«, schrie er mit sich überschlagender Stimme den Flur hinab. »Meine Frau hängt im Krankenhaus an so einer Maschine, und solange sie noch am Leben ist, werde ich sie nicht betrügen.«

Es war ein langer Weg bis zum Wagen.

Ich fuhr auf den Parkplatz des Gerichtsmedizinischen Instituts. Als ich Clairs glänzenden goldenen Lexus nicht sah, parkte ich und lief hinein. Ich erfuhr, dass sie an einen Tatort in Mount Verson gerufen worden war, aber nicht lange bleiben wollte. Ich sah Will Lindy in seinem Büro, steckte meinen Kopf durch die Tür und wünschte ihm einen guten Morgen. Lindys Büro war groß und beherbergte riesige Aktenschränke, eine lange Kommode und einen Fernsehmonitor. Es gab sogar eine Abstellkammer für seine eigenen Dinge. Er ordnete gerade Videobänder auf einem Regal an und drehte sich um. »Sind Sie gekommen, um mir zu sagen, dass das verdammte Teil gefunden worden ist?«

»Was ist gefunden worden?«

»Der Tisch.« Seine Augen musterten mein Gesicht. »Sie wissen nichts davon? Wir hatten gestern Nacht einen Dieb.«

»Hier drin?«

»Nein, draußen.« Lindy schüttelte belustigt und verwirrt den Kopf. »Jemand hat von der Laderampe einen Autopsietisch mitgehen lassen.«

»Was will man denn mit einem Autopsietisch?«

Er zuckte mit den Achseln. »Er war in einer ungekennzeichneten Kiste, die ungefähr die Größe eines Kühlschranks hatte. Vielleicht haben die Diebe auch gedacht, sie klauen einen Kühlschrank. Ich würde gerne ihre Gesichter sehen, wenn sie die Kiste öffnen ... wenn sie überhaupt wissen, was sie da vor sich haben.«

Ich stellte mir einen Haufen Vollidioten vor, die an dem Metalltisch speisten und sich fragten, warum er Rinnen hatte. »Seit wann werden denn hier Autopsien auf der Laderampe vorgenommen?«

Er lachte leise. »Wir haben es nicht mehr geschafft, ihn vor der Einweihung zu installieren. Der Aufbau kostet Zeit, außerdem braucht man dafür einen Klempner. Diese Woche sollte es über die Bühne gehen. Egal, das ist mein Problem. Womit kann ich Ihnen helfen, Detective?«

»Ich würde gerne die Dienstspläne vom Mai einsehen.«

Er nickte. »Wer gearbeitet hat und wer Bereitschaft hatte?«

»Genau die.«

»Diese Akten sind nicht bei mir. Sie heißen bei uns Tätigkeitsberichte. Dr. Peltier bewahrt sie auf.« Er nahm einen Schlüssel von seinem Schreibtisch, dann schlenderten wir den Flur hinab. Ich warf einen Blick aus dem Fenster und konnte Clairs Wagen nicht auf dem Parkplatz sehen. Er sagte: »Brauchen Sie die Berichte für einen Fall?«

Ich seufzte wie ein Kollege, der sich für Kleinigkeiten die Hacken abrennen musste. »Ich versuche, einen zeitlichen Ablauf zu rekonstruieren. Keine große Sache.«

»Gut. Denn die Berichte sind nicht in Stein gemeißelt. Sie sind eher dafür da, sicherzustellen, dass der Laden läuft. Dr. Peltier ist es sehr wichtig, dass wir immer mit genug Personal besetzt sind und sich Urlaubs- und Arbeitstage nicht überschneiden und so weiter. Sie verbringt eine Menge Zeit außerhalb des Büros und will genau wissen, wer jeweils im Dienst ist.«

Auf Clairs Schreibtisch stand eine große Vase mit frischen Blumen, deren Duft ihr Büro erfüllte. Lindy zog die Akte aus dem verschlossenen Schrank, dann gingen wir über den Flur in einen Kopierraum. Walter Huddleston stand vor den Apparaten und kopierte verschiedene Formulare. Ich nickte, und er versuchte mich mit seinen Blicken zu töten, bevor er verschwand.

Lindy kopierte mir die Akte, brachte sie dann wieder in Clairs Büro und ging zurück, um die Videobänder zu sortieren. Als ich um die Ecke bog, sah ich Clair durch die Eingangstür kommen. Hinter mir war die Damentoilette, in die ich mich augenblicklich flüchtete. Fünf Sekunden später öffnete sich die Tür. Ich schlüpfte in eine Kabine, kletterte auf die Toilette und fragte mich, was ich sagen würde, falls Clair die Tür aufmachen sollte.

Sie nahm die erste Kabine und war innerhalb einer Minute fertig, wobei sie gleichzeitig ihr menschliches Bedürfnis und ein Telefonat mit ihrem Gärtner erledigte. Nachdem sie weg war, schlich ich hinaus und schämte mich weniger, als ich es hätte tun sollen.

Ich stieg in meinen Wagen, legte den Dienstplan auf meinen Schoß und überprüfte die Daten.

Kapitel 24

Das Hinterzimmer von Mr Cutters Haus war immer sicher und ruhig, es war sein zweitliebster Ort auf der Welt. Der liebste war das Boot, immer das Boot. Obwohl das Boot in seiner Kindheit anders ausgesehen hatte als das jetzige, war es dasselbe Boot. Die Welt nimmt dir die Dinge weg, wirbelt sie durcheinander und verändert vielleicht ihr Äußeres, aber dann stellt sie sie wieder auf deinen Weg.

So wie das Boot. Wie Mama.

Er hätte kichern können. Er rollte mit dem Stuhl nach vorn, und nachdem er die Knöpfe gedrückt hatte, sah er, wie Mama ihm Lügen erzählte, und hörte den langsamen und präzisen Ton, den sie liebte. Mit ein paar Bewegungen seiner Hände ließ er sie dann die Worte verschlucken und rückwärts in ihrem Mund verschwinden. Er arrangierte die Worte genau so, wie er wollte. Mamas Kopf bewegte sich auf ihn zu. Er hielt die Bewegung an und ließ sie dann rückwärts laufen. Wie gerne hätte er ihr den Kopf auf ihrem hübschen, abscheulichen Hals verdreht.

»Boston«, sagte er. Dann wiederholte er das Wort und zog es in die Länge: »Bosssston.« Es klang gut. Auf die gleiche Weise probierte er Kokomo, erst kurz, dann lang. Er schrieb die Worte auf eine Karteikarte, fertig für den Gebrauch. Das war harte Arbeit, hier im Dunkeln mit seinen Bildern. Zuhören, analysieren. Dagegen war das Aufspüren von Junge-Mann-Krieger ein Kinderspiel gewesen.

Licht und Schatten, Wörter und Bilder. Mama und das böse Mädchen.

Dieser Teil des Projektes, in dem das böse Mädchen um Gnade flehte, war am schwierigsten. Er arbeitete mit Steigerungen – Momenten, Silben. Er achtete darauf, dass nicht das gesamte Bild auf einmal erschien, denn sie war zu stark. Sie konnte sein Inneres verändern und ihn anders denken lassen, sodass es den Anschein hatte, als wäre er von einem Ort verschwunden und an einem anderen wieder aufgetaucht.

Oh, verdammt. Als würde sie es in diesem Moment tun. Singen.

Mr Cutter schloss seine Augen und hielt den Atem an. Er zwang sein Herz, die wilden Schläge zu stoppen. Seine Hand hatte schon seinen Gürtel gesucht, doch er zügelte sich.

Kontrolle.

Kontrolle.

Er öffnete seine Augen und seine Hände platzierten sich wieder über seinem Arbeitsbereich. Er ließ Mama ihre Worte verschlucken, und als würde eine anthrazitfarbene Sonne unter einen schneeweißen See sinken, verließ sie Mr Cutter, damit er die Nacht durcharbeiten konnte.

»Burlew muss glauben, dass wir Terri bedroht haben und sie möglicherweise preisgibt, was sie verheimlicht.« Ich blickte mich um, aber niemand hörte uns zu. Alles war still im Büro; Naylor und Scott saßen an einem Schreibtisch und erledigten Papierkram, Pendery flüsterte in sein Telefon und sprach wahrscheinlich mit einem Informanten oder einer seiner austauschbaren, pneumatischen Blondinen. Alle anderen bearbeiteten Spuren oder versuchten, den entsprechenden Eindruck zu erwecken.

Harry spielte mal wieder den Anwalt des Teufels. »Und wenn wir falsch liegen und sie nichts weiß?«

»Sie riecht wie ein Katzenklo, Harry. Hast du selbst gesagt. Mindestens ein Dutzend Mal.«

Wenn Terri keinen Freund hatte, der Holzschliff kaute, dann gab es eine Verbindung zwischen Burlew und Losidor. Die Linien lagen noch weitgehend in einem blinden Winkel verborgen, aber ein paar ausgefranste Enden waren schon zu sehen. Es wurde Zeit, die nächstliegende zu packen und kräftig daran zu ziehen, um zu sehen, was zu straucheln begann.

Harry sagte: »Wenn wir zugeben, auf Nelsons Spuren gewandelt zu sein, wird Squill zum Angriff blasen. Vielleicht kriegt er uns wegen Befehlsverweigerung dran.«

Ein Disziplinarverfahren wegen Befehlsverweigerung bedeutete einen Monat Gehaltsausfall und normalerweise eine Degradierung. Es würde das Ende von PSET bedeuten.

»Das nehme ich auf meine Kappe, Harry. Ich habe Nelsons Wohnung durchsucht und Friedman angerufen.«

Harry schüttelte den Kopf. »Nein, nein, Bruder. Wir sind Partner und dieses Flugzeug ist ein Zweisitzer. Es wird Zeit, dass wir Burlew in die Mangel nehmen. Das Problem ist nur, dass wir nicht wissen, von wo der Wind wehen wird.«

»Dagegen müssen wir uns wappnen.«

Harry schwieg und suchte meinen Blick. »Dir ist doch klar, dass wir vielleicht auch Doc P auf die Pelle rücken müssen, oder? Bist du bereit dazu?«

Der Dienstplan der Gerichtsmedizin hatte meine schlimmsten Befürchtungen bestätigt: Clair hatte im Mai vier Tage Urlaub genommen, drei davon überschnitten sich mit Nelsons Aufenthalt in Biloxi.

Ich nickte. »Ich bin bereit.«

»Nein, bist du nicht«, sagte Harry. »Aber du bist so nah dran, wie du nur sein kannst.«

Squill hatte unsere täglichen Besprechungen auf 17:30 Uhr verschoben. Die Nörgler meinten, das hätte er nur getan, um uns ein bisschen länger vom Abendessen abzuhalten. Wahrscheinlich hatten sie Recht. Die üblichen Leute nahmen teil, darunter auch Burlew. Er lehnte an der Wand und quetschte seine Hände zusammen. Entweder machte er isometrisches Muskeltraining oder er gratulierte sich selbst. Entweder hatte den ganzen Tag der Kaffee auf der Warmhalteplatte geschmort oder jemand hatte in dem Zimmer Teer geschmolzen. Harry raffte seine Papiere zusammen, sah Squill an und legte los.

»Wir haben einen Ermittlungsstrang verfolgt, der mit Nelson zu tun hat. Wir glauben, dass diese Terri Losidor mehr weiß, als sie sagt.«

Ich sagte: »Wir wollen sie zu einem Verhör vorladen. In ihrem Wohnzimmer ist sie cool, deswegen wollen wir ihr ein bisschen auf den Zahn fühlen.«

Burlew hörte auf, seine Hände zu quetschen.

Squill erhob sich halb von seinem Stuhl, sein Gesicht war plötzlich rot. »Nelson? Ich hatte Sie gebeten, sich auf Deschamps zu konzentrieren. Nein, ich habe es Ihnen befohlen ...«

Ich sagte: »Die Kreise der Opfer sind nicht hermetisch voneinander abgeschlossen, Captain. Ihre Wege haben sich vor uns gekreuzt und wir sind wieder auf Nelson gestoßen.«

Er sprach kaum hörbar mit zusammengepressten Lippen. »Alles nur wegen dieser Sache mit dem Karteikasten, richtig? Verschwundene Papiere oder was?«

»Nein«, entgegnete ich und dehnte den Wahrheitsbegriff ein wenig aus. »Es handelt sich um neue Informationen, die sich im Rahmen der Ermittlung ergeben haben.«

Squills Blicke bohrten sich in mich. Auf seiner blassen Stirn pulsierte eine Ader. *Jetzt kommt es*, dachte ich. *Uns wird der Fall entzogen ...*

Ein Stuhl quietschte wie eine verwundete Geige und alle Blicke wandten sich Wally Daller zu. Er hörte auf, seinen Stuhl zu drehen, und verschränkte seine Arme hinter dem Kopf. Dabei öffnete sich sein zerknittertes Jackett so weit, dass es den Blick auf die Krawatte freigab, die schief über seinem dicken Bauch hing. »Ach, zum Teufel, Captain. Spielt doch keine Rolle, solange es uns weiterbringt. Darum geht es doch, oder? Dass wir den verdammten Fall lösen.«

Squill wollte etwas sagen, aber es kamen keine Worte hervor. Eine lange Pause entstand, die Anwesenden begannen zu nicken. Zustimmendes Brummen. Rose Blankenship, die wahrscheinlich genauso die Nase voll davon hatte, uns ständig als Prügelknaben erleben zu müssen, wie wir davon, in der Schusslinie zu stehen, meldete sich zu Wort. »Wenn ihr meint, dass diese Terri eine Spur ist, dann solltet ihr sie hier anschleppen.«

Blasingame klopfte mit den Knöcheln auf den Tisch. »Verdammt, ja. Ich habe genug davon, ständig gegen die Wand zu laufen.«

Hembree von der Spurensicherung sagte: »Die Tatorte waren sauberer als eine Nonnenkutte. Wenn es jemanden gibt, den man in die Mangel nehmen kann, dann sollte man die Gelegenheit beim Schopfe packen.«

»Ich hätte gern einen Durchsuchungsbefehl für ihre Wohnung«, sagte ich. Wir hatten nichts in der Hand, um diese Maßnahme zu rechtfertigen, aber ich war neugierig auf Burlews Reaktion.

Er stand reglos da, als wäre er aus Stein gemeißelt, und atmete nicht einmal.

»Geht nicht«, sagte Tom Mason. »Es sei denn, du hast etwas, worüber du nicht sprichst, Carson.«

»Ich arbeite daran«, entgegnete ich, um anzudeuten, dass wir vielleicht mehr Beweise hatten, als wir verrieten.

Rose meldete sich erneut zu Wort: »Wenn wir sie vorladen und sie schreit nach einem Anwalt, dann sagt uns das doch auch schon was.«

Allgemeines Nicken. Die Dynamik im Zimmer hatte sich Squills Griff entzogen und bewegte sich in Richtung echter Polizeiarbeit. Ich hätte Wally auf seine hohe, rosa Stirn küssen können. Er schaute zu mir herüber und zwinkerte.

Wally, du gerissener Hund ...

Ich hielt das Rad in Schwung. »Ich glaube nicht, dass sie direkt involviert ist, ich halte sie eher für eine Randfigur, aber sie könnte etwas wissen, was mit Nelsons letzten Tagen zu tun hat. In ihrer Umgebung fühlt sie sich sicher, aber …« Ich machte eine ausholende Handbewegung, die alles mit einschloss: das gesamte Revier, die Geräuschkulisse und die Gerüche und die finster dreinschauenden Männer und Frauen, die mit großen Knarren umhermarschierten. »… wir wissen alle, was ein bisschen Atmosphäre bewirken kann.«

Harry nahm die Zügel in die Hand. »Terri ist nie mit dem Gesetz in Konflikt geraten, wahrscheinlich ist sie noch nie auf einem Polizeirevier gewesen. Sie wird selbstsicher reinkommen und zwei Minuten später alles ausplaudern.«

Ich blickte verstohlen zu Burlew. Auf den ersten Blick wirkte er gelassen. Aber ich bemerkte Furcht in diesen winzigen Augen und Schweißflecken unter seinen Achseln. Squill sah verwirrt aus, als wäre ihm etwas Wichtiges entgangen und er wüsste nun nicht, ob er vorwärts stürmen oder sich zurückziehen sollte.

Sergeant Bertram Funk steckte seinen Kopf durch die Tür. »Ist dies die Besprechung zu den Enthauptungsfällen?«

Die Unterbrechung gab Squill die Möglichkeit, wieder in seine Chefrolle zu treten. »Wir sind beschäftigt, Sergeant. Worum geht es denn?«

Funk reichte Squill eine Nachricht. Während er sie las, bewegten sich seine Lippen. Dann stand er auf. »Anscheinend wurde in der Nähe von McDuffie Island ein abgetrennter Kopf gefunden. Er ist bereits auf dem Weg in die Gerichtsmedizin, Dr. Peltier hält sich bereit. Das könnte von Belang für den Fall sein, schauen wir uns an, was die Mediziner zu sagen haben. Ich möchte, dass alle an dem Fall Beteiligten in einer halben Stunde im Gerichtsmedizinischen Institut sind.«

Für den Moment fiel Terri Losidor von der Tagesordnung. Burlew brummte etwas von einem Termin und war verschwunden, bevor die meisten von uns auch nur aufgestanden waren.

Burlew benötigte weniger als eine Viertelstunde, um an Terri Losidors Tür zu hämmern, hineinzurennen und nur Augenblicke später mit einem Aktenordner unter dem Arm zurückzukehren. Terri schlug die Tür hinter ihm zu. Burlew kletterte in seinen ungekennzeichneten Wagen, stopfte den Ordner unter den Sitz und ließ eine blaue Wolke verbrannten Gummis hinter sich zurück.

»Mich beschleicht das Gefühl, dass wir kurz davor sind, dieses Schwein einzulochen«, sagte Harry, während wir hinter einem Müllcontainer auf Terris Parkplatz hervorscherten und Burlew einen Block Vorsprung gaben. »Endlich Taten statt warten.«

»Ratz und fatz«, erwiderte ich, angespornt durch die Herausforderung.

Harry sah mich an, als wäre ich mit einem tellergroßen Fleck auf meiner Hose vom Klo gekommen. »Hoffnungslos«, sagte er und verdrehte die Augen.

Burlew fuhr geradewegs zur Gerichtsmedizin. Den Aktenordner hatte er nicht mehr angetastet, er befand sich immer noch unter seinem Sitz. Ein paar Minuten später tauchte Squill auf, dann gingen die beiden hinein. Burlew betrat das Institut leichtfüßig, als wäre ihm eine Last von den Schultern gefallen.

Harry ließ mich vor der Eingangstür heraus und

ich ging hinein. Drinnen drehte ich mich um und sah ihn neben Burlews Wagen parken. Dann stieg er aus, einen Slimjim in der Hand.

Der Kopf auf dem Autopsietisch befand sich in einem traurigen Zustand. Dunkles Fleisch hing von den Knochen wie nicht fertig getrockneter Kitt. Clair bearbeitete ihn vorsichtig mit glänzenden Instrumenten. Squill lehnte an der Wand und hielt sich drei überlappende Masken vor die Nase. Ich hatte den Eindruck, dass er erst das zweite oder dritte Mal in der Gerichtsmedizin war.

»Wo ist denn Nautilus?«, wollte Squill wissen. Die Masken konnten seine Verärgerung nicht dämpfen.

»Er ist kurz zur Toilette gegangen, Captain.«

Squill machte ein angeekeltes Gesicht, und ich wusste nicht, ob es an Harrys Verspätung lag oder an dem Gestank des verwesenden Kopfes. Burlew wirkte unbeteiligt, seine Kiefer mahlten ein frisches Stück Papier.

»Das ist definitiv Peter Deschamps' Kopf«, verkündete Clair und hielt ein Röntgenbild hoch. »Das Zahnschema bestätigt es.«

»Ist der Kopf beschädigt worden, Doktor?«, fragte ich.

Sie runzelte die Stirn. »Er ist noch nicht einmal eine Stunde hier, Ryder. Ich kann nur sagen, dass ich hinter dem Ohrläppchen ein Loch gefunden habe. Es entspricht der Eintrittsgröße einer Kugel vom Kaliber 22 oder 25. Keine Austrittswunde, es sei denn, die Kugel ist durch ein Ohr oder Nasenloch ausgetreten, was vorkommen kann. Aber es ist so selten, dass ich wette, die Kugel befindet sich noch im Schädel.«

»Rasselt er wie eine Maracas?«, fragte Harry, während er durch die Tür kam. Der Gestank nahm ihm den Atem, sodass er sofort nach seinem Taschentuch griff. Mit tränenden Augen zwinkerte mir Harry zu. Er hatte sich den Ordner geschnappt.

»Nein, Detective Nautilus, das tut er nicht.«

Ich sagte: »Gibt es Hinweise, dass er sonst traktiert oder misshandelt worden ist? Ich meine, soweit Sie das bisher untersuchen konnten, Dr. Peltier. Zum Beispiel Spuren von Schlägen.«

»Ich betone noch einmal, dass wir gerade begonnen haben. Aber im Moment hat es den Anschein, dass der Kopf einfach entfernt und entsorgt worden ist.«

»Er wird nicht erfreut sein, wenn er merkt, dass der Ordner verschwunden ist«, sagte ich zaghaft. Diesmal saß ich auf dem Beifahrersitz; ich war zu aufgeregt, um mich hinzulegen.

Da sich in der Gerichtsmedizin nichts Monumentales ergeben hatte, hatte Squill seine Truppen entlassen. Harry und ich nahmen unsere Verfolgung von Burlew wieder auf. Wir waren fast einen Block hinter ihm und achteten darauf, dass immer ein paar Fahrzeuge zwischen uns fuhren. Harry sagte: »Er hat das Ding weit unter seinen Sitz gestopft. Bis er es nicht dahin geschafft hat, wo es hin soll, wird er nichts merken. Und es sieht so aus, als wollte er nach Hause.«

Burlew wurde langsamer und bog in die Straße, in der er wohnte. Ordentliche, mittelgroße Zweifamilienhäuser, die in den fünfziger Jahren gebaut worden waren, standen im Schatten großer, stattlicher Bäume. Die Gärten waren gut gesprengt und sahen grün und üppig aus. Eine weißhaarige Frau führte einen Golden Retriever Gassi. Die Straße war so gediegen, dass sie sich als Filmset eignete, eine Disney-Straße. Bevor Harry Burlews Adresse herausgefunden hatte, hatte ich gedacht, er wohnt eher auf irgendeiner dreckigen Ranch als in einem dieser Heileweltvororte aus den Fünfzigern. Oder in einem Käfig.

Harry wendete in einer Auffahrt. Wir brachen unsere Verfolgung ab, bevor wir an Burlews Haus vorbeikamen. Ich sagte: »Am besten, wir halten irgendwo an und schauen mal, was für einen Fisch wir geangelt haben.«

Zwei Blocks weiter parkten wir hinter einer Grundschule. Ich streifte Handschuhe über und zog einen Stapel Papiere und einen DIN-A4-Umschlag hervor. Als ich durch die Papiere blätterte, stieß ich auf eine Seite, die aus dem Kleinanzeigenteil vom *NewsBeat* herausgerissen war. Ich las sie laut vor.

»›Außerordentlicher Mann sucht liebevollen Freund – M, 22, bi, zuverlässig. Blaue Augen, rabenschwarzes Haar, sehr gut aussehend und maskulin, toll gebaut, hübsches Lächeln, mal zärtlich, mal stürmisch, mal konventionell, mal experimentell, reist gerne und ist ein wunderbarer Begleiter. Sucht älteren Herrn, distinguiert und großzügig …‹«

»Nelsons Anzeige«, sagte Harry. »Großzügig? Bedeutet das, was ich glaube, Cars? Erst der Zaster, dann das Laster?«

Ich nickte und las die weiteren Beschreibungen und die Bitte um ein Foto.

Harry sagte: »Ist da sonst noch was? Cutters Anzeige zum Beispiel? Oder etwas von Losidor?«

Ich fand eine weitere Anzeige, der anderen sehr ähnlich, aber an Frauen gerichtet. Beides waren ansprechende Anzeigen, und ich dachte, mit ein bisschen Übung hätte Nelson einen guten Werbetexter abgegeben.

Aber das schienen alle den Fall betreffenden Dokumente zu sein. Als wäre der Rest einfach ein Bündel verschiedener Formulare, die zur Lagerung zusammengeheftet worden waren, entdeckte ich nichts weiter von Interesse. Ich legte die Papiere zur Seite und öffnete den Umschlag.

»Ich wette, da sind Bilder von Nelson drin«, sagte Harry. »Lächelnd und hechelnd.«

Ein Stapel Fotos und ein Bogen Negative rutschten aus dem Umschlag. Ich betrachtete das erste Foto. Dann noch eins. Dann blätterte ich sie durch wie ein Kartenspiel.

»Scheiße«, sagte ich und gab die Fotos an Harry weiter. Er schaute sich einige an, dann ließ er sie auf seinen Schoß fallen.

»Und zwar eimerweise«, pflichtete er mir bei.

Kapitel 25

»Das ist schwierig«, sagte Zane Peltier. Er saß auf einem roten Samtsofa und starrte auf den Orientteppich. Neben ihm lag der Ordner. Die Fotos lagen aufgereiht auf dem Kristalltisch vor ihm, verkehrt herum. Harry saß auf einer Klavierbank, hinter ihm schimmerte ein schwarzer Steinway. Ich stützte mich auf einen verzierten Stuhl mit hoher Rückenlehne, irgendein Ludwig der soundsovielte. Mit meinem Ludwig kam ich immer durcheinander.

Clair saß in einem Lehnsessel an der Seite ihres Mannes. Zane blickte sie mit feuchten Augen an. Sie schaute weg.

Die Peltiers wohnten an der östlichen Küste der Bucht von Mobile. Das Anwesen auf einer hohen Klippe mit Blick auf die Bucht war ein Wunderwerk aus Säulen, Bögen und hohen Stuckdecken. In jedem Zimmer hingen Kronleuchter, das Sonnenlicht funkelte durch zahllose Bleiglasfacetten der hohen Fenster. Die Einrichtung entsprach dem Gebäude: Flügel, mächtige Schränke, Büfetts mit Marmorplatten aus seltenem und massivem Holz. Der schneeweiße Teppich machte einen so fließenden Eindruck, dass er eher gegossen als verlegt zu sein schien. Doch trotz der Vielzahl der Gegenstände und Effekte strahlte die Einrichtung keine Atmosphäre aus, ich hatte nicht das Gefühl, dass zwei Menschen in diesen Räumen wohnten, und nahm überhaupt nur geringste Lebensanzeichen wahr. Der einzige Lebenshauch kam von einem Paar alter Laufschuhe unter einer Chaiselongue, Frauenschuhe.

Es war später Nachmittag, Zeit für die vom Golf aufsteigende Feuchtigkeit, landeinwärts zu ziehen und herabzuregnen. Ein typischer Küstenregen; während hier die Sonne strahlte, ging dort ein heftiger Schauer aus blasenförmigen Tropfen nieder. Durch die Giebelfenster sah ich dunkle Schauerwolken am Horizont aufziehen, die wie schwere Bäuche am Himmel hingen. Zwischen den Wolken blickten schmale Adern blauen Himmels hervor, die man erst erkannte, wenn sie direkt über einem waren. Harry rutschte auf der Klavierbank herum. Ich räusperte mich und richtete mich an Zane.

»Sie waren für die betriebswirtschaftliche Seite zuständig«, sagte ich.

Mit feuchten Augen inspizierte Zane seine polierten schwarzen Schuhe. »Ich bin der Geschäftsmann, Clair ist die Ärztin.«

»Sie haben die Firma aufgebaut.«

»Sie hat gelegentlich Hersteller bei der Produktion von neuen Geräten und Instrumenten beraten. Deshalb habe ich damals vorgeschlagen, das Ganze zu einem richtigen Geschäft zu machen, mit Steuern und allem. Bayside Consultations.«

Ich schaute zu Clair. Ihre Miene war versteinert, und ich konnte mir nicht vorstellen, was dahinter vor sich ging. Wir waren gekommen, um mit Zane zu sprechen, aber dann tauchte Clair auf und schnappte sich den Ordner. Sie betrachtete drei Fotos, was mehr als genug war, um sich die ganze Geschichte zusammenzureimen, und reichte sie ohne ein Wort an ihren Ehemann.

Das war vor zehn sehr langen Minuten gewesen.

Ich sagte: »Als Sie Nelsons Leiche im Autopsiesaal gesehen haben, waren Sie deshalb so erschüttert, weil Sie ihn erkannt haben.«

»Seine Hände. Seine Haut. Seine …« Zane ließ sein Gesicht in seine Hände sinken. Seine Fingernägel glänzten wie Muskovit. Er trug einen schmalen, goldenen Ehering und einen breiteren Silberring auf dem kleinen Finger. Clair schüttelte sich und sah weg.

Ich sagte: »Als Sie eine Tarnung für Ihren Ausflug nach Biloxi brauchten, haben Sie ihn auf Spesen von Bayside unternommen. Clair bekam die Abrechnungen nie zu Gesicht.«

Er zwickte seine Nase. »Bei der Steuerabrechnung unterzeichnet sie ein paar Formulare.«

»Sie haben Nelson über den *NewsBeat* kennen gelernt.«

»Eines Tages habe ich eine Ausgabe des Magazins durchgeblättert. Da ist mein Blick auf eine Anzeige gefallen …« Er sah Clair an. »Ich hab nur jemanden zum Reden gesucht, nur zum Reden.«

Clairs Hände begannen zu flattern, doch sie hatte sich schnell wieder im Griff. Zane fuhr fort. »Wir haben uns getroffen und damit hat alles angefangen. Es war … ich weiß auch nicht …«

»Mit seinem Tod haben Sie nichts zu tun, oder?«, fragte ich.

Seine Augen weiteten sich vor Entsetzen. »Mein Gott, nein. Obwohl ...«

»Obwohl er und Terri Losidor Sie am Ende erpresst haben. Sie waren seine Goldader, derjenige, mit dem er geprahlt hat.« Ich nahm an, dass Nelson, als Terri damals Anzeige gegen ihn erstattet hatte, angeboten hatte, den Erlös aus der Erpressung Peltiers zu teilen. Zu der Zeit hatte Terri wahrscheinlich herausgefunden, dass Nelsons Habgier größer war als sein Talent zum Diebstahl, und sich tief in die Planung der Intrige verstrickt.

»Peltiers Frau verreist ein paar Tage? Jerrold, du musst ihn dazu bringen, dass er dich in irgendein schickes Hotel einlädt, wo wir eine kleine Kamera verstecken können ...«

Zane sagte: »Er wollte hunderttausend Dollar.«

»Wahrscheinlich keine besonders große Summe für Sie.«

»Ich kannte Jerrold gut genug, um zu wissen, dass er – dass sie wiederkommen würden. Ich habe mich einem Polizisten anvertraut, der den Sicherheitsdienst bei einigen Veranstaltungen koordiniert hat, die ich ausgerichtet habe – Aktionärsversammlungen, Wohltätigkeitsveranstaltungen und so weiter. Ein Sergeant Burlew.«

»Eine der Vergünstigungen, wenn man zu Squills Truppen gehört«, sagte ich zu Harry. »Man darf sich die gemütlichen Aufträge nach Feierabend herauspicken.«

Zane sagte: »Ich bot dem Sergeant an, ihm zwanzigtausend Dollar zu zahlen, wenn er das besagte Material findet und zerstört.«

Mir war klar, wohin das geführt hatte. »Aber Burlew hat Sie unter Druck gesetzt, richtig?«

»Nachdem Jer… Mr Nelson getötet worden war, meinte der Sergeant, ich stünde nun in Verbindung zu einem ermordeten Homosexuellen mit Vorstrafen wegen Drogen und Prostitution, ein unglaublicher Skandal. Ich würde die Zielscheibe des allgemeinen Spottes werden.«

»Burlew hat da weitergemacht, wo Nelson aufgehört hat, und Sie erpresst, richtig?« Die Linien waren nicht mehr unsichtbar, sie waren nun ein schwarzer Lattenzaun auf einem verschneiten Feld. Als Terri und Nelson ein Team gewesen waren, hatte wahrscheinlich sie die Fotos aufbewahrt. Dass sie das Beweismaterial behalten hatte, bedeutete, Burlew und Terri waren eine neue Partnerschaft eingegangen. Sie hatte sich als unverwüstliche Lady erwiesen.

Zane nickte. »Sergeant Burlew forderte zweihunderttausend Dollar. Und einen Job in einer meiner Firmen.«

»Leiter des Sicherheitsdienstes?«, vermutete ich.

Zane sah mir zum ersten Mal direkt in die Augen. »Er wollte Gartenbauer werden.«

Ich starrte Zane an, als hätte er in Swahili gesprochen.

»Gartenbauer? Sie meinen, wie …«

»Pflanzen, Detective Ryder. Bäume. Blumen. Ich bin Teilhaber einer großen Firma für Landschafts- und Gartenbaubedarf. Der Sergeant wollte Gartenbauexperte werden, er verlangte eine unkündbare Stellung, bis er wünschte, in den Ruhestand zu gehen. Er bestand darauf.« Zane schaute mich an und zuckte mit den Achseln.

»Hat er jemals Captain Squill erwähnt?« Ich versuchte noch, mir Burlew als Gartenbauer vorzustellen.

Zane senkte seinen Blick. »Daran kann ich mich nicht erinnern.«

»Was ist mit dem Feuer beim *NewsBeat*?«

»Der Sergeant machte sich Sorgen, weil die Zeitung sicher eine Kopie meiner Antwort an Mr Nelson hatte, die durch die Ermittlung entdeckt werden könnte. Aber ich habe keine Ahnung, ob er das Feuer gelegt hat.«

»Wenn die Antwort öffentlich geworden wäre, hätte sich Burlews Erpressung erübrigt«, sagte ich. »Aber Sie haben die Zeitung selbst überprüft.«

»Ich bin ein paarmal vorbeigefahren, nur um mich umzusehen, nachzudenken.«

Als wir auf das Anwesen der Peltiers gefahren waren, hatte ich das Heck des Jaguars in der für fünf Fahrzeuge ausgerichteten Garage gesehen. Zane begann zu weinen. Clair setzte sich neben ihn und legte ihm eine Hand auf die Schulter. Aber ihre Blicke waren weiterhin auf die dunklen Wolken vor dem Fenster gerichtet.

»Irgendwie hatte ich mir gedacht, dass hier das Theater stattfindet«, sagte eine Stimme von der Tür. Burlew kam mit großen Schritten ins Zimmer. Clair stand wütend auf. Harry starrte ihn von der Klavierbank an. Ich drehte mich mit geballten Fäusten zu Burlew um.

»Ich bitte dich, Ryder«, sagte Burlew. »Werde erwachsen.«

»Sergeant, verlassen Sie augenblicklich mein Haus«, sagte Clair.

Burlew blinzelte mit seinen Babyaugen und wandte sich an Zane. »Es gibt kein Problem, Mr Peltier. Überhaupt keins.«

Zane sagte: »Kein Problem? Ich stehe kurz davor, eine Witzfigur zu werden, und Sie werden ins Gefängnis wandern.«

»Ich kann mich an nichts erinnern«, sagte Burlew gedehnt.

»Sie haben mich erpresst mit …«

»Ich kann mich an nichts erinnern«, wiederholte Burlew. »Hören Sie genau auf meine Worte, Mr Peltier.«

Das hatte ich kommen sehen. Zanes Nasenflügel begannen zu beben, als würden sie frische Luft aus einer unerwarteten Quelle schnuppern. »Wovon reden Sie da, Sergeant?«

»Wenn Sie keine Anzeige erstatten … gegen wen auch immer … wird es keinen Prozess geben. Kein Prozess, keine negative Öffentlichkeit. Keine Bilder als Beweismittel, die die ganze Welt zu Gesicht bekommt.« Burlew lächelte, ein winziger roter Bogen. »Wissen Sie, welches mein Lieblingsfoto ist? Ich nenne es Entengang, da wo Sie …«

»Verlassen Sie mein Haus, Sergeant«, forderte Clair erneut. »Auf der Stelle.«

Harry lehnte sich zurück und legte seinen Ellbogen auf die Tastatur des Flügels. Eine tiefe Bassnote erklang. Mit einem sanften Lächeln betrachtete er Burlew und wandte sich dann an mich. »Habe ich dir eigentlich mal von diesem Partner erzählt, den ich früher hatte? Vor, äh, zwölf Jahren oder so?«

Burlew lief rot an. »Halt's Maul, Nautilus.«

Harry sah Burlew seelenruhig an. »Du trabst am besten los, Burl«, sagte Harry. »Hü-hott, Hoppereiter, Cowboy.«

Burlews Augen weiteten sich auf fast normale Größe, er wurde rot wie eine Tomate. Er wollte etwas sagen, hielt aber inne. Dann drehte er sich um und ging auf Beinen so steif wie Zaunpfosten davon. Während wir Burlews Wagen davonjagen hörten, stand Zane auf und zog mit verwirrter Miene seine Hose zurecht.

»Wer war dieser Kerl?«, sagte er zu niemand Bestimmtem. »Wovon hat er gesprochen, zum Teufel?«

Clair sah ihren Ehemann an, als müsste sie sich übergeben, und verließ eilig das Zimmer. Harry tippte an meinen Arm und bedeutete mir mit einer Kopfbewegung, ihm zu folgen. Nach ein paar Metern hielten wir an und steckten die Köpfe zusammen. Er sagte: »Hat das hier alles so viel mit unserem Fall zu tun, wie ich denke?«

»Richtig«, pflichtete ich ihm bei. »Absolut nichts. Das hat uns nur vom Weg abgebracht.«

Harry schüttelte den Kopf, verfluchte Burlew und verschwand. Ich steckte die Fotos wieder ein und schlich leise zur Tür. Im Foyer fing mich Clair ab.

»Was auch immer hinter dieser Sache steckt«, sagte sie, »ich möchte, dass es wie ein normaler Fall behandelt wird.«

»Es gibt keinen Fall, Clair. Nicht ohne Zanes Aussage gegen Burlew. Es gibt keine anderen Beweise gegen ihn, außer Terri Losidor plaudert, aber die tut, was Burlew sagt.«

Clairs Lachen klang humorlos und metallisch. »Zane wird nichts sagen. Er ist da drin und denkt sich gerade irgendeine mitleidige Geschichte aus, damit ich ihn bedauere.« Sie berührte sanft meinen Arm. »Diese Spur hat Sie auf den falschen Weg geführt, nicht wahr?«

»Wir waren hinter einem schwer fassbaren Jemand mit engen Verbindungen zu Nelson her. Wir dachten, er könnte uns zu dem Mörder führen und nicht …«

»Zu meinem Mann.«

Ich zuckte mit den Achseln.

Sie schüttelte den Kopf. »Sind Sie jetzt wieder da, wo Sie angefangen haben?«

»Nicht ganz. Wir gehen noch dem Gedanken nach, dass die Leichen Botschafter sind, Inkarnationen. Daran haben wir gerade gearbeitet, als wir … abgelenkt wurden.«

Clair ging nach draußen, ich folgte ihr. Mobile lag acht Meilen jenseits der Bucht. Drüben regnete es, der Himmel und die Stadt waren ein einziger grauer Vorhang. Wir liefen über einen Pfad aus Steinplatten, der durch Azaleen und Rosenstöcke führte. »Ich trage einen großen Teil der Schuld an dieser Sache, Carson«, sagte sie und blieb unter einem Rankengitter stehen. »Es ist mein verfluchter, lächerlicher, dummer Fehler.« Der Duft der Blumen stand im Kontrast zu ihren bitteren Worten.

»Das verstehe ich nicht, Clair.«

Sie schaute hinaus über das wolkenverhangene Wasser. »Ich wusste, dass Zane schwach ist, bevor ich geheiratet habe. Ich habe sogar seine Bisexualität geahnt, es gab Gerüchte. Obwohl man vielleicht eher von Asexualität sprechen sollte. Aber gemessen an dem, was ein Mädchen meiner Herkunft normalerweise ergattern kann, war er das Nonplusultra, Ryder. Er besaß Reichtum, Stellung, Einfluss …«

»Clair, Sie müssen nicht …«

Ihre blauen Augen fixierten mich und ich verstummte.

»Zane hat sich selbst als Schritt in diese Welt

verkauft, eine Welt geerbten Besitzes, eine Welt von Einfluss und Tradition, und ich habe mich als einzigartige materielle Anschaffung angeboten. Sie müssen verstehen, dass Zane wie die meisten anderen seiner Welt nie einen Handschlag für das getan hat, was er besitzt. Ich dagegen musste Jahre für meine Sachkenntnis und fachliche Fertigkeit kämpfen. Mir fehlte nur eine Bühne, von der aus ich den anderen zeigen konnte, wie weit ich es geschafft hatte.«

»Sie werden im ganzen Land respektiert, Clair. Auch darüber hinaus.«

Sie lächelte traurig. »Eitelkeit ist eine Kluft, die sich weitet, während sie gefüllt wird, Ryder. Beruflich stand ich auf eigenen Füßen, aber ich stach nicht hervor. Ich bin eine von vielen talentierten und geschätzten Personen. Nicht so in Zanes Welt. Dort war ich eine Besonderheit, eine *Self-made Woman* in einer Welt protziger Schaumschläger, deren Errungenschaften die von Zane spiegelten; man hatte sie geerbt, gekauft oder durch Heirat erworben. Und wie konnte ich es schaffen, neben ihnen zu stehen, um sie zu überragen?«

Ihr Blick sagte mir, dass ich die Leerstelle füllen sollte.

»Indem Sie Zane Peltier heirateten«, antwortete ich.

Sie lachte ohne Heiterkeit. »Eitelkeit ist ein gemeiner Lockruf. Ich bin tief gesunken, während ich mit einbildete, aufzusteigen.«

Jenseits der Bucht zog die Regenfront ab, an ihren Rändern färbten sich die Wolken golden, die Sonne brach durch. Clair schaute einen Augenblick nachdenklich hinüber. »Meine Selbstbeobachtung ist etwas Neues, Ryder. Sie stellte sich erst ein, als

Sie wegen Dr. Davanelle zu mir kamen, wegen Ava. Nachdem Sie gegangen waren, wurde mir klar, dass meine erste Reaktion nicht lautete: ›Wie kann ich helfen?‹, sondern: ›Ich kann mir keinen Makel in meinem Lebenslauf erlauben.‹ Ein abscheuliches Denken; ich bin eine egozentrische Idiotin.«

Ich schüttelte den Kopf. »Ich glaube, Sie haben die Messlatte so hoch gehängt, dass Sie sie nie erreichen werden, Clair. Da erkennt man die Prioritäten nicht mehr.«

Clair griff nach dem Gitter und umschloss mit ihrer Hand eine pinkfarbene Rose. »Dass Zane diese Schwäche gezeigt und sich Burlew unterworfen hat, hat mich über die Toleranzschwelle hinaus angewidert. Doch am meisten widerte ich mich selbst an.« Sie deutete mit einem Nicken zum Haus. »Das war nie mein Haus oder mein Leben, dieser monströse Überfluss von *Dingen*. Alles, was ich jemals wirklich geliebt habe, war meine Arbeit, meine Fähigkeit zu …« Sie hielt inne und ballte die Fäuste, bis die Knöchel weiß wurden.

»Verdammt. Ich bin schon wieder dabei, Ryder. Immer nur *Ich*. *Mein* Leben. *Meine* Dinge. *Mein* Job.« Sie wandte sich ab, um ihre Augen mit dem Handgelenk abzutupfen. »Wie geht es Ava? Wird sie es schaffen? Sagen Sie mir, dass es ihr gut geht, selbst wenn es nicht so ist.«

»Clair, ich glaube, sie …«

Ehe ich aussprechen konnte, legte mir Clair einen Finger auf die Lippen. Ihr Parfüm verdrehte mir den Kopf. Vielleicht waren es auch die Rosen.

»Bitte, nur für diesen Moment, sagen Sie mir, dass es ihr gut geht. Sagen Sie mir, dass sie es schaffen wird.«

Sie nahm ihren Finger weg. Ich sagte: »Sie wird es schaffen, Clair.«

Clair lächelte fröhlich, eine außerordentliche Willensanstrengung. »Ohne Zweifel. Sie ist jung, sie ist stark. Sie wird wunderbar sein. Alles wird gut werden. Die Welt besteht aus Diamanten und Rosen, Ryder. Nein, vergessen Sie die Diamanten, sie sind nichts als Erdklumpen, denen man eine Bedeutung zuspricht. Die Welt besteht aus Rosen.«

Ihr Lächeln zerbrach wie weißes Glas, dann fiel sie gegen mich. Während ich sie hielt, weinte sie leise, doch es kamen mehr Schluchzer als Tränen hervor. Ich spürte die Wärme ihrer Lippen über meine Wange streifen. Dann trat sie einen Schritt zurück, wischte ihre feuchten Augen am Ärmel ab und schob mich in Richtung meines Wagens.

»Ich habe zu tun, mein Lieber«, war alles, was sie sagte.

Ich sah, wie sie ihre Schultern straffte und ihre Fassung wiedergewann und dann mit großen Schritten in dieses gespenstische Haus ging. Ich sah darin ein Zeichen für die Reise, die ich bisher vermieden hatte. Unser Fall war gerade gegen die Wand gefahren, und nun lag es an mir, mich zu straffen und zu fassen und loszumarschieren. Obwohl ich die Nummer vielleicht nur sechsmal in meinem Leben angerufen hatte, zog ich das Telefon aus meiner Tasche und wählte Vangies Nummer, als wäre sie in meiner Seele eingebrannt.

Kapitel 26

Die Nacht, eine leichte Brise und der perlweiße Halbmond wären schön gewesen, wenn ich mich woanders aufgehalten hätte. Aber über diesem Gelände war der schimmernde Mond genau wie die Sterne fehl am Platz. An diesem Ort gab es keine Schönheit, es war ein Stück Land, in dem selbst die Schatten im Schatten lagen und jedes Licht pure Ironie war. Auf dem Weg von der Straße zum Tor klammerten sich meine Hände so fest ans Lenkrad, dass sie verkrampften. Während ich sie lockerte, erinnerte ich mich daran, dass ich viermal hier gewesen war und mich hinterher jedes Mal selbst belogen hatte, es würde das letzte Mal sein.

Nachdem ich der Wache am Tor meinen Namen gesagt hatte, verglich er das Formular auf seinem Klemmbrett mit meinem Ausweis, wobei seine Taschenlampe die ganze Zeit in mein Gesicht strahlte. Ich war nicht beleidigt; so wollte es die Regelung, für Irrtümer gab es keinen Raum. Ich stellte den Wagen auf dem Parkplatz ab und ging zur Tür, wo mich eine weitere Wache behandelte, als wäre die Wache am Zaun nur zum Aufwärmen da gewesen.

Unter dem Klappern der Schlösser und dem Dröhnen der Türen trat ich ein.

Obwohl es bereits spät war, traf ich Vangie noch in ihrem Büro an. Da sie wusste, in welcher Stimmung ich war, ging unser Gespräch über ein paar Nettigkeiten nicht hinaus. Ein Wärter kam, um mich zu Jeremys Zimmer zu eskortieren. Ich sagte ihm, dass er, wenn ich nicht ausdrücklich nach ihm rief, weder die Tür noch das Sichtfenster öffnen sollte. Ich hatte Vangie darum gebeten, dass die Kameraüberwachung seines Zimmers ausgeschaltet wurde, und sie hatte widerstrebend eingewilligt. Der Wärter sah sie skeptisch an.

»Er weiß, was er tut«, sagte sie.

»Das sollte er auch besser«, entgegnete er.

Wir gingen durch einen langen, weißen Flur, vorbei an mehreren soliden Stahltüren, deren Sichtfenster geschlossen waren. Den Flur hinab setzte eine Sirene ein und steigerte sich in der Tonhöhe. Ich hielt es erst für einen Feueralarm, bis mir aufging, dass es ein menschlicher Schrei war. Welche höllische Vision einen solchen Ton hervorgerufen haben konnte, war mir allerdings ein Rätsel. Der Schrei hing in der Luft, als wäre er zwischen den Molekülen gefangen, und tauchte dann in eine andere Dimension ab. Ich bemerkte, dass der Wärter mich mit einem merkwürdigen, jubilierenden Lächeln betrachtete, und mir wurde klar, dass es ihm Antrieb gab, dort zu arbeiten, wo Leid und Schrecken zu Hause waren. Am liebsten hätte ich in sein grinsendes Maul geschlagen und zugesehen, wie sein Kopf nach hinten kippte, während Spucke und Blut das Muster eines Kometen an die Wand warfen.

Es liegt nur an diesem Ort, sagte ich mir. *Bleib ruhig*.

Wir blieben vor einer Tür stehen. »Ich werde hier vor der Tür warten«, sagte der Wärter. Er schob den Schlitz auf und spähte durch das Sichtfenster, dann steckte er einen Plastikschlüssel in ein elektronisches Schloss. Die Tür zischte auf.

Ich trat ein.

Wenn überhaupt, dann erinnerte das Zimmer an einen Schlafsaal oder ein Kasernenzimmer: eingebaute Schubladen, ein offener Schrank, ein langer Tisch, der als Schreibtisch diente, ein Stuhl darunter, ein weiterer Stuhl in der Ecke und ein futonartiges Bett. Die Einrichtung war aus weichem Plastik gemacht. Es gab ein Bücherregal, gefüllt und ordentlich. Waschbecken, Toilette und Duschkabine befanden sich in einer Nische in der Wand. Der mannsgroße Spiegel bestand aus einer Polyesterfolie. Das Spiegelbild war verzerrt, so als würde man sich in Quecksilber betrachten.

Jeremy saß mit einem grünen Buch in den Händen auf dem Bett. Zierlich und hellhäutig, mit gelbblauen Augen und strohblondem Haar hatte er zwar nicht die kräftige Statur meines Vaters, aber dessen Haut- und Haarfarbe. Jeremy trug einen grauen Trainingsanzug, weiße Socken und Anstaltspantoffeln. Er schaute auf, als würde ich jeden Abend vorbeikommen. Ich lehnte mich mit verschränkten Armen an die Wand.

Er klopfte auf das Buch. »Hast du mal Lukrez gelesen, Carson?«

»Seit dem Studium nicht mehr, glaube ich.«

»Ach? Welches Studium? War nur Spaß. Hier ist eine meiner Lieblingspassagen: ›Genauso wie Kinder in der blinden Dunkelheit vor allem erzittern und erschrecken, fürchten wir bei Licht manchmal, was nicht mehr zu fürchten ist als die Dinge, welche die Kinder im Dunkeln in Angst versetzen und in ihrer Vorstellung wahr werden.‹«

Verwirrt runzelte er die Stirn. »Aber ich frage mich, wer sich fürchten sollte, wenn die zitternden Kinder Recht haben, Carson?«

Ich schaute auf meine Uhr. »Ich würde gerne gegen …«

Seine Stimme fiel um eine Oktave. »Wer sollte sich fürchten, Carson, wenn die zitternden Kinder Recht haben?«

»Ich hatte einen anstrengenden Tag, Jeremy.«

»WER SOLLTE SICH FÜRCHTEN, CARSON? ES IST KEINE GEHIRNOPERATION!«

Obwohl er schreckliche Erinnerungen wachrief, reagierte ich mit Zorn in der Stimme. »Die Eltern, Jeremy. Wie wäre es damit? Frage und Antwort. Aktion und Reaktion. Klang und Echo. Bist du fertig?«

Er legte seinen Kopf schief, als würde er in der Ferne leise Musik hören. »Geht es Mutter gut?«

Ich seufzte. Immer das gleiche Spiel.

»Ich habe gefragt, ob es Mutter gut geht. Ihr geht es gut, nicht wahr?«

»Sie ist tot, Jeremy. Sie ist seit drei Jahren tot.«

Er hob verwundert eine Augenbraue. »Ach? Wie schade. War es sehr schmerzvoll?«

»Ja, Jeremy, es war schmerzvoll.«

Weißer Schmerz, schwarzer Schmerz. Schmerz, der ihre kleinen Hände zu eisernen Griffeln versengt hatte; sie war beinahe durchsichtig geworden, bevor die Glut des Schmerzes über sie hereinbrach.

Sie hatte nie ein Medikament genommen, und erst ganz am Ende, als sie sich nicht mehr widersetzen konnte, hatte sie mir erlaubt, etwas für sie zu tun. Sie musste durch die Hölle gehen, nur für den Fall, dass es einen Himmel gab.

»Genug Schmerz für drei?«, fragte er. »Dich lasse ich natürlich außen vor. Du bist den Flammen entkommen. Gut, du hattest vielleicht ein paar Problemchen und warst neurotisiert, aber deine Seele wurde nicht verbrannt. Du wurdest vor den Flammen gerettet. Wurde deine Seele verbrannt, Carson?«

»Weißt du was, Jeremy? Das Ganze hätten wir auch per Post erledigen können. Frage: Wurde deine Seele verbrannt? Bitte kreuze Ja oder Nein an.«

»WAGE ES NICHT, MICH ZU VERARSCHEN! DU BRAUCHST MICH, ICH BRAUCHE DICH NICHT! Ich versuche es noch einmal: Wurde deine Seele verbrannt, Carson?«

Ich zog wütend den Stuhl unter dem Tisch hervor, setzte mich direkt vor ihn und schaute ihm in die Augen. »Nein, Jeremy, das wurde sie nicht.«

»Wie merkwürdig, wenn man bedenkt, dass die Flammen überall zu sein schienen. Weshalb?«

»Sag du es mir, Jeremy. Anscheinend denkst du über nichts anderes nach.«

Jeremy sprang auf, schrie und quiekte wie ein Schwein. »WEIL ICH DAS ARSCHLOCH GETÖTET HABE, DESHALB! Ich habe diesen SCHREI mit dem SCHREI verbunden und ich habe GESCHRIEN, bis sein SCHREI und sein SCHREI an seinen Beinen hinabgelaufen ist wie Würmer und schwarzer Honig. Ich habe mein Gesicht in seinen tropfenden SCHREI gesteckt, während er noch lebte und es sehen konnte. Deshalb ist deine Seele nicht zu Asche geworden, Bruder. ICH HABE DICH GERETTET.«

Jeremy sprang vom Bett und lief im Zimmer auf und ab, einmal, zweimal, dann kauerte er sich wie ein geprügelter Hund vor den Spiegel. In dem verzerrten Bild des Polyesters sah ich, wie er mir zuzwinkerte.

»Vielleicht hätte das alles vermieden werden können, wenn unser lieber Daddy mit mir stattdessen Ball gespielt hätte.«

Er senkte seine Stimme und imitierte täuschend echt die Stimme unseres Vaters. *»Hey, Sohn, was hältst du davon, wenn wir rausgehen und die Pille ein bisschen umherwerfen?«*

»Hör auf, Jeremy.«

»Nein, Sohn, so hält man den Schläger nicht, hier, halte ihn so.«

»Hör auf.«

»Verdammt, Junge, ich sagte, du sollst ihn so halten.«

»Lass es.« Ich stand auf.

»Halte ihn, du kleiner Wichser!«

Ich machte einen Satz auf ihn zu. »Jeremy!«

»Ich werde es dir zeigen du kleiner Scheißkerl ich werde es dir zeigen Scheiße noch mal ich werde es dir zeigen ich werde …«

Ich packte ihn an seinem Sweatshirt. Jeremy warf seinen Kopf zurück, und dann durchstieß ein Schrei aus einem Flur der Vergangenheit das Herz von heute. Meine Mutter dreht sich zu mir und sagt: *Geh wieder ins Bett, es wird bald still sein.*

Der Schlitz in der Tür krachte auf.

»Alles in Ordnung?«, fragte der Wärter. Seine

Blicke wanderten durch das Zimmer und sahen Jeremy ruhig lächelnd und mich schweißgebadet an der Wand lehnen.

Ich rief: »Lassen Sie das Fenster zu!«

Nachdem der Schlitz langsam wieder geschlossen wurde, ging ich zum Waschbecken und spritzte mir kaltes Wasser ins Gesicht. Jeremy setzte sich aufs Bett und lächelte. »Nachdem wir nun das Begrüßungsritual hinter uns gebracht haben, worüber wolltest du mit mir sprechen, Carson? Lass mich raten ... über die jüngsten Vorfälle im guten alten Mobile? Ich weiß, dass du immer einen kleinen Ratschlag brauchst, wenn du nicht weiterkommst. Hast du die Fotos und Akten mitgebracht, damit ich ein, zwei Tage darüber brüten kann? Ach, und ein Feuerzeug?«

Als ich nach Dauphin Island übersetzte, war es Mitternacht. Von Süden nahte ein Unwetter mit dumpfem Donnergrollen, aus den dunklen Wolken fuhren Blitze herab. Ich hoffte, dass Ava schlief und ich es bis ins Bett schaffte und in die ersehnte Dunkelheit fallen konnte. Als ich um die Ecke bog und Harrys Volvo in meiner Auffahrt sah, trat ich auf die Bremse und starrte seinen Wagen an. Was konnte er um diese Zeit wollen? Ich spürte, wie mir der Kopf schwirrte, fuhr langsam weiter und parkte. Die Treppe hochzugehen, fiel mir schwer, ich hatte das Gefühl, der Abstand zwischen den Stufen hätte sich verdoppelt.

Harry und Ava waren so reglos wie Marmor. Harry war eine Statue auf einem Stuhl, Ava eine Statue auf dem Sofa, mit einer Tasse Tee zwischen Brüsten und Lippen. Als ich durch die Tür ging, schüttete jemand heißes Wachs über mich, und während es hart wurde, verlangsamten sich meine Bewegungen.

»Warum bist du morgen hier?«, fragte ich die Ava-Statue und hörte, wie die Worte falsch hervorkamen. Ich versuchte mich zu erinnern, was ich eigentlich sagen wollte, und unternahm einen neuen Anlauf. »Ich meine, da Harry spät ...«

Während ich darauf wartete, dass sich meine Zunge löste, erzitterte der Boden, als wäre ein Blitz geräuschlos in den Unterbau des Hauses eingeschlagen. Der Blitz hatte die Pfähle in Brand gesetzt, denn die dem Meer zugewandte Seite meines Hauses kippte und sank nach unten. *Die Pfähle geben nach*, sagte eine ruhige Stimme in meinem Kopf. *Aber warum rutschen die Möbel nicht hinab?* Ich schaute fasziniert zu. Das hatte mein Haus noch nie getan.

»Da treibt sie«, sagte ich.

Ich hörte die kalten Klänge einer Harfenmusik. Die Statuen erhoben sich von ihren Sitzen und flatterten wie Schmetterlinge auf mich zu.

»Halten Sie es genau so. Ein bisschen weiter weg. So ist es gut.«

Avas Stimme kam von einem alten, verkratzten Tonband, unter ihrer Stimme lag ein konstantes Zischen und Knistern.

»Wie schlimm ist es?«, hörte ich Harry sagen. Seine Stimme kam von dem gleichen Band.

»Zweiten Grades. Sieht schlimmer aus, als es ist. Das größte Problem ist eine Infektion.«

Die Geräusche entwirrten sich. Ein weiterer Donnerschlag, entfernt und gedämpft. Das Zischen war der auf mein Dach prasselnde Regen. Ich öffnete meine Augen und schwamm aus der Tiefe des Wassers an die Oberfläche. Ich versuchte mich aufzurichten, doch Harry legte eine Hand auf meine Brust. »Nicht bewegen, Bruder«, sagte er. Unter meinem Bizeps fühlte ich ein Stechen. Mein Hemd war ausgezogen, ich lag auf dem Sofa. Ava trug eine medizinische Salbe auf, die wie eine aus verdorbenem Kohl gemachte Farbe roch. Während ich zusammenzuckte, hielt Harry meinen Arm fest.

»Wo bist du heute Abend gewesen, Cars?«, fragte er.

»Unitreffen«, sagte ich. Langsam verschwand der Schleier vor meinen Augen. Ava legte mir von der Schulter bis zum Ellbogen einen Verband an. Harry richtete mich behutsam auf, Ava schüttelte Kissen auf, um meinen Arm zu stützen. Dann ging sie in die Küche.

Harry beugte sich zu mir. »War Jeremy auch bei dem Treffen, Carson?«

Mir stockte der Atem. Harry wusste Bescheid. Ich schloss die Augen. »Ich habe über ihn geredet, während ich bewusstlos war, stimmt's?«

»Du hast kein Wort gesagt.«

»Aber wie ...«

»Ich weiß von Jeremy, Bruder. Schon seit einem Jahr.«

Ich war nicht in der Lage, die Frage zu stellen, aber mein Blick war eindeutig. Er sagte: »Ich bin ein Detective, ein Ermittler, ich ermittle.« Ava kehrte mit einem Glas Scotch zurück. Sie kniete sich neben mich und führte es an meine Lippen.

»Das Zeug ist schlecht für dich«, meinte ich.

»Schlecht für mich, gut für dich. Trink.«

Die Wärme strömte meine Speiseröhre hinab und breitete sich in meinem Inneren aus. Draußen blitzte es, für einen Moment flackerte das Licht im Zimmer. Ein Donner hallte. Harry zog einen Stuhl heran und setzte sich neben mich. Der Schmerz unter meinem Arm begann abzuklingen und mit ihm mein Gefühl der Abkapselung.

»Bist du mir letztes Jahr zum Krankenhaus gefolgt?«, fragte ich Harry.

»Damals hättest du einen Verfolger nicht mal bemerkt, wenn er genau vor deinen Augen gewesen wäre. Ich bin dir fast bis zur Tür gefolgt. Und wenn das ein Krankenhaus ist, dann ist Fort Knox ein Ferienlager.«

»Du konntest nicht lockerlassen. Das ist nicht dein Stil.«

Harry sagte: »Du meinst, ob ich ein bisschen geschnüffelt habe? Zum Teufel, ja. Aber ich bin immer noch nicht sicher, was ich herausgefunden habe. Ich weiß, dass Jeremy Ridgecliff dein Bruder ist. Bist du zu ihm gegangen, damit er dir Ratschläge wegen Adrian gibt?«

Ich konnte ihm nicht in die Augen sehen. »Ich war mir nicht sicher, ob das, was ich getan habe, richtig war, Harry.«

Ava sagte: »Kann mir einer von euch beiden vielleicht mal erklären, was hier los ist?«

Ich schaute weg. Harry drehte seinen Stuhl zu Ava. »Vor einem Jahr folgte ein Streifenpolizist ein paar Drogentypen in eine von Ratten verseuchte Kanalisation unter der Stadt. Dabei stolperte er über ein Mädchen aus dem Sozialviertel, die zwölfjährige Tessa Ramirez. Ihre Augen, ihr ganzes Gesicht war fürchterlich verbrannt. Die Forensiker haben festgestellt, dass ein Seidentuch über ihre Augen gelegt und angezündet worden war. Sie lebte noch, als es Feuer fing.«

Seine Worte riefen ungewollte Bilder in meinem Kopf hervor: Tessa Ramirez, die mit dem Gesicht nach oben zwischen Ratten und Glasscherben liegt. Die dunkle Asche ihrer Augen brennt in meiner Seele. Hilf mir, schreit sie, obwohl sie schon seit einer Woche tot ist.

»Mein Gott«, entfuhr es Ava.

Harry sagte: »Einen Monat später wurde ein genauso zugerichteter alter Penner gefunden.«

»Keine Spuren?«

»Nichts, nada. Dann, wie aus dem Nichts, erzählt mir ein Streifenbeamter, die brennenden Seidentücher könnten ein Verbindungselement zwischen Mörder und Opfer sein. Dieser Cop hat außerdem die Idee, dass die Opfer durch ein vor den Morden stattgefundenes ›verbindendes Feuer‹ ausgewählt wurden. Ich dachte, er spinnt, aber als wir es überprüft haben, stellten wir fest, dass beide Opfer Schaulustige bei Brandstiftungsfällen in den vergangenen sechs Monaten gewesen waren. Wir erzählten es der Polizeileitung. Aber mittlerweile war schon das FBI hinzugezogen worden, und ihre Profiler waren der Meinung, dass die Augen der Opfer verbrannt wurden, weil der Mörder sich ihrem Blick entziehen wollte. Die Idee mit den verbindenden Feuern hielten sie für kompletten Schwachsinn.«

»Und die Brandstiftungen?«

»Zufall, meinten die hohen Tiere. Es waren große Brände, ein altes Wohnhaus in der Innenstadt und eine baufällige Farm in der Nähe von Saraland. Hunderte von Zuschauern. Dem Streifenpolizisten und mir wurde der Arsch aufgerissen, weil wir uns eingemischt hatten.«

Ava schaute mich an. »Du warst der Streifenbeamte.«

Ich nickte widerwillig und war froh, dass eine dröhnende Donnerwoge das Sprechen unmöglich machte. Harry schenkte sich ein weiteres Glas Glenlivet ein und fuhr fort.

»Cynthia Porter und ihre zwanzig Jahre alte Tochter wurden ermordet aufgefunden, ihre Augen verbrannt. Ms Porters Ehemann war ein sehr bekannter Autohändler, der sowohl für die Demokraten als auch für die Republikaner großzügig gespendet hatte. Anders als bei den vorhergehenden Fällen stammten die Opfer aus der weißen Oberschicht. Plötzlich war der Teufel los. Die Polizei erlaubte nun parallele Ermittlungen und gab mir und Cars etwas Spielraum, um die Verbindungstheorie zu verfolgen. Natürlich glaubte keiner daran, man wollte für die Öffentlichkeit nur alle Eventualitäten abdecken.«

Ava sagte: »Waren die Porters ... durch einen früheren Brand ... ausgewählt worden?«

»Ausgewählt? Schönes Wort. Einen Monat vorher waren die beiden bei einem mysteriösen Brand in einem Einkaufszentrum gewesen. Nach dem Einkaufen hatten sie den Rauch gesehen und angehalten, um zuzuschauen. Carson kam darauf, dass wir uns alle Brandfälle vornehmen müssten, besonders solche, bei denen es sich um Brandstiftung handeln könnte. Er meinte, es wäre gut möglich, dass der Täter Brände benutzt, um seine Opfer auszukundschaften.«

Sie sah mich an. »Du hattest Recht, nicht wahr?«

Ein Windstoß erschütterte das Haus, und ich wartete, bis der Wind sich legte, bevor ich antwortete. »Es gab ein riesiges Feuer in einem verlassenen Lagerhaus am Hafen. Ich hatte den Funkverkehr der Feuerwehr abgehört und war schnell dort. Als ich die Menge beobachtete, fiel mir ein Typ auf, der mehr an den Schaulustigen interessiert war als am Feuer. Ich schlich mich an ihn heran und sah, wie er sich mit beiden Händen ganze Haarbüschel ausriss, ohne mit der Wimper zu zucken. Man nennt das Trichotillomanie, und jemand, der darunter leidet …«

Ava nickte, die Medizinerin in ihr meldete sich zu Wort. »… reißt sich zum Vergnügen und Spannungsabbau die Haare aus. Ich habe darüber gelesen. Bei Erwachsenen kommt es selten vor. Ein zwanghafter Trieb wie Spielsucht, Wutausbrüche, Kleptomanie und …« Sie hielt inne und hob die Augenbrauen.

»Genau«, sagte ich. »Pyromanie. Ich beobachtete, wie Joel Adrian ein Notizbuch aus seiner Jacke zog und zu einem Hafenarbeiter ging. Adrian machte sich Notizen, bevor er sich auf ein Opfer festlegte. Der Hafenarbeiter erzählte mir, der Mann wäre ein Reporter gewesen, der Zitate von Augenzeugen für seine Geschichte bräuchte. Außerdem sagte er mir, dass der ›Reporter‹ als Nachweis seinen Namen und seine Adresse aufgenommen habe.«

»Und Adrian?«

Die Geschichte näherte sich ihrem Ende. Harry, der mein Unbehagen spürte, sprang ein. Ich legte mich zurück ins Kissen, versuchte dem Sturm zu lauschen und hörte kaum etwas anderes als Harrys Worte.

»Cars lief hinter Adrian her und notierte sein Nummernschild. Wir beschatteten ihn Tag und Nacht. Vier Tage später folgte ihm Cars zum Haus des Hafenarbeiters. Adrian tischte wieder seine Reportergeschichte auf und wurde hereingelassen. Carson rief Verstärkung und schlich zum Fenster, wo er sah, dass der Hafenarbeiter bereits mit Draht gefesselt am Boden lag …«

Ava starrte mich an. Ich schloss meine Augen, und Harrys Worte wurden zu einem Film. Während der Hafenarbeiter sich aus seinen Fesseln zu befreien versuchte, tränkte Adrian ein rotes Seidentuch mit Benzin. Dann legte er das nasse Tuch über die panischen Augen des Arbeiters und küsste ihn auf die Stirn. Adrian zog ein Feuerzeug hervor, ein langes, schwarzes Stabfeuerzeug, das er benutzte, weil es einem Zauberstab ähnelte. Ich hechtete durch die Tür. Adrian entzündete das Feuerzeug und lächelte mich an, als wären wir zu einem wunderbaren Dinner verabredet …

»Carson?« Avas Stimme, weit entfernt, vom Regen verschluckt.

Die Explosion meiner Waffe war betäubend. Ich krabbelte hinter das Sofa, mein Herz raste, ich wusste nicht, was ich getroffen hatte oder ob Adrian bewaffnet war. Ich hörte ein lautes Klopfen, als würde jemand ungleichmäßig hämmern, und lugte vorsichtig hervor. Adrian lag rücklings auf dem Boden und hämmerte mit dem Kopf und den Hacken auf das Holz. Er stöhnte, krampfte und spuckte Blut. Ich sah, wie aus einem rosa Sprühregen ein roter Sturzbach wurde. Dann drehte er sich um und versuchte dem Tod zu entkommen, dabei zog er eine besenbreite rote Spur hinter sich her …

»Carson? Hast du ihn getötet?« Avas Stimme holte mich in das Jetzt zurück.

»Er hatte keine Wahl«, sagte Harry und schaute mich an. »Fang jetzt nicht an, darüber nachzudenken, Cars.«

Ich schüttelte den Kopf. Die Zweifel hatten sich nie zerstreut. »Vielleicht hätte ich ihn ablenken können. Auf die Verstärkung warten. Er hätte untersucht werden können für zukünfti…«

Harry stand auf und stieß mit seinem Finger nach mir. »Ich will nie wieder dieses Psychoblabla hören. Du bist ein Cop, kein Scheißpsychostudent. Noch eine Sekunde und der Kopf des Hafenarbeiters wäre ein Feuerball gewesen.«

Ava berührte meine Hand. »Du hast Harry nie von deinem Bruder erzählt? Woher deine Ideen stammten?«

Ich schaute Harry an. »Er hat es selbst herausgefunden.«

Unser merkwürdiges Gespräch auf dem Friedhof an der Church Street kam mir wieder in den Sinn, und mir wurde klar, dass mir Harry damals sagen wollte, dass ich dieses Mal nicht allein zu Jeremy gehen sollte. Er wollte die Sache gemeinsam durchziehen.

Ich schämte mich, ihn anzusehen. »Ich habe gelogen, Harry. Ich habe Jeremys Ideen für meine ausgegeben. Als hätte ich mir alles selbst ausgedacht, was uns auf Adrians Spur geführt hat.«

Harry schnaubte. »Etwas für sich zu behalten, ist nicht das Gleiche wie lügen, Carson. Wenn du lügen müsstest, um zu essen, würdest du anderthalb Pfund wiegen.«

»Ich war nicht ehrlich zu dir.«

»Hättest du mir erzählen wollen, dass du deine Ideen von einem Irren hast? Es ist mir schon schwer genug gefallen, sie zu glauben, als du sie als deine verkauft hast.«

»Du hast herausgefunden, woher die Ideen stammten. Und trotzdem bist du dabei geblieben.«

Harrys Zeigefinger zuckte wieder hervor. »Nicht gleich. Ich habe herausgefunden, wen du besuchst. Ich hatte keine Ahnung, dass du Informationen aus ihm herausholst. Das ist mir erst aufgegangen, als du deine Theorie nach jedem Besuch mit neuen Ideen gefüttert hast. Wenn du mir damals erzählt hättest, dass du deine Ideen von einem Massenmörder hast, hätte ich die Tür aus den Angeln gerissen, um das Weite zu suchen. Überschätze nicht meine Nervenstärke, Cars.«

Ava saß auf der Sofakante und hörte und schaute unruhig zu. Irgendetwas lag ihr auf der Seele. Sie wollte etwas sagen, doch es donnerte, und sie wartete. Als sie schließlich sprach, war ihre Stimme so traurig wie ihre Augen.

»Du bist schon einmal verbrannt worden. Auf dem anderen Arm. Dort ist versengtes Gewebe.«

Harry erstarrte. Sah Ava an. Dann wieder mich. Und bevor ich mich rühren konnte, hatte er meinen Arm gepackt und betrachtete die jahrealten Narben.

»Jesus«, murmelte er.

»Erzähl mir von der Vergangenheit«, sagte Ava. »Alles.«

Kapitel 27

Das Zentrum des Sturmes war genau über uns. Ein Stuhl auf der Veranda stürzte in einer Böe um, der Regen peitschte schräg vom Himmel. Wind heulte durch die Balken am Boden.

»Mein Vater war ein Ingenieur«, begann ich, »der so schnell zwischen Vernunft und Wahnsinn hin und her wechselte, wie er eine Brücke über eine seichte Schlucht bauen konnte. Er war eine dunkle Kraft, die sich aus Angst, Schmerz und Panik speiste.«

Ava sagte: »Deiner.«

»Jeremys. Er hat ihn missbraucht. Immer und immer wieder. Der Schmerz meiner Mutter war entsetzlich, aber rein psychisch.«

»Dich hat er nicht angefasst?«

»Er hat mich kaum bemerkt. Erst als ich groß genug war, um seine Aufmerksamkeit zu erregen.«

Harry sagte: »Wie alt warst du, als …«

»Einen Tag, bevor Jeremy meinen Vater in den Wald gelockt und aufgeschlitzt hat, bin ich zehn geworden.«

Eine Sirene in der Ferne, irgendwo musste ein Blitz eingeschlagen sein.

»Mein Vater hat meinen Bruder entdeckt, als Jeremy zehn war. Als wäre er plötzlich Wirklichkeit geworden. Ich glaube, zehn war ein bedeutungsvolles Alter für meinen Vater. Vielleicht hatte es etwas mit seiner eigenen Vergangenheit zu tun.«

Harry sagte: »Glaubst du, dass Jeremy deinen Vater getötet hat, um dich zu retten?«

»Auch sich selbst. Es war zu spät, er war in der Vergangenheit gefangen.«

»Wo war deine Mutter?«, fragte Harry.

»Sie war Näherin. Immer wenn die Verhältnisse zum Albtraum wurden, ging sie in ihr Zimmer und nähte Hochzeitskleider, ihre Spezialität. Weite, fließende Kokons aus Seide und Spitze. Sie war eine einfache Frau, deren einzige Stärke eine kurzlebige, jugendhafte Schönheit war und die sich in einer Situation wiederfand, für die sie keine Worte hatte und die sie noch weniger beeinflussen konnte.«

Harry sagte: »Jeremy tötete weiter. Frauen.«

Das Zimmer hörte auf, sich zu drehen. Ich stemmte mich auf dem gesunden Arm hoch. »Obwohl er den Vaterdämon ausgetrieben hatte, musste er Mutter wieder und wieder töten. Damit sie nie wieder zwischen Vater und ihm stand.«

»Warum hat er nicht sie getötet, Cars? Ich meine wirklich *sie*.«

»Mit den anderen Morden hat er erst nach fünf Jahren angefangen. Als wären sie so lange in ihm gegärt. Und wenn er sie getötet hätte, wäre ich wohl zu Pflegeeltern gekommen. Das wollte er nicht.«

»Aber warum hat er dich verbrannt? Hat das Verbrennen etwas mit Adrian zu tun?«

»Nicht direkt, aber er könnte dadurch auf die

Idee gekommen sein. Auf diese Weise soll ich den Schmerz mit ihm teilen, die Last. So sieht er das. Dafür hat er mir eine Kindheit geschenkt.«

»Das ist grausam, das ist … böse.«

Ich fiel zurück in die Kissen und legte einen Arm über meine Stirn. »Das ist eine Geisteskrankheit, Harry, eine Krankheit, die keine Kontrolle kennt. Er ist extrem intelligent und manchmal scheinbar rational, aber seine Sichtweise auf die Welt hat nichts mit dem zu tun, was wir Realität nennen.«

»Wie konntest du das zulassen?«

»Wenn ich Jeremy nicht seinen Moment der Gleichheit, wie er das nennt, gelassen hätte, würde Adrian vielleicht immer noch frei herumlaufen.«

Ava ging durch das Zimmer zu den Verandatüren. Der Regen trommelte wie Hagel gegen die Scheiben. Sie berührte die Scheiben, für einen Augenblick ruhten ihre Fingerspitzen auf dem Glas, dann drehte sie sich zu mir um. »Es ist noch nicht vorbei, oder?«, flüsterte sie. »Es wird wieder passieren.«

»Nein, es ist vorbei«, sagte Harry. »Sehen Sie, was heute Abend mit seinem Arm geschehen ist. Er hat alles bezahlt.«

Ava kam zurück und blieb vor mir stehen. »Nein, es ist nicht vorbei. Er wird dich wieder verbrennen. Und heute, was war das? Ein Test? Eine Anzahlung? Das nächste Mal wird er dich richtig verbrennen. Wie schon früher.«

Der Wind rüttelte am Haus und legte sich dann wieder. Ich sagte: »Ich habe ihm bestimmte Unterlagen geliehen, die zur Lösung der Fälle beitragen könnten …«

Ava starrte mich abwartend an.

Ich schaute zu Boden. »Ich muss wieder hinfahren, um sie abzuholen.«

Sie begann zu zittern und weinte dann tonlos. Tränen rollten ihre Wangen hinab, ihre Brust hob und senkte sich. Heftig schluchzend ballte sie ihre Hände zu Fäusten und schlug auf die Luft ein. Harry und ich stürmten zu ihr, doch sie wehrte uns ab wie einen Schwarm Wespen. Als wäre mein Haus mit unbeschreiblichem Schmerz erfüllt, öffnete Ava die Verandatüren und flüchtete in den Regen. Ich wollte ihr hinterher.

Harry, klüger als ich, hielt mich zurück.

Wir hörten ein paar lang gezogene, gellende Stöhnlaute, die befreiend wirkten, dann hielt sich Ava am Geländer fest, warf ihren Kopf in den Nacken und begann zu schreien, als würde eine neue Welt geboren werden. Ein Heulen, Knurren und Kreischen. Sie packte einen Plastikstuhl und wirbelte ihn von der Veranda. Sie schrie in die Blitze hinein, sie schrie mit ihnen um die Wette und übertönte sie. Sie schrie, um die Nacht und den Sturm auf den Kopf zu stellen. Sie nahm den kleinen Tisch und schleuderte ihn über das Geländer. Die Blitze tauchten die Welt in ein grelles Weiß, dann wurde es wieder schwarz, und sie schrie, als würde sie verrückt werden. Der Donner erschütterte die Fundamente meines Hauses, und sie schrie, als würde sie vernünftig werden. Sie zog ihren linken Schuh aus und warf ihn in den Regen. Sie heulte, sie stöhnte, sie brüllte. Sie klang mal traurig, mal wütend, dann beides zusammen, während sie elektrisiert im prasselnden Regen stand. Sie zog ihren rechten Schuh aus und warf ihn gen Himmel. Der Sturm brüllte sie an, und sie brüllte zurück, erbittert und trotzig. Sie zog sich aus und überließ ihre Sachen dem Wind.

Harry wandte sich ab und zog seinen Regenmantel an.

Ich ging hinaus, um Ava Gesellschaft zu leisten.

Als wir im Morgengrauen erwachten, roch die Luft so frisch, dass man meinte, sie trinken zu können. Das Unwetter war gegen drei Uhr am Morgen nach Norden abgezogen, zurückgeblieben waren nur eine leichte Brise, die durch das Schilf wehte, und das Muster der Regentropfen auf dem Sand. Ich öffnete das Fenster und ließ den Klang der Wellen herein.

Ava rollte sich zu mir und sah mich ruhig und entspannt an. »Gestern Nacht habe ich nicht daran gedacht, aber wir hätten vom Blitz erschlagen werden können, draußen auf der Veranda.«

Ihre Stirn war warm, als ich sie küsste. »Ja, und wie hätten wohl die Leute geguckt, wenn wir gefunden worden wären?«

Vergangene Nacht war ich erstaunt gewesen, welche Ausdrucksmöglichkeiten die Lust selbst in einem geschwächten Zustand mit nur einem einsatzfähigen Arm bot. Erst auf der überschwemmten Veranda mit dem Regen auf unserer nackten Haut, ohne die Umgebung wahrzunehmen, später dann im Bett, während der Regen sich allmählich legte und zu einem säuselnden Hintergrundgeräusch wurde.

Nun ging es munter weiter mit den Ausdrucksmöglichkeiten. Wir verbrachten die Morgenstunden mit der Erforschung des Neuen. Ob man schüchtern war, während man nackt voreinander stand und sich anzog (wir litten beide nicht an falscher

Bescheidenheit), ob man flüchtige Berührungen wagte (ja, blindlings), wer wohl einen weiteren Liebesakt initiierte (unentschieden). Ava untersuchte meinen Verband und trug erneut die Salbe auf. Keiner von uns erwähnte die Ursache der Verbrennungen, eine stillschweigende Übereinkunft, die uns Erholung an der kleinen Oase gewährte, die gerade in unser beider Leben erblühte. Erst als ich zur Arbeit gehen wollte, rückte sie raus mit der Sprache.

»Wenn du wieder hinfährst«, sagte Ava, »um deinen Bruder zu besuchen ...«

»Ja?«

»Dann komme ich mit dir. Sieh mich nicht so an. Keine Widerrede.«

Um vier Uhr war Harry unterwegs zur Bank, und ich machte mich halbherzig auf den Weg zu Billie Messer, Nelsons Tante. Wenn es nicht anders ging, wollte ich noch einmal mit jedem sprechen, in der Hoffnung, damit irgendetwas in Gang zu bringen. Mein Telefon klingelte, Harry.

»Cars, wir haben einen weiteren Fall. Einen Geköpften. Ich bin schon dort.« Harry gab mir die Adresse. Er war kurz angebunden, seine Stimme klang abgehackt.

»Wie ist der Körperbau?«

Harry holte Luft. »Du weißt, wie groß Burlew ist?«

»Das Opfer ist so groß wie Burlew?«

»Genau dieselbe Größe«, entgegnete Harry. »Es ist Burlew.«

So was wie in Burlews Haus hatte ich noch nie gesehen – außer in Gewächshäusern. Überall gediehen

Orchideen: auf Regalen, kleinen Tischen, Hängekörben, auf Treibholz, das an den Wänden angebracht war. Manche hatten Blüten wie rosafarbene Trompeten, andere wie perlenfarbene Glocken. Es gab rote Tassen und blaue Teller, gelbe Laternen und lavendelfarbene Kronleuchter. Ein kleines Solarium neben dem Esszimmer schien der Brutkasten zu sein, in kleinen braunen Tropfen schlugen kleine Pflänzchen und Ableger Wurzeln. Die schwüle Luft roch nach Fruchtbarkeit, als könnte man Samen keimen lassen, wenn man sie nur aus der Hand fallen ließ.

Burlews kopflose Leiche lag rücklings in der Küche. Squill war da gewesen und schon wieder verschwunden. Ich nahm an, dass sich die hohen Tiere zu dringenden Besprechungen trafen. Hembree und seine Leute hatten ihre Arbeit schon fast erledigt, zwei Techniker verstauten ihre Gerätschaften. Harry und ich standen eingezwängt zwischen den Pflanzen im Wohnzimmer.

Ich sagte: »Ich wollte dich schon die ganze Zeit fragen, was gestern zwischen dir und Burlew los war. Von wegen Hoppereiter und Cowboy.«

Harry betrachtete den friedlichen Dschungel um uns herum. Er streckte seine Hand aus und berührte eine weiße Kaskade röhrenförmiger Blüten auf einem Regal. »Sehen wie Kerzen aus, oder?«, meinte er nachdenklich.

»Bist du mit Burlew Streife gefahren?«, fragte ich. »Wart ihr Partner?«

»Kurz nachdem er mit der Ausbildung fertig war. Ich war achtundzwanzig, er vierundzwanzig.«

»Du und Burlew zusammen auf der Straße? Komische Mischung.«

»Damals war er ein anderer Mensch als der, den du kennen gelernt hast. Man konnte mit ihm reden. Er hat sogar anders ausgesehen, ein großer, schlaksiger, breitschultriger Junge vom Land.«

An einen an der Wand angebrachten Ast neben Harrys Kopf klammerte sich eine Orchidee. Aus dem Blätterkelch baumelte eine Girlande Glockenblüten. Harry schnippte gegen eine Blüte und schien überrascht zu sein, dass sie nicht klingelte.

»Wir hatten einen Notruf aus den Tallrico Apartments erhalten, dieses wuchernde Drecksloch draußen im Nordwesten. Eine Bewohnerin hatte gesagt, sie hätte einen Mann mit einer Waffe herumlaufen gesehen. Es war ungefähr zwei Uhr nachts. Wir fuhren hin und schwärmten aus, Burlew links, ich rechts. Ich stieß auf eine Frau, die von einem kichernden Typen faselte, der mit einer Knarre herumfuchtelte und wie ein Irrer durchs Haus lief. Ich ließ sie stehen und ging los, um nachzusehen, was Burlew entdeckt hatte, aber ich konnte ihn nirgends finden.«

Hembree winkte mich in die Küche. Ich hob meinen Zeigefinger. *Eine Sekunde.*

»Von links hörte ich etwas und folgte den Geräuschen. Dann hörte ich Stimmen von der Rückseite des Gebäudes. Ich schlich hinter die Mülltonnen.«

Harry stellte sicher, dass niemand in der Nähe war, und beugte sich so nah zu mir, dass sein Atem mein Ohr wärmte. »Burlew hockte splitternackt und auf allen vieren auf dem Boden und wurde von diesem dürren, kleinen Kerl wie ein Pferd geritten. Der Kerl hatte sich den Schädel mit Pillen und Acid zugeknallt und schwebte im siebten Himmel. Er hatte Burlew die Waffe abgenommen und nahm ihn so heftig in die Mangel, als hätte er schon immer davon geträumt, Bullen durchzuvögeln. Burlew heulte, kroch durch den Dreck, die Pisse lief ihm die Schenkel runter, seine Hände und Knie waren von Glasscherben aufgerissen. Der Typ knallte seine Knarre gegen Burlews Kopf und schrie Hü-hott und Hoppereiter. Burlew hatte er dazu gezwungen, wie ein Pferd zu wiehern.«

Ich schloss meine Augen und sah die Situation vor mir. »Du hast den Kerl aus dem Sattel geholt.«

»Der Irre hat mit der Knarre rumgefuchtelt wie mit einer Fliegenklatsche. Ich hab gewartet, bis er sich von Burlew schwang, dann trat ich um die Ecke und schrie: ›Polizei. Stehen bleiben.‹ Mein Abzug war schon fast durchgedrückt. Der Kerl lächelte, als wäre ich seine Mama, die ihm eine Schüssel warmen Haferschleim bringt, und legte seine Waffe auf den Boden. Dann setzte er sich daneben und fing an, sich im Gesicht zu kratzen.«

Der Experte für Fingerabdrücke ging mit einer Tüte in der Hand vorbei. Hembree winkte mich heran wie eine Windmühle.

Ich rief: »Einen Augenblick, Bree. Verdammt.« Dann wandte ich mich wieder Harry zu.

»In dieser Nacht ist Burlew zusammengebrochen. Er hat mir erzählt, wie sehr er es hasste, auf Streife zu gehen, und wie sein alter Herr, auch ein Cop, Burlew in den Polizeidienst gedrängt hat, ohne ihm eine Wahl zu lassen. Ein Onkel von ihm war Gartenbauer oder Gärtner, und das war auch Burlews heimlicher Berufswunsch.«

»War das Burlews letzter Tag auf Streife?«

Harry nickte. »Am nächsten Morgen hat er sich um eine Verwaltungsstelle beworben.«

»Und wann ist aus ihm dieser total nervtötende Schwachkopf geworden?«

»Er hat mit Bodybuilding begonnen. Je breiter er wurde, desto fieser wurde er.«

Harry betrachtete eine kleine Blüte in einem Hängekorb, eine grüngelbe Fahne von der Größe eines Dimes. »Burlew hat sich Muskeln zugelegt wie ein Kostüm. Mit dem Muskelkostüm musste er dann auch rumlaufen. Vor ein paar Jahren wurde er für Squills Sondertrupp angeheuert, ab da war er quasi sein Adjutant. Ich glaube, Squill hat gerne einen Kerl von Burlews Größe an seiner Seite, wie ein kleiner Mann, der hinter einem Pitbull herstolziert.«

»Und Burlew hat nie wieder von dieser Nacht gesprochen?«, fragte ich.

»Er hat mich keines Blickes mehr gewürdigt, es sei denn, sein Blick kam unterwegs in die Ferne zufällig an mir vorbei.«

Harry schüttelte den Kopf und ließ die Fahne aus seinen Fingerspitzen gleiten. »Als ich klein war, hat mir meine Tante jedes Jahr die Weihnachtsgeschichte von Charles Dickens vorgelesen. Ich hab die Geschichte geliebt, aber sie hat mir Angst gemacht. Am meisten mitgenommen haben mich nicht die drei Geister, sondern das Bild von Jacob Marley, das jedes Mal in meinem Kopf entstanden ist. Dieser ausgemergelte alte Kerl, der an den ganzen Ketten und Geldschatullen seiner Vergangenheit gefesselt ist. Ich schwöre, ich konnte das Klappern und Rasseln hören, als er seinen Scheiß durch die Ewigkeit schleppte.«

Harry schaute sich um, und ich sah, wie sich seine Nasenlöcher aufblähten, als er den feinen

Duft der Blüten einatmete, die Burlews verborgenes Leben schmückten, sein wahres Leben. Mein früheres Bild von Burlew hatte ihm die Fähigkeit zur Hingabe nicht zugestanden, aber als ich die Bücher, die Scheren, die Beutel mit Pflanzendünger und -erde sah, wurde meine Überraschung über Burlews aufopfernde Pflege von einer Trauer über die verpassten Chancen und fehlgeleiteten Möglichkeiten abgelöst, eine Trauer über eine Vergangenheit, die, so trist und unabänderlich wir sie sich haben entwickeln lassen, den Weg unserer Zukunft gestaltet.

Ich sagte: »Er hat geglaubt, du hättest mir von dieser Nacht erzählt. Deshalb ist er mir bei jeder Gelegenheit auf die Füße getrampelt.«

Harry zuckte mit den Achseln. Er spähte durch die Tür zu Burlews Leiche, dann wandte er sich wieder an mich.

»Glaubst du, dass die Menschen jemals die Ketten ihrer Vergangenheit abschütteln können, Cars?«

»Keine Chance, Harry. Der Trick besteht darin, dass man immer ein paar zusätzliche Glieder einfügt, damit man sie nicht hinter sich herziehen muss.«

»Ich werde dich morgen begleiten. Das weißt du.«

Ich legte meine Hand auf seine Schulter. »Danke, Amigo, aber Ava hat sich schon freiwillig gemeldet. Sie möchte mein *Zuither* sein.«

»Was ist das denn?«

»Macht über den Hinterhalt, Harry«, sagte ich. »Wenn man ihn richtig hält.«

»Komm schon, Carson«, bat Hembree. »Guck dir das hier an, damit wir abhauen können.«

Auf meinem Weg in die Küche wich ich Tischen und Pflanzenständern aus, alle überwuchert mit Blüten und Blütenblättern und grünen Dickichten. Hembree und sein Assistent hatten die Leiche auf die Seite gedreht, Hembree zeigte auf Burlews Rücken. Ich kniete mich hin und sah, dass sich die Haut durch das angesammelte und gestaute Blut großflächig dunkelrot und violett verfärbt hatte. Burlews gesamter Rücken war übersät mit Worten. Nicht in der üblichen winzigen Schrift, sondern in ein bis zwei Zentimeter großen Buchstaben, von seinem Nacken bis hinab zum Gesäß, ein durchgehendes Gekritzel aus schwarzer Tinte.

»Sieht so aus, als hätte sich unser Junge zu Episteln hochgearbeitet«, meinte Hembree. »Viel Spaß beim Lesen.«

Kapitel 28

Wie so häufig ging auch für Ava der Moment, den sie so sehr gefürchtet hatte – ihre Rückkehr zur Arbeit und die Begegnung mit Clair – ohne viel Aufhebens vorüber. Clair saß an ihrem Schreibtisch und ging, über ihre halben Brillengläser schielend, die Post durch. Als Ava und ich an ihrer Tür vorbeikamen, schenkte sie uns kaum Beachtung.

»Guten Morgen, Dr. Davanelle«, sagte Clair. »Schön, dass Sie zurück sind.«

»Es ist wunderbar, wieder hier zu sein.«

Clair vertiefte sich wieder in ihre Papiere, und das war's dann. Ava kontrollierte ihr Postfach, legte dies und jenes beiseite und zog sich dann für Burlews Obduktion um. Ava war für die erste Prozedur des Tages eingeteilt worden, bevor ich Clair von ihrem Alkoholproblem erzählt hatte, und Clair hatte offenbar keinen Grund gesehen, den Dienstplan zu ändern, nur weil es Avas erster Arbeitstag nach ihrer Rückkehr sein würde.

Und Ava belohnte dieses Vertrauen, indem sie mit der beherrschten und ruhigen Art, die ich als Erstes an ihr kennen gelernt hatte, in ihre Rolle schlüpfte und mit gleichermaßen kraftvollen und ökonomischen Handgriffen sowie sichtlichem Respekt gegenüber dem Verstorbenen ihrer Arbeit nachging. Ich betrachtete die Fotos von Burlews Rücken, während Ava die Worte für die Abschrift vortrug.

Du warst mit
warst du nicht   hat sie nicht Mädchen
schlimme Dinge in dir Mama
Wir müssen sicher sein   Sie macht wie
Zeit für die bösen Dinge Mama
dieses Mädchen wieder draußen   du lügst
Sie ist   sie herauszuholen   tief habe ich Angst
macht uns rein
Was weißt du   Was hast du gesagt
Nicht   Lügen   in dir habe ich Schmerz
Nein   Nicht wahr   Mach mich nicht zusammen
Hurdy-gurdy   Namby-pamby   Willy-Nilly   du
machst Angst Roly-poly
zum hältst Mund   erschrecke dich nicht

Und unten, quer über Burlews Steißbein, stand geschrieben:

Boston und Indianapolis   bitte berühren   Will
es Big Boston oder Little Indy sein?   Kokomo
Booooo   Peeeee   Mama

Squill kam, nachdem er die Medien vor der Tür eingelullt hatte. Mittlerweile zog der Fall die ganze Sensationsgier der Medien auf sich. Harry und ich hatten Hyrum, Squill und den drei Deputy Chiefs den schäbigen Verlauf der Geschichte dargestellt. Während der gesamten Berichterstattung zuckten sie zusammen und verzogen die Gesichter. Man kam zu folgender Übereinkunft: Wenn man Burlews schmutzige Wäsche in der Öffentlichkeit wusch, würde man nur die Polizei und die Peltiers in Verlegenheit bringen. Clair war unschuldig in die Geschichte geraten und Zane zu vermögend, um belangt zu werden, besonders da er sich lediglich der fleischlichen Lust und der Dummheit schuldig gemacht hatte. So blieb nur Terri Losidor, und eine Anklage gegen sie würde den Deckel von der Mülltonne lüften.

Ich schlug vor, dass Zane seine Verbundenheit mit der Presse demonstrieren könnte, indem er die Wiederbelebung einer alternativen Zeitung sponserte. Er schien dieser Idee aufgeschlossen gegenüberzustehen, immerhin war ich die letzte Person, die mit den Fotos gesehen worden war.

Ava beendete die Autopsie und verschwand, um sich zu waschen, sodass ich mit Squill allein war. Während der Untersuchung war er in der hintersten Ecke geblieben und hatte alles in Augenschein genommen, nur nicht die Autopsie.

»Haben Sie Peltier überprüft?«, fragte Squill und kam von hinten auf mich zu. »Ist er sauber?«

»Zane kann nicht mal Salami schneiden ohne Anweisungen. Außerdem hat er ein Alibi.« Zur Mordzeit war Zane Peltier bei seinem Anwalt gewesen, um die Details einer bevorstehenden Scheidung zu besprechen.

Squill sagte: »Wir stopfen Piss-it in die Tonne, Ryder. Die Task Force übernimmt den Fall. Burlew hat Scheiße gebaut, aber so ist das Leben.«

Das hatte ich erwartet. Squills Weste hatte durch die Aktivitäten seines Adjutanten Flecken bekommen, und die einzige Möglichkeit, sie wieder zu säubern, bestand darin, seine Typen von der Task Force an die Front zu schicken. Und PSET zu verbannen. Aber nachdem Burlew, Losidor und Zane aus dem Spiel waren, hatten Harry und ich ein deutlicheres Bild dessen, was übrig blieb.

Zudem würde ich den Fall heute Abend mit einem Profi besprechen.

Ich sagte: »Das wird nicht laufen, Captain. Harry und ich bleiben bis zum Ende dabei.«

»Wissen Sie was, Junior? Es ist bereits zu Ende.«

Ich starrte in Squills wässrige Augen. »Haben Sie versucht, uns von Burlew fern zu halten, Captain?«

»Wer sagt das?«

Ich zog ein gefaltetes Blatt Papier aus meiner Tasche und reichte es ihm. Die relevanten Abschnitte waren gelb hervorgehoben. »Notizen von unserer Besprechung, in der Harry und ich Ihnen von den vermissten Papieren erzählt haben. Jeder, der diese Notizen liest, könnte auf die Idee kommen, dass Sie nicht wollten, dass wir die Papiere finden. Besonders nachdem wir sie tatsächlich gefunden haben. Erinnern Sie sich, die Papiere, die uns auf Zanes Spur geführt haben?«

Squill betrachtete mich, als wäre ich Hundescheiße unter seinen Schuhen. »Woher sollte ich denn wissen, dass Peltier eine Schwuchtel ist?«

»Das wussten Sie nicht. Aber ich glaube, Burlew hat angedeutet, dass er Zanes Kopf irgendwie in der Schlinge hatte. Vielleicht hätte er für Sie ein paarmal daran gezogen, bevor er die Polizei verlassen hätte. Burlew war Ihnen etwas schuldig, der Kerl musste seit Jahren keine Polizeiarbeit mehr machen – nur die Drecksarbeit für Sie erledigen.«

Ich hatte mit Verärgerung gerechnet, stattdessen bekam ich eine Vorführung in Selbstgefälligkeit. »Sie behaupten, ich hätte die Ermittlungen behindert, Ryder? Habe ich das gerade gehört?«

»Was macht es schon, wenn ein Mörder, der seine Opfer köpft, ein paar Tage länger frei herumläuft? Hauptsache Ihre Chancen, Deputy zu werden, erhöhen sich, nicht wahr?«

Er schüttelte den Kopf, ein gespenstisches Lächeln schlich über seine schmalen Lippen. »Sie halten sich für was ganz Besonderes, was? Ich werde aufsteigen, Ryder. Und Sie setzen sich besser einen Eimer auf den Kopf, wenn es so weit ist.«

»Ich weiß, dass Sie Macht haben, Captain. Man hat mir erzählt, dass Plackett in Ihrer Schuld steht. Anscheinend haben Sie aus ihm einen Liebling der Medien gemacht, einen erstklassigen Phrasendrescher. Und wahrscheinlich sogar den nächsten Chief.«

Squill blickte sich um, ob auch niemand in den Raum gekommen war. »Unter uns, Ryder«, sagte er hämisch. »Ich habe Plackett gemacht. Ich habe ein Stück beschissenen Ton genommen und daraus den neuen Kopf der Polizei geformt.«

»Und nebenbei haben Sie uns Steine in den Weg geworfen.«

Er lächelte und zwinkerte. »Das sieht nur für einen Paranoiden wie Sie so aus, Ryder. Gehen Sie zurück zu Ihrer Einheit und klären Sie ein paar Schießereien unter Niggern auf.«

»Sie sind ein grauenhafter Polizist, wissen Sie das, Squill? Wenn wir ohne Burlews kleine Spielchen weitergekommen wären, würde er jetzt vielleicht nicht dort liegen.«

»Pech gehabt. Es bricht mir das Herz. Sie sind raus aus den Ermittlungen.«

»Sie wissen, dass Zane Peltier Einfluss auf die Polizeikommission hat, nicht wahr?«

Er legte sich eine Hand aufs Herz und täuschte Überraschung vor. »Niemals.«

»Zane ist Generaldirektor von Mobile Marine Resources. Der Aufsichtsratsvorsitzende sitzt in der Kommission. Das war Ihnen bekannt; Sie wissen genau, wie es läuft. Sollte Burlew noch eine Kleinigkeit zu seinen Forderungen hinzufügen? Sollte er Zane dazu bringen, ein paar Strippen zu ziehen? Nur zur Sicherheit?«

»Ich gebe Ihnen einen Rat, Ryder: Mischen Sie sich nicht ein, wenn Erwachsene spielen.«

»Wollen Sie um jeden Preis gewinnen, *Deputy Chief*?«

Er lachte und boxte meinen Arm, als er rausging. »Sie sind keinen Preis wert, Ryder, Sie sind eine Ameise, auf die ich trete. Machen Sie sich nicht größer, als Sie sind.«

Bevor ich mich auf meine nächtliche Aufgabe vorbereitete, rief ich die Mordkommissionen in Indianapolis, Boston und Kokomo an und fragte, ob es dort Fälle gab, die denen ähnelten, die wir zu bearbeiten hatten. Nein, sagten die Leute, mit denen ich sprach, nicht einmal annähernd, aber viel Glück. Gott sei Dank sind es eure Fälle und nicht unsere.

Auf meinem Weg nach draußen schaute ich in Avas Büro vorbei. Ich umarmte sie und sagte ihr, dass sie großartige Arbeit geleistet habe. Eine Kristallvase mit frischen Blumen thronte auf ihrem

Schreibtisch und hellte die Atmosphäre auf. Ein Geschenk von Clair. Ava reichte mir einen dicken Ordner mit Fotos und Berichten von mehreren Fällen. Ich steckte ihn in meine Aktentasche.

»Und die andere kleine Sache?«, fragte ich. »Hast du gerade zugehört?«

»Ich habe dich klar und deutlich verstanden«, antwortete sie und reichte mir einen kleinen weißen Umschlag.

Ich schob ihn in meine Tasche. »Morgen führe ich dich aus, um deine Rückkehr in die Welt der Lebenden zu feiern.«

»Ich wünschte, es wäre heute Abend«, sagte sie.

»Heute Abend müssen wir etwas erledigen. Bist du bereit?«

»Wenn das bedeutet, Angst zu haben, dann war ich schon den ganzen Tag bereit.«

Kapitel 29

»Was ist DAS?«

Freundlich, als hätte ich zufällig einen alten Freund auf dem Markt getroffen, stellte ich die beiden vor. »Ava, das ist mein Bruder, Jeremy.«

Ava streckte ihre Hand aus. »Hallo, Jeremy. Ich freu…«

»Was hat das HIER ZU SUCHEN?« Jeremy sprang vom Bett auf mich zu und deutete mit einer kaum merklichen Kopfbewegung auf Ava. »Wir können nicht reden, wenn ES hier ist.«

»Sie kann sich in die Ecke setzen, wenn du willst. Dann stört sie uns nicht.«

»Ich werde nichts sagen, nichts. NICHT, wenn ES hier bleibt.«

Ich zuckte mit den Achseln.

»Du hast mir versprochen, dass wir reden und dann … DAS IST MEIN RECHT.«

»Das machen wir auch.«

»SIE IST hier!«

»Ich wollte, dass sie mitkommt. Sie bleibt.«

Er schloss seine Augen und verschränkte die Arme. »Ich sage kein Wort mehr.«

»Dann ist unsere Abmachung …« Ich winkte ab. *Null und nichtig.*

Bevor er einen Schritt zurücktrat, machte Jeremy Drohgebärden und schnappte mit den Zähnen nach Ava, ein Verhalten, das Affen anwenden, um Dominanz zu vermitteln und ihr Territorium abzustecken. Ich wollte ihn zurückhalten, doch Avas Blick sagte mir, dass ich mich nicht rühren sollte. Er umkreiste sie, wackelte geifernd mit seiner Zunge, er machte Krallen aus seinen Händen und fuchtelte zischend damit vor ihr herum. Er knurrte und schrie, er fauchte und spuckte neben ihr auf den Boden. Er ahmte eine Masturbation nach, stöhnte und tat so, als würde er über sie ejakulieren.

Sie gähnte.

Flehend wandte er sich an mich. »ES KANN NICHT BLEIBEN! BITTE schicke es, sie weg, Carson. Ich habe meine Bedürfnisse, unser … Ritual. Wir brauchen Zeit für uns.«

Ich schaute auf die Uhr. »Unsere Zeit hat bereits begonnen.«

Er verschränkte die Arme und klopfte mit dem Fuß auf den Boden. »Dann wirst du nicht erfahren, was ich weiß. Ich weiß es, Carson. Ich weiß, wer es ist.«

»Du weißt, wie man andere manipuliert. Das ist dein einziges wahres Talent.«

Er begann mit einer Kinderstimme zu trällern: »Ich weiß, wer es ist, und du weißt es nicht …«

Ich hatte keine Ahnung, ob er log oder ob sein verdrehter fachmännischer Geist eine Verbindung gefunden hatte, die uns entgangen war. Aber ich hätte wetten können, dass er mich genauso brauchte wie ich ihn.

Ich sagte: »Sie bleibt.«

Jeremy fletschte seine Zähne, schnappte zweimal in die Luft und zog sich in die Ecke zurück. Er tat so, als würde er seine Fingernägel betrachten, doch aus dem Augenwinkel beobachtete er Ava.

»Dann erzählen Sie mal, werte Dame«, sagte er und polierte seine Nägel an seinem Hemd, »huren Sie viel?«

»Ich hure nie«, sagte sie vergnügt.

»Alle Frauen huren. Es ist ihnen ANGEBOREN! Was tun Sie, dass Sie auf den Gedanken kommen, nicht zu huren?«

»Erkundigen Sie sich nach meinem Job, Mr Ridgecliff? Ich bin Assistenzpathologin im Gerichtsmedizinischen Institut.«

Jeremy stieß sich von der Wand ab und kreiste wieder um Ava. Nervös trat ich näher.

»OH, UNSELIGE LIEBE GOTTES!«, schrie er und presste seine Hände auf die Schläfen. »Wann hört endlich dieser POLITISCH KORREKTE SCHEISS AUF! Ein zartes, kleines Ding wie Sie wühlt durch Leichen? Zupfen Sie an ihnen? Berühren Sie ein Fetzen Gewebe hier, ein Stückchen Sehne dort? Oder schauen Sie einfach zu und lassen EINEN UNTERGEBENEN MANN DIE ARBEIT TUN? Sagen Sie, Sir, könnten Sie dieses rosa Ding da rausrupfen? Das wie eine schmierige Tomate aussieht? Stecken Sie es in ein Gurkenglas. Es ist ein Weihnachtsgeschenk für einen Lover. Was MACHEN Sie denn mit den Leichen, Süße?«

Ava stellte sich genau vor Jeremy und erwischte ihn kalt. Er drehte sich weg, sie folgte ihm, ohne ihn aus den Augen zu lassen. Er trat zur Seite, sie verstellte ihm den Weg. Es sah aus, als würden sie einen lateinamerikanischen Tanz aufs Parkett legen. Jeremy erstarrte und wusste nicht mehr wohin. Ava lächelte ihn süßlich an.

»Ich mache eine ganze Menge mit den Leichen, Mr Ridgecliff«, flötete sie, »aber am liebsten schneide ich ihre Bäuche auf, klettere hinein und paddele mit ihnen wie mit einem Kanu durch den ganzen Raum.«

Jeremy zuckte, als hätte ihn ein Stromschlag getroffen. Sein Hals wurde steif und er zischte durch die Zähne. Dann ging er zu seinem Bett, setzte sich hin und schloss die Augen so fest, als wollte er selbst Gedanken am Eintreten hindern. Eine volle Minute saß er da, ehe sich seine Augen wieder öffneten und schon wieder Ava fixierten. Seine Stimme war wie Frost auf einem Elfenbeinfenster, genauso kalt wie das Lächeln, das über seine Lippen huschte.

»Sie haben sich soeben einen Platz in der Runde erkauft, Girly. Ich hoffe, Sie genießen die Aussicht.«

Er wandte sich von Ava ab und schwenkte plötzlich seine Hand in meine Richtung. »Hat der Drugstore die neuesten Hochglanzbilder entwickelt, Bruder?«

Ich reichte Jeremy die Fotos von Burlew. Beim letzten Besuch hatte ich alle Materialen über die Enthauptungen mitgebracht. Für dieses Mal hatte er um Berichte über jeden ungeklärten Mordfall des letzten Jahres gebeten. Jeremy legte alle Unterlagen neben sich aufs Bett und begann damit, die Fotos von Burlew zu betrachten. Auf dem Gesicht meines Bruders erschien ein grausames Lächeln.

Mr Cutter wischte sich den Schweiß von der Stirn, legte die Wasserwaage auf das Regal zu den anderen Werkzeugen und blickte stolz auf sein Abendwerk. Der neue Autopsietisch stand in der Mitte des Raumes und schimmerte unter einer abgeschirmten Arbeitsleuchte, die an der niedrigen Decke der Kabine hing. Der Tisch war durch reinste Vorsehung in seine Hände geraten; erneut hatte sich das Universum eingeschaltet. Die Abwasserrohre hatte er durch den Schiffskörper nach draußen verlegt, Ordentlichkeit war alles. Da die nächste befestigte Straße zwei Meilen entfernt war und es keine Stromleitung gab, hatte er im Kielraum aus Autobatterien eine Stromversorgung aufgebaut. Ein kleiner Honda-Generator lud die Batterien auf, aber diesen lärmenden Apparat benutzte er nur selten.

Er ging ins Lotsenhaus. Steuerrad, Apparaturen und die meisten anderen Dinge waren ausgebaut worden. Vor Jahren hatte irgendein Optimist das Boot aus dem Fluss auf die hohen Lagerblöcke schleppen lassen, um es wieder in Stand zu setzen. Aber da das Boot zu altersschwach war, war es in Vergessenheit geraten und hatte auf Mr Cutter gewartet, der auf einem seiner Erkundungsgänge hier vorbeigekommen war. Stück für Stück brachte ihm das Universum alles zurück. Nun hatte er das Boot für einen anderen Zweck ausgestattet.

Mr Cutter beobachtete, wie das Mondlicht über das Feld und fünfzig Meter zur Linken über den kurzen Seitenarm des Flusses strich, der vom Hauptlauf abzweigte. Den Fluss selbst konnte er nicht sehen, er war hinter dichtem Gebüsch versteckt, der den Garnelenkahn fast einkreiste. Er ging zurück in die Kabine. Es war an der Zeit, die letzten Bilder zusammenzustellen. Diejenigen, die Mama die Geschichte erzählten.

In ihren eigenen Worten.

Und viel Zeit war nicht mehr. Dieser verdammte Detective schnüffelte schon herum und stellte Fragen. Er hatte etwas gerochen. Egal. Dieser Teil der Reise, der einzige Teil, den der Detective beeinflussen konnte, würde bald Geschichte sein. Mr Cutter würde seine Maske abnehmen, sein Make-up entfernen und sein wahres Gesicht zeigen.

Eine halbe Stunde widmete sich Jeremy den Fotos und dann eine weitere Stunde den Berichten. Ava und ich saßen abseits, während Jeremy die Fotos anknurrte, sie beschnupperte und mit einer Hand über sie fuhr, als wären in den Farben geheime Botschaften eingeprägt. Dann verstreute er sie wie Konfetti auf dem Boden.

»Warum hast du mir nicht von dem Pathologen erzählt, der seine Grabscher durch eine Bombe verloren hat? Das verändert ALLES.«

Jeremy hielt den Ermittlungsbericht über den Caulfield-Vorfall hoch und tat so, als würde er ihn durch eine Lorgnette betrachten. Der Bericht war den Unterlagen zum Fall Mueller beigelegt worden.

Ich sagte: »Caulfield? In dem Fall gab es zwar einen Mordversuch, aber der zielte auf Mueller ab.«

»Das habe ich gelesen, Bruder. Jemand hat eine Bombe in Muellers Allerwertesten geschoben, wissend, dass er nach dem Aufwachen versuchen würde, die Verstopfung zu entfernen, womit er seinen Auspuff in Stücke gerissen hätte. Bei dem Lebensstil des Mannes hätte ihn eine solche Entdeckung nicht überrascht. Gähn, was ist es denn dieses Mal ... ein Kürbis? Ein Cockerspaniel? Wer hätte ahnen können, dass vorher das Herz des Mannes explodiert und er in die Leichenhalle gebracht wird.«

Ich sagte: »Die Bombe war nicht für Caulfield bestimmt. Er hatte einfach furchtbares Pech.«

»Versetz dich mal in Caulfields Lage. Er hatte Jahre auf diesen Moment hingearbeitet, ihm wurde eine Obduktion übertragen, die er eigentlich gar nicht machen sollte, und dabei werden ihm seine Fühler zu Brei gebombt. Auf Wiedersehen, Karriere.«

»Was meinst du damit? Er hätte die Obduktion nicht machen sollen?« Ich riss das Blatt aus Jeremys Händen.

»Steht alles da. Für Muellers Obduktion war Dr. Peltier eingeteilt. Sie ist gnädigerweise zurückgetreten und hat Caulfield das Hackebeil überlassen.« Er hob eine Augenbraue. »Oh, war das ein freudscher Versprecher?«

Ich las den Bericht. Clair hatte die Obduktion im letzten Augenblick an Caulfield übergeben. Das war mir neu; es war nicht unser Fall gewesen. Jeremy lachte spöttisch. »Vielleicht war der gute Dr. Caulfield durch seine Einwechslung etwas angepisst.«

»Wie passen die Worte dazu? Ich sehe keine Verbindung.«

»FANG NICHT mit den WORTEN AN! Für DICH müssen sie keinen Sinn ergeben.«

»Ich möchte, dass sie etwas bedeuten«, sagte ich, verwirrt, dass das dichte Gekritzel der Phrasen keine Ordnung ergab, dass mir immer noch kein Licht aufging.

»Etwas bedeuten? ETWAS BEDEUTEN? Was weißt du von Bedeutung? Hast du gewusst, was das brennende Seidentuch über den Augen von Adrians kleinen Püppchen bedeutet hat? Deine Kollegen hatten gemeint, Adrian wollte nicht gesehen werden. Ich habe dir gesagt, es wäre ein Bund der Liebe ... Hatte ich dir nicht erklärt, dass Adrian seine Brände weit mehr liebte, als eine Frau jemals einen Mann lieben kann? Hatte ich dich nicht von hier weggeschickt, um nach Fällen von Brandstiftung zu suchen? Die erste Stufe in ... darf ich ihn Joel nennen? Danke ... in Joels Auswahlprozess? Hatte ich nicht gesagt, dass Joel seine Kandidaten an seinen Feuern findet und sie verfolgt, bis sich DIE KRAFT DER LIEBE DURCHSETZT?«

Es hatte keinen Sinn ergeben, dass ein Feuer für Joel Adrian ein spirituelles Wesen war. Es hatte keinen Sinn gemacht, dass seine Opfer an den von ihm gelegten Bränden in die Todesfalle tappten. Ich hatte es nicht verstanden, doch Jeremy hatte nicht nur das verstanden, er hatte auch gewusst, dass die nächsten vier Opfer an Brandstätten ausgewählt wurden. Ich konnte mich nicht in die Welt des Joel Adrian versetzen, wofür ich Gott täglich dankte, aber Jeremy konnte es. Wie konnte ich also nun an seinen Worten zweifeln?

Ich nickte. »Du hattest Recht, Jeremy. Das kann ich nicht bestreiten.«

Ava meldete sich zu Wort. »Ihre Mitarbeit hat Leben gerettet, Mr Ridgecliff.«

Jeremy wandte sich mit einem höhnischen Lächeln an Ava. »Für Sie ist es die Rettung von Leben, Hexe. Für mich ist es VERRAT AN JOEL ADRIAN!«

Erschreckt ließ Ava ihre Tasche fallen, der Inhalt fiel zu Boden. Ein rotes Feuerzeug schleuderte über die weißen Fliesen.

»Oh, nicht so aufgeregt, Schätzchen«, sagte Jeremy und betrachtete lächelnd das Feuerzeug. »Dazu kommen wir noch.«

Er stand auf und begann wieder im Kreise zu laufen. »Caulfield hat am ersten Arbeitstag seine Karriere verloren, Carson. Jahrelange Mühen waren ...« Er lächelte. »... im Handumdrehen für die Katz. Ich glaube, der Junge nimmt es seiner guten Chefin ein kleines bisschen übel, dass sie seine Losnummer aus der Trommel gezogen hat. Sieh die Leichen als – Postkarten, das ist eine hübsche Analogie. Postkarten aus der Hölle. Ich vermisse dich, wäre schön, wenn du hier wärst. Und dort wird sie sein, wenn unser Junge in der Sache ein Wörtchen mitzureden hat.«

Ava sagte: »Warum werden die Opfer geköpft?«

Jeremy drehte seinen Kopf ruckartig zu ihr herum, die Adern auf seinem Hals pulsierten. »Weil ETWAS FEHLEN muss, Girly, und fehlende Finger würden auf ihn deuten. Ist das ein Oxymoron? Und denken Sie daran: Was ist selbst der perfekteste Körper ohne Kopf? Nichts. Was ist der perfekteste Pathologe ohne Hand?« Er sagte: »Wie wurden die Köpfe entfernt?«

»Mit nahezu chirurgischer Präzision«, entgegnete ich.

Jeremy verschränkte seine Arme und klopfte ungeduldig mit dem Fuß auf den Boden. »Erkennt man daran nicht einen Mann, der sich dem Aufschneiden und Zerteilen verschrieben hat?«

Ava runzelte die Stirn und sagte: »Es war keine

chirurgische Präzision. Er hat gezögert, der Schnitt war nicht perfekt.«

»Seine Scheißhand ist im Arsch, du HURE!«

Plötzlich lag Jeremy auf dem Boden und meine Hände umschlossen seinen Hals. Er machte keinen Versuch, sich zu wehren. Ava zog mich weg. »Carson! Hör auf!«

Ich löste meinen Griff. Verwirrt schaute Jeremy Ava an. »Danke, meine Liebe«, sagte er, während er sich sammelte und aufstand. Mich starrte er finster an.

Ava sagte: »Wenn er sie so sehr hasst, warum ...«

»Warum entfernt er dann nicht ihren gehassten Kopf? Er hat etwas vor, er legt ein Fundament. Er hat gelitten und er hat den Plan, ihr die Schmerzen mit Zinsen und Zinseszinsen zurückzuzahlen.«

Jeremy lächelte und verbeugte sich. »Unsere Arbeit ist erledigt, Tonto«, sagte er zu mir. Dann wandte er sich wieder an Ava. »Könnte ich jetzt das Feuerzeug haben, Schwester?«

KAPITEL 30

»Vielleicht hat mein Bruder schon von unserem kleinen Arrangement erzählt«, sagte Jeremy und rieb seine Hände aneinander, als versuchte er, ein Feuer zu entfachen. »Meine Worte für seine ... Musik. Zuerst dachte ich, Ihre Anwesenheit würde unser Ritual stören. Aber Sie, meine Liebe, haben die magischen Schönheiten berührt und sind durch die stinkenden Blumen geschwommen, die darin wachsen. Sie sind bis zu Ihren zarten kleinen Handgelenken ...« Er streckte seine Hand aus und berührte fast ihre Fingerspitzen. »... in der Herrlichkeit gewesen. Vielleicht werden Sie sogar etwas lernen.«

Er wandte sich an mich. »Warum ziehst du nicht schon mal dein Hemd aus, Bruder? Ich weiß, du kannst es kaum noch erwarten, jedem von Dr. Stummelfingers Abenteuern zu erzählen, aber zuerst werde ich ausgezahlt.«

Ich nickte Ava zu. Sie öffnete ihre Handtasche und holte das Feuerzeug hervor, ein einfaches rotes Bic-Feuerzeug aus Plastik und Metall und Butan im Wert von fünfundsiebzig Cent. Sie legte es in ihre geöffnete Hand und bot es Jeremy an. Als er nach dem Werkzeug griff, zitterten seine Hände, er schien sich zu fragen, wie er es nehmen konnte, ohne sie dabei zu berühren.

»Tun Sie, was Sie nicht lassen können, Jeremy«, sagte Ava. »Aber tun Sie es so, dass es für den Rest des Lebens reicht.«

Er hielt inne.

»Für den Rest des Lebens?«

Ava fegte die Fotos vom Tisch. Sie wehten über den weißen Boden wie exotische Blätter.

»Was MACHEN SIE DA?«

Sie sagte: »War es nicht lustig bisher, Jeremy? Solange Ihnen jemand von außerhalb der Mauern seltene Blumen gebracht hat?«

Er sah mich an. »Was SAGT es?

Ava hielt ihm das Feuerzeug hin wie ein Geschenk. »Holen Sie tief Luft, Mr Ridgecliff. Heute haben Sie das letzte Mal die Möglichkeit, die magischen Blumen zu riechen.«

Er schaute mich entsetzt an wie ein Fisch im Visier eines Fischadlers. »Was SAGT es? Was soll das BEDEUTEN?«

Ich schaute weg.

»Sie haben schöne Hände, Jeremy«, fuhr Ava fort. »Schauen Sie sie an. So weich und geschmeidig. Aber stellen Sie sich die Hände eines alten Mannes vor. Farblos und faltig wie Krallen. Wenn Ihre Hände so geworden sind, Hände, die fünfzig Jahre älter sind als jetzt, werden sie immer noch nichts außerhalb dieses Gebäudes berührt haben. Denn Ihre einzige Möglichkeit, etwas außerhalb dieses Gebäudes zu berühren, erhalten Sie durch Carson. Und wenn Sie ihn heute Abend mit Feuer traktieren, dann schwöre ich Ihnen, dass diese Möglichkeit ein für alle Mal vorbei ist.«

Als sie mit dem Feuerzeug näher kam, wich er zurück und schaute zwischen mir und dem Feuerzeug hin und her. Ich sagte nichts, dies war allein Avas Sache.

»Schauen Sie Ihre Hände an, Jeremy«, sagte sie. »Das Nächste, was sie außerhalb dieser Mauern berühren werden, wird das Grab sein.«

Er betrachtete das Feuerzeug, als würde er aus Eingeweiden weissagen. Seine Nasenflügel bebten. Er schlug ihr das Feuerzeug aus der Hand, das quer durchs Zimmer flog. Dann setzte er sich hin, verschränkte die Arme und schlug die Beine übereinander und schaute mit gespieltem Desinteresse weg.

»Na schön. Sie haben gewonnen, Frau Pathologin. Aber nur, weil Sie ihn von mir weggezogen haben. Sie haben was gut. Mein eigener Bruder wollte MICH ERWÜRGEN.« Er lächelte eisig, beugte sich dann vor und tippte mit einem kalten Finger an meine Hand.

»Und damit wir uns richtig verstehen, Carson, dieser kleine, äh, Aufschub gilt nur für das heutige Geschäft. Beim nächsten Mal werde ich keine Hintertürchen mehr zulassen.«

»Danke«, sagte Ava. Jeremy machte eine abwehrende Handbewegung.

Als Ava und ich gingen, blieb er sitzen. In seinem Blick lag etwas Beängstigendes, schwer Fassbares. Er hatte sich zu schnell und zu einfach zufrieden gegeben. Im Normalfall hätte Jeremy geschrien, geschimpft, jedes Wort von Ava abgewägt und mit seiner eigenen verqueren Logik gekontert. Noch nie hatte ich ihn verlassen, ohne dass er Flüche ausgestoßen oder unflätige Lieder gesungen oder mich gebeten hatte, noch ein letztes Mal vom Schmerz unserer Mutter zu berichten. In meinem Kopf klingelte ein lauter, falscher Ton, das dumpfe Hämmern einer bleiernen Glocke, und ihr stumpfes, stampfendes Läuten folgte mir durch die Tür.

»Das pflege ich immer so zu tun«, erklärte Clair am nächsten Morgen. »Ich lasse einen neuen Pathologen immer in dem Glauben, der erste Arbeitstag wäre lediglich dafür da, sich einzugewöhnen und mit den Gepflogenheiten des Instituts vertraut zu machen. Aber wenn eine Autopsie ansteht, biete ich ihnen die Durchführung an. Ich möchte sehen, wie sie auf das Angebot reagieren.«

Es war acht Uhr am Morgen. Wir befanden uns in Clairs Büro. Ich hatte ein Kuchenpaket mitgebracht, das ich auf dem Weg gekauft hatte. Alle Hinweise schienen auf Caulfield zu deuten. Ich konnte mir aus den Worten auf Burlews Rücken keinen Reim machen, auch nicht aus den Botschaften auf den Leichen von Nelson und Deschamps. Alles, was ich hatte, war Jeremys Aussage, dass sie ein Teil von Caulfields innerer Befindlichkeit waren und dass sie durch keine noch so elaborierte Erklärung für einen gesunden Geist einen Sinn ergeben würden.

»Ich hatte Todesangst, als Sie mich gefragt haben«, erzählte Ava. »Doch als es vorbei war, hatte ich das Gefühl, Teil der Gruppe, des Teams zu sein.«

»Als würde man ins kalte Wasser gestoßen werden«, pflichtete ihr Clair bei. »Das Auge des armen Dr. Caulfield hat vor Aufregung gezuckt.« Sie schloss ihre Augen. »Aber er konnte die Autopsie nicht zu Ende führen.«

»Im Institut spricht niemand von ihm«, sagte Ava. »Als wäre es ein Fluch.«

»Das war es auch«, sagte Clair. »Der Vorfall war zudem die Motivation für die Renovierung. Der gesamte Autopsiesaal war mit Blut bespritzt, deshalb habe ich die Tragödie zum Anlass genommen, einen kompletten Umbau durchzusetzen. Es hat Monate gedauert, aber schließlich haben wir es geschafft.«

»Haben Sie Caulfields Adresse?«, fragte ich Clair.

Sie nickte und ging zu ihrem Schreibtisch. »Ein Postfach irgendwo in den Talladega-Bergen. Er erhält als Entschädigung einen monatlichen Scheck.«

Sie kehrte mit einem Foto von Caulfield zurück, das für seinen Dienstausweis aufgenommen worden war. Er sah aus wie ein netter und angenehmer Kerl, einer, dem man ein Bier ausgeben würde, nur weil er neben einem an der Bar stand.

Auf der steilen und ausgefahrenen Straße in die Talladega-Berge war ich froh, dass ich nicht an einem Vierradantrieb gespart hatte. Der Wagen kämpfte wie ein Boot gegen einen reißenden Strom an, der Bug hüpfte hoch, krachte wieder herunter, schlingerte, machte einen Satz nach vorn, während unter meinem Heck jede Menge Kielwasser aus grauem Staub hervorwirbelte. Nachdem ich meinen Wagen und meine Nieren eine Viertelstunde gequält hatte, entdeckte ich Caulfields Haus genau an der Stelle, die mir die freundliche Dame im Postamt beschrieben hatte: auf einer sanften Anhöhe zu meiner Linken, hinter der sich der Berg sogleich schroff erhob. Auf der rechten Seite stürzte der Abhang wie ein Wasserfall hinab. Angesichts des Zustandes der Straße, die weiter den Berg hinaufführte, war hier wohl das Ende.

Ich hielt neben einem verstaubten blauen Cherokee und rieb meine von der fünfstündigen Fahrt müden Augen. Das Haus war bescheiden, aber gut in Schuss, das Holz hatte einen frischen weißen Anstrich, der Vorgarten war frei von abgenutzten Reifen und verrosteten Fahrzeugen, die auf die anderen Grundstücke, an denen ich vorbeigekommen war, vom Himmel geregnet zu sein schienen. Der Stoß Brennholz neben der Vorderveranda hätte eine Auszeichnung in einem Holzstapelwettbewerb gewinnen können. Auf der Veranda stand ein Schaukelstuhl, daneben ein Tisch, auf dem ein kleiner Stapel Magazine lag. Ich blickte über das Tal. Die klare Bergluft verkürzte die Entfernungen, ich hatte den Eindruck, durch ein Fernglas zu schauen. Unten im Tal lag eine Stadt, die von hier oben wie eine im Grünen verteilte Häusergruppe wirkte. Kirchtürme und ein paar größere, gewerbeartige Bauten stachen durch die Baumwipfel hervor. Am Rande der Stadt stand ein zweigeschossiges, offiziell aussehendes Gebäude mit einer geschwungenen Auffahrt und einem großen, gefüllten Parkplatz. Wahrscheinlich eine medizinische Einrichtung.

Ein Sicherheitszaun umgab Caulfields Haus, am Zaun hingen Warnschilder: ZUTRITT VERBOTEN, VORSICHT BISSIGER HUND, BETRETEN VERBOTEN. Im Garten gab es keine Hundehaufen. Langsam stieg ich aus meinem Wagen und blieb im Schutz der Tür stehen, die außerdem die

Neun-Millimeter in meiner Hand verbarg. Um meinen Knöchel hatte ich eine .32er geschnallt, auf dem Fahrersitz lag ein Gewehr.

Hinter mir raschelte es, geduckt fuhr ich herum. Ein Erdhörnchen flitzte durch den Garten in den Holzstapel. Mein Herz raste, und als ich mich wieder zum Haus drehte, kam ich mir idiotisch vor. Mit der Dienstmarke in der ausgestreckten linken Hand rief ich über den Zaun. »Dr. Caulfield! Ich bin Carson Ryder vom Mobile Police Department. Ich würde gerne einen Augenblick mit Ihnen sprechen.«

Ich beobachtete die Tür und die Fenster. Jederzeit auf der Hut, falls jemand mit einem Gewehr herausgerannt kam und um sich ballerte. Nichts.

»Dr. Caulfield, würden Sie bitte an die Tür kommen, Sir.«

Ich sah es. Ein kaum wahrnehmbarer Schlitz im Vorhang. Ich winkte einem einzelnen Auge zu. »Ich will Ihnen nichts Böses. Ich möchte nur mit Ihnen reden ... über den Tag, an dem alles schief gelaufen ist.«

Langsam verstrich eine Minute. Mir fiel auf, wie laut es im Wald durch Vogelgezwitscher und Insekten war. Quietschend ging die Tür ein paar Zentimeter auf.

»Gehen Sie«, sagte eine tiefe Stimme hinter der Tür.

»Es gibt etwas, über das wir reden müssen.«

»Suchen Sie sich jemand anderen zum Reden.«

»Es ist wichtig, Doktor. Es könnte damit zu tun haben, was mit Ihrer Hand passiert ist.«

Erneut Vogelgezwitscher und Insekten. Dann kam eine Hand hinter der Tür hervor. Oder das, was davon übrig geblieben war. Die Stimme schrie: »Sie möchten über meine Hand reden? Da ist sie. Inspiriert sie Sie zu einem Gespräch?«

»Ich habe drei tote Männer am Hals, Doktor. Ihnen fehlen die Köpfe und mir fehlen die Antworten. Sind Sie nicht dafür ausgebildet worden? Für die Toten zu sprechen?«

Stille. Ich sah einen Eichelhäher durch die Bäume fliegen. »Wir haben ein Riesenproblem in Mobile, Doktor. Bitte helfen Sie mir.«

Langsam öffnete sich die Tür der Hütte, dann trat ein zierlicher Mann auf die Holzstufen. Er trug ein zu großes schwarzes Sweatshirt über Khakihosen, die dunklen Haare waren ordentlich gekämmt, der Ausdruck in seinem gut aussehenden Gesicht wechselte zwischen Trotz und Verwirrung. Der rechte Ärmel seines Sweatshirts war bis zum Bizeps hochgerollt, der linke hing locker hinab, um seine beschädigte Hand zu verbergen. Auf der Hut vor einem Trick musterte ich den Ärmel, doch die Hand, die ich gesehen hatte, konnte keine Waffe halten.

Ich sagte: »Ich wäre dankbar, wenn Sie ein wenig Zeit für mich übrig hätten, Doktor.«

Er starrte einen Moment auf die Krone einer großen Platane, dann seufzte er und wandte sich wieder an mich. »Zeit habe ich mehr als genug. Stecken Sie die Waffe weg, die Sie zu verbergen glauben, und kommen Sie herein.«

Ich ging durch das Tor und auf die Veranda, wo sein leerer, flatternder Ärmel mich durch die Tür winkte. Während ich über die Veranda ging, bemerkte ich, dass zuoberst auf dem Zeitschriftenstapel eine Ausgabe des *Krankheits- und Sterblich-*

keitsberichts der Krankheitskontrollbehörde lag, Pflichtlektüre für einen Pathologen.

»Sie haben Recht«, sagte er leise von seiner Seite des Esszimmertisches. »Ich war nicht für die Autopsie eingeteilt. Meine erste Autopsie sollte am nächsten Morgen stattfinden. Aber als mich Dr. Peltier fragte, ob ich die Untersuchung übernehmen wollte, was sollte ich da schon sagen? Selbstverständlich sagte ich Ja.«

Dr. Alexander Michael Caulfield war nicht annähernd so, wie ich ihn mir gewünscht hatte. Er hatte weder wirre Augen, noch plapperte er wirres Zeug, er war weder eiskalt noch geometrisch präzise. Er belauerte mich nicht und überwältigte mich nicht. Seine Tische waren mit medizinischen Texten statt mit Messern bedeckt. Seine Wände waren nicht mit Fotos von Clair tapeziert oder mit Blut bespritzt, sondern mit Schwarzweißfotografien von Berglandschaften dekoriert. Ein Kochbuch für fettarme Gerichte auf einem Arbeitstisch beruhigte mich irgendwie: Würde sich ein von Rachegefühlen angetriebener Mörder um Cholesterin scheren? Kurz gesagt, Dr. Caulfield schien mir wie die breite Mehrheit von uns ein menschliches Wesen mit normalen Stärken und Schwächen zu sein.

»Hatten Sie damit gerechnet, dass Clair Ihnen die Verantwortung für die Autopsie übertragen würde?«

»Nein. Ich war so aufgeregt, dass mein Auge zu zucken begann. Dr. Peltier sah zu, verstehen Sie? Ich hatte jeden einzelnen Artikel von ihr gelesen und an drei Symposien teilgenommen, die sie geleitet hat. Später habe ich erfahren, dass die Übergabe einer

Autopsie ihre Art ist, ihr Vertrauen in die Fähigkeiten der neu eingestellten Pathologen zu zeigen.«

»Wie haben Sie von der Stellung erfahren?«

»Auf einem schwarzen Brett in der medizinischen Fakultät wurden freie Stellen nach Spezialgebieten aufgelistet. Ich habe die Anzeige aus Mobile gesehen und mich beworben. Bevor ich eingestellt wurde, habe ich mich zweimal mit Dr. Peltier getroffen. Ich habe gehört, dass ich ganz knapp einer anderen Bewerberin vorgezogen wurde.«

»Sie sind nach Mobile gekommen?«

»Der erste Besuch dauerte zwei Tage, das nächste Mal blieb ich drei Tage. Am letzten Tag wurde mir die Stellung angeboten.«

»Wo haben Sie sich während der Balzzeit aufgehalten?«

»Im Grunde die ganze Zeit im Gerichtmedizinischen Institut. Mir wurde alles gezeigt, ich habe die Belegschaft kennen gelernt und bei mehreren Autopsien zugeschaut. Ich war eigentlich nur dann nicht im Institut, wenn ich mit Dr. Peltier gegessen habe oder abends zurück in mein Motel gegangen bin.« Er fuhr mit seinen Fingern durchs Haar. »Ich muss etwas trinken. Nehmen Sie auch eine Limonade?«

»Eine auf die Schnelle. Ich muss zurück und weitersuchen.«

Als Caulfield das Zimmer verließ, atmete ich lange und enttäuscht aus. Jeremy hatte mit Caulfield definitiv die falsche Karte gezogen. Es war ein Schuss ins Blaue, aber da Jeremy sich getäuscht hatte, waren Schüsse ins Blaue die einzigen Schüsse, die noch blieben. Das Problem war nur, dass mir die Ziele ausgegangen waren.

Caulfield kehrte mit zwei Gläsern Limonade auf einem Tablett zurück, das er mit einer Hand trug, unsicher aufgrund seiner beschädigten Hand, als wüsste er nicht recht, welche Unterstützung sie bieten könnte. Ich trank mein Glas in ein paar langen, kühlen Zügen aus und holte mir seine Erlaubnis, anrufen zu dürfen, sollte ich noch weitere Fragen haben. Als wir hinaus auf die Veranda gingen, fielen mir mehrere Büsche im Vorgarten auf, die so gestutzt waren, dass man gute Sicht auf das im Tal liegende offiziell aussehende Gebäude hatte.

»Was ist denn dieses große Backsteingebäude dort drüben, Doktor?«, fragte ich und zeigte hinüber.

»Bezirkskrankenhaus«, entgegnete er ohne hinzuschauen.

»Sie sind mal dort gewesen, haben sich umgeschaut und vorgestellt?«

Er rang sich ein dünnes Lächeln ab und winkte mit seinem leeren Ärmelaufschlag.

Ich sagte: »Möglicherweise ein Ort, an dem ein kluger Mann eine Menge Gutes tun könnte.«

Seine Augen blitzten auf, dann wendete er sich ab. »Schauen Sie, Detective Ryder, ich habe schon darüber nachgedacht, dort vorbeizugehen ...« Er schnitt sich selbst das Wort ab, als wenn er an dem Satz gearbeitet hätte, aber nicht wusste, wie er ihn beenden sollte, und noch an den Worten feilen musste. Ein Thema, das noch Arbeit benötigte.

Ich stieg von der Veranda. »Verdammt, Doktor, ich bin mir die Hälfte der Zeit meines eigenen Namens nicht sicher, aber ich weiß, dass ein guter Kopf und eine gute Hand eine Menge mehr sind, als die meisten Leute zu bieten haben.«

Caulfield blickte zu dem Gebäude und holte tief

Luft. »Ja. Wer weiß, vielleicht stehe ich dort drüben eines Tages vor der Tür. Mal sehen.«

Ich ging zu meinem Wagen und wühlte durch meine Reisetasche, bis ich ein Baumwollhemd fand. Es war weiß, es war sauber und es hatte kurze Ärmel. Ich warf es Caulfield zu und er fing es auf, indem er es mit der gesunden Hand gegen seine Brust drückte.

»Vielleicht ist es an der Zeit, die Trauerhemden auszuziehen«, sagte ich. Ich stieg in den Wagen, steckte das Gewehr zurück in die Halterung und startete den Motor. Ich legte den Rückwärtsgang ein und winkte. Er hatte das Hemd nicht auf den Boden geworfen, das war doch schon mal ein gutes Zeichen.

»Detective Ryder«, rief er, als ich losfahren wollte.

Ich hielt an und lehnte mich aus dem Fenster.

Er sagte: »Ich habe mich nur gerade gefragt, ob dieser eine Typ noch im Institut arbeitet. Dieser mürrische Mann.«

Ich nickte. »Walter Huddleston. Ja. Er wird wahrscheinlich dort bleiben, bis er stirbt. Und bestimmt wird er hundertzwanzig.«

Verwirrt runzelte Caulfield seine Stirn. »Walt Huddleston, der Assistent? Mürrisch? Ist mir nie aufgefallen. Ein charmanter Mann, wir kamen wunderbar miteinander aus. Einmal hat er mich zum Essen eingeladen und wir haben über die Oper gesprochen. Ich bin ein großer Fan, aber er hat mich mit seinem Wissen beschämt. Nein, ich meinte diesen zutiefst mürrischen Typen, der kleine Kerl mit dem gedrungenen Körper und den dünnen Haaren …«

Jetzt war ich verwirrt. »Will Lindy?«

Bei dem Namen verfinsterte sich Caulfields Miene. »Lindy, genau. Als Dr. Peltier uns vorgestellt hat, war er freundlich und geschäftsmäßig, aber wenn wir allein waren, hat er keinen Ton hervorgebracht, er hat mich nicht mal angesehen. Er ist nur finster herumgeschlichen und hat vor sich hin gebrummt. Manchmal hat er mich von weitem angestarrt. Ich bin mir sicher, dass er mir ein paarmal hinterherspioniert hat.«

»Meinen Sie wirklich Willet Lindy, den Verwalter?« Das ergab keinen Sinn.

Zum ersten Mal während meines Besuches sah Caulfield wirklich beunruhigt aus. »Das Einzige, was mich nachdenklich gestimmt hat, als ich dort arbeitete, war er. Ein unheimlicher Kerl.«

Ich nickte unbestimmt, doch in meinem Kopf ging es drunter und drüber. Will Lindy, unheimlicher Kerl. Die Worte passten nicht zusammen, waren Unsinn. Unheimlicher Lindy Kerl Will. Kerl Lindy Will unheimlich.

Aber Caulfield hatte genau das gesagt: Will Lindy = Unheimlicher Kerl.

Dass jemand eine solche Gleichung aufstellen konnte, hatte ich niemals für möglich gehalten.

Willet Lindy?

Kapitel 31

Plötzlich hatte ich keine Ahnung mehr, wer Will Lindy war.

War er der ruhige, reservierte Will Lindy, den ich seit einem Jahr kannte? Oder Caulfields Will Lindy: Mürrisch und finster? Mein Will Lindy war unerschütterlich höflich, Caulfields war ein Spion im Schatten. Meiner war von vollendeter Freundlichkeit, Caulfields durchbohrte einen mit Blicken aus der Ferne. Welcher von beiden war der wahre Will Lindy?

Willet Lindy. Will Lindy … Der Name hallte in meinem Kopf wider. Willet. Will. Willy. Auf Burlews breitem Rücken stand: *Willy-Nilly* und *Will es Big Boston oder Little Indy sein?*

Ich hörte, wie sich der Klang in meinem Kopf durchsetzte.

Will es … Willet. O Jesus.

Vielleicht war nicht die Bedeutung der Worte wichtig, sondern ihr Klang. *Will es Big Boston oder Little Indy sein?* Will. Willet. Dann musste man nur noch das L von Little abtrennen und man hatte … L'Indy. Willet Lindy, versteckt in dem verrückten Gekritzel auf Burlews Rücken. Mein Herz raste, es schnürte mir die Kehle zu, als ich die Möglichkeit des Zufalls abwägte. Vielleicht wollte ich nur auf Teufel komm raus einen Zusammenhang herstellen.

Aber was, wenn …

Was, wenn Will Lindy etwas gegen Caulfields Anwesenheit im Gerichtsmedizinischen Institut hat, wenn er ihn aus irgendeinem Grund so sehr hasst, dass er es nicht verbergen kann? Wenn er ihn so sehr hasst, dass er ihm Schaden zufügen will? Aber er kommt nicht in Caulfields Nähe; die meiste Zeit des Tages ist er mit Clair zusammen und abends in einem teuren und sicheren Motel.

Also wartet er. Nachdem er angestellt wird, verstümmelt er Caulfields Hand. Er kennt Mueller oder wählt ihn einfach zufällig aus. Durch seine Arbeit in der Gerichtsmedizin kennt Lindy mehrere Chemikalien, die einen Herzinfarkt imitieren können. Außerdem hat er bewiesen, dass er sich mit allem auskennt, von der Klempnerarbeit bis zur Elektronik. Der Bau eines einfachen Sprengsatzes mit einem Federauslöser und Pulver aus einer Gewehrpatrone dürfte ihn nicht vor Probleme stellen. Das Material dazu gibt es in jedem Baumarkt, Baupläne in Hülle und Fülle im Internet. Clair ist für die morgendliche Autopsie eingeteilt, aber Lindy weiß, dass sie traditionell den neuen Angestellten die Durchführung anbietet. Lindy überfällt Mueller, führt die Bombe ein, verabreicht ihm die Chemikalie und ruft den Rettungsdienst. Mueller landet in der Leichenhalle, wo Caulfield die Leiche öffnet und den Auslöser betätigt.

Mein Gott, das ergibt einen Sinn.

Warum möchte Lindy Caulfield aus dem Weg schaffen? Warum will er ihn nicht im Institut haben? Weil er entweder Caulfield aus einem unbekannten Grund hasst oder jemand anderen in der Position haben möchte.

Es gibt nur eine andere Anwärterin.

Ava.

Ich hackte auf das Telefon ein, ohne die Nummern zu treffen, und wäre fast von der Straße abgekommen und in den blauen Himmel über die Baumwipfel gejagt. Ich hielt am Straßenrand, holte tief Luft und versuchte erneut, die Nummer zu wählen.

Nichts. Ich legte einen Gang ein und raste durch die Serpentinen nach unten, wobei ich zwei Typen zu Tode erschreckte, die mir mit ihrem Pick-up entgegenkamen. Sie hupten und fluchten und zeigten mir ihre Mittelfinger. Dann wurde die Straße ebener. Ich versuchte einen weiteren Anruf.

»Nautilus«, bellte Harry. Es klang, als wäre er am anderen Ende der Welt.

»Harry, überprüfe so schnell wie möglich, wo sich Will Lindy in den Mordnächten aufgehalten hat. Ich glaube, Ava ist das Ziel der Botschaften, aber lass auch Clair bewachen. Ich brauche noch mindestens vier Stunden, bis ich zurück bin. Halte mich telefonisch auf dem Laufenden. Ich weiß zwar nicht, wie lange mein Akku hält, aber versuch es immer wieder.«

Harry zögerte nicht. »Schon dabei.«

Ich schaltete runter, rollte langsam über den Kies des Seitenstreifens und streckte mich. »Harry, warte.«

»Bin noch da.«

»Sei extrem vorsichtig mit Lindy, Bruder. Ich glaube, er ist ein ganz schräger Vogel.«

»Ich werde ihn behandeln wie feuchtes Dynamit. Schwing deinen Arsch hierher zurück, Bruder.«

Ich warf das Telefon auf den Beifahrersitz und sah, wie es weiterhüpfte und auf den Boden fiel. Während dieser kurzen Unachtsamkeit rutschten die Reifen auf der rechten Seite von der ausgefahrenen Fahrbahn. Das Lenkrad wurde mir aus der Hand gerissen. Bäume rasten an mir vorbei, ich trat mit aller Kraft auf die Bremse und rutschte immer weiter zur Seite.

Der Wagen fiel in einen Graben, die linken Räder wirbelten vom Boden. Ich schaltete zwischen Rückwärtsgang und erstem Gang hin und her. Umsonst, zu wenig Bodenhaftung. Schreiend, fluchend und auf das Lenkrad hämmernd, kletterte ich aus dem Wagen. In dem Moment fuhren die beiden Typen heran, die ich fast vom Weg abgedrängt hatte.

»Tut mir Leid wegen vorhin«, sagte ich. »Würden Sie mir zurück auf die Straße helfen? Ich habe einen Notfall.«

Fluchend und mit roten Gesichtern sprangen sie aus ihrem Pick-up. »Du Wichser hast versucht, uns von der Straße zu drängen. Gleich bist du selbst ein Scheißnotfall ...«

Die Faust des ersten Typs traf mich hinter dem Ohr und schleuderte mich in die Arme des zweiten. Der schwang eine ausholende Rechte, die ich mit einem Ausfallschritt abblocken konnte. Als ich meinen Ellbogen auf seinen Mund knallte, sackte er auf die Knie. Der erste Typ tastete auf dem Boden seines Pick-ups herum und fand einen Baseballschläger. Mit dem langsam in der Luft kreisenden Schläger kam er auf mich zu.

»Ich schlag dir deinen Scheißschädel ein ...«

Ich zog die .32er aus meinem Knöchelhalfter. Die Windschutzscheibe der beiden war schon gesprungen, und das neue Loch ließ sie wie einen zerknitterten Stoff auf das Armaturenbrett des Pick-ups stürzen.

»Zieht meinen gottverdammten Wagen auf die Straße! SOFORT!«, brüllte ich und zerlegte einen Scheinwerfer, um meiner Forderung mehr Nachdruck zu verleihen.

Jawohl, Sir. Untertänig wie britische Butler hatten sie meinen Wagen in dreißig Sekunden wieder fahrtüchtig gemacht. Ich schoss zwei ihrer Reifen platt, woraufhin sie über die Leitplanke sprangen. Als ich in meinen Wagen stieg, klingelte das Telefon. Ich packte es, ließ es in meinen Schoß fallen und nahm ab.

Sag mir, dass sie in Sicherheit ist.

Emotionslos übermittelte mir Harry die Fakten. »Dr. Peltier ist hier im Gerichtsmedizinischen Institut. Von Lindy gibt es keine Spur. Er ist heute nicht zur Arbeit gekommen. Das ist das erste Mal in drei Jahren.«

»Was ist mit Ava?«, fragte ich.

»Ihr Wagen ist da, aber ...«

»Sie müsste zu Hause sein. Such weiter.«

Über vier Stunden bis nach Mobile. Ich legte auf und versuchte mich zu erinnern, was mir in den Polizeikursen über das Fahren in Notfällen beigebracht worden war. Das Telefon klingelte. »Sprich!«, rief ich.

Stimmen im Hintergrund. Harry sprach mit

jemand anderem. Das Telefon wurde weitergereicht, dann hörte ich eine unbekannte Stimme. »Carson, ich möchte, dass du nach Norden fährst. Bei der 217-Meilen-Marke am Highway ist eine alte Wiegestation. Dort wartet ein Hubschrauber auf dich.«

»Wer spricht da?«

»Dein Lieblingsboss, Carson.«

Tom Mason. Ich hatte seine Stimme nicht erkannt, er hatte so schnell gesprochen, dass er ganz normal klang. Ich trat aufs Gaspedal, und als ich in Richtung Highway raste, rechnete ich die Zeit durch. Eine halbe Stunde bis zum Hubschrauber, vielleicht eine Stunde zurück nach Mobile. Und dann ... was dann?

Während ich Fahrzeuge überholte, als wären sie auf der Straße festgeschraubt, blitzte im Rückspiegel ein Blaulicht auf. Verkehrspolizei. Wahrscheinlich hatten mich die Rednecks in dem Pickup angeschwärzt. Ich nahm den Fuß vom Gas und überlegte, wie ich am schnellsten meine Geschichte verkaufen konnte. Als das Blaulicht durch den Innenraum meines Wagens kreiste, hielt ich fluchend am Straßenrand an.

Doch der Cop fuhr hupend an mir vorbei, mit einer Hand winkte er nach vorn. *Weiter, weiter.* Ich setzte mich hinter ihn und wir fuhren mit gut 110 Meilen den ganzen Weg bis zur Wiegestation durch. Dort sah ich einen großen Hubschrauber mit dem Staatswappen stehen. Ich grüßte meine Eskorte und sprang in den Staatsvogel von Alabama, einen Sikorsky. Der Pilot musterte mich durch sein dunkles Helmvisier.

»Ich habe keine Ahnung, wer Sie sind, Kumpel«,

brüllte er über den Motorenlärm, »aber Sie müssen Freunde in den oberen Etagen haben.« Er warf mir einen Helm zu, dann stieg der Hubschrauber dröhnend in die Höhe. Plötzlich fiel mir die Einweihungsfeier im Gerichtsmedizinischen Institut ein. Wer hatte mit dem Justizminister geplaudert, als wäre er ein alter Angelkumpel?

Clair.

Das Land floss vorbei wie eine grüne Flut, und ich nutzte die Zeit, um meine Ängste herunterzuschlucken und mich auf Willet Lindy zu konzentrieren. Wer hatte Zugriff auf die Dienstpläne? Lindy. Er konnte »zielgerichtet« in den Nächten morden, wenn er wusste, dass Ava am nächsten Morgen für die erste Autopsie eingeteilt war. Die frische Leiche wartete schon auf ihre Untersuchung.

Aber welches Motiv hatte Lindy? Was erreichte er durch die von ihm bewirkten Autopsien? Befriedigte er einen perversen Voyeurismus? Wenn ich einer Obduktion beigewohnt hatte, war er nie im Autopsiesaal gewesen. Im Geiste spulte ich den Ablauf einer Autopsie ab, ging alles durch, was damit zusammenhing: Schreibarbeit. Ergebnisse. Schlussfolgerungen. Spekulationen. Berichte. Der Pathologe nimmt die Obduktion vor und regelt die Abläufe … jeden Schritt gibt er an das Mikrofon weiter.

An das Aufnahmegerät. Dann an denjenigen, der die Abschrift besorgt. Alles findet Eingang in die Berichte. Ich sah, dass der Pilot an einem Knopf der Armaturen drehte und in sein Helmmikrofon sprach. Er streckte seine Hand aus und stellte mein Helmmikro ein.

»Ihr Typ wird verlangt.«

Ich hörte Harrys Stimme in meinen Ohren knistern und rief: »Was ist los, Harry, was ist passiert?«

»Sieht aus, als wären Lindy und Ava vom Erdboden verschluckt.«

Eine kalte Hand packte mein Herz und drückte zu. »Ist Clair da?«

»Ganz in der Nähe.«

»Frag Sie, wer sich um die Tonbänder der Obduktionen kümmert.«

Ein paar Sekunden hörte ich gedämpfte Stimmen, dann kam Harry zurück. »Lindys Verantwortungsbereich. Er gibt sie an die Sekretärin zur Abschrift weiter und katalogisiert dann die Bänder. Dr. Peltier sagt, dass die gesamte Elektronik mit seinem Büro verbunden ist, die Tonaufnahmen und alles andere.«

»Was bedeutet *alles andere*?«

Weitere undeutliche Stimmen. Im Hintergrund hörte ich Clair.

»Was ist da los, Harry?«

»Ganz ruhig, Cars. Wir haben neue Informationen, etwas merkwürdig.«

»Über Ava? Geht es um Ava, Harry?«

»Warte einen Moment.«

Montgomery lag fünf Meilen vor uns. Als Harrys Stimme wieder in meinem Ohr knisterte, war die Stadt fünf Meilen hinter uns.

»Lindy hat nicht nur die Kabel für die Tonaufnahmen in sein Büro gelegt, sondern auch die für die Videoaufnahmen. Die Kameras gehören zum Sicherheitssystem, das nach der Bombenexplosion installiert worden ist. In den Fluren, im Foyer und so weiter. Sie sind mit den Monitoren und Rekordern in Lindys Büro verbunden.«

Der Pilot hatte den Motor aufgedreht. »Lauter, Harry, ich verstehe dich nicht!«

»Pass auf, Carson: Lindy hat einige Kameras neu positioniert. Man kann sie nicht sehen, sie sind nicht größer als Radiergummis. Er hat vier Kameras in die Decke über und um den ersten Autopsietisch installiert. Vier verschiedene Blickwinkel. Er spioniert die Autopsien aus, Carson.«

In meinem Headset rauschte und brummte es wieder. Dann hörte ich wütendes Gebrüll. Harry meldete sich wieder. »Ich habe ein paar Leute gefunden, die vielleicht mehr über Lindy wissen. Sie sind jetzt auf dem Weg in die Stadt. Aber wir haben hier ein Problem.«

Im Hintergrund hörte ich eine vertraute Stimme blaffend Befehle verteilen. »Squill«, fauchte ich.

»Er ist auf hundertachtzig. Kann sein, dass ich dem Arschloch den Kopf abreißen werde.«

»Bleib cool, Harry. Ich komme mit Squill klar.«

»Er hat die Ermittlung übernommen. Ich glaube, ich bin gerade suspendiert worden.«

»Irgendein Zeichen von Ava ... Harry?«

Ich hörte einen Knall und wütende Stimmen. Dann dröhnte Squills Stimme in meinem Kopf. »Wie machen Sie sich im Supermarkt beim Eintüten von Lebensmitteln, Ryder?«, fragte er. Im Kopfhörer knisterte es. Dann war der Ton weg.

In der Ferne sah ich das Graublau der Bucht von Mobile. Von Westen zogen dunkle Wolken wie ein Schleier heran.

»Ein Sturm zieht auf«, sagte der Pilot.

Kapitel 32

»Sie sind suspendiert, Ryder. Und das ist nur der Anfang. Danach fliegen Sie aus dem Polizeidienst.«

Squill sprang mich in dem Moment an, in dem ich aus dem Hubschrauber auf den Parkplatz des Motels am nordwestlichen Rand der Innenstadt stieg. An seiner Seite sein frisch gekürter Affe, Bobby Neeland. Der neue Gorilla hatte eine neue Sonnenbrille. Hinter ihnen quietschte Harrys ungekennzeichneter Wagen auf den Parkplatz. Ich zwängte mich an Squill vorbei und rannte zu Harry.

»Ava?«, rief ich.

Er schüttelte den Kopf. »Noch nichts. In Lindys Keller haben wir ein paar seltsame Dinge gefunden. Wir waren gerade bei der Durchsuchung, als …«

Squills Gesicht war rot angelaufen, seine Stimme hatte er kaum noch unter Kontrolle. Neeland machte den Eindruck, als hätte er seinen Spaß unter dem Schirm des Captains. Squill deutete mit dem ausgestreckten Zeigefinger auf Harry. »Noch ein Wort zu Ryder und Sie fliegen auch, Nautilus.«

Harry ignorierte Squill. »Ich habe eine Frau gefunden, mit der du sprechen musst, Cars. Sie wartet im Motel. Ihre Geschichte …«

Aufgrund der Tatsache, Squills Auserwählter zu sein, litt Neeland offenbar unter Testosteronüberschuss. Er baute sich vor Harry auf und fixierte ihn. »Hast du nicht gehört, was der Captain gesagt hat, Nautilus? Er will, dass du deine schwarze Fresse hä…«

Fast ohne sich von mir abzuwenden, vergrub Harry seine Faust in Neelands Magengrube. Neeland gab ein paar feuchte Laute von sich, dann klappten seine Knie zusammen und er fiel wie ein Sack Kartoffeln auf den Asphalt.

Squill sagte: »Sie sind beide verhaftet. Tätlicher Angriff auf einen Beamten in Ausübung seiner Pflichten. Das ist das Ende Ihrer Laufbahn.«

Zwei Streifenwagen fuhren mit Blaulicht die Straße entlang. Squill winkte sie herbei. Neeland taumelte benommen auf ein Knie, aus seiner Nase hing ein grüner Rotzfaden. Squill begann die Vergehen an seinen rosa Fingern abzuzählen. »Körperverletzung, Befehlsverweigerung, Belügen …«

»Da zeigt sich Ihre mangelnde Erfahrung, Captain«, sagte ich mit so viel Ruhe, wie ich aufbringen konnte. »Vielleicht hätten Sie häufiger einer Autopsie beiwohnen sollen.«

Er wirbelte zu mir herum. »Was labern Sie da, Ryder?«

Ich lächelte. Das war nicht die Reaktion, die er erwartet hatte. »Unser kleines Gespräch am Autopsietisch, Captain. Über DC Plackett und einige andere Dinge. Da waren Sie ganz offen und ehrlich. Erinnern Sie sich?«

Squill lachte künstlich. »Sie sollten mal mit einem Fachmann reden, Ryder, der kann Ihnen vielleicht mit Ihren Hirngespinsten helfen. Zeit dafür werden Sie jedenfalls mehr als genug haben.«

Die Streifenwagen fuhren auf uns zu und bremsten abrupt ab. Das Blaulicht streifte über unsere Gesichter. Ich sagte: »Sie wissen doch, dass der Pathologe die ganze Zeit spricht, oder?«

»Was?«

»In der Leichenhalle. Die Person, die die Autopsie durchführt, redet ununterbrochen.«

Ich zog den weißen Umschlag, den Ava mir gegeben hatte, aus meiner Jacke, riss ihn an einer Seite auf und blies hinein. Dann schüttelte ich eine schwarze Kassette in meine Hand.

»Dachten Sie, der spricht mit Ihnen?«

Ich warf ihm das Band zu, das er unsicher auffing. »Das Band lief nach Burlews Autopsie weiter«, sagte ich. »Während unserer kleinen Plauderei. Gute Tonqualität. Selbst auf den Kopien.« Die Türen der Streifenwagen gingen auf. »So, Captain, jetzt können Sie entweder jedem erzählen, wie Sie Deputy Chief Plackett aus einem Misthaufen geformt haben, oder ...«

»Oder was?«, wisperte Squill, dessen Gesicht alle Farbe verloren hatte.

»Oder Sie können Harry und mir sagen, welch großartigen Job PSET macht. Und dass wir so weitermachen sollen.«

Neeland krächzte und übergab sich. Brathuhn und Bratensoße spritzten auf Squills polierte schwarze Schuhe.

»Mahlzeit«, meinte Harry.

»Ich möchte, dass du dir etwas ansiehst«, sagte Harry. »Danach werden wir mit einer Frau sprechen, die Lindy während seiner Kindheit kannte.« Harry reichte mir einen großen braunen Umschlag, während wir auf das Motel zugingen. »Wirf mal einen Blick drauf«, sagte er leise. »Ich habe es vom Büro des Sheriffs in Choctaw County. Lindy ist auf einer Farm in der Nähe von Butler aufgewachsen.«

Ich öffnete den Umschlag und zog ein gefaxtes Foto hervor. Ava. Auf einem Polizeifoto aus dem Büro des Sheriffs von Choctaw County. Vorderansicht und Profil. Verhaftungsnummer.

Fast Ava. Die Nase war eine Spur zu lang, die Stirn eine Nuance zu hoch und die Augen wirkten wie aus dem Inventar eines Präparators; sie sahen aus wie die Augen eines Fisches oder Reptils.

Harry wartete, bis sich der Schock in meinen Augen gelegt hatte. »Lindys Mutter. Verhaftet wegen Kindesmisshandlung und ähnlicher Delikte. Einmal hat sie ihn in der Speisekammer angekettet.« Harry seufzte. »Und andere schlimme Dinge. Er war damals sechzehn. Zwei Jahre später ist sie im Krankenhaus gestorben. Zirrhose.«

Ich sagte: »Als Ava ins Institut zum Vorstellungsgespräch kam …«

»Ist unser Junge ausgeflippt.«

Harry klopfte an die Tür von Zimmer 116. Davor stand ein staubiger Streifenwagen aus Choctaw. Ich nickte dem Deputy am Steuer dankend zu.

»Die Frau heißt Velene Clay«, informierte mich Harry. »Sie ist dreiundfünfzig Jahre alt. Leiterin des Jugendamtes für die Gegend um Butler. Sie ist mit ihrer Tante hier, die auf der Nachbarfarm der Lindys gewohnt hat. Ein kleines Kaff.«

»Weiß die Tante etwas?«, fragte ich und wäre am liebsten brüllend durch die Tür gestürmt, um etwas ins Rollen zu bringen, doch wenn es jemals wichtig war, Eindrücke und Einzelheiten aufzusaugen, dann jetzt.

Harry schüttelte den Kopf. »Sie ist fast achtzig und hat Alzheimer. Deswegen auch das Motel: Ms Clay konnte sie nicht allein zu Hause lassen.«

»Hast du sonst noch jemanden gefunden, der Lindy damals kannte?«

»Er war selten draußen.«

In dem Zimmer war es warm, die Klimaanlage gab kaum einen Hauch von sich. Aus Sorge um die spindeldürre Frau im Rollstuhl zwischen den Betten, nahm ich an. Von ihren knochigen Schultern hing ein gehäkelter Schal, ihr weißes Haar war zwar gekämmt, aber nicht gebändigt, einzelne Strähnen standen hervor wie frostige Antennen. Emotionslose blaue Augen fixierten den leeren Fernsehschirm. Ihr Hände bewegten sich ruckartig zwischen ihrem Schoß und ihren Lippen hin und her, als rauchte sie eine unsichtbare Zigarette.

Sie sah mich an. Ihre Augen flammten auf, als würde sie etwas wiedererkennen. »Ah-hah«, sagte sie. »P'lisisst.«

Polizist meinte sie wohl. Die linke Seite ihres Mundes hing leicht herab, wahrscheinlich als Folge eines Schlaganfalls. Ich nickte und sagte Hallo. Sie wandte sich wieder ab, um zu rauchen und auf den Fernseher zu starren. Ich stellte mir längst vergangene Programme vor, die unter den störrischen Haarsträhnen gefangen waren.

»Das ist meine Tante, Mrs Benoit. Ich bin Velene Clay, Sir.«

Ich drehte mich zu einer korpulenten Frau um, die an dem Tisch in der Ecke saß. Sie trug ein schlichtes gelbes Kleid, vor ihr lag ein zerfledderter Hefter. Die Fingerspitzen beider Hände ruhten auf dem Hefter, als wäre es die Planchette eines Ouija-Brettes. Ms Clay war seit fünf Jahren Leiterin des Jugendamtes in Choctaw County und davor Sachbearbeiterin des Amtes gewesen. Ich bat sie, alles zu erzählen, was sie über Will Lindy wusste, und schaute dabei auf meine Uhr, um zu betonen, wie schnell es gehen musste.

Sie sprach zögernd. »Ich habe ihn zum ersten Mal gesehen, als er dreizehn war. Er war von zu Hause weggelaufen. Das ist im Grunde nicht ungewöhnlich. Er wurde zur Beratung zu mir geschickt. Ein aufgeweckter, leise sprechender junger Mann. Aber gleich am ersten Tag wusste ich, dass da irgendetwas … sehr im Argen lag.«

Harry hatte einen Teil ihrer Geschichte bereits am Telefon erfahren. »Hör dir das an, Cars«, sagte er.

Ms Clay fuhr fort. »Vor meinem Büro gab es ein Wartezimmer mit Stühlen, Magazinen und Spielzeug für die jüngeren Kinder. Als ich durch die Tür kam, hatte Willy gerade ein Magazin fallen gelassen und bückte sich, um es aufzuheben. Da klingelte mein Telefon. ›Rühr dich nicht von der Stelle‹, sagte ich, ›ich bin sofort zurück.‹«

Ihre Fingerspitzen über dem Hefter zuckten. Die Welle schwappte zu mir über und zuckte wieder zurück. »Der Anruf dauerte zwanzig Minuten. Als ich zurückkam, stand er immer noch gebückt da, um das Magazin aufzuheben.«

»Sie hatten ihm gesagt: ›Rühr dich nicht von der Stelle‹«, meinte ich.

»Er sah aus wie eine Statue. Ich sagte: ›Es ist in

Ordnung, Willy‹, und er hob das Magazin auf und steckte es in den Ständer, als wäre nichts passiert.«

Mrs Benoit stampfte mit ihrem Fuß auf und stöhnte. Dann begann sie mit ihrer Phantomzigarette in die Luft zu stoßen.

»Tut mir Leid«, sagte Ms Clay. »Irgendetwas hat sie durcheinander gebracht. Wir reisen selten. Es ist sehr mühsam mit dem …«

»Und weiter, Ma'am?«

»Als ich ihn das nächste Mal gesehen habe, war er in der High School. Er schien sich überhaupt nicht verändert zu haben. Er war zwar ein bisschen kräftiger geworden, aber immer noch ein sehr kleiner Junge mit denselben Augen und demselben Ausdruck. In einem Moment völlig leer, im nächsten ganz wach. Als wäre ein Schalter umgelegt worden.«

»Missbrauch?«

»Er hatte Spuren an Handgelenken und Knöcheln, als wäre er gefesselt worden. Er behauptete, er wäre von den Seilen einer Schaukel eingewickelt worden, beim Tarzanspielen oder so. Eine sehr künstliche Ausrede, wie antrainiert, dachte ich. Ich versuchte, das Thema sexuellen Missbrauch anzuschneiden, aber jedes Mal, wenn ich auf den Körper oder die Genitalien zu sprechen kam, fasste er sich an den Unterleib, begann zu stöhnen und meinte, er müsste auf die Toilette gehen. Danach verstummte er einfach.«

Fast unmerklich begannen Ms Clays Hände den Hefter immer weiter in meine Richtung zu schieben. »Ich hatte die Befugnis, die Lebensumstände zu überprüfen, und ging zu ihm nach Hause und sagte seiner Mom, dass ich mich drinnen umsehen müsste. Ich hatte die Frau natürlich schon früher in der Stadt gesehen und während der ersten Sitzung auch ein paar Worte mit ihr gewechselt. Dabei war sie immer ruhig und höflich gewesen. Doch das war nur eine Fassade. Als ich sie bat, mich ins Haus zu lassen, drehte sie durch. Die unflätigste Sprache, die ich jemals gehört hatte, jede Form gewalttätiger Drohungen. Sie war wie ein tollwütiges Tier, das sprechen konnte.«

»Was hat Lindy währenddessen getan?«

»Ja-hahhh«, machte Mrs Benoit. Sie schaute sich im Zimmer um, als würde sie sich zum ersten Mal ihrer Umgebung bewusst werden. »Ja-hahhh«, stöhnte sie erneut, ballte die Fäuste und schlug auf die Luft ein.

Ms Clay sagte: »Ich habe ihn durch die Tür gesehen. Er saß ganz konzentriert vor dem Fernseher. Ich hörte keinen Ton, aber er schien den Fernseher gut genug zu verstehen, ohne ein Wort des Theaters an der Tür wahrzunehmen. Seine Faszination für das Fernsehen war mir schon bei seinen Besuchen in meinem Büro aufgefallen. Er starrte lieber auf die Mattscheibe, als mit den anderen Kindern zu interagieren.«

»Sind Sie in das Haus gegangen?«

»Ein Sheriff und drei kräftige Cops waren nötig, um sie wegzutragen.«

Ich sagte: »Es war merkwürdig, oder? Das Haus, meine ich.«

Der Hefter legte schleichend die verbliebene Entfernung auf dem Tisch zurück. »Die Polizei hat Fotos gemacht. Ich bat um Kopien, um Aufschlüsse zu bekommen. Um zu erfahren, warum sich ein Kind wie Willy Lindy so verhält.«

»Die Bod«, wisperte Mrs Benoit. »Bode.«

Ich zog den Hefter unter Ms Clays Fingern hervor und öffnete ihn. Zwanzig Fotografien, der Reihe nach durchnummeriert. Das erste Foto zeigte ein weißes, zweistöckiges Holzhaus. Dahinter erstreckten sich flache Felder bis zum Horizont, Baumwollfelder. In der Ferne eine dichte Baumreihe, die wohl das Ufer des Tombigbee Rivers säumte, denn zwischen den Bäumen meinte ich ein paar kaputte, alte Kähne aufgebockt zu sehen.

Der Fotograf führte uns hinein und dokumentierte seinen Rundgang. Das Haus war spärlich eingerichtet. Im Wohnzimmer standen zwei harte Klappstühle. Einer stand genau vor dem Fernseher in der Ecke. Das Gerät war eingeschaltet; den grellen Farben nach zu urteilen, lief ein Zeichentrickfilm. Wir gingen weiter ins Esszimmer. Ein quadratischer Holztisch, davor ein Stuhl. Das Gleiche in der Küche. Auf einer Zeitung auf dem Boden eine Hundeschüssel.

»Was für einen Hund hatten sie?«, fragte ich.

»Sie hatten keinen Hund«, sagte Ms Clay und wich meinem Blick aus. Das nächste Foto zeigte eine Speisekammer neben der Küche. Kein einziges Regal stand in der Kammer. An die Wand waren mehrere Seile verschiedener Länge genagelt, die Enden waren mit Klebeband umwickelt, damit sie nicht ausfransten. Die Wände waren grau. Ich sah den Schatten eines kleinen Jungen über die Wand huschen. Als ich zwinkerte, verschwand der Schatten.

»In der oberen Etage war gar nichts«, sagte Ms Clay. »Leer.«

Ich legte das Foto der Speisekammer auf den Stapel. Auf dem nächsten Bild war ein kleines Außengebäude aus Holz zu sehen.

»Draußen«, sagte Ms Clay. »Ungefähr sechs Meter vom Haus entfernt.«

Eine weiße Tür mit zwei schweren Schlössern.

Das nächste Foto führte mich in einen kleinen, finsteren Raum mit einem fleckigen Betonboden. Schwarzes Klebeband bedeckte die Fenster. In der Mitte stand ein Banketttisch, an dessen Kanten alle paar Zentimeter ein Loch gebohrt worden war, durch die Löcher waren Seile gezogen. Über dem Tisch hing eine einzelne Schirmlampe, die wie eine mechanische Blume wirkte. Von irgendwo baumelten zwei rosafarbene Schlangen hinab, deren Köpfe zu kurzen, dicken Punkten zusammengepresst waren.

»Was zum Teufel sind das für Schläuche?«, raunte Harry.

Das nächste Foto folgte den Schlangen hinauf zu den Dachbalken, wo sie mit dicken Blasen verbunden waren, von denen eine noch von Wasser aufgebläht war.

Ms Clays Schluchzer wurden von einem Papiertaschentuch gedämpft. »Armer Willy Lindy, armer, armer kleiner Junge.«

»Bode!«, schrie Mrs Benoit.

»Entschuldigen Sie mich«, sagte Ms Clay, tupfte ihre Augen und ging zu ihrer Tante.

»Bode, Bode, Bode«, wiederholte Mrs Benoit und schlug mit ihren Fäusten aus, als wollte sie ein flüchtiges Bild in ihrem Kopf festhalten. Wir entschuldigten uns und machten uns auf den Weg zur nächsten Station unserer Wallfahrt des Schreckens.

Lindy wohnte in einem kleinen, ordentlichen Cottage im Landhausstil in der Innenstadt, das in einen Miniaturwald aus Palmen, Farnen und wilden Gräsern gesetzt worden war. Es hatte zu regnen begonnen. Wir winkten den durchnässten Cops, die Wache standen, passierten die Absperrung und traten ein. Das Wohnzimmer hatte hohe Decken und enthielt lediglich einen Holzstuhl, der vor einem Fernseher stand. Im Esszimmer befanden sich ein kleiner Tisch und ein weiterer Holzstuhl. Die Einrichtung war uns durch den Hefter unter Ms Clays Fingerspitzen vorhergesagt worden.

In Lindys Schlafzimmer lag eine Matratze auf dem Boden. Seine Garderobe lagerte in akkuraten Stapeln im Schrank, die aufgehängten Kleidungsstücke hingen so weit auseinander, dass sie sich nicht berührten.

Es gab ein zweites Schlafzimmer, an dessen Tür ein offenes Vorhängeschloss hing. »Es war nicht verschlossen, als wir hereinkamen«, sagte Harry. »Als wäre er schnell abgezischt.«

Wir gingen hinein. Auf einem Tisch, der die gesamte Länge einer Wand einnahm, standen mehrere elektronische Geräte, darunter ein Computer- und ein Videomonitor. Zwei der Geräte hatten Schlitze für Kassetten, sodass ich sie für Videorekorder hielt. In der Ecke stand ein Stativ mit einer Videokamera. Auf zwei weiteren Stativen waren Leuchten angebracht, an die Reflektoren geklemmt waren. Überall lagen Kabel herum.

»Filmequipment«, sagte Harry. »Amateurgeräte, aber gute Qualität. Ein computergesteuerter Schneideplatz, ein Mischpult für Special Effects. Das hat jedenfalls Carl Tyler gesagt, und er ist der Haustechniker der Polizei.«

Auf dem Tisch lagen vier Videobänder übereinander. »Hast du oder Carl diese Bänder angeschaut?«

»Nein. Carl sollte nur sicherstellen, dass in dem Zeug keine Bombe oder sonst irgendwas versteckt ist.«

»Du bist ein Ass, Bruder. Schieben wir sie rein.«

Harry steckte ein Band in den Player. Auf dem Monitor erschien blau-grauer Schnee. Aus Lautsprechern unter dem Tisch drang eine Stimme. Nachdem Harry an den Knöpfen des Monitors herumgefummelt hatte, wurde die Stimme lauter.

»... der Magen ist röhrenförmig und leer, was darauf hinweist, dass seit der letzten Mahlzeit mehrere Stunden vergangen sind ...«

»Das ist Avas Stimme«, sagte ich und starrte auf den Schnee. »Guck mal, ob du die Bildspur findest.«

Harry bewegte einen Hebel, woraufhin auf dem Bildschirm eine Nahaufnahme von blutigen Händen in Latexhandschuhen erschien, die einen Magen aus einem geöffneten Unterleib hoben. Die Kamera zoomte heran, und man sah Ava, deren Hände in dem Körper steckten. In Deschamps' Leiche.

»... spärlicher Inhalt, schleimig, was schließen lässt auf ...«

»Wofür zum Teufel soll das gut sein, Cars? Was will jemand mit Aufnahmen von Leuten, die gerade aufgeschnitten werden?«

Ich spulte vor. Deschamps' Leiche aus einem anderen Blickwinkel. Aufnahmen derselben Autopsie von einer anderen Kamera. Ich schob die zweite Kassette in den Player. Das Gleiche, nur diesmal Nelsons Leiche, die noch nicht geöffnet war.

»Geht dem Kerl bei Autopsiefilmen einer ab,

oder was?«, meinte Harry. »Geht's darum? Er tötet Menschen, um dann zuzusehen, wie sie aufgeschnitten werden?«

»Es steckt mehr dahinter, Harry. Die Worte haben bei der ganzen Sache etwas zu bedeuten.«

Ich spulte vor. Wieder Aufnahmen aus verschiedenen Blickwinkeln. Lindy hatte während der Aufnahme mit den Brennweiten gespielt; extreme Nahaufnahmen wechselten sich mit Halbtotalen ab, die Ava und die Leiche von den Knien bis zum Hals zeigten. Lindy hatte das Material von drei Kameras auf ein Band geschnitten.

Die dritte Kassette widmete sich auf der gleichen Weise der Autopsie von Burlew.

»Drei Leichen, drei Bänder mit Szenen, die von den Aufnahmen der Tischkameras zusammengeschnitten wurden«, sagte ich und nahm die letzte Kassette. »Schauen wir uns Band Nummer vier an.«

In das Gehäuse der Kassette war ein kleiner Stern geritzt worden. Ich schob sie in den Player. Das Gerät klickte und surrte. Zunächst war der Bildschirm schwarz. Dann nahm ein schwarzweißer Mund in der Dunkelheit Gestalt an. Der Kontrast war auf die höchste Stufe eingestellt worden, beinahe abstrakt bewegten sich die Lippen. Öffneten und schlossen sich. Feucht. Redend. Ein Flüstern.

Will Lindys Stimme.

»Tu das nicht. Das ist schmutzig, das darfst du nicht. Ich werde es meiner Mama erzählen«, sagte er, seine Stimme eine Mischung aus Flehen und Tadel. Unter seinen Worten verzerrte Musik.

»Oh, bitte ... fass mich nicht an. Hilf mir, Mama. Sie ist hier.«

Darauf folgte eine Szene, in der Frauenfinger

massierend und streichelnd eine Männerbrust hinabglitten, dann über einen Bizeps fuhren und eine kräftige Schulter liebkosten. Die Kamera zoomte heran, und man sah Avas Finger über eine Brustwarze streichen. Lindy stöhnte, seine Stimme wurde lauter.

»Sie ist hier, Mama. Das böse Mädchen. Sie berührt mich überall.«

Schnitt, der Blickwinkel wechselte, die Aufnahmen stammten von einer an der Decke montierten Kamera oberhalb und leicht links von Ava, die eine Viertelansicht von ihrem Hinterkopf zeigte. Der Bildausschnitt verdichtete sich, während Avas Hände langsam über den Unterleib und den flachen Bauch fuhren und vor dem Schambereich innehielten. Sie streichelte das Schamhaar, drückte es. Legte ihre Hände neben den Penisansatz.

Der Blickwinkel änderte sich, die Kamera neigte sich.

Fassungslos und mit angehaltenem Atem schauten wir zu, wie Ava sich nach vorn beugte und begann, die Leiche von Jerrold Nelson zu fellationieren.

Kapitel 33

Die breiten Reifen des großen Geländewagens versanken in einem Schlammloch, drehten durch und suchten nach Halt. Der Wagen schlitterte ein Stück seitwärts, ehe er heulend in Richtung Fluss weiterfuhr. Keine Meile mehr zu fahren. Sein Pickup ruhte nun auf dem Grund eine Baches nördlich von Chickasaw. Es war ein herrlicher Tag, violettgraue Wolken und eine schöne Regenwand, hinter der man sich verstecken konnte. Er fuhr um einen heruntergestürzten Ast herum und sprang über einen sanften Hügel, wobei er sich vom Sitz erhob, damit seine Knie den Aufprall abfederten. Hinter ihm, über die Kotflügel der Hinterreifen gebunden, hörte er Mama stöhnen. Die Wirkung des Schlafmittels begann nachzulassen. Er hatte es ihr in den Kaffee getan und sie, als sie orientierungslos geworden war, nach draußen auf die Laderampe und in seinen Wagen gelotst. Jetzt verdunstete die Droge in ihrem Körper – das wusste er durch seine Selbstversuche –, und wenn sie aufwachte, würde sie die Reste schnell ausatmen. Er musste sich beeilen; eine zornige Mama war eine sehr gefährliche Mama.

In der Ferne sah er die Baumgruppe, die sein Boot vor flüchtigen Blicken schützte. Niemand würde sie finden. Er würde mit Mama über die schlimmen Dinge sprechen, die in der Vergangenheit passiert waren, und ihr dann zeigen, was aus ihm geworden war.

Er würde sie retten.

Er musste das böse Mädchen entfernen. Jetzt war er stark genug dazu.

Die Wolken wirbelten umher wie dunkle Geister, es regnete heftiger. Will Lindy hielt auf die Bäume zu und fuhr weiter durch den prasselnden Regen. Es war ein herrlicher Tag.

»Mein Gott«, rief Harry aus, während wir Zeuge waren, wie sich Avas Kiefer vor und zurück, auf und ab bewegte. »Tut sie da, was ich glaube?«

»Ja. Sie liest immer wieder: ›Ein Haufen abartiger Huren, abartige Huren.‹«

Ava schien ihre Bewegungen und ihren Rhythmus zu verändern. Harry sagte: »Jetzt ist es anders. Jetzt liest sie …«

»›Rats. Rats. Rats. Rats‹«, sagte ich. »Oder ›Ho ho ho ho‹.«

»Wenn man ihre Stimme nicht hören würde, könnte man glauben …«

»Ich weiß. Und überleg mal, ich stand dabei fast genau neben ihr. Ganz knapp außerhalb des Kameraausschnittes.«

Harry hielt sein Kinn und sprach leise zu sich selbst. »Er hat Worte ausgewählt, die den Kiefer in Schwingung bringen.«

Das Geschriebene ergab nun einen Sinn. Lindy wollte, dass Ava, während sie sich weit genug vorbeugte, um die winzige, blasse Schrift zu lesen, und ihr Kopf dabei den Schambereich verdeckte, wo er sich einen erigierten Penis vorstellen konnte, die Gesichtsbewegungen von oralem Sex nachahmte. Durch den spitzen Blickwinkel der über sie angebrachten Kamera waren die Bewegungen nur schwach ausgeprägt, aber zweideutig genug. Um die Szene in die Länge zu ziehen, hatte er mehrere Aufnahmen aus verschiedenen Blickwinkeln von Nelsons und Deschamps' fast identischen Unterleiben zusammengeschnitten und diese zu einer beinahe endlosen Schleife verbunden. Avas Kopf hob und senkte sich, ihr Kiefer bewegte sich mal schneller, mal langsamer, und dazu drangen Lindys Stöhnlaute aus den Lautsprechern. Seine Erregung klang ganz und gar nicht vorgetäuscht.

Der Farbkontrast der Aufnahmen war mit Filtern manipuliert worden, um die klinische Realität abzuschwächen. Das Weiß überstrahlte alles, während die dunklen Partien verwaschen und undeutlich waren. Die Bilder waren mit Musik und unheimlich verzerrten Klangeffekten unterlegt, ein Pulsieren und Kratzen, das einem Heiligen Albträume bereiten würde.

Lindys Gestöhne wurde hektischer und lauter, als sich Avas Kopf wie wild hin und her zu bewegen begann. Ich erkannte an den Aufnahmen, dass sie dabei war, sich nach dem Lesen der Inschrift aufzurichten, und er ihre Bewegung immer wieder vor und zurück gespult hatte.

Lindy gab ein ausführliches, orgastisches Stöhnen von sich, dann wurde der Bildschirm schwarz. Aus den Lautsprechern ertönte ein hohes Kreischen, das Harry aufspringen ließ. Dann begann das Video erneut mit Nahaufnahmen von der Autopsie: das schneidende Skalpell, Hände in Latex, die Organe durch den roten Schlitz hoben.

Harry sagte: »Oh, Mann.«

Avas Stimme: »Willy? Will-et Li-indy?«

Ich hatte Recht. Lindy hatte seinen Namen aus einzelnen Wörtern und Silben zusammengebastelt. Waren die anderen Wörter nur Ablenkungen, Füllsel? Ich hielt den Atem an und lauschte mit entsetzter Faszination.

»Will Lindy?«, sagte Ava.

Lindy sprach mit Kinderstimme. »Ja, Mama?«

»Du warst wieder mit dem Mädchen zusammen, nicht wahr?« Ava sprach langsam und monoton, eine zusammengesetzte Computerstimme, ein Flickenteppich aus Worten von Burlews Rücken.

»Ich wollte nicht, Mama.«

»Sie macht schlimme Dinge mit dir, nicht wahr?« Die Tonlosigkeit von Avas Stimme füllte die Worte mit Verzweiflung.

»Ich werde sie nie wiedersehen, versprochen.«

»Willet, Willet, Willet ... du weißt, wie das böse Mädchen dich zum Lügen bringt.«

»Nein, dieses Mal meine ich es ernst. Versprochen, habe ich gesagt.«

»Wir müssen sicher sein, Will.«

»Nein.« Zittern.

»Zeit, die schlimmen Dinge herauszuholen, Will.« Eine Hand schlüpfte in den offenen Leib. Sie drückte und knetete.

»Tu mir nicht wieder weh, Mama.«

Ich fragte mich, ob es damals tatsächlich so gewesen war: Lindys Stimme verzweifelt und verängstigt, Mamas Stimme dumpf und mechanisch.

Ein verschrecktes Kind gegen einen verrückten Roboter. In einem Moment ist sie das böse Mädchen, im nächsten ist sie Mama.

»Sie ist tief in dir, Will. Mama muss sie herausholen.«

»Nein, bitte. Bitte nicht, Mama.«

Die Hände schnitten und zogen. Die Szenen gingen ineinander über. Eine Leber. Nieren. Blase. Die Organe funkelten unter dem Licht wie mutierte Früchte. Die meisten Aufnahmen waren so nah, dass der Stumpf des Halses nicht im Bildausschnitt zu sehen war. Wenn die Wunde im Bild war, haben die beinahe identischen, kopflosen Körper Lindys fiebrigem Geist anscheinend erlaubt, sich einfach seinen eigenen Kopf vorzustellen.

Harry sprach so leise, als wäre er in der Kirche. »Glaubst du, seine Mutter hat wirklich in ihn hineingeschnitten?«

Ich sagte: »Vielleicht hat er sich das vorgestellt, als sie ihn mit was auch immer voll gepumpt hat.«

»Ist die Frau aus der Hölle emporgekrochen?«, fragte Harry, während er beobachtete, wie eine Lunge ins Licht gehoben wurde.

»Der Schrecken kriecht von einer Generation zur anderen weiter.«

Lindys Stimme wurde schriller. »Das tut so weh, Mama.«

»Schmerz macht uns rein, Will.«

Der Bildschirm wurde schwarz, die Lautsprecher verstummten, und die Stille schien absolut zu sein. Doch dann kehrte Lindys Stimme zurück, älter, zynisch.

»Ich weiß etwas, Mama.«

»Was weißt du?«

»Ich weiß ein Geheimnis, Mama.« Der Ton hatte jetzt einen Stereoeffekt, die Stimmen waren auf zwei verschiedene Kanäle gelegt worden. Avas Stimme kam von rechts, Lindys von links.

»Was weißt du, Will?«

»Geheimnisse, Geheimnisse.« Höhnisch.

»Was weißt du, Will?«

Flüsternd: »Du bist das böse Mädchen.«

»Was hast du gesagt, Willy?«

»Ich weiß, dass du das böse Mädchen bist, Mama.« Er lachte, seine Stimme wurde besessen. »Geheimnisse, Geheimnisse. So viele Geheimnisse.«

Harry sagte: »Egal, was jetzt kommt, es wird nicht schön werden.«

»Du ... hältst ... jetzt ... den Mund ... Will Lindy.«

»Du bist das böse Mädchen, Mama, du bist das böse Mädchen, Mama, ich weiß ein Geheimnis ...«

Lindys irrer Singsang ging abrupt in einen Schrei über, der die Luft wie eine Sense zerschnitt und dann zitternd erstarb. Über eine Minute lang hörte man nur das Surren des Players, bis langsam ein Körper auf dem Bildschirm erschien, als würde er aus einem pechschwarzen Meer auftauchen. Nelsons Leiche. Die Farben waren völlig ausgewaschen, es blieben nur Schwarz und Weiß und verschiedene Grauschattierungen. Die Kamera schwenkte auf einen Bizeps und zoomte heran.

»Guck mal, was ich kann, Mama, guck mal, was ich jetzt mache.« Lindys Stimme war ein höhnisches Flüstern.

Die Aufnahmen von Nelsons Bizeps wurden mit denen von Deschamps' Arm in der gleichen Position überblendet, größer, kräftiger.

»Ich wachse, Mama. Sieh mal.«

Nelsons flacher Bauch wurde zu dem muskulöseren Unterleib Deschamps'. Nelsons Oberschenkel wurde durch Deschamps' kräftigeren Oberschenkel ersetzt.

»Oh, hey, Mama«, sagte Lindys Stimme herausfordernd. »Jetzt pass mal auf.«

Nelsons Schultern blähten sich wie von Zauberhand auf, gewannen an Breite und Muskulatur.

»Mein Gott«, sagte Harry, »das ist eine Rachefantasie.«

Avas/Mamas zusammengestückelte Worte: »Nicht, Will. Du machst mir Angst. Erschrecke mich nicht.«

»Wenn du jetzt schon Angst hast, Mama, dann guck dir das an.« Triumph lag in Lindys Stimme.

Der Bildschirm wurde dunkel und die unheimlichen Töne tiefer und rhythmischer. Als der Bildschirm wieder hell wurde, war Burlews Körper eines Gewichthebers zu sehen, der kompakte Brustkorb, der gewaltige Bizeps. Dann folgte eine hektische Montage von Aufnahmen der Leiche aus verschiedenen Blickwinkeln. Dutzende Aufnahmen innerhalb weniger Sekunden, die Kamera zoomte heran, als würde die Leiche sie anziehen.

»Nein. Will. Nicht. Ich habe Angst.«

»Jetzt bist du an der Reihe, Mama.«

Eine Nahaufnahme von Lippen rief den Anfang des Videos in Erinnerung. Lindys feuchter Mund spuckte Worte aus: »Hast du dir jemals vorgestellt, dass ich bei dir komme, Mama?«

Avas Stimme sonderte ein verzerrtes Mischmasch aus zusammengestückelten Vokalen ab, ein furchtbarer, erstickender Klang. Die Es von »Pee«, die hohlen Os von »Boston«, die langen Os von »Kokomo«. Die Städtenamen hatten die nötigen Silben geliefert und als Ablenkung gedient.

»… ahhhh-oooaa-uu … Nicht … bitte …«

Ein Schnitt auf Lindys Gesicht, halb im Dunkeln, ein irres Grinsen unter funkelnden Augen, seine Hände winkten den Betrachter ins Bild.

»… oo … ahh … oooaauuhh …«

»Schmerz macht uns *rein*, Mama.«

»… eeee-aa-ooo-ahhh … Will …«

»Ich werde dich retten, Mama.«

»… oooooaaaaeee …«

Plötzlich wurde der Bildschirm schwarz und das weiße Rauschen des leeren Bandes erfüllte den Raum. Harry sagte: »Was ist passiert? Ist das Band gerissen?«

»Nein«, sagte ich langsam. Im Geiste sah ich unsichtbare Linien aus der Dunkelheit schießen. »Die Schlussszene fehlt. Der Höhepunkt.«

»Mamas Tod.«

»Verdammt, Jeremy. Fahr zur Hölle und zurück«, fauchte ich den leeren Bildschirm an. Plötzlich wusste ich, warum ich diesmal ungeschoren davongekommen war.

»Was ist, Carson?«, fragte Harry.

»Jeremy konnte nicht erkennen, wer der Mörder ist, aber er wusste, wer es nicht ist«, sagte ich und erinnerte mich, wie Jeremy die Polizeiberichte und Verhöre studiert und hochkonzentriert die Einzelheiten entschlüsselt hatte. Ich hörte ihn Ava beschimpfen, nachdem sie gemeint hatte, seine Mitarbeit würde Leben retten.

»Für Sie ist es die Rettung von Leben, Hexe. Für mich ist es Verrat an Joel Adrian.«

Ich erinnerte mich, mit welcher Leichtigkeit er meine Aufmerksamkeit auf den unschuldigen Caulfield gelenkt hatte und wie bereitwillig ich ihm gefolgt war.

Ich sagte: »Nachdem Jeremy das Material gelesen hatte, vermutete er, dass der Mörder eine Art mutterfixierte Rachemission verfolgte. Mein Bruder erkannte in dem Mörder einen Gleichgesinnten. Und er wusste, dass Caulfield nicht in dieses Bild passte.«

Langsam dämmerte es Harry. »Jeremy hat dich also auf Caulfield gebracht, damit der wahre Mörder Zeit hat, seine Mission zu erfüllen und Mama in seinen Film einzufügen. Er hat dich nicht verbrannt, weil …«

Ich nickte. »Weil er seinen Teil des Deals nicht erfüllt hatte. Stattdessen hat er mich auf die falsche Spur geführt.«

»Und jetzt ist Lindy irgendwo mit … Mama«, sagte Harry leise. »Und vollendet seine Fantasie.«

Ich schlug meine Faust gegen den Tisch, eine Geste, die so sinnlos war, als wollte man ein Unwetter mit einem Papierfächer abwehren.

»Was wird Lindy tun?«, fragte Harry. Wir saßen im Wagen, ohne zu wissen, wohin wir sollten. Ich stemmte meine Füße gegen den Boden und stürzte im Geiste zwanzig Jahre zurück. Gefahr bahnt sich an. Unwetter. Was tun? Am Tage: Zur Eiche im Wald laufen, in mein Baumhaus klettern. Warten. In der Nacht: Aus dem Fenster klettern, in den Wagen schleichen.

Ich wusste, was er tun würde. Ich würde es nicht anders machen.

»Er wird sich an einem Ort verstecken, wo er sich sicher fühlt, Harry. Seine Version eines Baumhauses. Ich muss herausfinden, was das sein könnte.«

»Wird er in Eile geraten, um ... um seinen Film zu beenden?«

»Bisher hat er nichts übereilt. Das wissen wir.«

Machte ich mir jetzt selbst etwas vor? Aber Lindy hatte hunderte von Stunden damit zugebracht, seine Opfer auszukundschaften, Videobänder zu sichten, Szenen auszuwählen und sie zu einem fünfminütigen, wirren Flickenteppich der Vergeltung zusammenzuknüpfen. Nein. Er will, dass sein Moment der Konfrontation anhält. Solange er sich sicher fühlt. Das bedeutete, keine Belagerung, keine übereilten Angriffe, keine Sondereinsatzkommandos, die mit Blaulicht und Sirenen und großem Geschrei einfielen. Das würde sein wahnsinniges Programm nur beschleunigen. War es jedoch erst einmal beendet, so vermutete ich, konnte er lachend in einen Kugelhagel laufen; Schmerz und Tod waren dann nicht mehr als Pixel auf einem Fernsehbildschirm.

Aber zuerst mussten wir ihn finden. Was hatte Ms Clay gesagt? Nein. Was hatte Mrs Benoit gesagt?

Boden? Bode?

Bode. Ich erinnerte mich an Mrs Benoits wachsende Verwirrung, als wir mit ihrer Nichte sprachen. Bode. Jedes Mal, wenn Lindys Name erwähnt wurde, war sie in Aufregung geraten. Und hatte Bode gesagt. Oder etwas Ähnliches.

»Zurück zum Motel, Harry«, sagte ich. »Gib Gas«, fügte ich unnötigerweise hinzu.

Kapitel 34

Ich setzte mich auf das Bett neben Mrs Benoit und legte meine Hand auf ihr Knie, eine Walnuss unter einer Decke. Sie rauchte noch immer und sah fern, ohne die Welt um sich herum wahrzunehmen. Ich rückte näher, bis ich in ihre wässrigen Augen starrte.

»Will Lindy«, sagte ich. »Willy.«

Sie spitzte ihre Lippen und sonderte das Wort »Bode« ab.

»Wo ist Willy, Mrs Benoit?«

Sie neigte sich zur Seite und reckte den Kopf zum Fernseher. Ich verstellte ihr den Blick. »Willy«, wiederholte ich. »Will Lindy. Wo ist Willy?«

»Bode«, sagte sie energischer.

»Will Lindy!«, schrie ich ihr ins Gesicht, in der Hoffnung, dass Lautstärke die durcheinander gewirbelten Karteikärtchen ihrer Erinnerung in eine Ordnung brachte. Ms Clay rang ihre Hände, schritt aber nicht ein.

»Bode«, sagte Mrs Benoit zu mir. Dann schoss ihre Hand wie eine zerbrechliche Kralle auf mein Gesicht zu und klammerte sich fest. Ich versuchte mir vorzustellen, was sie gerade sah. Sie hatte neben den Lindys gewohnt. Am Tombigbee River. Eine Farm. Stallungen. Felder. Bäume. Was hatte ich noch auf Ms Clays Fotos gesehen? Wasser. Die zwischen den Bäumen aufgebockten Boote.

»Boote?«, fragte ich Ms Clay, während sich die Nägel ihrer Tante in mein Gesicht bohrten.

Ms Clay flüsterte quer durchs Zimmer. »Hinter dem Grundstück der Lindys am Fluss. Zwei alte, verrottete Boote, Fischerboote, glaube ich. Diese Boote mit den großen Auslegern? Netze? Eines lag auf der Seite, eine rostige Nussschale. Das andere steckte im Matsch. Sie sind schon lange verschwunden, aber vielleicht hat er sich damals dort versteckt, wenn er die Möglichkeit hatte.«

Ich nickte. »Boote?«, fragte ich Mrs Benoit. Ich starrte durch ihre Finger hindurch. Sie beugte sich vor, knisternde weiße Strähnen streiften meine Stirn. Ihre Zähne klapperten, als sie undeutliche Worte in mein Gesicht zischte.

»Der kleine Affe … mit dem irren Blick … hat sich immer versteckt … in diese scheiß … Bode.«

Zwei große Flüsse mündeten in die Bucht von Mobile, der Mobile und der Tensaw. Zwischen den Flüssen und um sie herum breitete sich das zweitgrößte Flussdelta des Landes aus – zehntausende Quadratmeilen Marsch- und Sumpfland unter dem Meeresspiegel, bevölkert mit Alligatoren und Schlangen und erbarmungslosen Schwärmen hungriger Insekten. Wir kämpften uns mit ungefähr zwanzig Knoten stromaufwärts, mehr konnte ich bei der gewaltigen Strömung nicht aus dem großen Mercury herausholen. Ich senkte meinen Kopf, damit der Schirm meiner Kappe den Regen nicht in meine Augen spritzen ließ. Ich war verdammt froh, dass das Boot getauft worden war. Mit energisch ausgestrecktem Arm brüllte ich: »Halte auf dem Wasser Ausschau, Harry!«

»Wonach?«

»Stämme, Baumstümpfe. Alles. Brüll es heraus.«

Dasselbe Unwetter, in dem Ava und ich geschrien und getanzt hatten, in dem wir uns geliebt hatten, war nach Nordwesten abgezogen und an eine Wetterfront gestoßen, die sich von Kanada hinab nach Süden erstreckte. Das Unwetter war hängen geblieben und hatte drei Tage lang den Oberlauf der 44 000 Quadratmeilen großen Wasserscheide des Flusssystems von Mobile geflutet. Dahinter war ein zweites Unwetter herangezogen, dasjenige, das uns jetzt um die Ohren schlug. Harry schrie und zeigte nach vorn. Das strauchelnde Geäst eines entwurzelten Tupelobaumes raste auf unseren Bug zu. Ich riss das Steuer herum. Zweige schabten quietschend unter dem Rumpf entlang. Harry schloss seine Augen und schien zu beten.

In Zusammenarbeit mit der Countypolizei hatte die Polizei von Mobile schnell herausgefunden, dass Lindy einen großen Teil seines Jahresgehaltes von 73 000 Dollar in Land gesteckt hatte. Sieben Parzellen in Baldwin County, fünf in Mobile County. Es dauerte magenknurrende zwei Stunden, um die Parzellen zu identifizieren und sie auf einer Karte zu orten. Die meisten schienen reine Spekulationsobjekte zu sein, unwirtliches Land mitten im Nirgendwo, das darauf wartete, irgendwann erschlossen zu werden und die Investitionskosten zu vervielfachen. Ein weiteres Beispiel für Lindys

Planung auf lange Sicht. Im Moment wurden die Parzellen von Trupps bis an die Zähne bewaffneter Cops durchforstet.

Stromabwärts am Mobile River lag Lindys einzige Parzelle am Wasser, achttausend Quadratmeter im Niemandsland mit einem fünfzig Meter langen Uferabschnitt. Vielleicht gab es dort eine Angelhütte. Oder ein Boot. Ich wettete, dass er sich in einem Boot auf dem Wasser befand, das war sein Rückzugsort, seine Zuflucht. Wir hätten von der Landseite kommen können, doch auf der Karte sah man, dass dort nur Sumpf und Marschland war und selbst ein Geländewagen seine liebe Not gehabt hätte. Und für einen Hubschrauber war das Wetter zu rau.

So hatten wir lediglich um ein Boot gebeten, das uns die Einsatzleitung bereitwillig zur Verfügung gestellt hatte, froh darüber, sich auf ihren Großeinsatz konzentrieren zu können, und in der festen Überzeugung, dass Lindy niemals auf sein am schwersten zugängliches Stück Land fliehen würde. Die meisten vermuteten, dass er bereits in Mississippi oder Florida war und gerade auf der Basis von Logik und Planung überlegte, wie er am besten ungeschoren davonkommen könnte. Meiner Meinung nach war Lindy jahrelang eine tickende Zeitbombe gewesen, die nur durch eine hauchdünne Schutzhülle unter Kontrolle gehalten wurde. Als er Ava gesehen hatte, war die Hülle abgefallen wie tote Haut, und die nun offen liegende und weitertickende Bombe ließ keine Entscheidungen zu, die man unter normalen Umständen als logisch betrachten würde.

»Wir werden nie ankommen, wenn wir irgendwas rammen«, brüllte Harry. »Kannst du nicht ein bisschen vorsichtiger fahren?«

Ich sah ihn verdutzt an. Vorsicht gehörte eigentlich nicht zu Harrys Wortschatz.

»Ich kann nicht schwimmen«, sagte er und schaute weg.

Das Boot schlug auf eine heranrollende Welle und für einen Moment standen wir in der Luft. Harry krallte sich an die Windschutzscheibe, als wir runterkrachten und uns weiter stromaufwärts kämpften. Während ich mit einem Auge das Wasser beobachtete, durchwühlte ich die Kiste unter dem Sitz. Ich fand eine Schwimmweste und warf sie ihm zu.

»Hast du einen Plan?«, schrie er und zwängte sich in die lächerlich gelbe Weste, die mindestens zwei Nummern zu klein war.

»In einer halben Stunde ist es stockdunkel. Ich hoffe, dass er Strom von einem Generator kriegt. Der macht Lärm. Wir entern den Kahn und schnappen ihn.«

»Wenn er da ist.«

»Das ist sein Baumhaus, Harry. Er ist da.«

»Es regnet, Mama. Du liebst doch den Regen, oder?«

Das Innere des Garnelenkutters war trocken, das verrottete Dach hatte er erneuert, die Fugen abgedichtet. Es war ein kleines Boot, eine zehn Meter lange Holzkiste, die hundert Meter vom Fluss und dreißig Meter von dem zugewachsenen Seitenkanal entfernt auf wurmstichigen Balken saß. Der Kutter war von Bäumen umgeben und fast versteckt.

Die niedrige Mittelkabine bot genügend Platz für

den glänzenden Metalltisch. Unter Deck befand sich das Stromversorgungssystem aus Autobatterien. Zum Laden der Batterien hatte er einen Benzingenerator; gestern hatte er ihn in Betrieb gehabt, alles war vorbereitet. Der Fernseher mit 96er-Flachbildschirm, der auf einem Regal am Ende der Kabine stand, war nicht so groß, wie er es sich gewünscht hätte, aber man konnte nicht alles haben. Eine Großbildleinwand wie in einem Autokino wäre perfekt gewesen, dann hätte er Mama auf die Kühlerhaube ihres alten Buicks binden und sie in der Mitte der ersten Reihe parken können.

Licht, Kamera und ... Schau, wie ich mich verändert habe, seit du fort bist, Mama! Ich kann dich retten!

Mama war an Hals, Handgelenken und Fußknöcheln auf den Tisch gefesselt. Natürlich konnte er ihr keinen Bauchgurt anlegen, auch wenn ihm das Sorgen bereitete. Mama war stark wie ein Bär, wenn sie blutete. Zur Sicherheit verdoppelte er die anderen Fesseln.

Lindys Hände begannen das Kleid aufzureißen, es zu zerfetzen. Mama rührte sich und stöhnte. Jetzt kam der Moment, in dem höchste Vorsicht geboten war. Irgendwo da draußen war die Polizei, doch verglichen mit Mamas Kräften waren die Polizisten winzige Ameisen am anderen Ende der Welt.

Mamas Brüste bebten in ihrem BH, als er die Fetzen des Kleides unter ihr hervorzog. Er ließ seine Blicke über ihre Haut wandern und hörte, wie das böse Mädchen in ihr zu singen begann. Er summte laut, damit ihr Gesang nicht in seinen Kopf dringen konnte. MMMMmmmmm. Wenn sie sang, war Mama am gefährlichsten. MMMMMmmmmm.

Während Willet Lindy lauter summte, richtete er den Fernseher auf den Autopsietisch aus und begann die Kabel für seine Zaubershow zu verlegen.

Mit Einsetzen der Dunkelheit wurde der Regen heftiger. Die Sicht verschlechterte sich, und wenn mir die Sturmböen Regen in die Augen bliesen, sah ich gar nichts mehr. Ich blinzelte auf die Flusskarte; wir waren ganz in der Nähe. Unter keinen Umständen wollte ich an Lindys Versteck vorbeischießen und ihn so darauf aufmerksam machen, dass jemand auf dem Fluss war. Seit wir die Bucht verlassen hatten, hatte ich kein anderes Boot gesehen.

»Carson!«

Harry zeigte aufgeregt nach vorn. Als ich aufschaute, sah ich eine silberne Rampe auf unser Boot zujagen. Instinktiv riss ich das Steuer herum, konnte dem Hindernis aber nicht mehr ausweichen. Es gab einen ohrenbetäubenden Knall, wir schleuderten seitwärts die Rampe hoch, sahen das Wasser und dann nur noch den wirbelnden Himmel. Mit heulendem Motor stürzte das Boot seitlich hinab, die zerberstende Schraube teilte das Wasser. Die Metallschaufeln peitschten wie Geschosse durch die Luft. Braunes Wasser schlug über das Deck. Mit einem Quietschen des geschundenen Metalls donnerte das Boot auf das Ufer zu und blieb schließlich auf der Seite liegend im Schlamm stecken. Ich zog mich am Steuerrad hoch. Der einzige Ton, den ich hörte, war der Regen. Keine Spur von Harry.

»Harry? Harry!«

Ich hörte es planschen. »Scheiße. Ich komme nicht voran.«

Ich stolperte achtern und sah Harry aus dem

Fluss waten und sich durch die reißende Strömung kämpfen. Meine Füße rutschten vom Deck und ich versank bis zu den Knöcheln in schwarzem Schlamm. Ich stakte Harry entgegen und zog ihn ans Ufer.

»Was war denn das für eine Scheiße?«, sagte er und rieb seine Augen mit einem durchnässten Ärmel. »Ich wurde hochgeschleudert und plötzlich war ich im Fluss.«

»Wir sind auf ein gekentertes Scheißboot geknallt. Alles in Ordnung?«

Er nickte und wischte Wasser aus seinen Augen. »Wo sind wir? Wie weit ist es noch zu Lindy?«

Die Karte war zusammen mit Harry rausgeflogen. Inzwischen schüttete es senkrecht, der Regen traf prasselnd auf das Wasser und das Schilf und trommelte auf den Rumpf unseres gestrandeten Bootes. Ich schloss die Augen und versuchte mir die Markierungen ins Gedächtnis zu rufen. »Vielleicht noch eine Viertelmeile. Das einzige Problem ist …« Ich schaute über vierzig Meter wogendes Wasser. »… wir sind auf der falschen Seite des Flusses.«

Im Dämmerlicht betrachtete ich den Fluss, dieselbe Breite von Biegung zu Biegung. Spring rein und schwimm los, dachte ich, kämpfe gegen die Strömung an wie eine Springflut, ohne Unterbrechung. Aber wenn ich versuchen würde, geradewegs hinüberzuschwimmen, würde ich wahrscheinlich hundert Meter flussabwärts landen. Wenn ich nicht vorher untergehe.

»Zeig mir, wie man schwimmt«, meinte Harry.

»So einfach ist das nicht, Bruder«, entgegnete ich und beobachtete eine schwere Öltonne, die auf den Wellen stromabwärts tänzelte wie eine Coladose.

»Als Kind war ich manchmal im Schwimmbad«, sagte er. »Da hat mir jemand Hundepaddeln beigebracht. Und ich habe die hier.« Harry deutete auf die gelbe Weste, der grellste Gegenstand im Umkreis, noch dazu reflektierend. Sie war wahrscheinlich für jemanden ausgerichtet, der gut hundert Pfund leichter war. Die weißen Riemen waren zu kurz, um vor seinem Bauch geschlossen zu werden, und hingen an den Seiten herunter. Das Ding sah an Harry eher aus wie eine Zwangsjacke.

»Das ist kein Wasser zum Hundepaddeln, Harry«, sagte ich. »Für dich ist es Wasser zum Absaufen.«

»Und für dich, verdammte Scheiße?«

»Nur etwas nass, Harry. Keine Sorge.«

Ich riss mein Hemd auf, die Knöpfe fielen ins Wasser, taumelnde Gesichter, die sofort untergingen. Es schüttete noch mehr. Der Regen traf auf meine nackten Schultern, stechend wie Steinsalz, das von einem Dach tropfte. Ich entkleidete mich bis auf die Unterhose, einem Schulterhalfter mit der Beretta sowie einem Gürtel mit einem Ersatzmagazin und einem Jagdmesser mit einer fünfzehn Zentimeter langen Klinge in einem Lederschaft. Im Boot lagen ein Marlingewehr und eine Schrotflinte, aber jedes weitere Gramm brachte mich nur dem Grund näher. Ich hatte zwei gesunde Beine und ungefähr eineindrittel einsatzfähige Arme. Das musste genügen.

Der Philosoph Heraklit hat gesagt, dass man nie zweimal in denselben Fluss steigen kann, was bedeutet, dass sich die Wasserverhältnisse, wenn man das zweite Mal hineingeht, bereits verändert haben. Seine Aussage wurde von Parmenides übertrumpft, der gesagt hat, dass der Fluss, in den man steigt, nie derselbe ist; er verändert sich bereits, während man seinen Fuß hineinsetzt. Ich stieg in tausend Flüsse, bevor ich bis zur Hüfte in dem warmen, trüben Wasser stand und wirbelnde Strudel drohten, mir die Beine wegzuziehen. Laub und Unrat trieben gegen mich und sagten mir schon den Würgegriff des Flusses voraus, ehe ich meine Reise überhaupt antrat.

Ich schaute hinüber auf die andere Seite, wo dunkle Bäume in einen violetten Himmel ragten und der Regen alles in einen grauen Schleier hüllte. Ich dachte an Ava, die mitten im Nichts mit einem Wahnsinnigen eingeschlossen war, dessen Irrglaube durch den Regen noch tiefer in seinen Schädel gehämmert wurde. Dann holte ich tief Luft und tauchte in die Strömung.

Es war schlimmer, als ich es mir vorgestellt hatte.

Kapitel 35

Er stand an Deck und blickte über das Marschland in ein graues Licht, das allmählich einem samtigen Schwarz wich. Weder der Mond noch Sterne oder Lichter waren zu sehen. Manchmal konnte er von hier das Laternenlicht einer Fischerhütte eine Viertelmeile stromabwärts erkennen, doch der alte Mann, der die Hütte benutzte, ging am Stock und musste zum Hören eine Hand hinter sein Ohr legen. Ein glücklicher, alter Mann: Wäre er eine Bedrohung gewesen, hätte Mr Cutter dem alten Mann eine Spritze verabreichen müssen, um einen Herzinfarkt hervorzurufen, genauso wie er es mit dem grinsenden Perversen getan hatte, den er Caulfield geschickt hatte. Das verkommene Monster hatte Mr Cutter in einer Bar angesprochen, als er gerade Nelson beschattete. Es war wunderbar gewesen, ihn zu ködern, ihm die Spritze zu verpassen und das kleine Gerät mit einem Besenstiel in ihn hineinzuschieben. Großartig, was man mit dem Pulver von drei Gewehrpatronen, einer aufgesägten Taschenlampenfassung, einem Zünder, einem Stückchen Glühfaden und einem dreifachen Angelhaken erschaffen konnte.

»Meine Finger? Wo sind meine Finger?«

Willy Lindy musste lächeln bei der Erinnerung an Caulfields erste und letzte Autopsie. Der hinterhältige Pathologe hatte sich den Posten erschlichen, der für Mama bestimmt war – der Posten, der sie zu Willy zurückgebracht hatte.

Jetzt war er sicher in seiner eigenen Welt. Die durch den Regen noch sicherer war. Das Universum hatte ihm sein Boot zurückgegeben, Mama zurückgebracht und beschützte ihn nun vor der Außenwelt, schenkte ihm Zeit. Zeit für Willy, Zeit für Mama. Zwei müde Reisende, vereinigt in der Sühne, wenn die Sünden der Vergangenheit durch die Offenbarung des Bildes gebüßt sein werden. Die Erlösung wird ihre Seelen in scharlachroten Wellen reinwaschen und sie sicher und allein zurücklassen, für immer vereint.

Unter Deck hörte er Geräusche. Mama. Sie möchte wissen, was vor sich geht. Am besten macht er sich auf und erzählt es ihr.

Zeigt es ihr.

»Cars! Pass auf!«

Ich hatte den Fluss zur Hälfte durchquert, meine Muskeln schmerzten und brannten, meine Augen waren vom Schmutz und Abfall schon ganz trüb, als der entwurzelte Baumstumpf auf mich stürzte. Er hatte die Größe eines Autos, und während er mich unter Wasser drückte, klammerte sich sein Wurzelwerk an mich. Die Wurzeln waren wie eiserne Fesseln, unentrinnbar, als wäre ich an eine Lokomotive geschweißt, die mit Volldampf unter einen Ozean rauscht. Ich schlug und trat nach den Ranken, die mich umgaben, ich zog und riss. Schrie in mich hinein. Tosende Blasen, verzerrte Töne. Das Brennen der Fingerkuppen, als sich die Nägel lösten.

Der Baumstumpf zitterte und drehte sich und rammte wie eine Baggerschaufel in den schlammigen Grund. Weich wie ein Schwamm die oberste Schicht, fest und sandig darunter. Matsch strömte mir in Mund, Nase und Ohren, während ich mit einem orchestralen Tosen im Kopf auf den finalen Knall wartete. Mit dem letzten Lebenshauch in meinen Lungen rutschte ich über den Grund und dachte: *Mein letzter Augenblick: Blasen vor meinem Gesicht.*

Der Stumpf begann wieder zu beben, trudelte rotierend nach oben und brauchte eine Ewigkeit, ehe er die Oberfläche durchbrach. Regen und herrliche Luft, die ich durch den Schlamm und den Sand einsog, würgend, spuckend, aber Luft. Ich schrie die Wurzeln an, die sich an mich klammerten, und riss mich endlich von ihnen los. Doch als mich der Stumpf langsam in Richtung Himmel hob, entdeckte ich erst, was mich an ihn fesselte.

Mein Schulterhalfter, schrie ich im Geiste … *verheddert.*

Mit aufgerissenen Händen versuchte ich die Schnalle zu öffnen. Dann hörte ich ein lautes Platschen, das durch den Regen zu mir herüberschwappte. Ich sah Harry im Fluss, einige Meter vom Ufer, ungefähr zwanzig Meter von mir, er entfernte sich, weiße Gischt stieg auf, während er aufs Wasser schlug. Als er gesehen hatte, wie ich von dem Baumstumpf erfasst worden war, musste er hineingesprungen sein und war nun wohl der Meinung, dass er lieber gar nicht erst versuchte zu schwimmen.

»Zurück!«, schrie ich. »Harry, stopp!«

Entsetzt beobachtete ich, wie die Strömung ihn hinaus in den Hauptkanal sog, drehend, platschend, prustend. Der Baumstumpf zog mich wieder hinunter ins Wasser.

»Halt die Luft an und lass dich treiben!«, kreischte ich. »Du treibst von allein.«

Sein Kopf verschwand, kam aber Sekunden später und zehn Meter weiter stromabwärts wieder an die Oberfläche. Wie in einem Whirlpool trieb er langsam drehend davon. Dann ging er wieder unter.

Und ich sah nur noch die erbarmungslose, glatte Wasserfläche.

Fluchend und schreiend zerrte ich an dem Halfter, während das Wasser an meinen Beinen emporstieg. Es waren nur noch Riemen, die Beretta war vom Grund verschluckt worden. Meine aufgerissenen Hände konnten die Schnalle nicht lösen, die Finger gehorchten mir nicht mehr. Wasser toste gegen meine Brust.

Doch das Messer steckte noch an meiner Hüfte. Ich fummelte es aus dem Schaft, presste es zwischen beide Hände und schnitt wie wild in die Riemen.

Das Wasser stand mir bis zum Hals …

… noch ein Nylonband und …

… Wasser strömte wieder in meinen Mund …

Frei. Während ich im Fluss trieb und nach Atem rang, stürzte der Baumstumpf hinab in die Tiefe, die Wurzeln durchschlugen die Oberfläche, und als er krachend auf den Grund stieß, spürte ich das tosende Beben.

Als ich mich zum entlegenen Ufer umdrehte, rutschte mir das Messer aus den blutenden Händen. Ich planschte wild um mich und bekam den

Griff zu fassen. Aber ich konnte nicht gleichzeitig schwimmen und das Messer festhalten, meine Finger waren zu steif. Und um es zwischen die Zähne zu klemmen, keuchte und zitterte ich zu sehr. Heftig mit den Beinen im Wasser rudernd und schon wieder flussabwärts treibend, tastete ich meinen Oberschenkel hinauf, zog eine Hautfalte von meiner Hüfte, presste die Hand gegen den Knauf und stieß zu. Das Messer drang in mich ein und blieb stecken.

Ich heulte auf wie ein von Wirbelstürmen Besessener und schwamm gegen den schlimmsten Schmerz an, den ich jemals erlebt hatte. Blutend erreichte ich die andere Seite des Flusses, von Krämpfen geschüttelt und geblendet von Schlamm und rasender Wut. Ich heulte, bis meine Augen frei waren, krabbelte in den Schlamm und sah den Fluss vorbeirauschen, der nun nur noch eine tosende Fläche dunklen Wassers war. Die Bilder in meinem Kopf waren kalt genug, um den Fluss gefrieren zu lassen und das schwarze Marschland mit einer Eiskruste zu überziehen. Die Welt war schwarz und weiß, das einzige Licht kam von dahinziehenden Filamenten am entferntesten Winkel des Himmels, zarte Kapillaren abziehender Blitze.

Ich glitt in den Schlamm, der zwischen meinen Zehen hervorquoll, und fiel auf die Knie. Ich warf meinen Kopf in den Nacken und schrie. Dann erhob ich mich in den Regen, bekleidet nur mit einer Kruste aus Schlamm und Matsch, das Messer im Schaft meines Fleisches, und begann flussaufwärts zu laufen. Ich war nicht länger ein Ryder oder ein Ridgecliff oder sonst irgendein Mensch mit einem Namen, der einem übergestülpt wird, ich war eine

Kreatur, in der Hass und Rachedurst und glühender Zorn loderten und in deren Kopf nur ein Gedanke eingebrannt war: Willet Lindy an einen Baum zu fesseln, den teuflischen Scheißkerl vor SCHMERZ SCHREIEN zu lassen, bis Würmer und schwarzer Honig wie ein Fluss aus seinem Bauch strömen.

»Hast du geglaubt, du könntest mir hinterherschleichen, Mama?«

»Will? Will, was soll das? Lassen Sie mich gehen, Will.«

»Konntest du mich von dort, wo du warst, sehen, Mama? Gibt es dort Fenster?«

»Will, ich bin nicht Ihre Mama. Schauen Sie mich an, Will. Ich bin Dr. Davanelle.«

Sein Mund war so nah an ihrem Ohr, dass er es hätte abbeißen können. »Kleben sie dort die Fenster zu, Mama? Haben sie dort schwarzes Klebeband, wo du warst?« Er konnte nicht anders, er leckte ihr Ohr und wäre vor Freude beinahe ohnmächtig geworden.

»Ich kann meine Hände und Füße nicht mehr spüren, Will. Bitte binden Sie mich los!«

»Ich bin die ganze Zeit ein guter Junge gewesen, Mama. Ich bin sauber gewesen. Manchmal habe ich Pipi gemacht, aber ich habe mich bemüht. Ich habe noch etwas anderes gemacht, Mama, ein magisches Geheimnis. Erinnerst du dich noch an unsere magischen Geheimnisse, Mama? Die ich nicht verraten durfte?«

»Will …«

»Ich habe magische Bilder gemacht, um dir zu zeigen, wie es jetzt in mir aussieht, Mama. Schau, Mama. Du und ich und die Bilder. Du schaust dir die Bilder an und dann werde ich das böse Mädchen aus dir herausholen, Mama. Das verspreche ich.«

Er fuhr noch einmal mit der Zunge über ihr Ohr.

»Ich liebe dich, Mama. Wirklich.«

Nichts konnte mir sagen, wo ich war. Ich hatte weder Karte noch GPS, weder der Mond noch die Sterne waren zu sehen. Alles was ich hatte, waren die Geräusche des Flusses rechts von mir und das Sauggeräusch des Schlammes unter meinen Füßen. Unzählige Insekten schwirrten um mich herum, und ich blieb stehen, um mich mit Matsch einzureiben, doch der Regen spülte ihn wieder ab. Meine Hüfte pochte vor Schmerzen, und als ich das Messer langsam mit zusammengebissenen Zähnen herauszog, strömte warmes Blut aus der Wunde. Ich dehnte meine Finger und bemerkte, dass sie wieder zugreifen konnten. Ich schaute hinab auf meine nackten, schlammigen Füße und war froh über die Hornhaut an den Sohlen, die sich durch jahrelanges Laufen am Strand gebildet hatte – so konnte ich wenigstens gehen. Aus einem kleinen Wäldchen stach ein Gebäude hervor, ich schlich mich heran, meine Schritte wurden durch den Regen und das durchs Unterholz rauschende Wasser gedämpft. Eine Anglerhütte, verlassen, kaum größer als das Baumhaus meiner Kindheit. Das mit Teerpappe bedeckte Dach verstärkte das Tropfen des Regens zu einem Trommeln. Ich hatte den Eindruck, dass ich aus dreißig Metern Entfernung erst diesen Ton gehört hatte, bevor ich die verschwommenen Umrisse der Hütte sah. Ich ging an dem Camp vorbei, hielt dann inne und lauschte. Regen tropfte auf Wasser, Laub und Gräser, ein beständiges, monotones Prasseln. Das Trommeln des Regens auf die Dachpappe hörte ich nicht mehr. Aber ich nahm den Unterschied wahr.

Ich trottete weiter. Hundert Schritte. Dann blieb ich stehen.

Nichts. Das gleiche dumpfe Prasseln. Weitere hundert Schritte. Ich lauschte. Und ging weiter.

Blieb stehen.

Ich hörte es. Wie eine braune Grille, die inmitten eines Schwarmes schwarzer Grillen zirpt. Oder wie ein Kornett, das in einer Trompetenfanfare versteckt ist. Der Klang hatte sich verändert. Ob vor mir oder hinter mir, konnte ich nicht erkennen. Ich stand da wie ein Blinder, der Rauch in einem Wald aus Zündhölzern riecht, ging ein paar Schritte vor, ein paar zurück, registrierte den Unterschied und versuchte mir anhand der Abweichungen über die Richtung klar zu werden. Es schien rechts von mir zu sein, ein Stückchen geradeaus. Ich schlug diese Richtung ein und marschierte los.

Mama hatte gewusst, was die magischen Bilder bedeuteten. Das konnte man tief in ihren verkleideten Augen sehen, Augen, die sie grün angemalt hatte und die nicht grau waren wie jene, die sie sonst jeden Tag trug.

Jetzt werde ich ihr zuhören. Wie sie lügt.

»In bin nicht Ihre Mama, Will. Ich bin Dr. Davanelle. Ava Davanelle. Wir arbeiten zusammen im Gerichtsmedizinischen Institut. Erinnern Sie sich? Versuchen Sie sich zu erinnern, Will. Es ist alles da, wenn Sie nur versuchen, sich zu erinnern.«

Er hatte früher nie gehört, dass Mama mit verängstigter Stimme sprach. Sie versuchte es zu unterdrücken und glatt zu bügeln, aber der verängstigte Ton erzeugte winzige Fältchen.

»Ich erinnere mich, Mama. Das sieht man auf den Bildern. Es sind geschichtliche Bilder, die Geheimnisse. Hast du gesehen, wie groß ich geworden bin, was für ein großer Junge ich geworden bin? Hast du gesehen, wie meine Muskeln gewachsen sind?« Er zeigte auf den grauen Bildschirm, das Video hatte er angehalten.

»Ja, Will, aber das waren nicht Sie …«

»Als ich dich zurückkommen sah, wusste ich, dass du immer noch böse auf mich bist, aber ich werde dich für immer von dem bösen Mädchen befreien, Mama, und …«

»Will, Sie werden Ärger kriegen, furchtbaren Ärger. Noch können Sie aufhören.«

»… dann können wir alles noch einmal machen, Mama, nur dieses Mal richtig, wie die normalen Leute, zu denen alle werden, ich will auch normal sein, Mama, und du willst eine normale Mama sein.«

»Oh, Will, bitte …«

»Ich bin jetzt stark und kann das böse Mädchen aus dir herausholen.«

Er ging zu der Segeltuchtasche, die er mitgebracht hatte, und holte ein paar glänzende Instrumente hervor, Dinge, die sie nie vermissen werden, weshalb es auch kein Diebstahl war. Er arrangierte sie auf einem sauberen, weißen Tuch auf einem polierten Silbertablett und zeigte sie ihr voller Stolz.

Er streckte seine Hand aus und strich eine Haarsträhne aus ihren Augen.

»Weine nicht, Mama, Schmerz macht uns rein.«

Zu dem Geräusch, auf das ich mich konzentrierte, kam ein anderes. Ich lief ein paar Schritte geradeaus und sah einen Ufersaum, gegen den das Wasser klatschte. Das war das neue Geräusch. Ich war einem Kanal gefolgt, der vom Fluss abzweigte, vielleicht ein Ankerplatz.

Ich ging zurück, und als ich mich wieder auf die Geräusche im Regen konzentrierte, hörte ich ein rhythmisches Klopfen und folgte ihm zu Holzpfählen am Kanalrand, röhrenförmige Gespenster, von Wellen umspült, unsichtbar, bis ich nur wenige Schritte davor stand. Der Regen trommelte auf die Planken eines alten Steges. Unter meinen Füßen knirschten Steine und Muscheln, und da wusste ich, dass ich auf einer verlassenen Bootsrampe umherging.

Ich entfernte mich von dem ablenkenden Trommeln des Regens auf dem Steg, hielt den Atem an, schloss meine Augen und lauschte wieder. Irgendwo rechts nahm ich ein neues Geräusch wahr, dünn und hohl. Ich wünschte mir einen Blitzstrahl, einen Augenblick Mondschein, irgendetwas, das die Finsternis durchbrach. Für einen Moment verschwand das Geräusch, aber als ich einen Schritt rückwärts ging, hörte ich es erneut. Ich wandte mich nach rechts und marschierte weiter.

Bis ich das Licht sah.

Es war auch noch da, nachdem ich mir den Regen aus den Augen gewischt hatte: Ein horizontaler Streifen Mondlicht schwebte in der Luft. In den Bäumen? *Nein*, schrie eine Stimme in mir: In den schwachen Umrissen eines alten Garnelenkutters, die sich vor dem grau-schwarzen Himmel abzeichneten. Das Tauwerk des Kutters sah aus wie aufgerichtete Speere und der auf den Holzrumpf prasselnde Regen hörte sich an wie leise Klagelaute, die aus der Tiefe eines Bergwerkes drangen.

Kapitel 36

»Willy? Willy?«

»Sprich nicht mit mir! Ich habe zu tun. Du darfst nicht mit mir sprechen.«

»Willst du nicht wieder mit dem bösen Mädchen sprechen, Willy?«

»MMMMmmmmmmmmm. MMMMmmmmmmm.«

Lindy steckte seine Finger in die Ohren und summte lauter. Das hatte er schon vor langer Zeit versucht, aber Mama hatte seine Finger in eine Herdflamme gehalten und ihm gesagt, dass das mit Fingern passiert, die in Ohren erwischt werden.

»Du warst so gut zu ihr, Willy. Was ist, wenn Mama lügt und das böse Mädchen in Wirklichkeit das gute Mädchen ist?«

»Das ist eine Lüge! MMMMmmmmmm.«

»Hat das böse Mädchen jemals etwas getan, was du nicht wolltest, Willy? Oder hat das böse Mädchen dir ein gutes Gefühl gegeben?«

Er hätte sie nicht daran erinnern dürfen, dass das böse Mädchen in ihr war. Jetzt versuchte sie, es gegen ihn zu verwenden.

»Es war nicht gut, Mama. Es war eine Krankheit, die von mir kam. MMmmmmmmm.«

»Du willst das böse Mädchen aus Mama herausschneiden, Willy? Bist du sicher?«

»Mmmmmmmmmm. Mmmmmmmmm.«

»Vielleicht willst du Mama aus dem bösen Mädchen schneiden.«

»Du bist verrückt! Deswegen bist du auch böse, du lügst.«

»Nimm mir diese blöden Seile ab, Willy! Komm und kuschel dich an das böse Mädchen. *Dein* böses Mädchen, Willy.«

»Hör auf, so zu reden!«

»Du musst Mama nicht aus mir herausschneiden, Willy. Ich kann sie einfach wegschicken. Ich kann sie ans Ende der Welt schicken.«

»Sie wird nicht gehen. Sie BLEIBT hier!«

»Jetzt nicht mehr. Du hast ihr Angst gemacht mit deinem magischen Film, deinem Zaubererfilm. Sie ist nicht einmal in diesem Raum, Willy. Willst du nicht kommen und mich losbinden? Lass uns von hier fliehen, ehe Mama zurückkommt!«

Willet Lindy, Mr Cutter, nahm ein Skalpell und fuhr mit seinem Daumen über die Klinge. *Schleif, schleif.*

»Das wird nicht klappen, Mama. Das hast du auch immer gesagt.«

»Nein, Willy, nicht, Willy …«

Ihr Bauch war so weich und warm.

Die Leiter zum Bootsdeck war neben einem großen Geländewagen im Schlamm verankert. Der Kiel des Bootes befand sich einen Meter über dem Schlamm, der Kutter war für nie ausgeführte Reparaturen auf dicke Planken gehievt worden. Das Holzgestell sah instabil aus, und als ich auf die Leiter stieg, hatte ich Angst, dass sich das Boot bewegte.

Durch den Schiffskörper hörte ich ein leises Geräusch: Avas Stimme.

Das Boot hielt still, als ich an Deck kletterte. Das Licht drang aus einem schmalen Fensterstreifen, wo eine Schicht Klebeband nicht genau die nächste überlappte. Jetzt hörte ich eine zweite Stimme. Zusammengekauert spähte ich durch den Fensterschlitz.

Willet Lindy stand über Ava gebeugt. Sie lag in BH und Slip auf einem Autopsietisch. Lindy trug nichts weiter als eine schlammverkrustete Anzughose und Stiefel. Ich sah, wie er mit seinem Finger eine Linie über ihren Unterleib zog und kurz davor war, sie mit einem griffbereiten Skalpell zu wiederholen.

Ich hechtete gegen die Tür, deren verrostete Angeln sofort nachgaben. Es war, als wäre ich durch Papier gehechtet, ich stolperte mit rudernden Armen quer durch die schmale Kabine und rutschte auf dem von meinen Beinen tropfenden Blut und Schlamm aus. Als ich zu Boden fiel und gegen die Wand prallte, fuhr mir der Schmerz der Hüfte in die Knochen und mein Messer entglitt mir. Das Boot erzitterte auf den Balken und schlingerte, als wäre es auf Wasser. Ein Krachen von unten und das Boot bekam Schlagseite. Konserven, Wasserflaschen, Teller und Werkzeug stürzten von den Regalen auf den Boden. Der Fernseher rutschte nach vorn und wurde nur vom Kabel aufgehalten. Als ich, fast nackt, der Länge nach zu Boden fiel, rutschte die Fernbedienung hinab.

Das Videoband begann sich von selbst zurückzuspulen.

»Eee-yawp, tis-tris sipppen …« Auf dem schwarzen Monitor erschien Lindys Mund und saugte seine Worte ein. Der echte Lindy stand über mir, die dunklen Augen einer doppelläufigen Schrotflinte starrten mich an.

»Unten bleiben!«, schrie er. »Bleiben Sie so liegen, Detective Ryder.«

Er trat mir mit der Stahlkappe seines Stiefels brutal in die Seite, vor Schmerz krümmte ich mich zusammen. »Ich habe geputzt und geputzt und jetzt machen Sie alles schmutzig.« Er presste die Flinte gegen meinen Kopf.

»Da hinüber. Nicht aufstehen. Krabbeln.«

Ich krabbelte.

»Ich habe Sie beobachtet, Detective Ryder«, sagte Lindy. »Sie sind um Mama herumgeschnüffelt.« Auf dem Fernsehschirm gingen Burlews mächtige Arme in Deschamps' Bizeps über und schwächten sich noch weiter zu Nelsons Armen ab.

»Creen-yee-up, tenrip, ridisch …«

»Setzen Sie sich hin. Da. Nicht bewegen.«

Ich gehorchte. Wenn er den Abzug drückte, würde mein Kopf zu Brei werden.

»Warum sind Sie hier?«, wollte er wissen.

»Um Dr. Davanelle nach Hause zu holen.«

»*Mama* bleibt hier.«

Auf dem Fernseher sah man, wie Ava Organe in Deschamps' Leiche zurücklegte, als würde sie ein Paket zum Versand packen. Eine schnelle Bewegung des Skalpells und der Schnitt in der Leiche war geheilt.

»Tten-yupo, pinreep, toodo …«

»Ich kann Sie nicht fesseln. Heben Sie Ihre Hände.«

Er wollte meine Hände wegblasen.

»Ihre Hände oder Ihr Kopf, Detective Ryder.«

Ich hatte noch nie gehört, dass jemand, der dem Tod entkommen war, die Erfahrung gemacht hatte, dass die Welt in diesem Moment hyperreal wurde, beinahe leuchtend, als wäre zu den Sinnen ein neuer hinzugekommen, einer, der alles wahrnehmen konnte. Selbst die winzigste Bewegung des Bootes, als hätte sich jemand in den letzten Augenblick meines Lebens geschlichen. Konnte das sein?

Wieder eine Bewegung, ein kaum wahrnehmbares Knarren. Das Stöhnen des Holzes.

War da draußen jemand?

Lindy schielte an den schwarzen Läufen hinab. Er hatte nichts gehört. »Heben Sie jetzt Ihre Hände!«, befahl er. Ich hob meine Hände langsam hoch und breitete gleichzeitig die Arme aus, damit die Schrotkugeln mein Gesicht verschonten. Lindys Finger am Abzug wurde weiß. Ich schloss meine Augen.

Ein gelber Vogel flog durch die Tür. Er brüllte. Lindy wirbelte herum und schoss ihn in Stücke. Der Vogel löste sich in einen weichen Schnee aus weißem Schaum und Plastikfetzen auf – die Reste einer Schwimmweste.

Ich rollte über den Boden und holte Lindy mit einem Tritt von den Beinen.

Aufruhr an der Tür. Harry stürmte herein. Ich richtete mich auf und hielt mich am Tisch neben Ava fest. Der Kutter bebte unter jeder Bewegung, einer der Stützbalken knackte. Als sich das Boot erneut rührte, fiel das Tablett vom Tisch, die chirurgischen Instrumente verteilten sich quer über den Boden. Lindy schlängelte sich an Harry vorbei und knallte den Kolben der Schrotflinte gegen seinen Kiefer.

Harry sank zu Boden.

Ich packte ein Skalpell vom Boden. Lindy wirbelte mit hochgeschwungener Flinte zu Harry herum.

Brüllend warf ich mich auf Lindy, packte mit einer Hand seinen Hals und drückte mit der anderen den Gewehrlauf nach oben. Ein Schuss löste sich und durchschlug das Dach, der Rückstoß schleuderte die Flinte aus seiner Hand. Ich drückte ihn rücklings über den schiefen Tisch. Er schlug wild um sich, riss sich dabei am Skalpell die Hände auf und bespritzte uns mit Blut. Ich drückte die Spitze des Skalpells genau unterhalb des Nabels gegen seinen Bauch. Er schrie auf und schnappte mit den Zähnen nach mir. Ich fühlte den Widerstand der Haut und schob dann die glänzende Klinge ein paar Zentimeter in sein Fleisch.

Ich war so außer mir, dass ich ihn am liebsten der Länge nach aufgeschlitzt hätte.

»Mama, Mama, Mama, Mama …«, jammerte er wie eine Litanei. Ich schaute zu Ava. Sie schüttelte den Kopf. *Nein, nein, nein.*

Lindy heulte: »Mamamamamamamamama …«

Ich spürte, wie sich mein Griff lockerte.

»Dee-yup, penit, tescheeup …« Auf dem Fernseher legte Ava Nelsons Innereien zurück.

Der Boden neigte sich, und ich hielt mich am Tisch fest. Lindy rollte sich weg und hechtete durch die Luke in den Maschinenraum. Ich schaute hinein und sah nur eine Reihe zusammengestöpselter Batterien. Vom Kiel drang ein lautes Krachen herauf, das Boot bewegte sich, heftiger dieses Mal. Der

Benzinkanister neben dem Generator stürzte um, Benzin floss über den Boden und durch die Luke in den Maschinenraum. Die Batterien verschoben sich und stießen krachend aneinander. Wir trieben in einem Kutter, der mit Benzin getränkt war und schlampig zusammengestöpselte und dem Regen ausgesetzte Batterien mit sich führte, unser Kapitän ein Wahnsinniger.

Ein Kurzschluss, ein Funke ...

Das Boot neigte sich um ein paar weitere Grade. Die Balken stöhnten, das Bollwerk ächzte. Harry und ich fummelten an Avas Fesseln herum und konnten uns auf dem schrägen Boden kaum auf den Beinen halten. Unter uns quietschte nachgebendes Metall, das Deck erzitterte und sank um weitere zehn Zentimeter. Ich fiel hin. Harry klammerte sich an den festgeschraubten Tisch und zerrte weiter an den Seilen. Die Dampfwolken des Benzins brannten in meinen Augen und brachten sie zum Tränen. Während ich mich hochzog, kämpfte Harry mit den Fesseln.

»Te-repped uten benetha ...«

Harry brüllte, seine Arme zitterten vor Anstrengung. Ich roch den beißenden Gestank von Kabeln, denen die Isolierung wegschmorte.

Nur noch ihr Hals war festgebunden.

Holz krachte und das Boot schwankte bedrohlich. Was noch in den Regalen gestanden hatte, stürzte jetzt zu Boden. Auf dem Video fuhr Ava mit einer Hand über die noch ungeöffnete Leiche, nickte und verschwand dann schnell rückwärts aus dem Bild. »*Amam, amam*«, sagte Lindy, als das Band zum Anfang spulte. Seine Lippen gingen im Schwarz unter. Das Video brach ab.

»Ich hab's«, rief Harry, nahm Ava in seine Arme und richtete sich auf.

Ich hörte das laute Krachen von zerberstendem Holz. Einen Augenblick bebte das Boot, dann kippte es vornüber und bohrte seinen Bug in die weiche Erde. Wir strauchelten über den Boden, Konserven, Werkzeuge und Trümmer polterten auf uns. Rauch verbreitete sich in der benzinhaltigen Luft.

Aber wir waren an der Tür.

Wir kletterten hinaus in den frischen, herrlichen Schlamm und schleppten uns durch das Schilf. Hinter uns entlud sich der Funkenschlag in einen gewaltigen Donnerknall und die Nacht blitzte orange und golden auf. Wir stolperten zu einem Hügel und hockten uns dahinter, die Hitze der Explosion trocknete unsere nassen Gesichter. Die Kabine des alten Garnelenkutters brannte wie eine Kerze, doch die vom Regen durchnässten Holzplanken des Rumpfes waren nicht so leicht zu entzünden. Flammen loderten lichterloh durch die Türen, Luken und das Steuerhaus. Für einen Moment ähnelte das Boot einer Wunderlampe, die von den Sternen auf die Erde gefallen war, und wir kauerten uns in ihrem goldenen Licht zusammen.

Dann brach der Kutter auseinander und wurde von den Flammen zerfressen.

Epilog

»... das Letzte, was ich gehört habe, waren Carsons Rufe: ›Lass dich treiben!‹ Also holte ich tief Luft und entspannte mich. Habt ihr mal versucht euch zu entspannen, wenn ihr glaubt, ihr ertrinkt gleich?«

»Da muss ich passen«, sagte Ava und betrachtete eine kreischende Möwe, die über unseren Köpfen kreiste. Harry nahm noch eine geröstete Erdnuss aus der Schüssel auf meinem Verandatisch. Er aß sie auf seine ganz spezielle Weise: Er biss die Spitze der Schale ab, tröpfelte etwas scharfe Sauce in die Öffnung und steckte sie dann in den Mund. Während er kaute, dachte er nach.

»Aber ich hab gemerkt, dass ich einfach irgendwie über das Wasser schaukeln konnte. Wenn ich unterging, schlug ich meine Arme wie Flügel und trieb an die Oberfläche, holte Luft und dann schwabbte wieder das Wasser über mich hinweg.«

Harry schlug mit seinen Armen, um es zu demonstrieren. Für einen Augenblick hörte ich das Prasseln des Regens und sah ihn in dem braunen Fluss davontreiben. Dann zwang ich mich, die

Vergangenheit ruhen zu lassen und mich auf die Gegenwart zu konzentrieren. Ich wusste, dass ich irgendwann die Ereignisse der Vergangenheit aufarbeiten musste, aber nicht heute. Heute wollte ich einzig und allein den Moment genießen, unbelastet von Ketten oder Gespenstern oder Linien, die zurück in die schlammige Finsternis führten.

»Wie weit bist du getrieben?«, fragte Ava.

Harry kniff ein Auge zusammen und überlegte. »Ungefähr eine Viertelmeile, schätze ich. Dann sind meine Füße auf Grund getroffen und ich bin tatsächlich eine Sandbank auf der anderen Seite hochgekrabbelt.«

Wir saßen auf meiner Veranda. Heute hatten wir drei das erste Mal die Gelegenheit, nur unter uns ausführlicher zu reden. Den Tag nach dem Ereignis hatten wir im Krankenhaus verbracht, belagert von Ärzten und neugierigen Cops. Gestern hatte sich die Zahl der Polizisten noch erhöht, zudem waren die Medien über uns hergefallen. Die willkürlichen Fragen der Reporter hatten wir ausweichend beantwortet und unsere Rollen heruntergespielt.

Ava beugte sich zu Harry. »Hast du gedacht, Carson wäre …« Sie hielt inne; das Wort kam ihr nur schwer über die Lippen. Es zu hören, fiel mir auch nicht leicht. »… ertrunken?«

Harry schaute mich an und zwinkerte. »Es gibt eine Menge Dinge, die der Junge nicht draufhat, aber schwimmen kann er. Ich wusste, wenn jemand am anderen Ufer auftauchen wird, dann Carson. Ich bin einfach flussaufwärts gegangen, denn mir war klar, dass er das Gleiche tun würde. Dann hörte ich den lauten Krach vor mir.«

Ich sagte: »Da bin ich gerade durch die vergammelte Tür gehechtet.«

Für einen kurzen Augenblick stolperte ich wieder durch das Boot, rutschte auf Matsch und Blut aus und blieb mit einer Schrotflinte vor meinen Augen liegen. Ich verscheuchte die Bilder aus meinem Kopf.

Harry sagte: »Ich dachte, ich gehe mal nachsehen, wer meinen netten kleinen Naturausflug stört. Dann erblickte ich dieses verdammte Boot in der Luft ...«

Nachdem es zwei volle Tage hinter uns lag, begann das Ereignis zu verschwimmen. Meine Hände waren einigermaßen in Ordnung, auf jeden Fall würden sie es sein, wenn die Fingernägel nachwuchsen. Der Messerschlitz im Fleisch meiner Hüfte fühlte sich an, als hätte man mir dort Bienen eingenäht. Im Krankenhaus hatten sie mir eine Krücke mitgegeben, aber ich hatte sie im Wagen gelassen, die Mühe war es nicht wert. Ich stemmte mich am Tisch hoch.

Ava berührte meine Hand. »Alles okay?«

»Ich lehn mich ans Geländer. Mein Hintern ist ganz steif geworden.«

Sie drückte meine Hand, und ich sah ihr in die Augen. Sie sahen gesund aus, klar und grün wie das sonnenbeschienene Meer. Als sie mir mit einem Auge zuzwinkerte, veranstaltete mein Herz einen Freudentanz. Ich tätschelte ihre Hand und humpelte ans Geländer. Auf dem Tisch piepte mein idiotisches Handy. Ich hätte es nie aus der Kühltasche nehmen dürfen.

»Gehst du ran, Harry?«

Er sagte: »Wahrscheinlich schon wieder ein verfluchter Reporter. Oder Squill, der Schönwetter machen will.«

Obwohl ich die Kassette nicht weitergegeben hatte, war Squills Karriere ziemlich schwer angeschlagen. Man hatte ihn aus dem Ermittlungsdienst gekickt und ihm den Titel »Medienverbindungsmann« verpasst; wahrscheinlich hatte ihn die Presse verdient. Natürlich schrieb er wieder einmal die Vergangenheit um. Vor kurzem hatte er angerufen und gebeichtet, dass er von Burlew nach Strich und Faden betrogen worden war, was ihm unendlich Leid täte. Es war erbärmlich, aber so war Squill eben.

»Bei Ryder«, sagte Harry. »Hallo?« Er starrte das Handy an, sah dann mich an und zuckte mit den Achseln.

»Nichts. Wahrscheinlich verwählt.«

Harry legte das Telefon auf den Tisch und trottete ins Haus, um die Erdnussschüssel aufzufüllen. Ich lehnte mich mit dem Rücken an das Geländer. Ava stellte sich neben mich, legte ihre Ellbogen auf das Holz und schaute schweigend hinaus auf den Golf. Der Himmel war wolkenlos und blau, knapp über den Wellen zog eine Reihe Pelikane dahin.

Ich sagte: »Als du das erste Mal dort gestanden hast, hat der Wind deine Kleider an dich geschmiegt. Das hat mich auf lüsterne Gedanken gebracht.«

Sie strich eine vom Wind verwehte Strähne aus ihrem Gesicht. »Es kommt mir vor, als wäre es eine Ewigkeit her.«

»Dass ich lüsterne Gedanken hatte? Komisch, ich dachte, ich hätte erst heute Morgen welche gehabt.«

»Ich hatte die feste Absicht, nüchtern vorbeizukommen. Aber die Angst war stärker. Angst vor mir selbst.«

»Du warst voller Ängste. Manche hast du selbst erfunden, aber die meisten waren real.«

Sie nickte und trank einen Schluck Gingerale. »Ich habe mit Dr. Peltier gesprochen. Es wird anders werden. Ganz anders.«

Clair schloss gerade Frieden mit ihren Dämonen und übertrug sie nicht mehr auf andere. Ich hatte gestern Abend mit ihr gesprochen und wusste deshalb, dass sie heute einen Termin beim Scheidungsanwalt hatte. Ich war schon neugierig, wie sie aussehen würde, wenn sie endlich frei war von Zane. Ob ihre Augen dann noch blauer wurden?

»Gehst du zu dem Treffen heute Abend?«, fragte ich.

»Und morgen und übermorgen. Ich tue alles, was Bear verlangt. Ich gehe gern dorthin, danach fühle ich mich leichter, als würde ich schweben.« Sie setzte ihr Glas ab und stellte sich auf Zehenspitzen, um ihre Lippen sanft auf meine zu legen. Ich hörte, wie Harry die Tür aufschob und zurück auf die Veranda kam.

»Was sehen meine Augen denn da?«, meinte er.

Ich hielt inne und spielte im Geiste mehrere Wortkombinationen durch.

»Küsse statt Schüsse?«, entgegnete ich zaghaft.

»Verdammt«, sagte er und riss seine Augen in gespielter Verwunderung auf. »Hat der Junge endlich mal einen hingekriegt.«

Ich wollte mich gerade bei ihm beschweren, als das Telefon erneut piepte. Harry stellte die Erdnüsse auf den Tisch und nahm das Telefon. »Bei Ryder.

Aha. Ja, er ist hier. Ja, Ma'am, einen Moment.« Harry schaute mich an.

»Dr. Prowse, Evangeline Prowse.«

Ich nickte. Harry brachte mir das Handy. Ich drehte mich zum Meer um und hielt das Telefon an mein Ohr.

»Carson? Carson, hier ist Evangeline Prowse.« Ihre Stimme wurde leiser. »Es tut mir Leid, Carson. Ich habe leider schlechte Nachrichten für Sie? Schreckliche Nachrichten.«

»Mein Gott, was denn?«

Die Stimme bebte. »Es geht um Jeremy, Carson. Er ist tot ... Selbstmord. Er hat sich erhängt.«

Ich hörte die Worte, aber sie ergaben keinen Sinn für mich. »Jeremy? Nein, das kann nicht sein ...«

»Gestern Nacht. Oder am frühen Morgen. Er hat einen Brief hinterlassen? Er ist an Sie adressiert.«

»Ich kann das nicht glauben, das kann nicht wahr sein. Mein Bruder würde niemals ...«

»Soll ich Ihnen den Brief vorlesen, Carson? Ich muss nicht, es ist persönlich. Ich kann ihn auch schicken.«

Ich holte tief Luft und atmete langsam aus.

»Nein. Bitte lesen Sie.«

Das Rascheln von Papier. Dann Evangelines leise Stimme.

»›Lieber Carson, entschuldige. Ich wusste nicht, dass er hinter deiner Frau her war. Was das angeht, war meine Übersetzung der Unterlagen falsch. Ich war mir sicher, dass er die andere wollte, die Verantwortliche, Peltier. Ich weiß nicht, ob das etwas an meiner Absicht geändert hätte, dich auf die falsche Spur zu schicken, aber ich glaube, es hätte etwas geändert. Ich hoffe es. Ich werde dich immer lieben, Jeremy.‹ Das ist der ganze Text«, sagte Evangeline leise. »Es tut mir so Leid.«

Ich stand in meiner in der Luft hängenden Kiste über einer Insel, schaute hinab auf den Strand und dachte über Evangelines Anruf nach. Mit der Klarheit der Offenbarung schien die Sonne die Welt plötzlich aus allen Richtungen gleichzeitig zu erleuchten, es gab keine Schatten. Das Wasser erstreckte sich wie ein grüner Teppich, der weiße Strand blendete. Ich schaute zu Ava und Harry, sah ihre besorgten Blicke und hob meinen Daumen: *Keine Sorge, alles in Ordnung*. So sehr ich auch versuchte, es zu unterdrücken, ein Lächeln breitete sich in meinem Gesicht aus. Ich hob das Telefon wieder an mein Ohr.

»Das war fast perfekt, Jeremy; die Intonation, der Rhythmus. Aber Dr. Prowse stellt sich nie als Evangeline vor.«

Schweigen meines Anrufers.

Ich sagte: »Sie nennt sich Vangie. Sie sagt immer Vangie.«

Ich lauschte auf einen Hinweis eines verwandten Wesens am anderen Ende der Leitung. Mit dem Meeresrauschen in der Ferne und dem Wind in meinem Haar presste ich meine Hand an ein Ohr und das Telefon an das andere und lauschte aufmerksam. Dann, für einen kurzen Augenblick, legte sich die Brise und die Wellen hielten geräuschlos in ihrem Auf und Ab inne. Ich schloss meine Augen und nahm ein leises Atmen wahr, so nah wie das Blut in meinen Adern, so fern wie die verbrannten Jahre: Ich hörte den hektischen und flachen Atem eines verängstigten Kindes, das ganz allein im Dunkeln ist. Meine Stimme sagte: »Ich liebe dich, Bruder.«

Dann verabschiedete ich mich von der Vergangenheit. Zumindest für heute.

»Es gefriert einem beim Lesen das Blut in den Adern.«
Bild am Sonntag

In der Eiswüste der Arktis kommen vier Forscher unter mysteriösen Umständen ums Leben. Die Todesursache ist völlig unklar – scheinbar hat ein starkes chemisches Reagens die Lungen, Augen und alles weiche Gewebe der Körper in kürzester Zeit zerstört. Doch woher kam dieser todbringende Stoff? Waren es Biowaffen, tödliche Naturgifte oder ein neues Virus? Für die Wissenschaftlerin Jessie Hanley, die zur Forschungsstation eingeflogen wird, um vor Ort die Untersuchungen zu leiten, beginnt ein gnadenloser Wettlauf mit der Zeit …

»Ein naturwissenschaftlicher Debüt-Krimi auf höchstem Niveau.«
Münchner Merkur

Der Trudeau Vektor
Thriller
ISBN-13: 978-3-548-26434-9
ISBN-10: 3-548-26434-4

ULLSTEIN

»Atemberaubende Spannung
bis zum Schluß.
Ein großartiger Thriller!«
FHM

Der neue Patient der Psychiatrieärztin Dr. Suzanne Lohmann nennt sich Dante – und er geht durch seine eigene Hölle: In seinem Kopf, so erklärt er ihr, hört er die Stimme der »Schlange«, die ihm furchtbare Dinge befiehlt …
Über ein Jahr später: Nach intensiver Therapie sind Dantes Wahnvorstellungen verschwunden, und Suzanne Lohmann entläßt ihn als geheilt. Kurz darauf wird eine Frauenleiche gefunden – exakt so zugerichtet, wie Dante es in seinen entsetzlichen Phantasien geschildert hatte …

»Ein heißes Thema, ein finsterer Roman. Erschreckend!«
Le Nouvel Observateur

Das Flüstern der Schlange
Thriller
ISBN-13: 978-3-548-26410-3
ISBN-10: 3-548-26410-7

ULLSTEIN

»Weibliche Konkurrenz
für Hannibal Lecter«
Neue Revue

Als Kind mußte Avery Delaney mit ansehen, wie ihre Großmutter ermordet wurde, und entkam dabei selbst nur knapp dem Tod. Die hochgeschätzte Profilerin beim FBI hat seitdem immer versucht, die schrecklichen Ereignisse hinter sich zu lassen. Doch als ihre geliebte Tante Carolyn entführt wird und Avery sich auf die Fährte von Monk, einem angeheuerten Killer, setzen muß, holen die Schatten der Vergangenheit sie wieder ein …

»Ein fesselndes Katz-und-Maus-Spiel, das den Leser bis zur letzten Seite mitfiebern läßt«
Rhein-Neckar-Zeitung

Ein mörderisches Geschäft
Thriller
ISBN-13: 978-3-548-26436-3
ISBN-10: 3-548-26436-0

ULLSTEIN

UB341

Das Buch

Eine fünf Millionen Jahre alte Statue aus makellosem Diamant – nicht nur der Wert dieses Objekts ist eine Sensation, sondern auch ihr Fundort: eine weit verzweigte Höhlenlandschaft mehrere Kilometer unter dem Eis der Antarktis. Ein Team von Spezialisten aus der ganzen Welt wird mit dem geheimen Forschungsprojekt beauftragt. Für die toughe Archäologin und Anthropologin Ashley Carter, Leiterin der Expedition, lauten die entscheidenden Fragen: Woher stammt die Figur? Liegen hier – und nicht in Afrika – die Wurzeln der menschlichen Zivilisation?
Doch scheinbar geht es ihren Auftraggebern nicht nur um wissenschaftliche Erkenntnisse. Und was Ashley und ihr Vertrauter, der australische Höhlenexperte Ben, auch nicht wissen: Ihr Team ist nicht das erste, das in diese faszinierende Welt vordringt. Die Forscher, auf deren Spuren sie sich bewegen, kehrten nie zurück ...

Der Autor

James Rollins wurde 1968 in Chicago geboren. Er ist promovierter Veterinärmediziner und hat eine Tierarztpraxis in Sacramento, Kalifornien. Dort geht er auch seinen beiden nach dem Schreiben wichtigsten Leidenschaften nach: Höhlenforschung und Tauchen.

Von James Rollins sind in unserem Hause bereits erschienen:

Das Blut des Teufels
Im Dreieck des Drachen
Mission Arktis
Operation Amazonas

James Rollins

Sub Terra

Thriller

Aus dem Englischen
von Rudolf Krahm

Ullstein

Besuchen Sie uns im Internet:
www.ullstein-taschenbuch.de

Umwelthinweis:
Dieses Buch wurde auf chlor- und säurefreiem Papier gedruckt.

Die Thriller-Bibliothek, eine Kooperation von
TV Movie und Ullstein Buchverlage GmbH

Sonderausgabe Dezember 2006
© TV Movie, Heinrich Bauer Programmzeitschriften Verlags KG, 2006
und © Ullstein Buchverlage GmbH, Berlin 2006
© 2002 für die deutsche Ausgabe by
Econ Ullstein List Verlag GmbH & Co. KG, München
© 1999 by Jim Czajkowski
Published in agreement with the author
Titel der amerikanischen Originalausgabe: *Subterranean*
(Baror International, Inc., Armonk, New York)
Umschlaggestaltung: Stöhr Kommunikationsdesign, Hamburg
Titelabbildung: S. Mafford/Getty Images
Gesetzt aus der Sabon
Satz: Buch-Werkstatt GmbH, Bad Aibling
Druck und Bindearbeiten: Ebner & Spiegel, Ulm
Printed in Germany
ISBN-13: 978-3-548-26689-3
ISBN-10: 3-548-26689-4

Für John Clemens

Dies ist ein Roman. Seine Namen, Charaktere, Schauplätze und Ereignisse sind entweder Produkte der Fantasie des Autors oder werden auf fiktionale Weise verwendet. Jegliche Ähnlichkeiten mit aktuellen Begebenheiten, Orten, Organisationen oder lebenden oder toten Personen wären rein zufällig und weder vom Autor noch vom Verlag beabsichtigt.

Es sind einfach zu viele Menschen, denen ich für die Entstehung dieser Geschichte danken müsste. Dank an Pesha Rubinstein, meine literarische Agentin, die in der Rohfassung des Manuskriptes etwas glitzern sah; an Lyssa Keusch, meine Lektorin, die meine Geschichte mit Akribie in die vorliegende Form brachte; an meine Autorengruppe, die die Geschichte mit viel Mühe zerpflückte und sie dadurch besser machte (Chris Crowe, Dennis Grayson, Dave Meek, Jeffrey Moss, Jane O'Riva, Stephen and Judy Prey, Caroline Williams). Besonderer Dank an Carolyn McCray für ihre Unterstützung, Kritik, Liebe und Freundschaft.

Und zuletzt an die beiden Menschen, denen ich alles verdanke: meine Eltern!

Großer Gott! Dies ist ein schrecklicher Ort.

Kaum leserlicher Eintrag im Tagebuch des gescheiterten Südpolfahrers Robert F. Scott

Prolog

Mount Erebus, Antarktis

So weit das Auge reichte, bedeckte blau schimmerndes Eis den Kontinent. Peitschende Stürme hatten Gestein, Sand und Geröll über die gefrorene Landschaft gefegt und ihr den Glanz von satiniertem Glas gegeben. Es gab kein Leben auf der Oberfläche, bis auf die schmutzigen Flecken gelber Flechten, die weit älter waren als die Besatzung der McMurdo Base.

Drei Kilometer unter dem Mount Erebus, unter Gletschereis, Dauerfrost und Granit, wischte sich Private Peter Wombley den Schweiß von den Augen. Er träumte von dem Kühlschrank in der Schlafbaracke und dem Kasten Coors darin. »Was für ein Wahnsinn. Oben tobt ein verdammter Blizzard, und hier unten ist es heißer als im Hintern eines Pavians.«

»Wenn Sie endlich aufhören würden, darüber nachzudenken, wäre es halb so schlimm«, erwiderte Lieutenant Brian Flattery. Er löste die Blendlaterne vom Transportmotorrad. »Gehen wir. Vor dem Ende der Schicht müssen noch drei Relais geeicht werden.«

Wombley schnappte sich seine Laterne, schaltete sie an und folgte ihm. Wie eine Klinge schnitt das Licht durch die Dunkelheit.

»He, passen Sie auf, wohin Sie treten«, sagte Flattery und richtete den Lichtstrahl der Laterne auf eine Spalte im Höhlenboden.

Wombley huschte mit einem misstrauischen Blick an der

schwarzen Spalte vorbei. Seit seinem Eintreffen vor drei Monaten hatte er vor dem verwirrenden Höhlensystem einen gehörigen Respekt bekommen. Er beugte sich über den Rand und leuchtete in die Spalte. Sie schien geradewegs zum Mittelpunkt der Erde zu führen. Fröstelnd überlegte er, ob es ein Tor zur Hölle gab. »Warten Sie!«

»Ich mache mich jetzt auf den Weg zur Relaisstation«, sagte Flattery und zog den Transportschlitten am Tunneleingang in Position. »Sie können fünf Minuten Pause machen, bis ich zurückkomme.«

Wombley seufzte heimlich vor Erleichterung. Er hasste die »Wurmlöcher«. Diesen Spitznamen hatte die Truppe den gewundenen Höhlengängen verpasst, die einen so kleinen Durchmesser hatten, dass ein Mensch gerade eben hindurchpasste. Nur mit dem Motorschlitten konnte man sich durch die Wurmlöcher von Höhle zu Höhle bewegen.

Wie beim Rodeln legte sich Flattery bäuchlings auf den Motorschlitten, mit dem Kopf in Richtung Tunnelöffnung. Er gab Gas, und das Dröhnen des Motors hallte mit doppelter bis dreifacher Dezibelzahl von den Wänden wider. Flattery hob den Daumen und ließ die Kupplung kommen. Der Schlitten schoss in den schmalen Tunnel.

Wombley war in die Hocke gegangen, um Flattery hinterherzuschauen. Die Lichter verblassten, als der Schlitten in der Ferne um eine Kurve röhrte. Nach wenigen Augenblicken verklang sogar der Lärm. Wombley war allein in der Höhle.

Im Licht seiner Laterne schaute er nach der Uhrzeit. Flattery würde in etwa fünf Minuten zurück sein. Er grinste. Wenn Flattery allerdings das Funkrelais auseinander bauen und Teile ersetzen musste, dauerte es vielleicht auch zwanzig Minuten. Das sollte mehr als genug Zeit sein.

Er zog einen schmalen Joint aus der Brusttasche. Dann schwenkte er die Laterne im Kreis, um die Umgebung auszuleuchten. Schließlich lehnte er sich an die Höhlenwand, fischte ein Streichholz aus der Tasche und zündete es an. Er nahm einen tiefen Zug. Ah! Er legte den Kopf zurück an die Wand und inhalierte den Rauch genüsslich.

Plötzlich hallte ein schabendes Geräusch durch die Höhle.

»Scheiße!« Wombley verschluckte sich am Rauch und griff zur Laterne. Er ging in die Mitte des Raumes und schwenkte die Lampe vor und zurück. Niemand. Nur eine leere Höhle. Er lauschte angestrengt, hörte jedoch nichts mehr. Die Schatten tanzten im Lampenlicht unermüdlich auf und ab.

Ganz plötzlich kam es ihm noch viel kälter und viel dunkler vor.

Er schaute auf die Uhr. Vier Minuten waren um. Flattery musste auf dem Rückweg sein. Wombley trat den Joint aus und wartete. Er würde vergeblich warten.

Brian Flattery schloss die seitliche Abdeckung des Funkrelais. Die Einheit war vollkommen in Ordnung. Zwei weitere Relais mussten noch überprüft werden. Zwar hätten seine Support-Mitarbeiter die Testroutinen durchführen können, doch die Relais waren seine Babys. Die kleine atmosphärische Störung empfand er als persönlichen Angriff auf seine fachliche Kompetenz. Ein wenig Feinjustierung, und alles wäre perfekt.

Er ging zum Schlitten hinüber, der im Leerlauf war, schlüpfte in Position und legte den Gang ein. Bevor er in den Tunnel hineinfuhr, duckte er sich. Als ob man von einer Schlange verschluckt würde, dachte Flattery. Die glatten Wände huschten an seinem Kopf vorbei, der Scheinwerfer zeigte ihm den Weg. Nach einer Minute glitt der Schlitten aus dem Tunnel in die Höhle, in der er Wombley zurückgelassen hatte.

Flattery stellte den Motor ab und blickte sich um. Die Höhle war leer, doch bemerkte er einen vertrauten Geruch. Marihuana. »Verflucht!«, schnaubte er. Er hievte sich vom Schlitten und brüllte: »Private Wombley! Bewegen Sie Ihren Arsch hierher, aber ein bisschen plötzlich!«

Das Echo seiner Worte hallte von den Wänden wider. Wombley antwortete nicht. Mit seiner Laterne suchte Flattery die Höhle ab, fand jedoch nichts. Die beiden Motorräder, mit denen sie hergekommen waren, standen noch am selben Platz an der gegenüberliegenden Wand. Wo war der Scheißkerl?

Er ging auf die Motorräder zu. Mit seinem linken Stiefel rutschte er auf einer nassen Stelle aus; er ruderte wild mit den Armen, um sich an der Wand festzuhalten – und griff daneben. Mit einem heiseren Schrei knallte er heftig auf sein Hinterteil. Die Blendlaterne schlitterte über den Boden und blieb schließlich mit auf ihn gerichtetem Strahl liegen. Warme Feuchtigkeit drang durch seine Khakihose. Er knirschte mit den Zähnen und fluchte.

Wieder auf den Beinen, wischte sich Flattery über den Hosenboden und schnitt eine Fratze. Ein gewisser Private würde in Kürze Flatterys Stiefel einen Meter tief in den Arsch bekommen. Als Flattery das Hemd in die Hose steckte, sah er, was da von seinen Händen tropfte. Er rang nach Luft und machte einen Satz rückwärts, als ob er vor den eigenen Händen fliehen könnte.

Warmes Blut bedeckte seine Handflächen.

Erstes Buch

Teamwork

1

Chaco Canyon, New Mexico

Verfluchte Klapperschlangen.

Ashley Carter trat den Lehm von den Stiefeln, bevor sie in ihren rostigen Chevy Pickup stieg. Sie warf den staubigen Cowboyhut auf den Beifahrersitz und wischte sich mit dem Taschentuch über die Stirn. Über den Steuerknüppel gebeugt, klappte sie das Handschuhfach auf und holte das Erste-Hilfe-Set für Schlangenbisse heraus.

Mit einem Knöchel schaltete sie das Funkgerät ein. Statisches Rauschen kam aus dem tragbaren Empfänger. Summend pellte sie die Spritze aus der Verpackung und zog die übliche Menge Gegengift auf. Mittlerweile konnte sie es schon nach Augenmaß dosieren. Sie schüttelte die Flasche. Fast leer. Es wurde Zeit, dass sie sich in Albuquerque Nachschub besorgte.

Nachdem sie mit einem Alkoholtupfer die Haut desinfiziert hatte, stach sie sich die Nadel in den Arm. Sie zuckte zusammen, als sie sich die bernsteinfarbene Flüssigkeit injizierte. Dann löste sie die Aderpresse ein wenig, strich Jod auf die beiden Male an ihrem Unterarm und legte sich einen Verband an.

Nachdem sie die Aderpresse etwas fester gezogen hatte, blickte sie auf die Uhr am Armaturenbrett. In zehn Minuten würde sie die Presse wieder lockern.

Sie nahm das Mikrofon des Funkgeräts und drückte den Knopf an der Seite. »Randy, bitte kommen. Over.« Sie hörte atmosphärische Störungen, als sie den Knopf losließ.

»Randy, nimm bitte ab. Over.« Ihr Nachbar Randy war wegen einer Rückenverletzung, die er sich in der Mine zugezogen hatte, noch arbeitsunfähig. In den vergangenen zehn Wochen hatte er sich schwarz ein paar Extra-Dollar verdient und sich tagsüber um ihren Sohn Jason gekümmert.

Sie ließ den Motor an und setzte in die tiefen Furchen des Wegs zurück. Das Funkgerät stieß plötzlich verstümmelte Worte aus, dann hörte sie: »... ab. Ashley, was ist los? Wir haben schon vor einer Stunde mit deiner Rückkehr gerechnet.«

Sie nahm das Mikrofon an den Mund. »Tut mir Leid, Randy. Ich habe eine neue Kammer in der Anasazi-Ausgrabungstätte gefunden. Unter einem Bergrutsch verschüttet. Die musste ich untersuchen, solange das Licht noch ausreichte. Nur hatte eine Diamantklapperschlange andere Pläne. Jetzt will ich noch bei Doc Marshall reinschauen. In etwa einer Stunde bin ich daheim. Könntest du schon mal die Lasagne in den Ofen schieben? Over.« Sie hängte das Mikrofon wieder an das Funkgerät.

Rauschen. »Ein Biss! Schon wieder! Das ist das vierte Mal seit Weihnachten. Du forderst dein Glück heraus, Ash. Diese Alleingänge kosten dich eines Tages das Leben. Aber hör zu, sobald dich Doc Marshall untersucht hat, komm schnell nach Hause. Hier warten ein paar Typen von den Marines auf dich.«

Sie runzelte die Stirn. Was hatte sie angestellt? Sie stöhnte und nahm wieder das Mikrofon zur Hand. »Was ist los? Over.«

»Keine Ahnung. Sie stellen sich dumm.« Mit leiser Stimme fügte er hinzu: »Und das beherrschen sie verdammt gut. Richtige GI-Jungs. Du wirst sie nicht ausstehen können.«

»Die haben mir gerade noch gefehlt. Wie kommt Jason damit klar? Over.«

»Dem geht es gut. Genießt es förmlich. Quatscht gerade irgendeinem Corporal das Ohr ab. Ich glaube, er hätte dem Trottel beinahe die Kanone abgeschwatzt.«

Ashley klatschte mit der flachen Hand aufs Lenkrad. »Was bringen diese Scheißkerle Waffen in mein Haus? Verdammt, ich bin gleich bei euch. Halt die Stellung. Over.«

Sie trug niemals eine Waffe. Noch nicht einmal in den Badlands von New Mexico. Verdammt wollte sie sein, wenn sie einer Bande zu groß geratener Halbstarker erlaubte, Waffen in ihr Haus zu schleppen. Sie knallte den Gang rein, und die Räder griffen im losen Felsgestein.

Ashley sprang vom Pickup, den Arm in einer blauen Schlinge. Sie durchquerte ihren Kaktusgarten und eilte auf eine Gruppe uniformierter Männer zu, die sich auf der Veranda unter der kleinen grünen Markise zusammendrängten, die den einzigen Schatten im Umkreis von einhundert Metern bot.

Während sie die Holzstufen hinaufstampfte, wichen die vorderen Männer zurück. Bis auf einen, der mit Lametta auf jeder Schulter protzte und sich nicht von der Stelle rührte.

Sie schritt genau auf ihn zu. »Was glauben Sie eigentlich, wer Sie sind? Platzen hier mit einem Arsenal herein, mit dem man ohne weiteres ein vietnamesisches Dorf in die Luft jagen könnte. In diesem Haus wohnt ein Kind!«

Der Mund des Offiziers wurde zu einer dünnen Linie. Er lehnte sich zurück, nahm seine Sonnenbrille ab und offenbarte ein Paar kalte und gefühllose blaue Augen. »Major Michaelson, Ma'am. Wir eskortieren Dr. Blakely.«

Sie starrte ihn an. »Ich kenne keinen Dr. Blakely.«

»Er kennt Sie, Ma'am. Er sagt, Sie seien einer der besten Paläoanthropologen dieses Landes. Zumindest habe ich gehört, wie er das zum Präsidenten sagte.«

»Dem Präsidenten wovon?«

Er starrte sie verständnislos an. »Dem Präsidenten der Vereinigten Staaten.«

Ihre Überraschung wurde von einem rotblonden Wirbelwind, der sich seinen Weg durch die Uniformierten bahnte, unterbrochen. »Mama! Endlich bist du zu Hause! Das musst du dir ansehen.« Ihr Sohn musterte die Schlinge, dann packte er sie am anderen Ärmel. »Komm schon.« Obwohl er kaum über ihre Gürtelschnallen hinausragte, scheuchte er die Soldaten zur Seite.

Wütend ließ Ashley sich durch die Tür zerren. Als die Tür der Trennwand hinter ihr zufiel, lief sie aufs Wohnzimmer zu. Da bemerkte sie eine Lederaktentasche, die jemand auf dem Tisch abgelegt hatte. Es war nicht ihre.

Aus der Küche wehte ihr der Knoblauchgeruch der Lasagne im Backofen entgegen. Ihr Magen reagierte mit einem Knurren. Seit dem Frühstück hatte sie nichts mehr gegessen. Randy, mit fleckigen Topfhandschuhen bewaffnet, versuchte, die blubbernde Lasagne aus dem Ofen zu ziehen, ohne dass sie überlief. Sie musste beim Anblick dieses Bären von einem Mann lächeln, der, mit einer Schürze bekleidet, mit einer Auflaufform voll Lasagne kämpfte. Er sah sie an und rollte mit den Augen.

Als sie gerade zu einer Begrüßung ansetzte, zog jemand drängelnd an ihrem Arm. »Komm schon, Mama, schau dir an, was Dr. Blakely hat. Das ist affengeil.«

»Pass auf, was du sagst, junger Mann«, warnte sie ihn. »Du weißt, dass diese Ausdrucksweise hier nicht erlaubt ist. Jetzt zeig mir, was das alles soll.« Sie winkte Randy zu, während sie ins Wohnzimmer gezerrt wurde.

Ihr Sohn deutete auf die Aktentasche und flüsterte: »Es ist da drin.«

Das Geräusch von fließendem Wasser aus dem Gäste-WC erregte ihre Aufmerksamkeit. Die Tür ging auf, und ein langer Schwarzer, dünn wie eine Bohnenstange, in einem dreiteiligen Anzug trat in die Diele. Er war schon älter, sein kurz geschorenes Haar ein wenig ergraut. Er schob die Nickelbrille den Nasenrücken hinauf. Als er Ashley bemerkte, machte sich ein Lächeln des Erkennens in seinem Gesicht breit. Er ging rasch auf sie zu und streckte ihr die Hand entgegen. »Professor Ashley Carter. Ihr Foto in der *Archaeology* vom letzten Jahr war eine Untertreibung.«

Ashley wusste genau, wann sie jemand einwickeln wollte. So wie sie aussah – voller Dreck, einen Arm in der Schlinge und mit lehmverschmierter Jeans –, war sie keine Schönheitskönigin. »Hören Sie auf mit dem Quatsch. Was wollen Sie hier?«

Er ließ die Hand sinken. Für einen Augenblick riss er die Augen auf, dann lächelte er umso freundlicher. Er hatte mehr Zähne als ein Hai. »Mir gefällt Ihre nüchterne Einstellung«, sagte er. »Sie ist so erfrischend. Ich möchte Ihnen einen Vorschlag ...«

»Kein Interesse.« Sie wies zur Tür. »Sie können sich mit Ihrem Gefolge jetzt aus dem Staub machen. Auf Wiedersehen.«

»Wenn Sie mir nur zuhör...«

»Ich möchte Sie ungern mit einem Arschtritt verabschieden.« Ihr Arm schnellte mit einer knappen Bewegung in Richtung Tür.

»Sie bekommen hundert Riesen für zwei Monate Arbeit.«

»Machen Sie endlich ...« Ihr Arm sank herab. Sie räusperte sich, starrte Dr. Blakely an und hob die Augenbrauen. »Ich bin ganz Ohr.«

Seit ihrer Scheidung hatte sie alle Hände voll zu tun gehabt, damit sie etwas zu essen auf dem Tisch und ein Dach über dem Kopf hatten. Das Gehalt einer Assistenzprofessorin deckte kaum die Lebenshaltungskosten, geschweige denn ihre Forschungsprojekte.

»Warten Sie«, fuhr sie auf. »Eine Minute. Ist es legal? Das ist doch nie und nimmer legal.«

»Ich versichere Ihnen, Dr. Carter, dieses Angebot ist korrekt. Und das ist noch nicht alles«, fuhr Dr. Blakely fort. »Ihnen gehört das exklusive Recht, Ihre Forschungsergebnisse zu veröffentlichen. Und ein Lehrstuhl an der Universität Ihrer Wahl wird Ihnen garantiert.«

Träume wie diesen hatte Ashley nur nach zu viel Zwiebel-Salami-Pizza. »Wie ist das möglich? Es gibt Universitätsstatuten ... Vorschriften ... ältere Rechte ... Wie?«

»Dieses Projekt wird von höchster Stelle befürwortet. Ich habe freie Hand, jeden, den ich haben will, für das Gehalt, das ich bestimme, einzustellen.« Er setzte sich auf die Couch, legte ein Bein über das andere und streckte die Arme auf der Rückenlehne aus. »Und ich will Sie.«

»Warum?«, fragte Ashley immer noch misstrauisch.

Dr. Blakely beugte sich vor und bat mit gehobener Hand um Geduld. Er griff nach seiner Aktentasche und öffnete klickend den Verschluss. Mit beiden Händen zog er vorsichtig eine kleine Kristallstatue aus dem Inneren. Er wandte sie ihr in aufrechter Position zu.

Es war eine menschliche Figur – nach den hängenden Brüsten und dem schwangeren Bauch zu urteilen, war die Figur weiblich. Das schwindende Licht verfing sich in der kristallinen Struktur und reflektierte funkelnd.

Nickend forderte er sie auf, die Figur in die Hand zu nehmen. »Was halten Sie davon?«

Ashley zögerte. Sie fürchtete sich davor, die zerbrechliche Schönheit zu berühren. »Eindeutig primitiv ... Sie scheint eine Art Fruchtbarkeitsstatue zu sein.«

Dr. Blakely nickte eifrig. »Stimmt, stimmt ... Hier, gucken Sie näher hin.« Er hob die schwere Statue, und seine Arme zitterten vor Anstrengung. »Bitte schauen Sie genau hin.«

Sie griff nach der Figur.

»Sie ist aus einem einzigen Diamanten geformt worden«, sagte er. »Makellos.«

Nun verstand sie die bewaffnete Eskorte. Sie zog die Hände von diesem unschätzbar wertvollen Objekt zurück, während sie über die Zusammenhänge nachdachte. »Das ist ja affengeil«, flüsterte sie.

Ashley Carter beobachtete über den Tisch hinweg, wie Dr. Blakely sein Handy zuklappte und in seine Brusttasche zurücksteckte. »So, Professor Carter, wo waren wir stehen geblieben?«

»Ist irgendetwas nicht in Ordnung?«, fragte Ashley und wischte mit ihrem Knoblauchtoast Tomatensoße vom Teller. Sie saßen an ihrem grünen Aluminiumküchentisch.

Blakely schüttelte den Kopf. »Ganz und gar nicht. Nur die Teilnahmebestätigung eines Ihrer potenziellen Begleiter. Ein australischer Höhlenexperte.« Er lächelte ermutigend. »Wo waren wir stehen geblieben?«

Sie betrachtete ihn wachsam. »Wer wird noch an der Expedition teilnehmen?«

»Ich bedaure, die Namen sind vertraulich. Aber ich kann Ihnen sagen, dass wir mit einem führenden Biologen aus Kanada und einem Geologen aus Ägypten im Gespräch sind. Und einigen ... anderen.«

Ashley erkannte, dass sie auf diese Art nichts aus ihm herausbekam. »Fein. Dann zurück zur Diamantstatue. Sie haben mir nie gesagt, wo das Artefakt gefunden worden ist.«

Er schürzte die Lippen. »Diese Information ist ebenfalls vertraulich. Nur für diejenigen bestimmt, die mit dem Forschungsprojekt zu tun haben.« Er faltete die Gingham-Serviette auf seinem Schoß zusammen.

»Doktor, ich habe gedacht, dies wäre ein Gespräch. Doch Sie sind mit Ihren Antworten eher sparsam.«

»Vielleicht. Aber Sie haben mir auch noch keine konkrete Antwort gegeben. Wollen Sie sich nun meinem Forschungsteam anschließen?«

»Ich brauche mehr Details. Und mehr Zeit, um meinen Arbeitsplan umzuorganisieren.«

»Um den Kleinkram kümmern wir uns schon.«

Sie dachte an Jason, der sein Abendessen von einem wackligen Tablett vor dem Fernseher aß. »Ich habe einen Sohn und kann nicht einfach alles stehen und liegen lassen. Mein Sohn ist *kein* Kleinkram.«

»Sie haben einen Exmann. Scott Vandercleve, glaube ich.«

»Bei ihm wird Jason nicht bleiben. Vergessen Sie's.«

Blakely seufzte laut. »Dann haben wir ein Problem.«

Doch Ashley würde in dieser Hinsicht nicht mit sich reden lassen. Jason hatte Ärger in der Schule gehabt, und sie hatte sich geschworen, in diesem Sommer viel Zeit mit ihm zu verbringen. »Das steht nicht zur Debatte«, sagte sie mit so viel Überzeugung, wie sie aufbringen konnte. »Entweder begleitet Jason mich, oder ich habe keine andere Wahl, als abzulehnen.«

Blakely musterte sie schweigend.

Sie fuhr fort: »Er ist schon bei anderen Ausgrabungen dabei gewesen. Ich weiß, dass er klarkommt.«

»Ich halte das nicht für klug.« Er lächelte schwach.

»Er ist ein zäher und gewitzter Junge.«

Blakely zog eine Grimasse. »Schließen Sie sich dem Team an, wenn wir uns in diesem Punkt einigen?« Er hielt kurz inne, nahm seine Brille ab und rieb über die Abdrücke auf seinem Nasenrücken. Er schien laut nachzudenken. »Ich glaube, er könnte in der Alpha-Basis bleiben. Dort ist er sicher.« Er setzte die Brille wieder auf und streckte ihr über den Tisch hinweg seine Hand hin. »Einverstanden.«

Erleichtert atmete sie auf und schüttelte seine trockene

Hand. »Und warum machen Sie sich solche Umstände, um mich in Ihr Team zu bekommen?«

»Ihr Spezialgebiet. Die Anthropologie der primitiven Felsenbewohner. Ihre Arbeit über die Gilahöhlen war hervorragend.«

»Dennoch, warum ich? Es gibt andere Paläoanthropologen mit ähnlichen Forschungsinteressen.«

»Aus unterschiedlichen Gründen. Erstens«, zählte er an seinen Fingern ab, »haben Sie bei anderen Ausgrabungen unter Beweis gestellt, dass Sie ein Team leiten können. Zweitens, Ihre Nase fürs Detail ist unübertroffen. Drittens, die unnachgiebige Beharrlichkeit, mit der Sie Rätsel lösen. Viertens, Sie sind körperlich in Bestform. Fünftens, ich habe Respekt vor Ihnen. Sonst noch Fragen?«

Fürs Erste zufrieden und leicht verlegen, schüttelte Ashley den Kopf. Es gelang ihr, nicht zu erröten. Auf ihrem Gebiet bekam man selten Lob zu hören. Peinlich berührt, änderte sie das Thema des Gesprächs. »Da wir jetzt Partner sind, können Sie mir vielleicht verraten, wo Sie dieses einzigartige Artefakt entdeckt haben.« Sie stand auf, um den Tisch abzuräumen. »Ich nehme an, irgendwo in Afrika.«

Er lächelte. »Nein, eigentlich in der Antarktis.«

Sie warf einen Blick über die Schulter, um zu erkennen, ob er sie auf die Probe stellte. »Auf diesem Kontinent gibt es keine primitiven Kulturen. Da ist nur unfruchtbares Gletschereis drauf.«

Blakely zuckte mit den Schultern. »Wer hat von *darauf* gesprochen?«

Sie klapperte mit dem Geschirr in der Spüle. »Wo dann?« Sie drehte sich zu ihm, lehnte sich an die Spüle und trocknete sich mit einem feuchten Küchenhandtuch die Hände ab.

Er deutete mit dem Finger auf den Boden.

Darunter.

2

Black Rock, Australien

Benjamin Brust beobachtete eine braune Küchenschabe, die durch das weiße Waschbecken schlitterte. Er ging zum Gitter hinüber und fuhr sich mit der Hand über die Bartstoppeln auf seinen Wangen, die ihm seit seiner Inhaftierung gewachsen waren. An der Zellentür war der Gestank nach altem Urin schwächer. Ein Wachsoldat in Khakiuniform schaute von dem *GQ-Magazin* auf seinem Schoß hoch. Ben nickte ihm zu, und der Wachmann wandte sich ohne weitere Reaktion wieder seiner Lektüre zu.

Wenigstens erholte sich Bens Kunde, Hans Biedermann, zusehends – Gott sei Dank. Eine Anklage wegen unfreiwilligen Totschlags konnte er wahrlich nicht gebrauchen. Biedermann sollte heute nach Deutschland zurückfliegen. Für die kleine Eskapade hatte er gerade mal eins auf die Finger bekommen, während Ben als Organisator der Expedition eine lange Haftstrafe im Militärgefängnis vor sich hatte.

In den vergangenen fünf Jahren hatte sich Ben darauf spezialisiert, diejenigen, die den richtigen Eintrittspreis zahlen konnten, zu exotischen Schauplätzen und seltenen Sehenswürdigkeiten zu begleiten. Ausflüge, die es erforderlich machten, die eine oder andere Regel zu beugen oder gar zu brechen. Bens Spezialität waren Höhlenabenteuer: verlassene Diamantminen in Südafrika, verschüttete Klosterruinen im Himalaja, Tiefseetunnel vor der karibischen Küste – und jetzt, hier in Australien, ein phänomenales Höhlensystem, das zum militärischen Sperrgebiet erklärt worden war. Es lag in einem entlegenen Abschnitt der Black-Rock-Militäranlage. Ben hatte diese außergewöhnlichen Höhlen vor vier Jahren entdeckt und vermessen, als er hier stationiert gewesen war.

Es war alles perfekt gelaufen, bis sein pummeliger deutscher Kunde, Hans Biedermann, ausrutschte und sich das Bein brach. Ben hätte ihn dort verrecken lassen sollen, als Strafe dafür, dass er seine Warnung nicht ernst genommen hatte. Doch stattdessen hatte er versucht, Biedermanns armseligen Hintern aus der Höhle zu schaffen. Biedermanns Wehgeschrei lockte die Militärpolizei herbei, und Bens Bemühungen wurden damit belohnt, dass man ihn festnahm.

Er wandte der Zellentür den Rücken zu und ließ sich auf das von Motten zerfressene Feldbett fallen. Dann lehnte er sich zurück und betrachtete eingehend die Flecken an der Decke. Er hörte die harten Schritte von Stiefelabsätzen auf dem Gang und wie jemand der Wache etwas zuflüsterte. Die schwere Zeitschrift klatschte auf den Boden. »Hier drin, Sir. Die vierte dort hinten.« Er hörte Angst in der Stimme des Wachpostens.

Die Schritte kamen näher und hielten plötzlich an. Ben stützte sich auf die Ellbogen, um zu sehen, wer vor seiner Zelle stand. Er erkannte das Gesicht seines alten Kommandeurs. Glatze, Hakennase, bohrende graue Augen. »Colonel Matson?«

»Irgendwie wusste ich, dass Sie hier enden würden. Sie waren schon immer ein Unruhestifter.« Doch das Lächeln in den Mundwinkeln milderte die Schroffheit des Gesagten. »Wie hat man Sie behandelt?«

»Als wäre es das Hilton, Sir. Der Zimmerkellner ist allerdings ein bisschen langsam.«

»Wie üblich.« Der Colonel bedeutete der Wache, die Zelle zu öffnen. »Folgen Sie mir, Sergeant Brust.«

»Ich heiße jetzt Mr. Brust, Sir.«

»Wie auch immer«, sagte der Colonel stirnrunzelnd und wandte sich ab, »wir müssen miteinander reden …«

Die Wache unterbrach ihn. »Soll ich ihm Handschellen anlegen, Sir?«

Ben blickte Colonel Matson mit Unschuldsmiene an.

»Ja«, sagte Matson, »das wäre besser. Trauen Sie nie einem Zivilisten.«

»Okay, okay«, meinte Ben und nahm Haltung an. »Sie haben gewonnen. *Sergeant* Brust meldet sich zum Rapport.«

Nickend winkte Colonel Matson die Wache fort. »Dann mal los, Sergeant. Gehen wir in mein Dienstzimmer.«

Ben folgte ihm aus dem Gefängnis. Nach einer kurzen Fahrt kamen sie beim Verwaltungsgebäude an. Das Dienstzimmer des Colonels hatte sich nicht verändert. Derselbe Walnussschreibtisch, den klebrige Ringe von Kaffeetassen verunzierten; die Wände mit Transparenten der republikanischen Old Guard geschmückt; die Seitenwand von Trophäen gesäumt. Während der Fahrt hatte das zögerliche Verhalten des sonst so temperamentvollen Mannes Ben verraten, dass er etwas Wichtiges zurückhielt.

Der Colonel bot Ben einen Stuhl an, stützte sich dann auf die Schreibtischkante und musterte ihn. Sein Gesicht war wie versteinert.

Ben versuchte, dem Blick standzuhalten. Schließlich sagte sein alter Kommandeur mit müder Stimme: »Was zum Teufel ist mit Ihnen passiert? Sie waren der Beste der Besten und sind einfach verschwunden.«

»Ich hatte ein besseres Angebot.«

»Was denn? Reiseleiter für Yuppies mit Midlifecrisis auf Nervenkitzeltouren?«

»Ich spreche lieber von ›Abenteuerurlaub‹. Außerdem verdiene ich genug, um die Schafstation meines Vaters über Wasser zu halten.«

»Einen gewissen Ruf haben Sie sich auch erarbeitet. Als Hansdampf in allen Höhlen. Ich habe von der Höhlenrettungsaktion in den Staaten gelesen. Der große Held, was?«

Ben zuckte mit den Schultern.

»Aber das war nicht der Grund, weshalb Sie gegangen sind. Es war Jack, nicht wahr?«

Bens Miene wurde ausdruckslos, als der Name seines Freundes fiel. »Ich habe an die Guard geglaubt. Und an die Ehre. Ich habe *Ihnen* geglaubt.«

Colonel Matson schnitt eine Grimasse. »Manchmal muss man auf Grund politischer Einflussnahme das Recht beugen und die Ehre Ehre sein lassen.«

»Blödsinn!« Ben schüttelte den Kopf. »Der Sohn des Premierministers hat jeden einzelnen Schlag, den Jack ihm verpasst hat, verdient, nach dem Mist, den er mit seiner Freundin angestellt hat.«

»Ein Premierminister hat mächtige Freunde. Er konnte nicht ungestraft davonkommen.«

»Zur Hölle!« Ben knallte die Faust auf die Stuhllehne. »Ich hätte dasselbe getan. Das Kriegsgerichtsverfahren war eine Farce.« Er hielt inne, schluckte heftig und sprach dann mit ruhigerer Stimme weiter. »Man hat Jack die Menschenwürde genommen. Und da wundern Sie sich, dass ich gegangen bin?«

Matson seufzte, anscheinend zufrieden. »Jetzt hat sich die Waage des Schicksals zu Ihren Gunsten verschoben. Nun haben sich die politischen Kräfte vereint, um Ihnen zu helfen.«

Ben runzelte die Stirn. »Was meinen Sie damit?«

»Ich sollte so tun, als hätte ich diesen Brief nie erhalten. Bei dem Ärger, den Sie verursacht haben, verdienen Sie mit Sicherheit noch einige Jahre hinter Gittern.«

»Was für einen Brief?«

»Eine Anordnung vom Innenministerium. Sie sollen freigelassen werden.«

War das ein Scherz? Sie wollten ihn einfach laufen lassen? Ben sah, wie ein besorgter Blick über Matsons Gesicht huschte. »Was ist los, Colonel?«

»Da gibt es einen Haken.«

Na klar, dachte Ben. Den gab es immer.

»Sie müssen sich einer internationalen Expedition anschließen. Ein Professor aus den USA benötigt Ihre Kompetenz als Höhlenforscher. Eine Art Undercover-Operation. Keine weiteren Einzelheiten. Die erlassen Ihnen Ihre Haftstrafe und bezahlen Sie für Ihre Dienste.« Er schob Ben ein Blatt Papier zu. »Hier.«

Ben überflog das Schreiben. Sein Blick blieb bei der Zahl am Ende der Seite haften. Er starrte auf die vielen Nullen und traute seinen Augen nicht. Das konnte nicht stimmen. Damit wäre er schuldenfreier Besitzer seiner Schafstation. Keine halbseidenen Expeditionen mehr.

»Fast zu schön, um wahr zu sein?« Matson beugte sich vor und legte die Hände auf Bens Schultern. »Aber unmöglich auszuschlagen.«

Benommen nickte Ben.

»Eine innere Stimme sagt mir, dass Sie besser auf Ihren Arsch aufpassen sollten, Ben.« Matson ging zum Stuhl hinter seinem Schreibtisch und setzte sich. »Die großen Jungs spielen mit Ihnen, und sie neigen dazu, die kleinen Jungs plattzuwalzen. Denken Sie an Ihren Freund Jack.«

Ben starrte auf die Zahl am unteren Blattrand und atmete tief ein. Zu schön, um wahr zu sein.

Als Ben wieder in seiner Zelle lag, schlief er, einen Arm über die Augen gelegt, ein und hatte einen Albtraum, den er seit seiner Kindheit nicht mehr geträumt hatte. Er war wieder ein kleiner Junge, befand sich in einer riesigen Höhle und bahnte sich seinen Weg durch meterdicke Steinsäulen hindurch. Er kannte diesen Ort. Sein Großvater hatte ihn einmal mitgenommen und ihm Petroglyphen der Aborigines gezeigt.

Es war dieselbe Höhle, doch aus den Steinsäulen wuchsen Äste, an denen Früchte hingen. Neugierig griff er nach einer der matschigen Kürbisfrüchte, kam jedoch nicht bis ganz heran. Als er seinen Arm zurückzog, spürte er einen bohrenden Blick im Nacken. Er schnellte herum, doch hinter ihm war niemand. Plötzlich spürte er Blicke aus allen Richtungen. Aus den Augenwinkeln nahm er eine Bewegung hinter einer Steinsäule wahr.

»Wer ist da?«, rief er, rannte zur Säule und schaute nach. Auch dort war nichts. »Was wollt ihr?«

Unwillkürlich schoss ihm das Wort »Geister« durch den Kopf.

Er begann zu laufen …

Er fühlte, dass ihn etwas verfolgte, ihn zurückrief. Aber er ignorierte es, rannte und suchte nach einem Ausgang. Die Säulen um ihn herum standen immer enger und ließen ihn nur langsam vorankommen. Da spürte er eine sanfte Berührung in seinem Nacken und hörte, wie jemand verzerrte Worte in sein Ohr raunte.

»Du bist einer von uns.«

Mit einem Schrei schoss er aus dem Traum hoch.

Er lag auf seiner Pritsche, sein Herz raste wie wild, und er rieb sich die Schläfen. Zum Teufel! Was hatte den alten Albtraum wieder hervorgerufen? Er schloss die Augen und erinnerte sich daran, dass die Träume begonnen hatten, nachdem er sich mit seinem Großvater in einer Höhle in der Nähe von Darwin gestritten hatte. »Nein, das stimmt nicht«, hatte der dreizehn-jährige Ben geschrien, als ihm die Enthüllung die Tränen in die Augen trieb.

»Doch, junger Mann. Und ich lasse mich nicht einen Lügner schimpfen.« Sein Großvater blickte ihn aus seinem zerfurchten, ledrigen Gesicht stirnrunzelnd an. »Dies war einmal das Heim meiner Großmutter und der Sitz ihrer Vorfahren«, wiederholte er und tippte ihm mit dem Finger auf die Brust. »Eine direkte Verwandte von dir.«

Der Gedanke, dass in seinen Adern Blut der Aborigines fließen könnte, jagte ihm Angst ein. Er und seine Freunde hatten sich immer über die dunkelhäutigen Aborigine-Kinder in der Schule lustig gemacht. Und nun war er plötzlich einer von ihnen geworden. Er schüttelte den Kopf. »Ich bin kein verdammter Darkie!«

Die Ohrfeige tat weh. »Du wirst deine Vorfahren achten!«

Auch jetzt ließ ihn die Erinnerung noch zusammenzucken. Als Kind hatte ihn dieses Erbe beschämt. Zu jener Zeit hielt man Aborigines für Bürger zweiter Klasse, für nur wenig mehr als Tiere. Glücklicherweise konnte er die vererbte Schande leicht geheim halten, da im Laufe vieler Generationen sein Aborigine-Blut durch europäisches Blut verdünnt worden war. Damals hatten die Albträume begonnen.

In zahllosen Nächten war er aufgewacht, die Laken klebten an seinem nass geschwitzten Körper, Tränen liefen ihm übers Gesicht. Das Bettlaken in den Händen zusammengeballt, betete er, dass niemand von seinem Geheimnis erführe.

Mit der Zeit war er reifer geworden, hatte sogar Respekt und Sympathie für seine geheimnisvolle Herkunft entwickelt, und die Träume waren schließlich verschwunden, wie altes Spielzeug, das man in Pappkartons gesteckt hatte. Vergessen und nicht mehr gebraucht.

Er schüttelte den Kopf. Warum also jetzt? Wieso tauchten seine Kindheitsängste plötzlich wieder auf?

Muss an dieser verfluchten Zelle liegen, folgerte er und vergrub sich tiefer unter der fadenscheinigen Decke. Dank des Briefs, der gerade zur rechten Zeit eingetroffen war, würde er dieses verdammte Loch bald hinter sich gelassen haben.

Einen Monat später schickte sein mysteriöser Wohltäter ein Telegramm nach Black Rock, und zwanzig Stunden später hatte Ben seine enge Zelle in Australien gegen eine Suite im Sheraton von Buenos Aires eingetauscht.

Er prüfte das Badewasser mit einem Zeh. Die Hitze ließ ihn kurz zusammenzucken, dann lächelte er. Ahhh, perfekt. Nach einem Monat im Gefängnis von Black Rock, nach einem Monat lauwarmer Duschbäder, die kaum die Schmutzschichten auf seiner Haut lösten, hatte ein volles, heißes Bad eine fast orgastische Wirkung. Er stieg in die Wanne, ließ sich ins dampfende Wasser sinken und regulierte die Wasserzufuhr. Kitzelnde Strömungen massierten ihn von allen Seiten und erzeugten einen sanften Strudel. Ausgesprochen orgastisch.

Er seufzte, lehnte sich in der Wanne zurück, entspannte sich und ließ sich in den Wasserstrahlen treiben.

Da klopfte es an der Tür.

Ohne das Klopfen zu beachten, glitt Ben tiefer in die Strömung. Wieder klopfte es, diesmal eindringlicher.

Er stemmte sich hoch. »Wer ist da?«

Eine undeutliche Stimme antwortete: »Verzeihung, Sir, aber Dr. Blakely bittet um Ihr Erscheinen im Raum Pampas im Parterre. Die anderen Gästen treffen auch gerade ein.«

Ben rieb sich die geröteten Augen. »Ich brauche fünf Minuten.« Er hievte sich aus der Wanne; die kühle Luft rief auf seinen nackten Beinen Gänsehaut hervor. Nachdem er einen alten braunen Tweedanzug angezogen hatte, begab er sich zur Konferenzsuite.

Zu seiner Erleichterung hatte man im Vorraum des Auditoriums eine mobile Bar aufgestellt. Ein Bartender stolzierte hinter einem Regal mit Flaschen hin und her und verteilte Drinks. Eine Schar von Männern und Frauen hatte sich bereits zusammengefunden und stand in einzelnen Grüppchen herum.

Er blickte sich um. Keiner schaute zu ihm hin. So viel zur herzlichen Begrüßung. Nachdem er ein letztes Mal suchend umhergeguckt hatte, beschloss er, dass er sich nach einem Schluck Whisky auf dieser »Party« sicher wohler fühlte, und ging zur Bar hinüber.

»Was darf es sein, Sir?«

»Whisky und ein Bier zum Nachspülen.« Er stützte sich mit dem Ellbogen auf die schwarze kunstlederne Verkleidung der Bar und schaute sich um. Die Leute hier waren nichts für ihn. Niemand lachte laut, niemand verschüttete Drinks, keine wütendenden Betrunkenen. Langweilig. Nachdem er den Whisky ohne Umwege hinuntergekippt hatte, knallte er das Schnapsglas auf die Theke, ignorierte das Brennen und machte sich an das Bier heran.

Hinter ihm erklang die Stimme einer Frau: »Whisky. Pur, bitte.«

Ben drehte sich um, weil er sehen wollte, wer seinen Geschmack teilte. Whisky trinkende Frauen waren so selten wie Hühner mit Zähnen. Er war nicht enttäuscht.

Sie spielte mit dem Drink, den man ihr hinstellte. Lange Finger, kurze polierte Nägel. Keine Ringe. Kein Ehering – gut. Sie war so groß wie er, für eine Frau außergewöhnlich. Ihre Haut hatte die Farbe von Bronze, ein satter kupferroter Ton, der verriet, dass sie viel Zeit an der frischen Luft verbrachte. Aber was ihm den Atem nahm, war ihr schwarzes Haar, das ihr in lässigen Locken bis auf die Hüften hing.

»Darf ich Ihnen noch einen ausgeben?«, fragte er und betonte seinen australischen Akzent. Damit zog er die Aufmerksamkeit der Damen immer auf sich.

Sie hob ihre linke Augenbraue. »Die Drinks sind umsonst«, sagte sie, »sie gehen aufs Haus.«

Sein spitzbübisches Lächeln wurde breiter. »Wenn das so ist, wie wäre es dann gleich mit zwei Drinks?«

Sie starrte ihn schweigend aus ihren grünen Augen an.

Er streckte ihr seine Hand hin. »Ben Brust. Aus Sydney.«

»Das hätte mir Ihr Akzent schon verraten können«, sagte sie mit dem Anflug eines Lächelns. »Aber er klingt eher nach Westaustralien, weniger nach Neusüdwales.«

»Nun«, sagte er, ließ seine Hand sinken und ging stotternd in die Defensive, »eigentlich bin ich auf der Schafstation meines Vaters in der Nähe von Perth aufgewachsen. Westaustralien. Aber die meisten Menschen wissen nicht, wo ...«

»Dachte ich es mir doch.« Sie nahm ihren Drink und wandte sich ab. »Die Besprechung müsste gleich anfangen.«

Bevor sie ging, musste er noch um wenigstens einen Knochen betteln. »Und Sie sind?«

»Ashley Carter.« Sie glitt an ihm vorbei.

Ben schaute ihr nach. Nicht gerade der Gang einer Professorin. Er trank den Rest seines Biers und genoss den Anblick.

3

Buenos Aires, Argentinien

Ashley ging zu dem jungen spanischen Mann, der ihren Ausweis kontrollierte. Nickend öffnete er die Tür. Im Raum befanden sich Stuhlreihen mit etwa fünfzig Sitzen, von denen nur ein Viertel besetzt war. Ein Platzanweiser führte sie zu einem reservierten Sitz in der ersten Reihe und entfernte sich dann. Sie zitterte in dem leichten Kostüm, das sie trug, und wünschte, man würde den Thermostat höher drehen.

Jetzt, wo sie saß, ging sie die Ereignisse der vergangenen Wochen im Geiste durch; ihre alten Ängste tauchten wieder auf. Eine besonders.

Jason.

Sie hasste es, ihren Sohn allein im Hotelzimmer zurückzulassen. Heute Abend war er ihr sehr still vorgekommen; er war nicht so ausgelassen gewesen wie sonst. Ihre Finger krallten sich in ihre Handtasche.

Und dann diese Mission. Ein postalisch zugestellter Brief mit den Flugtickets und der Aufforderung, sofort zu kommen. »Für alles Weitere ist gesorgt«, hatte darin gestanden. Keine weiteren Einzelheiten.

Ein Mann setzte sich neben sie. »Ach, hallo.«

Sie blickte sich kurz um. Es war wieder der Typ aus Australien. Zum Teufel. Konnte man nicht einmal für einen Augenblick in Ruhe gelassen werden? Die einsamen Canyons von New Mexico zu Hause waren ihr noch nie so reizvoll vorgekommen.

»Ich möchte es noch einmal versuchen …« Er streckte die Hand aus. »Benjamin Brust.«

Um ihn nicht zu verletzen, schüttelte sie ihm kurz die Hand. Und jetzt hau ab, dachte sie.

Er lächelte sie an. Weiße Zähne, rotbrauner Teint, kräftige Wangenknochen, in den Augenwinkeln Krähenfüße von der Sonne. Volle Lippen.

»Was wissen Sie von alldem hier?«, fragte er.

Ashley zuckte mit den Schultern, versuchte, die beginnende Konversation im Keim zu ersticken, und wandte sich ab.

»So viele Geheimnisse«, murmelte Ben.

Sie nickte. »Vielleicht erhalten wir in Kürze einige Antworten.«

Er schwieg, doch sie fühlte seine Gegenwart an ihrer Seite. Sein Rasierwasser war würzig und intensiv, er atmete tief und gleichmäßig.

Sie rutschte auf ihrem Stuhl hin und her. Das Auditorium war fast voll. Langsam wurde es warm. Sie wünschte, man würde den Thermostat reparieren.

»Trauen Sie ihm?«, fragte er flüsternd.

»Nein«, antwortete sie und blickte geradeaus. Sie wusste, wen er meinte. »Überhaupt nicht.«

Von einem der Eingänge aus beobachtete Blakely, wie sich der Saal füllte. Sein Team hatte sich auf den fünf Sitzen in der ersten Reihe eingefunden. Er gab seinem Assistenten Roland am anderen Ende des Raums ein Zeichen.

Roland nickte und hob ein Mikrofon an den Mund. »Meine Damen und Herrn, bitte nehmen Sie Ihre Plätze ein. Wir fangen gleich an.«

Noch wenige Augenblicke Unruhe, weil ein paar Nachzügler eintrafen, dann wurden die Türen des Auditoriums geschlossen und das Licht leicht gedämpft. Blakely bestieg das Podium und stellte sich hinter das beleuchtete Rednerpult. Er tupfte die Stirn mit einem Taschentuch ab. Seine Rede konnte er auswendig, seine Worte waren mit Bedacht gewählt.

Prüfend klopfte er ans Mikrofon. Gleichzeitig bat er die Zuhörer damit um Ruhe. »Zuerst möchte ich mich für Ihre Teilnahme bedanken.« Er machte eine Pause. »Ich weiß, dass es für jeden eine Strapaze bedeutet, seinen gewohnten Alltag so plötzlich hinter sich zu lassen. Aber ich bin sicher, Sie in wenigen Augenblicken davon überzeugen zu können, dass sich diese Unterbrechung gelohnt hat.«

Er nahm die Fernsteuerung des Diaprojektors und drückte die Taste. Auf der Leinwand erschien das Bild eines schneebedeckten Bergs mit einer schmutzigen Rauchwolke. »Der Mount Erebus auf Ross Island, direkt vor der Antarktisküste. Einer von drei vulkanischen Bergkegeln auf diesem Kontinent. Am Fuß dieses Vulkans befindet sich die amerikanische Forschungsstation McMurdo, seit fünf Jahren meine Heimat.« Er drückte erneut auf die Taste, und es erschien die Nahaufnahme einer Gruppe flacher Metallbauten auf der Oberfläche des grauen Gletschers. Eine Anordnung von Satellitenantennen wuchs aus den Dächern wie eine bizarre Spinne.

»Während der letzten zehn Jahre habe ich geothermische Untersuchungen an einigen heißen Spalten durchgeführt, die tief unter dem Kegel und unter dem benachbarten Rossmeer immer noch aktiv sind. Diese Untersuchungen wurden von der NASA unterstützt. Ihr drittes Shuttle machte vor sechs Jahren Aufnahmen von der Erdkruste, um Ölfelder und ähnliche Einschlüsse zu finden. Ich beantragte Aufnahmen von Mount Erebus und entdeckte ein paar erstaunliche Dinge.«

Er betätigte die Taste, und die Leinwand zeigte ein Querschnittsdiagramm der Erdkruste unter dem Vulkankegel. Ein Murmeln erhob sich im Raum. »Wie Sie sehen, wurde dabei ein komplexes Höhlensystem unter dem Mount Erebus entdeckt, das sich über viele hundert Kilometer erstreckt.«

Mit einem Klick erschien das nächste Dia. »Nähere Untersuchungen mit Sonar und Radar offenbarten uns eine riesige Höhle, die vom tiefsten Spalt nur durch sechshundert Meter Fels getrennt wird.« Er führte den Lichtzeiger an den verzweigten Spalten entlang, die zu dem massiven Einschluss führten. »Wir haben diese Höhle Alpha-Höhle genannt. Mit einem Durchmesser von beinahe acht Kilometern befindet sich der Höhlenboden drei Kilometer unterhalb der Oberfläche des Kontinents. Das ist dreimal tiefer, als je ein Mensch vorgedrungen ist.«

Das nächste Dia zeigte eine Gruppe lächelnder Personen, deren Gesichter mit Lehm und Staub bedeckt waren und die vor einem großen, scharfkantigen Loch posierten. »Nach dreijähriger Arbeit hatten wir uns den Weg in die Höhle gesprengt. Ein weiteres Jahr hat es uns gekostet, ein

Lager in der Höhle aufzubauen und Leitungen zu verlegen.« Auf der Leinwand erschienen als Nächstes einige beleuchtete Nissenhütten und Zelte im Scheinwerferlicht. Aus der Mitte ragte ein dreistöckiges Holzgebäude hervor. Ein zweites, ähnliches Gebäude war als eingerüsteter, hölzerner Rohbau zu sehen. »Die Alpha-Basis«, kommentierte er. »Die Arbeiten wurden geheim gehalten. Zugang nur für Personen mit entsprechender Unbedenklichkeitsbescheinigung.«

Beim nächsten Dia schnappten die Zuschauer nach Luft. Blakely lächelte schwach. »Meine Damen und Herren, ich präsentiere Ihnen nun ein Rätsel.«

Ashley, die sich bisher die Augen gerieben, gegähnt und sich gefragt hatte, was das ganze Gerede über Vulkanaktivität und Sprengungen mit ihr zu tun habe, schoss plötzlich aus ihrem Stuhl hoch. Das musste eine Fälschung sein. Was sie sah, sprengte alle anerkannten anthropologischen Theorien.

Die Projektion zeigte einen Ausschnitt der Höhlenwand im Scheinwerferlicht. Ein Geflecht von Felsenbehausungen, die in die Wand geschlagen waren, erstreckte sich über eine Höhe von über einhundert Metern. Im Unterschied zu den organisierten Anasazi-Felsenhöhlen – Behausungen mit erkennbaren Terrassen und geometrischer Formgebung –, die sie in New Mexico untersucht hatte, waren diese Behausungen eine bruchstückhafte, unbeholfene und zufällige Ansammlung von primitiven Höhlen.

Blakely fuhr fort, als sich die Unruhe unter den Anwesenden gelegt hatte und nur noch leises Murmeln zu hören war. »Unglücklicherweise war niemand zu Hause« – nervöses Lachen klang vereinzelt auf –, »aber wir haben eine Reihe von Artefakten entdeckt.« Er klickte nun durch die nächste Diaserie. Eines der Fotos zeigte die diamantene Fruchtbarkeitsstatue.

Ashley war wie betäubt, als sie auf ihren Stuhl zurücksank. Sie hob die Hand. »Entschuldigen Sie, Dr. Blakely.«

Er gab ihr mit einem Handzeichen das Wort und trank einen Schluck Wasser.

»Wurde der Ort datiert?«, fragte sie.

Schluckend nickte er. »Wir haben einige oberflächliche Kohlenstoffdatierungen vorgenommen. Wir können von 5,2 Millionen Jahren ausgehen.«

»Was!« Ashley schoss ein zweites Mal von ihrem Stuhl hoch. »Das ist unmöglich.«

»Die Datierung wurde von mehreren Laboratorien wiederholt«, antwortete er mit einem herablassenden Lächeln. Die Augen aller Anwesenden waren nun auf Ashley gerichtet. Ein Beleuchter setzte sie mit einem Spot in Szene. Sie schirmte ihre Augen mit der Hand ab. »Aber die ersten Hominiden, die frühesten Vorfahren des heutigen Menschen, tauchten erst vor vier Millionen Jahren auf diesem Planeten auf. Und diese frühen Hominiden hatten weder die Werkzeuge noch die Gesellschaftsstruktur, um so etwas zu bauen.«

Er zuckte mit den Schultern. »Deshalb sind wir hier.« Klickend erschien das nächste Dia: die Fotografie eines Tunnels am Fuß der Wand. »Diese Tunnel führen aus der kolossalen Kammer in viele unterschiedliche Richtungen hinaus. Wir glauben, dass am Ende eines dieser Gänge die Antworten auf Professor Ashley Carters Fragen liegen. Wer hat die Höhlen gebaut? Wer hat die Skulpturen gemacht? Wo sind die Erbauer jetzt?«

Die Zuhörer verharrten staunend und schweigend. Ashley setzte sich wieder; sie war immer noch geschockt.

»Ich habe ein kleines Team zusammengestellt, das mit der Erforschung beginnen soll. Es soll sich tiefer in das Labyrinth der Tunnel wagen und entdecken, was sich noch da unten befindet. Die Gruppe wird geführt von Professor

Carter, einer Expertin in Paläoanthropologie und Archäologie. Alle weiteren Mitglieder sind Koryphäen in ihren jeweiligen Bereichen.«

Er zeigte auf eine blonde Frau mehrere Plätze von Ashley entfernt. »Linda Furstenburg, Professorin für Biologie an der Universität Vancouver, wird das Team begleiten, um die einzigartige Biosphäre zu erforschen, die wir dort unten entdeckt haben. Außerdem ein Geologe, Khalid Najmon«, sagte er und nickte in Richtung eines Arabers, der mit übereinander geschlagenen Beinen links neben Linda saß. »Er wird uns, wie viele von Ihnen bereits ahnen, helfen, die Reichtümer unter dem antarktischen Eis zu kartieren. Seine Ergebnisse dürften unsere Sichtweise des Kontinents verändern.«

Blakely beendete die Vorstellung, indem er auf die beiden weiteren Männer in der ersten Reihe wies. »Aus dem fernen Australien kommt Benjamin Brust, ein weltberühmter Höhlenforscher; er wird das komplexe, einzigartige Höhlensystem kartieren. Und dieser schmucke Herr in Uniform ist Major Michaelson von den US Marines, der das Team mit zwei weiteren ausgebildeten Militärangehörigen aus sicherheitsrelevanten und logistischen Gründen begleiten wird.«

Mit einer Armbewegung schloss er die gesamte Gruppe vor sich ein. »Meine Damen und Herren, dies ist Ihr Team.« Gemurmelter Beifall erklang vereinzelt aus der Menge.

Ashley versuchte, sich auf ihrem Stuhl klein zu machen.

Nachdem weitere Einzelheiten erklärt und ein paar Fragen beantwortet worden waren, war die Konferenz beendet. Befriedigt verließ Blakely das Podium.

Im gegenüberliegenden Zimmer seufzte er und lockerte seine Krawatte. Den ersten Teil hatte er hinter sich. Roland, der seit über fünfzehn Jahren sein Assistent war, kam mit dem Diamagazin herein. Blakely nickte ihm zu.

»Das verlief ausgezeichnet, Sir«, sagte Roland und packte die Dias in Schachteln. »Den Regierungsvertretern und Ihren anderen Sponsoren scheint es gefallen zu haben.«

»Ja«, sagte er mit einem müden Lächeln. »Das glaube ich auch.« Er zog sein Jackett aus, ließ es auf den Stuhl neben sich fallen und setzte sich auf einen zweiten.

Roland verpackte das Diakarussell in einer Pappschachtel. »Keiner hat den Verdacht, dass es ein erstes Forscherteam gegeben hat.« Blakely zuckte mit den Schultern. »Davon müssen sie im Augenblick auch nichts wissen.«

»Aber was ist, wenn ...«

»Dieses Mal sind wir viel besser vorbereitet, keine Sorge. Dieses Team verlieren wir nicht.«

4

Zum zweiten Mal innnerhalb der letzten zwei Monate standen sich Ashley und Major Michaelson Auge in Auge gegenüber. Auch jetzt, in seiner blauen Uniform, sah er für Ashley wie der blauäugige Zinnsoldat aus, der Dr. Blakely vor ihre Haustür eskortiert hatte. »Es ist mir egal, ob Sie mein Team mit Ihren beiden Deppen begleiten«, sagte sie, als sie ihn sich vor dem Hörsaal schnappte. »Aber ich möchte ein für alle Mal klar stellen, dass es *mein* Team ist.«

Er stand kerzengerade und wich ihrem Blick nicht einen Zentimeter aus. »Ma'am, ich habe meine Befehle.«

Sie hasste solche Überraschungen. Blakely hätte ihr vorher sagen sollen, dass eine bewaffnete Eskorte ihr Team begleiten würde. »Das ist eine wissenschaftliche Mission, keine militärische.«

»Wie Dr. Blakely bereits erklärte, dient dies nur zu Ihrer Verteidigung. Zur Sicherheit.«

»Fein«, sagte sie und blickte ihm geradewegs in die Augen, »aber denken Sie daran: Auch wenn Sie die Waffen tragen, gebe ich die Befehle. Verstanden?«

Ohne mit der Wimper zu zucken, nickte er kurz. »Ich habe meine Befehle, Ma'am.«

Sie knirschte mit den Zähnen und unterdrückte einen Wutanfall. Was sollte sie tun? Sie trat einen Schritt zurück. »Wir haben uns verstanden.«

»Gibt es Probleme, meine Dame?« Ben trat zu ihr. Er lächelte, doch sein Lächeln gefror, als er den Major anblickte.

Ashley spürte Bens Nervosität, die ganz im Gegensatz zu seiner sonstigen Schnoddrigkeit stand. Er ist wahrscheinlich auch nicht besonders begeistert von der Idee, von Kanonen umgeben zu sein. »Nein«, sagte sie, »wir klären nur ein paar Punkte.«

»Bestens. Wir werden einen Sommer lang gemeinsam in einer drei Kilometer tiefen Höhle begraben sein. Vertragen wir uns also.« Ben hielt dem Offizier die ausgestreckte Hand hin.

Major Michaelson ignorierte sie. »Sie erledigen Ihren Job und ich den meinen.« Er nickte Ashley zu, wandte sich ab und ging davon.

»Netter Typ«, sagte Ben. »Geradezu freundlich.« Der Sarkasmus in seiner Stimme war kaum zu überhören.

»Ich habe keinen Retter gebraucht.«

»Wie meinen Sie?«

»Ich komme mit Major Michaelson auch ohne Ihre Unterstützung klar.«

»Das habe ich gesehen.« Ben sah gekränkt aus. Tief gekränkt. »Aber aus diesem Grund bin ich nicht zu Ihnen gekommen. Ich habe mich mit Professor Furstenburg und

Mr. Najmon unterhalten. Wir gehen alle zur Hotelbar. Ich wollte Sie nur bitten, mit uns zu kommen.«

Ashley blickte zu Boden, verlegen wegen ihrer ungehobelten Bemerkung. Ben hatte ihren Zorn gar nicht verdient. Sie hatte nur jemanden gebraucht, an dem sie ihre Frustration abreagieren konnte, und unglücklicherweise war er gerade zur rechten Zeit gekommen. »Hören Sie, es tut mir Leid. Ich wollte Sie nicht ...«

»Vergessen Sie es.« Wieder spielte ein Lächeln um seine Lippen. »Wir Aussies sind ein dickhäutiges Volk. Warum kommen Sie nicht mit uns?«

»Ich sollte lieber wieder in mein Zimmer gehen. Mein Sohn ist oben.«

Ben hob die Augenbrauen. »Sie haben Ihren Sohn mitgebracht? Wie alt ist er?«

»Elf«, sagte sie abwehrend. »Er war schon öfter bei Ausgrabungen dabei.«

»Nett. Es gibt doch nichts Schöneres, als die lieben Kleinen mit zur Arbeit zu nehmen.« Er wies auf ein weißes Hoteltelefon an der Wand. »Warum rufen Sie ihn nicht an? Und wenn es ihm gut geht, kommen Sie einfach mit.«

Sie hatte eine Gardinenpredigt erwartet, weil sie ihren Sohn über den halben Globus gezerrt hatte, doch seine Reaktion beruhigte sie ein wenig. Vielleicht war es ja doch in Ordnung, wenn Jason bei diesem einmaligen Abenteuer dabei war. »Sie haben Recht. Ich rufe ihn an.«

Der kurze Anruf aus der Lobby ergab, dass Jason immer noch wie ein Süchtiger mit seinem Nintendo-Gameboy spielte. Sie konnte die Geräusche des Konsolenspiels im Hintergrund hören. »Ich kann jetzt nicht reden, Mama. Ich bin fast bei Level 23. So weit bin ich noch nie gekommen. Und ich habe noch drei Leben übrig.«

»Klingt fantastisch, mein Schatz. Pass auf, ich bin in ungefähr einer Stunde bei dir. Ist das okay?«

»Na klar. Wann du willst. Ich muss jetzt auflegen.«

»Dann viel Spaß.« Er hatte eingehängt. Sie seufzte und ging zur Bar.

Trotz allem war es gut, ihre Teamkameraden vor der morgigen Reise etwas besser kennen zu lernen.

Maxi's, die Hotelbar, war die Kneipe ihrer Wahl. Die Einrichtung hatte Pariser Motive zum Vorbild, mit winzigen Cafétischen und intimen Separees. Eine französische Flagge hing über der Bar. An den Tischen saßen die Gäste der abendlichen Theatervorstellung. Espressos, Milchkaffees und exotische Drinks standen auf den Tischen herum. Im Kontrast zur europäischen Aufmachung erklang rhythmische, laute lateinamerikanische Musik.

Das Team hatte bereits eine Nische in der hinteren Ecke besetzt. Sie sah, wie Ben die Drinks durch den Raum hinübertrug. Ein Bier und drei Cocktails mit beiden Händen balancierend, manövrierte er durch den Wirrwarr von Ellbogen, Knien und Füßen. Es gelang ihm, nicht allzu viel zu verschütten. Ashley rutschte in die Nische und machte ihm Platz.

Er setzte sich neben sie und gab ihr ein Glas. »Soweit ich mich erinnere, trinkt die Dame Whisky.«

Sie lächelte. »Danke.«

»Sie scheinen bereits Bekanntschaft geschlossen zu haben«, sagte der ägyptische Geologe, Khalid Najmon, der am anderen Ende des Tisches neben Linda Furstenburg saß. Sein strahlendes Lächeln kontrastierte mit seiner dunklen Haut. Auf eine finstere Art sah er sehr gut aus. »Kennen Sie sich schon lange?«, fragte er und trank einen Schluck Wein.

»Nein, wir haben bei der Konferenz nebeneinander gesessen«, erklärte Ashley. »Ansonsten sind wir einander vollkommen fremd.«

Ben tat so, als wäre er gekränkt. »›Fremd‹ ist ein hartes Wort.«

»Nun«, sagte Khalid, »während Mr. Brust die Drinks holte, habe ich mit Professor Furstenburg Bekanntschaft geschlossen.«

»Bitte nennen Sie mich Linda.« Sie wurde ein wenig rot und schob zum wiederholten Mal eine blonde Strähne hinter das Ohr. Äußerlich gab sie sich entspannt, doch sie blickte mit glasigem Blick fortwährend im Raum umher.

Khalid nickte. »Linda erzählte mir gerade von ihrer Promotion. Evolutionsbiologie. Sie hat die Entwicklung von phosphoreszierenden Algen in Höhlensystemen untersucht. Ungeheuer faszinierend.«

»Ich habe diese leuchtenden Algen einmal gesehen«, meinte Ben, »in einer Höhle auf Madagaskar. Dort gab es Höhlen, die so voll mit dem Zeug waren, dass man am liebsten eine Sonnenbrille getragen hätte.«

Linda nickte. »*Rinchari luminarus*. Eine wunderschöne Spezies. Man findet sie in den verschiedensten Farben.« Sie erklärte die Unterschiede der individuellen Arten.

Ashley hörte auf, dem Gespräch zu folgen. Sie betrachtete Linda, während sie sprach. Ihre Augen waren so blau, dass sie sich fragte, ob sie echt waren. Ihre Figur war üppig und weich, sie hatte kleine Hände und die zarten Finger eines Kindes. Ein direkter Gegensatz zu Ashleys drahtigem, schlanken Körper. Niemand würde Ashley als weich bezeichnen.

Khalid wandte seinen Blick nicht von ihr ab. Hin und wieder nickte er während ihrer Beschreibungen. Offensichtlich faszinierte ihn mehr als nur die genetischen Variationen von leuchtenden Algen. Sogar Ben lächelte in einem fort, während er ihr lauschte.

Ashley fühlte sich wie ein Stück Granit neben einer Rose. Sie trank ihren Whisky.

»... und so habe ich meinen Doktor bekommen.«

»Ich kann verstehen, warum Dr. Blakely Sie haben wollte«, sagte Ashley. Die beiden Männer erwachten aus ihrer Trance. »Ihr Wissen über die einzigartigen Wege der Evolution wird uns bei der Dokumentation unserer Entdeckungen gute Dienste leisten.«

Ben räusperte sich. »Eindeutig ein Gewinn.«

Khalid nickte. »Auf jeden Fall.«

Endlich wandte sich Ben von Linda ab. »Und Sie, Khalid, was ist Ihr Spezialgebiet? Geologie, oder?«

Khalid trank einen Schluck und sagte dann: »Der Antarktisvertrag von 1959.«

»Bitte?«, fragte Ben.

»Niemandem gehört die Antarktis. Der Vertrag von 1959 erklärt den Kontinent zu einer Zone, die zu friedlichen, wissenschaftlichen Zwecken genutzt werden soll.«

»Ja, das ist mir bekannt. Australien besitzt dort ein paar Stationen.«

»Aber wissen Sie auch, dass auf Grund des Verbots, Rohstoffe abzubauen, das Ausmaß der Bodenschätze immer noch unbekannt ist? Ein weißer Fleck.«

Khalid gab den Zuhörern etwas Zeit, das zu verarbeiten, bevor er weitersprach. »Nun, das Abkommen ist 1991 ausgelaufen. Die Bodenschätze des Kontinents dürfen jetzt erforscht werden, allerdings mit einer kritischen Auflage: Das Land muss vor Flurschäden geschützt werden.«

Jetzt dämmerte es Ashley. Die Konsequenzen waren enorm. »Dieses unterirdische Höhlensystem erlaubt eine Untersuchung der Bodenschätze ohne eine Beschädigung der Oberfläche.«

»Ja«, erwiderte er nickend. »Und alle Lagerstätten – Öl, Mineralien, Edelsteine – gehören dem Staat, der sie entdeckt.«

»Angesichts des Verlangens der US-Regierung nach weiteren territorialen Ansprüchen«, entgegnete sie, »braucht man sich nicht zu wundern, dass die National Science

Foundation so großzügig mit ihrer finanziellen Unterstützung ist. Aber mit wem genau stecken wir hier eigentlich unter einer Decke?«

»Ich nehme an, es handelt sich um eine Kombination aus Wissenschaft, Kommerz und Politik«, antwortete Khalid – und fügte mit einem Grinsen hinzu: »Vergleichbar mit dem Manhattan Project Ihrer Regierung.«

Ashley schnitt eine missmutige Grimasse. »Großartig. Und schaut euch nur das wunderbare Ergebnis an.«

»Was glaubst du, wie wahrscheinlich ist es, dass wir fündig werden?«, fragte Linda und zog die Aufmerksamkeit des Ägypters auf sich.

»Wenn man in Betracht zieht, dass ein Wissenschaftler entdeckt hat, dass mit dem vulkanischen Rauch Goldstaub ausgestoßen wird – der einzige Rauch dieser Art auf unserem Planeten –, so werden die Ausgaben für dieses Team, glaube ich, mehr als ausreichend gedeckt sein.«

»Gold im Rauch eines Vulkans«, sagte Ben. »Das klingt ziemlich an den Haaren herbeigezogen.«

Khalid schaute bei diesem Einwurf für einen Moment finster drein. »Darüber ist ausführlich berichtet worden.«

Die anderen Teammitglieder blieben still. Sprachlos.

Ashley kochte vor Wut. Wieder einmal hatte Blakely ihnen nicht das ganze Ausmaß ihrer Mission verraten. Zuerst die bewaffnete Eskorte, dann das. »Ich weiß nicht, ob mir das gefällt«, sagte sie, »einen Kontinent zu vergewaltigen. Zu wessen Wohl?«

Linda nickte zustimmend.

Alle dachten schweigend über die ernüchternden Neuigkeiten nach.

Mit einem plötzlichen Temperamentsausbruch vertrieb Ben die düstere Stimmung. »Zum Teufel damit. Gehen wir tanzen! Verdammt noch mal, das hier ist der Geburtsort des Tangos. Los jetzt, Buenos Aires wird gerade erst wach.«

Ashley runzelte die Stirn. Dieser australische Schafhirte macht wohl nie Pause, dachte sie. »Ich passe. Ich muss meinen Sohn ins Bett stecken.«

Auch Khalid schüttelte den Kopf. »Bei uns zu Hause tanzen wir keinen Tango.«

Linda dagegen lebte auf. »Ich komme mit. Ich will raus aus diesem stickigen Hotel.«

»Ausgezeichnet!«, sagte Ben. »Jemand hat mir von einer Bar im Stadtteil San Telmo erzählt. Urig und authentisch.«

Er schoss aus der Nische und reichte Linda die Hand. »Die Nacht und die Sterne warten auf uns«, deklamierte er mit einer leichten Verneigung.

Verlegen lächelte Linda.

Als die beiden davongingen, bemerkte Ashley, dass Khalid die Stirn in Falten legte. Er murmelte etwas auf Arabisch, verabschiedete sich von ihr und rutschte ebenfalls hinter dem Tisch hervor.

Sie blickte Ben nach, der Linda hinauseskortierte. Man konnte noch hören, wie sie in schallendes Gelächter ausbrachen, dann traten die beiden auf die Straße hinaus.

Ashley blieb sitzen und widmete sich dem Rest ihres Drinks. Wie auf ein Zeichen hin jaulten plötzlich die klagenden Akkorde eines Tangos aus den Lautsprecherboxen der Bar. Von der leidenschaftlichen Musik wurde ihr noch einsamer zumute.

Zweites Buch

Die Alpha-Basis

5

Schon wieder im Flugzeug, dachte Ashley missmutig, die Nase an die Scheibe gedrückt. So weit das Auge reichte, erblickte sie unter sich nur Gletscher und Granit.

Dies war die letzte Etappe ihrer zweitägigen Reise. Gestern waren sie dreizehnhundert Kilometer von Buenos Aires nach Esperanza geflogen, dem argentinischen Militärstützpunkt an der Spitze der antarktischen Halbinsel. Dort hatte Ashley zum ersten Mal antarktische Luft geschnuppert. Mit jedem Atemzug glaubte sie, es würde Eiswasser in ihre Lungen gepumpt. Das Team übernachtete in der Kaserne des Stützpunkts und wurde am nächsten Morgen wieder an Bord des argentinischen Transportflugzeugs gebracht. Gegen Mittag, so hatte Blakely versprochen, sollten sie das endgültige Ziel ihrer Reise erreichen, den amerikanischen Marinestützpunkt McMurdo. Ashley lechzte danach, einmal mehr als vierundzwanzig Stunden außerhalb eines Flugzeugs zu verbringen. Sie richtete sich ein wenig auf, um nachzuschauen, ob Jason sich auch benahm. Er saß auf der anderen Seite der klappernden Kabine neben Ben und unterhielt sich lebhaft mit Händen und Füßen mit ihm. Die zwei hatten rasch Freundschaft geschlossen, seit sie sich in Esperanza ein Etagenbett im Männerschlafsaal der Kaserne geteilt hatten.

Ben bemerkte ihren Blick und grinste sie über Jasons Kopf hinweg an. Der Australier zeigte eine bewundernswerte Geduld. Jasons Geschichten konnten langatmig sein.

»Es geht ihm gut«, sagte Major Michaelson neben ihr.

Erschrocken blaffte sie ihn an: »Ich habe Sie nicht nach Ihrer Meinung gefragt.«

»Ich wollte ja nur ...« Er schüttelte den Kopf und furchte die Stirn. »Dann eben nicht.«

Ashley biss sich auf die Unterlippe. Offensichtlich versuchte er nur, sie zu beruhigen. »Es tut mir Leid. Das hat nicht Ihnen gegolten. Mich plagen nur Zweifel, ob meine Entscheidung, Jason mitzunehmen, richtig war.«

Seine angespannte Haltung schien sich zu lockern. »Ihr Sohn hat eine Menge Mut. Er schafft das schon.«

»Danke. Aber was ist mit Ben? Er hat sich dieser Mission sicher nicht angeschlossen, um für mich den Babysitter zu spielen.«

Der Major lächelte. »Vielleicht bleibt ja etwas von Jasons Reife an ihm hängen.«

Sie gluckste. »Der Mann ist geradezu ein wandelnder Unterhaltungsdampfer.«

»Auf jeden Fall versteht er etwas von seinem Geschäft.« Er nickte in Richtung Ben. »Ich habe die Unterlagen über ihn gelesen. Ein gefeierter Rettungsarbeiter, der sich auf Höhlenaufklärung spezialisiert hat. Vor zwei Jahren hat er ein erfahrenes Forschungsteam aus den Lechuguilla-Höhlen gerettet. Die Forscher waren acht Tage lang verschwunden gewesen. Keiner konnte sie finden. Ben ging allein hinein und kam mit einem gebrochenen Bein und vier Forschern wieder heraus. Mit Höhlen kennt er sich aus. Er hat beinahe einen sechsten Sinn.«

»Das habe ich nicht gewusst ...« Sie sah zu Ben hinüber, der jetzt mit Jason Karten spielte, und dachte über diese Enthüllung nach.

»Die Unterlagen über Sie waren genauso beeindruckend«, sagte der Major.

»Über mich?«

»Anscheinend haben Sie die bewundernswerte Fähigkeit, neue Entdeckungen dort zu machen, wo andere bereits alles untersucht haben.«

Bei seinem Lob zuckte sie nur mit den Schultern. Der Major war anscheinend außerordentlich gesprächig. Er war doch sonst so verschlossen und stoisch? Sie schaute ihn an. »Sie wissen verteufelt viel über uns, aber alles, was ich von Ihnen bekommen habe, waren Tickets und ein Terminplan. Ich kenne nicht einmal Ihren Vornamen.«

»Ich heiße Dennis«, antwortete er. »Dr. Blakely plant eine ausführliche Besprechung in der Alpha-Basis.«

Major Dennis Michaelson, dachte sie. Mit Vornamen wirkte der Major beinahe menschlich. Sie sank in ihren Sitz zurück. »Woher kommen Sie, Dennis?«

»Aus Nebraska. Die Farm meiner Familie liegt in der Nähe von North Platte.«

»Und warum sind Sie zu den Marines gegangen?«

»Mein Bruder Harry und ich haben uns gemeinsam bei den Marines gemeldet. Er kannte sich mit allem aus, was einen Motor hat – Autos, Motorräder, Hochgeschwindigkeitsfahrzeuge, solches Zeug. Er ging zu den Marines, um noch größere Maschinen in die Finger zu kriegen. Er war erst glücklich, wenn seine Hände vom Öl klebten. Musste immer herumbasteln.« Ein liebevolles Lächeln erschien auf Major Michaelsons Gesicht, als er seinen Bruder beschrieb.

»Und Sie? Was trieb Sie weg von der Farm?«

»Zum einen wollte ich auf Harry aufpassen. Und zum anderen sagte ich ja, dass unsere Farm in der Nähe von North Platte lag. Und North Platte liegt hinter den sieben Bergen.«

»Dann sind Sie zu den Marines gegangen, um die Welt zu sehen. Und wo sind Sie jetzt angelangt? An ihrem Arsch.«

»Ja«, erwiderte er beinahe grimmig. »Und jetzt erscheint mir North Platte so schön wie nie.«

»Also, warum hängen Sie Ihren Job nicht an den Nagel und gehen zurück zur Farm?«

Plötzlich legte Michaelson seine Stirn in Falten, und seine schwarzen Augenbrauen zogen sich zusammen. Er schüttelte den Kopf, sagte aber nichts.

Sie versuchte, mehr aus ihm herauszubekommen. »Wie sind Sie an so einen langweiligen Auftrag geraten? Einen Haufen Wissenschaftler zu bewachen.«

»Ich habe mich freiwillig gemeldet«, grummelte er.

Sie rümpfte die Nase. Nicht gerade die Entscheidung, die sie von einem Karrieresoldaten erwartet hätte. Kein Ansehen, kein Ruhm, am Ende der Welt stationiert. »Weshalb?«

Er zuckte mit den Schultern. »Ich habe meine Gründe.« Er öffnete seinen Sicherheitsgurt, verließ den Platz und murmelte etwas von »Toilette«.

Wieder allein, beobachtete sie die Landschaft, die unter den Kufen des Flugzeugs vorbeiglitt. Das Sonnenlicht wurde vom Eis reflektiert. Je besser sie ihre Teamkameraden kennen lernte, umso weniger schien sie sie zu verstehen. Aber was war daran neu? Sie verstand die Menschen doch nie. Man schaue sich nur ihre Ehe an. Flitterwochen, die acht Jahre dauerten, bis sie eines Tages mit Schwangerschaftsübelkeit früher von der Ausgrabung nach Hause kam und ihren Mann mit seiner Sekretärin im Ehebett erwischte. Keine Alarmzeichen. Kein Lippenstift am Kragen. Kein blondes Haar auf seinem Sakko. Nichts. Für sie ein absolutes Rätsel.

Ashley legte eine Hand auf den Bauch. Scotts Untreue war noch nicht einmal das Schlimmste gewesen. Sie erinnerte sich an die schmerzhaften Krämpfe und die Blutungen. Die emotionale Belastung hatte eine Fehlgeburt ausgelöst. Der Verlust des Babys hätte sie beinahe umgebracht. Nur der Gedanke an Jason, der damals sieben war, hatte sie vor dem Wahnsinn bewahrt.

Auch wenn seitdem Jahre vergangen waren, so spürte ein Teil von ihr noch den Schmerz, immer wenn sie daran dachte, wie viel sie verloren hatte. Nicht nur das Baby, auch das Vertrauen in ihre Mitmenschen. Sie wollte nie wieder so leichtgläubig und so verletzbar sein.

In ihren Sitz gelümmelt, starrte sie aus dem vereisten Fenster. Am äußersten Horizont erhob sich eine Rauchsäule, eine schwarze Unterschrift auf blauem Himmel. Sie richtete sich auf. Während das Flugzeug dröhnend weiterflog, kam die Quelle der grauen Rauchwolke in Sicht und erhob sich von der flachen Erdoberfläche wie ein erwachender Riese. Der Mount Erebus.

Das Innere des Dodge-Vans stank nach Zigaretten und wurde fast synchron zum Bassrhythmus einer Pearl-Jam-Kassette hin- und hergeschüttelt. Eine müde Mittagssonne ragte bleich über den Gipfel des Mount Erebus. Der Fahrer, ein junger Ensign der Navy, schüttelte den Kopf zur Musik. »Beinahe zu Hause«, rief er nach hinten. »Gleich hinter dem nächsten Eisrücken.« Die Straße von Williams Field zur McMurdo Base war notdürftig in das Eis gehauen worden. Mit einem letzten Aufprall, der ihnen sämtliche Knochen zusammenstauchte, hatten sie den Höhenzug umrundet, und Ashley sah das Ziel ihrer Reise.

Sie wischte mit einem Handschuh über das beschlagene Beifahrerfenster. Die anderen Mitglieder des Teams taten dasselbe. Neben dem blauen Eisschelf, welches das Rossmeer bedeckte, war McMurdo ein schwarzer Klecks. Der Industriekomplex mit grauen Gebäuden wirkte klein neben dem riesigen Schuttabladeplatz im Süden. Der Van rumpelte an einer brennenden Müllkippe vorbei, von der öliger Rauch in den blauen Himmel hinaufstieg.

Ein Helikopter der Navy kreischte über den Van hinweg. Der Druck und das Geräusch ließen die Fenster vibrieren. Jason hielt sich die Ohren zu. Die Basis schwirrte vor lauter Hubschraubern. Ashley tippte dem Fahrer auf die Schultern. »Ist das hier immer so hektisch?«

Der Fahrer zeigte mit dem Daumen nach oben. »Heute ist ein gemütlicher Tag«, rief er.

Sie lehnte sich zurück. Na toll.

Blakely lächelte. »Wir werden uns hier nur ein paar Stunden aufhalten. Dann geht es unverzüglich weiter zur Alpha-Basis. Dort ist es viel ruhiger.« Er schaute wehmütig aus dem Fenster. »Nach etwa einem Jahr gewöhnt man sich sogar an den Lärm und den Gestank hier oben. Mir fehlt das fast.«

»Für einen wissenschaftlichen Stützpunkt scheint es eine Menge Umweltverschmutzung zu geben«, sagte Linda und schnitt eine Grimasse. »Die Biotope hier sind labil.«

Blakely zuckte mit den Schultern. »Wir haben ein Budget von zehn Millionen Dollar für Flurbereinigungsmaßnahmen zugeteilt bekommen. Das wird schon wieder.«

»Das will ich hoffen«, sagte Linda.

Nahe einem kastenförmigen Betongebäude wurden sie abgesetzt. Ashley zog ihren Parka enger zusammen. Der Wind brannte, als er ihr über die Wangen peitschte. Bei mangelndem Schutz konnten in wenigen Minuten Erfrierungen eintreten. Ihre Teamkollegen stürzten zum Eingang. Sie überzeugte sich davon, dass Jason vor ihr war. Sie wollte nicht, dass er sich von der Gruppe fortbewegte und verloren ging.

Wärme. Das Innere war geheizt, aber die Luft stickig und feucht. Überall herrschte der stechende Geruch von Schweiß vor. Sie rümpfte ihre Nase und bemerkte das Regenbogenspektrum farbiger Parkas, die in der Eingangshalle an den Haken hingen.

Blakely zeigte ihnen, wo sie ihre Parkas aufhängen konnten. »Sie brauchen sich keine Sorgen zu machen, sie werden nicht gestohlen. Manteldiebe haben hier mit der Todesstrafe zu rechnen.«

Ashley half Jason aus seinem Parka und hängte ihn neben ihrem auf.

»Wir bleiben hier nur zum Mittagessen und brechen dann zur Alpha-Basis auf«, fuhr Blakely fort. »Die Messe hier in Gebäudekomplex E befindet sich am Ende des Korridors. Fühlen Sie sich wie zu Hause. Wir treffen uns in zwei Stunden wieder hier. Bei der Messe um die Ecke befindet sich ein Pausenraum mit Tischtennisplatten und Billardtischen. Viel Spaß damit.«

»Sie kommen nicht mit?«, fragte Ashley.

»Nein, ich habe eine Besprechung mit dem Captain der Station und kläre mit ihm die letzten Einzelheiten.«

Nachdem Blakely gegangen war, schritten sie zur Messe. So manch ein Marinesoldat hob die Augenbrauen, als sie vorbeigingen. Ein junger Mann starrte Ashley länger an, als ihr angenehm war, bis sie ihn mit einem strengen Blick einschüchterte. Im Großen und Ganzen jedoch schien die Mannschaft von den Neuankömmlingen unbeeindruckt zu sein. Ashley nahm an, dass sie sich als Besatzung der Basis für Operationen der National Science Foundation an das Kommen und Gehen neuer Gesichter gewöhnt hatte.

Ashley balancierte ein Tablett mit zwei Äpfeln, einem üppigen Sandwich mit Frühstücksfleisch und einem halben Liter Milch. Jason hatte sein Tablett mit Pudding und Keksen voll geladen, doch hatte sie ihn mit den Süßigkeiten zurückgeschickt. »Zuerst das Mittagessen. Danach kannst du dir gern einen Schokoladenpudding und einen Keks holen.«

Jason schlurfte traurig mit dem kleinsten Sandwich, das er finden konnte, zum Tisch und warf noch manchen Blick auf die Theke mit den Desserts.

Ben setzte sich zu ihnen, während Major Michaelson, Linda und Khalid am Nachbartisch Platz nahmen.

»Wir sind fast da«, flüsterte Ben ihr ins Ohr, als er sich setzte. »Am Tor zu einer neuen Welt. Wie fühlst du dich dabei, Captain?«

Vielleicht waren es seine Worte, vielleicht auch nur sein

kitzelnder Atem – Ashley lief jedenfalls ein Kribbeln über den Rücken. »Bestens«, sagte sie. »Ich bin richtig aufgeregt und scharf darauf, die Höhlen unter die Lupe zu nehmen.«

»Geht mir genauso.« Mit einem strahlenden Lächeln streckte er seine Hand aus. Seine Finger zitterten. »Ich zittere am ganzen Leib vor Erwartung, dass es endlich losgeht.«

Sie wusste nicht, ob er sie auf den Arm nahm. Er war schwer zu durchschauen. »So kurz davor zu sein«, sie zuckte mit den Schultern, »ist nervenaufreibend.«

»Ich weiß, wie dir zu Mute ist«, sagte Ben nickend. »Ich bin jetzt seit zwei Jahrzehnten Späleologe. Das ist meine erste Chance, meine Nase in alte Schachteln zu stecken.«

»In alte Schachteln? Was heißt denn das?«

»Psst, Mama!«, sagte Jason entsetzt, der neben ihr saß und den Mund voll Sandwich hatte. »Das sagt man so bei den Höhlenforschern, wenn jemand etwas zum ersten Mal entdeckt.«

»Ach so, verstehe.« Sie schmunzelte über seinen Versuch, sie zu beeindrucken.

»Ben und ich haben uns darüber unterhalten. Er hat mir alles erzählt über – wie heißt das noch mal? Ach ja, den Jungfrauendurchstoß.«

»Was?« Sie fuhr herum zu Ben. »Was zum Teufel hast du meinem Sohn erzählt?«

»Jungferndurchgänge«, sagte Ben und hielt das Lachen nur mit Mühe zurück. »Gänge, die noch nie ein Mensch betreten hat. Solche Sachen.«

»Oh«, sagte sie, plötzlich verärgert, »ich dachte ...«

Er unterbrach sie mit einem beiläufigen Grinsen. »Ich weiß, was du gedacht hast.«

Sie wurde wütend. »Du denkst wohl, du bist der nächste Neil Armstrong?«

»Wer?«

Angesichts dieser Bildungslücke schüttelte sie den Kopf. »Der erste Mensch, der den Mond betreten hat. ›Ein großer Schritt für die Menschheit.‹«

Bens Augen leuchteten auf. »Genau! Der erste Mensch zu sein, der etwas Neues zu Gesicht bekommt. Ein Wahnsinnsnervenkitzel.«

Sie erinnerte sich an das verschüttete Anasazi-Grabmal, das sie entdeckt hatte. Ihr Herz hatte wie verrückt geklopft, und sie hatte es kaum gewagt, Luft zu holen, als sie den letzten Stein umkippte und so das Innere des Allerheiligsten des Hohepriesters öffnete. Der modrige Geruch der uralten Grabkammer. Die Sonne auf ihrem Rücken. Sie war die Erste, die ein Geheimnis entdeckte, das Jahrhunderte verborgen gewesen war. Und nun hatte sie es mit einem Geheimnis zu tun, das Jahrtausende verborgen gewesen war. Was würde sie dort finden? In ihren Ohren dröhnte ihr Herzschlag. Doch, sie konnte Bens Aufregung nachvollziehen.

»Willst *du* denn deine Nase in alte Schachteln stecken?«, fragte er.

Lächelnd blickte sie in seine lachenden Augen. »Zum Teufel, ja. Ich hoffe, wir haben nachher noch Zeit, die Höhlen der Felsenbewohner zu untersuchen. Ich würde sogar das Mittagessen auslassen, wenn man mich noch heute dahin ließe.« Sie biss heißhungrig in ihr Sandwich. Das Brot war feucht und das Fleisch wie Gummi. »Besonders *dieses* Mittagessen.«

Ben lächelte sie ununterbrochen an. »Magst du keine Armeeverpflegung?«

Sie grinste zurück. »Ich hole mir jetzt Pudding und Kekse.«

»He«, rief Jason, »das ist nicht fair.«

Jason tupfte mit dem Finger jeden einzelnen Kekskrümel von seinem Dessertteller auf. Dann leckte er ihn ab und genoss die letzten Spuren von Schokolade. »Darf ich mir noch einen Keks holen?«, bettelte er seine Mutter an.

»Du hattest schon zwei. Das reicht. Geh bitte ins Bad und wasch dir die Finger.«

Jason murmelte etwas Unverständliches und schob seinen Stuhl zurück. »Na gut.«

»Wie wäre es mit einer Partie Poolbillard, wenn du fertig bist?«, fragte Ben, als Jason sich an ihm vorbeidrückte.

Jasons verkniffene Gesichtszüge lockerten sich. Er schaute seine Mutter an. »Darf ich?«

»Klar. Jetzt beeil dich. Wir brechen bald auf.«

»In einer Minute bin ich wieder da, Ben«, sagte Jason und schoss durch die Messe zur Toilette am anderen Ende des Saals. Der Vorraum war leer. Jason schlüpfte in die mittlere Kabine und fummelte an seinem Gürtel.

Als er sich hinsetzte, hörte er, wie die Tür aufging, Lärm aus dem Saal hereindrang und die Tür wieder zufiel. Jemand pfiff falsch eine Melodie, näherte sich den Toilettenkabinen und betrat die Kabine rechts von Jason. Immer noch pfeifend ließ der Mann seinen Rucksack auf den Boden der Kabine fallen. Genau rechts neben Jason.

Jason sah mit großen Augen, wie eine schwarzbehaarte Hand hinunterlangte, die Schnalle des Rucksacks öffnete und darin herumwühlte. Er hörte, wie ein Streichholz angezündet wurde … und jemand langsam ausatmete. Es roch nach einer brennenden Zigarette. Während der Mann immer noch pfiff, öffnete er geräuschvoll den Gürtel. Als er sich setzte, trat er mit dem Absatz gegen den Rucksack und warf ihn um. Ein kleiner Haufen in Plastik verschweißter Würfel, die wie graue Play-Doh-Knete aussahen, kullerte in Jasons Kabine.

In diesem Moment ging die Tür zur Herrentoilette wieder auf. Ein anderer Mann ging zu den Urinalen hinüber. Jason nahm das Öffnen eines Reißverschlusses und das charakteristische Plätschern wahr. Der Mann am Urinal seufzte. Jason belauschte seinen Nachbarn, der seinen Gürtel zuzog und den umgekippten Rucksack aufhob.

Der Nachbar verließ die Kabine.

Der Mann am Urinal sprach. Jason erkannte Bens Stimme. »Khalid, mein Bester, Rauchen ist hier nicht erlaubt.«

»Ach, die Amerikaner haben einfach viel zu viele Vorschriften. Wie soll man da wissen, welche man befolgen und welche man ignorieren soll? Möchtest du eine Zigarette?«

»Danke für das Angebot«, erwiderte Ben, »aber ich bin zum Billard verabredet.«

Die Tür der Herrentoilette wurde aufgestoßen, und Khalid stampfte hinaus.

Jason setzte seine Füße wieder auf den Boden und stand auf. Während er seinen Gürtel schloss, schaute er auf den Boden. Der Ägypter hatte einen seiner eingeschweißten Würfel übersehen. Er war zur gegenüberliegenden Seite von Jasons Kabine gekullert. Jason streckte den Arm aus und hob den Würfel auf. Was sollte er damit machen? Wenn man kräftig zupackte, fühlte er sich an wie feste Tonerde. Ihm war bewusst, dass er den Würfel Khalid zurückgeben sollte, aber dann käme heraus, dass er gelauscht hatte. Er steckte ihn in seine Hosentasche und verließ die Kabine.

»Da bist du ja!« Ben stand vor ihm. »Deine Mutter hat schon gedacht, du wärst ins Klo gefallen.«

Jason grinste. Er schob den Würfel noch tiefer in seine Tasche.

»Was hast du denn da, Sportsfreund? Hast du dir den dritten Keks gemopst?«, fragte Ben augenzwinkernd.

»Nein«, sagte Jason und bekam einen Schluckauf vom Lachen. »Ist nichts Besonderes.«

»Na gut. Dann auf zum Billard.«

Blakely stemmte sich gegen eine Windbö, während er durchs Camp schritt. Das Büro des befehlshabenden Offiziers lag auf der anderen Seite der Basis, weit weg von der Müllkippe. Wenn er diese verdammte Ausrüstung nicht so nötig gehabt hätte, wäre er direkt zur Alpha-Basis weitergereist. Doch Rolands Communiqués und Gesuche hatten den sturen Offizier nicht umstimmen können. Er brauchte diese verfluchten Platinen; sie waren für das Funkverbindungsnetz lebensnotwendig.

Er schritt die Stufen zum Basishauptquartier hinauf, und eine Wache prüfte seine Personalien. Blakely schenkte dem Mann einen säuerlichen Blick, während er wartete. Ein roter Helikopter der US Navy flog dicht an ihnen vorbei und schleuderte Eis und Dreck in das Wachhäuschen. Mit gerunzelter Stirn schaute die Wache hinauf.

»Alles okay, Dr. Blakely.«

»Danke.« Er ging hinein. Verdammte Vorschriften. Nachdem er seinen Parka aufgehängt hatte, eilte er weiter den Flur entlang. Das Eckbüro des befehlshabenden Offiziers lag im Parterre. Er ging auf den Sekretär zu, einen Unteroffizier mit schwarzem Brillengestell und schlechter Haltung.

»Ich möchte mit Commander Sung sprechen«, sagte Blakely, noch bevor der Sekretär den Mund aufgemacht hatte.

»Haben Sie einen Termin?«

»Sagen Sie ihm, Blakely ist hier. Dann lässt er mich schon rein.«

»Er ist im Augenblick sehr beschäftigt.«

Blakely schüttelte den Kopf. Er wusste, wann man ihm einen Bären aufbinden wollte. »Sagen Sie ihm, dass ich da bin.«

»Einen Moment.« Der Sekretär drückte einen Knopf auf einem Kontrollpult mit gelben Lämpchen. Er wandte sich ab, als er sprach, doch Blakely konnte das eine oder andere Wort verstehen. »Verzeihen Sie, Sir, aber hier ist ein Dr. Blakely, der Sie sprechen möchte.« Eine Pause entstand, als er in den Hörer lauschte, dann sagte er mit noch leiserer Stimme: »Das habe ich versucht, Sir. Er besteht darauf.« Eine weitere Pause, sein Gesicht lief rot an. Es gehörte nicht viel dazu zu erkennen, dass der Sekretär gerade heruntergeputzt wurde. Das Gespräch wurde mit einem letzten »Ja, Sir« beendet.

Die Schweißperlen standen ihm auf der Stirn, als er sich wieder Blakely zuwandte. »Der Commander wird Sie jetzt empfangen. Vielen Dank für Ihre Geduld.«

Blakely hatte Mitleid mit ihm. Er beugte sich herab, als er an seinem Schreibtisch vorbeiging, und flüsterte: »Machen Sie sich nichts draus, mein Sohn, jedermann weiß, was Sung für ein Arschloch ist.«

Der Sekretär schnitt eine Grimasse. »Viel Glück.«

Sorg du mal für dein eigenes Glück, dachte Blakely, als er die Tür zu Sungs Büro aufstieß.

Commander Sung saß hinter einem breiten Mahagonischreibtisch, der so dick lackiert war, dass er aussah, als wäre er nass. Vor ihm ausgebreitet lagen mehrere Akten. Mit einem Finger schob er Blakely eine Akte zu, als ekelte er sich davor. »Ich habe Ihr Gesuch gelesen, Andrew.«

Blakely hasste es, wenn ihn jemand mit dem Vornamen anredete. Vor allem so ein prinzipientreuer Schreibtischtäter wie Sung. Das war nicht das erste Mal, dass sich die beiden ins Gehege kamen. Als leitender Wissenschaftler der National Science Foundation war Blakely bereits öfter mit dem Senior Navy Officer aneinander geraten. Manches Mal waren Wissenschaft und Militär über bestimmte Themen uneins – besonders was die knappe Versorgung des abgelegenen Stützpunkts betraf.

Ihre Feindseligkeit war von dem Moment an stärker geworden, als Blakely die Diamantstatue fand. Er konnte

Sung förmlich ansehen, wie er grün vor Neid wurde – Neid auf die Zuwendung und das Geld, das Blakely mit einem Mal zufloss. Seitdem lief die Zusammenarbeit mit dem Militär auf dem Stützpunkt ab, als würden sie einander Zähne ziehen.

Sung fuhr mit einem leichten Grinsen im Mundwinkel fort: »Ich dachte, ich hätte mich unmissverständlich ausgedrückt. Die Platinen sind die Letzten, die wir auf Lager haben. Ich kann die Herausgabe erst dann genehmigen, wenn der Nachschub eingetroffen ist.«

»Das ist Schwachsinn, und das wissen Sie. Ich brauche die Platinen, um eine fehlerhafte Funkverbindungsleiterplatte zu reparieren.«

Sung zuckte mit den Schultern. »Verdammtes Pech, dass Ihre Leiterplatten einen Kurzschluss haben.«

»Das wäre nicht passiert, wenn Sie mir neue Platinen geliefert hätten statt der uralten, die Sie gebrauchten Geräten entnommen haben.« Blakely stützte sich mit den Fäusten auf den Schreibtisch. »Ich will *neue* Platinen. Ich lasse nicht zu, dass sie meine Expedition gefährden.«

»Dann warten Sie auf die nächste Lieferung. Die trifft in drei Wochen ein.«

»Wir sind ohnehin spät dran.«

»Als befehlshabender Offizier dieses Camps treffe ich diese Entscheidung, und sie ist endgültig.« Sung drehte sich in seinem Sessel zurück.

Blakely hatte die Schnauze voll von diesem Arschloch. Er langte über den Schreibtisch. Sung fuhr mit verschrecktem Gesichtsausdruck zurück. Offenbar dachte er, er würde ihn angreifen. Was für ein Trottel! Blakely schnappte sich das Telefon und zog es zu sich herüber. Er hatte etwas viel Schlimmeres vor.

Blakely ignorierte Sungs Proteste, wählte eine Nummer und nannte ein Passwort. Er lauschte, während er von einem Operator zum nächsten vermittelt wurde. Endlich eine vertraute Stimme. Blakely antwortete: »Sir, ich habe Probleme mit dem Base Commander.« Er hielt inne. »Ja, Sir. Genau. Er sitzt direkt neben mir, Sir.«

Blakely lächelte und reichte Sung den Hörer. »Ihr Boss.«

Langsam streckte Sung die Hand aus und nahm den Telefonhörer. »Hallo, hier spricht Commander Sung.«

Blakely sah zu, wie das Gesicht des Commanders zuerst bleich wurde und dann knallrot anlief. Wieder einmal wurde er Zeuge, wie jemandem der Arsch aufgerissen wurde.

»Jawohl, ich werde dafür sorgen«, sagte Sung mit hoher Stimme. »Sofort, Herr Minister. Ich habe die Wünsche des Präsidenten verstanden.«

6

Nur noch eine Minute, und es ist vorbei.

Obwohl Ashley im Sitz des Navy-Helikopters festgegurtet war, hielt sie sich am Haltegriff über ihr fest. Ein plötzlicher Ruck, eine Drehung des Flugzeugs, und ihre Knöchel traten weiß hervor. Ein dumpfes Klopfen hinter den Augen kündigte drohende Kopfschmerzen an. Nun setzt doch dieses Ding endlich auf die Erde, dachte sie. Wie als Antwort tauchte der Hubschrauber nach unten ab.

Jason rief laut »Juhu!«, als der Hubschrauber auf die vereiste Felswand zustürzte. Die Hänge des Mount Erebus füllten den gesamten Ausblick auf der Steuerbordseite, eine scheinbar endlose, in den Himmel kletternde Abfolge von verschneiten Felsen und schwarzen Abgründen.

Ashley schloss die Augen vor Übelkeit.

Jason zupfte an ihrem Ärmel. »Das musst du dir anschauen, Mama!«

Sie stieß seine Hand fort. »Nicht jetzt, mein Schatz.«

»Aber man kann in das Loch hineingucken. Es ist irre gruselig.«

Sie stöhnte und öffnete ein Auge. Die Welt war ein schräger Teller, und unter ihnen kam der Fuß des Mount Erebus in Sicht, als sie in die Tiefe kreisten. Das Areal war mit orangefarbenen Zelten geschmückt, die aussahen wie Furunkel auf einem weißen Hintern. Eine Straße aus ausgehobenem Matsch und Morast führte vom Zeltplatz zu einem schwarzen Schlund in der Felsfront des Mount Erebus. Sie war gerade groß genug, um einen Doppeldeckerbus aufnehmen zu können. Der Schnee trieb von der Öffnung weg, als ob der klaffende Schlund ausatmete.

Der Helikopter richtete sich auf und senkte sich wie ein Aufzug auf den Landeplatz. Eis und Schnee wogten um sie herum, als sie aufsetzten.

Blakely schrie im Inneren des Hubschraubers über den Lärm der Rotoren hinweg: »Alles klar, Leute! Draußen warten zwei Pistenraupen, die uns zur Öffnung bringen.«

Ben, der Ashley gegenübersaß, grinste. »Von nun an geht es nur noch bergab.«

Da ihr Sohn sich einen Fensterplatz in dem engen Abteil der breitspurigen Sno-Cat erbettelt hatte, fand sich Ashley eingequetscht zwischen Jason und Ben wieder. Linda – ohne das Handikap eines Sohns – hatte einen Platz neben dem Fahrer ergattert. Die anderen folgten im nächsten Wagen.

Vor ihnen ragte die Öffnung des Tunnels auf. Ursprünglich war es ein natürlicher Riss, der sich tief in die Wand des Mount Erebus einschnitt. Mithilfe von Sprengstoff und Minen war die Öffnung vergrößert und der Zugang zum Vulkan geebnet worden. Ashley hielt den Atem an, als das Fahrzeug über die Schwelle in den gähnenden Tunnel polterte, durch den zwei Lastwagen gepasst hätten. Eine normale, zweispurige Straße führte zum Herz des Vulkans.

Die vom Sprengen und Bohren zerklüfteten Wände wurden von Halogenlampen beleuchtet, die entlang der Decke befestigt waren. Als die Raupe sich um eine Kurve fräste, war das Tageslicht verschwunden. Nur die Lampen sorgten nun noch für Beleuchtung. Der Fahrer schaltete die Scheinwerfer ein, die durch die Dunkelheit schnitten.

Obwohl es so schien, als ginge die Reise über ebenen Boden, hatte Ashley in der Besprechung erfahren, dass sie sich abwärts bewegten. Der sechs Kilometer lange Tunnel sollte sie über 1200 Meter tief hinabführen.

Sie kamen nur langsam voran. Wegen der holprigen Strecke wurde sie selbst bei ihrem Schneckentempo fortwährend gegen Ben geschleudert.

»Entschuldigung«, sagte sie und stieß sich von Bens Schulter ab.

»Keine Sorge, ist mir ein Vergnügen.«

Sie grinste ihn an. Hörte der jemals auf?

Linda schaute sich nach ihnen um. »Habt ihr etwas dagegen, wenn ich mein Fenster einen Spalt öffne? Ich würde gern ... na ja ... es ist ein bisschen stickig.«

Ashley runzelte die Stirn. Linda war bleich, ihre Lippen waren ausgetrocknet und rissig. Anscheinend vertrug sie den Flug auch nicht. Ashley war entschieden ihrer Meinung, doch es war verdammt kalt draußen. »Ich weiß nicht. Ich möchte nicht, dass Jason im Zug sitzt. Vielleicht ...«

»Ein wenig Frischluft klingt gut«, sagte Ben. Er griff hinüber und drückte Ashleys Hand. »Hast du etwas dagegen, Jason?«

Ashley starrte auf Bens Hand. Er knetete ihre in einem fort, als wollte er ihr etwas mitteilen. Sie verkniff sich eine spitze Bemerkung. Ihr Sohn, der mit offenem Mund in den

Tunnel vor ihnen starrte, winkte mit einer Hand ab. »Mir egal.«

»Na gut«, sagte Ashley, »dann kannst du es aufmachen, Linda. Aber du, Jason, bleibst warm eingepackt.«

Linda grinste schwach und wandte sich wieder nach vorn. Als sie das Fenster wenige Zentimeter öffnete, wirbelte eine eisige Brise in die Kabine. Linda hielt die Nase ans Fenster, holte tief Luft und entspannte sich spürbar.

Ben lies Ashleys Hand los. Sie kuschelte sich tiefer in ihren Parka und zog die Kapuze vors Gesicht. Sie drehte sich zu Ben, um ihn etwas zu fragen, doch er beobachtete Linda mit sorgenvollem Blick.

Resigniert lehnte sich Ashley zurück und betrachtete das Aufblitzen der Deckenlampen, unter denen sie fuhren.

Und Alice verschwand im Bau des weißen Kaninchens.

Blakely saß neben dem Fahrer und starrte auf das Rücklicht der Sno-Cat vor ihnen. Er hatte die vorbeiziehenden Tunnelwände betrachtet und besonders ein Auge auf die Elektrizitäts- und Telefonleitungen geworfen. Es war alles in Ordnung. Solange der Base Commander nicht in letzter Minute ihre Pläne sabotierte, stand alles bereit.

Khalid beugte sich aus seinem Sitz im hinteren Teil der Sno-Cat vor. »Wie weit noch?«, fragte er.

Blakely schaute über die Schulter und sah den Geologen an. »Wir erreichen den Fahrstuhlschacht in etwa zehn Minuten. Zum Mittagessen sind wir in der Alpha-Basis. Entspannen Sie sich also und genießen Sie die Fahrt.« Khalid nickte, und Blakely sah, wie der Ägypter die vorbeihuschenden Lampen und Kabel aufmerksam betrachtete und sich dabei alle Einzelheiten einprägte.

Blakely lehnte sich in seinen Sitz zurück. Er verstand die Nervosität des Geologen. Das Warten zerrte an den Nerven.

Ashley dehnte die Muskeln, die während der Fahrt steif geworden waren. Sie warf einen Blick zurück und sah, wie die zweite Sno-Cat in die große Höhle rumpelte und ihre Passagiere entließ. Dann richtete sie ihre Aufmerksamkeit wieder auf den mächtigen Aufzug – einen Gitterkäfig aus Stahl.

Jason erforschte die riesigen Kisten, die den hinteren Teil der Höhle füllten. Er sah wie eine Maus aus, die im Kinderzimmer zwischen den verstreuten Bauklötzen umherhuschte. »Jason!«, rief sie. »Bleib in der Nähe, Schatz.«

Jason winkte ihr zu.

Blakely deutete auf den Aufzug und bat Ben: »Helfen Sie mir mit den Türen.«

Ben und Major Michaelson schoben die Türen auf, und die Crew ging hinein. Jason war herübergeschlendert. Ben wuschelte ihm durchs Haar. »Bist du bereit, Sportsfreund?«

Jason grinste, als sie den Aufzug betraten, der so groß wie eine Garage war und in dem beide Sno-Cats Platz fanden. »Und ob. Es ist irre.«

Ashley nahm das Innere des Aufzugs in Augenschein. Decke und Boden bestanden aus massiven roten Eisenplatten, doch die Wände aus Eisenstäben von einem Zoll Stärke. Wie ein überdimensionaler Vogelkäfig.

»Wir legen jetzt umgerechnet zweihundert Stockwerke zurück«, sagte Blakely, als sich die Türen schlossen. »Es hat allein drei Jahre gedauert, den Schacht zu bohren, der von dieser Höhle bis hinunter zur Alpha-Höhle in sechshundert Meter Tiefe führt.« Er betätigte einen Hebel, und Ashley spürte einen vertrauten Ruck, als sich der Aufzug rumpelnd in Bewegung setzte.

Sie hielt Jasons Hand. Wie sicher war diese Konstruktion? Ashley äußerte ihre Bedenken.

Blakely lächelte. »Wir haben schwere Maschinen mit

diesem Aufzug befördert. Sogar einige Lastwagen. Da wird er ein paar Menschen wie uns schon aushalten.« Er klopfte an die Metallstäbe des Käfigs. »Das hier ist die Hauptschlagader der Alpha-Basis. Sie wird wie eine teure Schweizer Uhr gewartet und wie die Kronjuwelen bewacht.«

Ashley bemerkte Khalids Lächeln. Wahrscheinlich amüsierten ihn ihre weiblichen Ängste, dachte sie. Noch so ein Macho und furchtloser Rationalist. Sie sah, wie er den Käfig prüfend in Augenschein nahm.

Ein peinliches Schweigen entstand, während das Team weiter in die Tiefe vordrang. Die einzige Lichtquelle war die Lampe an der Decke des Käfigs. Es schien, als schwebten sie im All.

Um das Schweigen zu unterbrechen, wandte sich Ashley an Blakely. »Wissen Sie«, sagte sie, »eine Sache quält mich. Und ich könnte mir vorstellen, die anderen auch.«

»Hm?« Er schien in Gedanken versunken.

Ben wurde hellhörig und löste sich vom Gitter, an dem er gelehnt hatte. Auch die anderen sahen sie interessiert an.

»Ich erwarte eine ehrliche Antwort«, sagte sie. »Sind wir hier, um diesen Kontinent zu erforschen oder um ihn auszubeuten?«

Blakely hob die Augenbrauen.

»Uns allen ist bekannt, dass man in den Naturwissenschaften nicht *so* viel verdienen kann. Hier geht es doch um mehr als nur um eine archäologische Untersuchung.«

»Richtig«, bestätigte Blakely, nahm die Brille ab und rieb sich den Nasenrücken, »doch möchte ich Ihnen versichern, dass ich in erster Linie Wissenschaftler bin. Für mich ist und bleibt dies eine wissenschaftliche Mission. Das ist einer der Gründe, warum ich Sie zur Leiterin dieses Teams ernannt habe, Professor Carter. Ich möchte, dass diese Mission ein wissenschaftliches Unternehmen bleibt. Natürlich befinden wir uns nicht im luftleeren Raum. Die Mission weist einige signifikante ökonomische und politische Züge auf.« Er fügte hinzu: »Fällen Sie keine voreiligen Urteile. Dadurch sind wir in der Lage, die Kosten zu decken, unsere Ausrüstung zu beschaffen und« – er zeigte auf jeden Einzelnen, zuletzt auf sie – »ein erstklassiges Team anzuheuern.«

»Dennoch«, sagte sie, »welche Konsequenzen der Erforschung müssen wir in Kauf nehmen? Wenn am Ende ein ausgebeuteter und verwüsteter Kontinent übrig bleibt ... ist mir der Preis zu hoch. Ich muss das Geheimnis der Höhlen nicht lüften.«

Er schaute sie traurig an. »Wirklich, Professor Carter?«

Sie wollte ihre Überzeugungen näher erläutern, doch eine Lüge kam ihr einfach nicht über die Lippen. Sie hatte Blakely gebeten, ehrlich zu sein. Wie konnte sie ihm da nicht die Wahrheit sagen? Sie erinnerte sich an die im letzten Licht des Sonnenuntergangs funkelnde Diamantfigur und schwieg. Verflucht.

Er nickte und zeigte nach unten. »Da ist es.«

In diesem Moment wehte eine Brise in den Käfig und blies Ashley die Kapuze vom Kopf. Eine warme Brise! Im gleichen Augenblick brach Licht über sie herein. Der Aufzug hatte soeben die Höhle erreicht.

Die Höhlendecke, die von unten angestrahlt wurde, war voller tropfender Stalagtiten, gewaltigen Bergen, die kopfüber herunterhingen. Einige reichten bis zum Boden und bildeten gigantische Säulen. Eine natürliche Kolonnade. Der Aufzug stieg neben einer Säule hinab, die den doppelten Durchmesser der Kabine hatte. Ashley sah, dass jemand Graffiti auf die Säule geschmiert hatte. Ein Pfeil, der nach unten zeigte, mit grob eingeritzten Buchstaben beschriftet: »Hölle ... 1 km!«

Ben runzelte die Stirn. »Eine Höhle verunstalten. Das zeugt nicht nur von schlechtem Geschmack, für einen Höhlenforscher bedeutet das sogar Unglück.«

Blakely sah Roland, seinen Assistenten, grimmig an. »Sorgen Sie dafür, dass das entfernt wird – *heute noch*.«

Ashley schüttelte den Kopf. Tröpfchen flogen ihr von der Nasenspitze. Sie wischte sich über die Stirn. Feucht. Die Luftfeuchtigkeit musste fast einhundert Prozent betragen. Aber diese Luft! Sie atmete tief ein. Sie war so rein.

Suchend schaute sie mit zusammengekniffenen Augen umher, doch die Wand auf der anderen Seite wurde von der Säule verdeckt. Verdammt. Sie hatte gehofft, einen Blick auf die Höhlenbehausungen werfen zu können.

»Mama! Schau!« Jason zeigte auf den Boden der Höhle.

Ashley stöhnte fassungslos, stellte sich auf die Zehenspitzen und drückte ihre Stirn gegen die kalten Gitterstäbe. Der Boden unter ihnen war übersät von Gebäuden und Zelten, die von Suchscheinwerfern beleuchtet wurden und mit Lampen behängt waren. Eine tiefe Schlucht teilte die Basis wie eine schwarze Wunde in zwei Hälften. Eine beleuchtete Brücke führte über die Kluft und verband die beiden Hälften. Sie waren am Ziel ihrer Reise.

Die Alpha-Basis.

»Schaut, dort drüben«, rief Linda, »da kann man Fische erkennen.«

Ashley trat hinter Linda, legte eine Hand auf ihre Schulter und schaute hinunter. Am Rand der Alpha-Basis reflektierte ein riesiger See, der mehrere hundert Morgen groß war, die Lichter des Camps. Seine Oberfläche kräuselte sich sanft. Von oben konnte man sehen, wie die schimmernden Bewohner des Sees unter der glasklaren Wasseroberfläche umherschossen oder gemächlich schwammen. Auf eine merkwürdige Art poetisch.

»Cool«, rief Jason.

»Allerdings, Sportsfreund.« Ben stupste Ashley mit dem Ellbogen an. »Faszinierend, was?«

Ashley nickte benommen. Ihre Bedenken von vorhin waren plötzlich nur noch eine vage Erinnerung. Ihr Forscherdrang war erwacht. »War das richtig? Sagten Sie, die Höhle misst acht Kilometer im Durchmesser?«

Blakely nickte, die Spur eines Lächelns um die Mundwinkel. »Ungefähr.«

Ben pfiff anerkennend.

Innerhalb weniger Minuten sank der Aufzug auf den Höhlenboden und stoppte in seinem »Heimathafen«. Eine uniformierte Eskorte stand bereit, um sie zu ihren Quartieren zu begleiten. Blakely wandte sich zur Gruppe. »Wir sind zu Hause!«

7

Die Alpha-Basis, Antarktis

Mit einem Schmunzeln beobachtete Ashley, wie Jason in seinem Schlafzimmer herumwirbelte. Ihr eigenes Zimmer in der Zweizimmer-Suite war ebenso beeindruckend. Kaum zu glauben, dass jeder Expeditionsteilnehmer eine eigene Suite im zentralen Wohnheim der Basis hatte. Die Vergünstigungen, die einem bei dieser Mission zuteil wurden, wurden immer besser. Spitzengardinen, Schreibtische aus Walnussholz, bequem gepolsterte Stühle, Designertapeten. Kaum zu glauben, dass sie sich drei Kilometer unter der Erdoberfläche befanden.

»Schau, Mama«, Jason zeigte auf den Schreibtisch in der Ecke, »ein richtiger Pentium II. Keiner von diesen lahmen Klonen.«

Zwar wollte sie ihm seine Illusionen nicht nehmen, doch einmal musste er es erfahren. »Der ist für deine Hausaufgaben.«

Jason fiel das Kinn herunter, als er sich umdrehte. »Es ist Sommeranfang, Mama!«

»Nur ein paar Stunden am Tag. Ich möchte, dass du die Zeit nutzt, in der ich nicht da bin. Es gibt eine Bibliothek auf der Basis. Ich möchte, dass du zwei Bücher dort ausleihst und zu jedem einen Aufsatz schreibst.«

Entgeistert riss er die Augen auf. »Was für ein Sommer!«

»Es wird dir Spaß machen. Roland wird ... sich um dich kümmern.« Sie wagte nicht, das Wort »Babysitter« in den Mund zu nehmen, Jason würde es ihr nie verzeihen. »Er wird während meiner Abwesenheit bei dir sein. Ich erwarte, dass du ihm gehorchst.«

Jason verzog wütend das Gesicht.

»Wenn du dich benimmst und deine Hausaufgaben machst ... *ohne zu murren* ... dann warten ein paar Überraschungen auf dich.«

»Klar«, sagte er in skeptischem Tonfall. »Zum Beispiel?«

»Zum einen habe ich hier einen Kampfsportexperten gefunden, der deinen Unterricht fortsetzen kann. Wenn du den gelben Gürtel bis Ende des Jahres haben willst, wirst du trainieren müssen, wenn ich fort bin.«

Ein wenig hellte sich seine finstere Miene auf.

»Außerdem kann man hier mit elektrischen Fahrrädern und Jetski fahren.«

Jason verzog das Gesicht. »Wieso elektrisch?«

»Um das Ökosystem hier unten nicht zu belasten, lässt man nur eine begrenzte Anzahl von Verbrennungsmotoren zu. Das ist der bescheidene Beitrag des Militärs zur Erhaltung der Höhle.« Ashley entsann sich Bens Missmut, als sie über das Gelände gefahren waren. Auf dem ganzen Weg hatte er über die offenkundige Misshandlung des zerbrechlichen Ökosystems geschimpft.

Jasons Schmollgesicht erforderte noch ein wenig Zuwendung. Ashley wischte ein paar lose Strähnen aus ihrem

Gesicht. »Aber, Jason, das ist noch nicht alles, was ich für dich vorbereitet habe. Es gibt außerdem Angeln, Basketball und was dein Herz sonst noch begehrt. Genug, um dich bei Laune zu halten, bis ich zurück bin. Und wenn du deine Hausaufgaben gut machst, darfst du, das hat Dr. Blakely mir versprochen, mit ihm in den Kontrollraum. Dort kannst du ihm dabei helfen, unser Fortschritte zu überwachen. Du wirst sogar mit mir sprechen können.«

»Na ja, ich glaube, das ist okay«, sagte Jason, immer noch ein wenig schmollend.

»Außerdem«, sagte Ashley und wies auf das Wohnzimmer der Suite, »gibt es hier Kabelanschluss. Einhundertfünfzig Sender, alle dekodiert.«

»Wow, das muss ich ausprobieren.«

Als er an ihr vorbeistürmte, erwischte sie ihn am Ärmel. »Moment, Söhnchen. In einer halben Stunde gibt es Mittagessen. Geh und wasch dir die Hände.«

»O Mann, kann man hier denn gar keinen Spaß haben?« Er stampfte zum Badezimmer.

Sie grinste. Genau wie zu Hause. Nur drei Kilometer unter der Erdoberfläche.

»Na, was hältst du davon?«, fragte Ben und trat von hinten an Linda heran.

Sie stand am Rand des Sees, dem die Soldaten den Spitznamen »Fass ohne Boden« verpasst hatten. Nur ein paar Zentimeter entfernt schwappte dunkles Wasser an einen Felsen; Wellen, die ein vorbeifahrendes Marineponton verursacht hatte.

Er kratzte sich die Bartstoppel am Kinn.

Sie warf ihm einen Blick zu. Die Lichter des Camps tanzten in ihren Augen. »Es ist ein Wunder.« Sie wies auf die Decke mehr als hundert Meter über ihnen. »Als wäre man im Freien.«

Er nickte und wies in Richtung Wasser. »Hättest du Lust, nackt zu baden?«

Sie lächelte. »Nein, aber du kannst es durchaus tun.«

»O nein, nachher schnappst du dir meine Unterwäsche, und die ganze Basis lacht mich aus.«

Sie grinste noch breiter und entspannter. »Das habe ich nicht gemeint. Ich wollte sagen, man kann hier *wirklich* schwimmen. Ich habe gehört, dass ein paar von den Marines das öfter tun. Das Wasser ist ziemlich warm, 28 Grad Celsius. Ich habe es gemessen. Erwärmt von vulkanischen Luftströmen.«

»Ist doch merkwürdig«, sagte Ben. »Über uns liegt Eis und toben eiskalte Stürme. Hier unten kann man baden, und es weht eine tropische Brise.«

»Das ist nicht so merkwürdig, wie es scheint. Ich habe gehört, dass das Meer bei Deception Island vor der antarktischen Küste sich manchmal aufheizt und man Wassertemperaturen wie in Badeorten misst. Die vulkanischen Aktivitäten sind so ausgeprägt, dass das Wasser in der Tat oft kocht. Nur wenige Meter von den Gletschern entfernt.«

»Aha«, sagte er und hob die Augenbrauen, als glaubte er ihr nicht.

Sie stupste ihn mit dem Ellbogen. »Ungelogen.«

Er lächelte. »Ich glaube dir ja. Auch andere Höhlen werden durch unterirdische Risse erwärmt. Das ist nicht so selten. Ich habe dir nur auf den Zahn gefühlt.«

»Na klar«, sagte sie und verdrehte die Augen.

Ein leuchtender bernsteinfarbener Fisch sprang einen Meter vom Ufer entfernt aus dem Wasser, so dass Linda erschrocken nach Luft schnappte. Ben zog die Augenbrauen zusammen. »Hör mal, über eines möchte ich mit dir sprechen.«

Sie schob die feuchten Strähnen aus ihrem Gesicht. »Was?«

»Ich habe dich beobachtet und ich … na ja, ich …«

Sie hob die Hand. »Es tut mir Leid, Ben. Ich weiß, wir sind in Buenos Aires zusammen tanzen gewesen. Aber das habe ich nur getan, um ein bisschen Dampf abzulassen. Ich möchte, dass du dieses Erlebnis als eine rein berufliche Angelegenheit verstehst.«

Ben feixte, als ihm klar wurde, dass Linda dachte, er wollte sie anbaggern. So wie sie aussah, kam das sicher oft vor. »Moment, Lady. Deswegen bin ich nicht hier.«

»Weshalb dann?«

»Im Lauf der Jahre habe ich eine ganze Menge Touristen in Höhlen geführt, und ich … na ja, Probleme kann ich mittlerweile riechen. Seit wir tanzen waren, beobachte ich dich. Sowohl in der überfüllten Bar als auch hier in den Höhlen bist du furchtbar nervös geworden. Flache Atmung, verschwitzte Hände, bleiches Gesicht.« Ben sah, dass sie bei seinen Worten auf den Boden blickte. »Deswegen bin ich auch hier rausgekommen, um mit dir allein zu reden. Ich dachte, vielleicht ist da etwas, was du gern von der Seele hättest.«

Sie hob den Kopf, ihre Augen waren voller Tränen. »Du hast Recht, Ben. Ich habe Probleme mit überfüllten und engen Räumen.«

»Klaustrophobie?«

Sie rieb sich die Stirn, senkte die Augen wieder und nickte.

»Auf unserer bevorstehenden Reise wird es *viele* enge Räume geben. Ein Expeditionsmitglied, das panisch reagiert, kann uns alle gefährden.«

»Ich weiß. Aber ich nehme Medikamente und habe viele Jahre Therapie hinter mir. Ich kann damit umgehen.«

»Sogar die Tango-Bar in Buenos Aires hat dich aus dem Gleichgewicht gebracht.«

»Weil ich meine Tabletten nicht genommen hatte. Ich

hatte nicht gedacht, dass ich sie brauche. Auf die überfüllte Bar mit der lauten Musik war ich nicht gefasst. Ich kann meinen Auftrag erfüllen.«

Er streckte die Hände aus und fasste sie bei den Schultern. »Bist du sicher?«

Sie schaute ihn an. »Mir geht es gut. Ich schaffe das.«

Wieder sprang platschend ein Fisch hoch. Dieses Mal erschrak Linda nicht. Sie blickte Ben weiterhin unbeirrt in die Augen.

Ben schwieg für einige Momente und wog seinen Entschluss ab. »Hast du eine Angel eingepackt?«, fragte er schließlich.

»Weshalb?«

»Du brauchst eine, wenn du unterwegs was fangen möchtest.«

»Stimmt«, sagte sie lächelnd. »Du erwähnst den anderen gegenüber also nichts davon?« Sie wischte sich die Tränen aus den Augen.

Ben ließ sie los und hob einen flachen Stein auf. Er ließ ihn über die glatte Wasseroberfläche springen. »Was soll ich nicht erwähnen?«

Je stärker sich das Leben verändert, umso mehr bleibt es dasselbe, dachte Ashley und starrte auf ihren Teller. Vor ihr, in der dampfenden Marinara-Sauce, schwamm weiße Pasta, und der Käse warf Blasen. Wogen von Knoblauchgeruch schwappten an ihre Nase. Wieder Lasagne. Ashley lächelte und erinnerte sich an die letzte Lasagne, als Blakely ihr die Mission angetragen hatte. Das Essen war das Gleiche, aber die Umgebung nicht. Tischtuch, feines Porzellan, Kristallkronleuchter, Esstisch aus Mahagoni. Nicht die Kochnische in ihrem Wohnmobil. Sie spießte Pasta auf die Gabel.

»Professor Carter«, sagte Blakely, »ich habe eine Führung für Sie arrangiert. Ein wissenschaftlicher Mitarbeiter,

Dr. Harold Symski, wird Sie morgen früh auf einer Tour zur Nordwand begleiten. Er holt Sie gegen acht Uhr ab.«

Sie hielt die Hand hoch und schluckte erst einmal ihren Bissen herunter. »Da mir nur ein Tag zur Verfügung steht, wäre es mir lieber, die Tour früher zu beginnen. Sagen wir um sechs?«

Blakely lächelte. »Ich werde es Dr. Symski mitteilen.«

Ben räusperte sich und wischte sich einen Tropfen Käsesauce vom Kinn. »Ich würde gern mitgehen, um mir die Wand auch anzuschauen.«

»Von mir aus gern«, sagte Blakely. »Sind Sie einverstanden, Professor Carter?«

Ashley stellte sich vor, wie Ben sich mit ihr in eine enge Höhle quetschte und seinen Körper gegen ihren presste. »Solange er nicht im Weg herumsteht.«

Er hob die Hände, als ob er seine Unschuld beteuern wollte. »Wer, ich?«

Blakely wandte sich an den Rest der Gruppe. »Noch jemand?«

Jason hob vorsichtig die Hand. »Ich käme auch gern mit.«

»Ich glaube nicht, dass das klug ist«, sagte Blakely streng. »Dort gibt es viele Steinschläge und Gruben. Hier bist du sicherer.«

Jason schaute Ashley an. »Aber Mama, ich ...«

Linda unterbrach ihn. »Er kann mich bei der Untersuchung des Sees begleiten. Der Abschnitt, den ich in Augenschein nehme, liegt innerhalb der Grenzen des Camps.«

Sie wandte sich an den Jungen. »Hättest du Lust, mir zu helfen?«

Ashley schaute auf ihren Sohn, der rot geworden war. »Wärst du damit einverstanden, Schatz?«

Er nickte, und seine Stimme krächzte ein wenig. »Klar. Das könnte mir gefallen.«

Linda lächelte. »Abgemacht. Jason und ich gehen forschen.«

Ben, der auf Jasons anderer Seite saß, stupste ihn mit dem Ellbogen an. »Da hast du dir was vorgenommen, Sportsfreund«, flüsterte er, aber mit Absicht so laut, dass Ashley es verstehen konnte. »Jetzt haben wir beide ein Rendezvous.«

Jason grinste hinter vorgehaltener Hand.

Ashley verdrehte die Augen. Männer.

Das Licht verlosch. Von seinem Fenster aus beobachtete Khalid, wie die Lampen im Camp für die Schlafenszeit ausgingen. Ein vorgetäuschter Sonnenuntergang in der dunklen Höhle. Wie wichtig der zirkadianische Rhythmus in einer verdunkelten Umgebung war, hatte Blakely ihnen bereits zu einem früheren Zeitpunkt erklärt. Um Leistungsspitzen zu erreichen, war es nötig, die Umwelt auf ein Tagesmuster von Licht und Dunkelheit auszurichten.

Das kam seinen Plänen sehr entgegen. Schatten webten einen dichten Umhang.

Schon bald leuchteten nur noch vereinzelte Glühbirnen. Und natürlich der Suchscheinwerfer beim Aufzug. Sein Lichtstrahl traf die Decke und bewegte sich in Ovalen langsam um die Stalagtiten herum, die wie schwarze Finger herunterzeigten.

Er warf einen Blick auf seine Armbanduhr. Zehn Uhr. Zeit, an die Arbeit zu gehen. Er verließ sein Zimmer und schlich durch den Wohnheimeingang hinaus. Die »Nacht« war immer noch warm, fast mild, die Luft gesättigt von Feuchtigkeit. Kein Vergleich mit den trockenen Nächten zu Hause. Der Wüstensand blieb dort noch bis tief in die Kühle der Nacht hinein heiß. Die Sterne bedeckten den Himmel wie die Feuer von Allahs heiligem Krieg.

Während Khalid durch den Wohnbereich des Camps

schlich und sich durch die Khakizelte schlängelte, verließ er selten den Schatten. Dennoch schlenderte er daher, für den Fall, dass ihn jemand beobachtete. Auf der anderen Seite des Camps, jenseits der tiefen Schlucht, lagen die Forschungslaboratorien und das militärische Hauptquartier. Sein Ziel, der Fahrstuhl, befand sich in diesem entfernteren Teil des Lagers.

Das einzige Hindernis: die Brücke über der Schlucht. Als er früher am Tag vom Aufzug hergekommen war, hatte er bemerkt, dass sie bewacht wurde. Diese eine Wache machte Khalid jedoch wenig Sorgen.

Er schlich weiter durch das schlafende Camp. Nachdem er sich an der letzten Nissenhütte vorbeigestohlen hatte, beobachtete er die Brücke, die aus Holz und Metall gebaut war und an den Ecken von Laternen beleuchtet wurde. Eine der Ecklaternen war ausgefallen. Ein einzelner Mann in Uniform lehnte an einem Laternenpfahl, ein Gewehr über der Schulter. Ein kurzer Blick in alle Richtungen überzeugte Khalid davon, dass die Luft rein war.

Nachdem er den Inhalt seiner Tasche kurz überprüft hatte, trat er in den Lichtkegel neben der Brücke und schlenderte auf die schwarze Schlucht zu. Die Wache bemerkte ihn, stieß sich vom Laternenpfahl ab und nahm das Gewehr von der Schulter. Khalid ging hinüber zum Rand des Abgrunds, einen guten Meter von der Brücke entfernt. Er lehnte sich hinüber und schaute suchend in die Finsternis. Der Grund der Schlucht blieb ein schwarzes Geheimnis.

Die Wache, ein junger Bauernbursche mit weizenblondem Schopf, rief ihm zu: »Vorsicht, die Kante bröckelt leicht ab.« Khalid langte in die Brusttasche seiner Jacke. Er bemerkte, dass die Wache bei dieser bedrohlichen Geste nicht einmal eine Augenbraue hob.

Gut.

Er zog ein Päckchen Winstons heraus und klopfte eine

Zigarette hervor. Dann steckte er sie in den Mund, tat das Päckchen zurück in die Tasche und nahm ein rotes Bic-Feuerzeug. Er beobachtete die Wache aus den Augenwinkeln, als er das Feuerzeug entzündete. Die Flamme zog die Aufmerksamkeit des Mannes auf sich.

Khalid machte das Feuerzeug aus und ließ es in die Seitentasche gleiten, neben das Messer. »Zigarette gefällig?«, rief er der Wache zu.

Der Wachposten zuckte mit den Schultern. »Danke.« Er verließ seinen Posten und ging zu Khalid, der am Abgrund stand.

Khalid holte die Schachtel hervor und schüttelte mehrere Zigaretten für die Wache heraus. »Nehmen Sie sich gleich zwei.«

Der Posten steckte eine zwischen die Lippen und eine weitere in eine Uniformtasche. »Haben Sie Feuer?«

»Klar.« Khalid langte in seine Tasche, schloss seine Hand um das Stilett und hustete, um das Klicken zu übertönen, als er den Knopf drückte. »Hat man je den Boden des Abgrunds untersucht?«

»Nein.« Die Wache schielte in die finstere Schlucht. »Verdammt tief.«

»Gut.« Khalid riss das Messer heraus, stach dem abgelenkten Marine tief in den Hals und vergewisserte sich, dass er den Schnitt unterhalb der Luftröhre vornahm, damit der Tod leise eintrat. Kein Schrei, nur ein feuchtes Gurgeln.

Während er zurücktrat, um nichts von dem Blut abzubekommen, das die Schlagader verspritzte, gab er der Wache einen Schubs, damit sie hintenüber in die Schlucht fiel. Für einen Moment taumelte der Marine, seine Arme kreisten, als er versuchte, das Gleichgewicht zurückzugewinnen. Die Augen waren weit aufgerissen in Todesangst, und ein Blutstrom ergoss sich über seine Brust. Dann stürzte er in die Schwärze.

Khalid lauschte. Nach einigen Sekunden hörte er einen fernen Aufprall.

Zufrieden überquerte er die Brücke und glitt zurück in die Dunkelheit. Von hier aus musste er schnell und leise vordringen. Er bewegte sich quer durch die Basis auf den Aufzug zu und vermied dabei jeden Lichtkegel. Glücklicherweise gab es nur wenige, und sie lagen weit voneinander entfernt.

Nach vier Minuten war er am Aufzug. Das Areal war gut beleuchtet, unbeobachtet und unbewacht. Kaum war die Armee vom Rest der Welt abgeschnitten, traf sie unzureichende Sicherheitsvorkehrungen für die Randgebiete.

Nachdem Khalid eine weitere Minute den Fahrstuhl untersucht hatte, hockte er sich hin und machte sich an dem riesigen Metallbehälter, in dem sich das Innenleben des Aufzugmotors befand, zu schaffen. Er zog einen Würfel Plastiksprengstoff aus der Jackeninnentasche und befestigte ihn in einer dunklen Ecke des Motors. Dann hielt er einen Moment inne. Dies war nicht der Zeitpunkt für Sparsamkeit. Er nahm einen zweiten Würfel und befestigte ihn neben dem ersten. So war es besser. Mehr als genung, um einen Krater zu hinterlassen, wo jetzt noch der Motor stand. Vorsichtig verdrahtete er die Bombe, um sie mit dem richtigen Signal von seinem Sender-Empfänger aus zu zünden. Er betrachtet sein Werk mit einem leisen Lächeln.

Ein Sicherheitsnetz. Wenn die Zeit gekommen war, wollte er so seinen Rückzug decken und sicherstellen, dass ihm niemand nach oben folgte.

Nach einem letzten Check tauchte er wieder in die Dunkelheit hinein.

8

Sieben Uhr morgens? Wohl eher Mitternacht.

Ashley schüttelte den Kopf und starrte durch die Windschutzscheibe, während das Fahrzeug durchs Gelände rumpelte. Aufgrund der Vergiftungsgefahr durch Kohlenmonoxid waren Verbrennungsmotoren in der Höhle verboten. Die Ausnahme machten ein paar Wasserfahrzeuge. Daher waren die Elektrofahrzeuge, die Golf-Carts ähnelten und vom Marinepersonal den Spitznamen »Maultiere« bekommen hatten, das einzige Fortbewegungsmittel in der Alpha-Höhle.

Ashley wischte über die beschlagene Scheibe des Maultiers. Nur die Scheinwerfer durchbrachen die Finsternis vor ihnen. Neben ihr hatte Dr. Symski das Steuer mit beiden Händen fest gepackt. Symski war ein junger Wissenschaftler mit Sommersprossen, der erst vor kurzem seinen Doktor gemacht hatte. Vom Rücksitz her übertönte Bens Schnarchen explosionsartig das summende Jammern des Elektromotors. Sie warf einen Blick über die Schulter. Wie konnte er einfach so einschlafen? Die Fahrt ging eine Stunde lang über raues Gelände. Ein besonders starker Aufprall schleuderte sie wieder nach vorn.

Dr. Symski schielte kurz zu ihr. »Ich kann es einfach nicht glauben, dass ich neben Professor Carter sitze«, sagte er. »Ich habe Ihre Arbeit über die Gilahöhlen gelesen. Faszinierend. Und jetzt sind Sie hier.«

»Danke«, sagte sie. Der junge Wissenschaftler besaß für diese Uhrzeit zu viel Enthusiasmus. Die Tasse Kaffee hatte noch nicht gewirkt, und ihr war übel vom Ozongestank, den die Batterie von sich gab.

»Ich wünschte, Sie wären von Anfang an hier gewesen. Ich befürchte, es gibt nichts mehr zu erforschen. Wir haben bereits jeden Quadratzentimeter untersucht, katalogisiert, kartiert und analysiert. Steht alles in den Unterlagen, die ich Ihnen letzte Nacht geschickt habe.«

Sie rieb sich die geröteten Augen. Um vier Uhr morgens hatte sie die Datenmassen zu Ende gelesen. Zwei Stunden Schlaf reichten nicht aus für einen angenehmen Morgen. »Es wäre schön gewesen, wenn mir jemand die Unterlagen früher zugefaxt hätte. Ich hätte sie gern sorgfältiger durchgearbeitet, bevor ich mir das Gelände anschaue.«

»Tut mir Leid, aber die Unterlagen trugen den Vermerk ›Vertraulich‹. Wir hatten die Anweisung, sie Ihnen erst nach Ihrer Ankunft zugänglich zu machen.«

Ashley blickte auf die Straße vor ihnen, während das Maultier durch die Dunkelheit rollte. »Noch mehr gottverdammte Geheimniskrämerei«, brummte sie.

»Ich zeige Ihnen die wichtigsten Stellen, wenn wir ankommen. Ich bin sozusagen Ihr Fremdenführer.«

Zum Teufel damit, dachte sie. »Hören Sie, Dr. Symski, ich bin sicher, dass Ihr Team sehr genau gearbeitet hat, aber ich ziehe es vor, mir allein ein Bild zu machen. Um ein Gefühl für den Ort zu bekommen. Zur Untersuchung einer Ausgrabungsstelle gehört mehr als bloßes Nummerieren und Katalogisieren.«

»Wie meinen Sie das?«

Sie holte tief Luft. Wie sollte sie ihm das erklären? Je länger man an einer Ausgrabungsstätte arbeitete, umso mehr kam ihr Charakter, ihr Wesen zum Vorschein. Zum Beispiel »fühlten« sich die Gilahöhlen anders als der Chaco Canyon an. Ashleys Ansicht nach erweiterte diese individuelle Perspektive den Einblick in Kultur und Bräuche. »Vergessen Sie es«, sagte sie. »Ich mache es halt anders.«

Er zuckte mit den Schultern. »Dann lasse ich Sie allein. Ich wollte sowieso noch ein paar Messungen überprüfen.«

Sie nickte. Gut. Er ging ihr langsam auf die Nerven.

Sie sank in ihren Sitz zurück und ließ sich vom Rumpeln

des Wagens einschläfern. Gerade als ihre Augen schon halb zugefallen waren, bremste Dr. Symski scharf. »Wir sind da«, sagte er.

Sie schaute hinaus. Jenseits des Scheinwerferlichts gab es nichts als Finsternis. »Wo?«

»Ich muss den Generator erst anwerfen.« Er öffnete seine Tür, und die Innenbeleuchtung des Fahrzeugs sprang an. Ben erwachte mit einem aufgeschreckten Grunzen.

»Sind wir schon da?«, fragte er mit rauer Stimme und fuhr sich mit der Hand durch die Haare.

»Ja«, sagte sie und versuchte, so viel Verachtung wie möglich in ihre Stimme zu legen. »Weißt du, du hättest deinen Schlaf auch im Camp nachholen können.«

»Um das hier zu verpassen? Niemals.«

Sie beobachtete den jungen Wissenschaftler, der mit der Taschenlampe in der Hand zur gegenüberliegenden Wand ging, wo sich der Generator befand. Er bückte sich und fummelte an dem Gerät herum. Stirnrunzelnd kletterte Ashley vom Lastwagen und hoffte, dass die grobschlächtigen Armeewissenschaftler die Ausgrabungsstätte nicht beschädigt hatten. Früher war es oft vorgekommen, dass entscheidende Hinweise auf die Geschichte einer alten Kultur von Ahnungslosen zertrampelt worden waren.

Innerhalb weniger Augenblicke hustete und spotzte der Generator und ging dann zu einem gleichmäßigen, rumpelnden Geräusch über. Das Flutlicht flammte auf und blendete sie nach der Fahrt im Dunkeln. Die Nordwand war wie eine riesige Bühne angeleuchtet.

»Wow«, sagte Ben, als er aus dem Wagen kletterte und neben sie trat.

Ein Gerüst aus Metallrahmen und verworfenen Brettern verdeckte die von Höhlen durchsetzte Wand. Die Behausungen waren in fünf erkennbaren Ebenen angeordnet, schätzungsweise über eine Höhe von vierzig Metern. Verbunden wurden die Ebenen durch eine Reihe Haltegriffe oder primitive Stufen. Ashley schielte nach links; die Behausungen erstreckten sich sogar über den See. Felsplateaus ragten wie Vorbauten über das Wasser.

»Was hältst du davon, Ashley?« Ben stand zu ihrer Linken.

»Ich könnte hier Jahre verbringen.«

»Wer, glaubst du, sind die Erbauer gewesen?«

Sie zeigte auf die Wand. »Eines weiß ich mit Sicherheit. Der Homo sapiens war es nicht.«

»Wer dann?«

»Eine frühere menschliche Spezies, nehme ich an. Schau dir die Größe der Höhlen an. Keine ist höher als ein Meter fünfzig. Viel zu klein für den Homo sapiens. Vielleicht war es der Homo erectus, aber das bezweifle ich auch.« Sie dachte laut nach. »Ein Stamm von Neandertalern? Ich weiß es nicht. Ich habe noch nie einen Hinweis darauf gefunden, dass Neandertaler derart weiträumige Bauten anlegten. Und wie sind sie überhaupt hierhergekommen?«

»Sollten wir nicht auf Dr. Symski warten?«

»Ich glaube, das ist nicht nötig.« Sie ging zur Wand und setzte sich einen Grubenhelm auf.

Ashley hörte, dass Ben hinter ihr herschlurfte. Dr. Symski rief ihr zu: »Geben Sie Acht, wo Sie hintreten. Dort gibt es jede Menge Felsspalten, und manche sind sehr tief.«

Sie winkte ihm zu, schüttelte aber den Kopf. Hielt er sie etwa für eine blutige Anfängerin? Sie schritt energisch aus.

Plötzlich packte sie jemand von hinten. Instinktiv stieß sie ihren Ellbogen zurück.

»Autsch!«, rief Ben, ließ sie los und taumelte rückwärts. »Ich wollte doch nur verhindern, dass du in ein Loch fällst.« Er zeigte auf den Boden vor ihr und rieb sich den Solarplexus. »Was hast du für spitze Knochen? Bearbeitest du sie täglich mit dem Schleifstein?«

Sie hielt sich den Ellbogen, als wollte sie ihn verstecken. »Entschuldigung.« Selbst wenn man es wusste, war die schwarze Spalte von dem Felsgestein kaum zu unterscheiden. Ashley ging um das Loch herum. »Ich habe es nicht gesehen.«

»Du hättest dir den Fuß verstauchen können.«

»Danke.«

»Gern geschehen. Wenn ich dich das nächste Mal berühre, lass mich bitte am Leben.«

Sie spürte, wie ihr die Röte ins Gesicht trat, und räusperte sich, glücklich darüber, dass sie noch nicht die erleuchteten Felsen erreicht hatten. Die Dunkelheit verbarg ihr Gesicht.

»Schauen wir uns einmal die unteren Behausungen an«, schlug sie vor und machte einen Schritt vorwärts. Sie wusste nicht, ob ihr der Fauxpas peinlicher war oder ihr Zorn auf Ben ... oder etwas anderes. Er war vollkommen anders als ihr Exmann. Während Scott durch und durch Finanzbuchhalter, ausgeglichen und oft zurückhaltend war, ein Mensch, der sich selten jemandem anvertraute, ließ sich Ben seine Unbeschwertheit und seine gute Laune nicht verderben.

Sie erreichten den Eingang einer Behausung. »Ladys first«, sagte Ben.

Ashley vermied den Blickkontakt, hockte sich hin und leuchtete mit ihrer Helmlampe in das Innere der Höhle. Die Kammer reichte etwa fünf Meter weit in den Fels hinein. Die schmucklosen Wände waren offenbar aus dem Stein herausgehauen und poliert worden. Sie strich mit der Hand über die glatte Oberfläche und staunte über den Einfallsreichtum und die Ausdauer der Frühmenschen. Mit groben Werkzeugen mussten sie Jahre für das Aushöhlen der Kammern benötigt haben.

Das leere Innere wies keinerlei Hinweise auf ihre Bewohner auf. Sie bückte sich und krabbelte hinein. Es schadete nie, sich einmal umzuschauen.

Ihr Helm schabte an der Decke entlang, als sie sich durch die schmale Öffnung wand. Sie bemerkte ein kleine Senkung in der Mitte der Höhle, nahe beim Eingang. Wahrscheinlich eine alte Feuerstelle. Sie drang in den hinteren Teil der Kammer vor. Nichts. Sie setzte sich einen Moment und dachte über die Erbauer nach.

»Hast du was gefunden?« Ben kniete, den Grubenhelm auf dem Kopf, am Eingang, den er vollkommen ausfüllte.

»Es ist merkwürdig«, sagte sie.

»Was?«

»Wo sind sie alle?«

Er zuckte mit den Schultern. »Wahrscheinlich tot. Ausgestorben. Wie die Dinosaurier.«

Sie schüttelte den Kopf. »Nein, das ergibt keinen Sinn. Es widerspricht dem Zustand des Fundortes.«

»Wie meinst du das?«

»Die ersten Forscher haben nur eine Hand voll zerbrochene Werkzeuge und primitive Steinschüsseln gefunden. Normalerweise sind solche primitiven Behausungen voller Artefakte. Doch hier … nichts.«

»Dann müssen sie weitergezogen sein und ihre Sachen mitgenommen haben.«

»Genau!« Sie nickte, beeindruckt von Bens Intuition. »Aber warum? Warum haben sie Jahrzehnte damit verbracht, ihre Wohnungen herauszuhauen, nur um sie dann wieder zu verlassen? Und was ist mit der Diamantstatue? Warum haben sie die zurückgelassen?«

Ben schwieg.

»Wenn ich nur mehr Zeit hier verbringen könnte.« Sie klatschte mit der flachen Hand auf den Fels.

»Warum? Sieht doch so aus, als hätte man bereits alles sorgfältig durchkämmt.«

Sie schüttelte den Kopf. »Nein, zu oft werden Hinweise übersehen. Auch nach jahrelanger Untersuchung. Ich brauche mehr Zeit.«

»Warum? Vielleicht finden wir Antworten auf unserer Expedition.«

»Ich hoffe es.« Sie kroch wieder zum Eingang. Ben reichte ihr die Hand. Sie akzeptierte sie, und seine warme Hand ergriff ihre kalten Finger. Er zog sie zu sich. Überrascht registrierte sie seine Kraft. Mit dem linken Fuß glitt sie in der Feuerstelle aus. Sie kippte nach hinten, landete mitten in der Feuerstelle und zog Ben bäuchlings auf sich. Bens Nase befand sich nur einen Zentimeter von ihrem Busen entfernt. Er schaute zu ihr hoch. »Kriege ich jetzt wieder Prügel?«

»Entschuldige. Ich bin ausgerutscht.« Sie wurde puterrot, als sie das Gewicht seines Körpers spürte.

Er räusperte sich. »Kein Problem«, sagte er grinsend. »Noch ein paar dieser Ausrutscher, und wir müssen wohl heiraten.«

Sie schnitt eine Grimasse. »Mach, dass du von mir runterkommst.« Sie wollte streng sein, konnte aber nicht ernst bleiben.

Plötzlich brach sie in unkontrolliertes Lachen aus. Sie konnte einfach nicht anders. Und sie konnte auch nicht mehr aufhören. »Ich meine es ernst ...«, keuchte sie zwischen ihren Lachanfällen. »Steig runter!«

Er schaute sie sonderbar an und erhob sich. »Es ist schön, dich lachen zu hören.«

Sie wischte sich die Lachtränen aus den Augen. Immer noch schüttelten sie einzelne Ausbrüche. Sie legte den Kopf auf den Boden, versuchte, zu Atem zu kommen, und starrte dabei an die Decke. Und sah es. An der Decke, direkt über dem Eingang. »Verdammt!«

Sie zwinkerte mit den Augen und schaute noch einmal hin. Es war keine Einbildung. »Verdammt!«

Sie richtete sich auf.

»Was ist los?«, fragte Ben mit sorgenvoller Miene.

»Diese Amateure behaupten, sie hätten hier jeden Quadratzentimeter untersucht. Keine Kunstgegenstände. Keine Höhlenmalereien.« Sie zeigte an die Decke. »Und was ist das?«

Ben lehnte sich zurück und drehte den Kopf nach oben. »Was ist was?«

»Du musst dich hinlegen. Das ist wahrscheinlich der Grund, warum es niemand entdeckt hat.« Sie rutschte beiseite, damit er sich neben sie legen konnte. Sie richtete den Strahl ihrer Helmlampe darauf.

»Genau dort! Schau!«

Im Zentrum des Lichkegels befand sich ein primitives Relief. Das Oval, das jemand in die Decke gemeißelt hatte, war nur eine Handspanne breit. Mitten hindurch verlief eine Zickzacklinie wie ein Blitz.

Ben hob den Arm und tastete mit dem Finger an den Umrissen entlang. Er stieß einen langen Pfiff aus. Dann flüsterte er: »Weißt du was? Das kommt mir irgendwie bekannt vor.«

»Wie meinst du das?« Sie machte sich auf eine neunmalkluge Antwort gefasst.

»So etwas habe ich schon einmal gesehen. Mein Großvater hat es mir gezeigt.«

»Das meinst du nicht im Ernst?«

»Doch, ganz bestimmt.« Seine Stimme klang ehrlich. Fast ehrfürchtig. »Meine Urgroßmutter war eine reinrassige Gagudja. Das ist ein Stamm der Aborigines aus der Region Djuwarr. Habe ich dir das schon erzählt?«

»Nein.«

Er lächelte, zwei Zentimeter von ihrer Nase entfernt. »Nichts als die Wahrheit, Euer Ehren.«

Dieser Mann hatte mehr Seiten als das Pentagon. Oder

er erfand gerade eine Lügengeschichte. Sie schaute ihm prüfend in die blauen Augen und erkannte, dass es ihm ernst war. Sie schluckte und blickte wieder auf das Deckenrelief. »Erinnert es dich an etwas Bestimmtes?«

Er zuckte mit den Schultern und stupste dabei gegen ihren Arm. »Es ist nicht genau dasselbe. Aber es sieht aus wie das Symbol der Gagudja für eines ihrer Geistervölker. Eines der ältesten, das sie Mimi nennen.«

Sie dachte über diesen Hinweis nach. Konnte es da eine Verbindung geben? Vielleicht ein verschwundener Stamm der Aborigines? Aber diese Höhlen waren vor fünf Millionen Jahren entstanden. Äonen bevor die Aborigines auf dem australischen Kontinent erschienen waren.

Nachdenklich betrachtete sie die ovale Zeichnung. Wahrscheinlich war es nur ein Zufall. Sie hatte in verschiedenen Kulturen oft eine Universalität von Symbolen festgestellt. Konnte das hier auch der Fall sein? Verdammt, das Symbol war ziemlich einfach. »Dieser Mimi-Geist«, setzte sie an, »was für eine Art Geist war das?«

»Ach, das ist reiner Unsinn. Geschichten halt.«

»Nein, erzähl. Mythen sind in ihrem Kern oft wahr.«

Er klopfte an die Höhlenwand. »Mimis waren Geister, die in Felsen lebten.«

Ein Schauer lief ihr über den Rücken, als ihr bewusst wurde, dass sie von Felsen umgeben waren.

»Die Mimis zeigten den ersten Buschmännern, wie man jagt und malt. Sie wurden sehr verehrt. Und gefürch…«

In diesem Moment kam Dr. Symski und blieb vor ihren Füßen stehen. »Was machen Sie denn da?« Seine Stimme klang gleichzeitig anklagend und peinlich berührt.

Ashley wurde sich ihrer merkwürdigen Lage bewusst und kroch aus der Höhle. »Ich dachte, Sie hätten das Gelände untersucht.«

»Haben wir auch. Warum?«

Sie wies auf den Platz neben Ben. »Sehen Sie selbst. Oben an der Decke.«

Der Wissenschaftler krabbelte neben den Australier. »Großer Gott!«, rief er, als Ben ihm das Relief zeigte. »Das ist ja umwerfend. Mein Gott, was, glauben Sie, mag es bedeuten?«

»Ich habe keine Ahnung«, erwiderte sie, die Hände in die Seiten gestemmt. »Aber ich werde es herausfinden.«

Linda saß auf einer Decke und beobachtete, wie die Wellen des kristallklaren Sees einen Meter entfernt an den Strand schlugen. Das Wasser war so klar, dass man das Gewimmel der Fische und anderer Meerestiere mit bloßem Auge erkennen konnte. Der Lunchkorb, den ihnen der Messekoch gepackt hatte, stand offen neben ihr. Zwei angebissene Sandwiches lagen auf einem Papierteller, eins mit Wurst, eins mit Käse.

»Sie sehen wie kleine Monster aus«, sagte Jason. Linda lächelte den Jungen an, der sich über ihr tragbares Nikon-Mikroskop beugte und eine Wasserprobe aus dem See betrachtete. »Die kegelförmigen heißen Tintinnen«, erklärte sie, »und die rechteckigen sind Kieselalgen.«

»Was ist das? So eine Art Käfer?«

»Eigentlich nicht. Sie gehören eher zu den Pflanzen. Genauer gesagt, zu einer Familie von Organismen, die man Phytoplankton nennt. Sie fangen das Sonnenlicht ein und verwandeln es in Energie, so wie das auch Pflanzen tun.«

»Aber wenn sie Sonne brauchen wie die Pflanzen« – Jason hob plötzlich den Kopf und machte ein nachdenkliches Gesicht –, »wie überleben sie dann hier unten im Dunkeln?«

Sie wuschelte ihm durch die Haare. »Eine sehr gute Frage. Ich bin nicht ganz sicher, aber ich glaube, es gibt eine unterirdische Strömung, die das Plankton von Gewässern auf der Erdoberfläche zu diesem unterirdischen See transportiert. Das Wasser ist sehr salzig. Wie verdünntes Meerwasser.«

»Warum sind sie so wichtig, diese« – er zeigte auf das Mikroskop – »Käfer?«

Während sie über die Zusammenhänge nachdachte, blickte sie zum Camp hinüber. Ihr fiel die plötzliche Aktivität des Militärpersonals auf, das sich um die Schlucht tummelte, die die Basis in zwei Hälften teilte. Wahrscheinlich eine Art Manöver.

»Na?«, sagte Jason und lenkte ihre Aufmerksamkeit wieder auf sich.

Sie wandte sich dem Jungen zu. »Wie wäre es mit einer Lektion in Biologie?«

»Au ja!«, entgegnete er enthusiastisch.

»In Ordnung, du hast es so gewollt.« Sie strahlte ihn an. Sein Wissensdurst gefiel ihr. »Aus diesem Plankton bestehen die Bausteine des Lebens. Oben, an der Erdoberfläche, verwandelt Gras das Sonnenlicht in Energie. Dann wird das Gras von Kühen gefressen. Und wir essen schließlich die Kühe. Auf diese Weise wird die Sonnenenergie an uns weitergegeben. Im Meer ist es das Phytoplankton, das das Sonnenlicht in Energie verwandelt. Das Phytoplankton wird von kleinerem Getier, zum Beispiel von Quallen gefressen« – sie deutete auf die kleinen Fische in der Nähe des Ufers –, »die wiederum von diesen kleinen Fischen aufgefressen werden. Dann fressen größere Fische die kleinen Fische. Und so weiter. Auf diese Weise wird sogar im Meer die Sonnenenergie weitergegeben. Verstanden?«

»Dieses Planktonzeugs ist also wie unser Gras.«

»Korrekt. Es ist die Weide, auf der dieses Ökosystem wächst und gedeiht.«

Er nickte. »Praktisch.«

»Im ersten Schritt haben wir also festgestellt, dass das

Wasser lebt. Sobald wir unsere Sandwiches aufgegessen haben, müssen wir als Nächstes ein paar von den Tieren, die im Wasser wohnen, einfangen. Ich habe dort drüben, in der Nähe des Ufers, Seesterne gesehen und einige Schwämme. Hilfst du mir, ein paar einzufangen?«

»Und ob!«

»Einer von den Marines hat mir versprochen, uns später auch einen von den leuchtenden Fischen zu fangen.« Sie war auf die phosphoreszierenden Eigenschaften dieser großen Fische neugierig. Da sie derartige Fische noch nie gesehen hatte, machte sie die Aussicht, eine neue Spezies klassifizieren zu können, ganz aufgeregt.

»Warum fangen wir nicht gleich an?« Jason stand schon auf. »Ich habe ein paar ...«

»Einen Moment, junger Mann.« Sie zeigte auf den Teller. »Zuerst isst du dein Sandwich auf. Ich trage die Verantwortung für dich, bis deine Mutter zurückkommt.«

Er verzog den Mund und plumpste zurück auf die Decke. »Okay, okay.«

Sie gab ihm das Sandwich und nahm einen Bissen von ihrem. »Aber wir beeilen uns. Schließlich müssen wir Fische fangen.«

»Große«, fügte er strahlend hinzu.

»Die größten. Die gibt es dann zum Abendessen.«

»Leuchtende Fische? Igitt!«

»He, mein Freund, mach mal halblang. Wenn das Licht ausfällt, können wir wenigstens noch erkennen, was wir essen.«

Das brachte ihn zum Lachen. Linda grinste und vergaß beinahe, dass Felsmassen über ihrem Kopf hingen.

Ben sah Ashley zu, die sich bückte und den Altar untersuchte. Diese Frau war verdammt gut gebaut. Er nahm seinen Helm ab und wischte sich mit einem roten Taschentuch über die feuchte Stirn. Es wurde immer später und sein Magen knurrte. Gott sei Dank war das die letzte Höhle, die sie untersuchten.

Er stöhnte, als er sah, dass Ashley das Maßband herauszog. »Nicht schon wieder«, fluchte er leise vor sich hin. Seit der Entdeckung von heute Morgen zockelte er hinter Ashley und Dr. Symski her und fühlte sich wie das fünfte Rad am Wagen, während die beiden ihre Untersuchungen vornahmen. Vor jeder Höhle blieben sie stehen: messen, kratzen, Proben sammeln. Öde. Er hatte gehofft, mit Ashley allein zu sein, aber seit der Entdeckung des Reliefs waren beide Wissenschaftler wie Bluthunde auf einer Fährte. Nichts konnte sie ablenken. Kein Witz und kein Bonmot. Ben war Luft für sie.

»Also, hier haben Sie die Diamantstatue gefunden?« Ashley kniete vor dem Steinpodium, das unvermittelt aus dem Boden einer Kammer aufragte. »Das Podest wurde aus dem Steinsockel gemeißelt. Nahe liegend, dass die Erbauer diese Höhle absichtlich so angelegt hatten. Alle anderen Höhlen haben an dieser Stelle die Feuerstellen.« Sie wies auf die Decke. »Außerdem ist das der einzige Raum, in dem es kein ovales Symbol über der Tür gibt.«

Ben stand auf dem Felsvorsprung, der die Schwelle zur Höhle darstellte. Er warf einen Blick über die Kante auf das Wasser in der Tiefe. Die Höhle befand sich auf der obersten Ebene und in dem Teil der Felswand, die über dem See lag. Ohne das Gerüst wäre es ein beschwerlicher Aufstieg gewesen, auch für ihn.

Ashley wandte sich wieder an Dr. Symski, der im hinteren Teil der Kammer hockte. »Als ihre Wissenschaftler die Statue fanden«, sagte sie, »schaute die Figur nach außen oder nach innen?«

»Nun ...« Er trat von einem Fuß auf den anderen. »Wissen Sie, es gab da einen Zwischenfall. Der erste Mann, der die Höhle betrat, stieß die Figur um. Wir wissen nicht, in welche Richtung sie blickte.«

Sie klatschte mit der Hand auf den Altarstein. »Welche entscheidenden Details haben Sie sonst noch vermasselt?«

Dr. Symski wurde rot.

Ben, den die ganze Korinthenkackerei nervte, mischte sich ein. »Was macht denn das für einen Unterschied? Ob sie nun hinein- oder hinausgeschaut oder auf dem Rücken gelegen hat?«

Ashley ging mit zusammengekniffenen Augen auf ihn zu. »Es macht einen verdammt großen Unterschied. Wir haben es hier mit dem einzigen aussagekräftigen Artefakt dieser Ausgrabung zu tun, das für diese Kultur einmal eine enorme Bedeutung gehabt haben muss. Wenn es nach außen gerichtet war, handelt es sich wahrscheinlich um einen Zauber, der böse Geister verbannen sollte. Wenn es nach innen gerichtet war, so war es wahrscheinlich ein Gegenstand der Verehrung, der bei Ritualen eine Rolle spielte.«

Ben kratzte sich hinter dem Ohr. Schweißtropfen liefen unter seinem Helm hervor. »Was macht es, im Ganzen gesehen, für einen Unterschied, ob es sich um einen Zauber oder ein Götzenbild handelt? Was soll das zur Lösung des weitaus größeren Rätsels, wohin die Leute verschwunden sind, beitragen?«

Sie öffnete den Mund, um zu antworten, schloss ihn jedoch mit einem fast hörbaren Geräusch wieder. »Ich gebe es auf«, war alles, was sie murmelte, während sie ihn zur Seite schubste und hinabstieg.

Ben bereute seine Bemerkung sofort. Instinktiv war ihm klar, dass er den guten Eindruck, den er an diesem Tag bei Ashley hinterlassen hatte, zunichte gemacht hatte. »Warte doch!«, rief er und kletterte hinterher. Dr. Symski folgte ihm.

»Geht beide zum Teufel!«, rief sie und schaute nicht einmal zurück.

Schweigend fuhren sie zur Alpha-Basis zurück.

9

»Du hättest den Fisch sehen sollen, den ich gefangen habe, Mama.« Jason breitete die Arme aus, so weit er nur konnte und stieß dabei beinahe Linda an, die beim Abendessen neben ihm saß. »Sogar noch größer.«

»Was für ein Bursche!«, sagte Ashley.

»Er war phosphoreszierend. Das heißt, er leuchtet.«

Ashley war aufgefallen, dass er sich beim heutigen Abendessen absichtlich neben Linda gesetzt hatte. Die beiden hatten wohl einen schönen Tag zusammen verbracht.

»Er war blau und hatte riesige Zähne.«

»Klingt ganz schön wild, Sportsfreund«, sagte Ben, der eben den Essraum betrat. Seine Haare waren noch feucht von der Dusche. »Ein richtiges Wundertier.«

»He, Ben!«, begrüßte ihn Jason und strahlte von einem Ohr zum anderen. »Du hättest dabei sein müssen.«

»Tut mir Leid, Sportsfreund«, sagte Ben, »ich musste deiner Mutter helfen.« Er setzte sich einige Plätze von Ashley entfernt hin.

Sie wusste, warum er so viel Abstand hielt. Sie schob die Erbsen über ihren Teller und gestand sich ein, dass sie sich an diesem Nachmittag ganz schön zickig benommen hatte.

Vielleicht sollte sie sich für ihren Wutausbruch entschuldigen. Sie setzte gerade an, als die Tür aufgestoßen wurde und Khalid eintrat.

»Guten Abend allerseits«, sagte er im Vorübergehen und setzte sich neben Linda. »Tut mir Leid, dass ich zu spät komme, aber ich habe noch Dr. Blakely getroffen, der mich bat, euch mitzuteilen, dass er wegen der letzten Vorbereitungen nicht am Abendessen teilnehmen kann.«

Ashley fiel auf, dass noch jemand fehlte. »Weiß jemand, was mit Michaelson los ist?«

»Ich«, sagte Linda und hob die Hand. »Obwohl, eigentlich nicht so genau. Der Marine, der uns heute beim Fischen geholfen hat, sagte mir, dass Major Michaelson im militärischen Bereich der Basis untergebracht ist. Auf der anderen Seite der Schlucht.«

»Warum denn das?«, fragte Ashley. »Hier ist doch genügend Platz. Das Haus ist praktisch leer.«

»Ich nehme an, er bereitet die anderen zwei Soldaten auf die Expedition vor«, sagte Linda. »Unsere Aufpasser.«

Na großartig, dachte Ashley, noch zwei Revolverhelden, die mit auf die Reise gehen. Doch Jammern half jetzt nicht. Es war der Vorabend ihres Abenteuers. Außerdem sollte sie als Teamchef ein paar Worte sagen. Etwas Dramatisches. Etwas Motivierendes. Sie legte die Gabel hin. Auch wenn ihr nichts einfiel, war sie entschlossen, eine Rede zu halten.

Während sie dabei zuschaute, wie die anderen zu Ende aßen, suchte sie nach den richtigen Worten. Nachdem Ben mit einem Stück Brot die Sauce vom Teller gewischt und mit einem Seufzer seinen Bauch getätschelt hatte, wusste sie immer noch nicht, was sie sagen sollte. Zum Teufel mit den »richtigen« Worten.

Ashley räusperte sich. »Ich ... möchte ... einen Toast aussprechen.« Sie hob ihr Wasserglas und stand auf. Die anderen schauten sie erwartungsvoll an. »In den letzten Tagen hat man uns eine Menge zugemutet. Und ich glaube, wir alle fühlen uns ein wenig wie durch den Wolf gedreht. Aber morgen begeben wir uns auf eine Mission, deren Erfolg von unserer Fähigkeit abhängt, im Team zusammenzuarbeiten. Auch wenn mir Dr. Blakely persönlich auf die Nerven gehen mag, so hat er doch ein fantastisches Team zusammengestellt. Daher« – sie hob ihr Glas – »auf uns. Auf unser Team.«

»Auf unser Team!«, wiederholten die anderen und hoben die Gläser.

»Yeah, auf euch, Männer!«, sagte Jason und nahm einen Schluck von seiner Cola.

Linda wuschelte ihm durch die Haare. »Und was ist mit uns Frauen?«

Jason wurde rot. »Du weißt, wie ich das gemeint habe.«

»Natürlich weiß ich das.« Linda beugte sich herab und gab ihm einen Kuss auf die Wange. »Danke.«

Jason wurde purpurrot vor Verlegenheit.

Ashley musste über die Verlegenheit ihres Sohns lächeln. In diesem Moment tippte ihr jemand auf die Schulter. Ben stand hinter ihr. Er beugte sich zu ihr und flüsterte ihr ins Ohr. »Ich möchte mit dir sprechen. Wie wäre es mit einem Spaziergang nach dem Abendessen?«

»Hm …«, machte sie ausweichend. Sie war nicht auf der Hut gewesen. Damit hätte sie überhaupt nicht gerechnet. »Ich muss Jason ins Bett bringen.«

»Okay, wie wäre es danach? Es dauert nicht lange.«

»Ist es so wichtig? Hat es nicht Zeit bis morgen?«

»Na ja, ich bekäme die Sache gern heute noch von der Seele.«

»Na gut«, stimmte sie widerwillig zu, »ich glaube, das lässt sich machen. In einer halben Stunde?«

»Bestens. Wir treffen uns draußen vor dem Eingang. Ich hole mir nur eine Jacke.«

Sie nickte und sah ihm hinterher. »Jason, wir gehen jetzt in unser Zimmer.«

Jason hatte wieder seine normale Hautfarbe angenommen, da sich Linda nun Khalid widmete. Er stieß seinen

Stuhl mit einem lauten Quietschen zurück. »Darf ich Kabelfernsehen gucken?«

»In Ordnung, aber nur eine halbe Stunde. Danach geht es ab ins Bett.« Sie legte den Arm um ihn, drückte ihn und winkte den anderen beiden zu. »Bis morgen früh.«

Linda winkte zurück, Khalid nickte.

Nachdem sie Jason vor einer alten Folge von *Gilligans Insel* abgesetzt hatte, zog sie sich einen gelben Pullover an. »Ich bin gleich wieder da.«

Den Blick auf den Fernseher gerichtet, winkte Jason ihr zu.

Ashley stieß die Tür nach außen auf und entdeckte Ben, der gerade mit der Wache sprach. Winkend verabschiedete er sich von dem Marine und kam zu ihr herüber. »Danke fürs Kommen.«

Sie verschränkte die Arme vor der Brust. »Und?«

»Sollen wir zur Schlucht hinübergehen?« Er zeigte zum gegenüberliegenden Teil des Camps. »Ich habe gehört, das Gelände dort eignet sich fantastisch für ein Rendezvous.«

Sie stemmte die Fäuste in die Hüften. »Wenn du glaubst … Deswegen bin ich bestimmt nicht gekommen.«

Ben grinste sie an. »Ich mache doch nur Spaß.«

»Worüber wolltest du reden?«

»Komm. Gehen wir erst einmal. Ich möchte mir die Schlucht wirklich gern ansehen. Gestern, als wir darüber gefahren sind, habe ich kaum etwas davon zu Augen bekommen.« Er hielt ihr den Arm hin. »Na los.«

Sie ignorierte seinen Arm und ging an ihm vorbei. »Ich kann nicht lange fortbleiben. Jason ist noch auf und wartet auf mich.« Er holte sie ein und schritt neben ihr her. »Es geht um heute Nachmittag …«

Sie hob die Hände. »Ich weiß, ich weiß, ich habe überreagiert.«

»Nein, überhaupt nicht. Ich habe mich wie ein Esel benommen.«

Sie drehte sich zu ihm herum. »Meinst du das ehrlich?«

»Und ob. Ich habe meine Nase in etwas hineingesteckt, das mich nichts anging.«

Sie blickte prüfend in sein ernstes Gesicht und auf sein entschlossenes Kinn, das vom Licht einer nahen Laterne umrandet wurde. »Weißt du«, sagte sie, und sie spürte eine Enge in der Kehle, die sie mit Mühe sprechen ließ, »das macht *mir* wirklich zu schaffen.«

»Was?« Er strich mit seiner Hand über ihre, die sie zurückzog.

»Ich soll hier der große Boss sein. Der das Team führt und motiviert. Doch schon eine einfache Frage, und ich gehe an die Decke. Ein schöner Boss bin ich.« Ihre Stimme krächzte ein bisschen.

»Jetzt mach dich nicht selbst fertig.« Erneut ergriff er ihre Hand. Seine Berührung versetzte ihr einen beinahe elektrischen Schlag. Sie unternahm einen schwachen Versuch, sich zu entziehen, doch er hielt sie fest. »Hör zu, Ashley, du hattest kaum Zeit. Zum Teufel, dir stand nur ein Tag zur Verfügung, um die Höhlen zu untersuchen. Und ich habe dich auch noch mit dämlichen Fragen genervt.«

»Deine Fragen waren nicht dämlich. Meine Antwort war es.« Sie versuchte, ihre Hand frei zu bekommen, doch während sie zog, kam sie ihm näher. »Ich …« Wie strahlend seine Augen das Licht der Laterne reflektierten. »Ich … glaube, wir gehen jetzt besser weiter.« Endlich konnte sie ihm ihre Hand entwinden.

»Ja …« Er schaute in eine andere Richtung. »Du hast Recht.«

Schweigend gingen sie durch das Camp.

Schon bald wurde die Stille unangenehm. »Weißt du«, sagte sie, »jetzt, wo ich Zeit habe, darüber nachzudenken ... was mich heute Nachmittag zornig gemacht hat, war die Tatsache, dass du Recht hattest.«

»Womit?«

»Mit der Statue. Im Augenblick ist es nicht so wichtig zu wissen, wie herum sie gestanden hat. Manchmal bin ich derartig auf die Details fixiert, dass ich das große Ganze völlig aus dem Blick verliere. Und als du mir das vor Augen geführt hast, bin ich ausgerastet. Es tut mir Leid.«

»He, du hast unter großem Druck gestanden. Nebenbei bemerkt mag ich es, wenn jemand sagt, was er denkt.«

Sie lächelte.

»Jemand wie du«, flüsterte er.

»Danke, Ben.« Sie gingen um eine Nissenhütte herum. Eine schwarze Spalte öffnete sich vor ihnen. Zu ihrer Linken führte eine beleuchtete Brücke über die Schlucht. Kaum waren sie ins Licht getreten, rief ihnen eine Wache von der Brücke her zu: »Bleiben Sie dort stehen.«

Der Soldat unterstrich seinen Befehl, indem er das Gewehr auf sie richtete. »Der Zutritt zu diesem Gelände ist verboten.«

»Meine Güte«, raunte Ben ihr zu, als sich eine zweite Wache näherte. »Jetzt verstehe ich, warum das ein romantisches Örtchen sein soll.«

Mit versteinertem Gesicht überprüfte der Wachposten ihre Ausweise. »Sie können passieren.« Er drehte sich zu seinem Kollegen an der Brücke und hob den Daumen. »Tut mir Leid, wenn ich Sie erschreckt habe, aber die Sicherheitsmaßnahmen wurden verschärft.«

»Warum?«, fragte sie.

»Tut mir Leid, Ma'am. Das ist geheim.« Er wandte sich ab und schritt zur Brücke.

Ashley fragte Ben: »Wirst du daraus schlau?«

Er zuckte mit den Schultern. »Wer versteht schon das Militär? Ein Haufen toller Hunde.«

»Ich weiß. Ich hätte nichts dagegen, die ganze Bande in diese verdammte Schlucht zu schmeißen.«

»He, schau mal einer an. Wir haben etwas gemeinsam.« Er drehte sich auf dem Absatz um – sehr militärisch –, um auf das Wohnheim zuzusteuern, und hielt ihr seinen Arm hin.

Dieses Mal ergriff sie ihn.

Blakely reckte sich vor dem Kontrollpult und lehnte sich zurück. Er blickte auf die Wanduhr. Ein paar Minuten nach Mitternacht. Ab nun lief der Count-down. In neun Stunden würde das Team aufbrechen.

»Grünes Licht«, sagte eine Stimme hinter ihm. »Endlich.«

Er drehte sich zum Chef der Funkleitzentrale, Lieutenant Brian Flattery, um. »Ich wusste, dass es mit den neuen Platinen klappt«, sagte Blakely. »Mit dem funktionierenden Funkverbindungsnetz können wir mit dem Team überall auf der Welt in Verbindung treten.«

»Das ist ein großer Vorteil«, sagte Flattery, »aber dennoch ...«

»Machen Sie sich keine Sorgen. Dieses Mal wird alles anders.«

Flattery blickte zu Boden. »Wombleys Leiche haben wir nie gefunden. Nur diesen Blutfleck.«

»Ich weiß, ich weiß.«

»Außerdem haben wir immer noch kein Lebenszeichen vom ersten Team. Mittlerweile ist es vier Monate her. Und was ist mit dem neuen Vorfall? Dem vermissten Wachposten von der Schlucht?«

Blakely hob die Hand. Ähnliche Bedenken hatte er schon vereinzelt im Camp zu Ohren bekommen. »Dieses Mal sind wir gut vorbereitet. Wir werden in ständiger Funkverbindung mit dem Team stehen.«

»Sollte man das Team nicht über das bestehende Risiko aufklären?«

Blakely zuckte mit den Achseln. »Major Michaelson und seine beiden Männer wissen Bescheid. Das allein ist wichtig. Ich denke, ich sollte dem übrigen Team ein paar Einzelheiten verraten, aber alles müssen sie nicht erfahren. Dieses Mal ist uns das Risiko bekannt. Wir sind gewappnet.«

»Das wissen wir nicht genau.«

Blakely warf einen Blick auf die grünen Lämpchen des Kontrollpults. Er klopfte auf eines, das flackerte. Das Lämpchen stabilisierte sich und leuchtete wieder gleichmäßig grün. »Ich glaube nicht, dass wir uns deshalb Sorgen machen müssen.«

Drittes Buch

Unter dem Vulkan

10

Der Rucksack wog schwer, und die gepolsterten Gurte schnitten in Ashleys Schultern. Sie schüttelte ihn vom Rücken und setzte ihn vor sich auf den Boden. Schwer, aber noch zu tragen. Sie sah, dass Linda ein Gesicht schnitt, als sie versuchte, ihren eigenen Rucksack ordentlich aufzusetzen. Ashley kam ihr zu Hilfe und schob ihr den Rucksack höher auf den Rücken. »Wenn du ihn so trägst, ist es nicht so schlimm.«

Linda lächelte, doch hatte sie immer noch Kummerfalten auf der Stirn. »Danke. Ich muss mich nur daran gewöhnen.«

Ashley nickte. Das geht uns allen so, dachte sie.

Sie führte Linda zu der Gruppe, die sich um das Funkgerät des Teams versammelt hatte. Blakely erklärte Ben, Khalid und Major Michaelson, wie es funktionierte. »Unser Netzwerk arbeitet mit einer sehr tiefen Frequenz. Die Stationen sind überall unter der Erde verteilt, so dass wir imstande sind, durch hunderte Kilometer Felsgestein hindurch in alle Richtungen miteinander zu kommunizieren.«

Major Michaelson hob das Funkgerät hoch und schätzte sein Gewicht. »So ähnlich wie die vergrabenen Sender, die unseren Unterseebooten die Funkverbindung ermöglichen.«

»Genau das gleiche Prinzip – kaum spürbare Schwingungen. Das System wurde getestet und hat sich bestens bewährt.«

»Wie oft stellen wir den Kontakt her?«, fragte Ashley.

»Dreimal am Tag, zu bestimmten Uhrzeiten«, antwortete Blakely. Er zeigte auf das Funkgerät. »Dies ist der wichtigste Ausrüstungsgegenstand, den Sie mit sich führen.«

Major Michaelson klopfte auf die Pistole an seiner Hüfte. »Dies ist *mein* wichtigster Ausrüstungsgegenstand.«

Ben grunzte. »Sie haben beide Unrecht. Das beweist ihre mangelnde Höhlenerfahrung.« Er zeigte auf seinen Gürtel mit dem Ring von Batterien. »Das hier sind die wichtigsten Ausrüstungsgegenstände. Keine Batterien, kein Licht. Ohne Licht habt ihr keine Ahnung, worauf ihr schießt, und kein Funkgerät der Welt bringt euren Arsch heil aus diesem Loch.« Er packte seinen Batteriegürtel. »Das hier ist euer Lebenselixier da unten.«

Jeder schaute nun auf Ben. »Natürlich«, sagte er und zog eine Rolle Klopapier aus seinem Rucksack, »ist das hier auch scheißwichtig.«

Ashley lächelte, und Linda unterdrückte ein Kichern. Manchmal hatte er was, das musste man ihm lassen. »Was ist mit Wasser?«, fragte Khalid, der neben dem Funkgerät gehockt hatte und nun aufstand. »Dehydrierung ist eine der größten Gefahren, nicht wahr?«

»So ungefähr. Aber die meisten großen Höhlensysteme besitzen zahlreiche Reservoire mit Trinkwasser. Geht mit dem Wasser in euren Feldflaschen zwischen den Wasserlöchern sparsam um.«

Ashley biss die Zähne zusammen. Funkgeräte, Pistolen, Batterien, Wasser. Und alle waren für das Gelingen der Mission lebensnotwendig. Für ihren Geschmack zu viele Variablen.

Dann wurde ihnen der Rest des Rucksackinhalts erklärt. Gefriergetrocknete Lebensmittel, in Alufolie verpackt, Elektrolytersatz, zusammengefaltete Luftmatratzen, ein Erste-Hilfe-Kasten, eine kleine Schachtel Toilettenartikel und obenauf eine große Trommel, auf die ein dickes Seil gewickelt war. Außer dem Rucksack trug jeder einen leichten

Kletteranzug mit einem Kreidebeutel, um die Hände zu trocknen, und einen Helm mit einer Karbidlampe.

Bens Rucksack enthielt zusätzliche Kletterausrüstung: Karabinerhaken, Expressschlingen, Ösen und Spits. Der Zweck dieser Ausrüstung war Ashley klar. Major Michaelsons Rucksack versetzte sie jedoch in Angst und Schrecken. Er enthielt vier weitere Pistolen, ein in Teile zerlegtes Gewehr und zahlreiche in versiegeltes Leinen verpackte Schachteln mit Munition.

Und für den Fall, dass das nicht reichen sollte, stellte man ihnen die beiden letzten Mitglieder der Expedition vor: Major Skip Halloway und Major Pedro Villanueva. Auf den Schultern einen Adler, der einen Dreizack in den Krallen hielt. Diese Insignien sprachen für sich: Navy SEALs, die Elitetruppe. Sie waren mit Waffen förmlich gespickt, und jeder trug einen Rucksack, der doppelt so groß war wie die der anderen. Ein enormes Gewicht, doch sie glichen muskelbepackten Maschinen oder bewaffneten Ochsen.

Ben stupste Ashley in die Seite. »Eine verdammte Menge Schusswaffen, die wir da mit uns schleppen.«

Sie nickte. »Gefällt mir auch nicht.«

»Ich habe schon viel von diesen SEALs gehört. Gehen nirgendwo ohne ein ganzes Waffenarsenal hin.«

Ashley biss sich auf die Unterlippe. »Warum glaubst du ...«

Blakely unterbrach sie. »Ab jetzt ist Professor Carter Ihre Vorgesetzte. Ihr Wort gilt so viel wie mein Wort.«

Ashley bemerkte, wie der rothaarige SEAL, Skip Halloway, grinste. Er stieß seinen Kumpel an, dessen Gesicht jedoch ausdruckslos blieb. Pedro Villanueva, mit seinen schwarzen Haaren und schwarzen Augen, war so unergründlich wie ein Marmorblock.

Sie stöhnte. Toll, noch zwei Machos, die sie im Zaum

halten musste. Ihr fiel auf, dass sie nicht die Einzige war, die die Neuankömmlinge musterte. Khalid machte ein besonders verdrießliches Gesicht, als er die SEALs prüfend betrachtete. Er verzog die Mundwinkel zu einer hässlichen Grimasse, dann drehte er sich um und flüsterte Linda etwas ins Ohr. Sie lächelte und verbarg den Mund hinter der Hand.

»Also«, sagte Ben, »bist du bereit, diese Rasselbande von Abenteurern ins Innere der Erde zu führen?«

»Im Augenblick hoffe ich einfach nur, dass uns keine Meuterei bevorsteht.«

Ashley ging hinüber zu der kleinen Öffnung an der Südwand der Höhle. Sie blickte in den winzigen Tunnel. Sie wurden Wurmlöcher genannt, doch glich dieses hier eher einem Abwasserrohr. Der schwarze Eingang war gerade einmal 75 Zentimeter hoch. Sie hockte sich hin und leuchtete mit ihrer Blendlaterne in den Gang hinein. Mit aufgesetztem Rucksack, schätzte sie, durfte es beinahe unmöglich sein, durch diese Gänge zu kriechen.

Wie als Antwort auf diesen Gedanken stellte man ihnen nun den letzten Gegenstand ihrer Ausrüstung vor. Blakely gab Ashley ein Plastikbrett mit Rädern.

»Ein Rollbrett?« Ashley rollte mit einem Rad über ihre flache Hand.

»Ich nenne sie lieber Transportschlitten«, sagte Blakely. »Eine Spezialanfertigung für diese Rutschen. Ich darf Ihnen das einmal zeigen.« Er nahm eines der anderen fluoreszierenden Bretter und schlug mit der flachen Hand auf die Oberfläche. »Wir haben zwar auch motorbetriebene Aluminiumschlitten gebaut, doch die sind zu sperrig, um sie zu tragen. Diese hier sind dagegen aus strapazierfähigem Plastik, sowohl Brett als auch Räder. Die Radlager sind aus korrosionsresistentem Titan. Ideal für diese Art von Gelände und bei dieser Feuchtigkeit. Lösen Sie diesen Riegel –

so –, lässt sich das Brett auf die Länge des Oberkörpers auseinander ziehen. Der Fahrer legt sich mit dem Bauch darauf, Becken und Brust werden dabei abgestützt. Mit behandschuhten Händen und Füßen stößt man sich ab und bremst man.«

»So ähnlich wie bei einem Surfbrett«, sagte Ben, »nur an Land.«

»Nun, diese Analogie ist zutreffend. Sind Sie einmal durch den Tunnel hindurch, kann das Brett wieder zusammengeschoben und im Rucksack verstaut werden. Jedes Brett wurde individuell angepasst. Sie finden Ihren Namen auf der Unterseite. Außerdem hat jedes eine andere Farbe, so dass Sie sie unterscheiden können.«

Ashley probierte den Schiebemechanismus aus. Er war einfach zu betätigen, und das Brett war Gott sei Dank leicht. Und das alles, nur um durch die Wurmlöcher zu rutschen.

»Dr. Blakely«, fragte Linda, »auf welche Art sind diese Wurmlöcher entstanden? Sind es Lavaschächte?«

»Ja und nein«, antwortete Blakely. »Es stimmt natürlich, das ganze Gebiet ist von Lavaschächten durchlöchert. Manche sind nicht größer als eine Faust, andere so groß wie ein Mensch. Lavaschächte sind normalerweise rau und unregelmäßig wie die meisten gewöhnlichen Schächte in dieser Gegend. Aber die Schächte mit diesem Durchmesser« – er zeigte auf das Wurmloch – »sind Ausnahmen. Sie sind einheitlich groß und bemerkenswert glatt poliert. Wodurch und warum? Noch ein Rätsel, das wir lösen müssen.«

»Wie weit sind Sie mit der Erkundung bisher gekommen?«, fragte Ashley. Offensichtlich hatte man viele andere Schächte bereits untersucht.

»Diese Wurmlöcher verlaufen von der zentralen Höhle aus wie die Speichen eines Rads. Manche sind Sackgassen. Aber die meisten, so wie dieses, sind mit einem Netzwerk von Gängen und Höhlen verbunden, das sich tiefer und tiefer erstreckt. Seismische Messungen lassen vermuten, dass sich dieses System über viele hundert Kilometer erstreckt.«

»Und weiter sind Sie mit Ihren Untersuchungen bisher noch nicht gekommen?« Ashley hob die Augenbrauen. »Sie sind doch schon seit Monaten hier unten.«

Blakely starrte sie für einen Augenblick an, nahm dann die Brille ab und rieb seinen Nasenrücken. Die anderen, durch die Stille aufmerksam geworden, unterbrachen ihre Aktivitäten und kamen näher.

Ben legte die Rollbretter hin, die er untersucht hatte, und stellte sich zu Ashley.

Michaelson kam dazu. »Erzählen Sie es ihnen,« sagte er und sah ihm tief in die Augen. »Sie haben es verdient, mehr zu erfahren.«

Blakely hob die Hand, die Handfläche auf den Major gerichtet. »Ich wollte gerade darauf zu sprechen kommen.«

Ashley bekam plötzlich ein flaues Gefühl im Bauch.

»Professor Carter«, sagte Blakely, »die bevorstehende Enthüllung erfüllt mich keineswegs mit Stolz. Aber aus bestimmten, zweckdienlichen Gründen musste ich so handeln. Wir mussten gewisse Geheimnisse wahren.«

»Ach ja?«, sagte Ben.

Ashley brachte ihn mit einem strengen Blick zum Schweigen und sah Blakely weitaus eisiger an. »Fahren Sie fort. Was für Geheimnisse?«

»Sie haben mich gefragt, ob wir das Höhlensystem nicht weiter erkundet haben. Nun, das haben wir.« Er zeigte auf das Wurmloch. »Sie sind nicht das erste Team, das diese Route erforscht. Ein Team aus fünf Wissenschaftler und einem Marine verschwand vor über vier Monaten in diesem Wurmloch.«

Ashley schüttelte den Kopf. »Warum schleppt man uns dann hierher, wenn schon alles untersucht worden ist?«

»Das andere Team ist noch nicht zurück.«

»Was?«, rief Ben und kam näher. »Wollen Sie damit sagen, die sind immer noch da unten?«

»Ohne Funkgeräte hatten wir keine Möglichkeit, mit den Expeditionsteilnehmern Verbindung aufzunehmen. Das Team sollte nach zwei Wochen Forschungsarbeit zurückkehren. Drei Wochen vergingen ohne ein Sterbenswörtchen von ihnen. Also schickten wir eine Suchmannschaft hinterher. Bei einer oberflächlichen Durchsuchung fanden wir das dichte Netz von Tunneln, Schächten und Höhlen. Von den Expeditionsteilnehmern fehlte jede Spur.«

»Warum zum Teufel haben Sie die Suche nicht ausgedehnt?« Ben hatte mittlerweile einen puterroten Kopf.

»Ohne entsprechende Funkgeräte waren die Suchmannschaften ebenfalls gefährdet. Ihnen drohte dasselbe Schicksal wie dem ersten Team. Also haben wir die Suche abgebrochen. Das Team wurde als vermisst gemeldet.«

»Toll«, sagte Ashley. »Und was passiert, wenn wir in Schwierigkeiten geraten? Lassen Sie uns dann auch im Stich?«

»Das ist doch Schwachsinn«, fügte Ben hinzu, »Sie hatten einfach die Hosen voll.«

Blakely ballte die Fäuste und verengte die Augen zu schmalen Schlitzen. »Dieses Team stand unter meiner Leitung. Ich habe mich für den Verlust persönlich verantwortlich gefühlt. Ich konnte nicht riskieren, noch mehr Leute zu verlieren. Wir haben das erste Team verloren, weil wir aufgeregt waren und ohne angemessene Vorsicht vorgegangen sind. Ich habe die weitere Suche nach ihnen so lange untersagt, bis ein funktionierendes Funkverbindungsnetz installiert wurde.« Er wies mit dem Finger auf das Funkgerät. »Da ist es!«

Ben gab nicht nach. »Tut mir Leid, aber ich glaube immer noch, ein kleines Team …«

Michaelson unterbrach ihn: »Es war auch meine Entscheidung.«

Ashley drehte sich zum Major um, der bei den Rucksäcken stand. »Und warum zum Teufel haben *Sie* dann nichts unternommen?«

Michaelson sah Ashley fest in die Augen. »Als Vorgesetzter der hier stationierten Marines hatte ich die Entscheidung zu treffen, entweder blind vorzudringen oder auf Dr. Blakelys Rat zu hören und zu warten, bis das Funkverbindungsnetz vollständig aufgebaut war. Ich habe mich für das vorsichtige Vorgehen entschieden.«

»So ist sie, die Armee«, sagte Ben verbittert, und ein höhnisches Grinsen gefror ihm im Gesicht. »Untergebene sind nur Schachfiguren, die man wegwirft, wenn man sie nicht mehr braucht. Wen kümmert es, dass das andere Team aus wirklichen Menschen, die ein wirkliches Leben führten, bestand. Werft sie einfach fort.«

Mit zusammengebissenen Zähnen drehte sich Michaelson auf dem Absatz um. Bens verbitterter Gesichtsausdruck machte ihn hässlich, fand Ashley.

Sie folgte dem Major, um ihn weiter zur Rede zu stellen, doch Blakely berührte sie am Ellbogen, als sie an ihm vorbeigehen wollte. Er flüsterte ihr ins Ohr: »Major Michaelsons Bruder gehörte zum ersten Team.«

Ashley blieb stehen und sah, wie Michaelson den Inhalt seines Rucksacks mit hastigen und ruckartigen Bewegungen prüfte. »Harry?«, fragte sie und erinnerte sich an das warme Lächeln des Majors, als er von seinem jüngeren Bruder und dessen Begeisterung für Fahrzeuge und Motoren erzählte. Vielleicht sollte sie etwas sagen …

Aber da rief Ben hinter Michaelson her: »Schöne Kameradschaft. Die Menschen einfach umkommen zu lassen. Wenn ich Sie wäre …«

Ashley gebot Ben mit einer Handbewegung Einhalt.

»Genug. Es ist gut jetzt. Lass ihn in Ruhe.« Sie sah, dass Michaelson seine Ausrüstung im Rucksack verstaute und fortging. Sie wandte sich zu Blakely. »Und jetzt?«

Blakely räusperte sich. »Die damaligen Entscheidungen sind strittig. Wir müssen uns einigen, wie es jetzt weitergeht. Egal zu welchem Entschluss Sie alle gelangen, die beiden SEALs und Major Michaelson werden heute aufbrechen, um Spuren zu suchen, die auf das Schicksal der ersten Expedition hinweisen. Der Rest Ihres Teams muss sich jetzt entscheiden. Da Sie über das andere Team Bescheid wissen – wie viele von Ihnen möchten weiterhin an der Expedition teilnehmen?«

Ben meldete sich als Erster zu Wort. »Wenn es nicht um diese vermissten Menschen ginge, würde ich sofort alles an den Nagel hängen. Aber ich habe lange genug gewartet. Ich komme mit.«

Aller Augen richteten sich auf Ashley. »Das ändert alles. Ich brauche Zeit, um zu überlegen«, sagte sie. »Dies ist nun eine Rettungsmission.«

»Nein«, sagte Blakely. »Diese Expedition hat für mich einen *doppelten* Auftrag. Das erste Ziel ist und bleibt dasselbe wie das der ersten Expedition: das Höhlensystem nach Hinweisen auf den Ursprung der Höhlenbewohner zu durchsuchen. Aber da Ihr Team den Fußabdrücken des ersten folgen wird, hoffe ich, dass beide Aufträge gleichzeitig erreicht werden können.«

Blakely zeigte mit dem Finger auf Ashley. »Deshalb habe ich Sie als Teamchef ausgesucht. Möchten Sie das Team auch jetzt noch leiten?«

Ashley runzelte die Stirn. »Sie hätten uns früher warnen sollen. Ich mag es nicht, wenn man mich belügt.«

»Ich habe Sie nie belogen. Ich habe nur den Fehler gemacht, es Ihnen zu verschweigen. Aber auch ich hatte keine andere Wahl. Ich hatte meine Befehle. Das Schicksal des ersten Teams unterliegt immer noch der höchsten Geheimhaltungsstufe. Man hat noch nicht einmal ihre Familien benachrichtigt.«

Ben schnaufte und murmelte etwas Unverständliches.

Blakely ignorierte ihn. »Professor Carter?«

Sie merkte, dass sie an Jason dachte, der sich im Camp bei Blakelys Assistent Roland in Sicherheit befand. Sollte sie das Risiko eingehen? Außer ihrer Karriere hatte sie noch andere Verantwortungen. Sie schwieg.

»Ich komme mit«, sagte Khalid. »Dies ist zu wichtig.«

»Ich auch«, sagte Linda. »Wir brauchen die Fähigkeiten eines jeden von uns, um das andere Team zu finden.«

Ashley konnte es auch nicht mit sich vereinbaren, das andere Team im Stich zu lassen. Sie blickte Blakely an. »Okay. Ihr Team ist immer noch vollständig! Aber wenn wir ab jetzt nicht absolut ehrlich ...«

Blakely nickte und sagte mit ernster Stimme: »Sie haben mein Wort.« Er ging ein paar Schritte zurück und bedeutete ihr, ihm zu folgen. »Denken Sie daran, wir bleiben in regelmäßigem Kontakt, um ihr Vorankommen und eventuelle Zwischenfälle registrieren zu können. Ansonsten treffen Sie ab sofort alle Entscheidungen. Darüber, wie oft Sie das Lager aufschlagen oder wann Sie zurückkehren wollen. Ihr Wort ist Gesetz.«

Wieder waren aller Augen auf Ashley gerichtet. Das Ausmaß ihres Auftrags drohte sie zu überwältigen. »Okay«, sagte sie, »es bringt nichts, wenn wir hier sitzen bleiben. Wir brechen auf. Halloway, gehen Sie bitte als Erster. Alle anderen folgen; wir treffen uns in der nächsten Höhle.«

Jeder prüfte seine Ausrüstung, nahm seinen Rucksack, schulterte ihn und zog die Gurte fest. Ashley sah zu, während sich die anderen mit ihren Transportschlitten beschäftigten.

Halloway wartete keine weitere Diskussion ab. Er überprüfte den Sitz seines Helms und tauchte mit seinem Brett in den Schacht hinab. Die anderen standen Schlange, um ihm zu folgen.

Zufrieden, dass es nun endlich losging, zog Ashley ihre Handschuhe an und die Velcro-Klettbänder fest. Sie griff nach ihrem Rucksack und schulterte ihn. Während die anderen nacheinander in das Wurmloch schlüpften, trat Blakely zu ihr. Sie blickten sich an. Mit eisiger Stimme sagte sie: »Passen Sie gut auf meinen Sohn auf.«

»Selbstverständlich. Roland wird dafür sorgen, dass der Junge jeden Morgen am Funkgerät ist, damit Sie sich davon überzeugen können.«

Sie nickte und bemerkte, dass die anderen mittlerweile alle im Wurmloch verschwunden waren. Sie kniete nieder und legte sich auf das Rollbrett, schaltete die Karbidlampe ihres Helms an und griff an die Wände links und rechts, um sich abzustoßen. Mit einem kräftigen Schubs schnellte sie in den Tunnel.

Das verdammte Ding erinnerte sie immer noch an ein Abwasserrohr.

11

Ashley schob den Schlitten in den Rucksack zurück und ging zu den anderen hinüber, die sich um einen Stalagmitenhain versammelt hatten. Die Strahlen der Blendlaternen und Helmlampen schwirrten kreuz und quer durch die Dunkelheit wie Leuchtkäfer in einem Einmachglas. Diese Höhle hatte die Größe eines Fußballstadions und war damit immer noch unendlich viel kleiner als die Alpha-Höhle, die eher mit dem Grand Canyon vergleichbar war.

Eine kräftige Brise, mild und feucht, wehte durch die

Höhle. Linda hielt ein Taschentuch in die Höhe, und es flatterte im Wind wie eine Flagge.

»Höhlen atmen ein und aus«, erklärte Ben Linda gerade, als Ashley hinzutrat. »Als Reaktion auf Veränderungen des barometrischen Drucks. In einer Höhle in Belize konnte ich sogar einen Drachen steigen lassen.«

Linda ließ den Arm sinken. »Dieser Wind ist wunderbar … so erfrischend.«

»Okay, Leute«, sagte Ashley und stellte sich neben Ben. »Die nächsten Kilometer sind bereits kartiert, also können wir zügig vordringen.«

Ben hob die Hand. »Ich hätte einen Vorschlag.«

Ashley nickte. »Selbstverständlich! Bitte macht Vorschläge und gebt Input, wann immer ihr wollt. Wir sind ein Team.«

»Bevor wir das unerforschte Gelände vor uns erreichen, sollte sich jeder von uns einen Partner suchen. In Höhlen bewegen wir uns mehr aufwärts und abwärts kletternd als auf ebenen Oberflächen. Zu zweit bewältigen wir die größeren Hindernisse besser.«

»Klingt gut«, sagte Ashley. »Ich glaube …«

Ben fuhr fort: »Außerdem können wir zu zweit Batterien sparen. Ein Paar benötigt nämlich nur eine Lampe. In dieser Dunkelheit erzeugt auch ein einzelnes Licht einen hellen Lichtkegel.« Er grinste sie an. »Und nach einem Tag hier unten werden eure Augen bei zu viel Licht schmerzen. Glaubt mir.«

Sie nickte. Ashley sprach zum Team und wies mit dem Daumen auf Ben. »So machen wir es. Jeder sucht sich einen Partner.«

Ben ging auf sie zu. »Hallo, Partner.«

»Moment«, sagte sie. »Vielleicht hast du bemerkt, dass wir eine ungerade Anzahl sind? Als Teamchefin schließe ich mich anderen Paaren an, wenn sie Hilfe brauchen.«

Mittlerweile waren Linda und Khalid ein Paar, und die beiden SEALs steckten ihre Köpfe zusammen und tuschelten. Die beiden übrigen Teilnehmer, Ben und Michaelson, schauten sich an.

»Scheiße«, brummte der Major.

»Ich und meine bescheuerten Ideen«, sagte Ben kopfschüttelnd.

Ashley grinste heimlich, während sie ihren Rucksack zurechtrückte. »Das wäre erledigt. Weiter also. Wir haben noch einen langen Weg vor uns.«

Nickend wies sie auf das griesgrämige Paar. »Ben und Michaelson übernehmen die Spitze. Beobachtet Ben auf den nächsten Kilometern aufmerksam. Er ist der erfahrenste Höhlenkletterer, und ich möchte, dass ihr von ihm lernt, wie sich ein Höhlenkletterer im Hinblick auf Sicherheit und Professionalität verhält. Dann wird es uns hoffentlich nicht so ergehen wie dem ersten Team.«

Die Leute justierten ihre Rucksäcke und schalteten die überzähligen Blendlaternen aus. Ashley bemerkte, dass die Lichtmenge dadurch unerheblich geringer war. Sie folgte Ben und Michaelson. Während sie ging, schwang ihre Laterne vor und zurück, als würde sie von Geisterhand bewegt.

In Gedanken beschäftigte sie sich mit ihrem Auftrag – den beiden Aufträgen. Sie stellte sich vor, sie wäre in dieser stygischen Finsternis gestrandet und müsste hilflos mit ansehen, wie die letzten Batterien den Dienst versagten und die Schwärze sie in ihre kalten Arme schloss. Sie fröstelte. Und was war mit den Höhlenbewohnern, den vermissten Vorfahren der Menschheit? Wie hatten sie in der Dunkelheit überlebt?

Sie verscheuchte ihren Tagtraum, als sie am Eingang des nächsten Wurmlochs ankamen. Sie ging nach vorn. Ben hatte seinen GPS-Empfänger geöffnet, ein notebookgroßes

Gerät zur Bestimmung der Position, das auf einen Sender der Basis eingestellt war. Ben besaß durch den Empfänger die Möglichkeit, die Position des Teams nicht nur in Bezug auf die vier Himmelsrichtungen, sondern auch auf die Tiefe zu bestimmen.

»Und das soll eine Karte sein?«, fragte er. Als Führer trug er die Zeichnung bei sich, die frühere Kundschafter angefertigt hatten. »Das ist Unsinn. Schau dir das an.« Er schob Ashley das Blatt hin. »Keine Kompassmarkierungen, keine erkennbaren Höhlenbegrenzungen, keine Tiefenangaben ... Kein Wunder, dass das erste Team sich verirrt hat!«

»Deshalb bist du hier«, sagte Ashley. »Du kartierst uns unseren Rückweg einfach. Wir zählen auf dich.«

»Okay ...«, sagte er und suchte nach Worten. »Ein Kind hätte es besser gemacht.«

»Dann bist du ja genau der Richtige für den Job.«

Er schaute sie prüfend an, während sie eine Unschuldsmiene machte, so gut sie nur konnte. Anscheinend zufrieden gestellt, wandte er sich ab, den Kompass in der Hand.

Sie schüttelte den Kopf. Manchmal waren Ben und Jason einander erschreckend ähnlich. »Wenn alle so weit sind«, sagte sie, »geht es jetzt weiter. Spätestens wenn wir unser Lager aufschlagen, möchte ich Neuland erreicht haben.«

Ashley zögerte.

»Noch ein kleines Stück«, rief Ben ihr von unten zu.

Während sie sich auf die Unterlippe biss, starrte sie den Steilhang hinunter, der vor ihr lag. Es sah nach fast zwei Kilometern aus. Der Fels war mit Lehm verschmiert und glatt wie Eis. Sie richtete den Blick nach oben. Mehrere Meter über ihr hatte es sich Michaelson in einem Spalt gemütlich gemacht und sich mit einem Seil gesichert. Darüber, am Felsrand, hing Villanueva und hielt sich an einem

Felsvorsprung fest, ebenfalls mit einem Seil gesichert. Beide hatten die Aufgabe, den anderen einen sicheren Abstieg zu ermöglichen.

Ashley holte tief Luft und stieß sich von der Wand ab, wie sie es gelernt hatte, und ließ das Seil in die Karabinerbremse einrasten, um ihren Fall zu stoppen. Dann tastete sie sich tiefer und balancierte mit einem Zeh ihres linken Fußes auf einem Felsvorsprung. Nur noch ein kleines Stück.

Der Stein, der sie stützte, löste sich plötzlich und fiel in die Tiefe. Sie stürzte hinterher, und das Seil raste durch ihre Handschuhe. Ben hatte ihnen eingeschärft zu rufen: »Ich falle!«, wenn so etwas passierte, aber da ihr die Angst die Kehle zuschnürte, war sie nur zu einem hohen Jaulen fähig.

Einen Augenblick später hakte sich das Seil zischend in die Karabinerbremse ein, und ihr Fall wurde abrupt gestoppt. Von oben erklang ein protestierendes Schnauben, als Michaelson ihr Gewicht auffing.

»He, aufgepasst da oben«, rief Ben. »Es hätte nicht viel gefehlt, und du hättest mir das Gesicht geliftet.«

»Entschuldige«, sagte sie zu der lehmverschmierten Wand, vor der sie wenige Zentimeter baumelte, und klammerte sich mit beiden Händen an das Seil.

»Na los, sei ganz locker«, sagte Ben. »Stemm die Füße wieder gegen die Wand. Den Rest schaffst du auch noch. Du bist fast auf festem Boden.«

Gerade die Festigkeit des Bodens machte ihr Sorgen. Als sie fiel, hatte sie sich vorgestellt, wie sie mit dem Kopf auf dem Boden auftraf. Doch sie konnte nicht einfach so hier hängen bleiben. Es gab nur einen Ausweg aus diesem Dilemma. Sie zog die Beine an, stemmte die Stiefel gegen die Wand, drückte ihre Beine durch und stieß sich von der Wand ab. Mit diesem Stoß seilte sie sich zwei Meter ab, bis sie mit den Füßen wieder auf der Wand auftraf. Dieses Mal zögerte sie nicht, stieß sich erneut ab und fiel wieder ein paar Meter tiefer. Nach zwei weiteren Sprüngen spürte sie Bens Arme um ihre Taille.

»Siehst du«, sagte er, »ein Kinderspiel.«

Sie setzte die Füße auf den Felsboden. Ihre Knie zitterten ein bisschen. »O ja, kein Problem.«

»Das war eine gute Übung. Glücklicherweise sind wir am ersten Tag auf diesen Abhang getroffen. Ich bin sicher, wir haben noch haarigere Felsen vor uns.«

Sie legte den Kopf in den Nacken. Von Villanueva war nur ein verwaschener Fleck an der Felskante über ihnen zu sehen. Sie unterdrückte ein Stöhnen und lehnte sich an einen Stalagmiten. Und das am ersten Tag.

Ashley rieb sich den Rücken und legte sich langsam auf die Luftmatratze. Sie hörte, wie Michaelson mehrere Meter entfernt etwas in das Funkgerät murmelte und den Tagesbericht übermittelte. Sie hatten Spuren des ersten Teams gefunden – Abfall, Stiefelabdrücke im Matsch, Schrammen an den Felsen – und die Verfolgung aufgenommen.

Sie stieß einen langen Seufzer aus und streckte sich. Ihr Körper antwortete mit einem stechenden Schmerz im unteren Teil des Rückens. Das heutige Tagespensum hatten sie sich hart erkämpft. Glitschiger Lehm bedeckte die meisten Wege. Scharfe Gipskristalle klebten ihr wie Sand am ganzen Körper und scheuerten mit jedem Schritt stärker. Steile und gefährliche Hänge erschwerten die Tour und ließen sie nur schleppend vorankommen.

Das Schlimmste war jedoch die Hitze, die wie ein allgegenwärtiges nasses Laken im Laufe des Tages immer schwerer auf ihnen lastete. Ashley nahm ihr Stirnband vom Kopf und wrang es aus, so dass der Schweiß heraustropfte. Jetzt verstand sie, wie gefährlich Dehydrierung war. Sie schraubte den Verschluss ihrer Feldflasche auf, die fast leer war. Sie legte den Kopf zurück und schluckte die letzten warmen Tropfen.

»Du musst auf deinen Wasservorrat acht geben«, warnte Ben. »Wir können nicht damit rechnen, jeden Tag auf ein Wasserloch zu stoßen.« Er wies auf den kleinen See, der sich in der hinteren Hälfte der Höhle befand, halb versteckt hinter einer Felsnase.

»Ich wusste von diesem Wasserloch«, sagte sie. »Es ist auf der Karte eingezeichnet.«

»Richtig, aber das hier ist die letzte Höhle auf der Karte. Von hier aus stoßen wir ins Unbekannte vor.«

»Ich weiß. Ab morgen bin ich sparsamer. Wir sollten morgen früh alle daran erinnern. Besonders Linda. Sie hatte bereits heute Mittag kein Wasser mehr und hat aus meiner Feldflasche getrunken.«

»Ach, aus deiner auch?«, sagte Ben mit einem Lächeln. »Sie hat meine vor einer Stunde leer getrunken.«

»Kluges Mädchen«, sagte Ashley. »Wo ist sie übrigens?«

»Drüben beim Teich ... einen Schluck Wasser trinken.«

Sie schüttelte den Kopf. »Ab morgen müssen wir strenger rationieren.«

»Ach, lass sie. Das war ein Scherz. Sie analysiert das Wasser. Außerdem nimmt sie das alles sehr mit.«

»Das geht jedem so.«

Ben zeigte auf die beiden SEALs, die ein paar Meter entfernt den Campingkocher aufbauten. Die Lichtkegel ihrer Laternen tanzten um sie herum. »Sie haben kaum einen Tropfen Schweiß verloren.«

Sie sah zu, wie Villanueva ein Khaki-T-Shirt auszog, sich das Gesicht und die Achselhöhlen trocken rieb und dann eine grüne Weste überzog. Als Halloway den Campingkocher anmachte, entflammte das Butangas mit einer leisen Explosion. Beide wirkten so frisch, als ob die heutige Tour nicht mehr als ein Sonntagsspaziergang im Park gewesen wäre, während die anderen sich schleppten, als brächten sie die letzten Meter des Todesmarschs von Bataan hinter sich, so ausgemergelt und zerschlagen waren sie. Ashleys Magen knurrte verräterisch.

Ben zog eine Augenbraue hoch. »Ich bin auch hungrig. Es gibt bloß nichts außer gefriergetrockneten Bohnen und Würstchen.«

»Wäre mir im Augenblick aber gar nicht unrecht.«

Ben grinste. »Und dann ein Bier zum Nachspülen ... *das* wäre der Himmel auf Erden.« Als er sich auf seine Luftmatratze setzte, schlug er sich plötzlich auf den Arm. »He, gerade hat mich etwas gestochen.«

»Was?«

Er leuchtete auf seinen Arm.

Ashley beugte sich vor und betrachtete die Stelle. »Sieht aus wie eine Mücke.«

»Riesiges Biest. Hat mir fast ein Stück aus dem Arm gebissen.«

»Jetzt übertreib nicht.«

Er piekste sie mit dem Finger. »Wart nur ab, bis sie dich aufspießen. Und komm dann nicht heulend zu mir.«

»Das ist seltsam«, sagte sie und kratzte sich hinter dem Ohr. »Was macht eine Mücke in der Antarktis? So weit im Süden?« Bens Miene wurde ernst. »Gute Frage. Man findet so tief unten kaum Insekten. Grillen, ein paar Spinnen, Tausendfüßler, so etwas – aber ich kann mich nicht entsinnen, jemals eine Mücke gesehen zu haben.«

Ashley fragte sich, was diese Entdeckung zu bedeuten hatte. »Vielleicht sollten wir unsere Biologin fragen.«

»Vielen Dank, dass du mir heute etwas von deinem Wasser abgegeben hast, Khalid«, sagte Linda. »Ohne deine Hilfe hätte ich es nicht ausgehalten.«

»Gern geschehen«, sagte er und atmete schnaufend die

feuchte Luft. Er saß auf einem Stein und schaute Linda zu, die Wasser in kleine Glasgefäße füllte. Gierig betrachtete er den nassen Streifen auf ihrem Rücken. Ihr T-Shirt klebte an ihrem Körper und der Verschluss ihres Büstenhalters zeichnet sich unter dem dünnen Stoff ab. Khalid biss sich auf die Zunge, um seine aufkommende Lust zu bezähmen.

Linda lächelte ihn an, stand auf, setzte sich auf den Felsen neben ihn und schüttelte das Fläschchen. »Der letzte Grat war brutal. Ich bin froh, dass wir es für heute geschafft haben.«

Nur eine Handbreit von ihr entfernt, spürte Khalid Lindas pulsierende Körperwärme. Schweigend saßen sie nebeneinander, während sie die kristallklare Oberfläche des Teichs betrachtete und er nur Augen für sie hatte.

»Mein Gott!«, rief sie plötzlich und sprang an den Rand des Teichs. »Khalid, schau doch!« Sie hockte sich auf die Knie und winkte ihn zu sich.

Er schritt zu ihr hinüber und roch ihren Duft, ein betäubendes Parfüm in der feuchten Luft. »Was ist denn?«

Sie hob eine gewellte Muschel hoch, die im Licht der Laterne tropfte und leuchtete und im seichten Wasser, halb von einem Stein verdeckt, gelegen hatte. Khalid neigte den Kopf. Sie ähnelte einem Schneckenhaus, war aber riesig, beinahe so groß wie eine Wassermelone.

Er fragte wieder: »Was ist?«

Sie setzte sich und legte die riesige Muschel in ihren Schoß. »Wenn es sich um das handelt, für was ich es halte …« Sie schüttelte den Kopf und legte eine Hand auf sein Knie. »Wenn du nicht darauf bestanden hättest, noch ein wenig zu bleiben, hätte ich es vielleicht nie entdeckt.«

Ihre Hand brannte wie Glut auf seinem Knie. Die zunehmende Enge im Schritt seines Overalls stellte seine Beherrschung auf eine harte Probe. »Was ist so besonders an einer leeren Muschel?«, fragte er angespannt.

Bevor sie antworten konnte, wurde sie von Stimmen unterbrochen.

»Ich sage es dir, das verdammte Vieh hat mich heftiger gebissen als eine Schlange ohne Giftzähne.«

Ben sah Khalid und Linda am Ufer des Teichs. Er bemerkte, wie sie ihre Hand vom Knie des Biologen nahm, als sie den felsigen Steilhang umrundeten, und zog die Augenbrauen hoch.

Ashley räusperte sich, um ihr Kommen anzukündigen. »Linda«, sagte sie, »Ben wurde gerade von einem Insekt gestochen, das einer Mücke sehr ähnlich sieht. Wir wüssten gern, was du davon hältst.«

»Aber klar, kein Problem. Habt ihr es gefangen?«

»Na ja, so ähnlich,« sagte er und zeigte auf das zerquetschte Insekt auf seinem Unterarm.

Sie lächelte, nahm seinen Arm und drehte ihn zum Licht. »Da hast du mir aber nicht viel übrig gelassen.« Sie beugte sich dichter darüber. »Ich bin nicht ganz sicher. Es gibt hunderte Arten von bluthungrigen Mücken, Fliegen und Moskitos. Das hier könnte alles Mögliche sein.« Sie ließ seinen Arm los.

»Ich war nur neugierig«, sagte Ashley. »Ben meinte, Insekten kämen selten in Höhlen vor.«

Linda legte die Stirn in Falten. »Das stimmt auch. Wovon sollten sie sich ernähren? Hier unten gibt es keine warmblütigen Spezies.« Sie schüttelte den Kopf. »Sie müssen sich auf andere Weise ernähren. Allerdings hat dieses Exemplar versucht, eine neue Nahrungsquelle anzuzapfen.« Sie zuckte mit den Schultern. »Diese Höhlen werden immer merkwürdiger.« Unter ihrem Arm hielt sie die große Muschel. »Schaut euch zum Beispiel das hier an.« Sie hielt die Muschel hoch, damit Ashley und Ben sie betrachten konnten. »Erkennt ihr sie?«

Ashley nahm die Muschel, hob sie hoch, drehte sie, um sie von allen Seiten zu betrachten, und fuhr mit der Hand an der spiralförmigen Linie entlang. »Sieht aus wie das Gehäuse eines Weichtiers, aber die Spezies kenne ich nicht. Außerdem bist du die Biologin.«

»Und du bist die Archäologin. Wenn ich nicht Evolutionsbiologie studiert hätte, hätte ich es auch nicht erkannt.«

»Und? Um was handelt es sich deiner Meinung nach?«, fragte Ben, nahm die Muschel und fragte sich, was der ganze Wirbel sollte.

»Es ist das Gehäuse eines Ammoniten, eines räuberischen Tintenfischs«, sagte Linda. »Spezies *Maorites densicostatus*.«

»Was?« Ashley riss Ben die Muschel aus der Hand. Sie untersuchte sie nun mit stärkerem Interesse und hielt sie, als wäre sie aus feinstem Porzellan. »Das ist unmöglich. Es handelt sich um eine gegenwärtige Muschel, keine fossile.«

Ben starrte auf seine leeren Hände. »Was soll der ganze Zauber? Was ist so aufregend daran?«

Beide Frauen ignorierten ihn. »Bist du sicher?«, fragte Ashley. »Paläobiologie war nicht gerade meine Spezialität.«

»Ganz sicher«, sagte Linda. »Schau dir diese Furchen an. Kein heutiges Weichtier hat diese Struktur. Schau dir die Kammern im Inneren an. Nur eine Spezies besitzt dieses einzigartige Gehäuse. Ganz eindeutig ein Ammonit.«

Ashley ging näher heran. »Aber was hat der hier zu suchen? Die Ammoniten starben mit den Dinosauriern am Ende der Kreidezeit aus. Das ist eine alte Muschel, aber ich bezweifle, dass sie 65 Millionen Jahre alt ist.«

»Lasst mich mal schauen«, sagte Ben und hob die Muschel hoch. »In vielen Höhlen findet man gut erhaltene Fossilien, die dort vor dem Witterungseinfluss geschützt waren. Vielleicht ist diese Muschel ein ebenso gut konserviertes Fossil.«

Linda nickte. »Vielleicht. Aber vor Beginn der Expedition habe ich noch einiges über das Tierleben der Antarktis gelesen. Auf Seymour Island, ganz in der Nähe, haben Wissenschaftler zahlreiche fossile Ammoniten entdeckt. Funde, die man auf eine Zeit *nach* dem kreidezeitlichen Aussterben datiert hat.«

»Kreidezeitliches Aussterben?«, fragte Ben. »Wovon redet ihr eigentlich?«

Ashley klärte ihn auf. »Vor etwa 65 Millionen Jahren, gegen Ende der Kreidezeit, führte eine enorme Umwälzung zum Aussterben unzähliger Tierarten. Dazu gehörten auch die Dinosaurier.

Einige Wissenschaftler vertreten die These, dass damals ein riesiger Asteroid auf die Erde gefallen ist und Staubwolken aufgewirbelt hat, die die Sonne verdunkelten und die Temperaturen sinken ließen.«

»Genau«, fügte Linda hinzu, »und die Paläontologen, die die Antarktis erforschen, glauben nun, dass der Spin des Südpols die Winde derart herumgewirbelt hat, dass die Staubpartikel die Antarktis vom großen Aussterben verschont haben.«

Ben unterbrach sie. »Das alles ist frühe Erdgeschichte. Diese Schnecken haben also länger überlebt, als irgendjemand vermutet hätte, meint ihr. Na und? Ich meine …«

»Linda!«, rief Khalid. Er hatte sich von der Gruppe entfernt und kniete nun am Ufer des Teichs. »Hier ist noch eine Muschel.« Er griff ins Wasser und tauchte seinen Arm beinahe bis zur Schulter ein. »Ich komme nicht ran … warte, nein … jetzt … ich habe es.« Er zog den durchnässten Arm heraus. In seiner Hand hielt er eine Muschel, die noch größer als die erste war. Er richtete sich auf und hielt die Muschel über seinen Kopf wie eine Trophäe.

Ben schüttelte den Kopf. Plustert sich auf wie ein Pfau, dachte er. Er setzte gerade zu einer Bemerkung an, als plötzlich wirbelnde Tentakeln aus der Muschel schossen. Linda verschlug es den Atem.

Die Tentakeln saugten sich an Khalids Arm fest.

Er versuchte, den Tintenfisch vom Arm zu reißen, doch der hielt ihn in eisernem Griff fest. Die Schmerzen trieben Khalid Tränen in die Augen. Er verzog das Gesicht zu einer Grimasse. »Das verdammte Vieh beißt mich.« Blut rann seinen Arm hinab. Stöhnend schleuderte Khalid den Arm mit der Muschel krachend gegen die nächste Wand an. Ohne Ergebnis.

Ben zog das Messer aus seinem Gürtel. »Halt still!«

Khalid hielt still, dann verzerrte ein neue Welle des Schmerzes sein Gesicht. »Sieh zu, dass du das Vieh von meinem Arm runterkriegst«, stieß er zwischen den Zähnen hervor.

Ben schob die Klinge zwischen einen Tentakel und Khalids Haut. Sie passte kaum dazwischen. Die Fangarme des Tiers klammerten sich beharrlich an Khalids Fleisch. Ben durchschnitt das Fleisch eines Tentakels, und grünlichschwarzer Schleim spritzte aus dem amputierten Ende. Khalid stöhnte laut auf, als sich das Tier mit den übrigen Fangarmen umso stärker festsaugte.

Die Kraft des Monstrums war fürchterlich. Wenn es noch stärker zudrückt, dachte Ben, wird es ihm den Arm brechen. Vorsichtig trieb er das Messer unter einen zweiten Fangarm und schnitt ihn ab. Dieses Mal zuckte das Tier und lockerte seine Umarmung. Nachdem er zwei weitere Tentakeln durchschnitten hatte, ließ das Tier los, fiel zu Boden, schwabbelte und zog die restlichen Tentakeln in sein Gehäuse zurück.

Khalid sank mit einem tiefen Stöhnen auf die Knie und bedeckte mit einer Hand die Wunde, während das Blut zwischen seinen Fingern hindurch rann.

Ben beobachtete die Muschel, aus deren Öffnung

schwarzer Schleim quoll. Er schnitt ein grimmiges Gesicht, holte mit einem Bein weit aus und trat die Muschel in hohem Bogen über den Teich. Platschend traf sie auf dem Wasser auf und versank in der Tiefe.

Ashley schrie: »Warum zum Teufel hast du das getan? Wir hätten das Tier untersuchen können. Schließlich ist es eine ausgestorbene Spezies.«

Ben zeigte auf Khalids blutüberströmten Arm. »Von wegen ausgestorben.«

»Er wird es schon überleben«, sagte Major Villanueva.

Ashley sah zu, wie er Khalid einen Verband mit wasserdichtem Klebeband anlegte. Der SEAL war ausgebildeter Sanitäter und hatte nach ihrer Rückkehr ins Camp die Regie übernommen. Nachdem er Khalids Wunde gesäubert hatte, behandelte er ihn mit den neuesten systemischen Antibiotika.

»Wird er an der Expedition weiter teilnehmen können?«, fragte Ashley.

Villanueva zuckte mit den Schultern. »Außer einer tiefen Wunde im Unterarmmuskel und einigen Prellungen hat er nichts. Es geht ihm bald wieder gut.«

Sie nickte und ging davon. Gut. Sie würde ungern einen Expeditionsteilnehmer verlieren, bevor sie unerschlossenes Gebiet erreichten. Als sie am Campingofen vorbeikam, hielt Halloway ihr eine Schüssel lauwarmes Chili und Bohnen in einer Alupfanne hin. Sie nahm sein Angebot mit einem knappen Danke an, ließ sich auf der Luftmatratze nieder und setzte die Pfanne vorsichtig auf den Schoß.

Ben hatte seine Schüssel bereits leer gekratzt und sah gierig auf ihren Teller. »Und wie geht es Khalids Arm?«, fragte er.

»Prima. Sie haben ihn mit Antibiotika und schmerzstillenden Mitteln voll gepumpt.«

Ben setzte seinen Teller ab. »Was für ein verfluchtes, schauderhaftes Vieh.«

Sie zuckte mit den Schultern und sagte mit einer Portion Bohnen im Mund: »Ich habe mit Linda darüber gesprochen. Sie hat gesagt, dass ihre Hauptnahrungsquelle eine Art prähistorischer Hummer war, und die Gewässer hier wimmeln förmlich von den unterschiedlichsten Krustentieren. Daher nehme ich an, dass der Tintenfisch in dieser isolierten Umgebung eine ähnliche Nahrungsgrundlage hat.«

»Da fragt man sich so einiges.«

»Was zum Beispiel?«

Er nickte hinüber zum Camp, wo Michaelson sein Gewehr gerade in kleine Metallteile zerlegt hatte und nun ein jedes prüfte und reinigte. »Zum Beispiel, was hier unten noch so überlebt hat.«

In dieser Nacht hatte Ben wieder seinen Traum. Er ging durch die Höhlen des Albtraums seiner Kindheit. Überall waren Säulen, aus denen Äste wuchsen, die voller Früchte waren. Licht drang aus allen Richtungen in die Höhle. Und während er durch den Hain ging, schien ihn etwas anzuziehen und zu rufen.

»Hallo«, rief er laut in die leere Höhle hinein. »Wer ist da?«

Es zog ihn zur Nordseite der Höhle, und er versuchte, dem Gesang der unsichtbaren Sirenen zu folgen. Aber die Bäume wurden immer dichter und undurchdringlicher. Schließlich war es ihm nicht mehr möglich, sich durch die Säulen zu quetschen, und er konnte nur noch an ihnen vorbeischielen.

Die Nordwand der Höhle strahlte ein sanftes Licht aus. Nur ein einzelnes Loch in der Wand gähnte schwarz. Eine kleine Höhle wie die, die man in der Nähe der Alpha-Basis gefunden hatte.

»Ist da jemand?«, rief er und quetschte sein Gesicht zwischen zwei Säulen.

Keine Antwort. Er wartete und stemmte sich gegen die Säulen, als könnte er sie dadurch fortschieben. Während er hindurchschaute, kroch jemand auf runzligen Händen und knotigen Knien aus der Höhle. Der alte Mann richtete sich im Licht auf. Sein dunkles Gesicht war mit roten und gelben Streifen bemalt, und er trug einen Lendenschurz. Er winkte Ben zu sich.

Ben streckte den Arm aus und versuchte, sich durch die Steinsäulen zu zwängen. »Großvater!«

Ben schoss im Schlaf hoch, schlagartig erwacht und in Schweiß gebadet. Er saß kerzengerade auf der Luftmatratze. Nur eine einsame Laterne beleuchtete das schlafende Camp. Villanueva saß auf einem Felsen und warf ihm einen Blick zu. Die SEALs hatten darauf bestanden, Wachen aufzustellen. Nach dem Zwischenfall mit dem Tintenfisch hatte niemand widersprochen.

Ben legte sich wieder hin, rollte sich auf die Seite, mit dem Rücken zum Licht. Immer noch hatte er die Bilder seines Traums vor Augen. Wie ein Echo wurden sie von den Felswänden zurückgeworfen. Noch immer spürte er ein unbestimmtes Zerren, ein Verlangen, tiefer in das Labyrinth einzudringen. Er drückte die Augen fest zu.

12

»Komm her«, rief Ben Ashley zu, »schau dir das an.«

Sie wischte ihre Hände am Hosenboden ihres Overalls ab und ging zu ihm hinüber. »Was hast du gefunden?« Nach den ersten drei Tagen ihrer Expedition in unbekanntes Territorium hatte sie sich an Bens unaufhörliches Geplapper gewöhnt. Immerfort wies er sie auf ungewöhnliche Höhlenformationen hin – Sintervorhänge, Excentriques und Höhlenperlen. Manchmal machte er ein finsteres Gesicht, wenn sie nicht die nötige Ehrfurcht zeigte. Sie ging zu ihm und beugte sich über ihn. Er hockte am Boden und hielt eine Blechtasse in den Händen. Sie hatte eine Beule an der Seite, der Henkel fehlte, und sie sah genauso aus wie die, welche sie bei ihren Feldflaschen mit sich führten.

»Na und?«, sagte sie.

»Es ist keine von uns.«

Sie kniete sich neben ihn und nahm die Tasse. »Bist du sicher? Vielleicht hat sie jemand verloren …«

»Nein«, sagte er. »Sie war im Schlamm eingetrocknet. Halb vergraben. Die muss dem ersten Team gehört haben. Ich glaube, sie hatten hier für eine Nacht ihr Lager aufgeschlagen. In dieser Höhle gibt es Trinkwasser.« Er zeigte auf den Bach, der mitten durch die kleine Höhle floss. »Und schau dir an, wie zertrampelt der Lehm hier ist. Ich wette, wenn wir nur richtig suchten, würden wir noch weitere Überreste ihres Biwaks finden.«

»Ich glaube, du hast Recht.« Sie seufzte. Seitdem sie gestern zum letzten Mal zum Ausgangspunkt zurückgekehrt waren, hatten sie keine Anzeichen des ersten Teams entdeckt. »Wir sollten Michaelson davon berichten. Seit wir die Spur des Teams verloren haben, brennt ihm der Boden unter den Füßen.«

Ben brummte zustimmend. »Dann werden wir ihm jetzt etwas Feuer unter dem Arsch machen.«

Sie schritten durch die Höhle, sprangen über den Bach, der sich mitten durch die Höhle gegraben hatte und sich um die zahlreichen Stalagmiten, die sich vom Boden erhoben, herumwand. Ben ging voran, Ashleys Helmlampe beleuchtete seinen Rücken. Sie sah zu, wie er über eine kleine Felsnase kletterte, während seine Muskeln abwechselnd kontrahierten und sich entspannten und sich sein feuchter, lehmverschmierter Overall eng an seinen Körper legte. Sie schluckte und richtete ihre Lampe ein wenig nach links, von Ben weg. Sie wischte sich mit der Hand über die Stirn. In dieser verfluchten Höhle war es so heiß wie in einem Backofen.

Links von ihr bewegte sich etwas. Vor Schreck ließ sie fast den matschigen Felsen los, an dem sie sich festhielt. Sie leuchtete mit ihrer Helmlampe in die Richtung, wo sie die Bewegung wahrgenommen hatte, sah aber nur die üblichen verdrehten Stalagmiten. Da war nichts.

Ben, der ihr Zögern bemerkt hatte, drehte sich nach ihr um. »Brauchst du Hilfe?«

»Nein, ich hatte nur den Eindruck, dort drüben hätte sich etwas bewegt.« Sie wies nach links hinüber. »Aber da ist nichts. Wahrscheinlich nur tanzende Schatten vom Licht meiner Lampe.«

Ben tat so, als hätte er Angst – seine Augen zuckten suchend nach links und nach rechts. »Vielleicht war es auch die Raubschnecke, die an Khalids Blut Geschmack gefunden hat. Ich sehe es geradezu vor mir: ›Antarktische Vampirschnecken greifen an‹.«

Sie schubste ihn vorwärts. »Geh weiter.«

Ein paar Augenblicke später kamen sie am nächsten Wurmloch an, wo sich die anderen bereits versammelt hatten und auf Steinen hockten. Linda untersuchte Khalids Arm. Alle, bis auf die SEALs natürlich, machten einen erschöpften Eindruck. Vielleicht, dachte sie, sollten sie früher Schluss machen und das Nachtlager aufschlagen.

Als sie sich nach Michaelson umschaute, bemerkte sie, dass er fehlte. Toll, suchte er nun auf eigene Faust? Sie hatte niemandem davon erzählt, dass Michaelsons Bruder zu den Vermissten gehörte. Sie dachte, wenn er ein Geheimnis daraus machen wollte, war das seine Angelegenheit. Aber sie hatte wahrgenommen, dass die Sorgenfalten auf seiner Stirn tiefer und zahlreicher geworden waren. Wenn er nun fortlief …? Sie fragte Villanueva: »Wo ist Michaelson?«

Er zeigte auf den Tunnel vor ihnen. »Aufklärung.«

Verdammter Kerl, dachte sie. Er konnte es einfach nicht abwarten. Immer musste er vorauseilen, um nach Spuren seines Bruders zu suchen. »Ich habe niemandem erlaubt, auf eigene Faust vorauszugehen.«

Halloway zuckte mit den Achseln. »Sie waren nicht da.«

»Schön, jetzt bin ich es. Und ich möchte, dass Michaelson sofort hier oben erscheint, aber ein bisschen plötzlich.«

Wieder erwischte sie den SEAL bei einem arroganten Grinsen. »Ich sage es ihm, wenn er zurückkommt.«

Sie stieß ihm kräftig mit dem Finger gegen die Brust. »Finden Sie ihn, jetzt.«

Das Gesicht des SEALs verfinsterte sich. Drohend wie ein Löwe auf eine Maus schaute Halloway auf sie hinab.

Ashley fiel ihm ins Wort, bevor er den Mund richtig aufmachen konnte. »Sie haben Ihre Befehle, Soldat.« Ihr Blick durchbohrte ihn.

Halloway knirschte mit den Zähnen und lächelte plötzlich kühl. »Eins, zwei, drei, Major Michaelson, ich komme.« Er drehte sich auf dem Absatz um und im nächsten Augenblick war er im Tunnel verschwunden.

Leise atmete sie die angehaltene Luft aus.

Linda und Khalid starrten sie an. Villanueva, von dem Wortwechsel offensichtlich unbeeindruckt, zuckte mit den Schultern und schliff weiter an einem Messer herum.

Ben klopfte ihr auf die Schulter, und sie fuhr hoch vor Schreck. »Gute Arbeit, Captain. Ist doch ein seltsamer Typ, oder?«

Sie konnte nicht umhin, sich von ihm in den Arm nehmen zu lassen. Sie zitterte ein wenig von dem Adrenalinstoß, den der Streit hervorgerufen hatte. Er hielt sie fester und führte sie ein paar Schritte von den anderen fort. Mit ruhiger Stimme sagte er: »Gut gemacht. Aber einen Freund hast du nicht gewonnen.«

Sie nickte und löste sich sanft aus seinem Arm. »Ich habe genug Freunde. Aber vielen Dank, Ben.«

»Jederzeit, Ash.«

Sie wandte den Blick ab und hielt der Versuchung stand, wieder in seine tröstenden Arme zurückzufallen. Schweigend setzten sie sich nebeneinander; ihre Knie berührten sich.

Nach einer zähen Wartezeit rief Linda endlich: »Schaut, da ist Major Michaelson.«

Ashley blickte zum Wurmloch und sah, wie der Major vor der Öffnung gerade auf die Beine kam. Sein offenkundig missmutiges Gesicht ließ darauf schließen, dass er enttäuscht war. »Michaelson«, sagte sie, »ich dachte, wir hätten uns darauf geeinigt, den Rest der Pause hier gemeinsam zu verbringen.«

»Ich weiß, aber ich musste einfach herausfinden, ob die andere Expedition auch hier durchgekommen ist.«

»Wenn Sie nicht in einer so verdammten Eile gewesen und vorgelaufen wären, sondern stattdessen die Höhle wie Ben etwas gründlicher durchsucht hätten, hätten Sie gefunden, wonach sie suchten.«

»Was meinen Sie damit?« In seiner Stimme war eine Spur von Hoffnung zu hören. »Haben Sie etwas gefunden?«

Ben trat hinzu. »Nur das hier.« Er hielt die zerbeulte Tasse hoch. Nicht gerade ein Pokal, aber in Major Michaelsons Augen schien es der Heilige Gral zu sein. Seine Augen leuchteten auf wie Christbaumkerzen, und seine hängenden Schultern nahmen wieder Haltung an.

Wie üblich beherrschte er jedoch seine Gefühle. »Sind Sie sicher, dass es keine von uns ist?«, fragte er nüchtern.

Ben nickte.

»Gut.« Er drehte sich um, um seinen Rucksack auf einem Felsen abzusetzen. »Dann sind wir auf dem richtigen Weg. Nach dieser Ruhepause sollten wir uns aufmachen. Es ist noch früh.«

»Schön langsam!«, sagte Ashley. »Das war ein langer Tag. Und in Anbetracht dieser Entdeckung sollten wir vielleicht erst morgen früh, wenn wir wieder frisch und munter sind, aufbrechen.«

Michaelson verzog das Gesicht. »Ich widerspreche nicht gern, aber bei meiner Untersuchung der Nachbarhöhle bin ich auf ein Hindernis gestoßen, das wir lieber heute als morgen überwinden sollten.«

»Und worum handelt es sich dabei?«, sagte Ashley und fragte sich, ob er die anderen nur zum Aufbruch anstacheln wollte, damit sie gemeinsam hinter seinem Bruder herrannten.

»Um einen Fluss, der etwa zehn Meter breit ist und in einem raschen Tempo mitten durch die Höhle fließt. Wir werden ihn überqueren müssen. Ich bin dafür, dass wir das heute noch tun. Damit wir es hinter uns haben. Das ist besser, als morgen als Erstes in den Fluss zu steigen und dann den ganzen Tag in nassen Kleidern herumzulaufen.«

Linda stöhnte und löste sich von Khalid, um zu den anderen zu treten. »Nicht heute. Ich würde das lieber morgen in Angriff nehmen. Was soll es, wir sind sowieso den ganzen Tag nass. Ob nun mit Bad am Morgen oder ohne.«

Khalid pflichtete ihr natürlich bei. »Es ist schon spät. Ich bin auch dafür, dass wir hier übernachten.«

Ashley sah, wie sich die Furchen auf Michaelsons Stirn vertieften. Anscheinend hatte die zerbeulte Tasse ihn noch besorgter um seinen Bruder werden lassen. Sie konnte erkennen, wie gern er losstürmen würde. »Sie haben Recht. Wenn wir durch den Fluss sind, können wir unsere Kleider über Nacht trocknen lassen. Gute Idee, Major.«

Mit viel Gemurre packten sie ihre Ausrüstung zusammen und holten die Rollbretter hervor. Ashley rief Michaelson zu: »Wartet Halloway unten?«

»Halloway?« Michaelson hob eine Augenbraue und blickte sich um.

Ashley spürte ihr Herz klopfen. »Ich hatte ihn hinter Ihnen hergeschickt, um Sie zu holen. Ich dachte, deswegen wären Sie zurückgekommen.«

Michaelsons Gesichtszüge erstarrten. »Ich habe niemanden getroffen.«

13

Ashley schoss aus dem Wurmloch heraus, sprang eilig auf und trat zur Seite, um Villanueva Platz zu machen, der als Nächster herausrutschte. Gut. Das war der Letzte des Teams. Die anderen untersuchten die neue Höhle mit ihren Stablampen. Ben rief Halloways Namen. Ashley trat zu Michaelson. »Irgendein Zeichen?«

Der Major schüttelte den Kopf. »Nein, und in Anbetracht all dieser verdammten Hindernisse werden wir noch eine ganze Weile suchen.«

Ashley verzog das Gesicht. Jede Minute war kostbar. Falls Halloway verwundet war, konnte jede Verzögerung seinen Tod bedeuten. Sie leuchtete mit ihrer Lampe die Höhle ab und stöhnte beim Anblick der Felsformationen. Riesige kugelrunde ockerfarbene Felsbrocken ragten vom Höhlenboden auf, manche so groß wie Elefanten, andere so groß wie Einfamilienhäuser. Manche waren wie gigantische, versteinerte Eier zu einem Nest gruppiert. Andere, allein stehende wirkten wie einsam brütende Monster. Die riesigen Felsbrocken überragten sie.

Sie schüttelte den Kopf. Die Felsen verstellten ihnen den Blick und machten eine Suche mit den Stablampen schwierig. Halloway konnte hinter jedem dieser Felsen verwundet liegen.

»Wir teilen uns in drei Gruppen auf«, sagte Ashley und hatte Mühe, das widerhallende Rauschen des Flusses zu übertönen, der in der Höhlenmitte durch ein tiefes Bett floss. »Wir müssen hinter jedem Felsen nachschauen.«

Ben kratzte mit dem Fingernagel über die Oberfläche eines Felsens. »Zum Teufel! Das sind Höhlenperlen!« Er trat einen Schritt zurück und kratzte sich am Kopf. »Ich habe noch keine gesehen, die auch nur annähernd so groß gewesen wäre. Normalerweise sind sie nicht größer als Grapefruits.«

»Ben, dafür haben wir jetzt keine Zeit«, sagte Ashley. »Wir haben größere Sorgen. Wir müssen ...«

Er hob die Hand. »Nein, das hier ist wichtig.«

»Warum?« Sie seufzte und hoffte, er würde es kurz machen.

»Na ja, Höhlenperlen entstehen durch Ablagerungen von gelöstem Kalkstein an einem Kieselstein oder einem Sandkorn. Sie bilden sich im fließenden Wasser inmitten von Wirbeln, was nahe legt, dass diese Höhle einst bis zur Decke unter Wasser stand.«

»Toll«, sagte sie. »Was willst du damit sagen? Dass diese Höhle jederzeit wieder voll laufen kann? Und uns der Rückweg abgeschnitten wird?«

Er schüttelte den Kopf. »Nein. Die Perlen sind schon seit Jahrtausenden trocken. Die Wasserverlauf muss sich geändert haben.«

Sie seufzte. »Ben, ich schätze deine Höhlenweisheiten sehr, aber wir müssen uns darauf konzentrieren, Halloway zu finden.«

»Ich weiß. Darum geht es mir ja. Wenn er hinter einem

dieser Felsbrocken läge, sähen wir es nämlich.« Ben schaltete seine Stablampe an und stellte sie auf einen Felsen. Plötzlich leuchtete der Felsen wie eine riesige Lampe auf und glühte in einem strahlenden Gelb. »Sie sind lichtdurchlässig. Auch wenn sie aussehen, als wären sie undurchsichtig, dringt Licht durch diese verdammten Dinger. Wenn Halloway hier ist, dann hat er kein Licht.«

Ashley seufzte. Die Wahrscheinlichkeit, Halloway bald zu finden, schwand zunehmend. »Also ist er entweder verletzt, oder er versteckt sich mit Absicht.«

Ben nickte.

Linda war auf den Felsbrocken zugegangen und rief plötzlich: »O mein Gott! Schaut mal, was da drin ist!«

Ben sah es auch. Er stieß einen langen Pfiff aus.

Ashley schaute in den Fels hinein. »Ein Kieselstein ist das in deiner Perle aber nicht.«

Ben drückte eine Hand flach auf den Felsen. »Alles kann als Kern für eine Höhlenperle dienen.« Er winkte Ashley zu sich. »Wir brauchen mehr Licht, um sicher zu gehen.«

Ashley hockte sich neben ihn, schaltete ihre Stablampe ein und richtete sie mitten ins Innere des Felsbrockens. Der Stein glühte jetzt strahlend weiß. Auch wenn die kristallinen Schichten das Objekt im Inneren verzerrten, so gab es nun keinerlei Zweifel mehr. »Es ist ein Schädel. Ein menschlicher Schädel.«

Lindas bebende Stimme erklang aus einem Meter Entfernung: »In diesem hier ist auch ein Schädel. Das sind doch nicht etwa die Vermissten, oder?«

Ashley schüttelte den Kopf und nahm die Lampe vom Felsen. »Nein. Die außergewöhnliche Größe der Steine lässt darauf schließen, dass sie vor einer Million Jahren entstanden sind. Ich denke, es handelt sich vielmehr um unsere Höhlenbewohner.« Sie wandte sich vom Stein ab. Was hätte sie dafür gegeben, diese Entdeckung stundenlang zu untersuchen. Aber die Lösung dieses Rätsels musste warten. Mist! Nach drei mühevollen Tagen hatten sie endlich eine Spur der verschwundenen Kultur gefunden und konnten sie nun, zumindest vorübergehend, nicht weiterverfolgen. Um Halloway zu retten, mussten sie die Suche schleunigst vorantreiben. Sie erhob ihre Stimme: »Alle Mann sammeln! Wir dringen weiter vor.«

Die anderen kamen von der flüchtigen Untersuchung der benachbarten Perlen zurück. Der Erste war Michaelson. »Ich denke, wir sollten mit einer systematischen Suche auf dieser Seite des Flusses fortfahren. Halloway ist vielleicht verwundet oder in eine Felsspalte gefallen.«

Ashley nickte zustimmend, als Khalid und Villanueva herankamen.

»Vielleicht hat er ja auch den Fluss überquert«, sagte Linda zweifelnd und blickte dabei den anderen SEAL an.

Villanueva schüttelte den Kopf und warf sein kurzläufiges CAR-1-Sturmgewehr von einer Hand in die andere. »Er hätte das Team niemals verlassen«, sagte er verbissen.

Ashley wandte sich der Gruppe zu. »Dann suchen wir hier. Linda und Khalid bleiben beim Wurmloch für den Fall, dass Halloway zurückkommt, wenn wir unterwegs sind. Ben und Villanueva suchen in nördlicher Richtung, Michaelson und ich widmen uns der südlichen Hälfte. Auf diese Weise müssten wir das ganze Gebiet abdecken.«

Ben warf ein: »Ich glaube, ich sollte dich begleiten.«

»Nein, ich möchte, dass zu jeder Suchmannschaft eine bewaffnete Person gehört. Außerdem sollten wir eine Waffe hier bei Khalid lassen.« Sie drehte Ben den Rücken zu.

Da es keine weiteren Einwände gab, machten sich die Suchmannschaften auf den Weg. »Seid vorsichtig da draußen. Haltet die Augen offen – und bitte lasst alle Lampen an. Im Augenblick sollten wir nicht mit Batterien sparen.«

Weitere Lichter flammten in der Dunkelheit auf. Gut. Sie wollte nicht, dass noch jemand im Dunkeln verschwand.

Michaelson half ihr, über eine breite Kluft zu springen. Ein weiteres Hindernis auf ihrem Weg. Bis jetzt war ihr Vorankommen dadurch aufgehalten worden, dass sie sich um Felsbrocken herumschlängeln, ihren Weg aus Sackgassen zurückfinden und gefährlichen Felsspalten ausweichen mussten. Kein Wunder, dass Halloway verschwunden war.

»Das hier wäre alles tausendmal einfacher, wenn man uns mit Walkie-Talkies ausgestattet hätte. Dann hätten wir Halloway einfach angefunkt.«

Michaelson brummte. »Zu viele Felsen. Würde nicht funktionieren.«

Ashley seufzte und arbeitete sich schweigend mehrere Meter weiter vor. Dann fragte sie zum dritten Mal: »Sie haben also weder etwas gehört noch gesehen, als Sie hier unten waren?«

»Warten Sie ab, bis Sie erst den Fluss erreicht haben. Das Rauschen ist ohrenbetäubend. Eine Büffelherde hätte in wilder Panik hier durchtrampeln können – ich hätte nichts gehört.« Er klang aufgeregt. »Ich hasse diese Verzögerungen. Wir sollten längst am anderen Ufer und wieder auf dem Weg sein. Zum Teufel mit Halloway!«

Ashley schreckte bei seinem Ausbruch leicht zusammen. »Es war nicht sein Fehler.«

»Wie meinen Sie das?«

»Sie hatten Ihre Befehle. Sie sollten am Wurmloch bleiben. Sie haben eigenmächtig entschieden, sich auf eigene Faust vorzuwagen. Aus diesem Grund musste ich Ihnen jemanden hinterherschicken. Nun ist Halloway verschwunden.«

Michaelson schüttelte den Kopf. »Das war ein Aufklärungseinsatz. Ich wollte uns ein schnelleres Vorankommen ermöglichen und unnötige Verzögerungen verhindern.«

»Das ist doch Schwachsinn, Dennis.«

Er blieb stehen und erstarrte.

»Dennis«, sagte sie, »ich weiß, warum Sie hier sind. Ich weiß von Ihrem Bruder.«

»Dann hat es Blakely Ihnen erzählt.«

»Es kommt nicht darauf an, wer es mir erzählt hat«, sagte sie. »Worauf es mir ankommt ist, dass Ihre Absicht, Harry zu finden, unsere Mission gefährdet.«

Er erstarrte noch mehr. »Das sehe ich nicht so.«

»Ich weiß. Darum habe ich das Thema ja aufgebracht. Einer muss es Ihnen sagen. Sie denken mit dem Bauch, nicht mit dem Kopf. Sie sehen die Spuren gar nicht – zum Beispiel die eingebeulte Tasse. Sie stürmen als Erster vor. Allein. Womit Sie sich selbst schon genug gefährden. Doch jetzt haben Sie jemand anders in eine gefährliche Situation gebracht.«

Er spannte seine Schultern an und senkte die Stimme. »Aber ich *muss* meinen Bruder finden.«

Ashley legte ihm tröstend eine Hand auf die Schulter; er zuckte bei der Berührung zusammen. »Wir werden ihn finden. Aber gemeinsam.«

Ein paar Sekunden lang rührte er sich nicht, dann machte er einen ungeschickten Schritt nach vorn und räusperte sich. »Wir sind fast am Fluss. Er ist gleich da vorn.«

Kopfschüttelnd folgte Ashley Michaelson um den Felsen herum. Der Pfad wurde immer unwegsamer, je näher sie dem dröhnenden Fluss kamen. Auf den letzten Metern versperrte ihnen eine Formation von Höhlenperlen den Weg, und sie mussten darunter weiterkriechen.

Schlammbedeckt erreichten sie schließlich das Flussufer. Unter ihnen, zwischen den steilen Ufern, wühlte sich schwarzes Wasser durch das Flussbecken. Die salzhaltige Gischt stach ihnen in die Augen.

Mit einem feuchten Taschentuch wischte sich Ashley

den Lehm von der Stirn, beugte sich nahe zu Michaelson und schrie ihm ins Ohr, um den Fluss zu übertönen: »Er hätte niemals versucht, den Fluss allein zu überqueren.«

Michaelson nickte. »Vielleicht haben Ben und Villanueva ja mehr Glück«, brüllte er. »Warum gehen wir nicht …«

Ein Schrei durchschnitt das Dröhnen des Flusses und schallte durch die Höhle.

Erschrocken blickten sich Michaelson und Ashley an.

»Was war das, zum Teufel?«, brüllte sie. »Es klang, als käme es von der anderen Seite des Flusses!«

Michaelson versuchte, mit seinem Licht den Sprühnebel zu durchdringen. »Es könnte auch ein Echo gewesen sein.«

»Das gefällt mir nicht. Lassen Sie uns die anderen zurückrufen.« Ashley drehte sich herum, um den Weg zurückzugehen, als ein zweiter Schrei ertönte, der abrupt abbrach. »Wir machen besser, dass wir fortkommen.«

Doch Michaelson stand da, die Lampe in die Dunkelheit des anderen Flussufers gerichtet.

Ashley biss die Zähne zusammen und zog ihn am Arm. »Los, Soldat. Wir müssen hier weg.«

Ben kratzte sich hinter dem linken Ohr. Warum brauchten Ashley und Michaelson nur so lange? Er und Villanueva hatten ihren Teil der Suche vor einer Viertelstunde beendet. Der SEAL hatte ein ziemliches Tempo vorgelegt. Ben hatte immer geglaubt, er sei gut in Form, aber als er kämpfen musste, um mit Villanueva Schritt zu halten, kam er sich wie seine eigene Großmutter mit Arthritis vor. Sein Beitrag zur Suche hatte hauptsächlich darin bestanden, dem SEAL zuzurufen, er möge langsamer gehen. Doch trotz aller Anstrengungen hatten sie keine Spur von Halloway entdeckt. Daher konnten sie Linda und Khalid keine Neuigkeiten überbringen, als sie zum Wurmloch zurückkehrten.

Ben beobachtete Villanueva. Der SEAL ging auf und ab, eine Hand stets am Pistolenholster. Rastlos wie ein Tiger im Käfig. Offensichtlich war es für ihn unerträglich, auf die Rückkehr der anderen warten zu müssen.

Auch Ben machte sich langsam Sorgen. Sie hätten längst zurück sein müssen. Er schlug auf den Stein, den er mit seiner Stablampe gerade untersucht hatte. *Er* hätte mit ihr gehen sollen. Er verstand mehr von Höhlen als Michaelson. Wenn sie nun wie Halloway einfach vom Erdboden verschwinden würde?

Linda hockte vor einer Höhlenperle und rief ihm zu: »Ben, komm her und schau dir das an.«

Er ging zu ihr und hockte sich neben sie. »Was ist denn?«

»Leuchte mit deiner Lampe hinein. In diesem kleinen Stein kann man die Einzelheiten besser erkennen.«

»Linda, haben wir dafür jetzt Zeit?«, murrte er, tat aber, was sie ihm sagte.

Vor wachsender Aufregung sprach sie immer schneller. »Schau dir die Augenhöhlen an. Sie stehen viel zu stark vor. Und die Ohrlöcher. Sie sitzen viel zu tief am Schädel.« Sie schaute Ben mit glänzenden Augen an. »Das ist kein menschlicher Schädel. Oder besser gesagt, er gehörte keinem modernen Menschen. Die Größe des Hirnschädels lässt auf einen fortgeschrittenen Hominiden schließen, aber die Verzerrung ist zu groß, um die Spezies zu erkennen. Das muss Ashley sich anschauen. Sie erkennt sie bestimmt.«

Plötzlich blickte sich Linda um und sprach aus, was Ben Sorgen bereitete. »Wo bleiben sie nur so lange?«

Unvermittelt schallte ein Schrei durch die Höhle. Ben und Linda fuhren gleichzeitig hoch. Linda rückte näher zu Ben, dem das Herz bis zum Hals schlug. Ashley!

Villanueva hatte die Pistole im Anschlag und verharrte bewegungslos. Der Strahl seiner Stablampe diente ihm als

Visier. Khalid lief zu Linda hinüber, und wie ein kleiner Mond wurde sie in die Umlaufbahn eines anderen Planeten gezogen und bewegte sich von Bens in Khalids Schatten.

Ein zweiter Schrei. Ben trat zu Villanueva. »Wir müssen ihnen nach«, sagte Ben. »Sie stecken in der Klemme.«

»Nein«, sagte Villanueva. »Wir bleiben hier.«

»Sind Sie wahnsinnig? Sie werden angegriffen!«

Das Gesicht des SEAL blieb unbeweglich. »Nein. Der Schrei kam aus großer Entfernung. Von der anderen Seite des Flusses.«

»Warum sind Sie sich da so sicher? Die akustischen Verhältnisse in Höhlen täuschen oft.«

Villanueva blickte weiterhin durchdringend in die Dunkelheit. »Ich bin mir sicher.«

»Mir egal. Ich mache mich auf die Suche nach ihnen.«

»Wenn Sie das versuchen, schieße ich Ihnen ins Bein.« Die Beiläufigkeit, mit der er das sagte, ließ vermuten, dass er es ernst meinte.

»Was glauben Sie eigentlich, wer Sie sind?«

»Ich bin im Augenblick der Offizier mit dem höchsten Dienstrang hier. Mein Wort gilt.«

»Aber ...«

»Dies hier ist der vereinbarte Treffpunkt. Wenn die anderen in Schwierigkeiten sind, werden sie versuchen, hierher zu gelangen. Wir geben ihnen noch zehn Minuten.«

»Und was dann? Suchen wir dann nach ihnen?«

»Nein. Wir ziehen uns zurück.«

»Und lassen sie hier unten? Nur über meine Leiche!«

»Michaelson hat das Funkgerät. Ohne ihn haben wir keinerlei Möglichkeit, mit der Basis in Verbindung zu treten. Wenn er nicht in zehn Minuten zurück ist, räumen wir die Höhle.«

Ben starrte auf den schwarzen Vorhang und stellte sich vor, wie sich die furchtbarsten Dinge dahinter ereigneten.

Ashley, wie sie um ihr Leben rannte und von sabbernden Monstern verfolgt wurde. Ashley, übel zugerichtet und blutverschmiert. Zehn Minuten lang wagte Ben kaum zu atmen. Zum Teufel mit dem verfluchten SEAL. Wenn sie nicht zurückkam ... Er wusste, wie er unter der Erde allein überlebte.

Villanueva senkte den Arm. Die Finsternis füllte rasch das Vakuum, das der Strahl der Lampe hinterließ, und eroberte gierig ihr verlorenes Territorium zurück. »Packt eure Sachen«, rief er nach hinten. »Wir ziehen uns zurück.«

Ben trat von einem Fuß auf den anderen und versuchte angestrengt, die Dunkelheit mit seinem Blick zu durchdringen.

»Gehen wir, Mr. Brust.« Der SEAL wies ihm den Weg mit der Waffe. »Machen Sie es uns nicht zu schwer.«

Ben hatte eine Idee. »Wartet. Macht alle eure Lampen aus.«

»Was?«, sagte Linda, ein Zittern in der Stimme, »bist du wahnsinnig?«

»Tut es einfach. Wenn wir dann keinen Schimmer ihrer Laternen sehen, dann machen wir, dass wir hier rauskommen.«

Villanueva sah ihn prüfend an und kniff die Augen misstrauisch zusammen. »Eine Minute.«

Linda kuschelte sich noch dichter an Khalid, als sie die Lampen ausschalteten.

Finsternis hüllte das Camp ein.

Ben brauchte ein paar Sekunden, bis sich seine Augen an das Dunkel gewöhnt hatten; blasse Reflexe der erloschenen Lichter brannten noch auf seiner Netzhaut. Als diese letzten Spuren verschwunden waren, blieb ein Punkt links im Blickfeld übrig. Er versuchte zu fokussieren. Eine Höhlenperle phosphoreszierte. Dann eine zweite, nähere. Die

Lichter kamen auf sie zu. »Da kommt jemand«, sagte Ben, und Erleichterung schwang in seiner Stimme. »Sie kommen zurück.«

Linda sagte: »Ja, jetzt sehe ich es auch!«

Villanueva befahl, die Lampen einzuschalten. Die brennenden Laternen drängten die Dunkelheit zurück. Innerhalb weniger Minuten sahen sie die hüpfenden Lichtkegel der Stablampen näher kommen. Der SEAL hatte seine Waffe immer noch ins Dunkel gerichtet. Als die Lichter nahe genug herangekommen waren, rief er: »Bleiben Sie stehen! Identifizieren Sie sich!«

Ashleys Stimme rief ärgerlich zurück: »Dreimal dürft ihr raten.«

Dann die Stimme von Major Michaelson: »Wir sind es, Major. Kein Grund zur Beunruhigung.«

Villanueva senkte die Waffe.

Ashley stampfte ins Camp, gefolgt von Michaelson, der immer wieder hinter sich zum Fluss blickte. »Wer hatte denn die glänzende Idee, die Lichter auszuschalten?«, fragte Ashley säuerlich. »Sie haben uns nämlich als Leuchtfeuer für den Rückweg gedient. Wir dachten, euch wäre etwas passiert, und sind losgerannt. Beinahe wäre ich von einem Felsen gefallen.«

Linda zeigte mit dem Daumen auf Ben.

»Wir wollten nur nach euch Ausschau halten«, sagte er und wies nickend auf den SEAL. »Nachdem wir den Schrei gehört hatten, wollte unser Freund hier, dass wir die Beine in die Hand nehmen und uns Hals über Kopf auf den Rückweg nach oben machen, falls ihr nicht rechtzeitig auftaucht.«

Ashley kochte. »Was zum Teufel …?«

Michaelson unterbrach sie mit erhobener Hand. »Er hatte Recht. Wir hatten das Funkgerät. Sie nicht.«

Ben schluckte. »Aber euch im Stich lassen …«

Ashley rieb sich nachdenklich die Schläfe und nickte dann. »Er hat Recht. Hör beim nächsten Mal auf ihn, Ben.« Sie stürmte an ihm vorbei und schaute sich im Camp um. »In Ordnung, unter den gegebenen Umständen müssen wir entscheiden, ob wir weitergehen oder umkehren.«

Michaelson trat nach vorn. »Ich schlage vor, Major Villanueva und ich schauen uns das andere Flussufer einmal genauer an, während ihr bleibt, wo ihr seid.«

Ashley schüttelte den Kopf. »Nein, wir bleiben zusammen. Wir haben ja schon erlebt, was passiert, wenn wir uns trennen.«

»Dann verlassen wir die Höhle«, sagte Michaelson geradeheraus. »Ich habe nicht vor, das Leben weiterer Zivilisten aufs Spiel zu setzen. Halloway kannte das Risiko.«

Ashley machte ein missmutiges Gesicht. »Und was, wenn einer von *uns* da draußen schreien würde? Würden Sie dann auch so rasch aufbrechen?«

Michaelson antwortete nicht.

»Dachte ich es mir doch«, sagte sie. »Ich denke, Halloway verdient genauso viel Unterstützung wie jeder von uns.«

Linda meldete sich zu Wort. »Außerdem ist er vielleicht nur verwundet oder bewusstlos. Seit den Schreien haben wir nichts mehr von ihm gehört. Wir können nicht einfach verschwinden, ohne wenigstens gründlich nach ihm zu suchen.«

Michaelson wollte widersprechen, doch Ashley hob die Hand. »Da unsere Zivilistenärsche auf dem Spiel stehen, sollten wir uns entscheiden, ob wir weitergehen oder nicht.«

Ben und Linda nickten. Khalid starrte vor sich hin.

»Ich bin dafür weiterzugehen«, sagte Ashley. »Wer ist anderer Meinung?«

Die anderen schwiegen.

»Fein«, sagte sie, »in einer halben Stunde möchte ich auf dem anderen Flussufer sein.«

Ashley ging am Ufer auf und ab. Villanueva hatte sich bis auf die Unterwäsche ausgezogen und watete vorsichtig in das pechschwarze Wasser. Er hatte ein Seil um die Taille, das ihn mit den anderen am Ufer verband. Michaelson hatte es um den nächsten Stalagmiten gebunden.

»Wir könnten jetzt schon alle hinübergeschwommen sein«, sagte Ashley. »Diese ganze Anseilerei ist nur Zeitverschwendung.«

»Keineswegs«, sagte Michaelson und machte einen Knoten ins Seil. »Die Strömung ist zu stark. Wenn wir hinüberschwimmen würden, könnten wir mit Leichtigkeit abgetrieben werden.«

»Dann binden Sie halt alle mit dem Seil aneinander.« Sie verstand nicht, warum er so stur reagierte. War ihm nicht klar, dass jede verschwendete Minute Halloways Tod bedeuten konnte?

Ben schüttelte den Kopf und versuchte, Ashley mit einem Lächeln aufzumuntern. »Zu leicht hat sich jemand verheddert, Ash. Auf die Art ist schnell jemand ertrunken.«

Ein lauter Platscher zog ihre Aufmerksamkeit auf sich. Villanueva war kopfüber ins tosende Wasser gesprungen und hatte bereits den halben Fluss durchschwommen, als er wieder auftauchte. Mit seinen starken Armen pflügte er durch das Wasser, aber dennoch trieben ihn die Fluten stromabwärts.

Linda griff nach Ashleys Arm und krallte sich vor lauter Panik an ihr fest. »Sieh nur!«

Ashleys Blick folgte ihrem ausgestreckten Arm, der von ihrem Standort aus stromaufwärts zeigte. Eine einen Meter große albinoweiße Rückenflosse tauchte aus dem brodelnden Wasser auf und verschwand wieder unter der Oberfläche. Ben hatte sie auch gesehen und gaffte mit offenem Mund auf das Wasser. »Grundgütiger Gott!«, entfuhr es ihm.

Michaelson, der sich mit einer Hand im Sicherungsseil seines Kameraden verheddert hatte, versuchte sich zu befreien, aber das Seil war eng um seine Taille geschlungen. Es gelang ihm, sein Gewehr zu lösen und es Ben zuzuwerfen, der den besseren Schusswinkel hatte. »Schießen Sie, bevor das Biest Villanueva zu packen kriegt.«

Ungeschickt legte Ben an und suchte im Wasser nach seinem Ziel. In diesem Augenblick brach unter ihnen ein weißer Fleck durch die Wasseroberfläche und ein Schuss explodierte. Wo die Kugel das Wasser traf, schoss eine kleine Fontäne in die Luft – mehrere Meter von der Flosse entfernt. Daneben.

»Scheiße«, fluchte Ben und feuerte noch einen Schuss ab. Wieder daneben.

Villanueva, der die Schüsse über das Tosen hinweg gehört hatte, hatte innegehalten, sich hastig herumgedreht und starrte sie nun an, während er immer noch gegen die Strömung anging. Linda und Ashley gestikulierten zum gegenüberliegenden Ufer hin. »Schnell! Machen Sie, dass Sie an Land kommen!«, schrie Ashley.

Die Rückenflosse tauchte wieder in ihrer vollen Größe auf und schnitt mitten zwischen dem Team und Villanueva durch das Wasser. Im hohen Bogen sprang der SEAL auf das gegenüberliegende Ufer zu. Das Wasser schäumte, wo er mit den Armen und den Beinen ruderte. Aber die Strömung widersetzte sich seinen Anstrengungen. Villanueva strampelte wie eine Fliege im Bernstein. Er schafft es nicht bis ans Ufer, dachte Ashley und ballte die Fäuste.

Die Flosse glitt auf den strampelnden SEAL zu.

Ben hatte das Gewehr angelegt, ließ es aber wieder sinken.

»Verdammt. Ich kriege keinen sauberen Schuss hin. Aus diesem Winkel könnte ich Villanueva treffen, wenn ich danebenschieße.«

Ashley entriss ihm das Gewehr und legte an. Der erste Schuss fetzte ein Stück aus der Flosse. Beim zweiten Schuss zielte sie tiefer. Als sie den Abzug durchzog, bekam sie den Rückschlag mit Wucht vor die Schulter. Diesmal erzeugte der Aufschlag der Kugel eine rote Fontäne.

Die Rückenflosse kippte zur Seite und verschwand im Wasser.

Ashley knirschte mit den Zähnen. Sie wartete darauf, dass das verletzte Tier aus dem Wasser schoss und sich in dem Navy SEAL festbiss. Wachsam hielt sie Ausschau, das Gewehr im Anschlag, als Villanueva das Ufer erreichte und den rutschigen Felsen hinaufkletterte. Er winkte dem jubelnden Team zu und marschierte stromaufwärts.

Ben ging auf Ashley zu, nahm das Gewehr aus ihren zitternden Händen und sagte: »Ich dachte, du hasst Waffen?«

Sie rieb sich die Hände. »Was man nicht kennt, kann man nicht hassen.«

Ben nickte und schien zu spüren, dass sie darüber nicht weiter sprechen wollte.

Sie blickte auf die andere Seites des Flusses hinüber. Villanueva hatte sich das Seil von der Taille gebunden und schnürte das Ende um einen dicken Stalagmiten. Michaelson zog das andere Ende straff und band es auf seiner Seite um einen Felsen, so dass das Seil eine Brücke zwischen den Stalagmiten bildete. Die beiden arbeiteten, als wäre nichts geschehen. Als ob es das Ungeheuer niemals gegeben hätte, das einen von ihnen hatte verschlingen wollen.

Der Major testete die Haltbarkeit der Brücke und zog daran. Zufrieden wandte er sich an die Mannschaft. »Jetzt kommen wir hinüber.«

Ashley atmete tief ein, und ihr pochendes Herz beruhigte sich. Bring es hinter dich, sagte sie sich, du hast ein Team zu führen und einen Vermissten zu finden.

Mit Karabinerhaken befestigten sie die Klettergurte am Seil, mit deren Hilfe sie sich Hand über Hand auf die andere Seite zogen. Ashley vermied es, nach unten zu schauen, als sie am Seil baumelte. Die Entfernung zum Wasser war zwar nicht groß, doch der Gedanke an das, was unter der Wasseroberfläche auf sie lauerte, lähmte sie.

Villanueva, der seinen Overall wieder angezogen hatte, half ihr, sich vom Seil zu lösen. Seine Hand zitterte ein wenig, als er sie auf den Boden setzte – ob von der niedrigen Wassertemperatur oder von den Nachwirkungen der Todesgefahr, konnte sie nicht erkennen.

»Danke«, sagte er hastig und blickte sie verlegen an, »ich schulde Ihnen etwas.«

Sie versuchte zu antworten, doch er hatte sich bereits umgedreht und Michaelson zugewandt, der als Letzter den Fluss überquerte.

Sobald der Major seine Füße auf die Felskante gesetzt hatte, trommelte Ashley ihre Leute zusammen. »Dieser Teil der Höhle ist weitaus kleiner. Daher durchsuchen wir das Gebiet gemeinsam. Es geht los. Haltet Augen und Ohren offen. Was auch immer die Schreie ausgelöst hat, es kann immer noch da sein.«

Die Suche ist überflüssig, dachte Khalid. Er kratzte mit einem kleinen Messer schwarzen Lehm unter einem Fingernagel hevor. Halloway war mit Sicherheit tot. Wann wurde das diesen verfluchten Idioten endlich klar, so dass sie endlich weiter ziehen konnten?

Er beobachtete, wie der SEAL das Wurmloch untersuchte, das sie entdeckt hatten. Von dem vermissten Teamkameraden keine Spur. Sie hatten jeden Kieselstein umgedreht und in jeden schwarzen Spalt geguckt. Nichts.

»Das hat keinen Zweck«, sagte Villanueva, während er mit der Stablampe in das Wurmloch leuchtete. »Dieses Loch hat seit Jahren keiner mehr benutzt. Schaut euch die Lehmschicht am Eingang an. Keine Fuß- oder Schlittenspuren.«

Ashley hockte sich neben ihn und steckte einen Finger knöcheltief in den Lehm. »Sie haben Recht. Wenn jemand hier durchgekommen wäre, wäre eine Spur zu sehen.« Sie richtete sich mit einem Ruck auf und wandte sich an die anderen. »Es muss noch einen weiteren Ausgang geben, den wir bisher übersehen haben.«

Khalid wollte die anderen wachrütteln, ihre Aufmerksamkeit wieder auf die eigentliche bevorstehende Mission zu lenken. Er hatte einen Plan auszuführen, ob sie nun Halloway fanden oder nicht. Deshalb sagte er: »Vielleicht kam er nicht mehr aus dem Fluss raus und wurde von der Strömung mitgerissen.«

Michaelson schüttelte den Kopf. »Nein, der Schrei ertönte ein gutes Stück vom Ufer entfernt. Ich stimme Ashley zu. Es muss noch einen anderen Ausgang geben.«

Khalid versuchte, sein missmutiges Gesicht zu verbergen.

»Bevor wir diese Höhle verlassen, sollten wir jemanden durch das Wurmloch schicken. Nur um diese Möglichkeit auszuschließen. Freiwillige?«

Villanueva zog seinen Schlitten aus dem Rucksack. »Ich gehe.«

Ashley nickte. »Seien Sie vorsichtig. Stellen Sie nur fest, wo das Wurmloch hinführt, und kommen sie dann sofort zurück. Keine Alleingänge.«

Er nickte und glitt ins Loch. Ashley schaute auf die Uhr.

Khalid rollte mit den Augen über die zusätzliche Verzögerung und ging hinüber zu Linda, die auf einem Felsen saß. Sie hatte die Arme fest vor der Brust verschränkt, als er sich zu ihr setzte.

»Glaubst du, wir finden ihn?«, fragte sie mit piepsiger Stimme.

»Nein. Egal was der Major glaubt, ich bin sicher, er wurde fortgespült.«

Linda schauderte. Er wusste, was sie dachte. Die Rückenflosse war so weiß wie der Bauch einer Made gewesen. Wie der Geist eines Hais, der ihnen ihre Seelen nehmen wollte. Mit den Menschen und den Felsen wurde er fertig, aber mit den Tieren hier unten ... Zuerst der Tintenfisch, der seinen Arm fressen wollte, und jetzt dieses Monster ... Der Anblick der Flosse hatte ihn erschauern lassen. Als ob die Natur ihnen zeigen wollte, wie klein sie doch waren.

Er erinnerte sich, wie man ihm als Kind von dem Sandsturm erzählt hatte, der das Lager, in dem seine Mutter lebte, unter sich begraben und jeden getötet hatte. Sie nannten das die »schwarze Hand Allahs«, doch er wusste es besser. Es war nur die Natur, ein gleichgültiger Gott, gleichgültig gegenüber den Plänen der Menschen. Ihrer Willkür war jeder wehrlos ausgeliefert. Und Khalid hasste es, wehrlos zu sein.

Linda schlang die Arme noch fester um sich, während sie weiterhin auf den Fluss schaute. »Dieser weiße Hai. Er war so riesig. Um solch ein Raubtier am Leben zu erhalten, muss das Ökosystem hier unten weit komplexer sein, als ich dachte. Wenn es nicht um Halloway ginge, hätte ich nichts dagegen, hier zu bleiben, um einige Untersuchungen durchzuführen.«

Khalid zog eine Grimasse und rieb seinen Arm dort, wo ihn der Ammonit gebissen hatte. »Ich meide das Ökosystem lieber und bleibe auf festem Boden.«

»Ich habe etwas gefunden!«, rief Ben aus mehreren Metern Entfernung.

Khalid reckte den Hals, um Ben zu Gesicht zu bekommen. Er stand an der Höhlenwand mit einem Streichholz in der Hand.

Ashley rief: »Was ist es, Ben?«

»Ich habe einen zweiten Weg aus dieser Höhle gefunden.«

Wen wollte er auf den Arm nehmen?, fragte sich Ashley, als sie in den engen Spalt schielte, der im Schatten einer Verwerfung der Felsoberfläche verborgen lag. Er reichte vom Boden bis zur Decke, war aber nur etwa dreißig Zentimeter breit. Leicht zu übersehen. »Kein Mensch passt da durch«, sagte sie. »Viel zu eng.«

»Doch, ich habe es ausgemessen«, sagte Ben.

»Womit?«

»Mit meinem Schuh.«

Sie starrte ihn verständnislos an.

»Die Faustregel eines jeden Höhlenforschers: ›Ist sie breiter als dein Schuh – durch passt du.‹«

»Glaube ich nicht. Ganz bestimmt nicht Halloway. Er ist ein großer Kerl.«

»Sicher ist es knapp, aber ich glaube schon, das er hineingepasst hätte.«

»Aber wer sagt uns, dass auf der anderen Seite etwas ist?«

Als Antwort hielt Ben ein angezündetes Streichholz vor den Spalt. Die Flamme wich von der Öffnung zurück. »Wind«, sagte er. »Eine Brise weht von der anderen Seite herüber.«

Ashley sah, wie die Flamme flackerte. Vielleicht …

Ein Schaben vom Wurmloch hinter ihr lenkte sie ab. Ein Paar Beine rutschte rückwärts aus der Öffnung. Es war Villanueva. Er stand auf und wischte sich seine Hände an den Knien ab.

»Es ist blockiert«, sagte er und schnaufte ein wenig.

»Nach etwa dreißig Metern ist der Gang durch einen Steinschlag blockiert worden. Es war eine verteufelte Strapaze, rückwärts wieder hinauszukommen.«

Ashley fluchte. Wenn dieser Gang nicht passierbar war, dann kamen sie nur durch den zweiten weiter.

Linda kam nach vorn und blickte in den engen Spalt hinein. »Wäre Halloway denn überhaupt hier durchgeklettert?« Sie betrachtete den Spalt ängstlich. »Ich meine, warum sollte er überhaupt den Fluss überquert haben?«

»Weil er angegriffen wurde«, antwortete Villanueva, »von etwas, mit dem er nicht fertig wurde. Er hätte versucht, es fortzulocken. Damit es uns nicht überrascht, so wie es ihn überrascht hat.«

»Warum glauben Sie das?«, fragte Ashley.

Villanueva schaute ihr in die Augen. »Weil ich das Gleiche getan hätte.«

Ashley kaute auf der Unterlippe herum. »Was schlagen Sie also vor? Was sollen wir tun?«

»Er will für uns Zeit gewinnen, damit wir entkommen können. Wir sollten sie nutzen.«

Sie schloss die Augen. Ihr graute vor dem Gedanken, ihn hier zurückzulassen.

Ben hatte sich in die Spalte gezwängt, um den Durchgang zu erkunden, und rief sie nun zu sich. »Kommt und schaut euch das an!«

Ashley war im Nu bei ihm. Er streckte ihr aus der engen Spalte die Hand entgegen. Die Handfläche war voller Blut. Frischem Blut.

»Er ist durch diesen Spalt durch«, murmelte Ashley. »Erst vor kurzem.« Sie drehte sich zu Villanueva um. »Wollen Sie immer noch umkehren?«

Er biss die Zähne zusammen. »Sie sind der Boss.«

Ben kletterte aus der Spalte. »Wer geht als Erster durch? Wir sollten uns beeilen.«

Ashley seufzte. Offenbar hatte Ben von der Diskussion nichts mitbekommen. »So einfach geht das leider nicht.«

»Was? Wir sind ihm dicht auf den Fersen.«

»Villanueva glaubt, dass Halloway etwas von uns ablenken will.«

Ben rief wütend: »Vielleicht ist er ja auch nur ein bisschen verletzt und braucht Hilfe!« Er packte sie bei den Schultern. »Ash, ich schwöre dir, er ist direkt vor uns. Wir können ihn jetzt nicht im Stich lassen.«

Sie rieb ihre müden Augen und nickte dann. »Okay. Machen wir uns auf den Weg.«

Linda stand zitternd in ihrer Unterwäsche vor der Felswand. Sie hatte den Rucksack abgesetzt und den Overall ausgezogen. Damit sie sich keine Laufmaschen zieht, hatte Ben gesagt. Macht schlanker. Ein Schauder lief ihr über den Rücken. Wie in aller Welt sollte sie sich durch die Spalte quetschen? Zwischen den engen Felswänden würde sie keine Luft bekommen.

Sie warteten noch auf Ben und das Ergebnis seiner Erkundung. Vor über drei Minuten war er in dem schwarzen Felsen verschwunden. Ashley und Michaelson standen wie Wachposten auf beiden Seiten, während Ben ihnen zurief, wie er vorankam.

»Ich bin durch«, rief er und seine Stimme hallte durch die Höhle. »Der Durchgang ist weniger als zwei Meter tief und mündet abrupt in einen Tunnel von akzeptabler Größe. Ein Kinderspiel. Nur noch eine klitzekleine, enge Stelle kurz vor dem Ausgang.«

Ashley sagte zu den anderen: »Ich schicke Villanueva als Nächsten durch. Er ist der Kräftigste von uns allen. Wenn er durchkommt, schaffen es die anderen auch.«

Keiner widersprach.

Linda hielt die Luft an und hoffte, der SEAL würde es

nicht schaffen; dann müsste sie nicht durch den engen Gang kriechen.

Bens Jubelruf machte ihre Hoffnung zunichte. »Er ist durch! Hat die Brust ein wenig zerschrammt, aber sonst ist ihm nichts passiert.«

Ashley rieb sich die Hände. »In Ordnung! Los geht's!«

Khalid ging als Nächster. Als er sich von Lindas Seite löste, drückte er ihre Hand. Sie spürte es kaum. Sie sah zu, wie er verschwand und das Seil, das um seine Taille gebunden war, hinter sich herzog. Sobald er drüben wäre, würden die Rucksäcke mit dem Seil durch die Spalte befördert.

»Alles klar!«, rief Ben. »Schickt die Rucksäcke als Nächstes durch!«

Sie benötigten zähe zehn Minuten, um ihre Ausrüstung und die Waffen am Seil zu befestigen und auf die andere Seite zu ziehen.

»Das war der Letzte«, brüllte Ashley und sagte zu Linda: »Du bist die Nächste.«

Linda starrte reglos auf den schwarzen Spalt. Sie wollte vorangehen, doch ihre Beine versagten ihr den Dienst. Ihr Herz schlug so heftig, und sie keuchte so laut, dass sie kaum die Stimmen der anderen wahrnahm.

»Linda?«

»Ich ... ich ... kann nicht.«

»Natürlich kannst du. Villanueva ist doppelt so breit wie du.«

Sie schüttelte den Kopf, schluckte schwer und presste die Wörter durch die zugeschnürte Kehle: »Nein, ich kann nicht. Es ist zu eng.«

Ashley kam zu ihr und legte ihr den Arm um die Schulter. Linda zitterte am ganzen Leib. »Wir können dich nicht hier zurücklassen.« Ashley nahm sie noch fester in den Arm. »Hör mal zu. Ich komme mit dir und bleibe direkt hinter dir. Du schaffst das, Linda.«

Ashley ging voraus und zwang sie, ihr zu folgen.

»Ich … ich versuche es«, sagte Linda und zog ihre bleischweren Füße über den Boden. »Aber halt bitte meine Hand. Lass mich nicht los.« Ihre Stimme krächzte.

»Bestimmt nicht. Wir stehen das gemeinsam durch.«

Linda versuchte vergeblich zu lächeln. Sie folgte Ashley, die ihre Hand ergriffen hatte. Ihr Mund fühlte sich an, als hätte ihr jemand einen Eimer Sand hineingeschüttet.

»Richte die Helmlampe immer nach vorn«, sagte Ashley. »Lehn dich mit dem Rücken gegen die linke Wand. Ben sagt, es ist die glattere. Und jetzt gleite hinein.«

Linda schob die linke Schulter zuerst in den Spalt. Ihre Zehen bewegten sich vor und zurück. Während sie sich Zentimeter für Zentimeter in die Spalte schob, versuchte sie, ihr panisches Herzflattern zu unterdrücken und sich aufs Vorwärtsgehen zu konzentrieren. Weiter vorn drang Licht um die enge Biegung. Nur wenige Schritte entfernt warteten die anderen auf sie.

Der Spalt hatte sie jetzt ganz verschluckt. Die Wände schlossen sie ein. Es war so eng, dass sie noch nicht einmal den Kopf drehen und Ashley hinter sich sehen konnte. Sie konnte nur ein Bein vorwärts bewegen und den restlichen Körper hinterherziehen. Sie zählte die Schritte, um sich abzulenken, ein Trick aus der Therapie.

»Das machst du gut«, ermunterte sie Ashley und drückte ihre Hand. »Nur noch ein kleines Stück.«

… Fünf … Sechs … Sieben … Mittlerweile atmete sie regelmäßig. Mit jedem Atemzug machte sie einen Schritt. Jetzt konnte sie das Ende des Spalts sehen und ein Gesicht, das nach ihr Ausschau hielt.

»Braves Mädchen«, sagte Ben, »du bist ein Goldstück. Noch drei Schritte, und du hast es geschafft.«

Auf ihrem Gesicht sah man einen Anflug von Lächeln. Gleich hatte Sie es geschafft! Acht … Neun … Ze… Sie bewegte den linken Fuß vorwärts, doch als sie nachrücken wollte, steckte sie plötzlich mit der Brust in der Spalte fest. Sie gab einen heiseren Schrei von sich. Panikerfüllt versuchte sie, sich hindurchzuquetschen, klemmte sich jedoch nur noch stärker ein. Sie versuchte, sich rückwärts herauszuwinden und sich zu befreien, scheiterte aber.

Bitte nicht so!, flehte sie. Bitte lasst mich nicht auf diese Weise sterben. Mittlerweile hyperventilierte sie, sah Sterne vor den Augen, ihre Knie gaben nach.

»Linda«, sagte Ashley, »gib jetzt nicht auf. Du bist fast durch.«

»Ich stecke fest«, quiekte sie mit panikerstickter Stimme.

»Ben«, rief Ashley, »Linda steckt fest.«

»Zum Teufel«, erwiderte er, »kommt mit euren Lampen her!«

In Sekundenschnelle war die Spalte hell erleuchtet.

»Alles klar«, sagte Ben. »Hör mir gut zu, Linda. Streck eine Hand aus. In meine Richtung. Genau so. Ich habe sie. Und jetzt zähle ich bis drei. Ich möchte, dass du bei drei die ganze Luft aus deinen Lungen ausatmest, damit dein Brustkorb kleiner wird. In dem Moment ziehe ich dich heraus.«

»Nein«, flüsterte sie und schloss die Augen. Sie konnte ihren Brustkorb kaum noch ausdehnen. »Dann klemme ich nur wieder fest. Und kann überhaupt nicht mehr atmen.«

Schweigen. Ratlosigkeit. Linda fühlte, wie Ben ihre Hand losließ und ein anderer sie ergriff. Sie erkannte die Hand. Sie hatte ihr bereits über viele Hindernisse hinweggeholfen. Khalid, ihr Teampartner.

Der Ägypter sprach mit sanfter und beruhigender Stimme zu ihr, fast als wollte er sie hypnotisieren. »Linda, du weißt, ich kann dir helfen. Du kennst meine starken Arme. Tu, was Ben gesagt hat. Ich ziehe dich zu mir. Vertrau mir.«

Lindas Herz schlug ihr bis zum Hals. Sie öffnete die Augen. Die Sterne vor ihren Augen waren mittlerweile zu

Sternbildern angewachsen. Sie wusste, dass sie kurz davor war, ohnmächtig zu werden. Sie nickte. »Ich vertraue dir.«

»Bei drei«, sagte Ben, der hinter Khalid stand. »Eins ... zwei ... drei!«

Linda quetschte die ganze Luft aus ihrem Brustkorb, bis ihre Lungen schmerzten. Dann wurde sie am Arm einen Viertelmeter weiter gezogen, bis sie wieder feststeckte. Tränen liefen ihr übers Gesicht. So sollte sie also sterben.

Ein Schmerz schoss plötzlich in ihre Schulter. Wieder zerrte jemand an ihrem Arm und kugelte ihr fast das Schultergelenk aus. Sie schrie sich die letzte Luft aus den Lungen. Das genügte. Sie flog aus dem Spalt wie ein Korken aus einer geschüttelten Sektflasche. Frei.

»Alles in Ordnung?«, fragte Ashley, als sie aus dem tückischen Spalt schlüpfte und sah, dass Khalid Linda in den Armen hielt.

Ben nickte. »Ich denke schon. Sie steht hauptsächlich unter Schock. Ihre Schulter wird verteufelt wehtun, aber sie wird sich erholen.«

Ashley nickte. »Dann bleibt nur noch Michaelson. Ich möchte, dass jeder abmarschbereit ist, sobald er durch ist.«

Villanueva hockte mehrere Meter tiefer im Tunnel und rief ihnen zu: »Halloway ist hier lang.« Der SEAL beleuchtete seinen erhobenen Finger. Er war rot vom Blut. Dann zeigte er mit der Taschenlampe den Tunnel hinunter. »Die Blutspur führt dort entlang.«

Ashley sagte kein Wort. Halloway war noch am Leben. »Jeder bewaffnet sich«, sagte sie mit leiser Stimme. »Sofort!«

Als sie ein raschelndes Geräusch hinter sich hörte, drehte sie sich um und sah, wie Major Michaelson mit zerrissenem T-Shirt aus dem Spalt stolperte. Ashley rief das Team zusammen. »Macht euch abmarschbereit. In zwei Minuten brechen wir auf. Jeder nimmt eine Pistole oder ein Gewehr in die Hand.«

»Vielleicht sollten wir uns doch zurückziehen«, sagte Linda. Ihre Wangen waren immer noch feucht vor Tränen, und ihre Stimme zitterte.

Ashley legte die Hand auf Lindas Schulter. »Wir sind schon zu weit vorgedrungen. Wir müssen jetzt zusammenhalten.«

Linda holte tief Luft und schien sich zusammenzureißen. Als sie sprach, klang ihre Stimme fester. »Du hast Recht.«

Ashley drückte Lindas Schulter und wandte sich an die ganze Gruppe. »Los geht's.«

Wenige Augenblicke später marschierte das Team ohne Murren den Tunnel hinab. Villanueva und Ben gingen an der Spitze als Kundschafter voraus.

»Bleibt in Sichtweite«, rief sie, als Ben sich zu weit entfernte. »Lasst uns beisammen bleiben.«

Der Tunnel gabelte sich. Welche Abzweigung sollten sie nehmen? Ashley blickte ihre Scouts fragend an. Villanueva zeigte mit seiner Lampe in eine Richtung. »Die Blutspur führt hier entlang«, sagte er.

Mit ihrer Pistole gab sie ein Zeichen weiterzugehen. Sie rechnete hinter jeder Biegung damit, Halloway auf dem Boden zu finden. Je tiefer sie in den Tunnel eindrangen, umso schneller wurde ihr Tempo, bis sie zu den vorsichtigeren Scouts aufschlossen.

»Rück mir nicht zu nah auf die Pelle«, zischte Ben Ashley an. »Halloway hat nichts davon, wenn wir eine Klippe hinunterfallen.«

»Tut mir Leid, aber hier liegt so viel Blut.«

»Wir gehen so schnell, wie es unsere Sicherheit erlaubt.«

Villanueva unterbrach ihre Unterhaltung mit einer ruckartigen Armbewegung. Er zeigte um die nächste Biegung. Ashley kroch zu ihm und lugte um die Kurve. Vor ihnen mündete der Tunnel in eine große Höhle. »Ich glaube, ich gehe allein voran«, sagte der SEAL, »und untersuche das Gelände.«

»Nein, dieses Mal nicht«, sagte Ashley mit Nachdruck. »Ich möchte, dass das Team zusammenbleibt. Jeder behält seinen Vordermann im Auge und den Finger am Abzug.«

Villanueva zuckte mit den Schultern.

Das Team drang geschlossen in die Höhle vor. Wie die Speichen eines Rades kreisten die Strahlen der Stablampen durch das Dunkel. Die Höhle unterschied sich nicht von denen, die sie bisher gesehen hatten. Zahlreiche Stalagmiten ragten vom Boden auf, Stalagtiten hingen wie Dolche von der Decke. Nur etwas war anders. Ashley rieb sich eine Schneeflocke vom Augenlid. »Verflucht, hier *schneit* es.«

Ein Wirbel dicker Schneeflocken trieb durch die Lichtkegel.

Linda streckte den Arm aus, und einige Flocken landeten auf ihrer Hand. »Sie sind weder kalt noch nass.«

Ben drängte sich neben Ashley und tippte gegen die aufgefangenen Flocken. »Das ist ein schlechtes Zeichen.«

»Warum?«

»Das sind keine Schneeflocken, sondern Gipskristalle.« Er leuchtete mit seiner Lampe auf die Äste aus Gipskristallen, die die Höhlendecke wie fünf Meter breite, weiße Kronleuchter schmückten. »Das sind sehr zerbrechliche Strukturen. Körperwärme kann dazu führen, dass sie sich lösen und Flocken bilden.«

Ashley wischte sich die Flocken wie Schuppen von der Schulter. »Und was ist daran so gefährlich?«

»Um diesen Schneefall auszulösen, muss sich erst kürzlich eine Menge Körperwärme durch den Raum bewegt haben. Mehr, als ein verwundeter SEAL verursacht.«

Bei dieser Schlussfolgerung bekam Ashley große Augen. »Wir sind nicht allein hier unten.«

Das Treiben der Gipskristalle wurde umso dichter, je tiefer sie in die Höhle eindrangen. Lichtstrahlen schossen in alle Richtungen, Schatten tanzten und hüpften. Ashley zog das Taschentuch zurecht, das sie sich vor die Nase gebunden hatte, um keine Flocken einzuatmen. Sie schaute nach den anderen, die wie ein Haufen Banditen maskiert waren und aussahen, als schlichen sie sich an ein nichts ahnendes Opfer heran. Villanueva ging immer noch voraus. In gebückter Haltung sprang er von Deckung zu Deckung, bevor er den anderen ein Handzeichen gab, ihm zu folgen. Keiner sprach viel. Jeder fürchtete sich vor dem, was hinter der nächsten Ecke auf sie lauern könnte.

Ben holte neben ihr auf, die nach vorn gerichtete Pistole in der Hand. Er strich mit dem Lichtstrahl über den Höhlenboden. »Die Blutspur wird dünner«, flüsterte er.

Der allabendliche Tagesbericht an die Alpha-Basis war schon eine Stunde überfällig, doch konnten sie ihre Suche jetzt nicht unterbrechen. Es würde sie eine halbe Stunde kosten, die Einzelteile des Funkgeräts aus den wasserdichten Kunstoffbehältern auszupacken, zusammenzubauen und den Bericht abzusetzen. Nicht nur die Blutspur, auch die Zeit lief ihnen davon.

Ein wildes Zischen von Villanueva lenkte ihre Aufmerksamkeit von der Blutspur ab. Die anderen verharrten in der Hocke. Ashley war die Einzige, die aufrecht stand. Ben zog sie zu sich herunter und hielt ihre Hand fest.

Der SEAL, der am Fuße eines mächtigen Felsbrockens hockte, hielt einen Finger vor die Lippen und gab ihr ein Zeichen, nach vorn zu kommen … leise. Ashley kroch zur Spitze.

Villanueva drückte ihr die Lippen aufs Ohr und sprach hastig: »Wir haben die andere Seite der Höhle erreicht. Es gibt zwei Ausgänge, ein großer Tunnel und ein kleines Wurmloch.«

»Und? Dann los. In welche Richtung führt die Blutspur?«

Er schüttelte den Kopf. »Ich bin mir nicht sicher. Der Lehm ist so zerwühlt, dass man keine eindeutige Spur erkennen kann.«

»Dann untersuchen wir beide«, sagte sie und wollte sich wieder zurückziehen

»Moment, deswegen hatte ich Sie nicht hergerufen.« Er wies in die Richtung jenseits des Felsens. »Halten Sie den Kopf um die Ecke, und hören Sie genau hin.«

Ashley hob die Augenbrauen und streckte den Kopf um den Felsen. In der Felswand, die sie vor sich sah, entdeckte sie einen weiteren Tunnel mit unebenen Wänden; genau wie derjenige, der zur Höhle hinführte. Zuerst hörte sie nichts außer ihrem eigenen japsenden Atem. Vielleicht hatte sie nicht so gute Ohren wie der SEAL. Doch als sie Villanueva gerade fragen wollte, was er gemeint hatte, hörte sie es auch. Ein Knacken und Knirschen, als würde morsches Holz zertreten. Und ein kehliges Schlürfen. Ein Schauder lief ihr über den Rücken. Das Geräusch kam aus dem Tunnel vor ihnen.

Sie hob die Lampe, um in das Innere des Tunnels zu leuchten, doch Villanueva schlug ihren Arm hinunter.

»Nein«, zischte er, »was auch immer da drin ist, weiß nicht, dass wir hier sind.«

»Vielleicht ist es Halloway«, sagte sie ernsthaft, glaubte aber selber nicht daran.

»Unsinn«, sagte der SEAL.

»Und was machen wir jetzt? Abwarten und Tee trinken?«

Wie als Antwort ertönte plötzlich ein Niesen hinter ihnen. Ashley schnellte herum. Khalid zuckte entschuldigend die Schulter und wies auf die treibenden Flocken, während er mit der anderen Hand ein zweites Niesen unterdrückte.

Ashley drehte sich zu Villanueva um und hielt den Atem an. »Ich kann es nicht mehr hören«, flüsterte sie.

Der SEAL nickte. Er hielt die Augen geschlossen. »Ich auch nicht.«

Scheiße! Was sich auch immer in dem Tunnel verbarg, wusste jetzt, dass sie da waren. Es hatte keinen Sinn mehr, sich zu verstecken. Sie stand auf und hielt die Pistole jetzt mit beiden Händen. »Ben, Villanueva, ihr beide folgt mir. Michaelson, Sie bleiben mit den anderen hinter dem Felsen in Deckung.«

Michaelson kam auf sie zu. »Hier handelt es sich um eine militärische Angelegenheit. Sie sollten hier bleiben. Das ist sicherer. Ich begleite Villanueva und Ben.«

»Nein«, sagte sie und überprüfte ihre Pistole. »Ich brauche Sie hier, um uns den Rücken zu decken und die anderen zu beschützen. Unter Umständen müssen wir uns schnell zurückziehen.«

Sie sah, dass der Major diese Entscheidung erst verdauen musste. Da er anscheinend kein Gegenargument finden konnte, nickte er. »Seien Sie vorsichtig.«

Sie spannte den Hahn ihrer Pistole. »Los geht's.«

Ihr Team schritt zur Vorderseite des Felsens, die Waffen auf den Tunneleingang gerichtet.

»Ich schlage vor, wir eröffnen das Feuer«, sagte der SEAL leise. »Schießen in den Tunnel und stellen die Fragen später.«

»Nein«, zischte Ashley. »Es besteht immer noch die Möglichkeit, dass Halloway da drin ist.«

Villanueva hob sein Sturmgewehr. »Wir nutzen unseren Vorteil, solange wir ihn noch haben.«

Sie schob sein Gewehr mit der Schulter zur Seite und ging einen Schritt nach vorn. »Halloway!«, rief sie. »Wenn Sie da drin sind, geben Sie uns ein Zeichen!«

Die Tunnelöffnung starrte sie ausdruckslos an.

»Zufrieden?« Verachtung troff aus Villanuevas Frage, als er das Gewehr wieder in Anschlag brachte. Er senkte den Kopf, um sich dem Visier zu nähern. Die Höhle explodierte unter dem Gewehrfeuer, als er blind in das schwarze Auge des Tunnels hineinschoss. Das Echo hallte durch die Höhle.

Ashley klingelten noch die Ohren, als der SEAL das Feuer schon wieder eingestellt hatte. Eine Wolke aus Felsstaub und Rauch wälzte sich aus der Öffnung auf sie zu.

Ben bündelte den Strahl seiner Stablampe, um tiefer in die Schwärze einzudringen, aber vergebens. »Mist!«

Aus der Öffnung des Tunnels brach plötzlich ein heulendes Geschrei hervor, wie das Klagen eines Falken, nur kehliger und keuchender. Ashley zuckte zusammen. Uralte Instinkte erwachten in ihr, drängten sie, Schutz zu suchen und zu fliehen. Doch sie ließ sich auf ein Knie nieder und zielte mit ihrer Pistole höher.

Plötzlich rollte etwas Kugelförmiges in die Höhle hinein.

»Himmel ... Herrgott ... Verdammte Scheiße ...« Villanueva stieß einen endlosen Fluch aus und wich zurück.

Es war Halloway – beziehungsweise sein Kopf. Der abgetrennte Kopf des SEALs, oder was von ihm übrig war, blieb einen Meter vor ihnen plumpsend und mit himmelwärts gerichteten Augen liegen. Schneeflocken legten sich sanft auf seine Wimpern.

14

Jason ließ sich in den Bürostuhl fallen und stieß einen Seufzer aus, der laut genug war, um die Aufmerksamkeit seines Babysitters zu wecken. Seit fünf Minuten wartete er schon. Fünf Minuten! Er würde noch zu spät zum Karatetraining kommen.

Roland schaute von seinen Unterlagen auf; seine Brille

rutschte bis auf die Spitze seiner langen Nase. »Oh, Jason, du bist noch hier? Ich dachte, du wärst schon in der Turnhalle.«

»Sie wissen doch, dass ich das nicht kann.« Er betonte jede Silbe.

»Warum?«

Jason rollte die Augen. »Dr. Blakely hat gesagt, dass ich ohne einen blöden Babysitter nicht vor die Tür gehen darf.« Er verzog das Gesicht und machte den näselnden Ton von Blakelys Stimme nach. »Es ist zu meinem eigenen Schutz.«

»Aber das ist doch lächerlich. Die Turnhalle ist direkt nebenan. Sei ein braver Junge und lauf einfach hinüber. Ich muss noch einen riesigen Stapel Berichte registrieren und in ein Verzeichnis eintragen.«

Jason strahlte. Alles klar! Mit einem lauten Quietschen schubste er seinen Stuhl zurück und schoss hinaus. Er rannte die Eingangshalle hinunter und zur Tür hinaus. Seine Sporttasche schlug gegen sein Bein. Er sprintete die zehn Meter zum Nachbargebäude. Lieutenant Brusserman wartete wahrscheinlich schon auf ihn. Kaum war er durch die Tür, drangen die vertrauten Gerüche der Turnhalle auf ihn ein. Verschwitzte Baumwolltrikots, Bohnerwachs auf dem Boden des Basketballfelds und der scharfe Geruch von Desinfektionsmittel.

Er suchte im Aerobic-Bereich nach Lieutenant Brusserman, fand aber keine Spur von ihm. Also ging er zur anderen Seite der Turnhalle, auf die Umkleideräume zu. Er blieb stehen, um einem Zweikampf auf dem Basketballfeld zuzuschauen. Jason erkannte Major Chan, mit dem er gestern eine Bootstour unternommen hatte.

Major Chan machte das Zeichen, um auszusetzen, und kam zu Jason herüber. Er war außer Atem und stieß die Worte keuchend hervor. »Hallo, Kurzer. Hör mal, der Lieutenant hat angerufen. Er schafft es heute leider nicht und sagt, es täte ihm Leid. Er ist morgen wieder für dich da.« Der Major täuschte spielerisch einen Boxhieb vor und nahm das Training wieder auf.

Jason war enttäuscht. »Aber was soll ich denn jetzt ...« Doch der Major war schon wieder auf dem Spielfeld und wehrte gerade einen Korbjäger ab.

Verflixt! Und jetzt? Er hatte keine Lust, wieder zu Roland ins Büro zurückzugehen. Dort bliebe ihm nichts anderes übrig, als sich durch langweilige Zeitschriften über das Marineleben zu blättern.

Er schob die Tür mit dem Arm auf und schlüpfte nach draußen. Eine Gruppe scherzender und lachender Wissenschaftler in weißen Kitteln lief an ihm vorbei; sie waren auf dem Weg zum Wohnheim.

Jason setzte sich auf die Stufen und durchsuchte seine Sporttasche nach etwas, womit er sich beschäftigen konnte. Sein Nintendo-Gameboy? Er rümpfte die Nase. Nein, langweilig. Er fischte einen Spiderman-Comic heraus, aber den hatte er schon gelesen.

Seufzend schüttelte er den Inhalt aus der Tasche. Ein paar Münzen klingelten, und ein Päckchen Kaugummi fiel heraus. Stirnrunzelnd hob er das Päckchen Juicy-Fruit-Kaugummi auf und steckte es ins Seitenfach. In dem Moment berührte seine Hand einen harten, runden Gegenstand.

Er zog ihn heraus. Ach ja! Er befingerte einen roten alten Feuerwerkskörper. Eine Knallerbse. Er lächelte, als er sich daran erinnerte, dass er sie bei Billy Sanderson gegen einen X-Men-Comic eingetauscht hatte. Er hatte das gute Stück beinahe vergessen. Mit einem schelmischen Glanz in den Augen schaute er sich um und überlegte, ob er sich davonschleichen und sie benutzen sollte.

In diesem Augenblick kam ein Wissenschaftler im weißen Kittel um die nächste Ecke, direkt auf ihn zu. Er schob die Knallerbse schnell wieder in ihr Versteck zurück. Vielleicht sollte er doch besser warten, bis er wieder zu Hause war. Wenn seine Mutter von seinem kleinen Geheimnis erführe ... nein, er blieb besser ganz cool.

Er zog den Reißverschluss der Tasche zu und wusste immer noch nichts mit seiner freien Zeit anzufangen.

Er stand auf, ging die Stufen hinunter und nahm die Tasche in die andere Hand. Gerade bog eine Gruppe Offiziere um die Ecke der Turnhalle, von denen einer mit genügend Orden behangen war, um einen Elefanten in die Knie zu zwingen.

Der dekorierte Mann nahm seine Kopfbedeckung ab und wischte sich den Schweiß von der Stirn. »Ist das immer so verdammt heiß hier unten?«

Einer seiner Begleiter antwortete: »Das ist nicht die Hitze, das ist die Feuchtigkeit.«

»Es ist die *Hitze*, Lieutenant«, herrschte ihn der Mann an.

»Jawohl, Sir, jawohl, Admiral.«

Jason war beeindruckt von der Furcht, die dieser Mann auslöste, und blieb wie angewurzelt stehen.

»Wo ist denn jetzt dieser Blakely?«, fragte der Admiral und setzte die Kopfbedeckung wieder auf.

»Hier entlang, Sir.« Der Lieutenant eilte voraus um die Ecke.

Wow! Da musste was im Gange sein. Jason linste um die Ecke. Die Männer verschwanden in einem der Betonblocks.

Jason kannte das Gebäude. Es war die Funkzentrale. Er war dreimal dort gewesen, als er während der morgendlichen Funkzeit zwei Minuten mit seiner Mutter sprechen durfte. Normalerweise bestand die Unterhaltung darin, dass sie ihn fragte, ob er seinen Babysittern gehorchte. Dennoch, so dachte er seufzend, war er froh, ihre Stimme über das Rauschen hinweg hören zu können.

Jason kratzte sich hinter dem Ohr und fragte sich, was das ganze Lametta bei Dr. Blakely wollte. Er schürzte die Lippen. Vielleicht konnte er es herauskriegen. Er wusste, dass seine Mutter es nicht leiden konnte, wenn er an der Türe lauschte, doch konnte er einer tollen Story nicht widerstehen. Außerdem erfuhr er vielleicht etwas über seine Mutter.

Er stahl sich um die Ecke und schlich zur Tür. Es war niemand zu sehen. Die Sekretärin Sandy saß nicht an ihrem Schreibtisch. Was für ein Glück! Er schlich hinein. Als er nach dem Türknauf zur Eingangshalle griff, drehte sich dieser und die Tür ging auf.

Sandy stand mit einer halb leeren Kaffekanne vor ihm.

»Oh, Jason!«, sagte sie mit einem strahlenden Lächeln und schob sich eine blonde Strähne hinters Ohr. »Ich wusste gar nicht, dass du uns besuchen wolltest.«

Jason biss sich auf die Unterlippe und ging einen Schritt zurück, jederzeit bereit, sich aus dem Staub zu machen. Er räusperte sich. »Ich ... ich wollte nur Dr. Blakely etwas sagen.«

Sie stellte die Kaffeekanne ab und zog einen neuen Filter heraus. »Tut mir Leid, Süßer, aber der Doktor ist beschäftigt. Kann ich es ihm sagen?«

»Nein! ... Wissen Sie«, stotterte er mit großen Augen, »es ist was Persönliches ... Privates.«

Sie machte einen Schmollmund und lächelte dann. »In Ordnung. Na, dann setz dich hin und warte, bis Dr. Blakely Zeit hat.«

Er nickte. Das führte zu gar nichts. Vielleicht sollte er einfach wieder gehen und sagen, dass er später mit Dr. Blakely reden würde. Das wäre wohl das Klügste. Doch er sagte etwas anderes: »Ich muss auf die Toilette.«

»Aber ja, mein Schatz. Durch die Tür links.«

Natürlich wusste er das schon. Viel wichtiger war, dass

sich die Toilette direkt neben der Funkzentrale befand. Er ging zur Tür. »Danke.«

Sandy lächelte über ihre Tastatur hinweg und zwinkerte ihm zu.

Jason hielt die Luft an und ging in die Eingangshalle. Seine Turnschuhe quietschten auf dem gebohnerten Linoleum. In der Halle war niemand, aber er konnte das Raunen der Stimmen aus den einzelnen Büros hören. Jason stellte sich auf die Zehenspitzen, schlich die Halle hinunter und versuchte, so leise wie möglich zu sein. Schließlich erreichte er die Tür zur Funkzentrale. Er erstarrte mitten im Schritt und lauschte. Blakelys Stimme erklang klar und knapp. »Zum Teufel, was glauben Sie eigentlich, warum ich das Funkverbindungsnetz brauche? Sie wissen aus meinen Berichten verdammt genau, dass es hier unten eine noch unbestimmte Gefahrenquelle gibt. Wir müssen ...«

Die Stimme des Admirals unterbrach ihn. »Mag alles sein, der Bericht Ihres Teams vom heutigen Abend hat eine Stunde Verspätung. Ich glaube aber, Alarmstufe Rot wäre etwas voreilig.«

»Michaelson wäre keine Sekunde verspätet mit seinem Bericht, wenn er dazu in der Lage wäre.«

»Dem Major liegt an dieser Mission viel zu viel. Sein persönliches Engagement ist zu groß. Sie hätten ihm niemals erlauben dürfen, daran teilzunehmen.«

»Wir haben diese Diskussion bereits geführt. Das ist erledigt. Nun möchte ich gern wissen, was Sie unternehmen wollen.«

»Nichts.«

Ein lauter Knall. »Hören Sie, die Bewegungsdetektoren spielen verrückt. Gestern haben wir wieder einen Mann in Sektor Vier verloren. Und nun meldet sich mein Team nicht. Und was tun Sie? Auf Ihrem Hintern sitzen, bis der Nächste verschwindet?«

Die Antwort klang so kalt, dass Jason schauderte. »Nein. Washington hat mich nur aus einem Grund geschickt: Damit ich mir ein Urteil bilde, ob Sie in der Lage sind, dieses Kommando zu führen. Sie haben mir die Entscheidung leicht gemacht. Ab sofort sind Sie suspendiert.«

Stille, dann wurden heftige Worte hervorgestoßen: »Ihr Affen habt das von langer Hand geplant, was? Ihr hattet niemals vor, dieses Projekt unter ziviler Leitung zu lassen. Wann haben die hohen Tiere denn entschieden, mir das Projekt aus der Hand zu nehmen? Als das erste Team vermisst gemeldet wurde? Oder von Anfang an?«

Totenstille breitete sich aus.

Bevor Jason reagieren konnte, flog die Tür auf. Blakely, mit wildem Blick, stieß mit dem Jungen zusammen und warf ihn um. »Jason!«

»Ich ... ich ... ich ...«

»Was tust du hier?«

»Ich wollte ... ich dachte ...«

»Egal.« Blakely bückte sich und half ihm auf. »Komm hoch.«

Jason wurde zur Tür geschoben und stolperte voran. »Was ist denn los? Ist mit Mama alles okay?«

Der alte Mann beachtete ihn nicht. »Ich muss dich in Sicherheit bringen. Ich hätte nie erlauben sollen, dass sie dich mitnimmt.«

Der Admiral trat in den Flur hinaus. »Wenn das Jason Carter ist, lassen Sie ihn in Ruhe. Er steht jetzt unter meiner Aufsicht.«

»Gehen Sie zum Teufel!«, schrie Blakely und trieb Jason zum Ausgang.

Jason taumelte in den Empfangsbereich. Von Panik erfüllt und unfähig zu denken, konzentrierte er sich darauf, dem tobenden Wissenschaftler immer einen Schritt voraus zu sein, und stieß gegen die Tür.

Sandy fiel vor lauter Überraschung die Kinnlade herunter, und sie stand von ihren Schreibarbeiten auf. »Was ist denn los?«

Keiner antwortete. Jason wurde durch die Tür geschubst, Blakely hatte die Hand auf seine Schulter gelegt. Mittlerweile flossen Tränen über Jasons Gesicht; er hielt seine Sporttasche eng umschlungen.

An der frischen Luft schien Blakely sich zu beruhigen. »Es tut mir Leid, Jason. Ich wollte dich nicht in Angst und Schrecken versetzen. Aber du solltest wissen ...«

Plötzlich erklang das Heulen einer Sirene durch die Höhle, das so durchdringend war, dass Jason zusammenzuckte und sich die Ohren zuhielt. »Was ist das?« schrie er.

»Die Peripheriedetektoren. Die Basis wird angegriffen. Schnell jetzt.« Blakely zerrte an Jasons Arm.

15

Jetzt herrschte wieder Stille. Zehn lange Sekunden waren vergangen, seit sie den Schrei aus dem Tunnel gehört hatten. Der Rauch von Villanuevas Feuerstoß verzog sich langsam vom Eingang. War es tot? Ashley schluckte schwer und starrte über den Lauf ihrer Pistole. Aus dem Augenwinkel konnte sie Halloways Kopf sehen. Er lag immer noch einen Meter von ihrem Zeh entfernt und glotzte sie an, als wollte er sie fragen, wie sie das hatte zulassen können.

Sie rsikierte einen kurzen Blick nach rechts zu Ben hinüber. Er erwiderte ihren Blick und zuckte mit den Schultern. Vielleicht hatten sie das, was den SEAL umgebracht hatte, ja getötet. Vielleicht hatten sie Glück ...

Da stürmte es mit einem Brüllen aus dem Tunnel.

Sein Gebiss blitzte auf – mit Zähnen spitz wie Nadeln und zerklüftet wie ein Sägeblatt.

»O Gott!«, schrie Ashley. Vor Schreck taumelte sie zurück, und ihr Schuss verfehlte sein Ziel.

Ben zog sie zur Seite, weg von dem schnappenden Gebiss und hinter einen Haufen Felsbrocken.

Irgendwo im Hintergrund hörten sie Linda schreien.

»Was zum Teufel ...«, begann Ashley, doch Ben legte ihr die Hand auf den Mund und brachte sie zum Schweigen.

Ein fauliger Aasgestank drang in ihr Versteck, als ein mächtiger Reptilienkopf mit der Schnauze eines Krokodils über den Rand eines Felsbrockens schoss. Der Kopf balancierte auf einem schuppigen Hals, und seine weit offenen Nüstern nahmen schnaubend Witterung auf. Eine ölige schwarze Haut spannte sich über Schädel und Kiefer. Dann bewegte das Biest seine Schnauze in ihre Richtung. Sein schwarzes lidloses Auge, eine Kugel wie aus glänzendem Obsidian, glotzte sie an.

Ben versuchte verzweifelt, das Gewehr aus dem Holster zu zerren und anzulegen, doch fehlte ihm in der engen Deckung die Bewegungsfreiheit.

Ashley wollte ihre Pistole ziehen, doch ihre Hand griff ins Leere. Sie hatte die Waffe beim Hinfallen verloren. Verflucht!

Villanueva hielt die Stellung. Er verharrte regungslos, weil er befürchtete, dass eine einzige Bewegung die Bestie ablenken würde und den Schuss fehlgehen ließe. Er beobachtete sein Ziel und suchte nach einer Schwachstelle.

Was zum Teufel war das?

Villanueva betrachtete es durch das Visier. Aufrecht war es drei Meter groß und pechschwarz. Es ruhte auf zwei muskulösen Hinterläufen und hielt die Balance mit einem mächtigen Schwanz. Seine Arme waren im Vergleich zu den Hinterläufen spindeldürr und endeten in einzelnen Krallen wie bei einer Wildkatze. Er konnte genau sehen, wie sich die rasiermesserscharfen Klauen streckten und zusammenzogen, als sie am Felsen kratzten.

Villanueva beobachtete, wie die Bestie hin und her stakste, während der Kopf hinter dem Felsen verborgen war. Die sichelförmigen Krallen seiner Hinterläufe zerfurchten den Höhlenboden.

Wie konnte er es töten? Das Tier hatte einen massiven Brustkorb und war mit mehreren Schichten Lehm und Schuppen bedeckt, die undurchdringlich wie Stahl wirkten. Konnte eine Gewehrsalve den Brustkorb durchschlagen und das Herz erreichen? Möglich, aber zu riskant. Er hatte nur einen Schuss. Er schwenkte das Visier. Er musste den Kopf treffen.

Doch die Bestie schnüffelte immer noch hinter den Felsblöcken herum, hinter denen Ben und Ashley sich versteckt hielten, und Villanueva bekam sein Ziel nicht vor den Lauf. Plötzlich spannte sich ihr Körper an. Sie hörte auf, mit ihrem Schwanz zu peitschen. Irgendetwas hatte sie hinter den Felsblöcken entdeckt. Es war nicht schwer zu raten, was das sein konnte – entweder Ben oder Ashley.

Ein lautes Fauchen ertönte. Wie bei einem tollwütigen Hund, dem sich das Nackenfell sträubt, schoss aus seinem sich windenden Hals ein Kamm von Stacheln, der über den ganzen Rücken bis zum Schwanzende hinabreichte.

Zeig mir deinen Kopf, du verfluchtes Monstrum, dachte Villanueva. Lass mich einen sauberen Schuss anbringen.

Er knirschte mit den Zähnen. Wäre der Schuss nicht tödlich, würde die Bestie nur in Wut geraten, und ein zweiter Treffer wäre unmöglich. Er musste sie dazu bringen, sich zu bewegen. Hilflos sah er zu, wie sich die Muskeln der Bestie anspannten und sie zum Sprung ansetzte.

Er musste sie ablenken!

Villanuevas Knöchel wurden weiß, als er sein Gewehr noch fester packte.

Rückzug, dachte Michaelson. Jetzt trug er die Verantwortung für Linda und Khalid.

Er duckte sich hinter den schützenden Felsen. Er hasste es, die anderen im Stich zu lassen, aber er war im Augenblick nicht in der Lage, ihnen zu Hilfe zu kommen. Er blickte zu Linda hinüber, die immer noch in Khalids Armen zitterte. Sie mussten sich auf eine Stellung zurückziehen, die sie besser halten konnten.

Er sprang vom Felsen weg und kroch zu den beiden. »Packt eure Rucksäcke. Wir machen uns davon.«

Linda hob ihr blasses Gesicht von Khalids Schulter. »Und die anderen?«

»Sofort!«, sagte er harsch und warf ihr den Rucksack zu.

Khalid schulterte seinen Rucksack und half dann Linda. »Er hat Recht. Wir können ihnen nicht helfen.«

Michaelson hielt das Gewehr in der Hand und trieb seine Schützlinge vorwärts. Als sie den ersten Felsen umrundet hatten, konnten sie auf die schüsselförmige Höhle hinunterblicken. Hier auf dem Rand sah Michaelson die Hänge des Tals, das sie vor einer Stunde durchschritten hatten.

»Scheiße!«, sagte er und hielt an.

Khalid stand neben ihm. »Was ist los?«

»Da drüben. Direkt neben dem nächsten Felskamm.«

Khalid schaute in die Richtung und fluchte in seiner Muttersprache. Linda drückte ihr Gesicht an seine Schulter.

Michaelson beobachtete das Gelände vor ihnen. Vier Reptilien schwenkten ihre Köpfe über den mit Felsbrocken übersäten Höhlenboden. Sie reckten ihre langen Hälse in die Höhe und blickten in ihre Richtung. Wie bösartige Präriehunde. Während er hinschaute, senkte eines den Kopf und verschwand aus seinem Blickfeld.

Es war nicht auszumachen, wie viele dort drüben waren, aber eines war sicher: Der Versuch, das Tal zu durchqueren, wäre Selbstmord. Ihr Rückzug war abgeschnitten. Michaelson biss die Zähne zusammen und schlang den Gewehrriemen fester um die Hand.

Aus den Augenwinkeln heraus bemerkte er eine plötzliche Bewegung.

Er richtete seine Lampe nach links. Zehn Meter entfernt stand ein solider Stalagmit, der genauso aussah wie die zahllosen anderen, die sie bisher angetroffen hatten. Im Augenblick bewegte sich dort nichts. Er biss auf die Zähne und packte das Gewehr fester. War da nicht etwas dahinter? Plötzlich wuchsen ein peitschender Schwanz und eine Schnauze aus dem Stalagmiten heraus, die sich dem schwarzen Felsen perfekt angepasst hatten. Sogar im Licht konnte man nicht erkennen, wo der Fels anfing und die Bestie aufhörte.

Die schwarzen Augen richteten sich auf ihn. Die Bestie öffnete ihre Kiefer und entblößte eine Zahnreihe nach der anderen.

Ashley schreckte zurück, als sich die Schnauze in ihre Richtung bewegte. Der Atem stank nach Verwesung, als die Bestie fauchte. Ashley tastete blind nach irgendeiner Waffe und hatte plötzlich die Stablampe in der Hand, die an ihrem Gürtel hing. Vielleicht konnte sie das Vieh fortprügeln. Sie packte den massiven Griff und riss die Lampe nach vorn.

Ben, der immer noch versuchte, sein Gewehr frei zu bekommen, hielt inne. »Einschalten!«, schrie er. »Hellste Stufe!«

Ashley reagierte sofort auf sein Kommando und schob

den Schalter klickend nach oben. Wie eine Lanze blitzte der Lichtstrahl aus ihrer Deckung hervor und traf die Bestie direkt ins Auge.

Brüllend riss sie den Kopf zurück.

In dem Moment, in dem sie sich hinter den Felsen zurückzog, explodierte ein Gewehrschuss. Villanueva, ging es Ashley durch den Kopf. Er ist immer noch da draußen. Sie kam auf die Knie hoch. Ein zweiter Schuss, diesmal von hinten. Ashley sah Ben fragend an.

»Lauf!«, schrie er.

Sie sprang auf die Füße und lief ein paar Schritte nach vorn, um Platz für Ben zu machen, als wieder von vorn gefeuert wurde.

Ein wütendes Fauchen hallte durch die Höhle, gefolgt von einem lauten Krachen, als etwas auf die Felsen fiel.

»Pass auf!« Ben stieß Ashley nach vorn.

Sie fiel vornüber, rollte zur Seite und sah, wie eine Lawine von Felsbrocken zwischen sie und Ben stürzte. Genau auf die Stelle, wo sie gerade gestanden hatte. »Ben!«

Hinter den Felsbrocken rief Ben: »Alles in Ordnung! Aber ich habe keine Ahnung, wie ich zu dir gelangen soll!«

»Dann versuch, zu Michaelson durchzukommen!«

»Zum Teufel, ich lass dich nicht im Stich!«

»Lauf!«

Aus Sorge um Villanueva wartete Ashley keine Sekunde länger, sondern kroch vorsichtig zum Rand der Felsblöcke und schaute vorsichtig um die Ecke.

Ihre Augen weiteten sich vor Angst.

Villanuevas Schuss ging daneben, verfehlte den Kopf und prallte ohne Wirkung vom Nacken der Bestie ab. Aber das genügte wenigstens, um ihre Aufmerksamkeit auf sich zu ziehen.

Wie eine gereizte Schlange griff sie ihn an.

Wo eben noch der SEAL gestanden hatte, schnappten ihre Kiefer zu. Villanueva war schon mehrere Meter zurückgesprungen. Die Bestie öffnete ihr Maul und brüllte, ihre Augen schimmerten rot. Zögernd wich er noch einen Schritt zurück. Die Bestie senkte ihren Kopf tiefer, duckte sich mit angespannten, vibrierenden Muskeln.

Im nächsten Moment könnte sie springen.

Villanueva zielte aus der Hüfte und drückte ab, als die Bestie auf ihn zusprang. Die Kugel traf und riss ihr ein Loch in die Schulter. Blut spritzte durch die Luft. Unbeeindruckt bewegte sie sich auf ihn zu.

Er wich nach rechts aus.

Doch diesmal war er zu langsam.

Bei seinem Ausweichmanöver wurde sein Arm jäh nach hinten gezerrt, und er fiel auf den harten Felsen. Plötzlich wurde sein ganzer Körper in die Luft gerissen, und er baumelte an einem Arm am Gebiss der Bestie. Der brennende Schmerz raubte ihm fast das Bewusstsein.

Mit zusammengebissenen Zähnen versuchte er, sein Gewehr in Anschlag zu bringen. Der Lederriemen war noch um seinen Unterarm geschlungen, doch es hing außerhalb seiner Reichweite. Er zog das Gewehr bis zur Brust hinauf und versuchte, es mit einer Hand zu halten.

Gerade als er den Finger am Abzug hatte, schüttelte die Bestie ihn wie eine Flickenpuppe. Sein Oberarm löste sich aus der Schulter.

Knochen knackten.

Eine schwarze Woge rollte über ihn hinweg, und er ertrank in ihr.

Das Gewehr glitt ihm aus den tauben Fingern.

Michaelson stieß Linda hinter sich. »Zurück.« Er ging hinter dem nächsten Felsen in Deckung, das Gewehr im Anschlag, um ihren Rückzug zu decken. Die Bestie pirschte sich an sie heran und drängte sie zur Wand. Vom Gewehrfeuer her zu urteilen wurden sie in die Richtung der Gruppe gedrängt, die mit der anderen Bestie kämpfte.

Ein kluger Schachzug, dachte er. Sie versuchte, ihn in die Klauen der anderen zu treiben. »Khalid, bewegen Sie Ihren Arsch nach vorn«, schrie er. »Ich brauche Feuerschutz. Ich muss nachladen.«

Keine Antwort.

»Khalid!«

Er warf einen Blick über die Schulter.

Kein Khalid, keine Linda. Wo waren sie geblieben?

Er drehte sich wieder um und blickte auf den Weg. Zwei Meter entfernt erschien ein Kopf von der Größe eines Stiers hinter einem Felsen. Die kleinen Nasenflügel, wie ein chinesischer Fächer gebläht, nahmen Witterung auf. Zuerst scheute die Bestie vor dem Licht, dann trat sie aus der Deckung. Sie ging aufrecht auf muskulösen Beinen. Ihr Mund stand offen. Es sah beinahe so aus, als grinste sie. Sie senkte den Kopf zum Felsboden hinunter und schnüffelte. Als sie den Rücken nach unten beugte, sah Michaelson die aufgestellten Stacheln, die ihre Wirbelsäule spickten.

Verfluchtes Monster. Er hob sein Gewehr und richtete das Visier auf ihr hässliches Gesicht. Mit einem grimmigen Lächeln drückte er ab.

Klick.

Der Schlagbolzen traf auf eine leere Kammer.

Ashley kroch weiter. Bitte ... sei noch am Leben!

Villanueva hing regungslos im Kiefer der Bestie. Sie schleuderte den Körper des SEALs ein letztes Mal hin und her und ließ ihn dann auf den Felsboden fallen.

Schaudernd hielt Ashley den Atem an. Sein ganzer Körper war blutüberströmt. Verdammt, er bewegte sich nicht ...

Die Bestie legte den Kopf mal auf die eine, mal auf die andere Seite und betrachtete ihren Fang wie ein Vogel einen Wurm. Gefangen vom Anblick ihrer Beute, bemerkte sie Ashley nicht.

Vorsicht, dachte sie, bloß nicht ihre Aufmerksamkeit wecken. Sie duckte sich und setzte einen Schritt vorsichtig vor den anderen.

Fast da.

Mit zusammengebissenen Zähnen robbte sie zum Gewehr.

Die Bestie spielte immer noch mit Villanueva. Mit ausgefahrenen Krallen warf sie seinen Körper auf die andere Seite. Ashley hörte, wie sie an seinem Blut schnüffelte.

Ashley griff nach ihrer Pistole. Als ihre Finger sich um die Waffe schlossen, fuhr sie zusammen.

Stimmen näherten sich von hinten.

»Es ist hier drüben.« Sie erkannte Khalids schweren Akzent.

»Bist du sicher?« Lindas angespannte Stimme.

Die Bestie warf den Kopf herum und blickte genau in Ashley Richtung. Die rührte sich nicht vor Angst und betete, dass die Bestie schlecht sah.

»Im Wurmloch sind wir sicher. Viel zu eng für sie.« Die Stimmen näherten sich ihrem Standort. »Wir rennen hin.«

Die Bestie streckte ihren Hals mit aufgerichtetem Kopf vor. Wie zu Stein erstarrt, lauschte sie den Stimmen und den nahenden Bewegungen. Vielleicht …

Ashley hob ihre Pistole mit qualvoller Langsamkeit. Nur keine plötzlichen Bewegungen, sonst merkte die Bestie etwas.

Sie versuchte, den Lauf auf das Obsidianauge zu richten, doch ein riesiger Knochenwulst schützte es. Nur wenn die Bestie den Kopf ein wenig zur Seite legte, konnte der Schuss ins Schwarze treffen.

Hinter ihr rief Linda laut: »Da ist Ashley!«

Halt den Mund, herrschte Ashley sie in Gedanken an. Offensichtlich hatte Linda den Felsen noch nicht ganz umrundet, sonst hätte sie gesehen, was sie noch erwartete.

Ashley hörte, wie Linda mit dem Absatz losen Schiefer abkratzte. »Khalid, Ashley muss dieselbe Idee gehabt haben wie ... o Gott!«

Die Bestie riss den Kopf in Lindas Richtung, ein Auge wurde sichtbar. Ohne Lindas Schrei zu beachten, drückte Ashley zweimal kurz hintereinander ab. Der Rückschlag schleuderte sie nach hinten.

Sie war sich nicht sicher, ob sie ihr Ziel getroffen hatte. Geduckt kam sie wieder hoch und machte sich darauf gefasst, ein Maul voller Zähne zu erblicken, das nach ihr schnappte.

Sie schreckte zurück, als der Kopf der Bestie, der durch den Aufprall der Kugeln zurückgeschleudert worden war, wieder auf sie zuschoss. Ein Auge war nur noch ein Krater.

Sie kam einen Schritt auf Ashley zu und fauchte durchdringend. Ashley taumelte rückwärts und stieß mit Linda zusammen.

»Zurück!«, schrie Ashley und versuchte, die Pistole auf die Bestie zu richten. Noch bevor sie zielen konnte, schnappte sie nach ihr. Ashley wich zur Seite aus.

Linda jedoch nicht.

Die Bestie biss in den Rucksack der Biologin, die sofort verzweifelt versuchte, sich zu befreien, und zerrte sie an Ashley vorbei. Lindas Gesicht war ein einziger Schrei.

Ashley wollte mit der Pistole auf das Monster zielen, doch Lindas zappelnder Körper verdeckte ihr die Sicht.

Khalid lief zu ihr. »Tu doch was!«

Sie hatte die Waffe mit beiden Händen gepackt. Kein sauberer Schuss. Linda blickte sie mit flehenden und vor

Angst weit aufgerissenen Augen an. Sie konnte immer noch nicht feuern.

Plötzlich hörten sie eine laute Explosion. Alle erstarrten. Wie eine Marionette, deren Fäden durchschnitten worden waren, fiel die Bestie zu Boden. Ashley, nun zitternd, hielt immer noch die Waffe auf sie gerichtet. Die Bestie rührte sich nicht.

Jenseits des regungslosen Körpers sah sie, dass Villanueva, über und über mit Blut bedeckt, sich aufgesetzt hatte und das Gewehr in der gesunden Hand hielt. Die Mündung rauchte noch schwach. Mit einem Stöhnen sank er wieder zurück.

Ashley rannte zu ihm. Er versuchte sich aufzurichten, doch sie hielt ihn zurück.

»Nicht bewegen«, sagte sie und zuckte zusammen. Es fiel ihr schwer, ihn anzuschauen. Ein Stück Knochen ragte aus seinem Oberarm. Dickflüssiges Blut floss aus den aufgerissenen Wunden.

»Er hat mir das Leben gerettet«, flüsterte Linda, die zu Ashley getreten war und sich nun neben Villanueva kniete. Sie ergriff seine zerschundene Hand.

Er versuchte zu lächeln. Blut floss in zwei dünnen Rinnsalen aus seiner gebrochenen Nase. »Ich habe das Gefühl, als wäre ich mit einer Lokomotive kollidiert.« Seine Augen waren durch den Schockzustand glasig. Er hustete heftig.

»Sprechen Sie jetzt nicht«, sagte Ashley und rief Khalid zu: »Hol die Rucksäcke. Ich brauche den Erste-Hilfe-Koffer.«

Khalid, der nur einen Meter neben ihr stand, blickte zum Wurmloch, dann wieder zu Ashley. »Dazu haben wir keine Zeit …«

Linda stand auf. »Wir können ihn nicht hier liegen lassen, Khalid. Wenn du die Rucksäcke nicht holst, tue ich es«, sagte sie und ging.

Mürrisch folgte er ihr.

Ashley wandte sich wieder Villanueva zu, als plötzlich eine weitere Gewehrsalve auf der anderen Seite der Höhle erklang. Der SEAL schloss die Augen. »Es kommen noch mehr«, murmelte er, »Khalid hat Recht. Ihr müsst hier verschwinden. Lasst mir nur mein Gewehr hier.«

»Halten Sie den Mund. Wir verlassen diese beschissene Höhle alle zusammen.« Sie drehte sich um und blickte suchend in die Dunkelheit der Höhle.

Hast du gehört, Ben? dachte sie. Du bist auch gemeint.

Michaelson drückte erneut ab. Das Magazin war schon wieder leer. Und es blieb keine Zeit zum Nachladen.

Mit einem wütenden Fauchen schoss das Biest auf ihn zu.

Als die Schnauze zuschnappte, schlug er mit dem hölzernen Gewehrkolben wie mit einem Baseballschläger auf die weiche Nasenschleimhaut ein. Die Bestie grunzte und wich einen Schritt zurück. Mit einer ihrer winzigen Vorderpfoten fasste sie sich an die Nase.

Ohne eine weitere Sekunde zu verlieren, sprintete Michaelson los und dankte Gott für seine Sportlerzeit in der Little League damals in Nebraska.

Während er den Weg hinunterrannte, tastete er nach dem Reservemagazin in seiner Brusttasche. In diesem Augenblick verfing sich sein Fuß in einem Loch. Er stolperte, fiel aber nicht. Ein Schmerz schoss ihm in den Knöchel. Er hüpfte ein paar Schritte weiter. Ob der Fuß gebrochen oder nur verrenkt war, konnte er nicht sagen.

Michaelson humpelte weiter. Nach mehreren schmerzvollen Metern war ihm klar, dass er das Rennen verlieren würde. Er blieb stehen und schaute zurück. Alles ruhig. Er musste sich der Bestie stellen. Während er den Weg beobachtete, versuchte er, das Magazin einzulegen, doch hielt er es falsch herum. Verflucht.

Er drehte das Magazin und rammte es ins Gewehr. Dabei schlich er sich rückwärts um einen Felsen herum und zielte auf den Weg vor sich. Komm nur, du dreckiges Mistviech.

Er hörte, wie sich etwas vorsichtig näherte.

Plötzlich tauchte ein Schatten zwischen zwei Felsen auf, nur einen guten Meter vor ihm. Erschrocken drückte Michaelson ab. Der Schuss verfehlte sein Ziel.

»Was glauben Sie eigentlich, wen Sie vor sich haben?«, rief Ben und presste die Hand auf sein versengtes Ohr.

»Tut mir Leid. Ich dachte ...«

»Vielleicht rufen Sie beim nächsten Mal ›Deckung‹.«

Genau hinter Bens rechter Schulter sah Michaelson eine ihm bekannte, verletzte Schnauze um die Kurve kommen. Er hob das Gewehr. »Deckung!«

Ohne zu zögern, sprang Ben neben Michaelson und riss das Gewehr herum.

Als der Kopf vollständig sichtbar war, zielte Michaelson und drückte ab. Der Kopf flog zurück, und Blut schoss aus dem Maul. Der schwere Körper sackte zu Boden, der Schwanz schlug noch ein paar Mal zuckend, dann rührte sich die Bestie nicht mehr. »Mein Gott! Wie viele gibt es davon?«, fragte Ben atemlos.

»Ich habe mindestens vier gesehen.«

»Wir müssen uns beeilen«, drängte Ben. »Ashley und Villanueva kämpfen noch mit der anderen.«

Wie auf Stichwort ertönte ein glockenheller Pistolenschuss, gefolgt von einem zweiten. »Los«, sagte Ben. Sein Blick war sorgenvoll.

»Ich habe mich am Fußgelenk verletzt. Ich kann mich nicht schnell bewegen.«

Ben biss sich auf die Unterlippe. »Dann gehen Sie zuerst. Ich halte uns den Rücken frei. Kämpfen wir uns eben, so gut wir können, vor.«

»Nein, gehen Sie allein. Ich komme nach, sobald ich kann.«

»Vergessen Sie das«, sagte Ben, »ich lasse Sie nicht verwundet zurück. Los jetzt, wir verschwenden nur Zeit.«

Die sture Haltung des Australiers ließ keinen Zweifel aufkommen: Diskutieren war sinnlos. Michaelson stieß sich vom Felsen ab und zuckte zusammen, als sein Fuß den Boden berührte. Abwechselnd machte er zwei Schritte mit dem gesunden Fuß und einen mit dem verletzten.

Als Ben rief: »Wir bekommen Gesellschaft!«, erhöhte Michaelson das Tempo.

Ashley lag auf ihrem Schlitten und beobachtete das Gelände vom Wurmloch aus. Bei jedem Gewehrschuss zuckte sie zusammen. Während der letzten Viertelstunde waren sporadisch Schüsse gefallen. Fünf Schüsse nacheinander, dann eine Minute lang gar keiner, dann wieder eine Salve. Doch in den letzten zwei Minuten herrschte Ruhe in der Höhle. Absolute Ruhe. Qualvolle Stille.

Komm, Ben, komm bitte zurück.

Weiter unten im Wurmloch hörte sie Villanueva etwas murmeln. Das Morphium hatte ihn wirr gemacht. Sein Arm war bandagiert und mit dem Verband an seiner Brust befestigt. Mit einer reichlichen Dosis schmerzstillender Mittel und einem heftigen Ruck an seinem Arm war es ihnen gelungen, seine Schulter wieder einzurenken. Danach war er in einen unruhigen Schlaf gesunken. Was für ein Teufelskerl.

Dennoch benötigte er mehr Hilfe, als der gepriesene Erste-Hilfe-Koffer bieten konnte. Sobald sie in Sicherheit wären, würden sie per Funk um Unterstützung bitten. Sie brauchten große Waffen, am besten Bazookas.

Linda und Khalid hatten die Rucksäcke und den SEAL tiefer in den Tunnel gebracht. Ashley wartete am Eingang und beobachtete die Höhle. Wo bist du, Ben? Angestrengt versuchte sie, mit ihren Blicken die Dunkelheit zu durchdringen.

Hinter ihr hörte sie Räder auf dem Fels knirschen. »Siehst du etwas?«, fragte Linda.

Ashley sah über die Schulter. Lindas Gesicht schaute blass unter ihrem Helm hervor, ihr Atem rasselte. »Nein«, antwortete sie, »es ist verdammt still da draußen.«

»Ashley, ich muss ins Freie.«

»Im Wurmloch ist es sicherer.«

»Nein ... ich kann nicht atmen. Ich brauche Luft.«

Jetzt begriff Ashley. Zum Teufel, es hatte genügend Anzeichen gegeben. »Du hast Klaustrophobie, nicht wahr?«

Linda schwieg und sagte dann schüchtern: »Bitte.«

»Okay. Ich bleibe bei dir.«

Ashley rutschte zuerst hinaus, nahm die Blendlampe und beleuchtete die nähere Umgebung. Sie wandte sich zu Linda, um ihr ein Zeichen zu geben, aber die Biologin stand bereits, noch ein wenig wacklig, auf den Beinen.

Linda machte ein paar Schritte und atmete tief ein und aus.

Ashley beobachtete die Höhle. Kein Anzeichen von den anderen.

Linda sagte mit leicht zitternder Stimme: »Wofür ... hältst du ... dieses Lebewesen?«

Ashley drehte sich um. Die zierliche Frau stand neben dem Kadaver der Bestie. Der Hinterkopf war ein blutige Masse. Die Biologin trat mit dem Fuß dagegen.

Ashley zuckte mit den Achseln. Sie war jetzt nicht in der Stimmung, darüber zu diskutieren. Nicht jetzt, wo Ben noch da draußen war. »Ich weiß es nicht.«

Linda kniete sich neben das riesige Tier. Sie rümpfte die Nase bei dem Ekel erregenden Geruch. Mit dem Finger fuhr sie den Wulst über dem heilen Auge entlang. »Die Augenhöhle ist ungewöhnlich für ein Reptil. Der Jochbogen stimmt nicht. Eher wie der eines Säugetiers. Und die Struktur des Beckens ist sehr merkwürdig. Überleg mal, wie es sich fortbewegt: aufrecht, mit Beinen und Gelenken wie bei einem Vogel.« Sie sprach wie in Trance und bemerkte kaum, was sie sagte. »So etwas habe ich noch nie gesehen.«

Ashley zuckte wieder mit den Achseln und leuchtete mit der Lampe über die Felsoberfläche. »Mein Gott, es lebt hier seit Jahrhunderten isoliert. Wer weiß, unter welchem evolutionären Druck sich dieses Ungetüm entwickelt hat«, murmelte sie unkonzentriert. Eine andere Frage nahm ihre ganze Aufmerksamkeit in Anspruch: Wo bist du, Ben?

Linda fuhr fort, die Leiche des Tiers zu untersuchen, und ging am Körper entlang. »Hm, schau dir das mal an.«

Ashley drehte sich zu Linda um und richtete ihr Licht auf sie.

Die Biologin bewegte einige Stacheln auf und ab, aus denen der Kamm des Tiers bestand. »Das sind keine Schuppen, sondern verklumpte Haare.«

Neugierig kam Ashley näher.

»Vorsicht«, warnte Linda, »die Stachel könnten vergiftet sein. Schau dir den schimmernden Glanz an den Spitzen und die fleischige Drüse unten an den Stacheln an. Sei vorsichtig.« Linda ging zur Seite und bewegte sich weiter an dem Kadaver entlang.

Ashley kniete sich neben den beschädigten Schädel und hob vorsichtig einen Stachel mit einem behandschuhten Finger. Dann hockte sie sich auf die Fersen. »Vielleicht ist es eine unbekannte Dinosaurierart. Ich kann mehrere primordiale Charakteristika eines Reptils entdecken. Sogar die Schuppen sind denen des Plesiosaurus, einer Dinosaurierart, ähnlich. Aber was ist mit dem Rest? Das Kiefergelenk sitzt zu tief am Schädel, so dass der Kiefer wie bei einer Schlange eingehängt ist. Dadurch kann die Bestie das

Maul so weit öffnen, dass sie ein kleines Schwein mit einem Mal schlucken kann. Außerdem kenne ich keine Dinosaurier, denen Haare wachsen.«

»Ashley, schau mal.«

Ashley hockte sich neben die Biologin. »Was hast du gefunden?«

»Es ist weder ein Dinosaurier noch ein Reptil, noch ein typisches Säugetier.« Linda griff nach dem frei liegenden Bauch der Bestie. Unter einer Hautfalte am Unterleib kam ein Beutel zum Vorschein. »Es ist ein Monotrema, ein Kloakentier.«

Ashley, nervös und abgelenkt, kannte die Bezeichnung, wusste aber nicht genau, was damit gemeint war. »Ein was?«

»Ein Eier legendes Beuteltier. Wie das australische Schnabeltier. Diese Art trägt Merkmale von Reptilien und Säugetieren zugleich. Angeblich eine Sackgasse der Evolution.«

Der verwundete SEAL stöhnte benommen im Tunnel.

»Von wegen Sackgasse«, sagte Ashley.

Big Bertha war ihm immer noch auf der Spur. Aus mehreren Metern Entfernung beobachtete Ben die größte Bestie des Trios, das sich an seine Fersen geheftet hatte. Sie bückte sich und hob mit ihrer Klaue eine der Patronenhülsen auf, die sein Gewehr ausgestoßen hatte. Sie schnaubte die Hülse verächtlich an und warf sie fort. Die anderen beiden versteckten sich hinter ihr, bis sie sie mit einem Fauchen vertrieb.

Ben verkroch sich wieder hinter dem Felsen. Drei gegen einen. Schlechte Karten. Vielleicht war er ein wenig voreilig gewesen, als er Michaelson vorgeschickt hatte. Sein Plan, das Trio fortzulocken, um dem Major mehr Zeit zu geben, erschien ihm plötzlich dumm.

Mit Schüssen hatte er die drei hinter sich her gelockt,

aber die Mistviecher wurden immer cleverer und nutzten die Deckung von Felsen. Und egal wie schnell er rannte, sie hielten Schritt. Vor wenigen Minuten hätte ihn beinahe eine seitlich eingeholt und ihn überrascht. Eine Kugel, die an einem Stein abprallte, traf sie zufällig in den Schwanz und hielt sie so lange auf, dass er entkommen konnte.

Er stieß sich vom Felsen ab und rannte los. Er brauchte irgendetwas, womit er sie ablenken konnte. Er musste Zeit gewinnen, um ihnen zu entkommen. Während ihn seine Verfolger jagten, hörte er das charakteristische Schnüffeln.

Verdammt noch mal, denk nach! Du bist doch schlauer als so ein bescheuertes Höhlenmonster.

In dem Moment fiel es ihm wie Schuppen von den Augen. Vielleicht, nur vielleicht …

Er rannte schneller und suchte nach der idealen Stelle. Dieses eine Mal war das Glück auf seiner Seite. Er gelangte auf eine Lichtung in einem Wald aus Felsen. Im Kopf stellte er sich den Lageplan vor.

Wenn er sich dort hinter dem Geröllhaufen versteckte … Teufel, das könnte funktionieren.

Er griff nach seinem Gürtel, um die Falle aufzustellen.

Als er das erledigt hatte, zwängte er sich in den engen Spalt zwischen zwei kantige Felsen und gab dabei Acht, nicht seinen Gewehrarm einzuklemmen. Von diesem Punkt hatte er eine günstige Aussicht auf das gesamte offene Gelände. Seine Blendlampe stand in der Spalte nebenan und beleuchtete das Gelände vor ihm, er selbst jedoch blieb im Schatten.

Er hob das Gewehr und wartete, während er jede Sekunde zählte. Die Höhle war totenstill. Dann wurde ein leises Schnüffeln hörbar, gefolgt von einem plötzlichen zornigen Fauchen. Big Bertha trat vorsichtig und mit gesenktem Kopf in den Lichtkegel. Sie schoss nach vorn. Verdammt, war die schnell. Innerhalb eines Augenblicks sprang sie in die Mitte der Lichtung, von dem leuchtenden Gegenstand gefesselt. Die beiden anderen, anscheinend jüngeren Bestien schlichen hinter sie. Sie hob das Bündel Gewehrpatronen auf, das Ben zusammengeklebt hatte.

Ben legte die Wange an den Gewehrkolben und blickte durch das Visier. Er gestattete sich den Anflug eines Lächelns. Neugier ist tödlich.

Bertha hielt die Patronen an ihre Nase und beschnüffelte sie. Ben zielte auf das Bündel und drückte ab. Als die Kugel traf, erschütterte eine donnernde Explosion die Höhle.

Wo einmal Berthas rechte Hand gewesen war, ragte nun ein blutiger Stumpf heraus, der schwarzes Blut verspritzte. Ihre Schnauze war eine Ruine aus Knochen und Knorpel. Sie taumelte, krachte zu Boden und schlug im Todeskampf um sich.

Von Panik ergriffen, sprangen die anderen fort, eine auf einen hohen Felsen. Sie schrien einander an und schlugen zornig mit den Schwänzen. Ben nutzte die Verwirrung, krabbelte aus seinem Versteck, packte seine Lampe und rannte.

Das sollte sie eine Weile beschäftigen – hoffte er. Er sprintete mit Volldampf. Fünf Minuten brauchte er, dann hätte er genügend Vorsprung. Nach zehn Metern wagte er einen Blick über die Schulter. Zwei Reptilköpfe starrten in seine Richtung. Sie fauchten sich nicht länger an, sondern hatten seinen Trick durchschaut und wussten nun, an wem sie sich rächen mussten.

Ben drehte sich um und zwang seine Beine zur Höchstleistung. Als er sich erneut umsah, waren die Köpfe verschwunden.

Die Jagd ging weiter.

Ashley starrte den Beutel der Bestie an. »Also eine Art Beuteltier? Wie kann es das geben?«

Linda zuckte mit den Schultern. »Es hat alle möglichen

Arten von Beuteltieren gegeben. In grauer Vorzeit hielten sie jede ökologische Nische besetzt: Raubtiere, Beutetiere und so weiter. Ich nehme an, das hier ist ein früher Prototyp. Eine Spezies, die irgendwann im Laufe der Evolution ausstarb. Sogar wenn …«

Plötzlich hörten sie, dass sich etwas auf sie zu bewegte.

Ashley riss den Kopf herum. Mehrere Meter entfernt tauchte eine einsame Lampe, die unkontrolliert auf und ab tanzte, hinter einem Felsen auf. Ashley hielt den Strahl ihrer Lampe in die Richtung.

Michaelson kam mit schmerzverzerrtem Gesicht auf sie zugehumpelt.

Ashley starrte ihn unverwandt an. »Wo ist Ben?«

»Er ist hinter mir geblieben, um uns Deckung zu geben.« Michaelson richtete einen sorgenvollen Blick auf die schwarze Höhle. »Aber ich habe ihn seit einer ganzen Weile weder gesehen noch Schüsse von ihm gehört. Nur eine laute Explosion.«

»Das heißt, Sie haben ihn zurückgelassen? Auf sich allein gestellt?«

»Er bestand darauf, dass …«

Ashley unterbrach ihn mit einer Handbewegung. »Später. Bitte steigt jetzt ins Wurmloch. Hier draußen sind wir zu ungeschützt.«

Michaelson schüttelte den Kopf. »Ich bleibe hier draußen und bewache den Eingang, bis Ben kommt.«

»Nein«, sagte Ashley mit einem Blick auf seinen Knöchel. »Angesichts Ihrer Verletzung halte ich lieber Wache.«

Unwillig gehorchte er ihrem Befehl.

Kurz darauf stand Ashley allein mit der Pistole in der einen und der Stablampe in der anderen Hand vor dem Eingang des Wurmlochs. Ihr Herz klopfte so laut, dass es sicherlich in der ganzen Höhle zu hören war. Komm, Ben, versetz mich nicht.

Aus der Tiefe des Wurmlochs rief Michaelson: »Ist schon etwas von Ben zu sehen?«

Ashley stand noch an der Öffnung. »Nein, kriechen Sie weiter. Ich sage Ihnen Bescheid, wenn ich etwas sehe.« Mittlerweile waren ihre Hände verschwitzt und die Pistole in ihrer Hand glitschig. Es waren bereits zehn Minuten seit Michaelsons Ankunft vergangen. Ben hätte längst hier sein müssen. In ihrer Fantasie malte sie sich die schrecklichsten Dinge aus, die ihm passiert sein konnten. Komm zurück, beschwor sie ihn.

Da sah sie von weitem eine weitere Laterne, die wild auf und ab hüpfte. Gott sei Dank, dachte sie und hob die eigene Lampe. Ben rannte in vollem Tempo auf sie zu. Er warf das Gewehr über die Schulter und scheuchte sie mit einer Handbewegung fort.

»Lauf!«, schrie er.

Hinter ihm tauchten zwei monströse Gestalten auf, die ihm mit riesigen Schritten näher kamen. Ihre Hälse schnellten vor und zurück, als sie ihr fliehendes Opfer mit gierigen Blicken verfolgten.

»Spring rein!«, brüllte er ihr zu.

In Panik drehte sie sich um, um zu gehorchen, hielt dann jedoch inne. Wie würde Ben ...? Sie wirbelte herum, schob die Pistole in den Gürtel, hob seinen Schlitten und rief ihm zu: »Fang!«

Sie schleuderte ihm den Schlitten entgegen und sah, dass er ihn aus der Luft fing. Was sie als Nächstes tat, kostete sie die größte Selbstüberwindung ihres Lebens. Sie drehte Ben den Rücken zu und sprang kopfüber ins Wurmloch.

Mit angehaltenem Atem schoss sie den Schacht hinunter. Kaum war sie in sicherer Entfernung, hielt sie an und schaute zurück. Aus diesem Winkel konnte sie erkennen, wie Ben auf den Eingang zurannte, die Schnauze einer Bestie genau hinter seiner Schulter. Schnell!

Er sprang auf die Öffnung zu, den Schlitten an die Brust gepresst. Ashley zuckte zusammen. Er würde die Öffnung verfehlen und gegen die Wand fliegen.

Stattdessen landete er mit einem lauten »Uff!« im Wurmloch und glitt sanft in den Tunnel.

Er hatte es geschafft! Sie löste die Fäuste und gab einen langen Seufzer von sich.

Als Ben mit ihr zusammenstieß, lächelte er sie an, angespannt und gleichzeitig erleichtert. »Na, ist das nicht schnuckelig?«

Sein kräftigen Hände umklammerten ihre Beine. Sie wünschte sich, dass diese Hände sich um sie legten und ganz fest hielten. Sie streckte den Arm nach ihm aus und drückte seine Hand.

Plötzlich erfüllte ein wütender Schrei das Wurmloch. Einer der Verfolger hatte den Kopf in den Tunnel gesteckt und schnappte mit weit aufgerissenem Maul nach ihnen.

Ben schubste sie vorwärts. »Wird Zeit, dass wir verduften.«

Ashley stieß sich mit den Händen ab und rollte vorwärts, als sie plötzlich einen entsetzten Schrei von Ben hörte. Sie schoss herum. Ben glitt in die entgegengesetzte Richtung zur Öffnung hin. Die Bestie hatte seinen Schuh gepackt und zerrte ihn rückwärts heraus. Ben trat ihr mit dem anderen Fuß immer wieder auf die Schnauze.

Ashley warf sich auf den Rücken, opferte dabei ihren Schlitten, der den Tunnel hinunterschlitterte, und zog ihre Pistole. »Leg dich flach auf den Boden, Ben! Runter!«

Ben sah die Mündung, presste sich auf den Boden und legte die Hände über den Kopf.

Sie hielt die Pistole mit beiden Händen fest und zielte. Über Bens Rücken hinweg visierte sie das Auge an und drückte ab. Der Schuss erzeugte im Tunnel einen ohrenbetäubenden Knall.

Unmittelbar danach ertönte ein gellender Schrei des Schmerzes. Im nächsten Moment rollte Ben wieder auf sie zu. Bevor sie sich's versah, berührte er mit seinem Mund den ihren. Sie pressten ihre Lippen aufeinander. Anscheinend selbst überrascht, zog er sich plötzlich zurück. Sie blinzelte ihn mit halb geöffnetem Mund an.

»Verdammt«, sagte er.

»Autsch!« Ben rutschte unter Ashley hin und her. »Du erdrückst mich.«

Auf Bens Rücken liegend, spürte sie unter sich die Bewegungen seiner Muskeln, während er den Schlitten vorwärtsbewegte. Die gegensätzlichsten Gefühle stritten in ihrem Inneren miteinander: taumelnde Erleichterung wegen ihres knappen Entkommens, Beklommenheit angesichts der Gefahren, die vor ihnen lagen, und aufsteigende Lust auf den Mann unter ihr. »Tut mir Leid«, sagte sie, rutschte zurück, legte ihren Kopf auf seine linke Schulter und ihre Hände an seine Taille. Sein Körper gab wie ein Ofen unablässig Hitze von sich. Ashley schloss die Augen und berührte mit ihrer Wange seinen Nacken.

»Ich sehe Licht vor uns«, sagte Ben.

Sie hob den Kopf, um nach vorn zu schauen. »Das sind die anderen. Ich habe ihnen gesagt, sie sollen im Tunnel bleiben.«

Sie rollten weiter. Michaelson war der Letzte in der Reihe. Er musste seinen massigen Körper verdrehen, um sich zu ihnen umzudrehen. Ehrliche Erleichterung stand ihm ins Gesicht geschrieben, was auf seltsame Weise rührend war.

»Gott sei Dank«, rief er, »haben Sie uns einen Schreck eingejagt. Zuerst der Schrei und die Schüsse, und dann noch Ihr Schlitten, der leer bei uns ankam.«

»Wir haben eine Fahrgemeinschaft gebildet.« Ben grinste. »Spart Sprit und ist umweltfreundlich.«

Ashley zwickte ihn in die Taille, und Ben verzog schmerzhaft das Gesicht. Sie reckte den Hals, um über Michaelson hinüberzuschauen. »Wie geht es Villanueva?«

»Immer noch groggy, aber stabil. Der Atem geht ruhig, der Puls ist gut.«

»Okay. Dann lasst uns hier eine Pause einlegen und versuchen, Kontakt mit Alpha aufzunehmen. Habt ihr Funkverbindung bekommen?«

Michaelson nickte. »Ich habe es schon versucht.«

»Und?«

»Nur statisches Rauschen.«

Sie runzelte die Stirn. Wenn sie keine Verbindungen bekamen und keine Hilfe rufen konnten ... »Vielleicht sind wir zu dicht von Felsen umgeben.«

»Nein, das dürfte keine Rolle spielen. Wir sind hier unten immer von Felsen umgeben.«

»Was ist dann der Grund? Ist das Funkgerät beschädigt?«

»Nein, es funktioniert tadellos, und die Funkzentrale der Basis ist rund um die Uhr besetzt. Dass keiner von denen geantwortet hat ...« Er suchte nach Worten.

»Was wollen Sie damit sagen?«

»Dort muss etwas sehr Schwerwiegendes vorgefallen sein.«

16

»Lauf«, rief Blakely und gab Jason einen Schubs, »in mein Büro.«

»Aber ...«

»Mach schnell!«

Blakely rannte zu seinem Büro, packte im Vorbeilaufen den Jungen am Arm und zog ihn mit sich. Jason war von der Aufregung immer noch benommen und wehrte sich glücklicherweise nicht dagegen.

Das laute Sirenengeheul machte es Blakely schwer, einen klaren Gedanken zu fassen. Männer und Frauen rannten in alle Richtungen. Tausende Suchscheinwerfer leuchteten in wilden Kurven über die Höhlendecke. Den Schüssen nach zu urteilen, erfolgte der Angriff auf die Basis von allen Seiten.

Blakely stürmte die Treppe zum Verwaltungsgebäude hoch. Jason stolperte hinter ihm her, der Gurt seiner Sporttasche hatte sich an seinen Fuß verfangen. Sie rannten durch die Tür, dann den Korridor hinab und in Blakelys Büro hinein.

Roland stopfte stapelweise Dokumente in eine Aktentasche. Ohne aufzublicken, sagte er: »Ich habe es schon gehört. Bin fast fertig.«

»Gut. Vergiss die Forschungsergebnisse in meiner Schreibtischschublade nicht. Diese Soldatenärsche sollen mir meinetwegen die Basis abnehmen, aber meine Arbeit bekommen sie nicht.«

»Was sollen die Sirenen?«, fragte Roland. »Was ist überhaupt los?«

Er fuhr sich mit der Hand durch sein dünnes Haar. »Der Alarm betrifft die ganze Basis. Ich habe das Gefühl ...«

Eine gewaltige Explosion erschütterte das Gebäude. Jason drückte sein Sporttasche noch fester an sich. Tränen traten ihm in die Augen.

Roland sammelte die Dokumente nun schneller ein. »Das klang nach dem Munitionsdepot auf der Südseite.«

Blakely nickte. »Lassen Sie den Rest liegen. Wir verlassen das Gebäude.«

Er öffnete eine Schublade und nahm einen .45er Colt Automatik aus der Schublade. Er prüfte, ob er geladen war, und gab ihn Roland zusammen mit einem Ersatzmagazin. »Nehmen Sie ihn.«

Roland guckte, als hätte man ihm eine Giftschlange vor die Nase gehalten. Er schüttelte den Kopf.

Wieder erschütterte eine Explosion das Gebäude. Putz rieselte von der Decke.

Roland schnappte sich die Pistole.

Mit einem winzigen Schlüssel öffnete Blakely eine Schublade und holte eine abgesägte Flinte heraus. Krachend klappte er den Lauf nach unten. Zwei rote Patronen steckten in den Kammern. Blakely schnappte die Flinte zu.

Als er sich umdrehte, stolperte er über Jason. Bei dem Zusammenstoß verlor Jason die Fassung. »Meine ... Mama ...«, schluchzte er tränenerstickt.

Blakely ging auf die Knie und nahm den Jungen bei den Schultern. »Jason, ich möchte, dass du jetzt ganz stark bist. Wir rennen gleich zum Aufzug. Du sollst doch wieder heil nach oben kommen.«

Maschinengewehre feuerten nur wenige Meter entfernt.

»Wir müssen gehen«, sagte Roland und hielt die Aktentasche in der einen und den Colt in der anderen Hand. »Durch den Hinterausgang. Das ist der kürzere Weg zum Aufzug.«

»Gut«, sagte Blakely und stand auf, ließ aber eine Hand auf der Schulter des Jungen. »Gehen Sie vor. Ich halte uns den Rücken frei.«

Roland drehte sich herum und eilte zur Tür hinaus. Blakely und Jason folgten ihm dichtauf. Blakely hielt die Flinte mit beiden Händen.

Draußen hatten die Sirenen ihr Heulen eingestellt, aber um sie herum blitzte überall Gewehrfeuer auf. Bewaffnete Soldaten rannten in alle Richtungen. Zwei Männer mit einer Bahre, auf der sich eine verhüllte Gestalt wand, liefen auf dem Weg zum Krankenhaus an ihnen vorbei. Ein blutiger Arm rutschte unter dem Laken hervor und schleifte über den Boden.

Blakely schaute sich suchend unter den herumlaufenden Menschen um. Er wollte erfahren, was passiert war. Ein verwirrter Private stolperte gerade rückwärts um die Ecke und stieß mit ihnen zusammen. Er hatte seinen Helm verloren, und das Gewehr in seiner Hand zitterte. Blakely erkannte ihn an den roten Haaren und den Sommersprossen.

»Private Johnson«, sagte Blakely und gab seiner Stimme so viel Autorität wie möglich, »machen Sie Meldung.«

Johnson wirbelte herum. Ihm stand die Panik ins Gesicht geschrieben. Blut rann aus einer Stirnwunde. Er erinnerte sich mühsam an die militärischen Gepflogenheiten und nahm zitternd Haltung an. »Sir, die Sicherheitslinien der Basis sind durchbrochen worden. Sie sind aus allen Richtungen gekommen, aus allen Löchern und Tunnels geschlüpft. Mein ... mein Zug ist vernichtet. Ausgelöscht.« Während er Bericht erstattete, wurden seine Augen größer und glasiger. Er zitterte immer heftiger.

»Wer, Private? Wer greift an?«

Der Irrsinn stand in seinen Augen, als er hervorplatzte: »Sie ... da kommen sie. Wir müssen hier raus.«

»*Wer?*« Blakely wollte den Mann bei der Schulter packen, doch der Private schreckte zurück und rannte fort.

»Der Aufzug liegt südlich von uns. Wenn wir ihn verloren haben, dann ...«, warf Roland ein.

»Es ist die einzige Möglichkeit, hier rauszukommen«, murmelte Blakely. »Wir müssen es versuchen und die schlimmsten Kämpfe vermeiden.«

Roland nickte. Jason blieb dicht an seiner Seite.

Vorsichtig gingen sie voran und machten einen Bogen um alle Schießereien. Als sie um eine dunkle Nissenhütte schlichen, stieß Blakely mit Roland zusammen, der unvermittelt stehen geblieben war. Blakely folgte Rolands Fingerzeig und schaute vorsichtig um die Ecke.

Zwischen den beiden Gebäuden nebenan lagen vier zerfetzte Torsos, abgerissene Arme und Beine, Eingeweide, verteilt wie Luftschlangen. Plötzlich bewegte sich einer der Torsos und wurde von unsichtbarer Hand in eine dunkle Gasse gezerrt.

Blakely unterdrückte einen Schrei, als auch an ihm etwas zerrte. Aber es war nur die Hand seines Assistenten, die ihn in Deckung zog. Da brach nur mehrere Meter von ihnen entfernt ein wildes, unmenschliches Geheul aus. Ein weiterer Schrei ertönte hinter ihnen, ganz in der Nähe.

Roland versuchte, die Tür zur Hütte zu öffnen. Die verrosteten Scharniere quietschten, als sie aufging. Sie huschten hinein und hofften, dass niemand das Geräusch gehört hatte. Blakely schloss die Tür so leise, wie es die Scharniere erlaubten. Dann schob er den Riegel vor. Finsternis umgab sie. Er machte eine kleine Taschenlampe an, die an seiner Schlüsselkette befestigt war. Sie gab nur schwaches Licht von sich. Im Dämmerlicht konnte er Kisten erkennen, die in parallelen Reihen gestapelt waren. Die dichten Stapel reichten vom Boden bis zur Decke. Keine Nische, keine Ecke, wo man sich verstecken konnte. Aber auf der anderen Seite der Nissenhütte musste ein Ausgang sein.

Blakely wies mit der Lampe ans andere Ende der Hütte. »Die Stapel entlang! Zur Tür …«

Ein gewaltiger Knall ertönte, als etwas Schweres die Tür traf, gefolgt von protestierendem Gebrüll. Wieder knallte etwas gegen die Tür. Dieses Mal verbog sich der Rahmen, und Metall knirschte – aber der Riegel hielt.

»Noch einen Treffer hält sie nicht aus!«, übertönte Blakely den Lärm. »Lauft!«

Roland sprintete los. Blakely packte Jasons Hand und zog den Jungen mit sich, während er die Kistenstapel entlanglief.

Ein dritter Knall hallte durch die Versorgungshütte. Metall knirschte, dann strömte Licht in den Raum. Blakely hielt den Atem an, als etwas Großes in die Hütte eindrang und das Licht der Straßenlaterne kurz verdeckte und das Innere wieder in Dunkelheit tauchte.

Als Erstes nahm er den Gestank wahr. Verwesung und Leichenhaus. Dann die Geräusche. Kratzen und Schaben. Diese Schritte hatte er bestimmt noch nirgendwo gehört. Im nächsten Moment brach es durch die benachbarte Kistenreihe und fauchte, als es im Nachbargang durch die Hütte lief.

Nahezu panisch riss er Jason vorwärts, der aufschrie und stolperte. Bevor Jason zu Boden fiel, bekam Blakely ein Stück von seinem Hemd zu fassen und zog das Kind wieder hoch. Aber es war zu spät …

Der Stapel Kisten genau hinter ihm stürzte zusammen, und ein wütender Schrei ertönte. Die Kisten wurden wie Bauklötze zur Seite geschleudert. In wenigen Sekunden wäre es bei ihnen. Vor sich sah er Roland, der die Tür fast erreicht hatte. Blakely schnappte sich Jason und wollte loslaufen, doch seine alten Knie konnten das Gewicht des Jungen nicht tragen. Jeder Atemzug brannte in seiner Brust.

Jason schien das zu spüren und zappelte herum. »Lassen Sie mich runter, ich kann laufen.«

Blakely fehlte die Puste, um sich zu streiten. Er ließ den Jungen los. Jason rannte wie ein Kaninchen. Kaum berührten seine Füße den Boden, war er auf und davon.

Blakely wollte hinter ihm herlaufen, als eine fallende Kiste ihn nach vorn stieß und seine Beine unter sich begrub. Er schrie laut auf, als er auf dem Boden aufschlug. Mit seinen Armen versuchte er, sich aufzurichten; fieberhaft zog er an seinen Beinen. Mehrere Meter weiter war Jason stehen geblieben und hatte sich umgedreht. Der Junge ging einen Schritt auf ihn zu.

»Nein«, schrie er, »lauf, ich komme nach!«

Plötzlich splitterte Holz und die Schnauze eines Reptils schoss durch die Kisten in den Gang, genau zwischen Jason und Blakely. Es fauchte und renkte sich den Hals aus nach Blakelys Taschenlampe. Mit seinen mächtigen Schultern versuchte es, weiter durch den Kistenstapel zu dringen. Blakely wollte nach seiner Flinte greifen, doch die war außer Reichweite. Als die Bestie nach ihm schnappte, drehte er sich zur Seite, so weit es ging. Er entkam ihr nur knapp.

Die Schnauze stieß gegen seine Schulter, verfehlte ihn jedoch. Mit dem Kopf stieß sie die Kiste von seinen Beinen. Ohne zu zögern, rollte Blakely zur Seite. Instinktiv wollte er sich zwischen die Kisten zwängen, aber die wichen nicht von der Stelle. In der Falle! Nun konnte er nur noch mit einem verzweifelten Sprint den anderen hinterherlaufen.

Die Bestie knurrte und fauchte und holte zu einem zweiten Angriff aus. Als sie den Hals gerade vorstoßen wollte, sprang Jason vor ihre Nase und wirbelte seinen Sportbeutel im Kreis.

Verblüfft erstarrte die Bestie.

Mit aller Kraft schleuderte der Junge den Beutel nach vorn und verpasste ihr einen kräftigen Schlag auf die Nase. Von der Wucht des Aufpralls flog ihr Kopf zurück.

Blakely wartete keine Sekunde. »Lauf!« Sein Herz pumpte Adrenalin in seinen Körper und befeuerte seine Panik. Er schoss vorwärts, packte seine Flinte und stürmte den Gang hinunter. Jason, beweglich wie ein Äffchen, raste voraus. Hinter ihnen tobte die Bestie und versuchte, sich von den Kisten zu befreien. Blakely lief und lief, ohne die Anstrengung wahrzunehmen, die Augen nach vorn gerichtet.

Vor ihm zuckte ein Lichtblitz auf.

Roland hatte den anderen Ausgang erreicht. Blakely sah seine Silhouette in der offenen Tür, er winkte sie zu sich. »Schnell«, rief Roland, »es kommt näher!«

Blakely versuchte, schneller zu laufen, doch seine Beine gaben nach, und er fiel auf die Knie. Der Lärm stürzender Kisten näherte sich. Benommen kam Blakely wieder auf die Beine. Ein plötzlicher Schmerz, heiß wie Feuer, explodierte in seiner Brust und schoss seinen linken Arm hinunter. Sein Herz.

Der Raum kippte … die Finsternis drohte, ihn zu verschlucken …

Plötzlich war Roland da und hielt ihn fest. Blakely ließ sich von ihm ziehen. Er wusste, dass er protestieren und darauf bestehen sollte, selbst zu gehen. Aber er war zu schwach, um auch nur einen Laut von sich zu geben. Zusammen stolperten sie durch die Tür hinaus.

Hinter ihnen trat Jason die Tür zu.

Während sie forthumpelten, hörten sie ein wütendes Brüllen aus der Nissenhütte. Die Klauen der Bestie zerfurchten das Metall, als sie nach ihnen schlug.

Blakely hob die zitternde Hand und zeigte nach vorn. »Der Lärm lockt noch mehr von ihnen an.«

Eilig liefen sie ins Camp hinein. Sie hatten die Hoffnung, den Aufzug zu erreichen, längst aufgegeben. Sporadisch explodierten Gewehrsalven um sie herum. Rauchfetzen wehten durch die Höhle. Am Nordende brannte es, die Flammen schlugen bis zur Decke. Sie stolperten durchs Lager und gingen beim kleinsten Geräusch in Deckung.

Als sie sich in einem Eingang versteckt hatten, sprach Roland zum ersten Mal seit ihrer Flucht aus der Hütte. »Wo sollen wir hin? Sie greifen uns aus allen Richtungen an.«

»Nein«, flüsterte Blakely mit rauer Stimme, »sie greifen nur von der Landseite aus an.« Mit pfeifendem Atem zeigte er in Richtung See.

Sein Assistent nickte. »Dort sind wir vielleicht sicherer. Wenn wir ein Boot finden könnten und aufs Wasser …«

Jason meldete sich zu Wort: »Was machen wir, wenn sie schwimmen können?«

Blakely machte einen bemühten Scherz: »Dann besorgen wir uns ein Schnellboot. Los jetzt.« Er stieß sich von der Schwelle hoch. Das langsame Tempo, in dem sie die Basis durchquert hatten, hatte ihm gut getan, so dass er nun allein gehen konnte. Roland ging voraus, während er und der Junge ihm folgten. Mit ein bisschen Glück ...

Da stürmte plötzlich eine der Bestien um die Ecke und blockierte nur zwei Meter vor ihnen in den Weg. Es war eine kleinere, muskelbepackt und zernarbt wie ein Zuhälter. Sie bäumte sich auf, fuhr ihre Stacheln aus und fauchte sie an.

Blakely hob die Flinte und feuerte blindlings. Das Biest heulte auf und taumelte einen Schritt zurück. Der Schuss hatte eine blutige Furche seiner ihrer linken Flanke hinterlassen. Roland feuerte ebenfalls und traf den rechten Arm, der in Fetzen davonflog.

»Los!«, schrie Roland und packte Jason bei der Schulter und Blakely am Arm. Er schubste sie in eine enge Gasse zwischen dem Kasino und dem Wohnheim. »Lauft!«

Während Blakely davonstolperte, hörte er, dass Roland mit der Pistole mehrmals hintereinander feuerte. Es ertönte ein lautes Krachen, und Holz splitterte. Dann Stille.

Im nächsten Augenblick war Roland wieder an seiner Seite und legte den Arm fest um Blakely, damit sie schneller vorankamen. »Ich habe es zu Fall gebracht, aber es kommt gleich wieder hoch ...«

Wutgebrüll holte sie von hinten ein.

»Hier rein«, stieß Blakely keuchend hervor und zeigte auf das Wohnheim.

»Wenn es uns folgt und dort eindringt, stecken wir wieder in der Falle.«

»Nein, kommt mit.« Blakely ging ins Wohnheim voran,

in dem es leer und still war, bis auf ein Radio, das krächzend einen alten Schlager von sich gab. »Hier entlang.« Während er durch den Freizeitraum humpelte, bedeutete er ihnen, ihm zu folgen.

Ein Billardtisch mit zerrissenem Bezug stand einsam da, ein Queue lehnte dagegen, als wäre der Spieler eben hinausgegangen, um eine Zigarette zu rauchen. In der Ecke blinkte und dudelte ein Flipper.

»Wohin gehen wir?«, fragte Roland.

»Kfz-Depot … Fahrzeug besorgen.« Blakely nickte in Richtung des nächsten Korridors.

Roland nickte. »Kommt.«

Hinter ihnen platzte ein Fenster, Glassplitter spritzten in alle Richtungen. Aus etlichen Wunden blutend, landete die Bestie mit einem dumpfen Geräusch in dem Raum. Der verschlissene Billardtisch stand ihr im Weg und lenkte sie ab. Das verschaffte ihnen die nötigen Sekunden, um in den Korridor zu gelangen. Die Bestie attackierte den Tisch wie eine verwundete Beute und zerriss ihn mit Klauen und Zähnen.

»Hier hindurch«, flüsterte Blakely und stieß eine Seitentür auf. Die Garage stank nach verbranntem Öl und vergossenem Benzin. Der Lichtstrahl seiner winzigen Taschenlampe ging überall ins Leere. Auf dem letzten Stellplatz entdeckte er plötzlich einen einsamen Ford Bronco. Einer der wenigen normalen Lastwagen, die seit der Einführung der elektrischen Maultiere übrig geblieben waren. Gott sei Dank! Vielleicht hatten sie noch eine Chance.

Roland schob ihn im Dunkeln vorwärts.

Doch als Blakely auf den Boden schaute, durchfuhr ihn ein Schreck. Kein Reifen! Die linke Vorderradfelge war leer. Kein Wunder, dass der Wagen noch hier stand. Er versuchte zu protestieren, doch Roland schmiss ihn beinahe in den Wagen. Resigniert ließ er sich in den Sitz fallen, als Jason schon auf den Rücksitz flog. Glücklicherweise steckte der Schlüssel im Zündschloss.

»Macht euch auf eine holprige Fahrt gefasst«, sagte Roland, als er per Fernsteuerung das Garagentor öffnete. »Schnallt euch an.« Das Metalltor der Garage bewegte sich klappernd nach oben – viel zu langsam. Alle hielten den Atem an, während das Tor sich höher bewegte und die Außenbeleuchtung sichtbar wurde. Der Luft schien rein zu sein.

»Das Motorengeräusch«, sagte Roland und startete den Motor, »wird sie magnetisch anziehen.« Er legte den ersten Gang ein, trat aufs Gas und beförderte den Bronco nach vorn. Die leere Felgte sprühte blaue Funken, als das Metall sich in den Stein fräste.

Gerade als sie das Wohnheim hinter sich lassen wollten, sprang die Bestie durch eine Tür und mit einem durchdringenden Schrei auf den Lastwagen. Sogar verwundet fiel sie noch über sie her.

Jason schreckte vom Fenster zurück, als die spitzen Zähne nach ihm schnappten. Die Krallen kratzten den Lack von der Tür. »Fahren Sie doch!«, schrie der Junge.

Roland legte den zweiten Gang ein und trat das Gaspedal durch. Der Bronco schien für einen Moment stehen zu bleiben, so dass ein Schlag der Bestie die Windschutzscheibe traf und ein Spinnennetz aus Rissen entstand. Als ob er dadurch angespornt worden wäre, schoss der Wagen vorwärts und entkam.

Über das Motorengeräusch hinweg hörten sie das wütende Gebrüll, das aber bald hinter ihnen zurückblieb.

Der Bronco holperte zwischen den Gebäuden, Zelten und Baracken her. Hier und dort sahen sie in der Entfernung das aschfahle Gesicht eines von Panik erfüllten, versprengten Soldaten, der aus seiner Deckung lugte.

Roland fummelte am Funkgerät herum und versuchte,

jemanden zu erreichen, empfing aber nur statisches Rauschen. Gerade als sie über die Brücke auf die Nordseite rollten, explodierte ein Granatensperrfeuer irgendwo vor ihnen, nahe dem Rand der Basis.

»Klingt so, als ob sich die Truppen neu formiert hätten«, sagte Roland mit hoffnungsvollem Klang in der Stimme. »Sie gehen jetzt mit gemeinsamer Anstrengung vor. Vielleicht können sie die Basis zurückerobern.«

»Vielleicht«, sagte Blakely, dessen Brust schmerzte. »Aber wir gehen jetzt kein Risiko ein. Das Wasser ist immer noch die beste Chance.«

Roland zeigte nach vorn. »Wir werden verdammt nah am Kampfgeschehen vorbeikommen. Vielleicht sollten wir uns auf den Boden des Wagens legen. Das könnte etwas sicherer ...«

Der Bronco rumpelte um die Ecke und kollidierte beinahe mit einem Fahrzeug, das auf der Seite lag. Die Türen waren abgerissen, das Dach zerfetzt. Ein abgetrennter Arm lag neben dem Auto und hielt noch eine Pistole umklammert.

»Vergesst es«, sagte Roland.

Blakely biss die Zähne zusammen, als sie langsam um das Wrack herumfuhren. Wie bei einem blutigen Verkehrsunfall konnte Blakely den Blick nicht abwenden. Durch das zerrissene Metall hindurch sah er, dass das Innere mit blutigen Fleischfetzen besudelt war. Er riss den Kopf herum, um das Blutbad nicht mehr sehen zu müssen. Seine Kiefer schmerzten.

Als er sich auf die Lichtkegel der Frontscheinwerfer konzentrierte, sprang eine Bestie direkt vor den Wagen und schnitt ihnen den Weg ab. Diese war riesig, so groß wie ein Elefantenbulle, doppelt so groß wie alle, die sie bisher zu Gesicht bekommen hatten. Die Beine, mächtig wie Baumstämme, liefen in sichelförmigen Krallen aus, die Kiefer hätten ein Kalb mit einem Bissen zermalmen können.

Roland riss den Kopf herum, um zurückzusetzen, und suchte mit dem Schaltknüppel den Rückwärtsgang.

Jason saß auf dem Rücksitz und starrte nach vorn. »Weg, weg, weg ...«, murmelte er.

Mit einem Knirschen, das durch Mark und Bein ging, legte Roland den Rückwärtsgang ein, aber ein zweites Monster stellte sich hinter sie und setzte sie fest. Beide Biester senkten ihre Köpfe, brüllten den Bronco an, peitschten mit ihren Schwänzen und bereiteten sich auf den Angriff vor.

»Zum Teufel!«, fluchte Roland, als er in den ersten Gang schaltete. Beide Bestien machten den Eindruck, als könnten sie den Wagen wie ein Matchbox-Auto hochheben und einander zuwerfen. Roland stemmte sich gegen das Lenkrad.

Blakely atmete panisch, seine Brust schmerzte.

Plötzlich ruckte der Bronco vorwärts. Es sah so aus, als käme Roland an der Bestie vor ihnen vorbei, aber Blakely ahnte, dass es ihm nicht gelingen würde. Die verfluchten Viecher waren einfach zu groß und zu schnell.

Jason stieß einen Schrei aus, als Roland auf die Bestie zufuhr. Kurz vor dem Aufprall riss er das Lenkrad rechts herum, fräste die leere Felge über ihre Zehen und zermalmte das Fleisch zwischen dem scharfen Metall und dem harten Felsen.

Die Bestie schoss hoch, ihr Hals spannte sich wie die Sehne eines Bogens, und sie brüllte vor Schmerz auf. Sie riss die zerfetzte Klaue unter dem Rad hervor und kippte den Bronco beinahe um. Eine Sekunde lang balancierte der Wagen auf zwei Rädern und krachte dann auf alle vier zurück.

Roland ließ keine Sekunde verstreichen. Er schoss an der verletzten Bestie vorbei. Der Schmerz hatte sie in schäumende Wut versetzt. Sie griff den Laster an, rammte ihn mit voller Wucht, schleifte ihn einen Meter nach rechts und stieß ihn fast in eine Baracke.

Roland kämpfte mit dem Steuer und versuchte, weiter geradeaus zu fahren. Einen unerträglichen Augenblick später war der Bronco der tobenden Bestie entkommen. Die Bestie stieß ein wütendes Gebrüll aus, doch durch ihre Verletzung konnte sie die Verfolgung nicht aufnehmen. Bald schon war das zornige Geschrei hinter ihnen verklungen.

Während sie auf den See zufuhren, näherten sie sich dem Schauplatz der Kämpfe, und Roland musste abbremsen. Durch die Explosionen und das Gewehrfeuer war der Rauch so dicht, dass die Scheinwerfer die Dunkelheit nur wenige Meter weit durchdringen konnten.

»Fahren wir in die richtige Richtung?«, fragte Roland.

»Ich glaube schon.« Blakely beugte sich nach vorn und berührte mit der Nase beinahe die Windschutzscheibe. Er konnte kaum unterscheiden, ob die miserable Sicht durch den Rauch oder sein schlechtes Augenlicht verursacht wurde. »Wenn wir uns rechts vom Inferno halten, sollten wir geradewegs auf den See treffen.«

Blakely warf einen Blick in den Rückspiegel. Jason saß regungslos und angeschnallt in seinem Sitz. »Alles klar bei dir, Jason?«

Der Junge sagte nichts. Nur seine Augen bewegten sich und trafen Blakelys Blick im Rückspiegel. »Scheiß Sommer«, sagte er und hielt seine Sporttasche fest.

Stimmt, dachte Blakely. Er nickte dem Jungen zu und konzentrierte sich wieder auf den Weg.

Eine plötzliche Bö vertrieb den Rauch vor ihnen und gab den Blick frei. Blakely richtete sich auf. Kurz bevor der Rauch die Sicht wieder verdeckte, sah er ihn.

Wellen. Der See! Sie hatten es geschafft.

Roland hatte ihn auch gesehen. Ein gewaltiger Ruck riss sie alle mehrere Zentimeter aus ihren Sitzen.

»Ich hoffe, Sie können mit dem Boot besser umgehen als mit dem Ford«, witzelte Blakely.

Plötzlich stieß der Bronco links mit etwas zusammen. Das Lenkrad wirbelte unkontrolliert herum.

»Festhalten!« Roland schaffte es noch, die Warnung auszustoßen, als der Wagen auch schon ein Gebäude streifte und einen Laternenpfahl überfuhr.

Blakelys Gurt schnitt ihm in die Schulter, als der Aufprall ihn zur Seite schleuderte. Er knallte gegen die Tür und stöhnte, als er die Schramme an seinem Kopf fühlte.

Roland löste seinen Sicherheitsgurt und reichte ihm die Hand. »Alles in Ordnung?«

»Was haben Sie überfahren?«, fragte Blakely.

Hinter ihnen schrie Jason: »Achtung!« Er hatte sich bereits losgeschnallt und kletterte über den Vordersitz zu ihnen herüber.

Plötzlich flog das hintere Fenster splitternd nach innen und eine Krokodilschnauze stieß hindurch. Die Kunststoffschicht der Sicherheitsverglasung hielt die Scheibe noch zusammen und hüllte die Schnauze ein. Die Bestie versuchte, sie zu durchstoßen.

»Raus!«, befahl Roland. »Rennt zum Wasser.«

Roland zerrte Jason hinter sich her. Blakely kletterte über den Fahrersitz und ließ sich aus dem Bronco herausfallen.

Rauch umgab sie, während sie zum Wasser liefen. Blakely hoffte verzweifelt, dass er sich nicht geirrt hatte und das Dock in der Nähe lag. Als er zurückblickte, sah er, wie sich die Bestie zu befreien versuchte und zornig brüllte. Wenn sie sich erst einmal befreit hätte, wäre sie in wenigen Sekunden bei ihnen.

Er blieb stehen.

Roland drehte sich um. »Was tun Sie?«

»Laufen Sie weiter. Nehmen Sie den Jungen. Ich halte das Vieh auf.«

»Sind Sie wahnsinnig? Sie sind dazu nicht in der Lage.«

Roland stieß den Jungen zu ihm. »Nehmen Sie Jason. Ich kann Sie wieder einholen. Geben Sie mir Ihre Flinte.«

Blakely zögerte. Er könnte seinem Assistenten einen Befehl geben …

Roland riss ihm das Gewehr aus der Hand und richtete es auf Blakely. »Los jetzt!«

Blakely wusste, dass er nicht schießen würde, aber mit Streiten würden sie nur Zeit verlieren. Die Bestie brüllte jetzt in einem anderen Ton. Sie hatte sich befreit. »Wir starten den Motor schon mal.«

Blakely stolperte hinter Jason her. Hinter ihnen zerriss ein Schuss die Luft. Er hatte Angst um seinen Freund.

Jason lief einige Schritte vor ihm her. »Ich sehe es!«

Die Lichter des Docks schimmerten in der rauchigen Luft. Gott sei Dank. Im nächsten Moment erklangen ihre lauten Schritte auf den hölzernen Planken des Piers.

In der Ferne hörten sie Schüsse.

Zu ihrer Linken war ein grünes Zodiac-Pontonboot mit zwei Leinen festgemacht.

»Spring hinein«, keuchte er, doch der Junge war schon auf dem Boot. »Ich lasse jetzt den Motor an. Bleib bitte nahe beim Seil. Wenn ich ›Zieh!‹ rufe, dann reißt du die Leine los.«

»Ich weiß«, sagte Jason und blickte zurück zum Dock.

Blakely zog den Anlasser. Der Motor spotzte, startete jedoch nicht. Er riss wieder an der Schnur. Dasselbe. Mist.

»Da kommt Roland!«

Blakely schaute auf. Roland sprintete auf sie zu, durch den Rauch kaum zu sehen. Wieder zog Blakely an der Schnur. Diesmal ging der Motor beinahe an und stotterte länger, bevor das Geräusch erstarb. Blakely betete, als er sah, dass Roland auf sie zugerannt kam.

Wie durch einen Vorhang schob sich der Kopf der Bestie

aus dem Rauch und schnappte nach Rolands Schulter. Roland wurde durch die Luft geschleudert. Die Wucht beförderte ihn bis ans Ende des Docks. Er landete neben dem Boot, das Brechen von Knochen war unüberhörbar, als er auf den Planken aufschlug. In dicken Strömen floss Blut aus seiner Schulter.

Blakely reckte sich über den Bootsrand, um ihn ins Boot zu ziehen.

Die Bestie war am Rand des Docks stehen geblieben und betrachtete das Wasser misstrauisch.

Roland floss Blut aus dem Mund. Er versuchte aufzustehen, fiel jedoch vornüber. Er blickte Blakely an und schüttelte den Kopf. Mit dem heilen Arm löste er die zweite Leine. Das Boot trieb vom Pier fort.

»Fahrt«, rief er Blut spuckend. Mit letzter Kraft zog er sich einen Ring vom Finger seiner linken Hand und warf ihn ins Boot.

Blakely fing ihn auf und erkannte, dass es der Ring von Rolands Partner in Seattle war.

»Sagen Sie Eric, dass ich ihn liebe.« Roland zog die Pistole aus dem Gürtel, als die Bestie vorsichtig eine Pranke auf das Dock setzte.

Blakely riss an der Anlasserschnur, und der Motor startete mit einem rasselnden Jaulen. Er drehte die Benzinversorgung auf, der Bug des Bootes richtete sich auf, und das Boot schoss vom Dock weg. Er beobachtete, wie die Bestie sich an Roland heranpirschte und ihn anfauchte.

Roland versuchte, die Pistole ruhig zu halten, doch die Kräfte verließen ihn mehr und mehr. Seinen ersten Schuss feuerte er blindlings ab. Die Bestie war jetzt über ihm. Roland richtete die Pistole auf die eigene Stirn.

Blakely schaute weg.

Ein Schuss fiel. Das Echo schallte über den See.

Als Blakely wieder aufschaute, hatte sich der Rauch zwischen das Boot und das Dock geschoben. Nur an einem fernen Glimmen konnte man die Basis noch erkennen.

Enttäuschtes Gebrüll erklang plötzlich über das Wasser. Die Beute hatte die Bestie um den Mord gebracht.

17

»Was meinst du mit ›Linda ist weg‹?«, fragte Ashley und schaute vom Funkgerät auf. Auch sie konnte niemanden erreichen. »Wieso können die Leute nicht da bleiben, wo sie hingehören? Ich habe befohlen, dass alle im Tunnel bleiben.«

Michaelson verstaute das Funkgerät und wies hinter sich. »Es tut mir Leid. Ich hatte mich nur für eine Sekunde umgedreht, und da waren Linda und Khalid fort. Der Ausgang des Tunnels befindet sich weitere hundert Meter vor uns.«

Ben meldete sich zu Wort: »Es ist ihre Klaustrophobie. Hier drin ist es ihr zu eng.«

»Wenn ihr mich fragt, ist es im Bauch einer dieser verfluchten Bestien weitaus enger.«

»Khalid hat bereits die nächste Höhle ausgekundschaftet«, sagte Michaelson. »Ich habe sie noch nicht gesehen, aber er hat gesagt, sie sei sicher. Dort befindet sich nur der Zugang zu einem zweiten Wurmloch. Viel zu klein für die Bestien.«

»Schön«, sagte Ashley, »aber was ist mit anderen Raubtieren? Vielleicht leben hier auch welche, die in die Wurmlöcher reinpassen.«

Michaelson zuckte mit den Achseln.

»In Ordnung. Brechen wir auf. Aber bleibt beisammen.« Sie half Michaelson, den schlafenden Villanueva zu tragen.

Er stöhnte, während sie ihn bewegten. Verschwitzt, aber fieberfrei. Auch er brauchte so schnell wie möglich Hilfe. Verfluchtes Funkgerät!

Michaelson bewegte sich rückwärts durch den Tunnel und zog Villanueva hinter sich her. Ashley schob von hinten. Ihre Knie waren wund, als sie endlich das Licht des Ausgangs sah. Ben kam als Letzter und schleppte die Rucksäcke. Mit einem letzten Ruck zogen sie den SEAL aus dem Tunnel. Ashley stolperte hinterher – in ein Wunder der Natur hinein.

»Heiliger Strohsack!«, rief Ben, als er aus dem Tunnel krabbelte. »Ich bin tot und im Himmel.«

Ashley war sprachlos. Vor ihnen lag eine Höhle von der Größe eines kleinen Ballsaals. Beinahe gemütlich. Irisierende Kristalle, manche so groß wie ein Daumennagel, andere so groß wie reife Wassermelonen, bildeten eine Kruste auf Wänden und Boden und reflektierten das Licht der Stablampen, als sprühten sie Funken. Überall brach sich das Licht in allen Spektralfarben. Mit offenem Mund stakste Ashley vorsichtig über den unebenen Boden zur Mitte der Höhle hin.

»Weißt du, was das ist?«, fragte Ben und nahm ihre Hand.

Sie schüttelte den Kopf. Linda und Khalid hockten wenige Meter entfernt, die Köpfe zusammengesteckt, und untersuchten einen der größeren Kristalle.

»Wir sind in einer gigantischen Geode«, sagte Ben.

»Was ist das«, fragte sie, nur halb interessiert, und konnte den Blick von dieser natürlichen Pracht nicht abwenden.

»So etwas hast du schon gesehen. Kennst du nicht die hohlen, aufgeschnittenen Steine aus den Ökoläden, deren Innenseite mit hellen Quartz- oder violetten Amethystkristallen besetzt ist? Sie entstehen hauptsächlich in Vulkanen und werden gewöhnlich bei Eruptionen hinausgeschleudert.«

»Doch, die kenne ich. Die sind aber selten größer als Handbälle.«

»Ich weiß.« Mit einer Handbewegung umriss er die ganze Höhle. »So etwas ist noch nie entdeckt worden. Aber zum Teufel, wir befinden uns ja auch unterhalb eines aktiven Vulkans.«

Sie schaute ihm ins Gesicht, das in diesem Licht rötlich schimmerte. Ihr fiel sein kantiges Kinn auf, als er zur Decke starrte. Seine Aufregung war ansteckend. Sie drückte seinen Arm. Michaelson kam auf sie zu und unterbrach sie. »Wenn das Quarz sein sollte, ist es möglich, dass es in diesen Mengen die Funkverbindung unmöglich macht. Allerdings glaube ich nicht daran.«

Daran hatte sie nicht gedacht. Sie schöpfte Hoffnung. Vielleicht ...

Khalid rief: »Es ist kein Quarz.«

»Was?«, fragte sie, überrascht über seinen Einwurf. Er war doch sonst so wortkarg. »Was ist es dann?«

»Es ist Diamant.«

Ben lachte. »Klar doch.«

»Wer ist der Geologe hier? Schau dir einmal den Brechungswinkel der Kristallstruktur an. Es ist Diamant.«

Wie vom Donner gerührt, blickte jeder auf die Steinmassen um sie herum. Khalid amüsierte ihre Überraschung.

Linda hielt einen Diamantklumpen von der Größe eines Basketballs in die Höhe. »Mein Gott!«

Ashley dachte an die Diamantstatue. Wie viele dieser Höhlen mochte es hier unten geben? Unermessliche Reichtümer ...

Ihre Begeisterung wurde durch aufkommende Besorgnis gebremst. Sie schüttelte den Kopf und ließ Bens Hand los. »Bevor ihr anfangt, eure Reichtümer zu zählen, möchte ich euch daran erinnern, dass wir hier raus müssen. Michaelson, versuchen Sie noch einmal, jemanden über Funk zu erreichen. Die anderen bauen das Nachtlager auf.«

Kaum hatte sie die Anweisungen gegeben, spürte sie plötzlich ihre Erschöpfung. Jeder Muskel brannte. Jeder Quadratzentimeter Haut war zerschunden. Ihr schien es, als wären sie schon seit Tagen ununterbrochen auf den Beinen. Sie schaute auf ihre Armbanduhr. Nach Mitternacht.

»Immer noch keine Reaktion«, sagte Michaelson und schaltete das Funkgerät aus.

Ben saß auf der Luftmatratze, die er gerade ausgebreitet hatte, und hatte den GPS-Empfänger geöffnet. »Der funktioniert auch nicht. Vielleicht liegt Michaelson richtig mit den Interferenzen. Mein Empfänger verwendet zur Orientierung ein Funksignal der Basis als stationären Bezugspunkt.« Er klappte den Empfänger zu. »Das verdammte Teil sucht und sucht, kann aber das Signal nicht auffangen.«

Sie nickte, vor Erschöpfung und Sorge um Jason unfähig, klar zu denken. »Vielleicht hat die Basis gerade Probleme mit der Stromversorgung oder so etwas. Versuchen wir es morgen früh noch einmal«, sagte sie und rieb sich die Augen. Vor ihrem geistigen Auge sah sie immer wieder Jasons Gesicht. Wenn sie noch länger an ihn dächte, kämen ihr die Tränen. Sie konnten sowieso nichts tun. Morgen wäre früh genug.

Ben kam zu ihr. Er hatte ihre Luftmatratze aufgepumpt. »Ihr Bett wartet.« Er vollführte eine elegante Verbeugung.

Sie nahm die Matratze mit einem müden Lächeln. »Danke, Ben.«

»Da drüben habe ich relativ flachen Untergrund gefunden, gerade groß genug für zwei.« Ein Schmunzeln spielte um seine Mundwinkel. Die Einladung war deutlich.

Ashley ging zu der Stelle hinüber und legte ihre Matrat-

ze hin. Sein Lächeln wurde mit jedem ihrer Schritte breiter.
»Wer übernimmt die erste Wache?«, fragte sie.

»Wache?«, sagte Ben.

Sie nickte. »Wir befinden uns hier auf unerschlossenem Territorium. Fleisch fressende Schnecken, Haie von der Größe eines Wals, und nun Beuteltiere als Raubtiere. Wissen wir, was sonst noch da draußen lauert? Für alle Fälle muss jemand Wache halten ... Wir wechseln uns ab.«

Michaelson meldete sich zu Wort. »Ich übernehme die erste Wache, aber da es zwei Eingänge zur Höhle gibt, rate ich, zwei Leute pro Schicht einzuteilen.«

»Gute Idee. Wer bestreitet freiwillig mit Michaelson die erste Schicht?« Sie starrte Ben mitten in die Augen.

Er leistete nur wenige Augenblicke lang Widerstand, dann seufzte er und hob die Hand. »O Mann, ich merke schon, jetzt weht wieder ein anderer Wind.«

Nachdem sie einen Plan aufgestellt hatten, zogen sich diejenigen, die nicht Wache hielten, zu ihren Betten zurück. Ashley kuschelte sich an ihre Matratze wie in die Arme eines Liebhabers. Bald waren alle Lampen bis auf eine einzige Stablampe ausgeschaltet. Ashley wartete darauf, von der Finsternis verschluckt zu werden. Die Augen fielen ihr langsam zu. Was zum ...? Sie richtete sich auf. Die Höhle wurde nicht dunkel, sie leuchtete.

Ben stand auf. »Heiliger Strohsack, jetzt können wir Batterien sparen.«

Linda erhob sich. »Es kommt aus der Wand«, sagte die Biologin und blickte sich um. Sie kroch zu einer Wand hinüber, wo ein Stück Diamant herabgefallen war. Mit einer Messerklinge kratzte sie etwas ab, untersuchte das Gestein und wandte sich den anderen mit erhobenem Messer zu. Es schimmerte in einem sanften Gelb. »Das ist ein Schimmelpilz.« Na toll, dachte Ashley. Bei unserem Glück geben sie wahrscheinlich eine schädliche Strahlung ab.

»Was für ein Fund!« Linda setzte sich auf ihre Matratze und strich die Klinge in einem Probebeutel ab. Sie lächelte breit und redete unaufhörlich. »Damit habe ich die fünfte phosphoreszierende Spezies hier unten gefunden. Auch der Fisch in der Alpha-Basis leuchtete auf Grund einer Pilzschicht auf seinen Schuppen. Aber das hier …« Sie fuchtelte mit den Armen. »Das hier ist es beinahe wert, von Bestien gejagt zu werden.«

Michaelson setzte sich wieder und legte sein Gewehr über die Knie. »Ist es auch wert, dass jemand deswegen stirbt?«

Lindas Lächeln verschwand, und sie verschloss den Beutel.

Die Worte des Majors ernüchterten das ganze Team, und die Erschöpfung überwältigte ihr Staunen. Jeder legte sich wieder schlafen.

Ashley streckte sich, wickelte ihre nackten Füße in die Wolldecke ein und zog sich wie in einen Kokon zurück. Sie warf eine Blick auf Bens leere Matratze. Die beiden Männer unterhielten sich murmelnd, während sie Wache hielten. Sie schloss die Augen, berührte mit der Zunge ihre wunde Unterlippe, erinnerte sich an seinen Kuss und fiel in tiefen Schlaf.

Viel zu früh wurde sie von einer Berührung an der Schulter geweckt. Sie rollte vom Licht der Laterne fort.

»Aufwachen, Schneewittchen. Deine Schicht.« Bens Lippen berührten ihr Ohr. »Ich habe sogar Kaffee gekocht.«

Sie stöhnte, richtete sich auf und rieb sich den Schlaf aus den Augen. Ihre Muskeln waren schwer wie Blei. »Danke, Ben … Kaffee klingt wundervoll.«

Er half ihr aufzustehen. »Er schmeckt wie Schlamm, aber er kurbelt deine hübschen Augenlider hoch.«

Sie warf ihm ein schwaches Lächeln zu. Michaelson wickelte sich bereits in sein Laken. »Sieh zu, dass du eine Mütze voll Schlaf bekommst. In wenigen Stunden ist es Morgen.«

Er nickte, setzte sich auf die Matratze und zog die Schuhe aus. »Sobald meine Birne aufs Kissen aufschlägt, bin ich im Land der Träume.«

Sie beneidete ihn. Ihr verknittertes Laken erschien ihr einladender denn je. Gähnend ging sie zu der behelfsmäßigen Wachstation beim Campingofen. Sie war überrascht, Linda neben Khalid sitzen zu sehen. »Warum bist du denn auf?«, fragte sie. »Khalid und ich haben jetzt Schicht.«

»Ich weiß«, sagte Linda und rutschte zur Seite, um für Ashley Platz auf dem Felsen zu machen. »Aber ich konnte nicht schlafen. Ich bin einfach zu aufgeregt. Und ich wollte noch ein paar Tests durchführen. Außerdem habe ich ein kleines Nickerchen gemacht, und mehr benötige ich normalerweise nicht.«

Ashley sah, dass Linda ihre Testanordnung auf einem verhältnismäßig ebenen Tisch aus Stein aufgestellt hatte. Linda hielt eine Phiole vor das Licht der Laterne und schüttelte sie. Das Phosphoreszieren in der Phiole wurde stärker. »Faszinierend«, sagte sie und schrieb etwas in ihr Notizbuch. Ashely blickte zu Khalid. Während er die Pistole mit der linken Hand hielt, hob er vorsichtig die Kaffeekanne vom Campingofen. Er ließ etwas von dem dickflüssigen Getränk in die Blechtasse schwappen.

Gedankenverloren hielt Linda ihm ihre Tasse zum Nachfüllen hin und schaute nicht einmal in seine Richtung. Beinahe wie ein altes, verheiratetes Paar beim Frühstück.

Nachdem ihre Tasse gefüllt war, nahm sie einen Schluck und verzog das Gesicht. »Der ist ja grauenhaft.« Aber sie trank noch einen Schluck und seufzte dann. Sie lehnte sich zurück und blickte Ashley an. »Also, wo ich nun einmal auf bin, kannst du genauso gut wieder ins Bett gehen.«

Auf diese Idee war Ashley noch gar nicht gekommen, aber sie erschien ihr sinnvoll und verdammt verführerisch. »Wenn du wirklich der Meinung bist, dass du …«

Linda nickte. »Du brauchst Schlaf. Du solltest mal deine Augen sehen. Sie sind blutunterlaufen.«

So fühlten sie sich auch an. Ashley schaute zu Ben hinüber, der schnarchte. Linda musste ihr das Angebot kein zweites Mal machen. »Dann bis morgen.«

»Aber bevor du gehst«, sagte Linda, als Ashley sich schon umgedreht hatte, »habe ich noch ein Frage, die mich plagt.«

Ashley wandte sich widerwillig zu ihr um – ihre Matratze zog sie fast magnetisch an. »Und zwar?«

»Diese Beuteltiere. Sie sind ganz offensichtlich Raubtiere. Woher bekommt solch eine Spezies ausreichende Nahrung?«

Ashley zuckte mit den Schultern. »Keine Ahnung.«

»Na ja, sie befinden sich am Anfang der Nahrungskette. Doch wer kommt danach? Schau dir die Löwen in Afrika an. Um nur ein einziges Rudel Löwen zu versorgen, wird ein großes Reservoir an Pflanzenfressern benötigt – Antilopen, Wasserbüffel, Zebras. Vom biologischen Standpunkt aus betrachtet benötigen unsere Bestien einen immensen Beutevorrat.«

Ashley rieb sich die wunden Augen. »Ja, kann ich mir vorstellen.«

»Und wo ist der?« Linda trank wieder einen Schluck Kaffee. »Wo ist ihr Nahrungsvorrat?«

Khalid grunzte. »Zum Teufel, ich weiß nur, dass ich nicht dazugehören möchte.«

Ashley nickte. Die Frage war faszinierend. Was jagten sie? Wenn man an die Zusammenarbeit dachte, die die Bestien in der letzten Höhle demonstriert hatten, so besaßen sie eine gewisse Intelligenz. Beinahe schon Heimtücke. »Ich bin mir nicht sicher. Das ist ein Geheimnis, das die nächste Expedition lösen muss.«

Linda nickte. Sie hielt eine zweite Phiole mit phosphoreszierendem Gelb in die Höhe. »So viele Geheimnisse hier unten …« Sie prüfte eine Notiz in ihrem Buch und kräuselte die Lippen.

Ashley sagte »Gute Nacht« und zog sich zu ihrer Matratze zurück. Sie kuschelte sich in die Laken, die noch warm von eben waren. Seufzend schloss sie die Augen, doch die Fragen der Biologin nagten an ihr. Wovon ernährten sich diese Viecher?

Ben wälzte sich im Schlaf. Er wusste, dass er träumte, konnte aber nicht aufwachen. Er war schon wieder in dieser verdammten Höhle und ging durch die mit Früchten behangenen Bäume, rote matschige, kürbisförmige Früchte, die obszön herabbaumelten.

»Hallo«, rief er laut in den Hain.

Keine Antwort.

Er hatte das Bild seines Großvaters gesehen, als er das letzte Mal hier war. In einer Höhle. Wo war das bloß gewesen? Er ging in eine Richtung, die ihm vertraut erschien, und streifte einen tief hängenden Ast voller Laub und zierlichen blauen Blumen. War er nicht schon an einem ähnlichen Busch vorbeigekommen? Er hatte das Gefühl, nach Jahrzehnten in seine Heimatstadt zurückzukehren. Seine Füße erinnerten sich anscheinend daran, wo sie einmal hergegangen waren.

Während er sich der gegenüberliegenden Wand näherte, wusste er, dass er auf dem richtigen Weg war. Er konnte sogar das schwarze Loch in der leuchtenden Wand sehen. Leuchtend? Es war derselbe Schimmelpilz, der in der Geode wuchs. Seltsam.

Er ging weiter auf die Wand zu und erwartete, dass ihm

die Bäume den Zugang versperrten, wie bei seinem letzten Besuch. Aber dieses Mal hielt ihn kein Baum auf. Nach ein paar Schritten stand er plötzlich vor der Wand, und ein sanfter Moschusgeruch hüllte ihn ein. Die Pilze bildeten schotenartige, stecknadelkopfgroße Sporen. Er wischte mit der Hand an der Wand entlang. In seinem Kopf drehte sich alles. Farbblitze explodierten vor seinen Augen. Beinahe ohnmächtig sank er auf die Knie. Er kämpfte mit der Bewusstlosigkeit, aber vor seinen Augen sah er nur fantastische Farbwirbel und Muster. Er glitt zu Boden, und sein Hinterkopf explodierte vor Schmerz, als er hinfiel.

Eine Stimme erklang seitlich von ihm. »Benny, jetzt reicht es aber.« Er kannte diese Stimme aus seiner Kindheit. Es war sein Großvater.

»Himmel, jetzt komm zu Bewusstsein, Junge.«

Sein Blick wurde klarer, als sein Großvater ein zerriebenes Blatt unter seiner Nase hin und her wedelte. Es roch nach Minze mit einem Hauch von Kirsche. Mit jedem Atemzug verschwanden mehr Farbwirbel vor seinen Augen, als ob sie das Blatt fortwischte. »Na also, Benny. Wurde auch Zeit, dass du deinen Hintern mal hier runter bewegt hast.«

Natürlich war das ein Traum, aber er kam ihm so wirklich vor. Er sah das Spinnengewebe aus geplatzten Äderchen auf der Nasenspitze seines Großvaters; die weißen Haarbüschel rund um seine Ohren; das immer währende Lachen in seinen Augen. »Opa?«

»Wer denn sonst?«

»Na ja, wenn man bedenkt, dass du eigentlich einen Meter achtzig tief im australischen Mutterboden liegen solltest, kommt dieses Wiedersehen doch ausgesprochen unerwartet für mich.« Er stemmte sich hoch. Der Moschusgeruch war immer noch stark und drohte ihn wieder zu überwältigen. »Warum bist du hier?«

»Man hat mich geschickt, um dich zu warnen.«

»Mit dem schwarzen Viechzeug haben wir schon Bekanntschaft geschlossen. Dafür bist du ein bisschen spät dran.«

»Die Bestien? Halt dir das Ungeziefer bloß vom Leib.«

»Ungeziefer? Das Ungeziefer hat beinahe unsere Mannschaft vertilgt.«

Sein Großvater setzte sich im Schneidersitz neben ihn. »Benny, ihr müsst in die Tiefe, nach unten. Steigt nicht nach oben.«

»Aber ...«

»In die Tiefe, Benny, in die Tiefe.«

Wieder drang der Moschusgeruch in sein Bewusstsein und beschmierte die Vision seines Großvaters mit breiten violetten und orangefarbenen Pinselstrichen. »Ich verstehe dich nicht ...« Er spürte, wie er wieder davongetragen wurde.

Die Worte seines Großvaters verfolgten ihn, als er langsam das Bewusstsein verlor: » ... in die Tiefe ... in die Tiefe ...«

»Aufwachen, Ben.« Ashley klopfte ihm auf die Schulter. Sie war überrascht, wie tief sein Schlaf war. Die anderen waren schon länger auf den Beinen. Ben war der Letzte, der sich noch in seine Decke rollte. Sogar Villanueva saß aufrecht. Es ging ihm viel besser, den Arm trug er in einer provisorischen Schlinge.

Ashley packte Ben an der Schulter und schüttelte ihn. »Komm jetzt, das Frühstück ist gleich fertig.« Sie blickte hinüber zu Michaelson, der sich über den Campingkocher beugte. Wie er es schaffte, aus dehydrierten Eiern eine fast perfekte Imitation eines Omeletts zu zaubern, war ein Rätsel, das selbst den besten Koch verblüfft hätte. Ihr Magen reagierte knurrend auf den quälenden Duft von gegrillten Zwiebeln und Dosenschinken.

Ben stöhnte, rollte sich auf den Rücken und öffnete die Augen einen Schlitz weit. »Zum Teufel, was ist das für ein Gestank?«

»Das ist das Frühstück, und wenn du dich nicht beeilst, kriegst du nur noch kalte Cornflakes.«

Er stemmte sich auf die Ellbogen. Seine Haare standen in alle Himmelsrichtungen. Er kratzte sich unter dem Laken. »O Mann, mein Kopf brummt, als würde er jeden Moment explodieren. Einen Kater zu bekommen, ohne einen feuchtfröhlichen Abend im Pub verbracht zu haben, ist einfach unfair.«

Besorgt legte Ashley ihre Hand auf seine Stirn. Glücklicherweise hatte er kein Fieber. »Es sind nur Kopfschmerzen. Ich hole dir ein Aspirin.«

»Wie wäre es mit einer Hand voll?«, sagte er mit einem müden Grinsen.

Sie ging zu der Tasche mit dem Erste-Hilfe-Koffer und schüttelte ein paar Aspirin aus einer kleinen Plastikflasche.

Villanueva saß direkt neben ihr. »Er sieht nicht besonders gesund aus.«

Über diese Feststellung musste Ashley lächeln. Das sagte ein Mann, dessen Hemd vom eigenen getrockneten Blut vollkommen rot war und dessen Arm beinahe ausgerissen worden wäre. »Ich bin mir sicher, Ben erholt sich wieder. Sie allerdings brauchen Ruhe. Sie sollten nicht einmal sitzen.«

Er schaute sie mit steinerner Miene an, als ob sie in einer fremden Sprache zu ihm gesprochen hätte.

Michaelson kam zu ihnen und gab dem SEAL eine dampfende Schüssel. »Hühnerbrühe«, sagte er, als Villanueva fragend die Brauen hob. »Sie haben eine Menge Blut verloren und brauchen jede Menge Ersatzflüssigkeit. Austrinken.«

Ashley ging zurück zu Ben, mit dem Anflug eines Lächelns auf den Lippen. Major Michaelson verwandelte sich langsam in eine richtige Florence Nightingale.

»Danke«, sagte Ben, »aber mir geht es schon viel besser. Wenn ich erst einmal auf den Beinen bin, dann bin ich munterer als ein Känguru mit einem vollen Beutel.«

»Nimm die Aspirin trotzdem.« Sie drückte ihm einige Tabletten in die Hand und reichte ihm einen Becher Wasser. »Wir haben noch einen langen Tag vor uns.«

Er verzog das Gesicht, nahm die Tabletten aber. »Sag mal, hast du nicht eben von Frühstücken gesprochen? Ich wollte immer einmal das Frühstück im Bett serviert bekommen.«

»Wenn du Hunger hast, bist du auch gesund genug, um dir das Essen selbst zu besorgen. Außerdem versammeln wir uns alle zum Frühstück, um das weitere Vorgehen zu besprechen. Und ich lege Wert auf deine Vorschläge.«

»Klar. Allerdings sind Verdauungsprobleme dann vorprogrammiert.«

Sie half ihm beim Aufstehen. »Hör auf zu nörgeln.«

Ben täuschte ein finsteres Gesicht vor und ging mit ihr zum Campingkocher, wo Michaelson gerade dabei war, Omelett und Bratkartoffeln auf die Teller zu verteilen.

»Ein wahres Festessen, Kumpel«, sagte Ben anerkennend und wog den Blechteller in der Hand, den der Major ihm gereicht hatte.

»Da wir seit dem Frühstück gestern Morgen keine warme Mahlzeit mehr hatten, dachte ich, dass jeder einen Happen vertragen könnte.«

Michaelson füllte Bens Teller mit seiner Kelle.

Ashley nahm eine kleinere Portion und setzte sich auf einen flachen Felsen. Khalid und Linda saßen schon am Campingofen und aßen hungrig. Villanueva nippte an seiner Hühnerbrühe und starrte lüstern auf das deftige Essen der anderen.

Als auch Michaelson sich zu ihnen gesellt hatte, eröffnete Ashley die Besprechung. »Wir müssen das weitere Vorgehen entscheiden. Unsere Vorräte reichen nur noch acht Tage.«

Außer Nicken und Kauen bekam sie keine Antwort. Die anderen warteten auf eine nähere Erläuterung.

»Uns stehen die folgenden Möglichkeiten zur Auswahl: Entweder wählen wir den Rückzug, das heißt, wir kämpfen uns durch die Monstergasse an die Oberfläche; oder wir warten hier und hoffen, dass man auf Grund des unterbrochenen Funkkontakts einen Suchtrupp hinter uns her schickt; oder wir suchen eine Alternativroute nach oben und nehmen in Kauf, weiteren Monstern in die Arme zu laufen.«

Linda legte ihre Gabel hin. »Ich bin der Meinung, wir sollten hier bleiben. Irgendwann kommt schon jemand und findet uns.«

»Vielleicht«, sagte Michaelson, »aber denken Sie an das erste Team. Uns hat man erst Monate später hinterhergeschickt. Da können wir uns auf eine lange Wartezeit gefasst machen.«

»Das ist richtig«, sagte Ben, »und der Suchtrupp wird genauso von den Bestien empfangen werden. Es ist nicht fair, die anderen ohne Warnung in dieselbe Löwengrube fallen zu lassen. Und da hindurch wieder zurückzugehen ist keine Alternative. Ich bin dafür, wir dringen weiter vor.«

Ashley nickte. Sie war der gleichen Meinung, aber es mussten auch andere Umstände in Betracht gezogen werden. Sie wies auf Villanueva. »Wir haben einen Verwundeten unter uns, dessen Heilung durch die Weiterreise beeinträchtigt würde.«

Villanueva nahm die Schüssel von den Lippen. »Ich komme schon klar. Ich weiß genau, welche Strapazen ich auf mich nehmen kann.«

Ashley schaute zu ihm hinüber. »Dessen bin ich mir sicher. Aber was, wenn wir mit noch mehr Problemen konfrontiert werden? Ihre Verletzungen beeinträchtigen die Mobilität des Teams erheblich.«

»Sollte das der Fall sein, lassen Sie mich zurück. Meinetwegen soll das Team nicht gefährdet werden.«

»Edle Worte, aber das hieße, Sie im Stich zu lassen. Ich für meinen Teil würde das niemals tun.«

»Ich auch nicht. Wenn wir in die Klemme geraten, dann wir alle oder keiner.«

Villanueva schüttelte den Kopf und hob die Schüssel zum Mund. »Zivilisten ...«, murmelte er über die dampfende Brühe hinweg.

Khalid meldete sich. »Also, was machen wir? Weiter vordringen oder nicht? Mir scheint, wir sind verdammt, wenn wir es tun, und ebenso verdammt, wenn wir es nicht tun.«

»Ich habe einen Vorschlag«, sagte Ashley. »Wir trennen uns. Linda und Khalid bleiben mit Villanueva hier in Sicherheit. Der Rest bricht auf. Wir versuchen, einen Weg nach oben zu finden, und kommen mit einem Rettungstrupp zurück.«

Alle überlegten schweigend. Dann nickte Michaelson. »Das ist ein guter Plan. Ein effizientes Team hat eine große Chance, eine Route nach oben zu finden. Aber, Ashley, es gibt keinerlei Grund, weshalb Sie mit uns kommen sollten. Ben und ich ...«

Ben unterbrach ihn. »Der Major hat Recht. Zwei kommen schneller voran als drei.«

»Quatsch. Ich bin genauso schnell wie ihr und außerdem der bessere Schütze. Und drei Paar Augen finden den Weg schneller als zwei. Ich komme mit.«

Beide Männer versuchten, sie mit eisernen Mienen einzuschüchtern, aber sie gab nicht nach. Schließlich sagte Ben zu Michaelson: »Das Spiel haben wir verloren, Kumpel. Wir sind in Gesellschaft einer Dame. Also aufgepasst: keine Flüche, keine schmutzigen Witze und nicht in der Gegend rumspucken.«

»Na toll«, sagte Michaelson, »dann wollen wir mal die Vorräte aufteilen und uns auf den Weg machen. Wir werden mit leichtem Gepäck reisen. Also nur das Notwendigste einpacken: Waffen, Funkgerät, Wasserflaschen, Seile.«

Ashley nahm ihre Pistole. »Und jede Menge Munition.«

Khalid stand abseits, als die anderen sich für den Aufbruch bereit machten. Er schaute unter seinen dichten Brauen hervor und beobachtete, wie Ben und Michaelson die Vorräte verstauten. Villanueva bemühte sich zu helfen, indem er das Funkgerät auseinander baute und die wichtigsten Einzelteile wasserdicht verpackte. Khalid betrachtete den SEAL prüfend und überlegte, wie viel Kraft noch in ihm stecken mochte.

Linda trat zu ihm. »Schau dir das an!«

Khalid drehte sich um.

»Hier gibt es tatsächlich eine phosphoreszierende Schimmelart, die in dem Diamanten wächst.« Sie hielt den kristallenen Brocken in ihrer hohlen Hand und beugte sich nahe zu ihm, um ihn gegen das umgebende Licht abzuschirmen. Ihre Haare streiften seine Wange. »Siehst du?«

Der Kristall von der Größe eines Golfballs leuchtete in einem sanften Gelb in ihren Händen. »Warum tust du ihn nicht zu deinen Proben?«

Proben? Er brauchte einen Moment, um sie zu verstehen. Dann begriff er. Sie meinte die Sammlung faustgroßer Diamanten, die er in seinen Rucksack gepackt hatte. Er hatte ihr erzählt, es wären geologische Proben für wissenschaftliche Zwecke.

»Mache ich«, sagte er und nahm ihr Geschenk an. Er

öffnete seinen Rucksack und legte den Diamanten vorsichtig zu den anderen. Dann fuhr er mit dem Finger über die Diamanten. Zwölf Stück.

Auch wenn es sein Auftraggeber nicht wünschte, würde er diese Höhle nicht mit leeren Händen verlassen.

Linda beobachtete mit gemischten Gefühlen, wie die anderen die Höhle verließen. Ihre Gefühle schwankten zwischen Angst, weil sie sich trennten, und Erleichterung, weil sie sich in dieser Höhle in Sicherheit vor den Raubtieren befanden.

Sie bemerkte, dass Khalid wieder die Diamanten untersuchte. Er schien von den Reichtümern, die sie umgaben, fasziniert zu sein und sammelte fortwährend verstreute Bruchstücke ein. Villanueva schlummerte auf seiner Matratze.

Nur sie schaute den anderen noch hinterher, als Bens Laterne hinter einer Kurve des Wurmlochs verblasste. Sie fragte sich, welchen neuen Gefahren die drei begegnen mochten und welche Wunder sie selbst verpassen würde, weil sie zurückblieb. Ein kleiner Funke Neid wollte zu einer Flamme heranwachsen, aber der Gedanke an die Schrecken, die den anderen bevorstanden, dämpfte ihr Bedauern.

Linda blickte in der kleinen Höhle umher, die im Lampenlicht irisierte. Sie musste bei dem Gedanken lächeln, dass ausgerechnet sie, Linda Furstenburg, Klaustrophobin par excellence, glücklich war, sich in einer engen Kammer viele Kilometer unter der Erdoberfläche verstecken zu können. Sollten die anderen doch neue Wunder entdecken. Hier würde sie wenigstens von niemandem verspeist.

Sie ging zu dem Miniaturlabor hinüber, das sie aufgebaut hatte. Außerdem gab es auch hier eine Menge zu entdecken. Sie setzte sich und rechnete die Werte zweimal nach. Dann betrachtete sie das Wachstum der Zellfäden unter dem Mikroskop. Sie holte einen Objektträger mit einem älteren Pilz hervor und untersuchte auch diesen. »Mein Gott, wenn das nicht Chloroplast ist«, murmelte sie.

Villanueva, der nebenan schlummerte, öffnete ein Auge. »Reden Sie mit mir?«

Linda wurde rot. »Nein, Entschuldigung. Dieser Schimmel ist nur so faszinierend.«

Villanueva stemmte sich hoch und setzte sich, offenbar immer noch groggy, aber auch gelangweilt. »Was haben Sie entdeckt?«

»Zuerst habe ich gedacht, es handelte sich um eine dimorphe Spezies, zwei Ausprägungen ein und desselben Pilzes also. Aber jetzt bin ich anderer Meinung. Ich glaube, es handelt sich um zwei unterschiedliche Spezies, die in Symbiose miteinander leben. Die eine hält die andere am Leben und umgekehrt.«

»Das habe ich nicht kapiert, Doc.«

»Der eine Schimmeltyp – der mit den leuchtenden Zellfäden – erhält seine Energie aus dem Schwefelwasserstoff, der sich in den Spuren vulkanischer Gase befindet. Doch die Wachstumsrate ist zu hoch, um sie ausschließlich auf den vorhandenen Gasgehalt zurückzuführen. Außerdem verschwendet er eine Menge Energie, um das Leuchten hervorzurufen.«

»Und warum tut er das?«

»Genau darum geht es! Eine zweite Pilzart ist in diesen Prozess verwickelt. Dieser zweite Schimmelpilz ist voll von einer Art Chloroplast!« Sie wies auf den Objektträger als Beweis.

Der SEAL zuckte mit den Achseln. »Na und?«

»So nutzt der zweite Schimmelpilz die Leuchtenergie des ersten wie eine Pflanze das Sonnenlicht. Er ernährt sich von dieser Energie und wächst und gedeiht seinerseits nicht nur, sondern produziert darüber hinaus Schwefelwasserstoff für seine leuchtende bessere Hälfte.«

»Also füttert der eine Schimmelpilz den anderen?«

»Genau! Aber ganz offenbar steckt noch mehr dahinter. Um diese Wechselwirkung aufrechtzuerhalten, ist mehr Energie nötig. Ob durch Wärmeenergie oder durch irgendetwas aus den Felsen hier oder durch Zersetzung oder was immer. Ich weiß es nicht. Es gibt so viel zu erfahren. Ich könnte Jahre damit verbringen, nur diese Beziehung zu erforschen.«

Villanueva schien das Interesse an ihren Offenbarungen zu verlieren. »Aha. Trotzdem möchte ich lieber so schnell wie möglich hier abhauen.«

»Ich auch, aber der Pilz gibt uns für vieles eine Erklärung.«

»Zum Beispiel?« Villanueva gähnte.

»Zum Beispiel, warum die Bestien immer noch Augen besitzen. Warum ihre Erscheinung sich so gut an die Felsen anpasst. Es ist doch merkwürdig, dass Lebewesen, die seit Jahrtausenden isoliert in immer währender Finsternis leben, immer noch Augen und die Fähigkeit, mit der Umgebung zu verschmelzen, besitzen. Die meisten isolierten Höhlenlebewesen sind auf Grund der Dunkelheit blind und Albinos.«

»Hm. Sie wollen also damit sagen, dass sich diese Wesen meistens in beleuchteten Gegenden herumtreiben?«

»Oder zumindest an deren Rand.«

»Gut zu wissen. Also überall, wo man Schimmelpilze findet, treiben sich auch diese Bestien herum.«

»Genau!«

Zwei Dinge fielen Ashley auf, sobald sie das letzte Wurmloch verlassen hatten. Es wurde immer heißer, und der Schimmel wurde dicker und heller, je tiefer sie hinabstiegen.

Sie waren nun seit einem halben Tag unterwegs und hatten nur von Zeit zu Zeit angehalten, um die Funkverbindung zu testen. Niemand hatte auf ihre Hilferufe geantwortet.

»Wir sollten unsere Batterien schonen, so lange wir können«, sagte Ben. »Das Leuchten hier reicht aus, um den Weg zu erkennen.«

Er hatte Recht. Als alle Lampen ausgeknipst waren, konnte sie gut sehen. Sie wischte sich über die Stirn. Die Höhle vor ihnen war voller blubbernder Teiche, die mit kochendem Wasser gefüllt waren. Es war so heiß wie in einer Sauna und stank nach verfaulten Eiern.

Ben bot ihr einen Schluck aus seiner Wasserflasche an. »Wir nähern uns wohl einem heißen Abzug des Vulkans.«

Sie nickte. »Wir müssen einen Weg hinauf finden. Und zwar schnell!«

Michaelson rief ihnen aus mehreren Metern Entfernung zu: »Ihr Wunsch ist in Erfüllung gegangen, Ashley. Hier drüben ist ein Spalt. Er erstreckt sich etwa hundert Meter in die Höhe und man kann hinaufsteigen. Das könnte die Lücke sein, nach der wir gesucht haben.«

Ashley eilte zu ihm. Sie würde jede steile Felswand erklettern, wenn sie nur von diesen heißen Schwefeldämpfen fortkäme. Sie knipste ihre Stablampe wieder an und versuchte, nach oben zu klettern. Der Riss war zerklüftet und bot viele Haltepunkte für Hände und Füße. Das Ende lag außerhalb der Reichweite ihrer Lampe. Fantastisch.

Ben kam zu ihr. »An der Südwand befindet sich noch ein Wurmloch, das nach unten führt.«

»Wen kümmert das? Wir nehmen diesen Weg.«

Ben schaute in die Höhe. »Ich weiß nicht …«, murmelte er.

»Was meinst du damit?« Sie blickte ihn beunruhigt an. »Der ist perfekt.«

»Man kann das Ende nicht sehen. Wer sagt uns, dass er in einer Höhle endet? Vielleicht ist er irgendwann einfach zu Ende.«

»Ben, spürst du nicht den Wind? Er saugt einen fast den Spalt hinauf. Hast du nicht gesagt, dass das ein Zeichen dafür ist, dass ein Tunnel auch einen Ausgang hat?«

»Ich glaube schon.« Er flüsterte jetzt.

Sie schaute ihn an und fragte sich, wovor er zurückschreckte. Ganz bestimmt nicht vor dem Aufstieg. Ihr kam er wie ein Kinderspiel vor. »Ben?«

Er schüttelte den Kopf, als wollte er ihn von Spinnweben befreien. »Natürlich, du hast Recht. Legt eure Sicherheitsgurte an, und hängt die Expressschlingen ein. Es geht aufwärts.«

Ashley starrte den Australier an. Sie kannte ihn erst seit kurzem, wusste aber bereits jede seiner Stimmungen zu deuten. Irgendetwas störte ihn. »Ben, du bist hier der Experte ...«

Er befestigte sein Seil und ging die Felswand an. »Ich bin einverstanden. Ich hatte nur diesen Drang zu ...« Er schüttelte wieder den Kopf. »Teufel, egal. Los jetzt.«

Sie sah, dass seine linke Hand zitterte, als er den ersten Halt ergriff.

Linda wachte plötzlich mit einem Brummschädel auf. Khalid lag auf seiner Matratze nicht weit entfernt und schnarchte laut. Einer seiner keuchenden Schnarcher hatte sie aufgeschreckt. Sie blickte auf die Uhr. Vier Stunden waren vergangen, seit sich die beiden zu einem Mittagsschlaf hingelegt hatten. Sie schaute zu Villanueva. Auch er schlief tief und fest.

Seltsam, sie machte niemals Nickerchen und schon gar nicht mehrere Stunden lang. Sie setzte sich auf und streckte sich. Natürlich waren die Umstände zurzeit viel ungewöhnlicher. Nachdem sie gestern den ganzen Tag vor den Bestien davongelaufen war, hatte ihr Körper die Ruhe bitter nötig.

Sie stand auf – und alles drehte sich. Helle Funken explodierten vor ihren Augen. Sie fiel fast auf die Knie und wäre beinahe ohnmächtig geworden. Nach einigen Sekunden verging der Schwindel. Bin wohl zu rasch aufgestanden, dachte sie und schüttelte den Kopf. Sie hörte ihren Puls laut pochen, jeder Herzschlag dröhnte in ihren Schläfen. Linda griff nach der Wasserflasche und nahm einen großen Schluck.

Sie atmete schwer. Da fiel ihr Blick auf die Wände, und sie ließ beinahe die Wasserflasche fallen. Aus der bisher glatten Oberfläche der Schimmelschicht ragten plötzlich zahlreiche kugelförmige Auswüchse hervor. Sie beobachtete, wie mehrere hundert dieser Kapseln zerplatzten und kleine Wolken eines feinen Staubs von sich gaben. Sporen! Im Lampenlicht konnte sie ganze Wolken von Sporen durch die Geode wabern sehen. Sie sah, dass Khalid eine der Wolken einatmete.

Das konnte nicht gesund sein. Sie kniete neben Khalid nieder und schüttelte ihn an der Schulter. Er wachte nicht auf. Sie schüttelte ihn fester. Nichts. Sie hob seine Lider: Im hellen Licht blieben seine Pupillen erweitert und zeigten keine Reaktion. Verdammt, die Sporen wirkten wie eine Droge und betäubten sie. Ihr wurde klar, dass ihnen eine Überdosis drohte, wenn sie die Droge noch länger inhalierten.

Der Pilz versuchte, sie umzubringen!

Durch die Aufregung atmete sie unregelmäßig. Vor ihren Augen flammten bunte Blumen auf. Die Sporen! Ruhig bleiben. Langsamer atmen. Weniger Sporen inhalieren. Sie hielt den Atem an. Wieder drehte sich alles um sie herum. Denk nach, verflucht!

Da hatte sie eine Idee. Sie nahm ein Taschentuch, goss Wasser darüber und legte den tropfenden Stoff auf Nase und Mund. Der feuchte Stoff würde die Sporen filtern. Hoffte sie zumindest.

Eilig legte sie auch Khalid ein nasses Taschentuch auf Mund und Nase, um ihn vor weiteren Sporen zu schützen. Stirb mir bloß nicht, dachte sie.

Dann eilte sie zu Villanueva. Einen kurzen Moment lang dachte sie, er hätte aufgehört zu atmen. Aber bei genauerem Hinschauen konnte sie sehen, wie sich seine Brust hob und senkte. Doch seine Gesichtsfarbe hatte einen Blaustich. Zyanotisch. Sie präparierte ein drittes Taschentuch und legte es über das Gesicht des SEALs.

Prüfend betrachtete sie ihn mit geballten Fäusten. Seine Atmung war unregelmäßig und flach. Durch seinen angegriffenen Zustand war er für die Droge empfänglicher.

Sie blickte sich um. Das Leuchten des Pilzes war durch den Ausstoß der Sporen ein wenig dunkler geworden. Wahrscheinlich benötigte er die Energie für deren Produktion. Wodurch war es nur ausgelöst worden? Ihre Körperwärme? Der erhöhte Kohlendioxidgehalt der Luft, den ihr Aten verursacht hatte?

Sie hatte keine Zeit, nach Antworten zu suchen. Erst einmal musste sie die anderen hier herausbekommen. Aber wohin? Wer konnte sagen, ob nicht die Bestien in der nächsten Höhle lauerten? Und wer wusste, was sie erwartete, wenn sie den anderen folgten?

Nur eines war sicher. Wenn sie hier blieben, würden sie sterben.

Sie ging zu dem Wurmloch, in dem Ashley und die anderen vor wenigen Stunden verschwunden waren. Eine leichte Brise wehte ihr von unten entgegen und ließ ihre blonden Strähnen flattern.

Die Luft war frischer und sporenfrei.

Linda fällte eine Entscheidung. Sie musste die beiden Männer durch dieses Wurmloch zerren. Falls sie etwas auf der anderen Seite bedrohte, konnten sie wenigstens im Tunnel bleiben. Entscheidend war, dass der Wind das Wurmloch frei von Sporen hielt.

Sie unterdrückte die Angst, die ihr der Gedanke machte, sich tagelang in dem engen Tunnel zu verstecken. Sie blickte auf die Männer. Es würde schwierig werden, sie über den unebenen Höhlenboden zu schleifen. Die Diamanten machten den Boden zu holperig, um die Schlitten zu verwenden. Aber wenn sie einmal beim Wurmloch wären, könnte sie die Schlitten ab dort benutzen. Sie ging zu den bewegungslosen Körpern, packte die Beine des SEALs und zerrte ihn keuchend vor Anstrengung auf das Wurmloch zu.

Nach einer Viertelstunde lagen beide Männer bäuchlings auf ihren Schlitten im Wurmloch. Lindas Herz pochte, und der Schweiß biss ihr in die Augen. Mittlerweile schwankte sie wie eine Betrunkene – ob von der Anstrengung oder dem Rauschgift der Sporen, wusste sie nicht.

Sie spritzte sich mehr Wasser ins Gesicht und machte sich bereit. Mit angehaltenem Atem tauchte sie ins Wurmloch, versuchte, die bedrückenden Wände zu ignorieren, und konzentrierte sich darauf, die Männer vor sich herzuschieben. Sie schob den steifen Khalid voran, stieß mit seiner Schulter gegen Villanuevas Schlitten, so dass der SEAL mehrere Meter nach vorn rollte, bis er zum Halten kam.

Stoßend und schiebend kam sie nur langsam vorwärts. Doch je weiter sie vordrangen, desto klarer wurde ihr Kopf. Sie hielt einen Moment an und legte die Wange an ihren Arm. Sie hatte es geschafft. Hier war die Luft sauber.

Khalid stöhnte und wachte auf. Sie lächelte müde. Ihre Zufriedenheit wurde nur vage vom Gefühl der Enge beeinträchtigt. Es war eher wie das Summen einer Mücke als das übliche panische Brüllen. Nein, der Würgegriff des Tunnels hatte seine Bedrohlichkeit verloren. Sie hatte die Männer gerettet.

Ashley folgte Ben und suchte an denselben Stellen Halt wie er. Stiche schossen durch ihre Finger, und ihre Schenkel schmerzten. Wegen des Schimmelpilzes an den Wänden rutschten ihre Hände ab. Doch wenigstens ließ der Pilzbewuchs nach, je weiter sie nach oben stiegen. Irgendwann während des Aufstiegs mussten sie die Helmlampen einschalten. Mit dem allmählichen Verschwinden des Schimmels umgab sie mehr und mehr undurchdringliche Dunkelheit.

Michaelson folgte und schob sie über manches Hindernis nach oben.

Sie sah, wie Ben einen Spit in den Riss über ihnen schlug, eine Öse hineindrehte und eine Schlinge hindurchzog. Während der Arbeit summte er vor sich hin. Nach zwei Stunden Klettern konnte sie das Lied mittlerweile nicht mehr hören.

»Ben«, rief Michaelson von unten, »wie weit noch?«

»Ungefähr eine Stunde.«

Ashley stöhnte und lehnte sich mit der Stirn gegen die Felswand.

»Aber etwa zehn Meter über uns scheint ein breiter Vorsprung zu sein. Dort könnten wir unsere Mittagspause verbringen, bevor wir den letzten Teil in Angriff nehmen.«

Ashley dankte den Klettergöttern für diese winzige Hoffnung. »Dann lass uns dort hinaufklettern, Ben. Ich bin es satt, hier rumzuhängen.«

Sie beobachtete Ben, der nach einem Halt für die Hand suchte und sich hinaufzog. »Du warst diejenige, die hier raufklettern wollte«, rief er gut gelaunt. »Ich wollte die einfachere Route nehmen. Also hör auf rumzumosern.«

Wenigstens schien sein anfängliches Zittern bei der Anstrengung des Aufstiegs nachgelassen zu haben. Die erste Stunde war noch leicht gewesen, aber das war auch nur die Aufwärmrunde für den beinahe senkrechten Aufstieg gewesen, mit dem sie es in der letzten Stunde aufgenommen hatten.

Ashley streckte sich, um dort Halt zu bekommen, wo Ben seinen Fuß zuletzt hingesetzt hatte, aber sie kam einfach nicht heran. Sie suchte nach einem anderen Halt auf der glatten Oberfläche. Doch sie blickte nur auf die leere Wand. Verflucht. »Ben, ich komme hier nicht weiter«, rief sie und versuchte, ihre aufkommende Panik zu unterdrücken.

Ben blickte zu ihr herunter. »Kein Problem, Ash. Lass einfach los, ich zieh dich mit dem Seil auf die Höhe des nächsten Dübels. Dort findest du sicher einen Halt. Ich kann hier oben eine gute Hebelwirkung ausüben.«

Sie schluckte schwer. Der gesunde Menschenverstand riet ihr, sich an die Wand zu klammern.

Er zwinkerte ihr zu. Als könnte er ihre Gedanken lesen, sagte er: »Ich lasse dich nicht fallen.«

Ihr Misstrauen war ihr peinlich. Sie zwang sich loszulassen. Als sie sich von der Wand löste und über dem einhundert Meter tiefen Abgrund schwang, wurde sie von der Karabinerbremse gehalten. Ben zog das Seil durch die Expressschlinge, und Ashley wurde plötzlich in die Höhe gerissen.

Mit zwei Zügen hatte er sie auf seine Höhe gehievt. Sie schaukelte einen knappen Meter von der Wand entfernt. Ben hielt ihr seine Hand hin. Sie griff danach. Seine Finger streichelten über ihre Handfläche, bevor er sie schloss. Ununterbrochen blickte er ihr in die Augen, als er sie zu sich zog. Er hielt ihre Taille fest umschlungen, und seine heiße Hand lag auf ihrem feuchten T-Shirt, als sie ihre Füße aufsetzte und sich an der Wand festhielt.

»Danke, Ben.«

»Jederzeit, Liebling«, säuselte er ihr ins Ohr und strich mit seinen Lippen über ihre Wange.

Sie errötete und schaute fort. »Wir … äh … machen besser, dass wir fortkommen. Michaelson wartet.«

Er wandte sich wieder der Felswand zu und kletterte weiter. Sie beobachtete, wie er mit der Leichtigkeit einer Bergziege vorankam, die Beine weit gespreizt. Sie musste den Blick mit Gewalt abwenden, bevor sie mit immer noch rotem Kopf den Aufstieg fortsetzte.

Innerhalb von zehn Minuten saßen alle auf dem Vorsprung und tranken warmes Wasser und kauten zähen, trockenen Käse.

Ben saß nahe bei Ashley. Ihre Beine berührten sich. Alle waren erschöpft und aßen schweigend. Michaelson war tief in Gedanken versunken.

Schließlich wischte Ashley die Krümel aus ihrem Schoß und erhob sich mit zitternden Waden. Sie stemmte die Fäuste in die Hüften und blickte den Hang hinauf. Glücklicherweise war es eine kurze und leichte Steigung. Wenn sie noch einmal eine senkrechte Wand hinauf müsste, bräuchte sie einen Tag Pause.

Ben stellte sich neben sie. »Fertig?«

Sie nickte.

»Okay«, sagte Ben, »dann Gurte an und los.« Er schnappte sich das aufgerollte Kletterseil und band sie an sich. Er stand dicht neben ihr, als er sie festknotete. Dann beugte er sich zu ihr. »Das müssen wir einmal ausprobieren, wenn wir nicht gerade einen Felsen hochklettern«, sagte er mit einem frechen Grinsen.

Sie verdrehte die Augen und schüttelte den Kopf. »Gehen wir endlich.«

Ben pfiff schon wieder das verdammte Lied und nahm den Hang in Angriff. Ashley folgte ihm. Ein gutes Stück des

Aufstiegs ließ sich im Gehen bewältigen, über kurze Abschnitte hinweg mussten sie kriechen. Kurz vor dem Ende jedoch wurde der Aufstieg wieder knifflig. Haltepunkte für Füße und Hände mussten sorgfältig ausgesucht werden, jeder Meter kostete Umsicht und Kraft.

Seufzend blickte Ashley hinauf und fragte sich, ob sie jemals aus dieser Spalte herauskämen. Plötzlich sah sie, wie Ben sich in die Höhe stemmte und aus ihrem Blickfeld rollte. Er hatte den Rand der Klippe erreicht! Mit neuer Kraft folgte sie ihm und kämpfte sich von Halt zu Halt.

Plötzlich erschien Bens Gesicht über dem Rand, nur einen halben Meter von ihr entfernt und mit einem riesigen Lächeln. »Komm schon, worauf wartest du?«

»Mach, dass du fortkommst«, sagte sie mit einem ebenso großen Lächeln.

Er langte nach unten und schob eine Hand unter ihren Gurt.

»Ich kann das allein. Lass ...«

Er zog sie zu sich und küsste sie mitten auf den Mund. Dann rollte er sich rückwärts, hob sie über die Kante und auf sich drauf.

Sie lachte, während sie auf seiner Brust lag. Erleichterung über den bewältigten Aufstieg machte sich breit. Bens Nase war nur Zentimeter von ihr entfernt. Aber er lachte nicht – er war in ihre Augen versunken. Seine Ernsthaftigkeit ernüchterte sie.

In seinem Blick lag ein Hunger, eine Begierde, die ihr noch nie so offen gezeigt worden war. Und in seinen Augen stand eine Frage geschrieben. Während sie seinen Blick erwiderte, blieb ihr das Lachen im Halse stecken. Nur für einen Moment hielt sie sich zurück, dann gab sie ihm die Antwort auf seine Frage, beugte sich hinunter und erwiderte seinen Kuss, zuerst zärtlich, dann mit Leidenschaft – einer Leidenschaft, die sie zu lange unterdrückt hatte.

Er schlang seine Arme um sie, verschlang sie geradezu, zog sie noch tiefer in seine Umarmung, während ihre Körper sich genauso heftig ineinander gruben wie ihre Lippen.

Worte drangen plötzlich in ihre Idylle. »Wenn ihr Turteltäubchen fertig seid, könnte ich ein wenig Hilfe brauchen.«

Mit puterrotem Kopf rollte Ashley von Ben herunter und setzte sich auf.

Michaelson, der den größten Rucksack trug, kämpfte sich über die Kante. Ben eilte zu ihm hinüber und zog ihn am Rucksack herauf.

Michaelson kam auf die Beine. »Okay, jetzt sind wir oben. Aber wo zum Teufel ist oben?«

Ashley räusperte sich und warf Ben einen vorwurfsvollen Blick zu. Sie hätten die Gegend untersuchen sollen. Sie nahm ihre Blendlaterne und schaltete sie ein. Die Männer folgten ihrem Beispiel. »Finden wir es heraus«, sagte sie.

Ben holte den GPS-Empfänger aus seinem Rucksack und spielte damit herum. »Funktioniert immer noch nicht.« Er verschloss ihn wieder und wühlte im Rucksack herum. »Vergesst den modernen Computerklimbim. Manchmal muss man auf altmodische Methoden zurückgreifen.« Er zog eine verkratzte silberne Schachtel von der Größe seines Handtellers hervor und küsste sie. »Ah! Da ist ja mein Liebling. Ein einfacher magnetischer Kompass mit eingebautem Barometer zur Druckmessung. Fantastisch geeignet, um die Tiefe zu schätzen.« Er prüfte die Werte des winzigen Instruments. »Ich schätze mal, wir sind gerade zweihundert Meter geklettert. Die bringen uns unserem Zuhause nicht allzu viel näher.« Er wies mit dem Kompass vorwärts. »Da entlang sollten wir gehen.«

Ashley übernahm die Spitze, Michaelson humpelte hinterher.

Vor ihnen öffneten sich die Felsen in eine geräumige Höhle, eine kleine Erhebung versperrte ihnen den Blick in den Hauptraum. Ashley erreichte die Kuppe zuerst. Sie erstarrte, als sie mit dem Strahl ihrer Laterne über den Grund der Höhle strich.

Ben holte sie ein. »Scheiße!«, sagte er, als er hinunterblickte.

»O Gott«, flüsterte Michaelson.

Ashley verbreiterte den Strahl der Laterne. Vor ihnen, über den Höhlenboden verteilt, lagen tausende weiße Eier, so groß wie reife Wassermelonen. Die meisten bildeten Haufen. Nester. Überall sah man zerbrochene, leere Schalen. Mitten in der Höhle steckten drei kleine Bestien, so groß wie junge Ponys, die Köpfe zusammen. Als Ashleys Strahl sie traf, begannen sie, durchdringend zu wimmern.

Linda hatte Recht, dachte Ashley. Eierlegend wie das Schnabeltier. »Das ist nicht gut«, sagte sie, »überhaupt nicht gut.«

Nur ein weiterer Gang führte aus der Höhle. Es war ein Tunnel, durch den ein Zug gepasst hätte. Die Babys hörten nicht auf zu kreischen. Es klang wie ein Fingernagel, der über eine Schiefertafel kratzte. Als ein Brüllen aus dem Tunnel erklang, beruhigten sich die drei rasch und legten sich wieder in ihr Nest.

Ein großes, wütendes Etwas bahnte sich seinen Weg.

18

Jason lehnte sich über den Rand des Pontons und beobachtete die dreieckige Form des Kielwassers, während er den Finger ins Wasser hielt. Er wünschte sich, seine Mutter wäre hier. Nicht, dass er sich fürchtete. Der anfängliche Horror ihrer gestrigen Flucht war mittlerweile einer bloßen Sorge gewichen. Er vermisste sie nur.

Hinter ihm schnarchte Blakely in seinem Sitz, in den er sich hatte fallen lassen. Sie ankerten hier seit fast einem Tag, hundert Meter vom Ufer entfernt. Es gab nichts zu tun, es gab nichts zu sehen. Eine Rauchwolke verhüllte das Ufer. Gestern hatte das Feuer kurzer Explosionen das Ufer erhellt. Heute jedoch sah man nichts außer öligem Rauch und Schwärze. Man konnte kaum erkennen, in welcher Richtung die Basis lag.

Jason wälzte sich auf den Rücken. Eine Schnalle seiner orangefarbenen Schwimmweste drückte ihm in die Seite. Er drehte sich in eine bequemere Position und betrachtete die Welt über sich. Die einsame Laterne warf einen Lichtfleck auf die Decke. Stalagtiten ragten aus dem schwarzen Nebel heraus und waren auf das Boot gerichtet. Als würden sie auf ihn zeigen. Sogar als das Boot davontrieb, schienen sich die felsigen Speerspitzen zu biegen und ihn immer noch anzuklagen, bevor sie schließlich im Rauch verschwanden.

Jason richtete sich plötzlich auf und brachte das Boot damit zum Schaukeln. Warte mal. Sie hatten doch Anker geworfen. Das Boot durfte gar nicht unter den Stalagtiten vorbeigleiten. Sie bewegten sich! Sie trieben fort!

»Dr. Blakely!« Jason krabbelte über den federnden Boden zu dem Wissenschaftler. »Da stimmt was nicht.«

Blakely stöhnte und setzte sich aufrecht hin. »Was denn, Jason? Hast du schon wieder einen Fisch gesehen?« Er schob die Brille den Nasenrücken hoch. Ein Glas war ihm gestern irgendwann herausgestoßen worden. Er kniff das ungeschützte Auge zu, als ob er Jason zublinzeln wollte.

»Schauen Sie doch, Dr. Blakely! Wir bewegen uns.«

Seufzend verrenkte Blakely seinen Hals nach hinten und zog eine missbilligende Miene, die plötzlich einem erstaunten Blick und weit geöffneten Augen wich. »Verflucht, wir bewegen uns wirklich.«

Er griff über den Rand des Boots und holte das Ankertau ein. Dabei warf er das tropfende Tau auf Jasons Zehen.

Jason stieß das schleimige, stinkende Seil mit mürrischem Gesicht zur Seite.

»Veflucht!« Blakely hielt das abgerissene Ende des Taus in der Hand. Kein Anker. »Sieht so aus, als hätte es jemand durchgebissen.« Er ließ das Tauende fallen und setzte sich neben das Ruder. »Die Strömung ist sehr stark hier. Wir haben ein flottes Tempo.«

»Was machen wir jetzt?«

Blakely ging zum Motor. »Zuerst müssen wir herausfinden, wohin wir uns bewegen. Jason, geh vor und schalt den Suchscheinwerfer ein.«

Jason eilte zum Bug, schnappte sich die Lampe, schaltete sie ein und schwenkte den Strahl nach vorn. Das Licht schnitt wie eine riesige Klinge durch die Dunkelheit vor ihnen. Doch der Rauch leistete ihm Widerstand. Nur wenige Meter vom Bug entfernt verschluckte ein undurchdringlicher Vorhang aus öligem Nebel das Licht.

»Jason, hol bitte die Paddel heraus. Vielleicht brauchen wir sie.«

»Warum denn? Wir haben doch den Motor.«

Blakely schüttelte den Kopf. »Es ist nicht viel Benzin im Tank. Und so dick wie der Rauch ist, wäre das Tempo Selbstmord. Wir könnten mit etwas kollidieren oder irgendwo auflaufen. Und außerdem, falls wir nahe am Strand sind – und wer zum Teufel soll das in dieser Erbsensuppe wissen? –, möchte ich die Aufmerksamkeit nicht auf uns ziehen. Also rudern wir.«

Nickend arretierte Jason den Scheinwerfer und bewegte sich zu der Stelle, wo die Plastikpaddel befestigt waren. Als er das erste aus seiner Halterung befreit hatte, fluchte Blakely plötzlich. Jason schaute hoch.

Eine Wand aus zerklüftetem Fels raste auf sie zu und füllte ihre gesamte Sicht aus. Schwarze Dolche ragten von den Wänden und aus dem Wasser. Die Strömung trieb ihr Boot genau auf die dichteste Ansammlung scharfkantiger Felsen zu. Plötzlich war ein Schlauchboot kein so angenehmes Beförderungsmittel mehr.

Blakely schrie, als er sich mit voller Kraft auf das Steuer stemmte. »Junge, lauf auf die rechte Seite und paddele wie verrückt!«

Jason erfasste die Gefahr, sprang nach rechts und beugte sich über den Rand des Boots, um sein Paddel ins Wasser zu tauchen. Er zog es so durchs Wasser, wie seine Mutter es ihm gezeigt hatte, als sie im Colorado River Kanu fahren gewesen waren. Er tauchte mit dem Paddel tief ein und machte lange und schnelle Züge.

»Wir schaffen es nicht«, schrie Blakely, und seine Stimme überschlug sich.

Die Panik in seiner Stimme war ansteckend. Jasons vorbildliches Paddeln wurde verzweifelt. Er konzentrierte sich auf das Wasser, das er aufwühlte. Dennoch lauschte er aufmerksam, während ihm das Blut in den Schläfen pochte, in der Erwartung, jeden Moment das Zerreißen der Schwimmer zu hören.

Seine Schultern brannten vor Anstrengung, aber er tauchte das Paddel immer wieder ins Wasser.

»Wir drehen uns!« In Blakelys Stimme erklang eine Spur Hoffnung.

Jason warf einen Blick über die Schulter. Das Boot fuhr nun in einem spitzen Winkel und nicht mehr senkrecht auf die Wand zu. Er ruderte weiter. »Werfen Sie den Motor an!«, schrie er.

»Die Zeit reicht nicht. Ich habe Angst, das Steuer loszulassen.«

Jason hatte schon zu viele Kanufahrten mitgemacht, um

nicht zu erkennen, dass sie es nicht schaffen würden. Dennoch paddelte er unermüdlich. Da sahen sie plötzlich, während ihr Boot mehr und mehr zur Seite trieb, durch den Rauch hindurch eine Öffnung in der Wand. Ein großer schwarzer Schlund. Wenn sie darauf zuhielten, konnten sie der zerklüfteten Wand vielleicht entkommen.

Blakely sah sie auch. »Unsere letzte Chance.«

Jason paddelte wie wild weiter. Glücklicherweise strömte auch das Wasser in diese Richtung. Während er ruderte, grub sich der Bug des Schiffes immer tiefer in die Strömung.

»Vorsicht, dein Kopf!«, rief Blakely ihm zu.

Jason duckte sich, als sie unter einem felsigen Überhang hindurchtrieben. Jeden Moment mussten sie auf die Wand treffen. Er hockte sich tief ins Boot hinein und wartete auf die Kollision. Aber die Stärke der Strömung ergriff das Boot plötzlich und zog den Bug um die Kurve in den schwarzen Tunnel hinein.

»Wir haben es geschafft«, jubelte Jason.

Sie glitten sanft in den Tunnel. Jason kroch nach vorn zum Suchscheinwerfer am Bug. Er wirbelte herum und untersuchte die Wände des Tunnels. Keine steinernen Speerspitzen drohten sie zu erdolchen. Stattdessen waren die Wände glatt wie poliertes Glas.

»Hier scheinen wir sicher zu sein«, sagte Blakely. »Das ist der Fluss, in den sich der See entleert. Was für ein Glück, dass das Wasser des Flusses die Wände im Laufe der Zeit glatt poliert hat.« Das Echo warf seine Worte zurück und ließ sie hohl klingen.

Der Fluss trieb das Boot tiefer in den Tunnel hinein. Ihr Licht durchdrang die Dunkelheit bis zur nächsten Biegung.
»Wohin führt er?«, fragte Jason.

»Ich weiß es nicht, und ich glaube auch nicht, dass jetzt der richtige Zeitpunkt ist, um das herauszufinden. Lass uns mal schauen, ob wir das Boot wenden können, dann werfe ich den Motor an.«

Jason gab Blakely ein Paddel, und jeder setzte sich an eine Seite. Jason paddelte vorwärts, Blakely rückwärts. Das Boot drehte sich um seine eigene Achse, gerade als die Strömung um die Kurve bog. Plötzlich fiel der Fluss steil ab. Die erhöhte Geschwindigkeit riss den Bug des Boots wieder nach vorn.

»Halt dich fest, Jason!«, sagte Blakely, als das Boot in die wilde Strömung hineingezogen wurde.

Jason schluckte heftig und griff mit einer Hand in eine Halteschlinge. Das Boot sackte tiefer und wurde immer schneller. Der Bugscheinwerfer hüpfte über das tosende Wasser. Als er sah, was auf ihn zukam, griff Jason auch mit der zweiten Hand in die Schlinge.

Der Tunnel ging jetzt in eine enge Kurve. Das Wasser strömte in einem hohen Bogen an der Wand entlang, als der Fluss um die Kurve bog.

»Scheiße!«, platzte es aus Blakely heraus, der sich hastig die Gischt mit dem Ärmel von der Brille wischte und dann verzweifelt nach einer Schlinge griff.

Das Boot schoss in die Kurve und stieg dabei steil die Wand hinauf. Als würde man mit dem Strudel in einen Abfluss strömen, dachte Jason. Er sah, wie Blakelys Seite des Boots sich über ihm aufrichtete. Blakely versuchte krampfhaft, den Halt nicht zu verlieren, seine Beine strampelten auf dem glitschigen Gummiboden.

Jason kauerte sich zusammen und betete, dass das Boot nicht kippte.

Das Boot klatschte herunter, als die Kurve wieder in die Gerade überging, und Jason fiel auf den Boden.

»Noch eine Kurve!«, schrie Blakely.

Jason wappnete sich. Dieses Mal schoss seine Seite des Boots steil in die Höhe. Er sah die kahle Stelle auf Dr. Blakelys Kopf. Dann sank das Boot in die Waagerechte zurück. »Wie können wir anhalten?«

Blakely blickte mit zusammengekniffenen Augen in den Tunnel, durch den das Boot hindurchraste. »Weiß ich nicht. Ich hoffe, dass die Strömung irgendwann einmal geradeaus läuft und unsere Fahrt sich verlangsamt ... Festhalten! Da kommt die nächste Kurve!«

Nach fünf weiteren Kurven wurde Jason langsam übel. Die Trockennahrung, die er zum Frühstück gegessen hatte, lag wie ein Klumpen in seinem Magen. »Mir wird schlecht«, murmelte er.

»Schhhh!«, sagte Blakely. »Hör mal.« Das Boot hatte seine Fahrt verlangsamt, der Fluss verlief wieder waagerecht, doch die Strömung war immer noch stark.

Jason unterdrückte ein Stöhnen, legte den Kopf auf die Seite und lauschte angestrengt. Und? Dann hörte er es auch. Es klang, als würde jemand gurgeln. Das Gurgeln schwoll immer mehr an, bis es toste.

Blakely nahm das Wort wie eine heiße Kartoffel in den Mund: »Wasserfall.« Er schnappte sich das Steuer. »Wir müssen umdrehen und den Motor in Gang setzen!«

Jason schaute sich in dem engen, felsigen Tunnel um. Sogar wenn man die reißende Strömung außer Acht ließ, gab es keinen Platz für eine Wende. Da erinnerte er sich an etwas, das seine Mutter ihm beigebracht hatte. »Wir wenden in der nächsten Kurve!«, schrie er durch den donnernden Lärm.

»Was?« Blakely starrte ihn an, als wäre er verrückt geworden.

»Wenn wir in die Kurve gehen, können wir uns durch die Kraft der Strömung drehen.«

»Das ist zu gefährlich.«

Jason zeigte nach vorn. »Ja, aber was ist damit?«

»Eins zu null für dich. Wie drehen wir uns?«

Jason gestikulierte mit Händen und Füßen, um sich verständlich zu machen. »Drehen Sie das Steuer in der nächsten Kurve in die entgegengesetzte Richtung. Versuchen Sie so, den Bug die Wand hinauf zu steuern. Die Strömung reißt dann das Heck herum und dreht uns rückwärts. Meine Mama und ich haben es einmal versucht.«

»Und hat es geklappt?«

»Eigentlich nicht, das Boot ist gekentert.«

»Toll.«

»Es soll aber funktionieren. Wir haben es nur falsch gemacht.«

»Okay, wir haben nur einmal die Chance, es richtig zu machen. Da kommt die nächste Kurve!« Blakely musste brüllen, um das Getöse zu übertönen.

Jason sprang zurück neben Blakely, um mit ihm das Steuer herumzulegen. »Auf mein Kommando drücken!«

Blakely nickte.

Jason wartete, bis die Spitze des Boots in die Kurve ging. »Jetzt!«

Blakely riss das Ruder herum und stemmte sich mit aller Kraft dagegen. Jason drückte ebenso fest. Der Bug schoss die Wand hinauf, das Boot stand senkrecht.

»Nicht loslassen!« rief Jason, der spürte, dass Blakely locker ließ. »Nicht bevor wir ganz herum sind!«

Für einen Moment zitterte das Boot, dann flog das Heck herum, und der Scheinwerfer leuchtete in die Richtung, aus der sie gekommen waren.

»Mein Gott!«, sagte Blakely mit großen Augen. »Wir haben es geschafft.«

Jason wirbelte herum, um zu sehen, wohin die Strömung sie riss. Hundert Meter weiter ergoss sich der Fluss in eine große Höhle. Er guckte angestrengt auf die näher kommende Öffnung. Merkwürdig, dachte er. Er rieb die Augen und betrachtete wieder die Wände des Tunnels um sich herum.

Es verschwand einfach nicht. »Schauen Sie, die Wände geben eine Art Licht von sich.«

Blakely verdrehte den Hals, um sich umzusehen. »Eine Art leuchtender Schimmel.« Er zog an der Anlasserschnur des Außenbordmotors. Der Motor klickte, sprang aber nicht an.

»O nein!«, sagte Jason. »Da!«

Blakely hatte es schon gesehen und riss verzweifelt an der Schnur.

Stromabwärts konnten sie durch das Leuchten den Schaum von Wildwasser sehen. Das Tosen drückte ihm mittlerweile aufs Trommelfell und ließ seinen Schädel vibrieren. Jenseits der mahlenden Strömung verschwand der Fluss. Über eine Klippe!

Jason drehte sich zu Blakely, als das Boot auf den Abgrund zuraste. »Schnell!«

Blakely riss noch einmal mit ganzer Kraft an der Schnur, der Motor stotterte – und sprang an!

Blakely gab Vollgas. Das Boot stemmte sich gegen die Strömung, zuerst ohne Wirkung. Immer noch drängte der Strom sie auf den Wasserfall zu. Doch wenige Meter vor dem Wildwasser gewann der Motor endlich. Das Boot lag nun bewegungslos im Fluss, während der Motor gegen die Strömung ankämpfte.

»Los, los, los ...« Jason versuchte, das Boot anzufeuern.

Als hätte es ihn erhört, bewegte es sich vorwärts, zuerst langsam, dann immer schneller.

Jason jubelte. Blakely lächelte grimmig.

Und dann ging der Motor aus.

19

Wieder ein Schrei, der durch Mark und Bein ging. Die Bestie musste jeden Augenblick auftauchen.

Ashley suchte nach einem zweiten Ausweg aus dem Nest. Sogar eine kleine Spalte, in der sie sich verstecken konnten, hätte es getan. Ein eiliger Schwenk mit der Blendlaterne offenbarte nur Felswände.

»Wieder zurück!«, sagte Ben und wies mit seiner Lampe zurück zur Klippe.

Michaelson hatte bereits sein Gewehr in der Hand. »Nein, wir bleiben und töten sie.«

Ashley schüttelte den Kopf. »Es könnten noch andere in der Nähe sein. Die Schüsse locken wahrscheinlich eine ganze Herde dieser verdammten Biester an. Wir schießen nur, wenn sie uns in die Enge treiben.«

Ben warf einen Blick zur Klippe. »Ich behaupte mal, wir sind schon in die Enge getrieben.«

»Wir müssen uns nur irgendwo verstecken«, sagte Ashley. »Wenn Big Mama die Höhle leer vorfindet, wird sie hoffentlich das Interesse verlieren und wieder verschwinden.«

»Aber wo können wir uns verstecken?«, fragte Michaelson. Er prüfte die Patronen seines Gewehrs.

Ben zog an dem aufgerollten Seil, das über seiner Schulter hing. »Wir könnten uns ein Stück über die Klippe abseilen und dort hängen bleiben, bis sie weg ist. Falls sie uns findet, seilen wir uns tiefer ab.«

Ashleys Arme fühlten sich immer noch wie weiche Nudeln an, aber hatte sie eine andere Wahl? »Gute Idee. Los geht's.«

Sie rutschte über den Kamm und folgte Ben bis zum Rand der Klippe. Von der Kuppe aus sicherte Michaelson ihren Rückzug, beobachtete den Tunnel und wartete auf Big Mamas Ankunft.

»Wickle dein Seil um den Stalagmiten«, wies Ben sie an, »So!«

Sie machte es ihm nach und zog ihren Knoten sogar noch fester zu als er. Dann überprüfte sie das Seil mit einem Ruck.

»Das ist fest genug, Ash.«

»Nur zur Sicherheit.« Sie beobachtete, wie Ben das Seil des Majors um einen dritten Vorsprung wickelte. Er warf das zusammengerollte Seil über die Kante und ließ es an der Felswand herunterhängen.

Zorniges Gebrüll donnerte durch die Höhle. Ashley blickte zum Nest.

Michaelson stolperte den Hang herunter, seine Flinte hielt er mit einer Hand fest. »Sie kommt!«

»Ash, Bewegung! Ich sorge schon dafür, dass Michaelson gesichert ist.«

Sie nickte und hakte das Seil in den Karabinerhaken ein. »Geh kein Risiko ein.«

»Wer, ich?« Ben zwinkerte ihr zu und scheuchte sie zur Kante. Wieder ertönte ein Brüllen. »Beeilung!«

Sie packte das Seil, beugte sich über den Rand, sprang ein paar Meter hinunter, bremste und hielt an. Der Rand der Klippe verdeckte ihr die Sicht. Verdammt, sie konnte nicht erkennen, was da oben vor sich ging, aber sie konnte es hören.

»Warten Sie nicht, Ben! Machen Sie, dass Sie Ihren Arsch da runter bekommen!« Michaelsons Stimme klang fast hysterisch. »Sie ist direkt hinter mir.«

»Hier rüber, Mann!«

Gesteinsbrocken rieselten über die Kante, als der Major schlitternd zum Stehen kam. »Sie sieht uns! Da kommt sie!«

Der Klang von Krallen, die auf Felsen kratzten, ließ Ashley erzittern. Ein ohrenbetäubender Schrei explodierte oben. Es klang, als käme er direkt vom Rand.

Michaelson sprang plötzlich über den Abgrund, das Seil zischte durch seinen Karabiner. Seine Stiefel trafen mehrere Meter zu ihrer Linken auf die Wand. Sein Gesicht war im Licht ihrer Helmlampe puterrot.

Michaelson japste nach Luft und schüttelte den Kopf. »Er ... er ... hatte seine Lampe ausgeschaltet ... dann ist er hinter einen Steinschlag gesprungen. Ich glaube nicht, dass sie ihn gesehen hat. Sie war auf meine Helmlampe fixiert.«

Ashley betete, dass Ben sich in Sicherheit befand, und sah auf das leere, baumelnde Seil links von ihr. Über ihr hörte sie ein Grunzen. Noch mehr Schutt rieselte herunter und prasselte auf Michaelson.

Ein Reptilkopf schoss über den Rand der Klippe und starrte suchend zuerst mit einem schwarzen Auge in den Abgrund, dann mit dem anderen. Die Bestie befand sich genau über dem Major. Plötzlich hielt sie in der Bewegung inne, ein Auge auf Michaelson gerichtet. Sie öffnete ihr Maul und brüllte ihn an.

Michaelson ließ sich noch einen Meter tiefer fallen. Nun konnte sie auch mit ihrem langen, stacheligen Hals nicht an ihn heran. Die Bestie fauchte die entgangene Beute an, legte ein letztes Mal den Kopf auf die Seite und verschwand dann jenseits der Felskante. Ashley atmete erleichtert auf, als Michaelson den Daumen hochhielt. Sie waren in Sicherheit. Aber was war mit Ben? Wieder hielt sie Ausschau. Plötzlich schnappte Michaelson laut nach Luft und lenkte Ashleys Aufmerksamkeit wieder auf sich. Er hatte den Halt verloren und knallte gegen die Felswand, weil jemand sein Seil hinaufzog. Sie sah mit großen Augen, wie sein baumelnder Körper wieder einen Meter hinaufgezerrt wurde. Er prallte mit der Schulter hart gegen die Wand.

»O Gott! Sie hat mein Seil!« Er wurde noch höher gezogen und war nur noch einen halben Meter von der Kante entfernt.

Die Bestie schaute wieder über den Rand, den Kopf auf die Seite gelegt, ein Auge auf Michaelson gerichtet, das Seil fest zwischen den Kiefern. Sie riss den Kopf zurück, so dass Michaelson in die Höhe gezogen wurde und nun vom Maul der Bestie herabbaumelte.

Ashley versuchte, ihre Pistole mit einer Hand aus dem Holster zu ziehen, ohne das Seil loszulassen. Verzweifelt versuchte sie, den Verschluss zu öffnen. Verdammt! Während sie mit dem Holster kämpfte, hörte sie Bens Stimme. Sie hielt inne.

»He, Big Mama, behandelt man so einen Gast?« Dann stieß er einen lauten Pfiff aus.

Ashley sah, wie die Bestie in Bens Richtung zuckte und Michaelson hin und her schleuderte. Das Tier öffnete das Maul, um den Eindringling anzufauchen, und verlor das Seil.

Michaelson sackte mit rudernden Armen und Beinen an ihr vorbei. Das Tau zog sich stramm, er knallte gegen die Wand. Sie hörte das Geräusch knirschender Knochen.

Entsetzt sah sie zu ihm hinunter. Er stöhnte, die Augen vor Schmerz zusammengekniffen, und versuchte, mit einem Bein wieder in die Abseilposition zu gelangen. Ashley war erleichtert, dass er den Sturz überlebt hatte, und schaute wieder zum Klippenrand.

Die Bestie hatte sich aus dem Blickfeld zurückgezogen. Ashley hörte, wie sie schnüffelte und schnaufte und mit den Krallen vorsichtig suchend am Felsen kratzte. Los, Ben, mach, dass du runterkommst! Sie lauschte angestrengt. Was mochte dort oben vor sich gehen? Stille. Sie warf einen Blick nach links. Bens Seil war fort! Wann war es verschwunden?

Ein freudiges Schnauben erklang von oben. Der Jäger hatte sein Opfer gefunden. Ein verzweifeltes Scharren und Balgen brach aus.

»Schau mal, Ma!« Bens Stimme klang aggressiv. »Ich habe dir einen neuen Schal gestrickt.«

Wütendes Gebrüll.

Plötzlich sprang Ben über die Felskante und schoss durch die Luft. Sein Seil fiel hinterher. Als es sich straffte, drehte er sich mitten in der Luft herum, Gesicht zur Klippe, und schoss auf die Wand zu. Mit den Beinen federte er die Wucht des Aufpralls ab. Nur sein hervorgestoßenes »Uff!« ließ erahnen, dass der Aufprall ihm zu schaffen machte.

»Ben ...«, sagte Ashley erleichtert und verwirrt, »was ist mit ...«

Ben zeigte mit dem Finger nach oben.

Sie schaute wieder zur Felskante hinauf. Der Kopf des Beuteltiers ragte über die Klippe, seine wabblige Zunge hing aus dem schlaffen Kiefer. Das Seil war um seinen Hals geschlungen und schnitt sich tief in sein Fleisch.

Ben zeigte der Bestie einen Schmollmund. »Also das nennst du Dankbarkeit? Ich glaube, ihr gefällt mein Geschenk nicht.«

Der SEAL stöhnte und öffnete die Augen. Linda fühlte gerade seinen Puls. »Er kommt wieder zu sich«, sagte sie. Sie hatte befürchtet, dass ihn die Sporen bei seinem geschwächten Zustand untergekriegt hätten.

»Das ist gut«, sagte Khalid. Man sah ihm an seinem fahlen Gesicht an, dass er selbst noch mit den Folgeerscheinungen kämpfte. Er schloss die Augen und drückte die Finger an die Schläfen.

»Hier, versuch das mal.« Sie reichte ihm ein feuchtes Handtuch. »Zurücklehnen und auf die Augen legen.«

Er lächelte sie matt an, gehorchte dann aber.

Während er sich zurücklehnte, wandte sich Linda wieder Villanueva zu. Sie kühlte seine Stirn. Mit Khalids Hilfe war es ihr gelungen, ihn in eine einigermaßen pilzfreie

Höhle zu bringen, durch die ein Bach mit kaltem Wasser floss, der ein wenig scharf nach gelösten Mineralien roch. Der einzige Eingang war eine enge Öffnung und zu klein für die Bestien. Dennoch hatte sie die Pistole auf einen Felsen in Reichweite gelegt.

Villanueva versuchte zu sprechen und brachte zwischen seinen klebrigen Lippen hervor: »W-w-asser …«

Sie half ihm, sich aufzurichten, und hob eine Tasse an seine Lippen. Mit zitternden Händen nahm er sie ihr ab und trank allein.

»Was ist passiert?«, fragte er und blickte auf Khalid, der nun ruhig unter dem nassen Laken schnarchte.

Während er die Tasse leer trank, erzählte sie ihm von den giftigen Pilzsporen.

Er gab ihr die Tasse zurück. »Gibt es hier unten irgendetwas, das uns nicht auffressen will?«

Sie grinste ihn an. »Das hier ist eine feindliche Umwelt. Alles, was überleben will, muss lernen, die wenigen Ressourcen ganz auszuschöpfen. Das hat harten Wettbewerb und die unterschiedlichsten Angriffsmethoden zur Folge.«

»Toll. Was kommt als Nächstes? Fleisch fressende Schmetterlinge?«

Sie zuckte mit den Achseln.

Er schüttelte den Kopf. »Verflucht, jetzt könnte ich eine Zigarette gebrauchen.«

»Ich glaube nicht, dass Ihnen das gut täte.«

Er hob die Brauen. »Mir wäre gerade fast der Arm abgerissen worden, ein Monster hat mich als Beißring missbraucht, und irgend so ein bekloppter Schimmelpilz hat versucht, mich zu vergiften. Ich glaube, ich überlebe auch eine Zigarette.«

Sie nickte. »Ich schaue mal in Khalids Gepäck nach. Er hat ein paar Extrarationen. Ich bin sicher, er hat nichts dagegen, eine abzugeben.« Sie holte seinen Rucksack zu sich herüber und wunderte sich darüber, wie schwer er war. Sie öffnete die Taschen und wühlte durch Kleidung und Kletterausrüstung. »Es muss hier irgendwo drin sein.«

»Ist schon gut. Ich könnte ...«

»Hier, ich glaube, ich habe eine. Noch eingeschweißt.«

Ihr Arm steckte bis zum Ellbogen im Rucksack, und sie fühlte, wie der Kunststoff in ihren Fingern knisterte. »Ich hab's!« Sie zog ihren Arm heraus und hob das eingeschweißte Päckchen in die Höhe. Sie wurde verlegen, als sie entdeckte, dass es sich nicht um eine Schachtel Zigaretten handelte. Neugierig hielt sie es ins Licht, um es genauer zu betrachten.

Villanueva riss die Augen weit auf, als er sah, was sie in der Hand hielt. »Passen Sie auf damit!«

»Was ist das?«

»Plastiksprengstoff. Lassen Sie mich mal sehen.«

»Sprengstoff?« Sie gab ihm den in Zellophan eingewickelten Würfel.

Er schaute auf die Rückseite der Verpackung. »Der Aufdruck ... Es handelt sich um deutsche Ware.«

»Warum sollte ...?« Sie blickte auf den Schlafenden. »Als Geologe hat er vielleicht geglaubt, er muss sprengen, um an Gesteinsproben zu gelangen.«

Der SEAL schüttelte den Kopf. »Ich war über alles informiert. Man hätte es mir gesagt, wenn jemand Plastiksprengstoff dabei gehabt hätte. Das hier ist ganz offensichtlich Schmuggelware. Geben Sie mir den Rucksack.«

Sie hielt den Atem an. Tausend Gedanken schossen ihr durch den Kopf, als sie ihm Khalids Rucksack reichte. Sie erinnerte sich plötzlich, wie abwehrend er sich manchmal verhalten hatte, wenn ein anderer seinem Rucksack zu nahe kam. Was für ausweichende Antworten er gegeben hatte, wenn ihn jemand nach seiner Vergangenheit gefragt hatte. Aber sie erinnerte sich auch an seine starken Hände, die ihr steile Hänge hinaufgeholfen hatten, und an seine freundlichen, ermutigenden Worte.

Villanueva schloss den Rucksack. »Da sind zwölf Päckchen drin. Das reicht, um den ganzen Vulkan über uns in die Luft zu jagen.« Er griff nach ihrer Pistole, doch seine Verletzungen hinderten ihn daran. »Geben Sie mir Ihre Waffe.«

Instinktiv wollte sie gehorchen, aber als sie die Hand auf die Pistole legte, hielt sie plötzlich inne und war sich nicht sicher, was sie tun sollte.

Mit einem rasselnden Schnarchen hustete Khalid sich wach. Er nahm das Tuch vom Gesicht und setzte sich auf. »Was macht ihr …?« Sein Blick bewegte sich von Villanueva mit dem Rucksack zu Linda mit der Waffe. Er kräuselte die Stirn und zog die Augenbrauen zusammen. Sein Akzent wurde breiter: »Was zum Teufel habt ihr mit meinem Rucksack zu schaffen?«

Seine Worte waren an den SEAL gerichtet, aber seine Wut traf auch Linda. Verlegen sagte sie: »Wir haben nur eine Zigarette gesucht und …«

Villanueva schnitt ihr das Wort ab. »Was für ein Spiel spielen Sie, Khalid? Wer hat Sie geschickt?«

»Ich weiß nicht, wovon Sie reden. Geben Sie mir meinen Rucksack zurück.«

Der SEAL schüttelte den Kopf. »Gehen Sie zum Teufel.«

Linda trat einen Schritt von den Widersachern zurück. Sie hielt die Pistole in den tauben Fingern und starrte Khalid unverwandt an. Dies war derselbe Mann, der seine Wasserflasche mit ihr geteilt hatte. Derselbe Mann, der sie befreit hatte, als sie in der engen Spalte steckte.

Ihre Bewegung erregte Khalids Aufmerksamkeit. Er sprach zu ihr und wies mit dem Daumen auf Villanueva. »Hat er Fieber? Ist das die Pilzdroge? Warum benimmt er sich so?« Er winkte sie zu sich, von Villanueva fort. »Sei vorsichtig. Vielleicht ist er gefährlich.«

Benommen sah sie, wie ihre Füße sich auf Khalid zubewegten. »Es geht ihm gut. Nur kann er nicht verstehen, warum du Sprengstoff dabei hast.«

»Kommen Sie ihm nicht näher!« Villanueva versuchte aufzustehen, war jedoch zu schwach und fiel wieder hin. »Glauben Sie ihm kein Wort. Geben Sie mir die Waffe.«

Khalid flehte sie an: »Tu es nicht. Er wird mich töten.«

Sie blickte zu Villanueva.

Villanuevas Lippen hatten sich zu einer dünnen, harten Linie verengt. »Was haben Sie sich mit dem ganzen Sprengstoff für uns ausgedacht?«

Khalid senkte den Kopf. »Linda, lass mich erklären. Er verdreht alles. Ich bin kein arabischer Terrorist. Er lässt sich von seinen Vorurteilen beeinflussen.«

»Khalid ...?« Sie ging einen einzigen Schritt auf ihn zu. Nun lag nur noch ein Meter zwischen ihnen.

»Aufpassen!«

Villanuevas Warnung kam zu spät. Zu spät für Khalids plötzlichen Hechtsprung. Er war auf ihr, bevor sie nach Luft schnappen konnte, und hielt sie eng umschlungen. Mit einer Hand griff er nach der Pistole und entwand sie ihr.

»Es tut mir Leid«, flüsterte er ihr ins Ohr. »So hatte ich das nicht geplant.« Als er die Pistole in der Hand hielt, ließ er sie frei.

Sie stolperte ein paar Schritte fort von ihm. Tränen standen ihr in den Augen.

Er richtete die Waffe auf Villanueva.

»Und jetzt, Khalid?«, sagte er mit einem hämischen Grinsen. »Wie wollen Sie hier fortkommen?«

»Indem ich Ballast abwerfe.« Khalid drückte zweimal ab. Villanuevas Kopf flog zurück, zwei kleine Löcher entstanden auf seiner Stirn. Sein Körper sackte zu Boden.

Linda schrie auf. Sie hielt die Hände vors Gesicht, fiel

auf die Knie, schluchzte und erwartete, dass jeden Moment Kugeln auch ihren Körper zerfetzten.

Sie fühlte eine Hand auf ihrer Schulter. Kein Wort.

Bei seiner Berührung zuckte sie zusammen und weinte noch mehr. Die Hand berührte sie nicht mehr. Schließlich gingen ihre gequälten Schreie in lautloses Weinen über. Sie blickte auf.

Khalid hockte auf den Fersen und ließ den Kopf hängen. Er hielt die Pistole mit derselben Selbstverständlichkeit, wie man einen Kugelschreiber hält. Er musste ihren Blick bemerkt haben.

Sie schniefte. »Warum?«

Sein Antwort klang unbeteiligt und gefühllos. »Ich habe eine Mission zu erfüllen.« Er schaute ihr ins Gesicht. »Blakely war naiv. Die Nachricht vom Fund einer riesigen Diamantstatue hat viele Ohren erreicht. Ein südafrikanisches Diamantenkartell trat an meinen Arbeitgeber heran. Wenn die Fundstelle solch riesiger Diamanten jemals entdeckt würde, dann würde das den Markt für Diamanten zerstören. Mit den Preisen ginge es bergab. Ich habe den Auftrag, die Fundstelle zu finden und zu sabotieren. Das ganze System in die Luft zu jagen.«

Sie senkte den Kopf. »Und alle sterben nur für Geld.«

Er streckte die Hand aus, fasste ihr Kinn und hob ihr Gesicht. Seine Fingerspitzen waren noch warm von der Pistole. »Nein«, sagte er, »ich habe das Angebot der Südafrikaner auch aus einem anderen Grund angenommen. Aus einem Grund, der mir mehr am Herzen liegt. Falls dieser Kontinent sich zu einem größeren Konkurrenten im Erdölmarkt entwickeln würde, würde dies, wie im Fall des Diamantenmarkts, die Wirtschaft des Mittleren Ostens vernichten. Öl ist das Blut, das durch die Adern meines Heimatlandes fließt. Bevor man dort Öl fand, war mein Land arm. Es gab keine Schulen, kein Gesundheitswesen, keinen Weg, der aus der Wüste hinausführte. Das will ich nie wieder erleben. Nicht nach so viel Fortschritt.« Schmerz blitzte in seinen Augen auf. »Ich liebe mein Land genauso, wie du deins liebst. Würdest du töten, um dein Land zu retten?«

Verunsichert gab sie keine Antwort und wandte ihr Gesicht ab.

Er ließ ihr Kinn los und stand auf. »Ich muss wieder nach oben und meine Mission erfüllen.« Er ging zu Villanuevas Leiche. »Er musste sterben. Sein Wissen hat meine Mission bedroht. Aber ... dich ... brauche ich. Ein zusätzliches Paar Augen, ein zusätzliches Paar Hände. Die Reise nach oben ist lang.«

Für einen Moment schöpfte sie Hoffnung.

»Ich habe einen Auftrag und werde ihn ausführen«, sagte er. »Du kannst hier bleiben ... oder mit mir kommen. Aber eines muss dir klar sein. Wenn du mich begleitest und mein Geheimnis verrätst, muss ich wieder töten.« Er hielt ihr die Hand hin. »Kann ich dir vertrauen?«

Linda starrte auf seine schwielige Handfläche. Wenn sie mit ihm ginge, dann könnte er sich so plötzlich gegen sie wenden, wie er sich gegen Villanueva gewendet hatte. Doch allein und unbewaffnet hier unten zu bleiben bedeutete den sicheren Tod.

Sie verschränkte die Arme, ignorierte seine Hand und fällte eine Entscheidung. »Ich komme mit dir.«

Gott sei Dank, dachte Michaelson, als Ben vor ihm anhielt. Er legte dem Australier die Hand auf die Schulter und stabilisierte so seine Position. Die provisorische Schiene an seinem Knöchel schnitt ihm in die Wade. Die behelfsmäßige Vorrichtung war ihm in aller Eile angelegt worden, nachdem sie zum Nest zurückgeklettert waren. So konnte er wenigstens gehen, wenn auch langsam und unbeholfen.

Michaelson bekam einen Schreck, als er sah, wie weit es bis zum Ausgang des Nests noch war.

»Habt ihr das gehört?«, fragte Ben und legte den Kopf schief.

Ashley schüttelte den Kopf, Michaelson lauschte.

Mehrere Meter hinter ihnen fauchte eines der Bestienbabys die drei an, während sich sein kleiner Stachelkamm auf und ab bewegte. Die Proteste der Babys verloren an Aggressivität, als sie bemerkten, dass die Gruppe das Nest verließ. Aber der Tunnel war noch ein gutes Stück entfernt – ein schwarzer Schlitz in der Wand.

»Nein«, sagte Michaelson, »nichts. Die Luft scheint rein zu sein.«

Ben nickte und stocherte mit einem Finger im Ohr. »Ich hätte schwören können …« Er ging weiter.

Michaelson folgte ihm, das verletzte Bein nachziehend.

Ashley holte auf. »Schaffen Sie es?«

»Kein Problem, aber ich bin immer noch der Meinung, Sie sollten ohne mich weitergehen. Ich halte Sie nur auf.«

Sie runzelte die Stirn. »Es ist sowieso besser, wenn wir langsamer gehen. Wir wissen nicht, was uns erwartet.«

Resigniert hinkte er hinter Ben her und behielt den Eingang des Tunnels im Auge. Ein Ziel. Er zählte seine Schritte. Jeder ungerade war schmerzhaft, immer dann, wenn er sein Gewicht auf den geschienten Knöchel verlagerte.

Mit dem 33. Schritt hatte er endlich die Öffnung erreicht. Er stützte sich mit einem Arm gegen die Wand. Der Schweiß stand ihm auf der Stirn. Im rechten Oberkörper spürte er einen stechenden Schmerz. Scheiße, dachte er, ich muss mir auch eine Rippe angebrochen haben. Er hielt sich mit der Hand die Seite.

Ben trat zu ihm. Er hatte den Tunnel ausgekundschaftet, während sie auf Michaelson gewartet hatten. Ben schaute auf die Stelle, die sich Michaelson hielt, und hob eine

Braue, stellte aber glücklicherweise keine Fragen. Es war Michaelson schon peinlich genug, dass der Australier seinen Arsch gerettet hatte, als die wütende Bestie ihn eingeholt hatte. Wenn Bens verrückter Stunt nicht gewesen wäre, wäre er jetzt mausetot.

Er ließ die schmerzhafte Stelle los. »Was haben Sie gefunden?«

»Da unten ist der absolute Irrgarten. Die Gänge kreuzen sich in allen möglichen Richtungen. Manche werden von Schimmelpilzen beleuchtet, manche sind dunkel. Wir müssen vorsichtig sein.«

»Zumindest gibt es jede Menge Fluchtwege.«

»Ja, aber welcher Gang führt hinaus?«

»Es gibt nur einen Weg, um das herauszufinden.« Er unterdrückte das Stechen und zeigte den Tunnel hinunter. »Nach Ihnen.«

Ben richtete den Strahl seiner Lampe nach vorn und trat in den Tunnel. Nach mehreren Metern, die sie behutsam zurückgelegt hatten, wurde Michaelson klar, dass Ben mit seiner Beschreibung untertrieben hatte. Von der ersten Kreuzung gingen fünf Gänge in unterschiedliche Richtungen ab.

»Wo lang?«, fragte Ben Ashley.

Michaelson humpelte vorwärts, ungehalten darüber, dass Ben ihn in die Entscheidung nicht einbezog. Auch wenn er ein Invalide war, war er immer noch der militärische Dienstälteste und in erster Linie für ihre Sicherheit verantwortlich.

Ashley richtete den Strahl ihrer Stablampe in jeden Tunnel. Schließlich verharrte sie bei einem der Gänge. »Dieser Gang scheint nach oben zu führen. Außerdem sind die Wände teilweise mit dem leuchtenden Schimmel bedeckt.«

Michaelson schaute suchend in den Tunnel ihrer Wahl und gab ein unverbindliches Grunzen von sich.

Ashley sah ihn an. »Der Schimmel erlaubt uns, Batterien zu sparen. Wir wissen immer noch nicht, wie weit wir klettern müssen, bis wir aus diesem Höllenloch heraus sind. Insofern sollten wir sparsam sein. Versucht, so oft wie möglich die beleuchteten Tunnel zu benutzen. Außerdem fühle ich mich bei Licht sicherer.«

Michaelson nickte. So sehr es auch an ihm nagte, ihre Einschätzung der Situation war vernünftig. Er hätte das weitere Vorgehen nicht besser planen können. »Gehen wir«, sagte er.

Ben ging wieder voraus. Er reduzierte das Licht seiner Lampe, so dass er die dunkleren Winkel und Nischen ausleuchten konnte. Ansonsten gab ihnen der dichter werdende Schimmelpilz ausreichend Licht. Ben machte den anderen ein Zeichen, die Lampen auszuschalten, auch die Helmlampen.

Michaelson folgte ihm. Ashley hielt ihnen den Rücken frei, die Pistole in der Hand. Michaelson hatte die Zähne zusammengebissen, sowohl vor Schmerz als auch aus Frustration über seinen körperlichen Zustand. Er sollte eigentlich den Rückzug sichern oder die Aufklärung übernehmen und nicht wie ein Muttersöhnchen in der sicheren Mitte behütet werden.

Doch konnte er die Reihenfolge ihrer Prozession nicht verändern. Ben war ihnen schon mehrere Meter voraus, während Michaelson mühsam hinterherhumpelte. Er legte das Gewicht auf seinen gesunden Fuß und blickte zurück. Er sah, dass Ashley den Gang hinter ihnen im Blick hielt. Sie drehte sich um und ertappte ihn dabei, wie er sie anstarrte. Sie lächelte ihn schwach an, beinahe als wollte sie ihn beruhigen.

Er zog die Brauen ärgerlich zusammen und humpelte schneller. Sie ließen Seitenwege und Abzweigungen rasch hinter sich. Er merkte sich die Route erst gar nicht, sondern hielt den Blick auf Bens Rücken gerichtet und versuchte, mit ihm Schritt zu halten. Auch wenn sein fester Wille ihn vorantrieb und ihm half, seine Schmerzen und seine Behinderung zu ignorieren, wich sein fieberhafter Schritt schließlich einem Mitleid erregenden Schneckentempo. Ben verschwand hinter der nächsten Kurve. Michaelson japste jetzt, Sterne tanzten vor seinen Augen. Wie elektrische Schläge schossen die Schmerzen durch seinen Knöchel.

Er blieb stehen, lehnte sich an die Wand. Die schmerzende Seite brannte wie Feuer.

Ashley trat zu ihm. In ihrer Stimme lag eine Mischung aus Wut und Sorge. »Hören Sie auf, sich so unter Druck zu setzen. Das ist kein Wettrennen. Nur behutsames Vorangehen wird uns hier herausbringen.«

»Ich halte Sie auf«, stieß er zwischen vor Schmerz zusammengebissenen Zähnen hervor.

Plötzlich erschien Bens Gesicht vor ihm. Verflucht, konnte sich der Australier leise bewegen, wenn er wollte. Ben machte ein besorgtes Gesicht.

Michaelson glotzte ihn an. »Ich bin okay.« Untersteh dich zu widersprechen, dachte er.

»Das ist gut«, flüsterte Ben in einem alarmierten Ton, »denn ich glaube, wir werden verfolgt.«

Ashley trat zu ihm. »Was meinst du damit?«

»Ich höre die ganze Zeit schon ein Schaben und Scharren aus den Nachbargängen, das mit uns Schritt hält.«

»Vielleicht nur das Echo unserer Schritte?«, sagte Ashley, doch sie richtete den Blick ängstlich hinter sich. »Ich habe nichts gehört.« Sie schaute Michaelson an. »Sie vielleicht?«

Er schüttelte den Kopf, doch konnte er das kaum beurteilen. Alles, was er hörte, wenn er sich bewegte, waren sein eigenes pfeifendes Keuchen und das Blut, das in seinen

Ohren pochte. Zum Teufel, er hatte noch nicht einmal Ben bemerkt, bis er vor ihm stand.

Ben hauchte seine Worte. »Man muss wissen, wonach man lauscht. Ich kenne die typischen Geräusche einer Höhle. Und diese hier sind untypisch.«

»Und was machen wir jetzt?«, fragte Ashley.

»Wir müssen den Verfolger abschütteln, nur kennt er dieses Labyrinth besser als wir. Unsere einzige Hoffnung liegt in unserer Schnelligkeit. Wir müssen ihn hinter uns lassen.«

Michaelson spürte, dass Ben ihn dabei nicht anschaute. Ashley auch nicht. Eine peinliche Stille lastete auf ihnen. Er wusste, was sie jetzt dachten. Sie mussten schnell vorankommen, wollten ihn aber nicht zurücklassen.

Er rollte mit den Augen und wollte gerade etwas sagen, als er es hörte. Jetzt hörten sie es alle. Drei Paar Augen blickten gleichzeitig in die Richtung, aus der sie gekommen waren. Irgendetwas schabte da hinten am Fels. Dann hörten sie, wie ein einzelner Stein verschoben wurde und hinfiel. Da war etwas.

»Lasst mich hier«, sagte Michaelson. Er zog die Pistole und richtete sie auf Ashley und Ben. »Jetzt.«

»Lassen Sie den Scheiß«, sagte Ben. »Wir sind hier nicht in irgendeinem Rambo-Film. Wir wissen, dass Sie uns nicht erschießen werden.«

»Ich lasse nicht zu, dass meine Verletzung alle das Leben kostet.« Er hob den Lauf an seine Schläfe und drückte die kalte Mündung gegen seine erhitzte Haut. »Geht, oder ich schieße.«

»Michaelson.« Ashleys Stimme war angespannt vor Angst. »Wir sind ein Team.«

»Geht. Ich gebe euch Rückendeckung, solange ich kann.«

»Nein!«, sagte Ashley. »Sie kommen mit uns.«

»Geht.« Er spannte den Hahn. »Jetzt. Oder in drei Sekunden deckt euch niemand den Rücken.«

Er sah, dass Ashley schwer schlucken musste und Ben Hilfe suchend anblickte. Wenn einer von ihnen ihn bedrängte, würde er abdrücken. Er wusste, dass er sie nur mit Gewalt dazu bringen konnte, ihn zurückzulassen. Ein zweiter Stein fiel irgendwo hinter ihnen zu Boden.

Ben schaute Ashley an und ließ resigniert die Schultern hängen. »Er hat Recht. Wir müssen auch an die anderen denken. Wenn wir keine Hilfe holen, sterben sie auch.«

Ashley ballte die Fäuste, bis ihre Knöchel weiß wurden. »Ich hasse das.«

Ben legte ihr die Hand auf die Schulter. Er blickte Michaelson an. »Ich weiß, Sie sind scharf auf diesen Selbstmordeinsatz. Kamikaze und so. Aber fünf Meter weiter befindet sich eine kleine Nische mit einem winzigen Wasserbecken. Die ist groß genug für drei Marines. Ich schlage vor, Sie verkriechen sich dort. Es ist ein sicheres Örtchen, um sich zu verstecken, und bietet ausreichend Deckung, wenn Sie schießen müssen.«

Michaelson nickte, blieb aber misstrauisch. »Gehen Sie. Ich schaue mir das später an.«

Ben zog Ashley fort. »Komm, vielleicht können wir die Verfolger von ihm ablenken.«

Sie ließ sich von ihm fortziehen. Vorher blickte sie den Major ein letztes Mal an. Sie hatte Tränen in den Augen. »Dennis, geben Sie auf sich Acht. Machen Sie keine Dummheiten.«

Er scheuchte sie mit der Pistole fort und beobachtete, wie sie sich umdrehte, Ben seinen Arm um sie legte und die beiden fortliefen. Sie verschwanden hinter der nächsten Kurve, ohne sich noch einmal umzublicken. Er hörte, wie ihre Schritte im Tunnel verhallten, bis Stille einkehrte.

Michaelson lauschte angestrengt. Er wollte ganz sichergehen, dass sie auch wirklich fort waren. Außerdem achtete er auf verräterische Geräusche der Verfolger.

Doch er hörte nur das pochende Blut in den Ohren. Er wartete noch eine Weile. Aber nach fast einer Stunde sah und hörte er immer noch nichts. Vielleicht war Bens Furcht unberechtigt gewesen. Aber überzeugt war er nicht. Ben kannte sich in Späleologie zu gut aus, um sich von Echos oder den üblichen Höhlengeräuschen täuschen zu lassen.

Er leckte seine trockenen Lippen, die von Staub und getrocknetem Schweiß bedeckt waren. Dann schüttelte er die Wasserflasche an seinem Gürtel. Fast leer. Er sollte besser Bens Rat folgen und sich die Nische einmal anschauen. Seine Flasche dort füllen und sich verkriechen.

So leise wie möglich humpelte er den Gang hinunter und suchte nach der Nische. Jeder Schritt ließ ihn vor Schmerz zusammenfahren. Jedes Mal, wenn er den Stiefel über den Felsboden zog, kam ihm das Geräusch in dem leeren Tunnel wie eine Explosion vor. Glücklicherweise tauchte nach wenigen Schritten hinter der Kurve eine kleine schwarze Öffnung in der rechten Wand des Tunnels auf. Er schaltete seine Laterne ein und leuchtete in die Nische hinein. Es war dunkel darin, kein leuchtender Schimmelpilz, nur Leere. Die Decke war niedrig. Zu niedrig, um aufrecht stehen zu können, aber wenn er sich bückte, konnte er hineinsteigen und sich umherbewegen. In der Ecke lief ein kleines Rinnsal die rückwärtige Wand hinunter und sammelte sich in einer Pfütze.

Er probierte es mit dem Finger. Es hatte einen stark mineralischen Geschmack, schien aber trinkbar zu sein. Nachdem er den Rest aus der Wasserflasche getrunken hatte, hielt er sie unter das Rinnsal, um frisches Wasser aufzufangen.

Zufrieden machte er es sich im Schatten in der Nähe des Eingangs bequem. Das Licht des mit Schimmel verkrusteten Ganges ermöglichte es ihm, den Tunnel in beiden Richtungen heimlich zu beobachten. Hier hatte er einen sicheren Posten. Er wartete, die Waffe in der Hand.

Feiglinge, dachte sie, wir sind nichts weiter als Feiglinge. Egal wie logisch die Entscheidung, Michaelson zurückzulassen, gewesen sein mag, Ashley kam sich immer noch vor wie ein Hund mit eingekniffenem Schwanz.

Sie folgte Ben durch die Irrgänge des Labyrinths. Mittlerweile waren fast fünf Stunden vergangen. Während der kurzen Ruhepausen, in denen sie warmes Wasser aus den Flaschen getrunken hatte, hörte sie immer noch die Geräusche, die sie verfolgten. Manchmal kamen sie von weit her, manchmal schienen sie hinter der nächsten dunklen Ecke zu lauern.

Ben blieb vor ihr stehen. Der Schweiß stand ihm auf der Stirn. Er schraubte den Deckel seiner Wasserflasche auf, hob sie an seine Lippen und nahm einen kleinen Schluck. Nachdem er sich mit dem Ärmel über den Mund gewischt hatte, sagte er: »Es ergibt einfach keinen Sinn, zum Teufel.« Er schüttelte die Flasche und zog die Stirn kraus.

Ihre war auch fast leer. »Was meinst du?«

»Mittlerweile sollten wir unsere Verfolger entweder abgeschüttelt oder sie uns eingeholt haben. Doch diese Pattsituation ist verdammt merkwürdig.«

»Vielleicht haben wir einfach nur Glück?«

Beiden fuhr der Schreck in die Glieder, als plötzlich loses Gestein in einer Höhle rechts von ihnen zu Boden polterte.

Ben rümpfte die Nase, als hätte er einen üblen Geruch wahrgenommen. »In diesem Labyrinth vertraue ich dem Glück nicht mehr.«

Ashley trank gerade so viel, um den Staub von ihrer Zunge zu spülen, und verschloss ihre Flasche. »Gehen wir.«

Ben ging jetzt schneller, seine Haltung war angespannt, die Waffe hatte er fest in der Hand.

Das Warten ging ihr ebenso auf die Nerven. Wer zum Teufel verfolgte sie? Und warum griff er nicht an? In ihrem Magen tobte beißende Säure. Sie wünschte sich beinahe den Angriff des Verfolgers herbei. Dann könnte sie sich wenigstens wehren ... etwas tun, anstatt vor Furcht davonzulaufen.

Im Laufe der nächsten Stunden führte ihr Weg durch zahlreiche Gänge. Manche gingen aufwärts, andere abwärts, manche hatten einen ebenen Boden, manche waren voller Felsgeröll, die einen beleuchtet von phosphoreszierendem Schimmel, die anderen pechschwarz.

Ben hielt den silbernen Kompass in der freien Hand. »Wir bewegen uns in die falsche Richtung, von der Basis weg.«

»Haben wir eine Wahl?« Der Hunger und die verworrenen Gänge machten Ashley schwindlig. Sie hatte unterwegs an den Trockenrationen geknabbert, aber sie brauchte eine richtige Mahlzeit. Sie ertappte sich dabei, dass sie von einem Cheeseburger mit einer besonders großen Portion Pommes Frites träumte. Und natürlich einer Coca-Cola. Die warme Spucke in ihrer Flasche befeuchtete nicht einmal ihren Mund.

Sie stolperte über einen Felsbrocken. Ihre Reflexe waren bereits so abgestumpft, dass sie auf die Knie fiel. Sie versuchte, wieder auf die Beine zu kommen, doch die versagten ihr den Dienst. Ihre Muskeln waren müde und schmerzten. Mit einem Stöhnen sackte sie wieder zurück.

Ben kehrte um und hockte sich zu ihr. »Wir können jetzt nicht stehen bleiben.«

»Weiß ich«, sagte sie erschöpft, »ich brauche nur eine Minute, nicht mehr.«

Er setzte sich neben sie, legte die Hand auf ihr Bein und

drückte tröstend ihren Oberschenkel. »Wir kommen hier schon raus.«

»Wirklich?«, flüsterte sie. Und wenn sie es nicht schaffen würden? Sie dachte an ihren Sohn, der in der Alpha-Basis gut aufgehoben war, und ließ den Kopf hängen. Wenigstens war er in Sicherheit. Wenn ihr etwas passierte …

Sie biss die Zähne zusammen. Zum Teufel mit dem Pessimismus! Natürlich würde sie ihren Sohn wiedersehen. Sie stellte sich sein lustiges Lächeln vor, wenn er überrascht wurde, die sture Haartolle, die immer hinter einem Ohr abstand. Sie schob Bens Hand von ihrem Knie und stand auf. Und wenn sie es mit jeder verteufelten Bestie in diesem Höllenschlund im Zweikampf aufnehmen musste, sie würde ihren Sohn wiedersehen.

»Gehen wir«, sagte sie und reichte Ben die Hand, um ihm aufzuhelfen. »Wir müssen den Weg nach Hause finden.«

»Verdammt gute Idee.« Ben grinste sein berüchtigtes Honigkuchenpferdgrinsen, bei dem er jeden Zahn zur Schau stellte, und marschierte weiter.

Ashley folgte ihm mit festen Schritten, entschlossen, kilometerweit zu laufen, wenn es sein musste. Aber schon nach hundert Metern hielt Ben wieder an. Er hob eine Hand und legte den Kopf auf die Seite.

Ashley schwieg und lauschte angestrengt. Aber sie konnte nichts Ungewöhnliches hören. »Ben …? Was ist?«

»Eine Brise.« Er zeigte auf einen seitlichen Gang.

Sie trat zu ihm. Jetzt, wo er sie darauf aufmerksam machte, spürte sie einen schwachen Zug, der aus dem Tunnel kam und einzelne Strähnen ihrer schwarzen Haare hochwehte. »Was bedeutet das?«

»Ich glaube, da ist das Labyrinth zu Ende.«

»Dann nichts wie hin.« Sie setzte sich in Bewegung und übernahm dieses Mal die Spitze.

Während sie voranschritten, verengte sich der Gang, die Kurven wurden messerscharf und die Brise wehte stärker und stärker. Der Schimmel an den Wänden wurde nach jeder Biegung lichter. Schließlich mussten sie ihre Blendlaternen und Helmlampen einschalten.

Nach einem Marsch von etwa anderthalb Kilometern fluchte Ben: »Zum Teufel!«

»Was?«

»Wir kommen nur noch an einem einzigen Seitengang vorbei. Es ist ein Kinderspiel, uns hier einzukesseln. Es gibt keinen Fluchtweg.«

Sie runzelte die Stirn und ging weiter. Toll, noch etwas, das ihnen nun Kopfzerbrechen machte. Aber sie waren entschlossen, nur in eine Richtung zu gehen: immer geradeaus.

Als sie sich durch die nächste enge Kurve gezwängt hatten, wurde die Decke niedriger. Aus der Brise war ein Wind geworden, der ihr die Haare ums Gesicht wehte und nach hinten peitschte, als würde er sie mahnen umzukehren. Er pfiff in ihren Ohren.

Ben tippte sie von hinten an. »Hast du das gehört?«

Sie schnellte herum. »Was?«

»Sie sind jetzt hinter uns – und kommen immer näher.«

Sie drehte sich um und kniff die Lippen zusammen. Dann beschleunigte sie das Tempo, duckte sich und rannte gegen den Wind an. Sie bog um die nächste Ecke. Wenige Meter entfernt endete der Gang. Der Wind blies aus der Öffnung eines Wurmlochs am Ende des Tunnels, dem ersten Wurmloch, seitdem sie das Labyrinth betreten hatten. Sie rannte vorwärts und betete, dass dieser Tunnel aufwärts führte, nach Hause. Sie kniete sich neben die Öffnung und leuchtete mit ihrer Laterne hinein. Was sie sah, ließ sie aufstöhnen. Der Tunnel führte nicht nur abwärts, sondern das auch noch mit einer Steilheit, die ihr Angst einflößte. Noch tiefer hinab ins Herz des Kontinents.

Ben kniete sich neben sie. Er hatte schon seinen Schlitten herausgeholt und löste den Riegel, um ihn auseinander zu ziehen. »Du beeilst dich besser, Ash. Sie sind ungefähr hundert Meter hinter uns.«

Missmutig zeigte sie auf das Wurmloch. »Es führt nach unten. Und zwar ziemlich weit.«

»Wir können nicht mehr zurück.« Er half ihr, den Schlitten loszuschnallen. »Ich habe den Verdacht, dass man uns genau hierhin treiben wollte.«

»Was?« Sie löste die Verriegelung des Schlittens, um ihn auseinander zu ziehen. Von hinten hörten sie, wie Steine zu Boden fielen.

»Keine Zeit«, sagte Ben. Er scheuchte sie zur Öffnung. »Ladies first.« Mit der Pistole zielte er auf den Weg hinter ihnen. Ashley blickte in den dunklen Gang, dann zu Ben. Sie holte tief Luft und schob sich mit dem Schlitten in das Wurmloch. Der steile Winkel, in dem der Tunnel nach unten führte, beschleunigte ihre Abfahrt rasch. Sie bremste mit den behandschuhten Händen und den Stiefeln, konnte ihr Tempo jedoch nur wenig verringern.

Sie hörte, dass Ben sich hinter ihr in den Schacht stieß. Das Geräusch seiner Räder näherte sich.

»Teufel!«, rief er. »Das ist ja wie auf der Rutschbahn. Jetzt will ich sehen, wie die Schweinehunde uns noch kriegen wollen!«

Mittlerweile war ihre Geschwindigkeit so hoch, dass ihre Hände trotz der Handschuhe beim Bremsen brannten. Während sie immer tiefer in den Tunnel schossen, traten immer größere Flecken von phosphoreszierendem Schimmelpilz an den Wänden auf.

»Wir stecken in einem gigantischen Korkenzieher!«, rief Ben. »Spürst du die Fliehkraft?«

Und ob. Je schneller sie rasten und je enger die Kurven wurden, umso mehr stieg ihr Schlitten die Wand hoch.

Bremsversuche waren nun unmöglich. Während sie die Spirale hinunterwirbelten, wurde der Pilz dichter und dichter, fast wurden sie von seiner Helligkeit geblendet. Die Wände wurden durch den Schimmel außerdem glitschiger, so dass sie mit den Stiefelspitzen keinerlei Bremswirkung erzeugen konnten. Ashley hoffte, dass der Tunnel waagerecht auslief, bevor er endete, und ihnen die Gelegenheit gab abzubremsen. Mit dieser Geschwindigkeit wäre sie nur ungern aus dem Tunnel geschleudert und von einem ahnungslosen Stalagmiten aufgespießt worden. Sie starrte in den Tunnel hinein und betete darum, dass sich die Neigung verflachte.

Leider hatte sie kein Glück. Der Tunnelausgang kam hinter der nächsten Kurve in Sicht. Ihr blieb keine Zeit, abzubremsen und die Fahrt zu verlangsamen. Sie konnte nur noch ihren Kopf mit den Armen bedecken und sich ducken.

Sie schoss aus dem Tunnel und in die nächste Höhle hinein. Einen Moment lang war sie von dem gleißenden Licht geblendet und holperte über den leicht felsigen Boden. Als sich ihre Augen an die Helligkeit gewöhnt hatten, sah sie, wie sie auf eine dichte Wand gelber Pflanzen zuschoss. Ashley schloss die Augen und krachte zwischen die dicken Stängel. Bei dem Zusammenprall fiel sie vom Schlitten, aber die Erde des Felds dämpfte ihren Fall, und sie rollte noch ein paar Meter weit.

Als sie zum Stillstand gekommen war, kam sie schnell wieder auf die Beine. Kaum stand sie, stieß Ben mit einem wilden Schrei mit ihr zusammen, und sie verhedderten sich in einem wirren Knäuel von Armen und Beinen.

»Na, das war mal was anderes«, sagte Ben zu ihrem linken Knie.

Ashley befreite sich und stand mit einem Ächzen auf. Sie war am ganzen Körper zerschunden. Sie blickte sich um, während Ben aufstand. Die gelben Pflanzen reichten ihr bis zur Brust und erinnerten sie an Weizen. Ein ganzes Feld breitete sich über den hügeligen Boden der Höhle aus. Kilometerweit! Sie reckte den Hals. Diese Höhle war so riesig, dass einem selbst die Alpha-Höhle winzig vorkam. Fast so groß wie der Grand Canyon – nur überdacht. Die Wände waren hunderte von Metern hoch. Das Dach hoch über ihren Köpfen leuchtete vor lauter Schimmel, manche Flecken strahlten so hell wie die Sonne. Sie ließ ihren Blick über das gelbe Feld streichen, das sich über die sanften Hügel der Ebene erstreckte, durchbrochen nur von winzigen Hainen spindeldürrer Bäume, wie Inseln im Meer.

»Ich dachte, wir wären nicht mehr in Kansas«, sagte Ashley, der die Kinnlade auf die Brust gesunken war.

Ein Rascheln zog ihre Aufmerksamkeit vom Panorama wieder auf die Vegetation. In der Ferne bahnte sich etwas seinen Weg durch das Feld. Es manövrierte um die Baumgruppen herum und hielt genau auf sie zu. Man sah nichts von ihm außer der Spur geteilter Halme, als es sich durch das Feld bewegte wie ein Hai durchs Wasser.

Sie blickte zu Ben und wich zurück. Er zeigte nach links. Dort schossen zwei weitere Fährten auf sie zu. Ashley schaute genauer auf das Feld und bemerkte noch drei Fährten, die sich ihnen näherten. Sechs insgesamt.

Sie wich weiter zurück und packte Ben am Ärmel. Er leistete keinen Widerstand.

Beinahe wären sie gestrauchelt, als sie vom Feld wieder auf den nackten Felsboden traten und zur Öffnung des Wurmlochs stolperten. Ihre Schlitten hatten sie irgendwo im Feld verloren. Als Ashley nach ihrer Pistole griff, berührte sie das leere Holster. Verdammt, die Waffe musste beim Sturz weggeschleudert worden sein.

Sie schaute Ben an. Zum Glück hatte er seine Pistole schon in der rechten Hand.

»Ich habe meine verloren«, stieß sie zwischen zusammengepressten Lippen hervor.

»Schon okay. Dafür habe ich meine Reservemagazine verloren. Und in diesem Magazin sind noch drei Schuss.«

Sie starrte gebannt auf die sechs Fährten, die sich stetig auf sie zubewegten. Gar kein gutes Zeichen. Die nächste war nur noch zehn Meter entfernt. Das Ding war stehen geblieben und rührte sich nicht mehr. Es wartete. Schon bald hatten die anderen aufgeholt.

»Das Wurmloch?«, fragte Ashley.

»Klingt gut. Du gehst zuerst.«

Der Klang ihrer Worte schien die Verfolger im Feld anzulocken. Sie schnellten mit Lichtgeschwindigkeit auf sie zu. Wegen der plötzlichen Bewegung kauerte Ashley bewegungslos am Wurmloch wie ein Hirsch im Licht eines Scheinwerfers. Die sechs Tiere brachen aus dem Feld hervor, blieben dann gleichzeitig stehen, hockten sich auf alle Viere, die Hinterbeine zum Sprung bereit, und trommelten mit ihren Schwänzen.

Sie sahen aus wie eine Kreuzung aus Wolf und Löwe. Sie hatten ein bernsteinfarbenes Fell, dichte Mähnen, die sich wie Kapuzen um Kopf und Hals legten, riesige Augen mit geschlitzten Pupillen, einen lang gestreckten Kiefer, gespickt mit scharfen Zähnen. Das Rudel gab ein gleichmäßiges Knurren von sich.

»Ganz still«, flüsterte Ben, »keine plötzlichen Bewegungen.«

Ashley bewegte sich keinen Millimeter. Immer noch in der Hocke erstarrt, hatte sie ihren Blick auf die sechs unbeweglichen Augenpaare geheftet, die sie anstarrten. Und sie wollte auch in dieser Stellung so lange verharren, wie es sein musste.

In diesem Moment schoss etwas aus dem Wurmloch und packte ihren Knöchel. Sie stieß einen hohen Schrei aus.

20

»Versuch es mit den Paddeln!«, schrie Blakely über das Dröhnen des näher kommenden Wasserfalls hinweg. Ein letztes Mal zog er an der Anlasserschnur. Der Motor stotterte und ging aus. Er sah, wie die Strömung das Boot auf den Abgrund zutrieb. Von hier aus war es unmöglich festzustellen, wie tief das Wasser hinunterstürzte. Aber der Lärm! Das Anschwellen des Tosens ließ auf einen tödlichen Sturz schließen. Er schnappte sich das Paddel und kletterte an den Bootsrand. Von dort beobachtete er, wie Jason am anderen Rand sein Paddel immer wieder tief ins Wasser eintauchte.

»Fester, Jason, fester!«, rief er dem Jungen zu, als er mit aller Kraft der Strömung Widerstand leistete. Seine Schultern schmerzten vor Anstrengung.

»Ich versuche es ja! Aber es funktioniert nicht, wir werden nicht langsamer!«

Blakely wagte einen Blick zurück. Das Heck des Boots befand sich am Rand des Wasserfalls. Er sah, wie die Strömung das Boot über den Rand kippte. »Halt dich fest! Ganz fest!«, schrie er und griff selbst nach den Halteschlingen des Pontons. Jason tat das Gleiche.

Das Boot schien auf der Kante des Wasserfalls zu schweben. Blakely hielt den Atem an, als das Boot hinüberkippte. Für einen Moment, als sie fielen, umgab sie eine Wasserwand. Er spürte, wie sich das Boot herumdrehen wollte. Er öffnete gerade den Mund, um zu rufen, da traf es auf dem Grund des Wasserfalls auf. Die beiden wurden gegen den Boden gedrückt, Wasser spritzte in Fontänen in die Luft. Zum Glück waren sie nicht gekentert.

Blakely hob den Kopf. Der Wasserfall war nur fünf Meter tief. »Ich kann es nicht glauben. Wir …«

Das Boot kippte über einen zweiten Wasserfall. Blakely

verlor vor lauter Überraschung fast den Halt, als es über den Rand rutschte und in die Tiefe stürzte. Auch durch das Tosen des Wasserfalls hindurch war das fürchterliche Geräusch deutlich zu hören: Ein Schwimmer war aufgerissen. Verflucht! Das Boot klatschte auf die Wasseroberfläche und füllte sich rasch mit Wasser. Die restliche Luft in dem beschädigten Schwimmer hielt sie kaum noch über Wasser.

Er zog Jason von der sinkenden Hälfte fort, damit der Junge sich an den Schlingen der noch schwimmenden Hälfte fest halten konnte.

Jason schaute über die Schulter zurück. »Da kommt der Nächste!«

Bevor Blakely auch nur einen Blick nach hinten werfen konnte, um sich davon zu überzeugen, kippte das Boot über den nächsten Wasserfall. Das sinkende Ponton wirkte wie ein Gewicht, das sie herumriss. Die unkontrollierte Bewegung ließ das Boot so stürzen, dass es kenternd auf den schäumenden Wogen auftraf.

Kurz bevor Blakely unter die Wasseroberfläche schoss, sah er, wie Jason aus dem Boot flog, seine Arme nach einem Halt ausstreckend, als er aus dem Sitz geschleudert wurde. Dann wogte Salzwasser um Blakely herum, drang in seine Nase ein und verursachte einen Hustenanfall, der seinen Lungen die lebensnotwendige Luft raubte. Krampfhaft presste er die Lippen zusammen, seine Lungen schrien vor Schmerz. Er kämpfte gegen die Strömung an, um sich von dem sinkenden Boot zu befreien. Mit einem letzten Stoß stieß er sich von dem unbeschädigten Schwimmer ab. Mithilfe seiner Schwimmweste stieg er an die Oberfläche der rollenden Wellen.

Er schnappte nach Luft und blickte dabei suchend über die Wasseroberfläche. Vor ihm traf das Wasser der drei Katarakte, die sie hinuntergestürzt waren, auf. Er sah sich um, ob noch ein Wasserfall drohte, während die Strömung ihn mit sich zog. Zum Glück war das der letzte gewesen. Sie hatten den Boden der tiefen Höhle erreicht. Die Strömung trieb ihn in einen Strudel so groß wie ein Teich, in dem das Wasser träge herumwirbelte.

Im Wasser tretend blickte er suchend umher. Große Flecken phosphoreszierender Pilze beleuchteten die Höhle. In dem schwachen Licht entdeckte er einen orangefarbenen Fleck, der am gegenüberliegenden Ufer auf und ab hüpfte. Jason. Blakely trat heftig mit den voll gesogenen, schweren Schuhen im Wasser. Jason schien sich nicht zu bewegen, sondern nur in der Strömung zu treiben. Sie drohte, den Jungen wieder vom Ufer wegzuziehen und in den Hauptstrom zu saugen.

Er brauchte unendlich lange, um Jason zu erreichen. Während er schwamm, sah er, wie Blut aus einer Platzwunde am Kopf des Jungen tropfte. Wenigstens hatte die Schwimmweste seinen Kopf über Wasser gehalten.

»Halt durch, mein Junge!« Er vergrößerte seine Anstrengungen, und nach einer Minute hatte er die Schwimmweste des Jungen gepackt. Er war erleichtert, als er merkte, dass Jason zwar rasselnd, aber kraftvoll atmete. Nun schwamm er zum Ufer und zog Jason hinter sich her. Dabei achtete er darauf, Mund und Nase des Jungen über Wasser zu halten.

Plötzlich stieß er mit der Schulter gegen einen Felsen – das Ufer. Blakely ließ Jason für einen Moment los und kletterte ans rutschige Ufer. Dann legte er sich auf den Bauch und streckte die Arme nach dem Jungen aus, der noch im Wasser trieb. Er erwischte mit den Fingerspitzen den Zipfel der Schwimmweste und zog Jason damit so weit näher, dass er die Weste mit den Händen ganz packen konnte.

Als er den Jungen ans Ufer ziehen wollte, öffnete Jason flatternd die Augen. Benommen und verwirrt, wie er war, geriet er in Panik, schlug mit den Armen wild um sich und stieß wirre Laute des Protests hervor.

Eine verirrte Hand traf Blakely an der Schläfe, so dass er den Jungen beinahe losgelassen hätte. Blakely versuchte, Jason mit strenger und gleichzeitig tröstender Stimme zu beruhigen: »Jason, bleib ruhig! Ich bin es, wir sind in Sicherheit.«

Seine Worte schienen zu dem Jungen durchzudringen. Sein Toben wurde zu einem schwachen Zappeln. »Na also«, sagte Blakely, als er ihn ans Ufer zog. Er zerrte ihn von der Kante fort und ließ sich dann neben ihn fallen. Jason versuchte, sich aufzurichten, doch Blakely, vollkommen außer Atem, hielt ihn zurück. »Nicht bewegen. Ruh dich aus«, keuchte er.

Das Adrenalin, das sein Organismus vorher noch ausgeschüttet hatte, sickerte nun tief in das glitschige Felsgestein. Plötzlich spürte er, dass seine Arme und Beine vom Wasser und von der Anstrengung schwer waren. Einen Augenblick lang ließ er den Kopf hängen, dann holte er tief Luft. Was sollten sie jetzt tun?

Neben ihm hustete Jason Wasser, so dass sich Blakely wieder um ihn kümmerte. Er griff über ihn hinüber, löste die Schnallen seiner Schwimmweste und untersuchte ihn nach weiteren Verletzungen. Keine gebrochenen Knochen, keine Fleischwunden. Vorsichtig tastete er die Wunde an Jasons Kopf ab. Er musste gegen einen Felsen geprallt sein. Blakely schnitt eine Grimasse, doch kam er zu der Überzeugung, dass die Wunde schlimmer aussah, als sie war. Dennoch benötigte er den Erste-Hilfe-Koffer vom Boot, um dem Jungen Antibiotika zu geben und einen trockenen Verband anzulegen.

Er schaute zu der Stelle wenige Meter vor dem Ufer, wo die Überreste des Boots dümpelten. Bevor es wieder abgetrieben wurde, wollte er auf jeden Fall noch bergen, so viel er konnte – Lebensmittelrationen, Stablampen, Erste-Hilfe-Koffer. Keiner wusste, wie viel Zeit sie hier unten verbringen mussten.

Er blickte zu Jason. Der Junge erwiderte seinen Blick. Seine Augen waren wieder hell und klar. Jason leckte sich über die Lippen. »Mein Kopf tut weh«, sagte er mit einem heiseren Flüstern.

»Ich weiß, mein Junge. Du hast ihn dir ziemlich heftig gestoßen.«

Jason hob die Hand und befühlte den Kopf. Dann starrte er mit großen Augen auf seine blutigen Fingerspitzen.

Blakely klopfte ihm auf die Schulter. »Das wird schon wieder. Es ist nur ein kleiner Schnitt. Ich schwimme zum Boot und hole dir einen Verband.«

»Aber …«

»Mach dir keine Sorgen, ich bin gleich zurück.« Blakely stieß sich mit einem Stöhnen hoch. Durch seine Brust schossen alarmierende Schmerzen. Eigentlich wollte er nicht mehr ins Wasser. Doch er hatte keine andere Wahl.

Jason stützte sich auf einen Ellbogen und sah ihm schweigend zu.

Blakely glitt ins Wasser und schwamm zum Boot. Zum Glück war es mittlerweile näher ans Ufer getrieben, während er Jason getröstet hatte. Nur wenige Züge, und er war dort. Das Boot ragte nur noch halb aus dem Wasser. Obwohl alles mit Strippen und Riemen festgebunden worden war, waren doch ein paar Gegenstände losgerissen worden. Wenigstens waren die Nahrungsmittel und der Erste-Hilfe-Koffer noch da.

Er durchsuchte die Überreste des Boots. Verflucht, der Plastikbehälter, der die Ersatzstablampen und die Batterien enthielt, war abgerissen worden. Indem er sich auf den unversehrten Schwimmer aufstützte, ruhte er sich einen Moment aus. In dieser Höhle wäre das kein Problem, der

Schimmel gab genügend Licht ab. Aber was, wenn sie die Höhle verlassen mussten?

Er schüttelte den Kopf und durchsuchte den Rest des Boots. Er fand Jasons Sporttasche an einer Schlinge festgebunden und befühlte die Tasche. Hm, sie bestand aus wasserdichtem Material. Diese Entdeckung würde den Jungen mit Sicherheit ein wenig trösten. Er löste den aufgequollenen Knoten mit den Fingerspitzen und legte die Tasche auf den Arm, mit dem er die Vorräte festhielt. Nach einem letzten flüchtigen Stöbern stieß er sich vom Boot ab und schwamm auf das Ufer zu. Zum Glück war es nicht weit. Doch als er dort ankam, brannten seine Lungen, und sein linker Arm schmerzte.

Er warf das Eingesammelte aus dem Wasser und benötigte anschließend ein paar Versuche, um auf das rutschige Ufer zu gelangen. Mehrmals schürfte er sich das Knie schmerzhaft auf, bis es ihm gelang, aus dem Wasser zu klettern und sich aufzurichten.

Er wurde starr vor Schreck, als er die leere Schwimmweste vor sich sah. »Jason?«

Der Junge war weg.

Linda streckte den Arm aus und ergriff Khalids dargebotene Hand, während sie eine Welle des Ekels niederkämpfte. Bei seiner Berührung schreckte sie beinahe zurück, doch seine kräftige Hand lag trocken und warm in ihrer und hielt sie fest. Widerwillig ließ sie zu, dass er sie den letzten Meter der Geröllhalde hochzog. Sie riskierte einen Blick die Halde hinunter, die sie gerade erklommen hatten. Der Höhlenboden lag hunderte Meter unter ihnen und wurde von dem allgegenwärtigen Schimmelpilz beleuchtet.

»Ich hatte Recht«, sagte Khalid und zeigte auf die Spalte oberhalb der Geröllhalde. »Schau, die Spalte gehört zu einer Verwerfungslinie. Und sie führt aufwärts.« Er schaute sich nach ihr um, ein breites Grinsen im Gesicht. »Spürst du ihn? Den Wind?«

Sie fühlte, wie der Wind ihr sanft über die Wange strich, als der Riss durch seine dunkle Kehle tief Luft holte – beinahe so, als wollte er sie in sich hineinsaugen – und pfeifend in den Spalt hinein entwich. »Das erscheint mir viel versprechend.« Sie zwang sich zu einem Lächeln.

Als Gegenreaktion wurde sein Grinsen noch breiter. Sie blickte in seine Augen, die in diesem Licht wie zwei schwarze Löcher wirkten. Als er sich abwandte, spürte sie die Versuchung, sich von seiner Hand zu befreien und die Geröllhalde hinabzulaufen. Aber ihre Beine folgten Khalid in den V-förmigen Felsspalt hinein.

Nach wenigen Metern schaltete Khalid seine Helmlampe ein. Auf diesen schrägen Wänden wucherte kein Pilz. Sein Lichtstrahl durchstieß die jungfräuliche Dunkelheit. Linda nahm ihre Blendlaterne vom Gurt und stellte sie auf diffuses Licht ein, das die Wände nur oberflächlich beleuchten sollte.

Die Wände breiteten sich nach beiden Seiten wie Flügel aus. Die Decke über ihren Köpfen sah aus, als würde sie aus einem einzigen Felsblock bestehen, der jeden Moment herunterfallen konnte. Die Konstruktion wirkte so zerbrechlich, als könnte die Felsdecke sogar von einem lauten Geräusch erschüttert werden und sie kilometertief unter dem Gestein begraben.

»Ich glaube, das ist eine relativ junge Formation«, sagte Khalid. »Vom geologischen Standpunkt aus betrachtet, meine ich. Vielleicht nur um die eintausend Jahre. Das Gestein« – er klopfte auf die Wand zur Rechten – »ist nicht so stark vom Wasser erodiert worden wie das in der vorherigen Höhle. Schau, wie scharf der Felsen ist, als wäre er mit einem Messer herausgeschnitzt worden. Diese Spalte muss durch ein jüngeres seismisches Ereignis entstanden sein.«

»Hier ist auch kein Pilz zu finden«, murmelte sie.

»Was?«

Sie schwenkte die Laterne an der Wand entlang. »Kein Schimmelpilz. Wenn diese Spalte eine Million Jahre alt wäre, glaube ich, wäre der Schimmel auch hier eingedrungen.«

Er nickte. »Stimmt.«

»Wenn wir unser Lager aufschlagen, müssen wir uns zuerst vergewissern, dass kein Schimmel in der Nähe ist. Und wenn doch, muss ich ihn zuerst untersuchen«, sagte Linda. Sie merkte, dass das Sprechen die beklemmende Angst aus ihrer Brust vertrieb. »Während der Pausen habe ich mehrere Schimmelproben analysiert. Sie sind durchaus unterschiedlich. Ich bin ziemlich sicher, dass die meisten Pilzarten ungefährlich sind. Die aggressive Spezies hat jedoch eine besondere Struktur der Zellfäden. Vor der müssen wir uns hüten.«

»Natürlich, wir müssen vorsichtiger sein.« Er ging wieder voran.

Linda wollte weiter mit ihm reden, um die Vorstellung zu vertreiben, dass sie einem kaltblütigen Killer folgte. »Wie kam es dazu, dass man dich für den Auftrag ausgewählt hat? Wegen deines geologischen Backgrounds, oder warst du immer ein …?« Sie hätte beinahe »Terrorist« gesagt, verkniff es sich dann aber.

»Ich bin kein Geologe«, erwiderte er. »Ich habe den Auftrag vor zwei Jahren bekommen und seitdem so viel wie möglich über Geologie gelernt. Nicht nur, um Khalid überzeugend spielen zu können, sondern auch, um die Entdeckungen hier unten besser zu verstehen. Ich hatte für das Studium ausreichend Zeit, als ich mich von der Gesichtsoperation erholte.«

Diese Enthüllung versetzte sie in Erstaunen. »Du bist nicht der echte Khalid Najmon?«

Er half ihr über einen heruntergestürzten Felsbrocken, der den Weg blockierte. »Ich sah dem echten Khalid damals schon sehr ähnlich. Deswegen hatte man mich auch ausgewählt. Aber meine Vorgesetzten sind gründlich. Sie wollten eine noch genauere Übereinstimmung.«

Sie beobachtete ihn, während er vorauskletterte, und begriff langsam die Dimension seines Fanatismus, die Unerschütterlichkeit seiner Überzeugungen. »Was ist aus dem echten Khalid geworden?«

Er schenkte ihr einen missbilligenden Blick, als ob sie eine dumme Frage gestellt hätte.

»Wie lautet dein richtiger Name?«

Er beachtete ihre Frage nicht und wandte sich ab. »Dort oben ist Licht.«

Sie schleppte sich neben ihn und blickte nach vorne. Mit einem Mal schöpfte sie Hoffnung. Vielleicht der Weg nach draußen? Der Tunnel wurde an dieser Stelle so breit wie eine kleine Höhle. Aus der nächsten Kurve drang ein Leuchten zu ihnen. Das charakteristische grüne Licht ließ keinen Zweifel daran, woher es rührte. »Schimmelpilz«, sagte sie resigniert.

Er nickte. »Aber hör nur.«

Jetzt, wo er es sagte, hörte sie es auch. Ein dumpfes Grollen. Sie kannte das Geräusch aus dem Ort nahe Quebec City, in dem ihr Großvater wohnte. »Klingt wie ein Wasserfall.«

»Ja, ich glaube auch. Aber es ist schon spät. Und wegen des Schimmels, der uns dort vorne erwartet, sollten wir hier lagern. Morgen früh machen wir uns zum Wasserfall auf.«

Linda nickte. Sie hatte auch keine Lust, noch einmal einen Angriff der aggressiven Schimmelspezies abwehren zu müssen. Aber vor diesem Augenblick hatte sie sich auch gefürchtet. Gemeinsam zu lagern. Die erste Nacht mit jemandem zu verbringen, der ein Mörder war.

Plötzlich erklang ein Ruf aus dem Tunnel vor ihnen. Erschreckt trat Linda unwillkürlich einen Schritt näher zu Khalid. Jemand rief! Es erklang aus weiter Ferne, aber es war ein Mensch!

»Jason! Wo zum Teufel bist du?«

O Mann, dachte Jason, hat man denn nirgendwo seine Ruhe? Er zog den Reißverschluss seiner Hose hoch und trat hinter dem Stalagmiten hervor. »Ich musste nur mal für kleine Jungs«, rief er Blakely zu. »Den ganzen Tag musste ich es mir verkneifen.«

Der Doktor lief eilig auf ihn zu, immer noch tropfnass. Seine Augenbrauen waren vor Ärger zusammengekniffen. »Tu das nie wieder!«

»Was denn?«

»Einfach so wegzulaufen.«

»Ich war doch nur da drüben.« Jason zeigte auf das stille Örtchen.

»Ist mir egal. Hier lauern überall Gefahren.« Blakelys Gesicht entspannte sich, aber sein Atem rasselte immer noch. »Jason, wir müssen vorsichtig sein und zusammenbleiben, hörst du?«

»Natürlich. Ich wollte nicht …«

»Ist schon in Ordnung. Lass mich mal nach der Beule auf deinem Kopf schauen.«

Schlurfend ging Jason zu dem kleinen Felsblock und setzte sich. Mit verzerrtem Gesicht ließ er sich von Blakely die Wunde reinigen. Es war gar nicht so schlimm, als er die Wunde spülte. Ja, es tat sogar gut. Er entspannte sich und schloss die Augen. Plötzlich brannte es auf seiner Stirn wie Feuer. »Aaauuu!«

»Sei nicht so zimperlich. Ist doch nur ein bisschen Jod.«

»Es brennt.«

»Das ist gut. Das heißt, dass es wirkt.« Blakely befestigte einen Klebeverband auf der Schnittwunde. Dann lehnte er sich zurück und bewunderte offenbar sein Werk. »Das müssen wir jetzt zweimal am Tag wechseln.«

Jason rollte mit den Augen. Na, toll.

Blakely ging und wühlte in den Sachen, die er vom Boot geholt hatte. »Hast du Hunger?«

»Nein. Außer Sie haben einen Schokoladenriegel.«

Blakely zog die Schachtel heraus, in der sich die Nahrungsmittel befanden, und öffnete sie knackend. Er langte hinein und holte einen in Folie verpackten Riegel hervor.

Jason bekam große Augen und hielt die Hand auf.

Blakely brach den Riegel in Viertel und gab ihm ein Stück. »Wir müssen unsere Vorräte streng rationieren.«

Stirnrunzelnd nahm Jason seine Zuteilung an. Mann, das war bitter. »Wie kommen wir bloß wieder hinauf?«

»Gar nicht. Wir haben keine Stablampen.«

»Was machen wir also?«

»Wir warten. Ungefähr einen Tag lang. Irgendjemand wird uns schon finden.«

Jason wusste genau, wann man ihn belog, aber er sagte nichts. Der Doktor hatte genug Probleme, und Jason wollte ihm nicht zur Last fallen.

Als er sich auf den Felsen fläzte, fiel ihm ein vertrauter roter Beutel auf.

»He, meine Sporttasche! Sie haben sie gerettet. Danke!« Er hechtete zur Tasche hinüber, öffnete sie und wühlte darin herum. Noch da!

Er holte seinen Nintendo-Gameboy heraus und hockte sich seufzend hin. Er drückte auf den Einschaltknopf, und innerhalb weniger Sekunden erklang die vertraute Erkennungsmelodie des Spiels. »Cool!«

Jason lehnte sich gegen einen Stalagmiten und widmete sich seinem Spiel. Wenigstens hatte er nun, während sie warteten, etwas zu tun. So vollkommen versunken in die

Welt des Nintendo-Spiels fühlte er sich fast wie zu Hause. Normalerweise würde sich seine Mutter jetzt über den Lärm beschweren, den der Gameboy von sich gab. Seufzend startete er mit seiner Spielfigur ins Level zwölf.

»Jason, könntest du das abstellen?«, fragte Blakely und stand auf. »Der Lärm.«

Jason grinste. Wie bei seiner Mutter. Was sollte man mit den Erwachsenen nur machen?

»Bitte, Jason, beeil dich.« In seiner Stimme lag ein dringlicher Ton.

Er schaltete das Spiel aus, stand auf und ging zu Blakely. »Was ...«

»Psst! Ich habe etwas gehört.«

Jason hielt die Luft an und stellte sich vor, wie wieder eine der Bestien auf sie zuschlich. Er schob sich hinter den Doktor. Sie warteten mehrere angespannte Augenblicke. Es fiel ihnen schwer, etwas über das Tosen des Wasserfalls hinweg zu hören. Durch das angestrengte Lauschen begannen ihnen die Ohren zu klingeln. Jason schluckte schwer, sein Mund war trocken. Vielleicht hatte der Doktor nur geglaubt, er hätte etwas gehört. Eine Art Fata Morgana, nur aus Geräuschen. Das wünschte er sich wie wahnsinnig.

Blakely schüttelte den Kopf. »Ich weiß es nicht ...«

»Haaallo!« Der Ruf schallte durch die Höhle und ließ sie beide in die Höhe schießen.

Blakely schaute Jason an. »Da ist jemand! Ich kann es nicht glauben!«

Jason sah zu, wie Blakely auf einen Felsbrocken kletterte. Es kostete den alten Mann ein paar Versuche, sich hinaufzustemmen. Jason kraxelte geschickt hoch und stellte sich neben ihn. »Was glauben Sie, wer es ist?«

»Ich habe keine Ahnung, aber wir finden es schon heraus.« Blakely legte die Hände um den Mund und rief: »Wir sind hier drüben! Am Fuß des Wasserfalls!«

Jason wartete auf eine Antwort. Mehrere Sekunden lang nichts, dann die Antwort: »Wir kommen! Bleibt, wo ihr seid!«

»Ich habe dir doch gesagt, dass uns jemand findet. Habe ich es dir nicht gesagt?« Blakely klang plötzlich erschöpft und keuchte.

Jason sah, dass der Doktor neben dem Felsen auf die Knie sackte. Etwas stimmte nicht.

Jason sprang herunter und eilte zu ihm. Blakely hustete krampfartig, rutschte zur Seite – und brach zusammen.

»Dr. Blakely!« Jason zupfte an seinem Arm. Er antwortete nicht. Das Herz schlug Jason bis zum Hals. Er blickte verzweifelt um sich, seine Hände zitterten. Dann kletterte er wieder auf den Felsen hinauf und schrie in die Dunkelheit hinein: »Hilfe!«

Linda beeilte sich, um Khalid einzuholen. Ihr Rucksack hing ihr von der Schulter. Sie blickte zur Höhle hinüber. »Das klang nach Ashleys Sohn.«

Khalid grunzte und kletterte weiter in die Höhle hinab. Sein Ziel war der Fuß des Wasserfalls. Die Pistole hielt er in der linken Hand. »Wenn es Jason ist«, sagte er schließlich, »dann befinden wir uns in der Nähe der Basis. Blakely würde niemals erlauben, dass der Junge den Sicherheitsbereich des Camps verlässt.«

Misstrauisch beäugte sie die Waffe. »Was hast du vor?«

»Meinen Auftrag zu Ende zu bringen.«

»Was meinst du damit?«

»Das hängt von dir ab.«

Linda musste heftig schlucken. »Hör zu, Khalid, ich will nicht, dass noch jemand getötet wird.«

Khalid zog drohend seine Augenbrauen zusammen. »Dann halt deinen Mund. Solange sie nichts von meiner Mission wissen, verschone ich sie.«

Sie erinnerte sich an Villanuevas plötzlichen und unnötigen Tod. »Ich sage kein Wort.«

Khalid nickte und schritt rascher voran. Nach ein paar Metern zeigte er nach vorn. »Dort drüben. Auf dem Felsbrocken. Ich kann ihn sehen. Es ist der Junge.«

Sie kniff die Augen zusammen. Überall lagen Felsbrocken. Dann sah sie die winzige Gestalt, die mit beiden Armen winkte. Sie rief ihm zu: »Halt durch, Jason! Wir kommen!«

Jason hatte sie gesehen. Zwei Leute mit Helmen. Ihre Lampen blitzten über die mit Schimmel bedeckten Höhlenwände. Sie hatten ihn auch gesehen. Jemand rief ihm etwas zu, doch die Worte gingen im Rauschen des Wasserfalls unter.

Er kletterte von dem Felsen, um nach Blakely zu schauen. Seine Haut war bleich geworden, seine Lippen lila. Er atmete noch, aber jeder Atemzug rasselte, als wären Kieselsteine in seinen Lungen.

Jason verschränkte die Arme und sprang von einem Fuß auf den anderen. »Kommen Sie, Doc, bitte nicht sterben. Gleich ist Hilfe da.« Er wandte sich in die Richtung, aus der die Retter nahten. Beeilt euch, betete er.

Er setzte sich neben Blakely und ergriff eine seiner Hände. So kalt, dachte er. Er rieb die Hand wie Aladin seine Lampe und wünschte sich, dass der Doktor gesund würde. Als wäre sein Wunsch erhört worden, stieß der alte Mann ein Stöhnen hervor. Jason rieb fester, sprang dann auf die andere Seite und rieb die linke Hand und das Handgelenk. »Bitte, Doc, bitte.«

Blakely öffnete die Augen mit flatternden Lidern. Zuerst schielte er noch, dann fokussierten sie sich. Er stöhnte wieder laut und atmete dann hastig. Schließlich sagte er: »J-Jason?«

»Alles in Ordnung?«

Mit schmerzverzerrtem Mund flüsterte er: »M-meine M-medizin. Nitro... Nitroglyzerin.«

Jason blickte sich um. »Wo?«

Blakely hob die Hand, ließ sie aber wieder sinken. »In m-meiner Tasche. In ... meiner Jacke.«

Jason klopfte die Kleidung des Doktors ab und entdeckte eine Beule in seiner Brustinnentasche, die sich wie ein Medizinfläschchen anfühlte. Er fischte eine rote Plastikflasche hervor. »Ist es die?«

»J-ja.«

»Was soll ich tun?«

»Eine ... nein, zwei Pillen.«

Jason brauchte eine Minute, um den Sicherheitsverschluss zu öffnen. Er klopfte zwei Pillen in seine Handfläche.

Wieder öffnete der Doktor seine Augen. »Guter Junge.« Seine Stimme klang gespenstisch. Als wäre er die Puppe eines Bauchredners, der kilometerweit entfernt war. »U-unter meine Z-Zunge.«

Jason streckte die Hand aus und ließ zwei Pillen in den Mund des Doktors fallen. Er sah, wie Blakely die Pillen unter die Zunge schob. Dann schloss er die Augen und holte mehrmals tief Luft.

Erleichtert ließ Jason den Kopf sinken und dankte dem unbekannten Schutzengel.

In diesem Moment erklang eine Stimme direkt hinter ihm, und Jason machte vor Schreck einen Satz in die Luft.

»Jason? Mein Gott, was ist passiert?«

Er wirbelte herum und blickte in ein vertrautes Gesicht. Ihre Haare strotzen vor Lehm, und dunkle Schatten lagen ihr um die Augen, aber sie war immer noch ein wundervoller Anblick. »Linda!« Er sprang auf und lief in ihre Arme.

Sie drückte ihn fest an sich. Tränen strömten ihm plötzlich aus den Augen, und er weinte in ihr T-Shirt. All die

Angst und die Schmerzen der letzten zwei Tage brachen mit einem Mal aus ihm hervor.

»Oh, Jason.« Sie wiegte ihn in ihren Armen. »Jetzt wird alles wieder gut.«

Er weinte immer noch, obwohl er wusste, dass es nun gut war. Aber er schaffte es einfach nicht. Er ließ sich drücken und wiegen, bis er nur noch schluchzte, und wollte Lindas Umarmung niemals verlassen.

Plötzlich erklang eine Stimme mit hartem Akzent.

Jason öffnete ein verweintes Auge und sah die stahlblaue Pistole in der Hand des Ägypters. Er erstarrte in Lindas Umarmung.

»Was zum Teufel ist hier passiert?«, fragte Khalid.

VIERTES BUCH
Trommeln des Todes

21

Ashley schrie vor Panik laut auf. Die pelzige Hand, die ihr Fußgelenk gepackt hatte, griff noch fester zu und hielt sie wie ein Schraubstock. Was zum Teufel war das? Sie sprang zur Seite, zerrte an ihrem Bein und befreite sich aus der Umklammerung des Angreifers. Dabei kollidierte sie mit Ben und stieß zufällig seine Pistole zur Seite. Ein Schuss löste sich, glücklicherweise in die Luft. Noch eine Kugel weniger.

»Herrgott, Ash!«, platzte es aus Ben heraus. Er schob sie hinter sich. Das Rudel wolfartiger Tiere, die mit den Pfoten scharrten, ließ er nicht aus den Augen.

»Da ist etwas im Wurmloch. Es hatte mich gep-packt.«

Er blickte in das Loch hinein. Dort war nichts. »Ich sehe niemanden ... Heiliger Strohsack!« Ben sprang mit einem Satz zurück, als etwas aus dem Tunnel kletterte. »Scheiße!«

Zuerst dachte Ashley, es wäre ein schmutziges, kleines Kind, nackt und mit Lehm beschmiert. Aber als es sich aufrichtete und sich ihnen zuwandte, merkte Ashley, wie sehr sie sich geirrt hatte. Sie trat noch einen Schritt zurück.

Es war ein Meter zwanzig groß, gedrungen und nackt und nach den Genitalien zu urteilen offensichtlich männlich. Sein lehmverschmiertes Haupthaar war mit einem Lederband zurückgebunden. Dicke, verfilzte Haare bedeckten Brust und Beine.

Ashleys erster Gedanke war, dass sie hier einen Hominiden oder eine Art Protomensch vor sich hatte. Vielleicht die Zwergenversion eines Neandertalers. Mehrere Charakteristika unterstützten ihre Annahme: die dicken, knochigen Augenbrauen, die sich über die großen Augen wölbten, die breite, platte Nase, mit der er schnüffelte, die vorstehenden Kieferknochen, die ihm eine schnauzenähnliche Physiognomie gaben.

Doch Ashley hatte alle Aufzeichnungen über fossile Funde hominider und protomenschlicher Spezies studiert. Und dieses atmende – und stinkende – Exemplar konnte sie mit keiner davon in Übereinstimmung bringen. Am ähnlichsten war vielleicht noch der Australopithecus, doch dieses Wesen hier war ganz anders. Sein Körper war zwar muskulös, doch nicht so unförmig wie die der frühen Hominiden. Und sein Hals war zu lang und schlank. Auch seine Ohren waren auffallend: spitz und ein wenig büschelartig. Sie konnten sich sogar beim Hören vor- und zurückdrehen. Keines dieser Charakteristika entsprach irgendeinem fossilen Fund eines urzeitlichen Protomenschen!

Plötzlich ging das Wesen auf sie zu.

Ben hob die Pistole.

Es beäugte die Waffe, öffnete den Mund und entblößte kurze Fangzähne. Dann drehte es sich um, winkte mit seinem muskulösem Arm dem Rudel wolfartiger Tiere und rief ihnen grunzend zu: »Ankh! Ankh!« Wie ein perfekt abgerichtetes Gespann drehten sich alle gleichzeitig um und verschwanden wieder im Feld. Er wandte sich zu Ben um und verschränkte die Arme vor der Brust.

Ben ließ die Pistole sinken. Er sprach aus dem Mundwinkel zu Ashley. »Was hältst du davon, Ash?«

»Ich bin mir nicht sicher«, raunte sie staunend. »Aber ich glaube, wir haben gerade einen unserer Höhlenbewohner kennen gelernt.«

Ein Ohr des Wesens richtete sich in die andere Richtung. Es schien zu lauschen. Dabei senkten sich langsam seine Lider. Nach wenigen Sekunden öffneten sie sich wieder. Es drehte sich auf dem Absatz um und ging mit rollendem Gang fort.

Ashley beobachtete es. Wie gern hätte sie seine Beckenstruktur abgetastet. Irgendetwas stimmte damit nicht. Es passte zu keiner Spezies von Hominiden. Wer war das? *Was* war das?

Das Wesen ging ein paar Meter weit, hielt an und drehte sich nach ihnen um. Wieder verschränkte es die Arme vor der Brust. Es wartete.

»Ich glaube, es möchte, dass wir ihm folgen«, sagte sie und ging los.

Ben hielt sie am Ellbogen fest. »Wir haben keine Ahnung, wo es uns hinbringen wird«, flüsterte er. »Wissen wir, ob wir nicht schon für heute Abend auf dem Speiseplan stehen?« Er sprach nun lauter und rief der wartenden Gestalt zu: »Warte mal einen Moment, mein zottiger Freund. Wohin geht die Reise?«

Das Wesen schaute Ben an, drehte sich um und ging weiter. Ashley starrte ihm nach. Sie musste mehr über dieses Lebewesen herausbekommen. Da sie nichts zu verlieren hatten, entschied sie sich, ihm zu folgen, und rief Ben zu: »Ich glaube, wir sind in Sicherheit. Die Wolfstiere hätten uns töten können, wenn es uns etwas hätte antun wollen.«

Ben schüttelte den Kopf, folgte ihr aber vorsichtig.

Während sie mehrere Meter hinter ihrem Begleiter herliefen, führte der sie auf einen schmalen Pfad, der durch das gelbe Feld führte. Bevor das Wesen diesen Weg betrat, zückte es einen langen Dolch aus seinem Gürtel, dem einzigen Kleidungsstück. Die Klinge bestand aus einer langen kristallenen Scherbe. Diamant!

Ben hielt Ashley mit dem Arm zurück. Offenbar befürchtete er, das Wesen würde angreifen.

»Dogaomarubi«, sagte ihr Begleiter, als wollte er etwas erklären, und hob das Messer.

Ben nickte. »Aha! Du mich auch, Kleiner. Aber steck dein Fahrtenmesser bitte wieder weg.«

»Mein Gott«, rief Ashley, »es spricht mit uns. Verbale Kommunikation! Unglaublich.«

Das Wesen drehte sich wieder um und führte sie in das gelbe Feld. Die getreideähnlichen Saatkörner, die sich an der Spitze der Stängel befanden, reichten ihm bis über den Kopf, während sie Ashley nur bis zur Brust gingen. Sie musste sich durch die enge Gasse kämpfen und schob mit ihren Schultern die Vegetation zur Seite, während ihr Begleiter sich behände durch die Halme bewegte, scheinbar ohne einen einzigen zu berühren. Ashley fühlte sich wie ein schwerfälliger Elefant. Nach einer Stunde schob sie sich nicht mehr durch die Pflanzen, sie stolperte nur noch.

Ben folgte ihr und ächzte bei jedem Schritt, mit dem er sich durch das Dickicht kämpfte. »Ein Himmelreich für eine Machete«, sagte er schnaufend.

»Oder einen fahrbaren Untersatz«, fügte Ashley hinzu. »Ich brauche eine Pause.«

Als wäre ihr Wunsch Befehl, traten sie auf eine Lichtung. Über einen Bach, der den Weg kreuzte, führte eine Steinbrücke. Ihr Begleiter wartete am Fuß der Brücke und setzte sich auf einen Stein. Den Dolch hielt er in der Hand. *»Dogaomarubi«*, wiederholte er. Er zeigte auf zwei runde Felsen.

Ashley warf Ben einen fragenden Blick zu. Ben schaute ihren Führer an.

Sie sah, dass er ihnen gestikulierend mitteilte, sich hinzusetzen. *»Dogaomarubi«,* sagte er mit noch mehr Nachdruck.

»Er will, dass wir uns setzen«, sagte Ashley, setzte sich auf einen der Steine und setzte ihren Rucksack ab. »*Dogaomarubi* heißt wahrscheinlich ›Ruhepause‹.«

Ben hockte sich auf den Felsblock neben sie und ließ seinen Rucksack mit einem Seufzer vom Rücken gleiten. »Das war Zeit.«

Das Wesen ging zu Ben und bot ihm seinen Dolch an.

Ben nahm ihn. »Danke …« Zu Ashley gewandt sagte er: »Ist das ein Geschenk? Muss ich ihm jetzt auch was geben?«

»Weiß ich nicht. Das ist von Kultur zu Kultur unterschiedlich. Manchmal ist es auch eine Beleidigung, ein Geschenk mit einem Geschenk zu erwidern.«

»Was mache ich denn jetzt? Soll ich irgendetwas damit anstellen? Mir die Handfläche aufschneiden? Sein Blutsbruder werden?«

Sie zuckte mit den Achseln.

Ihr Begleiter starrte sie während ihrer Unterhaltung an. Seine Ohren drehten sich immer wieder vor und zurück, als sie sprachen. Schließlich gab er ein lautes Grunzen von sich, ging auf Ben zu und schnappte sich den Dolch. Er kniete sich vor Ben und zog dessen Hosenbein hoch.

Ben wollte sein Bein zurückziehen – da wurde er starr vor Schreck.

Ashley sah es auch und schnappte nach Luft. »Was ist das?« Sie ging hinüber, um es sich genauer anzusehen, und bückte sich neben Ben. Eine schwarze Nacktschnecke, so groß wie ein Handteller, klebte an seinem Schienbein. Sie sah, wie ihr Körper wellenförmig erzitterte und ein paar Millimeter größer wurde.

Ihr Begleiter setzte das Messer an und löste das Tier geschickt von Bens Bein. Die Saugnäpfe hielten sich zuerst stur fest, sprangen dann aber ab. Zwei kleine rosa Kreise mit nadelstichartigen Löchern in der Mitte markierten die Stelle, wo das Tier gesessen hatte. Ein paar Tropfen Blut sickerten heraus.

»Scheiß Blutegel!«, schrie Ben. Ein Schauder lief ihm über den Rücken. Er schoss hoch und zog sich die Hose aus, das Gesicht angewidert vor Ekel. Fünf weitere Blutegel klebten an seinen Beinen. Ashley verzog das Gesicht, als sie sah, dass sich einer auf seiner rechten Gesäßhälfte festgesaugt hatte. Sie blickte an ihren Beinen hinunter. Plötzlich hatte sie das Gefühl, dass Tausende dieser widerlichen Parasiten ihre Beine hinaufkrabbelten. Auch wenn sie wusste, dass sie sich das nur einbildete, öffnete sie doch rasch ihren Gürtel und stieg aus ihrer Hose.

Sie hielt den Atem an und schaute auf ihre Beine. Zwei schwarze Fladen klebten auf ihrem linken Oberschenkel und einer auf dem rechten. Mist! Wer wusste, welche Krankheiten die Schnecken übertragen konnten.

Ben, mittlerweile nackt von der Taille abwärts, war grün im Gesicht, als der letzte Parasit entfernt war. Als das Wesen fertig war, kam es mit dem Messer zu Ashley.

»Ich kann das selbst«, sagte sie und hielt die Hand auf.

Das Wesen schaute auf ihre Hand, dann zu ihrem Gesicht auf. Mit Nachdruck streckte sie die Hand noch weiter aus. Es hielt inne und schien zu verstehen ... nickte sogar! Dann legte es das Heft des Messers in ihre Hand.

Verfluchte Blutegel! Ashley schob die Messerspitze unter den hinteren Saugnapf und hebelte den Leib des Egels hoch, bis sie an den vorderen Saugnapf gelangte. Sie musste ein wenig daran zerren, bis sich der letzte Saugnapf lösen ließ. Dann trug sie den Blutegel mit dem Diamantdolch zum Bach und warf ihn hinein, wie es das Wesen vorgemacht hatte. Danach machte sie sich an die beiden anderen Egel heran.

Kaum hielt sie den letzten schwarzen Parasiten auf der Schneide des Messers, nahm das Wesen den Egel vorsichtig zwischen die Finger einer Hand, zeigte mit der anderen darauf und sagte: *»Dogaomarubi!«* Dann warf es den Egel ins Wasser.

Ben zog seinen Gürtel zu. »Ich glaube nicht, dass *Dogaomarubi* ›Ruhepause‹ heißt. Ich glaube, es heißt eher ›verfluchter Blutegel‹.«

Ashley nickte, während sie sich den Rucksack aufsetzte.

»Hast du bemerkt, dass er die Parasiten nicht getötet hat? Wie vorsichtig er sie mit dem Messer gelöst hat? Ich habe einen der Egel im Wasser beobachtet. Er saugte sich mit Wasser voll und bewegte sich dann wieder ins Feld hinein.«

»Ja und?«

»Ich glaube, man braucht sie, um die Felder zu betreiben, so wie ein Farmer Bienen braucht. Sie nutzen die Egel in irgendeiner Form zur Bewässerung. Sozusagen als eine Art biologisches Werkzeug.«

Ben durchfuhr ein Schauder. »Wunderschön, nur zapfen dir Bienen nicht das Blut ab«, murmelte er.

Ashley rollte die Augen und folgte ihrem Begleiter über die Brücke wieder in das Feld hinein. Nach einer Stunde erblickten sie in der Ferne eine Herde tapsiger Tiere, die dort anscheinend weideten. Sie hoben ihre klobigen Köpfe, die auf kurzen Hälsen saßen, und starrten ihnen nach, als sie vorbeigingen.

»Sehen aus wie Wallabys auf Hormondiät«, sagte Ben.

»Turituri«, sagte ihr Begleiter und zeigte auf die Tiere. Ashley nickte. Sie war fasziniert von dem Ökosystem, das sich hier entwickelt hatte. Phytoplankton und vulkanische Gase stellten die grundlegenden Energieressourcen dar, die eine Nahrungsmittelkette in Gang setzten, die auf Pilzen und Mikroorganismen basierte. Dieses System musste unglaublich zerbrechlich sein und eine stetige Manipulation erfordern, um aufrechterhalten zu werden. Wie die Blutegel nahm jeder Organismus eine Schlüsselposition zur Stabilisierung und zum Schutz der Umwelt ein.

Sie betrachtete den Rücken ihres Begleiters. Wie viel Intelligenz erforderte es, dieses Ökosystem funktionsfähig zu halten? Nur durch reinen Zufall konnte dieses System nicht so reichhaltig und vielfältig gedeihen.

Als sie weitergingen, stieg plötzlich ein Vogelschwarm auf. Schnell wie der Blitz holte ihr Begleiter eine Schleuder hervor, feuerte einen Stein ab und schoss einen Vogel herunter. Er rannte ins Feld, um seine Beute zu holen, und kehrte kurz darauf mit dem Vogel im Gürtel zurück. Ashley starrte auf seinen Fang. Keine Federn. Was sie für einen Vogel gehalten hatte, war eine Eidechse mit Flügeln.

Ben hatte den »Vogel« auch in Augenschein genommen. »Ich hoffe, das ist nicht unser Abendessen.«

»Schmeckt wahrscheinlich wie Hühnchen«, sagte sie und zog ihn weiter.

Ihr Begleiter hielt mehrere Meter vor ihnen an und setzte sich auf den Boden. Ashley folgte seinem Beispiel, hockte sich aber tiefer hin aus Furcht vor Raubtieren. Vorsichtig beobachtete sie die Savanne.

»Was ist los?«, fragte Ben, ließ sich neben ihr nieder und duckte sich auch.

Ashley blickte auf ihren Begleiter. Er hockte ein paar Meter entfernt und entleerte sich am Wegrand. Ashley war sprachlos.

Ben nicht. »Nicht gerade ein diskretes Völkchen, was?«

Nach Beendigung seines Geschäfts reinigte er sich mit einem größeren Blatt aus dem Feld. Dann drehte er sich um, sammelte mit demselben Blatt seinen Stuhl auf und steckte ihn in einen Beutel an seinem Gürtel.

»Aber sehr reinlich«, sagte Ben.

Ashley schüttelte den Kopf. »Konservierung.«

»Was?«

»Die Energievorräte des Ökosystems sind begrenzt. Alles muss wieder verwendet werden. Damit dieses empfindliche System überleben kann, darf man nichts vergeuden.«

»Dennoch ... erinnere mich bitte daran, dass ich unserem Freund nicht die Hand schüttele.«

Ihr Begleiter ging weiter, fast ohne einen Blick zurückzuwerfen. Ashley folgte ihm.

Nach einem Marsch von weiteren zwei Stunden und

zwei Unterbrechungen, um sich der Blutegel zu entledigen, schleppte sich Ashley nur noch im Schneckentempo daher, war in Schweiß gebadet, und jeder Teil ihrer Körpers juckte und piekste.

Ihr Begleiter schaute sie an. »*Daga mond carofi*«, sagte er, und seine Schlitzaugen verengten sich sorgenvoll.

Sie schüttelte verständnislos den Kopf, öffnete ihre Wasserflasche und trank.

Er zeigte auf die ferne Wand, in deren Richtung der Pfad sich nun bog. »*Carofi!*«

Sie wischte sich über die Stirn und blickte mit zusammengekniffenen Augen in die Richtung, in die er zeigte. Man konnte das in Spalten und Zeilen eingeteilte Muster schwarzer Flecken auf der fernen, schattigen Höhlenwand kaum sehen. Sie erkannte das Muster, es glich der Anordnung der Höhlenbehausungen in der Alpha-Höhle. Sogar aus dieser Entfernung konnte sie eine Menge Geschäftigkeit erkennen. Winzige Gestalten kletterten zwischen den Behausungen hin und her.

»Mein Gott, Ben. Schau nur, ein Dorf!«, rief sie.

Ben zog an seinem rechten Ohrläppchen und machte eine merkwürdige Grimasse, eine Mischung aus Überraschung und Furcht. »Hörst du …? Das Summen …?« Er verdrehte die Augen, so dass nur noch das Weiße zu sehen war.

»Ben?«

Er schwankte ein wenig, taumelte und fiel plötzlich ins Feld.

Ben kämpfte gegen die Schwärze an. Er hörte, dass Ashley ihn rief, aber es klang so, als wäre sie in einem tiefen Brunnen, weit weg, und würde immer schwächer. Die Schwärze umfing ihn vollständig.

Er spürte, dass ihn jemand an der Schulter rüttelte, zuerst sanft, dann immer heftiger. Mit flatternden Lidern öffnete er die Augen. Großvater schüttelte ihn noch einmal. »Benny, wir haben keine Zeit für ein Nickerchen. Wir brauchen dich hier gesund und munter.«

Nicht schon wieder, dachte er, als er sich in der vertrauten Höhle umblickte. Felssäulen, die rote kürbisförmige Früchte trugen, umgaben ihn. Er träumte. Aber wie kam das? Sein Großvater war bis auf einen Lendenschurz nackt, und seine Brust war in den Grundfarben bemalt.

»Was willst du?«, fragte er.

»Komm, folge mir.« Großvater stand auf und zeigte auf den Eingang zu einer Höhle, über den jemand einen Stern gemalt hatte. »Hier entlang.« Er ging zum Eingang und kletterte hinein.

Ben wollte ihm folgen, stellte jedoch fest, dass er sich nicht aufsetzen konnte. Er war gelähmt. »Ich kann mich nicht bewegen«, rief er.

Nur eine Stimme aus der Höhle gab ihm Antwort. »Komm, wenn du kannst. Du gehörst zu uns!«

Wieder verschluckte ihn die Finsternis. Er wehrte sich dagegen, dieses Mal erfolgreich. Plötzlich brach Licht über ihn herein, und er blickte in Ashleys besorgtes Gesicht.

»Ben?«, fragte sie. »Was ist passiert?«

»Ich weiß nicht.« Er setzte sich auf. »Ich weiß es nicht.«

Als sie sich dem Lager näherten, starrte Ashley mit offenem Mund die Felswand hinauf. Sie versuchte, die Anzahl der Behausungen, die in die Wand gehauen waren, zu zählen, verzählte sich aber nach einhundert. Die Höhlen konzentrierten sich in einer anderthalb Kilometer breiten, schräg ansteigenden Kurve und bildeten eine Art natürliches Amphitheater.

Die Behausungen reichten ungefähr zwanzig Stockwerke hoch. In Stein gehauene Treppen verbanden die Etagen miteinander, dicke Seile und plumpe Rollen hingen an verschiedenen Stellen vor der Felswand.

Trotz ihrer Ähnlichkeit waren diese Höhlen nicht so spartanisch ausgestattet wie die in der Alpha-Höhle. Hier wirkten sie vielmehr wie komfortable Wohnungen. Die Wände waren mit bunten Stoffen geschmückt, die Eingänge mit fein gemusterten Tüchern verkleidet. Von verschiedenen Stockwerken hingen gewebte Teppiche herab, die fremde Tiere und komplexe Jagdszenen darstellten. Töpferwaren, mit gelben, roten und blauen Farbtönen bemalt, schmückten viele Eingänge.

Ben nahm Ashleys Hand, als sie das gelbe Feld hinter sich ließen und sich der Siedlung näherten. Sie drückte seine Hand. Ihr fiel auf, dass der Felsboden fast glatt poliert war – ob durch jahrelange harte Arbeit oder durch jahrhundertelange Benutzung, war nicht zu erkennen.

Sie folgten ihrem Begleiter durch eine ständig wachsende Anzahl von Schaulustigen. Manche waren vor Ehrfurcht erstarrt und schauten sie mit großen Augen aus einiger Entfernung an, andere stahlen sich heran, um vorsichtig ihre Arme zu berühren oder an ihren Kleidern zu zupfen. Wieder andere versteckten sich hinter ihren Vordermännern und schauten ihnen verstohlen über die Schulter. Ashley blickte zur Felswand hoch, die sie umgab. Dort hatten die Bewohner mit kleinen Händen die Vorhänge zur Seite geschoben, um sie anzustaunen. Von den gemeißelten Stufen zwischen den Etagen schauten tausende neugierige Gesichter auf sie hinab.

Kleinkinder tollten um die Beine ihrer Eltern herum.

Wie ihr Begleiter waren alle nackt. Einige trugen jedoch einfache Halsbänder und andere Kappen, die aus rotem Stoff gefertigt waren. Eine Gruppe Männer, alle mit schwarzgrauen Haaren, hatte eine Art geschliffenen Knochen quer durch die Nase.

Ihr Begleiter blieb stehen, kniete sich auf einen Stein, beugte den Kopf und wartete.

Ashley und Ben standen hinter ihm. Während sie ihrem Begleiter über die Schulter schauten, erregte ein erwachsenes Weibchen ihre Aufmerksamkeit. Sie war etwas weniger behaart als ihr Begleiter, doch waren ihre hängenden Brüste nackt, mit großen braunen Warzen, die ihren gewölbten Bauch berührten. Sie zeigte alle Anzeichen einer Schwangerschaft. Ashley wollte den Blick gerade abwenden, als sie eine plötzliche Bewegung wahrnahm. Eine kleine Hand erschien aus einer Bauchfalte der Frau. Die Hand fuhr hoch und ergriff ein Büschel Fell unterhalb einer Brust. Daran zog sich ein wimmernder Säugling, rosa und haarlos, aus ihrem Bauch und begann an ihrer Brust zu trinken. Die Mutter schien es gar nicht wahrzunehmen und starrte weiterhin Ashley an. Ashley schaute fasziniert zu. Der Säugling, der von dem Aufruhr unruhig wurde, verschwand wieder in seinem Versteck. In einem Beutel!

»Schau nur, Ben«, sagte Ashley, und die Zuschauer wichen einen Schritt zurück, »die Mutter dort drüben. Sie trägt ihr Baby in einem Beutel unter ihrem Bauch.«

»Na und? Hast du die Wachen am Eingang gesehen? Die mit den Speeren und den Wolfswesen an der Leine? Wenn wir hier raus wollen, haben wir ein Problem.«

»Mir egal. Mich kriegt man hier sowieso nur mit Gewalt wieder fort. Hier gibt es einfach zu viel zu entdecken. Kannst du dir vorstellen, was das bedeutet?« Sie wies mit dem Kopf auf die Frau.

»Was denn?«

»Nur Beuteltiere, also Marsupialier, tragen ihre Jungen in Beuteln. Diese Lebewesen müssen Beuteltiere als Vorfahren haben!«

»Klasse, wir sind von einem Haufen Kängurus eingefangen worden.«

Sie ignorierte seine Bemerkung und dachte weiterhin laut vor sich hin. »Die riesigen Bestien, die uns angegriffen haben, waren ebenso eine Spezies früher Beuteltiere. Es scheint, als wären alle Nischen dieses Ökosystems mit unterschiedlichen Beuteltierarten besetzt. Aber wie sind sie nur hierher gelangt? Wie haben sie überlebt?«

Ben zuckte die Achseln.

»Mensch, überleg doch einmal, Ben. Ein komplettes Ökosystem aus Beuteltieren, unbeeinflusst und fern vom Wettbewerb der übrigen Säugetiere, hat sich hier entwickeln können. Die Evolution hat in diesen Höhlen einen vollkommen anderen Weg eingeschlagen.«

In diesem Moment verstummte die flüsternde Menge. Vollkommene Stille herrschte. Ben stieß Ashley an und deutete nach vorn.

Eine hoch aufgerichtete Gestalt schritt aus dem Eingang zum größten Haus. Das Wesen war schwarzhaarig, hatte jedoch vereinzelte graue Flecken in seinem Bart. Seine Augen waren von einem derart satten Gelb, dass sie zu glühen schienen. Das Wesen war einen Kopf größer als ihr Begleiter, seine Schultern waren breit und muskulös. In der rechten Hand trug es einen Stab, der größer war als es selbst. Auf der Spitze saß ein Rubin so groß wie eine Grapefruit.

Nun hob ihr Begleiter den Kopf und begann, hastig zu sprechen. Der andere, eindeutig der Anführer der Gemeinschaft, ließ ab und zu ein Wort fallen. Ashley verfolgte neugierig den Wortwechsel und fragte sich, um was es ging. Ihr Begleiter endete mit einem letzten Brummen und senkte den Blick wieder auf den Stein vor sich.

Der Häuptling wandte sich ihnen zu, blickte zuerst Ashley, dann Ben an. Er schien sie ausgiebig zu mustern und kratzte sich dabei geistesabwesend am Bauch. Dann bellte er ihnen etwas zu. Während seine Worte für Ashley und Ben unverständlich waren, schnappte die Menge hörbar nach Luft und wich einen Schritt zurück. Manche schossen sogar davon und huschten hinter die Vorhänge.

Ashley schaute Ben an.

Er zuckte mit den Schultern und flüsterte: »Ich glaube, das bedeutet nichts Gutes.«

Der Häuptling stampfte mit seinem Stab auf den Boden und drehte sich um.

In dem Moment tauchte eine zerbrechliche Gestalt mit zottigen silbergrauen Haaren aus der Nachbarhöhle auf. Er ging so langsam und vorsichtig, dass Ashley glaubte, sie würde seine Gelenke quietschen hören. Wie der Anführer hatte auch er einen Stock, doch ganz im Gegensatz zu ihm benutzte er ihn, um sich bei jedem Schritt mit seinem ganzen Gewicht darauf zu stützen. Außerdem war sein Stab mit einem pfirsichgroßen Diamanten besetzt.

Als er näher kam, bemerkte Ashley das Muster, das in roten und gelben Farbtönen auf seine Brust gemalt war.

Ben wurde plötzlich unruhig. »Ich schnappe gleich über.«

»Psst«, zischte sie, »es ist bestimmt nicht höflich, jetzt zu reden.«

Der Greis schaute sie an. Auch wenn sein Körper offenbar alt und verbraucht war, ließen seine Augen eine scharfe Intelligenz und einen regen Geist erkennen. Er schaute Ben an, nickte ihm zu und sprach dann zum Anführer.

Ben zog sich einen Schritt zurück. »Ashley, ich habe das Muster schon einmal gesehen. Das Muster auf der Brust des Tattergreises.«

»Was? Wo?«, flüsterte sie.

Er schluckte schwer und sagte mit zitternder Stimme: »In … einem Traum. Auf der Brust meines … toten Großvaters.«

Sie nahm seine Hand. »Hör zu, darüber reden wir später. Im Augenblick sollten wir lieber herausfinden, was sie mit uns vorhaben.«

Während ihres Flüsterns war die Diskussion zwischen dem Alten und dem Anführer heftig geworden. Sie sprachen mit lauter Stimme und gaben ihren Argumenten Nachdruck, indem sie mit ihren Stäben heftig auf den Boden stießen. Schließlich entblößte der Anführer seine Zähne, zerbrach seinen Stab über dem Knie und stürmte davon.

»Und jetzt?«, fragte Ben.

Der Alte blickte sie an und richtete den Stab auf sie. Er sagte nur ein Wort: »Tod.«

22

Während Michaelson von seinem winzigen Zufluchtsort aus den Tunnel im Auge behielt, schlief er vor Erschöpfung fast ein. Stunden waren vergangen, seit Ben und Ashley aufgebrochen waren und ihn allein gelassen hatten. Angestrengt lauschte er nach einem Zeichen der Verfolger. Nichts. Die Stille dröhnte in seinen Ohren.

Er seufzte. Wenigstens war der pochende Schmerz in seinem Knöchel nur noch ein leises Protestieren. Irgendwann müsste er die Schiene richten, doch im Augenblick war er einfach zu müde dafür. Er schloss die Augen, um sich besser konzentrieren zu können. Doch außer Stille nahm er nichts wahr.

Er musste gähnen, und das Kinn sackte ihm auf die Brust. Er schüttelte den Kopf, um wach zu bleiben.

Ein prüfender Blick in den Tunnel – alles in Ordnung. Nach mehreren Minuten, die ihm wie eine Ewigkeit vorkamen, fielen ihm die Augen wieder zu. Er atmete nun tief und befand sich in dem unscharfen Grenzbereich zwischen Traum und Wirklichkeit.

In diesem Augenblick streifte etwas seine Hand.

Sofort waren seine Augen offen, und er warf den Kopf zurück. Beinahe hätte er sich an der Felswand gestoßen. Er fingerte an seinem Gewehr herum und richtete es – auf einen Mann in einer zerlumpten Uniform der US Marines! Die Ärmel waren an den Schultern abgerissen. Das war unmöglich. Er zwinkerte ein paar Mal. Das muss ein Traum sein, dachte er. Aber die Gestalt blieb und lächelte auf ihn herunter.

Michaelson blickte in die Augen seines verschollenen Bruders. »Harry? Mein Gott, du lebst!«

Sein Bruder schob den Lauf von Michaelsons Gewehr mit dem Finger zur Seite. »Wenn du abdrückst, nicht mehr«, sagte er mit einem müden Grinsen.

Michaelson warf das Gewehr in die Ecke, ignorierte den Schmerz in seinem Knöchel, sprang auf und umarmte seinen Bruder ungestüm. Nur mit Anstrengung hielt er die Tränen zurück. Er betete darum, dass er nicht träumte. Doch das belustigte Glucksen seines Bruders war keine Einbildung. Es war Wirklichkeit. »Gott sei Dank, Gott sei Dank«, jauchzte Michaelson an Harrys Schulter.

»Brüderchen, du hast uns ganz schön auf Trab gehalten«, sagte Harry, löste sich aus der Umarmung und fuhr sich mit der Hand durch die schwarzen Haare.

Lächelnd registrierte Michaelson diese vertraute Geste, die er seit Ewigkeiten nicht mehr gesehen hatte. Jahrelang hatte Harry den Bürstenschnitt der Armee getragen, doch nach all den Monaten hier unten war diese Angewohnheit wie ein alter Freund zurückgekehrt.

Michaelson war für einen Moment lang unfähig zu sprechen. Um ein Haar hätte er seinen Bruder noch einmal in die Arme geschlossen, doch da bemerkte er die Narbe, die sich über die ganze Länge seines rechten Arms zog. Sie war rosa und aufgeworfen, offenbar erst kürzlich verheilt. Er streckte die Hand aus und berührte sie. »Was ist passiert?«

Harry wurde sachlich. Michaelson blickte prüfend in das Gesicht seines Bruders und bemerkte die Ringe unter seinen blauen Augen. Seinen ruhelosen Blick. Er hatte an Gewicht verloren; die Reste seiner Uniform schlackerten an seinem Körper.

»Das ist eine lange Geschichte«, sagte Harry.

»Nun gut, die Zeit sollten wir uns nehmen.«

»Nein, auf keinen Fall. Wir müssen uns beeilen. Die *Cra'kan* sind ganz in der Nähe.«

»Die wer?«

»Diese Bestien.« Harry bedeutete ihm zu folgen. »Pack deinen Ranzen, Soldat, wir rücken aus.«

Michaelson warf ihm das Gewehr zu und kletterte in die Nische, um seinen Rucksack und seine Wasserflasche einzusammeln. Als er wieder herauskroch, sah er, wie sein Bruder das Gewehr mit einem anerkennenden Lächeln bewunderte. Harry gab ihm die Waffe widerwillig zurück. »Nettes Gerät. Hätte ich gebrauchen können, als ich die Wissenschaftler eskortierte. Vielleicht wäre es dann ...« Er schwieg, und seine Miene verfinsterte sich.

Michaelson trat von hinten an ihn heran und legte ihm die Hand auf die Schulter. Er wurde den Verdacht immer noch nicht los, dass sein Bruder im nächsten Moment mit einem Knall verschwinden und sich in Rauch auflösen würde, als triebe ein Gespenst mit seinem Abbild Schabernack. Er bemerkte, dass Harrys Hände leer waren. Wie hatte er hier nur ohne Waffe überlebt? »Ich habe noch eine Waffe in meinem Rucksack ...«, setzte er an.

»Nicht nötig. Ich habe Freunde.«

Freunde? Michaelson ließ den Blick durch den leeren Tunnel schweifen, während er sich den Rucksack auf den Rücken setzte. Wovon redete Harry?

Harry knurrte plötzlich etwas, das seinem Bruder einen Schauder durch Mark und Bein jagte. Ein unmenschliches

Geräusch, halb Jaulen, halb Stöhnen, tief und durchdringend. Michaelson starrte ihn entgeistert an. Hatte er während der Isolation hier unten den Verstand verloren?

Harry drehte sich zu ihm um und sagte ernst: »Schieß bitte nicht auf sie.«

»Wovon zum Teufel sprichst ...« Weiter hinten im Tunnel entstand plötzlich Bewegung. Kleine, menschenähnliche Gestalten, von den Felsen kaum zu unterscheiden, kamen auf sie zu. Ihre Messer und Speere schimmerten im grünlichen Licht des Schimmels. Michaelson hörte, wie hinter ihm ein Stein über den Boden kullerte. Als er sich umblickte, sah er, dass sich noch mehr näherten. »Harry?«

»Es sind Freunde. Sie haben mir das Leben gerettet.«

Eines der Wesen trat aus der Menge hervor. Es blickte unverwandt auf Michaelson, während es sich auf Harry zubewegte. Michaelson hielt das Gewehr fest in der Hand. Das Wesen war nackt, nur etwa einen Meter zwanzig groß, aber drahtig und muskulös. Sein scheckiges, sandfarbenes Haar war mit einem blutroten Kopftuch zurückgebunden. Große Augen musterten ihn von Kopf bis Fuß, während sich seine abstehenden Ohren wie Radarschüsseln in alle Richtungen drehten.

Während sich die kleine Gestalt näherte, betrachtete Michaelson abwägend ihre Bewaffnung. In einem Gürtel um die nackte Taille steckte ein langes Messer mit einer derben Klinge aus Kristall. Mit ihrer vierfingrigen Hand hielt sie einen langen Speer.

Michaelson beobachtete, wie das Wesen Harry den Speer reichte. Dann zog es sich zurück.

»Wer sind ... nein, *was* sind sie?«

»Sie nennen sich *Mimi'swee*.«

Einer der *Mimi'swee* eilte von hinten herbei, so dass Michaelson erschrak, drückte sich an ihm vorbei und ging auf Harry zu. Er zeigte mit dem Finger nach hinten. »*Doda fer'ago*«, sagte er, »*doda cra'kan!*«

Harry blickte seinen Bruder an. »Er sagt, wir bekommen Gesellschaft. Sie haben unsere Witterung aufgenommen und rücken uns auf den Pelz. Zeit zu verduften.«

Wie auf Stichwort ertönte ein Brüllen hinter ihnen. Ein zweites und ein drittes erklangen als Antwort aus allen Richtungen. Sie waren eingekesselt.

Michaelson dachte daran, dass Ashley und Ben im Labyrinth der Tunnel herumirrten. Er trat zu Harry. »Hör zu, ich habe Kollegen und ...«

»Ich weiß. Wir haben ein kleines Team meiner Freunde hinterhergeschickt.« Er deutete mit dem Daumen nach vorn. »Man hat dafür gesorgt, dass sie in Sicherheit sind.«

»Wo?«

Ein zweites Mal hallte das Gebrüll durch die Gänge. »Ich zeige es dir. Komm jetzt, bevor wir zum Abendessen verspeist werden.«

Michaelson blieb nahe bei seinem Bruder. Die kleinen Gestalten wirbelten um ihn herum, manche rannten vorbei, um voraus zu laufen, andere blieben hinter ihm, um den Rückzug zu decken. Er bemühte sich, Schritt zu halten, und biss die Zähne fest zusammen, aber sein kaputter Knöchel meldete sich schon bald und protestierte schmerzhaft. Allmählich entstand ein Abstand zwischen ihm und seinem Bruder.

Harry verlangsamte seinen Schritt, packte Michaelsons Arm, legte ihn sich um den Nacken und stützte ihn auf der verletzten Seite. Mittlerweile liefen nur noch zwei oder drei der kleinen Jäger hinter ihnen. »Ich lasse dich nicht zurück, Dennis.«

»Ich behindere dich nur. Ich bin nicht gekommen, damit du stirbst.«

»Halt den Mund, Bruderherz. Heute wird keiner sterben.« Harry drückte Michaelsons Schulter. »Wie wir hier so eng umschlungen daherhumpeln, das erinnert mich an das dreibeinige Rennen in Kearney, wo wir das blaue Band auf der Kirmes gewonnen haben.«

Michaelson verzog das Gesicht vor Schmerz und spuckte aus. »Weil du geschummelt hast!«

»Trotzdem hast du das Band nicht zurückgegeben.«

Plötzlich entstand hinter ihnen ein Aufruhr. Einer der Jäger huschte zu ihnen und knurrte Harry etwas zu. Harrys Gesichtsausdruck wurde ernst. Er antwortete etwas Unverständliches. Der Jäger nickte und machte, dass er vorwärts kam. Nur noch ein kleiner Jäger war nun hinter ihnen.

»Was hat er gesagt?«

»Einer der *Cra'kan* versucht, die Lücke zu schließen. Wir sind noch lange nicht in Sicherheit.«

Michaelson knirschte mit den Zähnen. Jetzt hatte er seinen Bruder wieder in Gefahr gebracht. »Ich habe dir gesagt ...«

»Ja, ja, du hast schon immer Recht gehabt.« Harry unterbrach ihren schlurfenden Marsch. Der letzte Jäger, mit schwarzem Fell und einer Narbe auf der rechten Wange, blieb neben Harry stehen. »Dennis, geh voraus und hol auf, so viel wie du schaffst. Nob'cobi und ich versuchen, sie aufzuhalten und etwas Zeit für die anderen rauszuschinden.«

»Zum Teufel damit. Ich habe das Gewehr.«

»Ja, aber ich habe die Erfahrung. Und nun mach, dass du fortkommst!«

Michaelson kannte den sturen Ausdruck in den Augen seines Bruders. Da war Streiten zwecklos. »Na, dann nimm wenigstens mein Gewehr.«

Harry schüttelte den Kopf. »Du wirst es vielleicht brauchen.« Er hob den Speer, den er bisher in der rechten Hand gehalten hatte. »Außerdem schmälert der Gebrauch nicht traditioneller Waffen unsere Chance, *Il'jann* zu gewinnen.«

»Was?«

Harry scheuchte ihn fort. »Das ist so eine Art Trophäensammeln. Ein Maßstab für Ehre.« Jetzt hörten sie das Geräusch trappelnder Krallen auf Stein aus dem Tunnel. »Jetzt hau ab!«

Michaelson nickte und lief los. Auf keinen Fall würde er seinen Bruder nur mit einem Speer kämpfen lassen. Sobald er den ersten Seitengang erreichte, hockte er sich hinein und blickte zurück. Sein Bruder und der Jäger steckten ihre Köpfe zusammen. Die kleine Gestalt gestikulierte mit den Händen und nickte.

Michaelson ließ seinen Rucksack fallen, nahm das Gewehr und legte sich flach in den Tunnel. Er zielte den Gang hinunter. Er wartete und lauschte auf das anschwellende Getrappel der nahenden Bestie. Sein Bruder ging plötzlich in Angriffsposition und richtete den Speer nach vorn. Anscheinend hatte er etwas gesehen, was Michaelson aus seiner Position nicht wahrnehmen konnte. Der kleine Jäger drückte sich flach gegen die Höhlenwand. Harry steckte das Heft des Speers in eine Vertiefung im Boden, die Klinge war den Tunnel hinab gerichtet. Er hockte sich hin und hielt den Speer fest.

Ein wütendes Brüllen schallte durch den Gang. Dann stakste die Bestie ins Blickfeld, füllte den gesamten Tunnel aus, so gigantisch, größer als alle, die Michaelson bisher gesehen hatte. So schwarz, als wäre sie in Pech getaucht worden, fuhr sie mit dem Kopf nach vorn und wieder zurück und schnaubte laut. Als sie Harry entdeckte, blieb sie still stehen und verlagerte das Gewicht auf die muskulösen Hinterbeine. Sie machte einen Schritt zurück, reckte den langen Hals nach vorn, öffnete das Maul und brüllte.

Harry rührte sich keinen Millimeter und antwortete mit einem eigenen Kampfschrei: »Zur Hölle mit dir!«

Ein feines Lächeln umspielte Michaelsons Lippen. Dieser verrückte Hund fürchtete weder Tod noch Teufel. Michaelson, der auf dem Bauch lag, kniff die Augen zu schmalen Schlitzen zusammen, legte den Kolben des Gewehrs an seine Schulter und blinzelte durch das Visier. Sein Bruder stand in der Schusslinie. Scheiße!

Mit zornigem Gebrüll stürmte die Bestie auf seinen Bruder zu. Michaelson blieb keine Zeit zu reagieren. Harry duckte sich, als sie nach ihm schnappte, machte sich sprungbereit, während sich die Bestie selber pfählte und der Speer ihr tief in die Brust fuhr, und rollte zur Seite.

In diesem Moment sprang Nob'cobi, der kleine Jäger, von der Wand fort und rittlings auf den Nacken der Bestie. Er hielt ein langes Messer in der Hand. Wie der Teufel stach er mit dem Messer auf ihre Augen ein.

Im Todeskampf bäumte sich die Bestie brüllend auf, warf den Kopf zurück und schleuderte den Jäger hinunter. Das Messer ragte noch aus ihrem linken Auge.

Der kleine Jäger landete hart, kroch aber schnell fort von dem peitschenden Schwanz, zu Harry hin.

Mit dem unverletzten Auge entdeckte die Bestie Nob'cobi und schnappte nach ihm. Harry wollte schneller sein und ihn aus ihrer Reichweite ziehen, aber er griff ins Leere. Sie hatte Nob'cobi bereits geschnappt. Dennoch hielt Harry mit der abgebrochenen Hälfte seines Speers auf sie zu und wollte anscheinend den scharfkantigen Rest als Waffe benutzen, um seinen Freund zu befreien.

Michaelson knirschte mit den Zähnen. Sein Bruder stand erneut ein wenig in der Schusslinie, denn er wollte Nob'cobi offensichtlich nicht den Zähnen der Bestie überlassen. Der Teufel soll ihn holen! Michaelson hielt den Atem an, kniff die Augen zusammen und drückte ab. Der Gewehrschuss donnerte ohrenbetäubend durch den engen Tunnel.

Alle erstarrten bei dem plötzlichen Knall. Harry hielt

mitten im Stoß inne, den abgebrochenen Speer in der erhobenen Hand. Die Bestie blieb in der Bewegung stehen.

»Harry!«, brüllte Michaelson. Seine Stimme brachte wieder Leben in die Szene. Die Bestie brach zusammen, tot, eine Kugel im Kopf. Im Fallen ließ sie ihre Beute los, und Nob'cobi purzelte aus ihrem Rachen. Harry rannte auf seinen Freund zu.

Michaelson kroch aus seinem Versteck und ging auf seinen Bruder zu, ließ aber dabei den leblosen Körper, der den Durchgang versperrte, nicht aus den Augen. »Wie geht es ihm?«

Harry half dem kleinen Jäger aufzustehen. »Er wird am Leben bleiben. Das sind zähe Burschen. Er hat nur ein paar Löcher in der Schulter, sonst keine ernsthaften Verletzungen.«

»Gut.« Michaelson kniete sich neben den *Mimi'swee* und legte ihm eine Hand auf die unversehrte Schulter.

Harry hockte sich auf die Fersen. »Dennis, ich habe dir doch gesagt, dass du dich davonmachen sollst.«

Michaelson runzelte die Stirn. »Ich bin nicht nur dein älterer Bruder, sondern bekleide auch den höheren Dienstrang.«

»Na, im Augenblick bin ich geradezu glücklich darüber, dass du die Karriereleiter schneller als ich erklettert hast. Andernfalls hättest du vielleicht auf mich gehört.« Dann schaute er ihm ernst in die Augen und sagte: »Danke, Dennis.«

Der kleine Jäger stieß plötzlich unverständliches Zeug hervor und machte ein gequältes Gesicht. Harry nickte ernüchtert. Die kleine Gestalt griff sich an die verwundete Schulter und tauchte einen Finger in das austretende Blut. Dann wandte sie sich zu Michaelson.

»Nob'cobi möchte sein *Il'jann* mit dir teilen«, erklärte Harry. »Das ist bei seinem Volk eine besondere Ehre. So etwas wie Blutsbruderschaft.«

Der pelzige Jäger streckte den Arm aus und berührte mit dem blutigen Finger Michaelsons Stirn. »Br… Bruder«, sagte er halb knurrend.

23

Khalid beobachtete aufmerksam, wie Linda den Jungen umarmte. Sein Kopf versank unterhalb ihres Kinns. Linda flüsterte tröstende Worte in sein Ohr. Khalid ging zu Blakely hinüber, der leblos auf einem Felsen lag. Blakely hatte die Augen offen und starrte ihn an, sein Atem ging unregelmäßig und rasselnd. Der Wissenschaftler besaß Informationen, die Khalid benötigte, um seine Mission zu beenden. Er kniete sich neben ihn und hielt ihm seine Wasserflasche hin. Dann ließ er ein dünnes Rinnsal in Blakelys Mund laufen.

Blakely schloss die Augen und schluckte gierig, schob die Flasche dann beiseite, so dass Wasser auf seine Brust tropfte. »Danke«, murmelte er.

»Was ist passiert?«, fragte Khalid. »Wie sind Sie hierher geraten?«

Blakely sprach mit geschlossenen Augen, als müsste er sich die Ereignisse ins Gedächtnis zurückrufen. »Das Camp wurde … angegriffen … zerstört.« Er hatte Mühe zu atmen und schnappte mehrmals nach Luft.

Khalids erster Gedanke war, dass ihm jemand zuvorgekommen sein musste. Ein zweiter Agent? Aber er verwarf den Gedanken, als er dem Wissenschaftler weiter zuhörte.

»Riesige Tiere … hunderte … haben das Camp gestürmt. Wir sind mit einem Ponton-Boot entkommen. Und hier an Land gespült worden.«

Khalid machte ein besorgtes Gesicht, als er die schlechten Nachrichten hörte. Verflucht, also gab es noch mehr von ihnen. Er hatte gehofft, die paar, denen sie begegnet waren, wären die einzigen gewesen. Er blickte hoch und betrachtete die Wasserkaskaden. Falls sie ihren Weg hinauf finden sollten, wurden sie von den lauernden Bestien erwartet. Er ging in die Hocke und steckte die Pistole ins Holster.

»Und jetzt?«, murmelte er vor sich hin.

Blakely hörte es und sagte mit immer noch heiserer, aber fester Stimme: »Wir warten. Vertrauen wir auf das Militär. Wenn die erst erfahren, was passiert ist, werden sie kommen und alles durchkämmen. Die werden uns schon finden.«

Khalid kratzte sich an seinen Bartstoppeln. Blakely hatte Recht. Das Militär würde sich *bestimmt* in Kürze in Bewegung setzen, um die Sicherheit der Basis wiederherzustellen. Doch wenn die US Navy die Höhlen hier unten auf den Kopf stellte, würde es für ihn viel schwieriger, wenn nicht gar unmöglich sein, seinen Auftrag zu erfüllen.

Er rieb sich die müden roten Augen, körniger Schmutz juckte unter seinen Lidern. Er musste die Alpha-Basis erreichen, bevor Verstärkung eintraf. Und er brauchte ausreichend Zeit, um die Sprengladungen anzubringen und sich aus dem Staub zu machen. Auch für ihn ein verdammt großer Auftrag.

Vielleicht war das eine Prüfung, die Allah ihm auferlegt hatte. Die Kräfte der Natur nahmen den Kampf mit ihm auf, stellten ihn auf die Probe. Wie sollte er sich sonst die teuflischen Bestien erklären, die sich ihm in den Weg stellten, die zahllosen Hindernisse und Schrecken, die hinter jeder Ecke neu lauerten? Es musste der Allmächtige sein, der ihn prüfte.

Er schloss die Augen und verbarg das Gesicht in seinen Händen. Er betete, bat um Kraft für den Erfolg und um ein Zeichen von Allahs Wertschätzung. Fünf Minuten lang betete er. Das Blut pochte ihm in den Ohren. Doch Allah gab ihm kein Zeichen. Schließlich setzte er sich hin und legte die Hände auf die Knie.

Da, als er die Augen hob, sah er es. Ein Fetzen ölig schwarzen Rauchs drang aus einer Öffnung in der Mitte der Felswand. Khalid reckte sich höher. »Doktor, hat das Camp gebrannt? Gab es viel Rauch?«

Blakely hustete trocken. »Ja, dichten Rauch. Warum?«

Khalid zeigte auf die gegenüberliegende Wand, ein freudiges Lächeln auf seinen Lippen. »Schauen Sie nur, dort! Der Rauch! Das muss der Weg nach oben sein.« Er starrte unverwandt auf die Rauchwolke, als wäre sie ein Finger Gottes.

Linda hielt immer noch Jason im Arm und starrte auf die Tunnelöffnung und die Rauchwolke. In ihr kämpften gegensätzliche Gefühle miteinander: zum einen die Erleichterung darüber, einen Weg hinaus gefunden zu haben, zum anderen die Furcht davor, dass etwas von den Ereignissen durchsickern könnte. Was täte Khalid dann? Wenn Blakely und Jason von seinen Plänen erführen, würde er sie töten.

Sie drehte sich um und blickte Khalid an. Sein Gesichtsausdruck, während er die Felswand hinaufblickte, war merkwürdig exaltiert, seine Augen waren weit aufgerissen und glänzten. Ihr lief ein Schauer über den Rücken, als sich ihre Blicke trafen. Er lächelte sie an. »Es ist fast geschafft«, sagte er.

Sie nickte. Es war alles viel zu schnell passiert. Sie hatte gedacht, sie würden noch Tage damit zubringen, den Weg nach Hause zu finden, was ihr genügend Zeit gegeben hätte, einen Plan auszuarbeiten. Zeit genug, um zu entscheiden, ob sie sein Vorhaben vereiteln oder nur die eigene Haut retten und ihn seiner Wege gehen lassen sollte.

Jemand zog sie am Arm und riss sie aus ihren Gedanken.

Sie blickte zu Jason herab. »Linda, was ist mit meiner Mama? Glaubst du, es geht ihr gut?«

Sie drückte seinen Arm, als er so zu ihr hinaufschaute. Eigentlich sollte sie ihn belügen, ihm sagen, dass alles wieder gut werde, aber Jason war ein aufgewecktes Kind. Er schaute sie mit nüchternen, klaren Augen an, erwartete eine ehrliche Antwort. »Jason, ich weiß es nicht. Aber Ben und Major Michaelson sind bei ihr. Sie ist in guten Händen.«

Jason nickte.

Khalid berührte ihre Schulter. Ein Schreck durchfuhr sie. Er bedeutete ihr, ihm ein paar Schritte zu folgen, um unter vier Augen mit ihr sprechen zu können. Das Herz schlug ihr bis zum Hals, während sie ihm folgte. Er blickte noch einmal zurück, um sicherzustellen, dass ihnen niemand folgte. »Hör zu, ich möchte, dass wir heute Nacht aufbrechen.«

Ihr Mund wurde trocken. Das ging ihr zu schnell, so als würde ein Güterzug auf einen demolierten Prellbock zurasen. »Aber Blakely ist dazu nicht in der Lage.«

Khalid verzog keine Miene. »Ich hatte nicht vor, ihn mitzunehmen. Den Jungen auch nicht.«

Nun flüsterte sie. »Du hast mir versprochen, niemanden zu töten, wenn ich schweige.«

»Ich töte sie nicht. Ich lasse sie nur zurück.«

»Macht das einen Unterschied?«

Er zuckte mit den Achseln. »Wie gesagt, wenn sie etwas von meinem Plan erführen, wäre ich gezwungen, sie zu töten. Indem wir sie zurücklassen, haben sie wenigstens die Chance durchzukommen.«

Während sie Khalid anstarrte, stellte sie sich vor, wie Jason verhungerte und Blakely von einer Bestie aufgefressen wurde. Wie leichtfertig er Jason und Blakely zu einem langsamen Tod verurteilte. Wo hatte diese Bestie ihr Herz? Sie schluckte. »Ich hasse das.«

»Wir brechen auf, wenn die beiden eingeschlafen sind«, flüsterte Khalid ihr ins Ohr, so, wie ein Liebhaber seiner Geliebten Liebesschwüre zuraunt. »Du musst ihnen dabei nicht in die Augen schauen.«

Seine Worte drohten sie um den Verstand zu bringen. Wie konnte er nur so beiläufig ihren Tod planen? Sich einfach in der Nacht davonschleichen? Wie konnte er nur …?

Da hatte sie eine Idee.

Noch überlegte sie, aber sie hatte nicht viel Zeit, und das Risiko war groß. Verzagt biss sie sich auf die Unterlippe. Sie beobachtete, wie Jason lachte, als Blakely etwas zu ihm sagte. Im Licht des Schimmelpilzes konnte sie erkennen, wie Jasons Augen strahlten. Strahlten vor jungem Leben, einem Leben, das zum größten Teil noch vor ihm lag.

Sie schloss die Augen und besiegelte ihren Plan. Sie konnte es schaffen. Nein, sie *würde* es schaffen. »Okay, wir brechen heute Nacht auf«, sagte sie entschlossen.

Während Linda nur so tat, als schliefe sie, waren Blakely und Jason wirklich eingeschlafen, zugedeckt mit ihren Ersatzdecken. Blakely schnarchte und gab dabei ein pfeifendes Gurgeln von sich, das man sogar trotz des Wasserfalls hörte. Linda behielt durch ihre fast geschlossenen Lider Khalids Profil im Auge. Er saß, halb in seinem Schlafsack, an einen Felsblock gelehnt. Sie wartete, sah, wie ihm das Kinn auf die Brust fiel und er es wieder hochriss, als er merkte, dass der Schlaf ihn fast übermannte. Fast.

Linda hatte Khalid dazu überredet, doch ein wenig zu schlafen, und das mit ihrer Erschöpfung begründet. Nur zwei Stunden Schlaf, hatte sie gebettelt. Genug, um Energie für den nächsten Abschnitt ihrer Reise zu sammeln. Er hatte eingewilligt. Dann hatte sie heimlich mehrere Tabletten, die man ihr gegen die Klaustrophobie verschrieben hatte, in Khalids Wasser aufgelöst und darauf geachtet, dass er es austrank. Der starke mineralische Geschmack des hiesigen Wassers verdeckte den der Tabletten. Sie würden ihn nicht umhauen – sie hatten nur eine geringe sedative Wirkung –, aber in dieser Anzahl sollten sie ihn so schläfrig machen, dass er früher oder später beim Wachehalten einnicken musste. Das war alles, was sie wollte.

Sie sah, wie sein Kinn wieder auf seine Brust fiel. Dieses Mal blieb es dort.

Das Blut dröhnte in ihren Schläfen, während sie angespannt in ihrem Schlafsack, der nahe genug bei Khalids lag, lauschte, ob sein Atem in einen regelmäßigen Rhythmus überging. Sie wusste, dass ihr nicht viel Zeit blieb.

Mit quälender Langsamkeit stieg sie aus ihrem Schlafsack. Glücklicherweise verschluckte der Lärm des Wasserfalls die Geräusche ihrer Bewegungen.

Sie schlich an seine Seite, nahm seine Laterne und seinen Helm von einem Felsen nebenan. Ursprünglich wollte sie seine Pistole entwenden, aber er hatte sie in den Schlafsack gesteckt und war darauf eingeschlafen. Sie ihm wegzunehmen wäre jetzt zu gefährlich.

Daher hatte sie den Ersatzplan in Angriff genommen. Sie entfernte die Batterien aus seiner Laterne und seinem Helm. Seine Waffe mag er behalten, dachte sie, aber wir wollen mal sehen, ob er ohne Licht etwas ausrichten kann.

Nachdem sie das erledigt hatte, wandte sie sich dem schlafenden Blakely zu. Sie legte ihre Hand auf seinen Mund und drückte heftig zu, als er erwachte. Sie beugte sich über ihn, legte einen Finger auf ihre Lippen und bedeutete ihm zu schweigen. Nachdem er den Schreck überwunden hatte, nahm sie die Hand von seinem Mund und machte ein Zeichen, dass er ihr folgen sollte … leise. Sie führte ihn mehrere Meter weit weg.

Als sie weit genug gegangen waren, drückte sie ihre Lippen an sein Ohr und hoffte, dass ihre Worte vom Rauschen des Wasserfalls gedämpft würden. »Wir müssen uns fortschleichen. Jetzt. Sind Sie in der Lage dazu?«

Er sah sie aus zusammengekniffenen Augen an. »Ja, aber warum denn? Was ist los?«

Sie berichtete kurz, was vorgefallen war und wie sie zu ihnen gefunden hatten. Als sie damit fertig war, zitterte ihre Stimme.

Blakelys Augen waren während ihrer Geschichte immer größer geworden. »Dieses Schwein! Ich hätte nie geglaubt … Mein Gott, das war mein Fehler. Ich hätte ihn gründlicher überprüfen lassen müssen. Verflucht, bin ich naiv gewesen. Bei allem!«

Der Wissenschaftler sah Jahrzehnte älter als noch vor einer Woche aus. Tief liegende Augen, hängende Schultern, sogar seine Haare schienen grauer geworden zu sein. Sie legte die Hand auf seinen Arm. »Wir müssen jetzt Jason holen und uns davonstehlen.«

Er schüttelte den Kopf. »Warum überfallen wir ihn nicht und nehmen ihm die Pistole ab? Oder schnappen uns einen großen Stein und erschlagen ihn?«

»Er ist ein ausgebildeter Mörder. Eine Killermaschine.« Sie konnte die Angst in ihrer Stimme nicht verbergen. »Wir sind ihm nicht gewachsen. Wenn wir ihn angreifen und nur verletzen, sind wir tot. Es ist am sichersten, wir laufen einfach fort. Versuchen, in einen der dunklen Tunnel zu gelangen, wohin er uns ohne Licht nicht folgen kann.«

»Aber was ist mit den Gefahren, die uns dort draußen erwarten?« Er zeigte auf die Felswand auf der anderen Seite. »Ohne Waffe überleben wir nicht lange.«

Sie legte die Arme um ihren Leib. »Ich weiß. Aber ich nehme es lieber mit unbekannten Gefahren auf als mit ihm.«

»Okay, aber wir reisen mit leichtem Gepäck. Nur Wasserflaschen und Nahrungsmittel.«

Sie nickte. »Holen wir Jason.«

Jason geriet in Panik, als er wach geschüttelt wurde. Er konnte nicht atmen! Wenige Sekunden lang wehrte er sich heftig, dann begriff er, dass es Lindas Hand über seinem Mund war, die ihm die Luft raubte.

Sie bedeutete ihm, leise zu sein und flüsterte ihm ins Ohr: »Ruhig, Jason!«

Er hörte auf zu zappeln, aber sein Herz klopfte immer noch heftig, und der Kopf tat ihm weh. Was war los? Schon wieder Monster? Er schnellte in seinem Schlafsack hoch und sah, wie Blakely die Schachteln mit getrockneten Nahrungsrationen einsammelte. Wie ein Dieb in der Nacht schlich er umher und gab Acht, wohin er seine Füße setzte.

Khalid lag zusammengesunken in seinem Schlafsack. Blakely und Linda warfen immer wieder Blicke auf den schnarchenden Mann. Jason schaute Linda mit fragendem Blick an. Sie legte einen Finger auf ihre Lippen. Er verstand einfach nicht, warum er still sein sollte. Die herabstürzenden Wassermassen machten doch schon genug Lärm. Dennoch tat er, was man ihm sagte, und blieb still sitzen.

In weniger als einer Minute hatten Linda und Blakely drei Wasserflaschen, Stablampen und einen Beutel mit Nahrungsrationen zusammengelegt. Blakely zeigte Linda eine Pistole mit einer breiten Mündung, die er unter den Ausrüstungsgegenständen des Boots gefunden hatte. Eine Leuchtpistole, stellte Jason fest.

Blakely hockte sich neben ihn und flüsterte: »Hör zu, mein Junge, wir müssen uns davonschleichen. Khalid lassen wir zurück. Wir müssen sehr schnell sein. Meinst du, das schaffst du?«

Verwirrt nickte er. An Lindas blassem Gesicht und ihrem nervösen Blick konnte er allerdings erkennen, dass es Grund gab, sich zu fürchten. Er blickte zu Khalid, der wie ein zusammengekauertes Ungeheuer dalag.

Linda und Blakely teilten rasch die zusammengerafften

Sachen unter sich auf und bedeuteten ihm zu folgen. Er stand auf und nahm seine Sporttasche. Blakely blickte auf die Tasche und schüttelte den Kopf. »Lass sie hier«, wisperte er.

Keinesfalls! Er konnte sie tragen. Er war doch kein Baby. Jason schüttelte den Kopf und drückte die Tasche noch fester an sich.

Blakely wollte etwas entgegnen, doch Linda fasste ihn am Arm an und beruhigte ihn. Sie winkte beiden zu, ihr zu folgen. Jason schritt hinter ihr her, und Blakely folgte ihm.

Keiner sagte ein Wort während ihres Marschs, auch nicht, als das Camp hinter den Stalagmiten und Felsbrocken nicht mehr zu sehen war. Die Stille jagte Jason Angst ein, viel mehr Angst als brüllende Bestien und Gewehrsalven. Jedes zufällige Geräusch ließ ihn hochfahren, jedes Knirschen unter ihren Stiefeln klang wie ein Steinschlag, der durch die ganze Höhle hallte. Eine halbe Stunde später, als sie die Geröllhalde erreicht hatten, die zu dem rauchenden Tunnel führte, sprach Linda endlich das erste Wort: »Schaut!« Sie zeigte auf die Öffnung hoch über ihnen. »Der Rauch ist weniger geworden. Das wird uns das Atmen erleichtern.«

»Ja«, sagte Blakely, »doch wird es nun schwerer für uns werden, den Weg nach oben zurückzuverfolgen.« Er machte ein finsteres Gesicht, als er den Hang hinaufblickte.

»Meinen Sie, sie schaffen es?«, fragte Linda.

»Habe ich eine andere Wahl?«

Linda drückte seinen Arm und schaute ihn an. »Jason, was ist mit dir? Kommst du die Felsen rauf?«

»Kinderspiel«, sagte er mit einem Kichern.

»Dann beeilen wir uns besser. Ich weiß nicht, wie lange die Sedativa bei Khalid vorhalten.«

Khalid träumte, dass er am Umhang seiner Mutter zerrte, als sich der schwarze Wüstensturm auf ihr Lager herabsenkte. Er wollte sie vor dem Sturm warnen, aber sie redete ununterbrochen mit den anderen verhüllten Gestalten und merkte nichts von dem nahenden Wind und den Sandmassen, die grollend näher kamen. Er zog an ihrem Umhang, um sie auf sich aufmerksam zu machen, doch sie stieß ihn mit einem Hüftschwung zur Seite. Er lief zur Zeltöffnung und beobachtete den tobenden Wirbelsturm, der den Horizont verwischte. Wieder ging er zu den verhüllten Gestalten, wo auch seine Mutter war. Er schrie sie an, seine Stimme war ein Schilfrohr im Wind. Dieses Mal hörten sie ihn und drehten sich um. Er öffnete den Mund, um seine Warnung zu wiederholen, als er sah, was hinter den Schleiern hervorschaute. Keine Gesichter! Schädel. Gelbe, vom Sand glatt gescheuerte Knochen blickten über die schwarzen Schleier. Aus den Falten der Umhänge kamen Skeletthände hervor, die nach ihm griffen. Er stolperte rückwärts in den Sturm hinein. Ein Schrei blieb ihm im Hals stecken.

Als ihn die ganze Wucht des Sturms traf, fuhr Khalid aus seinem Traum hoch, verwirrt, dass ihm das Grollen gefolgt war. Zuerst hockte er noch zusammengekauert in seinem Schlafsack, bis er begriff, dass das Grollen vom Wasserfall herrührte. Er schluckte schwer und hatte das Gefühl, seine Kehle wäre voller Sand. Mit einem Ruck stieß er sich aus dem Schlafsack und griff nach der Wasserflasche. Sie war fort. Er schoss in die Höhe.

Mit einem Blick auf die leeren Schlafsäcke, die wie abgelegte Schlangenhäute aussahen, erkannte er, dass sie ihn hinters Licht geführt hatten. Er verfluchte sie und hob seine Pistole, als erwartete er einen Angriff. Suchend schaute er herum. Keine Spur. Er blickte zu der Öffnung in der fernen Wand, aus der sich nur noch ein dünner Rauchfaden kringelte. Zumindest wusste er, wohin sie gegangen waren.

Mit dem Fuß sichtete er die Überbleibsel, die sie zurückgelassen hatten. Alle Laternen waren weg, die Batterien auch. Er hatte kein Licht.

Khalid griff in die Hosentasche und holte sein Feuerzeug hervor. Er schnappte es mit dem Daumen auf, und eine Flamme schoss in die Höhe. Mit diesem Feuer würde er seinen Weg finden.

Er presste die Lippen zu einem entschlossenen Lächeln zusammen. Er würde es ihr schon zeigen. Bald würde sie seinen Zorn zu spüren bekommen und ihm um Vergebung anbetteln.

Wie der schwarze Sturm in seinem Traum wäre er ohne Gnade und nicht aufzuhalten.

24

Ashley ging einen Schritt zurück und fragte sich, ob ihr Gehör ihr einen Streich spielte. Wieso sprach dieses Wesen ihre Sprache? Das musste Zufall sein, eine gebräuchliche Abfolge von Lauten, die versehentlich mit einem englischen Wort übereinstimmte.

»Tod«, wiederholte der weißhaarige Alte, zeigte mit dem Stab auf sie und schüttelte ihn heftig vor ihrem Gesicht, als wollte er ihr die Bedeutung einbläuen. Dann setzte er seinen Stab wieder auf den Boden, stützte sich mit seinem ganzen Gewicht darauf und ließ die Schultern traurig hängen. *»Dobori dobi!«,* sagte er schließlich mit trauriger Stimme.

Bei diesen Worten schnappten alle Anwesenden hörbar nach Luft, und Unruhe kam auf. Die wenigen neugierigen Zuschauer, die sich noch um sie gedrängelt hatten, suchten das Weite, verschwanden in ihren Höhlen und zogen eilig den Vorhang vor den Eingang. Keiner lugte mehr hinter einer Ecke hervor.

Nur noch eine verstreute Gruppe kleiner Wesen war übrig geblieben – die mit Diamantspeeren bewaffneten Jäger. Und selbst diese scharrten unruhig mit den Füßen.

Ben neben ihr sagte: »Ash, wir bekommen Ärger.«

Sie blickte ihn an. Seine Augen waren riesengroß. »Ben«, flüsterte sie und fühlte sich von den Wesen beobachtet, »was sollen wir tun?«

»Wie soll ich das wissen? Du bist die Anthropologin.«

»Vielleicht sollten wir ...« Ashley wurde durch ein Geräusch unterbrochen, als der Alte den Stab fest auf den Boden stieß und ihre Aufmerksamkeit auf sich zog.

»Dobori dobi!«, dröhnte er und zeigte mit einem langen, gekrümmten Finger auf Ben. Dann drehte er sich um und humpelte davon.

»Warte!«, rief Ben.

Der Alte wandte sich um und sah ihn an. Es kostete ihn Anstrengung. Offenbar war er erschöpft, hustete keuchend und hatte Mühe, sich mit seinem Stab aufrecht zu halten.

Mit großen, feuchten Augen starrte er Ben an. Er hob einen Finger, berührte damit die Spitze seines Ohrs und senkte dann den Finger auf die Höhe des Musters auf seiner Brust, genau über seinem Herzen. Dann drehte er sich um und hinkte über den kahlen Felsboden durch einen Höhleneingang.

»Ash, kannst du dir darauf einen Reim machen?«

»Ich bin mir nicht ganz sicher. Er wollte uns etwas mitteilen. Nur was?«

Sie schluckte heftig und versuchte, den Klumpen in ihrem Hals loszuwerden. Sie schaute sich suchend um. Nichts. Sie und Ben standen am Rand des gelben Felds. Die Felswand mit den Behausungen umgab sie in einem Halbkreis. Sie ließ den Blick noch einmal schweifen und zählte zehn Wachen, die im Freien geblieben waren und an den Aufgängen zum zweiten Stockwerk standen. Keine Wache hätte sie davon abhalten können, wieder ins Feld zurückzulaufen.

Als sie gerade vorschlagen wollte, abzuhauen und einen Fluchtweg durch die Felder zu finden, erklang von der Felswand her ein tiefes Dröhnen, rhythmisch und langsam. Das tiefe, klangvolle Pochen drang bis in ihr Zwerchfell und ließ ihren Körper wie die Sehne eines Bogens vibrieren. Sie wusste, auch wenn sie sich die Ohren mit den Fingern zuhielt, würde sie das sonore Dröhnen spüren.

»Trommeln«, bemerkte Ben unnötigerweise.

Sie nickte. »Viele Kulturen kündigen Zeremonien und Rituale mit Trommeln an.« Wieder wandte sie sich um und blickte über die Felder. Besonders Todesrituale. Aber das behielt sie für sich.

Ben aber wusste, was die Trommeln bedeuteten. Zum Teufel, er hatte genug Tarzan-Filme gesehen, um zu wissen, dass die Eingeborenen auf dem Kriegspfad waren. Dennoch erfüllte ihn eine merkwürdige Ruhe. Er wusste, dass sein Herzschlag eigentlich rasen und seine Hände nass vor Angstschweiß sein sollten. Aber nein, stattdessen hatte er das Gefühl, neben sich zu stehen und die Ereignisse durch die Augen eines anderen zu beobachten. Seit der Alte seine Brust mit dem Finger berührt hatte, hatte ihn ein Gefühl des Friedens ergriffen.

Mit jedem Paukenschlag fuhren ihm seltsame Gedanken durch den Kopf, beinahe so, als würden die Trommeln ihm etwas mitteilen. *Bumm* ... der Tod kommt. *Bumm* ... besiege ihn und lebe. *Bumm* ... ein einziger Ausweg. *Bumm* ... zeige das Blut, das in deinen Adern fließt.

»Ben?« Ashleys Gesicht erschien vor ihm wie aus dem Nichts; ihre Stimme war leise im Vergleich zum Rufen der Trommeln. Sie wedelte mit der Hand vor seinem Gesicht. »Alles okay?«

»Mir geht es bestens.« Ben schüttelte den Kopf. »Ich versuche nur nachzudenken.«

»Du hast irgendetwas gemurmelt. Irgendetwas von Blut.«

»Es ist nichts.«

»Bist du sicher, dass alles okay ist?«

»In Anbetracht unserer Situation bin ich sogar ziemlich auf Draht.« Er zeigte ihr ein mattes Lächeln und hoffte, sie würde es ihm abkaufen, während er sich selbst darüber wunderte, was zum Teufel mit ihm los war. »Alles okay«, wiederholte er.

Dennoch behielt sie den besorgten Gesichtsausdruck. »Hast du eine Idee, was die vorhaben?«, fragte sie und schaute, ob sich auf der Felswand etwas bewegte.

Er zuckte mit den Schultern. Die Eingeborenen konnten sie auf viele Arten töten. Sie konnten sie mit ihren Speeren aufspießen, Felsbrocken auf sie werfen, die wolfartigen Bestien auf sie hetzen oder sie von den Egeln aussaugen lassen. Was genau geschehen würde, wusste nur der Teufel. Er rieb sich die Schläfen. Seltsamerweise aber wusste Ben es auch. Sie würden aus der Luft angegriffen werden. *Der Tod kommt.* Aber woher zum Teufel wusste er das?

Er drehte sich herum und suchte den Himmel über den Feldern nach einem Anzeichen ab. Über ihren Köpfen sah er nur den leuchtenden Schimmel. Aber er war sich ganz sicher. Er wusste sogar, aus welcher Richtung der Tod kommen würde. Mit zusammengekniffenen Augen schaute er nach links. Da sah er sie, die schwarzen Flecken vor dem grün schimmernden Hintergrund. Sie näherten sich rasch und wurden dabei schnell größer. Er zeigte mit dem Finger auf sie.

»Da drüben, Ash. Siehst du sie?«

»Was? Wo denn?«

Er drehte ihr Kinn, bis sie in die richtige Richtung schaute. »Sie müssen von den Trommeln herbeigelockt worden sein«, sagte er. »Scheint so, als wurden sie dadurch zum Mittagessen gerufen.«

»Wer sind sie?«, fragte Ashley.

»Jemand mit großem Hunger. Sie haben es verdammt eilig!«

Sie deutete auf die Pistole in seinem Gürtel. »Wie viele Kugeln, sagtest du, sind noch in der Pistole?«

»Noch zwei.« Er blickte über den Himmel und zählte die fliegenden schwarzen Angreifer. Jetzt war bereits ihre Gestalt erkennbar. Mit breiten Schwingen durchteilten sie die Luft. »Es handelt sich um einen Schwarm von mindestens fünfzehn, die da auf uns zufliegen.«

»Dann können wir uns den Weg nicht freischießen.« Ashley warf einen Blick auf das Feld. »Vielleicht, wenn wir ins Feld rennnen. Dort stehen keine Wachen mehr.«

»Nein, da säßen wir wie auf einem Präsentierteller. Wir müssen uns Deckung suchen.« Bernd schaute hinüber zur Siedlung. Das Trommeln ertönte nun wütender und wilder und machte es ihm schwer, einen klaren Gedanken zu fassen. Ben ließ seinen Blick über die Siedlung schweifen. Alle Eingänge waren jetzt mit dicken Vorhängen verschlossen. Nervöse Wachposten standen an den Aufgängen, betrachteten ihn mit zusammengekniffenen Augen und hielten ihre Speere fest in den Händen. Nur vor einer Hand voll Höhleneingänge zu ebener Erde standen keine Posten. Ben stupste Ashley an und wies auf die sechs dunklen Eingänge. »Was hältst du davon, dort drüben Unterschlupf zu suchen?«

»Meinst du, die Wachen lassen das zu? Ihre Speere machen keinen einladenden Eindruck.«

»Siehst du nicht, dass sie nur den Weg nach oben versperren? Diese Höhlen«, sagte er und wies mit einer schwungvollen Armbewegung über die sechs Eingänge, »sind nicht verschlossen oder bewacht.«

»Dann versuchen wir unser Glück. Schau nur!«

Ben drehte sich herum. »Was zur Hölle sind das für Viecher?« Der Schwarm war nun nahe genug, so dass sie Details erkennen konnten. Ihre Flügel waren mit einer ledrigen Haut überzogen und hatten eine Spannweite von mehreren Metern. Sie hatten krumme schwarze Schnäbel und ebenholzfarbene Krallen, die so lang waren wie sein Unterarm. Und diese Augen! Matte schwarze Kugeln, lidlos wie die eines großen weißen Hais.

»Eine Spezies fliegender Raubtiere! Nachfahren des Pterodactylus vielleicht«, sagte Ashley und zog an seinem Arm. »Lass uns abhauen, sie sind fast über uns. Wir müssen Deckung suchen.«

Er riss sich vom Anblick des nahenden Schwarms los, der jetzt nur noch fünfzig Meter entfernt war. »Lauf!«, brüllte er und schubste Ashley vorwärts. Die Wachen machten keine Anstalten, sie aufzuhalten.

Das Trommeln hörte plötzlich auf, mit einem Schlag verklang das wilde Dröhnen und hinterließ eine lastende Stille. Ben beschleunigte seine Schritte und versuchte, Ashley einzuholen.

Hinter sich hörte er einen dumpfen Aufprall. Kurz danach folgten weitere, als würden Felsbrocken auf die Erde fallen. Der Schwarm war gelandet. Vereinzeltes Krächzen war zu hören.

Vor sich sah er, wie Ashley den ersten Eingang erreicht hatte. Die anderen fünf erstreckten sich an der Felswand entlang, von ihnen weg. Plötzlich erinnerte er sich daran, was ihm die Trommeln gesagt hatten. Er sah die Buchstaben förmlich vor seinen Augen. *Ein einziger Ausweg!* Wieder schaute er von einem Eingang zum nächsten. *Sechs!* Und nur *einer* war der *Ausweg!* Er bemerkte plötzlich ein Symbol, das über dem Eingang in den Fels gemeißelt war, auf den Ashley zusteuerte: ein Kreis, in den ein Dreieck gezeichnet war. Das falsche Symbol. Diese Höhle nicht!

Er lief noch schneller und brachte Ashley zu Fall, als sie sich gerade duckte, um dort Deckung zu suchen. Er rollte über den Boden und fiel hart auf eine Schulter, als er Ashleys Sturz auffing.

Sie rappelte sich auf. »Was soll das?«

»Keine Zeit!« Er sprang wieder auf und zerrte sie hinter sich her. »Folge mir!«

»Ben, hinter dir!«

Er drehte sich herum und zog gleichzeitig seinen Revolver aus dem Gürtel. Das hatte er befürchtet. Das nahende Biest war größer als ein Vogel Strauß, und ganz im Gegensatz zu dem Vogel mit dem dünnen Hals bestand dieses Tier hauptsächlich aus Schnabel und Muskeln. Es schnappte nach ihm und zielte tief, um mit seinem krummen Schnabel seine Eingeweide zu treffen.

Verfluchter Mist! Er hatte es langsam satt, dass immer irgendwelche Viecher ihn verspeisen wollten. Er feuerte ihm zwei Kugeln in den Schädel, die letzte aus nächster Nähe. »Verpiss dich!«, schrie er, zog den Kopf ein und riss Ashley zur Seite.

Mit Ashley im Schlepptau rannte er am Fuß der Felswand entlang und suchte nach dem richtigen Symbol. Hinter ihnen machten sich die anderen Tiere über die Leiche her. Heißes Blut spritzte Ben gegen die Waden, während er lief. Er hoffte, dadurch Zeit zu gewinnen.

Er suchte weiter. Über dem nächsten Höhleneingang waren eine Schlangenlinie und darüber ein Kreis eingemeißelt, über dem darauf folgenden ein gezackter Pfeil, über dem nächsten ein Kreis in einem Kreis, wie ein Donut. Falsch, falsch, falsch! Er rannte an den Höhlen vorbei.

Dann sah er es! Über den nächsten Eingang hatte man unbeholfen einen Stern eingemeißelt. Wie aus dem Nichts tauchte vor seinem geistigen Auge plötzlich das Bild seines Großvaters in seiner Traumhöhle auf, der ihn zu einem

Höhleneingang mit genau demselben Stern winkte. Dies war der *einzige Ausweg!*

Er stürzte durch den Eingang und riss Ashley mit sich. Während er in die Höhle stolperte, prallte er beinahe mit einer Gestalt zusammen, die anderthalb Meter von der Öffnung entfernt auf einen Stab gestützt stand. Das Licht reichte gerade aus, um das Muster zu erkennen, das auf seine Brust gezeichnet war. Schwankend hob der Alte seine magere Hand und legte sie auf Bens Schulter. Er knurrte mit tiefer Stimme, doch waren seine Worte zu verstehen: »Du bist einer von uns.«

Ashley entwand Ben ihre Hand. Was ging hier vor? Sie trat zur Seite, als der Alte sich mit seinem Stab Platz verschaffte. Mit dem Stab als Krücke schritt er an ihnen vorbei und ging zum Eingang hinüber. Er winkte ihnen zu, damit sie einen Blick nach draußen warfen.

»Ben?« Ashley schaute ihn fragend an. Er zuckte mit den Schultern und folgte dem Alten. Mit gerunzelter Stirn ging auch Ashley zu ihnen hinüber. Sie musste in die Hocke gehen, um etwas zu sehen.

Draußen hatten die Raubvögel ihren toten Artgenossen gerade zu Ende verspeist und überall Blut und Knochen auf dem Boden zurückgelassen. Einige der geflügelten Monster versuchten, an den Wachen vorbeizukommen und den Aufgang hinauf zu den Wohnungen zu gelangen, wurden jedoch von ihren Speeren in Schach gehalten.

Ein Pfiff erklang von links, und aus den fünf anderen Öffnungen strömte eine kleine Prozession wimmernder Huftiere, die von den Eingeborenen mit den Speeren hinausgetrieben wurden. Die Tiere waren etwa so groß wie kleine Kälber, ähnelten aber eher Pferden, bis auf die scharfen, gebogenen Stoßzähne. Sie bäumten sich auf und schlugen mit den Hufen auf die Felsen. Vor Angst verdrehten sie die Augen, so dass nur noch das Weiße sichtbar war. Sobald sie von den Speeren hinausgetrieben worden waren, schossen sie in alle Richtungen davon. Ihre Bewegungen erregten die Aufmerksamkeit der Raubvögel, die sich auf die Herde stürzten.

»Wenn wir einen anderen Eingang genommen hätten als diesen«, flüsterte Ben Ashley zu, »wären wir mit diesen Tieren zur Hinrichtung hinausgetrieben worden. Das war eine Prüfung.«

Ashley wollte sich von dem Gemetzel bereits abwenden, als sie sah, wie ein kleines Huftier vom Rest der Herde floh und genau vor ihrer Höhle mit entsetztem Blick erstarrte. Sie zuckte zusammen, als sie sah, wie einer der Raubvögel sich hinter dem Tier zum Angriff erhob. Er streckte seinen gekrümmten Schnabel nach vorn, um das kleine Tier aufzuspießen. Das Tier wimmerte sie bettelnd an, die Augen vor Furcht weit aufgerissen. Ohne weiter nachzudenken, schoss Ashley aus der Höhle, packte das verschreckte Tier am Nacken und zerrte es in die Höhle. »Dann soll dieses Kleine wenigstens auch gerettet werden«, sagte sie, schnappte nach Luft und zog es tiefer in die Höhle hinein.

Der Alte wandte sich zu ihr um, die Augen im Schock weit geöffnet. Da er mit dem Rücken zum Eingang dastand, entging ihm der geöffnete Schnabel, der nach ihm schnappte. Der betrogene Jäger wollte seine Beute so schnell nicht aufgeben.

Ashley wollte ihn warnen und hob einen Arm.

Aber bevor sie nur ein Wort hervorbringen konnte, schlug der Alte, ohne über die Schulter zu blicken, mit seinem Stab hinter sich. Der Schlag auf den Schnabel schallte laut durch die Höhle. Sie war überrascht, wie viel Kraft der Alte besaß. Er starrte sie unverwandt an und murmelte etwas vor sich hin. Dann ging er zu ihr hinüber und legte eine Hand auf ihre Schulter. Er nickte ihr zu, ging tiefer in die

Höhle hinein und hielt noch einmal an, um ihnen zu bedeuten, ihm zu folgen.

Lautes Scheppern erklang von draußen, als würden Töpfe und Pfannen aneinander geschlagen. Ben entfernte sich vom Eingang und ging zu Ashley. »Jetzt sind sie satt, und der Lärm verscheucht sie.«

»Wie dressierte Papageien«, sagte sie. Sie stand auf und folgte dem Alten. Das kleine Tier hoppelte hinter ihr her und jaulte leise.

Ben betrachtete das Huftier. »Du hättest draufgehen können, Ash.«

Sie sagte kleinlaut: »Ich bin einem Impuls gefolgt. Wenn du nicht den richtigen Eingang gewählt hättest, dachte ich, hätten *wir* da draußen gestanden und um Hilfe gerufen. Ich konnte es einfach nicht sterben lassen.« Das kleine Tier stupste sie an und beschnupperte ihre Stiefel im Gehen.

Ben legte ihr den Arm um die Schultern und drückte sie. »Ich glaube, du hast einen Freund gewonnen.«

Sie schmiegte sich in Bens Arme. »Jason wollte immer ein Haustier haben.«

Gemeinsam trotteten sie den dunklen Tunnel entlang, der nur von gelegentlichen Flecken des leuchtenden Schimmels erhellt wurde. Nach ein paar Minuten bat sie: »Sag mir, woher du gewusst hast, welcher Eingang der richtige war.«

Sie fühlte, wie er sich anspannte. »Ash, du wirst glauben, ich wäre total bekloppt.«

»Nach dieser Expedition glaube ich beinahe alles.« Dabei starrte sie auf den Rücken des Vertreters einer Spezies, die Englisch sprach und viele Millionen Jahre älter als der Homo sapiens war. Im Augenblick war sie neuen Erkenntnissen gegenüber sehr aufgeschlossen.

»Okay.« Er holte tief Luft. »Erinnerst du dich daran, dass ich sagte, ich hätte das Symbol auf der Brust des Alten schon mal irgendwo gesehen?«

»Ja, du sagtest, dass du von deinem Großvater geträumt hast.«

»Genau. In diesem Traum führte mein Großvater mich zu einer Höhle, über deren Eingang dieses Symbol gemeißelt war. Er sagte mir, diese Höhle sei sicher.«

Sie blieb stehen und schaute ihn ungläubig an. »Meinst du das im Ernst?«

Er lachte leise und zog sie voran. »Wir leben noch, oder?«

»Hattest du schon vorher irgendwelche hellseherischen Erlebnisse?«

»Teufel, nein. Und wenn, würde ich jetzt nicht in diesem Schlamassel stecken. Ich würde mich in Las Vegas in der Sonne aalen und auf meinen nächsten Auftritt als Mr. Houdini warten.«

»Und warum jetzt?«

Er stieß ein nervöses Lachen hervor und ging ein paar Schritte vor, um dem Alten als Erster zu folgen. »Ich habe eine Idee. Aber sie ist verdammt unheimlich.«

»Was denn?«

»Die Träume von dieser Höhle ... Ich hatte sie immer öfter, seit wir zum ersten Mal von der Expedition erfuhren. Und sie sind deutlicher und häufiger geworden, seit wir hier unten angekommen sind.«

»Also glaubst du, sie haben etwas mit der Höhle hier zu tun.«

»Nein, mit ihm.« Er zeigte auf den nackten Rücken des Alten. »Ich glaube, er hat mit mir Kontakt aufgenommen. Als sie vorhin anfingen, die Trommeln zu schlagen, formten sich seltsame Gedanken und Worte in meinem Kopf.«

»Telepathie?«, sagte sie und dachte über die Schlussfolgerung nach. »Aber wieso ausgerechnet du?«

Er zuckte mit den Achseln. »Ich weiß es nicht. Vielleicht weil Blut der Aborigines in meinen Adern fließt?«

Sie betrachtete seine blauen Augen und sein blondes

Haar. »Wenn man dich so ansieht, muss das Blut ziemlich dünn sein.«

»Anscheinend reicht es dennoch.«

»Warum, glaubst du, hat es etwas mit deiner Abstammung zu tun?«

»Die Bilder in meinen Träumen«, sagte er und zählte mit den Fingern ab. »Beim ersten Mal erschien mein Großvater in der traditionellen Tracht der Aborigines. Dann wiederholte sich neulich der Albtraum aus meiner Kindheit. Und auch die Worte, die die Trommeln mir einhämmerten – ›zeige das Blut, das in deinen Adern fließt‹. Alles weist auf eine Eigenschaft hin, die ich durch das Blut meiner Vorfahren besitze.«

Ashley holte tief Luft. Diese Behauptung widersprach der Logik und dem gesunden Menschenverstand. Das konnte nur purer Unsinn sein. Trotzdem, Ben hatte den richtigen Eingang gewählt. Sie erinnerte sich, was ein Kollege gesagt hatte, der seine Dissertation über die Stämme der Aborigines geschrieben hatte. »Es gibt eine Menge Mystik in der Überlieferung der Aborigines. Geister, die im Busch umherstreifen. Ahnen, die über große Entfernungen hinweg durch Traumpools mit ihren Nachfahren in Verbindung treten. So ein Zeug halt.«

»Genau«, sagte Ben, »ich habe das bisher auch für Humbug gehalten. Ein Freund von mir, ein Aborigine, mit dem ich Höhlen erkundet habe, hat geschworen, er hätte verdammt verrücktes Zeug gesehen, aber ich habe ihm nie geglaubt.«

Geistesabwesend schob Ashley das kleine Huftier zur Seite, als es ihr vor die Füße lief. Das Tier blökte und rannte in einen Seitentunnel. »Worin besteht die Verbindung zwischen einem bisher unentdeckten Stamm hoch entwickelter Beuteltiere in der Antarktis und den Aborigines in Australien?«

»Das wüsste ich auch gern. Aber die Zeichnung, die du in den Felsenhöhlen in der Alpha-Höhle entdeckt hast – das Oval mit dem Blitz –, macht mich nachdenklich.«

»Wieso?«

»Du kannst dich daran erinnern, dass ich sagte, ich hätte sie schon einmal gesehen? In Höhlenmalereien der Aborigines?«

Sie nickte. »Die die spirituellen Schöpferwesen der Aborigines darstellten.«

»Stimmt. Die, die den Ahnen der Aborigines angeblich beigebracht haben, wie man jagt. Die Mimis.«

Der Alte drehte sich um und schaute sie an. Er murmelte etwas. »*Gota trif'luca mimi'swee.*«

Ben und Ashley blickten sich an. »Du bist der Telepath hier«, sagte sie. »Was hat er gesagt?«

Ben zuckte mit den Schultern und schüttelte den Kopf.

Der Alte schien ihre Verwirrung zu spüren und seufzte tief. Er tippte mit dem Finger auf seine Brust. »*Mimi'swee.*« Mit dem Arm machte er eine weit ausholende Bewegung über die komplette Siedlung. »*Mimi'swee.*«

»Ich kapiere es immer noch nicht«, sagte Ben.

Ashley hob die Hand. »Mi-mi-swee«, stotterte sie und konzentrierte sich auf die korrekte Aussprache. Dann zeigte sie auf den alten Mann.

Seine Halswirbel knirschten altersschwach, als er den Kopf auf und ab bewegte. Dann wandte er sich ab.

Ashley stolperte, so schockiert war sie. Das war unmöglich. »Er hat uns den Namen seines Stamms genannt, die *Mimi'swee*«, sagte sie. Dann raunte sie: »Mimis, die Felsgeister, die Schöpferwesen der Aborigines. Sie sind ein und dieselben.«

Ben machte große Augen, als plötzlich der Groschen fiel. Bevor er ein weiteres Wort sagen konnte, öffnete sich der Gang in eine große Höhle, die von Schimmelpilzen an

Wänden und Decken beleuchtet wurde. Ehrfurchtsvoll starrte Ashley die Säulen an, die die ferne Höhlendecke trugen. Doch es waren nicht nur die Felssäulen, die sie so faszinierten. Es war vor allem der dichte Bewuchs, der die Säulen umgab, aus dem weiße Äste sprossen. Sie trugen rote matschige Früchte, die wie japanische Lampen herunterhingen.

»Verdammt«, stöhnte Ben hinter ihr, »nicht das schon wieder.«

Ben zögerte einen Moment, bevor er Ashley und dem Alten in die Höhle folgte. Er blickte prüfend umher und erwartete, Geisterstimmen zu hören oder seinen Großvater zu sehen, wie er im Dunkeln umherschlich. Aber nichts von alledem passierte. Bei näherer Betrachtung waren die fruchtartigen Gewächse das Einzige in dieser Höhle, worin sie der aus seinem Traum ähnelte. Die Felsformationen waren völlig anders und die Gewächse waren nicht annähernd so dick oder belaubt wie in seinem Traum. Er holte tief Luft und folgte Ashleys schlankem Rücken.

Ashley blieb stehen und griff nach einer der roten Früchte. »Ich glaube, es ist eine Art Pilz«, sagte sie atemlos und wies nickend auf die Frucht. »Fallen dir die fehlenden Blätter auf? Das verbindende Wurzelsystem. Wie Zellfäden. Wenn Linda das sähe, würde sie in Verzückung geraten.«

»Wo du gerade Linda erwähnst«, sagte Ben, »das hier ist ja alles sehr faszinierend, aber wir haben Freunde, die auf unsere Hilfe warten.«

»Ich weiß, Ben, ich weiß. Das habe ich nicht vergessen. Vielleicht können wir ja von den Mimis, da sie unsere Sprache einigermaßen verstehen, erfahren, wie wir nach oben gelangen.«

»Dann wollen wir mal fragen.«

Ashley schüttelte den Kopf und folgte dem Alten. »Zuerst müssen wir ihr Vertrauen gewinnen. Deine Nummer mit der richtigen Höhle war sicher ein Anfang, aber sie sind immer noch misstrauisch. Wir müssen uns auch weiterhin vorsichtig verhalten, sonst landen wir doch noch im Kochtopf.«

Mittlerweile befanden sie sich in der Mitte der Höhle. Hier gab es keine Stalagmiten und keine kürbisförmigen Gewächse. In die Mitte des Bodens hatte man eine seichte Mulde gemeißelt, die etwa eine Handbreit tief war. Dort, wo sie abfiel, war der Stein glasig gescheuert worden. Blutfarbene Zeichnungen umgaben den Rand.

Auf der gegenüberliegenden Seite lehnte sich der Alte auf seinen Stab.

»Mein Gott! Schau dir diese Details an!«, rief Ashley und löste sich von Bens Seite, um eine der Zeichnungen näher in Augenschein zu nehmen. Sie kniete sich hin, um ein Bild zu betrachten, das ein großes Tier zeigte, welches von einer Gruppe winziger Krieger angegriffen wurde. »Schau nur, die rote Farbe hat denselben Ton wie diese seltsamen Früchte. Diese Pilze liefern offenbar so eine Art selbst gemachten Farbstoff.«

»Toll«, sagte Ben sarkastisch, »also das Atelier eines Ökokünstlers.«

»Nein, ich glaube, das hier ist ein religiöser Ort. Primitive Kulturen fertigen gern Götzenbilder an. Idole, Statuen, Gemälde, so etwas. Gib mir fünf Minuten, um diese hier zu untersuchen. Vielleicht bekomme ich etwas heraus.« Sie rutschte zum nächsten Bild hinüber und würdigte ihn keines weiteren Blickes.

Wie in seinen Träumen spürte Ben wieder die bohrenden Blicke in seinem Hinterkopf. Er drehte sich um.

Der Alte stand auf der gegenüberliegenden Seite und warf nur einen kurzen Blick auf Ashley, bevor er seine grauen Augen wieder auf Ben richtete. Er nickte und setzte sich im Schneidersitz auf den Boden. Sein Stab ruhte auf seinen Knien. Er bedeutete Ben, es ihm nachzutun.

Ben ging in die Hocke und bemerkte plötzlich, wie schwer seine Glieder waren. Mittlerweile musste es Abend sein. Später Abend. Mit einem Ächzen ließ er sich auf dem harten Boden nieder. Er streckte seinen verspannten Rücken und nahm eine legere Haltung ein. Er träumte von einer großen, warmen Flasche Bier.

Dann blickte er auf und bemerkte, dass der Alte ihn anstarrte, keinen Ton von sich gab, nur mit seinen stechenden Augen herüberblickte. Er schien etwas von ihm zu wollen. Aber was?

Ben warf ihm einen seiner charmanten Blicke zu, die selbst ein Krokodil in ein schnurrendes Kätzchen verwandeln konnten. Aber der Alte blickte nur finster mit erwartungsvoller Miene zurück. Na, dann eben nicht, dachte Ben, während sich seine Lider senkten und er sich immer mehr entspannte. Er hatte für heute genügend Rätsel gelöst. Jetzt wollte er nur noch einen gemütlichen Platz, um ein Nickerchen zu halten. Sein Kinn sank langsam auf seine Brust. Nur ein Viertelstündchen.

Er glitt langsam in einen Nebel hinein und hörte nur noch halb die leisen Geräusche, die Ashley erzeugte, während sie sich von Zeichnung zu Zeichnung bewegte. Es war so schön, den Stress des Tages von sich abfallen zu lassen. Sein Atem ging immer tiefer, und ein leises Schnarchen drang aus seiner Nase. Könnte er nur …

»Ben! Benny. Wirst du wohl wach, mein Junge!«

Ben riss die Augen auf. Wer zum Teufel …? Er saß immer noch in derselben Höhle, wo ihn dieselben Stalagmiten und Früchte umgaben. Aber anstatt des Alten saß ihm sein Großvater im Schneidersitz gegenüber. Er winkte mit seiner Hand, die voller Leberflecken war, über den Teich zu ihm herüber. Ben blickte sich um. Außer ihm war auf dieser Seite niemand. Auch Ashley war nicht da. Er verrenkte sich fast den Hals, als er über die Schulter schaute. Das war merkwürdig: Er konnte immer noch hören, wie sie sich links hinter ihm bewegte und irgendetwas vor sich hin murmelte, aber sie blieb unsichtbar.

»Benny, was suchst du denn?«

»Wo bin ich?«

Sein Großvater hob einen gekrümmten arthritischen Finger und zeigte auf seinen Kopf. »Hier drin, mein Junge.«

Ben schnappte nach Luft, sein Herz schlug immer schneller. Das war Wahnsinn. Langsam verschluckte die Dunkelheit seinen Großvater und die Höhle.

»Schhh, mein Junge. Nun beruhige dich und reg dich wieder ab, sonst funktioniert es nicht.«

Ben schluckte und begriff nur langsam, was vor sich ging. Er konzentrierte sich darauf, sich zu entspannen. Er begann mit den Zehen und arbeitete sich langsam hinauf. Die Bilder um ihn herum wurden wieder klarer und intensiver.

»So ist es gut, Benny. So ist es besser.«

Er konzentrierte sich darauf, gleichmäßig und tief zu atmen, während er sprach. »Du bist nicht mein Großvater.«

»Nein, der bin ich nicht.« Sein Großvater lächelte schwach, dann wurde das Bild plötzlich unscharf, schrumpfte langsam und begann durcheinander zu wirbeln. Seine Augenbrauen wurden buschiger, seine Augen größer. Ein Stab lag plötzlich über seinen Knien. Aus dem unscharfen Bild traten die Umrisse des alten, gebrechlichen Wesens hervor. »Dies hier ist mein wahres Erscheinungsbild. Ich heiße Mo'amba.«

Die Stimme des Alten klang immer noch wie die seines Großvaters. Es verwirrte Ben, die Stimme aus dem Mund des fremden Wesens zu hören. »Wie? Warum?« Lauter Fragen tauchten in seinem Kopf auf.

»Benny, keiner von uns beiden spricht die Sprache des anderen. Deshalb spreche ich mit dir in der Sprache unserer Vorstellungskraft. Meine Gedanken werden in deinem Kopf in die Bilder und Worte übersetzt, die du verstehst.«

»Dann hast du sozusagen die Erinnerung an meinen Großvater als dein Erscheinungsbild für mich verwendet.«

»Ich nicht. Das hast du getan. Deine Fantasie hat sein Bild hervorgeholt, um einen *Heri'huti* darzustellen.«

Ben dachte an das strenge, sachliche Gesicht seines Großvaters. »Und was zum Teufel ist ein *Heri'huti*?«

»Ich bin einer. Genau wie du. Jemand, der auf der Traumebene Kontakt aufnehmen kann. Jemand, der die dunklen Wege ins Ungewisse hinabschauen kann.«

»Aber warum ich?«

»Ich kann die Geschichte deines Blutes erkennen. In der Linie deiner Abstammung sehe ich einen starken *Heri'huti* in der fernen Vergangenheit. Sehr stark. Du bist noch ungeübt, aber mit der Zeit könnte deine Fähigkeit sogar meine übertreffen. Eine Fähigkeit, die mein Volk zum Überleben braucht.«

»Was meinst du mit ›Überleben‹?«

»Ich bin der Letzte meines Volkes, der diese Fähigkeit besitzt«, sagte Mo'amba mit gequältem Gesichtsausdruck. »Im Lauf der Zeit habe ich erlebt, wie die anderen *Heri'hutis* diese Welt verließen und ich zurückblieb. Jetzt kann auch ich die Jäger nicht mehr führen und ihnen zeigen, wie sie unser Volk ernähren und unsere Grenzen gegen die *Crak'an* verteidigen. Die Jäger gehen allein hinaus. Blind. Ohne die Kraft eines *Heri'hutis*, der über die nächste Kurve hinaussehen kann, ist das Jagen sehr gefährlich, und wir haben bereits viele Jäger verloren. Ihre Witwen klagen jede Nacht. Wir können ohne einen neuen *Heri'huti*, der unser Volk führt, auf Dauer nicht überleben.« Er zeigte mit dem Finger auf Ben. »Und der bist du.«

»Ich?«

»Seit vielen Jahren rufe ich und versuche, andere wie mich hierher zu locken. Du warst der Einzige, der gekommen ist.«

»Zum Teufel, es muss doch noch andere geben. Andere wie … na ja, wie du. Vielleicht teilt ja eine andere Siedlung ihren *Heri'huti* mit eurem.«

Mo'amba schüttelte den Kopf. »Nach der Großen Trennung haben wir die Verbindung zu den anderen Siedlungen verloren. In meinen tiefsten Träumen höre ich manchmal das Raunen der Verlorenen, doch sind das eher Wunschträume als echte Träume.«

»Dennoch kannst du nicht von mir erwarten …«

Mo'amba nahm wieder die Gestalt seines Großvaters an. Auf seiner Stirn standen grimmige Falten. »Blut ist dicker als Wasser! Du bist einer von uns!«

Ben setzte zu einer Antwort an, als ihm plötzlich Ashleys Stimme ins Bewusstsein drang. »Ben, das musst du dir ansehen!«

Bei diesen Worten schwanden plötzlich die Bilder um ihn herum und das Gesicht des Großvaters wurde von der Finsternis verschluckt. Er öffnete die Augen und schüttelte die Reste seines Traums ab.

Ashley blickte ihn mit sorgenvollem Gesicht an. »Mein Gott, wie kannst du zu so einem Zeitpunkt schlafen?«

»Was?« Benommen rieb er seine Schläfen, wo er immer noch ein leises Pochen spürte.

»Komm und schau dir das an«, sagte Ashley, ohne zu merken, was gerade vorgefallen war. Sie ging ein paar Meter zu einer Zeichnung hinüber, kniete sich hin und winkte ihn zu sich.

Er blickte über die Lichtung zu dem Alten hinüber. Er starrte ihn immer noch an.

Mit einem Schauder kam Ben auf die Beine und hockte

sich zu Ashley. Er war sich nicht sicher, ob er ihr etwas erzählen sollte. »Was hast du gefunden, Ash?«

»Schau dir diese Felszeichnung an. Es ist ein Triptychon.«

»Ein Trip-was?

»Drei Bilder. Schau dir das letzte an.« Ashley hockte vor drei gezeichneten roten Kreisen und zeigte auf den dritten.

Ben rückte näher und konnte kaum glauben, was er sah. Der dritte Kreis war eine grobe Karte mit den Landmassen der Südhalbkugel. »Mein Gott, das ist ja Australien.«

»Ich weiß. Die Zeichnung ist zwar ungenau, aber dennoch präzise genug. Jetzt schau dir die anderen an.«

Ben betrachtete die anderen zwei Kreise. Der erste zeigte den australischen Kontinent, der mit dem antarktischen Kontinent durch eine breite Landbrücke verbunden war. Der zweite zeigte, wie diese Landmasse sich loslöste. »Was ist damit?«

»Das ist die Verbindung! Das erklärt, wie die Mimis Australiens – wenigstens ein paar von ihnen – hierher geraten sind.«

»Ich kapiere es immer noch nicht.«

Ashley seufzte, als hätte sie es ihm nun wirklich deutlich erklärt. »Vor vielen Jahrtausenden waren die Kontinente durch Landbrücken verbunden. Durch die Verschiebung der Kontinentalplatten und das dramatische Steigen und Sinken des Wasserpegels verschwanden diese Landbrücken innerhalb weniger Monate. Fossilienfunde stützen die Theorie einer solchen Landbrücke zwischen Australien und der Antarktis. Man hat viele Fossilien ausgestorbener Beuteltierarten in der Antarktis gefunden.«

Er zuckte mit den Schultern. »Also glaubst du ...?«

»Ja, natürlich! Schau dir die erste Karte an.« Sie zeigte auf die Verbindung der beiden Kontinente. »Das ist die Landbrücke. Das zweite Bild zeigt das Verschwinden der

Brücke. Und die dritte Karte zeigt, wie die Kontinente schließlich isoliert wurden.«

»Aber wie konnten diese Wesen das wissen? Wie konnten sie diese Karten zeichnen?«

Ashley hockte sich auf die Fersen. »Offenbar haben sie es durchlebt. Und Karten davon gezeichnet, so wie die amerikanischen Indianer Karten von ihren Küsten gezeichnet haben. Und durch eine entweder mündliche oder bildliche Überlieferung haben sie diese Geschichte am Leben gehalten.« Sie zeigt auf Australien und die Antarktis auf der dritten Karte. »Einst waren sie verbunden. Dann vertrieb irgendetwas dieses Volk aus Australien, zumindest einige von ihnen. Und als die Landbrücke versank, waren sie hier gefangen.«

Ben betrachtete die Karten und stellte sich vor, wie ein Volk über eine Felsenbrücke auf diesen eisigen Kontinent fliehen musste. Er setzte den Finger auf die Antarktis. Zwei Stämme voneinander getrennt. »Mein Gott ... die Große Trennung«, murmelte er. »Vielleicht hat Mo'amba das gemeint.«

»Wer?«, fragte Ashley und blickte vom mittleren Bild auf.

»Ash, vielleicht setzt du dich besser hin, bevor ich dir das erzähle.« Er bemerkte, dass sie ihm gebannt und mit konzentrierter Miene zuhörte. Als er ihr erklärte, was gerade zwischen ihm und dem Alten vorgefallen war, veränderte sich ihr Gesichtsausdruck, und sie riss ihre Augen immer weiter auf.

»Du meinst, er kann mit dir sprechen?«, rief sie, als er fertig war. »Sie benutzen wirklich eine rudimentäre Telepathie.« Sie blickte auf das Wesen, das ihnen mit untergeschlagenen Beinen gegenüber saß. »Hört er uns gerade zu und liest unsere Gedanken?«

»Das glaube ich nicht. Wir müssen uns dazu beide in

Trance befinden. So wie das die Aborigines mit den Traumpools machen, wenn sie miteinander in Kontakt treten.«

»Und er ist der Letzte seines Volkes mit dieser Fähigkeit?«

Ben nickte. »Außer mir.«

Ashley machte ein nachdenkliches Gesicht. »Aus Sicht der Populationsgenetik hat der Verlust dieses Merkmals einen Sinn. Diese Gemeinschaft lebt hier seit tausenden Generationen isoliert. Die hohe Rate an Inzucht innerhalb dieser geschlossenen Gemeinschaft, der Mangel an frischem genetischem Material muss die komplexe Verbindung der Gene, die für diese Fähigkeit zuständig sind, schwächen und sie am Ende auslöschen.« Sie drehte sich zu ihm um, ihre Augen waren weit offen, ihr Blick starr. »Ich könnte hier mein ganzes Leben damit zubringen, die Wirkung dieses einen genetischen Merkmals auf die Population zu erforschen. Die Erkenntnisse würden die gesamte Anthropologie auf den Kopf stellen. Ich meine ...«

Ben hob die Hand. »Ash, das ist alles schön und gut, aber wir müssen hier rauskommen. Oder wenigstens Michaelson und die anderen herholen.«

Bens Worte ernüchterten Ashley. »Du hast Recht«, sagte sie nickend. »Wir haben immer noch jede Menge Zeit für die Forschung, wenn wir wieder in der Alpha-Basis sind.« Sie wies auf die sitzende Gestalt. »Hast du Mo'amba gefragt, wie wir hier herauskommen?«

»Nein. Ich glaube auch nicht, dass er bereit ist, es uns zu sagen. Er will, dass ich bleibe und seinen Platz in der Gemeinschaft einnehme.«

»Das könnte problematisch werden.« Ashley tippte mit dem Finger auf ihr Kinn. »Hier stimmt etwas nicht. Wenn du so verdammt wichtig für den Stamm bist, warum wollten sie dich dann töten?«

»Ich weiß es nicht.«

»Anscheinend teilt nicht jeder hier Mo'ambas Standpunkt. Dieser Jungspund mit dem Rubinstab, wahrscheinlich das Oberhaupt des Stamms, wollte uns auf Teufel komm raus loswerden. Vielleicht könnten wir …«

Hinter ihnen wurde es plötzlich unruhig. Ben drehte sich um und sah eine bekannte Gestalt, die ihm durch die behangenen Steinsäulen entgegenhumpelte. Eine kleine Schar bewaffneter Wesen folgte. Das Aufstoßen ihrer Speere brachte die roten Pilze zum Schwingen.

Ashley schoss in die Höhe. »Das ist Michaelson!«

Ben sah die zahlreichen Speerspitzen, die dem Major folgten. Er zählte die Anzahl der bewaffneten Krieger. Während die meisten ihre Speere lässig über die Schulter gelegt hatten, hatten andere die Hand auf das Messer in ihrem Gürtel gelegt.

Ben ging auf Michaelson zu und klopfte ihm auf die Schulter. Er bemerkte das Blut, das in seinem Gesicht klebte. »Was ist passiert?«, fragte er. »Sie sehen aus, als wären Sie durch den Fleischwolf gedreht worden.«

Ashley kam dazu und untersuchte mit besorgtem Gesicht seine Verletzungen.

Michaelson vermied es, ihr in die Augen zu sehen. Er schien verlegen zu sein. »Das ist nichts. Das meiste Blut stammt nicht einmal von mir. Hört zu, wir haben nicht viel Zeit.«

Die Krieger hinter ihnen bewegten sich unruhig hin und her. Michaelson blickte zurück. Eine große Gestalt in einem verschlissenen Arbeitsanzug der Armee pflügte sich durch die Menge. Als er zu ihnen herüberkam, erkannte Ben die Familienähnlichkeit. Dieselben schwarzen Haare, dieselben blauen Augen, dieselbe Hakennase.

»Mein Bruder Harry«, stellte Michaelson vor.

»Das ist ja Wahnsinn«, sagte Ashley, »Sie haben ihn gefunden!«

»Eigentlich hat er mich gefunden. Er hat die letzten drei Monate bei diesen … bei diesen Wesen gelebt.«

Ben bemerkte, wie Harry Ashley anerkennend von oben bis unten musterte.

»Hast du es ihnen schon gesagt?«, fragte Harry seinen Bruder.

»Nein, ich war gerade dabei.«

Harry nickte Ben und Ashley zu. »Tut mir Leid, ich dachte, Sie wären Flüchtlinge.«

»Was soll das heißen?«, fragte Ben.

Harry musste schlucken. »Ich hatte gehofft, Sie wüssten es bereits. Sonst hätte ich mich eher bemüht, Sie zu finden.«

»Was?«, fragte Ashley nun drängender, damit Harry endlich ausspuckte, was er ihnen verschwieg.

Michaelson räusperte sich. »Die Alpha-Basis ist zerstört worden. Von diesen Dinosaurier-Viechern.«

Ashley erstarrte. In ihrem Blick stand deutlich die unausgesprochene Frage geschrieben. Langsam drehte sie sich zu Ben um. Er sah die Angst in ihren Augen. »Das kann nicht sein«, flüsterte sie. »Was ist mit Jason?«

Ben nahm sie in die Arme und drückte sie. »Ganz ruhig«, raunte er ihr zu, »ich bin sicher, dass Blakely ihn beim ersten Anzeichen von Gefahr in Sicherheit gebracht hat.«

Seine Worte schienen sie zu beruhigen und ihr wieder Hoffnung zu geben. Das Zittern schwand langsam. Sie wand sich mit entschlossener Miene aus seinen Armen. »Wir müssen hinauf. Ich will wissen, was dort los ist.«

Ben spürte die Verzweiflung in ihren Worten. »Ich weiß. Wir brechen sofort auf.«

Harry trat vor. »Hört zu, wir können nicht einfach …« Er zuckte zusammen, als es hinter ihnen laut knackte.

Ben wirbelte herum und sah, dass der Häuptling des Stamms auf sie zukam. Er warf auch den neuen Stab auf

den Boden. Der Knall ließ jeden in der Höhle verstummen.
»Oh, oh«, sagte Ben, »da ist einer verflucht sauer.«

Mo'amba versuchte aufzustehen und stemmte sich mit seinem Stab in die Höhe. Er schlurfte auf sie zu, um einzuschreiten. Wütende Worte wurden ausgetauscht. Mitten in einem Ausbruch von knurrendem Gebrüll schwang der Häuptling seinen Stab über den Boden und schlug Mo'ambas Stab unter ihm weg. Ohne Stütze fiel der alte Mann zu Boden.

Die Krieger, die um sie herum standen, schnappten laut nach Luft. Mehrere wandten sich ab. Der Häuptling beobachtete die anderen vorsichtig. Seine Brust hob und senkte sich. Schließlich beruhigte er sich ein wenig und half Mo'amba auf. Nun unterhielt man sich in einem ruhigeren Ton. Dann folgte ein beklemmender Moment, in dem die beiden sich Auge in Auge blickten, bis der Häuptling knurrte, mit seinem Stab abschließend auf den Boden aufstieß und davonstolzierte.

Michaelson drehte sich zu Harry um. »Hast du das alles verstanden?«

Harry nickte mit blutleerem Gesicht. »Es gibt Ärger.«

25

Jason wusste, dass sie in Schwierigkeiten steckten, als er hörte, wie die beiden Erwachsenen sich in leisem Tonfall unterhielten. Der Tunneleingang vor ihnen war früher einmal von einem Steinschlag verschüttet worden. Nur ein kleines Loch von der Größe eines Kürbis führte durch das Geröll. Aus diesem kleinen Loch puffte ihnen Rauch ins Gesicht. Er beobachtete die beiden Erwachsenen, die neben dem Geröllhaufen hockten.

»Wir können nicht zurück«, sagte Linda, »er wartet sicher auf uns.«

»In Ordnung, dann müssen wir aber einen anderen Weg zur Alpha-Basis hinauf finden. Vielleicht über einen der Seitengänge«, sagte Blakely. Sein Atem rasselte wegen der verräucherten Luft, und seine Augen waren rot angelaufen und tränten.

Jason blickte den Weg zurück, den sie hergekommen waren. Er hielt sich die Nase gegen den Gestank zu und sah, wie die schwarzen Rauchfetzen sich von ihm entfernten. Der Rauch stank nach geschmorten Gummireifen. Er konnte ihn förmlich schmecken. Das feuchte Tuch, das er vors Gesicht hielt, konnte den Geruch kaum abhalten.

Dennoch beschwerte sich keiner, denn der Rauch diente ihnen auch als Führer. Im Laufe des vergangenen Tages hatte er ihnen immer dann den richtigen Weg gewiesen, wenn sie an eine Tunnelkreuzung gelangten und sich entscheiden mussten, welchen Weg sie nehmen sollten.

»Umkehren? Ich weiß nicht«, sagte Linda hinter ihm, »in keinem der anderen Gänge wehte ein Lüftchen. Die Luft schien zu stehen.«

»Haben wir eine andere Wahl? Wir kommen nicht mehr vorwärts.« Blakely lachte unangenehm. »Und wenigstens entkommen wir diesem verfluchten Rauch.«

Jason trat an Lindas Seite. »Vielleicht komme ich durch das Loch durch.«

Linda schenkte ihm ein mattes Lächeln. »Nein, mein Süßer, es ist zu klein.«

»Lass mal sehen«, sagte Jason und quetschte sich zwischen Linda und Blakely durch. Er hustete, als ihm ein Fetzen dichter Rauch aus dem Loch entgegenwehte.

Blakely legte einen Arm um ihn. »Stop, Jason. Wir wissen nicht, wie stabil es ist. Außerdem hat Linda Recht. Es ist viel zu klein.«

Jason ließ nicht locker. »Das will ich sehen!« Er wand sich aus Blakelys Griff und ging in die Hocke. Der Rauch strömte wie eine massive Säule aus der Öffnung, genau auf ihn zu. Er steckte eine Faust hinein und war erstaunt über den Druck, den der Wind ausübte. So als würde er die Hand bei voller Fahrt aus dem Beifahrerfenster eines Autos halten. Aber sein Erstaunen verwandelte sich schnell in Übelkeit, als sein Arm den Luftstrom unterbrach und einen Strahl direkt auf sein Gesicht lenkte. Würgend zog er seine Hand wieder heraus. Vor seinen Augen tanzten Sterne, und er schnappte nach Luft.

Blakely legte ihm die Hand auf die Schulter und lächelte beinahe amüsiert. »Vorsicht, mein Junge, da steckt genügend Kraft hinter, um dich umzubringen.«

Jasons Gesicht lief rot an, und er schüttelte Blakelys Hand ab. Jetzt war er noch entschlossener, durch die Öffnung zu dringen. Bevor ihn jemand aufhalten konnte, füllte er seine Lungen mit Luft und kniff Augen und Lippen zu. Dann tauchte er in den rauchigen Luftstrom ein.

Zwar wurde er von dem Luftdruck sofort abgebremst, doch stemmte er sich mit den Füßen dagegen. Er zwängte einen Arm und die Schulter hindurch, drehte sich dann herum und versuchte, vorwärts zu krabbeln.

Wenn er nur seinen Kopf wenden und den Körper in die andere Richtung drehen könnte ... Aber die Steine leisteten bei jedem Versuch Widerstand. Wenige Sekunden später musste er einsehen, dass die Öffnung zu klein für ihn war. Enttäuscht zog er sich zurück, rollte auf die Seite und atmete mit einem langen Seufzer die angehaltene Luft aus.

Er sah, dass Blakely sich mit der Hand vor der Nase hin und her wedelte, da der aufgewühlte Rauch ihm ums Gesicht wehte. »Das war wohl nichts. Mit deiner Dummheit hättest du uns beide fast erstickt.«

»Aber ich wollte doch nur ...«

»Schluss jetzt mit dem Unfug. Wir müssen unsere Lage akzeptieren und einen anderen Weg finden. Dieser Tunnel ist für uns hier zu Ende.«

Jason schniefte und versuchte, keine Miene zu verziehen. »Aber ich habe herausgefunden, dass das enge Loch nur einen halben Meter tief ist. Nach diesem kurzen Stück wird der Tunnel wieder breiter, und wir können ihn wieder benutzen. Wenn wir einen Weg finden würden, der uns auf die andere Seite führt …«

»Ich fürchte nur, wenn du keine Hacke unter deinem Hemd versteckt hast, hilft uns das nicht viel.«

Jason, der sich nun geschlagen gab, ließ den Kopf hängen.

Linda legte ihm eine tröstende Hand aufs Knie. »He, du hast es wenigstens versucht. Und es ist ja nichts passiert. Zum Teufel, wenn wir schlauer gewesen wären, hätten wir einen Würfel von Khalids Plastiksprengstoff mitgenommen und uns den Weg frei gesprengt.« Sie hob sein Kinn mit einem Finger hoch. »Ich bin stolz auf dich.«

Jason versuchte erfolglos, ein Lächeln zu unterdrücken. »Danke.«

Sie wuschelte durch seine Haare und wandte sich wieder zu Blakely. »Ich fürchte, wir haben wirklich keine andere Wahl, als uns einen anderen Weg zu suchen.«

Blakely murmelte eine Antwort, doch Jason hörte nicht mehr hin. Stattdessen hallten Lindas letzte Worte in seinem Kopf: Würfel? Sprengstoff? Er stand auf. Könnte es sein …?

Er ging hinüber zu Linda, die sich gerade intensiv mit Blakely besprach, und zog sie am Ärmel. Linda blickte zu ihm hinunter, während Blakely die Stirn runzelte und ihn wegen der Unterbrechung zornig anblickte.

»Was ist denn, Jason?«, fragte sie und schob eine blonde Strähne hinter ihr Ohr.

Er trat unruhig auf der Stelle. »Hm, Linda, der Sprengstoff, von dem du gesprochen hast. Ich glaube, davon habe ich etwas.«

Blakely trat auf ihn zu. »Was? Wie?«

Linda hielt Blakely mit einer Hand zurück. »Jason, wie kommst du auf die Idee, du hättest Sprengstoff?«

Jason scharrte mit seinem Turnschuh über den felsigen Boden und schaute den anderen nicht in die Augen, während er ihnen erzählte, wie der Inhalt aus Khalids Tasche in Jasons Toilettenkabine gekullert war. »Ich habe das Zeug in meiner Sporttasche«, sagte er abschließend und zeigte auf die rote Nike-Tasche vor seinen Füßen. »Ich zeige es euch.«

Er zog den Reißverschluss auf und wühlte in der Tasche herum. Er hätte jemandem davon erzählen müssen. Bestimmt bekam er jetzt Ärger. Er schob den Tascheninhalt hin und her. Es war schwer zu finden, die Tasche war voller Sportkleidung, einem orangefarbenen Handtuch, Spielkarten, die lose herumflogen, Kleingeld für einen Videospielautomat. Wo war es bloß?

Nach einer vollen Minute war Blakely außer sich und rief: »Schütt alles auf den Boden!« Er versuchte, Jason die Tasche wegzunehmen.

»Warten Sie!« Jason zog seinen Nintendo-Gameboy aus der Tasche. »Der zerbricht sonst.« Er steckte den Gameboy in seine Jackentasche.

Blakely drehte die Tasche auf den Kopf und schüttelte. Jasons Sachen fielen heraus. Alle drei wühlten sich durch seinen Plunder.

Vorsichtig zog er seine Unterwäsche zum Wechseln heraus, damit Linda seine Boxershorts nicht zu sehen bekam. Als er die Wäsche unter dem Handtuch vesteckte, sah er das vertraute graue Material.

Er hob es auf und hielt es Linda hin. »Hier ist es.« Mit

einem schwachen Lächeln auf den Lippen nahm sie das verformte Material und betrachtete seine Handarbeit. »Schönes Flugzeug.«

Er zuckte mit den Schultern. »Ich habe gedacht, es wäre so etwas wie harte Play-Doh-Knete.«

Blakely schaute ungläubig zu. »Bist du sicher, dass das der Sprengstoff ist?«

Linda fischte ein Stück zerknittertes Zellophanpapier aus seinen Sachen. »Doch, das ist dasselbe Zellophan, mit dem auch die anderen Würfel verpackt waren.«

Blakely nahm ihr das Flugzeug ab und hielt es, als wäre es das teuerste und zerbrechlichste Kunstwerk der Welt. »Okay, wir haben also Sprengstoff, jedoch nichts, womit wir ihn zünden könnten. Wir brauchen ein Zündhütchen.«

»Was ist das?«, fragte Jason.

Blakely sah ihn nur finster an, doch Linda erklärte es ihm. »Das ist ein kleiner Sprengkörper, der den Brocken in die Luft jagt.«

»Wie ein Feuerwerkskracher?«

»Das würde schon reichen«, antwortete Blakely, »aber wir werden hier unten wohl kaum ein Geschäft finden, das Kracher verkauft.«

Jason stocherte in der Seitentasche seines Sportbeutels und holte die kleine rote Knallerbse hervor, die er dort vor neugierigen Augen verborgen hatte. »Funktioniert das?«

Blakely nickte und grinste. »Ich glaube schon.«

Linda lächelte ebenfalls, drehte sich um und drückte Jason an sich. »Du steckst voller Überraschungen, junger Mann.«

Jason wurde purpurrot. »Erzählt bloß meiner Mutter nichts von der Knallerbse. Sonst bringt sie mich um.«

Khalid ging vor der Gabelung in die Hocke und steckte den Kopf zuerst in den einen Gang, dann in den anderen. Wie ein Hund auf einer Fährte schnüffelte er in beide Richtungen. Im linken Tunnel bemerkte er einen scharfen Geruch, der ihm in die Nase biss. Rauch. Er ging hinein und hielt das brennende Feuerzeug vor sich. Er hatte, um Gas zu sparen, die Flamme auf die geringste Stufe eingestellt, so dass ihm nur ein schwaches Glimmen den Weg wies. Wenn ihm das Butangas ausging, wäre er blind und nicht mehr in der Lage, seinen Auftrag zu erfüllen. Daher musste er die winzige Flamme sehr pfleglich behandeln.

In dieser totalen Finsternis gab sogar das Flämmchen genügend Licht ab, um mehrere Meter weit zu sehen. Er marschierte zügig voran und verschwendete keine Zeit für Ruhepausen. Er konnte nicht sagen, wie weit ihm Linda und die anderen voraus waren. Aber vieles wies darauf hin, dass er auf der richtigen Fährte war: Fußspuren im Lehm, Verpackungsreste eines Nahrungsriegels, und an einer Stelle hatte offenbar jemand Wasser gelassen, denn der Ammoniakgeruch stach ihm in die Nase. Er war ihnen dicht auf den Fersen.

Während er durch die monotonen Gänge eilte, ging er seinen Gedanken nach. Wie von selbst verfolgte sein trainierter Körper die Spur weiter, umging Schlaglöcher, sprang über Felsspalten und kletterte über Hindernisse, die Steinschläge hinterlassen hatten – mit dem einzigen Ziel, die anderen einzuholen.

Linda schubste Jason weiter zurück hinter die Biegung des Tunnels und betete inständig, dass Blakely wusste, was er tat. Es war durchaus möglich, dass das ganze Tunnelsystem über ihnen zusammenbrach. Dennoch war ihr bewusst, dass sie das Risiko in Kauf nehmen mussten. Wenn sie zurückgingen, würde das in einer Katastrophe enden.

»Ich will zusehen«, sagte Jason.

»Nein, mein Süßer. Das ist zu gefährlich. Hier, steck dir

die Stöpsel in die Ohren.« Sie gab ihm zwei Wattebällchen aus dem Erste-Hilfe-Koffer. »Und wenn ich es dir sage, hältst du dir die Ohren zu und machst den Mund weit auf.«

»Warum?«

»Weil die Lautstärke der Explosion sehr gefährlich ist und dein Trommelfell zum Platzen bringen kann.«

Jason wollte nicht locker lassen. »Ich will aber trotzdem zugucken.«

Plötzlich tauchte Blakely vor ihnen auf; er war ein wenig außer Atem. »Alles fertig. Ich habe die Sprengladung so geformt, dass sie von uns weg explodiert. Seid ihr bereit?«

Linda nickte. »Sind Sie ein guter Schütze?«

»Kein schlechter, aber bei diesem Druck ...« Er zuckte mit den Achseln.

»Sie haben nur einen Schuss.«

Er hob die Leuchtpistole. »Ich weiß.« Die Knallerbse hatte er in den Plastiksprengstoff hineingedrückt. Und nun wollte er sie mit der Leuchtpistole aus sicherer Entfernung zünden. Er winkte die beiden weiter zurück.

Linda schob den Jungen hinter sich. »Viel Glück.«

Blakely wischte sich mit dem Ärmel über die nasse Stirn, dann ging er ein paar Schritte weiter den Tunnel entlang, um eine gute Schussposition einzunehmen. Linda bemerkte die violette Färbung seiner Lippen. Der Stress und die schlechte Luft bereiteten seinem Herz Probleme. Sie schaute ihm zu, während sie Watte in ihre Ohren stopfte, und bewunderte seine Ausdauer. Dann hob er den Daumen und zielte mit der Leuchtpistole auf den Sprengstoff.

Linda gab Jason das Zeichen, seine Ohren zu bedecken und den Mund zu öffnen. Er gehorchte, versuchte aber, an ihr vorbei nach Blakely zu schauen.

Mit zugehaltenen Ohren hörte sie das Ploppen der Pistole, als wäre sie eine Spielzeugwaffe, und sah, wie Blakely die Pistole senkte. Nichts passierte.

Er drehte sich zu ihr herum, zuckte mit den Schultern und öffnete gerade den Mund, als die Sprengladung detonierte. Die Druckwelle schien schneller als der Schall zu sein. Sie sah, dass Blakely zurückgefegt wurde, den Boden unter den Füßen verlor und gegen die Wand geschleudert wurde.

Bevor sie ihm zu Hilfe kommen konnte, wurde sie ebenfalls den Tunnel hinabgeschleudert und landete auf Jason. Das dröhnende Krachen rauschte über sie hinweg wie ein unsichtbarer Güterzug und mit einer Lautstärke, die ihr Bewusstsein beinah nicht mehr wahrnehmen wollte. Nach dem Dröhnen hörte sie nur noch ein dumpfes Klingeln in den Ohren. Staub und Rauch wirbelten durch den Tunnel und drangen ihr in die Atemwege. Jason und Linda befanden sich plötzlich im Innern einer Staubwolke, die im Licht ihrer Helmlampen milchig leuchtete. Wirbelnder Staub hatte sie verschluckt.

Linda half Jason auf. Er hielt seinen Ellbogen fest und zuckte vor Schmerz zusammen, schien sonst aber nicht verletzt zu sein. Sie war benommen und wusste nicht, in welcher Richtung Blakely sich befand. Er konnte verletzt sein. Sie nahm die Blendlaterne in der Hoffnung, dass das Licht die Dunkelheit besser durchdringen würde als die Helmlampe. Hektisch schwenkte sie den Lichtstrahl durch die staubige Luft. Nichts.

Jason zeigte mit einer Hand in eine Richtung und zog mit der anderen die Watte aus seinen Ohren. »Da drüben. Ich glaube, da ist ein Licht.«

Jetzt sah sie es auch. Ein Licht hüpfte auf sie zu. Erleichtert atmete sie auf. Sie eilte darauf zu, um Blakely zu helfen, und hoffte, dass der Weg nun frei war.

»Warte!«, rief Jason plötzlich und zog an ihrem Arm, um sie aufzuhalten.

Sie blickte zu ihm hinunter. »Was?« Als sie den Blick

wieder nach vorn richtete, drang eine Gestalt aus dem Rauch in ihren Lichtkegel. Es war nicht Blakely. Sie stolperte einen Schritt zurück. Nein!

Mit der einen Hand hielt Khalid ein Feuerzeug in die Höhe, mit der anderen richtete er eine Pistole auf sie. Blut rann aus einer Schnittwunde an der Schläfe über seine Wange. »Wie passend, dass ein Donnerschlag meinem Sturm vorausgeht«, sagte er und zielte mit der Pistole auf Lindas Brust.

Blakely stöhnte. Die Schmerzen in seiner Brust brannten wie Feuer. Zuerst dachte er, es wäre wieder sein Herz, aber dann bemerkte er, dass die Schmerzen zunahmen, wenn er einatmete, und abnahmen, wenn er ausatmete. Eine Rippe ist gebrochen, dachte er. Er fuhr sich mit der Hand über die rechte Seite seiner Brust. Der furchtbare Schmerz direkt unterhalb seiner Achselhöhle bestätigte den Verdacht. Definitiv gebrochen, aber nur eine. Verdammt, als wenn er nicht schon genug Probleme hätte. Blakely lehnte den Kopf zurück an die Wand und schloss die Augen. Er legte das feuchte Taschentuch wieder über die Nase, auch wenn es nach Schweiß und Schleim roch. Das war immer noch besser, als die rauchgeschwängerte Luft einzuatmen. Er wollte warten, bis sich der Staub gelegt hatte, und dann Linda beim Verbinden seiner Rippen helfen, bevor sie ihre Reise wieder aufnähmen. Blakely seufzte und wollte sich gerade etwas entspannen, als ihm plötzlich ein Schreck durch die Glieder fuhr. Was, wenn durch die Explosion der Gang nicht ausreichend erweitert worden war und sie immer noch nicht durchkamen? Oder schlimmer noch, der Durchgang nun ganz verschüttet war? Was, wenn er sich seine Rippe umsonst gebrochen hatte? Er brauchte Gewissheit.

Mit verzerrtem Gesicht und zusammengebissenen Zähnen versuchte er, die Stablampe an seinem Gürtel zu fassen.

Er zuckte vor Schmerzen zusammen, als er sie löste. Bei jeder Bewegung hatte er das Gefühl, dass ihn jemand mit einem stumpfen Messer stach – und es dann gnadenlos in der Wunde herumdrehte. Er kämpfte gegen den Schmerz an, hob die Lampe und schaltete sie ein. Der Strahl konnte den wirbelnden Felsstaub und den Rauch jedoch nicht durchdringen. Er konnte nicht weiter als drei Meter sehen.

Wenn er sich nur ein paar Meter vorwärtsbewegte, könnte er vielleicht die Explosionsstelle sehen. Was, wenn er alles vermasselt hatte, weil er die Ladung nicht richtig geformt hatte? Nein, das konnte nicht sein. Er hatte es genauso gemacht, wie Hans, der deutsche Sprengmeister, es ihm in der Alpha-Basis gezeigt hatte.

Es gab nur einen Weg, das herauszufinden. Vorsichtig stand er auf. Die Schmerzen brannten heftiger und trieben ihm die Tränen in die Augen. Doch ließen sie sich für eine Weile ertragen. Er holte tief Luft und machte sich auf die schmerzhaften ersten Schritte gefasst. Bevor er losging, hörte er hinter sich das Echo einer Stimme. Es war Linda. Gott sei Dank, wenigstens ihr ging es gut. Er leuchtete mit der Stablampe in ihre Richtung, doch war nur schwarzer Rauch zu sehen. Wegen des Pfeifens in seinen Ohren konnte er nur die lauteren Geräusche hören. Er schüttelte den Kopf und richtete den Lichtstrahl wieder auf die Explosionsstelle. Sie würden sicher bald bei ihm auftauchen.

Er ging einen Schritt nach vorn. Bevor sie zurückkehrten, wollte er das Ergebnis der Sprengung prüfen. Durch die Bewegung drang ihm der Schmerz tiefer in die Brust. Er atmete vorsichtig und flach, denn er wusste, das ihm ein abgebrochener Knochensplitter einer Rippe die Lunge aufschlitzen konnte.

Nach zwei weiteren Schritten musste er pausieren. Von seiner Stirn tropfte der Schweiß. Auch seinem Herzen tat das Ganze nicht gut, doch die Verzweiflung trieb ihn voran. Außerdem wollte er zuerst erfahren, ob die Sprengung gelungen war oder nicht.

Mit dem Lichtstrahl folgte er der Geröllawine, sah plötzlich die Wand, die ihren Weg blockiert hatte, und lächelte. Ein klaffender Spalt, groß genug für ein Elefantenbaby, ermöglichte ihnen nun den Durchgang.

Hinter ihm ertönte plötzlich das Echo eines Schusses. Instinktiv fuhr Blakely in die Höhe und verzog sofort das Gesicht vor Schmerz. Ein brennendes Stechen schoss ihm durch die Brust. Die Schmerzen raubten ihm beinahe das Bewusstsein, ihm wurde schwarz vor Augen, und er nahm vom Licht der Lampe nur noch ein Flackern wahr.

Er tat einen Schritt nach vorn und presste die Arme um seine Brust, um den Schmerz zurückzuhalten. Er hustete in das Taschentuch vor seinem Mund. Der Husten löste stechende Schmerzen aus, so dass er in die Knie ging. Er schmeckte das Blut in seinem Mund und riss sich angewidert das Taschentuch vom Gesicht. Ein Feuerwerk explodierte vor seinen Augen, während er gegen die Ohnmacht ankämpfte.

Da hörte er einen zweiten Schuss.

Linda zuckte zusammen, als die Kugel über ihr an der Felswand abprallte und an ihrem Ohr vorbeischoss. Khalid stand gelassen vor ihr und gab seinen Worten mit Feuerstößen aus seiner Pistole Nachdruck, die an der Wand abprallten. Sie legte Jason, der hinter ihr kauerte, die Hand auf den Kopf und versuchte, ihn zu beruhigen.

Khalid sprach langsam. »Ich hatte gehofft, du würdest die Bedeutung meiner Mission verstehen.«

»Khalid …«, setzte Linda an. Die Worte blieben ihr in der Kehle stecken, aber sie musste mit ihm sprechen. »Ich hatte doch keine Wahl. Ich konnte nicht zulassen, dass du sie dem sicheren Tod überlässt.«

Ehe sie sich's versehen hatte, schoss Khalid auf sie zu, stieß sie zur Seite, packte Jason am Arm und riss ihn von ihr fort. Sie verlor das Gleichgewicht, rutschte aus und fiel hart auf die Knie.

»Nicht, Khalid!«, flehte sie. Tränen standen ihr in den Augen. »Bitte. Ich tue alles.«

Einen Moment lang schien er zu zögern, und seine Pistole schwankte. Dann drückte er Jason fest an sich und presste den Lauf an dessen Schläfe. Jasons riss die tränenlosen Augen vor Angst weit auf. Seine Lippen waren weiß. Er wand sich in Khalids Griff, doch der wusste, wie man eine Geisel festhielt. Auch wenn Jason wie wild zappelte, blieb die Mündung immer dicht an seiner Schläfe. Linda ließ die Hoffnung sinken.

Plötzlich erklang eine Stimme. »Lassen Sie den Jungen los!« Blakely tauchte auf und jagte Linda einen Schreck ein. Sogar Khalid zuckte zusammen und trat einen Schritt zurück.

Blakely stützte sich mit einem Arm an der Tunnelwand ab. Mit der anderen Hand hatte er die Leuchtpistole auf Khalid gerichtet. Linda war klar, dass dies eine leere Drohung war. Die Leuchtpatrone hatte er verschossen. Doch das wusste Khalid nicht. Hoffnung keimte in ihr auf. Sie sah, dass aus Blakelys Mund Blut tropfte, und hörte seinen schweren Atem. Die Druckwelle der Explosion musste ihn schwer verletzt haben. »Ich habe gesagt«, keuchte er, »Sie sollen den Jungen loslassen!« Die Leuchtpistole in seiner Hand schwankte auf und ab, da ihn die Kräfte verließen.

Blakely trat zwischen Linda und Khalid. »Jetzt!«

Khalid schien vor der Pistole zurückzuschrecken. Doch dann stieß er wie eine Kobra vor und schlug Blakely die Pistole mit seiner Waffe aus der Hand. »Leere Drohungen können gefährlich sein, Doktor. Ich habe gesehen, wie sie mit der Leuchtpatrone die Explosion ausgelöst haben.«

Khalid wies nickend in die Richtung des erweiterten Durchgangs. »Danke übrigens.«

Blakely hustete und sackte gegen die Wand. Seine Lippen waren schmal und blau angelaufen vor lauter Schmerzen und Erschöpfung. Er blickte Linda an, und weiteres Blut floss aus seinem Mund. »Es tut mir Leid«, flüsterte er.

Sie ging hinüber zu Blakely, und Khalid machte einen Schritt zurück. Er hatte Jason die Pistole wieder an die Schläfe gesetzt. Linda prüfte Blakelys Puls, der schwach und unregelmäßig ging. Er brauchte sofort medizinische Betreuung. Sie wandte sich zu Khalid um, der ein paar Meter zurückgewichen war.

»Bitte, hör damit auf«, flehte sie. »Wir können doch alle zusammen hier fortgehen. Es gibt keinen Grund, irgendjemanden zu töten. Lass den Jungen laufen.«

Während er sie anschaute, tat er etwas Verblüffendes: Er bückte sich und legte seine Pistole auf den Boden. Eine Sekunde lang schöpfte sie Hoffnung. Doch als er sich wieder aufrichtete, zog er eine weitere Pistole aus einem verborgenen Holster über dem Stiefel. Nun legte er diese Waffe an Jasons Schläfe, den er immer noch an sich gepresst hielt.

»Du willst, dass der Junge am Leben bleibt?«, sagte Khalid mit zusammengekniffenen Augen. Er schob die Pistole mit dem Fuß zu Linda hin. »Dann töte Blakely.«

Sie starrte auf die Pistole, als wäre sie giftig und jede Berührung tödlich. »Wovon redest du?«, fragte sie und schaute Khalid entgeistert an.

»Wir schleppen zu viel Ballast mit uns herum. Ich nehme entweder den Jungen oder den Doktor mit. Die Entscheidung überlasse ich dir. In der Pistole befindet sich nur noch eine Kugel. Töte Blakely, oder ich töte den Jungen.«

»Nein!«, schrie sie und sprang entsetzt von der Pistole weg.

»Dann stirbt der Junge. Die Entscheidung liegt bei dir. Ich bin nur das Werkzeug.«

»Khalid ... bitte«, sagte sie tränenüberströmt, »lass mich das nicht tun.«

Blakely hob die Stimme. »Heb die Pistole auf.« Seine Worte klangen so sachlich und ruhig, dass sie ihm gehorcht hatte, bevor ihr klar wurde, was sie tat. Sie hielt inne, als ihre Hand über dem Griff schwebte.

»Tu es!«

Sie nahm die Waffe. Bei der Berührung spürte sie, dass sie immer noch heiß vom letzten Schuss war. Vorsichtshalber nahm sie sie in beide Hände und blickte zu Khalid auf.

Als ob er ihre Gedanken lesen könnte, warnte er sie: »Du hast nur einen Schuss, meine Liebe. Selbst wenn du mich triffst, wäre der Junge tot, bevor du den Finger gekrümmt hättest.«

Sie ließ die Schultern hängen. »Warum?«, sagte sie leise. »Warum tust du mir das an?«

»Ich brauche Hilfe. Und ich brauche Gehorsam. Ich werde dir beibringen zu gehorchen.«

»Ich kann das nicht«, sagte sie. »Ich kann nicht einfach so jemanden umbringen.«

»Hör zu«, sagte Blakely mit heiserer und belegter Stimme. »Du musst es tun.« Dann flüsterte er: »Du musst Zeit gewinnen. Er bringt uns sowieso alle um.«

»Aber ...«

Er hustete. Die Tränen standen ihm in den Augen, Schmerz zeichnete sein Gesicht. »Tu es. Ich schaffe es ohnehin nicht mehr.«

»Trotzdem ... ich kann es nicht«, flüsterte sie und ließ den Kopf sinken.

Blakely streckte die Hand nach ihr aus, legte sie ihr auf den Kopf und flüsterte ihr ins Ohr: »Meine Frau ist vor vier Jahren gestorben. Meine Kinder sind erwachsen. Sieben Enkelkinder habe ich in meinen Armen gewiegt. Ich habe ein reiches Leben hinter mir. Doch Jason steht erst am Anfang.«

Er hob ihren Kopf und nahm dann ihre Hände, mit denen sie die Waffe hielt. Er drückte sie ihr in eine Handfläche, hob ihre Hand hoch und drückte die Mündung gegen seine Stirn. »Sei stark, Linda.«

»Nein, bitte nicht«, flehte sie, und die Tränen flossen ihr über die Wangen.

Er schloss die Augen und hielt ihre Hand. Sie spürte, dass er unbeobachtet ihren Finger vom Abzug schob. »Ich weiß«, flüsterte er. »Aber dieser Hund darf nicht siegen.« Er legte seinen Finger statt ihrem auf den Abzug. Sie spürte, wie sein Finger zuckte. Dann rissen die Explosion und der Rückschlag ihr die Pistole aus der Hand. Scheppernd fiel sie zu Boden. Aus der Mündung stieg Rauch.

Vor Schreck erstarrt, stand Linda mit erhobenen Händen da, als hielte sie noch die Pistole. Blakely war zur Seite gesackt und starrte nun mit leeren Augen auf die gegenüberliegende Wand, in seiner Stirn war ein pfenniggroßes Loch. Die Wunde war so unscheinbar, als könnte sie mithilfe eines Heftpflasters verheilen.

»Nein«, stöhnte Linda und taumelte hin und her, »nein, nein, nein …«

Plötzlich war Jason an ihrer Seite und schlang von hinten seine Arme um sie. Khalid hatte ihn losgelassen. Jason hielt sie schweigend und starrte mit weit aufgerissenen Augen auf Blakelys leblosen Körper.

Linda drehte sich zu Khalid um. Er hatte die Pistole auf sie gerichtet. »Du hast versprochen, dem Jungen nichts anzutun.«

»Das werde ich auch nicht«, sagte er. Seine Worte waren kalt und bar jeden Mitgefühls für den Toten, der vor ihnen lag. »Im Gegensatz zu dir halte ich mein Wort. Und jetzt ist es Zeit für deine nächste Lektion.«

»Ich kann doch nicht die ganze Zeit über gefesselt bleiben«, protestierte Linda. Ihre Versuche, die Schnüre zu lockern, mit denen er sie gefesselt hatte, führten nur dazu, dass sie sich tiefer einschnitten.

»Du bist schlau, Linda«, sagte Khalid und schmunzelte über ihre Befreiungsversuche. »Und wir haben noch einen langen Weg vor uns, bevor wir in der Alpha-Basis ankommen. Du läufst mir nicht noch einmal davon.« Er packte Jason am Oberarm und zerrte ihn unsanft den Tunnel entlang. »Darauf kannst du Gift nehmen.«

Sie fürchtete, er würde Jason etwas antun, und rief ihm nach: »Was machst du … Du hast versprochen, ihm nichts zu tun!«

»Nur keine Sorge. Ich halte mein Wort.« Er verschwand um die nächste Kurve.

Sie starrte auf die Wände um sie herum. Ihr Herz klopfte so heftig, dass sie kaum noch atmen konnte. Was hatte er jetzt vor? Ein letztes Mal zog sie an ihren Fesseln.

Sie blickte sich um. Ihr Helmlicht hatte nur einen schwachen Strahl. Wenigstens war der Rauch schwächer geworden, so dass sie ohne Taschentuch atmen konnte. Doch stach er ihr immer noch in Augen und Nase.

Sie leuchtete mit ihrer Helmlampe in die andere Richtung und versuchte zu erkennen, was Khalid plante. Ab und zu drang ein Wort oder ein Echo aus der Richtung zu ihr, in die Khalid und Jason verschwunden waren. Was hatte er bloß vor?

Beinahe zwei Stunden vergingen, bis sie das Schaben von Stiefeln auf Felsgestein hörte, ein deutliches Zeichen, dass die beiden zurückkehrten. Erschöpft wie sie war, war sie fast eingeschlafen. Es mussten mindestens vierzig Stunden vergangen sein, seit sie zum letzten Mal geschlafen hatte.

»Alles in Ordnung, Jason?«, fragte sie.

Der Junge nickte, machte aber ein merkwürdiges Gesicht.

Khalid kam zu ihr und löste ihre Fesseln. »Ich schlage das Lager auf«, sagte er. »Wir bleiben sechs Stunden hier und ziehen dann weiter.«

Während sie ihre roten Handgelenke rieb, bemerkte sie, dass Khalid seine Waffe nicht mehr trug. Sehr seltsam, sie hatte ihn seit Blakelys Tod nicht mehr ohne Pistole in der Hand gesehen. Er wandte ihr den Rücken zu, ging fort und ließ Jason und sie allein. Seine Nachlässigkeit machte sie unruhig. Sie hätte sich Jason schnappen und weglaufen können, aber sie wollte es erst gar nicht versuchen; er würde sie doch wieder einholen. Dennoch beunruhigte sie seine Sorglosigkeit.

Sie kniete sich an Jasons Seite. »Hat er dir wehgetan?«

»Nein, aber ... Ich konnte mich nicht dagegen wehren.« Plötzlich brach Jason in Tränen aus.

Sie drückte ihn an sich. »Was ist denn, Jason? Sag es mir doch.«

Sein Schluchzen ging in ein krampfhaftes Zittern über. »Er ... er ... Ich will nicht sterben!«

Sie hielt ihn ganz fest und ließ ihn langsam zur Ruhe kommen. Nach mehreren Minuten schniefte er ein letztes Mal. »Ich bringe dich hier raus, das verspreche ich dir«, sagte sie und hoffte, dass sie das Versprechen halten konnte. »Nun hol tief Luft und erzähl mir, was passiert ist.«

Er ließ den Kopf hängen und hob dann sein Hemd hoch. Sie zuckte ein wenig zurück, weil sie befürchtete, er würde ihr Spuren einer körperlichen Misshandlung zeigen. Aber was Jason ihr zeigte, war schlimmer.

»Mein Gott!«, japste Linda. »Was hat er mit dir gemacht?«

Jason zog vorsichtig an dem schwarzen Nylongürtel, der fest um seinen weißen Bauch gezogen war. Die Umrisse grauer Plastiksprengstoffwürfel drückten sich durch den Gürtel. Die Würfel waren durch farbige Drähte miteinander verbunden. Sie guckte genauer auf die große Gürtelschnalle. Eine leuchtende LED-Anzeige mit einer kleinen Tastatur, so groß wie eine Visitenkarte, war an der Schnalle befestigt. Ein Bündel farbiger Kabel führte in die Tastatur hinein. Kleine rote Zahlen auf dem Display zählten rückwärts.

»Warum?«, murmelte Linda zu sich selbst.

»Er hat gesagt, es wäre eine Lektion in Gehorsam«, antwortete Jason. »Alle zwei Stunden muss Khalid einen geheimen Code eingeben, oder die Bombe geht in die Luft. Und wenn ich den Gürtel ablege, explodiert sie auch.«

Linda ließ die Schultern herabsacken. »Dieser Schweinehund. So sind wir von ihm abhängig. Wenn wir fliehen oder Khalid etwas passiert, dann …« Sie sprach nicht zu Ende.

»… dann fliege ich in die Luft«, führte Jason den Satz zu Ende. »Er hat gesagt, es würde nicht wehtun.«

»Das alles hat er dir erklärt? Was für ein Monster ist er bloß?«

Jason antwortete mit leiser Stimme: »Ein schlaues.«

26

Ashley zog Harry am Ärmel. Sie bemerkte, wie ähnlich er Major Michaelson sah, besonders mit dem strengen Gesichtsausdruck, den er gerade hatte, mit den zusammengepressten Lippen und der tiefen Furche über der Nase. »Worüber haben die sich gerade gestritten?«, fragte sie.

Mo'amba war dem Häuptling bereits hinaus gefolgt, und ein großer Teil der Krieger war in unterschiedliche

Richtungen verschwunden. Sie blickte sich um. Ein kleiner Kader von Stammesangehörigen mit Speeren umgab sie immer noch und warf ihnen misstrauische Blicke zu.

»Und was für einen Ärger bekommen wir jetzt?«, fragte sie, wieder zu Harry gewandt.

Er beobachtete die Krieger mit zusammengekniffenen Augen und sagte: »Ärger ist ein harmloses Wort dafür. Sie haben entschieden, dass ihr beiden doch sterben sollt.«

Ashley schaute ihn entsetzt an. »Aber wieso? Was ist mit Ihnen und Michaelson?«

»Wir sind von der Kriegerkaste adoptiert worden. Diese Kaste besitzt einen strengen Ehrenkodex – sie nennen es *Il'-jann*. Nicht einmal die Ältesten mischen sich da ein. Sie beide dagegen sind Fremde. Sündenböcke.«

Ashley blickte zu Ben. Eigentlich hätte sie um ihr eigenes Leben fürchten müssen, doch es war das Schicksal ihres Sohnes, das sie bedrückte und ihr die Kehle zuschnürte. Sie durfte noch nicht sterben … nicht bis sie Jason in Sicherheit wusste.

Ben beobachtete fortwährend die nackten Krieger um sich herum, doch sie schaffte es, seinen Blick auf sich zu ziehen. Er drückte tröstend ihren Arm. »Ich weiß, ich weiß«, sagte er, als könnte er ihre Gedanken lesen. »Wir kommen hier schon raus und finden Jason.«

Ashley holte tief Luft und wandte sich zu Harry. »Was ist mit Mo'amba?«

Harry schüttelte den Kopf. »Ihr Häuptling, Bo'rada, hat den übrigen Stamm gegen Sie aufgewiegelt. Aber eins muss man dem Alten lassen. Mo'amba hat es geschafft, eine Versammlung des Ältestenrats einzuberufen, bevor das Urteil vollstreckt wird – und das in letzter Minute. Sie ist für morgen Vormittag angesetzt.«

Ben trat auf ihn zu. »Wie wäre es dann, wenn wir heute Nacht ausbrechen würden?«

Harry seufzte und schüttelte den Kopf. »Das schafft ihr nie. Da draußen lauern zu viele Hinterhalte, Fallen und Bestien auf euch. Selbst wenn es euch gelingt, unbeschadet an ihnen vorbeizukommen – diese kleinen Kerle kennen das Gelände wie ihre Westentasche. Sie schneiden euch die Kehle durch, bevor ihr sie überhaupt kommen hört.«

Ben rieb sich die Schläfe. »Verdammt will ich sein, wenn ich mich kampflos ergebe. Ich werde ...«

Ashley unterbrach ihn. »Harry, werden wir die Gelegenheit bekommen, bei dieser Ältestenversammlung etwas zu sagen?«

»Ich nehme es an.«

»Könnten Sie für mich übersetzen?«

»Ja, natürlich. Vielleicht nicht perfekt, aber ich werde mein Bestes tun.«

»Gut. Sie stehen uns zwar feindselig gegenüber, doch aus ihren Felsmalereien kann man schließen, dass sie normalerweise eine friedliebende Gemeinschaft sind. Sozial eingestellt. Alles wird geteilt, die Kranken und Schwachen werden mitgetragen, fast wie eine große Familie.«

»Sie nahmen mich wie einen der Ihren auf«, bestätigte Harry.

Ashley nickte. »Irgendetwas hat sie aufgewühlt und so aggressiv gemacht. Wenn wir herausbekommen, was es ist, können wir vielleicht unsere Haut retten.«

»Und was ist, wenn nicht?«, murrte Ben.

Ashleys Stimme wurde kalt. »Dann kämpfen wir.«

Plötzlich erklang von der Siedlung her ein Gong, der beinahe sogar die Felsen zum Schwingen brachte. Wie auf ein Stichwort hin eskortierten die Wachen sie durch das Labyrinth der Tunnel in eine andere große Höhle. Ben und Ashley wurden hineingetrieben, und mehrere Wachen stellten sich vor den Eingang, um eine Flucht zu verhindern.

Harry sprach vom Eingang aus zu Ashley. »Dennis und

ich müssen die Nacht im Lager der Krieger verbringen, aber ich sehe zu, dass ich morgen früh sofort wieder hier bin. Vielleicht können wir sie überzeugen.«

»Bitte kommen Sie unbedingt«, sagte Ben. »Ich konnte noch nie gut Scharade spielen.«

Ashley sah den Brüdern nach. Dann schaute sie sich in ihrer Höhle um. Über die Höhle verteilt lagen meterbreite Kissen mit zusammengefalteten Laken darauf. Jedes war in einer unterschiedlichen Farbe und einem anderen Muster gefertigt. In den Ecken waren steinerne Wasserbecken im Boden eingelassen.

»Ich nehme an, das ist unsere Zelle«, sagte Ben und trat eines der Kissen durch den Raum.

Ashley nickte. Ihre Arme hatte sie vor der Brust verschränkt. Nach all dem Stress des Tages fühlte sie sich vollkommen leer.

Ben legte den Arm um sie. »Es wird alles gut werden«, sagte er so sanft und leise, als würde ein anderer Mensch mit ihr sprechen. Sie sah ihn an. Wo war der laute Draufgänger geblieben? Er drückte ihren Arm und hielt sie fest.

»Ich mache mir solche Sorgen um Jason«, sagte sie und lehnte sich an ihn. »Diese Ungewissheit ist eine Qual. Was, wenn …«

Ben legte einen Finger auf ihre Lippen. »Psst. Deinem Sohn geht es gut.« Wieder waren seine Worte so klar und ruhig, dass sie ihm einfach glaubte. Sie blickte in seine ernsten blauen Augen, die jetzt nicht mehr die eines Spaßmachers waren. Es wäre so einfach, sich darin zu verlieren und diesen breiten Schultern all die Belastungen und Sorgen für eine Weile zu überlassen.

Alte emotionale Wunden drohten aufzubrechen, und sie wollte protestieren, doch bevor sie ein Wort sagen konnte, hatte Ben sich über sie gebeugt, statt des Fingers sanft seine Lippen auf ihren Mund gedrückt und auf diese Weise jedem Einwand den Wind aus den Segeln genommen. Sie gab nur noch ein leises Seufzen von sich.

Dann glitten seine Lippen an ihrem Hals hinunter, und seine bärtige Wange streifte ihren Wangenknochen, als er die sanfte Biegung ihres Halsansatzes liebkoste. Sie verlor sich in der sanften Stärke seiner Umarmung, legte ihren Kopf zurück und bot ihm ihren Hals ganz an.

Nur für einen Moment hielt er inne, hob den Blick, um in ihre Augen zu blicken, die Wangen gerötet vor Leidenschaft. Sie wusste, dass das ihre letzte Gelegenheit war. Noch konnte sie ihn aufhalten, sagte ihr sein Blick. Einen ängstlichen Augenblick lang verkrampfte sie sich und wehrte sich dagegen, sich ihm ganz hinzugeben und das Risiko einzugehen, wieder verlassen zu werden und die Trennung verwinden zu müssen.

Er schien ihre Furcht zu spüren und zog sich ein wenig zurück, das Feuer in seinen Augen wich einer liebevollen Sorge. Noch nie hatte sie einen so leidenschaftlichen Mann getroffen, der gleichzeitig so voller Mitgefühl war. Sie sah, wie ihre Hand in sein dichtes Haar griff und ihn zu sich zog, als würde sie versinken und sich zur Wasseroberfläche kämpfen.

In seinen Armen geborgen ließ sie sich von ihm hochheben und sanft auf die Kissen legen.

Ben starrte an die Felsendecke und konnte keinen Schlaf finden. Ashley hatte sich an seiner Seite zusammengerollt, einen Arm über seine Brust und ein Bein über seinen Bauch gelegt. Als sie sich im Schlaf bewegte, erwachte Bens Verlangen erneut. Er musste sich beherrschen, um nicht über sie herzufallen und wieder die Tiefen ihrer Leidenschaft auszuloten. Er wusste, dass sie Schlaf brauchte. Der nächste Tag würde viele Herausforderungen mit sich bringen. Dennoch ... er konnte der Versuchung nicht widerstehen und fuhr mit dem Finger über ihre rechte Brust. Sie stöhnte leise im Schlaf.

Gerade als er ihre Schläfe küssen wollte, wurde ihm schwarz vor Augen, so, als stülpe ihm jemand einen Sack über den Kopf. Er stürzte in die Schwärze, fort vom Licht und von Ashley.

Eine Stimme schreckte ihn auf. »Es ist langsam Zeit, Benny!«

In der Dunkelheit leuchtete die Vision seines Großvaters auf, der im Schneidersitz auf einem Kissen nur wenige Meter entfernt von ihm saß. Stöhnend setzte sich Ben auf. Als er genauer hinschaute, verwandelte sich sein Großvater in Mo'amba.

Der Alte nickte ihm zu. »Ich habe lange warten müssen, bis du mein Rufen gehört hast.«

Ben räusperte sich und blickte auf seinen nackten Körper, dem die Erregung noch anzusehen war. Er bedeckte seine Blöße mit den Händen. »Ich hatte zu tun.«

Mo'amba räusperte sich. »Ich denke, dreimal ist mehr als genug. Nun ist es Zeit, dass wir miteinander reden.«

Ben zog sich eine Decke über den Schoß. »Du hast Recht. Ich habe eine Menge Fragen an dich. Zum Beispiel, warum euer Häuptling uns an den Kragen will.«

»Er und der Stamm fürchten sich. Viele sind gestorben. Die *Cra'kan* haben ihre Überfälle auf unser Territorium vervielfacht, haben ganze Herden unserer Tiere vernichtet, unsere Wachposten durch ihre unvermuteten Angriffe überrascht und viele getötet.«

»Aber was hat das mit uns zu tun?«

»Seit unzähligen Generationen befinden sich die *Cra'kan* mit uns im Kampf. Nach der Großen Teilung unseres Volkes strandeten wir gemeinsam hier. Als wir damals in dieser Unterwelt Schutz vor der Kälte und den *Cra'kan* suchten, folgten sie uns. Schließlich wurde durch eine Katastrophe der Zugang zur Erdoberfläche vor uns verschlossen, so dass wir gemeinsam in der Falle steckten.«

»Wie habt ihr überlebt?«

»Wir passten uns an. Während ihr Maschinen und eiserne Werkzeuge erbaut habt, die euch das Leben erleichtern, haben wir lebende Werkzeuge gezüchtet – Pflanzen und Tiere, die *uns* das Leben erleichtern. Wir lernten, von beiden das auszuwählen, was unsere Bedürfnisse am ehesten befriedigte, und gaben das Wissen weiter. Wir lernten, wie man Pflanzen anbaut, die uns als Nahrung dienten.« Er zeigte auf die Wand. »Sogar wie man das Licht züchtet, das uns führt. Wir passten uns an. Aber die *Cra'kan* nicht. Sie suchen seither die Randgebiete unserer Siedlung heim und leben von den Abfällen unserer Arbeit. Aber versteh mich nicht falsch, sie sind voller Tücke. Ständig stellen sie unsere Krieger auf die Probe und versuchen, eine Bresche in die Siedlung zu schlagen.«

»Warum habt ihr bei all eurer Klugheit nicht einen konzentrierten Angriff auf sie unternommen, um sie auszulöschen? Sie ein für alle Mal zu erledigen?«

Mo'amba schüttelte den Kopf. »Das dürfen wir nicht. So wie sie uns zum Überleben brauchen, brauchen wir sie. Ihr Kot enthält eine Substanz, den wir zum Anbau unserer Nutzpflanzen benötigen. Ohne diese Substanz würden die Pflanzen sterben. Und wir auch. Wir treiben sogar unser altes Milchvieh, also die Tiere, die nicht mehr genügend Milch geben, in das Territorium der *Cra'kan*, um sie ihnen zum Fraß vorzuwerfen.«

»Ihr füttert diese Bestien? Kein Wunder, dass es so viele gibt.«

»Wir müssen ihre Populationsgröße konstant halten, damit sie genügend Substanz produzieren. Unsere Jäger haben in erster Linie die Aufgabe, die Substanz einzusammeln und hierherzubringen.«

»Scheiße sammeln«, sagte Ben. »So viel zum Berufsbild des edlen Jägers.«

»Und ob sie edel sind. Sie riskieren sehr viel, wenn sie ins Territorium der *Cra'kan* eindringen. Besonders ohne die Weitsichtigkeit der *Heri'huti.*« Der Alte schaute ihn bedeutungsvoll an.

»Darüber sollten wir nicht schon wieder sprechen«, sagte Ben, denn er fürchtete, dass Mo'amba ihn wieder auffordern wollte, hier zu bleiben und dem Stamm zu helfen, einem Stamm, der ihn im Augenblick lieber tot als lebendig sah. »Du hast mir immer noch nicht verraten, warum dieses verfluchte Todesurteil über uns verhängt wurde.«

»Darauf wollte ich gerade zu sprechen kommen. Wir haben seit Jahren unsere Messer und Lanzen geschliffen, um uns die *Cra'kan* vom Leib und aus unserem Leben fern zu halten. Eines unserer Hauptverteidungsmittel ist das *Tin'ai'fori*. Es ...«

Ben hob die Hand. »Einen Moment mal. Was ist das?«

Mo'amba presste nachdenklich die Lippen zusammen und runzelte die Stirn. »Ihr besitzt kein Wort dafür.« Er griff hinter sich und kratzte ein wenig leuchtenden Schimmel von der Wand. »Es ist eine besondere Art davon. Aber tödlich. Diese zentrale Höhle haben wir mit einer besonders dicken Schicht *Tin'ai'fori* umgeben. Es schützt unsere Siedlung.«

»Wie kommt es dann, dass diese Bestien – äh, *Cra'kan* – nun in der Lage sind, zu euch durchzudringen und plötzlich zu überfallen?«

»Die Antwort auf diese Frage ist ein Geheimnis, das die Anführer und die Kriegerkaste hüten.« Mo'amba räusperte sich, und seine Stimme wurde plötzlich tiefer und leiser, als könnte jemand ihr Gespräch belauschen. »Das *Tin'ai'fori* stirbt. Ganz langsam werden die Ränder unseres Verteidigungsrings schwarz und fallen ab, wodurch unser Schutz vor den *Cra'kan* immer dünner wird. Letzten Endes wird dieser Ring ganz verschwinden.«

Ben stellte sich vor, wie ganze Herden dieser Bestien in die Geborgenheit der Höhle einfielen. Auch wenn ihn dieses Volk zum Tode verurteilt hatte, so lief ihm doch bei dem Gedanken an das Blutbad ein Schauder den Rücken hinunter. »Aber was hat das alles mit uns zu tun?«

»Das Sterben der *Tin'ai'fori* begann kurz nach der Ankunft deiner Leute.«

»Was? Wie denn das?«

»Ich weiß es nicht. Einige Krieger und ich glauben, dass es ein Zeichen ist. Ein Omen, dass es Zeit ist, zur Erdoberfläche zurückzukehren. Aber viele andere glauben, dass ihr Dämonen seid, die uns vernichten wollen.«

»Und ich nehme an, euer Häuptling ist auch dieser Überzeugung?«

Mo'amba nickte. »Wie die meisten anderen auch.«

»Wie überzeugen wir ihn vom Gegenteil? Ich vermute, das Wort eines Dämons wird ihm wenig bedeuten.«

»Das ist richtig. Daher musst du morgen meinen Anweisungen folgen. Dein Artgenosse Harry wird uns dabei helfen. Ohne dass er es bemerkt hat, habe ich ihm während seiner Traumzeit die Grundbegriffe unserer Sprache beigebracht, ihm geholfen, sich mit uns zu verständigen. Hör ihm gut zu.«

»Was hast du vor?«

Mo'ambas Bild wurde blass, und als der Kontakt unterbrochen wurde, hob er die Hand zum Abschied. »*Morgen.*«

27

An nächsten Morgen ging Ashley in ihrer Höhle auf und ab und grübelte über das nach, was Ben von ihrem einzigen Verbündeten, Mo'amba, erfahren hatte. Wie sollten sie gegen den Aberglauben ankommen? Wie so viele Missionare, die von abergläubischen Eingeborenen in entlegenen Winkeln der Welt ermordet worden waren, fragte sie sich nun auch, wie so etwas passieren konnte.

Ben trat hinter sie, nahm sie in die Arme und legte seine Wange an ihre. »Du gräbst noch eine Furche in den Boden, wenn du weiter so auf und ab gehst«, sagte er.

Sie seufzte. Er hatte Recht. Sie musste einfach abwarten. Noch eine zweite Sorge plagte sie. »Hör mal, wegen letzter Nacht.«

»Hm?« Er drückte sie fester an sich.

»Ich war ... also, ich meine ... nur weil wir beide ... ich erwarte nicht, dass du ... weißt du ... es war ein Augenblick.«

»Jetzt hör mal zu, Lady, versuch bloß nicht, dich herauszureden. Ich bin kein One-Night-Stand. Glaubst du etwa, du könntest mich einfach so benutzen und dann fortwerfen?«

Sie lächelte schwach. Plötzlich war ihr die Intimität unangenehm, und sie wand sich aus seiner Umarmung. War es ihm wirklich so ernst, wie es aus seinen Worten klang? Wie viele andere Männer hatten ewige Treue geschworen und waren heimlich aus ihrem Bett geschlüpft und in die Nacht entschwunden? Und wie war das mit ihrem Exmann? Scott hatte genauso ernsthaft geschworen, sie zu ehren und zu lieben, und was war hinterher daraus geworden? Sie legte die Hand auf ihren Bauch und erinnerte sich an den Verlust und die Schmerzen.

Sie entfernte sich einen Schritt von Ben und versuchte,

seinen verletzten Blick zu meiden. »Wir müssen einen Plan schmieden. Nur für den Fall, dass wir sie nicht mit Worten überzeugen können. Michaelson hat immer noch einen Rucksack voller Waffen. Wir sollten …«

Plötzlich wurde sie von einem Aufruhr vor dem Eingang unterbrochen. Sie fuhr herum und sah, wie sich Harry an den Wachen vorbeidrängte. Michaelson hinkte mit einem Speer als Krücke hinter ihm her. Im Stillen seufzte Ashley erleichtert auf über die Unterbrechung und war froh, dass die anderen den intimen Moment störten.

Sie räusperte sich. »Haben Sie … ach was, hast *du* etwas erfahren können, Harry?«

Er nickte. »Ich bin die ganze Nacht auf den Beinen gewesen und habe versucht, aus dem Klatsch und Tratsch irgendwelche brauchbaren Informationen zu gewinnen. Man braut hier so eine Art Fusel, der aus einer speziellen Schimmelart gewonnen wird – schmeckt wie warme Zahnpasta. Aber was soll's, Suff ist Suff.«

»Jetzt erzähl schon«, brummte Ben mürrisch, »wir haben nicht den ganzen Tag Zeit.«

Ashley blickte ihn kurz an. Es war nicht seine Art, Leute derart anzufahren.

Harry blinzelte mehrmals mit den Augen, offensichtlich übermüdet, vielleicht auch verkatert. »Egal, dieser kleine Schlummertrunk hat die eine oder andere Zunge gelöst. Es scheint so, als ob jeder glaubt, ihr tötet ihren wertvollen Schimmelpilz.«

Ashley nickt. »Das wissen wir schon.«

Er hob die Brauen. »Woher zum Teufel …«

»Das tut jetzt nichts zur Sache. Was hast du über die Versammlung des Ältestenrats erfahren können? Wird man uns Gelegenheit geben, uns zu verteidigen?«

Harry schaute sie wissend an. »Aus der Gerüchteküche hört man, dass Mo'amba euch verteidigen wird. Auch wenn er alt ist, will es sich doch niemand mit ihm verderben. Daher haben wir vielleicht die winzige Chance, sie zu überzeugen.«

»Wir brauchen auch einen Ersatzplan.« Sie warf einen Blick auf Michaelson und registrierte, dass er immer noch die Pistole im Holster trug. »Wie steht es mit unserer Bewaffnung?«

Michaelson schlug auf sein Holster. »Das hier, eine kurzläufige AK-47, und mein Gewehr zum Zusammensetzen hinten in Harrys Höhle.«

»Wie stehen die Chancen, dass wir uns den Weg freischießen?«

»Darauf würde ich keinen Pfennig verwetten. Ich habe den Verhandlungsraum gesehen. Er liegt mitten in der Siedlung. Ich bezweifle, dass wir da herauskommen. Und selbst wenn wir es schaffen, müssen wir den Weg hinauf finden.«

Ashley runzelte die Stirn. »Dann sollten wir besser alles daran setzen, verdammt überzeugend aufzutreten.«

In der Ferne begannen die Trommeln einen langsamen Rhythmus zu schlagen. Die Wachen am Eingang wurden unruhig. Einer bellte einen Befehl.

Harry wandte sich zu Ashley. »Showtime.«

Das Erste, was Ashley im Verhandlungsraum auffiel, war der Boden. Der Felsen war spiegelglatt poliert und wirkte rutschig, wie schwarzes Eis. In der Mitte des Raums senkte sich der Boden in eine schüsselähnliche Grube. Säulen standen wie Wachposten in einem Kreis um den Raum herum. Sie waren ebenso seidig glatt poliert wie der Boden. Girlanden aus Schimmelpilz, die mal rot, mal grün leuchteten, hingen an den Säulen herab und bildeten kunstvolle Muster. Ähnliche Muster in phosphoreszierenden Linien schmückten die Wände.

Acht Kissen mit Troddeln, jedes in einer anderen Farbe,

umgaben die Grube in der Mitte. Dies war der einzige Bereich des Raums, der nicht poliert war und aussah, als hätte man ihn erst kürzlich aus dem Fels gehauen. Obwohl Ashley sich immer wieder Sorgen um Jason machte und sie die Angst um Bens und ihr eigenes Schicksal plagte, dachte sie wie eine Anthropologin. Ihr Verstand beschäftigte sich unaufhörlich mit den Geheimnissen dieses Volks. Worin bestand zum Beispiel die kulturelle Bedeutung dieser Gruben? Beinahe jede bewohnte Höhle – selbst die Alpha-Basis – hatte diese Vertiefung in der Mitte. Zuerst hatte sie angenommen, es wären Feuerstellen. Aber seit sie gesehen hatte, wie dieses Volk lebte, glaubte sie nicht mehr an diese Erklärung. Bisher hatte sie noch keinen brennenden Herd gesehen. In Anbetracht der zahlreichen kochenden Quellen, der vulkanischen Wärme und des Mangels an Holz gab es für sie keinen Grund mehr, an der kulturellen Notwendigkeit von derart zahlreichen Feuerstellen festzuhalten. Worum handelte es sich dann?

Eine Wache stieß sie in den Rücken, und sie stolperte in den Raum hinein.

Ben gab ihr einen Stups. »Sieht so aus, als wären wir die Ersten.«

Ashley ging zur Seite, um für Harry Platz zu schaffen. Michaelson machte einen Umweg zum Lager der Jäger, um dort sein Gewehr zusammenzusetzen und zu laden. Die Pistole des Majors drückte ihr ins Kreuz – Ashley hatte sie in ihren Gürtel gesteckt und mit dem über die Hose hängenden Hemd verdeckt. Nur für den Fall, dass alles schief ging, würden sie die Pistole gebrauchen, um das Gebiet der Jäger zu erreichen und mit Michaelson zusammenzutreffen … und mit seinem Arsenal.

Eine Stammesangehörige betrat den Raum durch einen anderen Eingang. Sie trug einen Stab, dessen Spitze mit einem Amethyst besetzt war. Ihre hängenden Brüste ließen unschwer ihr Geschlecht erkennen, und ihr Bauch verriet, dass sie höchstwahrscheinlich schwanger war. Sie schritt durch den Raum, um sich auf eines der Kissen zu knien. Zwei Wachen flankierten sie. Sie beachtete Ashley und deren Leute nicht und vermied den Blickkontakt, als sie sich niederließ.

Dagegen gab sie dem nächsten Ratsangehörigen mit einem Kopfnicken ein Zeichen, den Raum zu betreten. Es kostete Ashley ein wenig Überwindung, ihn anzuschauen, denn ihm fehlte eine Hand, und eine klaffende Narbe lief über sein Gesicht. Er zog sein linkes Bein ein wenig nach, als er auf das purpurne Kissen zusteuerte und sich mit einem lauten Seufzen daraufplumpsen ließ.

Harry näherte sich Ashley. »Das ist Tru'gula. Er ist der Anführer der Kriegerkaste. Er sieht zwar heruntergekommen aus, aber er ist ein scharfer Hund.«

Obwohl Harry geflüstert hatte, hatte Tru'gula seine Worte anscheinend mitbekommen, denn er warf ihnen einen finsteren Blick zu. Harry ging wieder einen Schritt zur Seite und schwieg, als eine Prozession von Gestalten mit Stäben an ihnen vorbeischritt, die sich auf den restlichen Kissen niederließen. Bald standen auch zahlreiche bewaffnete Wachen an den Wänden. Ashley rutschte hin und her und versuchte, die Pistole in eine bequemere Stellung zu bekommen. Doch auch wenn sie ihr ins Kreuz drückte, gab ihr das Gefühl eine gewisse Sicherheit.

Mo'amba ging nah an Ashley vorbei, als er zu seinem rotgelb karierten Kissen humpelte. Auch er ignorierte sie.

Als Letzter traf der Häuptling des Stamms, Bo'rada, ein. Harry hatte ihr erzählt, das Bo'rada der Sohn des letzten Häuptlings war. Man hatte ihm das Amt aus Respekt für seinen Vater verliehen. Die meisten Räte tolerierten ihn, doch genoss er keinen guten Ruf, sagte man ihm doch nach, er sei zu sprunghaft und fälle Entscheidungen zu unüberlegt. Der Rat neigte dazu, sich Entschlüsse lange durch den Kopf gehen zu lassen. Manchmal brauchte er für einfache Angelegenheiten Jahre. Der junge Häuptling mit seiner unsteten und aufbrausenden Art war besonders für die älteren Ratsmitglieder eine Blamage.

Dennoch hatte er seine Anhänger. Harry machte Ashley auf ein besonders dünnes männliches Stammesmitglied aufmerksam, dessen Blick unstet umherwanderte. Seine Hände zupften fortwährend an dem Kissen, auf dem er saß, als ob er keine bequeme Position für seinen knochigen Körper finden könnte. »Sin'jari«, sagte Harry. »Ein schmieriger Speichellecker aus dem Gefolge Bo'radas. Nehmt euch vor ihm in Acht. Er ist so heimtückisch wie nervös.«

»Er sieht aus, als könnte ihn eine steife Brise umpusten«, sagte Ben.

»Unterschätzt den Kriecher nicht. Er ist derjenige, der den Häuptling davon überzeugt hat, dass ihr sterben müsst. Er ist ein Schmeichler und weiß, wie man mit den Ängsten der Menschen spielt und ihnen den Kopf verdreht.«

Der Häuptling stieß den Stab dreimal auf den Boden und setzte sich.

Harry trat zwischen Ben und Ashley, um zu dolmetschen, nachdem die Verhandlung eröffnet worden war.

Ashley hatte erwartet, dass ihr Fall als erster Punkt auf der Agenda stand, aber da hatte sie sich getäuscht. Der erste Tagesordnungspunkt hatte wohl etwas mit der Ernte zu tun. Eine längere Diskussion drehte sich um die Frage, ob man nun damit beginnen oder ob man die Huftiere einen weiteren Monat frei grasen lassen solle. Nach langem Hin und Her, bei dem Mo'amba zu dösen schien, entschied man, dass jetzt geerntet werden sollte.

Ashley richtete sich auf, weil sie erwartete, dass ihr Schicksal als Nächstes verhandelt würde. Weit gefehlt. Das einzige weibliche Mitglied des Rats, Jus'siri, erhob sich als

Nächste von ihrem Kissen, wobei ihr eine Wache aufgrund ihrer fortgeschrittenen Schwangerschaft helfen musste.

Ashley trat von einem Fuß auf den anderen. Was denn jetzt? Dieses ewige Warten ging ihr auf die Nerven. Sogar Ben fing an zu murren.

Sie sah, dass Jus'siri zu der kleinen Grube in der Mitte des Raums watschelte. Die anderen Ältesten stellten sich um sie herum, viele lächelten erfreut.

Ashley fiel das Kinn auf die Brust, als sie sah, was nun passierte.

Ben verzog den Mund. »Das ist ja widerlich.«

Jus'siri griff in ihre Bauchfalte, und beide Hände verschwanden im Beutel. Mit angestrengtem Gesicht, aber stolzem Blick zog sie aus ihrem Beutel ein braun geflecktes Ei, so groß wie das von einem Strauß. Sie hielt es in die Höhe, und ihr leerer Bauch sackte hinab. Die anderen Räte stampften mit ihren Stäben und jubelten. Jus'siri legte das Ei sorgfältig in die kleine Grube – keine Grube, begriff Ashley endlich, sondern ein Nest! Die stolze Mutter trat einen Schritt zurück.

»Mein Gott«, sprudelte es aus Ashley heraus, »es sind keine Beuteltiere! Es sind Kloakentiere!«

»Was?«, fragte Ben mit immer noch angewidertem Gesicht.

»Darüber habe ich mit Linda gesprochen. Kloakentiere, Monotremen. Genau wie die *Cra'kan*. Eier legende Säugetiere. Ein evolutionäres Bindeglied zwischen Reptilien und Säugetieren, das Merkmale beider Ordnungen trägt. Sie legen Eier wie die Reptilien, haben aber ein Fell und produzieren Milch wie Säugetiere. Angeblich eine Sackgasse der Evolution.«

»Sieht so aus, als hätten die hier eine Umleitung genommen«, sagte Ben.

Ashley drehte sich zu Harry. »Was machen sie?«

»Sie zelebrieren die Namensgebung. Jus'siri bietet ihr Kind dem Stamm an.«

Ashley bemerkte, dass Mo'amba mühsam von seinem Kissen aufstand und zu dem Ei hinüberging. Er kniete sich und legte seine Hände sanft darauf.

»Was tut er?«, fragte Ashley.

Sie hatte Harry gefragt, doch Ben antwortete. »Er nimmt Verbindung mit dem Ei und dem Kind darin auf.«

Ashley schaute Ben mit hochgezogenen Augenbrauen an, aber er schüttelte nur den Kopf, als wäre ihm selbst nicht klar, woher er das wusste.

Mo'amba blickte zur Mutter hoch, während er immer noch das Ei hielt. Lächelnd sagte er etwas zu ihr.

»Es ist gesund«, übersetzte Harry.

Plötzlich schreckte Mo'amba ruckartig zurück und stieß das Ei wie zufällig aus dem Nest.

Ben sprang an Ashleys Seite. »Ich habe es gefühlt«, sagte er, »als hätte mich ein Baby getreten.«

»Was gefühlt?«, fragte Ashley.

Ben schüttelte wieder nur den Kopf.

Ashley sah zu, wie Mo'amba die Hände erneut auf das Ei legte, diesmal noch zärtlicher. Seine Hände zitterten nicht nur vom Alter. Wieder sah er Jus'siri an, die jetzt einen besorgten Gesichtsausdruck machte. Mit Tränen in den Augen sprach er zu ihr.

Die Menge brach in Jubelrufe aus, Stäbe wurden enthusiastisch auf den Boden gestampft.

Ashley schaute Harry ungeduldig an und wartete auf seine Übersetzung.

Wieder antwortete Ben: »Das Kind ist ein *Heri'huti*. Es besitzt die Fähigkeit, mit dem Geist zu sehen und zu sprechen.« Mit Staunen in der Stimme sagte er zu Ashley: »Ich habe wirklich *gefühlt*, wie es sich bewegt hat.«

Mo'amba stand auf, von Freude so überwältigt, dass er

keine Krücke brauchte. Er stampfte mit dem Stab auf, um die Menge zur Ruhe zu bringen. Als der Aufruhr sich bis auf ein Murmeln gelegt hatte, erhob er die Stimme und betonte seine Botschaft zweimal mit seinem Stab.

»Ich nenne dieses Kind Tu'shama«, übersetzte Harry. »›Der in unsere Zukunft sehen kann‹.«

Die Menge brach wieder in Jubeln aus, und jeder hatte den Namen Tu'shama auf den Lippen.

»Na ja«, sagte Ben, »wenigstens sind sie guter Laune, wenn sie über unser Schicksal richten.«

Ashley nickte. »Hoffentlich verschieben sie die Entscheidung nicht. Ich möchte keinen weiteren Tag verlieren.«

Als ob der vernarbte Tru'gula sie verstanden hatte, stampfte er mit seinem Stab auf und schlug vor, die Entscheidung über Bens und Ashleys Schicksal zu verschieben. Daraufhin nickten viele, sogar Bo'rada.

Dann stampfte der spindeldürre Sin'jari mit seinem Stab auf und bat um das Wort. Harrys Übersetzung ließ sie erschauern. »Sicherlich ist eine Zeit der Freude angebrochen, doch wir dürfen nicht vergessen, dass es außer der Freude ebenso Kummer gibt. Wie viele Witwen weinen in diesem Augenblick?«

Seine Worte ernüchterten das Publikum.

»Dort stehen Dämonen, die uns vernichten wollen.« Er richtete einen langen, knotigen Finger auf sie. »Seitdem sie hier angekommen sind und unsere Welt entweiht haben, hat unser Volk angefangen zu sterben. Wir haben versucht, mit ihnen Freundschaft zu schließen«, fuhr er fort und deutete auf Harry, »doch noch immer sterben wir. Ich halte es für keinen Zufall, dass zu dem Zeitpunkt, wo wir entscheiden, die Dämonen zu vernichten, ein neuer *Heri'huti* erscheint. Ich sage euch, dass dies ein Zeichen der Götter ist. Ein Zeichen, dass wir die Dämonen aus unserer Welt vertreiben sollen. Und zwar sofort!«

Mehrere Köpfe nickten nun zustimmend.

Ashley griff hinter sich und schob die Pistole zur Sicherheit tiefer unter den Gürtel. Sie begann, nach Hindernissen zwischen ihr und der Tür zu schauen.

Mo'amba stampfte mit seinem Stab auf den Boden und bat um Aufmerksamkeit.

Bens Unruhe legte sich, als er sah, dass Mo'amba ihre Verteidigung aufnahm. Er ergriff Ashleys Hand und drückte sie. »Er wird sie zur Vernunft bringen«, sagte er.

Mo'amba wartete mit seinem Plädoyer, bis der Lärm sich legte. Sin'jaris Augen zuckten, und seine Hand bewegte sich unruhig an seinem Stab auf und ab. Offenbar sorgte er sich. Aber als Mo'amba anfing zu sprechen, entstand ein Lächeln auf seinem hageren Gesicht, das immer breiter wurde und viel zu viele Zähne entblößte.

Harry übersetzte: »Sin'jari hat Recht, wenn er sagt, dass zu viele unserer Verteidigungsringe ausgefallen sind. Dass viele Angehörige unseres Volks gestorben sind. Ich habe darüber viel nachgedacht, zahlreiche Stunden im Gebet verbracht und unsere Vorfahren um Hilfe ersucht. Dabei bin ich zu einer Antwort gekommen.« Mo'amba zeigte mit seinem Stab auf Ben und Ashley. »Sin'jari hat Recht. Sie tragen die Schuld.«

28

Michaelson hockte vor seinem Arsenal und machte eine Bestandsaufnahme seiner Waffen: Ein zusammenlegbares Gewehr, eine AK-47, zwei Pistolen und vier Schachteln mit Munition vom Kaliber .34. Warum hatte er bloß keinen Granatwerfer für die Mission beantragt? Er schüttelte den Kopf.

Dann runzelte er die Stirn. Wenn es wirklich zum Kampf käme, dachte er, hätten sie nicht die geringste Chance, hier lebend herauszukommen. Er setzte sich auf die Fersen und zuckte zusammen, als sein verletzter Knöchel schmerzte.

Hinter ihm kopulierte ein Pärchen offen vor den anderen Kriegern, ihr Grunzen und Stöhnen war in der Stille nicht zu überhören. Nachdem er die letzte Nacht hier mit Harry verbracht hatte, hatte er sich schon fast an ihr fehlendes Schamgefühl gewöhnt. Bereits in der letzten Nacht hatten sie ihre Leidenschaft offen zur Schau gestellt. Dennoch wandte er ihnen den Rücken zu und beobachtete einen der Krieger, der in einer Ecke arbeitete.

Das Krieger schien alt zu sein, seine Schläfen waren ergraut, seine Statur hager, aber sein Blick war durchdringend. Er hatte die raue Spitze einer Lanze in der Hand und schmierte eine graue Paste auf die Oberfläche. Sogar im Zwielicht der Schimmelbeleuchtung war das rote Glühen zu sehen, das sich in der Lanzenspitze bildete. Er schnalzte zufrieden mit der Zunge und verteilte eine noch dickere Schicht auf die Kante der rauen Klinge. Die Kante begann, tiefrot zu glühen.

Fasziniert schaute Michaelson zu, wie der Krieger nun ein anderes Werkzeug benutzte, um die Lanzenspitze zu bearbeiten, und die Kante des weich gewordenen Diamanten in Form brachte. Die Paste schien die Oberfläche des Kristalls aufzuweichen, so dass sie eine formbare Konsistenz bekam. Dennoch konnte Michaelson an den Unterarmmuskeln des Kriegers erkennen, dass das Material immer noch so starr und widerstandsfähig wie weiches Blei war. Zusehends wurde aus dem Diamanten eine scharfe Klinge.

So machen die Schufte das also, dachte Michaelson. Formen die Rohdiamanten einfach mit einem Schimmel, der Kristall aufweicht. Im letzten Arbeitsschritt tauchte der alte Mann die Lanze in ein Gefäß voller Wasser. Nachdem er die tropfende Lanzenspitze wieder herausgezogen hatte, klopfte er mit einem Werkzeug dagegen. Es klang, als stieße man mit zwei Trinkpokalen an. Wieder hart.

Beeindruckt stand Michaelson auf und streckte die Beine. Das leidenschaftliche Paar hatte sein Liebesspiel beendet und lag nun schlummernd in einer Umarmung da. Michaelson versuchte, die Verspannungen in den Beinen zu lockern, doch wegen der niedrigen Decke konnte er sich nicht strecken.

Ein plötzliches Stimmengewirr am Eingang zu den Höhlen der Krieger erregte seine Aufmerksamkeit. Das unverständliche Kauderwelsch hatte einen panischen Klang. Michaelsons erster Gedanke war, dass der Grund der Aufregung ein plötzlicher Ausbruchsversuch Ashleys und der anderen war, und er schnappte sich eine geladene Pistole. Er bahnte sich einen Weg durch die kleine Menge zum Mittelpunkt des Aufruhrs. Als er sich am letzten Zuschauer vorbeischob und den Grund der Aufregung sah, blieb er wie angewurzelt stehen.

Vier Krieger trugen einen Leichnam mit derb geflochtenen Tragriemen herein. Sie legten die steife Gestalt vor seine Füße. Die zerrissene Uniform des SEALs sah noch blutiger aus als das letzteMal, als er sie gesehen hatte. An der zyanotischen Hautfarbe und den starren glasigen Augen konnte er schon erkennen, dass es unnötig war, ihm den Puls zu fühlen. »Villanueva«, sagte er. »Mein Gott.« Michaelson steckte die Pistole ins Holster und kniete sich hin. Er nahm die steife Hand seines Untergebenen. »Scheiße«, stieß er hervor. Er starrte auf die beiden Schusslöcher in der Stirn des SEALs. Zwei. Ganz offensichtlich kein Selbstmord. Jemand hatte ihn umgebracht. Aber wer?

Ashley schluckte einen enttäuschten Aufschrei hinunter. Es war schlimm genug, dass sie den ganzen Tag in der Ratssitzung verschwendet hatten. Jetzt hatte sie Mo'amba, ihr einziger Verbündeter, auch noch verraten. Sie ballte die Fäuste, so dass ihre Schultern zitterten. Jason konnte gerade in Gefahr sein. Sie schloss die Augen. Es musste ihm gut gehen …

Neben ihr sprach Ben zu Harry und drückte einen Finger auf seine Brust. »Du musst Mo'amba falsch verstanden haben. Er sagte, er würde uns unterstützen.«

»Pst«, sagte Harry und stieß Bens Hand fort, »ich versuche zuzuhören.«

Nach seiner Anklage hatte Mo'amba weitergesprochen. Wahrscheinlich zieht er uns die Schlinge noch fester um den Hals, dachte Ashley. Sie blickte sich im Raum um, zählte die Wachen und beobachtete die Ausgänge.

Harry übersetzte zunächst stockend weiter, als er sich jedoch konzentrierte, gewann er zunehmend Selbstsicherheit.

Mo'amba sprach ruhig. »Diese Neuankömmlinge in unserer Welt haben das Sterben der *Tin'ai'fori* verursacht. Das habe ich dem Geflüster unserer Vorfahren entnommen.«

In der Ecke, wo Bo'radas Lakaien standen, wurde mit den Stäben gestampft. Das Geräusch schallte laut durch die Höhle. Ashley bemerkte, dass Sin'jari, die rechte Hand des Häuptlings, seinen Beifall nicht mit Stampfen kund tat, sondern nur ein dünnes, triumphierndes Lächeln zeigte.

Mo'amba bat mit einem Handzeichen um Ruhe, bevor er fortfuhr. »Aber diese Neuankömmlinge sind keine Dämonen. Sie sind aus Fleisch und Blut, aus Sehnen und Knochen. Wie wir. Es ist ist nicht ihr böser Wille, der uns bedroht. Nur ihr *Unwissen.*«

Sin'jari, dessen Lächeln einem misstrauischen Grienen gewichen war, erhob das Wort. »Das tut nichts zur Sache. Unsere Stammesangehörigen sterben, und das Gesetz ist eindeutig. Der Verantwortliche muss sterben. Und sogar du gibst zu, dass sie verantwortlich sind. Ich bin dafür, wir stimmen ab.«

Harry hörte auf zu übersetzen und leckte sich über die trockenen Lippen. Er blickte zu Ashley hinüber. »Ich habe doch gesagt, dass der Kerl ein Schweinehund ist.«

Ashley nickte und schaute unverwandt auf Mo'amba. Der *Heri'huti* verzog kaum sichtbar das Gesicht. Er hob die Hand. »Unser geschätzter Sin'jari behauptet, dass unsere Gesetze in diesem Fall eindeutig seien. Wieder einmal muss ich vor der Kompetenz unseres Kollegen den Hut ziehen. Er hat Recht. Derjenige, der für den Tod eines anderen die Verantwortung trägt, muss sterben. So will es das Gesetz.« Mo'amba hielt inne. Als Sin'jari wieder die Stimme erhob, schaute ihn Mo'amba finster an und brachte ihn zum Schweigen.

Mo'amba stützte sich schwer auf seinen Stab, als ob ihn die Verhandlung erschöpfte. Er sprach langsam und gab Harry damit Zeit zum Übersetzen. »Das entscheidende Wort in unserem Gesetz heißt *Verantwortung*. Ich habe aber nicht gesagt, diese Neulinge trügen die *Verantwortung*. Ich habe gesagt, sie trügen die *Schuld*. In ihrer Unkenntnis unseres Volks und unserer Kultur sind sie hier hereingestolpert und haben uns unbeabsichtigt in Gefahr gebracht. Wir können aber niemanden für Handlungen verantwortlich machen, deren er sich nicht bewusst war.«

Bo'rada sprach dieses Mal. »Das sind nur Worte. Das Ergebnis führt aufs Gleiche hinaus.«

»Worte?«, antwortete Mo'amba und richtete seinen Blick auf den Stammeshäuptling. »Diese Worte haben dafür gesorgt, dass deine rechte Hand sich immer noch an deinem Arm befindet. Ich kann mich dunkel an einen kleinen Jungen erinnern, der eine Herde *Trefer'oshi* aus seinem Gatter ließ. Sie zerstörten fast ein Zehntel der Jahresernte.

Das Gesetz fordert, dass derjenige, der das Wohlergehen des Stammes gefährdet, eine Hand verliert.«

»Damals war ich noch ein Junge«, sprudelte es aus Bo'rada heraus. »Ich wusste nicht, was ich tat. Du kannst mich dafür nicht verantwortlich mach...«

Sin'jari beugte sich zu ihm und ergriff sein Knie, um ihn zum Schweigen zu bewegen und den Schaden zu begrenzen.

Mo'amba wandte sich an die anderen Räte und lehnte sich noch gebeugter auf seinen Stab. »Ich bin ein alter Mann. Weit älter als ihr alle. Ich habe die Jugendsünden eines jeden von euch miterlebt. Doch ihr besitzt alle noch eure Hände und Füße«, er zeigte mit dem Finger auf Sin'jari, »und Nasen. Es gehört zum Lernen dazu, Fehler zu machen. Diese Neulinge lernen auch. Wir müssen sie eines Besseren belehren, anstatt sie zu vernichten.«

Ein Murmeln breitete sich im Raum aus. Sin'jari bewegte sich unruhig auf seinem Kissen hin und her. Einer seiner Handlanger beugte sich zu ihm und flüsterte ihm etwas ins Ohr. Sin'jari nickte und räusperte sich dann.

Harry warf Ashley einen Blick zu, der zu sagen schien: *Auf zur zweiten Runde.* Harry spuckte die Übersetzung von Sin'jaris Worten aus, als wären es Kröten. »Mo'amba ist weise wie immer und hat uns eine Menge zu denken gegeben. Doch wie will er wissen, dass die Beschädigung der schützenden *Tin'ai'fori* zufällig war? Wie haben die Neulinge diesen Schaden verursacht? Wie denn?«

Na toll, dachte Ashley. Und wie will der alte Mann diese Frage beantworten?

Mo'amba erhob die Stimme. »Ich habe wegen dieser Angelegenheit viele Tage im Gebet verbracht und schließlich eine Antwort bekommen. Durch ihr Fehlverhalten haben sie das Gleichgewicht zwischen *Ohna*, der weiblichen Seele, und *Umbo*, der männlichen Seele, gestört. Dieses gestörte Gleichgewicht zerreißt das Gewebe unserer Welt.«

Ein Flüstern ging durch die Höhle. Auch Sin'jari schwieg.

Jus'siri sprang auf und sprach: »Wie können wir das aufhalten?«

»Ich muss es euch zeigen«, sagte Mo'amba. »Dann werdet ihr mich verstehen. Ihr werdet begreifen, warum ich diese Fremdlinge beschütze. Wenn wir sie töten, werden wir den Schaden nie mehr rückgängig machen können.«

Sin'jari grunzte. »Das ist doch verrückt. Er will nur die Abstimmung aufschieben. Ich sage, lasst uns jetzt abstimmen. Lasst uns sie töten, bevor sie uns töten.«

Bo'rada packte Sin'jari fest bei der Schulter und brachte ihn zum Schweigen. »Man hat mir schon oft vorgeworfen, zu voreilig zu sein. Aber dieses Mal beuge ich mich dem Rat. Ich sage, lasst Mo'amba zu Ende sprechen. Diese Angelegenheit ist zu wichtig.«

Bei diesen Worten schien Sin'jari immer kleiner zu werden.

»Zeige es uns, Mo'amba«, fuhr Bo'rada fort, »zeige uns, wie es passiert ist und wie wir es aufhalten können.«

Mo'amba nickte und führte sie zum Ausgang des Versammlungsraums. Die übrigen Räte folgten ihm. Ashley und die anderen wurden von den Wachen hinter den Räten hergetrieben.

»Ich wusste doch, dass uns der Alte nicht im Stich lässt«, sagte Ben zu Ashley.

»Wir sind noch nicht draußen«, antwortete sie, aber sie sah zum ersten Mal einen Funken Hoffnung. Mit der Unterstützung des Stamms und ihrer Kenntnis des Höhlensystems könnten sie in wenigen Tagen wieder in der Alpha-Basis sein. Sie passte ihr Tempo den Ältesten an und unterdrückte den Drang, sie vorwärts zu drängeln und zur Eile zu bewegen.

Nachdem sie durch mehrere Tunnel geschritten und eine

steinerne Wendeltreppe hinaufgeklettert waren, traten sie, einer nach dem anderen, in eine Höhle, in die sie alle kaum hineinpassten. Ashley musste sich zwischen Tru'gula, dessen Fell wie ein nasser Hund roch, und die Felswand quetschen, um die Vorgänge mitansehen zu können.

Sie flüsterte Harry zu: »Wo sind wir?«

Harry zuckte mit den Achseln und stieß dabei mit seiner Schulter gegen Tru'gula. Der Anführer der Krieger knurrte ihn wütend an. Harry zuckte zusammen und beugte sich zu Ashley. »Das möchte ich besser *nicht* übersetzen.«

»Bist du schon einmal in dieser Höhle gewesen?«, fragte Ashley.

»Nein, dieser Teil der Siedlung gehört der Priesterkaste. Ein sehr verschwiegener Haufen.«

Ashley zappelte hin und her und versuchte, Mo'amba besser zu sehen. Alle Augen waren auf ihn gerichtet.

Etwas zu seinen Füßen funkelte strahlend hell, sie konnnte aber nicht erkennen, was es war. Sie winkte Ben zu. »Hilf mir mal.«

Ben half ihr, einen Fuß auf sein angewinkeltes Knie zu stellen, und hielt sie mit einer Hand fest. Sie stemmte sich hoch, balancierte auf einem Bein und stützte sich mit einer Hand an Bens Schulter und mit der anderen an der Wand ab, um sich in dieser wackeligen Stellung zu halten. Sie stand nun hoch genug, um über die Menge hinweg Mo'amba ganz sehen zu können.

Er fing an zu sprechen, und Harry übersetzte. »Ich habe euch hierhergeführt, weil ihr die Bedeutung dieses Raums kennt. Dies hier ist das Heim *Umbos*, der männlichen Seele.« Er trat einen Schritt zur Seite und zeigte mit seinem Stab auf die Lichtquelle.

Auf einem Steinpodest sah Ashley einen vertrauten Gegenstand stehen, der im fahlen Licht hell funkelte. Er schien das Licht des Raums einzufangen und es in Funkenexplosionen wieder von sich zu geben. Eine kristallene Statue von etwa einem halben Meter Größe. Diamant. Ganz ähnlich wie die, die ihnen Blakely vor Monaten gezeigt hatte. Diese hatte jedoch eine andere, auffälligere Wölbung unter der nackten Taille herausragen. Männlich. Diese Statue war das männliche Gegenstück zu der anderen.

»Hier steht *Umbo*«, erklärte Mo'amba, »so wie es sein soll. Er beschützt unsere Welt. Doch kann er das nicht allein. Seine andere Hälfte, *Ohna*, die weibliche Seele, ist nicht da.«

»Ja«, sprach Sin'jari, »die Fremdlinge haben sie gestohlen.«

»Nicht gestohlen. Unsere alte Siedlung war verlassen. Sie konnten nicht wissen, dass sie die Verbindung zu unserer fernen Vergangenheit war. Dass wir sie dort zurückgelassen hatten, damit sie unseren Vorfahren den Weg zu unserer neuen Siedlung weisen sollte. Jetzt ist sie fort. Das Gleichgewicht zwischen *Umbo* und *Ohna* wurde von denen zerstört, denen unsere Kultur fremd ist. Dieses zerstörte Gleichgewicht hat die Fäden des Gewebes, die unsere Welt zusammenhalten, zerrissen. Daher muss es wiederhergestellt werden.«

»Das kann es auch«, behauptete Sin'jari, »indem wir die Eindringlinge vernichten!« Er blickte sich um, stieß aber nur auf besorgtes Gemurmel.

»Nein«, sagte Mo'amba. »Das Gleichgewicht kann nur dadurch wieder erreicht werden, dass *Ohna* auf ihren angestammten Platz zurückgestellt wird.«

Die Logik des Alten schien lückenlos zu sein. So kam es auch Ashley vor, die ihm kein Wort glaubte. Die Ältesten um sie herum, sogar ihr Häuptling, nickten zustimmend. Bis auf einen.

Sin'jari trat in die Mitte des Raums und sprach mit Händen und Füßen. »Mo'amba hat seine Weisheit unter Beweis gestellt.« Er wandte sich an die Anwesenden. »Wir können nicht umhin, die Überlebenden des Angriffs der *Cra'kan* zu töten und *Ohna* zurückzuerobern, um sie auf ihren angestammten Platz zu bringen!«

Ein heftiges und zustimmendes Gemurmel erhob sich, aber mit den Stäben klopfte keiner. Das schien ihn zu wurmen. Er stieß mit seinem Stab wild auf den felsigen Boden, um die anderen zu animieren.

Mo'amba jedoch ließ nicht zu, dass das Murmeln stärker wurde. Harry übersetzte weiter: »Der Zorn unseres geschätzten Sin'jari scheint ihn für ein wichtiges Gesetz unseres Volkes blind gemacht zu haben.« Mo'amba wandte sich wieder an den breitschultrigen Anführer. »Bo'rada, bitte erzähle uns, was passierte, nachdem du die *Trefer'oshi* aus ihrem Gatter gelassen hattest und sie die Ernte vernichtet hatten.«

»Mein Vater und ich haben das Gatter wieder aufgebaut und die zertrampelten Felder neu eingesät. Wir haben drei Tage ohne Unterbrechung gearbeitet, bis wir es geschafft hatten.«

»Genau. Man hat euch die Chance gegeben, euer Unrecht wieder gutzumachen. Die Neulinge verdienen dieselbe Chance. Gebt ihnen die Gelegenheit, ihren Fehler zu korrigieren.«

Wieder murmelte die Menge zustimmend. Sogar Tru'gula stampfte zustimmend mit seinem Stab auf.

Sin'jari wollte jedoch immer noch nicht aufgeben. »Die Neulinge gehören nicht zu unserem Stamm. Unsere Gesetze gelten für sie nicht. Was sollte sie davon abhalten, mit *Ohna* zu verschwinden und unsere Welt dem Untergang zu überlassen?«

»Sie unterscheiden sich von uns«, gab Mo'amba zu. »Das kann jeder sehen. Aber der Unterschied ist geringfügig.« Mo'amba zeigte mit seinem Stab auf Ashley, Harry und Ben. »Kommt her zu mir.«

Was jetzt?, dachte Ashley. Wenn die Stimmung ins Negative kippte – und bei Sin'jaris Sturheit war das gar nicht unwahrscheinlich –, hätten sie alle Ratsältesten und ihr Gefolge zwischen sich und dem einzigen Ausgang.

Ben half Ashley von seinem Knie herunter und rieb sich am Oberschenkel. »Gut, dass du keine hohen Absätze trägst«, klagte er.

»Ben, wenn wir dort reingehen, stehen wir mit dem Rücken zur Wand.«

»Vertrau ihm. Er holt uns schon aus diesem Schlamassel heraus.« Ben schob sich die enge Gasse entlang, die die zurückweichende Menge öffnete, und hielt nur kurz an, um Ashley hinter sich herzuziehen. Harry folgte ihnen.

Nachdem sie sich vor die neugierig starrende Menge gestellt hatten, trat Mo'amba zwischen Ashley und Ben und fuhr fort: »Diese Neulinge mögen dem einen oder anderen fremdartig oder sogar gefährlich erscheinen. Andere finden wiederum Tru'gula mit seinen Narben fremd oder sogar beunruhigend, doch er ist immer noch einer von uns. Was zählt, ist die Seele.« Er schlug sich mit dem Stab gegen die Brust. »Hier drin sind wir gar nicht so unterschiedlich.«

Er unterbrach sich, um seinen Stab auf Harry zu richten. »Dieser Neuling hat die Tapferkeit seines Volkes unter Beweis gestellt. Er hat bewiesen, dass er wie jeder unseres Stammes des *Il'jann* würdig ist.« Dann zeigte er auf Ben. »Das ist ein Neuling mit den Fähigkeiten eines *Heri'huti*, der Gabe der Götter. Warum sollten die Götter sie ihm verliehen haben, wenn sie ihn dieser nicht für würdig hielten?«

Zuletzt richtete er seinen Stab auf Ashley. »Die Götter haben uns noch einen Hinweis darauf gegeben, dass sie die Fremden schätzen. Der *Heri'huti* hat sie in der letzten Nacht mit seinem Samen befruchtet.« Er legte eine Hand auf Ashleys Bauch. »Der Same ist aufgegangen, und die

Götter haben sie mit einem Kind gesegnet. Ein Kind, das hier bei uns gezeugt worden ist. Ein neues Kind unseres Stammes.«

Ashley musste ein paar Mal mit den Augen zwinkern und starrte auf die Hand auf ihrem Bauch. Das konnte er nicht ernst gemeint haben! Sie schaute zu Ben. Er starrte sie mit offenem Mund an.

»Wenn die Götter ihnen ein Kind geschenkt haben, so halten sie sie für würdig. Wie können wir es also wagen, sie nicht für würdig zu halten?«

Sin'jari schlug mit seinem Stab auf einen Stein. »Wir haben nur dein Wort, dass dieser ... dieser Eindringling ein *Heri'huti* ist«, sprudelte es aus ihm hervor.

Mo'amba, dessen Augen sich zu schmalen Schlitzen verengten, wollte gerade etwas entgegenen, als Bo'rada mit seinem Stab heftig auf den Boden stampfte. Alle Augen richteten sich auf ihn, als er gerade ein weiteres Mal den Stab aufstieß.

Bo'rada sagte: »Es reicht, Sin'jari. Mo'amba, der seit Generationen unserem Stamm dient, der Lüge zu bezichtigen, ist eine Unverschämtheit, die nicht geduldet werden kann. Ich schließe dich von der weiteren Verhandlung dieses Falls aus.« Bo'rada fuhr sich mit der Rubinspitze seines Stabs über die Lippen.

Die Menge hielt den Atem an. Ashley schaute fragend zu Harry, der sich mehr zu ihr hinüberbeugte. »Das ist eine seltene Maßnahme. Diese Gemeinschaft steht der freien Rede sehr offen gegenüber. Ein Ausschluss ist ein schwere Strafe.«

»Hauptsache, Sin'jari hält jetzt den Mund«, murmelte sie und trat von einem Fuß auf den anderen. Wozu neigte der Rat jetzt wohl?, fragte sie sich. Tod oder Freispruch? Hatte Mo'amba sie überzeugt? Sie blickte auf ihren Bauch und schluckte. Er konnte sehr überzeugend sein.

Bo'rada war noch nicht fertig. »Ich glaube Mo'amba.

Die Neulinge verdienen die Chance, ihren Fehler zu berichtigen.« Er zeigte mit seinem Stab auf Ben. Harry übersetzte: »Weißt du, wo sich *Ohna* befindet?«

Ben nickte.

»Wirst du sie uns zurückbringen?«

»Ich werde verflucht sein, wenn ich nicht mein Bestes tue«, sagte Ben, und Harry übersetzte es. »Das ist alles, was ich versprechen kann.«

»Dann stimme ich dafür, dass wir die Entscheidung über ihre Hinrichtung so lange aufschieben, bis die Mission erfolgreich beendet ist. Doch da ich ähnliche Vorbehalte wie Sin'jari hege, fordere ich eine Garantie ... Die Frau bleibt hier, bis der Auftrag erfüllt ist. Wenn das nicht innerhalb eines Tages geschehen ist, wird sie sterben.« Er stampfte mit seinem Stab auf.

Die Ratsmitglieder klopften zustimmend mit ihren Stäben. Außer zweien: Sin'jari, der von einer Meinungsäußerung ausgeschlossen war, und Mo'amba. Der alte *Heri'huti* starrte zuerst Ben, dann Ashley an. Sie sah die Sorge in seinem Gesicht. Doch schließlich hob er den Stab und stampfte dreimal auf den Boden – Zustimmung.

29

»Ich kann sie nicht einfach hier zurücklassen«, sagte Ben zu Mo'amba. Die anderen Ältesten waren aus *Umbos* Höhle herausgetreten, zurückgeblieben war nur eine Schar von bewaffneten Wachen. Ben blickte zu Ashley, die sich über *Umbo* gebeugt hatte und die Statue eingehend betrachtete. Einmal Anthropologin, immer Anthropologin, dachte er. Doch bemerkte er auch das Zittern ihrer Hand, als sie mit dem Finger an der Statue entlangfuhr.

»Es tut mir Leid«, übersetzte Harry Mo'ambas Worte, »mehr konnte ich nicht für euch tun. Der heutige Tag steht dir und deinen Kriegern zur Vorbereitung zur Verfügung. Dann bleibt dir ein Tag, um *Ohna* zurückzubringen, sonst wird Bo'rada Ashley töten ... und dein ungeborenes Kind.«

Ben rieb mit den Fingerspitzen an seiner Schläfe. »Heißt ... heißt das ... sie ist wirklich schwanger?«

Der Alte nickte.

»Vater sein«, sagte Ben leise vor sich hin und schüttelte den Kopf. Es ging einfach alles zu schnell. Die Ereignisse überschlugen sich.

Der Alte beugte sich zu ihm, flüsterte ihm gutturale Laute zu, zu leise für Harry, um sie zu übersetzen, und berührte dann Bens Stirn in der Mitte. In diesem Moment wurde Ben von Frieden und Ruhe erfüllt, als stünde er nach einem heißen Tag in der australischen Sonne unter einer kalten Dusche. Ben seufzte. Wie machte der Kerl das bloß? Mo'amba trat zur Seite.

Ben war nun ruhiger, und sein Denken wurde wieder von der Vernunft und nicht vom Gefühl bestimmt. Er musste einen Plan entwerfen. Wenigstens hatten ihm die Ältesten einen Tag zur Ausarbeitung einer Strategie zugestanden. Dennoch ... er erinnerte sich daran, wie lange er bis hierher gebraucht hatte. Auch mit einer Landkarte würde es länger als einen Tag bis zur Alpha-Höhle dauern.

Verzweifelt wandte er sich an Harry. »Bist du sicher, dass du richtig übersetzt hast? Man gibt uns einen Tag? Vierundzwanzig Stunden?«

Harry nickte. »Ungefähr. Ihr Tag, den sie *Cucuru* nennen, besteht eigentlich aus sechsundzwanzig Stunden.«

»Das bringt ja enorm viel. Zwei Stunden mehr. Ich nehme an, du kennst keinen schnelleren Weg hinauf zur Alpha-Basis?«

»Ich habe von einem Aufstieg gehört, der aber mindestens anderthalb Tage dauert. Und das nur, wenn wir uns beeilen und nicht von den *Cra'kan* angegriffen werden. Ich hatte mir diese Route ursprünglich selbst vorgenommen, wenn mein Arm verheilt ist, doch jetzt hält mich Dennis hier unten fest.«

»Scheiße.«

Mo'amba stampfte plötzlich mit seinem Stab auf und machte ein frustriertes Gesicht. Er bedeutete ihnen, zur Wand hinüberzugehen. Dann brachte er mühsam ein paar Worte Englisch hervor: »Ich zeige ... Schnell ... Hoch ...« Er schien das Wesentliche ihrer Unterhaltung verstanden zu haben.

Mo'amba ging zur gegenüberliegenden Wand hinüber und drückte den Knauf seines Stabs gegen eine steinerne Ausbuchtung. Dadurch wurde die Ausbuchtung in die Wand gedrückt, und ein Teil der nur scheinbar soliden Felswand schwang nach innen.

»Eine Geheimtür!« Ben beugte sich vor und schaute in den Gang hinein. »Er führt wahrscheinlich zu einem weiteren verfluchten Wurmloch.« Er winkte Ashley zu sich.

Mo'amba humpelte mit Harry davon. Die beiden unterhielten sich rege.

Ashley kniete sich neben Ben. »Ich hätte es mir denken können«, flüsterte sie leicht aufgeregt. »In den heiligen Stätten vieler Kulturen findet man oft Geheimkammern und Geheimgänge.« Ashley hockte sich auf die Fersen, anscheinend verzeifelt darüber, dass ihr der entscheidende anthropologische Zusammenhang fehlte. Dann sprang sie plötzlich auf. »Verdammt, ich bin so dumm!«

»Was?«

»Dieser Tunnel ... Ich kann mir denken, wo der hinführt.«

Verblüfft hob Ben eine fragende Augenbraue.

»Dies hier ist die Höhle der männlichen Seele. Ich wette,

die Höhle der weiblichen Seele in der Alpha-Höhle besitzt einen ganz ähnlichen Geheimgang, den wir übersehen haben. Ich wette meinen Kopf darauf, dass dieser Tunnel die Verbindung zur anderen Höhle ist. Ein symbolischer Vaginalkanal, der die männliche mit der weiblichen Seele verbindet.«

»Du meinst ...«

»Es ist ein direkter und sicherer Weg direkt nach oben.«

Ben sah einen Schimmer Hoffnung. »Bist du sicher? Wenn du Recht hast«, flüsterte er ihr zu, »können wir vielleicht alle durch diesen Tunnel abhauen.«

Ashley kniete sich wieder. »Nein. Klein und flink, wie sie sind, hätten sie uns in Null komma nichts eingeholt. Wir hätten keine Chance. Außerdem versuchen Mo'amba und sein Stamm, uns zu akzeptieren. Dies ist eine entscheidende Probe für unsere beiden Völker. Ich werde ihr Vertrauen nicht ausnutzen. Als Anthropologin kann ich die beginnende Bindung, die sie mit uns aufbauen wollen, nicht zerstören.«

»Aber was ist, wenn ...«

»Nein«, sagte sie, doch Ben konnte die Qual in ihren Augen erkennen. Es kostete sie ihre ganze Beherrschung, nicht sofort in den Tunnel zu steigen und die Suche nach ihrem Sohn aufzunehmen.

Wenige Schritte entfernt von ihnen hatten Mo'amba und Harry ihre Diskussion beendet. »Ist denn das die Möglichkeit«, verkündete Harry lautstark und zog ihre Aufmerksamkeit auf sich. Er drehte sich zu ihnen um. »Ihr werdet es nicht glauben, aber dieses Wurmloch ...«

»... führt zur Alpha-Basis«, beendete Ashley seinen Satz und stand auf.

Harry legte die Stirn in Falten. »Woher weißt du das?«

»Mir ist wieder eingefallen, dass ich Anthroplogin bin«, sagte Ashley säuerlich. »Und was hat Mo'amba dir noch gesagt?«

»Wenn ich ihn richtig verstanden habe, ist es ein fünfzig Kilometer langer Tunnel.«

Ben schaute in den Tunnel hinein. Und er wird etwa drei Kilometer aufwärts führen, schätzte er. »Das wird ein langer Aufstieg. Und es wird wahrscheinlich ein guter Teil des Tages dabei draufgehen.«

»Vielleicht auch nicht«, sagte Harry geheimnisvoll. »Kommt, gehen wir. Dennis treffen und einen Plan ausarbeiten.«

Ben wandte sich zu Mo'amba. »Harry, bitte ihn doch, uns bei der Planung zu helfen. Er kennt sich in den Höhlen aus.«

Harry nickte und sprach ein paar Worte mit Mo'amba, wobei er mit den Händen gestikulierte. Der Alte antwortete und schüttelte dabei den Kopf.

Harry übersetzte: »Er sagt, er hat zu viel vorzubereiten und wird später mit euch sprechen. Aber ich weiß nicht, ob das richtig übersetzt ist. Meine Übersetzung ist lausig. Er könnte auch gesagt haben, er ›träumt‹ später noch von dir.«

Ben nickte seufzend. »Lasst uns gehen. Wir haben noch viel zu tun bis morgen.« Als sie zum Ausgang gingen, blickte Ben zu Mo'amba zurück. Die Augen des alten Mannes schienen ihn zu durchbohren. Das wird eine Nacht voller interessanter Träume, dachte er, als er Ashley hinausfolgte.

Im Lager der Krieger betrachtete Ashley den leblosen Villanueva. Sie war sprachlos vor Schock. Sie hatte die anderen, die in der Geode geblieben waren, beinahe vergessen, weil sie sie in Sicherheit glaubte. Als sie die Einschüsse in Villanuevas Stirn sah, wurde ihr jedoch klar, dass es noch andere Gefahren gab als die Höhlen und ihre Bewohner.

»Das muss Khalid gewesen sein«, sagte Michaelson.

»Was ist mit Linda?«, fragte Ashley. »Haben die Krieger sie gesehen?«

»Ich weiß es nicht«, antwortete der Major. »Ich hatte keinen Übersetzer.« Er wies zu seinem Bruder, der mit einem Krieger namens Tomar'su ins Gespräch vertieft war. »Hoffentlich erfährt Harry, was passiert ist.«

Ashley konnte das blutleere Gesicht Villanuevas nicht länger ertragen. Als sie sich umdrehte, fiel ihr Blick auf einen wüsten Haufen Beutestücke. Ein vertrauter grüner Plastikgegenstand leuchtete daraus hervor. Ihr Schlitten. Sie hatte ihn bereits abgeschrieben, nachdem Ben und sie hier gelandet waren. Sie bemerkte, dass sie auch Bens roten Schlitten gefunden hatten.

Ganz schön fleißige Lumpensammler, dachte sie. Angesichts der kargen Ressourcen, die ihnen zur Verfügung standen, jedoch vollkommen verständlich.

Plötzlich wurde die Unterhaltung zwischen Harry und Tomar'su lauter. Ashley blickte zu ihnen hinüber. Harry hielt die Finger hoch und zählte offenbar irgendetwas. Schließlich ballte er verzweifelt die Faust, ließ den Krieger stehen und brach die Unterhaltung ab.

»Was war denn los?«, fragte Ashley, als er zurückkam.

»Er hat Unsinn geredet«, sagte Harry. »Er hat ein Geräusch beschrieben, das auf Schüsse schließen lässt. Deshalb sind die Jäger zur Geode gegangen. Als sie dort ankamen, fanden sie nur noch diesen ... diesen toten Soldaten.«

»Villanueva«, korrigierte Ashley ihn. »Er war ein Freund.«

Harry nickte und machte ein besorgtes Gesicht. »Als ich ihn nach den anderen beiden fragte, sagte er, dass seine Gruppe ihre Spur zu einer Höhle mit einem Wasserfall verfolgt und sie beim Lagern beobachtet hat.«

»Also ist Linda am Leben?«

»Dieser Teil der Geschichte ist der merkwürdige. Als ich ihn fragte, wie viele es gewesen seien, behauptete er, es wären vier gewesen.«

»Vier?«, sagte Ben.

»Ich weiß.« Harry fuhr sich mit der Hand durchs Haar. »Ich habe ihn mehrmals gefragt. Doch er ließ sich nicht beirren. Vier.« Harry hielt vier Finger hoch.

»Scheint so, als würde mit jedem gelösten Rätsel ein neues auftauchen«, sagte Ben.

Ashley grübelte über diese Nachricht nach. Selbst bei den jüngsten Ereignissen musste sie in Erfahrung bringen ... »Wo sind die vier jetzt?«

»Tomar'su sagt, sie seien in einen Tunnel gegangen, der nach Tod gerochen hätte, und seine Krieger hätten Angst gehabt, ihnen zu folgen.«

»Nach *Tod* gerochen?«

Harry zuckte mit den Schultern. »Das hat er gesagt.«

Alle schwiegen für einen Moment. Schließlich sprach Ashley. »Zum Teufel, das Rätsel lösen wir jetzt nicht. Wir wollen uns auf unsere jetzige Situation konzentrieren. Harry, du hast gesagt, du kennst eine schnellere Methode, um durch das Wurmloch nach oben zu kommen.«

Bei diesen Worten begann Harrys Gesicht zu leuchten. »Ja, kann schon sein. Wenn ich es in Gang bekomme. Schaut es euch an.« Er führte sie und die anderen in eine benachbarte Höhle, beinahe eine Art Zelle. »Klein«, sagte er, während er sie hineinließ, »aber mein.«

In einer Ecke lagen dicke grüne Kissen unter einer zerknitterten Decke. Außerdem befand sich in Harrys Zelle ein Sammelsurium aus primitiven Waffen, Lanzenspitzen und einem langen Gegenstand, der in Ölzeug eingwickelt war. Ashley rümpfte die Nase, als sie den penetranten Geruch von Benzin roch. Benzin?

Harry folgte ihnen hinein und drängte sich an ihr vorbei. »Die anderen in der Alpha-Basis haben jaulende, tuckernde Elektromotoren. Aber ich habe mir einen mit einem Verbrennungsmotor zusammengebaut. Da steckt mehr Power drin.« Er beugte sich vor und packte eine Ecke der Abdeckplane. »Nachdem man mich angegriffen hatte, haben es meine Mitstreiter aus dem letzten Camp gerettet. Es war ziemlich zerbeult, aber ich habe es wieder in Schuss gekriegt.«

Er zog die Plane herunter, und ein Transportschlitten kam zum Vorschein. Einer von den großen. »Ich habe ihn aus Aluminium gebaut, wegen des Gewichts. Blakely hatte nichts dagegen, dass wir ihn mitnahmen, weil er glaubte, wir würden keine schweren Waffen auf unserer Expedition benötigen.« Er stieß spöttisch die Luft durch die Nase. »Ich habe eine beschissene Pistole mitgenommen. Idiotisch!«

»Funktioniert der Schlitten?«, fragte Ashley, die mehr erfahren wollte.

»Im Großen und Ganzen. Man konnte ihn zusammenklappen und tragen, aber der Mechanismus ist verklemmt, und er bleibt offen. Andererseits geht die Fahrt direkt nach oben. Insofern ist das kein Problem.« Harry tätschelte den Schlitten. »Der Motor läuft prima. Allerdings habe ich nur noch eine Tankfüllung Benzin und den Motor deshalb nie lange laufen lassen. Er muss sicher noch eingestellt werden.«

»Reicht der Sprit, um bis nach oben zu kommen?« Ben kniete sich davor und schaute sich den Schlitten genau von allen Seiten an.

»Es sollte reichen.«

»Harry ist früher Motocrossrennen gefahren«, sagte Michaelson. »Er kennt sich mit Motoren aus. Wenn er der Meinung ist, er läuft, dann läuft er.«

Ben nickte, anscheinend zufrieden. »Dadurch werde ich einige Stunden gewinnen.«

»Es gibt nur einen Haken«, sagte Harry, »die Vorderachse ist verbogen. Falls man sie reparieren *kann*, muss ich eine Nachtschicht einlegen. Insofern solltest du dir vielleicht Plan B überlegen ... vorsichtshalber.«

»Okay«, sagte Ashley, »dann wollen wir mal ein paar Sachen klarstellen. Da ich die einzige Geisel hier bin, schlage ich vor, dass alle anderen Ben bei seiner Mission begleiten. Wir sollten so viele von uns wie möglich außer Gefahr bringen.«

»Nein, Madam!«, widersprach Ben. »Ich gehe allein. Das ist eine Ein-Mann-Mission.«

»Du wirst Feuerschutz brauchen«, sagte Ashley. »Keiner weiß, wie viele von den *Cra'kan* sich noch in der Alpha-Basis herumtreiben.«

»Sie hat Recht«, sagte Harry. »Der Rat hat eine kleine Gruppe von Kriegern als Begleitschutz erlaubt. Da wir offizielle Blutsbrüder der Krieger sind, dürfen mein Bruder und ich mitgehen. Glaub mir, du kannst Unterstützung gebrauchen. Ich kann die billigen Plastikschlitten an meinem befestigen und dann alle wie mit einem Zug nach oben ziehen.«

Bens Gesicht wurde rot vor Entschlossenheit. »Ich werde Ashley nicht allein hier unten zurücklassen. Sie ist ...«

»Ich bleibe bei Ashley«, unterbrach ihn Michaelson, »mein Knöchel ist sowieso hin. Ich würde euch nur aufhalten. Vielleicht warten Ashley und ich ja mit einem Alternativplan auf ... wenn es überhaupt so weit kommt.«

Ben schien sich noch weiter streiten zu wollen, doch die Argumente der anderen waren besser. »In Ordnung! Harry kommt mit. Aber, Michaelson, was es auch kostet, ich werde die Mutter meines Kindes wiedersehen.«

»Das wirst du, Ben.«

Ben nickte, aber Ashley schwirrte der Kopf. Mutter? Bisher war es ihr gelungen, dieses Problem zu verdrängen, doch durch Bens Worte war es wieder aufgetaucht. Sie legte eine Hand auf ihren Bauch. Mutter? Sie hatte bisher noch nicht einmal angefangen, darüber nachzudenken. Aber über eines war sie sich als Mutter verdammt sicher …

»Ben, du musst Jason finden. Selbst wenn dadurch der Auftrag dran glauben muss. Versprich es mir.«

»Ich versuche es«, sagte Ben. »Du weißt, ich tue mein Bestes.«

»Versuch es nicht nur, *tu es!*«

Ben nahm sie in die Arme. In seiner Umarmung lösten sich die Tränen, die sie so lange zurückgehalten hatte. Sie ließ sich in seine Arme sinken.

30

Ben lag wach in seiner Zelle. Er wusste, dass er Schlaf brauchte. Aber nach diesem Tag, an dem sie Pläne geschmiedet und die Krieger der *Mimi'swee* ausgewählt hatten, die sie begleiten sollten, grübelte er immer noch über die Details der Mission nach. Was, wenn er scheiterte? Er rollte sich auf die linke Seite, grub sich in den Berg von Kissen und wickelte sich mit den Füßen in das dünne Laken. Plötzlich sah er Ashleys Gesicht vor seinem geistigen Auge.

Früher am Abend hatten sie Ashley für die Nacht in eine eigene Zelle gebracht. Unter Bewachung, als Geisel. Man hatte ihnen nicht einmal eine letzte gemeinsame Nacht gewährt.

Er rollte sich wieder auf den Rücken und seufzte laut. Dieses Grübeln war sinnlos. Vielleicht half es, wenn er seine Beine ein wenig streckte. Außerdem sollte er nachsehen, ob Harry Fortschritte machte. Er glitt von seinen Kissen und ging zum Ausgang.

Wenige Minuten später war er ins Viertel der Krieger zurückgekehrt. Harry hockte über den Einzelteilen des Schlittens, die auf dem Boden verstreut lagen. Michaelson schaute ihm über die Schulter. Ein lautes Knacken schallte durch die Höhle. »Scheiße!« Harry machte einen Satz zurück.

»Was ist schief gegangen?«, fragte Ben, der sich ihnen von hinten genähert hatte.

Harry hielt zwei Stücke einer Aluminiumstange hoch. »Das war leider nicht so gut. Ich habe zu fest gedrückt und die Achse zerbrochen.«

Ben spürte eine Beklemmung in der Brust. »Bekommst du das repariert?«

»Ich glaube nicht. Ich habe das Aluminium erhitzt, um es weich zu machen und wieder gerade zu biegen. Dabei ist es zerbrochen. Ich hätte warten sollen, bis es noch weicher geworden ist, nur hatte ich Angst, dass das Metall spröde wird.« Harry schmiss die Stücke zu Boden. »Tut mir Leid, Ben. Ich habe es vermasselt.«

Michaelson legte die Hand auf Harrys Schulter. »Du hast dein Bestes getan.«

»Scheiß drauf. Ich habe es versaut.« Harry schüttelte die Hand seines Bruders ab.

»Jetzt mach dich nicht selbst fertig«, sagte Ben. »Dann nehmen wir halt die Plastikschlitten und schieben uns hoch. Wir werden zwar langsamer sein, aber wir werden es schon schaffen.« Er betete zumindest darum. Was, wenn die Mission wegen dieser fehlenden Stunden scheitern würde?

»Hör zu«, sagte Michaelson zu Harry, »vielleicht habe ich ja eine Idee.«

»Was?«, sagte Ben.

Michaelson blickte mit müden, geröteten Augen über die Schulter und zeigte auf den Ausgang. »Ben, geh ins Bett. Mein Bruder und ich kriegen das schon hin. Außerdem wird es ein mühsamer Aufstieg. Also hol dir eine Mütze Schlaf.«

Ben starrte nur mit glasigen Augen vor sich hin. Er wusste, dass der Major Recht hatte.

»Wir sehen uns morgen«, sagte Michaelson, wandte sich wieder Harry und dem Schlitten zu und entließ Ben.

Während Ben zu seiner Zelle zurückging, schossen ihm die Konsequenzen, die Harrys schlechte Nachricht mit sich brachte, durch den Kopf. Auch wenn sie für die fünfzig Kilometer acht Stunden brauchten, blieb ihnen mit dem Rest des Tages immer noch viel Zeit, um ihre Mission zu beenden. Die Zeit musste einfach reichen, dachte er fest entschlossen.

Plötzlich kamen ihm die Kurven und Ecken des Tunnels unbekannt vor. Er drehte sich um und überprüfte, woher er gekommen war. Hätte er um die letzte Kurve biegen sollen ... oder vielleicht hinter dem letzten Felsblock links entlang?

Ein scharrendes Geräusch hinter ihm ließ ihn herumfahren. Im schwachen Licht sah er eine Gestalt, dünn wie ein Skelett, die sich ihm aus den Tiefen des Tunnels näherte. Er verharrte regungslos, erschrocken von der Fremdartigkeit der Gestalt, die im grünlichen Licht des Schimmelpilzes wie ein Gespenst aus dem Jenseits aussah. Doch als sie näher kam, erkannte er das hagere und faltige Gesicht. Es war Sin'jari, der so hartnäckig auf ihrem Tod bestanden hatte.

Als der Älteste auf ihn zukam, bemerkte Ben die beiden brutalen Wachen, die Sin'jari folgten. Richtige Arschgesichter. Während die meisten *Mimi'swee* klein und drahtig waren, sahen diese beiden wie vernarbte Bulldoggen aus, vornübergebeugt und drohend. Sin'jari trat vor Ben, hob seinen Stab, um ihm den Weg zu versperren, und bellte seinen Wachen etwas Zorniges zu.

Die beiden muskulösen Gestalten schritten auf ihn zu.

Obwohl sie physisch vollkommen entkräftet war, fand Ashley keinen Schlaf. Ihr Kopf dröhnte, und eine Prellung an ihrer Hüfte pochte. Sie dachte daran, wie Ben sie in den Armen gehalten hatte: an den Geruch seines Haars, das Gefühl seiner Finger auf ihrem Rücken und an ihrem Hals. Sie war in der letzten Nacht zu weit gegangen. In einem Moment furchtbarer Schwäche hatte sie ihm den völlig falschen Eindruck von ihren wahren Gefühle gegeben. Sie klammerte sich an die Decke, die sie um ihre Schultern gewickelt hatte. Sie fürchtete sich vor einer noch furchterregenderen Realität. War es wirklich der falsche Eindruck gewesen?

Sie blickte auf das leuchtende Zifferblatt ihrer Armbanduhr. Noch zwei Stunden, bis die Uhr zu ticken begann. Zu viele Sorgen tobten in ihrer Brust und fanden keinen Weg nach draußen. Was war mit Jason? Und mit Linda? Was wurde aus Ben? Würde er bei dem Versuch, sie zu retten, sterben? Konnte er sie überhaupt retten? Schlimmer noch, sollte er scheitern, würde sie dann nie erfahren, was ihrem Sohn widerfahren war?

Sie drückte die Decke gegen ihr Gesicht, als sie die Tränen überwältigten. Die Zeit lief ihr davon.

Ben wich vor den massigen Gestalten, die ihn jetzt drohend angrinsten, einen Schritt zurück. Sie waren unbewaffnet, doch irgendwie war das nur ein schwacher Trost. Er ging noch einen Schritt zurück und überlegte, was er tun sollte. Er konnte versuchen zu entkommen, doch sie hätten ihn so schnell gefasst wie ein Dingo ein Wallaby. Er versuchte es am besten dort, wo er jetzt stand.

»Okay, ihr Mistkerle«, murmelte er, mehr um sich selbst Mut zu machen als um seine Gegner einzuschüchtern. »Wollen wir doch mal sehen, wie leicht man euch eure langen Hälse brechen kann.«

Ben nahm eine stabile Position ein, indem er eine Ferse in eine Bodenvertiefung stemmte, um einem Schlag mehr Wucht geben zu können. Er wappnete sich gerade für einen Angriff, als ihm plötzlich jemand von hinten an die Schulter fasste. Angespannt wie er war, holte er zum Schwinger aus und schnellte instinktiv herum. Als er erkannte, wer der unsichtbare »Angreifer« war, konnte er den Schlag gerade noch bremsen.

Es war Mo'amba.

Der Alte ließ Bens Schulter los und blickte einen Moment lang auf seine erhobene Faust. Dann richtete er den Blick auf die beiden Wachen, um sie in ihre Schranken zu verweisen. Sie waren bewegungslos stehen geblieben. Er bellte etwas, und Sin'jaris Schoßhunde senkten die Köpfe und wichen zurück.

Ihr Meister jedoch wich keinen Schritt zur Seite und versperrte mit seinem Stab immer noch den Durchgang. Sin'jari fauchte Mo'amba an. Der Alte zuckte nur mit den Schultern, so dass Sin'jari seinen Stab zornig schüttelte und vor Wut zitterte.

Mo'amba tippte Ben auf die Schulter und bedeutete ihm zu folgen. Er führte ihn zurück, fort von Sin'jari. Doch das wütende Geheul des Mitglieds der Ältesten hörten sie noch lange.

Nach vielen Kurven und Abzweigungen fand sich Ben in einer vertrauten Höhle wieder. Seufzend schaute er auf die roten kürbisförmigen Pilze, die von den Säulen hingen. Warum landete er immer wieder dort?

Während er Mo'amba tiefer in die Höhle folgte und zwischen den Pilzen entlangstreifte, fiel ihm etwas Seltsames an den Steinsäulen auf. Als er das erste Mal hier gewesen war, mit Ashley, war er so sehr von den roten Schoten fasziniert gewesen, dass er angenommen hatte, dass die Säulen natürliche Felsen waren. Jetzt, bei näherer Betrachtung, stellte er fest, dass er sich geirrt hatte. Er fuhr mit einem Finger über die grobe, rissige Oberfläche einer Säule. Zum Teufel, das war ein versteinerter Baumstamm. Er schaute sich mit weit offenem Mund um. In der Höhle stand ein ganzes Wäldchen versteinerter Bäume.

Mit einem ungeduldigen Räuspern zog Mo'amba wieder seine Aufmerksamkeit auf sich. Er bedeutete Ben, sich an den Rand der kreisförmig angeordneten Felsmalereien zu setzen. Ben suchte sich ein bequemes Plätzchen auf dem Felsboden, und der Alte ließ sich gemächlich ihm gegenüber nieder.

Als er saß, wusste Ben, was Mo'amba wollte. Er schloss die Augen und entspannte sich, von seinen Zehen an aufwärts. Trotzdem spukten ihm noch viele Gedanken und Sorgen im Kopf herum, und er konnte sich nicht konzentrieren. Wieder versuchte er, sich zu entspannen, doch sorgenvolle Gedanken lenkten ihn ab.

Gerade als er aufgeben wollte, wurde er von einem lindernden Gefühl der Ruhe erfasst. Er wusste, dass dieses friedliche Gefühl von Mo'amba kam, und ließ zu, dass es seine Befürchtungen vertrieb.

Die Schwärze vor seinen Augen wich einem Feuerwerk aus Farben. Nur einen Augenblick lang nahm Mo'amba wieder die Gestalt seines Großvaters an. Das vertraute Gesicht wirkte noch beruhigender auf Ben. Wie ein altes Lieblingslied, das im Hintergrund gespielt wurde.

Mo'amba erschien wieder. »Du musst vorsichtiger sein, Ben«, ermahnte er ihn, »wenn du dich allein in der Siedlung bewegst. Es gibt immer noch Leute, denen es lieber wäre, wenn deine Mission misslänge oder du tot wärest. Sin'jari gibt nicht so leicht auf.«

»Woher wusstest du, dass ich in Schwierigkeiten stecke?«

»Das ist die Aufgabe eines *Heri'huti*. Das zu sehen, was sonst keiner sieht.«

»Danke. Jetzt hast du etwas gut bei mir. Die hätten mir den Arsch versohlt.«

»Nein, sie hätten dich umgebracht. Die beiden gehören zu Sin'jaris Clan. Es sind *Silaris*, ›Giftige‹.«

Ein Schauder lief Ben über den Rücken und unterbrach den mentalen Kontakt für einen Moment wie ein Stein, der in einen Teich geworfen wurde. »Was ist mit Ashley? Ist sie sicher, wenn ich fort bin?«

»Ja, sie wird von Tru'gulas Männern bewacht. Er wird sie beschützen. Keiner, erst recht nicht Sin'jari, wird sich in sein Gebiet wagen.«

»Bist du sicher?«

»Ich werde sie ebenfalls nicht aus den Augen lassen. Vertraue uns. Wir werden deine Frau bewachen, bis du zurückkehrst.«

»Sie ist nicht meine ... Ach, egal, selbst ich weiß nicht, was sie ist. Bitte ... passt auf sie auf, bis ich zurück bin. Und ich *komme* zurück.«

»Du wirst scheitern, Ben.«

Ben war völlig verblüfft und glaubte, sich verhört zu haben. »Was?«

»Ich kann den Lauf der Zeit bis in die letzten Winkel verfolgen. Wenn du so fortgehst, wie du jetzt bist, wirst du scheitern.«

»Was meinst du damit?«

»Du bist ein *Heri'huti*, aber hier drin glaubst du es nicht.« Mo'amba zeigte auf seine Brust. »Du musst dein Erbe annehmen, oder du und viele andere werden sterben.«

»Aber ich verstehe nicht, wie ...«

Mo'amba nahm wieder die Gestalt von Bens Großvater an. »Als ich dich zum ersten Mal rief, wählte dein Geist das Bild deines Großvaters aus, um meiner Erscheinung eine Gestalt zu geben. Dennoch hast du das Erbe deines Großvaters abgelehnt. Du hast dich geschämt. Wenn deine Mission erfolgreich verlaufen soll, musst du lernen, dein Blut und deine Herkunft genau wie das Bild deines Großvaters zu lieben und in Ehren zu halten. Nur dann hast du eine Chance.«

»Und wie schaffe ich das?«

Der alte Mann drückte beide Fäuste an seine Brust. »Hör auf dein Blut.«

»Was meinst du mit …« Das Bild löste sich auf, und Ben starrte ins Dunkle. Nur die Worte klangen noch in seinen Ohren: Hör auf dein Blut.

Er zwinkerte mit den Augen und blickte auf den stummen Mo'amba. Ihm lagen noch so viele Fragen auf dem Herzen. Doch Mo'amba richtete sich mithilfe seines Stabs nun auf.

»Warte!« Ben schritt zu Mo'amba hinüber. »Ich muss wissen, was du gemeint hast.«

»D-du«, knurrte er mit gutturaler Stimme auf Englisch, »du schläfst.« Er wandte sich ab und war offenbar der Ansicht, genug gesagt zu haben.

Ich schlafe?, fragte sich Ben. Als wenn er dazu Gelegenheit gehabt hätte!

Ashley wurde schlagartig wach und war überrascht, dass sie fest geschlafen hatte. Eine Eingeborene trat gebückt in ihre Höhle ein. Klappernd trug sie Teller, beladen mit bunten Früchten und einer Art dampfendem Fleisch, herein. Sie schlurfte zu einem flachen Stein, der etwa kniehoch war, und deckte den Tisch.

Ashley war enttäuscht, als sie erkannte, wo sie war. Sie wollte in ihr Traumland zurück. Sie hatte geträumt, sie wäre in ihrem winzigen Wohnwagen in der Wüste von New Mexico gewesen. Jason und Ben hatten draußen im staubigen Hof Fangen gespielt und ihre kläglichen Versuche, einen Sukkulentengarten anzulegen, zunichte gemacht. Sie hätte ahnen können, dass es ein Traum war, denn alles, was in ihrem Garten gedieh, waren diese seltsamen roten Pilzschoten. Das Seltsamste war allerdings, wie selbstverständlich sie Ben in der Vaterrolle akzeptierte. Sie schaute auf ihren Bauch. Ben als Vater?

Plötzlich hörte sie ein sanftes Schnarchen aus dem Kissenberg neben ihr. Sie setzte sich aufrechter und erkannte die blonde Strähne, die unter der Decke neben ihr herauslugte. Ben! Was machte er hier?

Als sie ihn anstieß, wurde sein Schnarchen zu einem explosionsartigen Grunzen. Er fuhr zusammen, sie erschrak, und er wachte auf. Er rieb sich die Augen. »Wie spät ist es?«

Sie ignorierte seine Frage. »Wie bist du an den Wachen vorbeigekommen?«

Er stützte sich auf einen Ellbogen. Er hatte blutunterlaufene Augen und einen roten Stoppelbart. »Wer soll es schon gewesen sein? Mo'amba hat die Wachen dazu gebracht, mich vorbeizulassen. Ich musste einfach wissen, ob es dir gut geht.«

»Warum hast du mich nicht geweckt?«

»Und dir deinen Schönheitsschlaf geraubt? Auf keinen Fall!« Ben kräuselte die Nase. »Was riecht denn da so?«

Der Geruch des brutzelnden Fleischs auf dem Teller erfüllte mittlerweile die ganze Höhle, so dass ihnen das Wasser im Munde zusammenlief. Ashleys Magen knurrte vor lauter Vorfreude. »Frühstück«, rief sie hungrig.

Ben setzte sich auf und bemerkte die nackte Dienerin. »Sie sind ja nicht gerade ein schamhaftes Völkchen, was?« Er schlüpfte aus den Decken und in seine Hosen hinein, während er der Dienerin züchtig den Rücken zukehrte.

Auch Ashley nutzte den Augenblick, um sich anzuziehen.

Beide stürzten sich wie die Heuschrecken auf das Essen.

Schließlich schob Ashley den Steinteller von sich. »Puh, ich glaube, jetzt bin ich satt. Für ein letztes Mahl war das gar nicht so schlecht.«

Ihre Worte hatten anscheinend eine verheerende Wirkung auf Ben. »Das war nicht deine letzte Mahlzeit, Ash. Ich verspreche es dir. Wir kommen hier raus!«

Sie lächelte ihn an, als sie merkte, dass er sie falsch verstanden hatte. »Ich habe doch nur gemeint, dass dies dein letztes Mahl ist, bevor du aufbrichst.«

»Oh!« Ben blickte finster vor sich hin.

Sie lachte über seinen ernsten Gesichtsausdruck.

»Ich dachte nur ...«

»Ich weiß.« Sie holte tief Luft und wurde sachlich. Dann ergriff sie seine Hand. »Ich weiß, Ben. Das ist süß.«

»Süß?« Das schien ihn getroffen zu haben. Er blickte auf ihre Finger, die sie in seine verschränkt hatte. Er sprach mit gesenkten Augen. »Ash, du musst wissen, was ich für dich empfinde. Ich möchte mehr als nur *süß* für dich sein.«

Sie versuchte, die Hand zurückzuziehen, doch er hielt sie fest. »Ben ...« Sie wusste nicht, was sie erwidern sollte. Einerseits wollte sie herausposaunen, dass sie ihn liebte, andererseits fürchtete sie sich davor, sich ihm auszuliefern. Nach Scott und nach der Fehlgeburt fürchtete sie sich davor, noch einmal verletzt zu werden und Vertrauen zu schenken. Sie hatte es beim ersten Mal mit Mühen überstanden. Jason hatte sie in Bewegung gehalten, und nun war er verschwunden. Widersprüchliche Gefühle tobten in ihr, so dass sie kaum klar denken konnte. Wie sollte sie das nur in Worte fassen?

Sie brauchte es gar nicht. Er ließ ihre Hand los und zog sich zurück. Mit beherrschter Stimme flüsterte er: »Ich denke, wir gehen jetzt besser. Sicher warten Harry und die anderen schon.«

Mit hängenden Schultern drehte er sich um. Sie wollte

etwas, irgendetwas sagen, um ihn zu trösten. Ihm sagen, dass er sie nicht aufgeben sollte. Aber war das fair? Sie schwieg.

Als Ashley *Umbos* Höhle betrat, sah sie, dass Harry mit den drei Kriegern, die Ben begleiten sollten, die Köpfe zusammensteckte. Er wirkte erstaunlich gut gelaunt und munter für jemanden, der die Nacht durchgearbeitet hatte. Der Raum war voller weiterer Stammesmitglieder. Mo'amba unterhielt sich mit Tru'gula. Kein weiterer Stammesältester war anwesend, nicht einmal Sin'jari. Und dafür war Ashley dankbar.

»Wir haben es geschafft!«, sagte Harry strahlend, als er zu ihnen kam.

»Ihr habt die Achse repariert?«, fragte Ben aufgeregt.

»Schaut es euch an. Ihr werdet euren Augen nicht trauen.« Er winkte sie hinüber zu Michaelson, der neben einem der Plastikschlitten hockte.

Ashley bemerkte, dass nun vier Plastikschlitten an den Motorschlitten gekoppelt waren. Die Lumpensammler hatten alle verlorenen Schlitten wiedergefunden, sogar den von Villanueva. Sie betrachtete dessen gelben Schlitten und schauderte. Sie hielt ihn für ein schlechtes Omen.

Dann schaute sie sich Michaelsons Werk genauer an. Ein letztes Mal zog er an einem Seil und befestigte damit den letzten Schlitten in der Reihe. Fast wie ein kleiner Zug.

Harry sagte: »Es war Dennis' Idee.« Er hob den großen Schlitten hoch und gab dabei auf den Motor Acht. »Schaut. Durch diese kleine Veränderung ist das wertvollste Fahrzeug der Welt entstanden.«

Ben pfiff anerkennend. »Ein Meisterstück.«

Ashley drängelte sich vor, um etwas zu sehen. Sie schaute nach der Vorderachse, die im schwachen Licht schimmerte. »Ist es wirklich das, was ich sehe?«

»Und ob«, sagte Harry, »eine Achse aus purem Diamant.«

»Und die hält?«, fragte Ben misstrauisch.

Harry zuckte mit den Schultern. »Ich habe die Achse ein paar Belastungstests unterzogen. Die verliefen okay. Außerdem haben wir keine andere Wahl. Entweder wir benutzen ihn, oder wir zockeln mit den Plastikschlitten los.«

Ben befühlte die Diamantachse. »Okay, Kumpel, vornehm geht die Welt zugrunde.«

Ashley trat einen Schritt zurück, als Harry den Schlitten auf den Boden setzte. »Also ... seid ihr alle soweit?« Aus irgendeinem Grund hatte sie diesen Moment gefürchtet. Sie hatte ihn auf sich zukommen sehen, doch die plötzliche Gewissheit, dass Ben sie verließ und möglicherweise zu Tode kam, war plötzlich zu viel für sie.

Ben, der ihre Angst spürte, kam zu ihr und nahm sie in die Arme. »Ich denke, wir sollten nicht länger warten. Es kann auf jede Minute ankommen.«

Ashley nickte nur und sprach kein Wort vor lauter Angst, in Tränen auszubrechen.

Harry rief die Krieger zu sich und gab ihnen lautstark letzte Befehle, gestikulierte mit den Händen und zeigte auf die einzelnen Schlitten. Es schien so, als sollte er die Rolle des Lokführers übernehmen, da er mit dem Motorschlitten am vertrautesten war. Ben würde dann den Fahrgastbegleiter am Ende des Zuges spielen und den drei nervösen Kriegern helfen, denen die motorisierte Fortbewegung wenig vertraut war.

Ashley ging zur Seite, um nicht im Weg zu stehen, während das Gepäck verstaut wurde und letzte Anweisungen erklärt wurden. Mo'amba trat neben sie und legte eine Hand auf ihre Schulter. Sie schaute ihn an, und er drückte sanft ihren Arm.

Als alles bereit war, kam Ben zu ihr. Die Geschäftigkeit

schien ihn aufgemuntert zu haben, doch in seinen blauen Augen lag immer noch ein Rest Traurigkeit. »Ich verspreche dir, ich finde Jason. Und ich komme zurück.«

Mo'ambas beruhigende Hand auf ihrer Schulter gab ihr die Kraft zu sprechen. »Das weiß ich, Ben. Ich vertraue dir.« Und zum ersten Mal begriff sie, dass sie ihm wirklich vertraute. Dass sie ihm ihr Leben anvertraute. Dass sie ihm selbst das Leben ihres Sohnes anvertraute. Tränen standen ihr in den Augen und liefen ihr übers Gesicht.

Er beugte sich zu ihr und küsste sie auf die Wange. Dann drehte er sich um und ging zu seinem Schlitten hinüber.

Ashley tat einen Schritt nach vorn. Sie konnte ihn nicht einfach gehen lassen, ohne dass er wusste, was sie wirklich für ihn empfand. Sie wollte ihm etwas zurufen, doch die Worte drohten ihr im Hals stecken zu bleiben: »Ben! Ich ... ich ...«

Harry startete den Motor, und ihre Worte wurden vom Dröhnen verschluckt. Er ließ die Maschine aufheulen. Der Schlitten tauchte sanft in das Wurmloch hinein und zog den Zug mit seinen Fahrgästen hinter sich her.

Ihre Augen folgten Ben, während er auf Villanuevas Schlitten im Tunnel verschwand. Ashley fror plötzlich am ganzen Körper. Sie schlang die Arme um sich. »Ich liebe dich, Ben«, flüsterte sie.

Fünftes Buch

Rückkehr zur Alpha-Basis

31

Linda zwängte sich unter einem Felsblock hindurch. Sie war zu erschöpft, um die klaustrophobischen Gefühle, die sie in dieser Enge beschlichen, wahrzunehmen. Im Augenblick machten ihr die kilometerdicken Felsmassen über ihr weniger zu schaffen als das Beißen in ihren Augen, die schmerzenden Muskeln und die furchtbare Situation.

Dies war der zweite Tag, seit Khalid sie und Jason gefangen genommen hatte. Das Tempo, das er vorlegte, ließ sie kaum zur Ruhe kommen: nur ganz kurze Unterbrechungen, keine Mittagspause, nur eine kurze Frühstückspause und ein kaltes Abendessen aus den Lebensmittelrationen. Sie mussten selbst dafür sorgen, mit seinem Tempo Schritt zu halten. Er hatte sie davor gewarnt, dass er wegen ihnen nicht anhalten und warten würde. Wenn er alle zwei Stunden den Code in Jasons Sprengstoffgürtel eingeben sollte, dann müssten sie sich an sein Tempo anpassen. So hetzten sie sich den ganzen Tag ab, um nicht den Anschluss zu verlieren.

Mit einem letzten Ruck kam Linda unter dem Felsblock heraus und stand auf. Hier war der Tunnel breiter. Der dichte Rauch war mittlerweile einem leicht beißenden Geruch gewichen, so dass ihnen das Atmen leichter fiel. Die zunehmende Verflüchtigung des Rauchs war es aber auch, die Khalid zur Eile antrieb. Wenn sich der Rauch vollständig aufgelöst hätte, bevor sie zur Basis zurückfänden, wären sie verloren.

Außerdem gab es noch einen anderen Grund, dem Rauch hinterherzulaufen. Bisher hatte sich ihnen keine einzige Bestie in den Weg gestellt. Linda hatte die Vermutung geäußert, dass der beißende Rauch sie wahrscheinlich abschreckte. Khalid hatte zu dieser Feststellung bloß genickt und mit einem merkwürdig sorgenvollen Gesichtsausdruck das Tempo erhöht.

Als sich Linda streckte und das Taschentuch vor ihrem Gesicht wieder zurechtrückte, drang das Licht ihrer Helmlampe durch die Schwärze vor ihr. Khalid war wenige Meter vor ihnen stehen geblieben und hatte sich über etwas auf dem Boden gebeugt. Er hatte Jason am Oberarm gepackt. Was jetzt?

Jason rief ihr zu: »Schau nur.«

Linda hockte sich neben Jason und sah, was Khalids Aufmerksamkeit auf sich gezogen hatte. In der Mitte des Tunnels stand ein halbmetergroßer Kanister aus Metall, aus dem dicke Kabel in die Dunkelheit führten. Oben drauf war ein rundes Drahtgitter befestigt, das aussah wie eine Satellitenschüssel.

»Was ist das?« fragte sie.

»So ein spezielles Funkdings von Dr. ... Dr. Blakely.« Jason stotterte bei dem Namen des Toten. »Die Kabel müssten uns zur Basis führen.«

»Dann haben wir es geschafft«, sagte Linda, »wir sind da.«

Khalid ging weiter in den Tunnel hinein und folgte den Kabeln.

»Linda«, sagte Jason neben ihr und nahm ihre Hand, während sie Khalid folgten, »ich glaube nicht, dass er mich frei lässt.«

Sie drückte seine Hand. »Das wird er, Jason. Sobald er dich nicht länger als Geisel braucht, lässt er dich laufen.«

Der Junge schwieg einen Moment. Dann sagte er: »Wenn wir in der Basis sind, wenn wir ...« Er sprach nicht weiter.

»Was dann, Jason?«

»Wenn du es schaffst, lauf weg. Nimm keine Rücksicht auf mich.«

Sie blieb stehen und hielt ihn fest. »Ich werde dich nicht allein bei ihm lassen. Wir kommen schon wieder aus dieser Situation heraus.«

»Er wird mich sowieso umbringen. Das weiß ich.«

»Jason ... mein Kleiner, ich werde dich nicht ...«

»Ich habe es in seinen Augen gesehen«, unterbrach er sie. »Er sieht ... er sieht mich an, als wäre ich gar nicht da. Als wäre ich schon tot.«

Linda kniete sich vor ihn und nahm sein Gesicht in beide Hände. »Ich verspreche dir: Wir kommen durch. Gemeinsam.«

Jason schüttelte den Kopf und nahm ihre Hände von seinem Gesicht. »Er lässt mich sterben.« Dann drehte er sich um und marschierte tiefer in den Tunnel hinein.

Sie sah ihm nach, bis er hinter der nächsten Kurve verschwand. Wie der Teufel, dachte sie. Sie stand auf und folgte ihm, fest entschlossen zu verhindern, dass die Bestie ihm etwas antat. Kurz darauf holte sie den Jungen ein und legte ihm einen Arm um die Schulter. Beide schwiegen, während sie Khalid und dem Kabel folgten.

Nach einem Marsch von dreißig Minuten schien es um sie herum heller zu werden. Jason schaute zu Linda hoch. Sie schaltete die Helmlampe aus, weil sie nicht länger nötig war. Als sie um eine Ecke bogen, sahen sie Lampen an den Wänden.

Und sie brannten! Das hieß, dass die Generatoren noch funktionierten. Nach Jasons Bericht hatte sie gedacht, die Basis wäre zerstört und im Erdboden versunken. Vielleicht bestand ja doch die Möglichkeit, dass man sie zurückerobert hatte. Vielleicht war ja Verstärkung eingetroffen.

Als sie durch den beleuchteten Tunnel ging, sah sie, dass

Khalid an der Mündung des Tunnels stehen geblieben war. »Die Basis«, sagte er zu ihr, ohne sich umzudrehen.

Sie hielt den Atem an und eilte voller Hoffnung an seine Seite. Als sie hinausblickte, sank ihr Mut. Der Tunnel endete auf der Westseite der Höhle, oberhalb einer kleinen Erhebung. Vor ihnen ausgebreitet lag die Alpha-Höhle, die Basis sah man in gut einem Kilometer Entfernung.

Oder das, was von der Basis übrig war.

Die Alpha-Basis lag in Schutt und Asche. Vereinzelt flackerten Lichter, doch die meisten Laternenpfähle lagen umgeknickt am Boden. Die Gebäude, die noch standen, waren von Explosionen und Feuer gezeichnet. Hier und da sah man ein rotes Glühen, was darauf hinwies, dass noch nicht alle Brände erloschen waren. Eine rußige Wolke schwebte wie ein Nebel über der Basis, als wollte sie das Chaos verhüllen. Sogar aus dieser Entfernung konnte man Leichen sehen, die wie hingeworfene Stoffpuppen zwischen den Trümmern in den Straßen lagen. Am schlimmsten war, dass sich nichts, aber auch überhaupt nichts regte. Die Basis war tot.

Linda wollte Jason zurückhalten, doch er drängelte sich an ihr vorbei und starrte stumm auf das Gemetzel hinab.

»Der Aufzug ist unbeschädigt«, sagte Khalid. »Wir können weiter.«

Jason zupfte an Lindas Arm. Sie blickte zu ihm hinunter und musste gewaltsam den Blick von der Verwüstung abwenden. Er hob sein Hemd und zeigte auf die LED-Anzeige an seinem Gürtel. Sie zeigte die Zahl Dreißig. Dreißig Minuten noch, bis der Plastiksprengstoff gezündet wurde.

Sie nickte. »Khalid, es wird Zeit, Jasons Timer neu einzustellen.«

Er warf ihr einen kalten Blick zu. »Später.«

Sie sah Jason an, der ihren Blick resigniert erwiderte.

Ben, der die Nachhut hinter dem dröhnenden Motorschlitten bildete, sah vor sich nur das haarige Gesäß des *Mimi'swee*-Kriegers auf dem nächsten Schlitten.

Der nackte Krieger hörte auf den Namen Nob'cobi. Harry hatte ihn als Dennis' Blutsbruder vorgestellt. Er hatte darauf bestanden, ins Team aufgenommen zu werden, da Dennis nicht mitkommen konnte. Nob'cobi hätte an *Il'jann* verloren, wenn man ihn nicht aufgenommen hätte. Er hatte seinem Blutsbruder gegenüber eine Verpflichtung.

Doch wie Nob'cobi sich an den Schlitten klammerte und mit jedem Aufprall durchgeschüttelt wurde, wünschte er sich wahrscheinlich – *Il'jann* hin, *Il'jann* her –, dass er besser zu Hause geblieben wäre. Den anderen beiden Kriegern vor ihm ging es wohl kaum besser.

Ben langte nach vorne und gab Nob'cobis Bein einen ermutigenden Klaps. Doch wegen der Berührung schrie der Krieger panisch auf und verlor beinahe den Halt. »Immer sachte, mein Freund«, rief Ben so ruhig wie möglich über den Motorenlärm hinweg, was brüllend keine leichte Aufgabe war. »Das machst du prima. Halt nur noch ein wenig durch.«

Ben warf einen Blick auf die Uhr. Sie waren noch keine Stunde unterwegs. Wenn er ihre Geschwindigkeit richtig einschätzte, brauchten sie noch drei Stunden. Gegen Mittag müssten sie oben sein. Das war nicht schlecht.

Er legte den Kopf auf den Arm, schloss die Augen und ließ zu, dass die schaukelnde Bewegung und das ständige Dröhnen des Motors ihn ein wenig einschläferten. Wenn sich nur die *Mimi'swee* entspannen könnten. Er dachte an Nob'cobi, der sich wahrscheinlich über sich selbst ärgerte.

Mit geschlossenen Augen stellte sich Ben vor, wie Nob'cobi sich an seinem Schlitten festklammerte wie ein Ertrinkender an einem Strohhalm. In seinem Tagtraum drehte sich Nob'cobi um zu ihm und sprach: »Zu Fuß komme ich fast genauso schnell vorwärts. Das ... das ist doch ... Schwachsinn.«

»Ja, aber wir nicht«, antwortete Ben. »Wir sind nicht so kompakt gebaut wie ihr.«

»Ich hasse das!«

»Ach, jetzt hör auf zu jammern«, dachte Ben.

Plötzlich riss Nob'cobi die Augen so weit auf, dass fast nur noch das Weiße zu sehen war. »Du bist ja wirklich ein *Heri'huti.*«

Da mischte sich eine dritte Stimme in ihre Unterhaltung ein. Eine vertraute Stimme. »Sehr gut, Benny. Du lernst.« Dann verklang Mo'ambas Stimme wieder.

»Warte ... was habe ...?« Ben öffnete die Augen und sah, dass Nob'cobi ihn mit großen Augen anstarrte.

»*Heri'huti*«, sagte er und drehte sich um.

Ben dachte über die Konsequenzen nach. Er hatte es getan. So wie Mo'amba immer mit ihm in Verbindung trat, hatte er mit Nob'cobi Verbindung aufgenommen. Er spürte sogar die vertrauten Kopfschmerzen nach einer telepathischen Unterhaltung. Wieso war es plötzlich so einfach gewesen? Bisher war ihm so etwas noch nie gelungen.

Wieder sprach Mo'ambas geistige Stimme zu ihm. »Die Krieger sind darauf trainiert worden, die Suggestionen der *Heri'huti* wahrzunehmen, euer Volk nicht.« Die Stimme verstummte wieder.

Zum Teufel, dachte Ben, mir langt dieser Schwachsinn. Mit diesem ganzen Telepathiehumbug holen wir nicht die Statue aus Blakelys Safe.

In diesem Moment veränderte sich der Klang des Motors. Harry bremste ab. »Was ist los?«, rief Ben.

Harry antwortete: »Wir haben gleich die Hälfte der Strecke hinter uns gebracht.«

Ben sah auf seine Uhr. Es war eine weitere Stunde vergangen. »Und warum halten wir an?«

»Der Motor muss abkühlen. Er ist glutrot. Mein Baby war ursprünglich nicht zum Ziehen von Lasten gedacht. In gewisser Weise schleppen wir sozusagen mit einem Modellrennwagen einen Umzuganhänger.«

Plötzlich fuhr der Zug aus dem Wurmloch hinaus in eine Höhle, die so groß wie eine Doppelgarage war. An der gegenüberliegenden Wand befand sich die Öffnung eines zweiten Wurmlochs.

»Was ist das?«, fragte Ben und rollte von seinem Schlitten. Er stand auf, gähnte und schüttelte sich den Rucksack von den Schultern.

Harry stand ein paar Schritte entfernt von ihm und drehte den Kopf hin und her. »Mo'amba hatte mir gesagt, dass es auf halber Strecke eine Art Raststätte für Pilger gibt. Ich habe mir gedacht, dass hier ein guter Platz wäre, um sich die Beine zu vertreten, die Blase zu entleeren und den Motor abkühlen zu lassen.«

Nob'cobi und die anderen beiden Krieger waren auch aufgestanden und hatten sich möglichst weit von den Plastikschlitten entfernt. Die drei unterhielten sich lebhaft und machten Handbewegungen zum Fahrzeug hin, die – auch ohne Übersetzung – offensichtlich missbilligend waren.

Ben ging zu Harry. »Was ist mit dem Benzinvorrat?«

»Alles prima, mach dir keine Sorgen.«

»Wie lange dauert es, bis der Motor kalt ist?«

Harry zuckte mit den Schultern. »Keine Ahnung. Eine halbe Stunde, vielleicht eine ganze.«

Ben nickte, doch er ballte immer wieder die Fäuste. Er ging in dem kleinen Raum auf und ab. Solange sie in Bewegung waren, war alles in Ordnung. Diese Unterbrechung war jedoch qualvoll.

»Entspann dich«, sagte Harry schließlich, »wir liegen gut in der Zeit.«

»Ich weiß, ich weiß.« Ben suchte nach etwas, um sich

abzulenken, fand in der eintönigen Höhle jedoch nichts. Er blickte die drei Krieger an. »Wovon reden sie?«

»Sie lästern hauptsächlich.« Harry zog einen Diamantdolch aus einer pelzbesetzten Scheide an seinem Gürtel und reinigte sich die Nägel. »Außerdem erzählen sie sich die alten Sagen über den großen Exodus, als sie ihre alten Siedlungen verlassen mussten und in die jetzige Höhle einzogen.«

»Ja, aber warum mussten sie von dort fliehen?«

»Soweit ich sie verstehe, gab es eine Art Erdbeben, und die Höhle wurde überflutet. Viele starben. Ich glaube, es gibt irgendeinen heiligen Ort, den Nob'cobi aufsuchen will. Er hat etwas gesagt von alten Kriegern, die bei einer flutartigen Überschwemmung umgekommen sind. Ihre Köpfe sind in durchsichtigen Steinen begraben worden. Den Teil verstehe ich nicht.«

»Ich schon.« Ben dachte an die Höhlenperlen mit den Schädeln im Inneren, die sie entdeckt hatten.

Harry schaute ihn an, als wäre er verrückt. »Klar. Auf jeden Fall, nachdem sie die Höhle verlassen hatten, wurde sie von den *Cra'kan* übernommen. Sie benutzen sie als eine Art Paarungsort. Anscheinend gibt es verschiedene Herden. Und alle zehn Jahre kommen sie in dieser großen Höhle zusammen und veranstalten eine Orgie.«

»Scheint so, als wäre dieses Jahr das zehnte.« Ben stellte sich Herden dieser blutrünstigen Bestien vor, die voller Paarungsbrunst und Aggression ihr Territorium zurückeroberten. Die Alpha-Basis hatte nie eine Chance gehabt.

Harry nickte ernüchtert. »Ich schaue mal nach dem Schlitten.«

Nachdem er zwanzig qualvolle Minuten lang am Motor herumgebastelt hatte, hielt Harry schließlich den Daumen in die Höhe. Nach einigem Hin und Her kletterten die *Mimi'swee* auf ihre Schlitten, und es ging weiter.

Der Rest der Reise verlief unspektakulär. Keine Verzögerungen, keine Probleme. Dennoch dauerte es ewig. Während der Fahrt schaute Ben bestimmt sechzigmal auf die Uhr.

Schließlich schaltete Harry den Motor aus. »Endstation, Leute.«

Einer der Krieger kletterte über Harry hinweg, um zu der Steintür vor ihnen zu gelangen. Er betätigte einen Mechanismus rechts von der Tür. Sie öffnete sich, und die Reisenden blickten in *Ohnas* Höhle. Harry folgte dem Krieger hinein und zog die Schlitten hinterher.

Kaum waren sie in der kleinen Höhle, rollte Ben von seinem Schlitten und krabbelte zum Ausgang. Rasch ließ er seinen Blick über die unmittelbare Umgebung schweifen, in der Erwartung, Herden sich paarender Bestien zu erblicken. Jedoch war dort draußen keine Bewegung zu sehen. Nur die Wellen des Sees schwappten sanft an das felsige Ufer.

Er überblickte die ganze Alpha-Höhle und sah die flackernden Lichter des fernen Camps. Die Alpha-Basis. Aus dieser Perspektive sah sie vollkommen intakt aus, aber bei genauerer Betrachtung konnte er sehen, dass die Beleuchtung unzureichend war. Anscheinend war die Stromversorgung teilweise ausgefallen.

Die ursprünglich so reine Luft stach ihm in die Nase. Der Gestank von abgestandenem Rauch und verbranntem Öl verhieß nichts Gutes.

32

Das Erste, was Jason auffiel, als sie sich der Basis näherten, war der Gestank, der sogar den ständigen Geruch des öligen Rußes überdeckte. Er hielt sich die Nase zu und atmete durch den Mund. Dennoch wurde er den Brechreiz nicht los.

Linda klopfte ihm auf die Schulter, verzog aber genauso das Gesicht. »Khalid«, rief sie, »wir sind der Basis jetzt nahe genug gekommen, und auf Jasons Timer sind es nur noch sieben Minuten.«

»Dann geht schneller. Ich setze die Uhr erst zurück, wenn wir im Camp sind.«

»Es ist unvorsichtig, sich so zu beeilen. Hier könnten immer noch diese Bestien herumlaufen. Lass uns langsam gehen.«

»Die verräucherte Luft hat sie wahrscheinlich aus der Höhle vertrieben. Aber dabei wird es bestimmt nicht bleiben. Daher müssen wir jetzt handeln, bevor sich der Rauch lichtet.«

Linda ging schneller. »Jason, wir beeilen uns besser.«

Jason blickte auf den Sprengstoffgürtel um seinen Bauch. Der Timer sprang gerade von sechs auf fünf. Ihm wurde immer mulmiger.

Als sie den Rand der Basis erreichten, sahen sie, woher der Gestank rührte, und gingen langsamer. »Schau nicht hin«, sagte Linda und versuchte, ihm die Augen zuzuhalten.

Jason beachtete ihre Warnung nicht und starrte auf die tote Bestie. Khalid machte einen großen Bogen um den Kadaver. Linda folgte ihm und zog Jason hinter sich her. Als sie die Fleischmassen umrundet hatten, sahen sie die Todesursache. Ihr Bauch war von einer Sprengladung aufgerissen worden. Metallstücke und zerrissene Eingeweide lagen im Umkreis von mehreren Metern über den Boden verteilt. Jason musste mehrmals schlucken und bekämpfte den Brechreiz. Er wusste nicht, was schlimmer war, der Anblick oder der Gestank.

Während sie um die stinkende Bestie huschten, stockte Linda plötzlich der Atem, und sie drückte Jasons Gesicht an ihre Brust. Doch konnte er gerade noch den kopflosen Körper eines Soldaten sehen, gefangen in den toten Kiefern der Bestie. Diesmal befreite er sich nicht aus ihrer Umarmung.

Als sie die grausame Szenerie hinter sich gelassen hatten, ließ Linda ihn los und klopfte ihm auf die Schulter. Er sah, dass Khalid mit kalkweißem Gesicht vor ihnen stehen geblieben war, offenbar tief erschüttert.

Linda ging zu ihm. »Ich will nicht, dass Jason noch mehr davon sieht.«

Khalid nickte sogar. »Wir sind fast dort, wo ich hin will. Es geht hier runter.« Er drehte sich um und ging voran. »Seid leise.«

Khalid bahnte sich den Weg durch zwei eingestürzte Holzgebäude hindurch. Jason bemerkte ein Paar Armeestiefel, das unter einem Berg von Balken und Glas herausragte. Er schaute weg.

Die Basis war totenstill, und sie hörten nur ihre eigenen Schritte.

Khalid blieb ein paar Sekunden lang stehen und blickte sich um, als ob er sich orientieren wollte. Dann ging er nach Norden weiter, ins Innere des Camps. Nach weniger als einer Minute hatten sie die erste meterdicke Säule aus Fels erreicht, die den Boden mit der fernen Höhlendecke verband.

Khalid setzte seinen Rucksack ab und öffnete ihn. Er holte ein Kletterseil heraus und warf es Linda zu. »Binde den Jungen daran fest.«

»Was?« Sie ließ das Seil fallen und schüttelte den Kopf.

»Der Timer zeigt noch drei Minuten an. Ich setze ihn erst zurück, wenn du ihn festgebunden hast.«

»Aber warum ...«

»Du verlierst nur Zeit. Tu es!«

Linda blickte auf Jasons Timer, beugte sich dann zu ihm und hob das Seil auf. »Es tut mir Leid«, sagte sie und stellte ihn mit dem Rücken vor die Säule.

»Binde ihm zuerst die Hände auf den Rücken.«

Jason sah den leidenden Ausdruck in ihren Augen, als sie das Seil um seine Handgelenke band. Er wusste, dass sie den Tränen nahe war. Das tat ihm mehr weh, als gefesselt zu werden. »Ist schon okay«, flüsterte er.

Sie schlang das Seil um seine Taille und die Säule.

»Schnür ihn fest genug. Du verschwendest nur wertvolle Sekunden, wenn ich es nachholen muss.«

Linda zog das Seil fest und band rasch einen Knoten. »Ich bin fertig.« Sie setzte sich. »So«, sagte sie in scharfem Tonfall, »und nun stell den Timer!«

Khalid prüfte, ob der Knoten fest und das Seil straff waren und tippte auf der kreditkartengroßen Tastatur unter der LED-Anzeige etwas ein. Nun leuchtete die Zahl 120 auf. Jason blieben zwei weitere Stunden Frist.

»Warum tust du das?«, fragte Linda.

»Aus zwei Gründen. Erstens hält uns der Junge auf. Und ich muss noch fünfzehn Ladungen anbringen. Mit deiner Hilfe bin ich in weniger als zwei Stunden damit fertig. Zweitens dient es deiner Motivation. Erst wenn ich alle fünfzehn Ladungen scharf gemacht habe, werde ich zurückkommen und den Timer neu einstellen. Auf diese Weise kann ich mich auf deine rasche und hoch motivierte Zusammenarbeit verlassen.«

»Natürlich helfe ich dir. Das habe ich dir doch gesagt. Wozu das denn jetzt?«

»Ich gebe einen Dreck auf dein Wort«, erwiderte Khalid mit beißender Schärfe.

Sie schwieg.

Jason sah, dass Khalid zwei Taschentücher nahm und auf ihn zukam. Er versuchte auszuweichen, doch die Fesseln ließen es nicht zu. Khalid drückte Jasons Kopf mit seinem Handballen an die Felssäule. Dann knüllte er eines der Taschentücher zusammen und presste es ihm in den Mund.

Bevor Jason es ausspucken konnte, band er den Knebel mit dem zweiten Taschentuch fest.

Linda hatte mittlerweile Khalids Arm gepackt. »Lass ihn doch!«

Khalid stieß sie mit dem Ellbogen zur Seite und verknotete das Taschentuch. »Ich will nicht, dass der Bengel rumschreit, sobald wir fort sind. Nachher kommen die Bestien noch zurück.« Er zeigte auf Jasons Gürtel. Auf der Anzeige stand jetzt 116. »Wir verschwenden Zeit.«

Linda kniete sich vor Jason. Er versuchte, ruhig zu bleiben. Sie berührte seine Wange. »Ich komme zurück. Ich verspreche es dir.«

Er nickte und kämpfte gegen die Tränen an.

Sie hielt ihn ganz fest, bis Khalid sie an der Schulter zog. »Los!«

Linda stand auf und drückte ein letztes Mal Jasons Arm. Dann drehte sie sich um und folgte Khalid. Jason sah ihnen hinterher, bis sie verschwanden; er hörte, wie ihre Schritte verklangen. Dann war er allein.

Der Strahl von Bens Helmlampe zeigte ihnen den Weg durch die Dunkelheit. Ben führte die Gruppe durch die Höhle. Sie hielten auf die Lichter der Basis zu. Aus Vorsicht blieb er oft stehen und lauschte. Auch wenn er sie nicht sehen konnte, wusste er, dass die drei mit Speeren und Messern bewaffneten *Mimi'swee* nach allen Seiten ausgeschwärmt waren, um Ausschau nach den *Cra'kan* zu halten. Sie trugen keine Lampen und bewegten sich so leise, als wären sie Phantome. Das Einzige, was Ben hörte, war das schabende Geräusch von Harrys Stiefeln hinter ihm.

Er nahm die Pistole in die andere Hand und rieb seine Handfläche am Hosenbein trocken. Das Feuer hatte die Höhle aufgeheizt, und der Rauch machte ihnen das Atmen schwer. Er leckte sich über die rissigen Lippen, holte seine

Feldflasche hevor und öffnete den Verschluss mit dem Daumen. Ganz vorsichtig nahm er einen Schluck, nur so viel, um seinen Mund zu befeuchten. Dann flüsterte er Harry zu: »Ich hatte erwartet, dass hier noch jede Mengen Bestien herumlaufen.«

»Vielleicht halten die Hitze und der Rauch sie fern.«

»Mir gefällt das nicht. Es ist alles viel zu einfach. Eins habe ich gelernt: Wenn alles bestens aussieht, steht man in Wirklichkeit schon knietief in der Scheiße!«

Harry zuckte mit den Schultern. »Beschwör's nicht.«

Ein Geräusch von rechts machte sie aufmerksam. »Es ist Nob'cobi«, sagte Harry. »Komm. Er hat etwas gefunden.«

Ben folgte Harrys tanzender Laterne über den holprigen Boden. Nob'cobi hockte neben einem dampfenden Haufen Kot. Er hielt eine Hand voll vor seine Nase, dann wandte er sich zu Harry und sprach im Flüsterton.

Harry übersetzte: »Er sagt, es ist frisch.«

»Na, prima.« Ben verzog die Nase bei dem Gestank. »Es wäre auch zu schade, wenn es schon verdorben wäre.«

»Nob'cobi schätzt, dass der Kot weniger als eine Stunde alt ist. Dort drüben ist noch mehr. Er glaubt, dass es sich um eine Gruppe von mindestens fünf Tieren handelt. Zwei von ihnen sind männlich.«

»Und das hat er alles rausgekriegt, indem er seine Nase in die Scheiße gesteckt hat?«

»Das ist sein Job.«

»Was sollen wir also tun? Einen Bogen um sie machen?«

Harry kniete sich hin und unterhielt sich flüsternd mit Nob'cobi. Die anderen beiden Krieger standen mehrere Meter entfernt und beobachteten das Gebiet. Ihre Ohren bewegten sich vor und zurück. Schließlich stand Harry auf und kehrte zu Ben zurück. »Unser Plan ist, der Gruppe zu folgen. Sie scheinen sich auf die Basis zuzubewegen. Die *Cra'kan* reisen für gewöhnlich in dichten Herden. Dabei schließen sich alle Einzeltiere, auf die sie stoßen, entweder der Herde an oder werden getötet. Daher sollte das Kielwasser dieser Herde relativ frei von streunenden Bestien sein.«

»O ja«, murmelte Ben und trat gegen den dampfenden Kot, »aber wenn sie umkehren, dann werden auch wir zu *Cra'kan*-Scheiße.«

Khalid schaute Linda aufmerksam zu und vergewisserte sich, dass sie alle Kabel richtig verband. Gut! Sie lernte schnell. Das war die neunte Ladung. Sie hatte die letzten drei scharf gemacht, nachdem er es ihr anhand der ersten beiden gezeigt hatte. Dieses Mal zitterten ihre Hände kaum noch.

Nachdem er seine Ladung angebracht hatte, sah er, wie sie einen verstohlenen Blick auf die Uhr warf. Er wusste, dass es noch eine Stunde dauerte, bis Jasons Timer abgelaufen war, und bei nur sechs Ladungen, die noch anzubringen waren, lagen sie gut in der Zeit. »Jetzt drück den gelben Knopf auf dem Empfangsteil«, sagte er und deutete über ihre Schulter. »Gut, jetzt ist sie aktiviert und wartet auf mein Signal.«

Als sie der Basis näher kamen, konnte Ben die Herde *Cra'kan* in der Dunkelheit sehen. Die Umrisse ihrer dreieckigen Köpfe und ihrer stacheligen Kämme zeichneten sich gegen das Licht des Camps ab, das nur noch wenige Meter entfernt war.

Die Herde bestand aus insgesamt sieben Tieren – zwei hatten sich den ersten fünf angeschlossen, während sie auf die Basis zumarschiert waren.

Das größere der beiden Männchen führte die Herde an. Die Weibchen – Harry nannte sie »Haremsdamen« – folgten in loser Reihenfolge. Das kleinere Männchen – Spitzname »Tiny Tim« – lief hinterher. Es schien die Aufgabe zu haben, der Herde den Rücken freizuhalten, drehte sich oft um und wagte öfters einen Abstecher. Offenbar spürte es, dass etwas nicht stimmte: Es wirbelte oft herum und schnüffelte misstrauisch.

»Dieser unruhige Scheißkerl«, flüsterte Harry Ben ins Ohr und hockte sich neben ihn hinter einen Felsen.

Ben wagte nicht einmal zu sprechen, weil er befürchtete, dass das Tier auf sie aufmerksam würde. Die ganze Verfolgung war aufregend gewesen. Unterwegs war die Herde auf ein einzelnes angriffslustiges Männchen gestoßen. Wie ein Schwarm blutrünstiger Haie hatte sich die Herde auf es gestürzt und in blutige Fetzen gerissen.

Bei der Erinnerung lief Ben immer noch ein Schauer über den Rücken. Hier in der Mitte der Höhle gab es kaum Möglichkeiten, sich zu verstecken. Wenn die Herde sie entdeckte … Er schüttelte sich und verbannte die Vorstellung aus seinem Kopf.

Er lugte hinter dem Felsen hervor und sah, dass die Herde gerade den Rand der Basis erreicht hatte und in die Schatten der unzerstörten Gebäude eintauchte.

»Die Luft ist rein«, sagte Harry leise und winkte den drei *Mimi'swee*-Kriegern. »Los.«

Ben erhob sich aus der Hocke und folgte Harry. Als er um den Felsen bog, verfing er sich in einer Spalte im Boden und fiel hin. Im Fallen traf er mit seiner Pistole auf dem Boden auf, und es löste sich ein Schuss. Ben sah das aufblitzende Mündungsfeuer und hörte, wie der Knall durch die Höhle donnerte.

Scheiße, dachte er, war wohl nichts mit Anschleichen.

Aus dem Schatten der Gebäude vor ihnen löste sich die Schnauze einer Bestie und zuckte suchend vor und zurück. Tiny Tim kam zurück.

Jason versuchte, sich aus den Fesseln zu winden, als der Schuss durch die Höhle dröhnte. Er biss auf seinen Knebel, konnte jedoch nicht einmal seine Zunge bewegen. Und durch den Mund bekam er allemal keine Luft. Er atmete tief durch die Nase ein, aus Angst zu ersticken. Um ihn herum tanzten Schatten im flackernden Licht.

Sein erster Gedanke war, dass Khalid Linda erschossen hatte, und das Herz schlug ihm bis zum Hals. Dann erklang eine Salve aus einem Automatikgewehr. Das war nicht Khalid! Wieder versuchte er, den Knebel auszuspucken. Vielleicht schaffte er es ja und konnte diejenigen zu Hilfe rufen, die da geschossen hatten.

Wieder hörte er Gewehrsalven.

Kamen sie näher? Er lauschte. Das Blut pochte in seinen Ohren und erschwerte ihm das Hören.

Noch mehr Schüsse.

Ja! Er zappelte immer wilder. Da fuhr ihm ein Gedanke durch den Kopf, und er wurde starr vor Schreck.

Auf wen schossen sie?

Ben warf sich in den Eingang eines der wenigen Betongebäude, die noch standen. Nob'cobi stürzte schwer atmend hinter ihm her. Mit einem Blick sahen sie, dass es sich um einen Schlafsaal handelte, denn an der Wand standen Feldbetten. Ben beachtete den Raum nicht weiter, sondern schaute rasch noch einmal zur Tür hinaus. Gerade noch sah er, wie der Schwanz eines *Cra'kan* gegenüber um die Ecke verschwand.

Gut. Glücklicherweise waren sie von einem der langsameren Weibchen verfolgt worden. Mit einem kurzen Sprint hatten sie die Bestie abgehängt. Aber was war mit Harry? Hatte er es bis zur Basis geschafft?

Aus südlicher Richtung ertönten Salven aus einem Automatikgewehr.

Ben ballte die Faust. Okay, wenigstens war er noch am Leben und kämpfte. Er rieb sich die Stirn und überlegte, was er tun sollte. Er könnte versuchen, zu Harry zu gelangen, doch würde es verdammt schwierig werden, ihn zu finden. Oder er könnte versuchen, zu Blakelys Büro zu kommen und die Statue zu holen. Das war sicher der klügere Plan, aber er konnte Harry und die anderen Krieger nicht einfach im Stich lassen.

Also, was sollte er tun? Die Pistole, die er dabei hatte, war keine große Hilfe. Nein, er musste darauf vertrauen, dass Harry und die anderen es allein schafften. Außerdem kannte sich Harry in der Basis gut aus und würde wissen, wohin Ben unterwegs war.

Er stieß die Tür auf, lehnte sich hinaus und brauchte ein paar Sekunden, um sich zu orientieren. Zur Linken entdeckte er den Aufzugschacht, und jenseits der zertrampelten Zelte lag der See. Er konzentrierte sich. Gut, jetzt wusste er ungefähr, wo er sich befand. Blakelys Büro war etwas mehr als einen halben Kilometer entfernt. Das hieß, falls die Brücke, die über die Schlucht in der Mitte des Camps führte, noch benutzbar war. Wenn er einen Bogen um die Schlucht machen musste, dann waren es mehr als drei Kilometer. Und in Anbetracht der verfluchten *Cra'kan*, die herumliefen, sollte die Route so kurz wie möglich sein.

Er holte tief Luft und bedeutete Nob'cobi, ihm zu folgen. Der kleine Krieger packte eine Lanze, die länger als er selbst war, und ging hinter ihm her. Ben huschte voran, blieb meistens im Schatten und lief von einer Deckung zur nächsten.

Während er sich Meter für Meter vorarbeitete, waren immer wieder Gewehrsalven zu hören. Er blieb stehen, lauschte und biss sich auf die Lippen. Die Schüsse entfernten sich allmählich. Wenn Harry alle verfügbaren Verstecke genutzt hatte, sollte er die Mistviecher mittlerweile losgeworden sein.

Er blickte zu Nob'cobi. Der Krieger hatte sich lässig auf seine Lanze gestützt, die Augen halb geschlossen, und kratzte sich am nackten Hinterteil. Warum war er nur so scheißruhig?

Wieder hörte Ben fünf Schüsse – jetzt noch weiter entfernt.

Und dann dämmerte es ihm. Harry feuerte die Salven absichtlich ab, um die Bestien wegzulocken und Ben den Weg zu Blakelys Büro frei zu machen.

Er blickte zu Nob'cobi und stieß ihn mit dem Ellbogen an. »Du hast es gewusst, nicht wahr, Kumpel? Dann los.« Er beschleunigte das Tempo und verließ sich darauf, dass Harry die *Cra'kan* weglockte. Jetzt, wo er schneller vorankam, gelangte er in zwei Minuten zur Schlucht. Er blieb stehen, als er die Brücke sah – oder das, was von ihr übrig war.

»Verdammt!«, fluchte er, »warum geht eigentlich alles daneben?« Von der Brücke waren nur noch ein paar Bretter zu sehen, die ein bis zwei Meter über die Schlucht ragten und den Blick in die gähnende Tiefe freigaben. Er schaute auf die andere Seite. Mindestens zehn Meter. Viel zu weit, um zu springen. Sie mussten um die Schlucht herumgehen …

Er zuckte zusammen, als es hinter ihm laut krachte. Er wirbelte herum und sah einen *Cra'kan* zwischen zwei Gebäuden hervorschießen. Es war Tiny Tim, der da auf sie zukam und ihnen den Rückweg zu den Gebäuden und Zelten abschnitt. Die Bestie fauchte und kam mit großen Schritten auf sie zu.

»So, so, du kleines Mistvieh«, sagte Ben, wich zurück und hob die Pistole. »Du hast dich von Harry also nicht reinlegen lassen.« Er zielte und feuerte.

Der Knall erschreckte das Tier, und es fasste mit der Tatze an seinen Hals. Ben konnte die Blutspur erkennen, die aus der Wunde quoll. Die Kugel hatte zwar ihr Ziel getroffen, aber das dickhäutige Biest war wenig beeindruckt. Es stakste weiter auf sie zu.

Nob'cobi versteckte sich hinter Ben, als dieser wieder schoss. Die Kugel ging daneben, doch der Knall hielt die Bestie auf. Der *Cra'kan* blieb vorsichtig stehen und beäugte seine Beute.

Verflucht, man konnte förmlich sehen, wie das Miststück seine tückischen Pläne schmiedete. Ben trat einen weiteren Schritt zurück. Der Abgrund war nur noch wenige Zentimeter entfernt. Er wollte Nob'cobi sagen, er solle loslaufen, solange er die Bestie ablenkte, doch als er sich umdrehte, war Nob'cobi nicht mehr hinter ihm. Er war schon fort. Im nächsten Moment sah er ihn nur wenige Meter entfernt, wie er auf einem der Bretter über der Schlucht balancierte und an einen Laternenpfahl ein Seil band. Was hatte er vor?

Ben wandte sich seinem Widersacher zu. Der *Cra'kan* stand da, bewegte seinen Kopf ruckartig vor und zurück und starrte die Pistole an, als wollte er die Gefahr, die von ihr ausging, abwägen.

Ben fand auf dem rutschigen Felsen keinen Halt, als er noch einen Schritt zurückging. Er riskierte einen raschen Blick über die Schulter. Nob'cobi war von der Brücke zurückgetreten und stand einen Meter entfernt von Ben. »Was hast du …«

Noch ehe Ben den Satz beenden konnte, rannte Nob'cobi auf die Überreste der Brücke zu. Mein Gott, dachte Ben, er versucht, über den Abgrund zu springen. Das ist doch Selbstmord! Er sah, wie der Krieger über das dünne Brett rannte, als liefe er über festen Boden. Im letzten Moment stieß er seine Lanze nach vorn, rammte das stumpfe Ende aufs Brett, wurde hochgeschleudert und flog durch die Luft. Er landete mit einer Rolle vorwärts auf der anderen Seite der Schlucht.

Da bemerkte Ben das Seil, das sich Nob'cobi um die Taille geschlungen hatte. Es führte über den Abgrund hinüber zu dem Laternenpfahl, an den er es zuvor festgebunden hatte.

Ein Brüllen lenkte seine Aufmerksamkeit wieder auf den *Cra'kan*. Tiny Tim starrte über die Schlucht auf die entgangene Beute und war offensichtlich wütend über den Verlust. Jetzt richtete er seine schwarzen Augen wieder auf Ben. Ben glaubte fast, ein Lächeln auf seinen Lippen zu erkennen, als der *Cra'kan* seine gelben Zähne entblößte und auf ihn zustampfte.

Ben, der seine Pistole immer noch auf den Kopf der Bestie gerichtet hielt, begriff, dass er keine Chance hatte, das Tier mit einem Kopfschuss zu töten. Er richtete die Waffe auf ein leichteres Ziel, den Bauch. Wenn er Nob'cobis Absicht richtig erkannt hatte, brauchte er eine Atempause von nur wenigen Sekunden.

Er drückte ab. Der Schuss drang in die Flanke Tiny Tims. Die Bestie wich ein paar Schritte zurück.

Ben wartete keine Sekunde. Er wirbelte herum und rannte auf die Brücke zu. Wie er vermutet hatte, hatte Nob'cobi das Seil straff gezogen und das Ende an einem Pfahl auf der anderen Seite festgebunden. Nun konnte Ben sich an dem Seil über die Schlucht hangeln.

Hinter ihm ertönte ein Brüllen. Jetzt kam das Vieh! Beinahe wäre Ben ausgerutscht, als er auf die Holzplanke lief. Mit den Armen balancierend, lief er auf der Planke entlang und sprang.

Er hechtete nach dem Seil und streckte seine Arme so weit aus, wie er konnte.

Mit letzter Anstrengung bekam er das Seil mit einer Hand zu packen. Als es ihn hinunterriss, verrenkte er sich die Schulter. Mehrere Sekunden lang ruderte er wild in der Luft herum und drohte den Halt zu verlieren. Dann gelang es ihm, das Seil mit der anderen Hand zu packen. Für einen kurzen Moment hielt er inne, außer Atem und aufgeregt.

Plötzlich zuckte das Seil in seiner Hand. Was zum Teufel … Er reckte den Kopf herum. Tiny Tim bearbeitete den Laternenpfahl, an den Nob'cobi das Seil gebunden hatte. An diesem Pfahl hing also sein Leben.

Ben blickte in den schwarzen Abgrund unter sich. Er hangelte sich am Seil entlang, aber durch das Ruckeln und Zerren kam er nur langsam vorwärts.

Er würde es nicht schaffen …

Als das Seil in seiner Hand schlaffer wurde, dämmerte es ihm, dass er wohl einmal in seinem Leben Recht hatte.

33

Linda wurden zwei Dinge klar, während sie in der halbzerstörten Latrine hockte. Erstens hätten sie und Khalid niemals alle Sprengladungen angebracht, bevor Jasons Timer abgelaufen war. Bis dahin waren es nur noch zwanzig Minuten, und sie hatten noch drei Ladungen vor sich. Zweitens war sie überzeugt davon, dass Khalid sowieso nie vorgehabt hatte, Jason freizulassen.

Sie starrte Khalid an, der aus der demolierten Tür des Gebäudes hinausguckte. In dem engen Raum stach ihr der Piniengeruch des Desinfektionsmittels in die Nase. Seit die ersten Schüsse gefallen waren, hatte er keine weitere Ladung mehr scharf gemacht. Stattdessen hatte er die nächste Möglichkeit zur Deckung genutzt und sich flach auf den Boden gelegt.

Sie kroch zu ihm. »Jasons Timer läuft ab.«

Er nickte. »Ich weiß, aber die Schießerei findet irgendwo zwischen dem Jungen und uns statt. Anscheinend hat ein kleiner Haufen den ersten Überfall überlebt und leistet immer noch Widerstand. Und denen, auf die sie schießen, möchte ich nicht so bald in die Quere kommen.«

Na klar, du Drecksack, dachte Linda, was für eine bequeme Ausrede. Das Arschloch hatte nie vorgehabt, zu Jason zurückzukehren. Mittlerweile hatte sie herausbekommen, nach welchem Muster Khalid die Ladungen verteilte. Er hatte sie rund ums Camp verteilt und an den größten Säulen befestigt, die den Boden mit der Decke verbanden. Indem er sie in die Luft jagte, wollte er die Decke zum Einsturz bringen und den Vulkan auf das Höhlensystem stürzen lassen. Außerdem hatte sie bemerkt, dass Khalid sich dabei in Schlangenlinien auf den Aufzug zu bewegte. Offensichtlich wollte er, nachdem er die letzte Ladung befestigt und scharf gemacht hatte, in den Aufzug springen und fliehen. Und Jason als menschliche Bombe zurücklassen.

Doch die Schüsse gefährdeten seinen ausgetüftelten Plan.

Plötzlich hörten sie ein wütendes Gebrüll. Eine der Bestien! Etwas hatte sie wild gemacht. Linda merkte, dass Khalid bei jedem Brüllen zusammenzuckte. Es schien so, als verspürte er mehr als nur normale Angst. Jetzt murmelte er sogar leise etwas auf Arabisch. Es klang wie ein Gebet.

Auch wenn sie es genoss, den eiskalten Khalid endlich zittern zu sehen, so war er doch wie gelähmt und fürchtete sich, das Versteck zu verlassen. Und die Zeit lief ab.

»Wir müssen jetzt gehen«, sagte Linda mit fester Stimme.

Khalid wirbelte zu ihr herum und blickte sie finster an.

Bevor er sie verfluchen konnte, sagte sie: »Die Schüsse bewegen sich in unsere Richtung. Hörst du das, Khalid?« Sie zeigte in Richtung Tür. »Auf was sie auch immer schießen, es kommt auf uns zu. Hierher.«

Er ballte die Fäuste, nicht aus Zorn, sondern vor Angst

und Frustration. »Wir müssen fort von hier.« Seine sonst so feste Stimme klang heiser und stockend.

»Dann los!«

Ein lautes Knacken schallte über den Abgrund, als Tiny Tim den Laternenpfahl umknickte, an dem das Seil befestigt war. Ben fiel in die Tiefe und packte das schlaffe Seil noch fester. Er konnte nur beten, dass Nob'cobi es auf seiner Seite sicher befestigt hatte. Er zuckte zusammen, als er die Felswand auf sich zurasen sah. Auch wenn der Aufprall wehtäte, durfte er das Seil auf keinen Fall loslassen. Sonst bliebe von ihm nichts weiter als ein hässlicher Fettfleck auf dem Boden der Schlucht.

Er drehte sich, um die größte Wucht des Aufpralls mit den Füßen aufzufangen, jedoch mit geringem Erfolg. Er kollidierte mit der Wand, als wäre er von einem zehnstöckigen Haus gesprungen. Er traf mit der linken Hüfte so hart auf, dass ihm beinahe schwarz vor Augen wurde. Er ignorierte den Schmerz und konzentrierte sich nur auf eines: das Seil mit allen zehn Fingern festzuhalten. Er prallte von der Wand ab und baumelte zurück. Dieses Mal gelang es ihm, die Wucht mit den Füßen abzufangen. Nun hing er fünf Meter vom Rand des Abgrunds enfernt.

Von der anderen Seite des Abgrunds brüllte ihn Tiny Tim wütend an. Er stakste vor den Überresten der Brücke auf und ab und suchte nach einer Möglichkeit, auf die andere Seite zu kommen.

Sein Gebrüll ging Ben durch Mark und Bein, doch er warf ihm nur einen verächtlichen Blick zu und schrie: »Halt deine hässliche Schnauze!«

Tiny Tim spannte daraufhin die Muskeln an und ging in die Hocke. Ben wusste, dass er ihn sehen konnte. Einen Moment lang dachte er, der *Cra'kan* wolle sich selbstmörderisch auf ihn stürzen. Doch stattdessen fauchte er ein letztes Mal und floh in das Labyrinth der Gebäude zurück. Den war er los!

Ben seufzte erleichtert und ruhte sich kurz am Seil aus. Er spürte, dass Blut an seinem Bein entlanglief. Er musste hinaufklettern, bevor er noch schwächer wurde.

Er schlang ein Bein um das Seil und riskierte es, eine Hand loszulassen, um das Seil an seinem Klettergurt zu befestigen. Mit einem Minimum an Absicherung schaffte er nun den Aufstieg zügig.

Oben angekommen, half ihm Nob'cobi über die Kante. Vollkommen außer Atem rollte sich Ben auf den Rücken. Der Krieger machte sich an Bens blutgetränktem Hosenbein zu schaffen. Er sagte etwas mit besorgtem Ton in seiner gutturalen Sprache.

»Es ist nur eine Fleischwunde. Das überlebe ich schon.« Ben stemmte sich hoch. »Und vielen Dank, Kumpel. Du hast mir das Leben gerettet. Ich sah uns schon als Monsterfutter.«

Nob'cobi legte verwirrt die Stirn in Falten.

»Ach, vergiss es.« Ben versuchte aufzustehen, doch seine verletzte Hüfte widersetzte sich. Zwar war sie nicht gebrochen, doch schmerzte sie wie verrückt. Hüpfend entfernte er sich vom Abgrund. »Komm. Wir müssen zu Blakelys Safe.«

Nob'cobi folgte ihm, doch nach ein paar Metern packte er Ben am Arm und zeigte auf das Blut, das beim Laufen aus seiner Wunde troff.

»Ich habe doch gesagt, das ist nichts. Blakely hat einen Erste-Hilfe-Kasten in seinem Büro.« Ben wollte weitergehen, doch der kleine Krieger zog ihn beharrlich zurück. Wie ein Pantomime schnüffelte Nob'cobi an der Blutspur und imitierte gekonnt das kehlige Knurren eines *Cra'kan*.

»Du meinst, ich hinterlasse eine Spur?« Ben betrachtete nachdenklich die Linie der Blutstropfen. »Du hast Recht.

Ist sicher besser, wenn wir keine solch offensichtliche Einladung hinterlassen.«

Ben entledigte sich seiner blutigen Hose und wrang sie aus. Nur mit Shorts bekleidet, untersuchte er die Wunde. Ein gezackter Schnitt am Oberschenkel, von dem nur eine hässliche Narbe übrig bliebe, nichts weiter. Er schaute besorgt drein, während er mit dem letzten Wasser aus seiner Feldflasche die Wunde reinigte; dann band er ein Taschentuch um den Oberschenkel, um das Blut zu stillen.

»So«, sagte er und zog die Hose an, »bist du jetzt glücklich?«

Nob'cobi war anscheinend zufrieden, denn er hatte wieder seinen üblichen gelangweilten Gesichtsausdruck.

»Fein. Los geht's.« Ben ging wieder voran, und sie schlichen von Deckung zu Deckung. Er hatte die Nase voll von diesen stinkenden *Cra'kan* und wollte keinen von ihnen mehr sehen.

Doch der Weg war frei. Innnerhalb von fünf Minuten waren sie an Blakelys Bürotür. Die Glastür zum Verwaltungsgebäude war zertrümmert, aber ansonsten war das Betongebäude intakt. Wegen der Glassplitter traten sie vorsichtig über die Schwelle. Ben betrat den Empfangsraum. Ein Monstrum hatte hier getobt. Eine dickflüssige gelbe Substanz klebte an den Wänden und stank nach Ammoniak.

»Sieht so aus, als hätte hier ein streunender Kater wild herumgepisst«, murmelte Ben vor sich hin, als er die Reste des Schreibtischs und die Akten durchsuchte. Er wühlte sich durch den Schutt und gelangte zu der unbeschädigten Metalltür, die zu den Büros führte. Er versuchte, sie zu öffnen. Abgeschlossen.

»Verflucht noch eins!« Er schlug mit der Faust gegen die Tür, bis sie schmerzte, und rüttelte am Türknauf.

Von der anderen Seite der Tür erklang eine Stimme: »Hallo! Ist da draußen jemand?«

Mein Gott, eine der Frauen hatte überlebt! Er hämmerte auf die Tür ein. »Machen Sie auf. Hier ist Ben Brust vom Expeditionsteam.«

Zuerst Stille, dann eine zaghafte Stimme: »Kann man sich denn hinaustrauen?«

»Im Moment ja. Jetzt machen Sie schon auf.«

Er hörte, wie er den Riegel zurückzog. Die Tür ging nach innen auf. Eine kleine blonde Frau mit zerzausten Haaren stand vor ihm. Der schicke Hosenanzug hing in Fetzen an ihrem zarten Körper.

»Sandy?« Ben erkannte Blakelys Sekretärin. »Ist alles in Ordnung?«

Sie rannte auf ihn zu und schlang die Arme um ihn. »Gott sei Dank, dass Sie da sind!«

Nob'cobi kam zu Ben, murmelte etwas und zeigte auf die Tür.

Sandy starrte den kleinen, nackten Jäger mit großen Augen an. Sie grub ihre Fingernägel in Bens Arm, wimmerte kläglich und wich zurück.

Ben bedeutet Nob'cobi, draußen zu warten, um sie nicht noch mehr in Angst zu versetzen. Er schob Sandy den Flur entlang zu Blakelys Büro.

Dort ging er sofort zu dem Tresor, in dem Blakely die Diamantstatue, *Ohna,* das Idol der *Mimi'swee*, aufbewahrte. Er kannte zwar die Kombination nicht, doch gab es ausreichend Zündhütchen und Sprengstoff in der Basis. Insofern sollte es ihm nicht schwer fallen, den Safe zu öffnen. Harry musste wissen, wo sich die Sachen befanden und wie man sie benutzte. Aber wo war Harry?

Sandy hatte sich auf dem Sofa zusammengerollt. »Was ... was war das ... für ein Wesen?«

»Ein Freund. Einer der Höhlenbewohner.«

»Wie ... ich verstehe nicht ... wann ...?«

Er setzte sich neben sie. »Das ist eine lange Geschichte,

aber glauben Sie mir, er ist ein Freund. Er wird Ihnen nichts tun.«

Sie presste die Arme vor ihre Brust und zitterte.

»Warum sind Sie hier zurückgeblieben?«, fragte er. »Warum wurden Sie nicht mit den anderen evakuiert?«

Sie starrte ihn an, als wäre er verrückt. »Es gab keine Evakuierung. Sie griffen urplötzlich an. Uns blieb keine Zeit. Alle sind tot.«

»Was? Aber kam keine Verstärkung von oben?«

»Die Funkverbindung riss beinahe gleichzeitig ab. Am Tag nach dem Angriff hörte ich den Motor des Aufzugs, nahm mir ein Herz und ging nachschauen.« Sie wurde ganz blass, als sie die Geschichte erzählte.

»Der Aufzug war voller Soldaten. Aber sie konnten es nicht ahnen.« Sie drehte sich mit aufgerissenen Augen zu ihm. »*Sie konnten es nicht ahnen*. Das Geräusch lockte die Bestien herbei. Es waren so viele. Als sich der Aufzug öffnete, wurden die Männer überwältigt und in Stücke gerissen.« Sie legte die Hände vors Gesicht. »Seitdem hat sich niemand mehr heruntergewagt.«

Ben nickte. »Kein Wunder, McMurdo liegt am Arsch der Welt. Die brauchen mindestens eine Woche, um ein komplettes Überfallkommando auf die Beine zu stellen. Bis dahin sind wir auf uns allein gestellt.«

Sandy schluchzte immer mehr.

Er tätschelte ihre Hand. »Bis dahin halten wir durch.«

Mit tränenerstickter Stimme sagte sie: »Sie sind alle fortgelaufen. Ich war ganz allein. Ich konnte nichts tun.«

»Was ist mit Blakely?«

Sie schüttelte den Kopf. »Als ich ihn das letzte Mal sah, lief er mit dem Jungen hinaus.«

Für eine Millisekunde setzte Bens Herz aus. »Wissen Sie, ob sie in Sicherheit sind?«

»Ich weiß nicht, was mit ihnen geschehen ist. Ich habe

mich hier eingeschlossen. Aber die Schreie ... die Schreie konnte man noch tagelang hören. Dann nichts. Gar nichts mehr. Das war am schlimmsten. Die Stille.« Sie schaute zu ihm hoch und zitterte. »Ich habe gedacht, ich wäre die letzte Überlebende.«

»Nein, das sind Sie nicht.« Er stand auf. Was sollte er Ashley sagen? Er ging auf und ab und blickte auf seine Armbanduhr. 14 Stunden waren um. Er musste den Safe in die Luft sprengen und zu den *Mimi'swee* zurückkehren. Da blieb ihm keine Zeit, um die Basis gründlich abzusuchen. Vor allem, wo die *Cra'kan* immer noch herumliefen. Er blieb vor dem Safe stehen und ballte die Fäuste. Wo zum Teufel blieb Harry nur? Er drehte sich zu Sandy um. »Sie kennen nicht zufällig die Kombination von Blakelys Safe?«

Sie nickte und verriet sie ihm.

Endlich war das Glück wieder auf seiner Seite! Er drehte das Kombinationsschloss nach ihren Angaben und öffnete die schwere Tür. Einen Augenblick lang glaubte er, die Statue wäre fort, bis er begriff, dass sie in braunes Papier gewickelt und verschnürt war. Er holte das Päckchen heraus, riss das Papier ab und hielt die Statue gegen das durchscheinende Licht. Mit dem Finger fuhr er über den schwangeren Bauch der Figur. Hoffentlich brachte sie ihm Glück.

In diesem Moment stürzte Nob'cobi mit einem panischen Gesichtsausdruck herein.

Ben ahnte, dass sein Glück nur von kurzer Dauer war.

Tränen der Enttäuschung liefen über Jasons Gesicht. Er konnte es immer noch nicht glauben. Zuerst dachte er, er würde träumen, aber der Akzent war so deutlich gewesen. Ben! Er hatte gehört, wie er mit jemandem sprach. Dann folgte ein lautes Klopfen. Ganz in der Nähe! Er hatte die Worte zwar nicht genau verstehen können, doch es musste

Ben gewesen sein. Jason hatte versucht, ihm etwas zuzurufen, aber durch den Knebel drang nur ein leises Stöhnen, das er selbst kaum hören konnte.

Schließlich hatte er gehört, wie eine Tür zufiel, dann herrschte Stille. Nun lauschte er angestrengt nach einem Hinweis, dass Ben noch in der Nähe war. Nichts. Wahrscheinlich war er jetzt in dem Gebäude.

Jason zerrte wieder an den Fesseln. Wenn er nur eine Hand frei bekäme und den Knebel aus dem Mund ziehen könnte. Er musste es irgendwie schaffen, Ben etwas zuzurufen, wenn er das Gebäude wieder verließ. Wenn ihm das nicht gelänge … Er warf einen Blick auf die LED-Anzeige an seinem Gürtel. Dort leuchtete die Zahl Elf, die schon im nächsten Moment auf die Zehn umsprang.

Er brauchte Hilfe, und zwar schnell. Wieder zerrte er am Seil – vergeblich. Resigniert gab er den Widerstand auf. Ein anderer Plan musste her.

Während er erschöpft an der Säule hing, schoss ihm plötzlich ein Gedanke durch den Kopf. Vielleicht …

Er bewegte die Hüften hin und her. Wenn er mit seiner linken Hand in seine Jackentasche fassen könnte … Er presste die Augenlider zusammen, während er sich streckte, den Körper verdrehte und sich in seinen Fesseln aufbäumte. Mit den Fingerspitzen fühlte er schon die vertraute Kunststoffumhüllung. Vorsichtig zog er den Gegenstand aus seiner Tasche, damit er nicht runterfiel, doch er verfing sich im Stoff. Jason hielt inne und atmete tief ein. Nichts überstürzen! Mit noch stärkerer Konzentration befreite er ihn aus der Jacke und seufzte erleichtert auf. Dies war der einzige Gegenstand aus seiner Sporttasche, den Khalid ihm gelassen hatte.

Er betete, dass die Batterien noch nicht leer waren, als er den Nintendo-Gameboy anknipste. Sofort plärrte die vertraute Erkennungsmelodie aus dem Spielzeug. Jason drehte die Lautstärke ganz auf. Die Musik war zwar nicht ausgesprochen laut, aber mit ein bisschen Glück würde Ben auf den seltsamen Klang aufmerksam werden, wenn er aus dem Gebäude kam.

Er wartete. Bitte, Ben, mach schnell. Aber wenn nun die Batterien vorher schlappmachten? Und wenn er sich geirrt hatte und Ben schon wieder fort war? Und wenn der Timer an seinem Gürtel ablief, bevor Ben ihn gehört hatte? Die furchtbarsten Befürchtungen schossen ihm durch den Kopf.

Aber ein Gedanke kam ihm erst in den Sinn, als er die schwarze Schnauze rechts von sich um die Ecke kommen sah: Was, wenn nicht Ben, sondern jemand anderes von dem Geräusch angelockt wurde? Jason sah, wie die Bestie ihn sanft anfauchte und die Nüstern abwechselnd blähte und wieder zusammenzog. Er knipste den Gameboy aus und blieb mucksmäuschenstill. Die Bestie trat nun ganz in Erscheinung. Aus ihren Wunden an Bauch und Hals quoll Blut. Doch schien sie das nicht weiter zu stören, als sie langsam auf ihn zuschlich.

34

Ashley war sich sicher, dass es ihrem Sohn gut ging. Es konnte gar nicht anders sein. Sie legte den Stift hin. Den ganzen Tag über hatte sie in *Umbos* Höhle gearbeitet und versucht, sich durch Beschäftigung abzulenken. Sie hatte katalogisiert, vermessen und in ihre Kladde geschrieben.

Sie blickte auf die Uhr. Es war schon spät am Abend. Ben musste bereits auf dem Rückweg sein. Ob er eine Nachricht von Jason hatte? Oder schlimmer: Was, wenn er gar nicht zurückkam? Wie lange musste sie noch warten? Bis die Anspannung sie in den Wahnsinn trieb?

Seufzend setzte sie sich und schaute zu dem dösenden Mo'amba hinüber, der auf der anderen Seite mit geschlossenen Augen saß. Er war ihre einzige Wache. Die anderen hatte er fortgeschickt. Sie hatten ihm ohne ein Wort der Widerrede gehorcht.

Sie blickte auf das schwarze Wurmloch, durch das Ben verschwunden war. Sie könnte einen Ausbruchsversuch wagen. Wenn Mo'amba wirklich ein Nickerchen machte ... Sie schüttelte den Kopf. Sie müsste verdammt weit klettern. Und sie würden sie bestimmt einholen. Außerdem konnte sie Michaelson nicht im Stich lassen. Selbst wenn sie durch ein Wunder entkommen könnte, würde er an ihrer Stelle sterben.

Plötzlich öffnete Mo'amba die Augen und blickte sie an. Er erhob sich mit Mühe. Das stundenlange Sitzen machte ihn anscheinend steif. Ashley ging zu ihm hinüber und half ihm auf.

Er blickte zu dem Ausgang, der in die Siedlung führte.

»Was ist los?«, fragte sie ihn.

Mo'amba legte ihr die Hand auf den Mund, damit sie schwieg. Dann bedeutete er ihr, ihm zu folgen. Mit seinem Stab als Krücke humpelte er hinaus und zog sie in einen schattigen Alkoven auf der anderen Seite des Ganges.

Was ging da vor sich? Auf die Antwort musste sie nicht lange warten. Sie hörte das leise Geräusch lederner Schuhe auf Stein herankommen. Jemand näherte sich. Aber wer?

Ashley warf neugierige Blicke in den schwach beleuchteten Tunnel, bis Mo'amba sie in den Schatten zurückzog. Sie wartete mit angehaltenem Atem. Den Schritten nach zu urteilen, war es mehr als einer.

Sie drückte sich tiefer in die Nische. Die Gruppe ging dicht an ihr vorbei und verschwand in *Umbos* Höhle. Sie unterdrückte ein Zischen, als sie die knochige Gestalt erkannte. Es war Sin'jari.

Die anderen beiden waren das genaue Gegenteil von ihm. Während er lang und knochig war, waren seine zwei Begleiter muskelbepackt und gedrungen. Aber es gab keinen Zweifel, wer hier der Boss war. Ein bloßes Stirnrunzeln von ihm ließ die beiden zusammenzucken. Und das taten sie oft! Aus seinen Gesten und scharfen Anweisungen konnte Ashley schließen, dass Sin'jari offensichtlich Befehle gab, welche die beiden nur widerwillig befolgten.

Sin'jari bellte einen letzten Befehl, und die beiden stiernackigen Bullen krochen in das Wurmloch, das zur Alpha-Höhle führte.

Was geschah da? Ashley verstand kein Wort von dem, was gesprochen wurde, doch Mo'amba schon. Sie fühlte, wie er sich neben ihr anspannte und vor unterdrückter Wut und Anspannung geradezu zitterte. Seine Aufregung war ansteckend. Sie bemerkte, wie sie die Fäuste ballte. Sin'jari führte Übles im Schilde und wollte ihnen schaden.

Ashley erschrak, als Mo'amba plötzlich aus der Nische stürzte. Sie eilte hinter ihm her, als er in *Umbos* Höhle humpelte. Sin'jari drehte sich verblüfft um, mit offenem Mund und weit aufgerissenen Augen.

Mo'amba ging auf ihn zu und stellte sich vor ihn hin. Er stampfte mit seinem Stab so hart auf, dass Splitter von seinem Ende flogen. Sin'jari trat zurück, offenbar verblüfft darüber, dass sein Widersacher so plötzlich erschienen war.

Ashley ging zur Seite, als Mo'amba erregt zu Sin'jari sprach. Nun war es an Sin'jari zurückzuweichen. Während Mo'amba ihm seine Worte entgegenschleuderte, schien Sin'jari sich zu verschließen. Aber im Gegensatz zu seinen Lakaien, denen die Angst in den Augen stand, verengten sich seine Pupillen zu drohenden Schlitzen. Ashley sah von ihrer Position aus, wie er seine Hand langsam zu dem Dolch an seinem Gürtel bewegte.

Sie wollte Mo'amba warnen und öffnete den Mund,

doch die Worte blieben ihr im Halse stecken. Wie konnte sie ihn warnen? Sie kannte doch kein Wort seiner Sprache. Sie sah, dass sich Sin'jaris Finger um den Griff des Dolches schlossen. Mo'amba war einer der prominentesten Führer. Sin'jari würde es bestimmt nicht wagen ...

Doch ohne Warnung holte Sin'jari aus und trieb den diamantenen Dolch in Mo'ambas Brust. Der Stoß unterbrach Mo'ambas zornige Tirade. Der alte *Mimi'swee* schaute auf den Griff, der aus seiner Brust ragte, als ob er einen faszinierenden Käfer studierte. Er hustete, und ein blutiges Rinnsal sickerte aus seinem Mund.

Ashley, die starr vor Schreck geworden war, schrie auf, als Sin'jari dem Alten den Dolch aus der Brust riss und ein zweites Mal zustach. Der Alte stolperte rückwärts, um aus der Reichweite des Angreifers zu kommen.

Sin'jari erhob den Dolch wieder und wollte Mo'amba in die Kehle stechen, doch da stürzte sich Ashley auf ihn. Sie trat ihm mit dem Absatz in die Rippen, so dass er zur Seite fiel. Als er zurücktaumelte und versuchte, das Gleichgewicht wieder zu erlangen, stellte Ashley sich schützend vor Mo'amba. Der alte Mann war mittlerweile auf dem Boden zusammengesackt. Er hatte seine Brust mit beiden Händen gepackt, Blut quoll zwischen seinen Fingern hervor.

Sin'jari kam auf sie zu.

»Mach, dass du fortkommst, du dreckiger Bastard!«, schrie Ashley.

Mit einer Hand hielt Sin'jari sich die verletzte Rippe, während die andere mit dem Dolch fuchtelte. Er bleckte die Zähne und schaute sie kalt an. Er hatte ein Messer, sie nicht.

Sie blickte auf den Stab, den Mo'amba fallen gelassen hatte.

Doch Sin'jari gab ihr nicht die geringste Chance, diesen Plan in die Tat umzusetzen. Er stürzte sich auf sie. Aber jahrelanges Karatetraining und vier ältere Brüder hatten Ashleys Reflexe geschult. Sie drehte sich zur Seite und packte Sin'jaris Handgelenk, als er an ihr vorbeischoss. Sie verlagerte ihr Gewicht auf ein Bein und nutzte Sin'jaris Schwung, indem sie ihn über ihre Hüfte zu Boden schleuderte. Das Geräusch brechender Knochen ließ sie innerlich aufjubeln. Sein Messer schlitterte über den Felsboden.

Zwei Schritte, und sie hielt den Dolch in ihrer Hand. Jetzt, wo sich das Blatt gewendet hat, wollen wir doch mal sehen, ob dem Schweinehund noch etwas einfällt, dachte sie. Sin'jari war bereits weggekrochen und hielt sich den linken Arm. Er wich vor ihr zurück, zum anderen Ende der Höhle hin. Offenbar hatte er aufgegeben.

Während sie Sin'jari nicht aus den Augen ließ, ging sie zu Mo'amba hinüber, der jetzt auf dem Rücken lag. Seine Brust hob und senkte sich, und sein Atem gurgelte. Er starrte ausdruckslos an die Decke. Ein Schock.

Er brauchte sofort Hilfe. Nur woher?

Sie sprang auf Sin'jari zu, als der plötzlich aufstand, und hob das Messer, aber er griff sie nicht an. Stattdessen taumelte er zum Wurmloch. Er grinste sie noch einmal an, dann sprang er hinein und verschwand.

In diesem Moment hörte sie das Getrappel vieler Füße im Tunnel. Gott sei Dank nahte Hilfe.

Als sie sich umdrehte, stürzte der erste Krieger mit gezücktem Speer in die Höhle. Ein großes Wehklagen erhob sich, als sie den blutenden Mo'amba auf der Erde liegen sahen. Wie auf Kommando richteten sich die zornigen und anklagenden Blicke der Krieger auf Ashley.

Sie sah auf den blutigen Dolch, den sie immer noch in ihrer Hand hielt. Verflucht!

»Ganz ruhig«, sagte Ben und packte Nob'cobis fuchtelnde Hände. Vergeblich hatte er versucht, aus seinen wilden

Gesten und gutturalen Lauten schlau zu werden. Nun waren beide frustriert.

Ben blickte zu Sandy. Sie hatte sich in die hinterste Ecke von Blakelys Büro zurückgezogen und kauerte dort. Von ihr war keine Hilfe zu erwarten.

Er ließ Nob'cobis Hände los. Wenn nur Harry da wäre ... Er beherrschte wenigstens die Sprache.

Plötzlich streckte Nob'cobi einen Finger aus und berührte Bens Stirn, dann seine. Ben starrte ihn verständnislos an. Der kleine Krieger wiederholte die Geste. Allmählich verzog er das Gesicht vor Wut.

Im nächsten Moment begriff Ben. Nob'cobi wollte mit ihm telepathische Verbindung aufnehmen. Die konnte der Krieger aber nicht aufbauen, weil er kein *Heri'huti* war – doch Ben. Wie bei ihrer Fahrt durchs Wurmloch.

Ben nickte Nob'cobi zu und bedeutete ihm, sich auf die Couch zu setzen. Nob'cobi blickte misstrauisch auf das Ledersofa und setzte sich stattdessen im Schneidersitz auf den Boden. Ben zuckte mit den Achseln und ließ sich in der gleichen Haltung vor den *Mimi'swee* sinken.

Er schloss die Augen, verlangsamte die Atmung und versuchte, sich zu konzentrieren. Dabei stellte er sich vor, er befände sich auf der Schafstation seines Vaters und säße auf der Veranda, hielte ein warmes Bier in der Hand und hätte den ganzen Tag Faulenzen vor sich. Plötzlich platzte es aus Sandy heraus: »Was machen Sie da?«

Ben runzelte die Stirn, öffnete jedoch nicht die Augen. »Alles in Ordnung, Sandy. Bitte bleiben Sie eine Minute lang ruhig.«

»Aber ...«

»Psst. Entspannen Sie sich.« Seine suggestiven Worte waren nicht nur an Sandy gerichtet, sondern auch an sich selbst. Entspann dich.

Er hörte, dass sie etwas vor sich hin murmelte, aber er

beachtete sie nicht, schlürfte schales Foster's aus einer staubigen Flasche und balancierte auf den hinteren Beinen seines Stuhls in der Ecke der Veranda. Er dachte an Nob'cobi, stellte sich das Gesicht mit der platten Nase und den dünnen Hals des kleinen Kerls vor. Plötzlich saß er auf dem Stuhl neben ihm.

Nob'cobi blickte sich mit offenem Mund staunend um. Er stand auf und lehnte sich auf das Geländer der Veranda, gaffte den weiten Himmel an. So weit man auch blickte, zeigte sich kein Wölkchen. Nob'cobi schien sich ein wenig zu ducken. Dann drehte er sich herum und sah Ben an. »Es … es ist so groß.« Ihm schauderte.

Ben tat es ein wenig Leid, den armen Kerl in diese fremdartige Landschaft zu versetzen, doch Mo'amba hatte dasselbe mit ihm gemacht. Außerdem hatte er die Ranch vermisst. »Mach dir nichts draus, Nob'cobi. Auf die Größe kommt es nicht an.«

»Was?«

»Egal. War ein schlechter Witz.« Ben trank noch einen Schluck Bier. Zum Teufel, wenn das nicht verteufelt realistisch war. »Was wolltest du mir erzählen?«

Nob'cobi schluckte nervös und warf einen verstohlenen Blick hinter sich. »Da war ein sehr merkwürdiges Geräusch in der Höhle. So etwas habe ich bisher noch nie gehört.«

»Wie hat es geklungen?«

Nob'cobi verzog sein Gesicht und gab eine Imitation des Geräuschs von sich. Es war eine Art Melodie. Und sie klang vertraut.

»Noch mal!« Ben konzentrierte sich, schloss die Augen und lauschte. Wo hatte er das schon einmal gehört? Da riss er die Augen auf und schoss in die Höhe. Himmel, die verdammte Erkennungsmelodie von Jasons Gameboy! Die Melodie hatte er mindestens tausendmal in den letzten Wochen gehört.

»Wo hast du das gehört?«, sprudelte es aus ihm heraus.

»Ich bin dem Geräusch nachgegangen. Dabei wäre ich fast mit dem *Cra'kan* zusammengestoßen, der uns gejagt hat. Der schlaue. Ihn hatte das Geräusch auch angelockt.«

»Verflucht!« Ben unterbrach den Traum, der in bunte Fetzen zerstob, und saß wieder Nob'cobi in Blakelys Büro gegenüber. Rasch richteten er und Nob'cobi sich auf.

»Sandy, Sie bleiben hier«, sagte Ben und steckte ein volles Magazin in seine Pistole. »Schließen Sie die Tür ab. Wenn wir klopfen, machen sie ganz schnell auf.«

Sie nickte und folgte ihm den Flur hinunter. »Was ist denn los?«

»Das kann ich jetzt nicht erklären.« Er stieß die Tür zum Empfangsbereich auf. »Schließen Sie ab, und verhalten Sie sich ruhig.«

Er hörte, wie die Tür hinter ihm zugeschlagen und verschlossen wurde, und wandte sich Nob'cobi zu. »Jetzt zeig mir, wo die Melodie herkam.«

Der Krieger blickte ihn verständnislos an. Zum Henker, das war jetzt nicht der Zeitpunkt für weitere Kommunikationsprobleme. Ben summte die Melodie, schaute pantomimisch um sich und zuckte dann mit den Schultern.

Nob'cobi nickte, zeigte zur Tür und ging voran.

Ben schloss die Finger fest um die Pistole, bis die Knöchel weiß waren, und lief hinterher. Und wenn es schon zu spät war? Er schüttelte den Kopf. Nein, ganz bestimmt nicht.

Er folgte Nob'cobi nach draußen. Gerade als sie um die Ecke kamen, stand plötzlich Harry vor ihnen. Ben war so überrascht, das er beinahe auf ihn geschossen hätte.

»Du hast es geschafft«, sagte Harry außer Atem und schweißnass. »Schnapp dir die Statue und dann nichts wie weg hier. Die anderen Krieger führen die *Cra'kan*-Herde immer noch in die Irre, aber lange klappt das nicht mehr. Wir müssen ...«

Ben hob die Hand. »Ich habe sie schon.«

»Großartig!«

»Aber wir haben ein neues Problem. Komm, wir sind in Eile.« Ben scheuchte Nob'cobi voran und erzählte Harry die Ereignisse in Stenogrammform.

Harry begriff schnell. »Du denkst, es ist Ashleys Sohn.«

Ben nickte.

»Scheiße. Verflucht ungünstiger Zeitpunkt für ein Computerspiel.«

Nob'cobi bedeutete ihnen zu schweigen und winkte Harry zu sich. Er flüsterte ihm etwas ins Ohr. Harry schnitt eine Grimasse und rutschte zu Ben hinüber. Er übersetzte flüsternd: »Hier hat Nob'cobi Tiny Tim gesehen. Die Melodie kam von der anderen Seite des zerstörten Gebäudes da drüben.«

Ben nickte. Dieses Mal achtete er bei jedem Schritt darauf, dass er auf festes Gestein trat. Er wollte die *Cra'kan* nicht noch einmal durch seine Tollpatschigkeit herbeilocken. Die drei schlichen schweigend voran, an einem zerstörten Messezelt vorbei. Töpfe und Pfannen lagen kreuz und quer herum.

Nachdem sie eine Minute lang geschlichen waren, hörten sie das vertraute Kratzen der Klauen und das Schnüffeln eines *Cra'kan*. Nob'cobi ging ein paar Meter vor Ben und Harry her. Er lugte vorsichtig an einem Haufen Holz und Schutt vorbei auf die freie Fläche dahinter. Plötzlich schreckte er zurück und lehnte sich flach an die Wand. Er signalisierte ihnen, sich nicht zu rühren.

Ben sah, wie der mächtige Schwanz der Bestie ins Blickfeld fegte und ein paar verstreute Töpfe zur Seite schleuderte. Das Scheppern schallte unverhältnismäßig laut in der Totenstille des leeren Camps. Dann verschwand der Schwanz wieder.

Nob'cobi gab ihnen ein Zeichen, vorsichtig zu ihm zu

kommen. Ben schlich sich zuerst an und schob sich nahe genug an die Ecke heran, um einen Blick dahinter zu werfen.

Der *Cra'kan* stand mit dem Rücken zu ihnen. Sein Schwanz peitschte auf und ab. Ben sah, wie er seinen Kopf hin und her bewegte und etwas, das sich vor ihm befand, genau betrachtete. Dabei schnaufte er laut. Dann ging er einen Schritt zur Seite, um seine Beute aus einem anderen Winkel zu betrachten.

Ben unterdrückte einen Aufschrei. Die Bestie hatte den Blick auf ihre Beute freigegeben. Es war Jason, an eine Säule gefesselt, die Augen vor Angst weit aufgerissen. Der *Cra'kan* ging jedoch nur schnüffelnd und grunzend um die Säule herum, offenbar erstaunt darüber, dass sein Opfer nicht davonrannte. Wie eine Katze, dachte Ben, der es keinen Spaß macht, wenn ihre Beute nur still dasitzt.

Ben trat leise zurück und gab Harry die Gelegenheit, einen Blick zu riskieren. Dann flüsterte er ihm ins Ohr: »Lock mir den Dreckskerl fort, so wie die anderen. Dann kann ich Jason befreien und ihn in Sicherheit bringen. Wir treffen uns in einer halben Stunde Blakelys Büro.«

Harry nickte.

»Aber sei vorsichtig«, warnte ihn Ben, »der Schweinehund ist gerissen.«

Harry und Nob'cobi steckten kurz die Köpfe zusammen. Dann schlichen die beiden davon, um den *Cra'kan* in östlicher Richtung zu umgehen und von Bens Versteck abzulenken.

Ben wartete, bis die beiden ihre Position erreicht hatten. Er hielt den Atem an und betete, dass Jason nicht plötzlich aufschrie. Die Bestie wartete bestimmt nicht mehr lange. Über kurz oder lang würde Tiny Tims Staunen dem Hunger weichen, und er würde angreifen.

Ben spannte die Muskeln so stark an, dass sie zitterten.

Vor Schreck fuhr er hoch, als er Töpfe und Pfannen laut scheppern hörte. Harry und Nob'cobi. Das wurde aber auch langsam Zeit. Er riskierte einen Blick um die Ecke, um Tiny Tims Reaktion mitzubekommen.

Der stand bewegungslos und aufrecht da, die Ohren lauschend nach hinten gerichtet. Langsam drehte er seinen Kopf in die Richtung des Lärms. Er ging ein paar Schritte auf die Geräusche zu, blieb dann aber stehen und schaute zurück zu Jason. Er schien den Köder nicht anzunehmen. Wenigstens nicht, bevor er sein Schnäppchen aufgespießt hatte. Wieder ging er einen Schritt auf Jason zu.

Wag es nicht! Ben hob seine Pistole. Bevor er schießen konnte, sprang Harry mit zwei zerbeulten Töpfen in der Hand aus der Deckung.

Er brüllte die Bestie an. »Heho, Fettsack, wie wäre es mit einem Tänzchen?« Um seiner Aufforderung Nachdruck zu verleihen, schlug Harry die Töpfe zusammen.

Damit hatte er endlich Tiny Tims Aufmerksamkeit auf sich gezogen. Mit einem Brüllen schnellte er auf Harry zu, der nicht mit einer so raschen Reaktion gerechnet zu haben schien. Er taumelte zurück und fiel beinahe hin. Ben biss die Zähne zusammen. Marsch, Marsch, Soldat! Harry schien den leisen Befehl zu hören und rannte in die Gasse zurück.

Der flüchtende Mann war einfach zu verführerisch für den *Cra'kan*. Er lief hinter ihm her und verschwand.

Ben wartete keine Sekunde länger. Sobald die Schwanzspitze außer Sicht war, rannte er aus seinem Versteck und auf den Jungen zu.

Tränen liefen Jason über das verrußte Gesicht. Der Junge starrte immer noch der Bestie hinterher. Zum Glück war ihm sonst nichts passiert.

Ben kam angerannt. Das Geräusch seiner schweren Stiefel lenkte Jason ab. Für einen Moment stand ihm die Angst ins Gesicht geschrieben. Dann erst schien er Ben zu erkennen. Weitere Tränen liefen ihm übers Gesicht.

Wenige Sekunden später war Ben bei ihm. Er drückte ihn so fest an sich, wie es die Fesseln erlaubten, nahm ihm den Knebel aus dem Mund und fragte sich dabei, wer zum Teufel den Jungen gefesselt und geknebelt hatte. Aber sie hatten jetzt keine Zeit für Fragen. Jason wurde von Schluchzern geschüttelt. »Es ist alles in Ordnung, mein Junge. Du bist in Sicherheit.«

Doch Jason schluchzte weiter. Er versuchte zwischen den Schluchzern zu sprechen. »Ich ... habe versucht ... dich mit dem Spiel ... herzulocken.« Er ließ das Spielzeug fallen, das er noch in der Hand gehalten hatte. Es fiel scheppernd auf den Boden.

»Das hast du gut gemacht.« Ben ging in die Knie, zog ein Messer heraus und begann, die Fesseln aufzuschneiden.

»Meine ... meiner Mama ... geht es meiner Mama gut?«

»Es geht ihr prima. Sie ist in Sicherheit.«

Plötzlich zappelte Jason wild. Ben bekam kaum seine Handfesseln auf, so sehr wand er sich. Schließlich hatte er seine Hände befreit.

»Nun halt doch mal eine Sekunde still. Ich will nur noch den letzten Strick lösen.«

»Ich muss nachschauen!« Jason war wie besessen.

»Was?«

Jason hob sein T-Shirt hoch. Jetzt sah Ben die leuchtende LED-Anzeige auf Jasons Gürtelschnalle. Dort stand die Zahl Sechs.

Jason starrte schweigend auf die Schnalle und stöhnte dann.

»Was ist denn das?«

»Eine Bombe«, sagte Jason mit verzweifeltem Blick.

»Was zum Teufel sagst du da?«

Jason zeigte ihm die grauen Würfel aus Plastiksprengstoff, die an seinem Gürtel befestigt waren. »Khalid hat sie mir umgebunden. Damit er Linda kontrollieren kann. Sie ist so eingestellt, dass sie in sechs Minuten explodiert.«

»Dann runter damit.« Ben wollte ihn mit dem Messer von der Bombe befreien. Jason wich zurück. »Wenn du sie abschneidest, geht sie in die Luft. Nur durch den Geheimcode kann man sie abstellen.«

»Wer kennt den Code?«

»Khalid ... und der ist irgendwo da draußen und legt noch mehr Bomben.«

Dieses gottverdammte Dreckschwein. Wenn ich den zwischen die Finger bekomme ..., dachte Ben.

»Es muss eine andere Methode geben, sie zu entschärfen. Vielleicht kann Harry ... er ist Sprengmeister.« Ben bedeckte sein Gesicht mit den Händen. Zur Hölle! Wie sollte er ihn nur rechtzeitig finden? Sie waren erst in einer halben Stunde in Blakelys Büro verabredet. Er ballte die Fäuste und presste sie gegen seine Schläfen. Verflucht, Mann, *denk nach!*

Er starrte auf die LED-Anzeige. Gerade sprang sie von Sechs auf Fünf.

Ashley ließ sich auf das Kissen in ihrer Zelle sinken. Jetzt saß sie schon wieder fest. Drei Wachen standen auf der Türschwelle. Die Klingen ihrer Lanzen funkelten im Zwielicht des Schimmelpilzes. Ashley hatte mit Händen und Füßen versucht, ihre Unschuld zu beteuern, und mehrmals Sin'jaris Namen ausgesprochen, doch ihre Bemühungen waren vergeblich geblieben. Ihr einziger Zeuge, Mo'amba, war dem Tode nah.

Vor ihrer Zelle kam Bewegung auf und zog ihre Aufmerksamkeit auf sich. Michaelson schob sich an den Wachen vorbei. Sein verletzter Knöchel brachte ihn zum Stolpern, doch erlangte er das Gleichgewicht wieder.

»Die Schweine haben mir meine Waffen abgenommen«, sagte er und ging zu ihr. »*Alle*. Was geht hier vor?«

»Tut mir Leid, es war mein Fehler«, sagte sie und stand auf. Sie hatte die Ereignisse noch nicht überwunden. »Ich war zur falschen Zeit am falschen Ort.« Sie erzählte ihm, wie Sin'jari Mo'amba angegriffen hatte und wie sie dazwischengefahren war. »Man hat mich quasi mit rauchendem Colt erwischt. Mo'amba lag da mit zwei Stichen in der Brust, und ich stand mit erhobener Tatwaffe über ihm. Kann man es ihnen verdenken?«

»Was soll jetzt mit dir geschehen?«

Sie zuckte mit den Achseln. »Keine Ahnung. Ich glaube, im Moment sorgen sich alle mehr um Mo'amba.«

»Glaubst du, der alte Mann hat eine Überlebenschance?«

Ashley schüttelte den Kopf. »Das bezweifle ich. Er hat eine Menge Blut verloren. Mit seinen mentalen Kräften würde er es Sin'jari schon heimzahlen, wenn es sein Zustand zuließe. Telepathisch, meine ich, auf allen Hirnfrequenzen. Wenn er stirbt, hat keiner von uns eine Chance zu überleben, egal ob Ben es rechtzeitig schafft oder nicht.«

Michaelson blickte auf seine Uhr. »Ben bleiben keine acht Stunden mehr.«

Seufzend sagte sie: »Nun hoffe ich sogar, dass er nicht zurückkommt. So wütend, wie die Eingeborenen sind, werden sie ihn mit uns hinrichten, auch wenn er ihnen die Statue bringt. Es wäre am besten, er bliebe, wo er ist.«

»Das wird er nicht tun.«

»Ich weiß.« Sie ließ sich auf das Kissen fallen und gab Michaelson ein Zeichen, sich neben sie zu setzen. »Wenn man ihn nur warnen könnte. Wenn wir Ben und Harry nur eine Nachricht senden könnten, damit sie oben bleiben.«

»Keine Chance. Ben geht durch die Hölle, um dich wiederzusehen.«

Sie schlug sich mit der Faust aufs Knie. »Dann muss ich

den Eingeborenen die Wahrheit über Sin'jari mitteilen. Es muss doch eine Möglichkeit geben, mit ihnen zu kommunizieren. Aber wahrscheinlich geben sie sich nicht mal die Mühe zuzuhören. In ihrer Wut fällen sie das falsche Urteil.«

»Vielleicht kommen Harry und Ben ja zurück, bevor Mo'amba stirbt. Harry könnte dann deine Geschichte übersetzen.«

»Selbst wenn es dazu käme, würden sie uns doch nicht glauben. Sin'jari ist einer ihrer Ältesten. Sein Wort stünde gegen meins.«

»Dann brauchen wir Beweise. Was, glaubst du, hatte der Schuft vor?«

»Nichts Gutes, darauf kannst du Gift nehmen. Ich nehme an, er wollte Ben in die Quere kommen und seine Mission irgendwie vereiteln.«

»Wenn wir das beweisen können, würde das deiner Geschichte ein gutes Stück weiterhelfen.«

»Aber wie«, fragte sie außer sich.

»Ertapp ihn auf frischer Tat, wenn er zurückkommt. Die einzige leichte Route von der Alpha-Höhle zurück zur Siedlung führt durch das Wurmloch. Wenn er dadurch hinaufgeschlichen ist, wird er sich auf diesem Weg auch zurückstehlen.«

»Und wie, denkst du, sollen wir ihn in der Höhle gefangen nehmen?«

Er zuckte mit den Schultern. »Mensch! Ich kann doch nicht jede Frage beantworten.«

Sie schüttelte den Kopf, weil sie alle diese Überlegungen für nutzlose Träumerei hielt. »Alles hängt davon ab, dass Mo'amba überlebt, bis Harry und Ben zurückkommen. Sollte er ...«

Die Wachen an der Tür brachen plötzlich in lautes Klagegeheul aus. Das gleiche Heulen erklang ebenso in der ganzen Siedlung um sie herum. Es durchdrang die Felswände, als wären sie aus Papier, und sein Ton war so hoch, das sich die Haare auf Ashleys Armen aufrichteten.

Michaelson hielt sich bei dem Lärm die Ohren zu und verdrehte die Augen.

So plötzlich, wie das Geheul erklungen war, so überraschend brach es auch wieder ab. Die jähe Stille kam ihnen so einsam und leer vor, als ob man der Luft alles Leben genommen hätte.

Ashley sah, wie einer der Wachposten in ihre Richtung blickte. In seinen tief liegenden Augen sah sie Tränen und noch etwas anderes – Hass.

»Was hatte das jetzt zu bedeuten?«, fragte Michaelson.

»Unsere Zeit ist abgelaufen. Mo'amba ist tot.«

Ben wollte sich gerade aufrichten, als es ihn traf: eine Explosion in seinem Schädel. Er taumelte und fiel auf die Knie. Zuerst dachte er, eine Bombe wäre explodiert, so wie die, die an Jasons Taille befestigt war. Doch als er seine Augen aufriss, starrte Jason ihn nur fragend an.

»Alles in Ordnung?«, fragte der Junge, der anscheinend nichts von alledem mitbekommen hatte.

Ben nickte. »Glaub schon …« Dann wurde es schwarz um ihn herum.

Was zum Teufel …? Er versuchte, sich zu widersetzen, doch schien er in einem Weltall ohne Sterne zu treiben. Es gab nichts, gegen das er hätte angehen können, niemanden, gegen den er hätte kämpfen können. Er war nicht bewusstlos, aber von einer unendlichen Finsternis umgeben. Da erschien in der Dunkelheit ein kleiner, matter Funke. Als er sich darauf konzentrierte wie auf ein fernes Leuchfeuer, wurde der Funke zur hellen Flamme. Die Flamme sprach mit der Stimme seines Großvaters und flackerte bei jedem Wort. »… Ben … Ben … du musst dich beeilen …«

Mittlerweile war Ben bewusst, dass Mo'amba mit ihm Kontakt aufgenommen hatte. Aber dies war der falsche Zeitpunkt. »Was ist denn? Stimmt etwas nicht? Geht es Ashley gut?«

»... schwach ... müde.« Die Flamme wurde wieder zu einem blassen Flackern. »... musst dich beeilen ...« Einen Moment lang flackerte die Flamme heller. »Gefahr ...« Dann verblasste sie, wurde wieder zum Funken, schließlich verschwand sie ganz. Ben empfand nur noch Leere. Er spürte, dass nicht nur der Kontakt zu Mo'amba abgebrochen, sondern dass auch Mo'amba irgendwie fort war. Fort für immer. Als er seine Umwelt wieder wahrnahm, rannen ihm plötzlich Tränen über die Wangen.

»Ben, was hast du?« Jason schüttelte ihn an der Schulter. Ben erhob sich von dem felsigen Boden, auf dem er zusammengebrochen war. Mo'amba war tot. Das war so sicher wie das Amen in der Kirche. »Mir geht es gut«, sagte er zu dem Jungen.

»Du bist ohnmächtig geworden.«

»Mach dir keine Sorgen, mir geht es prima.« Er tätschelte Jasons Knie und grübelte über Mo'ambas letzte Worte nach. Er wollte, dass Ben sofort zurückkehrte. Dass er keine weitere Zeit verschwendete. Aber warum die Eile? Ben hatte noch sieben Stunden, bis seine Frist ablief. Irgendetwas war im Busch. Eine neue Gefahr.

Jason schaute ihn besorgt an, sprach aber kein Wort.

Ben blickte auf den Timer auf Bens Gürtel. Immer noch zeigte er die Fünf an. Beeilung jetzt, Mo'amba hatte sie zur Eile getrieben. Jetzt wurde es ernst. Er brauchte einen Plan. Er musste Harry erreichen. Er musste ihn hierher bekommen, damit er die Bombe entschärfte.

Da dämmerte es ihm ... zum Teufel, warum war er nicht früher darauf gekommen?

Natürlich konnte er mit Harry in Kontakt treten. Zumindest mit Nob'cobi, der Harry dann sagen konnte, dass er seinen Arsch herüberbewegen solle. Mo'ambas Kontaktaufnahme hatte ihn auf die Idee gebracht. Er konnte das doch genauso. Doch hatte er es noch nie auf diese Entfernung hin versucht. Außerdem war zweifelhaft, ob Nob'cobi sich in einem entspannten Trancezustand befand und für die Kontaktaufnahme überhaupt empfänglich war. Aber möglich war es. Er musste es nur versuchen.

»Jason, ich weiß, das du mich für vollkommen bescheuert halten wirst, aber ich muss mich jetzt konzentrieren. Bitte verhalt dich ganz ruhig.«

»Okay, aber was ...«

»Pst, später.« Ben setzte sich im Schneidersitz auf den Boden, schloss die Augen und atmete tief ein und aus. Wieder stellte er sich das Haus seiner Kindheit in der Gegend von Perth vor. Den orangefarbenen Staub. Die Kängurus am Horizont. Die Heimat.

Er saß wieder auf dem knarrenden Stuhl auf der Veranda. Diesmal gab er sich keine Mühe mit dem Bier. Stattdessen konzentrierte er sich fest auf Nob'cobis Gesicht und stellte sich vor, der Krieger säße auf dem Stuhl neben ihm. Er malte sich die Gesichtszüge Nob'cobis in allen Einzelheiten aus. Die Narbe auf seiner Wange, der ergrauende Haarschopf auf seinem Kopf. Für einen Augenblick nahm die Vorstellung Gestalt an. Nob'cobis erstauntes Gesicht sah ihn an, verschwand aber sofort wieder.

Vedammt! Ben konzentrierte sich erneut. Komm, Nob'cobi, du hast mich eine Sekunde lang gesehen. Du weißt, was ich von dir will. Ben versuchte es mit aller Kraft. Komm doch, hör mir zu. Nichts. Minutenlang, so schien es ihm, versuchte er es immer wieder. Verschwendete Minuten, die er nicht hatte.

Gerade als er vor Enttäuschung schreien und aufgeben wollte, erschien Nob'cobi. Er schien außer Atem zu sein.

»Was willst du?«, knurrte er Ben an. »Ich wäre fast gestolpert, als du zum ersten Mal Kontakt mit mir aufgenommen hast. Du sollst doch …«

»Hör zu! Ich brauche Harry bei mir. Sofort!

»Wir sind gerade auf dem Rückweg. Der *Cra'kan* muss gleich bei euch sein. Er hat die Verfolgung aufgegeben und ist wieder in eure Richtung unterwegs. Habt ihr euch schon davongemacht?«

»Nein, es gibt ein Problem. Ich möchte, dass ihr Tiny Tim vergesst und wir uns im Büro treffen. Lauft so schnell ihr könnt.«

»Du besser auch. Der *Cra'kan* ist euch auf den Fersen.«

»Schnell.« Doch Nob'cobi war bereits verschwunden.

Ben wachte aus seinem Traumzustand auf und sah, dass Jason ihn anstarrte.

»Was hast du gemacht?«

»Das ist eine lange Geschichte«, sagte er und rappelte sich auf. »Wir bekommen gleich Gesellschaft.« Mit Erleichterung stellte er fest, dass Jasons LED-Anzeige die Vier anzeigte. Die Traumzeit hatte offenbar ein anderes Tempo. Er hatte das Gefühl gehabt, dort länger als nur eine Minute gewesen zu sein. »Kannst du laufen?«

Jason war vollkommen aufgeregt und trat von einem Fuß auf den anderen. »Na klar!«

»Dann komm.« Ben nahm ihn an der Hand und rannte mit ihm in dem Moment fort, als sie Tiny Tim aus der anderen Richtung kommen hörten. Sie erhöhten ihr Tempo und rannten jetzt wie die Teufel. Das Büro war knapp einhundert Meter entfernt. In weniger als einer Minute war Ben, mit Jason im Schlepptau, dort. Die Anzeige schlug gerade von Vier auf Drei um, als sie in den verwüsteten Empfangsbereich eindrangen. Jetzt komm verdammt schnell, Harry.

Ben ging zur Tür, die zu den Büroräumen führte und

klopfte. »Ich bin es, Ben«, rief er. Er hörte, wie das Schloss geöffnet wurde; die Tür ging auf.

Sandy schaute mit besorgtem Gesicht hinaus. Als sie Jason sah, bekam sie große Augen. »Sie haben den Jungen gefunden!« Sie rannte hinaus und nahm ihn in die Arme, als wäre er ihr Lebensretter.

Da erklang eine Stimme hinter ihnen. »Und warum die plötzliche Eile?« Harry stolperte in den Empfangsraum. Nob'cobi folgte mit vorsichtigen Schritten.

Ben bemerkte Jasons große Augen, der den *Mimi'swee* zum ersten Mal sah.

Ben packte Harry an der Schulter und zog ihn voran. »Jason ist voller Sprengladungen. Uns bleiben nur noch ein paar Minuten, bevor sie in die Luft fliegen. Du musst sie entschärfen.«

»Was zum Teufel ...?«, sagte Harry und ging sofort zu Jason. »Lass mal sehen.«

Sandy hatte Jason mittlerweile losgelassen, als hätte er die Pest, und war in den Flur zurückgewichen.

Jason zeigte auf den Gürtel, schaute aber über Harrys Schulter, der sich vor ihn kniete, auf Nob'cobi. Die Ziffer Zwei leuchtete rot. Vorsichtig berührte Harry den Gürtel. Jason musste sich einmal herumdrehen, damit er den ganzen Gürtel untersuchen konnte. »Hm« war alles, was er sagte.

»Und?«, fragte Ben.

»Dieses Fabrikat habe ich schon mal gesehen. Eine Komplettlösung. Der Auslöser steckt in dieser kleinen Metallschachtel. Selbst wenn wir Zeit und Werkzeug hätten, käme ich da nicht ohne Risiko dran. Ohne den Code geht unser Baby leider in die Luft.«

»Zur Hölle!«, platzte es aus Ben heraus. »Dann sind wir verloren.«

Harry zuckte mit den Achseln und berührte die Gürtelschnalle. Jason schrie panikerfüllt »Nicht!« Harry beachtete ihn nicht und öffnete die Schnalle. Der Gürtel teilte sich und glitt von Jasons Taille. Harry stand auf und hielt den Gürtel von sich weg, als wäre es eine Schlange.

Jason stolperte zur Seite. »Er sollte doch explodieren, wenn man ihn öffnet.«

»Wer hat dir das erzählt?«, fragte Harry.

»Khalid.«

»Dann hat er gelogen. Um den Gürtel führt kein geschlossener Stromkreis.«

Jason stand zitternd da. »Dann hätte ... hätte ich ihn ... immer ... ausziehen können?« Ben bemerkte, dass dies Jason mehr verstörte als die Tatsache, dass er beinahe in die Luft gesprengt worden wäre.

Harry nickte. »Ja. Wenn du nichts dagegen hast« – er zeigte auf die Ziffer Eins auf der LED-Anzeige – »das Ding wird nämlich trotzdem gleich explodieren.«

Ben riss Harry den Gürtel aus der Hand. »Alle ans andere Ende des Gebäudes. Ich werfe unser Baby so weit, wie ich kann. Und dann lauft wie der Teufel.«

Während Ben zur Tür rannte, trieb Harry die anderen den Flur hinunter. Er rief Ben hinterher: »Und wirf nicht so zimperlich wie ein Mädchen. An dem Gürtel klebt eine verdammte Menge Sprengstoff.«

»Bring du nur alle ans andere Ende in Sicherheit!« Ben sprang zur Tür hinaus und rannte ein paar Meter ins Freie, um den Gürtel in hohem Bogen fortschleudern zu können.

Doch als er den Arm hob, stürzte sich die Bestie auf ihn. Aus nur drei Metern Entfernung sprang ihm der verwundete *Cra'kan* in den Weg, fauchte drohend mit gesenktem Kopf und ließ ihn nicht vorbei.

Ben griff nach seiner Pistole, doch seine Hand ging ins Leere. Er hatte die Waffe im Gebäude vergessen. Ben wich ein paar Schritte zurück.

Tiny Tim riss den Rachen weit auf und brüllte ihn triumphierend an.

»Du kannst mich mal!« Ben schleuderte den Gürtel in Tiny Tims offenen Schlund, wirbelte auf dem Absatz herum und rannte zum sicheren Gebäude zurück. Er riskierte einen Blick zurück und sah, wie sich die Bestie mit einer Tatze an die Schnauze griff, um den Gürtel zu entfernen.

Du hässliches Monstrum hast gerade mehr vertilgt, als du verdauen kannst, dachte er.

Er sprang durch den demolierten Eingang und hechtete zum Flur. In dem Moment, in dem er auf die Schwelle trat, zerriss es die Welt hinter ihm in tausend Stücke. Der Druck der Explosion packte ihn und schleuderte ihn den Flur entlang. Er versuchte, beim Auftreffen so gut wie möglich abzurollen, doch irgendetwas knackte beim Zusammenprall mit der Flurtür. Schutt prasselte auf ihn herab, als er auf dem Boden lag. Kurz danach drangen dichte, beißende Rauchwolken in das Gebäude.

Jason tauchte neben ihm auf. »Ist alles okay, Ben?«

Ben antwortete mit einem Stöhnen.

Harry kniete sich zu ihm. »Lass mich mal schauen.«

Ben erhob sich auf alle viere und hustete den Rauch aus. Er spürte einen brennenden Schmerz im Genick. Seine Schulter schien ausgekugelt zu sein, doch sonst hatte er keine Beschwerden.

Ben schaute in das besorgte Gesicht Jasons. »Wenn wir draußen sind, kaufe ich dir ein paar Hosenträger. Von Gürteln hast du sicher die Nase voll.«

Im Augenblick der Explosion sah Khalid, wie Linda alle Hoffnung fahren ließ. Er erkannte es in ihren Augen. Sie hatte gerade den letzten Timer in der Hand gehabt und es ganz offensichtlich vermieden, dauernd auf ihre Armbanduhr zu schauen, als Jasons Zeit ablief. In der Eile hatte sie zwei Kabel vertauscht und beinahe aus Versehen die Zündung aktiviert. Er korrigierte ihren Fehler gerade, als die Explosion durch die Höhle dröhnte.

Als das Echo verklang, blickte sie Khalid nur an.

»Wir hatten einfach nicht genug Zeit«, sagte Khalid, obwohl er in Wahrheit niemals vorgehabt hatte, den Jungen zu retten. Er schaute sie prüfend an und erwartete, dass sie sich wütend auf ihn stürzen, ihn anschreien und in Tränen ausbrechen würde. Aber im Gegenteil, sie starrte ihn nur mit kalten und leblosen Augen an. Sie hatte aufgegeben.

Gut so. Er konnte auch darauf verzichten, dass sie hier vor ihm zusammenbrach. Sie lernte. Zweckdenken. Die Wüstensonne verbrannte diejenigen, die zu langsam waren. Er schüttelte den Kopf. »Machen wir Schluss hier.«

Sie drehte sich noch einmal um und blickte zu der Explosionswolke hinüber. »Es hat nicht funktioniert«, sagte sie leblos.

Er legte den winzigen Schraubenzieher hin. »Was?«

Sie hob den Arm, der ihr bleischwer vorkam, und zeigte mit dem Finger. »Die Säule ... an die Jason gefesselt war. Sie steht noch.«

Er richtete sich auf. Sie hatte Recht. Die Säule war anscheinend völlig unbeschädigt. Wie war das möglich?

Prüfend betrachtete er, wie die Rauchwolke durch die Luft trieb. Irgendetwas stimmte nicht. Die Ladung war westlich von der Säule explodiert. »Der Junge muss sich von den Fesseln befreit haben. Und ist weggelaufen.«

Seine Worte schienen ihre Hoffnung kurzfristig wieder zu beleben. Doch sie verflog rasch, als Linda begriff, dass die Bombe explodiert war, egal wo Jason sich in dem Moment befunden hatte.

»Gehen wir«, befahl Khalid.

Sie folgte ihm widerspruchslos.

35

Ben saß auf dem Ledersofa in Blakelys Büro und pflegte seine schmerzende Schulter. Er musste hier fort. Durch das Herumsitzen tat ihm die Schulter nur noch heftiger weh. Harry hatte sie ihm wieder eingerenkt.

Jason saß nun neben ihm und trat nervös mit den Hacken gegen das Sofa. Der Junge hatte eine Menge durchgemacht. Er hatte ihnen die ganze Geschichte bis zu dem Zeitpunkt, wo Ben ihn gefunden hatte, erzählt.

Sandy saß auf einem Stuhl hinter Blakelys Schreibtisch und drehte eine blonde Strähne in ihren Fingern. Unter ihren Augen zeichneten sich dunkle Ringe ab. »Der arme Dr. Blakely«, murmelte sie.

Ben nickte. Er bedauerte, dass er jemals schlecht über Blakely und seine verfluchte Expedition gedacht hatte. Einen solchen Tod hatte der Doc nicht verdient.

Schließlich stand Harry wieder in der Tür. »Ich bin soweit, Ben. Lass uns aufbrechen.«

Ja, es war Zeit. Ben war Mo'ambas Warnung immer noch präsent. Die Warterei war quälend, doch Harry hatte darauf bestanden, dass Ben sich ein paar Minuten ausruhte. Unterdessen sorgte Harry dafür, dass Ben auf schnellere Art und Weise zu Ashley gelangte. Ben erhob sich mit einem Satz vom Sofa. Sofort schoss ein Schmerz durch seine Schulter. »Zeig mir mal, was du meinst«, sagte Ben und zuckte zusammen.

»Es steht draußen, direkt vor dem Büro. Komm mit.« Harry ging voran.

Ben ermahnte Jason, schön zu warten, und folgte Harry durch den verkohlten Flur. Der Eingang war zerstört, und die Tür hing schief in den Angeln.

Harry winkte den *Mimi'swee*-Kriegern, die den *Cra'kan* in die Irre geführt hatten. Sie waren gerade zurück von ihrem Katz-und-Maus-Spiel und sahen noch nicht einmal müde aus. Harry klopfte seinen Kameraden auf die Schulter und ging hinaus.

»Sobald du fort bist, breche ich mit dem Jungen auf«, sagte Harry. »Wir nehmen den Aufzug und bringen uns in Sicherheit. Du musst dich allerdings beeilen.«

»Ich weiß. Pass trotzdem auf dich und den Jungen auf. Hier läuft immer noch der Verrückte herum und legt überall Bomben. Und ich möchte nicht, dass Jason noch einmal in seine Hände fällt.« Ben sah den flachen Explosionskrater zum ersten Mal. Fast zwei Meter Durchmesser. Die Felsoberfläche war versengt. Ihm fiel auf, dass von Tiny Tims Leiche keine Spur zu sehen war. Wahrscheinlich war die Bestie in tausend Stücke zerrissen worden. Er blickte Harry an. »Welches Ass hast du denn nun im Ärmel versteckt?«

Harry grinste selbstzufrieden. »Schau es dir an.« Er führte Ben um die Ecke des Gebäudes. Stolz zeigte er es ihm. »Mein Meisterstück.«

An der Wand lehnte ein schwarzes, mit Chrom verziertes Motorrad. Ben stieß einen anerkennenden Pfiff aus.

»Ich habe es aus meinem Wohnheim geholt, nachdem ich das Gelände erkundet hatte. Ich habe mir gedacht, dass du damit schneller zurück zum Wurmloch kommst. Das Baby hängt jeden verdammten *Cra'kan* ab.«

»Gute Idee.« Ben tätschelte den Sitz. »Ist es voll getankt und startklar?«

»Ja.«

»Dann wollen wir uns auf die Socken machen. Ich weiß nicht, wo dieser verfluchte Khalid ist oder was er als Nächstes plant, aber wenn du mich fragst, sollten wir nicht länger warten.«

»Was ist mit der Frau, die er als Geisel hält? Der Biologin?«, fragte Harry. »Sollen wir sie suchen?«

Ben schloss die Augen und ballte die Fäuste. Er sah Lindas nervöses Lächeln vor seinem geistigen Auge. Er hasste sich dafür, aber er musste es sagen. »Nein«, erwiderte er mit mühsam beherrschter Stimme, »es ist zu riskant. Nach allem, was wir wissen, ist sie vermutlich bereits tot. Sieh zu, dass du den Jungen zum Aufzug schaffst, und dann nichts wie weg.«

Harry nickte. »Also los!«

Innerhalb weniger Minuten war Harry bereit. Ben setzte sich rittlings auf das Motorrad. Er hatte sich ein Gewehr organisiert, das er unterhalb des linken Oberschenkels befestigt hatte. In seinem Rucksack befand sich nur die eingewickelte Statue.

Ein *Mimi'swee* – Ben hatte seinen Namen vergessen – kletterte widerwillig hinter ihm auf das Motorrad.

Ben seufzte, rief Harry und zeigte auf den Krieger. »Ich kann die Statue auch allein zurückbringen.«

»Aus Sicherheitsgründen solltest du nicht allein fahren. Hier laufen bestimmt noch mehr *Cra'kan*-Herden herum. Und nun fort mit dir!«

Jason stand neben dem Motorrad und war offenbar aufgeregt, weil Ben sie verließ.

Ben blinzelte ihm zu. »Ich komme zurück. Und wenn du mich das nächste Mal siehst, sitzt deine Mama hinter mir auf dem Sitz.«

Nun lächelte Jason schwach, doch sein Blick war immer noch besorgt. »Pass auf dich auf, Ben.«

»Immer.« Ben gab Gas, und der Motor heulte auf. Ben musste unfreiwillig lächeln. Sein Lächeln wurde zur Grimasse, als sich sein Beifahrer so stark an ihm festklammerte, dass seiner unteren Körperhälfte die Blutzufuhr abgeschnitten wurde. Ben tätschelte ihm den Arm. »Jetzt mach mal halblang, Kumpel.« Die Umklammerung lockerte sich … aber nur ein wenig.

Ben winkte ein letztes Mal, dann glitt das Motorrad nach vorn und fuhr mit moderater Geschwindigkeit los. Durch den verstreuten Schutt kam Ben nur im Schritttempo voran. Aber nach ein paar Minuten war er mit dem Motorrad vertraut und beschleunigte. Nun hatte er ein breites Grinsen im Gesicht. Er fuhr an einem Areal mit eingestürzten Zelten vorbei Richtung Osten, um die Schlucht zu umfahren, da die Brücke nicht mehr existierte. Dabei bemühte er sich, die Leichenteile nicht zu beachten, die auf dem Weg verstreut lagen. Wie nach einem Autounfall, dachte er verdrießlich. Sein Lächeln machte einer verkniffenen Miene Platz.

Glücklicherweise hatte er innerhalb weniger Minuten die Basis hinter sich gelassen und raste auf die Nordwand zu. Er atmete die sauberere Luft tief ein und war froh, dass der Rauch und der Verwesungsgestank nachgelassen hatten.

Während er auf die fernen Behausungen zuraste und dem Weg folgte, den Menschen gemacht hatten, suchte er nach Anzeichen von *Cra'kan*. Nichts. Dennoch war er sich dessen bewusst, dass außerhalb des Scheinwerferlichts ganze Herden lauern konnten.

Mit angehaltenem Atem und verschwitzten Händen schoss er dahin. Angestrengt hielt er Ausschau und versuchte, den schwarzen Vorhang um ihn herum zu durchdringen. Aus der Ferne erklang ein Heulen, doch sonst war kein Anzeichen der *Cra'kan* zu entdecken. So gelangte er ohne weiteren Zwischenfall zur Nordwand. Es erschien ihm fast zu einfach.

Er schaltete den Motor aus.

Im nächsten Moment war der Krieger vom Sattel und in sicherer Entfernung von der »Höllenmaschine«. Ben schaltete die Stablampe ein, nahm das Gewehr und folgte seinem gelenkigen Partner von Stockwerk zu Stockwerk bis hinauf zu *Ohnas* Höhle. Der Krieger kam als Erster an und sprang geradezu in die sichere Höhle. Ben folgte ihm dichtauf.

Als sie die Höhle betraten, fiel ihm der Krieger plötzlich in die Arme. Was zum Teufel …? Der Griff eines Dolchs ragte aus seiner kleinen Brust. Der Krieger bäumte sich in seinen Armen auf und zuckte dann heftig. Ben konnte ihn nicht länger halten und ließ ihn zu Boden fallen.

Gift.

Ben richtete die Stablampe nach vorn. Zwei gedrungene, mit Muskeln bepackte *Mimi'swee* standen vor ihm, die ihm verdammt bekannt vorkamen. Es waren *Silaris*, »Giftige«.

Ben wich ein paar Schritte vom Eingang zurück, um sein Gewehr zu heben. Gerade als er anlegte, traf ihn etwas am Hinterkopf. Er fiel auf die Knie und sah nur noch Sterne. Dann brach er über der Schwelle zusammen. Das Gewehr entglitt seinen kraftlosen Fingern.

Die Schmerzen raubten ihm beinah die Besinnung, so dass er um sich herum kaum noch etwas wahrnahm. Doch war Sin'jaris dürre Gestalt nicht zu übersehen, als sie über ihm erschien. Er wischte Bens Blut von seinem Stab, beugte sich über ihn und starrte in seine Augen. Ben sah noch sein triumphierendes Lächeln, bevor ihm schwarz vor Augen wurde.

»Ich sage es dir«, sagte Ashley und ging in ihrer Zelle auf und ab, »dieser verdammte Sin'jari hat alles, was bisher passiert ist, eingefädelt. Es ist alles von langer Hand geplant gewesen.«

Michaelson blickte zu den Wachen, die vor ihrer Zellentür standen. »Wenn man danach urteilt, wie uns diese Typen anglotzen, glaube ich nicht, dass sie vernünftigen Argumenten zugänglich sind, selbst wenn wir ihre Sprache beherrschten.«

Ashley schaute die vier Wachen an. »Weißt du, was das

Schlimmste an dieser Situation ist? Dass diese Leute in uns nur Mörder sehen. Und das ist alles meine Schuld. Seit fast einem Jahrzehnt bin ich Anthropologin, und so verhalte ich mich beim ersten Kontakt mit einem fremden Volk.«

»Ashley, hör auf, dir Asche aufs Haupt zu streuen. Diese Situation ist außergewöhnlich. Außerdem hat Sin'jari uns einen Strich durch die Rechnung gemacht, nicht du.«

Ashley sprach mit zusammengebissenen Zähnen. »Wenn es nur eine Möglichkeit gäbe, das wieder zu korrigieren. Wenn wir bloß ...«

Sie wurde vom Gerede der Wachen unterbrochen. Sie ging einen Schritt zum Eingang, um nachzusehen, mit wem die Wachen sprachen, und erkannte das narbige Gesicht Tru'gulas, des Anführers der Krieger und Freundes von Mo'amba. Das verhieß nichts Gutes.

Tru'gula fuhr die Wachen an, die ebenso wie er Krieger waren. Sie machten ihrem Anführer Platz, der nun in die Zelle schritt. Mit den Händen hielt er den Knauf seines Stabs so fest gepackt, dass seine Knöchel weiß waren. Er blieb vor Ashley stehen und starrte sie mit verletztem Blick an. Prüfend betrachtete er sie und bildete sich anscheinend ein Urteil.

Ashley war sofort klar, dass sie diesen Augenblick nutzen musste. Vielleicht würde Tru'gula ihr ja zuhören. Sie wandte sich zu Michaelson und packte ihn bei den Schultern.

»Was zum ...«, setzte Michaelson an.

»Pst«, sagte sie zu ihm, »ich will mich ihm verständlich machen. Das könnte unsere letzte Gelegenheit sein, einen Verbündeten zu gewinnen.« Sie drehte Michaelson herum, so dass er sie anschaute. Dann blickte sie Tru'gula an und zeigte auf den Major. »Mo'amba.« Wieder packte sie Michaelsons Schultern und wiederholte »Mo'amba.«

Dann ging sie einen Schritt zurück und zeigte auf sich.

»Sin'jari.« Sie imitierte seinen tänzelnden Gang und zeigte wieder auf sich selbst. »Sin'jari.«

Tru'gula starrte sie ausdruckslos an.

Ashley rollte mit den Augen, imitierte jedoch weiterhin Sin'jari. Sie trat vor Michaelson und tat so, als zöge sie ein Messer aus einer Scheide und stieße es zweimal in Michaelsons Brust. Dann ging sie zurück und legte die Hand auf ihre Brust. »Sin'jari!«, sagte sie entschlossen.

Tru'gulas Augen verengten sich, in seinen verletzten Gesichtsausdruck mischte sich Wut.

Ashley trat zur Seite. Hatte er sie verstanden? Und wenn ja, glaubte er ihr? Sie hatte gerade ein Mitglied des Ältestenrats beschuldigt.

»Sin'jari«, fauchte Tru'gula, »Sin'jari!« Er trat auf Ashley zu.

Sie widerstand dem Drang zurückzuweichen und ahnte instinktiv, dass sie jetzt standhaft bleiben und die Wahrheit verteidigen musste. Also blickte sie ihm geradewegs in die Augen und zuckte mit keiner Wimper, als er dicht vor ihr stand.

Es schienen mehrere Minuten zu vergehen, bis Tru'gula etwas sagte. Offenbar musste er um Worte ringen. Er zeigte auf seinen Kopf. »Mo'amba ... weise.« Er packte Ashley an den Schultern. »Mo'amba ... dir ... vertraut.«

Sie nickte ihm aufmunternd zu.

»Offenbar hat Harry mit ihm gearbeitet«, murmelte Michaelson.

Der Anführer der Krieger wandte sich zu Michaelson. »Blutsbruder.« Er verschränkte die Arme vor der Brust. »Vertrauen.« Dann drehte er sich wieder zu Ashley um. »Tru'gula ... Tru'gula ... vertraut ... dir.«

Hatte sie richtig gehört? Hatte sie ihn auch nicht missverstanden? Er glaubte ihr! Voller Erleichterung umarmte sie Tru'gula, und Tränen traten ihr in die Augen.

Tru'gula befreite sich aus ihrer Umarmung. »Ge-fahr. Hier. Geht! Jetzt!« Er versuchte, sie zum Eingang zu zerren.

»Warte.« Sie wehrte sich und entwand ihren Arm aus seinem Griff. »Dass du uns traust, könntest du auch den anderen sagen. Dann müssten wir nicht fliehen.«

Verwirrt starrte er sie an. Er verstand sie nicht. Tru'gula blickte zum Eingang, dann wieder zu ihr. Er seufzte frustriert. »Tru'gula ... vertraut dir.« Er machte eine ausholende Handbewegung, als meinte er die ganze Siedlung. »Nicht ... vertraut.«

Ashley begriff, dass er ihnen zur Flucht verhelfen wollte. Er wollte ihnen helfen, vor den Beschuldigungen davonzulaufen. Er glaubte nicht daran, dass sein Volk ihnen die Unschuld abkaufte. Die Eingeborenen waren den Fremden gegenüber einfach zu misstrauisch.

»Geht ... jetzt«, wiederholte Tru'gula.

Ashley blieb stehen. »Nein.«

Michaelson trat zu ihr. »Ich glaube, wir sollten seine Hilfe besser annehmen.«

»Wenn ich davonlaufe, gebe ich damit meine Schuld zu. Ich kann nicht einfach abhauen und diese Leute in dem Glauben lassen, dass wir kaltblütige Mörder sind.«

»Aber Ashley, was für ein Risiko!«

Sie schüttelte den Kopf. »Du hast eben einen Plan erwähnt. Wie wir meine Unschuld beweisen könnten. Ich hatte ihn für ein Hirngespinst gehalten. Aber mit Tru'gulas Hilfe könnte es funktionieren.«

»Könnte? Eine verdammt geringe Chance, wo unser aller Leben auf dem Spiel steht.«

Sie durchbohrte ihn mit ihrem Blick. »Ich muss es versuchen.«

Lindas Beine waren schwer wie Blei. Sie stolperte hinter Khalid her, setzte beinahe willenlos ein Bein vor das andere und starrte auf seinen Rücken, während er sich einen Weg zum Aufzug bahnte. Sie wusste, dass sie ihn eigentlich hassen und verachten sollte.

Doch sie fühlte nichts.

Sie hatte ihr Wort gebrochen. Denn sie hatte Jason versprochen zurückzukommen. Sie hatte immer noch seinen Blick vor Augen, wie sie ihn an die Säule gefesselt hatte. Er wusste, dass er sterben würde. Irgendwie hätte sie es verhindern sollen, doch vor lauter Angst hatte sie versagt. Angst vor Khalid, Angst vor dem Sterben. Durch ihre eigene Tatenlosigkeit hatte sie das Schicksal des Jungen besiegelt.

Eine Träne rann ihr über die Wange.

Ihr ganzes Leben war von Angst bestimmt gewesen. Ob es ihre hysterische Klaustrophobie war oder irgendeine andere Furcht, Angst war ihr ständiger Begleiter. Und nun hatte sie durch diese lähmende Schwäche den Tod eines kleinen Jungen verursacht.

Mit diesem Tod war ihre Angst besiegt. Was ihr blieb, war Schuld.

Khalid war vor ihr stehen geblieben. »Horch! Hörst du etwas?«

Linda hörte nichts. Sie antwortete ihm auch nicht, weil sie kein Wort herausbrachte.

Khalid streckte den Finger aus. »Dort!«

Linda schaute in die Richtung, in die er zeigte. Auf der Fläche von der Größe eines Fußballfelds waren Suchscheinwerfer verteilt, die mit ihren Strahlen immer noch durch die Dunkelheit schnitten und den aufragenden Aufzugschacht hell erleuchteten. Dort oben bewegte sich etwas. Ein Fahrstuhl, der auf dem Weg nach unten war. Irgendjemand kam.

Bei längerem Hinschauen konnte sie Gewehre und andere Waffen erkennen, die durch die Metallstäbe des Fahrstuhls ragten. Wie ein bewaffnetes Stachelschwein. Endlich war Verstärkung auf dem Weg zu ihnen.

Khalid kniff die Augen zusammen. »Verdammt nah. Nur ein paar Minuten.«

Linda konnte nicht umhin zu lächeln. Sie freute sich über Khalids Verärgerung. »Ich glaube, auf diesem Weg kommst du nicht nach oben.«

Khalid starrte sie an, setzte den Rucksack ab und fing an, darin herumzusuchen. Er holte einen Sender heraus. Es war ein anderer als der, mit dem er die Bomben fernzünden wollte.

»Was hast du vor?«

»Geh in Deckung.« Er hob den Sender und drückte eine Taste. An dem Gerät blitzte ein grünes Licht auf. Khalid packte Linda und sprang mit ihr hinter die Reste eines eingestürzten Gebäudes. Eine Explosion detonierte vor ihnen und schleuderte Schutt und Rauch in ihre Richtung.

Kaum war der schlimmste Rauch verflogen, verließ Khalid Linda und betrachtete sein Werk. Linda folgte ihm, neugierig, was er getan hatte.

Dort, wo die Vorrichtung für den Aufzug gestanden hatte, schwelte jetzt ein Krater. Sie blickte in die Höhe. Nur ein Suchscheinwerfer war noch intakt und beleuchtete eine grausame Szenerie. Sie sah, wie die Reste des Schachtes in Zeitlupe herunterstürzten. Die Aufzugkabine raste unkontrolliert in die Tiefe. Obwohl ihre Ohren noch von der Explosion dröhnten, konnte sie die Schreie hören.

Rasch versteckte sie sich hinter der Ruine und schloss die Augen. Sie hatte das Gefühl, eine Ewigkeit zu warten. Dann hörte sie es, das dröhnende Krachen, als die Kabine auf dem Boden auftraf. Sie lauschte. Nun schrie niemand mehr.

Khalid kam zu ihr. Er zündete eine Zigarette an. Seine Hände zitterten leicht. »Ich bin froh, dass ich diese Bombe schon in der Nacht gelegt habe, bevor unsere Expedition aufgebrochen ist. Ich habe von Anfang an geahnt, dass diese Mission so zu Ende gehen könnte. Aber ich dachte, dass gründliche Planung …« Er zuckte mit den Achseln.

»Was machen wir jetzt? Wir kommen hier nicht mehr weg.«

Er blies eine Rauchwolke zur Höhlendecke. »Ich muss mit meinen Vorgesetzten Verbindung aufnehmen und sie von der Situation in Kenntnis setzen. Wir können von Blakelys Funkzentrale aus versuchen, jemanden zu erreichen.«

»Und dann?«

Er zuckte wieder mit den Achseln. »Dann sterben wir.«

36

Dieser verteufelte Sin'jari! Mit einem Schlag kam die Erinnerung zurück. Ben stemmte sich hoch und fuhr zusammen. Mit jeder Bewegung schossen Schmerzen durch seinen Hinterkopf. Das Echo der Explosion, die ihn wieder zu Bewusstsein gebracht hatte, schallte noch durch die Höhle.

Stöhnend stand er auf. Seine Beine zitterten. Er sah zurück zur Basis, die in der Ferne brannte. Was war geschehen? Doch er wusste die Antwort bereits: Khalid.

Sollte er zur Basis zurückkehren? Harry und die anderen konnten in Schwierigkeiten stecken. Ben berührte die empfindliche Stelle an seinem Hinterkopf und schaute auf seine Armbanduhr. Seine Zeit lief ab. Er war fast eine Stunde bewusstlos gewesen. Er musste zurück zu Ashley und sie befreien.

Trotzdem musste er vorher herausbekommen, wie der Stand der Dinge war. Er setzte sich hin, schloss die Augen und versetzte sich in Trance. Er konzentrierte sich auf Nob'cobi und rief ihn.

Nob'cobi antwortete sofort. Sein Bild nahm rasch Form an. Seine Schnurrbarthaare waren verbrannt.

»Was ist passiert?«, fragte Ben. »Ist Jason okay?«

Nob'cobi nickte, ganz außer Atem. »Käfigding zerstört. Harry und mein Bruder suchen nach deinem Feind, um ihn aufzuhalten. Ich habe die Frau und den Jungen ins Büro gebracht. Sie sind in Sicherheit. Ich bewache sie. Harry sagt, du musst dich beeilen.«

»Ich weiß.«

»Hol Hilfe!«

Ben unterbrach die Verbindung und stand wieder auf. Er musste die Statue zurückbringen, bevor ... Himmel und Hölle! Jetzt erst merkte er, dass ihm etwas fehlte. Sein Gewehr lag noch dort, wo es hingefallen war. Er fühlte auf seinem Rücken und durchsuchte dann die kleine Höhle. Sein Rucksack war weg. Und die Statue darin auch.

Sin'jari!

Dieser Schweinehund hatte ihn nur deswegen nicht kaltgemacht, weil er gefunden hatte, was er brauchte, um Bens Auftrag zu vereiteln. Ohne die Statue würde Ashley sterben.

Diese heimtückische kleine Ratte. Ben blickte sich in der Höhle um. Sein Blick blieb auf dem Aluminiumschlitten mit der Diamantachse haften. Er zog ein Messer aus dem Gürtel und zerschnitt die Verbindung mit den Plastikschlitten, die immer noch am Motorschlitten befestigt waren. Vielleicht ...

Ashley war bewusst, dass sie mit ihren Forderungen Tru'gula beunruhigt hatte. Schließlich war er jedoch darauf eingegangen und hatte sich einverstanden erklärt, sie und Michaelson zu *Umbos* Höhle zu bringen. Dorthin musste sich Tru'gula seinen Weg durch die Krieger hindurch bahnen. Einige sahen ihn an, als hielten sie ihn für verrückt.

Doch es gelang ihm durch Drohungen und Einschüchterungen, sich bis zur Höhle durchzuschlagen.

Michaelson ging auf und ab und beäugte die Statue mit einem leicht missbilligenden Gesichtsausdruck. »Es ist nur eine Idee«, sagte er, »ich möchte nicht, dass du dein Leben auf Grund einer Vermutung aufs Spiel setzt.«

»Deine Argumente sind schlüssig. Sin'jari kommt bestimmt auf diesem Weg zurück. Wir müssen nur auf ihn warten. Und ihn zur Rede stellen.«

»Und wenn er schon wieder zurück ist?«

Sie seufzte. »Das glaube ich nicht. Er hätte sich schon bemerkbar gemacht und würde uns lautstark beschuldigen.« Ashley blickte sich in der kleinen Höhle um. Durch die sechs Wachen und Tru'gula wirkte die Höhle überfüllt. Weitere Krieger bewachten den Weg hierher, doch über kurz oder lang würden sich die Gerüchte von ihrem Aufenthalt hier verbreiten. Dann würden andere kommen und herumschnüffeln. Sie hoffte, dass sie Sin'jari schnappten, bevor ein großes Theater ausbrach. Die Menge könnte unangenehm werden, wenn sie nicht rechtzeitig ihre Unschuld bewies.

Wie als Bestätigung hörte sie, wie im Tunnel ein Aufruhr entstand. Stimmen wurden laut. Plötzlich platzte ein Knäuel von *Mimi'swee* herein. Mehrere Gestalten, die miteinander rauften, kullerten in die Höhle.

Michaelson zog Ashley hinter sich. Auch Tru'gula stellte sich vor sie und gab ihr Deckung.

Sie sah, wie die Krieger mit anderen, korpulenteren *Mimi'swee* kämpften, doch die wenigen Wächter wurden von den Angreifern schnell überwältigt. Alles wurde noch schlimmer dadurch, dass schon ein einziger Stich von einem Dolch oder Speer der Angreifer den an sich leicht Verletzten in tödliche Zuckungen versetzte.

Bald standen nur noch Ashley, Michaelson und Tru'gula

aufrecht. Mindestens zehn der gedrungenen, muskulösen Angreifer befanden sich nun vor ihnen.

»*Silaris!*«, sagte Tru'gula und spuckte sie an.

Die Angreifer machten keinen Schritt auf sie zu; sie hatten offenbar Angst, einen der Ältesten anzugreifen.

Ein Geräusch hinter ihnen zog ihre Aufmerksamkeit auf das Wurmloch. Sie sah, wie Sin'jari heraustrat, gefolgt von zwei der hässlichen *Mimi'swee*. Ashley erkannte die beiden, die vorher schon bei ihm gewesen waren. Außerdem registrierte sie die Ähnlichkeit mit den Angreifern, die den Eingang abgeriegelt hatten. Es waren Sin'jaris Leute, sein Clan.

Sin'jari lächelte breit und zeigte seine Zähne. Worte waren unnötig. Er griff lediglich zum Dolch und ging auf Ashley zu.

Mit einem Aufstöhnen begriff Ashley, dass sie in eine Falle getappt waren.

Die Tunnelwände rauschten an Ben vorbei. Er wünschte sich, Harrys Schlitten würde noch schneller fahren. Bergab und mit Vollgas hatte er ihn auf achtzig Stundenkilometer beschleunigen können. In den Kurven stieg der Schlitten bis zur Decke hoch. Mit zusammengekniffenen Augen blickte Ben in Fahrtrichtung und konzentrierte sich auf die Strecke. Sobald der Ausgang in Sicht käme, musste er sofort bremsen. Der Tod war ihm sicher, wenn er mit diesem Tempo aus dem Wurmloch fliegen würde. Das Gewehr unter seiner Hüfte scheuerte, und er verlagerte seine Position.

Nun komm schon, der Ausgang kann doch nicht mehr weit sein, dachte er.

Wenn er sich konzentrierte und seine *Heri'huti*-Kräfte benutzte, konnte er vielleicht erfahren, wie weit es noch war.

Er richtete seinen Blick nach innen und ließ sein Herz langsamer schlagen. Noch bevor er in Trance war, bekam er Kontakt. *Jemand rief ihn.* Wie ein schemenhaftes Gespenst formte sich ein Bild vor seinen Augen. Ein zernarbtes Gesicht. Tru'gula!

Das Gesicht blinzelte ein paar Mal und sagte dann: »Komm schnell!«

»Ich weiß, ich habe die Nachricht schon bekommen«, erwiderte Ben.

»Dann sieh, was ich sehe.«

Wenige Sekunden lang verschwand der Tunnel, und er befand sich in *Umbos* Höhle. Dann sah er, was Tru'gula sah. Er schnappte nach Luft, und sein Herz verkrampfte sich. Abrupt brach die Verbindung ab.

Ben, vom Zorn beflügelt, flehte um mehr Geschwindigkeit.

Michaelson wollte sich zwischen Sin'jari und Ashley stellen, aber mit einer schnellen Handbewegung des Ältesten hatten ihn schon fünf *Silaris* gepackt und zurückgezerrt.

Ashley blickte zu Tru'gula hinüber. Er wehrte sich vergeblich gegen die zwei *Silaris*, die ihn festhielten. Auch er konnte ihr nicht helfen.

Sin'jari trat auf sie zu. »Er keine Hilfe. Er schwach.«

Ashley schaute ihn verblüfft an. »Du sprichst Englisch.«

Er nickte. »Ich lerne meine Feind. Beste Art ...« Er runzelte die Stirn und suchte nach Worten.

»... sie kennen zu lernen«, schlug sie vor.

Er lächelte sie an, als wäre sie ein kleines Kind. »Nein, sie zu töten.«

Er hob den Dolch an ihr Kinn und grinste sie an. »Gift. Das richtig Wort?« Er wies auf die toten Krieger.

Sie nickte.

Er stach sich in den Finger. Wedelte dann mit der Hand herum, als wäre es nichts. »Ich Führer von *Silaris*. Gift uns nicht töten. Wir stark. Wir Führer.«

»Was ist mit Bo'rada? Ich dachte, er wäre euer Anführer.«

»Bo'rada?« Er machte ein hässliches Geräusch mit dem Mund.

»Nicht klug. Ich Führer von Bo'rada.«

Ashley begriff, dass dieser Staatsstreich lange vor ihrem Eintreffen vorbereitet worden sein musste. Ihre Ankunft hätte Sin'jaris Plan beinahe durchkreuzt. Doch er hatte die Situation nun zu seinen Gunsten gewendet.

»Jetzt ich Führer. Ich sagen, euch alle töten. Und viele andere kommen hier.«

Ashley schüttelte den Kopf. »Dieses Spiel gewinnst du nicht. Tru'gulas Krieger werden es nicht zulassen.«

Ein tückischer Blick funkelte in seinen Augen. Er zeigte auf Tru'gula. »Böse. Er euch helfen, töten Mo'amba.« Dann klopfte er sich mit dem Dolch auf die Brust. »Ich herausfinden.« Er stach mit dem Dolch in die Luft. »Ich aufhalten.«

Auf diese Weise wurde Tru'gula als Mitverschwörer und Komplize beschuldigt. Tote können nicht mehr plaudern. Sie schaute Tru'gula an, doch er hatte seine Augen halb geschlossen.

Das bemerkte auch Sin'jari. Er piekste den verwundeten Krieger mit einem Finger, um ihn auf sich aufmerksam zu machen. Ein paar Minuten lang wechselten sie erregte Worte. Zornige Worte. Schließlich wandte sich Sin'jari von ihm ab und drehte sich zu Ashley. Mit dem Daumen wies er auf Tru'gula. »Nicht klug. Er Hilfe rufen. Aber keiner da. Mo'amba tot.« Er grinste sie an. »Jetzt du.«

Er hob den vergifteten Dolch und ging einen Schritt auf sie zu. Sie wollte zurückweichen, doch die *Silaris* hinter ihr ließen sie nicht durch.

Gerade als Sin'jari seine knochige Hand um Ashleys Kehle legte, drang Lärm aus dem Wurmloch. Sin'jari drehte neugierig den Kopf herum.

Ashley fuhr erschrocken zusammen, als der Transportschlitten aus dem Wurmloch schoss, durch die Höhle flog und mehrere Silaris über den Haufen fuhr.

Durch diesen Tumult abgelenkt, bemerkte niemand, wie Ben aus dem Loch kletterte und aufstand. Er legte das Gewehr an die Schulter und zielte auf Sin'jari. »Ich schlage vor, Kumpel, du nimmst jetzt die Pfoten von der Lady.«

Sin'jari fauchte ihn an und wollte mit dem Dolch auf Ashley einstechen.

Da feuerte Ben.

Ashley sah die linke Hälfte von Sin'jaris Kopf durch die Luft fliegen. Eine halbe Sekunde lang stand er noch mit erhobenem Dolch da, dann brach er zusammen.

Zwei *Silaris* stürzten sich auf Ben. Er zielte auf sie, zwei Schüsse fielen, zwei weitere Leichen lagen auf der Erde. »Noch jemand?«

Plötzlich tauchte, wie auf ein geheimes Kommando, hinter den *Silaris* ein Trupp mit Lanzen bewaffneter Krieger auf.

»Darf ich euch mit ein paar Freunden bekannt machen?«, sagte Ben lächelnd. »Ich habe eben kurz angerufen. Dieses verteufelte *Heri'huti*-Zeugs könnte der Telekommunikationsbranche ganz schön zu schaffen machen.«

Ohne ihren Anführer leisteten die *Silaris* kaum Widerstand und wurden rasch abgeführt.

Ashley lief zu Ben und schloss ihn in die Arme. »Du lebst. Ich wusste nicht … ich wusste ja nicht, was Sin'jari da oben angerichtet hatte.« An seine Brust gepresst, sprach sie die Worte aus, die sie so lange unterdrückt hatte: »Ich liebe dich.«

»He, was war denn das?«, fragte Ben und hielt sie von sich, um ihr ins Gesicht zu schauen.

»Ich … ich liebe dich.«

Er drückte sie wieder an sich. »Ach so. Das wusste ich

doch schon. Ich habe mich nur gefragt, wann du es endlich herausfindest.«

»Halt den Mund.« Sie zog seinen Kopf herunter und küsste ihn.

Dann flüsterte Ben ihr ins Ohr: »Du weißt, dass da oben jemand darauf wartet, von dir in die Arme genommen zu werden und einen dicken Kuss zu bekommen.«

Sie riss sich von ihm los, hielt ihn aber immer noch bei den Schultern. »Meinst du etwa …«

Er nickte. »Jason geht es gut. Er hat nur eine Menge durchgemacht. Wir wir alle.«

Tränen standen in ihren Augen, als Ben sie anlächelte. Er schloss sie fest in seine Arme. Dort spürte sie zum ersten Mal eine Geborgenheit, die sie noch nie zuvor empfunden hatte.

Plötzlich trat Bo'rada in die Höhle. Die Verwirrung stand ihm ins Gesicht geschrieben. Er ging zu Tru'gula und sprach in aufgebrachtem Ton mit ihm. Tru'gula antwortete wild gestikulierend. Bo'radas Augen wurden immer größer.

»Ich lasse euch nur kurz allein«, flüsterte Ben, »und schau mal nach, was für ein Ärger euch jetzt bevorsteht.«

Als Tru'gula seinen Bericht beendet hatte, starrte Bo'rada angewidert auf Sin'jaris Leiche. Dann blickte er Ashley und Ben an und nickte ihnen feierlich zu. Ob aus Dank oder zur Entschuldigung, konnte sie nicht sagen.

Ben löste sich aus ihrer Umarmung. »Eines habe ich vergessen.« Er ging hinüber zu Sin'jaris Leiche und öffnete die Tasche an dessen Gürtel. Er griff hinein und zog die diamantene Statue heraus.

»*Ohna!*« Ben hielt die Statue in die Höhe, damit sie jeder sehen konnte. Dann ging er zu dem Podest hinüber, auf dem *Umbo* stand, und stellte *Ohna* daneben. »Die beiden sind ein hübsches Paar, was?«

37

Im zerstörten Empfangsraum vor Blakelys Büro saß Jason auf einem verdreckten Stuhl. Auf seinen Beinen lag der kaputte Gameboy, den er mit Klebeband zu reparieren versuchte. Harry und seine Krieger patrouillierten irgendwo draußen und hielten Wache. Seit der Explosion des Fahrstuhls hatte Harry angeordnet, das Gelände streng zu bewachen.

Jason wusste, dass er eigentlich bei Sandy im Büro bleiben sollte, doch sie war ihm unheimlich. Sie starrte die ganze Zeit nur ins Leere und spielte mit ihren Haaren herum. Als er aufgestanden war, hatte sie kein Wort von sich gegeben.

Er dachte daran, wie Ben ihn gerettet hatte, und hoffte inständig, dass Ben mit seiner Mutter zurückkehren würde.

Plötzlich hörte er ein leises Kratzen von draußen und verharrte bewegungslos auf seinem Stuhl. Wahrscheinlich war es Harry oder einer der anderen. Oder nicht? Wieder hörte er das Geräusch. Es klang, als würden mehrere Bretter herumgeschoben.

Jason stand leise auf und ging einen Schritt in Richtung Flur, in Sicherheit. Als er das Geräusch ein drittes Mal hörte, siegte jedoch die Neugier. Nun trat er auf die demolierte Eingangstür zu.

Er wollte nur einmal um die Ecke schauen. Vielleicht war es wichtig, vielleicht auch nicht.

Um nicht bemerkt zu werden, hielt er den Atem an und schlich um einen umgestürzten Schreibtisch herum. Jetzt konnte er alles vor dem Gebäude sehen.

Er hielt die Augen weit offen, blinzelte vorsichtshalber noch nicht einmal und lauschte, um zu erkennen, woher das Geräusch kam.

Doch da war nichts außer dem Krater und den Bergen

von Schutt, der durch die Explosion hinausgeschleudert worden war. Nichts rührte sich.

Er wollte sich gerade aus seiner Deckung wagen. Wahrscheinlich war es nur …

Dann hörte und sah er es gleichzeitig. Eine Schnauze ragte unter einem Haufen Holz und Steinen heraus, etwa zwanzig Meter entfernt. Gut getarnt durch die schwarzen Steine und den verbrannten Schutt, war sie kaum zu erkennen. Wenn sie sich nicht bewegt hätte, dann hätte Jason sie übersehen.

Wieder bewegte sie sich, so dass der Schutt ein schwarzes Auge freigab, das ihn anzustarren schien. Jason wusste, dass es die Bestie war, die ihn beschnüffelt hatte, als er an die Säule gefesselt war. Es war die, die Ben Tiny Tim getauft hatte. Jason machte keinen Mucks mehr, um sie nicht noch mehr auf sich aufmerksam zu machen.

Er sah, dass sie den Kopf wieder sinken ließ. Offensichtlich war die Bestie noch benommen und erschöpft und erholte sich von den Folgen der Explosion. Jason musste die anderen warnen und ihnen sagen, dass sie überlebt hatte.

Da hörte er plötzlich noch ein Geräusch.

Eine Stimme. Eine vertraute Stimme. Weiblich. Sie weinte.

Er sah, wie Linda auftauchte und unverwandt auf den Krater starrte. Ihr Gesicht war verschmiert, und die Haare hingen ihr in zottigen Strähnen vom Kopf. Tränen traten ihr in die Augen.

Hinter ihr kam Khalid, der eine Zigarette rauchte. »Das wäre erledigt«, sagte er, »der Junge ist weg.«

Linda stolperte zur anderen Seite des Kraters und ging langsam herum. Jason erkannte, dass sie nur einen Meter an der Bestie vorbeigehen würde.

Er sprang aus seiner Deckung heraus und rannte zum Kraterrand. Über den Trichter hinweg rief er ihr zu: »Linda! Lauf zurück! Schnell!«

Als Linda ihn sah, fuhr sie zusammen. Ihre Hände flatterten wie aufgeschreckte Vögel auf ihr Gesicht zu. »Jason?« Sein plötzliches Auftauchen und sein Warnruf schien sie in Schock zu versetzen. Sie rutschte aus und stolperte in den Krater hinein.

»Pass auf!«

Die Bestie reagierte mit Gebrüll und schoss aus dem Schutthaufen heraus wie ein blutüberströmter Springteufel. Sie bäumte sich auf. Dort, wo ihr Arm gewesen war, ragte ein weißer Knochen aus ihrem Körper. Die komplette Flanke war verkohlt. Sie schnappte nach Linda, die zusammengekauert auf dem Grund des Kraters hockte.

»Nein!«, schrie Jason.

Khalid reagierte als Erster und feuerte wild auf die Bestie. Von den Schüssen abgelenkt, jagte sie auf ihn zu. Schreiend griff Khalid an seine Tasche. Seine Augen wurden so groß, dass sie aus den Höhlen traten. Er schien sich gar nicht zu wehren, als die Bestie zuschnappte. Nur ein schwaches Stöhnen kam ihm über die Lippen, als sie ihre Kiefer um seinen Leib schloss und ihn in die Höhe riss.

Jedoch erwies er sich als zu schwer für den geschwächten *Cra'kan*. Mit einem Krachen brach dieser zusammen und fiel in den Schutthaufen zurück, während er Khalid immer noch mit seinen Kiefern gepackt hielt.

Linda krabbelte auf Händen und Füßen zur gegenüberliegenden Seite des Kraters, ihr Gesicht ein Spiegel des Grauens. Währenddessen kroch der *Cra'kan* fort und schleppte den Ägypter mit sich.

Zwischen den Zähnen der Bestie schlug Khalid mit den Armen wild um sich. Er hielt die Pistole in einer Hand, benutzte sie aber nicht. Stattdessen versuchte er, irgendetwas aus seiner Tasche zu ziehen.

Blut floss ihm aus dem Mund, als er es mit einem heftigen Ruck und einem triumphierenden Aufschrei aus der

Tasche zog. Jason erkannte es. Khalid hatte es ihm einmal gezeigt. Es war ein Sender, mit dem man Bomben zündete.

Linda erkannte ihn auch. »Tu das nicht!«, schrie sie.

Khalid lächelte mit schmerzverzerrtem Gesicht. Über seine Lippen floss das Blut in Strömen. Er hob die Hand.

»Nein!«, schrie Linda.

Bevor Khalid den Sender benutzen konnte, verkrampfte sich die Bestie, Khalid wurde durchgeschüttelt, und der Sender wurde ihm aus der Hand geschleudert. Er fiel etwa einen Meter entfernt zu Boden.

Khalid grabschte nach dem Gerät, doch es war zu weit entfernt. Jason sah, wie die Bestie immer schwächer wurde und schließlich erschlaffte. In seiner Qual kniff Khalid die Augen zusammen und versuchte, sich aus den zusammengebissenen Zähnen zu befreien, um an den Sender zu kommen. Beim zweiten Versuch berührten seine Finger das Gerät.

Jason wartete keine Sekunde länger und sprang auf ihn zu.

Linda schrie: »Zurück!«

Er beachtete sie nicht und schnappte sich den Sender nur wenige Sekunden bevor Khalid herangekommen wäre. Khalid verfluchte ihn und spuckte dabei blutigen Speichel. Jason hüpfte zurück.

»Gib her, Junge!«

»Nein!« Jason ging noch einen Schritt zurück, um aus Khalids Reichweite zu kommen.

»Dann stirb!« Khalid hob die Pistole mit der anderen Hand. Aus dieser Entfernung konnte er ihn nicht verfehlen.

Das Letzte, das Jason sah, war das Aufblitzen des Mündungsfeuers.

In *Ohnas* Höhle angekommen, erhob sich Ashley vom Schlitten und streckte sich. Sie gab Harrys Aluminiumschlitten einen kleinen Tritt. Vier Stunden war sie auf Bens Rücken von der Siedlung der *Mimi'swee* bis hierher gefahren. Mit den Fingerknöcheln massierte sie sich einen Krampf aus den Oberschenkeln. Verdammt!

»Komm«, rief Ben von draußen, »die Luft ist rein. Los jetzt.«

Ashley krabbelte heraus und blickte auf die Alpha-Höhle. Sie hatte sich oft gefragt, ob sie diesen Ort jemals wiedersehen würde. Sie lächelte matt und zerschlagen. Endlich!

Als sie jedoch ihr Transportmittel sah, verging ihr das Lächeln. »Ein Motorrad?« Ashley kletterte die Felswand hinab zu Ben.

»Ich muss es Harry zurückbringen«, sagte er. »Er baut ganz schön wilde Maschinen.«

Sie nickte und stieg hinter Ben auf das Motorrad. Leider hatten sie Dennis bei den *Mimi'swee* zurücklassen müssen, weil er sie wegen seiner Verletzung aufgehalten hätte. Er kam mit einer Schar *Mimi'swee*-Kriegern zu Fuß nach. »Und wenn wir auf Maultieren hinreiten«, sagte sie, »ich muss Jason sehen.«

»Ist mir klar. Mich beunruhigt nur, dass ich Nob'cobi nicht erreichen kann. Jetzt halt dich fest.« Im nächsten Moment rasten sie durch die Dunkelheit auf den fernen Schimmer der Basis zu.

Ashley schmiegte sich an Bens Rücken und legte ihre Wange an seine Schulter. Sie drückte sich noch fester an ihn und konnte sein Herz schlagen hören.

»Halt Ausschau nach *Cra'kan*«, schrie Ben über den Motorenlärm hinweg. »Die Viecher treiben sich in der ganzen Höhle herum.«

»Fahr du nur direkt zur Basis. Es ist mir völlig egal, wer sich uns in den Weg stellt, solange du einfach drüberfährst.«

Während sie unterwegs waren, schaute sie sich nach den

kleinsten Anzeichen von Leben um. Doch es umgab sie nur Finsternis. Als sie sich der Basis näherten, wich die Dunkelheit einem dämmrigen Zwielicht. Und mit zunehmendem Licht roch sie den bestialischen Gestank immer deutlicher.

Sie rümpfte die Nase. »Mein Gott.«

»Man gewöhnt sich daran.«

Ich mich hoffentlich nie, dachte sie. Ashley schloss die Augen, als sie die Verwüstung und Zerstörung sah. Wie hatte Jason das nur überlebt?

»Fast da«, rief Ben.

Plötzlich sprang hinter einem umgekippten Auto ein *Cra'kan* mit blutiger Schnauze hervor. Ben sah ihn und ließ das Motorrad aufheulen. Die Maschine schoss vorwärts und ließ die Bestie brüllend hinter sich.

»Da drüben«, sagte Ben schließlich und zeigte auf das Bürogebäude.

Sie hatte es bereits erkannt. Obwohl es von Verbrennungen gezeichnet war, war es immer noch intakt. Ben bremste ab und fuhr um eine Gebäudeecke.

Was Ashley nun sah, ließ ihr das Blut in den Adern gefrieren.

Nein! Sie sprang vom Motorrad. Der Kadaver eines *Cra'kan* lag leblos ein paar Meter vom Gebäude entfernt auf der Erde. Khalid hing schlaff in seinem Maul. Seine Haut war weiß und seine leeren Augen starrten himmelwärts.

Doch dieser Anblick hatte sie nicht in Panik versetzt. Harry kniete über einer kleinen Gestalt, die verkrümmt über einem Felsen lag.

Nein, flehte sie, nicht nach alledem.

Ben holte sie ein und zog sie zurück. »Warte«, sagte er.

Sie widersetzte sich seinem Griff und schob seinen Arm zur Seite. Dann ging sie zu Harry hinüber. Harry stand auf und machte für sie Platz. Ben kam dazu.

»Es ist nicht Jason, Ash«, sagte Ben und legte ihr die

Hand auf die Schulter. »Das war es, was ich dir sagen wollte. Ich habe an deinem Gesicht erkannt, was du gedacht hast.«

Sie starrte auf den toten *Mimi'swee* hinunter. Er hatte eine Schusswunde in der Brust. »Wer ist das?«

Ben kniete sich neben den Toten und legte eine Hand auf seine Schulter. »Kein Wunder, dass ich keinen Kontakt bekommen habe. Es ist Nob'cobi.« Ben schaute zu Harry hoch. »Was ist passiert?«

Mit Tränen in den Augen erzählte Harry, was geschehen war. »Ich bin fortgegangen, um nach Überlebenden im Fahrstuhl zu suchen. Die *Mimi'swee* sind hier geblieben, um das Gebäude zu bewachen. Während ich fort war, kehrten Linda und Khalid zurück.« Er erzählte, wie der *Cra'kan* angegriffen und Khalid versucht hatte, alles in die Luft zu sprengen, bevor er starb. »Die Krieger schauten zu und warteten den besten Zeitpunkt ab, um einzugreifen. Als Jason sich den Sender schnappte, versuchte Khalid, ihn zu töten. Aber Nob'cobi stieß den Jungen zur Seite und fing die Kugel ab.«

Ashley kniete sich neben Ben. »Er hat meinem Sohn das Leben gerettet.«

»Ja«, sagte Harry, »Jason hat einen ganz schönen Schlag auf den Kopf bekommen. Er ist ein paar Minuten lang bewusstlos gewesen, aber jetzt geht es ihm wieder gut. Linda hat ihn …«

»Mama!«

Ashley fuhr herum und blickte zum Gebäude. Jason stand in den Trümmern des Eingangs. Um den Kopf hatte er einen Verband.

»Jason!«

Sie stand auf und rannte zu ihm. Die beiden fielen sich in die Arme. »Oh, mein Liebling, es tut mir so Leid …« Sie drückte ihn fest an ihre Brust.

»Ich hab dich so lieb, Mama.«

Ashley hielt ihn fest und wiegte ihn in ihren Armen.

Ben zeigte auf den großen Kadaver. »Ich dachte, ich hätte das verfluchte Biest erledigt.«

»Wahrscheinlich hatte es ein genauso dickes Fell wie du«, erwiderte Harry.

Linda trat mit einem Lächeln aus dem Eingang. Als Jason sie sah, befreite er sich aus Ashleys Armen. Er wischte sich die Nase ab und rückte den Verband zurecht. Offenbar war ihm die mütterliche Zuneigung peinlich.

Ashley lächelte. War er schon so groß?

Plötzlich rief Harry: »Schaut!« Er zeigte mit dem Finger in die Höhe.

Ashley stand auf, schloss sich den anderen an und blickte nach oben.

Lichter sanken in Pirouetten von der Decke.

Im schwachen Schimmer der wenigen Suchscheinwerfer, die unversehrt geblieben waren, schwebten aufgespannte Fallschirme herab. Immer mehr Schirme fielen vom Gerüst des Fahrstuhlschachts und blähten sich auf. Jeder Fallschirmspringer hatte ein Halogenlicht, das er hin und her schwenkte, während er heruntersank. Innerhalb weniger Minuten schienen es Hunderte zu sein, die in alle Richtungen trieben und die gesamte Basis abdeckten.

Wie Glühwürmchen in einer warmen Frühlingsnacht.

»Wer ist das?«, fragte Jason.

»Ich glaube, da kommt die Kavallerie über den Berg geritten«, sagte Harry.

Ben grunzte. »Wurde auch langsam Zeit.«

Epilog

Mount Erebus, Antarktis

Ben kroch seufzend ins Bett. Was für ein Tag! Er kuschelte sich an Ashley. Sie stöhnte im Schlaf und rollte sich auf die Seite. Er legte seine Hand auf ihren Bauch. Man konnte es schon sehen. Nach vier Monaten machte Ashley immer noch keine Anstalten, ihre anthropologischen Studien der *Mimi'swee* einzuschränken. So, wie er sie kannte, würde sie wahrscheinlich erst den Stift hinlegen, wenn die Fruchtblase platzte.

Er lächelte im Dunkeln, legte sich auf den Rücken, den Arm unter dem Kopf, und starrte an die Decke. Die Alpha-Basis war inzwischen fast wieder aufgebaut worden. Die akustische Abschreckungsmethode, die Linda entwickelt hatte, hielt ihnen die *Cra'kan* erfolgreich vom Leib. Ihr Biologenteam hatte außerdem eine weitere Entdeckung gemacht: Die Zerstörung des schützenden Schimmelpilzgürtels der *Mimi'swee* hatte nichts mit der gestörten Balance von *Umbo* und *Ohna* zu tun, wie Mo'amba behauptet hatte, sondern mit einem »modernen«, wettbewerbsfähigeren Schimmelpilz, den die Menschen eingeschleppt hatten. Also hatte Sin'jari doch Recht gehabt – die Menschen waren schuld. Zumindest indirekt.

Ben gab ein knarrendes Ächzen von sich und streckte seine matten Glieder. Das Maß seiner Verantwortung als *Heri'huti* dem Stamm gegenüber schien unendlich zu sein. Kein Wunder, dass Mo'amba ihm den Staffelstab übergeben wollte. Dennoch fühlte er sich dem Angedenken des alten Mannes gegenüber verpflichtet, die Aufgabe weiter auszuüben. Zumindest bis der winzige Nachwuchs der *Mimi'swee*, der die Gabe der *Heri'huti* hatte, reif für die Position war. Ben überwachte die Erziehung des Kindes, eine weitere Pflicht. Das Kind, das von Mo'amba Tu'shama getauft worden war, bevor er starb, war ein Mädchen, der erste weibliche *Heri'huti* des Stammes. Das Geschlecht des Kindes hatte die Gemeinschaft schockiert, doch das kümmerte Ben nicht. Männlich oder weiblich – sie war seine Nachfolgerin!

Ben kuschelte sich tiefer in seine Decke. Er konnte sich wirklich nicht beklagen. Der Job brachte natürlich Privilegien mit sich. In seiner Freizeit konnte er das weit verzweigte Höhlensystem erforschen. Die Krieger, die die Höhlen wie ihre Westentaschen kannten, zeigten ihm so wundersame Dinge, dass er manchmal zu träumen glaubte.

Auch wenn sie dabei den Kot der *Cra'kan* einsammelten.

Ben schloss die Augen. Viel zu bald käme der Morgen. Er rollte sich auf die Seite und legte einen Arm um Ashleys Taille.

Als er in den Schlaf hinüberglitt, spürte er im Traum eine Berührung. Sanft und vorsichtig. Jemand rief ihn.

Er öffnete sich, bereit, Kontakt aufzunehmen, doch die Verbindung brach wieder ab. Es war nur ein vorübergehender Kontakt gewesen, eine warme Brise, die über eine kalte Wange wehte.

Dann nichts mehr.

Wer?

Seine Hand spürte, wie das Baby sich in Ashleys Bauch regte. Da erinnerte er sich an Mo'ambas Worte: »Blut ist dicker als Wasser.«

Das Buch

An einem schönen Frühlingsabend zieht der Krimiautor Andrew Thomas ein anonymes Schreiben aus seinem Briefkasten: Auf seinem Grundstück sei die Leiche einer seit kurzem vermissten jungen Frau vergraben, deren Kleidung mit Andrews Blut befleckt und die mit einem seiner Küchenmesser erstochen worden sei. In der Jeans der Toten stecke eine Telefonnummer, die er anrufen solle. Wenn er diese Anweisung nicht befolge, erhalte die Polizei einen anonymen Hinweis, wo die Leiche und die Mordwaffe zu finden seien.
Ein Scherz, denkt Andrew zunächst. Bis ihm einfällt, dass er tatsächlich seit einiger Zeit ein Küchenmesser vermisst. Bis er doch aus Neugier zu der bezeichneten Stelle seines Grundstücks geht – und eine Leiche ausgräbt. Und dies ist, wie ihm schnell klar wird, erst der Beginn eines furchtbaren Alptraums …

Der Autor

Blake Crouch, geboren 1978 in Statesville, North Carolina, studierte englische Literatur und kreatives Schreiben. Blake Crouch ist verheiratet und lebt in Durango, Colorado, wo er tagsüber in einer Patentrechtsfirma arbeitet und abends Thriller schreibt. *Bruderherz* ist sein erster Roman.

Von Blake Crouch ist in unserem Hause außerdem erschienen:

Blutzeichen

Blake Crouch

Bruderherz

Thriller

Aus dem Englischen
von Franziska Weyer

Ullstein

Besuchen Sie uns im Internet:
www.ullstein-taschenbuch.de

Umwelthinweis:
Dieses Buch wurde auf chlor- und säurefreiem Papier gedruckt.

Die Thriller-Bibliothek, eine Kooperation von
TV Movie und Ullstein Buchverlage GmbH

Sonderausgabe Dezember 2006
© TV Movie, Heinrich Bauer Programmzeitschriften Verlags KG, 2006
und © Ullstein Buchverlage GmbH, Berlin 2006
© 2004 by Blake Crouch
Titel der amerikanischen Originalausgabe: *Desert Places*
(St. Martin's Press, New York)
Die Übersetzung der Gedichte von Robert Frost durch Lars Vollert
wurde dem Band *Robert Frost: Promises to Keep*,
erschienen im Verlag Langewiesche-Brandt, entnommen.
Umschlaggestaltung: Stöhr Kommunikationsdesign, Hamburg
Titelabbildung: © Thomas Jarzina, Köln
Gesetzt aus der Minion
Satz: Buch-Werkstatt GmbH, Bad Aibling
Druck und Bindearbeiten: Ebner & Spiegel, Ulm
Printed in Germany
ISBN-13: 978-3-548-26689-3
ISBN-10: 3-548-26689-4

Sie schrecken mich nicht mit dem Nichts umher:
Um Sterne und auf Sternen menschenleer.
Es liegt in mir, viel näher an zu Haus.
Mich schrecken meine öden Orte mehr.

– *Robert Frost,* »Öde Orte«

Erster Teil

Kapitel 1

An einem schönen Maiabend saß ich auf meiner Veranda und beobachtete, wie die Sonne über dem Norman-See unterging. Ein wundervoller Tag ging zur Neige. Ich war wie immer um fünf Uhr morgens aufgestanden, hatte mir starken französischen Kaffee aufgebrüht und das übliche Frühstück aus Rührei und einer Schale frischer Ananas zubereitet. Um sechs Uhr hatte ich angefangen und bis Mittag ununterbrochen geschrieben. Als ich gerade die beiden am Vorabend gefangenen Barsche gebraten hatte und mich zum Mittagessen hinsetzen wollte, rief meine Agentin an. Immer wenn ich kurz davor bin, einen Roman zu beenden, nimmt Cynthia alle an mich gerichteten Nachrichten entgegen und sortiert sie. Dieses Mal war die einzig wichtige Nachricht, dass sie die Filmrechte für meinen letzten Roman »Blauer Mörder« verkauft hatte. Natürlich war dies eine tolle Neuigkeit. Da aber bereits zwei meiner vorherigen Romane verfilmt worden waren, war ich schon daran gewöhnt.

Den restlichen Nachmittag verbrachte ich wieder schreibend in meinem Arbeitszimmer und hörte erst gegen 18 Uhr 30 auf. Am nächsten Tag würde ich mit den letzten Korrekturen des noch namenlosen Manuskripts fertig werden. Ich war müde, aber mein neuer Thriller »Die Angst, zu leben« würde noch dieser Woche in den Buchläden stehen, also genoss ich das Gefühl der Erschöpfung nach einem arbeitsreichen Tag. Da meine Hände vom vielen Tippen schmerzten und meine Augen vor Trockenheit brannten, schaltete ich den Computer aus und stieß mich mit meinem Drehstuhl vom Schreibtisch weg.

Ich ging nach draußen und spazierte den langen Kiesweg hinab zum Briefkasten. Es war an jenem Tag das erste Mal, dass ich hinaus an die frische Luft kam, und das grelle Sonnenlicht, das durch die hohen Weihrauchkiefern zu beiden Seiten der Auffahrt fiel, brannte mir in den Augen. Was für eine wunderbare Ruhe! Fünfzehn Meilen weiter südlich staute sich in Charlotte immer noch der Feierabendverkehr, und ich war dankbar, nicht Teil dieses Wahnsinns sein zu müssen. Beim Knirschen der kleinen Kieselsteinchen unter meinen Füßen musste ich unwillkürlich an meinen besten Freund Walter Lancing denken und daran, wie er jetzt gerade, vor Wut kochend, in seinem Cadillac saß und das ewige Gehupe und das Meer von Bremslichtern verfluchte, unterwegs von seiner Wohnung im oberen Stadtteil Charlottes, in der er an der vierteljährlich erscheinenden Naturzeitschrift *Der Wanderer* arbeitete, zu seiner Frau und den Kindern. Nicht mit mir, dachte ich, der Einsiedler.

Glücklicherweise quoll heute der Briefkasten nicht über. Nur zwei Briefe. Eine Rechnung und ein Briefumschlag, auf dem nichts außer meiner getippten Anschrift stand. Fanpost.

Zurück im Haus, mixte ich mir einen Jack Daniel's Sun Drop und nahm die Briefe sowie ein Buch über Gerichtspathologie mit nach draußen auf die Veranda. Ich legte bis auf meinen Drink alles auf dem kleinen Glastischchen ab, machte es mir in einem Schaukelstuhl bequem und blickte übers Wasser. Der Garten hinter dem Haus, das ich bereits seit zehn Jahren bewohnte, war schmal, und auf beiden Seiten schirmte mich dichter Wald von jeweils über einer Viertelmeile von meinen Nachbarn ab. In diesem Jahr hatte der Frühling erst Mitte April Einzug gehalten, daher schimmerten die letzten rosa und weißen Hartriegelblüten immer noch zwischen den verschiedenen Grüntönen des Waldes durch. Hellgrüner Rasen erstreckte sich bis hinunter zum Ufer mit dem verwitterten Holzsteg und der alten Trauerweide, deren tief herunterhängende Zweige bis ins Wasser reichten. Dort, wo mein Grundstück bis an den See reichte, war er fast zwei Kilometer breit, so dass man die Häuser am anderen Ufer nur im Winter sehen konnte, wenn die Bäume ihre Blätter abgestreift hatten. Jetzt, mitten im Frühjahr, da die Bäume wieder dichte grüne und gelbe Baumkronen entwickelt hatten, gehörte der See mir allein, und ich fühlte mich, als wäre ich das einzige Lebewesen weit und breit.

Ich setzte meine Lesebrille auf und öffnete den ersten Briefumschlag. Wie erwartet fand ich darin die letzte Telefonrechnung und warf einen prüfenden Blick über die lange Liste der Verbindungen. Anschließend ergriff ich den leichteren Umschlag, auf dem merkwürdigerweise keine Briefmarke klebte. Ich schlitzte ihn auf, zog ein einziges weißes Blatt Papier hervor und entfaltete es. Auf der Blattmitte befand sich lediglich ein mit schwarzer Tinte gedruckter Absatz:

Hallo! Auf deinem Grundstück wurde eine Leiche vergraben, an der dein Blut klebt. Die unglückliche junge Frau hieß Rita Jones. Ich bin sicher, dass du das Gesicht der vermissten Lehrerin in den Nachrichten gesehen hast. In einer Tasche ihrer Jeans findest du einen Zettel, auf dem eine Telefonnummer steht. Du hast einen Tag Zeit, diese Nummer zu wählen. Sollte ich bis morgen (17.5.) 20 Uhr nichts von dir gehört haben, geht auf der Polizeiwache von Charlotte ein anonymer Anruf ein. Ich werde dort melden, wo Rita Jones auf Andrew Thomas' Seegrundstück begraben wurde, wie er sie umgebracht hat und wo sich in seinem Haus die Mordwaffe befindet (ich glaube, in deiner Küche fehlt ein Tranchiermesser). Ich hoffe für dich, diesen Anruf nicht tätigen zu müssen. Ich habe das Grab mit einer Eigentumsmarkierung gekennzeichnet. Folge einfach dem Ufer in Richtung Süden und du wirst darauf stoßen. Ich rate dringend davon ab, zur Polizei zu gehen. Ich beobachte dich ständig.

Unwillkürlich musste ich lächeln. Da meine Romane von Verbrechen und Gewalt handeln, besitzen meine Fans oft einen makabren Humor. Ich habe schon Todesdrohungen und einige grafische Kunstwerke erhalten und sogar Briefe, in denen jemand behauptete, auf die gleiche Art und Weise wie die Serienmörder in meinen Büchern gemordet zu haben. Aber diesen hebe ich auf, dachte ich. Ich konnte mich an keinen so originellen Brief erinnern.

Ich las ihn ein zweites Mal, doch dieses Mal durchzuckte mich eine böse Vorahnung, denn der Absender besaß offenbar gewisse Kenntnisse von meinem Grundstück, außerdem fehlte tatsächlich ein Tranchiermesser in meinem Messerblock. Sorgfältig faltete ich den Brief wieder zusammen und steckte ihn in meine Hosentasche, bevor ich die Stufen hinunter zum See ging.

Während die Sonne allmählich am dunstigen Himmel verschwand, überfluteten im Westen ihre Lichtstrahlen den Horizont, als wäre dort ein Farbeimer ausgelaufen. Die spiegelnde Seeoberfläche glänzte dunkelorange, granatrot und magenta, und so stand ich einfach eine Weile am Ufer und beobachtete, wie sich die zwei Sonnenuntergänge aufeinander zubewegten.

Gegen besseres Wissen folgte ich dem Uferverlauf in Richtung Süden und stolperte schon bald durch raschelndes Laub. Nach ungefähr zweihundert Metern blieb ich abrupt stehen.

Vor meinen Füßen, in einem Gestrüpp aus rosa blühendem Berglorbeer, steckte ein rostiger Metallstab mit einer kleinen roten Fahne im Boden. Die Fahne flatterte leicht in einer vom Wasser kommenden Brise. Das muss ein Scherz sein, dachte ich, aber wenn dem so ist, dann ist es ein verdammt guter.

Während ich mit der Hand ein paar welke Blätter beiseite fegte, begann mein Herz heftig zu schlagen. Der Boden unter dem Fähnchen war fest, nicht locker wie unberührte Erde. Nachdem ich alle Blätter zur Seite geschoben hatte, konnte ich sogar einen halben Fußabdruck erkennen.

Ich rannte zurück zum Haus und kehrte mit einer Schaufel wieder. Da die Erde erst vor kurzem ausgehoben worden war, kam ich den ersten halben Meter direkt unter der Fahne gut voran. Nach knapp siebzig Zentimetern stieß ich mit der Schaufel in etwas Weiches. Mir blieb das Herz stehen. Ich warf die Schaufel beiseite, ließ mich auf alle viere fallen und grub mit den Händen weiter. Verwesungsgeruch strömte mir entgegen, der mit zunehmender Tiefe des Loches immer unerträglicher und beißender wurde.

Meine Finger berührten Fleisch. Entsetzt zog ich meine Hand aus dem Loch und kroch zurück. Während ich mich aufrappelte, starrte ich hinab und konnte durch die Erde eine kaffeebraune Wade und eine weiße, blutbefleckte Socke schimmern sehen. Der Verwesungsgestank war so stark, dass ich nur noch durch den Mund atmete, als ich erneut zur Schaufel griff.

Als die Leiche vollständig freigelegt war und ich sehen konnte, was nach einem Monat Verwesung von einem menschlichen Gesicht übrig geblieben war, erbrach ich mich ins Laub. Die ganze Zeit über dachte ich, dass ich dies aushalten können sollte, schließlich schrieb ich über solche Dinge. Für die Recherche des grauenvollen Handwerks der Serienmörder hatte ich zahllose verstümmelte Leichen betrachtet.

Allerdings hatte ich nie den Gestank von in der Erde verwesenden Leichen gerochen noch feuchte Körperhöhlen gesehen, in denen es von Insekten nur so wimmelte.

Ich riss mich zusammen, hielt mir eine Hand über Mund und Nase und starrte erneut in das Loch. Das Gesicht war nicht mehr zu erkennen, doch es war zweifellos der Körper einer kleinen schwarzen Frau mit dicken Beinen und einer plumpen Statur. Sie trug ein ehemals weißes Hemd, das nun vor Dreck und Blut starrte. Der Stoff war über der Brust, vornehmlich in der Herzgegend, zerrissen. Jeansshorts bedeckten ihre Beine bis zu den Knien. Ich ließ mich wieder auf alle viere fallen, hielt den Atem an und griff in eine ihrer Taschen. Die Beine fühlten sich breiig und aufgedunsen an, und ich musste mich sehr dazu zwingen, eine Hand in die engen Jeans zu stecken. Nachdem ich in der ersten Tasche nichts gefunden hatte, ging ich um das Loch herum und griff in die andere Tasche. Ich zog einen kleinen Papierstreifen heraus, wie man sie in chinesischen Glückskeksen findet, und ließ mich rückwärts und nach frischer Luft ringend ins Laub fallen. Auf der einen Seite des Zettels stand eine Telefonnummer, auf der anderen: DU BIST DIE EINZIGE BLÜTE DER ERBAUUNG IN DER WILDNIS.

Nach fünf Minuten hatte ich die Leiche mitsamt der Fahne wieder vergraben. Ich holte einen kleinen Granitbrocken vom Ufer und legte ihn auf das Grab im Dickicht. Dann ging ich zurück ins Haus. Es war 19 Uhr 45 und der Himmel war fast nachtschwarz.

Zwei Stunden später saß ich im Wohnzimmer auf dem Sofa und wählte die Nummer, die auf dem Zettel stand. Alle Türen des Hauses waren verschlossen, die meisten Lampen waren eingeschaltet und in meinem Schoß lag ein kühler, glänzender und makelloser .357er Revolver.

Aus gutem Grund hatte ich nicht die Polizei angerufen. Die Behauptung, das Blut auf der Frau sei von mir, war vermutlich eine Lüge, doch das Tranchiermesser aus meiner Küche fehlte seit Wochen. Zudem hatte die Suche nach Rita Jones durch die Polizei von Charlotte in den lokalen Zeitungen für solche Schlagzeilen gesorgt, dass allein der Umstand, dass ihre Leiche, ermordet mit meinem Messer, auf dem sich vermutlich meine Fingerabdrücke befanden, auf meinem Grundstück begraben lag, als Beweis ausreichte, um mich einzubuchten. Ich hatte genügend Mordanklagen gelesen, um dessen sicher zu sein.

Als das Telefon klingelte, starrte ich an die gewölbte Decke meines Wohnzimmers, blickte dann wieder auf den schwarzen Flügel, den ich nie zu spielen gelernt hatte, auf die Marmoreinfassung des Kamins und die merkwürdigen Kunstwerke an den Wänden. Eine Frau namens Karen, mit der ich über zwei Jahre liiert war, hatte mich damals überredet, ein halbes Dutzend Bilder eines kürzlich verstorbenen New Yorker Minimalisten zu erwerben, einem Mann, der seine Arbeiten mit »Loman« signierte. Anfänglich hatte ich für Loman nicht sonderlich viel übrig, doch Karen versprach mir, dass ich ihn eines Tages »verstehen« würde. Inzwischen, um 27 000 Dollar und eine Verlobte ärmer, starrte ich auf die 3 mal 3,50 Meter große Scheußlichkeit, die über der Kamineinfassung hing: eine kackbraune Leinwand mit einem basketballgroßen gelben Kreis in der oberen rechten Ecke. Neben Braun Nr. 2 verunzierten noch weitere vier ähnlich geniale Wunderwerke die Wände meines Hauses, doch diese waren irgendwie erträglicher. Über dem Fuß der Treppe hing Spielzeit, ein 12 000 Dollar teurer Glaskasten, der jede Menge ausgestopfter, zu einem orgiastischen Haufen zusammengenähter Tiere enthielt und mir immer noch die Röte ins Gesicht trieb. Doch ich lächelte, und der Knoten, den ich seit letztem

Winter nicht mehr gespürt hatte, verursachte wieder einen stechenden Schmerz in meinen Eingeweiden. Mein Karen-Geschwür. Du bist immer noch hier. Tust mir immer noch weh. Doch wenigstens bist du's.

Der zweite Klingelton.

Ich blickte die Treppe hinauf, die zur Galerie im ersten Stock führte, schloss meine Augen und dachte an eine meiner Partys – lachende, über Bücher und Politik diskutierende Gäste, die meine Stille ausfüllten. Ich sah einen Mann und eine Frau oben stehen, mit den Ellbogen auf die Eichenbrüstung gestützt, wie sie das Wohnzimmer, die Bar und die Küche überblickten. Mit Weingläsern in der Hand winkten sie zu mir herab und lächelten ihrem Gastgeber zu.

Der dritte Klingelton.

Mein Blick fiel auf ein Foto meiner Mutter – in einem 13 mal 19 Zentimeter großen bemalten Glasrahmen auf dem schwarz glänzenden Flügel. Das einzige Familienmitglied, zu dem ich regelmäßigen Kontakt pflegte. Obwohl ich im Nordwesten Floridas und auch in Carolina ein paar Verwandte hatte, sah ich sie nur selten – bei Familientreffen, Hochzeiten oder Beerdigungen, zu denen ich meine Mutter begleiten musste. Doch nach dem Tod meines Vater und eines Bruders, den ich seit über dreizehn Jahren nicht mehr gesehen hatte, bedeutete mir Familie kaum noch etwas. Meine Freunde stützten mich, denn im Grunde war ich gar nicht der Einsiedler, für den die meisten mich hielten. Ich brauchte Freunde.

Auf dem Foto beugte sich meine Mutter über das Grab meines Vaters, um im Schatten des Grabsteins einen karminrot blühenden Cannabusch zu beschneiden. Während sie mit der Pflege des kleinen Fleckens Erde ihres Mannes beschäftigt ist, sieht man unter den Blüten des Magnolienbaums, auf den zu klettern mein Vater mir beigebracht hatte, nur ihr markantes, gütiges Gesicht und dahinter verschwommen wachsgrüne Blätter.

Der vierte Klingelton …

»Hast du die Leiche gesehen?«

Es klang, als ob der Mann durch ein Handtuch spräche. Keinerlei Emotion oder Zögern in seiner Stakkatostimme.

»Ja.«

»Ich habe sie mit deinem Tranchiermesser aufgeschlitzt und das Messer in deinem Haus versteckt. Es ist übersät mit deinen Fingerabdrücken.« Er räusperte sich. »Vor vier Monaten hast du dein Blut bei Dr. Xu checken lassen. Dort wurde ein Reagenzglas verschlampt. Erinnerst du dich, dass du dir ein zweites Mal Blut abnehmen lassen musstest?«

»Ja.«

»Ich habe das Reagenzglas gestohlen. Die Hälfte des Blutes klebt auf Rita Jones' weißem T-Shirt, der Rest auf anderen.«

»Was für anderen?«

»Ein Telefonanruf von mir genügt und du verbringst den Rest deines Lebens im Gefängnis, vermutlich sogar in der Todeszelle …«

»Ich möchte nur, dass Sie …«

»Halt die Klappe. Du wirst ein Flugticket in der Post finden. Nimm diesen Flug. Bring Klamotten und Waschzeug mit, sonst nichts. Du hast den letzten Sommer in Aruba verbracht. Sag deinen Freunden, dass du wieder dorthin fliegst.«

»Woher wissen Sie das?«

»Ich weiß vieles, Andrew.«

»Mein Buch erscheint in Kürze«, flehte ich. »Die Lesereise ist bereits geplant. Meine Agentin …«

»Lüg ihr was vor.«

»Sie wird nicht verstehen, dass ich einfach so wegfahre.«

»Scheiß auf Cynthia Mathis! Lüg sie zu deiner eigenen Sicherheit an, denn wenn ich auch nur den Verdacht habe, dass du jemanden mitbringst oder irgendjemand davon erfährt, dann garantiere ich dir, dass du entweder im Gefängnis landest oder stirbst. Und ich hoffe, du bist nicht so dumm und versuchst diese Nummer zu recherchieren. Ich gebe dir mein Wort, dass sie gestohlen ist.«

»Wer garantiert mir, dass mir nichts geschieht?«

»Niemand. Aber sollten wir dieses Gespräch beenden, ohne dass ich überzeugt bin, dass du diesen Flug nehmen wirst, dann rufe ich noch heute Abend die Polizei an. Oder vielleicht besuche ich dich auch, während du schläfst. Du wirst diese Smith & Wesson für eine Weile aus der Hand legen müssen.«

Ich sprang auf und drehte mich um, die Waffe mit schweißnassen Händen krampfhaft umklammert. Das Haus war ruhig, nur von der Veranda her erklang leise ein Windspiel. Ich schaute durch die großen Fenster des Wohnzimmers über den schwarzen See, auf dessen vom Wind gekräuselter Oberfläche sich die Lichter der Anlegestege spiegelten. Das blaue Licht am Ende von Walters Steg schien von einer schmalen Bucht hinaus über das Wasser. Wir nannten es sein Gatsby-Licht. Mein Blick wanderte über den Rasen bis zu den Bäumen, doch es war viel zu dunkel, um irgendetwas im Wald erkennen zu können.

»Ich bin nicht im Haus«, sagte er. »Setz dich wieder.«

Ich spürte etwas in mir aufwallen – Wut über meine Angst, Zorn über diese Ungerechtigkeit.

»So läuft das nicht«, erklärte ich. »Ich werde jetzt auflegen, 911 wählen und es darauf ankommen lassen. Sie können …«

»Wenn du meinst, dein Selbsterhaltungstrieb ist nicht Ansporn genug, dann wäre da noch eine ältere Frau namens Jeanette, der ich …«

»Ich bringe Sie um!«

»Fünfundsechzig, verwitwet; ich schätze, sie freut sich

über ein bisschen Gesellschaft. Was meinst du? Muss ich deiner Mutter erst einen kleinen Besuch abstatten, um dir zu beweisen, wie ernst es mir ist? Sag mir einfach, dass du dieses Flugzeug nehmen wirst, Andrew. Nur damit ich heute Abend nicht noch bei deiner Mutter vorbeischauen muss.«

»Ich werde das Flugzeug nehmen.«

Es klickte und das Gespräch war beendet.

Kapitel 2

Regentropfen platschten auf den Gehweg, als ich am schwülen Morgen des 3. Juni die Tür meines Seehauses hinter mir abschloss und einen riesigen schwarzen Seesack zu einem weißen Cadillac DeVille trug. Walter Lancing öffnete vom Fahrersitz aus den Kofferraum und ich stopfte den Sack hinein.

»Wo zum Teufel willst du hin?«, fragte er gut gelaunt, während wir langsam die Einfahrt hinabrollten. Vor drei Stunden hatte ich ihn angerufen und ihm gesagt, dass ich zum Flughafen müsse. Ich hatte ihn gebeten, mich um 10 Uhr 30 abzuholen, und aufgelegt, bevor er nachfragen konnte.

»Muss 'ne Weile weg«, sagte ich.

»Wohin? Du hast ganz schön schweres Gepäck mit.« Er lächelte. Ich konnte es an seiner Stimme hören, während ich im Außenspiegel beobachtete, wie mein Haus langsam aus dem Blickfeld schwand.

»Einfach weg«, erwiderte ich.

»Bist du absichtlich so vage?« Schweißperlen sammelten sich auf seinem unrasierten Gesicht und er fuhr sich mit den Fingern durch das kurze graue Haar. Er schaute zu mir herüber und erwartete eine Antwort, während sich der Regen nun in Strömen aus dem kohlschwarzen Himmel ergoss und in der Ferne Donner grollte. »Andy, was ist los?«

»Nichts. Ich habe meinen Roman fertig. Ich bin müde. Ich brauche eine Pause, du weißt doch, wie das ist.« Walter seufzte nur. Ich starrte aus dem Fenster, an dem die Bäume vorbeirauschten, und lauschte dem auf die Windschutzscheibe prasselnden Regen. Walters Frau Beth hatte vor kurzem dieses Auto benutzt. Ich konnte ihre Bodylotion riechen – süßes Zedernholz. Ihre rosa Nagelfeile lag auf der Matte zu meinen Füßen.

»Du fährst wieder nach Aruba?«, fragte er.

»Nein.« Ich wollte ihn nicht direkt anlügen.

»Ich nehme an, dass du Cynthia auch nicht mehr erzählst.« Ich schüttelte den Kopf. »Sie wird völlig durchdrehen, jetzt, wo dein Buch rauskommt.«

»Deshalb habe ich ihr gar nichts gesagt. Sie ist streng wie ein General. Ruf sie bitte heute Abend zu Hause an – würdest du das für mich tun? Sag ihr, du solltest ihr ausrichten, ich sei vom Schreiben ausgelaugt und bräuchte etwas Abstand und sie solle sich keine Sorgen machen.«

»Und wenn sie mich fragt, wohin du verreist bist?«

»Sag ihr, du wüsstest auch nur, dass es sich um eine kleine Insel im Südpazifik handelt.«

»Sie wird denken, ich lüge.«

»Das ist *ihr* Problem. Sie ist schließlich nicht *deine* Agentin.«

»Komm, sag mir doch, was los ist …«

»Bitte frag nicht, Walter.«

Es schüttete immer noch, als wir in Richtung Süden auf die I-77 fuhren. Ich schloss die Augen und atmete vorsichtig ein, denn mein Herz schlug so heftig, als hätte ich einen doppelten Espresso in einem Zug runtergekippt. Am liebsten würde ich umdrehen. Die Lesereise, abschalten können in meinem gemütlichen Haus, während die Landschaft um den See herum sommerlich erblüht, so hatte ich mir den kommenden Monat eigentlich vorgestellt.

»Ruf mich an«, sagte Walter. »Oder schreib mir. Lass mich einfach wissen, dass es dir gut geht.«

»Wenn ich es schaffe.«

»Soll ich nach deiner Post sehen und mich um die Rechnungen kümmern?«

»Ja. Darum wollte ich dich noch bitten.«

»Du machst mir Angst, Andy«, meinte er.

Das Quietschen der Scheibenwischer und das Dröhnen des Motors wurden ohrenbetäubend. Ich spielte am automatischen Fensteröffner herum und drückte erfolglos mit dem Mittelfinger auf den winzigen Knopf. Die Kindersicherung war eingeschaltet.

Die winzige Skyline von Charlotte hob sich in der Ferne vom grünen Gebirgsfuß ab. Die Häuser wirkten unter dem tief hängenden Himmel mit den Sturmwolken wie geköpft. Walter schaute zu mir herüber und bemühte sich zu lächeln. »Ich bin sicher, dass alles gut wird.«

»Ich weiß es wirklich nicht. Das ist es ja.«

Um elf Uhr erreichten wir den Haupteingang des Douglas-International-Flughafens.

Wir stiegen aus, ich hievte meinen Sack aus dem Kofferraum und warf ihn über die Schulter.

»Ich komme noch mit rein, wenn du willst«, sagte Walter.

»Das geht nicht.« Ich blickte mich um und schaute auf die vielen Reisenden, die sich durch die automatischen Türen schoben. Niemand schien uns zu beachten, daher zog ich einen braunen Umschlag aus einer der Taschen des Sacks und ließ ihn unauffällig in den Kofferraum gleiten.

»Wenn ich bis zum 1. September nicht zurück bin, kannst du das öffnen.«

»September?«

»Walter. Hör mir zu. Lass das niemanden sehen. Wenn es so weit ist und ich nicht zurück bin, wirst du wissen, was mit dem Inhalt zu tun ist. Da stehen Anweisungen drin.« Er ließ den Kofferraumdeckel zuschlagen.

Unsere Blicke trafen sich, seiner war verwirrt und voller Mitleid. Ich nahm Walter im Ganzen wahr, so wie er dort stand in seinem mausgrauen Anzug, ohne Krawatte, ein weißes Oxfordhemd, die oberen beiden Knöpfe offen. Ich wollte sein Bild in mich aufnehmen. Mein bester Freund. Walter. Werde ich an diesen Moment zurückdenken und bedauern, seine Hilfe nicht angenommen zu haben? O Gott!

»Bis dann«, sagte ich, klopfte ihm auf die Schulter und betrat das Flughafengebäude.

Ich starrte durch das runde Fenster nach draußen und schätzte, dass der Jet gerade die Prärie überflog. Selbst zehn Kilometer über dem Boden konnte ich lediglich einen gelbbraunen Ozean erkennen, der sich von Horizont zu Horizont erstreckte. Nicht angeschnallt lehnte ich mich im weichen Sitz der ersten Klasse zurück. Durch die Vorhänge, die mich von der Touristenklasse trennten, konnte ich das unzufriedene Gemurmel der hundert schlecht gelaunten Passagiere hören. Ich konnte mich nicht daran erinnern, wann ich zum letzten Mal in der Touristenklasse geflogen war, und trotz der Angst, die mich nach Denver begleitete, genoss ich diesen kleinen Luxus.

Ich betrat den Terminal. Als ich den langen Gang voller ungeduldiger Reisender hinabschaute, erblickte ich einen alten weißen Mann mit der schwarzen Uniform eines Chauffeurs, der mich anstarrte. Er hielt ein Stück Pappe hoch, auf dem in dünnen Großbuchstaben mein Nachname stand. Ich ging auf ihn zu.

»Ich bin Andrew Thomas«, sagte ich. Der Schirm seiner Mütze reichte mir gerade bis zur Schulter. Mit schiefem Blick musterte er mich von oben bis unten.

»Willkommen in Denver. Ich bin Hiram«, krächzte er und verzog unvermutet sein hageres, eingesunkenes Gesicht zu einem Lächeln. »Draußen steht eine Limousine für Sie bereit. Sollen wir uns um Ihr Gepäck kümmern?«

Ich folgte ihm durch das Gewühl. Für einen alten Mann schritt er erstaunlich schnell und gleichmäßig aus. In null Komma nichts erreichten wir die Gepäckausgabe.

Während wir auf meinen Seesack warteten, fragte ich ihn: »Und Sie wissen, wo Sie mich hinbringen sollen?«

»Ja, Sir.«

»Wohin?« Er runzelte vorwurfsvoll die Stirn.

»Ich habe den Auftrag, es nicht zu verraten, Mr Thomas. Ich krieg 'ne ganz schöne Stange Geld dafür, dass das 'n Geheimnis bleibt, und ich kann mir nicht leisten, dass Sie es mir kaputtmachen.«

»Ich mach Ihnen das nicht kaputt«, sagte ich und zwang mich, gut gelaunt zu lachen, um ihn zu beschwichtigen. »Wirklich nicht. Ich zahle Ihnen das Doppelte von dem, was er Ihnen geboten hat.« Hiram lachte und schüttelte den Kopf.

»Er hat gesagt, dass Sie vermutlich irgendwas in der Art versuchen würden. Hat gesagt, ich soll's ihm weitersagen, wenn's so wäre, und er würde mir dann das Doppelte von dem zahlen, was Sie geboten haben.«

»Gut«, sagte ich. »Vergessen Sie's. Dann bleibt es eben ein Geheimnis. Sagen Sie ihm nicht, dass ich gefragt habe.«

Ich sah meinen Sack auf dem Gepäckband auf uns zukommen, doch als ich danach griff, hielt Hiram meinen Arm fest.

»Das ist *meine* Aufgabe, Mr Thomas.«

»Nein, wirklich. Es geht schon. Der Sack ist schwer.«

»Ich werde gut dafür bezahlt, Mr Thomas. Lassen Sie mich meine Arbeit tun.« Er trat nach vorne und hob den Sack unbeholfen vom Band.

»Da sind zerbrechliche Sachen drin. Ich würde ihn lieber selber tragen.«

»Nein«, sagte er knapp und setzte sich in Bewegung.

»Halt!«, brüllte ich und zog damit die Blicke der anderen Reisenden auf mich. Er blieb stehen, ich eilte zu ihm und riss ihm den Sack von der Schulter. »Ich will den Sack selbst tragen«, erklärte ich.

Hirams tief liegende Augen verengten sich zu schmalen Schlitzen. »Wie Sie wünschen, Mr Thomas.«

»Ich muss kurz auf die Toilette«, sagte ich. »Ich bin gleich zurück.«

Ich fand die Toiletten und quetschte mich in die hinterste Kabine. Auf dem Klo hockend öffnete ich den Sack und sah am Durcheinander meiner Kleidung sofort, dass er durchwühlt worden war. Ich griff ganz nach unten und zog das schwarze Waffenetui hervor, das ich vor dem Abflug am Schalter angegeben hatte.

Ich schloss es auf, holte den .357er Revolver hervor und legte ihn auf die Kleidung. Unter den Socken vergraben fand ich die Patronenschachtel, riss sie auf und lud fünf Halbmantelpatronen in den Zylinder. Nachdem ich den Revolver in den Hosenbund gestopft und das viel zu große grüne Poloshirt darüber gezogen hatte, schob ich das leere Waffenetui und die Patronenschachtel zurück in den Seesack, zog den Reißverschluss zu und verließ die Kabine.

An den Urinalen standen drei Männer. Nervös schlich ich mich an ihnen vorbei. Wenn sie dich fassen, bedeutet das Gefängnis, dachte ich und ging durch die Menschenmenge zurück zu Hiram. Die Waffe fühlte sich so schwer an, als ob sie mir jeden Moment aus der Hose rutschen und zu Boden fallen könnte.

Wir erreichten den Ausgang der Ankunftshalle, wo Hiram mich zu einer schwarzen Limousine führte. Ich ließ ihn meinen Sack in den Kofferraum hieven, dann hielt er mir die Tür auf und ich stieg ein, eigentlich in der Erwartung, dass im Wagen jemand auf mich wartete. Doch da war niemand – nur der makellose graue Innenraum der Limousine.

Nachdem Hiram eingestiegen war und den Motor angelassen hatte, drehte er sich zu mir um und meinte: »Da ist eine Minibar und ein Fernseher, falls Sie Lust haben. Sagen Sie es einfach, wenn Sie sonst noch etwas wünschen, Mr Thomas.«

Hiram fuhr aus dem Parkplatz heraus und ließ den Flughafen hinter sich. Als ich durch die dunkel getönten Fenster nach draußen starrte, konnte ich in Richtung Westen hinter der reflektierenden Rollbahn eine braune Bergkette in weiter Ferne erkennen. Wie gerne würde ich mich dort verlieren, um der Hölle, die mich erwartete, zu entfliehen.

Kapitel 3

Eine Stunde später sah ich zu, wie Hirams schwarze Limousine die Einfahrt hinunterrollte und in Richtung Bundesstraße zurück nach Denver entschwand. Ich schulterte meinen Sack und trug ihn in den Schatten einer Pappel direkt neben dem Empfang des Motels 6. In der Sonnenhitze erschien es unvorstellbar, dass auf den Bergspitzen Schnee glitzerte. Auf der anderen Seite der Bundesstraße erhob sich dreißig Meilen weiter westlich plötzlich und ohne Vorgebirge die vorderste Kette der Rocky Mountains aus der Ebene, und obwohl der Himmel über mir blau strahlte, waren die höchsten Gipfel von Gewitterwolken umgeben. Im Innern des Gebirges zuckten Blitze, allerdings drang kein Donnerhall bis zu mir herüber.

Ich ließ mich ins kühle Gras fallen und öffnete den Umschlag, den Hiram mir gegeben hatte. Das Schreiben darin hatte die gleiche Form wie der erste Brief; es schnürte mir die Kehle zu, als ich die schwarzen Druckbuchstaben las:

Du solltest das hier gegen 2 Uhr nachmittags im Motel 6 an der I-25 nördlich von Denver lesen. Nimm dir ein Zimmer und bezahle es bar, damit du unter dem Namen Randy Snider einchecken kannst. Pack deine Sachen und sei morgen früh um 6 Uhr abreisebereit.

Das Zimmer 112 lag im Parterre. Meine Nerven lagen so blank, dass ich erst einmal den Schrank und die Dusche kontrollierte und unters Bett schaute – überall dorthin, wo sich ein erwachsener Mensch hätte verstecken können. Als ich sicher war, alleine zu sein, ließ ich die Rollläden herunter und schloss die Tür ab. Dann legte ich mich mit dem Revolver und einem Buch auf das Bett und las den ganzen Nachmittag.

Kurz nach neun färbte sich der dunkelblaue Himmel endgültig schwarz. Die Wörter auf der Buchseite vor mir verschwammen immer mehr und ich konnte die Augen nicht mehr offen halten. Müdigkeit überwältigte mich, obwohl ich dagegen ankämpfte. Vom Rocky-Mountain-Nationalpark zog ein Unwetter herüber und alle paar Sekunden grollte Donner und zuckten Blitze hinter den Rollläden.

Mein Hunger war inzwischen so groß, dass ich nach draußen zum Automaten ging und mir eine Tüte Cracker und zwei Dosen Soda zog. Bis ich wieder an meiner Tür war, hatte heftiger Regen eingesetzt und Windböen trieben mir Staub in die Augen. Als ich die Tür öffnete und über die Schwelle trat, schaute ich zurück auf den Parkplatz. Lediglich drei Autos parkten dort, die nur für einen kurzen Moment sichtbar wurden, als ein Blitz den Himmel gelblich blau erhellte.

Ich schloss die Tür und drehte den Schlüssel um. Auf dem unteren Teil des Fernsehbildschirms lief ein Band mit Sturmwarnungen in leuchtend roter Schrift. In wenigen Minuten hatte ich das Soda getrunken und die Cracker verschlungen, und nachdem mein Hunger gestillt war, überwältigte mich endgültig die Müdigkeit. Ich schaltete das Licht aus, zog meine Turnschuhe aus und stieg ins Bett. Nichts konnte meine Augen daran hindern, zuzufallen, nicht einmal die Gewissheit, dass *er* kommen würde.

Da ich mich unter der Bettdecke eingeengt fühlte, legte ich

mich obendrauf und schob den .357er auf den Nachttisch. Ich werde nur eine Stunde schlafen, versprach ich mir selbst. Eine Stunde, nicht länger.

Ein ohrenbetäubender Donner erfüllte den Himmel, so laut, als wäre das Gewitter in meinem Zimmer. Ich öffnete die Augen und sah, wie die Tür auf- und zuschwang und Blitze über die Berggipfel zuckten. Ich schaute auf den Wecker: 3 Uhr 15.

Die Tür steht offen, dachte ich und tastete nach der Waffe auf meinem Nachttisch, fühlte jedoch lediglich die glatte Holzoberfläche. Ein stechender Schmerz durchzuckte meinen linken Arm; ich fuhr im Bett hoch und schrie, als ich nach unten blickte. Eine dunkle Gestalt kroch auf allen vieren über den Boden.

Mein Mund wurde pelzig und ich dachte nur noch an Flucht, als mich erneut ein Stich traf. Ich versuchte mich von der anderen Bettkante in Richtung Tür hinunterzurollen, doch nichts passierte. Es fühlte sich an, als lägen Bleigewichte auf meinen Armen und Beinen. Selbst meine Finger waren bewegungsunfähig und ich sank zurück auf das weiche Kissen. Die Augen fielen mir zu, während die dunkle Gestalt aufstand und sich zum Fußende des Bettes bewegte. Er sagte etwas, doch seine Worte zerflossen.

Blitze, schwarz …

Schmerz und Dunkelheit. Das Dröhnen der Bundesstraße unter mir. Gedämpfte Jazzmusik …

Als ich die Augen erneut aufschlug, umgab mich komplette Dunkelheit. Meine Hände waren mir mit Handschellen auf den Rücken gefesselt, die Füße mit einem dicken Seil zusammengebunden worden und schmerzhafter Durst quälte meinen gesamten Körper. Durch geschwollene, aufgeplatzte Lippen stieß ich einen krächzenden Hilferuf aus. Ein altmodischer Mond erschien riesenhaft und gelb. Die schemenhafte Gestalt eines Mannes griff nach mir, im nächsten Moment fühlte ich das Eindringen einer Nadel. Als ich aufstöhnte, sagte er: »Das alles ist bald vorbei.« Wieder Dunkelheit …

Sonnenlicht drang durch meine Lider. Schwitzend auf dem Rücken liegend, spürte ich eine weiche Matratze unter mir und ein Kissen als Stütze für meinen Kopf. Meine Hände und Füße waren nicht mehr gefesselt, so konnte ich mir die Decke als Schutz vor der Sonne über die Augen ziehen.

Pack deine Sachen und sei morgen früh um 6 Uhr abreisebereit.

Ich setzte mich auf und suchte den Wecker. Ich war nicht im Motel 6.

Mein Bett stand in dem kleinen quadratischen Raum längs an der hinteren Wand, und darüber befand sich ein Fenster, durch das gleißendes Sonnenlicht fiel. Das Fenster war mit schwarzen Eisenstangen vergittert. Ich wusste, dass das meinetwegen so war. Die rauen, kahlen Wände bestanden aus lehmroten, etwa 30 Zentimeter breiten Brettern, der Boden war aus Stein. Die Einrichtung beschränkte sich abgesehen vom Bett auf einen Nachttisch, einen Stuhl und einen wackeligen Schreibtisch neben der verschlossenen Tür an der gegenüberliegenden Wand. Ich bewegte mich zum Fenster und schaute durch die Stäbe.

So weit das Auge reichte, erstreckte sich vor mir eine semiaride Wüste, plattes Land mit niedriger gleichförmiger Vegetation. Keine Strommasten, kein Straßenpflaster, keine Hinweise auf irgendeine Form der Zivilisation außerhalb dieses winzigen Zimmers. Ich fühlte mich unendlich einsam. Der Himmel war türkisblau und es war warm in meinem Zimmer, aber bei der Intensität der Sonnenstrahlung musste es draußen unerträglich heiß sein.

Als ich mich vom Fenster abwandte, sah ich, dass auf dem Schreibtisch gegenüber ein Stück Papier lag. Ich trat auf den trotz der Hitze eisig wirkenden Steinboden, durchquerte den Raum und nahm den Zettel vom Schreibtisch.

Bevor wir uns kennen lernen, möchte ich betonen, dass jeder Versuch, zu fliehen, mich zu täuschen oder zu beseitigen, unsinnig wäre. Wenn du die mittlere Schreibtischschublade aufziehst, findest du darin einen Umschlag. Nimm dir etwas Zeit, wenn du hineinschaust.

Als ich den Umschlag öffnete, stockte mir der Atem: Fotos, die mich am offenen Grab von Rita Jones zeigten, und eine grobe Skizze meines Seegrundstücks mit Hinweisen auf die Fundorte von vier Leichen, drei mit Schreibmaschine getippte Seiten mit Einzelheiten zu den Umständen der Ermordung und der Angabe, in welchem Kleiderschrank meines Hauses sich das Tranchiermesser befand. Außerdem ein Zeitungsausschnitt über die Verurteilung eines Mannes, dessen Name (zusammen mit allen anderen persönlichen Details) geschwärzt worden war. Über der Schlagzeile stand in kritzeliger Handschrift: UNSCHULDIGER ERHÄLT DIE STRAFE FÜR MEIN VERBRECHEN. Ich wandte mich wieder dem Brief zu:

Am besten, du betest für meinen Leib und mein Leben, denn es gibt einen weiteren Umschlag mit einer Karte, auf der die Fundorte der Leichen und des Messers verzeichnet sind. In zwei Monaten wird dieser Umschlag von jemandem an die Polizeiwache von Charlotte geschickt werden. Falls ich das nicht persönlich verhindere, wirst du, Andrew Thomas, ins Gefängnis wandern. Es sind schon Leute zum Tode verurteilt worden, bei denen die Beweislast weniger erdrückend war als bei dir, und es sitzen bereits zwei Menschen für meine Verbrechen in der Todeszelle (übrigens, wie gefällt dir der Zeitungsartikel?).

Nun, du hast eine beschwerliche Reise hinter dir. Ruh dich aus, so lange du willst, und wenn du dann erfahren möchtest, warum ich dich hierher gebracht habe, klopf an die Tür.

Ich ging zurück zu meinem Bett, lehnte mich gegen das vergitterte Fenster und schaute hinaus auf die Wüste. Beim Anblick der öden Landschaft traten mir Tränen in die Augen, keinerlei Regung außer den vom Wind getriebenen Steppenläufern, die ihre Samen verstreuten. Ödes, totes Land, das auf mich vielleicht zu einer anderen Zeit beruhigend gewirkt hätte, in meinem jetzigen Zustand jedoch meine böse Vorahnung verstärkte. Ich wischte mir die Tränen ab und erhob mich vom Bett. Mein Herz raste, als ich auf die Tür zuging.

Kapitel 4

In der Mitte der massiven Holztür befand sich ein 15 Zentimeter langer und 30 Zentimeter breiter Schlitz. Ich beugte mich herab und drückte gegen das Blech, aber es gab nicht nach. Nachdem ich mich wieder aufgerichtet hatte, holte ich tief Luft. Ich war schwach und hungrig und konnte überhaupt nicht einschätzen, wie lange ich bewusstlos in diesem Zimmer gelegen hatte. Meine Arme schmerzten und hatten zahlreiche Nadeleinstiche.

Schüchtern klopfte ich an die Tür und zog mich zum Bett zurück. Bald hörte ich Schritte näher kommen, die draußen auf dem Steinboden ein leise klickendes Geräusch machten. Das Blech wurde beiseite geschoben und ich erspähte ein weiteres Zimmer: Bücherregale, ein Schallplattenstapel, ein weißer Ölradiator, ein Frühstückstisch ...

An Stelle des Blechs wurde ein Stück Luftpolsterfolie herabgelassen. Jemand stand vor der Öffnung, allerdings war wegen der Plastikfolie mit den Luftblasen nur ein vager, ungenauer Umriss zu erkennen.

»Komm her«, sagte er. Ich bewegte mich zögernd auf die Tür zu. Als ich bis auf einen knappen Meter herangekommen war, sagte er: »Stopp! Dreh dich um.«

Ich drehte mich um und wartete. Die Plastikfolie knisterte, daher nahm ich an, dass er die Folie zurückgezogen hatte, um meinen Zustand einschätzen zu können. Nach einem kurzen Augenblick befahl er: »Komm her zur Tür!« Der Schlitz befand sich auf Hüfthöhe, und als ich die Tür erreicht hatte und mich hinunterbeugte, um hindurchzuschauen, sagte er: »Nein, nein, schau mich nicht an. Setz dich mit dem Rücken zur Tür.«

Ich gehorchte. Obwohl mir seine Nähe fürchterliche Angst einjagte, machte ich mir nachdrücklich klar, dass er mich nicht bis hierher in die Wüste geschleppt hatte, um mich, kaum dass ich mein Bewusstsein wiedererlangt hatte, zu töten.

»Wie fühlst du dich?«, fragte er in einem Ton, aus dem ich echte Anteilnahme herauszuhören meinte. Er klang überhaupt nicht wie der Mann am Telefon. Seine Stimme klang etwas undeutlich, so als benutzte er einen Sprachverstärker. Vertraut, ohne sie zuordnen zu können; allerdings misstraute ich meiner Wahrnehmung, nachdem ich wer weiß wie lange durch den Einfluss von Betäubungsmitteln bewusstlos gewesen war.

»Etwas angeschlagen«, sagte ich so nüchtern wie möglich, um ihn nicht zu erregen.

»Das geht vorbei.«

»Haben Sie diese Briefe geschrieben? Und die Lehrerin umgebracht?«

»Ja und ja.«

»Wo bin ich?«

»Es reicht, wenn du weißt, dass du dich mitten in der Wüste befindest und vor Hitze oder Durst sterben würdest, bevor du auch nur das kleinste Anzeichen menschlicher Zivilisation erreichen könntest.«

»Wie lange werde ich …«

»Keine weiteren Fragen bezüglich deiner Quasigefangenschaft. Ich werde dir weder sagen, wo du bist, noch wie lange du hier bist.«

»Was wirst du mir denn sagen?«

»Du bist hier, um eine Erziehung zu genießen.« Er machte eine kurze Pause. »Wenn du nur Bescheid wüsstest. Du wirst schon erfahren, was du zu lernen hast, gedulde dich nur.«

»Bitte, kann ich meine Sachen haben?«

Er seufzte, das erste Anzeichen von Unmut. »Darüber sprechen wir später.« Dann wurde seine Stimme sanfter und verlor die Schärfe. »Stell dir vor, Andrew, du seiest ein Kleinkind. Ein kleiner, hilfloser Säugling. Zurzeit, in deinem Zimmer, bist du in der Gebärmutter. Du kannst deinen Verstand noch nicht benutzen, kannst weder denken noch urteilen. Vertrau mir völlig. Ich werde dich lehren, die Welt neu zu sehen. Ich werde zunächst deinen Geist füttern. Ihn mit den genialsten Denkern der Menschheitsgeschichte ernähren.« Eine weiße Hand schob sich an der Plastikfolie vorbei und ließ ein Buch auf den Boden fallen.

»Deine erste Mahlzeit«, sagte er, während ich »Der Fürst« in einer gebundenen Ausgabe aufhob. »Machiavelli. Der Mann ist unzweifelhaft ein Genie. Weißt du etwas über Hannibal, den Heerführer von Karthago, der Rom geplündert hat? Der mit seinen Männern und einer ganzen Elefantenarmee über die Alpen marschiert ist?«

»Ich hab von ihm gehört.«

»Also, er ist mit seinem Heer die ganze Mittelmeerküste entlanggezogen und quer durch Osteuropa, doch was Hannibals Heer so einzigartig machte, war, dass es zwischen seinen Soldaten keinerlei Unstimmigkeiten gab. Verschiedene Nationalitäten, Glaubensrichtungen, Sprachen und trotzdem keine Unstimmigkeiten in seinen Reihen. Weißt du, was diesen Frieden ermöglichte?«, fragte er. »Machiavelli nannte es Hannibals ›unmenschliche Grausamkeit‹, die ihn zusammen mit seinem grenzenlosen Mut in den Augen der Soldaten Furcht einflößend und verehrungswürdig erscheinen ließ.

Ohne diese Grausamkeit hätten seine anderen Tugenden niemals diese Wirkung gehabt.« Er schwieg einen Moment und ich hörte lediglich das Rauschen des trockenen, schneidenden Winds gegen die Fensterrahmen und den schnellen Atem meines Gefängniswärters. »Unmenschliche Grausamkeit«, wiederholte er. »Das erregt mich.« Seine Stimme war so leidenschaftlich geworden, als spräche er zu seiner Geliebten. »Also«, fuhr er fort, »fang gleich heute Abend an zu lesen und wir unterhalten uns morgen darüber. Hast du Hunger?«

»Ich sterbe fast vor Hunger.«

»Gut. Ich mache uns jetzt das Abendessen; warum fängst du nicht schon mal mit deiner Lektüre an? Ich hoffe, gedämpfte Garnelen mit Engelshaarnudeln sagen dir zu.« Er riss die Luftpolsterfolie weg und schob das Blech wieder über den Schlitz. Als er weg war, sank mir vor Erleichterung der Kopf auf die Brust. Minutenlang blieb ich reglos in meinem weißen Bademantel sitzen und starrte mit leerem Blick zu Boden.

Eine kleine an die Wand geschraubte Lampe erleuchtete die Buchseiten nur spärlich. Da er mir meinen Seesack noch nicht ausgehändigt hatte, fehlte mir auch meine Lesebrille, weshalb meine Augen rasch ermüdeten.

Nach der Hälfte der Lektüre ließ ich »Der Fürst« auf den Boden gleiten und hoffte, dass ihm das reichen würde. Gerade als ich nach oben langte und das Licht ausschaltete, schien das milde Licht des Vollmonds sanft und tröstend durch die Gitterstäbe. Es hätte mir große Angst eingeflößt, die erste Nacht bei wiedererlangtem Bewusstsein in der völligen Dunkelheit des Neumonds verbringen zu müssen.

Die Luft um mich herum war durch die Sonneneinstrahlung des Tages unerträglich geworden, und obwohl die Hitze der Wüste mit Einbruch der Dunkelheit langsam entwich, stand die heiße Luft nach wie vor in meinem Zimmer. Deshalb hatte ich bei Sonnenuntergang das Fenster geöffnet, und nun, da die trockene Kälte der Wüstennacht eingedrungen war, musste ich unter die Fliesdecke kriechen.

Ich schloss die Augen und lauschte. Durch das geöffnete Fenster konnte ich in weiter Ferne Eulen schreien und Kojoten oder wilde Hunde den Mond anbellen hören. Seit dem Abendessen hatte ich keinen Mucks mehr von ihm gehört. Keine Schritte, kein Atmen, nichts.

Die letzte Stunde über hatte Jazzmusik das Holzhaus erfüllt. Zunächst ganz leise wie zaghaftes Geflüster, so dass ich nur das gutturale Dröhnen des Basses wahrnehmen konnte. Die Lautstärke hatte zugenommen, inzwischen drang auch der vorherrschende Beckengrundschlag mit seinem abschließenden schleifenden Gegenschlag ins Zimmer. Als Klavier, Trompete und Saxophone die Wand durchdrangen, erkannte ich plötzlich den Song und wurde zwanzig Jahre zurück in eine andere Zeit, in ein anderes Leben katapultiert. Miles Davis, John Coltrane, Julian »Cannonball« Adderley, Paul Chambers, Bill Evans und Jimmy Cobb spielten »All Blues«, ein schwermütiges Bluesstück in 6/8 aus dem 1959er Album »Kind of Blue«.

Ein gellender Schrei übertönte die Musik. Ich setzte mich auf und lauschte. Ein weiterer Schrei durchbrach die Nacht. Ich hielt mich an den Gitterstäben fest und schaute hinaus in die Wüste, doch ich sah nichts, nur meilenweit vom Licht des Mondes beschienenes Ödland. Dann wieder ein Schrei – eine Frauenstimme, dieses Mal deutlich näher.

Zwanzig Meter entfernt stolperte eine Silhouette durch die Wüste und rang nach Luft. Als sie den Ausschnitt meines Fensterrahmens halb durchquert hatte, kam von links eine zweite, größere Silhouette ins Blickfeld. Sie stürzte sich auf die kleinere Gestalt und warf sie neben einem größeren Busch zu Boden.

Ich hörte eine weibliche Stimme weinen, schrille Schreie ausstoßen, flehen, doch es war zu weit weg, als dass ich einzelne Worte hätte verstehen können. Die größere Gestalt trat gegen die, die am Boden lag, kniete sich dann hin und stieß zu.

Weitere Schreie, immer lauter und schriller. Plötzlich Stille.

Nur die große Gestalt stand auf und schaute zu Boden. Gemessenen Schrittes ging sie in die Richtung zurück, aus der sie gekommen war, und zog an langen, schwarzen Haaren hinter sich her, was sie durch die Wüste gejagt hatte. Ich hörte Schritte und das Geräusch, das durch das Hinter-sich-Herschleifen der Beute entstand. Ihre Beine zuckten immer noch.

Plötzlich drehte die Gestalt sich um und schaute in meine Richtung. Das bläuliche und surreal erscheinende Licht des Mondes beleuchtete das Gesicht des Fremden.

Ich erstarrte. Mein Bruder, Orson, stand lächelnd in der Wüste.

Kapitel 5

Ein unglaublicher, violetter Sonnenaufgang über der Wüste beendete eine schreckliche, schlaflose Nacht. Mir war klar, dass ich von nun an immer, wenn ich meine Augen schloss, einen Mann vor Augen haben würde, der in einer vom Mond beschienenen Wüste eine Frau an den Haaren hinter sich herzieht.

Beim Klang sich nähernder Schritte setzte ich mich im Bett auf. Ein Riegel wurde zur Seite geschoben, die Tür schwang auf und gab den Blick auf einen Mann mit meinen Proportionen frei: genauso dünn und muskulös, die gleichen stahlblauen Augen. Ähnlich, aber nicht identisch, sein Gesicht wirkte wie die Idealvorstellung meines eigenen, besser aussehend im oberen Bereich. Er stand grinsend in der Tür, und im Gegensatz zu meinem ungepflegten, angegrauten Haar hatte sein akkurat kurz geschnittenes einen so perfekten braunen Glanz, wie er nur aus der Flasche kommt. Zu seinen schwarzen Schlangenlederstiefeln und den verwaschenen Jeans trug er ein blütenweißes T-Shirt mit Schweißrändern unter den Achseln. Ich überlegte flüchtig, wieso er denn wohl so stark schwitzte, obwohl die Sonne noch nicht einmal aufgegangen war. Seine Arme waren kräftiger als meine. Während er sich gegen den Türrahmen lehnte, biss er wütend in einen dunkelroten Apfel.

Ich brachte keinen Ton heraus. Es war, als sähe man nicht den Geist einer geliebten Person, sondern deren Dämon. Tränen brannten mir in den Augen. Das ist nicht wahr. Dieser schreckliche Mann kann nicht mein Bruder sein.

»Ich habe dich sehr vermisst«, sagte Orson, immer noch auf der Türschwelle stehend. Ich konnte nicht anders, als weiter in seine blauen Augen zu starren.

Orson war in unserem ersten Jahr von der Appalachian-State-Universität verschwunden, mein letztes Bild von ihm war, wie er in der Tür unseres Schlafsaals gestanden hatte.

»Du wirst mich eine Weile nicht sehen«, hatte er gesagt. Und das hatte ich auch nicht, seit jenem Tag bis heute. Die Polizei hatte irgendwann aufgegeben. Er war einfach verschwunden. Meine Mutter und ich hatten Detektive beauftragt – nichts. Wir fürchteten, er sei tot.

»Ich wünschte, du hättest das letzte Nacht nicht mit ansehen müssen«, entschuldigte er sich. »Schätze, es lag an dem alten Seil.« Ich bemerkte frische Kratzer an seinem Hals und in seinem Gesicht. Kleine Glitterpartikel glitzerten auf seinen Wangen, und ich überlegte, ob sie sich wohl von den Fingernägeln der Frau gelöst hatten, als diese gestrauchelt war. »Möchtest du Frühstück?«, fragte er. »Kaffee läuft gerade durch.«

Ich schauderte angewidert. »Machst du Witze?«

»Eigentlich wollte ich dich erst ein paar Tage lang hier drin eingesperrt lassen und mich dir erst dann zu erkennen geben, aber nach letzter Nacht macht das wohl keinen Sinn mehr, oder?«

Schweiß lief mir die Schläfen herab.

Orson biss erneut in seinen Apfel und ging dann den kurzen Flur zurück. »Komm«, sagte er.

Ich stieg von meinem Bett herab, verließ das Zimmer und folgte ihm in den vorderen Teil der Hütte. Meine Beine waren wie Pudding, so als könnten sie jeden Augenblick in einer Pfütze auf dem Boden versinken.

»Setz dich«, sagte er und zeigte auf ein schwarzes Ledersofa, das links an der Wand stand. Während ich das Wohnzimmer betrat, warf ich einen Blick zurück. Am Ende des kurzen Flurs lagen nebeneinander zwei Räume, die offensichtlich den gesamten hinteren Teil der Hütte bildeten. Links mein Zimmer und rechts daneben eine Tür ohne Riegel und Guckloch. Zwischen den Türen hing an einem Querbalken ein kleiner Monet, auf dem ein Ruderboot unter einer Steinbrücke zu sehen war.

Die Wohnzimmerwände waren vom Fußboden bis zur Decke mit Büchern zugestellt. Sie füllten etwas vorstehende, handgezimmerte Regale und ihre Titelvielfalt verschlug mir die Sprache. Am Ende eines Regals erkannte ich die bunten Schutzumschläge der fünf Romane, die ich geschrieben hatte.

Mein Bruder ging auf die andere Seite des Raums, auf der sich eine winzige Küche befand. Neben der Eingangstür stand ein Plattenspieler auf einem Hocker, daneben lag ein bestimmt ein Meter hoher Stapel mit Schallplatten. Orson schaute mich an und ließ lächelnd die Nadel auf eine Schallplatte herab. »Freddie Freeloader« erschallte aus zwei großen Lautsprechern und ließ mich aufs Sofa sinken.

Während ich dem Song lauschte, setzte sich Orson ans andere Sofaende. Die Art, wie er mich anstarrte, machte mich nervös. Ich hätte mir gewünscht, meine Brille zu tragen.

»Könntest du mir jetzt nicht meine Sachen wiedergeben?«

»Oh, meinst du etwa das hier?« Lässig zog er meinen .357er Revolver aus seiner Jeanstasche. »Hatte ich dich nicht angewiesen, deine Smith & Wesson nicht mitzubringen?« In seiner Stimme schwang beißender Sarkasmus mit, seine Augen weiteten sich und er durchbohrte mich mit einem kalten Blick.

»Tut mir Leid«, sagte ich und rutschte dabei mit trockenem Mund unruhig auf dem Sofa hin und her. »Hättest du nicht das Gleiche getan? Ich meine, ich wusste doch nicht ...«

»Versuch nicht, mir die Schuld in die Schuhe zu schieben.« Er ging zum Plattenspieler und hob die Nadel an. In der Hütte war es totenstill, als er sich in die Mitte des Wohnzimmers stellte.

»Du hast mich verarscht, Andy. Ich hab gesagt, du sollst nur Kleidung und Waschzeug mitbringen, stattdessen hast du einen Revolver und Patronen mitgebracht.« Er sprach so zwanglos, als säßen wir Zigarre rauchend auf einer Veranda.

»Wenn du dich nicht an meine Anweisungen hältst, tut uns das beiden weh. Du wirst sehen, dass es nicht in deinem Interesse ist, mir nicht zu gehorchen.« Er öffnete die Trommel des .357ers und zeigte mir die fünf leeren Kammern. »Du hast es ein Mal versaut, also wollen wir eine Kugel laden.« Er holte eine Patrone aus seiner Tasche und schob sie in eine der Kammern.

Mir wurde schlecht vor Angst. »Orson, nicht.«

»Andy, Andy, Andy. Sag einem Mann mit einer geladenen Waffe nie, was er tun und lassen soll.« Er drehte die Trommel, drückte sie wieder in die Waffe und entsicherte den Abzug. »Glaub mir, dass diese Strafe auch mich selbst trifft. Ich tu das nicht als Nervenkitzel. Es hat mich viel Mühe gekostet, dich hierher zu kriegen, und immerhin besteht eine zwanzigprozentige Chance, dass dich dein Glück plötzlich verlässt und die Kugel in der richtigen Kammer liegt und dir den Arsch wegreißt, dann hab ich mir eine Menge Arbeit umsonst gemacht. Aber ich bin bereit, das Risiko einzugehen, um dich zu lehren, meinen Anweisungen Folge zu leisten.«

Als er die Waffe auf meine Brust richtete, hob ich hilflos meine Hände. Er drückte den Abzug ... klick ... und biss erneut in seinen Apfel. Ich konnte kaum noch atmen und verbarg das Gesicht in den Händen, während Orson die Nadel zurück auf die Schallplatte setzte. Die Musik erklang wieder, er schnippte mit den Fingern den Takt und lächelte mir herzlich zu, während er zum Sofa zurückging. Nachdem er die Patrone aus der Kammer genommen hatte, legte er die Waffe auf den Boden und ließ sich wieder neben mir auf das Sofa fallen. Eine Welle der Übelkeit überkam mich, dass ich dachte, ich müsste mich übergeben.

Gottverdammter Mist, er hat völlig den Verstand verloren! Ich werde sterben. Ich bin mit einem Psychopathen allein in einer Wüste und der Psychopath ist mein verdammter Bruder.

»Andy, du kannst jetzt frei im Haus und in der Wüste herumlaufen. Die Scheune draußen ist tabu, und jeden Abend, wenn du zu Bett gegangen bist, werde ich deine Tür verriegeln. Du brauchst nicht mehr in die Schüssel zu pinkeln. Die Dusche ist draußen beim Brunnen, neben dem Klo. Sie ist kalt, aber du wirst dich dran gewöhnen. Der Strom kommt von einem neuen Generator hinter der Hütte, aber ich hab es noch nicht geschafft, Rohre zu verlegen.«

»Kann ich das Klo jetzt benutzen?«, fragte ich, obwohl ich kaum in der Lage war, meine Stimme unter Kontrolle zu halten.

»Klar. Sag nur immer Bescheid, wenn du rausgehst. Ich will dich nie suchen müssen.«

Immer noch am ganzen Leibe zitternd, durchquerte ich den Raum und öffnete die Tür, hinter der die Sonne über der rostbraunen Wildnis aufging. Ich schauderte und zog den weißen Bademantel, den ich die letzten zwei Tage getragen hatte, noch enger um den Leib. Als ich mich umdrehte, um die Tür zu schließen, stand Orson auf der Schwelle.

»Ich habe dich vermisst«, sagte er.

Ich schaute ihn an, und eine Sekunde lang schien er verwundbar, so wie der Bruder, den ich geliebt hatte, als wir jung waren. Seine Augen erflehten etwas, doch ich fühlte mich nicht in der Lage, herauszufinden, was es war.

»Wer war sie?«, fragte ich.

Er wusste verdammt gut, wen ich meinte, doch er schwieg. Wir starrten einander nur an, eine innige Beziehung, die völlig verschüttet schien und beinah schon für tot gehalten worden war. Doch es gab eine Menge Zündstoff zwischen uns. Ich wollte nicht darauf warten, dass er die Türe schloss, deshalb drehte ich mich um und ging hinaus in die eisige, schmutzige Einöde.

»Andy«, sagte er, und ich blieb auf den Stufen stehen, ohne mich umzudrehen. »Nur eine Kellnerin.«

Kapitel 6

Ich stand auf der wackeligen vorderen Veranda im Schatten eines Wellblechdaches, das von morschen Vierkanthölzern gestützt wurde. Ein anhaltend kräftiger Wind wehte von der Wüste herüber und trug den süßlich scharfen Geruch von Beifuß, versengter Erde und mir unbekannten Blumen mit sich.

Vier wacklige Schaukelstühle, zwei auf beiden Seiten der Tür, schwankten unmerklich hin und her, doch ich setzte mich auf die Stufen und grub meine nackten Füße in den dunklen Dreck, der dort, wo ihn die Sonne nicht berührt hatte, immer noch kühl war. Mein Blick wanderte entlang des Vorgebirges und der hohen Gebirgszüge am nördlichen Horizont. Aus mindestens dreißig Meilen Entfernung sahen ihre Hänge völlig gleichförmig aus. Die niedrigeren Erhebungen im Dunkelgrün immergrüner Wälder, darüber grauer Fels und als Abschluss wolkenartige Gletscherfelder aus ewigem Eis.

Links von der Veranda stand in gut fünfzig Meter Entfernung eine große Scheune. Sie wirkte recht neu und hastig zusammengezimmert, das Blechdach und die glatte Pinienverschalung glänzten in der untergehenden Sonne. Eine Kette war wie eine Schlange um den Riegel geschlungen, der die Flügeltür zusammenhielt. Reifenspuren führten direkt auf die Scheune zu.

Etwa eine Meile dahinter erhob sich die Wüste schroff und steil zu einem mächtigen Gebirgskamm, der weiter im Süden wieder sanft abfiel und in die Wüste überging. Die zackigen Silhouetten dürrer Wacholderbüsche entlang des Gebirgskamms zeichneten sich schwarz gegen den Himmel ab.

Seit den frühen Abendstunden hatte ich versucht, in meinem Zimmer Machiavelli zu lesen, doch in der Hitze konnte ich mich höchstens auf eine Fluchtmöglichkeit konzentrieren. So hoffte ich, dass es draußen in der frischen Brise etwas angenehmer wäre. Doch selbst im Wind brannte der Schweiß noch in den Augen und verklebte mir Haut und Haare. Im Innern der Hütte hörte ich wieder eine Jazzplatte – eine Musik voller ergreifender Gedanken an belebte New Yorker Jazzclubs und Leute, die sich auf engem Raum drängten, die in dieser leeren Wüste eine unheimliche Geräuschkulisse bot. Normalerweise vermied ich Menschenansammlungen und Enge, doch jetzt schien mir die klaustrophobische Beengtheit eines Nachtclubs geradezu anheimelnd.

Ich saß fast eine Stunde lang auf den Stufen und schaute zu, wie die untergehende Sonne die Wüste in dunkelviolettes Licht tauchte. Mein Kopf war leer, und ich war in eine unendlich scheinende Gedankenlosigkeit versunken, dass ich aufschrak, als hinter mir die Haustür quietschend geöffnet wurde. Orsons Stiefel hallten hohl auf den Holzdielen.

»Hast du bald Hunger?«, fragte er. Seine laute, krächzende Stimme drehte mir den Magen um. Ich konnte es nicht fassen, dass wir wieder zusammen waren. Seine Gegenwart ließ mich nach wie vor erschaudern.

»Ja.«

»Ich dachte, ich lege ein paar Steaks auf den Grill«, meinte er. Ich war sicher, dass er lächelte und hoffte, mich zu beeindrucken. Ich überlegte, ob er wieder gutmachen wollte, dass er mich beinah umgebracht hätte. Wenn wir uns als Kinder gestritten hatten, hatte er anschließend jedes Mal versucht, meine Zuneigung mit Geschenken, Komplimenten oder wie in diesem Fall mit etwas Leckerem zurückzugewinnen. »Willst du einen Drink?« *Großer Gott, ja!*

Ich drehte mich um und schaute zu ihm auf. »Ein Jack Daniels wäre gut, falls du einen hast.«

Er ging wieder zurück in die Hütte und kehrte mit einer ungeöffneten Halbliterflasche dieses gesegneten Tennessee Whiskeys zurück. Für mich der beste Moment des Tages; dieses kleine Stück Heimat ließ mein Herz höher schlagen. Ich öffnete die schwarze Verschlusskappe und trank einen großen Schluck, schloss die Augen und ließ den herben Eichengeschmack meine Kehle hinabbrennen. In dieser Sekunde, mit dem Feuer des Whiskeys im leeren Magen, hätte ich auch auf meinem Bootssteg sitzen können, allein, um mich beim Anblick des fantastischen Sonnenuntergangs in Carolina zu besaufen.

Ich hielt Orson die Flasche hin, doch er lehnte ab. Stattdessen ging er um eine Ecke der Hütte herum und kam mit einem Grill zurück. Nachdem er die Kohle angezündet hatte, ging er hinein und brachte einen Teller mit zwei lächerlich dicken, roten Rinderfilets, fertig gesalzen und gepfeffert, heraus. Er hielt mir den Teller hin und sagte: »Gieß etwas Whiskey über das Fleisch.«

Ich tränkte sie mit der vergorenen Maische, und Orson schob die Lendenstücke auf den Grill, wo sie sofort für einige Sekunden von Flammen umgeben waren. Er kam zu mir herüber und setzte sich neben mich, und während der Whiskey mich leicht benebelte, lauschten wir wie alte Freunde dem Brutzeln der Steaks und beobachteten den nun roten Sonnenuntergang.

Als die Steaks fertig waren, nahmen wir unsere Teller mit auf die vordere Veranda, auf der an der einen Seite ein wackliger Tisch stand. Orson zündete mit einem silbernen Feuerzeug zwei Kerzen an und wir verspeisten schweigend unser Abendessen. Während ich ihm so gegenübersaß, musste ich unaufhörlich denken: *Du bist nicht das Monster, das ich letzte Nacht in der Wüste gesehen habe. Deswegen sitze ich hier ohne zu zittern oder zu weinen, denn irgendwie ist mir klar, das kannst du nicht sein. Du bist einfach Orson. Mein Bruder. Mein blauäugiger Zwilling. Ich sehe dich als Jungen, als süßen, harmlosen Jungen. Nicht als dieses Wesen in der Wüste. Nicht als diesen Dämon.*

Doch als die letzten flachen Sonnenstrahlen hinter dem purpurroten Horizont verschwanden, überkam mich ein unheilvolles Gefühl. Das Licht hatte mir ein Gefühl der Kontrolle verliehen, doch nun, in der Dunkelheit, fühlte ich mich erneut schutzlos. Aus diesem Grund hatte ich auch den Whiskey nach meinem ersten großen Schluck nicht mehr angerührt, ich fürchtete, dass ein Rausch hier gefährlich sein konnte. Zudem war mir das Schweigen bei Tisch unbehaglich. Zwanzig Minuten saßen wir uns schon gegenüber, ohne dass ein Wort gefallen wäre, doch ich würde nicht anfangen zu sprechen. Was sollte ich ihm auch sagen?

Orson hatte eine Weile auf seinen Teller gestarrt, doch nun fixierte er wieder mich. Er räusperte sich.

»Andy«, sagte er. »Erinnerst du dich an Mr Hamby?«

Ich konnte es nicht unterdrücken. Zum ersten Mal seit Tagen huschte ein Lächeln über meine Lippen.

»Möchtest du, dass ich dir davon erzähle, als hörtest du es zum ersten Mal?«, wollte Orson wissen.

Als ich nickte, neigte er sich fröhlich und mit großen Augen nach vorne, der geborene Geschichtenerzähler.

»Als Kinder fuhren wir jedes Jahr mehrere Male zu unserer Großmutter aufs Land nördlich von Winston-Salem. Großvater war schon tot und sie mochte Gesellschaft. Wie alt waren wir damals? Vielleicht neun? Sagen wir mal, wir waren neun …«

Du kommst mir vor wie Orson, und ich weiß, ich hoffe, dass dieses Gefühl nicht anhält, aber großer Gott, in diesem Moment kommst du mir vor wie mein Bruder.

»… und Großmutters Haus stand neben einer Apfelplantage. Jo Hambys Apfelgarten. Er war Witwer und lebte allein. Es war zu Beginn des Herbstes, und Schulklassen und Kirchengruppen besuchten Hambys Apfelplantage, um Äpfel zu pflücken, Kürbisse zu ernten, Apfelsaft zu kaufen und auf dem Heuwagen mitzufahren.

Und da dieser Apfelgarten an Großmutters Grundstück grenzte, konnten wir der Versuchung nicht widerstehen, wiederholt nach drüben zu schleichen. Wir klauten Äpfel, kletterten auf seine Traktoren und spielten in den riesigen Heuhaufen, die in seinen Scheunen lagerten. Doch Hamby regte sich fürchterlich über Leute auf, die unbefugt sein Grundstück betraten, deshalb konnten wir es nur nachts tun. Wir warteten, bis Großmutter ins Bett ging, und schlichen uns aus dem knarzenden Bauernhaus.

Und in jener Oktobernacht schleichen wir uns gegen 21 Uhr hinaus und klettern über den Zaun in seinen Apfelgarten. In meiner Erinnerung scheint der Vollmond hell, es ist noch nicht sehr kalt, aber Grillen und Frösche sind bereits verschwunden. Deshalb ist es in dieser Nacht sehr still und sehr ruhig. Es ist fast Erntezeit. Einige Äpfel sind sauer, aber die meisten sind einfach wunderbar reif, und wir trollen durch den Apfelgarten, essen diese sonnengereiften Schönheiten und haben einen Mordsspaß.

Nun, Hamby gehörten viele Hektar Land, und am hintersten Ende seines Grundstücks war sein Kürbisfeld, von dem wir schon viel gehört, wohin wir uns bisher aber nie getraut hatten. Aber jene Nacht war eine von denen, in denen wir uns für unbesiegbar hielten. Wir erreichen das Ende der Apfelplantage und sehen im Mondlicht diese riesigen, orangefarbenen Kürbisse. Erinnerst du dich?, Hamby hatte bei den Herbstschauen schon einige Preise für seine Kürbisse gewonnen. Er baute diese monströsen Hundertpfundkerle an.

Wir können sein Haus am Ende der Traktorspur sehen und alles ist dunkel, also rennen wir auf das Kürbisfeld und halten nach einem dieser Hundertpfünder Ausschau. Schließlich lassen wir uns lachend und außer Atem mitten auf dem Feld fallen.«

Orson lächelte. Ich auch. Wir wussten, was jetzt kam. »Plötzlich hören wir nur ein paar Meter entfernt dieses laute Stöhnen: ›Ich *liebe* meine orange Muschi!‹«

Ich brach in schallendes Gelächter aus und spürte, wie der Whiskey in meinen Eingeweiden brannte.

»Wir waren zu Tode erschrocken«, fuhr er fort. »Als wir uns umdrehen, sehen wir, wie Mr Hamby über einem dieser riesigen Kürbisse hängt, der mindestens so groß ist wie eine dieser Galapagosschildkröten. Und oh Mann, er hat den Overall auf die Fußknöchel runtergelassen und bumst dieses Ding im Mondenschein. Wie ein Besessener rutscht er darauf vor und zurück, als wäre es ein nackter Arsch, und macht nur ab und zu eine Pause, um sich einen Schluck Pfirsichschnaps zu genehmigen.

Natürlich sind wir starr vor Schreck und kapieren gar nicht, dass er offensichtlich betrunken ist. Wir befürchten, dass er uns sieht und hinter uns herjagt, wenn wir versuchen, nach Hause zu rennen, also legen wir uns flach auf den Boden und warten darauf, dass er aufhört und nach Hause geht. Also, schließlich hört er tatsächlich auf ... mit diesem Kürbis, zieht sich den Overall hoch und schaut sich nach dem nächsten um. Der nächste ist kleiner, und nachdem er ein Loch hineingebohrt hat, kniet er sich hin und vögelt ihn. Wir schauen zu, wie er fünf Kürbisse fickt, bevor er sturzbetrunken in Ohnmacht fällt. Wir rennen durch den Apfelgarten zurück zu Großmutters Haus und uns ist schlecht vor Äpfeln und …«

Ich sehe es vor mir, wie wir beide in gleichen Latzhosen und passenden langärmligen T-Shirts in dieser frischen Herbstnacht zurück über den Holzzaun klettern. Ich sehe es so lebendig vor mir, wie ich uns jetzt hier sitzen sehe. Wir wollten damals völlig gleich aussehen. Erzählten allen, wir seien gleich, und glaubten es auch. Hält uns dieses Band immer noch zusammen?

Als er fertig war, hatte ich Tränen in den Augen. Der Klang unseres Gelächters rührte mich, und ich traute mich, ihn offen anzusehen in der Hoffnung, hinter seine Stirn schauen zu können. Doch die Nagellackspuren auf seiner Wange ließen in meinem Kopf wieder die markerschütternden Schreie der Frau ertönen, und das Gefühl der Behaglichkeit, das ich während der letzten halben Stunde in seiner Gegenwart verspürt hatte, fiel wieder von mir ab. Orson nahm die Veränderung wahr, und sein Blick wanderte von mir weg, hinaus in die schwarze Wüste.

Ein Windstoß löschte die beiden Kerzen aus und ließ uns in völliger Dunkelheit zurück. Als ich aufschaute, verschwand gerade der letzte dunkelrote Schein am westlichen Horizont. Der Himmel füllte sich mit Sternen – viele Millionen mehr als am unweltverschmutzten Himmel weiter östlich. Selbst in den klarsten Nächten wirkten die Sterne über dem Norman-See unscharf, wie hinter einem durchsichtigen Stoff. Hier über der Wüste schienen sie wie kleine Monde und viele schossen geradezu über den Himmel.

»Mir ist kalt«, sagte ich und strich über die Gänsehaut auf meinen Armen. Ich konnte Orson kaum noch erkennen, nur noch sein Umriss war auf der anderen Seite des Tisches sichtbar.

Er stand auf. »Wenn du aufs Klo willst, mach es jetzt. In einer Viertelstunde sperre ich dich in dein Zimmer ein.«

»Warum?«

Orson gab keine Antwort. Er räumte die Teller und Gläser nach drinnen, während ich noch einen Moment sitzen blieb und den Himmel nach Sternschnuppen absuchte. Ich rieb meine Augen und erhob mich. Ich würde aufatmen allein in meinem Zimmer, in dem ich nichts tun konnte außer lesen und schlafen. Das Geräusch der Teller im Waschbecken schreckte mich auf und ich lief barfuß durch den warmen Sand zum Klohäuschen.

Kapitel 7

Die Tage in der Wüste vergingen schleppend. Die Sonne nutzte jede Gelegenheit, die Landschaft zu verbrennen, und so war es nach zehn Uhr morgens gefährlich, sich nach draußen zu wagen. Die Hitze war trocken und stickig, daher versuchte ich mich in den schattigeren und kühleren Bereichen meines Zimmers oder im restlichen Teil der Hütte aufzuhalten, wenn ich nicht eingesperrt war.

Lebensmittel waren im Überfluss vorhanden. Wenn ich es recht überlege, habe ich nie besser gegessen. Orsons Gefriertruhe war bis an den Rand mit erstklassigem Fleisch gefüllt und er bereitete täglich drei vorzügliche Mahlzeiten zu. Wir aßen Steaks, Lachs, Kalbfleisch, einmal sogar Hummer, und tranken abends reichlich Wein zum Essen. Irgendwann fragte ich ihn, warum er so königlich speiste, und er antwortete: »Weil es mir zusteht, Andy. Es steht uns beiden zu.«

Kaum hatte ich ein Buch ausgelesen, gab mir Orson ein neues. Nach Machiavelli kam Seneca und danach Demokratis über die Vernichtung der Melancholie. Obwohl ich jeden Tag ein Buch las, drängte mich Orson immer wieder, noch schneller zu lesen. Ich konnte mir nicht vorstellen, welchen Nutzen er für mich in der Lektüre dieser klassischen Texte sah, aber das würde er sicherlich noch enthüllen.

Ich war besessen davon, mögliche Fluchtwege zu ersinnen.

Obwohl ich Gelegenheit dazu hatte, war es unmöglich, einfach wegzugehen. Ich besaß weder die Kraft noch die Hilfsmittel, durch die Wüste zu wandern, zumal ich nicht einmal die Richtung wusste, in die ich gehen müsste. Da ich annahm, dass Orsons Transportvehikel in der abgeschlossenen Scheune stand, wartete ich auf den richtigen Augenblick, ersann einen Plan und sammelte Nerven- und Willensstärke, um meinen Bruder zu überwältigen. Ich würde nicht ungeduldig werden. Einzig schlaue Entscheidungen und präzises Handeln konnten mein Leben retten.

Es beruhigte mich, ein Tagebuch zu führen. Einige Stunden nach Einbruch der Dämmerung, wenn ich meine Lektüre beendet und Orson mich eingesperrt hatte, saß ich auf dem Bett und notierte die Geschehnisse des Tages. Ich schrieb eine Stunde lang, oft auch länger, und schweifte in Gedanken manchmal ab nach Hause und an den See. Ich verfasste kunstvolle Beschreibungen meines Grundstücks und rief mir in dieser einsamen Wüste die Gerüche und Geräusche des sommerlichen Sees ins Gedächtnis. Zweifellos wurden diese Stunden für mich zur liebsten Zeit des Tages, zeitweise auch zur mentalen Oase. Es war alles, woran ich während des Tages denken konnte – wofür ich lebte. Und wenn ich schließlich Stift und Papier zurück in die Schublade legte und das Licht ausmachte, konnte ich häufig noch das Wasser des Sees gegen die Ufer schlagen und den Wind im Geäst der Bäume hören.

Was das Datum anging, wusste ich nur, dass es inzwischen Ende Mai war. Da ich während meiner Entführung unter Drogen gestanden hatte, wusste ich nicht mit Bestimmtheit, an welchem Tag ich in der Wüste das Bewusstsein wiedererlangt hatte. Vielleicht waren zwischen der stürmischen Nacht im Motel und meinem Erwachen in der Hütte Tage vergangen. Daher überschrieb ich meine Tagebucheinträge ab dem ersten Tag nach Wiedererlangung des Bewusstseins mit Tag 1, Tag 2, Tag 3 usw. Ich konnte nicht nachvollziehen, warum Orson das Datum vor mir geheim hielt. In meiner jetzigen Situation erschien das Datum zwar irrelevant, dennoch ärgerte es mich, es nicht zu wissen.

Von der geografischen Lage der Hütte hatte ich nicht die leiseste Ahnung. Vielleicht irgendwo westlich der Prärien. Ich zeichnete die Aussichten von der vorderen Veranda und von meinem vergitterten Fenster, einschließlich der Bergkette nach Norden und Osten und der Reihe roter Felsen im Westen. Außerdem skizzierte ich die Pflanzenwelt: Beifuß, Steppenläufer, Fettholz, Lupinen und viele andere Wüstenblumen, an denen ich während der frühabendlichen Spaziergänge vorbeikam.

Manchmal sah ich abends kurz nach Sonnenuntergang, wenn nur noch ein roter Schein den Himmel erleuchtete, Antilopen- und Großohrhirschrudel durch die Wüste ziehen. Ihre sich gegen den Horizont abzeichnenden Silhouetten versetzten mir einen Stich, denn ich beneidete die langsam aus meinem Blickfeld wandernden Tiere um ihre Freiheit. Auch diese Beobachtungen hielt ich im Tagebuch fest und notierte ebenfalls, wenn ich Eselhasen oder Wüstenspringmäuse mit ihren langen Schwänzen gesehen hatte. Nachts kreischten fortwährend Schleiereulen, auch wenn ich sie nie zu Gesicht bekam, und in der Tageshitze kreisten Truthahngeier am Himmel. Durch die Niederschrift dieser Beobachtungen hoffte ich, eines Tages die geografische Lage dieser Wüste bestimmen zu können. Doch offen gesagt hatte ich keine Ahnung, ob es mir je vergönnt sein würde, diesen Ort zu verlassen.

Ich lag wach im Bett. Es war spät, ich hatte mein Tagebuch beiseite gelegt, und Orson hatte wie jede Nacht den Generator abgestellt, so dass es in der Hütte vollkommen still war.

Nur der Wind draußen in der Dunkelheit unterbrach die trügerische Ruhe. Ich spürte, wie er sich durch die Ritzen des Gebälks drückte. Ein unablässiges Wehen.

Während der letzten Stunde hatte mich eine Erinnerung verfolgt.

Orson und ich sind acht Jahre alt und spielen im Wald nahe unseres Elternhauses in Winston-Salem, North Carolina, unter einem wolkenlosen Augusthimmel. Wie viele kleine Jungen faszinieren uns wilde Tiere, und Orson fängt eine graue Eidechse, als sie über einen morschen Holzstamm huscht.

Begeistert von dem Fund, sage ich ihm, dass er die Eidechse festhalten soll, und er gehorcht mir mit einem verschlagenen Grinsen. Ich hole eine Lupe aus der Tasche. Die Sonne scheint grell und sofort zeichnet sich ein heller Lichtfleck auf der schuppigen Haut der Echse ab. Das Sonnenlicht brennt ein Loch hinein und Orson und ich schauen uns an, lachen vor Begeisterung und sind völlig gefesselt von der rauchenden Eidechse, die sich windend zu befreien sucht.

»Jetzt bin ich dran!«, ruft er schließlich. »Du musst sie halten.«

Den ganzen Nachmittag über quälen wir die arme Kreatur. Als wir fertig sind, werfe ich sie ins Gras, doch Orson besteht darauf, sie mitzunehmen.

»Ich besitze sie jetzt«, sagt er. »Sie gehört mir.«

Kapitel 8

Tag 6 (nach Mitternacht?)

Habe heute wieder geduscht. Das Thermometer zeigte 35 Grad Celsius an, als ich nackt über den glühend heißen Boden zum Brunnen rannte. Ich hasse dieses eisige Wasser. Es fühlt sich an wie höchstens ein oder zwei Grad und raubt mir den Atem, wenn ich es über mich gieße. Ich habe mich so schnell wie möglich gewaschen, doch bis ich die Seife wieder abgespült hatte, zitterte ich am ganzen Körper.

Ich wollte in der Abenddämmerung spazieren gehen, doch Orson hat mich in mein Zimmer gesperrt. Er ist nun schon seit etlichen Stunden weg. Von meinem Schlafzimmerfenster aus habe ich gesehen, wie ein brauner Buick auf einer schmalen Sandpiste, die geradeaus bis zum Horizont reicht, nach Osten davonfuhr. Ich fühle mich hier sicherer ohne ihn.

»Die Angst, zu leben« ist inzwischen vermutlich an die Buchhandlungen ausgeliefert worden, und ich schätze, Cynthia hat mindestens neun Magengeschwüre. Ich kann es ihr nicht verübeln. Dieser Tage sollte meine Lesereise in zwölf Großstädte beginnen. Signierstunden, Radiointerviews und Fernsehauftritte werden abgesagt werden müssen. Das wird sich negativ auf die Verkaufszahlen auswirken, ich breche gerade den Vertrag mit meinem Verlag … doch ich kann jetzt nicht darüber

nachgrübeln. Es liegt nicht in meiner Macht und es macht mich nur verrückt.

Ich lese immer noch wie ein Irrer. Während der letzten zwei Tage Poe, Plato und McCarthy. Ich verstehe immer noch nicht, was Orson mit dieser Lektüre so verzweifelt beabsichtigt. Zum Teufel, ich bin mir nicht einmal sicher, ob er es selbst weiß! Auch er verbringt seine Tage lesend, und ich frage mich, wonach er in diesen Millionen von Seiten sucht, ob er vielleicht denkt, es gebe eine Persönlichkeit, irgendeine Geschichte oder eine Philosophie, die er nur aufdecken müsse, um eine Erklärung oder eine Rechtfertigung für das zu erhalten, was er im Spiegel sieht. Allerdings glaube ich, dass er nur häppchenweise Trost findet, zum Beispiel bei dem grausamen Teil in »Der Fürst« oder bei dem psychotischen Richter Holden in »Die Abendröte im Westen«.

In der Ferne höre ich ein Auto. Es ist das erste Mal, dass er mich allein gelassen hat, und das macht mir Angst. Vielleicht hat er ja nur Lebensmittel eingekauft. Gute Nacht.

Ich ging vom Bett zur Kommode und legte Stift und Papier in die mittlere Schublade. Der Versuch, mein Tagebuch vor Orson zu verstecken, wäre sinnlos. Abgesehen davon hat er bisher gewisse Anstandsregeln in Bezug auf mein Schreiben bewiesen. Zumindest hatte ich nicht das Gefühl, dass er mein Tagebuch bereits gelesen hatte. Er respektierte, was er selbst als innere Bedürfnisse bezeichnete, und das war in meinem Fall das Schreiben.

Ich kroch zurück ins Bett und löschte die Öllaterne auf dem Nachttisch, die ich seit einigen Tagen als Lichtquelle benutzte. Das Zuschlagen der Autotüre hallte durch das offene Fenster. Ich wollte nicht mehr wach sein, wenn er hereinkam.

Er flüsterte meinen Namen: »Andy. Andy. Andrew Thomas.« Ich öffnete die Augen, ohne jedoch irgendetwas zu sehen. Das halblaute Flüstern hörte nicht auf. »Hallo, mein Kumpel. Hab ’ne Überraschung für dich. Genauer gesagt für uns beide.« Der blendende Strahl einer Taschenlampe erleuchtete Orsons Gesicht – ein Grinsen zwischen blutbeschmierten Wangen. Er knipste die Lampe über dem Bett an. Meine Augen schmerzten.

»Lass uns gehen. Du verschwendest Mondlicht.« Er legte die Taschenlampe auf die Kommode und zog mir die Decke weg. Durch das Fenster konnte ich den Mond hoch am Himmel stehen sehen. Immer noch erschöpft, hatte ich nicht das Gefühl, lange geschlafen zu haben.

Orson warf mir eine Jeans und ein blaues T-Shirt aus meinem Seesack zu, der offen in einer Ecke lag. Er wirkte ungeduldig, er ähnelte einem Kind in einem Vergnügungspark, während er in seinem blauen Overall und den Stahlspitzenstiefeln im Zimmer auf und ab ging.

Der blasse Mond tauchte alles in ein bläuliches, taghelles Licht – den Beifuß, die Felsen, sogar Orson. Mein Atem dampfte in der kalten Nachtluft. Wir gingen auf die Scheune zu, und beim Näherkommen bemerkte ich, dass der Buick davor abgestellt war. Der Kofferraum zeigte in unsere Richtung, der Kühler auf die Flügeltür. Das Nummernschild war abmontiert.

Irgendetwas schlug von innen gegen das Scheunentor. Dann folgte ein kurzer Klageruf: »HILFE!« Als ich stehen blieb, drehte sich Orson zu mir um.

»Sag mir, was wir hier machen«, sagte ich.

»Du kommst mit mir in diese Scheune.«

»Wer ist da drin?«

»Andy …«

»Nein. Wer ist in …« Ich starrte auf den blanken Stahllauf meines .357er Revolvers.

»Geh du voran«, sagte er.

Mit der Waffe im Rücken ging ich die Seite des Gebäudes entlang. Die Scheune war größer, als ich bislang angenommen hatte, die Seiten waren gut zwölf Meter lang, das Wellblechdach mit spitzem Winkel, der, so vermutete ich, verhindern sollte, dass das Dach im Winter von Schneemassen eingedrückt wurde, wenn wir tatsächlich so hoch im Norden waren. Auf der Rückseite der Scheune ließ mich Orson vor der Hintertür anhalten. Er holte einen Schlüssel aus seiner Tasche, und während er ihn ins Schloss steckte, drehte er sich zu mir um und grinste.

»Du magst doch Buttermilch, oder nicht?«, fragte er.

»Ja«, sagte ich, obwohl ich keine Ahnung hatte, was das jetzt für eine Rolle spielen konnte.

»Hast du sie immer schon gemocht?«

»Nein.«

»Das stimmt. Du hast sie getrunken, weil Vater sie getrunken hat, doch irgendwann fandest du sie richtig lecker. Nun, für mich schmeckt sie beschissen, aber du hast dich an den Geschmack von Buttermilch gewöhnt. So was Ähnliches wird auch hier passieren. Zunächst wirst du's hassen. Du wirst mich noch mehr hassen als jetzt. Aber es wird dich verändern. Ich verspreche dir, auch du wirst Geschmack daran finden.« Er schloss die Tür auf und steckte den Schlüssel wieder in seine Tasche. »Kein Wort, bis ich es dir erlaube.« Lächelnd bedeutete er mir, als Erster einzutreten. »Unmenschliche Grausamkeit«, flüsterte er, während ich die Tür öffnete und er mir in die Scheune folgte.

In der Mitte der Scheune lag eine Frau mit verbundenen Augen und Handschellen auf dem Boden, um den Hals ein braunes Lederhalsband, daran eine anderthalb Meter lange Kette, die sie an einen Eisenpfosten fesselte. Der Pfosten war im Boden einbetoniert und im Dachgebälk der Decke verankert. Als Orson die Tür zuschlug, kam die Frau mühsam auf die Beine, lief schwankend um den Pfosten und versuchte herauszufinden, wo wir standen.

Sie muss ungefähr fünfundvierzig Jahre alt gewesen sein, ihr blondes Haar zeigte noch Spuren einer Dauerwelle. Sie trug ein rotgraues Bowlinghemd, blaue Hosen, einen einzigen weißen Schuh und war leicht übergewichtig. Ihr Parfüm füllte den Raum und aus einem Schnitt unterhalb der Augenbinde lief Blut an ihrer Nase herunter.

»Wo sind Sie? Warum tun Sie das?«

Das passiert alles nicht wirklich. Es ist eine Täuschung. Wir spielen ein Spiel. Das ist kein menschliches Wesen.

»Setz dich da hin, Andy!«, befahl Orson und zeigte in den vorderen Teil der Scheune. Ich ging an Metallregalen voller Werkzeug vorbei und setzte mich in der Nähe der Flügeltür auf einen grünen Gartenstuhl. Ein weißer Schuh lag neben der Tür, und ich überlegte, warum ihn die Frau wohl weggetreten hatte. Sie schaute in meine Richtung, Tränen rannen ihr die Wangen herab. Orson kam zu mir herüber und stellte sich neben mich. Er bückte sich und untersuchte seine glänzenden Stiefelspitzen. Plötzlich umspannte etwas mein Fußgelenk.

»Tut mir Leid, aber ich traue dir noch nicht«, sagte er und legte ein Fußeisen, das unter dem Gartenstuhl im Boden verankert war, um meinen Knöchel.

Orson ging auf die Frau zu und schob meine Waffe in eine tiefe Tasche seines Arbeitsoveralls.

»Warum tun Sie mir das an?«, fragte sie erneut. Orson streckte seinen Arm aus und wischte ihr die Tränen aus dem Gesicht. Als sie zurückwich, folgte er ihr, wobei sich die Kette langsam um den Pfosten wickelte.

»Wie heißt du?«, fragte er freundlich.

»Sh-Shirley«, sagte sie zitternd.

»Shirley – und weiter?«

»Tanner.« Orson ging durch den Raum, holte zwei Hocker, die verkehrt herum auf dem Boden gestanden hatten, und stellte sie nebeneinander in Reichweite der Kette auf.

»Bitte«, sagte er und fasste sie oberhalb des Ellbogens am Arm, »setz dich.« Als sie sich gegenübersaßen, streichelte Orson ihr Gesicht. Ihr ganzer Körper zitterte, als leide sie an Unterkühlung. »Shirley, bitte beruhige dich. Ich weiß, dass du Angst hast, aber du musst aufhören zu weinen.«

»Ich will nach Hause«, sagte sie mit unsicherer, kindlicher Stimme. »Ich will …«

»Du kannst nach Hause gehen, Shirley«, erklärte Orson. »Ich will mich nur mit dir unterhalten. Das ist alles. Lass mich als Vorrede zu dem, was wir tun werden, ein paar Fragen an dich stellen. Weißt du, was eine Vorrede ist, Shirley?«

»Ja.«

»Dies ist lediglich eine Vermutung, aber wenn ich dich so anschaue, habe ich nicht das Gefühl, dass du zu den Menschen gehörst, die viel Zeit mit Büchern zubringen. Habe ich Recht?« Sie zuckte mit den Schultern. »Was hast du als Letztes gelesen?«

»Hm … Himmlischer Kuss.«

»Ist das ein Liebesroman?«, fragte er, und sie nickte. »Oh, tut mir Leid, aber das zählt nicht. Siehst du, Liebesromane sind Mist. Vermutlich könntest sogar du einen schreiben. Zufällig aufs College gegangen?«

»Nein.«

»Highschool beendet?«

»Ja.«

»Puh! Hast mir ja kurz Angst gemacht, Shirley.«

»Bringen Sie mich zurück«, bettelte sie. »Ich will zu meinem Mann.«

»Hör auf zu jammern«, sagte er, und erneut liefen ihr Tränen über die Wangen. Diesmal wischte Orson sie nicht ab.

»Mein Bruder ist heute Abend hier«, sagte er stattdessen, »und das ist eine glückliche Fügung für dich. Er wird dir fünf Fragen aus irgendwelchen Wissensgebieten stellen: Philosophie, Geschichte, Literatur, Geografie – querbeet. Du musst mindestens drei Fragen korrekt beantworten. Wenn du das schaffst, bringe ich dich zurück zur Bowlingbahn. Deswegen die Augenbinde. Darf dir doch nicht mein Gesicht zeigen, wenn ich dich wieder gehen lasse, oder siehst du mich etwa?« Schüchtern schüttelte sie den Kopf. Orsons Stimme war nur noch ein Flüstern, als er sich zu ihr hinüberlehnte und direkt in ihr Ohr sprach. Es war gerade so laut, dass ich ihn auch noch verstehen konnte. »Aber wenn du weniger als drei Fragen richtig beantwortest, schneide ich dir das Herz raus.«

Shirley stöhnte. Unbeholfen kletterte sie vom Hocker und versuchte davonzulaufen, aber die Kette riss sie zu Boden.

»Steh auf!«, schrie Orson und erhob sich ebenfalls von seinem Hocker. »Wenn du in fünf Sekunden nicht wieder auf deinem Hocker sitzt, hast du den Test nicht bestanden.« Shirley stand sofort wieder auf und Orson half ihr zurück auf den Hocker. »Beruhige dich, Schätzchen«, sagte er, wieder mit süßlicher Stimme. »Atme tief durch, beantworte die Fragen und du bist wieder bei deinem Mann und … hast du Kinder?«

»Drei«, schluchzte sie.

»… bei deinem Mann und deinen drei wunderbaren Kindern, bevor der Morgen graut.«

»Ich kann das nicht«, wimmerte sie.

»Dann stirbst du einen qualvollen Tod. Es hängt allein von dir ab, Shirley.«

Die einzige Glühbirne, die den Raum erhellte, begann zu flackern und tauchte die Scheune immer wieder für kurze Augenblicke in völlige Dunkelheit. Orson seufzte und stellte sich auf seinen Hocker. Er drehte die Glühbirne fest, kletterte wieder herab, kam zu meinem Stuhl herüber und legte eine Hand auf meine Schulter. »Leg los, Andy.«

»Aber …«, ich schluckte. »Bitte, Orson. Tu es nicht …«

Er beugte sich vor, um in mein Ohr flüstern zu können, ohne dass die Frau es mitbekam. »Stell ihr die Fragen oder ich erledige sie vor deinen Augen. Und das wird nicht angenehm sein. Du kannst zwar die Augen schließen, aber du wirst sie trotzdem hören. Die ganze verdammte Wüste wird sie hören. Aber wenn sie die Fragen richtig beantwortet, lasse ich sie laufen. Ich werde dieses Versprechen nicht brechen. Es liegt alles in ihren Händen. Darin liegt ja das Vergnügen.«

Ich schaute die zitternde Frau auf ihrem Hocker an und spürte den festen Griff meines Bruders auf der Schulter. Orson wirkte kontrolliert, daher stellte ich die erste Frage.

»Nennen Sie drei Theaterstücke von Shakespeare«, sagte ich hölzern.

»Das ist gut«, meinte Orson. »Das ist eine faire Frage. Shirley?«

»›Romeo und Julia‹«, stieß sie hervor. »Hm … ›Hamlet‹.«

»Hervorragend«, machte sich Orson lustig. »Noch eines, bitte.«

Sie schwieg einen Moment und rief dann: »›Othello‹! ›Othello‹!«

»Ja!« Orson klatschte in die Hände. »Eins von eins. Nächste Frage.«

»Wer ist der Präsident der Vereinigten Staaten?«

Orson schlug mir gegen den Hinterkopf. »Zu einfach! Deshalb werde ich jetzt eine Frage stellen. Shirley, wessen philosophische Theorie verbirgt sich in folgendem Zitat: ›Handle so, dass die Maxime deines Willens jederzeit zugleich als Prinzip einer allgemeinen Gesetzgebung gelten kann‹?«

»Ich weiß es nicht. Woher zum Teufel soll ich das wissen?!«

»Wenn du auch nur die geringste Ahnung von Philosophie hättest, wüsstest du, dass es Kant war. Eins von zwei. Andy?«

Ich zögerte und schaute zu Orson auf »Stell die verdammte Frage, Andy!«

Ich überlegte. »Auf welchem Hügel wurde Jesus Christus gekreuzigt?« Ich schaute zu Orson auf, und er nickte zustimmend.

»Golgatha«, antwortete sie schwach.

»Zwei von drei«, sagte Orson, doch dieses Mal klang er nicht so glücklich.

»Vierte Frage. Wann …«

»Ich hab eine«, unterbrach mich Orson. »Du kannst die letzte Frage stellen, Andy. Shirley, zu welchem Kontinent gehört das Land Gabun?«

»Europa?«, antwortete sie so schnell, als wüsste sie es.

»Oh, nein. Tut mir Leid. Afrika. Westküste.«

»Hören Sie auf damit«, bettelte sie. »Ich kann Ihnen Geld geben, ich habe Kreditkarten, ich habe …«

»Halt die Klappe«, sagte Orson. »Spiel gefälligst fair. Das tue ich auch.« Sein Gesicht lief rot an und er knirschte mit den Zähnen. Als er sich wieder unter Kontrolle hatte, sagte er: »Alles hängt jetzt von der letzten Frage ab. Andy, ich hoffe, du hast eine gute Frage; falls nicht, habe ich nämlich eine perfekte Frage im Kopf.«

»Das Thema ist Geschichte«, sagte ich. »In welchem Jahr wurde die Unabhängigkeitserklärung unterschrieben?« Ich schloss die Augen und betete, dass Orson diese Frage durchgehen lassen würde.

»Shirley?«, sagte er nach zehn Sekunden. »Wo bleibt deine Antwort?«

Als ich meine Augen öffnete, drehte sich mir der Magen um. Tränen liefen ihr die Wangen herab. »1896?«, fragte sie. »O Gott! 1896?!«

»Eiiieehhhh! Tut mir Leid, das ist falsch. Es war das Jahr 1776.« Sie rutschte vom Hocker und sank zu Boden. »Zwei von fünf. Das war's«, sagte er und ging zu Shirley hinüber. Er beugte sich zu ihr hinab, löste die Augenbinde, knüllte sie zusammen und warf sie mir zu. Shirley weigerte sich aufzuschauen.

»Sehr schade, Shirley«, sagte er und umkreiste sie, da sie zusammengerollt auf dem Boden liegen blieb. »Dabei war die letzte Frage geradezu ein Geschenk. Ich wollte nicht, dass mein Bruder mit ansehen muss, was ich dir antun werde.«

»Es tut mir Leid!«, schrie sie, rang nach Luft und wandte ihm ihr geschwollenes Gesicht zu. Zum ersten Mal schaute sie Orson in die Augen und ihr besonders gütiger Blick berührte mich. »Tun Sie mir nicht weh, Sir.«

»Es tut dir Leid«, sagte er und ging zu drei nebeneinander stehenden Metallregalen an der Wand neben der Hintertür. Vom mittleren Regal nahm er eine Lederscheide und einen grauen Schleifstein. Dann schlenderte er langsam zurück, zog seinen Hocker an die Wand, außer Reichweite für mich und Shirley. Beim Hinsetzen holte er das Messer aus der Scheide und zwinkerte mir zu. »Shirley«, begann er einschmeichelnd. »Schau mich an, Schätzchen. Ich möchte dich etwas fragen.« Erneut hob sie ihren Kopf in Orsons Richtung und atmete stoßweise und asthmatisch.

»Weißt du gute Handwerkskunst zu schätzen?«, fragte er. »Ich will dir etwas über dieses Messer erzählen.«

Sie verfiel in Hysterie, doch Orson beachtete ihr Schluchzen und Flehen nicht. Einen Moment lang hatte er mich völlig vergessen und war ganz allein mit seinem Opfer.

»Ich habe dieses Werkzeug bei einem Messerschmied in Montana erworben. Er macht unglaubliche Sachen.« Gleichmäßig zog Orson die Klinge über den Schleifstein. »Die Klinge ist dreizehneinhalb Zentimeter lang, Karbonstahl, drei

Millimeter dick. War gar nicht einfach, dem Messerschmied zu erklären, wofür ich dieses Teil brauche. Denn weißt du, man muss ihnen genau sagen, wofür man's braucht, damit sie die passende Klinge machen. Schließlich habe ich dem Typen gesagt: ›Schauen Sie, ich will damit Großwild ausnehmen.‹ Und ich denk mal, das trifft's genau. Ich meine, ich werde dich ausnehmen, Shirley. Würdest du dich nicht selbst als Großwild bezeichnen?«

Shirley kam auf die Knie, presste das Gesicht auf den Boden und betete. Ich betete mit ihr, obwohl ich nicht gläubig bin.

Orson fuhr fort: »Nun, ich muss sagen, ich war fasziniert von seinen Eigenschaften. Wie du selbst sehen kannst, ist die Klinge leicht gezackt, damit sie den zähen Brustmuskel durchtrennen kann, aber auch dick genug, um die Rippen zu durchdringen. Eine seltene Kombination bei einer Klinge. Deshalb war ich auch bereit, dreihundertfünfundsiebzig Dollar dafür zu zahlen. Siehst du den Griff? Elfenbein vom Schwarzmarkt.«

Er schüttelte den Kopf. »Ein ganz und gar exquisites Werkzeug. Hey, ich brauche deine Meinung, Shirley. Schau her.« Sie gehorchte ihm. »Siehst du diese Verfärbung auf der Klinge? Das kommt von den Säuren im Fleisch beim Tranchieren, und ich habe mich gefragt, was dir mehr Angst einjagt, zu wissen, dass ich dich gleich schlachten werde, oder diese Flecken auf der Klinge zu sehen und zu kapieren, dass dein Fleisch gleich ebenfalls diese Klinge befleckt. Oder wäre es vielleicht sogar noch furchteinflößender, wenn die Klinge noch so hell und glänzend wäre wie am ersten Tag? Falls das der Fall ist, hole ich ein Putztuch und poliere sie noch für dich.«

»Das müssen Sie nicht tun«, sagte Shirley und setzte sich plötzlich auf. Sie starrte in Orsons Augen und versuchte, mutig zu sein. »Ich gebe Ihnen, was immer Sie wollen. Alles. Sie müssen es nur sagen.«

Orson kicherte. »Shirley«, sagte er ernst. »Ich sag es mal so: Ich will dein Herz. Wenn du aufstehst und aus dieser Tür gehst, nachdem ich es herausgeschnitten habe, werde ich dich nicht aufhalten.« Er stand auf. »Ich muss mal pinkeln, Andy. Leiste ihr solange Gesellschaft.« Orson ging auf die Tür zu, schloss sie auf und trat nach draußen. Ich konnte hören, wie es gegen die Seitenwand der Scheune spritzte.

»Ma'am«, flüsterte ich atemlos. »Ich weiß nicht, was ich tun soll. Es tut mir so Leid. Ich möchte ...«

»Ich will nicht sterben«, sagte sie und flehte mich dabei mit ihren unglücklichen Augen an. »Lassen Sie es nicht zu, dass er mir wehtut.«

»Ich bin an den Boden gekettet. Ich möchte Ihnen helfen. Sagen Sie mir ...«

»Bitte, töten Sie mich nicht!«, schrie sie ungeachtet meiner Worte. Sie wiegte sich auf den Knien vor und zurück wie ein autistisches Kind. »Ich will nicht sterben!«

Die Tür ging auf und Orson kam wieder herein. »Nun, dann bist du am falschen Ort«, sagte er, »denn jetzt wird's Zeit.« Er hielt das Messer an seiner Seite und ging bedächtig auf sie zu. Sie kroch auf Knien von ihm weg, denn ihre Hände waren immer noch mit Handschellen auf dem Rücken gefesselt. Die Kette bremste sie immer wieder. Orson kicherte.

»Nein!«, schrie sie. »Das können Sie nicht tun!«

»Schau mich an«, sagte er und beugte sich mit erhobenem Messer zu ihr herab.

»Hör auf, Orson!«, schrie ich, wobei mir das Herz bis zum Halse schlug. Während die Frau zu seinen Füßen kauerte und sich eine Pfütze unter ihr ausbreitete, blickte Orson zu mir herüber.

Denk nach. Denk nach. Denk nach. »Du kannst … sie doch nicht töten.«

»Möchtest du es für mich übernehmen? Wir können sie nicht laufen lassen. Sie kennt unsere Namen und sie hat unsere Gesichter gesehen.«

»Schneid ihr nicht das Herz raus«, sagte ich, meine Kehle war wie zugeschnürt.

»Das tue ich bei allen und ich werde keine Ausnahme machen.«

»Bei lebendigem Leib?«

»Das ist doch gerade der Spaß.«

»Sie sind verrückt!«, schrie Shirley Orson an, doch er beachtete sie gar nicht.

»Dieses Mal nicht, Orson«, flehte ich und stand auf. »Bitte!«

Shirley brüllte: »Lassen Sie mich gehen!«

»Mistvieh!«, schrie Orson zurück und trat mit der Stahlspitze seines Stiefels gegen ihre Schläfe. Sie plumpste auf den Boden. »Mach noch einmal deinen Mund auf und ich schneid dir die Zunge raus.«

Er schaute wieder zu mir, seine Augen glühten. »Es ist toll, dass du da bist. Ich möchte das hier mit dir teilen.«

»Quäle sie nicht«, flehte ich. »Mach es nicht mit dem Messer.«

Orson blickte auf sein Opfer herab und dann wieder zu mir.

»Ich überlasse dir die Wahl«, sagte er. Er ging zum Hocker, legte das Messer darauf ab und zog meinen Revolver hervor. »Du kannst sie jetzt erschießen. Ihr die Schmerzen ersparen.« Er kam zu mir herüber und gab mir die Waffe. »Hier. Zuzuschauen, wie du sie schmerzfrei tötest, gefällt mir genauso gut, wie sie auf meine Art umzubringen.« Während er zu Shirley hinübersah, warf ich einen Blick auf den Revolver. Er war geladen.

»Shirley, steh auf. Ich hab dir doch gesagt, es ist eine glückliche Fügung für dich, dass mein Bruder da ist.«

Sie bewegte sich nicht.

»Shirley«, wiederholte er und ging auf sie zu, »steh auf.« Orson stieß sie mit dem Stiefel an, und als sie sich immer noch nicht bewegte, drehte er sie auf den Rücken. Ihre Schläfe war eingedrückt und aus einem Ohr lief Blut. Orson legte zwei Finger auf ihren Hals und wartete. »Sie ist tot«, sagte er und schaute mich dabei ungläubig an. »Nein, warte, hier ist es. Schwach, aber da. Ich hab sie nur k. o. getreten. Andy, das ist deine Chance«, drängte er und trat einige Schritte von der Frau weg. »Drück ein paarmal ab, bevor sie wieder zu sich kommt. Ziele auf den Kopf.«

Ich richtete die Waffe auf Orson. »Schieb mir die Schlüssel zu«, sagte ich, doch er bewegte sich nicht, sondern schaute mich einfach an und schüttelte traurig den Kopf.

»Das wirft uns weit zurück, was das Vertrauensverhältnis angeht.«

Ich drückte den Abzug und die Waffe feuerte. Ich drückte noch mal und noch mal ab, das schallende Knallen der Schüsse erfüllte die Scheune, der graue Rauch des Schießpulvers stieg auf ins Gebälk, bis nur noch das Klicken des Abzugshahns zu hören war, der gegen die leeren Kammern schlug.

Orson hatte nicht mit der Wimper gezuckt.

Ich schaute auf den Revolver hinab, bis mir die Augen brannten.

»Platzpatronen, Andy«, sagte er. »Ich dachte, du würdest mich vielleicht bedrohen, aber du hast ohne zu zögern abgedrückt. Wow!« Er nahm das Messer vom Hocker und kam auf mich zu. Ich warf die Waffe nach ihm, verfehlte jedoch seinen Kopf und traf stattdessen die Hintertür.

»Sie ist tot, Andy«, sagte er. »Ich hätte dich nicht mit ansehen lassen, wie sie leidet. Nicht beim ersten Mal. Und so belohnst du mich dafür? Das war ganz schön mies von dir.« Er war jetzt sehr nah und umklammerte das Messer. »Ein Teil von mir will dir das am liebsten in den Bauch rammen«, sagte Orson. »Ein Drang, dem ich kaum widerstehen kann.« Er drückte mich zurück in den Gartenstuhl. »Aber ich werd's nicht tun«, sagte er. »Ich tu's nicht.« Er ging zum Hocker, legte das Messer wieder darauf ab und dann zu dem .357er, der neben der Hintertür lag. Er hob ihn auf und nahm zwei Patronen aus der Tasche. »Ich würde sagen, dein kleiner Stunt eben war Verarsche Nummer zwei.« Er lud die Patronen und drehte die Trommel. Dann richtete er die Waffe auf meine Brust. »Das sind keine Platzpatronen«, sagte er.

Klick.

Ich sah die Erleichterung auf Orsons Gesicht. »Lass mich das nicht noch einmal machen müssen«, sagte er. »Es wäre echt schade, wenn ich dich töten müsste.« Er steckte den Revolver wieder in seine Tasche, holte den Schlüssel für das Fußeisen heraus und ließ ihn über den Boden in meine Richtung gleiten. »Du kannst mein Messer benutzen«, sagte er. »Ich hol mir das Herz dann später hier ab. Verpfusch es nicht. Du musst die Rippen zersägen. Das ist der einzige Weg, wie du es rauskriegst. Leg sie auf eine der Plastikplanen, die dort in der Ecke liegen. Sonst schrubbst du hier nämlich noch bis Weihnachten den Boden.«

Meine Stimme versagte fast, als ich sagte: »Orson, ich kann nicht …«

»Du hast vier Stunden Zeit. Wenn du nicht fertig bist, bis ich wiederkomme, spielen wir wieder unser kleines Spiel, aber dann mit drei Patronen.«

Er öffnete die Hintertür, und ich sah, dass sich der Himmel langsam violett verfärbte. Ich hatte nicht das Gefühl, als ob die Morgendämmerung schon anbräche. Ich hatte nicht das Gefühl, als könnte es je wieder eine Morgendämmerung geben.

Orson machte die Tür zu und schloss sie ab. Ich spürte den Schlüssel in meiner Hand, aber ich wollte angekettet bleiben. Wie könnte ich Shirley berühren? Sie lag auf dem kalten, harten Boden und starrte mich aus diesen offenen, doch leeren, gütigen Augen an. Ich war froh, dass sie tot war. Froh für sie.

Kapitel 9

Das ist sehr wohl ein menschliches Wesen. Vor ein paar Stunden war sie noch mit ihrer Familie auf der Bowlingbahn. Ich beugte mich vor und küsste ihre Stirn. »Es tut mir Leid«, flüsterte ich. »Du hast nicht …« *Hör auf. Das wird dir jetzt auch nicht helfen. Es gab nichts, was du hättest tun können, um sie zu retten; nichts, was du tun könntest, um sie wieder lebendig zu machen.* Ich war Zeuge des Bösen in seiner reinsten Form geworden – der mentalen Folterung einer Frau, und ich weinte hemmungslos. Als ich keine Tränen mehr hatte, richtete ich mich auf, wischte mir die Augen und begann mit der Arbeit.

Vor Jahren, als ich noch Zeit hatte, in den Bergen North Carolinas zu jagen, habe ich anschließend das in den Wäldern erlegte Wild neben meiner Berghütte ausgenommen. *Das hier ist nicht anders. Es unterscheidet sich jetzt nicht mehr von einem Tier. Sie fühlt nichts. Tot ist tot, egal wer oder was.*

Die Arbeit war schwierig, vor allem das Zersägen der Rippen. Doch wenn man schon mal einem großen Tier ein Organ entnommen hat, kann man es auch bei einem anderen. Was die Aufgabe so schwierig machte, war ihr Gesicht. Ich konnte es nicht ansehen, daher zog ich ihr das Bowlinghemd über den Kopf.

Die aufgehende Sonne erwärmte die Scheune schnell, und schon bald war es so unerträglich heiß, dass ich nur noch an das eiskalte Wasser vom Brunnen denken konnte. Mein Durst trieb die Arbeit voran, und als ich hörte, dass die Tür lange vor Ablauf der vier Stunden aufgeschlossen wurde, war meine Aufgabe beinah vollbracht. Orson trug immer noch seinen Arbeitsoverall, als er hereinkam. Durch die offene Tür blendete mich bereits die Morgensonne. Es würde wieder ein strahlender Tag unter blauem Himmel werden. Bevor Orson die Tür schloss, wehte eine leichte Brise herein, die sich wunderbar anfühlte.

»Lächeln, Andy.« Er schoss ein Foto mit einer Sofortbildkamera. Ein merkwürdiges Gefühl, sich vorzustellen, dass der schlimmste Moment meines Lebens gerade auf ein Foto gebannt worden war.

Mein Bruder sah müde aus – in seinen Augen spiegelte sich melancholische Dunkelheit. Ich unterbrach meine Tätigkeit und legte das Messer ab. Da ich fast nur auf den Knien gearbeitet hatte, taten diese so weh, dass ich mich auf die blutige Plane setzte. Orson umkreiste die Leiche und begutachtete meine Arbeit.

»Ich dachte, du bist vielleicht durstig«, sagte er mit schwacher, erschöpfter Stimme. »Ich mache das hier fertig, es sei denn, *du* willst.«

Ich schüttelte den Kopf, während er in den zerstückelten Brustkorb starrte. »Keine schlechte Arbeit«, sagte er. »Du musst aufpassen, dass sich über dem Herz keine Knochenreste mehr befinden, sonst reißt es auseinander, wenn du es herausholst.« Er hob das Messer auf und wischte es an seiner Hose ab. »Geh und mach dich sauber.« Ich stand auf, aber er hinderte mich daran, über den Rand der Plane zu gehen. »Zieh deine Schuhe aus«, sagte er. Ich stand in einer Blutlache. »Wir werden diese Kleidung hier sowieso verbrennen, also zieh dich direkt hier aus. Ich kümmere mich darum.«

Ich zog meine Sachen aus und stapelte sie auf der Plane.

Selbst meine Boxershorts und meine Socken hatten Flecken. Als ich nackt war, bemerkte ich, dass meine Arme bis zu den Ellbogen rot waren und Blutspritzer mein Gesicht befleckten. Nichts, was eine kalte Dusche nicht abwaschen könnte.

Ich ging zur Tür und öffnete sie. Die Sonne zwang mich zu blinzeln, als ich hinaus in die Wüste starrte. Kaum hatten meine Füße den heißen Staub berührt, rief Orson meinen Namen und ich drehte mich um.

»Ich möchte nicht, dass du mich hasst«, sagte er.

»Was erwartest du denn? Nachdem du mich gezwungen hast, das hier mit anzusehen und sie … auszunehmen.«

»Du musst verstehen, was ich mache«, sagte er. »Kannst du es wenigstens versuchen?« Ich schaute zu der bewegungslosen Shirley auf der Plane, das Gesicht immer noch von dem Bowlinghemd verdeckt. *Was für eine unsagbare Erniedrigung!* Ich spürte, wie Tränen in mir aufstiegen und die Taubheit wegschwemmten, die mich während der letzten Stunden aufrecht gehalten hatte. Ohne eine Antwort schloss ich die Tür, und da meine Füße schon nach wenigen Schritten brannten, eilte ich zum Brunnen. Die Dusche war an der Seite des Klohäuschens angebracht. Ich füllte den oberirdischen Wasserbehälter und öffnete den Hahn. Als das Eiswasser auf den Boden spritzte, grub ich meine Zehen in den Matsch. Die Haare auf meinen Armen waren blutverklebt. Zehn Minuten lang schrubbte ich meine Haut, während aus dem silbernen Brausekopf, der hier in der Wüste sehr merkwürdig anmutete, eiskaltes Wasser über meinen Kopf floss.

Ich drehte den Hahn zu, ging zur Hütte und stellte mich einige Zeit nackt auf die vordere Terrasse, damit das Wasser auf meiner Haut im trockenen Wind verdunsten konnte. Schuld, schwere tödliche Schuld umkreiste mein Bewusstsein. *Immer noch so dreckig.*

Draußen über der Wüste malte ein Flugzeug einen weißen

Streifen an den Himmel. *Könnt ihr mich sehen?*, dachte ich und blinzelte, um das Glitzern der Sonne auf dem metallenen Rumpf zu betrachten. *Schaut einer aus seinem winzigen Fenster auf mich herab, während ich zu ihnen aufschaue? Könnt ihr mich sehen? Seht ihr, was ich getan habe?* Während das Flugzeug aus meinem Blickfeld verschwand, fühlte ich mich in meine Kindheit zurückversetzt – als ich an einem Sommertag um halb neun im Bett liegen muss, obwohl es noch nicht dunkel ist, und höre, wie die anderen Kinder auf der Straße Fangen spielen, wie ihr Gelächter zu mir dringt und ich mich in den Schlaf weine.

Orson kam aus der Scheune und trug die in Plastikfolie gewickelte Frau. Er ging fünfzig Meter weit in die Wüste hinein und ließ sie in ein Loch fallen. Er brauchte mehrere Minuten, um sie zu vergraben. Dann kam er auf die Hütte zu, und beim Näherkommen bemerkte ich, dass er eine kleine Kühlbox aus Styropor trug.

»Ist es da drin?«, fragte ich, als er auf die Veranda trat. Er nickte und betrat die Hütte. Ich folgte ihm, bis er vor seiner Zimmertür stehen blieb und sie aufschloss.

»Du kannst hier nicht reinkommen«, sagte er und ließ die Tür zu.

»Ich will sehen, was du damit machst.«

»Ich leg es in die Gefriertruhe.«

»Lass mich dein Zimmer sehen«, sagte ich. »Ich bin neugierig. Du willst doch, dass ich es verstehe?«

»Zieh dir erst etwas an.« Ich lief in mein Zimmer und zog eine Jeans und ein schwarzes Muskelshirt an. Als ich zurückkam, stand Orsons Tür offen und er stand in seinem Zimmer vor der Gefriertruhe.

»Kann ich jetzt reinkommen?«, fragte ich auf der Schwelle stehend.

»Ja.« Orsons Schlafzimmer war größer als meines. Rechts

stand ein niedriges Einzelbett, ordentlich gemacht und mit einer roten Fliesdecke bezogen. Neben dem Bett stand ein weiteres, von Orson selbst gebautes Bücherregal, zwar etwas kleiner als die Regale im Wohnzimmer, doch nichtsdestotrotz von oben bis unten mit Büchern voll gestopft. An der gegenüberliegenden Wand stand unter dem nicht vergitterten Fenster die Kühltruhe. Orson fasste gerade hinein, als ich hinter ihn trat.

»Was ist da drin?«, fragte ich.

»Herzen«, sagte er und schloss die Truhe.

»Wie viele?«

»Nicht genug.«

»Ist das eine Trophäe?« Ich zeigte auf einen Zeitungsartikel, der an der Wand neben der Gefriertruhe hing. Ich hatte den Artikel überflogen und gesehen, dass die Namen, Daten und Orte schwarz durchgestrichen worden waren. »Verstümmelte Leiche auf Baustelle gefunden«, las ich laut vor. »Mutter wäre stolz auf dich.«

»Wenn du gute Arbeit leistest, freust du dich dann nicht über die Anerkennung?«

Orson schloss die Kühltruhe ab und durchquerte das Zimmer. Er ließ sich auf das Bett sinken, reckte die Arme in die Luft und gähnte. Dann legte er sich der Länge nach auf die rote Fliesdecke und starrte mit leerem Blick die Wand an.

»Ich werde immer so, wenn sie weg sind«, erklärte er. »Ein leerer Platz in mir drin. Genau hier.« Er zeigte auf sein Herz. »Du kannst es dir nicht vorstellen. Berühmter Schriftsteller. Ich meine, absolut nichts. Ich bin ein Mann in einer Hütte mitten in der Wüste, das ist alles. Das Ausmaß meines Lebens.« Er kickte die Stiefel weg und Sandkörner rieselten zu Boden. »Aber ich bin mehr als das, was in der Kühltruhe liegt«, sagte er. »Ich besitze das, was in der Kühltruhe liegt. Sie sind jetzt meine Kinder. Ich erinnere mich an jede Geburt.«

Ich setzte mich und lehnte mich gegen die splittrigen Holzbalken. »Nach ein paar Tagen lässt diese Depression nach und ich fühle mich wieder ganz normal, so wie jeder andere auch. Doch das geht vorüber, und es fängt wieder an, in mir zu brennen, dort, wo jetzt diese Leere ist. Das brennende Verlangen, es wieder zu tun. Und ich tue es. Und der Kreislauf beginnt von neuem.« Er schaute mich mit totem Blick an, und ich versuchte, ihn nicht zu bedauern, obwohl er mein Bruder war.

»Niemand zwingt dich dazu«, sagte ich. »Du könntest aufhören, wenn du es wirklich wolltest.«

»Das habe ich eine Zeit lang auch geglaubt. Ein Dogma der Stoiker lautet, dass man seiner eigenen Natur entsprechend leben soll. Wenn du versuchst, jemand zu sein, der du nicht bist, ist das Selbstzerstörung. Nachdem ich meine gewalttätige Natur akzeptiert habe, konnte ich Frieden mit mir schließen. Hörte ich auf, mich und mein Handeln zu hassen. Früher war ich nach einem Mord viel schlimmer dran als jetzt. Trug mich mit Selbstmordgedanken. Aber jetzt bin ich auf die Depression gefasst, und das erlaubt mir, die Verzweiflung und das Gefühl des Verlustes mühelos zu überwinden.« Seine Laune verbesserte sich, während er sich selbst analysierte. »Ich fühle mich tatsächlich wohler, seit du hier bist, Andy. Es überrascht mich selbst.«

»Vielleicht entspringt deine Depression dem Schuldgefühl, das man erwarten sollte nach dem Mord an einer unschuldigen Frau.«

»Andy«, sagte er, und seine Stimme wurde heller, ein Zeichen, dass er das Thema gewechselt hatte. »Ich werde dir sagen, was mich überrascht hat, als ich dein erstes Buch las, das übrigens gut war. Deine Bücher verdienen es nicht, schlecht gemacht zu werden. Sie gehen viel tiefer als die üblichen Schundromane. Aber egal – nachdem ich ›Der Mörder und seine Waffe‹ gelesen hatte, ist mir klar geworden, dass wir das Gleiche tun.«

»Nein. Ich schreibe, du tötest.«

»Wir bringen beide Menschen um, Andy. Nur weil du es mit Wörtern auf Papier tust, entlastet dich das nicht von dem, was in deinem Herzen vorgeht.«

»Einige Leute mögen nun mal die Art, wie ich Krimis erzähle«, erwiderte ich. »Wenn sie mich dafür bezahlen würden, Familiengeschichten oder Liebesromane zu schreiben, würde ich eben das tun.«

»Quatsch! Etwas am Morden und an der Wut fasziniert dich. Du umklammerst diese Obsession durch dein Schreiben. Ich umklammere sie durch die Tat. Wer von uns beiden lebt seine wahre Natur?«

»Zwischen dem Umgang mit unseren Obsessionen liegen Welten«, sagte ich.

»Dann gibst du also zu, dass Mord für dich eine Obsession darstellt?«

»Um der Argumentation willen, ja. Aber meine Bücher verletzen niemanden.«

»Das würde ich nicht behaupten.«

»Wie könnten meine Bücher töten?«

»Nachdem ich ›Der Mörder und seine Waffe‹ gelesen hatte, fühlte ich mich nicht mehr so allein. Andy, du weißt, wie Mörder denken. Warum sie töten. Als das Buch vor zehn Jahren erschien, war ich verwirrt und erschrocken über das, was sich in meinem Kopf abspielte. Ich war damals obdachlos und verbrachte meine Tage in der Bücherei. Ich hatte noch nichts getan, aber das Brennen hatte bereits eingesetzt.«

»Wo hast du damals gesteckt?«

Er schüttelte den Kopf. »Die Stadt tut nichts zur Sache. Ich werde dir nichts über meine Vergangenheit erzählen. Aber jedes Wort dieses Buches bestätigte mein Verlangen. Vor allem meinen Zorn. Ich meine, um diesen Protagonisten zu beschreiben, musstest du doch intime Kenntnisse von meinem Zorn besitzen. Und natürlich war dem auch so«, er lächelte, »mein Zwillingsbruder. Unglücklicherweise konnte ich mir den Zorn nicht von der Seele schreiben, daher mussten Menschen sterben. Aber dein Buch … hat mich inspiriert. Es ist schon irgendwie komisch, wenn du darüber nachdenkst. Wir beide leiden an derselben Störung, nur dich macht sie reich und berühmt und mich zum Serienmörder.

»Verrate mir eines«, sagte ich, als er sich etwas aufrichtete. »Wann hat das angefangen?«

Er zögerte und dachte einen Moment darüber nach. »Vor acht Jahren. Im Winter 1988. Wir waren sechsundzwanzig und es war mein letztes Jahr als Obdachloser. Meistens übernachtete ich im Freien, denn ich blieb stundenlang in der Bücherei, bis sie abends um neun Uhr schloss, und dann waren die Unterkünfte immer schon voll.

Wenn du eine kalte Nacht auf der Straße überleben wolltest, musstest du dorthin gehen, wo es Feuer gab – im Industriegebiet in der Nähe der Eisenbahnschienen. Dort in den Abladezonen lagen jede Menge Holzreste herum. Die Obdachlosen stapelten das Holz in Ölfässern und unterhielten die Feuerstellen bis zum Morgen beziehungsweise bis die Büchereien und Doughnut-Läden wieder öffneten.

In jener Nacht waren die Unterkünfte belegt, daher ging ich zu den Schienen, als die Bücherei schloss. Es war ein langer Weg, zwei Meilen, wenn nicht noch mehr. Bis ich dort ankam, war ich so wütend, dass ich ausrastete. Das passierte mir immer öfter. Vor allem nachts. Ich wachte manchmal fluchend und schreiend auf. Beschäftigte mich in Gedanken mit Schmerz und Folter. In meinem Gehirn liefen immer wieder diese kleinen Szenarien ab, so dass ich mich überhaupt nicht mehr konzentrieren konnte. Ich verstand nicht, was mit mir los war.

Als ich bei den Schienen ankam, brannten überall Feuer und Menschen scharrten sich in engen Kreisen darum. Ich fand keinen Platz nahe beim Feuer, also ließ ich mich ein bisschen weiter weg nieder, dort, wo Menschen bereits in dreckige Decken gehüllt oder unter Kartons schliefen.

In mir drin wurde es immer schlimmer. Vor Wut konnte ich nicht mehr still sitzen, also stand ich auf und ging vom Feuer weg, dorthin, wo die Menschen nicht mehr so dicht aufeinander hockten. Es war spät, so gegen Mitternacht, und fast alle schliefen. Die Einzigen, die noch wach waren, saßen dicht bei den Feuerstellen, aber die waren zu betrunken oder zu müde, um sich um irgendetwas zu scheren. Sie wollten sich einfach warm halten.

In der Nähe standen diese Wagons, die schon seit Jahren nicht mehr benutzt wurden. Ich stand ganz dicht bei einem dieser Wagons, als ich sah, wie ein Mann auf dem Schotter ohnmächtig wurde. Er hatte nichts, um sich warm zu halten. Ich starrte ihn an. Ein Schwarzer. Verwahrlost, alt, klein. Es ist merkwürdig. Ich erinnere mich noch genau, wie er aussah, bis hin zu seiner zerrissenen Lederjacke und der roten Pudelmütze. Wie man sich an das erste Mädchen erinnert, mit dem man gegangen ist. Er stank nach billigem Fusel. So überstand man dort die Nächte.

Keiner achtete auf irgendetwas außer auf die Feuer, und da er betrunken war, zog ich ihn an den Füßen hinter den Wagon. Er wachte nicht mal auf. Schnarchte einfach weiter. Plötzlich stieg mein Adrenalinspiegel. So hatte ich mich noch nie gefühlt. Ich suchte nach einem scharfkantigen Holzstück, doch dann dachte ich, dass er einen geräuschvollen Tod sterben könnte, wenn ich ihn erstechen würde.

Als ich den Stein sah, musste ich grinsen. Er passte einfach. War ungefähr so groß wie zwei Fäuste. Ich drehte den Mann vorsichtig auf den Bauch, zog ihm die Mütze ab und zerschmetterte seinen Hinterkopf. Er gab keinen Ton von sich. Ich hatte einen Orgasmus. Fühlte mich wie neugeboren. Ich ließ die Leiche unter dem Wagon liegen und warf den Stein in einen Fluss. Wer würde schon einen Gedanken an einen toten obdachlosen Mann verschwenden? Ich spazierte, angeheizt von endloser Energie, die ganze Nacht durch die Straßen. Brauchte nicht eine Sekunde lang Schlaf. Und das war der Anfang.

Eines hatte ich jedoch nicht erwartet. Dass das Brennen in mir so schnell zurückkehren würde. Nach zwei Tagen fing es wieder an, stärker denn je, und forderte die nächste Tat.«

Orson rollte sich auf den Rücken und starrte an die Decke. Mir war schlecht vor Ekel.

»Ich werde dich jetzt in dein Zimmer einschließen, damit ich noch etwas Schlaf kriege, Andy.«

»Plagen dich keine Gewissensbisse wegen des Mordes an diesem Mann?«, fragte ich.

Orson drehte sich um und schaute mich an. »Ich denke nicht daran, mich für das, was ich bin, zu entschuldigen. Ich habe schon vor langer Zeit entschieden, dass Schuldgefühle mich niemals stoppen würden. Nicht dass ich nicht darunter gelitten hätte. Ich meine, ich hatte … Ich habe immer noch ein Gewissen. Ich habe lediglich kapiert, dass es sinnlos ist, mich davon quälen zu lassen. Das Wichtigste, was man in Anbetracht eines wahren Mörders begreifen muss, ist, dass Töten zu seiner Natur gehört und man diese Natur nicht ändern kann. So ist es nun mal. Es ist seine Funktion. Ich habe nicht darum gebeten, ich zu sein. Bestimmte chemische Verbindungen und bestimmte Ereignisse haben mich geformt. Es unterliegt nicht meiner Kontrolle, Andy, also habe ich beschlossen, nicht dagegen anzukämpfen.«

»Nein, irgendwas in dir schreit, dass es falsch ist.«

Er schüttelte traurig den Kopf und zitierte murmelnd

Shakespeare: »Ich bin einmal so tief in Blut gestiegen, dass, wollt ich nun im Waten stille stehn, Rückkehr so schwierig wär als durchzugehn.«

Dann schaute er mich so merkwürdig an, als sei ihm plötzlich etwas in den Sinn gekommen. Der aufrichtige Klang seiner Stimme machte mir mehr Angst als alles, was er während des Vormittags gesagt hatte. »Ich weiß, dass du es vergessen hast. Aber irgendwann erzähle ich dir etwas und dann wird dir alles plötzlich sehr einleuchtend erscheinen.«

»Was?«

»Nicht heute. Du bist noch nicht so weit. Noch nicht so weit, mit dem umgehen zu können, was ich dir erzählen werde.«

»Orson …«

Er kletterte vom Bett und bedeutete mir mit einer Handbewegung, aufzustehen. »Lass uns etwas schlafen, Bruder.«

Kapitel 10

Tag 10

Ich spüre ein Gefühl von Freiheit. Orson hat mir den Nachmittag geschenkt, und so sitze ich auf dem Kamm des Hügels, über den ich immer schreibe, und schaue über die durstige Einöde. Ich befinde mich gut hundertfünfzig Meter über der Wüste auf einem flachen Felsen, so dass ich im Umkreis von siebzig Meilen alles überschauen kann.

Ein goldfarbener Adler ist hoch über mir gekreist. Ich frage mich, ob er auf einem dieser dürren, hohen Wacholderbäume nistet. Wenn ich mich umdrehe, sehe ich etwa fünf Meilen östlich der Hütte etwas, was wie eine Straße aussieht. Ich habe drei silberne Punkte über den dünnen grauen Streifen rasen sehen und nehme an, dass es Autos waren. Doch das hilft mir nicht. Es wäre auch egal, wenn sich direkt neben der Hütte eine Tankstelle befände. Orson besitzt mich. Er hat Fotos von mir gemacht, wie ich diese Frau aufschneide. Sie lagen heute Morgen auf meinem Schreibtisch.

Ich habe letzte Nacht wieder von Shirley geträumt. Dass ich sie nachts durch die Wüste getragen und sie ihrer Familie zurückgegeben hätte. Dass sie in ihrem rotgrauen Bowlinghemd ihren Mann und ihre drei Kinder angelächelt hätte, als ich sie dort zurückließ.

Während des letzten Tages habe ich bei Orson einen deutlichen Stimmungswechsel beobachtet. Er ist nicht mehr mürrisch. Genau wie er gesagt hat. Anscheinend ist dies jetzt seine normale Zeit. Doch das Brennen wird zurückkehren und davor habe ich mehr Angst als vor allem anderen.

Ich ziehe in Betracht, ihn einfach zu töten. Er beginnt mir zu vertrauen. Ich würde eine dieser schweren Buchstützen nehmen und ihm das Gehirn rausschlagen, genau wie er es mit dem armen Obdachlosen gemacht hat. Aber was würde mir das bringen? Ich bin ganz sicher, dass Orson genug belastende Beweise zusammengetragen hat, um mich in die Todeszelle zu bringen, selbst wenn ich ihn umbrächte. Davon abgesehen ist mir gestern Nacht etwas sehr Erschreckendes eingefallen: In einem seiner Briefe hat Orson gedroht, jemand würde der Polizei von Charlotte ein Päckchen mit Beweisen schicken, wenn er ihn nicht persönlich davon abhalten würde – wer hilft Orson?

Ich warf den Schreibblock zu Boden, ließ mich von dem Stein gleiten und starrte in die Senke. Am Fuß des Hügels auf der der Hütte abgewandten Seite saß ein Mann auf einem Pferd und schaute zu mir herauf. Obwohl ich kaum mehr als einen braunen Fleck in der Wüste erkennen konnte, sah ich, dass er mir zuwinkte. Aus Angst, er könnte rufen, winkte ich zurück, packte den Block in einen kleinen Rucksack und hastete so schnell ich konnte den Hügel hinab.

Ich brauchte mehrere Minuten, um den abschüssigen Hang zu überwinden und dabei die steilsten Stellen zu vermeiden. Während des Abstiegs knackte es mir in den Ohren, und unten angekommen, war ich außer Atem und mir brannten die Beine. Keuchend lehnte ich mich gegen einen staubigen Felsblock.

Das Pferd stand etwa drei bis vier Meter von mir entfernt. Es schaute mich an, wieherte leise und ließ dann einen riesigen Haufen Pferdeäpfel fallen. Staub brannte in meinen Augen, und ich rieb so lange, bis Tränen die kleinen, vom Wind getriebenen Schmutzteilchen wegspülten. Ich schaute auf zu dem Mann auf dem Pferd.

Er trug einen dunklen, schokoladenbraunen Cowboyhut, ein erdfarbenes, kariertes Flanellhemd und eine gelbbraune Reithose. Sein Gesicht, verlebt und faltig, strahlte so viel Energie aus, dass er vermutlich jünger war, als er aussah. Jahrelange harte Arbeit und das Reiten in Wind und Hitze hatten es vorzeitig altern lassen.

Ich dachte, dass er etwas sagen würde, doch er nahm lediglich einen tiefen Zug von einem Joint. Er behielt den Rauch in den Lungen und bot mir die Marihuanazigarette an, doch ich schüttelte den Kopf. Ein kurzer Augenblick verstrich, dann blies er eine süßlich riechende Rauchwolke aus, die der Wind davontrug und in der sengenden Luft verteilte. Seine braunen Augen wurden einen Moment unsichtbar, als er mich anblinzelte.

»Dachte, du wärst Dave Parker«, sagte er mit breitem Akzent. »Hol mich der Teufel, wenn du ihm nicht verdammt ähnlich siehst.«

»Sie meinen den Mann, dem die Hütte auf der anderen Seite des Hügels gehört?«

»Genau den.« Er nahm einen weiteren Zug.

»Ich bin sein Bruder«, erklärte ich. »Woher kennen Sie ihn?«

»Woher ich den kenne?«, wiederholte er ungläubig mit krächzender Stimme, wobei er den Rauch immer noch in der Lunge behielt. »Das war mal *meine* Hütte.« Er ließ den Rauch zeitgleich mit den Worten seinem Mund entweichen. »Hast du das nich gewusst?«

»Dave hat mir nicht erzählt, von wem er sie gekauft hat, und ich bin erst seit ein paar Tagen hier. Wir haben uns eine Zeit lang nicht gesehen.«

»Also, zum Teufel, all das hier ist meins, so weit du sehen kannst. Ich hab 'ne Ranch zehn Meilen von hier entfernt, in dieser Richtung.« Er zeigte in Richtung Norden auf die Berge. »Hab vierhundert Rinder hier auf diesem Land grasen.«

»In dieser Wüste?«

»War in letzter Zeit sehr trocken, aber nach 'nem kräftigen Regen wächst hier Reisgras und alles wird wieder grün. Außerdem bringen wir sie auch weiter hoch in die Winds. Ja, ich hätte die Hütte nie verkauft, aber dein Bruder hat mir ein kleines Vermögen dafür geboten. Sie is mitten auf meinem Land. Aber so habe ich ihm die Hütte und vier Hektar Land verkauft. Hab keinen Schimmer, warum jemand diese Hütte dort draußen besitzen will. Gibt nich viel zu sehen und macht keinen Sinn, im Winter herzukommen. Aber zum Teufel, is schließlich sein Geld.«

»Wann hat er sie Ihnen abgekauft?«

»Ach du Scheiße, is doch ein Jahr wie das andere. Schätze, Doktor Parker hat sie damals 91 gekauft.«

»*Doktor* Parker?«

»Is doch 'n Doktor für irgendwas, oder? Hol mich der Teufel, Geschichte oder so? Is er nich Doktor für Geschichte? Hab den Mann zwei Jahre nich gesprochen, kann also auch falsch liegen …«

»Er hat sich von Ihnen mit Titel anreden lassen?«, unterbrach ich ihn und zwang mich zu lachen, um den Mann von meinem Schwall von Fragen abzulenken. »Der Kerl hält sich wohl für was Besseres.«

»Klar«, meinte der Cowboy und lachte ebenfalls. Ich lächelte erleichtert, dass er keinen Verdacht schöpfte.

»Unterrichtet er immer noch da am College oben im Norden?«, fragte der Mann. »Mein Gedächtnis is keinen Pfifferling mehr wert. Vermont vielleicht? Hat erzählt, er unterrichtet im Herbst und im Frühjahr und möchte die Sommerzeit hier draußen verbringen. Zumindest war das vor zwei Jahren noch so.«

»Oh, ja, das ist immer noch so.« Ich versuchte mir meine Fassungslosigkeit nicht anmerken zu lassen. Nicht in tausend Jahren hatte ich damit gerechnet, hier in dieser Wüste auf einen anderen Menschen zu treffen. Es war so anregend, und ich betete nur, Orson möge diesen Cowboy nicht so nahe an seiner Hütte vorbeireiten sehen.

»Nun, muss weiter«, sagte er. »Hab noch 'ne Menge Land abzureiten, bevor der Tag vorbei ist. Sag *Doktor* Parker, dass ich vorbeigeschaut habe. Und wie heißt du?«

»Mike. Mike Parker.«

»Percy Madding.«

»War nett, Sie kennen zu lernen, Percy«, sagte ich, trat einen Schritt vor und schüttelte seine behandschuhte Hand.

»Freut mich auch, Mike. Und vielleicht schaue ich irgendwann bei euch Jungs mal vorbei mit 'ner Flasche Tequila und ein paar von diesen hier.« Er wedelte mit seinem Joint herum, der ausgegangen war.

»Es ist nur so, dass wir in ein paar Tagen wieder abreisen. Zurück in den Osten.«

»Oh, schade. Nun, Jungs, dann habt 'ne gute Reise.«

»Danke«, sagte ich, »ach, und noch etwas. Wie heißt diese Bergkette hier, die im Norden und Osten verläuft?«

»Das sind die Wind Rivers. Die schönsten Berge im ganzen Bundesstaat. Ziehen weniger von diesen verdammten Touristen an als die Tetons und Yellowstone.«

Percy zog ein silbernes Feuerzeug aus der Tasche und entzündete seinen Joint von neuem. Dann nickte er mir zu, klopfte mit seinem Bein sanft gegen den Bauch des Pferdes, schnalzte und trabte davon.

Kapitel 11

Mitten am Nachmittag kehrte ich schweißtriefend zurück in die Hütte. Orson lag mit nacktem Rücken auf den kalten Steinen des Wohnzimmerbodens und hielt ein Buch in Händen. Ich trat vorsichtig über ihn hinweg und ließ mich aufs Sofa fallen.

»Was liest du?«, fragte ich und bewunderte dabei seine perfekte Bauch- und Brustmuskulatur, die zuckte, wenn er atmete.

»Ein Gedicht, das du gerade ruiniert hast.« Er warf das Buch über den Boden und versuchte mir in die Augen zu sehen. »Ich muss ein Gedicht von Anfang bis Ende ohne Unterbrechung lesen können. Nur so blüht Poesie. Sie muss als Ganzes gesehen werden und nicht in zersplitterten Stücken.«

»Welches Gedicht?«

»›Die hohlen Männer‹«, erwiderte er ungeduldig und starrte hinauf zu den stützenden Balken des Dachstuhls. Plötzlich sprang er auf, wobei er allein die Kraft seiner Beine nutzte. Er setzte sich neben mich auf das Sofa, klopfte sich mit den Fingern auf die Knie und beobachtete mich mit unruhigem Blick. Ich fragte mich, ob er wohl den Cowboy gesehen hatte.

»Geh und mach dich frisch«, sagte er plötzlich.

»Warum?« Sein Blick wurde stechender. Er brauchte mich nicht zweimal aufzufordern.

Im Seitenspiegel beobachtete ich die kleiner werdende Hütte. Die Sonne war gerade hinter dem Horizont versunken und erleuchtete den westlichen Rand des Himmels eben noch mit einem rosavioletten Schein. Die Wüste hatte sich im Schatten bereits dunkelrot verfärbt, und ich beobachtete, wie das Land langsam wieder schwarz und leblos wurde. Während wir gen Osten fuhren, blickte ich geradeaus. Die Nacht brach über die Wind-River-Berge herein.

Wir fuhren über eine primitive Sandpiste und hinterließen eine Staubspur ähnlich dem Kondensstreifen eines Flugzeugs. Seit wir die Hütte verlassen hatten, hatte Orson kein einziges Wort mehr gesprochen. Ich kurbelte das Fenster hinunter und ließ die Abendluft mein sonnenverbranntes Gesicht kühlen.

Orson trat so energisch auf das Bremspedal, dass der Wagen schlitternd zum Stehen kam. Etwa hundert Meter vor uns lag ein leerer Highway, der gleiche, den ich vom Hügel aus gesehen hatte. Orson griff in das Fach unter seinem Sitz, holte ein Paar Handschellen hervor und ließ sie in meinen Schoß fallen. »Schließ das eine Ende um dein rechtes Handgelenk und mach das andere Ende an der Tür fest.«

Ich legte die Handschellen wie befohlen an. »Was machen wir hier?«, fragte ich.

Er beugte sich zu mir herüber und überprüfte die Handschellen, dann stellte er den Motor ab. Es wurde sofort still, denn der Wind war mit Einsetzen der Abenddämmerung abgeklungen. Ich beobachtete Orson, der stur vor sich hin blickte. Er trug einen neuen blauen Arbeitsoverall und wieder diese Schlangenlederstiefel. Ich trug einen braunen Arbeitsanzug, der bis auf die Farbe dem seinen glich. Einer der vier Schränke im Flur zwischen den Schlafzimmern und dem Wohnzimmer war bis oben hin damit gefüllt.

Orsons Bart war gewachsen und bildete den gleichen

Schatten auf seinem Gesicht wie meiner bei mir. Derart subtile Dinge festigen das Band zwischen Zwillingen, und während ich Orson anschaute, spürte ich einen Funken Vertrautheit in einem Gefäß, in dem diese Liebe schon vor langer Zeit ausgetrocknet war. Aber dies war nicht der Mann, den ich gekannt hatte. *Du bist ein Monster.* Meinen Bruder zu verlieren, hatte dem Verlust eines wichtigen Körperteils geglichen, doch wenn ich ihn nun betrachtete, fühlte ich mich wie ein Amputierter mit dem Alptraum, dass die verlorene Gliedmaße wieder anwächst – dämonisch und nicht mehr dem eigenen Willen gehorchend.

»Hast du Mutter häufig gesehen?«, fragte Orson, den Blick fest auf den Highway gerichtet.

»Ich fahre zweimal pro Monat hoch nach Winston. Wir essen zusammen Mittag und besuchen Vaters Grab.«

»Was trägt sie?«, fragte er, ohne mich anzuschauen, den Blick immer noch auf die Straße gerichtet.

»Ich verstehe nicht …«

»Ihre Kleidung. Was für Kleidung trägt sie?«

»Meistens Kleider. Eigentlich unverändert.«

»Trägt sie je das blaue Kleid mit den Sonnenblumen?«

»Das weiß ich nicht.«

»Wenn ich von ihr träume, trägt sie immer dieses Kleid. Ich bin einmal hin, um sie zu sehen«, erzählte er. »Bin die Race Street auf und ab gefahren und habe das Haus beobachtet in der Hoffnung, einen kurzen Blick auf sie im Garten oder durch die Fenster zu erwischen. Vergeblich.«

»Warum bist du nicht zu ihr reingegangen?«

»Was hätte ich zu ihr sagen sollen?« Er machte eine Pause und schluckte. »Hat sie je nach mir gefragt?«

Ich dachte daran, zu lügen, sah jedoch keinen Grund, ihn zu schonen. »Nein.«

»Sprichst du je mit ihr über mich?«

»Wenn, dann nur über unsere Kindheit. Aber ich glaube nicht, dass sie diese Geschichten noch gerne hört.« Am Ende des Highways wurden nach Norden gerichtete Lichter sichtbar, allerdings waren sie noch so weit entfernt, dass ich nicht mal die einzelnen Scheinwerfer unterscheiden konnte.

»Dieses Auto wird erst in zehn Minuten hier vorbeikommen«, sagte er. »Es ist immer noch Meilen entfernt. Diese Straßen sind so lang und so gerade, dass die Entfernung täuscht.«

Meine rechte Hand pochte in der Umklammerung der metallenen Handschelle. Das Blut gelangte nicht mehr bis in die Fingerspitzen, doch ich beschwerte mich nicht. Stattdessen massierte ich meine Finger, bis das Kribbeln aufhörte.

»Was hast du mit mir vor?«, fragte ich, doch Orson starrte weiter auf die sich nähernden Scheinwerfer, als hätte er meine Frage nicht gehört. »Orson«, versuchte ich es erneut. »Was hast du ...«

»Ich habe es dir am ersten Tag gesagt. Ich lasse dir eine Erziehung angedeihen.«

»Glaubst du, dass Erziehung darin besteht, den ganzen Tag langweilige Scheißbücher zu lesen?«

Er schaute mir direkt in die Augen. »Die Bücher haben nichts damit zu tun. Sicherlich hast du das längst kapiert.«

Er ließ den Motor an und wir rollten auf den Highway zu. Der Himmel war mittlerweile nachtschwarz. Wir fuhren über den Asphalt und blieben am Straßenrand stehen. Ich beobachtete die Scheinwerfer durch die Windschutzscheibe und zum ersten Mal kamen sie mir näher vor. Verwirrt schaute ich Orson an.

»Bleib still sitzen«, sagte er. Er schaltete den Motor aus, öffnete die Tür, stieg aus, holte ein weißes Taschentuch aus seiner Hosentasche und band es an die Antenne. Dann schlug er die Tür zu und steckte seinen Kopf durch das offene Fenster herein. »Andy«, warnte er mich, »keinen Mucks!«

Er lehnte sich mit verschränkten Armen gegen die Motorhaube. Ich kurbelte meine Scheibe hoch und versuchte meine Befürchtungen zu verdrängen, aber letztlich starrte ich einfach gebannt auf die Straße und hoffte, dass der herannahende Wagen vorbeifahren würde. Nach einer Weile hörte ich den Motor. Die Scheinwerfer kamen näher, nur noch Sekunden entfernt.

Ein Mini-Van fuhr vorbei. Im Rückspiegel sah ich seine Bremslichter aufleuchten. Der Van drehte, fuhr langsam zu uns zurück und blieb auf der anderen Straßenseite stehen. Die Fahrertür ging auf, worauf sich automatisch die Innenbeleuchtung einschaltete. *Kinder auf dem Rücksitz.* Ein Mann in unserem Alter stieg aus, sagte etwas zu seiner Frau und ging vertrauensvoll auf Orson zu. Seine Kinder beobachteten uns durch die getönte Fensterscheibe.

Der Mann trug khakifarbene Shorts, Mokassins und ein rotes, kurzärmliges Poloshirt. Er sah aus wie ein Rechtsanwalt, der auf Familienurlaub quer durchs Land fuhr.

»Probleme mit dem Wagen?«, fragte er, während er die gestrichelte gelbe Linie überquerte und am Straßenrand stehen blieb.

Mein Bruder lächelte. »Ja, aber ich weiß nicht, was es ist.«

Durch die Windschutzscheibe nahm ich ein weiteres Paar nach Norden gerichteter Lichter wahr.

»Kann ich Sie ein Stück mitnehmen oder Ihnen mein Handy leihen?«, bot der Mann an.

»Es ist schon jemand unterwegs«, erwiderte Orson. »Möchte Ihnen keine Umstände machen.«

Gott sei Dank!

»Nun, ich wollte Ihnen einfach meine Hilfe anbieten. Kein guter Ort für eine Panne.«

»Das können Sie laut sagen«, Orson streckte seine Hand aus. »Trotzdem vielen Dank.«

Der Mann lächelte und schüttelte die Hand meines Bruders. »Schätze, wir machen, dass wir weiterkommen. Wir hoffen, noch vor Mitternacht Yellowstone zu erreichen. Die Kinder sind ganz wild auf diesen verdammten Geysir.«

»Dann eine gute Fahrt«, verabschiedete sich Orson. Der Mann überquerte die Straße und stieg wieder in seinen Van. Mein Bruder winkte den Kindern auf dem Rücksitz zu und sie winkten erfreut und kichernd zurück. Während der Van davonfuhr, beobachtete ich, wie seine Schlusslichter im Rückspiegel immer blasser wurden.

Das nächste Auto war jetzt ganz nah. Es wurde langsamer, bevor es uns erreichte, scherte auf unsere Straßenseite aus und kam etwa drei Meter vor der vorderen Stoßstange von Orsons Buick zum Stehen. Aus dem schwarzen Ford Pick-up, einem dieser beeindruckenden neuen Modelle mit einer Reihe blendender Fernscheinwerfer über dem Führerhaus, stieg auf der Fahrerseite ein untersetzter Mann mit einer deutlich wahrnehmbaren Bierfahne aus. Er ließ den Motor laufen und die Frontscheinwerfer blendeten meine Augen. Aus den Lautsprechern drang Countrymusic, während der Fahrer, offensichtlich betrunken, mit schwankenden Schritten auf Orson zukam. Zwei weitere Männer stiegen auf der Beifahrerseite aus und näherten sich ebenfalls meinem Bruder.

»Hallo, meine Herren«, sagte Orson, als sie sich im Kreis um ihn herum aufgestellt hatten. Jeder von ihnen kaute zwischen Zähnen und Unterlippe auf einem Zahnstocher herum. Die beiden Mitfahrer trugen Cowboyhüte und der Fahrer hielt eine alte Redskins-Kappe in den Händen. Sein langes, verfilztes und fettiges Haar hing ihm im Gesicht.

»Stimmt was nich mit dem Wagen?«, fragte der Fahrer. Er spuckte auf die Straße, fuhr sich mit dem Handrücken über den Mund und wischte sich dann die Hand an seinem schwarzen Trägerhemd mit einem blausilbernen Ford-Emblem über der Brust ab. Er hatte sich seit längerem nicht rasiert.

»Keine Ahnung«, erwiderte Orson. »Ich hatte gehofft, es würde jemand anhalten, der ein bisschen Ahnung von Autos hat.« Die beiden Mitfahrer kicherten betrunken und der Fahrer schaute sie an und lächelte. Ihre Zähne waren von exzessivem Saufen grau und gelb verfärbt, doch wenn man von ihrer miserablen Körperpflege einmal absah, wirkte keiner der Männer älter als dreißig Jahre.

»Wo kommst du her, Junge?«, fragte einer der Beifahrer.

Orson wandte sich dem langen, dünnen Mann ganz links zu und lächelte. »Missouri.«

»Ganz schöne Ecke weg von zu Hause, was?«, fragte der Mann und trank einen Schluck aus seiner Bierdose.

»Stimmt«, sagte Orson, »und ich wäre Ihnen sehr dankbar für Ihre Hilfe.«

»Könnte Sie aber was kosten«, meinte der Fahrer. »Könnte sogar 'ne Menge kosten.« Er schaute wieder zu seinen Kumpeln und alle lachten.

»Ich möchte keinen Ärger haben.«

»Wie viel Geld ham Sie'n dabei?«, fragte der dicke Mann in der Mitte. Mit seinen dunklen buschigen Koteletten und den Haaren auf dem Bauch, der zwischen einer schwarzen Jeans und einem weißen, mit Fettflecken übersäten T-Shirt herausquoll, sah er so abstoßend ungepflegt aus, dass ich meinte, ihn durch die Windschutzscheibe riechen zu können.

»Ich weiß nicht«, sagte Orson. »Ich müsste erst meine Brieftasche holen und nachschauen.«

Orson ging vorsichtig an dem Fahrer vorbei zum Kofferraum, grinste mich an und winkte mir zu, als er an meinem Fenster vorbeikam. Ich hörte, wie der Kofferraum geöffnet wurde und Plastik raschelte.

Der Fahrer sah, dass ich ihn durch die Windschutzscheibe anstarrte.

»Was zum Teufel glotzt du so, Junge?«, wollte er wissen. Orson kam wieder an meiner Tür vorbei und blieb rechts von der Motorhaube stehen. Die drei Männer beäugten ihn misstrauisch, allerdings zu betrunken, um zu bemerken, dass er jetzt schwarze Handschuhe trug.

»Dein Freund kriegt gleich den Arsch versohlt, wenn er mich weiter so anstarrt.«

»Er ist harmlos«, sagte Orson. »Schauen Sie, ich könnte Ihnen zwanzig Dollar geben. Ist das genug?«

Der Fahrer glotzte ihn dümmlich an. »Lass mich mal deine Brieftasche sehen«, sagte er schließlich.

»Warum?«

»Arschloch, ich hab gesagt, gib mir deine Brieftasche.« Orson zögerte. »Bist du blöd, Junge? Brauchst du erst 'ne Tracht Prügel?«

»Seht mal, Jungs, ich habe gesagt, dass ich keinen Ärger will.« Orson ließ seine Stimme ängstlich klingen.

»Dann rück deine Brieftasche raus, Scheißkerl!«, fuhr der fettleibige Beifahrer dazwischen. »Wir brauchen mehr Bier.«

»Werden Sie denn mein Auto reparieren?« Die Männer brachen in Lachen aus. »Ich habe mehr als zwanzig Dollar«, flehte Orson. »Werfen Sie doch wenigstens einen Blick unter die Motorhaube, um zu sehen, ob Sie feststellen können, was kaputt ist.«

Orson trat vor den Buick. Er fasste mit der Hand durch den Kühlergrill, zog an einem Hebel und hob die schwere Motorhaube an. Dann stellte er sich wieder dort auf, wo er bis eben gestanden hatte, in meiner Nähe rechts vom Auto. Jetzt konnte ich nichts mehr sehen, nur meinen Bruder, wie er mit den Männern redete.

»Werfen Sie wenigstens einen Blick hinein«, stachelte

Orson sie an. »Aber wenn Sie eh nichts von Autos verstehen …«

»Natürlich verstehe ich was von Autos«, sagte eine Stimme. »Blöder Stadtarsch. Hat keine Ahnung von nichts, is es nich so?«

Der Buick quietschte und senkte sich ein wenig, als kniete jemand auf der Stoßstange.

»Überprüfen Sie den Kühler«, sagte Orson. »Irgendetwas verursacht eine Überhitzung des Motors.«

Erneut bewegte sich das Auto. »Nein, innen drin«, meinte Orson. »Ich glaube, irgendwas ist geschmolzen. Sie müssen schon näher ran, um was sehen zu können. Geht mal auf die Seite, Jungs, ihr steht ihm im Licht.«

Eine gedämpfte Stimme sagte: »Ich hab keine Ahnung, was zum Teufel …«

Orson ließ die Motorhaube niedersausen. Die beiden Beifahrer schrien auf und sprangen entsetzt zurück. Blut besprenkelte die Windschutzscheibe. Orson hob die Motorhaube noch einmal an und ließ sie erneut niedersausen. Der Fahrer wurde kurz gegen die Motorhaube gequetscht und beschmierte die Windschutzscheibe, als er hinab in den Staub sank.

»Hol das Gewehr!«, schrie der Dicke, doch niemand rührte sich.

»Vergesst es, Jungs«, sagte Orson mit der gleichen ängstlichen Stimme. »Ich habe eine Waffe.« Er zeigte mit meinem .357er auf die beiden Männer. »Ich hoffe, ihr seid nicht zu fertig, um zu erkennen, was das ist. Du«, wies er den schlanken Mann an, »du hebst den Kopf deines Kumpels auf.« Der Mann ließ seine Bierdose fallen. »Los, er beißt dich schon nicht.« Der Mann packte ihn an den langen, schmutzigen Haaren und hob ihn hoch. »Und jetzt hier lang, Jungs«, sagte Orson. »Geht schön hier um das Auto rum. Ja, genau so.« Die

Männer gingen an der Fahrerseite vorbei, während Orson auf meiner Seite entlangkam. Ich drehte mich um, um durch die Heckscheibe zu sehen, doch der Kofferraumdeckel stand immer noch hoch. Er hatte ihn nie geschlossen.

»Es tut mir Leid, wegen der Brieftasche ...«

»Los, rein mit euch!«, befahl Orson. Das Auto bewegte sich nicht. »Muss ich euch beiden erst die Kniescheiben durchschießen und euch dort eigenhändig reinziehen? Es wäre mir lieber, wenn es sich vermeiden ließe, dass euer Blut meinen ganzen Wagen besudelt.«

Als der Abzugshahn gespannt wurde, schwankte das Auto plötzlich und die Männer kletterten unbeholfen in den Kofferraum.

»Dumme, dumme Jungs«, sagte Orson. »Es wäre besser für euch gewesen, ihr hättet alle drei unter die Motorhaube geschaut.« Er schloss den Kofferraum. Während Orson auf den Pick-up zuging, hörte ich die Kerle weinen. Dann schrien sie und schlugen und traten von innen gegen den Kofferraum. Als Orson in den schwarzen Ford stieg und Scheinwerfer und Fernlicht ausschaltete, hörte ich, dass aus dem Wagen immer noch die gleiche schwermütige, langsame Ballade drang und ein Steelguitar-Solo, das sich in der Wüste verlor. Bis sich meine Augen wieder an die Dunkelheit gewöhnt hatten, war die Musik verstummt. Die Fahrertür des Buicks ging auf und Orson griff nach einem Vierkantholz und einem Seil auf dem Rücksitz.

Er schloss die Tür und sagte: »Wenn sie so weitermachen, dann sag ihnen, dass du sie umbringen wirst.«

»Sieh mal.« Ich zeigte auf die Straße vor uns, auf der gerade ein Paar Scheinwerfer in Sicht kamen.

Orson löste das Taschentuch von der Antenne und lief zurück zum Pick-up. Er kletterte wieder ins Fahrerhaus, warf den Motor an und ließ den Wagen ein paar Meter vorwärts rollen, bis er nach Osten in die Wüste zeigte. Einige Minuten lang machte sich Orson im Fahrerhaus zu schaffen. Die Männer klagten weiter, die Luftnot steigerte ihre Angst und ließ ihr Flehen noch verzweifelter klingen. Ich sagte kein Wort zu ihnen, während die Scheinwerfer immer noch näher kamen.

Der Ford fuhr in Richtung Wüste davon. Ich schaute ihm erst durch die Windschutzscheibe und dann durch die Seitenscheibe der Fahrerseite hinterher. Innerhalb von zehn Sekunden war er in der Nacht verschwunden. Orson kam atemlos zum Auto zurückgerannt. Er zeigte mit den Daumen nach oben und zog den Fahrer hinters Auto. Dann kam er zu meiner Seitenscheibe.

»Ich brauche deine Hilfe«, sagte er, während er die Tür öffnete. Er schloss die Handschellen auf und gab mir die Autoschlüssel. Während wir um den Buick herumgingen, konnte ich das näher kommende Fahrzeug schon entfernt hören und gleichzeitig beobachten, wie die Rücklichter des Mini-Van in der Dunkelheit verschwanden – glühende rote Augen, die mit der Nacht verschmolzen. Ich versuchte, an diese glückliche Familie zu denken. *Wir haben sie gehen lassen. Wir haben sie gehen lassen.* Ich schaute nach unten, doch der Buick hatte immer noch kein Nummernschild.

Orson zeigte auf den am Boden liegenden Fahrer und sagte: »Wenn ich es dir sage, schließt du den Kofferraum auf und wirfst ihn dort rein. Schaffst du das?« Ich nickte.

»Hey, ihr Arschlöcher!«, schrie Orson. »Der Kofferraumdeckel geht gleich auf und ich werde meinen Revolver auf euch richten. Ein Mucks und ich drücke ab.«

Orson schaute zu mir und nickte. Ich öffnete den Kofferraum, ohne die Männer im Innern oder die Leiche, die ich hochhieven musste, anzuschauen. Ich zog den Mann vom Boden hoch und ließ seinen schweren, schlaffen Körper auf die beiden Männer rutschen. Dann schlug ich den Kofferraumdeckel zu und wir stiegen ein.

Orson ließ den Motor erst an, nachdem das auf uns zukommende Fahrzeug an uns vorbeigefahren war. Die Innenbeleuchtung ging an und mir stockte der Atem, als ich meinen braunen, blutgetränkten Arbeitsoverall sah. Überall Blut, bis runter in die Stiefel. Ich schrie Orson an, er solle anhalten. Taumelnd stieg ich aus, ließ mich auf die Knie fallen, rollte mich herum und rieb meine Hände so lange im Staub, bis er mit dem Blut kleine Klümpchen bildete.

Aus dem Wageninnern drang Orsons Stimme zu mir. Er schlug gegen das Lenkrad und sein schallendes Gelächter zerschnitt die nächtliche Luft.

Kapitel 12

Auf der Rückfahrt zur Hütte schlugen die Männer weiter von innen gegen den Kofferraumdeckel. Orson genoss ihre hörbare Angst. Wenn sie schrien, imitierte er ihre Stimmen und übertraf häufig noch ihr verzweifeltes Flehen.

Ich starrte auf die von den Scheinwerfern erleuchtete Piste und fragte Orson, was er mit dem Pick-up gemacht habe. »Ich habe das Lenkrad mit dem Seil fixiert, damit der Wagen geradeaus fährt, anschließend habe ich das Vierkantholz zwischen Vordersitz und Gaspedal gesteckt«, antwortete er grinsend. Orson schaute auf seine beleuchtete Uhr. »In der nächsten halben Stunde wird er fünfundzwanzig Meilen in die verlassene Wüste hineinrollen. Dann wird er von den Bergen gestoppt werden, es sei denn, er ist vorher schon mit einem Großohrhirsch zusammengestoßen. Doch um diesen Monstertruck zu stoppen, müsste es schon ein verdammt großer Bock sein.

Irgendwann wird ihn einer finden. Vielleicht in ein paar Tagen, vielleicht auch erst in ein paar Wochen. Aber das spielt keine Rolle, denn bis dahin düngen diese Kerle schon die Büsche hier. Die hiesige Polizei wird vermutlich herausfinden, woher sie kamen und wohin sie wollten. Sie werden feststellen, dass dort hinten auf der Straße irgendetwas passiert sein muss, aber was soll's. Morgen wird es zum ersten Mal seit

Wochen regnen und damit das Blut auf dem Boden wegwaschen. Nur zwei Fahrzeuge sind uns begegnet, beide mit auswärtigen Nummernschildern, die Leute waren also nur auf der Durchreise. Die Angelegenheit wird als ungeklärtes Verschwinden enden, und bei dem ungehobelten Benehmen dieser jungen Männer kann ich mir nicht vorstellen, dass ihnen auch nur einer eine Träne nachweint.«

Als wir die Hütte erreichten, bremste Orson vor der Scheune. Nachdem wir ausgestiegen waren, rief er mich zur Motorhaube des Buick, entriegelte sie und forderte mich durch einen Wink auf, einen Blick hineinzuwerfen. Die auf der Scheune angebrachten Flutlichter erleuchteten den Motorraum, als ich vorsichtig hineinspähte.

»Was?«, fragte ich beim Anblick des korrodierten Motors.

»Du wärst auch darauf reingefallen. Sieh mal.« Auf die Unterseite der Motorhaube war einige Zentimeter hinter der Kante ein etwa ein Meter langes Metallstück aufgeschweißt worden. »Eine alte Rasenmäherklinge«, sagte Orson. »Rasiermesserscharf. Vor allem in der Mitte. Hätte er seinen Kopf etwas weiter rechts gehabt, wäre der schon beim ersten Mal sauber abgetrennt worden.« Behutsam fuhr ich mit dem Zeigefinger die Klinge entlang. Sie war schartig und blutverschmiert und auch auf dem Motor klebte überall Blut.

»Hast du diesen Motorhaubentrick schon früher angewendet?«, fragte ich.

»Gelegentlich.«

Einer der Männer im Kofferraum schrie: »Lass mich raus, du Arschloch!«

Orson lachte. »Da er so höflich gefragt hat. Komm, mach ihm auf.« Er warf mir den Schlüssel zu. »Hört ihr mich, Jungs?«, rief er und ging zum Kofferraum. »Ich öffne jetzt den Deckel. Keine Bewegung!«

Ich öffnete den Kofferraum, während Orson mit der Waffe auf die Männer zielte. Als ich zurücktrat, flüsterte er: »Los, hol die Handschellen!«

Ich warf einen Blick in den mit Plastik ausgeschlagenen Kofferraum – ein grausiger Anblick. Der Fahrer war in den hinteren Teil des geräumigen Kofferraums geschoben worden, dabei hatten sich seine Freunde von oben bis unten mit Blut besudelt. Sie schauten mich an, als ich vorbeiging, und ihre Augen flehten um Gnade, die ich ihnen nicht gewähren konnte. Ich griff nach den Handschellen auf dem Boden der Beifahrerseite und ging zu Orson zurück.

»Wirf ihnen die Handschellen zu«, sagte er. »Jungs, fesselt euch aneinander.«

»Fick dich ins Knie!«, jaulte der dicke Mann. Orson spannte den Abzugshahn und schoss ihm ein Loch ins Bein. Während der Mann aufheulte und lauthals Obszönitäten schrie, richtete Orson die Waffe auf den anderen Mann.

»Wie heißt du?«, fragte er.

»Jeff«, erwiderte der Mann zitternd und hielt sich die Hände vors Gesicht, als könnten sie die Kugeln abhalten. Sein Freund fasste sich an den Schenkel, grunzte und wimmerte mit zusammengepressten Zähnen.

»Jeff«, sagte Orson. »Ich schlage vor, du ergreifst die Initiative und kettest dich mit den Handschellen an deinen Kumpel.«

»Ja, Sir«, erwiderte Jeff, und während er eine Handschelle um sein Handgelenk legte, sprach Orson den verwundeten Mann an, der inzwischen die Zähne zusammenbiss, um nicht zu schreien.

»Wie heißt du?«, fragte Orson.

»Wilbur«, zischte der Mann, ohne den Mund zu öffnen.

»Wilbur, ich weiß, du leidest fürchterliche Schmerzen, und ich wünschte, ich könnte sagen, dass all das hier bald vorüber ist. Aber das wird es nicht sein.« Orson klopfte ihm freundschaftlich auf die Schulter. »Ich möchte dir nur versichern, dass die Nacht erst angefangen hat, und je mehr du mir auf die Nerven gehst, desto schlimmer wird es für dich werden.«

Nachdem Jeff und Wilbur aneinander gefesselt waren, befahl Orson ihnen auszusteigen. Wilbur hatte Schwierigkeiten, sein Bein zu bewegen, daher gab Orson mir ein Zeichen, ihn aus dem Kofferraum zu zerren. Als er aufschrie, ließ ich ihn fallen, und Jeff fiel auf ihn und quetschte dabei das verletzte Bein ein.

Die beiden Männer ließen ihre Cowboyhüte im Kofferraum und kamen nur langsam auf die Beine, dann führte Orson sie zur Scheune. Während er die Tür aufschloss, forderte er mich auf, den Fahrer in die Plastikplane einzurollen und ihn aus dem Kofferraum zu holen.

»Ich kann ihn nicht alleine rausheben«, erklärte ich. »Das Blut wird alles einsauen.«

»Dann mach einfach den Deckel zu. Aber wir müssen ihn rausholen, bevor er anfängt zu stinken.«

Ich kehrte zum Wagen zurück und schloss den Kofferraum. Auf dem Weg zur Scheune fühlte ich den Schlüssel in meiner Hosentasche klappern. Während ich den braunen Wagen anstarrte, der im Flutlicht vollkommen glanzlos wirkte, dachte ich: *Ich könnte abhauen. Jetzt. Ins Auto steigen, den Motor anlassen und zurück auf den Highway fahren. Vermutlich befindet sich spätestens dreißig, vierzig Meilen entfernt die nächste Stadt. Eine Polizeiwache aufsuchen und jemanden hierher lotsen. Vielleicht würde sie das retten.* Ich ließ meine Hand in die Tasche gleiten und steckte einen Finger durch den Ring des Schlüsselanhängers. Durch die Pinienholzwand drang Orsons Stimme, der drinnen den stöhnenden Mann verhöhnte.

Los! Ich bewegte mich auf die Fahrerseite zu. *Scheiße!* Die Motorhaube war immer noch geöffnet, also ließ ich sie leise herab, so dass sie nur mit einem sanften, metallischen Klicken schloss, das Orson unmöglich in der Scheune gehört haben konnte. Den Schlüssel fest zwischen Daumen und Zeigefinger, öffnete ich zitternd die Autotür und setzte mich auf den Fahrersitz. *Schlüssel ins Zündschloss. Die Handbremse prüfen. Die Tür erst zumachen, wenn der Wagen rollt. Dreh den Schlüssel. Dreh den Schlüssel!*

Irgendetwas klopfte gegen die Scheibe. Ich zuckte zusammen und sah, dass Orson auf der Beifahrerseite stand und mit dem Revolver durch die Scheibe auf meinen Kopf zielte.

»Was um alles in der Welt tust du da?«, fragte er.

»Ich komme«, sagte ich. »Ich komme.« Ich zog den Schlüssel aus dem Zündschloss und stieg aus. »Hier.« Ich warf ihm den Schlüssel zu und ging auf die Scheune zu. *Erschieß mich nicht. Bitte! Tu so, als wäre das nicht passiert.* An der hinteren Türe stellte er mich.

»Ich ziehe in Erwägung, dich zu töten«, sagte er. »Aber hier drin hast du eine Chance, mich davon abzuhalten. Nach dir.«

Er folgte mir in die Scheune und schloss die Tür hinter uns ab. Die Männer hatte er bereits einzeln an den Pfahl gefesselt. *Du siehst das nicht zum ersten Mal. Es wird nicht so schlimm sein wie bei Shirley. Es kann nicht so schlimm sein. Wir haben die Familie weiterfahren lassen. Die Kinder werden morgen ihren Spaß haben. Klammere dich an diesen Gedanken.*

Orson holte sein handgeschmiedetes Messer hervor und legte eine Kassette in die Videokamera, die auf einem Stativ in der Ecke stand. Ich konnte mich nicht daran erinnern, in der Nacht mit Shirley eine Videokamera gesehen zu haben.

Als er meinen Blick zur Kamera hin bemerkte, sagte er: »Hey, ich brauche was, was mir über die Runden hilft.« Auf Wilburs Stöhnen hin ging Orson mit seinem Messer in die Mitte des Raums.

»Jeff«, sprach Orson den anderen Mann an, »du bist eindeutig schlauer als dein widerspenstiger Freund hier. Ich kenne dich zwar erst seit vierzig Minuten, aber das ist nicht zu übersehen.« Dann sah er mich an und meinte: »Zieh die Plastikplane hier rüber, Andy.« Ich ging in die Ecke, in der mindestens zwei Dutzend säuberlich gefaltete Plastikplanen lagerten. Auf einem Regal in der Nähe bemerkte ich einen Karton mit Votivkerzen und überlegte, wozu Orson sie wohl benutzte.

»Bitte«, sagte Jeff, »bitte hören Sie mir zu ...«

»Vergiss es, Jeff. Das bringt nichts. Normalerweise hätte ich euch einem Test unterzogen, aber euer pennerhaftes Benehmen hat euch längst disqualifiziert. Also können wir uns das sparen. Los, hoch mit euch, meine Herren!«

Jeff stand auf, aber Wilbur schaffte es nicht ganz. Sein Blut hatte bereits eine kleine Pfütze auf dem Boden gebildet. Ich breitete die Plastikplane neben dem Pfahl aus und die beiden Männer setzten sich wieder hin. Jeff schaute verwirrt unter sich auf die Plane.

»Jeff«, fuhr Orson fort, »wie lange kennst du Wilbur schon?«

»Seit meiner Kindheit.«

»Dann wird es eine schwierige Entscheidung für dich.« Ich lehnte mich gegen die Flügeltür und Orson drehte sich zu mir um. »Setz dich, Andy. Du machst mich nervös.«

Ich setzte mich auf den Gartenstuhl, während sich Orson wieder Jeff zuwandte und das Messer und den Revolver hochhielt. »Jeff, die schlechte Nachricht ist, dass ihr beide heute Nacht sterben werdet. Die etwas bessere Nachricht, dass *du* entscheiden kannst, wer den einfachen Weg nimmt und wer für den Spaß sorgt. Erste Option. Mein Bruder erschießt dich mit diesem .357er. Wenn du den Revolver wählst, bist du als Erster dran. Zweite Option. Ich werde dir mit diesem wunderbaren Messer das Herz rausschneiden, während du zusiehst.« Orson lächelte. »Denk einen Moment darüber nach.«

Mein Bruder kam zu mir, während sich die Männer auf der Plastikplane anstarrten – Jeff heulend, Wilbur beinah schon ohnmächtig. Orson beugte sich herab und flüsterte in mein Ohr: »Wen auch immer du erschießt, für sie ist es ein Akt der Gnade. Sie werden nichts spüren. Ich werde dich heute Nacht nicht einmal zwingen zuzuschauen, was ich mit dem Messer mache. Du kannst ins Haus rübergehen und dich ins Bett legen.«

Orson kehrte in die Mitte des Raums zurück und schaute auf die beiden Männer hinunter. »Jeff, ich muss dich jetzt um …«

Jeff schluchzte. »Warum tun Sie …?«

»Falls deine nächsten Worte nicht entweder ›erschieß mich‹ oder ›erschieß ihn‹ sind, schneide ich euch beiden das Herz raus. Entscheide dich.«

»Erschießen Sie *mich!*«, heulte Jeff mit hochgezogenen Lippen, die seine schlechten Zähne sichtbar werden ließen. Wilbur umklammerte immer noch sein Bein und stierte Orson an.

»Komm nur her mit diesem Messer«, sagte Wilbur mit ruhiger Stimme, als fühlte er keinen Schmerz mehr, »dann reiße ich dir den Kopf ab …«

»… oder erwürge dich mit bloßen Händen?«, beendete Orson den Satz. »Also gut. Abgemacht. Du und ich, wir werden viel Spaß haben.« Orson ging zur Hintertür und wandte sich mir zu. »Andy, ich hab darüber nachgedacht. Ich werde dir nur *eine* Kugel in der Waffe lassen. Möchte nicht, dass du beiden einen Gefallen tust.« Orson leerte die Trommel und lud eine einzige Patrone.

»Direkt hinterm Ohr, Andy. Woanders würdest du ihn vielleicht nicht töten. Er läge nur hier rum und würde leiden.« Orson legte die Waffe auf den Boden. »Ich würde ja gern bleiben und zusehen, aber nach dem Zwischenfall mit Miss Tanner, nun … Ich komme zurück, wenn ich den Schuss höre. Spiel ja nicht den Helden, indem du ihn nicht erschießt oder die Waffe demolierst. Ich habe noch andere und wir müssten dann wieder unser kleines Spiel spielen. Ich glaube, deine Chancen liegen mittlerweile bei nur noch vierzig Prozent. Ich bin sicher, dass du dieses Risiko nicht eingehen willst. Und falls dich auch das nicht davon abhält, mich zu verarschen, werde ich unsere Mutter bestrafen. Von daher … Ich überlasse dich deiner Arbeit. Jeff«, Orson salutierte albern, »es ist das erste Mal für meinen Bruder, also nimm es wie ein Mann. Bettle nicht herum und fleh ihn nicht an, dich nicht zu erschießen, denn vielleicht könntest du ihn umstimmen und müsstest dann auf meine Weise sterben. Und ich kann dir versprechen«, sagte er und lächelte dabei Wilbur zu, »meine Art ist ein verdammt widerlicher Tod.« Orson verließ die Scheune, schloss die Tür und legte den Riegel vor. Ich war allein mit meinem Opfer.

Ich stand auf, ging hinüber zu der Waffe, hob sie auf und trug sie zurück zum Stuhl. Die Art, wie Jeff mich ansah, kam mir widernatürlich vor. Niemand hatte je so viel Angst vor mir gehabt.

Ich setzte mich wieder hin, um nachzudenken, während das Metall vom Schweiß meiner Hände rutschig wurde. Jeff starrte mich an und ich starrte zurück. Unsere Blicke trafen sich. Blicke, die zu einem anderen Zeitpunkt oder an einem anderen Ort vielleicht freundlich oder teilnahmslos gewesen wären, drückten jetzt nur tiefe Abscheu aus. *Dies erspart ihm seine Qual.*

Als ich aufstand, waren meine Beine wie Gummi, genau wie in diesen Alpträumen, in denen man weglaufen muss, aber die Beine den Dienst versagen. Ich ging auf Jeff zu. *Es ist zu seinem Besten. Erledige es professionell, ruhig und schnell.* Trotz seiner Schmerzen belegte mich Wilbur unter seinem übel riechenden Atem mit Flüchen. *Wirst du es wirklich tun?*

»Ist das ein Witz?« Jeff lachte gezwungen. »Nur ein lustiger Streich, oder, Wilbur? Lass uns jetzt gehen. Wir müssen vor Mitternacht bei Charlie's sein.«

Ich hob die Waffe mit der rechten Hand, richtete sie auf Jeff und versuchte zu zielen, aber meine Hände zitterten. Ich machte einen Schritt nach vorn, damit Jeffs Kopf trotz meines Zitterns in Sicht blieb.

»Schieß mir nicht ins Gesicht«, flehte Jeff, und wieder traten Tränen in seine Augen. Er kniete sich hin und beugte sich vor, so wie Muslime sich gen Mekka verneigen. Die dreckigen blonden Haare fielen ihm in die Augen, sein rechter ausgestreckter Arm war immer noch an Wilbur gefesselt. Er berührte die Haut hinter seinem Ohr. »Hier hin.« Seine Stimme versagte. »Komm näher, wenn es sein muss.« *Du wirst es doch nicht tun!*

Ich trat noch einen Schritt näher. Sein Gesicht war nur noch Zentimeter von meinen Stiefeln entfernt, er ballte die Fäuste, stöhnte und war bereit zu sterben. Mit beiden Händen versuchte ich die Waffe ruhig zu halten und mein Finger berührte den Abzug.

Ich drückte ab, doch der Abzugshahn klickte nur.

»Scheiße!«, schrie Jeff.

»Tut mir Leid«, sagte ich und trat zurück, da sich sein Rücken hyperventilierend auf und ab bewegte.

Die Trommel einer Smith & Wesson dreht sich gegen den Uhrzeigersinn. Orson hatte die vorletzte Kammer geladen statt die zweite. *Du Schwein hast das mit Absicht getan.* Ich drehte die Trommel, bis die Patrone in der richtigen Kammer lag, und presste den Lauf erneut hinter Jeffs Ohr.

Er wurde schlaff und rollte auf die linke Seite. Ich hatte weder den Schuss gehört noch die Bewegung meines Fingers gespürt, dennoch ergoss sich ein Schwall dunklen Blutes auf die Plastikplane. Innerhalb von Sekunden umfloss es Jeff oberhalb seiner Schulter, ein blutiger Heiligenschein, rötlich schimmernd im Licht der Glühbirne. Sein rechtes Auge war geöffnet, doch der Blick war leer, seelen- und willenlos. Als die Blutlache immer größer wurde, zuckte Wilbur zurück, zog dabei Jeffs Körper mit und schrie seinen Namen. *Du darfst über diesen Augenblick nicht zu viel nachdenken. Du könntest es nicht ertragen.*

Die hintere Tür ging auf und Orson trat ein. Sein Gesicht strahlte Ehrfurcht aus, als er auf die Plastikplane blickte. Er holte die gelbe Sofortbildkamera aus der Tasche und fotografierte mich, wie ich auf Jeff hinabblickte.

»Dieser Augenblick«, begann er, beendete den Satz jedoch nicht. Seine Augen funkelten glücklich. »Mein Gott, Andy!« Er trat neben mich und nahm mir die Waffe aus den Händen. Mit Tränen in den Augen umarmte er mich und strich mir über den Rücken. »Das ist Liebe, Wilbur«, erklärte er. »Verdammt echte Liebe.« Orson ließ mich los und wischte sich die Augen. »Du kannst jetzt gehen, wenn du willst, Andy«, sagte er. »Du darfst natürlich auch gern bleiben, aber ich schätze, dass du das hier nicht sehen willst. Ich werde dich nicht dazu zwingen.«

Während Orson Wilbur ansah, merkte ich, dass er in Gedanken schon nicht mehr bei dem war, was ich getan hatte. Die Beschäftigung mit seinem nächsten Opfer hatte nun Vorrang, seine Augen strahlten lüsterne Konzentration aus. Er ging durch den Raum und kam mit einem Schleifstein zurück. Dann setzte er sich auf den Betonboden und begann die Messerklinge an dem Stein zu wetzen, um sie wieder genauso rasiermesserscharf zu bekommen wie für Shirley Tanner. *Du hast einen Menschen umgebracht. Nein, hör auf damit. Denk nicht nach.*

»Bleibst du oder gehst du?«, fragte er und schaute zu mir auf.

»Ich gehe«, sagte ich und sah, wie Wilbur auf das Messer und den Schleifstein starrte. Ich überlegte, ob Orson wohl wieder die Messergeschichte erzählen würde, wenn ich weg war. Orson legte das Messer auf den Boden und brachte mich zur Tür. Nachdem er sie geöffnet hatte, trat ich erleichtert ins Freie. Wilbur reckte den Hals, um die Wüste zu sehen, was Orson nicht entging.

»Interessiert dich irgendetwas hier draußen, Wilbur?«, fragte er und drehte sich um, während ich noch auf der Schwelle stand. »Nun, schau nur hin«, sagte er. »Wirf einen letzten, langen Blick hinaus zu dem Nachthimmel, den Sternen und dem Mond, denn du wirst sie nie wieder sehen. Nie!«

Wilburs Augen glühten. Es schien, als habe er sich an die Kugel in seinem Bein gewöhnt.

»Zur Hölle mit dir!«, sagte er, offenbar in dem Versuch, Orson durch seinen gelassenen, überheblichen Tonfall zu beleidigen. »Und deiner Mutter, deinem Vater und, wenn du eine hast, deiner Frau und deinen …«

»Mein Vater ist tot, Wilbur«, erwiderte Orson ruhig.

»Zur Hölle mit seiner verwesenden Leiche!«

Orsons Gesichtsmuskeln zuckten und sein eisiger Blick wandte sich wieder mir zu. »Ich sehe dich morgen früh, Bruder.«

Er schlug mir die Tür vor der Nase zu und schloss sie von innen ab. Ich schleppte mich zur Hütte, während hinter mir das Geräusch des Messerwetzens immer leiser wurde.

Vor mir ragte der schwarze Klotz der Hütte finster in den nachtblauen Himmel empor. Das Mondlicht hatte die Wüste wieder in ein tiefes Blau getaucht. Ich dachte an mein ruhiges Zimmer dort drinnen. Ich würde heute Nacht schlafen. Diese überwältigende Ohnmacht war mein Rettungsboot.

Gerade als ich die vordere Veranda betrat und die Tür erreicht hatte, durchbrach der erste Schrei aus der Scheune die milde Nacht. Ich konnte den Schmerz, der ihn ausgelöst hatte, nicht ergründen, und während ich eintrat und die Tür hinter mir schloss, betete ich, dass die Wände der Hütte den Klang von Orsons Handwerk nicht bis an meine Ohren dringen lassen würden.

Kapitel 13

Am elften Tag verließ ich mein Zimmer nicht. Orson schlich sich nachmittags herein. Ich schlief jedoch nicht. Seit Tagesanbruch war ich wach. Er brachte mir ein Schinkenbrot und ein Glas Portwein und stellte beides auf den Nachttisch. Ich lag auf der Seite, das Gesicht zu ihm gewandt, und starrte ins Nichts. Die Mutlosigkeit, die ihn hinterher stets überfiel, spiegelte sich in seinem schwerfälligen Augenaufschlag und seiner matten Stimme wider.

»Andy«, sagte er, aber ich reagierte nicht. »Das gehört dazu. Die Depression. Aber du bist darauf vorbereitet.« Er kauerte sich hin und schaute mir in die Augen. »Ich kann dir da durchhelfen.«

Regentropfen schlugen auf das Blechdach. Ich musste aufstehen, um nach draußen zu sehen, doch das Licht, das mühsam durch das vergitterte Fenster hereinschien, hatte nichts vom Glanz eines Nachmittags in der Wüste. Sanft und grau kroch es in die Ecken. Der Terpentingeruch des nassen Beifußes parfümierte die Wüste und mein Zimmer.

»Ich bin jetzt mit dir durch«, erklärte er. »Du kannst nach Hause fahren.«

Ein Hoffnungsschimmer durchströmte mich und ich schaute ihm in die Augen.

»Wann?«

»Pack heute, fahr morgen ab. Ich weiß, dass ich dir gesagt habe, du würdest den Sommer über bleiben. Nun, dem ist nicht so.« Ich setzte mich auf und stellte den Teller auf meinen Schoß. »Fühlst du dich besser?« Ich biss in das kalte Brot mit dem geräucherten Schinken und nickte. »Das dachte ich mir«, sagte er und ging zur Tür. Als er sie öffnete, wehte ein kühler Luftzug in mein Zimmer. »Ich schließe die Tür ab. Ich bringe dir im Laufe des Abends etwas zu essen. Das Einzige, worum ich dich bitte, ist, dass du gepackt hast, bevor du dich heute Abend schlafen legst.«

Als er weg war, schloss ich die Augen und sah Mücken über die Wasseroberfläche des Norman Lake schwirren, sah einen strahlend blauen Himmel, der vom lauen Wasser reflektiert wurde. Ich konnte die Pinien riechen, die reiche, lebendige Erde. Ich konnte das Spottdrosselgeschrei und Kindergelächter über den See schallen hören und ein Nachhall füllte die tote Luft der Hütte. Ich konnte all dies in einen Traum verwandeln. *Ich bin noch nicht zu Hause.* Ich schlug die Augen wieder auf, um die düstere Realität zu erblicken – Orsons Geräusche, wie er sich in der Hütte bewegte, und das Geprassel des Regens in der Wüste.

Tag 11

Ich schätze, es ist bald Mitternacht. Es regnet noch genauso, wie es den ganzen Tag geregnet hat, und Sturmwolken verdecken den Mond, daher ist die Wüste, wenn sie nicht kurz von Blitzen erhellt wird, unsichtbar. Den Blitzen folgt kein Donner. Das Zentrum des Unwetters ist Meilen entfernt.

Mein Seesack ist gepackt. Ich glaube, Orson wartet darauf, dass ich einschlafe. Ich habe während der letzten Stunde mehrfach seine Schritte vor meiner Tür gehört, als lausche er auf meine Bewegungen. Ich bin unruhig wie ein kleines Kind, vor allem da er heute den ganzen Tag so freundlich zu mir war. Doch erstaunlicherweise traue ich ihm. Ich kann es nicht erklären, aber ich glaube nicht, dass er mir wehtun wird, vor allem nicht seit letzter Nacht. Es hat ihn wirklich berührt.

Hoffentlich ist dies der letzte Eintrag, den ich je in dieser Hütte niederschreiben werde. Obwohl mir das Schreiben dieser Seiten geholfen hat, mir etwas von meinem Verstand und meiner Autonomie zu bewahren, habe ich nicht alles aufgeschrieben, was hier passiert ist. Der Grund dafür ist, dass ich versuche zu vergessen. Einige Menschen schaffen es, Jahre ihrer Kindheit auszublenden. Sie verbannen die Dinge in ihr Unterbewusstsein, so dass sie nur von Zeit zu Zeit an ihnen nagen, in kleinen, schmerzlosen Portionen.

Diese Vorstellung von Verdrängung ist mein Vorbild. Mein Ziel ist es, die unaussprechlichen Vorfälle der vergangenen elf Tage zu vergessen. Als Preis dafür nehme ich gerne in Kauf, in den nächsten Jahren immer mal wieder von Depressionen, Wutanfällen und Selbstverleugnung heimgesucht zu werden. Nichts kann so vernichtend sein wie die tatsächlichen Erinnerungen an das, was ich gesehen und getan habe.

Ich unterschrieb den Eintrag mit meinem Namen, riss die Seite aus dem Notizheft und faltete sie zusammen. Dann ging ich zu meinem Seesack und steckte sie zwischen meine dreckige Wäsche zu den anderen Einträgen, die ich dort aufbewahrte. Nachdem ich die Laterne auf dem Nachttisch gelöscht hatte, kroch ich unter die Decke. Der Regen auf dem Blechdach war wirksamer als eine Packung Schlaftabletten.

Ein Blitz durchzuckte die Finsternis und ich sah das Weiße von Orsons Augen. Er stand tropfnass in meinem Zimmer. Als der Himmel sich wieder verdunkelte, begann mein Puls zu rasen und ich setzte mich im Bett auf.

»Orson, du machst mir Angst.« Meine Stimme erhob sich über den prasselnden Regen.

»Bleib ganz ruhig«, sagte er. »Ich bin gekommen, um dir eine Spritze zu geben.«

»Mit was?«

»Etwas, was dir helfen wird zu schlafen. So wie in dem Motel.«

»Wie lange stehst du schon hier?«

»Eine ganze Weile. Ich habe dir beim Schlafen zugesehen, Andy.«

»Machst du bitte das Licht an?«

»Ich hab den Generator abgestellt.«

Mein Herz hörte nicht auf zu rasen, deshalb nahm ich ein Streichholzbriefchen vom Nachttisch und zündete die Öllaterne an. Als ich die Flamme hochdrehte und die Wände in warmes Licht getaucht wurden, verschwand die Panik in meinem Innern. Seine Jeans und sein grüner Poncho waren völlig durchnässt.

»Ich muss dir das geben«, erklärte er und zeigte mir die Spritze. »Es wird Zeit, dass wir verschwinden.«

»Ist das wirklich notwendig?«, fragte ich.

»Auf jeden Fall.« Er kam einen Schritt näher. »Zieh deinen Ärmel hoch.«

Ich zog den Ärmel des T-Shirts über die Schulter und wandte den Kopf ab, als Orson die Nadel in meinen Arm einführte. Ein kurzer, stechender Schmerz, aber ich fühlte schon nichts mehr, als die Nadel herausgezogen wurde. Als ich wieder zu Orson blickte, sah ich das Zimmer verschwommen und mein Kopf fiel unfreiwillig auf das Kissen zurück.

»Du hast jetzt nicht viel Zeit«, sagte Orson, während meine Lider schwer wurden. Seine Stimme klang so weit entfernt wie das Donnergrollen. »Wenn du aufwachst, wirst du dich wieder in einem Motelzimmer in Denver befinden mit einem Flugticket auf dem Nachttisch und dem .357er in deinem Seesack. Dann weißt du, dass die Beweise, die ich gegen dich in der Hand habe, in meinem Besitz an einem sicheren Ort sind. Du hast deinen Teil der Abmachung eingehalten. Ich werde meinen einhalten.

Ich glaube zwar, dass wir in unserer Beziehung dieses Stadium längst hinter uns haben, dennoch möchte ich dich noch einmal eindrücklich davor warnen, irgendjemandem zu erzählen, was du gemacht hast oder wo du glaubst gewesen zu sein. Sprich nicht über mich, über Shirley Tanner oder Wilbur und die Jungs. Du warst die ganze Zeit auf Aruba und hast dich erholt. Und verschwende bloß keine Energie darauf, hierher zurückzukommen, um nach mir zu suchen. Vielleicht ist es dir gelungen, den Standort der Hütte zu lokalisieren, aber ich kann dir versichern, dass ich diese Wüste mit dir verlassen werde.

In den kommenden Monaten passieren vielleicht Dinge, die du nicht verstehen wirst, die du dir nicht einmal im Traum ausgemalt hättest. Aber Andy, vergiss das nie: Alles, was geschieht, geschieht aus einem bestimmten Grund, und diesen Grund kontrolliere ich. Hege niemals auch nur den geringsten Zweifel daran.

Du wirst mich wiedersehen, aber das wird eine Weile dauern. Lebe dein Leben weiter, so wie vorher. Schuldgefühle werden dich überkommen, aber du musst sie verdrängen. Schreib deine Bücher, genieße deinen Erfolg, aber behalte mich im Gedächtnis.«

Sein Gesicht verschwamm, dennoch meinte ich ihn lächeln zu sehen. Das Geräusch des Regens war verschwunden und ich konnte selbst Orsons eloquentes, leises Geflüster kaum noch verstehen.

»Du bist schon fast weg«, sagte er. »Das sehe ich an deinen

Augenlidern. Ich möchte dir zum Abschied etwas mitgeben, bevor du ganz in die selige Bewusstlosigkeit fällst.

Ich weiß, dass du Gedichte liebst. In deinem ersten Collegejahr hast du dich mit Robert Frost beschäftigt. Ich habe ihn damals gehasst, heute liebe ich ihn. Besonders ein bestimmtes Gedicht von ihm. Es wird bei Abschlussfeiern rezitiert und in Jahrbüchern abgedruckt, und obwohl alle das Gleiche tun, schwört jeder auf Einzigartigkeit, denn jeder liebt ja dieses Gedicht. So, von mir aus gibt es jetzt nichts mehr zu sagen und Bob wird dich in den Schlaf wiegen.«

Meine Augen fielen zu und ich hätte sie, selbst wenn ich es gewollt hätte, nicht mehr öffnen können. Orsons Stimme drang noch zu meinen Ohren durch, doch die letzte Zeile erreichte mich nicht mehr. Während mich die Droge endgültig übermannte, dachte ich noch, dass »Der Weg, den ich nicht nahm« unbestritten ihm gehörte.

»›Ein Weg ward zwei im gelben Wald. Betrübt, dass ich nicht beide gehen und einer sein kann, macht' ich Halt und sah dem einen nach, der bald im Dickicht war nicht mehr zu sehn.

Ich nahm darauf … den anderen dann. Sein gutes Recht gewährt' ich ihm: Das Gras stand dort … durch der Leute Gang genauso ausgetreten schien.

Auf beiden … das Laub von Tritten nicht zerdrückt …‹«

Zweiter Teil

Kapitel 14

Auf einer Fläche nicht größer als ein kleines Café drängte sich eine unglaubliche Menschenmenge. Ich war verwundert, wie viele Menschen in die Buchhandlung 9th Street Books hineinpassten. Es war einer dieser aussterbenden, vom Eigentümer selbst geführten Buchläden, der nicht von irgendeiner großen Kette aufgekauft worden war, und nicht weiträumiger als die Bibliothek einer Villa. Immerhin gab es eine erste Etage, auch wenn diese nur aus weiteren Regalen und einer kleinen Balustrade bestand, wo die Kunden in drei Meter Höhe auf einem Laufsteg im Kreis an den schier endlosen Reihen edler Bücher vorbeigeführt wurden.

Ich setzte meine goldgeränderte Brille ab, kaute auf dem Gummiende eines Bügels herum, beugte mich vor und las, den Ellbogen auf dem hölzernen Lesepult aufgestützt, den letzten Satz aus »Die Angst, zu leben«. »›Sizzle starb und fuhr glücklich zur Hölle.‹ Danke.«

Als ich das Buch zuklappte, applaudierten die Zuhörer. Adrian Phelps, die Inhaberin von 9th Street Books, erhob sich von ihrem Stuhl in der ersten Reihe. »Es ist neun Uhr«, sagte sie kaum hörbar und klopfte dabei auf ihre Uhr. Ich trat vom Lesepult zurück und die kleine, dünnlippige Frau mit dem kurzen, pechschwarzen Haar zog sich mit einer scherzhaften Drohgebärde das Mikrofon an den Mund.

»Leider ist unsere Zeit zu Ende«, erklärte sie den Zuhörern. »Dort vorne steht ein Ständer mit den Büchern von Mr Thomas. Er war so freundlich, fünfzig Exemplare seines neuen Romans zu signieren, die Sie käuflich erwerben können. Jetzt wollen wir ihn erst einmal mit einem großen Applaus verabschieden.« Sie drehte sich zu mir um, lächelte und begann zu klatschen. Die anderen Zuhörer fielen mit ein, und zehn Sekunden lang erbebte das alte Geschäft, die letzte Station meiner Lesereise durch zwölf Städte der Staaten, unter tosendem Beifall.

Nachdem sich die Menge allmählich aufgelöst und ein Teil des Publikums den Laden verlassen hatte, erhob sich meine Agentin Cynthia Mathis von ihrem Stuhl und kam über die abgetretenen Holzdielen auf mich zu. Ich wich einem Autogrammjäger aus und ging ihr entgegen.

»Du hast dich heute Abend selbst übertroffen, Andy«, sagte sie, während wir uns umarmten. Mit ihrem nach Flieder duftenden Parfüm verkörperte Cynthia sämtliche Qualitäten einer eleganten, erfolgreichen New Yorker Geschäftsfrau. Trotz ihrer fünfzig Jahre sah sie aus, als wäre sie gerade erst vierzig geworden. Ihr langes, langsam ergrauendes Haar war straff nach hinten zu einem Knoten gekämmt. Ein Hauch Puder ließ ihre hübschen Wangen noch weicher erscheinen, ein überraschender Kontrast zu ihrem strengen, schwarzen Hosenanzug.

»Schön, dich zu sehen«, sagte ich, während wir uns von den anderen entfernten. Seit ich mit dem Schreiben von »Die Angst, zu leben« vor zehn Monaten begonnen hatte, hatte ich Cynthia nicht mehr gesehen, daher war es ein merkwürdiges Gefühl, mit ihr wieder von Angesicht zu Angesicht zu sprechen.

»Ich habe uns einen Tisch im Il Piazza bestellt«, erklärte sie.

»Gott sei Dank, ich verhungere nämlich.« Doch noch umringten uns mindestens fünfzig Menschen, die auf ein persönliches Autogramm und ein paar Sekunden Smalltalk warteten. Die Türen der Buchhandlung, die zu meinem verdienten Dinner führten, schienen meilenweit entfernt, aber dann machte ich mir klar, dass dies hier genau das war, was ich liebte und wofür ich so hart gearbeitet hatte. Also setzte ich ein gewinnendes Lächeln auf, holte tief Luft und ging in die übrig gebliebene Menge hinein in der Hoffnung, ihr Interesse würde von kurzer Dauer sein.

Während der große italienische Sommelier mir auf mein Nicken hin etwas Wein einschenkte, reichte er mir den rubinrot gefleckten Korken und ich prüfte seine Feuchtigkeit. Ich schwenkte das Glas, trank einen Schluck, und als ich erneut nickte, wurden unsere beiden Gläser mit einem dunkelbernsteinfarbenen Latour gefüllt, der vierzehn Jahre auf diesen Moment gewartet hatte.

Nachdem der Weinkellner gegangen war, beschrieb uns ein anderer Kellner die Auswahl der verschiedenen Gerichte bis ins kleinste Detail. Dann reichte er uns zwei burgunderfarbene Speisekarten. Während ich mühsam die italienischen Speisenamen las, nippte ich an meinem samtigen Wein und dachte an die dunklen Trauben, die erst auf dem Land in Frankreich gereift und dann in unterirdischen Kellern gelagert worden waren.

Die Lichter der unter uns liegenden Stadt sorgten für eine gelassene, glitzernde Atmosphäre im Il Piazza. Das Restaurant belegte eine Ecke der 35sten Etage des Parker-Lewis-Gebäudes, so dass die besten Tische außen an den beiden Fensterseiten platziert waren, wo man einen fantastischen Blick hinab auf die Stadt hatte. Wir saßen an einem dieser von Kerzenschein beleuchteten Tische, und ich starrte auf den East River, der tief unter uns unter der Brooklyn Bridge hindurchfloss. Mein Blick folgte den Lichtern eines Lastkahns, der flussaufwärts gegen den schwarzen Strom schwamm.

»Du siehst müde aus«, sagte Cynthia.

Ich blickte auf. »Eigentlich mochte ich Lesereisen immer, aber mittlerweile strengen sie mich ziemlich an. Ich wäre am liebsten zu Hause.«

»Andy«, sagte sie, und dem Ernst ihrer Stimme konnte ich entnehmen, was nun kam. Ich kannte Cynthia gut genug, um zu wissen, dass mein Verschwinden im Mai ihren Glauben an mich erschüttert hatte. »Sieh mal, ich habe versucht, mit dir über das, was passiert ist, zu reden, aber du wehrst es immer ab, als ob …«

»Cynthia …«

»Andy, wenn ich mir das hier von der Seele geredet habe, können wir das Thema begraben.« Als ich nichts erwiderte, fuhr sie fort: »Du weißt, was mich bedrückt hat, als du dich einfach in den Südpazifik abgesetzt hast?«

»Ja«, sagte ich und strich mit Daumen und Zeigefinger am Stiel meines Glases entlang.

»Wenn du einfach abhaust, ohne mir Bescheid zu sagen, während du gerade an einem Buch schreibst, ist mir das egal. Ich bin nicht deine Mutter. Aber du warst weg, als dein Buch rauskam. Ich muss dir nicht sagen, wie wichtig es ist, dass du in der ersten Woche nach Erscheinen eines Buches präsent bist. Du bist ein Autor zum Anfassen, Andy. Die Interviews und Lesungen sind es, die für die Werbung sorgen. Die ersten Verkaufszahlen lagen unter denen von ›Dunkler Mörder‹. Eine Weile sah es so aus, als würde das Buch ein Flop.«

»Cynthia, ich …«

»Alles, was ich sagen will, ist, mach so einen Scheiß nie wieder. Abgesehen von deinen Signierstunden in den Buchhandlungen, die dein Verleger abgesagt hat, musste ich jede Menge Presseleute anrufen und ihnen sagen, warum du nicht gekommen bist. Und ich hatte nicht die leiseste Ahnung. Bring mich nie wieder in eine derartige Situation.« Der Kellner kam auf uns zu, aber Cynthia schickte ihn mit einer Handbewegung weg. »Großer Gott, Andy, du hast mich nicht einmal angerufen, um mir zu sagen, dass du abreisen würdest«, flüsterte sie in grimmigem Ton, mit zusammengezogenen Augenbrauen und einer energischen Bewegung ihrer Arme. »Es kann doch nicht so schwer sein, den verdammten Telefonhörer in die Hand zu nehmen.«

Ich beugte mich vor und sagte ruhig: »Ich war ausgebrannt. Ich brauchte eine Pause und hatte keine Lust, vorher anzurufen und um Erlaubnis zu bitten. Das waren damals meine Beweggründe, es war falsch und es tut mir Leid. Es wird nicht wieder vorkommen.« Sie trank einen großen Schluck Wein. Ich trank mein Glas aus und spürte, wie mir die Hitze in die Wangen stieg. Ich streckte den Arm aus und ergriff ihre Hand. Sie sah mich schmachtend an.

»Cynthia. Es tut mir Leid, okay? Wirst du mir verzeihen?«

»Du bringst besser auch die Sache mit deinem Verleger in Ordnung.«

»Wirst *du* mir verzeihen?«

Ein zaghaftes Lächeln spielte um ihre Lippen. »Ja, Andy.«

»Gut, dann lass uns jetzt etwas zu essen bestellen.«

Cynthia hatte geschmorte Lammhaxen mit roter Pfeffersauce bestellt, und als der Kellner den Teller vor ihr abstellte, leuchteten ihre Augen. Ich beobachtete mit Vergnügen, wie mir mein Hauptgericht – Mostaccioli, sonnengetrocknete Tomaten, Kapern und mit Lorbeer angebratene Jakobsmuscheln – serviert wurde. Unter dem Bett aus Pasta köchelte eine rosafarbene Wodkasauce. Bevor der Kellner unseren Tisch wieder verließ, entkorkte er noch eine zweite Flasche Bordeaux und füllte erneut unsere Gläser.

Die Jakobsmuscheln hatten den Geschmack der süßen Tomaten angenommen. Eine zerging gerade auf meiner Zunge, als ein Sandkorn zwischen meinen Backenzähnen knirschte. Ich trank einen Schluck Wein – ein Hauch von Pflaumen, Fleisch und Tabak. Er rann wie Seide meine Kehle hinab. Ich wollte so lange wie möglich in diesem perfekten Gleichgewicht aus Hunger und Sättigung verweilen.

Je weiter der Abend voranschritt, desto mehr beschäftigte mich die Stadt. Es war schon eine verdammt angenehme Art, den Abend mit einem außergewöhnlichen Wein in einem der feineren New Yorker Restaurants zu verbringen und dabei das Meer von Lichtern zu beobachten, das von den Wolkenkratzern und der Stadt zu mir heraufschien. Inmitten dieses ständigen Funkelns wusste ich, dass ich von Millionen Menschen umgeben war, und dadurch wirkte diese Stadt wie ein Schutzschild gegen die einsame Angst, die mich bedrohte.

»Andrew?«, kicherte Cynthia mit gespieltem englischen Akzent. »Zu viel Wein getrunken?«

Als ich meinen Blick langsam vom Fenster wieder zu Cynthia wandte, schien das Restaurant zu schwanken. Ich wurde langsam betrunken. »Eine wunderschöne Stadt«, sagte ich leidenschaftlich.

»Du solltest dir hier eine Wohnung suchen.«

»O Gott, nein!«

»Willst du damit andeuten, dass es ein Problem mit meiner Stadt gibt?«

»Das muss ich nicht andeuten. Das kann ich dir auch frei heraus sagen. Ihr Yankees habt es immer so verdammt eilig.«

»Und das ist in deinen Augen ein schlechteres Leben als im verschlafenen Süden?«

»Wir Südstaatler wissen den Wert eines ruhigen Tages zu schätzen. Das kannst du uns nicht übel nehmen. Ich glaube, ihr Yankees beneidet uns nur ein bisschen …«

»Ich finde, das Wort ›Yankee‹ hat etwas Beleidigendes.«

»Das liegt daran, dass deine Definition dieses Wortes vermutlich ziemlich verworren ist.«

»Das musst du mir erklären.«

»In Ordnung. Yankee: eine Bezeichnung für alle Menschen, die nördlich von Virginia leben, vor allem für unhöfliche, analfixierte Nordstaatler, die viel zu schnell sprechen, weder von süßem Tee noch von einem Barbecue etwas verstehen und im Ruhestand nach Florida ziehen.« Cynthia lachte, ihre braunen Augen funkelten mich an. Ich erwiderte ihren Blick.

Meine Augen brannten und ich wandte meinen Blick wieder zum Fenster, unter meinem Oxfordhemd und der safranfarbenen Krawatte klopfte mein Herz heftig.

»Andy?«

»Es geht mir gut«, sagte ich und bemühte mich, ruhig zu atmen.

»Was ist los?«

»Nichts.« Ich starrte aus dem Fenster hinab auf Queens, rang um Haltung und erzählte mir wieder diese Lüge.

»Du wirkst in letzter Zeit so verändert«, sagte sie und führte ihr Weinglas an die Lippen.

»Wieso?«

»Ich weiß nicht. Doch da wir uns zum ersten Mal seit fast einem Jahr wiedersehen, ist das vielleicht eine unfaire Einschätzung meinerseits.«

»Bitte«, erwiderte ich und pikste eine Jakobsmuschel mit meiner Gabel auf. »Nur zu mit deiner Einschätzung.«

»Seit deinem Urlaub scheinst du mir verändert. Nichts Dramatisches. Doch ich glaube, ich kenne dich lange genug, um zu merken, wenn etwas nicht stimmt.

»Und was stimmt deiner Ansicht nach nicht, Cynthia?«

»Es ist schwer, es in Worte zu fassen«, meinte sie. »Es ist

mehr so ein Gefühl aus dem Bauch heraus. Als du mich nach deiner Rückkehr diesen Sommer angerufen hast, war irgendetwas anders. Ich dachte, dir läge nur die Lesereise im Magen. Doch ich empfinde sogar jetzt und hier, wie abwesend du bist.« Ich trank ein weiteres Glas Wein leer. »Rede mit mir, Andy«, insistierte sie. »Fühlst du dich immer noch ausgebrannt?«

»Nein. Ich weiß, dass dich das wirklich beunruhigt.«

»Falls es eine Frau ist, dann sag es einfach und ich frage nicht weiter. Ich möchte mich nicht in deine persönlichen Dinge einmischen …«

»Es ist keine Frau«, erklärte ich. »Sieh mal, es geht mir gut. Es gibt nichts, was du tun könntest.«

Sie hob ihr Weinglas und schaute aus dem Fenster.

Der Kellner kam, um unsere Teller zu holen. Er beschrieb ein teuflisches Himbeerschokoladensoufflee, doch es war schon spät und mein Flug ging am nächsten Morgen um 8 Uhr 30 von La Guardia. Daher zahlte Cynthia und wir fuhren mit dem Aufzug hinab auf die Straße. Da es beinah Mitternacht war, konnte ich mir nicht vorstellen, morgen früh pünktlich aufzuwachen. Ich hatte viel zu viel getrunken.

Ich winkte für Cynthia ein Taxi heran und küsste sie auf die Wange, bevor sie einstieg. Sie bat mich, sie in der nächsten Woche anzurufen, und ich versprach es ihr. Als das Taxi davonfuhr, starrte sie durch die Heckscheibe, ihr ernster Blick durchbohrte mich und nagte an der Wurzel meiner inneren Unruhe.

Du hast keine Ahnung.

Nachdem das Taxi verschwunden war, ging ich auf dem Bürgersteig an mehreren Häuserblocks vorbei, ohne einer Menschenseele zu begegnen. Der schmutzige East River mündete hier in den Atlantik, auch wenn ich ihn gerade nicht sehen konnte. Dafür roch ich das abgestandene, brackige

Wasser. Vier Krankenwagen sausten mit kreischenden Sirenen vorbei. Da mein Hotel nur zehn Blocks in Richtung Norden lag, hoffte ich, dass mich der Spaziergang durch die kühle Septemberluft bis dahin etwas ausgenüchtert hatte.

Ich fürchtete mich davor, nach Hause zu kommen. Seit Mitte Juni war ich durch das Land gereist und die mit Auftritten und Lesungen angefüllten Tage hatten mich in der Gegenwart verweilen lassen. Ich wollte keinen Moment lang allein sein. Meine Gedanken versetzten mich in Panik. Nun, da ich nach North Carolina in ein gemächlicheres Leben zurückkehrte, würde die Folter erst beginnen, das wusste ich. Ich schrieb an keinem Buch. Ich hatte nichts anderes zu tun, als mein Seehaus zu bewohnen. Zu existieren. Und ich fürchtete, dass mich dort diese zwei Wochen einholen würden, deren Existenz ich den ganzen Sommer über verleugnet hatte.

Als meine Gedanken zurück in Richtung Wüste wanderten, zwang ich mich, an den jadegrünen See, den elfenbeinfarbenen Sand und das strahlende Sonnenlicht zu denken. Ich sah deutlich das mit Stuckwerk verzierte Strandhaus und die Veranda vor mir, auf der ich blutrote Sonnenuntergänge über dem See beobachten würde. Ich war mir des Selbstbetrugs durchaus bewusst, aber ein Mensch tut alles, um mit sich in Frieden zu leben.

Kapitel 15

Den Oktoberbeginn verbrachte ich mit kalten, klaren Tagen auf dem See und unerträglichen Nächten im Bett. Jeden Morgen und jeden Abend ging ich für eine Stunde auf meinen Bootssteg, um zu fischen. Nachmittags schwamm ich regelmäßig und tauchte unter die trübe blaue Wasseroberfläche in eine Kälte, die den nahenden Winter spüren ließ. Manchmal schwamm ich nackt, um die Freiheit zu spüren, wie ein Kind in einer kalten Gebärmutter, ungeboren, unwissend. War ich tief getaucht und näherte mich wieder der Oberfläche, malte ich mir aus, dass das abscheuliche Wissen, das sich auch in die hintersten Winkel meines Verstandes eingebrannt hatte, verschwände, sobald ich die goldene Luft darüber erreichte. *Es ist nur unter Wasser Wirklichkeit,* versuchte ich zu denken, wenn ich vom Grund des Sees auftauchte. *Die Luft wird mich reinigen.*

Gegen Ende des Nachmittags vertrödelte ich meine Zeit mit einem Jack and Sun Drop auf dem Bootssteg und beobachtete den Schwimmer, der sanft auf der Wasseroberfläche schaukelte.

Die frühen Oktobertage in North Carolina sind unbeschreiblich, und der Himmel verwandelte sich in ein Azurblau, während die Sonne sich dem Horizont näherte. Ich hielt die Angelrute und wartete darauf, dass der rotweiße

Schwimmer unter Wasser tauchen würde, als ich im Gras hinter mir Schritte hörte.

Ich legte die Angel neben mich, drehte mich zum Ufer um und sah, dass Walter gerade den Steg betrat. Er trug eine Sonnenbrille und einen hellbeigen Anzug, das Jackett lässig über der linken Schulter und die Krawatte gelockert.

Ich war seit zwei Wochen wieder zu Hause. Obwohl Walter häufig angerufen hatte, hatte ich nur zweimal mit ihm gesprochen und mich bemüht, die Gespräche belanglos zu halten. Jedes Mal hatte ich ziemlich bald wieder aufgelegt, hatte kein einziges Mal meine hastige Abreise im Mai angesprochen und war seinen Fragen ausgewichen. Ich hatte mir nur Einsamkeit und Vergessen gewünscht, aber als ich meinen besten Freund mit finsterem Gesicht über den Steg auf mich zukommen sah, wusste ich, dass ich ihn verletzt hatte.

Etwa einen Meter von mir entfernt blieb er stehen und legte einen braunen Umschlag auf das von der Sonne gebleichte Holz. Walter schaute auf mich herab, so dass ich mein Spiegelbild im Glas seiner Sonnenbrille sehen konnte. Er setzte sich neben mich auf die Kante des Stegs und unsere Beine baumelten über dem Wasser.

»Dein Roman verkauft sich gut«, sagte er. »Das freut mich für dich.«

»Es ist eine Erleichterung.«

Als ich nach dem Umschlag griff, sagte Walter: »Ich habe ihn nie geöffnet.«

»Das musst du mir nicht sagen.«

»Irgendetwas hat angebissen.« Ich griff nach meiner Angel und schwang sie zurück, doch der Schwimmer tauchte ohne Spannung in der Schnur wieder auf. Als ich die Schnur einholte, bewegte sich der Schwimmer nicht.

»Mist, das war ein großer! Eine Großmaulmakrele.« Ich legte die Angel auf den Steg und nahm mein Glas. »Komm«, sagte ich und stand auf. Obwohl die Luft mild war, war die Stegoberfläche durch die direkte Sonneneinstrahlung tagsüber heiß wie Teer geworden. Meine Fußsohlen brannten auf den Planken. »Lass uns reingehen. Ich hol dir ein Bier.«

In meiner Badehose rannte ich den Steg bis zum Ufer entlang, sprang ins Gras und wartete. Walter trottete in seinem üblichen Tempo hinterher. Wir gingen nebeneinander den grünen gewundenen Weg durch den Garten entlang, der den Steg mit dem Haus verband. Ich hatte das Gras zwei Wochen lang nicht gemäht, daher reichte es als weicher, dichter Teppich bis über meine Knöchel.

Als wir die Stufen zur Veranda hochgingen, warf ich einen Blick auf den Wald zu meiner Rechten. Ich dachte an die dort vergrabene Leiche, die mein Leben so durcheinander gebracht hatte. Einen kurzen Moment erwachte in mir wieder die Erinnerung daran, wie ich sie gefunden hatte – der Geruch, die Angst, der überraschende Anblick.

Im Haus holte ich Walter eine Flasche Bier aus dem Kühlschrank und führte ihn ins Wohnzimmer. Da ich mich längst nicht so betrunken fühlte, wie ich es gerne gewesen wäre, mixte ich mir einen weiteren Jack and Sun Drop, während sich Walter auf dem Sofa niederließ.

»Tut mir Leid, dass ich noch nicht drüben bei euch war«, sagte ich an der Bar stehend.

»Die Lesereise hat dich ganz schön geschlaucht, was?«

»Ich war einfach nicht in der Stimmung, ständig vor Leuten zu stehen. Immer *voll da* zu sein.« Nachdem ich mehrere Eiswürfel in mein Glas geworfen und es je zur Hälfte mit Zitronensoda und Bourbon aufgefüllt hatte, rührte ich meinen Drink um, kam ins Wohnzimmer zurück und setzte mich Walter gegenüber in den dunklen Ledersessel.

Sein Blick fiel auf »Braun Nr. 2«, das mit all seinem protzigen Charme vom Kamin auf uns herabsah. Er schmunzelte, doch die Spannung zwischen uns hielt ihn von jeglichem Kommentar ab.

»Ich weiß«, meinte ich, »ein echtes Stück Scheiße. Loman. Ich würde dem Mistkerl gern einen ordentlichen Arschtritt verpassen. Keine Ahnung, warum ich es dort oben hängen lasse. Bestimmt nicht, weil ich es lieb gewonnen habe. Im Gegenteil, ich finde es von Tag zu Tag abscheulicher.«

»Tief in seinem Innern muss er gewusst haben, dass er ganz schön abgedroschen ist. Kann gar nicht anders sein. Mann, du hättest auf mich hören sollen!«

»Ich weiß, ich weiß«, sagte ich gähnend. Sobald Walter weg wäre, würde ich umkippen. »Wie geht's der Familie?«

»Aha! Die obligatorische Nachfrage. Es geht ihr gut. Ich habe mich in der letzten Zeit bemüht, mehr Zeit mit ihr zu verbringen und weniger mit dem Magazin. Ich muss sogar in zwei Stunden bei einer Schulaufführung sein. Dreißig Sechsjährige auf der Bühne. Kannst du dir das vorstellen?«

»Was spielen sie?«

»Mamet.« Wir lachten. Wir lachten eigentlich immer, wenn wir zusammen waren. »Die arme Jenna ist schrecklich nervös deswegen. Gestern ist sie weinend zu mir und Beth ins Bett gekommen. Übers Trösten sind wir eingeschlafen und heute Morgen in einer Pfütze wieder aufgewacht.«

»Oh!« Ich schauderte. »Eltern zu sein ist doch immer wieder anregend. Wie ich so etwas vermisse!«

»Dein Ernst?«, fragte Walter, ließ den Bierflaschenverschluss aufschnappen und balancierte die Flasche auf seiner Brust.

»Klar ist es mein Ernst. Jeder hat Mitleid mit mir, wenn ich erzähle, dass ich weder heiraten noch Kinder haben möchte. Aber das ist keine pathetische Resignation. Ich weiß einfach, dass es niemanden gibt, neben dem ich gern Tag für Tag aufwachen würde. Außer natürlich neben dir. Dich würde ich heiraten, Walter. Ernsthaft.«

Er lachte freundlich. »Karen hat dir ganz schön mitgespielt, aber irgendwann wirst du deine Verbitterung überwinden.«

»Woher zum Teufel willst du wissen, wie ich mich irgendwann fühlen werde?«

»Weil niemand durchs Leben gehen kann, ohne sich immer wieder zu verlieben.«

Wie traurig. Er glaubt wirklich, ich würde gern sein Leben leben. Er hält mich für Gatsby mit seiner verdammten Daisy. Vielleicht hat er ja sogar Recht.

»Ich war in Karen verliebt«, sagte ich und spürte einen Kloß im Hals, schluckte ihn aber wieder runter. »Und, was hat mir das gebracht? Ich habe sie geliebt und wollte mein Leben mit ihr verbringen. Zwei Jahre ging das so, doch plötzlich wollte sie nichts mehr von mir wissen. Wollte nicht mal mehr mit mir befreundet sein. Nannte mich eine Phase in ihrem Leben. Eine verdammte Phase. Das waren zwei vergeudete Jahre meines Lebens. Wenn ich darüber nachdenke, was ich in dieser Zeit alles hätte schreiben können, dann bin ich verdammt sauer.« Ich schüttelte den Kopf und trank einen Schluck Whiskey-Soda-Gemisch. »Ich sag dir was – sollte ich je heiraten, dann wäre das ein absolutes Wunder, denn ich halte bestimmt nicht danach Ausschau. Ich glaub einfach nicht, dass es je dazu kommt, und nach zwei Jahren Karen ist mir das auch verdammt recht. Dafür gebe ich einen guten Kumpel ab.«

»Du hast in einen faulen Apfel gebissen, und nun glaubst du, dass alle Äpfel so schmecken, aber das stimmt nicht«, sagte er mit dem Hochmut eines Mannes, der weiß, dass er Recht hat.

»Vielleicht mögen einige Leute einfach den Geschmack verfaulter Äpfel.« Sein freundlicher Gesichtsausdruck schwand. »Tut mir Leid, ich weiß nicht, warum ich mich wie ein Arschloch benehme. Ich bin gerade einfach etwas betrunken.«

»Hey, jeder macht verschiedene Phasen durch. Sei froh, dass du nicht so ein Vollzeitarschloch bist wie Bill York.«

»Ist dieser Typ immer noch dein Redakteur?«

»Ja. Er ist so ein Wichser. Er hat mich heute angeschnauzt, weil ich früher gegangen bin.«

»Es ist *dein* Magazin. Schmeiß ihn raus.«

»Wenn er nicht so ein guter Redakteur wäre, hätte ich ihn schon längst zum Teufel gejagt. Aber ich bezahle ihn schließlich nicht dafür, ein angenehmer Mensch zu sein. Solange er grammatikalisch perfekte Texte abliefert, könnte er von mir aus der Fürst der verdammten Finsternis sein.«

»Guter Gott, ich bewundere deine Prinzipien!« Wieder lachten wir gemeinsam. Dann herrschte einen Moment lang Schweigen, doch nach dem Gelächter wirkte die Stille recht ungezwungen. Walter blickte von seinem Bier auf und sah mich an.

»Andy«, sagte er, »willst du mir nicht verraten, was los ist?«

Ich schaute in Walters Augen und wollte alles loswerden. Der Drang, einem anderen Menschen zu erzählen, wo ich gewesen war und was ich getan hatte, war übermächtig.

»Ich weiß es einfach nicht.«

»Es hat mit deiner Reise diesen Mai zu tun, oder?«

Ich hielt die Luft an und dachte nach. »Es hat nur damit zu tun.«

»Sind es die Steuern?«, fragte er. »Hast du Ärger mit dem Finanzamt? Ganz ohne Scheiß.«

»Natürlich nicht.« Ich lachte.

»Warum kannst du es mir nicht anvertrauen?« Seine Augen verengten sich und ich zuckte mit den Schultern. »Dann rede doch mit mir.«

»Würdest du deine eigene Sicherheit aufs Spiel setzen oder eine Gefängnisstrafe riskieren, um zu erfahren, was mit mir los ist?«

Er setzte sich auf und stellte die halb leere Flasche auf den Boden. »Ich weiß, dass du das für mich tun würdest.«

Mein Magen zog sich zusammen bei dem Gedanken an die Wüste. Ich leerte mein Glas und blickte in seine braunen Augen. Sein graues Haar war seit Mai beträchtlich gewachsen. »Du weißt, dass ich einen Zwillingsbruder habe?«

»Du hast es mal erwähnt. Er ist verschwunden, oder?«

»Wir waren damals einundzwanzig. Spazierte einfach eines Abends aus unserem Schlafzimmer und meinte: ›Du wirst mich eine Weile nicht sehen.‹«

»Schätze, das war ganz schön hart für dich.«

»Ja, es war hart. Im Mai hat er Kontakt zu mir aufgenommen. Walter, du darfst es niemandem erzählen. Weder Beth noch …«

»Keiner Seele«, erwiderte er.

»Erinnerst du dich an die schwarze Lehrerin, die im Frühjahr spurlos verschwunden ist?«

»Rita Jones?«

Ich schluckte. *Wenn du jetzt weitersprichst, hängt er mit drin. Denk darüber nach. Du bist zu betrunken, um diese Entscheidung zu treffen.*

»Sie ist in meinem Wald begraben.« Walter wurde bleich. »Mein Bruder Orson hat sie dort hingebracht. Er hat mich erpresst. Hat mir erklärt, mein Blut würde an ihr kleben, und das Messer, mit dem er sie umgebracht hat, sei in meinem Haus versteckt. Er wollte zur Polizei gehen, wenn ich ihn nicht aufgesucht hätte. Hat damit gedroht, unsere Mutter zu bestrafen.«

»Du bist betrunken.«

»Willst du die Leiche sehen?«

Walter starrte mich zweifelnd an. »Er hat sie ermordet?«

»Ja.«

»Warum?«

»Er ist ein Psychopath«, erwiderte ich und bemühte mich, nicht zu zittern.

»Was wollte er von dir?« Tränen traten mir in die Augen, ich konnte sie nicht zurückhalten. Sie rannen mir die Wangen hinab, und als ich sie wegwischte und Walter ansah, musste ich erneut heulen.

»Grauenhaft«, sagte ich mit zitternden Lippen. Die Tränen rannen das Kinn herab.

»Wohin bist du gefahren?«

»Eine Wüste in Wyoming.«

»Warum?« Ich antwortete nicht, und Walter ließ mir einen Moment Zeit, mich wieder zu sammeln. Er wiederholte seine Frage nicht. »Wo ist er jetzt?«

»Ich weiß es nicht. Er könnte überall sein.«

»Und du bist nicht zur Polizei gegangen?«

»Er hat meine Mutter bedroht!« Meine Stimme schnappte über und war bis in die obere Etage zu hören. »Außerdem, was sollte ich denen denn sagen? Mein Zwillingsbruder hat Rita Jones umgebracht und sie auf meinem Grundstück vergraben? Ach, und übrigens, mein Blut klebt an ihr, sie wurde mit meinem Tranchiermesser ermordet und mein Bruder ist verschwunden, aber ich schwöre, dass ich's nicht war!«

»Was hast du denn für eine Wahl?«, fragte er. Ich zuckte mit den Schultern. »Wenn das stimmt, was du sagst, werden so lange Leute sterben, bis er gefasst ist. Beth oder John David könnten die Nächsten sein. Ist dir das egal?«

»Was mir nicht egal ist«, erklärte ich, »ist, dass, selbst wenn ich Orson fände und ihn auf ein Polizeirevier schleppen könnte und den Beamten erzählen würde, was er getan hat, Orson als freier Mensch hinausspazieren würde. Ich habe keine Beweise, Walter. Dem Gericht wäre es scheißegal, dass *ich* weiß, dass Orson ein Psychopath ist, und gesehen habe, wie er Menschen gefoltert und ermordet hat. Was zählt, ist einzig und allein, dass mein Blut an Rita Jones klebt!«

»Du hast gesehen, wie er Menschen ermordet hat?«, fragte Walter. »Du hast ihm wirklich beim Töten zugesehen?« Wieder traten Tränen in meine Augen. »Wen hat er …«

»Ich möchte nicht mehr darüber reden.«

»Aber du hast mir gerade erzählt, dass du …«

»Ich werde nicht darüber reden!«

Ich erhob mich aus dem Sessel und ging hinüber zum Fenster, von dem aus man über den Rasen und dahinter über den See blicken konnte. Am Waldrand bekamen die ersten Pappeln eine goldene Farbe, die violetten Eichen und roten Ahornbäume würden bald schon den Wald förmlich in Brand setzen mit ihrem welkenden Laub. Ich lehnte die Stirn gegen das Fenster, so dass meine Tränen die Scheibe herabliefen und trübe Spuren hinterließen.

»Was kann ich tun?«, fragte Walter. Seine Stimme klang jetzt wieder mitfühlend.

Ich schüttelte den Kopf. *Auch ich habe gemordet. Habe einer Frau das Herz herausgeschnitten und einen Mann in den Kopf geschossen, weil Orson es mir befohlen hat.* Die Wörter schwirrten in meinem Kopf herum, aber ich konnte Walter nicht erzählen, was ich getan hatte. Irgendwie dachte ich, es reichte aus, dass er von Orson wusste und wo ich gewesen war.

»Ich habe jede Nacht Alpträume.«

»Du musst mit jemandem reden. So etwas kann dich kaputtmachen …«

»Ich rede mit dir«, sagte ich und beobachtete ein Boot, das eine Schleife über den See zog. Zugleich fragte ich mich, was Walter wirklich durch den Kopf ging.

Er kam zum Fenster und wir lehnten uns beide gegen die Scheibe.

»Sie ist direkt dort drüben«, sagte ich und zeigte auf den Wald. »In einem flachen Grab.«

Wir standen ewig am Fenster. Ich vermutete, er würde weitere Details wissen wollen, doch er schwieg und dafür war ich ihm dankbar.

Dann wurde es Zeit für ihn, zu gehen. Er musste zum Theaterstück seiner Tochter. Ich stellte mir Jenna auf der Bühne vor und Walter und Beth im Publikum. Strahlend. Ich schwöre, dass es nur eine Sekunde lang dauerte, aber mir war ganz übel vor Neid.

Kapitel 16

Jeanette Thomas lebte allein in dem langsam aussterbenden Ort Winston-Salem, North Carolina. In dem einer Ranch ähnelnden Haus waren ihre Söhne aufgewachsen und ihr Mann gestorben. In meiner Kindheit war dies eine blühende Mittelschichtgegend gewesen, doch als ich jetzt mit meinem roten CJ-7 langsam die Race Street entlangfuhr, stellte ich erstaunt fest, wie sehr sich alles verändert hatte. Verrostete Zäune aus Eisenketten umschlossen die Vorgärten, und einige Häuser waren total heruntergekommen. Es schien, als ob auf jeder Veranda eine ältere Person in einem Schaukelstuhl saß und den selten vorbeikommenden Autos zuwinkte. Dieses Viertel diente offenbar vielen Anwohnern als letzte Zone der Unabhängigkeit, bevor sie ihre letzten Tage in einem Altenheim verbringen würden.

Als ich mich dem Haus meiner Mutter näherte, stieg unweigerlich die Erinnerung an frühere Zeiten in mir hoch. Damals waren die Straßen voller Kinder gewesen, und jetzt sah ich sie alle wieder vor mir, auf Fahrrädern und Stelzen, lachend, raufend, dem Eiswagen hinterherlaufend, wenn dieser hier an den heißen Sommernachmittagen seine Runde drehte. Dieses Paradies mit grünen, Schatten spendenden Bäumen und voller jugendlicher Energie war einst Orsons und meine Welt gewesen. Wir waren auf Bäume geklettert, hatten die dunklen Abwasserkanäle und verbotenen Wälder erkundet, die im Norden das Wohnviertel begrenzten. Wir hatten geheime Clubs gegründet, wackelige Baumhäuser gebaut und an einem Winterabend hier auf dem verlassenen Baseballfeld unsere erste Zigarette geraucht. Da dies das einzige Zuhause meiner Kindheit war, barg diese Straße besonders viele, nachhaltige Erinnerungen. Jedes Mal wenn ich hierher zurückkehrte, überkamen sie mich, und nun, nachdem das Viertel sich in eine Geisterstadt verwandelt hatte, erschien mir meine Kindheit noch viel spektakulärer. Der gegenwärtige Verfall ließ meine Erinnerungen noch reicher und strahlender wirken.

Meine Mutter parkte ihr Auto immer am Fuß der Einfahrt, damit sie beim Rückwärtsfahren nicht aus Versehen den Briefkasten rammte. Als ich ihren Wagen erblickte, der etwas schief in die Straße hineinragte, musste ich lächeln und parkte mein Auto auf dem Bordstein vor dem Haus. Ich schaltete den Motor des Jeeps aus, öffnete die Tür und hörte als Erstes das krächzende Geräusch eines Laubbläsers. Ich stieg aus und schlug die Tür zu.

Auf der anderen Straßenseite saß ein alter Mann in einem Sessel auf der Veranda, rauchte Pfeife und schaute einer Gruppe von Jugendlichen zu, die mit dem Gebläse das Laub von seinem Rasen zu einem großen braunen Haufen auftürmten. Er winkte mir zu und ich winkte zurück. *Mr Harrison. Wir waren zwölf, als wir herausfanden, dass du den Playboy abonniert hattest. Wir klauten dir drei Monate lang das Heft. Haben jeden Tag, wenn wir aus der Schule kamen, deinen Briefkasten kontrolliert. Im vierten Monat hast du uns erwischt. Hast eine Woche lang hinter den Gardinen gestanden, um die Diebe auf frischer Tat zu erwischen. Kamst aus dem Haus geschossen, um uns zu unserer Mutter zu schleifen, bis dir einfiel, dass sie dann merken würde, was für ein schmutziger al-*

ter Mann du bist. »Nun, ihr habt doch schon drei!«, hast du gerufen. Dann hast du flüsternd hinzugefügt: »Ich lege sie auf meine hintere Veranda, wenn ich sie durchhabe. Was haltet ihr davon? Schließlich bezahle ich dafür, also will ich auch was davon haben.« Uns war's recht.

»Hey!«, rief ein Mann, der mit einem grauen Honda mitten auf der Straße angehalten hatte. Ich trat vom Bordstein hinunter und ging auf das Auto zu.

»Kann ich Ihnen irgendwie helfen?«, fragte ich. Ich schätzte ihn auf sechs- oder siebenundzwanzig. Sein Haar war sehr dunkel und sein schmales Gesicht zart und weiß. Im Innern seines Autos stank es nach Windex. Ich mochte seine Augen nicht.

»Sind Sie Andrew Thomas?«, fragte er. *Das alte Spiel.*

Seit dem Erscheinen meines ersten Romans zählte ich, wie oft ich erkannt wurde. Da Pressekonferenzen, Literaturveranstaltungen und andere öffentliche Auftritte nicht mitzählten, war dies das dreiunddreißigste Mal.

Ich nickte. »Nicht zu fassen. Ich lese gerade Ihr Buch. Ähm, die Angst – nein, ach, ich weiß genau, wie es heißt ...«

»Die Angst, zu leben.«

»Genau. Es ist einfach super. Ich hab's sogar dabei. Würden Sie vielleicht, ähm ...«

»Möchten Sie, dass ich es signiere?«

»Würden Sie das tun?«

»Gerne.« Er griff hinter den Beifahrersitz, kramte mein neuestes Buch hervor und reichte es mir. *Ich schätze, ich sehe so aus, als hätte ich stets einen Stift bei mir.* Manchmal war es enttäuschend, seine Fans zu treffen. »Haben Sie einen Stift?«, fragte ich.

»Oh, Mist!, nein ... warten Sie.« Er öffnete das Handschuhfach und holte einen kurzen, stumpfen Bleistift hervor. Er hatte vor kurzem Minigolf gespielt. Während ich den Stift nahm, blickte ich auf den Schutzumschlag von »Die Angst, zu leben« – ein bösartig grinsendes Gesicht verzehrt von Flammen. Ich war von diesem Titelbild nicht sonderlich begeistert gewesen, aber was der Autor darüber denkt, interessiert niemanden.

»Soll ich es einfach signieren?«, fragte ich.

»Würden Sie … ich meine, könnten Sie vielleicht eine Widmung für meine Freundin hineinschreiben?«

»Klar.« *Sagst du mir, wie sie heißt, oder muss ich danach fragen? … Ich muss fragen.* »Wie heißt sie?«

»Jenna.«

»J–E–N–N–A?«

»Ja.« Ich legte das Buch auf das Autodach und schrieb eine meiner drei Standardwidmungen hinein: *Für Jenna – mögen deine Hände zittern und dein Herz laut pochen. Andrew Z. Thomas.* Ich klappte das Buch zu und reichte es ihm zurück. »Sie wird total begeistert sein«, sagte er und legte wieder einen Gang ein. »Vielen, vielen Dank.« Ich schüttelte seine kalte, dünne Hand und schritt über den Bordstein wieder auf den Rasen.

Während er wegfuhr, ging ich über den ungemähten Rasen auf die Haustür meiner Mutter zu, dabei fuhr eine Windböe durch die Bäume und streifte meinen Rücken. Der Morgenhimmel war von dicken Wolken verhangen, die in den kommenden Monaten vermutlich Schnee mit sich bringen würden. In der Mitte des Rasens leuchtete vor dem aschegrauen Oktoberhimmel ein Silberahorn in allen Farben des Feuers.

Je näher ich dem Haus kam, desto trostloser wirkte es. Laub verstopfte die Regenrinnen, die an einigen Stellen kaum mehr am Dach hingen. Die Holzverkleidung war aufgequollen und die Farbe blätterte ab. Selbst der Vorgarten hatte sich in einen Urwald verwandelt, und ich hegte nicht den geringsten Zweifel, dass Mutter den Gärtner wieder gefeuert hatte, den ich für sie bestellt hatte. Sie hatte wütend und stur jedwede finanzielle Unterstützung abgelehnt. Nachdem »Der Mörder und seine Waffe« nach Hollywood verkauft worden war, hatte ich versucht, ihr ein neues Haus schmackhaft zu machen, doch sie hatte sich geweigert, umzuziehen. Ich durfte weder ihre Rechnungen bezahlen noch ihr ein Auto kaufen oder sie gar auf eine Kreuzfahrt schicken. Ich war nicht sicher, ob es an ihrem Stolz lag oder daran, dass sie einfach nicht wusste, wie viel Geld ich verdiente, doch es ärgerte mich maßlos. Sie bestand darauf, sich allein mit dem Unterhaltszuschuss, ihrer Lehrerinnenrente und Vaters geringer und mittlerweile beinah aufgebrauchter Lebensversicherung durchzuschlagen.

Ich stieg die Stufen zur Veranda empor und klingelte. Von drinnen ertönten durch eine gesprungene Fensterscheibe Fetzen von »Der Preis ist heiß« und gleichzeitig Schritte, die sich der Haustür näherten. Ich hörte, wie meine Mutter einen Hocker über den Boden schleifte, um den Türspion zu erreichen.

»Ich bin's, Mutter!«, rief ich durch die Tür.

»Andrew, bist du es?«

»Ja, Mutter!.« Drei Riegel wurden geöffnet und die Tür ging auf.

»Liebling!« Ihr Gesicht erstrahlte – eine Wolke gab die Sonne frei. »Komm rein«, sagte sie lächelnd. »Gib deiner Mutter einen dicken Kuss.« Ich trat ein und umarmte sie. Gerade fünfundsechzig, kam sie mir jedes Mal kleiner vor, wenn ich sie besuchte. Ihr Haar wurde langsam weiß, aber sie trug es immer noch lang und zu einem Pferdeschwanz gebunden wie früher. Das grüne Kleid mit den weißen Blumen war ihr inzwischen viel zu groß und wirkte auf ihrem zierlichen Körper wie eine aus der Mode gekommene Tapete.

»Du siehst gut aus«, sagte sie und inspizierte meine Hüften. »Ich sehe, du hast diesen Rettungsring abgelegt.« Lächelnd zwickte sie mich in den Bauch. Ihre größte Sorge war, ich könnte plötzlich dreihundert Kilo zunehmen und Gefangener in meinem eigenen Haus werden. Es war kaum auszuhalten bei ihr, wenn mein Körper auch nur die geringsten Zeichen von Übergewicht erkennen ließ. »Ich hab dir doch gesagt, dass du diese Speckpölsterchen leicht wieder loswirst. Sie sind wirklich nicht attraktiv, weißt du. Aber das kommt davon, wenn du immerzu drinnen hockst und schreibst.«

»Der Garten sieht gar nicht gut aus, Mutter«, erklärte ich, ging ins Wohnzimmer und setzte mich aufs Sofa. Sie ging zum Fernseher und schaltete den Ton aus. »Kommt der Gärtner nicht mehr?«

»Ich hab ihn rausgeschmissen«, sagte sie und stellte sich mit in die Hüften gestemmten Händen vor den Bildschirm. »Er hat zu viel verlangt.«

»*Du* musstest ihn doch nicht bezahlen.«

»Ich brauche deine Hilfe nicht«, meinte sie. »Und ich werde auch nicht mit dir darüber diskutieren. Ich habe dir einen Scheck ausgestellt über die Summe, die du mir gegeben hast. Erinnere mich daran, ihn dir mitzugeben, bevor du gehst.«

»Ich werde ihn nicht annehmen.«

»Dann ist es eben zum Fenster rausgeworfenes Geld.«

»Aber der Garten sieht fürchterlich aus. Er müsste dringend ...«

»Das Gras wird eh braun und fault weg. Kein Grund, jetzt so ein Getue deswegen zu machen.«

Ich seufzte und lehnte mich zurück gegen die staubige, durchsessene Sofalehne, während meine Mutter in die Küche verschwand. Das Haus roch muffig, nach altem Holz und angelaufenem Silber. Über dem gemauerten Kamin hing ein Familienfoto, das in dem Sommer nach Orsons und meinem Schulabschluss aufgenommen worden war. Das Foto war sechzehn Jahre alt und das sah man auch. Der Hintergrund war rötlich verfärbt und unsere Gesichter wirkten eher rosa als fleischfarben.

Ich erinnerte mich sehr genau an jenen Tag. Orson und ich hatten uns darüber gestritten, wer von uns Vaters braunen Anzug tragen durfte. Wir beide hatten uns so darauf fixiert, dass unsere Mutter eine Münze warf. Ich gewann. Orson war so wütend, dass er sich weigerte, sich fotografieren zu lassen, also gingen Mutter und ich alleine ins Fotoatelier. Ich trug den braunen Anzug meines Vaters und sie ein lila Kleid, das auf dem verblichenen Foto nun schwarz wirkte. Es war unheimlich, meine Mutter und mich anzuschauen, wie wir dort allein vor dem roten Hintergrund standen – eine halbe Familie. *Sechzehn Jahre später hat sich nichts geändert.*

Sie kam aus der Küche zurück ins Wohnzimmer und trug ein Glas mit süßem Tee.

»Hier, für dich, mein Liebling«, sagte sie und reichte mir das kühle, klebrige Glas. Ich trank einen Schluck und genoss ihre Kunst, den besten Tee aufzubrühen, den ich je gekostet hatte. Er war genau richtig gesüßt, nicht bitter, nicht zu schwach und von transparenter Mahagonifarbe. Sie setzte sich in ihren Schaukelstuhl und zog sich einen Quilt über ihre mageren Beine, die wurmartigen Venen waren unter der dicken Strumpfhose verborgen.

»Warum hast du dich vier Monate lang nicht blicken lassen?«, fragte sie.

»Ich hatte zu tun, Mutter«, erklärte ich und stellte das Teeglas auf dem Beistelltischchen vor dem Sofa ab. »Ich hatte eine Lesereise und vieles andere um die Ohren, deshalb bin ich auch noch gar nicht so lange wieder in North Carolina.«

»Nun, es tut schon weh, wenn sich der eigene Sohn nicht einmal die Zeit nimmt, seine Mutter zu besuchen, sondern immer nur wichtigere Termine hat.«

»Es tut mir Leid«, meinte ich. »Ich bin beschämt.«

»Du solltest wirklich etwas aufmerksamer sein.«

»Das werde ich. Tut mir Leid.«

»Hör auf damit«, erwiderte sie kurz. »Ich verzeihe dir.« Sie drehte sich wieder zum Fernseher um und meinte: »Ich habe dein Buch gekauft.«

»Du brauchst es doch nicht zu kaufen, Mutter. Ich habe noch dreißig Exemplare zu Hause. Ich hätte dir eins mitbringen können.«

»Das wusste ich nicht.«

»Hast du es denn gelesen?«

Sie runzelte die Stirn und ich kannte bereits ihre Antwort. »Ich möchte deine Gefühle nicht verletzen«, sagte sie. »Aber es liest sich genau wie die anderen. Ich habe noch nicht einmal das erste Kapitel zu Ende gelesen, bevor ich es weggelegt habe. Du weißt, ich habe etwas gegen Gottlosigkeit. Und dieser Mann war einfach schrecklich. Ich lese nichts über jemanden, der andere Menschen mit einem Schraubenzieher ermordet. Ich weiß nicht, wie du so etwas schreiben kannst. Die Leute denken vermutlich, ich hätte dich misshandelt.«

»Mutter, ich …«

»Ich weiß, dass du das schreibst, was sich verkauft, aber das heißt noch nicht, dass ich es mag. Ich wünschte nur, du würdest zur Abwechslung mal etwas Nettes schreiben.«

»Was denn? Was soll ich denn deiner Meinung nach schreiben?«

»Eine Liebesgeschichte, Andrew. Irgendetwas mit einem Happyend. Die Leute lesen schließlich auch Liebesgeschichten, wie du weißt.« Ich lachte laut und hob das Glas.

»Du glaubst also, ich sollte ins romantische Fach überwechseln? Meine Fans wären begeistert, das kann ich dir sagen.«

»Jetzt bist du gemein«, sagte sie, während ich wieder einen

Schluck trank. »Du solltest dich was schämen. Sich über die eigene Mutter lustig zu machen.«

»Ich mache mich nicht über dich lustig, Mutter. Ich finde, du bist urkomisch.«

Erneut runzelte sie die Stirn und schaute wieder auf den Fernseher. Unter ihrer harten Schale aus Eigenwillen und Reizbarkeit war meine Mutter überraschend sensibel.

»Warst du schon an Vaters Grab?«, fragte sie nach einer kurzen Pause.

»Nein. Ich wollte mit dir zusammen hingehen.«

»Heute Morgen lagen an seinem Grabstein Blumen. Ein wunderschönes Gesteck. Sie sahen frisch aus. Bist du sicher, dass du …«

»Mutter, ich denke doch, ich würde mich daran erinnern, wenn ich heute Morgen Blumen auf Vaters Grab gelegt hätte.«

Ihr Kurzzeitgedächtnis ließ ganz schön nach. Vermutlich hatte sie die Blumen gestern selbst hingetragen.

»Nun, ich war heute Morgen dort«, erklärte sie. »Bevor es sich bewölkt hat. Habe etwa eine Stunde dort gesessen und mit ihm geredet. Er hat eine schöne Ruhestätte, dort unter der Magnolie.«

»Ja, das hat er.«

Ich starrte auf den olivgrünen Plüschteppich unter meinen Füßen, den schiefen Esstisch neben der Küche und auf die erste Tür im Flur, die hinab in den Keller führte, und spürte, wie wir vier uns durch diesen toten Raum bewegten, diesen altmodischen Spuk – spürte meinen Vater und Orson genauso intensiv wie meine Mutter, die leibhaftig vor mir saß. Erstaunlicherweise riss mich der Geruch verbrannten Toastbrotes aus der Erstarrung. Meine Mutter liebte verbranntes Brot, und obwohl der Geruch ihres angesengten Frühstücks bereits ein paar Stunden alt war, verwandelte er drei unerbittliche Sekunden lang dieses verfallene Haus in meine Heimat und mich wieder in ihren kleinen Jungen.

»Mutter«, fing ich meinen Satz an und hätte beinah seinen Namen ausgesprochen. *Orson* lag mir auf der Zunge. Ich wollte, dass sie mich daran erinnerte, was für ein sorgloses Leben wir als Kinder geführt hatten, die miteinander spielten.

Sie schaute von ihrem stummen Fernseher auf.

Doch ich bat sie nicht darum. Sie hatte ihn aus dem Gedächtnis gestrichen. Als ich einmal den Fehler begangen hatte, von ihm zu sprechen, war sie sofort verstummt. Es hatte sie zutiefst verletzt, dass er weggegangen war, dass Orson vor dreizehn Jahren sämtliche Familienbande zerschnitten hatte. Anfänglich hatte sie diesen Schmerz bekämpft, indem sie geleugnet hatte, dass er je ihr Sohn gewesen sei. Inzwischen, Jahre später, leugnete sie, dass er je geboren worden war.

»Ach, nichts«, sagte ich, und sie wandte sich wieder der Quizshow zu. Also suchte ich selbst nach einer Erinnerung. *Mit elf sind Orson und ich alleine im Wald. Es ist Sommer und die Bäume sind dicht belaubt. Wir finden ein zerschlissenes, feuchtes und verschimmeltes Zelt aus Segeltuch und sind begeistert. Wir kehren die Blätter nach draußen, machen das Zelt zu unserer geheimen Trutzburg und spielen in jenem Sommer jeden Tag darin, sogar bei Regen. Da wir nicht einmal den Nachbarskindern davon erzählen, gehört es uns ganz allein und wir schleichen uns mehrere Male nachts aus dem Haus, kampieren dort mit unseren Taschenlampen und Schlafsäcken und jagen bis zum Morgengrauen Glühwürmchen. Dann rennen wir nach Hause und klettern in unsere Betten, bevor Mutter und Vater aufwachen. Sie erwischen uns nie und zum Ende des Sommers besitzen wir ein ganzes Marmeladenglas voller Gefangener – eine luziferinische Nachtbeleuchtung auf dem Spielzeugregal zwischen unseren Betten.*

Mutter und ich schauten bis Mittag den habgierigen Kandidaten zu. Ich behielt diese Erinnerung für mich.

»Andrew«, sagte sie, als die Quizshow zu Ende war, »ist es immer noch kalt draußen?«

»Es ist kühl«, erwiderte ich, »und etwas windig.«

»Würdest du ein Stück mit mir spazieren gehen? Das Laub ist wunderschön.«

»Gerne.«

Sie ging ins Schlafzimmer, um sich einen Mantel zu holen, und ich stand auf und ging durch das Esszimmer zur Hintertür. Ich öffnete sie und trat auf die hintere Veranda. Da die grüne Farbe überall abblätterte, waren die Bohlen rutschig.

Mein Blick wanderte über den zugewachsenen Garten und die kaputte Schaukel, die wir einst mit unserem Vater gebaut hatten. Er wäre nicht stolz darauf, wie ich mich um seine Frau kümmerte. *Aber sie ist stur wie ein Esel und das wusstest du. Wusstest es besser als jeder andere.* Ich lehnte mich gegen die Brüstung und blickte zu dem knapp dreißig Meter entfernten Wald hinüber, der dort begann, wo der Rasen aufhörte.

Irgendwo in meinem Innern fühlte ich ein Zwicken. Es war, als sähe ich die Welt wie das Negativ eines Fotos – schwarz und grau, zwei Jungen, die durch den Wald auf etwas zugingen, was ich nicht sehen konnte. Ein flüchtiges Bild tauchte vor meinen Augen auf – eine glühende Zigarette in einem Tunnel. Ich spürte eine Gegenwart in diesem Wald, in meinem Kopf, die mich aus der Fassung brachte.

Ich wurde den Gedanken nicht los, etwas vergessen zu haben.

Kapitel 17

Vor Einbruch der Dunkelheit verließ ich meine Mutter und dachte die vierzig Meilen zwischen Winston-Salem und meinem Haus am See in der Nähe von Davidson an Karen. Normalerweise verbannte ich jeglichen Gedanken an sie aus meinem Kopf, kaum dass mich irgendetwas an sie erinnerte, doch an jenem Abend erlaubte ich ihr zu bleiben und stellte mir beim Anblick des vertrauten Straßenverlaufs zwischen Wäldern und Weiden vor, sie säße neben mir im Jeep.

Wir fahren einvernehmlich schweigend nach Hause und in einer Stunde gehen wir gemeinsam durch meine Haustür. Du wirfst deinen Mantel über den Klavierschemel und ich gehe schnurstracks in die Küche, um eine Flasche Wein zu holen, auch wenn ich deinem Blick entnehme, dass du heute Abend vielleicht mehr an etwas anderem interessiert bist als an Wein. Daher gehen wir ohne Musik, Kerzen oder uns frisch zu machen direkt nach oben in mein Schlafzimmer, haben Sex miteinander, schlafen ein, wachen wieder auf, lieben uns erneut und schlafen wieder ein.

Ich wache in dieser Nacht noch einmal auf, spüre deinen Atem neben mir und lächle bei dem Gedanken, uns ein gemeinsames Frühstück zu bereiten. Du bist morgens im Bademantel beim Kaffee eine wunderbare Gesellschaft, wenn der See in den ersten Sonnenstrahlen glitzert …

Ich redete laut mit einem leeren Sitz und Davidson war immer noch fünfzehn Meilen entfernt.

Das Letzte, was ich von Karen gehört hatte, war, dass sie als Lektorin für einen kleinen Verlag in Boston arbeitete und mit einem Patentanwalt zusammenlebte. Weihnachten würden sie auf den Bermudas heiraten. *Versuch es mal so, Andy: Gegen halb neun wirst du deine Haustür aufschließen, dein Haus betreten und direkt nach oben ins Schlafzimmer gehen. Allein. Dir wird nicht einmal nach einem Drink zumute sein.*

Ich erwachte durch einen ohrenbetäubenden Schrei aus meiner Stereoanlage, die unten im Wohnzimmer stand und Miles Davis auf voller Lautstärke durch das Haus jagte. Es war zwei Uhr morgens. Ich verharrte in vollkommener Dunkelheit bewegungslos unter der Decke und dachte: *Es ist jemand im Haus. Wenn du das Licht einschaltest, wirst du ihn am Fußende des Bettes stehen sehen, und wenn du dich bewegst, wird er wissen, dass du wach bist, und dich umbringen. Bitte, lieber Gott, lass es sich um einen plötzlichen Spannungsanstieg in der Stromleitung oder um irgendeinen Fehler im Überspannungsschalter handeln! Aber ich habe gar keine Miles-Davis-Platte.*

Die Fenster klirrten wegen der lauten Musik, während ich mit der linken Hand nach meinem Nachttisch tastete und die Schublade öffnete, obwohl ich jeden Augenblick damit rechnete, vom Licht geblendet zu werden und direkt danach einen unsagbaren Schmerz zu spüren. Meine Hand griff nach meiner neuen Pistole, einer kompakten .40er Glock. Ich konnte mich nicht mehr daran erinnern, ob ich die Waffe geladen hatte, daher schob ich sie unter die Bettdecke und zog den Patronenschaft heraus. Ich konnte spüren, wie das Teilmantelgeschoss aus dem Magazin hervorstand, bereit, abgefeuert zu werden.

Zwei Minuten lang lag ich im Bett, nur darum bemüht, meine Augen an die Dunkelheit zu gewöhnen. Danach blickte ich mich blinzelnd, damit er nicht das Weiße meiner Augen sehen konnte, in meinem Zimmer um: Offensichtlich war ich alleine. *Es sei denn, er ist im Schrank.* Ich rollte mich im Bett auf die andere Seite und griff nach dem Telefon, um 911 zu wählen. Miles plärrte durch die Muschel. *O Gott!*

Ich setzte die Füße auf den Teppich, kroch zur Tür und konnte nur denken: *Geh nicht da runter. Orson könnte irgendwo im Haus sein. Ich weiß, dass er es ist. Bitte lass es einen Traum sein.*

Der Flur im ersten Stock verlief als Balustrade über dem gesamten Wohnzimmer entlang und mündete in mein Schlafzimmer. Ich hielt an meiner Tür inne und spähte in den leeren Flur. *Zu dunkel, um irgendetwas im Wohnzimmer unten zu erkennen.* Das Einzige, was ich sah, waren die rot und grün leuchtenden Lämpchen der Stereoanlage neben der Treppe und durch die hohen Wohnzimmerfenster den Wald, den See und das weit entfernte bläuliche Licht am Ende von Walters Steg. *Vielleicht sterbe ich heute Nacht.*

Ich hatte die Hand schon auf dem Lichtschalter, konnte mich aber nicht entschließen, die Lichtleiste im Flur einzuschalten. *Vielleicht weiß er noch nicht, dass ich aufgestanden bin. In dem Fall möchte ich ihn unter keinen Umständen darauf aufmerksam machen.*

Auf der rechten Seite des Flurs befanden sich drei offene, zu dunklen Zimmern führende Türen, auf der linken Seite begrenzte das Eichengeländer den Gang. Mein Herz schlug so heftig wie ein Vorschlaghammer. *Geh bis zur Treppe.* Ich eilte den Flur entlang, während »So What« meine Schritte übertönte. Bis ich oben auf der Treppe kauerte, brannte mir kalter Schweiß in den Augen. Durch das Geländer konnte ich hinab in den großen Wohnraum blicken: das Sofa, der kurze Flügel, die Bar, der Kamin – alles mehrdeutige, schiefe Formen im Schatten unter mir. Einige Winkel konnte ich nicht einsehen: die Küche, die Eingangshalle, mein Arbeitszimmer. *Er könnte überall sein.* Mein Körper wurde so heftig von hysterischem Zittern geschüttelt, dass ich den Finger nicht am Abzugshahn lassen konnte, dabei dachte ich die ganze Zeit: *Er will mir nur Angst einjagen. Genau das törnt ihn an.*

In meine Panik mischte sich Wut. Ich stand auf und richtete die Waffe die Treppe hinab ins Wohnzimmer.

»Orson!«, schrie ich über die Musik hinweg. »Sehe ich etwa ängstlich aus?! KOMM SCHON!!«

Ich ging zur Stereoanlage und schaltete sie aus. Eine ungeheuerliche Stille umfing mich, deshalb schaltete ich die Lampe neben der Stereoanlage ein, deren warmes Licht mein Herz beruhigte. Ich lauschte, schaute mich um, sah und hörte nichts, atmete fünfmal tief durch und lehnte mich gegen die Wand, um die wieder aufwallende Angst zu bezähmen. *Geh durch die Küche hinaus auf die Terrasse und hau ab von hier. Vielleicht spielt er nur mit dir. Vielleicht ist er schon weg.*

Auf dem Weg zur Hintertür hielt mich etwas auf, was sich in der Fensteröffnung des Alkovens zwischen Küche und Wohnzimmer befand. Eine unbeschriftete Videokassette stand auf der Glasplatte des Frühstückstischs. Ich hob sie auf und blickte dabei über die Schulter in den Flur über mir und in die Eingangshalle. Es bewegte sich immer noch nichts. Ich wollte mein Arbeitszimmer und die drei Gästezimmer auf der ersten Etage durchsuchen, aber mir fehlte die Ruhe dazu, da er nach wie vor reglos in einem versteckten Winkel darauf lauern konnte, dass ich blind an ihm vorbeistolperte.

Ich kehrte zur Stereoanlage und dem Heimkino zurück, legte die Kassette in meinen Videorekorder und schaltete den Fernseher ein. Ich setzte mich aufs Sofa, um gleichzeitig den

Bildschirm und den größten Teil des Wohnzimmers im Blick zu haben:

Der Bildschirm ist erst blau, dann schwarz. In der rechten unteren Ecke tauchen Datum und Uhrzeit auf: 30.10.96, 11:08. *Das ist heute. Beziehungsweise inzwischen gestern.*

Ich höre eine Stimme, dann zwei Stimmen, so leise und undeutlich, dass ich die Lautstärke höher drehe.

»Möchten Sie, dass ich es signiere? … Würden Sie das tun? … Gerne … Haben Sie einen Stift? … Oh, Mist!, nein … warten Sie … Soll ich es einfach signieren? … Könnten Sie … ich meine, würden Sie eine Widmung für meine Freundin hineinschreiben? … Klar … Wie heißt sie? … Jenna … J–E–N–N–A? … Ja … Sie wird total begeistert sein. Vielen Dank.«

Der Bildschirm ist immer noch schwarz, das Geräusch eines Automotors lässt den Fernseher vibrieren, dann sind die ersten Bilder zu sehen – durch die Heckscheibe eines fahrenden Autos und aus einiger Entfernung ich selbst, wie ich die Stufen zu Mutters Haus hinaufgehe. Dann ist der Bildschirm wieder schwarz und stumm.

Immer noch der 30.10.96, es ist jetzt 11:55. Das Bild zeigt einen langsamen Kameraschwenk durch einen dunklen Raum. *O Gott!* Betonwände, Zementboden. Doch die Gegenstände in dem Raum lassen keinen Zweifel: zwei rote Fahrräder, ein kaputtes Trampolin, ein weißer Weihnachtsbaum aus Plastik, bergeweise Kartons und mehrere Schallplattenstapel – der kleine, fensterlose Keller im Haus meiner Mutter.

Der Kameramann hält bei den vierzehn nach oben führenden Stufen inne und geht sie dann hinauf, wobei das Bild Schwindel erregend wackelt. Die erste Tür im Flur öffnet sich quietschend, dann zoomt die Kamera mein Gesicht heran, während ich schweigend auf Mutters Sofa sitze und auf den stummen Bildschirm starre. »So ein guter Sohn, der seine Mutter besucht«, flüstert er. Dann schließt der Kameramann die Tür und geht auf Zehenspitzen die Treppe wieder hinab.

Nachdem Orson die Kamera auf einen Schallplattenstapel unseres Vaters gestellt hat, lässt er sich, die Treppe im Hintergrund, vor ihr nieder, und der Bildschirm wird wieder schwarz.

Das Bild kehrt aus dem gleichen Blickwinkel im Keller zurück – 30.10.96, 19:25. Orson beugt sich zur Linse vor und flüstert: »Du hast gerade das Haus verlassen, Andy.« Er lächelt. Er trägt einen Arbeitsoverall, allerdings kann ich die Farbe in der spärlichen Kellerbeleuchtung nicht erkennen. »Ich möchte dich nicht beunruhigen, Andy«, flüstert er. »Diese Ich-bin-dir-auf-der-Spur-Masche ist nur vorübergehend. Während du dir diese Kassette in deinem Wohnzimmer gegen zwei Uhr morgens anschaust, bin ich in der Tat Hunderte Meilen von dir entfernt und fahre auf die Hauptstadt dieser wunderbaren Nation zu. Und wenn ich dort fertig bin, tauche ich wieder für eine ganze Weile in der gesichtslosen Masse unter.« Orson niest zweimal.

»Weil du deinen Mund nicht halten kannst, denke ich darüber nach, einen Freund bei Walter und seiner hübschen Familie vorbeizuschicken. Würde dich das stören? Ich glaube, du hast Luther bereits kennen gelernt.« Er lächelt. »Er ist ein Fan von dir.« Orson zieht ein Stück Draht aus der Tasche. »In einer Minute wird dir klar werden, dass du das alles auf Band hast. Nun, du *hattest* es auf Band. Denk daran. Sollen wir?« Orson nimmt die Kamera und flüstert weiter, während er die Treppe hinaufsteigt. »Die rasende Wut, die du fühlst, wird dich befreien, Andy. Sieh es aus dieser Warte. Ach, und noch ein Letztes – schalte morgen früh die Nachrichten ein.«

Er öffnet die Tür zum Flur. Irgendwo im Haus singt meine Mutter. Orson schlägt die Tür zu, öffnet sie und schlägt sie erneut zu, bevor er die Treppe wieder hinuntereilt. Er stellt die Kamera zurück auf den Plattenstapel und bewegt sich aus ihrem Blickfeld hinaus ins Halbdunkel zwischen den unzähligen Kartons. Ich kann jetzt nur die Treppe und ein Stück der kahlen Betonwand sehen.

Stille. Am oberen Ende der Treppe geht die Tür auf.

»Andrew, bist du noch mal zurückgekommen?« Die Stimme meiner Mutter füllt den Keller und ich beginne zu zittern, mein Kopf bewegt sich unfreiwillig vor und zurück. Sie geht fünf Stufen hinab und hält inne. Ich kann jetzt ihre Beine sehen. Ich murmele in einem fort: »Nein, nein, nein«, als ob sie dadurch wieder hinaufgetrieben würde.

»Andrew?«, ruft sie. Keine Antwort. Nach drei weiteren Stufen beugt sie sich so weit vor, dass sie in den Keller spähen kann. Mehrere Sekunden lang streift ihr Blick das Durcheinander, dann richtet sie sich wieder auf und geht die Treppenstufen hinauf. Doch bevor sie die Tür erreicht, bleibt sie stehen und kommt dann bis zu dem Punkt, an dem sie bereits war, zurück und schaut direkt in die Kamera. Ich sehe Verwirrung auf ihrem Gesicht, aber noch keine Angst.

Meine Mutter geht vorsichtig die letzten Stufen hinab und bleibt vor der Kamera stehen. Sie trägt immer noch ihr grünes Kleid, das weiße Haar hängt jetzt offen herab. Sie blickt neugierig in die Linse, zwischen ihren Augenbrauen bildet sich eine markante Falte.

»HALLO, MUTTER!!!«, ruft Orson vergnügt. Sie schaut hinter die Kamera. Die Angst in ihrem Gesicht bringt mich fast um, und als sie aufschreit und zur Treppe rennt, fällt die Kamera auf den Zementboden.

Der Bildschirm wurde wieder blau und ich blieb für einige Sekunden vor Schreck erstarrt sitzen. *Er hat unsere Mutter nicht umgebracht. Er hat …* Ich roch Windex. Im nächsten

Augenblick schlug ein harter, metallener Gegenstand gegen meinen Hinterkopf.

Auf dem Rücken neben meinem Sofa liegend, konnte ich durch das Fenster erkennen, dass in wenigen Stunden die Sonne aufgehen würde – diese violettblaue Färbung der Morgendämmerung schob bereits die Dunkelheit der Nacht beiseite. Ich kämpfte mich mühsam auf die Beine, während die weiche Beule auf meinem Hinterkopf unbarmherzig pochte.

Der Fernseher lief noch, also kniete ich mich hin und drückte auf den Ausgabeknopf des Videogeräts, doch das Band war bereits entnommen worden.

Nachdem ich in der Küche das Telefon wieder aufgelegt hatte, schleppte ich mich die Treppe zu meinem Schlafzimmer hinauf. Ich verstaute die Pistole wieder in der Schublade und legte mich auf die Decke, bereit, mich einer Welle aus Trauer und Verzweiflung hinzugeben. Ich schloss die Augen und versuchte zu weinen, aber der Schmerz war zu groß, zu surreal. *Vielleicht war das ein neuer Alptraum? Vielleicht bin ich schlafwandelnd dort hinuntergegangen und habe mir den Kopf gestoßen. Einen völlig obskuren Traum geträumt. Das wäre eine Möglichkeit. Glaub daran. Sie schläft. Du könntest sie jetzt anrufen und sie wecken. Sie würde verärgert über meine Unverschämtheit ans Telefon gehen. Aber sie würde ans Telefon gehen und nur das zählt.*

In der Dunkelheit griff ich zum Telefon und wählte die Nummer meiner Mutter.

Es klingelte und klingelte.

Dritter Teil

Kapitel 18

An einem kalten, klaren Halloween-Morgen schaute die Welt auf Washington, D.C., während sich Stadtpolizei, FBI, Secret Service und ein riesiger Schwarm von Pressevertretern um das Weiße Haus versammelt hatten. Es hatte vor Sonnenaufgang begonnen.

Um 4 Uhr 30 hatte eine Joggerin, die die East Street entlanggelaufen war, einen Stapel Kartons im gefrorenen Gras der Ellipse bemerkt, ganz in der Nähe des Nationalen Weihnachtsbaums. Wieder zu Hause, hatte sie die 911 gewählt.

Als die Polizei eintraf, war der Secret Service bereits vor Ort, da sofort der Verdacht geäußert worden war, die Kartons könnten Sprengstoff enthalten. Daher wurde der Präsident an einen sicheren Ort geflogen, das Personal des Weißen Hauses evakuiert und die East Street hinter dem Weißen Haus abgesperrt.

In Washington verbreiten sich schlechte Nachrichten sehr schnell. Um acht Uhr kampierten bereits die Teams der lokalen und überregionalen Fernseh- und Nachrichtensender entlang der Absperrung, die die Polizei zweihundert Meter von den Kartons entfernt errichtet hatte. Jeder Sender des Landes brachte die Nachricht, und so sah die ganze Welt zu, als gegen neun Uhr ein Bombenentschärfungsroboter auf den unheilvollen Kartonstapel zurollte.

Zwei Stunden lang zoomten die Kameras die Techniker in den Schutzanzügen heran, die mit Hilfe des Roboters und der Röntgengeräte jeden einzelnen Karton unter die Lupe nahmen. Die untersuchten Kartons wurden in einem gepanzerten Lastwagen gestapelt. Die Kartons wurden zwar geöffnet, doch die Kameras waren zu weit entfernt, um den Inhalt, sofern es einen gab, zu erkennen. Es waren mindestens ein Dutzend Kartons, und das Entschärfungsteam untersuchte jeden einzelnen von ihnen so sorgfältig, als könnte er eine Atombombe enthalten. Ihre Gründlichkeit wirkte ermüdend. Erst gegen elf Uhr waren sämtliche Kartons untersucht und in dem gepanzerten Lastwagen abtransportiert worden.

Die Spekulationen begannen. In den Kartons waren offensichtlich keine Bomben – was also dann? Ein Scherz? Ein Mordanschlag auf den Präsidenten? Gerüchte und unbestätigte Meldungen schwirrten durch die Sender, bis das FBI um halb zwei vor die Presse trat und die East Street wieder freigegeben wurde.

Der Sonderbeauftragte Harold Trent wandte sich an die Reporter und sprach auf der Rückseite des Weißen Hauses, das unter dem Oktoberhimmel hinter ihm sichtbar war, in ein Meer von Mikrofonen. Zwölf Kartons, die meisten davon zwischen einem halben und einem Kubikmeter groß, waren vom FBI beschlagnahmt worden. Es wurde kein Sprengstoff darin gefunden. In jedem Karton hatte sich vielmehr etwas befunden, was wie ein menschliches Herz aussah, und dazu ein Zettel mit einem Namen.

Die Reporter stellten jede Menge Fragen: Waren es Namen realer Personen? Würden die Namen veröffentlicht werden? Gab es Verdächtige? Warum hatten die Kartons in der Nähe des Weißen Hauses gestanden? Harold Trent weigerte sich zu spekulieren. Die Ermittlungen hätten gerade erst begonnen und eine Sonderkommission des FBI werde mit nationalen und lokalen Polizeieinheiten kooperieren, bis der oder die Verantwortlichen in Gewahrsam genommen worden seien.

Der Sonderbeauftragte Trent atmete tief durch; auf dem Fernsehschirm, der sein Bild in mein Wohnzimmer übermittelte, war ihm die Erschöpfung deutlich anzusehen. Er blickte in die Kameras und sprach Sätze, die in den folgenden Tagen auf allen Fernsehsendern als Klanghäppchen ununterbrochen wiederholt werden würden.

»Es liegt ein langer Weg vor uns«, erklärte er. »Es wird einige Zeit dauern, bis wir überprüft haben, ob es sich tatsächlich um die Herzen vermisster Personen oder bekannter Mordopfer handelt. Ich bete, dass dies nicht der Fall ist, aber es scheint sich hier letztlich doch um das Werk eines Serienmörders zu handeln. Und sollte dies der Fall sein, wird er so lange weitermorden, bis er gefasst wird.« Der kräftige schwarze Beamte entfernte sich von den Mikrofonen und ignorierte die Fragen, die ihm von den Reportern nachgerufen wurden.

Die Nation hielt den Atem an, derweil die Presse ihrer Leidenschaft frönte. Die wildesten Spekulationen schossen wie Pilze aus dem Boden, während sich das Land selbstverliebt der eigenen Angst hingab. Noch bevor das FBI bestätigt hatte, dass die Herzen tatsächlich von Mordopfern stammten, propagierte die Presse bereits die Geburt eines Monsters.

Zum Entsetzen der Ärzte würde dieses Monster den Spitznamen »Herzchirurg« erhalten, womit diese Berufsbezeichnung von jenem Tag an einen Makel besaß. Wer sie aussprach, beschwor die bekannten Bilder von FBI-Agenten und Washingtoner Bombenentschärfungsteams herauf, wie sie Kartons, die Arbeit eines Verrückten, in einen gepanzerten Lastwagen luden.

Es war ein merkwürdiges Gefühl, als Einziger die Wahrheit zu kennen.

Kapitel 19

Nebel streifte mein Gesicht, als ich zur Mitte des Sees hinausruderte. Ich hörte nichts außer dem gurgelnden Geklapper des Außenbordmotors, der am Heck meines undichten Ruderbootes angebracht war. Der Abendhimmel sah nach Regen aus, als ich über das bleierne, sich kräuselnde Wasser glitt und auf dem leeren See nach Walters Boot Ausschau hielt.

Eine halbe Meile von meinem Steg entfernt stellte ich den Motor ab. Die kalte, stille Dämmerung hüllte mich ein, und ich überlegte, ob ich wohl noch vor Einsetzen des Regens zurückkäme. Obwohl ich nicht gerne draußen auf dem See war, blieb mir keine Wahl, denn in meinem Haus konnte ich mit Walter nicht mehr sprechen, aus Angst, dass Orson mithörte.

Ich hörte das Dröhnen von Walters Boot, bevor ich es sah. Meine Nerven flatterten, und ich bedauerte, vorher nicht noch mehrere harte Drinks gekippt zu haben, die es mir leichter gemacht hätten, ihm das zu sagen, was ich ihm sagen musste. Walter hatte ebenfalls den Motor abgestellt, kam mit seinem Ruderboot an meine Seite und warf mir ein Tau herüber, damit ich uns aneinander binden konnte.

»Was ist los?«, fragte er.

»Hast du die Nachrichten gesehen?«

»Klar.«

Er holte eine Packung Marlboro Lights aus seinem braunen Regenmantel und schob sich eine Zigarette zwischen die Zähne. Aus einer Tasche meines blauen Regenmantels zog ich ein Gasfeuerzeug und reichte es ihm. »Danke«, sagte er, blies eine Rauchwolke aus dem Mundwinkel und gab mir das Feuerzeug zurück. »Die Presse ist völlig ausgerastet«, meinte er. »Der Ehrgeiz steht ihnen ins Gesicht geschrieben. Ich wette, die hatten 'nen Orgasmus, als sie den Tipp bekommen haben.«

»Du glaubst also, sie haben einen Tipp bekommen?«

»Klar, natürlich. Wer auch immer diese Kartons dort hingestellt hatte, wusste genau, was er tat. Vermutlich hat er direkt danach ein Dutzend Zeitungen und Fernsehsender informiert. Ich wette, er hat ihnen gesagt, dass hinter dem Weißen Haus eine Bombe liegt. Dann hat diese Joggerin 911 gewählt und die Geschichte bestätigt und bum … das Medienereignis des Jahres.« Walter nahm einen tiefen Zug von seiner Zigarette und redete weiter, als sich der Rauch aus seinem Mund kräuselte. »Ja, der Einzige, der über diese Herzen noch glücklicher ist als die Presse, ist dieses kranke Arschloch, das sie da abgestellt hat. Der sitzt jetzt wahrscheinlich gerade vor dem Fernseher, holt sich einen runter und sieht zu, wie sich die ganze Nation sabbernd das Maul darüber zerreißt, wie er …«

»Es war Orson«, unterbrach ich ihn. Walter zog wieder an seiner Zigarette und versuchte, ausdruckslos dreinzublicken.

»Woher weißt du das?«, fragte er und hustete beim Ausatmen leicht.

»Er bewahrt die Herzen auf. In seiner Hütte in Wyoming stand eine Gefriertruhe, die war voll damit. Es sind seine Trophäen, seine kleinen Andenken.«

»Andy …«

»Nur eine Minute, hör mir zu, Walter.«

Eine Welle ließ unsere Boote aneinander schlagen und ein Regentropfen traf mein Gesicht.

Wie sagt man einem Mann, dass man seine Frau und seine Kinder in Gefahr gebracht hat?

»Das Ding in Washington ist noch gar nichts«, erklärte ich. »Meine Mutter ist tot. Orson hat sie gestern Abend stranguliert. Er hat es auf Video aufgezeichnet ... Es ist ...« Ich unterbrach mich, um wieder ruhiger zu werden. »Es tut mir Leid. Aber ich glaube, ich habe dich in Gefahr gebracht.« Sein Kopf neigte sich fragend. »Ich weiß nicht wieso, aber Orson weiß oder vermutet zumindest, dass ich dir von der Wüste erzählt habe.«

»O Gott!« Walter schnippte seine Zigarette ins Wasser, wo sie zischend verlosch, und schlug die Hände vors Gesicht.

»Ich hätte dir nie etwas davon erzählen ...«

»Du hast verdammt Recht, das hättest du nicht tun sollen.«

»Sieh mal ...«

»Was hat er gesagt?«

»Walter ...«

»Was zum Teufel hat er gesagt?!« Seine Stimme hallte über den See. Ein Fisch hüpfte ganz in der Nähe übers Wasser.

»Die genauen Worte spielen ...«

»Halt's Maul!« Er wischte sich die Tränen aus dem Gesicht. »Was hat er gesagt?« Ich schüttelte den Kopf. »Hat er meine Familie erwähnt?« Als ich nickte, schossen mir zum ersten Mal an diesem Tag Tränen in die Augen. »Er hat meine Familie erwähnt?« Walter hyperventilierte.

»Es tut mir so ...«

»Wie konnte dir das passieren, Andy?«

»Ich wollte nicht ...«

»Was hat dein Bruder gesagt? Ich will jedes Wort, jede Silbe hören, und wag nicht, zu sagen, der Wortlaut spielt keine Rolle. Los, sag es mir!!«

»Er hat gesagt, weil ich meinen Mund nicht halten könne …« Ich schloss die Augen. *Ich will sterben.*

»Los, sprich den Satz zu Ende!«

»… zieht er es in Betracht, dir einen seiner Freunde vorbeizuschicken. Dir und deiner ›wundervollen Familie‹.«

Walter drehte sich um und schaute zu seinem Steg und seinem Haus, das hinter orangeroten Blättern verborgen lag. Es nieselte inzwischen, daher zog ich die Kapuze meines Regenmantels über. In meinem Boot stand das Wasser zwei bis drei Zentimeter hoch.

»Wer ist dieser Freund?«, fragte er.

»Keine Ahnung.«

»Ist das …« Er hyperventilierte erneut.

»Walter, ich werde mich darum kümmern.«

»Wie?«

»Ich werde Orson töten.«

»Dann weißt du also, wo er steckt?«

»Ich habe so eine Ahnung.«

»Gib dem FBI einen Tipp.«

»Nein. Orson kann mich immer noch ins Gefängnis bringen. Und ich werde nicht ins Gefängnis gehen.«

Unsere Boote schaukelten auf dem aufgewühlten Wasser. Mir wurde übel.

»Falls ich Orson ausfindig mache«, fragte ich, »kommst du dann mit mir?«

»Um dir dabei zu helfen, ihn zu töten?«

»Ja.«

Er lachte sarkastisch. »Ist das dein Ernst? Hast du den Verstand verloren?«

»Scheint so.«

Aus dem Nieseln war Regen geworden. Ich zitterte.

»Ich muss nach Hause«, sagte er. »Ich muss mit John David und Jenna zum Halloween-Umzug.«

»Wirst du mitkommen?«, wiederholte ich meine Frage.

»Rate mal!«

»Ich verstehe.«

»Nein. Nein, das tust du nicht. Du verstehst überhaupt nichts.« Er fing wieder an zu weinen, doch es gelang ihm, für einen Moment die Fassung zurückzugewinnen. »Lass uns etwas klarstellen, okay? Ruf mich nicht an. Komm nicht zu meinem Haus rüber. Schreib mir keine E-Mails. Denk verdammt noch mal nicht mal an mich. Tu nichts, aber auch gar nichts, weshalb dieses verdammte Arschloch den Verdacht haben könnte, dass wir Freunde sind. Hast du mich verstanden?«

»Ja, Walter. Ich möchte, dass du …«

»Kein einziges Wort mehr. Gib mir das Tau.«

Ich band unsere Ruderboote auseinander und warf ihm das Tauende zu. Er ließ den Außenbordmotor an, entfernte sich tuckernd und fuhr in einem großen Halbkreis zu seinem Steg zurück.

Es war fast dunkel und der Regen prasselte beständig und heftig auf den See. Ich ließ den Motor an und beeilte mich, zurück zu meinem Steg zu kommen. Hätte nicht die Sicherheit von Walter und seiner Familie auf dem Spiel gestanden, wäre ich nach Hause geeilt, um mich selbst zu töten.

Kapitel 20

Die Wände meines Arbeitszimmers bestehen fast nur aus Fenstern, und da es bis an die Bäume ragt, habe ich das Gefühl, meine Zeit schreibend im Wald am Fuße eines Gebirges zu verbringen. Mein Schreibtisch steht an der längsten Glaswand zum Wald hin, so lenkt mich nichts von der Arbeit ab, außer dann und wann eine Hirschkuh oder ein grauer Fuchs. Ich kann vom Schreibtisch aus noch nicht einmal den See sehen, und das ist Absicht, denn Wasser übt eine magische Faszination auf mich aus und würde mir nur die Zeit stehlen.

Überall Bücher, unsortiert in Regalen und stapelweise auf dem Boden. In einer Ecke türmen sich Manuskripte von Fans und nach Ruhm strebenden Hobbyautoren zu einem Angst einflößenden Stapel. Ein riesiges Lexikon liegt ständig aufgeschlagen auf einem Lesepult. Ich habe sogar einen Ständer für die Erstausgaben und Übersetzungen meiner Romane neben der Tür stehen. An der anderen Türseite hängt ein kleiner Goldrahmen mit der Fotokopie meines ersten, mageren Gehaltsschecks.

Regen rinnt die Scheibe hinab, als ich an meinem Schreibtisch sitze, in den schwarzen Wald starre und darauf warte, dass eine Website geladen wird. Es wird die fünfte College-Website sein, die ich überprüfe. Ich hatte meine Suche auf die Lehrstühle für Geschichte an den Universitäten von New

Hampshire und Vermont beschränkt, doch je länger ich vergeblich suche, desto häufiger frage ich mich, ob das Gedächtnis des Cowboys vielleicht lückenhaft war. Franklin Pierce, Keene State, die Universitäten von New Hampshire und Plymouth hatten nichts ergeben. Vielleicht stand Dave Parker für Orson Irgendwer.

Als ich die Homepage des Woodside College auf dem Monitor hatte, klickte ich erst auf *Fachbereiche* und dann auf *Geschichte* und gelangte schließlich zu *Lehrpersonal der Fakultät für ältere und neuere Geschichte (Alphabetische Auflistung).*

Während ich dem Server Zeit ließ, schaute ich auf die Uhr auf meinem Schreibtisch: 19 Uhr 55. *Sie ist seit vierundzwanzig Stunden tot. Hast du sie einfach in diesem dreckigen Keller liegen lassen?* Wegen der Aktion in Washington konnte ich mir nicht vorstellen, dass Orson sich die Mühe gemacht hatte, unsere Mutter mitzunehmen. Ihre Leiche aus dem Haus zu holen, wäre zeitaufwändig und riskant gewesen. Davon abgesehen war meine Mutter ein Mensch, der die Einsamkeit liebte; so vergingen oft Tage, ohne dass sie zu irgendjemandem Kontakt hatte. *Mein Gott, sie könnte eine Woche in diesem Keller liegen, bevor sie jemand findet!*

Die Polizei würde mich benachrichtigen müssen. Ich hatte nicht einmal in Erwägung gezogen, den Mord an ihr anzuzeigen, denn nach allem, was ich bisher erlebt hatte, war ich sicher, dass Orson mich wieder reingelegt hatte. *Muttermord. Selbst bei Tieren scheint das unnatürlich.* Ich konnte nicht darüber nachsinnen. Ich musste mir meinen Trancezustand erhalten.

Die Website der Fakultät begann mit einem kurzen Abschnitt über die herausragenden und außergewöhnlichen Qualifikationen der vierzehn Professoren, aus denen sich der historische Lehrstuhl des Woodside College zusammensetzte. Ich las ihn flüchtig und ging dann die Namensliste durch.

Scheißkerl.

Dr. David L. Parker.

Sein Name war zwar mit einem Hyperlink versehen, doch seine Seite ließ sich nicht öffnen. Bist du das? Habe ich dich tatsächlich aufgrund eines kurzen Wortwechsels mit einem bekifften Cowboy aus Wyoming gefunden?

Das Klingeln an der Haustür überraschte mich. Ich erwartete niemanden. Nachdem ich die Pistole vom Schreibtisch genommen hatte (ich trug sie jetzt überall mit mir herum), schritt ich durch den langen Flur, der mein Arbeitszimmer mit der Küche und dem restlichen Haus verband, durch das Wohnzimmer und rechts durch die Eingangshalle bis zu dem opaken, ovalen Fenster neben der Tür. Währenddessen hatte ich die Waffe geladen.

Es klingelte erneut.

»Wer ist da?«, fragte ich.

»Süßes oder Streiche!« *Kinderstimmen.* Ich ließ die Waffe sinken und steckte sie hinten in den Hosenbund meiner feuchten Jeans. Da mein Haus am Ende einer langen Auffahrt abseits auf einem großen Waldgrundstück stand, kamen an Halloween nur selten Kinder an meine Tür. Ich hatte dieses Jahr nicht einmal Süßigkeiten für sie eingekauft.

Ich öffnete die Tür. Ein kleiner maskierter und als Zorro verkleideter Junge zeigte mit einem Revolver auf mich. Seine Schwester war ein Engel – ein kleiner weißer Bademantel, Flügel aus Karton und ein Heiligenschein aus silbernem Lametta. Ein unglücklich dreinblickender Mann in einem braunen Regenmantel stand mit einem Regenschirm hinter ihnen – Walter. *Warum bist du …*

»Süßigkeiten oder ich erschieße dich!«, rief John David. Das blonde Haar des Vierjährigen lugte unter seinem schwarzen Kopftuch hervor. Seine Maske war verrutscht, so dass er nur durch eins der Augenlöcher sehen konnte, doch er blieb seiner Verkleidung treu. »Ich erschieße dich«, warnte er mich erneut, und noch bevor ich etwas sagen konnte, zog er den Abzugshahn. Bei jedem Klicken des Plastikhammers zuckte ich zusammen, stolperte schließlich rückwärts in die Eingangshalle zurück und fiel dort auf die Knie.

»Warum, John David, warum?«, fragte ich atemlos, hielt mir den Bauch und sank schließlich in gekrümmter Haltung auf den Boden, allerdings achtete ich darauf, dass meine Glock nicht aus der Hose rutschte. John David kicherte.

»Guck mal, Papa, ich hab ihn erwischt. Ich schau kurz nach, ob er auch wirklich tot ist.«

»Nein, JD«, sagte Walter, während ich wieder auferstand. »Geh nicht ins Haus.«

Ich ging zurück zur Tür, sah Walters Blick und blickte auf den siebenjährigen Engel herab.

»Du siehst wunderschön aus, Jenna«, sagte ich. »Hast du das Kostüm selbst gemacht?«

»Ich hab's heute in der Schule gemacht«, erklärte sie. »Gefällt dir mein Zauberstab?« Sie hielt einen langen Feenstab mit einem glitzernden Pappstern an der Spitze hoch.

»Geh ein Stückchen mit uns«, sagte Walter. »Ich habe das Auto am Briefkasten stehen lassen.«

»Lass mich erst nachsehen, ob ich ein paar Süßigkeiten für …«

Er schüttelte die Plastiktüte in seiner rechten Hand. »Sie haben genug Süßigkeiten. Komm schon.« Ich zog mir Stiefel an, holte eine Jacke und einen Regenschirm aus dem Garderobenschrank, schloss die Tür hinter mir ab und trat nach draußen.

Zu viert gingen wir den Fußweg bis zur Auffahrt entlang, dort reichte Walter Jenna seinen Regenschirm. »Schätzchen, ich möchte, dass du mit JD ein Stückchen vorgehst, okay?«

»Warum denn, Papa?«

»Ich muss mit Onkel Andy reden.«

Sie nahm den Schirm. »Du musst mit mir kommen, JD«, trieb sie ihren Bruder an.

»Neiiiin!«

»Los, geh mit ihr. Wir sind direkt hinter euch.« Jenna lief vor und John David lief ihr hinterher und duckte sich unter den Regenschirm. Sie lachten und erfüllten mit ihren hellen, lebhaften Stimmen den Wald. Seine Spielzeugpistole gab drei Schüsse ab.

Walter kam unter meinen Regenschirm. Gemeinsam gingen wir die von hohen Weihrauchkiefern gesäumte Auffahrt entlang. Während der Regen auf unseren Baldachin trommelte, wartete ich darauf, dass er reden würde. Der Abend roch nach nassen Pinien.

»Beth packt gerade«, flüsterte er. »Sie bringt die Kinder weg.«

»Wohin?«

»Ich habe sie angewiesen, mir nicht zu sagen, wohin.«

»Sie weiß Bescheid über …«

»Nein. Sie weiß, dass die Kinder in Gefahr sind. Mehr braucht sie nicht zu wissen.«

»Hör auf!«, schrie John David seine Schwester an.

»Kinder!«, rief Walter barsch. »Benehmt euch.«

»Papa, Jenna …«

»Ich will nichts davon hören, mein Sohn.«

Ich überlegte, warum Walters Zorn auf mich verflogen war.

»Weißt du wirklich, wo er steckt, Andy?«, flüsterte er.

»Ich habe seinen möglichen Decknamen in New England aufgespürt. Ich kann natürlich erst sicher sein, wenn ich da war, aber ich bin ziemlich sicher, dass er es ist.«

»Dann fährst du also definitiv dorthin?«

»Ja.«

Er hielt inne und schaute mich an. »Du fährst wirklich dorthin, um ihn umzubringen? Um ihn irgendwo in ein Loch zu werfen, wo er niemals gefunden wird?«

»Genau das habe ich vor.«

»Und du hast keine Gewissensbisse, deinen eigenen Bruder zu töten?«

»Nein.«

Wir gingen ein Stück weiter. Ich hatte eine fürchterliche Vorahnung.

»Du hast die Polizei verständigt, nicht wahr?«, fragte ich.

»Was?«

»Du hast ihnen von Orson erzählt.«

»Nein, Andy.«

»Aber du hast es vor.« Er schüttelte den Kopf. »Warum nicht?«

»Komm mal her, Jenna!«, brüllte Walter. Die Kinder wandten sich um und rannten zu uns zurück. Dabei hielten sie den Schirm so tief, dass ich sie nicht sehen konnte. Walter nahm Jenna den Schirm ab und hielt ihn hoch.

»Jenna, zeig Onkel Andy das Tattoo, das du heute in der Schule bekommen hast.«

»Au ja!«, rief sie, als sie sich daran erinnerte. »Schau mal, Andy, ist das nicht cool?«

Jenna zog den Ärmel ihres Gewandes zurück und hielt mir die zarte Beuge ihres rechten Unterarms hin. Meine Knie wurden weich. Vom Ellbogen bis zu ihrem schmalen Handgelenk stand mit einem rosa Magic Marker geschrieben: W – Pssst.O.

Ich schaute zu Walter auf. Seine Augen waren feucht.

»In Ordnung, Kinder«, sagte er durch die Tränen lächelnd. »Hier. Lauft wieder vor, damit wir uns unterhalten können.« Jenna nahm den Schirm und rannte mit John David voraus, während wir langsam weitergingen. Der Briefkasten war nicht mehr weit entfernt.

»Sie ist damit heute von der Schule nach Hause gekommen«, erklärte Walter. Beth hat es bemerkt, als sie ihr das Kostüm anzog. Ihr Scheißlehrer wusste nichts davon. Jenna hat gesagt, ein netter Mann hätte allen Kindern Halloween-Tattoos gemalt. Sie hätte ihn noch nie gesehen.«

»Himmel, Walter, ich …«

»Ich will weder deine Entschuldigungen noch dein Mitleid«, flüsterte er. »Ich werde mit dir fahren. Um dir das zu sagen, bin ich hergekommen. Wir werden dieses Arschloch gemeinsam vergraben.«

Die Kinder waren bei dem weißen Cadillac angekommen. Wir blieben ein paar Meter vom Ende der Auffahrt entfernt stehen. Walter drehte sich zu mir um.

»Also, wann fährst du los?«

»In ein paar Tagen. Ich muss hier weg, bevor meine Mutter gefunden wird.«

Sein Blick wurde mitfühlend. »Andy, ich möchte, dass du weißt, wie Leid …«

»Und ich brauche dein Mitleid nicht«, sagte ich. »Es wird keinem von uns dabei helfen, zu tun, was wir tun müssen.«

Er nickte und blickte über die Schulter zu Jenna und John David. Sie hatten den Schirm auf den Boden geschmissen und warfen mit Kieselsteinen von der Auffahrt auf meinen Briefkasten, waren allerdings weit entfernt davon, ihn zu treffen.

Kapitel 21

Der Vorabend meiner Abreise aus Vermont war unser fünfunddreißigster Geburtstag und Orson hatte mir eine selbst gebastelte Karte geschickt. Die Vorderseite bildete eine Collage aus Fotos, die er in dem widerwärtigen orangefarbenen Licht seiner Scheune aufgenommen hatte. Eine Nahaufnahme von Shirley Tanners Gesicht mit den Blutergüssen von dem Stiefeltritt; eine Aufnahme von Jeffs Leiche in einem Loch in der Wüste; Wilburs aufgeschnittener Torso auf der roten Plastikfolie.

Unter der bunten Collage stand in Orsons unverwechselbarer Handschrift: *Was kriegst du für den Kerl, der das alles hat?* Und innen stand: *Absolut nichts. Alles Gute zum Geburtstag von Shirley und der Gang.*

Woodside liegt am Fuße des Gebirges im mittleren Westen von Vermont und ist von den nördlich gelegenen großen Städten im Osten durch die Green Mountains und im Westen durch New Yorks Adirondacks abgeschnitten. Im Herbst ist es mit seinen atemberaubenden Aussichten auf wogende, hügelige Wälder und endlose Bergketten und mit einem malerischen, in einem Tal liegenden Universitätsstädtchen der Inbegriff amerikanischer Landschaft.

Einem Tankwart zufolge waren wir drei Wochen zu spät

dran. Bis dahin hatten die Wälder so bunt geleuchtet wie schon seit dreißig Jahren nicht mehr. Nun hingen nur noch wenige braune, tote Blätter an den Bäumen und der blaue Himmel leuchtete merkwürdig über der kahlen Winterlandschaft. Vermont im November besaß die gleiche steife Schönheit wie eine für die Aufbahrung hergerichtete Leiche.

Jenseits der Randbezirke von Woodside, am Fuße der Green Mountains, fuhren Walter und ich auf einen Gasthof zu. Nach einer langen, kurvigen Auffahrt sah ich ein großes, weißes, direkt an den Berg gebautes Haus. Auf der das Haus umgebenden Veranda bewegte sich etwas – leere Schaukelstühle schwankten in einer kräftigen Brise hin und her.

Walter fuhr seinen Cadillac auf den mit Kies bestreuten Parkplatz, der an den fahlen Rasen hinter dem Haus angrenzte. Nur sieben Wagen parkten dort, und ich war erleichtert, mich außerhalb von Orsons Stadt zu befinden. Wegen der Nähe zum Campus hätten wir beinahe im Zentrum von Woodside in einem Hotel übernachtet. Doch das Risiko, Orson über den Weg zu laufen, war einfach zu groß.

Nachdem wir unsere Koffer die Stufen zur Veranda hochgewuchtet hatten, ließen wir uns in die Schaukelstühle fallen. Von dort, wo wir saßen, fiel der Berghang gut dreihundert Meter ab und die frühe Abendsonne beleuchtete den Wald aus kahlen Bäumen im Tal unter uns. Kahle Äste bewegten sich im Wind, und ich stellte mir vor, wie vor drei Wochen noch das Geraschel des Laubs mit seinem Klang die Luft erfüllt hatte. Auf der anderen Seite des Tals, das sich etwa zwanzig Meilen in Richtung Westen erstreckte, konnte ich schon New York State mit seinen gewaltigen Adirondack-Bergen erkennen.

Ich saß lauschend und beobachtend in der Kälte, der Wald roch nach verbranntem Holz und ich spürte Walters Unruhe.

Nach einer kurzen Pause sagte er: »Es ist zu kalt, hier draußen zu sitzen. Ich melde uns an.« Er stand auf und nahm seinen Koffer. »Bleibst du hier sitzen?«, fragte er, während er auf die Tür zuging.

»Ja.«

Unser Zimmer lag auf der zweiten Etage am Ende eines knarrenden Flures. Zwei Doppelbetten standen sich gegenüber, dazwischen befand sich ein Giebelfenster, von dem aus man einen Blick auf die Berge hatte. Das Zimmer hatte auf beiden Seiten Dachschrägen, die sich genau in der Mitte trafen. Auf dem Parkettboden standen zwei mit Paisleystoff überzogene Sessel, dazwischen ein niedriger Beistelltisch. Ein wunderhübsches Zimmer für fünfundsiebzig Dollar die Nacht. Die frischen Schwertlilien in den Glasvasen auf beiden Nachttischen sorgten dafür, dass es im Raum wie in einer Gartenlaube roch.

Walter saß auf dem Bett und packte seine Sachen aus. Mein Koffer stand noch ungeöffnet auf dem Boden, während ich auf meinem Bett lag. Durch die Wände waren Stimmen zu hören, dann vernahm ich den hohlen Klang von Schritten auf der Treppe. Jemand klopfte.

Ich durchquerte den Raum und blieb vor der Tür stehen. Da sie keinen Spion hatte, fragte ich: »Wer ist da?«

»Melody Terrence.« Ich öffnete die Tür und stand einer hübschen langhaarigen Brünetten gegenüber, die für eine Pensionsbesitzerin viel zu jung und gut aussehend war.

»Hallo«, sagte ich.

»Finden Sie beide hier alles, was Sie brauchen?«, fragte sie.

»Aber klar.«

»Ich wollte nur sagen, dass in einer halben Stunde das Abendessen serviert wird, falls Sie Lust haben. Danny hat vergessen, das Schild wieder aufzustellen.«

»Danke für die Einladung.«

»Dann essen Sie also mit? Unten ist ein gemütlicher Speiseraum und Danny hat den ganzen Tag einen Vogel geräuchert. Dazu gibt es frisches Gemüse, selbst gebackene Brötchen …«

»Klingt verführerisch«, meinte ich, »also dann bis gleich.«

»Schön.« Sie lächelte und ging den Flur entlang zum nächsten Zimmer. Ich schloss die Tür.

Walter hatte gerade einen Stapel Hemden in eine Schublade gelegt, knallte sie jetzt zu und schaute wütend zu mir auf. »Und du willst ein Krimiautor sein? Wir sollen runtergehen und alle Gäste kennen lernen? Was, wenn dich einer erkennt, Andy? Falls es rauskommen sollte, dass Orson der Herzchirurg dein Bruder ist« – den schändlichen Spitznamen flüsterte er – »und in Woodside lebt, bräuchte man nur noch zwei und zwei zusammenzuzählen. Eventuell würde sich jemand daran erinnern, dass du zur gleichen Zeit, als David Parker verschwand, hier in Vermont warst. Und du weißt, dass das ausreichen würde, um uns das FBI auf den Hals zu hetzen.« Walter ging zum Giebelfenster, drehte mir den Rücken zu und schaute hinaus auf die mittlerweile dunklen Wälder. Der Mond musste erst noch über die Berge steigen, um sein mildes Licht zu verbreiten.

Ich ging zu meinem Freund.

»Walter«, sagte ich, doch er drehte sich nicht um. »Was ist los? Hast du Angst?«

»Wir dürfen das nicht vermasseln«, erklärte er. »Uns darf nicht der geringste Fehler unterlaufen.«

Als ich in den Abendhimmel über Vermont hinausschaute, in diese fremde Dunkelheit, stieg Heimweh in mir auf. Ich gestand mir diesen vertrauten Schmerz meiner Kindheit ein und wartete, bis er verflogen war.

»Danke, dass du mitgekommen bist«, sagte ich und legte

ihm die Hand auf die Schulter. »Du hättest es nicht tun müssen, Walter, und ich werde dir das nie vergessen.«

Er drehte sich um und schaute mich an. »Es hat nichts mit dir zu tun«, sagte er. »Gar nichts.«

An einem kalten, bewölkten Donnerstag parkte ich um elf Uhr morgens Walters Cadillac im Zentrum von Woodside und ging zügigen Schrittes auf den Campus zu. Die Straßenseiten des für seine Größe ungewöhnlich lebhaften Städtchens wurden von zwei- und dreistöckigen Gebäuden gesäumt. Die Bürgersteige waren voller Menschen, die auf Bänken saßen, auf Rollerblades fuhren oder die Schaufenster betrachteten. Die meisten von ihnen waren Studenten, wie an den Rucksäcken und den unbeschwerten Gesichtern unschwer zu erkennen war.

Ich ging an einer Apotheke, dem Supermarkt, dem Valley Café, mehreren Bekleidungsgeschäften und einem Straßencafé namens Beans 'n' Bagels vorbei, vor dem auf dem Gehweg mehrere Tische unter einer Markise standen. Mit den vielen Koffeinabhängigen und der ungewöhnlichen Musik war es der belebteste Ort weit und breit. Draußen vor dem offenen Eingangsbereich war die Luft erfüllt vom kräftigen Geruch gerösteter Kaffeebohnen. Hätte ich nicht bereits zwei Tassen Kaffee in unserem Gasthof getrunken, in dem Walter erschöpft von der langen Fahrt des Vortags immer noch schlief, hätte ich mir auch eine Tasse bestellt.

Die Gebäude hörten auf, aber der Gehweg verlief aus dem Zentrum weiter bis zum bewaldeten Campus. Jetzt konnte ich auch die Berge sehen, die das Städtchen umgaben. Der erste Schnee hatte die höchsten Gipfel bereits weiß gefärbt. Ich überlegte, wie viele Studenten wohl heute ihre Seminare schwänzten, um Ski zu fahren. Ein eisiger Wind trieb mir Tränen in die Augen; ich zog den Reißverschluss meiner Lederjacke bis unters Kinn hoch und vergrub meine Hände in den warmen Taschen.

Vom Bürgersteig ging ein gepflasterter Weg ab, der geradewegs auf eine Gruppe von Backsteingebäuden zuführte. Ich folgte dem Weg und hatte schnell einen weißen, sechseckigen Aussichtsturm erreicht. Er schien genau in der Mitte des Campus zu stehen, umgeben von den meisten, nicht weiter als vierzig Meter entfernten Gebäuden. An jeder Seite des Aussichtsturms hing eine Plakette mit der Inschrift »College, gegr. 1800«.

Ich ging die Stufen zu dem Säulengang hinauf, der das Gebäude trug und die größte von mindestens zehn Säulenhallen in der Umgebung war. Eine große, von einem Baugerüst umgebene Uhr überragte das Dach. Die beiden schwarzen Zeiger waren wie ein schlechtes Omen auf der Ziffer Vier stehen geblieben.

In dem Gebäude roch es feucht und schal. Der Boden war aus poliertem Marmor, die holzgetäfelten Wände des Foyers schmückten große Porträts ehemaliger Dekane, Gründer und gestorbener Professoren. In der Mitte des kreisrunden Saals stand eine lebensgroße Statue, die mich ausdruckslos anstarrte. Ich sah nicht nach, um wessen Darstellung es sich handelte.

Doppelte Glastüren versperrten den Weg zum Studentensekretariat. Beim Aufdrücken der Türen sah ich kurz mein Spiegelbild – mit den braunen Haaren und neuerdings einem Bart, der Metallgestellbrille, der khakifarbenen Hose und einem verwaschenen Jeanshemd unter dem Jackett sah ich überhaupt nicht mehr aus wie ich selbst.

In dem hellen, fensterlosen Raum standen in offenen Nischen mehrere Schreibtische. Ich ging auf den nächsten zu, an dem eine Frau leidenschaftlich die Tastatur ihres Computers bearbeitete. Als ich näher kam, schaute sie von ihrem Bildschirm auf und lächelte.

»Kann ich Ihnen helfen?«, fragte sie. Ich setzte mich auf den Stuhl vor ihrem Schreibtisch. Das ständige Geräusch der klappernden Tastaturen würde mich auf Dauer wahnsinnig machen.

»Ich benötige einen Plan der Universität, ein Vorlesungsverzeichnis für dieses Semester und ein Telefonnummernverzeichnis.«

Sie öffnete einen Aktenschrank und holte ein schmales Buch und ein blaues Heft heraus.

»Hier sind der Plan und das Telefonnummernverzeichnis«, sagte sie und legte beides auf den aufgeräumten Schreibtisch. »Das Vorlesungsverzeichnis muss ich aus dem Wandschrank holen.« Sie durchquerte den Raum und raunte im Vorübergehen einer anderen Sekretärin irgendetwas zu. Ich schlug das Telefonnummernverzeichnis auf und suchte den Buchstaben P. Es war nur fünfzig Seiten stark, die ersten zehn Seiten für die Fakultäten und die restlichen vierzig Seiten für die dreitausend Studenten.

Page. Paine. Parker, David, L. Die Information unter dem Namen war spärlich – lediglich eine Büronummer, Gerard 209, und eine entsprechende Telefonnummer.

Die Frau kam zurück und reichte mir das Vorlesungsverzeichnis. »Bitte schön.«

»Vielen Dank. Finden heute Vorlesungen statt?«, fragte ich, während ich mich erhob.

Sie schüttelte zweifelnd den Kopf. »Normalerweise ja«, erklärte sie, »aber da der erste Schnee in diesem Jahr gefallen ist, werden die meisten Studenten heute blaumachen und Ski fahren.«

Ich bedankte mich erneut und verließ das Büro. Im Foyer kam ich an drei Studentinnen vorbei, die neben der Statue flüsternd beisammenstanden. Ich verließ das Gebäude, ging durch das Schneegestöber zu dem Aussichtsturm zurück und setzte mich auf die Bank, die innen im Gebäude kreisförmig an der Wand entlanglief. Zunächst faltete ich den Plan auf und suchte das Gerard-Gebäude. Ich konnte es von meinem Sitzplatz aus sehen. Ein zweistöckiges Backsteingebäude mit demselben altmodischen Charme wie die restlichen Gebäude.

Ich wärmte meine Hände mit meinem heißen Atem und schlug das Vorlesungsverzeichnis auf – ein dickes Heft, das auf den ersten zehn Seiten nichts weiter als Informationen zur Kursanmeldung und zum Bücherkauf enthielt. Dann fand ich allerdings auch eine alphabetische Liste der Vorlesungen mit entsprechenden Zeitangaben, und nach kurzem Durchblättern der Anthropologie, Biologie, Kommunikationswissenschaften, Englisch und Französisch stieß ich schließlich auf die für das Wintersemester 96 angesetzten Geschichtsvorlesungen. Sie nahmen eine ganze Seite ein; ich ging die Liste durch, bis ich seinen Namen las:

Gesch 089 Geschichte Roms Saal 3.0 35
26229 001 Do 11:00 – 12:15 HD 107 Parker, D.L.

Offensichtlich die einzige Vorlesung, die er hielt, und ein Blick auf meine Uhr verriet mir, dass sie gerade jetzt lief.

Dem Abkürzungsschlüssel der Gebäude zufolge stand HD für Howard-Gebäude, das auf dem blauen Plan leicht zu finden war. Keine zwanzig Meter entfernt gehörte es zu den Gebäuden, die dem Aussichtsturm am nächsten lagen. Mein Herz begann heftiger zu schlagen, als ich den Gehweg hinunter zum Eingang des Gebäudes sah.

Ohne zu überlegen stieg ich die Stufen vom Aussichtsturm herab und ging auf das Howard-Gebäude zu. Da es links vom Verwaltungsgebäude lag, bildete sich durch diese östliche Umfriedung sozusagen ein Innenhof. Auf den Stufen saßen zwei rauchende Studenten, und als ich an ihnen vorbeiging und die Tür berührte, musste ich unwillkürlich denken: *Was, wenn er es nicht ist? Dann komme ich ins Gefängnis und Walter und seine Familie werden sterben.*

Noch während ich die Tür hinter mir zuzog, hörte ich seine Stimme. Sein eindringlicher Flüsterton war im gesamten Erdgeschoss des Gebäudes zu hören und versetzte mich sofort zurück in die Wüste von Wyoming. Langsam verließ ich das Foyer, deren Wände mit Anschlägen zu politischen Veranstaltungen, Zimmerinseraten und allen möglichen Informationen zugeklebt waren. In dem etwas dunkleren Flur drang Licht aus einem Türspalt, dahinter brach gerade eine Vielzahl von Stimmen in Gelächter aus. Orsons Stimme war auch über das Trommeln seiner Studenten zu hören, so bog ich in einen Flur nach rechts ab und gab Acht, dass meine Schritte nicht hallten.

Seine Stimme wurde lauter und bald konnte ich jedes Wort verstehen. Einige Schritte vor der Tür hielt ich an und lehnte mich gegen die Wand. Aus der Lautstärke des Gelächters schloss ich, dass seine Vorlesung vermutlich von dreißig bis vierzig Studenten besucht wurde. Orson sprach erneut und nur noch die Wand trennte mich von seiner Stimme. Obwohl ich am liebsten davongelaufen wäre, um mich weit entfernt von dieser Stimme in einem Schrank oder in einer Toilette zu verstecken, blieb ich stehen und lauschte weiter, im Vertrauen darauf, dass er keinen Grund hatte, gerade jetzt hinaus auf den Flur zu treten.

»Ich möchte Sie bitten, Ihre Kugelschreiber und Stifte hinzulegen«, sagte er, worauf ein metallisches Klopfen auf Holz aus dem Raum erklang, »denn um Geschichte zu begreifen, müssen Sie sie sehen. Geschichte ist mehr als nur bedruckte Seiten. Sie ist tatsächlich passiert. Das dürfen Sie nie vergessen. Legen Sie den Kopf auf den Tisch«, sagte er. »Sie alle. Los!

Und nun schließen Sie die Augen.« Seine Schritte näherten sich der Tür. Er bediente einen Schalter, das Licht unter der Tür erlosch, dann entfernten sich seine Schritte wieder.

»Megalomanie. Kann mir einer sagen, was das ist?«, fragte er.

»Größenwahn!«, rief eine männliche Stimme in die Dunkelheit.

»Gut«, meinte Orson. »Dabei handelt es sich um eine Geisteskrankheit und auch das sollten Sie nicht vergessen.«

Der Professor schwieg eine halbe Minute, auch sonst blieb es still. Als er seine Stimme wieder erhob, klang sie kontrolliert und melodisch.

»Wir schreiben das Jahr 39 vor Christus«, hob er an. »Sie sind ein römischer Senator, und Sie und Ihre Gattin wurden eingeladen, gemeinsam mit dem jungen Kaiser Gaius Caligula den Gladiatorenspielen beizuwohnen.

Während des mittäglichen Zwischenspiels, bei dem Gefangene vor einer jubelnden Menge wilden Tieren zum Fraß vorgeworfen werden, steht Caligula auf, nimmt Ihre Frau an der Hand und verlässt, von seinen Wächtern eskortiert, die Tribüne.

Sie wissen genau, was passieren wird, auch die anderen Senatoren wissen Bescheid, denn das Gleiche widerfuhr auch ihren Frauen. Doch Sie unternehmen nichts. Unter dem blauen Frühlingshimmel bleiben Sie einfach auf den Steinstufen sitzen und schauen zu, wie die Löwen ihre Beute jagen.

Eine Stunde später kehrt Gaius mit Ihrer Gattin zurück. Als sie sich wieder neben Sie setzt, bemerken Sie einen Bluterguss in ihrem Gesicht. Sie zittert fassungslos, ihr Gewand ist zerrissen und sie weigert sich, Ihnen in die Augen zu blicken. Außer Ihnen wurden sechs weitere Senatoren eingeladen, und plötzlich hören Sie, wie Caligula zu ihnen spricht.

›Ihre Brüste sind ziemlich klein‹, verkündet er so laut, dass jeder es hören kann. ›Und beim Sex ist sie eine Niete. Ich sehe mir lieber wieder die Löwen an, als sie noch einmal zu ficken.‹

Er lacht und klopft Ihnen auf den Rücken und die anderen lachen mit ihm. Niemand widerspricht Gaius. Niemand fordert den Kaiser heraus. Alles reine Speichelleckerei; doch Sie sitzen da, kochen vor Wut und wünschen sich, niemals dieser Einladung Folge geleistet zu haben. Doch ein Wort gegen Caligula würde den sicheren Tod für Ihre Familie bedeuten. Das Beste ist, zu schweigen und zu beten, dass Sie nie wieder eine Einladung erhalten.«

Orsons Schritte näherten sich der Tür. Ich trat zurück, doch er knipste lediglich das Licht wieder an. Von drinnen hörte ich, wie die Studenten hin und her rutschten und ihre Notizhefte wieder öffneten.

»Kommenden Dienstag«, verkündete er, »sprechen wir über Caligula. Ich sehe, dass einige Ihrer Kommilitonen heute nicht unter uns sind, was womöglich mit dem gestrigen Schneesturm in den Bergen in Zusammenhang steht.« Die Studenten lachten. Es war längst unüberhörbar, dass sie ihn anhimmelten.

»Wir werden nächsten Dienstag zu Caligula eine Art Quiz veranstalten. Also lernen Sie die Eckdaten. Wann wurde er geboren? Wann zum Kaiser gekrönt? Wann und wie starb er? Lesen Sie Kapitel einundzwanzig in Ihrem Buch, dann sollte es für Sie ein Kinderspiel sein. Ich schätze, Sie werden in ihm einen der vielschichtigsten, faszinierendsten und dennoch meist missverstandenen Herrscher der römischen Geschichte entdecken.« Er schwieg einen kurzen Moment. »Ich wünsche Ihnen ein schönes Wochenende.«

Ich hörte, wie Hefte zugeschlagen und Rucksäcke geöffnet wurden. Dann schienen sich alle Studenten auf einmal zu erheben und zur Tür zu stürzen. Auch Orson würde herauskommen.

Auf der anderen Seite des Flurs stand eine Tür halb offen. Ich kämpfte mich durch den Pulk der Studenten und verschwand unbeobachtet in einem dunklen, leeren Seminarraum. Dann starrte ich durch die Ritzen der Tür und wartete darauf, dass er auftauchen würde.

Kapitel 22

Orson ging die Treppe hinunter und den Flur entlang. Ich wartete im Foyer des Howard-Gebäudes und beobachtete ihn durch das Fenster neben der Tür. Er trug einen Anzug aus beiger Wolle, eine rote Fliege, grüne Hosenträger, eine Brille mit dünnem Goldrand und unter dem Arm eine dunkelbraune Aktentasche. Als er hinter dem Aussichtsturm war, öffnete ich die Tür und folgte ihm. Mit schnellen Schritten überquerte er den Campus und verschwand im Gerard-Gebäude.

Als ich mich dem Gebäude näherte, setzte leichter Schneefall ein. Im Laufe des Tages war es immer kälter geworden, und der anfangs nur leicht bewölkte Himmel war mittlerweile von tiefen grauen Wolken verhangen, die auch die Bergspitzen verdeckten.

Das Gerard-Gebäude gehörte zu den kleineren Gebäuden auf dem Campus – lediglich zwei Etagen hoch und schmal, der Name stand in Stein gemeißelt über der Tür. Draußen in der Kälte unter Orsons Gebäude kam ich mir sehr ungeschützt vor. Sein Büro lag im ersten Stock, doch er konnte sich irgendwo im Gebäude aufhalten, und auch wenn ich mich in der Entfernung sicher fühlte, wusste ich, dass er aus der Nähe sofort meine Augen erkennen würde.

Fünf Minuten saß ich auf den Stufen, bevor ich mich traute, das Gebäude zu betreten. Doch als ich aufstand und nach der Tür griff, hörte ich drinnen Schritte auf dem Holzboden und sah durch das Fenster einen Schatten im Flur auftauchen. Ich drehte mich um und lehnte mich über das schwarze Geländer, als die Tür aufging.

Ich roch ihr Parfüm, bevor ich sie sah. Eine ältere, immer noch schöne Frau stieg mit ihren hochhackigen Schuhen und dem schwarzen Mantel elegant die Stufen herab. Ihr blondes, von silbernen Strähnen durchzogenes Haar wippte, als sie über den Weg in Richtung Stadt davonging. Wieder schaute ich vorsichtig durch das hohe, schmale Fenster neben der Tür, und da das Foyer leer war, zog ich am Türgriff und betrat das Gebäude.

Da weder Stimmen noch das Klappern der Tastaturen zu hören waren, wirkte das Brummen der Lampen über meinem Kopf geradezu ohrenbetäubend. Ihr hartes, weißes Licht beschien einen staubigen Boden. Die Magnetwand in der Glasvitrine wies das Gebäude als historische Fakultät aus, zudem waren dort in weißen Buchstaben die Nachnamen der Professoren mit den entsprechenden Zimmernummern angeschlagen. Als ich rechts und links den Flur entlangschaute, sah ich zu beiden Enden Treppenhäuser. Willkürlich wandte ich mich nach links und ging an vier nicht beschrifteten Türen und einem Wandschrank, auf dem »Hausmeister« stand, vorbei bis zur Treppe.

Aus dem ersten Stockwerk erklang leise Jazzmusik. Am oberen Treppenabsatz blieb ich erneut stehen und blickte den Flur hinunter. Bis auf eine am anderen Ende des Flurs sporadisch aufflackernde Leuchtröhre war die Deckenbeleuchtung ausgeschaltet. Das einzige gleichmäßige Licht kam aus zwei sich gegenüberliegenden, offenen Türen, aus denen mehrere miteinander diskutierende Stimmen und eine klagende Trompete erklangen.

Bis zur ersten Bürotür konnte ich im Schatten gehen. Sie war geschlossen und auf einem Messingschild stand Stchykenski 206. Auf der anderen Seite des Flurs war aus Zimmer 207 das Klappern einer Tastatur und dazwischen leise klassische Musik zu hören.

Keine fünf Meter entfernt stand auf der rechten Seite Orsons Tür weit offen und aus dem Innern drang leise Miles Davis' »Blue in Green«. Ich schlich weiter, bis ich in Orsons leeres Zimmer spähen konnte und aus dem gegenüberliegenden Raum seine Stimme im Gespräch mit einer anderen vernahm: »Ich bin mir noch nicht ganz sicher«, hörte ich Orson sagen.

»David, es besteht kein Grund zur Eile. Wir müssen erst kurz vor Weihnachten eine Entscheidung treffen. Soweit ich weiß, ist der 21. Dezember der letzte Termin.«

»Bis dahin ist ja noch reichlich Zeit«, meinte Orson. »Ich möchte nur seine Publikationen gründlich studiert haben. Was ich bis jetzt gesehen habe, gefällt mir, aber ich möchte einfach sichergehen, Jack.«

»Das möchten wir alle«, erwiderte Jack, »und auch nach Meinung der anderen ist Dr. Harris eine gute Besetzung für die Stelle. Wer seine Arbeiten bereits gelesen hat, hält ihn für bestens qualifiziert.«

Von der anderen Treppe waren Schritte zu hören und ich zuckte zurück.

»Verdammt!«, sagte Orson. »Ich bin noch mit einer Studentin verabredet. Wie wäre es, wenn wir morgen zusammen Mittag essen?

»Gerne.«

Ein Stuhl wurde zurückgeschoben und ich rannte den Flur entlang. Zu meiner Rechten befand sich eine Herrentoilette, die ich zuvor übersehen hatte. Als Orson aus Jacks Zimmer auf den Flur trat, konnte ich gerade noch rechtzeitig darin verschwinden. In der Dunkelheit tropfte ein Wasserhahn. Durch einen Türspalt starrte ich in den Flur. Orson stand inzwischen auf der Schwelle zu seinem Zimmer, lehnte sich in den Türrahmen und unterhielt sich mit einer dicklichen, jungen Frau. Sie hatte hellbraune Haare, ein blasses Gesicht und trug einen Rucksack über ihrer gelben Regenjacke. Sie lächelte, als Orson sie in sein Zimmer bat und die Tür hinter ihr schloss.

Ich ließ die Toilettentür zufallen und versank in der Dunkelheit. Mit geschlossenen Augen atmete ich tief durch, bis das Herzklopfen etwas abflaute.

Plötzlich fiel mir etwas ein – beim Hinaufgehen der Stufen hatte ich einen roten Kasten mit der Aufschrift »Feuer« gesehen.

Ich öffnete die Tür. Orsons Zimmertür war immer noch geschlossen, daher rannte ich den Flur entlang bis zur Treppe. Ich hielt vor dem an der Wand hängenden Feuermelder an und sah mich um. Inzwischen schien das einzige Licht aus Jacks Zimmer.

Ich zog an dem weißen Griff und löste den Alarm aus.

Zurück in der Herrentoilette, deren Dunkelheit nun von blinkenden Lichtern zerschnitten wurde, tastete ich mich zu einer Kabine durch und setzte mich auf die Kloschüssel. Die Tür zum Toilettenvorraum ging auf, jemand brüllte etwas, doch da alles dunkel und leer schien, wurde die Tür wieder geschlossen. Dreißig Sekunden später traute ich mich heraus.

Der Flur war menschenleer, die meisten Türen standen offen und erhellten den Gang. Noch während die Alarmsirene heulte, rannte ich auf das Zimmer 209 zu. Leer. Ich stürmte hinein, schloss die Tür und ging zum Fenster. Draußen vor dem Eingang des Gebäudes hatte sich eine Menschentraube gebildet. Alle starrten verwundert nach oben und hielten Ausschau nach Rauch. Inzwischen schneite es in dichten Flocken, die auf dem Rasen liegen blieben, aber auf dem Pflaster langsam wieder schmolzen. Ich überlegte, wie lange es wohl bis zum Eintreffen der Feuerwehr dauern würde.

Es gab keine Aktenschränke. Ich öffnete die unterste rechte Schreibtischschublade und fand darin lediglich Prüfungsbogen und Testformulare. Die Schublade darüber war voll gestopft mit Büromaterial – Kugelschreiber, Bleistifte, verschiedene Blöcke. In der mittleren Schublade befanden sich lediglich zwei Universitätsverzeichnisse und zwei Päckchen Karteikarten. Die Schubladen auf der linken Seite waren beide leer. Keine Trophäen. Keine Fotos. Doch das überraschte mich nicht. Er war zu vorsichtig, um hier etwas zu verwahren. Trotzdem hatte ich ganz sichergehen wollen.

Auf dem Boden standen als Einzelteile ein Monitor, ein Rechner und eine Tastatur – eine alte Tandy 1000, die Buchstaben waren längst nicht mehr zu erkennen. Auf beiden Seiten des Fensters standen Bücherregale. Ich überflog die Titel, entdeckte aber nichts von Interesse. Historische Fachbücher, hauptsächlich zur Geschichte des Altertums. An der Wand gegenüber des Schreibtischs hing ein Poster von Athen und ein gerahmtes Foto, das Orson vor dem Kolosseum zeigte.

Auf dem Schreibtisch fand ich einen Stapel ungeöffneter Briefumschläge. Drei der vier Umschläge trugen seine Universitätsadresse, auf dem anderen stand: 617 Jennings Road, Woodside. *Ja.* Ich schnappte mir einen Stift und ein Blatt Papier aus der Schublade und schrieb die Adresse ab. Dann warf ich noch einen zweiten Blick in die Schubladen, um sicherzugehen, dass ich nichts verändert hatte. Orson würde es merken.

Die Feuersirenen verstummten. Ich steckte den Zettel mit der Adresse in die Tasche und öffnete die Tür. Im Flur war es immer noch ruhig, doch im Erdgeschoss konnte ich die Rufe und schweren Schritte der Feuerwehrmänner hören. Ich eilte nach rechts zu der Treppe, blickte nach unten – *alles in Ord-*

nung, und eilte die Stufen hinab. Im Erdgeschoss verschwanden gerade zwei Feuerwehrleute in unterschiedlichen Räumen. Ich entdeckte einen Seitenausgang, rannte zur Tür, eilte die Stufen hinab und über den schneenassen Rasen. Nach zwanzig Metern verlangsamte ich meinen Schritt und blickte über die Schulter. Immer noch wartete eine Menschenmenge vor dem Gebäude. Orson war einer von ihnen.

Der Schneefall hatte nachgelassen; nur noch wenige, große, weiche Flocken fielen zur Erde. Heiter schritt ich über den weißen Rasen in Richtung Stadt. Bevor es dunkel wurde, mussten Walter und ich noch Orsons Grab schaufeln.

Kapitel 23

Wir warteten bis etwa halb sieben, als der wolkenverhangene Himmel allmählich schiefergrau wurde. Ich fuhr den Cadillac auf den Highway 116, einer einsamen Strecke durch das unbewohnte Gebiet zwischen Woodside und Bristol. Im Tal lag nur noch wenig Schnee. Gegen Abend war die Temperatur wieder auf über null Grad angestiegen, daher war der nasse Schnee vom frühen Nachmittag nicht liegen geblieben.

Kiefern rauschten auf beiden Straßenseiten vorbei. Ich konnte sie sogar im Auto riechen – ihren klaren, bitteren Geruch. Wir fuhren an mehreren Parkbuchten und einem Campingplatz des Green-Mountains-Nationalparks vorbei. Doch ich hielt nach einem Landstrich Ausschau, wo niemals Menschen hinkamen. Die Campingplätze waren inzwischen leer, von dort waren die Wälder durch Wege erschlossen. Sollte es wieder wärmer werden, was zweifellos vor dem ständigen Frost im Winter noch einmal der Fall sein würde, dienten diese Pfade Spaziergängern und Hundeführern. Und ich hatte weder die Zeit noch die Kraft, ein wirklich tiefes Loch zu graben.

Nach etwa zehn Minuten wurde der unbefestigte Straßenrand gut zwei Autolängen breit. Ich fuhr langsamer und bog von der Straße ab, bis die Reifen im matschigen Gras standen. Ich schaltete den Motor und die Scheinwerfer aus und blickte durch die Windschutzscheibe und den Rückspiegel. Der leere Highway verlief stur geradeaus in die Dunkelheit.

»Glaubst du, dass es hier sicher ist?«, fragte Walter.

»So sicher wie überall«, sagte ich und zog den Zündschlüssel ab.

Ich öffnete die Tür und trat in das kalte, nasse Gras. Das Zuschlagen der Wagentüren hallte durch den Wald. Ich öffnete den Kofferraum, und beide nahmen wir uns einen Spaten und ein Paar Lederhandschuhe, damit die Hände nicht zu kalt und steif würden.

Ich führte uns zurück zu den Bäumen. Wir gingen nicht sonderlich weit, denn in einer mondlosen Nacht würde es schwer werden, diese Stelle wiederzufinden. Wir würden Orson tragen müssen, und es würde schon schwierig genug werden, mit dieser Last zwischen den Bäumen hindurchzukommen. Von den weißen Kiefern tropfte geschmolzener Schnee; schon bald war mir so kalt, dass ich zitternd an den Kamin des Gasthofs dachte.

Knapp vierzig Meter von der Straße entfernt blieb ich stehen. Die Bäume standen hier bereits so dicht, dass der Highway nicht mehr zu sehen war. Ich malte einen Pfeil in die Kiefernnadeln, der zur Straße hin zeigte. Falls wir hier im Wald die Orientierung verlieren sollten, würden wir vermutlich die ganze Nacht umherwandern und den Highway suchen.

»Lass uns das Loch graben«, sagte ich und zeigte auf einen Erdfleck zwischen den Bäumen.

Ich bohrte meinen Spaten durch die Kiefernnadeln und riss die weiche Erde darunter auf. Anfangs war die Arbeit schwierig, weil wir ganz steif vor Kälte waren, doch die körperliche Anstrengung trieb uns schon bald den Schweiß aus den Poren. In null Komma nichts spürte ich die beißende Kälte nur noch auf meinen geröteten Wangen.

Wir markierten zunächst den Umriss. Dann gruben wir in

die Tiefe und zu zweit hatten wir schnell sechzig Zentimeter ausgehoben. Als mir das Loch tief genug erschien, legte ich mich hinein und Walter berechnete, wie tief ein Tier wohl graben musste, um bis zu mir vorzudringen: Orson würde mehr als dreißig Zentimeter unter dem Waldboden liegen.

Ich kletterte hinaus und klopfte mir den Dreck von der inzwischen feuchten und dreckigen Jeans. Walter lehnte sich gegen den Stamm einer roten Fichte und zündete sich eine Zigarette an. Im blauen Dunst verschwanden seine Gesichtszüge, doch ich merkte, dass er mich merkwürdig anstarrte, während die Tabakasche verglühte.

»Was ist los?«, fragte ich, doch er schüttelte den Kopf. »Nein, sag schon.« Ich zitterte bereits wieder.

»Wir werden tatsächlich einen Mann töten.«

»Nicht *einen* Mann, Walter. Den Mann, der gedroht hat, einen Psychopathen auf deine Familie zu hetzen.«

»Du fürchtest dich vielleicht nicht, Andy, aber ich mache mir vor Angst fast in die Hose. Ich habe letzte Nacht kaum geschlafen. Ich muss immerzu daran denken, was morgen alles schief laufen könnte. Er könnte uns entkommen. Uns töten. Vielleicht weiß er sogar, dass wir hier sind. Hast du daran mal gedacht? Er ist ein Psychopath und wir treiben Spielchen mit ihm.«

Irgendwo in der Ferne knackte ein Zweig.

»Tust du das hier nicht für deine Familie?«, fragte ich. »Wenn du Angst hast, dann denk an sie. Was es für ein Gefühl sein wird, diese Bestie, die Jenna bedroht hat, verblutet in diesem Loch hier liegen zu sehen.«

Der Wald war Furcht erregend dunkel geworden.

»Es wird womöglich hart morgen«, meinte ich. »Wir werden ihm vielleicht … gewisse Dinge antun müssen, wenn er uns nicht sagt, was wir wissen müssen. Bist du dazu bereit?«

»Ich werde es sein.«

Walter ging los in Richtung Highway. Ich hob meinen Spaten auf und folgte ihm, wobei ich die Schritte von Orsons Grab bis zum Waldrand zählte. Als wir aus dem Wald hinaustraten, lag der Highway ruhig vor uns und kalter Nebel zog von den Bergen herab. Ich konnte nur noch etwa hundert Meter der Straße überblicken – dahinter undurchdringlicher, schwarzer Nebel.

Ich lehnte meinen Spaten an die größte Kiefer, die ich fand. Wir würden ein paar Markierungen brauchen, um den Ort in der Dunkelheit wiederfinden zu können. Als wir ins Auto stiegen, die Innenbeleuchtung anging und das Anschnalllämpchen aufblinkte, begann ich plötzlich zu verzagen. Walter irrte sich, wenn er mich für furchtlos hielt. Vielleicht machte der Nebel es noch schlimmer, aber ich hatte Angst. Auf der Rückfahrt zu unserem Gasthof zitterten meine Hände, obwohl sie das Lenkrad umklammerten. Insgeheim fürchtete ich, nicht dazu fähig zu sein. Trotz allem, was er getan hatte, war Orson mein Bruder. Mein Zwillingsbruder. Zwischen uns bestand ein Band.

Walter und ich schwiegen. Ich stellte mir vor, unser Schweigen sei ähnlich wie das zwischen Soldaten, denen eine blutige Aufgabe bevorstand. Kein Platz mehr für überflüssiges Geplauder. Stattdessen intensive Konzentration auf die bevorstehenden Stunden und die mentale Vorbereitung auf eine fürchterliche Tat.

Kapitel 24

Am frühen Freitagnachmittag, als die Sonne ihren höchsten Stand erreicht hatte, glich mein Bett einem kleinen Waffenarsenal. Meine kompakte .40er Glock; Walters große .45er; zwei Schachteln Remington Kaliber .40 – 180-J-Teilmantelhohlspitzpatronen, zwei Schachteln Kaliber .45 – 185-J-Teilmantelhohlspitzpatronen; zwei zusätzliche Magazine für jede Handfeuerwaffe; zwei Amherst-RS446-Walkie-Talkies; achtzehn Ampullen Valium; eine Ampulle eines Gegengifts; drei Einmalnadeln für subkutane Injektionen, Gummihandschuhe, Lederhandschuhe, eine Kugelschreiberlampe, Handschellen und zwei Arbeitsoveralls, die ich in einem Militärladen in Davidson gekauft hatte.

Es war sehr schwierig gewesen, an das Valium heranzukommen. Walters Schwiegermutter litt an Panikattacken und zu ihren zahlreichen Medikamenten gehörte auch ein größerer Vorrat des mittelstarken Beruhigungsmittels Ativan. Er hatte dreizehn dieser 1-ml-Ampullen mitgehen lassen. Nach unserer Internetrecherche würde das ausreichen, Orson, wenn nötig, ein paar Tage lang im Koma zu halten. Der Nachteil des Ativan war jedoch, dass die Wirkung erst nach über zwanzig Minuten einsetzte, und ich brauchte etwas, was Orson in weniger als zwei Minuten außer Gefecht setzte.

Also hatte ich etwas sehr Schlimmes getan.

Krimiautoren haben mit ihren Mordschilderungen nur Erfolg, wenn sie realistisch schreiben, und im Laufe der Jahre hatte ich mich mit Anwälten, Polizisten und Fachleuten der unterschiedlichsten Gebiete angefreundet, die mich dankenswerterweise beim Schreiben berieten und meinen Romanen die nötige Authentizität verliehen. Die Ermittlungs- und Gerichtsszenen in meinen Romanen waren präzise recherchiert und von unfehlbarer Genauigkeit. Ich wählte immer die richtige Waffe. Ein befreundeter Pathologe ließ mich sogar einmal einer Autopsie beiwohnen, damit ich die olfaktorischen Erfahrungen im ersten Kapitel meines letzten Romans bis ins kleinste Detail wiedergeben konnte.

Auf den Anfangsseiten von »Blauer Mörder« stiehlt der Protagonist Drogen aus einem Krankenhaus. Daher hatte ich im Zuge meiner Recherchen für diesen Roman meinen Arzt gefragt: »Falls Sie Narkotika aus einem Krankenhaus stehlen wollten, wie würden Sie das anstellen?« Schriftsteller dürfen derlei Fragen stellen, niemand zweifelt an ihrem lauteren Motiv, denn »es ist ja wichtig für den Roman« und ihr Name taucht in der Danksagung auf.

Er hat mir genau erklärt, wie man es anstellen müsste, und er hatte verdammt Recht damit gehabt. Sein Rat hatte gelautet: »Plündern Sie den Aufwachraum. Selbst wenn die Narkotika hinter Verschluss sind, die Schlüssel dazu liegen meist in nicht abgeschlossenen Schubladen. Beten Sie, dass die Schwestern inkompetent sind. Finden Sie heraus, wo sich die Kameras befinden. Besorgen Sie sich einen Hausmeisterkittel und täuschen Sie so lange irgendeine Geschäftigkeit vor, bis Sie herausgefunden haben, wo die Schlüssel zum Giftschrank verwahrt werden.«

Dank der gleichgültigen, unaufmerksamen Schwestern im Aufwachraum des Mercy-Krankenhauses in Charlotte spazierte ich dort zwei Tage vor unserer Abfahrt mit fünf 1-ml-Ampullen des schnell wirkenden Valiums heraus. Als Anästhetikum bei chirurgischen Eingriffen intravenös gespritzt, wirkt es bereits nach neunzig Sekunden. Unglücklicherweise konnte es auch Atemlähmungen verursachen, deshalb hatte ich auch eine Ampulle des Gegengiftes Flumazenil gestohlen.

Zusätzlich zu meinem Diebstahl hatte ich mich intensiv mit der Verabreichung intravenöser und intramuskulärer Spritzen beschäftigt. Ich kannte die Indikation und Anwendungsbereiche für Ativan und Valium. Ich hatte meine Hausaufgaben gemacht, besaß zuverlässige Waffen und einen gut durchdachten Plan. Als Walter und ich in den beiden gegenüberstehenden Sesseln saßen und die messingummantelten Patronen in die Magazine schoben, wurde ich plötzlich ganz ruhig. *Wir machen es tatsächlich,* dachte ich. *Wer macht schon so etwas? Ganz schön aufregend. Eigentlich Stoff für einen tollen Roman.*

Während sich Walter kurz aufs Ohr legte, ging ich nach unten. Dreckige Teller und leere Weinflaschen stapelten sich auf dem Esstisch – die Überbleibsel vom Mittagessen. Ich ging nach hinten in die Küche und bat den Koch, mir ein Truthahnsandwich zu machen. Er hatte keine Lust dazu. Die Mittagszeit sei bereits vorbei. Doch schließlich willigte er doch ein und meinte, ich könne am Kamin darauf warten.

Ich setzte mich in einen Schaukelstuhl. In der steinernen Feuerstelle des Kamins brannte das Feuer langsam aus. Ich stellte mir vor, wie man es bereits in den frühen Morgenstunden angefacht hatte, noch bevor der frische Schnee geschmolzen war und die anderen Gäste ihren Tag geplant hatten. Wenn auch inzwischen eher halbherzig, so wärmte es doch immer noch die gemütliche Sitzecke. Während ich wartete, starrte ich auf das letzte verbliebene Holzscheit. Es glühte von unten und diese Glut fraß es langsam, aber sicher auf und verwandelte das Holz in Asche und Rauch.

Ein Paar kam auf dem Weg zur Haustür an mir vorbei und schaute neugierig auf meine Kleidung. Ein grauer Arbeitsoverall war in diesem gediegenen Gasthof ein eher ungewöhnlicher Anblick.

Die Jennings Road ging links von der Hauptstraße ab, eine Meile jenseits der Universität. Blattloser Zuckerahorn und Birken verdeckten auf der den Hügel ansteigenden Straße den Blick auf den Himmel. Auf beiden Straßenseiten lagen riesige Blätterhaufen. Ich stellte mir vor, wie die Bäume mit dem leuchtend bunten Laub, das jetzt auf der Straße und in den Vorgärten lag, dieses Anwohnergebiet New Englands in ein eigenes mystisches Reich verwandelt hatten.

Kurz vor der Hügelkuppe sah ich auf einem schwarzen Briefkasten in weißen Ziffern die Nummer 617. Walter fuhr langsamer, doch ich wies ihn an, ganz normal daran vorbeizufahren und erst weiter oben an der Straße anzuhalten. Während wir weiterfuhren, starrte ich auf Orsons Haus, noch ungläubig, es tatsächlich gefunden zu haben. Von außen wirkte es elegant und bescheiden. Ein weißes, zweigeschossiges Gebäude mit vorstehenden Dachfenstern im ersten Stock und großen Erkerfenstern im Erdgeschoss. Den Vorgarten umgab ein Gitterzaun, und entlang der gepflasterten Auffahrt, die vom Bürgersteig in einer Kurve bis zur vorderen Veranda führte, wuchsen Blumen. Das Haus verfügte über keine Garage und zurzeit standen auch keine Autos in der Auffahrt.

Jenseits der Hügelkuppe parkte Walter den Wagen am Bordstein, wobei er einen Laubhaufen aufwirbelte. Er schaltete den Motor ab und schaute mich zaghaft an, während ich die beiden Walkie-Talkies unter meinem Sitz hervorholte.

»Kanal acht, Nebenkanal siebzehn«, sagte ich und reichte Walter eines der Geräte. Wir stimmten unsere Frequenzen aufeinander ab. »Bevor wir in die Jennings Road abgebogen sind, sind wir an einem Diner vorbeigekommen. Warte da auf mich. Dieser Wagen wirkt hier verdächtig, vor allem wegen des Nummernschilds eines anderen Bundesstaates. Ich werde dich in dem Diner anfunken. Ich werde ›Los, Papa‹ sagen. Das heißt, er ist zu Hause, also komm her und fahr hier in der Gegend herum. Beim zweiten Mal werde ich sagen: ›Bring es nach Hause.‹ Und das heißt, komm zur Nummer 617 und fahr rückwärts die Auffahrt hoch. Ich möchte, dass du mir den Kofferraum öffnest und wieder einsteigst. Wenn du wieder im Auto sitzt und der Kofferraum offen ist, dann bringe ich ihn raus. Er wird bewusstlos sein, ich werfe ihn in den Kofferraum und du fährst uns zum Loch an der 116. Irgendwelche Fragen?«

»Nein.«

»Funk mich nicht an, es sei denn, es handelt sich um einen Notfall. Und nenn mich Wilma. Ich werde dich Fred nennen. Man weiß nie, wer mithört. Also, vergiss die Kanäle nicht. Acht und siebzehn. Schreib sie dir auf die Hand.« Ich steckte mir das Walkie-Talkie an und nahm die klobige Gürteltasche, die zu meinen Füßen gelegen hatte. Ich band sie mir um die Taille, öffnete die Wagentür und wurde von der kühlen Nachmittagsluft empfangen.

»Es ist jetzt erst halb fünf«, meinte ich, »es kann also noch mehrere Stunden dauern, bis du von mir hörst.« Ich schloss die Tür und er fuhr geradeaus weiter den Hügel hinab und verschwand hinter einer Kurve.

Ich ging den Hügel wieder hinauf, und als ich über die Kuppe kam, lag Woodside genau vor mir. Ich überlegte, ob man das nur wenige hundert Meter unter mir liegende Städtchen wohl auch im Frühling oder Sommer durch das

Laub der Bäume sehen konnte. Doch die kahlen Zweige gaben den Blick auf die Gemeinde am Fuße der Berge preis – die Hauptstraße, die Universität, sogar Bruchstücke des anderthalb Meilen weiter im Norden liegenden Zentrums. *Nette Gegend.* Straßen wie diese gab es in New England zu Hunderten, übers Land verteilt sogar Tausende. Wer würde je den Verdacht hegen, dass der Herzchirurg ausgerechnet hier in einem der idyllischen Wohnhäuser des Außenbezirks von Woodside lebte?

Ich ging Orsons Auffahrt hinauf bis zu dem weißen Zaun, der in Brusthöhe den hinteren Garten umgab. Während ich darüber kletterte, überlegte ich, ob er wohl einen Hund hatte. Als meine Füße das Gras auf der anderen Seite berührten, blieb ich zunächst auf allen vieren hocken, suchte die Wiese nach einer Hundehütte ab und lauschte auf das Rasseln einer Kette. Doch nichts bewegte sich auf dem wunderbar gepflegten Rasen. Eine Silberzeder überschattete den Garten, doch nirgendwo war ein Hund zu sehen.

Auf der Terrasse hinter dem Haus standen weiße Plastikgartenstühle. Ich ging über den Rasen auf die Terrasse, von der Glastüren zu einem Wintergarten führten. Ich schlich bis zu den Türen und spähte vorsichtig durch die Glasscheibe. Nirgendwo brannte Licht, aber durch die Schatten konnte ich die dahinter liegende Küche erkennen. Das Haus schien leer. Ich zog am Türgriff, doch die Tür war verschlossen. Ich war erleichtert, dass sie nicht noch durch einen Riegel gesichert war und ich nur eine einzige Glasscheibe einzuschmeißen bräuchte.

Ich holte ein Paar Handschuhe aus meiner Gürteltasche und griff nach einem baseballgroßen Stein, der in einem an die Terrasse angrenzenden Blumenbeet lag. Nachdem ich die Handschuhe angezogen hatte, schlug ich damit die Glasscheibe direkt neben dem Türgriff ein. Laut krachend zersplitterte die Scheibe und einzelne Glassplitter flogen innen auf den Boden. Mit dem Stein in der Hand wartete ich darauf, dass eine Alarmsirene losging, doch es blieb still. Ich legte den Stein zurück und drehte den Türgriff.

Durch die geöffnete Tür strich mir die warme Heizungsluft über die Wangen. Ich betrat das Haus, zog die Lederhandschuhe aus und steckte sie wieder in die Gürteltasche. Nachdem ich meine Fingerabdrücke außen vom Türgriff abgewischt hatte, zwängte ich meine Hände in ein Paar Gummihandschuhe und zog die Tür hinter mir zu.

Ich misstraute der Stille. Ich blieb im Wintergarten stehen, in das das schwächer werdende Licht durch lange, gebogene Glasscheiben fiel. Korbstühle standen etwas zufällig angeordnet auf dem Klinker vortäuschenden Linoleumboden, Kübelpflanzen verliehen dem Raum den erdigen Duft eines Gewächshauses. Obwohl ich vorsichtig über den Boden schlich, knirschten die Glassplitter unter meinen Füßen. Unterwegs holte ich meine Pistole aus der Gürteltasche und lud die erste Patrone, dabei betete ich, dass ich die Waffe nicht in diesem ruhigen Viertel abfeuern müsste. Walter und mir war es nicht gelungen, Schalldämpfer auf dem Schwarzmarkt ausfindig zu machen.

Vorsichtig ging ich weiter bis zur Küche, wo allerlei weiße Küchengeräte auf meterlangen Arbeitsflächen standen. Am Kühlschrank hingen Fotos einer Wildwasserraftingtour und von Orson und einer Frau, die ich noch nie zuvor gesehen hatte, Arm in Arm auf einer kahlen Bergspitze.

Zur Rechten führte eine Tür ins Esszimmer mit Geschirrschrank, einem mehrarmigen Leuchter und einem Esstisch aus Mahagoniholz, der mit einem weißen Tischtuch, Kristallgläsern sowie silbernem Besteck und Porzellan gedeckt war.

Doch ich wählte die linke Tür von der Küche zum Wohnzimmer. Orson hatte wirklich einen guten Geschmack. Über dem Kamin hing ein monochromatischer Druck von Odilon Redon mit dem Titel: »Antonius: Was ist das Thema all dessen? Der Teufel: Es gibt kein Thema.« Zufällig erinnerte das Thema dieser schwarzen Lithografie auf unangenehme Weise an den Mann, der mich in der Straße meiner Mutter wegen der Widmung angehalten hatte. Luther. In der hinteren linken Ecke stand ein alter Steinway-Flügel, und vor dem künstlichen, mit Gas betriebenen Kamin lag ein Perserteppich, der von einem Futonsofa und zwei burgunderroten Ledersesseln eingerahmt wurde. Zu meiner Rechten führte eine Treppe nach oben und gegenüber konnte ich die Haustür sehen.

Als ich das Wohnzimmer durchschritt, hallten meine Schritte auf dem Holzparkett. Auf der linken Seite neben dem Steinway ging eine weitere Tür ab. Als ich über die Schwelle trat, stand ich in einem Raum voller Bücher – Orsons Bibliothek.

Es roch gut nach altem Papier und Zigarren in seinem Arbeitszimmer. Die Mitte des Raums wurde von einem gewaltigen Schreibtisch beherrscht, der mit dem in meinem Arbeitszimmer identisch war. Sogar der Drehstuhl war der gleiche. Ich durchsuchte die Schubladen, jedoch ohne Erfolg. Alle Briefe waren an Dr. David Parker adressiert und die meisten Aktenordner enthielten Forschungsberichte über das alte Rom. Auf dem Schreibtisch standen nicht einmal Fotos – nur ein Computer, ein Humidor aus Zedernholz, gefüllt mit Macanudo-Zigarren, und eine Karaffe mit Cognac.

Die Wände waren mit Büchern zugestellt – dieselbe intellektuelle Auswahl wie in seinem Büro: »Die Agrargesellschaft Roms im 3. Jh. n. Chr.«; »Gerichtshoheit und imperialistische Macht im Altertum«; »Ausländische Beziehungen: Rom, Karthago und die Punischen Kriege«.

Das leichte Brummen eines Automotors ließ mich ans

Fenster treten. Mit zwei Fingern zog ich die Jalousien etwas auseinander und beobachtete, wie ein weißer Lexus Sedan in Orsons Auffahrt einbog. Ich wartete. In mir krampfte sich alles zusammen. Wenn Orson durch die Hintertür hereinkam, würde er die zerbrochene Glasscheibe sehen.

Er tauchte plötzlich auf, ging in einem olivgrünen Anzug mit einer Aktentasche in der Hand zügig den Weg hinauf. Ich trat vom Fenster zurück, sank auf die Knie und kroch unter seinen Schreibtisch.

Ein Schlüssel drehte sich im Schloss und die Eingangstür öffnete sich. Orson betrat pfeifend sein Haus. Ich kroch so weit es ging in die Dunkelheit unter seinem Schreibtisch. An seinen Schritten konnte ich hören, dass er vom Wohnzimmer in die Bibliothek kam. Ein ohrenbetäubender Schlag ließ den Schreibtisch erzittern und mein Herz noch schneller rasen. Er hatte seine Aktentasche auf die Schreibtischoberfläche fallen lassen. Als seine Schritte den Schreibtisch in Richtung Stuhl umrundeten, entsicherte ich die Pistole.

Irgendwo im Haus klingelte ein Telefon. Er hielt inne. Ich konnte jetzt seine Beine sehen, seine schwarzen, spitzen Schuhspitzen. Ich roch ihn – sauber, nach Rasierwasser duftend, vertraut. Unser Körpergeruch nach einem langen Arbeitstag war der gleiche. Das Telefon klingelte erneut, er eilte hinaus und murmelte dabei etwas Unverständliches.

»Hallo?«, antwortete er nach dem dritten Klingeln in der Küche. »Hallo, Arlene … Ja, natürlich … Nun, warum kommst du dann nicht her? Wir hauen uns etwas in die Pfanne … Nein, das brauchst du nicht. Und komm einfach her … In Ordnung. Klingt gut. Bis dann.«

Er legte auf und ging zurück ins Wohnzimmer. Einen kurzen Moment dachte ich, er würde in die Bibliothek zurückkehren, und hob die Waffe. Doch seine Schritte verhallten, als er die Treppe hinaufrannte.

Zitternd kroch ich unter dem Schreibtisch hervor. Als ich oben die Dusche hörte, kauerte ich mich hin, nahm das Walkie-Talkie aus der Gürteltasche und drückte die Sprechtaste.

»Wilma«, flüsterte ich. »Wilma? Over?«

»Over.« Walters Stimme wurde von lautem Knistern begleitet. Ich stellte die Lautstärke leiser. »Du bist Wilma. Ich bin Fred«, sagte er.

»Er ist hier«, flüsterte ich. »Nimmt oben eine Dusche.«

»Hast du was gefunden?«

»Kann jetzt nicht reden. Los, Papa.«

»Was?«

»Komm hier rauf und warte auf die nächste Anweisung.«

Ich schaltete das Walkie-Talkie aus und ging ins Wohnzimmer. Der Teppichboden auf der Treppe dämpfte meine Schritte, als ich hinauf in den ersten Stock ging. Ich stand in der Mitte eines düsteren Flurs, an dessen beiden Enden sich je ein Schlafzimmer befand. Genau gegenüber sah ich unter einer geschlossenen Tür Licht durchscheinen, so dass ich dahinter das Badezimmer vermutete. Orsons Schuhe, seine braun und dunkelblau getupften Socken, sein schwarzer Gürtel und sein olivgrüner Anzug bildeten eine Spur bis zu dieser Tür.

Er sang unter der Dusche: »All you need is love! Loooove! Love is all you need!«

Ich ging einen Schritt auf das Badezimmer zu. *Öffne die Tür, schleich dich hinein und jag die Spritze durch den Duschvorhang rein …*

Plötzlich klingelte es an der Tür. Ich blieb wie erstarrt im Flur stehen und überlegte, ob er die Klingel wohl auch gehört hatte. Nach fünf Sekunden wurde die Dusche ausgestellt und ich hörte das dumpfe Auftreten nasser Füße auf Fliesen und wie ein Handtuch kräftig über die Haut gerubbelt wurde. Ich rannte nach rechts den Flur entlang bis zu einem Zimmer, das wohl sein Schlafzimmer war, da dort überall Kleidungsstücke herumlagen. Zu meiner Rechten konnte man von einem Dachfenster aus auf die Jennings Road und die weit dahinter liegenden verschneiten Berge blicken. In einem Alkoven stapelten sich Kissen, und ich dachte unwillkürlich, dass Orson in dieser gemütlichen Ecke vermutlich viele Stunden mit Lesen verbrachte.

Links von mir befand sich ein geräumiger, begehbarer Kleiderschrank, und als die Badezimmertür geöffnet wurde, huschte ich hastig dort hinein. Es klingelte erneut, und Orson rief: »Ich hab dir doch gesagt, du kannst einfach reinkommen!« Dabei eilte er die Treppe hinunter.

Ich konnte nicht verstehen, was er beim Öffnen der Tür sagte. Ich tastete mich zwischen Kleiderbügeln mit nach Mottenpapier stinkenden Anzügen und dicken Pullovern vorbei und versteckte mich schließlich in der hintersten Ecke des unbeleuchteten Schrankes.

Kurz darauf kam Orson die Stufen wieder herauf und bis ins Schlafzimmer, so dass ich ihn sogar kurz durch die Kleiderbügel hindurch sehen konnte. Er war noch nackt und stieg in Boxershorts und Jeans, die noch so zusammen auf dem Boden gelegen hatten, wie er sie offensichtlich ausgezogen hatte. Mit nacktem Oberkörper stellte er sich in voller Länge vor einen großen Spiegel und kämmte seine nassen Haare, die seit dem Bürstenhaarschnitt der Wüste kräftig nachgewachsen waren. Er grinste sein Spiegelbild an, bleckte die Zähne und formte tonlos Worte, die ich nicht verstand. Zum ersten Mal hatte ich einen guten Blick auf meinen Bruder und ich sog ihn in mich auf.

Seine Erscheinung wirkte zivilisierter und attraktiver als in der Wüste und seine körperliche Verfassung war immer noch bewundernswert gut. Er strahlte Charisma aus und seine Augen funkelten.

»Schenk dir schon mal ein Glas Wein ein!«, rief er. »Im Weinregal steht ein Pinot Noir!«

Orson öffnete eine Schublade der Kommode, durchsuchte sie einen Moment und holte schließlich einen grauen Teppichschneider hervor. Er schob die Klinge heraus, die den Griff um zweieinhalb Zentimeter überragte. Er fuhr mit dem Daumen ihre Kante entlang und lächelte erneut sein Spiegelbild an.

»Du wirst dich benehmen«, sagte er kichernd. »Heute Abend wirst du dich anständig benehmen.«

»Dave?«

Orson fuhr herum. »Arlene! Hast du mich erschreckt!«

Ihre Stimme kam vom oberen Treppenabsatz. »Wo ist das Weinregal?«

»Küchenanrichte.« Er hielt den Teppichschneider hinter seinem Rücken. Aus meinem Winkel sah ich im Spiegel, wie er damit herumspielte und die Klinge rein- und rausschob. »Oh, Arlene! Und leg bitte etwas Musik auf. Miles Davis, wenn du nichts dagegen hast.«

Er schob die Klinge wieder ganz in den Griff, steckte den Teppichschneider in eine seiner Hosentaschen und alberte weiter vor dem Spiegel herum.

Durch das Dachfenster konnte ich sehen, wie die letzten Sonnenstrahlen hinter den Bergen verschwanden. Es schien verführerisch, mich die ganze Nacht im Kleiderschrank hinter Kleiderbügeln voller alter, müffelnder Sachen zu verstecken, doch ich widerstand dieser Anwandlung, tastete mich durch seine Garderobe und stolperte schließlich aus dem Schrank.

Ihre Stimmen schallten die Treppe hinauf. Ich hörte meinen Bruder lachen und das Klappern des Bestecks auf dem Porzellan. Es hatte eine Stunde gedauert, bis ich die Kraft gefunden hatte, den Kleiderschrank zu verlassen. *Gott sei Dank essen sie immer noch.* Plötzlich fiel es mir ein – die zerbrochene Scheibe! Bitte, geh nicht in den Wintergarten!

Da ich das Zimmer vorerst für mich hatte, nutzte ich die Gelegenheit, den Schrank, die Bücherregale und die Kommode nach den Bildern und Videobändern von der Wüste zu durchsuchen. Ich fand jedoch nichts, was auf sein Hobby hindeutete, nicht einmal ein Tagebuch. Letztlich war der einzige Gegenstand in Orsons Schlafzimmer, der entfernt seine Vorliebe für Gewalt widerspiegelte, ein großer Druck von William Blake an der Wand gegenüber seines Bettes – genannt »Der simonistische Papst«, ein handkolorierter Kupferdruck, der die Höllenflucht des Papstes Nikolaus des Dritten in einem Flammenfass mit brennenden Fußsohlen zeigt. Ich kannte dieses Bild. Es ist eine Illustration der Hölle, Canto 19 aus Dantes Göttlicher Komödie. Wer Orson nicht kannte, mochte vielleicht etwas erstaunt über seinen morbiden Wandschmuck sein.

Ich ging den Flur entlang bis zum Gästezimmer, das unpersönlich und voll gestopft mit einzelnen, nicht zueinander passenden Möbelstücken war. Der Schrank war genau wie die Schubladen der beiden Nachttische leer. Ich bezweifelte, dass je jemand in dem Einzelbett geschlafen hatte.

Ich schlich wieder zurück auf den Flur und ging ein paar Stufen hinunter. Aus dem Esszimmer erklang Orsons leise Stimme. Stühle wurden gerückt – Schritte gingen in Richtung Eingangshalle. Ich trat zwei Schritte zurück, und als ihre Schritte weiter in meine Richtung kamen, eilte ich die restliche Treppe hinauf und rannte über den Flur zurück in den Kleiderschrank.

Sie betraten das Schlafzimmer und ließen sich gemeinsam auf das Bett fallen. Ich hörte Orson sagen: »Ich mag dich sehr.«

»Ich mag dich auch.«

»Ja?«

»Sonst wäre ich doch wohl nicht hier.« Arlenes Stimme klang, als sei sie um die dreißig, etwas kehlig, aber mit einem Rest mädchenhafter Unschuld. Ich wusste, warum Orson sie mochte. Die Lampe auf seinem Nachttisch wurde ausgeschaltet. Sie küssten sich eine Weile in der Dunkelheit und das intime Geknutsche erinnerte mich an die Freitagabende unserer Highschool-Zeit.

»Was würdest du von mir denken, wenn ich das täte?«, fragte er.

»Ooooh.«

»Ja?«

»Uh huh.« Einen Moment lang waren nur feuchte, saugende Geräusche zu hören.

»Rate mal, was ich in der Hosentasche habe«, sagte Orson schließlich.

»Mmm. Was ist es denn?«

»Du musst es erraten, Dummchen.«

»Ist es rund und wellenförmig?«

»Nein, es ist hart.«

»Mmm.« Sie schauderte in freudiger Erwartung. Ich hörte, dass der Alkohol ihre Stimme schleppend gemacht hatte.

»Und sehr scharf.«

»Huh?«

»Hast du irgendwelchen Freundinnen von mir erzählt?«

»Wie meinst du das?«

»Weiß irgendjemand, dass wir miteinander ausgehen?«

»Warum? Spielt das eine Rolle?«

»Antworte mir einfach.« Ich hörte leichte Verärgerung in seiner Stimme, die sie mit Sicherheit gar nicht registrierte.

»Nur den Kolleginnen bei der Arbeit.«

Orson seufzte.

»Ich habe dich doch gebeten, niemanden zu erzählen, dass wir uns treffen. Hast du ihnen meinen Namen genannt?«

»Warum?«

»Arlene, hast du ihnen meinen Namen genannt?«

»Ich weiß es nicht mehr.« Ihre Stimme wurde weicher. »Was hältst du hiervon, Liebling?« Ein Reißverschluss wurde aufgezogen, gefolgt von einer plötzlichen Bewegung in der Dunkelheit. »Rühr mich nicht an!«, zischte er.

Das Bett quietschte, und ich überlegte, ob sie sich wohl aufgesetzt hatte.

»Schalt das Licht ein«, sagte sie. »Schalt es ein!« Es blieb dunkel.

»Hast du deinen Freundinnen meinen Namen genannt?«

»Warum benimmst du dich so eigenartig?«

»Antworte mir, damit ich dir zeigen kann, was ich in der Tasche habe.«

»Ja, ich hab ihnen deinen …«

»Verflucht noch mal!«

»Was?«

»Du kannst jetzt gehen.«

»Warum?«

»Hau ab!«

»Was ist los mit dir?« Ihre Stimme klang, als würde sie gleich heulen. »Ich dachte … ich meine … ich mag dich, und ich dachte …«

»Ich hatte heute Nacht etwas ganz Außergewöhnliches für uns geplant. Und du hast es gerade ruiniert. Ich wollte dich öffnen, Arlene.«

»Wie meinst du das?«

»Los, raus aus meinem Haus!«

Wieder quietschte das Bett, dann knackte der Boden und es klang, als ob Kleidungsstücke glatt gestrichen würden.

»Ich kann nicht glauben, dass … Ich meine, du brauchst Hilfe, David.«

»Vielleicht.«

»Du kannst zu …«

»Ich rate dir, das Haus zu verlassen, solange du dazu noch in der Lage bist.«

Sie stürmte aus dem Schlafzimmer auf den Flur und schrie: »Ausgeflippter Idiot!« Als sie die Haustür erreicht hatte, schluchzte sie.

Kapitel 25

Nachdem Arlene weg war, blieb Orson eine Weile in der Dunkelheit sitzen. Aus irgendeinem Grund dachte ich, er würde anfangen zu heulen oder gar schluchzend zusammenbrechen, sobald er allein war. Doch das geschah nicht. Nachdem sich meine Augen an die Dunkelheit gewöhnt hatten, konnte ich die Konturen seines Zimmers ausmachen – das Bild an der Wand, die Bücherregale, seine ausgestreckten Beine auf dem Bett. Durch das Dachfenster sah ich auf der anderen Seite des Tals Lichterreihen auf den schwarzen Hängen.

Eine halbe Stunde später dachte ich, er sei eingeschlafen, und überwand mich, aus dem Schrank zu kriechen, um das zu tun, wozu ich gekommen war. Doch als ich mich bewegte, setzte er sich urplötzlich im Bett auf. Stocksteif vor Schreck beobachtete ich, wie Orson unter dem Bett etwas wie einen Schuhkarton vorzog und ihn auf die Matratze stellte. Er streifte seine Schuhe ab und kickte sie in unterschiedliche Richtungen von sich weg. Einer flog in den Kleiderschrank und hätte mich beinah am Kopf getroffen.

Ich hörte ein mechanisches Klicken. Er lehnte sich wieder bequem zurück und begann mit leiser, monotoner Stimme zu sprechen. »Es ist Freitag der 8. November, 19 Uhr 43. Arlene ist heute Abend vorbeigekommen. Ich habe dir von ihr erzählt. Diese Anwaltsgehilfin aus Bristol. Fade Kuh. Es sollte heute Abend passieren. Ich habe den ganzen Tag an nichts anderes gedacht. Die ganze Woche. Doch sie hat mich – ich meine, meinen Namen – gegenüber ein paar Arbeitskolleginnen erwähnt, also hat sich die Sache erledigt. Es war eine Übung in Selbstbeherrschung. Ich habe noch nie ein Teppichmesser benutzt, umso enttäuschter bin ich, dass es heute Abend nicht geklappt hat. Wenn ich noch viel länger ohne Spielzeug auskommen muss, könnte mir wieder etwas Unbedachtes unterlaufen wie damals in Burlington. Aber du hast die Regel aufgestellt, es niemals hier in dieser Stadt zu tun, und es ist eine sinnvolle Regel, also verdirb es nicht.« Er hielt das Diktiergerät an, drückte dann jedoch erneut auf Aufnahme.

»Ein Letztes noch. Ich war heute online und hab gesehen, dass James Keillers zweites Gnadengesuch abgelehnt wurde. Schätze, das heißt, dass sie bald das Datum der Hinrichtung festlegen werden. Eine wunderhübsche Sache, was ich da getan habe. Wirklich. Ich werde vielleicht hoch nach Nebraska fahren müssen, wenn sie ihn auf den Stuhl setzen. Und ich bin ziemlich sicher, dass sie dort in diesem Staat der Maisschäler den elektrischen Stuhl benutzen.«

Er legte das Diktiergerät wieder in den Schuhkarton und holte etwas anderes heraus. Dann stieg er vom Bett und ging zu der Kommode, auf der ein Fernseher und ein Videoplayer standen. Er legte eine Videokassette ein und schaltete den Fernseher an. Als die ersten Bilder sichtbar wurden, legte er sich mit dem Kopf zur Matratzenkante bäuchlings aufs Bett, stützte die Ellbogen auf und legte sein Kinn in die Hände.

Der Film war in Farbe. O Gott! Die Scheune! Ich bekämpfte einen Anfall von Übelkeit.

»Das ist Cindy und sie hat gerade den Test nicht bestanden. Sag Hallo, Cindy.«

Die Frau war nackt und mit dem Lederhalsband an den Pfahl gefesselt. Orson richtete die Kamera auf sich selbst.

Sein Gesicht war verschwitzt, seine Augen funkelten und er hatte ein strahlendes Lächeln aufgesetzt.

»Cindy hat das fünfzehn Zentimeter lange Ausbeinmesser gewählt.«

»Aufhören!«, kreischte sie.

Ich hielt mir die Ohren zu und schloss die Augen. Die Angst in ihrer Stimme machte mich krank. Wenn auch etwas gedämpft, konnte ich die schrillen Schreie gut hören. Auch Orson machte Geräusche auf dem Bett. Ich blinzelte und sah, dass er sich auf den Rücken gedreht hatte, den Bildschirm verkehrt herum betrachtete und sich dabei einen runterholte.

Die Szene, die zeigt, wie Orson sie tötete, war nicht besonders lang, daher schaute er sie sich immer und immer wieder an. Wenn ich mich ganz auf meinen Herzschlag konzentrierte, konnte ich den Fernseher und Orsons Stöhnen beinah vollständig verdrängen. Ich zählte die Schläge und kam bis 704.

Als ich meine Augen wieder öffnete, war es still im Zimmer. Ich war eingenickt und bekam Panik bei dem Gedanken, dass ich vielleicht geschnarcht oder wertvolle Stunden schlafend im Schrank vergeudet hatte. Ich schaute auf die Uhr und stellte erleichtert fest, dass es erst kurz nach halb zehn war. Walter und ich hatten also immer noch den Großteil der Nacht, um meinen Bruder zu töten.

Vom Bett her waren tiefe Atemzüge hörbar. Ich erkannte das für Orson typische lange Ausatmen. Da er mit fast absoluter Sicherheit schlief, holte ich eine Spritze und eine Ampulle Valium hervor. Ich schnippte die Plastikkappe ab, stach die hohle Nadel durch den Gummistöpsel und zog die Spritze auf. Genauso verfuhr ich mit zwei weiteren Ampullen. Mit fünfzehn Milligramm Valium in der Spritze steckte ich die drei leeren Ampullen wieder in meine Gürteltasche und schloss den Reißverschluss so langsam, dass nicht einmal ich hören konnte, wie die Zähne ineinander griffen. Mit der Spritze in der linken und der Glock in der rechten Hand steckte ich vorsichtig meinen Kopf durch die Kleiderbügel und arbeitete mich behutsam nach draußen.

Als ich mit den Füßen das Parkett des begehbaren Kleiderschranks berührte, kam mir in den Sinn, dass er womöglich gar nicht schlief. Vielleicht ruhte er sich nur aus und atmete gleichmäßig in einer Art Entspannungstrance. Nach drei Schritten stand ich auf der Schwelle des Kleiderschranks und starrte auf den auf dem Bett liegenden Orson.

Sein Brustkorb hob und senkte sich gleichmäßig und langsam in dem für den Schlaf typischen Rhythmus. Ich kniete mich hin, steckte mir die Plastikspritze zwischen die Zähne und kroch über den staubigen Boden. An seiner Bettkante hielt ich inne und schluckte eine weitere Welle der Übelkeit hinunter. Schweiß perlte mir von der Stirn in die Augen. Meine Hände in den Gummihandschuhen waren feucht.

Ich duckte mich auf den Boden, nahm die Spritze aus dem Mund, hielt sie mir vors Gesicht und drückte einen kurzen Strahl heraus, um die Luftblasen zu entfernen. Orson bewegte sich. Bisher hatte er mir den Rücken zugewandt, doch jetzt drehte er sich so weit um, dass unsere Gesichter einander zugewandt waren. *Alles, was er jetzt tun müsste, ist, die Augen aufzumachen.*

Sein linker Arm lag wunderbar frei. Ich zog meine Kugelschreiberlampe hervor, steckte sie mir zwischen die Zähne, leuchtete auf seinen Unterarm und sah die vielen Venen unter der Haut. Mit viel Geduld und Konzentration senkte ich die Nadelspitze, bis sie sich nur noch gut zwei Zentimeter über seiner Haut befand. Es bestand die Möglichkeit, dass ihn das umbringen würde. Da ich versuchte, es intravenös zu spritzen, würden fünfzehn Milligramm Valium sofort in seinen Blutkreislauf gelangen, und wenn diese Dosis sein Gehirn erreichte, würde vielleicht die Atmung aussetzen. *Halt die Hände still.*

Als ich die Nadel in die Unterarmvene gegenüber des Ellbogens stach, öffnete er die Augen. Ich injizierte ihm die Droge. *Bitte, lass mich die Vene getroffen haben!* Orson schoss hoch und rang nach Luft. Ich ließ die Spritze los und sprang zurück, dabei blieb die Nadel in seinem Arm stecken. Er zog sie raus und hielt sie sich verblüfft vors Gesicht.

»Andy?«, flüsterte er schwerfällig. »Andy?! Wie hast du …« Er schluckte mehrere Male, als ob seine Luftröhre blockiert wäre. Ich stand auf und richtete die Waffe auf ihn.

»Leg dich zurück, Orson.«

»Was hast du mir gegeben?«

»Leg dich zurück!«

Er lehnte sich in die Kissen zurück. »O Gott«, stöhnte er, »das Zeug ist stark!«

Er klang bereits benommen, und ich meinte, er hätte seine Augen geschlossen. Ich schaltete die Nachttischlampe ein, um sicherzugehen. Sie waren nur noch Schlitze.

»Was tust du, Andy?«, fragte er. »Wie hast du …« Seine Worte verloren sich.

»Du hast meine Mutter umgebracht«, erklärte ich.

»Ich glaube nicht, dass du …« Er schloss die Augen.

»Orson?« Dort, wo die Nadel in seine Haut eingedrungen war, war ein roter Punkt zu sehen. »Orson!« Er bewegte sich immer noch nicht, daher beugte ich mich vor und gab ihm eine Ohrfeige. Er stöhnte, doch diese Reaktion war keine wirkliche Antwort auf meinen Schlag, also fühlte ich mich sicher, dass er unter der Wirkung der Droge stand.

Ich ging rückwärts bis zum Kleiderschrank und zog das Walkie-Talkie aus der Gürteltasche.

»Walter?«, sagte ich atemlos. »Walt… Fred?«

»Over.«
»Bist du in der Nähe?«
»Hundert Meter entfernt.«
»Komm zum Haus und geh rein.«
Ich lehnte mich gegen die Wand und wischte mir den Schweiß aus den Augen.
Orson stürzte aus dem Bett und bohrte seinen Kopf in meinen Bauch, bevor ich auch nur die geringste Chance hatte, an meine Waffe zu denken. Während ich nach Luft rang, fuhr er mit dem Knie zwischen meine Beine und packte mit beiden Händen meinen Nacken. Seine Stirn sauste auf meine Nase nieder und brach den Knorpel. Brennender Schmerz durchzuckte mich und Blut rann mir über die Lippen.
»Was bildest du dir ein, Andy? Du kannst das einfach mit mir machen?«
Ich hatte gerade wieder etwas Luft in der Lunge, als er mir einen Faustschlag in die Eingeweide unterhalb des Nabels versetzte. Als ich mich nach vorne krümmte, traf er mit seinem Knie mein Gesicht und ich ging zu Boden.
Sofort war er über mir und seine Finger gruben sich in meinen Bauch. Meine Hände umklammerten immer noch mit eisernem Griff die Pistole. Ein heftiger, stechender Stich fuhr mir durch das Hemd in den Rücken. Ich stöhnte auf.
»Ja, das gefällt dir, nicht wahr? Ich werde es wieder und wieder tun.« Erneut stach er mit der Nadel zu. Ich spürte, wie er sie in mir hin und her bewegte. »Du wirst aufgeben«, sagte er. »Und ich werde das ganze Wochenende damit zubringen, dich zu töten. Was hältst du davon, Andy?! Was?!«
Ich dachte nur, dass ich wenigstens versuchen sollte, Widerstand zu leisten, doch wenn ich mich bewegte, gelang es ihm womöglich, mir die Waffe zu entreißen.
»Runter von mir!«, grunzte ich. »Lass mich los, du Arschloch!«

»Oh, na gut.« Ein harter Knochen schlug gegen meinen Hinterkopf, der Schmerz war überwältigend. Ich spürte, wie die Nadel herausgezogen und erneut hineingestochen wurde.

»Ah, Mist!«, murmelte er. Erneut schlug er mir auf den Kopf, aber der Schlag war längst nicht mehr so kräftig. »Andy, du Mistkerl.« Er ging zu Boden, fiel auf seine Hände und Knie und versuchte, bei Bewusstsein zu bleiben. »Bleib wach«, murmelte er. »Nein, nein.«

Ich zog mir die Nadel aus dem Rücken, stand auf und ging zur offenen Tür seines Schlafzimmers. Mein Gesicht fühlte sich geschwollen an und mit dem linken Auge konnte ich nur noch verschwommen sehen. Doch das Adrenalin kaschierte den Schmerz und sogar die tiefen, winzigen Löcher in meinem Rücken. Unter meinem Arbeitsoverall rann mir Blut die Beine entlang. Orson kippte auf die Seite.

»Nein«, seufzte er schläfrig, und seine Stimme wurde lallend. »Andy. Mach so etwas nicht ...« Er schloss die Augen und war still.

Es klopfte an der Haustür. Ich hielt die Waffe am Lauf fest und schlug sie Orson gegen die Stirn, bis ich Blut sah. Dann rannte ich auf den Flur und die Treppe hinunter.

»Walter?«, rief ich durch die Tür.

»Ich bin's«, antwortete er. Ich ließ ihn rein. Die nächtliche Kälte strahlte von seiner Kleidung ab. »Wo ist dein Bruder ... O Gott, dein Gesicht ...!«

»Ich bin in Ordnung. Komm«, sagte ich und ging wieder die Treppe hinauf. »Zieh deine Gummihandschuhe an. Er ist oben.«

Kapitel 26

Während Walter Orson in seinen Boxershorts die Treppe hinunterschleifte und ihn in einem Perserteppich mit Blumenornamenten einrollte, durchsuchte ich erneut alle Winkel des Schlafzimmers meines Bruders. Unter dem Bett fand ich den Schuhkarton mit Mikrokassetten und zwei weiteren Videobändern, aber das war auch schon alles. Auch ein erneutes, gründliches Durchsuchen des Kleiderschranks brachte nichts Ungewöhnliches zutage. Als ich auch im Gästezimmer nichts fand und damit begann, ein zweites Mal sein Arbeitszimmer zu durchforsten, kochte ich langsam vor Wut.

»Siehst du das?«, sagte ich, als ich auf den Flur trat und mir den Schuhkarton über den Kopf hielt. »Mehr gibt's nicht in seinem verdammten Haus, was irgendjemandem beweisen könnte, wer er wirklich ist.«

Walter saß in seinem, mit meinem identischen, Arbeitsoverall auf dem im Teppich zusammengeschnürten Orson.

»Es gibt noch mehr solcher Bilder«, sagte ich. »Fotos von mir, die zeigen, wie ich anderen fürchterliche Dinge antue. In einem Schließfach oder einem Tresor. Weißt du, was passiert, wenn dieses Arschloch hier nicht mehr seine Miete bezahlen kann, weil er tot ist? Sie werden das Haus hier entrümpeln und Fotos finden, auf denen ich einer Frau das Herz aus der Brust schneide.« *So, jetzt weißt du es.*

Walter sah mich an, schien jedoch keine weiteren Erklärungen zu erwarten. Er stand auf und ging über das Parkett in Orsons Bibliothek. Er nahm die Karaffe vom Schreibtisch und goss reichlich Cognac in ein passendes Glas.

»Willst du auch einen?«, fragte er, während er das Glas gekonnt schwenkte, um den Weinbrand zu erwärmen.

»Bitte.« Er schenkte mir auch ein Glas ein und brachte es herüber ins Wohnzimmer. Wir setzten uns auf Orsons Futon vor den Kamin, schwenkten und tranken schweigend unseren Cognac und warteten beide auf diese euphorisierende Wirkung, die jedoch ausblieb.

»Wird er es uns sagen?«, fragte Walter schließlich.

»Uns was sagen?«

»Wo die Fotos von dir sind und wer der Mann ist, der auf Jennas Arm geschrieben hat.«

Ich wandte den Kopf und blickte Walter in die Augen. Der Alkohol ließ meine Wangen glühen.

»Worauf du dich verdammt noch mal verlassen kannst!«

Wir trugen ihn zur Haustür hinaus und die Stufen hinab. Der Mond schien leichenblass durch das blattlose, kalligrafische Geäst der Bäume. Der Alkohol hatte mein Gesicht betäubt und milderte die stechende Kälte.

Der Teppich passte nicht in den Kofferraum, daher rollten wir ihn wieder auf und Orson glitt in den dunklen, leeren Hohlraum. Ich überprüfte seine Atmung. Sie war zwar regelmäßig, aber sehr flach. In einem Haus auf der gegenüberliegenden Straßenseite ging das Licht an. In dem Erkerfenster erschien der Schatten eines Mannes.

»Mach schon, Walter«, sagte ich. »Hier ist so ziemlich der schlimmste Ort, an dem wir uns aufhalten können.«

Wir fuhren den Weg zurück, den wir gekommen waren, zunächst den Hügel hinunter und dann rechts in die Hauptstraße. Ich starrte aus dem Fenster, als wir am Campus vorbeikamen, die gepflasterten Wege waren beleuchtet, aber menschenleer. Ein Stückchen weiter konnte ich kurz den Aussichtsturm sehen und die Stelle, an der ich gestern im Schnee gestanden hatte, um den Mann zu suchen, der nun bewusstlos im Kofferraum lag.

»Wir haben das Arschloch erwischt, oder nicht?«, sagte ich und grinste unter dem Alkoholeinfluss.

»Ich beglückwünsche uns erst, wenn er hundert Pfund kalten Dreck auf seinem Gesicht liegen hat und wir wissen, wo der Mann ist, der meine Tochter bedroht hat.«

Gegen 22 Uhr ereichten wir das Zentrum von Woodside. Trotz der Kälte waren viele junge Leute auf den Bürgersteigen. Ihr Atem ließ Hunderte von kleinen Wölkchen entstehen und durch die Scheibe hörte ich ihre lauten Stimmen. Vor den miteinander konkurrierenden Bars auf beiden Straßenseiten standen reihenweise erwartungsvolle Studenten, die in die heitere Wärme im Innern drängten. Für mich war das allzu verständlich. In dieser Stadt war es so verdammt eisig, dass man gar nichts anderes machen konnte, als zu trinken.

Knapp acht Meilen hinter dem Straßencafé fuhr Walter an den weichen, breiten Straßenrand der 116. Er ließ den Wagen noch etwa dreißig Meter durch das Gras rollen und hielt dann im Schatten zweier Eichen.

»Dein Spaten steht dahinten«, erklärte er, während er den Motor ausschaltete. »Ich hab ihn dort an einen Baum gelehnt stehen sehen.« Ich drehte mich um und blickte durch die Heckscheibe. Nichts bewegte sich auf dem in kaltes, blaues Mondlicht getauchten Highway.

»Was macht dein Gesicht?«, fragte er.

»Meine Nase fühlt sich an, als wäre sie gebrochen, ist sie aber nicht.« Sie fühlte sich heiß an und die Haut über dem geschwollenen Nasenrücken zog. Mein linkes Auge war fast vollständig zugeschwollen, tat jedoch überraschenderweise nicht weh.

»Hilfst du mir, ihn rauszuholen?«, fragte ich.

Das Zuschlagen der beiden Autotüren hallte in dem Kiefernwald und den Hang hinauf. Irgendwo über uns schrie eine Eule, und ich stellte mir vor, wie sie mit weit geöffneten Augen auf dem mit Flechten überzogenen Ast einer knorrigen Kiefer saß. Ich war leicht betrunken von dem Cognac und schwankte etwas auf dem Weg zum hinteren Teil des Cadillacs.

Walter steckte einen Schlüssel ins Schloss und ließ den Kofferraumdeckel aufspringen. Orson lag auf dem Bauch, die Arme über dem Kopf. Ohne zu Zögern ergriff ich seine Arme oberhalb der Ellbogen, zog ihn aus dem Kofferraum und ließ ihn ins Gras fallen. Trotz seines nackten Oberkörpers weckte ihn die Kälte nicht auf. Walter öffnete die hintere Tür und hob die Beine meines Bruders an. Wir quetschten ihn auf den Rücksitz, anschließend setzte Walter sich auf ihn und fesselte ihm mit Handschellen die Hände hinter dem Rücken. Dann drehte er Orson um und schlug ihn fünfmal fest ins Gesicht. Ich schwieg, eilte zu meiner Tür und setzte mich hinein. »Stell die Heizung an«, sagte ich. »Es ist saukalt.«

Walter drehte den Zündschlüssel um und schaltete in den geräuschlosen Leerlauf. Ich beugte mich vor und hielt mein Gesicht vor die Lüftung, damit die vom Motor erwärmte Luft meine Wangen auftauen konnte.

»Orson«, sagte ich und kniete mich dabei auf meinen Sitz, um nach hinten blicken zu können. Er lag regungslos und von Tür zu Tür ausgestreckt auf dem Bauch. Ich konnte sein Gesicht sehen – seine Augen waren geschlossen. Ich griff nach hinten und schüttelte ihn kräftig an den Armen, doch er gab keinen Laut von sich.

»Scheiße!« Ich kletterte nach hinten und kniete mich, so

gut es ging, vor ihn, damit wir uns von Angesicht zu Angesicht gegenüber waren. »Orson«, wiederholte ich, und dieses Mal waren meine Lippen so nah an seinen, dass ich ihn hätte küssen können. »Wach auf.« Ich schlug ihn. Es fühlte sich gut an. »Wach auf!«, schrie ich, doch er zuckte nicht einmal. »Verdammte Scheiße!« Ich kletterte zurück auf den Vordersitz. »Schätze, wir müssen einfach abwarten.«

»Wie viel hast du ihm gegeben?«, fragte Walter.

»Fünfzehn Milligramm.«

»Komm, ich will hier draußen nicht die ganze Nacht verbringen. Gib ihm einfach das Gegenmittel.«

»Es könnte ihn umbringen. Es ist ein teuflischer Schock. Wir sollten ihn wenn möglich von selber wieder zu sich kommen lassen.«

Ich starrte den Highway entlang und sah plötzlich ein Paar Scheinwerfer auftauchen und wieder verschwinden.

»Draußen in Wyoming«, sagte ich, »sieht man die Scheinwerfer schon, wenn sie noch zwanzig oder dreißig Meilen entfernt sind.« Ich stellte die Rückenlehne flach und drehte mich nach rechts, so dass ich zur Tür schaute. »Walter?«

»Ja?«

»Ich habe in Wyoming einen Mann getötet.«

Er sagte nichts und wir schwiegen eine Weile.

»Kannst du wach bleiben und Orson beobachten?«, fragte ich schließlich.

»Ja.«

»Weck mich in einer Stunde, dann kannst *du* schlafen.«

»Nichts wird mich dazu bringen, hier einzuschlafen.«

»Dann weck mich, wenn er aufwacht.« Ich rollte mich auf dem Sitz zusammen. Um einzuschlafen, stellte ich mir vor, ich läge in einem Liegestuhl auf Aruba. Die Ventilatoren waren die tropische Brise, den Ozean hörte ich in der Vibration des leer laufenden Motors.

Hände schüttelten mich. Als ich mich aufsetzte, schmerzte mein Kopf, als ob rundherum ein Sprung durch den Schädelknochen ginge. Walter starrte mich an und hielt seine .45er im Schoß.

»Wie spät ist es?«, fragte ich.

»Ein Uhr. Er hat sich bewegt, aber ich glaube nicht, dass er so bald aufwacht. Zumindest nicht richtig.«

»In Ordnung. Ich gebe ihm das Gegenmittel.«

Ich durchsuchte meine Gürteltasche, bis ich die 10-ml-Ampulle mit dem Flumazenil, einem Gegenmittel des Betäubungsmittels, gefunden hatte. Ich zog die ganze Ampulle auf, kletterte auf den Rücksitz und griff nach Orsons linkem Arm. Ich suchte die Vene, die ich bereits einmal benutzt hatte, durchstach die Haut, drückte mit dem Daumen auf den Spritzenkolben und injizierte ihm das Flumazenil. Dann zog ich die leere Spritze wieder heraus und kletterte zurück auf den Vordersitz.

»Bist du bereit?«, fragte ich. »Er wird damit schnell wieder zu sich kommen. Mit großen Augen und völlig fertig.«

Eine Minute verstrich. Dann bewegte sich Orson, rieb sich das Gesicht am Sitz und versuchte sich aufzusetzen. Auf seiner Stirn, dort, wo ich ihn mit dem Griff der Pistole bearbeitet hatte, klaffte eine hässliche Platzwunde. Eine Spur geronnenen Blutes lief wie verwischte Wimperntusche über sein linkes Auge bis in seinen Mundwinkel. Er murmelte etwas.

»Setz ihn aufrecht«, sagte ich und kniete mich wieder hin, um nach hinten schauen zu können.

Walter packte ihn bei den Haaren und zog ihn brutal hoch. Orson versuchte, auf dem mittleren Sitz die Balance zu halten, und öffnete die Augen. Als er mich erblickte, lächelte er schwach.

»Andy«, sagte er deutlich, »was in aller Welt …«

»Wo sind die Videobänder, die du von den Morden gemacht hast? Und die Fotos, zum Beispiel das auf der Karte, die du mir geschickt hast?«

»Ich habe geträumt, wir hätten miteinander gekämpft«, sagte er. »Ich hab dich ganz schön erwischt, wenn ich mich richtig entsinne.« Das Nachlassen der Betäubung war erstaunlich. Orson war bei klarem Verstand, mit weiten Pupillen, sein Herz raste.

»Schalt den Zigarettenanzünder ein, Walter«, sagte ich, und er schob ihn ins Armaturenbrett.

»Walt?«, sagte Orson. »Was machst du denn hier?«

»Sprich nicht mit ihm«, wies ich Walter an.

»Verdammt, er kann doch mit mir reden, wenn er Lust hat! Wie geht's der Familie, Walt?«

»Orson«, zischte Walter. »Ich werde …« Ich griff nach Walters Arm, schaute ihm in die Augen und schüttelte den Kopf. Er errötete und nickte.

»Nein, lass ihn doch reden«, meinte Orson. »Er ist vermutlich ein bisschen sauer auf mich und will sich das von der Seele quatschen.«

»Nein, Orson, heute Nacht geht's nur um dich.«

Orson lächelte und suchte im Rückspiegel Walters Blick. »Wie geht's der kleinen Jenna?« Walter umklammerte mit beiden Händen das Lenkrad und blickte auf die Pistole in seinem Schoß. »Ich hab mir sagen lassen, wie süß sie ist. Ich schätze, du bist stolz wie …«

»Walter lässt sich von deinen Verhöhnungen nicht beeindrucken«, erklärte ich. »In deiner Lage würde ich nicht …«

»Wenn er sich nicht beeindrucken lässt, warum hat er dann gerade auf seinen Revolver geschielt?« Orson lächelte Walter zu. »Denkst du gerade darüber nach, etwas Unbesonnenes zu tun?«

»Orson, es ist eine Angelegenheit zwischen dir und mir …«

»Ich schätze, er ist ein wenig aufgebracht, weil einer meiner Schützlinge ein Auge auf die Lancings geworfen hat.«

Walters Finger spannten sich um die Waffe. Er kniete sich hin und schaute meinen Bruder an.

»Er heißt Luther«, fuhr Orson fort. »Würdest du gerne mehr über ihn wissen, Walter?« Es könnte sein, dass er in deinem Leben noch eine große Rolle spielt. In der Tat, vielleicht spielt er sie ja schon. Weißt du, als ich ihn vor drei Jahren mit in die Wüste genommen habe, war er sehr begierig, zu lernen, wie man …«

»Walter, ignorier ihn einfach …«

»Lass ihn ausreden.«

»Ursprünglich war das gar nicht meine Absicht«, fuhr Orson fort. »Aber zu Luthers verschiedenen Interessen gehört vor allem auch das an kleinen Wesen. Genau genommen verletzt er kleine Wesen gerne, und da ich mir nicht anmaße, darüber zu urteilen, habe ich zu ihm gesagt: ›Ich kenne zwei kleine Wesen namens Jenna und John David Lancing, die kleine Verletzungen gebrauchen könnten.‹«

»Ich glaube dir kein Wort.«

»Du musst mir auch nicht glauben, Walter. Luther glaubt mir. Und das ist alles, was zählt. Sein Besuch an Jennas Schule war nur der Anfang. Er hat auch Beth getroffen, allerdings hat sie es nicht bemerkt. Auf mein Drängen hin hat er deine Adresse in sein Notizbuch aufgenommen, und wenn er es nicht sogar bereits getan hat, wird er sicherlich dieser Tage 1518 Shortleaf Drive anrufen. Ach ja, stimmt, Beth hat die Kinder ja fortgebracht. Nun, Luther wird sie schon finden, wenn er es nicht bereits getan hat. Er ist äußerst motiviert – die Profiler vom FBI nennen so etwas einen Lustmörder, das bedeutet, die Todesangst anderer Menschen befriedigt ihn sexuell. Du kannst mir glauben, wenn ich behaupte, dass er ein ganz schön makaberes Genie ist. Er jagt sogar mir Angst ein.«

Walter drückte seine Waffe gegen Orsons Brust.

»Nein«, sagte ich ruhig. »Lehn dich einfach zurück.«

»Wenn ich den Abzug drücke«, sagte Walter zu Orson, »dann ist die Wucht, mit der die Kugel deine Brust trifft, vermutlich so heftig, dass dein Herz aufhört zu schlagen. Was ist das für ein Gefühl, Orson?«

»Ich schätze, ich fühle mich genauso, wie sich deine Frau und deine Kinder fühlen werden. Und glaub mir, Walter, du könntest mir bei lebendigem Leibe die Haut abziehen und ich würde Luther nicht zurückpfeifen.«

»Nimm die verdammte Waffe runter«, sagte ich. »Das ist *nicht* der richtige Weg.«

»Er redet von meiner Familie.«

»Er lügt. Er wird es uns schon noch sagen.«

»Ich lüge nicht, Walter. Soll ich dir sagen, was Luther mit deiner Familie vorhat, oder willst du dir die Überraschung nicht verderben?«

Walter presste die Zähne zusammen und zitterte vor rasendem Zorn.

»Ich sage es dir nicht noch einmal«, sagte ich. »Nimm sie runter.«

»Halt's Maul, Andy!«

Ich holte meine Glock aus der Gürteltasche und richtete sie auf meinen besten Freund. »Ich lasse nicht zu, dass du ihn erschießt. Noch nicht. Denk nach. Wenn du ihn umbringst, werden wir nicht herausfinden, wo Luther ist. Du setzt gerade das Leben deiner Familie aufs Spiel.«

»Vielleicht lässt uns Luther in Ruhe, wenn er tot ist. Orson macht das hier nur, weil ich über ihn Bescheid weiß.« Er lud die erste Patrone.

»Walter, du drehst jetzt ein bisschen durch, also …« Ich beugte mich vor, um ihm die Waffe abzunehmen, doch er fuhr zurück und richtete seine .45er auf mich.

»*Du* nimmst jetzt die Waffe runter.«

Mein Finger bewegte sich zum Abzugshahn hin.

»Willst du mich erschießen?«

»Du hast keine Kinder«, sagte er erregt. »Du verstehst das nicht.« Er richtete die Waffe wieder auf meinen Bruder. »Los, zähl bis drei, du Stück Scheiße!«

»Okay, eins.«

»Walter!«

»Zwei.«

»Wenn du ihn umbringst, bringst du auch deine Familie um!«

Bevor Walter bei drei angekommen war, zog Orson seine Knie bis zur Brust hoch und trat von hinten gegen die Rückenlehne meines Sitzes. Ich wurde gegen das Armaturenbrett geschleudert und spürte die Bewegung in meinem Finger, auch wenn ich den Schuss nicht hörte. Dann bemerkte ich den Mündungshochschlag der Glock.

Walter fiel rückwärts auf das Steuerrad und die Hupe tutete weit über das Land. Ich hob ihn von der Hupe herunter, er sackte in meinem Schoß zusammen und verblutete auf mir.

Ich weinte; Orson lachte.

Kapitel 27

Bis ich Walter begraben hatte, war es kurz vor fünf Uhr. Das erste Tageslicht drang durch das Kieferndach, und vom Highway aus würde der weiße Cadillac bald gut sichtbar sein, wenn er es nicht schon war. Der Himmel hellte sich sekündlich mehr auf, und ich spürte, wie meine Selbstbeherrschung wiederkehrte, die mich Stunden zuvor verlassen hatte. Während ich in dem Overall, der von Walters gefrorenem Blut ganz steif war, durch die Bäume zurückging, dachte ich: *Ich könnte so einfach zugrunde gehen.*

Als ich die letzten Bäume erreichte, sah ich drei Autos in Richtung Bristol vorbeifahren. Es war inzwischen so hell, dass sich die schwarzen, konturlosen Berge deutlich vom Himmel abhoben, und jeder, der vorbeikam und zufällig in meine Richtung schaute, würde sehen, wie ich über den Standstreifen zurück zum Wagen stolperte. Am östlichen Horizont kündigte ein dünner Lichtstreifen über dem Atlantik bereits den Tag an. Die Sonne ging auf. Der Mond war vor Stunden verschwunden.

Ich erreichte den Cadillac. Orson lag bewusstlos im Kofferraum, in seinem Blut zirkulierte eine ganze 4-mg-Ampulle Ativan.

Der Fahrersitz war eine einzige Sauerei – das Seitenfenster war rot verschmiert und auf dem Boden hatte sich eine regelrechte Pfütze gebildet. Ich schaffte es, so viel Blut und Hirn von der Scheibe zu kratzen, dass ich fahren konnte, ließ erschöpft den Motor an, fuhr auf den Highway auf und dann weiter in Richtung Süden, zurück nach Woodside.

Ich überlegte die ganze Zeit, was ich wohl tun würde, wenn mich ein Cop anhielt. Er würde den blutbefleckten Innenraum sehen und mein völlig zugeschwollenes, blaurotes linkes Auge. Ich würde weglaufen müssen. Ansonsten hätte ich keine andere Wahl, als ihn zu töten.

Zurück vor Orsons Haus, fuhr ich den Cadillac rückwärts die Auffahrt hinauf und parkte ihn neben dem weißen Lexus. Mir war schlecht vor Angst bei dem Gedanken, den Wagen hier draußen stehen lassen zu müssen, denn die Stadt würde in der nächsten Stunde erwachen. Aber es gab keine andere Möglichkeit. Ich musste Orson ins Haus schaffen, mich säubern und überlegen, was zum Teufel ich als Nächstes tun würde.

Ich lehnte mich auf der geblümten Couch in Orsons Fernsehzimmer zurück und wählte Cynthias Privatnummer. Es war elf Uhr und der sonnige Samstagmorgen schickte seine leuchtenden Sonnenstrahlen durch die Fensterläden in das Fernsehzimmer – ein sparsam möblierter Raum mit einem großen Fernseher in einem Kiefernholzschrank und einem CD-Ständer in der Ecke. Orson lag mir gegenüber auf einer ebenfalls geblümten Couch, seine Hände waren immer noch mit den Handschellen auf dem Rücken gefesselt und um seine Füße hatte ich ein Fahrradschloss gebunden, das ich in seiner Bibliothek gefunden hatte.

»Hallo?«, antwortete sie nach dem dritten Klingeln.

»Hallo, Cynthia.«

»Andy.« Ihre Stimme ließ keinen Zweifel daran, dass sie geschockt war, und das beunruhigte mich. »Wo steckst du?«, fragte sie. »Alle suchen nach dir.«

»Wer ist alle?«

»Das Police Department von Winston-Salem hat mich gestern zweimal im Büro angerufen.«

»Warum suchen sie nach mir?«

»Du weißt, was mit deiner Mutter ist?« Sie bereute diese Frage sofort.

»Was ist mit ihr?«

»O Andy! Es tut mir so Leid.«

»Was?!«

»Vor drei Tagen hat sie ein Nachbar tot in ihrem Haus gefunden. Ich glaube, es war Mittwoch. Andy ...«

»Was ist passiert?« Ich ließ meine Stimme zittern. Wie konnte ein unschuldiger Mann erklären, dass er nicht weint, wenn er erfährt, dass seine Mutter umgebracht wurde? Selbst der Schuldige schaffte es, Tränen zu vergießen.

»Sie glauben, sie wurde ermordet.«

Ich ließ den Hörer sinken und rang mir ein paar Schluchzer ab. Einen kurzen Moment später hielt ich den Hörer wieder ans Ohr. »Ich bin hier«, sagte ich schniefend.

»Bist du in Ordnung?«

»Ich weiß nicht.«

»Andy, die Polizei will mit dir sprechen.«

»Warum?«

»Ich äh ... Ich glaube ...«, sie seufzte. »Das ist hart, Andy. Es gibt einen Haftbefehl gegen dich.«

»Warum das, in aller Welt?«

»Wegen des Mordes an deiner Mutter.«

»O nein, nein, nein, nein ...!«

»Andy, ich weiß, dass du es nicht getan hast. Ich glaube dir. Aber das Beste ist, du sprichst mit der Polizei und klärst diesen Mist auf. Wo bist du? Ich schicke dir jemanden, der dich abholt.«

»Danke für alles, Cynthia.« Ich legte den Hörer auf und

dachte: *Sie mussten sie irgendwann finden. Orson, du hast mich schon wieder reingelegt!* Ich starrte auf meinen auf dem Sofa liegenden Bruder. Er würde bald aufwachen. *Bis das hier nicht erledigt ist, hast du kein Zuhause mehr. Vielleicht wirst du nie wieder nach Hause kommen.*

Orson wachte am frühen Nachmittag auf und fand sich nackt auf einem Holzstuhl in seinem Fernsehzimmer gefesselt. Handschellen fixierten seine Arme hinter der Lehne und ein Seil seine Beine am Stuhl. Ich hatte die Tür und die Läden geschlossen und den Fernseher so laut gestellt, dass das Gerät vibrierte. Währenddessen saß ich auf der Couch und wartete darauf, dass er sein Bewusstsein und seinen Verstand wiedererlangen würde.

»Verstehst du mich?«, brüllte ich. Er erwiderte etwas, doch ich konnte ihn wegen des Fernsehers nicht verstehen. »Sprich lauter!« Ich wusste, dass er immer noch orientierungslos war.

»Ja. Was ist …« Ich sah, dass ihm alles wieder einfiel – der Kampf, der Kofferraum, Walter. Als er lächelte, wusste ich, dass er wieder bei vollem Bewusstsein war. Ich nahm die Fernbedienung von der Couch und stellte den Ton aus.

»Orson«, erklärte ich. »Das Spiel geht folgendermaßen: Ich stelle die Fragen. Du beantwortest sie. Schnell, präzise …«

»Wo ist Walt? Nein. Lass mich raten. Liegt er in meinem Loch?«

Ich kämpfte meine Wut nieder, denn ich spürte, dass meine Folter effektiver sein würde, wenn ich ruhig blieb. Also riss ich mich zusammen und fragte: »Hast du immer noch die Videobänder und die Fotos von dir und mir in der Wüste?«

»Natürlich.«

»Wo sind sie?« Er lächelte und schüttelte den Kopf.

Ich schaltete den Ton wieder ein und der Fernseher brummte. Es war eine Wiederholung der »Andy Griffith Show«, in der Barney Fife versucht, Mitglied in einem Kirchenchor zu werden, obwohl er absolut kein Talent zum Singen hat. *Wir haben uns diese Show immer zusammen mit unserem Vater angeschaut.*

Ich stand auf, trat hinter seinen Stuhl, holte ein silbernes Feuerzeug aus meiner Tasche, das ich in Orsons Schrank gefunden hatte, und ließ es aufflammen. Trotz der Hölle, durch die er mich geschickt hatte, fiel es mir sehr schwer, ihm Brandwunden zuzufügen. Aber ich tat es trotzdem.

Orson stöhnte elendig und nach sechs Sekunden klappte ich das Feuerzeug zu und setzte mich wieder auf die Couch. Schweiß perlte auf seiner Stirn, sein Gesicht war rot angelaufen. Ich stellte den Fernseher leise.

»Puh!« Er lächelte trotz der Schmerzen. »Mann, das ist unangenehm! Aber du weißt ja, der Rücken ist nicht der sensibelste Teil des Körpers. Du solltest mein Gesicht verbrennen. Die Lippen, die Augen. Lass sie kochen.«

»Orson, sind die Videobänder und die Fotos hier in dem Haus?«

»Nein.«

»Sind sie in Woodside?«

»Brenn weiter.«

Das Stimmengewirr aus dem Fernseher schallte durch den Raum. Ich beugte mich vor und hielt das Feuerzeug gegen die Innenseite von Orsons Oberschenkel, während dieser mir mit fanatischem Interesse zuschaute. Dieses Mal fühlte ich mich weniger unwohl dabei, ihm Schmerzen zuzufügen.

Als die züngelnde Flamme seine Haut leckte, überbrüllte er die falsche Singstimme von Barney Fife. Als das haarige, weiße Fleisch anfing zu kochen, ließ ich das Feuerzeug zuschnappen und stellte den Ton des Fernsehers ab. Er jaulte immer noch mit geschlossenen Augen, seine Zähne klapperten, der Atem ging stoßweise.

»Wo bleibt dein Einsatz?«, fragte er, immer noch zuckend. Er saugte Luft durch die Zähne ein, um die Schreie zu unterdrücken. Er schaute auf seinen Schenkel, auf dem die gefolterte Haut zu einer leuchtenden Blase erblüht war. Ich konnte das süßliche, verbrannte Fleisch riechen, ein angenehm seltsamer Geruch, ähnlich wie Benzin.

»In Ordnung, Orson«, sagte ich. »Also, Nummer drei.«

»Vielleicht sind sie hier in der Stadt in einem Schließfach, das du niemals finden wirst. Vielleicht ...« Der Fernseher plärrte wieder und ich stand auf und hielt das Feuerzeug unter Orsons rechtes Auge. »In der Wüste! In der Wüste!«, schrie er hysterisch, als ich es entflammte.

Ich trat einen Schritt zurück und schaltete den Ton aus. »Ich glaube, du lügst.«

»Andy«, sagte er japsend, »meine Videos, meine Fotos, alles, was ich gegen dich benutzen kann – es ist alles dort draußen.«

»Wo dort draußen? In der Hütte?«

»Bring mich nach Wyoming und ich zeig es dir.«

»Sieht aus, als magst du diese Feuerspiele.«

»Nein! Nicht! Hör zu. Auch wenn du mich weiter folterst und ich dir alles sage, kannst du es nur überprüfen, wenn du dort rausfährst. Glaub mir, anders geht es nicht. Also, denk darüber nach.«

»Du glaubst, ich würde dich bis nach Wyoming schleppen?«

»Wie willst du sonst die Hütte finden? Meine Piste liegt mitten im Nirgendwo. Von einem bestimmten Punkt aus muss man den Meilenstand im Auge behalten, um überhaupt eine Chance zu haben, das Ding zu finden, und ich werde dir nicht sagen, wo dieser Punkt ist. Nicht hier. Nichts zu machen. Du brauchst mich; ich brauche dich; lass uns auf die Reise gehen.«

»Ich werde sie alleine finden.«

»Wie?«

»Ich habe *dich* gefunden.«

Er schnaubte. »Dieser verdammte Cowboy!«

Ich überlegte, ob ich die Flamme so lange an Orsons Auge halten sollte, bis er schrie, wo genau in der Hütte oder Scheune ich das Drum und Dran seiner Besessenheit finden würde. Aber er hatte Recht – ich würde nicht eher wissen, ob er die Wahrheit gesagt hatte, bis ich selbst dort draußen war.

Ich wollte ihn nach meiner Mutter fragen und welche Falle er mir gestellt hatte, aber ich hatte Angst, dass ich genau wie Walter von der Wut übermannt würde, und es gab schließlich noch Dinge, die ich wissen musste.

»Wo ist Luther?«, fragte ich.

»Weiß ich nicht. Luther zieht umher.« In seiner Stimme schwang Unbehagen mit.

»Wie verständigt ihr euch?«

»E-Mail.«

»Wie lautet dein Passwort?« Ein Teil in mir hoffte, er würde die Antwort verweigern. Ich ließ das Feuerzeug aufschnappen.

»W–B–A–S–S.«

»Bete, dass er ihnen noch nichts getan hat.« Ich stand auf und öffnete die Tür.

»Andy«, sagte Orson. »Kann ich bitte noch etwas von dem haben, was du mir gegeben hast? Es tut höllisch weh.«

»Es *soll* wehtun.«

Ich ging durchs Wohnzimmer in Orsons Bibliothek und schaltete den Computer ein. Sein Passwort verschaffte mir Zugang zu seinem Briefkasten. Sechs neue Mails: fünf Spams und eine von LK72:

›Von: ‹LK72@aol.com›
›Datum: Fr, 8. Nov. 1996 20:54:33 – 0500 (EST)
›An: David Parker ‹dparker@email.woodside.edu›
›Betreff:
›
›O –
›
›Werde zappelig. Muss bald nach Norden fahren. Frag
›mich nach Strpr im Stlns. Komisches Zeug! AT ist immer
›noch verschwunden. Genau wie WL. Weiß nicht, wo L.
›sind. Warte aber, wenn du willst. Ansonsten muss ich
›jemanden oben in Sas. besuchen. Alles noch im grünen
›Bereich. Wow! Freue mich auf OB.
›
›L

Ich durchsuchte Orsons lokale Ordner – Posteingang, gesendete Objekte, gelöschte Objekte –, doch er archivierte und sicherte nichts. Dann druckte ich mir die aktuelle E-Mail aus und nahm sie mit ins Fernsehzimmer.

»Entschlüssel mir das«, befahl ich und legte die kryptische E-Mail in Orsons Schoß. »Sie ist von Luther, nicht wahr?«

»Ja, die ist von ihm.«

»Dann lies sie mir so vor, dass sie Sinn ergibt.«

Er schaute auf das Blatt und las mit matter, niedergeschlagener Stimme: »›Orson, ich werde langsam zappelig. Muss bald nach Norden fahren. Frag mich nach dem Stripper im Stallion's. Komisches Zeug. Andrew Thomas ist immer noch verschwunden. Genau wie Walter Lancing. Weiß immer noch nicht, wo die Lancings stecken. Ich warte aber, wenn du willst. Ansonsten gibt es jemanden, den ich in Saskatchewan besuchen muss. Immer noch alles im grünen Bereich. Wow. Freue mich auf die Outer Banks. Luther.‹ Das war's.«

»Dann ist er immer noch in North Carolina und wartet darauf, dass du ihm sagst, was er wegen der Lancings unternehmen soll?«

»Ja.«

Nachdem ich zu dem Schreibtisch in seiner Bibliothek zurückgekehrt war, starrte ich einen Moment durch das Fenster auf eine Frau, die auf der anderen Straßenseite das Laub auf ihrem Rasen zusammenrechte. Während ich mir im Kopf eine E-Mail zurechtbastelte, wurde mir plötzlich klar, was ich tun würde – wegen Luther, den Fotos und sogar wegen Orson. Es war wie eine Erleuchtung und ähnlich den Erfahrungen, die ich beim Schreiben meiner Romane gemacht hatte. Wenn ich mich tief in eine Geschichte verstrickt hatte, wusste ich plötzlich, wie es weitergehen würde.

Während ich die Antwort-E-Mail an Luther schrieb, machte ich mir Sorgen, dass sie zu sehr von Orsons Format und Stil abweichen würde, aber ich riskierte es dennoch:

›Von: ‹dparker@email.woodside.edu.›
›Datum: Sa, 9. Nov. 1996 13:56:26 – 0500 (EST)
›An: ‹LK72@aol.com›
›Betreff:
›
›L –
›
›Fahr nach Sas. Wenn nötig, kümmre ich mich später um
die ›Ls. Ich fahre auch kreuz und quer durchs Land, du
weißt ›wohin. Sollen wir uns irgendwo auf dem Weg treffen,
›entweder morgen Abend spät oder Montag, und erzähl mir
›von diesem Strpr.
›
›O

Ich ging zurück ins Fernsehzimmer und zog zwei Ampullen Ativan in eine Spritze auf. Ich stieß die Nadel tief in einen Muskel von Orsons nacktem Hintern. Als ich bereits wieder auf dem Weg zur Tür war, rief er meinen Namen, doch ich blieb nicht stehen. Stattdessen ging ich die Treppe hinauf zum Gästezimmer, denn ich wollte nicht in seinem Bett schlafen. Die Matratze war alt und unbequem, doch da ich mittlerweile mehr als dreißig Stunden auf den Beinen war, hätte ich sogar auf zerbrochenem Glas schlafen können. Durch das Fenster konnte ich hören, wie die Turmglocke der Universität zwei Uhr schlug, wie die Vögel miteinander stritten, der Wind in den Baumkronen rauschte und die Autos unten im Tal fuhren – die Geräusche eines Städtchens in New England an einem Samstagnachmittag. *Ich bin so, so weit entfernt davon.*

Kurz vor dem Einschlafen wanderten meine Gedanken zu Beth Lancing und ihren Kindern. *Ich versuche, eure Leben zu retten, aber ich habe euch den Ehemann und Vater geraubt. Und mir selbst des besten Freund.* Ich überlegte, ob sie wohl schon spürte, dass er nicht mehr da war.

Kapitel 28

Um halb zwei morgens ging ich die Treppe hinunter, nachdem ich elfeinhalb Stunden durchgeschlafen hatte. Das Haus war absolut still. Das Einzige, was ich in dieser nächtlichen Ruhe kurz vor Sonnenaufgang hören konnte, war das gleichmäßige mechanische Ticken der Küchengeräte.

Nachdem ich die Kaffeemaschine angestellt hatte, warf ich einen Blick in das Fernsehzimmer. Orsons Stuhl war umgefallen. Er war bewusstlos, nackt und immer noch an den nun liegenden Stuhl gefesselt. Er sah schwach und hilflos aus und für einen kurzen Moment hatte ich Mitleid mit ihm.

Barfuß ging ich hinüber in seine Bibliothek und setzte mich an den Schreibtisch. Als der Monitor durch die statische Energie knisternd zum Leben erwachte, sah ich, dass Orson eine E-Mail empfangen hatte. Ich gab das Passwort ein und öffnete die neue Nachricht:

›Von: ‹LK72@aol.com›
›Datum: So, 10. Nov. 1996 01:02:09 – 0500 (EST)
›An: David Parker ‹dparker@email.Woodside.edu›
›Betreff:
›
›O –
›

›Bin vielleicht Montagab. in SB. Ruf an, wenn du Nbrsk
›erreichst, und wir entscheiden dann wegen Treffen.
›
›L

Ich schaltete den Computer aus, ging zurück ins Fernsehzimmer und gab Orson eine weitere Spritze. Dann ging ich nach oben und nahm eine Dusche.

Das warme Wasser fühlte sich makellos rein an. Nachdem ich die Schnitte in meinem Gesicht mit einer Rasierklinge gesäubert hatte, genoss ich noch eine Weile den Fluss des Wassers, lehnte mich gegen die nassen Fliesen, hielt den Kopf gebeugt und beobachtete, wie es mit dem Blut unter meinen Füßen in den Abfluss lief.

Es würde eine Weile dauern, bis sich der Dampf aus dem Badezimmer verzog, deshalb setzte ich mich solange aufs Klo und durchsuchte Orsons Brieftasche – wieder etwas aus seinem Besitz, was mit meinem identisch war. Ich holte seinen Führerschein heraus und legte ihn auf das Waschbecken. Das Bild sah mir nicht im Mindesten ähnlich. Sein Haar war kurz und braun und sein Gesicht glatt rasiert. Ich stand auf und wischte das Kondenswasser vom Spiegel.

Mein grauer, kräuseliger Bart war beachtlich gewachsen. Mein Haar war ein wenig verwuschelt und diese letzte Marathondusche hatte die Farbe ziemlich ausgewaschen. Als Erstes rasierte ich mich und entfernte dabei auch die Koteletten, was meinen Anblick schon erheblich verbesserte. Der Rasierer verfügte über ein Extramesser zum Scheren, daher stieg ich wieder in die Dusche und rasierte mir den Kopf.

Als ich damit fertig war, schaute ich erneut in den Spiegel – viel, viel besser.

»Hallo, Orson«, sagte ich lächelnd.

Vierter Teil

Kapitel 29

Noch vor Sonnenaufgang lud ich Orson am Sonntag in den Kofferraum des Lexus und fuhr die Auffahrt seines Hauses in Woodside hinab. Ich hatte seine mit Bargeld und Kreditkarten gefüllte Brieftasche bei mir und war recht sicher, dass ich, falls nötig, für meinen Bruder durchgehen würde. Es war beruhigend, zu wissen, dass Andrew Thomas verschwinden konnte, weil Orson existierte.

Ich fuhr zum Gasthof in Bristol und schlich heimlich die knarzende Treppe hinauf zu dem Zimmer, in dem ich mit Walter gewohnt hatte. Unsere Kleidung lag über beide Betten verstreut, und ich stopfte alles, auch das aus den Schubladen und was auf dem Boden lag, in unsere Koffer und trug sie nach unten zum Auto.

Auf dem Weg zum Highway 116 lobte ich mich selbst für meine Gründlichkeit. Ich hatte im Gasthof daran gedacht, auszuchecken. Ich hatte sämtliche Spuren meiner Anwesenheit in Orsons Haus beseitigt (mein Blut in seinem Zimmer, meine Haare in seinem Waschbecken und der Duschtasse) und auch die Spuren seiner Entführung. Ich hatte mich sogar um Walters Cadillac gekümmert und ihn um Viertel nach drei morgens den Hügel hinab bis zum Champlain Diner gefahren, wo ich ihn neben einem überbordenden Müllcontainer geparkt hatte. Der Dauerlauf zurück in Orsons Straße war unangenehm gewesen, aber es hatte sich gelohnt. Nichts konnte mich jetzt mit dieser Stadt in Verbindung bringen, und auch wenn Walters blutbefleckter Wagen vermutlich innerhalb einer Woche entdeckt würde, war ich bis dahin längst über alle Berge.

Bevor ich Orsons Haus verließ, kippte ich eine ganze Kanne Kaffee hinunter und schluckte die doppelte Dosis eines Schnupfenmittels, das mich immer aufputschte. Voll gepumpt mit Koffein und ungebremster Energie verließ ich Woodside in Richtung Südwesten und fuhr in den Staat von New York. Wenn nichts schief ging, würde Luther vor Ablauf der nächsten achtundvierzig Stunden sterben und ich Wyoming erreichen.

Ich fuhr auf der I-80 in Richtung Westen durch den östlichen Teil von Nebraska. Es war 23 Uhr 45, und die Lust, von Vermont bis Wyoming durchzufahren ohne zu schlafen, war verpufft. Orson war wach. Seit fünfzig Meilen trat er von innen gegen den Kofferraum und fluchte, ich solle rechts ranfahren.

Es war wenig Verkehr, außer einigen Lichtern von entfernt liegenden Farmhäusern und Getreidefeldern konnte ich nichts sehen. Deshalb gab ich nach und fuhr irgendwo zwischen Lincoln und York auf die Standspur. Ich stieg aus, hinein in die kühle, nächtliche Nebraska-Luft, und öffnete den Kofferraum. Er lag mit Handschellen gefesselt und in seinen Bademantel gehüllt auf dem Rücken und hob den Kopf.

»Ich verdurste, du Mistkerl!«, sagte er krächzend. »Ich sterbe hier hinten.«

»Nun, da vorne steht eisgekühltes Wasser mit deinem Namen drauf. Aber du musst es dir verdienen.« Ich holte Luthers E-Mail aus der Tasche, faltete sie auf und fragte ihn: »Steht SB für Scottsbluff, Nebraska?«

»Warum?« Ich ging zur Vordertür und holte eine volle Plastiktrinkflasche vom Beifahrersitz. Wieder bei Orson, baute ich mich vor ihm auf und ließ einen Strahl Wasser in meinen Mund laufen.

»Oh, das tut gut!« Ich konnte den brennenden Durst in seinen Augen ablesen. »Das ist alles, was übrig ist«, erklärte ich, »und wenn es alle ist, kann es Hunderte und Aberhunderte von Meilen dauern, bis ich wieder anhalte. Ich bin zwar jetzt nicht sehr durstig, aber ich werde die Flasche trotzdem austrinken, wenn du nicht augenblicklich zur Kooperationsbereitschaft in Person mutierst. Steht SB für Scottsbluff?«

»Ja.«

»Was hat das zu bedeuten?«

»Was?« Erneut drückte ich mir einen langen Strahl in den Mund. »Da lebt dieses Mädchen, bei der Luther manchmal ist. Er ist immer unterwegs.«

»Wie heißt sie?«

»Mandy Irgendwas.«

»Du kennst ihren Nachnamen nicht?«

»Nein.«

»Wie heißt Luther mit Nachnamen?«

»Kite.«

»K–I–T–E?« Er nickte. »Mach den Mund auf.« Ich drückte ihm einen Strahl Wasser in den Mund. »Ich habe Luther auf der Telefonliste in deiner Brieftasche gefunden. Ist das die Nummer, über die er am besten zu erreichen ist?«

»Es ist sein Handy. Was willst du tun, Andy?«

»Hast du Luther je in Scottsbluff getroffen?«

»Ein Mal.«

»Wo?«

»Ricki's. Kann ich …«

»Wer ist Ricki?«

»Eine Bar am Highway 92. Bitte, Andy …«

Ich führte den Saugverschluss an seine Lippen und quetschte das kalte Wasser in seine Kehle. Er schluckte gierig, aber ich zog die Flasche nach drei Sekunden wieder weg, da ein Sattelschlepper vorbeirollte. Ich holte Orsons Handy aus meiner Tasche. Während ich Luthers Nummer wählte, hielt ich die halb leere Flasche hoch.

»Der Rest davon gehört dir«, sagte ich. »Finde raus, ob ich Luther morgen im Ricki's treffen kann. Und sei munter. Kling nicht so, als ob du zwanzig Stunden bewusstlos in einem Kofferraum gelegen hättest. Wenn du irgendwas versaust, werde ich dich qualvoll verdursten lassen. Hast du mich verstanden? Ich werde dich tagelang am Rande des Wahnsinns vegetieren lassen.« Er nickte. »Halt dich kurz«, mahnte ich, dann drückte ich die Verbindungstaste und hielt ihm das Telefon ans Ohr.

Ein Mann antwortete nach dem ersten Klingelton. Ich konnte seine Stimme deutlich hören.

»Hallo?«

»Luth?«

»Hey.« Ich tropfte Wasser auf Orsons Gesicht.

»Wo bist du?«, fragte Orson.

»Gateway im Westen. Ich überquere gerade den Mississippi. Ich sehe jetzt den Brückenbogen. Und wo bist du?«

Ich bewegte tonlos meine Lippen: »Im Osten von Nebraska.«

»Im Osten von Nebraska«, sagte Orson. »Bist du morgen Abend bei Mandy?«

»Ja, sollen wir morgen im Ricki's abhängen?«

»Um wie viel Uhr?«

»Wie wär's mit neun? Ich übernachte heute in St. Louis, also werde ich morgen erst spät in Scottsbluff sein.«

»In Ordnung.« Ich strich mir demonstrativ mit dem Finger über die Kehle. »Hey, Luth, die Verbindung wird schlecht.« Ich drückte die Aus-Taste und steckte das Telefon wieder in meine Tasche. Dann gab ich Orson das restliche Wasser und sah, wie die Verzweiflung langsam aus seinem Blick wich.

»Brauchst du etwas zu essen?«, fragte ich.

Er schüttelte den Kopf. »Ich muss mal pinkeln, Andy.«

»Da kann ich dir nicht helfen.«

»Was – du willst, dass ich hier in den Kofferraum pinkle?«

»Es ist dein Wagen.«

Ich öffnete die hintere Tür und fischte eine Spritze und eine Ampulle Ativan aus meiner Gürteltasche. Wieder fuhr ein Auto Richtung Lincoln an uns vorbei, und ich konnte es plötzlich kaum noch erwarten, wieder loszufahren.

»Dreh dich um, Orson.« Ich stach ihn mit der Nadel.

»Andy«, sagte er, als ich gerade den Kofferraum schließen wollte, »du machst das sehr gut.«

Schon vor Stunden war die Wirkung des Kaffees und der Tabletten verpufft, also musste ich auf den ermüdend schnurgeraden Straßen im Westen Nebraskas gegen den Schlaf ankämpfen.

Ich fuhr jetzt seit dreiundzwanzig Stunden und fünfunddreißig Minuten und befand mich in einem Schwebezustand zwischen schlafend und wach. Gelegentlich berührte meine Stirn das Lenkrad, dann fuhr ich wieder starr vor Schrecken hoch und genoss es, fünf Minuten lang hellwach zu sein. Danach wanderten meine Gedanken wieder weit weg und ich verlor erneut für den Bruchteil einer Sekunde das Bewusstsein und erschrak jedes Mal zu Tode.

Fünfzig Meilen nordwestlich von Ogallala tauchte auf dem Highway 26 die Prärie vor mir auf. Ein pfirsichfarbener Sonnenaufgang zeigte sich am östlichen Horizont, und mit zunehmendem Licht breitete sich das Land immer weiter aus, weiter, als es möglich schien. Die Landschaft hatte sich über

Nacht verändert, und da ich diese allmähliche topografische Veränderung nicht bemerkt hatte, wirkte diese plötzliche Offenbarung überwältigend. Für jemanden aus dem Osten der USA, der gen Westen fährt, ist diese Weite und dieser unendliche Himmel stets unfassbar, und ich stellte mir vor, welch symphonische Begleitung einem solch majestätischen Morgen gebühre.

Um halb sieben überquerte ich den von Bäumen gesäumten North Platte River und fuhr nach Bridgeport hinein. Weit hinten im Süden konnte ich die Spitzen zahlreicher Sandsteinkegel sehen, die im Sonnenlicht korallrote Streifen bekamen. Obwohl sie noch viele Meilen entfernt waren, wirkte es, als müsste ich nur meine Hand ausstrecken, um sie zu berühren.

Der Highway 26 ging mitten durch die schlafende Stadt. Im Westen befand sich am Stadtrand ein Motel mit dem Namen Courthouse View, benannt nach dem berühmten Sandsteinkegel fünf Meilen weiter südlich. Dort nahm ich mir ein Zimmer. Da ich Orson genug Ativan für den Großteil des Tages gespritzt hatte, ließ ich ihn im Kofferraum, ging auf mein Zimmer und fiel wie tot auf das Bett.

In vierzehn Stunden würde ich Luther treffen.

Als ich am späten Nachmittag im Courthouse View ausgecheckt hatte und auf dem Highway 92 Richtung Nordwesten nach Scottsbluff fuhr, grübelte ich darüber nach, auf was ich mich da mit Luther eingelassen hatte. Um ehrlich zu sein, hatte ich eine große Dummheit begangen. Es war bereits sieben Minuten nach fünf, mir blieben also nicht einmal mehr vier Stunden, um zu entscheiden, wie ich ihn umbringen und verschwinden lassen und dann selbst unauffällig die Stadt wieder verlassen könnte. Schließlich war ich mir sicher, dass ich zu unbesonnen und leichtsinnig gewesen war. Abgesehen davon wurde ich den Gedanken nicht los, dass womöglich *ich* bei dem Treffen mit dem Scheißkerl getötet werden konnte. Daher beschloss ich fünfzehn Meilen vor Scottsbluff, es nicht zu tun. Bis jetzt war ich systematisch vorgegangen, und die Idee, einen schnellen und cleveren Plan zur Beseitigung von Luther Kite zu entwerfen, erschien zwar verlockend, doch vier Stunden waren als Vorbereitung einfach zu kurz.

Das Ricki's war eine üble Spelunke, die sich am südlichen Rand von Scottsbluff im Schatten der zweihundertfünfzig Meter hohen Felsklippe befand, die der Stadt ihren Namen verliehen hatte. Ich fuhr auf den verdreckten Parkplatz und stellte den Motor ab. Draußen empfing mich eine trockene, prickelnde Kälte, und obwohl der Einbruch der Nacht kurz bevorstand, wurden die Prärie und der in der Entfernung klein wirkende, aber deutlich erkennbare Gipfel des Chimney Rocks noch von der Sonne beschienen. Die Touristenbroschüre des Motels behauptete, dieser gerade mal einhundertfünfzig Meter hohe Inselberg sei für die Pioniere des Oregon-Trails ein Wahrzeichen gewesen – die erste Andeutung der vor ihnen liegenden Rocky Mountains. Während ich mit zwei Flaschen Wasser und drei Tüten Kartoffelchips auf den Kofferraum zuging, starrte ich auf die gelben Sandsteinkegel des Wildcat Range und dachte: *Am liebsten würde ich mir einen dieser Hügel aussuchen, mich auf seinem Gipfel niederlassen und für immer dort bleiben. Ich würde einfach dort draußen sitzen, langsam mit der Landschaft verschmelzen, allein.*

Ich hatte die Lebensmittel im Courthouse View gekauft; doch auf dem belebten Parkplatz des Motels den Kofferraum zu öffnen, wäre zu riskant gewesen. Der zum Ricki's gehörende Parkplatz war leer bis auf meinen Lexus und einen Pick-up.

Orson war wach. Da ihn selbst das Licht der milden Abendsonne blendete, schloss er die Augen. Seine gefesselten Hände hatte er offenbar unter seinen Füßen durch nach vorne gezogen.

»Hier«, sagte ich und drückte ihm eine Flasche in die Hände. Während er wie ein Kleinkind trank, ließ ich die Chipstüten und die andere Flasche neben ihn fallen. »Es wird nicht mehr lange dauern«, erklärte ich. »Wir sind nur noch fünfunddreißig Meilen von der Grenze nach Wyoming entfernt.«

Ich hatte eine Spritze vorbereitet und verpasste ihm weitere vier Milligramm Ativan in den Arsch.

Im Handschuhfach fand ich einen Stift und riss ein Stück der Vermont-Straßenkarte ab. Ich hatte überlegt, Luther einfach anzurufen und Orson unser Treffen absagen zu lassen, aber ich befürchtete, dass mein Bruder derzeit seine Sprache nicht ausreichend kontrollieren konnte. Daher steckte ich den Zettel, den Stift und die Glock in die Tasche meiner Jeans, zog mir einen grauen Wollpullover über, schloss den Wagen ab und ging über den dreckigen Parkplatz auf die Bar zu.

Über der Tür hing ein Neonschild, auf dem in blauen Buchstaben »Ricki's« leuchtete. Ich ging unter dem brummenden Schild in eine verlassene Bar, die kleiner war als mein Wohnzimmer. Unter der bedrückend niedrigen Decke hingen an den Wänden Bretter, die als Regale dienten, und da der Raum nur zwei Fenster rechts und links neben der Tür hatte, hatte ich das Gefühl, einen verrauchten Wandschrank zu betreten.

Als einziger Gast setzte ich mich auf einen Barhocker. Der Tresen bestand aus Eisenbahnschwellen, die immer noch nach Teer rochen. Namen, Verwünschungen, Liebeserklärungen und feindliche Botschaften waren in das schwarze Holz eingeritzt worden.

Während ich den Stift und den abgerissenen Zettel hervorkramte, trat eine Frau aus der Küche.

»Wir bedienen noch nicht«, erklärte sie. Sie trug enge Jeansshorts und ein schwarzes T-Shirt mit der Aufschrift BEARCATS: '94 STATE CHAMPS quer über der Brust. Ihr glattes schwarzes Haar wirkte drahtig, ihre Zähne waren behandlungsbedürftig.

»Die Tür war offen«, erwiderte ich.

»Scheiße! Nun gut. Was wollen Sie?«

»Was auch immer Sie angezapft haben.«

Während sie nach einem Glas auf dem Kühlschrank griff und es mit dunklem Bier füllte, begann ich Orsons Notiz an Luther zu schreiben.

L – Ich habe

Sie stellte das Glas auf die Eisenbahnschwelle. »Einen Dollar fünfzig.« Ich reichte ihr zwei von Orsons Dollarnoten und sagte: »Stimmt so.« Schaum lief am Glas herab. Ich trank einen Schluck, spürte Eisreste im Bier und fuhr fort, das Stück Papier zu bekritzeln.

heute Morgen eine Frau kennen gelernt – du weißt, wie das geht. Sie hat sogar diesen Brief verfasst, bevor ich …

Wie dem auch sei, ich halte es für klug, die Stadt sofort zu verlassen. Tut mir Leid, dass wir uns heute Abend nicht treffen konnten. Hab Spaß in Sas. O.

Ich faltete den abgerissenen Straßenkartenzettel ordentlich zusammen, schrieb »Luther« über die Stadt Burlington und legte ihn auf die Theke. Dann trank ich mein Bier und dachte: *Also gibt es tatsächlich Menschen, die bei Barkeepern Nachrichten hinterlassen. Wie oft habe ich diese Szene schon geschrieben! Das alles kommt mir unwirklich vor.*

Von meinem Barhocker aus schaute ich mich in der leeren

Bar um – kahle, rohe Wände, keine Musikbox oder leuchtenden Bierreklamen.

Es hingen noch nicht einmal niedliche Cowboysprüche herum, die für Durchreisende aus dem Osten wie mich Prärieatmosphäre verbreiten sollen. Nur ein düsterer, hoffnungsloser Ort, an dem sich die verzweifelten Einheimischen betrinken konnten.

Ich trank das Bier aus, und als ob ihre Ohren auf das Auftreffen leerer Gläser auf Holz geeicht waren, kam sie durch die Küchentür zurück und stand wieder vor mir.

»Noch eins?«, fragte sie.

»Nein, danke. Wo sind die anderen?«

Sie schaute auf die Uhr. »Es ist erst sechs«, erklärte sie. »Die kommen erst gegen sieben oder halb acht hierher.«

Draußen fuhr ein Wagen vor. Ich hörte das Geräusch der Reifen im Dreck.

»Wo ist Ricki?«, fragte ich.

»Der Mistkerl ist tot.«

Sie nahm mein leeres Glas und stellte es in einen braunen Plastikkorb.

»Würden Sie mir einen Gefallen tun?«, fragte ich.

»Was denn?«, fragte sie freudlos. Sie war vermutlich die gleichgültigste Person, die ich je getroffen hatte. Ich fragte mich, warum sie sich nicht die Pulsadern aufschnitt, und schob ihr den zusammengefalteten Zettel über den Tresen.

»Ich wollte hier um neun einen Freund treffen, aber ich bin verhindert. Könnten Sie ihm das geben?«

Sie schaute misstrauisch auf den Zettel, nahm ihn dann aber doch entgegen und steckte ihn in ihre Hosentasche.

Draußen wurde eine Autotür zugeschlagen.

»Wie sieht er aus?«, fragte sie.

»Schulterlanges schwarzes Haar. Sogar noch dunkler als Ihres. Sehr blass. Ende zwanzig. Recht groß. Dunkle Augen.«

Im gleichen Moment als ich Schritte auf die Tür zukommen hörte, fragte sie: »Nun, zum Teufel, ist er das nicht?«

Ich schaute über die Schulter und sah Luther Kite zur Tür hereinkommen. Noch während ich vom Hocker rutschte, fuhr ich mit der Hand in meine Tasche und holte die Glock hervor. Bis ich eine Kugel geladen hatte, stand er vor mir und sah auf mich herab.

Ich nahm nur Bruchstücke wahr: Den Windex-Geruch. Seinen blauen Anorak. Ebenholzschwarze Haare über glatten Wangen. Die Bewegung meines Fingers. Luther, der auf mich fällt, sich festklammert. Geschrei hinter den Eisenbahnschwellen. Keuchen. Blut auf dem Kunststoff. Meine rechte Hand warm und nass. Durch den Dreck zum Auto rennen. Kälte. Der Gipfel des Chimney Rocks nun dunkel. Die vorbeirauschende Prärie und die einsamen Hügel, während ich mit Vollgas in Richtung Wyoming fuhr.

Kapitel 30

Nachdem ich Wyoming halb durchquert hatte, fuhr ich nach Mitternacht hinter Wamsutter auf den Standstreifen der I-80. Es war kein Mond am Himmel, so hatte ich kein Gefühl für die Landschaft, außer dass die Gegend um mich herum noch weiter und einsamer war als Nebraska. Ich stellte die Koffer auf den Boden, rollte mich auf der Rückbank zusammen und schloss die Augen.

Rauschten Autos auf der Interstate vorüber, wackelte der Lexus. Ich schlief mit der Frage ein, ob die Sache im Ricki's wirklich passiert war.

Um halb vier morgens weckte mich Orsons Stöhnen. Ich stieg aus, öffnete den Kofferraum und sah, dass er mit geschlossenen Augen hin- und herrollte. Ich weckte ihn aus seinem Alptraum, und als er die Augen öffnete und seine Umgebung wiedererkannte, setzte er sich auf.

»Wo sind wir?«, fragte er.

»Mitten in Wyoming.«

»Ich bin so durstig.«

»Du wirst bis morgen warten müssen.« Er streckte seine Arme aus und gähnte.

»Ich habe einen Schuss gehört«, sagte er.

»Orson, wie finde ich die Hütte?«

Er legte sich wieder hin. »Wirst du mir wieder eine Spritze verpassen?«

Ich setzte mich auf die Stoßstange. »Natürlich.«

»Das ist die I-80, stimmt's?«

»Ja.«

»Bleib auf der 80, bis du im Südwesten von Wyoming nach Rock Springs kommst. Von Rock Springs nimmst du den Highway 191 in Richtung Norden. Ab da musst du den Kilometerzähler im Auge behalten. Nach siebzig Meilen musst du anhalten und mich aufwecken. Ich zeig dir dann den restlichen Weg.«

»In Ordnung.«

»Fahren wir noch heute Nacht dorthin?«

»Nein, ich bin ausgelaugt. Ich werde bis morgen früh schlafen.«

»Andy, hast du Luther umgebracht?«

»Ich hab gekniffen«, erwiderte ich und stand auf. »Du hast ihm eine Nachricht hinterlassen.«

»Ich weiß, dass ich ...«

»Du bist total im Arsch. Ich werde deine Spritze holen.«

Bei einer Strecke von zweitausend Meilen musste es irgendwann passieren.

Am Dienstagmorgen hatte ich bereits die Abfahrten nach Red Desert, Table Rock, Bitter Creek und Point of Rocks hinter mir, als ich dreißig Meilen östlich von Rock Springs eine Sirene hinter mir hörte – ein Fahrzeug der Highway Patrol hing an meiner Stoßstange. Mit meiner Pistole in der Tasche hinter dem Beifahrersitz fuhr ich auf den Standstreifen und beruhigte mich: *Warum sollten sie den Kofferraum durchsuchen wollen? Orson ist bewusstlos. Ich habe einen gültigen Führerschein und die richtigen Fahrzeugpapiere. Ricki's ist vielleicht nicht einmal passiert. Ich hab genug Geld dabei.*

Der Officer klopfte gegen meine Scheibe. Ich ließ sie herunter.

»Führerschein und Fahrzeugpapiere«, sagte er mit nüchternem, autoritärem Tonfall. Ich holte die Papiere aus dem Handschuhfach und reichte sie ihm lächelnd durch das Fenster.

Er ging o-beinig zurück zu seinem jagdgrünen Ford Mustang und stieg ein.

Die Uhr im Armaturenbrett zeigte zehn Uhr fünfzehn an, doch ich hatte das Gefühl, es sei schon viel später. Die Prärie sah hier trocken aus. Am nordwestlichen Horizont ragte eine gelbbraune Hügelkette aus dem Flachland empor. Dahinter türmten sich graue Wolken auf.

Ich bemerkte, dass der Pullover und die Jeans, die ich bei Ricki's getragen hatte, im Fußbereich des Beifahrersitzes lagen. *Es war passiert!* Sie waren mit Luthers Blut befleckt, und ich bedauerte, sie letzte Nacht an der Tankstelle in Cheyenne nicht weggeworfen zu haben. Ich wollte sie gerade zusammenknüllen, als die auf dem Kies knirschenden Schritte des Officers mich innehalten ließen.

Ich richtete mich auf und blickte ihm wieder durch das offene Fenster ins Gesicht. Der Mann war ungefähr in meinem Alter. Er erinnerte mich an einen Anwalt aus einem Film, doch ich hätte nicht sagen können, aus welchem.

»Wissen Sie, warum ich Sie angehalten habe, Mr Parker?«, fragte er und gab mir Orsons Führerschein und Fahrzeugpapiere zurück. Ich legte sie auf den Beifahrersitz.

»Nein, Sir.«

Er nahm seine Sonnenbrille mit den reflektierenden Gläsern ab und starrte mit kühlen, blassen Augen auf mich herab.

»Sie sind in Schlangenlinien über die gesamte Breite dieser gottverdammten Straße gefahren.«

»Wirklich?«

»Sind Sie betrunken?« Eine Windböe hob seine Mütze, doch er fing sie rechtzeitig auf und klemmte sie unter den Arm. Er hatte kurz rasierte, widerspenstige, blonde Haare, die sich, wenn sie länger würden, sicher zu einer dichten, krausen Lockenperücke auswuchsen. Allein die Vorstellung eines blonden Polizisten mit Afrolook ließ mich kichern.

»Was ist denn so lustig?«

»Nichts, Sir. Ich bin nicht betrunken, ich bin nur die letzten zwei Tage durchgefahren.«

»Von Vermont?«

»Ja, Sir.« Er blickte auf die Koffer auf den Rücksitzen.

»Reisen Sie allein?«

»Ja, Sir.«

»Welcher von den Koffern gehört denn Ihnen?« *Wie listig!*

»Beide.«

Er nickte. »Und Sie sind erst seit Sonntag unterwegs?«

»Ja, Sir.«

»Sie müssen es ja ganz schön eilig haben.«

»Nein, eigentlich nicht. Ich wollte nur sehen, wie schnell ich das Land durchqueren kann.«

Ich dachte, mein Ehrgeiz würde ihm vielleicht ein Grinsen abringen, aber er blieb so gleichgültig wie bisher.

»Wo wollen sie hin?«, fragte er.

»Kalifornien.«

»Wo nach Kalifornien?«

»Los Angeles.«

»Die I-80 führt aber nicht nach Los Angeles. Die I-80 führt nach San Francisco.«

»Ich weiß, aber ich wollte durch Wyoming fahren, da ich diesen Teil des Landes bislang noch nicht kenne. Es ist wunderschön hier.«

»Es ist eine verdammte Scheißgegend!« Ich starrte auf die goldene Anstecknadel über seiner grünen Brusttasche und hatte die unangenehme Vorahnung, dass er mich gleich aus dem Wagen herauskommandieren würde.

»Nun, Sie sollten wissen, dass Sie geradewegs auf einen verdammten Sturm zusteuern«, sagte er.

»Schneesturm?«

»Ja. Der Wettervoraussage nach wird es richtig unangenehm.«

»Danke für die Warnung. Das hatte ich noch nicht mitbekommen.«

»Vielleicht sollten Sie besser ein Hotel aufsuchen und dort abwarten. Zum Beispiel in Rock Springs oder Salt Lake City, wenn Sie es so weit schaffen.«

»Ich werde es in Erwägung ziehen.«

Er besah sich misstrauisch mein Gesicht und bemerkte die abklingenden Blutergüsse. »Sind Sie geschlagen worden?«

»Ja, Sir.«

»Wann ist das denn passiert?«

»Vergangenes Wochenende in einer Bar.«

»Muss ein verdammt harter Kampf gewesen sein.« Bei diesem Typen war alles irgendwie verdammt. In Gedanken war ich schon dabei, ihn in ein Buch einzubauen. »Sieht aus, als hätten Sie da ganz schön was einstecken müssen«, meinte er.

»Ja, aber Sie sollten erst mal den anderen Kerl sehen!« Dieses abgedroschene Klischee machte ihn an. Er rang sich ein Lächeln ab, blickte über die Einöde und kam zu dem Schluss, dass er sich wohl mal wieder auf den Weg machen sollte. Im Rückspiegel beobachtete ich, wie er zu dem Ford Mustang zurückschlenderte. *Verdammt beherrscht.* Und damit meinte ich mich.

Rock Springs war eine hässliche, braune Stadt, die davon lebte, dass in ihrer unmittelbaren hügeligen Umgebung Kohle und Tronasalz abgebaut und Öl gewonnen wurde. Die Stadt war größer und industrieller, als ich erwartet hatte, und ich überlegte, wie die zwanzigtausend Einwohner dieser nordöstlichen Grenzstadt zur Sierra Nevada wohl ihre Freizeit verbrachten.

Ich fuhr auf einen überfüllten Parkplatz eines Supermarkts. Während der letzten halben Stunde hatte es geregnet und geschneit, doch die Schneeflocken, die draußen vor der Stadt liegen geblieben waren, schmolzen auf dem von der Sonne erwärmten Pflaster sofort wieder. Ich lief durch die herumwirbelnden Schneeflocken zum Eingang und befürchtete, dass die Straßen jeden Moment eisglatt wurden und wir die Hütte nicht erreichten.

Der Supermarkt glich einem riesigen Schlachtfeld – eine einkaufshungrige Meute plünderte die Regale mit Brot, Milch und Eiern. Da ich nicht wusste, welche Vorräte Orson in seiner Hütte gelagert hatte, nahm ich von allem etwas mit – Dosenkost, Obst, Müsli, Weißbrot und sogar mehrere Flaschen vom besten Wein, den sie in ihrem bescheidenen Spirituosensortiment hatten. Die Schlangen vor den Kassen waren halb so lang wie das ganze Geschäft, und als ich mich mit meinem Einkaufswagen hinten anstellte, wurde mir klar, dass ich mindestens eine Stunde warten müsste, nur um zu bezahlen. *Scheiß drauf! Du hast bereits viel Schlimmeres getan als Ladendiebstahl.*

Ich schob meinen Wagen ohne Umwege durch die automatischen Türen und hinaus in den Sturm. Der Parkplatz war mittlerweile vereist und unter ersten Schneewehen verschwunden. Hinter der langen Promenade hoben sich die roten Felsen deutlich aus der weißen Umgebung ab, und mir fiel auf, dass ich noch nie eine schneebedeckte Wüste gesehen hatte.

Zurück beim Lexus, öffnete ich die hintere Tür und begann die Einkäufe auf meinen und Walters Koffer zu packen.

Orson machte einen Riesenradau. Ich befahl ihm, den Mund zu halten, und sagte ihm, dass wir fast am Ziel wären. Der Parkplatz neben mir war leer, daher ließ ich meinen Einkaufswagen dort stehen und öffnete die Fahrertür.

»Entschuldigung?« Eine korpulente Frau in einem bauschigen rosafarbenen Anorak, der ihrer Figur nicht gerade schmeichelte, stand hinter dem Kofferraum des Lexus und starrte mich fragend an.

»Ja, was denn?«

»Was ist das für ein Geräusch?« Sie klopfte auf den Kofferraum.

»Ich weiß nicht, was Sie meinen.«

»Ich glaube, da ist jemand in Ihrem Kofferraum.« Auch ich hörte es. Orson brüllte wieder und seine Stimme klang zwar gedämpft, aber hörbar. Er sagte etwas in der Art, dass er mich umbringen würde, wenn ich ihm nicht einen Schluck Wasser geben würde.

»Da ist nichts drin«, erklärte ich. »Und jetzt entschuldigen Sie mich bitte.«

»Ist es ein Hund?«

Ich seufzte. »Nein, wenn Sie es genau wissen wollen, ich bin ein Profikiller. Ich habe jemanden im Kofferraum und ich fahre mit meinen Opfern immer raus in die Wüste, verpasse ihnen dort einen Kopfschuss und begrabe sie anschließend dort. Wollen Sie mitkommen?«

Sie lachte, dass ihr Gesicht Falten warf. »Oh, Junge! Der ist gut. Sehr komisch«, erklärte sie und kicherte wie wild.

Sie ging davon, ich stieg in den Lexus und fuhr rückwärts aus der Parklücke. Da das Pflaster langsam spiegelglatt wurde, verließ ich, nervös wie alle Südstaatler im Schneesturm, vorsichtig den Parkplatz und fuhr wieder auf den Highway 191 auf.

Kapitel 31

Der Wind schüttelte das Auto. Die Straße war verschwunden.

Die letzten vierzig Meilen war ich einer einzigen Reifenspur gefolgt. Beim Verlassen von Rock Springs vor beinah vier Stunden konnte ich darunter noch das Pflaster erkennen. Doch als ich der ermüdend geraden Spur des Highway 191 weiter nach Norden folgte, verschwand der Farbkontrast zwischen Straßenbelag und Schnee gänzlich. Inzwischen bemühte ich mich verzweifelt darum, zwischen den rasenden Scheibenwischern auch nur kleinste Vertiefungen im Schnee zu erkennen. Bald würde der Schnee zu hoch liegen, um weiterzufahren. Schon jetzt spürte ich, wie die Reifen beim leisesten Druck auf das Gaspedal oder die Bremse durchdrehten. Abgesehen von einem Hurrikan vor sieben Jahren in North Carolina war dies das schlimmste Unwetter, das ich je erlebt hatte.

Genau siebzig Meilen nördlich von Rock Springs hielt ich mitten auf dem verlassenen Highway an. Einen Moment lang blieb ich einfach in dem warmen Ledersitz sitzen und starrte durch die Windschutzscheibe in den Schnee hinaus, der so heftig und schnell wie starker Regen fiel. Keine dreißig Meter entfernt war das Weiß bereits unergründlich und die Sicht nahm weiter ab. Ein heftiger Fallwind rüttelte den Wagen durch und wirbelte den bereits gefallenen Schnee wieder von der Straße auf. Als der Straßenbelag kurz sichtbar wurde, sah ich, dass die Reifen genau die gestrichelte Linie berührten.

Ich schaltete den Motor aus, nahm den Schlüssel, öffnete die Tür und trat hinaus in den Sturm. Sofort hatte ich Schnee in den Augen, hob schützend einen Arm vor mein Gesicht und kämpfte mich bis zum Kofferraum vor. Auf der Straße lagen bereits knapp acht Zentimeter Schnee und in der Wüste waren es noch mehr. Wenn der Schnee erst alle Sträucher bis auf den hohen Beifuß und das Fettholz bedeckte, hätten wir keine Anhaltspunkte für die Piste mehr. *Aber wir haben ja Zeit,* dachte ich, schloss den Kofferraum auf und wappnete mich gegen eine weitere eisige Böe. *Der Sturm hat gerade erst begonnen.*

Orson war wach und blickte mit seinen dunklen, geschwollenen Augen erschreckt auf den Schnee, der sich auf seinen Haaren sammelte. Rote Linien liefen über sein Gesicht, dort, wo er stundenlang auf dem Teppich geschlafen hatte, und seine Lippen waren ausgedörrt und rissig.

»Könnte sein, dass wir in Schwierigkeiten stecken«, erklärte ich. »Ich möchte, dass du die Hände hinter den Rücken nimmst, denn ich werde deine Füße befreien. Nimm sie hier hoch.« Er ließ seine Beine aus dem Kofferraum hängen, und ich öffnete das Fahrradschloss, das seine Fußknöchel gefesselt hatte. Ich warf es in eine Ecke des Kofferraums, half meinem Bruder herauszuklettern und wies ihn an, zur Beifahrertür zu gehen. Bis ich wieder auf meinem Sitz saß und die Lüftung auf maximale Leistung geschaltet hatte, war meine Kleidung vom Schnee völlig durchnässt. Ich öffnete die Beifahrertür und Orson stieg ein. Da ich nicht die Absicht hatte, ihm die Handschellen abzumachen, griff ich über seinen Schoß und schloss die Tür.

Einen Moment lang saßen wir schweigend nebeneinander. Ich schaltete die Scheibenwischer aus. Der Schnee schmolz auf der warmen Scheibe. Draußen wurde es dunkel.

»Wir befinden uns genau siebzig Meilen nördlich von Rock Springs«, sagte ich. Orson starrte durch die Windschutzscheibe.

»Sind wir in der Nähe der Piste?«

»Vermutlich höchstens eine halbe Meile entfernt. Aber wie's jetzt aussieht, könnten es auch hundert sein.«

»Die Hütte ist auf dieser Seite, stimmt's?« Ich zeigte nach draußen.

»Ja, irgendwo dort hinten.«

»Was soll das heißen? Du kannst sie nicht finden?«

»Nicht in dieser Scheiße.« Er hatte vor Besorgnis die Kiefer aufeinander gepresst und seine blauen Augen hatten an Glanz verloren.

»Lass es uns versuchen«, meinte ich. »Immer noch besser als ...«

»Sieh mal. Ungefähr fünf Meilen in dieser Richtung befindet sich mitten in der Wüste eine Hügelkette.« Er nickte zu der wirbelnden Dämmerung auf meiner Fensterseite hin. »Du erinnerst dich vermutlich daran.«

»Ja, und?«

»Wenn ich diesen Kamm nicht sehen kann, kann ich auch unseren Standpunkt im Verhältnis zu der Hütte nicht beurteilen. Verdammt, wir könnten in diese Richtung fahren, aber es wäre ein Schuss ins Blaue und vermutlich würden wir irgendwo stecken bleiben.«

»Scheiße!« Ich schaltete den Motor aus. »Ich hätte in Rock Springs anhalten und dort übernachten sollen.«

»Wäre vermutlich das Beste gewesen. Aber du konntest nicht wissen, dass es so sein würde.«

»Nein.« Ich wischte den geschmolzenen Schnee von meinem glatt geschorenen Kopf.

»Du siehst aus wie ich«, sagte Orson. »Was soll das?«

»Bist du durstig?«

»Ja.« Ich ließ ihn aus einer vollen Flasche lauwarmes Wasser trinken.

»Orson«, sagte ich. »Wenn du irgendwas versuchst, egal was, dann bringe ich dich um.«

»Das glaube ich dir.«

Die Uhr im Armaturenbrett zeigte 16 Uhr 07 an. Ich sah zu, wie sie auf 16 Uhr 08 sprang. Dann auf 16 Uhr 09.

»Es wird dort draußen bald dunkel sein«, erklärte ich. Schweiß lief mir die Brust und die Beine hinab. Orson lehnte sich zurück und schloss die Augen. Er roch nach Urin. Sein Bademantel war fleckig, und ich schämte mich, dass ich ihn seit Vermont nicht mehr hatte zur Toilette gehen lassen.

16 Uhr 10. 16 Uhr 11. 16 Uhr 12.

»Ich halte das nicht aus«, sagte ich und ließ den Motor an.

»Was tust du?«

»Ich werde diese verdammte Piste finden.«

»Andy. Andy!« Ich legte einen Gang ein und mit dem Fuß auf dem Gaspedal sah ich zu Orson hinüber. »Lass den Blödsinn«, sagte er ruhig. »Du wirst die Piste nicht finden. Du wirst die Hütte nicht finden. Wir befinden uns mitten in einem heftigen Schneesturm, und wenn wir irgendwo abseits dieses Highways stecken bleiben, hocken wir richtig in der Scheiße. Wir werden dieses Auto so bald nicht verlassen. Das steht fest. Also lass uns hier mitten auf dem Highway ausharren, denn hier wissen wir wenigstens, wo wir sind. Wenn du versuchst, die Piste zu finden, verirren wir uns mitten im weißen Nichts der Wüste.«

»Wir müssen doch nur geradeaus fahren. Die Hütte liegt in dieser Richtung. Wir werden geradeaus fahren bis …«

»Wo ist denn geradeaus? In dieser Richtung? Oder dieser? Oder dieser? Das sieht doch alles gleich aus!«

Ich trat aufs Gas, dass der hintere Teil des Lexus seitlich wegschlitterte. Ich nahm den Fuß vom Pedal und versuchte es deutlich vorsichtiger noch einmal. Dieses Mal griffen die Räder und blieben in der Spur. Mit vierzig Meilen pro Stunde bog ich in die Wüste ab. Die Reifen versanken im Pulverschnee und ich reduzierte das Tempo auf dreißig Meilen. Der Schnee lag doppelt so hoch wie auf der Straße, doch obwohl ich das Gefühl hatte, wir müssten jeden Augenblick ins Schlingern geraten, behielt ich den Wagen unter Kontrolle. Ich fuhr zwischen dem Beifuß hindurch und blickte angestrengt durch die Windschutzscheibe, um nach dem langen, geraden, vegetationslosen Streifen Ausschau zu halten. Er würde in Richtung Westen führen, ein dünnes, weißes Band im Schnee, dem wir folgen konnten, bis wir die Hütte gefunden hatten.

Orson starrte mich mit offenem Mund an.

»Siehst du irgendwas?«, fragte ich. »Siehst du überhaupt hin?« Der Motor hatte Mühe, die Räder in Bewegung zu halten, und die Nadel des Tachometer pendelte zwischen zwanzig und fünfundzwanzig Meilen. Ich hielt sie mit ungutem Gefühl im Auge.

»Kehr um«, riet er. »Wenn du jetzt umdrehst, finden wir vielleicht zum Highway zurück. Aber wenn du den Wagen hier draußen absaufen lässt, haben wir keine Chance.«

»Halt nach der Piste Ausschau«, sagte ich.

»Andy …«

»Halt nach der verdammten Piste Ausschau!«

Vier Minuten verstrichen, bis ich merkte, dass er Recht hatte. Ich konnte keine fünfzehn Meter mehr über den Rand der Motorhaube hinaus sehen, und da die Tachonadel inzwischen um die Zehnmeilenmarke pendelte, bezweifelte ich, dass die Geschwindigkeit ausreichte, um zum Highway zurückzukehren.

»Wir kehren um«, sagte ich und drehte das Lenkrad nach rechts. Die beiden Hinterreifen schlitterten nach links und ich verlor die Kontrolle über den Wagen. Vor lauter Schreck trat ich das Gaspedal durch und der Wagen drehte sich um die eigene Achse. Nachdem ich endlich den Fuß vom Gaspedal genommen hatte, fuhren wir keine fünf Meilen pro Stunde mehr, und ich konnte nichts tun, um mehr Fahrt zu bekommen. Ein Beifußbusch brachte den Lexus endgültig zum Stehen.

»In Ordnung. Sag jetzt nichts. Kein Wort«, sagte ich.

Ich trat heftig aufs Gaspedal, die Räder drehten sich, fanden aber keinen Halt mehr. Ich umklammerte das Lenkrad und trat das Pedal komplett durch. Der Motor heulte auf und die Räder wirbelten den Schnee und danach kurz Sand auf. Der Lexus rutschte nach vorne in den frischen Schnee, anschließend ließ ich meinen Fuß so lange auf dem Gaspedal, bis die Motordrehzahl im roten Bereich war und ich roch, dass der Motor kochte. Die Reifen fanden keine Bodenhaftung mehr, und nachdem der Motor endgültig überhitzt war, schaltete ich ihn aus und riss den Schlüssel aus dem Zündschloss.

Ich öffnete meine Tür und rannte hinaus in das Unwetter. Der Sturm verwandelte die Schneeflocken in eisige Nadeln, die mir unbarmherzig ins Gesicht stachen. Das Eis sickerte in meine Turnschuhe, ich bückte mich und kratzte fünfzehn Zentimeter Schnee weg. *Vielleicht stehe ich ja auf der Piste.* Meine Hände taten weh, während ich mich durch den Schnee arbeitete. Als ich schließlich auf Sand stieß, war dieser viel zu locker, um fahrbarer Untergrund zu sein.

Ich starrte in den wütenden weißen Nebel hinauf und schrie, bis meine Kehle schmerzte. Ich spürte, wie mein Gesicht vor Kälte brannte und der Schnee meine Schuhe durchweichte. *Das ist alles nicht wahr,* dachte ich, obwohl mich die Angst, hier draußen mit ihm festzusitzen, zu ersticken drohte. *Das* kann *nicht wahr sein.*

Kapitel 32

Ich stieg wieder in den Lexus und zog meine nassen Sachen aus. Nachdem ich sie in den hinteren Fußbereich geworfen hatte, öffnete ich meinen Koffer und zog eine saubere Unterhose, zwei Paar Socken und einen Jogginganzug an, den ich ursprünglich statt eines Schlafanzugs eingepackt hatte.

»Soll ich den Motor wieder anstellen?«, fragte ich. »Oder ruiniert das die Batterie?«

»Sollte es nicht. Aber warte noch damit, zumindest bis es da draußen stockdunkel ist. Wir müssen wegen der Heizung noch die ganze Nacht den Motor laufen lassen.« Vom Betäubungsmittel noch immer etwas benommen, lehnte er sich wie in Zeitlupe gegen das Fenster. »Wie viel Sprit haben wir noch?«

»Den halben Tank voll.«

Orson legte seine Beine hoch und drehte sich mit dem Rücken zu mir auf die Seite.

»Ist dir kalt?«, fragte ich.

»Ein bisschen.«

Ich kramte eine Jogginghose, Wollsocken und ein graues Sweatshirt mit einem blauen Aufdruck der Universität von Carolina aus Walters Koffer und legte die Sachen in Orsons Schoß. Dann nahm ich den Revolver, der zu meinen Füßen gelegen hatte, und holte den Schlüssel für die Handschellen aus meiner Tasche.

»Ich werde die Handschellen aufschließen, damit du dir den ekligen Bademantel ausziehen kannst«, erklärte ich. »Danach werden sie sofort wieder angelegt.« Nachdem ich die Handschellen von seinen Handgelenken entfernt hatte, zog er den Bademantel aus, ließ ihn zu seinen Füßen fallen und zog Walters Sachen über. Als ich ihm die Handschellen wieder anlegen wollte, sagte er: »Warte eine Sekunde.« Er zog die Jogginghose etwas herunter, um die Brandwunde an seinem Oberschenkel begutachten zu können. »Es tut weh«, erklärte er, und nachdem er an den Rändern der schokotalergroßen Brandblase gekratzt hatte, zog er die Hose wieder hoch, legte seine Hände auf den Rücken und ließ sich wieder fesseln.

Ich drehte die Rückenlehne herunter und lauschte, wie der Wind um das Auto fegte. Blitze zuckten vor dem schneeverhangenen Abendhimmel und der Donner ließ nicht auf sich warten.

»Orson«, begann ich. »Ich möchte, dass du mir sagst, warum du unsere Mutter umgebracht hast.«

»Du weißt es.« Er hatte Recht.

»Ich möchte, dass du es aussprichst. Ich bin wegen Walters Familie hinter dir her. Vielleicht auch nur für mich selbst.«

»Ich war sicher, dass du das tun würdest.«

»Du bist der letzte Abschaum. Ich habe meine eigene Theorie. Willst du sie hören?«

»Klar«, antwortete er und starrte hinaus in den Sturm.

»Weil sie dich auf die Welt gebracht hat.«

Er schaute mich an, als hätte ich ihn dabei erwischt, wie er an Unterhöschen rumschnüffelte.

Die Temperatur im Wagen war bereits deutlich gefallen, als ich aus dem Lebensmittelvorrat eine Schachtel Ritz Crackers, einen zylinderförmigen italienischen Käse und eine Flasche Cabernet Sauvignon fischte.

»Wir werden ihn nicht trinken können«, erklärte ich. »Ich habe keinen Korkenzieher.«

»Im Handschuhfach liegt ein Taschenmesser, da ist einer dran«, meinte Orson.

Ich fand das Schweizer Armeemesser unter einem Stapel Straßenkarten, entkorkte die Flasche und trank gierig von dem würzigen Wein. Anschließend riss ich die Schachtel mit den Crackern auf und breitete sie auf meinen Beinen aus.

»Hast du Hunger?«, fragte ich, während ich den geräucherten Käse mit der stumpfen Klinge bearbeitete. »Hier.« Ich steckte eine Käsescheibe zwischen zwei Cracker und schob sie ihm in den Mund. Dann lehnte ich mich in meinen Sitz zurück und beobachtete, wie die Nacht hereinbrach.

Als die Windschutzscheibe zufror, blieb auch dort der Schnee liegen. Der Wind blies so heftig, dass die Schneeflocken bald an allen Scheiben hafteten und wir innerhalb einer Viertelstunde nichts mehr von dem Schneesturm um uns herum erkennen konnten. Nur das konstante schrille Pfeifen und die unerbittliche Kälte erinnerten uns an seine Allgegenwart.

Orson bemerkte die blutbefleckten Kleidungsstücke zu seinen Füßen.

»Andy«, fragte er, »ist das Blut von Luther?« Ich nickte. »Wow, wo hast du es getan? Im Ricki's?«

»Wir wollten uns um neun dort treffen. Ich bin um sechs hin, um bei der Barkeeperin die Nachricht zu hinterlassen, dass du es nicht schaffen würdest. Luther spazierte rein, als ich gerade gehen wollte. Wenn er nicht so früh gekommen wäre …«

»Er kam so früh, weil er wusste, dass irgendwas nicht stimmte.«

»Woher weißt du das?«

»Er ist schlau. Aber du auch. Du hattest deine Waffe. Sonst würdest du jetzt gerade sterben.«

»Bist du traurig, dass er tot ist?«

»Nein. Aber das richtet sich nicht gegen ihn. Wir haben eine Menge zusammen gemacht.«

»Nun, ich bin froh, dass er tot ist.«

Orson lächelte. »Er war dir gar nicht so unähnlich, Andy.«

»Klar.«

»Ich bin in sein Leben getreten, so wie ich in dein Leben getreten bin. Er hat nur etwas schneller gelernt.«

Ich starrte Orson sprachlos an.

»Du weißt, was du getan hast, ist schlimmer, als wenn du mich einfach getötet hättest«, sagte ich. »Du hast mich zerstört. Du hast mir meine Mutter genommen und meinen besten Freund. Ich kann nicht mehr nach Hause. Es gibt keine Rückkehr für mich.«

»Nein, ich habe dich errettet, Andy. Dein Zuhause war eine Täuschung. Du läufst nicht mehr verblendet umher wie all die anderen, blind gegenüber diesem schwarzen Loch, das du Herz nennst. Sei dankbar. Im Gegensatz zu den meisten Menschen weißt du jetzt, wozu du fähig bist. Wir leben aufrichtig, du und ich. Wahrheit, Andy. Wie hat es Keats ausgedrückt? Er hat es Schönheit genannt. Nicht einfach schöne Wahrheit. Wir haben schwarze Herzen, aber ihnen wohnt Schönheit inne.«

Wir verschlangen die ganze Schachtel Cracker und fast den ganzen Käse. Der Wein minderte meine Wachsamkeit, deshalb trank ich ihn nur noch zurückhaltend.

Als wir mit dem Essen fertig waren, öffnete ich den Reißverschluss meiner Gürteltasche. Mir blieben noch zwei Ampullen Ativan und zwei Ampullen Valium, doch da Ativan das sicherere Mittel war, zog ich es vor.

»Andy«, sagte er, während ich die Nadel in die erste Ampulle stach und die Spritze aufzog.

»Was?«

»Erinnerst du dich an den Sommer, als sie in dem Tunnel

unter der Interstate hinter unserem Haus den Mann gefunden haben?«

»Ja, daran erinnere ich mich.«

Orson setzte sich auf und starrte mich an, dabei hielt er den Kopf schief, so als sei er tief in Gedanken versunken. Ich zog den Inhalt der zweiten Ampulle auf und klopfte gegen die Spritze. Es wurde immer dunkler im Wagen – nicht einmal mehr Zwielicht.

»An was erinnerst du dich?«, wollte er wissen.

»Komm schon, Mann, ich bin müde ...«

»Sag mir nur, an was du dich erinnerst.«

»Wir waren zwölf. Es war Juni.«

»Juli.«

»Gut, Juli. Ach ja, um den Vierten herum. Ja, es war der Vierte, als sie ihn fanden. Ich erinnere mich an den Abend damals. Ich hab im Garten hinterm Haus gesessen und mit einem Gartenschlauch in der Hand beobachtet, wie drei Polizeiwagen um die Ecke bogen. Die Polizisten sind mit zwei Deutschen Schäferhunden durch unseren Garten gerannt. Vater grillte gerade Hamburger, und wir sahen zu, wie die Männer im Wald verschwanden. Ein paar Minuten später haben die Hunde wie verrückt gebellt, und Vater meinte: ›Klingt, als ob sie gefunden hätten, was immer sie gesucht haben.‹«

Orson lächelte. »Willard Bass.«

»Was?«

»So hieß der, den sie in dem Tunnel gefunden haben.«

»Ich kann nicht glauben, dass du dich noch an seinen Namen erinnerst.«

»Ich kann nicht glauben, dass du dich *nicht* mehr daran erinnerst.«

»Warum sollte ich?«

Orson schluckte und blickte mich misstrauisch an. »Er hat mich vergewaltigt, Andy.«

Donner ließ die Scheiben vibrieren. Ich starrte in die halb leere Weinflasche zwischen meinen Beinen. Meine Finger umfassten den kalten Flaschenhals. Ich führte den Cabernet an meine Lippen und ließ ihn die Kehle hinunterrinnen.

»Das stimmt nicht«, sagte ich. »Ich kann dir in die Augen sehen und …«

»Und wenn ich dir in die Augen schaue, sehe ich, dass du weißt, dass es passiert ist.«

»Du lügst.«

»Warum verspürst du dann dieses seltsame Gefühl in dir? Als ob etwas, was du jahrelang nicht angerührt hast, gerade in deinen Eingeweiden zum Leben erwacht.«

Ich trank einen weiteren großen Schluck und stellte die Flasche zwischen meinen Füßen ab.

»Ich erzähle dir jetzt eine Geschichte«, sagte er. »Mal sehen, ob …«

»Nein. Ich gebe dir jetzt das hier, damit du schläfst. Ich sitz nicht hier rum und hör mir an …«

»Hast du eine Brandnarbe von einer Zigarette am Penis?«

Es fühlte sich an, als krabbelten mir tausend Ameisen über den Nacken.

»Ich auch«, erklärte er.

»Das ist niemals passiert. Ich erinnere mich jetzt. Es war eine Geschichte, die du dir ausgedacht hast, nachdem diese Kinder ihn gefunden hatten.«

»Andy.« Ich wollte es nicht wissen, aber ich wusste es. Ich spürte, dass es immer da gewesen war, tief im Unterbewusstsein vergraben. Ich konnte immer mal wieder um die Ecke blicken und spüren, dass da etwas Schreckliches lauerte, ohne dass ich je hinuntergestiegen wäre, um es wirklich in Augenschein zu nehmen.

»Es war eines späten Nachmittags während eines Gewitters«, fing er an. »Im Drainagetunnel unter der Autobahn.

Das Wasser stand nur ein paar Zentimeter hoch, und insgesamt war der Tunnel so groß, dass ein erwachsener Mann ihn aufrecht durchqueren konnte. Wir haben dauernd dort gespielt.

Nach dem Mittagessen hatten wir einen Streifzug durch den Wald unternommen und waren vom Gewitter überrascht worden. Um dem Sturm zu entfliehen, rannten wir den Bach entlang bis zum Tunneleingang. Dachten, besser wir stehen im fließenden Wasser und haben dafür Schutz vor den Blitzen.«

Ich sehe dich in der feuchten Dunkelheit des Tunnels.

»Ich hab dir gesagt«, fuhr er fort, »dass wir von Mama eine ganz schöne Tracht Prügel bekommen würden, weil wir trotz des Gewitters draußen geblieben waren.«

Ich drehte mich von Orson weg und legte die Spritze auf den Boden. Die Nacht war nun endgültig über uns hereingebrochen, es war so dunkel im Auto, dass ich Orson neben mir nicht mehr erkennen konnte. Ich sah nur seine Worte, die bei dem Heulen des Windes kaum zu hören waren und mich in diese Unterführung zogen.

Unser Lachen hallt von den Tunnelwänden wider. Orson bespritzt mich mit Wasser und ich spritze zurück auf seine dünnen, vorpubertären Beine. Wir stehen in der Tunnelöffnung, dort, wo der Ablauf einen halben Meter tiefer in ein brackiges, brusthohes Becken mündet, in dem wir jede Menge Schlangen vermuten.

Sechzig Meter entfernt am anderen Tunnelende hören wir das Geräusch unbekümmerter Schritte im seichten Wasser. Orson und ich drehen uns um und sehen, dass die helle Öffnung von einem Schatten verdeckt ist, der sich auf uns zubewegt.

»Wer ist das?«, fragt Orson flüsternd.

»Keine Ahnung.«

Trotz der Dunkelheit kann ich das winzig kleine Glimmen einer Zigarette ausmachen.

»Komm«, bettelt er. »Lass uns gehen. Wir kriegen sonst Ärger.«

Ein Donner lässt die Tunnelwände erzittern, ich mache einen großen Schritt über das dreckige Bachwasser und stelle mich neben meinen Bruder.

Er sagt mir, dass er Angst hat. Ich habe auch Angst. Es fängt an zu hageln. Tischtennisballgroße Eisstücke klatschen auf den Waldboden und plumpsen schwer in das braungelbe Becken. Da wir mehr Angst vor dem Gewitter haben als vor den sich nähernden Schritten, warten wir besorgt ab. Der Tabakgeruch wird stärker, schon bald spüren wir die erste Rauchwolke.

Der Mann, der aus dem Schatten auftaucht, ist dicklich und hat eine Glatze. Er ist älter als unser Vater, trägt einen grauen, ungepflegten Bart und hat Unterarme so dick wie Balken. Er trägt schmutzige Armeeklamotten und wiegt, obwohl kaum größer als wir, sicher an die fünfzig Kilo mehr. Er stellt sich torkelnd zwischen uns und mustert uns verächtlich von oben bis unten. Sein Blick hätte mich eigentlich ängstigen und verunsichern müssen, aber damals wusste ich über einige Dinge noch nicht Bescheid.

»Ich habe euch den ganzen Nachmittag beobachtet«, sagt er. »Hatte noch nie Zwillinge.« Ich bin nicht sicher, was er damit meint. Er hat einen Nordstaatenakzent und eine tiefe, brummende Stimme, die dem Knurren eines wilden Tieres ähnelt. Sein Atem ist ranzig und riecht nach Alkohol und Rauch. »Ene Mene Muh. Der Bauer hat 'ne Kuh. Ene Mene Muh und aus bist du.« Er bohrt seinen dicklichen, fettverschmierten Zeigefinger in Orsons Brust. Ich will gerade fragen, was er da tut, als mich völlig unerwartet eine Faust am Kinn trifft.

Als ich das Bewusstsein wiedererlange, liege ich mit einer Gesichtshälfte im Wasser und sehe alles verschwommen. Orson stöhnt.

»Ja, wein weiter so, Junge«, stößt der Mann keuchend hervor. »Gut so. Das gefällt mir.«

Mein Blick wird wieder klarer, aber ich verstehe nicht, warum Orson im Wasser kniet, der Mann über ihm hängt und seine gewaltigen, behaarten Beine von hinten gegen Orsons haarlose Schenkel presst. Seine olivgrüne Hose und seine Unterhose hängen über die schwarzen Stiefel herab, während der Mann Orson fest umarmt und mit ihm zusammen vor- und zurückschaukelt.

»Verdammt scharf«, flüstert der Mann. »Oh, guter Gott!« Orson kreischt. Er klingt wie unser Cockerspanielwelpe, und ich verstehe immer noch nicht, was da vor sich geht.

Der Mann und Orson schauen gleichzeitig zu mir rüber und bemerken, dass ich bei Bewusstsein bin und neugierig zusehe. Orson schüttelt den Kopf und wimmert lauter. Ich fange auch an zu weinen.

»Junge«, sagt der Mann mit schweißglänzendem Gesicht zu mir. »Wag ja nicht, dich zu bewegen. Sonst drehe ich deinem Bruder so lange seinen kleinen Hals um, bis ich aus seinem Kopf eine Bowlingkugel machen kann.«

Also bleibe ich da mit dem Gesicht im Wasser liegen und beobachte, wie der Mann stöhnt. Er schließt seine Augen und schaukelt immer schneller auf Orson hin und her. Als er kommt, beißt er Orson durch das blaue T-Shirt in die Schulter und mein Bruder heult auf.

Der Mann sieht so glücklich aus. »Ah! Ahh! Ahhh! Ahhhhh!«

Als Willard seinen Penis rauszieht, bricht Orson im Wasser zusammen. Der Hintern meines Bruders ist voller Blut. Es läuft ihm die Beine entlang. Er liegt halb nackt im Wasser und ist zu benommen, um zu weinen oder sich die Unterhose hochzuziehen. Willard holt eine Zigarette aus seiner Brusttasche und zündet sie an.

»Du bist ein süßes Kerlchen«, sagt er und greift nach unten

zu meinem Bruder, der immer noch zusammengerollt im Wasser liegt. Orson schreit.

Ich setze mich auf und lehne mich gegen die Betonwand des Tunnels. Es hagelt nicht mehr. Willard wankt durch das Wasser auf mich zu, die Hose immer noch um die Knöchel hängend. Ich habe noch nie zuvor eine Erektion bei einem Mann gesehen, und obwohl sie bereits abklingt, ist sein Penis immer noch unglaublich groß. Er bleibt vor mir stehen.

»Mit dir kann ich nicht Liebe machen wie mit ihm«, sagt er und zieht an seiner Zigarette. »Schon mal 'nen Schwanz geleckt?« Ich schüttle den Kopf und er stellt sich über mich. Mein Kinn ist geschwollen, aber ich vergesse den Schmerz, als ich ihn rieche. Er hält seinen Penis in der Hand und reibt ihn an meiner Wange.

»Steck das in den Mund, Junge, oder ich dreh dir den Hals um.«

Tränen laufen mir die Wangen herab. »Ich kann nicht. Ich kann das nicht.«

»Du tust das jetzt, Junge. Und besorg's mir richtig. So als ob's dir gefällt. Und sei vorsichtig.«

Die feuchte, knollenartige Spitze seines Penis berührt meine Lippen und ich habe ihn eine ganze Minute lang im Mund.

Ein grapefruitgroßer Stein fällt neben mir ins Wasser. Willard taumelt rückwärts bis zur gegenüberliegenden Wand und rutscht daran ab, bis er im Wasser sitzt. Er ist benommen, und ich verstehe nicht, was passiert ist, bis ich sehe, wie Orsons Hand den Stein wieder aus dem Wasser hebt.

Da Willard eine Hand an die linke Schläfe hält, sieht er nicht, dass Orson erneut ausholt. Der Stein trifft ihn dieses Mal direkt ins Gesicht und ich höre Knochen brechen. Das Gesicht des Mannes ist jetzt dunkelrot und verformt. Auf Händen und Knien versucht er, die Tunnelöffnung zu erreichen. Orson greift sich erneut den Stein, setzt sich rittlings auf ihn, so wie wir frü-

her auf Vaters Rücken geritten sind, und lässt ihn auf den Hinterkopf des Mannes herabsausen. Er schlägt noch viermal zu, bis Willard endgültig zusammenbricht.

Orson hebt den Stein mit beiden Händen und schlägt auf den Kopf des Mannes ein wie auf eine weiche Frucht. Als er fertig ist, dreht er sich, immer noch auf Willard sitzend, zu mir um, und ich sehe, dass sein Gesicht mit Blut und Hirnmasse bespritzt ist.

»Willst du auch mal draufhauen?«, fragt er mich, obwohl nicht mehr viel zum Draufhauen übrig ist.

»Nein.«

Er wirft den Stein ins Wasserbecken, kommt rüber zu mir und setzt sich neben mich. Ich beuge mich vor und übergebe mich. Nachdem ich mich wieder aufgerichtet habe, frage ich: »Was hat er mit dir gemacht?«

»Hat sein Ding in meinen Hintern gesteckt.«

»Warum?«

»Weiß ich nicht. Sieh mal hier.« Orson zeigt mir seinen kleinen Penis. Beim Anblick der Brandblase auf der Eichel muss ich heulen.

Ich gehe zu Willard hinüber und drehe ihn um. Er hat kein Gesicht mehr. Sein Schädel erinnert mich an eine aufgeplatzte Wassermelone. In seiner Brusttasche finde ich die feuchte Zigarettenschachtel. Ich hole eine Zigarette und das Feuerzeug heraus und setze mich wieder neben meinen Bruder. Ich zünde die Zigarette an, ziehe meine Hose runter und füge mir selbst ein Brandmal zu.

»Wir sind immer noch gleich«, sage ich wimmernd, als ich den Schmerz spüre.

Bis die Hunde Willard Bass fanden, hatten sich längst die Fliegen über ihn hergemacht. Zuvor verboten uns unsere Eltern für den Rest des Sommers, im Wald zu spielen. Dass ihre Söhne vergewaltigt worden waren, schienen sie nie zu bemerken.

Es ist merkwürdig. Ich erinnere mich nicht mehr daran, wann ich es vergessen habe.

Nachdem Orson geendet hatte, herrschte lange Zeit Schweigen. Im Auto war es inzwischen vollkommen dunkel und draußen heulte immer noch der Sturm.

»Ich schätze, du hältst das für eine Erklärung«, begann ich.

»Nein. Willst du wissen, was ich denke? Ich glaube, auch wenn du und ich niemals diesen Tunnel betreten hätten, wären wir dennoch hier in der Wüste. Ich bin nicht der, der ich bin, weil ich mit zwölf vergewaltigt wurde. Willard Bass hat nur Öl in mein Feuer gegossen. Wann wirst du es erkennen?«

»Was?«

»Was wirklich in dir ist.«

»Ich erkenne es durchaus, Orson.«

»Und?«

»Und ich hasse es. Ich fürchte es. Ich respektiere es. Und wenn ich auch nur eine Sekunde das Gefühl hätte, es könnte Oberhand über mich gewinnen, würde ich mir eine Pistole in den Mund stecken. – Zeit für deine Injektion.«

Kapitel 33

Als ich aufwachte, hatte der Wind aufgehört. Die Uhr zeigte zehn. Orson atmete schwer, und obwohl ich ihn schüttelte, bewegte er sich nicht.

Da es im Auto unangenehm heiß geworden war, stellte ich die Heizung aus. Ich schaltete die Scheibenwischer ein, die einen Teil der Schneeschicht zur Seite schoben. Die Sonne schien blendend grell auf die Vordersitze.

Die Schneedecke reichte bis über die Motorhaube, und als ich über die weiße Wüste starrte, konnte ich nur hier und da einen ausgewachsenen Beifußstrauch aus dem Schnee ragen sehen. Der Himmel war azurblau.

In einigen Meilen Entfernung sah ich einen weißen Hügelkamm und überlegte, ob es sich dabei um denjenigen handelte, der hinter der Hütte und der Scheune emporragte.

Als ich meinen schlafenden Bruder auf dem Beifahrersitz ansah, zog sich mir der Magen zusammen. *Scheißkerl!* Ich hatte von Willard Bass geträumt und davon, wie ich seinen Penis in den Mund nehmen musste. Wut gärte in meinen Eingeweiden, die umso heftiger wurde, je mehr ich darüber nachdachte. *Er hätte mir das nicht antun dürfen.*

»Orson, wach auf!« Ich schlug ihm ins Gesicht und seine Augen öffneten sich.

»Oh, Scheiße!«, murmelte er, während er sich aufsetzte.

»Das ist ja mindestens ein Meter Schnee.« Orson verrenkte seinen Nacken. »Lass meine Scheibe herunter.« Ein Schneeklumpen fiel Orson in den Schoß, als sich die Scheibe in die Tür senkte. »Ich kann die Hütte sehen«, sagte er.

»Wo?«

»Zwei schwarze Punkte am Horizont.« Ich blinzelte durch das Beifahrerfenster nach draußen.

»Bist du sicher, dass sie das ist?«

»Es gibt hier innerhalb von fünfzehn Meilen keine weiteren Gebäude.«

»Wie weit ist es bis dahin?«

»Ein oder zwei Meilen.«

Ich griff nach hinten zur Rückbank, holte einen Arm voll Kleidungsstücke aus den Koffern und ließ sie auf die Konsole zwischen Orson und mir fallen. »Bis zur Hütte befreie ich dich von den Handschellen.«

»Du willst da jetzt hinlaufen?«, fragte er ungläubig. »Das werden wir niemals schaffen.«

»Orson, wir können sie sehen. Der Tank ist nicht einmal mehr zu einem Viertel gefüllt. Das reicht nicht mehr, um noch eine Nacht die Heizung laufen zu lassen, und was, wenn noch ein Unwetter aufzieht? Wir gehen zu Fuß.«

»Sind die Klamotten hier wasserdicht?«

»Nein.«

»Dann vergiss es. Die Baumwolle wird sich voll Eiswasser saugen, in so tiefem Schnee brauchen wir mehrere Stunden bis zur Hütte. Schon mal was von Erfrierungen gehört?«

»Ich riskier's trotzdem. Ich bleib nicht noch eine Nacht mit dir hier im Auto.«

Ich kramte den Schlüssel für die Handschellen aus der Tasche.

»Es tut mir Leid, dass ich von Willard angefangen habe«, meinte er. »Andy?«

»Was?«

»Wirst du es wieder vergessen?«

»Halt die Klappe!«

Der Schnee reichte mir bis knapp an die Taille. Ich war noch nie durch so tiefen Schnee gegangen, jeder Schritt erforderte so viel Energie wie eine Treppenstufe für ein Kleinkind, das erst laufen lernt. Ich ließ Orson ein paar Meter vor mir hergehen, und genau wie er es vorausgesagt hatte, hatten wir noch keine fünfzig unbeholfenen Schritte getan, bis das Eiswasser durch sämtliche Schichten meiner Kleidung drang. Nach einer Viertelmeile fingen meine Knie vor Kälte an zu brennen, als würden sich Hunderte feiner Nadeln durch die wunde, rote Haut bohren. Jeder Schritt schmerzte. Doch auch das Stehenbleiben tat weh, und nachdem wir uns eine Meile durch den Schnee gekämpft hatten, brannten auch noch meine Augen von der Reflektion der Sonne auf den Eiskristallen. Ich überlegte, wie in aller Welt ich es bis zu dem winzigen schwarzen Punkt schaffen sollte, der immer noch am Horizont zu kleben schien.

Orson trottete ohne Anzeichen von Schmerzen oder Müdigkeit gleichmäßig weiter. Das Brennen in meinen Beinen war so unerträglich geworden, dass mir der kalte Schweiß auf der Stirn stand.

»Halt an!«, schrie ich, und Orson blieb sechs Meter vor mir stehen. Er trug zwei T-Shirts, ein Sweatshirt und eine schwarze Lederjacke übereinander. Seine Beine wirkten völlig unförmig unter der Latzhose, der Jogginghose und den Jeans, die ich ihm aus Walters Koffer herausgesucht hatte.

»Was ist los?«, fragte er.

»Ich muss nur mal Atem holen.«

Nach einer kurzen Pause hob ich meinen mit Lebensmitteln gefüllten Koffer über den Kopf und wir gingen weiter.

Meine Beine und Füße wurden schnell so taub, dass ich nur noch gegen den stechenden Schmerz in meinen Augen ankämpfen musste. Das Einzige, was dagegen half, war, die Augen zu schließen, doch solange Orson ohne Handschellen vor mir herging, konnte ich sie nicht lange genug schließen, um den Schmerz wirklich zu lindern.

Als die Hütte nur noch drei Fußballfelder entfernt lag, spürte ich meine Beine überhaupt nicht mehr. Ich musste unablässig an die medizinische Definition für Schneeblindheit denken, auf die ich während meiner Recherchen für »Blauer Mörder« gestoßen war – ein Sonnenbrand der Hornhaut. Allein schon bei dem Gedanken daran traten mir Tränen in die Augen, und ich konzentrierte mich ganz darauf, Orson in das eine Schlafzimmer einsperren zu können und unter seiner Fliesdecke in der wohltuenden Dunkelheit der Hütte einschlafen zu können.

Orson drehte sich zu mir um, und ich konnte nicht glauben, dass ich es jetzt erst bemerkte. Er trug meine Sonnenbrille. *Hast du sie von der Ablage auf dem Armaturenbrett runtergeworfen, als wir uns für diese Schneewanderung angezogen haben?* Ich wollte ihn anbrüllen, stehen zu bleiben, doch dann dachte ich: *Scheiß drauf, wir sind fast da.*

Selbst das Blinzeln half nicht mehr, meine Augen vor dem grellen Glitzern zu schützen, so schloss ich sie einen Moment lang ganz und es fühlte sich wundervoll an. *Ich lasse sie nur einen kurzen Augenblick geschlossen,* dachte ich und kämpfte mich ungeschickt und blind weiter durch den Schnee.

Nach sechs großen Schritten öffnete ich die Augen, um Orson wieder beobachten zu können.

Er war verschwunden.

Ich ließ den Koffer fallen, holte meine Glock aus dem Hosenbund und blickte mich in alle Richtungen um – nichts als weicher, unendlicher Schnee, der hier und da kleine Hügel bildete.

»Orson!« Ich schrie, meine Stimme überschlug sich und schallte über die blendend weiße Fläche. »Orson!« Absolute Stille, nicht einmal der Wind war zu hören. Bei dem Versuch, seinen Spuren zu folgen, brannten meine Augen sofort wieder und das Salz der Tränen verschlimmerte den Schmerz.

Plötzlich hatte ich das Gefühl, dass jemand hinter mir war. Ich drehte mich um und zielte mit der Waffe in Richtung des Autos. Der Schnee glitzerte unberührt und menschenleer. Angst kroch mir den Rücken hinauf. Der weiße, unter dem Schnee halb verborgene Lexus war nur noch ein silbernes Glitzern in weiter Ferne. Die Windschutzscheibe reflektierte das Sonnenlicht so stark, als wäre sie aus Glitter.

Er ist dort draußen, dachte ich und drehte mich wieder zur Hütte um. *Er liegt im Schnee. Ich muss nur seinen Fußspuren folgen.* Ich konnte sehen, wo sie endeten: keine fünfzehn Meter vor mir.

»Steh auf!«, schrie ich. »Ich werde dich nicht erschießen, Orson! Los, komm schon, tu das nicht!«

Nichts rührte sich. Ich griff nach dem Koffer und ging drei Schritte, als mir plötzlich etwas in den Sinn kam. Kniend grub ich mir genug Platz frei, um mich hinzusetzen. Mit Lederhandschuhen an den Händen versuchte ich, einen Tunnel in die knapp einen Meter hohe Schneewand zu graben, und musste mit Entsetzen feststellen, dass es möglich war. Während des Unwetters hatte der Wind die Schneemassen so zusammengedrückt, dass ich einen dreißig Zentimeter hohen und sechzig Zentimeter breiten Durchgang graben konnte, ohne die Schneeoberfläche zu beschädigen. Mit anderen Worten, ein Mensch konnte ungesehen unter dem Schnee entlangkriechen.

Ich stand auf, denn ich fror jetzt auch am Oberkörper. Die

Fußspuren vor mir sagten überhaupt nichts aus. Als ich das Ende von Orsons Spuren erreichte und den Koffer sah, den er zurückgelassen hatte, wusste ich, dass er sich irgendwo hier in der Nähe versteckt haben konnte und mir womöglich sechzig Zentimeter unterhalb der Schneedecke auflauerte.

Ich ließ den Koffer erneut fallen und rannte in immer größer werdenden Kreisen durch den Schnee. Ich schrie, mein Bruder solle sich zeigen, und rannte so lange, bis mir schwindelig wurde. Schließlich brach ich dort, wo Orsons Spuren geendet hatten, auf unseren Koffern zusammen.

Kurz davor, zu erblinden, fürchtete ich, dass die Taubheit in meinen Beinen nur die Schmerzen kaschierten, die mich im Warmen umso heftiger überkommen würden. Die Pistole in meinen Händen war nutzlos, und mit der Einsicht, dass er momentan im Vorteil war, erhob ich mich und schleppte mich durch den jungfräulichen Pulverschnee auf die Hütte zu.

Kapitel 34

Aus der Seitentasche meiner steif gefrorenen Hose holte ich den Schlüssel, der, so hatte es Orson versprochen, die vordere Tür aufschließen würde. Ich presste ihn in das zugefrorene Schloss und drehte ihn um. Die Tür schwang auf, und die Koffer hinter mir herziehend, betrat ich die Hütte.

Ich hatte den Eindruck, dass seit Monaten niemand mehr hier gewesen war. Es lag ein widerwärtiger Geruch in der Luft, so als ob ich auf einen Speicher oder in eine muffige Kammer geklettert wäre. Durch meine eingeschränkte Sehkraft wirkte die ganze Hütte düster. Ich überquerte schwankend den Steinboden, um aus dem Fenster zu schauen, das nach Süden zeigte, also in die Richtung, aus der wir gekommen waren. Obwohl es schon später Nachmittag war, blendete die über den Felsen untergehende Sonne immer noch. Nichts bewegte sich auf der weiten, strahlend weißen Fläche, und ich tröstete mich mit dem Wissen, dass ich ihn zweifellos sehen würde, falls er sich gerade der Hütte näherte.

Doch statt weiter an meinen Bruder zu denken, wandte ich meine Aufmerksamkeit dem kranken Zustand meiner Beine zu. Unterhalb der Knie fühlte ich überhaupt nichts mehr. Ich stellte mir vor, dass es so einem Beinamputierten gehen musste, der zum ersten Mal auf Prothesen lief. *Ich brauche Wärme*, dachte ich und humpelte in die Küche.

Durch die Schneeblindheit sah ich alles mit einem Rotstich. Nichts hatte sich verändert. An den Wänden standen immer noch Orsons zahllose Bücherregale, und an der Nordseite des Wohnzimmers befand sich die perfekt eingerichtete Küche, der nur eine funktionierende Spüle fehlte. Die Türen zu den beiden Schlafzimmern waren geschlossen, und als ich sie und den kleinen Monet an der Wand dazwischen erblickte, wurde mir ganz flau im Magen.

Auf einem Hocker neben der vorderen Tür bemerkte ich Orsons Plattenspieler und daneben den Stapel Jazzplatten, den er zurückgelassen hatte. Ich hätte eine Platte aufgelegt, doch es gab keinen Strom. Da dämmerte mir, dass ich vor Einbruch der Dunkelheit den Kraftstofftank finden musste, um den Generator zu starten.

In einer Nische entdeckte ich, wonach ich gesucht hatte – den weißen Ölradiator. Ich fand zwar keinen entsprechenden Ölkanister, doch als ich den kleinen Ofen anhob, hörte ich an dem Gluckern, dass noch ausreichend Öl im Tank sein musste. Ich zog ihn hinter mir her ins Wohnzimmer bis vor das Ledersofa und drückte den Einschaltknopf. Zu meiner Überraschung sprang der Radiator bereits beim ersten Mal an. Wärme durchflutete die ausgekühlte Hütte, und als die ersten Schwaden warmer Luft mein Gesicht trafen, begann ich die Pullover und Sweatshirts auszuziehen, die mir auf der Wanderung vom Auto bis zur Hütte das Leben gerettet hatten.

Ich ließ die Kleidungsstücke zu Boden fallen, sank auf das Sofa nieder, öffnete die Schnürsenkel und zog die eisverkrusteten Stiefel von meinen Füßen. Dann streifte ich die nassen Socken ab und zog Hose, Jogginghose und schließlich die nasse lange Unterhose aus, die an meinen Beinen klebte. Die Haut unterhalb meiner Knie war wachsweiß. Ich berührte meine bleichen Waden, die sich zwar hart und kalt wie die einer Leiche anfühlten, doch das Gewebe darunter war immer noch geschmeidig. Meine Füße sahen viel schlimmer aus. Meine Zehenspitzen waren blau verfärbt, und als ich mir in die Fußsohlen kniff, spürte ich weder den Schmerz noch den Druck.

Ich schaute erneut aus dem Fenster, und da sich in der Wüste immer noch nichts regte, ging ich in die Küche. Auf der Anrichte stand eine große, silberne Schüssel, in der sich noch Reste von dunklem Mehl befanden. Ich trug sie auf die vordere Veranda und füllte sie mit Schnee. Der Ölradiator hatte direkt über den orange glühenden Heizspiralen eine flache Metallabdeckung. Ich stellte die Schüssel mit dem Schnee darauf, legte mich auf das Sofa und sah zu, wie der Schnee schmolz.

Während der Schneehaufen in der Schüssel kleiner wurde, versuchte ich vergeblich, das schreckliche Gefühl abzuschütteln, das sich meiner bemächtigt hatte, seit ich die Hütte betreten hatte. Ich fühlte mich, als sei ich zu meiner eigenen Totenwache gekommen, stünde vor meinem Sarg und würde auf mein lebloses Gesicht herabschauen, das unter der falschen warmen Hautfarbe erst recht unnatürlich wirkte. Kein Geräusch, kein Wind, keine Bewegung in den hinteren Schlafzimmern – meine Hände zitterten.

Ich sollte nicht hier sein. Das alles ist nicht richtig.

Der Schnee war schon einige Zeit geschmolzen, bis sich Dampfschwaden von der Wasseroberfläche lösten. Ich streckte den Arm aus und tauchte einen Finger in die Schüssel. Das Wasser war warm, daher fasste ich die Schüssel mit meinen Socken an, um sie auf den Boden zu stellen. Vorsichtig stellte ich meine blauen Füße in die Schüssel, spürte allerdings weder die Temperatur noch das Wasser an sich. Ich lehnte mich wieder auf dem Sofa zurück und schloss die Augen, während meine Beine langsam zum Leben erwachten und zwischen Knöcheln und Knien zu prickeln begannen.

Fünf Minuten später spürte ich meine Zehen immer noch nicht. Ich streckte meinen Arm aus, tauchte meine Hand ins Wasser und stellte fest, dass es durch meine Füße schneller abgekühlt war als durch zwei Eisquader. Ich stellte die Schüssel zurück auf den Radiator, und als sich das Wasser erneut erwärmt hatte, tauchte ich meine Füße wieder hinein.

Es bedurfte zwei weiterer Durchgänge, bis ich spüren konnte, wie etwas in meinen Zehenknochen erwachte – ein schmerzhaftes Brennen setzte ein. Ich versuchte mich zu entspannen und an mein Seehaus im Frühling zu denken – wie ich auf der hinteren Veranda unter den Kiefern saß, mit Blick auf den grünen Wald und dem Gefühl des vom See kommenden Windes auf meiner Haut.

Das lauwarme Wasser brannte wie Säure und ich biss die Zähne zusammen. Schweiß rann mir in die empfindlichen Augen, denn meine Füße schmerzten, als hielte ich sie ins Feuer. Ich wimmerte vor Schmerzen, und obwohl der Impuls, die Füße aus dem Wasser zu ziehen, immer heftiger wurde, wusste ich, dass das Brennen dadurch nicht nachlassen würde. Das war der Preis dafür, dass ich mit wasserdurchlässigen Stiefeln stundenlang durch den Schnee gewandert war. Ich konnte nichts tun, als auf dem Sofa zu sitzen und die vermutlich schlimmsten Schmerzen meines bisherigen Lebens über mich ergehen zu lassen.

Gegen achtzehn Uhr wurde der Schmerz langsam erträglich, obwohl ich meine Umgebung immer noch wie durch eine rote Brille sah. Es war inzwischen sinnlos, weiter durchs Fenster nach Orson Ausschau zu halten. Die Sonne war untergegangen, die Wüste war schwärzer als der Zwischenraum zwischen den Sternen.

Ich zog meine Füße aus dem kalten Wasser und stand wackelig auf, froh, wenigstens wieder etwas Gefühl in den Knöcheln zu haben. Meine Zehenspitzen verfärbten sich langsam schwarz, aber es gab nichts, was ich noch hätte tun können. Immerhin hatte ich wohl meine Füße gerettet. Wer zum Teufel braucht schon rosa Zehen?

Beim Durchsuchen der Küchenschubladen stieß ich auf eine Kerze und eine Streichholzschachtel. Als die Flamme ihr weiches, gelbes Licht gegen die Holzwände warf, überprüfte ich ein drittes Mal den Riegel und sicherte die vier Wohnzimmerfenster. Die matt messingfarben schimmernde Kerze fest umklammert, ging ich durch den engen Flur in den hinteren Teil der Hütte.

Der Schlüssel zum Vorhängeschloss an der vorderen Tür schloss auch die Tür zu meinem ehemaligen Gefängnis auf. Das karge und enge Zimmer sah noch genauso aus, wie ich es verlassen hatte. Obwohl das Fenster an der anderen Wand immer noch vergittert war, griff ich hindurch und probierte den Fensterriegel. Dann öffnete ich die Schubladen der Kommode, doch sie waren leer. Ich schaute unter dem Bett nach. Das Zimmer barg absolut nichts Besonderes – eine sichere Zelle, nichts weiter.

Ich ging zurück auf den Flur und blieb vor Orsons Tür stehen. Ich berührte den Türknauf und zögerte. *Du bist allein. Scheiß auf die Angst!* Ich trat ein.

Die Tiefkühltruhe stand unverschlossen unter dem Fenster. Ich öffnete sie. Leer. Ich verriegelte das Fenster. Nun musste er Glas zerbrechen, um hereinzugelangen.

Nachdem ich die Kerze auf Orsons Kiefernholzkommode gestellt hatte, öffnete ich sämtliche Schubladen. Die obersten drei waren leer, doch die letzte klemmte. Ich zerrte daran herum, und als sie sich auch dadurch nicht öffnen ließ, trat ich schließlich dagegen. Das Holz knarrte, ich zog noch einmal ruckartig an beiden Griffen. Die Schublade kam mir entgegen und landete auf dem Boden.

Danke, lieber Gott!

Ich fand darin fünf Videokassetten, einen Stapel Schnellhefter, eine Schachtel mit Mikrokassetten und drei Notizbücher. Ich nahm die Kerze von der Kommode, hielt sie über die Schublade, griff nach einer Videokassette und las das mit seiner akkuraten Handschrift beschriftete Etikett: Jessica Horowitz: 29.5.92; Jim Yountz: 20.6.92; Trevor Kistling: 25.6.92; Mandy Sommers: 6.7.92; alle auf einem Etikett, und es gab fünf solcher Videos, die drei, die ich in Woodside zerstört hatte, nicht mitgerechnet. Mir fiel auf, dass alle Kassetten ausnahmslos in den Monaten Mai, Juni, Juli und August bespielt worden waren: seiner Jagdsaison.

Auf den Mikrokassetten standen nur Daten, und ich nahm an, dass sie dasselbe selbstgefällige Gefasel enthielten, wie es Orson auch in Vermont in sein Diktiergerät gesprochen hatte. Ich nahm ein grünes, mit Spiralheftung gebundenes Notizheft, legte mich auf den Bauch und blätterte es bei Kerzenschein durch. Dieses Heft war von vorne bis hinten mit Gedichten voll geschrieben. Ich las mir laut ein kurzes Gedicht ohne Titel vor, um den Rhythmus seiner Verse zu begutachten, ließ seine klare, vielschichtige Stimme durch meine hindurchfließen:

Du bist immer bei mir
Wenn ich im Dunkeln im Bett liege
Wenn ich durch belebte Straßen gehe
Wenn ich zum Nachthimmel aufschaue
Wenn ich scheiße
Wenn ich lache
Wenn ich sie alle besitze, wie du mich besitzt
Du bist allgegenwärtig, aber nicht mein Gott
Du hast mich aufgezogen, aber nicht geschaffen
Du bist Gas, aber nicht das Feuer

Ich bin unergründlicher
Ich bin unkalkulierbar
Ich bin

Die beiden anderen Notizhefte enthielten Kurzgeschichten, hirnverbrannte Ideen und die fragmentarischen Gedanken eines Menschen, der den Ehrgeiz hat, zu schreiben. Orson hätte keinen Erfolg als Schriftsteller. Er konnte hübsche Sätze formulieren, aber insgesamt besaßen seine Gedichte und seine Prosa zu wenig Eleganz und zu viel Mehrdeutigkeit, so dass ein Versuch, einen Verleger zu finden, von vornherein zum Scheitern verurteilt wäre. Ich wollte ihm das sagen und auch, dass seine Poesie prosaisch war. Ich wollte, dass er mir zusah, wie ich seine Notizhefte und Videokassetten verbrannte.

Es gab noch drei Schnellhefter. Im ersten, überschrieben mit »In den Nachrichten«, befanden sich lauter Zeitungsartikel über das Auffinden oder das Verschwinden von Orsons Opfern. Der zweite Hefter, »Erinnerungen«, war voll gestopft mit Fotos, die ich mir alle genau anschaute. Auf einem halben Dutzend Fotos sah ich mich selbst, doch sie schockierten mich weniger, als ich befürchtet hatte. Sogar das Bild, wie ich Sekunden nach Jeffs Exekution auf ihn hinabstarre, machte mir nichts aus.

Eine Hand voll Fotos zeigten Luther und seine abscheulichen Taten. Auf einem Bild starrte er trotzig, mit Fingernagelspuren auf beiden Wangen und toten, seelenlosen Augen in die Kamera.

Im dritten, als »Die Minuten« betitelten Hefter hatte Orson auf unlinierten losen Papierbogen eine Chronik über seine bisher sechs mörderischen Sommer geführt. Ich blätterte bis zum Ende und überflog die Quintessenz unserer gemeinsamen Zeit, bis ich zum letzten Absatz kam:

Wyoming, 2. Juni 1996

Er war nicht so einfach oder so produktiv wie Luther, doch ich spüre in ihm ein Potenzial, das weit über das meines anderen Schülers hinausgeht. Daher lasse ich ihn frei. Eine weitere Woche hier und er würde den Verstand verlieren, dabei möchte ich, dass seine Wut so lange in ihm gärt, bis er trunken vor Hass ist. Er ist mein Bruder. Er ist in vielerlei Hinsicht wie ich. Ich liebe ihn, und das wenigste, was ich für ihn tun kann, ist, ihm zu helfen, sich selbst kennen zu lernen. Obwohl ich ihn gerne noch einmal hierher holen würde, will ich eine Voraussage machen: Es wird nicht nötig sein. Er wird mich heimsuchen, und es gibt nichts, was ich tun könnte, um das zu verhindern. Andy ist schlau und bemerkenswert grausam, wenn es sein muss. Falls er mich aufspürt, gebe ich ihm das Geschenk, denn er wird dann dafür bereit sein. Merkwürdig – diese Selbstlosigkeit, die er in mir auslöst.

Kapitel 35

Der Mond stieg über den Winds-Bergen auf und verwandelte die Schneedecke in ein Feld voller blauer Diamanten. Ich erwärmte mir auf dem kleinen Ölofen eine Dose Schweinefleisch mit Bohnen, und während ich weiter hinaus in die Wüste spähte und nach Orson Ausschau hielt, füllte ihr süßlicher Räucherduft die Hütte.

Wir hatten den Wagen gegen Mittag verlassen, inzwischen war es beinah halb neun. So lange konnte er nicht in der Wüste überlebt haben. Die Temperatur war den ganzen Tag nicht über minus zehn Grad gestiegen, und bei der unzureichenden Kleidung, mit der er durch den Schnee marschiert war, musste er längst erfroren sein. Also lag er entweder irgendwo da draußen tot herum oder er hatte Schutz gefunden. Die einzigen möglichen Zufluchtsorte waren der Lexus, die Scheune oder diese Hütte. In der Hütte war er nicht. Ich hatte in den vier Schränken und unter den beiden Betten nachgesehen und wusste mit Sicherheit, dass ich hier alleine war. Die Scheune glänzte im Mondenschein. Ich konnte sie durch das Fenster neben der vorderen Tür sehen. Wenn ich die Nerven dazu gehabt hätte, wäre ich vielleicht nach draußen gegangen und hätte nach Spuren gesucht, die zur Scheune führten. Doch ich konnte mich nicht entschließen, noch einmal hinaus in die eisige Kälte zu gehen und nach ihm Ausschau zu halten, zumal sich an meinen Beinen allmählich Frostbeulen bildeten. *Wo bist du?*, dachte ich. *Und was planst du?*

Als ich mein Abendessen beendet hatte, setzte ich mich auf den Boden neben den Ölradiator und holte mir den Schuhkarton vom Sofa, den ich unter der unbrauchbaren Spüle gefunden hatte und der alle möglichen Schätze enthielt, darunter Führerscheine für die Bundesstaaten Indiana, Oregon, Kalifornien und Louisiana. Außer Orson Thomas und David Parker war er noch Roger Garrison, Brad Harping, Patrick Mulligan und Vincent Carmichael. Mit Ausnahme von Roger Garrison besaß er auch für alle Namen Pässe, und beim Durchblättern stellte ich fest, dass er auch Europa und Südamerika ausgiebig bereist hatte.

Der Fund, der mich am meisten freute, war jedoch ein von einem Gummiband zusammengehaltenes Bündel Hundertdollarnoten. Ich zählte 52 800 Dollar – genug, um zu verschwinden.

Ich schloss den Schuhkarton und steckte ihn in die Schublade zu den Videokassetten und Schnellheftern, die ich mit ins Wohnzimmer genommen hatte. Nachdem ich die gesamte Hütte durchkämmt hatte, lagen nun alle belastenden Beweismittel in dieser einen Schublade, und zu meiner großen Beruhigung waren sie endlich in meinem Besitz. Ich stand auf und ging zum Fenster neben der Tür. Eine Meile hinter der Scheune ragten die Felsen gleich riesigen weißen Sanddünen über der Wüste auf. *Orson*, dachte ich. *Nur noch du. Das Einzige, was noch zerstört werden muss.*

Wenn er mich heimsuchen würde, dann in der Nacht; doch die Erschöpfung hatte längst mein Hirn und meinen Körper übermannt. *Ich werde bis Mitternacht schlafen*, dachte ich. *Ich bin jetzt sowieso zu nichts mehr in der Lage.* Nach allem, was ich wusste, würde er nie kommen. Er könnte jetzt dort draußen liegen, statuenhaft unter dem Schnee.

Ich stellte den Radiator aus und ging in sein Schlafzimmer. In die Fliesdecke gewickelt, die Pistole neben dem Kopfkissen und die Handschellen in der Hosentasche, rollte ich mich zusammen. Ohne den Wind und den brummenden Generator waren die einzigen hörbaren Geräusche mein Atem und mein Herzschlag.

Ich träumte eine Erinnerung: *Orson und ich sind zehn Jahre alt. Der Gottesdienst in der Third Creek Baptist Church, einer von Großmutter besuchten Kapelle auf dem Land nördlich von Winston-Salem, ist gerade zu Ende. Da es der letzte Sonntag des Monats ist, strömt die Gemeinde nach draußen an das Büfett. Neben dem kleinen Backsteingebäude, einer Miniaturausgabe reizloser Baptistenkirchen, stehen ein halbes Dutzend gedeckter Tische, auf denen sich die Spezialitäten der ländlichen Küche türmen.*

Schon seit dem späten Vormittag sind drei Grills in Betrieb und der Duft von Hotdogs, Hamburgern und einem Spanferkel legt sich über diesen Augustnachmittag. Nach dem Essen setzen sich Orson und ich unter einen Walnussbaum und beobachten, wie sich eine Ameisenkolonie über die Schale einer Wassermelone hermacht. Es ist klar und heiß und wir schwitzen nicht schlecht in unseren gleichen hellblauen Anzügen mit gelben Fliegen.

Ich sehe sie auf uns zukommen, wie sie elegant die Familien umrundet, die voll gegessen und schläfrig auf den Decken im Gras sitzen. Sie ist neu in der Gemeinde und ihr knielanges, ärmelloses Kleid ist genauso hellgelb wie die von der Sonne versengten Blätter der Pappeln. Sie bleibt bei der Wassermelonenschale stehen. Ich beobachte, wie eine Ameise über ihren unlackierten großen Zeh läuft.

Wenn sie spricht, macht sie ein ganz eigenartiges Geräusch, wie wenn eine Messerklinge über einen Schärfstein gezogen wird: »Schlick! Oh, ihr beiden seit ja wohl die hübschesten kleinen Engel, die ich je gesehen habe.«

Orson und ich schauen auf und blicken in ihr stark gepudertes Gesicht. Ihr lockiges, platinblondes Haar sieht aus wie festgeklebt und sie riecht nach einer billigen Parfümmischung.

»Ihr Schätze!«, ruft sie aus und grinst, so dass wir ihre falschen Zähne sehen, zwischen denen immer noch Brokkoli hängt. Hier kommt sie – die Frage, die sich offensichtlich jedem aufdrängt, obwohl Orson und ich uns zum Verwechseln ähnlich sehen. »Seid ihr Zwillinge?«

Großer Gott, wie wir das hassen! Ich öffne den Mund, um zu erklären, dass wir eineiige Zwillinge sind, doch Orsons Blick lässt mich innehalten. Er sieht ihr in die Augen und lässt seine Unterlippe zittern.

»Jetzt schon«, sagt er.

»Wie meinst du das, junger Mann?«

»Unser Drillingsbruder Timmy – er ist vor drei Tagen bei dem Feuer verbrannt.«

Unter dem Puder läuft ihr Gesicht rot an und sie hält sich eine Hand vor den Mund. »Schlick! Oh, das tut mir aber Leid. Ich wollte nicht ...« Sie hockt sich hin, und ich zwicke mir von hinten in die Waden, um nicht zu lachen. »Nun, er weilt jetzt bei Jesus«, sagt sie sanft, »also ...«

»Nein, ihm wurde nicht vergeben«, erklärt Orson. »Er wollte es diesen Sonntag beichten. Glauben Sie, er ist jetzt bei Satan in der Hölle? Ich meine, wenn man nicht gebeichtet hat, kommt man doch in die Hölle, oder? Zumindest hat Pfarrer Rob das gesagt.«

Sie steht wieder auf. »Darüber sprecht ihr besser mit euren Eltern. Schlick!« Ihr vorgetäuschtes Mitgefühl löst sich in Luft auf und sie blickt hinüber zum angrenzenden Wald. Mit all ihrer Schminke erinnert sie mich an einen traurigen Clown. »Schlick! Nun, es tut mir aufrichtig Leid«, sagt sie, und wir se-

hen zu, wie sie wieder in der Menge untertaucht. Dann laufen wir hinter den Walnussbaum und lachen, bis uns Tränen über die Wangen laufen.

Ich erwachte und ertappte mich dabei, wie ich senkrecht in Orsons Bett saß und mir selbst die Glock gegen die Schläfe drückte. Inzwischen überraschte mich nichts mehr. Ich schlüpfte unter der Fliesdecke hervor und ging mit der Pistole in der Hand ins Wohnzimmer. Ohne die Wärme des Ölradiators war die Hütte wieder ausgekühlt, also beugte ich mich herab, um ihn wieder einzuschalten, als mir plötzlich das Blut stockte: Ich erinnerte mich an den Traum und an den ungewöhnlichen, nervösen Tick der Frau: schlick, schlick, schlick! Statt wie beabsichtigt, den Radiator einzuschalten, schloss ich das Vorhängeschloss am Riegel der vorderen Tür auf und öffnete sie einen Spaltbreit. Eisige Nachtluft flutete in die Hütte.

Seit ich gestern am späten Nachmittag die Hütte erreicht hatte, war ich nicht mehr draußen gewesen und meine Fußspuren verliefen in Richtung Süden zum Auto hin. Ein Adrenalinstoß sträubte mir all meine Nackenhaare – eine weitere Spur, die nicht von mir stammte, führte von der Scheune geradewegs hierher, die Stufen hinauf, bis zu der Tür, an der ich gerade stand. Er ist in der Hütte! Ich schloss die Tür, drehte mich um, lud eine Patrone und bedauerte, nicht in jedem Raum eine brennende Votivkerze aufgestellt zu haben. Ich ging zurück in die rote Dunkelheit, blickte in alle Ecken und Winkel der Küche und des Wohnzimmers und versuchte angestrengt, jedes noch so leise Geräusch wahrzunehmen – ein schweres Atmen oder ein Herz, das so heftig pochte wie meins.

Beobachtest du mich gerade?, dachte ich, als ich vom Wohnzimmer zurück in den Flur schlich. Die Tür zum zweiten

Schlafzimmer stand einen Spaltbreit offen, und ich konnte mich nicht daran erinnern, sie so hinterlassen zu haben. Ich näherte mich der Tür, trat sie auf, eilte hinein, drehte mich in der Dunkelheit im Kreis, immer mit dem Finger am Abzugshahn, und erwartete, dass er mich anspringen würde. Doch das Zimmer war leer, genauso, wie ich es verlassen hatte.

Ich ging zurück in den Flur. *Dein Zimmer. Du hast mich beim Schlafen beobachtet.* Ungeachtet meiner Angst trat ich über die Schwelle. Der einzige Platz im Raum, den ich nicht einsehen konnte, war auf der anderen Seite seiner Kommode. Mit erhobener Pistole, schussbereit, stürzte ich mich in das Zimmer und wollte schon den Abzugshahn drücken, als der leere Fleck zwischen Kommode und Kühltruhe sichtbar wurde. Dort war er nicht.

Die vier Schränke waren das Einzige, was ich jetzt noch durchkämmen konnte, doch ich konnte mir nicht vorstellen, dass er sich in einen von ihnen hineingequetscht hatte. Sie waren mit Vorräten gefüllt – einer mit Nahrungsmitteln, ein anderer mit Gas- und Wasserflaschen. Davon abgesehen hätte ich sein Rumoren in der Dunkelheit hören müssen.

Ich verließ sein Schlafzimmer. Zwei Schränke standen auf je einer Seite des vier Meter langen Flurs, der die Schlafzimmer und das Wohnzimmer miteinander verband. *Du wartest darauf, dass ich wieder vorbeikomme, damit du mir eine Tür ins Gesicht schlagen kannst.* Ich rannte durch den Flur zurück ins Wohnzimmer.

Ich stand neben dem kalten Ölofen und begann einen Plan zu ersinnen, wie ich ihn aus seinem Versteck locken konnte, als mir ein Wassertropfen auf den kahl geschorenen Schädel fiel. Geschmolzener Schnee. Über mir knackte Holz und ich schaute auf ins Gebälk. Ein Schatten schwang sich von einem Balken herab, dann traf etwas Stumpfes und Hartes meinen Hinterkopf.

Ich kam auf dem Boden wieder zu mir, doch die Glock war verschwunden. Mühsam versuchte ich, auf die Beine zu kommen. Die von kleinen Lichtblitzen durchzogene rote Dunkelheit drehte sich um mich. *Träume ich?*

Eine Messerspitze glitt von hinten zwischen meinen rechten Arm und meinen Oberkörper und berührte den Solarplexus. Ich sah den Elfenbeingriff, und als ich seinen Atem hinter meinem Ohr spürte, lief mir im nächsten Moment meine eigene Pisse am Bein runter und bildete eine Pfütze um meine bloßen Füße. Als ich versuchte auszuweichen, presste er die Klinge gegen meine Kehle.

»Dieses Messer durchtrennt deine Luftröhre, als wäre sie aus Gelee.«

»Töte mich nicht.«

»Was ist das für ein Klingeln?« Er griff nach unten und betastete die Taschen meiner Jogginghose. »Oh, da schau her!« Er zog die Handschellen heraus, in deren Schloss immer noch der Schlüssel steckte, und fesselte meine linke Hand. »Halt die andere hin.« Ich nahm die rechte Hand hinter den Rücken und er drückte die Handschellen zu. »Also los, nach dir«, flüsterte er und presste die Klinge dabei weiter gegen meine Kehle. »In der Scheune ist eine Überraschung für dich.«

Kapitel 36

Obwohl ich barfuß war, spürte ich das Eis zwischen den Zehen nicht. Ich malte mir aus, dass der silberne Mond unsere Gesichter bläulich und unheilvoll aussehen ließ. Die Nacht war surreal, und ich dachte: *Ich bin nicht hier. Ich gehe nicht mit ihm in diese Scheune.* Orson blieb dicht hinter mir und stöhnte bei jedem Atemzug, als hätte er Mühe, mit mir Schritt zu halten. *Erschöpfung oder Erfrierungen oder beides.* Als ich die hintere Tür der Scheune erreicht hatte, blieb ich stehen und drehte mich um. Er schwankte auf mich zu und hielt die Pistole unsicher auf meinen Kopf gerichtet. Im Mondlicht konnte ich sein Gesicht sehen – die Ränder seiner Ohren waren schwarz, seine Wangen, Lippen und die Stirn von der Kälte leichenweiß.

»Du hast deine Buttermilch zu gierig getrunken«, sagte er grinsend. »Geh rein. Es ist offen.«

Ich drückte mit der Schulter gegen die Tür und sie ging auf. Als ich sah, was er getan hatte, dachte ich, mir würden vor Grauen die Beine versagen. Der gesamte Innenraum der Scheune stand voller Kerzen – dutzendweise waren sie auf dem Boden und den Regalen angeordnet. Unzählige Schatten tanzten über den Zementboden, die Wände und bis ins Gebälk hinauf. Ich sah den Pfahl, das Lederhalsband und die auf dem Boden ausgebreitete Plastikplane, um mein Blut aufzufangen.

»Alles für dich«, flüsterte er. »Ein Tod bei Kerzenschein.«

»Orson, bitte ...« Die Messerspitze pikste mir in den Rücken und zwang mich einzutreten. Während ich in die Scheune ging, starrte ich auf das Loch in der Ecke der gegenüberliegenden Wand. Vermutlich war er nach Einbruch der Dunkelheit aus dem Schnee gekrochen und dort hereingelangt. Das fehlende Kiefernholzbrett lag auf dem Boden.

»Los, auf die Plastikplane!«, befahl er. Als ich zögerte, kam er drei Schritte auf mich zu und richtete die Glock auf mein linkes Knie. Sofort kniete ich mich auf die Plane. »Auf den Bauch!«, befahl er, und ich gehorchte. Ich roch das Lederhalsband, als er es über meinen Kopf streifte und um meinen Hals festzog – der Geruch nach Schweiß und Blut und Tränen und Speichel von unglücklichen Fremden. Ich spürte eine schreckliche, tiefe Verbundenheit mit diesen verdammten Seelen, die dieses stinkende Halsband vor mir getragen hatten. Wir waren jetzt Blutsverwandte – Orsons abscheuliche Kinder. Papa holte einen Hocker aus der Ecke und setzte sich gerade außerhalb meiner Reichweite darauf.

Er schob die Glock zurück in den Hosenbund von Walters Jeans, zog den Schleifstein aus der Tasche und begann, die Messerklinge erneut darüber zu ziehen: *schlick, schlick, schlick!* Im düsteren, gelblichen Licht der Kerzen, die um die Plastikplane herumstanden, wurde der Schmerz, mit dem die Handschellen in meine Handgelenke schnitten, immer stärker.

Sie gehörten mir. Ich besaß sie seit einer Halloween-Party 1987. Ein Freund hatte sie mir und meiner damaligen Freundin Sophie als Gag geschenkt. Zuerst empfanden wir es als peinlich, doch dann fesselte ich sie in jener Nacht damit an meinen Bettpfosten. Ich habe auch andere Frauen mit diesen Handschellen gefesselt und ihnen umgekehrt erlaubt, sie mir anzulegen. Ich hatte Orson damit gefesselt. Jetzt fesselte er meine Hände damit. Verdammt haltbares Metall.

Ich setzte mich auf und schaute ihn an. Verzweifelt und unauffällig versuchte ich, die Handschellen auseinander zu ziehen, und als meine Hände taub wurden, zerrte ich noch fester daran. In »Die Angst, zu leben« zerreißt ein Mörder namens Sizzle, der seine Opfer verbrannt hat, die Kette zwischen den Handschellen, während er auf dem Rücksitz eines Polizeiwagens sitzt. Anschließend tötet er den Polizisten, der ihn verhaftet hat. Während ich immer noch versuchte, meine Hände auseinander zu drücken, fiel mir der geschickt formulierte Satz wieder ein: »Die Kette zerbarst, O'Malleys Nacken zerbarst und Sizzle kletterte hinter das Lenkrad und stieß den Polizisten auf die nasse Straße.« *So einfach. Nun geh schon kaputt, du blödes Ding!*

»Du vergeudest wertvolle Energie«, meinte Orson lässig, während er eine Unebenheit in seiner Klinge begutachtete. »Ich habe es nicht mal geschafft, sie zu zerreißen, als du mir die Flamme unter das Auge gehalten hast.« Er fixierte mich jetzt mit seinem Blick und fuhr dabei fort, die Klinge zu schärfen. »Da tut ein Kerl dir einen Gefallen nach dem anderen, und das ist dein Dank dafür. Das ist Verrat.« Mein Mund war völlig ausgetrocknet; ich hatte keine Spucke mehr.

»Ich weiß nicht, was deine Definition für Gefallen ist ...«

»Ich habe das alles für dich getan«, erklärte er. »Washington. Mutter. Zusammen hätten wir unglaublich sein können, Bruder. Ich hätte dich befreien können. Genau wie Luther. Auch ihm habe ich den Spiegel vorgehalten, verstehst du? Habe ihm den Dämon gezeigt. Er hat mir nicht ins Gesicht gespuckt.« Orson begann sich in die Wangen zu kneifen und Hautfetzen mit dem Messer vom Gesicht abzuziehen, als amüsierte ihn die Gefühllosigkeit seiner spröden Oberhaut. Er blutete an mehreren Stellen. »Du bist in mein Haus eingedrungen«, fuhr er fort. »Während ich in meinem Bett geschlafen habe. Du hast mich gefoltert.« Er starrte mir in die

Augen. »Du jagst mir Angst ein, Andy. Und das durfte nicht passieren.«

»Ich schwöre …«

»Ich weiß – du wirst mich nie wieder jagen. Andy, Menschen, die wissen, dass ihr Tod kurz bevorsteht, erzählen alles Mögliche. Einmal habe ich einen Typen aufgeschlitzt, der mir dabei erzählt hat, dass er früher von seinem Großvater vergewaltigt worden ist. Sprudelte einfach so raus aus ihm zwischen den Schreien, als ob das irgendwas hätte ändern können.« Er lachte betrübt. »Wirst du mit mir reden, während ich dich aufschlitze? Nein, ich wette, du gehörst zu denen, die einfach nur schreien.«

Orson stieg von seinem Hocker herab. Die größte Kerze in der Scheune war rot, ein nach Zimt duftender Wachszylinder von der Größe einer Suppendose. Sie stand in dem Regal neben der hinteren Tür und er hielt die Messerklinge über die Flamme und zog die Pistole aus dem Hosenbund.

»Such dir ein Knie aus«, sagte er.

»Warum?«

»Verstümmelung. Folter. Tod. In dieser Reihenfolge. Es geht jetzt los. Such dir ein Knie aus.«

Mich überkam eine außergewöhnliche Ruhe. *Du wirst mir nicht wehtun.* Ich stand auf und suchte seinen Blick, um die unumstößliche Liebe zu erflehen, auf die wir Anspruch hatten.

»Orson. Lass uns reden …«

Ein Hohlspitzgeschoss bohrte sich in das Fleisch meiner linken Schulter. Ich ging in die Knie, Blut spritzte auf die Plastikplane. Ich roch Schießpulver. Ich roch Blut. Ich verlor das Bewusstsein.

Auf dem Rücken liegend starrte ich von der Plastikplane hinauf ins Gebälk, wobei meine Hände immer noch mit den Handschellen auf dem Rücken gefesselt waren. Ich versuchte, meine Füße zu bewegen, doch sie waren mit einem dicken Seil zusammengebunden. Einhundertfünfundachtzig Pfund krachten auf meine Rippen und ich stöhnte.

Orson hatte sich rittlings auf mich gesetzt und nahm das Messer von der roten Kerze, deren Wachs inzwischen auf die Plastikplane tropfte. Die Karbonstahlklinge glühte wie flüssige Lava, das Metall rauchte.

Ich trug ein T-Shirt, ein Sweatshirt und einen schäbigen burgunderfarbenen Pullover. Die Messerklinge fuhr durch alle Kleidungsschichten von der Taille bis zur Kehle, als wären sie aus hauchdünnem Papier. Orson riss den Stoff auseinander und legte meine Brust frei. Die von den Kerzen in der eisigen Scheune erzeugte Luftbewegung bewegte meine Brusthaare ganz leicht hin und her. Trotz meines klopfenden Herzens meinte ich ein Geräusch in der Wüste zu hören, ein entferntes Summen, so als flöge eine Mücke hinter meinem Ohr herum.

»Wow! Sieh mal an, wie schnell dein Herz schlägt«, sagte Orson und legte eine Hand auf meine zitternde Brust. Er klopfte mein Brustbein ab. »Ich werde das jetzt durchsägen. Bist du aufgeregt?«

Als die Messerspitze meine linke Brustwarze berührte, biss ich die Zähne zusammen und spannte jeden einzelnen Muskel an, so als könnte diese Spannung das Eindringen der glühenden Klinge verhindern.

»Ganz ruhig«, sagte er. »Ich möchte, dass du dich entspannst. Es tut sonst noch mehr weh.« Orson führte die Klinge von der Brustwarze aus fünf Zentimeter nach links und ließ sie drei Millimeter tief eindringen. Das Metall war unmenschlich kalt, und ich zitterte, während ich zusah, wie er mit dem Messer einen zehn Zentimeter großen, ungleichmäßigen Kreis zog. In meinem Nabel sammelte sich Blut, und Orson sprach zu mir, während er meine Haut aufschlitzte. Seine Stimme strahlte eine psychotische Ruhe aus.

»Dein Herz liegt zu zwei Dritteln links vom Sternum. Daher markiere ich mir erst die Stelle, an der ich hinterher arbeiten will.« Er seufzte. »Ich hätte es dir beigebracht, weißt du? An jemand anderem. Sieh dir das an.« Er hielt mir die Messerspitze so vor das Auge, dass ich sehen konnte, wie mein Blut auf der bernsteinfarbenen Klinge verglühte. »Ich weiß, dass du jetzt noch nichts spürst«, erklärte er. »Das ist die Kraft des Adrenalins. Deine Schmerzrezeptoren sind blockiert.« Er lächelte. »Aber das wird nicht mehr lange so gehen. Das Adrenalin kann nur ein gewisses Maß an Schmerz unterdrücken.«

»Orson«, flehte ich, den Tränen nah. »Was ist mit dem Geschenk?«

Er schaute verwirrt auf mich herab, doch dann erinnerte er sich. »Ach ja, das Geschenk. Du neugieriger Kerl!« Er legte seine Lippen an mein Ohr. »Willard war das Geschenk.«

Er drückte seine linke Hand gegen meine Stirn und umklammerte mit der anderen Hand das Messer. »Glaub nicht, dass ich nicht stolz auf dich wäre, Andy. Besser, du beißt jetzt die Zähne zusammen.«

Es klopfte an der hinteren Tür. Orsons Körper wurde steif. »Nur einen Mucks«, flüsterte er, während er sich erhob, »und ich schwöre bei Gott, dass ich dich tagelang am Leben lasse.« Er legte das Messer auf den Hocker, ging zur Tür und zog die Pistole.

Percy Maddings Stimme war durch die Tür zu hören: »Dave, sind Sie da drin? Alles in Ordnung?«

Ich versuchte mich auf der Plastikplane aufzusetzen.

Orson gab acht Schüsse durch das Holz ab und zielte dabei auf Brusthöhe. Als er sich zu mir umwandte, lächelte er. »Das, Andy, nennt man ein …«

Der Knall einer Schrotflinte erschütterte die Tür und Orsons Brust wurde von einer vollen Ladung 4-mm-Schrot getroffen. Es riss ihn von den Füßen und warf ihn auf den Rücken, als hätte ihn jemand umgehauen. Orson mühte sich auf alle viere und starrte mich verwundert an, während kleine Blutklümpchen aus seiner Brust zu Boden fielen. Percy brach durch die Tür und kickte ihm mit dem Fuß die Pistole aus der Hand. Mein Bruder kroch in meine Richtung, fiel dann aber wieder keuchend zu Boden, sein Atem ging nur noch flach und stoßweise.

Percy lehnte seine Doppelflinte gegen den Türrahmen, näherte sich der Plastikplane und hockte sich neben mich. Da er nur oberflächlich atmete, wusste ich, dass er getroffen war. Er schaute verwundert auf den Pfahl, die Leine, die Plane und den zackigen, blutigen Kreis auf meiner Brust.

»Hat er den Schlüssel zu den Handschellen bei sich?«, fragte er schroff und zwirbelte dabei an seinem vereisten Schnurrbart herum. Seine Stimme klang kräftig, aber seine Hände zitterten. Als ich nickte, ging er hinüber zu Orson und durchsuchte dessen Taschen, bis er den Schlüssel fand. Er wies mich an, mich auf den Bauch zu rollen, und nachdem er die Handschellen aufgeschlossen hatte, zog er ein Jagdmesser aus dem Gürtel und zerschnitt das Seil, das meine Füße gefesselt hatte.

»Sind Sie getroffen?«, fragte ich. Er tastete seine Seite ab. Daunen quollen aus einem Loch in seiner Schutzweste.

»Nur ein Streifschuss«, erwiderte er, während ich mein Halsband öffnete. »Wie ich sehe, haben Sie was an der Schulter abbekommen. Hohlspitzgeschosse, oder?«

»Ja, Sir.«

»Dann steckt die Kugel immer noch drin.« Percy ging wieder zu Orson und presste zwei Finger an seinen Hals. »Ist das Ihr Bruder?«, fragte er und wartete auf einen Puls. Ich nickte. »Was zur Hölle hat er mit Ihnen gemacht?« Ich schwieg. »Schätze, wir suchen besser ’nen Arzt auf.«

Ich stand auf, ging zur Hintertür und sagte: »Ich muss erst noch ein paar Sachen aus der Hütte holen. Würden Sie mir dabei helfen?«

»Darauf können Sie wetten.«

Percy ließ Orsons leere Augen offen stehen, nahm seine Schrotflinte und folgte mir durch die zerstörte Tür nach draußen in den Schnee. Er rief mir etwas wegen meines Freundes hinterher, doch seine Stimme ging in meinem keuchenden Atem unter, und ich blieb nicht stehen, um mich danach zu erkundigen. Meine Schulter brannte.

Vor der Hütte stand ein Schneemobil im Leerlauf. Als ich die vordere Tür erreichte, schaute ich zurück und sah, dass Percy, dessen linke Hand seine Seite stützte und dessen rechte Hand die Doppelflinte hielt, knapp fünf Meter hinter mir zurückgeblieben war.

Ich betrat die Hütte und schloss die Tür hinter mir. Es war so dunkel, dass ich nichts erkennen konnte. *So wird Percy auch nichts erkennen.* Ich schaute aus dem Fenster und sah im Licht des einen Schneemobilscheinwerfers, wie sich Percy langsam durch den Schnee mühte. Ich wich in den Schatten zurück, damit er mich nicht sehen würde, und dachte: *Ich werde ihn nur bewusstlos schlagen. Hier sind Lebensmittel und er ist nicht so schlimm verletzt. Irgendjemand wird schon kommen und ihn suchen. Es gibt keinen anderen Weg.* Seine Stiefel hämmerten auf den Treppenstufen. Ich stellte mich neben die Türangeln, um hinter ihm zu sein, wenn er hereinkam.

»Dave!«, rief er, als die Tür aufschwang. »Was haben Sie gesagt, über …«

Ammoniak.

Warmer Atem befeuchtete meinen Nacken.

Ich drehte mich um und schaute in Luthers Gesicht. Er grinste in die Dunkelheit.

Epilog

Luther begrüßt lächelnd den jungen Morgen. Er schwingt sich aus dem Bett, zieht sich Jeans und zwei Pullover an und geht ins Wohnzimmer. Beim Anblick von Percys gefrorener, dunkelroter Pfütze auf dem Steinboden schmunzelt er.

Während der Kaffee durchläuft, geht er hinaus auf die vordere Veranda. Große Schneeflocken fallen gleichgültig aus dem verhangenen Himmel.

»Hallo, Jungs!«

Orson und Percy antworten nicht. Reglos wie Skulpturen sitzen sie auf beiden Seiten der Tür in Schaukelstühlen und ihre weit aufgerissenen Augen starren in die Wüste, ins Nichts. Sie sind verärgert über ihn, weil er sie die ganze Nacht draußen in der Kälte gelassen hat.

Er setzt sich auf die Stufen und lauscht, aber er kann noch nichts hören. Das ist in Ordnung so. Es ist erst Viertel vor eins. Er ist nicht besorgt. Hinter der Scheune hüpft ein brauner Fleck durch den Schnee – ein Kojote auf Nahrungssuche. Er hat Luther letzte Nacht geweckt, als er den Mond angeheult hat.

Er hört ein ganz leises Brummen. Er steht gemächlich auf, reckt seine Arme über den Kopf und holt Percys Doppelflinte vom Frühstückstisch. Er stellt sie neben sich auf die vordere Veranda, setzt sich wieder auf die Stufen und wartet.

Das Schneemobil gleitet durch die Wüste, ein schwarzer, gleichmäßig wandernder Punkt im Schnee.

Percys Frau hält ihr Schneemobil an und parkt es neben dem ihres verstorbenen Mannes. Sie trägt eine dunkelbraune Skihose und einen schwarzen Anorak, steigt ab und nimmt dabei den Helm ab. Der Schnee reicht ihr bis zu den Hüften. Ihr Gesicht ist ähnlich derb und faltig wie Percys, die Haare fallen ihr lang und grau über die Schultern. Sie lächelt Luther zu und lehnt sich gegen ihr Schneemobil, um Luft zu holen. Er kann in ihrer Sonnenbrille zwei Hütten sehen.

»Hallo«, begrüßt er sie fröhlich. »Pam, nicht wahr?«

»Genau.«

»Es war sehr freundlich, dass Percy mich letzte Nacht hier rausgebracht hat. Ich war bei dem Unwetter sehr besorgt um meine Freunde.«

»Nun, ich weiß es zu schätzen, dass ihr Jungs ihm letzte Nacht Gesellschaft geleistet habt. Hier, ich hab dir deine Werkzeugkiste mitgebracht, Percy, also vielleicht kriegst du dein Schneemobil so weit wieder hin, dass du nach Hause fahren kannst. Hab ihm immer gesagt, ich würde ihm kräftig in den Arsch treten, wenn er ohne Ersatzbatterie losfährt. Was sagst du dazu, Percy?« Sie wirft einen Blick auf ihren Mann, der rechts von Luther sitzt.

»Haben Sie ihn bei irgendwem als vermisst gemeldet?«, fragt Luther und wehrt gleichzeitig einen weiteren Anflug von Benommenheit ab. Pam macht einen Schritt nach vorn und schaut ihren Mann merkwürdig schief an. Luther holt zwei Patronen 4-mm-Schrot aus seiner Tasche.

»Nicht seit ich Sie über Funk erwischt habe«, antwortet sie, allerdings ohne ihn dabei anzuschauen. »Hey, Percy!« Sie nimmt ihre Sonnenbrille ab und blinzelt argwöhnisch erst ihren Mann und dann Luther an. Über Luthers linke Stiefelspitze läuft Blut in den Schnee. »Was zum Teufel ist los mit ihm?«

»Oh, er ist tot.« Sie lächelt, als ob er einen Witz gemacht hätte, und tritt noch einen Schritt näher heran. Als sie Percys Kehle sieht, schaut sie auf Luther, dann auf Orson und schreit. Ein Rabe fliegt verärgert krächzend neben der Scheune aus dem Schnee auf. Pam dreht sich um und macht einen Satz rückwärts in Richtung des Schneemobils.

Luther öffnet die Verschlussnase der Doppelflinte und legt zwei Patronen ein.

Drei Stunden später entspannt er sich auf der vorderen Veranda und schlürft schwarzen Kaffee aus einem Becher. Er kann auch gefällig sein. Er hat Pam und Percy erlaubt, nebeneinander zu sitzen, und sogar Pams Hand so hingelegt, dass sie im Schoß ihres Mannes ruht. Sie werden zusammen steif frieren. Das ist schließlich nicht gänzlich unromantisch.

»Ich werde euch Jungs einen neuen Freund holen«, sagt er. »Wie gefällt euch das?« Er schaut zu Orson und haut ihm auf den Rücken, ein arktischer Fels. »Du redest nicht viel, oder?«, sagt Luther und lacht dabei schallend.

Er hält sich jetzt für die Perfektion von Orson und brennt vor Ekstase.

Erneut läuft ihm warmes Blut die Innenseite des Schenkels hinab …

Luther wacht auf dem Rücken liegend auf. Er starrt an die Decke der überdachten Veranda, der verschüttete Kaffee ist in der Wolle seines Pullovers bereits zu Eis geworden. Er setzt sich auf. Die Wolken sind verschwunden, die Sonne steht tief am Himmel, halb verdeckt von den weißen Felsen in der Ferne. Sein Blick ist bereits durch tanzende schwarze Flecken getrübt – Vorboten des Sterbens, das ihn bald überkommen wird. Unter seinen Füßen ist eine kleine, in der untergehenden Sonne rosa schimmernde, gefrorene Blutlache. Er hat

Frostbeulen vor Kälte. Der Schmerz ist wieder da, doch er reagiert darauf nicht nach Menschenart mit Wimmern. Er ist unbezwingbar, doch sollte er bald aufbrechen, wenn er die Kugel, die Andrew Thomas ihm verpasst hat, überleben will.

Er steht auf, nimmt die Doppelflinte und geht wankend zurück in die Hütte. Am Ende des Flurs schließt er die Tür zum Gästezimmer auf und tritt sie mit dem Fuß auf.

Andrew Thomas liegt reglos auf dem Bett.

»Steh auf«, sagt Luther. Seit letzter Nacht, nachdem er Andrew hier hereingeschleift hatte, hat er den Raum nicht mehr betreten. Andrew setzt sich mühsam auf und lehnt sich gegen die Bretter. Das Atmen fällt ihm schwer und ist sehr schmerzhaft. Der Quilt ist immer noch um seine Schultern gewickelt, er zittert und sein Atem dampft.

»Komm mit!«, befiehlt Luther.

Andrew schaut als Besiegter zu ihm auf. »Ich habe einen Schrotschuss gehört. Sind sie alle tot?«

»Komm mit!«

Orsons Bruder schaut mit Tränen in den Augen zu Boden. »Töte mich doch einfach.«

Luther taumelt. Er fällt gegen die Wand, Blut tropft vom Saum seiner Jeans, er versucht zu zielen, doch die Schrotflinte entgleitet seinen Händen und er sackt zu Boden.

Ich hebe die Schrotflinte auf und berühre mit meinem Finger einen der beiden Abzugshähne. Als ich die Mündung des Laufes gegen Luthers Brust drücke, schmecke ich den Wahnsinn, und großer Gott!, er schmeckt süß.

Ich ziehe den sterbenden Luther hinter mir her bis auf die Veranda und binde ihn mit einem Seil auf dem letzten noch freien Schaukelstuhl fest. Dann hebe ich die rote Fliesdecke auf, die ich von Orsons Bett geholt hatte, und wickele sie um

Percy Madding und die neben ihm sitzende Frau, vermutlich seine Ehefrau. Ich würde sie gerne begraben, doch der Boden unter dem Schnee ist gefroren. Es gibt nichts, was ich noch tun könnte für den Mann, der mir das Leben gerettet hat.

Nachdem es mir gelungen ist, Percys Augen zu schließen, gehe ich mühsam ein paar Schritte hinein in den Schnee, drehe mich um und betrachte den Sterbenden und die Toten.

Die letzten kalten Lichtstrahlen der Sonne werfen ein goldenes Licht auf die Veranda – ein Anblick, der mich bis in alle Ewigkeiten verfolgen wird: Percy Madding, seine Frau, Orson und Luther Kite, jeder in einem Schaukelstuhl, drei tot und einer nicht mehr weit davon entfernt.

Ich zucke zusammen, als Luther die Stimme erhebt. Er zittert inzwischen und kann nicht verhindern, dass seine Zähne klappern. Ich kann mir nicht vorstellen, dass er die Nacht überlebt, und überlege, ob er wohl verblutet oder erfriert.

»Du wirkst entsetzt«, sagt er. »Worüber, Andrew?«

»Überall dieses Blut, Luther.«

»Jeder will Blut. Wir *sind* Krieg. Das ist der Kodex. Krieg und Regression und immer mehr Blut. Willst du mir erzählen, dass dich das nicht anspricht?« Sein schwarzes Haar hängt ihm über das blasse, blutleere Gesicht. Er wartet auf meine Antwort, aber ich habe keine.

Schließlich gehe ich zu meinem Bruder. Unsere Gesichter sind nur Zentimeter voneinander entfernt. Orsons Augen sind immer noch offen und der Mund zu einem leichten Grinsen erstarrt. Der Gedanke an das brutale, verachtungswürdige Vergehen an den Maddings und an all den anderen, die er abgeschlachtet hat, bringt mich fast um, und meine Stimme schallt über die Wüste, als ich ihn rasend vor Wut anbrülle: »Ist das Schönheit, Orson? Ist das Wahrheit?«

Und dann, als hätte ich den Höhepunkt des Fiebers überstanden, fange ich an zu weinen.

Richtung Osten zur 191 gleite ich unter der purpurroten Unendlichkeit von Wyomings Himmel durch den Schnee und mit dem langsamen Verschwinden der Hütte hinter meinem Rücken lässt auch der Wahnsinn nach. Ich frage mich, ob Luther wohl schon tot ist. Ich stelle mir viele Fragen.

Die Kufen kratzen auf dem Straßenbelag und ich halte das Schneemobil auf der anderen Straßenseite an. Ich sitze ab und binde die beiden Koffer los, in die ich Kleidung und den Inhalt aus Orsons Schublade gepackt habe. Ich setze mich auf den Standstreifen. Der Highway ist geräumt worden – der einzige Schnee auf der Straße ist vom Wind aufgewirbelter Pulverschnee. Um mich herum herrscht absolute Stille. Ich spüre einen pochenden Schmerz im linken Arm, doch glücklicherweise hatte Percy Unrecht. Es war ein Durchschuss – ich habe das pilzförmige Projektil heute Morgen aus meiner Schulter gezogen.

Die Sonne ist verschwunden. Uralte Sternbilder und Planeten tauchen langsam am Nachthimmel auf. Der Mond geht über den Winds-Bergen in meinem Rücken auf und sein Licht wirft meinen Schatten auf die Straße. Der leere, bereifte Highway erstreckt sich nach Norden und Süden, so weit ich sehen kann.

Mir ist sehr kalt. Ich stehe auf und stampfe auf der Straße herum. Statt mich wieder auf den Standstreifen zu setzen, gehe ich in eine knietiefe Schneeverwehung hinein und forme einen Schneeengel. Ich liege flach auf dem Rücken, eine weiße Wand umschließt mich, und das Einzige, was ich noch sehen kann, ist das Weltall. Das Einzige, was ich noch spüre, ist die beständig zunehmende Kälte.

Meine Gedanken sind wie elektrisiert.

Ich denke an Orsons Gedicht. Trotzig. Vielleicht mutig.

Wenn wir deinen Tunnel nie betreten hätten, würden wir dennoch in dieser Wüste sein.

Mutter …

Walter …

Ich werde nicht nach North Carolina zurückkehren.

Mit zunehmender Kälte scheint der Wahnsinn weiter abzuebben und mein Verstand wird klar.

Ein Gefühl des Friedens überkommt mich.

Fast wäre ich eingeschlafen, als das entfernte Dröhnen eines Automotors an mein Ohr dringt. Einen Moment lang überlege ich, ob ich hier liegen bleiben und sterben soll. Ich habe aufgehört zu zittern, eine falsche Wärme durchströmt mich.

Ich setze mich mühsam auf. Scheinwerfer tauchen auf und zeigen nach Norden von Rock Springs weg. Ich stehe auf, klopfe mir den Schnee von Percys Anorak und Skihose und trotte steif auf die Straße. *Ein Sattelschlepper,* schätze ich, stelle mich auf die gestrichelte Linie und wedle mit den Armen, bis ich in den Lichtkegel komme.

Zu meiner Überraschung hält die Stoßstange eines langen, weißen Station-Wagons keine drei Meter vor mir. Als ich mich der Fahrerseite nähere, lässt ein junger Mann die Scheibe herunter und lächelt mir entgegen, bis er die Blutergüsse in meinem Gesicht sieht. Seine hübsche Frau stützt den Ellbogen auf die Mittelkonsole und mustert mich aufmerksam. Ihre eine Gesichtshälfte wird von der Hintergrundbeleuchtung der Uhr im Armaturenbrett bläulich erhellt. Auf den Rücksitzen schlafen drei Kinder. Sie liegen übereinander zwischen einem Haufen kleiner Spielsachen.

»Alles in Ordnung?«, fragt der Ehemann.

»Ich weiß nicht. Ich muss nur … müsste in die nächste Stadt mitgenommen werden. Wo auch immer Sie hinfahren. Bitte!« Der Mann blickt zu seiner Frau. Sie spitzt die Lippen.

»Wo ist Ihr Wagen?«

»Ich habe keinen.«

»Wie sind Sie dann hierher gekommen?«

Würden Sie mich bitte bis in die nächste Stadt mitnehmen? Sie sind die Ersten, die heute Abend hier vorbeigekommen sind.«

Der Mann dreht sich wieder zu seiner Frau. Sie beraten sich mit Blicken.

»Schauen Sie, wir wollen unsere Familienangehörigen in Montana besuchen«, sagt er. »Aber Pinedale liegt ungefähr fünfzig Meilen von hier. Bis dorthin nehmen wir Sie mit. Sie können hinten einsteigen.«

»Danke. Ich hol schnell meine Sachen.«

»Richard ...«, murrt seine Frau.

Ich hebe meine Koffer aus dem Schnee und gehe zum hinteren Teil des Station-Wagons. Ich öffne die Hecktür, verstaue mein Gepäck auf dem Boden und klettere hinein.

»Bitte seien Sie leise dort hinten«, flüstert die Frau. »Wir wollen, dass sie die Nacht durchschlafen.« Sie zeigt auf ihre Kinder, als wären es ausgestellte Edelsteine.

Die hinterste Sitzbank ist herausgenommen worden, daher setze ich mich auf den Boden zwischen das Gepäck der Familie: eine rote Kühlbox, Seesäcke, Koffer, ein mit Spielsachen gefüllter Wäschekorb. Mit den Koffern neben meinen Füßen lehne ich mich an die Kühlbox und ziehe die Knie bis zum Kinn hoch. Als wir losfahren, schaue ich aus dem Heckfenster und beobachte, wie der vom Mondschein beleuchtete Highwaystreifen zwischen den Reifen mit zunehmender Geschwindigkeit immer schneller ausgerollt wird.

Eine halbe Stunde lang führt die Straße sanft bergauf. Als wir ein Plateau erreichen, blicke ich zurück über das öde Flachland und halte nach zwei schwarzen Punkten in der unendlichen Schneelandschaft Ausschau.

Auf dem Vordersitz flüstert die Frau: »Du bist süß, Rich.« Sie streichelt über den Nacken ihres Mannes.

Die Lüftung bläst Wärme in mein Gesicht und die Lautsprecher verbreiten eine tröstliche Meeresatmosphäre: spärliches Klavier, Wellen und Möwen, die ruhige Stimme eines Vorlesers.

Und während Orson, Pam und Percy auf der Veranda der Hütte inmitten der unendlichen Stille der Wüste zu Eis erstarren, wärme ich mich wohlig am Atem der Kinder.

»Der neue und unbestreitbare Held des Actionkracher-Romans!«
Bild am Sonntag

Er führte seine Männer durch die Hölle. Er schützte das Leben des Präsidenten gegen jede Gefahr. Er lehrte die gewissenlosesten Terroristen das Fürchten. Captain Shane Schofield, Deckname »Scarecrow«, ist der gefährlichste Mann der Welt – für seine Feinde. Doch dieses Mal ist alles anders. Dieses Mal ist er das Ziel ...

»*Operation Elite* ist eine einzige große Actionszene, so spektakulär, daß man das Buch nur aus der Hand legt, um ab und zu durchzuatmen.«
Freie Presse

Operation Elite
Thriller
ISBN-13: 978-3-548-26448-6
ISBN-10: 3-548-26448-4

ULLSTEIN

UB352

Das Buch

New York Detective Charles »Bird« Parker wählte die falsche Nacht, um sich in seiner Lieblingsbar zu betrinken. Zu Hause hat ein Eindringling seine Frau und seine kleine Tochter umgebracht. Der dämonische Killer arrangierte die Leichen wie ein »Totenkünstler« in einer Art Pieta. Nach dieser Nacht quittiert Bird Parker den Dienst. Nichts ist mehr, wie es vorher war. Bird kämpft jeden Tag mit Schuldgefühlen, Reue und dem überstarken Wunsch, denen, die er liebte, Gerechtigkeit zu verschaffen. Für ihn zählt nur noch eines: den Mörder seiner Familie zu finden. Auf seiner Suche verfolgen ihn perverse Anrufe eines fahrenden Mannes und die Visionen einer alten, schwarzen Seherin im Sumpfland von Louisiana. Doch mit Hilfe der Kriminalpsychologin Rachel Wolfe entdeckt Bird allmählich das Profil eines beispiellos grausamen Serienmörders. Er dringt immer tiefer in die Gedankenwelt des skrupellosen Killers ein . . .
»Die Lösung ist ebenso überraschend wie erschreckend – ein Leckerbissen für Krimifreunde.« (Focus online)

Der Autor

John Connolly, 1968 in Irland geboren, studierte Anglistik und Journalistik. Er lebt heute in Dublin und schreibt für die Irish Times. *Das schwarze Herz* ist sein erster Roman.

Von John Connolly sind außerdem in unserem Hause erschienen:

Das dunkle Vermächtnis
Die Insel
In tiefer Finsternis

John Connolly

Das schwarze Herz

Thriller

Aus dem Englischen
von Jochen Schwarzer

Ullstein

Besuchen Sie uns im Internet:
www.ullstein-taschenbuch.de

Umwelthinweis:
Dieses Buch wurde auf chlor- und säurefreiem Papier gedruckt.

Die Thriller-Bibliothek, eine Kooperation von
TV Movie und Ullstein Buchverlage GmbH

Sonderausgabe Dezember 2006
© TV Movie, Heinrich Bauer Programmzeitschriften Verlags KG, 2006
und © Ullstein Buchverlage GmbH, Berlin 2006
© 2002 für die deutsche Ausgabe by
Ullstein Heyne List GmbH & Co. KG
© 2001 für die deutsche Ausgabe by
Econ Ullstein List Verlag GmbH & Co. KG, München
© der deutschen Ausgabe 2000
Ullstein Buchverlage GmbH & Co. KG, Berlin – München
Copyright © 1999 John Connolly
Published by Arrangement with John Connolly
Titel der englischen Originalausgabe: *Every Dead Thing*
(Hodder & Stoughton, London)
Umschlaggestaltung: Stöhr Kommunikationsdesign, Hamburg
Titelabbildung: M. Forastieri/Getty Images
Gesetzt aus der Sabon
Satz: KompetenzCenter, Mönchengladbach
Druck und Bindearbeiten: Ebner & Spiegel, Ulm
Printed in Germany
ISBN-13: 978-3-548-26689-3
ISBN-10: 3-548-26689-4

Teil 1

Ich bin alles tote Sein ... Und sie gebar mich neu
aus Mangel, Dunkel, Tod, dem was verloren.

JOHN DONNE,
Eine Nachtelegie auf den St. Lucia-Tag

Prolog

Es ist kalt im Auto, eine Grabeskälte. Ich lasse die Klimaanlage voll aufgedreht, damit die sinkende Temperatur mich wach hält. Das Radio ist leise gestellt, doch trotzdem höre ich einen Song, der beharrlich das Motorengeräusch übertönt. Es ist irgendwas aus den frühen Jahren von REM, über Schultern und Regen. Ich habe Cornwall Bridge vor gut acht Meilen passiert und komme nun bald nach South Canaan und dann nach Canaan selbst, um anschließend die Grenze nach Massachusetts zu überqueren. Vor mir verblaßt der helle Sonnenschein, und der Tag gleitet allmählich in die Nacht hinüber.

Der Streifenwagen war in ihrer Todesnacht als erster zur Stelle, ein rotes Flackern in der Finsternis. Zwei Polizisten betraten eilends, aber vorsichtig das Haus, sich bewußt, daß einer der Ihren sie gerufen hatte, ein Polizist, der zum Opfer geworden war, statt den Opfern beizustehen.

Ich saß im Flur, das Gesicht in den Händen, als sie die Küche unserer Wohnung in Brooklyn betraten und sich die Überreste meiner Frau und meines Kindes anschauten. Ich sah zu, wie der eine kurz die Zimmer im ersten Stock inspizierte, während der andere im Wohn- und Eßzimmer nachsah, und sie dann schnell wieder in die Küche gingen, um alles zu bezeugen.

Ich hörte, wie sie über Funk die Spurensicherung anforderten und einen mutmaßlichen Doppelmord meldeten. Ich hörte das Entsetzen in ihren Stimmen, doch sie gaben sich alle Mühe, das Gesehene so objektiv wie möglich zu schildern, wie es sich für gute Polizisten gehörte. Vielleicht hatten sie mich bereits in Verdacht. Sie waren bei der Polizei und wußten besser als sonst jemand, wozu Menschen imstande waren, selbst einer der Ihren.

Und so schwiegen sie, einer am Wagen und der andere neben mir im Flur, bis die Kriminalpolizei draußen vorfuhr, gefolgt von einem Krankenwagen, und sie unsere Wohnung betraten, während die Nachbarn bereits auf die Treppenabsätze und an die Türen kamen und manche nachsahen, was passiert war, was dem jungen Ehepaar dort drüben widerfahren sein mochte, dem Ehepaar mit der kleinen blonden Tochter.

»Bird?« Ich rieb mir die Augen, als ich die Stimme erkannte. Ein Seufzer schüttelte mich. Walter Cole stand über mir, hinter ihm McGee, sein Gesicht in Blaulicht getaucht und trotzdem blaß, erschüttert von dem, was er gesehen hatte. Draußen hörte man weitere Autos vorfahren. Ein Rettungssanitäter kam an die Tür und lenkte Cole von mir ab. »Der Sanitäter ist da«, sagte einer der Streifenpolizisten, und neben ihm stand ein dünner, blasser junger Mann. Cole nickte und wies auf die Küche.

»Birdman«, sagte Cole in eindringlicherem, schrofferem Ton. »Willst du mir mal erzählen, was hier passiert ist?«

Ich parke vor dem Blumenladen. Es weht eine laue Brise, und die Mantelschöße spielen mir wie Kinderhände um die Beine. Im Laden ist es kalt, kälter als nötig, und es duftet nach Rosen. Rosen kommen nie aus der Mode. Es ist immer Rosenzeit.

Ein Mann bückt sich und betrachtet aufmerksam die dikken, fleischigen Blätter einer kleinen Grünpflanze. Als ich das Geschäft betrete, erhebt er sich langsam und mühselig.

»'n Abend«, sagt er. »Sie wünschen?«

»Ich hätte gern ein paar von den Rosen. Geben Sie mir ein Dutzend. Nein, lieber zwei Dutzend.«

»Zwei Dutzend Rosen, jawohl, Sir.« Er ist stämmig und kahl und vielleicht Anfang sechzig. Sein Gang ist steif, er beugt die Knie kaum. Seine Fingergelenke sind von Arthritis geschwollen.

»Die Klimaanlage spielt verrückt«, sagt er. Als er an dem altmodischen Wandregler vorbeikommt, betätigt er einen Schalter. Nichts tut sich.

Der Laden ist alt und geht am hinteren Ende in ein langes, gläsernes Treibhaus über. Der Mann öffnet die Tür und hebt drinnen behutsam Rosen aus einem Eimer. Als er vierundzwanzig Blumen abgezählt hat, schließt er die Tür hinter sich und legt die Rosen auf ein Stück Plastikfolie auf dem Verkaufstresen.

»Geschenkverpackung?«

»Nein. Plastikfolie reicht.«

Er schaut mich einen Augenblick lang an, und ich kann es förmlich rattern hören, als er mich allmählich erkennt. »Kenne ich Sie nicht von irgendwoher?«

Städter haben ein kurzes Gedächtnis. Auf dem Lande halten die Erinnerungen länger.

Tatortbefund

New York Police Department Aktenzeichen 96–12–1806

Delikt	Mord
Opfer	Susan Parker, weiß/weibl.
	Jennifer Parker, weiß/weibl.
Tatort	1219 Hobart Street, Küche
Datum	12. 12. 1996 **Uhrzeit** Gegen 21.30 Uhr
Todesursache	Erstechen
Tatwaffe	Scharfkantiger Gegenstand, wahrscheinlich Messer (nicht gefunden)
Berichterstatter	Walter Cole, Detective Sergeant

Objektiver Befund

Am 13. Dezember 1996 war ich auf Anforderung von Officer Gerald Kersh in 1219 Hobart Street, um in einem gemeldeten Mordfall zu ermitteln.

Detective Second Grade Charles Parker gab an, er habe nach einem Streit mit seiner Ehefrau Susan Parker um 19 Uhr das

Haus verlassen. Sei in Tom's Oak Tavern gegangen und dort bis gegen 1.30 Uhr am 13. Dezember geblieben. Habe das Haus durch die Vordertür betreten und Veränderungen an den Möbeln im Flur bemerkt. Habe die Küche betreten und Frau und Tochter gefunden. Er gab an, seine Frau sei an einen Küchenstuhl gefesselt gewesen und die Leiche der Tochter scheine vom Nachbarstuhl fortbewegt und über die Leiche der Mutter gelegt worden zu sein. Rief um 1.55 Uhr die Polizei und wartete am Tatort.

Die Opfer, mir gegenüber von Charles Parker identifiziert als Susan Parker (Ehefrau, 33 Jahre alt) und Jennifer Parker (Tochter, 3 Jahre alt), befanden sich in der Küche. Susan Parker war in der Mitte des Raums mit dem Gesicht zur Tür an einen Küchenstuhl gefesselt. Ein zweiter Stuhl stand daneben, an dessen Rükkenlehne noch einige Seile befestigt waren. Jennifer Parker lag auf dem Schoß ihrer Mutter, mit dem Gesicht nach oben.

Susan Parker war barfuß und trug eine blaue Jeans und eine weiße Bluse. Bluse aufgerissen und bis zur Taille runtergezogen, Brüste entblößt. Jeans und Unterhose waren bis zu den Waden runtergezogen. Jennifer Parker war barfuß und trug ein weißes Nachthemd mit blauem Blumenmuster.

Ich wies Annie Minghella von der Spurensicherung an, eine vollständige Untersuchung durchzuführen. Nachdem die Opfer von Gerichtsmediziner Clarence Hall für tot erklärt und freigegeben waren, fuhr ich mit den Leichen ins Krankenhaus. Ich beaufsichtigte Dr. Anthony Loeb, der die Opfer auf Vergewaltigung hin untersuchte und mir die Ergebnisse übergab. Folgende Beweismittel sind sichergestellt:

96-12-1806-M1	Weiße Bluse von der Leiche von Susan Parker (Opfer Nr. 1)
96-12-1806-M2	Blaue Jeans von Opfer 1
96-12-1806-M3	Blaue Baumwollunterhose von Opfer 1
96-12-1806-M4	Schamhaar-Auskämmungen von Opfer 1
96-12-1806-M5	Vaginalabstrich von Opfer 1
96-12-1806-M6	Fingernagelrückstände von Opfer 1, rechte Hand
96-12-1806-M7	Fingernagelrückstände von Opfer 1, linke Hand

96-12-1806-M 8	Haarauskämmungen von Opfer 1, rechte Stirnseite
96-12-1806-M 9	Haarauskämmungen von Opfer 1, linke Stirnseite
96-12-1806-M10	Haarauskämmungen von Opfer 1, rechte Hinterseite
96-12-1806-M11	Haarauskämmungen von Opfer 1, linke Hinterseite
96-12-1806-M12	Weiß-blaues Nachthemd von der Leiche von Jennifer Parker (Opfer Nr. 2)
96-12-1806-M13	Vaginalabstrich von Opfer 2
96-12-1806-M14	Fingernagelrückstände von Opfer 2, rechte Hand
96-12-1806-M15	Fingernagelrückstände von Opfer 2, linke Hand
96-12-1806-M16	Haarauskämmungen von Opfer 2, rechte Stirnseite
96-12-1806-M17	Haarauskämmungen von Opfer 2, linke Stirnseite
96-12-1806-M18	Haarauskämmungen von Opfer 2, rechte Hinterseite
96-12-1806-M19	Haarauskämmungen von Opfer 2, linke Hinterseite

Wir hatten uns wieder einmal heftig gestritten, und daß wir zuvor miteinander geschlafen hatten, machte es noch schlimmer. Die Glut früherer Streitigkeiten wurde wieder angefacht: daß ich trank und Jenny vernachlässigte; meine Anfälle von Verbitterung und Selbstmitleid. Als ich aus dem Haus stürmte, hallten mir Susans Schreie in die kalte Nacht hinterher.

Es waren zwanzig Minuten zu Fuß zu der Kneipe. Als der erste Schluck Wild Turkey in meinem Magen ankam, löste sich die körperliche Anspannung, und ich verfiel in die gewohnte Suffroutine: erst wütend, dann gefühlsduselig, melancholisch, reumütig, voller Selbstvorwürfe. Als ich die Bar verließ, war nur noch der harte Kern übrig, ein Säuferchor, der gegen Van Halen aus der Jukebox angrölte. Vor der Tür stolperte ich, fiel die Treppe hinunter und schürfte mir auf dem Kies die Knie auf.

Und dann stolperte ich nach Hause, mir war schlecht und schwindelig, und die Autos machten große Schlenker, um mir auszuweichen, wenn ich auf die Straße schwankte, Schrecken und Wut auf den Gesichtern der Fahrer.

Als ich an der Tür ankam, kramte ich nach meinem Schlüssel, und während ich damit kämpfte, ihn ins Schloß zu bekommen, zerkratzte ich den weißen Türlack. Unter dem Schloß waren schon jede Menge Kratzer.

Sobald ich die Haustür geöffnet hatte und die Diele betrat, wußte ich, daß etwas nicht stimmte. Beim Fortgehen war es warm im Haus gewesen, die Heizung war voll aufgedreht, weil Jennifer im Winter unablässig fror. Sie war ein schönes, aber zartes Kind, zerbrechlich wie eine Porzellanvase. Jetzt war es im Haus so kalt wie draußen in der Nacht, es herrschte eine Grabeskälte. Ein Blumenständer aus Mahagoni lag umgestürzt auf dem Teppich, der Blumentopf, in zwei Teile zerbrochen, inmitten der Erde. Die Wurzeln des Weihnachtssterns darin ragten häßlich ans Licht.

Ich rief nach Susan, dann noch einmal und lauter. Der Schnapsdunst lichtete sich allmählich, und ich hatte schon einen Fuß auf die Treppe nach oben zu den Schlafzimmern gesetzt, als ich hörte, wie die Hintertür gegen die Küchenspüle schlug. Instinktiv griff ich nach meinem Colt DE, doch den hatte ich oben auf meinem Schreibtisch liegenlassen, ehe ich Susan und einer weiteren Episode aus der Geschichte unserer scheiternden Ehe entgegengetreten war. Damals verfluchte ich mich. Später sollte es versinnbildlichen, wie vollständig ich versagt hatte und wie sehr ich alles bedauerte.

Ich ging vorsichtig auf die Küche zu, tastete mich mit den Fingerspitzen links an der kalten Wand entlang. Die Küchentür stand nur einen Spalt breit offen, und ich schob sie langsam mit der Hand auf. »Susie?« rief ich, als ich die Küche betrat. Mein Fuß glitt kurz auf etwas Klebrigem, Feuchtem aus. Ich sah nach unten, und ich war in der Hölle.

Im Blumenladen kneift der alte Mann verwirrt die Augen zusammen und fuchtelt leutselig mit dem Zeigefinger vor mir herum.

»Ich kenne Sie ganz bestimmt von irgendwoher.«

»Das glaube ich nicht.«

»Sind Sie aus der Gegend? Vielleicht aus Canaan? Monterey? Otis?«

»Nein. Von woanders.« Ich werfe ihm einen Blick zu, der signalisiert, daß er sich lieber nicht weiter erkundigen soll, und merke, daß er klein beigibt. Ich bin drauf und dran, mit Kreditkarte zu bezahlen, überlege es mir dann aber anders. Statt dessen zähle ich das Bargeld aus meiner Brieftasche ab und lege es auf den Tresen.

»Von woanders«, sagt er und nickt, als hätten die Worte für ihn eine tiefere, verborgene Bedeutung. »Muß eine große Stadt sein. Ich treffe ständig Leute von dort.«

Doch da verlasse ich bereits den Laden. Als ich ausparke, sehe ich ihn am Fenster stehen und mir nachschauen. Hinter mir tropft sacht Wasser von den Rosenstengeln und sammelt sich am Boden.

Tatortbefund, ff., Aktenzeichen 96-12-1806. Susan Parker saß auf einem Küchenstuhl aus Kiefernholz, das Gesicht nach Norden zur Küchentür gewandt. Ihr Kopf war 3,23 Meter von der Nordwand und 1,90 Meter von der Ostwand entfernt. Ihre Arme waren hinter ihrem Rücken...

mit einer Schnur an die Streben der Rückenlehne gefesselt. Die Füße waren einzeln an die Stuhlbeine gebunden, und ich hatte den Eindruck, ihr Gesicht, das größtenteils vom Haar verdeckt war, wäre so blutüberströmt, daß man die Haut nicht erkennen könne. Ihr Kopf hing nach hinten, und ihre Kehle klaffte wie ein zweiter Mund, verharrend in einem lautlosen, dunkelroten Schrei. Unsere Tochter lag auf Susans Schoß, ein Arm hing zwischen den Beinen ihrer Mutter.

Das Zimmer um sie herum war so rot wie der Schauplatz einer fürchterlichen Rachetragödie, wo Blut mit Blut vergolten wurde. Es klebte an der Decke und den Wänden, als wäre das Haus selbst tödlich verwundet. Das Blut bedeckte den Boden und schien meine Gedanken in eine scharlachrote Finsternis hinabzureißen.

Susan Parkers Nase war gebrochen. Verletzung entsprach Aufprall auf Wand oder Boden. Blutspur auf Wand neben Küchentür enthielt Knochensplitter, Nasenhaar und Schleim...

Susan hatte versucht wegzulaufen und Hilfe für sich und unsere Tochter zu holen, aber sie war nur bis zur Tür gelangt. Dort holte er sie ein, packte sie bei den Haaren und knallte sie gegen die Wand. Sie blutete und litt Schmerzen, und er zerrte sie zurück auf den Stuhl und in den Tod.

Jennifer Parker lag ausgestreckt und mit dem Gesicht nach oben auf den Oberschenkeln ihrer Mutter, und ein zweiter Küchenstuhl aus Kiefernholz stand daneben. Um die Rückenlehne des Stuhls gewickelte Schnüre entsprachen den Malen an Jennifer Parkers Hand- und Fußgelenken.

Um Jenny herum war nicht so viel Blut, aber ihr Nachthemd war getränkt von dem Blutfluß aus dem tiefen Schnitt durch ihre Kehle. Sie lag mit dem Gesicht zur Tür, ihr Haar hing nach vorne und verdeckte ihr Gesicht, ein paar Strähnen klebten an dem Blut auf ihrer Brust, die Zehen ihrer nackten Füße baumelten über dem Kachelboden. Ich konnte sie nur kurz ansehen, denn Susan zog im Tode wie auch im Leben meinen Blick auf sich, selbst angesichts der Trümmer unserer gemeinsam verbrachten Zeit.

Und als ich sie ansah, spürte ich, wie ich die Wand hinabglitt, und ein Wehklagen, halb Tier, halb Kind, brach tief aus mir hervor. Ich betrachtete die schöne Frau, die meine Frau gewesen war, und ihre blutigen, leeren Augenhöhlen schienen mich aufzusaugen und in Dunkelheit zu hüllen.

Die Augen beider Opfer waren verstümmelt, wahrscheinlich mit einem scharfen, einem Skalpell ähnlichen Messer. Susan Parkers Oberkörper war teilweise gehäutet. Vom Schlüsselbein bis zum Nabel war die Haut partiell gelöst, über die rechte Brust gezogen und über den rechten Arm gelegt.

Der Mond schien durch das Fenster hinter ihnen und legte einen kalten Glanz auf die schimmernden Arbeitsflächen, die gekachelten Wände und stählernen Wasserhähne über der Spüle. Das Mondlicht fing sich in Susans Haar, umhüllte silbern ihre nackten Schultern und schimmerte an einigen Stellen durch die dünne Membran der Haut, die ihr über den Arm gezogen war wie ein Umhang, zu dünn, um die Kälte abzuhalten.

Die Genitalsphäre beider Opfer war in erheblichem Maße verstümmelt und

Und dann hatte er ihnen die Gesichter abgeschnitten.

Es wird nun schnell dunkel, und im Scheinwerferlicht sieht man das kahle Astwerk der Bäume, die gepflegten Rasenkanten der Vorgärten, reinlich weiße Briefkästen, ein Kinderfahrrad, das vor einer Garage liegt. Der Wind wird stärker, und wenn ich aus dem Schutz der Bäume herauskomme, rüttelt er am Wagen. Ich bin jetzt unterwegs nach Becket und Washington, in die Berkshire Hills. Bin fast da.

Keine Anzeichen eines gewaltsamen Eindringens. Vollständige Maße und Skizze des gesamten Zimmers wurden aufgenommen. Dann wurden die Leichen freigegeben.

Einstäuben nach Fingerabdrücken ergab folgende Resultate:

Küche/Flur/Wohnzimmer – verwertbare Abdrücke, später identifiziert als die von Susan Parker (96-12-1806-7), Jennifer Parker (96-12-1806-8) und Charles Parker (96-12-1806-9).

Hintertür in der Küche – keine verwertbaren Abdrücke; Wasserspuren auf der Oberfläche deuten darauf hin, daß die Tür abgewischt wurde. Keine Anzeichen für einen Einbruch.

Überprüfung der Haut der Opfer ergab keine Fingerabdrücke.

Charles Parker wurde zur Mordkommission gebracht und hat ausgesagt (siehe Anlage).

Ich wußte, was sie da taten, als ich im Vernehmungsraum saß. Ich hatte es oft genug selbst getan. Sie befragten mich, wie ich andere befragt hatte, in der merkwürdigen, förmlichen Ausdrucksweise eines Polizeiverhörs. »Was war, soweit Sie sich erinnern, Ihr nächster Schritt?« »Erinnern Sie sich bezüglich des Tresens an den Standort der übrigen Gäste?« »Ist Ihnen hinsichtlich des Zustands des Schlosses der Hintertür etwas aufgefallen?« Es ist eine schwer verständliche, gewundene Ausdrucksweise, eine Vorwegnahme des Juristenjargons, der durch jedes Strafverfahren wabert wie Rauch durch eine Kneipe.

Als ich meine Aussage abgegeben hatte, erkundigte sich Cole im Tom's und bestätigte, daß ich zur angegebenen Uhrzeit dort gewesen war und meine Frau und mein Kind nicht umgebracht haben konnte.

Trotzdem gab es Geflüster. Ich wurde wieder und wieder über meine Ehe ausgefragt, über mein Verhältnis zu Susan und darüber, was ich in den Wochen vor dem Mord getan hatte. Aus Susans Lebensversicherung stand mir ein erheblicher Geldbetrag zu, und auch darüber wurde ich verhört.

Nach den Angaben der Gerichtsmedizin waren Susan und Jennifer ungefähr seit vier Stunden tot, als ich sie fand. Hals und Unterkiefer waren bereits in Totenstarre verfallen, was darauf hindeutete, daß sie gegen 21.30 Uhr gestorben waren, eventuell ein bißchen früher.

Susan war an der durchtrennten Halsschlagader gestorben, aber Jenny ... Jenny war an etwas gestorben, was man als massive Adrenalinausschüttung beschrieb, die zu Herzkammerflimmern und schließlich zum Tod geführt hatte. Jenny, die immer ein zartes, empfindliches Kind war, ein Kind mit einem allzu schwachen Herzen, war buchstäblich vor Angst gestorben, ehe der Mörder auch nur Gelegenheit hatte, ihr die Kehle durchzuschneiden. Sie war bereits tot, als ihr Gesicht abgetrennt wurde, meinte der Gerichtsmediziner. Was er von Susan nicht behaupten konnte. Und auch warum Jennifers Leiche bewegt worden war, wußte er nicht zu sagen.

Weitere Berichte folgen.

Walter Cole, Detective Sergeant.

Ich hatte das Alibi eines Trinkers. Während mir jemand Frau und Kind nahm, trank ich Bourbon in einer Kneipe. Doch in meinen Träumen besuchen sie mich immer noch, manchmal strahlend und schön wie zu Lebzeiten und dann wieder gesichtslos und blutüberströmt wie im Tode, und locken mich tiefer hinein in eine Finsternis, in der die Liebe keinen Platz hat und sich das Böse verbirgt, hinter Tausenden leeren Augen und den abgehäuteten Gesichtern der Toten.

Bei meiner Ankunft ist es dunkel und das Tor verschlossen. Ich steige mühelos über die niedrige Mauer. Ich gehe vorsichtig, um nicht auf Grabsteine oder Blumen zu treten, und dann stehe ich vor ihnen. Auch in der Dunkelheit weiß ich, wo ich sie finden kann, und sie wiederum finden mich.

Manchmal besuchen sie mich im Dämmern zwischen Schlaf und Erwachen, wenn es auf den dunklen Straßen still ist oder wenn das Morgengrauen durch den Vorhangschlitz sickert und das Zimmer allmählich in fahles Licht taucht. Sie besuchen mich, und im Halbschatten sehe ich ihre Gestalt, meine Frau und Tochter vereint, mich schweigend betrachtend, blutüberströmt, eines gewaltsamen Todes gestorben. Sie besuchen mich, ihr Atem streicht mir des Nachts über die Wange, und ihre Finger im Geäst der Bäume tapsen an mein Fenster. Sie besuchen mich, und ich bin nicht mehr allein.

Kapitel 1

Die Kellnerin war in den Fünfzigern und trug einen engen, schwarzen Minirock, eine weiße Bluse und schwarze Stöckelschuhe. Sie quoll überall aus ihrer Kleidung hervor, als wäre sie irgendwann zwischen Ankleiden und Arbeitsantritt auf mysteriöse Weise angeschwollen. Wenn sie mir Kaffee nachschenkte, nannte sie mich jedesmal »Schätzchen«. Weiter sagte sie nichts, und mir war das nur recht.

Ich saß bereits über anderthalb Stunden am Fenster und betrachtete das Sandsteingebäude auf der anderen Straßenseite, und die Kellnerin fragte sich wahrscheinlich, wie lange ich denn noch bleiben und ob ich je zahlen würde. Draußen, auf den Straßen von Astoria, wimmelte es von Leuten auf Schnäppchenjagd. Ich hatte sogar die *New York Times* von der ersten bis zur letzten Seite durchgelesen, ohne dabei einzunicken, während ich darauf wartete, daß Fat Ollie Watts aus seinem Versteck auftauchte. Allmählich war meine Geduld zu Ende.

In schwachen Momenten habe ich mir manchmal überlegt, ob ich die *New York Times* an Wochentagen nicht wegschmeißen und mich auf die Sonntagsausgabe beschränken sollte, wenn man zumindest einen Berg Papier für sein Geld bekam. Die andere Möglichkeit bestand darin, die *Post* zu lesen, aber dann hätte ich auch damit anfangen müssen, Gutscheine auszuschneiden und in Pantoffeln einkaufen zu gehen.

Mir fiel eine Geschichte ein, die ich über den Medienmogul Rupert Murdoch gehört hatte. Nachdem er in den Achtzigern die *Post* aufgekauft hatte, war er an Bloomingdale's herangetreten, in der Hoffnung, sie würden dort Anzeigen schalten. Zur Entgegnung hatte der Boß von Bloomingdale's eine Augenbraue hochgezogen und gemeint: »Das Problem, Mister Murdoch, ist nur, daß Ihre Leser unsere Verkäufer sind.« Ich war kein großer Freund von Bloomingdale's, aber das war ein überzeugendes Argument gegen ein *Post*-Abonnement.

Aber vielleicht war die *Times* gar nicht schuld daran, daß ich an diesem Morgen so allergisch auf sie reagierte. Es war bekanntgegeben worden, daß Hansel McGee, Richter am obersten Gerichtshof der Bronx und einer der schlimmsten seines Standes in New York City, im Dezember pensioniert und wahrscheinlich in den Vorstand der städtischen Kommission für das Gesundheitswesen berufen würde.

Mir wurde schon schlecht, wenn ich McGees Name nur in der Zeitung las. In den Achtzigern hatte er den Vorsitz bei einem Verfahren um eine Frau inne, die mit neun Jahren von einem Vierundfünfzigjährigen namens James Johnson vergewaltigt worden war, einem Toilettenwart im Pelham Bay Park, der wegen Raub, Körperverletzung und Vergewaltigung vorbestraft war.

McGee schmetterte das von den Geschworenen der Frau zugesprochene Schmerzensgeld von dreieinhalb Millionen Dollar mit den folgenden Worten ab: »Ein unschuldiges Kind wurde ohne ersichtlichen Grund auf abscheuliche Weise mißhandelt; doch das gehört zu den Risiken des Lebens in einer modernen Gesellschaft.« Damals erschien mir sein Richtspruch herzlos und eine absurde Rechtfertigung, nur um den Entscheid zu kippen. Als ich nun, nach allem, was meiner Familie widerfahren war, seinen Namen sah, kamen mir seine Ansichten noch widerwärtiger vor, symptomatisch für das Verschwinden der Güte angesichts des Bösen.

Ich strich McGee aus meinen Gedanken, faltete die Zeitung ordentlich zusammen, tippte eine Nummer in mein

Handy und schaute zu einem der oberen Fenster des leicht heruntergekommenen Wohnblocks auf der anderen Straßenseite hoch. Das Telefon wurde nach dem dritten Klingeln abgenommen, und eine Frauenstimme flüsterte ein zaghaftes »Hallo«. Die Stimme klang nach Schnaps und Zigaretten, wie eine Kneipentür, die über einen staubigen Fußboden schabt.

»Sagen Sie Ihrem fetten Arschgesicht von Freund, daß ich komme, um ihn zu holen, und daß er sich lieber nicht von mir jagen lassen soll«, sagte ich. »Ich bin echt fertig und habe keine Lust, in dieser Hitze groß rumzurennen.« Kurz und bündig, so war ich eben. Ich legte auf, ließ fünf Dollar auf dem Tisch liegen und ging hinaus auf die Straße, um darauf zu warten, daß Fat Ollie Watts in Panik geriet.

In der Stadt herrschte eine schwüle Hitzewelle, die am folgenden Tag mit Gewittern und Regen zu Ende gehen sollte. Doch im Moment hielt man es nur in T-Shirt, Chinohose und überteuerter Sonnenbrille aus, und wenn man das Pech hatte, eine verantwortungsvolle Stelle zu bekleiden, schwitzte man in seinem Anzug wie ein Schwein, sobald man außerhalb der Reichweite einer Klimaanlage war. Nicht ein Windstoß milderte die Hitze.

Zwei Tage zuvor hatte sich ein einsamer Schreibtischventilator abgemüht, etwas gegen die träge Hitze in Benny Lows Büro in Brooklyn Heights auszurichten. Durch ein offenes Fenster hörte ich von der Atlantic Avenue arabische Wortfetzen und roch die Küchendüfte aus dem Moroccan Star eine Ecke weiter. Benny war ein kleiner Kautionskredithai, der sich darauf verlassen hatte, daß sich Fat Ollie bis zu seinem Prozeß nicht von der Stelle rühren würde. Daß er Fat Ollies Vertrauen in die Justiz falsch eingeschätzt hatte, trug mit dazu bei, daß Benny ein kleiner Kautionskredithai bleiben würde.

Auf Fat Ollie Watts war eine ansehnliche Summe ausgesetzt, und im Bodensediment eines Teichs war mehr Grips versammelt als in den Köpfen der meisten Kautionsflüchtigen. Die Kaution für Fat Ollie betrug fünfzigtausend Dollar: das Ergebnis einer Meinungsverschiedenheit zwischen Ollie und den Mächten von Recht und Gesetz über die genauen Besitzverhältnisse an einem Chevy Beretta, Baujahr 93, einem Mercedes 300SE, Baujahr 90, und diversen gut ausgestatteten Sportwagen, die sämtlich auf illegalem Wege in Ollies Besitz gelangt waren.

Fat Ollies Glück ließ ihn im Stich, als ein adleräugiger Polizist, der mit Ollies Ruf als nicht eben strahlende Leuchte in der Finsternis einer gesetzlosen Welt vertraut war, den Chevy unter einer Plane entdeckte und die Nummernschilder überprüfen ließ.

Sie waren falsch, und Ollie wurde verhaftet und verhört. Er hielt dicht, doch sobald er auf Kaution frei war, packte er seine Sachen und machte sich aus dem Staub, um weiteren Fragen darüber aus dem Weg zu gehen, wer ihm die Autos anvertraut hatte. Als Quelle galt Salvatore »Sonny« Ferrera, der Sohn eines prominenten Mafioso. Man munkelte in letzter Zeit, das Verhältnis zwischen Vater und Sohn sei zerrüttet, doch niemand sprach aus, warum.

»Scheiß Mafiakram«, wie sich Benny Low an diesem Tag in seinem Büro ausgedrückt hatte.

»Hat das was mit Fat Ollie zu tun?«

»Woher zum Henker soll ich das wissen? Willst du Ferrera anrufen und ihn fragen?«

Ich schaute mir Benny Low an. Er hatte eine Vollglatze, und das, soweit ich wußte, seit er Anfang zwanzig gewesen war. Auf seinem unbehaarten Schädel glitzerten winzige Schweißperlen. Er hatte rote Wangen, und sein Doppelkinn sah aus, als sei es aus geschmolzenem Wachs. In seinem kümmerlichen Büro, das sich über einer moslemischen Schlachterei befand, roch es nach Schweiß und Schimmel. Ich war mir nicht einmal sicher, weshalb ich zugesagt hatte, den Auftrag zu übernehmen. Ich hatte ja Geld: Geld von der Versicherung, Geld aus dem Verkauf des Hauses, Geld von einem ehemals gemeinsamen Konto, ja sogar eine kleine Pension, und Benny Lows Geld würde mich nicht glücklicher machen. Vielleicht wollte ich nur etwas zu tun haben.

Benny Low schluckte vernehmlich. »Was denn? Was schaust du mich so an?«

»Du kennst mich doch, Benny, nicht wahr?«

»Was soll 'n das jetzt? Klar kenn' ich dich. Brauchst du ein Empfehlungsschreiben? Was?« Er lachte halbherzig und spreizte wie flehentlich die wurstfingrigen Hände. »Brauchst du?« fragte er noch einmal. Seine Stimme stockte, und zum ersten Mal wirkte er ängstlich. Ich wußte, daß man in den Monaten seit den Todesfällen über mich geredet hatte; darüber, was ich getan hatte, und darüber, was ich getan haben mochte. Benny Lows Blick sagte mir, daß auch er davon gehört hatte und glaubte, es könne etwas dran sein an den Geschichten.

Etwas an Fat Ollies Flucht schmeckte mir überhaupt nicht. Ollie hätte nicht zum ersten Mal wegen Autodiebstahl vor einem Richter gestanden, obgleich die angebliche Verbindung zur Familie Ferrera diesmal die Kaution in die Höhe getrieben hatte. Und Ollie hatte einen guten Anwalt, auf den er sich verlassen konnte, sonst hätte seine einzige Verbindung zur Automobilindustrie darin bestanden, auf Rikers Island Nummernschilder zu stanzen. Er hatte keinen besonderen Grund zu flüchten und auch keinen Grund, sein Leben aufs Spiel zu setzen, indem er Sonny in so was reinzog.

»Nein, Benny. Nur so. Wenn du sonst was hörst, erzählst du's mir.«

»Geht klar«, sagte Benny und entspannte sich wieder. »Du erfährst es als erster.«

Als ich sein Büro verließ, hörte ich ihn vor sich hin murmeln. Ich war mir nicht sicher, was er sagte, wußte aber, wonach es klang. Es klang, als hätte mich Benny Low eben einen Mörder genannt, ganz genau wie mein Vater.

Ich brauchte einen Großteil des folgenden Tages, um mit gezieltem Nachfragen Ollies momentane Freundin zu lokalisieren, und an diesem Morgen weitere fünfzig Minuten, um zu erfahren, ob Ollie bei ihr war – indem ich einfach bei den thailändischen Imbissen der Gegend anrief und fragte, ob sie in der vergangenen Woche etwas an diese Adresse geliefert hätten.

Ollie aß liebend gern thailändisch, und wie die meisten, die sich verdrücken, behielt er auch auf der Flucht seine

Gewohnheiten bei. Die Leute ändern sich nicht groß, weshalb man die Dümmeren normalerweise leicht findet. Sie abonnieren die gleiche Zeitschrift, essen in denselben Restaurants, trinken das gleiche Bier, rufen dieselben Frauen an, schlafen mit denselben Männern. Nachdem ich damit gedroht hatte, das Gesundheitsamt einzuschalten, bestätigte eine orientalische Kakerlakenbude namens Bankok Sun House Lieferungen an eine gewisse Monica Mulrane unter dieser Adresse in Astoria. Und das führte zu dem Kaffee, der *New York Times* und dem Telefonat, das Ollie aufwecken sollte.

Erwartungsgemäß und helle wie eine Zehn-Watt-Birne öffnete Ollie ungefähr vier Minuten nach meinem Anruf die Tür von Haus Nr. 2317, steckte den Kopf heraus und latschte dann unbeholfen die Treppe hinunter, auf den Bürgersteig zu. Er war eine Witzfigur, Haarsträhnen quer über die Halbglatze angeklatscht, der Gummizug seiner hellbraunen Hose dehnte sich über einer Wampe von beängstigendem Ausmaß. Monica Mulrane mußte ihn schon sehr lieben, daß sie bei ihm blieb, denn er hatte kein Geld und war nun wirklich kein erfreulicher Anblick. Schon komisch, aber irgendwie mochte ich den fetten Ollie Watts.

Er hatte eben einen Fuß auf den Bürgersteig gesetzt, als ein Jogger in einem grauen Trainingsanzug mit übergestülpter Kapuze um die Ecke bog, zu Ollie lief und aus einer Pistole mit Schalldämpfer drei Kugeln in ihn hineinpumpte. Ollies weißes Hemd war augenblicklich rot gefleckt, und er klappte zusammen. Der Jogger, ein Linkshänder, stand über ihm und schoß ihm noch einmal in den Kopf.

Jemand schrie, und ich sah eine Brünette, wahrscheinlich die mittlerweile Hinterbliebene, Monica Mulrane, an der Tür ihres Wohnblocks verharren, ehe sie auf den Bürgersteig lief und sich neben Ollie kniete, mit der Hand über seinen kahlen, blutigen Kopf strich und weinte. Der Jogger wich bereits zurück, auf den Fußballen federnd wie ein Boxer, der auf die Glocke wartet. Dann blieb er stehen, kam zurück und schoß der Frau einmal von oben in den Kopf. Sie brach über Ollie Watts Leiche zusammen, ihr

Rücken schirmte seinen Kopf ab. Die Passanten suchten hinter Autos und in Läden Deckung, und der Straßenverkehr kam zum Stillstand.

Ich war schon fast über die Straße, meine Smith & Wesson in der Hand, als der Jogger davonlief. Er duckte sich und rannte sehr schnell, die Pistole immer noch in der linken Hand. Obwohl er schwarze Handschuhe trug, hatte er die Waffe nicht am Tatort weggeworfen. Entweder war die Pistole ein Unikat oder der Schütze dumm. Ich setzte auf letzteres.

Ich holte ihn allmählich ein, als ein schwarzer Chevy Caprice mit getönten Fenstern aus einer Seitenstraße schoß, quietschend bremste und auf ihn wartete. Wenn ich nicht schoß, würde er entkommen. Wenn ich schoß, hatte ich die Bullen am Hals. Ich entschied mich. Er war fast am Wagen angelangt, als ich zwei Schüsse abfeuerte. Der eine traf die Tür des Chevy, der andere riß ein blutiges Loch in den rechten Sweatshirt-Ärmel des Joggers. Er fuhr herum und schoß dabei wie wild zweimal auf mich, und ich konnte seine weit aufgerissenen, strahlenden Augen sehen. Der Mörder war high.

Als er sich zu dem Chevy umdrehte, brauste der davon, den Fahrer hatten meine Schüsse aufgescheucht, und er überließ den Mörder von Fat Ollie Watts seinem Schicksal. Der feuerte einen weiteren Schuß ab, der das Fenster eines Autos links von mir zerspringen ließ. Ich hörte Leute kreischen und, in der Ferne, näher kommendes Sirenengeheul.

Der Jogger sprintete auf eine Gasse zu und schaute dabei über die Schulter. Meine Schuhsohlen hämmerten hinter ihm auf das Pflaster. Als ich die Ecke erreichte, schlug eine Kugel jaulend in die Mauer über mir ein, und Betonstückchen rieselten mir auf den Kopf. Ich schaute auf und sah, daß der Jogger bereits über die Mitte der Gasse hinaus war. Wenn er am anderen Ende um die Ecke bog, würde ich ihn in der Menschenmenge verlieren.

Die Lücke am Ende der Gasse war kurz menschenleer. Ich beschloß, einen Schuß zu wagen. Die Sonne im Rücken, zielte ich und feuerte zweimal schnell hintereinander. Ich bekam undeutlich mit, daß rechts und links von mir die Leute wie erschreckte Tauben auseinanderstoben, als die rechte Schulter des Joggers von der Wucht einer meiner Kugeln hochgerissen wurde. Ich rief ihm nach, er solle die Waffe fallen lassen, aber er drehte sich mühselig um und hob mit der Linken die Pistole. Ich verlor etwas das Gleichgewicht und feuerte aus gut sechs Metern Entfernung zwei weitere Schüsse ab. Sein linkes Knie zerbarst, als eines der Hohlspitzgeschosse traf, er sank an der Wand der Gasse zusammen, und seine Pistole schlitterte in aller Harmlosigkeit auf ein paar Mülltonnen und schwarze Säcke zu.

Als ich auf ihn zuging, sah ich, daß sein Gesicht aschfahl war, der Mund schmerzverzerrt, und seine linke Hand griff um das zertrümmerte Knie herum in die Luft, ohne die Wunde zu berühren. Doch seine Augen strahlten immer noch, und mir war, als hörte ich ihn kichern, als er sich von der Mauer abstieß und versuchte, auf seinem unversehrten Bein davonzuhüpfen. Ich war vielleicht vier Meter von ihm entfernt, als sein Kichern von quietschenden Bremsen hinter ihm übertönt wurde. Der schwarze Chevy blockierte den Ausgang der Gasse, das Beifahrerfenster war heruntergelassen, und dann blitzte in der Dunkelheit des Wagens Mündungsfeuer auf.

Der Jogger zuckte zusammen und fiel vorwärts zu Boden. Ein Krampf schüttelte ihn durch, und ich sah, wie sich auf dem Rücken seines Shirts ein roter Fleck ausbreitete. Es gab einen zweiten Schuß, aus seinem Hinterkopf spritzte eine Blutfontäne in die Luft, und sein Gesicht knallte auf den schmutzigen Beton der Gasse. Ich suchte hinter den Mülltonnen Deckung, als über meinem Kopf eine Kugel in die Backsteinwand einschlug, mich in Staub hüllte und buchstäblich ein Loch in die Mauer riß. Im Chevy wurde das Fenster geschlossen, und der Wagen raste in Richtung Osten davon.

Ich lief zu der Stelle, wo der Jogger lag. Blut strömte aus seinen Wunden und bildete einen dunkelroten Schatten auf dem Boden. Die Sirenen waren jetzt nah, und Schaulustige sammelten sich im Sonnenschein und sahen mir zu, wie ich mich über die Leiche beugte.

Der Streifenwagen fuhr ein paar Minuten später vor. Ich hatte schon die Hände gehoben und die Waffe vor mir auf den Boden gelegt. Der Mörder von Fat Ollie Watts lag zu meinen Füßen, das Blut bildete jetzt eine Lache um seinen Kopf und verband sich zu einer roten Flut, die allmählich in den Rinnstein der Gasse sickerte. Ein Polizist hielt mich in Schach, während mich sein Partner mit mehr Gewalt, als nötig war, an die Mauer preßte. Der Bulle, der mich festhielt, war jung, vielleicht nicht älter als dreiundzwanzig oder vierundzwanzig, und tat großspurig wie nur was.

»Scheiße, wir haben es hier mit Wyatt Earp zu tun, Sam«, sagte er. »Der ballert hier rum wie in *High Noon*.«

»Wyatt Earp kommt in *High Noon* nicht vor«, berichtigte ich ihn, während der andere meine Personalien überprüfte. Daraufhin boxte mich der Bulle heftig in die Nieren, und ich fiel auf die Knie. Ich hörte weitere Sirenen näherkommen, darunter das Heulen eines Krankenwagens.

»Sie sind mir so einer, Sie Hitzkopf«, sagte der junge Polizist. »Wieso haben Sie auf ihn geschossen?«

»Sie waren ja nicht da«, entgegnete ich und biß vor Schmerz die Zähne zusammen. »Sonst hätte ich auf Sie geschossen.«

Er war drauf und dran, mir Handschellen anzulegen, als eine Stimme, die ich erkannte, sagte, »Laß gut sein, Harley.« Ich schaute über die Schulter zu seinem Partner hinüber. Ich erkannte Sam Rees aus meiner Zeit bei der Polizei, und er erkannte mich. Ich glaube nicht, daß ihm gefiel, was er sah.

»Er war mal ein Cop. Laß ihn los.«

Und dann warteten wir drei schweigend, bis die anderen kamen.

Zwei weitere Polizeiwagen fuhren vor, und dann spuckte ein schlammbrauner Nova eine Gestalt in Zivil auf den Bordstein. Es war Walter Cole, der da auf mich zukam. Ich hatte ihn seit beinahe sechs Monaten nicht mehr gesehen, nicht seit seiner Beförderung zum Lieutenant. Er trug einen langen braunen Ledermantel, der nicht zu der Hitze paßte. »Ollie Watts?« fragte er und wies mit geneigtem Kopf auf die Leiche. Ich nickte.

Er ließ mich eine Weile allein, um mit den uniformierten Polizisten und der örtlichen Kriminalpolizei zu sprechen. Ich bemerkte, daß er unter seinem Mantel fürchterlich schwitzte.

»Du kannst bei mir mitfahren«, sagte er, als er schließlich zurückkam, und beäugte den Bullen namens Harley mit kaum verhohlenem Widerwillen. Er holte ein paar andere Detectives hinzu, machte in ruhigem, gemäßigtem Ton ein paar abschließende Bemerkungen und winkte mich dann zu seinem Nova.

»Hübscher Mantel«, sagte ich anerkennend, als wir zu seinem Wagen gingen. »Wie viele Häschen hast du denn im Stall?«

In Walters Augen funkelte es kurz. »Lee hat mir den Mantel zum Geburtstag geschenkt. Warum, meinst du wohl, trage ich den in dieser gottverdammten Hitze? Hast du geschossen?«

»Ein paarmal.«

»Du weißt doch, daß es verboten ist, an öffentlichen Orten Schußwaffen abzufeuern, oder?«

»Ich weiß das, aber bei dem Typ, der da hinten tot auf dem Boden liegt, bin ich mir da nicht so sicher. Und ich bin mir auch nicht sicher, ob der Typ, der ihn erschossen hat, das weiß. Vielleicht solltet ihr es mal mit einer Plakataktion versuchen.«

»Sehr witzig. Steig ein.«

Ich tat, was er sagte, und die Schaulustigen starrten uns neugierig nach, als wir durch das Gewühl davonfuhren.

Kapitel 2

Fünf Stunden waren seit dem Tod von Fat Ollie Watts, seiner Freundin Monica Mulrane und des noch nicht identifizierten Schützen vergangen. Ich war von zwei Detectives von der Mordkommission vernommen worden, die ich nicht kannte. Walter Cole nahm nicht daran teil. Zweimal brachte man mir Kaffee, doch sonst wurde ich nach dem Verhör allein gelassen. Als ein Detective den Raum verließ, um sich mit jemandem zu besprechen, erblickte ich kurz einen großen, dünnen Mann in einem dunklen Leinenanzug, seine Kragenspitzen rasiermesserscharf, seine rote Seidenkrawatte knitterfrei. Er sah aus wie ein FBI-Agent, ein eitler FBI-Agent.

Der Holztisch im Verhörzimmer war voller Dellen und Schrammen, überzogen von Koffeinflecken von den Rändern von Hunderten, vielleicht Tausenden Tassen Kaffee. Auf der linken Seite, in der Nähe der Ecke, hatte jemand ein Herz mit Pfeil ins Holz geritzt, vermutlich mit dem Fingernagel. Und ich erinnerte mich von einer anderen Gelegenheit her an dieses Herz, vom letzten Mal, als ich in diesem Zimmer gesessen hatte...

»Scheiße, Walter...«

»Walt, es ist keine gute Idee, daß er hier ist.«

Cole schaute zu den Detectives hinüber, die an der Wand standen und auf Stühlen rund um den Tisch herumhingen.

»Er ist ja auch nicht da«, sagte er. »Was Sie in diesem Zimmer angeht: Sie haben ihn nie gesehen.«

Der Verhörraum war mit Stühlen vollgestellt, und man hatte einen zusätzlichen Tisch hereingebracht. Ich war immer noch wegen dringender Familienangelegenheiten beurlaubt und würde, wie sich herausstellen sollte, zwei Wochen später den Dienst quittieren. Meine Familie war seit zwei Wochen tot, und die Ermittlungen hatten bislang nichts ergeben. Mit dem Einverständnis von Lieutenant Cafferty, der bald in Ruhestand ging, hatte Cole alle Detectives zusammengerufen, die in dem Fall ermittelten, dazu ein, zwei andere, die man zu den besten Kriminalpolizisten der Stadt zählte. Es war eine Mischung aus Brainstorming und Vortrag, und den Vortrag hielt Rachel Wolfe.

Wolfe war eine angesehene Kriminalpsychologin, doch die örtliche Polizei weigerte sich standhaft, sie zu konsultieren. Sie hatten hier ihren eigenen Schwerdenker, Dr. Russell Windgate, aber, wie Cole einmal meinte, »Windgate könnte nicht mal einen Furz analysieren.« Er war ein frömmlerischer, herablassender Blödmann, aber auch der Bruder des Polizeipräsidenten, und das machte ihn zu einem frömmlerischen, herablassenden, einflußreichen Blödmann.

Windgate nahm in Tulsa an einer Konferenz engagierter Freudianer teil, und Cole hatte die Gelegenheit genutzt, um Wolfe zu Rate zu ziehen. Sie saß am Kopfende des Tisches, eine ernste, aber nicht unattraktive Frau Anfang dreißig, mit langem, dunkelrotem Haar, das auf den Schultern ihres dunkelblauen Hosenanzugs ruhte. Sie hatte die Beine übereinandergeschlagen, und von ihrem rechten Fuß baumelte ein blauer Pumps.

»Sie alle wissen, weshalb Bird hier sein will«, fuhr Cole fort. »Und an seiner Stelle ginge es Ihnen genauso.« Ich hatte ihn gedrängt und beschwatzt, mich an dem Treffen teilnehmen zu lassen, hatte Gefälligkeiten eingefordert, die mir gar nicht zustanden, und Walter hatte nachgegeben. Ich bereute es nicht.

Die anderen im Raum schienen davon wenig überzeugt. Ich konnte es an ihren Gesichtern ablesen und daran, wie sie unseren Blicken auswichen, mit den Achseln zuckten und den Mund verzogen. Mir war das egal. Ich wollte hören, was Wolfe zu sagen hatte. Cole und ich setzten uns und warteten darauf, daß sie begann.

Wolfe nahm ihre Brille vom Tisch und setzte sie auf. Neben ihrer linken Hand schimmerte ein frisch in den Tisch geritztes Herz. Sie schaute ihre Notizen durch, zog zwei Blätter aus der Akte und setzte an.

»Also gut, da ich nicht weiß, wie vertraut Sie damit sind, werde ich etwas weiter ausholen.« Sie schwieg kurz. »Detective Parker, einiges von dem könnte schwierig für sie sein.« In ihrer Stimme klang keine Entschuldigung mit, es war eine schlichte Feststellung. Ich nickte, und sie fuhr fort. »Wir haben es hier offenbar mit einem Sexualmord zu tun, einem sadistischen Sexualmord.«

Ich fuhr mit der Fingerspitze an dem eingravierten Herz entlang, und die Holzmaserung brachte mich kurz wieder in die Gegenwart zurück. Die Tür des Verhörraums wurde geöffnet, und durch den Türspalt sah ich den FBI-Agenten vorbeigehen. Ein Angestellter kam mit einem weißen »*I love NY*«-Becher herein. Der Kaffee roch, als hätte er den ganzen Morgen vor sich hin geköchelt. Als ich das Milchpulver hinzugab, änderte sich die Farbe nur minimal. Ich nahm einen Schluck und verzog das Gesicht.

»Zu einem Sexualmord gehört normalerweise irgendein Element von sexueller Aktivität, als Grundlage für die Ereigniskette, die dann zum Tod führt«, fuhr Wolfe fort und nippte an ihrem Kaffee. »Das Entkleiden der Opfer und die Verstümmelung der Brüste und Genitalien deuten auf ein sexuelles Element hin, wir haben jedoch bei keinem der Opfer Anzeichen für eine Penetration, weder mit Penis noch mit Fingern oder Fremdobjekten. Das Hymen des Mädchens war unversehrt, und bei dem erwachsenen Opfer besteht kein Anzeichen für ein Vaginaltrauma.

Ferner haben wir Beweise für ein sadistisches Element der Morde. Das erwachsene Opfer wurde vor seinem Tod gefoltert. Die Haut wurde abgezogen, besonders auf der Vorderseite des Torsos und im Gesicht. Zusammengenommen haben Sie es hier also mit einem sexuellen Sadisten zu tun, der bei heftiger körperlicher und wohl auch geistiger Folter Befriedigung empfindet.

Ich denke, er – ich gehe davon aus, daß es sich um einen Mann handelt, aus Gründen, die ich später ausführen werde – wollte, daß die Mutter der Folterung und Tötung ihres Kindes zusieht, ehe sie selbst gefoltert und getötet wurde. Einem sexuellen Sadisten bereitet die Reaktion des Opfers auf die Folter Vergnügen. In diesem Fall hatte er zwei Opfer, eine Mutter und ein Kind, die er gegeneinander ausspielen konnte. Er überträgt sexuelle Phantasien in Gewaltakte, in Folter und schließlich Tod.«

Vor dem Verhörraum wurden plötzlich Stimmen laut. Eine war die von Walter Cole. Die andere erkannte ich nicht. Die Stimmen verklangen wieder, aber ich wußte, daß sie über mich geredet hatten. Ich würde früh genug erfahren, was sie von mir wollten.

»Also gut. Die größte Zielgruppe für sexuelle Sadisten sind weiße erwachsene Frauen, die dem Mörder nicht bekannt sind. Sie können es allerdings auch auf Männer und, wie in diesem Fall, auf Kinder abgesehen haben. Manchmal besteht ein Zusammenhang zwischen dem Opfer und einer Person aus dem Leben des Täters.

Die Opfer werden durch systematisches Verfolgen und Beobachten ausgewählt. Der Mörder hat die Familie wahrscheinlich schon eine Zeitlang beobachtet. Er kannte die Gewohnheiten des Mannes und wußte, daß, wenn der Mann in eine Bar ging, der lange genug fort sein würde, so daß er vollenden konnte, was er vorhatte. In diesem Fall glaube ich, daß der Mörder nicht dazu kam, sein Werk zu vollenden.

Der Tatort ist in diesem Fall ungewöhnlich. Erstens wird wegen der Natur des Verbrechens ein abgelegener Ort benötigt, damit der Täter sich mit dem Opfer Zeit lassen kann. In manchen Fällen wird die Wohnung des Täters für das Opfer entsprechend verändert, oder er verwendet ein umgebautes Auto oder einen Lieferwagen für den Mord. In diesem Fall hat der Mörder nichts davon getan. Ich glaube, ihm gefällt das Risikomoment, das so entsteht. Ich glaube weiterhin, daß er, ich finde keinen besseren Ausdruck, einen ›Eindruck‹ hinterlassen wollte.«

Einen ›Eindruck‹, als würde man bei einer Beerdigung eine helle Krawatte tragen.

»Das Verbrechen wurde sorgfältig inszeniert, um bei dem Mann, wenn er nach Hause kam, eine möglichst traumatische Wirkung auszulösen.«

Vielleicht hatte Walter recht gehabt. Vielleicht hätte ich nicht an dem Treffen teilnehmen sollen. Wolfes Sachlichkeit reduzierte meine Frau und mein Kind auf eine Ziffer in einer schaurigen Statistik einer gefährlichen Stadt. Aber ich hoffte, sie würde irgend etwas sagen, das etwas in mir zum Klingen brächte und irgendeinen Anhaltspunkt ergäbe, der die Ermittlungen voranbringen konnte. Zwei Wochen sind in einem Mordfall eine lange Zeit. Wenn nach zwei Wochen kein Fortschritt erzielt wurde, muß man schon ausgesprochenes Glück haben, damit die Ermittlungen nicht zum Stillstand kommen.

»Das alles scheint auf einen überdurchschnittlich intelligenten Täter hinzudeuten, der gerne Risiken eingeht und spielt«, sagte Wolfe. »Der Umstand, daß er es offenbar sehr auf den Schockeffekt abgesehen hatte, könnte uns zu dem Schluß führen, daß seinen Taten ein persönliches Motiv zugrunde liegt, das gegen den Mann gerichtet war; aber das ist nur eine Vermutung, und im allgemeinen hat dieser Verbrechenstypus nichts Persönliches an sich.

Tatorte lassen sich im allgemeinen klassifizieren als geordnet, chaotisch oder eine Mischung aus beidem. Ein geordnet vorgehender Mörder plant die Tat und sucht das Opfer sorgfältig aus, und der Tatort entspricht dann diesem Kontrollmoment. Die Opfer müssen bestimmten Anforderungen des Mörders entsprechen: Alter, eventuell Haarfarbe, Beruf, Lebensstil. Typisch ist, wie auch in diesem

Fall, das Fesseln. Es entspricht den Elementen der Kontrolle und Planung, denn normalerweise muß der Täter das Opfer zum Tatort bringen.

In Fällen von sexuellem Sadismus ist der Akt des Tötens generell erotisiert. Dazu gehört ein Ritual, das normalerweise langsam vollzogen wird, und jede Anstrengung wird unternommen, um zu gewährleisten, daß das Opfer bis zu seinem Tode bei Bewußtsein bleibt. Mit anderen Worten, der Mörder will das Leben seines oder seiner Opfer nicht vorzeitig beenden.

Nun, in diesem Fall ist ihm das nicht gelungen, denn Jennifer Parker, das kleine Mädchen, hatte ein schwaches Herz, das infolge der Adrenalinausschüttung versagte. Nimmt man den Fluchtversuch der Mutter hinzu und die Gesichtsverletzung, die sie sich bei dem Schlag gegen die Wand zuzog und die zu einer zeitweiligen Bewußtlosigkeit geführt haben könnte, so glaube ich, daß der Mörder den Eindruck hatte, daß ihm die Situation entglitt. Der Tatort ging von einem geordneten in einen chaotischen Zustand über, und kurz nachdem er mit dem Abziehen der Haut begonnen hatte, überkamen den Täter Wut und Frustration, und er verstümmelte ihre Körper.«

Da wollte ich gehen. Ich hatte einen Fehler begangen. Hierbei konnte nichts, zumindest nichts Gutes herauskommen.

»Wie ich bereits sagte, ist die Verstümmelung der Brüste und Genitalien ein Kennzeichen für diesen Typus von Verbrechen, doch in diesem Fall folgen sie in einigen entscheidenden Punkten nicht dem gängigen Muster. Ich glaube, in diesem Fall war die Verstümmelung entweder das Ergebnis von Wut und Kontrollverlust, oder es war ein Versuch, etwas anderes zu verbergen, ein anderes Element des Rituals, das bereits begonnen hatte und von dem der Mörder ablenken wollte. Aller Wahrscheinlichkeit nach ist das teilweise Ablösen der Haut hierfür der Schlüssel. Wir haben hier ein deutliches Moment der Zurschaustellung – es ist unvollständig, aber es ist vorhanden.«

»Wieso sind Sie sich so sicher, daß es ein weißer Mann

war?« fragte Joiner, ein schwarzer Detective von der Mordkommission, mit dem ich ein, zwei Mal zusammengearbeitet hatte.

»Sexuell sadistische Verbrechen werden meistens von weißen Männern begangen. Nicht von Frauen, nicht von schwarzen Männern. Von weißen Männern.«

»Du bist aus dem Schneider, Joiner«, sagte jemand. Es folgte Gelächter, und die Spannung, die sich im Raum aufgebaut hatte, löste sich etwas. Ein, zwei Leute schauten kurz zu mir herüber, aber die anderen verhielten sich, als wäre ich nicht da. Sie waren Profis und konzentrierten sich darauf, sämtliche Informationen zusammenzutragen, die zu einem besseren Verständnis des Mörders beitragen konnten.

Wolfe ließ das Gelächter verklingen. »Untersuchungen ergeben, daß bis zu dreiundvierzig Prozent der Sexualmörder verheiratet sind. Fünfzig Prozent haben Kinder. Begehen Sie nicht den Fehler, nur nach einem verrückten Einzelgänger zu fahnden. Dieser Kerl ist vielleicht der große Held beim Elternabend, der Trainer einer Juniorenmannschaft.

Er könnte in einem Beruf tätig sein, wo er mit der Öffentlichkeit in Kontakt kommt, also ist er vielleicht begabt im Umgang mit Menschen und nutzt das eventuell bei der Auswahl seiner Opfer. Möglicherweise hat er sich früher asozial verhalten, aber das muß nicht unbedingt schwerwiegend genug gewesen sein, um aktenkundig zu werden.

Bei sexuellen Sadisten handelt es sich oft um Polizeifans oder Waffenfetischisten. Eventuell versucht er, über den Fortgang der Ermittlungen auf dem laufenden zu bleiben, also achten Sie auf Personen, die anrufen und Hinweise geben oder versuchen, Informationen aus Ihnen herauszulocken. Außerdem besitzt er ein sauberes und gepflegtes Auto: sauber, damit es keine Aufmerksamkeit erregt, und gepflegt, weil er sicher sein muß, nicht am Tatort oder in dessen Nähe festzusitzen. Das Auto könnte so umgebaut sein, daß er damit seine Opfer transportieren kann: Hinten sind Fensterkurbeln und Türhebel entfernt, der Kofferraum ist vielleicht schallgedämpft. Wenn Sie glauben, auf einen

Verdächtigen gestoßen zu sein, dann schauen Sie im Kofferraum nach, ob sich dort Reservekanister, Wasser, Seile, Handschellen oder Fesseln befinden.

Wenn Sie einen Durchsuchungsbefehl haben, dann achten Sie auf Gegenstände, die in Zusammenhang mit sexuellem oder brutalem Verhalten stehen: Pornohefte, Videos, billige *True Crime*-Geschichten, Vibratoren, Klemmen, Frauenkleidung, vor allem Unterwäsche. Einiges davon könnte den Opfern gehört haben, oder er könnte ihnen andere persönliche Gegenstände entwendet haben. Suchen Sie auch nach Tagebüchern und Manuskripten. Vielleicht enthalten sie Einzelheiten über die Opfer, über Phantasien, ja vielleicht über die Verbrechen selbst. Dieser Kerl besitzt eventuell auch eine gewisse Polizeiausrüstung und verfügt ganz sicher über Kenntnisse der Polizeiarbeit.« Wolfe holte tief Luft und lehnte sich in ihrem Stuhl zurück.

»Wird er es wieder tun?« fragte Cole. Einen Augenblick lang herrschte Schweigen im Raum.

»Ja, aber da gehen Sie von einer Annahme aus«, sagte Wolfe. Cole schaute verwirrt drein.

»Sie nehmen an, daß es seine erste Tat war. Es wurde doch sicherlich ein *VICAP* durchgeführt?«

VICAP, begründet 1985, war das FBI-Programm zur Aufklärung von Gewaltverbrechen. Über gelöste und ungelöste Mordfälle oder versuchte Morde wurde ein Bericht zusammengestellt, besonders über solche, in denen Entführung eine Rolle spielte, die wahl- oder motivlos wirkten oder sexuell orientiert waren; Vermißtenfälle, bei denen offenbar jemand nachgeholfen hatte; unidentifizierte Leichen mit Mord als sicherer oder mutmaßlicher Todesursache. Diese Berichte wurden dann beim Zentrum für die Analyse von Gewaltverbrechen an der FBI-Akademie in Quantico eingereicht, um zu ermitteln, ob in den *VICAP*-Dateien irgendwo ähnliche Merkmale gespeichert waren.

»Ist eingereicht worden.«

»Haben Sie ein Profil angefordert?«

»Ja, aber das ist noch nicht gekommen. Inoffiziell: die

Vorgehensweise paßt nicht ins Bild. Das Abtrennen der Gesichter ist ungewöhnlich.«

»Ja, was ist mit den Gesichtern?« Das war wieder Joiner.

»Ich bin immer noch dabei, mehr darüber herauszufinden«, sagte Wolfe. »Manche Mörder nehmen sich von ihren Opfern ein Andenken mit. In diesem Fall könnte es sich um ein pseudoreligiöses Element oder Opferritual handeln. Tut mir leid, ich bin mir da wirklich noch nicht sicher.«

»Meinen Sie, daß er so etwas schon mal gemacht haben könnte?« fragte Cole.

Wolfe nickte. »Das ist gut möglich. Wenn er schon früher gemordet hat, dann hat er die Leichen vielleicht versteckt, und diese Morde könnten eine Abweichung von seinem bisherigen Verhaltensmuster darstellen. Vielleicht hat er zunächst ganz im stillen und unauffällig getötet und wollte es jetzt in einem eher öffentlichen Rahmen tun. Eventuell will er auf sein Wirken aufmerksam machen. Der aus seiner Sicht unbefriedigende Ablauf dieser Morde könnte nun dazu führen, daß er zu seinem alten Verhalten zurückkehrt. Alternativ könnte er sich in eine Latenzperiode zurückziehen; diese Möglichkeit besteht auch.

Aber wenn Sie mich fragen, würde ich sagen, daß er seinen nächsten Schachzug sehr gründlich vorbereitet. Beim letzten Mal sind ihm Fehler unterlaufen, und ich glaube nicht, daß er erreicht hat, was er wollte. Beim nächsten Mal wird er keine Fehler machen. Beim nächsten Mal wird er, wenn Sie ihn nicht vorher erwischen, wirklich einen Eindruck hinterlassen.«

Die Tür des Verhörraums wurde geöffnet, und Cole kam mit zwei Männern herein.

»Das sind Special Agent Ross vom FBI und Detective Barth vom Raubdezernat«, sagte Cole. »Barth hat im Fall Watts ermittelt. Und Agent Ross befaßt sich mit organisiertem Verbrechen.«

Aus der Nähe sah Ross' Leinenanzug teuer und maßgeschneidert aus. Barth wirkte daneben in seinem Jackett von J.C. Penney wie ein Penner. Die beiden Männer lehnten sich an gegenüberliegende Wände und nickten kurz. Als Cole sich setzte, tat Barth es ihm nach. Ross blieb an der Wand stehen.

»Hast du uns noch irgendwas zu sagen?« fragte Cole.

»Nein«, sagte ich. »Du weißt so viel wie ich.«

»Agent Ross glaubt, daß Sonny Ferrera hinter dem Mord an Watts und seiner Freundin steckt und daß du mehr weißt, als du uns erzählst.« Ross zupfte etwas von seinem Hemdsärmel und ließ es mit angewidertem Gesichtsausdruck auf den Boden fallen.

»Sonny hatte keinen Grund, Ollie Watts umzubringen«, erwiderte ich. »Es geht hier um gestohlene Autos und falsche Nummernschilder. Ollie war nicht in der Position, um Sonny irgendwie zu bescheißen, und er wußte nicht genug über Sonnys Aktivitäten, um die Geschworenen auch nur zehn Minuten zu beschäftigen.«

Ross kam nach vorn und setzte sich auf die Tischkante. »Bloß merkwürdig, daß Sie nach der ganzen Zeit wieder auftauchen – wie lange ist es her? Sechs oder sieben Monate? – Und plötzlich stehen wir bis zu den Knien in Leichen«, meinte er, als hätte er von dem, was ich gesagt hatte, kein Wort gehört. Er war vierzig, vielleicht fünfundvierzig, schien aber gut in Form. Sein Gesicht war von Fältchen überzogen, die offenbar nicht von ständigem Lachen kamen. Ich hatte von Woolrich ein bißchen was über ihn gehört, nachdem Woolrich aus New York fortgegangen war, um Stellvertretender Leitender Special Agent in der FBI-Außenstelle in New Orleans zu werden.

Dann herrschte Schweigen. Ross gab sich Mühe, mich anzustarren, bis ich wegschauen würde, und wandte schließlich gelangweilt den Blick ab.

»Agent Ross hier glaubt, daß du uns was verheimlichst«, sagte Cole. »Er möchte dich ein bißchen ausquetschen, nur für den Fall...« Sein Gesicht war ausdruckslos, sein Blick verbindlich. Ross hatte wieder angefangen, mich anzustarren.

»Agent Ross jagt einem ganz schön Angst ein. Wenn der mich ausquetscht, weiß man nicht, was ich alles gestehe.«

»Das führt zu nichts«, sagte Ross. »Mister Parker verhält sich offensichtlich in keiner Hinsicht kooperativ, und ich – «

Cole hob eine Hand und unterbrach ihn. »Vielleicht lassen Sie beide uns einen Augenblick allein. Holen Sie sich einen Kaffee oder so«, schlug er vor. Barth zuckte mit den Achseln und ging. Ross blieb auf dem Tisch sitzen und sah aus, als wollte er noch etwas sagen, dann stand er plötzlich auf, verließ eilig den Raum und schloß hinter sich energisch die Tür. Cole atmete tief durch, löste seine Krawatte und öffnete den obersten Hemdknopf. »Du solltest Ross nicht anpflaumen. Sonst scheißt er dich so richtig zu. Und mich auch.«

»Ich habe dir alles gesagt, was ich darüber weiß«, sagte ich. »Vielleicht weiß Benny Low mehr, aber das bezweifle ich.«

»Wir haben mit Benny Low gesprochen. Der wußte nicht mal, wer zur Zeit Präsident ist, bis wir ihm auf die Sprünge geholfen haben.« Er spielte mit einem Stift. »›Ey, dis iss Bisniss‹, hat er gesagt.« Das war eine recht getreue Nachahmung einer von Bennys sprachlichen Marotten. Ich lächelte matt, und allmählich löste sich die Spannung etwas.

»Seit wann bist du wieder da?«

»Seit ein paar Wochen.«

»Was hast du gemacht?«

Was sollte ich ihm sagen? Daß ich durch die Straßen gewandert war? Daß ich Orte aufgesucht hatte, wo Jennifer, Susan und ich gern hingegangen waren? Daß ich in meiner Wohnung aus dem Fenster geschaut und an ihren Mörder gedacht hatte und daran, wo er wohl sein mochte? Daß ich den Auftrag von Benny Low angenommen hatte, weil ich befürchtete, ich würde mir die Kugel geben, wenn ich nicht irgendein Ventil fände?

»Nicht viel. Ich hab' vor, ein paar alte Informanten zu besuchen, mal zu sehen, ob's was Neues gibt.«

»Es gibt nichts Neues, nicht bei denen. Hast du was?«

»Nein.«

»Ich kann dich nicht bitten, es seinzulassen, aber ...«

»Nein, das kannst du nicht. Komm zum Punkt, Walter.«

»Das ist jetzt nicht der richtige Ort für dich. Du weißt, warum.«

»Tatsächlich?«

Cole knallte den Stift auf den Tisch. Er schlitterte bis zur Kante, baumelte dort kurz und fiel dann zu Boden. Einen Augenblick lang dachte ich, Cole würde mir eine langen, aber dann verschwand der Zorn aus seinen Augen.

»Darüber reden wir ein andermal.«

»Gern. Hast du was für mich?« Zwischen den Akten auf dem Tisch erkannte ich Berichte der Ballistikabteilung. Fünf Stunden waren für einen solchen Bericht eine gute Zeit. Agent Ross war offensichtlich ein Mann, der bekam, was er verlangte.

Ich machte eine Kopfbewegung zu den Akten hin. »Was meint die Ballistik über die Kugel, die den Schützen erledigt hat?«

»Das geht dich nichts an.«

»Walter, ich habe den Jungen sterben sehen. Der Schütze hat auf mich geballert, und die Kugel ist einfach durch die Wand gegangen. Da hat jemand einen ziemlich ausgefallenen Waffengeschmack.«

Cole schwieg.

»Niemand besorgt sich ein solches Gerät, ohne daß jemand es mitbekommt«, sagte ich. »Wenn du mir einen Anhaltspunkt gibst, finde ich vielleicht mehr raus als ihr.«

Cole dachte einen Moment lang nach und kramte dann unter seinen Akten den Ballistikbericht hervor. »Wir haben MP-Projektile, 5,7 Millimeter, die weniger als drei Gramm wiegen.«

Ich pfiff durch die Zähne. »Das ist verkleinerte Gewehrmunition, aber aus einer Handfeuerwaffe abgeschossen?«

»Das Projektil besteht hauptsächlich aus Kunststoff, ist aber vollständig ummantelt, daher wird es beim Aufprall nicht verformt. Als es in den Körper des Schützen eindrang, hat es fast seine ganze Wucht umgewandelt, so daß für den Austritt kaum noch Kraft blieb.«

»Und die Kugel, die in die Wand eingeschlagen ist?«

»Die Ballistik hat eine Mündungsgeschwindigkeit von über sechshundert Metern pro Sekunde errechnet.«

Das war unglaublich schnell. Eine Browning 9 Millimeter verschießt Acht-Gramm-Kugeln mit ungefähr dreihundertdreißig Metern pro Sekunde.

»Sie haben auch errechnet, daß dieses Ding eine kugelsichere Weste aus Kevlar durchschlagen könnte, als wäre es Reispapier. Auf zweihundert Meter durchdringt es fast fünfzig Schichten.« Selbst eine .44er Magnum kann kugelsichere Kleidung nur aus sehr geringer Entfernung durchschlagen.

»Aber sobald es auf ein weiches Ziel trifft ...«

»... stoppt es.«

»Einheimisches Fabrikat?«

»Nein, die Ballistik meint, aus Europa. Belgien. Sie reden hier über eine gewisse ›Five-seveN‹ – mit großem F und großem N, nach dem Hersteller. Es ist ein Prototyp von FN Herstal für Terroristenbekämpfung und Geiselbefreiungen, aber jetzt ist es zum ersten Mal außerhalb der staatlichen Sicherheitskräfte aufgetaucht.«

»Habt ihr euch mit der Firma in Verbindung gesetzt?«

»Wir werden alles in die Wege leiten, aber ich schätze mal, irgendwo bei den Mittelsmännern verlieren wir's dann aus den Augen.«

Ich stand auf. »Ich hör' mich mal um.«

Cole hob den Stift auf und fuchtelte damit wie ein unzufriedener Lehrer herum, der dem Schlauberger der Klasse etwas einbleuen will. »Ross will dir immer noch ans Leder.«

Ich zog einen Stift hervor und schrieb meine Handynummer auf die Rückseite von Coles Notizblock.

»Es ist immer an. Kann ich jetzt gehen?«

»Unter einer Bedingung.«

»Die wäre?«

»Du kommst heute abend bei mir vorbei.«

»Tut mir leid, Walter, aber ich mache keine Höflichkeitsbesuche mehr.«

Er wirkte gekränkt. »Sei kein Arsch. Hier geht's nicht um

Höflichkeit. Komm einfach, sonst ist es mir egal, ob Ross dich bis zum Jüngsten Tag einbuchtet oder nicht.«

Ich wandte mich zum Gehen.

»Bist du sicher, daß du uns alles gesagt hast?« fragte Cole hinter meinem Rücken.

Ich drehte mich nicht um. »Ich habe euch alles gesagt, was ich sagen kann, Walter.«

Was genaugenommen sogar der Wahrheit entsprach.

Vierundzwanzig Stunden zuvor hatte ich Emo Ellison gefunden.

Emo wohnte in einer schäbigen Absteige am Rande von East Harlem, wo man auf den Zimmern nur den Besuch von Nutten, Bullen oder Verbrechern duldete. Die Portiersloge war mit einer Plexiglasscheibe verkleidet und nicht besetzt. Ich ging die Treppe hoch und klopfte an Emos Tür. Es kam keine Antwort, aber ich hörte, wie der Hahn einer Pistole gespannt wurde.

»Emo, hier ist Bird. Ich muß mit dir reden.«

Ich hörte, wie drinnen jemand zur Tür ging.

»Ich weiß nichts«, sagte Emo durch die Tür. »Ich hab' nichts zu sagen.«

»Ich hab' dich doch noch gar nichts gefragt. Komm schon, Emo, mach auf. Fat Ollie steckt in der Scheiße. Vielleicht kann ich was für ihn tun. Laß mich rein.«

Einen Moment lang war es still, und dann hörte ich, wie die Kette geöffnet wurde. Die Tür ging auf, und ich betrat das Zimmer. Emo hatte sich ans Fenster zurückgezogen, hielt aber immer noch die Pistole in der Hand. Ich schloß die Tür hinter mir.

»Die brauchst du nicht«, sagte ich. Emo hob die Pistole kurz und legte sie dann auf den Nachttisch. Ohne die Waffe schien er sich wohler zu fühlen. Pistolen waren nicht Emos Stil. Mir fiel auf, daß die Finger seiner linken Hand bandagiert waren. An den Rändern der Verbände bemerkte ich gelbe Flecken.

Emo Ellison war ein dünner, blasser Mann mittleren Alters, der seit etwa fünf Jahren hin und wieder für Fat Ollie arbeitete. Er war nur ein normaler Automechaniker, aber er war loyal und wußte, wann er den Mund zu halten hatte.

»Weißt du, wo er steckt?«

»Er hat sich nicht gemeldet.«

Er ließ sich auf die Kante des ordentlich gemachten Betts sinken. Das Zimmer war sauber und roch nach Raumspray. An den Wänden hingen ein oder zwei Drucke, und auf einem Billigregal waren Bücher, Zeitschriften und einige persönliche Gegenstände aufgereiht. »Ich hab' gehört, daß du für Benny Low arbeitest. Warum machst du das?«

»Ist auch nur ein Job«, antwortete ich.

»Du lieferst Ollie aus, und dann ist er tot. Und das ist dein Job«, sagte Emo.

Ich lehnte mich an die Tür. »Vielleicht liefere ich ihn nicht aus. Benny Low könnte den Verlust verkraften. Aber ich brauche einen guten Grund, um das nicht zu tun.«

Der innere Konflikt war auf Emos Gesicht abzulesen. Er verschränkte und rang die Hände und schaute ein, zwei Mal zu der Pistole hinüber. Emo Ellison hatte Angst.

»Warum ist er abgehauen, Emo?« fragte ich leise.

»Er hat immer gesagt, du wärst ein anständiger Kerl, auf den man sich verlassen kann«, sagte Emo. »Stimmt das?«

»Weiß ich nicht. Aber ich will nicht, daß Ollie was zustößt.«

Emo schaute mich eine Weile an und schien dann einen Entschluß zu treffen.

»Pili war's, Pili Pilar. Kennst du den?«

»Den kenne ich.« Pili Pilar war Sonny Ferreras rechte Hand.

»Er ist ein oder zwei Mal im Monat vorbeigekommen, nie öfter, und hat einen Wagen mitgenommen. Er hat ihn ein paar Stunden behalten und dann wiedergebracht. Jedesmal ein anderes Auto. Das war eine Abmachung mit Ollie, damit er Sonny nichts zahlen brauchte. Ollie hat falsche Nummernschilder rangeschraubt und hatte den Wagen fertig, wenn Pili kam.

Letzte Woche kommt Pili, holt sich einen Wagen und fährt weg. Weil ich krank war, bin ich erst abends gekommen. Ich hab's mit dem Magen. Pili war schon weg, als ich kam.

Und nach zwölf hock' ich so mit Ollie rum, und wir erzählen uns was und so und warten drauf, daß Pili wiederkommt, und da knallt's draußen. Als wir rauskommen, ist Pili mit dem Wagen ins Tor gebrettert und hängt über dem Lenker. Am Kühler hat er auch 'ne Beule, also haben wir uns gedacht, vielleicht hatte Pili 'n Unfall und wollte nicht warten.

Pilis Kopf ist übel zerschnitten, wo er durch die Windschutzscheibe gekracht ist, und im Wagen ist überall Blut. Ollie und ich haben die Karre auf den Hof geschoben, und dann hat Ollie diesen Arzt angerufen, den er kennt, und der Typ hat gesagt, bringt Pili vorbei. Pili rührt sich nicht und ist kreidebleich, und Ollie bringt ihn in seinem eigenen Wagen zum Arzt, und der Arzt besteht darauf, daß er ins Krankenhaus muß, weil er meint, daß Pili 'ne Schädelverletzung hat.«

Jetzt sprudelte es nur so aus Emo hervor. Sobald er einmal mit der Geschichte angefangen hatte, wollte er sie auch zu Ende erzählen, als könne er so die Last der Mitwisserschaft loswerden. »Sie streiten sich also 'ne Weile, und dann sagt der Arzt, er würde da diese Privatklinik kennen, wo sie nicht viel fragen, und Ollie meint, okay. Der Arzt ruft in der Klinik an, und Ollie kommt zurück, um den Wagen klarzumachen.

Er hat 'ne Nummer von Sonny, aber da geht keiner ran. Er hat den Wagen hinten auf dem Hof, aber er will ihn da nicht lassen, falls, na ja, wegen den Bullen und so. Also ruft er den Alten an und erzählt ihm, was passiert ist. Und der Alte sagt, er soll sich nicht von der Stelle rühren, er würde wen rüberschicken, der sich drum kümmert.

Ollie geht raus, um den Wagen zu verstecken, und als er wieder reinkommt, sieht er schlimmer aus als Pili. Er sieht aus, als müßte er kotzen, und seine Hände zittern. Ich sag' zu ihm: ›Was ist denn los?‹ Und er meint bloß, ich soll abhauen und keinem erzählen, daß ich da war. Sonst hat er nichts gesagt, nur daß ich abhauen soll.

Und als nächstes hör' ich, daß die Bullen den Laden hochgenommen haben und daß Ollie auf Kaution draußen ist und sich verdrückt hat. Ich schwöre, das war das letzte, was ich gehört hab'.«

»Und wozu dann die Pistole?«

»Einer von den Typen vom Alten ist ein, zwei Tage später hier aufgetaucht.« Er schluckte. »Bobby Sciorra. Er hat mich über Ollie ausgefragt, wollte wissen, ob ich an dem Tag von Pilis Unfall dagewesen wär'. Ich hab' gesagt: ›Nein‹, aber das war ihm nicht genug.«

Emo Ellison fing an zu weinen. Er hob seine bandagierten Finger und löste behutsam einen Verband.

»Er hat mit mir 'ne Runde gedreht.« Er hob den Finger, und ich sah eine ringförmige Narbe, gekrönt von einer großen Blase, die zu pulsieren schien, während ich hinschaute. »Der Zigarettenanzünder. Er hat mich mit dem Zigarettenanzünder vom Auto verbrannt.«

Vierundzwanzig Stunden später war Fat Ollie Watts tot.

Kapitel 3

Walter Cole wohnte in Richmond Hill, dem ältesten der Seven-Sister-Stadtviertel von Queens. Gegründet in den achtziger Jahren des 19. Jahrhunderts, hatte es einen Dorfkern und einen Marktplatz und mußte wie das neuerbaute alte Amerika vor den Toren von Manhattan gewirkt haben, als Walters Eltern kurz vor dem Ersten Weltkrieg von Jefferson City aus dort hinzogen. Walter hatte das Haus in der 113. Straße, nördlich der Myrtle Avenue, behalten, als seine Eltern in den Ruhestand nach Florida gezogen waren. Lee und er aßen beinahe jeden Freitag im Triangle Hafbrau, einem alten deutschen Restaurant in der Jamaica Avenue, und im Sommer unternahmen sie Spaziergänge in den dichten Wäldern des Forest Park.

Ich kam um kurz nach neun bei Walter an. Er ging selbst an die Tür und geleitete mich in das, was ein weniger gebildeter Mann seine »Bude« genannt hätte, doch »Bude« wäre der kleinen Bibliothek nicht gerecht geworden, die er im Laufe eines halben Jahrhunderts eifriger Lektüre angesammelt hatte: Biographien von Keats und Saint-Exupéry teilten sich die Regalbretter mit Werken über Forensik, Sexualverbrechen und Kriminalpsychologie. Fenimore Cooper stand Rücken an Rücken neben Borges; Barthelme wirkte beklommen in der Umgebung diverser Bände Hemingway.

Ein Macintosh PowerBook stand auf einem lederbezogenen Schreibtisch neben drei Aktenschränken. Bilder von örtlichen Künstlern schmückten die Wände, und in einer kleinen Eckvitrine waren Preise von Schießwettbewerben ausgestellt, wahllos angeordnet, als wäre Walter zwar stolz auf seine Fähigkeiten, würde sich aber gleichzeitig für seinen Stolz genieren. Die obere Hälfte des Fensters stand offen, und ich roch frischgemähtes Gras und hörte Kinder in der warmen Abendluft Straßenhockey spielen.

Die Tür wurde geöffnet, und Lee kam herein. Sie und Walter waren seit vierundzwanzig Jahren zusammen und teilten ihr Leben mit einer Leichtigkeit und Anmut, die ich mit Susan auch zu unseren besten Zeiten nie erreicht hatte. Lees schwarze Jeans und weiße Bluse umhüllten eine Figur, der zwei großgezogene Kinder und Walters Faible für die orientalische Küche nichts hatten anhaben können. Ihr pechschwarzes Haar, durch das graue Strähnen liefen wie Mondschein über ein nächtliches Gewässer, war zu einem Pferdeschwanz gebunden. Als sie mich umarmte und sacht auf die Wange küßte, umgab Lavendelduft mich wie ein Nebelschleier, und mir wurde nicht zum ersten Mal bewußt, daß ich schon immer ein wenig verliebt in Lee Cole gewesen war.

»Es ist schön, dich zu sehen, Bird«, sagte sie, ihre rechte Hand strich über meine Wange, und die Sorgenfalten auf ihrer Stirn straften das Lächeln auf ihren Lippen Lügen. Sie warf Walter einen vielsagenden Blick zu. »Ich bringe euch nachher Kaffee.« Dann ging sie und schloß behutsam die Tür hinter sich.

»Wie geht's den Kindern?« fragte ich, während Walter sich ein Glas Redbreast einschenkte – irischer Whiskey alten Stils mit Schraubverschluß.

»Gut«, antwortete er. »Lauren haßt die High School immer noch. Ellen fängt im Herbst in Georgetown an, Jura zu studieren, damit wenigstens einer in der Familie weiß, wie das alles funktioniert.« Er atmete tief ein, hob das Glas zum Mund und nippte daran. Ich mußte unwillkürlich schlucken und bekam plötzlich Durst. Walter bemerkte mein Unbehagen und wurde rot.

»Mist, tut mir leid«, sagte er.

»Schon in Ordnung«, erwiderte ich. »Das ist ein gutes Training. Du fluchst also immer noch im Haus.« Lee haßte Flüche und erzählte ihrem Gatten regelmäßig, daß nur Flegel sich lästerlicher Sprache bedienten. Walter konterte üblicherweise damit, daß Wittgenstein während einer philosophischen Debatte einmal mit einem Schürhaken herumgefuchtelt habe, aus seiner Sicht ein schlüssiger Beweis dafür, daß selbst für die genialsten Menschen eine gebildete Ausdrucksweise manchmal nicht ausreichte.

Er ließ sich auf einem Ledersessel neben dem leeren Kamin nieder und bot mir auf dem Gegenstück dazu einen Platz an. Lee kam mit einem Tablett mit einer silbernen Kaffeekanne, Sahnekännchen und zwei Tassen herein, und als sie wieder ging, warf sie Walter einen besorgten Blick zu. Ich wußte, daß sie zuvor über mich geredet hatten: Sie verheimlichten einander nichts, und ihre Beklommenheit schien darauf hinzudeuten, daß sie über mehr als nur mein Wohlergehen gesprochen hatten.

»Soll ich mich unter eine Lampe setzen?« fragte ich. Ein knappes Lächeln huschte mit der Leichtigkeit einer Morgenbrise über Walters Gesicht und war sofort wieder verschwunden.

»Ich habe in den vergangenen Monaten so einiges gehört«, hub er an und betrachtete sein Glas wie ein Wahrsager, der seine Kristallkugel befragt. Ich schwieg. »Ich weiß, daß du mit dem FBI gesprochen hast. Du hattest bei denen noch was gut, und deshalb durftest du dir die Akten anschauen. Ich weiß, daß du versucht hast, den Mann zu finden, der Susan und Jennifer umgebracht hat.« Zum ersten Mal, seitdem er mit mir sprach, sah er mir ins Gesicht.

Ich hatte nichts zu sagen, also schenkte ich uns beiden Kaffee ein, nahm dann meine Tasse und trank einen Schluck. Es war Bohnenkaffee, schwarz und stark. Ich atmete tief durch. »Warum fragst du mich das?«

»Weil ich wissen will, wieso du hier bist, wieso du zurückgekommen bist. Ich weiß nicht, was aus dir geworden ist, wenn ein paar von den Sachen stimmen, die ich gehört habe.« Er schluckte, und er tat mir leid, weil er mir das sagen und mir diese Fragen stellen mußte. Wenn ich auf einige davon Antworten wußte, so war ich mir nicht sicher, ob ich sie geben und ob Walter sie tatsächlich hören wollte. Draußen hatten die Kinder aufgehört zu spielen, weil es dunkel wurde, und die Stille ließ Walters Worte unheilschwanger klingen.

»Man erzählt sich, du hättest den Kerl gefunden, der es getan hat«, sagte er, diesmal ohne zu zögern, als hätte er sich für das gewappnet, was er zu sagen hatte. »Du hättest ihn gefunden und umgebracht. Stimmt das?«

Die Vergangenheit glich einer Falle. Ich konnte mich ein wenig bewegen, mich drehen und wenden, doch letztendlich hielt sie mich gefangen. In der Stadt stieß ich immer häufiger auf etwas – auf Lieblingsrestaurants, Buchläden, schattige Parks, selbst Herzen, die knochenbleich in die Holzplatte eines alten Tischs geritzt waren –, das mich daran erinnerte, was ich verloren hatte, als wäre selbst ein kurzer Augenblick des Vergessens ein Vergehen wider die Erinnerung. Ich trieb aus der Gegenwart in die Vergangenheit hinüber, glitt über die Medusenköpfe der Erinnerung hinab zu dem, was war und nie wieder sein würde.

Und so, mit Walters Frage, trieb ich zurück in die letzten Apriltage, zurück nach New Orleans. Damals waren sie seit vier Monaten tot.

Woolrich saß an einem Tisch im Hintergrund des Café du Monde, neben einem Kaugummiautomaten, mit dem Rükken zur Wand des Hauptgebäudes. Auf dem Tisch vor ihm stand eine dampfende Schale Café au lait und ein Teller warme, mit Puderzucker bestäubte Beignets. Draußen bummelten die Leute über die Decatur, an dem grün-weißen Pavillon des Cafés vorbei, in Richtung Kathedrale oder zum Jackson Square.

Er trug einen billigen hellbraunen Anzug, und seine Seidenkrawatte war faltig und verwaschen, also machte er sich nicht einmal mehr die Mühe, den Kragenknopf zu schließen, und ließ den Schlips lieber traurig auf Halbmast hängen. Der Boden zu seinen Füßen war weiß vor Zucker, ebenso wie der sichtbare Teil des grünen Vinylstuhls, auf dem er saß.

Woolrich war Stellvertretender Leitender Special Agent in der örtlichen FBI-Dienststelle drüben in der Poydras Street Nr. 1250. Und er war einer der wenigen Menschen aus meiner Polizeizeit, mit dem ich in Verbindung geblieben war, und der einzige Bundespolizist, der mich nicht dazu brachte, den Tag zu verfluchen, an dem Hoover geboren war. Und außerdem war er mein Freund. Er hatte mir in den Tagen nach den Morden beigestanden, nie Fragen gestellt, nie etwas bezweifelt. Ich erinnere mich, wie er vom Regen durchnäßt am Grab stand und das Wasser ihm von der Krempe seines übergroßen Fedorahuts tropfte. Wenig später wurde er nach New Orleans versetzt, eine Beförderung, die einer erfolgreichen Lehrzeit in zumindest drei weiteren Regionaldienststellen und seiner Fähigkeit entsprach, sich in der turbulenten Umgebung der New Yorker FBI-Außenstelle in Downtown Manhattan über Wasser zu halten.

Er hatte eine unschöne Scheidung hinter sich, die Ehe war seit vielleicht zwölf Jahren vorbei. Seine Frau hatte wieder ihren Mädchennamen Karen Stott angenommen und lebte in Miami mit einem Innenarchitekten zusammen, den sie kürzlich geheiratet hatte. Woolrichs einzige Tochter Lisa – die dank der Anstrengungen ihrer Mutter nun Lisa Stott hieß – war in Mexiko einer Sekte beigetreten, berichtete er. Mutter und Stiefvater schienen sich keine großen Sorgen um sie zu machen, ganz im Gegensatz zu Woolrich, der aber den Hintern nicht hochbekam, um seinen Gefühlen auch Taten folgen zu lassen. Die Auflösung seiner Familie schmerzte ihn ganz besonders, das wußte ich. Er kam selbst aus zerrütteten Familienverhältnissen, hatte eine Schlampe zur Mutter und einen Vater, der es zwar mit allen gut meinte, aber schwach, allzu schwach war, um es mit seiner Gewitterziege von Frau auszuhalten. Woolrich hatte es immer besser machen wollen, glaube ich. Mehr als alle anderen, davon war ich überzeugt, konnte er meinen Verlust nachempfinden, als mir Susan und Jennifer genommen worden waren.

Seit unserer letzten Begegnung hatte er zugenommen, und durch sein schweißnasses Hemd sah man seine Brustbehaarung. Bäche strömten aus seinem dichten, zusehends ergrauten Haar hinab in die Speckfalten in seinem Nacken. Für einen so stämmigen Mann mußten die Sommer in Louisiana eine Tortur sein. Woolrich mochte wie ein Clown aussehen, mochte sich sogar so aufführen, wenn es ihm paßte, doch niemand, der ihn in New Orleans kannte, hätte ihn je unterschätzt. Diejenigen, die diesen Fehler begangen hatten, verrotteten längst im Angola-Gefängnis oder, wollte man manchen Gerüchten Glauben schenken, unter der Erde.

»Schicke Krawatte«, sagte ich. Sie war hellrot und mit Lämmern und Engeln verziert.

»Ich nenne sie meine metaphysische Krawatte«, erwiderte Woolrich. »Meine George-Herbert-Krawatte.«

Wir schüttelten uns die Hände. Woolrich wischte sich beim Aufstehen Beignetkrümel von der Hemdbrust. »Die Scheißdinger kleben überall«, meinte er.

Ein asiatischer Kellner mit einer weißen Papierkappe auf dem Kopf kam herbeigeeilt, und ich bestellte mir einen Kaffee. »Auch Beignets?« fragte er. Woolrich grinste. Ich sagte dem Kellner, die Beignets würde ich auslassen.

»Wie geht's dir?« fragte Woolrich und nahm einen Riesenschluck heißen Kaffee, der jedem Normalsterblichen die Kehle verbrüht hätte.

»Geht so. Und bei dir?«

»Wie immer: Das Leben wird in Geschenkverpackung und mit einer großen roten Schleife drum jemand anderem überreicht.«

»Bist du noch mit ... wie hieß sie gleich? Judy? Judy, der Krankenschwester zusammen?«

Woolrich zog unbehaglich das Gesicht in Falten, als hätte er in seinem Krapfen gerade ein Haar entdeckt.

»Judy, die Spinnerin, meinst du. Wir haben uns getrennt. Sie hat für ein Jahr einen Job in La Jolla, vielleicht auch für länger. Ich kann dir sagen, ich hatte vor ein paar Monaten die Idee, mit ihr einen kleinen romantischen Urlaub zu verbringen, hab' uns für zweihundert Dollar die Nacht ein Zimmer gemietet in einem Hotel in der Nähe von Stowe, wo wir die Landluft einatmen können, wenn wir das Schlafzimmerfenster auflassen, und so weiter. Wir kommen da hin, und es ist alles älter als Moses' Pimmel, alles aus dunklem Holz und mit Antiquitäten vollgestellt, und in dem Bett hättest du mit 'ner Cheerleader-Truppe Verstecken spielen können. Und Judy, die ist plötzlich weißer im Gesicht als 'n Eisbärarsch und weicht vor mir zurück. Weißt du, was sie gesagt hat?«

Ich schwieg gespannt.

»Sie hat gesagt, ich hätte sie genau in diesem Zimmer in einem vorherigen Leben ermordet. Sie rennt zur Tür, hat die Klinke schon in der Hand und schaut mich an, als würde sie damit rechnen, daß ich mich in den Son of Sam verwandle. Ich hab' zwei Stunden gebraucht, um sie zu beruhigen, und dann hat sie sich immer noch geweigert, mit mir zu schlafen. Schließlich hab' ich in der Ecke auf einem Sofa gepennt, und ich kann dir sagen, diese verdammten antiken Sofas sehen vielleicht nach 'ner Million Dollar aus und kosten wahrscheinlich noch mehr, aber man schläft darauf ungefähr so bequem wie auf 'ner Betonplatte.«

Er aß den letzten Bissen seines Beignets und fuhr sich mit einer Serviette über den Mund.

»Dann steh' ich mitten in der Nacht auf, um pissen zu gehen, und da sitzt sie hellwach auf dem Bett, mit der Nachttischlampe umgekehrt in der Hand, und wartet nur darauf, mir den Kopf einzuschlagen, wenn ich in ihre Nähe komme. Ich muß wohl nicht erwähnen, daß das das Ende unserer fünf Liebesnächte war. Am nächsten Morgen sind wir abgereist, und ich hatte über tausend Dollar in den Sand gesetzt.

Aber weißt du, was der eigentliche Brüller war? Ihr Regressionstherapeut hat ihr geraten, sie solle mich wegen Vergehen in einem früheren Leben verklagen. Das wird ein Musterfall für die ganzen Schwachköpfe, die auf PBS einen Dokumentarfilm sehen und sich dann einbilden, sie wären Kleopatra oder Wilhelm der Eroberer gewesen.«

Sein Blick trübte sich bei dem Gedanken an die verlorenen tausend Dollar und daran, wie das Schicksal jemandem mitspielte, der auf der Suche nach unkompliziertem Sex nach Vermont reiste.

»Hast du in letzter Zeit was von Lisa gehört?«

Sein Gesicht umwölkte sich, und er machte eine abwehrende Handbewegung. »Immer noch in Jesus' Armen. Zum letzten Mal hat sie angerufen, um zu erzählen, daß ihr Bein wieder gesund ist und daß sie mehr Geld braucht. Wenn der Herr wirklich der gute Hirte ist, dann hat er seine Schäfchen aber längst im trockenen.« Lisa hatte sich im Jahr zuvor bei einem Rollschuhunfall das Bein gebrochen, kurz bevor sie zu Gott fand. Woolrich war davon überzeugt, daß sie sich dabei einen bleibenden Hirnschaden zugezogen hatte.

Er schaute mich eine Weile an und kniff dabei die Augen zusammen. »Du bist immer noch nicht wieder auf dem Damm, oder?«

»Ich bin am Leben, und ich bin hier. Erzähl mir einfach, was du für mich hast.«

Er blies die Wangen auf, ließ dann langsam die Luft entweichen und ordnete dabei seine Gedanken.

»Es gibt da eine Frau, unten in St. Martin Parish, eine alte Kreolin. Sie hat das zweite Gesicht, meinen die Leute hier. Sie vertreibt das *Gris-Gris*. Du weißt schon, böse Geister, der ganze Scheiß. Heilt kranke Kinder, bringt Paare wieder zusammen. Hat Visionen.« Er hielt inne, fuhr sich mit der Zunge durch den Mund und schaute mich an.

»Eine Hellseherin?«

»Eine Hexe, wenn man den Leuten hier glaubt.«

»Und glaubst du ihnen?«

»Sie hat uns ... geholfen, ein oder zwei Mal, erzählen die Bullen hier. Ich hatte noch nie mit ihr zu tun.«

»Und jetzt?«

Mein Kaffee kam, und Woolrich bat darum, nachgeschenkt zu bekommen. Wir sprachen erst weiter, als der Kellner wieder gegangen war und Woolrich eine halbe Tasse dampfend heißen Kaffee hinuntergestürzt hatte.

»Sie hat ungefähr zehn Kinder und Tausende gottverdammte Enkel und Urenkel. Manche wohnen bei ihr oder in der Nähe, so daß sie nie allein ist. Sie hat eine größere Familie als Abraham.« Er lächelte, aber nur sehr flüchtig, eine kurze Erleichterung vor dem, was jetzt kommen würde.

»Sie behauptet, im Bayou sei kürzlich ein junges Mädchen umgebracht worden, in dem Marschland, wo sich früher die Bataria-Piraten herumgetrieben haben. Sie hat das der Polizei erzählt, aber die haben sich nicht groß drum gekümmert. Sie konnte keinen Ort angeben, hat nur gesagt, im Bayou sei ein junges Mädchen ermordet worden. Sie hätte es in einem Traum gesehen.

Der Sheriff hat in der Sache nichts unternommen. Na ja, so ganz stimmt das nicht. Er hat den Jungs hier gesagt, sie sollen die Augen offenhalten, und dann hat er die ganze Sache vergessen.«

»Und was hat das wieder hochgebracht?«

»Die alte Frau sagt, sie würde das Mädchen nachts weinen hören.«

Ich konnte nicht ausmachen, ob sich Woolrich nur für das genierte, was er erzählte, oder ob es ihm unheimlich war. Er schaute zum Fenster hinüber und wischte sich mit einem riesigen, schmutzigen Taschentuch übers Gesicht.

»Da ist noch etwas.« Er faltete das Taschentuch zusammen und stopfte es in seine Hosentasche.

»Sie sagt, dem jungen Mädchen hätte man das Gesicht abgeschnitten.« Er atmete tief ein. »Und vor ihrem Tod hätte man sie geblendet.«

Wir fuhren auf der Interstate 10 nach Norden, vorbei am Einkaufszentrum und weiter nach West Baton Rouge mit den ganzen Raststätten und Spielhöllen, den Kneipen voller Bohrarbeiter und Schwarzer, die alle den gleichen Fusel-Whiskey und das billige, wäßrige Dixie-Bier tranken. Ein heißer Wind trug den durchdringenden Modergeruch des Bayou mit sich und fuhr in das Astwerk der Bäume längs des Highways. Dann bogen wir ab auf die Atchafalaya-Hochstraße, deren Stützpfeiler unter Wasser verschwanden, und kamen in den Atchafalaya-Sumpf und nach Cajunland.

Ich war erst ein Mal hier gewesen, als Susan und ich jung und glücklich waren. Auf der Henderson Levee Road kamen wir am Schild von McGee's Landing vorbei, wo ich fades Hühnchen aß und Susan an frittierten Alligatorbrokken herumstocherte, die so zäh waren, daß selbst andere Alligatoren sie nur mit Schwierigkeiten verdaut hätten. Dann nahm uns ein Cajunfischer auf einen Bootstrip in den Sumpf mit, durch einen halb überschwemmten Zypressenwald. Die Sonne hing tief und blutrot über dem Wasser und verwandelte die Baumstümpfe in dunkle Umrisse, wie die Finger von Toten, die anklagend gen Himmel weisen. Es war eine andere Welt, so weit von der Stadt entfernt wie der Mond von der Erde, und das schien zwischen uns eine erotische Spannung aufzubauen, während uns vor Hitze das Hemd am Leib klebte und der Schweiß von der Stirn tropfte. Zurück in unserem Hotel in Lafayette, trieben wir es mit einer Heftigkeit und Leidenschaft, die an die Stelle der Liebe trat, unsere klitschnassen Körper bewegten sich im Gleichtakt, die Hitze stand wie Wasser im Zimmer.

Woolrich und ich fuhren diesmal nicht ganz bis nach Lafayette, mit seinen Motels, den Tankstellen und der Verheißung eines Essens im Prejeans, das besser war als bei Randol's, aber mit weniger Atmosphäre, wo die Cajunbands spielten und Einheimische sich unter die Touristen mischten, wo man kaltes Bier aus Abita Springs trank und Welsfilet aß.

Woolrich bog vom Highway auf eine zweispurige Landstraße, die sich eine Zeitlang durch das Bayouland schlängelte und dann in kaum mehr als einen ausgefurchten Pfad überging, übersät von Schlaglöchern voll modrigem Sumpfwasser, um die in dichten Schwärmen Insekten kreisten. Zypressen und Weiden säumten den Weg, und dahinter konnte man die Baumstümpfe im Sumpf erkennen, Überbleibsel der Rodungen im letzten Jahrhundert. Seerosenblätter sammelten sich an den Böschungen, und wenn der Wagen langsamer fuhr und das Licht richtig stand, konnte ich die Barsche sehen, die träge im Blattschatten trieben und hin und wieder durch die Oberfläche brachen.

Ich hatte einmal gehört, daß Jean Lafittes Banditen sich hier breitgemacht hatten. Nun waren andere an ihre Stelle getreten, Mörder und Schmuggler, die Marschen und Kanäle als Versteck für Heroin und Marihuana nutzten – und als dunkles, grünes Grab für die Hingeschlachteten, deren Leichen ihren Teil zum Wildwuchs der Natur beitrugen und deren Verwesen vom üppigen Geruch der Vegetation überdeckt wurde.

Wir nahmen noch eine weitere Abzweigung, und dort beugten sich die Zypressen über die Straße. Wir ratterten über eine Brücke, deren Holz allmählich zu seiner natürlichen Färbung zurückkehrte, während der Lack abblätterte und sich auflöste. Im Dunkel am anderen Ende meinte ich einen riesenhaften Schatten zu sehen, der uns beobachtete, während wir vorbeifuhren, seine Augen unter den dunklen Bäumen weiß wie Eier.

»Hast du den gesehen?« fragte Woolrich.

»Wer ist das?«

»Der jüngste Sohn der alten Frau. Tee Jean nennt sie ihn. Petit Jean. Er ist nicht der Hellste, aber er hält für sie die Augen offen. Wie die anderen auch.«

»Die anderen?«

»Sie wohnen zu sechst in dem Haus. Die alte Frau, ihr Sohn, drei Kinder aus der Ehe ihres Zweitältesten – er ist tot, mit seiner Frau vor drei Jahren bei einem Autounfall umgekommen – und eine Tochter. Sie hat fünf weitere Söhne und drei Töchter, die alle im Umkreis von ein paar Meilen wohnen. Und die Leute von hier kümmern sich auch noch um sie. Sie ist in der Gegend so eine Art Matriarchin, schätze ich mal. Eine große Zauberin.«

Ich schaute ihn an, um zu sehen, ob er das ironisch meinte. Er meinte es nicht ironisch.

Wir ließen den Wald hinter uns, kamen auf eine Lichtung, und dort stand ein langes, flaches Haus auf Holzpfählen. Es sah alt aus, aber mit Liebe gebaut, die Verschalung an der Front nicht verzogen und sorgfältig überlappt, die Dachziegel unbeschädigt und nur hier und da dunkler, wo sie erneuert waren. Die Tür stand offen, nur der Rahmen mit dem Fliegengitter war geschlossen, und auf der Veranda, die die ganze Vorderseite des Hauses entlanglief und um die Ecke weiterging, standen Stühle und lag Kinderspielzeug herum. Hinter dem Haus hörte ich Kinder mit Wasser planschen.

Die Fliegentür wurde geöffnet, und oben an der Treppe erschien eine kleine, schlanke Frau. Sie war um die dreißig, mit zarten Gesichtszügen und dichtem, dunklem Haar, das von ihrem milchkaffeefarbenen Gesicht nach hinten zu einem Pferdeschwanz gebunden war. Doch als wir aus dem Auto stiegen und näher kamen, sah ich, daß ihre Haut von Narben überzogen war, wahrscheinlich von Akne. Sie schien Woolrich wiederzuerkennen, denn ehe wir etwas sagten, hielt sie die Tür auf, so daß ich eintreten konnte. Woolrich kam nicht mit. Ich drehte mich zu ihm um.

»Kommst du nicht rein?«

»Ich habe dich nicht hergebracht, falls jemand fragt, und ich will sie auch nicht sehen«, sagte er. Er nahm auf der Veranda Platz, legte die Füße aufs Geländer und schaute zu, wie das Wasser im Sonnenschein schimmerte.

Drinnen war das Holz dunkel und die Luft kühl. Türen zu allen drei Seiten führten in Schlafzimmer und in ein förmlich wirkendes Wohnzimmer mit alten, offensichtlich handgetischlerten Möbeln, schlichte, aber sorgfältig ausgeführte Handarbeit. Aus einem antiken Radio mit beleuchteter Skala und einer Frequenzanzeige mit den Namen weit entfernter Orte erklang ein Notturno von Chopin, das durch das Haus perlte, bis in das hinterste Schlafzimmer, wo die alte Frau wartete.

Sie war blind. Ihre Pupillen waren weiß und saßen in einem großen Mondgesicht, von dem Speckfalten bis auf ihr Brustbein hingen. Ihre Arme, sichtbar durch die Gazeärmel ihres bunten Kleides, waren kräftiger als meine, ihre geschwollenen Beine ähnelten den Stümpfen kleinerer Bäume und liefen in erstaunlich kleine, beinahe zierliche Füße aus. Sie saß, gestützt von einem Kissengebirge, auf einem riesigen Bett, in einem Raum, der ausschließlich von einer Sturmlaterne erhellt wurde, die Vorhänge waren gegen das Sonnenlicht zugezogen. Sie mußte mindestens hundertzwanzig Kilo wiegen, schätzte ich, wenn nicht mehr.

»Setz dich, Kindchen«, sagte sie, nahm meine Hand und strich mit ihren Fingern sacht über meine. Ihre Augen schauten strikt geradeaus, ohne mich anzusehen, und ihre Finger folgten den Linien auf meiner Handfläche.

»Ich weiß, warum du hier bist«, sagte sie. Ihre Stimme klang hoch, mädchenhaft, als wäre sie eine große Sprechpuppe, deren Tonband mit einem kleineren Modell vertauscht worden war. »Du leidest. Es brennt in dir. Kleine Tochter, deine Frau, sie sind tot.« In dem schummrigen Licht schien die alte Frau vor verborgener Energie zu knistern.

»Tante, erzählen Sie mir von dem Mädchen im Sumpf, von dem Mädchen ohne Augen.«

»Armes Kind«, sagte die alte Frau und runzelte besorgt die Stirn. »Sie war die erste hier. Sie ist vor was weggerannt und hat sich verlaufen. Ist mit ihm mitgefahren und kam nie zurück. Hat ihr so schlimm weh getan. Hat sie aber nicht angerührt, nur mit dem Messer.«

Sie wandte mir zum ersten Mal die Augen zu, und mir wurde klar, daß sie nicht blind war, jedenfalls nicht, was das Wesentliche anging. Während ihre Finger den Linien auf meinen Handflächen folgten, schloß ich die Augen und spürte, daß sie in den letzten Augenblicken dort bei dem Mädchen gewesen war, daß sie ihr vielleicht sogar etwas Trost gespendet hatte, während das Messer sein Werk vollbrachte. »Pscht, Kindchen, komm jetzt mit Tante. Pscht, Kindchen, nimm meine Hand, du. Jetzt tut er dir nicht mehr weh.«

Und ich hörte und spürte, tief in mir, wie die Klinge schnitt und schabte, Muskeln vom Gelenk löste, Fleisch vom Knochen, Seele aus dem Körper, der Künstler war an seiner Leinwand, und ich spürte einen Schmerz durch mich tanzen, spürte, wie ein Blitz durch ein vergehendes Leben zuckte, wie die Töne eines schaurigen Liedes durch das unbekannte Mädchen im Sumpf von Louisiana quollen. Und in ihrer Todesqual spürte ich die Todesqual meines eigenen Kindes, meiner eigenen Frau, und ich war mir sicher, daß es derselbe Mann war. Und als die Schmerzen für das Mädchen im Sumpf fast vorüber waren, hüllte längst Finsternis sie ein, und ich wußte, daß er sie geblendet und dann erst umgebracht hatte.

»Wer ist er?« fragte ich.

Sie sprach, und in ihrer Stimme klangen vier Stimmen mit: die Stimmen meiner Frau und Tochter, die Stimme einer aufgeschwemmten, alten Frau auf ihrem Bett in einem weinrot-dunklen Zimmer und die Stimme eines namenlosen Mädchens, das im Schlamm und den Wassern eines Sumpfes in Louisiana einen brutalen, einsamen Tod starb.

»Er ist der fahrende Mann.«

Walter rührte sich auf seinem Sessel, und als sein Löffel gegen die Porzellantasse schlug, klang es wie Glockengeläut.

»Nein«, sagte ich. »Ich habe ihn nicht gefunden.«

Kapitel 4

Walter hatte eine Weile geschwiegen, und sein Whiskeyglas war nun fast leer. »Du mußt mir einen Gefallen tun. Es ist für jemand anderen, nicht für mich.«

Ich wartete.

»Es hat mit der Barton-Stiftung zu tun.«

Die Barton-Stiftung hatte der alte Jack Barton durch sein Testament ins Leben gerufen, ein Unternehmer, der nach dem Krieg ein Vermögen als Zulieferer für die Luftfahrtindustrie gemacht hatte. Die Stiftung vergab Gelder für Forschungprojekte, die mit Kindern zu tun hatten, unterstützte Kinderkrankenhäuser und zahlte allgemein Fürsorgegelder, denen sich der Staat verweigerte. Die nominelle Leitung hatte Isobel Barton inne, Jacks Witwe, doch das Tagesgeschäft lag in der Verantwortlichkeit eines Anwalts namens Andrew Bruce und des Vorsitzenden der Stiftung, Philip Kooper.

Ich wußte das alles, weil Walter gelegentlich für die Stiftung Geld sammelte – bei Tombolas und Bowlingwettbewerben – und auch, weil die Stiftung einige Wochen zuvor aus gänzlich verkehrten Gründen in die Schlagzeilen geraten war. Während eines Wohltätigkeitsfestes auf dem Grundstück der Bartons auf Staten Island war ein kleiner Junge, Evan Baines, verschwunden. Von dem Jungen fehlte weiterhin jede Spur, und die Polizei hatte die Hoffnung so gut wie aufgegeben. Man nahm an, er habe sich auf dem Grundstück irgendwie verlaufen und sei dann entführt worden. Die Presse berichtete eine Zeitlang darüber, doch das legte sich bald.

»Evan Baines?«

»Nein, glaube ich zumindest, aber es geht wahrscheinlich auch um eine vermißte Person. Eine junge Frau, eine Freundin von Isobel Barton, scheint verschwunden zu sein. Es ist ein paar Tage her, und Mrs. Barton macht sich Sorgen. Ihr Name ist Catherine Demeter. Keinerlei Verbindung zu dem Verschwinden von Baines; damals hatte sie die Bartons noch gar nicht kennengelernt.«

»Bartons im Plural?«

»Sie war offenbar mit Stephen Barton zusammen. Weißt du irgendwas über ihn?«

»Er ist ein Arschloch. Davon abgesehen arbeitet er als Kleindealer für Sonny Ferrera, ist in der Nähe der Ferreras auf Staten Island aufgewachsen und hat sich als Junge mit Sonny angefreundet. Er macht auf Steroide, Koks auch, glaube ich, aber das ist Kinderkram.«

Walter zog die Stirn kraus. »Seit wann weißt du das?«

»Weiß nicht«, antwortete ich. »Erzählt man sich so beim Sport.«

»Mensch, erzähl uns bloß nichts, was für uns nützlich sein könnte. Ich weiß es erst seit Dienstag.«

»Du sollst es ja auch nicht wissen«, sagte ich. »Du bist bei der Polizei. Euch erzählt keiner, was ihr wissen solltet.«

»Du warst auch mal Bulle«, grummelte Walter. »Das sind ja schöne Angewohnheiten.«

»Jetzt mach mal halblang, Walter. Woher soll ich denn wissen, wen ihr unter die Lupe nehmt? Was soll ich denn tun? Einmal die Woche bei euch zur Beichte gehen?« Ich schenkte mir heißen Kaffee nach. »Und meinst du, es besteht eine Verbindung zwischen ihrem Verschwinden und Sonny Ferrera?« fuhr ich fort.

»Durchaus möglich«, sagte Cole. »Das FBI hat Stephen Barton eine Zeitlang überwacht, vor etwa einem Jahr, angeblich lange bevor er was mit Catherine Demeter angefangen hat. Aber bei dem Jungen war nichts zu wollen, also haben sie's seinlassen. Laut Drogenfahndung hat sie offenbar nichts damit zu tun, jedenfalls ist nichts in dieser Richtung bekannt, aber was wissen die schon? Manche von denen meinen doch immer noch, Crack wär 'ne Kekssorte. Vielleicht hat sie was gesehen, was sie nicht sehen sollte.«

Sein Gesichtsausdruck verriet, daß er das für eine ganz kalte Spur hielt, aber er überließ es mir, es auszusprechen. »Komm schon, Walter, Steroide und 'n bißchen Koks? Da steckt zwar Geld drin, aber es ist trotzdem Krimskrams, verglichen mit Ferreras sonstigen Geschäften. Wenn er jemanden deswegen umlegt, dann ist er noch blöder, als wir ohnehin dachten. Selbst sein alter Herr hält ihn für das Ergebnis eines genetischen Defekts.«

Ferrera Senior, krank und klapprig, aber noch immer eine angesehene Figur, war dafür bekannt, daß er seinen einzigen Sohn gelegentlich als »kleinen Scheißkerl« bezeichnete. »Ist das alles, was du hast?«

»Wie du schon sagtest, wir sind die Polizei. Uns erzählt keiner was Nützliches«, antwortete er säuerlich.

»Wußtest du, daß Sonny impotent ist?«

Walter stand auf, fuchtelte mit dem leeren Glas vor seinem Gesicht herum und lächelte zum ersten Mal an diesem Abend. »Nein, nein, das wußte ich nicht. Und ich bin mir auch nicht sicher, ob ich das wissen wollte. Wer zum Teufel bist du – sein Urologe?« Er warf mir einen Blick zu, als er nach dem Redbreast langte. Ich winkte abschätzig; eine Bewegung, die nicht über das Handgelenk hinausging.

»Ist Pili Pilar noch für ihn tätig?« fragte ich, um mal vorzufühlen.

»Soweit ich weiß schon. Ich hab' gehört, daß er Nicky Glasses vor ein paar Wochen aus dem Fenster geworfen hat, weil der mit seinen Spielschulden im Rückstand war.«

»Dumm gelaufen für Nicky. Noch hundert Jahre, und er hätte alles abbezahlt gehabt. Aber Pili sollte sich lieber zusammenreißen, sonst gibt's bald keine Leute mehr, die er aus dem Fenster schubsen kann.«

Walter lächelte nicht.

»Wirst du mit ihr reden?« fragte er, als er wieder Platz nahm.

»Vermißtenfälle, Walter...«, seufzte ich. Vierzehntausend Menschen verschwanden jedes Jahr in New York. Es war nicht einmal sicher, daß die Frau verschwunden war – also entweder sie oder sonst jemand nicht wollte, daß sie gefunden wurde – und sich nicht einfach nur aus dem Staub gemacht hatte und in eine andere Stadt gezogen war, ohne ihrer Busenfreundin Isobel Barton oder ihrem liebenswerten Lover Stephen Barton das auf die Nase zu binden.

Das sind so die Fragen, mit denen sich Privatdetektive herumschlagen müssen, wenn es um Vermißtenfälle geht. Privatdetektive verdienen sich mit dem Aufspüren vermißter Personen ihr täglich Brot, aber ich war kein Privatdetektiv. Ich hatte den Auftrag mit Fat Ollie übernommen, weil es leichtverdientes Geld war oder zumindest damals zu sein schien. Ich wollte mich nicht bei den Behörden in Albany um eine Konzession bewerben. Ich wollte nicht nach Vermißten suchen. Vielleicht befürchtete ich, es würde mich zu sehr ablenken. Vielleicht lag mir auch einfach nicht genug daran, jedenfalls damals nicht.

»Sie will nicht zur Polizei gehen«, sagte Walter. »Die Frau wird noch nicht mal offiziell vermißt, weil niemand ihr Verschwinden gemeldet hat.«

»Und weshalb weißt du dann von der Sache?«

»Kennst du Tony Loo-Loo?« Ich nickte. Tony Loomax war ein Schmalspur-Privatschnüffler, der stotterte und nie über Kautionsflüchtige und Proletenscheidungen hinausgekommen war.

»Loomax ist eine ungewöhnliche Wahl für Isobel Bartons Kreise«, sagte ich.

»Offenbar hat er vor ein oder zwei Jahren für jemanden von ihrem Personal gearbeitet. Hat den Mann gefunden, der mit ihren Ersparnissen durchgebrannt war. Isobel Barton hat ihm gesagt, er solle etwas Ähnliches für sie tun, aber mit absoluter Diskretion.«

»Das erklärt immer noch nicht, was du damit zu tun hast.«

»Ich hab' ein paar Sachen gegen Tony in der Hand, kleinere Gesetzesübertretungen, und er möchte lieber nicht, daß ich darin etwas unternehme. Tony hat sich gedacht, ich würde gern erfahren, daß Isobel Barton diskret an ihn herangetreten ist. Ich habe mit Kooper gesprochen. Er ist der Ansicht, daß die Stiftung keine weiteren negativen Schlagzeilen gebrauchen kann. Und ich habe mir gedacht, ich könnte ihm vielleicht einen Gefallen tun.«

»Und warum wendest du dich an mich, wenn Tony den Auftrag übernommen hat?«

»Wir haben Tony veranlaßt, die Sache abzugeben. Er hat zu Isobel Barton gesagt, er würde sie an jemanden weiterempfehlen, dem sie vertrauen kann, denn er könne den Fall nicht übernehmen. Offenbar ist seine Mutter gerade gestorben, und er muß zur Beerdigung.«

»Tony Loo-Loo hat keine Mutter. Er ist in einem Waisenhaus aufgewachsen.«

»Dann ist eben die Mutter von jemand anderem gestorben«, sagte Walter unwirsch. »Kann er ja zu dieser Beerdigung gehen.«

Er hielt inne, und ich konnte die aufkeimenden Zweifel in seinem Blick erkennen, während die Gerüchte, die er über mich gehört hatte, in seinem Hinterkopf rumorten. »Und deshalb spreche ich dich darauf an. Wenn ich das ganz still und leise über die üblichen Kanäle versucht hätte, hätte irgendwer es mitbekommen. Mensch, was du im Präsidium trinkst, pissen anschließend zehn Typen aus.«

»Was ist mit der Familie des Mädchens?«

Er zuckte mit den Achseln. »Viel mehr weiß ich nicht, aber ich glaube nicht, daß sie eine hat. Schau mal, Bird, ich bitte dich darum, weil du gut bist. Du warst ein guter Bulle. Wenn du nicht ausgeschieden wärst, würden wir anderen dir jetzt die Schuhe putzen und das Schild polieren. Du hattest gute Instinkte. Und hast sie doch wohl immer noch. Außerdem bist du mir was schuldig: Wer so in der Gegend rumballert, kommt normalerweise nicht so einfach davon.«

Ich schwieg einen Augenblick. Ich hörte Lee in der Küche werkeln, und im Hintergrund lief ein Fernseher. Vielleicht lag es noch an dem, was zuvor passiert war, dem anscheinend sinnlosen Mord an Fat Ollie Watts und seiner Freundin, dem Tod des Schützen, denn es kam mir so vor, als wäre die Welt aus den Fugen geraten und als passe nichts mehr, wie es sollte. Selbst das hier ging mir gegen den Strich. Ich glaubte, daß Walter mir etwas vorenthielt.

Es klingelte an der Tür, und dann hörte ich einen gedämpften Wortwechsel zwischen Lee und einem Mann mit einer tiefen Stimme. Sekunden später klopfte es an der Tür, und Lee geleitete einen großen, grauhaarigen Mann um die Fünfzig herein. Er trug einen dunkelblauen Zweireiher, der nach Boss aussah, und eine rote Krawatte von Christian Dior mit goldenem, ineinandergreifendem CD-Muster. Seine Schuhe glänzten, als wären sie mit Spucke poliert, aber da es sich um Philip Kooper handelte, war es bestimmt nicht seine eigene Spucke.

Kooper war als Vorsitzender und Sprecher einer Kinderstiftung eine ungewöhnliche Wahl. Er war dünn und blaß, und sein Mund brachte das Kunststück fertig, bei aller Schmalheit schmollend zu wirken. Seine Finger waren lang und liefen spitz zu, beinahe wie Klauen. Kooper sah aus, als hätte man ihn irgendwo ausgegraben, mit der ausdrücklichen Absicht, allerorten Unbehagen zu verbreiten. Wäre er bei einem Kinderfest der Stiftung aufgetaucht, hätten alle Kinder angefangen zu weinen.

»Ist er das?« fragte er Walter, nachdem er einen Drink abgelehnt hatte. Er riß den Kopf in meine Richtung herum wie ein Frosch, der eine Fliege schluckt. Ich nestelte am Zuckerschälchen und gab mir Mühe, gekränkt dreinzuschauen.

»Das ist Parker«, nickte Walter. Ich wartete ab, ob Kooper mir die Hand geben würde. Er tat es nicht. Er hielt die Hände vor dem Körper gefaltet wie ein berufsmäßiger Trauergast bei einem mit besonderem Desinteresse verfolgten Begräbnis.

»Haben Sie ihm die Situation erläutert?«

Walter nickte wieder, schien sich aber zu genieren. Kooper hatte schlechtere Manieren als ein verzogenes Gör. Ich blieb sitzen und sagte kein Wort. Kooper rümpfte die Nase, stand schweigend da und betrachtete mich von oben herab. Er vermittelte den Eindruck, als sei das für ihn eine ausgesprochen vertraute Position.

»Die Lage ist heikel, Mr. Parker, wie Ihnen sicherlich bewußt ist. Sämtliche Mitteilungen in dieser Angelegenheit gelangen zunächst zu meiner Kenntnis, ehe Sie Mrs. Barton über irgend etwas informieren. Ist das klar?«

Ich fragte mich, ob Kooper es wert war, sich über ihn aufzuregen, und nachdem ich Walters unbehaglichen Blick gesehen hatte, beschloß ich, daß er es nicht war, zumindest noch nicht. Aber Isobel Barton tat mir allmählich leid, und dabei hatte ich sie noch gar nicht kennengelernt.

»Ich war der Ansicht, Mrs. Barton würde mich engagieren«, sagte ich schließlich.

»Das ist zutreffend. Aber mir gegenüber sind Sie rechenschaftspflichtig.«

»Das sehe ich anders. Es gibt dabei eine gewisse Vertraulichkeit. Ich werde es mir überlegen, aber wenn es nichts mit dem kleinen Baines oder den Ferreras zu tun hat, behalte ich mir das Recht vor, das, was ich erfahre, zwischen mir und Mrs. Barton zu belassen.«

»Das ist nicht hinnehmbar, Mr. Parker«, sagte Kooper. Eine leichte Röte stieg in seine Wangen, hielt sich dort einen Augenblick und verlor sich dann in der Tundra seines Teints. »Vielleicht habe ich mich nicht deutlich genug ausgedrückt: In dieser Angelegenheit werden Sie zuerst mir Bericht erstatten. Ich habe einflußreiche Freunde, Mr. Parker. Wenn Sie sich nicht kooperativ verhalten, kann ich dafür sorgen, daß man Ihnen die Konzession entzieht.«

»Das müssen schon sehr einflußreiche Freunde sein, denn ich habe keine Konzession«, sagte ich und stand auf. Kooper ballte die Fäuste. »Sie sollten es mit Yoga versuchen«, sagte ich. »Sie sind verspannt.«

Ich bedankte mich bei Walter für den Kaffee und ging zur Tür.

»Warte«, sagte er. Ich drehte mich um und sah, daß er Kooper anstarrte. Nach einer ganzen Weile zuckte Kooper kaum merklich mit den Achseln und trat ans Fenster. Er schaute mich nicht wieder an. Koopers Einstellung und Walters Gesichtsausdruck hatten sich gegen mein besseres Wissen verschworen, und ich beschloß, mit Isobel Barton zu reden.

»Sie erwartet mich also?« fragte ich Walter.

»Ich habe Tony gebeten, ihr zu sagen, daß du gut bist, daß du das Mädchen finden wirst, wenn sie noch am Leben ist.«

Wiederum herrschte kurz Schweigen.

»Und wenn sie tot ist?«

»Die Frage hat Mr. Kooper auch gestellt«, sagte Walter.

»Was hast du geantwortet?«

Er trank den letzten Schluck von seinem Whiskey, und die Eiswürfel klapperten im Glas wie Gebeine. Hinter ihm stand Kooper als dunkler Umriß vor dem Fenster, wie eine Verheißung schlechter Nachrichten.

»Ich habe ihm gesagt, daß du dann die Leiche wiederbringst.«

Darauf lief es letztendlich immer hinaus: Leichen – gefundene Leichen und Leichen, die noch zu finden waren. Und ich erinnerte mich daran, wie Woolrich und ich an jenem Apriltag vor dem Haus der alten Frau standen und über das Bayou schauten. Ich hörte das Wasser sacht an die Uferböschung schlagen, und weiter draußen sah ich ein Fischerboot über das Gewässer tuckern, und zwei Gestalten warfen zu beiden Seiten Netze aus. Doch Woolrich und ich schauten tiefer als nur auf die Oberfläche, als könnten wir, wenn wir nur aufmerksam genug hinsahen, in die Tiefe vordringen und in den dunklen Wassern die Leiche eines namenlosen Mädchens entdecken.

»Glaubst du ihr?« fragte er schließlich.

»Ich weiß es nicht. Ich weiß es wirklich nicht.«

»Wenn es diese Leiche gibt, können wir sie unmöglich finden, ohne mehr zu wissen. Wenn wir anfangen, das Bayou nach Leichen abzufischen, stehen wir ziemlich bald bis zu den Knien in Knochen. In den Sümpfen werden seit Jahrhunderten Tote abgeladen. Wäre ein Wunder, wenn wir da nichts finden.«

Ich ließ ihn dort stehen. Er hatte natürlich recht. Angenommen, es gab eine Leiche, dann brauchten wir mehr, als uns die alte Frau gesagt hatte. Ich kam mir vor, als würde ich im Nebel tasten, aber was die alte Frau erzählt hatte, war bisher der deutlichste Hinweis auf den Mann, der Jennifer und Susan umgebracht hatte.

Ich fragte mich, ob ich denn verrückt sei, daß ich einer blinden Frau vertraute, die im Schlaf Stimmen hörte. Wahrscheinlich schon.

»Wissen Sie, wie er aussieht, Tante?« hatte ich sie gefragt und zugesehen, wie sie zur Antwort schwerfällig den Kopf schüttelte.

»Du siehst ihn nur, wenn er zu dir kommt«, entgegnete sie. »Dann erkennst du ihn.«

Am Wagen angekommen, schaute ich mich um und sah neben Woolrich eine Gestalt auf der Veranda stehen. Es war das Mädchen mit dem vernarbten Gesicht. Sie stand anmutig auf den Zehenspitzen und streckte sich zu dem größeren Mann hoch. Woolrich strich ihr zärtlich über die Wange und sprach leise ihren Namen aus: »Florence.« Er küßte sie sanft auf den Mund, wandte sich dann ab und kam zu mir, ohne sich noch einmal nach ihr umzusehen. Keiner von uns ließ während der Fahrt zurück nach New Orleans darüber ein Wort fallen.

Kapitel 5

Es regnete die ganze Nacht, die Hitzeglocke über der Stadt löste sich auf, und am Morgen atmete es sich auf den Straßen von Manhattan schon viel freier. Es war beinahe kühl, als ich laufen ging. Das Pflaster setzte meinen Knien zu, aber in dieser Gegend waren größere Rasenflächen eben eine Seltenheit. Auf dem Rückweg zu meiner Wohnung kaufte ich mir eine Zeitung, dann duschte ich und zog mich an und las sie beim Frühstück. Um kurz nach elf bestellte ich mir ein Taxi und fuhr hinaus zum Haus der Bartons.

Isobel Barton wohnte in dem abgelegenen Gebäude, das ihr verstorbener Gatte in den Siebzigern in der Nähe von Todt Hill erbaut hatte, ein bewundernswerter, wenn auch nicht von Erfolg gekrönter Versuch, die Südstaatenvillen seiner Heimat Georgia an der Ostküste und in kleinerem Maßstab nachzubauen. Der alte Jack Barton, nach allem, was man hörte, ein liebenswürdiger Kerl, hatte anscheinend mit Geld und Entschlossenheit wettgemacht, was ihm an gutem Geschmack abging.

Als ich dort ankam, stand das Tor zur Einfahrt offen, und in der Luft hingen die Auspuffgase eines anderen Wagens. Das Taxi passierte, gerade als das elektrisch betriebene Tor wieder zurumpelte, und wir folgten dem Wagen vor uns, einem weißen BMW 320 i mit getönten Fenstern, auf die kleine Auffahrt vor dem Haus. Das Taxi wirkte in dieser Umgebung fehl am Platz, aber ich war mir nicht so sicher, was das Haus Barton von meinem klapprigen Mustang gehalten hätte, der gerade in der Werkstatt war.

Als wir hielten, stieg eine schlanke, konservativ in ein graues Kostüm gekleidete Frau aus dem BMW und schaute mich neugierig an, während ich den Taxifahrer bezahlte. Ihr graues Haar war zu einem Knoten hochgebunden, was ihre strengen Gesichtszüge nicht eben milderte. Ein großer Schwarzer in Chauffeursuniform erschien an der Haustür und eilte auf mich zu, um mich abzufangen, während ich auf das Haus zuging.

»Parker. Ich glaube, ich werde erwartet.«

Der Chauffeur warf mir einen Blick zu, als solle ich lieber wünschen, im Bett geblieben zu sein, falls das gelogen war. Er bat mich zu warten und wandte sich dann der Frau in Grau zu. Sie schaute mich kurz böse an und wechselte dann ein paar Worte mit dem Chauffeur, der sich hinters Haus zurückzog, während sie zu mir trat.

»Ich bin Miss Christie, Mrs. Bartons persönliche Assistentin. Sie hätten am Tor warten sollen, bis wir gewußt hätten, wer Sie sind.« In einem Fenster über der Tür wurde kurz ein Vorhang beiseite geschoben und dann wieder losgelassen.

»Wenn es hier einen Personaleingang gibt, werde ich zukünftig den benutzen.« Miss Christie vermittelte mir den Eindruck, sie hoffe, daß es soweit erst gar nicht kommen würde. Sie beäugte mich einen Moment lang kühl und machte dann auf dem Absatz kehrt. »Wenn Sie mir bitte folgen würden«, sagte sie über die Schulter und ging zur Tür. Ihr graues Kostüm war am Saum abgewetzt. Ich fragte mich, ob Mrs. Barton mit mir über mein Honorar feilschen würde.

Wenn Isobel Barton Geld brauchte, hätte sie bloß einige der Antiquitäten verkaufen müssen, mit denen das Haus eingerichtet war, denn das Interieur glich dem feuchten Traum eines jeden Auktionators. Die Säle zu beiden Seiten des Entrees standen voller Möbel, die aussahen, als würden sie nur alle Jubeljahre benutzt. Rechts wand sich eine breite Treppe empor; vorn befand sich eine verschlossene Tür, und eine weitere schmiegte sich unter die Treppe. Durch diese folgte ich Miss Christie in ein kleines, aber erstaunlich helles und modernes Büro, mit einem Computer in der Ecke und einer in ein Bücherregal eingebauten Fernseh-Video-Kombination. Vielleicht würde Mrs. Barton doch nicht um das Honorar feilschen.

Miss Christie setzte sich hinter einen Kiefernholzschreibtisch, nahm ein paar Unterlagen aus ihrer Reisetasche und blätterte sie offensichtlich gereizt durch, bis sie schließlich fand, was sie suchte.

»Dies hier ist die übliche Vertraulichkeitserklärung, aufgesetzt von den Justitiaren der Stiftung«, begann sie, schob mir das Papier mit der einen Hand hin und drückte mit der anderen gleichzeitig auf den Knopf eines Kugelschreibers. »Das ist die Zusicherung Ihrerseits, daß in dieser Angelegenheit sämtliche Mitteilungen unter uns bleiben, Mrs. Barton, mir und Ihnen.« Mit dem Kugelschreiber wies sie auf die relevanten Abschnitte des Vertrags, wie ein Versicherungsvertreter, der einen Deppen über den Tisch ziehen will. »Ehe wir fortfahren, möchte ich, daß Sie das unterschreiben«, schloß sie.

Offenbar hatte bei der Barton-Stiftung niemand sonderlich viel Vertrauen in die Menschheit. »Davon halte ich nichts«, sagte ich. »Wenn Sie sich um mögliche Indiskretionen Sorgen machen, sollten Sie für diese Arbeit einen Priester engagieren. Andernfalls müssen Sie sich auf mein Versprechen verlassen, daß nichts von dem, was zwischen uns gesprochen wird, nach außen dringt.« Vielleicht hätte ich ein schlechtes Gewissen haben sollen, als ich sie anlog. Hatte ich aber nicht. Ich war ein guter Lügner. Das ist eine der Gaben, die Gott den Alkoholikern verleiht.

»Das ist inakzeptabel. Ich bin nicht einmal von der Notwendigkeit überzeugt, Sie zu beauftragen, und ich bin ganz gewiß der Ansicht, es wäre unangemessen, dies ohne – «

Das Geräusch der Bürotür, die geöffnet wurde, unterbrach sie. Ich drehte mich um und sah eine große, attraktive Frau hereinkommen, deren Alter durch die Freundlichkeiten der Natur und die Magie der Kosmetik nicht auszumachen war. Auf den ersten Blick hätte ich sie auf Ende vierzig geschätzt, aber wenn es sich um Isobel Barton handelte, war sie wohl eher fünfundfünfzig, wenn nicht älter. Sie trug ein blaßblaues Kostüm, das so ausgefallen schlicht geschnitten war, daß es kostspielig sein mußte, und hatte eine Figur, die entweder chirurgisch nachgebessert oder ungewöhnlich gut erhalten war.

Als sie näher kam und ich die winzigen Fältchen in ihrem Gesicht erkannte, tippte ich auf zweiteres: Isobel Barton sah einfach nicht wie eine Frau aus, die plastische Chirurgie nötig hatte. An ihrem Hals schimmerten Gold und Diamanten, und ein Paar passender Ohrringe glitzerten, wenn sie ging. Ihr Haar war ebenfalls grau, aber sie trug es offen, und es fiel ihr lose auf die Schultern. Sie war immer noch eine begehrenswerte Frau, und nach ihrem Gang zu urteilen, war sie sich dessen bewußt.

Philip Kooper hatte nach dem Verschwinden des kleinen Baines die volle Wucht des Medieninteresses abbekommen, wenn sich die Aufmerksamkeit auch bald legte. Der kleine Baines kam aus einer Familie von Kiffern und Nieten. Sein Verschwinden war nur der Stiftung wegen eine Meldung wert, und dabei hatten die Anwälte und Schirmherren der Stiftung noch an allen möglichen Strippen gezogen, um Spekulationen einzudämmen. Die Mutter des Jungen lebte von seinem Vater getrennt, und seitdem der fort war, waren sie auch nicht gerade besser klargekommen.

Die Polizei versuchte immer noch, den Vater ausfindig zu machen, falls er den Jungen verschleppt hatte, obwohl alle Anzeichen darauf hindeuteten, daß der Vater, ein Kleinkrimineller, das Kind haßte. In manchen Fällen war das Motiv genug, um ein Kind zu entführen und umzubringen, um sich so an der Frau zu rächen. Als Polizeischüler kam ich einmal in eine Mietskaserne und fand einen Mann vor, der seine kleine Tochter entführt und in der Badewanne ertränkt hatte, weil seine Frau ihm nach der Trennung nicht den Fernseher überlassen wollte.

Nur eins aus der Berichterstattung über Baines' Verschwinden war mir im Gedächtnis geblieben: ein Schnappschuß von Mrs. Barton, die mit gesenktem Kopf die Mutter von Evan Baines in einer heruntergekommenen Siedlung besuchte. Es war als Privatbesuch gedacht. Der Photograph, der vom Schauplatz eines Drogenmordes zurückkehrte, kam zufällig vorbei. Ein oder zwei Blätter brachten das Bild, aber ohne große Aufmachung.

»Danke schön, Caroline. Ich werde mich einen Augenblick allein mit Mr. Parker unterhalten.« Sie lächelte, während sie das sagte, aber ihr Ton duldete keine Widerrede. Ihre Assistentin heuchelte bei ihrer Entlassung Desinteresse, aber ihre Augen sprühten Feuer. Als sie den Raum verlassen hatte, setzte sich Mrs. Barton auf einen steiflehnigen Stuhl neben dem Schreibtisch, bot mir auf einem schwarzen Ledersofa einen Platz an und lächelte mir zu.

»Das tut mir leid. Ich habe sie nicht zu einem derartigen Vertrag bevollmächtigt. Caroline kann gelegentlich übertrieben fürsorglich sein. Dürfen wir Ihnen einen Kaffee anbieten, oder hätten Sie lieber einen Drink?«

»Weder noch, danke. Ehe wir fortfahren, Mrs. Barton, sollte ich Ihnen wohl sagen, daß ich normalerweise nicht nach vermißten Personen fahnde.« Meiner Erfahrung nach überließ man die Suche nach Vermißten am besten Spezialagenturen mit dem nötigen Personal, um Hinweisen und eventuellen Sichtungen nachzugehen. Einzeln arbeitende Ermittler, die solche Aufträge übernahmen, waren bestenfalls schlecht dafür gerüstet und schlimmstenfalls nichts weiter als Parasiten, die sich von der Hoffnung derjenigen nährten, die zurückblieben, um minimalen Aufwand mit noch geringeren Ergebnissen zu finanzieren.

»Mr. Loomax meinte, daß Sie das sagen würden, aber nur aus Bescheidenheit. Ich soll Ihnen ausrichten, er würde es als persönlichen Gefallen betrachten.«

Ich lächelte, wider besseres Wissen. Der einzige Gefallen, den ich Tony Loo-Loo tun würde, bestünde darin, nicht auf sein Grab zu pissen, wenn er starb.

Wie Mrs. Barton berichtete, hatte sie Catherine Demeter über ihren Sohn kennengelernt, der das Mädchen bei der Arbeit im Kaufhaus DeVries gesehen und so lange bequatscht hatte, bis sie mit ihm ausging. Mrs. Barton und ihr Sohn – ihr Stiefsohn, um genau zu sein, denn Jack Barton war zuvor mit einer Frau aus den Südstaaten verheiratet, die sich nach acht Jahren von ihm scheiden ließ und mit einem Sänger nach Hawaii zog – standen sich nicht sonderlich nahe. Sie wußte, daß ihr Sohn mit Aktivitäten zu tun hatte, die, wie sie sich ausdrückte, »unerfreulich« waren, und sie hatte versucht, ihn davon zu überzeugen, seinen Lebenswandel zu ändern, »sowohl seinet- als auch der Stiftung wegen«. Ich nickte mitfühlend. Mitgefühl war die einzige angebrachte Regung jemandem gegenüber, der mit Stephen Barton zu tun hatte.

Als sie mitbekam, daß er eine neue Freundin hatte, bat sie darum, sie kennenzulernen, erzählte Mrs. Barton, und ein Treffen wurde vereinbart. Ihr Sohn ließ sich nicht blicken, aber Catherine kam, und nach anfänglicher Beklommenheit standen die beiden bald auf weit vertrauterem Fuß als Stephen Barton und das Mädchen. Dann trafen sie sich gelegentlich zum Kaffetrinken oder zum Lunch. Doch trotz aller Einladungen lehnte Catherine es stets ab, Mrs. Barton zu Hause zu besuchen, und Stephen Barton brachte sie nie mit.

Dann war Catherine Demeter einfach von der Bildfläche verschwunden. Sie hatte ihren Arbeitsplatz früh am Samstag verlassen und war zu einer Verabredung zum Abendessen am Sonntag mit Mrs. Barton nicht erschienen. Zwei Tage waren seither vergangen.

»Wegen der, nun, Publicity, der die Stiftung kürzlich nach dem Verschwinden dieses armen Kindes ausgesetzt war, wollte ich lieber kein Aufhebens davon machen und keine weitere nachteilige Aufmerksamkeit auf uns ziehen«, sagte sie. »Ich habe Mr. Loomax angerufen, und er schien der Ansicht, daß Catherine einfach fortgezogen sein könnte. Anscheinend passiert so etwas häufiger.«

»Glauben Sie, daß mehr dahintersteckt?«

»Ich weiß es wirklich nicht, aber sie war so zufrieden mit ihrer Arbeit und schien sich gut mit Stephen zu verstehen.« Bei der Erwähnung des Namens ihres Sohnes hielt sie einen

Moment lang inne, als überlegte sie, ob sie fortfahren solle oder nicht. Dann: »Stephen verhält sich seit einiger Zeit ungezogen – kurz vor dem Tod seines Vaters fing das an. Kennen Sie die Familie Ferrera?«

»Sie ist mir ein Begriff.«

»Stephen hat sich mit dem jüngsten Sohn angefreundet, trotz all unserer Anstrengungen. Ich weiß, daß er schlechten Umgang pflegt, und ich weiß, daß er mit Drogen zu tun hat. Ich fürchte, er könnte Catherine in etwas hineingezogen haben. Und...« Wiederum schwieg sie kurz. »Ich mochte ihre Gesellschaft. Sie hatte etwas Sanftmütiges an sich, manchmal wirkte sie traurig. Sie sagte, sie würde sich sehr gern hier niederlassen, nachdem sie so lange umhergezogen sei.«

»Hat sie erzählt, wo sie früher gewohnt hat?«

»Hier und dort. Ich nehme an, daß sie in verschiedenen Bundesstaaten gearbeitet hat.«

»Hat sie etwas über ihre Vergangenheit erzählt, oder gab es irgendwelche Anzeichen, daß sie sich Sorgen über etwas machte?«

»Ich glaube, ihrer Familie ist etwas zugestoßen, als sie noch klein war. Sie hat mir erzählt, daß eine Schwester gestorben sei. Mehr hat sie nicht dazu gesagt. Sie sagte, sie könne darüber nicht reden, und ich habe sie nicht gedrängt.«

»Mr. Loomax könnte recht haben. Möglicherweise ist sie einfach weggezogen.«

Mrs. Barton schüttelte nachdrücklich den Kopf. »Nein, das hätte sie mir gesagt, da bin ich mir sicher. Stephen hat nichts von ihr gehört, und ich auch nicht. Ich mache mir Sorgen um sie und möchte nur wissen, daß sie in Sicherheit ist. Das ist alles. Sie muß nicht einmal mitbekommen, daß ich Sie beauftragt habe oder besorgt um sie bin. Übernehmen Sie den Fall?«

Es ging mir immer noch gegen den Strich, für Walter Cole die Drecksarbeit zu erledigen und Isobel Barton auszunutzen, aber sonst hatte ich nicht viel zu tun, abgesehen von einem Gerichtstermin für ein Versicherungsunternehmen am Tag darauf. Ein weiterer Auftrag, den ich übernommen hatte, um nicht aus der Übung zu kommen.

Wenn es zwischen Sonny Ferrera und Catherine Demeters Verschwinden eine Verbindung gab, dann steckte sie mit ziemlicher Sicherheit in Schwierigkeiten. Wenn Sonny an dem Mord an Fat Ollie Watts beteiligt war, dann tickte er offensichtlich nicht mehr ganz richtig.

»Ich werde mich ein paar Tage lang damit beschäftigen«, sagte ich. »Aus Gefälligkeit«, fügte ich hinzu. »Wollen Sie mein Honorar wissen?«

Doch sie schrieb schon einen Scheck aus, von ihrem Privatkonto, nicht dem der Stiftung. »Hier sind dreitausend Dollar Vorschuß, und das ist meine Karte. Meine Privatnummer finden Sie auf der Rückseite.«

Sie rückte ihren Stuhl ein wenig näher. »Also, was müssen Sie noch wissen?«

An diesem Abend aß ich im River in der Amsterdam Avenue, in der Nähe der 70. Straße – wegen der traditionellen Rindfleischgerichte der beste Vietnamese der Stadt –, wo sich das Personal so leise fortbewegte, daß man das Gefühl hatte, von Schatten und einer flüchtigen Brise bedient zu werden. Ich sah einem Pärchen ein paar Tische weiter zu, wie sie die Hände ineinanderschlangen, einander mit den Fingern über die Knöchel und Fingerspitzen strichen, sanft in den Handflächen kreisten, dann einander bei den Händen faßten und die Handballen aneinanderpreßten. Und während sie ihr Liebesspiel simulierten, schwebte eine Kellnerin vorbei und lächelte mich, der ich zuschaute, wissend an.

Kapitel 6

Am Tag nach meinem Besuch bei Isobel Barton schaute ich in der Versicherungssache kurz bei Gericht vorbei. Eine Telefonfirma war von einem beauftragten Elektriker auf Schadenersatz verklagt worden, der behauptete, er sei bei der Inspektion unterirdischer Kabel in ein Loch in der Straße gefallen und sei nun arbeitsunfähig.

Er mochte arbeitsunfähig sein, aber er war durchaus noch in der Lage, bei einem Wettbewerb in einem Bostoner Fitneßstudio zweihundertzwanzig Kilogramm zu stemmen. Mit einer Miniaturvideokamera von Panasonic hatte ich seine Heldentat festgehalten. Die Versicherung führte einem Richter das Beweisstück vor, und der setzte die Verhandlung für eine Woche aus. Ich mußte nicht einmal als Zeuge aussagen. Anschließend trank ich einen Kaffee in einem Diner und las die Zeitung, und dann fuhr ich zu Pete Hayes' altem Fitneßclub in TriBeCa.

Ich wußte, daß Stephen Barton dort gelegentlich trainierte. Wenn seine Freundin verschwunden war, dann war es gut möglich, daß Barton wußte wohin, oder, nicht minder wichtig, warum. Ich hatte ihn dunkel als kräftigen, nordisch aussehenden Typ in Erinnerung, dessen Körper durch Steroide widerlich aufgebläht war. Er war Ende Zwanzig, aber Training und Solarium hatten seinem Gesicht die Konsistenz von altem Leder verliehen, und das ließ ihn mindestens zehn Jahre älter wirken.

Als Künstler und Wallstreet-Anwälte anfingen, nach TriBeCa zu ziehen, angezogen von den geräumigen Lofts in Gebäuden mit viel nacktem Mauerwerk und Schmiedeeisen, hatte sich Petes Studio einem anspruchsvollen Kundenkreis geöffnet, und wo man früher auf den mit Sägemehl bestreuten Boden spuckte, herrschten nun Spiegel und Topfpalmen und, der Frevel schlechthin, eine Saftbar. Nun trainierten schwergewichtige Vollidioten und ernsthafte Gewichtheber neben schmerbäuchigen Steuerberatern und Bürokauffrauen mit Hosenanzug und Handy. Das Anschlagbrett neben dem Eingang warb für sogenanntes *Spinning,* wobei man eine Stunde lang auf einem Rad saß und sich in eine Art Todeskrampf schwitzte. Zehn Jahre zuvor hätte auch nur die Andeutung, der Club müsse für so etwas herhalten, genügt, und Petes Stammkundschaft hätte Kleinholz aus dem Laden gemacht.

Eine vor Gesundheit strotzende Blondine in rotem Trikot öffnete mir die Tür zu Petes Büro, der letzten Bastion dessen, was das Studio einst gewesen war. Alte Poster, auf denen für Gewichthebewettbewerbe und Shows mit Mister Universum geworben wurde, teilten sich die Wände mit Bildern von Pete neben Steve Reeves, Joe Weider und, merkwürdigerweise, dem Wrestler Hulk Hogan. In einer Glasvitrine standen Bodybuildingtrophäen, und hinter einem ramponierten Kiefernholzschreibtisch saß Pete höchstpersönlich, nicht mehr so muskulös wie früher, aber immer noch eine kräftige, eindrucksvolle Erscheinung, das graumelierte Haar militärisch kurz geschnitten. Ich hatte fast sechs Jahre lang in diesem Studio trainiert, bis ich zum Detective befördert wurde und anfing, mich zugrunde zu richten.

Pete stand auf und nickte mir zu, Hände in den Taschen, und sein weites Oberteil verbarg den Umfang seiner Schultern und Arme nicht im mindesten.

»Lange nicht gesehn«, sagte er. »Tut mir leid, was mit ...« Er verstummte und zuckte gleichzeitig mit den Achseln und dem Kinn, eine Geste, die die Vergangenheit einschloß und alles, was passiert war.

Ich erwiderte sein Nicken und lehnte mich an einen alten metallisch grauen Aktenschrank, geschmückt mit Werbeaufklebern für Fitneßmittelchen und Kraftsportzeitschriften.

»*Spinning*, Pete?«

Er verzog das Gesicht. »Ja, ich weiß. Aber *Spinning* bringt mir zweihundert Dollar die Stunde. Auf der Etage über uns habe ich vierzig Räder, und selbst mit einer Druckerpresse und grüner Farbe könnte ich nicht mehr Geld machen.«

»Ist Stephen Barton da?«

Pete kickte auf dem verschrammten Dielenboden irgendein imaginäres Hindernis beiseite. »Seit einer Woche oder so nicht. Hat er Ärger?«

»Ich weiß nicht«, antwortete ich. »Hat er?«

Pete setzte sich gemächlich hin und streckte die Beine, wobei er zusammenzuckte. Das jahrelange Beugen war an seinen Knien nicht spurlos vorübergegangen, sie waren schwach und arthritisch. »Du bist diese Woche nicht der erste, der hierherkommt und nach ihm fragt. Ein paar Typen in billigen Anzügen waren gestern hier und haben ihn gesucht. Den einen hab' ich erkannt, Sal Inzerillo, war früher ein guter Halbmittelgewichtler, bevor sie ihn eingebuchtet haben.«

»Den kenn' ich noch.« Ich schwieg einen Augenblick. »Der arbeitet jetzt für den alten Ferrera, hab' ich gehört.«

»Kann schon sein.« Pete nickte. »Ja, hat wohl auch schon damals im Ring für den Alten gearbeitet, wenn man den Geschichten glaubt. Geht's um Drogen?«

»Ich weiß nicht«, erwiderte ich. Pete schaute mich kurz an, um zu sehen, ob ich log, beschloß dann, daß ich nicht log, und machte sich wieder daran, seine Turnschuhspitzen zu betrachten. »Hast du von irgendeinem Stunk zwischen Sonny und seinem Alten gehört, irgendwas, das mit Stephen Barton zu tun hat?«

»Klar haben die Stunk, wieso sollte Inzerillo sonst mit seinen schwarzen Gummisohlen meine Böden ruinieren? Aber ob Barton da mit drinhängt, weiß ich nicht.«

Ich kam auf Catherine Demeter zu sprechen. »Hast du

Barton in letzter Zeit mit einem Mädchen gesehen? Vielleicht war sie ab und zu mal hier. Kurzes, dunkles Haar, leichter Überbiß, so Anfang Dreißig.«

»Barton hat 'ne Menge Mädels, aber an so eine kann ich mich nicht erinnern. Meistens achte ich nicht drauf, es sei denn, sie sind schlauer als Barton, und dann wundere ich mich doch.«

»Das trifft sich gut«, sagte ich. »Die hier war wahrscheinlich schlauer. Ist Barton ein Schläger?«

»Klar, er ist fies drauf. Die ewigen Pillen haben sein Hirn zerfressen, er ist so 'n richtiger Steroid-Stinker. Bei ihm geht's nur um Fighten oder Ficken. Und meistens ums Ficken. Meine Alte könnte ihn beim Fighten alle machen.« Er sah mich forschend an. »Ich weiß, was er auf dem Kerbholz hat, aber hier hat er nicht gedealt. Wenn er das versucht hätte, hätte ich ihn mit seiner Scheiße gemästet, bis er platzt.« Ich glaubte Pete nicht, ging aber auch nicht darauf ein. Steroide gehörten heute einfach dazu, da konnte Pete noch so ein Gezeter machen.

Er zog einen Schmollmund und beugte langsam die Beine. »Eine Menge Frauen fühlen sich zu ihm hingezogen, weil er so kräftig ist. Barton ist ein Riesenkerl und hat noch dazu 'ne Riesenschnauze. Manche Frauen stehen einfach auf den Schutz, den so einer zu bieten scheint. Manche wollen einfach nur mit so einem Mordskerl bumsen, und manche wollen beschützt werden. Die glauben, wenn sie dem Kerl geben, was er verlangt, wird er auf sie aufpassen.«

»Dann ist es schade, daß sie sich Stephen Barton ausgesucht hat«, sagte ich.

»Ja«, stimmte Pete zu. »Vielleicht war sie doch nicht so schlau.«

Ich hatte mein Sportzeug dabei und blieb noch anderthalb Stunden im Studio. Es war schon einige Zeit her, daß ich richtig trainiert hatte. Um mir Peinlichkeiten zu ersparen, ließ ich die Bank aus und hielt mich an Schulter-, Rükken- und leichte Armarbeit, genoß auf dem Rudergerät das Gefühl der Stärke und Bewegung und den Druck auf meine Bizepse am Curler.

Ich sah immer noch ziemlich gut aus, fand ich. Bei gut einsachtzig hatte ich immer noch ein wenig die Figur eines Gewichthebers – die breiten Schultern, die sich abzeichnenden Bizepse und Trizepse und eine kräftige Brust –, und ich hatte nicht viel von dem Fett wieder zugelegt, das ich in jenem Jahr abgenommen hatte. Ich hatte noch volles Haar, nur daß sich von den Schläfen her Grau in die Stirnfransen schlich. Meine Augen waren klar genug, um deutlich erkennbar graublau zu sein, und saßen in einem etwas länglichen Gesicht, in das sich um Augen und Mund die Spuren der Trauer eingegraben hatten. Frisch rasiert, mit einem ordentlichen Haarschnitt, in einem guten Anzug und bei schmeichelhafter Beleuchtung mochte ich immer noch als respektabel durchgehen. Im richtigen Licht hätte ich mich sogar für zweiunddreißig ausgeben können, ohne daß die Leute allzu laut gekichert hätten. Das waren nur zwei Jahre weniger, als in meinem Führerschein standen, aber je älter man wird, desto wichtiger werden solche Kleinigkeiten.

Als ich fertig war, packte ich meine Sachen zusammen, lehnte Petes Angebot ab, mir einen Proteinshake zu spendieren – er roch nach vergammelten Bananen –, und hielt lieber irgendwo auf einen Kaffee. Zum ersten Mal seit Wochen fühlte ich mich entspannt, Endorphine wurden durch meinen Kreislauf gepumpt, und Schultern und Rücken fühlten sich angenehm straff an.

Als nächstes schaute ich im Kaufhaus DeVries vorbei. Der Personalchef nannte sich Human-Resources-Manager und gehörte, wie sämtliche Personalchefs der Welt, zu den unangenehmsten Personen, mit denen man zu tun haben kann. Timothy Cary war von den Spitzen seiner kurzen, gefärbten Haare bis zu den Spitzen seiner Lacklederschuhe ein Arschloch erster Güte.

Ich hatte seine Sekretärin zuvor angerufen, um einen Termin zu vereinbaren, und hatte ihr erzählt, ich wäre von einem Notar in einer Erbschaftsangelegenheit beauftragt, die Miss Demeter zufiele. Cary und seine Sekretärin hatten einander verdient. Ein tollwütiger Kettenhund wäre hilfreicher gewesen als Carys Sekretärin, und an dem wäre man leichter vorbeigekommen.

»Mein Klient ist bestrebt, Miss Demeter so schnell wie möglich zu kontaktieren«, erzählte ich ihm, als wir in seinem kleinen, artig eingerichteten Büro saßen. »Das Testament ist sehr umfangreich, und es müssen zahlreiche Formulare ausgefüllt werden.«

»Und ihr Klient ist...«

»Das kann ich Ihnen leider nicht sagen. Sicherlich werden Sie das verstehen.«

Cary sah aus, als verstand er, wollte aber nicht verstehen. Er lehnte sich auf seinem Sessel zurück und fuhr mit den Fingern über seine teure Seidenkrawatte. Sie mußte teuer sein. Geschmacklosigkeit hat ihren Preis. Auf seinem Hemd waren steife Falten zu erkennen, als hätte er es eben erst ausgepackt, vorausgesetzt, daß sich Timothy Cary mit etwas so Profanem wie einer Hemdverpackung überhaupt abgab. Wenn er das Kaufhaus je selbst betrat, dann wahrscheinlich wie ein herabschwebender Engel, allerdings einer, dem gerade ein unangenehmer Geruch in die Nase gestiegen war.

»Miss Demeter hätte gestern zur Arbeit erscheinen sollen.« Cary schaute in eine Akte auf seinem Schreibtisch. »Am Montag hatte sie frei, und seitdem haben wir sie nicht mehr gesehen.«

»Ist es üblich, daß man am Montag frei hat?« Das interessierte mich nicht sonderlich, aber die Frage lenkte Cary von seiner Akte ab. Isobel Barton hatte Catherine Demeters neue Adresse nicht. Normalerweise rief Catherine bei ihr an, oder Mrs. Barton ließ ihr durch ihre Assistentin bei DeVries eine Nachricht überbringen. Während Cary angesichts der Möglichkeit, über ein Thema zu reden, das ihm am Herzen lag, etwas munterer wurde und anfing, über Dienstpläne zu schwatzen, prägte ich mir Catherines Adresse und Sozialversicherungsnummer ein. Schließlich gelang es mir, ihn zu unterbrechen und zu fragen, ob Catherine Demeter an ihrem letzten Arbeitstag krank oder auffallend besorgt gewesen sei.

»Mir ist in dieser Hinsicht nichts zu Ohren gekommen.

Miss Demeters Anstellung bei DeVries wird gegenwärtig angesichts ihres unentschuldigten Fehlens überprüft«, schloß er selbstgefällig. »Ich kann nur für sie hoffen, daß die Erbschaft beträchtlich ist.« Das meinte er nicht ernst, da war ich mir sicher.

Nach den üblichen Verzögerungsmanövern gestattete Cary mir, mit der Frau zu sprechen, mit der Catherine an ihrem letzten Tag im Kaufhaus zusammengearbeitet hatte. Ich traf sie in einem Abteilungsleiterbüro außerhalb der Geschäftsräume. Martha Friedman war Anfang Sechzig. Sie war rundlich, hatte rotgefärbtes Haar, und ihr Gesicht war derart mit Schminke zugekleistert, daß vermutlich selbst der Waldboden am Amazonas mehr Tageslicht abbekam. Aber sie gab sich Mühe, mir zu helfen. Sie hatte am Samstag mit Catherine Demeter zusammen in der Porzellanabteilung bedient. Es war das erste Mal, daß sie zusammenarbeiteten, denn Friedmans übliche Verkäuferin hatte sich krank gemeldet und jemand mußte für die letzten Stunden vor Geschäftsschluß einspringen.

»Ist Ihnen an ihrem Verhalten irgend etwas Ungewöhnliches aufgefallen?« fragte ich, während Mrs. Friedman die Gelegenheit nutzte, im Büro des Abteilungsleiters zu sitzen, und verstohlen die Unterlagen auf dem Schreibtisch beäugte. »Wirkte sie in irgendeiner Hinsicht bekümmert oder besorgt?«

Mrs. Friedman runzelte leicht die Stirn. »Sie hat Porzellan zerbrochen, eine Aynsley-Vase. Sie war gerade gekommen und zeigte sie einem Kunden, und da ließ sie sie fallen. Als ich dazukam, lief sie quer durch die Etage zu den Aufzügen. Absolut unprofessionell, hab' ich gedacht, auch wenn ihr schlecht ist.«

»Und war ihr schlecht?«

»Sie hat gesagt, ihr wäre schlecht. Aber wieso läuft sie dann zum Fahrstuhl? Wir haben auf jeder Etage eine Personaltoilette.«

Ich hatte den Eindruck, daß Mrs. Friedman mehr wußte, als sie erzählte. Sie genoß die Aufmerksamkeit und wollte sie auskosten. Ich beugte mich vertrauensvoll zu ihr hin.

»Aber was denken Sie, Mrs. Friedman?«

Sie blühte etwas auf, beugte sich ebenfalls vor und berührte zur Betonung sacht meine Hand.

»Sie hat jemanden gesehen, und dem wollte sie hinterher, ehe er das Geschäft verließ. Tom, der Wachmann am Osteingang, hat mir erzählt, daß sie an ihm vorbeigerannt ist und dann auf der Straße stand und sich umgeschaut hat. Eigentlich brauchen wir eine Erlaubnis, wenn wir während der Arbeit das Geschäft verlassen. Er hätte sie melden müssen, aber statt dessen hat er es mir erzählt. Tom ist zwar ein Schwarzer, aber er ist in Ordnung.«

»Haben Sie irgendeine Ahnung, wen sie gesehen hat?«

»Nein. Sie wollte einfach nicht darüber reden. Vom Personal ist sie mit niemandem befreundet, soweit ich weiß, und jetzt verstehe ich auch, warum.«

Ich sprach mit dem Wachmann und dem Abteilungsleiter, aber sie konnten nichts zu dem hinzufügen, was mir Mrs. Friedman erzählt hatte. Ich machte in einem Diner halt, trank einen Kaffee und aß ein Sandwich, fuhr dann zurück zu meiner Wohnung, holte eine kleine schwarze Tasche, die mir mein Freund Angel geschenkt hatte, und nahm dann wieder ein Taxi zu Catherine Demeters Wohnung.

Kapitel 7

Die Wohnung befand sich in einem vierstöckigen, umgebauten roten Backsteingebäude in Greenpoint, einem Viertel von Brooklyn, wo hauptsächlich Italiener, Iren und Polen lebten, unter letzteren zahlreiche ehemalige Solidarnošč-Aktivisten. Als Greenpoint noch das industrielle Zentrum von Brooklyn war, war bei den Greenpoint Continental Ironworks die gepanzerte *Monitor* vom Stapel gelaufen, um die *Merrimac* der Südstaaten zu bekämpfen.

Die Eisengießer, Töpfer und Drucker waren längst verschwunden, doch viele ihrer Nachfahren blieben hier wohnen. Kleine Boutiquen und polnische Bäckereien prägten ebenso das Straßenbild wie alteingesessene koschere Feinkostgeschäfte und Läden, in denen gebrauchte Elektrogeräte verkauft wurden.

Catherine Demeters Wohnblock war ein bißchen heruntergekommen, und auf den Eingangstreppen der meisten Gebäude saßen rauchende Jugendliche in Turnschuhen und kurzen Jeans und pfiffen und riefen den vorbeigehenden Frauen hinterher. Sie wohnte in Apartment vierzehn, wahrscheinlich ziemlich weit oben. Ich klingelte und war nicht überrascht, als sich niemand durch die Sprechanlage meldete. Dann versuchte ich es bei Nummer zwanzig, und als sich eine ältere Dame meldete, sagte ich, ich käme von den Stadtwerken, müsse eine undichte Gasleitung überprüfen und der Hausmeister sei nicht da. Sie schwieg einen Moment lang und ließ mich dann herein.

Ich nahm an, daß sie wahrscheinlich beim Hausmeister nachfragen würde, also war meine Zeit begrenzt. Doch wenn sich in der Wohnung kein Hinweis darauf fand, wohin Catherine Demeter verschwunden war, mußte ich ohnehin mit dem Hausmeister sprechen oder mich bei den Nachbarn erkundigen oder vielleicht sogar den Postboten abfangen. In der Eingangshalle klappte ich den Briefkastendeckel von Apartment vierzehn hoch und leuchtete mit meiner Taschenlampe hinein, entdeckte jedoch nur die aktuelle Ausgabe der Zeitschrift *New York* und zwei Briefe, die nach Postwurfsendungen aussahen. Ich klappte den Kasten wieder zu und ging die Treppe hoch in den dritten Stock.

Dort war es still; sechs frisch lackierte Wohnungstüren auf dieser Etage, zu jeder Seite drei. Ich ging leise zu Nummer vierzehn und zog die schwarze Tasche unter meinem Mantel hervor. Ich klopfte einmal an die Tür, nur zur Sicherheit, und zog dann den Elektrodietrich aus der Tasche. Angel war der beste Einbrecher, den ich kannte, und selbst als Polizist hatte ich gute Gründe gehabt, ihn für mich einzusetzen. Im Gegenzug hatte ich Angel nie schikaniert, und er war mir beruflich nie in die Quere gekommen. Als er einfahren mußte, tat ich mein Bestes, um ihm das Leben drinnen ein wenig angenehmer zu gestalten. Der Dietrich war so eine Art Dankeschön. Ein illegales Dankeschön.

Er sah aus wie eine Bohrmaschine, bloß kleiner und schmaler, mit einer Spitze vorne dran, die als Dorn und Spannwerkzeug diente. Der Dietrich ratterte ein paar Sekunden laut, und dann sprang das Schloß auf. Ich schlüpfte leise hinein und schloß die Tür hinter mir, nur einen Augenblick bevor eine andere Tür auf dem Korridor geöffnet wurde. Ich verhielt mich still und wartete, bis sie wieder geschlossen wurde, steckte dann den Dietrich zurück in die Tasche, öffnete erneut die Tür und zog einen Zahnstocher aus meiner Manteltasche. Ich zerbrach ihn in vier Teile und stopfte sie in das Schloß. So hatte ich genug Zeit, um auf die Feuerleiter zu flüchten, falls jemand versuchte, die Wohnung zu betreten, solange ich dort war. Dann schloß ich die Tür und schaltete das Licht an.

Ein kurzer Flur mit fadenscheinigem Teppich führte in ein reinliches Wohnzimmer, billig mit einem ramponierten Fernsehgerät, einem Sofa und nicht dazu passenden Sesseln möbliert. Zu einer Seite befand sich eine kleine Küche und zur anderen ein Schlafzimmer.

Ich sah zuerst im Schlafzimmer nach. Auf einem schmalen Regal neben dem Bett standen einige Taschenbuchromane. Sonst bestand das Mobiliar aus einem Kleiderschrank und einer Kommode, beide anscheinend von Ikea. Ich sah unterm Bett nach und fand einen leeren Koffer. Auf der Kommode standen keinerlei Kosmetika, was bedeutete, daß sie wahrscheinlich eine kleine Reisetasche gepackt hatte, als sie fortgegangen war, und sie mitgenommen hatte. Sie hatte offenbar nicht vor, länger fortzubleiben, und schien ganz gewiß nicht für immer gegangen zu sein.

Ich schaute im Kleiderschrank nach, fand aber nur ein paar Kleidungsstücke und Schuhe. Die beiden oberen Kommodenschubladen enthielten ebenfalls nur Kleidung, aber die dritte war mit Papieren gefüllt, mit den Dokumenten, Steuerformularen und Zeugnissen, die sich in ihrem Leben angesammelt hatten, während sie von Stadt zu Stadt und von Job zu Job zog.

Catherine Demeter hatte eine lange Kellnerinnenkarriere hinter sich, war je nach Jahreszeit von New Hampshire nach Florida und wieder zurück gezogen. Auch in Chicago, Las Vegas und Phoenix hatte sie einige Zeit verbracht, wie auch in zahlreichen Kleinstädten, nach der Sammlung von Gehaltszetteln und Steuererklärungen in ihrer Schublade zu urteilen. Dann gab es noch verschiedene Kontoauszüge. Sie hatte gut 39 000 Dollar auf einem Sparkonto in New York und dazu ein paar Aktien und Anleihen, die ordentlich mit einem breiten blauen Band zusammengebunden waren. Schließlich fand ich einen Reisepaß, erst kürzlich verlängert, und darin drei zusätzliche Paßfotos von ihr.

Catherine Demeter war, ganz wie Isobel Barton sie mir geschildert hatte, eine kleine, attraktive Frau Mitte Dreißig, ein Meter siebenundfünfzig groß, mit dunklem Haar, Bubikopffrisur, hellblauen Augen und einem frischen Teint. Ich nahm die zusätzlichen Fotos, steckte sie in meine Brieftasche und machte mich dann daran, den einzigen persönlichen Gegenstand in der Schublade zu untersuchen.

Es war ein Fotoalbum, dick und an den Ecken abgewetzt. Es enthielt augenscheinlich eine Geschichte der Familie Demeter, von sepiafarbenen Bildern ihrer Großeltern, über die Hochzeit ihrer Eltern, und weiter zu den Fotos der beiden heranwachsenden Mädchen, manchmal mit Eltern und Freunden, manchmal zu zweit, manchmal allein. Bilder am Strand, aus dem Familienurlaub, von Geburtstagen, von Weihnachten und Thanksgiving, die Erinnerungen an zwei Schwestern, die ins Leben aufbrachen. Zwischen den beiden bestand eine eindeutige Ähnlichkeit. Catherine war die jüngere, der Überbiß war bereits damals deutlich zu erkennen. Das Mädchen, das ihre Schwester sein mußte, war vielleicht zwei oder drei Jahre älter, hatte rotblondes Haar und war auch schon mit elf oder zwölf Jahren sehr hübsch.

Neuere Bilder von der Schwester gab es nicht. Die restlichen Fotos zeigten Catherine allein oder mit ihren Eltern, und die Chronik ihres Heranwachsens wurde periodischer, der Sinn fürs Feierliche und Ausgelassene war verlorengegangen. Ein letztes Bild noch von Catherine am Tag ihrer High-School-Abschlußfeier: eine ernst dreinschauende junge Frau mit dunklen Ringen unter den Augen, offenbar den Tränen nah. Das beiliegende Zeugnis war vom Rektor der Haven High School in Virginia unterzeichnet.

Auf den letzten Seiten des Albums war etwas herausgerissen worden. Kleine Fetzen von etwas, was Zeitungsausschnitte zu sein schienen, klebten noch auf dem Albumpapier, größtenteils winzige, zerfaserte Reste, nur einer gut zwei Zentimeter im Quadrat. Das Papier war vergilbt, enthielt auf einer Seite das Fragment eines Wetterberichts und auf der anderen ein Foto, rotblonde Haarspitzen waren in einer Ecke sichtbar. An der letzten Seite waren zwei Geburtsurkunden festgesteckt, die eine von Catherine Louise

Demeter, geboren am 5. März 1962, die andere von Amy Ellen Demeter, geboren am 3. Dezember 1959.

Ich legte das Album in die Schublade zurück und ging nach nebenan ins Badezimmer. Es war so sauber und aufgeräumt wie die ganze Wohnung: Seife, Duschgel und Schaumbad ordentlich auf den weißen Kacheln neben der Badewanne aufgereiht, und auf einem kleinen Bord unter dem Waschbecken lagen Handtücher gestapelt. Ich öffnete eine Tür des Arzneischränkchens an der Wand. Darin befanden sich Zahnpasta, Zahnseide und Mundwasser sowie einige nicht verschreibungspflichtige Medikamente gegen Erkältung und Wassereinlagerungen und Nachtkerzenkapseln gegen Menstruationsbeschwerden. Keine Antibabypillen oder andere Verhütungsmittel. Vielleicht kümmerte sich Stephen Barton darum, aber das bezweifelte ich. So war Stephen nicht drauf.

Die andere Seite des Schränkchens enthielt eine Miniaturapotheke mit ausreichend Aufputsch- und Beruhigungsmitteln, um Catherine wie eine Achterbahn am Laufen zu halten. Da war Librium, gegen Gemütsschwankungen, Ativan, gegen Aufregung, und Valium, Thorazin und Lorazepam, gegen die Angst. Manche waren leer, andere noch halb voll. Die neuesten stammten von einer Verschreibung von Dr. Frank Forbes, einem Psychiater. Den Namen kannte ich. »Fucking Frank« Forbes hatte so viele seiner Patientinnen flachgelegt oder flachzulegen versucht, daß es oft hieß, sie sollten ihm etwas in Rechnung stellen, und nicht umgekehrt. Ein paarmal hatte er kurz davor gestanden, seine Approbation zu verlieren, doch entweder wurden die Anzeigen zurückgezogen, kamen nie zur Verhandlung, oder Fucking Frank ließ seine Finanzen spielen. Ich hatte gehört, daß er sich in letzter Zeit ungewöhnlich zurückhielt, seitdem eine Patientin nach einem Termin bei ihm an Tripper erkrankt war und ihn prompt verklagt hatte. Und diesmal, so hieß es, würde Fucking Frank nicht mehr so einfach davonkommen.

Catherine Demeter war eindeutig eine ausgesprochen unglückliche Frau, und daß sie Frank Forbes konsultierte, würde sie kaum glücklicher machen. Ich hatte keine übermäßige Lust, ihm einen Besuch abzustatten. Er hatte sich einmal an Elizabeth Gordon rangemacht, die Tochter einer der geschiedenen Freundinnen von Susan, und ich hatte ihn besucht, um ihn an seine ärztlichen Pflichten zu erinnern und ihm zu drohen, ich würde ihn aus dem Fenster seiner Praxis schmeißen, wenn so etwas noch einmal vorkäme. Seitdem hatte ich Frank Forbes' Aktivitäten mit semiprofessionellem Interesse verfolgt.

In Catherines Badezimmer fand sich weiter nichts Bemerkenswertes, und auch in der restlichen Wohnung nicht. Ehe ich ging, blieb ich beim Telefon stehen, nahm den Hörer ab und drückte auf die Wahlwiederholungstaste. Es klingelte, und dann sagte jemand: »Polizei Haven County, guten Tag.«

Ich legte auf und rief einen Typ bei der Telefonfirma an, den ich kannte. Fünf Minuten später meldete er sich mit einer Liste der Ortsgespräche zurück, die sie von Freitag bis Sonntag geführt hatte. Es waren nur drei, und sie waren alle banal: ein chinesisches Restaurant mit Lieferservice, eine Reinigung um die Ecke und eine Kinoprogrammansage.

Die örtliche Telefongesellschaft konnte mir nichts über eventuelle Ferngespräche sagen, also wählte ich eine zweite Nummer. Die verband mich mit einer der zahlreichen Agenturen, die es Privatdetektiven und anderen Menschen mit einem großen und unersättlichen Interesse für die Angelegenheiten anderer Leute ermöglichten, vertrauliche Informationen illegal zu erwerben. Die Agentur konnte mir binnen zwanzig Minuten mitteilen, daß am Samstagabend fünfzehn Verbindungen mit Nummern in Haven, Virginia, vermittelt worden waren, sieben mit der örtlichen Polizeidienststelle und acht mit einem Privatanschluß in der Stadt. Ich erhielt beide Nummern und rief die zweite an. Die Ansage auf dem Anrufbeantworter war knapp: »Hier ist Earl Lee Granger. Ich bin zur Zeit nicht da. Hinterlassen Sie eine Nachricht nach dem Piepton, oder, wenn es um polizeiliche Angelegenheiten geht, wenden Sie sich an das Sheriffbüro unter...«

Ich wählte die Nummer, hatte wieder die Polizei von Haven County dran und bat darum, den Sheriff zu sprechen.

Mir wurde gesagt, Sheriff Granger sei nicht zu erreichen, also bat ich darum, denjenigen zu sprechen, der ihn während seiner Abwesenheit vertrat. Der ranghöchste Deputy sei Alvin Martin, erfuhr ich, aber der sei in einem Fall unterwegs. Der Deputy am Telefon wußte nicht, wann der Sheriff zurückkommen würde. Seinem Ton nach war der Sheriff nicht einfach nur Zigaretten holen. Er fragte mich nach meinem Namen, und ich bedankte mich und legte auf.

Offensichtlich hatte irgendwas Catherine Demeter dazu veranlaßt, sich mit dem Sheriff ihrer Heimatstadt in Verbindung zu setzen, nicht aber mit der New Yorker Polizei. Wenn es keine weiteren Anhaltspunkte gab, mußte ich nach Haven fahren. Zunächst jedoch beschloß ich, Fucking Frank Forbes einen Besuch abzustatten.

Kapitel 8

Fucking Frank Forbes hatte in einem Hochhaus mit Rauchglasfassade aus den Siebzigern eine todschicke Praxis. Noch. Ich nahm den Fahrstuhl und betrat den Empfang, wo eine junge, hübsche Brünette etwas in den Computer eingab. Als ich eintrat, schaute sie hoch und setzte ein strahlendes Lächeln auf. Ich erwiderte das Lächeln und gab mir Mühe, nicht die Kinnlade hängen zu lassen.

»Ist Dr. Forbes zu sprechen?« fragte ich.

»Haben Sie einen Termin?«

»Ich bin kein Patient, Gott sei Dank, aber Frank und ich kennen uns schon eine Ewigkeit. Sagen Sie ihm, daß Charlie Parker ihn sehen möchte.«

Ihr Lächeln verblaßte ein wenig, aber sie rief in Franks Büro an und gab die Nachricht weiter. Als sie die Antwort hörte, wurde sie etwas blaß, aber in Anbetracht aller Umstände hielt sie sich bemerkenswert gut.

»Es tut mir leid, Dr. Forbes kann Sie nicht empfangen«, sagte sie, und ihr Lächeln verlosch rapide.

»Hat er das wirklich gesagt?«

Sie wurde eine Spur rot. »Nein, nicht so ganz.«

»Sind Sie neu hier?«

»Das ist meine erste Woche.«

»Hat Frank Sie persönlich ausgesucht?«

Sie wirkte verblüfft. »Ja ...«

»Suchen Sie sich eine andere Stelle. Er ist nicht ganz normal und muß den Laden bald dichtmachen.«

Ich ging an ihr vorbei und betrat Franks Büro, während sie noch versuchte, das zu verdauen. In Franks Sprechzimmer war kein Patient, nur der liebe Onkel Doktor ganz allein, der die Notizen auf seinem Schreibtisch durchblätterte. Er schien nicht sonderlich erfreut, mich zu sehen. Sein dünner Schnurrbart kringelte sich widerwillig wie ein schwarzer Wurm, und ein roter Schimmer breitete sich vom Hals bis zu der hohen, gewölbten Stirn aus, um dann in der drahtigen, schwarzen Bürstenfrisur zu verschwinden. Er war groß, über einsachtzig, und gut in Form. Er sah richtig gut aus, aber das war auch schon alles. Sonst war nichts Gutes an Fucking Frank Forbes.

»Verschwinden Sie, Parker. Falls Sie's vergessen haben, Sie können hier nicht mehr einfach reinplatzen. Sie sind kein Bulle mehr, und die Polizei ist wahrscheinlich froh, daß sie weg sind.« Er beugte sich zum Knopf der Wechselsprechanlage vor, doch die Sprechstundenhilfe hatte bereits hinter mir den Raum betreten.

»Rufen Sie die Polizei, Marcie. Nein, noch besser, rufen Sie meinen Anwalt an. Sagen Sie ihm, ich werde Anzeige erstatten wegen Belästigung.«

»Ich habe gehört, daß Sie Ihrem Anwalt zur Zeit viel Arbeit machen, Frank«, sagte ich und nahm auf dem Ledersessel vor seinem Schreibtisch Platz. »Und ich habe gehört, daß Maibaum und Locke die Klage der armen Frau mit der Geschlechtskrankheit übernommen haben. Ich hatte früher mal mit denen zu tun, und die haben's wirklich drauf. Vielleicht sollte ich sie Elizabeth Gordon empfehlen. Sie erinnern sich doch an Elizabeth, nicht wahr, Frank?«

Frank blickte sich instinktiv zum Fenster um und schob seinen Sessel in die andere Richtung.

»Ist schon gut, Marcie«, sagte er und nickte der Sprechstundenhilfe beklommen zu. Ich hörte, wie sie leise die Tür hinter sich schloß. »Was wollen Sie?«

»Sie haben eine Patientin namens Catherine Demeter.«

»Also bitte, Parker, Sie wissen ganz genau, daß ich nicht über meine Patienten reden darf. Und selbst wenn ich es dürfte, würde ich Ihnen einen Scheißdreck erzählen.«

»Frank, Sie sind der übelste Klapsdoktor, den ich kenne. Ich würde nicht mal einen Hund bei Ihnen in Behandlung geben, weil Sie wahrscheinlich versuchen würden, ihn zu bumsen, also sparen Sie sich die Moral für den Richter. Ich glaube, sie ist in Schwierigkeiten, und ich will sie finden. Wenn Sie mir nicht helfen, werde ich mich so schnell mit Maibaum und Locke in Verbindung setzen, daß Sie glauben, ich hätte telepathische Kräfte.«

Frank gab sich Mühe, so auszusehen, als würde er mit seinem Gewissen ringen, obwohl er sein Gewissen ohne Schaufel und Exhumierungsanordnung nie gefunden hätte.

»Sie ist gestern nicht zur Behandlung gekommen. Sie hat sich nicht gemeldet.«

»Weswegen ist Sie bei Ihnen in Behandlung?«

»Hauptsächlich wegen einer Involutionsdepression. Also einer Depression, wie sie normalerweise im vorgerückten oder hohen Alter auftritt. Zumindest schien es anfangs so.«

»Und dann ...?«

»Parker, das ist vertraulich. Selbst ich habe Prinzipien.«

»Sie scherzen. Weiter.«

Frank seufzte und kritzelte mit einem Bleistift auf seiner Kladde herum, ging dann zu einem Aktenschrank, zog eine Mappe heraus und setzte sich wieder. Er schlug den Ordner auf, blätterte darin herum und fing an zu erzählen.

»Ihre Schwester starb, als Catherine acht Jahre alt war, genauer gesagt, ihre Schwester wurde ermordet. Sie gehörte zu einer Reihe von Kindern, die Ende der Sechziger, Anfang der Siebziger in einer Stadt namens Haven in Virginia umgebracht wurden. Die Kinder, Jungen und Mädchen, wurden entführt und mißhandelt, und die Leichen wurden im Keller eines Hauses außerhalb der Stadt abgeladen.« Jetzt wirkte Frank kühl und distanziert, ein Arzt, der eine Fallgeschichte referierte, die ihm so fern sein mochte wie nur irgend etwas.

»Demeters Schwester war das vierte Kind, das umkam, aber die erste Weiße. Als sie verschwand, fing die Polizei an, ernsthafte Nachforschungen anzustellen. Eine Frau aus der Stadt, eine wohlhabende Frau, wurde verdächtigt – ihr Auto wurde in der Nähe des Hauses gesehen, nachdem eines der Kinder verschwand, und dann versuchte sie ohne Erfolg, in einer ungefähr zwanzig Meilen entfernten Stadt ein Kind zu entführen. Das Kind, ein Junge, zerkratzte ihr mit den Fingernägeln das Gesicht und beschrieb sie der Polizei.

Sie fuhren zu ihr, aber die Einheimischen bekamen es mit und waren als erste dort. Ihr Bruder war zu Hause. Nach Ansicht der Leute war er homosexuell, und die Polizei glaubte, die Frau hätte einen Komplizen gehabt, einen Mann, der am Steuer saß, während sie die Kinder anlockte. Die Einheimischen hielten den Bruder für einen passenden Verdächtigen. Er wurde erhängt im Keller aufgefunden.«

»Und die Frau?«

»Verbrannte in einem anderen alten Haus. Der Fall... lief einfach ins Leere.«

»Nur für Catherine nicht?«

»Nein, nicht für sie. Nach der High-School zog sie aus der Stadt fort, aber ihre Eltern blieben dort wohnen. Die Mutter starb vor ungefähr zehn Jahren, der Vater kurz darauf. Und Catherine Demeter zog weiter von Stadt zu Stadt.«

»War sie jemals wieder in Haven?«

»Nein, nur zu den Beerdigungen. Sie sagte, dort käme ihr alles tot vor. Und das war's im Grunde. Es hat alles mit Haven zu tun.«

»Irgendwelche Freunde oder Liebhaber?«

»Mir gegenüber hat sie keine erwähnt, und die Fragestunde ist jetzt beendet. Hauen Sie ab. Wenn Sie das jemals jemandem erzählen, privat oder in der Öffentlichkeit, werde ich Sie wegen Körperverletzung, Nötigung und sonst allem verklagen, was meinem Anwalt noch einfällt.«

Ich stand auf, um zu gehen.

»Nur eins noch«, sagte ich. »Damit Elizabeth Gordon auch zukünftig nicht Klientin bei Maibaum und Locke wird.«

»Was?«

»Den Namen der Frau, die verbrannt ist.«

»Modine. Adelaide Modine und ihr Bruder William. Und jetzt verschwinden Sie aus meinem Leben.«

Kapitel 9

Willie Brews Autoladen sah von außen heruntergekommen und nicht eben vertrauenerweckend aus, wenn nicht völlig zwielichtig. Drinnen war es nicht viel besser, aber Willie, ein Pole, dessen unaussprechlichen Nachnamen Generationen von Kunden auf Brew abgekürzt hatten, war schlicht und einfach der beste Mechaniker, den ich kannte.

Ich hatte diese Ecke von Queens nie gemocht, die Gegend nördlich des Long Island Expressway. Schon als kleiner Junge hatte ich sie offenbar nur mit Gebrauchtwagenläden, alten Lagerhäusern und Friedhöfen verbunden. Willies Werkstatt, in der Nähe des Kissena Park gelegen, war in all den Jahren eine ergiebige Informationsquelle gewesen – denn wenn Willies Versagerkumpels mal nichts Besseres zu tun hatten, als in die Angelegenheiten anderer Leute reinzulauschen, fanden sie sich hin und wieder hier ein –, aber in der ganzen Gegend wurde mir immer noch mulmig zumute. Selbst als Erwachsener haßte ich die Fahrt vom JFK nach Manhattan, wenn man an diesen Straßenzügen vorbeikam, haßte den Anblick der verwahrlosten Häuser und Schnapsläden.

Nach dem Tod meines Vaters war meine Mutter mit mir zurück nach Maine gezogen, in ihre Heimatstadt Scarborough, wo Alleen die Hochhausfassaden ersetzten, und lediglich die Rennsportfans, die aus Boston und New York zu den Pferderennen in Scarborough Downs anreisten, verbreiteten dort etwas großstädtisches Flair. Vielleicht fühlte ich mich deshalb immer wie ein Tourist, wenn ich nach Manhattan hinüberschaute: Jedesmal schien ich die Stadt mit anderen Augen zu sehen.

Der Block, in dem sich Willies Werkstatt befand, war vom Eigentümer der japanischen Nudelsuppenküche nebenan aufgekauft worden – ihm gehörten schon Immobilien in Little Asia im Zentrum von Flushing, und er wollte sein Reich weiter nach Süden ausdehnen –, und Willie kämpfte mit nicht ausschließlich legalen Mitteln gegen die Schließung seiner Firma. Im Gegenzug leiteten die Japaner Fischgestank durch die Lüftung in Willies Werkstatt. Willie revanchierte sich gelegentlich, indem er Arno, seinen Chefmechaniker, dazu brachte, ein paar Bier zu trinken und beim Chinesen zu essen, dann nach draußen zu torkeln, sich einen Finger in den Hals zu stecken und vor das Restaurant zu kotzen. »Chinesisch, Vietnamesisch, Japanisch – die ganze Scheiße sieht gleich aus, wenn's rauskommt«, sagte Willie immer.

Drinnen arbeitete Arno, klein, drahtig und dunkel, am Motor eines ramponierten Dodge. Es roch stark nach Fisch und Nudeln. Mein Mustang Baujahr 64 stand auf einer Hebebühne, und nicht wiederzuerkennende Einzelteile seiner Innereien lagen über den Boden verstreut. Es sah so aus, daß er ebensowenig wie James Dean in nächster Zeit auf der Straße zu sehen sein würde. Ich hatte vorher angerufen, um Willie zu sagen, daß ich vorbeikäme. Er hätte wenigstens so tun können, als arbeite er daran, als ich die Werkstatt betrat.

Aus Willies Büro, zu dem rechts in der Werkstatt eine Holztreppe hinaufführte, hörte man lautstarke Flüche. Die Tür wurde aufgestoßen, und Willie kam die Treppe heruntergerumpelt, Schmiere auf der Glatze und den Blaumann bis zur Taille offen, so daß man das schmutzige, weiße T-Shirt sah, daß sich über seiner Wampe spannte. Er kletterte mühselig auf ein paar Kisten, die treppenförmig neben der Lüftung standen, und hielt den Mund ans Gitter.

»Ihr schlitzäugigen Schweine!« kreischte er. »Hört endlich auf, meine Werkstatt mit eurem Fisch vollzustinken, sonst reiß' ich euch den Arsch auf!« Am anderen Ende rief jemand etwas auf japanisch, und dann erklang eine asiatische Lachsalve. Willie schlug mit dem Handballen gegen das Lüftungsgitter und kletterte wieder herab. In dem Halbdunkel blinzelte er kurz in meine Richtung, ehe er mich erkannte.

»Bird, wie geht's? Willst du 'n Kaffee?«

»Ich will ein Auto. Mein Auto. Das Auto, das du jetzt schon seit über einer Woche hierhast.«

Willie tat geknickt. »Du bist wütend auf mich«, sagte er scherzhaft besänftigend. »Ich verstehe deine Wut. Wut ist gut. Dein Auto hingegen, das ist nicht gut. Dein Auto ist schlecht. Der Motor ist im Arsch. Was hast du denn getankt? Nüsse und rostige Nägel?«

»Willie, ich brauche meinen Wagen. Die Taxifahrer behandeln mich schon wie einen alten Kumpel. Manche versuchen gar nicht mehr, mich zu bescheißen. Ich hab' schon überlegt, ob ich mir einen Mietwagen nehme, um mir diese Blamage zu ersparen. Ich hab' dich bloß noch nicht um einen Wagen angehauen, weil du gesagt hast, die Reparatur würde höchstens ein oder zwei Tage dauern.«

Willie schlurfte zu dem Auto hinüber und tippte mit der Stiefelspitze an ein zylindrisches Metallstück.

»Arno, was ist mit Birds Mustang?«

»Schrott«, meinte Arno. »Sag ihm, wir zahlen fünfhundert Dollar fürs Ausschlachten.«

»Arno meint, du kriegst fünfhundert Dollar fürs Ausschlachten.«

»Ich hab's gehört. Sag Arno, daß ich sein Haus in Brand stecke, wenn er meinen Wagen nicht repariert.«

»Übermorgen«, hörte man die Stimme unter der Kühlerhaube. »Tut mir leid mit der Verspätung.«

Willie gab mir mit seiner schmierigen Hand einen Klaps auf die Schulter.

»Komm auf 'nen Kaffee rauf und hör dir den neusten Klatsch an.« Und dann, leiser: »Angel will dich sehn. Ich hab' ihm gesagt, daß du vorbeischaust.«

Ich nickte und ging hinter ihm die Treppe hoch. Im Büro, das erstaunlich ordentlich war, saßen vier Männer um den Schreibtisch herum und tranken Kaffee und Whiskey aus Blechbechern. Ich nickte Tommy Q zu, den ich mal wegen raubkopierten Videokassetten einkassiert hatte, und dann einem Autodieb, einem Typ mit breitem Schnauzbart, den originellerweise alle Groucho nannten. Neben ihm saß Willies zweiter Mitarbeiter Jay, der mit seinen Fünfundsechzig zehn Jahre älter war als Willie, aber noch mal zehn Jahre älter aussah. Und daneben saß Coffin Ed Harris.

»Kennst du Coffin Ed?« fragte Willie.

Ich nickte. »Immer noch am Leichenklauen, Ed?«

»Nee nee, Mann«, sagte Coffin Ed. »Das hab' ich schon lange aufgegeben. Ich hab 'n schlimmen Rücken.«

Coffin Ed Harris war einer der härtesten Kidnapper überhaupt gewesen. Er war der Ansicht, lebende Geiseln würden zuviel Mühe machen. Man wußte ja nie, wie sie drauf waren und wer nach ihnen suchen würde. Mit Toten fand er es einfacher, also fing Coffin Ed an, Leichenhallen auszurauben.

Er verfolgte die Todesanzeigen, suchte sich einen Verstorbenen aus, der aus einer einigermaßen wohlhabenden Familie kam, und klaute die Leiche dann aus der Leichenhalle oder dem Begräbnisinstitut. Vor Coffin Ed waren Leichenhallen nicht sonderlich gut geschützt. Er lagerte die Verblichenen in einer Gefriertruhe in seinem Keller und forderte dann ein Lösegeld, normalerweise nicht allzuviel. Die meisten Familien zahlten bereitwillig, um ihre Lieben wiederzubekommen, ehe sie anfingen zu verwesen.

Alles ging glatt, bis ein alter polnischer Adliger Anstoß daran nahm, daß die sterbliche Hülle seiner Frau als Geisel festgehalten wurde, und eine Privatarmee anheuerte, um nach Coffin Ed zu suchen. Sie fanden ihn, doch Coffin Ed entkam in letzter Minute durch ein Schlupfloch in seinem Keller, das in den Nachbargarten führte. Und richtig gezeigt hatte er es ihnen auch noch: Die Stadtwerke hatten Ed drei Tage zuvor den Strom abgestellt, weil er seine Rechnungen nicht bezahlt hatte. Die Frau des alten Polen stank wie ein totes Opossum, als man sie fand. Doch seither war es mit Coffin Ed bergab gegangen, und jetzt war er nur noch eine abgerissene Figur im Hintergrund von Willie Brews Werkstatt.

»Erinnerst du dich an Vinnie No-Nose?« fragte Willie und reichte mir einen dampfenden Becher schwarzen Kaffee, der das Blech fast zum Glühen brachte und trotzdem den Benzingeruch aus seinem Innern nicht überdecken konnte. »Du mußt dir Tommy Qs Geschichte anhören. Noch hast du nichts verpaßt.«

Vinnie No-Nose war ein Einbrecher aus Newark, der einmal zu oft in den Knast gewandert war und beschlossen hatte, sich zu bessern – zumindest so weit, wie einer dazu in der Lage war, der vierzig Jahre lang davon gelebt hatte, anderen Leuten die Wohnung auszuräumen. Sein Spitzname stammte aus seiner längeren, erfolglosen Laufbahn als Amateurboxer. Vinnie, der als halbe Portion ein potentielles Opfer für sämtliche gewaltverliebten Fieslinge von New Jersey war, glaubte an die Möglichkeit, seine Fäuste zu seinem Heil einzusetzen – wie viele kleine Kerle aus harten Gegenden. Dummerweise war Vinnies Abwehr noch nicht einmal passabel, und schließlich war seine Nase nur noch Knorpelbrei mit zwei halb verschlossenen Nasenlöchern, die aussahen wie Rosinen in einem Pudding.

Tommy Q fuhr mit einer Geschichte fort, die sich um Vinnie, eine Innenarchitekturfirma und einen toten schwulen Kunden rankte und für die er sich eine Anzeige eingehandelt hätte, wenn er sie an einem anständigen Arbeitsplatz aufgetischt hätte. »Also, der Hinterlader liegt tot im Badezimmer, mit dem Hocker im Arsch, und Vinnie landet wieder mal im Knast, weil er alles geknipst hat und die Bilder verticken wollte und dann auch noch der toten Tucke den Videorekorder geklaut hat«, schloß er und schüttelte den Kopf über die seltsamen Angewohnheiten nicht-heterosexueller Männer.

Er amüsierte sich immer noch über die Geschichte, als plötzlich das Lächeln aus seinem Gesicht wich und sich das Lachen in ein röchelndes Geräusch verwandelte. Ich drehte mich um und sah Angel im Dunkeln stehen, schwarze Lokken quollen unter seiner blauen Schirmmütze hervor, und über seinen spärlichen Bartwuchs hätte jeder Dreizehnjährige gelacht. Eine dunkelblaue Hafenarbeiterjacke hing offen über einem schwarzen T-Shirt, und seine blauen Jeans endete über schmutzigen, ausgelatschten Timberlandstiefeln.

Angel war höchstens einsachtundsechzig, und ein flüchtiger Betrachter hätte kaum verstanden, weshalb er Tommy Q solche Angst einjagte. Doch erstens war Angel ein weit besserer Boxer als Vinnie No-Nose und hätte im Handumdrehen Hackfleisch aus Tommy Q machen können, wenn er Lust dazu hatte, und das war durchaus möglich, denn Angel war schwul und mochte vielleicht den Hintergrund von Tommys Humor alles andere als amüsant finden.

Der zweite und wahrscheinlich triftigere Grund für Tommys Angst war Angels Freund, ein Mann, den alle nur als Louis kannten. Wie Angel ging Louis anscheinend keinem Gelderwerb nach, aber es war bekannt, daß Louis, groß, schwarz und sehr kultiviert, was seine Kleidung anging, ein Killer war, der seinesgleichen suchte, ein Auftragsmörder, den seine Beziehung zu Angel etwas gebessert hatte und der seine seltenen Ziele nun mit so etwas wie sozialem Gewissen aussuchte.

Gerüchten zufolge war der Mord an dem deutschen Computerexperten Gunther Bloch im Jahr zuvor in Chicago Louis' Werk. Bloch war ein notorischer Vergewaltiger und Peiniger, der sich in den Sextourismus-Hochburgen Südostasiens, wo er geschäftlich oft zu tun hatte, über junge, manchmal sehr junge Frauen hermachte. Üblicherweise wurde alles mit Geld vertuscht, mit Zahlungen an Zuhälter, Eltern, Polizisten und Politiker.

Doch Bloch hatte Pech, und ein hohes Tier in der Verwaltung eines der Länder seiner Wahl ließ sich nicht kaufen, zumal Bloch ein elfjähriges Mädchen erwürgt und ihre Leiche in eine Mülltonne geworfen hatte. Bloch floh aus dem Land, das Geld wurde in einen »Sonderfonds« umgeleitet, und Louis ertränkte ihn im Badezimmer einer Tausend-Dollar-Suite eines Hotels in Chicago.

Soweit jedenfalls die Gerüchte. Was immer daran stimmen mochte, mit Louis war nicht zu spaßen, und Tommy Q wollte auch künftig – wenn auch eher selten – ein Bad nehmen können, ohne Gefahr zu laufen, dabei zu ertrinken.

»Nette Geschichte, Tommy«, sagte Angel.

»Es ist nur eine Geschichte, Angel. Ich hab' nichts damit gemeint. Nichts für ungut.«

»Also, ich nehm's dir nicht übel«, sagte Angel.

In der Dunkelheit hinter ihm bewegte sich etwas, und dann erschien Louis. Seine Glatze schimmerte im Dämmerlicht, und das schwarze Seidenhemd und der tadellos geschnittene graue Anzug ließen seinen muskulösen Körper erahnen. Er war mehr als einen Kopf größer als Angel und schaute Tommy Q einen Moment lang eindringlich an.

»Hinterlader«, sagte er. »Das ist ein uriger Ausdruck, Mister Q. Auf was genau bezieht sich das?«

Aus Tommy Qs Gesicht war alle Farbe gewichen, und er schien sehr lange zu brauchen, um genug Spucke zum Schlucken zu sammeln. Als es ihm schließlich gelang, hörte es sich an, als würde er einen Golfball verschlucken. Er machte den Mund auf, aber es kam nichts heraus, also schloß er ihn wieder und schaute zu Boden, in der törichten Hoffnung, er möge sich auftun und ihn verschlingen.

»Schon okay, Mister Q, das war eine gute Geschichte«, sagte Louis mit einer Stimme, die so seidig war wie sein Hemd. »Passen Sie bloß auf, wem Sie das erzählen.« Dann lächelte er Tommy freundlich zu, ein Lächeln, wie es wohl die Katze einer Maus schenken mochte, deren letztes Stündchen geschlagen hatte. Ein Schweißtropfen rann Tommy Qs Nase hinab, hing einen Augenblick an seiner Nasenspitze und zerplatzte dann auf dem Fußboden. Da war Louis schon fort.

»Denk an mein Auto, Willie«, sagte ich und verließ mit Angel die Werkstatt.

Kapitel 10

Wir gingen einige Straßen weiter zu einer Bar mit Diner, die Angel kannte. Louis schlenderte ein paar Meter vor uns her, und die spätabendliche Menschenmenge teilte sich vor ihm wie das Rote Meer vor Moses. Ein oder zwei Frauen warfen ihm interessierte Blicke zu. Die meisten Männer schauten zu Boden oder entdeckten plötzlich etwas Sehenswertes an den mit Brettern verrammelten Schaufenstern oder am nächtlichen Himmel.

Aus der Bar hörte man, wie ein entfernt folkmäßiger Sänger an Neil Youngs *Only Love Can Break Your Heart* herumwürgte. Es hörte sich nicht so an, als würde der Song es überleben.

»Der spielt, als würde er Neil Young hassen«, meinte Angel, als wir das Lokal betraten.

Vor uns zuckte Louis mit den Achseln. »Wenn Neil Young diesen Mist hören würde, würde er sich wohl selber hassen.«

Wir setzten uns in eine Nische. Der Inhaber, ein fetter, magenkranker Mann namens Ernest, kam an den Tisch, um unsere Bestellung aufzunehmen. Normalerweise machten das bei Ernest die Kellnerinnen, doch selbst hier genossen Angel und Louis einen gewissen Respekt.

»Hey, Ernest«, sagte Angel. »Wie läuft's Geschäft?«

»Wenn ich Leichenbestatter wäre, würden die Leute aufhören zu sterben«, antwortete Ernest. »Und ehe du fragst, ja, meine Alte ist immer noch häßlich.« So ging das immer bei den beiden.

»Ach, Scheiße, du bist seit vierzig Jahren mit ihr verheiratet«, meinte Angel. »Da wird sie jetzt auch nicht mehr hübscher.«

Angel und Louis bestellten sich Clubsandwiches, und Ernest zockelte von dannen. »Wenn ich als kleiner Junge wie der ausgesehen hätte, hätte ich mir den Pimmel abgeschnitten und wär' als Kastrat aufgetreten, weil alles andere hätt' ja eh nichts gebracht.«

»Dir hat's nicht geschadet, daß du häßlich bist«, meinte Louis.

»Ich weiß nicht«, grinste Angel. »Wenn ich ein bißchen besser aussehen würde, hätt' ich auch mal 'n Weißen abgekriegt.«

Sie hörten auf, sich zu zanken, und wir warteten darauf, daß der Sänger Neil Young von seinen Qualen erlöste. Es war komisch, den beiden zu begegnen, jetzt, wo ich kein Polizist mehr war. Wenn wir uns früher trafen – in Willies Werkstatt oder auf einen Kaffee oder im Central Park, wenn Angel nützliche Informationen für mich hatte oder einfach nur mit mir plaudern und sich nach Susan und Jennifer erkundigen wollte –, hatte stets eine gewisse Beklommenheit, eine Spannung zwischen uns geherrscht, zumal wenn Louis in der Nähe war. Ich wußte, was sie getan hatten, was Louis wohl immer noch tat – von den stillen Teilhaberschaften an einigen Restaurants und Geschäften und Willie Brews Werkstatt einmal ganz abgesehen.

Doch jetzt war keine Spannung mehr spürbar. Statt dessen fühlte ich zum ersten Mal die Bande der Freundschaft, die irgendwie zwischen Angel und mir gewachsen war. Und mehr noch spürte ich bei beiden Besorgnis, Anteilnahme, menschliche Wärme und Vertrauen. Sie wären nicht hier, das wußte ich, wenn es nicht so wäre.

Doch vielleicht war da noch mehr, etwas, das ich erst ganz allmählich erkannte. Was aus mir geworden war, ist der Alptraum eines jeden Polizisten. Polizisten, ihre Familien, ihre Frauen und Kinder sind unantastbar. Man muß schon verrückt sein, um auf einen Bullen loszugehen, und noch verrückter, um seine Liebsten anzugreifen. Das sind die Voraussetzungen für unser Leben, der Glaube, daß wir, wenn wir den ganzen Tag Tote gesehen und Diebe, Vergewaltiger, Dealer und Zuhälter verhört haben, in unser eigenes Leben zurückkehren können, in dem Wissen, daß unsere Familien nichts damit zu tun haben und daß wir uns durch sie auch davon lösen können.

Doch dieses Glaubensgebäude war durch Jennifers und Susans Tod erschüttert worden. Jemand hielt sich nicht an die Regeln, und als sich keine simple Lösung abzeichnete, als kein nachtragender Wichtigtuer ohne große Umstände festgenommen werden konnte und sich so für alles, was geschehen war, eine Erklärung fand, mußte eine andere Ursache her: Ich. Ich hatte es irgendwie auf mich gezogen und auf die, die mir am nächsten standen. Ich war ein guter Bulle und auf dem besten Weg zum Säufer. Mein Leben ging in die Brüche, und das machte mich schwach, und jemand hatte diese Schwäche ausgenutzt. Wenn andere Polizisten mich anschauten, sahen sie in mir nicht den notleidenden Kollegen, sondern einen Ansteckungsherd des Verfalls. Niemandem tat es leid, daß ich den Dienst quittierte, vielleicht nicht einmal Walter.

Angel und Louis machten sich keine Illusionen über die Welt, in der sie lebten, und kein philosophisches Konstrukt gestattete es ihnen, gleichzeitig Teil dieser Welt und davon losgelöst zu sein. Louis war ein Killer, einen solchen Irrglauben konnte er sich nicht leisten. Nun war diese Illusion auch mir genommen worden, es war mir wie Schuppen von den Augen gefallen, und ich mußte mich neu orientieren, einen neuen Platz für mich in der Welt finden.

Angel nahm sich aus der Nachbarnische eine liegengelassene Zeitung und betrachtete die Schlagzeilen.

»Hast du das gesehen?« Ich schaute hin und nickte. Jemand hatte am Morgen bei einem Bankraub in Flushing den Helden gespielt und war dafür mit zwei Kugeln aus einer abgesägten Flinte belohnt worden. Die Zeitungen und Fernsehnachrichten waren voll davon.

»Ein paar Jungs ziehen einen Coup durch«, hob Angel an. »Sie wollen keinem ein Haar krümmen, wollen nur reingehen, das Geld nehmen – das sowieso versichert ist – und wieder rausgehen. Sie haben nur Kanonen dabei, weil sie sonst keiner ernst nimmt. Womit sollen sie denen denn sonst kommen? Mit rüden Sprüchen? Und jedesmal ist dann so ein Arsch da, der sich für unsterblich hält, weil er noch nicht tot ist. Der Typ ist jung, hält sich in Form und glaubt, daß er mehr Mädels abkriegt, wenn er die Bankräuber aufhält und auf großen Retter macht. Schau dir den Kerl an: Grundstücksmakler, neunundzwanzig, Single, macht hundertfünfzig Riesen im Jahr, und dann kriegt er 'n Loch ab, größer als der Holland-Tunnel. Lance Petersen.« Er schüttelte ungläubig den Kopf. »Ich hab' in meinem ganzen Leben niemanden kennengelernt, der Lance hieß.«

»Die sind ja auch alle tot«, meinte Louis und schaute sich betont müßig in der Bar um. »Die Wichser spielen sich in der Bank auf und werden abgeknallt. Das war wahrscheinlich der letzte lebende Lance.«

Die Sandwiches kamen, und Angel fing an zu essen. Louis rührte seins nicht an.

»Wie geht's dir?«

»Geht so«, sagte ich. »Weshalb fangt ihr mich ab?«

»Du schreibst nicht, du rufst nicht an.« Er lächelte ironisch. Louis schaute mich kurz mit mäßigem Interesse an und wandte den Blick dann wieder der Tür, den anderen Tischen, den Toilettentüren zu.

»Du hast ein paar Sachen für Benny Low erledigt, hab' ich gehört. Wieso arbeitest du für diesen fetten Scheißer?«

»Als Zeitvertreib. Bitte, Angel, kommt zum Punkt. Du quasselst hier rum, und Louis führt sich auf, als erwarte er, daß die Dillinger-Gang reinkommt und alle umnietet.«

Angel legte die verbliebene Sandwichhälfte weg und tupfte sich beinahe anmutig mit einer Serviette den Mund ab. »Ich habe gehört, daß du dich nach einer Freundin von Stephen Barton umhörst. Manche Leute würden sehr gern erfahren, weshalb du das tust.«

»Zum Beispiel?«

»Zum Beispiel Bobby Sciorra, hab' ich gehört.«

Ich wußte nicht, ob Bobby Sciorra geisteskrank war oder nicht, aber er war ein Mann, der gerne mordete, und er hatte im alten Ferrera einen willigen Arbeitgeber gefunden. Emo Elisson konnte wahrscheinlich bezeugen, was dabei herauskam, wenn sich Bobby Sciorra für die Aktivitäten eines Menschen interessierte. Ich hatte den Verdacht, daß auch Ollie Watts, in seinen letzten Augenblicken, das herausgefunden hatte.

»Benny Low hat mir was von einem Streit zwischen dem Alten und Sonny erzählt«, sagte ich. »›Die blöden Mafiosi liegen sich in den Haaren‹ – so hat er sich ausgedrückt.«

»Benny war schon immer ein großer Diplomat«, sagte Angel. »Wundert mich bloß, daß die UNO ihn noch nicht engagiert hat. Da laufen ziemlich abgedrehte Sachen. Sonny ist untergetaucht und hat Pili mitgenommen. Niemand hat sie gesehen, niemand weiß, wo sie sind, aber Bobby Sciorra sucht überall nach ihnen.« Er nahm noch einen riesigen Bissen von seinem Sandwich. »Was ist mit Barton?«

»Ich glaube, der ist auch untergetaucht, aber ich weiß es nicht sicher. Er ist ein kleiner Fisch, hat beruflich nicht viel mit Sonny und dem Alten zu tun, trägt gelegentlich bloß mal aus, aber früher war er wohl mit Sonny befreundet. Muß nichts bedeuten. Barton hängt da wahrscheinlich nicht drin.«

»Vielleicht nicht, aber du hast jetzt größere Probleme, als nur Barton oder seine Freundin zu finden.«

Ich wartete.

»Auf dich ist ein Killer angesetzt.«

»Wer?«

»Keiner von hier. Kommt aus 'ner anderen Stadt, Louis weiß nicht, wer es ist.«

»Ist es wegen der Sache mit Fat Ollie?«

»Ich weiß nicht. Selbst Sonny ist nicht so bescheuert, wegen 'ner Aushilfe, die sich hat kaltmachen lassen, weil du dazwischengefunkt hast, einen Killer auf dich anzusetzen. Der Kleine hat keinem was bedeutet, und Fat Ollie ist tot. Ich weiß bloß, daß du zwei Generationen der Familie Ferrera auf die Nerven gehst, und das kann nicht gut sein.«

Aus dem Gefallen für Cole wurde allmählich etwas Komplizierteres als nur die Suche nach einer Vermißten, wenn es überhaupt je so einfach gewesen war.

»Ich hab' da was für dich«, sagte ich. »Kennst du jemanden, der eine Pistole hat, mit der man mit einer 3-Gramm-5,7-Millimeter-Kugel Mauerwerk durchschießen kann? MP-Munition.«

»Du willst mich wohl verarschen. Als ich das letzte Mal so was gesehen habe, hing es am Geschützturm eines Panzers.«

»Aber es hat Fat Ollies Mörder getötet. Ich hab' gesehen, wie er umgenietet wurde, und dann war hinter mir ein Loch in der Wand. Die Pistole ist ein belgisches Fabrikat, für die Terroristenbekämpfung entwickelt. Wenn sich jemand so ein Gerät besorgt und damit auf den Schießplatz kommt, würde sich das doch rumsprechen.«

»Ich hör' mich um«, sagte Angel. »Irgendwelche Vermutungen?«

»Ich würde auf Bobby Sciorra tippen.«

»Ich auch. Aber wieso sollte er ausfressen, was Sonny verbockt hat?«

»Weil der Alte es ihm befohlen hat.«

Angel nickte. »Paß auf deinen Arsch auf, Bird.«

Er aß sein Sandwich auf und erhob sich dann, um zu gehen. »Komm, wir können dich im Wagen mitnehmen.«

»Danke, ich will noch ein Stückchen gehen.«

Angel zuckte mit den Achseln. »Bist du am Packen?«

Ich nickte. Er sagte, er würde sich melden. Ich verabschiedete mich an der Tür von den beiden. Während ich ging, spürte ich das Gewicht der Pistole unter meinem Arm, achtete auf jedes Gesicht, an dem ich in der Menge vorbeikam, und fühlte den dunklen Pulsschlag der Stadt unter meinen Füßen vibrieren.

Kapitel 11

Bobby Sciorra, ein Dämon, eine Vision von Bosheit und Sadismus, die vor Stefano, den alten Ferrera, getreten war, als der am Rande des Wahnsinns und auf der Schwelle des Todes stand. Der Zorn und die Trauer des alten Mannes schienen Sciorra aus irgendeinem finsteren Winkel der Hölle heraufbeschworen zu haben, als Verkörperung der Qualen und Verheerungen, die Ferrera der Welt um sich her zufügen wollte. Mit Bobby Sciorra hatte er das perfekte Werkzeug gefunden für Schmerzen und qualvolle Tode.

Stefano hatte gesehen, wie sein Vater von dem bescheidenen Haus der Familie in Bensonhurst aus ein kleines Imperium aufgebaut hatte. Damals hatte Bensonhurst, von der Gravesend Bay und dem Atlantik umschlossen, noch kleinstädtisches Flair. Der Duft aus den Feinkostgeschäften vermengte sich mit dem aus den Holzöfen in den Pizzerien. Man wohnte in Zweifamilienhäusern mit schmiedeeisernen Pforten, und wenn die Sonne schien, saß man auf der Veranda und sah den Kindern in den kleinen Vorgärten beim Spielen zu.

Stefanos Ehrgeiz sollte ihn weit über seine Wurzeln hinausführen. Als die Zeit für ihn gekommen war, das Geschäft zu übernehmen, ließ er auf Staten Island ein großes Haus errichten; von den hinteren Fenstern aus konnte er Paul Castellanos Villa auf Todt Hill sehen, das dreieinhalb Millionen Dollar teure White House und, von ganz oben, wahrscheinlich auch das Anwesen der Familie Barton. Wenn Staten Island gut genug für das Familienoberhaupt der Gambinos und einen wohltätigen Millionär war, dann war es auch gut genug für Stefano. Als Castellano in einem Restaurant in Manhattan an sechs Schußwunden starb, war Stefano für kurze Zeit der größte Boß auf Staten Island.

Stefano heiratete eine Frau aus Bensonhurst namens Louisa. Sie hatte ihn nicht aus irgendeiner Form von Zuneigung, wie man sie aus Liebesromanen kennt, geheiratet: Sie liebte ihn seiner Macht und Stärke und hauptsächlich seines Geldes wegen. Und wer Geld heiratet, muß es sich normalerweise schwer verdienen. So auch Louisa. Sie wurde emotional ausgehungert und starb kurz nach der Geburt ihres dritten Sohnes. Stefano heiratete nicht wieder. Das hatte nichts mit Trauer zu tun; er wollte sich lediglich nicht mit einer weiteren Ehefrau abgegeben müssen, zumal ihm Louisa Erben geboren hatte.

Das erste Kind, Vincent, war intelligent und verkörperte die besten Hoffnungen der Familie. Als er mit dreiundzwanzig an einer schweren Hirnblutung in einem Swimmingpool starb, redete sein Vater eine Woche lang kein Wort. Vielmehr erschoß er Vincents Labradorpärchen und zog sich in sein Schlafgemach zurück. Damals war Louisa bereits seit siebzehn Jahren tot.

Niccolo oder Nicky, zwei Jahre jünger als Vincent, nahm dessen Stelle als rechte Hand seines Vaters ein. Als ich noch Polizeischüler war, kreuzte er in einem riesigen, kugelsicheren Cadillac durch die Stadt, umgeben von seiner Leibgarde, und erwarb sich eine Reputation als Schläger, die der seines Vaters entsprach. Zu Beginn der achtziger Jahre hatte die Familie ihren anfänglichen Widerwillen gegen den Drogenhandel abgelegt und überschwemmte die Stadt mit jeder Form von Rauschgift, die sie nur beschaffen konnte. Die meisten Leute gingen der Familie aus dem Weg, und potentielle Konkurrenten wurden abgemahnt oder endeten als Fischfutter.

Nicht so einfach war es mit den Yardies. Die jamaikanischen Banden hatten keinen Respekt vor alteingesessenen

Institutionen und dem herkömmlichen Geschäftsgebaren. Sie schauten sich die Italiener nur an und sahen schon Hackfleisch. Eine Kokainlieferung im Wert von zwei Millionen Dollar wurde den Ferreras abgenommen, und zwei Gardisten kamen dabei um. Im Gegenzug ordnete Nicky an, die Yardies abzuschlachten: Sie wurden in ihren Clubs und Wohnungen gestellt, und selbst ihre Frauen blieben nicht verschont. Binnen drei Tagen starben zwölf von ihnen, darunter fast alle, die für den Kokainraub verantwortlich waren.

Vielleicht bildete sich Nicky ein, damit wäre die Sache erledigt und die Dinge würden wieder ihren normalen Gang gehen. Er kurvte weiter in seinem Wagen durch die Straßen, aß in den selben Restaurants und tat, als hätte sich die Bedrohung durch die Jamaikaner nach seinem Machtbeweis in Luft aufgelöst.

Sein Lieblingsrestaurant war Da Vincenzo, ein vornehmer Familienbetrieb in der alten Gegend seines Vaters in Bensonhurst, wo man klug genug war, die eigene Herkunft nicht zu verleugnen. Vielleicht fühlte sich Nicky auch durch den Namen an seinen Bruder erinnert, und vor lauter Paranoia ließ er in Fenster und Türen Panzerglas einsetzen, von der gleichen Bauart, wie sie für Häuser des Präsidenten verwendet wurde. So konnte Nicky in aller Ruhe und unbehelligt von einem ständig drohenden Mordanschlag seine Fusilli genießen.

Eines Abends im November hatte er eben bestellt, als ein schwarzer Lieferwagen in die Seitenstraße gegenüber einbog und mit der Hinterseite zur Front des Restaurants parkte. Nicky schaute vielleicht hin, als er hielt, und vielleicht fiel ihm auf, daß die Windschutzscheibe ausgebaut und durch ein schwarzes Drahtgitter ersetzt worden war, ja vielleicht runzelte er die Stirn, als die Hintertüren aufsprangen, es im dunklen Wageninnern weiß aufblitzte und der Zündungsschub am Gitter rüttelte.

Vielleicht hatte er sogar noch Zeit, den RPG-7-Sprengkopf zu bemerken, der mit 177 Metern pro Sekunde rauchend auf das Fenster zuschoß und dessen Dröhnen die dikken Fensterscheiben durchdrang, ehe sie zerplatzten und Glas, heiße Metallsplitter und das Raketenprojektil im Kupfermantel Nicky Ferrera in so viele Teile zerrissen, daß sein Sarg nicht einmal dreißig Kilo wog, als er drei Tage später durch das Kirchenschiff getragen wurde.

Die drei Jamaikaner, die dafür verantwortlich waren, tauchten ab, und der alte Ferrera ließ seine Wut gleichermaßen an Freund und Feind aus, in einer Flut von Beschimpfungen, einer einzigen Gewalt- und Mordorgie. Sein Geschäft löste sich vor seinen Augen auf, und die Konkurrenz rückte ihm zu Leibe und wollte die Gelegenheit nutzen, um ihn ein für allemal loszuwerden.

Zu diesem Zeitpunkt, als nun eben die Welt des alten Ferrera in sich zusammenzubrechen drohte, tauchte ein Mann am Tor seines Anwesens auf und bat darum, mit ihm sprechen zu dürfen. Er sagte der Wache, er habe Neuigkeiten über die Yardies; die Wache ließ das ausrichten, und nachdem er durchsucht worden war, wurde Bobby Sciorra vorgelassen. Die Durchsuchung war nicht vollständig: Sciorra hatte einen schwarzen Plastiksack dabei, den er sich weigerte zu öffnen. Während er auf das Haus zuging, waren Pistolen auf ihn gerichtet, und ihm wurde beschieden, auf dem Rasen stehenzubleiben, gut fünfzehn Meter von der Haustreppe entfernt, wo der alte Ferrera stand und ihn erwartete.

»Wenn Sie meine Zeit vergeuden, lasse ich Sie umlegen«, sagte der Alte. Bobby Sciorra lächelte nur und kippte den Sack auf dem Rasen aus. Die drei Köpfe kullerten hervor, die Dreadlocks ineinander verschlungen wie tote Nattern, und Bobby Sciorra lächelte dazu wie ein widerlicher Perseus. Dickes, frisches Blut klebte an den Rändern des Sacks und tropfte langsam ins Gras.

Bobby Sciorra zog an diesem Abend das große Los. Binnen eines Jahres gehörte er zur Familie, ein in diesem Tempo und angesichts der recht dunklen Herkunft Sciorras doppelt ungewöhnlicher Aufstieg. Doch der Mord an den Drahtziehern der jamaikanischen Bande hatte ausgereicht, um das Vertrauen von Stefano Ferrera zu erringen und führte zu einer Zeremonie im Keller des Hauses auf Staten Island, bei der Sciorra über einem Heiligenbild in den Zeigefinger gestochen und sein Bündnis mit Ferrera und dessen Geschäftspartnern besiegelt wurde.

Von diesem Tag an verfügte Bobby Sciorra über die Macht hinter dem Thron der Ferreras. Er geleitete den alten Mann und seine Familie durch alle Schwierigkeiten, als die neue Anti-Mafia-Gesetzgebung es dem FBI ermöglichte, Organisationen und Verschwörer zu verfolgen, die von Verbrechen profitierten, statt nur die Personen, die diese Verbrechen verübten. Alle großen New Yorker Familien – Gambino, Luchese, Colombo, Genovese und Bonnano –, zusammen etwa viertausend Mafiosi, wurden schwer getroffen und verloren ihre Oberhäupter ans Gefängnis oder den Schnitter. Nicht jedoch die Ferreras. Dafür sorgte Bobby Sciorra, der mit einigen Bauernopfern das Überleben der Familie sicherte.

Der alte Ferrera hätte sich wohl gern noch weiter aus dem Unternehmen zurückgezogen, wäre da nicht Sonny gewesen. Der arme, dumme, fiese Sonny, ein Mann, der zwar nicht über die Intelligenz seiner Brüder, dafür aber über ihre geballte Brutalität verfügte. Jedes Geschäft, das er anpackte, endete in einem Blutbad, aber das kümmerte Sonny nicht. Schon mit zwanzig korpulent und aufgedunsen, genoß er die Schlägereien und Morde, und wenn Unschuldige starben, schien ihn das geradezu aufzugeilen.

Sein Vater schob ihn allmählich in den Hintergrund und überließ ihn sich selbst, seinen Steroiden, kleineren Drogendeals, den Nutten und gelegentlichen Gewaltausbrüchen. Bobby Sciorra versuchte, ihn einigermaßen unter Kontrolle zu halten, doch Sonny war nicht in den Griff zu bekommen. Er war gemein und böse, und wenn sein Vater starb, würden sie Schlange stehen, um dafür zu sorgen, daß Sonny ihm so bald wie möglich nachfolgte.

Kapitel 12

Ich hätte nie damit gerechnet, daß ich mal im Village wohnen würde. Susan, Jennifer und ich hatten draußen in Park Slope in Brooklyn gelebt. Sonntags konnten wir in den Prospect Park gehen und den Kindern beim Ballspielen zusehen, Jennifer trampelte mit ihren winzigen rosa Leinenturnschuhen im Gras herum, und anschließend tranken wir bei Raintree's Limonade und lauschten dem, was von der Band im Pavillon durch die Buntglasfenster drang.

An solchen Tagen kam einem das Leben wie eine große, grüne Wiese vor. Jenny ging zwischen Susan und mir, und über ihren Kopf hinweg tauschten wir Blicke, während ein endloser Strom von Fragen, Bemerkungen und merkwürdigen, nur Kindern verständlichen Scherzen aus ihr hervorquoll. Ich hielt ihre Hand und konnte mich durch sie mit Susan verbunden fühlen und daran glauben, daß es mit uns schon werden würde, daß wir den Riß, der sich zwischen uns auftat, schon würden kitten können. Wenn Jenny vorauslief, nahm ich Susan bei der Hand, und sie lächelte, wenn ich ihr sagte, daß ich sie liebte. Dann schaute sie weg oder zu Boden oder rief Jenny, denn wir beide wußten, daß es nicht reichte, ihr zu sagen, daß ich sie liebte.

Als ich im Frühsommer beschloß, nach New York zurückzukehren, nachdem ich monatelang nach irgendeinem Hinweis auf ihren Mörder gesucht hatte, meldete ich mich bei meinem Anwalt und bat ihn, mir einen Makler zu empfehlen. Es gibt in New York zwar ungefähr dreihundert Millionen Quadratmeter Bürofläche, aber längst nicht genug Wohnungen für die Leute, die in diesen Büros arbeiten. Ich könnte nicht sagen, weshalb ich in Manhattan wohnen wollte. Vielleicht nur, weil es nicht Brooklyn war.

Statt mir einen Makler vorzustellen, öffnete mir mein Anwalt sein Netzwerk von Freunden und Geschäftspartnern, was schließlich dazu führte, daß ich eine Wohnung in einem roten Backsteingebäude im Village mietete, mit weißen Fensterläden und einer Treppe, die zu einer Haustür mit Oberlicht hochführte. Es war ein bißchen näher am St. Mark's Place, als mir eigentlich lieb war, aber trotz allem ein guter Griff. Seit den Zeiten, als W. H. Auden und Leo Trotzki hier gewohnt hatten, war der St. Mark's Place eine der härteren Gegenden des Village geworden, mit vielen Bars, Cafés und überteuerten Boutiquen.

Die Wohnung war nicht möbliert, und im Grunde beließ ich es dabei und stellte nur ein Bett, einen Schreibtisch, ein paar Sessel, eine Stereoanlage und einen kleinen Fernseher hinein. Ich holte meine Bücher, Kassetten, CDs und LPs aus dem Lager, dazu noch ein oder zwei persönliche Dinge, und richtete mir einen Lebensraum ein, an dem mich nur minimal etwas festhielt.

Es war schon dunkel draußen, als ich die Pistolen vor mir auf dem Schreibtisch aufreihte, zerlegte und sorgfältig reinigte. Wenn die Ferreras hinter mir her waren, wollte ich vorbereitet sein.

In meiner gesamten Dienstzeit bei der Polizei war ich nur einige wenige Male gezwungen gewesen, meine Waffe zu ziehen, um mich zu verteidigen. Ich hatte im Dienst nie jemanden getötet und nur einmal einem Zuhälter in den Bauch geschossen, der mit einem langen Messer auf mich losging.

Als Detective hatte ich hauptsächlich im Raub- und Morddezernat gearbeitet. Bei der Sitte ist ein Polizist sehr real von Gewalt und Tod bedroht, aber beim Morddezernat verläuft die Polizeiarbeit gänzlich anders. Wie Tommy Morrison, mein erster Partner, immer sagte: »Alle, die in einem

Mordfall sterben, sind schon tot, wenn die Bullen kommen.«

Nach dem Tod von Susan und Jennifer hatte ich meinen Colt Delta Elite abgegeben. Nun befanden sich drei Waffen in meinem Besitz: Der .38er Colt Detective Special hatte meinem Vater gehört und war das einzige, was ich von ihm behalten hatte. Die Plakette mit dem springenden Pony auf der linken Seite des abgerundeten Kolbens war abgerieben, und das Gehäuse verkratzt, aber es war trotzdem immer noch eine nützliche Waffe, mit nicht ganz einem Pfund recht leicht und in einem Schulterholster oder unter einem Gürtel einfach zu verbergen. Es war ein schlichter, kräftiger Revolver, und ich bewahrte ihn in einer Hülle neben meinem Bett auf.

Die Heckler & Koch VP70M hatte ich nie außerhalb eines Schießplatzes benutzt. Die halbautomatische Waffe, Kaliber 9 mm, hatte einem Dealer gehört, der an einer Überdosis seiner eigenen Ware gestorben war. Ich fand ihn tot in seiner Wohnung auf; ein Nachbar hatte sich über den Gestank beschwert. Die VP70M, eine Militärpistole aus Stahl und Kunststoff mit achtzehn Schuß, lag, noch unbenutzt, in ihrer Verpackung, aber vorsichtshalber feilte ich die Seriennummer ab.

Wie die .38er hatte sie keine Sicherung. Der Reiz dieser Waffe lag in der zusätzlichen Schulterstütze, die der Dealer ebenfalls erworben hatte. Sie konnte den Schußmechanismus umschalten und verwandelte die Waffe in eine vollautomatische Maschinenpistole, die zweitausendzweihundert Schuß pro Minute abgeben konnte. Wenn die Chinesen je zur Invasion ansetzen sollten, konnte ich sie mit meiner Munition zumindest zehn Sekunden lang aufhalten. Anschließend müßte ich dann mit Möbeln nach ihnen werfen. Ich hatte die H & K aus ihrem Fach im Kofferraum des Mustang genommen, wo ich sie normalerweise aufbewahrte. Ich wollte nicht, daß jemand bei der Reparatur darauf stieß.

Die Smith & Wesson der dritten Generation war die einzige Pistole, die ich bei mir trug, ein automatisches Modell,

Kaliber 10 Millimeter, eigens für das FBI entwickelt und dank Woolrichs Bemühungen erworben. Nachdem ich sie gereinigt hatte, lud ich sie sorgfältig und steckte sie in mein Schulterholster. Draußen sah ich die Leute in die Bars und Restaurants des Village strömen. Ich wollte mich ihnen eben anschließen, als das Handy neben mir piepte; und eine halbe Stunde später wappnete ich mich, mir den Leichnam von Stephen Barton anzusehen.

Rote Lichter blitzten auf und tauchten auf dem Parkplatz alles in den warmen Schimmer von Recht und Gesetz. Ein Streifen Dunkelheit markierte den nahegelegenen McCarren Park, und südwestlich brauste der Verkehr über die Williamsburg Bridge auf den Brooklyn-Queens Expressway zu. Streifenpolizisten standen zwischen den Wagen herum und hielten die Schaulustigen zurück. Einer streckte den Arm aus, um mir den Weg zu versperren – »Hey, zurück hier!« –, und dann erkannten wir uns. Vecsey, der sich an meinen Vater erinnerte und es nie weiter als bis zum Sergeant bringen würde, zog die Hand zurück.

»Es ist dienstlich, Jimmy. Cole hat mich herbestellt.« Er sah sich um, und Walter, der sich mit einem Streifenpolizisten unterhielt, schaute her und nickte. Der Arm hob sich wie eine Schranke, und ich passierte.

Selbst Meter vom Abwasserkanal entfernt konnte ich den Gestank riechen. Um den Einstieg herum hatte man eine Absperrung aufgebaut, und ein Labormitarbeiter in Stiefeln kletterte aus dem Kanalschacht.

»Kann ich runter?« fragte ich. Zwei Männer in gut geschnittenen Anzügen und Scotland-Yard-Regenmänteln hatten sich zu Walter gesellt, der nur kurz nickte. Die Buchstaben FBI waren auf ihrem Rücken nicht zu sehen, also wollten sie wohl unerkannt bleiben. »Das ist ja unheimlich«, sagte ich im Vorbeigehen. »Das könnten ja ganz normale Leute sein.« Walter zog ein finsteres Gesicht. Und die beiden machten mit.

Ich zog mir Handschuhe an und stieg die Leiter hinab in den Abwasserkanal. Beim ersten Atemzug mußte ich würgen, der Schmutzstrom, der unter den baumgesäumten Straßen der Stadt floß, trieb mir die Galle in die Kehle. »Es ist einfacher, wenn Sie flach atmen«, sagte ein Kanalarbeiter, der am Fuß der Leiter stand. Das war gelogen.

Ich stieg nicht von der Leiter. Lieber zog ich meine Maglite aus der Tasche und richtete sie auf eine kleine Gruppe Wartungsarbeiter und Polizisten, die dort im Licht einer Bogenlampe standen und in Dingen herumstampften, an die ich nicht einmal denken wollte. Die Polizisten sahen kurz zu mir hoch und schauten dann weiter gelangweilt den Gerichtsmedizinern zu, die ihrer Arbeit nachgingen. Stephen Barton lag gut fünf Meter vom Fuß der Leiter entfernt in einer Lache aus Dreck und Scheiße, und seine blonden Haare bewegten sich heftig in der Strömung. Offensichtlich war er einfach durch die Gulliöffnung auf der Straße hier hineingeworfen worden, und unten angekommen, war seine Leiche noch ein Stück weitergerollt.

Der Gerichtsmediziner erhob sich und zog sich die Gummihandschuhe aus. Ein Detective vom Morddezernat in Zivil, den ich nicht erkannte, warf ihm einen fragenden Blick zu. Er schaute frustriert und verärgert zurück. »Den müssen wir uns im Labor ansehen. Hier unten kann ich Scheiße nicht von Scheiße unterscheiden.«

»Jetzt mach mal halblang«, quengelte der Detective einfallslos.

Der Gerichtsmediziner sog gereizt Luft durch die Zähne. »Erdrosselt«, sagte er und drängelte sich aus der kleinen Menschentraube. »Erst bewußtlos geschlagen, mit einem Schlag auf den Hinterkopf, und dann erdrosselt. Fragen Sie mich bloß nicht nach dem Todeszeitpunkt. Er liegt hier vielleicht seit einem Tag, wahrscheinlich nicht länger. Die Starre hat sich schon gelöst.« Dann hallte das Geräusch seiner Schritte durch den Abwasserkanal, während er die Leiter hochstieg.

Der Detective zuckte mit den Achseln. »Asche zu Asche, Dreck zu Dreck«, sagte er und wandte sich dann wieder der Leiche zu.

Ich kletterte hinter dem Gerichtsmediziner zurück auf die

Straße. Ich brauchte mir Bartons Leichnam nicht anzusehen. Der Schlag auf den Kopf war mal was anderes, aber nichts Ungewöhnliches. Es kann bis zu zehn Minuten dauern, einen Menschen zu erwürgen, vorausgesetzt, er befreit sich dabei nicht. Ich hatte von Möchtegern-Mördern gehört, die einige Handvoll Haare oder Hautpartien, ja in einem Fall sogar ein Ohr an ein sich wehrendes Opfer verloren hatten. Viel besser, wenn möglich, ihn vorher auf den Kopf zu hauen. Wenn man kräftig genug zuschlägt, muß man ihn vielleicht gar nicht mehr erwürgen.

Walter sprach immer noch mit den Leuten vom FBI, also entfernte ich mich so weit wie möglich vom Kanal, ohne die Polizeiabsperrung zu verlassen, und atmete tief die Nachtluft ein. Der Geruch menschlicher Ausscheidungen überlagerte alles, hing mit der grimmigen Entschlossenheit des Todes selbst in meiner Kleidung. Schließlich gingen die FBI-Typen zu ihrem Wagen zurück, und Walter kam langsam auf mich zu, die Hände in den Hosentaschen.

»Sie werden Sonny Ferrera festnehmen«, sagte er.

Ich schnaubte verächtlich. »Und weswegen? Sein Anwalt holt ihn so schnell raus, daß er bei euch nicht mal pinkeln gehen kann. Vorausgesetzt, er hat überhaupt was damit zu tun, und vorausgesetzt, sie finden ihn. Die Typen sind doch dumm wie Brot.«

Walter war nicht in Stimmung. »Was weißt du denn schon? Der Kleine hat für Ferrera gedealt, hat ihn gearscht, und jetzt ist er tot, und noch dazu erwürgt.« Das Erdrosseln war in den letzten Jahren zur bevorzugten Mordmethode des Mobs geworden: leise und ohne Sauerei. »So sieht es das FBI, und außerdem würden sie Sonny Ferrera auch festnehmen, wenn er nur verdächtig wäre, ein Nichtraucherschild mißachtet zu haben, wenn sie dafür genügend Beweise hätten.«

»Komm schon, Walter, das sieht doch nicht nach Ferrera aus. Jemanden in die Kanalisation werfen ...« Aber er ging schon weiter, und eine erhobene Hand zeigte an, daß er nichts mehr hören wollte. Ich folgte ihm. »Was ist mit dem Mädchen, Walter? Hat sie irgendwas damit zu tun?«

Er drehte sich um und legte mir eine Hand auf die Schulter. »Als ich dich angerufen habe, hätte ich nicht erwartet, daß du angerannt kommst wie Dick Tracy.« Er schaute kurz zu den FBI-Beamten hinüber. »Gibt's 'ne Spur von ihr?«

»Ich glaube, sie hat die Stadt verlassen. Mehr sage ich dazu jetzt nicht.«

»Der Gerichtsmediziner meint, daß Barton früh am Dienstag umgebracht wurde. Wenn das Mädchen die Stadt erst anschließend verlassen hat, könnte sie was damit zu tun haben.«

»Wirst du dem FBI von ihr erzählen?«

Walter schüttelte den Kopf. »Laß die mal Sonny Ferrera jagen. Du bleibst an dem Mädchen dran.«

»Jawohl, Sir«, sagte ich. »Ich halt' die Augen offen.« Ich winkte mir ein Taxi heran und war mir bewußt, daß die FBI-Agenten mir nachsahen, selbst dann noch, als wir in die Nacht davonfuhren.

Kapitel 13

Es war allgemein bekannt, daß der alte Ferrera Schwierigkeiten hatte, seinen einzigen noch lebenden Sohn im Griff zu behalten. Ferrera hatte mit angesehen, wie sich die Cosa Nostra daheim in Italien zerrissen und ins Abseits gebracht hatte, als sie auf zunehmend brutale Weise versuchte, die staatlichen Ermittler einzuschüchtern und zu töten. Diese Methoden hatten nur die Entschlossenheit der Mutigeren gesteigert, und die Familien waren nun wie eines ihrer eigenen Opfer in einem *Incaprettamento* gefesselt. Bei dieser Exekutionsmethode, die auch als »Chinesische Schaukel« bekannt war, waren die Opfer mit Seilen an Armen, Beinen und Hals gefesselt, und je mehr sich die Familien wehrten, um so enger zogen sich die Schlingen zusammen. Der Alte war fest entschlossen, dies bei seiner eigenen Organisation zu verhindern. Sonny hingegen sah in der Brutalität der Sizilianer eine Methode der Tyrannei, die seinen eigenen Machtgelüsten entgegenkam.

Vielleicht war das der Unterschied zwischen Vater und Sohn. Wann immer möglich, hatte der alte Ferrera zur *Lupara bianca* gegriffen, wenn ein Mord erforderlich war: Die Opfer sollten vollständig verschwinden, ohne daß auch nur eine Blutspur zurückblieb, die darauf hindeuten konnte, was passiert war. Daß man Barton erdrosselt hatte, deutete eindeutig auf die Mafia hin, wie er abgeladen wurde, hingegen nicht. Wäre der Alte für seinen Tod verantwortlich gewesen, hätte wohl auch ein Abwasserkanal als letzte Ruhestätte für Stephen Barton herhalten müssen, aber vorher hätte man ihn in Säure aufgelöst und den Abfluß runtergespült.

Deshalb glaubte ich nicht daran, daß der Alte den Mord an Isobel Bartons Stiefsohn befohlen hatte. Sein Tod und das plötzliche Verschwinden von Catherine Demeter waren zu schnell aufeinandergefolgt, als daß es sich um einen schlichten Zufall handeln konnte. Es war natürlich möglich, daß Sonny aus irgendeinem Grund angeordnet hatte, die beiden zu ermorden, denn wenn er so verrückt war, wie er zu sein schien, dann würde ihm eine weitere Leiche auch kein Kopfzerbrechen bereiten. Andererseits war es auch möglich, daß Demeter selbst ihren Freund getötet hatte und dann geflohen war. Vielleicht hatte er sie einmal zu oft verprügelt; in diesem Fall bezahlte mich Mrs. Barton nun, um eine Frau zu finden, die nicht nur ihre Freundin, sondern möglicherweise auch die Mörderin ihres Sohnes war.

Das Haus der Ferreras befand sich auf einem bewaldeten Grundstück. Der Zugang führte über ein elektrisch betriebenes Eisentor. In die linke Säule war eine Wechselsprechanlage eingebaut. Ich läutete, nannte der Stimme meinen Namen und sagte, ich wolle den alten Ferrera sprechen. Oben auf der Säule war eine ferngesteuerte Videokamera auf das Taxi gerichtet, und obwohl auf dem Grundstück niemand zu sehen war, schätzte ich, daß sich drei bis fünf Pistolen in meiner unmittelbaren Umgebung befanden.

Gut hundert Meter vor dem Haus stand ein dunkler Dodge, und zwei Männer saßen vorn im Wagen. Ich konnte mit einer Aufwartung des FBI rechnen, sobald ich wieder zu Hause war, eventuell auch schon früher.

»Gehen Sie durch das Tor, und warten Sie«, sagte die Stimme aus der Sprechanlage, »Sie werden zum Haus geleitet.« Ich tat, wie mir geheißen, und das Taxi fuhr davon. Ein grauhaariger Mann in einem dunklen Anzug und mit der üblichen Sonnenbrille auf der Nase trat hinter den Bäumen hervor, eine Heckler & Koch MP5 schräg vor dem Körper haltend. Hinter ihm erschien ein jüngerer Mann, ähnlich gekleidet. Zu meiner Rechten sah ich zwei weitere Wachen, ebenfalls bewaffnet.

»Lehnen Sie sich gegen die Mauer«, sagte der grauhaarige Mann. Er filzte mich professionell, während die anderen zuschauten, zog das Magazin aus meiner Smith & Wesson und nahm auch das Ersatzmagazin von meinem Gürtel. Er zog den Schieber zurück, um die Patrone in der Kammer auszuwerfen, und reichte mir dann die Pistole. Dann machte er eine Handbewegung in Richtung Haus und ging rechts und etwas hinter mir, so daß er meine Hände im Blick behalten konnte. Zu beiden Seiten der Straße beschattete uns je ein Mann. Kein Wunder, daß Ferrera so alt geworden war.

Von außen wirkte das Haus erstaunlich bescheiden, ein langes, zweistöckiges Gebäude mit schmalen Fenstern an der Stirnseite und einer Galerie um das Erdgeschoß herum. Weitere Männer patrouillierten in dem tadellos gepflegten Garten und auf der gekiesten Auffahrt. Ein schwarzer Mercedes stand rechts vom Haus, und der Chauffeur wartete gleich daneben, falls er gebraucht wurde. Die Haustür stand bereits offen, als wir näher kamen, und Bobby Sciorra stand im Korridor und umfaßte mit der rechten Hand sein linkes Handgelenk, wie ein Priester, der auf die Opfergabe wartete.

Sciorra war einsfünfundneunzig groß und wog vermutlich weniger als fünfundsiebzig Kilo, seine langen Gliedmaßen dünn wie Messerklingen unter dem grauen Einreiher, sein gefurchter Hals beinahe feminin lang, seine Blässe noch verstärkt durch das makellose Weiß des kragenlosen Hemdes. Kurzes, dunkles Haar umgab eine Halbglatze, auslaufend in eine Nase, die so spitz war, daß sie auf einen gerichtet schien. Sciorra war ein Messer aus Fleisch und Blut, ein menschliches Schmerzensinstrument, sowohl Chirurg als auch Skalpell. Das FBI nahm an, daß er selbst über dreißig Morde verübt hatte, und die meisten Leute, die Bobby Sciorra kannten, hielten diese Schätzung für vorsichtig.

Er lächelte, als ich näher trat, und zeigte dabei tadellos

weiße Zähne, die hinter schlitzschmalen Lippen schimmerten, aber das Lächeln kam nicht bei seinen blauen Augen an. Vielmehr verschwand es in der ausgefransten Narbe, die von seinem linken Ohr über den Nasenrücken bis unter das rechte Ohrläppchen verlief. Die Narbe verschluckte das Lächeln wie ein zweiter Mund.

»Sie haben ja Nerven, hier aufzukreuzen«, sagte er, immer noch lächelnd, und dabei schüttelte er sachte den Kopf.

»Ist das ein Schuldeingeständnis, Bobby?« fragte ich.

Er lächelte einfach weiter. »Weshalb wollen Sie den Boß sehen? Er hat für Scheißer wie Sie keine Zeit.« Das Lächeln wurde merklich breiter. »Ach übrigens, wie geht's denn Frau und Kind? Die Kleine muß doch jetzt schon – na – vier sein.«

In meinem Kopf begann es dumpf zu pochen, aber ich riß mich zusammen und ließ die Hände unten. Ich wußte, daß ich tot sein würde, ehe sie sich um Sciorras weißen Hals geschlossen hätten.

»Stephen Barton ist heute abend tot in einem Abwasserkanal gefunden worden. Das FBI sucht nach Sonny und vielleicht auch nach Ihnen. Ich mache mir Sorgen um Ihr Wohlergehen. Ich möchte nicht, daß einem von Ihnen beiden etwas zustößt, woran ich nicht beteiligt bin.«

Sciorra lächelte ungerührt weiter. Er schien eben etwas entgegnen zu wollen, als eine Stimme, leise aber bestimmt, aus der Sprechanlage des Hauses erklang. Das Alter verlieh ihr einen rauhen Unterton, in dem das Rasseln des Todes mitschwang, das im Hintergrund lauerte wie die Spuren von Don Ferreras sizilianischen Wurzeln.

»Laß ihn rein, Bobby!« Sciorra trat beiseite und öffnete zwei Flügeltüren in der Mitte des Korridors. Der grauhaarige Wächter ging hinter mir her, während ich Sciorra folgte, der erst die Flügeltüren schloß, ehe er eine zweite Tür am Ende des Korridors öffnete.

Don Ferrera saß in einem alten Ledersessel hinter einem massiven Schreibtisch, der Walter Coles Tisch nicht gänzlich unähnlich war, wenn ihn auch die vergoldeten Intarsien in eine andere Klasse als Walters vergleichsweise spartanisches Möbelstück versetzten. Die Vorhänge waren zugezogen, und Wand- und Tischleuchten hüllten die Bilder und Bücherregale an den Wänden in ein dämmriges, gelbes Licht. Nach Alter und Zustand der Bücher schätzte ich, daß sie wahrscheinlich sehr wertvoll und nie gelesen worden waren. An den Wänden standen rote Ledersessel, und am anderen Ende des Raums gruppierten sich einige Sofas um einen langen Couchtisch.

Selbst sitzend und vom Alter gebeugt war Ferrera eine beeindruckende Erscheinung. Sein Haar war silbern und nach hinten frisiert, doch unter seiner Bräune schien eine ungesunde Blässe durchzuschimmern, und seine Augen wirkten wäßrig. Sciorra schloß die Tür und nahm wieder seine priesterhafte Haltung ein, die Eskorte blieb draußen.

»Setzen Sie sich bitte«, sagte der alte Mann und wies auf einen Sessel. Er klappte eine silberne Schatulle mit türkischen Zigaretten auf, die mit schmalen goldenen Banderolen versehen waren. Ich lehnte dankend ab. Er seufzte. »Schade. Ich mag den Duft, aber mir sind sie verboten. Keine Zigaretten, keine Frauen, kein Alkohol.« Er klappte die Schatulle zu und betrachtete sie einen Moment lang sehnsüchtig, faltete dann die Hände und ließ sie vor sich auf dem Tisch ruhen.

»Sie haben keinen Titel mehr«, sagte er. Unter »Ehrenmännern« nur mit Mister angesprochen zu werden, wenn man über einen Titel verfügte, war ein bewußter Affront. FBI-Ermittler nutzten das gelegentlich, um Verdächtige aus der Mafia herunterzumachen, indem sie das förmlichere Don oder Tio übergingen.

»Ich fasse das nicht als Beleidigung auf, Don Ferrera«, sagte ich. Er nickte und schwieg.

Als Detective hatte ich hin und wieder mit den Ehrenmännern zu tun gehabt und war ihnen stets vorsichtig und ohne Arroganz oder Vorurteile gegenübergetreten. Respekt mußte mit Respekt begegnet werden, und ein Schweigen war wie ein Zeichen zu deuten. Bei ihnen hatte alles eine Bedeutung, und sie waren bei ihrer Kommunikation so sparsam und effizient wie bei ihren Gewaltmethoden.

Ehrenmänner sprachen nur darüber, was sie direkt anging, antworteten nur auf präzise Fragen und schwiegen lieber, als zu lügen. Ein Ehrenmann war bedingungslos verpflichtet, die Wahrheit zu sagen, und wich von dieser Regel nur ab, wenn das Verhalten der anderen sich so gravierend änderte, daß es angemessen erschien. Das alles setzte voraus, daß man überhaupt daran glaubte, daß Zuhälter, Mörder und Drogendealer ehrenwert waren und dieser Kodex mehr als nur der abwegige Firlefanz eines anderen Zeitalters, in Dienst genommen, um Schlägern und Mördern einen Hauch von Aristokratie zu verleihen.

Ich wartete darauf, daß er das Wort ergriff.

Er stand auf, ging langsam, beinahe schmerzgebückt, im Raum herum und blieb an einem kleinen Beistelltisch stehen, auf dem matt ein goldener Teller schimmerte.

»Wußten Sie, daß Al Capone von goldenen Tellern aß? Wußten Sie das?« fragte er. Ich sagte ihm, das hätte ich nicht gewußt.

»Seine Männer brachten sie in einem Geigenkasten ins Restaurant mit und deckten damit den Tisch für Capone und seine Gäste, und dann aßen sie alle davon. Warum, meinen Sie, sollte ein Mann das Bedürfnis verspüren, von einem goldenen Teller zu essen?« Er wartete auf eine Antwort und versuchte, auf dem Teller mein Spiegelbild einzufangen.

»Wenn man viel Geld hat, bekommt man einen eigenwilligen, exzentrischen Geschmack«, sagte ich. »Nach einer gewissen Zeit schmeckt das Essen nicht mehr, wenn es nicht auf feinem Porzellan oder Gold serviert wird. Für jemanden mit so viel Macht und Geld ist es nicht angemessen, von den gleichen Tellern zu essen wie die einfachen Leute.«

»Das geht zu weit, finde ich«, erwiderte er, doch jetzt schien er nicht mehr mit mir zu sprechen, und es war sein eigenes Spiegelbild, das er in dem Teller betrachtete. »Damit stimmt etwas nicht. Manchen Launen sollte man nicht nachgeben, denn sie sind vulgär. Sie sind obszön. Sie verhöhnen die Natur.«

»Ich nehme an, das ist nicht einer von Capones Tellern.«

»Nein, den hat mir mein Sohn zum Geburtstag geschenkt. Ich habe ihm die Geschichte erzählt, und da ließ er den Teller anfertigen.«

»Vielleicht hat er den springenden Punkt der Geschichte nicht verstanden«, sagte ich. Das Gesicht des alten Mannes wirkte müde. Es war das Gesicht eines Mannes, der seit einiger Zeit nicht mehr ruhig geschlafen hatte.

»Der Junge, der umgebracht wurde – glauben Sie, daß mein Sohn etwas damit zu tun hat? Glauben Sie, daß es sein Werk ist?« fragte er schließlich, trat wieder in mein Gesichtsfeld und schaute aus der Ferne an mir vorbei. Ich schaute mich nicht um, um zu sehen, wohin er blickte.

»Ich weiß es nicht. Das FBI scheint es zu glauben.«

Er lächelte, ein leeres, grausames Lächeln, das mich kurz an Bobby Sciorra erinnerte. »Und Sie interessieren sich dabei für das Mädchen, ja?«

Ich war überrascht, obwohl ich es nicht hätte sein sollen. Bartons Vergangenheit mußte zumindest Sciorra geläufig sein und würde sich schnell herumgesprochen haben, sobald die Leiche entdeckt war. Ich vermutete, daß auch mein Besuch bei Pete Hayes dabei eine Rolle gespielt hatte. Ich fragte mich, wieviel Ferrera wohl wußte, und seine nächste Frage gab mir die Antwort darauf: nicht viel.

»Für wen arbeiten Sie?«

»Das kann ich nicht sagen.«

»Wir können es rausfinden. Der alte Mann vom Sportstudio hat uns auch viel erzählt.«

Das war es also. Ich zuckte leicht die Achseln. Wiederum schwieg er eine Weile.

»Glauben Sie, mein Sohn hat das Mädchen ermorden lassen?«

»Hat er?« entgegnete ich. Don Ferrera wandte sich zu mir um und kniff die wäßrigen Augen zusammen.

»Es gibt da eine Geschichte über einen Mann, der glaubt, daß ihm seine Frau Hörner aufsetzt. Er spricht einen Freund an, einen alten, treuen Freund, und sagt: ›Ich glaube, meine Frau betrügt mich, aber ich weiß nicht, mit wem. Ich habe sie genau beobachtet, aber ich finde einfach nicht heraus, wer dieser Mann ist. Was soll ich tun?‹

Nun, sein Freund ist der Mann, mit dem seine Frau ihn betrügt, aber um den anderen abzulenken, sagt er, daß er die Frau mit einem anderen Mann gesehen hat, mit einem Mann, der im Ruf steht, unehrenhaften Umgang mit den Ehefrauen anderer Männer zu pflegen. Und so beobachtet der Gehörnte nun diesen Mann, und seine Frau betrügt ihn weiterhin mit seinem besten Freund.« Er schloß und sah mich forschend an.

Alles muß ausgelegt werden, alles ist verschlüsselt. Mit Zeichen zu leben heißt, die Notwendigkeit zu begreifen, Bedeutungen aus scheinbar irrelevanten Bruchstücken von Informationen herauszufiltern. Der alte Ferrera hatte einen Großteil seines Lebens damit verbracht, verborgene Bedeutungen zu entschlüsseln, und erwartete das auch von anderen. In seiner zynischen kleinen Anekdote lag seine Überzeugung verborgen, daß sein Sohn nicht für Bartons Tod verantwortlich war, sondern daß derjenige, der dafür verantwortlich war, davon profitierte, daß sich Polizei und FBI auf die angebliche Schuld seines Sohnes stürzten. Ich schaute kurz zu Bobby Sciorra hinüber und fragte mich, wieviel Don Ferrera tatsächlich von dem wußte, was hinter diesen Augen vorging. Sciorra war zu allem fähig, selbst dazu, seinen eigenen Chef zu hintergehen.

»Ich habe gehört, daß sich Sonny angeblich plötzlich für meine Gesundheit interessiert«, sagte ich.

Der alte Mann lächelte. »Sich in welcher Hinsicht für Ihre Gesundheit interessiert, Mr. Parker?«

»In einer Hinsicht, die dazu führen könnte, daß meine Gesundheit plötzlich Schaden nimmt.«

»Davon weiß ich nichts. Sonny steht auf eigenen Beinen.«

»Das mag schon sein, aber wenn mich jemand umlegt, sehe ich Sonny in der Hölle wieder.«

»Bobby wird sich darum kümmern«, sagte er.

Das brachte mich nicht dazu, mich nennenswert besser zu fühlen. Ich stand auf, um zu gehen.

»Ein kluger Mann sollte nach dem Mädchen suchen«, sagte der Alte, stand ebenfalls auf und ging zu einer Tür in der Ecke hinter seinem Schreibtisch. »Ob tot oder lebendig, das Mädchen ist der Schlüssel.«

Vielleicht hatte er recht, aber der Alte mußte seine Gründe haben, mich darauf hinzuweisen. Und als mich Bobby Sciorra zur Haustür geleitete, fragte ich mich, ob ich der einzige war, der nach Catherine Demeter suchte.

Am Tor des Ferrera-Anwesens wartete ein Taxi, um mich zurück ins Village zu bringen. Wie sich herausstellte, hatte ich genügend Zeit, um zu Hause zu duschen und mir eine Kanne Kaffee zu kochen, ehe das FBI an meine Tür klopfte. Ich hatte mir eine Jogginghose und ein Sweatshirt angezogen und kam mir deshalb neben den Special Agents Ross und Hernandez etwas underdressed vor. Im Hintergrund spielten The Blue Nile, und Hernandez rümpfte darüber angewidert die Nase. Ich verspürte nicht das Bedürfnis, mich zu entschuldigen.

Ross übernahm größtenteils die Unterhaltung, während Hernandez so gar nicht verstohlen den Inhalt meiner Bücherregale betrachtete, Umschläge anschaute und Klappentexte las. Er hatte nicht gefragt, ob er das dürfe, und mir gefiel es nicht.

»Die Bilderbücher stehen auf dem untersten Regal«, sagte ich. »Aber Buntstifte habe ich nicht. Ich hoffe, Sie haben Ihre eigenen mitgebracht.«

Hernandez schaute mich grimmig an. Er war Ende Zwanzig und glaubte vermutlich immer noch alles, was man ihm in Quantico über das FBI beigebracht hatte. Er erinnerte mich an die Guides im Hoover Building, die Hausfrauen aus Minnesota herumscheuchten und dabei davon träumten, Drogendealer und internationale Terroristen umzulegen. Hernandez weigerte sich vermutlich immer noch zu glauben, daß Hoover Frauenkleider getragen hatte.

Ross war von anderem Kaliber: Er war in den Siebzigern beim New Yorker FBI-Sonderkommando gewesen, das gegen LKW-Überfälle vorging, und sein Name war seither bei einer Reihe hochrangiger Mafiafälle aufgetaucht. Ich glaubte, daß er wohl ein guter Agent, aber auch ein lausig schlechter Mensch war. Ich hatte bereits beschlossen, was ich ihm erzählen würde: nichts.

»Weshalb waren Sie heute abend bei den Ferreras?« begann er, nachdem er einen Kaffee abgelehnt hatte, wie ein Affe eine Nuß verweigert.

»Ich trage Zeitungen aus. Und das liegt auf meiner Route.« Ross grinste nicht einmal. Hernandez schaute noch grimmiger als zuvor. Nur gut, daß ich kein nervös veranlagter Mensch war.

»Seien Sie kein Arsch«, sagte Ross. »Ich könnte Sie wegen Verdachts der Beteiligung an organisiertem Verbrechen festnehmen, für eine Weile einsperren und dann wieder laufen lassen, aber was würde uns beiden das nützen? Ich frage Sie noch einmal: Weshalb waren Sie heute abend bei den Ferreras?«

»Ich führe eine Ermittlung durch. Ferrera könnte etwas damit zu tun haben.«

»Was ermitteln Sie?«

»Das ist vertraulich.«

»Wer hat Sie engagiert?«

»Vertraulich.« Ich war versucht, es in einem Singsangton zu sagen, aber ich glaubte nicht, daß Ross in der entsprechenden Stimmung war. Vielleicht hatte er recht: Vielleicht war ich ein Arsch; aber ich war bei der Suche nach Catherine Demeter nicht weiter als vierundzwanzig Stunden zuvor, und der Tod ihres Freundes hatte ganz neue Möglichkeiten eröffnet, von denen keine sonderlich erbaulich wirkte. Wenn Ross unterwegs war, um Sonny Ferrera oder seinen Vater dranzukriegen, dann war das sein Problem. Ich hatte selbst genug zu tun.

»Was haben Sie Ferrera über Bartons Tod erzählt?«

»Nichts, was er nicht schon wußte, wenn man gesehen hat, daß Hansen vor Ihnen am Tatort war«, antwortete ich. Hansen war Reporter bei der *Post*, und ein guter dazu. Manche Fliegen beneideten ihn um seine Fähigkeit, Leichen aufzuspüren, doch wenn jemand Zeit gehabt hatte, Hansen einen Wink zu geben, dann war Ferrera mit ziemlicher Sicherheit noch zuvor verständigt worden. Walter hatte recht: Manche Leute bei der Polizei hielten ähnlich dicht wie die Schuhe eines Penners.

»Hören Sie«, sagte ich. »Ich weiß nicht mehr als Sie. Ich glaube nicht, daß Sonny etwas damit zu tun hat, und der Alte auch nicht. Was andere Leute angeht...«

Ross verdrehte frustriert die Augen. Nach einer kurzen Pause fragte er mich, ob ich Bobby Sciorra getroffen hätte. Ich sagte ihm, dieses Vergnügen hätte ich gehabt. Ross stand auf und zupfte an einem mikroskopisch kleinen Fleck auf seiner Krawatte herum. Sie sah aus, als hätte er sie im Schlußverkauf bei Filene's Basement erstanden, und zwar am allerletzten Tag.

»Sciorra hat die Klappe aufgerissen, er würde Ihnen eine Lektion erteilen, hab' ich gehört. Er hält Sie für einen blöden Quertreiber. Wahrscheinlich hat er recht.«

»Ich hoffe, Sie werden alles in Ihrer Macht Stehende tun, um mich zu beschützen.«

Ross lächelte, ein minimales Schürzen der Lippen, das schmale, spitze Eckzähne entblößte. Er sah wie eine Ratte aus, nach der mit einem Stock gestochen wurde.

»Seien Sie versichert, daß wir alles in unserer Macht Stehende tun werden, um den Schuldigen zu finden, wenn Ihnen etwas zustößt.« Auch Hernandez lächelte, als sie zur Tür gingen. Wie Vater und Sohn.

Ich erwiderte das Lächeln. »Sie finden ja selbst raus. Ach, Hernandez...« Er blieb stehen und drehte sich um.

»Die Bücher werde ich nachzählen.«

Ross hatte recht damit, seine Kräfte auf Sonny zu konzentrieren. Er mochte in vieler Hinsicht ein klitzekleines Licht sein – ein paar Pornoschuppen in der Nähe des Port-Authority-Busbahnhofs, ein Club in der Mott Street, in dem eine handschriftliche Notiz, die auf das Telefon geklebt war, die Mitglieder daran erinnerte, daß es abgehört wurde, ein paar kleine Drogen- und Wuchergeschäfte und Nutten, die für ihn liefen, machten ihn wohl kaum zum Staatsfeind Nummer eins –, aber Sonny war eben auch die Schwachstelle in der Ferrera-Gang. Wenn man ihn kleinkriegte, dann vielleicht auch Sciorra und den Alten.

Ich schaute den beiden FBI-Agenten von meinem Fenster aus zu, wie sie in ihr Auto stiegen. Ross blieb an der Fahrerseite stehen und sah einen Moment lang zu meinem Fenster hoch. Es zerbrach nicht unter der Anspannung. Ich auch nicht, aber ich hatte das Gefühl, daß Agent Ross es auch nicht richtig probierte, noch nicht.

Kapitel 14

Es war nach zehn am nächsten Morgen, als ich am Hause Barton ankam. Ein mir unbekannter Lakai kam an die Tür und geleitete mich in dasselbe Büro, in dem ich zwei Tage zuvor Isobel Barton getroffen hatte, mit demselben Schreibtisch und derselben Miss Christie in offenbar demselben grauen Kostüm und mit dem gleichen abweisenden Gesichtsausdruck.

Sie bot mir keinen Stuhl an, also stand ich mit den Händen in den Taschen da, um mir in der eisigen Atmosphäre nicht die Finger abzufrieren. Sie beschäftigte sich mit einigen Papieren auf dem Schreibtisch und würdigte mich keines zweiten Blickes. Ich stand am Kamin und bewunderte einen blauen Porzellanhund am anderen Ende des Simses. Er hatte offenbar einmal zu einem Paar gehört, denn auf meiner Seite des Kamins war eine freie Stelle. Er sah einsam aus ohne seinen Freund.

»Ich dachte, von denen bekommt man immer zwei?«

Miss Christie schaute hoch, und ihr Gesicht war vor Verdruß so verknautscht wie ein altes Zeitungsfoto.

»Der Hund«, sagte ich. »Ich dachte, Porzellanhunde wie der werden paarweise verkauft.« Ich sorgte mich nicht sonderlich um den Hund, war es aber leid, daß mich Miss Christie ignorierte, und es machte mir ein wenig Vergnügen, ihr auf die Nerven zu gehen.

»Der gehörte mal zu einem Paar«, antwortete sie nach

einer Weile. »Der andere ... wurde vor einiger Zeit beschädigt.«

»Das muß ja sehr traurig gewesen sein«, sagte ich und gab mir Mühe, so dreinzuschauen, als meinte ich es ernst, während mir gleichzeitig jedes Mitgefühl abging.

»Das war es. Wir hingen sehr daran.«

»Sie oder Mrs. Barton?«

»Wir beide.«

Miss Christie merkte, daß sie, sosehr sie sich auch bemühte, gezwungen war, meine Anwesenheit zur Kenntnis zu nehmen, und daher schraubte sie behutsam die Kappe auf ihren Füller, faltete die Hände und setzte einen geschäftsmäßigen Gesichtsausdruck auf.

»Wie geht es Mrs. Barton?« fragte ich. Etwas wie Besorgnis, strich schnell über Miss Christies Gesichtszüge hinweg und verschwand dann, wie eine Möwe, die über ein Kliff segelte.

»Sie nimmt Beruhigungsmittel. Die Nachricht hat sie sehr getroffen, wie Sie sich vorstellen können.«

»Ich dachte, sie und ihr Stiefsohn hätten sich nicht so nahegestanden.«

Miss Christie warf mir einen verächtlichen Blick hin. Ich hatte ihn vermutlich verdient.

»Mrs. Barton hat Stephen wie einen eigenen Sohn geliebt. Vergessen Sie nicht, daß Sie hier nur angestellt sind, Mr. Parker. Sie haben nicht das Recht, das Ansehen der Lebenden oder der Toten in den Schmutz zu ziehen.« Sie schüttelte über meine Gefühllosigkeit den Kopf. »Weshalb sind Sie hier? Es ist noch so viel zu erledigen vor –«

Sie hielt inne und wirkte einen Moment lang wie verloren. Ich wartete darauf, daß sie fortfuhr. »Vor Stephens Beerdigung«, schloß sie, und mir wurde klar, daß hinter ihrem anscheinenden Kummer über die Ereignisse der Nacht mehr stecken mochte als nur die Sorge um ihre Arbeitgeberin. Für einen Typ, der in moralischer Hinsicht eher einem Hammerhai ähnelte, verfügte Stephen Barton über eine ansehnliche Schar von Verehrerinnen.

»Ich muß nach Virginia«, sagte ich. »Dafür brauche ich

eventuell mehr als den Vorschuß, den ich bekommen habe. Das wollte ich Mrs. Barton wissen lassen, ehe ich fahre.«

»Hat das etwas mit dem Mord zu tun?«

»Ich weiß es nicht.« Das wurde allmählich zu einem vertrauten Refrain. »Es mag einen Zusammenhang geben zwischen Catherine Demeters Verschwinden und Mr. Bartons Tod, aber das wissen wir nicht, bis die Polizei etwas herausfindet oder das Mädchen wieder auftaucht.«

»Nun, ich kann solche Ausgaben gegenwärtig nicht autorisieren«, fing Miss Christie an. »Sie müssen warten bis nach –«

Ich fiel ihr ins Wort. Offen gesagt, allmählich hatte ich Miss Christie satt. Ich war an Leute gewöhnt, die mich nicht mochten, die aber zumindest den Anstand besaßen, mich vorher kennenzulernen, und sei es auch nur flüchtig. »Ich bitte Sie nicht darum, es zu autorisieren, und seit meinem Treffen mit Mrs. Barton glaube ich auch nicht, daß Sie das irgendwas angeht. Vielmehr wollte ich aus schlichter Höflichkeit mein Beileid bekunden und Mrs. Barton erzählen, wie weit ich bin.«

»Und wie weit sind Sie, Mr. Parker?« zischte sie. Jetzt stand sie, und ihre Fingerknöchel waren weiß auf die Tischplatte gepreßt. In ihren Augen erhob etwas Hinterhältiges und Giftiges sein Haupt und zeigte die Zähne.

»Ich glaube, das Mädchen hat wahrscheinlich die Stadt verlassen. Ich glaube, sie ist nach Hause gefahren oder dorthin, wo einmal ihr Zuhause war, aber ich weiß nicht, wieso. Wenn sie dort ist, dann werde ich sie finden, sicherstellen, daß es ihr gutgeht, und dann Mrs. Barton kontaktieren.«

»Und wenn sie nicht dort ist?«

Ich ließ die Frage im Raum stehen. Es gab darauf keine Antwort, denn wenn Catherine Demeter nicht in Haven war, dann konnte sie genausogut vom Angesicht der Erde verschwunden sein, bis sie etwas tat, das sie auffindbar machte, wie etwa, mit einer Kreditkarte zu bezahlen oder ihre besorgte Freundin anzurufen.

Ich war erschöpft und mit den Nerven am Ende. Der Fall

schien sich in tausend Einzelteile aufzulösen, die sich von mir fortbewegten und in der Ferne glitzerten. Es waren zu viele Elemente beteiligt, als daß es ein schlichter Zufall sein konnte, und doch war ich zu erfahren, um zu versuchen, sie alle in ein Bild zu zwingen, das der Realität womöglich nicht entsprach. Doch Catherine Demeter schien mir in dieses Puzzle zu passen, und sie mußte gefunden werden, damit ihr Platz in der Ordnung der Dinge bestimmt werden konnte.

»Ich fahre heute nachmittag. Ich rufe an, wenn ich irgendwas rausfinde.«

Aus Miss Christies Augen war aller Glanz gewichen, und das garstige Wesen, das darin hauste, hatte sich wieder zur Ruhe gelegt. Ich war mir nicht einmal sicher, daß sie mich gehört hatte. Ich ließ sie so stehen, die Fingerknöchel immer noch auf der Schreibtischplatte, ihr Blick leer, in sich selbst versunken, ihr Gesicht käsig, als würde sie beunruhigen, was sie sah.

Wie sich herausstellte, hielten mich weitere Probleme mit meinem Auto auf, und es war vier Uhr nachmittags, als ich mit dem Mustang zurück zu meiner Wohnung fuhr, um meine Tasche zu packen.

Als ich die Eingangstreppe hochging und in der Hosentasche nach dem Schlüssel suchte, wehte eine angenehme Brise. Sie trieb Bonbonpapier über die Straße und ließ Getränkedosen wie Glocken läuten. Eine weggeworfene Zeitung strich über den Bürgersteig, und es hörte sich an wie das Flüstern einer toten Geliebten.

Ich ging die vier Treppen zu meiner Tür hoch, betrat die Wohnung und knipste eine Tischlampe an. Ich setzte Kaffee auf und packte, während er durchlief. Eine gute halbe Stunde später trank ich eben meinen Kaffee aus, die Reisetasche zu meinen Füßen, als das Handy klingelte.

»Hallo, Mr. Parker«, sagte eine Männerstimme. Die Stimme klang neutral, beinahe künstlich, und zwischen den einzelnen Wörtern hörte ich es kurz klicken, als wären sie aus völlig unterschiedlichen Gesprächen zusammengesetzt.

»Wer ist da?«

»Oh, wir haben uns nie gesehen, aber wir hatten gemeinsame Bekannte. Ihre Frau und Ihre Tochter. Man könnte sagen, daß ich in ihren letzten Augenblicken bei ihnen war.« Die Stimme veränderte sich zwischen den einzelnen Satzteilen, erst laut, dann leise, erst männlich, dann weiblich. Einmal schienen drei Stimmen zugleich zu sprechen, dann hörte ich wieder die Stimme eines einzelnen Mannes.

In der Wohnung schien es plötzlich eiskalt zu sein, und dann nahm ich nichts um mich her mehr wahr. Es gab nur noch das Telefon, die winzige Perforation der Muschel und das Schweigen am anderen Ende.

»Sie sind hier nicht der erste perverse Anrufer«, sagte ich mit mehr Selbstbewußtsein, als ich verspürte. »Sie sind doch bloß ein einsamer Mann, der jemanden braucht, den er heimsuchen kann.«

»Ich habe ihnen die Gesichter abgeschnitten. Ich habe Ihrer Frau die Nase gebrochen, als ich sie gegen die Wand neben der Küchentür geknallt habe. Bezweifeln Sie nicht, was ich sage. Ich bin der, nach dem Sie gesucht haben.« Die letzten Worte hatte eine Kinderstimme gesprochen, hoch und freudig.

Ich verspürte einen stechenden Schmerz hinter den Augen, und in meinen Ohren pochte laut das Blut, wie die Brandung, die gegen eine Steilküste rauscht, kalt und grau. In meinem Mund war kein Speichel, nur ein staubtrockenes Gefühl. Als ich schluckte, fühlte es sich an, als würde Schmutz durch meine Kehle sickern. Es tat weh, und ich bemühte mich, meine Stimme wiederzufinden.

»Alles in Ordnung, Mr. Parker?« Die Worte waren ruhig, besorgt, fast liebevoll, aber es klang, als hätten vier Stimmen sie gesprochen.

»Ich werde Sie finden.«

Er lachte. Jetzt war die synthetische Herkunft der Laute noch deutlicher. Sie schienen in kleine Einzelteile zu zerfallen, genau wie wenn man zu nah an einen Fernsehbildschirm herangeht und sich das Bild in kleine Punkte auflöst.

»Aber ich habe doch *Sie* gefunden«, sagte er. »Sie wollten, daß ich Sie finde, wie Sie auch wollten, daß ich Ihre Frau und Ihre Tochter finde und mit ihnen mache, was ich gemacht habe. Sie haben mich in Ihr Leben geholt. Für Sie habe ich Gestalt angenommen.

Ich habe so lange auf Ihren Ruf gewartet. Sie wollten, daß sie sterben. Haben Sie Ihre Frau in den letzten Stunden nicht gehaßt, ehe ich sie nahm? Und müssen Sie nicht manchmal, mitten in der Nacht, gegen Ihre Schuldgefühle ankämpfen angesichts der Befreiung, die Sie empfanden, als Sie wußten, daß sie tot war? Ich habe Sie befreit. Sie könnten wenigstens etwas dankbar sein.«

»Sie sind ein kranker Mensch, aber das wird Ihnen auch nicht helfen.« Ich drückte auf die Rufnummernanzeige, und die Nummer, die erschien, kannte ich. Es war die Nummer der Telefonzelle unten an der Ecke. Ich lief zur Tür und die Treppe hinunter.

»Nein, kein Mensch. Das hat Ihre Frau in ihren letzten Augenblicken erfahren, Ihre Susan, mit einem Mund zu Mund Kuß, als ich ihr das Leben nahm. Oh, wie habe ich sie begehrt in diesen letzten strahlend roten Minuten, aber nun, das war stets die Schwäche unserer Gattung. Unsere Sünde war nicht der Hochmut, sondern die Gier nach Menschen. Und ich habe sie erwählt, Mr. Parker, und sie auf meine Art geliebt.« Die Stimme war nun tief und männlich. Sie dröhnte in meinen Ohren wie die eines Gotts oder Teufels.

»Sie Schwein«, sagte ich, Galle stieg mir die Kehle hoch, und der Schweiß stand mir auf der Stirn und strömte mir übers Gesicht, krankhafter Angstschweiß, der dem Zorn in meiner Stimme spottete. Drei Treppen hatte ich schon geschafft. Es blieb nur noch eine.

»Bleiben Sie noch.« Die Stimme wurde zu der eines kleinen Mädchens, wie die meiner Tochter, meiner Jennifer, und in diesem Augenblick bekam ich eine blasse Ahnung von der Natur dieses »fahrenden Mannes«. »Wir sprechen uns bald wieder. Bis dahin werden Ihnen meine Absichten vielleicht klarer sein. Nehmen Sie, was ich Ihnen gebe, als ein Geschenk. Ich hoffe, es wird Ihr Leiden lindern. Es sollte... ungefähr... jetzt bei Ihnen eintreffen.«

Ich hörte die Klingel oben in meiner Wohnung. Ich warf das Handy hin und zog die Smith & Wesson aus dem Holster. Ich rannte die Treppe runter, nahm zwei Stufen auf einmal, Adrenalin wurde durch meinen Kreislauf gepumpt. Meine Nachbarin Mrs. D'Amato stand, von dem Lärm aufgeschreckt, an ihrer Wohnungstür, der ersten am Hauseingang, und raffte sich den Morgenrock um die Brust. Ich raste an ihr vorbei, riß die Tür auf, lief geduckt hinaus und legte mit dem Daumen schon den Sicherungshebel um.

Auf der Treppe stand ein schwarzer Junge, höchstens zehn Jahre alt, hielt ein zylindrisches Paket in Geschenkpapier in der Hand, und seine Augen waren vor Angst und Schrecken weit aufgerissen. Ich packte ihn beim Kragen und schleuderte ihn ins Haus, rief Mrs. D'Amato zu, sie solle ihn festhalten und sie sollten sich beide von dem Päckchen fernhalten, und lief dann die Eingangstreppe hinunter und auf die Straße.

Sie war leer, von den Zeitungen und trudelnden Dosen abgesehen. Es war eine merkwürdige Leere, als hätte sich das Village und seine Bewohner mit dem fahrenden Mann gegen mich verschworen. Am anderen Ende der Straße stand die Telefonzelle. Es war niemand drin, und der Hörer hing auf der Gabel. Ich lief darauf zu und hielt mich dabei von den Häusermauern fern, falls mir um die Ecke jemand auflauerte. Hier wimmelte die Straße von Passanten, händchenhaltenden Schwulen, Touristen, Liebespärchen. In der Ferne sah ich Autoscheinwerfer und Ampeln, und um mich her hörte ich die Laute einer sichereren, irdischeren Welt als der, aus der ich eben zu kommen schien.

Ich wirbelte herum, als ich hinter mir Schritte hörte. Eine junge Frau ging auf die Telefonzelle zu, kramte in ihrem Portemonnaie nach Kleingeld. Sie sah hoch, als sie mich näher kommen sah, und vor dem Anblick der Pistole wich sie zurück.

»Nehmen Sie 'ne andere«, sagte ich. Ich schaute mich noch einmal um, rastete den Sicherheitshebel ein und steckte die Pistole in meinen Hosenbund. Ich stemmte den Fuß gegen die Säule der Telefonzelle und riß mit beiden Händen das Hörerkabel aus dem Gerät, mit einer Kraft, die mir nicht eigen war. Dann ging ich zu meinem Haus zurück und trug den Hörer wie einen Fisch an der Leine vor mir her.

In ihrer Wohnung hielt Mrs. D'Amato den Jungen an den Armen fest, und er sträubte und wehrte sich, und Tränen liefen ihm über die Wangen. Ich packte ihn bei den Schultern und beugte mich zu ihm runter.

»Hey, ist schon gut. Ganz ruhig. Wir tun dir nichts, ich will dir bloß ein paar Fragen stellen. Wie heißt du?«

Der Junge beruhigte sich ein wenig, wurde aber immer noch von Schluchzern durchgeschüttelt. Er schaute sich ängstlich zu Mrs. D'Amato um und versuchte dann, zur Tür zu flüchten. Er hätte es auch fast geschafft, seine Jacke rutschte herunter, als er die Arme ausstreckte, aber vor lauter Hast rutschte er aus und fiel hin, und da hatte ich ihn. Ich schleppte ihn zu einem Stuhl, setzte ihn drauf und nannte Mrs. D'Amato Walter Coles Nummer. Ich sagte ihr, sie solle ihm sagen, es sei dringend und er solle schnell herkommen.

»Wie heißt du, Kleiner?«

»Jake.«

»Okay, Jake. Wer hat dir das gegeben?« Ich nickte zu dem Päckchen hinüber, das neben uns auf dem Tisch stand, in blaues Papier eingewickelt, bedruckt mit Teddybären und Bonbons und oben mit einer hellblauen Schleife versehen.

Jake schüttelte so heftig den Kopf, daß Tränen links und rechts davonflogen.

»Ist schon gut, Jake. Du mußt keine Angst haben. War es ein Mann, Jake?« Jake, Jake. Sprich seinen Namen aus, beruhige ihn, sorg dafür, daß er sich konzentriert.

Er wandte mir das Gesicht zu, die Augen weit aufgerissen. Er nickte.

»Hast du gesehen, wie er aussah, Jake?«

Er verzog das Kinn und fing laut schluchzend an zu weinen, wodurch Mrs. D'Amato wieder an die Küchentür kam.

»Er hat gesagt, er tut mir weh«, sagte Jake. »Er hat gesagt, er *schnei-schneidet mir das Gesicht ab.*«

Mrs. D'Amato ging zu ihm, und er vergrub das Gesicht in den Falten ihres Morgenrocks und umschlang mit seinen kleinen Armen ihre kräftige Taille.

»Hast du ihn gesehen, Jake? Wie sah er aus?«

Er schaute von dem Morgenrock auf.

»Er hat so ein Messer gehabt, wie die Ärzte im Fernsehen.« Der Junge riß vor Entsetzen den Mund auf. »Er hat's mir gezeigt, hat mich hier damit berührt.« Er wies mit dem Finger auf seine linke Wange.

»Jake, hast du sein Gesicht gesehen?«

»Er war ganz dunkel«, sagte Jake, und seine Stimme klang hysterisch. »Da ... da war nichts.« Dann schrie er: »Er hatte kein Gesicht!«

Ich bat Mrs. D'Amato, mit Jake in die Küche zu gehen, bis Walter Cole käme, und setzte mich dann hin, um das Geschenk des fahrenden Mannes zu untersuchen. Es war ungefähr fünfundzwanzig Zentimeter hoch, hatte einen Durchmesser von zwanzig Zentimetern und fühlte sich an wie aus Glas. Ich zog mein Taschenmesser hervor, schnitt vorsichtig die Verpackung auf und suchte nach Kabeln oder Zündern. Es waren keine vorhanden. Ich schnitt die beiden Klebestreifen durch, die das Papier zusammenhielten, und zog vorsichtig die lächelnden Bären und hüpfenden Bonbons beiseite.

Die Oberfläche des Glases war sauber, und ich roch das Desinfektionsmittel, mit dem er alle Spuren beseitigt hatte. In der gelblichen Flüssigkeit, die es enthielt, sah ich mein Gesicht doppelt gespiegelt, erst auf der Glasoberfläche und dann drinnen, auf dem Gesicht meiner einst schönen Tochter. Es lehnte sacht an der Glaswand, nun bleich und aufgedunsen wie das Gesicht einer Ertrunkenen, an den Rändern regten sich Fleischfetzen wie Ranken, und die Augenlider waren geschlossen, als würde sie ruhen. Und ich stöhnte auf, und eine Woge von Qual und Angst, Haß und Reue durchlief mich. In der Küche hörte ich den kleinen

Jake immer noch schluchzen und weinen, und plötzlich weinte auch ich.

Ich weiß nicht, wieviel Zeit verging, bis Cole kam. Er starrte das Ding in dem Glas mit kreidebleichem Gesicht an und rief dann die Spurensicherung.

»Hast du es angefaßt?«

»Nein. Es gibt auch noch ein Telefon. Die Nummer entspricht der Anzeige, aber es werden keine Spuren drauf sein. Ich bin mir nicht einmal sicher, daß er überhaupt an dem Telefon war. Seine Stimme war irgendwie synthetisch. Ich glaube, er hat seine Worte mit irgendeiner hochentwickelten Software bearbeitet, irgendwas mit Spracherkennung und Tonmanipulation, und hat es dann wahrscheinlich über diese Nummer umgeleitet. Ich weiß es nicht. Ich schätze mal, das ist alles.« Ich plapperte, die Worte stolperten über einander. Ich hatte Angst vor dem, was passieren würde, wenn ich aufhörte zu reden.

»Was hat er gesagt?«

»Ich glaube, er bereitet sich darauf vor, es wieder zu tun.«

Er ließ sich auf einen Stuhl sinken und strich sich mit der Hand übers Gesicht und durchs Haar. Dann nahm er mit der behandschuhten Hand das Geschenkpapier an einem Ende und deckte es beinahe liebevoll über die Vorderseite des Glases, wie einen Schleier.

»Er hält sich für einen Dämon, Walter.«

Cole sah noch einmal die Umrisse des Glases an.

»Vielleicht ist er einer.«

Als wir zur Wache fuhren, liefen vor dem Haus Polizisten umher und fingen an, Aussagen der Nachbarn und Passanten und von jedem aufzunehmen, der möglicherweise mit angesehen hatte, was der fahrende Mann getan hatte. Den kleinen Jake nahmen wir mit, und seine Eltern kamen wenig später, mit jenem verängstigten Gesichtsausdruck, den arme, anständige Leute haben, wenn sie hören, daß ihr Kind bei der Polizei ist.

Der fahrende Mann mußte mir den ganzen Tag gefolgt sein und mich beobachtet haben, damit er seinen Plan in die Tat umsetzen konnte. Ich verfolgte zurück, was ich getan hatte, versuchte, mich an Gesichter zu erinnern, an Fremde, an jeden, der mich einen Moment zu lang angeschaut hatte. Mir fiel nichts ein.

Auf der Wache gingen Walter und ich das Gespräch immer wieder durch und zogen alles heraus, was sich als nützlich, als charakteristisches Merkmal dieses Mörders erweisen konnte.

»Du sagst, die Stimme hat sich verändert?« fragte er.

»Mehrfach. Einmal meinte ich sogar, Jennifer zu hören.«

»Da könnte was dran sein. Spracherzeugung dieser Art müßte man mit irgendeinem Computer herstellen. Scheiße, er kann den Anruf einfach über diese Nummer umgeleitet haben, wie du schon meintest. Der Junge sagt, er hätte das Glas um vier Uhr bekommen und sollte es um Punkt halb fünf abgeben. Er hat in einer Gasse gewartet und die Sekunden auf seiner Power-Rangers-Digitaluhr gezählt. Dadurch hatte der Typ genug Zeit, um nach Hause zu gehen und den Anruf umzuleiten. Ich kenne mich mit diesen Dingen nicht gut genug aus. Vielleicht mußte er dazu eine Vermittlung anzapfen. Das muß jemand nachprüfen, der da den Durchblick hat.«

Die Technik der Spracherzeugung war das eine, aber die Gründe für die Erzeugung waren etwas anderes. Es mochte sein, daß der fahrende Mann so wenig Spuren wie nur möglich hinterlassen wollte. Ein Sprachmuster ließ sich erkennen, speichern, vergleichen und sogar zukünftig gegen ihn verwenden.

»Was ist mit der Bemerkung des Jungen, daß der Typ mit dem Skalpell kein Gesicht hatte?« fragte Walter.

»Irgendeine Maske vielleicht. Er könnte irgendeine Narbe im Gesicht haben, das wäre auch eine Möglichkeit. Die dritte Möglichkeit besteht darin, daß er ist, was er zu sein scheint.«

»Ein Dämon?«

Ich sagte nichts darauf. Ich wußte nicht, was ein Dämon war, ob die Unmenschlichkeit einer Person dazu führen konnte, daß sie irgendwie »mutierte« und tatsächlich un-menschlich wurde; oder ob es etwas geben konnte, das allen geläufigen Ansichten darüber, was es hieß, ein Mensch zu sein und in dieser Welt zu leben, spottete.

Als ich an diesem Abend nach Hause kam, brachte mir Mrs. D'Amato einen Teller Aufschnitt und etwas italienisches Brot und setzte sich eine Weile zu mir. Nach den Ereignissen vom Nachmittag machte sie sich Sorgen um mich.

Als sie gegangen war, stand ich lange unter der Dusche, das Wasser war so heiß, wie ich es gerade noch ertragen konnte, und ich wusch mir immer wieder die Hände. Dann lag ich lange wach, krank vor Angst und Wut, und schaute zu dem Handy auf meinem Schreibtisch hinüber. Alle meine Sinne waren so angespannt, daß ich davon Ohrensausen bekam.

Kapitel 15

Lies mir eine Geschichte vor, Daddy.«
»Welche Geschichte möchtest du denn hören?«
»Eine lustige Geschichte. Die mit den drei Bären. Der kleine Bär ist lustig.«
»Also gut, aber dann mußt du schlafen.«
»Okay.«
»Eine Geschichte.«
»Eine Geschichte. Dann geh' ich schlafen.«

Bei der Autopsie wird die Leiche zunächst fotografiert – bekleidet und nackt. Eventuell werden einige Körperteile geröntgt, um Knochensplitter oder Fremdkörper im Gewebe zu entdecken. Alle äußeren Merkmale werden notiert: Haarfarbe, Körpergröße, Gewicht, Zustand der Leiche, Augenfarbe.

»Der kleine Bär bekam ganz große Augen. ›Jemand hat meinen Haferbrei gegessen, und jetzt ist nichts mehr da!‹«
»Nichts mehr da!«
Nichts mehr da.

Die innere Untersuchung wird von oben nach unten durchgeführt, aber der Kopf wird zuletzt untersucht. Der Brustkasten wird nach Anzeichen für Rippenfrakturen abgesucht. Ein Y-förmiger Einschnitt wird an den Schul-

tern angesetzt und verläuft dann quer über die Brüste zum unteren Ende des Brustbeins bis hinunter in die Schamgegend. Das Herz und die Lunge werden freigelegt. Der Herzbeutel wird geöffnet und eine Blutprobe entnommen, um die Blutgruppe des Opfers zu ermitteln. Das Herz, die Lunge, die Luft- und Speiseröhre werden entnommen. Jedes Organ wird gewogen, untersucht und seziert. Brusthöhlenflüssigkeit wird für eine Analyse entnommen. Objektträger mit Organgewebe werden für eine mikroskopische Untersuchung angefertigt.

»Und dann lief Goldlöckchen fort, und die drei Bären sahen sie nie wieder.«

»Lies es noch mal vor.«

»Nein, das war so abgemacht. Eine Geschichte. Für mehr ist keine Zeit.«

»Wir haben noch Zeit.«

»Nicht heute abend. Ein andermal.«

»Nein, heute.«

»Nein, ein andermal. Es kommen noch andere Abende und andere Geschichten.«

Der Unterleib wird untersucht, und vor der Organentnahme werden alle Verletzungen notiert. Die Flüssigkeiten im Unterleib werden analysiert, und jedes einzelne Organ wird gewogen, untersucht und seziert. Der Mageninhalt wird bestimmt. Für die toxikologische Analyse werden Proben entnommen. Die Reihenfolge der Entnahme ist üblicherweise: Leber, Milz, Nieren und Nebennieren, Magen, Bauchspeicheldrüse und Darm.

»Was hast du ihr vorgelesen?«

»Goldlöckchen und die drei Bären.«

»Schon wieder?«

»Schon wieder.«

»Erzählst du mir auch eine Geschichte?«

»Was für eine Geschichte möchtest du denn hören?«

»Eine geile.«

»Oh, da kenne ich eine Menge Geschichten.«
»Ich weiß.«

Die Genitalien werden auf Verletzungen und Fremdstoffe hin untersucht. Vaginal- und Analabstriche werden angefertigt, und eventuell gefundene Fremdstoffe werden zur Untersuchung an ein DNS-Labor weitergeleitet. Die Blase wird entnommen und eine Urinprobe an die Toxikologie gesandt.

»Küß mich.«
»Wo soll ich dich küssen?«
»Überall. Auf den Mund, die Augen, den Hals, die Nase, die Ohren, die Wangen. Küß mich überall. Ich liebe es, wenn du mich küßt.«
»Mal angenommen, ich fange mit den Augen an und bewege mich dann abwärts.«
»Okay. Damit kann ich leben.«

Der Schädel wird nach Hinweisen auf Verletzungen untersucht. Der Intermastoid-Einschnitt wird vom einen Ohr zum anderen durchgeführt, über das Schädeldach. Die Kopfhaut wird abgezogen und der Schädel freigelegt. Mit einer Säge wird der Schädelknochen geöffnet. Das Gehirn wird untersucht und entnommen.

»Wieso kann es mit uns nicht öfter so sein?«
»Ich weiß es nicht. Ich will es ja, aber ich kann nicht.«
»Ich liebe dich, wenn du so bist.«
»Bitte, Susan ...«
»Du hattest eine Schnapsfahne.«
»Susan, ich kann jetzt nicht darüber reden. Nicht jetzt.«
»Wann denn? Wann werden wir darüber reden?«
»Ein andermal. Ich geh' noch weg.«
»Bleib hier, bitte.«
»Nein. Ich komm' bald wieder.«
»Bitte ...«

In Rehoboth Beach in Delaware gibt es eine lange, hölzerne Uferpromenade, die an einer Seite an den Strand grenzt und an der anderen an Spielhallen, wie man sie aus seiner Kindheit kennt: mit Holzkugeln, die man in Löcher bugsiert, um Punkte zu sammeln; Rennen mit Metallpferdchen, die eine abschüssige Bahn hinunterhoppeln, und der Gewinner erhält einen glasäugigen Teddybär; ein Froschteichspiel, bei dem Magneten an Kinderangeln befestigt sind; und das alles mit 25 Cent Einsatz.

Mittlerweile gibt es dort auch lärmende Computerspiele und Raumflugsimulatoren, aber Rehoboth Beach hat immer noch mehr Flair als beispielsweise Dewey Beach, ein Stück die Küste aufwärts, und sogar als Bethany; und obwohl es als ziemliche Schwulen-Hochburg bekannt war, hatten wir vier uns Rehoboth für einen Wochenendausflug ausgesucht, um Tommy Morrisons Beförderung zu feiern. Wir landeten schließlich im Lord Baltimore – mit den komfortablen, mit Antiquitäten eingerichteten Zimmern, die auf eine vergangene Epoche zurückgingen –, nicht mal eine Straße von der Blue Moon Bar entfernt, wo massenhaft gebräunte, kostspielig gekleidete Männer laut die Nächte durchfeierten.

Ich war gerade Walter Coles Partner geworden. Ich nahm an, daß er selbst dafür gesorgt hatte, aber darüber sprachen wir nie. Mit Lees Einverständnis fuhr er mit mir nach Delaware. Mit von der Partie war neben Tommy Morrison noch Joseph Bonfiglioli, einer meiner Freunde von der Polizeischule, der ein Jahr später erschossen wurde, als er einem Typ nachjagte, der in einem Spirituosengeschäft achtzig Dollar geklaut hatte. Pünktlich allabendlich um neun rief Walter Lee an, um sich nach ihr und den Kindern zu erkundigen. Er war sich nur zu bewußt, wie verwundbar ein Elternteil sein kann.

Walter und ich kannten uns schon eine ganze Weile – vier Jahre waren es damals, glaube ich. Ich hatte ihn in einer dieser Kneipen kennengelernt, wo die Bullen Hof hielten. Ich war jung, frisch aus der Uniform raus und bewunderte immer noch mein Spiegelbild in der neuen Dienstmarke.

Von mir wurde Großes erwartet. Allgemein nahm man an, daß mein Name in den Zeitungen auftauchen würde. Und so kam es ja dann auch, wenn auch anders, als alle erwartet hatten. Walter war eine stämmige Erscheinung, trug leicht abgenutzt aussehende Anzüge und hatte stets einen dunklen Bartschatten auf Kinn und Wangen, selbst wenn er sich erst eine Stunde zuvor rasiert hatte. Er stand im Ruf, ein beharrlicher, aufmerksamer Ermittler zu sein, dessen gelegentliche Geistesblitze eine Ermittlung herumreißen konnten, wenn alle Rennerei nichts brachte und das nötige Quentchen Glück fehlte, von dem beinahe jeder Fall abhing.

Walter Cole war außerdem ein begeisterter Leser und verschlang Bücher, wie manche Urvölker die Herzen ihrer Feinde verschlingen, in der Hoffnung, dadurch tapferer zu werden. Beide liebten wir Runyon und Wodehouse, Tobias Wolff, Raymond Carver und Donald Barthelme, die Gedichte von e.e. cummings und, merkwürdigerweise, des Earl of Rochester, jenes Dandys aus der Zeit der Restauration, den seine Schwächen peinigten – seine Trunk- und Frauensucht und seine Unfähigkeit, ein solcher Gatte zu sein, wie er meinte, daß seine Frau einen verdiente.

Ich sehe Walter noch vor mir, wie er in Rehoboth die Strandpromenade entlangschlenderte, ein Eis am Stiel in der Hand, in einem knallbunten Hemd, das ihm über die Khakishorts hing, seine Sandalen schlappten leise über das sandige Holz, und ein Strohhut schirmte seinen schon kahl werdenden Schädel vor der Sonne. Selbst wenn er mit uns scherzte, Speisekarten studierte, Geld am Einarmigen Banditen verlor, aus Tommy Morrisons großer Papiertüte von Trasher's Fritten stibitzte, in der kühlen Atlantikbrandung planschte, wußte ich, daß er Lee vermißte.

Und ich wußte auch, daß ein Leben wie Walter Coles – ein beinahe einfaches Leben in dem Glück, das es aus kleinen Freuden schöpfte und aus der Schönheit des Gewohnten, dabei ungewöhnlich in dem Wert, den es alldem beimaß – etwas Beneidenswertes war.

Ich traf Susan Lewis, wie sie damals hieß, zum ersten Mal in Lingo's Market, einem altmodischen Gemischtwarenladen, wo es Gemüse und Müsli und teuren Käse gab und eine eigene Hausbäckerei. Es war immer noch ein Familienunternehmen, betrieben von Schwester und Bruder und ihrer Mutter, einer zierlichen, weißhaarigen Frau mit der Ausdauer eines Terriers.

An unserem ersten Urlaubsmorgen taumelte ich los, um bei Lingo's Kaffee und eine Zeitung zu holen, mit trockenem Mund und von der Nacht noch wackelig auf den Beinen. Sie stand an der Feinkostvitrine, bestellte Kaffeebohnen und Pecannüsse, das Haar leger zu einem Pferdeschwanz gebunden. Sie trug ein gelbes Sommerkleid, ihre Augen waren dunkelblau, und sie war sehr, sehr schön.

Ich hingegen lief in meinen übelsten Klamotten rum, aber sie lächelte mir zu, als ich neben ihr am Verkaufstresen stand und mir der Alkohol aus allen Poren troff. Und dann war sie fort und ließ nur den Hauch eines teuren Dufts zurück.

Ich sah sie an diesem Tag noch einmal, im YMCA, als sie aus dem Pool stieg und zu den Umkleiden ging, während ich den Schnaps auf einem Rudergerät auszuschwitzen versuchte. An den folgenden ein, zwei Tagen kam es mir vor, als würde ich sie überall kurz erblicken: in einem Buchladen, wie sie die Hochglanzumschläge von Justizkrimis betrachtete; wie sie an der Wäscherei vorbeiging, eine Tüte Donuts in der Hand; wie sie mit einer Freundin bei der Irish Eyes Bar ins Fenster schaute. Und schließlich stieß ich eines Abends auf sie, als sie auf der Promenade stand, das Lärmen der Spielhallen hinter sich und vor sich die Brandung.

Sie war allein und gefangen vom Anblick der Dünung, die weiß in der Dunkelheit schimmerte. Nur wenige Strandspaziergänger versperrten ihr den Blick, und weiter draußen, fern der Spielhallen und Imbißbuden, war es erstaunlich leer.

Sie schaute mich an, als ich mich neben sie stellte. Sie lächelte. »Geht es jetzt besser?«

»Ein bißchen. Du hast mich zu einem schlechten Zeitpunkt erwischt.«

»Den schlechten Zeitpunkt konnte man riechen«, sagte sie und verzog die Nase.

»Tut mir leid. Wenn ich gewußt hätte, daß du da bist, hätte ich mich feingemacht.« Und das war kein Scherz.

»Schon gut. Mir ist es auch schon so gegangen.«

So fing es an. Sie wohnte in New Jersey, fuhr jeden Tag nach Manhattan, wo sie in einem Verlag arbeitete, und jedes zweite Wochenende besuchte sie ihre Eltern in Massachusetts. Ein Jahr später waren wir verheiratet, und im Jahr darauf wurde Jennifer geboren. Wir verbrachten etwa drei schöne Jahre miteinander, bis alles anfing den Bach runterzugehen. Es war meine Schuld, glaube ich. Als meine Eltern heirateten, wußten sie, was das Leben eines Polizisten seiner Ehe abverlangte: er, weil er dieses Leben führte und sah, was um ihn her geschah, und sie, weil ihr Vater in Maine Deputy gewesen war und den Beruf an den Nagel gehängt hatte, ehe der Preis zu hoch wurde. Susan verfügte nicht über solche Erfahrungen.

Sie war das jüngste von vier Kindern, ihre Eltern lebten beide noch und liebten sie abgöttisch. Als sie tot war, sprachen sie kein Wort mehr mit mir. Nicht einmal an ihrem Grab. Seit Susan und Jennifer fort waren, kam es mir vor, als hätte man mich aus dem Strom des Lebens herausgerissen und mich mir selbst überlassen, auf daß ich auf ruhigen, dunklen Wassern vor mich hin treibe.

Kapitel 16

Der Tod von Susan und Jennifer erregte viel Aufsehen, aber das legte sich bald. Die näheren Einzelheiten der Morde – das Abhäuten, das Abschneiden der Gesichter und das Blenden – wurden vor der Öffentlichkeit geheimgehalten, aber das hinderte die Verrückten nicht, ans Licht zu kriechen. In den Tagen nach ihrem Tod riefen ständig Leute an, die behaupteten, mit dem Mörder verheiratet zu sein, oder die sich sicher waren, ihn aus einem früheren Leben zu kennen, und ein- oder zweimal auch bloß, um zu sagen, daß sie froh seien, daß meine Frau und Tochter tot waren. Schließlich verließ ich das Haus und blieb nur telefonisch und per Fax mit dem Anwalt in Kontakt, der damit betraut war, es zu verkaufen.

Ich stieß auf eine Kommune in der Nähe von Portland, Maine, als ich aus Chicago nach Manhattan zurückkehren wollte, nachdem ich einer weiteren obskuren falschen Spur nachgejagt war: einem mutmaßlichen Kindsmörder namens Byron Able, der längst tot war, als ich ihn fand, auf dem Parkplatz einer Kneipe ermordet, nachdem er sich mit ein paar Schlägertypen angelegt hatte. Vielleicht suchte ich einfach nur etwas Ruhe an einem Ort, den ich kannte, aber ich kam nie in dem Haus in Scarborough an, das mir mein Großvater in seinem Testament vermacht hatte.

Damals war ich wirklich am Ende. Als mich das Mädchen kotzend und weinend im Eingang eines verrammelten Elektronikladens fand und mir ein Bett für die Nacht anbot, konnte ich nur noch nicken. Als mich ihre Kameraden, kräftige Kerle in schlammverkrusteten Stiefeln und T-Shirts, die nach Schweiß und Kiefernnadeln rochen, zu ihrem Pickup schleppten und auf die Ladefläche packten, hoffte ich beinahe, daß sie mich umbringen würden. Und das taten sie auch fast. Als ich sechs Wochen später ihre Kommune draußen am Sebago Lake verließ, hatte ich dreizehn Pfund abgenommen, und meine Bauchmuskeln standen hervor wie die Rükkenschilde eines Alligators. Ich arbeitete auf ihrer kleinen Farm und nahm an Gruppensitzungen teil, in denen sich andere wie ich von ihrem Dämon zu befreien versuchten. Ich sehnte mich immer noch nach Alkohol, kämpfte aber gegen das Verlangen an, wie ich es gelernt hatte. Jeden Abend wurde gebetet, und sonntags kam ein Pastor und hielt eine Predigt über Abstinenz und Toleranz und daß jeder Mann und jede Frau seinen oder ihren Frieden in sich selbst finden müsse. Die Kommune lebte von dem Obst und Gemüse, das sie verkaufte, von einer kleinen Möbeltischlerei und Spenden derer, denen ihre Dienste geholfen hatten, manche davon mittlerweile wohlhabende Leute.

Doch ich war immer noch krank und verzehrte mich in dem Verlangen nach Rache. Ich hing völlig in der Luft: Die Ermittlungen waren zum Stillstand gekommen und wurden nicht fortgesetzt, ehe nicht ein ähnliches Verbrechen verübt wurde und ein Schema erkennbar war.

Jemand hatte mir Frau und Kind geraubt und war ungestraft davongekommen. In mir schwappten Wut und Zorn und Schuldgefühle, wie eine rote Flut, die über die Ufer treten will. Ich spürte es als körperlichen Schmerz, ein Ziehen im Kopf und ein Nagen im Bauch. Das führte mich zurück in die Stadt, wo ich in der Toilette des Busbahnhofs den Zuhälter Johnny Friday quälte und umbrachte, der sich dort immer über die heimatlosen Kinder hermachte, die nach New York kamen.

Heute glaube ich, daß ich von Anfang an vorhatte, ihn zu töten, und dieses Wissen nur im hintersten Winkel meines Gehirns verborgen hielt. Ich kaschierte es mit selbstgerechten Ausflüchten und Rechtfertigungen, wie ich sie so lange gebraucht hatte, immer wenn vor meiner Nase ein Glas Whiskey eingeschenkt wurde oder ich das frische Zischen einer Bierdose hörte. Wie gelähmt von meiner eigenen und der Unfähigkeit anderer, den Mörder von Susan und Jennifer zu finden, sah ich eine Gelegenheit zurückzuschlagen und nutzte sie. Von dem Augenblick an, als ich Pistole und Handschuhe einpackte und mich zum Busbahnhof aufmachte, war Johnny Friday ein toter Mann.

Friday war ein großer, schlanker Schwarzer, der in seinen dunklen Anzügen mit Dreiknopf-Sakko und den kragenlosen, eng geknöpften Hemden immer wie ein Priester wirkte. Er verteilte unter den Neuankömmlingen kleine Bibeln und religiöse Pamphlete und bot ihnen Bouillon aus einer Thermoskanne an, und wenn die Barbiturate darin zu wirken begannen, führte er sie vom Busbahnhof in den Laderaum eines bereitstehenden Lieferwagens. Dann verschwanden sie, als wären sie nie in New York angekommen, und tauchten erst als völlig ausgelaugte Junkies wieder auf den Straßen auf, wo sie sich für den Fix prostituierten, mit dem Johnny sie zu überhöhten Preisen versorgte, und die Freier an Land zogen, die seinen Reichtum mehrten.

Er führte ein strenges Regiment, und selbst in dieser Branche, die nicht für ihre Mitmenschlichkeit bekannt war, war Johnny Friday jenseits von Gut und Böse. Er versorgte Pädophile mit Kindern, lieferte sie bei ausgewählten Wohnungen an der Tür ab, wo sie mißbraucht und vergewaltigt und dann ihrem Besitzer zurückgegeben wurden. Wer reich und verkommen genug war, erhielt von Johnny Zutritt zum ›Basement‹ in einem verlassenen Lagerhaus im Garment District. Dort konnte man sich für 10 000 Dollar bar auf die Hand etwas aus Johnnys Stall aussuchen, Junge oder Mädchen, Kind oder Teenager, und es foltern und mißbrauchen und, wenn man wollte, umbringen, und Johnny kümmerte sich dann um die Leiche. In gewissen Kreisen war er für seine Diskretion bekannt.

Ich hatte während der Suche nach dem Mörder meiner Frau und Tochter von Johnny Friday gehört. Von einem ehemaligen V-Mann erfuhr ich, daß Johnny gelegentlich mit Bildern und Videos von sexuellen Folterungen handelte, daß er eine der Hauptquellen für solches Material war und daß jeder, dessen Geschmack in diese Richtung tendierte, unweigerlich irgendwann mit Johnny Friday oder einem seiner Agenten in Kontakt kommen mußte.

Und so beobachtete ich ihn fünf Stunden lang von einem Stehimbiß im Busbahnhof aus, und als er auf die Toilette ging, folgte ich ihm. Die Toilette war in zwei Räume unterteilt, im ersten Waschbecken und Spiegel, im zweiten Urinale und an der Wand gegenüber zwei Reihen Kabinen, die durch einen Gang getrennt waren. Ein alter Mann in einer schmierigen Uniform saß in einer kleinen, verglasten Kabine neben den Waschbecken, aber er war in eine Zeitschrift vertieft, als ich hinter Johnny Friday hereinkam. Zwei Männer wuschen sich vorn die Hände, zwei weitere standen an den Urinalen, und drei Kabinen waren besetzt, zwei links des Gangs und eine rechts. Im Hintergrund lief Musik, irgendein nicht wiederzuerkennender Song.

Johnny Friday ging mit wiegenden Hüften zu dem Urinal hinten rechts an der Wand. Ich stellte mich zwei Becken neben ihn und wartete darauf, daß die anderen Männer fertig wurden. Sobald sie gegangen waren, stellte ich mich hinter Friday, hielt ihm den Mund zu, drückte ihm die Mündung der Smith & Wesson unters Kinn und schob ihn in die letzte Kabine, die am weitesten von der anderen besetzten auf dieser Seite entfernt war.

»Hey, nicht, Mann, laß das«, flüsterte er mit weit aufgerissenen Augen.

Ich rammte ihm ein Knie in den Unterleib, er sank auf die Knie, und ich verriegelte die Tür hinter uns. Halbherzig versuchte er aufzustehen, aber ich schlug ihm kräftig ins Gesicht. Dann hielt ich ihm wieder die Pistole an den Kopf. »Kein Wort. Dreh dich um.«

»Bitte, Mann, nicht.«

»Halt's Maul. Umdrehen.«

Er rutschte langsam auf den Knien herum. Ich zog ihm das Jackett über die Arme und legte ihm Handschellen an.

Aus meiner anderen Tasche zog ich einen Lappen und eine Rolle Paketklebeband. Ich stopfte ihm den Lappen in den Mund und wickelte ihm das Klebeband zwei- oder dreimal um den Kopf. Dann zog ich ihn hoch und schob ihn auf die Klobrille. Er riß den rechten Fuß hoch, erwischte mich übel am Schienbein und versuchte aufzustehen, aber dabei verlor er das Gleichgeweicht, und ich schlug ihn noch mal. Diesmal blieb er unten. Ich richtete die Pistole auf ihn und lauschte einen Moment lang, falls jemand nachsehen kam, was der Lärm sollte. Man hörte nur die Spülung. Niemand kam.

Ich sagte Johnny Friday, was ich von ihm wollte. Er kniff die Augen zu, als ihm aufging, wer ich war. Schweiß lief ihm von der Stirn, und er versuchte, ihn sich aus den Augen zu blinzeln. Seine Nase blutete ein wenig, und ein dünnes rotes Rinnsal sickerte unter dem Klebeband hervor und tropfte ihm vom Kinn. Er blähte die Nasenlöcher und atmete schwer.

»Ich will Namen, Johnny. Namen von Kunden. Du wirst sie mir nennen.«

Er schnaubte verächtlich, und aus einem Nasenloch blubberte Blut. Jetzt waren seine Augen kalt. Mit dem zurückgegelten Haar und den geschlitzten, reptilienhaften Augen sah er aus wie eine lange schwarze Schlange. Als ich ihm die Nase brach, riß er vor Schock und Schmerz die Augen auf.

Ich schlug ihn noch einmal, ein, zwei kräftige Schläge in den Magen und ins Gesicht. Dann zerrte ich das Klebeband runter und riß ihm den blutigen Lappen aus dem Mund.

»Ich will Namen hören.«

Er spuckte einen Zahn aus. »Leck mich«, sagte er. »Leckt mich doch, du und deine toten Fotzen.«

Was dann passierte, ist mir bis heute nicht ganz klar. Ich weiß nur noch, daß ich ihn immer wieder schlug, daß ich Knochen nachgeben und Rippen brechen spürte und sah, wie sein Blut meine Handschuhe rot färbte. Eine schwarze Wolke hüllte mein Gehirn ein, in der es rot aufzuckte, wie bei einem Höllengewitter.

Als ich damit aufhörte, war von Johnnys Gesicht nur noch eine verschwommene Masse übrig. Ich hielt mit beiden Händen seinen Unterkiefer, und Blut blubberte ihm über die Lippen.

»Raus damit«, zischte ich. Er verdrehte die Augen in meine Richtung, und wie die Vision einer zerklüfteten Unterweltpforte sah ich seine zerborstenen Zähne hinter den Lippen, während er ein letztes Lächeln hinbekam. Er wand sich und zuckte einmal, dann noch einmal. Dickes schwarzes Blut trat ihm aus Nase, Mund und Ohren, und dann war er tot.

Ich lehnte mich zurück und atmete schwer. Ich wischte mir das blutbeschmierte Gesicht ab, so gut es ging, und tupfte etwas von dem Blut vorn auf meiner Jacke ab, aber das sah man kaum auf dem schwarzen Leder und der schwarzen Jeans. Ich zog die Handschuhe aus und stopfte sie in die Tasche. Dann spülte ich, spähte vorsichtig hinaus und zog, als ich ging, die Tür hinter mir zu. Das Blut sickerte schon aus der Kabine und sammelte sich in den Kachelfugen.

Mir wurde klar, daß der Lärm in der ganzen Bahnhofstoilette widergehallt haben mußte, aber es war mir egal. Ich kam nur an einem älteren Schwarzen vorbei, der am Urinal stand und wie jeder brave Bürger wußte, wann er sich um seine eigenen Angelegenheiten zu kümmern hatte, und mich nicht einmal anschaute. Zwei weitere Männer standen an den Waschbecken und sahen mich flüchtig im Spiegel an. Aber ich bemerkte, daß der alte Mann aus der Glaskabine verschwunden war, und kauerte mich in einen ungenutzten Ausgang, während zwei Bullen von der oberen Etage in die Toilette stürmten. Durch die Reihen der Busse unter dem Busbahnhof fand ich wieder auf die Straße.

Vielleicht hatte Johnny Friday den Tod verdient. Ganz gewiß trauerte ihm niemand nach, und die Polizei versuchte allenfalls pro forma, seinen Mörder zu finden. Aber man munkelte so einiges, und Walter, glaubte ich, hatte davon gehört.

Aber ich lebe mit dem Tod von Johnny Friday, wie ich mit dem Tod von Susan und Jennifer lebe. Wenn er den Tod verdient hatte, wenn er nur bekam, was ihm zustand, lag es doch nicht in meiner Hand, sein Richter und Henker zu sein. »Gerechtigkeit gibt es im nächsten Leben«, hat mal jemand geschrieben. »In diesem Leben haben wir das Gesetz.« In Johnny Fridays letzten Minuten gab es kein Gesetz und nur eine tückische Form von Gerechtigkeit, die mir nicht zustand.

Ich glaubte nicht, daß meine Frau und Tochter die ersten waren, die durch die Hand des fahrenden Mannes gestorben waren – wenn ich ihn einmal so nennen wollte. Ich glaubte immer noch daran, daß irgendwo in einem Sumpf in Louisiana ein weiteres Opfer lag und daß seine Identität den Schlüssel barg für die Identität dieses Menschen, der glaubte, mehr zu sein als ein Mensch. Sie war Teil einer grauenhaften Tradition der Menschheitsgeschichte, einer Abfolge von Opferungen, die sich bis in die Antike zurückverfolgen ließ, bis zu Christi Geburt und noch weiter, zurück in eine Zeit, als man seine Mitmenschen opferte, um Götter zu besänftigen, die keine Gnade kannten und deren Charakter man mit diesen Ritualen sowohl erschuf als auch nachahmte.

Das Mädchen in Louisiana war Teil einer blutigen Ahnenfolge, ein modernes Mädchen von Windeby, eine Nachfahrin jener anonymen Frau, die man in den Fünfzigern in einem flachen Grab in einem Torfmoor in Norddeutschland fand, wohin sie beinahe zweitausend Jahre zuvor geführt worden war, nackt und mit verbundenen Augen, um in fünfzig Zentimeter tiefem Wasser ertränkt zu werden. Eine Spur ließ sich durch die Geschichte zurückverfolgen, die von ihrem Tod zu dem Tod eines anderen Mädchens führte, durch die Hand eines Mannes, der glaubte, er könne seine inneren Dämonen zum Schweigen bringen, indem er ihm das Leben nahm, der aber, sobald Blut vergossen und Fleisch zerfetzt war, mehr wollte und mir Frau und Kind nahm.

Wir glauben nicht mehr an das Böse, nur noch an böse Taten, die sich psychologisch erklären lassen. Es gibt das Böse nicht, und wer das anders sieht, fällt einem Aberglauben anheim, als würde man nachts unterm Bett nachsehen oder sich vor der Dunkelheit fürchten. Aber es gibt Menschen, bei denen wir nicht weiterwissen, die Böses tun, weil es ihrem Naturell entspricht, weil sie böse sind.

Männer vom Schlage eines Johnny Friday fallen über diejenigen her, die am Rande der Gesellschaft leben und sich verirrt haben. Wie schnell kommt man in der Dunkelheit an den Rändern des modernen Lebens vom Weg ab, und wenn wir allein sind und uns verlaufen haben, lauert uns dort etwas auf. Unsere Vorfahren haben sich in ihrem Aberglauben nicht getäuscht: Es gibt gute Gründe, sich vor der Dunkelheit zu fürchten.

Und wie sich eine Spur von einem Moor in Schleswig-Holstein zu einem Sumpf in den Südstaaten verfolgen ließ, so – dieser Überzeugung war ich allmählich – ließ sich auch das Böse durch die Geschichte der Menschheit zurückverfolgen. Es gab eine Tradition des Bösen, die unter dem menschlichen Leben verlief wie die Kanalisation unter einer Stadt, die sich fortsetzte, auch nachdem einer ihrer Grundbestandteile zerstört war, weil er eben nur ein kleiner Teil eines größeren, dunklen Ganzen war.

Vielleicht war das einer der Gründe, weshalb ich die Wahrheit über Catherine Demeter herausfinden wollte; wenn ich zurückschaue, wird mir bewußt, daß das Böse auch in ihr Leben Einzug gehalten und sich ihm unauslöschlich eingeprägt hatte. Wenn ich das Böse nicht bekämpfen konnte, wie es in Form des fahrenden Mannes erschien, dann konnte ich es in anderen Formen finden. Ich glaube an das, was ich sage. Ich glaube an das Böse, denn ich habe es berührt, und es hat mich berührt.

Kapitel 17

Als ich am nächsten Morgen in Rachel Wolfes Privatpraxis anrief, sagte mir ihre Sekretärin, daß sie auf einer Konferenz an der Columbia University ein Seminar gebe. Ich nahm vom Village aus die U-Bahn und traf zu früh am Haupteingang des Campus ein. Ich spazierte eine Weile durch das Barnard Book Forum, Studenten drängelten sich an mir vorbei, während ich mich in der Literaturabteilung umsah, und dann ging ich zum Haupteingang des College.

Ich ging über den großen, rechteckigen Innenhof, mit der Low Memorial Library am einen Ende und einem Verwaltungsgebäude am anderen, und wie als Vermittlerin zwischen Studium und Bürokratie erhob sich dazwischen die Statue der Alma Mater. Wie die meisten New Yorker kam ich selten nach Columbia, und der beschauliche Studienbetrieb nur Meter vom geschäftigen Treiben auf den Straßen draußen erstaunte mich jedesmal aufs neue.

Rachel Wolfe beendete eben ihren Vortrag, daher wartete ich vor dem Hörsaal auf das Ende der Veranstaltung. Sie kam heraus, ins Gespräch vertieft mit einem jungen, ernst dreinschauenden Mann mit lockigem Haar und einer runden Brille, der wie ein Jünger an ihren Lippen hing. Als sie mich sah, blieb sie stehen und verabschiedete ihn mit einem Lächeln. Das schien ihm gar nicht zu gefallen, und er wollte sich nicht abspeisen lassen, doch dann drehte er sich um und ging mit gesenktem Kopf davon.

»Womit kann ich Ihnen helfen, Mr. Parker?« fragte sie mit erstauntem, aber nicht uninteressiertem Blick.

»Er ist wieder da.«

Wir gingen in den Hungarian Pastry Shop in der Amsterdam Avenue, wo junge Männer und Frauen beflissen über ihren Lehrbüchern saßen und Kaffee tranken. Rachel Wolfe trug Jeans und einen grob gestrickten Pulli mit einem Herzmuster vorne drauf.

Auch nach den Ereignissen des vorigen Abends war ich gespannt auf sie. Seit Susans Tod hatte ich mich zu keiner Frau mehr hingezogen gefühlt und auch mit keiner mehr geschlafen. Rachel Wolfe, mit ihren langen roten Haaren, die sie sich hinter die Ohren strich, weckte ein Verlangen in mir, das mehr als nur sexueller Natur war. Ich spürte eine tiefe Einsamkeit und ein Ziehen im Bauch. Sie sah mich gespannt an.

»Tut mir leid«, sagte ich. »Ich hab' gerade an was anderes gedacht.«

Sie nickte, nahm sich eine Mohnschnecke, riß ein großes Stück ab, stopfte es sich in den Mund und seufzte wohlig. Ich muß etwas betreten dreingeschaut haben, denn sie hielt sich eine Hand vor den Mund und kicherte leise. »Sorry. Ich liebe diese Dinger. Anstand und gute Tischmanieren sind sofort vergessen, wenn mir jemand so was vorsetzt.«

»Das kenne ich. Bei mir war es früher mit Häagen-Dazs so, bis ich selbst fast so rund war wie 'ne Familienpakkung.«

Sie lächelte und stopfte sich ein Schneckenstück in den Rachen, das noch im letzten Augenblick aus dem Mundwinkel entwischen wollte. Das Gespräch stockte für einen Moment.

»Ihre Eltern waren also Jazzfans«, sagte sie schließlich.

Ich war für einen Moment verdattert, und sie lächelte amüsiert, während ich nach Worten suchte. Die Frage hatte man mir schon oft gestellt, aber jetzt war ich dankbar für die Ablenkung, und ich glaube, sie wußte das.

»Nein, mein Vater und meine Mutter hatten nicht die

geringste Ahnung von Jazz«, antwortete ich. »Meinem Vater gefiel einfach der Name. Er hat zum ersten Mal am Taufbecken etwas von Bird Parker gehört, als ihn der Priester darauf hinwies. Der war angeblich ein großer Jazzfan. Er hat sich so gefreut, als hätte mein Vater verkündet, daß er alle seine Kinder nach den Mitgliedern des Count Basie Orchestra benennen wolle.

Mein Vater hingegen war gar nicht glücklich über den Gedanken, seinen Erstgeborenen nach einem schwarzen Jazzmusiker zu benennen, aber da war es schon zu spät, um sich einen anderen Namen zu überlegen.«

»Wie hat er seine anderen Kinder genannt?«

Ich zuckte mit den Achseln. »Soweit ist es nicht gekommen. Meine Mutter konnte nach mir keine Kinder mehr bekommen.«

»Vielleicht hat sie sich gedacht, daß sie es nicht mehr besser hinbekommt.« Sie lächelte.

»Das glaube ich nicht. Ich hab' ihr als Kind nur Ärger gemacht. Das hat meinen Vater immer auf die Palme gebracht.«

Ich konnte ihr an den Augen ablesen, daß sie mich nach meinem Vater fragen wollte, aber etwas an meinem Gesichtsausdruck sie davon abhielt. Sie zog einen Schmollmund, schob ihren leeren Teller beiseite und lehnte sich auf ihrem Stuhl zurück.

»Können Sie mir sagen, was passiert ist?«

Ich schilderte ihr die Ereignisse des vorigen Abends und ließ nichts aus. Die Worte des fahrenden Mannes waren in mein Gedächtnis eingebrannt.

»Weshalb nennen Sie ihn so?«

»Ein Freund von mir hat mich zu einer Frau geführt, die sagte, sie empfange, tja, Nachrichten von einem toten Mädchen. Das Mädchen ist auf dieselbe Weise gestorben wie Susan und Jennifer.«

»Hat man das Mädchen gefunden?«

»Es hat niemand nach ihr gesucht. Die übersinnlichen Wahrnehmungen einer alten Frau reichen für eine Ermittlung nicht aus.«

»Und wenn es sie gibt – sind Sie sicher, daß es derselbe Kerl war?«

»Das glaube ich, ja.«

Wolfe sah aus, als wollte sie noch etwas fragen, doch dann ließ sie es bleiben. »Gehen wir noch mal durch, was dieser Anrufer, dieser ›fahrenden Mann‹ gesagt hat, und diesmal ganz langsam.«

Ich wiederholte es, bis sie die Hand hob und mich unterbrach. »Das ist ein Joyce-Zitat: ›Mund zu Munds Kuß‹. Das ist die Beschreibung des ›blassen Vampirs‹ im *Ulysses*. Wir haben es hier mit einem gebildeten Mann zu tun. Das mit ›unsrer Gattung‹ klingt biblisch, aber da bin ich mir nicht sicher. Das muß ich nachprüfen. Sagen Sie es noch mal.« Ich wiederholte die Worte langsam, und sie schrieb es in ein Notizbuch. »Ein Freund von mir lehrt Theologie und Bibelwissenschaft. Vielleicht kann er eine Quelle dafür nennen.«

Sie klappte ihr Notizbuch zu. »Wissen Sie, daß es mir nicht gestattet ist, mich in diesen Fall einzumischen?«

Ich sagte ihr, das hätte ich nicht gewußt.

»Nach unseren damaligen Diskussionen hat sich jemand an den Polizeipräsidenten gewandt. Er war nicht sonderlich erfreut, daß sein Verwandter übergangen wurde.«

»Ich brauche Hilfe in dieser Sache. Ich muß so viel erfahren, wie ich kann.« Plötzlich wurde mir schlecht, und als ich schluckte, tat mir der Hals weh.

»Ich bin mir nicht sicher, ob das so klug ist. Sie sollten das wahrscheinlich besser der Polizei überlassen. Ich weiß, das wollen Sie nicht von mir hören, nach allem, was passiert ist, aber Sie gefährden sich selbst. Verstehen Sie, was ich meine?«

Ich nickte. Sie hatte recht. Ein Teil von mir wollte sich aus der Sache zurückziehen und wieder dem Auf und Ab des alltäglichen Lebens widmen. Ich wollte mich von der Last meiner Gefühle befreien und wieder ein einigermaßen normales Leben führen. Ich wollte noch einmal von vorn anfangen, aber durch das, was geschehen war, fühlte ich mich wie gelähmt. Und jetzt war der fahrende Mann zurückgekehrt und hatte mir jegliche Möglichkeit einer solchen Normalität genommen und mich gleichzeitig so ohnmächtig wie zuvor zurückgelassen.

Ich glaube, Rachel Wolfe verstand das. Vielleicht war ich deshalb zu ihr gekommen, in der Hoffnung, sie würde es verstehen.

»Alles in Ordnung?« Sie berührte meine Hand, und ich hätte beinahe angefangen zu weinen. Ich nickte.

»Sie stecken in einer schrecklich verfahrenen Situation. Wenn er beschlossen hat, sich bei Ihnen zu melden, dann will er auch, daß Sie dranbleiben, und das kann eine Verbindung ergeben, die man ausnutzen muß. Vom Standpunkt der Ermittlungen aus sollten sie wahrscheinlich nicht von Ihrer täglichen Routine abweichen, falls er sich wieder bei Ihnen meldet, aber vom Gesichtspunkt Ihres eigenen Wohlergehens aus ...« Sie ließ es unausgesprochen im Raum hängen. »Sie sollten sich vielleicht sogar überlegen, ob Sie nicht professionelle Hilfe zu Rate ziehen. Es tut mir leid, daß ich so offen reden muß, aber das mußte gesagt werden.«

»Ich weiß, und ich weiß das zu schätzen.« Es war schon komisch, daß ich mich nach der ganzen Zeit zu jemandem hingezogen fühlte und mir dann von eben dieser Frau sagen lassen mußte, ich solle zum Psychiater gehen. Das verhieß nicht eben eine Beziehung, die auf etwas anderem als einer stündlichen Honorarabrechnung beruhte. »Ich glaube, die Ermittler wollen, daß ich bleibe.«

»Ich habe so das Gefühl, daß Sie sich nicht danach richten werden.«

»Ich versuche, jemanden zu finden. Es ist kein einfacher Fall, aber ich glaube, daß diese Person in Schwierigkeiten steckt. Wenn ich hierbleibe, gibt es niemanden, der ihr helfen kann.«

»Es ist vielleicht eine gute Idee, sich für eine Weile von dieser Sache loszumachen. Aber nach dem, was Sie sagen ... nun ...«

»Ja?«

»Es klingt, als wollten Sie diese Person retten und wären

sich noch nicht einmal sicher, ob sie überhaupt gerettet werden muß.«

»Vielleicht muß ich sie retten.«

»Vielleicht müssen Sie das.«

Noch an diesem Morgen sagte ich Walter Cole, daß ich weiter nach Catherine Demeter suchen und dazu die Stadt verlassen würde. Wir saßen im friedlichen Chumley's, der alten Mondscheinkneipe des Village in der Bedford Street. Als Walter angerufen hatte, war ich selbst überrascht, daß ich mich dort mit ihm verabreden wollte, doch als ich dort saß und einen Kaffee trank, wurde mir klar, weshalb ich es ausgesucht hatte.

Ich mochte das antike Innere der Kneipe, ihren angestammten Platz in der Geschichte der Stadt, der sich zurückverfolgen ließ wie eine alte Narbe oder ein Krähenfuß. Chumley's hatte die Prohibitionszeit überstanden, als die Gäste bei Razzien hastig durch den Hinterausgang auf die Barrow Street fliehen mußten. Es hatte zwei Weltkriege überlebt und Börsenkräche und Unruhen und hatte dem Zahn der Zeit getrotzt, der heimtückischer war als alles andere. Für eine kurze Weile wollte ich an dieser Beständigkeit teilhaben.

»Du mußt hierbleiben«, sagte Walter. Er hatte immer noch den Ledermantel dabei, der jetzt über der Rückenlehne seines Stuhls hing. Jemand hatte ihm nachgepfiffen, als er damit hereingekommen war.

»Nein.«

»Was soll das heißen – ›Nein‹?« fragte er verärgert. »Er hat eine Verbindung hergestellt. Du bleibst, wir zapfen das Telefon an, und wenn er das nächste Mal anruft, versuchen wir, ihn aufzuspüren.«

»Ich glaube nicht, daß er wieder anruft, jedenfalls nicht in nächster Zeit, und ich glaube auch nicht, daß wir ihn aufspüren können. Er will nicht aufgehalten werden, Walter.«

»Dann müssen wir ihn erst recht aufhalten. Mein Gott, überleg doch mal, was er getan hat und wieder tun wird. Schau dir an, was du getan hast, um ihn –«

Ich beugte mich vor und unterbrach ihn mit leiser Stimme. »Was habe ich getan? Sag es, Walter. Sag es!«

Er schwieg, und ich sah, wie er hinunterschluckte, was ihm schon auf der Zunge lag. Wir hatten kurz davor gestanden, aber er hatte einen Rückzieher gemacht.

Der fahrende Mann wollte, daß ich blieb. Er wollte, daß ich in meiner Wohnung auf einen Anruf wartete, der nie kommen mochte. Ich konnte nicht zulassen, daß er mir das antat. Gleichzeitig wußte ich so gut wie Cole, daß die Verbindung, die er hergestellt hatte, sehr wohl das erste Glied einer Kette sein konnte, die uns schließlich zu ihm führen würde.

Ein Freund von mir, Ross Oakes, hatte bei der Polizei von Columbia, South Carolina, gearbeitet, als sich die Bell-Morde ereigneten. Larry Gene Bell entführte und erstickte zwei Mädchen, eine Siebzehnjährige, die er an einem Briefkasten abfing, und eine Neunjährige, die er von einem Spielplatz weglockte. Als die Ermittler schließlich die Leichen fanden, waren sie so verwest, daß man nicht mehr feststellen konnte, ob die Mädchen sexuell mißbraucht worden waren, doch Bell gestand später, sie beide vergewaltigt zu haben.

Man kam Bell durch eine Reihe von Anrufen bei der Familie der Siebzehnjährigen auf die Spur; meistens unterhielt er sich mit der älteren Schwester des Opfers. Er schickte der Familie auch ihr Testament. Während der Telefonate ließ er sie in dem Glauben, das Opfer wäre noch am Leben, bis schließlich eine Woche später ihre Leiche gefunden wurde. Nach der Entführung des jüngeren Mädchens meldete er sich wieder bei der Schwester des ersten Opfers und beschrieb die Entführung und Ermordung des Mädchens. Er sagte der Schwester des ersten Opfers, sie wäre die nächste.

Bell wurde durch die durchgedrückte Schrift auf dem Brief des Opfers gefunden, eine ziemlich unleserliche Telefonnummer, die man durch negative Auslese schließlich auf eine Adresse zurückführte. Larry Gene Bell war ein sechsunddreißigjähriger Weißer, geschieden, der bei seiner Mutter und seinem Vater lebte. Zu den FBI-Agenten sagte er: »Das hat der böse Larry Gene Bell gemacht.«

Ich kannte Dutzende ähnlicher Fälle, in denen der Kontakt zwischen der Familie des Opfers und dem Mörder schließlich zu dessen Ergreifung geführt hatte, aber ich hatte auch gesehen, was diese Form psychischer Folter für die Hinterbliebenen bedeutete. Die Familie von Bells erstem Opfer hatte gewissermaßen noch Glück, denn sie mußte sein geisteskrankes Gefasel nur zwei Wochen lang erdulden. Eine Familie aus Tulsa, deren kleine Tochter von einem Krankenpfleger vergewaltigt und zerstückelt wurde, erhielt über zwei Jahre lang Anrufe von dem Mörder.

Inmitten all der Wut und des Leids und der Trauer, die ich am Abend zuvor empfunden hatte, tauchte ein weiteres Gefühl auf, das mich jeden weiteren Kontakt mit dem fahrenden Mann fürchten ließ, zumindest für die nächste Zeit.

Ich war erleichtert.

Über sieben Monate lang hatte es nichts gegeben. Die Ermittlungen der Polizei waren zum Stillstand gekommen, und meine eigenen Bemühungen hatten mich der Identität des Mörders meiner Frau und Tochter nicht näher gebracht, und ich befürchtete schon, er hätte sich in Luft aufgelöst.

Jetzt war er wieder da. Er hatte sich an mich gewandt und dadurch die Möglichkeit eröffnet, daß er gefunden wurde. Er würde wieder morden, und durch diesen Mord würde ein Muster entstehen, das ihn uns näher brachte. Diese Gedanken rasten mir in der Nacht durch den Kopf, doch im ersten Morgengrauen wurden mir die Konsequenzen dessen bewußt, was ich fühlte.

Der fahrende Mann zog mich in einen Kreislauf der Abhängigkeit. Er hatte mir einen Brosamen in Form eines Telefonats und des Gesichts meiner Tochter hingeworfen und dadurch in mir den Wunsch – wie flüchtig auch immer – geweckt, er möge weitermorden. Als mir das bewußt wurde, beschloß ich, daß ich mich auf eine solche Beziehung zu diesem Mann nicht einlassen konnte. Es war keine einfache Entscheidung, aber ich wußte, daß er mich schon finden würde, wenn er sich wieder bei mir melden wollte. In der Zwischenzeit würde ich New York verlassen und weiter nach Catherine Demeter suchen.

Ich glaubte nicht an Reue ohne Wiedergutmachung. Ich hatte meiner Frau und Tochter nicht beigestanden, und deshalb waren sie gestorben. Vielleicht verrannte ich mich da in was – jedenfalls glaubte ich, daß ich gleich zweimal versagt hätte, wenn Catherine Demeter starb, weil ich nicht weiter nach ihr suchte, und ich wußte nicht, ob ich mit diesem Wissen weiterleben konnte. In ihr sah ich – vielleicht zu Unrecht – eine Gelegenheit zur Buße.

Manches davon versuchte ich Walter zu erklären – mein Bedürfnis, mich nicht von diesem Mann abhängig zu machen, die Notwendigkeit, die Suche nach Catherine Demeter fortzusetzen, ihret- und meinetwegen –, doch das meiste verschwieg ich. Wir gingen mit einem unguten Gefühl und uneins auseinander.

Als ich fast zu Hause war, klingelte das Telefon, und instinktiv krampfte sich mein Bauch zusammen.

Es war Woolrich.

»Bird? Tut mir wirklich leid. Ich habe eben den *VICAP*-Zusatz gesehen.«

Cole hatte mir erzählt, daß die Informationen über das Glas an das FBI weitergeleitet worden waren. Und ich wußte auch, daß Woolrich den Fall verfolgte.

»Geht's dir gut?«

»Nein. Er legt wieder los. Es wird noch jemand sterben.«

»Der Computer wertet sämtliches Vergleichsmaterial aus«, sagte er. »Wenn irgendwas paßt, finden wir ihn.«

»Ich will ihn haben«, sagte ich.

»Ich weiß«, entgegnete er, und in seiner Stimme klang etwas wie Bedauern mit. »Ich weiß.«

»Ich muß los«, sagte ich. »Und – Woolrich?«

»Mmh?«

»Paß auf Tante Marie auf. Bisher ist sie alles, was wir haben.«

Die Müdigkeit hatte mich im Laufe des Vormittags eingeholt, und ich schlief unruhig eine Stunde lang, ehe ich mich auf den Weg nach Virginia machte. Ich war schweißgebadet und erwachte wie aus dem Delirium, hochgeschreckt aus Träumen über endlose Gespräche mit einem gesichtslosen Mörder und Bildern meiner Tochter vor ihrem Tod.

Als ich aufwachte, träumte ich gerade von Catherine Demeter, umgeben von Dunkelheit und Flammen und den Knochen toter Kinder. Und da wußte ich, daß sich eine furchtbare Finsternis auf sie herabgesenkt hatte und daß ich versuchen mußte, sie – uns beide – vor dieser Finsternis zu bewahren.

Teil 2

Eadem mutato resurgo
Wenngleich verwandelt, erstehe ich auf

Inschrift auf dem Grabstein
von JAKOB BERNOULLI,
Schweizer Pionier der
Infinitesimalrechnung

Kapitel 18

An diesem Nachmittag fuhr ich runter nach Virginia. Es war eine lange Fahrt, aber ich dachte mir, ich sollte mir Zeit nehmen, um den Motor neu einzufahren und dem Wagen etwas frische Luft zu gönnen, nachdem er so lange in der Werkstatt gestanden hatte. Während der Fahrt versuchte ich mir darüber klarzuwerden, was in den vergangenen zwei Tagen passiert war, doch dabei mußte ich immer wieder an die Überbleibsel des Gesichts meiner Tochter denken, die in einem Glas Formaldehyd ruhten.

Ich bemerkte die Verfolger nach gut einer Stunde, ein roter Nissan Allrad, in dem zwei Personen saßen. Sie hielten sich vier oder fünf Fahrzeuge hinter mir, aber wenn ich Gas gab, taten sie es auch. Wenn ich langsamer wurde, behielten sie mich so lange wie möglich im Blick und bremsten dann selbst ab. Die Nummernschilder waren absichtlich mit Schlamm verklebt. Am Steuer saß eine Frau, ihr blondes Haar war hinter die Ohren gestrichen, und eine Sonnenbrille verbarg ihre Augen. Neben ihr saß ein dunkelhaariger Mann. Ich schätzte sie beide auf Mitte Dreißig, aber ich erkannte sie nicht.

Wenn sie vom FBI waren, was unwahrscheinlich war, dann waren sie lahm. Wenn sie Sonnys Auftragskiller waren, dann beschäftigte Sonny neuerdings Billiglohnkräfte. Nur ein Volltrottel würde für eine Verfolgung oder den Angriff auf ein Fahrzeug einen Jeep wählen. Durch den hohen

Schwerpunkt gerät ein Jeep leichter ins Schlingern als ein Betrunkener auf einem Abhang. Vielleicht war ich einfach nur paranoid, aber das glaubte ich nicht.

Sie unternahmen nichts, und ich verlor sie auf den Landstraßen zwischen Warrenton und Culpeper, auf dem Weg in die Blue Ridge Mountains, aus den Augen. Wenn sie mir weiter folgten, würde ich es mitbekommen: Ihr Jeep fiel auf wie Blut im Schnee.

Ich fuhr weiter, und das Abendlicht griff schräg in die Bäume und brachte die feingesponnenen Kokons der Raupen zum Schimmern. Ich wußte, daß sich unter dem Gespinst die weißen Leiber der Larven drehten und wanden wie Menschen mit Tourette-Syndrom, während sie den Baum bis auf lebloses braunes Geäst kahlfraßen. Den Großteil der Fahrt über war schönes Wetter, und den Namen der Städte am Rande des Shenandoah-Nationalparks haftete etwas Poetisches an: Wolftown, Quinque, Lydia, Roseland, Sweet Briar, Lovingston, Brightwood. Zu dieser Liste ließ sich noch die Stadt Haven hinzufügen, aber nur wenn man den Effekt nicht zunichte machte, indem man tatsächlich dorthin fuhr.

Es goß in Strömen, als ich in Haven ankam. Die Stadt lag in einem Tal südöstlich der Blue Ridge Mountains, fast am Endpunkt eines gleichschenkligen Dreiecks mit Washington und Richmond. Auf einem Schild am Ortseingang stand ›*A Welcome to the Valley*‹, aber in Haven selbst war wenig, was einen willkommen hieß. Es war eine Kleinstadt, über die sich eine Staubschicht gelegt zu haben schien, die offenbar nicht einmal ein Regenguß abwaschen konnte. Rostige Pritschenwagen standen vor manchen Häusern, und von der einzigen Imbißbude und einem Gemischtwarenladen abgesehen, der spät noch geöffnet hatte und in eine Autowerkstatt überging, begrüßten nur das Neonschild der Welcome Inn Bar und die Lichter des Late-Nite-Diner gegenüber den zufälligen Besucher. An einem solchen Ort fanden sich wohl alljährlich die Kriegsveteranen ein, charterten einen Bus und fuhren dann irgendwo anders hin, um ihre gefallenen Kameraden zu ehren.

Ich stieg im Haven View Motel am Stadtrand ab. Ich war der einzige Gast, und Farbgestank hing in den Fluren des wohl einst angesehenen Hauses, das nun zu einer funktionalen, anonymen zweigeschossigen Herberge umgebaut worden war.

»Der erste Stock wird neu gestrichen«, sagte der Portier, der mir erzählte, sein Name sei Rudy Fry. »Muß Ihnen oben ein Zimmer geben, im zweiten Stock. Eigentlich sollten wir gar keine Gäste aufnehmen, aber ...« Er lächelte, um zu zeigen, welch einen großen Gefallen er mir erwies, indem er mich hier übernachten ließ. Rudy Fry war ein kleiner, übergewichtiger Mann in den Vierzigern. Unter den Armen hatte er gelbe Schweißflecke, vor Urzeiten getrocknet, und er roch entfernt nach Franzbranntwein.

Ich schaute mich um. Das Haven View Motel sah nicht so aus, als würde es selbst in der Hauptsaison sonderlich viele Besucher anziehen.

»Ich weiß, was Sie denken«, sagte der Portier, und sein Lächeln entblößte ein funkelndes Gebiß. »Sie denken ›Warum würde irgendwer Geld aus dem Fenster schmeißen, indem er ein Motel in so einem Scheißnest renoviert?‹« Er zwinkerte mir zu und beugte sich dann vertraulich über den Tresen. »Na, dann werd' ich's Ihnen sagen, Sir. Das wird nicht mehr lange ein Scheißnest bleiben. Die Japsen kommen, und wenn sie kommen, wird der Laden hier 'ne Goldgrube. Wo sollen die denn hier sonst wohnen?« Er lachte. »Scheiße, wir werden uns den Arsch abwischen mit Dollarscheinen.« Er reichte mir einen Schlüssel mit einem klobigen Holzanhänger. »Zimmer dreiundzwanzig, die Treppe rauf. Der Fahrstuhl ist kaputt.«

Das Zimmer war ungelüftet, aber sauber. Eine Verbindungstür führte ins Nachbarzimmer. Ich brauchte nicht mal fünf Sekunden, um mit meinem Taschenmesser das Schloß zu knacken. Dann duschte ich, zog frische Sachen an und fuhr zurück in die Stadt.

Die Wirtschaftskrise in den Siebzigern hatte Haven schwer getroffen und das bißchen Industrie am Ort ruiniert. Die Stadt hätte sich davon erholen, hätte auf anderem Wege blühen und gedeihen können, wäre ihre Geschichte anders verlaufen, doch die Morde hatten ihr einen Stempel aufgedrückt, und die Stadt war verfallen.

Ich schaute bei der Polizei vorbei, aber weder der Sheriff noch Alvin Martin waren zu sprechen. Statt dessen saß ein Deputy namens Wallace mürrisch hinter dem Schreibtisch und schaufelte sich Doritos in den Mund. Ich beschloß, bis zum Morgen zu warten, und hoffte, dann jemand Gesprächigeren vorzufinden.

Der Diner machte eben dicht, als ich durch die Stadt spazierte, also blieben nur die Kneipe und die Imbißbude. Das Innere der Kneipe war schummrig beleuchtet, als würde das pinke Neonschild draußen schon zuviel Strom verbrauchen.

Aus einem Lautsprecher erklang Bluegrass-Musik, und ein leise gestellter Fernseher über der Theke zeigte ein Basketballspiel, doch es schien niemand zuzuhören oder zuzusehen. Gut zwanzig Leute saßen verstreut an den Tischen und an dem langen, dunklen Holztresen, darunter ein hünenhaftes Pärchen, das aussah, als hätte es den dritten Bären mit einem Babysitter zu Hause gelassen. Man hörte leise Gespräche, die noch leiser wurden, als ich hereinkam, doch ganz verstummten sie nicht und kehrten bald wieder zu ihrer ursprünglichen Lautstärke zurück.

Neben dem Tresen standen ein paar Männer um einen ramponierten Poolbillardtisch und schauten einem großen, stämmigen Kerl mit buschigem schwarzem Vollbart dabei zu, wie er gegen einen älteren Mann spielte, der sich mächtig ins Zeug legte. Sie beäugten mich, als ich vorbeiging, spielten aber weiter. Sie sprachen kein Wort. Poolbillard war im Welcome Inn offenbar eine ernste Angelegenheit. Trinken hingegen weniger. Die harten Kerle am Billardtisch hielten alle eine Flasche Bud Light in der Hand, für einen echten Trinker das Äquivalent zum weißen Sonnenschirm einer Dame.

Ich setzte mich auf einen freien Hocker am Tresen und orderte Kaffee bei einem Barkeeper, dessen weißes Hemd auffallend sauber wirkte für einen solchen Laden. Er ignorierte mich gekonnt, seine Augen schienen sich auf das Basketballspiel zu konzentrieren, also wiederholte ich meine Bestellung. Sein Blick glitt träge in meine Richtung, als wäre ich eine Schabe, die über den Tresen kroch, und als hätte er eben genug Schaben geklatscht, würde aber eventuell zum guten Schluß noch eine mitnehmen.

»Wir haben keinen Kaffee«, sagte er.

Ich schaute mich am Tresen um. Zwei Hocker weiter nippte ein älterer Mann in einer Holzfällerjacke und einer angejahrten Cat-Kappe an einem Becher, der nach starkem schwarzem Kaffee roch.

»Hat er den selber mitgebracht?« erkundigte ich mich und nickte in die Richtung des Alten.

»Ja«, sagte der Barkeeper, ohne den Blick vom Fernsehschirm zu wenden.

»Dann eben 'ne Cola. Gleich hinter Ihren Kniekehlen, das zweite Regal. Tun Sie sich nichts beim Bücken.«

Lange schien es, als würde er sich nicht rühren, doch dann bewegte er sich allmählich, bückte sich, ohne den Fernseher aus den Augen zu lassen, und fand den Flaschenöffner instinktiv am Tresenrand. Dann setzte er die Flasche vor mir ab und stellte ein Glas ohne Eis dazu. Im Spiegel hinterm Tresen sah ich das amüsierte Lächeln einiger Gäste, und hörte eine Frau lachen, tief, versoffen und lüstern. Im Spiegel ordnete ich das Gelächter einer Frau in der Ecke mit derben Gesichtszügen und einer wuchtig-dunklen Frisur zu. Ein korpulenter Kerl neben ihr flüsterte ihr ein paar öde Sprüche ins Ohr, und es klang wie das Gurren einer kranken Taube.

Ich schenkte mir ein und nahm einen tiefen Schluck. Die Cola war warm und klebrig und setzte sich an meinem Gaumen, meiner Zunge und meinen Zähnen fest. Der Barkeeper polierte müßig eine Zeitlang Gläser, mit einem Geschirrtuch, das aussah, als wäre es zu Reagans Amtseinführung das letzte Mal gewaschen worden. Als es ihn schließlich langweilte, den Schmierfilm auf den Gläsern neu zu verteilen, kam er zu mir zurück und legte das Geschirrtuch vor mich auf den Tresen.

»Auf der Durchreise?« fragte er, wobei seine Stimme nicht ein Fünkchen Neugier erkennen ließ. Es klang eher nach einem Ratschlag als einer Frage.

»Nein«, sagte ich.

Er hatte es gehört und wartete nun darauf, daß ich noch etwas sagte. Was ich nicht tat. Er gab als erster nach.

»Und was machen Sie dann hier?« Er schaute über meine Schulter zu den Billardspielern hinüber, und mir fiel auf, daß das Kugelklackern plötzlich aufgehört hatte. Er setzte ein breites, selbstgefälliges Grinsen auf. »Vielleicht kann ich...« Er hielt inne, und das Grinsen wurde breiter, sein Ton nun gespielt formell. »...Ihnen irgendwie behilflich sein.«

»Kennen Sie jemanden namens Demeter?«

Das hämische Grinsen erstarb, und es entstand eine Pause. »Nein.«

»Dann glaube ich nicht, daß Sie mir behilflich sein können.« Ich stand auf um zu gehen, und legte zwei Dollarscheine auf den Tresen. »Für den netten Empfang«, sagte ich. »Legen Sie's für 'n neues Schild an.«

Ich drehte mich um, und vor mir stand ein kleiner Typ mit rattenhaften Gesichtszügen, der eine ausgeblichene blaue Jeansjacke trug. Seine Nase war von Mitessern überzogen, und seine Zähne standen vor und waren so gelbfleckig wie die Hauer eines Walrosses. Seine schwarze Baseballkappe zierten die Worte *›Boyz 'N the Hood‹*, aber das war kein Logo, das John Singleton gefallen hätte. Statt von Rappern waren die Worte von Kapuzen des Ku-Klux-Klans umgeben.

Unter seiner offenen Jeansjacke sah ich das Wort Pulaski, und darüber eine Art Siegel. Pulaski war die Geburtsstätte des Ku-Klux-Klans und der Ort, wo sich alljährlich arische Arschlöcher von überall her einfanden, aber ich hätte gewettet, daß der alte Thom Robb, der Großhochwichser des Klans, nur so gestrahlt hätte, wenn Rattenfresse mit seinem verkniffenen, debilen Gesicht dort aufgetaucht wäre, um die frische Luft von Pulaski einzuatmen. Schließlich wollte Robb den Klan bei der gebildeten Elite beliebt machen, bei den Anwälten und Lehrern. Die meisten Anwälte hätten sich gescheut, Rattenfresse als Klienten anzunehmen, geschweige denn als Waffenbruder.

Doch im neuen Klan war wahrscheinlich selbst für Rattenfresse Platz. Jede Organisation braucht Fußvolk, und der hier sah förmlich aus wie Kanonenfutter. Wenn der Zeitpunkt für die Boyz gekommen war, die Treppe zum Capitol hinaufzustürmen und die *›Jewnited States‹* zurückzuerobern, würde Rattenfresse an vorderster Front marschieren, wo er sicher sein konnte, sein Leben für die Sache zu opfern.

Hinter ihm ragte der bärtige Billardspieler auf, mit kleinen, dummen Schweinsäugelchen. Seine Arme waren massiv, aber unförmig, und sein Bauch wölbte ein T-Shirt in Tarnfarben. Es trug die Aufschrift *›Kill 'em all – Let God Sort 'em out‹*, aber der große Typ war kein Marine.

»Wie geht's?« sagte die Ratte. In der Kneipe war es jetzt still, und die Männer am Billardtisch lungerten nicht mehr herum, sondern standen kerzengerade, in Erwartung dessen, was nun kommen würde. Einer lächelte und stieß mit dem Ellenbogen seinen Nachbarn an. Offensichtlich waren die Ratte und ihr Kumpel hier das große Komikerduo.

»Bis jetzt prima.«

Er nickte, als hätte ich gerade etwas äußerst Tiefsinniges gesagt, was er von ganzem Herzen nachempfinden konnte.

»Wissen Sie«, sagte ich, »ich hab' mal bei Thom Robb in den Garten gepißt.«

Was stimmte.

»Wäre besser, wenn du dich auf die Socken machst und einfach weiterfährst, schätz' ich mal«, sagte die Ratte nach einer Weile, die sie brauchte, um zu überlegen, wer Thom Robb war. »Also, warum machste das nicht einfach?«

»Danke für den Tip.« Ich wollte an ihm vorbeigehen, aber sein Kumpel setzte mir seine Pranke wie eine Schaufel auf die Brust und schubste mich mit einer leichten Handbewegung an den Tresen zurück.

»Das war kein Tip«, sagte die Ratte. Er wies mit dem Daumen auf den großen Kerl hinter sich.

»Das hier ist Six. Wenn du jetzt nicht in dein verdammtes Auto steigst und dich dünnemachst, macht Six Kleinholz aus dir.«

Six lächelte einfältig. Wo er herkam, ging es mit der Evolutionskurve offenbar mächtig bergab.

»Weißt du, wieso er Six heißt?«

»Lassen Sie mich raten«, erwiderte ich. »Gibt's bei ihm zu Hause noch fünf solche Arschlöcher?«

Es sah nicht danach aus, als würde ich erfahren, wie Six zu seinem Namen gekommen war, denn er hörte auf zu lächeln, stürzte an der Ratte vorbei und wollte mir an die Gurgel. Für einen Mann seiner Größe war er schnell, aber so schnell nun auch wieder nicht. Ich riß den rechten Fuß hoch und rammte den Absatz in Six' linkes Knie. Man hörte es wohltuend krachen, und Six taumelte, den Mund vor Schmerz weit aufgerissen, und strauchelte seitlich zu Boden.

Seine Freunde eilten ihm schon zu Hilfe, als hinter ihnen ein Tumult entstand und sich ein kleiner, rundlicher Deputy Ende Dreißig seinen Weg durch die Menge bahnte, die Hand auf dem Kolben seiner Pistole. Es war Wallace, der Deputy Dorito. Er wirkte verängstigt und nervös, so der Typ Mann, der Bulle geworden war, um denen was vorauszuhaben, die ihn in der Schule ausgelacht, ihm das Geld fürs Mittagessen abgeknöpft und ihn dann zusammengeschlagen hatten – bloß daß er jetzt feststellen mußte, daß ihn dieselben Leute immer noch auslachten und sich von seiner Uniform nicht würden abhalten lassen, ihn erneut zu vertrimmen. Doch immerhin hatte er diesmal eine Waffe dabei, und vielleicht dachten sie ja, er wäre eingeschüchtert genug, sie auch zu ziehen.

»Was ist hier los, Clete?«

Einen Moment lang herrschte Schweigen, und dann meldete sich die Ratte zu Wort. »Ist bloß 'n bißchen hoch hergegangen, Wallace. Das geht die Polizei nichts an.«

»Mit dir hab' ich nicht geredet, Gabe.«

Jemand half Six auf die Beine und setzte ihn auf einen Stuhl.

»Das sieht mir doch nach mehr als ›hoch hergegangen‹ aus. Ich schätze mal, ihr kommt besser mit auf die Wache und beruhigt euch ein bißchen.«

»Laß stecken, Wallace«, sagte eine leise Stimme. Sie gehörte einem dünnen, drahtigen Mann mit kalten, dunklen Augen und einem graumelierten Bart. Er hatte ein bestimmendes Auftreten und eine Intelligenz, die über die billige Gerissenheit seiner Kollegen hinausging. Er beobachtete mich aufmerksam, so wie ein Bestattungsunternehmer wohl bei einem künftigen Kunden Maß nahm.

»Okay, Clete, aber ...« Deputy Dorito verlor den Faden, als ihm klar wurde, daß er nichts sagen konnte, was bei irgendeinem der Männer Eindruck gemacht hätte. Er nickte den Leuten zu, als hätte er selbst die Entscheidung gefällt, die Sache nicht weiter zu verfolgen.

»Sie gehen jetzt besser, Mister«, sagte er und schaute mich an.

Ich ging langsam zur Tür, und keiner sagte ein Wort.

Zurück im Motel, rief ich Walter Cole an, um zu hören, ob sich im Mordfall Stephen Barton irgendwas getan hatte, aber er war nicht im Büro, und bei ihm zu Hause schaltete sich nur der Anrufbeantworter an. Ich hinterließ die Nummer des Motels und versuchte, etwas Schlaf zu bekommen.

Kapitel 19

Am nächsten Morgen war der Himmel dunkelgrau, und es sah nach Regen aus. Mein Anzug war von der Reise zerknautscht, also zog ich eine Chinohose, ein weißes Hemd und ein schwarzes Jackett an. Ich legte sogar eine schwarze Strickkrawatte aus Seide an, damit ich nicht wie ein Penner aussah. Ich fuhr einmal durch die Stadt. Weder der rote Jeep noch das Paar darin waren zu sehen.

Ich parkte vor dem Diner, kaufte mir an der Tankstelle auf der anderen Straßenseite die *Washington Post* und ging dann im Diner frühstücken. Es war schon nach neun, aber am Tresen und an den Tischen saßen immer noch Leute, unterhielten sich leise über das Wetter und wohl auch über mich – denn manche schauten kurz wissend in meine Richtung und wiesen ihre Nachbarn auf meine Anwesenheit hin.

Ich saß an einem Tisch in der Ecke und blätterte die Zeitung durch. Eine Frau in vorgerücktem Alter, in weißer Schürze und blauer Uniform, über deren linker Brust »Dorothy« aufgestickt war, kam mit einem Notizblock zu mir herüber und nahm meine Bestellung entgegen: Toastbrot, Speck und Kaffee. Sie blieb noch einen Moment lang vor mir stehen. »Sind Sie das, der gestern abend den Six in der Kneipe verdroschen hat?«

»Ja, das bin ich.«

Sie nickte zufrieden. »Dann kriegen Sie Ihr Frühstück

gratis.« Sie lächelte gezwungen und fügte dann hinzu: »Aber verwechseln Sie meine Großzügigkeit nicht mit einer Einladung zu bleiben. So gut sehen Sie nun auch wieder nicht aus.« Sie schlenderte hinter den Tresen zurück und klemmte meine Bestellung an einen Draht.

Auf der Hauptstraße von Haven war nicht viel Verkehr. Die meisten Autos und Lastwagen fuhren offenbar nur auf dem Weg nach anderswo hier durch. Haven sah bei Tageslicht nicht viel besser aus als am Abend zuvor. Ich sah einen Gebrauchtwagenladen, das Dach einer High School und, weiter die Straße hinab, ein paar Läden und die Kneipe. Es waren kaum Leute unterwegs. Haven schien wie in einem trostlosen Sonntagnachmittag gefangen.

Ich aß auf und ließ ein Trinkgeld auf dem Tisch liegen. Dorothy beugte sich über den Tresen, und ihre Brüste ruhten auf der polierten Oberfläche. »Tschüß dann«, sagte sie, als ich ging. Die übrigen Gäste sahen sich kurz nach mir um und widmeten sich dann wieder ihrem Frühstück.

Ich fuhr zur Stadtbücherei, einem eingeschossigen Neubau am anderen Ende der Stadt. Eine hübsche Schwarze Anfang Dreißig stand hinter der Ausleihe, und neben ihr eine ältere Weiße mit Haar wie aus Stahlwolle, die mich mit unverhohlenem Widerwillen beäugte, als ich hereinkam.

»Morgen«, sagte ich. Die jüngere Frau lächelte etwas bang, während die andere versuchte, den bereits tadellos ordentlichen Ausleihebereich noch weiter aufzuräumen. »Welche Lokalzeitung gibt es hier in der Gegend?«

»Früher war das der *Haven Leader*«, antwortete die jüngere Frau nach einer kurzen Pause. »Aber der ist eingestellt worden.«

Sie schaute wie hilfesuchend zu der anderen Frau hinüber, doch die sortierte hinter dem Ausleihtresen weiter Papiere.

»Wir haben sie auf Mikrofiche, in den Schränken neben dem Lesegerät. Wie weit wollen Sie denn zurückgehen?«

»Nicht weit«, sagte ich und schlenderte zu den Archivschränken. Die Mikrofiches mit dem *Leader* befanden sich in kleinen rechteckigen Schachteln, chronologisch geordnet über zehn Schubladen verteilt, aber die drei Schachteln mit den Mikrofiches aus den Jahren der Morde fehlten. Ich schaute alles durch, falls sie falsch einsortiert waren, aber ich hatte so das Gefühl, daß diese Ausgaben normalen Bibliotheksbenutzern nicht zugänglich waren.

Ich ging zurück an den Tresen. Die ältere Frau war nicht mehr zu sehen.

»Die Fiches, nach denen ich suche, scheinen nicht da zu sein«, sagte ich. Die junge Frau wirkte verwirrt, aber ich hatte nicht den Eindruck, daß sie es auch war.

»Nach welchem Jahrgang haben Sie gesucht?«

»Nach mehreren. 1969 und 70, eventuell noch 71.«

»Das tut mir leid. Diese Jahrgänge sind ...« Sie schien nach einer plausiblen Ausrede zu suchen. »... nicht zugänglich. Sie sind zu Forschungszwecken ausgeliehen.«

»Oh«, sagte ich und setzte mein charmantestes Lächeln auf. »Macht nichts, ich komme mit dem klar, was da ist.«

Sie schien erleichtert, und ich ging zum Lesegerät zurück und blätterte zerstreut die Jahrgänge durch auf der Suche nach irgendeinem Anhaltspunkt, aber dabei kam nur Langeweile raus. Es dauerte eine halbe Stunde, bis sich eine Gelegenheit bot. Eine Gruppe Schulkinder kam in die Jugendabteilung der Bücherei, die durch eine halb aus Holz, halb aus Glas bestehende Trennwand von der Erwachsenenausleihe getrennt war. Die junge Frau ging ihnen nach und wandte mir dann den Rücken zu, während sie sich mit den Kindern und der Lehrerin unterhielt, einer jungen Blondine, die aussah, als hätte sie selbst gerade erst ihren Abschluß gemacht.

Von der älteren Frau war nichts zu sehen, doch in dem kleinen Foyer hinter der Erwachsenenabteilung stand eine braune Tür einen Spalt breit offen. Ich schlich hinter den Tresen und durchsuchte, so leise ich konnte, die Schubladen und Schränke. Dabei kam ich gebückt an der Tür zur Jugendabteilung vorbei, doch die Bibliothekarin beschäftigte sich immer noch mit ihren jungen Gästen.

Ich entdeckte die fehlenden Jahrgänge in der untersten Schublade, neben einem kleinen Geldkasten. Ich steckte sie in meine Jackentaschen und verließ eben den Ausleihebereich, als die Bürotür zuknallte und ich leise näher kommende Schritte hörte. Ich flitzte neben ein Regal, und die alte Bibliothekarin kam herein. Sie blieb kurz am Eingang zur Ausleihe stehen und musterte mich und das Buch in meiner Hand kurz mit unfreundlichem Blick. Ich lächelte tapfer und kehrte zum Lesegerät zurück. Ich wußte nicht, wie lange es dauern würde, bis der Drache hinterm Tresen in der bewußten Schublade nachsehen und nach Hilfe rufen würde.

Ich sah mir zuerst den Jahrgang 1969 an. Es dauerte eine ganze Weile, obwohl der *Haven Leader* damals nur ein Wochenblatt gewesen war. In der Zeitung stand nichts über verschwundene Kinder. Noch 1969 hatten Schwarze nicht viel gezählt. Das Blatt berichtete ausgiebig über Kirchenabende, Heimatkundevorträge und Hochzeiten. Es gab einige kleinere Vergehen, größtenteils Verkehrsdelikte, Trunkenheit und ungebührliches Verhalten, aber nichts, was einen flüchtigen Leser auf die Idee bringen konnte, daß in Haven Kinder verschwanden.

Dann stieß ich in einer Novembernummer auf die Erwähnung eines gewissen Walt Tyler. Neben dem Artikel war ein Bild von ihm: ein gutaussehender Mann, der von einem weißen Deputy in Handschellen abgeführt wurde. »Nach Angriff auf Sheriff festgenommen«, lautete die Schlagzeile. Der Artikel hielt sich mit Einzelheiten sehr zurück, aber Tyler war offenbar in das Büro des Sheriffs gekommen, hatte den Laden aufgemischt und dabei auch den Sheriff geschlagen. Der einzige Hinweis auf ein Motiv für diese Attakke folgte im letzten Absatz.

»Tyler gehörte zu einer Reihe von Negern, die von der Polizei von Haven County in Zusammenhang mit dem Verschwinden seiner Tochter und zweier weiterer Kinder vernommen wurden. Auf eine Anzeige wurde verzichtet, und er wurde wieder auf freien Fuß gesetzt.«

Der Jahrgang 1970 war schon ergiebiger. Am Abend des 8. Februar 1970 war Amy Demeter verschwunden, nachdem sie zum Haus einer Freundin gegangen war, um für ihre

Mutter dort ein Glas Marmelade abzugeben. Sie kam nie dort an, und das Marmeladenglas fand man zerbrochen auf dem Bürgersteig, gut fünfhundert Meter von ihrem Zuhause entfernt. Neben der Geschichte war ein Bild von ihr abgedruckt, dazu Einzelheiten darüber, was sie getragen hatte, und ein kurzer Abriß der Geschichte ihrer Familie. Ihr Vater Earl war Buchhalter, die Mutter Dorothy Hausfrau und Elternsprecherin, ihre jüngere Schwester Catherine ein bei allen beliebtes Kind mit künstlerischer Begabung. Die Geschichte lief während der folgenden Wochen weiter: »Suche nach Mädchen aus Haven wird fortgesetzt«; »Fünf neue Aussagen im mysteriösen Fall Demeter«; und schließlich: »Kaum noch Hoffnung für Amy«.

Ich verbrachte noch eine halbe Stunde damit, den *Haven Leader* querzulesen, aber es stand weiter nichts über die Morde oder eine eventuelle Aufklärung des Falls drin. Es folgte nur noch ein Bericht über den Tod von Adelaide Modine bei einem Brand vier Monate später, und in diesem Artikel wurde auch kurz der Tod ihres Bruders erwähnt. Die Umstände, unter denen sie ums Leben kamen, wurden nicht geschildert, es gab nur einen Hinweis darauf, wiederum im letzten Absatz: »Im Zuge der Ermittlungen nach dem Verschwinden von Amy Demeter und einer Reihe weiterer Kinder wollte die Polizei von Haven County Adelaide und William Modine vernehmen.«

Man mußte kein Genie sein, um zwischen den Zeilen herauszulesen, daß entweder Adelaide Modine oder ihr Bruder oder beide die Hauptverdächtigen waren. Lokalzeitungen bringen nicht unbedingt immer die vollständigen Nachrichten: Manches weiß vor Ort ohnehin jeder, und gelegentlich druckt die Lokalpresse gerade mal genug, um Leute von außerhalb von der Fährte abzubringen. Die alte Bibliothekarin traktierte mich mit ihrem bösen Blick, also druckte ich nur die relevanten Artikel aus, sammelte sie zusammen und ging.

Ein Wagen der Polizei von Haven County, ein braun-gelber Crown Victoria, stand vor meinem Auto, und ein Deputy, der eine saubere, frisch gebügelte Uniform trug, lehnte an meiner Fahrertür und wartete. Als ich näher kam, konnte ich die kräftigen Muskeln unter seinem Hemd erkennen. Sein Blick war gelangweilt und reglos. Er sah aus wie ein Arschloch. Ein athletisches Arschloch.

»Ihr Wagen?« fragte er mit einem Virginia-Akzent, die Daumen in den Pistolengurt gesteckt, an dem, tadellos sauber, das Handwerkszeug seiner Branche schimmerte. Auf der absolut lotrechten Dienstmarke auf seiner Brust war der Name »Burns« aufgeprägt.

»Klar«, sagte ich und äffte seine Sprechweise nach. Das war bei mir so eine schlechte Angewohnheit. Seine Wangen spannten sich, wenn es denn überhaupt möglich war, daß sich seine Wangen noch weiter spannten.

»Hab' gehört, Sie haben nach alten Zeitungen gesucht?«

»Ich lös' gern Kreuzworträtsel. Früher waren die viel besser.«

»Sind Sie noch so 'n Schriftsteller?«

Nach dem Ton seiner Frage zu urteilen, las er nicht viel, zumindest nichts ohne Bilder oder eine Botschaft von Gott. »Nein«, sagte ich. »Haben Sie hier 'ne Menge Schriftsteller?«

Ich glaube nicht, daß er mir abkaufte, daß ich kein Schriftsteller war. Vielleicht kam ich ihm gebildet vor, oder vielleicht hatte er sofort jeden, den er nicht persönlich kannte, im Verdacht, heimliche literarische Neigungen zu hegen. Die Bibliothekarin hatte mich verpfiffen, in dem Glauben, ich wäre ein weiterer Schmierfink, der aus Havens Geschichte Kapital schlagen wollte.

»Ich begleite Sie an die Stadtgrenze«, sagte er. »Ich hab' Ihre Tasche dabei.« Er ging zum Streifenwagen und nahm meine Reisetasche vom Beifahrersitz. Deputy Burns ging mir allmählich ziemlich auf die Nerven.

»Ich habe aber nicht vor, schon abzureisen«, sagte ich. »Bringen Sie die Tasche also zurück auf mein Zimmer. Und übrigens, wenn Sie sie auspacken: Ich habe meine Socken am liebsten links in der Schublade.«

Er ließ die Tasche auf die Straße fallen und kam auf mich

zu. »Schaun Sie«, setzte ich an. »Hier ist mein Ausweis.« Ich langte in die Innentasche meines Jacketts. »Ich bin ...«

Das war ein dummer Fehler, aber schließlich war mir heiß, und ich war müde und genervt von Deputy Burns und hatte meine Gedanken nicht so ganz beisammen. Er erhaschte einen kurzen Blick auf den Kolben meiner Pistole, und da hatte er seine eigene Waffe schon in der Hand. Burns zog schnell. Wahrscheinlich übte er vor dem Spiegel. Binnen Sekunden hing ich über seinem Wagen und war meine Waffe los, und die schimmernden Handschellen von Deputy Burns kniffen mir in die Handgelenke.

Kapitel 20

Man ließ mich in einer Zelle Däumchen drehen, drei oder vier Stunden lang, schätzte ich, denn der umsichtige Deputy Burns hatte mir die Armbanduhr abgenommen, dazu meine Pistole, die Brieftasche und den Ausweis, meine Notizen, meinen Gürtel und die Schnürsenkel, falls ich mich in einem Anfall von Reue wegen der Bibliothekarinnen erhängen wollte. Alles war der sicheren Obhut von Deputy Wallace übergeben worden, der Burns gegenüber einige Bemerkungen über die Ereignisse am Abend zuvor in der Kneipe fallenließ.

Die Zelle war immerhin die sauberste, die ich in meinem ganzen Leben gesehen hatte – selbst das Klo sah aus, als könne man es getrost benutzen, ohne anschließend Penizillin einnehmen zu müssen. Ich vertrieb mir die Zeit, indem ich darüber nachgrübelte, was ich aus den Mikrofiches in der Bücherei erfahren hatte, und versuchte, aus den Puzzleteilen ein Bild zusammenzusetzen, und dabei sträubte ich mich dagegen, an den fahrenden Mann zu denken und daran, was er wohl tun mochte.

Schließlich regte sich draußen etwas, und die Zellentür wurde geöffnet. Ich schaute hoch und sah einen großen Schwarzen in Uniform, der mich beobachtete. Er sah aus wie Ende Dreißig, aber etwas an seinem Gang und seinem erfahrenen Blick sagte mir, daß er älter war. Ich schätzte, daß er früher mal geboxt hatte, wahrscheinlich Mittel- oder

Halbschwergewicht, denn er bewegte sich anmutig auf den Beinen. Er wirkte klüger als Wallace und Burns zusammengenommen, aber das war auch keine Kunst. Das ist Alvin Martin, schätzte ich. Ich hatte es nicht eilig mit dem Aufstehen, damit er nicht dachte, seine hübsche saubere Zelle würde mir nicht gefallen.

»Wollen Sie da noch ein paar Stunden drinbleiben, oder warten Sie darauf, daß Sie jemand rausträgt?« fragte er. Seine Stimme klang nicht nach Südstaaten: eher nach Detroit oder vielleicht Chicago.

Ich stand auf, und er trat beiseite, um mich vorbeizulassen. Wallace wartete am Ende des Flurs, die Daumen in den Gürtel gepropft, um seine Schultern etwas zu entlasten.

»Geben Sie ihm seine Sachen zurück, Deputy.«

»Auch seine Waffe?« fragte Wallace und machte keine Anstalten, zu tun, was man ihm befohlen hatte. Wallace hatte diesen gewissen Gesichtsausdruck aufgesetzt, bei dem man merkte, daß er es nicht gewohnt war, von einem Schwarzen Befehle entgegenzunehmen, und daß es ihm gar nicht gefiel. Mir wurde klar, daß er mit der Ratte und Konsorten mehr gemein haben mochte, als gut war für einen gewissenhaften Gesetzeshüter.

»Auch seine Waffe«, entgegnete Martin ruhig, aber genervt und warf Wallace einen Blick zu. Wallace stieß sich von der Wand ab wie ein besonders häßliches Schiff, das in See stach, und dampfte ab hinter den Tresen, von wo er schließlich mit einem braunen Umschlag und meiner Pistole wiederkam. Ich quittierte den Empfang, und Martin machte eine Kopfbewegung in Richtung Tür.

»Bitte steigen Sie in den Wagen, Mr. Parker.« Draußen wurde es allmählich dunkel, und ein kalter Wind wehte von den Hügeln ins Tal. Auf der Straße ratterte ein Pickup vorbei, mit einem abgedeckten Gewehrhalter hinten drauf, der von einem räudigen Köter bewacht wurde.

»Hinten oder vorn?« fragte ich.

»Steigen Sie vorne ein«, sagte er. »Ich vertraue Ihnen.«

Er ließ den Streifenwagen an, und wir fuhren eine Zeitlang schweigend dahin, die Klimaanlage blies uns kalte Luft ins Gesicht und auf die Füße. Wir ließen die Stadt hinter uns und kamen in einen dichten Wald, die Straße wand sich und folgte den Konturen der Landschaft. Dann erschien in der Ferne ein Licht. Wir bogen auf den Parkplatz eines weißgestrichenen Diners, von dessen Dach ein grünes Neonschild »Green River Eaterie« auf die Straße hinunterblinkte.

Wir setzten uns in eine Nische am hinteren Ende, weitab von der Handvoll anderer Gäste, die uns neugierig musterten, ehe sie sich wieder ihrem Essen zuwandten. Martin setzte seinen Hut ab, bestellte für uns beide Kaffee, lehnte sich dann zurück und schaute mich an. »Normalerweise gehört es für einen Ermittler, der eine Pistole dabeihat, zu den guten Manieren, bei der örtlichen Polizei vorbeizuschauen und zu erzählen, was er vorhat, ehe er loszieht und Billardspieler zusammenschlägt und Akten aus der Bücherei klaut«, sagte er.

»Sie waren nicht da, als ich vorbeigeschaut habe«, sagte ich. »Und der Sheriff auch nicht. Und Ihr Freund Wallace schien keine große Lust zu haben, mir Gebäck anzubieten und die neusten Negerwitze zu erzählen.«

Der Kaffee kam. Martin nahm Milch und Zucker, ich beließ es bei Milch.

»Ich habe mich über Sie erkundigt«, sagte Martin und rührte seinen Kaffee um. »Ein Typ namens Cole hat für Sie gebürgt. Deshalb jage ich Sie nicht aus der Stadt, jedenfalls noch nicht. Deshalb, und weil Sie keine Angst hatten, gestern abend diesen Proleten zu vermöbeln. Das zeigt, daß Sie über Zivilcourage verfügen. Also, vielleicht würden Sie mir jetzt erzählen, weshalb Sie hier sind.«

»Ich suche nach einer Frau namens Catherine Demeter. Ich glaube, daß Sie letzte Woche nach Haven gekommen ist.«

Martin runzelte die Stirn.

»Eine Verwandte von Amy Demeter?«

»Ihre Schwester.«

»Hab' ich mir gedacht. Weshalb glauben Sie, daß sie hier ist?«

»Sie hat aus ihrer Wohnung zuletzt bei Sheriff Earl Lee

Granger angerufen. Auch in Ihrer Dienststelle hat sie an jenem Abend ein paarmal angerufen. Seitdem fehlt jedes Lebenszeichen von ihr.«

»Sind Sie engagiert worden, sie zu finden?«

»Ich suche nur nach ihr«, antwortete ich mit neutraler Miene.

Martin seufzte. »Ich bin vor sechs Monaten aus Detroit hierhergekommen«, sagte er, nachdem er gut eine Minute lang geschwiegen hatte. »Mit meiner Frau und meinem Sohn. Meine Frau ist Bibliothekarin. Ich glaube, Sie haben sie schon kennengelernt.«

Ich nickte.

»Der Gouverneur war der Meinung, daß es hier bei der Polizei nicht genug Schwarze gebe und daß es um die Beziehungen zwischen den hiesigen Minderheiten und der Polizei nicht zum besten stünde. Also haben sie hier eine Stelle geschaffen, und ich habe mich beworben, hauptsächlich, weil ich meinen Sohn aus Detroit weghaben wollte. Mein Vater ist aus Gretna, nicht weit von hier. Ich wußte nichts über die Morde, bis ich hier ankam. Jetzt weiß ich mehr.

Diese Stadt ist mit den Kindern gestorben. Es sind keine neuen Leute hergezogen, und alle, die nur einen Funken gesunden Menschenverstand und Ehrgeiz hatten, haben sich aus dem Staub gemacht. Jetzt ist der Genpool hier so flach, daß man nicht mal eine Ratte darin ertränken könnte.

Seit ein, zwei Monaten gibt es Anzeichen, daß sich das alles ändern könnte. Eine japanische Firma ist daran interessiert, sich eine halbe Meile außerhalb der Stadt niederzulassen. Die forschen und entwickeln Computersoftware, hab' ich gehört, und ihnen gefällt die Abgeschiedenheit, und daß sie sich hier ein Mini-Nippon einrichten können. Sie würden eine Menge Geld in diese Stadt bringen, viele Arbeitsplätze für die Leute hier und vielleicht die Möglichkeit, endlich einen Schlußstrich unter die Vergangenheit zu ziehen. Offen gesagt, halten die Leute hier nicht viel davon, für Japaner zu arbeiten, aber sie wissen, daß sie eh am Ende sind, wie es jetzt steht, und deshalb werden sie für jeden arbeiten, solange es kein Schwarzer ist.

Das letzte, was sie wollen, ist, daß jemand in ihrer Geschichte rumschnüffelt, die Vergangenheit ausgräbt und mit den Knochen toter Kinder ankommt. Viele von denen sind dumm wie Brot, das ja. Sie mögen auch Rassisten sein und Kinderficker, aber sie sehnen sich nach einer zweiten Chance, und sie werden jeden fertigmachen, der sich ihnen dabei in den Weg stellt. Und wenn sie's nicht tun, wird Earl Lee es tun.«

Er hob den Zeigefinger und fuchtelte mir damit eindringlich vorm Gesicht herum. »Verstehen Sie, was ich damit sagen will? Hier will keiner Fragen gestellt bekommen über Kindermorde, die sich vor dreißig Jahren ereignet haben. Wenn Catherine Demeter zurückkommen würde – und ehrlich gesagt weiß ich nicht, warum sie das tun sollte, denn sie hat hier niemanden mehr, zu dem sie zurückkehren könnte –, dann wäre sie auch nicht willkommen. Aber sie ist nicht hier, denn wenn sie es wäre, dann würde sich die ganze Stadt das Maul darüber zerreißen.«

Er nahm einen Schluck Kaffee und biß die Zähne zusammen. »Mist, der ist kalt.« Er winkte der Kellnerin und bestellte sich einen neuen Becher.

»Ich will hier nicht länger bleiben, als ich muß«, sagte ich. »Aber ich glaube, daß Catherine Demeter hierher zurückgekommen ist oder es versucht hat. Ganz gewiß wollte sie mit dem Sheriff sprechen, und das will ich auch. Wo steckt er?«

»Er hat sich ein paar Tage freigenommen, um mal aus der Stadt rauszukommen«, sagte Martin und stupste seine Hutkrempe an, so daß sie sich auf dem Vinylsitz drehte. »Er ist bald wieder da – also eigentlich sollte er heute schon wiederkommen, aber vielleicht kommt er auch erst morgen. Wir haben nicht viel Kriminalität hier, nur ein paar Säufer und Typen, die ihre Frau schlagen und die übliche Scheiße, die in so einer Stadt eben läuft. Aber er wird nicht sonderlich erfreut sein, zu sehen, daß Sie auf ihn gewartet haben. Ich bin selbst nicht sonderlich erfreut, Sie zu sehen. Ist nicht persönlich gemeint.«

»Ich bin Ihnen nicht böse. Ich denke mal, ich werde trotzdem auf den Sheriff warten.« Außerdem mußte ich mehr über die Modine-Morde herausfinden, ob Martin das nun gefiel oder nicht. Wenn sich Catherine Demeter in ihre Vergangenheit aufgemacht hatte, dann mußte auch ich mich dorthin aufmachen, sonst würde ich die Frau, nach der ich suchte, nie verstehen.

»Ich muß auch mit jemandem über die Morde sprechen. Ich muß mehr erfahren.«

Martin schloß die Augen und fuhr sich müde mit der Hand darüber. »Sie hören mir nicht zu –«, setzte er an.

»Nein, Sie hören mir nicht zu. Ich suche nach einer Frau, die vielleicht in Schwierigkeiten steckt und sich an jemanden hier um Hilfe gewandt hat. Ehe ich abreise, werde ich herausfinden, ob das der Fall ist oder nicht, selbst wenn ich dazu in diesem gottverdammten Kaff an jedem Käfig rütteln muß und eure japanischen Heilsbringer zurück nach Tokio scheuche. Aber wenn Sie mir helfen, kann das alles diskret erledigt werden, und dann gehe ich Ihnen in ein paar Tagen schon nicht mehr auf die Nerven.«

Wir waren beide angespannt und beugten uns auf der Tischplatte zum andern vor. Einige Gäste starrten uns an und ließen ihr Essen kalt werden.

Martin schaute sich zu ihnen um und wandte sich dann wieder mir zu. »Also gut«, sagte er. »Die meisten Leute, die damals dabeiwaren und vielleicht etwas Nützliches wissen, sind entweder weggezogen oder tot oder werden nicht für Geld und gute Worte darüber reden. Aber es gibt da zwei, die es vielleicht doch tun. Der eine ist der Sohn des Arztes, der damals hier praktiziert hat. Er heißt Connell Hyams und hat in der Stadt eine Anwaltskanzlei. Sie müssen ihn selbst ansprechen.

Der andere ist Walt Tyler. Seine Tochter war die erste Tote; er wohnt außerhalb der Stadt. Ich werde mit ihm reden, und vielleicht dürfen Sie ihn treffen.« Er stand auf, um zu gehen. »Und wenn Sie Ihren Auftrag erledigt haben, dann machen Sie hier die Fliege, und dann will ich ihr Gesicht nie wiedersehen, verstanden?«

Ich sagte nichts und folgte ihm zur Tür. Er blieb stehen,

drehte sich zu mir um und setzte sich dabei den Hut auf. »Noch eins«, sagte er. »Ich hab' mir die Jungs aus der Kneipe zur Brust genommen, aber denken Sie dran, die haben keinen Grund, Sie zu mögen. Ich würde auf meinen Arsch aufpassen, wenn ich vorhätte, meine Nase in die Angelegenheiten dieser Stadt zu stecken.«

»Mir ist aufgefallen, daß einer von denen, Gabe hieß er, glaube ich, ein Klan-T-Shirt anhatte«, sagte ich. »Haben Sie noch mehr von der Sorte hier in der Gegend?«

Martin stieß mächtig Luft aus. »In einer armen Stadt suchen sich die Dummen immer jemanden, dem sie die Schuld an ihrer Armut geben können.«

»Da war ein Typ – Ihr Kollege nannte ihn Clete –, der sah gar nicht so dumm aus.«

Martin beäugte mich unter seiner Hutkrempe hervor. »Nein, Clete ist nicht dumm. Er sitzt im Stadtrat und meint, man würde ihn da nur mit gezückter Kanone wieder rausbekommen. Wenn die Sie verdroschen hätten, hätte das bestimmt zwanzig, dreißig zusätzliche Stimmen gebracht. Scheiße, vielleicht schickt er Ihnen einen Wahlkampfsticker.

Aber was den Klan angeht – wir sind hier nicht in Georgia oder North Carolina und schon gar nicht in Delaware. Überbewerten Sie das nicht. Sie können den Kaffee bezahlen.«

Ich ließ ein paar Dollar an der Kasse und ging hinaus auf den Parkplatz, aber Martin fuhr schon davon. Mir fiel auf, daß er den Hut im Auto wieder abgenommen hatte. Der Mann schien sich mit dem verdammten Hut einfach nicht wohl zu fühlen. Ich ging zurück in den Diner, rief das einzige Taxiunternehmen von Haven an und bestellte mir noch einen Kaffee.

Kapitel 21

Es war nach sechs, als ich wieder in der Stadt ankam. Connell Hyams' Büro- und Privatadresse standen im Telefonbuch, aber als ich bei seiner Kanzlei vorfuhr, war kein Licht zu sehen. Ich rief Rudy Fry im Motel an und bekam eine Wegbeschreibung zur Bale's Farm Road, wo nicht nur Hyams, sondern auch Sheriff Earl Lee Granger ein Haus besaß.

Ich fuhr vorsichtig die gewundenen Straßen entlang, suchte nach der verborgenen Einfahrt, die Rudy Fry erwähnt hatte, und schaute dabei immer noch gelegentlich im Rückspiegel nach dem roten Jeep. Er war nicht zu sehen. Ich fuhr einmal an der Einfahrt zur Bale's Farm Road vorbei, ohne sie zu sehen, und mußte zurücksetzen. Das Schild war halb von Gestrüpp verdeckt und wies auf einen gewundenen, ausgefurchten Feldweg, in den zu beiden Seiten Tannenzweige hingen und der schließlich zu ein paar gepflegten Häusern mit langgestreckten Vorgärten und großen Grundstücken führte. Hyams' Haus stand fast am Ende des Weges, ein großes, zweistöckiges weißes Holzgebäude. Neben der Fliegentür war eine Lampe an, und dahinter sah man eine Haustür aus massiver Eiche mit einem fächerförmigen Mattglasfenster. Im Flur brannte Licht.

Ein grauhaariger Mann, der eine rote Wollstrickjacke über einer grauen Hose und einem gestreiften Hemd mit aufgeknöpftem Kragen trug, öffnete die Haustür, als ich näher kam, und beäugte mich argwöhnisch.

»Mr. Hyams?« sagte ich und ging zur Tür.

»Ja?«

»Ich bin Detektiv. Mein Name ist Parker. Ich möchte mit Ihnen über Catherine Demeter sprechen.«

Er schwieg eine ganze Weile und ließ die Gazetür zwischen uns geschlossen.

»Catherine oder ihre Schwester?« erkundigte er sich schließlich.

»Wohl beide.«

»Darf ich fragen, weshalb?«

»Ich versuche, Catherine zu finden. Ich glaube, sie ist hierher zurückgekehrt, aber ich weiß nicht, wieso.«

Hyams öffnete die Fliegentür und trat beiseite, um mich hereinzulassen. Das Haus war mit dunklen Holzmöbeln und großen, kostspielig aussehenden Teppichen eingerichtet. Er geleitete mich in ein Büro am anderen Ende, wo auf einem mit Papieren übersäten Schreibtisch ein Computermonitor leuchtete.

»Kann ich Ihnen einen Drink anbieten?« fragte er.

»Nein danke.«

Er nahm einen Cognacschwenker von seinem Schreibtisch und bot mir auf der anderen Seite einen Platz an, ehe er sich selbst setzte. Jetzt konnte ich ihn deutlicher sehen. Seine äußere Erscheinung war ernst und patrizisch, und er hatte lange, schmale Hände, die Fingernägel sorgsam manikürt. Im Zimmer war es warm, und ich roch sein After Shave. Es roch teuer.

»Das hat sich alles vor langer Zeit ereignet«, begann er. »Die meisten Leute würden lieber nicht darüber reden.«

»Gehören Sie zu den ›meisten Leuten‹?«

Er zuckte mit den Achseln und lächelte. »Ich habe in dieser Gemeinde meinen Platz und eine Rolle, die ich zu spielen habe. Ich habe beinahe mein ganzes Leben hier verbracht, abgesehen von der Zeit auf dem College und in einer Praxis in Richmond. Mein Vater hat hier fünfzig Jahre lang praktiziert, und das bis zu dem Tag, an dem er starb.«

»Er war hier der Arzt, schließe ich daraus.«

»Arzt, Anwalt, Rechtsbeistand, sogar Zahnarzt, wenn der hiesige Zahnarzt mal verhindert war. Er hat alles gemacht. Die Morde haben ihn besonders schwer getroffen. Er hat an den Leichen die Obduktion durchgeführt. Ich glaube, das hat er nie vergessen, nicht einmal im Schlaf.«

»Und Sie? Waren Sie hier, als das passiert ist?«

»Ich habe damals in Richmond gearbeitet und bin immer zwischen Haven und Richmond gependelt. Ich wußte, was hier passiert war, ja, aber ich würde wirklich lieber nicht darüber reden. Vier Kinder sind gestorben, und das auf abscheuliche Weise. Lassen wir sie in Frieden ruhen.«

»Erinnern Sie sich an Catherine Demeter?«

»Ich kannte die Familie, ja, aber Catherine muß sehr viel jünger als ich gewesen sein. Sie ist fortgezogen, als sie die High-School abgeschlossen hatte, soweit ich mich erinnere, und ich glaube nicht, daß sie jemals wieder hier war, außer zur Beerdigung ihrer Eltern. Sie war seit mindestens zehn Jahren nicht mehr hier, und das Haus ihrer Eltern ist verkauft worden. Ich war mit dem Verkauf beauftragt. Weshalb glauben Sie, daß sie jetzt zurückgekommen sein sollte? Hier gibt es doch nichts für sie – nicht Gutes jedenfalls.«

»Ich bin mir nicht sicher. Sie hat Anfang der Woche ein paarmal hier angerufen und wurde seitdem nicht mehr gesehen.«

»Das ist kein großer Anhaltspunkt.«

»Nein«, pflichtete ich bei. »Das ist es nicht.«

Er drehte das Glas in der Hand und schaute der bernsteinfarbenen Flüssigkeit zu. Er spitzte abschätzig den Mund und sah mich durch das Glas hindurch an.

»Was können Sie mir über Adelaide Modine und ihren Bruder erzählen?«

»Ich kann Ihnen sagen, daß sie aus meiner Sicht nichts an sich hatten, was einen zu der Annahme verleitet hätte, daß sie Kindermörder waren. Ihr Vater war ein merkwürdiger Mensch, wohl so eine Art Philanthrop. Er hat den Großteil seines Vermögens einer Stiftung vermacht.«

»Starb er vor den Morden?«

»Fünf oder sechs Jahre zuvor, ja. Er hinterließ die Anweisung, daß die Zinserträge aus dem Stiftungsvermögen auf unbegrenzte Zeit gewissen wohltätigen Zwecken zufließen sollten. Seitdem hat die Anzahl der Einrichtungen, die Stiftungsgelder erhalten, beträchtlich zugenommen. Ich muß das wissen, denn ich leite zusammen mit einem kleinen Komitee die Verwaltung der Stiftung.«

»Und seine Tochter und sein Sohn? War für sie gesorgt?«

»Mehr als ausreichend, soweit ich weiß.«

»Was ist nach ihrem Tod aus ihrem Geld und Eigentum geworden?«

»Der Staat Virginia hat eine Klage angestrengt, um das Eigentum und die Vermögenswerte zu übernehmen. Wir haben das im Interesse der Einwohner von Haven angefochten, und schließlich wurde eine Einigung erzielt. Die Grundstücke wurden verkauft und das gesamte Vermögen in die Stiftung überführt, und ein Teil der Stiftung wurde dazu bestimmt, Neubauten in der Stadt zu finanzieren. Deshalb haben wir eine gute Bücherei, eine moderne Polizeidienststelle, eine gute Schule und ein erstklassiges Krankenhaus. Diese Stadt hat nicht viel, aber was sie hat, verdankt sie der Stiftung.«

»Was sie hat, sei es gut oder schlecht, verdankt sie vier toten Kindern«, entgegnete ich. »Können Sie mir sonst noch etwas über Adelaide und William Modine erzählen?«

Hyams' Mund zuckte kurz. »Wie ich schon sagte, das ist lange her, und ich möchte lieber nicht darüber reden. Ich hatte mit keinem der beiden viel zu tun. Die Modines waren eine wohlhabende Familie, ihre Kinder gingen auf eine Privatschule. Wir hatten wirklich nicht viel Kontakt, tut mir leid.«

»Kannte Ihr Vater die Familie?«

»Mein Vater hat sowohl William als auch Adelaide entbunden. Ich erinnere mich da an eine merkwürdige Geschichte, aber das wird Ihnen nicht groß weiterhelfen. Adelaide war ein Zwilling. Der andere Zwilling, ein Junge, starb im Mutterleib, und die Mutter starb kurz nach ihrer

Geburt an den Komplikationen. Der Tod der Mutter kam überraschend. Sie war eine kräftige und herrschsüchtige Frau. Mein Vater dachte, sie würde uns alle überleben.« Er nahm einen tiefen Schluck aus seinem Glas, und sein Blick schärfte sich, als er sich an etwas erinnerte. »Kennen Sie sich ein bißchen mit Hyänen aus, Mister Parker?«

»Nicht so recht«, gestand ich.

»Tüpfelhyänen bekommen häufig Zwillinge. Die Jungen sind bei der Geburt ungewöhnlich weit entwickelt: Sie haben einen Pelz und scharfe Schneidezähne. Beinahe unweigerlich greift ein Junges das andere an, und das manchmal noch in der Fruchtblase, und normalerweise geht es tödlich aus. Der Sieger ist meistens ein Weibchen, und wenn es die Tochter eines dominanten Weibchens ist, wird es dann selbst das dominante Weibchen des Rudels. Es ist ein Matriarchat. Weibliche Tüpfelhyänenföten haben einen höheren Testosteronspiegel als ausgewachsene Männchen, und die Weibchen haben männliche Merkmale, auch schon im Mutterleib. Bei ausgewachsenen Tieren läßt sich das Geschlecht nur schwer bestimmen.«

Er setzte das Glas ab. »Mein Vater war ein begeisterter Naturkundler. Die Tierwelt hat ihn immer fasziniert, und ich glaube, er liebte es, Parallelen zwischen der Welt der Tiere und der Welt der Menschen zu entdecken.«

»Und bei Adelaide Modine hat er eine entdeckt?«

»Vielleicht, in gewisser Hinsicht. Er mochte sie nicht.«

»Waren Sie hier, als die Modines starben?«

»Ich kam an dem Abend zuvor nach Hause, ehe Adelaide Modines Leiche gefunden wurde, und ich habe der Obduktion beigewohnt. Sagen wir mal, aus makabrer Neugier. Aber jetzt, Mr. Parker, tut es mir leid, ich habe weiter nichts zu sagen und noch sehr viel zu tun.«

Er brachte mich zur Tür und schob das Fliegengitter auf, um mich hinauszulassen.

»Ihnen scheint nicht besonders viel daran zu liegen, mir bei der Suche nach Catherine Demeter zu helfen, Mr. Hyams.«

Er atmete tief durch. »Wer hat Ihnen gesagt, daß Sie sich an mich wenden sollen, Mr. Parker?«

»Alvin Martin hat Ihren Namen erwähnt.«

»Mr. Martin ist ein guter und gewissenhafter Deputy und ein Gewinn für diese Stadt, aber er ist noch vergleichsweise neu hier«, sagte Hyams. »Ich bin abgeneigt, mehr zu erzählen, weil ich meinen Klienten Vertraulichkeit schulde. Ich bin der einzige Anwalt in dieser Stadt. Irgendwann hat jeder, der hier wohnt – ungeachtet der Hautfarbe, des Einkommens und politischer und religiöser Überzeugungen –, einmal mein Büro betreten. Darunter auch die Eltern der Kinder, die umgekommen sind. Ich weiß sehr viel darüber, was hier geschehen ist, Mr. Parker, mehr sogar, als mir lieb ist, und ganz gewiß mehr, als ich Ihnen mitteilen werde. Es tut mir leid, aber damit ist das Thema beendet.«

»Das verstehe ich. Nur noch eines, Mr. Hyams.«

»Ja?« fragte er ungeduldig.

»Sheriff Granger wohnt auch in dieser Straße, nicht wahr?«

»Sheriff Granger wohnt nebenan, in dem Haus rechts. Hier ist nie eingebrochen worden, Mr. Parker, und das hat sicherlich damit zu tun. Gute Nacht.«

Er stand an der Gazetür, als ich davonfuhr. Ich schaute kurz zum Haus des Sheriffs hinüber, als ich daran vorbeifuhr, aber es brannte kein Licht, und in der Einfahrt stand kein Auto. Als ich zurück nach Haven fuhr, zerplatzten Regentropfen auf der Windschutzscheibe, und als ich schließlich in der Stadt ankam, goß es wie aus Eimern. Im Regen erschienen die Lichter des Motels. Ich sah Rudy Fry an der Tür stehen und in die Wälder und die heraufziehende Finsternis starren.

Als ich geparkt hatte, stand Fry schon wieder hinter der Rezeption.

»Womit vergnügen sich denn die Leute hier, wenn sie nicht gerade versuchen, andere Leute aus der Stadt zu vertreiben?« fragte ich.

Fry verzog das Gesicht und bemühte sich, den Sarkasmus vom Kern der Frage zu trennen. »Viel kann man hier nicht unternehmen, höchstens im Inn einen trinken gehen«, meinte er nach einer Weile.

»Das hab' ich ausprobiert. War nichts für mich.«

Er grübelte weiter. »Es gibt ein Restaurant in Dorien, etwa zwanzig Meilen östlich von hier. Milano's heißt es. Ein Italiener.« Daran, wie er das sagte, merkte man, daß Rudy Fry nicht viel von italienischem Essen hielt, das nicht in einer Schachtel geliefert wurde, von deren Rändern geschmolzener Käse tropfte. »Hab' nie da gegessen.«

Ich bedankte mich, ging auf mein Zimmer, duschte und zog mich um. Die hartnäckige Feindseligkeit in Haven zehrte allmählich an meinen Nerven. Wenn es Rudy Fry irgendwo nicht gefiel, dann war das vermutlich genau der richtige Ort für mich.

Dorien war nicht viel größer als Haven, verfügte aber über einen Buchladen und ein paar Restaurants, was es zu einer Art kultureller Oase machte. Ich kaufte mir im Buchladen eine Typoskriptausgabe von e.e. cummings' *Viva* und ging dann im Milano's essen.

Im Milano's waren zwar die Tische rotkariert eingedeckt und mit Kerzenhaltern in Form des Kolosseums geschmückt, aber es war fast voll, und das Essen sah richtig gut aus.

Ein schlanker Oberkellner mit einer roten Fliege kam herbeigeeilt und plazierte mich an einen Ecktisch. Ich nahm den cummings-Band heraus und las ›dort wohin ich niemals reiste‹, während ich auf die Speisenkarte wartete, und genoß die Sprachmelodie und zarte Erotik des Gedichts.

Susan hatte nie etwas von cummings gelesen, ehe sie mich kennenlernte, und in der ersten Zeit unserer Beziehung schickte ich ihr oft Abschriften seiner Gedichte. In gewisser Hinsicht ließ ich cummings für mich um sie werben. Ich glaube, ich habe sogar eine Zeile von cummings in den ersten Brief eingeschmuggelt, den ich ihr schrieb. Wenn ich darauf zurückschaue, war es ebenso ein Gebet wie ein Liebesbrief, ein Gebet, daß die Zeit es gut mit ihr meinen möge, denn sie war sehr schön.

Ein Kellner schlenderte vorbei, und ich bestellte aus der Speisekarte Bruschetta und Pasta alla carbonara und dazu Wasser. Ich schaute mich kurz im Restaurant um, aber niemand schien groß Notiz von mir zu nehmen, und das war mir nur recht. Ich hatte weder die Warnung von Louis und Angel noch das Pärchen im roten Jeep vergessen.

Das Essen, als es endlich kam, war ausgezeichnet. Ich staunte über meinen Appetit, und während ich aß, grübelte ich darüber nach, was ich von Hyams und aus den Mikrofiches erfahren hatte, und erinnerte mich an das hübsche Gesicht von Walt Tyler, umgeben von Polizisten.

Und ich dachte auch über den fahrenden Mann nach, vertrieb ihn dann aber aus meinen Gedanken, ebenso wie die Bilder, die mir dabei wieder vor Augen standen. Er ließ sich nicht so einfach abschütteln. Ich trank mein Wasser aus, bezahlte, verließ das Restaurant und übergab mich in einer Seitengasse, bis mir der Hals weh tat. Dann stieg ich in meinen Wagen und fuhr zurück nach Haven.

Kapitel 22

Mein Großvater meinte immer, das schrecklichste Geräusch auf der Welt sei, wenn eine *Pump action*-Flinte mit einer Patrone geladen werde, einer Patrone, die für einen selbst bestimmt sei. Genau dieses Geräusch weckte mich im Motel, als sie die Treppe hochkamen, die Leuchtzeiger meiner Armbanduhr wiesen auf 3.30 Uhr. Sekunden später kamen sie durch die Tür, der Knall ohrenbetäubend in der nächtlichen Stille, während Schuß um Schuß auf mein Bett abgefeuert wurde und Federn und Baumwollfetzen aufflogen wie ein Schwarm weißer Motten.

Doch da war ich längst auf den Beinen, die Pistole in der Hand. Durch die geschlossene Verbindungstür wurde der Lärm der Schüsse etwas gedämpft, so daß sie nicht hören konnten, wie sich die Tür zum Flur öffnete, selbst als die Schüsse verhallt waren; ihnen klangen die Ohren noch vom Krach der Flinte und sie rissen die Augen auf, als ihnen klar wurde, daß ich nicht in dem Bett lag. Die Entscheidung, mich nicht zur Schießbudenfigur zu machen und im Nachbarzimmer zu schlafen, hatte sich ausgezahlt.

Ich rannte auf den Flur, drehte mich um und zielte. Der Mann aus dem roten Jeep stand im Korridor, den Lauf seiner Ithaca-12-Gauge-Pumpgun nah am Gesicht. Selbst im schummrigen Licht erkannte ich, daß auf dem Boden keine Patronenhülsen lagen. Die Frau hatte geschossen.

Jetzt drehte er sich in meine Richtung, und im Zimmer

fluchte die Frau. Ich feuerte einen Schuß ab, und eine dunkelrote Rose erblühte auf seinem Hals, Blut sprenkelte wie ein Blütenblätterregen sein weißes Hemd. Die Flinte fiel auf den Teppich, und er hielt sich den Hals. Er sank auf die Knie, fiel dann flach zu Boden und zappelte und zuckte dabei wie ein Fisch auf dem Trockenen.

Ein Flintenlauf tauchte hinter dem Türpfosten auf, die Frau feuerte auf gut Glück in den Flur, und der Putz platzte von den Wänden. Ich spürte ein Ziehen in der rechten Schulter und dann einen stechenden Schmerz im Arm. Ich versuchte, meine Waffe festzuhalten, aber sie fiel mir aus der Hand, während die Frau weiterfeuerte, tödliche Schüsse durch die Luft zischten und in die Wände um mich her einschlugen.

Ich lief den Flur entlang und durch die Tür, die auf die Feuertreppe führte, stolperte und strauchelte die Treppe hinunter, und die Schüsse verklangen. Ich wußte, sie würde mir folgen, sobald sie sicher sein konnte, daß ihr Partner tot war. Wenn es irgendeine Möglichkeit gegeben hätte, daß er durchkam, hätte sie vermutlich versucht, ihn und sich selbst zu retten.

Ich erreichte den ersten Stock, hörte aber schon ihre Schritte auf der Treppe über mir. Mein Arm tat sehr weh, und mir war klar, sie würde mich einholen, ehe ich im Erdgeschoß ankam.

Ich schlüpfte durch die Tür auf den Flur. Der Boden war mit Plastikfolie ausgelegt, und links und rechts standen zwei Trittleitern, wie Hindernisse beim Hürdenlauf. Es stank nach Farbe und Verdünnung.

Gut fünf Meter von der Tür entfernt war eine kleine Nische in die Wand eingelassen, kaum sichtbar, wenn man nicht davorstand, in der ein Feuerwehrschlauch und ein schwerer, altmodischer Wasser-Feuerlöscher hingen. Neben meinem Zimmer gab es auch so eine Nische. Ich schlüpfte hinein, zwängte mich an die Wand und bemühte mich, meine Atmung unter Kontrolle zu bringen. Mit der linken Hand hob ich das Löschgerät und versuchte, es mit der Rechten unterzufassen. Ich wollte es als Waffe einsetzen, aber mein

Arm, der mittlerweile schwer blutete, war nutzlos, und der Feuerlöscher war zu klobig, um wirksam zu sein. Ich hörte, wie sich die Schritte der Frau verlangsamten und die Tür leise quietschte, als sie den Flur betrat. Ich lauschte ihren Schritten auf der Plastikfolie. Es gab einen lauten Knall, als sie die Tür des ersten Zimmers auftrat, und dann knallte es wieder, als sie die Übung bei der zweiten Tür wiederholte. Sie war jetzt fast auf meiner Höhe, und obwohl sie leise ging, verriet sie die Plastikfolie. Ich spürte, wie das Blut über meinen Arm strömte und von den Fingerspitzen tropfte, während ich den Schlauch abwickelte und ihr auflauerte.

Sie stand schon fast vor der Nische, als ich mit dem Schlauch zuschlug wie mit einer Peitsche. Die schwere Messingdüse traf sie mitten im Gesicht, und ich hörte Knochen knacken. Sie strauchelte rückwärts und gab mit der Flinte einen ziellosen Schuß ab, während sie instinktiv die Hand zum Gesicht hob. Ich schlug noch einmal zu, der Schlauch prallte an ihrer ausgestreckten Hand ab, aber die Düse traf sie an der Schläfe. Sie stöhnte auf, und ich schlüpfte, so schnell ich konnte, aus der Nische, die Messingdüse nun in der Linken, und wickelte ihr den Schlauch wie eine Würgeschlange um den Hals.

Sie versuchte, mit der Hand die Flinte zu betätigen, hielt sich den Schaft gegen den Schenkel, um nachzuladen, während das Blut aus ihrem übel zugerichteten Gesicht durch die Finger ihrer rechten Hand lief. Ich trat nach der Flinte, und sie fiel ihr aus der Hand, während ich die Frau fest an mich zog und mich an der Wand abstützte, mit einem Bein ihre Beine umschlang, so daß sie sich nicht losmachen konnte, und mit dem anderen den Schlauch straff hielt. Und so standen wir da wie ein Liebespaar, die Düse nun warm von dem Blut in meiner Hand, und der Schlauch fest um mein Handgelenk gewickelt, während sie sich wehrte und dann in meinen Armen erschlaffte.

Ich ließ sie los, und sie sank zu Boden. Ich löste den Schlauch von ihrem Hals, packte sie bei der Hand und schleppte sie die Treppe runter ins Erdgeschoß. Ihr Gesicht war rötlich-lila angelaufen, und mir wurde klar, daß ich sie beinahe umgebracht hatte, doch trotzdem wollte ich sie nicht aus den Augen lassen.

Rudy Fry lag graugesichtig auf dem Fußboden seines Büros, das Blut gerann auf seinem Gesicht und rund um die Delle in seinem gebrochenen Schädel. Ich rief die Polizei an, und Minuten später hörte ich die Sirenen und sah die roten und blauen Lichter sich im dunklen Foyer drehen und spiegeln, und das Blut und die Lichter erinnerten mich wieder an eine andere Nacht und andere Tode. Als Alvin Martin mit gezogener Pistole hereinkam, war mir schlecht vor Schock, und ich konnte mich kaum noch auf den Beinen halten. Das rote Licht brannte mir wie Feuer in den Augen.

»Sie haben Glück gehabt«, sagte die Ärztin, eine ältere Dame, und in ihrem Lächeln lagen Erstaunen und Besorgnis. »Ein paar Zentimeter weiter, und Alvin würde schon Ihren Nachruf verfassen.«

Ich saß auf einem Tisch in der Notaufnahme des kleinen, aber gut ausgerüsteten Krankenhauses von Haven. Die Wunde in meinem Arm war nicht schlimm, hatte aber stark geblutet. Jetzt war sie gesäubert und verbunden, und in der gesunden Hand hielt ich ein Fläschchen Schmerzmittel. Ich fühlte mich, als wäre ich von einem Zug erfaßt worden.

Alvin Martin stand neben mir. Wallace und ein anderer Deputy, den ich nicht kannte, bewachten auf dem Flur das Zimmer, in dem die Frau lag. Sie war noch nicht wieder zu Bewußtsein gekommen, und nach dem, was ich aus dem hastigen Gespräch zwischen der Ärztin und Martin mitbekommen hatte, nahm ich an, daß sie in ein Koma gefallen war. Rudy Fry war ebenfalls noch bewußtlos, aber man ging davon aus, daß er sich von seinen Verletzungen erholen würde.

»Irgendwas über die Attentäter?« fragte ich Martin.

»Noch nicht. Wir haben dem FBI Fotos und Fingerabdrücke übermittelt. Sie schicken heute jemanden aus Richmond rüber.« Die Uhr an der Wand zeigte Viertel vor sieben. Es regnete immer noch.

Martin wandte sich an die Ärztin. »Könnten Sie uns bitte ein oder zwei Minuten allein lassen, Elise?«

Er lächelte ihr zu, als sie ging, aber sobald er sich zu mir umdrehte, war das Lächeln verschwunden. »Als Sie hier herkamen, war ein Preis auf Ihren Kopf ausgesetzt?«

»Es gab da so ein Gerücht, weiter nichts.«

»Lecken Sie mich am Arsch mit Ihrem Gerücht. Rudy Fry wäre da drüben fast gestorben, und ich habe eine unidentifizierte Leiche im Leichenschauhaus, die ein Loch im Hals hat. Wissen Sie, wer die Killer beauftragt hat?«

»Ja, das weiß ich.«

»Werden Sie's mir sagen?«

»Nein, jedenfalls noch nicht. Und dem FBI auch nicht. Die müssen Sie mir noch ein wenig vom Hals halten.«

Martin hätte fast gelacht. »Warum sollte ich das tun?«

»Ich muß erledigen, wofür ich hier runtergekommen bin. Ich muß Catherine Demeter finden.«

»Hat dieser Anschlag irgendwas mit ihr zu tun?«

»Ich weiß es nicht. Es könnte sein, aber mir ist nicht klar, wie alles zusammenpaßt. Ich brauche Ihre Hilfe.«

Martin biß sich auf die Lippe. »Der Stadtrat ist außer sich. Die glauben, wenn die Japaner Wind von der Sache bekommen, werden sie lieber in White Sands eine Fabrik bauen als hier. Alle wollen, daß Sie verschwinden.«

Eine Krankenschwester kam ins Zimmer, und Martin unterbrach sich und schäumte lieber schweigend vor sich hin. »Da ist ein Anruf für Sie, Mr. Parker«, sagte sie. »Ein Detective Cole aus New York.«

Ich zuckte vor Schmerz zusammen, als ich aufstand, und sie schien Mitleid mit mir zu haben. In meinem Zustand war ich für Mitleid durchaus empfänglich.

»Bleiben Sie, wo Sie sind«, sagte sie lächelnd. »Ich hole einen Nebenapparat, und dann stellen wir den Anruf durch.«

Sie kam ein paar Minuten später mit dem Telefon zurück und steckte den Stecker in eine Dose an der Wand. Alvin Martin stand noch einen Augenblick unschlüssig neben mir, marschierte dann hinaus und ließ mich allein.

»Walter?«

»Ein Deputy hat angerufen. Was ist passiert?«

»Zwei von denen haben versucht, mich im Motel kaltzumachen. Ein Mann und eine Frau.«

»Wie schlimm bist du verletzt?«

»Ein Streifschuß am Arm. Nichts Ernstes.«

»Sind die Schützen davongekommen?«

»Nein. Der Typ ist tot. Die Frau liegt im Koma, soviel ich weiß. Sie werten gerade die Bilder und Fingerabdrücke aus. Bei dir irgendwas? Irgendwas wegen Jennifer?« Ich gab mir Mühe, die Bilder ihres Gesichts wegzudrücken, aber sie lauerten am Rande meines Bewußtseins, wie eine Gestalt, die man vage an der Grenze des Gesichtsfelds wahrnimmt.

»Das Glas war makellos sauber. Es war ein ganz normales medizinisches Aufbewahrungsglas. Wir haben versucht, uns bei der Herstellerfirma nach diesem Glastyp zu erkundigen, aber die haben 1992 dichtgemacht. Wir bleiben dran und sehen mal, ob wir alte Akten bekommen können, aber die Wahrscheinlichkeit ist gering. Das Geschenkpapier kriegt man offenbar in jedem verdammten Geschenkartikelladen im ganzen Land. Auch hier keine Abdrücke. Das Labor untersucht Hautproben, um zu sehen, ob wir dadurch etwas rausbekommen. Die Jungs von der Technik meinen, daß er den Anruf umgeleitet hat und wir das wahrscheinlich nicht zurückverfolgen können. Ich lass' dich wissen, wenn es was Neues gibt.«

»Und Stephen Barton?«

»Da auch nichts. Ich glaube allmählich, ich bin in der falschen Branche, bei dem bißchen, was ich weiß. Er wurde mit einem Schlag auf den Kopf bewußtlos geschlagen, wie der Gerichtsmediziner schon sagte, und dann erdrosselt. Wahrscheinlich haben sie ihn zu dem Parkplatz gefahren und in den Kanal geworfen.«

»Sucht das FBI noch nach Sonny?«

»Ich hab' nichts Gegenteiliges gehört, aber ich glaube, die haben auch kein Glück.«

»Dann scheint ja momentan allen das Glück ausgegangen zu sein.«

»Das wird wieder.«

»Weiß Kooper, was hier passiert ist?«

Am anderen Ende hörte ich so etwas wie ein ersticktes Lachen. »Noch nicht. Vielleicht erzähl' ich's ihm später noch. Solange der Name der Stiftung da rausgehalten wird, dürfte er sich eigentlich nicht groß aufregen, aber ich weiß nicht, was er davon hält, daß sein Angestellter vor einem Motelzimmer Leute umnietet. Wie ist die Lage bei dir?«

»Die Eingeborenen haben mich nicht gerade mit offenen Armen und Blütenkränzen empfangen. Bisher keine Spur von ihr, aber irgendwas stimmt hier nicht. Ich kann es nicht erklären, aber alles kommt mir hier seltsam vor.«

Er seufzte. »Wir bleiben in Verbindung. Kann ich irgendwas für dich tun?«

»Du kannst mir wohl nicht irgendwie Ross vom Hals halten?«

»Unmöglich. Bei Ross wärst du auch nicht schlimmer dran, wenn er mitkriegen würde, daß du seine Mutter gebumst und ihren Namen auf der Herrentoilette übers Pinkelbecken geschrieben hast. Er ist unterwegs.«

Walter legte auf. Sekunden später hörte man ein Klicken in der Leitung. Irgendwie hatte ich das Gefühl, daß Deputy Martin zu den ganz Mißtrauischen gehörte. Er kam wieder herein, nachdem genug Zeit verstrichen war und es nicht so aussah, als habe er gelauscht. Aber sein Gesichtsausdruck hatte sich verändert. Vielleicht war es doch gar nicht so schlecht, daß Martin mitgehört hatte.

»Ich habe Burns ein paar Motels hier in der Gegend anrufen lassen«, sagte er. »In keinem hat sich eine Catherine Demeter eingetragen.«

»Das habe ich schon von New York aus überprüft. Vielleicht verwendet sie einen anderen Namen.«

»Daran hab' ich auch schon gedacht. Wenn Sie mir eine Beschreibung geben, schicke ich Burns los und lass' ihn die Portiers befragen.«

»Danke.«

»Glauben Sie mir, ich mache das nicht aus Herzensgüte. Ich will Sie bloß hier nicht mehr sehen.«

»Was ist mit Walt Tyler?«

»Wenn wir Zeit haben, fahre ich nachher mit Ihnen hin.« Er ging, um mit den Deputys zu sprechen, die die Attentäterin bewachten. Die Ärztin kam wieder herein und überprüfte den Verband an meinem Arm.

»Sind Sie sicher, daß Sie sich hier nicht noch ein wenig ausruhen wollen?« fragte sie.

Ich dankte ihr für das Angebot, lehnte aber ab.

»Das hab' ich mir fast gedacht«, sagte sie. Sie wies auf das Fläschchen mit Schmerzmittel. »Davon werden Sie eventuell schläfrig.«

Ich dankte ihr für die Warnung und steckte die Ampulle in die Tasche, und dann half sie mir, die Jacke über den freien Oberkörper zu ziehen. Ich hatte nicht die Absicht, das Schmerzmittel zu nehmen. Ihr Gesichtsausdruck verriet mir, daß sie das nur zu gut wußte.

Martin fuhr mich zur Polizeistation. Das Motel war versiegelt, und meine Sachen hatte man in Martins Büro gebracht. Ich duschte, wickelte meinen verletzten Arm vorher in Plastikfolie ein und schlief dann unruhig in einer Zelle, bis es aufhörte zu regnen.

Zwei Bundespolizisten kamen am frühen Nachmittag und befragten mich über das, was passiert war. Die Vernehmung war kurz, was mich stutzig machte, aber dann fiel mir wieder ein, daß Special Agent Ross am Abend eingeflogen werden sollte. Als Martin um siebzehn Uhr in den Haven Diner kam, hatte die Frau immer noch nicht das Bewußtsein wiedererlangt.

»Hat Burns irgendwas über Catherine Demeter rausgefunden?«

»Burns war den ganzen Nachmittag mit den Typen vom FBI beschäftigt. Er meint, er wird noch ein paar Motels überprüfen, ehe er Feierabend macht. Er meldet sich bei mir, wenn es irgendeine Spur von ihr gibt. Wenn Sie immer noch mit Walt Tyler sprechen wollen, sollten wir jetzt besser fahren.«

Kapitel 23

Walt Tyler wohnte in einem baufälligen, aber reinlichen Haus mit weißer Holzverschalung, an dem seitlich ein wackeliger Stapel Autoreifen in die Höhe ragte, die, einem Schild an der Straße nach, »Zu Verkaufen« waren. Zu den weiteren Gegenständen unterschiedlichen Verkaufswerts, die auf der gekiesten Auffahrt und dem sorgsam gestutzten Rasen standen, zählten zwei halbwegs wieder flottgemachte Rasenmäher, diverse Motoren und Motorenteile und einige rostige Fitneßgeräte, darunter ein komplettes Set Hanteln und Gewichte.

Tyler selbst war ein großer, leicht gebeugt gehender Mann mit vollem, grauem Haar. Früher war er gutaussehend gewesen, wie sein Foto zeigte, und er bewegte sich immer noch mit einer gewissen schlacksigen Grazie – wie um zu verhehlen, daß er sein gutes Aussehen nun größtenteils eingebüßt hatte, eingebüßt wegen der Sorgen und Nöte und des nie endenden Kummers eines Vaters, der sein einziges Kind verloren hatte.

Er begrüßte Alvin durchaus herzlich, mir schüttelte er weniger freundlich die Hand, und offenbar wollte er uns nicht ins Haus bitten. Vielmehr schlug er vor, wir sollten uns auf die Veranda setzen, obwohl es schon wieder nach Regen aussah. Tyler setzte sich auf einen bequem aussehenden Korbsessel, und Martin und ich ließen uns auf zwei verschnörkelten Metall-Gartenstühlen nieder, die wohl einmal zu einer Gartengarnitur gehört hatten und laut eines Schildes ebenfalls »Zu Verkaufen« waren.

Ohne daß Tyler darum gebeten hatte, brachte uns eine Frau, die gut zehn Jahre jünger war als er, Kaffee heraus. Auch sie war einst schöner gewesen, aber bei ihr war die Jugendschönheit zu etwas vielleicht noch Attraktiverem gereift, der gelassenen Eleganz einer Frau, für die das Alter keine Ängste bereithielt und deren Falten und Runzeln sie verändern, aber ihre Schönheit nicht zunichte machen würden. Sie warf Tyler einen Blick zu, und zum ersten Mal seit unserer Ankunft lächelte er flüchtig. Sie erwiderte das Lächeln und ging zurück ins Haus. Wir sahen sie auf der Veranda nicht wieder.

Der Deputy wollte das Wort ergreifen, aber Tyler unterbrach ihn mit einer leichten Handbewegung. »Ich weiß, wieso Sie hier sind, Deputy. Es kann nur einen Grund haben, wenn Sie einen Fremden zu mir nach Hause bringen.« Er sah mich aufmerksam an, seine Augen leicht gelblich und rot unterlaufen, aber mit einem interessierten, fast amüsierten Blick.

»Sind Sie der Typ, der im Motel die Leute abgeknallt hat?« fragte er, und sein Lächeln zuckte etwas. »Aufregendes Leben, das Sie da führen. Ist Ihre Schulter verletzt?«

»Ein bißchen.«

»Ich bin auch mal angeschossen worden, in Korea. Ein Schuß in den Oberschenkel. Hat mehr als nur 'n bißchen weh getan. Hat höllisch weh getan.« Er zuckte bei der Erinnerung daran übertrieben zusammen und schwieg dann wieder. Über uns hörte ich Donnergrollen, und auf der Veranda wurde es für eine Weile dunkel, aber ich konnte immer noch sehen, daß Walt Tyler mich anschaute, und jetzt war sein Lächeln verschwunden.

»Mr. Parker ist Detektiv, Walt. Früher war er bei der Polizei«, sagte Alvin.

»Ich suche jemanden, Mr. Tyler«, begann ich. »Eine Frau. Sie erinnern sich vielleicht an sie. Ihr Name ist Catherine Demeter. Sie ist Amy Demeters jüngere Schwester.«

»Ich hab' gewußt, daß Sie kein Schriftsteller sind. Alvin

würde mir keinen von diesen ...«, er suchte nach dem passenden Ausdruck, »... *Blutsaugern* hier anschleppen.« Er nahm seinen Kaffee und ließ die Tasse lange am Mund und schwieg, als wolle er sich davon abhalten, mehr zu diesem Thema zu sagen, und, so glaubte ich, um darüber nachzudenken, was ich gesagt hatte. »Ich erinnere mich an sie, aber sie ist nicht mehr hiergewesen, seitdem ihr Vater gestorben ist, und das ist gut und gern zehn Jahre her. Sie hat keinen Grund, hierher zurückzukommen.«

Diese Aussage hörte sich allmählich wie ein Echo an. »Ich glaube trotzdem, daß sie es getan hat, und das kann nur damit zusammenhängen, was damals hier passiert ist«, entgegnete ich. »Sie sind einer der wenigen, die noch übrig sind, Mr. Tyler, Sie und der Sheriff und noch ein oder zwei andere, die einzigen, die mit dem zu tun hatten, was hier passiert ist.«

Ich glaube, es war lange her, daß er laut darüber gesprochen hatte, aber ich wußte auch, daß nicht viel Zeit verging, ohne daß er in Gedanken dahin zurückkehrte oder sich dessen dunkel oder auch deutlich bewußt war – wie ein altbekannter Schmerz, der nie verschwand, den man nur manchmal vergaß, wenn man mit etwas anderem beschäftigt war, und der dann aus der Vergessenheit zurückkehrte. Und ich glaubte, daß sich jede Wiederkehr als Falte in sein Gesicht eingegraben hatte.

»Ich höre sie manchmal noch, wissen Sie. Höre sie nachts über die Veranda gehen, höre sie im Garten singen. Erst bin ich noch rausgelaufen, wenn ich sie gehört hab', und wußte nicht, ob ich schlafe oder wach bin. Aber ich hab' sie nie gesehen, und nach einer Weile bin ich nicht mehr rausgelaufen, aber ich bin immer noch von ihr aufgewacht. Jetzt kommt sie nicht mehr so oft.«

Vielleicht entdeckte er etwas in meinem Gesicht, selbst in der allmählich heraufziehenden Abenddämmerung, was ihn dazu brachte zu verstehen. Ich weiß es nicht mit Gewißheit, und er ließ sich nicht anmerken, ob er es wußte oder ob zwischen uns mehr bestand als Interesse und das Bedürfnis zu erzählen, aber er unterbrach sich für einen Augenblick bei seiner Erzählung, und während dieser Pause waren wir uns sehr nah, wie zwei Wanderer, die sich auf einem langen Weg begegnen und einander Mut zusprechen.

»Sie war mein einziges Kind«, fuhr er fort. »Sie verschwand auf dem Weg von der Stadt nach Hause, an einem Tag im Herbst, und ich habe sie nie lebend wiedergesehen. Als ich sie das nächste Mal sah, war sie nur noch Haut und Knochen, und ich hab' sie nicht wiedererkannt. Meine Frau – meine verstorbene Frau – hat sie bei der Polizei vermißt gemeldet, aber ein oder zwei Tage lang kam keiner, und währenddessen haben wir auf den Feldern und in den Häusern gesucht und überall, wo wir nur konnten. Wir sind von Tür zu Tür gegangen, haben angeklopft und gefragt, aber keiner konnte uns sagen, wo sie war oder gewesen sein könnte. Und dann, drei Tage nach ihrem Verschwinden, kam ein Deputy und hat mich verhaftet und beschuldigt, mein Kind umgebracht zu haben. Sie haben mich zwei Tage lang festgehalten, mich geschlagen, mich als Vergewaltiger beschimpft und gesagt, ich würde Kinder mißbrauchen, aber ich hab' einzig und allein nur die Wahrheit gesagt, und nach einer Woche haben sie mich gehen lassen. Und mein kleines Mädchen ist nie mehr aufgetaucht.«

»Wie war ihr Name, Mr. Tyler?«

»Ihr Name war Etta Mae Tyler, und sie war neun Jahre alt.«

Ich hörte den Wind in den Bäumen wispern, und im Haus knarzten Dielen. Im Garten schob eine Böe die alte Kinderschaukel an. Mir schien, als würde sich überall um uns her etwas regen, während wir sprachen, als hätten unsere Worte etwas geweckt, das lange geschlafen hatte.

»Drei Monate drauf verschwanden zwei weitere Kinder, beides schwarze Kinder, beide innerhalb einer Woche. Kalt war's. Die Leute meinten, das Mädchen, Dora Lee Parker, wäre vielleicht beim Spielen im Eis eingebrochen. Das Mädchen war ganz verrückt nach Eis. Aber sie haben alle Flüsse abgesucht, alle Teiche ausgebaggert und haben sie nicht gefunden. Die Polizei kam wieder und hat mich ausgefragt, und eine Zeitlang haben mich sogar manche von meinen eigenen Nachbarn irgendwie komisch angeguckt. Aber dann hat die Polizei wieder das Interesse daran verloren. Es waren schwarze Kinder, und sie sahen keinen Grund, eine Verbindung zwischen den beiden Vermißtenfällen herzustellen.

Das dritte Kind war nicht aus Haven, sondern aus Willisville, gut vierzig Meilen von hier. Wieder ein schwarzes Kind, ein kleiner Junge namens...« Er unterbrach sich, legte sich die Handfläche an die Stirn und drückte sacht dagegen, die Augen fest geschlossen. »Bobby Joiner«, schloß er leise und nickte knapp. »Da haben die Leute Angst gekriegt, und eine Abordnung wurde zum Sheriff und zum Bürgermeister geschickt. Die Leute haben ihre Kinder nicht mehr aus dem Haus gelassen, schon gar nicht nach Einbruch der Dunkelheit, und die Polizei hat jeden schwarzen Mann im Umkreis von ein paar Meilen verhört, und auch ein paar Weiße, arme Kerle, von denen sie wußten, daß sie homosexuell waren.

Ich glaube, dann haben sie einfach abgewartet, daß sich die Schwarzen wieder einkriegen, daß sie wieder unachtsam werden, aber das haben sie nicht getan. Das ging immer so weiter, monatelang, bis Anfang Siebzig. Dann ist das kleine Demeter-Mädchen verschwunden, und da hat sich alles geändert. Die Polizei, die haben Leute im Umkreis von Meilen befragt, haben Aussagen aufgenommen und Suchtrupps zusammengestellt. Aber sie haben nichts gefunden. Als hätte sich das kleine Mädchen in Luft aufgelöst.

Da wurde es schlimm für die Schwarzen. Die Polizei hat sich gedacht, daß vielleicht doch ein Zusammenhang zwischen den Fällen besteht, und sie haben das FBI gerufen. Hinterher mußte jeder schwarze Mann, der nach Einbruch der Dunkelheit in der Stadt rumlief, damit rechnen, festgenommen oder verprügelt zu werden oder beides. Aber diese Leute...« Er verwendete den Ausdruck erneut, und in seiner Stimme schwang eine Art Kopfschütteln mit, eine Geste des Grauens angesichts dessen, wozu Menschen imstande waren. »Diese Leute hatten Gefallen gefunden an dem, was sie machten, und konnten nicht damit aufhören. Die Frau hat in Batesville versucht, einen kleinen Jungen zu entführen, aber sie war allein, und der Junge hat sich gewehrt und getreten und ihr das Gesicht zerkratzt und ist weggelaufen. Erst ist sie ihm nachgelaufen, aber dann hat sie's aufgegeben. Sie wußte, was ihr bevorstand.

Der Junge war nicht dumm. Er hat sich die Automarke gemerkt, hat die Frau beschrieben, wußte sogar noch ein paar Zahlen von dem Nummernschild. Aber erst am nächsten Tag hat sich noch jemand an den Wagen erinnert, und da sind sie zu Adelaide Modine.«

»Die Polizei?«

»Nein, nicht die Polizei. Eine Meute von Männern, ein paar aus Haven, andere aus Batesville, zwei oder drei aus Yancey Mill. Der Sheriff war nicht in der Stadt, als das passierte, und die Männer vom FBI waren schon weg. Aber Deputy Earl Lee Granger, was er damals noch war, der war dabei, als sie an dem Haus von Modine ankamen, aber sie war nicht da. Nur ihr Bruder, und der hat sich im Keller eingeschlossen, aber sie haben die Tür aufgebrochen.«

Nun schwieg er, und ich hörte ihn in der heraufziehenden Dunkelheit schlucken, und da wußte ich, daß auch er dabeigewesen war. »Er hat gesagt, er wüßte nicht, wo seine Schwester wär', und von toten Kindern hätte er nie was gehört. Da haben sie ihn an einem Deckenbalken aufgeknüpft und gesagt, es wär' Selbstmord gewesen. Haben Doc Hyams dazu gebracht, den Totenschein auszustellen, obwohl die Decke im Keller vier Meter dreißig hoch war und der Junge unmöglich da raufgekommen wäre, um sich aufzuhängen, es sei denn, er hätte die Wände hochgehen können. Hinterher haben die Leute Witze gerissen, daß sich der Modine so dringend aufhängen wollte, daß er ohne fremde Hilfe hochgekommen ist.«

»Aber Sie sagten gerade, daß die Frau allein war, als sie beim letzten Mal versucht hat, das Kind zu entführen«, sagte ich. »Woher wußten die denn, daß der Modine-Junge etwas damit zu tun hatte?«

»Sie wußten es nicht, wenigstens waren sie sich nicht sicher. Aber Adelaide brauchte jemanden, der ihr dabei half. Manchmal ist es ganz schön schwierig, ein Kind einzufangen. Die wehren sich und treten und schreien um Hilfe. Deshalb ist es ihr beim letzten Mal nicht gelungen, weil sie niemanden hatte, der ihr half. So haben die sich das jedenfalls zusammengereimt.«

»Und Sie?«

Auf der Veranda war es wieder still. »Ich hab' den Jungen gekannt, und der war kein Mörder. Er war schwach und... sanft. Er war ein Homosexueller – sie haben ihn auf der Privatschule mit einem Jungen erwischt und rausgeworfen. Meine Schwester hat das gehört, als sie bei Weißen in der Stadt geputzt hat. Das wurde vertuscht, aber man hat sich Geschichten über ihn erzählt. Ich glaube, manche Leute haben ihn die ganze Zeit verdächtigt, bloß deshalb. Als seine Schwester versucht hat, das Kind zu entführen, tja, da haben sich die Leute einfach gedacht, daß er davon was gewußt haben muß. Und das muß er wohl auch, schätze ich, oder zumindest hat er was geahnt. Ich weiß nicht, aber...«

Er schaute Deputy Martin an, und der Deputy schaute zurück. »Fahren Sie fort, Walt. Ich weiß Bescheid. Sie werden nichts sagen, was ich mir nicht schon gedacht habe.«

Tyler wirkte immer noch beklommen, nickte aber kurz, mehr zu sich selbst als zu uns, und fuhr dann fort. »Deputy Earl Lee wußte, daß der Junge nichts damit zu tun hatte. Er war bei ihm in der Nacht, als Bobby Joiner entführt wurde. Und in anderen Nächten auch.«

Ich schaute Alvin Martin an, der gemessen nickend zu Boden blickte. »Woher wissen Sie das?« fragte ich.

»Ich hab' sie gesehn«, sagte er. »Ihre beiden Autos waren außerhalb der Stadt geparkt, unter ein paar Bäumen, in der Nacht, als Bobby Joiner entführt wurde. Ich bin manchmal über die Felder gegangen, um hier mal rauszukommen, obwohl das gefährlich war, bei allem, was passiert ist. Ich hab' die Autos da stehen sehen, bin hingeschlichen und hab' die beiden gesehen. Modine... hat sich über den Sheriff gebeugt, und dann sind sie nach hinten, und der Sheriff hat ihn genommen.«

»Und Sie haben sie anschließend noch mal zusammen gesehen?«

»Ein paarmal, an derselben Stelle.«

»Und der Sheriff hat zugelassen, daß sie den Jungen aufhängen?«

»Er wollte nichts sagen«, stieß Tyler hervor, »für den Fall daß einer das über ihn wußte. Und er hat zugesehen, wie sie den Jungen aufgehängt haben.«

»Und die Schwester? Was ist mit Adelaide Modine?«

»Nach der haben sie auch gesucht, haben das Haus und die Felder abgesucht, aber sie war weg. Dann hat jemand ein Feuer in einer alten Ruine in der East Road gesehen, gut zehn Meilen außerhalb der Stadt, und ziemlich schnell stand das ganze Haus in Flammen. Thomas Joiner hat da, weit weg von den Kindern, Farbreste und leicht entzündliche Sachen aufbewahrt. Und als das Feuer aus war, haben sie eine Leiche gefunden, ganz verbrannt, und haben gesagt, es wär' Adelaide Modine.«

»Wie hat man sie identifiziert?«

Darauf antwortete Martin: »Neben der Leiche lag eine Tasche mit den Resten von viel Geld und ein paar persönlichen Unterlagen, hauptsächlich Kontoauszügen. Man fand Schmuck an ihr, von dem man wußte, daß sie ihn getragen hatte, ein Armband aus Gold mit Diamanten, das sie immer trug. Es hatte ihrer Mutter gehört, hieß es. Und die Zahnprotokolle stimmten auch überein. Der alte Doc Hyams hatte ihr Diagramm angefertigt – er hatte eine Gemeinschaftspraxis mit dem Zahnarzt, aber der war in dieser Woche nicht in der Stadt.

Sie schien sich dort versteckt zu haben, hat vielleicht auf ihren Bruder oder sonst jemanden gewartet und ist mit einer brennenden Zigarette in der Hand eingeschlafen. Sie hatte getrunken, hieß es, vielleicht um sich zu wärmen. Das Haus ist komplett abgebrannt. Ihr Auto fand man in der Nähe, mit einer Tasche voller Kleidungsstücke im Kofferraum.«

»Erinnern Sie sich bei Adelaide Modine an irgendwas, Mr. Tyler? Irgendwas, das erklären könnte –«

»Was erklären?« unterbrach er mich. »Erklären, wieso sie das getan hat? Erklären, wieso ihr jemand dabei half? Ich kann solche Sachen nicht erklären, nicht mal mir selbst. Sie hatte was an sich, na klar, so was Starkes, aber das war was Dunkles, was Heimtückisches. Ich werd' Ihnen mal was sagen, Mr. Parker. Adelaide Modine war so böse, wie ich nur irgendwas auf Erden gesehen hab', und ich hab' Brüder gesehn, die sie an Bäumen aufgeknüpft und dann angesteckt haben. Adelaide Modine war schlimmer als die Leute, die die Brüder gelyncht haben, denn ich kann beim besten Willen keinen Grund entdecken für das, was sie getan hat. Das läßt sich nicht erklären, es sei denn, man glaubt an den Teufel und die Hölle. Anders kann ich mir das nicht erklären. Sie war aus der Hölle.«

Ich schwieg eine Weile und versuchte einzuordnen und abzuwägen, was ich gehört hatte. Alvin Martin sah mich an, während mir diese Gedanken durch den Kopf gingen, und ich glaube, er wußte, was ich dachte. Ich konnte es ihm nicht übelnehmen, daß er mir nicht erzählt hatte, was er über den Sheriff und Modine wußte. Eine solche Behauptung hätte ihn unter die Erde bringen können, und sie war noch kein wasserdichter Beweis dafür, daß der Junge mit den Morden nichts zu tun hatte. Wenn aber Tylers charakterliche Einschätzung zutraf, dann war es unwahrscheinlich, daß William Modine ein Kindsmörder war. Aber das Wissen, daß jemand, der mitschuldig am Tod seiner Tochter war, den Häschern entging, mußte Tyler in all den Jahren gepeinigt haben.

Ein Teil der Geschichte blieb noch zu klären.

»Sie fanden die Kinder am nächsten Tag, gleich als die Suche losgegangen war«, schloß Tyler. »Ein Junge, der auf der Jagd war, hat sich in einem verlassenen Haus auf dem Grundstück der Modines untergestellt, und sein Hund hat plötzlich an der Kellertür gekratzt. Die war in den Boden eingelassen, wie eine Falltür. Der Junge hat das Schloß aufgeschossen, und der Hund ist runter, und der Junge hinterher. Dann ist er nach Hause gerannt und hat die Polizei gerufen.

Da unten lagen vier Leichen, mein kleines Mädchen und die drei anderen. Sie –« Er hielt inne und verzog das Gesicht, weinte aber nicht.

»Sie müssen nicht weitererzählen«, sagte ich leise.

»Doch, Sie müssen das hören«, sagte er. Und dann lauter, wie der Schrei eines verwundeten Tieres: »Sie müssen wissen, was sie getan haben, was sie den Kindern angetan haben, meiner Tochter. Sie haben sie vergewaltigt, und sie haben sie gefoltert. Mein kleines Mädchen, bei ihr waren alle Finger gebrochen, zerquetscht und die Knochen von den Gelenken gelöst.« Jetzt weinte er und breitete die Hände aus, wie ein Flehender vor Gott. »Wie konnten sie so was tun? Mit Kindern! Wie?« Und dann schien er sich in sich selbst zurückzuziehen, und ich meinte, das Gesicht der Frau am Fenster zu sehen und ihre Finger, die über die Scheibe strichen.

Wir saßen noch eine Weile bei ihm und standen dann auf, um zu gehen. »Mr. Tyler«, sagte ich sacht, »nur eins noch. Wo ist das Haus, in dem die Kinder gefunden wurden?«

»Ungefähr drei oder vier Meilen hier die Straße runter. Da fängt das alte Anwesen der Familie Modine an. Am Anfang des Weges, der da hinführt, steht ein Steinkreuz. Von dem Haus ist nicht mehr viel übrig. Da stehen nur noch ein paar Mauern und ein Teil vom Dach. Es sollte abgerissen werden, aber ein paar von uns haben dagegen protestiert. Wir wollten sie daran erinnern, was hier passiert ist, deshalb steht das Dane House noch.«

Dann ließen wir ihn allein, aber als ich die Verandatreppe hinunterging, hörte ich hinter mir seine Stimme.

»Mr. Parker.« Die Stimme war wieder kräftig und bebte nicht mehr, aber es schwang große Trauer darin mit. Ich drehte mich zu ihm um. »Mr. Parker, das hier ist eine tote Stadt. Die Geister toter Kinder gehen hier um. Wenn Sie die kleine Demeter finden, dann sagen Sie ihr, sie soll dahin zurückgehen, wo sie hergekommen ist. Hier gibt es für sie nur Trauer und Kummer. Sagen Sie ihr das. Sagen Sie ihr das, wenn Sie sie finden, hören Sie?«

An den Rändern seines vollgemüllten Gartens hob in den Bäumen wieder das Wispern an, und es schien, als würde sich knapp außerhalb der Sichtweite, wo die Dunkelheit undurchdringlich wurde, etwas bewegen. Gestalten huschten hin und her, wichen den Lichtern aus dem Haus aus, und Kinderlachen lag in der Luft.

Doch dann waren da wieder nur die Zweige der Nadelbäume, die durch die Dunkelheit strichen, und das lose Klirren einer Kette in den Trümmern auf dem Hof.

Kapitel 24

An der Casuarina-Küste, im Deltagebiet von Irian Jaya im indonesischen Teil Neuguineas, lebt der Stamm der Asmat. Er zählt zwanzigtausend Menschen und ist der Schrecken aller anderen Stämme in der Gegend. In ihrer Sprache bedeutet Asmat »das Volk, die Menschen«, und da sie sich selbst als die einzigen menschlichen Wesen definieren, werden alle anderen auf die Stufe des Nicht-Menschlichen gestellt, und das mit allen Konsequenzen. Die Asmat haben ein Wort für diese anderen: Sie nennen sie *Manowe.* Das heißt ›die Eßbaren‹.

Hyams wußte keine Antwort auf die Frage, weshalb Adelaide Modine das getan hatte – wie Walt Tyler. Vielleicht hatten Leute wie Adelaide Modine etwas mit den Asmat gemein. Vielleicht sahen auch sie andere als nicht menschlich an, und deshalb spielte ihr Leiden keine Rolle und wurde nur insofern wahrgenommen, als es Vergnügen bereitete.

Ich mußte an ein Gespräch mit Woolrich nach dem Besuch bei Tante Marie Aguillard denken. Als wir wieder in New Orleans waren, gingen wir schweigend durch die Royal Street, vorbei an der alten Villa von Madame Lelaurie, auf deren Speicher einst Sklaven angekettet und gefoltert wurden, bis Feuerwehrleute sie fanden und der Mob Madame Lelaurie aus der Stadt vertrieb. Wir landeten schließlich im Tee Eva's in der Magazine Street, und Woolrich bestellte sich Süßkartoffeln und ein Jax-Bier. Er strich mit dem Daumen über die Flasche, zog dabei eine Spur durch die Feuchtigkeit und rieb sich dann mit dem benetzten Daumen über die Oberlippe.

»Ich habe letzte Woche einen internen Bericht gelesen«, begann er. »Es war wohl so eine Art ›Ansprache zur Lage der Nation‹ über Serienmörder – wie der augenblickliche Stand ist und wie es weitergeht.«

»Und wie geht es weiter?«

»Wir fahren zur Hölle, wenn das so weitergeht. Diese Leute sind wie ein Virus. Sie breiten sich aus wie Bakterien, und das ganze Land ist für sie wie eine einzige große Petrischale. Das FBI nimmt an, daß jedes Jahr fünftausend Menschen Serienmördern zum Opfer fallen. Das sind vierzehn Menschen pro Tag. Die Leute, die Oprah oder Jerry Springer gucken oder für Jerry Falwell spenden, die wollen das nicht hören. Die lesen darüber auf den True-Crime-Seiten oder sehen die Mörder im Fernsehen, aber nur dann, wenn wir einen erwischt haben. Und sonst haben sie nicht den blassesten Schimmer, was um sie her vorgeht.«

Er trank einen tiefen Schluck Jax. »Gegenwärtig sind mindestens fünfhundert dieser Mörder am Werk. Mindestens fünfhundert.« Jetzt leierte er Zahlen herunter und klopfte bei jeder Statistik zur Betonung an die Bierflasche. »Neun von zehn sind Männer, acht von zehn sind weiß, und einer von fünf wird nie gefaßt. Nie.

Und weißt du, was das Merkwürdigste daran ist? Wir haben mehr davon, als es sonst irgendwo gibt. Die guten alten USA brüten diese Wichser aus wie Elmopuppen. Dreiviertel von denen wohnen und arbeiten in diesem Land. Wir sind der weltweit führende Produzent von Serienmördern. Das ist ein Krankheitssympton, wenn du mich fragst. Wir sind krank und schwach, und diese Mörder sind wie ein Krebsgeschwür in uns drin: Je schneller wir wachsen, desto schneller vermehren sie sich.

Und weißt du, je mehr Menschen es gibt, desto größer wird die Kluft zwischen ihnen. Wir treten uns praktisch schon ständig auf die Füße, aber in geistiger, sozialer, moralischer Hinsicht sind wir weiter voneinander entfernt als je zuvor. Und dann kommen diese Typen ins Spiel, mit ihren Messern und Seilen, und die sind noch losgelöster als wir anderen. Manche von denen haben sogar Bulleninstinkte. Die stöbern sich gegenseitig auf. Wir haben im Februar einen Typ hier in Angola gefaßt, der über einen Bibelkode mit einem mutmaßlichen Kindermörder aus Seattle in Verbindung stand. Ich weiß nicht, wie sich diese beiden Irren gefunden haben, aber sie kannten sich.

Das Komische ist: Die meisten von denen sind sogar noch übler dran als der Rest der Menschheit. Sie sind unfähig – sexuell, emotional, körperlich, was du willst – und lassen das an ihren Mitmenschen aus. Sie haben keine...« Er wirbelte mit den Händen durch die Luft und suchte nach dem treffenden Wort. »...keine Ahnung. Sie haben im Grunde keine Ahnung, was sie da tun. Es steckt keine Absicht dahinter. Es ist alles nur Ausdruck eines verhängnisvollen Defekts.

Und die Leute, die sie umbringen, sind so dumm, daß sie nicht verstehen, was um sie her vorgeht. Diese Mörder sollten uns aufwecken, aber es hört keiner hin, und das vergrößert die Kluft noch zusätzlich. Und die nehmen nur diese Kluft wahr, und dann packen sie zu und schnappen uns, einen nach dem anderen. Uns bleibt bloß die Hoffnung, daß wir, wenn sie es oft genug tun, ein Muster darin entdecken und dadurch an sie rankommen, die Kluft irgendwie überbrücken.« Er trank sein Bier aus und hob die Flasche, um ein neues zu bestellen.

»Es geht um diese Kluft«, sagte er und schaute aus dem Fenster und in die Ferne, »die Kluft zwischen Leben und Tod, Himmel und Hölle, denen und uns. Sie müssen sie überbrücken, um uns nahe genug zu kommen, damit sie uns schnappen können, und damit hängt alles zusammen. Sie lieben diese Kluft.«

Und während der Regen über das Fenster rann, erschien es mir, als seien Adelaide Modine und der fahrende Mann und die Tausenden anderen, die wie sie das Land unsicher machten, alle durch diese Kluft von den normalen Menschen getrennt. Sie waren wie kleine Jungs, die Tiere quälten und Fische aus dem Aquarium holten, um zu beobachten, wie sie im Todeskampf zappelten.

Doch Adelaide Modine kam mir noch schlimmer vor als die meisten anderen, denn sie war eine Frau, und was sie getan hatte, verstieß nicht nur gegen die Moral und gegen Gesetze – wie auch immer wir die einenden Bande nennen wollen, die uns zusammenhalten und dafür sorgen, daß wir uns nicht gegenseitig in Stücke reißen –, nein, es verstieß auch gegen die Natur. Eine Frau, die ein Kind tötet, löst offenbar etwas in uns aus, das über Abscheu und Schrecken noch hinausgeht. Wir sind verzweifelt und verlieren das Vertrauen in die Grundlagen, auf denen wir unser Leben aufgebaut haben. Und wie Lady Macbeth darum bat, entweibt zu werden, damit sie den alten König umbringen konnte, kommt uns eine Frau, die ein Kind getötet hat, widernatürlich vor, wie ein von seinem Geschlecht abgelöstes Wesen. Adelaide Modine war wie Miltons Nachthexe, »gelockt von Kinderblutgeruch«.

Ich kann den Tod von Kindern nicht ertragen. Es kommt mir vor, als würde alle Hoffnung und Zukunft mit einem Kind sterben. Ich weiß noch, wie ich oft Jennifers Atem lauschte, wie ich dem Heben und Senken der Brust meiner kleinen Tochter zusah, wie ich bei jedem Ein- und Ausatmen Dankbarkeit und Erleichterung verspürte.

Wenn sie weinte, wiegte ich sie auf dem Arm in den Schlaf und wartete, bis die Schluchzer nachließen und ihr Atem zur Ruhe kam. Und wenn sie schließlich schlief, bückte ich mich langsam und vorsichtig, und der Rücken tat mir unter der Anspannung weh, und legte sie in ihr Kinderbett. Als sie mir genommen wurde, war es wie der Untergang einer Welt, und eine unendliche Anzahl möglicher Zukünfte wurde ausgelöscht.

Diese Verzweiflung lastete auf mir, während wir zum Motel zurückfuhren. Hyams hatte gesagt, er hätte an den Modines keinerlei Anzeichen für die Ausmaße von Bosheit entdeckt, die sie in sich bargen. Walt Tyler – wenn es stimmte, was er erzählte – sah das Böse nur in Adelaide Modine. Sie hatte mit diesen Leuten zusammengelebt, war unter ihnen aufgewachsen, hatte als Kind vielleicht sogar mit ihnen gespielt, hatte neben ihnen in der Kirche gesessen, hatte miterlebt, wie sie heirateten und Kinder bekamen, und war dann über sie hergefallen, und niemand hätte das von ihr gedacht.

Ich hätte gern etwas gekonnt, was unmöglich war: Ich hätte gern die Fähigkeit besessen, das Böse wahrzunehmen, die Fähigkeit, den Leuten in einem Raum ins Gesicht zu sehen und die Anzeichen der Verderbtheit an ihnen zu entdecken. Dabei mußte ich an einen Mord denken, der sich ein paar Jahre zuvor im Bundesstaat New York ereignet hatte. Ein dreizehnjähriger Junge hatte im Wald einen kleineren Jungen umgebracht, hatte ihn mit Steinen totgeschlagen. Es waren die Worte des Großvaters des Mörders, die mir in Erinnerung geblieben waren: »Mein Gott«, hatte er gesagt, »das hätte ich doch irgendwie merken müssen. An irgendwas hätte man das doch erkennen müssen.«

»Gibt es irgendwelche Bilder von Adelaide Modine?« fragte ich schließlich.

Martin runzelte die Stirn. »Es könnte eins in den alten Ermittlungsakten sein. In der Bücherei müßte sich auch irgendwas finden. Die haben so eine Art Stadtarchiv im Keller, wissen Sie, Jahrbücher, Fotos aus der Zeitung. Da könnte was drin sein. Weshalb fragen Sie?«

»Aus Neugierde. Sie steckt hinter all dem, was in dieser Stadt passiert ist, aber ich habe Schwierigkeiten, sie mir vorzustellen. Ich würde gerne wissen, wie ihre Augen aussahen.«

Martin warf mir einen verdutzten Blick zu. »Ich kann Laurie bitten, im Archiv der Bücherei nachzusehen. Und ich werde mal schaun, ob Burns nicht unsere eigenen Akten durchsehen kann, aber das kann dauern. Die sind alle in Kisten verpackt, und das Ablagesystem ist ziemlich undurchsichtig. Manche Akten sind nicht mal chronologisch geordnet. Das ist eine Menge Arbeit, um Ihre Neugier zu befriedigen.«

»Ich wäre Ihnen trotzdem dankbar dafür.«

Martin räusperte sich, sagte aber eine Zeitlang nichts. Doch als rechts das Motel in Sicht kam, fuhr er an den Straßenrand und hielt. »Wegen Earl Lee«, sagte er.

»Ja?«

»Der Sheriff ist ein guter Mann. Er hat seine Stadt nach den Modine-Morden zusammengehalten, soweit ich weiß, er und Doc Hyams und noch ein paar andere. Er ist ein anständiger Kerl, und ich kann mich nicht über ihn beklagen.«

»Das sollten Sie aber vielleicht, wenn es stimmt, was Tyler erzählt hat.«

Martin nickte. »Ja, kann schon sein. Wenn das stimmt, dann muß der Sheriff damit leben, was er getan hat. Er tut sich schwer damit, Mr. Parker, mit der Vergangenheit und sich selbst. Ich beneide ihn nicht, höchstens um seine Kraft.« Er spreizte die Hände und zuckte leicht mit den Achseln. »Einerseits denke ich, daß Sie hierbleiben und mit ihm reden sollten, wenn er wiederkommt, aber andererseits sagt mir mein Verstand, daß es für uns alle besser wäre, wenn Sie Ihren Auftrag hier so schnell wie möglich abschließen und dann verschwinden.«

»Haben Sie was von ihm gehört?«

»Nein, hab' ich nicht. Er hat noch Urlaub ausstehen und ist vielleicht ein bißchen spät dran, aber ich werd' ihm das nicht vorwerfen. Er ist ein einsamer Mann. Ein Mann, der die Gesellschaft anderer Männer vorzieht, wird in dieser Gegend nicht viel Trost finden.«

»Nein«, sagte ich, während das Neonschild des Welcome Inn in der Ferne flackerte. »Das ist wohl wahr.«

Der Funkspruch kam, als Martin eben wieder auf die Straße gebogen war. Im Krankenhaus hatte es einen Todesfall gegeben: die unidentifizierte Frau, die in der Nacht zuvor versucht hatte, mich umzubringen.

Als wir dort ankamen, versperrten zwei Streifenwagen die Zufahrt zum Parkplatz, und am Eingang sah ich zwei FBI-Agenten stehen und sich unterhalten. Martin fuhr vor, und als wir aus dem Wagen stiegen, kamen die beiden Agenten mit gezogenen Waffen auf mich zu.

»Immer sachte!« rief Martin. »Er war die ganze Zeit über bei mir. Steckt die weg, Jungs.«

»Wir nehmen ihn fest, bis Agent Ross kommt«, sagte einer der Agenten, der Willox hieß.

»Sie nehmen hier niemanden fest und verhaften auch niemanden, solange wir nicht wissen, was hier vor sich geht.«

»Deputy, ich warne Sie, das ist 'ne Nummer zu groß für Sie.«

Da kamen Wallace und Burns aus dem Krankenhaus, von dem Geschrei aufgeschreckt. Zu ihrer Ehre muß man sagen, daß sie sich auf Martins Seite stellten und die Hand am Holster hatten.

»Wie ich schon sagte: Lassen Sie es bleiben«, sagte Martin ruhig. Die FBI-Beamten sahen erst nicht so aus, als ob sie nachgeben würden, aber dann steckten sie ihre Pistolen weg und traten beiseite.

»Das werde ich Agent Ross erzählen«, zischte Willox Martin zu, aber der Deputy ging einfach weiter.

Wallace und Burns gingen mit uns zum Zimmer der Frau.

»Was ist passiert?« fragte Martin.

Wallace wurde knallrot und fing an zu plappern. »Scheiße, Alvin, da war 'ne Störung vorm Krankenhaus und – «

»Was für eine Störung?«

»Ein Motorbrand in einem Auto, das einer Krankenschwester gehört. Ich kann mir keinen Reim drauf machen. Es war niemand drin, und sie hat es seit heute morgen nicht angerührt, seitdem sie damit zur Arbeit gekommen ist. Ich war nur fünf Minuten lang von der Tür hier weg, und als ich wiederkam, war sie ...«

Wir waren beim Zimmer der Frau angelangt. Durch die offene Tür sah ich die wachsartige Blässe ihrer Haut und das Blut auf dem Kissen neben ihrem linken Ohr. Etwas Metallenes, das in einen Holzgriff mündete, schimmerte in ihrem Ohr. Das Fenster, durch das der Mörder eingestiegen war, stand noch offen, und rund um den Riegel war die Scheibe eingeschlagen. Ein kleines Blatt braunes Papier lag auf dem Boden, und Glas klebte daran. Wer auch immer die Frau umgebracht hatte – er hatte sich die Mühe gemacht, das Papier mit Sirup oder Klebstoff zu bestreichen, ehe er das Fenster aufbrach, um das Geräusch zu dämpfen und damit das Glas keinen Lärm machte, wenn es auf dem Boden auftraf.

»Wer war außer Ihnen hier drin?«

»Die Ärztin, eine Krankenschwester und die beiden Männer vom FBI«, sagte Wallace. Elise, die Ärztin, erschien hinter uns. Sie sah erschüttert und erschöpft aus.

»Was ist mit ihr passiert?« fragte Martin.

»Irgendeine Klinge – ich glaube, es ist ein Eispickel – wurde ihr durchs Ohr ins Hirn gerammt. Sie war schon tot, als wir kamen.«

»Hat den Eispickel dringelassen«, sagte Martin grüblerisch.

»Ganz schön clever«, sagte ich. »Kann man dem Mörder nichts nachweisen, wenn er erwischt wird.«

Martin wandte mir den Rücken zu und besprach sich mit den anderen Deputys. Ich ging zur Toilette. Wallace schaute sich zu mir um, und ich tat, als müßte ich würgen. Er setzte einen verächtlichen Blick auf und schaute weg. Ich verbrachte fünf Sekunden auf der Toilette und schlich dann durch den Hinterausgang aus dem Krankenhaus.

Mir lief die Zeit davon. Ich wußte, daß Martin versuchen würde, mich wegen des Auftraggebers der Killer in die Zange zu nehmen. Agent Ross würde bald eintreffen. Er würde mich mindestens so lange festhalten, bis er die Informationen hatte, die er wollte, und dann konnte ich endgültig die Hoffnung aufgeben, Catherine Demeter noch zu finden. Ich ging zurück zum Motel, wo mein Wagen immer noch stand, und fuhr hinaus aus Haven.

Kapitel 25

Der Weg zur Ruine des Dane House war schlammig und ausgefahren, und der Wagen bewegte sich nur mit großer Mühe voran, als hätte sich selbst die Natur gegen mein Kommen verschworen. Es hatte wieder angefangen zu regnen, und Wind und Regen machten die Scheibenwischer fast nutzlos. Ich suchte angestrengt nach dem Steinkreuz und bog dann ab. Beim ersten Mal fuhr ich am Haus vorbei und bemerkte den Fehler erst, als sich der Weg in einen Schlammpfuhl voller umgestürzter, morscher Bäume verwandelte und ich langsam zurücksetzen mußte, bis ich zu meiner Linken zwei kleine, zerborstene Säulen entdeckte und sich dazwischen für einen Moment die Gemäuer des Dane House vor dem sich verfinsternden Himmel abzeichneten.

Ich hielt vor den leeren Augen der Fenster und einem klaffenden Mund, der einst die Tür gewesen war. Teile des Türsturzes lagen wie ausgebrochene Zähne über den Boden verstreut. Ich zog die schwere Taschenlampe unter meinem Sitz hervor und stieg aus, der Regen schlug mir fast schmerzhaft ins Gesicht, und ich rannte und suchte in der Ruine ein wenig Schutz.

Das Dach war nicht einmal mehr zur Hälfte vorhanden, und im Licht der Taschenlampe sahen die Reste geschwärzt und verkohlt aus. Es gab drei Zimmer: das, was früher die Küche gewesen war, zu erkennen an den Überresten eines alten Ofens in der Ecke; das Schlafzimmer, das nun leerstand, bis auf eine versiffte Matratze, um die herum alte Präservative lagen wie Schlangenhäute; und ein kleinerer Raum, der wohl früher als Kinderzimmer gedient hatte und nun vollstand mit altem Bauholz und rostigen Metallstangen und Farbdosen, die jemand hier abgeladen hatte, der zu faul war, sie zur Müllkippe zu bringen. In den Zimmern roch es nach altem Holz, lange erloschenem Feuer und menschlichen Exkrementen.

In einer Ecke der Küche stand eine alte Couch, deren Federn durch die gammligen Polster knospten. Sie stand quer vor den beiden Eckwänden, an denen zäh die Reste einer verblichenen Blümchentapete hingen. Ich leuchtete mit der Taschenlampe hinter die Couch und stützte mich dabei auf die Lehne. Es fühlte sich feucht, aber nicht naß an, denn der verbliebene Teil des Dachs hielt immer noch das Schlimmste ab.

Hinter der Couch und fast direkt an den Ecken des Hauses schien sich eine Falltür zu befinden, gut einen Meter im Quadrat groß. Sie war verschlossen, und die Ränder wirkten schmierig und schmutzverklebt. Die Scharniere waren rot vor Rost, und alte Metallteile bedeckten einen Großteil der Oberfläche.

Ich zog die Couch weg, um mir das näher anzusehen, und wich zurück, als ich eine Ratte an meinen Füßen vorbei über den Boden flitzen hörte. Sie verschmolz mit der Dunkelheit in einer anderen Ecke des Zimmers, und dann war es wieder ruhig. Ich ging in die Hocke, um das Schloß und den Riegel zu untersuchen, und kratzte mit meinem Messer etwas von dem Schmutz um das Schlüsselloch herum weg. Unter dem Schmutz kam neuer Stahl zum Vorschein. Ich fuhr mit der Messerklinge über den Riegel und legte blanken Stahl frei, der in der Dunkelheit wie geschmolzenes Silber schimmerte. Ich versuchte es auch mit der Tür, aber da splitterte mir nur Rost entgegen.

Ich untersuchte den Riegel genauer. Was auf den ersten Blick wie Rost gewirkt hatte, sah mir nun eher wie Lack aus, der sorgfältig so aufgetragen war, daß er mit der Farbe der

Tür verschmolz. Das lädierte Aussehen des Riegels hätte man leicht dadurch erzielen können, daß man ihn an die Anhängerkupplung eines Autos band und damit über die Feldwege fuhr. Es war keine schlechte Arbeit und hatte wohl auch die knutschenden Jugendlichen, die sich in einem Totenhaus einen besonderen Kick versprachen, und die Kinder, die als Mutprobe die Geister der lange toten Kinder im Dane House herausfordern wollten, hinters Licht geführt.

Ich hatte eine Brechstange im Wagen, zögerte aber, wieder in den strömenden Regen hinauszugehen. Mit der Taschenlampe leuchtete ich das Zimmer ab und entdeckte eine gut sechzig Zentimeter langen Stahlstange. Ich hob sie hoch, prüfte ihr Gewicht, steckte sie in die Krampe des Schlosses und hebelte. Für einen Moment schien es, als würde sich die Stange unter dem Druck verbiegen oder brechen, aber dann hörte ich ein durchdringendes Krachen, und das Schloß war auf. Ich zog es raus, löste den Riegel und hob die Tür an ihren quietschenden Scharnieren hoch.

Ein infernalischer Verwesungsgestank stieg aus dem Keller auf und drehte mir den Magen um. Ich hielt mir den Mund zu und wich zurück, doch Augenblicke später mußte ich mich neben der Couch erbrechen. Als ich mich gesammelt und vor dem Haus etwas frische Luft geschnappt hatte, lief ich zum Wagen und nahm den Fensterlappen vom Armaturenbrett. Ich sprühte das Fensterputzmittel aus dem Handschuhfach drauf und band ihn mir vor den Mund. Mir drehte sich alles im Kopf von dem Spray, aber ich steckte es mir in die Jackentasche, falls ich es noch mal brauchen sollte, und ging zurück ins Haus.

Auch wenn ich nur durch den Mund atmete und das Spray roch, überlagerte der Verwesungsgestank alles. Ich stieg vorsichtig die Holztreppe hinunter und leuchtete mit der Taschenlampe voraus. Ich wollte nicht auf eine geborstene Stufe treten und in die Dunkelheit hinabstürzen.

Am Fuß der Treppe tauchte im Licht der Taschenlampe blinkendes Metall und etwas Blau-Graues auf. Ein korpulenter Mann in den Sechzigern lag neben der Treppe, die

Knie gebeugt und die Hände hinter dem Rücken gefesselt. Sein Gesicht war gräulich-weiß, und auf der Stirn hatte er eine Wunde, ein schartiges Loch, wie ein dunkler, explodierender Stern. Während ich die Taschenlampe darauf richtete, dachte ich einen Moment lang, es wäre eine Austrittswunde, aber als ich auf seinen Hinterkopf leuchtete, sah ich das klaffende Loch in seinem Schädel, sah die verwesende Masse darin und das weiße Totem seiner Wirbelsäule.

Die Waffe war wahrscheinlich aufgesetzt worden. An der Stirnwunde waren Schmauchspuren zu sehen, und die Pulvergase, die unter die Haut geschossen waren, hatten eine sternförmige Aufplatzung verursacht und die Stirn aufgerissen, als sie explodierten. Die Kugel war alles andere als sauber ausgetreten und hatte einen Großteil des Hinterkopfs mit sich gerissen. Der aufgesetzte Schuß erklärte auch die ungewöhnliche Körperhaltung: Er war im Knien erschossen worden, hatte hochgeschaut in die Mündung der sich nähernden Waffe und war dann seitlich nach hinten gekippt, als die Kugel eindrang. In seiner Jacke fand sich eine Brieftasche mit einem Führerschein und einem Dienstausweis, der ihn als Earl Lee Granger identifizierte.

Catherine Demeter lag zusammengesunken am anderen Ende des Kellers an der Wand, fast gegenüber der Treppe. Granger hatte sie wahrscheinlich gesehen, als er hinunterging oder -geschoben wurde. Sie hockte wie eine Puppe an der Wand, die Beine ausgestreckt und gespreizt und die Hände flach auf dem Boden. Ein Bein war in einem unnatürlichen Winkel gebeugt, unterhalb des Knies gebrochen, und ich schätzte, man hatte sie die Kellertreppe hinuntergeworfen und dann bis zur Wand geschleppt.

Ihr war aus nächster Nähe ins Gesicht geschossen worden. Getrocknetes Blut, Hirngewebe und Knochensplitter an der Wand umgaben ihren Kopf wie ein blutiger Heiligenschein. Beide Leichen hatten in diesem Keller, der sich offenbar über die gesamte Länge und Breite des Hauses erstreckte, schnell angefangen zu verwesen.

Auf Catherine Demeters Haut waren Blasen zu sehen, und aus Nase und Augen sickerte Flüssigkeit. Spinnen und

Tausendfüßler krabbelten über ihr Gesicht und durch ihr Haar und jagten die Käfer und Milben, die sich schon von der Leiche nährten. Fliegen schwirrten durch die Luft. Ich schätzte, daß sie seit zwei oder drei Tagen tot war. Ich sah mich kurz im Keller um, aber er stand leer, abgesehen von ein paar vergilbten Zeitungsbündeln, ein paar Kartons mit alten Kleidungsstücken und einem Stapel verzogener Bretter, den Überresten längst vergangener Leben.

Ich hörte ein Rascheln auf dem Fußboden über mir, hörte vorsichtige Schritte und leise knarzende Dielen. Ich wirbelte herum und rannte zur Treppe. Wer immer dort oben war, er hörte mich, denn die Schritte wurden schneller, und er nahm keine Rücksicht mehr darauf, daß er Lärm machte. Als ich auf den ersten Treppenstufen angelangt war, empfing mich das Geräusch der Kellertürscharniere, und ich sah den Streifen bewölkten Nachthimmel schrumpfen, während die Tür langsam geschlossen wurde. Durch den Spalt wurden auf gut Glück zwei Schüsse abgefeuert, und ich hörte sie in der Wand hinter mir einschlagen.

Die Tür war fast am Boden angelangt, als ich die Taschenlampe in den Spalt stemmte. Von oben hörte man ein Grunzen, und dann trat jemand mehrmals gegen die Taschenlampe, so daß ich sie kräftig festhalten mußte. Der Strahler hielt zwar, aber meine verletzte rechte Schulter schmerzte von der Anspannung, sich gegen die Tür zu stemmen und die Lampe festzuhalten.

Das gesamte Gewicht des Angreifers lastete auf der Falltür, und er trat weiter nach der Lampe. Unten meinte ich, Ratten aufgeschreckt umherflitzen zu hören, aber angesichts der Aussicht, in diesem Keller eingesperrt zu werden, war mir, als hörte ich Catherine Demeter, wie sie mit ihren zerschmetterten Beinen über den Boden und die Treppe hochkroch, mit ihren weißen Fingern mein Bein packte und mich zu sich hinunterzog.

Ich hatte sie im Stich gelassen. Ich hatte sie vor diesem brutalen Ende in diesem Keller nicht bewahren können, wo einst vier kleine Kinder unter erstickten Schreien einen schrecklichen Tod gefunden hatten. Sie war an den Ort zurückgekehrt, wo ihre Schwester umgekommen war, und hatte, wie in einem fürchterlichen Kreislauf gefangen, einen Tod nachvollzogen, den sie zuvor oft in Gedanken durchgespielt hatte. In den Momenten vor ihrem eigenen Tod hatte sie das schreckliche Ende ihrer Schwester vor Augen gehabt. Und jetzt würde sie mir Gesellschaft leisten, würde mir angesichts meiner Schwäche und Hilflosigkeit ihrem Tod gegenüber Trost spenden und neben mir liegen, während ich starb.

Ich atmete durch zusammengebissene Zähne, und der Verwesungsgestank fühlte sich wie die Hand des Todes an, die sich über meinen Mund und meine Nasenlöcher legte. Ich spürte, wie es mir wieder hochkam, und schluckte es runter, denn ich wußte, wenn ich auch nur für einen Moment nachgab, würde ich in diesem Keller sterben. Der Druck über mir ließ kurz nach, und ich stieß mich mit aller verbliebenen Kraft nach oben. Das war ein Fehler, den mein Gegenspieler gnadenlos ausnützte. Die Taschenlampe rutschte durch die Lücke, die Kellertür knallte zu wie der Deckel zu meinem Sarg, und der Widerhall von den Kellerwänden verspottete mich. Ich stöhnte verzweifelt auf und drückte noch einmal vergeblich gegen die Tür, als ich oben einen Schuß hörte und die Last plötzlich fort war. Die Kellertür wurde aufgerissen und knallte flach auf den Boden.

Ich sprang hinaus und langte nach der Pistole in meiner Jacke, das Licht der Taschenlampe warf wilde Schatten auf Decke und Wände.

Der Lichtstrahl traf den Anwalt Connell Hyams, der an der Wand neben dem Türrahmen lehnte, die linke Hand an die verletzte Schulter preßte und mit der rechten versuchte, seine Pistole zu heben. Sein Anzug war durchgeweicht, und das saubere weiße Hemd hing ihm wie eine zweite Haut am Leib. Ich richtete die Pistole auf ihn.

»Lassen Sie das«, sagte ich, aber er hob die Waffe, und sein Mund verzog sich dabei zu einem verängstigten, schmerzerfüllten Knurren. Man hörte zwei Schüsse. Keiner kam von Hyams. Er zuckte zusammen, als die Kugeln trafen, und schaute nicht mehr mich an, sondern über meine

Schulter. Als er hinfiel, drehte ich mich schon um, und durch das leere Fenster sah ich einen dünnen Mann im Anzug in der Dunkelheit verschwinden, seine Gliedmaßen wie Klingen unter der Kleidung, und eine Narbe verlief quer über seine schmalen, leichenblassen Gesichtszüge.

Vielleicht hätte ich nun Martin anrufen und der Polizei und dem FBI den Rest überlassen sollen. Ich war völlig am Ende, und ein beinahe überwältigendes Gefühl der Niederlage zehrte an mir und ließ mich fast verzagen. Catherine Demeters Tod empfand ich wie einen körperlichen Schmerz, und ich verharrte noch einen Moment lang auf dem Boden, neben der zusammengesunkenen Leiche von Connell Hyams, und hielt mir vor Schmerz den Bauch. Dann hörte ich Bobby Sciorra davonfahren.

Dieses Geräusch brachte mich wieder auf die Beine. Sciorra war es gewesen, der die Attentäterin im Krankenhaus ermordet hatte, wahrscheinlich auf Befehl des alten Ferrera, damit sie Sonny nicht in den Mordanschlag hineinziehen konnte. Aber ich verstand einfach nicht, warum er Hyams umgebracht und mich am Leben gelassen hatte. Ich schleppte mich zu meinem Wagen, die Schulter tat mir weh, und ich fuhr zu Hyams' Haus.

Kapitel 26

Während der Fahrt versuchte ich mir zusammenzureimen, was passiert war. Catherine Demeter war nach Haven zurückgekehrt, um sich mit Granger in Verbindung zu setzen, und Hyams hatte das vereitelt. Vielleicht hatte er zufällig von Catherines Anwesenheit erfahren; die zweite Möglichkeit bestand darin, daß jemand ihn informiert hatte, daß sie kommen würde, und dieser Jemand ihn aufgefordert hatte, dafür zu sorgen, daß sie hier mit keinem Menschen sprach.

Hyams hatte Catherine und Granger umgebracht, soviel schien gewiß. Vermutlich hatte er die Rückkehr des Sheriffs abgewartet und war ihm dann ins Haus gefolgt. Wenn Hyams über einen Schlüssel zum Haus des Sheriffs verfügte, was durchaus möglich war, da sie Nachbarn waren und Hyams ein angesehener Bürger, konnte Hyams die Nachrichten auf dem Anrufbeantworter des Sheriffs auch allein abgehört und dadurch von Catherine Demeters Aufenthaltsort erfahren haben. Catherine Demeter war schon tot, als der Sheriff zurückkehrte; Grangers Leiche war nicht im gleichen Maße verwest wie ihre.

Hyams mochte sogar die Nachrichten auf dem Band gelöscht haben, aber er konnte sich nicht sicher sein, daß der Sheriff sie nicht von unterwegs abgehört hatte. In beiden Fällen konnte Hyams kein Risiko eingehen, und daher schritt er zur Tat, schlug den Sheriff wahrscheinlich bewußtlos, fesselte ihn und brachte ihn zum Dane House, wo er bereits Catherine Demeter umgebracht hatte. Den Wagen des Sheriffs hatte er wahrscheinlich versenkt oder in eine andere Stadt gefahren und irgendwo stehengelassen, wo niemand darauf achtete, jedenfalls nicht so bald.

Daß sich alles im Dane House abgespielt hatte, lieferte ein weiteres Puzzleteil: Connell Hyams war mit ziemlicher Sicherheit Adelaide Modines Komplize bei den Morden gewesen, der Mann, dessentwegen William Modine gelyncht wurde. Erhob sich die Frage, weshalb er sich ausgerechnet jetzt gezwungen sah zu handeln, und ich glaubte, daß ich auch darauf bald eine Antwort haben würde – wenn mir auch beim bloßen Gedanken daran schlecht wurde.

In Hyams' Haus brannte kein Licht, als ich vorfuhr. In der Nähe war kein anderer Wagen geparkt, aber trotzdem ging ich mit gezogener Pistole zur Haustür. Bei dem Gedanken, in der Dunkelheit Bobby Sciorra zu begegnen, überlief mich eine Gänsehaut, und meine Hände zitterten, als ich mit dem Schlüsselbund, den ich Hyams abgenommen hatte, die Tür aufschloß.

Im Haus war es still. Mit pochendem Herzen und dem Finger am Abzug sah ich in allen Zimmern nach. Es war niemand da. Kein Anzeichen von Bobby Sciorra.

Ich ging in Hyams' Büro, zog die Vorhänge zu und schaltete die Schreibtischlampe an. Sein Computer war durch ein Kennwort gesichert, aber ein Mann wie Hyams mußte von sämtlichen Dokumenten Ausdrucke aufbewahren. Ich wußte nicht einmal recht, wonach ich suchte – es mußte nur etwas sein, das Hyams mit der Familie Ferrera in Verbindung brachte. Dieser Zusammenhang erschien beinahe absurd, und ich überlegte schon, es seinzulassen, zurück nach Haven zu fahren und Martin und Agent Ross alles zu erklären. Die Ferreras waren ja manches, aber Komplizen von Kindermördern waren sie nicht.

Der Schlüssel zu seinem Aktenschrank befand sich auch an dem Bund, das ich Hyams abgenommen hatte. Ich beeilte mich, ignorierte örtliche Akten und solche, die auf den ersten Blick irrelevant waren. Über die Stiftung waren keine Unterlagen vorhanden, was mich wunderte, aber dann fiel mir sein Büro in der Stadt ein, und das Herz rutschte mir in die Hose. Wenn er die Stiftungsakten nicht zu Hause aufbewahrte, war es gut möglich, daß auch andere Akten fehlten. In diesem Fall konnte ich eigentlich gleich aufgeben.

Letztendlich hätte ich das Bindeglied fast übersehen, und nur ein paar halbverdaute Brocken Italienisch brachten mich dazu, innezuhalten und darüber nachzudenken. Es war ein Pachtvertrag über eine Lagerhausliegenschaft in Flushing, Queens, von Hyams im Auftrag eines Unternehmens namens Circe unterzeichnet. Der Vertrag war vor über fünf Jahren mit einer Firma namens Mancino Inc. abgeschlossen worden. Mancino, das wußte ich noch, hieß auf Italienisch »linkshändig« und »tückisch«. Das war ein typischer Sonny-Ferrera-Scherz: Sonny war Linkshänder, und Mancino Inc. gehörte zu den Briefkastenfirmen, die er Anfang des Jahrzehnts gegründet hatte, als er innerhalb des Ferrera-Imperiums noch mehr war als nur ein Scherz, über den niemand lachen mochte.

Ich lief aus dem Haus und fuhr los. Am Stadtrand sah ich einen Pritschenwagen am Straßenrand stehen. Zwei Gestalten saßen hinten drauf und tranken Bier aus Dosen in braunen Papptüten, und ein dritter lehnte an der Fahrerkabine, die Hände in den Taschen. Im Scheinwerferlicht erkannte ich, daß es Clete war, und einer der beiden auf der Ladefläche war Gabe. Der dritte war ein dünner, bärtiger Mann, dessen Gesicht mir nichts sagte. Ich schaute Clete in die Augen, als ich vorbeifuhr, und sah, daß Gabe sich zu ihm runterbeugte und etwas sagte, aber Clete hob nur die Hand. Ich fuhr weiter und sah, daß er mir nachstarrte, gefangen im Scheinwerferlicht des Pritschenwagens, ein dunkler Umriß vor der Lampe. Er tat mir fast leid: Havens Chance, ein Klein-Tokio zu werden, hatte eben einen endgültigen Rückschlag erlitten.

Ich rief Martin erst an, als ich in Charlottesville war.

»Hier ist Parker«, sagte ich. »Sind Sie allein?«

»Ich bin in meinem Büro, und Sie stecken so richtig in der Scheiße. Wieso sind Sie einfach abgehauen? Ross ist hier und will allen ans Leder, aber Ihnen besonders. Mann, Earl Lee macht uns die Hölle heiß, wenn er wiederkommt.«

»Hören Sie zu. Granger ist tot. Und Catherine Demeter auch. Ich glaube, Hyams hat sie umgebracht.«

»Hyams?« Martin kreischte fast. »Der Anwalt? Sie tikken doch wohl nicht richtig!«

»Hyams ist auch tot.« Es hörte sich allmählich wie ein ganz schlechter Scherz an, nur daß ich nicht lachte. »Er hat versucht, mich draußen im Dane House umzubringen. Die Leichen von Granger und Catherine Demeter hat man da im Keller abgeladen. Ich habe sie gefunden, und Hyams hat versucht, mich einzusperren. Es gab einen Schußwechsel, und Hyams ist dabei umgekommen. Es mischt da noch jemand mit, der Typ, der die Frau im Krankenhaus ermordet hat.« Ich wollte Sciorras Namen nicht ins Spiel bringen, noch nicht.

Martin schwieg für einen Augenblick. »Sie müssen herkommen. Wo sind Sie?«

»Es ist noch nicht vorbei. Sie müssen mir die noch eine Weile vom Hals halten.«

»Ich halte Ihnen niemanden vom Hals. Diese Stadt verwandelt sich Ihretwegen allmählich in ein Leichenschauhaus, und jetzt sind Sie ein Verdächtiger in ich weiß nicht wie vielen Mordfällen. Kommen Sie her. Sie haben schon genug Ärger am Hals.«

»Tut mir leid, ich kann nicht. Hören Sie zu. Hyams hat Demeter umgebracht, damit sie sich nicht mit Granger in Verbindung setzen konnte. Ich glaube, daß Hyams bei den Kindsmorden der Komplize von Adelaide Modine war. Wenn das der Fall ist, wenn er davongekommen ist, dann könnte sie auch davongekommen sein. Er könnte ihren Tod vorgetäuscht haben. Durch die Praxis seines Vaters hatte er Zugang zu ihrer Zahnarztakte. Er könnte die Akte mit der einer anderen Frau vertauscht haben, vielleicht einer Wanderarbeiterin, vielleicht jemand, den er in einer anderen Stadt entführt hat, was weiß ich. Aber irgendwas hat Catherine Demeter dazu gebracht abzuhauen. Wegen irgendwas ist sie zurückgekehrt. Ich glaube, sie hat sie gesehen. Ich glaube, sie hat Adelaide Modine gesehen, denn sonst kann ich mir nicht erklären, weshalb sie dorthin zurückgekehrt ist und sich nach all den Jahren, die sie weg war, an Granger gewandt hat.«

Am anderen Ende herrschte Schweigen. »Ross sieht aus wie ein Vulkan im Leinenanzug. Er wird Ihnen folgen. Er hat Ihr Autokennzeichen vom Anmeldezettel im Motel.«

»Ich brauche Ihre Hilfe.«

»Sie sagen, Hyams hatte was damit zu tun?«

»Ja. Wieso?«

»Ich habe Burns gebeten, unsere Akten durchzusehen. Hat nicht so lange gedauert, wie ich befürchtet hatte. Earl Lee hat... hatte die Akten über die Morde. Er hat sie sich oft angesehen. Hyams hat hier vorgestern auch danach gesucht.«

»Ich schätze mal, daß alle Fotos daraus verschwunden sind, wenn Sie sie finden. Hyams hat wahrscheinlich auch das Haus des Sheriffs nach den Akten abgesucht. Er mußte jede Spur von Adelaide Modine vernichten, alles, was auf ihre neue Identität hindeuten kann.«

Es ist gar nicht so einfach zu verschwinden. Von Geburt an ziehen wir einen Rattenschwanz von Papieren, von staatlichen und privaten Dokumenten hinter uns her. Bei den meisten von uns klären sie, was wir dem Staat, der Regierung, der Justiz gegenüber sind. Aber es gibt Möglichkeiten, sich dem zu entziehen. Besorgen Sie sich eine neue Geburtsurkunde, indem Sie den Namen und das Geburtsdatum einer anderen Person angeben, und lassen Sie die Urkunde altern, indem Sie sie eine Woche lang im Schuh herumtragen. Beantragen Sie damit einen Bibliotheksausweis, und lassen Sie sich damit im Wählerverzeichnis eintragen. Gehen Sie zur nächsten Führerscheinstelle, legen Sie dort die Geburtsurkunde und den Wählerausweis vor, und schon haben Sie einen Führerschein. Es ist ein Dominoeffekt: Jeder Schritt basiert auf der Gültigkeit des Dokuments, das man beim Schritt zuvor erhalten hat.

Am einfachsten geht es, wenn man die Identität eines anderen Menschen annimmt, eines Menschen, den niemand vermissen wird, am besten vom Rande der Gesellschaft. Vermutlich hatte Adelaide Modine mit Hyams' Hilfe die Identität der Frau angenommen, die in der Ruine in Virginia verbrannt war.

»Da ist noch was«, sagte Martin. »Es gab noch eine separate Akte über die Modines. Die Bilder daraus sind auch verschwunden.«

»Könnte Hyams Zugang zu diesen Akten gehabt haben?«

Ich hörte Martin am anderen Ende seufzen.

»Klar«, sagte er schließlich. »Er war der einzige Anwalt in der Stadt. Alle haben ihm vertraut.«

»Überprüfen Sie noch mal die Motels. Ich schätze mal, in irgendeinem werden Sie Catherine Demeters Gepäck finden. Das könnte uns weiterbringen.«

»Mann, kommen Sie zurück. Ich kann nicht mehr tun, als ich schon getan habe.«

»Ich komme nicht«, sagte ich, beendete die Verbindung und wählte eine zweite Nummer. »Ja«, meldete sich eine Stimme.

»Angel? Hier ist Bird.«

»Verdammte Scheiße, wo hast du gesteckt? Hier ist die Kacke am Dampfen! Rufst du mit dem Handy an? Ruf mich übers Festnetz zurück.«

Wenig später rief ich ihn erneut von einer Telefonzelle vor einem Lebensmittelladen aus an.

»Ein paar Schläger vom Alten haben Pili Pilar geschnappt. Sie halten ihn fest, bis Bobby Sciorra von irgendeiner Reise zurück ist. Sieht schlimm aus. Sie haben ihn bei den Ferreras eingesperrt. Wer mit ihm redet, wird abgeknallt. Nur Bobby darf zu ihm.«

»Haben sie Sonny geschnappt?«

»Nein, der treibt sich immer noch irgendwo rum, aber jetzt ist er allein und muß das alles allein mit dem Alten klarmachen.«

»Ich hab' ein Problem, Angel.« Ich schilderte ihm kurz,

was passiert war. »Ich komme zurück, aber ich muß Louis und dich um einen Gefallen bitten.«

»Schieß los, Mann.«

Ich nannte ihm die Adresse des Lagerhauses. »Behaltet den Laden im Auge. Ich komme hin, so schnell ich kann.«

Ich wußte nicht, wie lange es dauern würde, bis sie mir auf die Spur kämen. Ich fuhr bis Richmond und ließ den Mustang auf einem Langzeitparkplatz stehen. Dann erledigte ich ein paar Anrufe. Für 1500 Dollar erkaufte ich mir Schweigen und einen Flug in einer kleinen Maschine von einem privaten Flugplatz aus zurück nach New York.

Kapitel 27

»Und Sie wollen wirklich hier raus?« Der Taxifahrer war ein riesiger Kerl mit strähnigem Haar, naß von dem Schweiß, der ihm auch von den Wangen und aus den Fettrollen im Nacken troff und sich schließlich in seinem schmierigen Hemdkragen verlor. Er schien die gesamte Front des Taxis auszufüllen. Die Tür wirkte zu klein, als daß er durch sie eingestiegen sein konnte. Er vermittelte den Eindruck, als hätte er so lange in dem Taxi gelebt und gegessen und wäre dabei so angeschwollen, daß er es nicht mehr verlassen konnte: Das Taxi war sein Heim, und bei seinen Ausmaßen würde es wohl auch sein Grab sein.

»Ja, das will ich.«

»Das ist 'ne knallharte Gegend.«

»Macht nichts. Ich hab' knallharte Freunde.«

Das Mancino-Weinlager gehörte zu einer Reihe ähnlicher Gebäude, die sich längs einer langen, schlecht beleuchteten Straße westlich des Northern Boulevard in Flushing erstreckten. Es war aus rotem Ziegelstein erbaut, und vom Firmenschild war nur noch ein weißer, abgeblätterter Schatten unter der Dachkante übrig. Die Fenster im Erdgeschoß und in den oberen Etagen waren mit Drahtgittern versehen. Am Gebäude brannte nirgendwo Licht, und deshalb war der Bereich zwischen Tor und Lagerhaus in beinahe vollständige Dunkelheit gehüllt.

Auf der anderen Straßenseite befand sich der Eingang zu

einem großen Areal mit Lagerschuppen und Bahncontainern. Drinnen war der Boden mit Schmutzwasserpfützen und weggeworfenen Paletten übersät. Im schummrigen Licht der verdreckten Strahler auf dem Hof sah ich einen Hund, eine Promenadenmischung, dessen Rippen schon beinahe durchs Fell brachen, an irgendwas herumzerren.

Als ich aus dem Taxi stieg, blitzten in einer Seitenstraße neben dem Lagerhaus Scheinwerfer auf. Das Taxi fuhr davon, und wenig später stiegen Angel und Louis aus einem schwarzen Chevy-Lieferwagen. Angel schleppte eine schwer aussehende Sporttasche, und Louis war tadellos gekleidet – in schwarzem Ledermantel, schwarzem Anzug und schwarzem Polohemd.

Angel verzog das Gesicht, als er näher kam. Es war nicht zu übersehen, weshalb. Mein Anzug war von der Begegnung mit Hyams im Dane House aufgerissen und mit Dreck und Schlamm bedeckt. Mein Arm blutete wieder, und meine rechte Hemdmanschette war tiefrot. Mir tat alles weh, und ich war todmüde.

»Gut siehst du aus«, sagte Angel. »Wo steigt denn die Party?«

Ich schaute zum Mancino-Lagerhaus hinüber. »Da drin. Hab ich irgendwas verpaßt?«

»Hier nicht. Aber Louis kommt gerade von Ferrera.«

»Bobby Sciorra ist vor gut 'ner Stunde dort mit 'nem Hubschrauber gelandet«, sagte Louis. »Schätze mal, er und Pili sprechen sich jetzt mal richtig aus.«

Ich nickte. »Gehn wir.«

Das Lagerhaus war von einer hohen Ziegelsteinmauer umgeben, die oben mit Metallzacken und Stacheldraht abschloß. Das Tor war etwas zurückgesetzt, da die Mauern am Eingang einwärts verliefen, und war ebenfalls oben mit Stacheldraht versehen. Es war massiv, bis auf eine Aussparung, wo eine schwere Kette mit Vorhängeschloß die beiden Hälften zusammenhielt. Während Louis halbwegs diskret danebenstand, holte Angel eine kleine, speziell angefertigte Bohrmaschine aus der Sporttasche und führte den Bohreinsatz in das Schloß ein. Er drückte auf den Schalter, und ein schrilles Jaulen übertönte alles. Augenblicklich schlugen sämtliche Hunde in der ganzen Nachbarschaft an.

»Scheiße, Angel, hast du da 'ne Hundepfeife eingebaut?« zischte Louis. Angel achtete nicht auf ihn, und einen Moment später war das Schloß auf.

Wir gingen hinein, Angel löste behutsam das Schloß und brachte es auf der Innenseite des Tors wieder an. Er drehte die Kette um, so daß man bei flüchtigem Hinsehen den Eindruck gehabt hätte, das Tor wäre immer noch verschlossen, wenn auch merkwürdigerweise von innen.

Das Lagerhaus stammte aus den Dreißigern und war schon lange nicht mehr in Betrieb. Die alten Türen rechts und links waren versiegelt, und so blieb uns nur der Vordereingang. Selbst die Feuerwehrzufahrt an der Rückseite des Gebäudes war zugeschweißt. Die Strahler, die wohl einst den Hof erleuchtet hatten, funktionierten nicht mehr, und das Licht der Straßenlaternen drang nicht bis hierher vor.

Angel hielt seine Taschenlampe im Mund und machte sich mit ein paar Dietrichen am Schloß zu schaffen, und nicht mal eine Minute später waren wir drin und leuchteten mit unseren schweren Maglites umher. Gleich neben der Tür befand sich eine kleine Kabine, in der wohl früher, als das Gebäude noch in Betrieb war, ein Wachmann gesessen hatte. Leere Regale zogen sich an den Wänden hin, und in der Mitte stand ein ähnliches Regal, so daß der Raum in zwei Gänge unterteilt war. Die Regale waren mit Einsätzen versehen, jeder groß genug für eine Flasche Wein. Der Boden war aus Stein. Dies war früher der Ausstellungsraum gewesen, wo sich Kunden das Sortiment ansehen konnten. Unten in den Kellern wurden die Weinkisten gelagert. Am anderen Ende des Raums befand sich ein kleines Büro, zu dem man rechts drei Treppenstufen hochgehen mußte.

Neben dieser kleinen Treppe führte eine breitere Treppe nach unten. Dort gab es auch einen alten Lastenaufzug, der nicht verschlossen war. Angel ging hinein und legte den Hebel um, und der Fahrstuhl senkte sich einen halben Meter. Angel fuhr wieder hoch, stieg aus und sah mich mit hochgezogener Augenbraue an.

Wir gingen die Treppe runter. Es waren vier Treppenabsätze, was zwei Stockwerken entsprach, aber zwischen dem Verkaufsraum und den Kellern gab es keine weitere Etage. Unten kamen wir an eine verschlossene Tür, diesmal aus Holz und mit einem Fenster, durch das man im Licht der Taschenlampe die Kellergewölbe sehen konnte. Das Schloß überließ ich Angel. Er brauchte nur Sekunden, um die Tür zu öffnen. Er wirkte beklommen, als er den Keller betrat. Die Sporttasche schien ihm plötzlich schwer in der Hand zu liegen.

»Soll ich die mal nehmen?« fragte Louis.

»Erst wenn ich so alt bin, daß du mich mit 'ner Schnabeltasse füttern mußt«, erwiderte Angel. Im Keller war es kühl, doch trotzdem leckte er sich Schweiß von der Oberlippe.

Vor uns erstreckte sich eine Reihe gewölbter, höhlenartiger Alkoven. Vor jedem war ein senkrechtes Gitter mit einer Tür in der Mitte angebracht. Das waren die alten Weinlager. Sie wurden offensichtlich nicht mehr genutzt, lagen voller Müll und alter Verpackungen. Im Licht der Taschenlampe entdeckten wir, daß der Boden eines Lagers anders war als der der anderen. Es war der erste Alkoven auf der rechten Seite, und dort war der Zementboden entfernt und durch eine Erdschicht ersetzt worden. Die Tür stand offen.

Unsere Schritte hallten von den Steinwänden wider, als wir hineingingen. Der Erdboden war sauber und sorgfältig geharkt. In einer Ecke stand ein grüner Metalltisch mit zwei Schlitzen an jeder Seite, in denen Lederriemen befestigt waren. In einer anderen Ecke stand eine lange Rolle im Industrieformat, die nach Plastikfolie aussah.

Zwei Regalböden zogen sich um den ganzen Raum. Sie waren leer, bis auf ein Bündel, das eng in Plastikfolie eingewickelt am anderen Ende des Raumes lag. Ich ging hin und sah im Schein der Taschenlampe Jeansstoff und ein grünkariertes Hemd; ein Paar kleine Schuhe und einen Haarschopf; ein farbloses Gesicht mit rissiger Haut und geöffneten Augen, die Hornhaut milchig-trüb. Der Verwesungsgeruch war stark, aber durch die Plastikfolie etwas abgemildert. Ich erkannte die Kleidung. Ich hatte Evan Baines gefunden.

»Jesses«, hörte ich Angel sagen. Louis schwieg.

Ich ging näher an die Leiche heran und sah mir die Finger und das Gesicht an. Von den natürlichen Verwesungserscheinungen abgesehen, schien der Körper unversehrt, und der Junge war offenbar vollständig bekleidet. Evan Baines war nicht zu Tode gefoltert worden, aber an der Schläfe sah man Verfärbungen und in seinem Ohr getrocknetes Blut.

Die Finger seiner linken Hand waren vor der Brust gespreizt, und sein rechtes Händchen war zu einer festen Faust geballt.

»Angel, komm her. Bring die Tasche mit.«

Als er neben mir stand, sah ich Wut und Verzweiflung in seinem Blick.

»Das ist Evan Baines. Hast du den Mundschutz dabei?«

Er bückte sich und holte zwei Mundschutze und eine Flasche Aramis-Rasierwasser hervor. Er besprenkelte die Mundschutze mit dem Aftershave, reichte mir einen und band sich selbst den anderen um. Dann gab er mir ein Paar Plastikhandschuhe. Louis stand weiter hinten und setzte keinen Mundschutz auf. Angel richtete den Strahl der Taschenlampe auf die Leiche.

Ich nahm mein Taschenmesser und schlitzte um die rechte Hand des Jungen herum die Plastikfolie auf. Noch unter dem Mundschutz roch ich, daß der Gestank heftiger wurde, und dann zischte entweichendes Gas.

Mit dem Messergriff versuchte ich, die Faust des Jungen aufzuhebeln. Die Haut platzte, und ein Fingernagel löste sich.

»Halt die Lampe ruhig, verdammt!« zischte ich. Ich sah, daß der Junge etwas Kleines, Blaues umklammerte. Ich hebelte noch mal, nun ohne Rücksicht auf den Schaden, den ich anrichtete. Ich mußte es wissen. Ich mußte die Erklärung dafür finden, was hier vorgegangen war. Schließlich löste sich das Objekt und fiel zu Boden. Ich bückte mich, hob es auf und untersuchte es im Licht meiner Taschenlampe. Es war eine blaue Porzellanscherbe.

Während ich mir die Scherbe genauer ansah, suchte

Angel mit seiner Taschenlampe die hinteren Ecken des Lagers ab und verließ dann den Raum. Ich hörte seine Bohrmaschine, und dann rief er von oben nach uns. Wir gingen die Treppe hoch und fanden ihn in einem kleinen Raum, kaum größer als ein Wandschrank, der sich fast direkt über dem Alkoven befand, in dem die Leiche lag. Drei miteinander verbundene Videorekorder standen auf einem Brett übereinander, und ein dünnes Kabel schlängelte sich durch ein Loch am Fuß der Wand und verschwand im Boden des Lagerhauses. Einer der Rekorder zählte unerbittlich die Sekunden, bis Angel ihn ausknipste.

»In der Kellerecke ist ein kleines Loch, nicht größer als ein Fingernagel, aber groß genug für eine Fischaugenoptik und einen Bewegungsmelder«, sagte er. »Kann man nicht finden, wenn man nicht weiß, wo man danach suchen muß. Ich schätze mal, das Kabel verläuft durch den Luftschacht. Irgend jemand wollte mitschneiden, was in dem Raum passiert, sobald man ihn betritt.«

Irgend jemand, aber nicht die, die sich in dem Raum über die Kinder hermachten. Eine normale Videokamera, die man dort aufgestellt hätte, hätte bessere Bilder geliefert. Für die versteckte Kamera gab es keinen Grund, es sei denn, der Betrachter wollte unbemerkt bleiben.

In dem kleinen Raum befand sich kein Bildschirm, also wollte, wer das hier installiert hatte, die Kassetten entweder gemütlich bei sich zu Hause ansehen oder sicherstellen, daß wer auch immer die Videos abholte, nicht nachvollziehen konnte, was darauf zu sehen war. Ich kannte eine Menge Leute, die so etwas aushecken konnten, und Angel auch, aber einer fiel uns auf Anhieb ein: Pili Pilar.

Wir gingen wieder runter in den Keller. Ich nahm den ausziehbaren Spaten aus Angels Tasche und fing an zu graben. Bald stieß ich auf etwas Weiches. Ich verbreiterte das Loch und wischte den Erdboden weg, und Angel half mir mit einer kleinen Gartenschaufel. Wir legten eine Plastikschicht frei, und darunter konnte ich, kaum sichtbar, braune, runzlige Haut erkennen. Wir buddelten den restlichen Erdboden weg, bis die Kinderleiche sichtbar wurde, in Embryonalstellung zusammengekauert, den Kopf unter dem linken Arm verborgen. Obwohl die Leiche verwest war, konnten wir sehen, daß die Finger gebrochen waren, aber ohne sie zu bewegen, war nicht zu entscheiden, ob es sich um einen Jungen oder ein Mädchen handelte.

Angel sah sich aufmerksam auf dem Kellerboden um, und ich wußte, was er dachte. Wahrscheinlich war alles noch schlimmer. Dieses Kind lag kaum zehn Zentimeter unter der Erdoberfläche begraben, was bedeutete, daß sich darunter wahrscheinlich noch weitere Kinder befanden. Dieser Raum war lange Zeit genutzt worden.

Louis schlüpfte in den Raum, den Zeigefinger vor dem Mund. Er schaute sich kurz das Kind an und wies dann langsam mit der rechten Hand nach oben. Wir schwiegen und hielten die Luft an, und ich hörte auf der Treppe leise Schritte. Angel zog sich in die Dunkelheit neben den Regalen zurück und knipste seine Taschenlampe aus. Louis war schon verschwunden, als ich mich erhob. Ich stellte mich gegenüber der Tür auf und langte eben nach meiner Pistole, als mich ein Lichtstrahl im Gesicht traf. Bobby Sciorras Stimme sagte nur »Laß das«, und ich zog langsam die Hand zurück.

Er hatte sich schnell bewegt, erstaunlich schnell. Er tauchte aus der Dunkelheit auf, die schlanke Five-seveN in der rechten Hand, und seine Taschenlampe war auf mich gerichtet, während er auf die offenstehende Tür zukam. Er blieb gut drei Meter vor mir stehen, und als er lächelte, konnte ich seine Zähne schimmern sehen.

»Du bist tot«, sagte er. »Tot wie die Kinder in dem Raum hinter dir. Ich wollte dich schon in dem Haus da umlegen, aber der Alte wollte dich lebend, es sei denn, es geht nicht anders. Und jetzt geht es nicht mehr anders.«

»Machst du immer noch die Drecksarbeit für Ferrera«, entgegnete ich. »Selbst du müßtest doch eigentlich bei dieser Sache Skrupel haben.«

»Wir haben alle unsere Schwächen.« Er zuckte mit den Achseln. »Und Sonny steht nun mal auf Kinder. Er schaut gern zu, weißt du. Was anderes bringt er auch nicht mehr mit seinem schlappen Pimmel. Er ist ein kranker Wichser, aber sein Daddy liebt ihn, und jetzt will sein Daddy, daß die ganze Sauerei verschwindet.«

Sonny Ferrera war es also gewesen, der die Todesqualen dieser Kinder aufgezeichnet und zugesehen hatte, wie Hyams und Adelaide Modine sie zu Tode folterten, während ihre Schreie von den Wänden widerhallten; und das stumme, reglose Kameraauge nahm alles auf, um es in Sonnys Wohnzimmer wieder auszuspeien. Er mußte wissen, wer die Mörder waren, mußte ihnen immer wieder beim Töten zugesehen haben, ohne etwas zu unternehmen, denn ihm gefiel, was er sah, und er wollte nicht, daß es aufhörte.

»Wie hat der Alte das rausgefunden?« fragte ich, aber ich wußte die Antwort bereits. Ich wußte jetzt, was in dem Wagen gewesen war, mit dem Pili den Unfall gebaut hatte, oder zumindest glaubte ich, es zu wissen. Wie sich dann herausstellte, hatte ich mich darin, wie in so vielem, getäuscht.

In der Kellerecke regte sich etwas, und Sciorra reagierte mit der Behendigkeit einer Katze. Er stellte den Lichtkegel größer, wich zurück und richtete die Waffe geringfügig von mir fort auf die Ecke.

Im Lichtkegel erschien Angels gebeugter Kopf. Er schaute hoch in Bobby Sciorras Augen und lächelte. Sciorra wirkte für einen Moment verwirrt, und als es ihm allmählich dämmerte, öffnete er den Mund. Er drehte sich eben um und wollte nach Louis sehen, als die Dunkelheit um ihn her zum Leben erwachte, und dann riß er die Augen auf, als ihm, zu spät, bewußt wurde, daß der Tod nun auch ihn ereilte.

Louis' Haut schimmerte im Licht der Taschenlampe, und seine Augen waren weiß, und mit der linken Hand packte er Sciorras Unterkiefer. Sciorra spannte seinen Körper und zuckte, die Augen vor Schmerz und Furcht weit aufgerissen. Er stand auf Zehenspitzen und streckte die Arme aus. Er schüttelte sich heftig, einmal, zweimal, und dann schien die Luft aus ihm zu entweichen, und seine Arme und sein ganzer Leib erschlafften, nur sein Kopf blieb reglos, und er schaute mit großen Augen. Louis zog die lange, dünne Klinge aus Sciorras Hinterkopf und stieß ihn nach vorne, er fiel vor meinen Füßen zu Boden, schwache Zuckungen liefen durch seinen Körper, und dann hörte auch das auf. Ich roch den Inhalt seiner entleerten Blase und seines Darms.

Angel tauchte aus der Dunkelheit hinter mir auf.

»Ich hab' dieses beschissene Schreckgespenst nie abgekonnt«, sagte er und schaute sich das kleine Loch in Sciorras Hinterkopf an.

»Genau«, meinte Louis. »So gefällt er mir viel besser.« Er sah mich an. »Was soll ich mit ihm machen?«

»Laß ihn. Gib mir seine Autoschlüssel.«

Louis tastete Sciorras Leiche ab und warf mir die Schlüssel zu.

»Er gehört zur Familie. Wird das Probleme geben?«

»Ich weiß es nicht. Laßt mich das regeln. Bleibt in der Nähe. Ich werde nachher Cole anrufen. Haut ab, wenn ihr die Sirenen hört.«

Angel bückte sich und hob mit der Spitze eines Schraubenziehers vorsichtig die FN vom Boden.

»Sollen wir die hierlassen?« fragte er. »Das ist echt 'n Ding.«

»Die bleibt hier.« Wenn ich recht hatte, stellte Bobby Sciorras Waffe das Bindeglied dar zu Ollie Watts, Connell Hyams und der Familie Ferrera, das Bindeglied zwischen einer Serie von Kindsmorden, die sich über dreißig Jahre erstreckte, und einer Mafia-Dynastie, die mehr als doppelt so alt war.

Ich stieg über Sciorras Leiche und rannte aus dem Lagerhaus. Sein schwarzer Chevy stand auf dem Hof, mit dem Kofferraum zum Lagerhaus, das Tor hatte er hinter sich zugemacht. Der Chevy sah ganz wie der Wagen aus, von dem aus der Mörder von Fat Ollie Watts erschossen worden war. Ich öffnete das Tor und verließ das Mancino-Lagerhaus und Queens. Queens – eine Ansammlung von Lagerhäusern und Friedhöfen. Und manchmal beides zusammen.

Kapitel 28

Ich war jetzt ganz nah dran, war einem Ende nah, irgendeinem Ende. Ich würde miterleben, wie sich etwas auflöste, das über drei Jahrzehnte lang bestanden und genug junge Leben gefordert hatte, um die Katakomben eines verlassenen Lagerhauses zu füllen. Aber wie die Lösung auch immer aussah, sie reichte nicht hin, um zu erklären, was geschehen war. Ein Ende war in Sicht. Es würde Schluß sein. Aber geklärt war damit nichts.

Ich fragte mich, wie oft pro Jahr Hyams wohl in seiner adretten Anwaltsmontur nach New York gereist war, eine teure, aber unauffällige Reisetasche in der Hand, um erneut ein Kind in Stücke zu reißen. Wenn er vor dem Schaffner den Zug bestieg oder dem Mädchen hinter dem Abfertigungsschalter am Flughafen zulächelte oder in seinem Cadillac, dessen Inneres nach Leder duftete, bei der Frau in der Mautstelle vorfuhr – ließ sie dann irgend etwas in seinem Gesicht innehalten und noch einmal überlegen, was sie von diesem höflichen und zurückhaltenden Herrn mit dem kurzen grauen Haar und dem konservativen Anzug halten sollten?

Und ich fragte mich auch, wer die Frau gewesen sein mochte, die vor all den Jahren in Haven verbrannt war, denn Adelaide Modine war es nicht gewesen.

Mir fiel wieder ein, daß mir Hyams erzählt hatte, er sei am Tag vor dem Fund der Leiche nach Haven zurückgekehrt. Es fiel nicht schwer, die Ereigniskette zusammenzusetzen: der panische Anruf von Adelaide Modine; die Auswahl eines geeigneten Opfers aus den Akten von Doc Hyams; die Abänderung der Zahnarztakte; das Plazieren des Schmucks und der Handtasche neben der Leiche; und dann das Züngeln der ersten Flammen, der Geruch wie von gebratenem Schweinefleisch, als ihr Körper Feuer fing.

Und dann verschwand Adelaide Modine in der Dunkelheit, um zu überwintern, um Zeit zu haben, sich komplett umzukrempeln, damit das Morden weitergehen konnte. Sie war wie eine Spinne, die im Dunkeln am Rand des Netzes lauerte und hervorschoß, wenn sich ein Opfer in ihre Einflußsphäre verirrte, um es schließlich in Plastikfolie einzuspinnen. Sie hatte volle dreißig Jahre lang frei schalten und walten können, hatte der Welt das eine Gesicht gezeigt und den Kindern ein anderes. Sie war eine Gestalt, wie nur Kinder sie sahen, wie der schwarze Mann, ein Wesen, das in der Dunkelheit lauerte, wenn alle Welt schlief.

Ich glaubte nun, ihr Gesicht sehen zu können. Ich glaubte auch zu verstehen, weshalb Sonny Ferrera von seinem eigenen Vater gejagt wurde, weshalb Bobby Sciorra mir nach Haven gefolgt war, weshalb Fat Ollie Watts in Todesangst geflohen und auf jener Straße im spätsommerlichen Sonnenschein abgeknallt worden war.

Die Laternen blitzten vorbei wie Leuchtkugeln. Ich hatte Dreck unter den Fingernägeln, das sah ich, während ich das Lenkrad umklammerte, und ich verspürte das beinahe unwiderstehliche Verlangen, bei einer Tankstelle zu halten und mir die Hände zu waschen, eine Drahtbürste zu nehmen und mir bis aufs Blut die Haut abzuschrubben, die ganzen Schichten Schmutz und Tod abzuschaben, die in den vergangenen vierundzwanzig Stunden an mir kleben geblieben waren. Ich schmeckte Galle und mußte schlucken, konzentrierte mich auf die Straße vor mir, auf die Rücklichter der Autos und schaute nur ein- oder zweimal zu den unbedarft strahlenden Sternen am Nachthimmel hoch.

Als ich zum Anwesen der Ferreras kam, stand das Tor

offen, und von den FBI-Agenten, die das Haus ein paar Tage zuvor überwacht hatten, war nichts zu sehen. Ich fuhr in Bobby Sciorras Wagen die Einfahrt hoch und parkte im Schatten einiger Bäume. Meine Schulter tat mir wieder weh, mir war schlecht, und ich zitterte unter Schweißausbrüchen.

Die Haustür stand sperrangelweit offen, und drinnen sah ich Männer umhergehen. Unter einem der vorderen Fenster hockte ein Mann in dunklem Anzug, den Kopf in den Händen, und seine Automatik lag neben ihm. Ich stand schon fast vor ihm, als er mich bemerkte.

»Sie sind nicht Bobby«, sagte er.

»Bobby ist tot.«

Er nickte selbstverloren, als hätte er auch nichts anderes erwartet. Dann erhob er sich, filzte mich und nahm mir die Pistole ab. In den Ecken des Hauses standen bewaffnete Männer und unterhielten sich flüsternd. Es herrschte Trauerstimmung, nur mühsam bezähmtes Entsetzen. Ich folgte meiner Eskorte zum Arbeitszimmer des Alten. Er überließ es mir, die Tür zu öffnen, trat einfach beiseite und sah mir dabei zu.

Auf dem Boden sah man Blut und eine graue Masse, und der dicke Perserteppich hatte einen tief dunkelroten Fleck. Auch auf der beigen Hose des alten Ferrera war Blut. Er hielt den Kopf seines Sohnes im Schoß. Die roten Finger seiner linken Hand spielten mit Sonnys strähnigem, schütterem Haar. In seiner Rechten hing eine Pistole, der Lauf war auf den Boden gerichtet. Sonnys Augen waren geöffnet, und im Schwarz seiner Pupillen sah ich den Widerschein einer Lampe.

Vermutlich hatte er Sonny erschossen, während er seinen Kopf im Schoß hielt und sein Sohn neben ihm kniete und ... ja, um was bat? Um Hilfe? Gnade? Vergebung? Der fette, verkommene Sonny mit den dicken, wulstigen Lippen und dem wirren Blick, gekleidet in einen billigen, cremefarbenen Anzug und ein aufgeknöpftes Hemd und selbst im Tode noch mit Gold behangen. Das Gesicht des alten Mannes wirkte streng und unnachgiebig, aber als er mich anschaute, sah ich Schuld und Verzweiflung in seinen Augen, den Augen eines Mannes, der mit seinem Sohn auch sich selbst getötet hatte.

»Raus«, sagte der Alte, leise aber entschieden, und schaute mich nicht mehr an. Durch die offenstehende Verandatür wehte aus dem Garten eine leichte Brise herein und trug Laub mit sich und Blütenblätter und die Gewißheit der Vergänglichkeit allen Seins. Eine Gestalt erschien an der Tür, einer seiner Männer, ein alter Gardist, den ich vom Sehen kannte, ohne zu wissen, wie er hieß. Der alte Ferrera hob die Waffe und richtete sie mit zittriger Hand auf ihn.

»Raus!« brüllte er, und der Gardist ging und zog instinktiv die Verandatür hinter sich zu. Der Wind schob sie einfach wieder auf, und die Nachtluft begann das Zimmer zu erfüllen. Ferrera hielt die Pistole noch ein paar Sekunden lang ausgerichtet, dann löste sich sein Griff, und sie fiel zu Boden. Seine linke Hand, die er nicht bewegt hatte, seit sein Gardist hereingekommen war, fing wieder an, gleichmäßig das Haar seines toten Sohns zu streicheln, einlullend und krankhaft monoton.

»Er ist mein Sohn«, sagte er und schaute nicht mich an, sondern in die Vergangenheit und eine nun nicht mehr mögliche Zukunft. »Er ist mein Sohn, aber etwas stimmt nicht mit ihm. Er ist krank. Er ist krank im Kopf, vollkommen krank.«

Es gab nichts, was ich darauf sagen konnte. Ich schwieg.

»Was wollen Sie hier?« fragte er. »Jetzt ist es vorbei. Mein Sohn ist tot.«

»Viele Menschen sind tot. Die Kinder ...« Der Alte zuckte kurz zusammen. »... Ollie Watts ...«

Er schüttelte langsam und mit starrem Blick den Kopf. »Der blöde Ollie Watts. Er hätte nicht abhauen sollen. Als er abgehauen ist, wußten wir Bescheid. Sonny wußte Bescheid.«

»Was wußten Sie?«

Ich glaube, wenn ich das Zimmer nur Minuten später betreten hätte, hätte der Alte mich auf der Stelle umlegen lassen oder hätte mich selbst umgebracht. Doch nun schien er bei mir eine Art Erlösung zu suchen. Er wollte mir beichten, mir sein Herz ausschütten, und anschließend würde er es nie wieder fertigbringen, darüber zu reden.

»Daß er im Wagen nachgesehen hat. Er hätte nicht nachsehen sollen. Hätte sich einfach verdrücken sollen.«

»Was hat er gesehen? Was hat er in dem Wagen gefunden? Videos? Bilder?«

Der alte Ferrera kniff die Augen zu, aber er konnte nicht abschütteln, was er gesehen hatte. Tränen quollen aus seinen faltigen Augenwinkeln und liefen ihm über die Wangen. Sein Mund formte lautlose Worte. Nein. Nein. Schlimmer. Schlimmer. Als er die Augen wieder aufschlug, war er innerlich tot. »Videokassetten. Und ein Kind. Im Kofferraum des Wagens lag ein Kind. Mein Junge, mein Sonny hat ein Kind umgebracht.«

Er schaute mich wieder an, und nun regte sich sein Gesicht, es zuckte fast, als könne sein Kopf die Ungeheuerlichkeit dessen nicht fassen, was er gesehen hatte. Dieser Mann, der gemordet und gefoltert hatte und andere in seinem Namen morden und foltern ließ, hatte in seinem eigenen Sohn eine Finsternis entdeckt, die nicht zu benennen war, einen dunklen Ort, an den kein Licht drang, wo hingeschlachtete Kinder lagen, das schwarze Herz von allem toten Sein.

Das Zuschauen hatte Sonny nicht mehr gereicht. Er hatte gesehen, über welche Macht diese Leute verfügten, welches Vergnügen es ihnen bereitete, Kinder langsam zu Tode zu quälen, und wollte das nun auch selbst erleben.

»Ich habe Bobby gesagt, er soll ihn herbringen, aber er ist weggelaufen, als er das mit Pili gehört hat.« Sein Gesicht versteinerte. »Dann habe ich Bobby befohlen, alle umzubringen, jeden einzelnen von ihnen.« Nun war es, als würde er wieder mit Bobby Sciorra reden, das Gesicht knallrot vor Wut: »Vernichte die Kassetten. Finde die Kinder, finde raus, wo sie sind, und dann bring sie irgendwohin, wo sie niemals entdeckt werden. Versenk sie auf dem Grund des beschissenen Ozeans, wenn du kannst. Es soll nie passiert sein. Es ist nie passiert.« Dann war er sich offenbar, zumindest eine Zeitlang, wieder bewußt, wo er war und was er getan hatte, und seine Hand fing wieder an zu streicheln.

»Und dann kommen Sie daher, wollen das Mädchen aufspüren und stellen Fragen. Woher wußte das Mädchen davon? Ich habe Sie auf sie angesetzt, um Sie hier wegzukriegen, um Sie von Sonny wegzukriegen.«

Doch Sonny war mir durch seine Auftragskiller gefolgt und hatte mich verfehlt. Da mußte sein Vater handeln. Wenn die Frau am Leben blieb und aussagen mußte, wäre Sonny erneut in die Ecke getrieben worden. Und deshalb wurde Sciorra losgeschickt, und die Frau starb.

»Aber wieso hat Sciorra Hyams umgebracht?«

»Was?«

»Sciorra hat in Virginia einen Anwalt getötet, der mich umbringen wollte. Wieso?«

Für einen Augenblick schaute Ferrera überdrüssig und hob erneut die Waffe. »Sind Sie verdrahtet?« Ich schüttelte erschöpft den Kopf und riß mir unter Schmerzen die Hemdbrust auf. Er ließ die Pistole wieder sinken.

»Er hat ihn von den Videos wiedererkannt. So hat er Sie gefunden. Bobby fährt durch die Stadt, und plötzlich kommt ihm dieser Kerl entgegen, dieser Kerl aus den Videos, der Kerl, der ...« Er schwieg und fuhr sich mit der Zunge durch den Mund, wie um genug Spucke zum Weitersprechen zu sammeln. »Alle Spuren mußten vernichtet werden, jede einzelne.«

»Und ich nicht?«

»Vielleicht hätte er Sie auch umlegen sollen, als er die Möglichkeit dazu hatte, ganz egal, was Ihre Freunde von der Polizei dann unternommen hätten.«

»Ja, das hätte er«, sagte ich. »Jetzt ist er nämlich tot.«

Ferrera blinzelte heftig. »Haben Sie ihn umgebracht?«

»Ja.«

»Bobby gehörte zur Familie. Sie wissen, was das bedeutet?«

»Sie wissen, was Ihr Sohn getan hat?«

Da schwieg er wieder, die Ungeheuerlichkeit der Verbrechen seines Sohnes brach noch einmal über ihn herein, und als er wieder das Wort an mich richtete, schwang kaum gebändigter Zorn in seiner Stimme mit, und da wußte ich, daß meine Audienz ihrem Ende entgegenging.

»Wer sind Sie, über meinen Sohn zu richten?« begann er. »Sie glauben, weil Sie ein Kind verloren haben, sind Sie nun der Schutzheilige aller toten Kinder. Darauf scheiße ich. Ich habe zwei meiner Söhne beerdigt, und jetzt, jetzt habe ich den letzten von ihnen getötet. Sie richten mich nicht. Sie richten meinen Sohn nicht.« Er hob wieder die Pistole und zielte auf meinen Kopf.

»Jetzt ist alles aus«, sagte er.

»Nein. Wer war noch auf den Videos?«

Er zuckte mit den Augen. Die Erwähnung der Kassetten war für ihn wie ein Schlag ins Gesicht.

»Eine Frau. Ich habe Bobby gesagt, er soll sie auch finden und töten.«

»Und hat er das getan?«

»Er ist tot.«

»Haben Sie die Kassetten?«

»Die sind weg, alle verbrannt.«

Er schwieg, und dann – als hätten ihn die Fragen nur kurz aus der Realität herausgerissen, aus dem, was er getan hatte, und der Verantwortung, die er für seinen Sohn, dessen Verbrechen und Tod trug – warf er mich raus. »Wenn ich Sie nur noch einmal zu sehen kriege, sind Sie ein toter Mann«, sagte er.

Niemand stellte sich mir in den Weg, als ich ging. Meine Pistole lag auf einem Beistelltisch neben der Haustür, und ich hatte noch die Schlüssel von Bobby Sciorras Wagen. Als ich davonfuhr, sah das Haus im Rückspiegel ruhig und friedlich aus, so als wäre nichts geschehen.

Kapitel 29

Nach dem Tod von Jennifer und Susan erwachte ich allmorgendlich aus merkwürdig wirren Träumen, und für einen kurzen Augenblick kam es mir dann so vor, als wären sie noch bei mir, als würde meine Frau friedlich an meiner Seite schlafen und meine Tochter, umgeben von ihren Spielsachen, im Zimmer nebenan. Für einen Moment lebten sie noch, und jedesmal beim Erwachen erlebte ich ihren Tod wieder als schmerzlichen Verlust, so daß ich nicht wußte, ob ich aus einem Todestraum erwachte oder noch träumend in eine Welt eintauchte, in der ich alles verloren hatte, ob ich vom Unglück nur träumte oder erwachte, um zu trauern.

Dazu kam das ständige Bedauern, daß ich Susan nie richtig gekannt hatte, daß sie nun fort war und ich im Tod wie im Leben einen Schatten liebte.

Die Frau und das Kind waren tot, eine weitere Frau und ein weiteres Kind in einem Kreislauf von Gewalt und Auslöschung, der offenbar nicht zu durchbrechen war. Ich trauerte um eine junge Frau und einen Jungen, denen ich im Leben nie begegnet war, über die ich so gut wie nichts wußte, und durch sie trauerte ich wieder um meine Frau und mein Kind.

Das Tor zum Anwesen der Bartons stand offen; entweder war eben jemand gekommen und wollte gleich wieder los, oder es war gerade jemand gefahren. Es waren keine weiteren Autos zu sehen, als ich in der gekiesten Auffahrt parkte und auf das Haus zuging. Im Fenster über der Haustür brannte Licht. Ich klingelte zweimal, und als niemand an die Tür kam, ging ich zu einem Fenster und spähte hinein.

Die Tür zur Halle stand offen, und im Spalt sah ich die Beine einer Frau, den einen Fuß bar, an den Zehen des anderen hing noch ein schwarzer Schuh. Die Beine lagen bis hinauf zu den Oberschenkeln bloß, wo der Saum eines schwarzen Kleides gerade noch den Hintern bedeckte. Ihr restlicher Körper war verdeckt. Ich schlug mit dem Kolben meiner Pistole die Fensterscheibe ein und rechnete schon damit, eine Alarmanlage auszulösen, aber dann hörte ich drinnen nur das Glas klirrend zu Boden fallen.

Ich langte vorsichtig hinein, öffnete den Riegel und stieg durch das Fenster. Der Raum war von den Lampen im Flur erleuchtet. Ich fühlte das Blut durch meine Adern pochen, hörte es in den Ohren, als ich die Tür weiter aufschob, die Halle betrat und mir die Frauenleiche ansah.

Blaue Äderchen überzogen ihre Beine, ihre Schenkel waren etwas schwabbelig und von Grübchen überzogen. Ihr Gesicht war eingeschlagen, und graue Haarsträhnen klebten an dem zerfetzten Gewebe. Die Augen standen offen, und der Mund war eine dunkle, blutige Masse. Nur noch Zahnstümpfe waren übrig, und die Frau war kaum noch zu erkennen. Lediglich die goldene, reich mit Smaragden besetzte Halskette, der dunkelrote Nagellack und das schlichte, aber teure Kleid von De La Renta deuteten darauf hin, daß es Isobel Barton sein mußte. Ich berührte ihren Hals. Es war kein Puls festzustellen – ich hatte nichts anderes erwartet –, aber sie war noch warm.

Ich betrat das Arbeitszimmer, wo wir uns zum ersten Mal begegnet waren, und verglich die Porzellanscherbe, die ich Evan Baines aus der Hand genommen hatte, mit dem blauen Porzellanhund am Kaminsims. Die Muster stimmten überein. Ich stellte mir vor, daß Evan Baines schnell gestorben war, als der Schaden entdeckt wurde, als Opfer eines Tobsuchtsanfalls von Adelaide Modine angesichts des Verlusts eines Familienerbstücks.

Aus der Küche am Ende der Halle hörte ich ein unregelmäßiges Klicken, und ich nahm einen leichten Brandgeruch wahr, als hätte ein Topf zu lange auf einer heißen Herdplatte gestanden. Außerdem, bisher kaum merklich, ein leichter Gasgeruch. Als ich zur Küche ging, war unter der geschlossenen Tür kein Licht zu sehen, aber der beißende Gestank war jetzt deutlich wahrnehmbar, und auch der Gasgeruch wurde stärker. Ich öffnete behutsam die Tür und wich seitlich zurück. Mein Zeigefinger ruhte lose auf dem Abzug, doch als ich fester zugriff, wurde mir bewußt, daß die Pistole nutzlos war, wenn es hier tatsächlich ein Gasleck gab.

Drinnen regte sich nichts, der Gestank war jetzt übermächtig. Das seltsame, unregelmäßige Klicken war laut und überlagerte ein tiefes Brummen. Ich holte tief Luft, schritt in die Küche und versuchte, mit meiner nutzlosen Pistole auf alles zu zielen, was sich bewegte.

Es war niemand da. Ein wenig Licht kam durch die Fenster, aus der Halle und den drei Großküchen-Mikrowellenherden, die nebeneinander vor mir standen. Durch ihre Glastüren sah ich blaue Flammen über die verschiedenen Metallgegenstände darin züngeln: Töpfe, Messer, Gabeln, Pfannen – um alles tanzten blausilberne Blitze. Von dem Gasgestank drehte sich mir alles im Kopf, und das Klicken wurde schneller. Ich rannte los und riß gerade die Haustür auf, als aus der Küche ein dumpfer Schlag kam, gefolgt von einem zweiten, lauteren Knall, und dann flog ich durch die Luft, und die Wucht der Explosion schleuderte mich auf den Kies. Man hörte Glas splittern, der Rasen glühte, und das Haus hinter mir ging in Flammen auf. Ich strauchelte zu meinem Wagen, spürte die Hitze und sah die züngelnden Flammen sich auf den Autofenstern spiegeln.

Am Tor des Anwesens glühten kurz zwei rote Bremslichter auf, und dann bog ein Auto auf die Straße. Adelaide Modine verwischte ihre Spuren, um einmal mehr in die Dunkelheit abzutauchen. Das Haus stand in Flammen, sie umzüngelten die Grundmauern wie eine leidenschaftliche Geliebte. Ich bog auf die Straße und folgte dem schnell entschwindenden Wagen.

Sie raste die gewundene Todt Hill Road entlang, und in der Nachtstille hörte ich ihre Bremsen quietschen, wenn sie die Kurven nahm. An der Ecke Ocean Terrace hatte ich sie fast eingeholt. Sie fuhr in Richtung Staten Island Expressway weiter. Links war ein steiler, bewaldeter Abhang hinab zur Sussex Avenue. Ich holte sie ein, hielt mich ganz rechts und riß dann das Steuer heftig nach links, und die Wucht des Chevy schob den BMW näher und näher an den Abhang. Durch die getönten Fensterscheiben konnte man nicht erkennen, wer am Steuer saß. Vor uns machte die Todt Hill Road eine scharfe Rechtskurve, und während die Vorderräder des BMW über die Straße hinausschossen und der Wagen den Hügel hinuntersauste, schlug ich das Lenkrad ein und nahm die Kurve.

Der BMW schlingerte über Abfall und Geröll, rammte zwei Bäume und kam dann auf dem laubbedeckten Abhang halbwegs zum Stehen, aufgehalten von der dunklen Masse einer Jungbuche. Die Wurzeln des Baums wurden teilweise aus dem Erdboden gerissen, er neigte sich nach hinten, und seine Äste kamen schließlich schwankend an einem Baumstamm weiter unten zur Ruhe.

Ich hielt am Straßenrand, ließ die Scheinwerfer an und lief den Abhang hinunter. Ich rutschte auf dem Gras aus und mußte mich mit meinem gesunden Arm abstützen.

Als ich auf den BMW zukam, wurde die Fahrertür geöffnet, und Isobel Barton, die Adelaide Modine war, taumelte heraus. Auf der Stirn hatte sie eine klaffende Wunde, und ihr Gesicht war blutüberströmt, so daß sie hier im Wald, im kalten Licht der Autoscheinwerfer wie ein seltsames wildes Wesen wirkte, ihre Kleidung ein unpassendes Äußeres, das es abzustreifen galt, damit sie zu ihrem ursprünglichen wilden Zustand zurückkehren konnte. Sie stand leicht gebückt und hielt sich die Brust, wo sie auf die Lenksäule geprallt war, aber als ich näher kam, richtete sie sich unter Schmerzen auf.

Trotz der Schmerzen funkelten Adelaide Modines Augen vor Bosheit. Als sie den Mund aufmachte, lief Blut heraus, und ich sah, wie sie sich mit der Zunge durch den Mund fuhr und dann einen kleinen, blutigen Zahn auf den Boden spuckte. Es lag Gerissenheit in ihrem Gesicht, als suchte sie selbst jetzt noch nach einer Möglichkeit zu entkommen.

In ihr war immer noch Bosheit, eine Verdorbenheit, die weit über die Bösartigkeit eines in die Ecke getriebenen wilden Tieres hinausging. Die Ideen der Gerechtigkeit, des Rechts, der Wiedergutmachung mußten über ihren Verstand gehen. Sie lebte in einer Welt der Schmerzen und der Gewalt, und der Mord an Kindern, das Foltern und Verstümmeln war für sie wie die Luft zum Atmen. Ohne das, ohne die gedämpften Schreie und das vergebliche, verzweifelte Sträuben hatte ihr Leben keinen Sinn und war zu Ende.

Und sie schaute mich an und schien dabei fast zu lächeln. »Scheißkerl«, sagte sie, das Wort ausspuckend.

Ich fragte mich, wieviel Miss Christie gewußt oder geahnt hatte, ehe sie dort im Flur starb. Offensichtlich nicht genug.

Ich war versucht, Adelaide Modine zu töten. Wenn ich sie umbrachte, würde ich einen Teil jenes fürchterlichen Bösen ausrotten, das meine Tochter und die Kinder in jenem Keller getötet hatte, einen Teil des Bösen, das den fahrenden Mann und Johnny Friday und eine Million ähnlicher Wesen hervorgebracht hatte. Ich glaubte an den Teufel und an den Schmerz. Ich glaubte an Folter und Vergewaltigung und qualvoll hingezogenes Sterben. Ich glaubte an Leid und Todesqualen und an das Vergnügen, das es denen bereitete, die es anderen zufügten, und all diese Dinge waren für mich das Böse. Und in Adelaide Modine sah ich dessen rötlich flackernden Funken in eine blutrote Flamme aufgehen.

Ich richtete die Pistole auf sie. Sie zuckte nicht mit der Wimper. Vielmehr lachte sie kurz und verzog dann vor Schmerz das Gesicht. Sie kauerte sich wieder hin, fast in embryonaler Haltung. Ich roch das Benzin, das aus dem geborstenen Tank sickerte.

Ich fragte mich, was Catherine Demeter wohl empfunden hatte, als sie dieser Frau im Kaufhaus DeVries begegnete. Erblickte sie sie in einem Spiegel oder hinter einer Glasvitrine? Wandte sie sich fassungslos ab, den Bauch verkrampft? Und als sich ihre Blicke begegneten, als sie wußte, daß dies die Frau war, die ihre Schwester umgebracht hatte, verspürte sie da Haß oder Wut oder schlicht nur Angst? Angst, diese Frau könne über sie herfallen, wie sie einst über ihre Schwester hergefallen war? Wurde Catherine Demeter für einen kurzen Augenblick wieder zu einem verängstigten kleinen Mädchen?

Adelaide Modine erkannte sie vielleicht nicht gleich, muß aber am Blick der anderen Frau bemerkt haben, daß sie erkannt wurde. Vielleicht war es der leichte Überbiß, der sie verriet, oder sie sah Catherine Demeter ins Gesicht und fühlte sich augenblicklich wieder in den dunklen Keller in Haven versetzt, wo sie die Schwester tötete.

Und als Catherine dann nicht aufzufinden war, suchte sie nach einer Lösung für dieses Problem. Sie engagierte mich unter einem Vorwand und brachte ihren eigenen Stiefsohn um, nicht nur, damit er ihrer Erfindung über die Beziehung zu Catherine nicht widersprechen konnte, sondern auch, um den ersten Schritt zu tun bei der Verwischung der Spuren ihrer Existenz, einem Vorgang, der schließlich zum Tod von Miss Christie und zur Zerstörung des Barton-Anwesens führte.

Vielleicht trug auch Stephen Barton Schuld an den Ereignissen, denn er allein hatte Sonny Ferrera, Connell Hyams und seine Stiefmutter miteinander in Kontakt bringen können, als Hyams nach einem Ort suchte, wohin er die Kinder bringen konnte, einem Grundstück, das jemandem gehörte, der nicht allzu viele Fragen stellen würde. Ich bezweifelte, daß Barton je gänzlich durchschaut hatte, was da vor sich ging, und diese mangelnde Einsicht hatte ihn letztendlich das Leben gekostet.

Ich fragte mich auch, wann Adelaide Modine von Hyams' Tod erfahren hatte und ihr bewußt wurde, daß sie nun allein war, daß es Zeit war, die Zelte abzubrechen und Miss Christies Leiche als Isobel Barton zurückzulassen, ganz wie sie es mit der unbekannten Frau in ihrem Haus in Virginia gemacht hatte.

Doch wie sollte ich das alles beweisen? Die Videos waren zerstört. Sonny Ferrera war tot, und Pilar bestimmt auch. Hyams, Sciorra, Granger, Catherine Demeter – alle tot. Wer würde sich nach dreißig Jahren an eine Kindermörderin erinnern? Wer würde sie in der Frau vor mir erkennen? Würde Walt Tylers Aussage ausreichen? Sie hatte Miss Christie ermordet, das schon, aber vielleicht ließ sich selbst das nicht beweisen. Würde man in dem Weinkeller ausreichend forensische Beweise finden, um ihre Schuld zu belegen?

Die zusammengekauerte Adelaide Modine spreizte sich wie eine Spinne, die eine Regung in ihrem Netz wahrnimmt, und sprang auf mich zu, die Fingernägel ihrer rechten Hand krallten sich in mein Gesicht, wollten mir die Augen auskratzen, und mit der Linken langte sie nach der Waffe. Ich schlug ihr mit dem Handballen ins Gesicht und stieß sie gleichzeitig mit dem Knie zurück. Sie ging wieder auf mich los, und da schoß ich auf sie, und die Kugel erwischte sie oberhalb der rechten Brust.

Sie strauchelte rückwärts gegen den Wagen, stützte sich an der offenen Tür ab und hielt sich die Wunde.

Und sie lächelte.

»Ich kenne Sie«, sagte sie, preßte die Worte unter Schmerzen hervor. »Ich weiß, wer Sie sind.«

Der Baum hinter ihr neigte sich etwas, das Gewicht des Wagens riß die Wurzeln aus dem Boden. Der große BMW kippte weiter nach vorn. Adelaide Modine schwankte, und Blut ergoß sich aus der Wunde in ihrer Brust. In ihren Augen leuchtete etwas, und bei diesem Anblick krampfte sich mir der Magen zusammen.

»Wer hat Ihnen das erzählt?«

»Ich weiß es«, sagte sie und lächelte wieder. »Ich weiß, wer Ihre Frau und Tochter umgebracht hat.«

Ich ging auf sie zu, und sie versuchte noch etwas zu sagen, aber ihre Worte wurden vom Lärm des knirschenden Metalls verschluckt, als der Baum schließlich nachgab. Der BMW löste sich und stürzte dann den Abhang hinunter. Dabei prallte er gegen Bäume und Felsbrocken, das aufgerissene Metall sprühte Funken, und der Wagen ging in Flammen auf. Und als ich das sah, wurde mir bewußt, daß es von Anfang an so ausgehen mußte.

Adelaide Modines Welt ging in gelbe Flammen auf, als sich das Benzin um sie her entzündete, und dann war sie davon eingehüllt, den Kopf im Nacken und den Mund noch kurz aufgerissen. Dann fiel sie hin, schlug jämmerlich nach den Flammen und stürzte brennend in die Dunkelheit. Das Auto loderte am Fuß des Abhangs, dichte schwarze Rauchwolken stiegen in den Himmel. Ich sah von der Straße aus zu, die Hitze versengte mir fast das Gesicht. Weiter hügelabwärts brannte in der Dunkelheit des Waldes ein kleinerer Scheiterhaufen.

Kapitel 30

Ich saß wieder im selben Vernehmungsraum am nämlichen Holztisch mit dem eingeritzten Herz. Mein Arm war frisch verbunden, und ich hatte zum ersten Mal seit über zwei Tagen geduscht und mich rasiert. Obwohl Agent Ross sich alle Mühe gegeben hatte, befand ich mich nicht in einer Gefängniszelle. Ich war ausführlich vernommen worden, erst von Walter und einem anderen Detective, dann von Walter und dem Chief of Detectives und schließlich von Ross und einem zweiten FBI-Agenten, in Walters Anwesenheit, damit sie mich nicht etwa vor Frustration totschlugen.

Ein- oder zweimal meinte ich, Philip Kooper kurz draußen herumschreiten zu sehen, wie eine Leiche, die sich selbst exhumiert hatte, um das Bestattungsunternehmen zu verklagen. Das öffentliche Ansehen der Stiftung stand wohl kurz davor, eine schwere Schlappe zu erleiden.

Ich erzählte der Polizei fast alles. Ich erzählte ihnen von Sciorra, von Hyams, von Adelaide Modine, von Sonny Ferrera. Ich erzählte ihnen nicht, daß ich auf Walter Coles Veranlassung hin in den Fall eingestiegen war. Und ich überließ es ihnen auch, die übrigen Lücken in meiner Geschichte zu schließen. Ich erzählte ihnen einfach, daß mich meine Phantasie ein paarmal im Stich gelassen hätte, und in dem Moment mußten sie Ross fast mit Gewalt zurückhalten.

Jetzt war ich allein mit Walter und zwei Kaffeetassen.

»Warst du da unten?« fragte ich schließlich und durchbrach das Schweigen.

Walter nickte. »Kurz. Ich bin nicht geblieben.«

»Wie viele?«

»Acht bisher, aber sie graben noch.«

Und sie würden weiter graben, nicht nur dort, sondern vielleicht auch an anderen Orten im ganzen Staat New York und vielleicht noch darüber hinaus. Adelaide Modine und Connell Hyams hatten dreißig Jahre lang in aller Ruhe morden können. Das Mancino-Lagerhaus war nur für einen Teil dieser Zeit gepachtet gewesen, was bedeutete, daß es wahrscheinlich andere Lagerhäuser gab, andere leerstehende Keller, alte Garagen und ungenutzte Grundstücke, wo sich die Überreste verlorener Kinder befanden.

»Seit wann hast du das vermutet?« fragte ich.

Er schien zu glauben, daß ich etwas anderes meinte, vielleicht einen Toten auf der Busbahnhofstoilette, denn er wirkte erschrocken und drehte sich zu mir um. »Was vermutet?«

»Daß irgend jemand aus dem Haushalt der Familie Barton hinter dem Verschwinden von Baines steckt?«

Er wirkte fast erleichtert. »Wer ihn entführt hat, muß sich auf dem Grundstück und im Haus ausgekannt haben.«

»Vorausgesetzt, Baines wurde im Haus entführt und hat sich nicht verlaufen.«

»Das vorausgesetzt, ja.«

»Und du hast mich hingeschickt, um das rauszufinden?«

»Ich habe dich hingeschickt.«

Ich fühlte mich schuldig an Catherine Demeters Tod, nicht nur, weil ich sie nicht mehr lebend aufgespürt hatte, sondern auch, weil ich vielleicht, ohne es zu wissen, Modine und Hyams auf ihre Fährte gesetzt hatte.

»Kann sein, daß ich sie zu Catherine Demeter hingeführt habe«, sagte ich nach einer Weile. »Ich habe Miss Christie erzählt, ich würde nach Virginia fahren, um eine Spur zu verfolgen. Das hat vielleicht ausgereicht, um sie zu verraten.«

Walter schüttelte den Kopf.

»Sie hat dich als Versicherung engagiert. Sie muß Hyams gewarnt haben, sobald sie Catherine gesehen hatte. Er hat wahrscheinlich längst nach ihr Ausschau gehalten. Falls sie nicht in Haven aufgetaucht wäre, hätten sich die beiden darauf verlassen, daß du sie findest. Und sobald du sie gefunden hättest, hätte man euch beide umgebracht.«

Ich sah Catherine Demeters Leiche vor mir, wie sie zusammengekauert im Keller des Dane House lag, ihr Kopf von einer Blutaureole umgeben. Und ich sah Evan Baines, in Plastikfolie eingewickelt, die verweste Kinderleiche, halb von Erde bedeckt, und die anderen Leichen, die im Keller des Lagerhauses und anderswo noch zu finden waren.

Und in ihnen sah ich meine eigene Frau und mein eigenes Kind.

»Du hättest jemand anderen hinschicken können«, sagte ich.

»Nein, nur dich. Wenn Evans Baines' Mörder dort war, dann wußte ich, daß du es herausfinden würdest. Ich wußte das, weil du selbst ein Mörder bist.«

Das Wort hing für einen Augenblick im Raum, und dann tat sich zwischen uns ein Riß auf, als hätte ein Messer unsere gemeinsame Vergangenheit durchgeschnitten. Walter wandte sich ab.

Ich schwieg eine Weile und sagte dann, als hätte Walter es nie ausgesprochen: »Sie hat mir gesagt, sie wüßte, wer Jennifer und Susan umgebracht hat.«

Walter schien dankbar, daß ich das Schweigen gebrochen hatte.

»Das konnte sie nicht wissen. Sie war eine krankhaft böse Frau und wollte dich noch über ihren Tod hinaus quälen.«

»Nein, sie wußte es. Kurz vor ihrem Tod wußte sie, wer ich bin, aber ich glaube nicht, daß sie es wußte, als sie mich engagiert hat. Sie hätte etwas geahnt. Darauf hätte sie sich nicht eingelassen.«

»Du irrst dich«, sagte er. »Hör auf damit.«

Ich sagte weiter nichts, aber ich wußte, daß sich die dunklen Welten der Adelaide Modine und des fahrenden Mannes irgendwie überschnitten hatten.

»Ich überlege, ob ich mich pensionieren lasse«, sagte Walter. »Ich will keine Toten mehr sehen. Ich habe Sir Thomas Browne gelesen. Hast du mal was von ihm gelesen?«

»Nein.«

»*Christliche Sittenlehren*: ›Betrachte nicht die Totenschädel, bis du sie nicht mehr siehst, und schau nicht Dinge, die gefühllos machen, bis du sie nicht mehr bemerkst.‹« Er wandte mir jetzt den Rücken zu, aber ich konnte sein Gesicht im Fenster gespiegelt sehen, und sein Blick schweifte in die Ferne. »Ich habe mir schon zu lange den Tod angesehen. Ich will mich nicht mehr zwingen müssen hinzuschauen.«

Er trank einen Schluck Kaffee. »Du solltest hier weggehen und irgendwas tun, um dich von den Geistern zu befreien, von denen du besessen bist. Du bist nicht mehr der, der du mal warst, aber vielleicht kannst du immer noch davon Abstand gewinnen, ehe du dich endgültig zugrunde richtest.«

Auf meinem Kaffee, den ich nicht angerührt hatte, bildete sich ein Film. Als ich nichts entgegnete, seufzte Walter und sprach mit einer Traurigkeit in der Stimme, die ich nie zuvor bei ihm gehört hatte. »Mir wäre es lieber, wenn ich dich nicht wiedersehen müßte«, sagte er. »Ich werde mit ein paar Leuten sprechen und dafür sorgen, daß sie dich gehen lassen.«

Irgend etwas hatte sich in mir verändert, das stimmte schon, aber ich war mir nicht sicher, ob Walter es als das wahrnehmen konnte, was es war. Vielleicht konnte nur ich allein tatsächlich begreifen, was passiert war, was Adelaide Modines Tod in mir ausgelöst hatte. Dem Grauen darüber, was sie in all den Jahren getan hatte, dem Wissen um die Schmerzen und Qualen, die sie den Unschuldigsten unter uns zugefügt hatte, war in dieser Welt nicht beizukommen.

Und doch war es zu Ende. Ich hatte es beendet.

Alles vergeht, alles hat einmal ein Ende, das Böse wie das Gute. Adelaide Modines Tod hatte mir auf seine brutale, apokalyptische Weise diese Wahrheit vor Augen geführt. Wenn ich Adelaide Modine finden und ihr ein Ende bereiten konnte, dann konnte ich das auch bei anderen. Ich konnte es auch bei dem fahrenden Mann.

Und irgendwo, an einem dunklen Ort, begann eine Uhr zu ticken und die Stunden, Minuten und Sekunden zu zählen, ehe sie dem fahrenden Mann die Totenglocke läuten würde.

Alles vergeht. Alles hat einmal ein Ende.

Und als ich darüber nachdachte, was Walter über seine Zweifel an mir gesagt hatte, dachte ich auch an meinen Vater und an das Vermächtnis, das er mir hinterlassen hatte. Ich erinnere mich nur bruchstückhaft an ihn. Ich sehe einen großen, rotgesichtigen Mann vor mir, der einen Weihnachtsbaum ins Haus schleppt, und sein Atem hängt in der Luft wie die Rauchfahne einer Dampflokomotive. Ich erinnere mich daran, wie ich eines Abends in die Küche kam und er gerade meine Mutter liebkoste und wie sie dann vor Verlegenheit lachten. Ich erinnere mich daran, wie er mir abends etwas vorlas, wie seine riesigen Finger den Wörtern folgten, die er aussprach, damit sie mir beim nächsten Mal vertraut sein würden. Und ich erinnere mich an seinen Tod.

Seine Uniform war stets frisch gebügelt und seine Pistole immer geölt und geputzt. Er war sehr gerne Polizist, jedenfalls schien es so. Damals verstand ich nicht, was ihn dazu brachte, das zu tun, was er tat. Vielleicht hatte Walter Cole es ansatzweise verstanden, als er sich die Leichen dieser Kinder anschaute. Und vielleicht verstehe auch ich es jetzt. Vielleicht bin ich mittlerweile wie mein Vater.

Soviel ist sicher: Etwas in ihm war abgestorben, und er sah die Welt in anderen, dunkleren Farben. Er hatte sich zu lange Totenköpfe angesehen und war zu einem Widerschein dessen geworden, was er sah.

Der Funkspruch damals war reine Routine. Zwei Jugendliche rasten spätnachts mit einem Auto über eine Brache, knipsten die Lichter an und aus und drückten auf die Hupe.

Mein Vater übernahm die Sache und stellte einen Jungen aus der Gegend, einen Kleinkriminellen, der auf dem besten Wege zum ausgewachsenen Verbrecher war, und seine Freundin, ein Mädchen aus der Mittelschicht, das gern mit der Gefahr spielte und den erotischen Kitzel dabei genoß.

Mein Vater konnte sich nicht mehr entsinnen, was der Junge zu ihm gesagt hatte, um das Mädchen zu beeindrukken. Es kam zu einem Wortwechsel, und ich kann mir vorstellen, wie die Stimme meines Vaters tiefer und strenger und warnender wurde. Der Junge zog ihn auf, indem er so tat, als würde er sich in die Innentasche der Jacke langen, er genoß es, wie das an den Nerven meines Vaters zehrte, und aalte sich in dem perlenden Gelächter der jungen Frau neben sich.

Dann zog mein Vater seine Pistole, und das Lachen erstarb. Ich sehe es vor mir, wie der Junge die Hände hebt, den Kopf schüttelt und erklärt, er habe keine Waffe in der Jacke und es sei alles bloß Spaß gewesen und es tue ihm leid. Mein Vater schoß ihm ins Gesicht, Blut ergoß sich über das Wageninnere, über die Fenster, über das Gesicht des Mädchens auf dem Beifahrersitz, das schockiert den Mund aufriß. Ich glaube, sie schrie nicht einmal, und dann erschoß mein Vater auch sie und ging fort.

Die Beamten von der Abteilung Innere Angelegenheiten kamen ihn holen, als er sich in der Umkleide auszog. Sie nahmen ihn vor seinen Kollegen fest, um ein Exempel zu statuieren. Niemand stellte sich ihnen in den Weg. Zu diesem Zeitpunkt wußten es schon alle oder glaubten, es zu wissen.

Er gab alles zu, konnte es aber nicht erklären. Er zuckte einfach mit den Achseln, als sie ihn danach fragten. Sie nahmen ihm Waffe und Dienstmarke ab – seine Zweitpistole, die ich aufbewahrt habe, lag in seinem Schlafzimmer – und fuhren ihn nach Hause, da die Statuten der Polizei von New York besagen, daß ein Polizist erst achtundvierzig Stunden nach einem von ihm verübten Verbrechen verhört werden darf. Er wirkte benommen, als er nach Hause kam, und sprach nicht mit meiner Mutter. Die beiden Männer von der

Abteilung Innere Angelegenheiten saßen draußen im Auto und rauchten Zigaretten, und ich schaute ihnen von meinem Kinderzimmerfenster aus zu. Ich glaube, sie wußten, was als nächstes passieren würde. Nachdem der Schuß ertönte, verließen sie den Wagen erst, als der Widerhall in der kühlen Nachtluft verklungen war.

Ich bin meines Vaters Sohn, mit allem, was dazugehört.

Die Tür des Vernehmungszimmers wurde geöffnet, und Rachel Wolfe kam herein. Sie war leger in Bluejeans, hohe Leinenturnschuhe und ein schwarzes Baumwolloberteil mit Kapuze von Calvin Klein gekleidet. Sie trug ihr Haar offen, es fiel ihr über die Ohren, und auf ihrer Nase und am Halsansatz waren ein paar Sommersprossen zu sehen.

Sie nahm mir gegenüber Platz und schaute mich besorgt und mitfühlend an. »Ich habe von Catherine Demeters Tod gehört. Es tut mir leid.«

Ich nickte und dachte wieder an Catherine Demeter.

»Wie fühlen Sie sich?« fragte sie. Es lag Neugier in ihrer Stimme, aber auch Zärtlichkeit.

»Ich weiß nicht.«

»Bereuen Sie, daß Sie Adelaide Modine umgebracht haben?«

»Sie hat es so gewollt. Ich konnte nicht anders.« Ich empfand nichts bei dem Gedanken an ihren Tod, an den Tod des Anwalts, bei dem Anblick, wie sich Bobby Sciorra auf die Zehenspitzen hob, als die Klinge in seine Schädelbasis drang. Es war dieses Nichts, das mir Angst einjagte, dieses innere Schweigen. Ich glaube, es hätte mir noch mehr Angst eingejagt, hätte ich nicht noch etwas anderes empfunden: tiefe Trauer um die Unschuldigen, die gestorben und zum Teil noch nicht einmal gefunden waren.

»Ich wußte gar nicht, daß sie Hausbesuche machen«, sagte ich. »Weshalb hat man sie herbestellt?«

»Ich bin nicht herbestellt«, sagte sie nur.

Sie berührte meine Hand, eine seltsame, zögernde Geste, und ich spürte – oder hoffte? –, daß darin mehr als nur professionelles Verständnis lag. Ich nahm ihre Hand fest in die meine und schloß die Augen. Ich glaube, das war eine Art erster Schritt, ein zögernder Versuch, meinen Platz in der Welt neu zu bestimmen. Nach allem, was in den vergangenen zwei Tagen passiert war, wollte ich, wenn auch nur flüchtig, etwas Angenehmes berühren und versuchen, das Positive in mir wieder zum Leben zu erwecken.

»Ich habe Catherine Demeter nicht retten können«, sagte ich schließlich. »Ich habe es versucht, und vielleicht hat dieser Versuch auch etwas gebracht. Ich werde den Mann finden, der Susan und Jennifer umgebracht hat.«

Sie nickte ruhig und sah mir in die Augen. »Ja, das werden Sie.«

Rachel war kaum gegangen, da klingelte mein Handy.

»Ja?«

»Mista Parker?« Eine Frauenstimme.

»Hier ist Charlie Parker.«

»Mein Name ist Florence Aguillard, Mista Parker. Meine Mutter ist Tante Marie Aguillard. Sie haben uns besucht.«

»Ich erinnere mich. Was kann ich für Sie tun, Florence?« Ich spürte, wie sich mein Magen zusammenkrampfte, doch diesmal vor Erwartung und aus dem Gefühl, daß Tante Marie vielleicht eine Möglichkeit gefunden hatte, wie sich das Mädchen identifizieren ließ, das uns beiden im Kopf herumspukte.

Im Hintergrund hörte ich Klavierjazz und das sämig-sinnliche Gelächter von Männern und Frauen.

»Ich hab' den ganzen Nachmittag versucht, Sie zu erreichen. Meine Momma sagt, ich soll Sie anrufen. Sie sagt, Sie müssen sofort zu ihr kommen.« Ich hörte etwas in ihrer Stimme, etwas, das sich den Worten, die aus ihrem Mund sprudelten, entgegenstemmte. Es war die Angst, und sie hüllte das, was Florence zu sagen hatte, wie ein Nebel ein.

»Mista Parker, sie sagt, Sie sollen sofort kommen, und Sie sollen keinem sagen, daß Sie kommen. Keinem Menschen, Mista Parker.«

»Ich verstehe nicht recht, Florence. Was ist denn los?«

»Ich weiß es nicht«, sagte sie. Jetzt weinte sie, ihre Stimme bebte vor Schluchzern. »Sie sagt nur, Sie müssen kommen, Sie müssen sofort kommen.« Sie sammelte sich wieder, und ich hörte, wie sie tief durchatmete, ehe sie weitersprach.

»Mista Parker, sie sagt, der fahrenden Mann kommt.«

Es gibt keine Zufälle, nur Muster, die wir nicht erkennen. Dieser Anruf gehörte zu einem Muster und war auf eine Weise mit dem Tod von Adelaide Modine verbunden, die ich noch nicht verstand. Ich erzählte niemandem von dem Anruf. Ich verließ das Vernehmungszimmer, nahm mir meine Pistole vom Schreibtisch, ging dann auf die Straße und fuhr mit einem Taxi nach Hause. Ich buchte einen Flug nach Moisant Field und checkte kurz vor Abflug ein, gab bei der Abfertigung meine Pistole an, und meine Tasche verschwand in dem allgemeinen Durcheinander. Das Flugzeug war vollbesetzt, die Hälfte der Passagiere waren Touristen, die nichts Besseres zu tun hatten, als sich der höllischen Augusthitze in New Orleans auszusetzen. Die Stewards brachten Schinkenbrötchen und Chips und ein Päckchen Rosinen, und das alles befand sich in einer Tragetüte, wie man sie als Kind beim Schulausflug in den Zoo mitbekam.

Unter uns war es dunkel, als der Druck in meiner Nase allmählich zunahm. Ich langte nach einer Serviette, als schon die ersten Tropfen kamen, und dann verwandelte sich der Druck in Schmerz, einen heftigen, stechenden Schmerz, der mich auf meinem Sitz nach hinten preßte.

Der Passagier neben mir, ein Geschäftsmann, der seinen Laptop nicht benutzen durfte, solange sich das Flugzeug noch auf der Startbahn befand, starrte mich erst verwundert und dann entsetzt an, als er das Blut sah. Ich sah, wie er mehrfach auf den Knopf drückte, um den Steward zu rufen. Aus meiner Nase spritzte Blut auf den Sitz vor mir, und meine Hände zitterten unkontrollierbar.

Und dann, als es mir so vorkam, als würde mein Kopf unter dem Druck und dem Schmerz platzen, hörte ich eine Stimme, die Stimme einer alten schwarzen Frau in den Sümpfen Louisianas.

»Kind«, sagte die Stimme. »Kindchen, er ist da.«

Und dann war sie fort, und mir wurde schwarz vor Augen.

Teil 3

Meines Leibes Schlünde haben das
Fassungsvermögen der Hölle.

SIR THOMAS URQUHART,
Rabelais' Gargantua

Kapitel 31

Mit einem dumpfen Knall prallte das Insekt auf der Windschutzscheibe auf. Es war eine große Libelle, ein *Mosquito hawk*.

»O Mann, die muß ja so groß wie ein Vogel gewesen sein«, meinte der Fahrer, ein junger FBI-Agent namens O'Neill Brouchard. Draußen herrschten wahrscheinlich gut dreißig Grad, doch wegen der hohen Luftfeuchtigkeit in Louisiana kam es einem noch heißer vor. Mein Hemd fühlte sich kalt und klamm an, wo die Klimaanlage es getrocknet hatte.

Eine Schmierspur aus Blut und Flügeln zog sich über die Windschutzscheibe, und der Scheibenwischer mühte sich, sie zu beseitigen. Das Blut ähnelte den Flecken vorn auf meinem Hemd, eine unnötige Erinnerung an das, was im Flugzeug passiert war, denn ich hatte immer noch Kopfschmerzen, und mein Nasenbein reagierte empfindlich auf jede Berührung.

Neben Brouchard saß Woolrich, schweigend damit beschäftigt, ein neues Magazin in seine SIG Sauer zu laden. Er trug seine übliche Kluft, einen billigen, hellbraunen Anzug und eine verknitterte Krawatte. Auf dem Sitz neben mir lag ein verknautschter Anorak mit der Aufschrift ›FBI‹.

Ich hatte versucht, Woolrich vom Flugzeug aus anzurufen, hatte aber keine Verbindung bekommen. In Moisant Field gelandet, hinterließ ich bei seiner Zentrale die Nachricht, er möge sich schnellstmöglich bei mir melden, mietete dann einen Wagen und fuhr auf dem Interstate 10 in Richtung Lafayette. Gleich hinter Baton Rouge klingelte mein Handy.

»Bird?« hörte ich Woolrichs Stimme. »Was zum Teufel machst du hier unten?« Er klang besorgt. Im Hintergrund hörte ich einen Automotor laufen.

»Hast du meine Nachricht bekommen?«

»Hab' ich. Hör zu, wir sind schon unterwegs. Jemand hat Florence draußen beim Haus gesehen, mit Blut auf dem Kleid und einer Pistole in der Hand. Wir treffen uns an der Ausfahrt 121 mit der örtlichen Polizei. Warte da auf uns.«

»Vielleicht ist es schon zu spät, Woolrich – «

»Du sollst einfach nur warten. Keine Solonummer, Bird. Diesmal bin ich auch betroffen. Ich muß an Florence denken.«

Vor uns sah ich die Rücklichter zweier weiterer Fahrzeuge, Streifenwagen der Polizei von St. Martin. Die Scheinwerfer des alten Buick hinter uns, in dem zwei Detectives aus St. Martin saßen, beleuchteten das Innere des FBI-Chevy und das Blut auf der Windschutzscheibe. Einen der beiden Polizisten, John Charles Morphy, kannte ich flüchtig.

Morphy war ein Nachfahre von Paul Charles Morphy, dem Schachgroßmeister aus New Orleans, der sich 1859 im greisen Alter von zweiundzwanzig Jahren zur Ruhe setzte. Angeblich konnte er mit verbundenen Augen drei oder vier Partien simultan spielen. John Charles hingegen mit seiner gestählten Bodybuilderfigur kam mir nie wie ein Mann vor, der viel von Schach hielt. Wettbewerbe im Bankdrücken, das schon, ja, aber kein Schach. Laut Woolrich war er ein Mann mit Vergangenheit, war früher Polizist in New Orleans gewesen und hatte sich zwei Jahre zuvor im Zuge einer Ermittlung der Public Integrity Division über den Mord an einem jungen Schwarzen namens Luther Bordelon, der sich in einer Kneipe ereignet hatte, nach St. Martin versetzen lassen.

Ich schaute mich um und sah, daß Morphy mich anguckte. Die Innenbeleuchtung des Buick strahlte auf seine frisch rasierte Glatze, und er hielt das Lenkrad gepackt und kurvte über den ausgefahrenen Weg durch das Bayou. Neben ihm hielt sein Partner Touissant die Winchester-12-Pumpgun aufrecht zwischen den Beinen. Vermutlich war es nicht Touissants Dienstwaffe, sondern seine eigene. Sie hatte nach Öl gerochen, als ich an der Kreuzung Bayou Courtableau und Interstate 10 durch das geöffnete Wagenfenster mit Morphy gesprochen hatte.

Im Scheinwerferlicht sah man Schilfpalmenwedel, Tupelobäume und Hängeweiden, große Zypressen, schwer mit Spanischem Moos behangen, und hin und wieder uralte Baumstümpfe im Sumpf jenseits der Straße. Wir bogen auf einen Weg, auf dem es so dunkel wie in einem Tunnel war, das Astwerk der Zypressen hielt wie ein Dach das Sternenlicht ab, und dann ratterten wir über die Brücke, die zum Haus von Tante Marie Aguillard führte.

Die beiden Polizeiautos vor uns bogen in entgegengesetzte Richtungen ab und hielten diagonal zueinander. Die Scheinwerfer des einen leuchteten in das dunkle Gestrüpp am Sumpfufer. Die Strahler des zweiten waren auf das Haus gerichtet und warfen Schatten auf die Baumstämme, die das Fundament hielten, auf die überlappende Bretterverschalung und auf die Treppe, die zur Veranda hinaufführte. Die Gazetür stand offen und ließ nächtliches Ungeziefer ungehindert ins Haus.

Als wir hielten, drehte sich Woolrich um. »Bist du bereit?«

Ich nickte. Ich packte meine Smith & Wesson, und wir stiegen aus dem Wagen an die warme Nachtluft. Es roch nach verfaulender Vegetation und ein wenig auch nach Rauch. Irgendwas raschelte rechts im Gebüsch und platschte dann leise ins Wasser. Morphy und sein Partner kamen zu uns. Ich hörte, wie eine Pumpgun durchgeladen wurde.

Zwei Deputys standen unschlüssig neben ihrem Wagen. Die beiden anderen gingen mit gezogener Pistole langsam durch den gepflegten Garten auf das Haus zu.

»Wie gehen wir vor?« fragte Morphy. Er war einsachtzig

groß und hatte den V-förmigen Oberkörper eines Gewichthebers, sein Schädel war kahl, und auf Oberlippe und Kinn trug er einen Bart.

»Wir gehen als erste rein«, sagte Woolrich. »Schicken Sie die beiden Typen hintenrum, aber sagen Sie ihnen, sie sollen nicht ins Haus kommen. Die beiden anderen bleiben vorne. Sie und Ihr Partner kommen mit uns. Broussard, Sie bleiben beim Wagen und bewachen die Brücke.«

Wir gingen über den Rasen und stiegen vorsichtig über das liegengelassene Kinderspielzeug. Im Haus brannte kein Licht, und von den Bewohnern war nichts zu sehen. Meine Handflächen waren schweißnaß. Wir waren noch drei Meter von der Verandatreppe entfernt, als ich hörte, wie der Hahn einer Pistole gespannt wurde und dann die Stimme des Deputys rechts von uns.

»Ach du großer Gott«, sagte er. »Großer Gott, das kann doch nicht ...«

Ein abgestorbener Baum, kaum mehr als ein besserer Stumpf, stand etwa zehn Meter vom Ufer entfernt. Zweige und armdicke Äste begannen in einem Meter Höhe und reichten gut drei Meter empor.

An den Baumstamm gelehnt, stand Tee Jean Aguillard, der jüngste Sohn der alten Frau, und sein nackter Körper schimmerte im Licht der Taschenlampe. Sein linker Arm war um einen dicken Ast gelegt, so daß der Unterarm und die ausgestreckte Hand senkrecht herabhingen. Sein Kopf ruhte in der Beuge eines anderen Astes, und seine leeren Augenhöhlen klafften dunkel in den freigelegten Muskeln und Sehnen seines gehäuteten Gesichts.

Tee Jeans rechter Arm war ebenfalls um einen Ast gelegt, aber die rechte Hand war nicht leer. In seinen Fingern hielt er einen Fetzen seiner eigenen Haut, einen Fetzen, der wie ein geschürzter Schleier von den freigelegten Rippen bis zu der Gegend über dem Penis das Innere seines Körpers darbot. Sein Magen und die meisten Innereien waren entfernt worden. Sie lagen auf einem Stein neben seinem linken Fuß, ein Haufen weißer, blauer und roter Organe, darin die schlangenhaften Windungen des Darms.

Neben mir hörte ich, wie einer der Deputys anfing zu würgen. Ich drehte mich um und sah, wie Woolrich ihn beim Kragen packte und ein Stückchen weiter zum Ufer zerrte. »Nicht hier«, sagte er. »Nicht hier.« Er ließ den Deputy am Ufer kniend zurück und kam wieder zum Haus.

»Wir müssen Florence finden«, sagte er. Im Licht der Taschenlampe sah er blaß und angegriffen aus. »Wir müssen sie finden.«

Der Inhaber eines Fischereigeschäfts hatte Florence Aguillard gesehen, wie sie an der Brücke zu ihrem Haus stand. Sie war blutbefleckt und hielt einen Colt-Service-Revolver in der Hand. Als der Händler hielt, hob Florence die Waffe, feuerte einmal durch das Fahrerfenster und verfehlte den Mann nur um Haaresbreite. Von einer Tankstelle aus rief er die Polizei von St. Martin an, und die wiederum gab Woolrich Bescheid, der hinterlassen hatte, daß ihm alle Vorfälle in Zusammenhang mit Tante Marie unverzüglich gemeldet werden sollten.

Woolrich rannte die Verandatreppe hoch und war schon fast an der Tür, als ich ihn einholte. Ich legte ihm eine Hand auf die Schulter, und er wirbelte mit aufgerissenen Augen zu mir herum.

»Ganz ruhig«, sagte ich. Der wirre Blick wich aus seinen Augen, und er nickte kurz. Ich drehte mich zu Morphy um und bedeutete ihm, er solle uns ins Haus folgen. Morphy nahm Touissants Winchester-Pumpgun und zeigte an, er würde bei dem Deputy bleiben, solange dessen Partner unpäßlich war.

Eine lange, gewundene Diele führte in eine große Küche am anderen Ende des Hauses. Sechs Zimmer gingen von dieser Diele ab, auf jeder Seite drei. Ich wußte, daß Tante Maries Zimmer das letzte auf der rechten Seite war, und ich war versucht, direkt dorthin zu laufen. Doch wir gingen methodisch vor und sahen uns ein Zimmer nach dem anderen an. Die Taschenlampen schnitten Schneisen durch die Dunkelheit, und Staubkörnchen und Motten flirrten durch die Lichtkegel.

Im ersten Zimmer rechts, einem Schlafzimmer, war niemand. Es standen zwei Betten darin, das eine war gemacht, und bei dem anderen, einem Kinderbett, hing die Decke halb auf den Boden. Auch im Wohnzimmer gegenüber war keine Menschenseele. Morphy und Woolrich nahmen sich die nächsten beiden Räume vor. Es waren Schlafzimmer. Sie waren leer.

»Wo sind denn die ganzen Kinder? Und die Erwachsenen?« fragte ich Woolrich.

»Zwei Meilen weiter feiert jemand Geburtstag«, antwortete er. »Eigentlich sollten nur Tee Jean und die alte Dame zu Hause sein. Und Florence.«

Die Tür gegenüber von Tante Maries Zimmer stand sperrangelweit offen, und ich sah ein Durcheinander aus Möbeln, Kleiderkisten und Spielzeugstapeln. Ein Fenster stand offen, und die Vorhänge regten sich sacht im Nachtwind. Wir drehten uns zur Tür von Tante Maries Schlafzimmer um. Sie stand einen Spalt breit offen, und drinnen konnte ich den Mondschein sehen, gebrochen und abgelenkt von den Schatten der Bäume. Hinter mir hob Morphy die Flinte, und Woolrich hielt die SIG Sauer mit beiden Händen dicht an der Wange. Ich legte den Finger auf den Abzug der Smith & Wesson, stieß mit der Fußkante die Tür auf und lief geduckt ins Zimmer.

An der Wand neben der Tür war ein blutiger Handabdruck zu sehen, und in der Dunkelheit jenseits des Fensters hörte ich die Nachtinsekten. Das Mondlicht warf wandernde Schatten auf eine lange Anrichte, einen großen Schrank voller beinahe identisch gemusterter Kleider und eine lange, dunkle Truhe neben der Tür. Doch den Raum beherrschten das riesige Bett, das an der Wand gegenüber stand, und die Frau darauf: Tante Marie Aguillard.

Tante Marie, die alte Dame, die einem sterbenden Mädchen die Hand gereicht hatte, während man ihm das Gesicht abschnitt; die alte Dame, die mit der Stimme meiner Frau zu mir gesprochen hatte, als ich das letzte Mal in ihrem Zimmer war, und mir etwas Trost gespendet hatte in meinem Kummer; die alte Dame, die sich in ihren letzten Qualen nun wiederum an mich gewandt hatte.

Sie saß nackt auf dem Bett, auch im Tod noch von riesenhafter Statur. Kopf und Oberkörper ruhten auf einem Kissengebirge, dunkelrot von ihrem Blut. Ihr Gesicht war nur noch eine rötlich-violette Masse. Ihr Mund stand offen und entblößte lange, nikotingelbe Zähne. Im Licht der Taschenlampe sah man ihre Schenkel, ihre dicken Arme und die Hände, die auf die Mitte ihres Körpers wiesen.

»Gott, erbarme dich«, sagte Morphy.

Tante Marie war vom Brustbein bis zum Unterleib aufgeschlitzt worden, und die Haut war abgezogen und wurde von ihren eigenen Händen gehalten. Wie bei ihrem Sohn waren die meisten Organe entfernt, und ihr Bauch war eine leere Höhle, gerahmt von Rippen, durch die im Schein der Taschenlampe matt ein Teil ihres Rückgrats schimmerte. Woolrich richtete seine Taschenlampe auf ihren Unterleib. Ich hielt ihn mit der Hand zurück.

»Nein«, sagte ich. »Das reicht.«

Dann hörte man draußen einen Schrei, und wir drei liefen vors Haus.

Florence Aguillard stand schwankend vor der Leiche ihres Bruders. Ihre Mundwinkel waren nach unten gezogen, und die Unterlippe hatte sie vor Kummer eingesogen. Sie hielt den langläufigen Colt in der rechten Hand, und die Mündung wies auf den Boden. Ihr weißes Kleid hatte ein blaues Blumenmuster, das an manchen Stellen vom Blut ihrer Mutter verdeckt war. Sie gab keinen Ton von sich, aber ihr ganzer Leib wurde von lautlosen Schluchzern durchgeschüttelt.

Woolrich und ich gingen langsam die Treppe hinunter. Morphy und ein Deputy blieben auf der Veranda. Die beiden anderen Deputys waren hinter dem Haus hervorgekommen und standen vor Florence, Touissant etwas weiter rechts. Links neben Florence sah ich Tee Jean an dem Baum hängen, und daneben standen der vierte Deputy und Broussard mit gezogener SIG.

»Florence«, sagte Woolrich leise und steckte die Pistole zurück in sein Schulterholster. »Florence, leg die Waffe weg.«

Sie zitterte und umklammerte mit der linken Hand ihre Taille. Sie beugte sich etwas vor und schüttelte dann langsam den Kopf.

»Florence«, sagte Woolrich noch einmal. »Ich bin's.« Da schaute sie uns an. Ihr Blick war von Trauer erfüllt, von Trauer und Kummer und Schuldgefühlen und Wut, und das alles stritt um die Vorherrschaft in ihrem geplagten Geist.

Sie hob langsam die Pistole und zielte in unsere Richtung. Ich sah, wie die Deputys schnell die Waffen zückten. Touissant hatte schon die Haltung eines Scharfschützen eingenommen, die Arme ausgestreckt, die Waffe starr ausgerichtet.

»Nein!« schrie Woolrich und riß die rechte Hand hoch. Die Polizisten schauten erst ihn und dann Morphy fragend an. Als der nickte, entspannten sie sich ein wenig, richteten aber weiterhin die Waffen auf Florence.

Die Coltmündung bewegte sich von Woolrich zu mir, und Florence Aguillard schüttelte immer noch langsam den Kopf. Ich hörte ihre Stimme leise, wie sie Woolrichs Wort wie ein Mantra wiederholte – »Nein nein nein nein nein ...« –, und dann richtete sie die Waffe auf sich selbst, schob sich den Lauf in den Mund und drückte ab.

Die Explosion dröhnte in der Nachtstille wie Kanonendonner. Ich hörte Vögel auffliegen und Kleintiere durchs Gestrüpp eilen, und Florence sackte zu Boden. Woolrich fiel neben ihr auf die Knie, strich ihr mit der linken Hand übers Gesicht und tastete mit der rechten instinktiv und vergeblich am Hals nach ihrem Puls. Dann hob er sie auf und vergrub ihr Gesicht in seinem durchgeschwitzten Hemd, den Mund vor Kummer weit aufgerissen.

In der Ferne flackerten rote Lichter. Noch weiter entfernt hörte ich die Rotorblätter eines Hubschraubers durch die Dunkelheit mähen.

Kapitel 32

In New Orleans fing der Tag schon schwül an, und der Geruch des Mississippi lag in der Morgenluft. Ich verließ meine Pension, schlenderte durchs Latin Quarter und versuchte, die Müdigkeit abzuschütteln, die mir im Kopf und in den Knochen hing. Ich landete schließlich auf der Loyola Avenue, wo zur drückenden Hitze noch der Autoverkehr kam. Der Himmel war grau und sah nach Regen aus, und dunkle Wolken hingen über der Stadt und schienen die Hitze einzuschließen. An einem Automaten kaufte ich mir eine *Times-Picayune* und las sie im Stehen vor dem Rathaus. Die Zeitung berichtete in einem Maße vom Niedergang der öffentlichen Moral, daß es ein Wunder war, daß sie einem nicht in der Hand zerfiel: Zwei Polizisten als mutmaßliche Drogenschmuggler verhaftet; ein staatliches Ermittlungsverfahren über die Durchführung der letzten Wahlen zum Senat; Anschuldigungen gegen einen ehemaligen Gouverneur. Und New Orleans selbst – mit seinen heruntergekommenen Gebäuden, der trostlosen Einkaufsmeile Poydras Street, dem Woolworth-Laden mit den ›Ausverkauf wegen Geschäftsaufgabe‹-Schildern – schien diesen Verfall unmittelbar zu verkörpern, so daß man unmöglich sagen konnte, ob die Stadt ihre Bewohner angesteckt hatte oder ein paar Leute die ganze Stadt mit sich in den Abgrund zogen.

New Orleans ist mit rund vierhundert Fällen pro Jahr auch eine Mordkapitale. Gut die Hälfte der Mordfälle wird aufgeklärt, und so laufen in dieser Stadt eine ganze Menge Leute herum, die Blut an den Händen haben. Das verschweigen die Stadtväter den Touristen lieber; aber die meisten würden wahrscheinlich trotzdem kommen. Wenn es in einer Stadt schließlich so hoch hergeht, daß es dort Raddampfer-Casinos gibt und Kneipen, die rund um die Uhr geöffnet haben, und wenn man im Rotlichtbezirk auch noch problemlos an Drogen kommt, dann muß das alles eben auch eine Schattenseite haben.

Ich ging weiter und wartete schließlich vor dem rosaroten New Orleans Center, hinter dem das Hyatt-Hochhaus aufragte, daß Woolrich sich blicken ließ. Inmitten der Wirren der vergangenen Nacht hatten wir uns zum Frühstück verabredet. Ich hatte noch überlegt, ob ich in Lafayette oder Baton Rouge übernachten sollte, aber Woolrich meinte, die örtliche Polizei würde mich wahrscheinlich ungern in der Nähe des Tatorts sehen, und er selbst führe ja schließlich auch nach New Orleans zurück.

Ich gab ihm noch zwanzig Minuten, und als er dann nicht kam, ging ich die Poydras Street hinunter, diesem Cañon aus Bürogebäuden, in dem sich schon die Geschäftsleute drängten und die Touristen, die unterwegs zum Mississippi waren.

Das La Madelaine am Jackson Square war voll. Wie sich Trickfilmfiguren von einem sichtbaren, schlangenförmigen Wohlgeruch verführen lassen, schien hier der Duft aus den Bäckereiöfen die Leute hineinzulocken. Ich bestellte mir Gebäck und Kaffee und las die *Times-Picayune* zu Ende. Es ist so gut wie unmöglich, in New Orleans die *New York Times* zu bekommen. Irgendwo hatte ich gelesen, daß hier weniger Exemplare der *New York Times* verkauft wurden als in jeder anderen vergleichbaren Stadt der USA. Dafür kauften die Leute mehr Gesellschaftskleidung als anderswo. Und wenn man jeden Abend zu einem schicken Essen geht, hat man eben keine Zeit, um die *New York Times* zu lesen.

Zwischen den Magnolien und Bananenstauden auf dem Platz sahen die Touristen den Steptänzern und Pantomimen zu und einem schlanken Schwarzen, der mit zwei Plastikflaschen auf seinen Knien einen stetigen, sinnlichen Rhythmus schlug. Vom Fluß her wehte eine leichte Brise, aber sie kam kaum noch gegen die Morgenhitze an und begnügte sich damit, die Haare der Maler zu zausen, die an dem schwarzen Eisenzaun am Rande des Platzes ihre Bilder aufhängten, und die Tarotkarten der Wahrsagerinnen vor der Kathedrale zu lupfen.

Ich fühlte mich dem, was ich in Tante Maries Haus gesehen hatte, merkwürdig fern. Ich hatte erwartet, daß es die Erinnerungen wieder hochbringen würde an das, was ich in meiner Küche gesehen hatte, an den Anblick meiner Frau und Tochter, wie sie nur noch Fleisch, Sehnen und Knochen waren. Doch statt dessen empfand ich nur eine drückende Last – wie eine dunkle, nasse Decke über meinem Bewußtsein.

Ich blätterte die Zeitung noch einmal durch. Die Morde wurden unten auf der ersten Seite gemeldet, die Einzelheiten der Verstümmelungen hatte man der Presse vorenthalten. Es war schwer zu sagen, wie lange das vorhalten würde; vermutlich würden auf der Beerdigung erste Gerüchte die Runde machen.

Im Innenteil sah man auf Fotos, wie zwei Leichen, die von Florence und Tee Jean, über die Brücke zu den Krankenwagen getragen wurden. Der viele Verkehr hatte die Brücke in Mitleidenschaft gezogen, und man fürchtete, sie könne einstürzen, wenn die Krankenwagen hinüberfuhren. Glücklicherweise sah man nicht, wie Tante Marie auf einer speziellen Bahre zu einer Ambulanz getragen wurde und ihre enorme, massige Gestalt selbst noch im Leichenhemd der Sterblichkeit zu trotzen schien.

Ich sah hoch, und Woolrich kam an meinen Tisch. Statt des hellbraunen Anzugs trug er einen aus hellgrauem Leinen; der andere war von Florence Aguillards Blut bedeckt. Er war unrasiert und hatte schwarze Tränensäcke unter den Augen. Ich bestellte ihm Kaffee und einen Teller Gebäck und schwieg, während er aß.

Er hatte sich in den Jahren, seitdem ich ihn kennengelernt

hatte, sehr verändert, fand ich. Sein Gesicht war schmaler geworden, und bei gewissem Licht stachen seine Wangenknochen spitz unter der Haut hervor. Es kam mir zum ersten Mal in den Sinn, daß er vielleicht krank war, aber ich sprach das Thema nicht an. Wenn Woolrich darüber reden wollte, würde er es tun.

Während er aß, dachte ich daran, wie ich ihn kennengelernt hatte – beim Mordfall Jenny Ohrbach. Hin und wieder kreuzten sich von da an unsere Wege; ein- oder zweimal gingen wir nach Feierabend noch was trinken; und dann kehrte ich heim zu meiner Familie und er in seine einsame Wohnung in TriBeCa. Er besorgte Eintrittskarten für ein Spiel der Knicks; er kam zum Abendessen zu uns; er schenkte Jennifer zum Geburtstag einen riesigen Plüschelefanten; er sah mit an, ohne zu rechten oder sich einzumischen, wie ich mich Glas um Glas um Kopf und Kragen soff.

Ich sehe ihn noch vor mir, auf dem Fest zu Jennys drittem Geburtstag, auf dem Kopf einen Clownshut aus Pappe und in der Hand einen Becher Eis von Häagen-Dasz. Er wirkte verlegen, wie er da in seinem verknautschten Anzug inmitten drei- und vierjähriger Kinder und ihrer sie über alles liebenden Eltern saß, und doch auch seltsam glücklich, wenn er Kleinkindern dabei half, Luftballons aufzupusten, und er Münzen hinter ihren Ohren hervorzauberte. Er spielte Bauernhof mit ihnen und brachte ihnen bei, einen Löffel auf der Nase zu balancieren. Als er ging, schaute er traurig. Das erinnerte ihn vermutlich an andere Geburtstage, bei denen seine Tochter im Mittelpunkt stand, ehe ihm alles aus den Händen glitt.

Als Susan und Jennifer starben, kam er anschließend aufs Polizeirevier und wartete vier Stunden lang auf mich, bis die Verhöre beendet waren. Ich konnte nicht nach Hause zurück, und nach dieser ersten Nacht, als ich mich weinend in einem Krankenhausfoyer wiederfand, konnte ich auch nicht bei Cole bleiben, nicht nur, weil er mit den Ermittlungen zu tun hatte, sondern auch, weil ich nicht von einer Familie umgeben sein wollte, nicht zu diesem Zeitpunkt. Statt dessen zog ich in Woolrichs kleines, ordentliches Apartment, an dessen

Wänden Regale voller Lyrikbände standen: Marvell, Vaughan, Richard Crashaw, Herbert, Jonson und Ralegh, aus dessen *Passionate Man's Pilgrimage* er gelegentlich zitierte. Er überließ mir sein Bett. Am Tag der Beerdigung stand er hinter mir im Regen und ließ sich durchweichen, und der Regen tropfte wie Tränen von seiner Hutkrempe.

»Wie geht's?« fragte ich schließlich.

Er blies die Wangen auf und atmete aus und schüttelte dabei sacht den Kopf, wie ein nickender Wackel-Plüschhund auf der Hutablage eines Autos. Über seinen Ohren schlich sich aus silbernen Stellen Grau in sein Haar. Von seinen Augen- und Mundwinkeln gingen Fältchen aus, wie Haarrisse in feinem Porzellan.

»Nicht so toll«, sagte er. »Ich hab' drei Stunden geschlafen, sofern man das überhaupt ›schlafen‹ nennen kann, wenn man alle zwanzig Minuten von roten Blitzen aufwacht. Ich muß immer noch an Florence und die Pistole denken und wie das aussah, als sie sie sich in den Mund gesteckt hat.«

»Hast du dich noch mit ihr getroffen?«

»Nicht so oft. Hin und wieder. Wir haben uns ein paarmal gesehen, und vor ein paar Tagen war ich noch beim Haus, um zu sehen, ob alles in Ordnung ist. Gott, was für eine Scheiße.«

Er zog die Zeitung zu sich herüber und überflog die Berichterstattung über die Morde; sein Zeigefinger strich die Spaltenränder entlang und wurde schwarz dabei. Als er zu Ende gelesen hatte, betrachtete er seine geschwärzte Fingerkuppe, rieb mit dem Daumen darüber und wischte schließlich beide Finger an einer Papierserviette ab.

»Wir haben einen Fingerabdruck, einen partiellen Fingerabdruck«, sagte er, als hätten ihn die Wellen und Wirbel seiner eigenen Fingerkuppe eben erst daran erinnert.

Der Lärm und die Touristen draußen schienen in weite Ferne zu rücken, und jetzt gab es nur noch Woolrich und seine dunklen Augen. Er trank seinen Kaffee aus und tupfte sich dann mit der Serviette den Mund ab.

»Deshalb hab' ich mich verspätet. Wurde erst vor einer Stunde bestätigt. Wir haben ihn mit den Abdrücken von Florence verglichen, aber von ihr stammt er nicht. Es sind Blutspuren von der alten Frau darin.«

»Wo habt ihr ihn gefunden?«

»Auf der Unterseite des Bettes. Vielleicht hat er sich da beim Schneiden abgestützt, oder er ist ausgerutscht. Er scheint nicht versucht zu haben, ihn zu entfernen. Wir gleichen ihn mit den hiesigen Akten ab und mit unserer zentralen Fingerabdruck-Datensammlung. Wenn er gespeichert ist, finden wir ihn.« Neben Verbrechern waren in den Akten Bundesbedienstete gespeichert, Ausländer, Militärpersonal und Personen, die zu Identifizierungszwecken die Speicherung ihrer Fingerabdrücke beantragt hatten. In den folgenden vierundzwanzig Stunden würde man den am Tatort gefundenen Fingerabdruck mit gut zweihundert Millionen anderen vergleichen.

Falls er sich als Fingerabdruck des fahrenden Mannes erweisen sollte, dann wäre das seit dem Tod von Susan und Jennifer der erste Hoffnungsschimmer, aber trotzdem hielt ich deswegen nicht den Atem an. Ein Mann, der sich die Zeit nahm, meiner Frau die Fingernägel zu reinigen, nachdem er sie umgebracht hatte, war kaum so nachlässig, am Tatort einen Fingerabdruck zu hinterlassen. Ich schaute Woolrich an und wußte, daß er das gleiche dachte. Er hob die Hand, um sich Kaffee nachschenken zu lassen, schaute hinaus auf die Menschenmenge am Jackson Square und lauschte dem Schnauben der Ponys vor den Touristenkutschen auf der Decatur Street.

»Florence war vorher in Baton Rouge einkaufen und ist dann nach Hause gekommen, um sich für die Geburtstagsparty umzuziehen; ein Cousin zweiten Grades von ihr. Sie hat dich von einer Kaschemme in Breaux Bridge aus angerufen und ist dann wieder nach Hause gegangen. Da blieb sie bis vielleicht halb neun und war dann etwa ab neun auf der Geburtstagsparty ihres Cousins in Breaux Bridge. Nach den Zeugenaussagen, die die Polizei dort aufgenommen hat, wirkte sie besorgt und ist nicht lange geblieben – offenbar hat ihre Momma darauf bestanden, sie solle gehen und Tee Jean könne sich ja um sie kümmern. Sie ist eine Stunde geblieben, vielleicht anderthalb, und ist dann wieder nach Hause gegangen. Brennan, der Inhaber des Fischereigeschäfts, hat sie gut eine halbe Stunde später gesehen. Also haben wir für die Morde ein Zeitfenster von zwei Stunden, mehr nicht.«

»Wer ermittelt in dem Fall?«

»Theoretisch Morphys Bande. Praktisch wird viel davon uns übertragen werden, weil es dem Modus operandi bei Susan und Jennifer entspricht und weil ich es so will. Brillaud wird dein Telefon anzapfen, falls unser Mann anruft. Das bedeutet zwar, daß du eine Weile in deinem Hotelzimmer rumhängen mußt, aber ich weiß nicht, wie wir es anders machen sollen.« Er wich meinem Blick aus.

»Du willst mich aus der Sache raushalten.«

»Du kannst dich da nicht so reinhängen, Bird. Das weißt du. Ich hab's dir schon mal gesagt, und ich sag's dir wieder. Wir entscheiden, in welchem Maße du involviert bist.«

»In begrenztem.«

»Ja, verdammt, in begrenztem Maße. Schau mal, Bird, du bist die Verbindung zu diesem Kerl. Er hat einmal angerufen, und er wird es wieder tun. Wir müssen nur abwarten.« Er breitete die Hände aus.

»Sie wurde wegen des Mädchens ermordet. Wirst du nach dem Mädchen suchen?«

Woolrich verdrehte frustriert die Augen. »Wo denn, Bird? Im ganzen beschissenen Bayou? Wir wissen nicht mal, ob es sie gibt. Wir haben einen Fingerabdruck, und daran werden wir uns halten und sehen, wohin uns das führt. Jetzt bezahl endlich die Rechnung, und laß uns hier abhauen. Wir haben zu tun.«

Ich war in einem restaurierten klassizistischen Gebäude abgestiegen, dem Flaisance House in der Esplanade Avenue, einer weißen Villa, vollgestellt mit dem Mobiliar von Toten. Ich hatte mich für ein Zimmer nach hinten raus in der umgebauten Kutschenscheune entschieden, einerseits wegen der

Abgeschiedenheit und zum anderen, weil eine biologische Alarmanlage in Form zweier großer Hunde zum Hotel gehörte, die über den Innenhof liefen und jeden anknurrten, der nicht hier wohnte – behauptete jedenfalls der Nachtportier. In Wirklichkeit waren sie hauptsächlich damit beschäftigt, im Schatten eines alten Springbrunnens zu dösen. Das Zimmer war geräumig und verfügte über einen Balkon, einen Deckenventilator aus Messing, zwei massive Ledersessel und eine Minibar, die ich mit Mineralwasser füllte.

Im Flaisance angekommen, schaltete Woolrich den Fernseher ein, und wir schauten uns eine morgendliche Spielshow an und warteten schweigend auf Brillaud. Gut zwanzig Minuten später klopfte er an die Tür, und in der Zwischenzeit hatte eine Frau aus Tulsa eine Reise nach Maui gewonnen. Brillaud war ein kleiner, adrett gekleideter Mann mit schütter werdendem Haar, durch das er sich alle paar Minuten mit den Fingern strich, wie um sich zu vergewissern, daß noch etwas davon übrig war. Hinter ihm trugen zwei Männer in Hemdsärmeln behutsam eine Metalltrage mit einem wahren Aufgebot an Abhörtechnologie die hölzerne Außenstiege hoch, die zu den vier Zimmern über der Kutschenscheune führte.

»Dann legen Sie mal los, Brillaud«, sagte Woolrich. »Ihr habt euch doch hoffentlich was zu lesen mitgebracht.« Einer der Männer in Hemdsärmeln winkte mit einem Stapel Zeitschriften und ein paar ramponierten Taschenbüchern, die er unten aus der Trage gezogen hatte.

»Wo sind Sie, wenn wir Sie brauchen?« fragte Brillaud.

»Wo ich immer bin«, sagte Woolrich. »In der Nähe.« Und dann war er verschwunden.

Ich war einmal mit Woolrich in einem anonymen Raum im New Yorker FBI-Büro gewesen. Es war der Technikraum, von wo aus die Dezernate, die sich mit Langzeitermittlungen beschäftigten – organisiertes Verbrechen, Spionageabwehr –, Telefone abhörten. Sechs Agenten saßen in einer Reihe vor sechs großen, stimmaktivierten Tonbandgeräten, und wenn ein Rekorder ansprang, führten sie Buch über den

Anruf, notierten sorgfältig Datum, Uhrzeit und Thema des Telefonats. Niemand sprach, man hörte nur das Klicken und Surren der Tonbandgeräte und die Stifte, die übers Papier glitten.

Das FBI ist ganz vernarrt in Wanzen. 1928, als es noch schlicht ›Bureau of Investigations‹ hieß, gestattete der Oberste Gerichtshof beinahe unbegrenztes Abhören. Als Generalbundesanwalt Andrew Jackson 1940 versuchte, das Abhören zu unterbinden, ließ Roosevelt sich breitschlagen und beschränkte es auf »subversive Aktivitäten«. Nach Hoovers Interpretation fiel alles unter »subversive Aktivitäten« – vom Betrieb einer chinesischen Wäscherei bis zum Geschlechtsverkehr mit der Frau eines anderen. Hoover war der Gott der Wanzen.

Heute müssen die Agenten nicht mehr im Regen neben Verteilerkästen kauern und zusehen, daß ihre Notizbücher nicht naß werden. Normalerweise genügt eine richterliche Genehmigung und ein Anruf bei der Telefongesellschaft, um das Signal anzapfen zu lassen. Und wenn der Betreffende einwilligt, ist es noch einfacher. In meinem Fall mußten Brillaud und seine Männer nicht mal in ihrem Überwachungswagen hocken und im eigenen Saft schmoren.

Während Brillaud daran arbeitete, sowohl mein Handy als auch das Zimmertelefon anzuschließen, entschuldigte ich mich für fünf Minuten und erzählte ihm, ich würde nur kurz im Hauptgebäude in die Küche gehen. Ich verließ das Flaisance und spazierte über den Hof, und einer der beiden Hunde, die im Schatten lagen, schaute gelangweilt zu mir hoch. Ich ging eine Straße weiter zu einer Telefonzelle vor einem Lebensmittelgeschäft. Von dort aus rief ich bei Angel an. Es sprang nur sein Anrufbeantworter an. Ich schilderte die Situation und riet ihm, mich nicht über das Handy anzurufen.

Dann kaufte ich in dem Lebensmittelgeschäft vier Becher Kaffee, ging wieder zum Flaisance und hoch auf mein Zimmer, wo ein besorgt dreinschauender Brillaud mich an der Tür empfing.

»Wir können uns doch Kaffee aufs Zimmer bestellen, Mr. Parker«, sagte er mißbilligend.

»Der schmeckt doch ganz anders«, entgegnete ich.

»Daran werden Sie sich gewöhnen müssen«, sagte er und schloß die Tür hinter mir.

Der erste Anruf kam um 16 Uhr, nachdem wir uns stundenlang miese Fernsehsendungen angesehen und in alten *Cosmopolitan*-Ausgaben die Ratgeberseiten studiert hatten. Brillaud erhob sich schnell vom Bett und schnippte mit den Fingern, und einer der Techniker setzte sich schon den Kopfhörer auf. Er zählte mit den Fingern bis drei und gab mir dann ein Zeichen, ans Handy zu gehen.

»Charlie Parker?« Es war eine Frauenstimme.

»Ja?«

»Hier ist Rachel Wolfe.«

Ich schaute zu den FBI-Männern hoch und schüttelte den Kopf. Vernehmliches Ausatmen. Man hörte ein Klicken, als der Rekorder abgeschaltet wurde. Brillaud legte sich wieder auf mein frisch bezogenes Bett, verschränkte die Hände hinterm Kopf und schloß die Augen.

Rachel schien zu merken, daß am anderen Ende etwas vor sich ging.

»Können Sie reden?«

»Ich habe Besuch. Kann ich Sie zurückrufen?« Sie gab mir ihre Privatnummer und sagte, sie wäre wahrscheinlich noch bis halb acht unterwegs. Anschließend sollte ich sie anrufen. Ich bedankte mich und legte auf.

»Ihre Freundin?« fragte Brillard.

»Meine Ärztin«, antwortete ich. »Ich leide an einer niedrigen Toleranzschwelle. Sie hofft, daß es mir in ein paar Jahren gelingt, mit mangelnder Diskretion umzugehen.«

Brillaud rümpfte vernehmlich die Nase, hielt aber die Augen geschlossen.

Der zweite Anruf kam um sechs. Die stickig-schwüle Luft und der Touristenradau hatten uns gezwungen, das Balkonfenster zu schließen, und im Zimmer roch es wie in einem Pumakäfig.

»Willkommen in New Orleans, Bird«, sagte eine synthetische, tiefe Stimme und waberte dabei wie Nebel.

Ich hielt kurz den Atem an und nickte dann den FBI-Männern zu. Brillaud piepte bereits Woolrich an. Auf einem Computermonitor am Balkon sah ich sich verschiebende Landkarten, und aus den Kopfhörern der FBI-Männer konnte ich leise die Stimme des fahrenden Mannes hören.

»Ihre Freunde vom FBI muß ich wohl nicht begrüßen«, sagte die Stimme, diesmal im hohen, fröhlichen Tonfall eines kleinen Mädchens. »Ist Agent Woolrich da?«

Ich ließ mir Zeit mit der Antwort. Ich war mir bewußt, wie die Sekunden verrannen.

»Wichs mich nicht an, Bird!« Wieder die Kinderstimme, doch diesmal bockig wie ein kleines Mädchen, dem man verboten hat, draußen mit seinen Freunden zu spielen, und die unflätige Sprache ließ den Effekt noch obszöner wirken.

»Nein, er ist nicht hier.«

»Dreißig Minuten.« Dann wurde die Verbindung beendet.

Brillaud zuckte mit den Achseln. »Er weiß Bescheid. Er wird nicht lange genug dranbleiben, damit wir ihn schnappen können.« Er legte sich wieder aufs Bett und wartete auf Woolrich.

Woolrich wirkte erschöpft. Seine Augen waren vor Schlafmangel rot unterlaufen, und er roch aus dem Mund. Er bewegte unablässig die Füße, als wären ihm die Schuhe zu eng. Fünf Minuten nachdem er gekommen war, klingelte erneut das Telefon.

»Ja?«

»Nicht unterbrechen, nur zuhören.« Es klang wie die Stimme einer Frau, die ihrem Liebhaber gleich ihre geheimen Phantasien verraten würde, nur eben verzerrt und nicht menschlich. »Es ist schade um die Freundin von Agent Woolrich, wirklich schade, daß sie mir entgangen ist. Sie hätte zu Hause sein sollen. Für sie hatte ich mir etwas ganz Besonderes ausgedacht, aber sie mußte ja ihren eigenen Willen haben.«

Woolrich kniff kurz die Augen zu, ließ sich aber sonst

nicht anmerken, daß ihm gegen den Strich ging, was er hörte.

»Ich hoffe, meine Vorstellung hat Ihnen gefallen«, fuhr die Stimme fort. »Vielleicht verstehen Sie mich sogar allmählich. Wenn nicht, ist es auch nicht schlimm. Es kommt noch viel mehr. Armer Bird. Armer Woolrich. In Trauer vereint. Ich werde jemanden suchen, der Ihnen Gesellschaft leistet.«

Dann änderte sich die Stimme wieder. Jetzt klang sie tief und bedrohlich.

»Ich werde nicht wieder anrufen. Es ist unhöflich, private Gespräche abzuhören. An der nächsten Nachricht, die Sie von mir erhalten, wird Blut kleben.« Dann legte er auf.

»Mist«, sagte Woolrich. »Erzählt mir bitte, daß ihr was habt.«

»Nichts haben wir«, sagte Brillaud und feuerte seinen Kopfhörer aufs Bett.

Ich ließ die FBI-Männer ihre Ausrüstung in einen weißen Ford-Lieferwagen packen und spazierte durchs Latin Quarter zum Napoleon House, um Rachel Wolfe anzurufen. Ich wollte mein Handy nicht benutzen. Irgendwie schien es durch seine Funktion als Verbindungsglied zum Mörder besudelt. Außerdem brauchte ich frische Luft, nachdem ich so lange in meinem Zimmer eingesperrt gewesen war.

Sie nahm nach dem dritten Klingeln ab.

»Hier ist Charlie Parker.«

»Hallo ...« Sie schien nicht recht zu wissen, wie sie mich ansprechen sollte.

»Sie können mich Bird nennen.«

»Wie ausgefallen.«

Betretenes Schweigen. Dann: »Wo sind Sie? Es klingt fürchterlich laut.«

»Ist es auch. Ich bin in New Orleans.« Und dann schilderte ich ihr, so gut ich konnte, was passiert war. Sie hörte schweigend zu, und ein oder zwei Mal hörte ich am anderen Ende einen Füller rhythmisch gegen das Telefon klopfen.

»Sagen Ihnen diese Einzelheiten irgendwas?« fragte ich schließlich.

»Ich bin mir nicht sicher. Das erinnert mich dunkel an etwas aus meiner Studienzeit, aber das ist so lange her, daß ich mir nicht sicher bin, ob ich noch drauf komme. Ich glaube, ich habe da etwas für Sie, das sich aus Ihrem vorherigen Gespräch mit diesem Mann ergibt. Es ist allerdings ein bißchen obskur.« Sie schwieg für einen Augenblick. »Wo wohnen Sie?«

Ich gab ihr die Telefonnummer des Flaisance. Sie wiederholte den Namen und die Nummer und schrieb sie auf.

»Rufen Sie mich zurück?«

»Nein«, sagte sie. »Ich werde mir ein Zimmer reservieren. Ich komme zu Ihnen runter.«

Nachdem ich aufgelegt hatte, schaute ich mich noch im Napoleon um. Es war rappelvoll von Einheimischen und eher unbürgerlich gekleideten Gästen, manche davon Touristen, die in den Zimmern über der schummrig beleuchteten Bar logierten. Aus den Lautsprechern erklang klassische Musik, die ich nicht kannte, und die Luft war vor Qualm zum Schneiden dick.

Etwas an den Anrufen des fahrenden Mannes kam mir komisch vor, aber ich wußte nicht so recht, was. Als er anrief, wußte er, daß ich in New Orleans war. Er wußte sogar, wo ich wohnte, da er sich ja auch der Anwesenheit der FBI-Beamten bewußt war, und das bedeutete, daß er mit dem Vorgehen der Polizei vertraut war und die Ermittlungen verfolgte, was zu Rachels Profil paßte.

Er mußte den Tatort beobachtet haben, als wir dort eintrafen, oder kurz darauf. Seine Weigerung, in der Leitung zu bleiben, war angesichts der Überwachung durch das FBI verständlich, aber dieser zweite Anruf... Ich ging alles in Gedanken noch einmal durch und versuchte zu klären, woher mein Unbehagen rührte, kam aber zu keinem Ergebnis.

Ich hatte Lust, noch im Napoleon House zu bleiben, in der alten Bar etwas Lebenslust und Fröhlichkeit zu tanken, ging dann aber doch ins Flaisance zurück. Trotz der Hitze trat ich an die großen Fenster, öffnete sie und ging hinaus auf den Balkon. Ich schaute zu den verblichenen Fassaden und schmiedeeisernen Balkonen des oberen Latin Quarter hinüber und sog tief den Essensduft aus einem Restaurant ganz in der Nähe ein, der sich mit Rauch und Abgasen mischte. Ich lauschte den Jazzklängen, die aus einer Bar in der Governor Nicholls Street kamen, dem Gejohle und Gelächter der Leute, die sich zu den Abzockerschuppen in der Bourbon Street aufmachten, dem Singsang-Akzent der Einheimischen, der sich mit den Stimmen der Auswärtigen vermengte, dem Geräusch des menschlichen Lebens, das unter meinem Fenster vorbeizog.

Und ich dachte an Rachel Wolfe und daran, wie ihr Haar auf ihren Schultern lag, und an die Sommersprossen auf ihrem blassen Hals.

Kapitel 33

In dieser Nacht träumte ich von einem Hörsaal, auf dessen Rängen alte Männer saßen. Die Wände waren mit Damast behangen, und in der Mitte stand ein rechteckiger Tisch, dessen Kanten abgerundet und dessen Beine knochenförmig gedrechselt waren, von zwei hoch angebrachten Fackeln beleuchtet. Florence Aguillard lag mit freigelegtem Schoß auf dem Tisch, und ein bärtiger Mann in dunkler Robe schnitt mit einem Skalpell mit Elfenbeingriff an ihr herum. Um ihren Hals und hinter ihren Ohren sah man Strangmarken. Ihr Kopf lag in widernatürlichem Winkel auf der Tischplatte.

Als der Chirurg sie aufschnitt, glitschten Aale aus ihrem Uterus und fielen zu Boden, und die tote Frau schlug die Augen auf und wollte schreien. Der Chirurg stopfte ihr Mull in den Mund, und die alten Männer sahen zu, und in der Dunkelheit regten Skelette ihre Knochen. Er schnitt weiter, knöcheltief in schwarzen Aalen stehend, bis ihre Augen erloschen.

Und in einer Ecke des Hörsaals, im Halbdunkel, sahen noch andere Gestalten zu. Sie kamen aus der Dunkelheit zu mir, meine Frau und meine Tochter, aber jetzt war noch jemand bei ihnen, hinter ihnen im Dämmer, kaum mehr als ein Umriß, kaum vorhanden. Sie kam von einem kalten, feuchten Ort und brachte einen üppig-lehmigen Odem mit sich und den Geruch verfaulender Vegetation, von verwesendem, von Gasen aufgeblähtem Fleisch. Es war eng dort, wo sie lag, und die Wände gaben nicht nach, und manchmal stießen Fische dagegen, und sie wartete. Als ich erwachte, hatte ich ihren Geruch in der Nase und hörte immer noch ihre Stimme –

Hilf mir

und das Blut dröhnte mir in den Ohren

mir ist kalt, hilf mir

und da wußte ich, daß ich sie finden mußte.

Ich wurde davon wach, daß mein Zimmertelefon läutete. Schummriges Licht drang durch die Vorhänge, und meine Armbanduhr zeigte Viertel vor neun. Ich nahm den Hörer ab.

»Parker? Hier ist Morphy. Kommen Sie in die Gänge. Wir treffen uns in einer Stunde im La Marquise.«

Ich duschte, zog mich an, ging runter zum Jackson Square und folgte den Gläubigen zum Morgengottesdienst in die St.-Louis-Kathedrale. Draußen mühte sich ein Straßenhändler, die Kirchgänger mit Feuerschlucken auf sich aufmerksam zu machen, und eine Gruppe schwarzgekleideter Nonnen drängte sich unter einen gelb-grünen Sonnenschirm.

Susan und ich waren hier einmal zur Messe gegangen, wo man an der kunstvoll geschmückten Decke Christus bei den Hirten sah und über der kleinen Sakristei die Gestalt des französischen Königs Ludwig IX., der zum siebten Kreuzzug rief.

Die Kathedrale war beim Karfreitagsbrand 1788 mit über achthundert weiteren Gebäuden in Flammen aufgegangen und dann komplett wiederaufgebaut worden. In ihrer gegenwärtigen Form war sie nicht einmal hundertfünfzig Jahre alt, und die Buntglasfenster über dem Place Jean Paul Deux waren ein Geschenk der spanischen Regierung.

Es war merkwürdig, daß mir nach all den Jahren diese Einzelheiten noch so deutlich im Gedächtnis hafteten. Aber das hatte wohl kaum mit ihnen selbst zu tun, sondern eher mit Susan. Ich erinnerte mich daran, weil sie bei mir war, als ich das alles erfuhr, ihre Hand in der meinen, ihr Haar mit einem blauen Band nach hinten gebunden.

Für einen kurzen Augenblick kam es mir vor, als könnte ich, indem ich dort stand und mich an diese Worte erinnerte, in diese Zeit zurückkehren und Susan wieder neben mir spüren, ihre Hand in der meinen, ihr Geschmack noch auf meinen Lippen, ihr Duft an meinem Hals. Wenn ich die Augen schloß, sah ich sie durchs Kirchenschiff schlendern, bei mir eingehakt, den Weihrauch- und Blumenduft einatmen, unter den Fenstern entlanggehen, aus der Dunkelheit ans Licht treten und aus dem Licht in die Dunkelheit.

Ich kniete mich hinten in die Kathedrale, neben einen Cherub, der einen Taufstein in der Hand hielt, mit Teufelsfratzen zu seinen Füßen, und betete für meine Frau und mein Kind.

Morphy war bereits im La Marquise, einer Patisserie französischen Stils in der Chartres Street. Er saß auf der Hofterrasse, den Kopf frisch rasiert. Er trug eine graue Baumwoll-Jogginghose, Turnschuhe und ein Fleecetop. Vor ihm auf dem Tisch standen ein Teller Croissants und zwei Tassen Kaffee. Er trug behutsam Grapefruitkonfitüre auf ein halbiertes Croissant auf, und ich setzte mich ihm gegenüber.

»Ich habe Kaffee für Sie bestellt. Nehmen Sie ein Croissant.«

»Kaffee reicht mir, danke. Haben Sie frei?«

»Nein, ich hab' mich bloß um die Morgenpatrouille gedrückt.« Er nahm das halbe Croissant, stopfte es sich in den Mund und schob mit den Fingern den letzten Rest hinterher. »St. Martin hat nichts mehr zu melden, wir drehen nur noch Steine um und suchen nach blutigen Klamotten«, sagte er, als er geschluckt hatte. »Woolrich und seine Jungs haben die Ermittlungen so ziemlich übernommen.«

Ich wußte, was Woolrich jetzt unternahm. Die Morde an Tante Marie und Tee Jean hatten bestätigt, daß es sich um einen Serienmörder handelte. Die Einzelheiten wurden an die Investigative Support Unit des FBI weitergeleitet, jene stark beanspruchte Abteilung, die in Verhörmethoden und

Verhandlungstechniken bei Geiselbefreiungen schulte und sich auch um *VICAP* und um *ABIS*, das Programm zur Bekämpfung von Brand- und Bombenanschlägen – kümmerte und, in diesem Fall entscheidend, um die Erstellung von Täterprofilen. Von den sechsunddreißig Agenten dieser Einheit arbeiteten nur zehn an der Profilerstellung, eingegraben in einem Bürolabyrinth, zehn Meter unter der Erde im ehemaligen Atombunker der FBI-Leitung in Quantico.

Und während das FBI die Beweismittel überprüfte und versuchte, sich von diesem fahrenden Mann ein Bild zu machen, suchte die Polizei vor Ort weiter nach konkreten Spuren des Mörders. Ich hatte die Polizisten vor Augen, wie sie aufgereiht durchs Unterholz gingen, um sie her das warme, grüne Waldeslicht. Sie suchten den Boden vor sich ab, und dabei blieben ihre Füße im Schlamm stecken und ihre Uniformen an Dornenranken hängen. Andere arbeiteten sich durch die braunen Wasser des Atchafalaya-Sumpfs, hockten bei »Nö, nichts gesehen«-Treffen und schwitzten sich das Hemd durch.

Im Aguillard-Haus war viel Blut vergossen worden. Die Kleidung des fahrenden Mannes mußte davon durchtränkt gewesen sein, als sein Werk getan war. Er mußte einen Overall getragen haben, und es wäre zu riskant für ihn gewesen, den zu behalten. Er hatte ihn entweder im Sumpf versenkt oder vergraben oder vernichtet. Ich tippte auf letzteres, daß er ihn zerstört hatte, aber die Suche mußte weitergehen.

»Ich hab' auch nicht mehr sonderlich viel damit zu tun«, sagte ich.

»Hab' ich gehört.« Er aß noch ein Stück Croissant und trank seinen Kaffee aus. »Wenn Sie fertig sind, können wir los.« Er ließ etwas Geld auf dem Tisch liegen, und ich folgte ihm nach draußen. Der ramponierte Buick, der uns zu Tante Maries Haus gefolgt war, stand ein Stück die Straße runter, und auf dem Armaturenbrett war mit Paketklebeband ein handschriftliches ›Polizei‹-Schild angebracht. Unter dem Scheibenwischer flatterte ein Strafzettel.

»Mist«, sagte Morphy und warf das Strafmandat in eine Mülltonne. »Kein Respekt mehr vor dem Gesetz.«

Wir fuhren in die Desire-Siedlung, eine Stadtsteppe, wo junge Schwarze auf vollgemüllten Grundstücken herumhingen und in Drahtverschlägen lustlos Basketball spielten. Die zweigeschossigen Wohnblocks sahen aus wie Baracken, und die Straßen trugen wie zum Hohn Namen wie Piety, Abundance und Humanity – Frömmigkeit, Überfluß und Menschlichkeit. Wir hielten in der Nähe eines Spirituosenladens, der verbarrikadiert war wie eine Festung, und junge Männer verdrückten sich, als sie Witterung aufnahmen. Morphys Markenzeichen, die Glatze, wurde offenbar auch hier sofort erkannt.

»Kennen Sie sich ein bißchen in New Orleans aus?« fragte Morphy nach einer Weile.

»Nein«, antwortete ich. Unter seinem Fleecetop zeichnete sich seine Pistole ab. Seine Handflächen waren schwielig von den Hanteln und Gewichten, und selbst seine Finger waren sehr muskulös. Wenn er den Kopf bewegte, spannten sich Muskeln und Sehnen wie Schlangen unter der Haut seines Halses.

Doch im Gegensatz zu den meisten Bodybuildern strahlte Morphy unterschwellige Gefährlichkeit aus, waren seine Muskeln nicht nur Show. Ich wußte, daß er in einer Kneipe in Monroe einmal einen Mann umgebracht hatte, einen Zuhälter, der in einem Hotelzimmer in Lafayette eines seiner Mädchen und den Freier, der bei ihr war, erschossen hatte. Der Lude, ein Zwei-Zentner-Kreole, der sich selbst Le Mort Rouge nannte, stach Morphy mit einem abgeschlagenen Flaschenhals in die Brust und wollte ihn dann am Boden erwürgen. Morphy versuchte erst, den Zuhälter mit Schlägen abzuwehren, und packte dann Le Morts Hals, und so blieben die beiden Männer, jeder gefangen im Griff des anderen, bis irgendwas in Le Morts Kopf platzte und er seitlich an den Tresen klappte. Er war bereits tot, als der Krankenwagen kam.

Es war ein fairer Kampf gewesen, aber als ich nun neben Morphy im Auto saß, mußte ich an Luther Bordelon denken. Er war ein Schläger gewesen, soviel war klar. Eine Reihe tätlicher Angriffe ging bis in seine Jugendjahre zurück, und man verdächtigte ihn, eine junge australische Touristin vergewaltigt zu haben. Das Mädchen konnte Bordelon bei einer Gegenüberstellung nicht identifizieren, und handfeste Beweise fehlten, weil der Vergewaltiger ein Kondom benutzt und sie hinterher gezwungen hatte, sich mit Mineralwasser die Schamgegend zu waschen, aber die Polizei von New Orleans wußte einfach, daß Bordelon der Täter war. Manchmal ist das eben so.

In der Nacht seines Todes hatte Bordelon in einer irischen Kneipe im Latin Quarter getrunken. Er trug ein weißes T-Shirt und weiße Shorts, und drei Gäste, mit denen er Billard gespielt hatte, sagten später unter Eid aus, daß er nicht bewaffnet gewesen sei. Doch Morphy und sein Partner Ray Garza gaben an, Bordelon habe auf sie gefeuert, als sie ihn routinemäßig befragen wollten, und dann hätten sie ihn in Notwehr erschossen. Neben der Leiche fand man eine Waffe, eine Smith & Wesson Model 60, die mindestens zwanzig Jahre alt war und aus der zwei Schüsse abgefeuert worden waren. Die Seriennummer war unterhalb der Trommel aus dem Rahmen gefeilt, weshalb der Revolver schwierig zu identifizieren war, und die Ballistikabteilung berichtete, sie sei sauber und nie zuvor bei einem Verbrechen in New Orleans verwendet worden.

Die Waffe wirkte wie untergeschoben, und die Police Integrity Division war auch davon überzeugt, daß es sich so verhielt, doch Garza und Morphy blieben bei ihrer Geschichte. Garza wurde im Jahr darauf bei dem Versuch erstochen, in Irish Channel eine Schlägerei zu schlichten, und Morphy ließ sich nach St. Martin versetzen und kaufte sich dort ein Haus. Und das war's. So ging das aus.

Morphy wies auf eine Gruppe junger Schwarzer, denen der Hosenboden in den Kniekehlen hing und deren übergroße Turnschuhe beim Gehen über den Bürgersteig schlappten. Sie schauten zurück, ohne mit der Wimper zu zucken, als sollten wir nur kommen. Aus einem Ghettoblaster, den sie dabeihatten, erklang die Revolutionsmusik von Wu-Tang Clan. Ich verspürte ein etwas abwegiges Vergnügen, als ich die Musik erkannte. Charlie Parker, der Ehren-Homeboy.

Morphy meinte: »Das ist ja der übelste Schrott, den ich je gehört hab'. Scheiße, und die haben den Blues erfunden. Wenn Robert Johnson diesen Dreck hören würde, wüßte er endlich, daß er dem Teufel seine Seele verkauft hat und direkt zur Hölle gefahren ist.« Er stellte das Autoradio an und suchte sich mit mürrischer Miene einen Sender. Schließlich gab er es auf und schob eine Kassette ein, und der warme Sound von Little Willie John erfüllte den Wagen.

»Ich bin in Metairie aufgewachsen, ehe sie überall diese Siedlungen gebaut haben«, fing er an. »Ich kann nicht behaupten, meine besten Freunde wären Schwarze gewesen oder so – die meisten Schwarzen sind auf die Public School gegangen, und ich nicht –, aber wir sind prima miteinander klargekommen.

Aber als sie die Siedlungen gebaut haben, war das alles vorbei. Desire, Iberville, Lafitte – wenn man nicht bis an die Zähne bewaffnet war, ließ man sich da lieber nicht blicken. Dann kam der Scheiß-Reagan, und alles wurde noch schlimmer. Wissen Sie, angeblich gibt's hier heute mehr Syphilis als vor fünfzig Jahren. Die meisten Kinder werden nicht mal gegen Masern geimpft. Wenn Sie ein Haus in der Innenstadt besitzen, ist es nur noch einen Scheißdreck wert. Können Sie auch gleich ausziehen und es verfallen lassen.« Er schlug mit dem Handballen aufs Lenkrad.

»Wo's so viel Armut gibt, kann man viel Geld machen, wenn man's richtig anstellt. Ein Haufen Leute reißen sich darum, die Siedlungen unter sich aufzuteilen und andere Sachen, auch Grundstücke, Schnaps, Glücksspiel.«

»Was für Leute?«

»Joe Bonnano zum Beispiel. Seine Bande hat das hier seit gut zehn Jahren alles im Griff, auch die Versorgung mit Crack und Smack – was Sie nur wollen. Sie haben auch versucht, sich anderswo breitzumachen. Man erzählt sich, sie wollen zwischen Lafayette und Baton Rouge ein großes Freizeitzentrum aufmachen und vielleicht ein Hotel bauen. Vielleicht wollen sie da auch bloß Ziegel und Mörtel abladen, um den Verlust von der Steuer abzusetzen und damit Geld zu waschen.«

Er schaute kurz prüfend in die Siedlung hinaus. »Und hier ist Joe Bones aufgewachsen.« Er sagte es mit einem Seufzer, als könne er nicht verstehen, wie ein Mann sich daranmachen konnte, den Ort zu unterminieren, an dem er großgeworden war. Er ließ den Wagen an und erzählte mir während der Fahrt weiter von Joe Bones.

Salvatore Bonnano, Joes Vater, hatte in Irish Channel eine Kneipe besessen und sich gegen die dortigen Banden zur Wehr gesetzt. Die waren der Ansicht, daß ein Italiener in einer Gegend nichts zu suchen hatte, wo die Kinder auf die Namen irischer Heiliger getauft wurden und man immer noch sehr dem grünen Eire anhing. Salvatores Haltung hatte nichts sonderlich Ehrenwertes an sich; sie war einfach pragmatisch. Im Nachkriegs-New Orleans konnte man viel Geld verdienen, wenn man hart im Nehmen war und die richtigen Leute schmierte.

Sal's Bar war die erste einer Reihe von Kneipen und Clubs, die er aufkaufte. Er mußte Kredite abbezahlen, und mit den Einkünften aus einer einzigen Kneipe in Irish Channel konnte er seine Gläubiger nicht bedienen. Er sparte und kaufte sich eine zweite Bar, diesmal in der Chartres Street, und von da an wuchs und gedieh sein kleines Reich. Manchmal war nur eine simple Finanztransaktion nötig, um die Räumlichkeiten, die er haben wollte, zu erwerben. In anderen Fällen mußte man schon etwas energischer zu Werke gehen. Wenn auch das nichts half, war im Atchafalaya-Becken genug Wasser vorhaben, um eine Vielzahl von Sünden zu bedecken. Allmählich baute er sich eine Bande auf, die sich ums Geschäftliche kümmerte, die Stadtverwaltung, die Polizei und das Rathaus bei Laune hielt und die alles regelte, wenn sich jemand vom unteren Ende der Nahrungskette auf Sals Kosten besserstellen wollte.

Sal Bonnano heiratete Maria Cuffaro, die aus Gretna kam, östlich von New Orleans, und deren Bruder zu Sals engsten Mitarbeitern zählte. Sie gebar ihm eine Tochter, die mit sieben Jahren an TBC starb, und einen Sohn, der in Vietnam umkam. Sie selbst starb 1958 an Brustkrebs.

Doch Sals wahre Schwäche galt einer Frau namens Rochelle Hines. Rochelle war, was man eine ›Quarteronin‹ nannte, eine Farbige, deren Haut nach Generationen von Rassenmischung fast weiß war. Sie hatte, wie Morphy sich ausdrückte, einen Teint wie Butterschmalz, auch wenn in ihrer Geburtsurkunde stand: »Schwarz, unehelich«. Sie war groß, ihr langes dunkles Haar umrahmte Mandelaugen und einen weichen, breiten, einladenden Mund. Sie hatte eine Figur, bei der einem die Luft wegblieb, und man munkelte, sie wäre früher Prostituierte gewesen, aber wenn dem so war, dann hatte Sal Bonnano solchen Umtrieben schleunigst einen Riegel vorgeschoben.

Bonnano kaufte ihr im Garden District eine Wohnung und führte sie nach Marias Tod überall als seine Frau ein. Das war keine sonderlich kluge Idee, denn im Louisiana der späten Fünfziger herrschte immer noch Rassentrennung, und selbst Louis Armstrong, der in dieser Stadt aufwuchs, konnte in New Orleans nicht zusammen mit weißen Musikern spielen, weil der Bundesstaat Louisiana den Auftritt gemischter Bands verbot.

Und während weiße Männer sich schwarze Mätressen halten und zu schwarzen Prostituierten gehen konnten, forderte ein Mann, der eine Schwarze, wie hellhäutig auch immer, als seine »Frau« vorstellte, den Ärger buchstäblich heraus. Als sie einen Sohn gebar, bestand Sal darauf, daß er seinen Namen trug, ging mit Mutter und Kind zu Freiluftkonzerten auf den Jackson Square, schob den großen weißen Kinderwagen über den Rasen und schnatterte mit seinem Kleinen.

Vielleicht dachte Sal, sein Geld würde ihn beschützen. Vielleicht machte er sich einfach keine Gedanken. Er sorgte dafür, daß Rochelle immer bewacht wurde und nicht allein aus dem Haus ging, so daß niemand sie angreifen konnte. Aber hinter Rochelle waren sie gar nicht her.

In einer heißen Julinacht des Jahres 1964, als sein Sohn gerade fünf war, verschwand Sal Bonnano. Man fand ihn drei Tage später, am Ufer des Lake Cataoutche an einen Baum gebunden, den Kopf fast vom Rumpf getrennt. Offenbar hatte jemand Sals Beziehung zu Rochelle Hines zum Vorwand genommen, um sich über sein Unternehmen herzumachen. Das Eigentum an seinen Clubs und Bars ging an ein Konsortium über, das auch in Reno und Vegas tätig war.

Sobald man ihren Gatten fand, verschwand Rochelle Hines gerade noch rechtzeitig, mit ihrem Sohn, etwas Schmuck und Bargeld. Sie tauchte erst ein Jahr später wieder auf, in der Gegend, die dann später Desire hieß, wo ihre Halbschwester ein Haus gemietet hatte. Sals Tod hatte sie zugrunde gerichtet: Sie war alkohol- und morphiumabhängig.

Und hier, inmitten der Siedlungsneubauten, wuchs Joe Bones auf, noch hellhäutiger als seine Mutter, und mußte sich gleichermaßen gegen Weiße wie Schwarze durchsetzen, denn keine der beiden Gruppen wollte ihn bei sich dulden. Joe Bones war zornig, und er richtete diesen Zorn gegen die Welt um sich her. 1990, zehn Jahre nachdem seine Mutter in einem Dreckloch in der Siedlung gestorben war, gehörten ihm mehr Bars als seinem Vater dreißig Jahre zuvor, und jeden Monat kamen ganze Flugzeugladungen Kokain aus Mexiko, bestimmt für die Straßen von New Orleans und von dort aus verteilt nach Norden, Osten und Westen.

»Joe Bones bezeichnet sich heute als Weißen, und da wird ihm auch keiner widersprechen«, meinte Morphy. »Wie auch, wenn sie einem vorher die eigenen Eier ins Maul gestopft haben? Für die Brothers hat Joe jetzt keine Zeit mehr.« Er kicherte. »Gibt nichts Schlimmeres als einen Mann, der mit seiner neuen Verwandtschaft nicht klarkommt.«

Wir hielten an einer Tankstelle, Morphy tankte und kam mit zwei Limos wieder. Wir tranken sie, neben den Zapfsäulen stehend, und schauten dem Verkehr zu.

»Es gibt noch eine Bande, die Fontenots, und die haben auch ein Auge auf die Siedlungen geworfen. Zwei Brüder, David und Lionel. Die Familie kommt ursprünglich aus Lafayette, glaube ich – hat immer noch Verbindungen dahin – und ist seit den Zwanzigern in New Orleans ansässig. Die Fontenots sind ehrgeizig und brutal und glauben, daß Bonnanos Zeit allmählich um ist. Die Sache nimmt seit etwa einem Jahr brisante Züge an, und vielleicht haben die Fontenots was mit Joe Bones vor.«

Die Fontenots waren keine jungen Männer mehr – sie waren beide über vierzig –, hatten sich allmählich in Louisiana breitgemacht und operierten nun von einem Lager in Delacroix aus, geschützt durch Stacheldraht, Hunde und bewaffnete Wachen, darunter ein harter Kern von Cajuns aus Acadiana. Sie machten in Glücksspiel, Prostitution und ein wenig auch in Drogen. Ihnen gehörten Bars in Baton Rouge und auch ein oder zwei in Lafayette. Wenn sie Joe Bones kaltmachen konnten, würden sie sich wahrscheinlich in großem Stil über den Drogenmarkt hermachen.

»Kennen Sie sich mit den Cajuns aus?« fragte Morphy.

»Nein, ich kenne nur ihre Musik.«

»Sie sind in diesem Staat und in Texas eine unterdrückte Minderheit. Während des Ölbooms kriegten sie keine Arbeit, weil die Texaner sie nicht beschäftigen wollten. Die meisten haben getan, was wir alle tun, wenn die Zeiten schlecht sind: Sie haben in die Hände gespuckt und das Beste draus gemacht. Es gab Reibereien mit den Schwarzen, weil sich Cajuns und Schwarze um das gleiche bißchen Arbeit gerissen haben, und es sind schlimme Sachen passiert, aber die meisten haben einfach nur alles Mögliche getan, um Leib und Seele zusammenzuhalten, ohne allzu viele Gesetze zu brechen.

Roland Fontenot – der Großvater – hat das alles hinter sich gelassen, als er nach New Orleans gekommen ist, wo's schon einen entlegenen Zweig der Familie gab. Aber die Jungs, die haben nie vergessen, wo sie herkommen. Als es in den Siebzigern schlimm stand, haben sie einen ziemlich entfremdeten Haufen um sich geschart: Viele junge Cajuns, ein paar Schwarze, und irgendwie haben sie es geschafft, daß ihnen diese Mischung nicht hochgeht.« Morphy trommelte mit den Fingern aufs Armaturenbrett. »Manchmal denke ich, daß wir alle verantwortlich sind für die Fontenots. Sie sind die Strafe dafür, wie ihr Volk behandelt wurde. Könnte sein, daß Joe Bones auch eine Strafe ist, eine Mahnung, was passiert, wenn man einen Teil der Bevölkerung zu Tode schindet.«

Joe Bones neige zu Grausamkeiten, erzählte Morphy. Einmal hatte er einen Mann umgebracht, indem er ihn langsam, im Verlauf eines Nachmittags, mit Säure verätzte, und manche meinten, in seinem Gehirn fehle etwas, der Teil, der bei den meisten Menschen solche Ausraster verhindert. Die Fontenots waren da anders. Sie mordeten, aber sie mordeten, wie Geschäftsleute ein unprofitables oder nicht mehr den Erwartungen entsprechendes Unternehmen dichtmachten. Sie mordeten freudlos, aber professionell. Morphys Ansicht nach nahmen sich die Fontenots und Joe Bones an Bosheit nichts. Sie lebten sie nur unterschiedlich aus.

Ich trank meine Limo aus und warf die Dose in den Müll. Morphy war nicht der Typ, der eine Geschichte um ihrer selbst willen erzählte. Auf irgendwas wollte er hinaus.

»Weshalb erzählen Sie mir das alles, Morphy?« fragte ich.

»Weil der Fingerabdruck, der bei Tante Marie gefunden wurde, von Tony Remarr stammt. Das ist einer von Joe Bones' Männern.« Ich grübelte darüber nach, während er den Wagen anließ und sich in den Verkehr einfädelte. Ich versuchte, den Namen mit irgendwas von dem in Verbindung zu bringen, was in New York passiert war, irgendeinen Zusammenhang zwischen Remarr und mir herzustellen. Mir fiel nichts ein.

»Meinen Sie, daß er es war?« fragte Morphy.

»Sie etwa?«

»Nein, auf keinen Fall. Erst hab' ich gedacht: ja, kann schon sein. Wissen Sie, die alte Frau, ihr hat das Grundstück gehört. Hätte man gar nicht groß entwässern müssen, um was draus zu machen.«

»Wenn man vorhätte, ein großes Hotel zu eröffnen und einen Freizeitpark zu bauen.«

»Genau, oder wenn man zeigen will, daß man das ernsthaft plant, und da ein paar Ziegel hinkippt. Aber mal im Ernst: Sumpf bleibt Sumpf. Auch wenn man 'ne Baugenehmigung kriegt – wer will denn die schöne warme Abendluft mit Ungeziefer teilen, das selbst dem lieben Gott peinlich ist?

Die alte Frau wollte jedenfalls nicht verkaufen. Sie war nicht dumm. Ihre Familie wird seit Generationen da draußen beerdigt. Der ursprüngliche Eigentümer, ein Südstaatentyp alten Stils, der noch in direkter Linie von den Bourbonen abstammte, ist neunundsechzig gestorben. Er hat in seinem Testament festgelegt, das Land müsse den gegenwärtigen Pächtern zu einem vernünftigen Preis zum Kauf angeboten werden.

Und die meisten Pächter waren Aguillards, und sie haben mit allem Geld, das sie hatten, das Land gekauft. Die alte Frau hat das alles geregelt. Ihre Vorfahren liegen da begraben, und ihre Geschichte auf diesem Land geht zurück bis zu der Zeit, als sie noch an den Füßen angekettet waren und mit bloßen Händen Kanäle in den Schlamm gegraben haben.«

»Also hat Bonnano sie unter Druck gesetzt, damit sie verkauft, und als sie nicht wollte, hat er andere Saiten aufgezogen«, sagte ich.

Morphy nickte. »Ich denk' mir das so, daß Remarr hingeschickt wurde, um ihr die Pistole auf die Brust zu setzen – vielleicht sollte er das Mädchen oder eins der Kinder bedrohen, vielleicht sogar jemanden umlegen –, als er aber hinkommt, ist sie schon tot. Und vielleicht war Remarr so schockiert, daß er unvorsichtig wurde und dachte, er hätte keine Spuren hinterlassen. Und dann ist er abgehauen.«

»Weiß Woolrich das alles?«

»Das meiste schon, ja.«

»Nehmen Sie Bonnano fest?«

»Haben ihn gestern abend festgenommen und nach einer Stunde wieder laufenlassen, begleitet von einem Staranwalt namens Rufus Thibodeaux. Er macht das Maul nicht auf, meint, er hätte Remarr seit drei oder vier Tagen nicht mehr gesehen. Erzählt, er wär' genauso hinter Remarr her, irgendwas wegen Geld aus einem Deal draußen in West Baton Rouge. Das ist kompletter Stuß, aber er bleibt bei der Story. Ich glaube, Woolrich will ihm die Mafia- und Drogenfahndung auf den Hals hetzen, ihn ein bißchen ausquetschen und mal sehn, ob er's sich nicht doch noch anders überlegt.«

»Das kann dauern.«

»Haben Sie 'ne bessere Idee?«

Ich zuckte mit den Achseln. »Kann schon sein.«

Morphy setzte einen besorgten Blick auf. »Sie wollen sich doch nicht etwa mit Joe Bones anlegen? Joe ist nicht wie die Typen bei euch in New York, die in ihren Clubs in Little Italy hocken, ein Täßchen Espresso in der Hand, und von dem Tag träumen, an dem sie endlich angesehene Bürger sind. Für so was hat Joe keine Zeit. Joe will kein angesehener Bürger sein, Joe will, daß die Leute eine Heidenangst vor ihm haben.«

Wir bogen auf die Esplanade Avenue. Morphy blinkte und hielt zwei Querstraßen vor dem Flaisance. Er schaute aus dem Fenster und klopfte mit dem Zeigefinger zu einem Rhythmus in seinem Kopf auf das Lenkrad. Ich spürte, daß er noch etwas sagen wollte. Ich beschloß, ihm die Zeit dazu zu lassen.

»Sie haben mit diesem Typ gesprochen, der ihre Frau und Tochter ermordet hat, nicht wahr?«

Ich nickte.

»Ist es derselbe? Der auch Tee Jean und die alte Frau umgebracht hat?«

»Er hat mich gestern angerufen. Er ist es.«

»Hat er sonst was gesagt?«

»Das FBI hat es auf Band. Er hat gesagt, daß er weitermacht.«

Morphy rieb sich den Nacken und kniff die Augen zu. Ich wußte, daß er wieder Tante Marie vor Augen hatte.

»Bleiben Sie in der Stadt?«

»Ja, für eine Weile.«

»Das FBI wird das wahrscheinlich gar nicht gern sehen.«

Ich lächelte. »Ich weiß.«

Morphy lächelte zurück. Er langte unter seinen Sitz und reichte mir einen länglichen braunen Umschlag. »Ich melde mich«, sagte er. Ich steckte den Umschlag unter mein Jackett und stieg aus dem Wagen. Morphy winkte noch kurz und fuhr dann durch das mittägliche Verkehrschaos davon.

In meinem Zimmer öffnete ich den Umschlag. Er enthielt eine Reihe von Tatortbildern und fotokopierte Auszüge des Polizeiberichts, alles zusammengeheftet. Separat geheftet war eine Kopie des gerichtsmedizinischen Gutachtens. Ein Abschnitt war mit gelbem Textmarker hervorgehoben.

Der Gerichtsmediziner hatte an den Leichen von Tante Marie und Tee Jean Spuren von Ketaminhydrochlorid nachgewiesen, die einer Dosierung von einem Milligramm pro Kilogramm Körpergewicht entsprachen. Laut Gutachten war Ketamin ein eher exotisches Medikament und wurde bei kleineren chirurgischen Eingriffen als Anästhetikum benutzt. Über seine genaue Wirkungsweise wußte man nicht allzuviel, nur daß es ein PCP-Derivat war und auf bestimmte Gehirnregionen und das Zentralnervensystem einwirkte.

Als ich noch bei der Polizei war, wurde es in den Clubs von New York und LA allmählich die angesagte Droge, üblicherweise als Kapsel oder Pille, die man herstellte, indem man das flüssige Betäubungsmittel erhitzte, bis der wäßrige Anteil verdampft war und nur Ketaminkristalle übrigblieben. User beschrieben einen Ketamin-Trip als »Schwimmen im K-Pool«, denn es beeinträchtigte die Körperwahrnehmung und erzeugte ein Gefühl, als schwebe man in einem weichen und gleichzeitig tragenden Medium. Zu den sonstigen Nebenwirkungen zählten Halluzinationen, Trübungen des Raum- und Zeitempfindens und außerkörperliche Erfahrungen.

Der Gerichtsmediziner führte an, daß Ketamin auch zur Bändigung von Tieren eingesetzt wurde, denn es löse Lähmungen aus und betäube den Schmerz, ohne dabei die normalen Rachen- und Kehlkopfreflexe zu beeinträchtigen. Zu diesem Zweck, mutmaßte er, hatte der Mörder Tante Marie und Tee Jean das Medikament injiziert.

Als man sie häutete und sezierte, so schloß das Gutachten, waren Tante Marie und ihr Sohn bei vollem Bewußtsein.

Kapitel 34

Als ich das gerichtsmedizinische Gutachten durchhatte, zog ich mir Sportsachen an und joggte im Riverfront Park gut vier Meilen, immer auf und ab an der Menschenmenge vorbei, die anstand, um einen Ausflug auf dem Raddampfer Natchez zu unternehmen. Seine Dampfpfeifen tönten weit über den Mississippi. Hinterher war ich durchgeschwitzt, und die Knie taten mir weh. Drei Jahre zuvor hätten mir vier Meilen nicht viel ausgemacht. Ich wurde alt, und bald würde ich mich nach einem Rollstuhl umsehen müssen und heraufziehendes Regenwetter in den Gelenken spüren.

Rachel Wolfe hatte im Flaisance die Nachricht hinterlassen, sie käme abends mit dem Flugzeug. Flugnummer und Ankunftszeit standen unten auf dem Zettel. Ich dachte an Joe Bones und entschied, daß Rachel Wolfe auf dem Flug nach New Orleans bestimmt gern etwas Gesellschaft hätte.

Ich rief Angel und Louis an.

Die Familie Aguillard ließ die Leichen von Tante Marie, Tee Jean und Florence später an jenem Tag abholen. Die Mitarbeiter eines Bestattungsunternehmens aus Lafayette schoben Tante Maries Sarg in einen breiten Leichenwagen. Tee Jean und Florence lagen Seite an Seite in einem zweiten.

Die Aguillards, angeführt von Raymond, dem ältesten Sohn, und begleitet von einer kleinen Gruppe von Freunden der Familie, folgten den Leichenwagen in drei Pritschenwagen, dunkelhäutige Männer und Frauen saßen auf Sackleinen zwischen Maschinenteilen und landwirtschaftlichem Gerät. Ich hielt mich hinter ihnen. Sie fuhren vom Highway auf den ausgefurchten Weg, an Tante Maries Haus vorbei, wo das polizeiliche Absperrband leicht im Wind flatterte, und weiter zum Haus von Raymond Aguillard.

Er war ein großer, kräftig gebauter Mann Ende Vierzig oder Anfang Fünfzig, der Fett angesetzt hatte, aber immer noch eine eindrucksvolle Erscheinung war. Er trug einen dunklen Baumwollanzug, ein weißes Hemd und eine schmale schwarze Krawatte. Seine Augen waren vom Weinen rot unterlaufen. Ich hatte ihn kurz in Tante Maries Haus gesehen, in der Nacht, als die Leichen entdeckt wurden; ein starker Mann, der sich nach diesem fürchterlichen Verlust bemühte, seine Familie zusammenzuhalten.

Er sah mich, als die Särge ausgeladen und zum Haus getragen wurden; mit Tante Marie hatte ein Trupp Männer zu tun. Ich fiel auf, denn ich war in der Menge das einzige weiße Gesicht. Eine Frau, vermutlich eine Tochter von Tante Marie, ging, von zwei älteren Frauen gestützt, vorbei und warf mir einen kühlen Blick zu. Als die Verstorbenen ins Haus gebracht waren – ebenfalls ein Pfahlbau aus Holzleisten, ganz ähnlich dem von Tante Marie –, küßte Raymond ein kleines Kreuz, das er an einer Kette um den Hals trug, und kam dann langsam auf mich zu.

»Ich weiß, wer Sie sind«, sagte er, als ich die Hand ausstreckte. Er zögerte einen Augenblick und gab mir dann einen kurzen, festen Händedruck.

»Mein Beileid«, sagte ich. »Es tut mir alles sehr leid.«

Er nickte. »Schon gut.« Er ging weiter, an dem weißen Zaun vorbei, der die Grundstücksgrenze markierte, blieb dann stehen und schaute auf die freie Landstraße hinaus. Über uns flog ein Entenpärchen vorbei und segelte dann mit knappen Flügelschlägen aufs Wasser hernieder. Raymond sah ihnen fast neidisch zu – mit dem Neid, den ein tief trauernder Mensch allem gegenüber empfindet, das von seinem Leid nicht berührt ist.

»Einige meiner Schwestern meinen, Sie hätten diesen Mann hierhergebracht. Sie finden, daß Sie kein Recht haben, hier zu sein.«

»Denken Sie das auch?«

Er antwortete nicht. Dann: »Sie hat gespürt, daß er kommt. Vielleicht hat sie Florence auf die Party geschickt, um sie vor ihm in Sicherheit zu bringen. Und darum hat sie auch Sie hergerufen. Sie hat gespürt, daß er kommt, und ich glaube, sie wußte, wer er ist. Tief in ihrem Innern wußte sie es.« Ihm versagte fast die Stimme.

Er berührte behutsam das Kreuz, strich mit dem Daumen darüber. Ich sah, daß es ursprünglich kunstvoll verziert gewesen war – an den Rändern erkannte man noch Spiralfragmente – und daß es die Hand dieses Mannes im Verlauf der Jahre größtenteils glattgerieben hatte.

»Ich gebe Ihnen nicht die Schuld an dem, was meiner Momma, meinem Bruder und meiner Schwester zugestoßen ist. Meine Momma hat immer getan, was sie für richtig hielt. Sie wollte das Mädchen finden und den Mann aufhalten, der es umgebracht hat. Und Tee Jean ...« Er lächelte wehmütig. »Der Polizist hat gesagt, er hat drei oder vier Schläge von hinten abgekriegt, und trotzdem hatte er blaue Flecke an den Fingerknöcheln, weil er versucht hat, sich gegen diesen Mann zu wehren.«

Raymond hustete, ehe er weitersprach, atmete dann tief durch den Mund ein und legte den Kopf leicht in den Nakken, wie jemand, der unter Schmerzen eine lange Strecke gelaufen war.

»Er hat Ihre Frau und Ihr Kind umgebracht?« sagte er. Es war eher eine Feststellung als eine Frage, aber ich antwortete trotzdem.

»Ja, er hat sie umgebracht. Und wie Sie schon sagten, glaubte Tante Marie, daß er noch ein Mädchen ermordet hat.«

Er fuhr sich mit Daumen und Zeigefinger der rechten Hand in die Augenwinkel und blinzelte eine Träne hervor.

»Ich weiß. Ich hab' sie gesehn.«

Die Welt um mich her schien plötzlich zu schweigen. Das

Vogelgezwitscher, der Wind im Astwerk der Bäume und das ferne Wasserplätschern an den Uferbänken war verklungen, und ich wollte nur noch Raymond Aguillards Stimme hören.

»Sie haben das Mädchen gesehen?«

»Habe ich. Vor drei Nächten, in einem Sumpf in Honey Island. In der Nacht, bevor meine Momma starb. Und auch schon früher. Mein Schwager hat da ein paar Fallen stehen.« Er zuckte mit den Achseln. Honey Island war ein Naturschutzgebiet. »Sind Sie abergläubisch, Mista Parker?«

»Allmählich schon«, erwiderte ich. »Und Sie glauben, daß sie da ist – in Honey Island?«

»Könnte sein. Meine Momma meint, sie wüßte nicht, wo sie ist, nur daß es sie gibt. Sie wußte, daß das Mädchen irgendwo da draußen ist. Ich weiß es einfach nicht, Mista Parker. Ich hab' die Gabe meiner Momma nie verstanden. Aber dann hab' ich sie gesehn, eine Gestalt, draußen in einem Zypressenhain, und ihr Gesicht war irgendwie verdunkelt, als würde jemand eine Hand drüberhalten, und da wußte ich, daß sie es ist.«

Er schaute zu Boden und fing an, mit der Schuhspitze einen Stein aus der Erde zu lösen. Als er ihn frei bekommen und ins Gras gekickt hatte, huschten und krabbelten winzige schwarze Ameisen aus dem Loch, der Eingang zu ihrem Bau war jetzt völlig ungeschützt.

»Andere Leute haben sie auch gesehn, hab' ich gehört, wenn sie fischen waren oder nach dem Schnaps schaun, den sie irgendwo in 'ner Hütte destillieren.« Er sah zu, wie die Ameisen um seinen Fuß herum ausschwärmten und manche ihm auf den Sohlenrand kletterten. Er hob behutsam den Fuß und schüttelte sie ab.

Honey Island war fast dreißigtausend Hektar groß, erklärte mir Raymond. Es war der zweitgrößte Sumpf von Louisiana, vierzig Meilen lang und achtzig Meilen breit. Er gehörte zur Schwemmebene des Pearl River, der die Grenze zwischen Louisiana und Mississippi markiert. Honey Island war besser geschützt als die Everglades in Florida: Ausbaggern war verboten, ebenso Entwässerung und Holzanbau, es durften weder Gebäude noch Dämme errichtet werden, und manche Regionen waren nicht einmal schiffbar. Die Hälfte gehörte dem Staat, ein Teil unterstand der Naturschutzbehörde. Wenn jemand eine Leiche irgendwo loswerden wollte, wo niemand hinkam, von ein paar Touristenbooten einmal abgesehen, dann war Honey Island wohl der ideale Ort dafür.

Raymond schilderte mir, wie man zu dem Sumpf kam, und zeichnete auf einer aufgerissenen Marlboroschachtel eine grobe Kartenskizze.

»Mista Parker, ich weiß, Sie sind ein guter Mann, und es tut Ihnen leid, was passiert ist, aber ich wäre Ihnen dankbar, wenn Sie nicht mehr hier rauskommen würden.« Es klang freundlich, aber die Entschlossenheit in seiner Stimme war nicht zu überhören. »Und sein Sie bitte so freundlich, nicht zur Beerdigung zu kommen. Meine Familie, wir werden lange brauchen, bis wir darüber weg sind.«

Dann steckte er sich die letzte Zigarette aus seinem Päckchen an, nickte mir zum Abschied zu und ging, eine Rauchfahne hinter sich herziehend, zurück zum Haus.

Ich sah ihm nach. Eine Frau mit stahlgrauem Haar kam auf die Veranda und legte ihm einen Arm um die Taille. Er umfaßte ihre Schultern und hielt sie fest, und gemeinsam gingen sie ins Haus. Die Fliegentür schloß sich hinter ihnen. Und als ich vom Haus der Aguillards davonfuhr und eine Staubwolke hinter mir herzog, dachte ich an Honey Island und an die Geheimnisse, die seine grünen Wasser bargen.

Der Sumpf bereitete sich längst darauf vor, seine Geheimnisse preiszugeben. Honey Island würde binnen vierundzwanzig Stunden eine Leiche hervorbringen, aber es würde nicht die eines Mädchens sein.

Kapitel 35

Ich war zu früh in Moisant Field und saß seit gut einer Stunde in der Ankunftshalle, als Rachel Wolfe vom Flugsteig kam. Sie trug eine dunkelblaue Jeans, weiße Leinenturnschuhe und ein rot-weißes Polohemd. Ihr rotes Haar hing ihr lose über die Schultern, und sie war sehr sorgfältig und kaum sichtbar geschminkt.

Das einzige Gepäckstück, das sie selber trug, war eine Umhängetasche aus braunem Leder. Ihr übriges Gepäck schleppten Angel und Louis, die doch recht selbstbewußt links und rechts neben ihr einherschritten, Louis in cremefarbenem Zweireiher und schneeweißem Frackhemd, am Kragen aufgeknöpft, und Angel in Jeans, ausgelatschten, hohen Reebok-Turnschuhen und einem grünkarierten Hemd, das zum letzten Mal vor vielen Jahren in der Fabrik ein Bügeleisen zu spüren bekommen hatte.

»Schau einer an«, sagte ich, als sie vor mir standen. »Das pralle Leben.«

Angel hob die rechte Hand, von der drei dicke Bücherstapel baumelten, mit Schnüren zusammengebunden. Seine Fingerspitzen wurden allmählich lila. »Wir haben auch die halbe New York Public Library mitgebracht.« Er stöhnte. »Zusammengebunden. Ich hab' keine zusammengebundenen Bücher mehr gesehn, seit *Unsere kleine Farm* nicht mehr wiederholt wird.«

Louis hingegen trug einen pinken Damensonnenschirm

und einen Kosmetikkoffer. Er schaute drein wie jemand, der sich nicht anmerken lassen will, daß ein Hund gerade sein Bein fickt. »Kein Wort, Mann«, warnte er mich. »Kein Wort.«

Dann trugen die beiden noch zwei Koffer, zwei lederne Reisetaschen und einen Kleidersack. »Der Wagen steht draußen«, sagte ich und ging mit Rachel zum Ausgang. »Vielleicht kriegen wir das Gepäck gerade so rein.«

»Sie haben mich am Flughafen ausrufen lassen«, flüsterte Rachel. »Sie waren mir eine große Hilfe.« Sie kicherte und schaute über die Schulter. Hinter uns hörte ich, wie Angel über eine Tasche stolperte und laut fluchte.

Wir luden das Gepäck im Flaisance ab, obwohl Louis, wie er sagte, lieber im Fairmont am University Place abgestiegen wäre. Im Fairmont wohnten normalerweise die Republikaner, wenn sie sich in New Orleans versammelten, und das machte für Louis den Reiz aus. Er war der einzige schwule, schwarze, republikanische Verbrecher, den ich kannte.

»Gerald Ford hat im Fairmont gewohnt«, maulte er, als er sich die kleine Suite ansah, die er sich mit Angel teilen sollte.

»Na und?« konterte ich. »Paul McCartney hat im Richelieu gewohnt, und jammer' ich vielleicht rum, daß ich da absteigen will?« Ich ließ die Tür offen und ging zurück in mein Zimmer, um zu duschen.

»Paul wer?« hörte ich Louis sagen.

Mit Rücksicht auf Louis' Ansprüche aßen wir im Grill Room des Windsor Court Hotels, und nach der schlichten Einrichtung der kleinen Lokale im Latin Quarter wurde mir bei Marmorboden und schweren Brokatvorhängen ganz schummrig zumute. Rachel hatte sich umgezogen und trug eine dunkle Hose, eine schwarze Jacke und darunter eine rote Bluse. Das stand ihr gut, aber die schwülwarme Abendluft hatte auch ihr zu schaffen gemacht, und während wir auf den Hauptgang warteten, zupfte sie sich immer wieder die feuchte Bluse vom Leib.

Beim Essen erzählte ich ihnen von Joe Bones und den Fontenots. Um die würden Angel, Louis und ich uns kümmern. Rachel hörte schweigend zu und schaltete sich nur hin und wieder ein, um sich etwas von dem erläutern zu lassen, was Woolrich und Morphy gesagt hatten. In ihrer schönen, flüssigen Handschrift schrieb sie ab und zu etwas in ihr Notizbuch. Einmal strich ihre Hand kurz über meinen Arm, und sie ließ sie dort für einen Moment ruhen, und ich spürte ihre Haut warm auf der meinen.

Ich sah zu, wie sich Angel an der Unterlippe zupfte, während er darüber nachdachte, was ich erzählt hatte. »Dieser Remarr muß ganz schön blöd sein, jedenfalls blöder als unser Mann«, sagte er schließlich.

»Wegen des Fingerabdrucks?« fragte ich.

Er nickte. »Nachlässig, sehr nachlässig.« Er wirkte so enttäuscht wie ein angesehener Theologe, dessen ganzer Berufsstand in Verruf geraten war, weil jemand nachgewiesen hatte, daß es sich bei Jesus um einen Außerirdischen handelte.

Rachel bemerkte seinen Gesichtsausdruck. »Das scheint Sie ja mächtig zu wurmen«, meinte sie. Ich schaute sie an. Sie wirkte amüsiert, aber ihr Blick war berechnend und kühl. Noch während sie Angel in ein Gespräch verwickelte, dem er normalerweise ausgewichen wäre, dachte sie darüber nach, was ich erzählt hatte. Ich war gespannt, wie Angel reagieren würde.

Er strahlte sie an und legte den Kopf zur Seite. »Ich hege ein gewisses berufliches Interesse an diesen Dingen«, gestand er. Er machte auf dem Tisch vor sich Platz und hielt uns die Hände hin.

»Wenn einer irgendwo einsteigt, muß er bestimmte Vorsichtsmaßnahmen treffen«, begann Angel. »Zuallererst muß er – oder sie, denn bei Einbrechern herrscht Gleichberechtigung – selbstverständlich dafür sorgen, daß er oder sie keine Fingerabdrücke hinterläßt. Und wie macht man das?«

»Man trägt Handschuhe«, sagte Rachel. Sie beugte sich vor, beteiligte sich an der Lektion und schob alle anderen Gedanken beiseite.

»Richtig. Niemand, und sei er noch so dumm, betritt einen Ort, an dem er nicht sein sollte, ohne Handschuhe zu tragen. Sonst hinterläßt man latente und sichtbare Abdrükke und unterschreibt gewissermaßen ein Geständnis.«

Sichtbare Abdrücke sind die Spuren, die eine schmutzige oder blutige Hand auf einer Oberfläche hinterläßt, und latente Abdrücke sind die unsichtbaren Spuren durch natürliche Hautabsonderungen. Sichtbare Abdrücke lassen sich fotografieren oder mit Klebefolie abnehmen, und latente müssen eingesprüht werden, normalerweise mit einer Chemikalie wie Joddampf oder Ninhydrinlösung. Elektrostatische und Fluoreszenz-Verfahren können hierbei ebenfalls nützlich sein, und zum Nachweis latenter Abdrücke auf menschlicher Haut können auch spezielle Röntgenkameras verwendet werden.

Aber wenn stimmte, was Angel gesagt hatte, dann war Remarr zu sehr Profi, um so etwas ohne Handschuhe zu wagen und dann nicht nur einen latenten, sondern sogar einen sichtbaren Abdruck zu hinterlassen. Er mußte Handschuhe getragen haben, und dann mußte irgendwas schiefgelaufen sein.

»Zermarterst du dir darüber die Birne, Bird?« meinte Angel mit süffisantem Lächeln.

»Red' weiter, Sherlock, blende uns mit deiner Brillanz«, erwiderte ich.

Das Lächeln wuchs sich zu einem Grinsen aus, und er fuhr fort: »Man kann auch aus dem Innern eines Handschuhs einen Fingerabdruck nehmen, wenn man denn den Handschuh hat. Gummi- und Plastikhandschuhe sind dafür am besten geeignet, darin schwitzt man.

Aber die meisten Leute wissen nicht, daß sich auch die Außenseite des Handschuhs wie ein Fingerabdruck verhalten kann. Nehmen wir mal einen Lederhandschuh: Da gibt es Falten, da gibt es Löcher, da gibt es Kratzer, und da gibt es Risse, und keine zwei Lederhandschuhe sind vollkommen gleich. Bei diesem Remarr haben wir einen Fingerabdruck und keine Handschuhe. Und wenn Remarr nicht dumm wie Brot ist, dann wissen wir, daß er wahrscheinlich Handschuhe getragen und irgendwie trotzdem einen Fingerabdruck hinterlassen hat. Das ist mysteriös.« Er machte eine knappe, ausfächernde Handbewegung, wie ein Zauberer, der ein Kaninchen in einer Rauchwolke verschwinden läßt, und setzte dann einen ernsten Gesichtsausdruck auf.

»Ich vermute, daß Remarr nur ein Paar Handschuhe getragen hat, wahrscheinlich aus Latex. Er hat sich gedacht, das wäre ein Klacks: Entweder würde er die alte Damen und ihren Sohn kaltmachen, oder er würde ihr eine Heidenangst einjagen und vielleicht seine Visitenkarte hinterlassen. Und weil der Sohn, wie ich gehört hab', kein Typ ist, der zuläßt, daß man seiner Momma Angst einjagt, würde ich meinen, daß Remarr mit dem Gedanken reingegangen ist, daß er eventuell wen umlegen muß.

Als er aber hinkommt, sind sie entweder schon tot oder werden gerade umgebracht. Und jetzt würde ich darauf tippen, daß sie schon tot waren. Wenn Remarr den Mörder überrascht hätte, dann wäre Remarr jetzt auch tot.

Also geht Remarr los, mit seinem einzigen Paar Handschuhe, und vielleicht sieht er den Jungen, und das haut ihn um. Er fängt an zu schwitzen. Er geht ins Haus und findet die alte Dame. Rumms! Zweiter Schock. Aber er schaut sich das näher an und stützt sich ab, als er sich über sie beugt. Er hat Blut an den Fingern und überlegt vielleicht, ob er es abwischen soll, aber er denkt sich, wenn er's abwischt, fällt's nur noch mehr auf, und außerdem hat er ja Handschuhe an.

Das Problem ist bloß, daß ein Paar Latexhandschuhe nicht ausreicht. Wenn man sie zu lange trägt, kommen die Fingerabdrücke durch. Noch schneller geht's, wenn man aufgeregt ist und schwitzt. Könnte sein, daß Remarr was gegessen hat, ehe er da rausgefahren ist, irgendwelches Obst oder Pasta mit Essig, davon wird die Haut noch zusätzlich feucht, und jetzt steckt Remarr so richtig in der Scheiße. Er hat einen Fingerabdruck hinterlassen und weiß nicht mal davon, und außerdem wollen die Bullen und das FBI und so schwierige Leute wie wir ihn deswegen aushorchen. Ta-da!« Er verbeugte sich knapp aus der Hüfte heraus. Rachel applaudierte ihm.

»Faszinierend«, sagte sie. »Sie müssen viele Bücher gelesen haben.« Ihr Tonfall war ausgesprochen ironisch.

»Schön wär's. Barnes and Noble wäre ja froh. Dann wären die ganzen gestohlenen Schwarten doch noch zu was nutze«, meinte Louis.

Angel achtete nicht auf ihn. »Vielleicht hab' ich mich in jüngeren Jahren mal darin versucht.«

»Haben Sie in Ihren ›jüngeren‹ Jahren sonst noch etwas gelernt?« fragte Rachel lächelnd.

»So manches, und ich hab' auch ein paar harte Brocken geschluckt«, sagte Angel wehmütig. »Das Wichtigste, was ich je gelernt hab', ist: Man soll sich an nichts klammern. Wenn man's nicht hat, kann einem keiner was nachweisen.

Und dabei war die Versuchung manchmal groß. Da gab es mal diese Figur eines Ritters auf einem Pferd. Frankreich, siebzehntes Jahrhundert. Aus Gold und mit Diamanten und Rubinen besetzt. Ungefähr so groß.« Er hielt die flache Hand gut fünfzehn Zentimeter über die Tischplatte. »Das war das Schönste, was ich je gesehen hab'.« Bei der Erinnerung daran strahlte er wie ein kleiner Junge.

Er lehnte sich auf seinem Stuhl zurück. »Aber ich hab' sie weggegeben. Letztendlich muß man sich von allem trennen. Man bereut am meisten, woran man sich geklammert hat.«

»Also ist nichts es wert, daß man daran festhält?« fragte Rachel.

Angel schaute Louis eine Weile an. »Doch, manches schon, aber das ist nicht aus Gold.«

»Wie ausgesprochen romantisch«, sagte ich. Louis tat, als hätte er sich an seinem Wasser verschluckt.

Der Rest Kaffee in unseren Tassen war kalt. »Fällt Ihnen dazu noch was ein?« fragte ich Rachel, als Angel damit fertig war, sich in Szene zu setzen.

Sie schaute noch einmal ihre Notizen durch und zog die Stirn leicht in Falten. Sie hielt ein Glas Rotwein in der Hand, und ein Lichtstrahl fing sich darin und zog eine dunkelrote Spur über ihre Brust, wie eine Wunde.

»Sie sagten, Sie hätten Fotos, Tatortfotos?« fragte sie.

Ich nickte.

»Dann würde ich mich lieber raushalten, bis ich die gesehen habe. Ich habe eine Idee, die darauf beruht, was Sie mir am Telefon erzählt haben, aber ich würde sie lieber für mich behalten, bis ich die Bilder gesehen und noch ein paar Nachforschungen angestellt habe. Aber eins habe ich tatsächlich.« Sie holte ein zweites Notizbuch aus der Tasche und schlug es an der Stelle auf, wo ein gelber Merkzettel klebte. »›Wie habe ich sie begehrt, aber das war stets die Schwäche unsrer Gattung‹«, las sie vor. »›Unsere Sünde war nicht der Hochmut, sondern die Gier nach Menschen.‹«

Sie drehte sich zu mir um, aber ich hatte die Worte schon erkannt. »Das waren die Worte dieses ›fahrenden Mannes‹, als er Sie angerufen hat«, sagte sie. Ich sah, daß Angel und Louis sich vorbeugten. »Ich habe einen Theologen aus dem erzbischöflichen Palais gebraucht, um den Bezug herauszufinden. Das ist ziemlich obskur, zumindest, wenn man kein Theologe ist.« Sie hielt inne und fragte dann: »Weshalb wurde der Teufel aus dem Himmel verbannt?«

»Hochmut«, sagte Angel. »Das hat uns Schwester Agnes so erzählt.«

»Wegen Hochmut, ja«, sagte Louis und warf Angel einen Blick zu. »Das hat uns *Milton* so erzählt.«

»Wie dem auch sei«, sagte Rachel leicht gereizt. »Sie haben recht, oder teilweise recht. Von Augustinus an ist der Hochmut die Sünde des Teufels. Aber vor Augustinus gab es einen anderen Standpunkt. Bis ins vierte Jahrhundert wurde das Buch Henoch als Teil des biblischen Kanons angesehen. Über seine Ursprünge streiten sich die Gelehrten – es könnte in Hebräisch abgefaßt sein oder in Aramäisch oder in einer Mischung aus beidem –, aber jedenfalls scheint es die Grundlage für einige Vorstellungen zu sein, die man auch in der heutigen Bibel noch antrifft. Die Idee des Jüngsten Gerichts beruht eventuell auf Henochs Bilderreden. Auch die glühendheiße Hölle, in der Satan regiert, taucht zum ersten Mal bei Henoch auf.

Für uns ist aber interessant, daß Henoch die Sünde des

Teufels anders sieht.« Sie blätterte in ihrem Notizbuch weiter und begann vorzulesen: »›Als aber die Menschen sich zu mehren begannen auf Erden und ihnen Töchter geboren wurden, da sahen die Gottessöhne, wie schön die Töchter waren, und nahmen sich zu Frauen, welche sie wollten ...‹«

Sie schaute hoch. »Das ist von Henoch. Die ›Gottessöhne‹ waren die Engel, die gegen Gottes Willen sexuellen Gelüsten erlagen. Der Anführer der sündigen Engel, der Teufel, wurde in ein dunkles Loch in der Wüste geworfen, und seine Mittäter warf man zur Strafe ins Feuer. Ihre Nachkommen, ›die Riesen auf Erden‹, gingen ebenfalls unter. Der Märtyrer Justin glaubte, daß die Kinder aus der Vereinigung von Engeln und Menschenfrauen schuld an allem Bösen auf der Welt seien, auch an Mord.

Mit anderen Worten: Gier war die Sünde des Teufels. Die Gier nach Menschen, die ›Schwäche unsrer Gattung‹«. Sie klappte ihr Notizbuch zu und gestattete sich ein kurzes, triumphierendes Lächeln.

»Also hält sich dieser Typ für einen Dämon«, sagte Angel schließlich.

»Oder für den Nachkommen eines Engels«, fügte Louis hinzu. »Kommt ganz drauf an, wie man's sieht.«

»Was er auch ist oder wofür er sich hält – das Buch Henoch wird wohl kaum in Oprahs Buchtips auftauchen«, sagte ich. »Haben Sie irgendeine Idee, woher er das haben könnte?«

Rachel schlug wieder das Notizbuch auf. »Das Aktuellste, was ich finden konnte, ist eine Ausgabe, die 1983 in New York erschienen ist: *The Old Testament Pseudepigrapha: Enoch*, herausgegeben, passenderweise, von einem Typ namens Isaac«, sagte sie. »Es gibt auch noch eine ältere Übersetzung aus Oxford, 1913 veröffentlicht, von R.H. Charles.«

Ich notierte mir die Namen. »Woolrich oder Morphy können sich vielleicht bei der University of New Orleans erkundigen, ob hier irgend jemand Interesse an diesem obskuren Zweig der Bibelwissenschaft bekundet hat. Woolrich könnte die Suche auch auf die anderen Unis ausweiten. Das ist doch ein Anfang.«

Wir zahlten und gingen. Angel und Louis machten sich ins Lower Latin Quarter auf, um sich im Schwulen-Nachtleben umzutun, und Rachel und ich spazierten zurück zum Flaisance. Wir schwiegen eine Weile und waren uns beide bewußt, daß wir kurz davor waren, einander näherzukommen.

»Ich habe so das Gefühl, daß ich nicht fragen sollte, wie die beiden ihren Lebensunterhalt bestreiten«, sagte Rachel, als wir an einer Kreuzung stehenblieben.

»Besser nicht. Sie sind Freiberufler, mehr sollte man dazu nicht sagen.«

Sie lächelte. »Sie scheinen Ihnen irgendwie treu verbunden zu sein. Das ist ungewöhnlich. Ich weiß nicht, ob ich das verstehe.«

»Ich hab' früher mal was für sie getan, aber wenn es da je eine Schuld gab, dann ist sie längst beglichen. Heute verdanke ich den beiden eine Menge.«

»Und trotzdem sind sie hier. Sie kommen, wenn man sie darum bittet.«

»Ich glaube, das hat nicht nur was mit mir zu tun. Sie machen das, was ihnen gefällt. Das Abenteuer reizt sie und die Gefahr. Sie sind beide gefährliche Kerle, jeder auf seine Weise. Ich glaube, deshalb sind sie gekommen: Sie wittern die Gefahr und wollen dabeisein.«

»Vielleicht sehen sie so was auch in Ihnen.«

»Ich weiß es nicht. Kann schon sein.«

Wir gingen über den Innenhof des Flaisance und blieben kurz stehen, um die Hunde zu kraulen. Rachels Zimmer war drei Türen von meinem entfernt. Zwischen unseren Zimmern befanden sich das von Angel und Louis und ein nicht belegtes Einzelzimmer. Sie öffnete die Tür und blieb auf der Schwelle stehen. Von drinnen kam der kalte Luftzug der Klimaanlage, die ich auf vollen Touren arbeiten hörte.

»Ich weiß immer noch nicht so recht, warum Sie hier sind«, sagte ich. Mein Hals fühlte sich trocken an, und ich war mir nicht sicher, ob ich darauf eine Antwort hören wollte.

»Ich weiß es auch noch nicht«, sagte sie. Sie stellte sich auf die Zehenspitzen und küßte mich zärtlich auf den Mund, und dann war sie verschwunden.

Ich ging auf mein Zimmer, nahm einen Band der Schriften von Sir Walter Ralegh aus meiner Tasche und ging ins Napoleon House, wo ich mich unter dem Porträt des Kleinen Korporals niederließ. Ich wollte nicht auf meinem Bett liegen und daran denken, daß Rachel Wolfe ganz in der Nähe war. Ihr Kuß und der Gedanke daran, was dem folgen mochte, hatte mich erregt und durcheinandergebracht.

Fast bis zum Schluß waren Susan und ich uns unglaublich vertraut. Als mein Suff dann wirklich an uns zu zehren begann, verschwand diese Vertrautheit. Wenn wir miteinander schliefen, gab es keine vollkommene Hingabe mehr. Vielmehr war es, als würden wir einander beim Sex argwöhnisch belauern und immer etwas zurückhalten, immer damit rechnen, daß es wieder Ärger gab, um dann in die Geborgenheit unseres jeweiligen Egos zurückzuschnellen.

Und doch hatte ich sie geliebt. Ich liebte sie bis zuletzt und liebte sie immer noch. Als der fahrende Mann sie nahm, durchschnitt er die körperlichen und emotionalen Bande zwischen uns, aber die letzten Fasern dieser Bande spürte ich noch, sie pochten wund an den fernsten Rändern meiner Wahrnehmung.

Vielleicht geht das allen so, die jemanden verlieren, den sie innig lieben. Man fängt noch einmal ganz von vorne an, wenn man Verbindung aufnimmt zu einem möglichen neuen Partner, einer neuen Freundin, und baut dabei nicht nur eine Beziehung, sondern auch sich selbst wieder auf.

Aber meine Frau und meine Tochter ließen mich nicht los. Ich spürte nicht nur die Leere und den Verlust, nein, sie waren in meinem Leben wirklich gegenwärtig. Mir war, als würde ich, an den Rändern meines Lebens, einen Blick auf sie erhaschen, wenn ich in den Schlaf dämmerte oder erwachte. Manchmal versuchte ich mich davon zu überzeugen, es seien nur Phantome meiner Schuldgefühle, Geschöpfe geistiger Unausgeglichenheit.

Und doch hatte ich Susan aus Tante Marie sprechen gehört, und einmal war ich, wie in einem Bild aus einem Fieberwahn, in der Dunkelheit erwacht und hatte ihre Hand auf meinem Gesicht gespürt und einen Hauch von ihrem Duft im leeren Bett neben mir gerochen. Und mehr noch, ich sah in jeder jungen Frau und jedem kleinen Mädchen etwas von ihnen. Im Lachen einer jungen Frau hörte ich Susans Stimme. In den Schritten eines kleinen Mädchens hörte ich den Widerhall der Schritte meiner Tochter.

Ich empfand etwas für Rachel Wolfe, fühlte mich zu ihr hingezogen, war ihr dankbar und sehnte mich nach ihr. Ich wollte mit ihr zusammensein, aber erst, so dachte ich, wenn meine Frau und Tochter in Frieden ruhten.

Kapitel 36

In dieser Nacht starb David Fontenot. Seinen Wagen, einen uralten Jensen Interceptor, fand man am Highway 190, der um Honey Island herum zum Ufer des Pearl River führt. Die Vorderreifen des Autos waren platt, und die Türen standen offen. Die Windschutzscheibe war zertrümmert, das Wageninnere übersät mit 9-mm-Löchern.

Die beiden Polizisten aus St. Tammany folgten einer Spur aus abgeknickten Zweigen und niedergedrückten Büschen zu einer alten Trapperhütte aus Treibholzplanken, deren Blechdach fast komplett von herabhängendem Spanischem Moos überwuchert war. Von dort aus schaute man über ein von Gummibäumen gesäumtes Bayou, das Wasser sämig vor hellgrüner Entengrütze, und hörte Stock- und Brautenten.

Die Hütte stand seit langem leer. Kaum jemand stellte in Honey Island noch Fallen auf. Die meisten waren weiter in die Bayous ausgewichen und jagten Biber, Rotwild und auch Alligatoren.

Als die Männer näher kamen, hörten sie Geräusche aus der Hütte; Poltern und Stampfen und lautes Schnauben drang aus der offenstehenden Tür.

»Wildschweine«, sagte einer der Deputys.

Der Bankangestellte neben ihm, der sie gerufen hatte, entsicherte seine Ruger-Flinte.

»Scheiße, damit kommen Sie doch nicht gegen ein Wildschwein an«, sagte der zweite Deputy. Der Einheimische, ein fülliger Mann mit schütterem Haar, der ein *Tulane-Green-Wave*-T-Shirt und eine noch fast neue Jagdjacke trug, wurde rot. Er hatte eine 77V mit Zielfernrohr in der Hand, die sie daheim in Maine ›*Varmint Rifle*‹ nannten. Sie war für Kleintiere geeignet, und manche Polizeidienststellen setzten sie auch als Scharfschützengewehr ein, aber einen anstürmenden Keiler würde sie nicht aufhalten, wenn der erste Schuß nicht hundertprozentig traf.

Sie waren nur noch wenige Schritte von der Hütte entfernt, als das Wildschwein sie witterte. Es kam aus der offenen Tür gestürmt, die kleinen, heimtückischen Augen funkelten, und Blut tropfte ihm von der Schnauze. Der Mann mit der Ruger sprang ins Bayou, um ihm auszuweichen, als es auf ihn losging. Das Wildschwein wirbelte herum, von den bewaffneten Männern am Ufer eingekeilt, senkte dann den Kopf und griff an.

Ein Knall hallte durchs Bayou, dann noch einer, und das Wildschwein ging zu Boden. Ein Großteil seiner Schädeldecke war fort, und es zuckte noch kurz und scharrte Erde auf, bis es sich schließlich nicht mehr regte. Der Deputy pustete theatralisch den Rauch von der Mündung seines Colt Anaconda, warf mit dem Stern die verschossenen .44er Magnum-Hülsen aus und lud nach.

»Herrgott«, hörte man seinen Partner sagen. Er stand in der offenen Tür der Hütte, die Waffe an seiner Seite. »Das Schwein hat ihn ganz schön zugerichtet, aber es ist trotzdem noch Dave Fontenot.«

Das Wildschwein hatte einen Großteil von Fontenots Gesicht zerfressen, und ein Teil seines rechten Arms war abgenagt, aber selbst diese Bißschäden konnten den Umstand nicht verhehlen, daß jemand David Fontenot aus seinem Wagen geholt, durch den Wald gescheucht, in der Hütte gestellt und in den Unterleib, die Knie, die Ellbogen und den Kopf geschossen hatte.

»Mann«, sagte der Wildschweinschütze und atmete tief durch. »Wenn Lionel das hört, ist der Teufel los.«

Ich erfuhr das meiste davon aus einem hektischen Telefongespräch mit Morphy und noch etwas mehr von WDSU, dem örtlichen Partnersender von NBC. Hinterher frühstückten Angel, Louis und ich im Mother's in der Poydras Street. Rachel hatte kaum die Kraft aufgebracht, ans Telefon zu gehen, als wir auf ihrem Zimmer angerufen hatten, und wollte lieber ausschlafen und später etwas essen.

Louis, der einen elfenbeinfarbenen Leinenanzug und ein weißes T-Shirt trug, bestellte, wie ich auch, Bacon, selbstgebackene Brötchen und starken Kaffee dazu, und Angel hielt sich an Eier mit Schinken und Hafergrütze.

»Grütze is' was für Greise, Angel«, meinte Louis. »Für Greise und Kranke.«

Angel wischte sich einen weißen Grützebart vom Kinn und zeigte Louis den Mittelfinger.

»So früh am Morgen ist er nicht sonderlich wortgewandt«, meinte Louis. »Sonst auch nicht, aber morgens hat er wenigstens 'ne Entschuldigung dafür.«

Angel hielt Louis erneut den Mittelfinger hin, schabte sein Schälchen leer und schob es beiseite. »Du meinst also, Joe Bones hat zum Präventivschlag gegen die Fontenots ausgeholt?« fragte er.

»Sieht ganz so aus«, antwortete ich. »Morphy meint, er hätte Remarr auf die Sache angesetzt. Hat ihn aus seinem Versteck geholt und dann wieder verschwinden lassen. So einen Job würde er keinem anderen geben. Aber ich begreife nicht, was David Fontenot so ganz alleine draußen in Honey Island getrieben hat. Er hätte doch wissen müssen, daß ihm Joe Bones bei der erstbesten Gelegenheit ein Ding verpassen würde.«

»Könnte es sein, daß einer seiner eigenen Leute ihn reingelegt hat, ihn unter irgendeinem fiesen Vorwand da rausgeschickt und Joe Bones gesagt hat, daß er kommen würde?« fragte Angel.

Das klang plausibel. Wenn irgend jemand Fontenot nach Honey Island gelockt hatte, dann mußte es jemand sein, dem er so sehr vertraute, daß er die Reise unternahm. Genauer gesagt, mußte ihm dieser Jemand etwas angeboten haben, das Fontenot haben wollte und dessentwegen er es riskieren würde, nachts in das Naturschutzgebiet zu fahren.

Ich erzählte Angel und Louis nichts davon, aber es bereitete mir Sorgen, daß sowohl Raymond Aguillard als auch David Fontenot innerhalb nicht mal eines Tages, jeder auf seine Weise, mein Augenmerk auf Honey Island gerichtet hatten. Ich dachte mir, nachdem ich mit Joe Bones gesprochen hatte, würde ich Lionel Fontenot in seiner Trauer stören müssen.

Mein Handy klingelte. Es war der Portier des Flaisance, der uns mitteilte, daß für einen »Mr. Louis« eine Lieferung gekommen sei und ein Kurier auf eine Unterschrift warte. Wir nahmen ein Taxi zurück zum Hotel. Draußen stand ein schwarzer Transporter quer auf dem Bordstein.

»Der Kurier«, sagte Louis, doch der Lieferwagen war nicht beschriftet, und man konnte nicht erkennen, daß es sich um einen Geschäftswagen handelte.

Der Portier saß nervös im Foyer und beobachtete den hünenhaften Schwarzen, der sich in einen Sessel gezwängt hatte. Sein Kopf war kahlrasiert, und er trug ein schwarzes T-Shirt, das quer über die Brust in ausgezackten Buchstaben die Aufschrift ›Klan Killer‹ zierte. Seine schwarze Militärhose war unten in Springerstiefel gestopft. Zu seinen Füßen lag ein großer Stahlbehälter, verriegelt und verschlossen.

»Brother Louis«, sagte er und stand auf. Louis zog seine Brieftasche raus und reichte ihm drei Hundert-Dollar-Scheine. Der Mann stopfte sich das Geld in die Seitentasche seiner Militärhose, zog dann aus derselben Tasche eine Ray-Ban-Sonnenbrille, setzte sie auf und schlenderte hinaus in den Sonnenschein.

Louis wies auf den Behälter. »Würden die Herren den bitte hoch aufs Zimmer bringen«, sagte er. Angel und ich nahmen je ein Ende und folgten ihm zur Suite. Der Behälter war schwer, und beim Gehen klapperte etwas darin.

»Diese UPS-Kuriere werden aber auch immer größer«, meinte ich, als er die Tür aufschloß.

»Das ist ein spezialisierter Lieferdienst«, sagte Louis.

»Für manche Dinge haben Fluggesellschaften einfach kein Verständnis.«

Als er die Tür hinter uns abgeschlossen hatte, holte er einen Schlüsselbund aus seiner Anzugtasche und schloß den Behälter auf.

Er war in drei Schichten unterteilt, die sich wie bei einem Werkzeugkasten aufklappen ließen. In der oberen befanden sich die Einzelteile eines Mauser SP66, eines großkalibrigen Scharfschützengewehrs mit 3-Schuß-Magazin und aufgesetzter Mündungsbremse mit integriertem Mündungsfeuerdämpfer. Die Teile waren in einem herausnehmbaren Etui verstaut. In einem passenden Fach daneben lagen eine SIG P226-Pistole und ein Gürtelholster.

In der zweiten Schicht befanden sich zwei Calico-M-960A-Minimaschinenpistolen, hergestellt in den guten alten USA, mit kurzem Rohr, das nicht einmal drei Zentimeter über das vordere Gehäuseende hinausragte. Mit ausgezogener Schulterstütze waren sie kaum länger als sechzig Zentimeter und wogen ohne Munition knapp über zwei Kilo. Sie konnten 750 Schuß pro Minute abgeben und waren ausgesprochen tödliche kleine Waffen. Die dritte Schicht enthielt ein Munitionssortiment, darunter vier Hundert-Schuß-Magazine, 9 mm Parabellum, für die Maschinenpistolen.

»Weihnachtsgeschenk?« fragte ich.

»Ja«, sagte Louis und schob ein Fünfzehn-Schuß-Magazin in den Kolben der SIG. »Zum Geburtstag krieg' ich hoffentlich 'ne Rail-Gun.«

Er reichte Angel das Etui mit der Mauser, band sich das Gürtelholster um und schob die SIG hinein. Dann verschloß er den Behälter und ging damit ins Badezimmer. Wir sahen zu, wie er mit einem Schraubenzieher die Verkleidung unter dem Waschbecken löste, den Behälter in die Lücke schob und die Blende dann wieder anbrachte.

»Meinst du, Joe Bones wird sich freuen, wenn plötzlich ein paar Fremde bei ihm vor der Tür stehen?« fragte Angel, als wir zu meinem Mietwagen gingen.

»Wir sind keine Fremden«, entgegnete Louis. »Wir sind bloß Freunde, die er noch nicht kennengelernt hat.«

Joe Bones besaß drei Grundstücke in Louisiana, darunter ein Wochenendhaus in Cypremort Point, wo seine Anwesenheit bei den respektableren Wochenendgästen, deren kostspielige Ferienhäuser so neckische Namen wie *Eaux-Asis* und *End of Trail* trugen, wohl einige Beklommenheit auslöste.

Sein Stadthaus befand sich auf der anderen Seite des Audubon Park, fast gegenüber der Haltestelle, von der ein Bus die Touristen im Pendelverkehr zum New Orleans Zoo brachte. Ich war mit der St.-Charles-Straßenbahn hingefahren, um mir das Haus anzusehen, ein blendend weißes Gebäude im Zuckerbäckerstil, verziert mit schwarzen, schmiedeeisernen Balkonen und einer Kuppel mit einer vergoldeten Wetterfahne obendrauf. Joe Bones paßte dorthin wie eine Kakerlake in eine Hochzeitstorte. In dem sorgfältig gepflegten Garten blühte eine üppige Pflanze, deren Namen ich nicht kannte. Die Blüte war so riesig und rot, daß sie eher zu faulen als zu blühen schien, und es stank so abscheulich, als wären alle Knospen aufgeplatzt und als würden giftige Säfte daraus hervorquellen, um die Blattläuse zu töten.

Joe Bones war für den Sommer in eine restaurierte Plantagenvilla im West Feliciana Parish gezogen, über hundert Kilometer nördlich von New Orleans. Weil zunehmend Feindseligkeiten mit den Fontenots drohten, hatte er beschlossen, in West Feliciana zu bleiben, denn sein Landhaus ließ sich besser verteidigen als der Besitz in der Stadt.

Es war eine weiße Villa, die auf acht Säulen ruhte, umgeben von einem sechzehn Hektar großen Grundstück, das an zwei Seiten an Flüsse grenzte, die weiter südlich in den Mississippi mündeten. Vier große Fenster gingen auf eine breite Galerie hinaus, und oben ins Dach waren zwei Mansardenfenster eingelassen. Von einem schwarzen Eisentor aus führte eine Eichenallee durch einen mit Kamelien und Azaleen bepflanzten Garten auf eine riesige Rasenfläche. Auf dem Rasen standen ein paar Leute um einen Grill oder saßen auf eisernen Gartenmöbeln.

Wir hielten vor dem Tor, und im Umkreis von ein paar Metern entdeckte ich drei Überwachungskameras. Angel hatten wir eine halbe Meile zuvor abgesetzt, als wir zum ersten Mal am Anwesen vorbeigefahren waren, und er war schon zu dem Zypressenhain unterwegs, der vor dem Tor begann. Falls bei Joe Bones irgendwas schiefging, fand ich, wäre Louis mir eine größere Hilfe.

Eine vierte Kamera war direkt aufs Tor gerichtet. Es gab keine Wechselsprechanlage, und das Tor blieb verschlossen, auch als Louis und ich uns vor den Wagen stellten und winkten.

Zwei oder drei Minuten später kam ein umgebauter Golfwagen hinter dem Haus hervor und surrte die Eichenallee hinab auf uns zu. Drei Männer in Chinohosen und Freizeithemden stiegen ab. Sie versuchten erst gar nicht, ihre Steyr-Maschinenpistolen zu verbergen.

»Tag«, sagte ich. »Wir wollen zu Joe Bones.«

»Hier gibt's keinen Joe Bones«, sagte einer der Männer. Er war braungebrannt und klein, höchstens einsachtundsechzig. Sein Haar war straff zurückgebunden, was ihm ein reptilienhaftes Aussehen verlieh.

»Wie wär's mit Mr. Joseph Bonnano? Ist der zu sprechen?«

»Wer sind Sie? Bullen?«

»Wir sind besorgte Bürger. Wir hatten gehofft, daß Mr. Bones der David-Fontenot-Begräbnisstiftung etwas spenden würde.«

»Hat er schon«, sagte der Typ neben dem Golfwagen, eine fettere Version des Echsenmanns. Seine Kollegen am Tor lachten.

Ich trat näher ans Tor heran. Der Echsenmann hob schnell die Waffe.

»Sagen Sie Joe Bones, daß Charlie Parker hier ist, daß ich am Sonntagabend im Haus der Aguillards war und Remarr suche. Meinen Sie, der Scherzkeks da hinten kann sich das alles merken?«

Er verließ das Tor und richtete es dem Typ am Golfwagen aus, ohne uns dabei aus den Augen zu lassen. Der nahm ein Funkgerät vom Rücksitz, sprach kurz hinein und nickte dann dem Echsenmann zu. »Ihr sollt sie reinlassen, Ricky.«

»Okay«, sagte Ricky und zog eine Fernsteuerung aus der Tasche. »Treten Sie vom Tor zurück, drehen Sie sich um, und legen Sie die Hände auf den Wagen. Wenn Sie bewaffnet sind, dann sagen Sie's jetzt. Wenn ich irgendwas bei Ihnen finde, wovon Sie mir nichts gesagt haben, kriegen Sie 'n Kopfschuß und werden an die Alligatoren verfüttert.«

Wir gaben eine Smith & Wesson und eine SIG zu. Louis legte noch ein Messer obendrauf, das er am Unterschenkel trug. Wir ließen das Auto vor dem Tor stehen und gingen hinter dem Golfwagen her zum Haus. Ein Mann hintendrauf richtete seine Pistole auf uns, und Ricky bildete das Schlußlicht.

Als wir dem Rasen näher kamen, roch ich gegrillte Shrimps und Hähnchen. Auf einem Eisentisch war eine kleine Bar aufgebaut. In einem Stahlkühler voller Eis lagen Abita- und Heinekenflaschen.

Neben dem Haus ertönte ein tiefes Knurren, heimtükkisch und bedrohlich. Am Ende einer dicken Kette, die an einem in Beton eingegossenen Bolzen befestigt war, stand ein riesenhaftes Tier. Es hatte den dichten Pelz eines Wolfs und war gefleckt wie ein Schäferhund. Sein Blick war klar und intelligent, was seine offensichtliche Wildheit noch bedrohlicher machte. Der Hund sah nach mindestens neunzig Kilo aus. Jedesmal, wenn er an der Kette zerrte, drohte er den Bolzen aus der Erde zu reißen.

Mir fiel auf, daß seine Aufmerksamkeit hauptsächlich Louis galt. Er starrte ihn eindringlich an und hob sich einmal sogar auf die Hinterläufe, um nach ihm zu schnappen. Louis betrachtete ihn mit dem unvoreingenommenen Interesse eines Wissenschaftlers, der in seiner Petrischale einen neuen, seltsamen Bakterientypus entdeckt hat.

Joe Bones spießte mit einer Gabel ein Stück mariniertes Hähnchen auf und gab es auf einen Porzellanteller. Er war kaum größer als Ricky und trug sein langes, dunkles Haar nach hinten gekämmt. Seine Nase war mindestens einmal gebrochen worden, und eine kleine Narbe teilte links seine Oberlippe. Sein weißes Hemd war bis zur Taille aufgeknöpft und hing über Joggingshorts aus Lycra. Er hatte einen Waschbrettbauch, und Brust und Arme waren für einen Mann von seiner Größe etwas überproportioniert. Er wirkte fies und gerissen, wie das Vieh an der Kette, was wahrscheinlich erklärte, wie er sich seit zehn Jahren als die Nummer eins von New Orleans behaupteten konnte.

Er gab noch ein paar Tomatenscheiben, grünen Salat und kalten Reis mit Paprika zu dem Hähnchen und reichte den Teller dann einer Frau, die neben ihm saß. Sie war älter als Joe; ich schätzte sie auf Anfang oder Mitte Vierzig. Die Wurzeln ihrer blonden Haare ließen keinen dunkleren Farbton erkennen, und sie war nicht oder doch kaum geschminkt; eine Sonnenbrille verbarg ihre Augen. Sie trug einen kurzärmligen Morgenrock aus Seide und darunter eine weiße Bluse und weiße Shorts. Wie Joe Bones war sie barfuß. Neben ihnen standen zwei weitere Männer in Hemd und Chinohose, jeder mit einer Maschinenpistole bewaffnet. Ich zählte noch zwei auf dem Balkon und einen, der neben der Haustür saß.

»Möchten Sie was essen?« fragte Joe Bones. Seine Stimme war tief, und er sprach nur mit minimalem Louisiana-Akzent. Er schaute mich an und wartete auf eine Antwort.

»Nein danke«, sagte ich. Mir fiel auf, daß er Louis nichts anbot. Und Louis fiel das auch auf.

Joe Bones lud sich selbst Shrimps und Salat auf und bedeutete den beiden Wachen dann mit einer Handbewegung, sie dürften sich den Rest teilen. Sie gingen nacheinander an den Grill und aßen Hähnchenschenkel aus der Hand.

»Diese Aguillard-Morde. Eine schreckliche Sache«, sagte Joe Bones. Er bot mir den einzigen Stuhl an, der noch frei war, nachdem er sich gesetzt hatte. Ich tauschte einen Blick mit Louis, zuckte mit den Achseln und setzte mich.

»Entschuldigen Sie bitte, daß ich ein so vertrauliches Thema anspreche«, fuhr er fort, »aber ich habe gehört, daß derselbe Mann wahrscheinlich auch schuld am Tod Ihrer Familie ist.« Er lächelte beinahe mitfühlend. »Eine schreckliche Sache«, sagte er noch mal. »Eine schreckliche Sache.«

Ich hielt seinem Blick stand. »Sie sind über meine Vergangenheit gut unterrichtet.«

»Wenn jemand neu in die Stadt kommt und plötzlich Leichen in den Bäumen findet, lasse ich es mir angelegen sein, etwas über ihn zu erfahren. So jemand ist bestimmt ein interessanter Gesprächspartner.« Er nahm eine Garnele von seinem Teller und betrachtete sie kurz, ehe er sie verspeiste.

»Soviel ich weiß, sind Sie daran interessiert, das Land der Aguillards zu kaufen«, sagte ich.

Joe Bones nuckelte an einer weiteren Garnele und legte den Schwanz sorgsam auf den Tellerrand, bevor er antwortete. »Ich bin an manchem interessiert, und es war nie das Land der Aguillards. Bloß weil ein seniler Idiot alle Bosheiten seines Lebens gutmachen will, indem er das Land den Niggern zuschlägt, ist es noch längst nicht Niggerland.« Das Wort »Nigger« spie er jedesmal aus. Seine höfliche Schale hatte sich als bemerkenswert zerbrechlich erwiesen, und anscheinend wollte er Louis mutwillig provozieren. Das war ausgesprochen unklug, selbst angesichts der ganzen Waffen seiner Männer.

»Offenbar ist einer Ihrer Männer, Tony Remarr, in der Nacht, als die Aguillards umgekommen sind, in dem Haus gewesen. Wir würden uns gern mit ihm unterhalten.«

»Tony Remarr gehört meinem Unternehmen nicht mehr an«, sagte Joe Bones und kehrte nach dem unflätigen Ausbruch zu einer gepflegten Ausdrucksweise zurück. »Wir haben uns in gegenseitigem Einvernehmen getrennt, und ich habe ihn seit Wochen nicht gesehen. Ich hatte keine Ahnung, daß er im Haus der Aguillards war, bis die Polizei mir davon erzählt hat.«

Er lächelte mich an. Ich lächelte zurück.

»Hat Remarr etwas mit dem Tod von David Fontenot zu tun?«

Joe Bones' Wangen spannten sich, aber er lächelte weiter. »Ich habe keine Ahnung. Ich habe heute morgen aus den Nachrichten davon erfahren.«

»Noch so eine schreckliche Sache?« meinte ich.

»Es ist immer schrecklich, wenn jemand jung stirbt«,

erwiderte er. »Sehen Sie, das mit Ihrer Frau und Ihrem Kind tut mir wirklich leid, das können Sie mir glauben, aber ich kann Ihnen nicht helfen. Und offen gesagt, werden Sie allmählich unverschämt, und deshalb nehmen Sie jetzt bitte Ihren Nigger und verpissen sich von meinem Grund und Boden.«

Louis' Halsmuskulatur zuckte leicht, das einzige Anzeichen, daß er Joe Bones gehört hatte. Joe Bones schaute ihn schräg von der Seite an, nahm ein Stück Hähnchenfleisch und warf es der angeketteten Bestie hin. Der Hund ignorierte den Leckerbissen, bis sein Herrchen mit den Fingern schnippte, dann stürzte er sich darauf und verschlang es auf einen Satz.

»Wissen Sie, was das für einer ist?« fragte Joe Bones. Er sprach mit mir, aber seine Körpersprache war auf Louis gerichtet. Sie drückte absolute Verachtung aus. Als ich nicht antwortete, fuhr er fort.

»Diese Rasse heißt Boerbull. Ein gewisser Peter Geertschen, ein Deutscher, hat sie für die südafrikanische Armee und Bereitschaftspolizei gezüchtet, indem er einen russischen Wolf mit einem Schäferhund kreuzte. Er ist ein Wachhund des weißen Mannes. Er spürt Nigger auf.« Er schaute Louis an und lächelte.

»Vorsicht«, sagte ich. »Sonst kommt er durcheinander und fällt Sie an.« Joe Bones zuckte wie vom Blitz getroffen zusammen. Er schloß die Augen zu schmalen Schlitzen und suchte auf meinem Gesicht nach einem Anzeichen, daß ich mir der Doppeldeutigkeit dessen bewußt war, was ich gesagt hatte. Ich schaute ihm einfach in die Augen.

»Sie gehen jetzt besser«, sagte er mit drohendem Unterton. Ich zuckte mit den Achseln und stand auf, und Louis kam zu mir. Wir schauten uns kurz an.

»Der schlägt uns in die Flucht«, meinte Louis.

»Kann schon sein, aber wenn wir jetzt einfach so gehen, hat er keinen Respekt mehr vor uns.«

»Und ohne Respekt hat ein Mann gar nichts«, pflichtete Louis bei.

Er nahm einen Teller vom Stapel auf dem Tisch und hielt

ihn sich über den Kopf. Er zerplatzte in einem Hagel von Porzellansplittern, als die .300er Winchester-Kugel traf und dahinter in die Holzwand schlug. Die Frau warf sich vom Stuhl auf den Rasen, die beiden Schergen schirmten Joe Bones ab, und hinter dem Haus kamen drei weitere Männer hervorgelaufen, noch ehe der Schuß verhallt war.

Ricky, der Echsenmann, war als erster bei uns. Er hob die Pistole, den Finger am Abzug, doch Joe Bones griff nach seinem Arm und stieß ihn hoch.

»Nein! Du Vollidiot! Willst du, daß sie mich abknallen?« Er spähte zum Waldrand jenseits seines Grundstücks hinüber und schaute dann wieder mich an.

»Sie kommen hierher, Sie schießen auf mich, Sie jagen meiner Frau Angst ein. Was zum Teufel bilden Sie sich eigentlich ein?«

»Sie haben das N-Wort ausgesprochen«, sagte Louis gelassen.

»Das stimmt«, pflichtete ich bei. »Sie haben es gesagt.«

»Ich weiß, daß Sie Freunde in New Orleans haben«, sagte Joe Bones mit bedrohlichem Tonfall. »Ich hab' schon genug Ärger am Hals, auch ohne daß es hier von FBIlern wimmelt, aber wenn ich Sie oder Ihren ...« Er hielt inne und schluckte das Wort wieder hinunter. »... Freund noch ein Mal in meiner Nähe sehe, gibt's kein Pardon, verstanden?«

»Verstanden«, sagte ich. »Ich werde Remarr finden, Joe. Und wenn sich herausstellt, daß Sie uns was verheimlicht haben und dieser Mann deswegen davonkommt, dann komme ich wieder.«

»Wenn wir wiederkommen müssen, Joe, dann müssen wir auch Ihrem Hündchen weh tun«, sagte Louis fast traurig.

»Wenn du wiederkommst, lass' ich dich auf dem Rasen anpflocken, und dann wird er dich fressen«, knurrte Joe Bones.

Wir gingen zurück zur Eichenallee und behielten Joe Bones und seine Männer dabei im Auge. Die Frau kam zu ihm, um ihn zu trösten, ihre weiße Kleidung war voller Grasflecke. Mit ihren sorgsam manikürten Händen knetete sie zärtlich Joe Bones' Trapezmuskeln durch, aber er stieß sie vor die Brust und schob sie von sich. Er hatte Speichel am Kinn.

Als wir unter die Eichen kamen, hörte ich, wie hinter uns das Tor aufging.

»Ich wußte gar nicht, daß Angel so ein guter Schütze ist«, sagte ich, als wir am Wagen angelangt waren. »Hast du ihm Unterricht gegeben?«

»Quatsch«, sagte er, zutiefst empört.

»Hätte er Joe Bones treffen können?«

»Ach was. Ein Wunder, daß er mich nicht getroffen hat.«

Die Hintertür wurde geöffnet und Angel schlüpfte auf den Rücksitz. Das Mauser war bereits wieder in seinem Etui verstaut.

»Und? Hängen wir jetzt bei Joe Bones rum, spielen vielleicht 'ne Runde Billard, pfeifen den Mädchen nach?«

»Wann hast du denn je Mädchen nachgepfiffen?« fragte Louis erstaunt. Wir wendeten vor dem Tor und fuhren in Richtung St. Francisville.

»Männer machen so was«, sagte Angel. »Also kann ich das auch.«

Kapitel 37

Erst am späten Nachmittag kehrten wir ins Flaisance zurück, wo eine Nachricht von Morphy auf mich wartete. Ich rief in seiner Dienststelle an und wurde an eine Handynummer weiterverwiesen.

»Wo sind Sie gewesen?« fragte er.

»Hab' Joe Bones besucht.«

»Scheiße, warum machen Sie so was? Ich hab' Sie gewarnt, Mann, legen Sie sich nicht mit Joe Bones an. Waren Sie alleine da?«

»Nein, mit einem Freund. Joe mochte ihn nicht.«

»Was hat ihr Freund getan?«

»Er hatte schwarze Eltern.«

Morphy lachte. »Joe ist wohl ein bißchen empfindlich, wenn's um sein Erbe geht, aber es ist gut, ihn hin und wieder dran zu erinnern.«

»Er hat gedroht, meinen Freund seinem Hund zum Fraß vorzuwerfen.«

»Kann ich mir denken«, sagte Morphy. »Joe ist ganz vernarrt in diesen Köter.«

»Haben Sie was rausgefunden?«

»Kann schon sein. Mögen Sie Meeresfrüchte?«

»Nein.«

»Prima, dann fahren wir raus nach Bucktown. Erstklassige Meeresfrüchte, die besten Shrimps weit und breit. Ich hole Sie in zwei Stunden ab.«

»Sonst noch was in Bucktown außer Meeresfrüchten?«

»Remarr. Eine Ex von ihm hat da 'ne Bude. Könnte sich lohnen, sie zu besuchen.«

Rachel war nicht auf ihrem Zimmer, als ich bei ihr anklopfte. Der Portier meinte, sie sei zur Uni gegangen. Er habe auch einen ganzen Stapel Faxe für sie, sagte er. Er betrachtete mit angewidertem Blick die sich wellenden Blätter. Ich hatte Lust, sie mir anzusehen, aber dann ging ich doch auf mein Zimmer, duschte, zog mir frische Sachen an und hinterließ Rachel die Nachricht, daß ich sie später anrufen würde. Ich erzählte Angel und Louis, wo ich hinwollte, und bat sie, auf Rachel zu warten. Louis machte Yogaübungen auf dem Schlafzimmerboden. Angel schaute *Welcome back Kotter.*

Morphy war pünktlich, und wir fuhren den Canal Boulevard in nördlicher Richtung hoch und bogen dann links auf den Lakeshore Drive. Die Wasser des Lake Ponchartrain glitzerten im frühen Abendlicht, und vor uns sah ich die Lichter der Autos, die über den riesigen Lake Pontchartrain Causeway nach Mandeville und Covington fuhren. Wir kamen am Yachthafen im West End Park vorbei, und Morphy wies auf den baumgesäumten Boulevard des Southern Yacht Club. Er habe den Club, den zweitältesten des Landes, bisher nur einmal betreten, erzählte er, um einen Mann festzunehmen, der die Yacht seines Geschäftspartners in Brand gesteckt hatte, nachdem er erfahren hatte, daß sein Partner mit seiner Frau schlief. Die brennende Yacht hatte die Bar beleuchtet, in der der Brandstifter saß, ein Glas Chivas in der Hand, und seelenruhig darauf wartete, daß die Polizei kam.

Bucktown war idyllisch gelegen und recht hübsch, wenn einen der Fischgeruch nicht störte. Um den Schaden zu begrenzen, ließ ich mein Fenster zu, aber Morphy kurbelte seins runter und atmete tief und genüßlich ein. Alles in allem war es eher unwahrscheinlich, daß sich Remarr ausgerechnet in Bucktown verstecken sollte, aber vielleicht hatte er sich gerade deshalb diesen Stadtteil ausgesucht.

Carole Stern wohnte in einem Haus mit zurückgesetztem Obergeschoß, von einem kleinen Garten umgeben, ein paar Ecken hinter der Hauptstraße von Bucktown. Laut Morphy arbeitete Stern in einer Bar in der St. Charles Street, saß aber gegenwärtig eine Strafe wegen Crackbesitz und versuchtem Drogenhandel ab. Remarr zahlte angeblich die Miete, bis sie wieder rauskommen würde. Wir parkten um die Ecke und entsicherten gleichzeitig unsere Pistolen, als wir aus dem Wagen stiegen.

»Sie sind hier ein bißchen außerhalb Ihres Reviers, nicht wahr?« fragte ich Morphy.

»Hey, wir wollten doch bloß essen gehen und haben's nur auf gut Glück probiert«, sagte er mit gekränktem Blick. »Ich trete keinem auf die Füße.«

Mit einer Handbewegung schickte er mich zur Vorderseite des Hauses. Er übernahm die Rückseite. Ich ging auf die schmale Veranda zur Haustür und spähte vorsichtig durch das Fenster. Es war schlierig, wie das Haus überhaupt einen ziemlich heruntergekommenen Eindruck machte. Ich zählte bis fünf und drückte dann die Türklinke. Die Tür öffnete sich leise quietschend, und ich betrat vorsichtig den Flur. Am anderen Ende hörte ich Glas splittern, und dann sah ich Morphys Hand die Hintertür öffnen.

Der Geruch war schwach, aber unverkennbar. Wie Fleisch, das man an einem warmen Tag in der Sonne hat liegenlassen. Die Zimmer im Erdgeschoß waren leer. Es gab nur eine Küche, einen kleinen Raum mit einem Sofa und einem alten Fernsehgerät und eine Kammer mit Einzelbett und Schrank. Der Schrank enthielt Frauenkleidung und -schuhe. Auf dem Bett lag nur eine durchgelegene Matratze.

Morphy ging vor mir die Treppe hoch. Ich hielt mich dicht hinter ihm, und wir richteten unsere Pistolen auf die erste Etage. Der Geruch nahm an Intensität zu. Wir kamen an einem Badezimmer mit einem tropfenden Duschkopf vorbei, der die Keramikbadewanne mit braunen Schlieren überzogen hatte.

Die drei übrigen Türen standen alle einen Spalt breit

offen. Rechts befand sich das Schlafzimmer einer Frau. Weiße Bettwäsche, Topfpflanzen, die allmählich verdorrten, und an den Wänden ein paar Monet-Drucke. Kosmetika lagen und standen auf einer länglichen Frisierkommode, und eine Wand wurde von einem weißen Wandschrank ausgefüllt. Aus dem Fenster gegenüber schaute man auf einen kleinen, wild wuchernden Garten.

In dem Wandschrank befanden sich weitere Frauenkleider und noch mehr Schuhe. Carole Stern finanzierte mit dem Verkauf von Drogen offensichtlich ihr zwanghaftes Kaufverhalten.

Die zweite Tür führte zur Quelle des Geruchs. Ein großer, deckelloser Topf stand auf einem Campingkocher neben einem Fenster zur Straße hinaus. Er enthielt eine schleimige Brühe, eine Art Fleischsuppe, die auf kleiner Flamme vor sich hin kochte. Dem Geruch nach hatte das Fleisch schon eine ganze Weile geköchelt, vermutlich den ganzen Tag lang. Es stank nach Innereien. Auf einem neuen roten Teppich standen zwei Sessel und einsam auf einem Couchtisch ein tragbares Fernsehgerät mit Zimmerantenne.

Das dritte Zimmer ging ebenfalls zur Straße hinaus, aber hier war die Tür fast geschlossen. Morphy übernahm eine Seite der Tür und ich die andere. Er zählte bis drei, stieß dann mit dem Fuß die Tür auf und sicherte flink die rechte Wand. Ich duckte mich und lief zur linken, die Pistole in Brusthöhe, den Finger am Abzug.

Die untergehende Sonne tauchte das Zimmer in goldenes Licht: ein ungemachtes Bett, ein offener Koffer auf dem Boden, eine Kommode, an der Wand ein Poster, das für ein Konzert der Neville Brothers im Tipitina's warb, darauf kreuz und quer hingekrakelt die Autogramme der Musiker. Der Teppichboden fühlte sich feucht an unter den Füßen.

Von der Decke war ein Großteil des Verputzes abgeklopft, und die Dachbalken lagen frei. Carole Stern hatte offenbar irgendeinen Umbau geplant, ehe ihr die Haftstrafe kurzfristig einen Strich durch die Rechnung machte. Am anderen Ende des Zimmers waren ein paar Seile, offenbar

Bergsteigerseile, an den Balken befestigt und hielten Tony Remarr aufrecht.

Seine Überreste glühten im letzten Sonnenschein. Ich konnte die Muskeln und Adern seiner Beine sehen, die Sehnen seines Halses, die gelben, dicken Fettablagerungen, die ihm aus der Taille quollen, seine Bauchmuskulatur, die zusammengeschrumpelte Hülle seines Penis. Massive Zimmermannsnägel waren hinter ihm in die Wand geschlagen, und daran hing er zum Teil, an je einem unter den Armen, und die Seile hielten die Hauptlast seines Körpers.

Als ich nach rechts ging, sah ich, daß hinter seinem Nakken ein dritter Nagel in der Wand steckte, der seinen Kopf aufrecht hielt. Das Gesicht war im Profil nach rechts gewandt und wurde von einem weiteren Nagel unterhalb des Kinns gehalten. An einigen Stellen schimmerte sein Schädel weißlich unter dem Blut hervor. Seine Augenhöhlen waren so gut wie leer, und seine zusammengebissenen Zähne stachen weiß vom Zahnfleisch ab.

Remarr war erst komplett gehäutet und dann sorgfältig arrangiert an der Wand aufgehängt worden. Sein linker Arm war schräg nach unten ausgestreckt. Ein langes Messer, wie das Filiermesser eines Schlachters, bloß breiter und schwerer, hing in seiner Hand. Es sah aus, als wäre es dort festgeklebt.

Doch der Blick des Betrachters wurde, wie auch Tony Remarrs eigener blinder Blick, auf die rechte Hand der Gestalt gelenkt. Bis zum Ellenbogen stand der Arm im rechten Winkel ab. Der Unterarm war senkrecht erhoben und wurde von einem Seil ums Handgelenk gehalten. In seiner Hand und über seinem rechten Arm hielt Tony Remarr seine eigene abgezogene Haut. Ich erkannte die Umrisse der Arme und Beine, sein Haupthaar, die Brustwarzen. Unterhalb der Kopfhaut, die ihm knapp über den Knien hing, waren blutige Ränder, wo das Gesicht abgeschnitten worden war. Das Bett, der Fußboden, die Wände, alles war rot.

Ich schaute nach links und sah, daß sich Morphy bekreuzigte und leise ein Gebet für Tony Remarrs Seele sprach.

Wir standen an Morphys Wagen gelehnt und tranken Kaffee aus Pappbechern, während das FBI und die Polizei von New Orleans um Carole Sterns Haus liefen. Eine Menschenmenge aus Einheimischen und Leuten, die in die Fischrestaurants von Bucktown wollten, wartete vor dem Polizeikordon darauf, daß die Leiche herausgetragen wurde. Sie würden wahrscheinlich enttäuscht werden. Der Mörder hatte den Tatort hochgradig arrangiert, und sowohl das FBI als auch die Polizei waren bemüht, alles zu dokumentieren, ehe sie die Leiche freigaben.

Woolrich, dessen hellbrauner Anzug wieder seine ganze fleckige Pracht zeigte, kam zu uns und bot uns den Rest einer Tüte Donuts aus seiner Anzugtasche an. Hinter der Absperrung sah ich seinen roten Chevy Nova Baujahr 96, der wie neu glänzte.

»Hier. Ihr habt doch bestimmt Hunger.« Morphy und ich lehnten ab. Ich hatte immer noch Remarr vor Augen, und Morphy sah blaß und mitgenommen aus.

»Habt ihr mit den Bullen hier geredet?«

Wir nickten. Wir hatten gegenüber zwei Detectives vom Morddezernat der Orleans Parish Police ausführlich ausgesagt. Einer der beiden war Morphys Schwager.

»Dann könnt ihr wohl gehn«, sagte Woolrich. »Aber ich will später noch mit euch reden.« Morphy ging ums Auto herum zur Fahrertür. Ich wollte eben die Beifahrertür öffnen, aber Woolrich hielt mich am Arm zurück.

»Bist du okay?« fragte er.

»Geht so.«

»War 'ne gute Idee von Morphy, aber er hätte dich nicht mitnehmen sollen. Durand macht mir die Hölle heiß, wenn er mitkriegt, daß du schon wieder der erste am Tatort warst.« Durand war in New Orleans der leitende Special Agent. Ich kannte ihn nicht, wußte aber, wie solche Leute üblicherweise drauf waren. Sie herrschten über ihre Außenstellen wie über ein Königreich, wiesen die Agenten den einzelnen Kommandos zu und gaben grünes Licht für die Einsätze. Der Konkurrenzkampf um diesen Posten war heftig. Durand war mit Sicherheit ein knallharter Kunde.

»Wohnst du noch im Flaisance?«

»Ja, immer noch.«

»Ich komme mal vorbei. Ich hab' da was für dich.«

Er wandte sich ab und ging zurück zum Haus von Carole Stern. Auf dem Weg zum Gartentor reichte er die Tüte mit den zermatschten Donuts zwei Streifenpolizisten, die in ihrem Wagen saßen. Sie nahmen sie widerwillig und hielten sie, als wäre darin eine Bombe versteckt. Als Woolrich im Haus verschwunden war, stieg einer der beiden aus und warf die Donuts in eine Mülltonne.

Morphy setzte mich beim Flaisance ab. Ehe er weiterfuhr, gab ich ihm noch meine Handynummer. Er schrieb sie in ein kleines schwarzes Notizbuch, das von einem Gummiband zusammengehalten wurde. »Wenn Sie morgen Zeit haben, kommen Sie zum Abendessen. Die Fahrt lohnt sich. Wenn Sie erst mal Angies Essen probiert haben, werden Sie es nicht bereuen.« Der Ton seiner Stimme änderte sich. »Und außerdem gibt es da, glaube ich, ein paar Dinge, über die wir uns unterhalten müßten.«

Ich sagte, ich käme gern, aber ein Teil von mir wollte weder Morphy noch Woolrich noch sonst einen Polizisten je wiedersehen. Morphy wollte gerade wegfahren, als ich aufs Wagendach klopfte. Er beugte sich rüber und kurbelte das Fenster runter. »Wieso machen Sie das?« fragte ich. Er hatte viel riskiert, indem er mich einweihte und auf dem laufenden hielt. Ich mußte wissen, weshalb er das getan hatte. Und wohl auch, ob ich ihm trauen konnte.

Er zuckte mit den Achseln. »Die Aguillards sind in meinem Revier umgekommen. Ich will den Kerl kriegen, der sie umgebracht hat. Sie wissen etwas über ihn. Er hat Sie angegriffen, Ihre Familie. Das FBI stellt eigene Ermittlungen an und erzählt uns sowenig wie möglich. Sie sind alles, was ich habe.«

»Ist das alles?« Ich entdeckte noch etwas in seinem Gesicht, etwas, das mir fast vertraut war.

»Nein. Ich habe eine Frau. Ich gründe eine Familie. Verstehen Sie, was ich meine?«

Ich nickte und fragte nicht weiter, obwohl noch etwas in

seinem Blick lag, das etwas in mir zum Schwingen brachte. Zum Abschied klopfte ich noch mal aufs Dach, und dann sah ich ihm nach und fragte mich, wie dringend Morphy Absolution für das brauchte, was er getan haben mochte.

Kapitel 38

Als ich zum Flaisance zurückkehrte, spürte ich überwältigend, wie vergänglich alles war. Verwesungsgeruch schien mir in die Nasenlöcher zu steigen und nahm mir fast den Atem. Die Vergänglichkeit nistete sich unter meinen Fingernägeln ein und klebte mir auf der Haut. Ich spürte sie im Schweiß auf meinem Rücken und sah sie im Unkraut, das zu meinen Füßen aus den Rissen im Pflaster sproß. Es war, als würde die ganze Stadt um mich her vergehen. Ich ging auf mein Zimmer und duschte unter dem heißen Wasserstrahl, bis meine Haut rot und wund war, dann zog ich mir einen Pullover und eine Chinohose an, rief Angel und Louis auf ihrem Zimmer an und vereinbarte mit ihnen, daß wir uns fünf Minuten drauf bei Rachel treffen sollten.

Sie öffnete mit tintenfleckiger Hand die Tür. Sie hatte sich einen Bleistift hinters Ohr gesteckt, und ein paar weitere Bleistifte hielten ihr rotes Haar in einem Knoten zusammen. Sie hatte dunkle Ringe unter den Augen, die rot waren vom vielen Lesen.

Ihr Zimmer war kaum wiederzuerkennen. Ein Macintosh PowerBook stand aufgeklappt auf dem einzigen Tisch im Raum, umgeben von massenhaft Papieren, Büchern und Notizen. An der Wand darüber hingen Diagramme, gelbe Klebezettel und eine Reihe von Anatomieskizzen. Auf dem Boden neben ihrem Stuhl lag ein Stapel Faxe und ein Tablett mit halb aufgegessenen Sandwiches, einer Kanne Kaffee und einer fleckigen Tasse.

Hinter mir klopfte es an der Tür. Ich machte auf und ließ Angel und Louis herein. Angel schaute fassungslos die Wand an. »Der Typ unten an der Rezeption hält Sie schon für verrückt nach dem ganzen Scheiß, den Sie per Fax gekriegt haben. Und wenn er das sieht, ruft er die Bullen.«

Rachel lehnte sich auf ihrem Stuhl zurück, zog sich die Bleistifte aus dem Haarknoten und gab ihr Haar frei. Sie schüttelte mit der linken Hand die Locken aus und massierte sich dann den verspannten Nacken.

»Nun denn«, sagte sie. »Wer fängt an?«

Ich erzählte von Remarr, und augenblicklich war die Müdigkeit aus Rachels Gesicht verschwunden. Sie ließ mich die Körperhaltung zweimal ausführlich schildern und kramte dann lange in den Papierstapeln auf ihrem Tisch.

»Da!« sagte sie und reichte mir mit einer schwungvollen Handbewegung ein Blatt Papier. »Ist es das?«

Es war eine Schwarzweißabbildung, am oberen Rand in alten Lettern mit »*TAB. PRIMERA DEL LIB. SEGVNDO*« bezeichnet. Unten auf der Seite stand in Rachels Handschrift: »Valverde 1556«.

Die Abbildung zeigte einen gehäuteten Mann, sein linker Fuß ruhte auf einem Stein, in der linken Hand hielt er ein langes Messer mit geschwungenem Griff und in der rechten seine eigene abgezogene Haut. Auf der Haut waren die Umrisse seines Gesichts zu erkennen, und seine Augen ruhten noch in ihren Höhlen, aber davon abgesehen glich die Abbildung genau der Haltung, in der wir Remarr gefunden hatten. Die einzelnen Körperteile waren mit griechischen Buchstaben bezeichnet.

»Das ist es«, sagte ich leise. »So haben wir ihn gefunden.«

Ich reichte Angel und Louis die Abbildung, und sie betrachteten sie schweigend.

»Die *Historia de la composición del cuerpo humano*«, sagte Rachel. »Wurde 1556 von dem Spanier Valverde als medizinisches Lehrbuch verfaßt. Diese Zeichnung« – sie nahm Louis das Blatt aus der Hand und hielt es hoch, so daß wir es alle sehen konnten, – »ist eine Darstellung des Marsyas-Mythos. Marsyas war ein Satyr, ein Anhänger der Göttin Kybele. Er lud einen Fluch auf sich, als er eine Knochenflöte aufhob, die Athene weggeworfen hatte. Die Flöte spielte von alleine, denn sie war immer noch von Athene inspiriert, und die Musik war so schön, daß die Bauern sagten, selbst Apollon könne keine schönere Musik machen.

Apollon forderte Marsyas zu einem Wettstreit heraus, den die Musen entscheiden sollten, und Marsyas verlor, weil er auf der Flöte nicht verkehrtherum spielen und gleichzeitig singen konnte. Und dann rächte sich Apollon an Marsyas. Er zog ihm bei lebendigem Leib die Haut ab und nagelte sie an eine Tanne. Der Dichter Ovid erzählt, Marsyas habe im Augenblick seines Todes ausgerufen: *›Quid me mihi detrahis?‹* – ›Was ziehst du mich von mir ab?‹ Tizian hat eine Darstellung dieses Mythos gemalt. Und Raffael auch. Vermutlich wird man in Remarrs Leiche Spuren von Ketamin finden. Um dem Mythos gerecht zu werden, muß die Haut abgezogen werden, solange das Opfer noch am Leben ist. Es könnte schwierig sein, ein Kunstwerk zu erschaffen, wenn sich das Objekt ständig bewegt.«

Louis unterbrach sie: »Aber auf dem Bild sieht es aus, als hätte er sich selbst gehäutet. Er hält das Messer *und* die Haut. Wieso hat sich der Mörder diese Darstellung ausgesucht?«

»Das ist jetzt nur eine Vermutung, aber vielleicht liegt es daran, daß sich Remarr in gewisser Hinsicht tatsächlich selbst gehäutet hat«, sagte ich. »Er war im Haus der Aguillards, als er dort nichts zu suchen hatte. Ich glaube, der fahrende Mann hatte Angst, er könnte vielleicht was gesehen haben. Remarr war an einem Ort, an dem er nicht hätte sein sollen, und insofern ist er selbst schuld daran, was mit ihm passiert ist.«

Rachel nickte. »Das ist ein interessanter Punkt, aber es könnte noch mehr dahinterstecken, wenn man bedenkt, was mit Tee Jean Aguillard passiert ist.« Sie reichte mir ein paar Blätter. Das oberste war eine Fotokopie des Tatortfotos von Tee Jean. Das zweite war wiederum eine Abbildung, diesmal mit *»DE DISSECT. PARTIVM«* beschriftet und unten auf der Seite in Rachels Handschrift auf »1545« datiert.

Die Abbildung zeigte einen Mann, der an einem Baum gekreuzigt war, und dahinter befand sich eine Steinmauer. Sein Kopf ruhte auf den Ästen des Baums, und seine Arme wurden von anderen Ästen gehalten. Die Haut unterhalb seiner Brust war abgezogen, und Lunge, Nieren und Herz lagen frei. Ein nicht zu erkennendes Organ, wahrscheinlich sein Magen, lag daneben auf einem Podest. Sein Gesicht war unversehrt, aber auch hier stimmte die Abbildung mit der Haltung von Tee Jeans Leiche überein.

»Wiederum Marsyas«, sagte Rachel. »Oder zumindest eine Adaption des Mythos. Das stammt aus *De dissectione partium corporis humani* von Estienne, einem weiteren alten Lehrbuch.«

»Wollen Sie damit sagen, daß sich dieser Typ bei seinen Morden nach einem griechischen Mythos richtet?« fragte Angel.

Rachel seufzte. »Ganz so einfach ist es nicht. Ich glaube, der Mythos spricht irgendwas in ihm an – aus dem einfachen Grund, daß er ihn zweimal verwendet hat. Aber bei Tante Marie und bei Birds Frau und Tochter versagt diese Marsyas-Theorie. Ich bin fast zufällig auf diese Darstellungen gestoßen, aber für die anderen Tode habe ich noch kein Vorbild. Ich suche noch. Wahrscheinlich basieren sie ebenfalls auf alten medizinischen Lehrbüchern. Wenn dem so ist, werde ich es rausfinden.«

»Dadurch wird es immer wahrscheinlicher, daß wir es mit jemandem zu tun haben, der medizinische Kenntnisse hat«, sagte ich.

»Oder mit jemandem, der sich mit obskuren Texten auskennt«, meinte Rachel. »Wir wissen bereits, daß er das Buch Henoch oder irgendeine Nacherzählung davon gelesen hat. Man muß medizinisch nicht sonderlich bewandert sein, um die Verstümmelungen durchzuführen, die man bisher an den Leichen gefunden hat, aber die Annahme, daß er über einige chirurgische Fähigkeiten und vielleicht sogar eine gewisse Vertrautheit mit medizinischen Maßnahmen verfügt, ist vielleicht nicht ganz falsch.«

»Was ist mit dem Blenden und dem Entfernen der Gesichter?« fragte ich. Ich schob ein in meinen Gedanken aufblitzendes Bild von Jennifer und Susan wieder beiseite. »Haben Sie eine Idee, wie das ins Bild passen könnte?«

Rachel schüttelte den Kopf. »Ich arbeite noch daran. Das Gesicht scheint für ihn symbolischen Wert zu haben. Jennifers Gesicht wurde zurückgegeben, weil sie starb, ehe er sich bei ihr an die Arbeit machen konnte, vermute ich, aber auch, um Sie zu schockieren. Das Entfernen des Gesichts könnte auch darauf hindeuten, daß der Mörder seine Opfer nicht als Individuen sieht, sie nicht als Menschen wahrnimmt. Wenn man einem Menschen das Gesicht raubt, nimmt man ihm schließlich die unmittelbarste Verkörperung seiner Individualität und das wichtigste körperliche Erkennungsmerkmal.

Und was die Augen angeht: Es gibt diesen Mythos, daß sich das Bild des Mörders in der Netzhaut des Opfers einbrennt. Früher gab es viele derartige Mythen über den Körper. Noch Anfang des letzten Jahrhunderts haben Wissenschaftler die Theorie untersucht, daß die Leiche eines Mordopfers blutet, wenn sie sich im selben Raum befindet wie der Mörder. Ich muß mich noch näher damit beschäftigen, und dann werden wir mal sehn.«

Sie stand auf und streckte sich. »Ich will ja nicht unhöflich sein, aber ich möchte jetzt gerne duschen. Dann will ich ausgehen und was Anständiges essen. Und anschließend will ich zwölf Stunden lang schlafen.«

Angel, Louis und ich brachen auf, aber sie hob die Hand, um uns aufzuhalten. »Da ist noch was. Ich will nicht den Eindruck erwecken, wir hätten es hier bloß mit einem Spinner zu tun, der brutale Bilder nachstellt. Ich weiß nicht genug darüber, um zu solchen Schlüssen zu gelangen, und ich will noch ein paar Leute konsultieren, die auf diesem Gebiet erfahrener sind als ich. Aber ich glaube wirklich, daß dem, was er tut, eine Philosophie zugrunde liegt, irgendein

Muster, dem er folgt. Und solange wir nicht wissen, worum es sich da handelt, glaube ich nicht, daß wir ihn kriegen.«

Ich hatte schon die Hand auf der Türklinke, als es klopfte. Ich öffnete langsam die Tür und versperrte den Blick ins Zimmer, während Rachel ihre Unterlagen wegräumte. Woolrich stand vor mir. Im Lichtschein aus dem Zimmer sah ich, daß ein leichter Bartschatten auf seinem Gesicht lag. »Der Portier sagte, du wärst hier, wenn du nicht auf deinem Zimmer bist. Kann ich reinkommen?«

Ich zögerte einen Augenblick und trat dann beiseite. Ich sah, daß Rachel vor dem Material an der Wand stand und es verdeckte, aber Woolrich interessierte sich nicht für sie. Sein Blick ruhte auf Louis.

»Sie kenn' ich doch«, sagte er.

»Das glaube ich nicht«, sagte Louis mit kaltem Blick.

Woolrich wandte sich an mich. »Holst du deine Auftragskiller in meine Stadt, Bird?«

Ich antwortete nicht.

»Wie ich schon sagte, Mann, ich glaube, Sie irren sich«, sagte Louis. »Ich bin Geschäftsmann.«

»Ach, wirklich? Und in welcher Branche sind Sie tätig?«

»Schädlingsbekämpfung«, sagte Louis.

Die Luft schien vor Anspannung zu knistern, doch dann machte Woolrich kehrt und verließ das Zimmer. Auf dem Flur blieb er stehen und zeigte auf mich. »Ich muß mit dir reden. Ich warte im Café du Monde.«

Ich sah ihm nach und schaute dann Louis an. Er zog eine Augenbraue hoch. »Bin wohl doch berühmter, als ich dachte.«

»Sieht ganz so aus«, sagte ich und folgte Woolrich.

Ich holte ihn auf der Straße ein, aber er sagte kein Wort, bis wir endlich saßen und er ein Beignet vor sich hatte. Er riß ein Stück ab, bestäubte sich dabei den Anzug mit Puderzucker und nahm dann einen großen Schluck Kaffee, der die Tasse zur Hälfte leerte und in ihr einen braunen Rand hinterließ. »Bird«, sagte er. »Was willst du?« Er klang erschöpft und enttäuscht. »Dieser Typ – die Visage kenn' ich doch. Ich weiß, was das für einer ist.« Er kaute weiter an dem Beignet.

Ich erwiderte nichts. Wir schauten einander in die Augen, bis Woolrich schließlich wegsah. Er rieb sich den Zucker von den Händen und bestellte sich noch einen Kaffee. Ich hatte meinen kaum angerührt.

»Sagt dir der Name Edward Byron irgendwas?« fragte er schließlich, als ihm klar war, daß Louis kein Gesprächsthema sein würde.

»Nein, da klingelt nichts bei mir. Wer ist das?«

»Er war früher Hausmeister in Park Rise. Da hat Susan doch Jennifer zur Welt gebracht, stimmt's?«

»Stimmt.« Park Rise war eine Privatklinik auf Long Island. Susans Vater hatte darauf bestanden, daß wir dorthin gingen, und hatte gemeint, das Personal gehöre zum besten weltweit. Zu den Bestbezahlten gehörten sie auf alle Fälle. Der Arzt, der Jennifer entband, verdiente im Monat mehr als ich in einem Jahr.

»Worauf willst du hinaus?« fragte ich.

»Byron wurde – still und heimlich – entlassen, nachdem Anfang des Jahres eine Leiche verstümmelt wurde. Jemand hatte an einer Frauenleiche eine nicht genehmigte Obduktion durchgeführt. Ihr Unterleib wurde geöffnet und ihre Eierstöcke und Eileiter entfernt.«

»Hat man ihn nicht angezeigt?«

»Die Leitung des Krankenhauses hat es überlegt, hat sich dann aber dagegen entschieden. In einer Tasche in Byrons Spind fand man Chirurgenhandschuhe, die Blut- und Gewebespuren des Opfers aufwiesen. Er hat behauptet, jemand wolle ihn aufs Kreuz legen. Die Beweislage war nicht schlüssig – theoretisch hätte ihm jemand die Sachen im Spind unterschieben können –, aber das Krankenhaus hat ihn trotzdem entlassen. Keine Gerichtsverhandlung, keine Polizeiermittlungen, nichts. Wir wissen bloß davon, weil die örtliche Polizei ungefähr zur gleichen Zeit dort in einem Fall von Medikamentendiebstahl ermittelt hat und Byrons Name in dem Bericht auftaucht. Byron wurde entlassen, nachdem die Diebstähle begonnen hatten, und hinterher hörte das wieder auf, aber er hatte jedesmal ein Alibi, wenn wieder Medikamente fehlten.

Seitdem hat keiner mehr was von Byron gehört. Wir haben seine Sozialversicherungsnummer, aber seit seiner Entlassung hat er sich nicht arbeitslos gemeldet, hat keine Steuern gezahlt, er hatte nichts mit der Regierung des Bundesstaats zu tun und hat auch kein Krankenhaus betreten. Seine Kreditkarten wurden seit Oktober 1996 nicht mehr benutzt.«

»Wie kommt ihr jetzt auf seinen Namen?«

»Edward Byron kommt ursprünglich aus Baton Rouge. Seine Frau –, seine Ex-Frau Stacey wohnt immer noch da.«

»Hast du mit ihr gesprochen?«

»Wir haben sie gestern vernommen. Sie sagt, sie hätte ihn seit April nicht mehr gesehen und er schulde ihr den Unterhalt für sechs Monate. Der letzte Scheck stammte von einer Bank in East Texas, aber seine Alte meint, er würde vielleicht in der Gegend von Baton Rouge wohnen. Sie meint, er wollte immer hierher zurückkehren und hätte New York gehaßt. Wir haben auch Fotos von ihm rausgegeben, die wir aus seiner Personalakte von Park Rise haben.«

Er reichte mir ein vergrößertes Bild von Byron. Er war ein attraktiver Mann, nur das leicht fliehende Kinn störte den Eindruck etwas. Mund und Nase waren schmal, die Augen klein und dunkel. Er hatte dunkelbraunes Haar, das er nach rechts gekämmt trug. Er sah jünger aus als fünfunddreißig, sein Alter, als das Bild aufgenommen wurde.

»Das ist der beste Anhaltspunkt, den wir haben«, sagte Woolrich. »Vielleicht erzähl' ich dir das, weil ich finde, daß du ein Recht hast, das zu erfahren. Aber ich sage dir noch was: Halte dich von Mrs. Byron fern. Wir haben ihr gesagt, sie soll mit keinem drüber reden, falls die Presse Wind davon bekommt. Zweitens: Hände weg von Joe Bones. Wir haben Ricky abgehört, als er wie ein Rohrspatz geschimpft hat über das, was ihr heute morgen abgezogen habt. Beim nächsten Mal kommt ihr damit nicht durch.«

Er legte etwas Geld auf den Tisch. »Hat dein kleines Team im Hotel irgendwas rausgefunden, das uns weiterhelfen könnte?«

»Noch nicht. Ich hab' an einen medizinischen Hintergrund gedacht, vielleicht eine Sexualpathologie. Wenn ich was rauskriege, sag' ich dir Bescheid. Aber ich hab' noch eine Frage an dich. Was für Medikamente wurden in Park Rise gestohlen?«

Er legte den Kopf auf die Seite und verzog leicht den Mund, als haderte er mit sich, ob er es mir erzählen sollte oder nicht.

»Ketaminhydrochlorid. Das ist verwandt mit PCP.« Ich ließ mir nicht anmerken, daß ich das Medikament kannte. Das FBI würde Morphy komplett zur Sau machen, wenn sie wüßten, daß er mir solche Details zugespielt hatte; aber zumindest vermuten würden sie es längst. Woolrich wartete einen Augenblick und fuhr dann fort. »Das wurde auch in den Leichen von Tante Marie Aguillard und der ihres Sohns gefunden. Der Mörder hat es als eine Art Anästhetikum verwendet.«

Er drehte die Kaffeetasse auf der Untertasse, bis der Griff in meine Richtung wies.

»Hast du Angst vor diesem Kerl, Bird?« fragte er leise. »Ich nämlich schon. Erinnerst du dich an unser Gespräch über Serienmörder, nachdem ich dich zu Tante Marie gebracht hatte?«

Ich nickte.

»Damals hab' ich gedacht, ich hätte alles gesehen. Diese Mörder, das waren für mich Kinderschänder und Vergewaltiger und Durchgeknallte, die zu weit gehen, aber sie waren dabei so jämmerlich, daß sie immer noch als Menschen erkennbar waren. Aber dieser hier ...«

Wir sahen zu, wie eine Familie in einer Kutsche vorbeifuhr, der Kutscher trieb das Pferd mit den Zügeln an und erzählte den Leuten seine Variante der Geschichte des Jackson Square. Ein Kind, ein kleiner dunkelhaariger Junge, saß am Rand des Familienbilds. Er sah uns im Vorbeifahren schweigend an, sein Kinn ruhte auf seinem nackten Unterarm.

»Wir haben immer befürchtet, daß mal einer kommt, der anders ist als die anderen, den nicht nur fehlgeleitete, frustrierte Sexualität oder jämmerlicher Sadismus antreibt. Wir leben in einer Schmerzkultur, einer Todeskultur, Bird, und die meisten von uns gehen durchs Leben, ohne das je wirklich zu begreifen. Vielleicht war es nur eine Frage der Zeit, bis jemand kommt, der das besser begreift als wir, jemand, der die Welt als einen einzigen großen Altar auffaßt, auf dem die Menschheit geopfert wird, jemand, der glaubt, er müsse an uns allen ein Exempel statuieren.«

»Und du glaubst, daß er es ist?«

»›Ich bin der Tod, der Allverschlinger.‹ Heißt es nicht so in der *Bhagawadgita,* Bird? ›Ich bin der Tod.‹ Vielleicht ist er das, der Tod selbst.«

Er ging hinaus auf die Straße. Ich folgte ihm, und dann fiel mir der Zettel vom Vorabend ein. »Da ist noch was, Woolrich.« Er wirkte gereizt, als ich ihm die Bezüge zum Buch Henoch erläuterte.

»Was zum Henker ist das Buch Henoch?«

»Es gehört zu den biblischen Apokryphen. Ich glaube, er kennt sich damit aus.«

Woolrich faltete den Zettel zusammen und stopfte ihn sich in die Hosentasche. »Bird«, sagte er und lächelte fast dabei. »Manchmal bin ich hin und her gerissen, ob ich dich nun auf dem laufenden halten oder dir gar nichts erzählen soll.« Er verzog das Gesicht und seufzte, wie um anzudeuten, daß es sich einfach nicht lohne, darüber zu streiten. »Bring' dich nicht in Schwierigkeiten, Bird, und sag' das auch deinen Freunden.« Er ging fort und verschwand in der Menge.

Ich klopfte an Rachels Zimmertür, aber es kam keine Antwort. Ich klopfte noch mal, etwas kräftiger, und dann hörte ich etwas im Zimmer. Sie kam an die Tür, hatte sich ein Handtuch umgeschlungen, und ihr Haar war unter einem zweiten, kleineren verborgen. Ihr Gesicht war vom heißen Duschwasser gerötet, und ihre Haut glühte.

»Tut mir leid«, sagte ich. »Ich hab' nicht dran gedacht, daß du duschen wolltest.«

Sie lächelte und winkte mich herein.

»Setz dich. Ich ziehe mich an, und dann lass' ich mich von dir zum Essen einladen.«

Sie nahm eine graue Hose und ein weißes Baumwollhemd vom Bett, holte sich aus ihrem Koffer passende weiße Unterwäsche und ging dann wieder ins Bad. Sie machte die Tür nicht zu, so daß wir uns unterhalten konnten, während sie sich anzog.

»Sollte ich dich fragen, worum es bei diesem Gespräch ging?« meinte sie.

Ich ging zum Balkonfenster und schaute hinab auf die Straße.

»Es stimmt, was Woolrich über Louis gesagt hat. Ganz so einfach ist es vielleicht nicht, aber er hat früher Leute umgebracht. Ob er's heute noch macht, weiß ich nicht. Ich frage ihn nicht, und ich bin nicht in der Position, über ihn zu richten. Aber ich vertraue Angel und Louis. Ich hab' sie hergebeten, weil ich weiß, was sie können.«

Sie kam aus dem Badezimmer und knöpfte sich das Hemd zu, ihr feuchtes Haar offen. Sie trocknete sich mit einem Reisefön die Haare und legte dann etwas Make-up auf. Ich hatte Susan tausendmal bei so etwas zugesehen, aber Rachel dabei zu beobachten schuf eine merkwürdige Vertrautheit. In mir regte sich etwas, meine Gefühle ihr gegenüber änderten sich minimal, aber entscheidend. Sie saß auf der Bettkante, schlüpfte barfuß in ein Paar schwarze Slingpumps und half ihren Fersen dabei mit dem Finger hinein. Als sie sich vorbeugte, schimmerte ihr Kreuz feucht. Sie ertappte mich dabei, wie ich sie ansah, und lächelte zaghaft zurück, als befürchtete sie mißzuverstehen, was sie gesehen hatte. »Gehn wir?« fragte sie.

Ich hielt ihr die Zimmertür auf, ihr Hemd strich über meine Hand, und es hörte sich wie Wasser an, das auf heißem Metall aufzischt.

Wir aßen im Mr. B's in der Royal Street, in dem großen, dunklen, kühlen Mahagonisaal. Ich bestellte mir ein Steak, zart und saftig, und Rachel entschied sich für Blackened

Redfish, und der war so scharf, daß sie beim ersten Bissen nach Luft schnappte. Wir unterhielten uns über dies und das, über Theaterstücke und Filme, Musik und Bücher. Es stellte sich heraus, daß wir 1991 in der Met dieselbe Vorstellung der *Zauberflöte* besucht hatten, und beide allein. Ich sah ihr zu, wie sie ihren Wein trank, das gespiegelte Licht spielte über ihr Gesicht und tanzte auf der Schwärze ihrer Pupillen wie Mondschein auf einem See.

»Reist du eigentlich öfter fremden Männern in die Ferne nach?«

Sie lächelte. »Ich wette, du hast dein ganzes Leben lang darauf gewartet, einmal diesen Spruch zu bringen.«

»Vielleicht ist das mein Standardspruch.«

»O nein! Und gleich holst du die Keule raus und willst dich draußen mit dem Kellner prügeln?«

»Also gut, schuldig im Sinne der Anklage. Ist schon 'ne Weile her.«

Ich spürte, wie ich rot wurde, und erhaschte etwas Schelmisches, aber auch Unsicheres in ihrem Blick – eine gewisse Traurigkeit, die Angst weh zu tun und verletzt zu werden. In mir wand sich etwas und streckte die Klauen, und es versetzte mir einen Stich.

»Tut mir leid. Ich weiß so gut wie gar nichts über dich«, sagte ich leise.

Sie strich zärtlich über meine linke Hand, vom Handgelenk bis zur Spitze des kleinen Fingers. Sie fuhr meine Finger entlang, folgte den Linien und Wirbeln meiner Fingerabdrücke, und die Berührung war so sanft wie die eines Blatts. Schließlich ließ sie ihre Hand auf dem Tisch ruhen, ihre Fingerspitzen auf meinen, und begann zu erzählen.

Sie war in Chilson geboren, an den Ausläufern der Adirondack Mountains. Ihr Vater war Anwalt und ihre Mutter Kindergärtnerin. Sie spielte gern Basketball und lief gern, und der Junge, mit dem sie zum Abschlußball gehen wollte, bekam zwei Tage vorher Mumps, und deshalb sprang der Bruder ihrer besten Freundin ein und versuchte bei *Only the Lonely* ihre Brust zu betatschen. Sie hatte einen Bruder, Curtis, der zehn Jahre älter war. Fünf seiner achtundzwanzig Lebensjahre war Curtis Polizist gewesen. Es waren noch zwei Wochen bis zu seinem neunundzwanzigsten Geburtstag, als er starb. »Er war Detective bei der County-Polizei, gerade erst befördert. An dem Tag, an dem er umgebracht wurde, war er nicht mal im Dienst.« Sie sprach, ohne zu zögern, nicht zu langsam und nicht zu schnell, als wäre sie die Geschichte schon tausendmal durchgegangen, hätte sie auf Mängel hin untersucht, Anfang und Schluß festgelegt und alle unnötigen Einzelheiten gestrichen, bis nur noch das Herzstück übrigblieb, der Mord an ihrem Bruder, die Lükke, die sein Tod gerissen hatte.

»Es war Viertel nach zwei an einem Dienstagnachmittag. Curtis wollte in Moriah ein Mädchen besuchen – er hatte immer gleichzeitig zwei oder drei Mädels, die hinter ihm her waren. Er war ein richtiger Schwerenöter. Er hatte einen Blumenstrauß dabei, rosa Lilien, den er in einem Laden gekauft hatte, der fünf Häuser von der Bank entfernt war. Er hörte Schreie und sah, wie zwei Leute aus der Bank gerannt kamen, beide bewaffnet und maskiert, ein Mann und eine Frau. Ein weiterer Mann hat im Wagen auf sie gewartet.

Curtis zog seine Waffe, und da sahen sie ihn. Sie hatten beide abgesägte Flinten, und sie haben nicht gezögert. Der Mann hat zweimal auf ihn geschossen, und als er sterbend am Boden lag, hat die Frau ihn erledigt. Sie hat ihm ins Gesicht geschossen, und dabei war er so hübsch, so schön.«

Sie schwieg, und ich wußte, daß sie sich diese Geschichte sonst nur selbst erzählte, daß es nichts war, was man mitteilte, sondern etwas, das man in sich hütete. Manchmal brauchen wir unser Leid, um uns daran festzuhalten.

»Als sie geschnappt wurden, hatten sie dreitausend Dollar. Mehr hatten sie aus der Bank nicht rausgeholt, mehr war ihnen mein Bruder nicht wert. Die Frau war eine Woche zuvor aus einer Anstalt entlassen worden. Angeblich stellte sie keine Bedrohung mehr für die Allgemeinheit dar.«

Sie trank ihren Wein aus. Ich gab dem Kellner einen Wink, und sie schwieg, während er ihr nachschenkte.

»Und hier bin ich«, sagte sie schließlich. »Jetzt versuche

ich zu verstehen, und hin und wieder bin ich nah dran. Und manchmal, wenn ich Glück habe, kann ich verhindern, daß anderen Leuten etwas zustößt. Manchmal.«

Ich bemerkte, daß sie nun meine Hand festhielt, und ich konnte mich nicht erinnern, wie es dazu gekommen war. Ich hielt ihre Hand und erzählte zum ersten Mal seit Jahren, wie ich mit meiner Mutter von New York nach Maine gezogen war.

»Lebt sie noch?«

Ich schüttelte den Kopf. »Ich hatte Stunk mit einem großen Tier da in der Gegend, mit Daddy Helms«, sagte ich. »Mein Großvater und meine Mutter meinten, ich sollte über den Sommer irgendwo anders arbeiten, bis Gras drüber gewachsen wäre. Ein Freund von uns hatte in Philly ein Geschäft, also hab' ich da 'ne Weile gearbeitet, hab' Waren eingeräumt und abends saubergemacht. Ich hatte ein Zimmer über dem Laden.

Meine Mutter ist zur Physiotherapie gegangen, weil sie in der Schulter einen eingeklemmten Nerv hatte, bloß daß sich dann herausstellte, daß die Diagnose falsch war. Sie hatte Krebs. Ich glaube, sie hat es gewußt, wollte aber lieber keinem was davon sagen. Vielleicht hat sie sich gedacht, wenn sie es sich selbst nicht eingesteht, könnte sie ihren Körper austricksen, so daß er ihr noch mehr Zeit läßt. Aber als sie aus der Praxis des Therapeuten rauskam, kollabierte einer ihrer Lungenflügel.

Ich kam zwei Tage drauf mit dem Bus nach Hause. Ich hatte sie zwei Monate lang nicht gesehen, und als ich im Krankensaal nach ihr suchte, hab' ich sie nicht gefunden. Ich mußte nach den Namensschildern an den Betten gehen, so sehr hatte sie sich verändert. Damals hatte sie noch sechs Wochen zu leben. Als es zu Ende ging, war sie bei klarem Verstand, trotz der ganzen Schmerzmittel. Das kommt oft vor, soweit ich weiß. Dann denkt man schon, es geht ihnen wieder besser. Als würde sich der Krebs einen schlechten Scherz erlauben. Am Abend vor ihrem Tod hat sie versucht, das Krankenhaus zu zeichnen, damit sie wüßte, wo sie lang muß, wenn es Zeit ist zu gehen.«

Ich trank einen Schluck Wasser. »Tut mir leid«, sagte ich. »Ich weiß wirklich nicht, warum mir das alles ausgerechnet jetzt einfällt.«

Rachel lächelte und hielt meine Hand fester umschlossen.

»Und dein Großvater?«

»Ist vor acht Jahren gestorben. Er hat mir sein Haus in Maine vermacht, das ich immer renovieren will.« Mir fiel auf, daß sie mich nicht nach meinem Vater fragte. Vermutlich wußte sie alles, was es zu wissen gab.

Später schlenderten wir dann durch die Menschenmenge, die Musik aus den Bars verschmolz zu einem einzigen Dröhnen, aus dem man gelegentlich vertraute Melodien heraushörte. Vor ihrer Zimmertür angelangt, umarmten wir uns lange, gaben uns dann einen zärtlichen Kuß, ihre Hand strich über meine Wange, und wir wünschten einander gute Nacht.

Trotz Remarr und Joe Bones und des Gesprächs mit Woolrich schlief ich in dieser Nacht ruhig und friedlich, Rachels Hand spürte ich noch in der meinen.

Kapitel 39

Es war ein kühler, klarer Morgen, und das Gebimmel der St.-Charles-Straßenbahn lag in der Luft, als ich meine Runden drehte. Eine Hochzeitslimousine fuhr auf dem Weg zur Kathedrale an mir vorbei, und weiße Bänder flatterten an ihrem Heck. Ich joggte die North Rampart Street in westlicher Richtung bis runter zur Perdido, und dann die Chartres Street quer durchs Latin Quarter zurück. Mir war fürchterlich heiß, als hätte ich beim Laufen ein feuchtwarmes Handtuch vorm Gesicht. Meine Lunge rang nach Luft, und mein Kreislauf sträubte sich dagegen, aber trotzdem lief ich weiter.

Ich hatte mir wieder angewöhnt, drei- oder viermal wöchentlich zu trainieren, und wenn ich mich ein paar Tage lang nicht an mein Trainingssystem hielt, fühlte ich mich schlapp und aufgedunsen, als wäre mein Kreislauf voller Giftstoffe.

Wieder im Flaisance, duschte ich und verband meine verwundete Schulter neu; sie tat immer noch ein bißchen weh, aber die Wunden schlossen sich. Dann gab ich in der Reinigung um die Ecke noch einen Haufen Wäsche ab, denn ich hatte beim Packen nicht damit gerechnet, so lange in New Orleans zu bleiben.

Stacey Byrons Nummer stand im Telefonbuch – sie hatte ihren Mädchennamen nicht wieder angenommen, jedenfalls wußte das Fernmeldeunternehmen nichts davon –, und

Angel und Louis boten sich an, einen Wagen zu mieten und nach Baton Rouge zu fahren, um mal zu sehen, was sie durch sie oder über sie herausfinden konnten. Das würde Woolrich gar nicht gefallen, aber wenn er wollte, daß sie in Ruhe gelassen wurde, hätte er gar nichts davon erzählen sollen.

Rachel schickte E-Mails mit den Einzelheiten der Abbildungen, nach denen sie suchte, an zwei ihrer Doktoranden in Columbia und an einen emeritierten Professor in Boston namens Father Eric Ward, der früher auch Dozent an der Loyola in New Orleans gewesen war und sich auf die Kultur der Renaissance spezialisiert hatte. Statt rumzusitzen und auf Antworten zu warten, begleitete sie mich nach Metairie, wo David Fontenot an diesem Morgen beigesetzt werden sollte.

Wir fuhren schweigend. Wir hatten noch nicht über unsere zunehmende Vertrautheit gesprochen und wozu das führen mochte, aber offenbar waren wir beide uns dessen nur zu bewußt. Ich konnte etwas davon in Rachels Blick entdekken, wenn sie mich ansah. Und ich glaube, sie sah es auch bei mir.

»Was möchtest du noch über mich wissen?« fragte sie.

»Ich weiß nicht allzuviel über dein Privatleben.«

»Davon abgesehen, daß ich schön und klug bin.«

»Davon mal abgesehen, ja.«

»Meinst du Sexualleben, wenn du Privatleben sagst?«

»Auch so ein Euphemismus. Ich möchte ja nicht aufdringlich wirken. Wenn es dir lieber ist, kannst du mit deinem Alter anfangen, denn das hast du mir gestern abend nicht verraten. Der Rest ist dann vergleichsweise einfach.«

Sie verzog den Mund zu einem Grinsen und zeigte mir den Mittelfinger. Das ignorierte ich.

»Ich bin dreiunddreißig, würde aber nur dreißig zugeben, bei entsprechender Beleuchtung. Ich habe eine Katze und eine Wohnung mit zwei Schlafzimmern in der Upper West Side, bloß zur Zeit niemanden, mit dem ich sie teilen kann. Ich gehe dreimal pro Woche zur Step-Aerobic, ich esse gern chinesisch, und ich mag Soul-Musik und Cream Ale. Mit meiner letzten Beziehung war vor sechs Monaten Schluß, und ich glaube, mir wächst wieder ein Jungfernhäutchen.«

Ich schaute sie an und hob eine Augenbraue, und sie lachte. »Du schaust ja ganz entsetzt«, sagte sie. »Du mußt mehr unter Leute.«

»Du aber offenbar auch. Was war das für ein Typ?«

»Ein Börsenmakler. Wir waren schon über ein Jahr lang zusammen und haben gesagt, wir würden zur Probe zusammenziehen. Er hatte ein Schlafzimmer, und ich hatte zwei, also ist er bei mir eingezogen, und aus dem zweiten Schlafzimmer haben wir ein gemeinsames Arbeitszimmer gemacht.«

»Hört sich idyllisch an.«

»War es auch, ungefähr eine Woche lang. Dann stellte sich raus, daß er die Katze nicht mochte, daß er es haßte, mit mir in einem Bett zu schlafen, weil ich ihn angeblich ständig geweckt habe, wenn ich mich umdrehte, und meine komplette Kleidung stank mit einem Mal nach seinem Zigarettenqualm. Damit war der Fall erledigt. Alles hat gestunken: die Möbel, das Bett, die Wände, das Essen, das Toilettenpapier, sogar die Katze. Dann ist er eines Abends nach Hause gekommen und hat gesagt, er hätte sich in seine Sekretärin verliebt, und drei Monate drauf ist er mit ihr nach Seattle gezogen.«

»Soll nett sein in Seattle.«

»Ich scheiß' auf Seattle. Hoffentlich stürzt es ins Meer.«

»Wenigstens bist du nicht verbittert.«

»Sehr witzig.« Sie schaute eine Weile aus dem Fenster, und ich verspürte das Verlangen, die Hand auszustrecken und sie zu berühren, und dieses Bedürfnis wurde noch durch das verstärkt, was sie als nächstes sagte. »Es widerstrebt mir immer noch, dir allzu viele Fragen zu stellen«, sagte sie behutsam. »Nach allem, was passiert ist.«

»Ich weiß.« Langsam streckte ich die rechte Hand aus und strich ihr sacht über die Wange. Ihre Haut war zart und etwas feucht. Sie neigte den Kopf zu mir herüber und lehnte ihn gegen meine Hand, und dann hielten wir vor dem Friedhofseingang, und der Augenblick war vorüber.

Delacroix lag südöstlich von New Orleans, gut dreißig Meilen vom Lake Ponchartrain entfernt, an der Grenze zwischen den Gemeinden Plaquemines und St. Bernard. Es war so ziemlich das Ende der Welt: Jenseits von Delacroix und, ein Stückchen weiter nördlich, Ycloskey, hatte St. Bernard nur noch Sumpf und den Breton Sound zu bieten.

Einige Zweige der Familie Fontenot lebten seit dem späten 19. Jahrhundert in New Orleans, lange bevor Lionels und Davids Familie in die Stadt gezogen war, und die Fontenots besaßen eine große Gruft auf dem Metairie Cemetery, dem größten Friedhof der Stadt. Der Friedhof erstreckte sich über sechzig Hektar und war auf dem alten Gelände der Pferderennbahn von Metairie entstanden. Für Zocker war es also eine angemessene letzte Ruhestätte, wenn es auch letztendlich bewies, daß das Haus immer die besseren Karten hat.

Die Friedhöfe von New Orleans sind merkwürdige Orte. Während die meisten Großstadtfriedhöfe sorgfältig gepflegt werden und auf dezenten Grabsteinen bestehen, ruhten Generationen der toten Bürger von New Orleans in enorm verschnörkelten Grabmälern und eindrucksvollen Mausoleen. Sie erinnerten mich an Père Lachaise in Paris und die Stadt der Toten in Kairo, wo die Leute inmitten der Grabmäler wohnten. Diese Ähnlichkeit wurde noch durch das Grabmal einer Familie verstärkt, das pyramidenförmig war und von einer Sphinx bewacht wurde.

Die Friedhöfe hier hatten sich aber nicht nur unter dem Einfluß der spanischen und französischen Friedhofsarchitektur so entwickelt. Ein Gutteil der Stadt lag unterhalb des Meeresspiegels, und bis zur Entwicklung moderner Entwässerungssysteme hatten sich Erdgräber schnell mit Wasser gefüllt. Daher waren oberirdische Grabmäler die naheliegende Lösung.

Der Leichenzug war schon auf dem Friedhof angelangt, als wir eintrafen. Ich parkte abseits des großen Wagenpulks, und wir gingen an den beiden Streifenwagen am Eingang vorbei, in denen sonnenbebrillte Polizisten saßen. Wir folgten den Nachzüglern und kamen am Fuß des langen Moriarity-Grabmals an den vier Statuen vorbei, die Glaube, Hoffnung, Barmherzigkeit und Gedenken symbolisierten, und dann zu einer klassizistischen Gruft mit einem Paar dorischer Säulen davor. Auf dem Türsturz war »Fontenot« eingemeißelt.

Man konnte unmöglich sagen, wie viele Fontenots in dem Familiengrab ruhten. In New Orleans war es üblich, den Leichnam ein Jahr und einen Tag lang ruhen zu lassen, dann wurde das Grabmal geöffnet, die sterblichen Überreste weiter nach hinten verlagert und der morsche Sarg entfernt, um Platz für den nächsten zu schaffen. Viele Grabmäler auf dem Metairie waren ziemlich überfüllt.

Das schmiedeeiserne Tor mit den Puttenköpfen war offen, und die kleine Trauergemeinde stand im Halbkreis um das Grabmal. Ein Mann, vermutlich Lionel Fontenot, ragte aus der Menge hervor. Er trug einen schwarzen Einreiher und eine dicke schwarze Krawatte. Sein Gesicht war rötlichbraun gegerbt, und tiefe Falten zogen sich über seine Stirn und schlängelten sich aus den Augenwinkeln. Sein Haar war dunkelbraun, mit grauen Strähnen an den Schläfen. Er war groß, mindestens einsneunzig, und wog bestimmt hundertzehn Kilo.

Hinter den Trauergästen, zwischen Grabmälern und unter den Bäumen standen vier Männer mit grimmigen Gesichtern und in dunklen Jacketts und spähten über den Friedhof. Unter ihren Sakkos zeichneten sich Pistolen ab. Ein fünfter Mann, der einen dunklen Mantel lose über den Schultern trug, drehte sich gerade unter einer alten Zypresse um, und unter seinen Mantelschößen erblickte ich kurz ein M16-ähnliches Sturmgewehr. Zwei weitere Männer standen links und rechts neben Lionel Fontenot. Der Boß ging kein Risiko ein.

Die Trauernden, sowohl Schwarze als auch Weiße – junge weiße Männer in schicken schwarzen Anzügen, alte schwarze Frauen in schwarzen Kleidern mit Spitzenbesatz am Ausschnitt –, verfielen in Schweigen, als der Priester anfing, aus einem zerfledderten Brevier mit Goldschnitt die Bestattungsriten vorzulesen. Kein Windhauch trug die Worte weiter, sie hingen in der Luft und hallten von den Grabmälern wider, wie die Stimmen der Toten selbst.

»Vater unser, der du bist im Himmel . . .«

Die Sargträger traten vor und hatten Mühe, den Sarg durch den schmalen Grufteingang zu befördern. Als er drinnen aufgebahrt war, tauchten zwischen zwei runden Mausoleen gut zwanzig Meter entfernt zwei uniformierte Polizisten auf. Zwei weitere kamen aus östlicher Richtung, und ein drittes Paar schlenderte hinter einem Baum hervor. Rachel folgte meinem Blick.

»Eine Eskorte?«

»Kann sein.«

»Dein Reich komme. Dein Wille geschehe, wie im Himmel, so . . .«

Mir war mulmig zumute. Vielleicht waren sie ja hier, damit Joe Bones nicht auf die Idee kam, die Trauerfeier zu stören, aber irgendwas stimmte da nicht. Es gefiel mir nicht, wie sie sich bewegten. Sie schienen sich in ihrer Uniform nicht wohl zu fühlen, als wäre ihnen der Hemdkragen zu eng und als würden die Schuhe drücken.

»Und vergib uns unsere Schuld . . .«

Fontenots Männer hatten sie auch entdeckt, schienen sich aber keine großen Sorgen zu machen. Die Polizisten ließen lose die Arme baumeln, und ihre Pistolen blieben in den Holstern. Sie waren noch gut zwölf Meter von uns entfernt, als mir etwas Warmes ins Gesicht spritzte. Eine ältere, mondgesichtige Dame in einem engen schwarzen Kleid, die neben mir leise geschluchzt hatte, wirbelte herum und stürzte zu Boden, mit einem dunklen Loch in der Schläfe und etwas Feuchtem im Haar. Ein Marmorsplitter platzte aus der Gruft, und rund um die Stelle war der Stein knallrot. Fast gleichzeitig erklang der Schuß, ein gedämpfter Knall, wie ein Fausthieb auf einen Sandsack.

»Sondern erlöse uns von dem Bösen . . .«

Die Trauernden brauchten ein paar Sekunden, um zu begreifen, was vor sich ging. Sie betrachteten stumm die hingestreckte Frau, um deren Kopf sich bereits eine Blutlache bildete. Da schob ich Rachel schon in die Lücke zwischen zwei Grüften und schirmte sie mit meinem Körper ab. Jemand schrie, die Menge löste sich auf, weitere Kugeln pfiffen und knallten auf Marmor und Stein. Ich sah, wie sich Lionel Fontenots Leibwächter über ihn beugten und ihn zu Boden stießen, während die Kugeln in das Grabmal einschlugen und auf das Eisentor ratterten.

Rachel hielt sich die Arme über den Kopf und kauerte sich hin, um sich kleiner zu machen. Hinter mir trennten sich zwei der Polizisten und holten Maschinenpistolen aus den Büschen an der Allee. Es waren Steyr mit Schalldämpfer, also Joe Bones' Männer. Ich sah, wie eine Frau hinter den ausgebreiteten Flügeln eines steinernen Engels Deckung suchte, ihr dunkler Mantel flatterte um ihre bloßen Beine. Der Mantel blähte sich zweimal an den Schultern, und dann fiel sie mit ausgestreckten Armen und dem Gesicht voran zu Boden. Sie versuchte wegzukriechen, aber ihr Mantel blähte sich noch einmal, und dann war sie tot.

Jetzt hörte man Pistolenschüsse und das Rattern einer halbautomatischen Waffe, als Fontenots Männer das Feuer erwiderten. Ich zog meine Smith & Wesson und hockte mich neben Rachel, und eine uniformierte Gestalt tauchte in der Lücke zwischen den Grabmälern auf, die Steyr mit beiden Händen gepackt. Ich schoß ihm ins Gesicht, und er brach zusammen.

»Aber das sind doch Polizisten!« sagte Rachel; bei dem Schußwechsel um uns her hörte ich sie kaum.

Ich packte sie und drückte sie zu Boden. »Das sind Joe Bones' Männer. Die wollen Lionel Fontenot umlegen.« Aber nicht nur das: Joe Bones wollte Chaos säen und Blut und Angst und Tod ernten. Er wollte nicht nur Lionel Fontenots Tod. Er wollte auch, daß andere starben – Frauen und Kinder, Lionels Familie und Geschäftspartner –, damit sich die Überlebenden daran erinnerten und Joe Bones noch mehr fürchteten. Er wollte die Fontenots brechen, und er würde es hier tun, vor der Gruft, in der sie seit Generationen ihre Toten beisetzten. So handelte ein Mann, der alle Vernunft hinter sich gelassen hatte und an einem dunklen, von Flammen erleuchteten Ort lebte, einem Ort, an dem er nur noch Blut sah.

Hinter mir hörte ich es poltern, und dann sank einer von Fontenots Männern, der mit dem Mantel und der Halbautomatischen, neben Rachel auf die Knie. Blut lief aus seinem Mund, und Rachel schrie, als er nach vorn kippte und ihr vor die Füße fiel. Das M16 lag neben ihm im Gras. Ich langte danach, aber Rachel hatte es schon gepackt, ein uralter, unauslöschlicher Überlebenstrieb leitete jetzt ihr Tun. Mund und Augen waren weit aufgerissen, als sie über den auf dem Bauch liegenden Leibwächter hinweg eine Salve abfeuerte.

Ich stürzte zum anderen Ende des Grabmals und zielte in dieselbe Richtung, aber Joe Bones' Mann war schon erledigt. Er lag auf dem Rücken, sein linkes Bein zuckte, und über seine Brust zog sich ein blutiges Muster. Rachels Augen waren aufgerissen, ihre Hände zitterten, und Adrenalin wurde durch ihren Kreislauf gepumpt. Das M16 fiel ihr aus den Händen. Der Schulterriemen blieb an ihrem Arm hängen, und sie schüttelte sich heftig, um ihn wegzubekommen. Hinter ihr eilten Trauergäste geduckt die Friedhofsallee entlang. Zwei weiße Frauen schleiften einen jungen Schwarzen über den Rasen. Sein weißes Hemd war am Bauch mit Blut getränkt.

Vermutlich hatte es noch eine vierte Gruppe von Joe Bones' Männern gegeben, die sich von Süden her genähert und die ersten Schüsse abgefeuert hatte. Mindestens drei waren erledigt: die beiden, die Rachel und ich getötet hatten, und ein dritter, der hingestreckt unter der alten Zypresse lag. Fontenots Mann hatte einen umgelegt, ehe er selbst getroffen wurde.

Ich half Rachel auf die Beine und schob sie schnell zu einer verrußten Gruft mit verrosteter Pforte. Ich schlug mit dem Schaft des M16 auf das Schloß, und es gab sofort nach. Sie schlüpfte hinein, und ich gab ihr meine Smith & Wesson und sagte, sie solle dort bleiben, bis ich sie holen würde. Dann packte ich das M16 und rannte um die Hinterseite der

Fontenot-Gruft herum, die anderen Grabmäler als Deckung nutzend. Ich wußte nicht, wieviel Schuß noch im Magazin waren. Die Stellvorrichtung stand auf Drei-Schuß-Feuerstoß. Je nach Kapazität des Magazins blieben mir noch zehn bis zwanzig Schuß.

Ich war fast an einem Gedenkstein angelangt, von dem die Skulptur eines schlafenden Kindes aufragte, als mich etwas am Hinterkopf traf, ich nach vorne strauchelte und mir das M16 aus den Händen fiel. Jemand trat mir mit voller Wucht in die Nieren, und der Schmerz schoß mir bis hoch in die Schultern. Ein Tritt in die Magengrube riß mich auf den Rücken. Ich schaute hoch und sah Ricky über mir stehen. Das echsenhafte Profil und seine zierliche Statur paßten nicht zur Uniform der Polizei von New Orleans. Er hatte seine Mütze verloren und an der Wange eine Schnittwunde von einem Steinsplitter. Die Mündung seiner Steyr wies auf meine Brust.

Ich versuchte zu schlucken, aber meine Kehle war wie zugeschnürt. Ich spürte bewußt das Gras unter meinen Händen und den Schmerz in meiner Seite, Empfindungen des Lebens, Weiterlebens, Überlebens. Ricky hob die Steyr und richtete sie auf meinen Kopf.

»Schöne Grüße von Joe Bones«, sagte er. Sein Finger umfaßte den Abzug, und im selben Moment wurde sein Kopf nach hinten gerissen, er schob den Bauch vor und beugte den Rücken. Eine Salve aus der Steyr zerfetzte die Grasnarbe neben meinem Kopf, und Ricky fiel auf die Knie, kippte seitwärts um und lag schließlich bäuchlings über meinem linken Bein. Hinten auf seinem Hemd klaffte ein schartiges, rotes Loch.

Hinter ihm stand Lionel Fontenot in Scharfschützenpose und ließ nur langsam die Pistole sinken. Seine linke Hand war blutig, und im Ärmel des linken Oberarms hatte er ein Einschußloch. Die beiden Leibwächter, die bei der Beerdigung neben ihm gestanden hatten, eilten von der Fontenot-Gruft aus zu uns. Sie musterten mich kurz und widmeten ihre Aufmerksamkeit dann wieder Fontenot. Ich hörte näher kommende Sirenen.

»Einer ist davongekommen, Lionel«, sagte ein Leibwächter. »Die anderen sind tot.«

»Was ist mit unseren Leuten?«

»Drei Tote – mindestens. Und Verwundete.«

Neben mir regte sich Ricky und bewegte schwach die Hand. Ich spürte, wie sich sein Körper auf meinem Bein verlagerte. Lionel Fontenot kam zu uns, stand noch für einen Augenblick über ihm und schoß ihm dann einmal in den Hinterkopf. Er schaute mich noch einmal neugierig an und nahm dann das M16 und warf es einem seiner Männer zu.

»Kümmert euch um die Verletzten«, sagte er. Er hielt sich mit der rechten Hand seinen verwundeten linken Arm und ging zurück zur Familiengruft der Fontenots.

Die Rippen taten mir weh, als ich zur Gruft zurückging, wo ich Rachel gelassen hatte. Ich näherte mich vorsichtig und dachte an die Smith & Wesson, die ich ihr dagelassen hatte. Als ich zu dem Grabmal kam, war Rachel fort.

Ich fand sie gut fünfzig Meter weiter, neben einem kleinen Mädchen hockend, das kaum älter als zehn Jahre war. Als ich näher kam, packte Rachel die Pistole und wirbelte herum.

»Ich bin's. Bist du okay?«

Sie nickte und legte die Pistole weg. Mir fiel auf, daß sie die ganze Zeit über eine Hand auf den Bauch des Mädchens gedrückt hatte.

»Wie geht's ihr?« fragte ich, doch als ich ihr über die Schulter schaute, wußte ich die Antwort. Das Blut, das aus der Schußwunde sickerte, war fast schwarz. Ein Leberschuß. Das Mädchen, das unkontrollierbar zitterte und im Todeskampf die Zähne zusammenbiß, würde nicht durchkommen. Von allen Seiten tauchten Trauergäste aus ihren Verstecken auf, manche schluchzend, manche zitternd vor Schock. Ich sah, daß zwei von Lionel Fontenots Männern auf uns zurannten, beide mit Pistolen, und ich nahm Rachel beim Arm.

»Wir müssen hier weg. Wir können es uns nicht leisten, hierzubleiben, bis die Bullen kommen.«

»Ich bleibe hier. Ich lasse sie nicht allein.«

»Rachel.« Sie schaute mich an. Ich sah ihr in die Augen, und wir wußten beide, daß das Mädchen bald sterben würde. »Wir können nicht hierbleiben.«

Die beiden Fontenots waren bei uns angelangt. Einer von ihnen, der Jüngere, fiel neben dem Mädchen auf die Knie und nahm ihre Hand. Sie umklammerte seine Hand, und er flüsterte ihren Namen. »Clara«, sagte er. »Halt durch, Clara, halt durch.«

»Bitte, Rachel«, sagte ich noch mal.

Sie nahm die Hand des jungen Mannes und drückte sie auf Claras Bauch. Clara schrie auf, als sie erneut den Druck spürte.

»Behalten Sie Ihre Hand da«, zischte Rachel. »Lassen Sie nicht los, bis der Notarzt kommt.«

Sie hob die Pistole auf und reichte sie mir. Ich legte den Sicherungsbügel um und steckte sie wieder in mein Holster. Wir ließen das ganze Chaos hinter uns, bis das Geschrei allmählich verklang, und dann blieb ich stehen, und sie nahm mich fest in die Arme. Ich packte sie fest und küßte ihre Stirn und sog ihren Duft ein. Sie drückte mich, und bei dem stechenden Schmerz in meinem Brustkorb schnappte ich nach Luft.

Rachel wich zurück. »Bist du verletzt?«

»Ich hab' nur einen Tritt abbekommen, weiter nichts.«

Ich hielt ihr Gesicht in den Händen. »Du hast für sie getan, was du konntest.«

Sie nickte, aber ihre Lippen bebten. Das Mädchen hatte für sie eine Bedeutung, die über die schlichte Pflicht hinausging, ihr Leben zu retten. »Ich habe diesen Mann umgebracht«, sagte sie.

»Er hätte uns beide getötet. Du hattest keine Wahl. Wenn du es nicht getan hättest, wärst du jetzt tot. Und ich vielleicht auch.« Das war die Wahrheit, aber es reichte nicht, noch nicht. Ich hielt sie fest in den Armen, und sie weinte, und der Schmerz in meiner Seite war nichtig, verglichen mit ihrem Leid.

Kapitel 40

Ich hatte seit vielen Jahren nicht mehr über Daddy Helms gesprochen und erzählte erst Rachel wieder von ihm und der Rolle, die er beim langsamen Sterben meiner Mutter gespielt hatte.

Daddy Helms war der häßlichste Mensch, den ich je gesehen hatte. Ende der Sechziger bis Anfang der Achtziger hatte er in Portland das große Sagen und baute sich ein bescheidenes Imperium auf, zunächst, indem er Spirituosenlager ausraubte, und später, indem er in drei Bundesstaaten den Drogenhandel an sich riß.

Daddy Helms wog drei Zentner und litt an einer Hautkrankheit, die auf seinem ganzen Körper Beulen hinterlassen hatte, sichtbar vor allem auf Gesicht und Händen. Sie waren dunkelrot und bildeten über seinen eigentlichen Gesichtszügen eine schuppige zweite Haut und machten sie gleichzeitig unkenntlich, so daß man Daddy Helms stets wie durch einen roten Nebel sah. Er trug Anzüge mit Weste und Panamahüte und rauchte stets Churchill-Zigarren, und deshalb roch man Daddy Helms, ehe man ihn sah. Und wenn man nicht auf den Kopf gefallen war, blieb einem genug Zeit, um zu verschwinden.

Daddy Helms war eine fiese Sau, aber eben auch eine Laune der Natur. Wäre er nicht so intelligent und verbittert und gewaltversessen gewesen, dann hätte er vermutlich in einer Hütte in den Wäldern von Maine gelebt und mitfühlenden Mitbürgern an der Haustür Weihnachtsbäume verkauft. Doch so schien seine Häßlichkeit nur sichtbarer Ausdruck einer geistigen und moralischen Verkommenheit zu sein, einer Verworfenheit, die den Eindruck hinterließ, daß seine Haut noch längst nicht das Schlimmste an ihm sei. Er trug Zorn in sich, eine Wut auf die ganze Welt.

Mein Großvater, der Daddy Helms von klein auf kannte und sonst allen Mitmenschen verständnisvoll begegnete, selbst den Verbrechern, die er in seiner Zeit als Deputy festnehmen mußte, sah in Daddy Helms nur Böses. »Ich hab' immer gedacht, daß er wegen seiner Häßlichkeit so geworden ist«, sagte er einmal, »daß er sich so verhält, weil er eben so aussieht, daß er sich auf diese Weise an der Welt rächen will.« Er saß auf der Veranda des Hauses, in dem er mit meiner Großmutter, meiner Mutter und mir wohnte, dem Haus, in dem wir seit dem Tod meines Vaters alle lebten. Doc, der Basset meines Großvaters – nach dem Countrysänger Doc Watson benannt, und das aus dem einzigen Grund, weil es meinem Großvater so gefiel, wie der den Song *Alberta* sang – lag zusammengerollt zu seinen Füßen, sein Brustkasten hob und senkte sich gemächlich im Tiefschlaf, und hin und wieder gab er in seinen Hundeträumen ein leises Jaulen von sich.

Mein Großvater trank aus einem blauen Emailbecher einen Schluck Kaffee und stellte ihn dann zu seinen Füßen ab. Doc regte sich kurz, schlug verschlafen ein Auge auf, damit er auch ja nichts Interessantes verpaßte, und widmete sich dann wieder seinen Träumen.

»Aber so ist Daddy Helms nicht«, fuhr er fort. »Mit Daddy Helms stimmt was nicht, und ich weiß nicht so recht, was es ist. Ich frag' mich bloß, was er aus sich gemacht hätte, wenn er nicht so potthäßlich wär'. Du hättest ihm nicht in die Quere kommen sollen, Junge. Du hast gestern eine harte Lektion gelernt, und das von einem harten Mann.«

Ich war mit der Einstellung aus New York gekommen, daß ich ein knallharter Bursche sei, klüger und flinker und, wenn's drauf ankäme, härter drauf als die Typen irgendwo am Arsch der Welt in Maine. Da hatte ich mich getäuscht. Und Daddy Helms bog mir das bei.

Clarence Johns, ein Junge, der mit seinem Säufervater in der Nähe der heutigen Maine Mall Road wohnte, lernte diese Lektion ebenfalls. Clarence war immer freundlich, aber dumm, ein geborener Handlanger. Wir waren seit gut einem Jahr befreundet, ballerten an lauen Sommernachmittagen mit seinem Luftgewehr in der Gegend rum und tranken Bier, das wir seinem Daddy gemopst hatten. Wir langweilten uns und sorgten dafür, daß alle das mitbekamen, auch Daddy Helms.

Er hatte in der Congress Street eine alte, baufällige Kneipe aufgekauft und ließ sie nun peu à peu zu dem umbauen, was er für ein ziemlich erstklassiges Etablissement hielt. Das war, bevor die Hafengegend saniert wurde und die T-Shirt- und Kunstgewerbeläden aufmachten, das Programmkino und die Kneipen, in denen die Touristen von fünf bis sieben gratis Knabberzeug serviert bekamen. Vielleicht sah Daddy Helms voraus, was kommen würde, denn er ließ in der ganzen Bar neue Fenster einsetzen, ließ das Dach neu decken und kaufte das Mobiliar einer alten, säkularisierten Kirche in Belfast auf.

Eines Sonntagnachmittags, als Clarence und ich mit der Welt mal wieder überhaupt nichts anzufangen wußten, hockten wir auf der Mauer hinter Daddy Helms' zur Hälfte fertiggestellter Bar und zerschmetterten mit punktgenauen Steinwürfen jede einzelne der verdammten neuen Fensterscheiben. Dann entdeckten wir noch einen alten Toilettenspülkasten und hievten ihn in einem abschließenden Akt des Vandalismus durch das große Bogenfenster an der Rückseite des Gebäudes, das nach Daddy Helms' Plan die ganze Bar wie ein Fächer überspannen sollte.

Clarence bekam ich anschließend ein paar Tage lang nicht zu sehen, dachte mir aber nichts dabei, bis uns eines Abends, als wir mit einem illegal erworbenen Sixpack die St. John runtergingen, drei von Daddy Helms' Männern schnappten und zu einem schwarzen Cadillac Eldorado zerrten. Sie legten uns Handschellen an, zogen uns Paketklebeband über den Mund, banden uns schmutzige Lappen vor die Augen, stopften uns in den Kofferraum und klappten ihn zu. Clarence Johns und ich lagen Seite an Seite und wurden verschleppt, und mir stieg sein säuerlicher, unreinlicher Körpergeruch in die Nase, obwohl mir klar war, daß ich wahrscheinlich nicht anders roch.

Doch in dem Kofferraum roch es nicht nur nach Öl und alten Lappen und dem Schweiß zweier Jungs. Es roch nach menschlichem Kot und Urin, nach Kotze und Galle. Es roch nach Todesangst, und ich begriff, daß in diesem Cadillac schon einige Leute mitgenommen worden waren.

Die Zeit schien in der Dunkelheit stillzustehen, so daß ich, als der Wagen hielt, nicht sagen konnte, wie weit wir gefahren waren. Der Kofferraum wurde aufgemacht, und über mir strahlte der Sternenhimmel wie eine himmlische Verheißung. Links hörte ich die Brandung, und die Luft schmeckte nach Jod. Man hob uns aus dem Kofferraum und zerrte uns durch Gebüsch und über Felsgestein. Ich spürte Sand unter den Füßen, und neben mir fing Clarence Johns an zu wimmern, aber vielleicht war es auch mein eigenes Wimmern, das ich da hörte. Dann warf man uns mit dem Gesicht voran auf den Strand, und an meinen Kleidern und Schuhen machten sich Hände zu schaffen. Das Hemd wurde mir vom Leib gerissen, und von der Taille abwärts zogen sie mich aus, und ich trat verzweifelt nach den unsichtbaren Gestalten um mich her, bis mir jemand einen kräftigen Fausthieb ins Kreuz versetzte. Sie rissen mir den Lappen von den Augen, und ich schaute hoch und sah Daddy Helms über mir stehen. Hinter ihm erkannte ich die Umrisse eines großes Gebäudes: das Black Point Inn. Wir waren auf dem Western Beach in Prouts Neck, außerhalb von Scarborough. Hätte ich mich umdrehen können, dann hätte ich die Lichter des Old Orchard Beach gesehen, aber ich konnte mich nicht umdrehen.

Daddy Helms hielt einen Zigarrenstummel in der verunstalteten Hand und lächelte mir zu. Es war ein Lächeln wie der Lichtschimmer auf einer Messerklinge. Er trug einen weißen Dreiteiler, eine goldene Uhrenkette zog sich über seine Weste, und die rotweiß gepunktete Fliege am Kragen seines weißen Baumwollhemds war tadellos gebunden.

Clarence Johns neben mir strampelte mit den Schuhen im Sand herum und suchte nach Halt, um aufstehen zu können, doch einer von Daddy Helms' Männern, ein blonder Wilder namens Tiger Martin, stellte Clarence einen Fuß auf die Brust und zwang ihn zurück auf den Sand. Clarence, das fiel mir auf, war nicht nackt.

»Du bist Bob Warrens Enkel?« äußerte Daddy Helms nach einer Weile. Ich nickte. Ich hatte das Gefühl zu erstikken. Meine Nasenlöcher waren mit Sand verstopft, und meine Lunge bekam offenbar nicht genug Luft.

»Weißt du, wer ich bin?« fragte Daddy Helms, den Blick immer noch auf mich gerichtet.

Ich nickte erneut.

»Du kannst aber nicht wissen, wer ich bin, Junge. Wenn du das wüßtest, hättest du das mit meinem Laden nicht gemacht. Es sei denn, du bist bescheuert, und das wär' noch schlimmer.«

Er wandte kurz Clarence seine Aufmerksamkeit zu, sprach ihn aber nicht an. Ich meinte, ein Fünkchen Mitleid in seinem Blick zu erhaschen, als er Clarence betrachtete. Clarence war dumm, daran gab es keinen Zweifel. Für einen kurzen Moment kam es mir vor, als würde ich Clarence mit anderen Augen sehen, als wäre er als einziger nicht Mitglied in Daddy Helms' Bande und als wären wir fünf drauf und dran, ihm etwas Schreckliches anzutun. Aber ich war nicht in Daddy Helms' Bande, und der Gedanke, was als nächstes passieren mochte, brachte mich in die Wirklichkeit zurück. Ich spürte den Sand auf meiner Haut, und ich sah, wie Tiger Martin mit einem schwer aussehenden schwarzen Müllsack ankam. Er schaute Daddy Helms an, Daddy Helms nickte, und dann wurde der Sack umgedreht und über mir ausgekippt.

Es war Erdboden, aber noch etwas: Ich spürte, wie sich Tausende Beinchen auf mir regten, mir durch Bein- und Schamhaare krochen, wie winzige Geliebte alle Spalten meines Körpers erkundeten. Ich spürte sie auf meinen zugepreßten Augen und schüttelte den Kopf, um sie loszuwerden. Dann ging das Beißen los, schmerzhafte Nadelstiche an meinen Armen, Augenlidern, Beinen, an meinem Penis: die Ameisen griffen an. Ich spürte, wie sie mir in die Nasenlöcher krochen, und dann bissen sie auch dort. Ich drehte und wand mich, rieb mich am Sand, um so viele wie möglich zu töten, aber es war so vergeblich, als müßte ich den Sand entfernen, Korn um Korn. Ich trat um mich und wirbelte herum und spürte, wie mir Tränen über die Wangen liefen, und dann, als es mir so vorkam, als könnte ich es nicht mehr ertragen, spürte ich eine behandschuhte Hand an meinem Unterarm, die mich aus dem Sandhaufen in die Brandung zerrte. Man band meine Hände los, und ich sprang ins Wasser, riß mir das Klebeband vom Mund und achtete in dem Verlangen, mich zu kratzen und zu reiben, nicht auf den Schmerz, als mir der Klebstoff die Lippen aufriß. Ich tauchte unter, und die Wellen brachen sich über mir, und immer noch kam es mir so vor, als würden winzige Beinchen auf mir krabbeln und als würde ich die letzten Insektenbisse spüren, ehe die Tiere ertranken. Ich schrie panisch vor Schmerz, und dann weinte ich auch, weinte vor Scham und Schmerz und Wut und Angst.

Noch Tage später fand ich Reste von Ameisen in meinem Haar. Manche waren länger als der Nagel meines Mittelfingers, mit spitzen, vorgewölbten Beißzangen, mit denen sie die Haut gut packen konnten. Mein ganzer Leib war von Beulen überzogen, fast wie bei Daddy Helms, und meine Nasenhöhlen fühlten sich wund und geschwollen an.

Ich schleppte mich aus dem Wasser und strauchelte auf den Strand. Daddy Helms' Männer waren schon zum Wagen zurückgekehrt und hatten Clarence und mich mit Daddy Helms allein gelassen. Clarence hatten sie nicht angerührt. Daddy Helms sah mir am Gesicht an, daß es mir allmählich dämmerte, und zog lächelnd an seiner Zigarre.

»Wir haben deinen Freund gestern abend gefunden.« Er legte Clarence seine dicke, schwabbelige Hand auf die Schulter. Clarence zuckte zusammen, rührte sich aber nicht von der Stelle. »Er hat uns alles erzählt. Wir mußten ihm nicht mal weh tun.«

Der Schmerz, betrogen worden zu sein, überstieg noch

das Beißen und Jucken und das anhaltende Gefühl, daß sich auf meiner Haut etwas regte. Ich sah Clarence Johns mit anderen Augen, mit den Augen eines Erwachsenen. Er stand auf dem Sand und schlang bibbernd die Arme um sich. In seinem Blick lag ein Schmerz, der ihm aus tiefster Seele drang. Ich wollte ihn dafür hassen, was er getan hatte, und Daddy Helms wollte das auch, doch statt dessen verspürte ich nur eine immense Leere und so etwas wie Mitgefühl.

Und auch Daddy Helms tat mir irgendwie leid, mit seiner verheerten Haut und den Fettbergen und -wülsten, weil er die Bestrafung zweier junger Männer mit ansehen mußte, und das alles wegen ein bißchen zerbrochenem Glas, und weil er sie nicht nur körperlich strafte, sondern auch ihre Freundschaft zerstörte.

»Du hast hier heute abend zwei Dinge gelernt, Junge. Du hast gelernt, daß mir keiner in die Quere kommt, und du hast was über Freundschaft gelernt. Letzten Endes ist man selbst der einzige Freund, den man hat, denn alle anderen lassen einen eh irgendwann im Stich. Letztendlich sind wir alle allein.« Dann machte er kehrt und ging durch den Strandhafer und über die Dünen zurück zu seinem Auto.

Wir mußten zu Fuß zurück nach Scarborough, ich mit zerfetzten, klitschnassen Klamotten. Wir sprachen kein Wort miteinander, nicht einmal, als wir am Tor zum Grundstück meines Großvaters auseinandergingen und Clarence, mit seinen billigen Plastikschuhen über das Pflaster schlappend, in der Nacht verschwand. Wir unternahmen nichts mehr zusammen, und ich hatte ihn fast vergessen, als er fünfzehn Jahre später bei einem fehlgeschlagenen Einbruch in einem Computerlager am Rande von Austin ums Leben kam. Clarence hatte als Wachmann gearbeitet. Die Einbrecher knallten ihn ab, als er versuchte, eine Ladung Computer zu verteidigen.

Im Haus meines Großvaters angekommen, holte ich mir Antiseptikum aus dem Arzneischränkchen, zog mich aus und rieb dann, in der Badewanne stehend, die Bisse mit der Lotion ein. Es brannte. Als ich damit fertig war, saß ich in der leeren Badewanne und weinte, und so fand mich mein

Großvater. Er sagte erst mal gar nichts und kam wenig später mit einer Schale zurück, die eine Paste aus Backpulver und Wasser enthielt. Er rieb mir Schultern und Brust, Arme und Beine sorgfältig damit ein und gab mir dann etwas davon in die Hände, damit ich es auf meinen Unterleib auftragen konnte. Er wickelte mich in ein weißes Baumwolllaken, setzte mich in der Küche auf einen Stuhl und schenkte uns beiden dann ein großes Glas Cognac ein. Es war Remy Martin, das weiß ich noch, XO, richtig guter Stoff. Ich brauchte eine Weile, bis ich ausgetrunken hatte, und wir sprachen kein Wort. Als ich aufstand, um ins Bett zu gehen, tätschelte er mir den Kopf.

»Ein harter Mann«, sagte mein Großvater noch einmal und trank seinen Kaffee aus. Er erhob sich, und der Hund mit ihm.

»Kommst du mit dem Hund raus?«

Ich lehnte ab. Er zuckte mit den Achseln, und ich sah ihm nach, wie er die Verandatreppe hinunterging, und der Hund lief schon voraus, bellte und schnüffelte und sah sich um, ob der alte Mann auch nachkam, und dann lief er weiter.

Daddy Helms starb zehn Jahre später an Magenkrebs. Bei seinem Tod schätzte man, daß er – direkt oder indirekt – an über vierzig Morden beteiligt gewesen war, und das bis hinunter nach Florida. Zu seiner Beerdigung kam nur eine Handvoll Leute.

Ich mußte an ihn denken, als Rachel und ich den Schauplatz des Massakers verließen, ich weiß nicht, warum. Vielleicht kam es mir vor, als hätte Joe Bonnano etwas von seinem Zorn in sich, einen Welthaß, der sich aus innerer Verdorbenheit nährte. Ich erinnerte mich an meinen Großvater, und ich erinnerte mich an Daddy Helms, und ich dachte daran, was sie mir hatten beibringen wollen und was ich immer noch nicht so ganz begriffen hatte.

Kapitel 41

Vor dem Haupteingang des Friedhofs trieb die Polizei die Zeugen zusammen und machte den Platz frei, damit die Verwundeten zu den bereitstehenden Krankenwagen getragen werden konnten. Fernsehteams versuchten, mit den Überlebenden zu sprechen. Als wir seitlich auf den Ausgang zukamen, hielt ich mich an den Leibwächter, dem Lionel Fontenot das M16 gegeben hatte. Wir folgten ihm, bis er zu einem Loch im Zaun kam, hindurchkletterte und in einen wartenden Lincoln einstieg. Als er abgefahren war, kletterten Rachel und ich über den Zaun und gingen schweigend zurück zu unserem Wagen. Er stand abseits vom Mittelpunkt des Geschehens, und wir konnten uns wegstehlen, ohne daß es jemand bemerkte.

»Wie konnte es dazu kommen?« fragte Rachel mit leiser Stimme, als wir zurück in die Stadt fuhren. »Da hätte doch Polizei sein müssen. Irgend jemand hätte sie aufhalten müssen...« Sie verstummte, hielt sich den Oberkörper und sagte auf der restlichen Fahrt zurück ins Latin Quarter nichts mehr, und ich wollte sie nicht stören.

Das konnte verschiedene Ursachen haben. Einer der Verantwortlichen hatte Mist gebaut, indem er in Metairie nicht genug Polizei einsetzte, weil er glaubte, Joe Bones würde es nie wagen, Lionel Fontenot auf der Beerdigung seines Bruders vor Zeugen umzulegen. Die Waffen hatte man entweder in der Nacht oder früh am Morgen plaziert, und der

Friedhof war nicht abgesucht worden. Es konnte auch sein, daß Lionel Fontenot Polizei und Medien gewarnt hatte, sie sollten sich nicht blicken lassen, um aus dem Begräbnis seines Bruders keinen Zirkus zu machen. Die andere Möglichkeit bestand darin, daß Joe Bones einen oder alle Polizisten von Metairie bestochen oder bedroht hatte, und sie wegschauten, während seine Männer ans Werk gingen.

Im Hotel angekommen, nahm ich Rachel mit auf mein Zimmer – ich wollte nicht, daß sie von den Bildern umgeben war, die sie bei sich an die Wand gepinnt hatte. Sie ging sofort ins Badezimmer und schloß die Tür hinter sich. Ich hörte, wie die Dusche aufgedreht wurde.

Als sie nach einer ganzen Weile wieder hereinkam, hatte sie sich vom Busen bis zu den Knien ein großes weißes Badehandtuch umgeschlungen. Ihre Augen waren rot, und als sie mich anschaute, bebte ihr Kinn, und sie fing wieder an zu weinen. Ich umarmte sie, küßte ihr Haar, ihre Stirn, ihre Wangen, ihre Lippen. Ihr Mund war warm, als sie meinen Kuß erwiderte. Erregt drückte ich sie fester an mich und wickelte sie dabei aus dem Handtuch. Sie öffnete meinen Gürtel und den Reißverschluß meiner Hose, langte dann hinein und packte fest zu. Mit der anderen Hand knöpfte sie mein Hemd auf, sie küßte meinen Hals und fuhr mir mit der Zunge über die Brust und um die Brustwarzen.

Ich kickte mir die Schuhe von den Füßen und bückte mich unbeholfen, um mir die Socken auszuziehen. Die verdammten Socken. Sie lächelte, als ich fast hinfiel, während ich den linken auszog, und dann war ich auf ihr, und sie schob mir die Hose und die Shorts runter.

Ihre Brüste waren klein, ihre Hüften schon etwas breiter, und das kleine Haardreieck in der Mitte von einem dunklen, feurigen Rot. Sie schmeckte gut. Als sie kam, drückte sie das Kreuz durch und schloß die Schenkel um meine Taille, und ich fühlte mich, als hätte mich nie jemand so fest gehalten und so sehnsüchtig begehrt.

Hinterher schlief sie ein. Ich schlüpfte aus dem Bett, zog T-Shirt und Jeans an und nahm ihren Zimmerschlüssel aus ihrer Tasche. Ich ging barfuß die Galerie entlang zu ihrem

Zimmer, schloß hinter mir die Tür und stand eine ganze Weile vor den Bildern an der Wand. Rachel hatte sich einen großen Zeichenblock gekauft, um Diagramme und Einfälle festzuhalten. Ich riß zwei Bögen ab, klebte sie zusammen und hängte sie neben den Bildern an die Wand. Dann, umgeben von den Bildern des sezierten Marsyas und den fotokopierten Tatortbildern von Tante Marie und Tee Jean, nahm ich einen Filzstift und fing an zu schreiben.

In eine Ecke schrieb ich die Namen Jennifer und Susan, und als ich Susans Name hinschrieb, spürte ich plötzlich Gewissensbisse. Ich gab mir Mühe, an etwas anderes zu denken, und schrieb weiter. In eine andere Ecke plazierte ich die Namen Tante Marie, Tee Jean und, etwas abgesetzt, Florence. In die dritte Ecke schrieb ich den Namen Remarr und in die vierte setzte ich ein Fragezeichen und schrieb »Mädchen«. In die Mitte schrieb ich »F Mann«, und dann, wie ein Kind einen Stern malt, zog ich von der Mitte aus Striche und gab mir Mühe, alles über den Mörder niederzuschreiben, was ich wußte oder mir einbildete zu wissen.

Als ich damit fertig war, sah die Liste folgendermaßen aus: ein Stimmsyntheseprogramm oder -gerät; das Buch Henoch; Kenntnisse über griechische Mythen/frühe medizinische Lehrbücher; Kenntnisse über polizeiliches Vorgehen – das gründete sich auf das, was Rachel nach dem Tod von Susan und Jennifer gesagt hatte, auf den Umstand, daß er gewußt hatte, daß das FBI mein Handy abhörte, und auf den Mord an Remarr. Erst hatte ich gedacht, wenn er Remarr am Haus der Aguillards gesehen hätte, wäre Remarr an Ort und Stelle umgekommen, aber dann überlegte ich es mir anders. Der fahrende Mann wäre nicht am Tatort geblieben und hätte sich um einen aufgebrachten Remarr gekümmert, er paßte lieber eine bessere Gelegenheit ab. Die andere Möglichkeit bestand darin, daß der Mörder von dem Fingerabdruck wußte, und irgendwie hatte er Remarr ja später auch gefunden.

Ich fügte noch ein paar grundlegende Annahmen hinzu: Der Mörder war ein männlicher Weißer, wahrscheinlich zwischen zwanzig und vierzig; er hatte eine Unterkunft in

Louisiana, von der aus er Remarr und die Aguillards angegriffen hatte; ein Kleiderwechsel oder ein über der eigentlichen Kleidung getragener Overall, um das Blut loszuwerden; schließlich Zugang zu und Kenntnisse über Ketamin.

Ich zog noch eine Linie vom fahrenden Mann zu den Aguillards, denn der Mörder wußte, daß Tante Marie von ihm gesprochen hatte, und eine zweite Linie verband ihn mit Remarr. Ich fügte noch eine gepunktete Linie zu Susan und Jennifer hinzu und schrieb den Namen Edward Byron mit einem Fragezeichen daneben. Dann zog ich spontan noch eine dritte gepunktete Linie und schrieb »David Fontenot« zwischen die Aguillards und Remarr, was sich nur aus der Honey-Island-Verbindung ergab und der Möglichkeit, daß – sollte ihn der fahrende Mann dorthin gelockt und Joe Bones Bescheid gesagt haben – der Mörder jemand aus dem Bekanntenkreis der Familie Fontenot war. Schließlich schrieb ich noch den Namen Edward Byron auf ein separates Blatt und steckte es neben das große Schaubild.

Ich setzte mich auf die Kante von Rachels Bett. Das ganze Zimmer duftete nach ihr. Ich sah mir an, was ich geschrieben hatte, und schob im Geiste die Puzzleteile hin und her, um zu sehen, wo sie paßten. Sie paßten nirgends, aber ich fügte noch etwas hinzu, ehe ich auf mein Zimmer zurückging und darauf wartete, daß Angel und Louis aus Baton Rouge zurückkamen: Ich zog eine dünne Linie von David Fontenot zu dem Fragezeichen, welches das Mädchen im Sumpf darstellte. Damals ahnte ich es nicht, aber mit diesem Strich drang ich zum ersten Mal in die Welt des fahrenden Mannes vor.

Ich ging zurück auf mein Zimmer, setzte mich auf den Balkon und betrachtete die unruhig schlafende Rachel. Ihre Augenlider zuckten, und ein, zwei Mal stöhnte sie kurz, stieß die Hände von sich, strampelte mit den Füßen unter der Decke. Ich hörte Angel und Louis, ehe ich sie sah, Angel laut und offenbar wütend, und Louis, der in gemessenem Ton und leicht sarkastisch darauf antwortete.

Ehe sie anklopfen konnten, machte ich die Tür auf und

gab ihnen zu verstehen, daß wir uns auf ihrem Zimmer unterhalten sollten. Sie hatten noch nicht von der Schießerei in Metairie gehört, da sie, wie Angel sagte, im Auto kein Radio gehört hatten. Er hatte einen hochroten Kopf, und seine Lippen waren blaß. Ich glaube nicht, daß ich ihn je so wütend gesehen habe.

Auf ihrem Zimmer angelangt, fingen sie wieder an, sich zu zanken. Stacey Byron, eine Wasserstoffblondine von Anfang Vierzig mit einer für ihr Alter bemerkenswert gut erhaltenen Figur, hatte sich offenbar an Louis rangemacht, während die beiden sie befragten. Und Louis war, in gewisser Hinsicht, darauf eingegangen.

»Ich wollte nur was aus ihr rauskriegen«, erklärte er und verzog amüsiert den Mund, als er zu Angel hinüberschaute. Angel war davon überhaupt nicht beeindruckt.

»Du wolltest höchstens was in sie reinkriegen, und rauskriegen wolltest du bloß ihre BH-Größe und wie ihr Arsch aussieht«, fauchte er. Louis verdrehte übertrieben erstaunt die Augen, und für einen Augenblick dachte ich, Angel würde ihm gleich eine langen. Er ballte die Fäuste und beugte sich vor, konnte sich dann aber doch noch am Riemen reißen.

Angel tat mir leid. Obwohl ich nicht glaubte, daß irgendwas dahintersteckte, wenn Louis mit Edward Byrons Frau geflirtet hatte – nur die natürliche Reaktion eines Menschen, der bei einem anderen gut ankommt, und Louis' Überzeugung, daß sie ihm vielleicht etwas über ihren Gatten erzählte, wenn er sie machen ließ –, wußte ich doch, wie viel Louis Angel bedeutete. Angels Vergangenheit lag im dunkeln, von Louis' ganz zu schweigen, aber ich wußte Dinge über Angel, von denen ich manchmal den Eindruck hatte, Louis habe sie vergessen.

Als Angel nach Rikers Island einfahren mußte, wurde ein gewisser William Vance auf ihn aufmerksam. Vance hatte bei einem vermasselten Überfall in Brooklyn einen koreanischen Händler umgelegt, und deshalb saß er in Rikers ein; aber man verdächtigte ihn noch anderer Vergehen: daß er in Utica eine ältere Dame vergewaltigt und ermordet und vor ihrem Tod auch noch verstümmelt hatte; daß er hinter einem ähnlichen Mord steckte, der sich in Delaware zugetragen hatte. Es gab keine Beweise, nur Gerüchte und Mutmaßungen, aber als sich nach dem Mord an dem Koreaner die Möglichkeit bot, Vance wegzuschließen, schlug der Bezirksstaatsanwalt zu – Ehre, wem Ehre gebührt.

Und aus irgendeinem Grund hatte sich Vance in den Kopf gesetzt, daß Angel sterben müsse. Ich hatte gehört, daß Angel ihm einen Korb gegeben und im Duschraum einen Zahn ausgeschlagen hatte. Aber bei einem Mann wie Vance wußte man nie. Seine Gedankengänge waren vor lauter Haß und abwegigem, bitterem Begehren verworren. Jetzt wollte er Angel nicht einfach mehr vergewaltigen: Jetzt wollte er ihn umbringen, und zwar schön langsam. Angel hatte drei bis fünf Jahre bekommen. Nach einer Woche auf Rikers Island standen seine Chancen schlecht, den ersten Monat dort zu überleben.

Angel hatte weder drinnen noch draußen Freunde, deshalb rief er mich an. Ich wußte, daß ihn das Überwindung kostete. Er hatte seinen Stolz, und unter normalen Umständen, davon bin ich überzeugt, hätte er darauf bestanden, mit seinen Problemen alleine klarzukommen. Aber William Vance, mit den tätowierten blutigen Dolchen auf den Armen und dem Spinnennetz auf der Brust, war eben alles andere als normal.

Ich tat, was ich konnte. Ich besorgte mir Vances Akten und kopierte die Verhörprotokolle über den Mord in Utica und eine Reihe ähnlicher Vorfälle. Ich schrieb mir haarklein auf, welche Indizien gegen ihn vorlagen und was eine Augenzeugin gesagt hatte, die ihre Aussage später zurückzog, nachdem Vance sie angerufen und gedroht hatte, er würde sie und ihre Kinder zu Tode ficken, sollte sie gegen ihn aussagen. Und dann fuhr ich nach Rikers.

Ich sprach durch eine Glaswand mit Vance. Er hatte sich selbst noch zusätzlich eine Träne unter das linke Auge tätowiert, insgesamt waren es jetzt drei tätowierte Tränen, und jede stand für ein geraubtes Leben. Auf seinem Genick konnte man den Umriß einer Spinne erkennen. Ich redete gut zehn Minuten lang leise auf ihn ein. Ich warnte ihn, daß, wenn Angel etwas – irgend etwas – zustoßen sollte, ich dafür sorgen würde, daß auch noch der letzte Knastbruder hier erfuhr, daß er nur um Haaresbreite einer Anklage wegen Sexualmords entronnen war, bei der es um alte, wehrlose Frauen ging. Vance hatte noch fünf Jahre abzusitzen, bis eine Entlassung auf Bewährung auch nur in Frage kam. Wenn seine Mitgefangenen spitzkriegten, wessen man ihn verdächtigte, würde er diese fünf Jahre in Einzelhaft oder einem Hochsicherheitstrakt verbringen müssen, um dem Tod zu entgehen. Und selbst dann müßte er tagein, tagaus sein Essen auf zerstampftes Glas hin untersuchen, müßte beten, daß der Schließer keinen Moment lang unachtsam war, wenn er zum Hofgang begleitet oder auf die Krankenstation gebracht würde.

Vance wußte das alles, und trotzdem versuchte er zwei Tage nach unserem Gespräch, Angel mit einem Löffelstiel zu kastrieren. Nur ein kräftiger Tritt mit der Ferse gegen Vances Knie rettete Angel, aber Bauch und Oberschenkel mußten trotzdem mit zwanzig Stichen genäht werden, denn Vance hatte noch im Fallen wie wild nach ihm gestochen.

Am nächsten Morgen wurde Vance im Duschraum gestellt. Unbekannte hielten ihn fest, sperrten ihm mit einem Schraubenschlüssel den Mund auf und pumpten ihm dann mit Reinigungsmittel versetztes Wasser in den Leib. Das Gift zerfraß ihn innerlich, zersetzte seinen Magen und brachte ihn um Haaresbreite um. Seine restliche Haftzeit über war er nur noch ein Wrack, nachts schüttelte er sich und heulte vor Bauchschmerzen. Das hatte mich nur einen Anruf gekostet. Auch damit lebe ich.

Nach seiner Entlassung schloß sich Angel Louis an. Ich weiß nicht einmal, wie sich diese beiden Einzelgänger überhaupt kennengelernt hatten, aber nun waren sie schon sechs Jahre zusammen. Angel brauchte Louis, und auf gewisse Weise brauchte Louis auch Angel, aber manchmal hatte ich den Eindruck, daß der Schwerpunkt ihrer Beziehung bei Angel lag. Männer und Männer, Männer und Frauen – welche Kombination auch immer: Letztendlich empfindet ein

Partner meistens mehr für den anderen als umgekehrt, und der ist es dann auch, der darunter leidet.

Wie sich herausstellte, hatten sie von Stacey Byron nicht viel erfahren. Das FBI oder vielleicht auch die örtliche Polizei observierte die Vorderseite des Hauses, und deshalb waren Louis und Angel von hinten gekommen. Louis hatte Mrs. Byron angestrahlt, ihr kurz seinen Mitgliedsausweis für den Fitneßclub hingehalten und erzählt, sie würden rein routinemäßig ihren Garten absuchen, und dann unterhielten sie sich eine Stunde lang über ihren Ex-Gatten, darüber, wie oft Louis zum Training ging, und schließlich, ob er je mit einer weißen Frau geschlafen habe oder nicht. Und an diesem Punkt wurde Angel allmählich richtig sauer.

»Sie sagt, sie hätte ihn seit vier Monaten nicht mehr gesehen«, erzählte Louis. »Beim letzten Mal hätte er nicht viel erzählt, hätte sich nur nach ihr und den Kindern erkundigt und dann ein paar alte Sachen vom Dachboden abgeholt. Offenbar hatte er 'ne Plastiktüte von einer Drogerie aus Opelousas dabei, und das FBI fahndet jetzt da nach ihm.«

»Weiß sie, warum das FBI nach ihm sucht?«

»Nö. Die haben ihr erzählt, er könnte ihnen vielleicht bei ein paar unaufgeklärten Verbrechen hilfreich sein. Aber sie ist ja nicht blöd, und ich hab' ihr ein bißchen was gesteckt, um mal zu sehen, ob sie anbeißt. Sie meint, er hätte sich immer schon für Medizin interessiert und wollte früher auch Arzt werden, aber bei seinem Schulabschluß hätt's nicht mal zum Baumchirurgen gereicht.«

»Habt ihr sie gefragt, ob sie meint, daß er zu einem Mord imstande wäre?«

»War gar nicht nötig. Offenbar hat er mal gedroht, sie umzubringen, als sie sich um die Einzelheiten der Scheidung gestritten haben.«

»Wußte sie noch, was er da gesagt hat?«

Louis nickte einmal.

»Ja. Er hat gesagt, er würde ihr die häßliche Fresse abreißen.«

Angel und Louis gingen auseinander, ohne sich wieder vertragen zu haben. Angel zog sich auf Rachels Zimmer zurück, Louis ließ sich auf dem Balkon seiner Suite nieder und setzte sich den Geräuschen und Gerüchen von New Orleans aus, und die waren nicht ausschließlich angenehm.

»Ich würde gern was essen gehen«, meinte er. »Hast du Lust?«

Das erstaunte mich. Offenbar wollte er sich mit mir unterhalten, aber ich hatte nie mit Louis gesprochen, wenn Angel nicht dabei war.

Ich sah nach Rachel. Das Bett war leer, und ich hörte die Dusche laufen. Ich klopfte sacht an die Badezimmertür.

»Es ist offen«, sagte sie.

Als ich hereinkam, hatte sie sich den Duschvorhang umgewickelt. »Steht dir«, meinte ich. »Durchsichtiges Plastik ist diese Saison in.«

Der Schlaf hatte sie nicht erquickt. Sie hatte dunkle Ringe unter den Augen und sah immer noch krank und mitgenommen aus. Sie setzte ein halbherziges Lächeln auf, aber es sah eher aus, als würde sie vor Schmerz das Gesicht verziehen.

»Möchtest du essen gehen?«

»Ich hab' keinen Hunger. Ich werde noch ein bißchen arbeiten, und dann nehme ich zwei Schlaftabletten und versuche zu schlafen, ohne zu träumen.«

Ich sagte ihr, ich würde mit Louis ausgehen, und ging dann Angel Bescheid sagen. Ich ertappte ihn dabei, wie er Rachels Notizen durchblätterte. Er wies auf mein Diagramm an der Schlafzimmerwand: »Da ist noch viel frei.«

»Ich muß noch ein, zwei Einzelheiten klären.«

»Zum Beispiel Mörder und Motiv.« Er grinste mich schief an.

»Ja, aber ich will mich nicht mit Kleinigkeiten aufhalten. Geht's dir gut?«

Er nickte. »Die ganze Sache regt mich auf, dieser ganze ...« Er wies auf die Abbildungen an der Wand.

»Louis und ich gehen was essen. Kommst du mit?«

»Nö, da wär' ich ja bloß das fünfte Rad am Wagen. Du kannst ihn haben.«

»Danke. Ich werd' den Models von *Swimsuit Illustrated* morgen die schlechte Nachricht überbringen, daß ich mein Coming-out hatte. Das wird ihnen das Herz brechen. Paß ein bißchen auf Rachel auf, ja? Es war kein sonderlich toller Tag für sie.«

»Ich bin gleich nebenan.«

Louis und ich ließen uns in Felix's Restaurant and Oyster Bar an der Ecke Bourbon und Iberville Street nieder. Hier saßen nicht allzu viele Touristen; die zog es eher ins Acme Oyster House gegenüber, wo man rote Bohnen und pikanten Reis in einem ausgehöhlten Baguette servierte, oder in einen Latin-Quarter-Nobelschuppen wie das Nola. Im Felix's ging es schlichter zu. Touristen haben für Schlichtheit nichts übrig. Das können sie schließlich auch zu Hause haben.

Louis bestellte sich Austern-Po'Boy, goß scharfe Sauce drüber und trank Abita-Bier dazu. Ich orderte Fritten und Hähnchen-Po'Boy und dazu Mineralwasser.

»Der Kellner hält dich für 'ne Schwuchtel«, meinte Louis, als ich mein Wasser trank. »Wenn ein Ballett in der Stadt wär', würde er dich um Eintrittskarten anhauen.«

»Kann man mal sehn, was der für'n Durchblick hat«, meinte ich. »Man bringt alles durcheinander, wenn man nicht dem Klischee entspricht. Vielleicht solltest du ein bißchen affektierter tun.«

Sein Mund zuckte, und er hob die Hand, um noch ein Abita zu bestellen. Es kam schnell. Der Kellner brachte das Kunststück fertig, uns nicht warten zu lassen und sich dabei so selten wie möglich in unserer Nähe aufzuhalten. Die übrigen Gäste gingen lieber auf Umwegen zu ihren Tischen, als zu nah an unserem vorbeizukommen, und die in unserer Nähe saßen, schienen etwas schneller zu essen als die anderen. Louis hatte einfach eine gewisse Wirkung auf Menschen. Als würde ihn ein Panzer aus lauernder Gewalt umgeben. Und noch etwas: Wenn diese Gewalt ausbrach, wäre es für ihn nicht das erste Mal.

»Dein Freund Woolrich«, sagte er, nachdem er das halbe Abita in einem Zug geleert hatte. »Traust du dem?«

»Ich weiß es nicht. Er kocht sein eigenes Süppchen.«

»Er ist beim FBI. Die kochen nie was anderes.« Er beäugte mich über die Flasche hinweg. »Ich glaube, wenn du mit ihm auf einen Berg steigst und abrutscht und plötzlich am Seil baumelst und er ist am anderen Ende, dann würde er das Seil kappen.«

»Du bist ein Zyniker.«

Er verzog wieder den Mund. »Wenn die Toten sprechen könnten, würden sie alle Zyniker Realisten nennen.«

»Wenn die Toten sprechen könnten, würden sie uns sagen, wir sollten soviel ficken wie möglich.« Ich stocherte in meinen Pommes frites herum. »Hat das FBI irgendwas gegen dich in der Hand?«

»Mutmaßungen vielleicht, weiter nichts. Aber darum geht's mir eigentlich nicht.«

Er zuckte mit keiner Wimper, und alle Wärme war aus seinem Blick gewichen. Wenn er geglaubt hätte, daß Woolrich ihm auf Spur sei, hätte er ihn vermutlich seelenruhig umgebracht.

»Warum hilft uns Woolrich?« fragte er schließlich.

»Darüber hab' ich auch schon nachgedacht«, sagte ich. »Ich weiß nicht so recht. Einerseits kann er wohl nachfühlen, daß ich gern auf dem laufenden bleiben möchte. Wenn er mich mit Informationen versorgt, hat er es in der Hand, inwieweit ich beteiligt bin.«

Aber mir war klar, daß das nicht alles war. Louis hatte recht. Woolrich verfolgte eigene Ziele. Es lauerten Abgründe in ihm, die ich nur hin und wieder erahnte, so wie man durch die sich wandelnde Farbe der Meeresoberfläche abschüssigen Grund und Tiefe erahnen konnte. In mancher Hinsicht war es mit ihm nicht einfach. Seine Freundschaft zu mir führte er nach eigenen Regeln, und in der ganzen Zeit, die ich ihn kannte, waren oft Monate vergangen, ohne daß er sich bei mir gemeldet hatte. Er entschädigte einen dafür mit einer seltsamen Treue; auch wenn er nicht an ihrem Leben teilnahm, vergaß er doch nie diejenigen, die ihm am nächsten standen.

Als FBI-Agent kannte Woolrich keine Gnade. Er hatte es

zum stellvertretenden leitenden Special Agent gebracht, weil er Festnahmen für sich verbuchen konnte, weil er seinen Namen bei wichtigen Einsätzen ins Spiel brachte und weil er Kollegen, die ihm im Weg standen, an den Karren fuhr. Er war äußerst ehrgeizig und sah den fahrenden Mann vielleicht als sein Ticket zu Höherem: leitender Special Agent, stellvertretender Direktor, vielleicht konnte er gar damit rechnen, der erste Agent zu sein, der es direkt auf den Direktorensessel schaffte. Er hatte bereits dafür gesorgt, daß die Polizei diesen Fall abgeben mußte, und hatte sein Bestes gegeben, um meine direkte Teilnahme zu begrenzen und mir gleichzeitig genug Informationen zuzuspielen, um mich bei der Stange zu halten. Der Druck, der auf ihm lastete, war immens, aber wenn Woolrich den fahrenden Mann zur Strecke brachte, standen ihm beim FBI alle Türen offen.

Ich spielte auch eine Rolle dabei, und Woolrich wußte das gut genug, um das, was auch immer zwischen uns an Freundschaft bestand, aufs Spiel zu setzen, damit dieser Sache ein Ende bereitet würde. »Ich glaube, er benutzt mich als Köder«, fügte ich hinzu. »Und er hält die Angel.«

»Was meinst du, wieviel verschweigt er uns?« Louis trank sein Bier aus und schmatzte genießerisch.

»Er ist wie ein Eisberg. Wir sehen nur die zehn Prozent über der Wasseroberfläche. Wenn das FBI etwas weiß, dann erzählen sie's bestimmt nicht der Polizei vor Ort, und Woolrich erzählt es uns bestimmt auch nicht. Hier läuft noch mehr, und nur Woolrich und eine Handvoll FBIler sind eingeweiht. Spielst du Schach?«

»Auf meine Weise«, meinte er trocken. Und dazu war wahrscheinlich kein Schachbrett vonnöten.

»Das Ganze ist wie eine Schachpartie«, fuhr ich fort. »Nur daß wir die gegnerischen Züge bloß sehen, wenn eine unserer Figuren geschlagen wird. Sonst spielen wir wie im Dunkeln.«

Louis hob einen Finger, er wollte die Rechnung. Der Kellner wirkte erleichtert.

»Und unser Mr. Byron?«

Ich zuckte mit den Achseln. Ich fühlte mich dem, was vorging, merkwürdig fern. Einerseits, weil wir nur am Rand der Ermittlungen mitspielten, andererseits aber auch, weil ich diesen Abstand brauchte. In gewisser Hinsicht hatte mir das, was an jenem Nachmittag mit Rachel passiert war und nicht wenig für meine Trauer um Susan bedeutete, zu diesem Abstand verholfen.

»Keine Ahnung.« Wir fingen eben erst an, uns ein Bild von Edward Byron zu machen, wie bei einer Gestalt in der Mitte eines Puzzles, um die herum andere Teile angepaßt werden mußten. »Wir müssen uns an ihn rantasten. Erst will ich wissen, was Remarr in der Nacht gesehen hat, als Tante Marie und Tee Jean umgebracht wurden. Und ich will wissen, was David Fontenot ganz allein draußen in Honey Island zu suchen hatte.«

Es war jetzt natürlich klar, daß Lionel Fontenot etwas gegen Joe Bones unternehmen würde. Joe Bones wußte das auch, und deshalb hatte er den Anschlag in Metairie gewagt. Sobald Lionel zurück in seinem Lager war, konnten ihm Joe Bones' Männer nichts mehr anhaben. Jetzt war Lionel am Zug.

Die Rechnung kam. Ich bezahlte, und Louis ließ zwanzig Dollar Trinkgeld liegen, mehr, als das Essen gekostet hatte. Der Kellner sah den Geldschein an, als würde ihm Andrew Jackson in die Finger beißen, wenn er ihn aufhob.

»Ich glaube, wir müssen uns mit Lionel Fontenot unterhalten«, sagte ich, als wir gingen. »Und mit Joe Bones.«

Louis lächelte doch wirklich. »Joe wird keine große Lust haben, mit dir zu reden, wenn sein Typ dich so dringend unter die Erde bringen wollte.«

»Hab' ich mir auch schon gedacht«, meinte ich. »Könnte sein, daß Lionel Fontenot uns da draußen hilft. Aber wenn Joe Bones mich nicht wiedersehen will, kannst du verdammt sicher sein, daß er auch nicht vor Freude strahlt, wenn du über seinen Rasen spaziert kommst. Kommen die Maschinenpistolen wohl doch noch zum Einsatz.«

Wir gingen zurück zum Flaisance. Die Straßen von New Orleans zählen nicht zu den sichersten der Welt, aber ich machte mir keine Sorgen, daß uns jemand belästigen würde.

Und ich täuschte mich nicht.

Kapitel 42

Am nächsten Morgen schlief ich aus. Rachel war zum Schlafen auf ihr Zimmer gegangen. Als ich anklopfte, klang ihre Stimme schroff vor Müdigkeit. Sie sagte, sie wolle noch im Bett bleiben, und wenn es ihr besser ginge, würde sie wieder zur Loyola gehen. Ich bat Angel und Louis, ein bißchen auf sie aufzupassen, und setzte mich ins Auto.

Der Zwischenfall auf dem Metairie hatte mich erschüttert, und die Aussicht, Joe Bones wiederzusehen, war nicht verlockend. Ich machte mir schwere Vorwürfe wegen Rachel, in was ich sie hineingezogen und wozu ich sie verleitet hatte. Ich mußte raus aus New Orleans, wenigstens für kurze Zeit. Ich wollte den Kopf frei bekommen und etwas Abstand gewinnen. Im Gumbo Shop in der St. Peter Street aß ich ein Hähnchen-Gumbo und verließ dann die Stadt.

Morphy wohnte gut vier Meilen außerhalb von Cecilia, ein paar Meilen nordwestlich von Lafayette. Er hatte sich ein auf Pfählen stehendes Plantagenhaus an einem Bach gekauft und renovierte es nun. Es war eine preiswerte Variante der klassischen Louisiana-Häuser, die Ende des 19. Jahrhunderts in einer Mischung aus französischem Kolonialstil und karibischen und europäischen Einflüssen erbaut wurden.

Morphys Haus war ein erstaunlicher Anblick. Die Wohnräume befanden sich über einer Art überirdischem Keller, der früher als Lager und zum Schutz vor Überschwemmungen gedient hatte. Dieser Teil des Hauses war aus Ziegelsteinen errichtet, und Morphy hatte in den gewölbten Öffnungen offenbar selbstgezimmerte Rahmen eingesetzt. Die oberen Wohnräume, die sonst mit Schindeln oder Verputz verkleidet waren, hatte er mit Holzleisten verblendet. Das Satteldach war teilweise neu gedeckt und erstreckte sich bis über die Galerie.

Ich hatte vorher angerufen und Angie gesagt, daß ich kommen würde. Morphy war gerade nach Hause gekommen. Ich fand ihn auf dem Hof hinterm Haus, wie er in der Abendluft auf einer Bank Gewichte stemmte.

»Wie gefällt Ihnen das Haus?« fragte er, als ich näher kam, ohne mit dem Stemmen innezuhalten.

»Toll. Das sieht aber noch nach viel Arbeit aus.«

Bei der letzten Übung grunzte er vor Anstrengung, und dann schob ich das Gewicht in die Halterung. Er stand auf, streckte sich und betrachtete mit kaum verhohlener Bewunderung die Rückseite seines Hauses.

»Ein Franzose hat es 1888 erbaut«, sagte er. »Der kannte sich aus. Es ist auf einer Ost-West-Achse ausgerichtet und hat Südlage. So entwirft man in Europa Häuser, damit die geringe Sonneneinstrahlung im Winter Wärme spendet. Und im Sommer bekommt man nur morgens und abends Sonnenlicht. Die meisten Häuser in Amerika sind nicht nach diesem Prinzip gebaut, sie stellen sie irgendwo hin, wie's ihnen grade paßt, werfen einen Stock in die Luft und schaun mal, wo er landet. Uns hat die billige Energie verdorben. Als die Araber die Preise hochgeschraubt haben, haben die Leute wieder angefangen, über den Grundriß ihrer Häuser nachzudenken.« Er lächelte. »Allerdings weiß ich nicht, was ein Ost-West-Haus in dieser Gegend soll. Hier knallt die Sonne doch sowieso immer.«

Als er geduscht hatte, saßen wir bei Angie an einem Tisch in der Küche und unterhielten uns, während sie kochte. Sie war gut einen Kopf kleiner als Morphy, eine schlanke, dunkelhäutige Frau mit langem, rotbraunem Haar. Sie unterrichtete an einer Grundschule, und in ihrer Freizeit malte sie. Ihre Ölgemälde, impressionistische Wasserszenen, schmückten die Wände des Hauses.

Morphy trank eine Flasche Breaux Bridge und ich eine Limo. Angie nippte beim Kochen an einem Glas Weißwein. Sie schnitt vier Hähnchenbrüste in je vier Teile und legte sie dann beiseite, um die Mehlschwitze zuzubereiten.

Cajun-Gumbo wird mit Roux, einer speziellen Mehlschwitze, gemacht. Angie gab über heißer Flamme Erdnußöl in eine Eisenpfanne, fügte die gleiche Menge Mehl hinzu und rührte es gleichmäßig mit einem Schneebesen ein, damit es nicht anbrannte. Die Mehlschwitze wurde dabei erst beige, dann mahagonifarben und schließlich dunkelbraun wie Schokolade. Dann nahm sie die Pfanne vom Herd und ließ sie abkühlen, während die Mehlschwitze noch kochte.

Morphy schaute zu, und ich half Angie dabei, Zwiebeln, grüne Paprika und Stangensellerie kleinzuschneiden, die sie dann in Öl anschwitzte. Sie würzte mit Thymian und Oregano, Paprika und Cayennepfeffer, Zwiebel- und Knoblauchsalz und gab dann dicke Chorizo-Wurstscheiben hinein. Sie fügte das Hähnchen und weitere Gewürze hinzu, bis der Duft die ganze Küche erfüllte. Nach gut einer halben Stunde löffelte sie weißen Reis auf drei Teller und goß das sämige, leckere Gumbo drüber. Wir aßen schweigend und ließen uns das Aroma auf der Zunge zergehen.

Als wir abgewaschen und abgetrocknet hatten, ließ Angie uns allein und ging ins Bett. Morphy und ich saßen in der Küche, und ich erzählte ihm von Raymond Aguillard und daß er glaubte, in Honey Island die Gestalt eines Mädchens gesehen zu haben. Ich erzählte ihm von Tante Maries Träumen und daß ich irgendwie das Gefühl hatte, daß David Fontenots Tod in Honey Island mit diesem Mädchen zusammenhing.

Morphy sagte lange nichts. Er machte sich nicht über die Visionen der alten Frau lustig oder über ihren Glauben, daß die Stimmen, die sie gehört hatte, wirklich seien. Er fragte bloß: »Und du weißt auch bestimmt, wo das ist?«

Ich nickte.

»Dann probieren wir's. Ich hab' morgen frei. Du kannst hier übernachten.« Ich rief Rachel im Flaisance an und erzählte ihr, was ich am nächsten Tag vorhatte und wo in

Honey Island wir uns wahrscheinlich aufhalten würden. Sie würde es Angel und Louis ausrichten, sagte sie, und daß es ihr ausgeschlafen schon etwas besser ginge. Sie würde lange brauchen, um über den Tod von Joe Bones' Mann wegzukommen.

Es war früh am Morgen, erst zehn vor sieben, als wir zum Aufbruch rüsteten. Morphy trug schwere Caterpillar-Arbeitsstiefel mit Stahlkappen, eine alte Jeans und ein ärmelloses Sweatshirt über einem langärmligen T-Shirt. Das Sweatshirt war voller Farbkleckse, und die Jeans hatte Teerflecken. Sein Schädel war frisch rasiert und duftete nach Liniment.

Als wir auf der Galerie Kaffee tranken und Toast aßen, kam Angie in einem weißen Bademantel aus dem Haus, rubbelte über die glatte Kopfhaut ihres Gatten, grinste ihn an und setzte sich neben ihn. Morphy tat, als ginge ihm das fürchterlich auf die Nerven, aber in Wirklichkeit genoß er jede Berührung. Als wir aufstanden, um zu gehen, küßte er sie lange und spielte dabei mit der rechten Hand in ihrem Haar. Sie hob sich instinktiv vom Stuhl, ihm entgegen, aber er zog sich zurück und lachte, und sie wurde rot. Da erst fiel mir ihr dicker Bauch auf: Sie war höchstens im fünften Monat. Als wir über den Rasen vor dem Haus gingen, stand sie auf der Galerie, verlagerte das Gewicht auf die Hüfte, eine leichte Brise zupfte an ihrem Bademantel, und sie sah zu, wie wir davongingen.

»Seid ihr schon lange verheiratet?« fragte ich, als wir zu einer Zypressenlichtung kamen, die von der Straße aus den Blick auf das Haus versperrte.

»Im Januar sind es zwei Jahre. Ich bin glücklich und zufrieden. Ich hätte es nie gedacht, aber diese Frau hat mein ganzes Leben umgekrempelt.« In seiner Stimme lag keine Verlegenheit, und er gestand es mit einem Lächeln ein.

»Wann kommt das Baby?«

Er lächelte wieder. »Ende Dezember. Die Kollegen haben für mich eine Party geschmissen, als sie das mitgekriegt haben, zur Feier, daß ich endlich mal ins Schwarze getroffen habe.«

Ein Abschleppwagen stand auf der Lichtung, und hintendran ein Anhänger, auf dem unter einer Plane ein breites, flaches Aluboot lag. Der Motor war nach vorn gekippt, so daß er auf dem Boden des Bootes ruhte. »Touissants Bruder hat den gestern abend noch hier abgestellt«, erklärte er. »Der hat nebenbei einen Abschleppdienst.«

»Wo steckt Touissant überhaupt?«

»Liegt mit 'ner Lebensmittelvergiftung flach. Hat gammlige Shrimps gegessen, behauptet er. Ich glaube eher, er ist zu bequem, um aus der Falle zu kommen.«

Hinten auf dem Laster, unter ein paar Planen, lagen eine Axt, eine Kettensäge, zwei Ketten, ein kräftiges Nylonseil und eine Kühltasche. Außerdem ein Taucheranzug samt Tauchermaske, zwei wasserdichte Taschenlampen und zwei Sauerstoffbehälter. Morphy stellte noch eine Thermoskanne Kaffee dazu, etwas Wasser, zwei Baguettes und vier in K-Paul's-Cajun-Gewürze eingelegte Hähnchenbrüste, alles in einer wasserdichten Tüte verpackt. Dann kletterte er auf den Fahrersitz und ließ den Laster an. Er spuckte Rauch und ratterte ein bißchen, aber der Motor hörte sich gut und kräftig an. Ich setzte mich neben ihn, und wir fuhren nach Honey Island, im klapprigen Autoradio eine Kassette von Clifton Chenier.

Der Fluß und der Wald waren noch nebelverhangen, als wir an der Forstwacht Pearl River das Boot abluden, neben einer Ansammlung heruntergekommener schwimmender Fischerhütten, die am Ufer angetäut waren. Wir luden Ketten, Seil, Kettensäge, Taucherausrüstung und Proviant ins Boot. An einem Baum in der Nähe fing sich der Morgensonnenschein in einem großen, feinmaschigen Spinnennetz, in dessen Mitte reglos eine Seidenspinne saß. Dann übertönte der Außenbordmotor die Insektenlaute und Vogelstimmen, und wir fuhren hinaus auf den Pearl River.

Die Ufer säumten große Tupelobäume, Moorbirken, Weiden und einige hochaufgeschossene Zypressen, an deren Stämmen sich rotblühende Klettertrompeten emporrankten. Hin und wieder waren Bäume mit Plastikflaschen markiert, ein Zeichen, daß dort Welsköder ausgelegt waren. Wir kamen an einem Flußdorf vorbei, die meisten Häuser waren verfallen, und davor waren flache Kanus festgemacht. Ein Blaureiher sah uns gelassen von einer Zypresse aus zu; auf einem Baumstamm darunter sonnte sich eine Sumpfschildkröte.

Ich hatte zwar Raymond Aguillards Karte, aber trotzdem fanden wir den Durchstich, den Trapperkanal, den er eingezeichnet hatte, erst im zweiten Anlauf. An der Durchfahrt wuchsen Gummibäume, deren Brettwurzeln sich knollenartig wölbten, und eine einzelne Grünesche ragte fast quer über die Lücke. Weiter drinnen drückte Spanisches Moos die Zweige der Bäume fast bis auf die Wasseroberfläche herab, und es roch üppig, nach Wachstum und Fäulnis. Verwachsene Baumstümpfe, umgeben von Entengrütze, ragten in der Morgensonne wie Denkmäler auf. Östlich entdeckte ich die graue Kuppel eines Biberbaus, und als wir hinschauten, glitt keine zwei Meter vor uns eine Schlange ins Wasser.

»Diamant-Klapperschlange«, sagte Morphy.

Um uns her tropfte Wasser von den Zypressen und Tupelobäumen, und überall sangen Vögel.

»Gibt's hier Alligatoren?« fragte ich.

Er zuckte mit den Achseln. »Kann sein. Aber solange man sie in Ruhe läßt, tun sie einem nichts. In den Sümpfen gibt's leichtere Beute, sie schnappen sich aber schon mal einen Hund, der zu nah ans Ufer kommt. Wenn du einen siehst, solange ich unten bin, feuerst du einen Schuß ab, damit ich Bescheid weiß.«

Das Bayou wurde allmählich schmaler, bis es kaum noch breit genug für das Boot war. Ich spürte, wie der Kiel über einen Baumstamm unter Wasser schabte. Morphy schaltete den Motor ab, und mit bloßen Händen und zwei Holzpaddeln manövrierten wir uns vorwärts.

Wir hatten uns beim Kartenlesen offenbar irgendwie vertan, denn vor uns ragte eine Wand aus wildem Reis auf, die großen, grünen Stiele wie Klingen im Wasser. Nur eine schmale Lücke war zu sehen, gerade groß genug für ein Kind. Morphy zuckte mit den Achseln, ließ den Motor wieder an und fuhr darauf zu. Mit dem Paddel schlug ich die Reisstiele beiseite. In der Nähe platschte es, dann durchschnitt ein dunkler Umriß, wie eine große Ratte, das Wasser.

»Sumpfbiber«, sagte Morphy. Ich konnte die großen Nagezähne und die Schnurrhaare sehen, als er neben einem Baumstamm hielt und neugierig schnupperte. »Schmeckt noch übler als Alligator. Angeblich wird versucht, das Fleisch an die Chinesen zu verhökern, weil es sonst keiner essen will.«

Der Reis ging in scharfkantige Riedgrashalme über, die mir beim Paddeln in die Hände schnitten, und dann kam das Boot frei, und wir befanden uns in einer Art Lagune, die sich aus abgelagertem Schwemmsand gebildet hatte und an deren Ufer hauptsächlich Gummibäume und Weiden standen, deren Zweigspitzen ins Wasser hingen. Am östlichen Ende, neben einer Seerosenkolonie, gab es beinahe festen Boden, und im Schlamm sah man Wildschweinfährten; die Pfeilwurzeln hatten das Wild angelockt. Weiter hinten erspähte ich die Umrisse eines Kutters, wahrscheinlich eines der Schiffe, die den Kanal ursprünglich gegraben hatten. Der große V8-Motor war verschwunden, und der Rumpf war leck.

Wir machten das Boot an einem freistehenden roten Ahorn fest. Er war fast ganz von eingerolltem grauen Tüpfelfarn überwuchert, der auf Regen wartete, um wieder zum Leben zu erwachen. Morphy zog sich bis auf seine Radlerhose aus, rieb sich mit Schlamm ein und zog sich den Taucheranzug über. Dann stieg er in die Schwimmflossen, schnallte sich den Sauerstoffbehälter auf den Rücken und prüfte ihn. »Die meisten Gewässer im Sumpf sind nicht tiefer als drei bis fünf Meter, aber hier ist es anders«, sagte er. »Kann man daran erkennen, wie sich das Licht auf dem Wasser spiegelt. Es ist tiefer, sieben Meter oder mehr.« Laub, Äste und Baumstämme trieben auf dem Wasser, und Insekten flirrten über die Oberfläche. Das Wasser selbst war dunkelgrün.

Er wusch die Maske mit Sumpfwasser aus und drehte sich

dann zu mir um. »Hätte auch nicht gedacht, daß ich an meinem freien Tag nach Sumpfgeistern suche«, meinte er.

»Raymond Aguillard sagt, er hätte das Mädchen hier gesehen«, erwiderte ich. »Und David Fontenot ist weiter oben am Fluß gestorben. Hier muß etwas sein. Weißt du, wonach du suchen mußt?«

Er nickte. »Wahrscheinlich irgendein Behälter, schwer und verschlossen.«

Morphy knipste die Taschenlampe an, zog sich die Maske übers Gesicht und atmete Sauerstoff ein. Ich band ein Ende des Bergsteigerseils an seinen Gürtel und das andere an den Ahornstamm, zog es fest und klopfte ihm dann auf den Rücken. Er hob den Daumen und watete ins Wasser. Zwei, drei Meter weiter tauchte er unter, und ich ließ das Seil durch meine Hände laufen.

Ich hatte nur wenig Taucherfahrung, hatte während eines Urlaubs mit Susan auf den Florida Keys nur ein paar Anfängerstunden genommen. Ich beneidete Morphy nicht, wie er da durch den Sumpf schwamm. Als Jugendliche waren wir im Sommer im Stroudwater River schwimmen gegangen, außerhalb der heutigen Stadtgrenze von Portland. Lange, schlanke Hornhechte tummelten sich dort im Wasser, heimtückische Viecher, denen etwas Urzeitliches anhaftete. Wenn sie einem über die nackten Beine strichen, fielen einem Geschichten ein, die man gehört hatte: daß sie kleine Kinder bissen oder schwimmende Hunde hinab auf den Grund rissen.

Verglichen mit dem Stroudwater, waren die Gewässer des Honey-Island-Sumpfs eine andere Welt. Mit den glitzernden Schlangen und den *Cowens,* wie die Cajuns die Schnappschildkröten nannten, war Honey Island natürlich viel wilder als die ruhigen Gewässer von Maine. Aber auch hier gab es Hornhechte und Störe und Barsche und Bowfins. Und Alligatoren.

An all das dachte ich, als Morphy unter der Wasseroberfläche des Bayous verschwand, aber ich dachte auch an das Mädchen, das man vielleicht in diesem Gewässer abgeladen hatte, wo Wesen, deren Namen sie nicht kannte, gegen die Wänden ihres Grabes rumpelten und klickten und andere nach Rostlöchern suchten, durch die sie zu dem verwesenden Fleisch vordringen konnten.

Morphy kam nach fünf Minuten wieder an die Luft, zeigte auf das schmale nordöstliche Ufer und schüttelte den Kopf. Dann tauchte er wieder unter, und das Seil schlängelte sich in südliche Richtung. Nach weiteren fünf Minuten lief mir das Seil plötzlich schnell durch die Hand. Morphy tauchte auf, diesmal aber ein gutes Stück von der Stelle entfernt, wo das Seil im Wasser verschwand. Er schwamm zurück zum Ufer, zog sich Maske und Mundstück aus, atmete keuchend und zeigte dabei auf das südliche Ende des Bayous.

»Da unten liegen zwei Metallkisten, gut einszwanzig lang, sechzig breit und fünfzig tief«, sagte er. »Die eine ist leer, und die andere verriegelt und verschlossen. Ein paar hundert Meter weiter liegen ein paar Ölfässer mit roten Bourbonenlilien drauf. Die gehören der alten Chemiefabrik Brevis, die früher in Baton Rouge ein Werk hatte, bis sie 89 nach einem Großbrand dichtgemacht haben. Das war's. Sonst ist da unten nichts.«

Ich schaute zum Rand des Bayous hinüber, wo knorrige Wurzeln ins Wasser ragten.

»Können wir die Kiste mit dem Seil rausziehen?« fragte ich.

»Können schon, aber die ist schwer, und wenn sie beim Rausziehen aufbricht, geht der Inhalt verloren. Wir müssen mit dem Boot hin und versuchen, sie hochzuhieven.«

Es wurde allmählich heiß, obwohl die Bäume am Ufer ein bißchen Schatten spendeten. Morphy holte zwei Flaschen stilles Mineralwasser aus der Kühltasche, und wir tranken sie, am Ufer sitzend. Dann stiegen wir ins Boot und fuhren zu seiner Markierung.

Zweimal blieb die Kiste am Grund an irgendeinem Hindernis hängen, als ich sie hochziehen wollte, und Morphy mußte mir erst ein Zeichen geben, bevor ich weiterziehen konnte. Endlich kam die graue Metallkiste an die Wasseroberfläche, Morphy schob von unten, und dann ging er wieder runter und band das Markierungsseil an eines der Ölfässer, falls wir sie untersuchen mußten.

Ich fuhr zurück an die Anlegestelle und hievte die Kiste ans Ufer. Die Kette und das Schloß waren alt und verrostet, wahrscheinlich zu alt, um etwas für uns Interessantes preiszugeben. Ich nahm die Axt und schlug auf den rostigen Riegel, der die Kette hielt. Er sprang auf, als Morphy gerade ans Ufer kam. Er kniete sich neben mich, den Sauerstoffbehälter noch auf dem Rücken, die Maske in die Stirn geschoben, und ich zerrte am Deckel der Kiste. Er klemmte. Mit dem stumpfen Ende der Axt hieb ich von unten auf die Ränder ein, bis sich der Deckel löste.

Darin befanden sich eine Ladung Springfield-Hinterladerbüchsen Kaliber .50 und die Knochen offenbar eines kleinen Hundes. Die Büchsenschäfte waren fast komplett verrottet, und ich erkannte noch die Lettern »LNG« auf den Schildchen am Schaft.

»Gestohlene Gewehre«, meinte Morphy, zog eine Büchse hervor und betrachtete sie. »Von 1870 oder 80. Die Behörden haben sie wahrscheinlich gestohlen gemeldet, und der Dieb hat sie hier abgeladen und wollte noch mal wiederkommen.«

Mit den Fingern klopfte er auf den Hundeschädel. »Die Gebeine deuten auf irgendwas hin. Nur schade, daß hier draußen keiner den Hund von Baskerville gesehen hat, sonst hätten wir das Rätsel gelöst.« Er schaute sich die Büchsen an und sah dann wieder zu den Ölfässern hinüber. Er seufzte und schwamm zurück zur Markierung.

Es war Schwerstarbeit, die Fässer hochzuholen. Beim ersten glitt die Kette dreimal ab. Morphy holte die zweite Kette und band sie in Paketmanier um das Faß. Das Boot kenterte fast, als ich versuchte, das Faß noch im Wasser zu öffnen, also mußten wir es ans Ufer bringen. Als wir es endlich draußen hatten, braun und rostig, enthielt es nichts weiter als Altöl. Die Fässer hatten ein Spundloch, durch das Öl eingefüllt und ausgegossen wurde, aber man konnte auch den kompletten Deckel abnehmen. Als wir das zweite Faß öffneten, enthielt es nicht einmal Altöl, sondern nur ein paar Steine als Ballast.

Mittlerweile war Morphy erschöpft. Wir legten eine Pause ein, aßen Hähnchen und Brot und tranken Kaffee. Es war schon früher Nachmittag, und die schwüle Hitze im Sumpf zehrte an unseren Kräften. Als wir uns etwas ausgeruht hatten, bot ich an, das Tauchen zu übernehmen. Morphy sträubte sich nicht, also gab ich ihm mein Schulterholster, zog mich um und schnallte mir den zweiten Sauerstoffbehälter auf den Rücken.

Das Wasser war erstaunlich kühl. Als es mir bis zur Brust ging, nahm es mir fast den Atem. Die Ketten lagen mir schwer auf der Schulter, und mit einer Hand hielt ich mich am Markierungsseil fest. Als ich an die Stelle kam, wo das Seil im Wasser verschwand, nahm ich die Taschenlampe von meinem Gürtel und tauchte unter.

Das Wasser war tiefer, als ich gedacht hatte, und sehr dunkel, die Entengrütze über mir verschluckte an einigen Stellen das Sonnenlicht komplett. An der Grenze meines Gesichtsfelds schwammen Fische. Die Fässer, von denen noch fünf übrig waren, lagen aufgestapelt um einen untergetauchten, uralten Baumstamm, dessen Wurzeln tief in den Sumpfboden reichten. Boote, die am Sumpfufer anlegten, würden diesen Baum meiden, weshalb die Fässer gut geschützt waren. Unten am Baum war das Wasser noch dunkler als ohnehin schon, und ohne das spärliche Licht wären die Fässer vollkommen unsichtbar gewesen.

Ich wickelte die Ketten um das oberste Faß und zog einmal daran, um sein Gewicht zu prüfen. Es polterte vom Stapel und riß mir auf dem Weg zum Grund das Seil aus der Hand. Schlamm wurde aufgewirbelt, Dreck und Wasserpflanzen nahmen mir die Sicht, und als Öl aus dem Faß zu sickern begann, wurde alles schwarz. Ich strampelte, um wieder in sauberes Wasser zu gelangen, da hörte ich über mir dumpf einen Schuß. Erst dachte ich, Morphy sei vielleicht in Schwierigkeiten, doch dann fiel mir wieder ein, daß der Schuß ein Signal sein sollte und daß nicht Morphy, sondern ich in Schwierigkeiten steckte.

Ich kam an die Wasseroberfläche, und da sah ich den Alligator. Er war klein, vielleicht zwei Meter lang, aber das grelle Licht fiel auf die spitzen und kräftigen Zähne, die ihm aus dem

Kiefer ragten, und auf seinen hellen Bauch. Er war von dem Öl und Dreck genau so verwirrt wie ich, schien aber auf den Lichtschein meiner Taschenlampe zuzusteuern. Ich schaltete sie aus und verlor den Alligator augenblicklich aus den Augen, während ich mich vollends an die Oberfläche strampelte.

Als ich an die Luft kam, befand sich das Markierungsseil fünf Meter vor mir und Morphy daneben.

»Hierher!« schrie er. »Komm ins Boot!«

Verzweifelt strampelnd schwamm ich auf ihn zu und mußte die ganze Zeit an die Echse denken, die unter mir durchs Wasser kreuzte. Dann entdeckte ich sie links an der Oberfläche, gut sieben Meter entfernt. Ich konnte die Schuppen auf ihrem Rücken sehen und den gierigen Blick, und die Schnauze wies in meine Richtung. Ich drehte mich auf den Rücken, damit ich den Alligator im Blick behalten konnte, und strampelte weiter, zog mich am Seil voran und schwamm.

Ich war noch anderthalb Meter vom Boot entfernt, als sich der Alligator plötzlich regte und flink auf mich zuglitt. Ich spuckte das Mundstück aus.

»Knall ihn ab, Mann!« schrie ich. Ich hörte einen Schuß dröhnen, und vor der Echse spritzte Wasser auf, und dann noch einmal. Das Vieh hielt abrupt, und dann prasselte rechts ein rosa-weißer Schauer ins Wasser, und es drehte in diese Richtung ab. Weiter rechts ging ein zweiter Schauer nieder, und da spürte ich das Boot am Rücken, und Morphy half mir, mich hineinzuschwingen. Wir drehten zum Ufer bei, und Morphy warf eine dritte Handvoll Marshmallows in die Luft. Als ich ihn anschaute, schob er sich grinsend den letzten in den Mund. Draußen im Bayou schnappte der Alligator nach den letzten Süßigkeiten.

»Haste dich eingepißt, was?« meinte Morphy lächelnd, als ich aus den Schulterriemen schlüpfte und mich flach auf den Boden des Bootes legte.

Ich nickte und zog mir die Schwimmflossen von den Füßen.

»Den Taucheranzug mußt du wohl in die Reinigung bringen«, sagte ich.

Wir setzten uns auf einen Baumstamm und sahen dem Alligator eine Zeitlang zu. Er kreuzte auf der Suche nach weiteren Marshmallows durchs Wasser und beschränkte sich schließlich auf eine Abwarte-Taktik, die darin bestand, daß er halb untergetaucht neben dem Markierungsseil im Wasser trieb. Wir tranken Kaffee aus Emailbechern und aßen das Hähnchen auf.

»Du hättest ihn abknallen sollen«, sagte ich.

»Das ist hier ein Naturschutzgebiet, und es ist verboten, Alligatoren zu töten«, erwiderte Morphy unwirsch. »Wozu ist denn ein Naturschutzgebiet da, wenn die Leute einfach herkommen und die Tiere abknallen können, wenn's ihnen gerade paßt.«

Wir tranken weiter Kaffee, und dann hörte ich ein Boot durch den wilden Reis und das Riedgras auf uns zukommen.

»Ach du Scheiße«, sagte eine vertraute Brooklyner Stimme, als der Bug des Bootes durchs Riedgras brach. »Die Donner-Gruppe.«

Angel tauchte als erster auf, und dann hinter ihm Louis am Ruder. Sie fuhren gemächlich zu uns rüber und machten an dem Ahornbaum fest. Angel sprang ins Wasser und folgte dann unseren Blicken hinüber zu dem Alligator. Als er das teilweise untergetauchte Reptil erblickte, rannte er unbeholfen, mit fliegenden Ellenbogen, aufs Ufer zu.

»Mann, wo sind wir denn hier? In Jurassic Park?« meinte er. Er drehte sich zu Louis um, der von seinem Boot auf unseres und dann ans Ufer sprang. »Hey, hast du deiner Schwester nicht gesagt, sie soll nicht in unbekannten Gewässern schwimmen?«

»Wir schaun mal vorbei, um zu sehn, wie's euch geht«, meinte Angel, und nachdem ich ihn mit Morphy bekanntgemacht hatte, spähte er wieder eingeschüchtert zu dem Alligator hinüber. Er hatte eine Tüte Donuts in der Hand. »Gibt's 'n Problem?« fragte er schließlich.

»Wir haben getaucht, und dann ist die schwimmende Handtasche gekommen, und dann haben wir nicht mehr getaucht«, erklärte ich.

Louis rümpfte die Nase. »Hmm«, machte er. Dann zog er seine SIG und schoß dem Alligator die Schwanzspitze ab. Die Echse schlug vor Schmerz um sich, und das Wasser um sie her färbte sich knallrot, und dann fuhr sie herum und schwamm durch das Bayou davon und zog eine Blutspur hinter sich her. »Dann hättest du ihn abknallen sollen«, meinte Louis.

»Das hatten wir schon«, sagte ich. »Und jetzt die Ärmel hochgekrempelt, meine Herren, wir können Hilfe gebrauchen.«

Ich hatte immer noch den Taucheranzug an, deshalb schlug ich vor, weiterhin das Tauchen zu übernehmen.

»Willst du mir beweisen, daß du kein Weichei bist?« grinste Morphy.

»Nein«, sagte ich und machte das Boot los. »Mir selbst will ich das beweisen.«

Wir ruderten hinüber zum Markierungsseil, und dann tauchte ich mit Haken und Ketten unter und ließ Angel und Morphy mit der Pistole an Bord zurück, falls sich der Alligator noch mal blicken ließ. Louis kam mit dem zweiten Boot dazu. Ein dicker, schwarzer Ölfilm hatte sich auf der Wasseroberfläche gebildet und reichte auch in die Tiefe. Die Fässer waren auseinandergerollt, als das oberste herabgestürzt war. Ich leuchtete das leckgeschlagene Faß mit der Taschenlampe ab, aber es schien außer dem verbliebenen Öl nichts zu enthalten.

Es war jedesmal ein hartes Stück Arbeit, die Fässer festzuzurren und hochzuhieven, aber mit zwei Booten konnten wir gleichzeitig zwei Fässer zum Ufer transportieren. Wahrscheinlich hätte man das auch geschickter anstellen können, aber uns fiel nicht ein, wie.

Die Sonne stand schon tief und tauchte das Wasser in goldenes Licht, als wir sie fanden.

Kapitel 43

Heute ist es mir, als wäre damals etwas durch meinen Körper geströmt und hätte sich in meinem Magen geballt wie eine Faust, als ich das Faß zum ersten Mal berührte, um die Ketten anzubringen. Es war wie ein Schock. Ein Messer blitzte vor mir auf, und dann färbte eine Blutfontäne die Tiefe rot, aber vielleicht war es auch bloß der Sonnenuntergang, der sich auf dem Wasser und meiner Maske spiegelte. Ich schloß kurz die Augen und spürte, wie sich um mich her etwas regte, nicht das Wasser oder die Fische in der Tiefe, sondern ein anderer Mensch, der um meinen Oberkörper und meine Beine wirbelte. Ich meinte, ihr Haar zu spüren, wie es mir über die Wange strich, aber als ich danach langte, hatte ich nur Wasserpflanzen in der Hand.

Dieses Faß war schwerer als die anderen, niedergehalten, wie sich herausstellte, von Ziegelsteinen, die säuberlich entzweigeklopft waren. Morphy und Angel mußten beide anpacken, um es hochzuhieven.

»Das ist sie«, sagte ich zu Morphy. »Wir haben sie gefunden.« Und dann tauchte ich hinab zu dem Faß und manövrierte es langsam über die Steine und Baumstämme am Grund, während sie es hochzogen. Wir schienen mit diesem Faß alle vorsichtiger umzugehen als mit den anderen, als würde das Mädchen darin nur schlafen und als wollten wir sie nicht wecken, als wäre sie nicht längst verwest, sondern erst gestern hineingesetzt worden. Am Ufer angelangt, nahm Angel die Brechstange und setzte sie behutsam am Deckelrand an, aber der rührte sich nicht. Er schaute es sich genauer an.

»Versiegelt«, sagte er. Er schabte mit der Brechstange über die Faßhülle und betrachtete die Spur, die er gezogen hatte. »Das Faß ist auch mit irgendwas behandelt. Deshalb ist es besser erhalten als die anderen.«

Das stimmte. Es hatte kaum Rost angesetzt, und die Lilien auf der Seite waren klar erkennbar und farbecht, wie erst am Tag zuvor draufgemalt.

Ich dachte kurz nach. Wir konnten es mit der Kettensäge aufschneiden, aber wenn ich mich nicht täuschte und das Mädchen tatsächlich darin war, wollte ich ihre Überreste nicht beschädigen. Wir konnten auch die Bullen oder sogar das FBI um Hilfe rufen. Pflichtschuldig schlug ich das auch vor, aber selbst Morphy lehnte es ab. Vielleicht wollte er sich die Peinlichkeit ersparen, falls das Faß leer war, aber als ich ihm in die Augen sah, wußte ich, daß es darum nicht ging. Er wollte, daß wir das allein durchzogen.

Schließlich untersuchten wir das Faß, indem wir es behutsam mit der Axt abklopften. Nach den Geräuschen schätzten wir ab, wo wir sicher sägen konnten. Morphy schnitt vorsichtig unterhalb des Deckels ein, und mit Kettensäge und Brechstange sägten und brachen wir das Faß bis etwa zur Hälfte des Umfangs auf, bogen dann mit der Brechstange den Deckel hoch und leuchteten hinein.

Die Leiche bestand nurmehr aus Knochen und Fetzen, Haut und Fleisch waren völlig verwest. Man hatte sie mit dem Kopf voran hineingestopft und ihr die Beine gebrochen, um den Deckel zuzubekommen. Als ich ans andere Ende leuchtete, sah ich gebleckte Zähne und Haarbüschel. Wir standen schweigend um sie herum, um uns her nur die Sumpfgeräusche und das plätschernde Wasser.

Ich kam erst spätabends ins Flaisance zurück. Während wir auf die Polizei von Slidell und die Rangers warteten, verabschiedeten sich Angel und Louis mit Morphys Einverständnis. Ich blieb, um auszusagen und Morphys Version der ganzen Geschichte zu bezeugen. Auf Morphys Rat hin rief die örtliche Polizei das FBI. Auf die wartete ich nicht. Wenn Woolrich mit mir reden wollte, wußte er, wo er mich fand.

In Rachels Zimmer brannte noch Licht, als ich daran vorbeiging, deshalb blieb ich stehen und klopfte an. Sie kam in einem pinken Nachthemd von Calvin Klein an die Tür, das ihre Oberschenkel halb bedeckte.

»Angel hat mir erzählt, was passiert ist«, sagte sie und machte die Tür auf, um mich hereinzulassen. »Das arme Mädchen.« Sie umarmte mich und stellte dann im Bad die Dusche an. Ich blieb lange drin, die Hände an den Kacheln, und ließ mir Wasser über Kopf und Rücken laufen.

Als ich mich abgetrocknet hatte, band ich mir das Handtuch um die Taille und fand Rachel auf dem Bett sitzend, wie sie ihre Papiere durchblätterte. Sie schaute hoch und hob eine Augenbraue.

»Wie ausgesprochen sittsam«, sagte sie mit knappem Lächeln.

Ich setzte mich auf die Bettkante, und sie legte von hinten die Arme um mich. Ich spürte ihre Wange und ihren warmen Atem auf meinem Rücken. »Wie fühlst du dich?« fragte ich.

Ihr Griff wurde etwas fester. »Ganz in Ordnung, glaube ich.«

Sie drehte mich um, so daß ich sie ansah. Sie kniete vor mir auf dem Bett, die Hände zwischen die Beine geklemmt, und biß sich auf die Lippen. Dann streckte sie die Hand aus und fuhr mir zärtlich und fast zögerlich durchs Haar.

»Ich hab' immer gedacht, ihr Seelenfuzzis wärt gut darin«, sagte ich.

Sie zuckte mit den Achseln. »Ich bin genauso verwirrt wie alle anderen auch, ich kenne bloß die ganzen Fachbegriffe dafür.« Sie seufzte. »Hör mal, was gestern passiert ist ... Ich will dich nicht unter Druck setzen. Ich weiß, wie schwer das alles für dich ist, wegen Susan und ...«

Ich hielt ihr die Hand an die Wange und rieb sanft mit dem Daumen über ihre Lippen. Dann küßte ich sie und spürte, wie sie den Mund öffnete. Ich wollte sie umarmen, sie lieben und den Anblick des toten Mädchens vergessen.

»Danke«, sagte ich, den Mund noch auf ihrem. »Aber ich weiß, was ich tu'.«

»Na«, sagte sie und ließ sich langsam aufs Bett sinken. »Wenigstens einer von uns.«

Am nächsten Morgen lagen die Überreste des Mädchens auf einem Metalltisch, embryonal zusammengekauert, wie um sich für die Ewigkeit zu wappnen. Auf Anordnung des FBI hatte man sie nach New Orleans gebracht, gewogen und gemessen, geröntgt und ihre Fingerabdrücke genommen. Der Leichensack, in dem man sie aus Honey Island weggebracht hatte, war auf Teile hin untersucht worden, die sich während des Transports gelöst haben mochten.

Die weißen Fliesen, der schimmernde Metalltisch, die blinkenden medizinischen Instrumente, das weiße Licht über allem – das wirkte zu streng und grell, zu gnadenlos darauf bedacht, freizulegen, zu untersuchen, zu enthüllen. Es wirkte wie eine letzte Demütigung nach den Schrecken ihrer letzten Lebensmomente, sie in der Sterilität dieses Raums auszustellen, umgeben von den Männern, die sie betrachteten. Ein Teil von mir wollte sie in ein Leichentuch hüllen und langsam und behutsam zu einem dunklen Loch an einem fließenden Gewässer tragen, wo grüne Bäume den Boden schirmten, in dem sie ruhte und nie wieder gestört würde.

Doch ein anderer Teil von mir, der vernünftige, wußte, daß sie einen Namen verdiente und eine Identität brauchte, damit die Anonymität ihres Leidens ein Ende hatte und man, vielleicht, dem Mann auf die Schliche kam, der sie so erniedrigt hatte. Und so traten wir vom Tisch zurück, als der weißgewandete Gerichtsmediziner und seine Assistenten hereinkamen, mit ihren Diktiergeräten und Messern und weiß behandschuhten Händen.

Das Becken ist das am einfachsten erkennbare Unterscheidungsmerkmal zwischen einem Männer- und einem Frauenskelett. Der Beckeneingang, hinter dem Beckenring gelegen – der wiederum aus dem Hüftbein, dem Sitzbein, dem Darmbein und dem Schambein besteht –, ist beim weiblichen breiter, und der Angulus subpubicus entspricht ungefähr dem Winkel zwischen Daumen und Zeigefinger.

Auch der weibliche Schädel unterscheidet sich vom männlichen, eine Widerspiegelung en miniature der sonstigen körperlichen Unterschiede zwischen den Geschlechtern. Der weibliche Schädel ist so glatt und rund wie die weibliche Brust, aber kleiner als der männliche Schädel; die Stirn ist höher und auch runder; die Augenhöhlen liegen ebenfalls höher und sind nicht so kantig; bei einer Frau sind Kiefer, Gaumen und Zähne kleiner.

Die Gebeine vor uns entsprachen den allgemeinen Bekken- und Schädelgesetzen des weiblichen Körpers. Um das Alter zum Todeszeitpunkt zu bestimmen, wurden die Ossifikationspunkte untersucht, die Stellen der Knochenbildung und auch das Gebiß. Der Oberschenkelknochen der Mädchenleiche war am Kopf beinahe vollkommen verknöchert, wohingegen der Schlüsselbeinansatz am Brustbein nur partielle Verknöcherungen aufwies. Nach einer abschließenden Untersuchung der Schädelnähte schätzte der Rechtsmediziner ihr Alter auf einundzwanzig oder zweiundzwanzig. An der Stirn, am Unterkiefer und am linken Wangenknochen hatte sie Schrammen, wo der Mörder bis auf den Knochen geschnitten hatte, um ihr Gesicht zu entfernen.

Ihre Zahnmerkmale wurden aufgenommen – ein Vorgang, den man als Forensische Odontologie bezeichnet –, um sie mit den Daten vermißter Personen abzugleichen, und für eine eventuelle DNS-Analyse entnahm man Knochenmarks- und Haarproben. Dann sahen Woolrich, Morphy und ich zu, wie ihre Überreste, in eine Plastikhülle verpackt, fortgeschoben wurden. Wir wechselten noch ein paar Worte, ehe jeder seiner eigenen Wege ging, ich erinnere mich nicht mehr daran. Ich sah nur das Mädchen und hörte nur das Wasser in meinen Ohren.

Für den Fall, daß weder die DNS-Analyse noch die Zahnunterlagen Aufschluß über ihre Identität brachten, hatte Woolrich ins Auge gefaßt, daß eine Gesichtsrekonstruktion sinnvoll sein könnte, bei der mit einem Laser die Schädelkonturen erfaßt und dann mit denen eines bekannten Schädels von gleichen Ausmaßen verglichen wurden. Er nahm sich vor, in Quantico alles dafür in die Wege zu leiten, sobald er Zeit gefunden hatte, sich zu waschen und eine Tasse Kaffee zu trinken.

Aber die Gesichtsrekonstruktion erwies sich als überflüssig. Es dauerte nicht einmal zwei Stunden, die Leiche der jungen Frau aus dem Sumpf zu identifizieren. Obwohl sie fast sechs Monate lang in den dunklen Wassern gelegen hatte, hatte man sie erst vor drei Monaten vermißt gemeldet.

Ihr Name war Lutice Fontenot. Sie war Lionel Fontenots Halbschwester.

Kapitel 44

Das Fontenot-Lager befand sich fünf Meilen östlich von Delacroix. Man gelangte über eine neu erbaute Privatstraße auf einem Damm dorthin, der sich durch Sümpfe und morsche Wälder schlängelte, bis man zu einer Fläche kam, die vollständig gerodet war und nur aus dunkler Erde bestand. Ein hoher Zaun, der oben mit Nato-Draht abschloß, umgab ein Grundstück von knapp einem Hektar, in dessen Mitte ein eingeschossiges, hufeisenförmiges Betongebäude stand. Ein Corniche-Cabrio und drei schwarze Explorer standen in einer Reihe auf dem betonierten Hof, den die Flügel des Gebäudes bildeten. Dahinter sah man ein älteres Haus, ein normales, eingeschossiges Holzgebäude mit Veranda und offenbar einer Zimmerflucht. Als ich mit dem gemieteten Taurus vor dem Lagertor hielt, Louis neben mir auf dem Beifahrersitz, war niemand zu sehen. Rachel war mit dem anderen Mietwagen zu einem letzten Besuch an der Loyola University gefahren.

»Vielleicht hätten wir vorher anrufen sollen«, sagte ich und betrachtete das wie ausgestorben wirkende Gebäude.

Neben mir hob Louis langsam die Hände über den Kopf und wies mit dem Kinn nach vorn. Zwei Männer in Jeans und ausgeblichenen T-Shirts standen vor uns und richteten ihre Heckler & Koch HK53er mit ausgezogener Schulterstütze auf uns. Zwei weitere erblickte ich im Rückspiegel und einen fünften, der ein Beil im Gürtel trug, jenseits des Beifahrerfensters. Es waren harte, wettergegerbte Männer, manche mit graumelierten Bärten. Ihre Stiefel waren schlammverkrustet, und sie hatten Arbeiterhände, voller Narben, die Finger dick und muskulös.

Ich sah zu, wie ein mittelgroßer Mann in Jeans, blauem Jeanshemd und Arbeitsstiefeln vom Hauptgebäude des Lagers aus zum Tor kam. Dort angelangt, öffnete er nicht, sondern blieb einfach stehen und betrachtete uns durch den Zaun. Er hatte sich schlimme Verbrennungen zugezogen: Die Haut der rechten Gesichtshälfte war schwer vernarbt, das Auge erblindet, und an dieser Kopfseite war das Haar nicht nachgewachsen. Eine Hautfalte hing über sein totes Auge, und als er sprach, tat er es mit der linken Mundseite.

»Was wollter hier?« Heftiger Akzent in der Stimme: ein Cajun.

»Mein Name ist Charlie Parker«, antwortete ich durch das offene Fenster. »Ich möchte zu Lionel Fontenot.«

»Wer ist das?« Er wies mit dem Finger auf Louis.

»Count Basie«, sagte ich. »Der Rest der Band konnte leider nicht mitkommen.«

Der Schönling lächelte nicht, grinste nicht mal. »Lionel is' nich' zu sprechen. Und jetzt verpißt euch, sonst knallt's.« Er machte kehrt und ging zum Hauptgebäude zurück.

»Hey«, sagte ich. »Haben Sie schon geklärt, wer in Metairie die ganzen Schergen von Joe Bones umgelegt hat?«

Er blieb stehen und drehte sich wieder zu uns um.

»Was ham Sie gesagt?« Er guckte, als hätte ich seine Schwester beleidigt.

»Sie hatten in Metairie doch zwei Leichen, für die keiner von Ihnen verantwortlich ist. Wenn es dafür eine Belohnung gibt, würde ich mir die jetzt gerne abholen.«

Er schien sich das kurz durch den Kopf gehen zu lassen. Dann: »Sind Sie 'n Scherzbold? Wenn ja – ich find' das nich' lustig.«

»Sie finden mich nicht lustig?« sagte ich. Es klang gereizt.

Sein linkes Augenlid zuckte, und eine H&K mündete fünf Zentimeter vor meiner Nase. Sie roch wie eben erst benutzt. »Vielleicht finden Sie das ja lustig: Ich bin derjenige, der Lutice Fontenot vom Grund hochgeholt hat in Honey Island. Wollen Sie Lionel das erzählen und mal sehen, ob er lacht?«

Er antwortete nicht, sondern richtete eine Infrarot-Fernbedienung auf das Lagertor. Es öffnete sich beinahe lautlos.

»Raus aus dem Wagen«, sagte er. Zwei Männer behielten unsere Hände im Blick und richteten ihre Waffen auf uns, als wir die Türen aufmachten, und dann traten zwei vor und filzten uns, über das Auto gebeugt, suchten nach Kabeln und Waffen. Sie reichten dem vernarbten Kerl Louis' SIG, das Messer und meine Smith & Wesson und durchsuchten dann das Wageninnere nach verborgenen Waffen. Sie machten Kofferraum und Motorhaube auf und sahen auch unterm Wagen nach.

»Mann, du bist echt wie das UN-Friedenskorps«, flüsterte Louis. »Machst dir überall Freunde.«

»Danke«, sagte ich. »Das liegt mir im Blut.«

Als sie sich davon überzeugt hatten, daß der Wagen clean war, durften wir im Schrittempo auf den Hof fahren. Einer von Fontenots Männern, der mit dem Beil, saß hintendrin. Zwei Männer gingen neben dem Wagen her. Wir parkten neben dem Corniche und wurden dann zu dem alten Haus geleitet.

Auf der Veranda erwartete uns, mit einer Porzellantasse Kaffee in der Hand, Lionel Fontenot. Das Brandopfer ging zu ihm hoch und flüsterte ihm ein paar Worte ins Ohr, aber Lionel unterbrach ihn mit einer Handbewegung und schaute uns eindringlich an. Ein Regentropfen landete auf meinem Kopf, und binnen Sekunden standen wir in einem Wolkenbruch. Lionel ließ uns im Regen stehen. Ich trug meinen blauen Leinenanzug von Liz Claiborne, ein weißes Hemd und eine blaue Krawatte aus Seide. Ich fragte mich, ob sie wohl farbecht sei. Der Regen prasselte, und der Erdboden rund ums Haus ging schon in Schlamm über, als Lionel seine Männer abrücken ließ, auf der Veranda Platz nahm und uns mit einem Nicken bedeutete, daß wir heraufkommen sollten. Wir setzten uns auf ein Paar Holzstühle mit geflochtener Sitzfläche, wohingegen sich Lionel auf einem hölzernen Ruhesessel niederließ. Das Brandopfer stand hinter uns. Louis und ich rückten unsere Stühle etwas zurecht, so daß wir ihn im Auge behalten konnten.

Eine ältere schwarze Hausangestellte, die ich schon von der Beerdigung her vom Sehen kannte, kam mit einem verschnörkelten Silbertablett aus dem Haus, auf dem eine silberne Kaffeekanne samt passendem Zuckerbecher und Sahnekännchen und drei Tassen und Untertassen aus Porzellan standen. Auf den Seiten der Tassen flatterten bunte Vögel, Schwanz an Schnabel, und massive Silberlöffel mit eingravierten Segelschiffen lagen ordentlich neben den Henkeln. Die Angestellte stellte das Tablett auf einen kleinen Rattantisch und ließ uns dann allein.

Lionel Fontenot trug eine schwarze Baumwollhose und ein weißes Hemd mit offenem Kragen. Ein passendes schwarzes Jackett hing über der Rückenlehne seines Sessels, und seine Budapester waren frisch poliert. Er beugte sich über den Tisch und goß drei Tassen Kaffee ein, gab in die eine zwei Löffel Zucker und reichte sie wortlos dem Brandopfer.

»Milch und Zucker?« fragte er mit einem Blick auf Louis und mich.

»Schwarz, danke«, sagte ich.

»Für mich auch«, sagte Louis.

Er reichte uns die Tassen. Es war alles ausgesucht höflich. Über uns hämmerte der Regen auf das Verandadach.

»Wollten Sie mir erzählen, wie Sie dazu gekommen sind, nach meiner Schwester zu suchen?« fragte Lionel schließlich. Er sah aus wie jemand, der einen merkwürdigen Typ dabei erwischt, wie er ihm die Windschutzscheibe putzt, und sich nicht recht entscheiden kann, ob er ihm ein Trinkgeld geben oder mit dem Wagenheber eins überbraten soll. Beim Kaffeetrinken spreizte er den kleinen Finger ab. Und das Brandopfer tat es ihm nach.

Ich erzählte Lionel einiges von dem, was ich bis dahin herausbekommen hatte. Ich erzählte ihm von Tante Maries Visionen und ihrem Tod und den Geschichten über den Geist eines Mädchens in einem Sumpf in Honey Island. »Ich glaube, daß der Mann, der Ihre Schwester umgebracht hat, auch Tante Marie und ihren Sohn ermordet hat. Er hat auch meine Frau und Tochter auf dem Gewissen«, sagte ich. »Deshalb habe ich nach Ihrer Schwester gesucht.«

Ich sagte nicht, daß ich seinen Kummer mitfühlen könne. Das war ihm vermutlich ohnehin klar. Und wenn nicht, war es nicht wert, darüber zu reden.

»Sie haben in Metairie die beiden Männer kaltgemacht?«

»Einen«, erwiderte ich. »Den zweiten hat jemand anderes erledigt.«

Lionel wandte sich an Louis. »Sie?«

Louis antwortete nicht.

»Jemand anderes«, wiederholte ich.

Lionel stellte seine Tasse ab und breitete die Hände aus. »Und warum sind Sie hier? Soll ich Ihnen dankbar sein? Ich fahre nach New Orleans, um die Leiche meiner Schwester abzuholen. Ich finde nicht, daß ich Ihnen dafür Dank schulde.« Er wandte das Gesicht ab. Kummer war in seinen Augen, aber keine Tränen. Lionel Fontenot schien mir kein Mann mit gut entwickelten Tränenkanälen zu sein.

»Deshalb bin ich nicht hier«, sagte ich ruhig. »Ich will wissen, weshalb man Lutice erst vor drei Monaten vermißt gemeldet hat. Ich will wissen, was Ihr Bruder in seiner Todesnacht in Honey Island wollte.«

»Mein Bruder«, sagte er. Liebe und Verzweiflung und Schuldgefühle jagten einander in seiner Stimme wie die Vögel auf den hübschen Tassen. Dann fing er sich wieder. Ich glaube, er war kurz davor, mir zu sagen, ich solle mich zum Teufel scheren und mich aus seinen Familienangelegenheiten raushalten, wenn mir mein Leben lieb sei, aber ich hielt seinem Blick stand, und eine Zeitlang schwieg er.

»Warum sollte ich Ihnen trauen?« sagte er.

»Weil ich den Mann finden kann, der es getan hat«, sagte ich. Meine Stimme klang tief und ruhig. Lionel nickte, mehr in sich hinein als mir zu, und schien einen Entschluß zu fassen.

»Meine Schwester ist Ende Januar, Anfang Februar abgehauen«, begann er. »Ihr hat das alles...«, er wies mit der linken Hand kurz auf das Anwesen, »... hier nicht gefallen. Wir hatten Ärger mit Joe Bones, ein paar Leute haben was abgekriegt.« Er hielt kurz inne und legte sich die nächsten Worte sorgfältig zurecht. »Eines Tages hat sie ihr Bankkonto aufgelöst, hat eine Tasche gepackt und einen Abschiedsbrief geschrieben. Sie hat es uns nicht ins Gesicht gesagt. David hätte sie auch gar nicht weggelassen.

Wir haben nach ihr gesucht. Wir haben uns bei Freunden in der Stadt umgesehen, sogar bei Bekannten von ihr in Seattle und Florida. Nichts, keine Spur von ihr. David hat das ziemlich mitgenommen. Sie war unsere Halbschwester. Nach dem Tod meiner Momma hat mein Vater wieder geheiratet. Lutice ist aus dieser Ehe. Als mein Vater und ihre Mutter umgekommen sind – das war 1983 bei einem Autounfall –, haben wir uns um sie gekümmert, David vor allem. Die beiden standen sich sehr nahe.

Vor ein paar Monaten hat David mit einemmal ständig von ihr geträumt. Erst hat er nichts davon erzählt, aber er ist immer dünner und blasser geworden und war nervlich am Ende. Als er mir davon erzählt hat, hab' ich gedacht, jetzt wird er verrückt, und hab' ihm das auch gesagt, aber er hat ständig von ihr geträumt. Er hat geträumt, sie wäre unter Wasser, hat er gemeint, und nachts würde er hören, wie sie an Metall klopft. Er war sich sicher, daß ihr was zugestoßen war.

Aber was sollten wir denn machen? Wir hatten halb Louisiana abgesucht. Ich hab' mich sogar mit ein paar Männern von Joe Bones in Verbindung gesetzt, falls es da was gab, was man mal klären müßte. Da war nichts. Sie war verschwunden.

Dann hat er sie vermißt gemeldet, und hier hat es nur so von Bullen gewimmelt. Mann, an dem Tag hätte ich ihn umbringen können, aber er hat drauf bestanden. Er sagte, Lutice wär' was zugestoßen. Mit Vernunft war ihm nicht mehr beizukommen, und ich mußte alles alleine regeln, und dabei hing die Sache mit Joe Bones wie ein Schwert über mir.«

Er schaute das Brandopfer an.

»Leon hier war bei ihm, als der Anruf kam. Er wollte nicht sagen, wohin er fährt, hat nur seinen blöden gelben Wagen genommen und ist abgehauen. Als Leon ihn aufhalten wollte, hat er ihn mit einer Pistole bedroht.« Ich schaute Leon an. Wenn er sich irgendwie schuldig an dem fühlte, was David Fontenot zugestoßen war, dann verbarg er es gut.

»Haben Sie eine Ahnung, wer ihn angerufen hat?«

Lionel schüttelte den Kopf.

Ich stellte meine Tasse auf das Tablett. Der Kaffee war kalt, und ich hatte ihn nicht angerührt.

»Wann werden Sie Joe Bones umlegen?« fragte ich. Lionel blinzelte, als hätte man ihm eine Ohrfeige verpaßt, und aus dem Augenwinkel sah ich, daß Leon vortrat.

»Was zum Teufel reden Sie da?« fragte Lionel.

»Ihnen steht eine zweite Beerdigung ins Haus, sobald die Polizei die Leiche ihrer Schwester freigibt. Entweder werden Sie nicht sonderlich viele Trauergäste haben, oder beim Begräbnis wird es vor Reportern und Polizisten nur so wimmeln. Wie dem auch sei, ich hab' mir gedacht, daß Sie Joe Bones vorher umlegen wollen, wahrscheinlich in seinem Haus in West Feliciana. Das sind sie David schuldig, und außerdem wird Joe keine Ruhe geben, bis Sie nicht tot sind. Einer von Ihnen beiden wird versuchen, dem ein Ende zu machen.«

Lionel schaute Leon an. »Sind sie sauber?« Leon nickte.

Lionel beugte sich vor. Seine Stimme klang bedrohlich. »Was zum Teufel geht Sie das an?«

Er brachte mich nicht aus der Fassung. Sein Blick war eine einzige Gewaltandrohung, aber ich brauchte Lionel Fontenot.

»Sie haben von Tony Remarrs Tod gehört?«

Lionel nickte.

»Remarr wurde umgebracht, weil er draußen bei den Aguillards war, nachdem Tante Marie und ihr Sohn ermordet wurden«, erläuterte ich. »Man fand einen Fingerabdruck von ihm, mit dem Blut von Tante Marie daran, und Joe Bones hat das spitzgekriegt und Remarr befohlen, sich zu verstekken. Der Mörder hat davon erfahren – ich weiß noch nicht, wie –, und ich glaube, er hat Ihren Bruder als Köder benutzt, um Remarr, eine Chance für den Volltreffer witternd, aus seinem Versteck zu locken, damit er ihn umlegen konnte. Ich will wissen, was Remarr Joe Bones erzählt hat.«

Lionel dachte darüber nach. »Und ohne mich kommen Sie nicht an Joe Bones ran.«

Louis verzog den Mund. Lionel bemerkte es.

»So ganz stimmt das nicht«, sagte ich. »Aber wenn Sie ihn sowieso besuchen, könnten wir doch einfach mitkommen.«

»Wenn ich Joe Bones besuche, ist es hinterher totenstill bei ihm«, sagte Lionel leise.

»Sie tun, was Sie tun müssen«, entgegnete ich. »Aber ich will Joe Bones lebend. Vorläufig.«

Lionel stand auf und schloß den Kragenknopf an seinem Hemd. Er zog eine breite schwarze Seidenkrawatte aus der Innentasche seines Jacketts, band sie sich um und schaute sich in seinem Spiegelbild im Fenster noch kurz den Knoten an.

»Wo wohnen Sie?« fragte er. Ich erzählte es ihm und gab Leon meine Telefonnummer. »Wir bleiben in Verbindung«, sagte Lionel. »Vielleicht. Und kommen Sie nicht wieder hier raus.«

Unser Gespräch war offenbar beendet. Louis und ich waren schon fast am Wagen angelangt, als sich Lionel noch einmal an uns wandte. Er zog das Jackett an, richtete den Kragen und strich die Kragenspitzen glatt.

»Ach, noch was«, sagte er. »Ich weiß, daß Morphy von der Polizei von St. Martin dabei war, als Lutice gefunden wurde. Haben Sie Freunde bei den Bullen?«

»Ja. Ich habe auch Freunde beim FBI. Ist das ein Problem?«

Er wandte sich ab. »Nur, wenn Sie eins draus machen. Sonst enden Sie und Ihr Kumpel als Fischfutter.«

Louis kurbelte am Radio herum, bis er auf einen Sender stieß, der anscheinend ausschließlich Dr. John spielte. »Das ist Musik, was?« meinte er.

Nach *Makin' Whooppee* folgte ohne Unterbrechung *Gris Gris Gumbo Ya-Ya,* und Johns kehliges Knurren erfüllte den Wagen. Louis versuchte es weiter mit den Stationstasten, bis er auf einen Country-Sender stieß, der nacheinander drei Stücke von Garth Brooks spielte.

»Hört sich an wie der Leibhaftige«, murrte Louis. Er schaltete das Radio ab und klopfte mit den Fingern aufs Armaturenbrett.

»Weißt du«, sagte ich, »ihr müßt nicht bleiben, wenn ihr nicht wollt. Es könnte ganz schön haarig werden, und vielleicht machen Woolrich und das FBI euch Schwierigkeiten.« Ich wußte, daß Louis, wie Angel es diplomatisch umschrieb, im »Halb-Ruhestand« lebte. Geld war kein Thema mehr. Das »Halb« deutete an, daß er vielleicht noch eine andere Laufbahn einschlagen würde, aber ich wußte nicht so recht, worum es sich da handeln konnte.

Er schaute seitlich aus dem Fenster. »Weißt du, warum wir hier sind?«

»Nicht so ganz. Ich hab' euch gebeten, aber ich war mir nicht sicher, ob ihr auch kommen würdet.«

»Wir sind hier, weil wir's dir schuldig sind, weil du dich um uns kümmern würdest, wenn's nötig wäre, und weil sich jemand um dich kümmern muß, nach dem, was mit deiner Frau und deiner Tochter passiert ist. Außerdem hält Angel dich für einen guten Mann. Vielleicht seh' ich das auch so, und vielleicht finde ich, daß das was du bei dieser Sau Modine zu Ende gebracht hast und jetzt auch hier zu Ende bringen willst, Dinge sind, die zu Ende gebracht werden müssen. Verstehst du?«

Es war eigenartig, ihn so reden zu hören, eigenartig und rührend. »Ich glaube schon«, sagte ich leise. »Danke.«

»Wirst du die Sache hier durchziehen?« fragte er.

»Ich denke schon, aber uns fehlt noch was, ein Anhaltspunkt, ein Muster, irgendwas.« Ich erhaschte es nur, wie eine Ratte, die nachts unter einer Laterne vorbeiflitzt. Ich mußte mehr über Edward Byron herausbekommen. Ich mußte mit Woolrich sprechen.

Im Flaisance angelangt, trafen wir Rachel im Foyer des Hauptgebäudes. Sie hatte wohl auf unseren Wagen gewartet. Angel hockte neben ihr und aß einen Lucky Dog, was wie der Schlagbereich eines Baseballschlägers aussah, mit Zwiebeln, Peperoni und Senf obendrauf.

»Das FBI war da«, sagte Rachel. »Dein Freund Woolrich war dabei. Sie hatten einen Durchsuchungsbefehl. Sie haben alles mitgenommen – meine Notizen, die Abbildungen, alles, was sie finden konnten.« Sie ging voran auf ihr Zimmer. Die Wände waren kahl. Sogar das Schaubild, das ich gezeichnet hatte, war verschwunden.

»Sie haben auch unser Zimmer durchsucht«, sagte Angel zu Louis. »Und das von Bird auch.« Ich riß den Kopf hoch, als mir die Waffentruhe einfiel. Angel sah es. »Die haben wir schon weggebracht, nachdem dein FBI-Kumpel Louis so dumm angeglotzt hat. Die sind in einem Schließfach in der Bayonne. Wir haben beide einen Schlüssel dazu.«

Mir fiel auf, daß Rachel eher irritiert als sauer wirkte, als wir ihr auf ihr Zimmer folgten. »Hab' ich hier was nicht mitgekriegt?«

Sie lächelte. »Ich hab' gesagt, sie haben genommen, was sie finden konnten. Angel hat sie kommen sehen. Ich hab' ein paar Notizen unter meinem Hosenbund versteckt, unter dem Hemd. Und Angel hat auch was gerettet.«

Sie holte einen kleinen Papierstapel unter ihrem Bett hervor und winkte schwungvoll damit. Ein Blatt hielt sie einzeln in der Hand. Es war gefaltet.

»Ich glaube, das wird dich interessieren«, sagte sie und reichte mir das Blatt. Ich faltete es auseinander und spürte einen Stich in der Brust.

Es war die Abbildung einer Frau, die nackt auf einem Stuhl saß. Vom Hals bis zum Unterleib war sie aufgeschlitzt, und die Haut war seitlich abgezogen, so daß sie ihr wie die Falten eines Umhangs über die Arme hing. Auf ihrem Schoß lag ein junger Mann, ebenfalls aufgeschnitten, aber wo sein Magen und die übrigen Organe entfernt worden waren, klaffte ein Loch. Von der Sektion und dem Geschlechtsunterschied abgesehen, glich es bis ins Detail dem, was Jennifer und Susan widerfahren war.

»Das ist Estiennes *Pietà«*, sagte Rachel. »Es ist ausgesprochen obskur, deshalb hab' ich auch so lange gebraucht, um es zu finden. Selbst zu seiner Zeit fand man es übertrieben explizit und, was schwerer wiegt, gotteslästerlich. Für den Geschmack der Kirchenoberen ähnelte es zu sehr der Jungfrau Maria, die den toten Jesus hält. Estienne wäre dafür fast auf dem Scheiterhaufen gelandet.«

Sie nahm mir die Abbildung aus der Hand, betrachtete sie traurig und legte sie dann zu den übrigen Papieren auf ihr Bett. »Ich weiß, was er macht«, sagte sie. »Er erschafft *Memento mori* – Bilder des Todes.« Sie setzte sich auf die Bettkante und faltete wie zum Gebet die Hände unterm Kinn. »Er lehrt uns die Sterblichkeit.«

Teil 4

Er trachtete danach, Sie innerlich
kennenzulernen, Crispin.

EDWARD RAVENSCROFT,
Der Anatom

Kapitel 45

An der medizinischen Hochschule der Complutense-Universität von Madrid gibt es ein Anatomiemuseum. Begründet von König Carlos III., stammt ein Großteil der Exponate aus der Sammlung, die Doktor Julian de Velasco Anfang bis Mitte des 19. Jahrhunderts zusammengetragen hat. Dr. Velasco nahm seine Arbeit ernst. Man sagt, er habe die Leiche seiner eigenen Tochter mumifiziert, wie ja auch William Harvey den Blutkreislauf entdeckte, als er die Leichname seines Vaters und seiner Schwester obduzierte.

In dem langen, rechteckigen Saal sind Glasvitrinen aufgereiht: zwei riesige Skelette, das Wachsmodell eines Foetenkopfs und schließlich zwei Gestalten, die als *›Despellejados‹* bezeichnet werden. Das sind die ›Gehäuteten‹, die dort in dramatischer Pose stehen und Muskeln und Sehnen zeigen, ohne daß sie der weiße Schleier der Haut vor dem Auge des Betrachters verhüllen würde. Vesalius, Valverde, Estienne, ihre Vorgänger, Zeitgenossen und Nachfolger arbeiteten in Kenntnis dieser Tradition. Maler wie Michelangelo und Leonardo da Vinci erschufen ihre eigenen *›Écorchés‹*, wie sie ihre Zeichnungen gehäuteter Menschen nannten, und nahmen zur Vorbereitung selbst an Sektionen teil.

Und die Gestalten, die sie erschufen, waren mehr als nur anatomische Muster: Auf ihre Art gemahnten sie an die

Mängel der menschlichen Natur, an die Schmerzempfindlichkeit des Körpers und letztendlich an die Sterblichkeit. Sie gemahnten an die Vergeblichkeit fleischlicher Gelüste, an die stetige Präsenz von Siechtum, Schmerz und Tod in diesem Leben und an die Verheißung eines besseren Lebens nach dem Tod.

Im Florenz des 18. Jahrhunderts erreichte die Kunst des anatomischen Modellierens ihren Höhepunkt. Unter der Schirmherrschaft des Abts Felice Fontana wirkten Anatomen und Künstler Seite an Seite, um aus Bienenwachs natürliche Skulpturen zu erschaffen. Die Anatomen öffneten die Leichen, und die Künstler gossen sie mit Gips aus, um Gußformen zu erhalten. Wachs wurde Schicht um Schicht aufgetragen und, wo nötig, noch einmal mit Schweinefett erhitzt, und so schuf man ein Schichtverfahren, das die Transparenz menschlichen Gewebes reproduzierte.

Dann wurden mit Fäden und Pinseln und Nadeln die Gesichtszüge und Körperfalten nachgebildet. Augenbrauen und Wimpern wurden Haar um Haar eingesetzt. Der Bologneser Lelli nutzte sogar echte Skelette als Gerippe seiner Wachskreationen. Der österreichische Kaiser Joseph II. war von der Sammlung so beeindruckt, daß er 1792 Modelle bestellte, um die medizinische Lehre in seinem Land zu fördern. Frederik Ruysch hingegen, Anatomieprofessor am Athenäum Illustre in Amsterdam, verwendete chemische Fixative und Gerbemittel, um seine Ausstellungsstücke zu konservieren. In seinem Haus waren Präparate von Neugeborenen und Kindern in unterschiedlichen Posen ausgestellt, Mahnungen an die Vergänglichkeit des Seins.

Doch nichts ließ sich mit der Darbietung eines echten menschlichen Körpers vergleichen. Öffentliche Zergliederungen und Sektionen lockten ein großes Publikum an, manche kamen wie zu einer Jahrmarktsattraktion. Vorgeblich wollten sie dabei etwas lernen. Doch in Wirklichkeit war die Sektion kaum mehr als eine erweiterte Form der öffentlichen Hinrichtung. Das 1752 in England erlassene Mordgesetz stellte zwischen diesen beiden Ereignissen eine direkte Verbindung her, indem es gestattete, die Leiche eines

Mörders zu anatomischen Zwecken zu sezieren. Für den Verbrecher wurde die Strafsektion so post mortem zu einer weiteren Form der Bestrafung, und man verwehrte ihm nun auch ein anständiges Begräbnis. Und das Anatomiegesetz von 1832 erweiterte die Entbehrungen der Armen über den Tod hinaus, indem es gestattete, Bettlerleichen für Sektionszwecke zu beschlagnahmen.

Der Tod und das Sezieren begleiteten also den wissenschaftlichen Fortschritt. Aber wo blieb der Schmerz? Was war mit dem Ekel der Renaissancemenschen vor der Funktionsweise des Frauenkörpers, der zu einer besonders morbiden Faszination für den Uterus führte? Beim Häuten und Sezieren war man dem Leid, der Geschlechtlichkeit und dem Tod stets besonders nah.

Das freigelegte Körperinnere zeugt von Sterblichkeit. Aber wer kann schon je sein eigenes Inneres betrachten? Wir werden unserer eigenen Sterblichkeit nur gebrochen durch das Prisma der Sterblichkeit anderer gewahr. Und selbst dann wird uns die Sterblichkeit nur unter außergewöhnlichen Umständen in all ihrer sattroten Realität vor Augen geführt – im Krieg, bei einem brutalen Unfalltod oder einem Mord, wenn der Betrachter Zeuge des Aktes selbst oder seiner unmittelbaren Auswirkungen ist.

Auf seine gewaltsame, schmerzerfüllte Weise, so glaubte Rachel, wollte der fahrende Mann diese Schranken einreißen. Indem er seine Opfer auf diese Weise tötete, machte er ihnen ihre Sterblichkeit bewußt, legte ihnen ihre eigenen Innereien frei, zeigte ihnen, was wahre Schmerzen sind; aber sie sollten eben auch andere an ihre Sterblichkeit gemahnen und an den letzten, schrecklichen Schmerz, der sie eines Tages heimsuchen würde.

Der fahrende Mann überschritt die Grenze zwischen Folter und Hinrichtung, zwischen intellektueller, ärztlicher Neugier und Sadismus. Er war Teil der geheimen Geschichte der Menschheit, jener im 13. Jahrhundert aufgezeichneten Geschichte, der *Anatomia Magistri Nicolai Physici*, die feststellte, daß man im Altertum Zergliederungen an Toten wie an Lebenden vornahm, daß man verurteilte Verbrecher an

Händen und Füßen fesselte und dann langsam sezierte, angefangen bei den Beinen und Armen bis hin zu den inneren Organen. Celsus und Augustinus haben ähnliche Behauptungen über das Sezieren lebendiger Menschen aufgestellt, die von Medizingeschichtlern immer noch bestritten werden.

Und jetzt war der fahrende Mann gekommen, um seine eigene Geschichte zu schreiben, seine eigene Mixtur aus Kunst und Wissenschaft darzubieten, seine eigenen Anmerkungen zur Sterblichkeit zu machen und in den Herzen der Menschen eine Hölle zu erschaffen.

Das alles erklärte uns Rachel, als wir in ihrem Zimmer saßen. Draußen war es dunkel geworden, und man hörte entfernt Musik.

»Ich glaube, das Blenden hängt mit der Ignoranz zusammen, ist ein körperliches Symbol für das mangelnde Verständnis der Realität von Schmerz und Tod«, sagte sie. »Aber es zeigt auch, wie weit sich der Mörder von der übrigen Menschheit gelöst hat. Wir alle leiden, wir alle erleben den Tod auf unterschiedliche Weise, ehe wir selbst sterben. Aber er glaubt, der einzige zu sein, der uns das beibringen kann ...«

»Entweder das, oder er glaubt, daß wir es aus den Augen verloren haben und daran erinnert werden müssen, daß seine Rolle darin besteht, uns zu zeigen, wie inkonsequent wir sind«, fügte ich hinzu. Rachel nickte zustimmend.

»Wenn das stimmt, warum wurde Lutice Fontenot dann in ein Faß gepackt?« Das war Angel. Er saß am Balkon und schaute auf die Straße.

»Lehrlingswerk«, sagte Rachel. Louis hob eine Augenbraue, schwieg aber weiterhin.

»Dieser fahrende Mann glaubt, daß er Kunstwerke erschafft: Die Sorgfalt, mit der er die Leichen ausstellt, ihre Beziehung zu alten medizinischen Texten, die Verbindung zur Mythologie und zu künstlerischen Körperdarstellungen weisen alle in diese Richtung. Aber auch Künstler fangen mal klein an. Dichter, Maler, Bildhauer gehen alle in gewisser Weise in die Lehre, offiziell oder nicht. Die Werke ihrer

Lehrzeit beeinflussen ihr späteres Schaffen vielleicht noch, sind aber normalerweise nicht für die Öffentlichkeit bestimmt. Es ist eine Möglichkeit, Fehler zu machen, ohne sich Kritik einzuhandeln, zu sehen, wie weit man es bringen könnte und wie weit nicht. Vielleicht war Lutice Fontenot das für ihn: ein ›Lehrlingswerk‹«.

»Aber sie ist nach Susan und Jennifer gestorben«, erwiderte ich leise.

»Er hat Susan und Jennifer genommen, weil er unbedingt wollte, aber das Ergebnis war nicht befriedigend. Ich glaube, er hat Lutice zum Üben benutzt, bevor er in die öffentliche Arena zurückkehrte«, entgegnete sie, ohne mich anzusehen. »Tante Marie und ihren Sohn hat er aus mehreren Gründen umgebracht, sowohl aus eigenem Wunsch als auch aus Notwendigkeit, und diesmal hatte er genug Zeit, um den Effekt zu erzielen, der ihm vorschwebte. Anschließend mußte er Remarr umbringen, entweder weil er wirklich etwas gesehen hat oder weil zumindest die Möglichkeit bestand, er könne etwas gesehen haben, und auch aus ihm hat er ein *Memento mori* geschaffen. Auf seine Art ist er pragmatisch: Er hat nichts dagegen, aus der Not eine Tugend zu machen.«

Angel schien mit dem Tenor von Rachels Ausführungen nicht glücklich zu sein. »Aber wie reagieren denn die meisten Leute auf den Tod? Er macht uns Lust zu leben. Man kriegt richtig Lust zu ficken.«

Rachel schaute mich kurz an und widmete sich dann wieder ihren Aufzeichnungen.

»Jetzt mal ehrlich«, fuhr Angel fort. »Was will denn dieser Typ von uns? Daß wir nicht mehr essen und lieben, bloß weil er so 'n Todesfimmel hat und meint, das Leben nach dem Tod wär' irgendwie besser?«

Ich nahm noch einmal die Darstellung der Pietà und sah mir die Körper im einzelnen an, die sorgsam beschrifteten Innereien und den friedlichen Gesichtsausdruck des Mannes und der Frau. Die Gesichter der Opfer des fahrenden Mannes hatten nicht im mindesten so ausgesehen. Sie waren verzerrt vor Todesqualen.

»Er kümmert sich einen Scheißdreck um das Leben nach dem Tod«, meinte ich. »Ihn interessiert nur der Schaden, den er in diesem Leben anrichten kann.«

Ich stand auf und gesellte mich zu Angel ans Fenster. Unten trabten und schnüffelten die Hunde über den Hof. Ich roch Küchendüfte und Bier und stellte mir vor, ich könnte darin die ganze Menschheit riechen, die an uns vorüberzog.

»Wieso hat er uns nicht angegriffen? Oder dich?« Das war wieder Angel. Die Worte waren an mich gerichtet, aber Rachel antwortete darauf.

»Weil wir ihn verstehen sollen«, sagte sie. »Alles, was er getan hat, soll uns zu etwas hinleiten. Das ist alles ein Versuch, sich mitzuteilen, und wir sind das Publikum. Er will uns nicht umbringen.«

»Noch nicht«, meinte Louis.

Rachel nickte knapp und sah mir dabei fest in die Augen. »Noch nicht«, wiederholte sie leise.

Ich verabredete mich mit Rachel und den anderen später im Vaughan's. Wieder auf meinem Zimmer, rief ich Woolrich an und hinterließ eine Nachricht auf seinem Anrufbeantworter. Innerhalb von fünf Minuten rief er zurück und sagte, er würde mich in einer Stunde im Napoleon House treffen.

Er hielt Wort. Kurz vor zehn tauchte er auf, in einer naturfarbenen Chinohose und mit einem passenden Jackett über dem Arm, das er anzog, sobald er die Bar betreten hatte.

»Kühl hier – oder ist das nur der Empfang?« Er hatte Schlafsand in den Augenwinkeln und roch streng und ungewaschen. Er war nicht mehr der selbstsichere Mensch, an den ich mich aus Jenny Ohrbachs Wohnung erinnerte, der dumpf feindseligen Polizisten die Kontrolle über einen ganzen Raum entriß. Er sah älter aus und unsicherer. Rachel auf diese Weise ihre Papiere wegzunehmen war nicht seine Art. Der alte Woolrich hätte sie ihr auch weggenommen, hätte aber vorher gefragt. Er bestellte sich ein Abita und mir noch ein Mineralwasser.

»Warum hast du im Hotel Material beschlagnahmt?«

»Sieh's nicht als Beschlagnahmung, Bird. Es ist ja nur geborgt.« Er trank von seinem Bier und schaute sich dabei im Spiegel an. Was er sah, schien ihm nicht zu gefallen.

»Du hättest einfach darum bitten können«, sagte ich.

»Hättest du's mir gegeben?«

»Nein, aber ich hätte dir erklärt, warum nicht.«

»Ich glaube nicht, daß Durand sonderlich beeindruckt davon gewesen wäre. Offen gesagt, wäre ich auch nicht sonderlich beeindruckt davon gewesen.«

»Durand hat das befohlen? Warum denn? Ihr habt doch eure eigenen Profiler und Agenten an der Sache dran. Weshalb warst du dir so sicher, daß wir da noch was beitragen können?«

Er drehte sich auf seinem Hocker um und beugte sich ganz nah zu mir herüber, so nah, daß ich seinen Atem riechen konnte. »Bird, ich weiß, daß du diesen Kerl schnappen willst. Ich weiß, du willst ihn haben, weil er Susan und Jennifer das angetan hat – und der alten Frau und ihrem Sohn und Florence und Lutice Fontenot und vielleicht sogar diesem Arschgesicht Remarr. Ich hab' mir Mühe gegeben, dich über alles auf dem laufenden zu halten, und du trampelst in diesem Fall rum wie ein Elefant im Porzellanladen. Bei dir nebenan hast du einen Killer einquartiert, und Gott allein weiß, was sein Kumpel für einer ist, und deine Freundin sammelt drastische medizinische Darstellungen wie andere Leute Rabattmarken. Du hast mir einen Scheiß geholfen, und deshalb hab' ich getan, was ich tun mußte. Und du glaubst, ich würde dir was verheimlichen? Bei dem Schwachsinn, den du hier verzapfst, hast du noch Glück, daß ich dich nicht in den Flieger zurück nach New York setze.«

»Ich muß wissen, was du weißt«, sagte ich. »Was verschweigst du mir über diesen Kerl?«

Wir hockten jetzt fast Kopf an Kopf. Dann lehnte sich Woolrich zurück.

»Verschweigen? Herrgott, Bird, du bist unglaublich. Hier hast du was: Byrons Frau. Willst du wissen, was auf dem

College ihr Hauptfach war? Kunst. Ihre Abschlußarbeit hat sie über die Kunst der Renaissance und die Darstellung des menschlichen Körpers geschrieben. Meinst du, dazu könnten auch medizinische Abbildungen gehört haben und daß ihr Ex da ein paar von seinen Ideen aufgeschnappt hat?«

Er atmete tief durch und trank dann einen großen Schluck Bier. »Du bist der Köder, Bird. Du weißt es, und ich weiß es. Und ich weiß noch was.« Seine Stimme wurde kalt und hart. »Ich weiß, daß du in Metairie warst. In der Leichenhalle liegt ein Typ mit Kopfschuß, und die Polizei hat die Überreste einer 10-mm-Smith & Wesson-Kugel aus dem Marmor hinter ihm gekratzt. Willst du mir davon was erzählen, Bird? Willst du mir nicht erzählen, ob du allein in Metairie warst, als die Schießerei losging?«

Ich antwortete nicht.

Dann: »Fickst du sie, Bird?«

Ich sah ihn an. Es war kein Schalk dabei, und er lächelte nicht. Statt dessen sah ich Mißtrauen und Feindseligkeit. Was ich über Edward Byron und seine Ex-Frau erfahren wollte, mußte ich selbst rausfinden. Wenn ich ihn in diesem Moment geschlagen hätte, hätten wir einander schwer verletzt. Ich vergeudete kein Wort mehr an ihn und sah mich nicht um, als ich die Bar verließ.

Ich nahm ein Taxi nach Bywater und hielt direkt vor Vaughan's Lounge an der Ecke Dauphine und Lesseps Street. An der Tür zahlte ich fünf Dollar Eintritt. Drinnen schwelgten Kermit Ruffins and the Barbecue Swingers in üppigen Bläsersätzen à la New Orleans, und auf den Tischen standen Teller mit roten Bohnen. Rachel und Angel tanzten um Stühle und Tische, und Louis schaute mit schwer gequältem Blick zu. Als ich an ihren Tisch kam, wurde die Musik etwas langsamer, und Rachel schnappte mich. Ich tanzte eine Zeitlang mit ihr, und sie streichelte mein Gesicht, und ich schloß die Augen und ließ sie. Dann trank ich eine Limo und hing Gedanken nach, bis Louis aufstand und sich zu mir setzte.

»Du hattest vorhin in Rachels Zimmer nicht viel zu sagen«, meinte ich.

Er nickte. »Das ist kompletter Quatsch. Der ganze Kram, die Religion, die medizinischen Zeichnungen, das ist alles nur Firlefanz. Vielleicht glaubt er da selbst dran, vielleicht auch nicht. Aber mit Sterblichkeit hat das nichts zu tun. Es hat was damit zu tun, wie schön die Farbe des Fleisches ist.«

Er trank einen Schluck Bier.

»Und dieser Typ steht einfach auf Rot.«

Wieder im Flaisance, lag ich neben Rachel und lauschte in der Dunkelheit ihrem Atem.

»Ich hab' nachgedacht«, sagte sie. »Über unseren Mörder.«

»Und?«

»Ich glaube, daß es vielleicht gar kein Mann ist.«

Ich stützte mich auf den Ellenbogen auf und schaute sie an. Ich sah das Weiß ihrer Augen, weit geöffnet und strahlend.

»Wieso?«

»Ich weiß es nicht so genau. Die Sensibilität des Menschen, der diese Verbrechen verübt, kommt mir nur einfach fast feminin vor, dieses... Einfühlungsvermögen in den Zusammenhang der Dinge, in ihre symbolischen Potentiale. Ich weiß es nicht. Ich denke nur laut nach, aber diese Sensibilität ist untypisch für einen modernen Mann. Vielleicht ist ›weiblich‹ nicht der richtige Ausdruck – ich meine, alle Kennzeichen, die Grausamkeit, die Fähigkeit, jemanden zu überwältigen, das deutet alles auf einen Mann hin –, aber deutlicher kann ich es nicht sagen, jedenfalls noch nicht.«

Sie schwieg wieder.

»Werden wir jetzt ein Paar?« fragte sie schließlich.

»Ich weiß nicht. Werden wir?«

»Du weichst der Frage aus.«

»Nein, das tue ich nicht. Ich bin es bloß nicht gewohnt, solche Fragen zu beantworten, und ich hätte nicht gedacht, daß ich sie jemals wieder beantworten müßte. Wenn du mich fragst, ob ich will, daß wir zusammenbleiben, dann ist die Antwort: ja, das will ich. Ich mache mir Sorgen deswegen, und ich hab' mehr im Gepäck als auf einen Kofferkuli paßt, aber ich will mit dir zusammensein.«

Sie küßte mich zärtlich.

»Warum hast du mit dem Trinken aufgehört?« fragte sie und fügte hinzu: »Wo wir uns schon mal offen aussprechen.«

Bei der Frage fuhr ich zusammen. »Weil ich, wenn ich jetzt etwas trinken würde, in einer Woche bärtig in Singapur aufwachen würde.«

»Das ist keine Antwort.«

»Ich hab' mich selbst gehaßt, und deshalb hab' ich auch andere gehaßt, sogar die Menschen, die mir am nächsten waren. Ich hab' getrunken in der Nacht, als Susan und Jennifer umgebracht wurden. Ich hab' oft und viel getrunken, nicht nur in dieser Nacht. Ich hab' aus vielen Gründen getrunken, wegen der Belastung durch den Job, weil ich als Ehemann versagt habe und als Vater, und vielleicht auch noch aus anderen Gründen, Geschichten von früher. Wäre ich kein Trinker gewesen, dann wären Susan und Jennifer vielleicht noch am Leben. Also hab' ich damit aufgehört. Zu spät, aber ich hab' aufgehört.«

Sie sagte nichts darauf. Sie sagte nicht, »Es war nicht deine Schuld« oder »Dafür mußt du dich nicht verantwortlich fühlen.« Sie wußte es besser.

Ich glaube, ich wollte noch mehr sagen, wollte ihr erklären, wie das Leben ohne Alkohol war, daß ich Angst hatte, daß es ohne nichts mehr gab, worauf ich mich freuen konnte. Jeder neue Tag war nur ein weiterer Tag, ohne was zu Trinken. Manchmal, wenn ich völlig am Boden war, fragte ich mich, ob die Suche nach dem fahrenden Mann nur dazu diente, meine Tage auszufüllen und mich davor zu bewahren, aus der Spur zu geraten.

Später, als sie schlief, lag ich auf dem Bett, auf der Decke, und dachte an Lutice Fontenot und an Leichen, die zu Kunstwerken wurden, bis auch ich schließlich in den Schlaf hinüberdämmerte.

Kapitel 46

In dieser Nacht schlief ich schlecht, noch aufgebracht über das Gespräch mit Woolrich und verfolgt von Träumen von dunklem Wasser. Am nächsten Morgen frühstückte ich allein, nachdem ich bei Riverside News, in der Nähe der Jax-Brauerei, das offenbar einzige Exemplar der *New York Times* ergattert hatte, das in ganz New Orleans zu bekommen war. Ich traf Rachel im Café du Monde, und wir spazierten über den French Market, vorbei an Ständen mit T-Shirts und CDs und billigen Portemonnaies, und dann weiter zu den Frischwaren auf dem Farmers' Market. Dort gab es Pecannüsse, die wie dunkle Augen aussahen, blasse, schrumpelige Knoblauchknollen, Melonen mit dunkelrotem Fruchtfleisch, das man unwillkürlich anstarrte wie eine Wunde. Weißäugige Fische lagen in Eis gepackt neben Langustenschwänzen; geköpfte Krabben fand man neben Gestellen mit ›*Gator on a stick*‹-Würstchen und trüben Bassins, in denen frisch geschlüpfte Alligatoren ausgestellt wurden. Es gab Stände, beladen mit Auberginen und Bataten, Gemüsezwiebeln und Ackerknoblauch, frischen Eiertomaten und reifen Avocados.

Vor über hundert Jahren hatte sich hier, zwischen Barracks und Ursulines Street, die Hafengegend der Gallatin Street befunden. Neben Shanghai und der Bowery in New York war es eine der härtesten Gegenden der Erde, ein Straßenzug voller Bordelle und Kaschemmen, wo grimmige

Kerle auf knallharte Frauen trafen und jeder, der keine Waffe trug, irgendwo falsch abgebogen war und das noch bereuen sollte.

Gallatin gibt es nicht mehr, es ist aus dem Stadtplan gestrichen, und statt dessen treffen nun hier die Touristen auf Cajun-Fischer aus Lafayette und dem Hinterland, die, umgeben vom üppigen Geruch des Mississippi, ihre Waren feilbieten. So war diese Stadt wohl. Straßen verschwanden, Bars wurden eröffnet und waren ein Jahrhundert später verschwunden, Häuser wurden abgerissen oder niedergebrannt und andere an ihrer Stelle hochgezogen. Es gab Veränderungen, aber der Geist der Stadt blieb sich treu. Und an diesem drückend schwülen Morgen schien er unter der Wolkendecke zu brüten, als wären all diese Menschen nichts als eine vorübergehende Verunreinigung, die mit dem Regen fortgespült würde.

Meine Zimmertür stand einen Spalt breit offen, als wir über den Hof zurückkamen. Ich bedeutete Rachel, in Dekkung zu gehen, zog die Smith & Wesson und ging die Holztreppe seitlich hoch, so daß die Stufen nicht knarzten. Das Geräusch von Rickys Steyr, die an meinem Ohr vorbei Kugeln ins Erdreich spuckte, war mir nur noch allzugut in Erinnerung. *»Schöne Grüße von Joe Bones.«* Ich dachte mir, wenn Joe Bones mich wieder mal grüßen wollte, sollte ich noch genügend Pulver übrig haben, um ihn zurück in die Hölle zu pusten.

Ich lauschte an der Tür, aber drinnen war nichts zu hören. Das Zimmermädchen hätte gepfiffen und gepoltert und in ihrem kleinen Transistorradio vielleicht einen Bluessender eingestellt. Wenn das ein Zimmermädchen war, dann schwebte sie entweder oder schlief.

Ich stieß mit der Schulter die Tür auf und rannte hinein, die Waffe ausgestreckt, mein Blick suchte das Zimmer ab. Die Pistole zielte schließlich auf Leon, der am Balkon auf einem Stuhl saß und eine Ausgabe des *Gentleman Quarterly* durchblätterte, die Louis mir geliehen hatte. Leon sah nicht wie jemand aus, der sich groß an die Kleidungsvorschläge des GQ hielt, es sei denn, die Zeitschrift hätte einen großen

Vertrag mit J. C. Penney abgeschlossen. Er schaute mich mit noch geringerem Interesse an als den *GQ*. Sein verwundetes Auge glitzerte unter der Hautfalte hervor wie ein Krebs aus seinem Gehäuse.

Er warf die Zeitschrift auf den Fußboden und sah Rachel an, die hinter mir ins Zimmer gekommen war. Auch bei ihr ließ sein Blick keinerlei Interesse erkennen. Vielleicht war Leon tot, und es hatte sich einfach noch niemand getraut, ihm das zu sagen.

»Sie gehört zu mir«, sagte ich. Leon sah aus, als würde er vor Teilnahmslosigkeit gleich vornüber kippen.

»Heute abend um zehn, an der Abfahrt zur 966 hinter Starhill. Du *et ton ami noir.* Wenn noch einer mitkommt, schießt Lionel euch 'n zweites Arschloch.«

Er stand auf. Als ich beiseite trat, um ihn vorbeizulassen, formte ich mit Daumen und Zeigefinger eine Pistole und schoß auf ihn. In seinen Händen blitzte Stahl auf, und nur Zentimeter vor meinen Augen standen zwei Messer mit Widerhaken. In seinen Ärmeln konnte ich die Enden der Sprungfedern erkennen. Das erklärte, weshalb Leon offenbar nicht das Bedürfnis verspürte, eine Schußwaffe zu tragen.

»Beeindruckend«, sagte ich. »Aber das ist nur so lange witzig, bis einer mal ein Auge verliert.« Leons totes rechtes Auge schien in meine Seele zu blicken, als wolle es sie verfaulen lassen und zu Staub verwandeln, und dann ging er. Ich hörte keine Schritte, als er über die Galerie verschwand.

»Ein Freund von dir?« fragte Rachel.

Ich verließ das Zimmer und schaute hinab auf den schon wieder verwaisten Hof. »Wenn das ein Freund ist, bin ich einsamer, als ich dachte.«

Als Angel und Louis von einem späten Frühstück heimgekehrt waren, ging ich zu ihrem Zimmer und klopfte an. Erst nach ein paar Sekunden kam Antwort.

»Ja?« rief Angel.

»Hier ist Bird. Seid ihr salonfähig?«

»Na hoffentlich nicht. Komm rein.«

Louis saß aufrecht im Bett und las die *Times-Picayune*. Angel saß neben ihm, die Decke beiseite geschlagen, nackt bis auf ein Handtuch überm Schoß.

»Das Handtuch meinetwegen?«

»Sonst stellst du noch deine Sexualität in Frage.«

»Könnte das bißchen ruinieren, was ich noch hab'.«

»Sehr witzig für jemanden, der eine Psychiaterin fickt. Warum zahlst du nicht einfach achtzig Dollar die Stunde, wie alle anderen auch?«

Louis warf uns beiden über die Zeitung hinweg einen gelangweilten Blick zu. Vielleicht waren Leon und Louis entfernte Verwandte.

»Lionel Fontenots Boy war eben bei mir«, sagte ich.

»Die Schönheitskönigin?«

»Genau die.«

»Sind wir dabei?«

»Heute abend um zehn. Holt mal lieber eure Sachen aus dem Leihhaus.«

»Ich schicke meinen Boy hin.« Er trat Angel unter der Decke ans Bein.

»Die Schreckschraube?«

»Genau die«, sagte Louis.

Angel schaute sich weiter seine Spielshow an. »Dazu sag' ich nichts. Das ist unter meiner Würde.«

Louis widmete sich wieder der Zeitung. »Für 'n Typ mit 'nem Handtuch überm Schwanz hast du ganz schön viel Würde.«

»Ist ja auch ein großes Handtuch«, sagte Angel und rümpfte die Nase.

»Handtuchplatzverschwendung, wenn du mich fragst.«

Ich ließ sie allein. In meinem Zimmer stand Rachel vor der Wand, mit verschränkten Armen und grimmigem Gesichtsausdruck.

»Was passiert jetzt?« fragte sie.

»Wir gehen noch mal zu Joe Bones«, sagte ich.

»Und Lionel Fontenot bringt ihn um«, stieß sie hervor. »Der ist keinen Deut besser als Joe Bones. Du schlägst dich nur aus Berechnung auf seine Seite. Was ist denn, wenn Fontenot ihn umbringt? Wird davon irgendwas besser?«

Ich antwortete nicht. Mir war klar, was passieren würde. Der Drogenhandel käme kurz ins Stocken, während Fontenot bestehende Kontrakte neu aushandelte oder stornierte. Die Preise stiegen, und ein paar Leute müßten dran glauben, wenn sich diejenigen vorwagten, die sich für den Kampf um Joe Bones' Revier stark genug fühlten. Lionel Fontenot würde sie töten, daran hatte ich keinen Zweifel.

Rachel hatte recht. Ich stand nur aus Berechnung auf Lionels Seite. Joe Bones wußte etwas darüber, was in jener Nacht geschehen war, in der Tante Marie starb, etwas, das mich dem Mann einen Schritt näher bringen konnte, der meine Frau und meine Tochter umgebracht hatte. Und wenn ich Lionel Fontenots Waffen brauchte, um das herauszufinden, dann war ich auf seiner Seite.

»Und Louis wird dir dabei helfen«, sagte Rachel leise. »Mein Gott, wie weit ist es mit dir gekommen?«

Später fuhr ich nach Baton Rouge, und Rachel begleitete mich auf mein Drängen hin. Zwischen uns herrschte eine beklommene Stimmung, und wir sprachen kein Wort. Rachel begnügte sich damit, aus dem Fenster zu schauen, den rechten Ellenbogen auf die Tür gestützt, die Hand an der Wange. Wir schwiegen, bis wir zur Ausfahrt 166 kamen und in Richtung Lafayette State University und zum Haus von Stacey Byron abbogen. Dann ergriff ich das Wort, weil ich fand, daß wir zumindest versuchen sollten, uns auszusprechen.

»Rachel, ich werde tun, was immer nötig ist, um rauszufinden, wer Susan und Jennifer umgebracht hat«, sagte ich. »Ich muß das tun, sonst sterbe ich innerlich.«

Sie antwortete nicht sofort. Eine Zeitlang dachte ich, sie würde gar nicht antworten.

»Du stirbst auch so schon innerlich«, sagte sie schließlich, immer noch aus dem Fenster blickend. Auf der Fensterscheibe sah ich ihre Augen gespiegelt, wie sie der Landschaft folgten. »Sonst wärst du zu so was nicht bereit.«

Sie schaute mich zum ersten Mal an. »Ich will dir keine Moralvorträge halten, Bird, und ich bin auch nicht die Stimme deines Gewissens. Ich mache mir bloß Sorgen um dich, und ich weiß nicht, wie ich jetzt mit diesen Gefühlen klarkommen soll. Einerseits will ich abhauen und nichts mehr davon wissen, aber andererseits will ich, muß ich bei dir bleiben. Ich will dieser ganzen Sache ein Ende machen. Damit muß Schluß sein, um unser aller willen.« Dann wandte sie sich wieder ab und überließ es mir, mit dem klarzukommen, was sie gesagt hatte.

Stacey Byron wohnte in einem weißen Schindelhaus mit einer roten Tür und abblätternder Farbe, in der Nähe eines kleinen Einkaufszentrums und eines großen Supermarkts, eines Fotoladens und einer rund um die Uhr geöffneten Pizzeria. In dieser Gegend des LSU-Campus wohnten hauptsächlich Studenten, und im Parterre einiger Häuser gab es Läden, wo gebrauchte CDs und antiquarische Bücher, lange Hippiekleider und weiße Strohhüte mit riesiger Krempe verkauft wurden. Als wir an Stacey Byrons Haus vorbeifuhren und vor dem Fotogeschäft parkten, entdeckte ich in der Nähe einen blauen Lexus. Die beiden Typen vorne drin wirkten gelangweilt. Der Fahrer hatte eine zusammengefaltete Zeitung vor sich ans Lenkrad geklemmt, kaute an einem Bleistift und gab sich Mühe, das Kreuzworträtsel zu lösen. Sein Beifahrer klopfte rhythmisch mit den Fingern auf das Armaturenbrett und bewachte die Tür von Stacey Byrons Haus.

»FBI?« fragte Rachel.

»Kann sein. Vielleicht auch Polizei von hier. Das ist öde Routine.«

Wir beobachteten sie eine Weile. Rachel stellte das Radio an, und wir lauschten einem Sender, der klassischen Rock spielte: Rush, Styx, Richard Marx. Der Mainstream floß mit einemmal mitten durch unser Auto.

»Gehst du rein?« fragte sie.

»Muß ich vielleicht gar nicht«, sagte ich und nickte in Richtung Haus.

Stacey Byron, das blonde Haar zu einem Pferdeschwanz

gebunden, trug ein knappes, weißes Baumwollkleid, kam aus der Haustür und schnurstracks auf uns zu, einen geflochtenen Einkaufskorb über dem Arm. Sie nickte den beiden Typen in dem Auto zu. Die warfen eine Münze, und dann stieg der Beifahrer, ein mittelgroßer Mann mit einem Bierbauch, der sich unter seinem Jackett abzeichnete, aus dem Wagen, streckte die Beine und folgte ihr zum Einkaufszentrum.

Sie war eine gutaussehende Frau, nur das kurze Kleid war an den Schenkeln etwas zu eng und kniff leicht in das Fett unter ihren Pobacken. Sie hatte kräftige, schlanke Arme und einen gebräunten Teint. In ihren Schritten lag eine gewisse Grazie: Als beim Betreten des Supermarkts ein älterer Herr fast in sie hineingerannt wäre, drehte sie sich behende auf dem rechten Fuß und wich ihm aus.

Ich spürte einen Lufthauch auf der Wange, und als ich mich umdrehte, sah ich, daß Rachel darauf pustete.

»Hey«, sagte sie, und zum ersten Mal, seitdem wir New Orleans verlassen hatten, erschien ein flüchtiges Lächeln auf ihren Lippen. »Du wirst doch wohl keinen Frauen nachstieren, wenn ich dabei bin.«

»Das hat mit Nachstieren nichts zu tun«, sagte ich, als wir aus dem Wagen stiegen. »Das ist Überwachung.«

Ich wußte nicht so recht, warum ich hergekommen war, nur daß ich mir Stacey Byron nach Woolrichs Bemerkungen über ihre künstlerischen Interessen selbst anschauen wollte. Und Rachel sollte sie auch sehen. Ich wußte nicht, wie wir es anstellen sollten, mit ihr zu reden, dachte mir aber, daß sich das, wie üblich, schon von selbst regeln würde.

Stacey schaute sich in aller Ruhe in den Gängen um. Ihre Einkäufe hatten etwas Zielloses; sie nahm Artikel in die Hand, schaute auf die Etiketten und stellte sie dann wieder weg. Der Polizist folgte ihr im Abstand von drei Metern, dann fünf Metern, und schließlich lenkten ihn ein paar Zeitschriften ab. Er ging zur Kasse, stellte sich so, daß er zwei Gänge im Blick hatte und beschränkte seine Obhut auf einen gelegentlichen Blick in Stacey Byrons Richtung.

Ich beobachtete, wie ein junger Schwarzer in weißem Kittel und mit einem weißen Hut mit grünem Band auf dem Kopf, abgepacktes Fleisch einsortierte. Als er die Palette ausgepackt und den Inhalt auf einem Klemmbrett abgezeichnet hatte, ging er durch eine Tür hinaus, die mit »Personal« beschriftet war. Ich überließ es Rachel, auf Byron aufzupassen, und folgte ihm. Beim Hineingehen hätte ich ihm fast die Tür ins Gesicht geknallt, denn er hockte davor und wollte eben eine weitere Plastikpalette mit Fleisch hochheben. Er schaute mich neugierig an.

»Hey, Mann«, sagte er, »Zutritt verboten.«

»Wieviel verdienst du die Stunde?« fragte ich.

»Fünffünfundzwanzig. Was geht dich das an?«

»Ich geb' dir fünfzig, wenn du mir mal für zehn Minuten deinen Kittel und das Klemmbrett borgst.«

Er überlegte kurz und sagte dann: »Sechzig, und wenn einer fragt, hast du's geklaut.«

»Abgemacht«, sagte ich und zählte drei Zwanziger ab, während er sich den Kittel auszog. An den Schultern war er etwas eng, aber solange ich ihn nicht zuknöpfte, würde das keinem auffallen. Ich betrat eben wieder den Laden, als der Junge mir hinterherrief.

»Hey, Mann, noch zwanzig drauf, und du kriegst auch den Hut.«

»Für zwanzig Dollar kann ich ja selbst 'n Hutladen aufmachen«, erwiderte ich. »Versteck dich auf dem Klo.«

Ich entdeckte Stacey Byron bei den Toilettenartikeln, und Rachel ganz in der Nähe.

»Entschuldigen Sie, Ma'am«, sagte ich, als ich bei ihr war. »Dürfte ich Ihnen ein paar Fragen stellen?«

Aus der Nähe sah sie älter aus. Unter den Wangenknochen hatte sie ein Netz aus geplatzten Äderchen, und zarte Runzeln umgaben ihre Augen. Auch um den Mund liefen strenge Falten, und die Wangen waren eingefallen und schlaff. Sie sah abgekämpft aus, und da war noch etwas: Sie wirkte eingeschüchtert, vielleicht gar verängstigt.

»Ich glaube nicht«, sagte sie mit aufgesetztem Lächeln und wollte schon weitergehen.

»Es geht um Ihren Ex-Mann.«

Da blieb sie stehen, drehte sich um und schaute nach ihrer Polizeieskorte.

»Wer sind Sie?«

»Ein Ermittler. Was wissen Sie über die Kunst der Renaissance, Mrs. Byron?«

»Was? Was meinen Sie?«

»Das haben sie doch auf dem College studiert, nicht wahr? Sagt Ihnen der Name Valverde irgendwas? Hat Ihr Mann je diesen Namen erwähnt? Oder Sie?«

»Ich weiß nicht, wovon Sie reden. Lassen Sie mich bitte in Ruhe.«

Sie wich vor mir zurück und stieß dabei ein paar Deosprays zu Boden.

»Mrs. Byron, haben Sie schon mal von dem fahrenden Mann gehört?«

Etwas blitzte in ihren Augen auf, und hinter mir hörte ich einen leisen Pfiff. Ich drehte mich um und sah, daß der dicke Bulle durch den Gang auf mich zukam. Er ging an Rachel vorbei, ohne sie zu bemerken, und sie machte sich zum Ausgang auf und zum sicheren Wagen. Ich rannte schon zurück zum Personalbereich, warf den Kittel hin, marschierte schnurstracks hindurch und auf den Hinterhof, der voller Laster stand, und schlich dann um das Einkaufszentrum herum, wo Rachel bereits mit laufendem Motor auf mich wartete. Als wir abfuhren, duckte ich mich, und statt noch einmal an Stacey Byrons Haus vorbeizufahren, bogen wir rechts ab. Im Seitenspiegel sah ich, wie sich der dicke Bulle umschaute und in sein Funkgerät sprach, und Byron stand neben ihm.

»Und was haben wir damit jetzt erreicht?« fragte Rachel.

»Hast du gesehen, wie sie geguckt hat, als ich den fahrenden Mann erwähnt habe? Sie kannte den Namen.«

»Sie weiß etwas«, pflichtete Rachel bei. »Aber das kann sie auch von der Polizei erfahren haben. Sie sah aus, als hätte sie Angst, Bird.«

»Kann schon sein«, sagte ich. »Bloß wovor?«

An diesem Abend schraubte Angel bei dem Taurus die Türverkleidung ab, und wir banden die Calicos und die Magazine dahinter fest und brachten die Verkleidung dann wieder an. Auf dem Zimmer reinigte und lud ich meine Smith & Wesson, und Rachel sah dabei zu.

Ich steckte die Waffe in mein Schulterholster und zog eine schwarze Alpha-Industries-Bomberjacke über mein schwarzes T-Shirt und die schwarze Jeans. Mit meinen schwarzen Timberlands sah ich aus wie der Türsteher eines Nachtclubs.

»Joe Bones' Zeit ist abgelaufen. Auch wenn ich wollte, könnte ich ihn nicht retten«, sagte ich. »Seitdem der Anschlag auf dem Metairie mißlungen ist, ist er ein toter Mann.«

Rachel sagte: »Ich habe mich entschieden. Ich reise morgen oder übermorgen ab. Ich ertrage das hier nicht mehr – was du machst und was ich getan habe.« Sie sah mich nicht an, und mir blieb nichts zu sagen. Sie hatte recht; es waren nicht bloß Vorhaltungen. Ich sah ihr den Kummer an den Augen an. Und ich spürte es jedesmal, wenn wir miteinander schliefen.

Louis wartete am Wagen, auch ganz in Schwarz gekleidet. Angel überprüfte noch ein letztes Mal die Türverkleidungen, so daß sie sich auch bestimmt problemlos lösen ließen, und stellte sich dann zu Louis.

»Wenn du bis heute nacht um drei nichts von uns hörst, nimmst du Rachel und verschwindest aus dem Hotel. Nehmt ein Zimmer im Pontchartrain und morgen früh den ersten Flieger nach Hause«, sagte ich. »Wenn das schiefgeht, will ich nicht, daß Joe hier versucht, irgendwelche Rechnungen zu begleichen. Erzähl den Bullen, was du willst.«

Er nickte, tauschte mit Louis einen Blick und ging zurück ins Flaisance. Louis schob eine Kassette von Isaac Hayes in den Rekorder, und zu den Klängen von *Walk On By* fuhren wir hinaus aus New Orleans.

»Dramatisch«, sagte ich.

Er nickte. »Denen zeigen wir's.«

Als wir an die Kreuzung hinter Starhill kamen, lehnte Leon am verwachsenen Stamm einer alten, knorrigen Eiche. Louis' linke Hand hing entspannt herab, und der Kolben seiner SIG ragte unter dem Beifahrersitz hervor. Ich hatte die Smith & Wesson ins Kartenfach der Fahrertür gesteckt, als wir uns dem Treffpunkt näherten. Leon dort allein an dem Baum zu sehen beruhigte mich nicht im geringsten.

Ich bremste ab und bog auf eine schmale Seitenstraße, die an der Eiche vorbeiführte. Leon schien uns nicht zu bemerken. Ich schaltete den Motor ab, und dann saßen wir im Wagen und warteten darauf, daß sich Leon regte. Louis langte nach der SIG und zog sie raus, so daß sie neben seinem Oberschenkel lag.

Wir schauten einander an. Ich zuckte mit den Achseln, stieg aus und lehnte mich an die offene Tür, die Smith & Wesson in Reichweite. Louis kletterte ebenfalls aus dem Wagen, streckte sich kurz, damit Leon sah, daß er nichts in den Händen hatte, und lehnte sich dann an den Wagen, die SIG nun auf dem Sitz neben ihm.

Leon stieß sich von dem Baum ab und kam auf uns zu. Hinter den Bäumen um uns her tauchten weitere Gestalten auf. Fünf Männer, H & Ks über der Schulter, lange Jagdmesser am Gürtel, umstellten den Wagen.

»Über das Auto beugen«, sagte Leon. Ich rührte mich nicht. Um uns her hörte man klickende Sicherungsbügel.

»Wenn ihr euch bewegt, seid ihr tot«, sagte Leon. Ich hielt seinem Blick stand, drehte mich dann um und legte die Hände aufs Wagendach. Louis tat es mir nach. Als er hinter mir stand, muß Leon die SIG auf dem Beifahrersitz gesehen haben, aber die schien ihn nicht zu kümmern. Er tastete mich an der Brust, unter den Armen, an den Oberschenkeln und Fußgelenken ab. Als er sicher sein konnte, daß ich nicht verkabelt war, filzte er auch Louis auf diese Weise und trat dann zurück.

»Der Wagen bleibt hier«, befahl er. Scheinwerfer leuchteten auf, und um uns her wurden Motoren angelassen. Ein brauner Dodge und ein grüner Nissan Patrol brachen aus dem Gebüsch, gefolgt von einem flachen Pritschenwagen, auf dessen Ladefläche drei Kanus festgeschnallt waren. Falls das Fontenot-Lager überwacht wurde, war bei den Bullen wohl mal ein Sehtest fällig.

»Wir haben noch was im Wagen«, sagte ich zu Leon. »Das nehmen wir noch mit.« Er nickte und sah zu, wie ich die Maschinenpistolen hinter der Türverkleidung hervorholte. Louis nahm zwei Magazine und reichte mir eins davon. Die lange Trommel ragte hinten über den Verschluß hinaus, als ich die Sicherung vorn am Abzugbügel überprüfte. Louis steckte sich ein zweites Magazin in die Jacke und warf mir auch eins zur Reserve zu.

Wir stiegen hinten in den Dodge, und zwei Männer fuhren unseren Wagen außer Sichtweite und sprangen dann in den Nissan. Leon saß auf dem Beifahrersitz des Dodge. Der Fahrer war ein Mann in den Fünfzigern mit langem, grauem Haar, das er zu einem Pferdeschwanz gebunden hatte. Leon gab ihm das Zeichen loszufahren. Die übrigen Fahrzeuge folgten in einigem Abstand, so daß es für vorbeikommende Polizisten nicht nach einem Konvoi aussah.

Wir fuhren an der Grenze zwischen East und West Feliciana entlang, den Thompson Creek zu unserer Rechten, bis wir zu einer Abzweigung kamen, die hinunter zum Flußufer führte. Zwei weitere Autos, ein alter Plymouth und ein offenbar noch älterer VW Käfer, standen am Ufer geparkt, und zwei weitere Kanus lagen daneben. Lionel Fontenot, in Bluejeans und ein blaues Drillichhemd gekleidet, stand neben dem Plymouth. Er beäugte kurz die Calicos, sagte aber nichts.

Insgesamt waren wir vierzehn Mann, die meisten mit H&Ks bewaffnet, zwei trugen M16-Sturmgewehre. Wir stiegen je zu dritt in ein Kanu, und Lionel und der Fahrer des Dodge fuhren in einem kleineren Boot voran. Louis und ich wurden getrennt und bekamen ein Paddel in die Hand, und dann setzten wir uns flußaufwärts in Bewegung.

Wir ruderten zwanzig Minuten lang und hielten uns nah am Westufer, und dann tauchte vor dem Nachthimmel ein dunkler Umriß auf. Ich sah flackerndes Licht in den Fenstern, und dann, hinter ein paar Bäumen, einen Landesteg, an dem ein Motorboot vertäut war. Das Grundstück rund um Joe Bones' Haus lag im Dunkeln.

Vor uns erklang ein leiser Pfiff, und in den Kanus zeigten erhobene Hände an, daß wir aufhören sollten zu rudern. Wir warteten schweigend im Schutz der Bäume, deren Äste über den Fluß hingen. Auf dem Pier blitzte Licht auf, und kurz wurde das Gesicht eines Wächters beleuchtet, der sich eine Zigarette ansteckte. Vor mir hörte ich es leise platschen, und oben am Ufer heulte eine Eule. Ich sah, wie sich der Wachmann vor dem im Mondschein schimmernden Wasser bewegte und hörte seine Stiefel auf dem hölzernen Landesteg. Dann erhob sich neben ihm eine dunkle Gestalt, und das Mondlichtmuster auf dem Wasser geriet in Bewegung. Eine Messerklinge blitzte auf, die rote Zigarettenglut flog wie ein Notsignal durch die Nachtluft, und der Wachmann sackte zusammen. Man hörte es kaum, als er ins Wasser gesenkt wurde.

Der Mann mit dem Pferdeschwanz stand wartend auf dem Landesteg, als wir ihn entlang ans grasbewachsene Ufer paddelten. Dann stiegen wir aus den Kanus und zogen sie an Land. Oben an der Uferböschung begann eine Rasenfläche, frei von Blumen oder Bäumen. Sie erstreckte sich hügelaufwärts bis zur Rückseite des Hauses, von wo aus eine Treppe auf eine Terrasse führte. Dort gab es zwei Verandatüren und darüber, im ersten Stock, eine Galerie wie an der Front des Hauses. Dort oben regte sich etwas, und auf der Terrasse hörte ich Stimmen. Mindestens drei Wächter, vorn wahrscheinlich mehr.

Lionel hob zwei Finger und wählte zwei Männer zu meiner Linken aus. Sie gingen vorsichtig und geduckt auf das Haus zu und waren gut zwanzig Meter vor uns, als Haus und Grundstück plötzlich grell beleuchtet wurden. Die beiden Männer waren gefangen wie Kaninchen im Scheinwerferkegel eines Autos. Aus dem Haus kamen Schreie und von der Galerie automatische Feuerstöße. Einer der beiden wirbelte wie ein Eiskunstläufer herum, der einen Sprung verpatzt hat, und Blut brach aus seinem Hemd hervor wie ein Blütenregen. Er stürzte zu Boden, seine Beine zuckten, und sein Partner suchte hinter einem Metalltisch Deckung, der zu einer Gartengarnitur im Halbschatten am Ufer gehörte.

Die Verandatüren sprangen auf, und dunkle Gestalten eilten auf die Terrasse. Zu dem Wächter auf der Galerie kamen zwei oder drei weitere und bestrichen das Gras vor uns mit Dauerfeuer. Seitlich des Hauses sah man Mündungsfeuer, als sich weitere Wachmänner heranpirschten.

Ich lag auf dem Boden und hörte Lionel Fontenot neben mir fluchen. Teilweise schirmte uns der Rasenhang zum Fluß hin ab, aber die Wachen auf der Galerie reckten sich schon, um uns ins Visier zu bekommen. Manche von Fontenots Männern erwiderten das Feuer, zeigten sich dabei aber jedesmal den Wächtern vorm Haus. Einer von ihnen, ein Mann in den Vierzigern, mit kantigen Gesichtszügen und einem Mund wie eine Schnittwunde, grunzte auf, als ihn eine Kugel in der Schulter traf. Er feuerte weiter, auch noch, als das Blut sein Hemd rot färbte.

»Es sind fünfzig Meter von hier bis zum Haus«, sagte ich. »Von den Flanken kommen Wächter, um uns einzukesseln. Wenn wir jetzt nichts unternehmen, sind wir tot.« Neben Fontenots linker Hand platzte die Erde auf. Einer von Joe Bones' Männern hatte sich von der Vorderseite des Hauses fast bis ans Ufer geschlichen. Hinter dem metallenen Gartentisch hervor kamen zwei Feuerstöße aus einem M16, und er stürzte zur Seite und kullerte vom Gras in den Fluß.

»Sagen Sie Ihren Leuten, sie sollen sich bereithalten«, zischte ich. »Wir geben euch Deckung.« Die Meldung wurde weitergeleitet.

»Louis!« schrie ich. »Sollen wir die Dinger mal ausprobieren?« Der übernächste Mann hinter mir antwortete mit einem Winken, und dann ratterten die Calicos los. Einer der Wächter auf der Galerie zuckte und tänzelte, als die 9-mm-Kugeln aus Louis' Waffe ihn zerpflückten. Ich schob den Regler vorn am Abzugbügel ganz nach vorn und schickte einen automatischen Feuerstoß quer über die Terrasse. Die Verandatüren zerplatzten in einem Hagel aus Glassplittern, und ein Wächter stürzte die Treppe hinab und lag dann reglos auf dem Rasen. Lionel Fontenots Männer sprangen aus der Deckung und rannten feuernd über den Rasen. Ich schaltete wieder auf Einzelfeuer und konzentrierte mich auf die Ostseite des Hauses, ließ das Holz splittern und zwang die Männer dort in Deckung.

Fontenots Männer waren fast an der Terrasse angelangt, als zwei stürzten, von Schüssen aus dem Haus getroffen. Louis schickte einen Feuerstoß in den Raum hinter den zerstörten Fenstern, und dann rannten Fontenots Männer über die Terrasse und ins Haus. Von drinnen hörte man Schußwechsel, und Louis und ich standen auf und liefen über den Rasen.

Links von mir verließ der Typ hinter dem Gartentisch seine Deckung und folgte uns. In diesem Moment tauchte etwas Dunkles, Großes aus der Finsternis auf und erhob sich mit tiefem, wildem Knurren vom Boden. Der Boerbull sprang dem Mann vor die Brust und stieß ihn mit seinem enormen Gewicht zu Boden. Er schrie noch kurz und hämmerte mit den Fäusten auf den Kopf des Viehs ein, und dann schlossen sich die riesigen Kiefer um seinen Hals, der Boerbull schüttelte den Kopf und riß dem Mann die Kehle entzwei.

Das Tier hob den Kopf, und als es Louis witterte, blitzten seine Augen. Louis richtete gerade die Calico auf den Hund, als der von der Leiche abließ und hochsprang. Er war erstaunlich schnell. Als er auf uns zukam, löschte seine dunkle Gestalt die Sterne am Himmel über uns aus. Er war auf dem Scheitelpunkt seiner Sprungkurve angelangt, als Louis' Calico aufdröhnte und ihn durchsiebte, er zuckte in der Luft zusammen und landete mit dumpfem Knall zwei Fuß vor uns. Seine Pfoten kratzten nach Halt, und die Schnauze schnappte monoton vor sich hin, selbst noch als Blut und Schaum zwischen seinen Fängen hervorquollen. Louis pumpte ihm noch ein paar Kugeln in den Leib, und dann war er ruhig.

Als wir kurz vor der Treppe waren, machte ich an der Westecke des Hauses Bewegungen aus. Mündungsfeuer blitzte auf, und Louis schrie vor Schmerz. Die Calico fiel zu

Boden, und er stürzte auf die Treppe zu und hielt sich die verwundete Hand. Ich feuerte drei Schüsse ab, und der Wachmann ging zu Boden. Hinter mir hatte einer von Fontenots Männern sein M16 auf Einzelfeuer gestellt und ging aufs Haus zu, und als er die Ecke erreicht hatte, hängte er sich das Gewehr über die Schulter. Dort lauerte er, und im Mondschein sah ich die Klinge seines Messers schimmern. Die stupsnäsige Mündung einer Steyr tauchte auf, und dahinter das Gesicht eines von Joe Bones' Männern. Ich erkannte ihn als den, der bei unserem ersten Besuch den Golfwagen zum Tor der Plantage gefahren hatte, und die aufblitzende Erinnerung war eins mit dem aufblitzenden Messer, das ihm über die Kehle gezogen wurde. Ein purpurroter Schwall schoß aus seinen durchtrennten Adern an die Luft, und als er hinstürzte, hob Fontenots Mann schon wieder das M16, feuerte an ihm vorbei und machte sich dann zur Vorderseite des Hauses auf.

Louis untersuchte seine rechte Hand, als ich zu ihm kam. Er hatte einen Streifschuß am Handrücken abbekommen. Die Wunde blutete stark, und das Zeigefingergelenk war gebrochen. Ich riß einem toten Wachmann, der ausgestreckt auf der Terrasse lag, einen Streifen vom Hemd und wickelte ihn Louis um die Hand. Ich reichte ihm die Calico, und er streifte sich den Schulterriemen über den Kopf und schob den Mittelfinger durch den Abzugbügel. Mit der Linken zog er die SIG, erhob sich dann und nickte mir zu. »Wir müssen Joe Bones finden.«

Hinter den Verandatüren befand sich ein prunkvolles Speisezimmer. Der Eßtisch, an dem mindestens achtzehn Personen bequem Platz fanden, war von Kugeln durchlöchert und aufgesplittert. An der Wand hing das Porträt eines Südstaaten-Gentlemans, der neben seinem Pferd posierte. Im Bauch des Pferdes klaffte ein großes Loch. Eine Sammlung antiker Porzellanteller lag in Scherben in den Überresten einer Glasvitrine. In dem Raum lagen zwei Leichen. Eine war der Mann mit dem Pferdeschwanz, der den Dodge gefahren hatte.

Vom Speisezimmer aus gelangte man auf einen breiten,

mit Teppichen ausgelegten Korridor und in einen großen Eingangsbereich mit weißem Kronleuchter, von wo aus eine geschwungene Treppe in den ersten Stock führte. Die übrigen Türen im Erdgeschoß standen offen, aber in den Zimmern war es still. Als wir zur Treppe gingen, hörten wir von oben anhaltenden Schußwechsel. Am Fuß der Treppe lag einer von Joe Bones' Männern in einer gestreiften Pyjamahose, und eine Blutpfütze bildete sich um seine grausige Kopfwunde.

Oben an der Treppe gab es links und rechts eine Reihe von Türen. Fontenots Männer hatten offenbar die meisten Zimmer durchkämmt, aber nun waren sie in Nischen und hinter Türpfosten in Deckung gegangen, weil Schüsse aus den Zimmern am westlichen Ende des Hauses kamen, aus einem rechts, zum Fluß gelegenen, dessen Täfelung bereits von Kugeln zersiebt war, und einem gegenüber nach vorne hinaus. Während wir zusahen, trat ein Mann in blauem Overall, in der einen Hand ein Beil und in der anderen eine erbeutete Steyr, aus seinem Versteck und rannte zum Türpfosten des nach vorne hinaus gelegenen Zimmers. Durch die rechte Tür fielen Schüsse, er stürzte zu Boden und hielt sich das Bein.

Ich schob mich in eine Nische, in der die Überreste einiger langstieliger Rosen in einer Wasserpfütze voller Keramikscherben lagen, und gab einen Feuerstoß auf die Tür zur Vorderseite ab. Gleichzeitig rückten zwei von Fontenots Männern geduckt vor. Mir gegenüber feuerte Louis auf die halb geschlossene Tür des Zimmers zum Fluß hinaus. Ich stellte das Feuer ein, als Fontenots Männer das Zimmer erreichten und sich auf die Person darin stürzten. Man hörte noch zwei Schüsse, dann kam einer von ihnen heraus und wischte sich das Messer an der Hose ab. Es war Lionel Fontenot. Hinter ihm sah ich Leon.

Die beiden Männer gingen neben der Tür des letzten Zimmers in Stellung. Sechs weitere Männer kamen dazu.

»Es ist aus, Joe«, sagte Lionel. »Wir bringen das jetzt zu Ende.«

Zwei Kugeln knallten durch die Tür. Leon hob seine

H&K und wollte gerade feuern, aber Lionel hob die Hand und schaute sich zu mir um. Ich ging vor und wartete hinter Leons Rücken, während Lionel mit dem Fuß die Tür aufschob und sich dann flach an die Wand preßte. Zwei weitere Schüsse erklangen, und dann das Geräusch eines Hammers, der auf eine leere Kammer klickte, ein Laut, so endgültig wie ein zuschlagender Sargdeckel.

Leon betrat als erster den Raum, statt der H&K nun seine Messer in der Hand. Ich folgte ihm, und Lionel hielt sich hinter mir. Die Wände von Joe Bones' Schlafzimmer waren von Einschüssen übersät, und durch das zerschossene Fenster drang die Nachtluft herein und bewegte die weißen Vorhänge. Die Blondine, die Anfang der Woche mit Joe auf dem Rasen gespeist hatte, hockte tot an der Wand am anderen Ende des Zimmers, mit einem roten Fleck auf der linken Brust ihres weißen Nachthemds.

Joe Bones stand in einem rotseidenen Morgenmantel vor dem Fenster. Der Colt baumelte ihm nutzlos in der Hand, seine Augen funkelten vor Zorn, und die Narbe auf seiner Lippe wirkte schmerzhaft verkniffen und hob sich weiß ab. Er ließ die Waffe fallen.

»Mach schon, du Wichser«, zischte er Lionel an. »Bring mich um, wenn du dich traust.«

Lionel schloß hinter uns die Schlafzimmertür, und Joe Bones schaute die Frau an.

»Fragen Sie ihn«, sagte Lionel.

Joe Bones schien nicht zu hören. Auf seinem Gesicht lag Trauer, und sein Blick fuhr über die Gesichtszüge der toten Frau.

»Acht Jahre«, sagte er leise. »Acht Jahre lang waren wir zusammen.«

»Fragen Sie ihn«, sagte Lionel Fontenot noch einmal.

Ich trat vor, und Joe Bones drehte sich um und rümpfte die Nase. Der Kummer war aus seinem Gesicht gewichen. »Ach du Scheiße, der trauernde Witwer. Hast du deinen abgerichteten Nigger dabei?«

Ich langte ihm eine, und er wich einen Schritt zurück.

»Ich kann dich nicht retten, Joe, aber wenn du mir hilfst,

ist es vielleicht etwas schneller vorbei. Sag mir, was Remarr in der Nacht gesehen hat, als die Aguillards umgekommen sind.«

Er wischte sich Blut aus dem Mundwinkel und schmierte es sich quer über die Wange. »Du hast ja überhaupt keine Ahnung, worum's hier geht, nicht den blassesten Schimmer. Du hast dermaßen null Durchblick, da fehlt bloß noch ein Blindenhund.«

»Er bringt Frauen und Kinder um, Joe. Er wird es wieder tun.«

Joe Bones verzog den Mund zu so etwas wie einem Grinsen, und die Narbe verzerrte die vollen Lippen wie ein Sprung im Spiegel. »Ihr habt meine Frau umgebracht, und jetzt bringt ihr mich um, ganz egal, was ich sage. Du hast mir nichts zu bieten«, sagte er.

Ich warf Lionel Fontenot einen Blick zu. Er schüttelte kaum wahrnehmbar den Kopf, aber Joe bekam es mit. »Siehst du, gar nichts. Du hast mir bloß ein bißchen weniger Schmerz zu bieten, und Schmerz macht mir nichts mehr aus.«

»Er hat einen deiner Männer umgebracht. Er hat Tony Remarr getötet.«

»Tony hat in dem Niggerhaus einen Fingerabdruck hinterlassen. Er war achtlos, und er hat dafür bezahlt. Dein Kerl da hat mir den Aufwand erspart, die alte Hexe und ihre Brut selbst umzunieten. Wenn ich ihn seh', werd' ich mich bedanken.«

Joe Bones strahlte über beide Wangen, ein Lächeln wie ein Sonnenstrahl, der durch dunklen, beißenden Qualm dringt. Verfolgt von Visionen von unreinem Blut, das durch seine Adern strömte, hatte er das normale Verständnis von Menschlichkeit und Mitgefühl, Liebe und Trauer längst hinter sich gelassen.

»Du wirst ihm in der Hölle begegnen«, sagte ich.

»Und wenn ich da deine Schlammfotze treff', werd' ich sie für dich durchficken.« Jetzt war sein Blick ausdruckslos und kalt. Der Geruch des Todes hing wie abgestandener Zigarrenqualm um ihn her in der Luft. Hinter mir machte

Lionel Fontenot die Tür auf, und die übrigen Männer betraten schweigend den Raum. Erst jetzt, als man sie alle in dem zerschossenen Schlafzimmer beisammen sah, fiel die Ähnlichkeit zwischen ihnen auf. Lionel hielt mir die Tür auf.

»Das ist Familiensache«, sagte er, und ich ging.

Als Joe Bones tot war, trugen wir die toten Fontenots auf den Rasen vor dem Haus. Die fünf Männer lagen Seite an Seite, verdreht und zerfetzt, wie es nur der Tod mit sich bringt. Das Tor der Plantage wurde geöffnet, und der Dodge, der Käfer und der Pritschenwagen fuhren herein. Die Leichen wurden behutsam aber flink in die Kofferräume verladen, und den Verletzten half man auf den Rücksitz. Die Kanus wurden mit Benzin übergossen und in Brand gesteckt und trieben auf den Fluß hinaus.

Wir verließen die Plantage und fuhren weiter, bis wir zum Treffpunkt vor Starhill kamen. Dort warteten die drei schwarzen Explorer, die ich im Lager in Delacroix gesehen hatte, mit laufendem Motor und abgeschalteten Scheinwerfern. Leon besprenkelte die Autos und den Pritschenwagen mit Benzin, und die Toten wurden aus dem Kofferraum geholt, in Planen eingewickelt und hinten auf die Jeeps gelegt. Louis und ich sahen dem ganzen schweigend zu.

Als die Motoren der Jeeps aufdröhnten und Leon brennende Lappen auf die stehengelassenen Fahrzeuge warf, kam Lionel Fontenot zu uns und sah mit uns dem Brand zu. Er zog ein kleines grünes Notizbuch aus der Tasche, krakelte eine Nummer auf ein Blatt und riß es heraus.

»Der wird sich um die Hand von Ihrem Kumpel kümmern. Er ist diskret.«

»Er hat gewußt, wer Lutice umgebracht hat, Lionel«, sagte ich.

Er nickte. »Er wollt's nicht sagen. Auch zum Schluß nicht.« Er rieb sich mit dem Zeigefinger über einen ausgefransten Schnitt in der rechten Handfläche und zupfte Schmutz aus der Wunde. »Ich hab' gehört, das FBI sucht rund um Baton Rouge nach einem, der früher in einem Krankenhaus in New York gearbeitet hat.«

Ich schwieg, und er lächelte. »Wir wissen, wie er heißt. Er

kann sich lange im Bayou verstecken, wenn er sich auskennt. Das FBI findet ihn vielleicht nicht, aber wir bestimmt.« Er machte eine Handbewegung wie ein König, der seinen besorgten Untertanen seine besten Truppen präsentiert. »Wir suchen nach ihm. Wir werden ihn finden, und dann ist Schluß damit.«

Dann machte er kehrt und kletterte auf den Fahrersitz des Anführerjeeps, Leon neben ihm, und sie verschwanden in der Nacht, die roten Rücklichter wie hingeschnippte Kippen in der Dunkelheit, wie brennende Boote, dahintreibend auf schwarzem Wasser.

Wir fuhren zurück nach New Orleans, und ich rief Angel an. In einem 24-Stunden-Drugstore kaufte ich Desinfektionsmittel und einen Verbandskasten, damit wir uns um Louis' Hand kümmern konnten. Auf seinem Gesicht schimmerte ein Schweißfilm, und die Lumpen um seine Finger waren dunkelrot. Im Flaisance angekommen, reinigte Angel die Wunde mit dem Desinfektionsmittel und versuchte, sie mit medizinischem Garn zu nähen. Das Fingergelenk sah schlimm aus, und Louis verzog vor Schmerz den Mund. Entgegen seiner Proteste rief ich die Nummer an, die wir bekommen hatten. Die schlaftrunkene Stimme, die nach dem vierten Klingeln erklang, hörte sich plötzlich hellwach an, als ich Lionels Namen erwähnte.

Angel fuhr Louis zu der Arztpraxis. Als sie fort waren, stand ich vor Rachels Tür und haderte mit mir, ob ich anklopfen sollte oder nicht. Ich wußte, daß sie nicht schlief: Angel hatte nach meinem Anruf mit ihr gesprochen, und ich spürte einfach, daß sie noch auf war. Trotzdem klopfte ich nicht an, aber als ich zurück zu meinem Zimmer ging, öffnete sich ihre Tür. Sie stand im Türspalt, in einem weißen T-Shirt, das ihr fast bis zu den Knien reichte, und wartete auf mich. Sie trat vorsichtig beiseite, um mich hereinzulassen.

»Du bist also noch ganz«, sagte sie. Es klang nicht sonderlich erfreut.

Ich war müde, und mir war schlecht von dem ganzen Blut. Ich wollte mein Gesicht in ein Waschbecken voll mit eiskaltem Wasser tauchen. Ich wollte so dringend etwas trinken, daß sich meine Zunge davon geschwollen anfühlte und nur eine Flasche Abita mit eisüberzogenem Hals und ein Glas Redbreast-Whiskey sie wieder auf normale Größe schrumpfen lassen würden. Als ich das Wort ergriff, klang meine Stimme wie das Krächzen eines Greises auf dem Totenbett.

»Ich bin noch ganz«, sagte ich. »Im Gegensatz zu vielen anderen. Louis hat einen Schuß in die Hand abgekriegt, und da draußen sind viel zu viele Leute umgekommen. Joe Bones, die meisten von seiner Gang, seine Freundin.«

Rachel drehte mir den Rücken zu und ging zum Balkonfenster. Nur die Nachttischlampe erhellte das Zimmer und warf lange Schatten auf die Abbildungen, die sie vor Woolrich gehütet hatte und die nun wieder an ihrem alten Platz an der Wand hingen. Aus dem Halbdunkel tauchten gehäutete Arme und das Gesicht einer Frau und eines jungen Mannes auf.

»Und was habt ihr bei dem ganzen Gemetzel rausgefunden?«

Das war eine gute Frage. Und wie bei guten Fragen üblich, war die Antwort nicht halb so gut.

»Nichts. Nur daß Joe Bones lieber unter Schmerzen gestorben ist, als uns zu sagen, was er wußte.«

»Was wirst du jetzt tun?«

Ich war die Fragen allmählich leid, vor allem so schwierige wie diese. Ich wußte, daß Rachel recht hatte, und ich ekelte mich vor mir selbst. Es kam mir vor, als wäre sie durch den Kontakt zu mir besudelt. Vielleicht hätte ich ihr das alles sagen sollen, aber ich war zu müde und zu angewidert und hatte Blutgeruch in der Nase; und außerdem, glaube ich, wußte sie das meiste davon ohnehin.

»Ich geh' jetzt ins Bett«, sagte ich. »Und morgen werden wir sehen.« Dann verließ ich sie.

Kapitel 47

Am nächsten Morgen erwachte ich mit Schmerzen in den Armen vom Rückstoß der Calico, noch verschlimmert durch den latenten Schmerz der Schußverletzung, die ich mir in Haven zugezogen hatte. Meine Finger, mein Haar, die abgestreiften Kleidungsstücke – alles roch nach Pulverdampf. Das Zimmer stank wie der Schauplatz einer Schießerei, also machte ich das Fenster auf und ließ die heiße Luft von New Orleans hereinschlüpfen.

Ich sah nach Louis und Angel. Louis' Hand war fachmännisch bandagiert worden, nachdem der Arzt die Knochensplitter aus der Wunde entfernt und das Fingergelenk mit einem Druckverband versehen hatte. Louis öffnete kaum die Augen, als ich mit Angel an der Tür leise ein paar Worte wechselte. Ich machte mir Vorwürfe, obwohl ich wußte, daß keiner von ihnen mir die Schuld daran gab.

Angel wollte nun dringend nach New York zurück. Joe Bones war tot, und das FBI und die Polizei zogen möglicherweise das Netz um Edward Byron zusammen, auch wenn Lionel Fontenot daran zweifelte. Außerdem glaubte ich, daß Woolrich nicht lange brauchen würde, um uns mit dem in Verbindung zu bringen, was Joe Bones zugestoßen war, zumal wenn Louis mit einem Streifschuß an der Hand herumlief. Das alles sagte ich Angel, und er stimmte zu, daß sie abreisen würden, sobald ich zurück war, damit Rachel nicht allein gelassen wurde. Für mich schien der ganze Fall zum

Stillstand gekommen zu sein. Das FBI und die Fontenots jagten irgendwo nach Edward Byron, einem Mann, der mir immer noch so fern schien wie der letzte Kaiser von China.

Ich hinterließ Morphy eine Nachricht. Ich wollte sehen, was seine Leute über Byron in der Hand hatten; ich brauchte mehr Details über ihn. Wie es aussah, war er so unkenntlich wie die gesichtslosen Gestalten der Hingeschlachteten, die er nach Ansicht des FBI hinterlassen hatte. Und das FBI mochte sogar recht haben. Gemeinsam mit der Polizei vor Ort konnten sie eine bessere Fahndung aufziehen als ein paar Besucher aus New York mit ihren Illusionen. Ich hatte gehofft, mich aus einer anderen Richtung an ihn heranpirschen zu können, aber mit dem Tod von Joe Bones verlor sich dieser Pfad nun offenbar in dunklem Unterholz.

Ich schnappte mir mein Handy und meine Ausgabe der Schriften Raleghs und ging ins Mother's in der Poydras Street, wo ich zu viele Tassen Kaffee trank und an etwas Bacon und Toast herumstocherte. Wenn man in seinem Leben in einer Sackgasse angelangt ist, ist Ralegh ein guter Gefährte. »Geh, meine Seel', da ich nun sterben muß, und trotze du der Welt.« Ralegh war klug genug, um Widrigkeiten gegenüber eine stoische Haltung an den Tag zu legen, dann aber doch wieder nicht klug genug, um zu verhindern, daß man ihn köpfte.

Neben mir aß ein Mann Spiegeleier mit Schinken, und das mit der Gewissenhaftigkeit eines lausigen Liebhabers, Dotter färbte sein Kinn gelb, wie ein Sonnenstrahl auf einer Butterblume. Jemand pfiff einen Fetzen aus *What's New?* und verlor dann in den komplizierten Akkordwechseln des Songs den Faden. Morgendliches Geplauder hing in der Luft, ein Radiosender nahm mit einem nichtssagenden Rocksong das Tempo raus, und in der Ferne hörte man das dumpf-nervige Dröhnen stockenden Verkehrs. Draußen war wieder einer dieser schwülen Tage in New Orleans, so ein Tag, an dem sich Liebespaare zanken und die Kinder schlechtgelaunt und bockig sind.

Eine Stunde verging. Ich rief bei der Polizei von St. Martin an und erfuhr, daß sich Morphy einen Tag freigenommen hatte, um an seinem Haus zu arbeiten. Ich hatte sonst nichts vor, also bezahlte ich meine Rechnung, tankte und fuhr wieder einmal nach Baton Rouge hinaus. Ich stieß auf einen Sender aus Lafayette, der eine zerkratzte Platte von Cheese Read spielte, und dann Buckwheat Zydeco und Clifton Chenier, eine Stunde lang klassische Cajun-Musik und Zydeco, wie sich der DJ ausdrückte. Ich ließ das Radio laufen, bis ich die Stadt hinter mir hatte und Musik und Landschaft miteinander verschmolzen.

Eine Plastikplane schlappte leicht im frühen Nachmittagswind, der vom Fluß her kam, als ich vor Morphys Haus hielt. Er tauschte an der Westseite einen Teil der Außenwand aus, und die Taue, die die Plane über den freigelegten Balken hielten, sirrten, als eine Bö versuchte, sie aus der Verankerung zu reißen. Der Wind rüttelte an einem der Fenster, das noch nicht richtig befestigt war, und ließ, wie ein erschöpfter Wanderer, die Gazetür an ihren Rahmen schlagen.

Ich rief nach Morphy, aber es kam keine Antwort. Ich ging zur Rückseite des Hauses, wo die Hintertür, von einem Ziegelstein gehalten, offenstand. Ich rief noch mal, aber meine Stimme hallte nur im Flur wider. Im Erdgeschoß war niemand, und von oben war nichts zu hören. Ich zog meine Waffe und ging die Treppe hoch, die frisch abgezogen war, um dann versiegelt zu werden. Die Schlafzimmer waren leer, und die Badezimmertür stand sperrangelweit auf; Toilettenartikel waren ordentlich auf dem Waschbecken aufgereiht. Ich sah auf der Galerie nach und ging dann wieder hinunter. Als ich mich zur Hintertür umdrehte, spürte ich kaltes Metall im Nacken.

»Fallen lassen«, sagte eine Stimme.

Ich ließ die Pistole los.

»Umdrehen. Ganz langsam.«

Der Druck verschwand aus meinem Nacken, und als ich mich umdrehte, stand Morphy vor mir und hielt mir einen Tacker ins Gesicht. Er atmete erleichtert auf und ließ das Werkzeug sinken.

»Scheiße, du hast mich zu Tode erschreckt«, sagte er.

Mein Herz schlug wie wild. »Danke«, sagte ich. »So ein Adrenalinschub hat mir nach fünf Tassen Kaffee wirklich noch gefehlt.« Ich sank auf die unterste Treppenstufe.

»Du siehst ja schrecklich aus, Mann. Ist es gestern spät geworden?«

Ich schaute hoch, um zu sehen, ob er irgendwelche Hintergedanken bei der Frage hatte, aber er hatte mir schon den Rücken zugekehrt.

»Kann man so sagen.«

»Hast du schon gehört? Heut nacht haben sie Joe Bones und seine Gang überfallen. Vor seinem Tod ist Joe noch richtig übel zerschnippelt worden. Die Polizei konnte ihn gar nicht identifizieren, bis sie die Fingerabdrücke genommen haben.« Er ging in die Küche und kam mit einem Bier für sich und einer Limo für mich zurück. Es war koffeinfreie Cola. Unter dem Arm hatte er die *Times-Picayune*.

»Hast du das heute gesehen?«

Ich nahm ihm die Zeitung ab. Sie war zweimal zusammengefaltet, mit dem unteren Teil der Titelseite nach oben. Die Schlagzeile lautete POLIZEI JAGT NACH RITUALMORDEN SERIENKILLER. Der Artikel darunter enthielt Einzelheiten über den Tod von Tante Marie Aguillard und Tee Jean, die nur von einem der Ermittler selbst stammen konnten: Die Zurschaustellung der Leichen, die Umstände, unter denen sie gefunden wurden, die Beschaffenheit einiger Wunden. Weiter ging es mit Spekulationen über einen möglichen Zusammenhang zwischen dem Fund von Lutice Fontenots Leichnam und dem Tod eines Mannes in Bucktown, von dem man wußte, daß er Verbindungen zu einer lokalen Gangstergröße unterhielt. Und was das schlimmste war, es hieß auch, die Polizei würde einem Zusammenhang zu zwei ähnlichen Morden nachgehen, die sich Ende vergangenen Jahres in New York ereignet hatten. Susans und Jennifers Namen wurden nicht genannt, aber es war klar, daß der Verfasser – der sich hinter der Zeile ›Redaktion *Times-Picayune*‹ verbarg – genug über die Morde wußte, um auch die Opfer benennen zu können.

Ermattet ließ ich die Zeitung sinken. »Hat einer von euch nicht dichtgehalten?« fragte ich.

»Könnte sein, aber das glaube ich nicht. Das FBI gibt uns die Schuld. Die sitzen uns im Nacken und beschuldigen uns, die Fahndung zu sabotieren.« Ehe er sagte, was ihm auf der Zunge lag, trank er einen Schluck Bier. »Ein oder zwei Leute meinten, du hättest denen vielleicht was erzählt.« Es war ihm offensichtlich unangenehm, das zu sagen, aber er schaute nicht weg.

»Hab' ich nicht. Wenn sie schon bei Susan und Jennifer angekommen sind, dauert's nicht mehr lange, bis sie mich mit der Sache in Verbindung bringen. Ich kann's wirklich nicht gebrauchen, auch noch die Presse am Hals zu haben.«

Er dachte darüber nach und nickte.

»Habt ihr mit dem Herausgeber gesprochen?«

»Wir haben ihn zu Hause angerufen, als die Morgenausgabe rauskam. Pressefreiheit und Informantenschutz und bla bla bla. Wir können ihn nicht zwingen, damit rauszurücken, aber ...« Er rieb sich den Nacken. »... So was ist ungewöhnlich. Die Zeitungen achten sonst sehr darauf, Ermittlungen nicht zu gefährden. Ich glaube, das stammt von jemandem, der da ganz tief drinsteckt.«

Ich dachte darüber nach. »Wenn sie diesen Kram drukken, muß es wirklich hieb- und stichfest sein und aus einwandfreier Quelle«, sagte ich. »Könnte sein, daß die Typen vom FBI ihr eigenes Süppchen kochen.« Das schien unsere Annahme zu untermauern, daß Woolrich und sein Team etwas verschwiegen, nicht nur mir, sondern möglicherweise auch den ermittelnden Polizisten.

»Das wäre ja nichts Neues«, meinte Morphy. »Meinst du, die könnten die Story lanciert haben?«

»Irgend jemand hat sie lanciert.«

Morphy trank sein Bier aus und trat die Dose platt. Eine kleine Bierlache breitete sich auf dem unbehandelten Holz aus. Von einem Kleiderständer an der Tür nahm er einen Werkzeuggürtel und band ihn sich um.

»Brauchst du Hilfe?«

Er sah mich an. »Kannst du Bretter tragen, ohne dabei hinzufallen?«

»Nein.«

»Dann bist du für den Job genau der Richtige. In der Küche liegt noch ein Paar Arbeitshandschuhe.«

Den restlichen Nachmittag lang arbeitete ich mit den Händen – hochheben und schleppen, Nägel einschlagen und sägen. Wir tauschten an der Westseite einen Großteil der Holzverkleidung aus, und eine leichte Brise wirbelte Sägemehl und Späne auf. Später dann kam Angie vom Einkaufen aus Baton Rouge zurück, bepackt mit Lebensmitteln und Boutiquentaschen. Während Morphy und ich aufräumten, grillte sie Steaks und machte Süßkartoffeln, Möhren und kreolischen Reis dazu, und dann aßen wir in der Küche, als es Abend wurde und der Wind das Haus in seine Arme schloß.

Morphy begleitete mich zum Wagen. Als ich den Zündschlüssel ins Schloß steckte, beugte er sich zum Fenster runter und sagte leise: »Gestern hat jemand versucht, an Stacey Byron ranzukommen. Weißt du was darüber?«

»Schon möglich.«

»Du warst dabei, stimmt's? Du warst dabei, als sie Joe Bones umgelegt haben?«

»Die Antwort darauf willst du nicht hören«, erwiderte ich. »Genau wie ich nichts über Luther Bordelon hören will.«

Als ich davonfuhr, sah ich ihn vor seinem unfertigen Haus stehen. Dann machte er kehrt und ging zu seiner Frau zurück.

Als ich ins Flaisance kam, hatten Angel und Louis gepackt und waren reisefertig. Sie wünschten mir viel Glück und erzählten, Rachel wäre früh zu Bett gegangen. Sie hatte für den nächsten Tag einen Flug gebucht. Ich beschloß, sie nicht zu stören, und ging auf mein Zimmer. Ich erinnere mich nicht mal mehr, eingeschlafen zu sein.

Die Leuchtzeiger meiner Armbanduhr standen auf halb neun Uhr morgens, als es an meiner Tür pochte. Ich hatte tief geschlafen und kämpfte mich aus dem Schlaf hoch wie ein Taucher aus der Tiefe. Ich war bis zur Bettkante gelangt, als die Tür aufsprang, man mir ins Gesicht leuchtete, kräftige Arme mich auf die Beine zerrten und unsanft an die Wand preßten. Man hielt mir eine Waffe an den Kopf, und dann ging das Licht an. Ich sah uniformierte Polizisten, ein paar Männer in Zivil und, gleich rechts neben mir, Morphys Partner Touissant. Um mich her rissen die Männer das Zimmer in Stücke.

Und da wußte ich, daß etwas ganz fürchterlich schiefgelaufen war.

Ich durfte einen Trainingsanzug und ein Paar Turnschuhe anziehen, und dann legte man mir Handschellen an. Ich wurde quer durch das Hotel abgeführt, vorbei an verängstigt aus ihren Zimmern spähenden Gästen und zu einem bereitstehenden Polizeiwagen. Rachel saß in einem zweiten, blaß und das Haar noch plattgedrückt vom Kissen. Ich schaute sie an und zuckte ohnmächtig mit den Achseln, und dann fuhren wir in einem Konvoi hinaus aus dem Latin Quarter.

Ich wurde drei Stunden lang verhört, bekam dann eine Tasse Kaffee und wurde anschließend noch einmal eine Stunde lang in die Zange genommen. Der Raum war klein und hell erleuchtet. Es roch nach Zigarettenqualm und schalem Schweiß. In einer Ecke, wo der Putz abgebröckelt war, meinte ich, einen Blutfleck zu entdecken. Zwei Detectives, Dale und Klein, übernahmen einen Großteil des Verhörs. Dale spielte die Rolle des aggressiven Inquisitors und drohte mir, mich mit einer Kugel im Kopf im Sumpf zu versenken, weil ich einen Polizisten aus Louisiana umgebracht hätte, und Klein übernahm den Part des Vernünftigen und Sensiblen, der sich bemühte, mich zu beschützen und doch nur wollte, daß die Wahrheit ans Licht kam. Auch wenn sie es bei einem Polizisten versuchten – das »Guter Bulle, böser Bulle«-Spielchen kam anscheinend nie aus der Mode.

Ich erzählte ihnen, was ich ihnen erzählen konnte, und das immer und immer wieder. Ich erzählte ihnen von meinem Besuch bei Morphy, der Arbeit an seinem Haus, dem Abendessen, dem Abschied und daß deshalb im ganzen Haus Fingerabdrücke von mir seien. Nein, Morphy habe mir die Polizeiakten nicht zugesteckt, die auf meinem Zimmer gefunden worden waren. Nein, wer sie mir gegeben hatte, könne ich nicht sagen. Nein, nur der Nachtportier habe mich gesehen, als ich ins Hotel zurückkam, weiter hätte ich mit keinem Menschen gesprochen. Nein, mein Zimmer hätte ich nachts nicht verlassen. Nein, dafür gebe es keine Zeugen. Nein. Nein. Nein. Nein. Nein.

Als Woolrich kam, ging das ganze Theater noch mal von vorne los. Noch mehr Fragen, diesmal in Anwesenheit der Männer vom FBI. Und immer noch hatte mir niemand gesagt, wieso ich dort war und was mit Morphy und seiner Frau passiert war. Schließlich kam Klein wieder herein und sagte, ich könne gehen. Hinter einem Absperrgitter, das die Räume der Kriminalpolizei vom Flur trennte, saß Rachel mit einem Becher Tee, und die Detectives ignorierten sie geflissentlich. Aus einer Zelle drei Meter weiter flüsterte ihr ein magerer Mann mit tätowierten Armen Obszönitäten zu.

Touissant kam. Er war ein übergewichtiger Mann von Anfang Fünfzig, dem die Haare ausgingen. Um seine Halbglatze hingen zottelige weiße Locken, wie ein Berggipfel, der aus den Wolken ragt. Er hatte rote Augen, sah schlecht aus und wirkte hier genauso fehl am Platz wie ich.

Ein Streifenpolizist wies auf Rachel. »Wir bringen Sie jetzt zurück zum Hotel, Ma'am.« Sie stand auf. Der Kerl hinter ihr in der Zelle gab schmatzende Laute von sich und packte sich an den Sack.

»Bist du okay?« fragte ich, als sie vorbeiging.

Sie nickte benommen. »Kommst du mit?«

Touissant stand links von mir. »Er kommt nach«, sagte er. Rachel schaute sich zu mir um, als der Polizist sie abführte. Ich lächelte ihr zu, und es sollte beruhigend wirken, aber ich war nicht bei der Sache.

»Kommen Sie, ich fahr' Sie nach Hause und lad' Sie unterwegs auf einen Kaffee ein«, sagte Touissant, und ich verließ hinter ihm das Gebäude.

Wir landeten schließlich im Mother's, wo ich nicht einmal vierundzwanzig Stunden zuvor gesessen und auf Morphys Anruf gewartet hatte und wo Touissant mir nun erzählte, wie John Charles Morphy und seine Frau Angela umgekommen waren.

Morphy hatte an diesem Morgen Frühschicht, und Touissant war vorbeigefahren, um ihn abzuholen. Sie holten sich gegenseitig ab, wie es gerade paßte. An diesem Tag war Touissant dran.

Die Fliegentür war geschlossen, aber die Haustür dahinter stand auf. Touissant rief nach Morphy, genau wie ich am Nachmittag zuvor. Und genau wie ich betrat er den Flur und sah in der Küche und den Zimmern rechts und links nach. Obwohl Morphy nie zu spät gekommen war, dachte Touissant, er habe vielleicht verschlafen, und rief die Treppe hoch zum Schlafzimmer. Keine Antwort. Er erinnerte sich, daß sich sein Magen schon zusammenkrampfte, als er langsam die Treppe hochging und erst nach Morphy und dann nach Angie rief. Die Schlafzimmertür war nur angelehnt, aber vom Flur aus konnte man das Bett nicht sehen.

Er klopfte einmal an und öffnete dann langsam die Tür. Für einen Augenblick, nur für den Bruchteil einer Sekunde, dachte er, er hätte sie beim Liebesspiel gestört, aber dann bemerkte er das Blut und wußte, daß es sich um eine Verhöhnung all dessen handelte, wofür Liebe stand, was sie bedeutete, und er weinte um seinen Freund und dessen Frau.

Heute kann ich mich nur noch bruchstückhaft an das erinnern, was er erzählte, aber ich kann mir die Leichen vorstellen. Sie waren nackt, saßen einander gegenüber auf dem einst weißen Laken, am Becken vereint, die Beine ineinandergeschlungen. Von der Taille abwärts lehnten sie auf Armeslänge auseinander. Beide waren vom Hals bis zum Bauch aufgeschlitzt. Ihre Brustkästen waren aufgerissen, und sie hatten je eine Hand in der Brust des anderen. Als er näher kam, sah Touissant, daß sie das Herz des anderen in der Hand hielten. Die Köpfe hingen nach hinten, so daß die Haare fast den Rücken berührten. Ihre Augen waren fort, die Gesichter abgeschnitten, die Münder im Todeskampf aufgerissen, ihr Tod wie eine Ekstase. In ihnen war die Liebe auf ein Sinnbild der Vergeblichkeit aller Liebe reduziert.

Während Touissant erzählte, brach eine Woge von Schuldgefühlen über mich herein und brandete an mein Herz. Ich hatte ihn zu ihnen nach Hause gelockt. Indem er mir half, hatte Morphy einen schrecklichen Tod auf sich und seine Frau gezogen, wie auch die Aguillards durch den Kontakt zu mir besudelt worden waren. Ich stank nach Sterblichkeit.

Und mitten in all dem kamen mir ein paar Verse in den Sinn, und ich konnte mich nicht daran erinnern, woher ich sie kannte oder wer sie mir vorgelesen hatte. Und mir war, als wäre ihre Herkunft wichtig, bloß wußte ich nicht, warum, nur daß in diesen Zeilen etwas von dem mitschwang, was Touissant gesehen hatte. Doch als ich versuchte, mich an die Stimme zu erinnern, die sie mir deklamiert hatte, entschwand sie, und ich konnte mich auf Biegen und Brechen nicht mehr entsinnen. Nur die Verse waren noch da. Einer der metaphysischen Dichter, dachte ich. John Donne vielleicht. Ja, mit ziemlicher Sicherheit Donne.

Muß ich ein Beispiel sein,
Das künftige Rebellen schreckt,
Sehn sie mein Innres aufgedeckt,
Töt und sezier mich. Doch es gilt,
Es zeigt der Leib, gequält und wild
Zerfleischt, ein anatomisch falsches Bild.

Remedia amoris – war das nicht der Ausdruck dafür? Das Quälen und Töten der Liebenden als Mittel gegen die Liebe.

»Er hat mir geholfen«, sagte ich. »Ich hab' ihn da reingezogen.«

»Er hat sich selbst da reingezogen«, sagte Touissant. »Er wollte es so. Er wollte diesen Kerl zur Strecke bringen.«

Wir sahen uns in die Augen.

»Wegen Luther Bordelon?«

Touissant schaute weg. »Was spielt das jetzt noch für eine Rolle?«

Ich konnte ihm nicht erklären, daß ich an Morphy etwas von mir selbst entdeckt hatte, daß ich seinen Schmerz nachfühlen konnte, daß ich daran glauben wollte, er wäre besser als ich. Ich mußte es wissen.

»Garza war's«, sagte Touissant schließlich. »Garza hat ihn umgebracht, und Morphy hat ihm dann die Waffe untergeschoben. So hat er mir das erzählt. Morphy war jung. Garza hätte ihn nicht in diese Situation bringen dürfen, aber er hat es getan, und Morphy zahlt seitdem dafür.« Er ertappte sich dabei, wie er in der Gegenwartsform sprach, und schwieg.

Draußen gingen die Leute ihrem normalen Leben nach: Die Arbeit, der Tourismus, das Essen, das Flirten gingen weiter, trotz allem, was geschehen war und noch geschah. Irgendwie kam es mir vor, als müsse das alles zum Stillstand kommen, als sollten die Uhren angehalten, die Spiegel verhängt, die Türklingeln zum Schweigen gebracht und alles Sprechen auf ein pietätvolles Flüstern gedämpft werden. Hätten sie die Bilder von Susan und Jennifer, von Tante Marie und Tee Jean, von Morphy und Angie gesehen, dann hätten sie vielleicht innegehalten und es sich anders überlegt. Das war es, was der fahrende Mann wollte: uns durch den Tod anderer an unser aller Tod gemahnen und daran, wie nichtig Liebe und Treue, Elternfreuden und Freundschaft, Sex und Sehnsucht und Erfüllung angesichts der Leere waren, die uns bevorstand.

Als ich aufstand und gehen wollte, fiel mir noch etwas ein, etwas Schreckliches, das ich fast vergessen hatte, und ein heftiger, stechender Schmerz fuhr mir durch die Eingeweide und breitete sich in meinem ganzen Körper aus, so daß ich mich an der Wand abstützen mußte.

»O Gott, sie war ja schwanger.«

Ich sah Touissant an, und er blinzelte und schloß kurz die Augen.

»Das hat er gewußt, oder?«

Touissant sagte nichts, aber ich sah die Verzweiflung in

seinen Augen. Ich fragte nicht danach, was der fahrende Mann mit dem ungeborenen Kind angestellt hatte, aber in diesem Moment sah ich eine schreckliche Entwicklung in den vergangenen Monaten meines Lebens. Es kam mir vor, als wäre ich vom Tod meines eigenen Kindes, meiner Jennifer, zum Tod vieler Kinder fortgeschritten, den Opfern von Adelaide Modine und ihres Komplizen Hyams, und nun, letztlich, zum Tod aller Kinder. Alles, was dieser fahrende Mann tat, wies über sich selbst hinaus: Im Tod von Morphys ungeborenem Kind sah ich alle künftige Hoffnung auf zerfetztes Fleisch reduziert.

»Ich soll Sie ins Hotel zurückbringen«, sagte Touissant schließlich. »Die Kollegen aus New Orleans werden dafür sorgen, daß Sie den Abendflug nach New York nehmen.«

Ich hörte ihn kaum. Ich konnte nur daran denken, daß uns der fahrende Mann die ganze Zeit über beobachtet hatte und daß wir uns immer noch mitten in seinem Spiel befanden. Wir alle nahmen daran teil, ob wir wollten oder nicht.

Und ich erinnerte mich an etwas, das mir der Trickbetrüger Saul Mann einmal in Portland gesagt hatte, etwas, das mir wichtig vorkam, obwohl ich nicht sagen konnte, weshalb: »Wer nicht aufpaßt, dem kannst du nichts vormachen.«

Kapitel 48

Touissant setzte mich beim Flaisance ab. Als ich in die Kutschenscheune kam, stand Rachels Tür halb offen. Ich klopfte leise an und ging hinein. Ihre Kleider lagen verstreut auf dem Schlafzimmerboden, und die Bettwäsche lag in einem verknäulten Haufen in der Ecke. Ihre Papiere waren verschwunden. Ihr Koffer lag offen auf der nackten Matratze. Ich hörte etwas im Badezimmer, und dann kam sie heraus, ihr Kosmetikköfferchen in der Hand. Er war mit Puder und Grundierungscreme verschmiert. Die Polizei hatte bei der Durchsuchung einiges darin zerschlagen.

Sie trug ein ausgeblichenes blaues Knicks-Sweatshirt, das ihr über die dunkelblaue Jeans hing. Sie hatte geduscht und sich die Haare gewaschen, und feuchte Strähnen klebten ihr im Gesicht. Sie war barfuß. Mir war nie aufgefallen, wie zierlich ihre Füße waren.

»Es tut mir leid«, sagte ich.

»Ich weiß.« Sie sah mich nicht an. Vielmehr fing sie an, ihre Kleider aufzuheben und so ordentlich wie möglich im Koffer zusammenzulegen. Ich bückte mich, um ein Paar Socken aufzuheben, die zusammengerollt vor meinen Füßen lagen.

»Lass' das«, sagte sie. »Ich mach' das schon.«

Es klopfte an der Tür, und ein Streifenpolizist kam herein. Höflich, aber bestimmt richtete er aus, daß wir im Hotel bleiben sollten, bis jemand kommen und uns zum Flughafen bringen würde.

Ich ging auf mein Zimmer und duschte. Ein Zimmermädchen kam und machte sauber, und dann saß ich auf dem frisch bezogenen Bett und lauschte den Straßengeräuschen. Ich dachte darüber nach, wie komplett ich alles verbockt hatte und wie viele Menschen deshalb gestorben waren. Ich kam mir wie der Todesengel vor; wo ich hintrat, würde kein Gras mehr wachsen.

Ich muß kurz eingenickt sein, denn als ich aufwachte, stand das Licht im Zimmer anders. Es kam mir vor, als würde die Sonne schon untergehen, aber das konnte nicht sein. Im Zimmer hing ein Geruch, der Gestank von verrottenden Pflanzen und algenverseuchtem Wasser, in dem tote Fische trieben. Als ich einatmete, fühlte sich die Luft warm und feucht im Mund an. Um mich her nahm ich Bewegungen wahr, in den schattigen Zimmerecken regten sich Schemen. Ich hörte flüsternde Stimmen und ein Geräusch wie Seide, die über Holz streicht, und, ganz leise nur, Kinderschritte im Laub. Bäume raschelten, und über mir hörte ich Flügel schlagen, unregelmäßig, als wäre der Vogel verletzt oder auf der Flucht.

Im Zimmer wurde es dunkler, und die Wand mir gegenüber wurde schwarz. Das Licht vom Fenster her war bläulich-grünlich und flimmerte wie in der Hitze.

Oder unter Wasser.

Sie kamen aus der dunklen Wand auf mich zu, schwarze Schemen vor grünem Licht. Sie brachten einen kupfernen Blutgeruch mit sich, so eindringlich, daß ich ihn auf der Zunge schmeckte. Ich öffnete den Mund, um etwas zu rufen – noch heute weiß ich nicht, was ich gerufen und wer es gehört hätte –, aber die eklig feuchte Luft brachte mich zum Verstummen wie ein mit warmem, schmutzigem Wasser vollgesogener Schwamm. Es kam mir vor, als laste ein Druck auf meiner Brust, der mich niederhielt, und ich bekam nur mit Mühe Luft. Meine Finger beugten sich und streckten sich wieder, bis auch sie reglos waren, und da wußte ich, wie es sich anfühlte, wenn einem Ketamin durch die Adern strömte und den Körper in Vorbereitung auf das Messer des Anatomen betäubte.

Die Gestalten hielten am Rande der Dunkelheit inne, wo das schummrige Fensterlicht eben nicht mehr hinlangte. Sie waren verschwommen, ihre Umrisse festigten sich und lösten sich wieder auf, wie bei Menschen, die man durch Mattglas sieht oder bei einem Projektor, der die Schärfe nicht hält.

Und dann kamen die Stimmen,

Birdman

leise und eindringlich,

Birdman

verklingend und dann wieder klar und deutlich,

Birdman

Stimmen, die ich nie gehört hatte, und andere, die mir erregt zugerufen hatten,

Bird

wütend, ängstlich, liebevoll.

Daddy

Sie war die kleinste von ihnen, und Hand in Hand stand eine andere neben ihr. Um sie her fächerförmig weitere. Ich zählte insgesamt acht, und dahinter noch weitere Gestalten, noch verschwommener, Frauen, Männer, kleine Mädchen. Während der Druck auf meine Brust zunahm und ich um flache Atemzüge rang, erschien es mir, als wäre die Gestalt, die Tante Marie Aguillard nicht losgelassen hatte, die Raymond Aguillard glaubte in Honey Island gesehen zu haben, das Mädchen, das aus den dunklen Wassern nach mir zu rufen schien, vielleicht nicht Lutice Fontenot gewesen.

Kindchen

Jeder Atemzug fühlte sich wie mein letzter an, keiner reichte weiter als in den Rachen und erstarb dort keuchend.

Kindchen

Die Stimme war alt und dunkel wie die schwarzen Tasten eines alten Klaviers, das in einem fernen Raum spielte.

Wach auf, Kindchen, seine Welt löst sich auf

Und dann hallte mir mein letzter Atemzug in den Ohren wider, und alles war still.

Ich erwachte, als es an meiner Tür klopfte. Draußen hatte die Sonne den Zenit überschritten und sank auf den Abend zu. Als ich die Tür aufmachte, stand Touissant vor mir. Rachel stand wartend hinter ihm. »Wir müssen los«, sagte er.

»Ich dachte, die Polizei von New Orleans kümmert sich darum.«

»Ich hab' mich freiwillig gemeldet«, erwiderte er. Er folgte mir ins Zimmer, und ich stopfte mein Rasierzeug lose in meinen Kleidersack, klappte ihn zusammen und schnallte die Laschen zu. Er war von London Fog, ein Geschenk von Susan.

Touissant nickte dem Streifenpolizisten zu.

»Und Sie meinen, das geht in Ordnung?« fragte der Polizist. Er wirkte besorgt und unsicher.

»Die Polizei von New Orleans hat doch Besseres zu tun als Babysitten«, erwiderte Touissant. »Ich setze die Leute in den Flieger, und Sie ziehen los und fangen ein paar Verbrecher, okay?«

Wir fuhren schweigend nach Moisant Field hinaus. Ich saß auf dem Beifahrersitz und Rachel hinten. Ich rechnete damit, daß Touissant die Ausfahrt zum Flughafen nehmen würde, aber er blieb auf dem Highway 10.

»Sie haben sich verfahren«, sagte ich.

»Nein«, sagte Touissant. »Nein, hab' ich nicht.«

Wenn der Knoten erst einmal geplatzt ist, lösen sich die Fäden schnell. An diesem Tag hatten wir Glück. Jeder hat mal Glück.

An einem Abschnitt des Upper Grand River, südöstlich des Highway 10, auf der Strecke nach Lafayette, hatte sich ein Schwimmbagger, der Schwemmsand und Müll aus dem Fluß holen sollte, in einem weggeworfenen Stacheldraht verhakt, der im Flußbett vor sich hin rostete. Sie bekamen ihn schließlich wieder frei und versuchten, den Draht herauszuziehen, aber es hatten sich noch andere Gegenstände darin verfangen: ein altes, eisernes Bettgestell; Sklavenketten, über anderthalb Jahrhunderte alt; und den Draht am Boden hielt ein Ölfaß mit einer Bourbonenlilie drauf.

Der Baggermannschaft kam es fast wie ein Scherz vor, als sie das Faß lösten. Sämtliche Nachrichtensendungen hatten über den Fund der Mädchenleiche in einem Lilienfaß berichtet, und am Tag der Entdeckung hatte die *Times-Picayune* der Sache unten auf der Titelseite neunzig Zeilen gewidmet.

Vielleicht rissen die Männer morbide Scherze, als sie das Faß aus dem Wasser hievten, um an den Stacheldraht heranzukommen. Vielleicht wurden sie etwas stiller und verkniffen sich das nervöse Gelächter, als sich einer von ihnen am Deckel zu schaffen machte. Das Faß hatte an einigen Stellen Rost angesetzt, und der Deckel war nicht zugeschweißt. Als er aufsprang, schwappten Dreckwasser, tote Fische und Pflanzen heraus.

Auch die Beine des Mädchens, teilweise verwest, aber von einer merkwürdigen, wachsartigen Membran umgeben, tauchten in dem geöffneten Faß auf, aber der Leichnam klemmte fest und hing halb im Faß, halb draußen. Die Flußfauna hatte sich von ihr ernährt, doch als ein Mann mit einer Taschenlampe auf den Boden des Fasses leuchtete, sah er an der Stirn zerfetzte Hautreste, und aus der Dunkelheit schienen ihm ihre Zähne entgegenzustrahlen.

Nur zwei Wagen waren vor Ort, als wir eintrafen. Der Leichnam war vor nicht mal drei Stunden geborgen worden. Zwei uniformierte Polizisten standen bei der Baggermannschaft. Um den Leichnam herum standen drei Männer in Zivil, und einer trug einen etwas kostspieligeren Anzug als die anderen und trug sein silbernes Haar in einer Bürstenfrisur. Ich hatte ihn bei den Vernehmungen nach Morphys Tod kennengelernt: Sheriff James Dupree vom St. Martin Parish, Touissants Vorgesetzter.

Als wir ausstiegen, winkte Dupree uns herbei. Rachel hielt sich etwas hinter uns, ging aber doch auf die Leiche in dem Faß zu. Es war der leiseste Tatort, an dem ich je gewesen war. Selbst als später der Rechtsmediziner eintraf, blieb alles sehr verhalten.

Dupree zog sich die Plastikhandschuhe aus und achtete darauf, mit bloßen Fingern nicht ihre Außenseite zu berühren. Seine Fingernägel waren sehr kurz und sauber, fiel mir auf, wenn auch nicht manikürt.

»Wollen Sie sich das mal näher ansehen?« fragte er.

»Nein«, sagte ich. »Ich habe wirklich alles gesehen, was ich sehen will.«

Aus dem Schlick und Schwemmsand, den die Männer ausgebaggert hatten, entwich ein durchdringender, fauliger Gestank, schlimmer noch als der Geruch der Mädchenleiche. Vögel standen über dem Abhub und spähten nach toten und verendenden Fischen. Einer von der Mannschaft schob sich die Zigarette in den Mundwinkel, hob einen Stein auf und warf damit nach einer großen, grauen Ratte, die durch den Dreck wieselte. Der Stein schlug mit einem feuchten, dumpfen Laut auf dem Schlamm auf, wie ein Stück Fleisch, das beim Fleischer auf den Tisch geklatscht wird. Die Ratte flitzte davon, und andere graue Wesen erwachten zum Leben. In der ganzen Umgebung wimmelte es von Nagetieren, die die Baggermannschaft aus ihren Nestern aufgescheucht hatte. Sie überschlugen sich und schnappten nacheinander, und ihre Schwänze hinterließen Schlangenlinien im Schlamm. Jetzt machte auch die restliche Mannschaft mit und schleuderte Steine, flach wie beim Flitschen. Die meisten konnten besser zielen als ihr Kollege.

Dupree steckte sich mit einem goldenen Ronson-Feuerzeug eine Zigarette an. Er rauchte Gitanes. Das hatte ich bei einem Polizisten noch nie gesehen. Der Rauch war bitter und würzig, und der Wind blies ihn mir direkt ins Gesicht. Dupree entschuldigte sich und drehte sich um, so daß sein Körper mich teilweise vor dem Qualm abschirmte. Das war eine ausgesprochen einfühlsame Geste, und erneut fragte ich mich, weshalb ich eigentlich nicht in Moisant Field saß.

»Ich habe gehört, Sie haben in New York diese Kindsmörderin überführt, diese Modine«, sagte Dupree schließlich. »Nach dreißig Jahren ist das 'ne reife Leistung.«

»Sie hat einen Fehler begangen«, sagte ich. »Letztendlich tun sie das alle. Es kommt nur darauf an, zur richtigen Zeit am richtigen Ort zu sein, um die Situation auszunutzen.«

Er legte den Kopf leicht zur Seite, als würde er nicht hundertprozentig mit dem übereinstimmen, was ich gesagt hatte, würde aber noch einmal darüber nachdenken, falls ihm etwas entgangen war. Er nahm noch einen tiefen Zug aus der Zigarette. Es war eine teure Marke, aber er rauchte, wie ich in den Docks von New York Hafenarbeiter hatte rauchen sehen, das Mundstück zwischen Daumen, Zeige- und Mittelfinger, die Glut von der hohlen Hand abgeschirmt. So lernte man als Kind, eine Zigarette zu halten, als das Rauchen noch ein heimliches Vergnügen war und mit einer Zigarette erwischt zu werden genügte, um von seinem Alten den Hintern versohlt zu bekommen.

»Tja, jeder hat mal Glück«, sagte Dupree. Er sah mich eindringlich an. »Und ich frage mich, ob wir hier wohl Glück gehabt haben.«

Ich wartete darauf, daß er fortfuhr. Der Fund der Mädchenleiche kam mir wie ein Zufallstreffer vor, oder vielleicht dachte ich immer noch an den Traum, in dem Gestalten aus meiner Schlafzimmerwand traten und mir sagten, daß sich in dem Gobelin, den der fahrende Mann gewoben hatte, plötzlich ein Faden gelöst hatte.

»Als Morphy und seine Frau umgekommen sind, war mein erster Impuls, mit Ihnen vors Haus zu gehen und Sie grün und blau zu schlagen«, sagte er. »Er war ein guter Mann, ein guter Polizist, trotz allem. Und er war mein Freund.

Aber er hat Ihnen vertraut, und Touissant hier scheint Ihnen ja auch zu vertrauen. Er meint, Sie wären vielleicht der verbindende Faktor bei dieser ganzen Sache. Wenn das stimmt, erreichen wir gar nichts damit, Sie in den Flieger zurück nach New York zu setzen. Ihr FBI-Freund Woolrich sieht das offenbar auch so, aber er hat sich nicht gegen die durchsetzen können, die verlangt haben, Sie nach Hause zu schicken.«

Er nahm noch einen Zug aus seiner Zigarette. »Sie kommen mir vor wie Kaugummi, den einer ins Haar gekriegt hat«, fuhr er fort. »Je länger man versucht, Sie wegzukriegen, desto mehr krallen Sie sich in der Sache fest, und vielleicht können wir das nützen. Ich riskiere einen Heidenärger, wenn ich Sie hierbehalte, aber Morphy hat mir erzählt, wie Sie über diesen Kerl denken, daß sie glauben, er würde uns beobachten und manipulieren. Wollen Sie mir erzählen, was Sie darüber denken, oder wollen Sie die Nacht in Moisant auf einem Stuhl verbringen?«

Ich sah mir die nackten Füße und Beine des Mädchens im Faß an und die seltsamen gelben, kokonähnlichen Ablagerungen und wie sie in einer Schmutzwasserlache auf einem rattenverseuchten Flußufer im westlichen Louisiana lag. Der Gerichtsmediziner und seine Männer waren eingetroffen und hatten einen Leichensack und eine Bahre mitgebracht. Sie rollten auf dem Boden Plastikfolie aus und schoben die Tonne behutsam darauf, und einer hielt dabei mit behandschuhter Hand die Beine des Mädchens. Dann hantierten sie im Faß, und langsam und vorsichtig befreite man sie.

»Alles, was wir bisher getan haben, hat dieser Mann verfolgt und vorhergesehen«, begann ich. »Die Aguillards haben etwas erfahren, und sie starben. Remarr hat etwas gesehen und wurde umgebracht. Morphy hat versucht, mir zu helfen, und jetzt ist er auch tot. Er engt die Möglichkeiten ein und zwingt uns, einem Muster zu folgen, das er längst festgelegt hat. Und dann hat jemand der Presse Einzelheiten über die Ermittlungen gesteckt. Vielleicht hat dieser Jemand auch unserem Mann etwas gesteckt, vielleicht unabsichtlich, vielleicht auch nicht.«

Dupree und Touissant sahen sich an. »Daran haben wir auch schon gedacht«, sagte Dupree. »In diese Sache sind viel zu viele Leute eingeweiht, um irgendwas lange geheimzuhalten.«

»Und hinzu kommt noch«, fuhr ich fort, »daß das FBI etwas verschweigt. Glauben Sie, Woolrich hat Ihnen alles gesagt, was er weiß?«

Dupree hätte fast losgelacht. »Über diesen Byron weiß ich so viel wie über den Dichter, also nichts.«

Aus dem Faß hörte man ein Schaben, das Geräusch, wenn Knochen über Metall kratzen. Behandschuhte Hände hielten die nackte, verfärbte Leiche des Mädchens, als sie aus dem Innern der Trommel befreit wurde.

»Wie lange können wir die Einzelheiten geheimhalten?« fragte ich Dupree.

»Nicht lange. Wir müssen das FBI informieren, die Presse wird es rauskriegen...« Er spreizte hilflos die Hände. »Wenn Sie damit andeuten wollen, daß ich dem FBI nichts erzählen soll...« Aber ich konnte ihm am Gesicht ablesen, daß er sich längst dazu entschlossen hatte, und daß der Gerichtsmediziner die Leiche nur deshalb so bald nach dem Fund untersuchte und so wenige Polizisten vor Ort waren, um Detailkenntnisse auf sowenig Leute wie möglich zu beschränken.

Ich beschloß, ihn darin zu bestärken. »Ich schlage vor, daß Sie *niemandem* etwas davon erzählen. Wenn Sie es doch tun, warnen Sie damit den Mann, der das getan hat, und dann trickst er uns wieder aus. Wenn Sie unbedingt etwas sagen müssen, dann weichen Sie dem aus. Erwähnen Sie das Faß nicht, verschleiern Sie den Fundort, sagen Sie, Sie würden nicht glauben, daß dieser Fund mit irgendeiner Ermittlung in Zusammenhang stünde. Sagen Sie nichts, solange das Mädchen nicht identifiziert ist.«

»Vorausgesetzt, daß wir sie überhaupt identifizieren können«, sagte Touissant mit weinerlicher Stimme.

»Können Sie nicht woanders rumflennen?« zischte Dupree.

»Tut mir leid«, sagte Touissant.

»Er hat recht«, sagte ich. »Möglicherweise können wir Sie nicht identifizieren. Dieses Risiko müssen wir eingehen.«

»Sobald wir unsere eigenen Akten durchhaben, müssen wir an die vom FBI«, sagte Dupree.

»Darüber könen wir uns noch früh genug den Kopf zerbrechen«, erwiderte ich. »Können wir das machen?«

Dupree scharrte mit den Füßen und rauchte seine Zigarette auf. Er beugte sich durch das offene Fenster seines Wagens und drückte die Kippe im Aschenbecher aus.

»Höchstens vierundzwanzig Stunden«, sagte er. »Sonst haben wir ein Verfahren wegen Unfähigkeit oder mutwilliger Behinderung einer Ermittlung am Hals. Ich weiß nicht mal, wie weit wir in so kurzer Zeit kommen, aber ...« Er sah Touissant an und dann wieder mich. »... vielleicht ist das gar nicht mehr nötig.«

»Erzählen Sie's mir?« fragte ich. »Oder soll ich raten?«

Touissant antwortete mir.

»Das FBI glaubt, Byron aufgespürt zu haben. Der Zugriff ist für morgen früh geplant.«

»Und in diesem Fall haben wir das in der Hinterhand«, sagte Dupree. »Als Joker in unserem Blatt.«

Aber ich hörte nicht mehr zu. Sie würden Byron fassen, und ich würde nicht dabeisein. Wenn ich versuchte, daran teilzunehmen, würde man einen beträchtlichen Anteil der Polizeikräfte von Louisiana aufbringen, um mich in ein Flugzeug nach New York zu verfrachten oder in eine Zelle zu sperren.

Die Baggermannschaft war natürlich die größte Schwachstelle. Man nahm sie beiseite und schenkte ihnen Kaffee aus, und dann waren Dupree und ich so aufrichtig zu ihnen, wie wir glaubten es vertreten zu können. Wir sagten ihnen, wenn sie nichts mindestens einen Tag lang über das schwiegen, was sie gesehen hatten, würde der Mann, der das Mädchen umgebracht hatte, wahrscheinlich entwischen und wieder morden. Das war zumindest teilweise die Wahrheit; von der Fahndung nach Byron abgeschnitten, setzten wir die Ermittlungen fort, so gut wir konnten.

Die Crew bestand aus schwer schuftenden Einheimischen, die meisten waren verheiratet und hatten Kinder. Sie willigten ein, nichts zu sagen, bis wir uns bei ihnen melden und es ihnen gestatten würden. Sie meinten es ernst, aber ich wußte, daß einige ihren Frauen oder Freundinnen davon erzählen würden, sobald sie zu Hause waren, und daß sich die Nachricht über die Ereignisse von dort ausbreiten würde. Ein Mann, der behauptet, er würde seiner Frau alles erzählen, ist entweder ein Lügner oder ein Idiot, hat mein erster Sergeant immer gesagt. Dummerweise war er geschieden.

Dupree war in seinem Büro gewesen, als der Anruf kam, und hatte je zwei Deputys und Detectives mitgenommen, denen er blind vertraute. Mit Touissant, Rachel und mir, dem gerichtsmedizinischen Team und der Baggermannschaft wußten nun gut zwanzig Leute von dem Leichenfund. Das waren neunzehn zuviel, um es lange geheimzuhalten, aber es ging eben nicht anders.

Nachdem die Leiche einer ersten Untersuchung unterzogen und fotografiert worden war, beschloß man, sie in eine Privatklinik außerhalb von Lafayette zu bringen, wo der Gerichtsmediziner gelegentlich konsultiert wurde, und er willigte ein, die Arbeit dort sofort fortzusetzen. Dupree setzte ein Protokoll auf, das den Fund einer Frau unbekannten Alters beschrieb, Todesursache unbekannt, gut fünf Meilen vom tatsächlichen Fundort entfernt. Er versah es mit Datum und Uhrzeit und schob es unter ein Aktenbündel auf seinem Schreibtisch.

Als wir beide im Obduktionssaal eintrafen, waren die Überreste schon geröntgt und vermessen. Die Bahre, auf der die Leiche hereingebracht worden war, stand in einer Ecke, abseits des Obduktionstisches auf dem zylindrischen Tank, der als Wasserspender für den Tisch diente und die Flüssigkeiten auffing, die durch die Löcher im Tisch abflossen. An einem Metallständer hing eine Waage zum Wiegen entnommener Organe, und daneben stand ein Mikroskopiertisch bereit.

Von dem Gerichtsmediziner und seinem Assistenten abgesehen, nahmen nur drei Personen an der Obduktion teil: Dupree, Touissant und ich. Der Geruch war durchdringend und wurde nur teilweise von Antiseptikum übertönt. Dunkles Haar hing an dem Schädel, und die verbliebene Haut war verschrumpelt und aufgerissen. Die Überreste des Mädchens waren fast vollständig von einer gelb-weißen Substanz eingehüllt.

Dupree fragte danach. »Was hat sie da für ein Zeug auf dem Leib, Doc?«

Der Gerichtsmediziner hieß Dr. Emile Huckstetter und war ein großer, stämmiger Mann Anfang Fünfzig mit frischer Gesichtsfarbe. Ehe er antwortete, fuhr er mit einem behandschuhten Finger über die Substanz.

»Diesen Zustand nennt man Fettwachsbildung«, sagte er. »Das ist selten – ich habe das bisher höchstens in zwei oder drei Fällen gesehen. Das Zusammenwirken von Wasser und Schwemmsand in diesem Kanal hat hier offenbar zu dieser Ausbildung geführt.«

Er kniff die Augen zusammen und beugte sich über die Leiche. »Ihre körpereigenen Fette haben sich im Wasser durch Verseifung aufgelöst und beim Erhärten in diese Substanz verwandelt, das Fettwachs. Sie hat eine ganze Weile im Wasser gelegen. Es dauert mindestens sechs Monate, bis sich dieses Zeug auf dem Rumpf bildet, vom Gesicht ganz zu schweigen. Das ist jetzt nur eine Vermutung, aber ich würde sagen, daß sie weniger als sieben Monate im Wasser gelegen hat, bestimmt nicht länger.«

Huckstetter schilderte die Untersuchung in allen Einzelheiten in ein kleines Mikrofon, das an seinem grünen Chirurgenkittel befestigt war. Das Mädchen sei siebzehn oder achtzehn, sagte er. Sie war nicht gefesselt oder festgekettet worden. An ihrem Hals gab es Spuren eines Messerschnitts, was auf einen tiefen Schnitt durch die Halsschlagader als mutmaßliche Todesursache hindeutete. An ihrem Schädel waren Spuren zu sehen, wo das Gesicht abgeschnitten worden war, und ähnliche Spuren gab es auch in den Augenhöhlen.

Als die Untersuchung fast beendet war, wurde Dupree angepiept und kam Minuten später mit Rachel wieder. Sie hatte sich in einem Motel in Lafayette ein Zimmer genommen, dort ihr und mein Gepäck abgestellt und war dann zurückgekommen. Als sie den Leichnam sah, schauderte sie erst zurück, doch dann stand sie an meiner Seite und nahm, ohne etwas zu sagen, meine Hand.

Nachdem der Gerichtsmediziner fertig war, zog er sich

die Handschuhe aus und fing an, sich die Hände zu schrubben. Dupree nahm die Röntgenaufnahmen aus der Fallakte und hielt sie nacheinander vors Licht. »Was ist das?« fragte er nach einer Weile.

Huckstetter nahm ihm die Aufnahmen aus der Hand und sah sie sich selbst an. »Komplizierter Bruch des rechten Schienbeins«, sagte er und wies mit dem Finger darauf. »Gut zwei Jahre her. Steht im Gutachten, jedenfalls sobald ich es fertig habe.«

Ich bekam weiche Knie, und ein Schmerz breitete sich in meinem Bauch aus. Ich streckte die Hand aus, um mich abzustützen, und die Waage rasselte, als ich gegen den Ständer stieß. Dann war meine Hand auf dem Obduktionstisch, und meine Finger berührten die Überreste des Mädchens. Ich zog schnell die Hand zurück.

»Parker?« sagte Dupree. Er packte mich beim Arm, um mich zu stützen. Ich spürte das Mädchen immer noch an den Fingern.

»Mein Gott«, sagte ich. »Ich glaube, ich weiß, wer das ist.«

Im frühen Morgenlicht rückte am Nordende des Bayou Courtableau, südlich von Crotz Springs und gut zwanzig Meilen von Lafayette entfernt, ein Team von FBI-Agenten, unterstützt von Deputys des Sheriffs von St. Landry Parish, auf eine Jagdhütte vor, die mit der Rückseite zum Sumpf stand und deren Front von überwucherten Sträuchern und Bäumen abgeschirmt war. Manche Agenten trugen dunkle Regenjacken mit den großen, gelben FBI-Buchstaben auf dem Rücken, andere Helme und kugelsichere Kleidung. Sie rückten langsam und leise vor, die Waffen entsichert. Wenn sie sprachen, dann schnell und so knapp wie möglich. Der Funkkontakt war aufs Nötigste beschränkt. Sie wußten, was sie taten. Um sie her lauschten die mit Pistolen und Flinten bewaffneten Deputys ihrem Atem und dem Pochen ihres Herzens und bereiteten sich darauf vor, das Haus von Edward Byron zu stürmen, den sie für unmittelbar schuldig am Tod ihres Kollegen John Charles Morphy, seiner jungen Frau und mindestens fünf weiterer Menschen hielten.

Das Haus war baufällig, die Schieferplatten auf dem Dach gesprungen und die Dachbalken morsch. Zwei Vorderfenster waren eingeschlagen und mit Pappe und Klebeband abgedichtet. Die Holzbohlen der Galerie waren verzogen und fehlten an einigen Stellen gänzlich. An einem Metallhaken rechts am Haus hing ein eben erst abgezogener Wildschweinkadaver. Blut tropfte ihm aus der Schnauze und sammelte sich in einer Pfütze am Boden.

Auf ein Signal von Woolrich hin rückten kurz nach sechs Uhr morgens die Agenten von vorn und hinten auf das Haus zu. Sie überprüften die Fenster auf beiden Seiten der Vorder- und neben der Hintertür. Dann traten sie gleichzeitig die Türen ein und polterten so laut wie möglich in den Flur, und das Licht ihrer Taschenlampen schnitt drinnen durch die Dunkelheit.

Die beiden Trupps hatten einander fast erreicht, als weiter hinten im Haus eine Schrotflinte aufdröhnte und im Dämmerlicht Blut floß. Ein Agent namens Thomas Seltz stürzte vorwärts zu Boden, als der Schuß die ungeschützte Region seiner Armbeuge traf, die verwundbare Stelle einer kugelsicheren Weste, und als er starb, krampfte sich sein Zeigefinger in einem letzten Reflex um den Abzug seiner Maschinenpistole zusammen. Die Kugeln rissen Wände, Decke und Boden auf, jagten Staub und Splitter in die Luft und verwundeten zwei Agenten, einen am Bein und den anderen am Mund.

Der Feuerstoß übertönte das Nachladen der Schrotflinte. Der zweite Schuß ließ Holz aus dem Rahmen einer Tür platzen, die Agenten warfen sich zu Boden und feuerten durch die nun offene Hintertür. Ein dritter Schuß erwischte einen FBI-Mann, der ums Haus herumlief. Holzscheite und alte Möbelstücke, als Feuerholz bestimmt, lagen in einem Haufen auf dem Boden und flogen auseinander, als der Schütze dahinter aus seinem Versteck hervorkam. Die Agenten hörten Pistolenschüsse, die hinaus in den Sumpf hallten, als sie sich hinknieten, um sich um ihre verwundeten Kollegen zu kümmern, oder losliefen, um an der Jagd teilzunehmen.

Eine Gestalt in verblichener Bluejeans und rot-weiß-kariertem Hemd war ins Bayou verschwunden. Die FBI-Agenten nahmen vorsichtig die Verfolgung auf, versanken hin und wieder bis zu den Knien im schlammigen Sumpfwasser und mußten abgestorbenen Baumstämmen ausweichen, ehe sie endlich wieder festen Boden unter den Füßen hatten. Bäume als Deckung nutzend, rückten sie langsam vor, die Waffe im Anschlag, und hielten Ausschau.

Vor ihnen dröhnte eine Schrotflinte. Vögel flatterten aus den Bäumen auf, und aus dem Stamm einer großen Zypresse platzte in Augenhöhe Holz. Jemand schrie vor Schmerz und taumelte aus der Deckung. In seiner Wange steckten Holzsplitter. Ein zweiter Schuß erklang und zerschmetterte ihm den linken Oberschenkelknochen. Er brach auf Schlamm und Laub zusammen, den Rücken vor Qualen gebeugt.

Automatisches Feuer ratterte durch die Bäume, zerfetzte Äste und Laubwerk. Nach vier oder fünf Sekunden konzentrierter Feuerstöße erging der Befehl, das Feuer einzustellen, und im Sumpf war es wieder still. FBI-Agenten und Polizisten rückten erneut vor und eilten von Baum zu Baum. Ein Ruf erscholl, als man an den aufgeplatzten, knochenbleichen Ästen einer Weide eine Blutspur entdeckte.

Von hinten hörte man Hundegebell, als der Tracker eingesetzt wurde, den man drei Meilen weiter in Reserve gehalten hatte. Die Spürhunde schnüffelten an Byrons Kleidung und dem Holzhaufen. Der Hundeführer, ein dünner, bärtiger Mann, der seine Jeans unten in die schlammverkrusteten Stiefel gestopft hatte, ließ sie an dem Blut an der Weide Witterung aufnehmen, sobald er beim Suchtrupp angelangt war. Die Hunde zerrten an der Leine, und man rückte vorsichtig vor.

Aber Edward Byron schoß nicht mehr auf sie, denn die Gesetzeshüter waren nicht die einzigen, die ihn hier im Sumpf verfolgten.

Während die Jagd nach Byron weiterging, setzten Touissant, zwei junge Deputys und ich in der Polizeistation von

St. Martinville unseren Fischzug durch die Zahnarztpraxen von Miami fort, wobei wir uns, wo nötig, an die Notfallnummern der Bandansagen hielten.

Nur Rachel unterbrach uns, als sie Kaffee und heiße Danishes brachte. Sie stand hinter mir und legte mir zärtlich eine Hand auf den Nacken. Ich langte nach hinten und umklammerte ihre Finger, zog sie dann nach vorn und küßte zart die Fingerspitzen.

»Ich hätte nicht gedacht, daß du hierbleibst«, sagte ich. Ihr Gesicht konnte ich nicht sehen.

»Es ist ja fast zu Ende, nicht wahr?« fragte sie leise.

»Ich glaube schon. Ich hab' ein gutes Gefühl.«

»Dann halte ich durch. Ich will am Schluß dabeisein.«

Sie blieb noch ein wenig, bis ihre Erschöpfung fast ansteckend wurde. Dann fuhr sie zurück ins Motel, um zu schlafen.

Wir benötigten achtunddreißig Anrufe, bis die Zahnarzthelferin der Praxis von Erwin Holdman in der Bricknell Avenue schließlich den Namen Lisa Stott in ihren Akten fand, es aber ablehnte, auch nur anzugeben, ob Lisa Stott im Verlauf der vergangenen sechs Monate zur Behandlung erschienen war. Holdman sei auf dem Golfplatz und werde ungern gestört, sagte die Sprechstundenhilfe. Touissant sagte ihr, es wäre ihm scheißegal, ob Holdman gern oder ungern gestört werde, und da gab sie ihm seine Handynummer.

Sie hatte recht. Holdman wurde auf dem Golfplatz ungern gestört, und schon gar nicht, wenn er kurz davor stand, am fünfzehnten Loch ein Birdie zu schlagen. Nach einem heftigen Wortwechsel forderte Touissant Lisa Stotts zahnärztliche Unterlagen an. Der Zahnarzt wollte erst ihre Mutter und ihren Stiefvater um Einwilligung bitten. Touissant reichte Dupree den Hörer, und Dupree sagte ihm, das sei zur Zeit unmöglich, sie bräuchten die Unterlagen bloß, um das Mädchen aus ihrer Ermittlung auszuschließen, und deshalb wäre es unklug, die Eltern unnötig zu ängstigen. Als sich Holdman weiterhin weigerte zu kooperieren, drohte ihm Dupree, er werde dafür sorgen, daß die Unterlagen beschlagnahmt und seine Steuerabrechnung minuziös geprüft würde.

Holdman willigte ein. Die Unterlagen seien auf einem Computer gespeichert, sagte er, dazu Röntgenbilder und eingescannte Zahndiagramme. Er würde sie senden, sobald er zurück im Büro sei. Die Sprechstundenhilfe sei noch neu, erklärte er, und würde die Unterlagen ohne sein Kennwort nicht elektronisch versenden können. Er würde nur noch die Partie zu Ende spielen ...

Wieder gab es Gebrüll, und Holdman beschloß, das Golfen für heute seinzulassen. Wenn er reibungslos durchkäme, würde er eine Stunde zu seiner Praxis brauchen. Wir lehnten uns zurück und warteten.

Byron war gut eine Meile weit in den Sumpf vorgedrungen. Die Polizei war ihm dicht auf den Fersen, und sein Arm blutete schwer. Die Kugel hatte seinen linken Ellenbogen zerschmettert, und ein steter Schmerz strahlte durch seinen ganzen Körper. Er blieb auf einer kleinen Lichtung stehen und lud die Schrotflinte nach, indem er die Schäftung auf den Boden drückte und mit der gesunden Hand verzweifelt hantierte. Das Gebell kam näher. Sobald die Hunde in Sicht kamen, würde er auf sie feuern. Ohne die Hunde würde er der Polizei im Sumpf entwischen.

Wahrscheinlich bemerkte er erst beim Aufstehen die Bewegungen vor sich. Das Hunderudel konnte ihn nicht schon umzingelt haben, dachte er. Nach Westen hin war das Wasser tiefer. Ohne Boote konnten sie von der Straße aus nicht in den Sumpf gelangt sein. Und wenn sie Boote hätten, hätte er sie kommen gehört. Seine Sinne hatten sich an die Geräusche im Sumpf gewöhnt. Nur die Halluzinationen konnten ihm gefährlich werden, aber die kamen und gingen.

Byron klemmte sich die Schrotflinte verzweifelt unter den rechten Arm, ging weiter und schaute sich dabei hektisch um. Er schritt langsam auf den Waldrand zu, aber die Bewegungen hatten anscheinend aufgehört. Vielleicht schüttelte er in diesem Moment den Kopf, weil er seinen Augen nicht traute und fürchtete, wieder Visionen zu bekommen, aber dem war nicht so. Statt dessen kam der Tod zu Edward Byron, als der Wald um ihn her zum Leben erwachte und er von dunklen Gestalten umstellt war. Er feuerte einen Schuß ab, ehe ihm die Waffe aus der Hand gerissen wurde, und ein Schmerz schoß durch seine Brust, als die Klinge seine Haut von einer Schulter zur anderen aufschlitzte.

Die Gestalten um ihn her – verbissen blickende Männer, einer mit einem M16 über der Schulter, die anderen mit Messern und Äxten bewaffnet, angeführt von einem großen Mann mit rötlich brauner Haut und dunklem, graumeliertem Haar. Byron fiel auf die Knie, als Schläge auf seinen Rücken, die Arme und Schultern herniederprasselten. Vom Schmerz benommen und verwirrt, sah er eben noch rechtzeitig hoch, um die Axt des Hünen zu erblicken, die über ihm durch die Luft schnitt.

Dann war alles dunkel.

Wir nutzten Duprees Büro, wo ein neuer PC bereitstand, um die Unterlagen zu empfangen, die Holdman senden würde. Ich hockte auf einem roten Vinylstuhl, der so oft mit Klebeband repariert worden war, daß es sich anfühlte, als säße man auf dünnem Eis. Der Stuhl quietschte, als ich mich anders hinsetzte und die Füße aufs Fensterbrett legte. Mir gegenüber stand eine Couch, auf der ich drei Stunden lang unbequem geschlafen hatte.

Touissant war eine halbe Stunde zuvor verschwunden, um Kaffee zu holen. Er war immer noch nicht wieder da. Ich wurde allmählich unruhig, als ich von drüben im Dienstraum Stimmengewirr hörte. Ich ging durch die offene Tür von Duprees Büro in den Dienstraum, mit den aufgereihten grauen Metallschreibtischen dort, den Drehstühlen und Garderobenständern, den Anschlagbrettern und Kaffeetassen, den halbverspeisten Bagels und Donuts.

Touissant kam herein, in erregtem Gespräch mit einem schwarzen Detective in petrolblauem Anzug und mit offenem Kragenknopf. Hinter ihm sprach Dupree mit einem uniformierten Deputy. Touissant sah mich, klopfte dem schwarzen Detective auf die Schulter und kam auf mich zu.

»Byron ist tot«, sagte er. »Es ist viel Blut geflossen. Das FBI hat zwei Männer verloren und mehrere Verletzte. Byron ist in den Sumpf geflohen. Als sie ihn gefunden haben, hatte ihn jemand aufgeschlitzt und ihm mit einer Axt den Schädel eingeschlagen. Sie haben die Axt und eine Menge Stiefelabdrücke.« Er rieb sich das Kinn. »Sie glauben, daß Lionel Fontenot vielleicht auf seine Weise der Sache ein Ende machen wollte.«

Dupree führte uns in sein Büro, schloß aber nicht die Tür. Er stand dicht vor mir und berührte mich am Arm.

»Er war's. Es ist alles noch sehr verworren, aber sie haben Probengläser gefunden, genau wie das, in dem das Gesicht...« Er schwieg kurz und setzte neu an. »... genau wie das, das Sie bekommen haben. Sie haben einen Laptop, Reste eines selbstgebastelten Lautsprechers zum Anschließen und Skalpelle mit Gewebespuren. Das meiste davon haben sie in einer Hütte hinten auf dem Grundstück gefunden. Ich habe kurz mit Woolrich gesprochen. Er hat irgendwas von alten medizinischen Texten erwähnt. Ich soll Ihnen sagen, daß Sie recht hatten. Sie suchen noch nach den Gesichtern der Opfer, aber das kann dauern. Sie werden nachher anfangen, vor dem Haus zu graben.«

Ich wußte nicht recht, was ich empfand. Einerseits Erleichterung, ein Stein fiel mir vom Herzen, und ich war froh, daß es zu Ende war. Aber da war noch etwas: Ich war enttäuscht, daß ich am Schluß nicht dabeigewesen war. Nach allem, was ich getan hatte, nachdem so viele Menschen gestorben waren, von meiner Hand und von der anderer, war der fahrende Mann mir bis zum Schluß entkommen.

Dupree ging, und ich ließ mich auf seinen Stuhl sinken. Sonnenschein flirrte durch die Jalousie. Touissant saß auf der Kante von Duprees Schreibtisch und sah mich an. Ich dachte an Susan und Jennifer und unsere Tage im Park. Und ich erinnerte mich an die Stimme von Tante Marie Aguillard und hoffte, daß sie nun in Frieden ruhte.

Aus Duprees PC erklang ein leises, regelmäßiges Zweiklangpiepsen. Touissant wuchtete sich von der Schreibtischplatte und drehte sich um, so daß er den Computermonitor sehen konnte. Er tippte auf ein paar Tasten und las die Anzeige.

»Da kommen die Sachen von Holdman«, sagte er.

Ich stellte mich neben ihn und sah zu, wie Lisa Stotts zahnärztliche Unterlagen erschienen, zunächst schriftlich, dann als zweidimensionale Karte des Mundes, mit vermerkten Füllungen und gezogenen Zähnen, und schließlich als Röntgenbild.

Touissant rief die Röntgenaufnahme des Gerichtsmediziners aus einer separaten Datei auf und positionierte die beiden Bilder nebeneinander.

»Die sehen identisch aus«, sagte er.

Ich nickte. Ich wollte gar nicht an die Auswirkungen denken, falls sie tatsächlich gleich waren.

Touissant rief Huckstetter an, erzählte ihm, was wir da hatten und bat ihn herüberzukommen. Eine halbe Stunde später sah Dr. Emile Huckstetter Holdmans Datei durch und verglich sie mit seinen eigenen Aufzeichnungen und den Röntgenaufnahmen, die er von dem toten Mädchen angefertigt hatte. Schließlich schob er sich die Brille in die Stirn und fuhr sich mit den Fingern in die Augenwinkel.

»Sie ist es«, sagte er.

Touissant atmete tief und stockend aus und schüttelte fassungslos den Kopf. Dies war der letzte Streich des fahrenden Mannes, so schien es. Das tote Mädchen war Lisa Stott oder, wie sie früher hieß, Lisa Woolrich – ein junges Mädchen, das zum emotionalen Opfer der erbittert ausgefochtenen Scheidung ihrer Eltern geworden war und von seiner Mutter im Stich gelassen wurde, die ein neues Leben beginnen wollte und dabei keine wütende, verletzte Tochter gebrauchen konnte, und dessen Vater ihm nicht die Geborgenheit und Unterstützung geben konnte, die es brauchte.

Sie war Woolrichs Tochter.

Kapitel 49

Aus der Stimme am Telefon klang Erschöpfung und Anspannung. Ich telefonierte während der Fahrt; ein Deputy aus St. Martin hatte meinen Mietwagen vom Flaisance abgeholt.

»Woolrich, hier ist Bird.«

»Hallo.« Es klang leblos. »Was hast du gehört?«

»Daß Byron tot ist und ein paar von euren Männern auch. Es tut mir leid.«

»Ja, es war fürchterlich. Haben sie dich in New York angerufen?«

»Nein.« Ich haderte mit mir, ob ich ihm die Wahrheit sagen sollte, und entschied mich dagegen. »Ich hab' den Flug verpaßt. Ich bin unterwegs nach Lafayette.«

»*Lafayette?* Scheiße, was machst du in Lafayette?«

»Nichts weiter.« Mit Touissant und Dupree hatte ich mich geeinigt, daß ich mit Woolrich sprechen und ihm die Nachricht überbringen sollte, daß man seine Tochter gefunden hatte. »Können wir uns treffen?«

»Bird, ich krieche echt auf dem Zahnfleisch.« Dann, resigniert: »Klar können wir uns treffen. Wir können darüber reden, was heute passiert ist. Laß mir eine Stunde Zeit. Wir treffen uns im Jazzy Cajun, am Highway. Kann dir jeder sagen, wo das ist.« Ich hörte ihn am anderen Ende husten.

»Ist deine Freundin nach Hause geflogen?«

»Nein, sie ist noch da.«

»Das ist gut«, sagte er. »In solchen Zeiten ist es gut, jemanden bei sich zu haben.« Dann legte er auf.

Das Jazzy Cajun war eine kleine, schummrige, an ein Motel angeschlossene Bar mit Billardtischen und einer Countrymusik-Jukebox. Hinter dem Tresen füllte eine Frau die Biervorräte nach, und aus den Lautsprechern erklang Willie Nelson.

Woolrich kam, als ich gerade meine zweite Tasse Kaffee ansetzte. Er trug ein kanariengelbes Jackett, und die Armbeugen seines Hemds waren durchgeschwitzt. Das Hemd selbst hatte hinten und auf den Ärmeln Dreckspritzer abbekommen, und ein Ellenbogen war aufgerissen. Seine hellbraune Hose starrte an den Aufschlägen vor Dreck und hing über schlammverkrusteten Stiefeletten. Er bestellte sich einen Bourbon und einen Kaffee und setzte sich zu mir neben den Eingang. Wir schwiegen eine Zeitlang, bis Woolrich den Bourbon zur Hälfte geleert hatte und sich an seinen Kaffee machte.

»Hör mal, Bird«, begann er. »Es tut mir leid, was in der vergangenen Woche zwischen uns gelaufen ist. Wir haben beide jeder auf seine Art, versucht, diese Sache zu einem Ende zu bringen. Und jetzt haben wir es geschafft, und, tja ...« Er zuckte mit den Achseln und prostete mir zu, trank sein Glas dann aus und bestellte sich mit einer Handbewegung ein zweites. Er hatte schwarze Flecken unter den Augen, und an seinem Halsansatz sah ich einen schmerzhaften Furunkel wachsen. Seine Lippen waren trocken und rissig, und er zuckte zusammen, als der Bourbon in seinem Mund ankam. Er bemerkte meinen Blick. »Mundgeschwür«, erklärte er. »Tut höllisch weh.« Er trank noch einen Schluck Kaffee. »Ich schätze mal, du willst wissen, was passiert ist.«

Ich wollte es hinauszögern, aber nicht auf diese Weise.

»Was wirst du jetzt tun?« fragte ich.

»Schlafen«, sagte er. »Dann nehm' ich mir vielleicht frei, fahr' runter nach Mexiko und seh' mal, ob ich Lisa aus dieser verdammten Sekte rausholen kann.«

Das versetzte meinem Herzen einen Stich, und ich stand unvermittelt auf. Ich wollte so dringend etwas trinken, wie ich nie zuvor im Leben etwas gewollt hatte. Woolrich schien meine mangelnde Selbstbeherrschung nicht zu bemerken oder auch nur zu registrieren, daß ich unterwegs zur Toilette war. Auf meiner Stirn brach Schweiß aus, und meine Haut war überempfindlich, als würde ich gleich Fieber bekommen.

»Sie hat nach dir gefragt, Birdman«, hörte ich ihn sagen und blieb abrupt stehen.

»Was hast du gesagt?« Ich drehte mich nicht um.

»Sie fragt nach dir«, sagte er noch mal.

Da drehte ich mich um. »Wann hast du das letzte Mal von ihr gehört?«

Er winkte mit dem Glas. »Vor ein paar Monaten, würd' ich sagen. Vor zwei oder drei Monaten.«

»Bist du sicher?«

Er hielt inne und starrte mich an. Ich hing an einem dünnen Faden über der Finsternis und sah zu, wie sich etwas Kleines, Helles löste und dann auf Nimmerwiedersehen in der Schwärze verschwand. Die Bar um uns her löste sich auf, und es gab nur noch Woolrich und mich allein und nichts, was uns von den Worten des anderen ablenken konnte. Ich hatte keinen Boden mehr unter den Füßen und keine Luft mehr um mich her. In meinem Kopf erklang ein Heulen, und Bilder und Erinnerungen jagten mir durch den Sinn.

Woolrich auf der Veranda stehend, die Finger auf der Wange von Florence Aguillard, einem sanftmütigen, arglosen Mädchen mit vernarbtem Gesicht. In ihren letzten Momenten, glaube ich, wußte sie, was er getan hatte, wozu er sie angestiftet hatte.

»Ich nenne sie meine metaphysische Krawatte, meine George-Herbert-Krawatte.«

Ein Verspaar von Ralegh, aus der *Passionate Man's Pilgrimage,* aus der Woolrich so gern zitierte:

»Blut soll meinen Körper salben / Andren Balsam werd' ich meiden.«

Der zweite Anruf, den ich im Flaisance erhalten hatte, bei dem der fahrende Mann keine Fragen gestattet hatte, dem Anruf, bei dem Woolrich dabei war.

»Sie haben keine Ahnung. Sie haben im Grunde keine Ahnung, was sie da tun. Es steckt keine Absicht dahinter.«

Woolrich und seine Männer, wie sie Rachels Aufzeichnungen beschlagnahmten.

»Ich bin hin und her gerissen, ob ich dich nun auf dem laufenden halten oder dir gar nichts erzählen soll.«

Die Polizisten, die eine Tüte Donuts, die er angerührt hatte, in eine Mülltonne warfen.

»Fickst du sie, Bird?«

Wer nicht aufpaßt, dem kannst du nichts vormachen.

Und eine Gestalt in einer Bar in New York, die eine Penguin-Ausgabe der metaphysischen Dichter durchblättert und Verse von Donne zitiert.

Es zeigt der Leib, gequält und wild
Zerfleischt, ein anatomisch falsches Bild.

Eine metaphysische Sensibilität, das war es, was der fahrende Mann hatte, was Rachel nur Tage zuvor versucht hatte aufzuzeigen, was die Dichter einte, deren Werke auf den Regalen in Woolrichs Wohnung im East Village standen, in jener Nacht, als er mich dorthin zum Übernachten mitgenommen hatte, nachdem er meine Frau und Tochter umgebracht hatte.

»Alles in Ordnung, Bird?« Seine Pupillen waren winzig, wie kleine schwarze Löcher, die alles Licht aus dem Raum sogen.

Ich drehte mich um. »Ja, nur ein kleiner Schwächeanfall, weiter nichts. Ich komme gleich wieder.«

»Wo willst du hin, Birdman?« Zweifel schwangen in seiner Stimme mit und noch etwas, der Hauch einer Warnung, ein brutaler Unterton, und ich fragte mich, ob meine Frau das auch gehört hatte, als sie fliehen wollte, als er ihr im Flur unserer Wohnung nachgerannt war und ihr an der Wand die Nase gebrochen hatte.

»Ich muß aufs Klo«, sagte ich.

Galle stieg mir in die Kehle, und ich hätte fast gewürgt und auf den Boden gekotzt. Ein wilder, stechender Schmerz grub sich in meinen Bauch und krallte sich in mein Herz. Es war, als würde im Augenblick meines Todes ein Schleier beiseite gezogen und jenseits wäre nur eine kalte, schwarze Leere. Ich wollte nur noch weg. Ich wollte das alles hinter mir lassen, und wenn ich zurückkäme, wäre alles wieder wie früher. Ich hätte eine Frau und eine Tochter, die ihrer Mutter ähnlich sah. Ich hätte ein kleines, friedliches Heim und einen Rasen, den ich mähen mußte, und jemanden, der mir beistand, bis in den Tod.

Auf der Toilette war es dunkel, und aus der nicht gespülten Toilettenschüssel stank es nach Pisse, aber der Wasserhahn funktionierte. Ich klatschte mir Wasser ins Gesicht und langte dann in meine Jackentasche nach meinem Handy.

Es war nicht da. Ich hatte es bei Woolrich auf dem Tisch liegengelassen. Ich riß die Tür auf, ging um den Tresen, zog mit der Rechten die Waffe, aber Woolrich war fort.

Ich rief Touissant an, aber der hatte schon Feierabend gemacht. Dupree war nach Hause gefahren. Ich überredete die Telefonistin, Dupree zu Hause anzurufen und zu bitten, mich zurückzurufen. Fünf Minuten später war er dran. Er klang verschlafen.

»Sie haben hoffentlich gute Gründe«, sagte er.

»Byron ist nicht der Mörder«, sagte ich.

»Was?« Jetzt war er hellwach.

»Er hat sie nicht umgebracht«, sagte ich. Ich stand vor der Bar, die Waffe in der Hand, aber von Woolrich war nichts zu sehen. Ich hielt zwei schwarze Frauen an, die mit einem Kind in der Mitte vorbeigingen, aber als sie die Waffe sahen, wichen sie zurück. »Byron war nicht der fahrende Mann. Woolrich ist es. Er ist auf der Flucht. Ich habe ihn bei einer Lüge über seine Tochter ertappt. Er hat gesagt, er hätte vor zwei oder drei Monaten mit ihr gesprochen. Wir beide wissen, daß das nicht möglich ist.«

»Vielleicht haben Sie sich geirrt.«

»Hören Sie mir zu, Dupree. Woolrich hat Byron alles in die Schuhe geschoben. Er hat meine Frau und Tochter umgebracht. Er hat Morphy und seine Frau umgebracht, Tante Marie, Tee Jean, Lutice Fontenot, Tony Remarr und auch seine eigene Tochter. Er ist auf der Flucht, hören Sie mich? Auf der Flucht!«

»Ich hab's gehört«, sagte Dupree. Seine Stimme klang trocken, als ihm bewußt wurde, wie vollständig er sich geirrt hatte.

Eine Stunde später trafen sie vor Woolrichs Wohnung in Algiers ein, am Westufer des Mississippi. Sie befand sich im Obergeschoß eines restaurierten Hauses in der Opelousas Avenue, über einem alten Lebensmittelladen, und war nur über eine gußeiserne, mit Gardenien geschmückte Treppe zu erreichen, die auf die Galerie führte. Woolrichs Wohnung war die einzige in dem Gebäude, hatte zwei Bogenfenster und eine Tür aus Massiveiche. Die Polizei von New Orleans wurde von sechs FBI-Männern unterstützt. Die Polizisten gingen voran, die Agenten gingen seitlich der Tür in Stellung. Durch die Fenster war in der Wohnung keine Regung auszumachen. Sie hatten es nicht anders erwartet.

Zwei Polizisten schwangen einen eisernen Rammbock, auf dessen flachem Kopf in weißer Schrift »Herein« stand. Sie brauchten nur einmal auszuholen, um die Tür aufzubrechen. Die FBI-Männer gingen ins Haus, und die Polizisten sicherten die Straße und die umliegenden Gärten und Höfe. Sie überprüften die kleine Küche, das ungemachte Bett, das Wohnzimmer mit dem neuen Fernseher, den leeren Pizzaschachteln und Bierdosen, den Lyrikbänden von Penguin, die in einem Milchkasten standen, und dem Bild von Woolrich und seiner Tochter, die von einer Tischgruppe herablächelten.

Im Schlafzimmer stand ein Kleiderschrank, der ein Sortiment verknitterter Kleidungsstücke und zwei Paar hellbraune Schuhe enthielt, und ein Metallspind, der mit einem massiven Stahlschloß verriegelt war.

»Aufbrechen«, befahl der Agent, der den Einsatz leitete,

der stellvertretende leitende Special Agent Cameron Tate. O'Neill Brouchard, der junge FBI-Agent, der mich Jahrhunderte zuvor zum Haus von Tante Marie gefahren hatte, schlug mit der Schulterstütze seiner Maschinenpistole auf das Schloß ein. Es sprang beim dritten Versuch auf, und er öffnete die Türen.

Die Explosion schleuderte O'Neill Brouchard rückwärts durchs Fenster, riß ihm dabei fast den Kopf ab und jagte einen Hagelschauer aus Glassplittern in das kleine Schlafzimmer. Tate war sofort blind, Glas grub sich in sein Gesicht, seinen Hals, seine Kevlar-Weste. Zwei weitere FBI-Männer erlitten schwere Gesichts- und Handverletzungen, als Woolrichs Vorrat an leeren Probengläsern, sein Laptop, ein umgebauter H3000-Sprachsynthesizer und eine fleischfarbene Maske, die Mund und Nase verdeckte, in Stücke gerissen wurden. Und inmitten der Flammen, des Rauchs und der Glassplitter flatterten brennende Blätter wie ein schwarzer Mottenschwarm zu Boden, löste sich ein Haufen biblischer Apokryphen in Asche auf.

Als O'Neill Brouchard starb, saß ich in St. Martinville im Dienstraum der Kriminalpolizei. Männer wurden aus Urlaub und Freizeit eingezogen, um bei der Fahndung zu helfen. Woolrich hatte sein Handy abgeschaltet, aber das Fernmeldeunternehmen wußte Bescheid. Wenn er es benutzte, würden sie versuchen, seinen Aufenthaltsort ausfindig zu machen.

Jemand reichte mir Kaffee in einer Alligatortasse, und während ich trank, versuchte ich es noch einmal bei Rachel im Motelzimmer. Nach dem zehnten Klingeln schaltete sich der Portier ein. »Sind Sie ... Nennt man Sie Birdman?« fragte er. Er klang jung und unsicher.

»Ja, manche Leute schon.«

»Tut mir leid, Sir. Haben Sie schon mal angerufen?«

Ich sagte ihm, dies sei mein dritter Anruf. Mir war bewußt, daß ich mich gereizt anhörte.

»Da hab' ich mir grade was zum Mittagessen geholt. Ich habe eine Nachricht für Sie, vom FBI.«

Er sprach die drei Buchstaben mit einer gewissen Verwunderung aus. Mir kam es hoch.

»Sie ist von Agent Woolrich, Mr. Birdman. Ich soll Ihnen sagen, daß er mit Miss Wolfe einen Ausflug macht und daß Sie schon wüßten, wo Sie sie finden. Er hat gesagt, daß nur Sie drei daran teilnehmen sollten. Andere Leute würden nur stören. Das soll ich Ihnen ausdrücklich sagen, Sir.«

Ich schloß die Augen, und seine Stimme verhallte in der Ferne.

»Das ist die Nachricht, Sir. Hab' ich das richtig gemacht?«

Touissant, Dupree und ich breiteten die Landkarte auf Duprees Schreibtisch aus. Dupree nahm einen roten Filzstift und zog einen Kreis um Lafayette, der westlich bis nach Crowley und östlich bis nach Ramah reichte.

»Irgendwo da muß er eine Wohnung haben«, meinte er. »Wenn Sie recht haben und er sich in Byrons Nähe aufhalten mußte und eventuell auch in der Nähe der Aguillards, dann haben wir es mit einem Gebiet zu tun, das im Norden bis Krotz Springs reicht und im Süden vielleicht ganz bis zum Bayou Sorrel. Wenn er Ihre Freundin entführt hat, hat ihn das vielleicht etwas aufgehalten: Er mußte erst die Motelreservierungen überprüfen – das dauert nicht lange, es sei denn er hat Pech gehabt und zuerst die falschen Motels angerufen –, und dann hat es noch Zeit gekostet, sie dort rauszuschaffen. Er wird sich nicht gern auf der Straße blicken lassen, also muß er sich verstecken, vielleicht in einem Motel oder, wenn er Zeit genug hatte, bei sich zu Hause.«

Er klopfte mit dem Stift auf den Mittelpunkt des Kreises. »Wir haben die örtliche und die Staatspolizei alarmiert. Bleiben nur noch wir – und Sie.«

Ich hatte darüber nachgedacht, was Woolrich mir hatte ausrichten lassen, daß ich schon wüßte, wo ich sie finden würde, aber bisher war mir dazu nichts eingefallen. »Ich komme einfach nicht drauf. Die naheliegendsten Möglichkeiten, wie das Haus der Aguillards und seine Wohnung in

Algiers, sind schon durchsucht worden, und ich glaube nicht, daß er sich dort aufhält.«

Ich hielt mir den Kopf. Die Angst um Rachel ließ mich nicht mehr logisch denken. Ich mußte dort weg. Ich nahm mein Jackett und ging zur Tür und rannte dabei fast einen Deputy über den Haufen. Er reichte mir zwei Bogen Papier.

Es war ein Fax von Agent Ross aus New York, die Kopie einer Reihe von Überwachungsprotokollen über Stephen Barton und, kurzfristig, auch über seine Stiefmutter. Die meisten Namen tauchten wochenlang immer wieder auf. Einer, mit Filzstift umkringelt, nur zweimal: Woolrich. Unten auf die Seite hatte Ross drei Worte geschrieben: »Tut mir leid.«

Die stöbern sich gegenseitig auf.

»Ich brauche frische Luft, um nachzudenken«, sagte ich. »Ich melde mich.«

Dupree wollte offenbar etwas einwenden, schwieg dann aber. Draußen stand mein Wagen auf einem Polizeiparkplatz. Ich setzte mich hinein, kurbelte die Fenster runter und nahm meine Landkarte von Louisiana aus dem Handschuhfach. Ich fuhr mit dem Finger über die Namen der Städte: Arnaudville, Grand Coteau, Carencro, Broussard, Milton, Catahoula, Coteau Holmes, St. Martinville. Ich fuhr hinaus aus der Stadt.

Der letzte Städtename kam mir von irgendwoher vertraut vor, aber an diesem Punkt schien schon allen Städtenamen irgendeine Bedeutung anzuhaften, was sie alle bedeutungslos machte. Es war, als würde man sich seinen eigenen Namen in Gedanken immer und immer wieder vorsprechen, bis er alle Vertrautheit einbüßte und man allmählich an seiner eigenen Identität zweifelte.

Dann fiel mir aber doch wieder St. Martinville ein. Irgendwas mit New Iberia und einem Krankenhaus. Eine Krankenschwester. Schwester Judy Neubolt. Judy, die Spinnerin. Beim Fahren fiel mir das Gespräch mit Woolrich ein, als ich zum ersten Mal nach Susans und Jennifers Tod in New Orleans war. Judy, die Spinnerin. *»Sie hat gesagt, ich* *hätte sie in einem vorherigen Leben ermordet.«* Stimmte die Geschichte oder wies sie auf etwas anderes? Hatte Woolrich selbst damals schon Spielchen mit mir getrieben?

Je länger ich darüber nachdachte, desto sicherer wurde ich mir. Er hatte mir erzählt, daß Judy Neubolt für ein Jahr nach La Jolla gezogen wäre, nachdem sie Schluß gemacht hätten. Ich bezweifelte, daß Judy je in La Jolla angekommen war.

Judy Neubolt war nicht im aktuellen Telefonbuch eingetragen. Ich entdeckte ihren Namen in einer alten Ausgabe in einer Tankstelle – ihr Anschluß war mittlerweile abgemeldet –, und in St. Martinville würde ich bestimmt erfahren, wie man zu ihr kam. Dann rief ich Huckstetter zu Hause an, gab ihm Judys Adresse und sagte ihm, er solle in einer Stunde Dupree anrufen, wenn er bis dahin nicht von mir gehört habe. Zögerlich willigte er ein.

Ich fuhr los und dachte an David Fontenot und an den Anruf von Woolrich, der es mit ziemlicher Sicherheit gewesen war, der ihn mit der Verheißung hinaus nach Honey Island gelockt hatte, die Suche nach seiner Schwester sei zu Ende. Als er starb, wußte er nicht, wie nah er ihrer Ruhestätte war.

Ich dachte an den Tod, den ich über Morphy und Angie gebracht hatte, an den Widerhall von Tante Maries Stimme in meinem Kopf, als er sie holen kam, und an Remarr und seine von der untergehenden Sonne vergoldete Leiche. Und mir wurde nun auch klar, weshalb die Einzelheiten in der Zeitung aufgetaucht waren: Das war Woolrichs Methode, sein Werk einem größeren Publikum darzulegen, eine moderne Variante der öffentlichen Sektion.

Und ich dachte an Lisa: ein kleines, pummeliges, dunkeläugiges Mädchen, das die Trennung ihrer Eltern schwergenommen und bei einer merkwürdigen Sekte in Mexiko Zuflucht gesucht hatte und schließlich zu ihrem Vater zurückgekehrt war. Was hatte sie gesehen, daß er sie hatte umbringen müssen? Ihren Vater, wie er sich an der Spüle das Blut von den Händen wusch? Die in einem Glas treibenden Überreste von Lutice Fontenot oder eines anderen Unglücklichen?

Oder hatte er sie bloß getötet, weil es in seiner Macht stand, weil das Vergnügen, sie zu arrangieren, sein eigen Fleisch und Blut zu verstümmeln, dem so nah wie möglich kam, das Messer gegen sich selbst zu richten, seine eigene Zergliederung zu erdulden und schließlich zu der letzten, dunkelroten Finsternis in sich selbst vorzudringen?

Kapitel 50

Als ich über den Asphalt der 96 zurück nach St. Martinville fuhr, wechselten sich akkurat gemähte Rasenflächen und Zypressenhaine ab. Ich kam an einem »Gott ist Abtreibungsgegner«-Schild vorbei und dem lagerhausähnlichen Nachtclub Podnuh's. In Thibodeaux's Café am adretten Town Square fragte ich nach einer Wegbeschreibung zu Judy Neubolts Adresse. Man kannte das Haus und wußte sogar, daß die Krankenschwester für ein Jahr und vielleicht auch länger nach La Jolla gezogen war und daß sich ihr Freund um das Haus kümmerte.

Die Perkins Street begann fast direkt gegenüber dem Eingang zum Evangeline State Park. An ihrem Ende kam man an eine T-Kreuzung, die rechts in ländliches Gebiet und zu vereinzelten Häusern führte. Judy Neubolts Haus befand sich auf diesem Abschnitt, ein kleines, zweigeschossiges und dabei merkwürdig niedriges Gebäude mit je einem Fenster seitlich der Eingangstür und drei kleineren Fenstern im Obergeschoß. Nach Osten hin neigte sich das Dach bis auf die erste Etage. Die Holzverschalung war frisch in makellosem Weiß lackiert, und beschädigte Dachschindeln waren ausgetauscht worden, aber der Garten war mit Unkraut überwuchert, und der Wald dahinter wuchs allmählich auf das Grundstück.

Ich parkte etwas abseits des Hauses, ging durch den Wald darauf zu und blieb am Waldrand stehen. Sie Sonne hatte den Zenit längst hinter sich gelassen und tauchte Dach und Mauern in rotes Licht. Die Hintertür war verriegelt und verschlossen. Blieb nur noch die Vordertür.

Als ich ums Haus ging, war ich angespannt wie nie zuvor in meinem Leben. Geräusche, Gerüche, Farben – alles war zu laut, zu intensiv, zu grell. Ich meinte, in den Bäumen um mich her jeden einzelnen Laut heraushören zu können. Die Waffe in meiner Hand zuckte. Meine Hand reagierte übereilt auf die Signale aus meinem Gehirn. Ich spürte die Festigkeit des Abzugs an meinem Fingerballen und jede Unebenheit des Kolbens in meiner Hand. Das Blut pochte mir in den Ohren gleich einer Pranke, die auf eine schwere Eichentür einhämmert, und meine Schritte prasselten auf dem Laub und den Zweigen wie ein Brand.

Die Vorhänge unten und oben und an der Haustür waren zugezogen. Durch eine Lücke des Vorhangs an der Haustür sah ich schwarzen Stoff, den man aufgehängt hatte, damit niemand durch die Ritzen spähen konnte. Die Gazetür öffnete sich mit einem Quietschen ihrer rostigen Scharniere, als ich sie mit dem rechten Fuß aufzog und dabei an der Hauswand in Deckung ging. Oben im Türrahmen sah ich ein dichtes Spinnennetz, die braunen, ausgetrockneten Hüllen gefangener Insekten bebten unter der Vibration der sich öffnenden Tür.

Ich langte hinein und drehte den Türknopf der Haustür um. Sie ließ sich leicht öffnen. Ich schob sie ganz auf, so daß ich das schummrig beleuchtete Innere des Hauses sah. Ich erkannte den Rand eines Sofas, am anderen Ende des Hauses zur Hälfte ein Fenster und rechts von mir einen Flur. Ich holte tief Luft, und in meinem Kopf hallte der Atemzug wider wie das leise, schmerzerfüllte Schnaufen eines kranken Tieres, und dann eilte ich nach rechts, und die Gazetür fiel hinter mir zu.

Jetzt hatte ich den Hauptraum des Gebäudes voll im Blick. Das Äußere hatte getäuscht. Judy Neubolt – oder wer sonst für den Innenausbau verantwortlich war – hatte eine Decke herausgerissen, so daß der Raum bis unters Dach reichte, wo durch zwei Oberlichter, die lange nicht geputzt und teilweise von schwarzen Tüchern verhangen waren, zarte Lichtstrahlen bis auf die Dielen drangen. Einzig zwei funzelige Stehlampen an beiden Enden des Zimmers beleuchteten den Raum.

Das Zimmer war mit einem breiten Sofa mit rot-orangefarbenem Zickzackbezug möbliert, das zur Vorderseite des Hauses gewandt stand. Rechts und links davon waren passende Sessel plaziert, in der Mitte davor ein flacher Couchtisch und unter einem Fenster gegenüber der Sitzgruppe eine Fernsehtruhe. Hinter dem Sofa stand ein Eßtisch mit sechs Stühlen, und dahinter befand sich ein Kamin. Die Wände waren mit indischen Kunstwerken geschmückt und mit ein oder zwei entfernt mystischen Gemälden, auf denen Frauen in wallenden, weißen Gewändern auf einem Berg oder am Meeresufer zu sehen waren. So deutlich konnte man das in dem schummrigen Licht nicht erkennen.

Am östlichen Ende gelangte man über eine Treppe zu meiner Linken auf eine hölzerne Galerie, und im Obergeschoß gab es einen Schlafbereich mit einem Kiefernholzbett und einem entsprechenden Kleiderschrank.

Rachel hing kopfüber von der Galerie, mit einem Seil um die Fußknöchel oben am Geländer festgebunden. Sie war nackt, und ihr Haar hing einen halben Meter über dem Fußboden. Ihre Arme waren nicht gefesselt, und ihre Hände reichten knapp über ihre Haarspitzen. Augen und Mund waren weit aufgerissen, aber ich merkte ihr nicht an, daß sie mich sah. An ihrem linken Arm klebte ein schmales, durchsichtiges Pflaster. Darunter ragte eine Kanüle hervor, die über einen Plastikschlauch mit einem Tropf verbunden war. Der Infusionsapparat hing an einem Metallständer und gestattete es, daß das Ketamin langsam und kontinuierlich in ihren Kreislauf sickerte. Unter ihr auf dem Fußboden war klare Plastikfolie ausgebreitet.

Unter der Galerie befand sich ein dunkler Küchenbereich mit Kiefernholzschränken, einem großen Kühlschrank und einer Mikrowelle neben der Spüle. Drei Hocker standen vor einem Küchentresen. Rechts von mir, an der Wand gegenüber der Galerie, hing ein ein bestickter Wandteppich im gleichen Dessin wie der Bezug der Sitzgruppe. Alles war von einer dünnen Staubschicht überzogen.

Ich schaute mir den Flur hinter mir an. Er führte in ein zweites Schlafzimmer, das bis auf eine nackte Matratze leerstand, auf der ein olivgrüner Schlafsack lag. Ein grüner Seesack stand offen neben dem Bett, und darin sah ich ein paar Jeans, eine cremefarbene Hose und ein paar Herrenhemden. Das Zimmer unter der Dachschräge erstreckte sich gut über die halbe Breite des Hauses, was bedeutete, daß sich dahinter noch ein ähnlich großer Raum befand.

Ich ging zurück in den Hauptraum und behielt dabei die ganze Zeit über Rachel im Blick. Von Woolrich war nichts zu sehen, aber er konnte sich im Flur am anderen Ende des Hauses versteckt haben. Rachel konnte mir keinen Hinweis geben, wo er stecken mochte. Ich ging langsam an dem Wandteppich vorbei zur Hinterwand des Hauses.

Auf halber Strecke bemerkte ich hinter Rachel eine Bewegung und wirbelte herum, die Hand in Schulterhöhe, und nahm instinktiv eine Scharfschützenpose ein.

»Runter damit, Birdman, oder sie stirbt auf der Stelle.« Er hatte in der Dunkelheit hinter ihr gelauert, durch ihren Körper abgeschirmt. Jetzt stand er nah hinter ihr, größtenteils immer noch von ihrem Körper verdeckt. Ich konnte den Saum seiner hellbraunen Hose sehen, den Ärmel seines weißen Hemds und ein wenig von seinem Kopf, sonst nichts. Wenn ich einen Schuß riskierte, hätte ich mit ziemlicher Sicherheit Rachel getroffen.

»Ich habe eine Waffe auf ihr Kreuz gerichtet, Bird. Ich will einen so schönen Körper doch nicht mit einer Schußwunde verunzieren, also *runter mit der Waffe!*«

Ich ging in die Knie und legte die Waffe vorsichtig auf den Boden.

»Jetzt tritt sie weg.«

Ich trat mit dem Außenrist danach und sah zu, wie sie über den Boden schlitterte und am Fuß des ersten Sessels liegenblieb.

Da tauchte er aus der Dunkelheit auf, aber das war nicht mehr der Mann, den ich kannte. Es war, als wäre durch die

Enthüllung seiner wahren Natur eine Verwandlung mit ihm vorgegangen. Sein Gesicht sah abgezehrter aus denn je, und die dunklen Schatten unter den Augen ließen es wie einen Totenschädel wirken. Überhaupt, diese Augen: Sie strahlten im Halbdunkel wie schwarze Juwelen. Als sich meine Augen allmählich an die Beleuchtung gewöhnten, sah ich, daß von seiner Iris kaum noch etwas zu erkennen war. Seine Pupillen waren groß und schwarz und nährten sich gierig von dem Licht im Zimmer.

»Warum ausgerechnet du?« fragte ich, mich selbst nicht minder als ihn. »Du warst mein Freund.«

Da lächelte er, ein kaltes, ausdrucksloses Lächeln, das wie Schnee über sein Gesicht trieb.

»Wie hast du sie gefunden, Bird?« fragte er mit tiefer Stimme. »Wie hast du Lisa entdeckt? Bei Lutice Fontenot habe ich dafür gesorgt, aber wie hast du Lisa gefunden?«

»Vielleicht hat sie mich gefunden«, sagte ich.

»Ist ja auch egal«, sagte er leise. »Dafür hab' ich jetzt keine Zeit mehr. Auf zu neuen Ufern.«

Jetzt kam er gänzlich in Sicht. In einer Hand hielt er etwas, das nach einer umgebauten, großkalibrigen Luftpistole aussah, und in der anderen ein Skalpell. Eine SIG steckte in seinem Hosenbund.

»Warum hast du sie umgebracht?«

Woolrich bog das Skalpell in der Hand. »Weil ich es konnte.«

Im Zimmer wurde es dunkler, als eine Wolke vorüberzog. Ich verlagerte leicht das Gewicht, den Blick auf meine Waffe am Boden gerichtet. Meine Bewegung wirkte übertrieben, als wäre angesichts des Ketamins jede Regung zu hastig. Woolrich riß mit einer flüssigen Bewegung die Waffe hoch.

»Nicht doch, Bird. Du mußt dich nicht mehr lange gedulden. Laß uns den Schluß nicht überstürzen.«

Im Zimmer wurde es wieder heller, wenn auch nur geringfügig. Die Sonne ging schnell unter. Bald würde es dunkel sein.

»Es hat von Anfang an so enden müssen, Bird. Du und ich

in einem Zimmer wie dem hier. Das habe ich von Anfang an so geplant. Du solltest immer auf diese Weise sterben. Entweder hier oder später irgendwo anders.« Er lächelte wieder. »Schließlich hätten sie mich fast befördert. Es wäre Zeit gewesen weiterzuziehen. Aber letztendlich lief es immer darauf hinaus.«

Er trat einen Schritt vor, die Waffe reglos in der Hand.

»Du bist ein Niemand, Bird. Hast du auch nur eine Ahnung, wie viele unbedeutende Menschen ich schon umgebracht habe? Den Abschaum aus Wohnwagensiedlungen in Scheißkäffern von hier bis Detroit. Strohdumme Proletenfotzen, die den ganzen Tag lang Talk-Shows gucken und rammeln wie die Karnickel. Junkies. Säufer. Hast du diese Leute nicht auch schon manchmal gehaßt, Bird, die, von denen du wußtest, daß sie wertlos sind, die nie etwas zustande bringen, nie etwas tun, nie etwas beisteuern werden? Hast du je gedacht, du könntest einer von ihnen sein? Ich habe ihnen gezeigt, wie wertlos sie sind, Bird. Ich habe ihnen gezeigt, daß sie überhaupt nicht zählen. Ich habe deiner Frau und Tochter gezeigt, wie unwichtig sie waren.«

»Und Byron?« fragte ich. »War das auch so ein Niemand, oder hast du erst einen aus ihm gemacht?« Ich wollte ihn am Reden halten und irgendwie an meine Waffe gelangen. Sobald er aufhören würde zu reden, würde er versuchen, Rachel und mich umzubringen. Und außerdem wollte ich wissen, warum, als hätte es je ein Darum geben können, das dies hier erklärte.

»Byron«, sagte Woolrich und lächelte matt. »Ich mußte mir einen Vorsprung sichern. Als ich das Mädchen aufgeschlitzt hatte, haben sie ihn alle für einen Perversen gehalten, und er ist abgehauen, zurück nach Baton Rouge. Ich habe ihn besucht, Bird. Ich habe das Ketamin an ihm ausprobiert, und dann hab' ich es ihm einfach weiter verabreicht. Einmal hat er versucht, mir zu entwischen, aber ich habe ihn gefunden.

Letztendlich finde ich sie alle.«

»Du hast ihn gewarnt, daß das FBI kommen würde, nicht wahr? Du hast deine eigenen Männer geopfert und dafür gesorgt, daß er auf sie losgeht, damit er auch bestimmt sterben würde, ehe er auspacken konnte. Hast du Adelaide Modine auch gewarnt, nachdem du sie aufgestöbert hattest? Hast du ihr gesagt, daß ich ihr auf der Spur war? Hast du ihr zur Flucht verholfen?«

Woolrich antwortete nicht. Vielmehr fuhr er mit der stumpfen Seite des Skalpells über Rachels Arm. »Hast du dich je gewundert, daß so dünne Haut... so viel Blut zurückhalten kann?« Er drehte das Skalpell um und fuhr mit der Klinge über ihr Schulterblatt und von der rechten Schulter bis zum Busen. Rachel rührte sich nicht. Ihre Augen waren immer noch aufgerissen, und etwas glitzerte darin, und dann lief eine Träne aus dem linken Augenwinkel und verlor sich in ihren Haarwurzeln. Blut floß aus der Wunde, lief über ihren Nacken und sammelte sich an ihrem Kinn, ehe es über ihr Gesicht strömte und dort rote Linien hinterließ.

»Schau mal, Bird«, sagte er. »Ich glaube, das Blut steigt ihr zu Kopf.«

Er legte den Kopf zur Seite. »Und dann habe ich dich hergelockt. Das Ganze hat etwas von einem Kreislauf, das solltest du würdigen, Bird. Wenn du tot bist, werden sie alles über mich erfahren. Dann bin ich fort – sie werden mich nicht finden, Bird, ich bin mit allen Wassern gewaschen – und fange von vorne an.«

Er lächelte matt.

»Du wirkst nicht sonderlich dankbar«, sagte er. »Immerhin habe ich dir ein Geschenk gemacht, Bird, als ich deine Familie umgebracht habe. Wenn sie am Leben geblieben wären, hätten sie dich verlassen, und dann wärst du nur ein weiterer beliebiger Säufer geworden. In gewisser Hinsicht habe ich die Familie zusammengehalten. Ich habe sie deinetwegen ausgewählt. Bird. Du hast dich in New York mit mir angefreundet, du hast sie vor mir zur Schau gestellt, und ich habe sie genommen.«

»Marsyas«, sagte ich leise.

Woolrich schaute zu Rachel hinüber. »Sie ist ein kluges Mädchen, Bird. Genau dein Typ. Genau wie Susan. Und bald ist sie nur eine weitere deiner toten Geliebten, aber diesmal mußt du nicht so lange um sie trauern.«

Er fuhr mit dem Skalpell hin und her und zog zarte Striemen über Rachels Arm. Ich glaube, ihm war nicht einmal bewußt, was er da tat oder in welcher Weise er heraufbeschwor, was dann folgte.

»Ich glaube nicht an ein Leben nach dem Tod, Bird. Da kommt nichts mehr. Dies hier ist die Hölle, Bird, und wir leben darin. Hier findest du alle Schmerzen, alle Verletzungen, alles Leid, das du dir nur vorstellen kannst. Es ist eine Todeskultur und die einzige Religion, die es wert ist, daß man ihr angehört. Die ganze Welt ist mein Altar, Bird.

Aber das wirst du wohl nie verstehen. Letztendlich sieht ein Mensch die Realität des Todes, des letzten Schmerzes nur ein, wenn er selber stirbt. Das ist der Makel an meinem Werk, aber irgendwie wird es dadurch auch menschlicher. Jedenfalls bilde ich mir das ein.« Er drehte das Skalpell um, und letzter Sonnenschein und Blut mischten sich auf der Klinge. »Sie hatte die ganze Zeit recht, Bird. Und jetzt wird es Zeit, daß auch du es einsiehst. Gleich bekommst du eine – und wirst zu einer – Lektion in Sterblichkeit.

Ich werde noch einmal die Pietà erschaffen, Bird, bloß diesmal mit dir und deiner Freundin. Siehst du es nicht vor dir? Die berühmteste Darstellung von Trauer und Tod in der ganzen Weltgeschichte, das mächtige Symbol der Selbstaufopferung für das größere Gut der Menschlichkeit, die Hoffnung, die Auferstehung, und du wirst ein Teil davon sein. Nur daß wir da eine Anti-Auferstehung erschaffen, eine Finsternis aus Fleisch.«

Er kam auf mich zu, und seine Augen strahlten furchterregend.

»Du wirst nicht von den Toten auferstehen, Bird, und die einzigen Sünden, für die du stirbst, sind deine eigenen.«

Ich machte schon einen Schritt nach rechts, als er feuerte. Ich verspürte einen scharfen, stechenden Schmerz in der linken Seite, als die Spritze traf, und hörte Woolrich über die Dielen auf mich zukommen. Mit der linken Hand riß ich mir die Nadel aus dem Fleisch. Es war eine starke Dosis. Ich spürte bereits, wie sie zu wirken begann, und langte nach meiner Waffe. Ich umklammerte den Kolben und versuchte, auf Woolrich zu zielen.

Er löschte das Licht. Plötzlich mitten im Zimmer, weit von Rachel entfernt, huschte er nach rechts. Ich sah eine Gestalt vor dem Fenster vorbeieilen und gab zwei Schüsse ab. Er ächzte vor Schmerz, und ich hörte Glas splittern. Ein fingerdicker Sonnenstrahl drang in den Raum.

Ich arbeitete mich rückwärts, bis ich zu dem Flur kam. Ich versuchte, Woolrich zu erspähen, aber er war in der Dunkelheit verschwunden. Eine zweite Spritze knallte neben mir in die Wand, und ich duckte mich nach links. Meine Glieder wurden schwer, Arme und Beine ließen sich nur noch mit Mühe bewegen. Es kam mir vor, als würde ein Druck auf meiner Brust lasten, und ich wußte, daß ich mich nicht aufrechthalten würde, wenn ich versuchte aufzustehen.

Ich robbte weiter nach hinten, jede Bewegung eine enorme Anstrengung, aber ich war mir sicher, daß ich, wenn ich innehielt, mich nie wieder bewegen würde. Im Wohnzimmer knarzten die Dielen, und ich hörte Woolrich schnaufen. Er bellte ein knappes Lachen, und ich hörte ihm die Schmerzen an.

»Du dumme Sau«, sagte er. »*Scheiße,* tut das weh.« Er lachte wieder. »Das wirst du mir büßen, Bird, du und deine Freundin. Ich reiß' euch die beschissene Seele raus.«

Seine Stimme drang wie durch dichten Nebel zu mir, der das Geräusch dämpfte und durch den man Richtungen und Entfernungen nur schwer abschätzen konnte. Die Wände des Flurs wogten und lösten sich auf, und schwarzes Blut sickerte aus den Ritzen. Eine Hand langte nach mir, eine schlanke Frauenhand mit einem schmalen, goldenen Ehering. Ich sah mich nach ihr greifen, obwohl ich meine Hände immer noch auf dem Boden unter mir spürte. Eine zweite Frauenhand erschien und fuchtelte wild.

Bird

Ich wich zurück und schüttelte den Kopf, um die Halluzination loszuwerden. Dann tauchten zwei kleinere Hände aus der Dunkelheit auf, zart und kindlich, und ich preßte die Augen zu und biß die Zähne zusammen.

Daddy

»*Nein*«, zischte ich und vergrub die Fingernägel im Fußboden, bis ich einen abbrechen hörte und ein Schmerz durch den Zeigefinger meiner linken Hand schoß. Ich brauchte den Schmerz. Ich brauchte ihn, um gegen die Wirkung des Ketamins anzukämpfen. Ich drückte den verletzten Finger auf den Boden und keuchte vor Schmerz. An den Wänden regten sich immer noch Schatten, aber die Gestalten meiner Frau und Tochter waren verschwunden.

Nun bemerkte ich den rötlichen Schimmer, in den der Flur getaucht war. Mein Rücken traf auf etwas Kaltes und Massives, das sich ein wenig bewegen ließ, als ich dagegen drückte. Ich lehnte an einer leicht offenstehenden, verstärkten Stahltür mit drei Riegeln an der linken Seite. Der mittlere war riesig, mindestens zwei Zentimeter breit, und daran baumelte ein offenes, messingfarbenes Vorhängeschloß. Schummrig-rötliches Licht sinterte aus dem Türspalt.

»Es ist fast vorbei, Birdman«, sagte Woolrich. Seine Stimme klang jetzt sehr nah, aber ich konnte ihn immer noch nicht sehen. Ich schätzte, daß er an der Ecke stand und darauf wartete, daß ich mich nicht mehr rührte. »Das Mittel wird dich gleich lähmen. Wirf die Waffe weg, Bird, und laß uns anfangen. Je eher wir anfangen, desto schneller sind wir fertig.«

Ich schob mich fester gegen die Tür und spürte sie nachgeben. Ich stieß mich mit den Fersen ab, einmal, zweimal, ein drittes Mal, bis ich an ein Regal kam, das vom Boden bis zur Decke reichte. Den Raum beleuchtete eine einzelne rote Glühbirne, die ohne Lampenschirm in der Mitte der Decke hing. Die Fenster waren mit blanken Ziegeln vermauert. Es drang kein Sonnenlicht in den Raum.

Mir gegenüber, links von der Tür, stand ein Metallregal. Perforierte Leisten hielten die festgeschraubten Regalböden. Auf jedem Regalbrett stand eine Reihe Gläser, und in jedem Glas, schimmernd in dem mattroten Licht, ruhten die Überreste eines menschlichen Gesichts. Die meisten waren nicht mehr zu erkennen. Sie waren in dem Formaldehyd in sich zusammengesunken. Bei manchen erkannte man noch die Augenlider, blasse, fast weiße Lippen bei anderen, die Haut an den Rändern war zerfleddert und zerfetzt. Auf dem untersten Regalboden lagen zwei schwarze Gesichter fast aufrecht in ihren Gläsern, und trotz dieser Verstümmelung erkannte ich Tante Marie Aguillard und ihren Sohn. Ich zählte gut fünfzehn Behälter vor mir. Das Regal hinter mir schwankte etwas, und ich hörte, wie Glas an Glas knirschte und Flüssigkeit schwappte.

Ich hob den Kopf. Neben meinem linken Auge lehnte ein Gesicht an der Glaswand, und die leeren Augen klafften, als wollten sie die Ewigkeit schauen.

Und ich wußte, daß irgendwo unter diesen Gesichtern das von Susan konserviert lag.

»Wie findest du meine Sammlung, Bird?« Woolrichs dunkler Umriß kam langsam über den Flur auf mich zu. In einer Hand sah ich die Silhouette der Pistole. Mit dem Daumen der anderen rieb er über die stumpfe Seite des Skalpells.

»Fragst du dich, wo deine Frau ist? Sie ist auf dem mittleren Regal, die dritte von links. Wahrscheinlich sitzt du gerade direkt neben ihr, Bird.«

Ich rührte mich nicht. Ich zuckte nicht mit der Wimper. Ich hockte an dem Regal, umgeben von den Gesichtern der Toten. Mein Gesicht würde bald dazugehören, dachte ich, mein Gesicht und Rachels und Susans, für alle Zeiten Seite an Seite.

Woolrich kam vor, bis er im Türrahmen stand. Er hob die Luftpistole.

»So lange hat das noch keiner durchgehalten, Bird. Nicht mal Tee Jean, und dabei war das ein kräftiger Bursche.« Seine Augen schimmerten rot. »Ich muß es dir sagen, Bird: Das wird gleich weh tun.«

Er zog den Finger um den Abzug zusammen, und ich hörte den Knall, als die Spritze aus dem Lauf schoß. Ich hob schon die Waffe, doch da drang ein stechender Schmerz durch meine Brust, mein Arm wurde peinigend schwer, und die Schatten, die über meine Augen geisterten, nahmen mir die Sicht. Ich zog den Finger um den Abzug zusammen und wollte abdrücken. Woolrich kam näher, sich der Gefahr bewußt und das Skalpell erhoben, um mir den Arm aufzuschlitzen.

Der Abzug bewegte sich langsam, unendlich langsam zurück, und mit ihm verlangsamte sich die ganze Welt. Woolrich schien in der Luft zu hängen, die Klinge in seiner Hand waberte wie unter Wasser, er hatte den Mund aufgerissen, und aus seiner Kehle klang es, als würde eine Bö durch einen Tunnel heulen. Der Abzug bewegte sich noch ein winziges Stückchen nach hinten, und mein Finger erstarrte, als die Pistole laut durch den eingekapselten Raum dröhnte. Woolrich, jetzt kaum einen Meter von mir entfernt, zuckte zusammen, als der erste Schuß ihn in die Brust traf. Dann schaltete die Pistole unter dem anhaltenden Druck auf automatisches Feuer, und die nächsten acht Schüsse schienen sich gleichzeitig zu lösen, die Detonationen gingen nahtlos ineinander über, und die Kugeln zerfetzten ihn, fuhren durch Kleidung und Fleisch, bis das Magazin leer war. Glas zerbrach, als die Kugeln austraten, und Formaldehyd ergoß sich über den Boden. Woolrich stürzte nach hinten und lag zitternd und zuckend auf dem Boden. Mit schon erloschenen Augen hob er noch einmal Schultern und Kopf. Dann sank er nieder und rührte sich nicht mehr.

Mein Arm gab unter dem Gewicht der Pistole nach, und sie fiel zu Boden. Ich hörte Flüssigkeit tropfen, spürte die Anwesenheit der Toten, die sich um mich sammelten. In der Ferne hörte ich näher kommendes Sirenengeheul, und da wußte ich, daß Rachel, was mir auch immer geschah, endlich in Sicherheit war. Etwas strich mir seidensanft über die Wange, wie das letzte Streicheln der Liebsten, ehe es Zeit wird zu schlafen, und so etwas wie Frieden umgab mich. Mit einer letzten Willensanstrengung schloß ich die Augen und wartete auf die Ruhe, die da kommen würde.

Epilog

In Scarborough biege ich an der Kreuzung links ab und fahre den steilen Hügel hinunter, vorbei an der großen katholischen Kirche und dem alten Friedhof, die Feuerwehr zu meiner Rechten, und die Abendröte färbt matt die Marschen links und rechts der Straße. Bald wird es dunkel sein, in den Häusern der Einheimischen werden die Lichter angehen, und nur in den Sommerhäusern an der Prouts Neck Road wird es dunkel bleiben.

In Prouts Neck spült die Brandung träg und sacht über Sand und Stein. Die Badesaison ist vorbei, und hinter mir ragt dunkel das Black Point Inn auf. Der Speisesaal ist verwaist, die Bar still, und die Gazetüren vor den Personalschlafsälen sind verschlossen. Im Sommer übernachten hier wohlhabende alte Leute aus Boston und dem Bundesstaat New York, essen mittags am Pool vom Büffet und ziehen sich abends zum Dinner um, das Kerzenlicht spiegelt sich in den schweren Juwelen der alten Damen, und sie tanzen um die Tische wie goldene Motten.

Jenseits der Bucht sehe ich die Lichter des Old Orchard Beach. Eine kühle Brise kommt vom Meer herüber und schüttelt und rüttelt die letzten Möwen durch. Ich stehe am Strand, raffe meinen Mantel fester zusammen und sehe den Sandkörnern zu, die sirrend vor mir tanzen. Sie hören sich an wie eine Mutter, die ihr Kind beschwichtigt, wenn der Wind sie von den Dünen hebt und zu Gestalten wie alten Geistern formt, ehe er sie wieder zur Ruhe bettet.

Ich stehe ganz in der Nähe der Stelle, wo Clarence Johns vor all jenen Jahren stand und Daddy Helms' Männern dabei zusah, wie sie Erde und Ameisen über mir auskippten. Es war eine bittere Lektion, und bitterer noch war es, sie zweimal erteilt bekommen zu haben. Ich erinnere mich an seinen Gesichtsausdruck, an die Trostlosigkeit in seinem Blick, als er bibbernd vor mir stand und ihm klar wurde, was er angerichtet, was er verloren hatte.

Und ich würde Clarence Johns gern den Arm um die Schultern legen und ihm sagen, daß es schon gut sei, daß ich es verstünde, vergeben und vergessen. Ich würde gern die Sohlen seiner billigen Schuhe über die Straße schlappen hören. Ich würde ihm gern zusehen, wie er einen Stein übers Wasser flitscht, und wissen, daß er immer noch mein Freund ist. Ich würde gern neben ihm den weiten Weg nach Hause gehen und zuhören, wie er die drei einzigen Takte eines Liedes pfeift, an die er sich erinnern kann, eines Liedes, das ihm nicht aus dem Kopf geht, das immer wiederkommt und ihn nicht losläßt.

Doch statt dessen werde ich mich wieder in meinen Wagen setzen und im schwindenden Herbstlicht zurück nach Portland fahren. Ich habe im Inn in der St. John Street ein Zimmer mit großen Erkerfenstern und sauberer, weißer Bettwäsche und einem Bad im Gang, zwei Türen weiter. Ich werde mich auf mein Bett legen, und Autos werden unter meinem Fenster vorbeifahren, Greyhoundbusse werden an der Haltestelle gegenüber ankommen und abfahren, und Passanten ihre Einkaufswagen voller Flaschen und Büchsen über den Bürgersteig zum Bahnhof in der St. John Street schieben.

Und in der heraufziehenden Dunkelheit werde ich Rachels Nummer in Manhattan wählen. Das Telefon wird klingeln – einmal, zweimal –, und dann wird ihr Anrufbeantworter anspringen: »Hallo, es kann gerade keiner rangehen, aber ...« Ich habe die Ansage immer und immer wieder gehört, seitdem sie aus dem Krankenhaus entlassen wurde.

Ihre Sekretärin erzählt mir, sie könne mir nicht sagen, wo Rachel ist: Sie hat ihre Vorlesungen am College abgesagt. Und von meinem Hotelzimmer aus werde ich mit dem Anrufbeantworter reden.

Ich könnte sie finden, wenn ich wollte. Die anderen habe ich auch gefunden, aber sie waren tot, als ich sie fand. Ich will ihr nicht nachjagen.

Es soll nicht so enden. Sie sollte jetzt bei mir sein, ihre Haut makellos und weiß und nicht vernarbt von Woolrichs Schnitten; ihr Blick strahlend und einladend und nicht argwöhnisch und gequält von den Visionen, die sie nachts heimsuchen; ihre Hände in der Dunkelheit nach mir ausgestreckt und nicht erhoben, um mich abzuwehren, als würde ihr auch nur die Berührung meiner Finger Schmerz bereiten. Wir werden beide mit der Vergangenheit, mit dem, was war, ins reine kommen, aber fürs erste werden wir das alleine tun müssen.

Morgen früh wird Edgar das Radio anstellen, und dann stehen Orangensaft und Kaffee auf dem Tisch im Foyer, und daneben liegen in Plastikfolie eingepackte Muffins. Dann werde ich hinaus zum Haus meines Großvaters fahren und mit der Arbeit beginnen. Ein Handwerker von dort hilft mir, das Dach und die Wände auszubessern, damit das Haus winterfest wird.

Und ich werde auf meiner Veranda sitzen, wenn der Wind die Nadelbäume packt, ihre Äste dreht, ihnen neue Formen verleiht und ein Lied auf ihrem Laub pfeift. Und ich werde horchen – auf das Bellen eines Hundes und seine Pfoten, die über die ausgetretenen Dielen tapsen, und wie er träge in der kühlen Abendluft mit dem Schwanz wedelt; oder auf das Klopfen auf dem Verandageländer, wenn mein Großvater gleich seine Pfeife stopft, ein Glas Whiskey neben sich, so warm und gut wie ein vertrauter Kuß; oder auf das Rascheln des Kleids meiner Mutter am Küchentisch entlang, wenn sie fürs Abendessen deckt, blau-weiße Teller, älter als sie selbst, so alt wie das Haus.

Oder auf das Schlappen von Plastiksohlen, das in der Ferne verklingt, in der Dunkelheit verschwindet und den Frieden in sich birgt, den jedwedes tote Sein letztlich findet.

Danksagung

Eine Reihe Bücher haben sich bei den Recherchen zu diesem Roman als besonders hilfreich erwiesen, darunter vor allem *The Body Emblazoned* (Routledge 1995), Jonathan Sawdays brillante Studie über das Sezieren und den menschlichen Körper in der Kultur der Renaissance. Zu den weiteren Werken, auf die ich zurückgegriffen habe, gehören *Suspended Animation* von F. Gonzalez-Crussi (Hartcourt, Brace & Co. 1995), *Policing the Southern City* von Denis C. Rousey (Louisiana State University Press 1996), *The Devil* von Luther Link (Reaktion Books 1995; Deutsch: *Der Teufel.* Fink 1997), *Dark Nature* von Lyall Watson (Hodder & Stoughton 1995; Deutsch: *Die Nachtseite des Lebens.* S. Fischer 1997) und das *Crime Classification Manual* (Simon & Schuster 1993) von Ressler, Douglas, Burgess und Burgess.

In persönlicher Hinsicht möchte ich mich bei meinem Agenten Darley Anderson bedanken, ohne den *Das schwarze Herz* nie erschienen wäre. Mein Dank für ihr Vertrauen, ihren Rat und manche Ermutigung gilt Sue Fletcher, meiner Lektorin bei Hodder & Stoughton, und Bob Mecoy, meinem Lektor bei Simon & Schuster in New York. Schließlich ein herzliches Dankeschön an meine Familie und an Ruth – für alles.

Ein eiskaltes Debüt – der Auftakt einer neuen Thrillerserie

Gerade erst hat sich die 33jährige Kay vom Tod ihres Polizeikollegen vor einem Jahr erholt, als der Killer von damals wieder zu morden scheint – obwohl er hinter Gittern sitzt. Wer kennt die teuflische Methode, mit der Bernard Eales seine Opfer gequält hat, und imitiert diese nun perfekt? Kay folgt der schrecklichen Blutspur durch Baltimore …

»Illona Haus hat die beeindruckende Fähigkeit, in die Köpfe ihrer Charaktere zu schlüpfen und scheut auch vor morbiden Details nicht zurück – und fesselt so ihre Leser.«
Publishers Weekly

Gnädiger Tod
Thriller
ISBN-13: 978-3-548-26407-3
ISBN-10: 3-548-26407-7

ULLSTEIN

»Ein toller Thriller:
Stellen Sie den Feuerlöscher bereit!«
Publishers Weekly

Kerry Murphy, Spezialistin für Brandstiftung, bildet mit ihrem Labrador Sam ein phantastisches Team. Niemand weiß, daß Kerry den Hund nur zur Tarnung benötigt. Denn seit ihrer Kindheit, als ihre Mutter bei einem Brand ums Leben kam, verfügt sie über die telepathische Fähigkeit, Feuer aufzuspüren. Seitdem leidet sie aber auch an furchtbaren Alpträumen. Das verbindet sie mit Brad Silver, dessen Bruder bei einer Explosion starb. Gemeinsam mit ihm soll Kerry nun einem Serienmörder das Handwerk legen, der eine Spur von Asche, Verwüstung und grausamen Toden hinterläßt.

»Iris Johansen ist ein Bestseller-Phänomen!«
The New York Times

Die Spur des Feuers
Thriller
ISBN-13: 978-3-548-26430-1
ISBN-10: 3-548-26430-1

ULLSTEIN

UB333